中国古代名著全本译注丛书

聊斋志异

全译

上

[清] 蒲松龄 著　丁如明等 译

图书在版编目(CIP)数据

聊斋志异全译 / (清) 蒲松龄著;丁如明等译. —
上海: 上海古籍出版社,2019. 4 (2023.8重印)
(中国古代名著全本译注丛书)
ISBN 978-7-5325-9139-8

Ⅰ. ①聊… Ⅱ. ①蒲… ②丁… Ⅲ. ①笔记小说—中国—清代 ②《聊斋志异》—译文 Ⅳ. ①I242. 1

中国版本图书馆 CIP 数据核字(2019)第 044127 号

中国古代名著全本译注丛书

聊斋志异全译

(全三册)

[清] 蒲松龄 著 丁如明等 译

上海古籍出版社出版发行

(上海市闵行区号景路 159 弄 1-5 号 A 座 5F 邮政编码 201101)

(1) 网址: www. guji. com. cn

(2) E-mail: guji1@guji. com. cn

(3) 易文网网址: www. ewen. co

江阴市机关印刷服务有限公司印刷

开本 890×1240 1/32 印张 58. 25 插页 15 字数 1,424,000

2019 年 4 月第 1 版 2023 年 8 月第 3 次印刷

印数: 4,201 — 5,700

ISBN 978-7-5325-9139-8

I·3361 定价: 198. 00 元

如有质量问题,请与承印公司联系

目　录

卷　一

卷　二

卷 三

卷　四

卷 五

卷　六

卷　七

卷 八

卷　九

卷　十

卷十一

卷十二

前　言

在我国古典文学宝库中，《聊斋志异》是一部著名的短篇小说集，包含很多瑰丽多彩、脍炙人口的优秀作品，其中不少作品早已被改编为戏曲，在舞台上盛演不衰；近十余年来，许多作品更被改编成电影和电视剧，深受欢迎。

《聊斋志异》作者蒲松龄字留仙，号柳泉居士，山东淄川（今山东省淄博市）人。生于明崇祯十三年（1640），卒于清康熙五十四年（1715），一生富于著述，诗词文赋、戏剧俚曲，皆有作品传世，而特以《聊斋志异》获誉于生前，不朽于身后。据说与他同时、长他六岁、以政坛重臣而兼文坛名人的王士禛，愿以千金易其稿，这或者只是一时流传的美谈；但王士禛被《聊斋志异》的艺术魅力所吸引，向蒲松龄按篇索阅而不可止，成为《聊斋志异》第一批倾倒者中的一员，则是事实。后来的纪昀，虽以《四库全书》总纂官的"正统"观念，对《聊斋志异》"一书而兼二体"略持异议，却也不得不承认它是"才子之笔"。从康熙年间流传钞本，到乾隆、嘉庆、道光年间刻本蜂出，使这部蒲松龄自称为"孤愤之书"、有所"寄托"的谈狐说鬼而实为现实主义与浪漫主义相结合的短篇小说集，成为家喻户晓的名著。

蒲松龄说自己像"落落秋萤之火"，"才非干宝"，"妄续《幽冥》"，这是他的自谦。他说《聊斋志异》是"集腋成裘"，则确是切身甘苦之谈。这部短篇小说集，是他从二十几岁开始，直至暮年，历四十余寒暑笔耕不辍积累而成的。从小说本身记有的年月来看，康熙七年（1668）山东淄川一带大地震，蒲松龄以纪实的手法写下了《地震》一篇，当时他二十九岁，显然这不是他的处女作；康熙四十六年苏州气候异常，七月初三下起大雪，蒲松龄据传闻写下了《夏雪》、《化男》，当时他年近古稀，显然这也不是他的辍笔之作。所以我们今天欣赏这部题材广阔、主题深刻、情节曲折、想象奇瑰、语言生动、人物形象众多而各个呼之欲出的小说集，不可不看到它是作者以毕生的心血所凝结成的。

为了使今天大多数对文言文还或多或少有点滞涩感的读者能够一睹这部优秀文学名著的全貌，特将我社所出的张友鹤《聊斋志异》会校会注会评本原文十二卷 491 篇（其中《寄生》一篇作为《王桂庵》的附篇列入目录，不计入篇数）及《聊斋自志》全部译为白话，比通行本多收 60 篇。“三会本”附录作者存疑的 9 篇不收。同时，译文与原文一一对应，有助于阅读便利。本书的译者是(以姓氏笔划为序)：丁如明、王兴康、邓长风、朱怀春、阮廷贵、沈开生、金良年、胡士明、唐书文、黄珅、曹光甫、穆俦十二人。

王维堤

聊斋自志

披萝带荔，三闾氏感而为《骚》；牛鬼蛇神，长爪郎吟而成癖。自鸣天籁，不择好音，有由然矣。松，落落秋萤之火，魑魅争光；逐逐野马之尘，罔两见笑。才非干宝，雅爱搜神；情类黄州，喜人谈鬼。闻则命笔，遂以成编。久之，四方同人，又以邮筒相寄，因而物以好聚，所积益夥。甚者人非化外，事或奇于断发之乡；睫在眼前，怪有过于飞头之国。遄飞逸兴，狂固难辞；永托旷怀，痴且不讳。展如之人，得毋向我胡卢耶？然五父衢头，或涉滥听；而三生石上，颇悟前因。放纵之言，有未可概以人废者。

松悬弧时，先大人梦一病瘠瞿昙，偏袒入室，药膏如钱，圆粘乳际。寤而松生，果符墨志。且也少羸多病，长命不犹。门庭之凄寂，则冷淡如僧；笔墨之耕耘，则萧条似钵。每搔头自念：勿亦面壁人果是吾前身耶？盖有漏根因，未结人天之果；而随风荡堕，竟成藩溷之花。茫茫六道，何可谓无其理哉！独是子夜荧荧，灯昏欲蕊；萧斋瑟瑟，案冷疑冰。集腋为裘，妄续《幽冥》之录；浮白载笔，仅成孤愤之书。寄托如此，亦足悲矣！嗟乎！

惊霜寒雀，抱树无温；吊月秋虫，偎阑自热。知我者，其在青林黑塞间乎！

康熙己未春日

【译文】

身披女萝薜荔的山鬼，触发三闾大夫屈原的灵感，使他创作了《离骚》；牛头鬼和蛇身妖，李长吉吟诵爱好成癖。天籁之声是自发奏鸣的，不必一定是悦耳的声音，这是有传统的。我蒲松龄，犹如零落的秋日萤火虫的光亮，为鬼物争夺荣誉；仿佛奔忙的野外水气尘埃，见笑于笔下的精怪。才华比不上干宝，素常喜爱《搜神记》；心态类似黄州时期的苏东坡，喜欢和别人谈论鬼怪之事。听说这些故事之后，就提笔写作，于是有了规模。时间久了，各地同好又把收集到的素材邮寄给我。因此，由于喜好而不断收集，成果越来越多。主人公虽然不是在教化之外生活，他的事迹可能比荆越蛮乡的断发文身还要奇异。近得就像眼睫毛就在瞳孔的前方，古怪之处比飞头之国还要特出。逸兴勃发，本来难以推辞狂放的名声；长久寄托旷达的怀抱，并不讳言自己的痴处。真诚的读者们，会不会冲着我掩口而笑呢？但街头巷尾，收集来的也许是浮泛之言；而三生石上，深刻领悟到自己前生的因果。放达恣肆的言论，有的不能一律因其人之不高明而摒废。

我蒲松龄刚刚出生时，先父梦见一位瘦弱羸病的僧人，穿着僧衣进入内室，一块铜钱大的药膏，圆圆地粘在胸乳之间。醒来之后，我已经出生了，果然切合身上的黑痣。况且，我从小瘦弱多病，长大后命不如人。门户凄清寂寞，冷淡得像僧人的生活一样。笔墨之中讨生活，萧条如同托钵乞讨。常常挠头自己想，难道参禅面壁的和尚真的是我的前身吗？看来充满俗世烦恼的前因，不能结出人天正果；而人的命运如同随风飘荡的花瓣，竟然坠落在篱笆旁的粪坑里。六道轮回，茫然无据，怎么能说没有这个道理呢？只是半夜里一盏油灯，昏暗微光，灯花欲结；孤寂清苦的书斋里，书桌冷得仿佛冰块一般。集腋成裘，冒昧地续写《幽冥录》；饮酒著书，只是写出饱含内心悲愤的文章。这样深重的寄托，也太悲伤了！呜呼！因霜降天寒而惊惶的雀鸟，抱住大树也没有温暖；感伤于冷月的秋虫，倚靠阑干自行取暖。了解我的人，恐怕在青林黑塞、鬼魂所居的地方吧！

康熙十八年（1679）春

卷　一

考城隍

予姊丈之祖，宋公讳焘，邑廪生。一日，病卧，见吏人持牒，牵白颠马来，云："请赴试。"公言："文宗未临，何遽得考？"吏不言，但敦促之。公力疾乘马从去。路甚生疏。

至一城郭，如王者都。移时入府廨，宫室壮丽。上坐十余官，都不知何人，惟关壮缪可识。檐下设几、墩各二，先有一秀才坐其末，公便与连肩。几上各有笔札。俄题纸飞下。视之，八字云："一人二人，有心无心。"二公文成，呈殿上。公文中有云："有心为善，虽善不赏；无心为恶，虽恶不罚。"诸神传赞不已。

召公上，谕曰："河南缺一城隍，君称其职。"公方悟，顿首泣曰："辱膺宠命，何敢多辞。但老母七旬，奉养无人，请得终其天年，惟听录用。"上一帝王像者，即命稽母寿籍。有长须吏，捧册翻阅一过，白："有阳算九年。"共踌躇间，关帝曰："不妨令张生摄篆九年，瓜代可也。"乃谓公："应即赴任；今推仁孝之心，给假九年，及期当复相召。"又勉励秀才数语。

二公稽首并下。秀才握手，送诸郊野，自言长山张某。以诗赠别，都忘其词，中有“有花有酒春常在，无烛无灯夜自明”之句。公既骑，乃别而去。及抵里，豁若梦寤。时卒已三日。母闻棺中呻吟，扶出，半日始能语。问之长山，果有张生，于是日死矣。

后九年，母果卒。营葬既毕，浣濯入室而殁。其岳家居城中西门内，忽见公镂膺朱幩，舆马甚众，登其堂，一拜而行。相共惊疑，不知其为神。奔讯乡中，则已殁矣。

公有自记小传，惜乱后无存，此其略耳。

【译文】

我姐夫的祖父宋公，名焘，是县学的学生。一天，他生病躺在床上，看见一名公差手里拿着公文，牵着一匹白额马，走来对他说：“请你去参加考试。”宋公说：“主考大人还没光临，怎么就开考了呢?”公差并不回答，只是一个劲地催促赶快动身。宋公勉强支撑起病体，骑马跟公差前去。一路经过的地方都很生疏。

来到一个城市，像是帝王的京城。过了一会，进入官府，屋宇殿堂十分壮丽。大殿上坐着十几个当官的，都不知名姓，只有关圣帝君可以认出来。廊檐下摆着桌子、凳子各两只，已经先有一个秀才坐在下首的座位上。宋公就挨着他坐下。两张桌上都备有纸笔。不一会儿，考题传下来，宋公一看，是八个字：“一人二人，有心无心。”两人文章做好，呈递到殿上。宋公文章中有这样几句话：“故意做好事，即使好，也不奖赏；无意间做了坏事，即使坏，也不惩罚。”殿上各位神人互相传看，赞不绝口。

神人召唤宋公上殿，对他说道：“河南缺一个城隍，你正称职。”宋公这才明白是怎么回事，磕头哭道：“荣受重任，岂敢推辞；但是老母年已七十，无人奉养。恳请让我侍奉老母安享天年，然后前来听候录用。”殿上一个像是帝王模样的神人，当时就命人查核宋母寿限。有个胡须长长的官吏，捧着生死簿翻阅一遍，回报说："还有九年阳寿。"诸位神人正在犹豫不决的时候，关帝说道："不妨叫张君先去代理九年，到时候再接替就行了。"于是，那个帝王模样的神人对宋公说："你本当立即赴任，现在本着仁孝之心，给你九年假期，到时候自然还要来召唤你。"又对张秀才勉励了几句。

宋公和张秀才磕了头退下大殿。张秀才握着宋公的手，一直把他送到城外，并告诉宋公，自己是长山县张某某。还吟诗赠别。张秀才的诗，宋公大多忘了，只记得其中有这样两句："有花有酒春常在，无烛无灯夜自明。"宋公上了马，就告别而去。等回到家中，好像忽然从睡梦中醒来，这时他已经死去三天了。母亲听见棺材里有呻吟的声音，急忙把他扶了出来，好半天才能说话。他到长山打听，果然有个张秀才在那天死了。

九年以后，母亲果然去世了。宋公安葬好母亲，洗好澡，进屋就死了。他岳父家住在城里西门内，忽然看见宋公骑马而来，那马系着雕花胸带，马头两边缀着大红饰物，身后跟着很多车马随从。宋公登上厅堂，朝岳父拜了一拜，就走了。岳父全家都感到惊讶疑惑，不知这是宋公的神灵。于是派人到乡下打听消息，宋公已经死了。

宋公有一部自撰的小传，可惜动乱之后荡然无存，这里讲的故事，只是其中大略而已。

耳　中　人

谭晋玄，邑诸生也。笃信导引之术，寒暑不辍，行之数月，若有所得。一日，方趺坐，闻耳中小语如蝇，曰："可以见矣。"开目即不复闻；合眸定息，又闻如故。谓是丹将成，窃喜。自是每坐辄闻。因思俟其再言，当应以觇之。

一日，又言。乃微应曰："可以见矣。"俄觉耳中习习然，似有物出。微睨之，小人长三寸许，貌狞恶如夜叉状，旋转地上。心窃异之，姑凝神以观其变。

忽有邻人假物，扣门而呼。小人闻之，意张皇，绕屋而转，如鼠失窟。谭觉神魂俱失，不复知小人何所之矣。遂得颠疾，号叫不休，医药半年，始渐愈。

【译文】

谭晋玄是县里的秀才，他深信气功，酷暑严寒也不停止练功。练了几个月，好像有点得气了。一天，他正盘腿静坐，听见耳中有苍蝇嗡叫似的轻微声音说："可以看见了。"张开眼睛，那声音就消失了。闭上眼睛，调定气息，又照旧听到那句话。谭生自以为道术就要成功，心中暗暗高兴。从此以后，每当静坐就能听到。心想等耳中人再说话时，答应一声看看会怎样。

一天，耳中人又说话了，谭生便轻声应道："可以看见了。"不一会儿，就觉得耳朵里窸窸窣窣像有什么东西在出来。他微微睁眼斜视，只见一个才三寸来长的小人，容貌凶恶丑陋，就像夜叉模样，在地上打转。谭生心里暗暗惊奇，暂且集中注意力观察他还有什么变化。

忽然有个邻居来借东西，一面敲门，一面呼唤谭生。小人听到声音，神情慌张，绕着屋子团团转，就像老鼠找不到洞穴似的。谭生只觉神散魂失，不再知道小人到什么地方去了。从此他就得了疯癫病，不停地喊叫，医治了半年，才慢慢地痊愈。

尸　变

阳信某翁者，邑之蔡店人。村去城五六里，父子设临路店，宿行商。有车夫数人，往来负贩，辄寓其家。

一日昏暮，四人偕来，望门投止。则翁家客宿邸满。

四人计无复之，坚请容纳。翁沉吟思得一所，似恐不当客意。客言："但求一席厦宇，更不敢有所择。"时翁有子妇新死，停尸室中，子出购材木未归。翁以灵所室寂，遂穿衢导客往。

入其庐，灯昏案上；案后有搭帐衣，纸衾覆逝者。又观寝所，则复室中有连榻。四客奔波颇困，甫就枕，鼻息渐粗。惟一客尚朦胧。

忽闻灵床上察察有声，急开目，则灵前灯火，照视甚了：女尸已揭衾起；俄而下，渐入卧室。面淡金色，生绢抹额。俯近榻前，遍吹卧客者三。客大惧，恐将及己，潜引被覆首，闭息忍咽以听之。未几，女果来，吹之如诸客。觉出房去，即闻纸衾声。出首微窥，见僵卧犹初矣。

客惧甚，不敢作声，阴以足踏诸客，而诸客绝无少动。顾念无计，不如著衣以窜。裁起振衣，而察察之声又作。客惧，复伏，缩首衾中。觉女复来，连续吹数数始去。少间，闻灵床作响，知其复卧。乃从被底渐渐出手得袴，遽就著之，白足奔出。尸亦起，似将逐客。比其离帏，而客已拔关出矣。尸驰从之。

客且奔且号，村中人无有警者。欲叩主人之门，又恐迟为所及。遂望邑城路，极力窜去。至东郊，瞥见兰若，闻木鱼声，乃急挝山门。道人讶其非常，又不即纳。旋踵，尸已至，去身盈尺。客窘益甚。门外有白杨，围四五尺许，因以树自幛，彼右则左之，彼左则右之。尸益怒。然各寖倦矣。尸顿立。客汗促气逆，庇树间。尸暴起，伸两臂隔树探扑之。客惊仆。尸捉之不得，抱树而僵。

道人窃听良久，无声，始渐出。见客卧地上，烛之死，然心下丝丝有动气。负入，终夜始苏。饮以汤水而问之，客具以状对。时晨钟已尽，晓色迷濛，道人觇树上，果见僵女。大骇，报邑宰。

宰亲诣质验。使人拔女手，牢不可开。审谛之，则左右四指，并卷如钩，入木没甲。又数人力拔，乃得下。视指穴如凿孔然。遣役探翁家，则以尸亡客毙，纷纷正哗。役告之故。翁乃从往，舁尸归。客泣告宰曰："身四人出，今一人归，此情何以信乡里?"宰与之牒，赍送以归。

【译文】

阳信县有位老翁，是蔡店乡人，村子离县城有五六里路，父子俩在大路旁开了一个旅店，供过往客商住宿。有几个车夫，来往贩运，总是住在老翁家中。

一天傍晚，四个车夫结伴而来，上门投宿，可是店里已经客满了。四个人一合计，没别的地方可去，再三要求住下。老翁沉思片刻，想到有个地方，又好像怕不合客人的心意。车夫们说："我们只求有个庇身之所就行了，绝不敢挑三拣四的。"当时，老翁的儿媳妇刚刚去世，尸体停放在屋里，儿子外出购买棺木，还没有回来。老翁因为灵堂空着，就带领客人穿过甬道前去。

走进灵堂，只见供桌上灯火昏暗，桌后张着一重帐幕，一床纸被覆盖在死者身上。再看他们睡觉的地方，原来是灵堂的内室，有一排通铺。四个车夫奔波了一天，十分困倦。刚一挨着枕头，就渐渐响起鼾声。只有一个人还迷迷糊糊的没有睡沉。

忽然，他听见灵床上响起了嚓嚓的声音，急忙睁开眼睛，灵床前灯火照耀下看得分明：女尸已经掀开纸被，坐了起来。一会儿又下床，一步步走进车夫们睡觉的房间。面色淡黄，生绢布缠头。走近榻前，俯身朝睡着的人挨个儿连吹三口气。车夫害怕极了，担心就要轮到自己，偷偷把被子拉上来盖住脑袋，屏住呼吸，忍住咽唾沫，听着。不一会儿，女尸果然来了，照样向他吹过。车夫觉察那女尸走出了卧房，随即听到翻动纸被的声音。他探出头来稍稍窥视，看见女尸仍然像先前那样直挺挺地躺在灵床上。

车夫怕得不得了，不敢出声，悄悄用脚蹬蹬睡在旁边的同伴，可是他们一动也不动。思来想去，别无良策，不如穿上衣服逃出去。他刚起来抖一抖衣服，嚓嚓的声音又响了起来。他吓得连忙又趴下，把头缩进被子里。感觉到女尸再次来到床前，连吹好几遍才离去。一会儿，听见灵床又发出声音，知道女尸重新躺下了。就从被子下面一点一点伸出手来，摸到裤子，急忙穿上，赤脚朝门外奔去。女尸也起来，像是要追车夫，等离开帐幕，车夫已经拔开门栓逃了出去，女尸急步紧随着他。

车夫一边跑，一边大声呼喊，可是村里没有一个人惊醒过来的。想去敲主人的房门，又怕稍一迟缓，会被女尸追上，就朝着县城路上拼命奔去。跑到城东郊，一眼瞧见前面有一座寺庙，里面传出木鱼声，就急忙使劲敲打山门。庙里的和尚怕有突然事变又不敢立即开门。一转身，女尸已追了上来，离身只一尺多。车夫更处于困境。见寺院门外有一株白杨树，树围大约有四五尺，就躲到树后。女尸从右面来，他就往左面躲；女尸绕到左面，他就躲到右面。女尸更加暴怒。不过两方面也都渐感精疲力尽了，女尸突然立定。车夫大汗淋漓，上气不接下气，躲在树间。女尸猛地跳起来，伸出两臂，隔着树向车夫扑去。车夫吓得跌倒。女尸没能抓到车夫，抱住白杨树不动了。

和尚在庙门后偷听了很久，外面没声音了，才小心翼翼地出来。看到车夫躺在地上，用烛火一照，已经昏死过去，可是心口还微微有点跳动，把他背进庙中，夜尽才苏醒过来。和尚给他喂了些汤水，问他到底出了什么事，车夫便把事情经过说了。这时，庙里晨钟已经敲过，天色渐渐迷蒙可辨，和尚看白杨树上，果然有一具僵立的女尸，十分惊骇，马上报告了县令。

县令亲自来到现场，查实验证。他叫人扳开女尸的双手，却抠得死死的拔不出来。县令仔细察看，原来左右四个手指都弯曲如钩，深深扎入树中，指甲都看不见了。又上去好几个人用力拔，才把女尸拉下来。看那指穴，就像是凿出的洞一般。县令派衙役到老翁家去探听情况，那里正在为不见了儿媳妇的尸首，几个客人又不明不白地死去，喧哗得不可开交。衙役把事情的原委对老翁说了，老翁就跟去把儿媳妇的尸首抬回。车夫哭着对县令诉说："我们四人一起出来，如今只有我一个人回去，这里发生的一切，乡亲们怎么会相信呢？"县令给他开了证明，又给他一些路费，送他回家。

喷　水

莱阳宋玉叔先生为部曹时，所僦第，甚荒落。一夜，二婢奉太夫人宿厅上，闻院内扑扑有声，如缝工之喷衣者。太夫人促婢起，穴窗窥视，见一老妪，短身驼背，白发如帚，冠一髻，长二尺许，周院环走，竦急作鹤步，行且喷，水出不穷。婢愕返白。太夫人亦惊起，两婢扶窗下聚观之。妪忽逼窗，直喷棂内；窗纸破裂，三人俱仆，而家人不之知也。

东曦既上，家人毕集，叩门不应，方骇。撬扉入，见一主二婢，骈死一室。一婢鬲下犹温。扶灌之，移时而醒，乃述所见。

先生至，哀愤欲死。细穷没处，掘深三尺余，渐露白发；又掘之，得一尸，如所见状，面肥肿如生。令击之，骨肉皆烂，皮内尽清水。

【译文】

莱阳县宋玉叔先生在京城任部曹时，租住的宅第很荒僻。一天夜里，两个婢女侍奉宋母睡在厅堂上，听见院子里扑扑的响，就像裁缝熨衣时的喷水声。宋母忙叫起婢女，在窗纸上戳个小洞向外张望。看见院里有个老妇人，矮个儿，驼背，白发向后披着，像扫帚似的，戴着二尺来高的假发髻，满院兜着圈子急急地走着鹤步，一边走，一边嘴里喷水，水出个没完。婢女非常惊讶，转身告诉宋母。宋母听了也惊奇地起来，由两个婢女搀扶到窗下，凑在一起往外观看。老妇人突然走近窗前，嘴里的水直喷到窗櫺内。窗纸破裂，三个人全都倒在地上，而家中人还不知道。

第二天太阳出来，家里人都到齐了，要向老太太请安，敲门没人答应，这才害怕起来。撬门而入，只见老太太和两个婢女，一块儿死在屋子里。其中一个婢女胸口还有余温，扶她起来灌了些水，过了好一会儿苏醒过来，才说了夜里所看到的情形。

宋玉叔回来，悲愤欲绝。他叫人在院中老妇人出没的地方彻底搜查。掘地三尺多深，土中渐渐露出白发，再往下挖，发现一具女尸，正如婢女所见到的模样，面孔又胖又肿，像活人一般。宋先生命家人抽打女尸，发现骨肉都烂了，皮内全是清水。

瞳　人　语

长安士方栋，颇有才名，而佻脱不持仪节。每陌上见游女，辄轻薄尾缀之。

清明前一日，偶步郊郭。见一小车，朱茀绣幰；青衣数辈，款段以从。内一婢，乘小驷，容光绝美。稍稍近觇之，见车幔洞开，内坐二八女郎，红妆艳丽，尤生平所未睹。目眩神夺，瞻恋弗舍，或先或后，从驰数里。忽闻女郎呼婢近车侧，曰：“为我垂帘下。何处风狂儿郎，频来窥瞻！”婢乃下帘，怒顾生曰：“此芙蓉城七郎子新妇归宁，非同田舍娘子，放教秀才胡觑！”言已，掬辙土飏生。生眯，目不可开。才一拭视，而车马已渺。

惊疑而返。觉目终不快。倩人启睑拨视，则睛上生小翳；经宿益剧，泪簌簌不得止；翳渐大，数日厚如钱；右睛起旋螺，百药无效。懊闷欲绝，颇思自忏悔。闻《光明经》能解厄，持一卷，浼人教诵。初犹烦躁，久渐自安。旦晚无事，惟趺坐捻珠。持之一年，万缘俱净。

忽闻左目中小语如蝇，曰：“黑漆似，叵耐杀人！”右目中应云：“可同小遨游，出此闷气。”渐觉两鼻中，蠕蠕作痒，似有物出，离孔而去。久之乃返，复自鼻入眶中。又言曰：“许时不窥园亭，珍珠兰遽枯瘠死！”生素喜香兰，园中多种植，日常自灌溉；自失明，久置不问。忽闻其言，遽问妻：“兰花何使憔悴死？”妻诘其所自知，因告之故。妻趋验之，花果槁矣。大异之。静匿房中以俟之，见有小人自生鼻内出，大不及豆，营营然竟出门去。渐远，遂迷所在。俄，连臂归，飞上面，如蜂蚁之投穴者。

如此二三日。又闻左言曰：“隧道迂，还往甚非所便，不如自启门。”右应云：“我壁子厚，大不易。”左曰：“我试辟，得与而俱。”遂觉左眶内隐似抓裂。有顷，开视，豁见几物。喜告妻。妻审之，则脂膜破小窍，黑睛荧荧，才如劈椒。越一宿，幛尽消。细视，竟重瞳也，但右目旋螺如故，乃知两瞳人合居一眶矣。

生虽一目眇，而较之双目者，殊更了了。由是益自检束，乡中称盛德焉。

异史氏曰：乡有士人，偕二友于途，遥见少妇控驴出其前。戏而吟曰：“有美人兮！”顾二友曰：“驱之！”相与笑骋。俄追及，乃其子妇。心赧气丧，默不复语。友伪为不知也者，评骘殊亵。士人忸怩，吃吃而言曰：“此长男妇也。”各隐笑而罢。轻薄者往往自侮，良可笑也。至于眯目失明，又鬼神之惨报矣。芙蓉城主，不知何神，岂菩萨现身耶？然小郎君生辟门户，鬼神虽恶，亦何尝不许人自新哉？

【译文】

长安有个读书人，名叫方栋，颇有才子的名声，但是言行轻佻，不守礼节，每当在郊外路上遇到外出游玩的女子，总是轻薄地尾随在她身后。

清明节的前一天，方栋偶然漫步城外，看见一辆小车，大红车围，绣花车帘，几个婢女骑着马，在后面慢慢跟着。其中有个婢女，骑着一匹小马，容貌绝顶美丽。方栋稍稍走近一些窥看，只见车帘敞开，里面坐着一位十五六岁的女郎，打扮得十分艳丽，更是平生从未见过的。他眼也花了，魂也掉了，望着她恋恋不舍，或前或后，跟着走了好几里路。忽听那女郎呼唤婢女到车旁，吩咐说：“替我把车帘放下。哪里来的无礼狂荡小子，不断地来偷看！”婢女便放下车帘，转过脸来，怒气冲冲地对方栋说：“这是芙蓉城七公子的新媳妇回娘家，不是乡下妇人，好任你秀才随便偷看！”说罢，在车道沟里抓起一把尘土，朝方栋脸上扬去。方栋眼睛被尘土迷住，睁不开来，他刚擦了擦眼睛要看，车马都已无影无踪了。

方栋满怀惊疑地回了家，觉得眼睛总是不舒服。请人翻开眼皮拨看，原来眼球上生了一层薄翳。过了一夜更严重了，眼泪簌簌地流个不住。翳膜渐渐长大，几天工夫就已经有铜钱那么厚了，右眼球上的翳长得像个旋螺。什么药也治不好。心里懊丧得要死，很想自行忏悔，听说《光明经》能消除灾难，便手持一卷，请人教他诵读。开始心中仍然很烦躁，时间长了，渐渐感到安宁。每天早晚没事，只是盘腿打坐，捻珠诵经。这样坚持了一年，什么杂念都没有了。

一天忽听得左眼中有像苍蝇嗡鸣那样细微的说话声，道："这里面像黑漆似的，难受死人！"右眼中答应道："可以一块儿出去玩玩，出出这股闷气。"方栋渐觉两侧鼻孔中丝丝发痒，好像有什么东西爬出来，离开鼻孔而去，过了很长时间才回来，依然从鼻孔中爬入眼眶。又听他们说道："好久不看园亭，珍珠兰一下子全都枯死了！"方栋向来喜爱香兰，在园里种了好多，平日里常常亲手浇灌；自从双目失明以后，已经好长时间丢下不管了。现在忽听这话，急忙问妻子："怎么让兰花枯死了？"妻子问他怎么会知道的，他就一一告诉了。妻子到园子里察看，果然兰花都已枯槁。她非常惊讶，悄悄躲在房间里等候。看见有两个小人从方栋鼻孔里出来，身体还没有豆粒大，转了一阵，最后出门而去。越走越远，不知去向。不一会儿，两人挽着胳膊回来了，飞上方栋的脸，像蜜蜂蚂蚁似的钻进自己的巢穴。

这样过了两三天，方栋又听见左眼说道："隧道弯弯曲曲的，来往很不方便，不如自己开个门。"右眼应声答道："我这里墙壁厚，要开门很不容易。"左眼说："我试试看，如果开得通，和你同住。"随即就觉得左眼眶里隐隐像被抓裂一般。过了好一会儿，睁眼一看，豁然明亮，看见桌子上的物件。方栋欣喜地告诉妻子。妻子仔细察看，原来眼球上的翳膜裂开了一个小洞，露出了闪闪发亮的黑眼珠，才半粒花椒那么大。过了一夜，左眼的翳障全部消失了，仔细一看，竟有两个瞳孔，但是右眼的"旋螺"依然如故，才知道两个瞳人合住在一个眼眶里了。

方栋虽然一目失明，但比两眼正常的人看得更清晰。从此他更检点约束自己的行为了，乡里都称赞他品德好。

异氏史说：乡里有个书生，跟两个朋友在路上，远远看见有个少妇，骑着驴子走在他们前面，就用戏谑的口气吟诵道："有个美人啊！"回头对两位朋友说："赶上她！"三人互相戏笑着向前奔去。不一会儿追上了，一看原来是自己的儿媳妇。书生又羞又愧，垂头丧气，默默地不再吭声。两位朋友装作不知道，肆意对少妇评头品足，言词十分下流。书生红着脸，结结巴巴地说道：“这是我大儿子的媳妇。”两个朋友肚子里好笑，就住了口。轻薄的人，往往自取其辱，实在可笑。至于被尘土迷了眼睛而双目失明，更是鬼神的无情报应了。芙蓉城主，不知是什么神仙，莫非是菩萨现身吗？但是眼睛里的小人儿活生生劈开门户，鬼神虽然凶恶，又何尝不允许人改过自新呢？

画　壁

江西孟龙潭，与朱孝廉客都中。偶涉一兰若，殿宇禅舍，俱不甚弘敞，惟一老僧挂搭其中。见客入，肃衣出迓，导与随喜。

殿中塑志公像。两壁图绘精妙，人物如生。东壁画散花天女，内一垂髫者，拈花微笑，樱唇欲动，眼波将流。朱注目久，不觉神摇意夺，恍然凝想。身忽飘飘，如驾云雾，已到壁上。见殿阁重重，非复人世。一老僧说法座上，偏袒绕视者甚众。朱亦杂立其中。

少间，似有人暗牵其裾。回顾，则垂髫儿，辴然竟去。履即从之。过曲栏，入一小舍，朱次且不敢前。女回首，举手中花，遥遥作招状，乃趋之。舍内寂无人；遽拥之，亦不甚拒，遂与狎好。既而闭户去，嘱勿咳，夜乃复至，如此二日。女伴觉之，共搜得生，戏谓女曰：“腹内小郎已许大，尚发蓬蓬学处子耶？”共捧簪珥，促令上鬟。女含羞不语。一女曰：“妹妹姊姊，吾等勿久住，恐人不欢。”群笑而去。生视女，髻云高簇，鬟凤低垂，比垂髫时尤艳绝也。四顾无人，渐入猥亵，兰麝熏心，乐方未艾。

忽闻吉莫靴铿铿甚厉，缧锁锵然。旋有纷嚣腾辨之声。女惊起，与生窃窥，则见一金甲使者，黑面如漆，绾锁挈槌，众女环绕之。使者曰："全未？"答言："已全。"使者曰："如有藏匿下界人，即共出首，勿贻伊戚。"又同声言："无。"使者反身鹗顾，似将搜匿。女大惧，面如死灰。张皇谓朱曰："可急匿榻下。"乃启壁上小扉，猝遁去。

朱伏，不敢少息。俄闻靴声至房内，复出。未几，烦喧渐远，心稍安；然户外辄有往来语论者。朱跼蹐既久，觉耳际蝉鸣，目中火出，景状殆不可忍，惟静听以待女归，竟不复忆身之何自来也。

时孟龙潭在殿中，转瞬不见朱，疑以问僧。僧笑曰："往听说法去矣。"问："何处？"曰："不远。"少时，以指弹壁而呼曰："朱檀越，何久游不归？"旋见壁间画有朱像，倾耳伫立，若有听察。僧又呼曰："游侣久待矣。"遂飘忽自壁而下，灰心木立，目瞪足耎。孟大骇，从容问之，盖方伏榻下，闻叩声如雷，故出房窥听也。共视拈花人，螺髻翘然，不复垂髫矣。

朱惊拜老僧，而问其故。僧笑曰："幻由人生，贫道何能解。"朱气结而不扬，孟心骇而无主。即起，历阶而出。

异史氏曰：幻由人生，此言类有道者。人有淫心，是生亵境；人有亵心，是生怖境。菩萨点化愚蒙，千幻并作，皆人心所自动耳。老婆心切，惜不闻其言下大悟，披发入山也。

【译文】

江西人孟龙潭，和一个姓朱的举人客居在京城里。偶然走到一座寺庙，庙里的殿堂禅房都不很宽敞，只有一个老和尚住在里面。看见客人进来，整衣出迎，领着客人在庙里游览。

佛殿里塑着宝志和尚的像，两侧墙上壁画精致美妙，人物栩栩如生。东面画的是散花天女，其中有个垂发少女，拈着花儿微笑，樱桃小嘴仿佛要开口说话，眼波像要流动顾盼。朱举人目不转睛看了好久，不觉神飞意荡，恍恍惚惚正在那里凝思冥想，身子忽然飘飘然像腾云驾雾似的，已经到了墙壁上。只见殿堂楼阁一重又一重，不再是人间气象。一个老和尚正坐在法座上讲经说法，许多穿着偏衫，袒露半边肩膀的和尚环立四周注视着他。朱举人也混杂在他们中间。

过了一会儿，好像有人在悄悄拉扯他的后襟，回头一看，正是那位垂发少女，嫣然一笑，转身竟去。朱举人紧紧跟着。经过一段曲折的栏杆，少女走入一所小屋，朱举人欲进又退，不敢上前。少女回过头来，举起手里的花儿，远远向他做出召唤的样子，朱举人这才急步走了进去。小屋内静悄悄的，没有人，朱举人立即拥抱少女，少女也不怎么拒绝，于是就跟她交欢。事后少女关好房门离去，叮嘱举人不要咳嗽出声。晚上又来到小屋欢会。就这样过了两天，被少女的伙伴们发现了，她们一齐把朱举人搜了出来，对少女开玩笑说："肚子里的小郎君已有这么大了，还蓬散着头发学处女呀?"说罢，一起捧着钗簪耳环，催促少女梳髻。少女神态羞涩，一言不发。一个女伴说道："妹妹、姐姐，我们不要在这里久留，恐怕人家要不高兴了。"大伙儿嘻笑着离去。朱举人看少女乌云般的发髻盘得高高的，髻上插的凤钗垂得低低的，比垂发时更显得美艳绝伦。看看四下无人，慢慢又和少女偎依亲昵，阵阵芳香沁入肺腑，温柔乡中兴致正浓。

忽然，听得皮靴声咯咯响起，非常沉重，还有锵锵的锁链声，随即是纷杂的喧嚣，高声的争辩。少女惊慌地起来，和朱举人偷偷窥看，就见一个身穿金甲的使者，黑脸像漆，一手握锁，一手提棒，众女伴们将他团团围住。金甲使者问道：“全都来了吗？”众女伴答道：“全来了。”使者又说：“如果有藏匿下界人的，大家都要告发，不要自找麻烦。”女伴们又异口同声地说：“没有。”金甲使者转过身来，两眼像老鹰似的四处扫视，看样子像要搜查藏匿的人。少女吓坏了，面如死灰，慌慌张张对朱举人说：“快藏到床底下去。”就打开墙上小门，急忙逃走了。

朱举人趴在床下，连气也不敢出，很快听见皮靴声进到屋里，又出去了。过不多久，喧嚣声渐渐远去，心里才稍稍安定下来，可是门外总是有人来来往往，说话声不断。他提心吊胆蜷缩在床下，时间长了，觉得耳鸣如蝉声不绝，目眩似火星乱跳，这种情况几乎忍受不了，只好默默地听着，等候少女回来，竟不再想起自己是怎么到这儿来的。

这时孟龙潭在佛殿里，转眼不见了朱举人，心中纳闷，就问老和尚。老和尚笑着说道：“去听说法了。”孟龙潭问：“在什么地方？”答说：“不远。”过了一会儿，老和尚用手指弹弹墙壁，呼唤道：“朱施主，怎么游荡了这么久还不回来？”随即就见壁画中出现了朱举人的形象，侧耳立定在那里，像是听见了什么，正想再听个明白。老和尚又呼唤道：“你的游伴等你多时了。”于是，朱举人从墙壁上飘飘忽忽下来，心如死灰，木头似的站着，双目直瞪，两腿发软。孟龙潭大吃一惊，于是不急不慢地问他怎么回事，原来朱举人正趴在床下，听见一阵雷鸣般的敲击声，所以出房来窥看细听的。两人再看壁画上的拈花少女时，螺形发髻高高翘起，不再垂发了。

朱举人惊异地向老和尚下拜，询问其中道理。老和尚笑道：“幻境由人而生，贫僧怎么能说得清呢？”朱举人意气郁结，神情萎靡；孟龙潭大为震惊，心神无主。两人随即起身，一步步跨下台阶，走出寺庙。

异史氏说：幻境由人而生，这话像是得道之言。一个人如果有了淫荡之心，就会产生猥亵的幻境；如果有了猥亵之心，就会产生恐怖的幻境。菩萨点化愚昧无知的人，千种幻境并呈，都是人心自己在活动罢了。老和尚苦口婆心，可惜没有听了他的话大彻大悟，披发入山去啊。

山　魈

孙太白尝言：其曾祖肄业于南山柳沟寺。麦秋旋里，经旬始返。启斋门，则案上尘生，窗间丝满。命仆粪除，至晚始觉清爽可坐。乃拂榻，陈卧具，扃扉就枕。月色已满窗矣。辗转移时，万籁俱寂。

忽闻风声隆隆，山门豁然作响。窃谓寺僧失扃。注念间，风声渐近居庐，俄而房门辟矣。大疑之。思未定，声已入屋；又有靴声铿铿然，渐傍寝门。心始怖。

俄而寝门辟矣。急视之，一大鬼鞠躬塞入，突立榻前，殆与梁齐。面似老瓜皮色；目光睒闪，绕室四顾；张巨口如盆，齿疏疏长三寸许；舌动喉鸣，呵喇之声，响连四壁。公惧极。又念咫尺之地，势无所逃，不如因而刺之。乃阴抽枕下佩刀，遽拔而斫之，中腹，作石缶声。鬼大怒，伸巨爪攫公。公少缩。鬼攫得衾，捽之，忿忿而去。

公随衾堕，伏地号呼。家人持火奔集，则门闭如故。排窗入，见状大骇。扶曳登床，始言其故。共验之，则衾夹于寝门之隙。启扉检照，见有爪痕如箕，五指着处皆穿。既明，不敢复留，负笈而归。后问僧人，无复他异。

【译文】

孙太白曾说：他曾祖父在南山柳沟寺读书。麦收时节回到家里，住了十来天才回寺庙。打开书房门，书桌上积起了灰尘，窗棂间布满了蛛丝。他叫仆人来打扫清理，到晚上才觉得干净可以坐了。就掸了掸床，铺上枕头被子，插上房门，躺下睡觉。这时，月光已经洒满窗间。他躺在床上翻来覆去好一会儿，天地间一切声音都沉寂了。

忽然，窗外风声隆隆，山门咣啡咣啡直响，孙公心想，和尚忘关山门了。正这么想着，那风声渐渐迫近他住的屋子，顷刻间屋门开了。孙公大为疑惑，还没弄明白怎么回事，声音已经进到房子里面，又有咯咯的皮靴声渐渐走近卧室门。这时他才恐惧起来。

不一会儿，卧室门也开了，急忙看时，只见一个大鬼，躬着身子挤进门来，一下子竖在床前，几乎有房梁那么高。那脸看上去像冬瓜的皮色，眼睛闪着幽光，在屋里绕了一圈，四下探望；张着血盆大嘴，牙齿疏疏的三寸来长，舌头伸缩，喉咙里呵喇呵喇的震得四面墙壁阵阵作响。孙公害怕极了，又想这么一间小屋子，明摆着没法可逃，不如趁机将大鬼刺死。于是他暗暗抽出枕头下面的佩刀，突然拔刀砍去，正好击中大鬼腹部，发出如砍在石盆上似的声音。鬼大怒，伸出巨爪向孙公抓来。孙公稍为一缩，大鬼只抓到被子，猛地揪过去，怒气冲冲地走了。

孙公随着被子从床上摔下来，趴在地上高声叫喊。仆人们打着灯火奔集拢来，却见房门依旧紧拴着，就破窗而入，看见这情景大吃一惊，忙把孙公扶到床上，孙公这才把事情的经过说了一遍。大家一起检查，只见被子夹在门缝中。打开房门仔细察看，发现被子上面有畚箕大小的巨爪印痕，五个手指抓过的地方都穿孔了。天亮以后，孙公不敢再留在庙里，背着书箱回家了。过后向和尚打听庙里的情况，说是没有再发生别的怪事。

咬　鬼

沈麟生云：其友某翁者，夏月昼寝，蒙眬间，见一女子搴帘入，以白布裹首，缞服麻裙，向内室去。疑邻妇访内人者；又转念，何遽以凶服入人家？正自皇惑，女子已出。细审之，年可三十余，颜色黄肿，眉目蹙蹙然，神情可畏。又逡巡不去，渐逼卧榻。遂伪睡以观其变。

无何，女子摄衣登床，压腹上，觉如百钧重。心虽了了，而举其手，手如缚；举其足，足如痿也。急欲号救，而苦不能声。女子以喙嗅翁面，颧鼻眉额殆遍。觉喙冷如冰，气寒透骨。翁窘急中，思得计，待嗅至颐颊，当即因而啮之。未几，果及颐。翁乘势力龁其颧，齿没于肉。女负痛身离，且挣且啼。翁龁益力。但觉血液交颐，湿流枕畔。

相持正苦，庭外忽闻夫人声，急呼有鬼，一缓颊而女子已飘忽遁去。夫人奔入，无所见，笑其魇梦之诬。翁述其异，且言有血证焉。相与检视，如屋漏之水，流枕浃席。伏而嗅之，腥臭异常。翁乃大吐。过数日，口中尚有余臭云。

【译文】

沈麟生说，他有一位上了年纪的朋友，夏天在家中睡午觉，正当迷迷糊糊的时候，看见有个女子掀开门帘进来，头上包着白布，身穿丧服麻裙，直向内室走去。老人心想，可能是邻居家的妇人来找自己太太的；转念又一想，怎么就穿着丧服跑到别人家里来呢？正疑惑不解，女子已从内室出来了，老人仔细一看，年纪大约三十出头，脸又黄又肿，皱眉蹙目，神情十分可怕。又徘徊着不肯离去，渐渐逼近卧床。老人就假装睡着，看她有些什么花样。

不一会，女子撩衣上床，压在老人肚子上，只觉重有千斤。他心里虽然明白，可是举手，手像捆住了似的；抬脚，脚像麻痹了似的。急切想呼救，却苦于不能出声。女子用嘴嗅老人的脸，把他的颧骨、鼻子、眉毛、额头几乎嗅遍了。老人觉得那嘴冷得像冰，寒气透骨。万分窘急之际，心生一计：等嗅到下巴和脸颊时，就乘势咬住她。没多久，果然嗅到他的下巴，他乘势使劲咬住她的颧部，牙齿都齐根扎进肉中。女子挨痛抬起身来，边挣扎边哀叫。老人咬得更加用力，只觉得血液从下巴颏上淌下去，把枕边都浸湿了。

正在苦苦相持，院子里忽然传来太太的说话声，老人急忙大声呼喊有鬼，刚一松口，女子已飘飘忽忽逃走了。夫人奔进屋里，并没看见什么，笑他是把噩梦当成真的了。老人讲述了刚才的怪事，并说有血可以证明。两人一起查看，好像是房顶漏下的水，流满了枕沿床席，伏下身子闻闻，腥臭得出奇。老人不禁大吐起来。过了好几天，嘴里还有余臭。

捉　狐

孙翁者，余姻家清服之伯父也。素有胆。一日，昼卧，仿佛有物登床，遂觉身摇摇如驾云雾。窃意无乃魇狐耶？微窥之，物大如猫，黄毛而碧嘴，自足边来。蠕蠕伏行，如恐翁寤。逡巡附体：着足，足痿；着股，股耎。甫及腹，翁骤起，按而捉之，握其项。物鸣急莫能脱。翁亟呼夫人，以带絷其腰。乃执带之两端，笑曰："闻汝善化，今注目在此，看作如何化法。"言次，物忽缩其腹，细如管，几脱去。翁大愕，急力缚之；则又鼓其腹，粗于碗，坚不可下；力稍懈，又缩之。翁恐其脱，命夫人急杀之。夫人张皇四顾，不知刀之所在。翁左顾示以处。比回首，则带在手如环然，物已渺矣。

【译文】

孙翁是我亲家孙清服的伯父，向来很有胆量。一天正睡午觉，好像有什么东西上了床，就觉得身子摇摇晃晃像腾云驾雾一般。暗自思忖：莫非是魇人的妖狐来了。微微张开眼睛一瞥，只见那东西像猫那么大，黄毛绿嘴，正从脚边爬过来。伏着身子慢慢移动，好像生怕惊醒孙翁。顷刻间贴到孙翁身上，碰到脚，脚就痿了；碰到大腿，大腿就软了。刚爬上肚子，孙翁突然坐起，按住它将它捉住，掐住它的脖子。那东西急得叫起来，没法逃脱。孙翁忙呼唤夫人，用带子缚住它的腰，就拽着带子的两头，笑着说："听说你善于变化，今天我在这里盯着你，看到底怎么个变法。"正说着，那东西忽然缩小腹部，一下子细得像根竹管，差一点逃走。孙翁大为惊讶，急忙使劲束紧带子，那东西却又鼓起腹部，变得有碗那么粗，带子怎么也勒不下去；手劲稍为松一松，便又缩了下去。孙翁怕它逃走，吩咐夫人赶快把它杀了。夫人慌里慌张四下张望，不知道刀放在什么地方。孙翁转脸往左示意刀的所在，等他回过头来，带子在手里只剩下一个空环，那东西已无影无踪了。

荞中怪

长山安翁者，性喜操农功。秋间荞熟，刈堆陇畔。时近村有盗稼者，因命佃人，乘月辇运登场；俟其装载归，而自留逻守。遂枕戈露卧。目稍瞑，忽闻有人践荞根，咋咋作响。心疑暴客。急举首，则一大鬼，高丈余，赤发髳须，去身已近。大怖，不遑他计，踊身暴起，狠刺之。鬼鸣如雷而逝。恐其复来，荷戈而归。迎佃人于途，告以所见，且戒勿往。众未深信。

越日，曝麦于场，忽闻空际有声，翁骇曰："鬼物来矣！"乃奔，众亦奔。移时复聚，翁命多设弓弩以俟之。

翼日，果复来。数矢齐发，物惧而遁。二三日竟不复来。

麦既登仓，禾藍杂遝，翁命收积为垛，而亲登践实之，高至数尺。忽遥望骇曰："鬼物至矣！"众急觅弓矢，物已奔翁。翁仆，龁其额而去。共登视，则去额骨如掌，昏不知人。负至家中，遂卒。后不复见。不知其何怪也。

【译文】

山东长山有个姓安的老人，生性喜欢操持农务。秋天荞麦成熟了，割下堆在田垄旁。当时附近村子里有人偷庄稼，所以他叫雇工们乘月色连夜用车运送到场地上。等雇工装满一车回去了，自己留下巡逻守护。就把长枪枕在头下，露天躺一会儿。刚一闭眼，忽然听见有人脚踩荞麦根，嚓嚓作响。怀疑有盗贼，急忙抬头一看，只见一个大鬼，高一丈有余，一头红发，满脸胡须，离自己已经很近了。他害怕极了，顾不得细想，猛地跃起，举枪对大鬼狠狠刺去，大鬼吼叫如雷，逃得没影了。老人怕大鬼再来，忙扛着长枪回家，半道上遇见雇工，便把刚才的情形对他们说了，并告诫他们不要再去。众人听了，半信半疑。

过了一天，在场地上晒麦，忽然听见半空中有声音，老人大惊失色，喊道："鬼物来了！"拔腿就逃，众人也跟着逃窜。过了好一会儿，重新聚集到麦场上，老人命雇工们多安置一些弓箭防备着。第二天，鬼物果然又来了，雇工们数箭齐发，鬼物害怕，逃之夭夭。接连两三天竟没有再露面。

荞麦进仓后，荞麦秆满地都是，老人吩咐收拢来堆成垛，自己亲自爬上去用脚踩实，堆得有好几尺高了。忽然望着远处，吓得失声喊道："鬼物来了！"众人急忙寻找弓箭，可是鬼物已直扑老人。老人往后便倒，鬼物在他的额头上咬了一口就走。众人一齐上垛细看，只见额骨被咬去手掌大一块，昏死过去，不省人事。背回家里，老人就死了。后来这个鬼物再也没有出现过，也不知它到底是个什么妖怪。

宅　妖

长山李公，大司寇之姪也。宅多妖异。尝见厦有春凳，肉红色，甚修润。李以故无此物，近抚按之，随手而曲，殆如肉耎。骇而却走。旋回视，则四足移动，渐入壁中。又见壁间倚白梃，洁泽修长。近扶之，腻然而倒，委蛇入壁，移时始没。

康熙十七年，王生俊升设帐其家。日暮，灯火初张，生著履卧榻上。忽见小人，长三寸许，自外入，略一盘旋，即复去。少顷，荷二小凳来，设堂中，宛如小儿辈用粱藍心所制者。又顷之，二小人舁一棺入，仅长四寸许，停置凳上。安厝未已，一女子率厮婢数人来，率细小如前状。女子衰衣，麻绠束腰际，布裹首；以袖掩口，嘤嘤而哭，声类巨蝇。

生睥睨良久，毛森立，如霜被于体。因大呼，遽走，颠床下，摇战莫能起。馆中人闻声毕集，堂中人物杳然矣。

【译文】

长山县李公，是刑部尚书李化熙的侄子。他家里经常发生怪事。曾经有一次，他看见大房间里有一条肉红色的长凳，很光滑。李公因为家里本来没有这种长凳，上前摸摸按按。谁知随手弯曲变形，几乎像肉一样柔软。吓得往回就走。随即再回头看，只见那条长凳四条腿在移动，渐渐走进墙壁里去了。又有一次，他看见墙边斜靠着一根白木棍，光洁细长。走近扶一扶，滑腻腻的触手而倒，一弯一曲钻进墙壁，好一会才消失。

康熙十七年（1678），书生王俊升来他家教书。一天傍晚，刚掌灯，王生没脱鞋躺在床上，忽然看见有个小人，才三寸来长，从门外进来，稍稍转了一圈，就又出去了。不一会儿，扛着两条小凳子进来，放在屋子中间，很像小孩儿们用高粱秆心做成的那种。又过了一会儿，两个小人抬着一具棺材进屋来，只四寸来长，搁在凳子上。还没有安顿好，一个女人带着几个仆人丫环来了，全都和先前进来的小人一样细小。女子身穿丧服，腰间束一条麻带，头上包着白布，用衣袖掩着口，细声细气地啼哭，和大苍蝇嗡叫差不多。

王生斜着眼看了很久，汗毛都竖起来了，好像身上蒙了一层霜一样。因而大喊起来，急忙拔腿就跑，一下子跌倒在床下，浑身筛糠似的抖个不停，怎么也爬不起来。学馆里的人听到声音全都赶来，可是屋里的小人已经不知去向了。

王 六 郎

许姓，家淄之北郭。业渔。每夜，携酒河上，饮且渔。饮则酹地，祝云“河中溺鬼得饮”以为常。他人渔，迄无所获；而许独满筐。

一夕，方独酌，有少年来，徘徊其侧。让之饮，慨与同酌。既而终夜不获一鱼，意颇失。少年起曰：“请于下流为君驱之。”遂飘然去。少间，复返，曰：“鱼大至矣。”果闻唼呷有声。举网而得数头，皆盈尺。喜极，申谢。欲归，赠以鱼，不受，曰：“屡叨佳醞，区区何足云报。如不弃，要当以为常耳。”许曰：“方共一夕，何言屡也？如肯永顾，诚所甚愿；但愧无以为情。”询其姓字，曰：“姓王，无字；相见可呼王六郎。”遂别。

明日，许货鱼，益沽酒。晚至河干，少年已先在，遂与欢饮。饮数杯，辄为许驱鱼。如是半载。忽告许曰："拜识清扬，情逾骨肉。然相别有日矣。"语甚凄楚。惊问之。欲言而止者再，乃曰："情好如吾两人，言之或勿讶耶？今将别，无妨明告：我实鬼也。素嗜酒。沉醉溺死，数年于此矣。前君之获鱼，独胜于他人者，皆仆之暗驱，以报酹奠耳。明日业满，当有代者，将往投生。相聚只今夕，故不能无感。"

许初闻甚骇；然亲狎既久，不复恐怖。因亦欷歔，酌而言曰："六郎饮此，勿戚也。相见遽违，良足悲恻；然业满劫脱，正宜相贺，悲乃不伦。"遂与畅饮。因问："代者何人？"曰："兄于河畔视之，亭午，有女子渡河而溺者，是也。"听村鸡既唱，洒涕而别。

明日，敬伺河边，以觇其异。果有妇人抱婴儿来，及河而堕。儿抛岸上，扬手掷足而啼。妇沉浮者屡矣，忽淋淋攀岸以出，藉地少息，抱儿径去。

当妇溺时，意良不忍，思欲奔救；转念是所以代六郎者，故止不救。及妇自出，疑其言不验。抵暮，渔旧处。少年复至，曰："今又聚首，且不言别矣。"问其故。曰："女子已相代矣；仆怜其抱中儿，代弟一人，遂残二命，故舍之。更代不知何期。或吾两人之缘未尽耶？"许感叹曰："此仁人之心，可以通上帝矣。"由此相聚如初。

数日，又来告别。许疑其复有代者。曰："非也。前一念恻隐，果达帝天。今授为招远县邬镇土地，来朝赴任。倘不忘故交，当一往探，勿惮修阻。"许贺曰："君正直为神，甚慰人心。但人神路隔，即不惮修阻，将复如何？”少年曰：“但往，勿虑。”再三叮咛而去。

许归，即欲治装东下。妻笑曰：“此去数百里，即有其地，恐土偶不可以共语。”许不听，竟抵招远。问之居人，果有邬镇。寻至其处，息肩逆旅，问祠所在。主人惊曰：“得无客姓为许？”许曰：“然。何见知？”又曰：“得勿客邑为淄？”曰：“然。何见知？”主人不答，遽出。俄而丈夫抱子，媳女窥门，杂沓而来，环如墙堵。许益惊。众乃告曰：“数夜前，梦神言：淄川许友当即来，可助以资斧。祗候已久。”许亦异之。乃往祭于祠而祝曰：“别君后，寤寐不去心，远践曩约。又蒙梦示居人，感篆中怀。愧无腆物，仅有卮酒；如不弃，当如河上之饮。”祝毕，焚钱纸。俄见风起座后，旋转移时，始散。夜梦少年来，衣冠楚楚，大异平时。谢曰：“远劳顾问，喜泪交并。但任微职，不便会面，咫尺河山，甚怆于怀。居人薄有所赠，聊酬夙好。归如有期，尚当走送。”

居数日，许欲归。众留殷恳，朝请暮邀，日更数主。许坚辞欲行。众乃折柬抱襆，争来致赆，不终朝，馈遗盈橐。苍头稚子毕集，祖送出村。欻有羊角风起，随行十余里。许再拜曰：“六郎珍重！勿劳远涉。君心仁爱，自能造福一方，无庸故人嘱也。”风盘旋久之，乃去。村人亦嗟讶而返。

许归。家稍裕，遂不复渔。后见招远人问之，其灵验如响云。或言：即章丘石坑庄。未知孰是。

异史氏曰：置身青云，无忘贫贱，此其所以神也。今日车中贵介，宁复识戴笠人哉？余乡有林下者，家綦贫。有童稚交，任肥秩。计投之必相周顾。竭力办装，奔涉千里，殊失所望；泻囊货骑，始得归。其族弟甚谐，作月令嘲之云："是月也，哥哥至，貂帽解，伞盖不张，马化为驴，靴始收声。"念此可为一笑。

【译文】

有个姓许的人，家住山东淄川北门外，以打鱼为生。每天夜里，他带着酒来到河边，又饮酒又下网。每次饮酒，都泼些酒在地上，祝道："愿河里的落水鬼，也能干上一杯！"天天如此，习以为常。别人在这里打鱼，总是一无所获；只有许某满筐而归。

一天傍晚，许某正在独自饮酒，有个少年前来，在他身旁徘徊。许某请他喝酒，少年很爽快地与他对酌。这夜许某连一条鱼都没有打到，心中很是懊丧。少年起身说道："请让我到下游替你赶鱼吧。"就飘然而去。不一会儿重又回来，说："鱼大群大群地涌来了。"果然能听到鱼群唼唼呷呷的吸食声。许某一撒网就打到了好几条，都有一尺多长。他高兴极了，向少年道谢。要回家的时候，他送鱼给少年，少年不肯接受，说："我屡次叨扰你的美酒，这点小意思哪里谈得上报答二字。如果不嫌弃，我当每天来为你效劳。"许某说："才只共饮一夜，怎么能说多次呢？你如果肯长来照顾，我当然是求之不得，只是惭愧我没有什么可报答你的情义。"请教少年的姓名，少年答道："我姓王，没有名字，相见时就叫我王六郎吧。"两人就分别了。

第二天，许某将鱼卖了，打了更多的酒。傍晚来到河岸边，六郎已先在了，就与他欢饮起来。饮过几杯，六郎就起身替许某赶鱼。这样过了半年。一天，六郎忽然告诉许某说："我有幸拜识尊颜，感情胜过亲兄弟，可是，分别之日就在眼前了。"话说得很是悲痛，许某大惊，询问究竟。六郎欲言又止，犹豫再三，才说道："我们两人如此情意相投，说出来，你大概不会惊讶吧？如今就要分别，不妨实言相告。我其实是个鬼啊！生前好酒成性，因为酩酊大醉，失足淹死在河中，至今已经好几年了。先前你打到的鱼独独比别人多，都是我在暗中驱赶鱼群，用以报答你每晚洒酒祭奠的恩情啊。明天我的业数就要满了，该有替死的来，我将去重投人生。你我相聚，只在今夜了。所以不免伤感。”

许某初听这话，很是惊骇，但因亲近已久，也就不再害怕。于是也止不住哽咽抽泣。斟了一杯酒说：“六郎，干了这一杯，别再难受了。我们有缘相见，却又匆匆分别，确实令人悲伤；然而你业满脱灾，正应当祝贺，哀哀切切不像样子。”于是与六郎一起痛饮。饮间他问：“替身的是谁呢？”六郎说：“明天兄长到河边来看。太阳当顶时，有个女子渡河落水，这就是我的替身了。”听到村中鸡啼，二人才挥泪而别。

第二天，许某专程在河边等候，想看看这件奇事的究竟。果然有个妇女怀抱婴儿而来，走到河边失足跌下去。那孩子抛在河岸上，挥手踢脚，呱呱哭个不停。妇女在河中浮起沉下好几回，忽然攀着河岸，水淋淋地爬了上来。她坐在地上稍稍喘息了一会儿，便抱起婴儿径自走了。

当妇女落水时，许某心里老大不忍，想奔过去搭救；但转而一想这是来替代六郎的，所以停步不去救。等那妇女自己爬出水来，他想起六郎昨夜所说的话并没有应验，心里很是疑惑。等到傍晚，又到老地方打鱼，六郎又来了，说道：“今天我们又碰头了，而且无须再说告别的话了。”许某问他究竟是怎么回事，六郎答道：“这女子已来替我了，但我可怜她怀中的婴儿。替代我一人，要伤了两条命，所以我就把这女子放了。现在不知何年何月才能有人来替代，也许你我缘分还没完吧？”许某感叹地说：“你这种慈悲心肠，真能上通天帝了！”于是二人又像当初那样，夜夜相聚。

过了几天，六郎又来告别，许某猜想又有新的替身要来了。六郎说：“不是，上次一念怜悯，果然上达天庭，现在天帝让我做本省招远县邬镇的土地神，明天一早就要去上任。你如果不忘旧友，该去探视我一回，别怕路途遥远，山河阻隔啊！”许某祝贺说：“你因为正直而成神，真能安慰我的心。可是人神道路不相通，我就是不怕遥远阻隔，又能怎么样呢？”六郎说：“你只管前去，一切不必担心。”他再三叮咛，然后方才离去。

许某回家后，就打算整理行装东往招远。他妻子笑着说道：“这一去好几百里路，就是真有这么个招远邬镇，只怕一个泥菩萨，你也无法同他交谈。”许某不听，毕竟来到了招远县。向当地人一打听，果然有个邬镇。一路寻到那里，在客店里歇下。问店主人土地庙在什么地方，店主一听大惊，问道：“客官莫非姓许？”许某答道：“是啊，你怎么知道的？”店主又问：“客官贵乡莫非是淄川？”许某说：“正是，你又是怎么知道的呢？”店主人也不回答，急匆匆就奔出门去。不一会儿，只见男人抱着小孩，媳妇闺女在门外张望，纷纷攘攘来了好些人，像一堵人墙似的把客房团团围住。许某更加惊奇了，大家就告诉他：“几天前的一个夜里，梦见土地神说，我有一个姓许的好朋友，就要从淄川来到这里，你们可帮他一些盘缠。我们在此恭候已有多时了。”许某对此也深感惊异。于是来到土地庙祭奠六郎，祝祷道：“自与你一别之后，心中日夜牵挂。今日远道而来，赴前日之约，又承你托梦乡民给我照料，感激之情，铭刻心中。惭愧的是没有丰厚的祭品，只有这杯薄酒聊表寸心。如蒙不弃，愿像往日河边的时候一样，共饮此酒！”祝祷毕，焚化了纸钱。一会儿，只见一阵风从神座后卷起，在空中盘旋多时，方才渐渐散去。当夜，许某梦见六郎前来，衣帽鲜明，与过去大不相同，告谢说：“有劳你远道前来看望，我不禁喜泪交加，只因身任这小小神职，不便直接见面，虽在咫尺之间，却好像远隔山河，心中很是悲伤。乡民们将有些微薄的馈赠，姑且借以酬谢往日的交情。如果一旦定下归期，我还当相送一程。”

在邬镇住了几天，许某准备回去了。众人一再挽留，殷勤恳切，早上你请，晚上我邀，一天要轮好几家。许某极力辞谢，坚持要动身，大家于是纷纷写了帖子，捧着大包小包，争先恐后前来献礼送行，不到一个早晨，赠送的礼物就装满了行李袋。乡民们连父老儿童都来会集，饯送出村。忽然平地卷起一股旋风，伴随在渔夫左右，一直送了十几里路。许某对旋风拜了几拜，说道：“六郎，你多保重！不敢劳你再远送了。你心地仁慈，必能为一方百姓造福，无须老朋友再叮嘱了！”那股风盘旋上下，过了很久才去。乡民们也都感叹惊讶而归。

许某回到淄川，家境稍稍宽裕了些，就不再打鱼了。后来见到招远县有人来，就打听六郎的情况，都说土地神有求必应，十分灵验。有人说，六郎所在的邬镇，就是章丘县的石坑庄。不知究竟谁说的对。

异史氏说：置身青云，不忘贫贱故交，这就是他之所以为神有灵啊。当今高车中的达官贵人，难道还有记得披蓑衣戴箬笠朋友的吗？我家乡有个隐居林下的人，家境十分贫苦。他有一位小时候的朋友，正担任一个收入丰厚的官职。他自思前去投奔必然会得到周济照顾，就竭尽全力整治行装，迢迢千里跋涉而去，不料希望全部落空；他只好尽倾囊中所有，并变卖坐骑，才得以回家。他的族弟很诙谐，模仿"月令"体裁作了一段文字，嘲笑他："本月，哥哥到，貂帽已摘，伞盖不张，马变成驴，靴声方停。"念了这段"月令"，可为之一笑。

偷　桃

童时赴郡试，值春节。旧例，先一日，各行商贾，彩楼鼓吹赴藩司，名曰"演春"。余从友人戏瞩。

是日游人如堵。堂上四官皆赤衣，东西相向坐。时方稚，亦不解其何官。但闻人语哜嘈，鼓吹聒耳。忽有一人率披发童，荷担而上，似有所白；万声汹动，亦不闻为何语。但视堂上作笑声。即有青衣人大声命作剧。其人应命方兴，问："作何剧？"堂上相顾数语。吏下宣问所长。答言："能颠倒生物。"吏以白官。少顷复下，命取桃子。术人声诺。

解衣覆笥上，故作怨状，曰："官长殊不了了！坚冰未解，安所得桃？不取，又恐为南面者所怒。奈何！"其子曰："父已诺之，又焉辞？"术人惆怅良久，乃云：

“我筹之烂熟。春初雪积，人间何处可觅？唯王母园中，四时常不凋谢，或有之。必窃之天上，乃可。”子曰：“嘻！天可阶而升乎？”曰：“有术在。”乃启笥，出绳一团，约数十丈，理其端，望空中掷去；绳即悬立空际，若有物以挂之。未几，愈掷愈高，渺入云中；手中绳亦尽。乃呼子曰：“儿来！余老惫，体重拙，不能行，得汝一往。”遂以绳授子，曰：“持此可登。”

子受绳有难色，怨曰：“阿翁亦大愦愦！如此一线之绳，欲我附之，以登万仞之高天。倘中道断绝，骸骨何存矣！”父又强呜拍之，曰：“我已失口，悔无及。烦儿一行。儿勿苦，倘窃得来，必有百金赏，当为儿娶一美妇。”子乃持索，盘旋而上，手移足随，如蛛趁丝，渐入云霄，不可复见。

久之，坠一桃，如碗大。术人喜，持献公堂。堂上传视良久，亦不知其真伪。忽而绳落地上，术人惊曰：“殆矣！上有人断吾绳，儿将焉托！”移时，一物堕。视之，其子首也。捧而泣曰：“是必偷桃，为监者所觉。吾儿休矣！”又移时，一足落；无何，肢体纷堕，无复存者。术人大悲。一一拾置笥中而阖之，曰：“老夫止此儿，日从我南北游。今承严命，不意罹此奇惨！当负去瘗之。”乃升堂而跪，曰：“为桃故，杀吾子矣！如怜小人而助之葬，当结草以图报耳。”坐官骇诧，各有赐金。术人受而缠诸腰，乃扣笥而呼曰：“八八儿，不出谢赏，将何待？”忽一蓬头僮首抵笥盖而出，望北稽首，则其子也。

以其术奇，故至今犹记之。后闻白莲教，能为此术，意此其苗裔耶？

【译文】

我早年去济南参加府学考试，恰好遇上春节，按照惯例，春节前一天，城里各行各业的商人扎了彩楼，吹吹打打，涌向布政使官府，这叫作“演春”。我也随着朋友们前去看热闹。

这一天，游人围得像墙似的。大堂上四个官员都穿着大红官服，东西相对而坐。那时我年纪还小，也不知道是什么官。只听得人声嘈杂，鼓乐震耳。忽有一人带一个垂发的小孩，挑着担子走上前去，像是对当官的有所禀告，当时各种噪声太喧嚣，也听不见说的是什么，只见堂上的官员都笑了。随即就有衙役大声命令那人表演节目。那艺人领命后才起身，问道：“要我表演什么节目？”堂上的官员相对商量了几句，衙役就走下堂来，问艺人有什么拿手的本事。艺人答道：“我会颠倒时令，变出各种东西。”衙役上去禀告了，过了一会儿又下堂来，命艺人变出桃子来。艺人应声允诺。

他脱下上衣，盖在箱子上，故意露出一脸怨气，说道：“大人太不明事理了。眼下坚冰还没有解冻，叫我到哪儿去摘桃子来呢？如果不取，又怕堂上大人发怒怪罪，这可怎么办啊！”他的儿子开口说道：“父亲已经答应了，又怎么能推辞得了呢？”艺人怅惘好久，才说：“我考虑来考虑去，眼下初春积雪，人间哪里可以找到桃子？只有王母娘娘的花园里，一年四季花果不凋，或许有桃子，一定要到天上去偷才行。”儿子说：“嗨，天可以一级一级登上去吗？”艺人说：“我自有办法。”说着，他打开箱子，取出一团绳子，大约有数十丈长，理出绳头，向天空中用力抛去，那绳就笔直悬在空中，像有什么东西挂住一样。艺人不停地抛，不一会儿，绳子越抛越高，一直钻入云中看不见了，而他手里的绳子也到尽头了。于是他呼唤儿子道：“孩儿过来，我年老衰疲，身体沉重，手脚也不灵活，不能攀绳上天了，得由你去走一趟。”就把绳头交给孩童，说道：“抓住这条绳子，可以登上去。”

儿子接过绳子，脸上露出为难的神色，埋怨道："父亲也太糊涂了！这么细的一根绳子，要我靠着它攀登到万丈高空，万一半道上绳子断了，尸骨还能有吗?"父亲又不容置辩地轻轻拍着儿子哄劝道："我已失口答应，后悔不及，麻烦孩儿去一趟吧。孩儿不要埋怨，如果能偷得桃子来，少不了你百金赏赐，我一定为孩儿娶个漂亮的媳妇。"儿子这才攥住绳子盘旋而上，手移足随，就像蜘蛛沿着蛛丝爬行，渐渐爬入云霄，再也看不见了。

过了很久，天空中掉下一只桃子，有碗口那么大。艺人欢欢喜喜，捧着献到公堂上。堂上的官员互相传看多时，也弄不清这桃子到底是真的还是假的。忽然，悬挂在空中的绳子坠落下来，掉在地上，艺人惊呼道："糟了！上面有人弄断我的绳子，我的儿子还有什么可依托啊!"一会儿，又掉下一样东西，一看，是他儿子的脑袋。艺人双手捧起儿子的头颅，泣不成声地说道："这一定是偷桃时被监守桃园的人发觉了，我儿完了。"又过了一会儿，又掉下一只脚，不一会儿，肢体纷纷落了下来，一块也没有剩下。艺人大为悲痛，把儿子的肢体一一捡起，放进箱子里，合上盖子说："老夫只有这一个儿子，每日随我走南闯北，今天接受长官的命令上天取桃，想不到竟遭如此惨祸！我要把他的尸首背回去安葬。"于是登上厅堂，跪下道："就是为了上天摘桃，断送了我孩儿的性命！大人若可怜小人，帮助我安葬孩子尸骨，我死了也会报答大恩大德!"坐在堂上的官员们都吓得目瞪口呆，每人都赏赐给他一些钱。艺人接过赏钱缠在腰间，这才敲着箱盖叫道："八八儿，不出来谢赏，还等什么?"忽然，一个蓬头散发的孩童用头顶起箱盖走了出来，向北叩头，正是他的儿子。

因为这人的戏法奇特，所以直到今天我仍然记得。后来听说白莲教能作这种法术，想来这人是他们的后代吧?

种　　梨

有乡人货梨于市，颇甘芳，价腾贵。有道士破巾絮衣，丐于车前。乡人咄之，亦不去；乡人怒，加以叱骂。道士曰："一车数百颗，老衲止丐其一，于居士亦无大损，何怒为？"观者劝置劣者一枚令去，乡人执不肯。

肆中佣保者，见喋聒不堪，遂出钱市一枚，付道士。道士拜谢。谓众曰："出家人不解吝惜。我有佳梨，请出供客。"或曰："既有之，何不自食？"曰："吾特需此核作种。"于是掬梨大啖。且尽，把核于手，解肩上镵，坎地深数寸，纳之而覆以土。向市人索汤沃灌。好事者于临路店索得沸瀋，道士接浸坎处。

万目攒视，见有勾萌出，渐大；俄成树，枝叶扶疏；倏而花，倏而实，硕大芳馥，累累满树。道人乃即树头摘赐观者，顷刻向尽。已，乃以镵伐树，丁丁良久，乃断；带叶荷肩头，从容徐步而去。

初，道士作法时，乡人亦杂众中，引领注目，竟忘其业。道士既去，始顾车中，则梨已空矣。方悟适所俵散，皆己物也。又细视车上一靶亡，是新凿断者。心大愤恨。急迹之。转过墙隅，则断靶弃垣下，始知所伐梨本，即是物也。道士不知所在。一市粲然。

异史氏曰：乡人愦愦，憨状可掬，其见笑于市人，有以哉。每见乡中称素封者，良朋乞米则怫然，且计曰："是数日之资也。"或劝济一危难，饭一茕独，则又忿然计曰："此十人、五人之食也。"甚而父子兄弟，较尽锱铢。及至淫博迷心，则倾囊不吝；刀锯临颈，则赎命不遑。诸如此类，正不胜道，蠢尔乡人，又何足怪。

【译文】

一个乡下人在集市上卖梨，他的梨又甜又香，价钱也格外贵。有个头戴破道巾、身穿烂絮袍的道士来到卖梨人车前，要讨个梨吃。卖梨人呵斥他，他也不走，卖梨人发火了，好一顿臭骂。道士说："你一车梨有好几百个，我只向你讨一个，对居士你也没有多大损害，何必动怒呢？"旁边围看的人劝卖梨人挑一个坏梨给道士，打发他走算了，卖梨人执意不肯。

酒店伙计见他们七嘴八舌吵嚷个没完，就出钱买了一个梨，交给道士。道士拱手拜谢，转身对众人说道："出家人不知吝惜。我有上好的梨子，请让我献出来供各位品尝。"有人说："既然你有梨，为什么不吃自己的，倒向别人要呢？"道士回答说："我正需要用这只梨的核作种子。"于是他捧着梨大口吃起来。吃得差不多了，就把梨核握在手中，从肩上解下一把铲，在地上掘了一个几寸深的土坑，放进梨核，用土盖上。他又向围观的市民讨热水浇灌。爱揽闲事的人从路边店里讨来滚烫的热水，道士接过来倒在掘坑的地方。

在场的人所有的眼睛全都盯着那儿看，只见有嫩芽破土而出，渐渐长大，只一会儿工夫，就长成一棵梨树，枝叶繁茂。转眼间，开花了，结果了，又大又香，密密麻麻挂满枝头。道人就从树上摘下梨子，分送给围观的人，顷刻就光了。然后，道士就用铁铲砍树，噔噔地砍了好长时间才断。他连枝带叶把梨树扛在肩上，不慌不忙慢慢离去。

起初道士作法时，卖梨人也混杂在人群中，伸长脖子全神贯注地看，把卖梨的事忘得一干二净。等道士走了，他才想起看车里的梨，已经一个也没有了。这时他才醒悟过来，刚才道士所分送给大家的，全都是自己的梨子。再仔细一看，车上的一个车把不见了，并且是新砍断的。心里着实愤恨，急忙跟踪去追，转过墙角，就见断车把扔在墙下，他这才明白刚才道士砍的梨树，就是这根车把。道士早就不知去向，满市的人禁不住都笑起来。

异史氏说：乡下人糊里糊涂，憨态可掬，他被市人讪笑，是有道理的。我每见乡间那些土财主，有好朋友来借一点米，他总是一脸阴云，还算计着说道："这可是好几天的口粮啊。"有人劝他周济一下危难中的穷苦人，或是给孤寡无靠的人施舍一点饭吃，他又会气恼地算计道："这是给五个人、十个人吃的粮食啊。"甚至父子兄弟之间，也是斤斤计较，不肯吃一点亏。可是一旦被淫荡、赌博迷住心窍，即使口袋朝天倒出所有的钱也不心痛；刀锯架在脖子上，就为了赎命，忙不迭地花钱。诸如此类的事情真是说也说不完，那个愚蠢的乡下人，又有什么可奇怪的呢？

劳山道士

邑有王生，行七，故家子。少慕道，闻劳山多仙人，负笈往游。

登一顶，有观宇，甚幽。一道士坐蒲团上，素发垂领，而神观爽迈。叩而与语，理甚玄妙。请师之。道士曰："恐娇惰不能作苦。"答言："能之！"其门人甚众，薄暮毕集。王俱与稽首，遂留观中。凌晨，道士呼王去，授以斧，使随众采樵。王谨受教。过月余，手足重茧，不堪其苦，阴有归志。

一夕归，见二人与师共酌，日已暮，尚无灯烛。师乃剪纸如镜，粘壁间。俄顷，月明辉室，光鉴毫芒。诸门人环听奔走。一客曰："良宵胜乐，不可不同。"乃于案上取壶酒，分赉诸徒，且嘱尽醉。王自思：七八人，壶酒何能遍给？遂各觅盎盂，竞饮先釂，惟恐樽尽；而往复挹注，竟不少减。心奇之。

俄一客曰："蒙赐月明之照，乃尔寂饮。何不呼嫦娥来？"乃以箸掷月中。见一美人，自光中出。初不盈尺；至地，遂与人等。纤腰秀项，翩翩作霓裳舞。已而歌曰：

“仙仙乎，而还乎，而幽我于广寒乎！”其声清越，烈如箫管。歌毕，盘旋而起，跃登几上，惊顾之间，已复为箸。三人大笑。又一客曰：“今宵最乐，然不胜酒力矣。其饯我于月宫可乎？”三人移席，渐入月中。众视三人，坐月中饮，须眉毕见，如影之在镜中。

移时，月渐暗；门人然烛来，则道士独坐而客杳矣。几上肴核尚存。壁上月，纸圆如镜而已。道士问众：“饮足乎？”曰：“足矣。”“足宜早寝，勿误樵苏。”众诺而退。王窃忻慕，归念遂息。

又一月，苦不可忍，而道士并不传教一术。心不能待，辞曰：“弟子数百里受业仙师，纵不能得长生术，或小有传习，亦可慰求教之心；今阅两三月，不过早樵而暮归。弟子在家，未谙此苦。”道士笑曰：“我固谓不能作苦，今果然。明早当遣汝行。”王曰：“弟子操作多日，师略授小技，此来为不负也。”道士问：“何术之求？”王曰：“每见师行处，墙壁所不能隔，但得此法足矣。”道士笑而允之。乃传以诀，令自咒毕，呼曰：“入之！”王面墙不敢入。又曰：“试入之。”王果从容入，及墙而阻。道士曰：“俯首骤入，勿逡巡！”王果去墙数步，奔而入；及墙，虚若无物；回视，果在墙外矣。大喜，入谢。道士曰：“归宜洁持，否则不验。”遂助资斧遣之归。

抵家，自诩遇仙，坚壁所不能阻。妻不信。王效其作为，去墙数尺，奔而入，头触硬壁，蓦然而踣。妻扶视之，额上坟起，如巨卵焉。妻揶揄之。王惭忿，骂老道士之无良而已。

异史氏曰：闻此事未有不大笑者；而不知世之为王生者，正复不少。今有伧父，喜疢毒而畏药石，遂有舐痈吮痔者，进宣威逞暴之术，以迎其旨，诒之曰："执此术也以往，可以横行而无碍。"初试未尝不小效，遂谓天下之大，举可以如是行矣，势不至触硬壁而颠蹶不止也。

【译文】

县里有个姓王的读书人，家中排行第七，是官宦人家的后代。他从小羡慕神奇的道术，听说劳山上多仙人，就背着书箱，前往游学。

登上一座峰顶，有所十分幽静的道观。一个道士端坐在蒲团上，白发垂颈，但神态爽朗，气度豪迈。王七上前拜谒，同他交谈，只觉他言辞间道理非常玄妙，就请求拜他为师。道士说："只怕你娇惯懒惰，不能吃苦。"王七答道："能吃苦！"道士手下有许多弟子，傍晚时分都到齐了，王七向他们一一稽首致礼，于是就留在观里。第二天凌晨，道士把王七叫去，交给他一把斧子，让他跟随众人上山砍柴。王七毕恭毕敬听从吩咐。过了一个多月，手脚磨出了厚厚的老茧，他受不了这苦，心里暗暗萌生了回家的念头。

一天傍晚，他砍柴回来，看见师父与两个客人在一起饮酒。天已经黑了，还没有点灯烛。师父拿纸剪成像镜子般的圆形，粘贴在墙壁上。霎时间现出一轮明月，把屋子照得通明雪亮，足可看清细毛麦芒。弟子们在四周听候吩咐，奔走侍候。一位客人说："这般美好的夜晚，欢乐的时刻，各位道友不可不共同来分享。"说着就从桌子上取过一壶酒，分赏给弟子们，并嘱咐他们尽情畅饮，一醉方休。王七暗自思忖：七八个人，一壶酒怎么能全分到呢？就各自寻找杯碗，争先恐后斟酒干杯，唯恐壶里的酒没了。可是大家来来回回地斟了又斟，壶里的酒竟然一点也不见减少。王七心里非常奇怪。

一会儿，另一位客人说："承蒙道长恩赐明月清辉，可是这样饮酒岂不寂寞清冷，何不叫嫦娥来?”就把筷子朝月中投去。只见一位美女从月光中出来，起初长不满一尺，飘落到地上，就和常人一般高了。腰肢纤柔，脖颈秀美，翩翩跳起了“霓裳羽衣舞”。接着又唱道：“仙人仙人你回身啊，你撇我在广寒宫多愁闷啊!”她的歌声清越嘹亮，像洞箫一样美妙。一曲唱罢，盘旋而起，跃到桌子上。王七正惊疑地转过头去看，美人已经又还原成筷子了。道士和两位客人哈哈大笑。一个客人又说：“今夜快乐极了，但是我已不胜酒力，能否到月宫中为我饯行呢?”三人的席位渐渐移进墙上的月亮中去了。众人看他们三人坐在月中饮酒，胡子眉毛全都清晰可见，就像映在镜子里的身影。

过了一会儿，月色渐渐暗淡下去，有弟子点了烛灯进来，只见道士一个人坐在桌前，二位客人却不见了。桌上残羹果核还在，墙上的月亮，是一张像圆镜一样的白纸而已。道士问各位弟子：“你们酒都喝够了吗?”众人回答说：“喝够了。”“既然喝够了，就该早些回去歇息，不要误了明天打柴割草。”众人答应着退了下去。王七暗中又高兴又羡慕，回家的念头就打消了。

又过了一个月，王七实在忍受不住劳苦，而道士却一点道术也不传授，心里实在等不下去了，就向道士告辞说：“弟子长途跋涉数百里，前来投拜仙师学道，即使不能学到长生不老法，或者传授一点小小的法术，也可安慰弟子求教之心。如今我来这里已有两三个月，每天不过早出晚归砍柴打草，弟子在家从来没吃过这种苦。”道士笑着说：“我本来就说你不能吃苦，现在果然如此。明早就让你走。”王七说：“弟子干了好些日子活，请仙师略授小技，也算我不白来这一趟。”道士问道：“你想学什么法术呢?”王七说：“常见师父所到之处，墙壁不能阻拦。只要学得此法就心满意足了。”道士笑着答应了。于是把口诀传授给王七，叫他自己念咒，等他念完了，大声喝道：“进去!”王七面对墙壁不敢往前走。道士又说：“你走进去试试看。”王七果然镇定心神，不慌不忙走过去，可是碰到墙壁就阻住了。道士说：“低下头，一下子冲进去，不要畏畏缩缩的!”王七真的倒退几步，对着墙壁奔去。到墙壁处只觉得空空的，好像什么东西也没有，回头一看，果然已在墙外了。王七大喜，进来向道士拜谢。道士说：“你回去以后应该洁身自重，谨慎为人，否则法术就不会灵验。”就给了一些盘缠，打发他回家。

王七回到家里，自夸遇到神仙，再坚硬的墙壁他也能来去无阻。妻子不相信，王七就照着老办法，离墙数尺，快步朝墙里奔去，一头撞在坚硬的墙壁上，猛地摔倒。妻子将他扶起，只见额头上肿起一个鸡蛋大的疙瘩。妻子笑话他，王七又羞愧又恼恨，也只能骂道士没安好心罢了。

异史氏说：凡是听过这个故事的人，没有一个不大笑的。却不知世上像王七这样的人，还真不少呢！现在有些粗鄙的家伙，嗜毒品而怕良药，于是就有一些吸痈舔痔的小人，献上扬威肆暴的办法，以迎合他们的意旨，骗他们说：“照这办法去做，可以到处横行，无所阻挡。”开始试试，未尝没有一点效果，便以为偌大的天下，全都可以照此去做了，不到一头撞上坚硬的墙壁，跌个大跟头，是不会停止的。

长 清 僧

长清僧某，道行高洁。年八十余犹健。一日，颠仆不起，寺僧奔救，已圆寂矣。

僧不自知死，魂飘去，至河南界。河南有故绅子，率十余骑，按鹰猎兔。马逸，堕毙。魂适相值，翕然而合，遂渐苏。厮仆还问之。张目曰：“胡至此！”众扶归。

入门，则粉白黛绿者，纷集顾问。大骇曰：“我僧也，胡至此！”家人以为妄，共提耳悟之。僧亦不自申解，但闭目不复有言。饷以脱粟则食，酒肉则拒。夜独宿，不受妻妾奉。

数日后，忽思少步。众皆喜。既出，少定，即有诸仆纷来，钱簿谷籍，杂请会计。公子托以病倦，悉卸绝之。惟问：“山东长清县，知之否？”共答：“知之。”曰：“我郁无聊赖，欲往游瞩，宜即治任。”众谓新瘳未应远涉，不听。翼日遂发。

抵长清，视风物如昨。无烦问途，竟至兰若。弟子数人见贵客至，伏谒甚恭。乃问：“老僧焉往？”答云：“吾师曩已物化。”问墓所。群导以往，则三尺孤坟，荒草犹未合也。众僧不知何意。既而戒马欲归，嘱曰：“汝师戒行之僧，所遗手泽，宜恪守，勿俾损坏。”众唯唯。乃行。

既归，灰心木坐，了不勾当家务。居数月，出门自遁，直抵旧寺。谓弟子：“我即汝师。”众疑其谬，相视而笑。乃述返魂之由，又言生平所为，悉符。众乃信，居以故榻，事之如平日。后公子家屡以舆马来，哀请之，略不顾瞻。又年余，夫人遣纪纲至，多所馈遗。金帛皆却之，惟受布袍一袭而已。友人或至其乡，敬造之。见其人默然诚笃；年仅而立，而辄道其八十余年事。

异史氏曰：人死则魂散，其千里而不散者，性定故耳。予于僧，不异之乎其再生，而异之乎其入纷华靡丽之乡，而能绝人以逃世也。若眼睛一闪，而兰麝薰心，有求死不得者矣，况僧乎哉！

【译文】

山东长清县有个和尚，道行高深，洁身自好，八十多岁身体依然很健康。有一天，他一跤摔在地上起不来，庙里的和尚急忙赶上前抢救，老和尚却已去世了。

和尚并不知道自己已经死去，魂魄飘飘，来到了河南地界。河南有位公子，世代乡绅，那一天带着十余骑家丁，擎着猎鹰，外出猎兔。坐骑受惊狂奔，他竟堕马而死。老和尚的魂魄正好撞上公子的尸身，一下子合为一体，于是公子就慢慢苏醒过来。仆人们围在四周问他怎么样了，公子张开眼睛，说："我怎么到这地方来了?"众人把他扶回家去。

一进门，就见一群扑粉画眉的女子纷纷过来看视慰问，公子十分惊惧，说："我是和尚啊，怎么到这儿来了?"家里人以为是在说胡话，都开导他要他明白过来。老和尚也不申明辩解，只是闭着眼睛，不再说话。家人给他送来米饭他就吃，送来酒肉就拒绝。夜里独自安息，不受妻妾侍奉。

这样过了几天，他忽然想要稍稍走动走动，大家都很高兴。出得房来，刚刚站定，就有许多仆人纷纷走来，送上各类钱粮账册，争着请他清点核算。公子假托新病未愈，精神疲倦，一概推辞，只问："山东有个长清县，你们知道吗?"大家都答："知道。"他又说："我闷得无聊，想到长清去游览，你们可以马上给我准备行装。"大家说公子伤病刚好，不应远游。他不听劝阻，第二天就出发了。

到了长清，只见景物风貌依旧，也不用问路，直接来到寺院。几个徒弟见有贵客到了，拜伏请安，十分恭谨。问他们老方丈到哪里去了？徒弟答道："师父不久前已离开人世了。"问坟墓在哪里，徒弟们就引导他前往。只见三尺孤坟，野草还没长满呢。众和尚都不知这位贵客的心思。过了一会，公子吩咐备马打算回去，临行嘱咐众和尚："你们的师父是一位严守戒律的高僧，他的遗物，应敬慎看守，不使损坏。"众僧连连答应，公子这才离寺而去。

回到家里，公子心如死灰，坐如枯木，一切家务都不管。住了几个月，悄悄出门离家，直达长清旧寺。他对众弟子说："我就是你们的师父。"众弟子怀疑公子胡说，只管相视而笑。他就向弟子们讲述了借尸还魂的始末，又历述生平事迹，全都符合。众弟子这才相信，让他坐在原来的僧榻上，还像过去一样地侍奉他。后来，公子家多次派了车马来，哀哀恳求他回去，他看都不看一眼。又过了一年多，公子的夫人派了管家来到长清，送给他许多财物。他回绝了一切金银绸缎，只受下一件布袍而已。公子的故友有时来到长清，恭敬地去拜访他，见他不妄言笑，心意诚笃；虽然看上去才三十岁光景，却常常说起八十多年间的事情。

异史氏说：人一死，魂魄就散了，长清僧能够千里而不散，是由于他秉性坚定的缘故。我对于这个和尚，并不惊异他能死而再生，却惊异他到了繁华靡丽的地方，却能够了却尘缘，避开俗世。如果眼睛一闪，被兰麝熏了心，就会有求死而不得的人了，更何况去做和尚呢！

蛇　人

东郡某甲，以弄蛇为业。尝蓄驯蛇二，皆青色：其大者呼之大青，小曰二青。二青额有赤点，尤灵驯，盘旋无不如意。蛇人爱之，异于他蛇。期年，大青死，思补其缺，未暇遑也。

一夜，寄宿山寺。既明，启笥，二青亦渺。蛇人怅恨欲死。冥搜亟呼，迄无影兆。然每值丰林茂草，辄纵之去，俾得自适，寻复还；以此故，冀其自至。坐伺之，日既高，亦已绝望，怏怏遂行。

出门数武，闻丛薪错楚中，窸窣作响。停趾愕顾，则二青来也。大喜，如获拱璧。息肩路隅，蛇亦顿止。视其后，小蛇从焉。抚之曰："我以汝为逝矣。小侣而所荐耶？"出饵饲之，兼饲小蛇。小蛇虽不去，然瑟缩不敢食。二青含哺之，宛似主人之让客者。蛇人又饲之，乃食。食已，随二青俱入笥中。荷去教之，旋折辄中规矩，与二青无少异，因名之小青。衒技四方，获利无算。

大抵蛇人之弄蛇也，止以二尺为率；大则过重，辄便更易。——缘二青驯，故未遽弃。又二三年，长三尺余，卧则笥为之满，遂决去之。一日，至淄邑东山间，饲以美饵，祝而纵之。既去，顷之复来，蜿蜒笥外。蛇人挥曰："去之！世无百年不散之筵。从此隐身大谷，必且为神龙，笥中何可以久居也？"蛇乃去。蛇人目送之。已而复返，挥之不去，以首触笥。小青在中，亦震震而动。蛇人悟曰："得毋欲别小青耶？"乃发笥。小青径出，因与交首吐舌，似相告语。已而委蛇并去。方意小青不返，俄而踽踽独来，竟入笥卧。

由此随在物色，迄无佳者。而小青亦渐大，不可弄。后得一头，亦颇驯，然终不如小青良。而小青粗于儿臂矣。

先是，二青在山中，樵人多见之。又数年，长数尺，围如碗；渐出逐人，因而行旅相戒，罔敢出其途。一日，蛇人经其处，蛇暴出如风。蛇人大怖而奔。蛇逐益急，回顾已将及矣。而视其首，朱点俨然，始悟为二青。下担呼曰："二青，二青！"蛇顿止。昂首久之，纵身绕蛇人，如昔弄状。觉其意殊不恶；但躯巨重，不胜其绕。仆地呼祷，乃释之。又以首触笥。蛇人悟其意，开笥出小青。二蛇相见，交缠如饴糖状，久之始开。

蛇人乃祝小青："我久欲与汝别，今有伴矣。"谓二青曰："原君引之来，可还引之去。更嘱一言：深山不乏食饮，勿扰行人，以犯天谴。"二蛇垂头，似相领受。遽起，大者前，小者后，过处林木为之中分。蛇人伫立望之，不见乃去。自此行人如常，不知其何往也。

异史氏曰：蛇，蠢然一物耳，乃恋恋有故人之意。且其从谏也如转圜。独怪俨然而人也者，以十年把臂之交，数世蒙恩之主，辄思下井复投石焉；又不然，则药石相投，悍然不顾，且怒而仇焉者，亦羞此蛇也已。

【译文】

东郡有个人，以驯蛇为业。他曾驯养了两条蛇，都是青色的，大一点的叫它大青，小一点的叫二青。二青的额头上长有红色的斑点，特别有灵性，上下左右盘旋起舞，全能遵从驯蛇人的心意。驯蛇人对二青的喜爱，远胜于别的蛇。过了一年，大青死了，驯蛇人想另外再找一条补充空缺，但一直没有空闲时间。

一天夜里，他寄宿在山间寺庙里。天亮后，打开竹篓一看，二青也不见了，他懊丧得要死，四下搜寻，连声呼唤，一点踪迹也没有。不过以前驯蛇人每当路过草木繁盛的地方，总要把二青放出来，让它自由一番，过一会儿它会自己回来，因此，他还寄希望于二青能自己回来。在庙里坐等，直到太阳已经升高，他也就绝望了，只好快快不乐地离寺上路。

刚出庙门没几步，忽听见旁边杂乱堆积的柴垛里悉索作响。驯蛇人停步惊顾，原来是二青回来了。他高兴极了，如获至宝，在路角放下行囊，二青也停了下来，看它后面还跟着一条小蛇。驯蛇人抚摸着二青说："我以为你不会回来了。这个小伙伴是你介绍来的吗？"他拿出食料喂二青，同时也喂小蛇。小蛇虽然并不离去，但缩着身子不敢吃食。二青把食料含着喂给小蛇，好像主人请客一般。驯蛇人再给小蛇喂食，小蛇才吃了。吃完，跟着二青一起钻进竹篓里。驯蛇人带回家去调教它，旋转进退都能符合要求，和二青没有什么两样。于是就给它起名叫小青。驯蛇人靠二青和小青四处卖弄驯蛇技艺，获利无数。

一般说来，驯蛇人调教的蛇，只以二尺左右为标准，大了过于笨重，就要更换。因为二青特别驯服听话，所以驯蛇人没有立即把它丢弃。又过了二三年，二青已有三尺多长了，盘卧起来，把整个竹篓都占满了，于是驯蛇人决意放掉它。一天，他来到淄博东山中，给二青喂了精美的食料，又嘱咐祝愿一番，把二青放走了。二青离开了不一会儿，又回来在竹篓边蜿蜒盘桓。驯蛇人挥手赶它走，说道："去吧，去吧！世上没有百年不散的筵席。你从此隐身于深山大谷，必将化为神龙，竹篓里怎么能久住呢？"二青这才离去，驯蛇人目送着它，过后又回来了，赶也不走，用头触碰竹篓。小青在里面也阵阵骚动不安。驯蛇人心里明白了，说："莫不是想要与小青道别吧？"就打开竹篓，小青立即出来，两条蛇交头吐舌，像是在互相说话。随即一起屈曲游动而去。驯蛇人正担心小青一去不回，不一会儿竟独自来了，钻进竹篓里躺着。

从此，驯蛇人不管走到哪里，时时都在物色，一直没能找到出色的，而小青也渐渐长大，不能再表演了。后来找到一条小蛇，也很驯服，但终究不如小青好，这时小青已经长得有小孩的手臂那么粗了。

起初，二青在山里，打柴人经常见到它。又过了好几年，二青有好几尺长，碗口来粗，渐渐出来追逐行人，因而往来行客们互相告诫，没人敢在二青出没的地方行走。一天，驯蛇人路过那里，突然窜出一条大蛇，穿行如风。驯蛇人害怕极了，撒腿就跑。大蛇在后面追得更紧，他回头一看，已经快要追上自己了。但看到大蛇头上红色的斑点非常鲜明，才明白就是二青。就放下担子呼喊道："二青，二青！"大蛇立即停了下来，久久地昂着头，纵身前来盘绕在驯蛇人身上，犹如当年表演时的样子。驯蛇人觉得二青并没有什么恶意，只是蛇身又大又重，缠绕在身上受不了，他倒在地上，大声呼喊祈祷，二青才把身子松开了。又用头碰触竹篓，驯蛇人明白它的意思，打开竹篓，放出小青。二蛇相见，交缠在一起像扭股儿糖似的，过了好久才分开。

驯蛇人于是嘱咐小青道："我早就想和你分别，如今你有伴侣了。"又对二青说道："小青本是你领来的，你可以仍旧领它回去。另外，再嘱咐你一句话：深山里并不缺少吃的，不要骚扰往来行人，以免违犯天规，触动神怒。"二青和小青低着头，像是听从了驯蛇人的劝告。随即二蛇倏地起身，大的在前，小的在后，一路穿行而去，所过之处，林木都向两边分开。驯蛇人站着望了很久，直到二蛇的身影看不见了才离去。从此东山路上行人如常，不知两条蛇到什么地方去了。

异史氏说：蛇，只不过是一种愚蠢的动物，居然也有互相眷恋，依依不舍的故友情意，而且听从劝谏，毫无抵触。我唯独奇怪有些人表面上俨然是个人，可是对结交十年的老朋友，几代蒙受恩惠的旧主人，总想要落井下石；要不然，就是对朋友的好言劝谏悍然不顾，还要大发雷霆，视为仇人。这种人在二青小青这样的蛇面前，也应自愧不如的。

斫　蟒

胡田村胡姓者，兄弟采樵，深入幽谷。遇巨蟒，兄在前，为所吞。弟初骇欲奔；见兄被噬，遂奋怒出樵斧，斫蟒首。首伤而吞不已。然头虽已没，幸肩际不能下。弟急极无计，乃两手持兄足，力与蟒争，竟曳兄出。蟒亦负痛去。视兄，则鼻耳俱化，奄将气尽。肩负以行，途中凡十余息，始至家。医养半年，方愈。至今面目皆瘢痕，鼻耳处惟孔存焉。

噫！农人中，乃有弟弟如此者哉！或言：“蟒不为害，乃德义所感。”信然！

【译文】

胡田村有一家姓胡的，兄弟二人砍柴，走进了深山幽谷。遇见一条大蟒，哥哥在前面，被大蟒吞了。弟弟起初吓得想逃跑，看见哥哥被大蟒咬住，就激起了怒火，举起砍柴的斧子对着大蟒的头部猛砍。大蟒的头被砍伤了，但还是极力想把嘴里的猎物吞下去。哥哥的头已被吞没，幸而肩膀处一时还下不去。弟弟急极了，无法可想，就两手抓住哥哥的脚，拼命与大蟒争夺，竟然把哥哥给拖了出来。大蟒也负痛而去。弟弟察看哥哥的伤势，只见鼻子、耳朵全没了，一息奄奄，眼看要断气了。忙背起哥哥往回走，一路上休息了十几次才到家。治疗休养了大半年，哥哥才慢慢痊愈。至今他脸上仍然疤痕累累，鼻子、耳朵只剩下几个窟窿。

咳，没有文化的农民中，竟也有像弟弟这样重视兄弟友爱的人！有人说："大蟒没有咬死哥哥，是因为被弟弟的德行和义气所感动的缘故。"确实如此啊！

犬　奸

青州贾某，客于外，恒经岁不归。家蓄一白犬，妻引与交。犬习为常。一日，夫至，与妻共卧。犬突入，登榻，啮贾人竟死。后里舍稍闻之，共为不平，鸣于官。官械妇，妇不肯伏，收之。命缚犬来，始取妇出。犬忽见妇，直前碎衣作交状。妇始无词。使两役解部院，一解人而一解犬。有欲观其合者，共敛钱赂役，役乃牵聚令交。所止处，观者常数百人，役以此网利焉。后人犬俱寸磔以死。

呜呼！天地之大，真无所不有矣。然人面而兽交者，独一妇也乎哉？

异史氏为之判曰：会于濮上，古所交讥；约于桑中，人且不齿。乃某者，不堪雌守之苦，浪思苟合之欢。夜叉伏床，竟是家中牝兽；捷卿入窦，遂为被底情郎。云雨台前，乱摇续貂之尾；温柔乡里，频款曳象之腰。锐锥处于皮囊，一纵股而脱颖；留情结于镞项，甫饮羽而生根。忽思异类之交，直属匪夷之想。龙吠奸而为奸，妒残凶杀，律难治以萧曹；人非兽而实兽，奸秽淫腥，肉不食于豺虎。呜呼！人奸杀，则拟女以剐；至于狗奸杀，阳世遂无其刑。人不良，则罚人作犬；至于犬不良，阴曹应穷于法。宜支解以追魂魄，请押赴以问阎罗。

【译文】

山东益都有个商人，寓居在外地，常常整年不回家。家中养一条白狗，他的妻子竟调教它与自己交媾。日子久了，白狗习以为常。一天，商人从外面回来，和妻子同睡，白狗突然窜了进来，跃上床榻，把商人咬死。后来邻居们渐渐知道了这件事情，都为商人抱不平，就告到官府，官府把妇人抓起来，妇人不肯承认，就把她收进监狱。法官命人把白狗缚住牵来，这才从牢里取出妇人。白狗一见到妇人，直扑上前，扯碎她的衣服，作出交媾的动作。妇人这才无言可辩。法官叫两个衙役押解到巡抚官署，一个押妇人，一个押白狗。路上有人想看白狗与妇人交媾，便一起凑钱买通押解的衙役，于是衙役便把白狗牵到妇人身边，让它与妇人交媾。停下之处，围观者常有好几百人，两名衙役借此捞了不少钱。后来妇人和白狗都被凌迟处死。

呜呼！天地之大，真是无所不有啊。然而长着人面却像野兽般交媾的，难道只有这一个妇人吗？

异史氏为这个案子宣判道：幽会于濮水之上，古来即交口讥议；私约于桑林之中，尚且为众人不齿。而某妇不堪独守闺房之苦，浪思苟且交合之欢。卧床之夜叉，竟是家中母畜生；钻洞之狗种，遂成被底有情郎。云雨台前，乱摇续貂之狗尾；温柔乡中，屡扭牵象之粗腰。尖锥处于皮囊，一挺身即脱颖而出；留情凝于箭茎，方射入就落地生根。忽思异类交欢，真是难以想象。狗当吠奸而为奸，妒残凶杀，萧何曹参难治以法；人应非兽而实兽，奸淫丑恶，豺狼虎豹不食其肉。呜呼！人犯奸杀之罪，拟判女以千刀万剐之刑；狗犯奸杀之罪，阳世尚无相当之法律条款。人不良，可罚他下世作狗；狗不良，阴世又作何处置？宜加肢解以追拘其魂魄，押赴地狱以请示于阎罗。

雹　神

王公筠苍，莅任楚中。拟登龙虎山谒天师。及湖，甫登舟，即有一人驾小艇来，使舟中人为通。公见之，貌修伟。怀中出天师刺，曰："闻驺从将临，先遣负弩。"公讶其预知，益神之，诚意而往。

天师治具相款。其服役者，衣冠须鬣，多不类常人。前使者亦侍其侧。少间，向天师细语。天师谓公曰："此先生同乡，不之识耶？"公问之。曰："此即世所传雹神李左车也。"公愕然改容。天师曰："适言奉旨雨雹，故告辞耳。"公问："何处？"曰："章丘。"公以接壤关切，离席乞免。天师曰："此上帝玉敕，雹有额数，何能相徇？"公哀不已。天师垂思良久，乃顾而嘱曰："其多降山谷，勿伤禾稼可也。"又嘱："贵客在坐，文去勿武。"

神出，至庭中，忽足下生烟，氤氲匝地。俄延逾刻，极力腾起，裁高于庭树；又起，高于楼阁；霹雳一声，向北飞去，屋宇震动，筵器摆簸。公骇曰："去乃作雷霆耶！"天师曰："适戒之，所以迟迟；不然，平地一声，便逝去矣。"

公别归，志其月日，遣人问章丘，是日果大雨雹，沟渠皆满，而田中仅数枚焉。

【译文】

王公筠苍到楚地任职，想登江西龙虎山拜谒张天师。到湖边刚上船，就有一个人驾着小艇驶来，要船夫为他通报。王公出来会见，那人长得高大魁梧，从怀里取出一张天师的名帖，对王公说："听说大驾光临，天师先派我来此迎候引路。"王公对天师的先见之明感到惊异，更加崇拜他，诚心诚意地上山去了。

天师设宴款待，边上侍候的人，服饰相貌都和普通人不一样。先前来迎接的那个使者也侍立在一边，过了片刻，他对天师小声说了几句。天师对王公说道："这人是你的同乡，你不认识他吗？"王公问他是何人，天师说："他就是世人相传的雹神李左车啊。"王公感到意外，脸色变得庄重起来。天师又说："刚才接上帝圣旨要降冰雹，所以他要先告辞了。"王公问："降在何处？"天师回答说："章丘。"王公因为章丘邻近家乡，心怀关切，于是起身离席，乞求天师免降冰雹。天师说道："这是上帝玉旨，降雹有一定的数额，怎么能曲从私情？"王公苦苦哀求不已。天师低头沉思了很久，才转脸嘱咐雹神道："你把冰雹多降到山谷间，不要损伤庄稼就行了。"又嘱咐道："贵客在此，去的时候文雅点，不要太粗莽。"

雹神走出屋子，来到院中，忽然脚下生烟，雾气弥漫，停顿了好一阵，极力腾起，才比院中大树高些；又腾起，高过了楼阁；紧接着霹雳一声，向北飞去。屋子震得微微晃动，桌上的餐具也颠簸起来。王公惊恐地问："雹神去时还要打雷吗？"天师说："刚才告诫过他，所以才慢慢地离去，不然的话，平地一声雷，早就去无踪影了。"

王公告别天师回去，记下这天的日期，派人到章丘询问，果然当天大量降冰雹，河沟水渠全都积满了，而庄稼田里不过只有几颗。

狐 嫁 女

历城殷天官，少贫，有胆略。邑有故家之第，广数十亩，楼宇连亘。常见怪异，以故废无居人；久之，蓬蒿渐满，白昼亦无敢入者。

会公与诸生饮，或戏云："有能寄此一宿者，共醵为筵。"公跃起曰："是亦何难！"携一席往。众送诸门，戏曰："吾等暂候之。如有所见，当急号。"公笑云："有鬼狐，当捉证耳。"遂入。见长莎蔽径，蒿艾如麻。时值上弦，幸月色昏黄，门户可辨。摩娑数进，始抵后楼。登月台，光洁可爱，遂止焉。西望月明，惟衔山一线耳。坐良久，更无少异，窃笑传言之讹。席地枕石，卧看牛女。

一更向尽，恍惚欲寐。楼下有履声，籍籍而上。假寐睨之，见一青衣人，挑莲灯，猝见公，惊而却退。语后人曰："有生人在。"下问："谁也？"答云："不识。"俄一老翁上，就公谛视，曰："此殷尚书，其睡已酣。但办吾事，相公倜傥，或不叱怪。"乃相率入楼。楼门尽辟。

移时，往来者益众。楼上灯辉如昼。公稍稍转侧，作嚏咳。翁闻公醒，乃出，跪而言曰："小人有箕帚女，今夜于归。不意有触贵人，望勿深罪。"公起，曳之曰："不知今夕嘉礼，惭无以贺。"翁曰："贵人光临，压除凶煞，幸矣。即烦陪坐，倍益光宠。"公喜，应之。入视楼中，陈设芳丽。遂有妇人出拜，年可四十余。翁曰："此拙荆。"公揖之。

俄闻笙乐聒耳，有奔而上者，曰："至矣！"翁趋迎，公亦立俟。少选，笼纱一簇，导新郎入。年可十七八，丰采韶秀。翁命先与贵客为礼。少年目公。公若为傧，执半主礼。次翁婿交拜，已，乃即席。少间，粉黛云从，酒胾雾霈，玉碗金瓯，光映几案。

酒数行，翁唤女奴请小姐来。女奴诺而入。良久不出。翁自起，搴帏促之。俄婢媪数辈，拥新人出，环珮璆然，麝兰散馥。翁命向上拜。起，即坐母侧。微目之，翠凤明珰，容华绝世。既而酌以金爵，大容数斗。公思此物可以持验同人，阴内袖中。伪醉隐几，颓然而寝。皆曰："相公醉矣。"居无何，闻新郎告行，笙乐暴作，纷纷下楼而去。已而主人敛酒具，少一爵，冥搜不得。或窃议卧客；翁急戒勿语，惟恐公闻。

移时，内外俱寂，公始起。暗无灯火，惟脂香酒气，充溢四堵。视东方既白，乃从容出。探袖中，金爵犹在。及门，则诸生先俟，疑其夜出而早入者。公出爵示之。众骇问，因以状告。共思此物非寒士所有，乃信之。

后公举进士，任于肥丘。有世家朱姓宴公，命取巨觥，久之不至。有细奴掩口与主人语，主人有怒色。俄奉金爵劝客饮。谛视之，款式雕文，与狐物更无殊别。大疑，问所从制。答云："爵凡八只，大人为京卿时，觅良工监制。此世传物，什袭已久。缘明府辱临，适取诸箱簏，仅存其七，疑家人所窃取；而十年尘封如故，殊不可解。"公笑曰："金杯羽化矣。然世守之珍不可失。仆有一具，颇近似之，当以奉赠。"

终筵归署，拣爵驰送之。主人审视，骇绝。亲诣谢公，诘所自来。公乃历陈颠末。始知千里之物，狐能摄致，而不敢终留也。

【译文】

吏部殷尚书是山东历城县人，年轻时家中贫困，为人极有胆略。县城里有一家官宦世家的府第，方圆数十亩，楼阁屋檐相接，一座连着一座。因为府内经常出现怪异的事情，所以被主人废置，无人居住；久而久之，渐渐杂草丛生，蓬蒿遍地，连白天也没人敢进去。

一天，殷公正与几位秀才在一起饮酒，席间有人开玩笑说："有谁敢在这所宅院里住上一夜，大家就出钱设宴请他吃一顿。"殷公一跃而起，说道："这有什么难的！"当即就拿了一条席子去了。众人送他到宅院门口，戏谑地对他说："我们暂且在此等候，如你见到什么，就赶快呼喊。"殷公笑着说："如有鬼狐，我一定捉住它，作个凭证。"说罢，就进去了。只见长长的莎草掩没了路径，荒蒿野艾遍地如麻。这时正是阴历的上半月，幸好一弯新月，昏黄中门户还依稀可辨。殷公摸索着穿过几重院落，才来到后楼。他登上月台，见这里平整光洁，煞是可爱，就停下不走了。看西天月亮，只剩下隐含在山顶的一条线了。殷公坐了很久，四周再没有丝毫异常现象，暗笑外间传闻不确。他席地躺下，头枕石板，仰望牛郎星和织女星。

一更将尽的时候，殷公正恍恍惚惚的快要睡着，楼下响起了脚步声，一步步朝上走来。他假装已经睡着，微微张眼偷看动静。只见一个青衣丫环提着一盏莲花灯，突然见到殷公，吃了一惊，倒退着对后面的人说："有陌生人在。"下边的人问："是谁呀?"丫环答道："不认识。"不一会儿，一个老翁上楼来，凑近殷公细看，说："这是殷尚书，他已经睡得很熟了。只管办我们的事情吧，殷相公为人洒脱豪爽，也许不会责备我们的。"于是他们相继进楼，楼内所有的房门全都打开了。

过了一会儿，来来往往的人更加多了，楼内灯火辉煌，就像白天一样明亮。殷公稍稍翻动身子，打了个喷嚏。老翁听见殷公醒了，就出来跪着说："我有个女儿，今夜出嫁，想不到惊扰贵人，恳请不要深责。"殷公起身，拉老翁起来，说道："不知今夜是大喜的日子，我惭愧没有庆贺的礼物。"老翁说："贵人光临，镇除凶神恶煞，就是幸事了。烦请你入席陪坐，我加倍感到荣幸。"殷公欣然答应了。走进楼里一看，陈设十分华丽。就见有一个妇人出来参拜行礼，年纪大约四十出头。老翁说：“这是我妻子。”殷公作揖还礼。

不一会儿，听见传来一阵震耳的笙乐之声，有人奔上楼来说：“来了！”老翁急忙出迎，殷公也恭立等候。稍过一会儿，一簇灯笼，引导新郎进来了。新郎年纪大约十七八岁，风采奕奕，容貌清秀。老翁叫新郎先向贵客行礼，少年看了看殷公，殷公也就充作傧相似的，按半个主人的身份答礼。接下来是丈人和女婿互拜，拜完，就一起入席。一会儿，打扮得漂漂亮亮的丫环纷纷簇簇，你来我往，端上酒肉佳肴，热气腾腾，玉碗金盆，满桌生辉。

酒过数巡，老翁叫丫环去请小姐出来，丫环应声进里屋去了。过了很久，小姐还没出来。老翁亲自起身前去掀帐催促。不一会儿，几个婢女老妇簇拥着新娘出来了，玉珮清响悦耳，兰麝芳香扑鼻。老翁命小姐向上参拜，起身坐在母亲身旁。殷公稍为看了一下小姐，只见她鬓撑翠凤，耳垂玉环，容貌艳丽，举世无双。这时席上用大金杯上酒，一杯可盛得下好几杯。殷公自思这金杯可以用来向朋友们证明自己入宅的经历，就悄悄地藏进衣袖中，假装已经喝醉，靠在桌子上，软洋洋地好像睡着了。众人都说：“相公醉了。”过了没多久，听得新郎告辞离去，笙乐之声又大作，众人纷纷下楼而去。尔后，主人收捡酒具，发现少了一只金杯，到处找不到。有人私议或许是睡着的客人拿去了，老翁急忙阻止他们再说，唯恐被殷公听见。

过了好一会儿，楼里楼外都静下来了，殷公这才起身。屋内暗无灯火，只有粉香酒气充满四壁。看看东方已经露白，就从从容容走出后楼，摸摸袖中，金杯还在。到宅院门口，秀才们已先等在那里了，他们怀疑殷公是夜里离开了一大早又先进去的。殷公拿出金杯给大家看，众人都吃惊地询问究竟，于是他就把昨夜的情形告诉了大家。大家都认为这东西不是清贫的读书人所能有，就相信了殷公的话。

后来殷公考中了进士，任肥丘县令。一天，有姓朱的官宦世家宴请殷公，席间命仆人去拿大杯，好长时间不来。有个小僮走近，掩着口对主人耳语，主人面有怒色。不一会儿，仆人奉上金杯，劝客人饮酒。殷公仔细看那金杯，式样和雕镂的图案，与从前狐狸用的酒杯没有丝毫差别。他心里充满疑团，就问主人这金杯的来历。主人答道："这样的金杯共有八只，是家父做京官时，找良工监制的。这是我家传世的宝物，已经珍藏很久了。因为大驾光临寒舍，刚才叫仆人开箱去拿，只剩七只了。我怀疑家人偷取，可是箱子锁了十年，上面灰尘和过去一样，实在弄不明白怎么回事。"殷公笑着说："金杯长翅膀飞了。但是先生世代珍藏的宝物不可丢失。我也有一只金杯，式样与先生家藏很相像，当拿来奉赠。"

酒宴结束后，殷公回到县署，找出金杯，派人骑马送去。主人仔细一看，不禁大为震惊。他亲自来到县署，拜谢殷公，并询问金杯的来历。殷公就把事情从头到尾说了一遍。这才知道千里外的东西，狐狸也能弄到手，但是却不敢永久留下。

娇　娜

孔生雪笠，圣裔也。为人蕴藉，工诗。有执友令天台，寄函招之。生往，令适卒。落拓不得归，寓菩陀寺，佣为寺僧抄录。

寺西百余步，有单先生第。先生故公子，以大讼萧条，眷口寡，移而乡居，宅遂旷焉。一日，大雪崩腾，寂无行旅。偶过其门，一少年出，丰采甚都。见生，趋与为礼，略致慰问，即屈降临。生爱悦之，慨然从入。

屋宇都不甚广，处处悉悬锦幕；壁上多古人书画。案头书一册，签云《琅嬛琐记》。翻阅一过，俱目所未睹。生以居单第，意为第主，即亦不审官阀。少年细诘行踪，意怜之，劝设帐授徒。生叹曰："羁旅之人，谁作曹丘者？"少年曰："倘不以驽骀见斥，愿拜门墙。"生喜，不敢当师，请为友。便问："宅何久锢?"答曰："此为单府，曩以公子乡居，是以久旷。仆皇甫氏，祖居陕。以家宅焚于野火，暂借安顿。"生始知非单。当晚，谈笑甚欢，即留共榻。

昧爽，即有僮子炽炭于室。少年先起入内，生尚拥被坐。僮入白："太公来。"生惊起。一叟入，鬓发皤然，向生殷谢曰："先生不弃顽儿，遂肯赐教。小子初学涂鸦，勿以友故，行辈视之也。"已，乃进锦衣一袭，貂帽、袜、履各一事。视生盥栉已，乃呼酒荐馔。几、榻、裙、衣，不知何名，光彩射目。酒数行，叟兴辞，曳杖而去。

餐讫，公子呈课业，类皆古文词，并无时艺。问之，笑云："仆不求进取也。"抵暮，更酌曰："今夕尽欢，明日便不许矣。"呼僮曰："视太公寝未；已寝，可暗唤香奴来。"僮去，先以绣囊将琵琶至。少顷，一婢入，红妆艳绝。公子命弹《湘妃》。婢以牙拨勾动，激扬哀烈，节拍不类夙闻。又命以巨觞行酒，三更始罢。

次日，早起共读。公子最惠，过目成咏，二三月后，命笔警绝。相约五日一饮，每饮必招香奴。一夕，酒酣气热，目注之。公子已会其意，曰："此婢为老父所豢养。兄旷邈无家，我夙夜代筹久矣。行当为君谋一佳耦。"生曰："如果惠好，必如香奴者。"公子笑曰："君诚'少所见而多所怪'者矣。以此为佳，君愿亦易足也。"

居半载，生欲翱翔郊郭，至门，则双扉外扃。问之。

公子曰："家君恐交游纷意念，故谢客耳。"生亦安之。时盛暑溽热，移斋园亭。生胸间肿起如桃，一夜如碗，痛楚吟呻。公子朝夕省视，眠食都废。又数日，创剧，益绝食饮。太公亦至，相对太息。公子曰："儿前夜思先生清恙，娇娜妹子能疗之。遣人于外祖母处呼令归，何久不至？"

俄僮入白："娜姑至，姨与松姑同来。"父子疾趋入内。少间，引妹来视生。年约十三四，娇波流慧，细柳生姿。生望见颜色，嚬呻顿忘，精神为之一爽。公子便言："此兄良友，不啻胞也，妹子好医之。"女乃敛羞容，揄长袖，就榻诊视。把握之间，觉芳气胜兰。女笑曰："宜有是疾，心脉动矣。然症虽危，可治；但肤块已凝，非伐皮削肉不可。"乃脱臂上金钏安患处，徐徐按下之。创突起寸许，高出钏外，而根际余肿，尽束在内，不似前如碗阔矣。乃一手启罗衿，解佩刀，刃薄于纸，把钏握刃，轻轻附根而割。紫血流溢，沾染床席。而贪近娇姿，不惟不觉其苦，且恐速竣割事，偎傍不久。未几，割断腐肉，团团然如树上削下之瘿。又呼水来，为洗割处。口吐红丸，如弹大，着肉上，按令旋转：才一周，觉热火蒸腾；再一周，习习作痒；三周已，遍体清凉，沁入骨髓。女收丸入咽，曰："愈矣！"趋走出。生跃起走谢，沉痼若失。而悬想容辉，苦不自已。自是废卷痴坐，无复聊赖。

公子已窥之，曰："弟为兄物色，得一佳偶。"问："何人？"曰："亦弟眷属。"生凝思良久，但云："勿须。”面壁吟曰：“曾经沧海难为水，除却巫山不是云。”公子会其指，曰：“家君仰慕鸿才，常欲附为婚姻。但止一少妹，齿太稚。有姨女阿松，年十八矣，颇不粗陋。如不见信，松姊日涉园亭，伺前厢，可望见之。”生如其教。果见娇娜偕丽人来，画黛弯蛾，莲钩蹴凤，与娇娜相伯仲也。生大悦，请公子作伐。公子翼日自内出，贺曰：“谐矣。”乃除别院，为生成礼。是夕，鼓吹阗咽，尘落漫飞，以望中仙人，忽同衾幄，遂疑广寒宫殿，未必在云霄矣。合卺之后，甚惬心怀。

一夕，公子谓生曰：“切磋之惠，无日可以忘之。近单公子解讼归，索宅甚急。意将弃此而西。势难复聚，因而离绪萦怀。”生愿从之而去。公子劝还乡闾，生难之。公子曰：“勿虑，可即送君行。”无何，太公引松娘至，以黄金百两赠生。公子以左右手与生夫妇相把握，嘱闭眸勿视。飘然履空，但觉耳际风鸣。久之曰：“至矣。”启目，果见故里。始知公子非人。喜叩家门。母出非望，又睹美妇，方共忻慰。及回顾，则公子逝矣。

松娘事姑孝；艳色贤名，声闻遐迩。后生举进士，授延安司李，携家之任。母以道远不行。松娘举一男，名小宦。生以忤直指罢官，罣碍不得归。

偶猎郊野，逢一美少年，跨骊驹，频频瞻顾。细视，则皇甫公子也。揽辔停骖，悲喜交至。邀生去，至一村，树木浓昏，荫翳天日。入其家，则金沤浮钉，宛然世族。问妹子则嫁；岳母已亡：深相感悼。经宿别去，偕妻同返。娇娜亦至，抱生子掇提而弄曰：“姊姊乱吾种矣。”

生拜谢曩德。笑曰："姊夫贵矣。创口已合，未忘痛耶?"妹夫吴郎，亦来谒拜。信宿乃去。

一日，公子有忧色，谓生曰："天降凶殃，能相救否?"生不知何事，但锐自任。公子趋出，招一家俱入，罗拜堂上。生大骇，亟问。公子曰："余非人类，狐也。今有雷霆之劫。君肯以身赴难，一门可望生全；不然，请抱子而行，无相累。"生矢共生死。乃使仗剑于门。嘱曰："雷霆轰击，勿动也!"生如所教。

果见阴云昼暝，昏黑如䃜。回视旧居，无复闬闳；惟见高冢岿然，巨穴无底。方错愕间，霹雳一声，摆簸山岳；急雨狂风，老树为拔。生目眩耳聋，屹不少动。忽于繁烟黑絮之中，见一鬼物，利喙长爪，自穴攫一人出，随烟直上。瞥睹衣履，念似娇娜。乃急跃离地，以剑击之，随手堕落。忽而崩雷暴裂，生仆，遂毙。

少间，晴霁，娇娜已能自苏。见生死于旁，大哭曰："孔郎为我而死，我何生矣!"松娘亦出，共舁生归。娇娜使松娘捧其首；兄以金簪拨其齿；自乃撮其颐，以舌度红丸入，又接吻而呵之。红丸随气入喉，格格作响。移时，醒然而苏。见眷口满前，恍如梦寤。于是一门团圞，惊定而喜。

生以幽圹不可久居，议同旋里。满堂交赞，惟娇娜不乐。生请与吴郎俱，又虑翁媪不肯离幼子，终日议不果。忽吴家一小奴，汗流气促而至。惊致研诘，则吴郎家亦同日遭劫，一门俱没。娇娜顿足悲伤，涕不可止。共慰劝之。而同归之计遂决。生入城勾当数日，遂连夜趣装。

既归，以闲园寓公子，恒反关之；生及松娘至，始发扃。生与公子兄妹，棋酒谈宴，若一家然。小宦长成，貌韶秀，有狐意。出游都市，共知为狐儿也。

异史氏曰：余于孔生，不羡其得艳妻，而羡其得腻友也。观其容可以忘饥，听其声可以解颐。得此良友，时一谈宴，则“色授魂与”，尤胜于“颠倒衣裳”矣。

【译文】

书生孔雪笠，是孔圣人的后代。为人很有涵养，擅长作诗。他有个好朋友，在浙江天台县当县令，寄信来请他去。雪笠应邀前往，不料县令刚巧去世，他衣食无着，穷困潦倒，回不了家乡。寄寓在菩陀寺中，受寺僧雇佣，为庙里抄录经书。

寺院西边一百多步，有单先生的宅第。单先生原是贵家公子，因为打了一场大官司，以致家境萧条，家中人口减少，便搬到乡下去居住，这所宅院就空着了。一天，大雪纷飞，路上不见一个行人。雪笠偶然经过单府门前，一个少年正从里面出来，风度很优雅。看见雪笠，快步上前向他施礼，稍稍问候了几句，就邀请雪笠屈尊到宅中做客。雪笠很喜欢这位少年，就爽快地随他进去了。

里边的房间都不很宽敞，到处都张挂着锦缎制成的帷幕。墙壁上有许多古人书画，书桌上放着一册书，书签上写着“《琅嬛琐记》”。雪笠粗粗翻看一遍，都是自己没见过的。他见少年住在单宅，便以为就是宅院的主人单先生，所以也不再打听他的家世。少年详细询问了雪笠的经历，心里很同情他，劝他开学馆教授学生。雪笠叹道：“一个漂泊他乡的人，又有谁来称扬推荐我呢?”少年说：“你如果不因我愚钝庸碌而嫌弃，我愿拜在门下。”雪笠大喜，不敢自居师长，只请与少年结为朋友。于是又问：“这所宅第为什么一直锁着?”少年回答说：“这里是单公子的府第，从前因单公子移居乡下，所以空旷已久。我姓皇甫，祖居陕西，因为家宅被野火焚毁，暂借此地安顿。”雪笠这才知道少年并不是单公子。当晚二人谈谈笑笑，十分愉快，少年就留雪笠同床而眠。

第二天清晨，就有僮儿在屋里燃起炭火。少年先起身进里屋去了，雪笠还拥被坐在床上。僮儿进来禀告说："太公来了。"雪笠一惊，赶紧起身。只见一位老翁走进屋来，鬓发斑白，对雪笠恳切地道谢说："先生不嫌弃我那顽钝的小儿，答应赐教。小儿初学诗文，胡乱涂写，请不要因为和他做了朋友，就以平辈的身份看待他。"说完，就送上锦衣一套，貂皮帽子一顶，袜子和鞋各一双。老翁看雪笠梳洗停当，就命人献上酒食。桌、榻、裙、衣，雪笠说不上是什么材料做的，样样光彩夺目。酒过数巡，老翁起身告辞，拄着拐杖离去。

吃完早餐，公子呈上作业，雪笠一看，都是古文，并无一篇当时流行的八股文。问公子，公子笑着说："我不求进取呀。"到了晚上，公子又献上酒食，对雪笠说："今晚我们尽情欢饮，明天家父就不许了。"他招呼僮儿说："去看看太公安睡了没有，如果已经安寝，可悄悄地唤香奴到这儿来。"僮儿去了，先抱来一把用绣囊装着的琵琶，过了一会儿，一个婢女进来，红妆艳丽，貌美无比。公子命她弹一曲《湘妃怨》。这个叫香奴的婢女用象牙拨子勾动丝弦，激扬高昂，凄楚悲壮，节拍与雪笠从前听过的《湘妃怨》大不相同。公子又命香奴用大杯行酒，一直喝到三更时分，才尽兴而散。

第二天，公子与雪笠一早起来读书。公子极其聪明，诗文过目便能背诵，两三个月后，下笔警语奇绝。二人相约每隔五天共饮一次，每次欢饮，必定要召唤香奴来助兴。一天晚上，雪笠喝得十分酣畅，不禁情热，两眼总是注视着香奴。公子已经明白他的心思，就说："这个婢女是老父养着的，兄长远离故乡，独居无家，我日夜为你筹划婚姻之事已经很久了，不久当为你找一位好对象。"雪笠说："如真有此美意，那么一定要找才貌和香奴一样的。"公子笑着说："你真是少见多怪。以为像香奴这样就算佳人，那么你的愿望也就太容易满足了。"

住了半年，雪笠想去郊外游赏。来到大门口，却见两扇门给从外面反锁住了，便去问公子。公子说："家父怕我外出交游会乱了读书的心思，所以闭门谢客。"雪笠也就安下心来了。当时正值盛夏季节，天气湿热，于是两人便把书房搬到花园里来。雪笠胸口长出一个肿块，像桃子大小，一夜工夫，长得有碗口般大，疼痛难忍，不停地呻吟。公子每天早晚都来探望，急得吃不下饭，睡不着觉。又过了几天，患处进一步恶化，更是粒米不沾，滴水不进。太公也来探望，父子二人相对叹息。公子说：“儿前夜想起，先生的病，娇娜妹妹能治。我已派人到外祖母家去唤她回来，怎么这么久了还不到？”

不一会，僮儿进来禀报：“娜姑娘已到，姨太太和松姑娘也一起来了。”父子俩急忙走进内院。过了一会儿，公子带了妹妹娇娜来看望雪笠。娇娜年纪大约十三四岁，娇柔的眼波流露出聪慧，细软的柳腰格外地多姿。雪笠看到她美丽的容貌，顿时忘了痛苦呻吟，精神为之一爽。公子就对娇娜说：“这位先生是哥哥的好朋友，简直胜过同胞兄弟。请妹妹务必好好替他医治。”娇娜就收起羞涩的神情，挥动长袖，走近床前，替雪笠看病。把脉之际，雪笠只觉芳香袭来，胜如春兰。娇娜笑着说：“是该生这样的病，因为你的心脉动了。病虽危险，还可医治，只是坏死的肌肤已经凝结成块，非得割皮削肉不可。”于是就褪下臂上的金镯子放在患处，慢慢地把它按下去。肿疮突起一寸多，高出金镯之外，而疮四周的红肿处却缩小了，收束到金镯子以内，不像原先那样像碗口大了。娇娜就用另一只手撩起衣襟，解下一把刀刃比纸还薄的佩刀，按住金镯，轻轻把刀贴着肿疮的根部切割。暗红色的污血流淌出来，把床席都沾染了。雪笠贪恋与美人接近，不但不觉得痛苦，反而担心手术完成得太快，娇娜不能长久靠在自己身旁。不一会儿，脓疮被割下来了，圆团团的好像树上削下来的瘿瘤。娇娜又叫人取水来，替雪笠洗净创口。接着，从口中吐出一颗弹子大小的红丸，放在创口处，按着它转。刚转了一圈，雪笠感觉那儿好像受到热火蒸腾一般；转第二圈，又觉得阵阵发痒；等转完三圈，遍体清凉，沁入骨髓。娇娜收起红丸吞入口中，说道：“病治好了！”就快步往外走。雪笠一跃而起，赶上去向她道谢，一身重病顿时没了。但是悬想娇娜光彩照人的容貌，又苦闷不能自止。从此他再不读书，整日痴痴地坐着，对什么都不再感兴趣。

公子已暗中注意到这一切，就对雪笠说：“我为兄长物色，已经找到一位佳偶。”雪笠问：“是谁？”公子答道：“也是我的亲眷。”雪笠听罢，出神想了好久，只说：“不必了。”转身面对墙壁，吟诵唐朝诗人元稹的两句诗：“曾经沧海难为水，除却巫山不是云。”公子明白他的意思，说道：“家父十分仰慕先生大才，一直想高攀结亲。但家中只有一个小妹，年纪太小。有个姨表妹叫阿松，十八岁了，还不怎么粗陋。如果不信，反正松姐每天都要到花园中来，你在前厢房中候着，就能看见她了。”雪笠照他所说，果然看见娇娜偕同一位漂亮的姑娘前来，画着弯弯的蛾眉，一双小脚穿着凤鞋，容貌与娇娜不相上下。雪笠满心欢喜，请公子为他做媒。第二天，公子从内院出来，向雪笠贺喜道：“好事成了！”于是收拾好另外一个院子，为雪笠举行婚礼。这天晚上，鼓乐喧天，震得屋梁上的尘土都飞落下来。雪笠因为日思夜想的天仙美女，忽然与自己同床合被，真疑心嫦娥所住的广寒宫未必是在天上了。成亲之后，十分称心如意。

一天晚上，公子对雪笠说：“你在学问上帮我一起研讨，此恩永世难忘。近来单公子打完官司回来了，索要这所宅第很急，我们打算离开这里，还回陕西老家。看来你我再难重聚，因而离愁别绪，萦绕心怀。”雪笠愿意随公子一起去。公子劝他还是返还山东故乡，雪笠感到有困难。公子说：“你不用担心。我可立即送你走。”不一会儿，太公领了松娘前来，把一百两黄金送给雪笠。公子用左右手分别握住雪笠夫妇的手，嘱咐他们闭上眼睛不能看。雪笠只觉飘飘然凌空飞起，耳边风声呼呼作响。好一会儿，听公子说：“到了！”雪笠睁开眼睛，果然见到了故乡。这时他才知道公子不是凡人。雪笠欣喜地敲开家门，母亲喜出望外，又看见美丽的媳妇，正共感欢慰。等回头看时，公子已没踪影了。

松娘侍奉婆婆十分孝顺，美貌贤惠，远近闻名。后来雪笠考中进士，授任陕西延安府司理，掌管一府刑狱。他带着家眷赴任，老母亲因路途遥远，没有同行。松娘生了一个男孩，取名小宦。雪笠因违逆了巡按使的意旨，被罢了官搁在那里，一时不能回山东老家。

一天，他偶然到郊外打猎，遇见一位英俊少年，骑一匹小黑马，频频回头望他。雪笠仔细一看，原来是皇甫公子，急忙收缰勒马，不禁悲喜交集。公子邀雪笠一起回去，来到一个村庄，树木茂盛，遮天蔽日。进了家，又见门上遍排金钉，宛然是世家大族。雪笠问起娇娜妹子，说是出嫁了，岳父母已经去世，互相深深感伤了一番。雪笠住了一夜，第二天告别回去，又偕同妻子一起返回公子庄上。娇娜也来了，抱起小宦，逗笑着说："姐姐，你乱了我们的种了。"雪笠向娇娜拜谢昔日为他治病的恩德。娇娜笑着说："姐夫如今显贵了。创口已经愈合，还没忘记痛吧?"娇娜的丈夫吴郎也来拜见。雪笠夫妇住了两夜才回去。

有一天，皇甫公子满面愁容，对雪笠说："上天降下凶祸，你能不能相救?"雪笠不知道出了什么事，但是马上应承下来了。公子快步出去，招呼一家人全都进来，在厅堂上团团下拜。雪笠大惊，急忙问到底出了什么事。公子说道："我们不是人类，而是狐狸，现在要遭受雷霆的劫难，你如果肯挺身赴难，我们一家可望保全性命；如果不肯，就请抱了孩子走吧，不要把你也连累了。"雪笠发誓愿与公子一家同生共死，公子就让雪笠仗剑站在门口，嘱咐他说："任凭雷霆怎样轰击，千万不要动!"雪笠一一听从。

一会儿，果然阴云密布，天昏地暗，好像头上压着一块巨大的黑石板。雪笠回头一看，原先住的门楼房舍全都不见了，只看见一座高高的古坟岿然耸立，巨大的洞穴深不见底。正在惊异不止的时候，突然一声霹雳，山摇地动，接着狂风急雨，老树也被连根拔起。雪笠眼也被闪电耀花了，耳也被雷声震聋了，但他依然屹立着一动不动。忽然又见在浓烟黑云之中，有个尖嘴长爪的鬼物，从洞穴中抓出一个人来，随着烟云腾空直上。雪笠一眼瞥见那衣服鞋子，心想好像是娇娜，于是迅速跃起，挥剑向鬼物击去，娇娜随着就从鬼物爪中坠落下来。忽然惊雷猛地炸响，雪笠跌倒在地，死了。

过了一会儿，天晴雨止。娇娜已慢慢苏醒过来。她看见雪笠死在旁边，放声大哭，说道："孔郎为我而死，我还活着干什么呀!"这时松娘也从洞中出来，与娇娜一起把雪笠抬回家中。娇娜让松娘捧着雪笠的头，让她哥哥用金簪拨开雪笠的牙关，自己捏着他的下颔，用舌头把红丸送到他口中，又唇对唇往里吹气。红丸随气进入雪笠喉中，发出格格的声响。过了好一会儿，雪笠好像一觉睡醒似的活过来了，看见亲属站满在身前，恍恍惚惚好像做了一场梦。于是一家团圆，惊定而喜。

雪笠因为坟地不可久居，就和大家商量一起返回山东老家。满屋的人交口赞同，只有娇娜闷闷不乐。雪笠请她与吴郎一起去，娇娜又顾虑公公婆婆离不开小儿子。整整商议了一天，仍然没有结果。忽然吴家的一个小奴汗流浃背、气喘吁吁地跑来，大家吃惊地询问究竟。原来吴家也在同一天遭到雷霆之灾，一家老小全都死于非命。娇娜顿足悲哭，泪流不止，大家都劝慰她。于是一同返回故乡的计议就定下来了。雪笠进城料理安排了几天，就连夜整理行装起程。

回到山东以后，雪笠将一所空闲的花园给公子居住，园门经常反锁着，只有当雪笠和松娘到来才开。雪笠和公子兄妹经常弈棋饮酒，谈笑欢宴，就像一家人一样。小宦长大后，容貌美丽清秀，很有狐仙的气质风韵。他外出到都市游玩，人们都知道他是狐狸的儿子。

异史氏说：我对于孔生，不羡慕他娶得一位艳丽的妻子，而羡慕他结识一位亲密的女友。看见她的容貌，可以忘记饥饿；听到她的声音，可以使人欢笑。如果得到这样一位良友，时常在一起谈论宴饮，那么就能在精神上融合沟通，更胜过夫妻情爱了。

僧　孽

张姓暴卒，随鬼使去，见冥王。王稽簿，怒鬼使误捉，责令送归。张下，私浼鬼使，求观冥狱。鬼导历九幽，刀山、剑树，一一指点。末至一处，有一僧扎股穿绳而倒悬之，号痛欲绝。近视，则其兄也。张见之惊哀，问："何罪至此？"鬼曰："是为僧，广募金钱，悉供淫赌，故罚之。欲脱此厄，须其自忏。"

张既苏，疑兄已死。时其兄居兴福寺，因往探之。入门，便闻其号痛声。入室，见疮生股间，脓血崩溃，挂足壁上，宛然冥司倒悬状。骇问其故。曰："挂之稍可，不则痛彻心腑。”张因告以所见。僧大骇，乃戒荤酒，虔诵经咒。半月寻愈。遂为戒僧。

异史氏曰：鬼狱渺茫，恶人每以自解；而不知昭昭之祸，即冥冥之罚也。可勿惧哉！

【译文】

有个姓张的人，突然死去，灵魂跟随拘魂使去见阎王。阎王查核生死簿，为拘魂使捉错了人非常生气，责令把姓张的送回阳间。姓张的从殿上下来，私下里央求鬼使，让他去看看地狱。于是鬼使带他走遍了地狱深处，刀山、剑树，一一指点给他看。最后来到一个地方，有个和尚被绳索穿通大腿倒挂着，大声呼号，痛苦欲绝。走近一看，却是自己的哥哥。姓张的见了又是惊恐，又是悲伤，忙问道：“他犯了什么罪，弄到这等地步？”鬼使说道：“他做和尚，到处募捐金钱，全都用在淫荡赌博上，所以要惩罚他。若想解脱这个厄运，必须要他忏悔自己的罪过。”

姓张的苏醒过来以后，疑心哥哥已经死了。当时他的哥哥居住在兴福寺，于是前去探望。踏进寺门，就听见他哥哥叫痛的声音。进屋子一看，只见他哥哥大腿间生了一个恶疮，已经糜烂，脓血流淌，两只脚高悬在墙壁上，宛然就像在阴司里见到的倒挂模样。姓张的吃惊地问哥哥为什么这样。哥哥回答说：“把两只脚挂着，稍为好受些，否则彻心彻肺地痛。”于是姓张的就把在地狱里的所见所闻告诉了哥哥。和尚惊恐万分，马上去荤戒酒，每天虔诚地诵读经文，过了半个来月，渐渐好了。从此，他成了一名严守戒律的和尚。

异史氏说：鬼狱之事渺茫，所以恶人常常以此来宽慰自己，却不知阳间所遭受的祸害，就是阴间鬼神施加的惩罚。难道能不畏惧吗！

妖　术

于公者，少任侠，喜拳勇，力能持高壶，作旋风舞。

崇祯间，殿试在都，仆疫不起，患之。会市上有善卜者，能决人生死，将代问之。

既至，未言。卜者曰："君莫欲问仆病乎？"公骇应之。曰："病者无害，君可危。"公乃自卜。卜者起卦，愕然曰："君三日当死！"公惊诧良久。卜者从容曰："鄙人有小术，报我十金，当代禳之。"公自念，生死已定，术岂能解。不应而起，欲出。卜者曰："惜此小费，勿悔勿悔！"爱公者皆为公惧，劝罄橐以哀之。公不听。

倏忽至三日，公端坐旅舍，静以觇之，终日无恙。至夜，阖户挑灯，倚剑危坐。一漏向尽，更无死法。意欲就枕，忽闻窗隙窣窣有声。急视之，一小人荷戈入；及地，则高如人。公捉剑起，急击之，飘忽未中。遂遽小，复寻窗隙，意欲遁去。公疾斫之，应手而倒。烛之，则纸人，已腰断矣。公不敢卧，又坐待之。

逾时，一物穿窗入，怪狞如鬼。才及地，急击之，断而为两，皆蠕动。恐其复起，又连击之，剑剑皆中，其声不耎。审视，则土偶，片片已碎。于是移坐窗下，目注隙中。久之，闻窗外如牛喘，有物推窗櫺，房壁震摇，其势欲倾。公惧覆压，计不如出而斗之，遂剨然脱扃，奔而出。见一巨鬼，高与檐齐；昏月中，见其面黑如煤，眼闪烁有黄光；上无衣，下无履，手弓而腰矢。公方骇，鬼则弯矣；公以剑拨矢，矢堕；欲击之，则又弯矣。公急跃避，矢贯于壁，战战有声。鬼怒甚，拔佩刀，挥如风，望公力劈。公猱进，刀中庭石，石立断。公出其股间，削鬼中踝，铿然有声。鬼益怒，吼如雷，转身复剁。公又伏身入；刀落，断公裙。公已及胁下，猛斫之，亦铿然有声，鬼仆而僵。公乱击之，声硬如柝。烛之，则一木偶，高大如人。弓矢尚缠腰际，刻画狰狞；剑击处，皆有血出。公因秉烛待旦。方悟鬼物皆卜人遣之，欲致人于死，以神其术也。

次日，遍告交知，与共诣卜所。卜人遥见公，瞥不可见。或曰："此翳形术也，犬血可破。"公如言，戒备而往。卜人又匿如前。急以犬血沃立处，但见卜人头面，皆为犬血模糊，目灼灼如鬼立。乃执付有司而杀之。

异史氏曰：尝谓买卜为一痴。世之讲此道而不爽于生死者几人？卜之而爽，犹不卜也。且即明明告我以死期之至，将复如何？况有借人命以神其术者，其可畏不尤甚耶！

【译文】

于公年轻时有侠义之风，爱打上几套拳，力气大得能手提盛水计时的大壶像旋风一般挥舞。明末崇祯年间，他在京城参加进士考试，仆人染上时疫病倒在床，他很忧虑。正巧街上有个善于看相卜卦的，能推知人的生死，于公想代仆人前去问问吉凶。

到那儿以后，还没开口，算命的就问道："你莫不是想探问仆人的病情吧？"于公吃惊地点头称是。算命的说："病人无妨，倒是你有危险。"于公就请算命的为自己占卜。算命的卜了一卦，惊讶地说道："你三天之内就得死！"于公惊诧了好久。算命的不慌不忙说："我略有小术，你出十两银子作为报酬，我一定替你消除灾难。"于公心想，生死之命已定，小小的法术岂能消解？就没有应允，起身要走。算命的说："舍不得这么一点点小钱，可不要后悔，不要后悔！"爱护于公的人都为他担心害怕，劝他尽囊中所有求算命的解救，于公不听。

一转眼到了第三天，于公端坐在旅店里，静静地观察动静，整整一天平安无事。到了晚上，于公关上房门，点上油灯，身靠宝剑，直挺挺坐着。夜已深了，仍然没有死的征兆。心想上床睡觉，忽然听见窗缝间有窸窸窣窣的声响，忙看去，只见有个小人儿扛着一杆长矛进来了，一落地，就变得和平常人一样高了。于公拔剑而起，急忙刺去，那人却飘忽忽的没刺中，就一下子变小，又寻觅窗缝，想逃出去。于公迅速挥剑砍去，小人应手倒下。于公拿油灯照看，是一个纸人，已被拦腰斩断。于公不敢再睡，依然坐着等候。

过了一段时间，有一样东西穿窗进来，像恶鬼般狰狞可怕，刚一落地，于公立即抽剑击去，把它斩为两截，还都在地上蠕动，于公怕它再起来，又连刺几剑，剑剑击中，可是声音不像砍在柔软的肉体上，仔细一看，原来是个泥人儿，已碎成一片一片的了。于是于公把座位移到窗下，两眼紧紧盯着窗缝。过了好久，又听见窗外有像老牛喘息的声音，有什么东西在推窗框，墙壁都被震得摇摇晃晃，看样子有倒塌的危险。于公怕被压在里面，核计着还不如到外面去和它决斗，于是哗啦一下拔开门栓，冲出屋子。只见一个巨鬼，个头有屋檐那么高。在昏黄的月色中看他的脸，黑如煤炭，眼睛闪烁着黄光，上身没衣，脚下没鞋，手提弓，腰插箭。于公正在惊骇之际，巨鬼已经弯弓朝他射来，于公急忙用剑一拨，箭应声落地。他刚想上前刺鬼，巨鬼又已弯弓射来，他忙一跃避过，箭直射入墙壁，铮铮有声。巨鬼大怒，拔出佩刀，挥舞如风，往于公头上使劲劈来。于公像猴子似地往前一窜，巨鬼一刀劈空，砍在院子里的阶石上，阶石立刻断为两截。于公从巨鬼两腿之间穿过，挥剑击中巨鬼的脚踠，发出铿的一声。巨鬼更加暴怒，咆哮如雷，转身又砍。于公又伏下身子，从巨鬼的两腿之间钻过，刀落下来只砍断了于公的袍裙。这时，于公已跃到巨鬼腋下，举剑猛力砍去，也是铿的一声，那巨鬼一个倒栽葱，直挺挺地倒在地上。于公挥剑乱砍，声音硬梆梆的好像打更似的。于公用灯一照，原来是一具木偶，像真人那么高大。弓箭还挂在腰间，脸上刻画得狰狞凶恶，身上被剑击中的地方，都有血流出来。于公就持灯直等到天亮。这时他才明白，夜里的鬼物全都是那算命的派来，想置自己于死地，借以显示他的灵验。

第二天，于公把夜间的事遍告所有的朋友，同他们一起去算命的那儿。那算命的远远看见于公来了，一转眼人就不见了。朋友中有人对于公说："这是隐身术，用狗血可以破它。"于公照他所说，暗中准备好狗血再去。算命的又故技重施，于公急忙把狗血向他站的地方泼过去，只见算命的原形毕露，满头满脸狗血模糊，只有两只眼睛闪闪发亮，像个鬼似的站在那儿。于公就把他扭送到官府，将他处死了。

异史氏说：我曾说过，花钱算命是傻子。世上讲谈这一套而真能把生死算得一点不差的，究竟有几个？算了不准，等于不算。而且就算明明白白告诉我死期就要来临，又能怎么样呢？何况有借别人的性命来炫耀自己"铁口"神奇的人，岂不是更令人可怕吗！

野　狗

于七之乱，杀人如麻。乡民李化龙，自山中窜归。值大兵宵进，恐罹炎昆之祸，急无所匿，僵卧于死人之丛，诈作尸。兵过既尽，未敢遽出。忽见阙头断臂之尸，起立如林。内一尸断首犹连肩上，口中作语曰："野狗子来，奈何？"群尸参差而应曰："奈何！"俄顷，蹶然尽倒，遂寂无声。

李方惊颤欲起，有一物来，兽首人身，伏啮人首，遍吸其脑。李惧，匿首尸下。物来拨李肩，欲得李首。李力伏，俾不可得。物乃推覆尸而移之，首见。李大惧，手索腰下，得巨石如碗，握之。物俯身欲龁。李骤起，大呼，击其首，中嘴。物嗥如鸱，掩口负痛而奔。吐血道上。就视之，于血中得二齿，中曲而端锐，长四寸余。怀归以示人，皆不知其何物也。

【译文】

于七在山东栖霞县的那场暴乱，杀人如麻。乡民李化龙从山里逃回，正碰上官兵夜间进军，他唯恐遭到玉石俱焚之灾，一时情急，无处藏身，就直挺挺躺在死尸堆里装作死人。官兵已过完了，他还不敢马上出来。忽然见那些缺头断臂的死尸，纷纷站立起来，像一片树林。其中一具死尸斫断的头还连在肩上，嘴里嘟嘟囔囔地说道："野狗子来了，可怎么办呢！"那群尸体参差不齐地应声说道："可怎么办呢！"过了一会儿，一个个全都倒在地上，于是四下寂静，没有一点声响。

李化龙正浑身打颤想爬起身子，来了一个兽头人身的怪物，俯身咬破死尸的脑袋，一一吸干其中脑浆。李化龙心里害怕，把头埋在死尸下面。怪物过来拨动李化龙的肩膀，想弄到他的脑袋，他使劲伏着，使怪物得不到。怪物就把压在他身上的死尸推开移到一边，李化龙的头露了出来。他害怕极了，手在腰下摸到碗口大一块石头，紧紧握在手里。怪物俯下身子要咬，他突然跃起，大喊一声，举起石块猛击怪物头部，打中了它的嘴巴。怪物发出猫头鹰一样的嗥叫，捂着嘴负痛逃奔而去，把血吐在路上。李化龙走近细看，从血中拾得两颗牙齿，中间弯曲，两头尖利，有四寸多长。他带回家给别人看，都不知这怪物是个什么东西。

三　生

刘孝廉，能记前身事。与先文贲兄为同年，尝历历言之。

一世为搢绅，行多玷。六十二岁而没。初见冥王，待以乡先生礼，赐坐，饮以茶。觑冥王盏中，茶色清澈，已盏中浊如醪，暗疑迷魂汤得勿此耶？乘冥王他顾，以盏就案角泻之，伪为尽者。俄顷，稽前生恶录；怒，命群鬼捽下，罚作马。即有厉鬼縶去。

行至一家，门限甚高，不可逾。方趦趄间，鬼力楚之，痛甚而蹶。自顾，则身已在枥下矣。但闻人曰：“骊马生驹矣，牡也。”心甚明了，但不能言。觉大馁，不得已，就牝马求乳。逾四五年，体修伟。甚畏挞楚，见鞭则惧而逸。主人骑，必覆障泥，缓辔徐徐，犹不甚苦；惟奴仆圉人，不加鞯装以行，两踝夹击，痛彻心腑。于是愤甚，三日不食，遂死。

至冥司，冥王查其罚限未满，责其规避，剥其皮革，罚为犬。意懊丧，不欲行。群鬼乱挞之，痛极而窜于野。自念不如死，愤投绝壁，颠莫能起。自顾，则身伏窦中，牝犬舐而腓字之，乃知身已复生于人世矣。

稍长，见便液，亦知秽；然嗅之而香，但立念不食耳。为犬经年，常忿欲死，又恐罪其规避。而主人又豢养，不肯戮。乃故啮主人脱股肉。主人怒，杖杀之。

冥王鞫状，怒其狂猘，笞数百，俾作蛇。囚于幽室，暗不见天。闷甚，缘壁而上，穴屋而出。自视，则伏身茂草，居然蛇矣。遂矢志不残生类，饥吞木实。

积年余，每思自尽不可，害人而死又不可；欲求一善死之策而未得也。一日，卧草中，闻车过，遽出当路；车驰压之，断为两。冥王讶其速至，因蒲伏自剖。冥王以无罪见杀，原之，准其满限复为人，是为刘公。公生而能言，文章书史，过辄成诵。辛酉举孝廉。每劝人：乘马必厚其障泥；股夹之刑，胜于鞭楚也。

异史氏曰：毛角之俦，乃有王公大人在其中；所以然者，王公大人之内，原未必无毛角者在其中也。故贱者为善，如求花而种其树；贵者为善，如已花而培其本：种者可大，培者可久。不然，且将负盐车，受羁馽，与之为马；不然，且将啖便液，受烹割，与之为犬；又不然，且将披鳞介，葬鹤鹳，与之为蛇。

【译文】

刘举人能记得自己前身的事情，他和我已故的族兄蒲文贲同年中举，曾一一叙说前身的经历。

刘举人起初一世是个做官的，生平行为多有失检点，六十二岁去世。死后初见阎王，阎王以乡中耆旧的礼节招待他，赐他坐下，又送上茶。刘举人侧眼偷看，只见阎王杯子里的茶水清澈透明，而自己杯子里却像没滤过的酒一样浑浊，心中暗暗怀疑：莫非这就是迷魂汤吧？乘阎王刚一转头的工夫，拿起杯子沿桌角把茶倒掉，假装喝光的样子。过了一会儿，阎王查核刘举人前生作恶的记录，十分生气，命令手下小鬼们把刘举人从座位上一把拖下来，罚他下世作马。随即就有模样凶恶的鬼上来把他绑走了。

到一户人家，门槛很高，跨不过去，正当他犹豫不前的时候，鬼用刀抽打，他感到非常疼痛，不禁往上一跃，再看自己已经卧在马厩里了。只听得有人说："黑马生小马驹了，是匹公马。"刘举才心里很明白，只是讲不出话。觉得肚子很饿，不得已，只好拱在母马身下找乳吃。过了四五年，长成一匹高头大马，很怕鞭打之苦，一见马鞭就吓得逃跑。主人骑它，总要先安上马鞯，缰绳放得很松，慢慢地行走，倒还不怎么苦；而仆人和马伕不加马鞯就骑在它身上，两脚夹击马腹，痛彻心腑，于是，气愤极了，接连三天不吃东西，就这么死了。

又来到阴间，阎王一查生死簿，发现它受罚的期限还没满，斥责它有意逃避惩罚，剥去它的皮，罚它来世作狗。它心里十分懊丧，不想走，群鬼把它乱打一阵，它痛极了，逃窜到野外。心想还不如死了。悲愤之下，一头从悬崖绝壁上跳了下去，摔到地上，站不起来。再看看自己，已经踡伏在洞穴中，有只母狗舐着它，护着它，明白自己已经重新来到阳世了。

到稍稍长大一些，它看见便液，也知道这是脏东西，可是闻闻却有一股香味，不过它心里明白，立志不去吃罢了。作狗满一年，常常又气又恨，想一死了之，又怕阎王怪罪自己有意逃避受罚；而主人又喂养它不肯杀掉。于是它故意咬下主人大腿上一块肉，主人大怒，用棍子把它打死。

来到阴间，阎王查问它的死因，对它的狂暴不驯很为生气，叫手下狠狠责打了几百板子，命它下世再去阳间作蛇。它被囚禁在一间黑屋子里，不见天日，实在闷得难受，就沿着墙壁往上爬，在屋顶钻个洞出来。再看自己，伏身在茂密的草丛中，居然已变成一条蛇了。从此它立志不再残害生灵，只靠吞食树上的果实充饥。

过了一年多，常想自杀不可，害人而死又不可，想找一条妥善的死法，一直没能想出来。一天，它正盘卧在路边草丛中，听见有车子过来，就突然窜出，横卧在路当中，被车子从身上压过，断成两截。阎王惊奇它这么快又回来了，它就伏在地上，向阎王禀辨自己的心迹，阎王因为它没有罪过而被杀死，就宽容了它，允许它在阴间满了期限，再到阳间为人，这就是刘公。

刘公一生下来就会说话，文章书史，过目就能背诵。明末天启元年（1621）中了举人。他常常劝别人：骑马时，一定要安上厚厚的马鞯；双腿夹住马腹，比用鞭子抽打更厉害。

异史氏说：长毛角之类的动物，竟有王公大人在其中；所以如此，是因为王公大人之流，本来就未必没有披毛戴角的畜类在其中。故而下贱的人行善事，有如为求花而种树；高贵的人行善事，有如已开花而在根部培土。种树可以使它长大开花，培土可以使花长久开放。否则，就会拉盐车，套笼头，让他做马；不然，就会吃便液，受烹割，让他做狗；再不然，就会身披鳞甲，葬身于鹤鹳之腹，让他做蛇。

狐 入 瓶

万村石氏之妇，祟于狐，患之，而不能遣。扉后有瓶，每闻妇翁来，狐辄遁匿其中。妇窥之熟，暗计而不言。一日，窜入。妇急以絮塞其口；置釜中，燂汤而沸之。瓶热。狐呼曰：“热甚！勿恶作剧。”妇不语。号益急，久之无声。拔塞而验之，毛一堆，血数点而已。

【译文】

万村石家媳妇受狐狸祸害，心中忧虑，却没法赶跑它。房门后面有只瓶子，每次狐狸听见妇人的阿公来，总是钻进瓶子里躲起来。妇人看出它的行动规律，心中暗暗定下计策，而嘴上并不声张。一天，狐狸又窜入瓶里，妇人急忙用棉絮塞住瓶口，放在大铁锅里，灌上水烧开。瓶子热了，狐狸在里面大声喊道：“太热了，不要恶作剧！”妇人也不响，狐狸的号叫声越来越急，叫了好久，不再出声了。妇人拔出棉絮察看，瓶里只有一堆毛、几滴血而已。

鬼　哭

谢迁之变，宦第皆为贼窟。王学使七襄之宅，盗聚尤众。城破兵入，扫荡群丑，尸填墀，血至充门而流。公入城，扛尸涤血而居。往往白昼见鬼；夜则床下磷飞，墙角鬼哭。

一日，王生皞迪，寄宿公家，闻床底小声连呼：“皞迪！皞迪！”已而声渐大，曰：“我死得苦！”因哭，满庭皆哭。公闻，仗剑而入，大言曰：“汝不识我王学院耶?”但闻百声嗤嗤，笑之以鼻。公于是设水陆道场，命释道忏度之。夜抛鬼饭，则见磷火营营，随地皆出。

先是，阍人王姓者，疾笃，昏不知人者数日矣。是夕，忽欠伸若醒。妇以食进。王曰：“适主人不知何事，施饭于庭，我亦随众啖噉。食已方归，故不饥耳。”由此鬼怪遂绝。岂钹铙钟鼓，焰口瑜伽，果有益耶？

异史氏曰：邪怪之物，唯德可以已之。当陷城之时，王公势正赫，闻声者皆股栗；而鬼且揶揄之。想鬼物逆知其不令终耶？普告天下大人先生：出人面犹不可以吓鬼，愿无出鬼面以吓人也！

【译文】

顺治三年（1646）谢迁叛乱时，淄川城内官宦人家的府第，全成了叛乱者的据点，学政王七襄的家中，聚集的叛众特别多。官军破城入内，扫荡叛众，死尸填平了台阶，鲜血甚至从门槛上流出来。王公进城回家，搬开死尸，洗净污血，住了下来。往往大白天看见鬼，晚上床下鬼火游荡，墙角鬼哭啾啾。

一天，书生王皞迪寄住在王学政家里。听见床下有轻微的声音连连呼唤：“皞迪！皞迪！”后来声音渐渐响了，说：“我死得好苦啊！”说着就哭起来，满院子都跟着哭。王公听见了，提着宝剑进屋来，大声喝道：“你们不认识我王学政吗！”只听得许多从鼻孔里发出的嗤笑声。于是，王学政就在家里设了水陆道场，让和尚道士来诵经超度亡灵。到夜里抛洒鬼饭，只见鬼火荧荧，到处都飘出来。

当初，王家有个看门人，也姓王，病势沉重，已经连续好几天昏迷不知人事。这天晚上，忽然欠了欠身子，伸了伸手脚，好像刚从睡梦中醒来。妻子送上饭食，他说：“刚才主人不知为什么，在庭院里施饭，我也跟着大家一起吃，吃完了方才回家，所以不觉得饿。”从此以后，王宅里的鬼怪就再也不见了。难道打钹敲铙，撞钟击鼓，施舍饿鬼做法事，这些果真有用吗？

异氏史说：妖邪鬼怪之物，只有德行才能消除它。当淄川城陷落之时，王学政正威势显赫，听见他声音的人都会两腿打颤，然而鬼却揶揄嘲讽他。我想，难道鬼物预知他以后不得善终吗？普告天下的大人先生们：作出人面尚且不能吓鬼，请不要作出鬼面来吓人吧！

真 定 女

真定界，有孤女，方六七岁，收养于夫家。相居一二年，夫诱与交而孕。腹膨膨而以为病也，告之母。母曰："动否？"曰："动。"又益异之。然以其齿太穉，不敢决。未几，生男。母叹曰："不图拳母，竟生锥儿！"

【译文】

河北正定地方，有个孤女才六七岁，被人收作童养媳。住了一两年，丈夫引诱同她交合，因而怀孕。她肚子渐渐大起来，以为是病，就告诉了婆婆。婆婆问道："肚子里动不动？"她回答说："动的。"婆婆更加觉得奇怪，但是因为她年龄太小，不敢断定是否怀孕。过不多久，她生下一个男孩。婆婆叹道："没想到拳头大的母亲，竟也生下个锥儿般的孩子。"

焦 螟

董侍读默庵家，为狐所扰，瓦砾砖石，忽如雹落，家人相率奔匿，待其间歇，乃敢出操作。公患之，假作庭孙司马第移避之。而狐扰犹故。

一日，朝中待漏，适言其异。大臣或言：关东道士焦螟，居内城，总持勅勒之术，颇有效。公造庐而请之。道士朱书符，使归粘壁上。狐竟不惧，抛掷有加焉。公复告道士。

道士怒，亲诣公家，筑坛作法。俄见一巨狐，伏坛下。家人受虐已久，衔恨綦深，一婢近击之。婢忽仆地气绝。道士曰："此物猖獗，我尚不能遽服之，女子何轻犯尔尔。"既而曰："可借鞫狐词亦得。"戟指咒移时，婢忽起，长跪。道士诘其里居。婢作狐言："我西域产，入都者一十八辈。"道士曰："辇毂下，何容尔辈久居？可速去！"狐不答。道士击案怒曰："汝欲梗吾令耶？再若迁延，法不汝宥！"狐乃蹙怖作色，愿谨奉教。道士又速之。婢又仆绝，良久始苏。俄见白块四五团，滚滚如球，附檐际而行，次第追逐，顷刻俱去。由是遂安。

【译文】

侍读董默庵家里受到狐狸骚扰，瓦片砖石会突然像冰雹似的落下来，家里人一个个奔逃藏匿，等它停住了，才敢出来做事。董公为此十分忧虑，就借兵部侍郎孙怍庭的府第，把家搬过去以求躲避。可是，狐狸像以前一样仍来捣乱。

一天，董公早朝等候皇帝临殿的时候，正说起这件怪事。大臣中有人说，有个关东道士焦螟，住在内城，总管画符作法之术，很灵验。董公就登门请他驱狐。道士用朱砂画了一道符，让他带回去贴在墙壁上。谁知狐狸居然一点也不害怕，抛砖扔石更加厉害了。董公只得再来向道士告请。

道士一听大怒，亲自来到董公家中，筑起神坛，念咒作法。不一会儿，就见有一只大狐狸匍伏在神坛之下。家人们因为被侵扰已久，怀恨很深，一个婢女走近去打它，她自己忽然扑倒在地，气绝身亡。道士说道："这家伙猖獗，连我尚且不能立即制服它，一个女人怎么能如此轻易地冒犯？"转念又说："可以借她审问狐狸的供词也好。"就伸出两个指头念动咒语，过了一会儿，婢女忽然从地上爬了起来，直挺挺跪着。道士追问她家居何处，婢女成了狐狸的替身，说道："我出生在西城地方，来到京都的同类有十八个。"道士说："京城是天子脚下，哪里容得你们这些狐狸长久居住？可快快离去！"狐狸一声不吭。道士拍桌大怒道："你想要违抗我的命令吗？如果再拖延，神法绝不宽容！"狐狸这才露出恐怖神色，表示愿意接受命令。道士又催促它。婢女重新倒地气绝，过了好久才苏醒过来。不一会儿，只见四五团白色的东西像皮球似的滚着，紧贴在屋檐下行动，一个跟着一个，顷刻之间全都离去。从此，董公家中就太平了。

叶　生

淮阳叶生者，失其名字。文章词赋，冠绝当时；而所如不偶，困于名扬。会关东丁乘鹤，来令是邑。见其文，奇之。召与语，大悦。使即官署，受灯火；时赐钱谷恤其家。

值科试，公游扬于学使，遂领冠军。公期望綦切。闱后，索文读之，击节称叹。不意时数限人，文章憎命，榜既放，依然铩羽。生嗒丧而归，愧负知己，形锁骨立，痴若木偶。公闻，召之来而慰之。生零涕不已。公怜之，相期考满入都，携与俱北。生甚感佩。辞而归，杜门不出。

无何，寝疾。公遗问不绝；而服药百裹，殊罔所效。公适以忤上官免，将解任去。函致生，其略云："仆东归有日；所以迟迟者，待足下耳。足下朝至，则仆夕发矣。"传之卧榻。生持书啜泣。寄语来使："疾革难遽瘥，请先发。"使人返白，公不忍去，徐待之。逾数日，门者忽通叶生至。公喜，逆而问之。生曰："以犬马病，劳夫子久待，万虑不宁。今幸可从杖履。”公乃束装戒旦。

抵里，命子师事生，夙夜与俱。公子名再昌，时年十六，尚不能文。然绝惠，凡文艺三两过，辄无遗忘。居之期岁，便能落笔成文。益之公力，遂入邑庠。生以生平所拟举子业，悉录授读。闱中七题，并无脱漏，中亚魁。公一日谓生曰：“君出余绪，遂使孺子成名。然黄钟长弃，奈何！”生曰：“是殆有命。借福泽为文章吐气，使天下人知半生沦落，非战之罪也，愿亦足矣。且士得一人知己，可无憾，何必抛却白纻，乃谓之利市哉。”公以其久客，恐误岁试，劝令归省。生惨然不乐。公不忍强，嘱公子至都为之纳粟。公子又捷南宫，授部中主政。携生赴监，与共晨夕。逾岁，生入北闱，竟领乡荐。会公子差南河典务，因谓生曰：“此去离贵乡不远。先生奋迹云霄，锦还为快。”生亦喜。择吉就道，抵淮阳界，命仆马送生归。

归见门户萧条，意甚悲恻。逡巡至庭中。妻携簸具以出，见生，掷具骇走。生凄然曰：“我今贵矣。三四年不觌，何遂顿不相识？”妻遥谓曰：“君死已久，何复言贵？所以久淹君柩者，以家贫子幼耳。今阿大亦已成立，行将卜窀穸。勿作怪异吓生人。”生闻之，怃然惆怅。逡巡入室，见灵柩俨然，扑地而灭。妻惊视之，衣冠履舄如脱委焉。大恸，抱衣悲哭。子自塾中归，见结驷于门，审所自来，骇奔告母。母挥涕告诉。又细询从者，始得颠末。

从者返，公子闻之，涕堕垂膺。即命驾哭诸其室；出橐营丧，葬以孝廉礼。又厚遗其子，为延师教读。言于学使，逾年游泮。

异史氏曰：魂从知己，竟忘死耶？闻者疑之，余深信焉。同心倩女，至离枕上之魂；千里良朋，犹识梦中之路。而况茧丝蝇迹，呕学士之心肝；流水高山，通我曹之性命者哉！嗟呼！遇合难期，遭逢不偶。行踪落落，对影长愁；傲骨嶙嶙，搔头自爱。叹面目之酸涩，来鬼物之揶揄。频居康了之中，则须发之条条可丑；一落孙山之外，则文章之处处皆疵。古今痛哭之人，卞和惟尔；颠倒逸群之物，伯乐伊谁？抱刺于怀，三年灭字；侧身以望，四海无家。人生世上，只须合眼放步，以听造物之低昂而已。天下之昂藏沦落如叶生其人者，亦复不少，顾安得令威复来，而生死从之也哉？噫！

【译文】

淮阳县有位姓叶的书生，名字不详，文章词赋，在当时首屈一指，可是所向不利，科举场中次次落第。正好关东丁乘鹤来做淮阳县令，见到叶生的文章，很是赏识，就召他来，一谈之下，十分喜欢。就让他住进县衙，供应灯火，让他夜读，还常常赏赐钱谷，周济家用。

赶上三年一次的科试，丁公在学使面前称扬叶生，于是叶生就成了本县科试的第一名。丁公对叶生的期望十分殷切，乡试结束后，索取叶生的文卷阅读，一边读，一边击节赞叹。不想人受命制约，文与运不合，等到发榜，叶生仍然受挫。他垂头丧气从省中归来，深愧对不起知己，形容憔悴，瘦得只剩一把骨头，神情痴呆就像木偶。丁公听说，就召他来好言安慰，叶生感动得泪流不止。丁公同情他，和他约定，等自己任满进京述职时，带他一起北上。叶生十分感激，告辞回家，闭门不出。

不久，叶生得病卧床，丁公不断派人慰问，送来药品钱物，可是服了上百帖药，丝毫不见起色。这时正巧丁公因得罪上司而被免官，即将卸任离开淮阳，就写了一封信给叶生，大意说："我不久将回关东，之所以迟迟不动身，就是为了等你。你如早上到，晚上我就出发了。"信送到叶生卧榻前，叶生捧着它泣不成声，就托来使转告丁公："病重一时难愈，请先启程。"来使回来禀告丁公，丁公不忍心走，慢慢等他好起来。过了几天，看门人忽然通报叶生到了，丁公大喜，迎出去问他怎样了。叶生说："因犬马之病，劳先生久等，思前想后，心中无法安宁，如今幸好可以随行。"丁公就整束行装，准备次日一早出发。

到了家乡，丁公命儿子拜叶生为师，早晚都与叶生在一起。公子名叫再昌，当时十六岁，还不能做文章。但是聪敏绝顶，一应文章制艺，只要读上两三遍，就不再遗忘。这样过了一年，便能落笔成文。加上丁公的威望，就进县学成了生员。叶生将平生所拟作的应试制艺，全部抄录好教授给公子习读。乡试时七个考题，公子无一脱漏，中了第二名。一天，丁公对叶生说："你拿出一点零头，就使小儿一举成名；可你自己的黄钟之音却长期弃置，这可如何是好呢？"叶生说："这恐怕是命里注定的。借你父子的福分为我的文章扬眉吐气；使天下人知道我半生沦落并非文章输给他人，我的愿望也就满足了。况且读书人得一知己可以无憾，又何必抛去秀才的白衣才算得意呢？"丁公因他长久客居关东，恐怕错过了三年一次的岁试日期，就劝他回老家淮阳，叶生神情惨然，不大痛快。丁公不忍心勉强他，就嘱咐公子到京中出钱为叶生捐了个监生。不久，公子殿试又中了进士，授礼部官职，就带了叶生一起到官署，朝夕与共。过了一年，叶生参加顺天府乡试，竟然得中举人。这时正好公子奉差主持南黄河水道有关事务，于是对叶生说："这次赴任之处离贵乡不远，先生现已青云奋飞，可以衣锦还乡，大快平生了。"叶生也十分高兴。于是师生二人，选定吉日，上路南行。到了淮阳地界，公子命仆人备马送叶生回家。叶生见门户萧条，心中很是凄伤。

他迟迟疑疑走到庭院中，妻子正拿了扬米的畚箕出来，一见叶生，吓得丢下畚箕转身就跑。叶生凄然说："我现在已显贵了，仅仅三四年不见，为何就一点不认识了呢?”妻子离得远远的，说道:“你死去已久，还说什么显贵?之所以没有及时安葬你的灵柩，是因为家里穷，儿子还小，没办法罢了。现在老大已经成人，很快就要选定墓地，为你营葬，请你不要作怪，吓唬活人啊!”叶生听说，怅然若失，迟迟疑疑走进屋子，看见自己的灵柩真的停放在屋内，不禁仆倒在地，身形顿时消失。妻子大吃一惊，看地上，只见衣冠鞋履像蛇蜕皮似的褪落在地，伤心极了，抱住衣服痛哭起来。叶生的儿子从学堂中回家，见门前停着马车，问明白从何而来，大惊奔告母亲。母亲流泪把刚才发生的一切告诉了他。母子二人又细细向仆从打听，这才原原本本知道了详情。

仆从回去以后，公子听说此事，泪垂胸间，立即命人备办车马，到叶家哭吊，出钱按照举人的规格为叶生营葬。又给了叶生的儿子很多财物，替他请先生教读，并托学使关照，过了一年，叶生之子就进学成了秀才。

异史氏说:魂魄跟随知己，竟然忘记自己已经死了吗?听说这个故事的人都很怀疑，我却深深地相信。相爱的倩女，离魂可随情人而去;知心的朋友，千里犹识梦中之路。更何况春蚕吐丝，文人呕心沥血方有所作;高山流水，知音沟通心灵才成至交!唉!人生遇合难以预料，一己遭遇常不如意。来去落落寡合，只能顾影长愁;生就嶙嶙傲骨，唯有搔首自怜。叹一脸寒酸苦涩，招鬼物揶揄嘲侮。屡处落榜困境，连头发胡须也无一可取;名落孙山之外，就文章辞赋都通篇是病。古往今来痛哭之人，首推献玉的卞和;骐骥驽骀颠倒之群，谁是识马的伯乐?怀藏名片，多年投递无门，字迹已经磨灭;侧身展望，四海无以为家，满目尽是凄凉。人生世上，只需闭着眼睛走去，听任老天爷抑扬摆布而已。天下高明有为而潦倒沦落像叶生那样的人，亦正不少，只是怎么能让爱才的丁公再来人世，而让他们生死相随呢?唉!

四 十 千

新城王大司马，有主计仆，家称素封。忽梦一人奔入，曰："汝欠四十千，今宜还矣。"问之，不答，径入内去。既醒，妻产男。知为夙孽，遂以四十千捆置一室，凡儿衣食病药，皆取给焉。

过三四岁，视室中钱，仅存七百。适乳媪抱儿至，调笑于侧。因呼之曰："四十千将尽，汝宜行矣。"言已，儿忽颜色蹙变，项折目张。再抚之，气已绝矣。乃以余赀治葬具而瘗之。

此可为负欠者戒也。昔有老而无子者，问诸高僧。僧曰："汝不欠人者，人又不欠汝者，乌得子？"盖生佳儿，所以报我之缘；生顽儿，所以取我之债。生者勿喜，死者勿悲也。

【译文】

山东新城县王大司马府中，有个掌管账目的仆人，家中豪富可比朝廷命官。一天，他忽然梦见有个人奔进屋来，说："你欠了我四十贯钱，现在该还了。"他问来人是谁，那人也不答话，一直闯进里屋去了。醒来后，妻子生下一个男孩。他知道是自己前世作的孽，就把四万文钱捆扎起来，专门放在一间屋子里，凡是儿子衣服饮食、治病抓药的费用，全都从这四万文钱中支取。

过了三四年，一天，他看看屋里的钱，发现只剩下七百文了。这时，恰好奶妈抱着儿子过来，在他身旁逗弄嬉笑。他顺口对儿子说道："四十贯钱快花完了，你也该走了。"话刚出口，儿子忽然变了脸色，眉头紧皱，脖子歪在一边，两只眼睛直瞪瞪地，再上前摸摸，已经断气了。就用剩下的钱置办棺木，埋葬了儿子。

这个故事可以作为欠债者的戒鉴。从前有个人，到老膝下无子，就向一位高僧请教。高僧对他说："你不欠别人，别人也不欠你，怎么会有儿子呢？"大概生一个好儿子，是报答自己前世积下的恩缘；生一个坏儿子，是索取自己前世欠下的孽债。生了儿子的不必为之高兴，死了儿子的也不必为之悲伤。

成　仙

文登周生，与成生少共笔砚，遂订为杵臼交。而成贫，故终岁常依周。以齿则周为长，呼周妻以嫂。节序登堂，如一家焉。周妻生子，产后暴卒。继聘王氏，成以少故，未尝请见之也。一日，王氏弟来省姊，宴于内寝。成适至。家人通白，周坐命邀之。成不入，辞去，周移席外舍，追之而还。

甫坐，即有人白别业之仆为邑宰重笞者。先是，黄吏部家牧佣，牛蹊周田，以是相诟。牧佣奔告主，捉仆送官，遂被笞责。周诘得其故，大怒曰："黄家牧猪奴，何敢尔！其先世为大父服役；促得志，乃无人耶！"气填吭臆，忿而起，欲往寻黄。成捺而止之曰："强梁世界，原无皂白。况今日官宰半强寇不操矛弧者耶?"周不听。成谏止再三，至泣下，周乃止。怒终不释，转侧达旦。谓家人曰："黄家欺我，我仇也，姑置之；邑令为朝廷官，非势家官，纵有互争，亦须两造，何至如狗之随嗾者？我亦呈治其佣，视彼将何处分。"家人悉怂恿之，计遂决，具状赴宰，宰裂而掷之。周怒，语侵宰。宰惭恚，因逮系之。辰后，成往访周，始知入城讼理。急奔劝止，则已在囹圄矣。顿足无所为计。

时获海寇三名，宰与黄赂嘱之，使捏周同党。据词申黜顶衣，搒掠酷惨。成入狱，相顾凄酸。谋叩阙。周曰："身系重犴，如鸟在笼；虽有弱弟，止足供囚饭耳。"成锐身自任，曰："是予责也。难而不急，乌用友也!"乃行。周弟赆之，则去已久矣。

至都，无门入控。相传驾将出猎。成预隐木市中；俄驾过，伏舞哀号，遂得准。驿送而下，着部院审奏。时阅十月余，周已诬服论辟。院接御批，大骇，复提躬谳。黄亦骇，谋杀周。因赂监者，绝其食饮；弟来馈问，苦禁拒之。成又为赴院声屈，始蒙提问，业已饥饿不起。院台怒，杖毙监者。黄大怖，纳数千金，嘱为营脱，以是得蒙眬题免。宰以枉法拟流。

周放归，益肝胆成。成自经讼系，世情尽灰，招周偕隐。周溺少妇，辄迂笑之。成虽不言，而意甚决。别后，数日不至。周使探诸其家，家人方疑其在周所；两无所见，始疑。周心知其异，遣人踪迹之，寺观壑谷，物色殆遍。时以金帛恤其子。

又八九年，成忽自至，黄巾氅服，岸然道貌。周喜，把臂曰："君何往，使我寻欲遍?"笑曰："孤云野鹤，栖无定所。别后幸复顽健。"周命置酒，略道间阔，欲为变易道装。成笑不语。周曰："愚哉！何弃妻孥犹敝屣也?"成笑曰："不然，人将弃予，其何人之能弃。"问所栖止，答在劳山之上清宫。

既而抵足寝，梦成裸伏胸上，气不得息。讶问何为，殊不答。忽惊而寤，呼成不应；坐而索之，杳然不知所往。定移时，始觉在成榻。骇曰："昨不醉，何颠倒至此耶!"乃呼家人。家人火之，俨然成也。周故多髭，以手自捋，则疏无几茎。取镜自照，讶曰："成生在此，我何往？"已而大悟，知成以幻术招隐。意欲归内，弟以其貌异，禁不听前。周亦无以自明。即命仆马往寻成。

数日入劳山。马行疾，仆不能及。休止树下，见羽客往来甚众。内一道人目周，周因以成问。道士笑曰："耳其名矣，似在上清。"言已径去。周目送之，见一矢之外，又与一人语，亦不数言而去。与言者渐至，乃同社生。见周，愕曰："数年不晤，人以君学道名山，今尚游戏人间耶？"周述其异。生惊曰："我适遇之，而以为君也。去无几时，或当不远。"周大异，曰："怪哉！何自己面目觌面而不之识！"

仆寻至，急驰之，竟无踪兆。一望寥阔，进退难以自主。自念无家可归，遂决意穷追。而怪险不复可骑，遂以马付仆归，迤逦自往。遥见一僮独坐，趋近问程，且告以故。僮自言为成弟子，代荷衣粮，导与俱行，星饭露宿，逴行殊远。三日始至，又非世之所谓上清。

时十月中，山花满路，不类初冬。僮入报客，成即遽出，始认己形。执手入，置酒宴语。见异彩之禽，驯人不惊，声如笙簧，时来鸣于座上。心甚异之。然尘俗念切，无意留连。地下有蒲团二，曳与并坐。至二更后，万虑俱寂，忽似瞥然一盹，身觉与成易位。疑之。自捋颔下，则于思者如故矣。

既曙，浩然思返。成固留之。越三日，乃曰："乞少寐息，早送君行。"甫交睫，闻成呼曰："行装已具矣。"遂起从之。所行殊非旧途。觉无几时，里居已在望中。

成坐候路侧，俾自归。周强之不得，因踽踽至家门。叩不能应，思欲越墙，觉身飘似叶，一跃已过。凡逾数重垣，始抵卧室，灯烛荧然，内人未寝，哝哝与人语。舐窗以窥，则妻与一厮仆同杯饮，状甚狎亵。于是怒火如焚；计将掩执，又恐孤力难胜。遂潜身脱扃而出，奔告成，且乞为助。成慨然从之，直抵内寝。周举石挝门。内张皇甚。擂愈急，内闭益坚。成拨以剑，划然顿辟。周奔入，仆冲户而走。成在门外，以剑击之，断其肩臂。周执妻拷讯，乃知被收时即与仆私。周借剑决其首，罥肠庭树间。乃从成出，寻途而返。

蓦然忽醒，则身在卧榻。惊而言曰："怪梦参差，使人骇惧！"成笑曰："梦者兄以为真，真者乃以为梦。"周愕而问之。成出剑示之，溅血犹存。周惊怛欲绝，窃疑成诪张为幻。成知其意，乃促装送之归。荏苒至里门，乃曰："畴昔之夜，倚剑而相待者，非此处耶！吾厌见恶浊，请还待君于此；如过晡不来，予自去。"

周至家，门户萧索，似无居人。还入弟家。弟见兄，双泪遽堕曰："兄去后，盗夜杀嫂，刳肠去，酷惨可悼。于今官捕未获。"周如梦醒，因以情告，戒勿究。弟错愕良久。周问其子，乃命老媪抱至。周曰："此襁褓物，宗绪所关，弟好视之。兄欲辞人世矣。"遂起，径出。弟涕泗追挽，笑行不顾。至野外，见成，与俱行。遥回顾曰："忍事最乐。"弟欲有言，成阔袖一举，即不可见。怅立移时，痛哭而返。

周弟朴拙，不善治家人生产，居数年，家益贫。周子渐长，不能延师，因自教读。一日，早至斋，见案头有函书，缄封甚固，签题“仲氏启”。审之为兄迹。开视，则虚无所有，只见爪甲一枚，长二指许。心怪之。以甲置研上。出问家人所自来，并无知者。回视，则研石粲粲，化为黄金。大惊。以试铜铁，皆然。由此大富。以千金赐成氏子，因相传两家有点金术云。

【译文】

山东文登县有个姓周的书生，与姓成的书生从小在一起读书，两人约定今后不论贫富，终身知交。成生家里穷，所以一年到头常要靠周生接济。论年龄周生为兄，成生管周生的妻子叫嫂嫂，每当逢年过节，到周生家中登堂参拜，就像一家人一样。周生的妻子生下一个男孩，产后暴病身亡。周生续娶王氏，成生因为她年纪很轻，从来没有请见过她。一天，王氏的弟弟来探望姐姐，周生在内室设宴招待。成生正巧也来，家人通报了，周生叫人请成生进来。成生不肯进内室，告辞而去。周生就把酒席移到外厅，把成生追了回来。

刚刚坐下，就有家人报告说，别墅的仆人被县官重刑拷打了一顿。原来黄吏部家放牛的让牛群踩了周家的田，双方互相谩骂起来。放牛的奔回去告诉主人，黄家派人抓了周家仆人送到官府，因而被县官责打。周生问明其中缘由，勃然大怒，说道：“黄家这放猪奴怎敢如此！他祖上曾为我祖父干过活儿，如今刚一得志，就眼中无人啦！”怒气填胸，忿然站起，要去找黄家评理。成生使劲按住周生，不让他去，劝道：“强权世界，本来就黑白不分，更何况现在当官的多半是不打旗号的强盗呢！”周生不听，成生再三劝阻，直到流下眼泪，周生才坐了下来，可是怒气始终不消。这夜他翻来覆去，到天亮也没睡着。他对家人说：“黄家欺负我，是我的仇人，姑且放在一边；县令是朝廷命官，不是权势人家的私官，即使互有争执，也应当让双方一起到庭，何至于像条恶狗似的，听主人一嗾使就随意咬人呢？我也呈个状子上去，告黄家放牛的，看他如何处治。”家人都怂恿周生告状，他主意就打定了。写好状纸，来到县衙，县令把状纸撕碎扔在地下。周生发火了，出语冒犯了县令。县令恼羞成怒，就把周生抓起来关进监狱。上午八九点钟，成生去探望周生，方知他进城告状去了，急忙奔去劝止，可是周生已经身陷囹圄，他急得直跺脚，但也无计可施。

当时县里捕获了三名海盗，县令和黄吏部买通他们，让他们诬陷周生是同党，县令根据海盗的供词，申报上司，革去了周生的功名，酷刑拷打。成生入狱探望，两人互相看着，无限凄楚辛酸，商量着去告御状。周生说：“我身囚大牢，犹如笼中之鸟，虽然有个小弟弟，只能每日到牢里送送饭而已。”成生挺身把这事自己承担下来，说道：“这是我的责任。有难不能救急，还要朋友干什么!”就此登程。周生的弟弟想送他一些路费，成生已经离去多时了。

成生来到京城，没有门路进宫告状，听人们传说皇帝将出城围猎，就预先隐藏在木材铺里。不一会儿，皇帝的车驾经过，成生抢出伏倒在车前，叩头拜舞，痛哭哀号。这一状就告准了。皇帝的御批由邮驿一站一站地传送下来，责成山东巡抚审理，并把审理结果奏报。这时已经过了十个月有余，周生已被屈打成招，判处死刑。巡抚接到御批，大为震惊，重新提出这个案子亲自处理。黄吏部也害怕了，阴谋害死周生。于是他贿赂狱卒，断周生的饮食，周生的弟弟前来探监送饭，千方百计加以禁止拒绝。成生又为此到巡抚府鸣冤叫屈，才使周生得到提审，这时，他已饿得起不来了。巡抚动了怒，下令把狱卒乱棒打死。黄吏部害怕极了，悄悄送上数千两银子，请求巡抚设法为他开脱，因此得以含含糊糊地奏请免职了事。县令因贪赃枉法判处流放。

周生出狱回家，对成生更加敬重亲密。而成生自从经历了这场官司，对于世态人情彻底心灰意冷了，劝说周生一起避世隐居。周生迷恋年轻的妻子，总笑成生迂。成生虽然不说什么，而立志很坚决。两人分手以后成生好几天没来，周生派人到他家探问，成家的人正猜想他在周家，两处都不见他人，这才起了疑心。周生心里知道他的秘密，派人四处寻找，佛寺道观，深山幽谷，几乎全都找遍了。又经常拿银两布帛接济成生的儿子。

又过了八九年，成生忽然自己来了，头戴黄巾，身披道袍，神态庄重。周生非常高兴，一把拉住成生的臂膀，问道："你到什么地方去的？让我把天下都快找遍了！"成生笑道："孤云野鹤，没有固定的住处。分别以来幸而身体还算顽健。"周生命家人置办酒宴，和成生略叙阔别之情，想要为成生换下道士的衣装。成生笑而不语。周生说："太不开窍了！为什么把妻子儿女像破鞋一样扔了呢？"成生笑着说："不是这样，人家就要抛弃我，我还能抛弃谁呢？"问他落脚在何处，回答说在劳山的上清宫。

后来两人就脚对脚睡下。周生梦见成生赤身裸体伏在自己胸脯上，压得气都喘不过来，就奇怪地问他干什么，他一句话也不回答。周生一下子惊醒过来，呼喊成生，不见答应；翻身坐起来寻找，成生已经无影无踪，不知到哪里去了。定了半天神才发现自己睡在成生睡的那张床上。他十分惊骇，自言自语地说道："昨天晚上并没有喝醉，怎么会颠三倒四到这个地步呢？"于是呼唤家人，家人用烛火一照，发现活脱脱是成生。周生本来脸上胡须很浓，他用手摸了摸下巴，却稀稀拉拉的没有几根。拿镜子照照自己，惊讶地说："成生在这儿，那我到什么地方去了呢？"后来恍然大悟，知道这是成生用幻术招引自己出家归隐。他想回到内室去，可是弟弟因为他的面容已经变了样，站在门口阻拦，不让他上前，周生也无法辨明自己的真相，就命仆人备马，去寻找成生。

几天后周生来到劳山，因为马跑得快，仆人跟不上，就停马在一棵树下休息。只见来来往往的道士很多，其中有一个道士看了看周生，他就借机向他打听成生。道士笑了笑说："听到过这个名字，好像在上清宫。"说完就径自走了。周生目送道士离去，见他走出约莫一箭之外，又和一人交谈，也是说了没几句就走了。和他说过话的人慢慢走来，原来是当年的同学。他看见周生，惊讶地说道："数年不见，人们都以为你入名山学道，怎么如今还在人间游荡呢？"周生知道他误把自己当作成生了，就把奇怪的经历讲了一遍，同学吃惊道："刚才我碰到那个道士，还以为是你呢。他走了没多久，可能还没有走远。"周生大为惊异，说道："怪呀！为什么当面看到自己的容貌，反而不认识呢！"

仆人不久就赶了上来，周生纵马急驰，竟找不到一点踪影。举目望去，一派空旷，是进是退，犹豫不决。自忖反正已是无家可归，就拿定主意一追到底。可是山势险峻，不能再骑马，就把马交给仆人让他回去，沿着连绵曲折的山路独自走去。远远看见有个道童一个人坐着，急步赶到跟前问路，并说明了自己的来由。道童自称是成道人的弟子，便替周生背着衣服干粮，领着他一起走。每日星餐露宿，长途跋涉，走了三天才到，却又并不是世人平日所说的上清宫。

当时已是农历十月中旬，而山花满路，并不像初冬景象。道童进去禀报客人已到，成道人立即出来，周生这才认清自己的形貌。成道人拉着周生的手进去，摆上酒席边饮边谈。周生看见有只羽毛色彩不同寻常的鸟，驯服不怕生人，叫起来像笙簧一样，不时飞到座位上鸣唱，很觉得奇特。可是心中急于返回尘世，并无流连玩赏之意。他见地下有两只蒲团，就拖过成道人来并肩坐下。到二更后，一切杂念都平静下来，一瞬间忽然像打了个盹，觉得自己的身体和成道人换了位，一时不敢相信。捋了捋颔下，胡须浓密，又跟过去一样了。

天亮后，周生回家的念头更强烈了，成道人执意挽留。过了三天，成道人便说："请稍稍睡一会儿，我尽早送你上路。"周生刚闭上眼，听得成道人叫："行装已经准备好了。"就起身跟着他。这次走的完全不是来时的老路，只觉得没有多少时候，里门已经在望。成道人坐在路边等候，让周生自己回家。周生强不过他，只好孤零零独自来到家门口。敲门没人应，心想翻墙进去，只觉身轻如叶，稍一纵身，已飘过墙头。一连过了几道墙，才到卧室，室内灯烛闪着暗淡的光，妻子还没睡，唧唧哝哝在跟人说话。周生在窗纸上舐出一个小洞，朝里窥探，只见妻子正和一个仆人同杯饮酒，情态十分亲昵淫荡，不禁怒火中烧。打算关门捉奸，又怕势单力孤，难以制服，就暗暗打开门锁，跑去告诉成道人，并求他帮助。成道人慨然应允。两人直抵内室，周生举起石头打门，里面两个人大为惊慌，打得越急，门关得越死。成道人用剑一拨，只听哗的一声，门扇顿时大开。周生奔进去，仆人冲向门口夺路想逃。成道人在门外用剑一击，将他手臂砍断。周生抓住妻子拷问，这才知道自己入狱时她就与仆人私通了。周生借过成道人的剑，把妻子的头砍下，又剖开她胸膛，把肠子挂在院子里的树上。就跟着成道人出来，寻路往回走。

周生蓦然惊醒，原来自己还在床上。他吃惊地说："怪梦错乱，真叫人害怕。"成道人笑着说："梦中事你以为是真，真实事你又以为是梦。"周生怔怔地问成道人说的是什么意思。成道人拿出剑给周生看，血迹还在。周生怕得要死，怀疑成道人用幻术欺骗他。成道人知道他的想法，就匆匆整理好行装，送他回家。辗转来到村口，成生就说："前夜我倚剑等候之处，不就是这里吗？我不愿看到丑恶污浊，还是让我在这里等你，如果过黄昏还不来，我就自己走了。"

周生到家，只见门户萧索，好像没人居住，转身进弟弟家门。弟弟一见哥哥，两行泪水顿时夺眶而出，说："哥哥去后，强盗半夜来杀了嫂嫂，还把肠子挖了去，残酷极了，令人伤心。至今官府还没有抓住杀人的强盗。"周生如梦初醒，便把事情真相告诉了弟弟，告诫他不要追究这事了。弟弟惊呆了，怔了好半天。周生问起自己的儿子，弟弟就命一个老妇人抱来。周生对弟弟说："这襁褓里的小家伙，关系到周家继承祖业，传宗接代，请兄弟好好看待他。我要辞别人世了。"就站起身来，径自走出家门。弟弟泪流满面，追上去挽留，周生哭着不回头，到野外，看见成道人，就一起走了。远远地回头说："凡事忍耐最为快乐。"他弟弟还想说什么，成道人将宽大的衣袖一挥，两人就不见踪影了。弟弟惆怅地站了好一会儿，才痛哭着回家。

周生的弟弟为人朴实，不善于管理家人、经营产业，过了几年，家境更加贫困。周生的儿子渐渐长大，因为没钱，请不起老师，他就亲自教孩子读书。一天早上，他来到书房，见桌上有一封信，封得很严实，封签上写着"二弟启"。他仔细辨认，是哥哥的手迹。打开一看，却没信纸，只有一枚指甲，约有两个指头那么长。心里奇怪，把指甲搁在砚台上。出去问家里人信是哪里来的，没一个人知道。回书房看时，只见砚台金光灿灿，化成了一块黄金，不由得大吃一惊。再把指甲放在铜铁上试验，也都变成了金子。从此周家大富，把一千两金子送给了成家的儿子。因此人们相传周、成两家有点金术。

新　郎

江南梅孝廉耦长，言其乡孙公，为德州宰，鞫一奇案。初，村人有为子娶妇者，新人入门，戚里毕贺。饮至更余，新郎出，见新妇炫装，趋转舍后。疑而尾之。宅后有长溪，小桥通之。见新妇渡桥径去。益疑。呼之不应。遥以手招婿，婿急趁之。相去盈尺，而卒不可及。行数里，入村落。妇止，谓婿曰："君家寂寞，我不惯住。请与郎暂居妾家数日，便同归省。"言已，抽簪扣扉轧然，有女僮出应门。妇先入。不得已，从之。既入，则岳父母俱在堂上。谓婿曰："我女少娇惯，未尝一刻离膝下，一旦去故里，心辄戚戚。今同郎来，甚慰系念。居数日，当送两人归。"乃为除室，床褥备具，遂居之。

家中客见新郎久不至，共索之。室中惟新妇在，不知婿之所往。由此遐迩访问，并无耗息。翁媪零涕，谓其必死。

将半载，妇家悼女无偶，遂请于村人父，欲别醮女。村人父益悲，曰："骸骨衣裳，无可验证，何知吾儿遂为异物？纵其奄丧，周岁而嫁，当亦未晚，胡为如是急也！"妇父益衔之，讼于庭。孙公怪疑，无所措力，断令待以三年，存案遣去。

村人子居女家，家人亦大相忻待。每与妇议归，妇亦诺之，而因循不即行。积半年余，中心徘徊，万虑不安。欲独归，而妇固留之。一日，合家遑遽，似有急难。

仓卒谓婿曰："本拟三二日遣夫妇偕归，不意仪装未备，忽遘闵凶。不得已，即先送郎还。"于是送出门，旋踵急返，周旋言动，颇甚草草。方欲觅途行，回视院宇无存，但见高冢。大惊，寻路急归。

至家，历言端末，因与投官陈诉。孙公拘妇父谕之，送女于归，始合卺焉。

【译文】

江南举人梅耦长，说起他的同乡孙公，在山东德州做官时审理过一件奇案。起初，有个村民为儿子娶媳妇，新娘进门，亲戚邻里都来贺喜。喜酒喝到一更敲过，新郎出外，看见新娘穿了鲜艳夺目的衣裳，急步转向屋后，有点疑惑，就跟在她的后面。屋后有条长长的小河，靠小桥通行。只见新娘过桥径自走去。新郎更加疑心，叫她她也不应。只是远远地对他招手，新郎急忙赶了上去。离新娘一尺有余，却怎么也赶不上。这么走了好几里路，走进一个村子，新娘停下来对新郎说："你家里冷清，我住不惯，让我和你暂且在我家住几天，再一起回去看望公公婆婆。"说完，抽下发簪笃笃地敲门，有个丫头出来开门，新娘先进去了，新郎不得已，只好跟着。一进屋，只见岳父岳母都在厅堂上，他们对新郎说："我家女孩儿从小娇生惯养，从来没有一时一刻离开过我们，一旦离家而去，我们就心里难过。现在和你一同回来，很宽慰我们的牵挂。在这里住几天，一定送你们两人回家。"于是为他们收拾住房，床铺被褥准备齐全，两人就住下了。

新郎家的客人见他久久不回，便一起寻找，内室只有新娘一人，不知新郎到哪里去了。于是远远近近查访，一点消息都没有。新郎的父母痛哭流涕，以为他肯定死了。

大约过了半年，新娘家里见女儿活守寡，就向新郎的父亲提出，要为女儿另找婆家。新郎的父亲更加伤心了，说："尸骨衣裳还没找到，无可证实，怎么知道他就死了呢？就算他已经死了，等过了周年，改嫁也不算晚，为什么这样急呢！"新娘的父亲心里更气愤，就到州里告了男家的状。孙公觉得这事奇怪可疑，无从下手调查，就判令要等三年才能改嫁，备案打发两家回去。

再说新郎住在媳妇家，家里人对他热情款待。每当和媳妇商量回家的事，她答应也答应，却拖延着不肯就动身。这样过了半年多，左思右想，心神不安。要想独自回家，可是媳妇执意挽留。一天，媳妇全家惊慌不安，好像急难临头。岳父匆匆对他说：“本打算再过三两天就送你们夫妇一起回家，没想到行装还没准备好，突然遭到凶丧之事。实在不得已，就先送你回家。”于是把新郎送出大门，急匆匆转身回去了，应对礼节，言语举动，都很马虎。新郎刚想寻路而行，回头一看，院子房子什么也没有了，只见一座高高的坟墓。新郎大吃一惊，找路急忙回去。

到家，把经过从头至尾说了一遍，便与父亲一起到官府陈诉。孙公命人把新娘的父亲带来，晓谕他把女儿送回婆家。新郎和新娘这才真正成婚。

灵　官

朝天观道士某，喜吐纳之术。有翁假寓观中，适同所好，遂为玄友。居数年，每至郊祭时，辄先旬日而去，郊后乃返。道士疑而问之。翁曰：“我两人莫逆，可以实告：我狐也。郊期至，则诸神清秽，我无所容，故行遯耳。”

又一年，及期而去，久不复返。疑之。一日忽至。因问其故。答曰：“我几不复见子矣！曩欲远避，心颇怠，视阴沟甚隐，遂潜伏卷瓮下。不意灵官粪除至此，瞥为所睹，愤欲加鞭。余惧而逃。灵官追逐甚急。至黄河上，濒将及矣。大窘无计，窜伏溷中。神恶其秽，始返身去。既出，臭恶沾染，不可复游人世。乃投水自濯讫，又蛰隐穴中，几百日，垢浊始净。今来相别，兼以致嘱：君亦宜引身他去，大劫将来，此非福地也。”言已，辞去。道士依言别徙。未几而有甲申之变。

【译文】

朝天观有个道士，热衷于吐纳导引之术，庙里有个寄寓的老翁，正好和道士爱好相同，两人就成了道友。老翁住了几年，每当庙中祭祀天地，他总事前十来天离去，祭祀完了才回来。道士心里纳闷，就去问老翁。老翁说道：“你我二人莫逆之交，我可以如实告诉你，我是狐狸啊。祭祀日快到时，那些神要来清除污秽，我没有地方可以容身，所以才出去躲避。”

第二年日子一到，老翁又离去了，很久也不回来，道士有点疑心。一天忽然回来了，道士就问他缘故。老翁回答说：“我几乎再也见不到你了！那时要躲得远一点，心里实在懒不过，看阴沟很隐蔽，就潜身蹉伏在一只缸下面。不料灵官清扫到那里，一眼被他发现了，气忿忿想要举鞭来打。我吓得直逃，灵官追得很紧。逃到黄河边上，几乎就要赶上了，走投无路，就窜进茅坑躲在里面。神仙厌恶那地方脏，这才返身而去。我出了茅坑，身上沾满恶臭，没法再到人间遨游，就跳进河里洗完了澡，又隐伏在洞穴里近一百天，一身污垢浊臭才消净了。今天来告别，同时也来奉告，你也该离开此地到别处去。一场大的劫难就要到来，这里不是安乐之处。”说完，告辞离去。道士听他的话另迁他处。过了没多久，就发生了李自成攻进北京城的甲申之变。

王　兰

利津王兰，暴病死。阎王覆勘，乃鬼卒之误勾也。责送还生，则尸已败。鬼惧罪，谓王曰：“人而鬼也则苦，鬼而仙也则乐。苟乐矣，何必生？”王以为然。鬼曰：“此处一狐，金丹成矣。窃其丹吞之，则魂不散，可以长存，但凭所之，罔不如意。子愿之否？”王从之。

鬼导去，入一高第，见楼阁渠然，而悄无一人。有狐在月下，仰首望空际。气一呼，有丸自口中出，直上入于月中；一吸，辄复落，以口承之，则又呼之：如是不已。鬼潜伺其侧，俟其吐，急掇于手，付王吞之。狐惊，盛气相向。见二人在，恐不敌，愤恨而去。王与鬼别，至其家，妻子见之，咸惧却走。王告以故，乃渐集。由此在家寝处如平时。

其友张姓者，闻而省之，相见，话温凉。因谓张曰：“我与若家夙贫，今有术，可以致富。子能从我游乎？”张唯唯。曰：“我能不药而医，不卜而断。我欲现身，恐识我者，相惊以怪。附子而行，可乎？”张又唯唯。

于是即日趣装，至山西界。富室有女，得暴疾，眩然瞀瞑。前后药禳既穷。张造其庐，以术自炫。富翁止此女，常珍惜之，能医者，愿以千金为报。张请视之。从翁入室，见女瞑卧，启其衾，抚其体，女昏不觉。王私告张曰：“此魂亡也，当为觅之。”张乃告翁：“病虽危，可救。”问：“需何药？”俱言不须，“女公子魂离他所，业遣神觅之矣。”

约一时许，王忽来，具言已得。张乃请翁再入，又抚之。少顷女欠伸，目遽张。翁大喜，抚问。女言：“向戏园中，见一少年郎，挟弹弹雀；数人牵骏马，从诸其后。急欲奔避，横被阻止。少年以弓授儿，教儿弹。方羞诃之，便携儿马上，累骑而行。笑曰：‘我乐与子戏，勿羞也。’数里入山中，我马上号且骂；少年怒，推堕路旁，欲归无路。适有一人至，捉儿臂，疾若驰，瞬息至家，忽若梦醒。”翁神之，果贻千金。

王夜与张谋，留二百金作路用，余尽摄去，款门而付其子；又命以三百馈张氏，乃复还。次日与翁别，不见金藏何所，益异之，厚礼而送之。

逾数日，张于郊外遇同乡人贺才。才饮博不事生产，奇贫如丐。闻张得异术，获金无算，因奔寻之。王劝薄赠令归。才不改故行，旬日荡尽，将复觅张。王已知之，曰：“才狂悖，不可与处，只宜赂之使去，纵祸犹浅。”逾日，才果至，强从与俱。张曰：“张固知汝复来。日事酗赌，千金何能满无底窦？诚改若所为，我百金相赠。”才诺之。张泻囊授之。才去，以百金在橐，赌益豪；益之狭邪游，挥洒如土。邑中捕役疑而执之，质于官，拷掠酷惨。才实告金所自来。乃遣隶押才捉张。数日创剧，毙于涂。魂不忘张，复往依之，因与王会。

一日，聚饮于烟墩，才大醉狂呼，王止之，不听。适巡方御史过，闻呼搜之，获张。张惧，以实告。御史怒，笞而牒于神。夜梦金甲人告曰：“查王兰无辜而死，今为鬼仙。医亦仁术，不可律以妖魅。今奉帝命，授为清道使。贺才邪荡，已罚窜铁围山。张某无罪，当宥之。”御史醒而异之，乃释张。张治装旋里。囊中存数百金，敬以半送王家。王氏子孙以此致富焉。

【译文】

山东利津县王兰突然死了。阎王核对生死簿，发现是小鬼勾错了魂。就责令小鬼把王兰送回阳世，可是王兰的尸体已经腐烂了。小鬼怕阎王治自己的罪，就对王兰说："人变鬼是很痛苦的，鬼变神仙却是很快乐的。只要快乐就行了，何必要还魂呢？"王兰觉得很有道理。小鬼又说："这地方有一只狐狸，金丹已经炼成。把金丹偷来吃下去，灵魂就不会散，能长久存在，凭你到哪里，没有不顺心如意的。你愿意这样吗？"王兰同意这么办。

小鬼领着王兰前去，进了一所高大的宅院，只见重楼高阁，很是雄伟，却静悄悄没一个人。有一只狐狸在月下，抬头仰望天空。它一呼气，就有一颗丸从嘴里吐出，一直向上进入月亮；一吸气，又重新落下，用嘴接住，再吐向天空，就这样不停地运气弄丸。小鬼潜伏在狐狸身边，等它吐丸，急忙抓在手中，交给王兰吞下。狐狸吃了一惊，怒气冲冲对着他们。见他们是两个，怕不是对手，只好恨恨地走了。王兰和小鬼告别，到自己家里，妻子和孩子见了，都吓得退避而走。王兰把事情经过说了，才渐渐围了上来。从此以后，在家生活作息，就和平时一样。

王兰有个姓张的朋友听说这事，前来探望，见面互相寒暄，王兰就对姓张的说："我与你家里向来贫穷，如今我有办法可以发财致富，你能跟我出游吗？"姓张的答应了。王兰说："我能不用药而给人治病，不卜卦而给人算命。我想要现出本相，怕认识我的人，看见我要大惊小怪，所以想附在你身上走出去，可以吗？"姓张的又答应了。

于是当天就整装出发。到山西地方，有一富家女儿得了急病，昏迷不醒，前后吃过药、禳过灾，想尽办法都不见效。姓张的到富人家里，夸耀自己有神术。富翁只有这样一个女儿，平时非常珍爱，有谁能治好她的病，愿用一千两银子作报酬。姓张的提出先看看病人。他跟随富翁进了内室，看到他女儿闭眼躺在床上，掀开被子，抚摸她的肢体，她昏迷没有知觉。王兰私下对姓张的说："这是灵魂丢失了，我须去把它找回来。"于是姓张的告诉富翁："病情虽然危险，还可救治。"富翁问道："需要用什么药？"姓张的说："什么药都不必用，女公子灵魂游离到别处，我已派遣神灵去找了。"

大约过了一个时辰，王兰忽然来了，告诉说已经找到。姓张的就请富翁再进内室，又在小姐身上轻轻地抚摸。过了一会儿，小姐伸了伸懒腰，两只眼睛突然张开了。富翁大喜，抚摸着女儿问长问短。小姐说：“以前在花园里玩耍，看见有个少年拿着弹弓打鸟，几个人牵着骏马，跟在他身后。我急忙想跑开躲避，被他们横加阻拦。那少年把弹弓交给我，教我弹。我十分害羞，正斥责他，他便把我带到马上，合骑一匹马就走。他笑着说：‘我很高兴和你一起玩耍，不要害羞。’走了好几里路，进了山，我在马上又叫又骂，少年生气了，将我一把推下，倒在路旁。我想回又不识路，恰巧有一个人来，拉住我臂膀就走，急步如飞，一眨眼的工夫就到家了。这会儿好像忽然从梦中醒来。”富翁听了，感到十分神奇，果真送了一千两银子。

当晚，王兰和姓张的商议，留下二百两银子路上用，其余的全部摄取而去，敲开家门，交给儿子，又命他拿出三百两银子送给张的妻子，就重新返回。第二天向富翁告别，富翁不见银子藏在什么地方，更加惊异，置备了丰厚的礼物送给他们。

过了几天，姓张的在郊外遇见同乡人贺才。贺才整天喝酒赌博，不干活，像乞丐一样极其贫穷。他听说姓张的学得一种奇异的法术，获得的金银不可计数，就跑来找他。王兰劝姓张的略微送给贺才一些银子，让他回家去。谁知贺才旧病不改，不到十天，钱输得精光，又要来找姓张的。王兰已经预先知道了，对张说：“贺才为人狂妄不明事理，不可多打交道，只能送他些钱叫他走，即使有什么祸害，也不致陷得太深。”过了一天，贺才果然又找来，硬是要跟随在姓张的身边。姓张的说：“我早就知道你还要来的。你每天酗酒赌博，纵有千金，能填满这无底洞吗？如果你真改了以前的行为，我拿一百两银子送你。”贺才答应了。姓张的把袋里的银子全倒了出来，交给贺才。贺才走开以后，自以为腰缠百金，赌博出手更阔，再加上逛院嫖妓，挥金如土。县里捕役产生怀疑，把他抓起来，送到官府诘问，酷刑拷打。贺才供出银子的来路，于是官府派差人押着贺才来捉姓张的。几天下来，贺才因伤势过重，死在半路上。他的鬼魂仍然不忘姓张的，又去依附他，因而和王兰见了面。

一天，他们在烟墩一起喝酒，贺才大醉，狂呼乱叫，王兰阻止他也不听。恰好京城派来巡察地方的御史经过，听见叫声，搜捕到了姓张的，姓张的害怕，把事情真相如实禀告。御史很生气，打了他一顿，又写了牒文向神灵禀告，夜里，梦见金甲神人告诉道："查王兰无辜而死，今为鬼仙。医病也是仁术，不可以妖怪鬼魅论处。今奉天帝命令，授王兰为清道使。贺才邪恶放荡，已罚他流放铁围山。张某无罪，当予宽宥。"御史醒来，感到十分惊异，于是就把姓张的释放了。姓张的整装返回家乡，口袋里还存有数百两银子，他恭敬地拿出一半送给王家，王家子孙因此而发财致富。

鹰虎神

郡城东岳庙，在南郭，大门左右神高丈余，俗名"鹰虎神"，狰狞可畏。庙中道士任姓，每鸡鸣，辄起焚诵。有偷儿预匿廊间，伺道士起，潜入寝室，搜括财物。奈室无长物，惟于荐底得钱三百，纳腰中，拔关而出。将登千佛山。南窜许时，方至山下。见一巨丈夫，自山上来，左臂苍鹰，适与相遇。近视之，面铜青色，依稀似庙门中所习见者。大恐，蹲伏而战。神诧曰："盗钱安往！"偷儿益惧，叩不已，神揪令还入庙，使倾所盗钱，跪守之。道士课毕，回顾骇愕。盗历历自述。道士收其钱而遣之。

【译文】

济南府城中的东岳庙，坐落在城南，庙门左右塑的神像，有一丈多高，俗称"鹰虎神"，面目狰狞可怕。庙里道士姓任，每天鸡鸣就起来焚香诵经。有个小偷预先隐藏在廊下，等道士起来，潜入他的寝室搜括财物。可是里面没什么值钱的东西，只在草席下面翻到三百文钱，塞在腰里，开门逃了出去。他想上千佛山，往南奔窜好久，方才来到山下。看见有个高大的男子，从山下上来，左胳膊上站一只苍鹰，正好对面相遇。走近一看，青铜色的脸，依稀像是东岳庙大门中经常见到的门神。小偷害怕极了，蹲伏在地上发抖。神人叱责他道：“你偷了钱想到哪里去！”小偷更加恐惧，不停地叩头，神人把他揪回庙里，命他把偷来的钱全部倒出来，跪在地上守着。道士做完早课，回头看见小偷跪在地上，十分惊讶，小偷一五一十地把偷钱被抓的经过说了一遍。道士收起地上的钱，把小偷放了。

王　成

王成，平原故家子。性最懒，生涯日落，惟剩破屋数间，与妻卧牛衣中，交谪不堪。时盛夏燠热，村外故有周氏园，墙宇尽倾，唯存一亭；村人多寄宿其中，王亦在焉。既晓，睡者尽去；红日三竿，王始起，逡巡欲归。见草际金钗一股，拾视之，镌有细字云：“仪宾府造。”王祖为衡府仪宾，家中故物，多此款式，因把钗踌躇。

欻一妪来寻钗。王虽故贫，然性介，遽出授之。妪喜，极赞盛德，曰：“钗直几何，先夫之遗泽也。”问：“夫君伊谁？”答云：“故仪宾王柬之也。”王惊曰：“吾祖也。何以相遇？”妪亦惊曰：“汝即王柬之之孙耶？我乃狐仙。百年前，与君祖缱绻。君祖殁，老身遂隐。过此遗钗，适入子手，非天数耶！”王亦曾闻祖有狐妻，信其言，便邀临顾。妪从之。

王呼妻出见，负败絮，菜色黯焉。妪叹曰：“嘻！王柬之孙子，乃一贫至此哉！”又顾败灶无烟。曰：“家计若此，何以聊生？”妻因细述贫状，呜咽饮泣。妪以钗授妇，使姑质钱市米，三日外请复相见。王挽留之。妪曰：“汝一妻不能自存活，我在，仰屋而居，复何裨益？”遂径去。王为妻言其故，妻大怖。王诵其义，使姑事之，妻诺。

逾三日，果至。出数金，籴粟麦各石。夜与妇共短榻。妇初惧之；然察其意殊拳拳，遂不之疑。翌日，谓王曰：“孙勿惰，宜操小生业，坐食乌可长也？”王告以无赀。曰：“汝祖在时，金帛凭所取；我以世外人，无需是物，故未尝多取。积花粉之金四十两，至今犹存。久贮亦无所用，可将去悉以市葛，刻日赴都，可得微息。”王从之，购五十余端以归。妪命趣装，计六七日可达燕都。嘱曰：“宜勤勿懒，宜急勿缓；迟之一日，悔之已晚！”王敬诺。

囊货就路，中途遇雨，衣履浸濡。王生平未历风霜，委顿不堪，因暂休旅舍。不意淙淙彻暮，檐雨如绳。过宿，泞益甚。见往来行人，践淖没胫，心畏苦之。待至亭午，始渐燥，而阴云复合，雨又大作。信宿乃行。

将近京，传闻葛价翔贵，心窃喜。入都，解装客店，主人深惜其晚。先是，南道初通，葛至绝少。贝勒府购致甚急，价顿昂，较常可三倍。前一日，方购足，后来者，并皆失望。主人以故告王。王郁郁不得志。越日，葛至愈多，价益下。王以无利不肯售。迟十余日，计食耗烦多，倍益忧闷。主人劝令贱鬻，改而他图，从之。

亏赀十余两，悉脱去。早起，将作归计，启视囊中，则金亡矣。惊告主人。主人无所为计。或劝鸣官，责主人偿。王叹曰："此我数也，于主人何尤？"主人闻而德之，赠金五两，慰之使归。

自念无以见祖母，蹀躞内外，进退维谷。适见斗鹑者，一赌辄数千；每市一鹑，恒百钱不止。意忽动，计囊中赀，仅足贩鹑，以商主人。主人亟怂恿之。且约假寓饮食，不取其直。

王喜，遂行，购鹑盈儋，复入都。主人喜，贺其速售。至夜，大雨彻曙。天明，衢水如河，淋零犹未休也。居以待晴。连绵数日，更无休止。起视笼中，鹑渐死。王大惧，不知计之所出。越日，死愈多；仅余数头，并一笼饲之；经宿往窥，则一鹑仅存。因告主人，不觉涕堕。主人亦为扼腕。

王自度金尽罔归，但欲觅死，主人劝慰之。共往视鹑，审谛之曰："此似英物。诸鹑之死，未必非此之斗杀之也。君暇亦无所事，请把之；如其良也，赌亦可以谋生。"王如其教。既驯，主人令持向街头，赌酒食。鹑健甚，辄赢。主人喜，以金授王，使复与子弟决赌；三战三胜。半年许，积二十金。心益慰，视鹑如命。

先是，大亲王好鹑，每值上元，辄放民间把鹑者入邸相角。主人谓王曰："今大富宜可立致；所不可知者，在子之命矣。"因告以故，导与俱往。嘱曰："脱败，则丧气出耳。倘有万分一，鹑斗胜，王必欲市之，君勿应；如固强之，惟予首是瞻，待首肯而后应之。"王曰：

“诺。”

至邸，则鹑人肩摩于墀下。顷之，王出御殿。左右宣言：“有愿斗者上。”即有一人把鹑，趋而进。王命放鹑，客亦放；略一腾踔，客鹑已败。王大笑。俄顷，登而败者数人。主人曰：“可矣。”相将俱登。王相之，曰：“睛有怒脉，此健羽也，不可轻敌。”命取铁喙者当之。一再腾跃，而王鹑铩羽。更选其良，再易再败。王急命取宫中玉鹑。片时把出，素羽如鹭，神骏不凡。王成意馁，跪而求罢，曰：“大王之鹑，神物也，恐伤吾禽，丧吾业矣。”王笑曰：“纵之。脱斗而死，当厚尔偿。”成乃纵之。玉鹑直奔之。而玉鹑方来，则伏如怒鸡以待之；玉鹑健啄，则起如翔鹤以击之；进退颉颃，相持约一伏时。玉鹑渐懈，而其怒益烈，其斗益急。未几，雪毛摧落，垂翅而逃。观者千人，罔不叹羡。

王乃索取而亲把之，自喙至爪，审周一过。问成曰：“鹑可货否？”答云：“小人无恒产，与相依为命，不愿售也。”王曰：“赐而重直，中人之产可致。颇愿之乎？”成俯思良久，曰：“本不乐置；顾大王既爱好之，苟使小人得衣食业，又何求？”王请直，答以千金。王笑曰：“痴男子！此何珍宝而千金直也？”成曰：“大王不以为宝，臣以为连城之璧不过也。”王曰：“如何？”曰：“小人把向市廛，日得数金，易升斗粟，一家十余食指，无冻馁忧，是何宝如之？”王言：“予不相亏，便与二百金。”成摇首。又增百数。成目视主人，主人色不动。乃曰：“承大王命，请减百价。”王曰：“休矣！谁肯以九百易一鹑者!”成囊鹑欲行。王呼曰:“鹑人来,鹑人来!实给六百,肯则售,否则已耳。”成又目主人,主人仍自若。成心愿盈溢,惟恐失时。曰:“以此数售,心实怏怏;但交而不成,则获戾滋大。无已,即如王命。”王喜,即秤付之。成囊金,拜赐而出。主人怼曰:“我言如何,子乃急自鬻也?再少靳之,八百金在掌中矣。”成归,掷金案上,请主人自取之,主人不受。又固让之,乃盘计饭直而受之。

王治装归,至家,历述所为,出金相庆。妪命治良田三百亩,起屋作器,居然世家。妪早起,使成督耕,妇督织;稍惰,辄诃之。夫妇相安,不敢有怨词。过三年,家益富。妪辞欲去。夫妻共挽之,至泣下。妪亦遂止。旭旦候之,已杳矣。

异史氏曰:富皆得于勤,此独得于惰,亦创闻也。不知一贫彻骨,而至性不移,此天所以始弃之而终怜之也。懒中岂果有富贵乎哉!

【译文】

王成是山东平原县官宦人家的后代。习性最为懒惰,家境一天天衰败下来,只剩下几间破屋,和妻子睡在乱麻编的牛衣里,互相指责,日子难过。当时正是盛夏季节,天气炎热,村外本来有一个周家庄园,墙坍楼倒,只存下一座亭子,许多村民睡在亭子里过夜,王成也在里面。天亮以后,别人都回村去了,而王成一直睡到日上三竿才起身,慢慢腾腾准备回家。看见草丛里有一支金钗,拾起细看,上面刻有小字:“仪宾府造。”王成的祖父是明宪宗第六子衡恭王的女婿即“仪宾”,家里过去的东西,有好些刻着相同的款式,因此手拿金钗,踌躇不决。

一转眼，有个老妇人来寻找金钗。王成虽然一向贫穷，但生性廉直，立刻拿出金钗交给了她。老妇人十分高兴，极力称赞王成的美德，她说："一只金钗能值多少钱，可它是我先夫的遗物啊！"王成问道："你的丈夫是谁？"老妇人答道："就是已去世的仪宾王柬之。"王成惊讶地说："他是我的祖父啊，怎么会和你相遇？"老妇人也吃惊地说："你就是王柬之的孙子吗？我是狐仙，一百年前，和你的祖父情意缠绵，你祖父死后，我就隐居别处。刚才路过这里，丢失金钗，恰好落在你手里，岂不是天数吗？"王成也曾听说祖父有个狐妻，相信老妇人说的全是实话，就邀请她到家里看看。老妇人听从了。

回到家里，王成叫妻子出来相见，只见她身上披着破棉絮，面有菜色，暗无光泽。老妇人叹息道："嗨！王柬之的孙子，竟然穷到如此地步了吗！"又见柴灶破败，不生烟火，问道："家计像这个样子，日子怎么过得下去呢？"王妻就把家中贫穷的状况细说一遍，呜呜咽咽抽泣。老妇人把金钗交给王妻，让她暂且先拿去换钱买米，三天以后再来见面。王成挽留她，老妇人说："你连妻子尚且不能养活，我在这里，抬头看着屋顶无计可施，住下来又有什么用呢？"说完，就径自走了。王成把老妇人的来历告诉了妻子，妻子非常害怕；王成称颂她有情有义，要妻子把她当太婆来侍奉，妻子答应了。

三天后，老妇人果然来了，她拿出几两银子，买了小米和麦子各一石。晚上和王妻同睡一床。王妻开始有点怕，但看她一片真心，就不再怀疑她了。第二天，老妇人对王成说："孙儿你不要懒惰，应该做些小生意，坐吃哪能长久？"王成告诉她没本钱。老妇人说："你祖父在时，金银绸缎随我拿；我因为是世外之人，不需要这些东西，所以未曾多取。只积下买脂粉的银子四十两，至今还在。久藏着也没用，你可拿去，全都用来买葛布，立刻进京出售，可以赚点小利。"王成听从了她，买回来五十余匹葛布。老妇人命他马上整装出发，算计着六七天可以到达北京，叮嘱道："你要勤快，不要懒惰；要抓紧赶路，不要拖延耽搁，迟到一天，后悔就晚了！"王成恭恭敬敬地答应了。

王成装好货物，起程上路。半途中碰到下雨，衣服鞋子都湿透了。他生平从来没有经过风霜，疲惫不堪，就在旅店里暂且休息一下。没想到大雨哗哗的一直下到傍晚，屋檐上挂下的雨水像绳似的。住过一夜，路上更泥泞了，他见来往行人踩在泥潭里，一直没到小腿，心里怕受这份罪。等到正午时分，路上刚刚有点干燥，阴云重又聚拢来，大雨再次倾盆。王成又住了一夜才上路进京。

快到京城时，路上传闻北京城里葛布价格飞涨，王成心里暗暗高兴。到了京都，把货物卸在客店里，店主人对他来得太迟深表惋惜。原来这之前京城到南方的道路刚通，葛布运来的极少，亲王府急需购置，价钱顿时昂贵起来，比平时高出三倍左右。前一天正好买足，后到的布贩子全都失望了。店主人把这情况告诉了王成，王成心里郁郁不乐。过了一天，葛布到货越来越多，价格更往下跌，王成因为无利可图，不肯脱手。又等了十来天，盘算每天吃住花费太多，加倍忧闷。客店主人劝他把葛布贱卖了，改做别的打算。王成听从劝告，赔本十几两银子，把葛布全卖了。早上起来，准备收拾行装回家，打开钱袋一看，银子不见了。他吃惊地告诉客店主人，店主人也没什么办法可想。有人劝王成去告状，责令店主人赔偿，王成长叹道："这是我命里注定，对老板有什么可埋怨的？"店主人听了，很感激他厚道，拿出五两银子送他，劝慰他回家。

王成自念这么回去，无脸见祖母，屋里屋外踱来踱去，进退两难。正好看见斗鹌鹑的，一赌就是几千钱，每买一只鹌鹑，百钱以上是常事。心里忽然一动，算算口袋里的钱，也只够贩卖鹌鹑的，就去找客店主人商量。店主人极力怂恿，还和他约定，在旅店里借宿吃饭，都不收他的钱。王成非常高兴，就动身了。

王成购进满满一担鹌鹑，重又返回京城。店主人很高兴，祝贺他早日出售。到晚上，一场大雨直下到天明。天亮后街道上积水如河，雨还下个没完。王成只得住在旅店里等天晴，谁知一连好几天再没停过。王成起来查看笼中，鹌鹑一只只在死去。他害怕极了，不知该怎么办。过了一天，鹌鹑死得更多了，只剩下几只，就把它们合并在一只笼子里饲养。过了一夜再去看，只有一只鹌鹑还活着。就去告诉客店主人，不禁落下泪来。店主人也为他叹惜。

王成自思银子完了，无法回家，只想一死了事，客店主人劝慰他，一起去看那只活着的鹌鹑。店主人仔细端详一会，说道："这恐怕是一只非凡的鸟。其他鹌鹑一只只死去，未必不是被它斗杀的。眼下你闲着也没什么事做，就驯养着它，如果真是好鸟，你用它赌斗也可以谋生。”王成照着店主人的话去做。鹌鹑驯教好了，客店主人叫王成提着鹌鹑到街上和人赌酒食。这只鹌鹑非常刚健善斗，总是取胜。店主人很高兴，给王成一些钱，让他再和公子哥儿赌斗输赢，三战三胜。半年光景，积攒下二十两银子。他的心情更加快慰了，把鹌鹑看得像命一样。

先前，大亲王喜欢斗鹌鹑，每逢正月十五上元节，总要让民间驯养鹌鹑的人到王府中来较量较量。客店主人对王成说：“如今发大财的机会该马上可以到了，所不能预料的，就在你的命了。”于是他把事情告诉了王成，带他一起去亲王府。路上嘱咐说：“如果斗败了，你只好自认晦气出府去；如果万一你的鹌鹑斗胜了，亲王必定要买下它，你不要答应，如果他坚持要买，你只看我的脸色行事，等我点头了，然后你再答应他。”王成回答说：“是。”

到亲王府，就见驯鹑人肩挨着肩，云集在大殿前的台阶下面。过了一会儿，亲王出来坐在殿上。左右侍从宣布：“有愿意斗的上殿来。”当即就有一人手持鹌鹑，急步上前。亲王命手下人放出鹌鹑，那个斗客也放出自己的鹌鹑，两只鹌鹑只稍稍扑腾了一下，斗客的鹌鹑就已经败下来了。亲王大笑。一时间，上殿败下来的有好几个人。这时，客店主人对王成说：“可以了。”两人一起登上大殿。亲王仔细端详王成的鹌鹑，说道：“它眼睛里有怒脉，这是只勇健的鸟，不可轻敌。”吩咐取铁嘴鹌鹑来斗。两只鹌鹑一再飞腾跳跃，亲王的铁嘴鹌鹑羽毛散落，败下阵来。另选更好的来，换了好几只，都斗败了。亲王急忙命手下去取王宫里的玉鹌鹑。一会儿工夫，捧了出来，只见它像白鹭一样，全身长着雪白的羽毛，神采骏逸，非同凡响。王成胆怯了，跪在殿上，请求亲王不要再斗了。他禀告道：“大王的鹌鹑是一只神鸟，我怕它伤害了我的鸟儿，要毁了我的生计呀！”亲王笑着说：“放手让它斗吧。如果斗死了，我一定重重地赔偿你。”王成只得放出鹌鹑，玉鹑向它直奔而来。玉鹑正冲过来时，王成的鹌鹑像发怒的雄鸡似的静伏着等待，玉鹑奋力一啄，它却像飞翔的鹤一般腾空还击。两只鹌鹑进退起落，相持了约有一盘输赢的时间，玉鹌鹑渐渐招架不住，而王成的鹌鹑怒气更盛，进攻更猛。过不多久，玉鹌鹑白羽毛纷纷散落，耷拉着翅膀逃走了。观看的千把人无不赞叹和羡慕王成的这只鹌鹑。

亲王便向王成要过鹌鹑，亲手把玩，从嘴到爪，细细看了一遍。他问王成："这只鹌鹑能卖吗？"王成回答说："小人没有土地家产，只与鹌鹑相依为命，所以不愿出售。"亲王说："我赐你重金，让你购置一个中等人家的产业，总该很愿意了吧？"王成低头沉思了好久，开口说道："我本不喜欢购置产业，只是大王既然喜欢它，如果能使小人获得衣食生计，我又有何求？"亲王问王成卖价，王成回答说要一千两银子。亲王笑道："你这个痴汉！这是什么珍宝，能值一千两银子？"王成说道："大王不以为宝，小人却以为价值连城的玉璧也比不上它。"亲王问道："怎么？"王成答道："小人把它拿到街市上去赌斗，每日可得几两银子，回来换上一升半斗粮食，一家十几口人没有受冻挨饿之忧，有什么样的珍宝能像它一样呢？"亲王说："我不让你吃亏，就给你二百两。"王成只是摇头。亲王又增加了一百两。王成转眼看了看客店主人，店主人神色不动，于是他说："承大王之命，我愿把开价减去一百两。"亲王说道："算了吧，谁肯拿九百两银子换一只鹌鹑！"王成把鹌鹑装进笼子，想要离去，亲王叫道："养鹑人来！养鹑人来！我实付六百两，你肯就卖，不肯就算了！"王成又看了看客店主人，他仍是神色自若。王成已经心满意足，唯恐错过机会，就说："以六百两的价钱出售，我实在不大高兴，但如果这桩买卖做不成，获罪就更大了。没有办法，就照大王的话办吧。"亲王很高兴，当即称了六百两银子，付给王成。王成收了银子，拜谢过亲王，出了王府。客店主人埋怨道："我是怎么说的，你就急急忙忙自行卖了呢？再稍稍勒他一勒，八百两银子就在掌中了。"王成回到客店，把银子扔在桌子上，请店主人自己随便拿，店主人不肯接受。王成又坚持让他拿，店主人才用算盘算清了王成的饭钱，收下了银子。

王成整理行装，返回故乡。回到家里，一一叙述了自己做过的事，拿出银子，全家相庆。老妇人命王成买下良田三百亩，兴造房屋，置办家具，居然像个官宦世家了。老妇人每日清早起来，让王成督率耕种，王成的妻子督率纺织，稍有懒惰，就大声训斥他们。王成夫妇也安于承受，不敢有什么抱怨的话。过了三年，家境更加富足。老妇人向他们告辞，准备离去，王成夫妇一起挽留她，以至眼泪都流了下来，老妇人也就不走了。第二天一清早去请安，已经杳然不知去向了。

异史氏说：富裕都得之于勤劳，这里却独独得之于懒惰，也是前所未闻的啊。不知道虽然贫穷入骨，而淳厚的天性不改，这就是上天所以先抛弃他，最终又爱怜他的缘故。懒惰中难道真会有富贵吗！

青　凤

太原耿氏，故大家，第宅弘阔。后凌夷，楼舍连亘，半旷废之。因生怪异，堂门辄自开掩，家人恒中夜骇哗。耿患之，移居别墅，留老翁门焉。由此荒落益甚。或闻笑语歌吹声。

耿有从子去病，狂放不羁。嘱翁有所闻见，奔告之。至夜，见楼上灯光明灭，走报生。生欲入觇其异。止之，不听。门户素所习识，竟拨蒿蓬，曲折而入。

登楼，殊无少异。穿楼而过，闻人语切切。潜窥之，见巨烛双烧，其明如昼。一叟儒冠南面坐，一媪相对，俱年四十余。东向一少年，可二十许；右一女郎，裁及笄耳。酒胾满案，团坐笑语。生突入，笑呼曰："有不速之客一人来！"群惊奔匿。独叟出叱问："谁何入人闺闼？"生曰："此我家闺闼，君占之。旨酒自饮，不一邀主人，毋乃太吝？"叟审睇曰："非主人也。"生曰："我狂生耿去病，主人之从子耳。"叟致敬曰："久仰山斗。"乃揖生入，便呼家人易馔。生止之。叟乃酌客。生曰：

“吾辈通家，座客无庸见避，还祈招饮。”叟呼：“孝儿!”俄少年自外入。叟曰：“此豚儿也。”揖而坐，略审门阀。叟自言：“义君姓胡。”生素豪，谈议风生，孝儿亦倜傥；倾吐间，雅相爱悦。生二十一，长孝儿二岁，因弟之。

叟曰：“闻君祖纂《涂山外传》，知之乎?”答：“知之。”叟曰：“我涂山氏之苗裔也。唐以后，谱系犹能忆之；五代而上无传焉。幸公子一垂教也。”生略述涂山女佐禹之功，粉饰多词，妙绪泉涌。叟大喜，谓子曰：“今幸得闻所未闻。公子亦非他人，可请阿母及青凤来共听之，亦令知我祖德也。”孝儿入帏中。

少时，媪偕女郎出。审顾之，弱态生娇，秋波流慧，人间无其丽也。叟指妇云：“此为老荆。”又指女郎：“此青凤，鄙人之犹女也。颇惠，所闻见，辄记不忘，故唤令听之。”生谈竟而饮，瞻顾女郎，停睇不转。女觉之，辄俯其首。生隐蹑莲钩，女急敛足，亦无愠怒。生神志飞扬，不能自主，拍案曰：“得妇如此，南面王不易也!”

媪见生渐醉，益狂，与女俱起，遽搴帏去。生失望，乃辞叟出。而心萦萦，不能忘情于青凤也。至夜，复往，则兰麝犹芳，而凝待终宵，寂无声欬。归与妻谋，欲携家而居之，冀得一遇。妻不从，生乃自往，读于楼下。

夜方凭几，一鬼披发入，面黑如漆，张目视生。生笑，染指研墨自涂，灼灼然相与对视。鬼惭而去。次夜，更既深，灭烛欲寝，闻楼后发扃，辟之闸然。生急起窥觇，则扉半启。俄闻履声细碎，有烛光自房中出。视之，则青凤也。骤见生，骇而却退，遽阖双扉。生长跽而致词曰："小生不避险恶，实以卿故。幸无他人，得一握手为笑，死不憾耳。"女遥语曰："惓惓深情，妾岂不知，但叔闺训严，不敢奉命。"生固哀之云："亦不敢望肌肤之亲，但一见颜色足矣。"女似肯可，启关出，捉之臂而曳之。生狂喜，相将入楼下，拥而加诸膝。女曰："幸有夙分；过此一夕，即相思无用矣。"问："何故?"曰："阿叔畏君狂，故化厉鬼以相吓，而君不动也。今已卜居他所，一家皆移什物赴新居，而妾留守，明日即发。"

言已，欲去，云："恐叔归。"生强止之，欲与为欢。方持论间，叟掩入。女羞惧无以自容，俯首倚床，拈带不语。叟怒曰："贱婢辱吾门户！不速去，鞭挞且从其后！"女低头急去，叟亦出。尾而听之，诃诟万端。闻青凤嘤嘤啜泣。生心意如割，大声曰："罪在小生，于青凤何与？倘宥凤也，刀锯铁钺，小生愿身受之！"良久寂然，生乃归寝。自此第内绝不复声息矣。

生叔闻而奇之，愿售以居，不较直。生喜，携家口而迁焉。居逾年，甚适，而未尝须臾忘凤也。会清明上墓归，见小狐二，为犬逼逐。其一投荒窜去，一则皇急道上。望见生，依依哀啼，阘耳辑首，似乞其援。生怜之，启裳衿，提抱以归。闭门，置床上，则青凤也。大喜，慰问。女曰："适与婢子戏，遘此大厄。脱非郎君，必葬犬腹。望无以非类见憎。"生曰："日切怀思，系于魂梦。见卿如获异宝，何憎之云！"女曰："此天数也，不因颠覆，何得相从？然幸矣，婢子必以妾为已死，可与君坚永约耳。”生喜，另舍舍之。

积二年余，生方夜读，孝儿忽入。生辍读，讶诘所来。孝儿伏地，怆然曰：“家君有横难，非君莫拯。将自诣恳，恐不见纳，故以某来。”问：“何事？”曰：“公子识莫三郎否？”曰：“此吾年家子也。”孝儿曰：“明日将过，倘携有猎狐，望君之留之也。”生曰：“楼下之羞，耿耿在念，他事不敢预闻。必欲仆效绵薄，非青凤来不可！”孝儿零涕曰：“凤妹已野死三年矣！”生拂衣曰：“既尔，则恨滋深耳！”执卷高吟，殊不顾瞻。孝儿起，哭失声，掩面而去。

生如青凤所，告以故。女失色曰：“果救之否？”曰：“救则救之；适不之诺者，亦聊以报前横耳。”女乃喜曰：“妾少孤，依叔成立。昔虽获罪，乃家范应尔。”生曰：“诚然，但使人不能无介介耳。卿果死，定不相援。”女笑曰：“忍哉！”

次日，莫三郎果至，镂膺虎韔，仆从甚赫。生门逆之。见获禽甚多，中一黑狐，血殷毛革；抚之，皮肉犹温。便托裘敝，乞得缀补。莫慨然解赠。生即付青凤，乃与客饮。

客既去，女抱狐于怀，三日而苏，展转复化为叟。举目见凤，疑非人间。女历言其情。叟乃下拜，惭谢前愆。喜顾女曰：“我固谓汝不死，今果然矣。”女谓生曰：“君如念妾，还乞以楼宅相假，使妾得以申返哺之私。”生诺之。叟赧然谢别而去。入夜，果举家来。由此如家人父子，无复猜忌矣。生斋居，孝儿时共谈宴。生嫡出子渐长，遂使傅之；盖循循善教，有师范焉。

【译文】

山西太原耿氏，以前是官宦世家，宅院十分宽敞。后来家道衰微，连绵的楼房大半空着不用，由此生出许多异乎寻常的怪事来。大厅的门往往自开自掩，家里人常半夜里吓得一片喧哗。耿某对此很忧虑，就搬到别墅去居住，只留下一个老头守门。从此耿宅越加荒落，人们有时会听见里面传出欢声笑语和吹奏歌唱的声音。

耿某有个侄子，叫耿去病，为人狂放，无所拘束，他嘱咐看门老头看见听见什么，就马上跑来告诉他。到晚上，老头见楼上灯光忽明忽暗，跑去告诉耿去病。耿去病想进去看看到底什么作怪，老头劝阻他，他不听。门户向来是熟悉的，竟拨开蒿草，左转右拐摸了进去。

耿去病上了楼，没有发现丝毫异常的地方。穿过楼房的时候，听见有人在轻声说话。他悄悄地窥探，只见屋里点着一对大蜡烛，亮堂堂的像白天一样。一个老头戴着儒冠朝南坐着，一个老妇人坐在他的对面，年纪都有四十多了。一个少年面东而坐，约有二十来岁；右边坐着一个女郎，才十五六岁。桌上放满了酒肉，四个人围坐着说笑。耿去病突然闯了进去，笑着喊道："有一位不速之客来了！"几个人惊慌地奔走躲避，只有老头走出来斥责道："什么人闯入人家的闺房？"耿去病说："这是我家的闺房，你把它占了。美酒自己喝，不请一请主人，未免太吝啬了吧？"老头仔细瞅了瞅耿去病，说道："你不是主人。"耿去病说："我是狂生耿去病，主人的侄子。"老头连忙向耿去病行礼致敬，说道："久仰足下大名，如望泰山北斗。"说着便恭请耿去病入座，又唤家人换一桌酒菜，耿去病阻止了。老头就给客人斟酒，耿去病说："我们是世交，座中客人无须回避，还望招呼他们出来同饮。"老头喊道："孝儿！"一会儿少年从外面进来。老头说："这是小儿。"少年作揖坐下。耿去病略略询问老头的家世门第，老头自称姓胡，名义君。耿去病向来豪爽，席间谈笑风生，孝儿也风流洒脱，交谈之间，彼此都很钦慕喜欢。耿去病二十一岁，比孝儿年长二岁，就认孝儿为弟弟。

老头说："听说你祖父编纂了一部《涂山外传》，你知道这事吗？"耿去病回答说："知道的。"老头又说："我就是涂山氏的后代啊。唐代以后的家谱世系还能记得起来，而五代以前的已经失传了。今日有幸，请你赐教。"耿去病就把涂山女辅佐大禹治水的功绩大致说了一遍，还添了不少粉饰美化的话，妙语泉涌。老头非常高兴，对儿子说道："今天有幸能够听到前所未闻的故事。公子也不是外人，可请你母亲以及青凤一起来听听，也让她们知道我们祖先的功德啊。"孝儿起身进帷帐里去了。

过了一会儿，老妇人同女郎一起出来。耿去病仔细打量女郎，见她体态轻柔，生出无限的娇媚，秋波流转，闪烁着聪慧的光芒，人世间再没有比她更美丽的女子了。老头指着妇人说："这是老妻。"又指着女郎说："这是青凤，我的侄女。她很聪明，听到看到的就能记住不忘，所以叫她来一起听听。"耿去病把涂山氏的世系大略说完了，举杯饮酒，目光停留在青凤脸上，再也不移开。青凤觉察了，就低下头去。耿去病暗中轻轻踩一下青凤的脚，青凤急忙把脚往后缩，也没有生气发怒。耿去病神志飞扬，控制不了自己，一拍桌子说道："能娶到这样美丽的女子，就是让我南面称王，我也不换！"老妇人见他渐渐醉了，行为更加狂放，就和青凤一同起身，匆匆掀起帷帐进去了。

耿去病很失望，就告别老头，走出耿府，可心一直牵挂在青凤身上，不能忘情。到了夜里再去，那兰麝的芳香还在，而凝神静气等了个通宵，却静悄悄的没有一点声响。他回家和妻子商议，想带全家住到那儿去，希望能遇见青凤。妻子不愿意，他就独自一人前去，住在楼下读书。

夜里刚靠几坐下，一个鬼披头散发进来，面孔漆黑，张大眼睛盯着他。他笑着用手指蘸了砚台中的墨汁涂在自己脸上，双目炯炯，与鬼对视。鬼被他看得不好意思，就走了。第二天夜里，夜已经深了，耿去病熄了灯正想睡下，听见楼后开门栓，砰地一声，门打开了。他急忙起来上楼窥探，只见房门半开着，过了一会儿，听见细碎的脚步声，有烛光从房间里出来，细看，正是青凤。她突然见到耿去病，吓得直往后退，赶快把两扇房门关上。耿去病挺身跪在门外表白说："我不避险恶而来，实在是为了你。幸好没有别人，若能握一握你的手，博取一笑，我就死也无憾了。"青凤隔着房门，站得远远地说道："你一片深情，我岂能不知，只是叔叔闺训严谨，我不敢答应你的要求。"耿去病苦苦哀求，说道："我也不敢希图肌肤之亲，只要能够看一看你的容貌，就心满意足了。"青凤似乎肯了，打开门出来，抓住耿去病的臂膀拉他起来。耿去病欢喜得发疯，相扶着来到楼下，把她抱在自己的膝上。青凤说："幸得你我前生有缘分；过了今夜，再相思也没用了。"耿去病问："为什么？"青凤说："叔叔害怕你的狂放，所以化作恶鬼来吓你，可吓不走你。眼下叔叔已另择别的居处，一家人全都搬运家什去新居了，让我在这儿留守，明天就要走了。"

青凤说完就要离去，说道："恐怕叔叔就要回来了。"耿去病硬是抱住她，想要和她亲昵寻欢。正在争执不下的时候，老头出其不意地进来了，青凤又羞又怕，无地自容，低头靠在床边，两手揉弄着衣带，一句话都不说。老头怒气冲冲地喝道："贱丫头，败坏我家的门户！再不快快回去，鞭子就要打下来了！"青凤低着头急忙出去，老头也出去了。耿去病尾随在他们身后听，老头对青凤百般斥责，骂声不断，又听见青凤在低声哭泣。耿去病心中痛如刀割，大声喊道："错的是我，和青凤有什么相干？如果能宽恕青凤，刀锯斧钺，我都愿以身承受！"很久没人回答，耿去病这才回屋就寝。从此耿府内再没有声响了。

耿去病的叔叔听说以后，以为是桩奇事，愿把这所宅院出售给他住，价钱多少也不计较了。耿去病心里高兴，携带自己的家眷搬了进去。住了一年多，很是安适，而对于青凤，一时一刻也没有忘记过。正逢清明节上坟归来，看见两只小狐狸被狗紧紧追赶，其中一只朝荒野逃去，另一只则在大路上急急惶惶。看见耿去病，就在他身边依恋不去，发出哀鸣，贴耳缩头，像是在乞求他救援。耿去病很可怜它，就掀开衣襟，把它抱在怀中，带回家里。关上门，放到床上，却成了青凤。耿去病大喜，一边安慰，一边询问。青凤说："我刚才正在和婢女游戏，不想遇上这场大难，如果不是你拯救，必定葬身犬腹。希望你不要因为我不是同类而嫌弃。"耿去病说道："我每天思念你心切，梦中也牵挂着你。见到你像得了珍奇的宝贝，哪能说得上嫌弃!”青凤说：“这真是天数啊。不是这场灾难，我怎么能够跟随你呢？然而可幸的是，婢女一定以为我死了，我可以与你订定终身之约了。”耿去病非常高兴，另外找了间房间，让青凤住下。

过了两年多，一天夜里，耿去病正在读书，忽然孝儿进来了。耿去病放下书本，惊讶地问孝儿从何处而来。孝儿伏在地上，悲伤地说：“家父遭到飞来横祸，除公子外，别人无法拯救。父亲本想亲自上门恳求，恐怕你不肯接纳，所以让我前来。”耿去病问道：“出了什么事?”孝儿说：“公子认识莫三郎吗?”耿去病说：“他是我一位同年的儿子。”孝儿说：“明天他要经过贵府，倘若他带有猎获的狐狸，希望你把它留下来。”耿去病说道：“当年楼下的羞辱，我仍耿耿不忘，别的事情我不敢过问。如果一定要我尽绵薄之力，非要青凤来求情不可!”孝儿泪流满面地说：“青凤妹妹死于荒野已有三年了!”耿去病决然拂了拂衣裳说道：“既然这样，那我心里的仇恨就更深了!”拿起书本，高声吟诵，不再看孝儿一眼。孝儿站起身，失声痛哭，掩面而去。

耿去病来到青凤的住所，把这件事告诉她。青凤脸色都变了，说道：“你到底救不救叔叔?”耿去病说：“救当然是要救的，刚才没有答应他，也只是略为报复一下他从前的蛮横罢了。”青凤这才转忧为喜，说道：“我从小死了父亲，依靠叔叔长大成人。昔日他虽得罪了你，也是家规应该那样。”耿去病说：“虽然如此，但总使人不能不耿耿于怀。你如果真的死了，我一定不救。”青凤笑着说：“你心肠真硬啊!”

第二天，莫三郎果真来了，马的前胸系着镂金的勒带，挎着虎皮弓袋，随从的仆人声势煊赫。耿去病在门外接住，看见猎获的禽兽很多，其中有一只黑狐，鲜血把皮毛都染红了，他用手摸了摸，皮肉还有些温暖。就假托自己的皮外套破了，讨下这只黑狐修饰缝补。莫三郎慷慨地解下黑狐，送给了他。耿去病随即交给青凤，便和客人一起饮酒去了。

客人离去后，青凤把黑狐抱在怀里，过了三天它苏醒了，翻了个身又化成了老头。老头抬眼看见青凤，怀疑自己已不在人间。青凤把经过的情形一一告诉了他。于是老头向耿去病下拜，对自己从前的过失，惭愧地表示歉意。他高兴地看着青凤说：“我本来就说你不会死，如今果真是这样！”青凤对耿去病说：“你如果肯为我着想，还求你把府内的楼房借给我们居住，使我得以报答叔叔养育之恩。”耿去病答应了。老头羞愧地拜谢告别而去。到夜里，果然全家都来了。从此耿去病和他们就像父子一家人一样，再没有猜忌了。耿去病住在书房里，孝儿常来和他一块儿饮酒叙谈。耿去病正妻的儿子渐渐长大，他就请孝儿作老师，孝儿循循善诱，教导有方，很有师长的风范。

画　皮

太原王生，早行，遇一女郎，抱襆独奔，甚艰于步。急走趁之，乃二八姝丽。心相爱乐。问：“何夙夜踽踽独行？”女曰：“行道之人，不能解愁忧，何劳相问。”生曰：“卿何愁忧？或可效力，不辞也。”女黯然曰：“父母贪赂，鬻妾朱门。嫡妒甚，朝詈而夕楚辱之，所弗堪也，将远遁耳。”问：“何之？”曰：“在亡之人，乌有定所。”生言：“敝庐不远，即烦枉顾。”女喜，从之。

生代携襆物，导与同归。女顾室无人，问：“君何无家口？”答云：“斋耳。”女曰：“此所良佳。如怜妾而活之，须秘密，勿泄。”生诺之。乃与寝合。使匿密室，过数日而人不知也。生微告妻。妻陈，疑为大家媵妾，劝遣之。生不听。

偶适市，遇一道士，顾生而愕。问：“何所遇？”答言：“无之。”道士曰：“君身邪气萦绕，何言无？”生又力白。道士乃去，曰：“惑哉！世固有死将临而不悟者！”生以其言异，颇疑女。转思明明丽人，何至为妖，意道士借魇禳以猎食者。

无何，至斋门，门内杜，不得入。心疑所作，乃逾垝垣。则室门亦闭。蹑迹而窗窥之，见一狞鬼，面翠色，齿巉巉如锯。铺人皮于榻上，执采笔而绘之；已而掷笔，举皮，如振衣状，披于身，遂化为女子。睹此状，大惧，兽伏而出。急追道士，不知所往。遍迹之，遇于野，长跪乞救。道士曰：“请遣除之。此物亦良苦，甫能觅代者，予亦不忍伤其生。”乃以蝇拂授生，令挂寝门。临别，约会于青帝庙。

生归，不敢入斋，乃寝内室，悬拂焉。一更许，闻门外戢戢有声。自不敢窥也，使妻窥之。但见女子来，望拂子不敢进；立而切齿，良久乃去。少时，复来，骂曰：“道士吓我。终不然，宁入口而吐之耶！”取拂碎之，坏寝门而入。径登生床，裂生腹，掬生心而去。妻号。婢入烛之，生已死，腔血狼藉。陈骇涕不敢声。

明日，使弟二郎奔告道士。道士怒曰：“我固怜之，鬼子乃敢尔！”即从生弟来。女子已失所在。既而仰首四望，曰：“幸遁未远。”问：“南院谁家？”二郎曰：“小生所舍也。”道士曰：“现在君所。”二郎愕然，以为未有。道士问曰：“曾否有不识者一人来？”答曰：“仆早赴青帝庙，良不知。当归问之。”去，少顷而返，曰：“果有之。晨间一妪来，欲佣为仆家操作，室人止之，尚在也。”道士曰：“即是物矣。”遂与俱往。

仗木剑，立庭心，呼曰：“孽魅！偿我拂子来！”妪在室，惶遽无色，出门欲遁。道士逐击之。妪仆，人皮划然而脱；化为厉鬼，卧嗥如猪。道士以木剑枭其首；身变作浓烟，匝地作堆。道士出一葫芦，拔其塞，置烟中，飗飗然如口吸气，瞬息烟尽。道士塞口入囊。共视人皮，眉目手足，无不备具。道士卷之，如卷画轴声，亦囊之，乃别欲去。

陈氏拜迎于门，哭求回生之法。道士谢不能。陈益悲，伏地不起。道士沉思曰："我术浅，诚不能起死。我指一人，或能之，往求必合有效。"问："何人？"曰："市上有疯者，时卧粪土中。试叩而哀之。倘狂辱夫人，夫人勿怒也。"二郎亦习知之。乃别道士，与嫂俱往。

见乞人颠歌道上，鼻涕三尺，秽不可近。陈膝行而前。乞人笑曰："佳人爱我乎？"陈告之故。又大笑曰："人尽夫也，活之何为？"陈固哀之。乃曰："异哉！人死而乞活于我。我阎摩耶？"怒以杖击陈。陈忍痛受之。市人渐集如堵。乞人咯痰唾盈把，举向陈吻曰："食之！"陈红涨于面，有难色；既思道士之嘱，遂强啖焉。觉入喉中，硬如团絮，格格而下，停结胸间。乞人大笑曰："佳人爱我哉！"遂起行，已，不顾。尾之，入于庙中。迫而求之，不知所在；前后冥搜，殊无端兆，惭恨而归。

既悼夫亡之惨，又悔食唾之羞，俯仰哀啼，但愿即死。方欲展血敛尸，家人伫望，无敢近者。陈抱尸收肠，且理且哭。哭极声嘶，顿欲呕。觉鬲中结物，突奔而出，不及回首，已落腔中。惊而视之，乃人心也。在腔中突突犹跃，热气腾蒸如烟然。大异之。急以两手合腔，极力抱挤，少懈，则气氤氲自缝中出。乃裂缯帛急束之。以手抚尸，渐温。覆以衾裯。中夜启视，有鼻息矣。天明，竟活。为言："恍惚若梦，但觉腹隐痛耳。"视破处，痂结如钱，寻愈。

异史氏曰：愚哉世人！明明妖也，而以为美。迷哉愚人！明明忠也，而以为妄。然爱人之色而渔之，妻亦将食人之唾而甘之矣。天道好还，但愚而迷者不寤耳。可哀也夫！

【译文】

山西太原有个姓王的书生，清早走在路上，遇见一位女郎，抱着包裹独自一人急匆匆赶路，步履十分艰难。王生快步跟上，原来是个年方二八的美丽少女，心生爱慕。问道："大清老早的，为什么一个人孤零零赶路呢？"少女说："过路人消除不了我的忧愁，何必费心相问。"王生说："小姐有什么忧思愁虑？我也许能效力，决不推辞。"少女神色黯然地说道；"我父母贪图钱财，把我卖给富贵人家。大老婆嫉妒得厉害，早也骂，晚也打，我实在受不了，想逃得远远的。"王生问道："到哪儿去呢？"少女回答说："逃亡的人，哪有一定的去处。"王生说："寒舍离这儿不远，就烦请小姐屈驾光临。"少女很高兴，顺从了他。

王生替少女拿着包裹物件，带着她一起回家。少女环顾屋里没有其他的人，便问王生："你怎么没有家眷?"王生答道："这是我的书房。"少女说道："这地方很好。如果你可怜我，要救我活命，一定要保守秘密，不要泄露风声。"王生答应了。于是就和少女同居了，把她藏在密室里，过了好几天外人都不知道。王生暗暗把这事告诉了妻子。妻子姓陈，怀疑少女是大户人家陪嫁的侍妾，劝王生打发她走，王生不听。

一天，王生偶然上集市，遇见一个道士，看着王生怔住了，问道：“你碰见什么了？”王生回答说：“没有碰见什么。”道士说：“你全身上下被邪气绕住了，怎么还说没有呢？”王生又极力辩白，道士就走了，说：“糊涂啊！世上本来就有死到临头还执迷不悟的人！”王生觉得这话说得蹊跷，很有点怀疑那个女子；转念一想，明明是个美人儿，怎么会是妖怪呢？心想道士是借驱邪消灾来弄点钱的。

没多久，王生到书房门前，门关死了，进不去。疑心里面在做什么，就翻过破墙进去，内室的门也紧闭着。他蹑手蹑脚走到窗下往里窥探，看见一个狰狞的恶鬼，青面獠牙，像锯齿似的。把一张人皮铺在床上，拿彩笔描画。画好把笔放下，举起人皮，像抖衣服似的抖了两下，披在身上，就变成了少女。王生亲眼目睹这一情景，害怕极了，像野兽般趴在地上爬出院子，急忙去追寻道士，已经不知去向了。王生到处打听寻找，在郊野遇到了。他直挺挺跪在地上，乞求道士救援。道士说：“让我替你赶走它。这东西也很苦，好容易找到替身，我也不忍心伤害它的性命。”于是他交给王生一把蝇拂，叫他挂在卧室的门上。临分手时，约定在青帝庙相会。

王生回家，不敢进书房，就睡在内室，把蝇拂悬挂在门上。大约一更时分，听见门外有嘁嘁嚓嚓的声响，王生自己不敢去看，让妻子悄悄地偷看。只见那少女来了，看见蝇拂不敢进门，站在那里咬牙切齿，好久才离去。过了一会儿又回来，骂道：“道士吓唬我。总不见得到嘴的肉还要吐出来！”便一把拽下蝇拂扯碎了，破门而入，径直上了王生的卧床，撕开王生的肚皮，掏出王生的心走了。他妻子大声呼叫，婢女进来举灯一照，只见王生已经死了，胸腔一片血肉模糊。陈氏吓得连哭都不敢出声。

第二天，陈氏让王生的弟弟二郎火速赶到青帝庙告诉道士。道士发怒说：“我本来还可怜它，这小鬼竟敢如此作恶！”就跟着二郎到家。那少女已不知到什么地方去了。道士抬头四望，说：“还好逃得不远。”又问道：“南院住的是哪一家？”二郎说：“是我的住处。”道士说：“现在就在你那里。”二郎愣住了，以为没有。道士问道：“有没有一个不认识的人来过？”二郎回答说：“我一早就赶到青帝庙去了，确实不知情，要回去问问。”他去了不一会儿回来，说道：“果然有人来过。早晨一个老婆子来，想帮佣，为我家干活，我妻子把她留下了，现在还在呢。”道士说：“就是这个家伙。”就和二郎一起往南院而来。

道士手仗木剑，站在院子中间，大声喝道：“孽鬼，赔我的蝇拂来！”那老婆子在屋子里惊慌失措，面无人色，出门想逃。道士追上挥剑击去，老妇人应声倒下，哗啦一下，披在身上的人皮脱落下来，变成了一个恶鬼，像猪似的躺在地上嗥叫。道士用木剑割下它的脑袋，鬼身随即化作浓烟，在地下盘旋成一团。道士取出一只葫芦，拔掉塞子，放在浓烟中，嗞溜溜地像嘴吸气，一眨眼的工夫，浓烟就收尽了。道士把葫芦口塞好，放进布袋。大家看那人皮，上面眉眼手脚，无不具备。道士把它卷起来，声音像卷画轴，也把它放进口袋，就向众人告别，想要离去。

陈氏跪在门外接道士，哭着乞求起死回生的方法。道士推辞说无能为力。陈氏更加悲恸，伏在地上不肯起来。道士沉思说：“我法术浅，实在不能起死回生。我指点你一个人，他或许能做到，你前去求他，一定可以有效。”陈氏问：“他是谁？”道士说：“集市上有一个疯子，常常睡在粪土之中。你试试去问他，向他哀求。如果他举止疯狂，侮辱了你，你不要发怒啊！”二郎也一向知道这个疯子，于是告辞道士，和嫂子一起前去。

路上，看见那个乞丐疯疯癫癫地唱着歌，鼻涕垂下有三尺长。脏得没法靠近。陈氏跪在地上，用膝盖一步一步向他挪去。那乞丐笑着说：“美人喜欢我吗？”陈氏把事情对他说了。乞丐又放声大笑说：“天下的男人都是丈夫，救活他干什么？”陈氏苦苦哀求，乞丐就说：“奇怪！人死了却来求我救活他！我是阎王爷吗？”怒气冲冲拿起拐杖朝陈氏打去，陈氏忍痛挨着。集市上围观的人渐渐多起来，像墙似的堵得水泄不通。乞丐吐了满手的痰，举到陈氏嘴边，说道：“吃下去！”陈氏脸涨得通红，露出为难的神色，随即想起了道士的嘱咐，就勉强咽了下去。只觉得痰入喉中，实实的像团棉絮，很难下去，停顿在胸口。乞丐哈哈大笑说：“美人爱上我啦！”起身就走了，再也不回头看一眼。陈氏尾随在后，到一座庙里，追上前去哀求，忽然乞丐不见了，前前后后找了个遍，一点踪影也没有，只好又羞又恨地回家。

她既伤心丈夫死得惨，又悔恨自己吃痰所受的羞辱，哭得前俯后仰，但愿一死了之。她正想察看一下血污，收敛好尸体，家里人都站定了望着，没人敢靠近，她抱着尸体，把拖出体外的肠子收好，一边整理，一边哭泣，悲痛之极，连声音都嘶哑了，顿时感到要吐，只觉得胸口结着的那团东西突然冲了出来，来不及转头，已经落在王生的胸腔里了。吃惊地看，那竟是一颗人心，在胸腔里还突突地跳动，热气腾腾的，好像在冒烟。陈氏大为惊奇，急忙用双手把胸腔合起来，竭力抱着挤紧，稍微松一下劲，热气就一缕缕从缝里出来。于是撕开绸布，急忙紧紧绑扎。用手抚摸尸体，觉得渐渐暖了。盖上被子，半夜掀开看时，鼻子里已经有气息了。第二天天亮，居然复活过来，对妻子说："恍恍惚惚像在梦中，只觉得腹部隐隐作痛。"察看被恶鬼撕裂的地方，结了一个铜钱大小的痂，不久就痊愈了。

异史氏说：世人真愚蠢啊！明明是妖怪，却以为是美女。愚人真糊涂啊！明明是忠告，却以为是虚妄。可是迷恋别人的美色而加以勾引，自己的妻子也就要心甘情愿地去吃人的痰液了。天理善于报应，只是愚昧糊涂的人不醒悟罢了。可悲啊！

贾　儿

楚某翁，贾于外。妇独居，梦与人交；醒而扪之，小丈夫也。察其情，与人异，知为狐。未几，下床去，门未开而已逝矣。人暮邀庖媪伴焉。有子十岁，素别榻卧，亦招与俱。夜既深，媪儿皆寐，狐复来。妇喃喃如梦语。媪觉，呼之，狐遂去。自是，身忽忽若有亡。至夜，不敢息烛，戒子睡勿熟。

夜阑，儿及媪倚壁少寐。既醒，失妇，意其出遗；久待不至，始疑。媪惧，不敢往觅。儿执火遍烛之。至他室，则母裸卧其中；近扶之，亦不羞缩。自是遂狂，歌哭叫詈，日万状。夜厌与人居，另榻寝儿，媪亦遣去。儿每闻母笑语，辄起火之。母反怒诃儿，儿亦不为意，因共壮儿胆。

然嬉戏无节，日效杇者，以砖石叠窗上，止之不听。或去其一石，则滚地作娇啼，人无敢气触之。过数日，两窗尽塞，无少明。已乃合泥涂壁孔，终日营营，不惮其劳。涂已，无所作，遂把厨刀霍霍磨之。见者皆憎其顽，不以人齿。

儿宵分隐刀于怀，以瓢覆灯。伺母呓语，急启灯，杜门声喊。久之无异，乃离门，扬言诈作欲搜状。欻有一物，如狸，突奔门隙。急击之，仅断其尾，约二寸许，湿血犹滴。初，挑灯起，母便诟骂，儿若弗闻。击之不中，懊恨而寝。自念虽不即戮，可以幸其不来。及明，视血迹逾垣而去。迹之，入何氏园中。至夜果绝，儿窃喜。但母痴卧如死。

未几，贾人归，就榻问讯。妇嫚骂，视若仇。儿以状对。翁惊，延医药之。妇泻药诟骂。潜以药入汤水杂饮之，数日渐安。父子俱喜。一夜睡醒，失妇所在；父子又觅得于别室。由是复颠，不欲与夫同室处。向夕，竟奔他室。挽之，骂益甚。翁无策，尽扃他扉。妇奔去，则门自辟。翁患之，驱禳备至，殊无少验。

儿薄暮潜入何氏园，伏莽中，将以探狐所在。月初升，乍闻人语。暗拨蓬科，见二人来饮，一长鬣奴捧壶；衣老棕色。语俱细隐，不甚可辨。移时，闻一人曰："明日可取白酒一瓻来。"顷之，俱去，惟长鬣独留，脱衣卧庭石上。审顾之，四肢皆如人，但尾垂后部。儿欲归，恐狐觉，遂终夜伏。未明，又闻二人以次复来，哝哝入竹丛中。儿乃归。翁问所往，答：“宿阿伯家。”

适从父入市，见帽肆挂狐尾，乞翁市之。翁不顾。儿牵父衣娇聒之。翁不忍过拂，市焉。父贸易廛中，儿戏弄其侧，乘父他顾，盗钱去，沽白酒，寄肆廊。有舅氏城居，素业猎。儿奔其家。舅他出。妗诘母疾，答云：“连朝稍可。又以耗子啮衣，怒涕不解，故遣我乞猎药耳。”妗检椟，出钱许，裹付儿。儿少之。妗欲作汤饼啖儿。儿觑室无人，自发药裹，窃盈掬而怀之。乃趋告妗，俾勿举火，“父待市中，不遑食也。”遂径出，隐以药置酒中。遨游市上，抵暮方归。父问所在，托在舅家。

儿自是日游廛肆间。一日，见长鬣人亦杂俦中。儿审之确，阴缀系之。渐与语，诘其居里。答言：“北村。”亦询儿，儿伪云：“山洞。”长鬣怪其洞居。儿笑曰：“我世居洞府，君固否耶？”其人益惊，便诘姓氏。儿曰：“我胡氏子。曾在何处，见君从两郎，顾忘之耶？”其人熟审之，若信若疑。儿微启下裳，少少露其假尾，曰：“我辈混迹人中，但此物犹存，为可恨耳。”其人问：“在市欲何作？”儿曰：“父遣我沽。”其人亦以沽告。儿问：“沽未？”曰：“吾侪多贫，故常窃时多。”儿曰：“此役亦良苦，耽惊忧。”其人曰：“受主人遣，不得不尔。”因问：“主人伊谁？”曰：“即曩所见两郎兄弟也。一私北郭王氏妇，一宿东村某翁家。翁家儿大恶，被断尾，十日始瘥，今复往矣。”言已，欲别，曰：“勿误我事。”儿曰：“窃之难，不若沽之易。我先沽寄廊下，敬以相赠。我囊中尚有余钱，不愁沽也。”其人愧无以报。儿曰：“我本同类，何靳些须？暇时，尚当与君痛饮耳。”遂与俱去，取酒授之，乃归。

至夜，母竟安寝，不复奔。心知有异，告父同往验之：则两狐毙于亭上，一狐死于草中。喙津津尚有血出。酒瓶犹在，持而摇之，未尽也。父惊问：“何不早告？”曰：“此物最灵，一泄，则彼知之。”翁喜曰：“我儿，讨狐之陈平也。”于是父子荷狐归。见一狐秃尾，刀痕俨然。

自是遂安。而妇瘠殊甚，心渐明了，但益之嗽，呕痰辄数升，寻卒。北郭王氏妇，向祟于狐；至是问之，则狐绝而病亦愈。翁由此奇儿，教之骑射。后贵至总戎。

【译文】

楚地某翁，外出经商，妻子独居在家，梦见与别人交合，醒来摸了摸那人，是个小个儿男子。观察他的情状，和普通人不一样，知道他是狐狸变的。过了不久，那人下床离去，房门没开，身影已经消逝了。入夜，妇人唤家中的厨娘来陪伴。妇人有个儿子，已经十岁了，平时另睡一张床，也叫来同自己一块儿睡。夜已经深了，厨娘和儿子都已睡着，那只狐狸又来了。妇人细语喃喃，像是在说梦话。厨娘惊醒过来，呼叫妇人，狐狸就离去了。从此以后，妇人精神恍惚，好像丢失了什么东西。到晚上不敢灭烛，叫儿子不要睡得太熟。

夜深了，儿子和厨娘靠在墙上稍微睡着了一会儿，醒来后妇人不见了，以为她出去解手，久等不回，才怀疑起来。厨娘害怕，不敢去找，儿子手执灯火，到处照看。到另一间屋子，只见母亲赤身露体躺在里面，他走近前去扶她，她也不感到羞惭畏缩。从此妇人就发疯了，唱歌哭泣，叫喊怒骂，每天做出各种各样姿态。晚上不愿与别人同住一起，另外放了一张床让儿子睡，厨娘也打发走了。儿子每当半夜听见母亲的欢声笑语，就起来点亮灯，母亲反而怒气冲冲呵斥儿子，儿子也不在意，因而大家都说那孩子胆大。

可是他嬉戏玩耍没有节制，每天模仿泥瓦匠，用砖块石头叠垒在窗台上，不许他弄也不听。有人搬掉一块石头，他就遍地打滚，撒娇啼哭，别人都不敢稍稍触犯他。过了几天，两扇窗户都塞满了，屋里没有一点亮光。然后他又和泥涂抹墙上的小孔，一整天忙忙碌碌，不怕劳累。墙壁涂抹好了，没别的事干，他就拿起厨房里的菜刀霍霍地磨起来。见到他的人都嫌他顽劣，看不起他。

这孩子半夜时分把菜刀藏在怀里，用水瓢盖住灯。等母亲喃喃说梦话时，立即移开水瓢，现出灯光，堵住房门，大声呼喊。很久不见有什么异常，就离开房门，扬言并假意做出要搜索的样子。突然有只像狸猫似的东西，朝门缝处窜去。那孩子急忙挥刀砍去，只砍断了它的一截尾巴，约有二寸来长，湿漉漉的鲜血还在滴下来。起初孩子挑灯起来时，他母亲就大声责骂，儿子就像没有听见似的；这会儿没有砍死那东西，他懊恨地睡下了，心想虽不能就杀了它，也可以希望它不敢再来。等到天亮，察看血迹越墙而出，追踪过去，那血迹进了何家的花园里。到晚上果然没有再来，孩子心里暗自高兴。但是他母亲却痴痴地躺着，就像死了似的。

不久，商人回来了，到床前问候，妇人破口大骂，就像见了仇人。孩子把情况对父亲说了。商人很惊讶，请来医生为妻子治病，可是妇人却把药汤泼了，依然高声谩骂。商人暗暗把药混在菜汤茶水里给她喝下，几天下来渐渐安静了，父子两人都很高兴。一天半夜，商人从睡梦中醒来，发现妻子不见了，父子俩又在别的房间里找到了她。从此又疯疯癫癫的，不愿再和丈夫同住一室。傍晚，竟然奔到别的房间去，想拉她回来，她骂得更凶。商人束手无策，就把其他房间的门全都锁上，可是妇人奔过去，那房门会自动打开。商人对此十分忧虑，请人驱邪解厄，什么办法都试过了，一点效果也没有。

这天傍晚，儿子潜入何家花园，伏身在草莽中，打算探寻狐狸隐藏的地方。月亮初升时分，忽然听见有人说话。他偷偷拨开蓬草，只见有两个人走来饮酒，旁边有个大胡子仆人捧着酒壶，穿一件深棕色衣服。他们说话声都很轻，隐隐约约听不大清楚。过了一会儿，听见一人说道：“明天可拿一瓶白酒来。”又过了一会儿，两人都走了，只有大胡子仆人独自留下来，他脱去外衣，睡在庭院里的阶石上。仔细看去，四肢都和人一样，只是身后垂着一条尾巴。儿子想要回家，怕被狐狸发觉，就整夜伏在草丛中。天还没亮，又听见两个人一先一后来了，嘴里咕咕哝哝走入竹丛中去了。那孩子这才回家。父亲问他到哪里去了，他回答说：“在阿伯家里过的夜。”

有天孩子正好跟随父亲进城，看见帽子铺里挂得有狐狸尾巴，就央求父亲买一条。商人不睬他，儿子拉住父亲的衣服，娇声嚷嚷。商人不忍太违了儿子的心愿，就买了一条。父亲还在集市里做买卖，孩子在他身旁玩这弄那的，乘父亲掉头他顾，偷了一些钱去买了一瓶白酒，寄放在店廊中。他有个舅舅在城里居住，一向以打猎为业。孩子跑到他家，舅舅有事出门去了，舅母问起母亲的病情，儿子回答说：“前几天稍微好些，又因为老鼠咬坏衣服，发脾气哭叫不止，所以叫我来讨一些打猎用的毒药。”舅母翻药箱拿出一钱左右，包好了交给孩子，孩子嫌少。舅母要下些面条给孩子吃，孩子看屋里没人，自己打开药包，偷了一大把药藏在怀里。然后跑去告诉舅母，让她不要生火：“父亲还在集市上等我，来不及吃了。”就径自出门，悄悄把毒药放在白酒中。他在集市上闲逛，直到天黑才回家。父亲问他在哪里，他托言在舅舅家里。

从此那孩子每天在集市店铺间闲逛游玩。一天，看见大胡子也混在人群中，他细认没错，就暗暗跟在他身后。找机会交谈，问他住处，大胡子回答说：“北村。”他也问孩子的住处，孩子故意说：“山洞。”大胡子奇怪他住在洞里，孩子笑着说：“我家世世代代居住在山洞里，难道你本来不是这样吗？”大胡子更加惊奇，就诘问孩子姓氏。孩子回答道：“我是胡氏的后代，曾在什么地方看见过你跟随两个年轻人，你就忘了吗？”大胡子仔细辨认，半信半疑。儿子微微掀起衣裳下摆，稍稍露了一下假尾，说道：“我辈混迹于人间，但这东西还在，实在是可恨。”大胡子问道：“你在集市上想干什么？”孩子说：“我父亲让我来打酒。”大胡子告诉说自己也是来打酒的。孩子问："买了没有？"大胡子回答说："我辈多半很穷，所以通常偷的时候多。"孩子说："这勾当也够苦的，要担惊受怕。"大胡子说："我是受主人的差遣，不能不这样。"孩子乘机问："主人是谁？"大胡子说："就是你先前见到的两个年轻兄弟呀。他们一个和北城王家妇人私通，一个在东村某老翁家过夜。老翁家的儿子十分凶恶，被他砍断了尾巴，养了十天才好，如今又到他家去了。"说完，就要和孩子告别，说道："不要耽误了我的正事。"孩子说："偷酒难，不如买酒容易。我先前已买了一瓶，寄放在酒店廊下，敬以此相赠。我口袋里还有余钱，不愁再买。"大胡子惭愧没什么可以回报。孩子说："我们本是同类，一点酒何必计较？待有空时，还当和你痛饮一回呢。"就和他一起去取了白酒，交付给他，然后回家。

到夜里，母亲竟然安安稳稳地睡着，不再往外奔。儿子心里知道有变化，就把一切告诉了父亲，一同到何家花园验看。只见两只狐狸死在亭子上，一只狐狸死在草丛中，嘴边还有滴滴鲜血流出，那酒瓶还在，拿起来摇摇，里面的酒还没有喝完。父亲惊讶地问儿子："为什么不早点告诉我？"儿子说道："这东西最机灵，稍一泄露，它就知道了。"商人高兴地说道："当年陈平六出奇计，辅佐汉高祖治天下，我儿真是讨伐狐狸的陈平啊。"于是父子二人扛起狐狸回家，看见其中一只是秃尾，尾部刀痕清晰可见。

从此家中就平安了。可是妇人身子极为瘦弱，人渐渐清醒了，却又添了咳嗽病，痰一吐就有好几升，不久就死了。北村王家的妇人，一向被狐狸作怪，这时去打听，狐狸已经绝迹，病也好了。从此以后，商人格外器重儿子，教他骑马射箭，后来官做到总兵。

蛇　癖

予乡王蒲令之仆吕奉宁，性嗜蛇。每得小蛇，则全吞之，如啖葱状。大者，以刀寸寸断之，始掬以食。嚼之铮铮，血水沾颐。且善嗅，尝隔墙闻蛇香，急奔墙外，果得蛇盈尺。时无佩刀，先噬其头，尾尚蜿蜒于口际。

【译文】

我乡王蒲令的仆人吕奉宁，生性嗜好吃蛇。每得到小蛇，便整条吞进嘴里，像吃大葱似的；大蛇就用刀一寸一寸斩断，然后捧起来吃下去。咀嚼时铮铮有声，血水沾满下巴。而且嗅觉特灵，曾隔墙闻到蛇香，急忙奔到墙外，果然抓住一条一尺多长的蛇。当时身上没带佩刀，他先啃蛇头，蛇尾还在嘴边来回晃动。

（卷一译者：朱怀春）

卷　二

金　世　成

金世成，长山人。素不检。忽出家作头陀。类颠，啗不洁以为美。犬羊遗秽于前，辄伏啖之。自号为佛。愚民妇异其所为，执弟子礼者以千万计。金诃使食矢，无敢违者。创殿阁，所费不赀，人咸乐输之。邑令南公恶其怪，执而笞之，使修圣庙。门人竞相告曰：“佛遭难！”争募救之。宫殿旬月而成，其金钱之集，尤捷于酷吏之追呼也。

异史氏曰：予闻金道人，人皆就其名而呼之，谓为“今世成佛”。品至啗秽，极矣。笞之不足辱，罚之适有济，南令公处法何良也！然学宫圮而烦妖道，亦士大夫之羞矣。

【译文】

金世成，山东长山县人，素来不检点。忽然出家做了行脚僧人，像个疯子，把不干不净的东西当美味吃。狗啊羊的在前边拉屎，他就趴在地上吃掉。自称为佛。愚昧无知的平民、妇女对他的这些怪僻行为感到惊异，甘愿拜他为师的成千上万。金世成喝令弟子们去吃屎，没敢违拗的。建造佛殿楼阁，花费了大量的金钱。迷信他的人都乐于捐献资助。长山县令南公厌恶金世成的怪诞，把他抓来打了一顿板子，勒令他修建孔庙。他的门徒竞相呼告："佛遭难了！"争着募捐钱财搭救他。孔庙的宫殿才个把月就修建完工，资金的筹集，比酷吏的追逼征收还要快。

异史氏说：我听说金道人，人们都照他姓名的谐音称呼为"今世成佛"。人品至于吃秽物，已经到了底了。鞭打他算不上羞辱，处罚他倒正好有点实效，县令南公的惩治方法多好啊！然而学宫坍败却要烦劳妖道，也是士大夫的耻辱了。

董　生

董生，字遐思，青州之西鄙人。冬月薄暮，展被于榻而炽炭焉。方将篝灯，适友人招饮，遂扃户去。至友人所，座有医人，善太素脉，遍诊诸客。末顾王生九思及董曰："余阅人多矣，脉之奇无如两君者：贵脉而有贱兆，寿脉而有促征。此非鄙人所敢知也。然而董君实甚。"共惊问之。曰："某至此亦穷于术，未敢臆决。愿两君自慎之。"二人初闻甚骇，既以为模棱语，置不为意。

半夜，董归，见斋门虚掩，大疑。醺中自忆，必去时忙促，故忘扃键。入室，未遑爇火火，先以手入衾中，探其温否。才一探入，则腻有卧人。大愕，敛手。急火之，竟为姝丽，韶颜稚齿，神仙不殊。狂喜。戏探下体，则毛尾修然。大惧，欲遁。女已醒，出手捉生臂，问："君何往？"董益惧，战栗哀求，愿仙人怜恕。女笑曰："何所见而仙我？"董曰："我不畏首而畏尾。"女又笑曰："君误矣。尾于何有？"引董手，强使复探，则髀肉如脂，尻骨童童。笑曰：“何如？醉态矇瞳，不知所见伊何，遂诬人若此。”董固喜其丽，至此益惑，反自咎适然之错。然疑其所来无因。女曰：“君不忆东邻之黄发女乎？屈指移居者，已十年矣。尔时我未笄，君垂髫也。”董恍然曰：“卿周氏之阿琐耶？”女曰：“是矣。”董曰：“卿言之，我仿佛忆之。十年不见，遂苗条如此！然何遽能来？”女曰：“妾适痴郎四五年，翁姑相继逝，又不幸为文君。剩妾一身，茕无所依。忆孩时相识者惟君，故来相见就。入门已暮。邀饮者适至，遂潜隐以待君归。待之既久，足冰肌粟，故借被以自温耳，幸勿见疑。”董喜，解衣共寝，意殊自得。

月余，渐羸瘦，家人怪问，辄言不自知。久之，面目益支离，乃惧，复造善脉者诊之。医曰：“此妖脉也。前日之死征验矣，疾不可为也。”董大哭，不去。医不得已，为之针手灸脐，而赠以药。嘱曰：“如有所遇，力绝之。”董亦自危。既归，女笑要之。怫然曰：“勿复相纠缠，我行且死！”走不顾。女大惭，亦怒曰：“汝尚欲生耶！”至夜，董服药独寝，甫交睫，梦与女交，醒已遗矣。益恐，移寝于内，妻子火守之。梦如故。窥女子已失所在。积数日，董呕血斗余而死。

王九思在斋中，见一女子来，悦其美而私之。诘所自，曰：“妾，遐思之邻也。渠旧与妾善，不意为狐惑而死。此辈妖气可畏，读书人宜慎相防。”王益佩之，遂相欢待。居数日，迷罔病瘠。忽梦董曰：“与君好者狐也。杀我矣，又欲杀我友。我已诉之冥府，泄此幽愤。七日之夜，当炷香室外，勿忘却。”醒而异之。谓女曰：“我病甚，恐将委沟壑，或劝勿室也。”女曰：“命当寿，室亦生；不寿，勿室亦死也。”坐与调笑。王心不能自持，又乱之。已而悔之，而不能绝。及暮，插香户上。女来，拔弃之。夜又梦董来，让其违嘱。次夜，暗嘱家人，俟寝后潜炷之。女在榻上，忽惊曰：“又置香耶！”王言：“不知。”女急起得香，又折灭之。入曰：“谁教君为此者？”王曰：“或室人忧病，信巫家作厌禳耳。”女彷徨不乐。家人潜窥香灭，又炷之。女忽叹曰：“君福泽良厚。我误害遐思而奔子，诚我之过。我将与彼就质于冥曹。君如不忘夙好，勿坏我皮囊也。”逡巡下榻，仆地而死。烛之，狐也。犹恐其活，遽呼家人，剥其革而悬焉。

王病甚，见狐来曰：“我诉诸法曹。法曹谓董君见色而动，死当其罪；但咎我不当惑人，追金丹去，复令还生。皮囊何在？”曰：“家人不知，已脱之矣。”狐惨然曰：“余杀人多矣，今死已晚；然忍哉君乎！”恨恨而去。王病几危，半年乃瘥。

【译文】

姓董的书生表字遐思，山东青州西部边区人。冬天傍晚，他在床上铺好被窝，烧旺了炭火，刚要罩上灯，正好朋友来邀他喝酒，他就锁上门走了。到朋友那儿，酒席间有个医生，精通太素脉法，给所有来宾都搭了脉。最后对王九思和董遐思说：“我见人多了，脉息之奇从没有像你们两位的：一个是富贵脉却有贫贱的预兆，一个是长寿脉却有短命的征象。这不是我所理解得了的。尤其董君的脉更奇。”大家吃惊地向他刨根问底。医生说：“我的医术到这一步也无能为力了，不敢胡乱猜测。希望两位自己谨慎。”董、王二人初听很惊恐，后来因为话说得模棱两可，也就置之脑后，不当它一回事。

半夜，董生回家，见房门虚掩着，大为怀疑。醉醺醺地回想，一定出去时太匆忙，所以忘了上锁。进入卧室后，来不及点火，先伸手到被窝里探一探是否暖和。刚一伸进，就触到细腻的皮肤，是一个人躺着。他大吃一惊，收回手，赶紧点灯，竟是个美女，年轻漂亮，如同天仙。狂喜之下，轻薄地去摸她下身，不料摸到了毛茸茸的长尾巴，害怕极了，想逃走。美女已醒过来，伸手捉住董生的臂膀，问道："你要到哪里去?"董生更怕了，浑身发抖，哀求仙女可怜，饶了自己。美女笑着说："你看到什么而把我当作仙人?"董生说："我不怕头而怕尾。"美女又笑着说："你错了，哪有什么尾巴?"拉着董生的手，强使他再摸，只觉大腿柔绵如脂，尾部尻骨平平。美女笑道："怎么样?醉态朦胧，不知错看了什么，就如此诬蔑人!"董生本来就爱她美貌，到这时更感迷惑，反而怪自己刚才错了。可是还怀疑她来得无缘无故。女子说："你不记得东邻的黄发女孩了吗?自从搬家后，屈指算来已有十年了。那时我还没成年，你也还是垂发的孩童呢。"董生恍然醒悟似地说："你是周家的阿琐吧?"女子说："是了。"董生说："你这么一讲，我好像有点印象。十年不见，竟这样美丽苗条了！可是你怎么会突然来这儿?"女子说："我嫁给一个蠢货四五年，公公婆婆相继去世，我又不幸像卓文君那样成了寡妇。家里只剩我一个人，孤苦伶仃无依无靠。回忆童年时代认识的人只有你一个，所以来投奔你。进门时天色已晚，正好请你喝酒的人来，就悄悄地藏在屋里等你回家。等得太久，双脚冰凉，浑身起鸡皮疙瘩，因此借你的被窝来取暖，请不要疑心重重。"董生高兴地解开衣衫，与她同睡，心里十分得意。

一个多月下来，董生的身体渐渐瘦弱。家里人觉得怪，问他什么原因，他总是说连自己也不知道。久而久之，董生的脸色更憔悴，他才慌了，再去找精通太素脉的那位医生看病。医生搭脉后说："你这是妖脉。从前我对你说的短命早死的征兆现在已经应验。这毛病已无药可救了。"董生痛哭流涕，不肯离去。医生无奈，只能为他在手上、脐部针灸，送给他药品，并叮嘱道："假如有外遇，要全力断绝。"董生也自己意识到危险。回家后，女子笑容满面挑逗他。董生板着脸说："不要再来纠缠我，我就要死了!"说完急忙走开，一眼也不看她。女子十分羞恼，也怒声说："你还想活命吗!"晚上，董生吃了药独自睡觉，才合上眼，就梦见与那女子性交，惊醒过来已经遗精在床。董生更害怕，就搬到内宅去睡，妻子儿女点着火守护他。董生仍同先前一样做梦。去窥探那女子，已无影无踪。没几天，董生大吐血而死。

王九思在书斋里，见来了一个女子，爱她的美貌而和她私通了。问她从哪里来。女子说："我是董遐思的邻居。他从前与我相好，想不到被狐狸精迷惑死了。这些狐精妖气可怕，读书人理当小心提防。"王生听后越加敬佩，于是两人亲热相处。过了几天，王生神思恍惚，病得骨瘦如柴，忽然夜间梦见董生说："与你欢好的是狐狸。已经害死了我，又想害死我朋友。我已在阴曹地府上诉，要出这口冤气。初七夜，你要在卧室外点上香，不要忘记。"王生醒后感到奇怪，对那女子说："我病得很厉害，恐怕活不长了。有人劝我不能再行房事了。"女子说："命中注定长寿，即使同房也能活；命中注定短寿，即使不同房也是要死的。"她浪声狂态不停地调笑，王生经不住诱惑，心情动摇，又与她淫乱。事后懊悔，可就是没法断绝她。到晚上，点香插在门上。女子来了，把香拔掉丢弃在地。王生夜里又梦见董生，责备自己没有照他所说的去做。第二天夜间，王生暗中嘱咐家里人，等他睡觉后偷偷再把香点上。女子在床上，忽然吃惊地说："你又点香了?"王生答："不知道。"女子急忙起身找到了香，又把香折断熄灭了。进房就问："谁教你这样做的?"王生说："或许是家里人担心我的病，相信巫者的话点香驱邪吧。"女子徘徊不定，郁郁不乐。家里人暗中看到香灭了，又点上。女子忽然长叹一声说："你的福泽很厚。我错害了董遐思而来投奔你，确实是我的失误。我将同董生在阴间对质。你如果不忘记过去的情分，就不要弄坏我留下的皮囊。"迟迟疑疑下了床，倒在地上死了。王生点烛一照，是只狐狸。还怕它活转来，马上呼叫家人，剥下狐皮悬挂起来。

王生病得很厉害，看见狐狸来说："我向阴间法官作了申诉。法官说董君见了美色而动心，死是该当的。只是责怪我不应当诱惑人，收去我辛苦炼成的金丹，又让我复活。我的皮囊在哪儿?"王生说："家里人不知道，已经剥掉了。"狐狸凄惨地说："我杀害的人多了，现在死已经算晚了。可你也够忍心的！"恨恨而去。王生病得几乎死去，半年才恢复健康。

龁　石

新城王钦文太翁家，有圉人王姓，幼入劳山学道。久之，不火食，惟啖松子及白石。遍体生毛。既数年，念母老归里，渐复火食，犹啖石如故。向日视之，即知石之甘苦酸咸，如啖芋然。母死，复入山，今又十七八年矣。

【译文】

山东桓台王钦文太翁家里，有个姓王的马夫，从小在劳山学道。久而久之，不吃人间烟火食，只吃松子和白石。全身长毛。几年以后，思念母亲年老，返回故里。渐渐重新吃烟火食了，只是吃白石还照旧。拿起白石对着太阳照看，就能知道它的甜苦酸咸，就像吃芋头似的。母亲死后，重又进山，到现在又有十七八个年头了。

庙　鬼

新城诸生王启后者，方伯中宇公象坤曾孙。见一妇人入室，貌肥黑不扬。笑近坐榻，意甚亵。王拒之，不去。由此坐卧辄见之。而意坚定，终不摇。妇怒，批其颊有声，而亦不甚痛。妇以带悬梁上，捽与并缢。王不觉自投梁下，引颈作缢状。人见其足不履地，挺然立空中，即亦不能死。自是病颠，忽曰："彼将与我投河矣！"望河狂奔，曳之乃止。如此百端，日常数作，术药罔效。一日，忽见有武士绾锁而入，怒叱曰："朴诚者汝何敢扰！"即絷妇项，自棂中出。才至窗外，妇不复人形，目电睒，口血赤如盆。忆城隍庙门中有泥鬼四，绝类其一焉。于是病若失。

【译文】

山东桓台有个秀才王启后，是地方长官王象坤（字中宇）的曾孙。看见一个妇女进房间，又胖又黑，面貌丑陋。她笑眯眯走近王生坐榻，神态很是淫邪。王生拒绝她，她不走。从此坐着躺着总是看到她。可是王生意志坚定，始终不动摇。女子恼羞成怒，打王生的耳光，有声响而不很痛。那妇人又把一条带子悬挂在屋梁上，拉扯王生一起去上吊。王生不知不觉自己走到梁下，伸长头颈作上吊的样子。有人看见他脚已离开地面，身体直挺挺地挂在空中，却也没能死。从此他就得了疯癫病，突然说："她将与我一起跳河啦！"往河边狂奔，拖住他才停止。像这样百般症状，不一而足，每天常要发作几次，巫术医药都没效果。一天，忽然看见有个武士带着铁链锁镣进来，怒冲冲叱责道："朴实厚道的人，你怎敢纠扰！"就把铁链套住那妇人的头颈，从窗槅间出去了。才到窗外，妇人就不再是人的模样，目光荧荧像闪电，嘴巴血红像水盆。王生记起城隍庙大门里有四个泥鬼，极像其中的一个。打这以后，王生就没病了。

陆　判

陵阳朱尔旦，字小明。性豪放。然素钝，学虽笃，尚未知名。

一日，文社众饮。或戏之云："君有豪名，能深夜赴十王殿，负得左廊判官来，众当醵作筵。”盖陵阳有十王殿，神鬼皆以木雕，妆饰如生。东庑有立判，绿面赤须，貌尤狞恶。或夜闻两廊拷讯声。入者，毛皆森竖。故众以此难朱。

朱笑起，径去。居无何，门外大呼曰：“我请髯宗师至矣！”众皆起。俄负判入，置几上，奉觞酹之三。众睹之，瑟缩不安于座。仍请负去。朱又把酒灌地，祝曰：“门生狂率不文，大宗师谅不为怪。荒舍匪遥，合乘兴来觅饮，幸勿为畛畦。”乃负之去。

次日，众果招饮。抵暮，半醉而归，兴未阑，挑灯独酌。忽有人搴帘入，视之，则判官也。朱起曰：“意吾殆将死矣！前夕冒渎，今来加斧锧耶?”判启浓髯微笑曰：“非也。昨蒙高义相订，夜偶暇，敬践达人之约。”朱大悦，牵衣促坐，自起涤器爇火。判曰：“天道温和，可以冷饮。”朱如命，置瓶案上，奔告家人治肴果。妻闻，大骇，戒勿出。朱不听，立俟治具以出。易盏交酬，始询姓氏。曰：“我陆姓，无名字。”与谈古典，应答如响。问：“知制艺否?”曰：“妍媸亦颇辨之。阴司诵读，与阳世略同。”陆豪饮，一举十觥。朱因竟日饮，遂不觉玉山倾颓，伏几醺睡。比醒，则残烛昏黄，鬼客已去。

自是三两日辄一来，情益洽，时抵足卧。朱献窗稿，陆辄红勒之，都言不佳。一夜，朱醉，先寝。陆犹自酌。忽醉梦中，觉脏腑微痛；醒而视之，则陆危坐床前，破腔出肠胃，条条整理。愕曰：“夙无仇怨，何以见杀?”陆笑云：“勿惧，我为君易慧心耳。”从容纳肠已，复合之，末以裹足布束朱腰。作用毕，视榻上亦无血迹。腹间觉少麻木。见陆置肉块几上，问之。曰："此君心也。作文不快，知君之毛窍塞耳。适在冥间，于千万心中，拣得佳者一枚，为君易之，留此以补阙数。"乃起，掩扉去。天明解视，则创缝已合，有綖而赤者存焉。自是文思大进，过眼不忘。

数日，又出文示陆。陆曰："可矣。但君福薄，不能大显贵，乡、科而已。"问："何时？"曰："今岁必魁。"未几，科试冠军，秋闱果中经元。同社生素揶揄之；及见闱墨，相视而惊，细询始知其异。共求朱先容，愿纳交陆。陆诺之。众大设以待之。更初，陆至，赤髯生动，目炯炯如电。众茫乎无色，齿欲相击；渐引去。朱乃携陆归饮。既醺，朱曰："湔肠伐胃，受赐已多。尚有一事欲相烦，不知可否？"陆便请命。朱曰："心肠可易，面目想亦可更。山荆，予结发人，下体颇亦不恶，但头面不甚佳丽。尚欲烦君刀斧，如何？"陆笑曰："诺，容徐图之。"

过数日，半夜来叩关。朱急起延入。烛之，见襟裹一物。诘之，曰："君曩所嘱，向艰物色。适得一美人首，敬报君命。"朱拨视，颈血犹湿。陆立促急入，勿惊禽犬。朱虑门户夜扃。陆至，一手推扉，扉自辟。引至卧室，见夫人侧身眠。陆以头授朱抱之；自于靴中出白刃如匕首，按夫人项，着力如切腐状，迎刃而解，首落枕畔。急于生怀，取美人头合项上，详审端正，而后按捺。已而移枕塞肩际，命朱瘗首静所，乃去。朱妻醒，觉颈间微麻，面颊甲错；搓之，得血片。甚骇，呼婢汲盥。婢见面血狼籍，惊绝。濯之，盆水尽赤。举首则面目全非，又骇极。夫人引镜自照，错愕不能自解。朱入告之。因反复细视，则长眉掩鬓，笑靥承颧，画中人也。解领验之，有红线一周，上下肉色，判然而异。

先是，吴侍御有女甚美，未嫁而丧二夫，故十九犹未醮也。上元游十王殿。时游人甚杂，内有无赖贼窥而艳之，遂阴访居里，乘夜梯入；穴寝门，杀一婢于床下，逼女与淫。女力拒声喊。贼怒，亦杀之。吴夫人微闻闹声，呼婢往视。见尸，骇绝。举家尽起，停尸堂上，置首项侧，一门啼号，纷腾终夜。诘旦启衾，则身在而失其首。遍挞侍女，谓所守不恪，致葬犬腹。侍御告郡。郡严限捕贼，三月而罪人弗得。

渐有以朱家换头之异闻吴公者。吴疑之，遣媪探诸其家；入见夫人，骇走以告吴公。公视女尸故存，惊疑无以自决。猜朱以左道杀女，往诘朱。朱曰："室人梦易其首，实不解其何故。谓仆杀之，则冤也。"吴不信，讼之。收家人鞫之，一如朱言。郡守不能决。朱归，求计于陆。陆曰："不难，当使伊女自言之。"吴夜梦女曰："儿为苏溪杨大年所贼，无与朱孝廉。彼不艳于其妻，陆判官取儿头与之易之，是儿身死而头生也。愿勿相仇。"醒告夫人，所梦同。乃言于官。问之，果有杨大年；执而械之，遂伏其罪。吴乃诣朱，请见夫人，由此为翁婿。乃以朱妻首合女尸而葬焉。

朱三入礼闱，皆以场规被放，于是灰心仕进。积三十年，一夕，陆告曰："君寿不永矣。"问其期，对以五日。"能相救否?"曰："惟天所命，人何能私?且自达人观之，生死一耳，何必生之为乐，死之为悲?"朱以为然。即治衣衾棺椁，既竟，盛服而没。翌日，夫人方扶柩哭，朱忽冉冉自外至。夫人惧。朱曰："我诚鬼，不异生时。虑尔寡母孤儿，殊恋恋耳。"夫人大恸，涕垂膺。朱依依慰解之。夫人曰："古有还魂之说，君既有灵，何不再生?"朱曰："天数不可违也。"问："在阴司作何务?"曰："陆判荐我督案务，授有官爵，亦无所苦。"夫人欲再语，朱曰："陆公与我同来，可设酒馔。"趋而出。夫人依言营备。但闻室中笑饮，亮气高声，宛若生前。半夜窥之，窅然已逝。自是三数日辄一来，时而留宿缱绻，家中事就便经纪。子玮方五岁，来辄捉抱；至七八岁则灯下教读。子亦惠，九岁能文，十五入邑庠，竟不知无父也。从此来渐疏，日月至焉而已。

又一夕来，谓夫人曰："今与卿永诀矣。"问："何往?"曰："承帝命为太华卿，行将远赴，事烦途隔，故不能来。"母子持之哭。曰："勿尔!儿已成立，家计尚可存活，岂有百岁不拆之鸾凤耶!"顾子曰："好为人，勿堕父业。十年后一相见耳。"径出门去，于是遂绝。

后玮二十五，举进士，官行人。奉命祭西岳，道经华阴，忽有舆从羽葆，驰冲卤簿。讶之。审视车中人，其父也。下马哭伏道左。父停舆曰："官声好，我目瞑矣。"玮伏不起。朱促舆行，火驰不顾。去数步，回望，解佩刀遣人持赠。遥语曰："佩之当贵。"玮欲追从，见舆马人从，飘忽若风，瞬息不见。痛恨良久。抽刀视之，制极精工，镌字一行，曰：“胆欲大而心欲小，智欲圆而行欲方。”玮后官至司马。生五子，曰沉，曰潜，曰沕，曰浑，曰深。一夕，梦父曰：“佩刀宜赠浑也。”从之。浑仕为总宪，有政声。

异史氏曰：断鹤续凫，矫作者妄；移花接木，创始者奇；而况加凿削于肝肠，施刀锥于颈项者哉？陆公者，可谓媸皮裹妍骨矣。明季至今，为岁不远，陵阳陆公犹存乎？尚有灵焉否也？为之执鞭，所欣慕焉。

【译文】

安徽青阳朱尔旦，字小明，性格豪放，然而头脑一向迟钝，读书虽然用功，还没有扬名。

一天晚上，文社内几个朋友在一起喝酒，有人跟朱尔旦开玩笑说：“你平时有豪爽大胆的名声。如果深夜敢到十王殿去，把左廊下的判官像背来，我们大家出钱宴请你。”原来青阳有一座供奉十殿阎罗的十王殿，神鬼的像都用木雕，妆饰得跟活人一样。东廊下有个判官的立像，绿面孔，红胡子；相貌特别狰狞可怕。有人在夜间听到过两廊下的拷打审问声，人们进入殿内，汗毛都会竖起来。所以大家给朱尔旦出了这道难题。

朱尔旦笑着起身，直奔十王殿。不多一会儿，只听得门外大叫道：“我把大胡子先生请来啦！”大家都站起来看。转眼间朱尔旦背着判官进了门，安放在茶几上，捧起杯子向它敬了三杯酒。大家看了，抖抖缩缩坐不安稳，请他仍旧背回去。朱尔旦又把一杯酒浇在地上，祝祷说：“学生粗狂无礼，想来老先生不会怪罪。寒舍不远，不妨乘兴来喝一杯，望你不要见外。”就背着它去了。

第二天，朋友们果真宴请他。直到晚上，喝得半醉才回家。他还没尽兴，点上灯烛独自饮酒。忽然有人掀起帘子进来，一看，原来是判官。他起身说：“想来我大概要死了！昨天晚上冒犯了你，今天来结果我性命吗?”判官张开浓密的胡子微笑着说:“不是。昨天蒙你盛情相邀,今夜偶尔闲着,特来赴你之约。”朱尔旦喜出望外,拉住判官的衣袖请他快坐。亲自洗净杯筷,生火温酒。判官说:“天气暖和,就喝冷酒罢。”朱尔旦照他说的,把酒瓶放在桌上,奔进里间叫家里人准备菜肴果品。妻子听说,怕得要命,劝诫他不要出去。朱尔旦不听,立等备好下酒物品出来。换杯敬酒,才问姓名。判官说:“我姓陆,没有名字。”朱尔旦与他谈到古代文史,判官不加思索,对答如流。朱尔旦问:“你对时下通行的八股文是否精通?”陆判说:“优劣也很能辨别。阴间读的,与阳世大致相同。”陆判酒量很大,一口气连喝十大杯。朱尔旦因为喝了一天,不知不觉就醉倒了,伏在桌上昏昏入睡。等醒来,残烛昏黄,阴间客人已经离去。

从此陆判两三日就来一次,两人感情日益深厚,常常喝醉了就同睡一铺。朱尔旦拿出文稿请教,陆判每每用红笔涂抹,都说不好。一夜,朱尔旦醉酒先睡下,陆判还在独酌。醉梦中,朱尔旦忽然觉得五脏六腑有点痛,醒来一看,陆判端坐床边,剖开自己胸腹掏出肠胃,一一整理。朱尔旦惊愕地说:“一向无冤无仇,为什么要杀害我?”陆判笑着说:“不用怕,我替你换一颗聪明的心罢了。”从容地把肠胃放入腔内,完了把皮肉重新合拢,最后用裹脚布包扎朱尔旦的腰。做完这一切,看床上也没有血迹,只觉腹部有点儿麻木。又见陆判把一块肉放在桌上。问他是什么东西,他说:“这是你的心。你做文章不敏捷,我就知道心窍被堵塞了。刚才在阴间,从死鬼的千万颗心中,挑选了一颗最佳的,替你换上。留着这个,以便补足缺数。”就起身,关上门走了。天亮,朱尔旦解开细看,伤口已经愈合,留下一条红线似的痕迹。从此作文思路大有进步,读书过目不忘。

几天以后,朱尔旦又拿出文章给陆判看。陆判说:“可以了。只是你福分薄,不可能大富大贵,只能中个举人而已。”朱尔旦问:“什么时候能中举?”陆判答道:“今年肯定夺魁。”没多久,朱尔旦科试考了第一名,在省城的秋试中果然名列经科第一,中了举人。文社中的书生一向取笑他,等读了他中举的手笔,你看我我看你都惊住了。细问才知道这一奇事。于是纷纷请朱尔旦先疏通疏通，希望与陆判交朋友。陆判答应了。大家准备了丰盛的酒宴等待他。晚上一更时分，陆判来了，火红的胡须在飘动，双眼炯炯像闪电，众书生六神无主，面无人色，牙齿格格打架，渐渐都溜走了。朱尔旦就拉陆判回家去喝。喝到醉醺醺的时候，朱尔旦说："洗肠修胃，你已经给了我很多好处。现在还有一件事想麻烦你，不知是否可以？"陆判就叫他直说。朱尔旦说："心肠可以换，想来面貌也可换。我的结发妻子，身体长得也挺不错，但脸蛋不太漂亮，还要请你动动手术，怎么样？"陆判笑笑说："可以。让我慢慢想办法。"

过了几天，陆判半夜来敲门。朱尔旦急忙起身请他进来。点上蜡烛，见他衣襟里裹着一样东西。问他，陆判说："你那天托我的事，一直很难找到合适的。刚才得到一颗美人头，特来满足你的要求。"朱尔旦掀开一看，只见美人脖子上还血淋淋的。陆判催促快进内宅，不要惊动鸡狗。朱尔旦担心内宅已关门落锁，不料陆判到门前，一手推去，门就自动开了。朱尔旦把他领进卧室，看到妻子正侧身睡着。陆判把人头交朱尔旦抱着，自己从靴子里拔出一把雪亮的刀子，形如匕首，按着朱夫人的脖子，腕下用力，像切豆腐似的，迎刃而解，头落在枕边。陆判急忙从朱尔旦怀里取过美人头，合在朱夫人脖子上，仔细对正了部位，然后用力合紧。过后拉过枕头塞在肩部，叫朱尔旦把切下的人头埋葬在僻静地方，就走了。朱妻一觉醒来，只觉得颈间微微发麻，脸上也感到干涩不适，用手一搓，落下一些血屑。她非常吃惊，呼叫丫头打水洗脸。丫头看到夫人脸上全是血迹，也吓坏了。洗了脸，一盆水都发红了。看夫人抬起头，已变得面目全非，又吓得要命。夫人拿来镜子一照，惊奇得自己也弄不清是怎么一回事。朱尔旦进来告诉了原因，反复端详，只见长眉伸入鬓角，颧下有一对小酒窝，简直是画中的美人儿。解开衣领检查，脖子上有一圈红线，红线上下肉色完全不同。

在这以前，吴侍御有个女儿很美，还未出嫁就两次死了未婚夫，所以十九岁还没结婚。正月元宵她去十王殿游玩，当时游人很杂，其中有一个无赖贼看到她，觉得她漂亮，就暗中打听她家住址。深夜用梯子进入院子，弄穿了卧室的门，把一个婢子杀死在床下，强迫吴女淫乱。她奋力反抗，大声呼救，那贼怒从心头起，恶向胆边生，把她也杀了。吴夫人隐隐约约听到喧闹声，叫丫环去看看。丫环看到尸体，吓得要死。全家都被惊起。他们把尸体停放在客堂间，把砍下的头放在脖子旁，全家哭哭啼啼，折腾了一夜。第二天早晨拉开遮尸被，只看到尸体，头却不见了。夫人把侍女们打遍了，说她们没有尽职看守，以致让狗把头吃了。吴侍御把凶案告到郡里，郡守限期捕贼归案，三个月过去凶犯还未抓到。

渐渐，有把朱家老婆换头怪事告诉吴侍御的。吴侍御疑虑不定，派一个老女仆到朱家探看。老女仆进去看到朱夫人，吓得奔回来告诉吴侍御小姐还活着。吴侍御看看女儿的尸体明明还在，惊疑不能自决。他猜想朱尔旦用妖术杀了女儿，就去质问朱尔旦。朱尔旦回答说："我妻子夜间作梦，醒来头被换了，实在连我们也莫明其妙。你说是我杀死你女儿，实在冤枉。"吴侍御不相信，告了状。衙门把朱家仆人抓来审问，都跟朱尔旦所说相同。郡守无法断案。朱尔旦回来，向陆判请教办法。陆判说："这不难。要让他女儿自己说明真相。"吴侍御当夜果真梦见女儿来说："女儿是被苏溪人杨大年所害，跟朱举人无关。朱举人嫌他妻子不漂亮，陆判官就取了我的头给他妻子换上了。这就是说女儿的身体虽死而头还活着，请不要与朱家结仇。"吴侍御醒后告诉了夫人，夫人也做了同样的梦。于是把情况告诉郡守。郡守一问，果然有个杨大年；把他抓来用刑，就供认了所犯罪行。吴侍御因此又去朱家，要求见一见朱夫人。从此吴侍御与朱尔旦成了翁婿关系。就把朱妻的头合在吴侍御女儿的尸体上埋葬了。

朱尔旦三次上京参加会试，都因为违犯考场规则而被逐出，从此对功名心灰意懒。这样过了三十年，有天晚上，陆判告诉他说："你的寿命不长了。"朱尔旦问什么时候死，回答说还有五天。"能不能相救？"陆判答道："人的寿命由上天决定，怎能私自改动？再说从达观的人来看，生和死是一样的，何必以活着为快乐，认死去为悲伤呢？"朱尔旦认为很对。他立即置办寿衣寿被和棺材，一切后事都准备好了，穿戴得整整齐齐地去世了。次日，朱夫人正扶着灵柩痛哭，朱尔旦忽然从外边一步步走来。夫人很害怕。朱尔旦说："我确实是鬼，但跟活着时一样。想到你们寡母孤儿，心中实在恋恋不舍。"夫人伤心大哭，泪满衣襟。朱尔旦深情地劝慰一番。

夫人说："古代有还魂的传说，你既然有灵，为什么不再生呢？"朱尔旦说："天数是不能违抗的。"夫人问："你在阴间做什么事？"朱尔旦答道："陆判推荐我主管文书，授予我官爵，也没有什么劳苦。"夫人还想说什么，朱尔旦说："陆判同我一起来，可以给我们摆些酒菜。"快步走了出去。夫人遵照吩咐准备了酒菜，只听见屋里说笑喝酒，高谈阔论，跟生前一样。半夜偷看，杳然已经不见了。从此三四日就来一次，有时也留宿温存一番，顺便处理家中事务。儿子朱玮才五岁，朱尔旦一来总抱起搂在怀里；儿子长到七八岁时，朱尔旦就在灯下教他读书识字。儿子也挺聪明，九岁就能写文章，十五岁考中秀才，竟不知道自己的父亲已经去世。从此朱尔旦回家次数渐少，个把月来一次罢了。

又一夜来，对夫人说："从今与你永别了。"夫人问他到哪里去，他说："奉天帝命担任西岳太华卿，即将远行去赴任，事务繁重，路途远隔，所以不能回来了。"母子二人拉着他痛哭，朱尔旦说："不要这样！儿子已长大成人，家境也还过得去，难道有百年不散的夫妻吗！"又看着儿子说："好好做人，不要中断父亲的事业。十年以后还会见一次面。"说完头也不回出门去了，从此就绝迹不来了。

后来朱玮二十五岁，考取了进士，任掌管传旨、册封等事务的行人官。这一年奉皇帝旨意去祭祀西岳，经过华阴县，忽然有一辆随从众多的华盖车来冲撞自己的仪仗队。朱玮很惊讶，细看车中人，原来是父亲，就下马伏在路边哭泣。他父亲停下车说："你的官声很好，我也能闭上眼了。"朱玮伏地不起。朱尔旦催促驱车赶路，火速驰去，不顾儿子还跪着。赶了没几步，朱尔旦回头望了望，解下佩刀派人拿去送给儿子。远远说："佩着它会富贵。"朱玮要追随父亲同去，只见车马随从飘忽如风，一眨眼就无影无踪了。朱玮悲伤懊恨了好久。拔出佩刀一看，铸造得精工绝伦，上面还刻着一行字，道是："胆要大而心要细，思路要圆通而品行要端正。"朱玮后来升官到司马。生了五个儿子，取名为沉、潜、沕、浑、深。一天晚上，梦见父亲来说："佩刀传给浑最合适。"朱玮遵命办了。后来朱浑官至总宪，很有政绩。

异史氏说：截断鹤的长胫去补鸭的短腿，这样乱来是可笑的；

成功地嫁接珍贵的花木，这种创造是奇妙的；更何况剖腔换心，割颈换头的神技妙术呢？陆公真算得上外貌丑陋心智锦绣了。明代离现在年数还不远，青阳陆判官还在不在？还有没有灵验？做他的仆从，是我所向往的。

婴　宁

王子服，莒之罗店人。早孤。绝惠，十四入泮。母最爱之，寻常不令游郊野。聘萧氏，未嫁而夭，故求凰未就也。

会上元，有舅氏子吴生，邀同眺瞩。方至村外，舅家有仆来，招吴去；生见游女如云，乘兴独遨。有女郎携婢，撚梅花一枝，容华绝代，笑容可掬。生注目不移，竟忘顾忌。女过去数武，顾婢曰："个儿郎目灼灼似贼！"遗花地上，笑语自去。生拾花怅然，神魂丧失，怏怏遂返。

至家，藏花枕底，垂头而睡，不语亦不食。母忧之。醮禳益剧，肌革锐减。医师诊视，投剂发表。忽忽若迷。母抚问所由，默然不答。适吴生来，嘱密诘之。吴至榻前，生见之泪下。吴就榻慰解，渐致研诘。生具吐其实，且求谋画。吴笑曰："君意亦复痴！此愿有何难遂？当代访之。徒步于野，必非世家。如其未字，事固谐矣；不然，拚以重赂，计必允遂。但得痊瘳，成事在我。"生闻之，不觉解颐。吴出告母，物色女子居里，而探访既穷，并无踪绪。母大忧，无所为计。然自吴去后，颜顿开，食亦略进。数日，吴复来。生问所谋。吴绐之曰："已得之矣。我以为谁何人，乃我姑氏女，即君姨妹行，今尚待聘；虽内戚有婚姻之嫌，实告之，无不谐者。”生喜溢眉宇，问：“居何里？”吴诡曰：“西南山中，去此可三十余里。”生又付嘱再四，吴锐身自任而去。

生由此饮食渐加，日就平复。探视枕底，花虽枯，未便凋落。凝思把玩，如见其人。怪吴不至，折柬招之。吴支托不肯赴召。生恚怒，悒悒不欢。母虑其复病，急为议姻；略与商榷，辄摇首不愿。惟日盼吴。吴迄无耗，益怨恨之。转思三十里非遥，何必仰息他人？怀梅袖中，负气自往，而家人不知也。

伶仃独步，无可问程，但望南山行去。约三十余里，乱山合沓，空翠爽肌，寂无人行，止有鸟道。遥望谷底，丛花乱树中，隐隐有小里落。下山入村，见舍宇无多，皆茅屋，而意甚修雅。北向一家，门前皆丝柳，墙内桃杏尤繁，间以修竹；野鸟格磔其中。意其园亭，不敢遽入。回顾对户，有巨石滑洁，因据坐少憩。

俄闻墙内有女子，长呼“小荣”，其声娇细。方伫听间，一女郎由东而西，执杏花一朵，俯首自簪。举头见生，遂不复簪，含笑撚花而入。审视之，即上元途中所遇也。心骤喜。但念无以阶进；欲呼姨氏，顾从无还往，惧有讹误。门内无人可问。坐卧徘徊，自朝至于日昃，盈盈望断，并忘饥渴。时见女子露半面来窥，似讶其不去者。忽一老媪扶杖出，顾生曰：“何处郎君，闻自辰刻便来，以至于今。意将何为？得勿饥耶？”生急起揖之，答云：“将以盼亲。”媪聋聩不闻。又大言之，乃问："贵戚何姓？"生不能答。媪笑曰："奇哉！姓名尚自不知，何亲可探？我视郎君，亦书痴耳。不如从我来，啖以粗粝；家有短榻可卧。待明朝归，询知姓氏，再来探访，不晚也。"生方腹馁思啗，又从此渐近丽人，大喜。从媪入，见门内白石砌路，夹道红花，片片堕阶上；曲折而西，又启一关，豆棚花架满庭中。肃客入舍，粉壁光明如镜；窗外海棠枝朵，探入室中；裀籍几榻，罔不洁泽。甫坐，即有人自窗外隐约相窥。媪唤："小荣！可速作黍。"外有婢子噭声而应。坐次，具展宗阀。媪曰："郎君外祖，莫姓吴否？"曰："然。"媪惊曰："是吾甥也！尊堂，我妹子。年来以家窭贫，又无三尺男，遂至音问梗塞。甥长成如许，尚不相识。"生曰："此来即为姨也，匆遽遂忘姓氏。"媪曰："老身秦姓，并无诞育；弱息仅存，亦为庶产。渠母改醮，遗我鞠养。颇亦不钝，但少教训，嬉不知愁。少顷，使来拜识。"未几，婢子具饭，雏尾盈握。媪劝餐已，婢来敛具。媪曰："唤宁姑来。"婢应去。

良久，闻户外隐有笑声。媪又唤曰："婴宁，汝姨兄在此。"户外嗤嗤笑不已。婢推之以入，犹掩其口，笑不可遏。媪瞋目曰："有客在，咤咤叱叱，是何景象！"女忍笑而立，生揖之。媪曰："此王郎，汝姨子。一家尚不相识，可笑人也。"生问："妹子年几何矣？"媪未能解。生又言之。女复笑不可仰视。媪谓生曰："我言少教诲，此可见矣。年已十六，呆痴裁如婴儿。"生曰："小于甥一岁。"曰："阿甥已十七矣，得非庚午属马者耶？"生首应之。又问："甥妇阿谁？"答云："无之。"曰："如甥才貌，何十七岁犹未聘？婴宁亦无姑家，极相匹敌；惜有内亲之嫌。"生无语，目注婴宁，不遑他瞬。婢向女小语云："目灼灼，贼腔未改！"女又大笑，顾婢曰："视碧桃开未？"遽起，以袖掩口，细碎连步而出。至门外，笑声始纵。媪亦起，唤婢襆被，为生安置。曰："阿甥来不易，宜留三五日，迟迟送汝归。如嫌幽闷，舍后有小园，可供消遣；有书可读。"

次日，至舍后，果有园半亩，细草铺毡，杨花糁径；有草舍三楹，花木四合其所。穿花小步，闻树头苏苏有声，仰视，则婴宁在上。见生来，狂笑欲堕。生曰："勿尔，堕矣！"女且下且笑，不能自止。方将及地，失手而堕，笑乃止。生扶之，阴捘其腕。女笑又作，倚树不能行，良久乃罢。生俟其笑歇，乃出袖中花示之。女接之曰："枯矣。何留之？"曰："此上元妹子所遗，故存之。"问："存之何意？"曰："以示相爱不忘也。自上元相遇，凝思成疾，自分化为异物；不图得见颜色，幸垂怜悯。"女曰："此大细事。至戚何所靳惜？待郎行时，园中花，当唤老奴来，折一巨捆负送之。"生曰："妹子痴耶？""何便是痴？"曰："我非爱花，爱撚花之人耳。"女曰："葭莩之情，爱何待言。"生曰："我所谓爱，非瓜葛之爱，乃夫妻之爱。"女曰："有以异乎？"曰："夜共枕席耳。"女俯思良久，曰："我不惯与生人睡。"语未已，婢潜至，生惶恐遁去。

少时，会母所。母问："何往？"女答以园中共话。

媪曰："饭熟已久，有何长言，周遮乃尔？"女曰："大哥欲我共寝。"言未已，生大窘，急目瞪之，女微笑而止。幸媪不闻，犹絮絮究诘，生急以他词掩之。因小语责女。女曰："适此语不应说耶？"生曰："此背人语。"女曰："背他人，岂得背老母。且寝处亦常事，何讳之？"生恨其痴，无术可以悟之。

食方竟，家中人捉双卫来寻生。先是，母待生久不归，始疑；村中搜觅几遍，竟无踪兆。因往询吴。吴忆曩言，因教于西南山村行觅。凡历数村，始至于此。生出门，适相值，便入告媪，且请偕女同归。媪喜曰："我有志，匪伊朝夕。但残躯不能远涉，得甥携妹子去，识认阿姨，大好！"呼婴宁。宁笑至。媪曰："有何喜，笑辄不辍？若不笑，当为全人。"因怒之以目。乃曰："大哥欲同汝去，可便装束。"又饷家人酒食，始送之出曰："姨家田产丰裕，能养冗人。到彼且勿归，小学诗礼，亦好事翁姑。即烦阿姨，为汝择一良匹。"二人遂发。至山坳，回顾，犹依稀见媪倚门北望也。

抵家，母睹姝丽，惊问为谁。生以姨女对。母曰："前吴郎与儿言者，诈也。我未有姊，何以得甥？"问女，女曰："我非母出。父为秦氏，没时，儿在褓中，不能记忆。"母曰："我一姊适秦氏，良确；然殂谢已久，那得复存？"因审诘面庞、志赘，一一符合。又疑曰："是矣。然亡已多年，何得复存？"疑虑间，吴生至，女避入室。吴询得故，惘然久之。忽曰："此女名婴宁耶？"生然之。吴亟称怪事。问所自知，吴曰："秦家姑去世后，姑丈鳏居，祟于狐，病瘠死。狐生女名婴宁，绷卧床上，家人皆见之。姑丈殁，狐犹时来；后求天师符黏壁间，狐遂携女去。将勿此耶?”彼此疑参。但闻室中吃吃，皆婴宁笑声。母曰：“此女亦太憨生。”吴请面之。母入室，女犹浓笑不顾。母促令出，始极力忍笑，又面壁移时，方出。才一展拜，翻然遽入，放声大笑。满室妇女，为之粲然。

吴请往觇其异，就便执柯。寻至村所，庐舍全无，山花零落而已。吴忆姑葬处，仿佛不远；然坟垅湮没，莫可辨识，诧叹而返。母疑其为鬼。入告吴言，女略无骇意；又吊其无家，亦殊无悲意，孜孜憨笑而已。众莫之测。母令与少女同寝止。昧爽即来省问，操女红精巧绝伦。但善笑，禁之亦不可止；然笑处嫣然，狂而不损其媚，人皆乐之。邻女少妇，争承迎之。

母择吉将为合卺，而终恐为鬼物。窃于日中窥之，形影殊无少异。至日，使华妆行新妇礼；女笑极不能俯仰，遂罢。生以其憨痴，恐漏泄房中隐事；而女殊密秘，不肯道一语。每值母忧怒，女至，一笑即解。奴婢小过，恐遭鞭楚，辄求诣母共话；罪婢投见，恒得免。而爱花成癖，物色遍戚党；窃典金钗，购佳种，数月，阶砌藩溷，无非花者。

庭后有木香一架，故邻西家。女每攀登其上，摘供簪玩。母时遇见，辄诃之。女卒不改。一日，西人子见之，凝注倾倒。女不避而笑。西人子谓女意已属，心益荡。女指墙底笑而下，西人子谓示约处，大悦。及昏而往，女果在焉。就而淫之，则阴如锥刺，痛彻于心，大号而踣。细视，非女，则一枯木卧墙边，所接乃水淋窍也。邻父闻声，急奔研问，呻而不言。妻来，始以实告。爇火烛窍，见中有巨蝎，如小蟹然。翁碎木捉杀之。负子至家，半夜寻卒。

邻人讼生，讦发婴宁妖异。邑宰素仰生才，稔知其笃行士，谓邻翁讼诬，将杖责之。生为乞免，逐释而出。母谓女曰："憨狂尔尔，早知过喜而伏忧也。邑令神明，幸不牵累；设鹘突官宰，必逮妇女质公堂，我儿何颜见戚里？"女正色，矢不复笑。母曰："人罔不笑，但须有时。"而女由是竟不复笑，虽故逗，亦终不笑；然竟日未尝有戚容。

一夕，对生零涕。异之。女哽咽曰："曩以相从日浅，言之恐致骇怪。今日察姑及郎，皆过爱无有异心，直告或无妨乎？妾本狐产。母临去，以妾托鬼母，相依十余年，始有今日。妾又无兄弟，所恃者惟君。老母岑寂山阿，无人怜而合厝之，九泉辄为悼恨。君倘不惜烦费，使地下人消此怨恫，庶养女者不忍溺弃。"生诺之，然虑坟冢迷于荒草。女但言无虑。刻日，夫妻舆榇而往。女于荒烟错楚中，指示墓处，果得媪尸，肤革犹存。女抚哭哀痛。舁归，寻秦氏墓合葬焉。是夜，生梦媪来称谢，寤而述之。女曰："妾夜见之，嘱勿惊郎君耳。"生恨不邀留。女曰："彼鬼也，生人多，阳气胜，何能久居？"生问小荣，曰："是亦狐，最黠。狐母留以视妾，每摄饵相哺，故德之常不去心。昨问母，云已嫁之。"由是岁值寒食，夫妻登秦墓，拜扫无缺。

女逾年，生一子。在怀抱中，不畏生人，见人辄笑，亦大有母风云。

异史氏曰：观其孜孜憨笑，似全无心肝者；而墙下恶作剧，其黠孰甚焉。至凄恋鬼母，反笑为哭，我婴宁殆隐于笑者矣。窃闻山中有草，名“笑矣乎”。嗅之，则笑不可止。房中植此一种，则合欢、忘忧，并无颜色矣；若解语花，正嫌其作态耳。

【译文】

王子服，山东莒县罗店人。从小失去父亲，绝顶聪明，十四岁就中了秀才。母亲最喜欢他，平常不让去郊野游玩。与萧家订了婚，那姑娘没嫁就夭折了，所以还没对象。

正月十五上元节，表兄吴生邀请他一同去观赏景色。刚走到村外，娘舅家有仆人来，把吴生叫回去了。王子服看到游女如云，就乘兴独自游览。有个女郎带着丫环，手里拈着一枝梅花，容貌美丽无双，满脸笑容。王生盯着看呆了，竟忘了顾忌。女子走过几步，对丫环说：“这小伙子两眼灼灼发光像个贼！”说着把梅花扔在地上，说笑着走了。王生拾起花，心里惆怅，丧魂落魄，无精打采地回家。

到了家里，把梅花藏在枕头底下，倒头就睡，不说也不吃。母亲为他担忧，请来和尚道士消灾驱邪，病情反而更重，人一下子瘦了许多。请医生来看，开药发散体表的病症，精神恍惚好像昏迷了。母亲抚摸着问他得病的原因，他默不作声。正好吴生到来，王母嘱托他秘密地问问儿子。吴生到床前，王生看见他，流下了眼泪。吴生坐在床边对他劝慰，慢慢地转到探问病由，王生把情况一五一十都吐露了，并求表兄想想办法。吴生笑道：“你也太痴心了！这个愿望有什么难实现的？我替你寻访她。没车没轿走在野外，一定不是富贵门第。如果还没许配人家，事情准能办成；就是定下亲了，拼着多给些彩礼，想来也一定会同意。只要你的病能好，成就这件事包在我身上！”王生听了，不觉眉开眼笑。吴生出来告诉王母，打听那女子所居乡里。然而到处寻访，并没有踪影线索。王母十分忧愁，想不出什么办法来。但是自从吴生走后，王生脸色顿时开朗，也略为吃点东西了。过了几天，吴生又来，王生问商量的事儿怎么了。吴生哄他说：“已经找到了。我以为是什么人，原来是我姑姑的女儿，也是你的姨表妹子，现在还没有订婚。虽说姨表兄妹联姻有些忌讳，但只要告诉他们实情，没有不成功的。”王生眉宇间喜气洋溢，问：“她住哪里？”吴生乱编说：“西南方的山中，离这儿大约三十多里。”王生再三再四托付他成就好事，吴生拍胸脯包在自己身上，走了。

王生从此饮食渐渐增加，身体也一天天复元。看看枕头底下，梅花虽枯了，还没有凋零脱落。拿在手上凝思玩赏，就好像见到了意中人。他埋怨吴生不来家，写了封信去邀请。吴生推托有事不肯应邀而来。王生心里恼怒，郁郁不乐。母亲怕他旧病复发，急于为他找对象；一跟他谈到婚事，总是摇头不愿意。只是天天盼望吴生来。吴生一直没有音信，王生更怨恨他。转念一想，三十里路并不远，何必求别人？把梅花藏在衣袖里，赌气自己去，而家里的人都不知道。

王生孤零零独行，无人可问路径，只望着南山的方向走去。大约有三十多里，乱山重叠，无处不是翠绿，令人浑身舒爽。这地方静悄悄没有行人，只有鸟儿才能飞行的险峻小道。远远望见山谷底下，乱树花丛中，隐隐约约有个小村庄。王生下山走进村子，眼前房屋不多，都是茅屋，而意趣很是幽雅。朝北有一家，门前都是丝丝垂柳，墙内桃花杏花格外茂盛，间杂着高高的翠竹，野鸟在里面啭鸣。他心想这大概是人家的花园，不敢贸然闯入。回头看见对门有一块光滑干净的大石头，就走过去坐在上面休息一下。

不多一会儿，听见墙内有女子曼声叫唤“小荣”，声音娇嫩柔细。王生正侧着耳朵听，一个女郎由东向西走来，手拿一朵杏花，低头往发髻上簪去。抬头看见王生，就不再簪花，含笑拈着花儿进去了。王生仔细一瞧，就是上元节路上遇见的，心里一下子高兴起来，只是想不出进门的理由。要叫姨妈吧，可是从未来往过，担心弄错了难收场。门里面也没人可问。他时坐时卧，时而来回地走，从早晨到日落，眼巴巴望穿秋水，连饥渴也忘了。不时看见那女子露出半个脸蛋来窥探，好像奇怪他不走。忽然有个老婆婆拄着拐杖出来，看着王生说："哪来的小伙子，听说从早晨就来了，直到现在，你想干什么？难道肚子不饿吗？"王生急忙站起作揖，回答说："我是来看望亲戚的。"老婆婆耳朵聋得厉害，没听清，王生又大声讲了一遍。老婆婆就问："你亲戚姓什么？"王生答不上来。老婆婆笑着说："奇怪！连姓名尚且不知道，哪能探什么亲？我看你这小伙子，也是个书呆子罢了。不如跟我进来，吃一顿粗饭，有一张小床可睡。等明天回家，问清楚了姓名，再来探访也不晚。"王生肚子正饿得慌，想吃东西，借此又可逐渐接近那美丽的女子，十分高兴。跟着老婆婆进去，只见门内白石砌的路，夹道开着红花，花瓣一片片飘落在台阶上。转弯抹角朝西，又开一道门，只见庭院里满是豆棚花架。老婆婆把客人请进屋，白墙明净得像镜子。窗外一树海棠，花枝伸进屋内。坐垫、桌椅、床铺，无不明洁生辉。王生才坐下，就有人从窗外隐隐偷看。老婆婆呼唤："小荣！赶快做饭。"外面有个丫环响亮地答应了一声。坐着攀谈的时候，王生详细地自我介绍了家世门第。老婆婆说："郎君外祖家，莫非姓吴吗？"王生答道："是的。"老婆婆惊喜地说："你是我的外甥啊！你母亲，是我妹妹。近年来因为家境贫困，又没个男孩儿，以致音讯来往都断了。外甥已长得这么大了，还不认得。"王生说："这次来就是为了找姨妈啊，匆匆忙忙就把姨妈的姓也忘了。"老婆婆说："老身姓秦，没有生育子女。只有一个女孩儿，还是偏房生的。她母亲后来改嫁了，留下她由我抚养。倒也不笨，只是缺少教训，常是嘻嘻哈哈不知忧愁。待会儿，叫她来拜见你，认识一下。"没多久，丫环准备好了饭菜，肥鸭嫩鸡，非常丰盛。老婆婆殷勤招待外甥吃完了饭，丫环来收拾餐具。老婆婆对她说："去叫宁姑娘来。"丫环应了一声而去。

好久，听见门外隐隐有笑声。老婆婆又呼唤道："婴宁，你表兄在这里。"门外嗤嗤地笑个不停。丫环把婴宁推入门内，婴宁仍捂着嘴，笑个不住。老婆婆瞪她一眼说："有客人在，嘻嘻哈哈疯笑，是什么样子！"婴宁这才忍住笑站在那儿，王生对她作了个揖。

老婆婆说："这是王郎，你姨妈的儿子。一家人还不认识，真正笑煞人。"王生问："妹妹年龄多大啦？"老婆婆没听清，王生又说了一遍。女郎重新笑得抬不起头来。老婆婆对王生说："我说她缺少教训，这就可以看出了。已经十六岁了，痴痴呆呆才像个娃娃。"王生说："比外甥小一岁。"老婆婆感叹地说："外甥已经十七岁了，莫不是庚午年出生，属马的吧？"王生点了点头。老婆婆又问："外甥媳妇是谁？"王生答道："还没有呢。"老婆婆说："像外甥这样才貌双全，怎么十七岁还没有定亲？婴宁也还没有婆家，很配得上你；可惜有表亲这层顾忌。"王生没说什么，眼睛死盯住婴宁，其他什么也顾不上看。丫环悄悄对婴宁说："目光灼灼，贼腔没改！"婴宁又大笑起来，回头对丫环说："看看碧桃花开了没有？"马上起步，用袖子掩着嘴，接连跨着小步出去了。到门外，才放声大笑。老婆婆也站起身，叫丫环取来被褥，替王生安放停当。老婆婆说："外甥来得不容易，该多住三五天，慢慢再送你回去。如果感到闷，屋后有个小花园，可去玩赏散心。也有书可以读。"

第二天，王生到屋后，果然有半亩地左右一个小花园，细草柔软像铺着地毯，白茸茸的柳花飘点在绿草茵上。有三间草屋，四周长满花木。他慢步穿过花丛，听得树顶有窸窣声，抬头一瞧，原来婴宁在树上。看是王生来了，笑得前仰后合，几乎要掉下来。王生说："别这样，要摔下来了！"婴宁一边下树一边笑，想止也止不住。将要着地，失手摔了下来，笑才停止。王生扶起她，偷偷捏了一下她的手腕。婴宁又大笑起来，靠在树上走不动了，好久才罢。王生等她笑停了，就拿出袖子里的花给她看。婴宁接过花说："枯了，为什么留着它？"王生说："这是上元节妹妹丢在地上的，所以保存着它。"婴宁问："保存它有什么意思？"王生答："用来表示爱和永不忘怀。自从上元节遇见你后，我便相思成病。本以为活不了啦，想不到还能再见到你，希望你能可怜可怜我。"婴宁说："这算不上一回事，亲戚之间有什么舍不得的？等你回家时，院子里的花，该叫老仆人来，折一大捆扛来送你。"王生说："妹妹痴了吗？""怎么是痴呢？"王生说："我不是爱花，而是爱拈花的人罢了！"婴宁说："我们是表兄妹，亲戚间的爱何须说得。"王生说："我说的爱，不是亲戚的爱，而是夫妻的爱。"婴宁说："有不同吗?”王生说:“夜里睡在一起罢了。”婴宁低头想了好久,说:“我不习惯与陌生人同睡。”话还没完,丫环悄悄来了,王生惊慌地溜走了。

过了一会儿,在老婆婆那儿见面了。老母问:“到哪里去了?”婴宁用在花园里跟表哥讲话回答。老婆婆说:“饭早已熟了,哪来的这许多话,唠叨个没完没了?”婴宁说:“大哥要和我同睡。”话还没说完,王生非常狼狈,急忙向她瞪眼,婴宁就微笑着不往下说了。幸亏老婆婆没有听见,还在噜哩噜苏地追问,王生急忙用别的话头掩饰过去。为此,他小声地责怪婴宁。婴宁说:“刚才这话不应该说吗?”王生说:“这是背着人讲的悄悄话。”婴宁说:“背着别人,难道能背着母亲吗?再说睡觉也是很普通的事,何必隐瞒呢?”王生怨她痴,没有办法使她明白过来。

刚吃完饭,王生家里的人牵着两头驴子来寻他。原来王母等王生久不回家,开始犯疑。村子里几乎找遍了,竟连影子也没有。于是派人到吴生处去问。吴生想起先前的话,就叫他们到西南方的山村里去寻找。家人找过了好几个村庄,方才到这里。王生出门刚巧遇见,就进内告诉老婆婆,并请求带表妹同回。老婆婆很欢喜地说:“我有这个愿望,不是一天两天了。只是这副老骨头不能走远路。现在有外甥带着妹子去认姨妈,太好了!”就叫婴宁。婴宁笑着来到。老婆婆说:“有什么高兴事,总是笑个没完?你如果不这样成天傻笑,可算得上十全十美的人了。”说着瞪了她一眼,然后又说:“你大哥要带你一同回家,赶快去妆扮妆扮。”老婆婆又招待王家的来人吃了酒饭,这才送他们出门,对婴宁说:“姨妈家田地家产富裕,养得起闲人。到了那里暂且不忙回来,多少读点书,学点礼节,将来也好侍奉公婆。就麻烦姨妈,替你选一门好亲事。”王生和婴宁就出发了。走到山坳里,回头一望,还隐隐约约看见老婆婆靠在门口,朝北眺望。

到家里,王母看见这样一个美人,惊奇地问是谁。王生告说是姨妈的女儿。母亲说:“先前吴家表兄对你说的那番话,全是假的。我根本没有姐姐,哪来的外甥女儿?”又问婴宁。婴宁说:“我不是这个母亲生的。父亲姓秦,去世时我还在襁褓中,什么都记不得了。”王母说:“我有个姐姐嫁到秦家,倒是确实的;但她已死去多年，怎么可能还活着?”于是盘问脸的模样、痣的情况，回答一一相符。王母又疑心地说：“你说的倒是，可是我姐姐已死亡多年，怎么可能还活着?”正疑虑间，吴生到来，婴宁躲进内室。吴生问明了事情经过，若有所思地沉吟了半晌，突然问道：“这女子叫婴宁么?”王生点头称是。吴生连说“怪事”。问他从哪里知道名字的，吴生说：“秦家姑妈去世后，姑丈单身独居。后来被狐精迷住，害虚症死了。狐精生了个女儿就叫婴宁，包着蜡烛包放在床上，家里人都曾见到。姑丈死了以后，狐精还常常来。后来求天师画了一道符贴在墙上，狐精就带着女儿走了。莫非就是这个女子吧?”大家你一言我一语地猜疑议论，只听见房间里全是婴宁吃吃的笑声，王母说：“这丫头也太傻里傻气。”吴生请求见她一面。王母走进内室，婴宁还笑得起劲，顾不上打招呼。王母催她出去见客，才竭力忍住笑，又面朝墙壁好一会儿，才出来。朝客人才拜了一拜，立即转身入内，纵声大笑。逗得满屋子的妇女都乐了。

吴生提出要到西南山中去看看有无异常情况，顺便替表弟做媒。他寻到了那村子的所在地，只见什么房屋都没有，只有山花在纷纷飘落。他记得姑妈的葬地好像就在附近，可是荒坟已经湮没在乱草丛中，无从辨认，惊诧叹息而回。王母怀疑婴宁是鬼，进去把吴生的话告诉她，她毫无惊恐的神色；又慰怜她已无家可归，她也没露出悲戚的情绪，只是一味地憨笑而已。大家都猜不透其中的真相。王母叫婴宁同小女儿睡在一起。天刚亮她就前来向王母请安问候，针线活做得精巧绝伦。只是爱笑，禁也禁不住。可是笑起来很可爱，即使狂笑也无损她的娇媚，她一笑，人人都感到快乐。邻居的姑娘、少妇，争着来与她结交亲近。

王母挑选了吉日将为他俩举办婚事，但总担心是什么鬼怪。偷偷地在阳光下观察她，身形和影子与常人没一点两样。到日子，叫她穿着华丽的服装去行婚礼，婴宁笑得不能俯仰兴拜，只好作罢。王生因为她有点痴憨，生怕她泄漏了房中隐情。而婴宁口风很紧，没有乱说一句话。每逢王母忧闷发怒，婴宁来，笑一笑就解除烦恼。丫环们有了小过错，怕挨鞭打，总是求婴宁去主母那儿聊家常；有过错的丫环乘机跪下认错，常能免于责打。婴宁爱花成癖，遍访亲戚朋友家物色奇花异卉，将金钗首饰偷偷典卖了买来优良品种。几个月，台阶上、篱笆旁、厕所边没有不是花的。

后院有一架木香花，靠近西邻家。婴宁经常攀登上去摘花，簪在头上或插在瓶中。母亲常看到，总是呵责她，她到底不改。一天，西邻家的儿子看到她，目不转睛盯着，为她的美色倾倒。婴宁非但不避开，还对他笑。西邻那小子以为这女子对他有意，心更荡了。婴宁用手指指墙根，含笑而下。那小子认定这是暗示约会的地点，喜欢欲狂。黄昏时分前去，婴宁果然在那里。上前拥抱奸淫，忽然觉得阴部像锥刺一样，痛彻心腑，大叫一声倒在地上。细看并非婴宁，而是一段枯木横倒在墙边，交接的地方是枯木上被雨水淋烂的一个小洞。他父亲听到叫声，急忙奔来询问，儿子只是呻吟着不说话。妻子来，才告诉她事情真相。点火照那树洞，发现洞内有只像小蟹那么大的蝎子。老头儿劈碎枯木，捉出蝎子杀了。背着儿子到房里，半夜就死了。

西邻的老头儿去县里控告王生，揭发婴宁是个妖精。县令素来看重王生的才学，熟知他品行端正，忠厚老实，判老头儿诬告，要打他板子。王生为老头求免，县令把他撵出衙门放了。母亲对婴宁说："你疯疯癫颠到这个地步，我早知道过分欢乐必然隐藏着忧愁。幸亏县太爷英明，这次没受到牵连；如果遇上糊涂官，必定会逮你到公堂去受审，那时出乖露丑，我儿还有什么脸面去见亲戚乡邻？"婴宁很严肃地听着，发誓今后不再笑了。母亲说："人没有不笑的，但要笑得是时候。"想不到婴宁从此以后竟然真的不再笑了，即使故意逗她，她也始终不笑；可是成天价也未曾有过悲伤的神情。

一天晚上，婴宁对王生泪流满面。王生感到诧异，婴宁哽咽着说："过去因为生活在一起时间不长，讲实话怕引起你惊怪。现在看到婆婆和你都厚爱我而没有一点猜疑，把真情直告或许可以无妨了吧？我本是狐精所生，母亲临走时，把我托给鬼母抚养，相依为命十几年，才有今天。我又没有兄弟，所依靠的只有你。老母亲孤寂地长眠在山坳里，没人可怜把她与父亲合葬，她在九泉之下常为此伤心怨恨。你如果不怕麻烦和花费，使地下人消除这个创痛，庶几养女儿的人家不忍溺婴弃婴。"王生答应了，但担心坟墓埋没在荒草丛中难以找到，婴宁只说不必担心。选定了日子，夫妻俩用车载着棺材前去。婴宁在荒烟野草中指出坟墓所在地，掘开后果然是那老婆婆的尸体，皮肤还完好。婴宁抚尸痛哭了一阵，然后把尸体运回，找到父亲秦某的坟墓合葬在一起。这天夜里，王生梦见老婆婆来道谢，醒来告诉婴宁。婴宁说："我夜里看见母亲来的，她吩咐不要惊动你哩。"王生遗憾没能请她留下来，婴宁说："她是个鬼。这儿活人多，阳气旺盛，她怎能久呆？"王生又问小荣是谁，婴宁说："她也是狐狸，绝顶聪明。我的狐母把她留下来照看我，经常弄到果子、糕饼来喂我，所以我感激她常不忘怀。昨夜问母亲，说她已出嫁了。"从此以后，每年到了寒食节，夫妻俩就去秦家墓地，祭拜洒扫，从不间断。

过了一年，婴宁生了个儿子。那孩子在怀抱中就不怕陌生人，见了谁都笑嘻嘻的，也大有他母亲的遗风。

异史氏说：从婴宁一味憨笑来看，她好像是没有心肝的人；但墙根下那场恶作剧，她的聪慧谁能及得上呢？至于怀念鬼母，变笑为哭，我的婴宁又只怕是笑中的隐士了。我听说山中有一种草，名叫"笑矣乎"，闻一下，就会大笑不止。房里种上这草，那么合欢花、忘忧草，都要相形见绌了。唐明皇曾把杨贵妃比作"解语花"，拿它与"笑矣乎"草相比，我正嫌它太做作呢。

聂小倩

宁采臣，浙人。性慷爽，廉隅自重。每对人言："生平无二色。"

适赴金华，至北郭，解装兰若。寺中殿塔壮丽，然蓬蒿没人，似绝行踪。东西僧舍，双扉虚掩；惟南一小舍，扃键如新。又顾殿东隅，修竹拱把；阶下有巨池，野藕已花。意甚乐其幽杳。会学使按临，城舍价昂，思便留止，遂散步以待僧归。

日暮，有士人来，启南扉。宁趋为礼，且告以意。

士人曰："此间无房主，仆亦侨居。能甘荒落，旦晚惠教，幸甚。"宁喜，藉藁代床，支板作几，为久客计。是夜，月明高洁，清光似水，二人促膝殿廊，各展姓字。士人自言："燕姓，字赤霞。"宁疑为赴试诸生，而听其音声，殊不类浙。诘之，自言："秦人。"语甚朴诚。既而相对词竭，遂拱别归寝。

宁以新居，久不成寐。闻舍北喁喁，如有家口。起伏北壁石窗下，微窥之。见短墙外一小院落，有妇可四十余；又一媪衣黦绯，插蓬沓，鲐背龙钟，偶语月下。妇曰："小倩何久不来？"媪云："殆好至矣。"妇曰："将无向姥姥有怨言否？"曰："不闻，但意似蹙蹙。"妇曰："婢子不宜好相识！"言未已，有一十七八女子来，仿佛艳绝。媪笑曰："背地不言人，我两个正谈道，小妖婢悄来无迹响。幸不訾着短处。"又曰："小娘子端好是画中人，遮莫老身是男子，也被摄魂去。"女曰："姥姥不相誉，更阿谁道好？"妇人女子又不知何言。宁意其邻人眷口，寝不复听。又许时，始寂无声。

方将睡去，觉有人至寝所。急起审顾，则北院女子也。惊问之。女笑曰："月夜不寐，愿修燕好。"宁正容曰："卿防物议，我畏人言；略一失足，廉耻道丧。"女云："夜无知者。"宁又咄之。女逡巡若复有词。宁叱："速去！不然，当呼南舍生知。"女惧，乃退。至户外复返，以黄金一铤置褥上。宁掇掷庭墀，曰："非义之物，污吾囊橐！"女惭，出，拾金自言曰："此汉当是铁石。"

诘旦，有兰溪生携一仆来候试，寓于东厢，至夜暴亡。足心有小孔，如锥刺者，细细有血出。俱莫知故。经宿，仆一死，症亦如之。向晚，燕生归，宁质之，燕以为魅。宁素抗直，颇不在意。宵分，女子复至，谓宁曰："妾阅人多矣，未有刚肠如君者。君诚圣贤，妾不敢欺。小倩，姓聂氏，十八夭殂，葬寺侧，辄被妖物威胁，历役贱务；腆颜向人，实非所乐。今寺中无可杀者，恐当以夜叉来。"宁骇求计。女曰："与燕生同室可免。"问："何不惑燕生？"曰："彼奇人也，不敢近。"问："迷人若何？"曰："狎昵我者，隐以锥刺其足，彼即茫若迷，因摄血以供妖饮；又或以金，非金也，乃罗刹鬼骨，留之能截取人心肝：二者，凡以投时好耳。"宁感谢。问戒备之期，答以明宵。临别泣曰："妾堕玄海，求岸不得。郎君义气干云，必能拔生救苦。倘肯囊妾朽骨，归葬安宅，不啻再造。"宁毅然诺之。因问葬处，曰："但记取白杨之上，有乌巢者是也。"言已出门，纷然而灭。

明日，恐燕他出，早诣邀致。辰后具酒馔，留意察燕。既约同宿，辞以性癖耽寂。宁不听，强携卧具来。燕不得已，移榻从之。嘱曰："仆知足下丈夫，倾风良切。要有微衷，难以遽白。幸勿翻窥箧襆，违之，两俱不利。"宁谨受教。既而各寝。燕以箱箧置窗上，就枕移时，齁如雷吼。宁不能寐。近一更许，窗外隐隐有人影。俄而近窗来窥，目光睒闪。宁惧，方欲呼燕，忽有物裂箧而出，耀若匹练，触折窗上石棂，欻然一射，即遽敛入，宛如电灭。燕觉而起，宁伪睡以觇之。燕捧箧检征，取一物，对月嗅视，白光晶莹，长可二寸，径韭叶许。已而数重包固，仍置破箧中。自语曰：“何物老魅，直尔大胆，致坏箧子。”遂复卧。宁大奇之，因起问之，且以所见告。燕曰：“既相知爱，何敢深隐。我，剑客也。若非石棂，妖当立毙；虽然，亦伤。”问：“所缄何物？”曰：“剑也。适嗅之，有妖气。”宁欲观之。慨出相示，荧荧然一小剑也。于是益厚重燕。

明日，视窗外，有血迹。遂出寺北，见荒坟累累，果有白杨，乌巢其颠。迨营谋既就，趣装欲归。燕生设祖帐，情义殷渥。以破革囊赠宁，曰：“此剑袋也，宝藏可远魑魅。”宁欲从授其术。曰：“如君信义刚直，可以为此；然君犹富贵中人，非此道中人也。”宁乃托有妹葬此，发掘女骨，敛以衣衾，赁舟而归。

宁斋临野，因营坟葬诸斋外。祭而祝曰：“怜卿孤魂，葬近蜗居，歌哭相闻，庶不见陵于雄鬼。一瓯浆水饮，殊不清旨，幸不为嫌。”祝毕而返。后有人呼曰：“缓待同行！”回顾，则小倩也。欢喜谢曰：“君信义，十死不足以报。请从归，拜识姑嫜，媵御无悔。”审谛之，肌映流霞，足翘细笋，白昼端相，娇艳尤绝。遂与俱至斋中。嘱坐少待，先入白母。母愕然。时宁妻久病，母戒勿言，恐所骇惊。言次，女已翩然入，拜伏地下。宁曰：“此小倩也。”母惊顾不遑。女谓母曰：“儿飘然一身，远父母兄弟。蒙公子露覆，泽被发肤，愿执箕帚，以报高义。”母见其绰约可爱，始敢与言，曰：“小娘子惠顾吾儿，老身喜不可已。但生平止此儿，用承祧绪，不敢令有鬼偶。”女曰：“儿实无二心。泉下人，既不见信于老母，请以兄事，依高堂，奉晨昏，如何？”母怜其诚，允之。即欲拜嫂。母辞以疾，乃止。女即入厨下，代母尸饔，入房穿榻，似熟居者。

日暮，母畏惧之，辞使归寝，不为设床褥。女窥知母意，即竟去。过斋欲入，却退，徘徊户外，似有所惧。生呼之。女曰：“室有剑气畏人。向道途之不奉见者，良以此故。”宁悟为革囊，取悬他室。女乃入，就烛下坐。移时，殊不一语。久之，问：“夜读否？妾少诵《楞严经》，今强半遗忘。浼求一卷，夜暇，就兄正之。”宁诺。又坐，默然，二更向尽，不言去。宁促之。愀然曰：“异域孤魂，殊怯荒墓。”宁曰：“斋中别无床寝，且兄妹亦宜远嫌。”女起，容颦蹙而欲啼，足恇儴而懒步，从容出门，涉阶而没。宁窃怜之。欲留宿别榻，又惧母嗔。女朝旦朝母，捧匜沃盥，下堂操作，无不曲承母志。黄昏告退，辄过斋头，就烛诵经。觉宁将寝，始惨然去。

先是，宁妻病废，母劬不可堪；自得女，逸甚。心德之。日渐稔，亲爱如己出，竟忘其为鬼；不忍晚令去，留与同卧起。女初来未尝食饮，半年渐啜稀饱。母子皆溺爱之，讳言其鬼，人亦不之辨也。无何，宁妻亡。母阴有纳女意，然恐于子不利。女微窥之，乘间告母曰：“居年余，当知儿肝鬲。为不欲祸行人，故从郎君来。区区无他意，止以公子光明磊落，为天人所钦瞩，实欲依赞三数年，借博封诰，以光泉壤。”母亦知无恶，但惧不能延宗嗣。女曰：“子女惟天所授。郎君注福籍，有亢宗子三，不以鬼妻而遂夺也。”母信之，与子议。宁喜，因列筵告戚党。或请觌新妇，女慨然华妆出，一堂尽眙，反不疑其鬼，疑为仙。由是五党诸内眷，咸执贽以贺，争拜识之。女善画兰梅，辄以尺幅酬答，得者藏什袭以为荣。

一日，俯颈窗前，怊怅若失。忽问：“革囊何在?”曰：“以卿畏之，故缄置他所。”曰：“妾受生气已久，当不复畏，宜取挂床头。”宁诘其意，曰：“三日来，心怔忡无停息，意金华妖物，恨妾远遁，恐旦晚寻及也。”宁果携革囊来。女反复审视，曰：“此剑仙将盛人头者也。敝败至此，不知杀人几何许！妾今日视之，肌犹粟慄。”乃悬之。次日，又命移悬户上。夜对烛坐，约宁勿寝。欻有一物，如飞鸟堕。女惊匿夹幕间。宁视之，物如夜叉状，电目血舌，睒闪攫拏而前。至门却步；逡巡久之，渐近革囊，以爪摘取，似将抓裂。囊忽格然一响，大可合篑；恍惚有鬼物，突出半身，揪夜叉入，声遂寂然，囊亦顿缩如故。宁骇诧。女亦出，大喜曰：“无恙矣！”共视囊中，清水数斗而已。

后数年，宁果登进士。女举一男。纳妾后，又各生一男，皆仕进有声。

【译文】

宁采臣，浙江人。性情豪爽，品行端正自重。他常对人家说：“平生除了妻子，没有第二个女人。”

正好他到金华去，到北门城外，在一座寺庙中卸下行李歇歇脚。庙里殿堂和宝塔都很壮丽，但野草齐人高，似乎很久无人来往了。东西两侧的和尚住房，门都虚掩着；只有南边一间小屋，锁好像是新的。再看大殿东边，高高的竹子有两手手指合围那么粗。殿阶下有个大池塘，野生的莲花已经开了。宁采臣心里很喜欢这儿的幽雅清静。眼下正是主考官在金华考核读书人，城里客房租价很高，想就留在这儿住宿，于是在寺院内散步，等和尚回来。

太阳落山，有个书生进庙来，打开南边小屋的门。宁采臣赶紧上前行礼，并告诉他想在这儿借宿。书生说："这儿没人管，我也是临时寄住。你不嫌荒凉冷落，早晚赐教，真是太荣幸了。"宁采臣很高兴，铺下稻草代床，支块木板当桌，打算多住一阵子。这天夜里，明月高洁，清光似水，两个人在大殿廊下促膝坐谈，各自介绍姓名。书生说："我姓燕，字赤霞。"宁采臣猜想他是应考的秀才，但是听他口音，绝不像浙江人。就问他，他说："我是陕西人。"他说话很朴实真诚。后来没什么可谈的了，就拱手作别，回房睡觉。

宁采臣因为住在一个新地方，久久不能入睡。忽然听到屋北传来轻微的细语声，好像有人家住着。宁采臣起来，悄悄地伏在北墙石窗下面，稍微偷看一下。只见矮墙外是一个小院子，有个四十来岁的妇女，还有一个老婆子，穿一件变了颜色的旧红衣，头上插一把尺把长的大银梳，弯腰驼背，老态龙钟。两个人在月下聊天。妇人说："小倩为什么好久不来？"老婆子说："恐怕就要来了。"妇人又说："莫不是在你跟前有什么怨言吧？"老婆子说："没听说，但看她的神色好像有点不高兴。"妇人说："这丫头不宜对她太客气了！"话没说完，来了一个十七八岁的姑娘，看上去好像十分艳丽。老婆子笑道："背后不能说人，我们两个正在说你，小妖精就一声不响地来了。幸好没有讲你什么坏话。"又说："小娘子真是画中的美人儿。假如老身是男子，也要叫你把魂儿都勾引了去！"那姑娘说："姥姥不夸我，还有谁说我好？"姑娘又与妇人悄悄地不知讲些什么话。宁采臣料想她们是邻居的家属，就睡觉不再往下听了。又好一会儿，才寂静无声。

宁采臣刚要入睡，忽然觉得有人进屋来。急忙起身定睛一看，原来就是北院的姑娘。他吃惊地问她来干嘛，姑娘笑嘻嘻地说："月夜睡不着，愿和你共度良宵。"宁采臣严肃地说："你要提防人讥笑议论，我也怕难听的流言蜚语。行为只要一不检点，就会廉耻丧尽，道德败坏。”姑娘说：“深夜没人会知道。”宁采臣又厉声斥责她。姑娘迟疑不决好像还想讲什么，宁采臣大声训斥道：“快走！不然我就要叫醒南边房里的书生了。”姑娘害怕了，就退了出去。到门外又返回来，把一锭黄金放在被褥上。宁采臣拾起黄金丢到屋外台阶上，说：“不义之财，玷污我的行李！”姑娘羞愧了，出去捡起黄金，自言自语说：“这男人该是铁石心肠！”

第二天清晨，兰溪县一个书生带着仆人来等候考试，寄宿在东厢房。到夜间突然死去。脚底心有个小孔，像锥刺的，细细的有血流出来。看的人都弄不清原因。过了一宵，那个仆人也死了，症状一模一样。傍晚，燕生回来，宁采臣向他请教发生怪事的原因，燕生认为是鬼魅在害人。宁采臣一向倔强正直，不把什么鬼魅不鬼魅的放在心上。夜半时分，北院姑娘又来，对宁采臣说：“我见过的人多了，没有像你这样铁心钢肠的。你真是圣贤，我不敢欺骗你。我叫小倩，姓聂，十八岁就短命死了，葬在寺旁，一直受妖怪威胁，干各种下贱事；强装笑脸诱惑男人，实在不是心甘情愿。现在寺中已没可害的人，怕要派夜叉来害你。”宁采臣有点惊恐，问她怎么办。小倩说：“与姓燕的书生住在一起可以平安无事。”宁采臣问：“为什么不去诱惑燕生呢？”小倩说：“他是个奇人，不敢接近他。”宁采臣又问：“你是怎么迷人的？”小倩说：“谁玩弄我，我暗中用锥子刺他的脚心，他就神志昏迷不清，于是抽他的血供妖怪喝。或者用金子引诱人，其实那不是金子，而是恶鬼的骨头。谁留着它，就会被割去心肝。女色和黄金这两样，都用来投一般人所好罢了。”宁采臣感谢过她，问什么时候要防备。小倩说是明天晚上。她临别哭着说：“我掉进黑沉沉的苦海，找不到岸边。你正气凌云，一定能救我脱离苦海。如果肯收拾我的尸骨，归葬在平安的地方，那功德不下于使我再生。”宁采臣毅然答应下来，就问她原来葬的所在。她说：“你只要记着上面有乌鸦窠的白杨树就行。”说完就走出门去，飘飘晃晃不见了。

第二天，宁采臣怕燕生到别处去，一清早就去请他过来。八九点钟就端正好酒菜共饮，留心观察燕生有什么奇异的地方。后来商量要一起过夜，燕生推辞说自己生性孤僻，喜欢清静。宁采臣不管三七二十一，硬把铺盖搬到南边小屋内。燕生没有办法，只得挪动床铺听从了他。叮嘱他说："我知道你是个大丈夫，十分敬仰。不过有些心里话，很难一下子说明白。只希望你不要翻看我的箱子和包袱，否则出了事，双方都没有好处。"宁采臣诚恳接受劝告。后来各自安寝。燕生把箱子搁在窗台上，睡倒不多时，就鼾声如雷。宁采臣睡不着。将近一更时分，窗外隐隐约约出现人影，接着靠近窗子向内窥探，目光一闪一闪的。宁采臣害怕，正要叫醒燕赤霞，忽然有东西破箱飞出，光耀如同一匹白绢，撞断了窗间的石条子，迅速向外一射，随即马上收回箱中，像闪电那样一亮即灭。燕生发觉后立即起床，宁采臣假装睡着偷偷窥看。只见燕生端起小箱子检查，拿出一件东西，对着月光闻了闻、看了看。那东西白光晶莹，二寸来长，韭菜叶那么宽。然后又把它一层层包扎牢，仍旧放入破箱子，自言自语地说："什么老妖怪，竟如此大胆，害得我箱子也坏了。"就又睡下。宁采臣感到太神奇了，就起身问燕生，并把所看到的一切告诉他。燕生说："既然你我相知，我哪敢隐瞒。我是个剑客。如果不是窗间石条子挡了一下，妖怪当场就会被击毙。即使这样，它也伤了。"宁采臣又问："包起来的是什么东西？"燕生说："是剑。刚才我闻了闻，有妖气。"宁采臣要看看，燕生爽快地出示，原来是一把寒光闪闪的小宝剑。从此，宁采臣更加敬重燕生。

天一亮，宁采臣看窗外有一滩血迹。他出寺院，到北边，只见荒坟累累，果然有一棵白杨树，乌鸦在树顶筑了窠。等迁葬的准备工作办完，他急忙收拾行装准备回家。燕生设宴送行，情义很是深厚，送给宁采臣一只破皮袋，说："这是剑袋，珍藏着，妖魅鬼怪就会远离你。"宁采臣想跟他学剑术。燕生说："像你这样讲信义的刚直人，可以学剑术。但你命中注定要享受荣华富贵，不是剑客一类的人！"宁采臣便借口有妹妹葬在寺院后边，挖掘出小倩的尸骨，用衣服被单把它包好，雇了一条船回到家里。

宁采臣的书斋临近野外，他就营建了一座新墓，将小倩的尸骨葬在书斋旁，供了祭品，祝祷说："你孤魂无依太可怜了，葬在我小屋的附近，欢歌声、悲哭声能互相听到，大约能不再受恶鬼的欺凌。奉上一杯水酒，算不上清香甘美，请不要见怪。"祝祷完就要回家，后面有人呼喊道："慢点，等我一起走！"回头一看，原来是小倩。小倩欢欢喜喜向他道谢说："你讲信用，有义气，我死十次也不能报答。请让我跟你回家，拜认公公婆婆，偏房也好，女仆也好，我都不后悔。"宁采臣仔细端详，小倩肌肤红润像流霞辉映，小脚纤细像尖尖嫩笋，白天的容貌，更显得娇艳无比。宁采臣就带她一起到书斋，叫她坐下稍等，先到里屋禀告母亲。宁母感到惊愕，当时宁采臣的妻子已病了很久，宁母告诫儿子不要在媳妇面前提起此事，免得她受惊。正商量着，小倩已经轻盈地进来，拜倒在地下。宁采臣说："这就是小倩。"宁母看着小倩，惊惶不迭。小倩说："孩儿孤苦零丁一个人，远离父母兄弟。蒙公子恩泽，像雨露一样滋润了我，甘愿作妾服侍他一辈子，以报答高情厚义。"宁母看她苗条可爱，才敢同她讲话，说："小娘子肯照顾我的儿子，我实在欢喜不尽。但我一生只有这个儿子，靠他传宗接代，不敢让他娶个鬼妻。"小倩说："孩儿实在没有丝毫恶意。我这个黄泉下人，既然不为老母信任，那么，请允许我当他哥哥看待，留在母亲身边早晚服侍您老人家，怎么样？"宁母怜惜她一片诚意，就同意了。小倩当即要去拜见嫂子，宁母用生病推辞了，这才没去。小倩就进厨房，代宁母煮饭烧菜，穿门入室，好像久住这儿的人。

天黑以后，宁母心里怕她，督促她回去睡，也不给她安排被褥床位。小倩察觉到宁母的心意，就径自回去。经过书斋想进去，又倒退，在门外徘徊，好像害怕什么。宁采臣招呼她。小倩说："你房里有剑气，怪怕人的。前几天一路上不敢露面奉陪，实在是为了这个缘故。"宁采臣明白是那个皮袋的缘故，取下挂到别的房间里。小倩方才进门，靠近烛台坐下。好久，不说一句话。又过了好一会，才问道："你晚上读书吗？我小时候念过《楞严经》，现在大半都忘记了。请你借给我一本，夜里空闲的时候，请哥哥指教我。"宁采臣答应了。小倩又坐在那儿默不作声，二更快过去了，还不说要回去。宁采臣催她回去休息，她愁眉苦脸地说："异乡的孤魂，特别怕野外的荒坟。"宁采臣说："书斋里没有别的床好睡，再说兄妹之间也应当避嫌疑。"小倩站起身，双眉紧锁，满面忧愁，悲伤得要哭出来，勉强抬起脚却又懒得跨步，慢吞吞走出门外，踏上台阶就消失了。宁采臣暗暗可怜她，想留下她在另外床铺上睡，又担心母亲嗔怪。小倩每天清早先去给宁母请安，端水侍奉梳洗，然后离开堂屋操持家务，没有一件事不尽心竭力让宁母称心如意。一到黄昏告辞退下，总到书房里，靠近烛光念经。觉察宁采臣就要睡了，才凄然离去。

在这以前，宁妻病得什么事都不能干，老母亲劳苦不堪。自从有了小倩代劳，安逸轻松极了，心里很感激她。日渐熟悉起来，把她爱得像亲生女儿，竟忘记她是个鬼。晚上也不忍叫她回去，留下她与自己睡在一起。小倩刚来的时候从不吃东西，半年后渐渐喝点稀粥。母子二人都非常喜欢她，忌讳说她是鬼，外人也分辨不清。不久，宁采臣的妻子死了。宁母暗中有让儿子娶她的意思，但怕对儿子不利。小倩有点觉察宁母的心思，找了个机会对她说："孩儿到这里一年多了，你该了解我的心了。正因为不想害过路人，才跟随宁郎来这里。我心里别无他意，只因为公子光明磊落，人钦佩他，天也钦佩他。说实话，我想侍奉他三年五载，他将来做了官，我好借光受到皇帝的封诰，让我在阴间扬眉吐气。"宁母也知道小倩并无恶意，但怕她不能生儿育女延续后代。小倩说："子女都是上天赐予的。宁郎福分不浅，命中注定有三个光宗耀祖的儿子，不因为娶了鬼妻就取消的。"母亲很相信，就与儿子商量。宁采臣也高兴，于是大摆筵席，向亲戚朋友宣布婚事。有人要求看看新娘，小倩大大方方地穿着华丽的新装走出来，满屋子的人都惊呆了，反而不怀疑她是鬼，怀疑是仙女了。于是所有亲朋的女眷，都拿见面礼向她祝贺，争着与她拜会结识。小倩善于画兰花和梅花，就用一小幅画答谢。得到画的人觉得很荣幸，十分珍重地收藏起来。

一天，小倩低头坐在窗前，精神恍惚，心志不宁，忽然问道："皮袋放在哪儿?"宁采臣说："因为你害怕它，所以包起来放在别处了。"小倩说："我接受活人的气息已经很久，该不再害怕了，还是拿来挂在床头妥当。"宁采臣问她的意思，她说："三天来，心惊肉跳没停过，想来金华那个老妖恨我远逃，怕早晚要寻上门来。"宁采臣果然拿来皮袋，小倩反复察看一番，说："这是剑仙用来装人头的，破旧到这个样子，不知杀了多少人！我今天看到它，还起鸡皮疙瘩呢。"就把皮袋挂在床头。第二天，又叫宁采臣移挂在门上。当晚小倩坐在烛台旁，叫丈夫不要睡。忽然有一个东西，像飞鸟一样落下。小倩吓得躲进帷帐间。宁采臣一看，那东西像夜叉模样，目光如电，巨口血舌，两眼闪烁着凶光，张牙舞爪扑上前来。到门口退了几步，犹豫徘徊了好久，逐渐靠近那皮袋，伸出爪子去摘取，好像要把皮袋撕裂。皮袋突然“咔嚓”一声响，膨胀得像个大箩筐，恍恍惚惚有个精灵突然探出半个身子，把夜叉一把揪进袋里，声音就没有了，皮袋也顿时缩小成原来那样。宁采臣惊诧不已。小倩也出来，高兴万分地说：“没事啦！”两人一起看那皮袋，里面只是些清水罢了。

几年后，宁采臣果然考中进士。小倩生了个男孩。宁采臣收了一房妾后，小倩与妾又各生一个男孩。长大都做了官，有好名声。

义　鼠

杨天一言：见二鼠出，其一为蛇所吞；其一瞪目如椒，似甚恨怒，然遥望不敢前。蛇果腹，蜿蜒入穴。方将过半，鼠奔来，力嚼其尾。蛇怒，退身出。鼠故便捷，欻然遁去。蛇追不及而返。及入穴，鼠又来，嚼如前状。蛇入则来，蛇出则往，如是者久。蛇出，吐死鼠于地上。鼠来嗅之，啾啾如悼息，衔之而去。友人张历友为作《义鼠行》。

【译文】

杨天一说：他曾看到两只老鼠出洞，一只被蛇吞了，另一只向蛇瞪着花椒似的小眼睛，好像很愤怒，但远远望着不敢靠近。蛇吃饱了肚子，蜿蜒游入蛇洞。身子才进去一半，老鼠迅速窜来，狠命咬住蛇的尾巴。蛇发怒了，倒退出洞。老鼠本来就很灵活，嗖地逃得无影无踪，蛇追赶不及而回。等一进洞，老鼠又来，像先前一样咬它。蛇进洞就来，蛇出洞就跑，像这样反反复复好久。蛇爬出来，无可奈何把死鼠吐在地上。老鼠来闻了闻，啾啾地叫着，像在哀悼，衔了死鼠就走。我的朋友张历友为此写了一首诗，题目叫

《义鼠行》。

地　　震

康熙七年六月十七日戌刻，地大震。余适客稷下，方与表兄李笃之对烛饮。忽闻有声如雷，自东南来，向西北去。众骇异，不解其故。俄而几案摆簸，酒杯倾覆；屋梁椽柱，错折有声。相顾失色。久之，方知地震，各疾趋出。见楼阁房舍，仆而复起；墙倾屋塌之声，与儿啼女号，喧如鼎沸。人眩晕不能立，坐地上，随地转侧。河水倾泼丈余，鸡鸣犬吠满城中。逾一时许，始稍定。视街上，则男女裸聚，竞相告语，并忘其未衣也。后闻某处井倾仄，不可汲；某家楼台南北易向；栖霞山裂；沂水陷穴，广数亩。此真非常之奇变也。

有邑人妇，夜起溲溺，回则狼衔其子。妇急与狼争。狼一缓颊，妇夺儿出，携抱中。狼蹲不去。妇大号。邻人奔集，狼乃去。妇惊定作喜，指天画地，述狼衔儿状，己夺儿状。良久，忽悟一身未着寸缕，乃奔。此与地震时男妇两忘者，同一情状也。人之惶急无谋，一何可笑！

【译文】

康熙七年（1668）六月十七日戌刻（晚上八时左右），发生强烈地震。我正在山东临淄地方作客，正与表兄李笃之在灯下喝酒。忽听得滚雷似的巨响，从东南来，往西北去。大家很惊奇，不知道是怎么回事。不一会儿桌椅晃动，酒杯翻倒；屋里的横梁、椽子、柱子，不断发出断裂声，大家互相呆看，脸色发白。好久，才知道是地震，各自拼命往外奔。只见楼阁房屋，下去了又上来，墙倒屋塌的声音，伴随着小儿啼哭、妇女悲号，喧嚣嘈杂，像一锅煮沸的开水。人们头晕目眩无法站立，坐在地上，随着地面前后颠簸。河水翻滚，激起一丈多高的浪头，满城都是鸡鸣狗吠。经过两个多小时，才稍稍平息。看看街上，男男女女光着身子混杂在一起，争相诉说，都忘了没穿衣服。后来听说某处一口井倾斜了，不能再打水；某家的楼房南北掉了个向；栖霞山裂了个口子；沂水边陷了个大洞，有几亩地大小：这真是不平常的变故啊！

小镇上有个妇女，夜间起来小便，回屋看见狼衔她的儿子。妇女急忙与狼争夺。乘狼一松口，妇女夺回了儿子，紧抱在怀里。狼蹲在那儿不走。妇女大声呼叫，邻居纷纷奔来，狼才走了。妇女惊魂已定，转为欢喜，指天画地，叙说狼怎么衔儿子，自己又怎么夺儿子。讲了好久，忽然想起身上一丝不挂，就奔回家去。这与地震时男的女的都忘记裸身是同一情状。人在惊惶紧张时往往没了主意，多么可笑！

海公子

东海古迹岛，有五色耐冬花，四时不凋。而岛中古无居人，人亦罕到之。

登州张生，好奇，喜游猎。闻其佳胜，备酒食，自掉扁舟而往。至则花正繁，香闻数里；树有大至十余围者。反复留连，甚慊所好。开尊自酌，恨无同游。忽花中一丽人来，红裳炫目，略无伦比。见张，笑曰：“妾自谓兴致不凡，不图先有同调。”张惊问何人。曰：“我胶娼也。适从海公子来。彼寻胜翱翔，妾以艰于步履，故留此耳。”张方苦寂，得美人，大悦，招坐共饮。女言词温婉，荡人神志，张爱好之。恐海公子来，不得尽欢，因挽与乱。女忻从之。

相狎未已，忽闻风肃肃，草木偃折有声。女急推张起，曰："海公子至矣。"张束衣愕顾，女已失去。旋见一大蛇，自丛树中出，粗于巨筩。张惧，幛身大树后，冀蛇不睹。蛇近前，以身绕人并树，纠缠数匝；两臂直束胯间，不可少屈。昂其首，以舌刺张鼻。鼻血下注，流地上成洼，乃俯就饮之。

张自分必死，忽忆腰中佩荷囊，有毒狐药，因以二指夹出，破裹堆掌中；又侧颈自顾其掌，令血滴药上，顷刻盈把。蛇果就掌吸饮。饮未及尽，遽伸其体，摆尾若霹雳声，触树，树半体崩落，蛇卧地如梁而毙矣。

张亦眩莫能起，移时方苏。载蛇而归。大病月余。疑女子亦蛇精也。

【译文】

东海古迹岛上，有一种耐冬花，五色缤纷，一年四季不凋谢。岛上从来没人居住，外人也很少到这儿来。

山东登州有个张生，生性好奇，喜欢出游打猎。听说古迹岛风光旖旎，就备了酒菜食品，独自划了一条小船前往。到岛上，耐冬花正在盛开，香飘几里。树有大到十几个人也围不过来的。他来回游览，流连忘返，非常满意。打开酒坛，自斟自酌，遗憾没邀人同游。忽然花丛中走出一个美人，红裙耀人眼目，容貌举世无双。看见张生，笑着说："我自以为游兴非同一般，想不到已有知音人先来了。"张生惊问她是谁，她说："我是胶州的妓女，刚跟海公子来。他兴致勃勃到处去寻访胜景，我因为走不动，所以留在这儿。"张生正为孤单寂寞而苦恼，得到个美人，满心喜悦，招呼她坐下一起喝酒。美女讲起话来甘甜娇柔，使人神魂颠倒，张生很喜欢她。怕海公子来，不能尽欢，就拉住她要行淫乱。美女也欣然同意。

两人正当难解难分之际，忽听风声萧萧，有草木倒折的声音。美女急忙把张生推起，说："海公子到了。"张生结着衣带愕然四望，美女已无踪影。接着发现一条大蛇，从树丛中出来，身子比大桶还要粗。张生害怕，躲在大树背后，指望大蛇看不到。蛇靠上前，用身体把人与树一起缠住，绕了好几圈。张生两条手臂被笔直钳制在腰腿旁，一点不能弯曲。大蛇扬起脑袋，用舌头刺他的鼻子，鼻血往下直淌，流到地上积成一洼血水，蛇就低头去吮吸。

张生自料必死无疑，忽然想起腰间佩的荷包里，有猎狐狸的毒药，就用二个手指夹出毒药包，弄破包纸把药堆在掌心。然后侧转头，看着自己的手掌，让鼻血滴在毒药上，顷刻就滴满掌心。蛇果然被吸引到掌上来吮吸，还没等吸尽，突然伸直身子，尾巴乱摆发出霹雳般的声响，打到树上，半棵树就碎落下来。蛇像一根梁似的直挺挺死在地上。

张生也头晕眼花，不能起来，过了一些时候才复苏。他用船装着大蛇回家。大病一个多月。他怀疑那美女也是蛇精。

丁前溪

丁前溪，诸城人。富有钱谷。游侠好义，慕郭解之为人。御史行台按访之。丁亡去，至安丘，遇雨，避身逆旅。雨日中不止。有少年来，馆谷丰隆；既而昏暮，止宿其家，莝豆饲畜，给食周至。问其姓字，少年云："主人杨姓，我其内侄也。主人好交游，适他出，家惟娘子在。贫不能厚客给，幸能垂谅。"问主人何业，则家无赀产，惟日设博场，以谋升斗。

次日，雨仍不止，供给弗懈。至暮，剉刍；刍束湿，颇极参差。丁怪之。少年曰："实告客：家贫无以饲畜，适娘子撤屋上茅耳。"丁益异之，谓其意在得直。天明，付之金，不受；强付少年持入。俄出，仍以反客，云：“娘子言：我非业此猎食者。主人在外，尝数日不携一钱；客至吾家，何遂索偿乎？”丁叹赞而别。嘱曰：“我诸城丁某，主人归，宜告之。暇幸见顾。”

数年无耗。值岁大饥，杨困甚，无所为计。妻漫劝诣丁，从之。至诸，通姓名于门者。丁茫不忆，申言始忆之。蹝履而出，揖客入。见其衣敝踵决，居之温室，设筵相款，宠礼异常。明日，为制冠服，表里温暖。杨义之；而内顾增忧，褊心不能无少望。居数日，殊不言赠别。杨意甚亟，告丁曰：“顾不敢隐，仆来时，米不满升。今过蒙推解，固乐；妻子如何矣！”丁曰：“是无烦虑，已代经纪矣。幸舒意少留，当助资斧。”走伻招诸博徒，使杨坐而乞头，终夜得百金，乃送之还。

归见室人，衣履鲜整，小婢侍焉。惊问之。妻言：“自若去后，次日即有车徒赍送布帛菽粟，堆积满屋，云是丁客所赠。又婢十指，为妾驱使。”杨感不自已。由此小康，不屑旧业矣。

异史氏曰：贫而好客，饮博浮荡者优为之；最异者，独其妻耳。受之施而不报，岂人也哉？然一饭之德不忘，丁其有焉。

【译文】

丁前溪是山东诸城人，家里有的是钱和粮。平生仗义行侠，崇拜汉代大侠郭解的为人。有一阵子御史行台到处调查他，他逃跑在外，到安丘，天下起了雨，在小客店里暂避。雨到中午还不停，有个少年过来，给他安排住房，准备了丰盛的饭菜。天黑以后，丁前溪就在这家店里住下。少年用草料、豆类喂丁前溪的马，供应他的饮食也很周到。丁前溪问少年的姓名，少年说："这家主人姓杨，我是他的内侄。主人喜欢结交朋友，正好到别处去了，家中只有婶娘在。这儿不富裕，没能好好招待客人，还请多多原谅。"丁前溪又问这儿主人是干什么的，原来这一家没有什么资产，只是每天设个赌局，以维持一日三餐。

第二天，雨仍下个不停，吃喝供给一点儿都不怠慢。到晚上，少年切草料；那捆草湿漉漉的，长长短短很不整齐。丁前溪感到奇怪。少年说："我对客人说实话吧：家贫没有现成的饲料喂马，刚才婶娘把盖屋顶的茅草抽下来用了呢。"丁前溪更感到不寻常，认为他们的目的在于多得一些房金。天亮后，便付给少年银子，少年不收。丁前溪硬是交给他拿进去。少年不一会儿就出来了，仍旧把钱还给客人，说："我婶娘讲了：我们不是靠收房租、饭钱来谋生的。主人家到外边去，也曾几天不带一文钱；客人到我家来，哪能就要钱呢?"丁前溪感叹称赞着告别，嘱咐说："我是诸城的丁前溪，你家主人回来，该告诉他。有空请上我家来。"一别数年，没通消息。

正好遇上大荒年，姓杨的那家穷困万分，走投无路。妻子随口说了声何不去找姓丁的试试，杨某依从了。到诸城，找到丁家门上通报了姓名。丁前溪茫然想不起是谁，进一步说明情况才记起来，连鞋也来不及穿好就拖着出来，恭请来客入内。看到杨某衣服破旧脚跟外露，就让他在温暖的房间里住下，设宴款待，格外照顾。第二天，替他裁制了崭新的衣帽，一身里外都暖暖和和的。杨某感激之余，想到家里又忧心忡忡，打着小算盘想：不会一点没希望吧。住下好几天，主人丝毫不提赠别的话，杨某心里很急，告诉丁前溪说："实不相瞒，我来的时候，家里米不满一升。现在我过于蒙你解衣推食的盛情款待，固然很快乐；但不知妻子怎么样了。"丁前溪说："这个不必多虑，已经代为安排妥当了。还望放心留住几天，该帮你准备些盘缠。"派仆人四出招集赌徒，让杨某坐收头钱，一夜得到近百两银子。丁前溪这才送杨某回家。

杨某到家看见妻子一身新，有个小丫环服侍着，惊讶地问她怎么回事。妻子说："自从你去后，第二天就有人驾车送来布匹粮食，满满堆了一房间，说是姓丁的客人送的。又带来一个小丫环，供我使唤。”杨某感动万分。由此成为小康之家，也不屑重操旧业了。

异史氏说：贫而好客，酗酒赌博的不务正业者不难做到。最难能可贵的，倒是杨某的妻子。受施舍而不报答，难道是人吗？可是一顿饭的恩情也不忘记，丁前溪倒是有这种古风的。

海大鱼

海滨故无山。一日，忽见峻岭重叠，绵亘数里，众悉骇怪。又一日，山忽他徙，化而乌有。相传海中大鱼，值清明节，则携眷口往拜其墓，故寒食时多见之。

【译文】

海边本来没有山。一天，忽然出现层层叠叠的崇山峻岭，绵亘好几里，看到的人都很惊奇。过了一天，山忽然移到别处，化为乌有。相传海里大鱼，逢清明节，就拖儿带女去拜祖先的墓，所以寒食节前后出现得较多。

张老相公

张老相公，晋人。适将嫁女，携眷至江南，躬市奁妆。舟抵金山，张先渡江，嘱家人在舟，勿爇膻腥。盖江中有鼋怪，闻香辄出，坏舟吞行人，为害已久。张去，家人忘之，炙肉舟中。忽巨浪覆舟，妻女皆没。张回棹，悼恨欲死。因登金山谒寺僧，询鼋之异，将以仇鼋。僧闻之，骇言：“吾侪日与习近，惧为祸殃，惟神明奉之，祈勿怒；时斩牲牢，投以半体，则跃吞而去。谁复能相仇哉！”张闻，顿思得计。便招铁工，起炉山半，冶赤铁，重百余斤。审知所常伏处，使二三健男子，以大钳举投之。鼋跃出，疾吞而下。少时，波涌如山。顷之，浪息，则鼋死已浮水上矣。行旅寺僧并快之，建张老相公祠，肖像其中，以为水神，祷之辄应。

【译文】

张老相公是山西人。正要嫁女儿，就携带家眷到江南，亲自选购嫁妆。船到达扬子江心的金山，张老相公先过江，叮嘱家里人在船上不要烧有腥膻气味的荤菜。因为江里有个鼋怪，闻到香味就会出来，毁坏船只，吞食旅客，为害已久。张老相公走后，家里人忘了他的嘱咐，在船上烤肉。突然巨浪掀翻船只，张老相公的妻子女儿全部落水不见了。他回船后，肝肠寸断，痛不欲生。就登上金山寺拜谒寺内和尚，打听鼋怪的情况，预备找它报仇。和尚听了，惊骇地说："我们成天同它住得很近，怕它带来灾祸，只能把它当神明供养，祈求它不要发怒。常杀个猪宰个羊的，扔给它半只，它就跃起吞下走了。谁还能与它结仇呢！"张老相公听这么一说，顿时想出一个办法。他请来铁匠，在半山腰起炉，炼出一块重一百多斤的大铁块，烧得通红通红。问清鼋经常潜伏的地方，叫两三个身强力壮的男人，用大铁钳把红铁块举起丢向江心。鼋一跃而起，迅速吞下。一会儿，江上浪涌如山。很快波浪平息，那鼋死了，已经浮在水面上。过往旅客和金山寺和尚都人心大快，建造了张老相公祠堂，塑了他的像供奉在里面，敬为水神，祈祷他总能应验。

水 莽 草

水莽，毒草也。蔓生似葛，花紫类扁豆。误食之，立死，即为水莽鬼。俗传此鬼不得轮回，必再有毒死者，始代之。以故楚中桃花江一带，此鬼尤多云。

楚人以同岁生者为同年，投刺相谒，呼庚兄庚弟，子侄呼庚伯，习俗然也。有祝生造其同年某，中途燥渴思饮。俄见道旁一媪，张棚施饮，趋之。媪承迎入棚，给奉甚殷。嗅之有异味，不类茶茗。置不饮，起而出。媪急止客，便唤："三娘，可将好茶一杯来！"俄有少女，捧茶自棚后出。年约十四五，姿容艳绝，指环臂钏，晶莹鉴影。生受盏神驰。嗅其茶，芳烈无伦。吸尽再索。觑媪出，戏捉纤腕，脱指环一枚。女赪颊微笑，生益惑。略诘门户。女曰："郎暮来，妾犹在此也。"生求茶叶一撮，并藏指环而去。

至同年家，觉心头作恶，疑茶为患，以情告某。某骇曰："殆矣！此水莽鬼也。先君死于是。是不可救，且为奈何？"生大惧，出茶叶验之，真水莽草也。又出指环，兼述女子情状。某悬想曰："此必寇三娘也。"生以其名确符，问何故知。曰："南村富室寇氏女，夙有艳名。数年前，误食水莽而死，必此为魅。"或言受魅者，若知鬼姓氏，求其故裆，煮服可痊。某急诣寇所，实告以情，长跪哀恳。寇以其将代女死故，靳不与。某忿而返，以告生。生亦切齿恨之，曰："我死，必不令彼女脱生！"某舁送之，将至家门而卒。母号涕葬之。遗一子，甫周岁。妻不能守柏舟节，半年改醮去。母留孤自哺，劬瘁不堪，朝夕悲啼。

一日，方抱儿哭室中，生悄然忽入。母大骇，挥涕问之。答云："儿地下闻母哭，甚怆于怀，故来奉晨昏耳。儿虽死，已有家室，即同来分母劳，母其勿悲。"母问："儿妇何人？"曰："寇氏坐听儿死，儿甚恨之。死后欲寻三娘，而不知其处；近遇某庚伯，始相指示。儿往，则三娘已投生任侍郎家；儿驰去，强捉之来。今为儿妇，亦相得，颇无苦。"移时，门外一女子入，华妆艳丽，伏地拜母。生曰："此寇三娘也。"虽非生人，母视之，情怀差慰。生便遣三娘操作。三娘雅不习惯，然承顺殊怜人。由此居故室，遂留不去。

女请母告诸家。生意勿告；而母承女意，卒告之。寇家翁媪，闻而大骇。命车疾至，视之，果三娘，相向哭失声，女劝止之。媪视生家良贫，意甚忧悼。女曰："人已鬼，又何厌贫？祝郎母子，情义拳拳，儿固已安之矣。"因问："茶媪谁也？"曰："彼倪姓。自惭不能惑行人，故求儿助之耳。今已生于郡城卖浆者之家。"因顾生曰："既婿矣，而不拜岳，妾复何心？"生乃投拜。女便入厨下，代母执炊，供翁媪。媪视之凄心，既归，即遣两婢来，为之服役；金百斤、布帛数十匹，酒胾不时馈送，小阜祝母矣。寇亦时招归宁。居数日，辄曰："家中无人，宜早送儿还。"或故稽之，则飘然自归。翁乃代生起夏屋，营备臻至。然生终未尝至翁家。

一日，村中有中水莽毒者，死而复苏，相传为异。生曰："是我活之也。彼为李九所害，我为之驱其鬼而去之。"母曰："汝何不取人以自代？"曰："儿深恨此等辈，方将尽驱除之，何屑此为！且儿事母最乐，不愿生也。"由是中毒者，往往具丰筵，祷诸其庭，辄有效。

积十余年，母死。生夫妇亦哀毁，但不对客，惟命儿缞麻擗踊，教以礼仪而已。葬母后，又二年余，为儿娶妇。妇，任侍郎之孙女也。先是，任公妾生女数月而殇。后闻祝生之异，遂命驾其家，订翁婿焉。至是，遂以孙女妻其子，往来不绝矣。

一日，谓子曰："上帝以我有功人世，策为'四渎牧龙君'。今行矣。"俄见庭下有四马，驾黄幨车，马四股皆鳞甲。夫妻盛装出，同登一舆。子及妇皆泣拜，瞬息而渺。是日，寇家见女来，拜别翁媪，亦如生言。媪泣挽留。女曰："祝郎先去矣。"出门遂不复见。其子名鹗，字离尘，请诸寇翁，以三娘骸骨与生合葬焉。

【译文】

水莽是一种毒草。藤蔓像葛，花紫色像扁豆。误吃了它，立刻死亡，就变成水莽鬼。民间传说这种鬼不能投胎，一定要再有毒死的，才能替代自己。因此湖北桃花江一带，水莽鬼特别多。

湖北人把同一年出生的人称作同年，投名片互相拜访，互称庚兄庚弟；子侄辈称呼他们庚伯。习俗如此。有个姓祝的书生拜访某同年，半路上口渴想喝水。一转眼看见路旁有个老婆婆，搭着凉棚供应茶水，急忙前去。老婆婆把他迎入凉棚，让座端茶很殷勤。祝生闻了一闻，有股怪味道，不像是茶，就放下不喝，起身要走。老婆婆急忙拦住他，就喊："三娘！快端一杯好茶来！"很快就有个少女，捧着茶盏从棚后出来。年纪大约十四五岁，模样儿艳极了，指环手镯，晶莹可照见人影。祝生接过茶盏神魂飘荡，闻一闻茶，浓香没比的，喝完了还要。看老婆婆出去，祝生就半真半假握那少女纤细的手腕，褪下一枚指环。少女脸颊绯红，微微而笑，祝生更六神无主了。略为问了她一下家庭情况，少女说："你傍晚来，我还在这里。"祝生又讨了一小撮茶叶，和指环一并藏好，就走了。

到了同年家，祝生觉得一阵恶心，怀疑茶水作怪，就一五一十对同年说了。同年大吃一惊说："糟了！这是水莽鬼呀！家父就死在她们手里。这是无药可救的，怎么办？”祝生惊惶万状，拿出茶叶验看，果真是水莽草。又掏出指环，并且描述了少女的神态容貌，同年猜想道：“这一定是寇三娘。”祝生因为与老婆婆叫“三娘”的称呼相符，就问他怎么知道的。同年说：“她是南村财主寇家的女儿，早就美貌出了名。几年前不小心吃了水莽草而死，一定是她在作怪。”有人说受害者如果知道水莽鬼的姓名，讨到他生前穿的旧内裤，煮汤水服下能活命。同年就急忙赶到寇家，如实告诉了祝生情况，长跪不起哀恳他们救援。寇家因为祝生将替代女儿死的缘故，坚决不给。同年忿忿而回，告诉了祝生。祝生也咬牙切齿，恨恨地说：“我死，决不让他们的女儿超脱投生！”同年用担架把祝生抬送回家，快要到家门口就死了。祝母号哭着埋葬了儿子。祝生留下一个儿子，才周岁，他妻子未能守节，半年就改嫁了。老母亲留下孤儿自己喂养，操劳不堪，早晚伤心啼哭。

一天，老母亲正抱着孩子在房里哭，祝生悄没声地忽然进来。老母亲大惊，抹掉泪水问来干什么。祝生答道：“儿在九泉下听到母亲哭，心里十分凄怆，所以来早晚侍奉罢了。儿虽然死了，但已在阴间娶了妻子，她马上来分担母亲的劳苦，母亲请不要再悲伤。”老母亲问：“儿媳妇是谁？”祝生说：“寇家眼睁睁看着儿子死，儿非常痛恨。死后要寻三娘，不知道她在哪里。最近遇到一位庚伯，才告诉了我。我去，三娘已经投生到任侍郎家了；我奔过去，把她强捉回来。现在她已是我的新妇，感情很好，没什么苦。”过了一会儿，门外进来一个女子，衣着华丽，容貌娇艳，跪在地上拜见婆婆。祝生说：“这就是寇三娘。”虽然不是活人，老母亲看见她，心里也感到些安慰。祝生就让三娘操持家务。三娘很不习惯，可是奉承孝顺，极得婆婆怜爱。从此小两口住在家里，留下不走了。

三娘请婆婆把情况告诉她娘家，祝生的意思是不要告诉；而老母亲迎合三娘的心思，到底去告诉了。寇家老两口听说后大为惊骇，赶紧动身到祝家，一看果然是三娘，相对失声痛哭，三娘劝住了。寇老太看到祝家一贫如洗，心里很忧伤。三娘说：“人已成了鬼，又嫌什么贫？祝家母子有情有义，我早已习惯了。”她母亲问：“那个摆茶摊的老婆子是谁？”三娘说：“她姓倪。自己惭愧迷惑不了行人，因此求我帮她罢了。现在她已投生在府城里一户卖茶的人家了。”三娘说着，回头看了祝生一眼道：“既然做了女婿，而不拜见岳父岳母，我心里怎么受得了?”祝生就向二老下拜。三娘就走进厨房，替婆婆烧菜煮饭，招待父母亲。寇老太看了心酸，回家后马上打发两个丫头来，为女儿做家务；又送来白银一百两，布帛几十匹。酒肉吃食不时送来，祝母的日子也好过些了。寇家也常把女儿接回家住，不几天，三娘就说：“家里没人，该早些送我回去。”有时寇家故意留住她，三娘就飘然自己回婆家。寇家老丈人替女婿盖造了高堂大屋，屋里样样东西俱全，可是祝生始终不曾到丈人家去过。

一天，村中有中水莽草毒的，死后又复活了，大家都传说这件希罕事。祝生说：“是我使他活了。他被李九所害，我替他把李九那死鬼赶走了。”老母亲说：“你为什么不找个人做替身?”祝生说：“我最恨这些害人精，正要把他们统统赶走，哪会去干这种勾当！再说儿服侍母亲最快乐，不愿投生别家。”从此中水莽毒的，常常备了丰盛的筵席，到祝家庭院里祷告，总有效验。

这样过了十多年，祝母去世了。祝生夫妻悲恸欲绝。但不出面见客，只叫儿子披麻戴孝，哀哭守灵，教他居丧的礼仪而已。埋葬母亲后，又过了两年多，替儿子娶了媳妇。媳妇是任侍郎的孙女。在此之前，任侍郎的小老婆生了个女儿，几个月就死了。后来听说是祝生把女儿的前身寇三娘带走了，就备车到祝家，与祝生结成翁婿之亲。到现在，就把孙女许配祝生的儿子，从此两家往来不绝。

一天，祝生对儿子说：“上帝因为我对人世有功，册封我为‘四渎牧龙君’，现在就要去赴任了。”一忽儿就见庭院里有四匹马，驾一辆黄帷车，马的四条腿长满鳞甲。祝生夫妇盛装出来，一同上车。儿子、媳妇都哭拜在地，瞬息间影踪消失。这一天，寇家看到三娘回来，向父母拜别，也像祝生那样说。寇老太哭着挽留她，三娘说：“祝郎先走了。”一出门就不见了。祝生的儿子名鹗，字离尘，征得外公同意，把三姨的骸骨与父亲合葬在一起。

造　畜

魇昧之术，不一其道，或投美饵，给之食之，则人迷罔，相从而去，俗名曰“打絮巴”，江南谓之“扯絮”。小儿无知，辄受其害。又有变人为畜者，名曰“造畜”。此术江北犹少，河以南辄有之。扬州旅店中，有一人牵驴五头，暂絷枥下，云：“我少选即返。”兼嘱：“勿令饮啖。”遂去。驴暴日中，蹄啮殊喧。主人牵着凉处。驴见水，奔之；遂纵饮之。一滚尘，化为妇人。怪之，诘其所由，舌强而不能答。乃匿诸室中。既而驴主至，驱五羊于院中，惊问驴之所在。主人曳客坐，便进餐饮，且云：“客姑饭，驴即至矣。”主人出，悉饮五羊，辗转皆为童子。阴报郡，遣役捕获，遂械杀之。

【译文】

害人的巫术花样百出。有的用甘美的食物骗人吃下去，那人就神志不清，跟骗子走了，俗名叫作“打絮巴”，江南地区称之为“扯絮”。小孩年幼无知，常受其害。又有把人变为畜生的，称作“造畜”。这种巫术，长江以北还不多，黄河以南常有。扬州旅馆里，有个人牵着五头驴子，临时拴在马槽旁，对人说：“我出去一会儿就回来。”并嘱咐说：“不要给驴子饮水吃东西。”就走了。驴子被曝晒在烈日下，又踢又咬闹得很凶。店主把驴牵到荫凉处。驴看见水，奔过去，店主就让它们喝个痛快。这些驴在地上打了个滚，就变成妇女。店主觉得奇怪，问她们怎么回事，她们舌头僵硬没法回答。就把她们隐藏在里室。到驴主回来，又赶了五头羊在院中，惊问驴在哪里。店主拉他进屋去坐，当下端来饭菜，并说：“客人先吃饭，驴子就到。”店主出来，给羊都饮水，翻来覆去都变成了孩子。暗中报告郡守，派捕快把弄巫术的骗子擒获，就判刑处死了他。

凤阳士人

凤阳一士人，负笈远游。谓其妻曰：“半年当归。”十余月，竟无耗问。妻翘盼綦切。

一夜，才就枕，纱月摇影，离思萦怀。方反侧间，有一丽人，珠鬟绛帔，搴帷而入，笑问：“姊姊，得无欲见郎君乎？”妻急起应之。丽人邀与共往。妻惮修阻，丽人但请勿虑。即挽女手出，并踏月色，约行一矢之远。觉丽人行迅速，女步履艰涩，呼丽人少待，将归着复履。丽人牵坐路侧，自乃捉足，脱履相假。女喜着之，幸不凿枘。复起从行，健步如飞。

移时，见士人跨白骡来。见妻大惊，急下骑，问：“何往？”女曰：“将以探君。”又顾问丽者伊谁。女未及答，丽人掩口笑曰：“且勿问讯。娘子奔波匪易；郎君星驰夜半，人畜想当俱殆。妾家不远，且请息驾，早旦而行，不晚也。”顾数武之外，即有村落，遂同行，入一庭院，丽人促睡婢起供客，曰：“今夜月色皎然，不必命烛，小台石榻可坐。”士人絷蹇檐梧，乃即坐。丽人曰：“履大不适于体，途中颇累赘否？归有代步，乞赐还也。”女称谢付之。

俄顷，设酒果，丽人酌曰：“鸾凤久乖，圆在今夕；浊醪一觞，敬以为贺。”士人亦执盏酬报。主客笑言，履舄交错。士人注视丽者，屡以游词相挑。夫妻乍聚，并不寒暄一语。丽人亦美目流情，妖言隐谜。女惟默坐，伪为愚者。久之渐醺，二人语益狎。又以巨觥劝客，士人以醉辞，劝之益苦。士人笑曰："卿为我度一曲，即当饮。"丽人不拒，即以牙杖抚提琴而歌曰：

> 黄昏卸得残妆罢，窗外西风冷透纱。听蕉声，一阵一阵细雨下。何处与人闲磕牙？望穿秋水，不见还家，潸潸泪似麻。又是想他，又是恨他，手拿着红绣鞋儿占鬼卦。

歌竟，笑曰："此市井里巷之谣，不足污君听；然因流俗所尚，姑效颦耳。"音声靡靡，风度狎亵。士人摇惑，若不自禁。

少间，丽人伪醉离席；士人亦起，从之而去。久之不至。婢子乏疲，伏睡廊下。女独坐，块然无侣，中心愤恚，颇难自堪。思欲遁归，而夜色微茫，不忆道路。辗转无以自主，因起而觇之。裁近其窗，则断云零雨之声，隐约可闻。又听之，闻良人与己素常猥亵之状，尽情倾吐。女至此，手颤心摇，殆不可过，念不如出门窜沟壑以死。愤然方行，忽见弟三郎乘马而至，遽便下问。女具以告。三郎大怒，立与姊回，直入其家，则室门扃闭，枕上之语犹喁喁也。三郎举巨石如斗，抛击窗棂，三五碎断。内大呼曰："郎君脑破矣！奈何！"女闻之，愕然大哭，谓弟曰："我不谋与汝杀郎君，今且若何！"三郎撑目曰："汝呜呜促我来；甫能消此胸中恶，又护男儿、怨弟兄，我不贯与婢子供指使！"返身欲去。女牵衣曰："汝不携我去，将何之？"三郎挥姊仆地，脱体而去。女顿惊寤，始知其梦。

越日，士人果归，乘白骡。女异之而未言。士人是夜亦梦，所见所遭，述之悉符，互相骇怪。既而三郎闻姊夫远归，亦来省问。语次，谓士人曰：“昨宵梦君归，今果然，亦大异。”士人笑曰：“幸不为巨石所毙。”三郎愕然问故，士以梦告。三郎大异之。盖是夜，三郎亦梦遇姊泣诉，愤激投石也。三梦相符，但不知丽人何许耳。

【译文】

凤阳县一个读书人，携带书箱远出求学，对妻子说：“半年该回来了。”可是过了十多个月，竟然毫无音讯，妻子翘首盼望，心情急切。

一夜，她刚上床，纱帐上月色掩映，花影摇曳，离愁别绪萦绕心怀。正辗转难以入眠，有个美人，髻插珠花，身穿绛红披肩，掀开门帘进来，笑着问道：“姐姐，莫非想见郎君么?”妻子急忙起身答应。那美人邀她一起去。妻子怕路远难行，美人只说不必担心，就拉着她手出门，在如水的月光下一起走着。约走了一箭远的路，只觉得美人走得很轻快，而妻子步子艰难，越走越慢。她叫美人稍等一下，要回家换一双厚底鞋。美人拉她在路旁坐下，握住自己的脚，脱下鞋子借给她穿。妻子高兴地穿上，幸而大小正合适。再起身跟着走，顿时步子轻快如飞。

过了一会，看到她丈夫骑着一匹白骡子来。丈夫见到妻子大吃一惊，急忙下骡，问：“去哪里?”妻子说：“正要找你。”丈夫又回头看美人问是谁。还没等妻子开口，美人捂着嘴笑道：“先不要问这问那了。娘子奔波很不容易；你也骑了大半夜骡，人和牲口想来都很疲劳了。我家不远，暂且请去歇一歇，一早再走不迟。”夫妻俩看到几步之外就有村落，便一同走去。进了一个院子，美人叫醒睡着的婢女起来招待客人，说：“今夜月光明亮，不必点灯，花台的石榻上可以坐。”丈夫把骡子拴在檐下小柱上，就坐下了。美人对妻子说：“我的鞋大，怕不合你脚，路上很不舒服吧？你回家有牲口代步，请把鞋还给我吧。”妻子道谢，还了她鞋。

没多久，酒菜端了上来。美人斟了一杯酒，说：“你们夫妻分别已很久，今天团圆，我这一杯水酒，敬向你们祝贺。”丈夫也举杯答谢。主客两人有说有笑，往来敬酒，丈夫死盯着美人，不断用轻薄话语挑逗她。夫妻久别乍逢，却问寒问暖的话也没有一句。那美人也以目传情，娇滴滴地说些隐隐约约的情话。妻子只默默坐着，装作傻子。

酒喝得久了，渐渐有了醉意，两人的话更亲热。美人又用大杯劝酒，丈夫推辞酒醉，美人却更加苦苦相劝。丈夫笑眯眯地说：“你为我唱只曲子，我就喝。”美人也不拒绝，就用牙片弹拨提琴唱道：

> 黄昏卸得残妆罢，窗外西风冷透纱。听蕉声，一阵一阵细雨下，何处与人闲磕牙？望穿秋水，不见还家。潸潸泪似麻。又是想他，又是恨他，手拿着红绣鞋儿占鬼卦。

唱完，笑嘻嘻说：“这是民间小调，不合你高雅的口味，可是因为社会上流行，我也就赶时髦学唱罢了。”美人的语调嗲声嗲气，神态风骚放荡。丈夫被勾引得神魂颠倒，情欲难禁。

少停，美人装醉离去；丈夫也起身随她而去。很久没回来。婢女又困又累，蜷伏在廊下睡着了。妻子独自坐着，孤孤单单，心中气愤恼怒，很难忍受。想不辞而别回去，但夜色迷茫，记不得路。左思右想，没有主张，就起身想去看看他俩在干什么。才走近窗下，就听到里面隐隐约约传出的颠狂声浪。又侧耳细听，听到丈夫把平常与自己同房的种种细节，一五一十告诉美人。妻子到这个地步，手抖心颤，几乎不能自持。想不如出门跳河去死。气呼呼正走着，忽然看见弟弟三郎骑马而来，立刻就下马问姐姐怎会在此。妻子把全部经过一说，三郎大怒，马上与姐姐回转，直闯美人家中。只见房门紧闭，枕头上还在低声细语。三郎举起斗大的巨石，向窗棂砸去，木槅子碎断了好几根。房里惊叫：“郎君脑袋破了！怎么办！”妻子听了，惊骇得大哭起来，对弟弟说：“我没叫你杀夫君，现在怎么是好!”三郎瞪着眼说:“你哭哭啼啼催我来,刚能出胸中这口恶气,你又护着老公,埋怨弟兄,我可不惯受女人摆弄!”回身要走。妻子拉住他衣裳说:“你不带我走,叫我到哪儿去?”三郎一挥手把姐姐推跌倒地,脱身离去。妻子顿时惊醒,才知道是做了个梦。

过了一天,丈夫果真回来了,骑着白骡。妻子心中惊讶而嘴里没说。丈夫那夜也做梦,所见所遇,说起来与妻子的梦完全相符,互相觉得惊异。后来三郎听说姐夫远道而归,也来问候。谈话之间,对姐夫说:“昨夜梦见你回家,今天真的回来了,也是一件希罕事。”丈夫笑道:“幸亏没被大石头砸死。”三郎怔怔地问此话怎讲,丈夫告诉他那个梦。三郎听后惊奇不已,因为这天夜里,他也梦见姐姐哭诉,气愤中抛掷了石头。三人的梦都相同,只是不知道那美人是什么人罢了。

耿 十 八

新城耿十八,病危笃,自知不起。谓妻曰:“永诀在旦晚耳。我死后,嫁守由汝,请言所志。”妻默不语。耿固问之,且云:“守固佳,嫁亦恒情。明言之,庸何伤?行与子诀。子守,我心慰;子嫁,我意断也。”妻乃惨然曰:“家无儋石,君在犹不给,何以能守?”耿闻之,遽握妻臂,作恨声曰:“忍哉!”言已而没。手握不可开。妻号。家人至,两人攀指,力擘之,始开。

耿不自知其死,出门,见小车十余两,两各十人,即以方幅书名字,粘车上。御人见耿,促登车。耿视车中已有九人,并己而十。又视粘单上,己名最后。车行咋咋,响震耳际,亦不自知何往。

俄至一处,闻人言曰:“此思乡地也。”闻其名,疑之。又闻御人偶语云："今日剸三人。"耿又骇。及细听其言，悉阴间事，乃自悟曰："我岂不作鬼物耶！"顿念家中，无复可悬念，惟老母腊高，妻嫁后，缺于奉养；念之，不觉涕涟。

又移时，见有台，高可数仞，游人甚夥；囊头械足之辈，呜咽而下上，闻人言为"望乡台"。诸人至此，俱踏辕下，纷然竞登。御人或挞之，或止之，独至耿，则促令登。登数十级，始至颠顶。翘首一望，则门闾庭院，宛在目中。但内室隐隐，如笼烟雾。凄恻不自胜。回顾，一短衣人立肩下，即以姓氏问耿。耿具以告。其人亦自言为东海匠人。见耿零涕，问："何事不了于心？"耿又告之。匠人谋与越台而遁。耿惧冥追，匠人固言无妨。耿又虑台高倾跌，匠人但令从己。遂先跃，耿果从之。及地，竟无恙。喜无觉者。视所乘车，犹在台下。二人急奔。数武，忽自念名字粘车上，恐不免执名之追；遂反身近车，以手指染唾，涂去己名，始复奔，哆口坌息，不敢少停。

少间，入里门，匠人送诸其室。蓦睹己尸，醒然而苏。觉乏疲躁渴，骤呼水。家人大骇，与之水，饮至石余。乃骤起，作揖拜状；既而出门拱谢，方归。归则僵卧不转。家人以其行异，疑非真活；然渐觇之，殊无他异。稍稍近问，始历历言其本末。问："出门何故？"曰："别匠人也。""饮水何多？"曰："初为我饮，后乃匠人饮也。"投之汤羹，数日而瘥。由此厌薄其妻，不复共枕席云。

【译文】

山东新城人耿十八，病危时，知道自己不久人世，就对妻子说："永别只是早晚罢了。我死后，改嫁守节都随你，请说说你的想法。"妻子默不作声。耿十八一再问她，并且说："守节固然好，再嫁也是人之常情，公开讲出来又有何妨？眼看与你诀别。你能守节，我心里安慰；你改嫁，我也死了心。"于是妻子悲惨地说："家中没有几升米。你在还不够吃，叫我怎么能守节。"耿十八听了，猛然抓住妻子的手臂，恨恨地说："你真残忍！"说完就断了气。手握住妻子的臂，牢不可开。妻子号叫起来，家里人闻声而至，两个人用力掰那手指，方才松了开来。

耿十八并不知自己死了，出门，看到十多辆小车，每辆车满十人，就用一幅方纸写上名字，粘贴在车上。驾车人见到耿十八，催他上车。耿十八见车内已有九人，加上自己正好十个。再看贴在车上的名单，自己的名字列在最后。车轮滚滚，响声震耳，也不知道去哪儿。

不久来到一个地方，听别人说："这是'思乡地'。"耿十八听到这个称呼，心里起了怀疑。又听见驾车人在窃窃私语："今天要斩断三个人。"心里又惊恐。再细听他们说话，讲的都是阴间的事；于是自己明白过来："我莫非已成了鬼啦！"顿时想起家中，其他事情都不足挂怀，只有母亲年事已高，妻子改嫁后，无人服侍供养。想到这里，不觉涕泪交流。

又过了一会儿，看到一座台，有几丈高，游人很多；那些头上套枷脚上戴镣的人，痛哭流涕地上上下下。听人说这是"望乡台"，乘车的人一到这儿都踏着车档下去，你推我挤争着上台。驾车人或鞭打，或阻止，独独到耿十八，却敦促他上台。耿十八攀登了几十级台阶，才到顶上。抬头一望，家中的门墙院子，都清清楚楚呈现在眼前。只有房里隐隐约约，像笼上了烟雾。他不胜悲伤。一回头，有个穿短衫的站在身旁。那人问耿十八的姓名，耿十八都说了。那人也自称是东海郡工匠，看到耿十八泪流满面，就问："有什么事放不下心？"耿十八又告诉他。工匠与耿十八商量一起越台逃跑，耿十八害怕阴司差人追捕，工匠一再说没问题。耿十八又担心台高跌下去，工匠只叫他紧跟自己，就先跳。耿十八果然跟着跳下，到地，竟没什么，幸喜没人发觉。看看所乘的车，还在台下。两个人急忙奔跑，跑了几步，突然想起自己的名字还贴在车上，怕不免遭到指名追捕，就回身走近车子，用手指蘸唾沫，涂掉自己的姓名，才重新奔跑，大口大口地喘着，不敢停下歇口气。

过了一会儿，进了里门，匠人陪送他入室。耿十八蓦然看见自己的尸体，像睡醒似的复苏过来，只觉得浑身疲乏无力，口干舌燥，猛地出声呼喊要水喝。家里人大惊，给他水，喝了有一石多。就一跃而起，做出作揖行礼的样子；后来出门拱手道谢，这才回来。回房后就僵卧在床上一动不动。家里人由于他行动诡异，怀疑他不是真活；可是渐渐观察他，一点也没有别的怪异。稍稍靠近了问他，耿十八这才原原本本把经过说了一遍。家里人问："出门做什么?"耿十八说："与工匠告别。""怎么喝那么多水?"说是："起初是我喝，后来是工匠在喝。"拿来羹汤给他吃，几天后恢复了健康。从此厌恶看轻他妻子，不再与她同床。

珠　儿

常州民李化，富有田产。年五十余，无子。一女名小惠，容质秀美，夫妻最怜爱之。十四岁，暴病夭殂，冷落庭帏，益少生趣。始纳婢，经年余，生一子，视如拱璧，名之珠儿。儿渐长，魁梧可爱。然性绝痴，五六岁尚不辨菽麦；言语蹇涩。李亦好而不知其恶。

会有眇僧，募缘于市，辄知人闺闼，于是相惊以神；且云，能生死祸福人。几十百千，执名以索，无敢违者。诣李募百缗。李难之。给十金，不受；渐至三十金。僧厉色曰："必百缗，缺一文不可!"李亦怒，收金遽去。僧忿然而起，曰："勿悔，勿悔!"无何，珠儿心暴痛，巴刮床席，色如土灰。李惧，将八十金诣僧乞救。僧笑曰："多金大不易！然山僧何能为？"李归而儿已死。李恸甚，以状诉邑宰。宰拘僧讯鞫，亦辨给无情词。笞之，似击鞔革。令搜其身，得木人二、小棺一、小旗帜五。宰怒，以手叠诀举示之。僧乃惧，自投无数。宰不听，杖杀之。李叩谢而归。

时已曛暮，与妻坐床上。忽一小儿，偃儴入室，曰："阿翁行何疾？极力不能得追。"视其体貌，当得七八岁。李惊，方将诘问，则见其若隐若现，恍惚如烟雾，宛转间，已登榻坐。李推下之，堕地无声。曰："阿翁何乃尔！"瞥然复登。李惧，与妻俱奔。儿呼阿父、阿母，呕哑不休。李入妾室，急阖其扉；还顾，儿已在膝下。李骇问何为。答曰："我苏州人，姓詹氏。六岁失怙恃，不为兄嫂所容，逐居外祖家。偶戏门外，为妖僧迷杀桑树下，驱使如伥鬼，冤闭穷泉，不得脱化。幸赖阿翁昭雪，愿得为子。"李曰："人鬼殊途，何能相依？"儿曰："但除斗室，为儿设床褥，日浇一杯冷浆粥，余都无事。"李从之。儿喜，遂独卧室中。晨来出入闺阁，如家生。

闻妾哭子声，问："珠儿死几日矣？"答以七日。曰："天严寒，尸当不腐。试发冢启视，如未损坏，儿当得活。"李喜，与儿去，开穴验之，躯壳如故。方此忉怛，回视，失儿所在。异之，舁尸归。方置榻上，目已瞥动；少顷呼汤，汤已而汗，汗已遂起。群喜珠儿复生，又加之慧黠便利，迥异曩昔。但夜间僵卧，毫无气息，共转侧之，冥然若死。众大愕，谓其复死；天将明，始若梦醒。

群就问之。答云："昔从妖僧时，有儿等二人，其一名哥子。昨追阿父不及，盖在后与哥子作别耳。今在冥间，为姜员外作义嗣，亦甚优游。夜分，固来邀儿戏。适以白鼻騧送儿归。"母因问："在阴司见珠儿否？"曰："珠儿已转生矣。渠与阿翁无父子缘，不过金陵严子方，来讨百十千债负耳。"初，李贩于金陵，欠严货价未偿，而严翁死，此事人无知者。李闻之大骇。母问："儿见惠姊否？"儿曰："不知，再去当访之。"又二三日，谓母曰："惠姊在冥中大好，嫁得楚江王小郎子，珠翠满头髻；一出门，便十百作呵殿声。"母曰："何不一归宁？"曰："人既死，都与骨肉无关切。倘有人细述前生，方豁然动念耳。昨托姜员外，夤缘见姊。姊姊呼我坐珊瑚床上。与言父母悬念，渠都如眠睡。儿云：'姊在时，喜绣并蒂花，剪刀刺手爪，血涴绫子上，姊就刺作赤水云。今母犹挂床头壁，顾念不去心。姊忘之乎？'姊始凄感，云：'会须白郎君，归省阿母。'"母问其期，答言不知。

一日谓母："姊行且至，仆从大繁，当多备浆酒。"少间，奔入室，曰："姊来矣！"移榻中堂，曰："姊姊且憩坐，少悲啼。"诸人悉无所见。儿率人焚纸酹饮于门外，反曰："驺从暂令去矣。姊言：'昔日所覆绿锦被，曾为烛花烧一点如豆大，尚在否？'"母曰："在。"即启笥出之。儿曰："姊命我陈旧闺中。乏疲，且小卧，翌日再与阿母言。"

东邻赵氏女，故与惠为绣阁交。是夜，忽梦惠幞头紫帔来相望，言笑如平生。且言："我今异物，父母觌面，不啻河山。将借妹子与家人共话，勿须惊恐。"质明，方与母言，忽仆地闷绝。逾刻始醒，向母曰："小惠与阿婶别几年矣，顿鬖鬖白发生！"母骇曰："儿病狂耶？"女拜别即出。母知其异，从之。直达李所，抱母哀啼。母惊不知所谓。女曰："儿昨归，颇委顿，未遑一言。儿不孝，中途弃高堂，劳父母哀念，罪何可赎！"母顿悟，乃哭。已而问曰："闻儿今贵，甚慰母心。但汝栖身王家，何遂能来？"女曰："郎君与儿极燕好，姑舅亦相抚爱，颇不谓妒丑。"惠生时，好以手支颐；女言次，辄作故态，神情宛似。未几，珠儿奔入曰："接姊者至矣。"女乃起，拜别泣下，曰："儿去矣。"言讫，复踣，移时乃苏。

后数月，李病剧，医药罔效。儿曰："旦夕恐不救也！二鬼坐床头，一执铁杖子，一挽苧麻绳，长四五尺许，儿昼夜哀之不去。"母哭，乃备衣衾。既暮，儿趋入曰："杂人妇，且避去，姊夫来视阿翁。"俄顷，鼓掌而笑。母问之，曰："我笑二鬼，闻姊夫来，俱匿床下如龟鳖。"又少时，望空道寒暄，问姊起居。既而拍手曰："二鬼奴哀之不去，至此大快！"乃出至门外，却回，曰："姊夫去矣。二鬼被锁马鞅上。阿父当即无恙。姊夫言：归白大王，为父母乞百年寿也。"一家俱喜。至夜，病良已，数日寻瘥。

延师教儿读。儿甚惠，十八入邑庠，犹能言冥间事。

见里中病者，辄指鬼祟所在，以火爇之，往往得瘳。后暴病，体肤青紫，自言鬼神责我绽露，由是不复言。

【译文】

常州人李化，田产很多。五十多岁了，没儿子。有个女儿叫小惠，品貌都好，老两口当作掌上明珠，十四岁急病夭折。家里冷冷清清，老两口生活更无乐趣。这才收了个婢女作妾，经过一年多，生下个男孩。看作宝贝一般，取名珠儿。珠儿逐渐长大，身体健壮可爱。可是生性痴呆，五六岁还分不清豆子麦粒，讲话结结巴巴。李化也喜欢而不嫌他笨。

这时有个瞎眼和尚，在闹市化缘募钱，能知晓人家闺房隐秘，于是越传越惊奇，把他当神仙。和尚还吹嘘说，他能掌握人的生死祸福。几十成百上千，指名索取钱财，没人敢违抗。和尚到李化家募化一百贯钱，李化有些为难，给他十两银子，他不受；渐渐增加到三十两。和尚恶狠狠地说："一定要一百贯，少一文钱也不行！"李化也火了，收起银子就走。和尚忿然起身，说："不要后悔，不要后悔！"时隔不久，珠儿突然心痛，在床上抓被挠席，脸色死灰。李化胆颤心惊，拿了八十两银子到和尚那儿求救。和尚奸笑着说："这么多银子真不容易！可我哪能帮你忙？"李化回家，珠儿已经死了。李化悲恸万分，递了状子向县令控告瞎眼和尚。县令把和尚抓来审讯，和尚也很会狡辩没什么供词。用刑鞭打，好像敲在皮鼓上，命令搜他身，搜出两个木人，一只小棺材，五面小旗。县令大怒，把这些写着咒语的妖器堆在手中举起给他看。和尚这才惧怕，自动跪下磕了无数个响头。县令不予理睬，当堂把他拷打死。李化叩头谢恩，然后回家。

那时已是黄昏，李化与老妻呆坐在床上。突然一个小男孩，急急忙忙奔入房内，说："老人家走得好快！我极力奔跑也赶不上。"看他那身材面貌，该有七八岁。李化吃了一惊，正要细加盘问，只见他若隐若现，恍恍惚惚像烟雾，左转右转已上床坐下。李化把他推下去，落地没声响。男孩说："老人家何必这样！"一眨眼，他又爬上了床。李化毛发直竖，与老妻一起奔逃。男孩呼喊"阿爸"、

“阿妈”，稚嫩声叫个不停。李化逃入小老婆房里，忙堵住房门。一回头，男孩已在膝下。李化惊惶地问他要干什么。男孩答道：“我是苏州人，姓詹。六岁上父母双亡，哥哥嫂嫂不肯收养，把我赶到外祖父家。一次偶尔在门外玩耍，被瞎眼妖和尚迷住，杀死在桑树下。从此受他奴役，成为他害人的工具。冤埋九泉之下，永远不得超脱。幸亏阿爸替我申冤报仇，我愿做你的儿子。”李化说：“人在阳世，鬼在阴间，怎能互相依靠？”男孩说：“只要打扫一间小屋，替我安放床铺被褥，每天浇一碗冷稀饭，别的都没事。”李化依了他。男孩很开心，就独自睡在小屋里，早起到内室进进出出，如同亲生孩子一样。

听到姨娘哭儿子的声音，男孩问阿爸：“珠儿死了几天了？”回答说七天。男孩说：“大冷天，尸体该不会腐烂。试着掘开坟墓看看，如果尸体没有损坏，我能活。”李化很高兴，与男孩一起去开棺验看，尸身像刚死时一样。李化正在悲伤，回头一瞧，男孩不见了。感到惊异，把尸体抬回家。刚放在床上，眼睛已微微闪动；过了一会就嚷要开水，喝完就出汗，出了一身汗就起身。一家子看到珠儿复活个个欢喜，再加上他聪明伶俐，与从前判若两人。只是到夜里他又僵卧在床上，毫无气息，大家翻动他身子，像死一样毫无反应。众人大为惊愕，以为他又死了；天快亮，才像大梦初醒。

大伙靠近问他。珠儿答道：“以前跟妖僧时，共有两个小孩的精灵，另一个叫哥子。昨天没追上阿爸，因为在后面与哥子告别呢。哥子如今在阴间做姜员外的义子，也很自由自在。半夜里，一定要来邀我去玩。刚才用白鼻騧送我回家。”阿妈就问：“那你在阴司看到过珠儿吗？”男孩说：“珠儿已投胎转生了。他与阿爸没有父子缘分，他是金陵严子方投的胎，不过是来讨还百十贯钱旧债罢了。”当初李化在金陵经商，欠严子方货款没还，严子方却死了，这事别人没一个知道的。李化听说非常惊骇。阿妈又问：“你看见惠姊吗？”珠儿说：“不知道，再去该探问一下。”又过了二三天，对阿妈说：“惠姊在阴间舒适极了，嫁给楚江王的小儿子，戴着满头的珍珠翡翠；一出门，就有几十个仆从高声吆喝，要行人回避。”阿妈说：“她为什么不回一次娘家？”珠儿说：“人死后，与生前骨肉都脱离了关系。假使有人对她细细讲述前生的事，她才会突然明白而思念亲人。昨天托姜员外说情才看见惠姊。姊姊唤我坐在珊瑚床上。对她说阿爸阿妈挂念，她都像睡着了似的。我又说：‘姊姊在世的时候，喜欢绣并蒂花，剪刀戳破手指，血染在白绫上，姊姊就绣成红色的水云。如今阿妈还挂在床头墙上，看看想想，心上从来没有丢开过。姊姊忘了吗？’姊姊才伤心感动，说：‘该当告诉夫君，回家看望阿妈。’”阿妈问哪天来，珠儿说不知道。

一天珠儿告诉阿妈：“姊姊就要来了，随从多得不得了，要多准备点茶水和酒。”少停，珠儿奔进房里说：“姊姊来了！”赶紧叫人把床榻搬到客堂间，珠儿说：“姊姊先坐下歇歇，不要痛哭流涕。”其他人一无所见。珠儿带领家人在门外焚纸钱敬酒，回屋说：“随从的骑卒已请他们暂时走了。姊姊说：‘从前盖的绿锦被，曾被烛花烧了豆大一个小洞，还在吗？’”阿妈说：“在。”马上开箱拿出来。珠儿说：“姊姊叫我把它放在她先前的卧房里。她有点累了，暂时睡一会儿，明天再跟阿妈说话。”

东邻赵家的女儿，过去与小惠是闺阁好友。这天夜里，忽然梦见小惠戴着头巾披着紫披肩来看望，说话笑貌像生前一样。并且说：“我现在与活人不同，要与父母亲见面，跟隔山隔水没两样。想凭借妹妹与家里人团聚说话，你不必惊慌害怕。”天亮后，赵家女儿正在与母亲讲话，忽然倒地失去知觉。过了好一会才醒过来，对母亲说：“小惠与婶婶分别好几年了，婶婶一下子添了好多白发！”赵母大惊，说；“你疯了吗？”那女孩儿拜别了就出门。赵母知道情况异常，就跟在后面。女孩儿直达李家，抱住阿妈悲哭。阿妈惊愕，不知是怎么回事。女儿说：“我昨天回家，很劳累，没顾上与阿妈讲一句话。女儿不孝，半路丢下了老人家，惹阿爸阿妈伤心思念，这罪孽怎么能赎！”阿妈顿时明白过来，就哭了。哭罢问道：“听说我儿现在成了贵人，我心里很安慰。可是你生活在王府里，怎么能随便来？”女儿说：“夫君与我感情极好，公公婆婆也很疼爱我，从不说三嫌四。”小惠生前，喜欢用手托着下巴；讲话间，常出现这个动作，神情活脱相似。没多久，珠儿奔进来说：“接姊姊的人来了！”女儿就站起来，向阿妈拜别，流着泪说：“女儿去了。”说完，又仆倒在地，隔了好长时间才苏醒。

又过了几个月，李化病得很厉害，医药无效。珠儿说：“早晚恐怕没救了！有两个鬼坐在床头，一个拿着铁杖；一个拉着麻绳，有四五尺长。我日夜向他们哀求，都不肯走。”阿妈哭了，就准备寿衣寿被。天黑时，珠儿冲进房里，说：“闲杂妇女暂且避一避，姊夫来看阿爸了！”一忽儿鼓着掌笑，阿妈问他，他说：“我笑那两个鬼，一听姊夫要来，都躲到床底下像乌龟王八。”又过了一会儿，珠儿对着空中问寒问暖，问姊姊的生活起居。后来拍手说：“两个鬼奴求他不肯走，到这时大快人心！”于是走到门外，又回屋，说：“姊夫去了。两个鬼被锁在马缰绳上。阿爸就没事儿了。姊夫说：‘回去禀告阎罗大王，替阿爸阿妈求百岁长寿。’”一家人都喜欢。当天夜里，李化病好了大半，几天就痊愈了。

李家请老师教珠儿读书。珠儿资质聪明，十八岁成了秀才，还能讲述阴间的见闻。看到乡里有人生病，常指出鬼在哪里作祟，病家用火去烧，病往往能好。后来珠儿突然得病，全身皮肤青一块紫一块，自说是“鬼神怪我泄露机密”，从此再也不谈阴间的事。

小官人

太史某公，忘其姓氏。昼卧斋中，忽有小卤簿，出自堂陬。马大如蛙，人细于指。小仪仗以数十队；一官冠皂纱，着绣襆，乘肩舆，纷纷出门而去。公心异之，窃疑睡眼之讹。顿见一小人，返入舍，携一毡包，大如拳，竟造床下。白言：“家主人有不腆之仪，敬献太史。”言已，对立，即又不陈其物。少间，又自笑曰：“戋戋微物，想太史亦当无所用，不如即赐小人。”太史颔之。欣然携之而去。后不复见。惜太史中馁，不曾诘所自来。

【译文】

太史某公，忘了他姓甚名谁。白天躺在书斋中，忽然有小小的车驾马队，从厅堂角落里出来。马像青蛙般大，人比手指还小。小仪仗用了几十队，一个官戴乌纱帽，穿绣花官服，乘坐轿子，纷纷出门而去。某公心里奇怪，怀疑睡眼朦胧的错觉。突然看见一个小人返回屋里，携带一个毡包，拳头般大小，竟到床边，禀告道："我家主人有一份薄礼，敬献给太史。"说完面对面站着，却又不把礼物拿出来。过了片刻，小人自己笑了起来，说："那么少一点东西，想来太史也没有什么用处，不如赏赐给小人吧。"太史点点头，小人欣喜地带着毡包走了。以后再没见过。遗憾的是太史胆怯，不曾问他们的来历。

胡四姐

尚生，泰山人。独居清斋。会值秋夜，银河高耿，明月在天，徘徊花阴，颇存遐想。忽一女子逾垣来，笑曰："秀才何思之深？"生就视，容华若仙。惊喜拥入，穷极狎昵。自言："胡氏，名三姐。"问其居第，但笑不言。生亦不复置问，惟相期永好而已。自此，临无虚夕。

一夜，与生促膝灯幕，生爱之，瞩盼不转。女笑曰："眈眈视妾何为？"曰："我视卿如红药碧桃，即竟夜视，不为厌也。"三姐曰："妾陋质，遂蒙青盼如此；若见吾家四妹，不知如何颠倒。"生益倾动，恨不一见颜色，长跽哀请。

逾夕，果偕四姐来。年方及笄，荷粉露垂，杏花烟润，嫣然含笑，媚丽欲绝。生狂喜，引坐。三姐与生同笑语；四姐惟手引绣带，俯首而已。未几，三姐起别，妹欲从行。生曳之不释，顾三姐曰："卿卿烦一致声！"三姐乃笑曰："狂郎情急矣！妹子一为少留。"四姐无语，姊遂去。二人备尽欢好。既而引臂替枕，倾吐生平，无复隐讳。四姐自言为狐。生依恋其美，亦不之怪。四姐因言："阿姊狠毒，业杀三人矣。惑之，罔不毙者。妾幸承溺爱，不忍见灭亡，当早绝之。"生惧，求所以处。四姐曰："妾虽狐，得仙人正法，当书一符粘寝门，可以却之。"遂书之。既晓，三姐来，见符却退，曰："婢子负心，倾意新郎，不忆引线人矣。汝两人合有夙分，余亦不相仇，但何必尔？"乃径去。

数日，四姐他适，约以隔夜。是日，生偶出门眺望，山下故有槲林，苍莽中，出一少妇，亦颇风韵。近谓生曰："秀才何必日沾沾恋胡家姊妹？渠又不能以一钱相赠。"即以一贯授生，曰："先持归，贳良醖；我即携小肴馔来，与君为欢。"生怀钱归，果如所教。少间，妇果至，置几上燔鸡、咸彘肩各一，即抽刀子缕切为脔；酾酒调谑，欢洽异常。继而灭烛登床，狎情荡甚。

既曙始起。方坐床头，捉足易舄，忽闻人声；倾听，已入帏幕，则胡姊妹也。妇乍睹，仓皇而遁，遗舄于床。二女逐叱曰："骚狐！何敢与人同寝处！"追去，移时始返。四姐怨生曰："君不长进，与骚狐相匹偶，不可复近！"遂悻悻欲去。生惶恐自投，情词哀恳。三姐从旁解免，四姐怒稍释，由此相好如初。

一日，有陕人骑驴造门曰："吾寻妖物，匪伊朝夕，乃今始得之。"生父以其言异，讯所由来。曰："小人日泛烟波，游四方，终岁十余月，常八九离桑梓，被妖物蛊杀吾弟。归甚悼恨，誓必寻而殄灭之。奔波数千里，殊无迹兆。今在君家。不翦，当有继吾弟亡者。”时生与女密迩，父母微察之，闻客言，大惧，延入，令作法。出二瓶，列地上，符咒良久。有黑雾四团，分投瓶中。客喜曰：“全家都到矣。”遂以猪脬裹瓶口，缄封甚固。生父亦喜，坚留客饭。生心恻然，近瓶窃视，闻四姐在瓶中言曰：“坐视不救，君何负心？”生益感动。急启所封，而结不可解。四姐又曰：“勿须尔，但放倒坛上旗，以针刺脬作空，予即出矣。”生如其请。果见白气一丝，自孔中出，凌霄而去。客出，见旗横地，大惊曰：“遁矣！此必公子所为。”摇瓶俯听，曰：“幸止亡其一；此物合不死，犹可赦。”乃携瓶别去。

后生在野，督佣刈麦，遥见四姐坐树下。生近就之，执手慰问。且曰：“别后十易春秋，今大丹已成。但思君之念未忘，故复一拜问。”生欲与偕归。女曰：“妾今非昔比，不可以尘情染，后当复见耳。”言已，不知所在。

又二十年余，生适独居，见四姐自外至。生喜与语。女曰：“我今名列仙籍，本不应再履尘世。但感君情，敬报撤瑟之期。可早处分后事；亦勿悲忧，妾当度君为鬼仙，亦无苦也。”乃别而去。至日，生果卒。

尚生乃友人李文玉之戚好，尝亲见之。

【译文】

秀才尚生，泰山人，独自住在清静的小书斋里。正当秋夜，银河星光灿烂，明月皎洁生辉，尚生在花阴下徘徊，很有点胡思乱想。忽然有个女郎越墙而来，笑着说：“秀才在沉思什么呀？”尚生近前细看，女郎容貌美若天仙。尚生又惊又喜，把她拥抱着进书斋，尽情地温存亲热了一阵。女郎自称姓胡，名三姐。尚生问她府上在哪里，她只笑不答，尚生也就不再追问，只希望永远相亲相爱。从此，三姐没有一个晚上不来。

一夜，三姐与尚生在灯下促膝谈心，尚生爱她，两眼直勾勾地盯着不动。三姐笑着说："你愣愣地瞧我干啥呀？"尚生说："我看你像芍药碧桃，即使整夜看，也不会厌。"三姐说："我人丑，就蒙你如此欣赏；倘然看到我家四妹，不知你怎样颠狂呢。"尚生更倾倒动心，恨不得看一看四姐的容貌，跪地不起，哀恳会上一面。

过了一夜，三姐果然同四姐一起来。四姐才十五六岁，带露粉荷低低垂，笼烟红杏晕晕润，含着迷人的微笑，娇媚艳丽到了极点。尚生欣喜欲狂，请她们坐下。三姐与尚生有说有笑，四姐只手弄绣带，低头不语。不一会，三姐起身告别，四姐要跟着走，尚生拉住不放，看着三姐说："我的好人，你帮着说句话吧！"胡三姐就笑着说："疯小子急坏了！妹妹为他留片刻吧。"四姐不吭声，三姐就走了。尚生与四姐纵情欢乐了一阵，后来四姐伸出手臂让尚生枕着，倾吐身世，毫不隐讳。她直说自己是狐狸。尚生迷恋她的娇美，也并不惊骇。于是胡四姐又说："三姐心肠忒狠毒，已经害死三个人了。谁迷上了她，没有不死的。我有幸承你热爱，不忍看你死，该早跟她断了。"尚生害怕，求四姐想个办法。四姐说："我虽是狐狸，得过神仙传授的正道法术，我替你画一道符咒贴在卧室门上，可以使她退走。"就画了符咒。天亮，三姐来，看到门符往后倒退，说："小丫头没良心，迷恋新郎，想不起牵线人了。你们两个人注定有缘分，我也不记恨；但何必这样呢？"就径自走了。

几天后，四姐到别处去，约好隔天夜里再见。这天尚生偶然出门眺望，山下原有一片槲树林，苍苍莽莽之中，出来一个少妇，也很标致。走近来对尚生说："秀才何必每天轻骨头似地迷恋胡家姐妹？她们又拿不出一文钱来送你。"就给尚生一吊钱，说："先拿回去，买点好酒；我马上带小菜来，与你欢饮。"尚生揣着钱回家，果真去买了酒。不大工夫，少妇果然来了，取出一只烧鸡、一只咸猪蹄膀放在小桌子上，就抽出刀子细细切成块；斟酒碰杯，调侃逗趣，非常欢乐融洽。喝完酒吹灭了灯，上床寻欢作乐，十分放荡。

天亮才起来。少妇正坐在床头按着脚穿鞋，忽然听到人声，仔细一听，已进帷幕，却是胡家姐妹。少妇猛一见，慌慌张张逃走，鞋都掉在床上。胡家姐妹边赶边骂：“骚狐狸！怎么胆敢与人睡觉！”追出去，好一阵才返回。四姐埋怨尚生说：“你太没出息，与骚狐狸配对，我再不理睬你了！”说着，气呼呼要走。尚生惶恐，自己跪下，态度言语沉痛而恳切。三姐从旁劝解，四姐怒气消了点，又与尚生和好如初。

一天，有个陕西人骑驴到尚家门前，说：“我追寻这个妖精，已不是一朝一夕了。到今天才找到。”尚生的父亲因他话说得古怪，就问他的来历。陕西人说：“我每天泛舟烟波，遨游四方，一年十二个月，常有八九个月不在家，被妖精迷惑害死我弟弟。回家悲伤痛恨，发誓要找到消灭那妖精。到处奔波几千里，毫无踪迹。如今在你家，不除掉，免不了有人跟在我弟弟后面死去。”当时尚生与四姐形影不离，尚生父母也有点察觉，听陕西人这么一说，万分恐惧，把客人请进门，求他作法。陕西人取出两只瓶子，摆在地上，画符念咒好久，只见有四团黑雾分别收进瓶里。陕西人高兴地说：“妖精全家都捉到了！”就用猪脬包裹瓶口，封得严严实实。尚生的父亲也很高兴，一定要客人留下吃饭。尚生心里难受，靠近瓶子偷看，听到四姐在瓶中说：“眼睁睁看着不救，你好没良心！”尚生更加感动，急忙拆封皮，可是结解不开。四姐又说：“不必拆封，只要放倒法台上的小旗，用针把猪脬刺个小孔，我就出来了。”尚生照她所说的做了，果然看到一丝白气从小孔中冒出，冲霄而去。陕西客人出来，见小旗横倒在地，大惊说：“妖精跑了！这一定是少爷干的。”摇摇瓶子，低下头听了听，说：“幸亏只逃走一个；这妖精不该死，还可以饶了它。”就带着瓶子告辞了。

后来尚生在田间督促长工割麦，远远看见四姐坐在树下。尚生走到她面前，握住手慰问。四姐说：“分别十年了，现在我仙丹已经炼成。只是想你的念头没断，所以再来拜望你一次。”尚生想带她一起回家，四姐说：“我现在不像从前，再也不能染上人世的儿女之情，以后还会见面的。”说完，就不见了。

又过了二十多年，尚生正独个儿在家里，看见四姐从外面进来。尚生欣喜地与她说话。四姐说：“我现在已经成仙，本来不该再来人间。但感念你的恩情，所以特地来告诉你去世的日期。你要早点安排后事；也不必悲伤，我会超度你成为鬼仙，也不会受苦的。”就告辞而去。到了四姐说的那个日子，尚生果然死了。

尚生是我朋友李文玉的亲戚，我也曾见到过他。

祝　翁

济阳祝村有祝翁者，年五十余，病卒。家人入室理缞绖，忽闻翁呼甚急。群奔集灵寝，则见翁已复活。群喜慰问。翁但谓媪曰：“我适去，拚不复返。行数里，转思抛汝一副老皮骨在儿辈手，寒热仰人，亦无复生趣，不如从我去。故复归，欲偕尔同行也。”咸以其新苏妄语，殊未深信。翁又言之。媪云：“如此亦复佳。但方生，如何便得死？”翁挥之曰：“是不难。家中俗务，可速作料理。”媪笑不去。翁又促之。乃出户外，延数刻而入，绐之曰：“处置安妥矣。”翁命速妆。媪不去，翁催益急。媪不忍拂其意，遂裙妆以出。媳女皆匿笑。翁移首于枕，手拍令卧。媪曰：“子女皆在，双双挺卧，是何景象？”翁捶床曰：“并死有何可笑！”子女辈见翁躁急，共劝媪姑从其意。媪如言，并枕僵卧。家人又共笑之。俄视媪笑容忽敛，又渐而两眸俱合，久之无声，俨如睡去。众始近视，则肤已冰而鼻无息矣。试翁亦然，始共惊怛。

康熙二十一年，翁弟妇佣于毕刺史之家，言之甚悉。

异史氏曰：翁其夙有畸行与？泉路茫茫，去来由尔，奇矣！且白头者欲其去则呼令去，抑何其暇也！人当属纩之时，所最不忍诀者，床头之暱人耳；苟广其术，则卖履分香，可以不事矣。

【译文】

山东济阳县祝村有个祝老翁，五十多岁，生病死去。一家人到房里整理丧服。忽听祝翁叫得很急，大家奔到灵堂，只见祝翁已经复活。大家高兴地慰问。祝翁只对着老伴说："我刚才去，已横下心不回来。走了几里路，转念想丢下你一把老骨头在儿辈手里，冷暖要仰仗人，活着也没什么乐趣，不如跟我去。所以又回来，要同你一起走。"大家都以为他刚活转来胡言乱语，很不相信。祝翁又说了一遍。老伴说："这样也很好，只是正活得好好的，怎么就能死呢？"祝翁把手一挥说："这不难。家里杂务，可赶紧料理好。"老伴笑着不离开。祝翁又催她。于是老伴走出灵堂，拖延了一段时间才回来，哄他说："处理妥当了。"祝翁吩咐快去梳妆，老伴不去，祝翁催得更急了。老伴不忍违了他的意，就梳妆裙装出来。媳妇女儿都掩口暗笑。祝翁把头移向枕头一端，用手拍拍另一端叫老伴躺下。老伴说："儿女都在，双双直挺挺躺着，像什么样子？"祝翁捶着床说："死在一起有什么可笑！"子女辈看老人躁急，都劝母亲暂且照他意思办。老伴听从了，合睡一个枕头僵卧着。一家人又都笑起来。眨眼间，看老太笑容突然消失，又渐渐两眼都闭上，很久没有出声，活像睡着了。大家这才走近细看，已经身体冰凉鼻息全无。试摸祝翁，也是这样，才一起惊恐起来。

康熙二十一年（1682），祝翁的弟媳妇在毕刺史家当佣人，把这事说得很详细。

异史氏说：祝翁大概向来有特异功能吧？茫茫黄泉路，而能来去自由，奇了！再说白头老伴要她去就叫她一起去，又何其从容啊！人当临死的时候，最割舍不下的，是同枕共衾的亲人；如果人人都掌握祝翁的本领，那么像曹操遗嘱叫众姬妾分香卖履，都可以省掉了。

猪婆龙

猪婆龙产于西江。形似龙而短，能横飞；常出沿江岸扑食鹅鸭。或猎得之，则货其肉于陈、柯。此二姓皆友谅之裔，世食猪婆龙肉，他族不敢食也。一客自江右来，得一头，縶舟中。一日，泊舟钱塘，缚稍懈，忽跃入江。俄顷，波涛大作，估舟倾沉。

【译文】

扬子鳄俗称猪婆龙，生长在江西，形状像龙而较短，能横向飞行；经常出没在江边扑食鹅鸭。有人捕捉到，就把鳄肉卖给姓陈姓柯的人家。这两个姓都是元末明初义军领袖陈友谅的后裔，代代都吃鳄肉，其他人家不敢吃。有个客人从江西来，捉到一条扬子鳄，绑扎在船上。一天，船泊在钱塘江，缚的绳索略有松动，扬子鳄突然窜入江中。霎时间波涛汹涌，客人乘坐的那只货船被掀翻而沉没。

某公

陕右某公，辛丑进士。能记前身。尝言前生为士人，中年而死。死后见冥王判事，鼎铛油镬，一如世传。殿东隅，设数架，上搭猪羊犬马诸皮。簿吏呼名，或罚作马，或罚作猪；皆裸之，于架上取皮被之。俄至公，闻冥王曰："是宜作羊。"鬼取一白羊皮来，捺覆公体。吏白："是曾拯一人死。"王检籍覆视，示曰："免之。恶虽多，此善可赎。”鬼又褫其毛革。革已粘体，不可复动。两鬼捉臂按胸，力脱之，痛苦不可名状；皮片断裂，不得尽脱。既脱，近肩处，犹粘羊皮大如掌。公既生，背上有羊毛丛生，剪去复出。

【译文】

陕西某公，康熙元年（1661）进士，能记得前生的事情。曾说自己前生是读书人，中年就死了。死后在阴间看到阎罗王判决公事，巨大的火炉油锅，与人世传闻的完全一样。阎王殿东边，安放着几只架子，架上挂着猪羊狗马等各种毛皮。小吏呼唤鬼魂名字，有的罚做马，有的罚做猪；都剥光衣服，从架上取下皮披上。不一会轮到某公，只听阎罗王说：“这人应当罚他做羊。”鬼卒取来一张白羊皮，紧紧地套在某公身上。吏员报告说：“这人曾救活一条命。”阎罗翻开簿子查核，指示说：“赦免了他。作恶虽多，这桩善事可以赎罪。”鬼卒又替他剥去羊皮。羊皮已粘附在身上，不能再动。两鬼卒捉住手臂、揿牢胸口，使劲剥脱，痛苦没法形容；羊皮断裂成一片一片，不能完全取下。拉下以后，近肩处还粘着手掌大一块羊皮。某公出生时，背上有一丛羊毛，剪掉会重新长出来。

快　刀

明末，济属多盗。邑各置兵，捕得辄杀之。章丘盗尤多。有一兵佩刀甚利，杀辄导窾。一日，捕盗十余名，押赴市曹。内一盗识兵，逡巡告曰：“闻君刀最快，斩首无二割。求杀我！”兵曰：“诺。其谨依我，无离也。”盗从之刑处，出刀挥之，豁然头落。数步之外，犹圆转而大赞曰：“好快刀！”

【译文】

明朝末年，山东济南府境内强盗很多。各县都增添兵力，捕捉到就杀死。章丘县内强盗尤其多。有一名官兵佩刀很锋利，杀人好像从骨头缝隙中削过。一天，抓到十几名强盗，押赴刑场。其中一个强盗认识官兵，畏畏缩缩求告："听说你刀最快，杀头没有第二刀的。求求你杀我！"那个官兵说："好的。你小心靠在我身边，不要离开。"强盗跟他到了刑场，官兵挥刀一劈，人头豁然落下，滚到几步以外，还打着转大声称赞说："好快的刀！"

侠　女

顾生，金陵人。博于材艺，而家綦贫。又以母老，不忍离膝下，惟日为人书画，受贽以自给。行年二十有五，伉俪犹虚。

对户旧有空第，一老妪及少女，税居其中。以其家无男子，故未问其谁何。一日，偶自外入，见女郎自母房中出，年约十八九，秀曼都雅，世罕其匹，见生不甚避，而意凛如也。生入问母。母曰："是对户女郎，就吾乞刀尺。适言其家亦止一母。此女不似贫家产。问其何为不字，则以母老为辞。明日当往拜其母，便风以意；倘所望不奢，儿可代养其母。"

明日造其室，其母一聋媪耳。视其室，并无隔宿粮。问所业，则仰女十指。徐以同食之谋试之，媪意似纳，而转商其女；女默然，意殊不乐。母乃归。详其状而疑之曰："女子得非嫌吾贫乎？为人不言亦不笑，艳如桃李，而冷如霜雪，奇人也！"母子猜叹而罢。

一日，生坐斋头，有少年来求画。姿容甚美，意颇儇佻。诘所自，以“邻村”对。嗣后三两日辄一至。稍稍稔熟，渐以嘲谑；生狎抱之，亦不甚拒，遂私焉。由此往来暱甚。会女郎过，少年目送之，问为谁。对以“邻女”。少年曰：“艳丽如此，神情一何可畏！”少间，生入内。母曰：“适女子来乞米，云不举火者经日矣。此女至孝，贫极可悯，宜少周恤之。”生从母言，负斗米款门达母意。女受之，亦不申谢。日尝至生家，见母作衣履，便代缝纫；出入堂中，操作如妇。生益德之。每获馈饵，必分给其母，女亦略不置齿颊。

母适疽生隐处，宵旦号咷。女时就榻省视，为之洗创敷药，日三四作。母意甚不自安，而女不厌其秽。母曰：“唉！安得新妇如儿，而奉老身以死也！”言讫悲哽。女慰之曰：“郎子大孝，胜我寡母孤女什百矣。”母曰：“床头蹀躞之役，岂孝子所能为者？且身已向暮，旦夕犯雾露，深以祧续为忧耳。”言间，生入。母泣曰：“亏娘子良多！汝无忘报德。”生伏拜之。女曰：“君敬我母，我勿谢也；君何谢焉？”于是益敬爱之。然其举止生硬，毫不可干。

一日，女出门，生目注之。女忽回首，嫣然而笑。生喜出意外，趋而从诸其家。挑之，亦不拒，欣然交欢。已，戒生曰：“事可一而不可再！”生不应而归。明日，又约之。女厉色不顾而去。日频来，时相遇，并不假以词色。少游戏之，则冷语冰人。忽于空处问生：“日来少年谁也？”生告之。女曰：“彼举止态状，无礼于妾频矣。以君之狎暱，故置之。请更寄语：再复尔，是不欲生也已！”生至夕，以告少年，且曰：“子必慎之，是不可犯！”少年曰：“既不可犯，君何犯之？”生白其无。曰：“如其无，则猥亵之语，何以达君听哉？”生不能答。少年曰：“亦烦寄告：假惺惺勿作态；不然，我将遍播扬。”生甚怒之，情见于色，少年乃去。

一夕方独坐，女忽至，笑曰：“我与君情缘未断，宁非天数！”生狂喜而抱于怀。欻闻履声籍籍，两人惊起，则少年推扉入矣。生惊问：“子胡为者？”笑曰：“我来观贞洁人耳。”顾女曰：“今日不怪人耶？”女眉竖颊红，默不一语。急翻上衣，露一革囊，应手而出，则尺许晶莹匕首也。少年见之，骇而却走。追出户外，四顾渺然。女以匕首望空抛掷，戛然有声，烂若长虹；俄一物堕地作响。生急烛之，则一白狐，身首异处矣。大骇。女曰：“此君之娈童也。我固恕之，奈渠定不欲生何！”收刃入囊。生曳令入。曰：“适妖物败意，请来宵。”出门径去。

次夕，女果至，遂共绸缪。诘其术，女曰：“此非君所知。宜须慎秘，泄恐不为君福。”又订以嫁娶，曰：“枕席焉，提汲焉，非妇伊何也？业夫妇矣，何必复言嫁娶乎？”生曰：“将勿憎吾贫耶？”曰：“君固贫，妾富耶？今宵之聚，正以怜君贫耳。”临别嘱曰：“苟且之行，不可以屡。当来，我自来；不当来，相强无益。”后相值，每欲引与私语，女辄走避；然衣绽炊薪，悉为纪理，不啻妇也。

积数月，其母死，生竭力葬之。女由是独居。生意孤寝可乱，逾垣入，隔窗频呼，迄不应。视其门，则空室扃焉。窃疑女有他约。夜复往，亦如之。遂留佩玉于窗间而去之。越日，相遇于母所。既出，而女尾其后曰："君疑妾耶？人各有心，不可以告人。今欲使君无疑，乌得可？然一事烦急为谋。"问之，曰："妾体孕已八月矣，恐旦晚临盆。'妾身未分明'，能为君生之，不能为君育之。可密告母，觅乳媪，伪为讨螟蛉者，勿言妾也。"生诺，以告母。母笑曰："异哉此女！聘之不可，而顾私于我儿。"喜从其谋以待之。

又月余，女数日不至。母疑之，往探其门，萧萧闭寂。叩良久，女始蓬头垢面自内出。启而入之，则复阖之。入其室，则呱呱者在床上矣。母惊问："诞几时矣？"答云："三日。"捉绷席而视之，则男也，且丰颐而广额。喜曰："儿已为老身育孙子，伶仃一身，将焉所托？"女曰："区区隐衷，不敢掬示老母。俟夜无人，可即抱儿去。"母归与子言，窃共异之。夜往抱子归。

更数夕，夜将半，女忽款门入，手提革囊，笑曰："我大事已了，请从此别。"急询其故，曰："养母之德，刻刻不去诸怀。向云'可一而不可再'者，以相报不在床笫也。为君贫不能婚，将为君延一线之续。本期一索而得，不意信水复来，遂至破戒而再。今君德既酬，妾志亦遂，无憾矣。"问："囊中何物？"曰："仇人头耳。"检而窥之，须发交而血模糊。骇绝，复致研诘。曰："向不与君言者，以机事不密，惧有宣泄。今事已成，不妨相告：妾浙人。父官司马，陷于仇，彼籍吾家。妾负老母出，隐姓名，埋头项，已三年矣。所以不即报者，徒以有母在；母去，又一块肉累腹中：因而迟之又久。曩夜出非他，道路门户未稔，恐有讹误耳。”言已，出门。又嘱曰：“所生儿，善视之。君福薄无寿，此儿可光门闾。夜深不得惊老母，我去矣！”方凄然欲询所之，女一闪如电，瞥尔间遂不复见。生叹惋木立，若丧魂魄。明以告母，相为叹异而已。后三年，生果卒。子十八举进士，犹奉祖母以终老云。

异史氏曰：人必室有侠女，而后可以畜娈童也。不然，尔爱其艾豭，彼爱尔娄猪矣！

【译文】

顾姓书生是金陵人。多才多艺，而家境贫寒。又因为母亲年老，不忍离家远出，只是每天为人写字作画，赚点钱维持生活。二十五岁了，还没娶媳妇。

对门原有一座空房子。有个老太太带着个年轻女郎，租下来住了。由于这家没有男人，所以顾生也没问她们是什么人。一天，偶尔从外面回来，看见女郎从母亲房里出来，年纪大约十八九岁，长得秀丽端庄，世上少有。遇见顾生也不怎么躲避，可是态度却很严肃。顾生进房问母亲，母亲说：“这是对门住的女子，向我借剪子尺子。刚才她说家里也只有一个老娘。这女子不像穷人家出身。问她为什么不嫁人，说母亲年老无人照顾。我明天要去拜访她母亲，顺便探探口风，如果要求不高，不妨两家并一家，你代养她的母亲得了。”

第二天顾老太到那家去，女郎的母亲是个聋老婆子罢了。打量她们家里，连隔夜粮都没有。问从事什么职业，原来全靠女郎十个手指。顾老太渐渐用一起过日子的打算试探，聋老太似乎能接受，可是转而和女儿商量时，女郎一言不发，显得很不乐意。顾老太就回家了，把情况详细告诉顾生，不无疑问地说："那女子莫不是嫌我家太穷吧？她的举止不说也不笑，艳如桃李，而冷若冰霜，是个奇人！"母子两人猜测感叹了一番也就罢了。

一天，顾生坐在书房门口，有个小伙子来求他作画。外表很漂亮，神情相当轻佻。顾生问从哪儿来，回答说是"邻村"。打这以后隔两三天总来一次。稍为熟悉了，渐渐取笑嬉闹。顾生亲热地把他搂在怀里，他也不挣脱，就淫乱起来。从此往来亲昵极了。正好女郎来顾家，小伙子目送她走，问是谁，顾生回答是邻居的女儿。小伙子说："这女子如此艳丽，神态多么可怕！"过了一会，顾生进里屋。母亲说："刚才对门女子来借米，说灶上不生火有一天了。这女子极孝顺，穷得可怜，理当周济她一点。"顾生听母亲的话，背了一斗米，到对门说明母亲的心意。女郎收下米，也并不道谢。日常到顾生家，看见顾母裁制衣鞋，就代为缝纫；进出堂屋做家务，像儿媳妇似的。顾生更为感激。每得到人家送来好吃的东西，一定分些给她母亲，女郎也一点不把谢意挂在嘴上。

顾老太正值阴部生了个毒疮，半夜哭叫到天亮。女郎常来病榻旁照顾，替她洗疮口敷药，一天三四回。顾老太很不过意，可是女郎不嫌脏臭。顾老太说："唉！怎能娶个像你这样的儿媳妇，侍候我到死呢！"说罢伤心哽咽起来。女郎安慰她说："你儿子非常孝顺，比我们寡母孤女强过十倍百倍哩。"顾老太说："病榻旁来来去去的事，岂是孝子所能做的？况且我已老迈，早晚要入土了，很为接续祖宗香火而忧虑罢了。"正说着，顾生进来。顾老太流下眼泪说："欠这姑娘的情太多了，你不要忘记报答她的恩情。"顾生伏地拜谢。女郎说："你照顾我母亲，我不道谢；你又何必谢我呢？"打这以后顾生更敬重和爱慕她。可是她一举一动很古板，毫无亲近的可能。

一天，女郎出去，顾生眼睛盯在她身上。女郎忽然回头，对顾生嫣然一笑。顾生喜出望外，快步跟到她家。挑逗她，也不拒绝，就与她欣然交欢。事后，女郎告诫顾生说；"这种事情只能有一次，不能有第二次！"顾生没应声，就回家了。第二天，又约她，女郎面孔铁板不睬他，径自走了。她每天还是常来，也经常遇见顾生，但并不随便说笑。对她稍有嬉皮笑脸，她就冷冷的几句话使他心凉。忽然在没人的地方问顾生："每天来的小伙子是谁?"顾生告诉了她。女郎说："这小子举动态度，对我无礼已不止一次。因为是你喜欢的人，所以没计较。请转告他：再这样，是不想活了吧!"到晚上，顾生传话给小伙子，并且说："你一定要小心，她是不能冒犯的!"小伙子说："既然冒犯不得，你怎么把她冒犯了?"顾生声称没这事。小伙子说："如果没有，那么这些不干不净的话，怎么到你耳朵里呢?"顾生被问住了。小伙子说："也请你转告她：不要装模作样假正经；不然，我就要到处张扬。"顾生很恼怒，脸上也露出来，小伙子才走了。

一天晚上顾生正独自坐着，女郎忽然来，笑着说："我与你缘分没断，这岂不是天意!"顾生狂喜，把她抱在怀里。忽然听得踢踢跶跶的鞋声，两人慌忙起来，小伙子已经推门进来了。顾生吃惊地问："你干什么?"小伙子奸笑着说："我来看贞洁的人嘛。"回头对女郎说："今天不责怪我了吧?"女郎双眉倒竖，两颊绯红，一声不吭，猛然翻开上衣，露出一个皮袋，应手而出的，是尺来长一把寒光闪闪的匕首。小伙子一见，吓得掉头就跑。女郎追到门外，四周一看，没了踪影，她把匕首掷向空中，戛的一声，光芒灿烂像一道长虹。霎时间一样东西坠地有声。顾生连忙拿灯来照，原来是一只白狐狸，脑袋和身体已分了家。顾生惊慌万分。女郎说："这就是你的相好美童。我一再宽恕他，他一定不想活又有什么办法!"把匕首收入皮袋。顾生拉她进房，女郎说："刚才被妖怪败了兴，请等到明天晚上吧。"出门一直走了。

第二天晚上，女郎果然来了，就一起情意缠绵了一番。顾生问起她的剑术，女郎说："这不是你所能知的。而且需要严守秘密，泄漏出去怕对你不利。"顾生要同她结婚，女郎说："同床共枕了，提水烧饭了，不是媳妇又是什么？已经是夫妻了，何必再谈结婚呢?"顾生说："不会是嫌我穷吧?"女郎说："你确实穷，我就富了吗？今夜欢聚，正因为同情你穷罢了。"临别叮嘱说："这种不可告人的事，不能常做。该来，我自己会来；不该来，你勉强也没有用。"以后遇见，顾生常想拉她讲情话，女郎总是赶快避开；可是缝衣做饭，都为他安排得井井有条，等于就是媳妇了。

过了几个月，女郎的母亲去世，顾生竭尽全力料理了丧葬。女郎从此一人独居。顾生以为她孤单一人可以偷情，翻墙进去，隔窗频频呼唤，到底不应声。看她门，空房间反锁着。怀疑她另有所约。夜间再去，也是一样。于是在窗上留下一块佩玉走了。第二天，在母亲那儿遇到她。出来以后，女郎跟在他身后说："你怀疑我吗？人各有心事，不能告诉别人。现在要你消除疑心，哪能办到？可是有件事要劳你赶紧想办法。"问是什么事，女郎说："我怀孕已八个月了，怕早晚就要临产。我身份还没明确，能替你生下，不能替你抚养。可以悄悄告诉你母亲，去找个奶妈，假装是领养的孩子，不要说是我生的。"顾生应诺，告诉了母亲。母亲笑着说："这女子真怪！娶她不同意，却倒与我儿私下来往。"高高兴兴依她的意思做好准备。

又过了一个多月，女郎好几天没来。顾老太心中怀疑，到对门去探望，门冷冷清清关着。敲门多时，女郎才蓬头垢面从里面出来。开门让进，又把门关上。进她房，只见一个婴儿已在床上了。顾老太惊讶地问："生下多久了？"女郎答道："三天了。"顾老太掀开襁褓看，是个男孩，胖胖的脸，宽宽的额头。喜形于色说："孩子，你已替我生下了孙儿，孤零零一个人，将来哪儿才是你托身的地方？"女郎说："我有些心事，不敢讲给老妈妈听。等夜深无人，可以就来把孩子抱去。"顾老太回家与儿子说了，都感到不可理解。当夜就去把孩子抱来了。

过了几天，快到半夜时分，女郎忽然敲门进来，手上提个皮袋，笑着说："我大事已了结，从此要告别了。"顾生忙问她缘故，女郎说："你赡养我母亲的恩情，没有一刻不记在心里。先前说'只能同房一次，不能有第二次'，因为报答，不在枕席之间。你穷，结不起婚，我要替你留下一个后代。本希望一次成功，不料月经又来，只能破戒而有第二次。如今你的恩情已经报答，我的愿望也已经实现，没有遗憾了。"顾生问："皮袋中是什么？"女郎说："仇人的脑袋罢了。"顾生拿来一看，胡子头发纠在一起，血肉模糊，吓得要死，再次向女郎追问情由。女郎说："从前不告诉你，因为机密事不保密，怕会泄露出去。如今事已成功，告诉你也无妨：我是浙江人。父亲做过兵部尚书，被仇人陷害，家也被抄了。

我背负母亲逃出，隐姓埋名，不出头露面，已三年了。所以不立即去报仇，只是因为母亲在；母亲去世，又有肚子里一块肉拖累着：因此又拖了很久。那天夜里外出不是别的，是仇家的门户道路还不熟，怕出差错罢了。”说完，出门而去，又嘱咐说：“我生的孩子，好好抚养。你福分薄，寿命短，这个孩子能光耀门庭。夜深，不要惊动老母亲，我走了！”顾生凄然，正要问她去哪里，她像闪电一样，一眨眼间就无影无踪了。顾生叹惜着，木头般站在那里，好像丢了魂魄。第二天告诉了母亲，母子两人只是惊奇叹息罢了。

后来过了三年，顾生真的死了。他儿子十八岁中了进士，还奉养祖母安度晚年。

异史氏说：男人一定要娶侠女这样的妻子，才可以玩弄美少年。不然，你喜欢他，他要勾引你老婆了！

酒　　友

车生者，家不中赀。而耽饮，夜非浮三白不能寝也，以故床头樽常不空。

一夜睡醒，转侧间，似有人共卧者，意是覆裳堕耳。摸之，则茸茸有物，似猫而巨；烛之，狐也，酣醉而大卧。视其瓶，则空矣。因笑曰：“此我酒友也。”不忍惊，覆衣加臂，与之共寝。留烛以观其变。

半夜，狐欠伸。生笑曰：“美哉睡乎！”启覆视之，儒冠之俊人也。起拜榻前，谢不杀之恩。生曰：“我癖于曲糵，而人以为痴；卿，我鲍叔也。如不见疑，当为糟丘之良友。”曳登榻，复寝。且言：“卿可常临，无相猜。”狐诺之。

生既醒，则狐已去。乃治旨酒一盛，耑伺狐。抵夕，果至，促膝欢饮。狐量豪善谐，于是恨相得晚。狐曰：“屡叨良酝，何以报德？”生曰：“斗酒之欢，何置齿颊！”狐曰：“虽然，君贫士，杖头钱大不易。当为君少谋酒赀。”明夕，来告曰：“去此东南七里，道侧有遗金，可早取之。”诘旦而往，果得二金，乃市佳肴，以佐夜饮。狐又告曰：“院后有窖藏，宜发之。”如其言，果得钱百余千。喜曰：“囊中已自有，莫漫愁沽矣。”狐曰：“不然，辙中水胡可以久掬？合更谋之。”

异日，谓生曰：“市上荞价廉，此奇货可居。”从之，收荞四十余石。人咸非笑之。未几，大旱，禾豆尽枯，惟荞可种；售种，息十倍。由此益富，治沃田二百亩。但问狐，多种麦则麦收，多种黍则黍收，一切种植之早晚，皆取决于狐。日稔密，呼生妻以嫂，视子犹子焉。后生卒，狐遂不复来。

【译文】

车生家里不怎么富裕，却酷嗜酒，夜里不喝三大杯，就睡不着觉，因此床头的酒瓶常不让它空着。

一夜睡醒，翻身时，好像有人睡在身旁，以为是盖在身上的衣裳滑到了一边。一摸，毛茸茸有一样东西，像猫，可又大一点。用灯一照，原来是一只狐狸，醉得不轻，正在睡大觉。看那酒瓶，已经一滴不剩。就笑道：“这是我的酒友。”不忍惊动它，取衣服给它盖上，用手臂揽着，与它一起睡。留着蜡烛，看它有什么变化。

半夜里，狐狸打呵欠伸懒腰。车生笑着说：“睡得真美！”掀开衣裳一看，是个斯文的美少年。起身在床前下拜，感谢车生不杀之恩。车生说：“我嗜酒成癖，别人以为我痴；你，是我的知己。假如不受你怀疑，我要与你结为酒中良友。”说着把狐狸拉上床，重新睡下，并且说：“你请常来，不必猜疑。”狐狸答应了。

车生醒后，狐狸已经去了。就准备了一坛美酒，专候狐狸来。到晚上，果然来了，促膝谈心，欢饮美酒。狐狸酒量很大，谈吐幽默，车生只恨相识太晚。狐狸说："多次叨扰美酒，用什么报答呢？"车生说："斗酒之欢，何必挂齿。"狐狸说："虽然这么说，你一个穷书生，买酒的钱来之不易。我要替你想办法弄点酒钱。"第二天晚上，狐狸来告诉说："离这儿东南七里，路边有人家遗失的银子，可以一早去取来。"车生天一亮就去，果然拾到二两银子，就买了好菜，夜里下酒。狐狸又告诉说："院子后面埋着有东西，可以去挖掘。"车生照着办了，果真得到一百多贯钱。他高兴地对狐狸说："现在口袋里有的是钱，莫愁买不起酒了。"狐狸说："不要这样高兴，车辙沟里那点儿水，哪经得起长久去舀？还要再想办法。"

另一天，狐狸对车生说："市场上荞麦的价格很便宜，这是囤积居奇的好机会。"车生听从它，收购了四十多石荞麦。人都笑话他。不久，大旱，庄稼都枯死了，只有荞麦可以种。出售荞麦种，利息十倍。从此车生更富有，买了二百亩良田。只听狐狸的，多种麦，麦就丰收，多种黄米，黄米就丰收。一切播种的早晚，都取决于狐狸。狐狸与车生一天天亲密，叫他妻子为嫂子，把他儿子当侄子。后来车生去世，狐狸就不再来了。

莲　香

桑生，名晓，字子明，沂州人。少孤，馆于红花埠。桑为人静穆自喜，日再出，就食东邻，余时坚坐而已。东邻生偶至戏曰："君独居不畏鬼狐耶？"笑答曰："丈夫何畏鬼狐？雄来吾有利剑，雌者尚当开门纳之。"邻生归，与友谋，梯妓于垣而过之，弹指叩扉。生窥问其谁，妓自言为鬼。生大惧，齿震震有声。妓逡巡自去。邻生早至生斋，生述所见，且告将归。邻生鼓掌曰："何不开门纳之?”生顿悟其假，遂安居如初。

积半年，一女子夜来叩斋。生意友人之复戏也，启门延入，则倾国之姝。惊问所来。曰:“妾莲香，西家妓女。”埠上青楼故多，信之。息烛登床，绸缪甚至。自此三五宿辄一至。

一夕，独坐凝思，一女子翩然入。生意其莲，承逆与语。觌面殊非，年仅十五六，亸袖垂髫，风流秀曼，行步之间，若还若往。大愕，疑为狐。女曰:“妾良家女，姓李氏。慕君高雅，幸能垂盼。”生喜。握其手，冷如冰，问:“何凉也?”曰:“幼质单寒，夜蒙霜露，那得不尔!”既而罗襦衿解，俨然处子。女曰:“妾为情缘，葳蕤之质，一朝失守。不嫌鄙陋，愿常侍枕席。房中得无有人否?”生云:“无他，止一邻娼，顾不常至。”女曰:“当谨避之。妾不与院中人等，君秘勿泄。彼来我往，彼往我来可耳。”鸡鸣欲去，赠绣履一钩，曰:“此妾下体所着，弄之足寄思慕。然有人慎勿弄也!”受而视之，翘翘如解结锥。心甚爱悦。越夕无人，便出审玩。女飘然忽至，遂相款昵。自此每出履，则女必应念而至。异而诘之。笑曰:“适当其时耳。”

一夜，莲来，惊曰:“郎何神气萧索?”生言:“不自觉。”莲便告别，相约十日。去后，李来恒无虚夕。问:“君情人何久不至?”因以相约告。李笑曰:“君视妾何如莲香美?”曰:“可称两绝。但莲卿肌肤温和。”李变色曰:“君谓双美，对妾云尔。渠必月殿仙人，妾定不及。”因而不欢。乃屈指计，十日之期已满，嘱勿漏，将窃窥之。次夜，莲香果至，笑语甚洽。及寝，大骇曰："殆矣！十日不见，何益惫损？保无他遇否？"生询其故。曰："妾以神气验之，脉拆拆如乱丝，鬼症也。"次夜，李来，生问："窥莲香何似？"曰："美矣。妾固谓世间无此佳人，果狐也。去，吾尾之，南山而穴居。"生疑其妒，漫应之。

逾夕，戏莲香曰："余固不信，或谓卿狐者。"莲亟问："是谁所云？"笑曰："我自戏卿。"莲曰："狐何异于人？"曰："惑之者病，甚则死，是以可惧。"莲香曰："不然。如君之年，房后三日，精气可复，纵狐何害？设旦旦而伐之，人有甚于狐者矣。天下病尸瘵鬼，宁皆狐蛊死耶？虽然，必有议我者。"生力白其无。莲诘益力。生不得已，泄之。莲曰："我固怪君惫也。然何遽至此？得勿非人乎？君勿言，明宵，当如渠之窥妾者。"

是夜李至，裁三数语，闻窗外嗽声，急亡去。莲入曰："君殆矣！是真鬼物！暱其美而不速绝，冥路近矣！"生意其妒，默不语。莲曰："固知君不忘情，然不忍视君死。明日，当携药饵，为君以除阴毒。幸病蒂犹浅，十日恙当已。请同榻以视痊可。"次夜，果出刀圭药啖生。顷刻，洞下三两行，觉脏腑清虚，精神顿爽。心虽德之，然终不信为鬼。

莲香夜夜同衾偎生；生欲与合，辄止之。数日后，肤革充盈。欲别，殷殷嘱绝李。生谬应之。及闭户挑灯，辄捉履倾想。李忽至。数日隔绝，颇有怨色。生曰："彼连宵为我作巫医，请勿为怼，情好在我。"李稍怿。生枕上私语曰："我爱卿甚，乃有谓卿鬼者。"李结舌良久，骂曰："必淫狐之惑君听也！若不绝之，妾不来矣！"遂呜呜饮泣。生百词慰解，乃罢。

隔宿，莲香至，知李复来，怒曰："君必欲死耶！"生笑曰："卿何相妒之深？"莲益怒曰："君种死根，妾为若除之，不妒者将复何如？"生托词以戏曰："彼云前日之病，为狐祟耳。"莲乃叹曰："诚如君言，君迷不悟，万一不虞，妾百口何以自解？请从此辞。百日后当视君于卧榻中。"留之不可，怫然径去。由是于李夙夜必偕。约两月余，觉大困顿。初犹自宽解；日渐羸瘠，惟饮饘粥一瓯。欲归就奉养，尚恋恋不忍遽去。因循数日，沉绵不可复起。邻生见其病惫，日遣馆僮馈给食饮。生至是疑李，因谓李曰："吾悔不听莲香之言，一至于此！"言讫而瞑。移时复苏，张目四顾，则李已去，自是遂绝。

生羸卧空斋，思莲香如望岁。一日，方凝想间，忽有搴帘入者，则莲香也。临榻哂曰："田舍郎，我岂妄哉！"生哽咽良久，自言知罪，但求拯救。莲曰："病入膏肓，实无救法。姑来永诀，以明非妒。"生大悲曰："枕底一物，烦代碎之。"莲搜得履，持就灯前，反复展玩。李女欻入，卒见莲香，返身欲遁。莲以身蔽门，李窘急不知所出。生责数之，李不能答。莲笑曰："妾今始得与阿姨面相质。昔谓郎君旧疾，未必非妾致，今竟何如？"李俯首谢过。莲曰："佳丽如此，乃以爱结仇耶？"李即投地陨泣，乞垂怜救。莲遂扶起，细诘生平。曰：

"妾，李通判女，早夭，瘗于墙外。已死春蚕，遗丝未尽。与郎偕好，妾之愿也；致郎于死，良非素心。"莲曰："闻鬼物利人死，以死后可常聚，然否？"曰："不然。两鬼相逢，并无乐处；如乐也，泉下少年郎岂少哉！"莲曰："痴哉！夜夜为之，人且不堪，而况于鬼？"李问："狐能死人，何术独否？"莲曰："是采补者流，妾非其类。故世有不害人之狐，断无不害人之鬼，以阴气盛也。"

生闻其语，始知狐鬼皆真。幸习常见惯，颇不为骇。但念残息如丝，不觉失声大痛。莲顾问："何以处郎君者？"李赧然逊谢。莲笑曰："恐郎强健，醋娘子要食杨梅也。"李敛衽曰："如有医国手，使妾得无负郎君，便当埋首地下，敢复靦然于人世耶！"

莲解囊出药，曰："妾早知有今，别后采药三山，凡三阅月，物料始备，瘵蛊至死，投之无不苏者。然症何由得，仍以何引，不得不转求效力。"问："何需？"曰："樱口中一点香唾耳。我一丸进，烦接口而唾之。"李晕生颐颊，俯首转侧而视其履。莲戏曰："妹所得意惟履耳！"李益惭，俯仰若无所容。莲曰："此平时熟技，今何吝焉？"遂以丸纳生吻，转促逼之。李不得已，唾之。莲曰："再！"又唾之。凡三四唾，丸已下咽。少间，腹殷然如雷鸣。复纳一丸，自乃接唇而布以气。生觉丹田火热，精神焕发。莲曰："愈矣！"李听鸡鸣，彷徨别去。

莲以新瘥，尚须调摄，就食非计；因将户外反关，伪示生归，以绝交往，日夜守护之。李亦每夕必至，给奉殷勤，事莲犹姊。莲亦深怜爱之。居三月，生健如初。李遂数夕不至；偶至，一望即去。相对时，亦悒悒不乐。莲常留与共寝，必不肯。生追出，提抱以归，身轻若刍灵。女不得遁，遂着衣偃卧，踡其体不盈二尺。莲益怜之，阴使生狎抱之，而撼摇亦不得醒。生睡去；觉而索之，已杳。后十余日，更不复至。生怀思殊切，恒出履共弄。莲曰："窈娜如此，妾见犹怜，何况男子！"生曰："昔日弄履则至，心固疑之，然终不料其鬼。今对履思容，实所怆恻。"因而泣下。

先是，富室张姓有女字燕儿，年十五，不汗而死。终夜复苏，起顾欲奔。张扃户，不得出。女自言："我通判女魂。感桑郎眷注，遗舄犹存彼处。我真鬼耳，锢我何益？"以其言有因，诘其至此之由。女低徊反顾，茫不自解。或有言桑生病归者，女执辨其诬。家人大疑。东邻生闻之，逾垣往窥，见生方与美人对语；掩入逼之，张皇间已失所在。邻生骇诘。生笑曰："向固与君言，雌者则纳之耳。"邻生述燕儿之言。生乃启关，将往侦探，苦无由。

张母闻生果未归，益奇之。故使佣媪索履，生遂出以授。燕儿得之喜。试着之，鞋小于足者盈寸，大骇。揽镜自照，忽恍然悟己之借躯以生也者，因陈所由。母始信之。女镜面大哭曰："当日形貌，颇堪自信，每见莲姊，犹增惭怍。今反若此，人也不如其鬼也！"把履号咷，劝之不解。蒙衾僵卧。食之，亦不食，体肤尽肿；

凡七日不食，卒不死，而肿渐消；觉饥不可忍，乃复食。数日，遍体瘙痒，皮尽脱。晨起，睡舄遗堕，索着之，则硕大无朋矣。因试前履，肥瘦脗合，乃喜。复自镜，则眉目颐颊，宛肖生平，益喜。盥栉见母，见者尽眙。莲香闻其异，劝生媒通之；而以贫富悬邈，不敢遽进。

会媪初度，因从其子婿行，往为寿。媪睹生名，故使燕儿窥帘认客。生最后至，女骤出，捉袂，欲从与俱归。母诃谯之，始惭而入。生审视宛然，不觉零涕，因拜伏不起。媪扶之，不以为侮。生出，浼女舅执柯。媪议择吉赘生。生归告莲香，且商所处。莲怅然良久，便欲别去。生大骇泣下。莲曰："君行花烛于人家，妾从而往，亦何形颜？"生谋先与旋里而后迎燕，莲乃从之。生以情白张。张闻其有室，怒加诮让。燕儿力白之，乃如所请。

至日，生往亲迎。家中备具，颇甚草草；及归，则自门达堂，悉以罽毯贴地，百千笼烛，烂列如锦。莲香扶新妇入青庐，搭面既揭，欢若生平。莲陪卺饮，因细诘还魂之异。燕曰："尔日抑郁无聊，徒以身为异物，自觉形秽。别后愤不归墓，随风漾泊。每见生人则羡之。昼凭草木，夜则信足浮沉。偶至张家，见少女卧床上，近附之，未知遂能活也。"莲闻之，默默若有所思。

逾两月，莲举一子。产后暴病，日就沉绵。捉燕臂曰："敢以孽种相累，我儿即若儿。"燕泣下，姑慰藉之。为召巫医，辄却之。沉痼弥留，气如悬丝。生及燕儿皆哭。忽张目曰："勿尔！子乐生，我乐死。如有缘，十年后可复得见。”言讫而卒。启衾将敛，尸化为狐。生不忍异视，厚葬之。子名狐儿，燕抚如己出。每清明，必抱儿哭诸其墓。

后生举于乡，家渐裕。而燕苦不育。狐儿颇慧，然单弱多疾。燕每欲生置媵。一日，婢忽白：“门外一妪，携女求售。”燕呼入。卒见，大惊曰：“莲姊复出耶!”生视之，真似，亦骇。问：“年几何?”答云：“十四。”“聘金几何?”曰：“老身止此一块肉，但俾得所，妾亦得啖饭处，后日老骨不至委沟壑，足矣。”生优价而留之。燕握女手，入密室，撮其颔而笑曰：“汝识我否?”答言：“不识。”诘其姓氏，曰：“妾韦姓。父徐城卖浆者，死三年矣。”燕屈指停思，莲死恰十有四载。又审视女，仪容态度，无一不神肖者。乃拍其顶而呼曰：“莲姊，莲姊！十年相见之约，当不欺吾。”女忽如梦醒，豁然曰：“咦!”熟视燕儿。生笑曰：“此‘似曾相识燕归来’也。”女泫然曰：“是矣。闻母言，妾生时便能言，以为不祥，犬血饮之，遂昧宿因。今日始如梦寤。娘子其耻于为鬼之李妹耶?”共话前生，悲喜交至。

一日，寒食，燕曰：“此每岁妾与郎君哭姊日也。”遂与亲登其墓，荒草离离，木已拱矣。女亦太息。燕谓生曰：“妾与莲姊两世情好，不忍相离，宜令白骨同穴。”生从其言，启李冢得骸，舁归而合葬之。亲朋闻其异，吉服临穴，不期而会者数百人。

余庚戌南游至沂，阻雨，休于旅舍。有刘生子敬，其中表亲，出同社王子章所撰桑生传，约万余言，得卒读。此其崖略耳。

异史氏曰：嗟乎！死者而求其生，生者又求其死，天下所难得者，非人身哉？奈何具此身者，往往而置之，遂至觍然而生不如狐，泯然而死不如鬼。

【译文】

有个书生姓桑，名晓，字子明，山东沂州人。自幼父母双亡，在红花埠寓居。桑生秉性喜欢静默独处，每天两次外出，到东边邻居家就餐，其余时间端坐而已。东邻某生偶尔来串门，开玩笑说："你一个人住，不怕鬼狐吗？"桑生笑着回答："大丈夫怕什么鬼狐？雄的来，我有利剑；雌的来，我还要开门请进呢。"东邻生回去，与朋友合谋，架梯子叫妓女越墙过去，弹指扣门。桑生窥探着问她是谁，妓女自称是鬼。桑生大为害怕，牙齿格格作响。妓女迟疑徘徊了一阵自行离去。第二天清早，东邻生到桑生书斋来，桑生叙述夜来所见，并告诉他要回家去了。东邻生拍手说："你为什么不开门请进？"桑生顿时明白这是恶作剧，就住下像原来一样。

过了半年，有个女子深夜来敲书斋门。桑生以为又是朋友们故伎重演，开了门请她进房，原来是貌可倾国的美女。惊奇地问她从哪里来。她说："我叫莲香，是西家的妓女。"红花埠上原有许多妓院，桑生信了。熄烛上床，恩爱异常。从此每隔三五夜就来一次。

一天晚上，桑生独自坐着凝思默想，一个姑娘翩然进来。桑生以为是莲香，起身相迎与她说话。一照面才发觉错了，只有十五六岁，长袖斜拖，秀发旁垂，体态风流袅娜，行步飘飘忽忽。桑生非常惊愕，怀疑她是狐狸。那姑娘说："我是良家女子，姓李。仰慕你高雅，希望能得到你的垂青。"桑生很高兴，握她的手，冷得像冰，就问："怎么这样凉？"她说："年幼体弱，夜里冒着霜露，哪能不凉？"罗衣解开以后，完全是个处女。姑娘说："我为了情缘，处女的贞操一朝失守。不嫌我粗鄙可厌，愿常陪你共枕席。房里该不有人了吧？"桑生说："没有别人，只有邻近一个妓女，但也不常来。"姑娘说："要小心避开她。我与妓院里的人身份不同，你要秘而勿宣。她来我去，她去我来就得了。”鸡刚报晓，姑娘就要告辞，送给桑生一只绣鞋，说：“这是我脚上穿的，把玩它足以寄托情思。可是有人的时候千万不要把玩！”桑生接过绣鞋细瞧，纤小精巧得像解结的锥子，心里很珍爱。隔天晚上没人，就拿出来鉴赏。姑娘飘然而来，就尽情亲昵。从此每拿出绣鞋，姑娘必应念而到。桑生感到奇怪，问她。她笑笑说：“正好来得巧罢了。”

一夜莲香来了，惊诧地说：“你气色为什么这么难看？”桑生说：“自己不觉得。”莲香就告别，约定十天后再见。莲香去后，李姑娘没有一天晚上脱空，问桑生：“你的情人为什么好久不来了？”桑生把约好的日子告诉她。李姑娘笑着说：“你看我和莲香谁美？”桑生说：“称得上是双绝。但莲香的肌肤比你温和。”李姑娘沉下脸说：“你说是双美，那是对我才这么说。她一定是月里嫦娥，我一定及不上。”因而不快活。就屈指计算，十天约期已满，嘱咐桑生不要走漏消息，她要偷看莲香。第二天夜里，莲香果然来了，说说笑笑很融洽。等睡下，莲香大惊说：“险了！十天没见，为什么更疲惫委顿了？你保证没有其他外遇吗？”桑生问她此话怎说。莲香说：“我根据精神元气来检验，你的脉息散而不聚像乱丝，这是鬼症。”第二夜李姑娘来了，桑生问：“偷看莲香你把她比作什么？”李姑娘说：“美极了。我本来就说人间没有如此佳人，果然是狐狸。她去后，我尾随着，看她到南山钻进洞里去了。”桑生怀疑她嫉妒，随口应了一声。

过了一夜，桑生跟莲香打趣说：“我根本不相信，有人说你是狐狸。”莲香急忙问：“是谁说的？”桑生笑道：“我自己同你开玩笑。”莲香说：“狐与人有什么不同？”桑生说：“迷上了的要生病，甚至死亡，因此可怕。”莲香说：“不对。像你的年龄，同房后三天，精气就可恢复，就算是狐狸有什么害处？假如天天同房，人也可能比狐狸更有害。普天下耗精竭血而死的，难道都是狐狸精迷死的吗？虽然你说是开玩笑，一定有人背地议论我。”桑生竭力辩白没有。莲香追问得更紧。桑生不得已，漏了出来。莲香说：“我本来就奇怪你疲惫。但何至于一下子虚弱到这地步？莫非她不是人么？你不要说，明天晚上，我也要像她偷看我一样偷看她。”

这夜李姑娘来，才说了三四句话，听窗外有咳嗽声，急忙遁去。莲香进来说：“你危险了！这千真万确是个鬼！爱她美而不赶快断绝，死期就不远了！”桑生以为她嫉妒，便一声不响。莲香说：“我早就料到你不会忘情，可是我不忍心看你死。明天我会带药来，替你清除阴毒。幸亏病根还浅，十天病该好了。让我同床看护你病好。”第二夜，莲香果真拿出一小包药给桑生服用。顷刻之间，排出两三行阴气，顿时觉得脏腑清虚，精神爽健。心里虽然感激莲香，可是到底不相信李姑娘是鬼。

莲香夜夜一个被窝偎依着桑生；桑生想与她交合，她总拒绝。几天之后，桑生肌肤丰满。莲香要暂别，临去殷切叮嘱与李姑娘断了，桑生佯装答应。到晚上关门挑灯，就握着绣鞋想入非非。李姑娘忽然来临，几天隔绝，很有点怨恨的表情。桑生说：“莲香连夜为我治病，你不要责怪，我不会变心。”李姑娘才有点喜色。桑生在枕边悄悄说：“我非常爱你，而竟有人说你是鬼。”李姑娘听了，话都说不出来，停了好久，骂道：“一定淫狐在你耳边说了鬼话！如果不跟她断，我就不来了。”就不敢出声地呜呜哭泣。桑生用好话百般劝慰，才罢。

隔了一宵，莲香到，知道李姑娘又来过，发怒说：“你一定要找死吗！”桑生笑道：“你为什么嫉妒得这么厉害?”莲香更火了，说：“你种下了死根，我替你除掉了。不嫉妒的又该怎样?”桑生托词开玩笑说：“她说我前些日子的病，是狐狸作怪呢。”莲香就叹了口气说：“真像你所说，你又执迷不悟，万一有不测之祸，我一百张嘴也说不清。让我从此告辞，一百天以后当在病床上看望你。”桑生留不住，她满脸不高兴一直去了。从这以后，李姑娘早夜和他形影不离。大约两个多月，桑生觉得身体十分疲乏。起初还自我宽慰；后来一天天消瘦下来，每天只喝一碗粥。想要回故里将息调养，还留恋着不忍立即离去。拖了几天，病势沉重不能再起床。东邻生看他病得厉害，每天派僮仆送吃的喝的给他。桑生到这时才怀疑李姑娘，就对她说：“我后悔没听莲香的话，落得这样下场！”说完昏了过去。过了好一会儿重新苏醒过来，张眼四望，李姑娘已去，从此就绝迹不来了。

桑生困卧空房，想念莲香像农民望收成。一天，正出神凝想间，忽有人掀帘而入，竟是莲香。到病床边嘲笑地说：“乡巴佬！

我难道胡说吗?”桑生哽咽良久，说自己已知罪，只求她拯救。莲香说：“你已病入膏肓，实在无法可救。姑且来与你永别，以表明我不是嫉妒。”桑生十分悲伤说：“枕头底下一件东西，劳你代为毁了它。”莲香搜寻到那只绣鞋，拿到灯前反复把玩。李姑娘忽地进来，猝然见到莲香，回身想逃。莲香用身子堵住门，李姑娘窘急不知如何才能走出。桑生责备数落她，她没话可答。莲香笑着说：“我今天才能与你当面对质。先前你说他的病，未必不是我所造成；现在到底怎么样?”李姑娘低头认错。莲香说：“如此花容月貌，竟将恩爱结冤仇吗?”李姑娘就跪下痛哭流涕，请求怜悯相救。莲香扶她起来，细问她生平。李姑娘说：“我是李通判的女儿，早年夭折，埋葬在墙外。春蚕已死，情丝未尽。与桑郎永谐欢好，是我的心愿；致郎君于死地，实在不是出于本心。”莲香又问：“听说鬼魅希望人死，因为死后可以常相聚，是不是?”李姑娘答道：“不是这样。两鬼相逢，并无乐趣；假如有乐趣，黄泉下少年郎还少吗?”莲香说：“你太痴了！夜夜寻欢，就是人也受不了，何况是鬼?”李姑娘反问说：“狐狸能迷人致死，你有什么道术而能例外?”莲香说：“那是采补生人精血之流，我不属此类。所以世上有不害人的狐狸，却断然没有不害人的鬼，因为鬼阴气太盛。”

桑生听了，才知道两人真是狐和鬼。幸而习常见惯，倒也不怕。可是想到自己一息仅存，奄奄待毙，不觉失声痛哭。莲香看看他对李姑娘说：“你怎么处置桑郎?”李姑娘红着脸说自己没办法。莲香笑道：“只怕他身体强健后，你这醋娘子又要吃杨梅了。”李姑娘整衣下拜说：“如果有国医妙手，使我能不至于对不起桑郎，我就一定敛迹黄泉，敢再厚着脸现形于人间吗!”

莲香解开佩囊，取出药来，说：“我早料到会有今天，别后到海上三仙山采药，一共经过三个月，药料才齐备。虚脱迷死的人，吃了这药没有不起死回生的。不过病从哪儿得的，还得用哪种药引，不得不转求姑娘效力。”李姑娘问：“需要什么?”莲香说：“樱桃小口中一点香唾罢了。我把一丸药放入桑郎嘴里，麻烦你把嘴接上去，给他点唾沫。”李姑娘红晕满颊，低头转向一边，看着自己的绣鞋。莲香打趣说：“妹妹所得意的只是绣鞋罢了!”李姑娘更羞惭，时而抬头，时而低头，简直无地自容。莲香说：“接吻是你平时惯技，如今又何必小气？”就把药丸纳入桑生唇间，转身催逼李姑娘。李姑娘不得已，送进一口唾沫。莲香说：“再来一次！”李姑娘又唾了一口。一共三四次，药丸已咽下。片刻之后，桑生腹中咕噜噜像打雷似的。莲香又在他唇际放入一粒药丸，亲自把嘴唇凑上去运气。桑生觉得丹田火热，顿时精神焕发。莲香说：“病好了！”李姑娘听到鸡叫，徘徊着别去。

莲香因为桑生大病初愈，还需调理珍摄，到东邻就餐不是上策；所以在屋外将门反锁，造成桑生回家的假象，以断绝外界交往，自己则日夜守护。李姑娘也每晚必来，殷勤服侍，对待莲香就像亲姐姐一样。莲香也深深喜爱她。这样过了三个月，桑生完全恢复了健康。李姑娘就好几夜没来；偶然来，看望一下就走。即使与桑生相对，也悒悒不乐。莲香常留她一起睡，她一定不肯。桑生追出去，把她抱回寓，觉得她身体轻得像草人。李姑娘跑不掉，就和衣而卧，身体蜷曲着还不满二尺。莲香更可怜她，私下叫桑生亲昵地拥抱她。可是摇撼也摇不醒她。桑生睡着了，一觉醒来再找，已不见了。以后十几天，再也没来过。桑生想念得很殷切，常与莲香一起拿出绣鞋把玩。莲香说：“她长得如此窈窕美丽，我见了尚且爱怜，何况男子！”桑生说：“从前每次把弄绣鞋她就到，本就怀疑，但到底没料到她是鬼。现在对着绣鞋想她模样，实在悲怆。”不禁掉下泪来。

原先，富户张家有个闺女小名燕儿，十五岁了，得闭汗症而死。隔了一夜复苏过来，起身瞧瞧就要跑。张富户锁上门，她出不去。女孩儿自称：“我是通判女儿的灵魂。感念桑郎深情眷恋，遗下的绣鞋还在他那儿。我真的是鬼呢，关着我有什么好处？”张富户因为她话出有因，盘问她来这里的原由。姑娘一会儿低下头，一会儿回头看，神情茫然，自己也说不清。有人说桑生生病已归故里，姑娘竭力辩驳他胡说。张家的人大为疑惑。东邻生听说，翻墙去窥探，见桑生正与一个美女相对聊天；他出其不意进去拦截，张皇间那美人已没了踪影。东邻生惊问，桑生笑道：“先前本来就对你说过，雌的就请进罢了。”东邻生转述了张燕儿的话，桑生就开了门，要到张家去侦察，苦于没有借口。

燕儿的母亲获悉桑生果然未回故里，更感惊奇。她特意派老女仆到桑生处讨绣鞋，桑生就拿出交给她。燕儿得了绣鞋很高兴，一试穿，鞋比脚小了一寸多，大吃一惊。拿起镜子自己照，恍然大悟自己是借别人的躯体而复活的。就陈述了前因后果，张母才相信了。姑娘看着镜中的面容大哭道："我当初的容貌，很可自信；每次看到莲香姐姐还感到自愧不如。现在反而像这样，做人不如做鬼了！"捏着绣鞋号啕大哭，劝也劝不开。用被蒙住头一动不动躺着。送饭给她吃也不吃，全身皮肤都浮肿。一共七天点食不进，到底不死，而肿却渐渐消了。觉得饥饿难熬，就重新吃东西。几天，浑身奇痒，皮肤全部脱落。早晨起身，睡鞋掉在地上，找到一穿，鞋变成大得出奇了。再试穿从前的绣鞋，大小吻合，心里欢喜。再拿镜子自照，发觉眉目脸颊下巴，都与过去的容貌酷似，心里更加欢喜。她盥洗梳妆后去拜见母亲，看到的人都瞪着眼吃惊不小。莲香听说了燕儿的奇事，劝桑生请媒人去说亲；可是桑生因为贫富悬殊，不敢贸然进行。

正遇上燕儿母亲生日，桑生就随着张家的儿子女婿辈，前去祝寿。老太太看到桑生的名字，特意让燕儿隔帘窥看，认一认来客。桑生最后到，燕儿骤然奔出，紧攥住桑生衣袖，要跟他一起回去。老太太呵斥她，才含羞而入。桑生细看燕儿宛然就是李姑娘，不觉眼泪直淌，便拜伏在地不肯起身。老太太扶他起来，不把他的行为看作非礼。桑生出来后，求燕儿的舅舅做媒人。老太太商量要定下吉日把桑生招为上门女婿。桑生回去告诉莲香，问她该怎么办。莲香好一阵子怏怏不乐，就要辞别而去。桑生大惊，眼泪流了下来。莲香说："你就要到人家家里去洞房花烛，我跟着你去，还有什么脸面？"桑生打算先与她一起返回故里然后再来娶燕儿，莲香就同意了。桑生把一片苦衷告诉张家，张家听说他已有妻室，对他怒加责备。燕儿竭力替桑生辩白，张家才同意桑生的请求。

成婚这天，桑生去迎娶新娘。家中准备得很简单，但等花轿抬回，从门口到厅堂，已全部用织花毛毯铺地，灯笼烛炬成百上千，灿烂地排列着好像锦绣世界。莲香扶新娘进洞房，揭了遮头巾，三个人欢乐得像老朋友重逢。莲香陪饮合卺酒，顺便细问燕儿返魂的奇异经过。燕儿说："那天抑郁无聊，只因身为鬼魂，自惭形秽。告别你们后愤然不回坟墓，随风飘荡。每看到活人就心生羡慕。白天魂依草木，夜晚则随意沉浮。偶尔到张家，看到一个少女横卧在床，就靠上前去，没想到就能复活啊。”莲香听了，默默地好像在思索着什么。

过了两个月，莲香生了个儿子。产后突然得急病，一天天沉重。她抓住燕儿的手臂说：“我把孩子托付给你了，我的儿子就是你的儿子。”燕儿流下眼泪，姑且安慰她保重。为她请巫婆医生，她总是回绝。病重弥留，气息微弱如游丝，桑生和燕儿都哭了。莲香忽然张开双眼，说：“别这样！你喜欢活，我喜欢死。假如有缘分，十年以后还能再见。”讲完话就死了。掀开被子要收殓尸体，已经化为狐狸。桑生不忍另眼相看，厚葬了她。莲香的儿子取名狐儿，燕儿抚育如同亲生。每逢清明节，必定抱着狐儿到莲香墓前洒泪祭扫。

后来桑生乡试中举，家境逐渐富裕。而燕儿苦于不能生育。狐儿很聪慧，只是身体单薄多病。燕儿每每要桑生收一房妾。有一天，婢女忽来报说：“门外有个老婆子，带着个女儿要卖。”燕儿把她们叫进来，猝然看见那女孩子，大惊道：“莲香姐姐重新出世了吗?”桑生看了，真像，也觉惊奇。问多大了，老婆子答道：“十四岁了。”“聘金要多少?”老婆子说：“老身只有这一块肉，只让她有依靠，我也有个吃饭的地方，日后老骨头不至于丢弃在沟壑中，就满足了。”桑生出了优厚的身价银留下女孩。燕儿握着女孩子的手，进入一间密室，捏着她的下巴颏儿笑着说：“你认识我吗?”回答说：“不认识。”问她姓什么，她说：“我姓韦。父亲是徐城卖茶水的，死了三年了。”燕儿扳着手指想了一会儿，莲香去世正好是十四年。又仔细端详那女孩子，仪容态度，无一不与莲香神似。就拍着她的脑门喊道：“莲姐，莲姐！十年后再相见的旧约，是不会骗我的。”女孩忽然如梦初醒，豁然大悟似地说了声：“咦!”目不转睛地看着燕儿。桑生笑着说：“这是‘似曾相识燕归来’啊!”女孩含着一汪泪水说：“是了。听母亲说，我一生下来就能讲话。家里人以为不吉利，便给我灌下狗血，我就忘了前生的事。今天才像做梦醒来。娘子莫非是耻于为鬼的李家妹妹吗?”一起说前生的事，悲喜交集。

一天寒食节，燕儿说：“这是每年我与郎君哭姐姐的日子。”就和莲香自己上坟，只见荒草离离，当初种下的树已有两手合围那么粗了。莲香也感叹不已。燕儿对桑生说："我与莲姐两世交好，不忍分离，应当把白骨葬在一起。"桑生听她的话，挖掘李姑娘的坟墓取得骸骨，抬回去与莲香合葬。亲戚朋友听说这桩稀奇事，都穿着吉服到墓穴旁，不约而同来了几百人。

我康熙九年（1670）南游到沂州，因雨留阻，休憩在旅馆里。有书生刘子敬，是桑生的中表亲，出示同一文社王子章所撰写的《桑生传》，约有一万多字，我得以从头至尾读了一遍。这里所记只是一个梗概罢了。

异史氏说：唉！死的求生，活的又求死，天下难得的，不是人身吗？为什么具有这身子的，往往不顾其身，以至厚颜无耻而活不如狐，冥顽不灵而死不如鬼！

阿　宝

粤西孙子楚，名士也。生有枝指。性迂讷，人诳之，辄信为真。或值座有歌妓，则必遥望却走。或知其然，诱之来，使妓狎逼之，则赪颜彻颈，汗珠珠下滴。因共为笑。遂貌其呆状，相邮传作丑语，而名之"孙痴"。

邑大贾某翁，与王侯埒富。姻戚皆贵胄。有女阿宝，绝色也。日择良匹，大家儿争委禽妆，皆不当翁意。

生时失俪，有戏之者，劝其通媒。生殊不自揣，果从其教。翁素耳其名，而贫之。媒媪将出，适遇宝，问之，以告。女戏曰："渠去其枝指，余当归之。"媪告生。生曰："不难。"媒去，生以斧自断其指，大痛彻心，血益倾注，滨死。过数日，始能起，往见媒而示之。媪惊，奔告女。女亦奇之。戏请再去其痴。生闻而哗辨，自谓不痴；然无由见而自剖。转念阿宝未必美如天人，何遂高自位置如此？由是曩念顿冷。

会值清明，俗于是日，妇女出游，轻薄少年，亦结队随行，恣其月旦。有同社数人，强邀生去。或嘲之曰："莫欲一观可人否？"生亦知其戏己；然以受女揶揄故，亦思一见其人，忻然随众物色之。遥见有女子憩树下，恶少年环如墙堵。众曰："此必阿宝也。"趋之，果宝。审谛之，娟丽无双。少顷，人益稠。女起，遽去。众情颠倒，品头题足，纷纷若狂；生独默然。及众他适，回视，生犹痴立故所，呼之不应。群曳之曰："魂随阿宝去耶?"亦不答。众以其素讷，故不为怪，或推之，或挽之，以归。

至家，直上床卧，终日不起，冥如醉，唤之不醒。家人疑其失魂，招于旷野，莫能效。强拍问之，则曚昽应云："我在阿宝家。"及细诘之，又默不语。家人惶惑莫解。

初，生见女去，意不忍舍，觉身已从之行，渐傍其衿带间，人无呵者。遂从女归，坐卧依之，夜辄与狎，甚相得；然觉腹中奇馁，思欲一返家门，而迷不知路。女每梦与人交，问其名，曰："我孙子楚也。"心异之，而不可以告人。

生卧三日，气休休若将澌灭。家人大恐，托人婉告翁，欲一招魂其家。翁笑曰："平昔不相往还，何由遗魂吾家?"家人固哀之，翁始允。巫执故服、草荐以往。女诘得其故，骇极，不听他往，直导入室，任招呼而去。

巫归至门，生榻上已呻。既醒，女室之香奁什具，何色何名，历言不爽。女闻之，益骇，阴感其情之深。

生既离床寝，坐立凝思，忽忽若忘。每伺察阿宝，希幸一再遘之。浴佛节，闻将降香水月寺，遂早旦往候道左，目眩睛劳。日涉午，女始至。自车中窥见生，以掺手搴帘，凝睇不转。生益动，尾从之。女忽命青衣来诘姓字。生殷勤自展，魂益摇。车去，始归。归复病，冥然绝食，梦中辄呼宝名。每自恨魂不复灵。

家旧养一鹦鹉，忽毙，小儿持弄于床。生自念倘得身为鹦鹉，振翼可达女室。心方注想，身已翩然鹦鹉，遽飞而去，直达宝所。女喜而扑之，锁其肘，饲以麻子。大呼曰："姐姐勿锁！我孙子楚也！"女大骇，解其缚，亦不去。女祝曰："深情已篆中心。今已人禽异类，姻好何可复圆？"鸟云："得近芳泽，于愿已足。"他人饲之不食，女自饲之则食。女坐，则集其膝；卧，则依其床。如是三日。女甚怜之。阴使人瞯生，生则僵卧气绝，已三日，但心头未冰耳。女又祝曰："君能复为人，当誓死相从。"鸟云："诳我。"女乃自矢。鸟侧目若有所思。少间，女束双弯，解履床下，鹦鹉骤下，衔履飞去。女急呼之，飞已远矣。

女使妪往探，则生已寤。家人见鹦鹉御绣履来，堕地死，方共异之。生既苏，即索履。众莫知故。适妪至，入视生，问履所在。生曰："是阿宝信誓物。借口相覆：小生不忘金诺也。"妪反命。女益奇之，故使婢泄其情于母。母审之确，乃曰："此子才名亦不恶，但有相如之贫。择数年得婿若此，恐将为显者笑。”女以履故，矢不他。翁媪从之。驰报生。生喜，疾顿瘳。

翁议赘诸家。女曰：“婿不可久处岳家；况郎又贫，久益为人贱。儿既诺之，处蓬茆而甘藜藿，不怨也。”生乃亲迎成礼，相逢如隔世欢。自是家得奁妆，小阜，颇增物产。而生痴于书，不知理家人生业；女善居积，亦不以他事累生。

居三年，家益富。生忽病消渴，卒。女哭之痛，泪眼不晴，至绝眠食。劝之不纳，乘夜自经。婢觉之，急救而醒，终亦不食。三日，集亲党，将以殓生。闻棺中呻以息，启之，已复活。自言：“见冥王，以生平朴诚，命作部曹。忽有人白：‘孙部曹之妻将至。’王稽鬼录，言：‘此未应便死。’又白：‘不食三日矣。’王顾谓：‘感汝妻节义，姑赐再生。’因使驭卒控马送余还。”由此体渐平。

值岁大比，入闱之前，诸少年玩弄之，共拟隐僻之题七，引生僻处与语，言：“此某家关节，敬秘相授。”生信之，昼夜揣摩，制成七艺。众隐笑之。时典试者虑熟题有蹈袭弊，力反常经，题纸下，七艺皆符。生以是抡魁。明年，举进士，授词林。

上闻异，召问之。生具启奏。上大嘉悦。后召见阿宝，赏赉有加焉。

异史氏曰：性痴则其志凝：故书痴者文必工，艺痴者技必良；世之落拓而无成者，皆自谓不痴者也。且如粉花荡产，卢雉倾家，顾痴人事哉！以是知慧黠而过，乃是真痴；彼孙子何痴乎！

【译文】

广西书生孙子楚，是个名士。一只手生有六指，禀性迂阔而不善于说话。人骗他，他总信以为真。有时碰上有歌妓在座，他老远看到一定掉头就走。有人知道他这样，有意引诱他来，叫妓女亲近逗弄他，他就脸红到脖子根，汗珠子往下直淌。大家就哈哈大笑。还绘声绘色把他的呆相编成笑话一传十十传百讲开去，给他取个绰号叫“孙傻子”。

本县有个大商人，富比王侯，亲戚也都有钱有势。有个女儿叫阿宝，长得美如天仙。富翁每日留心要替女儿找个如意郎君，富贵人家的公子少爷争着来求婚，富翁都看不中意。

孙子楚当时已死了妻子，有人存心戏弄他，劝他请媒人到富翁家求亲。孙子楚也不自己掂掂分量，真的照办了。富翁一向听说他的声名，但嫌他太穷。媒婆就要出门，正好遇上阿宝。阿宝问替谁说亲，媒婆告诉了她。阿宝开玩笑说：“他能去掉第六个手指，我就嫁给他。”媒婆把话传给了孙子楚。孙子楚说：“这不难。”媒婆走后，他自己用斧头砍断指头，剧痛透心，血流如注，几乎昏死过去。将息了好几天，才能起身，去见媒婆，把手给她看。媒婆大惊，跑去告诉阿宝。阿宝也感惊奇。开玩笑要孙子楚再去掉那傻劲。孙子楚听了就大声申辩，说自己不傻；但无法见到阿宝当面解释。转念一想，阿宝也未必像所传的美如天仙，为什么就把自己的身价抬得这样高？因这一想，先前的念头顿时冷了下来。

正当清明节，民间风俗，这一天妇女出门踏青。有一班轻薄少年，也结伴跟着走，任意品评谁俊谁丑。孙子楚几个同社朋友，硬拉他一起去。有人还故意嘲他说：“不想看一看你的意中人吗？”孙子楚也知道是戏弄自己，但因为受过阿宝调侃的缘故，也想见一见她人，就乐意地随大伙一起去观光。远远看到有个女子在树下休息，无赖子弟围成了墙。大伙说：“这一定是阿宝。”紧走几步到跟前，果然是阿宝。仔细一看，秀丽无双。一会儿工夫，人越来越多。阿宝站起来，急忙离去。众人如醉如痴，七嘴八舌评头品足，乱纷纷像着了魔似的；只有孙子楚一声不吭。等众人往别处去了，回头看，孙子楚还呆呆地立在原地，叫他也没反应。大家拉他，说："魂跟阿宝去了吗?"他也不回答。众人因为他一向不多讲话，所以并不奇怪。有的推，有的拉，把他送回了家。

孙子楚到家，直接上床躺下，整天不起来，昏睡如醉，叫他也不醒。家里人怀疑他丢了魂，就到旷野去招魂，也没有效果。使劲拍打着问他，他就含含糊糊地回答说："我在阿宝家。"等细问，又不说话了。一家人惶惑不解。

当时，孙子楚看阿宝走了，心里很舍不得，觉得自己已跟她走了，逐渐靠近她衣襟裙带间，也没有人呵斥他。就跟她回到家里，坐躺都挨着她。夜里就与她亲热，关系很是融洽。可是肚子饿得慌，想要回家一次，却又不认得路。阿宝每每梦中与人交欢，问他姓名，他说："我是孙子楚。"心里很奇怪，但也不能告诉人。

孙子楚躺了三天，气息奄奄，好像要断气了。一家人十分恐慌，托人婉转地告诉富翁，要到他家招魂。富翁笑着说："平时不相往来，魂哪能丢在我家?"孙家再三哀求，富翁才应允了。招魂的巫师拿着孙子楚一向穿的衣服和草席前去。阿宝问明来意，吃惊极了，不让巫师去别处，直接领到自己房里，任凭巫师招魂而去。巫师回到孙家，孙子楚已经在床上呻吟了。醒过来后，阿宝闺房里的梳妆用品各种摆设，什么颜色什么名称，一一说得清清楚楚。阿宝得知后，更加吃惊，暗暗被孙子楚的深情所感动。

孙子楚脱离了病床，坐立凝想，恍恍惚惚，像把周围一切都忘了似的。常打听和留意阿宝的动静，希望有幸能再次遇见她。四月初八浴佛节那天，听说阿宝要到水月寺烧香，就大清早去路边等候，盼得眼花睛劳。中午时分，阿宝才到。她在车上窥见孙子楚，用纤纤的手揭开车帘，目不转睛地看他。孙子楚更动情，紧紧跟在车后。阿宝突然叫小丫环来问他姓名，孙子楚殷勤自我介绍，神魂愈加颠倒。阿宝的车去了，他才回家。回家后又病倒了，昏昏沉沉地不吃东西，睡梦中总是呼叫"阿宝"。醒来就恨自己的魂不再灵了。

孙家本来养了一只鹦鹉，忽然死了，小孩拿它在床上戏弄。孙子楚想，倘然自己变成鹦鹉，不就能振翅飞到阿宝闺房了吗？心里正这么想，身体已轻飘飘地成了鹦鹉，一下子飞去，直达阿宝住所。阿宝喜孜孜把它扑住，缚住翅膀，拿芝麻喂它。突然鹦鹉高叫："姐姐不要缚住我，我是孙子楚啊！"阿宝吓了一大跳，连忙把绳解开，鹦鹉也不飞走。阿宝祝告说："你的深情我已铭记在心。你现在成了飞禽，和人不是同类，婚姻怎能再好合呢？"鹦鹉说："能在你身边，我的心愿已经满足。"别人喂，鹦鹉不吃；只有阿宝喂，它才吃。阿宝坐着，它就飞在她膝上；阿宝躺下，它就偎依在床沿。这样三天，阿宝很爱惜它。暗中派人去看看孙子楚，原来孙子楚已经昏过去三天，只是心口还没凉而已。阿宝又对鹦鹉祝告说："你能重新变人，我发誓死也要跟你。"鹦鹉说："骗我！"阿宝于是对天发了誓。鹦鹉斜着眼睛，若有所思。过了一会儿，阿宝裹脚，鞋脱在床下。鹦鹉骤然飞下，衔了鞋飞出去。阿宝急忙叫唤，已经飞远了。

阿宝派老妈子到孙家探看，孙子楚已经醒来。家里人看到鹦鹉衔着绣鞋飞来，落地就死了。大家正在诧异，孙子楚已经醒了，就讨绣鞋，一家人不知其中缘故。正好老妈子到，进去看孙子楚，问他绣鞋在哪里。孙子楚说："这是阿宝的信物。借你口回去告诉她：我不忘记她金子一般的诺言。"老妈子回府一讲，阿宝更惊奇了，故意让丫环们把这些稀奇事都泄漏给母亲知道。阿宝的母亲了解下来千真万确，就对阿宝说："这人人品才学也不错，但太穷了，跟司马相如差不多。挑了几年女婿，到头来选中这么个穷汉，怕被富贵人家笑话。"阿宝为绣鞋的缘故，发誓决不另嫁他人。老头老太只好依她，派人把喜讯飞报孙家。孙子楚喜满心怀，病马上就好了。

富翁打算招孙子楚做上门女婿，阿宝说："女婿不能久住岳父家；况且他又穷，时间久了更被人家瞧不起。我既已答应他，住茅屋也甘心，吃野菜也不怨。"孙子楚就迎亲成了婚礼，洞房之夜两人相逢，犹如隔世夫妻重新团圆一样欢乐。自从得了阿宝的许多嫁妆，孙家比较宽裕了，添置了不少家产。而孙子楚痴于读书，不懂治家理财；阿宝很善于经营，也不让孙子楚为别的事分心。

过了三年，孙家更富裕了。孙子楚忽然患上糖尿病，死了。阿宝哭得悲痛，泪眼没有干过，甚至不吃不睡。劝她也不听，乘夜深人静上吊自尽。丫环发觉，急忙抢救才醒过来，到底不肯吃东西。三天，会集亲戚朋友，要给孙子楚举行葬礼。听得棺材里有呻吟声，打开一看，孙子楚已活了。他说："见了阎王，因为我生前忠厚诚实，让我在阴间衙门作部曹。忽然有人向阎王报告：'孙部曹的妻子就要到。'阎王翻开生死簿一查，说：'此人不该就死。'那人又报告说：'她已绝食三天了。'阎王看着我说：'我被你妻子的节义所感动，暂且赐你再生。'就派鬼兵牵马送我回来了。"从此身体逐渐康复。

考进士那年，进考场前，一些年轻人捉弄孙子楚，一起拟订了七道冷僻的试题，拉他到僻静的地方，说："这是某人走后门打通关节搞到的，告诉你可要保密。"孙子楚信以为真，白天黑夜钻研思考，精心写成七篇八股文。那些捉弄他的人都暗中笑他。当时的主考官考虑到题目太熟有抄袭照搬的弊病，所以一反常规，试卷发下，孙子楚准备的七篇文章都与试题相符。孙子楚因此考了第一名。第二年，中了进士，授为翰林。

皇帝听说孙子楚的稀奇事，就召见询问他。孙子楚全都如实奏明。皇帝很高兴，大加称赞。后来还召见了阿宝，赏赐她很多东西。

异史氏说：痴心的人目标专一；所以痴心于书本的人文章一定高明，痴心于工艺的人技术一定精良。世上那些落拓无成的人，都是自以为不痴的。比如嫖妓荡产、赌博倾家，难道是痴心人的事吗？由此可知聪明过人，才是真痴；那个孙子楚哪是痴呢！

九　山　王

曹州李姓者，邑诸生。家素饶。而居宅故不甚广；舍后有园数亩，荒置之。一日，有叟来税屋，出直百金。李以无屋为辞。叟曰："请受之，但无烦虑。"李不喻其意，姑受之，以觇其异。

越日，村人见舆马眷口入李家，纷纷甚夥，共疑李第无安顿所，问之。李殊不自知，归而察之，并无迹响。过数日，叟忽来谒。且云："庇宇下已数晨夕。事事都草创，起炉作灶，未暇一修客子礼。今遣小女辈作黍，幸一垂顾。"李从之。则入园中，欻见舍宇华好，崭然一新。入室，陈设芳丽。酒鼎沸于廊下，茶烟袅于厨中。俄而行酒荐馔，备极甘旨。时见庭下少年人往来甚众。又闻儿女喁喁，幕中作笑语声。家人婢仆，似有数十百口。李心知其狐。席终而归，阴怀杀心。

每入市，市硝硫，积数百斤，暗布园中殆满。骤火之，焰亘霄汉，如黑灵芝，燔臭灰眯不可近；但闻鸣啼嗥动之声，嘈杂聒耳。既熄，入视。则死狐满地，焦头烂额者，不可胜计。方阅视间，叟自外来，颜色惨恸，责李曰："夙无嫌怨；荒园岁报百金，非少；何忍遂相族灭？此奇惨之仇，无不报者！"忿然而去。疑其掷砾为殃，而年余无少怪异。

时顺治初年，山中群盗窃发，啸聚万余人，官莫能捕。生以家口多，日忧离乱。适村中来一星者，自号"南山翁"，言人休咎，了若目睹，名大噪。李召至家，求推甲子。翁愕然起敬，曰："此真主也！"李闻大骇，以为妄。翁正容固言之。李疑信半焉。乃曰："岂有白手受命而帝者乎？"翁谓："不然。自古帝王，类多起于匹夫，谁是生而天子者？"生惑之，前席而请。翁毅然以"卧龙"自任。请先备甲胄数千具、弓弩数千事。李虑人莫之归。翁曰："臣请为大王连诸山，深相结。使哗言者谓大王真天子，山中士卒，宜必响应。"李喜，遣翁行。发藏镪，造甲胄。

翁数日始还，曰："借大王威福，加臣三寸舌，诸山莫不愿执鞭靮，从戏下。"浃旬之间，果归命者数千人。于是拜翁为军师；建大纛，设彩帜若林；据山立栅，声势震动。邑令率兵来讨，翁指挥群寇，大破之。令惧，告急于兖。兖兵远涉而至，翁又伏寇进击，兵大溃，将士杀伤者甚众。势益震，党以万计，因自立为"九山王"。翁患马少，会都中解马赴江南，遣一旅要路篡取之。由是"九山王"之名大噪。加翁为"护国大将军"。高卧山巢，公然自负，以为黄袍之加，指日可俟矣。

东抚以夺马故，方将进剿；又得兖报，乃发精兵数千，与六道合围而进。军旅旌旗，弥满山谷。"九山王"大惧，召翁谋之，则不知所往。"九山王"窘极无术，登山而望曰："今而知朝廷之势大矣！"山破，被擒，妻孥戮之。始悟翁即老狐，盖以族灭报李也。

异史氏曰：夫人拥妻子，闭门科头，何处得杀？即杀，亦何由族哉？狐之谋亦巧矣。而壤无其种者，虽溉不生；彼其杀狐之残，方寸已有盗根，故狐得长其萌而施之报。今试执途人而告之曰："汝为天子！"未有不骇而走者。明明导以族灭之为，而犹乐听之，妻子为戮，又何足云？然人之听匪言也，始闻之而怒，继而疑，又继而信；迨至身名俱殒，而始知其误也，大率类此矣。

【译文】

山东曹州府李某，是个秀才，家境一向富厚。而住宅长久以来不很宽广，屋后有几亩地花园，也不整治，荒在那里。一天，有个老翁来赁房，拿出租金一百两银子。李某以没房子推辞。老翁说："请收下租金，住房不用操心。"李某不懂他葫芦里卖的什么药，就暂且收下银子，想看看会出现什么怪事。过了一天，村里人看到车马家属进李家，乱纷纷地很多，都疑心李家没有安顿的地方。问李某，李某一点也不知道，回家察看，并无动静。

过了几天，老翁忽然来拜见，并且说："借住你家已好几个早晚，事事都得从头做起，起炉作灶，没空来向主人致敬，非常失礼。现在让小女她们准备了一顿便饭，请你光临。"李某同意了。到了后花园，蓦然看到房屋华美，崭然一新。进入室内，摆设芳香华丽。走廊上热酒飘香，厨房里茶烟缭绕。工夫不大就敬酒让菜，什么样的美味都有。常见庭院里有很多少年人来来往往，又听到小儿女在帷幕中窃窃私语，吃吃发笑。家里人连同丫环仆佣，好像有几十近百口。李某心里已料知他们是狐狸。酒席散后回家，暗自起了杀心。

他每次到市场，总是购买烟硝硫磺，积了有几百斤，偷偷遍布在后花园里。突然纵火，烈焰冲天，黑烟滚滚像灵芝状。烧得臭气呛鼻，飞灰眯眼，不可靠近。只听得哀鸣嗥叫挣扎的声音，嘈杂聒耳。火熄灭后进去看，满地死狐狸，焦头烂额的不可胜计。李某正一一观看，老翁从外面进来，面容惨痛，责备李某说："一向无怨无仇，荒园子每年付一百两银子，也不算少；你怎么忍心就把我全家灭绝？这样血海深仇，我岂能不报！"忿然而去。李某猜想他会掷砖抛瓦作怪，一年多下来却一点没事。

当时是顺治初年，山林中各帮强盗造反，引类呼朋聚集了一万多人，官兵没法剿捕。李某由于家里人多，每天担忧动乱会造成分离。正好村里来了个算命的，自称南山翁，推算人的祸福，好像亲眼目睹一般了然，名气爆响。李某把他请到家里，求他算命。老翁惊愕地起立致敬，说："这是真命天子的命啊！"李某吓了一大跳，以为是胡说。老翁一本正经再三说绝对正确，李某半信半疑。于是问道："难道有白手起家受天命成为帝王的吗？"老翁说："不是这样。自古帝王，大抵都起于匹夫，谁是生下来就做天子的？"李某入了迷，恭敬地上前向老翁请教。老翁毅然以"卧龙先生"自任，请李某先准备几千副盔甲和弓箭。李某担心没人归附，老翁说："请允许臣替大王联络各处山寨头领，与他们深相交结。派人四出散布流言，说大王是真命天子。山寨中的士兵，一定会响应的。"李某心喜，派遣老翁去依计行事。掘出窖藏的银子制造盔甲弓箭。

几天后老翁才回来，说："托大王威福，加上我三寸不烂之舌，各山寨没有不愿追随大王，听从指挥的。"果然十来天工夫，就有数千人前来投靠。于是李某拜老翁为军师，建起了帝王旗号和华盖，到处披红飘彩，旗帜如林，占据山头，树立栅寨。一时间声势浩大，远近震动。县令带兵来征讨。老翁指挥群盗迎战，把官军打得落花流水。县令害怕，发告急文书到兖州府，兖州府派军队远道前来进剿。老翁指挥群盗半路伏击，官军溃乱大败，将士死伤众多。李某声威越发大振，手下喽啰数以万计，就自封为"九山王"。老翁担心马匹太少，正好京城有一批马要押送到江南去，他就指派小股武装在要道口抢夺了这批马。从此"九山王"的大名远近皆知。李某加封老翁为"护国大将军"，自己在山寨高枕无忧睡大觉，公然自负，认为黄袍加身指日可待了。

山东巡抚因为劫夺马匹之故，正要出兵进剿；又收到兖州府的告急文书，就发数千精兵，与六路兵马合围进击。军队的战旗，遍布山谷。"九山王"心中发怵，召见老翁商量对策，可是老翁已不知去向。"九山王"狼狈不堪，束手无策，登山而望，说："如今才知道朝廷的势力强大了！"山寨攻破，李某被活捉，全家都遭杀戮。这时才明白，南山翁就是老狐狸，用灭族的毒计来报李某的仇。

异史氏说：人守着妻子儿女，关上大门，尽管脱帽露顶，从哪儿才能去杀他？即使杀了，又何从灭他族呢？狐狸的计谋也可说巧妙了。可是土壤里没种子，即使灌溉也不会长；那李某杀害狐狸之残暴，心田里已有强盗的劣根性，所以老狐狸得以助长它萌芽而加以报复。现在试着拉住一个行路人而告诉他说："你是皇帝！"没有不害怕得逃走的。老狐狸明明引诱他干灭族的事，而还欣然听从，满门抄斩又有什么话说？其实人们听到大逆不道的言论，初听反感气愤，听多了疑惑动摇，到最后就深信不疑；等到身败名裂，才知道它误人不浅。大抵也跟这件事差不多。

遵化署狐

诸城丘公为遵化道。署中故多狐。最后一楼，绥绥者族而居之，以为家。时出殃人，遣之益炽。官此者惟设牲祷之，无敢迕。丘公莅任，闻而怒之。狐亦畏公刚烈，化一妪告家人曰：“幸白大人：勿相仇。容我三日，将携细小避去。”公闻，亦嘿不言。次日，阅兵已，戒勿散，使尽扛诸营巨炮骤入，环楼千座并发；数仞之楼，顷刻摧为平地，革肉毛血，自天雨而下。但见浓尘毒雾之中，有白气一缕，冒烟冲空而去。众望之曰：“逃一狐矣。”而署中自此平安。

后二年，公遣干仆赍银如干数赴都，将谋迁擢。事未就，姑窖藏于班役之家。忽有一叟诣阙声屈，言妻子横被杀戮；又讦公剋削军粮，夤缘当路，现顿某家，可以验证。奉旨押验。至班役家，冥搜不得。叟惟以一足点地。悟其意，发之，果得金；金上镌有“某郡解”字。已而觅叟，则失所在。执乡里姓名以求其人，竟亦无之。公由此罹难。乃知叟即逃狐也。

异史氏曰：狐之祟人，可诛甚矣。然服而舍之，亦以全吾仁。公可云疾之已甚者矣。抑使关西为此，岂百狐所能仇哉！

【译文】

山东诸城人丘公出任河北遵化地区道台。衙门里一向多狐狸。

最后边一栋楼，狐狸聚族而居，看成是自己的家。它们常出来害人，越要赶越加猖獗。在这里当官的只是陈设三牲祭祀祈祷，从来不敢得罪。丘公到任，听说后火了。狐狸也怕丘公刚烈，变成一个老太婆对家人说：“请禀告丘大人：不要难为我们。宽容我们三天，要带领小辈避开。”丘公听了，也默不作声。第二天阅兵后，丘公命令士兵不要解散，把各营大炮全部扛来快速进入衙门，包围那座楼，近千门炮并发，几丈高的楼房顷刻摧为平地。狐狸血肉纷飞，断毛碎皮雨点般从空中落下。只见浓烟腥雾中，有一缕白气冒烟冲天而去。大家望着它说：“逃走一只狐狸了！”衙门里从此太平。

二年后，丘公派得力心腹携带大宗银子到京城，打算谋求升官。事情还没成，暂且把银子寄藏在某班役家里。忽然有个老头到官前鸣冤叫屈，说妻子儿女横遭杀戮；又揭发丘公尅扣军粮，向当权的行贿，现在银子寄放在某家，可去调查证实。朝廷下旨意押着老头一起去查验。到了某班役家，角角落落都搜遍了，一无所得。老头只用一只脚点着地面。官员明白他的意思，掘下去，果然搜出银子。银锭上刻有“某郡解”的字样。事后寻那老头，却失踪了。根据乡里姓名去找，竟然也没有这个人。丘公因此而被惩处，才知道老头是先前逃走的狐狸。

异史氏说：狐狸害人，该杀得很。但既已屈服，放它一条生路也保全了自己的仁德。丘公恨它可说是太过分了。东汉杨震，号称“关西孔子”，一身廉洁，假如他这么干，即使逃掉一百只狐狸，又岂能报仇呢？

张　诚

豫人张氏者，其先齐人。明末齐大乱，妻为北兵掠去。张常客豫，遂家焉。娶于豫，生子讷。无何，妻卒，又娶继室，生子诚。继室牛氏悍，每嫉讷，奴畜之，啖以恶草具。使樵，日责柴一肩；无则挞楚诟诅，不可堪。隐畜甘脆饵诚，使从塾师读。诚渐长，性孝友，不忍兄劬，阴劝母。母弗听。

一日，讷入山樵，未终，值大风雨，避身岩下，雨止而日已暮。腹中大馁，遂负薪归。母验之少，怒不与食；饥火烧心，入室僵卧。诚自塾中来，见兄嗒然，问："病乎？"曰："饿耳。"问其故，以情告。诚愀然便去。移时，怀饼来饵兄。兄问其所自来。曰："余窃面倩邻妇为之，但食勿言也。"讷食之。嘱弟曰："后勿复然，事泄累弟。且日一啗，饥当不死。"诚曰："兄故弱，乌能多樵！"

次日，食后，窃赴山，至兄樵处。兄见之，惊问："将何作？"答曰："将助樵采。"问："谁之遣？"曰："我自来耳。"兄曰："无论弟不能樵，纵或能之，且犹不可。"于是速之归。诚不听，以手足断柴助兄。且云："明日当以斧来。"兄近止之。见其指已破，履已穿。悲曰："汝不速归，我即以斧自刭死！"诚乃归。兄送之半途，方复回。樵既归，诣塾，嘱其师曰："吾弟年幼，宜闭之。山中虎狼多。"师曰："午前不知何往，业夏楚之。"归谓诚曰："不听吾言，遭笞责矣。"诚笑曰："无之。"明日，怀斧又去。兄骇曰："我固谓子勿来，何复尔？"诚不应，刈薪且急，汗交颐不少休。约足一束，不辞而返。师又责之，乃实告之。师叹其贤，遂不之禁。兄屡止之，终不听。

一日，与数人樵山中，欻有虎至。众惧而伏。虎竟衔诚去。虎负人行缓，为讷追及。讷力斧之，中胯。虎痛狂奔，莫可寻逐，痛哭而返。众慰解之，哭益悲。曰：

“吾弟，非犹夫人之弟；况为我死，我何生焉！”遂以斧自刎其项。众急救之，入肉者已寸许，血溢如涌，眩瞀殒绝。众骇，裂之衣而约之，群扶而归。母哭骂曰：“汝杀吾儿，欲劙颈以塞责耶！”讷呻云：“母勿烦恼。弟死，我定不生！”置榻上，创痛不能眠，惟昼夜依壁坐哭。父恐其亦死，时就榻少哺之，牛辄诟责。讷遂不食，三日而毙。

村中有巫走无常者，讷途遇之，缅诉曩苦。因询弟所，巫言不闻。遂反身导讷去。至一都会，见一皂衫人，自城中出。巫要遮代问之。皂衫人于佩囊中检牒审顾，男妇百余，并无犯而张者。巫疑在他牒。皂衫人曰：“此路属我，何得差逮。”讷不信，强巫入内城。城中新鬼、故鬼，往来憧憧，亦有故识，就问，迄无知者。忽共哗言：“菩萨至！”仰见云中，有伟人，毫光彻上下，顿觉世界通明。巫贺曰：“大郎有福哉！菩萨几十年一入冥司，拔诸苦恼，今适值之。”便捽讷跪。众鬼囚纷纷籍籍，合掌齐诵慈悲救苦之声，哄腾震地。菩萨以杨柳枝遍洒甘露，其细如尘。俄而雾收光敛，遂失所在。讷觉颈上沾露，斧处不复作痛。巫仍导与俱归。望见里门，始别而去。

讷死二日，豁然竟苏，悉述所遇，谓诚不死。母以为撰造之诬，反诟骂之。讷负屈无以自伸，而摸创痕良瘥。自力起，拜父曰：“行将穿云入海往寻弟；如不可见，终此身勿望返也。愿父犹以儿为死。”翁引空处与泣，无敢留之。讷乃去。每于冲衢访弟耗；途中资斧断绝，丐而行。

逾年，达金陵，悬鹑百结，伛偻道上。偶见十余骑过，走避道侧。内一人如官长，年四十已来，健卒怒马，腾踔前后。一少年乘小驷，屡视讷。讷以其贵公子，未敢仰视。少年停鞭少驻，忽下马，呼曰："非吾兄耶！"讷举首审视，诚也。握手大痛，失声。诚亦哭曰："兄何漂落以至于此？"讷言其情，诚益悲。骑者并下问故，以白官长。官命脱骑载讷，连辔归诸其家，始详诘之。

初，虎衔诚去，不知何时置路侧，卧途中经宿。适张别驾自都中来，过之，见其貌文，怜而抚之，渐苏。言其里居，则相去已远。因载与俱归。又药敷伤处，数日始痊。别驾无长君，子之。盖适从游瞩也。诚具为兄告。言次，别驾入，讷拜谢不已。诚入内，捧帛衣出，进兄，乃置酒燕叙。别驾问："贵族在豫，几何丁壮？"讷曰："无有。父少齐人，流寓于豫。"别驾曰："仆亦齐人。贵里何属？"答曰："曾闻父言，属东昌辖。"惊曰："我同乡也！何故迁豫？"讷曰："明季清兵入境，掠前母去。父遭兵燹，荡无家室。先贾于西道，往来颇稔，故止焉。"又惊问："君家尊何名？"讷告之。别驾瞠而视，俯首若疑，疾趋入内。无何，太夫人出。共罗拜，已，问讷曰："汝是张炳之之孙耶？"曰："然。"太夫人大哭，谓别驾曰："此汝弟也。"讷兄弟莫能解。太夫人曰："我适汝父三年，流离北去，身属黑固山半年，生汝兄。又半年，固山死，汝兄以补秩旗下迁此官。今解任矣。每刻刻念乡井，遂出籍，复故谱。屡遣人至齐，殊无所觅耗，何知汝父西徙哉！”乃谓别驾曰：“汝以弟为子，折福死矣！”别驾曰：“曩问诚，诚未尝言齐人，想幼稚不忆耳。”乃以齿序：别驾四十有一，为长；诚十六，最少；讷二十二，则伯而仲矣。别驾得两弟，甚欢，与同卧处，尽悉离散端由，将作归计。太夫人恐不见容。别驾曰：“能容则共之；否则析之。天下岂有无父之国？”于是鬻宅办装，刻日西发。

既抵里，讷及诚先驰报父。父自讷去，妻亦寻卒，块然一老鳏，形影自吊。忽见讷入，暴喜，恍恍以惊；又睹诚，喜极，不复作言，潸潸以涕；又告以别驾母子至，翁辍泣愕然，不能喜，亦不能悲，蚩蚩以立。未几，别驾入，拜已；太夫人把翁相向哭。既见婢媪厮卒，内外盈塞，坐立不知所为。诚不见母，问之，方知已死，号嘶气绝，食顷始苏。别驾出赀，建楼阁；延师教两弟；马腾于槽，人喧于室，居然大家矣。

异史氏曰：余听此事至终，涕凡数堕：十余岁童子，斧薪助兄，慨然曰：“王览固再见乎！”于是一堕。至虎衔诚去，不禁狂呼曰：“天道愦愦如此！”于是一堕。及兄弟猝遇，则喜而亦堕；转增一兄，又益一悲，则为别驾堕。一门团圞，惊出不意，喜出不意，无从之涕，则为翁堕也。不知后世亦有善涕如某者乎？

【译文】

河南有个姓张的，他的祖先是山东人。明朝末年山东大乱，他妻子被清兵掳去。张某常旅居河南，就在那里安了家。娶了个河南老婆，生下儿子张讷。不久老婆死了，又娶了个填房，生下儿子张诚。继母牛氏生性凶悍，把张讷看作眼中钉，当奴仆一样使唤，吃的是粗劣的食物。叫他砍柴，每天规定一担，砍不到就鞭打毒骂，不堪忍受。牛氏私下藏着甘美的食品给张诚吃，让他跟塾师读书。张诚渐渐长大，天性孝顺友爱，不忍心哥哥劳苦，暗中规劝母亲，牛氏不听。

一天，张讷进山打柴，没满一担，遇上大风雨，只得在山岩下避雨。雨停了，天也黑了，张讷肚子饿得咕咕叫，就背起砍好的柴回家。牛氏查下来少了，大发脾气，不给饭吃。张讷饿火烧心，回到房里直挺挺躺着。张诚放学回家，看到哥哥有气无力的样子，问道："病了吗?"张讷说："饿罢了。"张诚问他缘故，张讷一五一十告诉他。张诚神情凄然，就走了，过了一阵，怀里藏着烧饼来给哥哥吃。张讷问他饼哪儿来的，张诚说："我偷了些面，请邻居家大婶做的，你尽管吃不要说。"张讷吃了饼，叮嘱弟弟道："以后不要再这样，事情泄漏会连累弟弟。况且每天吃一顿，虽然饿不会死的。"张诚说："哥哥本来虚弱，怎能打很多柴!"

第二天，张诚吃完饭，偷偷上山，到哥哥打柴的地方。张讷看见弟弟，吃惊地问："你要干什么?"张诚答道："帮哥哥一起砍柴。"张讷问："谁让你来的?"说："我自己来的!"张讷说："不说弟弟不会打柴，即使会，尚且也不该来的。"就催他赶紧回家。张诚不听，手扳足踩拗断树枝帮哥哥忙，还说："明天得拿斧子来。"张讷走近来阻止他，见他手指已开裂，鞋子已穿洞，伤心地说："你不马上回去，我就用斧子自杀!"张诚这才回家。哥哥把他送到半路，才返回原地。张诚把一担柴挑回家后，到学塾去，嘱告老师说："我弟弟年纪小，别让他出来。山中虎狼多。"老师说："张诚午前不知去哪里了，我已经责打过他了。"张讷回家对张诚说："不听我的话，挨老师打了吧。"张诚笑笑说："没有的事。"第二天，张诚揣了斧子又上山去。张讷惊骇地说："我一再叮嘱你别来，怎么又这样了?"张诚二话不说，急急忙忙砍柴，满脸汗珠也不休息一下。大约已够一捆，也不告别就走了。老师又要责打他，他如实告诉了，老师赞叹他贤，就不禁止他了。张讷屡屡劝阻弟弟，张诚到底不听。

一天，两兄弟与几个樵夫在山中打柴，突然窜出一只老虎，大伙害怕得趴在地下。老虎竟把张诚衔了去。老虎叼了人走得慢，被张讷追上，使劲用斧砍老虎，砍中后腿之间的部位。老虎剧痛狂奔，没法追寻，张讷痛哭着回来。樵夫们都安慰他，他哭得更悲伤了，说："我弟弟不像一般人的弟弟，况且为我而死，我活着干什么！"就用斧子抹自己脖子，众人急忙抢救，已砍入肉里一寸左右，血如泉涌，昏死过去。大家吓得手忙脚乱，撕他衣服包扎好伤口，一起扶他回家。牛氏哭骂道："你害死我儿子，想割破点脖子来塞责吗！"张讷呻吟着说："妈妈不要烦恼。弟弟死了，我决不会活下去！"张讷被抬上床，创口痛不能入睡，只是日夜靠墙坐着哭。父亲怕他也死，常到床边喂他一点吃的，牛氏总是恶毒咒骂。张讷就不吃，三天就死了。

村里有个神巫，常给阴曹地府当鬼差。张讷在半路上遇见他，向他倾诉先前的苦楚，就问弟弟在哪里。神巫说没听说，就转身领张讷去。到一座大城市，看见一个穿黑衣的公差从城中出来。神巫拦住他，代张讷打听。公差从挂包里拿出勾魂簿细看，男女一百多人，并没有姓张的。神巫怀疑在别的勾魂簿里，黑衣人说："这一路都归我管，哪能由别人错拘去？"张讷不信，硬缠着神巫进城。城里新鬼老鬼，来来往往飘飘忽忽，也有以前认识的，上前询问，一直没有知道张诚下落的。忽然众人七嘴八舌说："菩萨来了！"张讷抬头看见云端有一尊大神，浑身发出万道金光，顿时把阴曹地府照得通明透亮。神巫祝贺张讷说："大兄弟有福！菩萨几十年到一次地府，超度鬼魂各种苦恼，今天正好遇上。"就扯张讷跪下。众鬼乱纷纷跪满一地，合掌齐颂"大慈大悲救苦救难"，闹声震地。菩萨用杨柳枝遍洒甘露，露水细如尘雾。不一会儿雾气消散，金光收敛，菩萨就没了影儿。张讷觉得脖子上沾了甘露，斧砍的创口不再疼痛。神巫仍领他一起回家，望见乡里的门，才告别而去。

张讷死了两天，一下子又苏醒过来，讲述了地府的经历，说张诚没有死。牛氏以为他编的瞎话，反而骂得更凶。张讷受委屈无法申辩，摸摸伤疤确实愈合了。奋力起身，对父亲下跪说："我要穿云入海去寻弟弟；如果找不到，这辈子不指望回家了。请爸爸仍旧当儿子死了。"老父把儿子引到无人处哭泣，不敢留他。张讷就离家而去。常在通道口打听弟弟的消息。路上用完了钱，一路讨饭而行。

过了一年，到达南京，他身上衣服破破烂烂，弯腰弓背走在路上。偶然看见十余人骑马经过，就走到路旁躲避。其中一人像是官，年纪四十开外，那些彪形大汉骑着高头怒马，前后护卫着他。另有一个年轻人骑小骏马，屡次打量张讷。张讷因为他是贵公子，没敢抬头看。年轻人停鞭勒马，突然滚鞍下马，呼唤道："不是我哥哥吗！"张讷抬头细认，竟是张诚。握住手百感交集，失声恸哭。张诚也哭，问道："哥哥怎会飘零流落到如此地步？"张讷说了前后经过，张诚更加悲伤。骑马的仆人都下马问明原委，禀告长官。官命令腾出一匹马让张讷骑坐，兄弟俩并马回府，这才细问张诚的遭遇。

当初老虎叼张诚去，也不知什么时候把他丢在路边，昏躺在路上过了一夜。正好州里的副长官张别驾从京城来，经过这里，看见他长相文雅，爱怜地去抚摸他，渐渐苏醒过来。说了居住的乡里，相距已很远，就载着他一起回府。又用药敷在伤口上，几天才痊愈。张别驾没有儿子，就把张诚收为养子。刚才是张诚跟养父游览。张诚原原本本告诉了哥哥。正叙谈间，张别驾进来，张讷拜谢不已。张诚进去，捧出一套绸衣服给哥哥换上，就设宴畅谈。张别驾问："你家族在河南，一族有几个能服役的成年男子？"张讷答道："没有。父亲小时候是山东人，后来才寓居河南的。"张别驾说："我也是山东人。你家的乡里属哪一县？"答道："曾听父亲说起，属东昌县管辖。"张别驾吃惊道："咱们是老乡啊！为什么迁居河南？"张讷说："明朝末年清兵入境，掳去我前母。父亲遭到兵火，家室荡然无存。早先在西边做买卖，来来往往很熟悉，所以就定居了。"张别驾又惊讶地问："你父亲叫什么名字？"张讷告诉了他。张别驾两眼直愣愣看了张讷一回，低下头好像有什么疑问，快步入内。不一会，张别驾的母亲出来了。两兄弟双双下拜，施礼毕，太夫人问张讷："你是张炳之的孙子吗？"张讷说："是啊。"太夫人大哭起来，对别驾说："这是你的弟弟啊！"张讷兄弟莫明其妙。太夫人道："我嫁给你们父亲三年，就流离到北方，身属旗人长官都统，半年，就生下你们哥哥。又过了半年，都统去世，你们哥哥在旗下荫袭补官，一直升到别驾。现已解职了。平日时时刻刻惦念故乡和亲人，就脱离了旗籍，恢复了原先的族谱。几次派人到山东，没一处能打听到消息，哪知道你们父亲已西迁到河南了呢!”就对别驾说：“你把亲弟弟当作养子，折福死了!”别驾说：“当初问张诚，他未曾说过是山东人，想必是年龄太小不记得罢了。”于是按照年龄排行：别驾四十一岁，为长兄；张诚十六岁，最小；张讷二十二岁，居中。别驾骤然有了两个弟弟，心花怒放，同室卧起，详细知道了离散的缘由，打算作回河南的安排。太夫人怕牛氏不见容。别驾说：“能容就住在一起，不相容就分开过。天下哪有不认父亲的家?”于是变卖房产，置办行装，限定日期向西出发。

到了河南乡里，张讷、张诚先快马回家向父亲报信。父亲从张讷离家后，牛氏不久也死了，成了孤零零一个老鳏夫，终日形影相吊。忽然看见张讷进来，猛一喜，惊奇得恍恍惚惚；又看到张诚，欢喜极了，再讲不出话来，只是簌簌地掉眼泪；又禀告别驾母子到，老翁停止流泪，愣了半晌，喜也不是，悲也不是，呆呆地痴立着。不久，别驾进来，拜见父亲已毕；太夫人拉住老翁相对痛哭。后来看到丫环老妈子、仆人小厮，里外站得满满的，老翁坐立不知做什么好。张诚没见到母亲，问爸爸，才知道已去世了，嚎啕大哭，昏了过去，约有一顿饭的工夫才苏醒过来。别驾出钱造楼房，请先生教两个弟弟读书。马在槽边腾跃，人在屋里欢笑，居然成了大户人家。

异史氏说：我听完这个故事，眼泪落了好几次：十几岁的孩子，砍柴帮助哥哥，我感慨道：“晋朝救助哥哥王祥的王览，岂不是重现了么!”于是落一次泪。到老虎衔走张诚，我不禁狂呼道：“天道竟如此昏聩!”于是又落一次泪。后来两兄弟猝然重逢，则是高兴而也落泪；情节一转，增添了一个哥哥，又加一重悲剧色彩，则为张别驾而落泪。合家团圆，出乎意料的惊奇，出乎意料的喜悦，没来由的泪，则是为老翁而落。不知后世也有像我一样善于落泪的人吗?

汾州狐

汾州判朱公者，居廨多狐。公夜坐，有女子往来灯下。初谓是家人妇，未遑顾瞻；及举目，竟不相识，而容光艳绝。心知其狐，而爱好之，遽呼之来。女停履笑曰："厉声加人，谁是汝婢媪耶?"朱笑而起，曳坐谢过。遂与款密，久如夫妻之好。忽谓曰："君秩当迁，别有日矣。"问："何时?"答曰："目前。但贺者在门，吊者即在闾，不能官也。"三日，迁报果至。次日即得太夫人讣音。公解任，欲与偕旋。狐不可。送之河上。强之登舟。女曰："君自不知，狐不能过河也。"朱不忍别，恋恋河畔。女忽出，言将一谒故旧。移时归，即有客来答拜。女别室与语。客去乃来，曰："请便登舟，妾送君渡。"朱曰："向言不能渡，今何以渡?"曰："曩所谒非他，河神也。妾以君故，特请之。彼限我十天往复，故可暂依耳。"遂同济。至十日，果别而去。

【译文】

山西汾州判官朱公，所居住的衙门多狐狸。朱公夜里坐着，有个女子在灯下走来走去。起初以为是仆妇，没有在意。等抬眼看了看，竟不认识，而容貌极艳丽。朱公心里明白她是狐狸精，可是爱她美貌，马上叫她过来。女子停住脚步笑着说："粗声大气对待人，谁是你丫环佣人吗?"朱公笑着起身，拉她坐下表示道歉。就同她亲热起来，时间久了像夫妻一样恩爱。女子忽然对他说："你即将升官，分别的日子到了。"朱公问："什么时候?"答道："就在眼前。不过贺喜的人前脚到家门，报丧的人后脚跟着就到街门，你不能去上任。"三天后，升官的喜报果然到，第二天就得知母亲去世的噩耗。朱公因丧事守孝而卸任，要带女子一起回乡里。狐狸说不行，送他到黄河边。朱公硬是要她上船，女子说："你当然不会知道，狐狸是不能过黄河的。"朱公不忍与她离别，在河畔恋恋不舍。女子突然走开去，说要去拜访一个老相识。过了好一阵回来，就有客人来回访。女子在另一间屋子里与他说话。客人走了，女子才来，说："请就上船，我送你过河。"朱公说："刚才说不能渡，现在怎么又渡了？"女子说："刚才我拜访的不是别人，是河神。我因为你的缘故，特地向河神请求。他限我十天内往返，因此可以暂时陪你罢了。"就一起渡了河。到第十天，果然辞别而去。

巧　　娘

广东有搢绅傅氏，年六十余。生一子，名廉。甚慧，而天阉，十七岁，阴裁如蚕。遐迩闻知，无以女女者。自分宗绪已绝，昼夜忧怛，而无如何。

廉从师读。师偶他出，适门外有猴戏者，廉观之，废学焉。度师将至而惧，遂亡去。离家数里，见一白衣女郎，偕小婢出其前。女一回首，妖丽无比。莲步蹇缓，廉趋过之。女回顾婢曰："试问郎君，得毋欲如琼乎？"婢果呼问。廉诘其何为。女曰："倘之琼也，有尺一书，烦便道寄里门。老母在家，亦可为东道主。"廉出本无定向，念浮海亦得，因诺之。女出书付婢，婢转付生。问其姓名居里，云："华姓，居秦女村，去北郭三四里。"

生附舟便去，至琼州北郭，日已曛暮。问秦女村，迄无知者。望北行四五里，星月已灿，芳草迷目，旷无逆旅，窘甚。见道侧墓，思欲傍坟栖止，大惧虎狼。因攀树猱升，蹲踞其上。听松声谡谡，宵虫哀奏，中心忐忑，悔至如烧。忽闻人声在下，俯瞰之，庭院宛然；一丽人坐石上，双鬟挑画烛，分侍左右。丽人左顾曰："今夜月白星疏，华姑所赠团茶，可烹一盏，赏此良夜。"生意其鬼魅，毛发直竖，不敢少息。忽婢子仰视曰：“树上有人！”女惊起曰：“何处大胆儿，暗来窥人！”生大惧，无所逃隐，遂盘旋下，伏地乞宥。女近临一睇，反恚为喜，曳与并坐。睨之，年可十七八，姿态艳绝。听其言，亦土音。问：“郎何之？”答云：“为人作寄书邮。”女曰：“野多暴客，露宿可虞。不嫌蓬荜，愿就税驾。”邀生入。

室惟一榻，命婢展两被其上。生自惭形秽，愿在下床。女笑曰：“佳客相逢，女元龙何敢高卧？”生不得已，遂与共榻，而惶恐不敢自舒。未几，女暗中以纤手探入，轻捻胫股。生伪寐，若不觉知。又未几，启衾入，摇生，迄不动。女便下探隐处。乃停手怅然，悄悄出衾去。俄闻哭声。生惶愧无以自容，恨天公之缺陷而已。女呼婢篝灯。婢见啼痕，惊问所苦。女摇首曰：“我叹吾命耳。”婢立榻前，耽望颜色。女曰：“可唤郎醒，遣放去。”生闻之，倍益惭怍；且惧宵半，茫茫无所复之。

筹念间，一妇人排闼入。婢白：“华姑来。”微窥之，年约五十余，犹风格。见女未睡，便致诘问。女未答。又视榻上有卧者，遂问：“共榻何人？”婢代答：“夜一少年郎，寄此宿。”妇笑曰：“不知巧娘谐花烛。”见女啼泪未干，惊曰：“合卺之夕，悲啼不伦；将勿郎君粗暴也？”女不言，益悲。妇欲捋衣视生，一振衣，书落榻上。妇取视，骇曰：“我女笔意也！”拆读叹咤。女问之。妇云：“是三姐家报，言吴郎已死，茕无所依，且为奈何！”女曰：“彼固云为人寄书，幸未遣之去。”妇呼生起，究询书所自来。生备述之。妇曰："远烦寄书，当何以报？"又熟视生，笑问："何迕巧娘？"生言："不自知罪。"又诘女。女叹曰："自怜生适阉寺，殁奔椓人，是以悲耳。"妇顾生曰："慧黠儿，固雄而雌者耶？是我之客，不可久溷他人。"遂导生入东厢，探手于袴而验之。笑曰："无怪巧娘零涕；然幸有根蒂，犹可为力。"挑灯遍翻箱簏，得黑丸，授生，令即吞下，秘嘱勿吪，乃出。生独卧筹思，不知药医何症。将比五更，初醒，觉脐下热气一缕，直冲隐处，蠕蠕然似有物垂股际；自探之，身已伟男。心惊喜，如乍膺九锡。

棂色才分，妇入，以炊饼纳生室，叮嘱耐坐，反关其户。出语巧娘曰："郎有寄书劳，将留招三娘来，与订姊妹交。且复闭置，免人厌恼。"乃出门去。生回旋无聊，时近门隙，如鸟窥笼。望见巧娘，辄欲招呼自呈，惭讷而止。延及夜分，妇始携女归。发扉曰："闷煞郎君矣！三娘可来拜谢。"途中人逡巡入，向生敛衽。妇命相呼以兄妹。巧娘笑曰："姊妹亦可。"并出堂中，团坐置饮。饮次，巧娘戏问："寺人亦动心佳丽否？"生曰："跛者不忘履，盲者不忘视。"相与粲然。

巧娘以三娘劳顿，迫令安置。妇顾三娘，俾与生俱。三娘羞晕不行。妇曰："此丈夫而巾帼者，何畏之？"敦促偕去。私嘱生曰："阴为吾婿，阳为吾子，可也。"生喜，捉臂登床，发硎新试，其快可知。既于枕上问女："巧娘何人？"曰："鬼也。才色无匹，而时命蹇落。适毛家小郎子，病阉，十八岁而不能人，因邑邑不畅，赍恨如冥。”生惊，疑三娘亦鬼。女曰：“实告君，妾非鬼，狐耳。巧娘独居无耦，我母子无家，借庐栖止。”生大愕。女云：“无惧，虽故鬼狐，非相祸者。”由此日共谈宴。虽知巧娘非人，而心爱其娟好，独恨自献无隙。生蕴藉，善谀噱，颇得巧娘怜。

一日，华氏母子将他往，复闭生室中。生闷气，绕屋隔扉呼巧娘。巧娘命婢，历试数钥，乃得启。生附耳请间。巧娘遣婢去。生挽就寝榻，偎向之。女戏掬脐下，曰：“惜可儿此处阙然。”语未竟，触手盈握。惊曰：“何前之渺渺，而遽累然！”生笑曰：“前羞见客，故缩；今以诮谤难堪，聊作蛙怒耳。”遂相绸缪。已而恚曰：“今乃知闭户有因。昔母子流荡栖无所，假庐居之。三娘从学刺绣，妾曾不少秘惜；乃妒忌如此！”生劝慰之，且以情告。巧娘终衔之。生曰：“密之，华姑嘱我严。”语未及已，华姑掩入。二人皇遽方起。华姑瞋目，问：“谁启扉？”巧娘笑逆自承。华姑益怒，聒絮不已。巧娘故哂曰：“阿姥亦大笑人！是丈夫而巾帼者，何能为？”三娘见母与巧娘苦相抵，意不自安，以一身调停两间，始各拗怒为喜。巧娘言虽愤烈，然自是屈意事三娘。但华姑昼夜闲防，两情不得自展，眉目含情而已。

一日，华姑谓生曰：“吾儿姊妹皆已奉事君。念居此非计，君宜归告父母，早订永约。”即治装促生行。二女相向，容颜悲恻；而巧娘尤不可堪，泪滚滚如断贯珠，殊无已时。华姑排止之。便曳生出。至门外，则院宇无存，但见荒冢。华姑送至舟上，曰：“君行后，老身携两女僦屋于贵邑。倘不忘夙好，李氏废园中，可待亲迎。”生乃归。

时傅父觅子不得，正切焦虑，见子归，喜出非望。生略述崖末，兼致华氏之订。父曰：“妖言何足听信？汝尚能生还者，徒以阉废故；不然，死矣！”生曰：“彼虽异物，情亦犹人；况又慧丽，娶之亦不为戚党笑。”父不言，但嗤之。生乃退而技痒，不安其分，辄私婢；渐至白昼宣淫，意欲骇闻翁媪。一日，为小婢所窥，奔告母。母不信，薄观之，始骇。呼婢研究，尽得其状。喜极，逢人宣暴，以示子不阉，将论婚于世族。生私白母：“非华氏不娶。”母曰：“世不乏美妇人，何必鬼物？”生曰：“儿非华姑，无以知人道，背之不祥。”傅父从之，遣一仆一妪往觇之。

出东郭四五里，寻李氏园。见败垣竹树中，缕缕有炊烟。妪下乘，直造其闼，则母子拭几濯溉，似有所伺。妪拜致主命。见三娘，惊曰：“此即吾家小主妇耶？我见犹怜，何怪公子魂思而梦绕之。”便问阿姊。华姑叹曰：“是我假女。三日前，忽殂谢去。”因以酒食饷妪及仆。妪归，备道三娘容止，父母皆喜。末陈巧娘死耗，生恻恻欲涕。

至亲迎之夜，见华姑亲问之。答云：“已投生北地矣。”生欷歔久之。迎三娘归，而终不能忘情巧娘，凡有自琼来者，必召见问之。或言秦女墓夜闻鬼哭。生诧其异，入告三娘，三娘沉吟良久，泣下曰：“妾负姊矣！”诘之，答云：“妾母子来时，实未使闻。兹之怨啼，将无是姊？向欲相告，恐彰母过。”生闻之，悲已而喜。即命舆，宵昼兼程，驰诣其墓。叩墓木而呼曰：“巧娘，巧娘！某在斯。”俄见女郎绷婴儿，自穴中出，举首酸嘶，怨望无已。生亦涕下。探怀问谁氏子，巧娘曰：“是君之遗孽也，诞三月矣。”生叹曰：“误听华姑言，使母子埋忧地下，罪将安辞！”乃与同舆，航海而归。抱子告母。母视之，体貌丰伟，不类鬼物，益喜。

二女谐和，事姑孝。后傅父病，延医来。巧娘曰：“疾不可为，魂已离舍。”督治冥具，既竣而卒。儿长，绝肖父；尤慧，十四游泮。

高邮翁紫霞，客于广而闻之。地名遗脱，亦未知所终矣。

【译文】

广东有个做过官的傅某，年纪六十多。生下个儿子名廉，很聪明，而天生有性器官缺陷，长到十七岁，阴茎才像蚕宝宝那样。远近人家听说，没有把女儿许他的。傅老先生自料后代要绝，日夜忧心忡忡，但也一筹莫展。

傅廉跟先生读书。先生偶尔外出，正巧门外有耍猴的，傅廉去观看，把学业耽误了。估量先生就要到，心里害怕，就逃走了。离家好几里，看见一个白衣女郎，由小丫环陪着走在前面。女郎回了一次头，容貌妖丽无比。她三寸金莲行步缓慢，傅廉快步超过了她们。女郎回头对丫环说：“你去问问他，莫非要去海南岛么？”丫环果然叫他问了。傅廉反问她要干什么。女郎说：“如果你去海南岛，有封信劳驾你顺路带到我家。老母亲在家，也会热情招待你的。”傅廉出来本没有确定去向，转念一想去渡渡海也不错，因而就答应了。女郎拿出书信交给丫环，丫环转交给傅生。问她姓名和居住地址，她说：“姓华，住在秦女村，离北城外三四里地。”傅生搭上船就去了。

到琼州北城，天已昏黑。打听秦女村，竟无人知道。朝北走了四五里，已是星辉月明，满地芳草看不清路，旷野里也没有客栈，傅生狼狈不堪。看见路边有座坟墓，想要借坟地歇歇脚，又很害怕虎狼出现。就像猴子似的攀枝上树，踞坐在树上。听着风吹松树刷刷声，夜虫凄凉的鸣叫声，心里七上八下，懊悔的念头像火似的越烧越旺。忽然听到下面有人声，朝下一看，好像是一座庄院。一个美女坐在石头上，丫环举着灯笼，在两旁侍立。美女吩咐左边丫环道："今夜月明星稀，华姑送来的团茶，可去沏一杯来，欣赏这良宵。"傅生以为她们是鬼怪，浑身毛发直竖，不敢稍有放松。忽然一个丫环抬头看，说："树上有人！"美女惊慌地站起身说："哪来的大胆家伙，暗地来偷看人！"傅生吓得要命，无处逃避，只得盘旋下树，跪地求谅。美女走近看了一眼，转恼为喜，拉他与自己并坐。傅生斜眼看去，年纪大约十七八，姿容美艳极了。听她的话，也是本地口音。美女问："你到哪里去？"傅生答道："替人传递书信。"美女说："旷野多暴徒，露宿令人担心。不嫌草屋简陋，希望你就留下。"邀傅生进屋。

房间里只有一张床，美女吩咐丫环铺上两床被子。傅生自惭形秽，希望睡在地下。美女笑道："东汉的陈元龙自己睡大床，让客人睡下床。佳宾上门，我这个女元龙怎敢高卧在上呢？"傅生没有办法，就与她睡一床，可是惶恐不安连身子也不敢伸直。隔不多久，美女暗中把手伸进他被窝，轻轻地捏他大腿。傅生假装睡着，好像不觉得似的。又隔了一会儿，美女掀开他被窝钻入，摇摇他，傅生一直不动。美女就伸手去摸下身，一下子停住了手，懊丧惆怅，悄悄地离开了被窝。很快听到哭泣声。傅生惶恐羞愧，无地自容，只恨天公给自己造成了缺憾。美女呼唤丫环掌灯来。丫环看见她泪痕，惊问有何痛苦。美女摇摇头说："我叹自己的命罢了。"丫环站到床前，察看主人的脸色。美女说："可把他唤醒，打发他走。"傅生听了，倍加羞愧，还担心茫茫夜半，再也无处可去。

正在打主意，一个妇女推门直入。丫环通报说："华姑来了。"傅生看了一眼，那妇女五十出头了，还很有风韵。华姑见美女没睡，就问她为什么还不睡。美女还没答话。华姑又看到床上有人躺着，就问："与你同床的是谁？"丫环代答道："夜里有个年轻人，留在这里过夜。"华姑笑着说："不知道巧娘花烛好合。"看见巧娘泪痕未干，惊讶地说："喝交杯酒的夜里，哭哭啼啼不像话；莫非他粗暴了？"巧娘不响，哭得更伤心了。华姑想撩起衣服看看傅生，一动衣服，一封信掉在床上。华姑拿来一看，惊讶地说："我女儿的笔迹啊！"拆信开读，叹息诧异。巧娘问她何事，华姑说："是三姐的家信，说吴郎已死，孤孤单单无依无靠，该怎么办！"巧娘说："他本来说是替人送信的。幸亏没打发他走。"华姑叫傅生起床，追问书信的来历。傅生一一说了。华姑说："劳驾你远路送信，该怎么报答？"又细细端详傅生，笑着问："为什么惹巧娘生气？"傅生说："我不知道做错了什么。"华姑又问巧娘，巧娘叹口气说："我只恨活着嫁了个太监，死了又私奔个废物，因此而悲伤罢了。"华姑看着傅生说："聪明伶俐的小伙子，难道是女人一样的男人吗？你是我的客人，不可多打扰别人。"就领傅生进东厢房，伸手到裤裆里摸了一摸，笑笑说："难怪巧娘要落眼泪；但幸好有根蒂，还可以使得上力。"华姑把灯挑亮，翻遍箱笼，找到一粒黑丸，给傅生，叫他就吞下，私下叮嘱他不要动。傅生独自躺着想心事，不知道药治什么病。快到五更，刚醒，只觉得肚脐下有一缕热气，直冲阴部。软绵绵的好像有东西垂在大腿间，用手去摸，男性的器官已经很丰伟了。不觉又惊又喜，那心情简直与初受九锡封为上公相仿佛。

天蒙蒙亮时，华姑进来，把炊饼放在傅生房间里，叮嘱他耐心坐着，把房门反锁上。出去对巧娘说："小伙子有送信的功劳，要留住他把三娘叫回，订个姊妹般的交情。暂且还是锁在那儿，免得惹人生厌着恼。"就出门而去。傅生转过来转过去无聊，常走近门缝，像鸟窥看笼外似的。望见巧娘，总想招呼她展现一下自己，又羞于出口而止。拖到半夜，华姑才带着女儿回来。她打开门说："要闷煞小伙子了！三娘快来拜谢。"路上遇见的人羞答答地进来，向傅生行过礼。华姑叫他们兄妹相称，巧娘笑着说："称姊妹也可以。"一起到客堂间，团团坐下送上酒来。喝酒间，巧娘逗傅生说："太监也对漂亮的女人动心吗？"傅生说："瘸子忘不了走，瞎子忘不了看。"大家都笑了。

巧娘因为三娘劳累，催她歇息。华姑向三娘使眼色，让她与傅生睡在一起。三娘羞红了脸，不肯动。华姑说："这是个男子汉模样的女人，怕什么？"敦促两人一起去，暗中嘱咐傅生说："暗里做我女婿，明里做我儿子，就行了。"傅生很开心，挽住三娘手臂上了床，刚磨好的刀第一次试用，痛快可想而知。事后在枕畔问三娘："巧娘是什么人？"三娘说："是个鬼。才华美色没人比得上，可是命不好。嫁给毛家小伙子，有阳痿病，十八岁还不能像个男人。巧娘因此郁郁不欢，抱恨而死。"傅生吃惊，怀疑三娘也是鬼。三娘说："老实告诉你，我不是鬼，狐狸罢了。巧娘独居没有朋友，我母女俩没有家，就借她的房屋居住。"傅生大为惊愕。三娘说："不要怕。虽然本是鬼狐，并不会害你。"从此天天在一起谈笑聚宴。傅生虽知巧娘不是人，可是心里爱她娟美，只恨没有机会向她奉献。傅生温文含蓄，谈吐风趣，很受巧娘青睐。

一天，华姑母女要外出，又把傅生锁在房里。傅生闷气，在房里兜圈子，隔着门呼喊巧娘。巧娘吩咐丫环，试了好几把钥匙，才把锁打开。傅生附在巧娘耳边，要求与她单独呆一会儿，巧娘打发丫环走开。傅生挽着她上床，拥抱她。巧娘开玩笑在他肚脐下一捏，说："可惜称心的人儿这里缺点东西。"话还没说完，碰到手满满一把。惊奇地说："怎么上次小得可怜，突然这么大了？"傅生笑着说："上次见到客人害羞，所以缩小；现在因为冷嘲热讽难堪，聊作青蛙之怒罢了。"就互相缠绵了一阵。过后巧娘气恼地说："现在才知道锁门有原因。从前母女俩流浪没地方住，我借房子让她们住下；三娘跟我学刺绣，我不曾有一点保留：竟妒忌到这模样！"傅生劝慰她，并实情告诉她。巧娘始终耿耿于怀。傅生说："我们的事还要守秘密，华姑叮嘱得很严。"话没说完，华姑乘人不备进来了。两人慌慌张张忙不迭起床。华姑怒目而视，问："谁开的门？"巧娘笑着迎上去自己承认。华姑更火了，不干不净絮叨个没完。巧娘故意嘲笑说："阿姥也太笑死人了！这是个男人模样的女人，有什么能耐？"三娘见母亲与巧娘互不相让，心里很不安，一个人在两者之间调停，才各各转怒为喜。巧娘话虽带着气，不饶人，可是从此曲意侍候三娘。只是华姑日夜防闲，巧娘与傅生两情无法表露，只能眉目传情罢了。

一天，华姑对傅生说：“我女儿姐妹俩都属于你了。我想住在这里总不是办法，你该回家告诉父母，早日订下长久的婚约。”即刻准备行装催傅生动身。三娘与巧娘面对傅生，脸色悲伤；巧娘尤其不堪，眼泪滚滚像断线珍珠，一直没有停过。华姑排解劝止。就拉着傅生出去，一到门外，院子房屋就消失了，只见一座荒坟。华姑送傅生到船上，说：“你走后，我带着两个女儿到你的家乡借屋居住。如果不忘旧好，李家废园中可以等你来迎亲。”傅生就回家了。

当时傅父找不到儿子，正满心焦虑，看到儿子回来，喜出望外。傅生简要叙述了前后经过，并把华姑的约定说了。他父亲说：“妖言哪里值得听信？你还能活着回来，只是因为天阉的缘故，不然，早就死了！”傅生说：“她们虽然不是人类，感情也和人一样；况且又聪明美丽，娶她们也不会被亲戚朋友耻笑。”父亲不说话，只是嗤之以鼻。傅生退下后不觉技痒，不肯安分守己，常与丫环私通；渐渐甚至白天宣淫，目的想惊动父母。一天，被小丫环窥见，奔去禀告他母亲。他母亲不信，走近去看，才吃了一惊。把丫环叫来细细盘问，全部了解了儿子的状况。他母亲高兴极了，逢人就公开宣扬，以表明儿子不是天阉，将与世族大家议婚。傅生私下向母亲表白：“不是华姑家女儿不娶。”母亲说：“世上不缺美女，为什么认定要狐鬼？”傅生说：“不是华姑，我不可能知道男女的事。背弃她们不吉利。”他父亲依了他，派一个仆人一个老婆子前去察看。

出城东四五里地，找到了李家花园。只见在断墙竹树之间，有缕缕炊烟升起。老婆子下了车，直接走到门前，母女两个在擦桌子洗东西，好像在等什么人。老婆子下拜行过礼，转达了主人的意思，看见三娘，惊奇地说：“这就是我家少奶奶吗？我见了都爱，难怪少爷魂牵梦萦了。”就问姐姐在哪里。华姑叹口气说：“是我养女。三天前突然死了。”就用酒菜招待老婆子与仆人。老婆子回去，详细描述三娘的容貌举止，傅老夫妇都很满意。最后说出巧娘死讯，傅生伤心得要落泪。

到迎亲那天晚上，傅生见了华姑当面问起巧娘。华姑答道：“她已经投生在北方了。”傅生叹惜了好久。娶回三娘后，始终不能忘情于巧娘，凡有从琼州来的人，他都要找来打听。有人说秦女墓夜间听到鬼哭。傅生很惊疑，进去告诉三娘。三娘沉吟好久，流着泪说："我对不起姐姐了！"傅生追问，三娘说："我母女来的时候，实在是没让她知道。现在怨恨哭泣的，莫非就是姐姐？一直想告诉你真情，怕暴露了母亲的过失。"傅生听完，悲伤完了转为高兴。立即吩咐备马套车，昼夜兼程赶到巧娘墓前。傅生叩击墓木呼叫："巧娘，巧娘！我在这里。"一转眼看见一个女郎抱着襁褓中的婴儿，从墓穴中出来，抬起头哭得好不心酸，无限哀怨地望着他。傅生也眼泪直淌。摸着怀抱的婴儿问是谁家孩子，巧娘说："是你留下的种，生下三个月了。"傅生叹道："误听了华姑的话，使你们母子俩埋在墓中受煎熬，这罪孽我哪能逃脱！"就与巧娘母子同车，航海而归。傅生抱着儿子去告诉母亲。母亲端详婴儿，体格壮健，外貌神气，不像鬼生的，更加欢喜。

巧娘和三娘和睦相处，对婆婆很孝顺。后来傅父生病，请医生来。巧娘说："这病治不好，灵魂已出窍了。"督促置办丧物，一切办妥后傅父就去世了。孩子长大后，极像他爸爸；特别聪明，十四岁就中秀才进学。

高邮紫霞老人，客居在广东，听说这件事。地名已记不清，也不知道最后结局怎么样。

吴　令

吴令某公，忘其姓字。刚介有声。吴俗最重城隍之神，木肖之，被锦藏机如生。值神寿节，则居民敛赀为会，辇游通衢；建诸旗幢杂卤簿，森森部列，鼓吹行且作，阗阗咽咽然，一道相属也。习以为俗，岁无敢懈。公出，适相值，止而问之。居民以告。又诘知所费颇奢。公怒，指神而责之曰："城隍实主一邑。如冥顽无灵，则淫昏之鬼，无足奉事；其有灵，则物力宜惜，何得以无益之费，耗民脂膏？"言已，曳神于地，笞之二十。从此习俗顿革。

公清正无私，惟少年好戏。居年余，偶于廨中梯檐探雀鷇，失足而堕，折股，寻卒。人闻城隍祠中，公大声喧怒，似与神争，数日不止。吴人不忘公德，群集祝而解之，别建一祠祠公，声乃息。祠亦以城隍名，春秋祀之，较故神尤著。吴至今有二城隍云。

【译文】

江苏吴县县令某公，忘了他的姓名，刚正耿直有名声。吴县风俗最敬重城隍老爷，木刻肖像，披上锦绣衣装，暗藏机关，像活的一样。逢城隍老爷生日，居民们集资做会，抬着神像到大街上游行。造起各种旗帜、幢盖和仪仗队，浩浩荡荡排成队，一面走一面敲锣打鼓，咚咚锵锵，咪哩嘛啦，一路络绎不绝。习惯成传统，每年都不敢稍有懈怠。某公外出，正好相遇，拦住游行队伍询问。居民作了报告。又问知花费很大，某公发怒了，指着神像责备说：“城隍是一县之主。如果冥顽不灵，那是昏庸的鬼物，不值得尊崇；如果有灵，那么人力物力应该爱惜，怎能用无益的花费，消耗民脂民膏？”说完，他把神像拖倒在地，打了二十大板。从此陋习顿时革除。

某公清正廉洁，只是有点年轻贪玩。任职一年多，偶尔在县衙内架梯在屋檐下掏摸小雀儿，失足摔下来，跌断腿骨，不久就死了。人们听见城隍庙内，某公大声怒叫，好像与城隍神在争论，几天不停止。吴县人民不忘某公恩德，群集在城隍庙祝祷劝解，另造一座祠堂供奉某公，争论声才平息。新建祠堂也称城隍庙，春秋两季祭祀，比旧城隍还显灵。吴县至今有两个城隍。

口　技

村中来一女子，年二十有四五。携一药囊，售其医。

有问病者，女不能自为方，俟暮夜问诸神。

晚洁斗室，闭置其中。众绕门窗，倾耳寂听；但窃窃语，莫敢欬。内外动息俱冥。

至夜许，忽闻帘声。女在内曰："九姑来耶？"一女子答云："来矣。"又曰："腊梅从九姑来耶？"似一婢答云："来矣。"三人絮语间杂，刺刺不休。俄闻帘钩复动，女曰："六姑至矣。"乱言曰："春梅亦抱小郎子来耶？"一女曰："拗哥子！呜呜不睡，定要从娘子来。身如百钧重，负累煞人！"旋闻女子殷勤声，九姑问讯声，六姑寒暄声，二婢慰劳声，小儿喜笑声，一齐嘈杂。即闻女子笑曰："小郎君亦大好耍，远迢迢抱猫儿来。"既而声渐疏，帘又响，满室俱哗，曰："四姑来何迟也？"有一小女子细声答曰："路有千里且溢，与阿姑走尔许时始至。阿姑行且缓。"遂各各道温凉声，并移坐声，唤添坐声，参差并作，喧繁满室，食顷始定。

即闻女子问病。九姑以为宜得参，六姑以为宜得芪，四姑以为宜得术。参酌移时，即闻九姑唤笔砚。无何，折纸戢戢然，拔笔掷帽丁丁然，磨墨隆隆然；既而投笔触几，震震作响，便闻撮药包裹苏苏然。顷之，女子推帘，呼病者授药并方。反身入室，即闻三姑作别，三婢作别，小儿哑哑，猫儿唔唔，又一时并起。九姑之声清以越，六姑之声缓以苍，四姑之声娇以婉，以及三婢之声，各有态响，听之了了可辨。群讶以为真神。而试其方，亦不甚效。此即所谓口技，特借之以售其术耳。然亦奇矣！

昔王心逸尝言：在都偶过市廛，闻弦歌声，观者如堵。近窥之，则见一少年曼声度曲。并无乐器，惟以一指捺颊际，且捺且讴；听之铿铿，与弦索无异。亦口技之苗裔也。

【译文】

村子里来了一个女子，年纪二十四五岁。带一只药袋，给人治病。有来看病求医的，女子自己不会开药方，等夜间问神仙。

晚上，收拾干净小房间，女子在里面紧紧关上门窗。众人围在门窗边，侧着耳朵静听，只窃窃私语，不敢咳嗽。房间里外停止活动，一片寂静。

到初更时分，忽听掀帘子的声音，女子在里边说："九姑来啦？"另一个女子答道："来了。"又说："腊梅跟九姑来啦？"像是一个丫环回答说："来了。"三个人轻声你一言我一语，絮絮叨叨没完。一会儿帘钩又响，女子说："六姑到了。"几个人乱纷纷打招呼："春梅也抱着小少爷来啦？"一个女子回答说："不听话的孩子！呜他也不睡，一定要跟娘子来。身子像有百来斤重，抱得累死人！"接着听见女子殷勤声，九姑问讯声，六姑寒暄声，两个丫环慰劳声，小孩嬉笑声，一齐嘈杂。就听女子笑着说："小宝贝也太好玩，大老远的抱猫儿来。"这以后声音渐渐稀疏，门帘又响，满房间嚷嚷起来，说："四姑为什么来晚了？"有一个年龄小的女子细声细气答道："路有一千里开外，跟阿姑走这么长时间才到。阿姑走得又慢。"就听各个问暖问寒声，伴随着搬移座位声，吩咐添座声，几种声音交叉着一起发出，喧闹声充满房间，一顿饭工夫才平静下来。

接着听到女子问病。九姑以为该用人参，六姑以为该用黄芪，四姑认为该用白术。商量了好一阵子，就听九姑叫拿笔墨砚台来。不久，折纸头的嚓嚓声，拔笔掷铜套的铮铮声，磨墨的隆隆声；然后是毛笔丢在桌上，铮然作响，就听得抓药包药的窸窣声。很快，女子掀帘，招呼病家递给药和药方。回身进屋，就听三个姑娘告别，三个丫环告别，小孩咿哑，猫儿咪呜，又一时间同时响起。九姑的声音清脆悠扬，三姑的声音缓慢苍老，四姑的声音娇嫩和婉，以及三个丫环的声音也各有特色，听上去清清楚楚能分辨出来。大家惊讶以为真神下降。而试她的药方，也不很有效。这就是所谓的口技，特意借它来推销生意罢了。然而也够神奇了！

从前王心逸曾说：在京城偶经闹市，听到弹琴唱歌声，围观者筑了一道人墙。他凑近去看，只见一个年轻人拉长声音在哼曲子，并没有乐器，只用一个手指按捺在脸颊上，一边按捺一边唱；听起来铿锵铮鈥，与丝弦乐器没有两样。这也是口技的一个流派。

狐　联

焦生，章丘石虹先生之叔弟也。读书园中。宵分，有二美人来，颜色双绝。一可十七八，一约十四五，抚几展笑。焦知其狐，正色拒之。长者曰："君髯如戟，何无丈夫气？"焦曰："仆生平不敢二色。"女笑曰："迂哉！子尚守腐局耶？下元鬼神，凡事皆以黑为白，况床笫间琐事乎？"焦又咄之。女知不可动，乃云："君名下士，妾有一联，请为属对，能对我自去：戊戌同体，腹中止欠一点。"焦凝思不就。女笑曰："名士固如此乎？我代对之可矣：己巳连踪，足下何不双挑。"一笑而去。长山李司寇言之。

【译文】

姓焦的书生，是山东章丘县焦石虹先生的堂弟。在园子里读书。半夜时分，来了两个美女，容貌双绝。一个大约十七八岁，一个大约十四五岁。按着书桌向他露出微笑。焦生知道她们是狐狸精，一本正经加以拒绝。年龄大一点的说："你满脸络腮胡子像刀戟丛生，为什么没有男子汉气概？”焦生说：“我生平除了妻子不接近第二个女人。”女子笑着说：“迂透了！你还墨守那些陈腐的教条吗？那些等而下之的鬼神，万事都黑白颠倒，何况男女间床笫琐事呢？”焦生又咄斥她。两个女郎知道动摇不了他，就说：“你是有名气的才子，我有个上联，请你对下联，能对出，我们自动走。上联是：戊戌同体，腹中止欠一点。”焦生苦思冥想对不出。女子笑着说：“有名的才子竟这样吗？我代你对算了：己巳连踪，足下何不双挑？”一笑而去。这是山东长山县李刑部说的。

潍水狐

潍邑李氏有别第。忽一翁来税居，岁出直金五十，诺之。既去无耗，李嘱家人别租。翌日，翁至，曰：“租宅已有关说，何欲更僦他人？”李白所疑。翁曰：“我将久居是；所以迟迟者，以涓吉在十日之后耳。”因先纳一岁之直，曰：“终岁空之，勿问也。”李送出，问期，翁告之。

过期数日，亦竟渺然。及往觇之，则双扉内闭，炊烟起而人声杂矣。讶之，投刺往谒。翁趋出，逆而入，笑语可亲。既归，遣人馈遗其家；翁犒赐丰隆。又数日，李设筵邀翁，款洽甚欢。问其居里，以秦中对。李讶其远。翁曰：“贵乡福地也。秦中不可居，大难将作。”时方承平，置未深问。越日，翁折柬报居停之礼，供帐饮食，备极侈丽。李益惊，疑为贵官。翁以交好，因自言为狐。李骇绝，逢人辄道。

邑搢绅闻其异，日结驷于门，愿纳交翁，翁无不伛偻接见。渐而郡官亦时还往。独邑令求通，辄辞以故。令又托主人先容，翁辞。李诘其故。翁离席近客而私语曰："君自不知，彼前身为驴，今虽俨然民上，乃饮糙而亦醉者也。仆固异类，羞与为伍。"李乃托词告令，谓狐畏其神明，故不敢见。令信之而止。此康熙十一年事。未几，秦罹兵燹。狐能前知，信矣。

异史氏曰：驴之为物庞然也。一怒则踶趹嗥嘶，眼大于盎，气粗于牛；不惟声难闻，状亦难见。倘执束刍而诱之，则帖耳辑首，喜受羁勒矣。以此居民上，宜其饮糙而亦醉也。愿临民者，以驴为戒，而求齿于狐，则德日进矣。

【译文】

山东潍县李家有一所别墅。忽然一个老翁来租房，每年愿付租金五十两银子。主人答应了。老翁走后没有消息。房主叫管家租给别人。第二天，老翁来，说："我租房子已经与你谈妥，为什么要另租他人？"李家说明了疑虑。老翁说："我要长住在这里。所以迟迟没有搬来，因为选了个吉利日子还在十天之后呢。"就预付了一年的房租，说："整年空着，也不必过问。"李某把老翁送出，问搬来的日期，老翁告诉了他们。

过期好几天，竟还是没有动静。等李某去看，则两扇大门从里面闩着，炊烟起而人声杂了。李某奇怪，递名片去拜访。老翁快步出来，迎他进屋，笑语可亲。李某回家后，派人送去礼品；老翁犒赏很丰厚。又过了几天，李某设宴邀请老翁，亲切欢畅。问他家乡，老翁回答陕西。李某奇怪那么远。老翁说："贵乡是福地。陕西不能住了，大乱将起。"当时天下正太平，李某没有深问。过了一天，老翁送来请柬，回礼答谢房主。宴会的陈设、饮食，极为铺张豪华。李某更加惊奇，疑心老翁是告老还乡的大官。老翁因为与李某有了交情，就自称是狐狸。李某惊骇极了，逢人就说。

本县官宦人家听说这希罕事，每天车骑到门，愿与老翁结交。老翁无不虚心下气，殷勤接待。渐渐州府官员也常来往。只有潍县县太爷求结识，老翁总是借故推托。县太爷又托李某为他说情，老翁谢绝。李某问他缘故，老翁离座凑近来低声说："你当然不知道。他前身是驴，现在虽然像煞有介事在民众之上，其实是利欲熏心见钱眼开之流。我固然不是人类，与这种人为伍还感到羞耻。"李某就找借口告诉县太爷，说狐狸怕老爷的神明，所以不敢相见。县令信以为真，就罢了。这是康熙十一年（1672）的事。没多久，陕西果然发生了战乱。狐狸精能未卜先知，这件事可以证实了。

异史氏说：驴是庞然大物，一发脾气就撩蹄子嘶叫，眼比酒杯大，气比牛还粗；不但声音难听，样子也难看。倘使拿一束干草去引诱它，就俯首帖耳，乖乖让人套上笼头了。以此高踞民众之上，无怪乎见钱眼开了。希望当官的以驴为戒，而求与狐狸同列，那品德就天天进步了。

红　玉

广平冯翁有一子，字相如。父子俱诸生。翁年近六旬，性方鲠，而家屡空。数年间，媪与子妇又相继逝，井臼自操之。

一夜，相如坐月下，忽见东邻女自墙上来窥。视之，美。近之，微笑。招以手，不来亦不去。固请之，乃梯而过，遂共寝处。问其姓名，曰："妾邻女红玉也。"生大爱悦，与订永好。女诺之。

夜夜往来，约半年许。翁夜起，闻女子含笑语，窥之，见女。怒，唤生出，骂曰："畜产所为何事！如此落寞，尚不刻苦，乃学浮荡耶？人知之，丧汝德；人不知，促汝寿！”生跪自投，泣言知悔。翁叱女曰：“女子不守闺戒，既自玷，而又以玷人。倘事一发，当不仅贻寒舍羞！”骂已，愤然归寝。女流涕曰：“亲庭罪责，良足愧辱！我二人缘分尽矣！”生曰：“父在不得自专。卿如有情，尚当含垢为好。”女言辞决绝，生乃洒涕。女止之曰：“妾与君无媒妁之言，父母之命，逾墙钻隙，何能白首？此处有一佳耦，可聘也。”告以贫。女曰：“来宵相俟，妾为君谋之。”

次夜，女果至，出白金四十两赠生。曰：“去此六十里，有吴村卫氏，年十八矣，高其价，故未售也。君重啖之，必合谐允。”言已，别去。生乘间语父，欲往相之。而隐馈金不敢告。翁自度无赀，以是故，止之。生又婉言：“试可乃已。”翁颔之。生遂假仆马，诣卫氏。卫故田舍翁。生呼出引与闲语。卫知生望族，又见仪采轩豁，心许之，而虑其靳于赀。生听其词意吞吐，会其旨，倾囊陈几上。卫乃喜，浼邻生居间，书红笺而盟焉。生入拜媪。居室偪侧，女依母自幛。微睨之，虽荆布之饰，而神情光艳，心窃喜。卫借舍款婿，便言：“公子无须亲迎。待少作衣妆，即合舁送去。”生与期而归。诡告翁，言卫爱清门，不责赀。翁亦喜。至日，卫果送女至。女勤俭，有顺德，琴瑟甚笃。逾二年，举一男，名福儿。

会清明抱子登墓，遇邑绅宋氏。宋官御史，坐行赇免。居林下，大煽威虐。是日亦上墓归，见女艳之。问村人，知为生配。料冯贫士，诱以重赂，冀可摇，使家人风示之。生骤闻，怒形于色；既思势不敌，敛怒为笑，归告翁。大怒，奔出，对其家人，指天画地，诟骂万端。家人鼠窜而去。宋氏亦怒，竟遣数人入生家，殴翁及子，汹若沸鼎。女闻之，弃儿于床，披发号救。群篡舁之，哄然便去。父子伤残，吟呻在地，儿呱呱啼室中。邻人共怜之，扶之榻上。经日，生杖而能起。翁忿不食，呕血寻毙。生大哭，抱子兴词，上至督抚，讼几遍，卒不得直。后闻妇不屈死，益悲。冤塞胸吭，无路可伸。每思要路刺杀宋，而虑其扈从繁，儿又罔托。日夜哀思，双睫为不交。

忽一丈夫吊诸其室，虬髯阔颔，曾与无素。挽坐，欲问邦族。客遽曰："君有杀父之仇，夺妻之恨，而忘报乎？"生疑为宋人之侦，姑伪应之。客怒眦欲裂，遽出曰："仆以君人也；今乃知不足齿之伧！"生察其异，跪而挽之，曰："诚恐宋人餂我。今实布腹心：仆之卧薪尝胆者，固有日矣，但怜此褓中物，恐坠宗祧。君义士，能为我杵臼否？"客曰："此妇人女子之事，非所能。君所欲托诸人者，请自任之；所欲自任者，愿得而代庖焉。"生闻，崩角在地。客不顾而出。生追问姓字，曰："不济，不任受怨；济，亦不任受德。"遂去。生惧祸及，抱子亡去。

至夜，宋家一门俱寝，有人越重垣入，杀御史父子三人，及一媳一婢。宋家具状告官。官大骇。宋执谓相如，于是遣役捕生，生遁不知所之，于是情益真。宋仆同官役诸处冥搜。夜至南山，闻儿啼，迹得之，系缧而行。儿啼愈嗔，群夺儿抛弃之。生冤愤欲绝。见邑令，问："何杀人？"生曰："冤哉！某以夜死，我以昼出，且抱呱呱者，何能逾垣杀人？"令曰："不杀人，何逃乎？"生词穷，不能置辨，乃收诸狱。生泣曰："我死无足惜，孤儿何罪？"令曰："汝杀人子多矣；杀汝子，何怨？"生既褫革，屡受梏惨，卒无词。

令是夜方卧，闻有物击床，震震有声，大惧而号。举家惊起，集而烛之，一短刀，铦利如霜，剁床入木者寸余，牢不可拔。令睹之，魂魄丧失。荷戈遍索，竟无踪迹。心窃馁。又以宋人死，无可畏惧，乃详诸宪，代生解免，竟释生。

生归，瓮无升斗，孤影对四壁。幸邻人怜馈食饮，苟且自度。念大仇已报，则辗然喜；思惨酷之祸，几于灭门，则泪潸潸堕；及思半生贫彻骨，宗支不续，则于无人处，大哭失声，不复能自禁。如此半年，捕禁益懈。乃哀邑令，求判还卫氏之骨。及葬而归，悲怛欲死，辗转空床，竟无生路。忽有款门者，凝神寂听，闻一人在门外，哝哝与小儿语。生急起窥觇，似一女子。扉初启，便问："大冤昭雪，可幸无恙？"其声稔熟，而仓卒不能追忆。烛之，则红玉也。挽一小儿，嬉笑跨下。生不暇问，抱女呜哭。女亦惨然。既而推儿曰："汝忘尔父耶？"儿牵女衣，目灼灼视生。细审之，福儿也。大惊，泣问："儿那得来？"女曰："实告君：昔言邻女者，妄也。妾实狐。适宵行，见儿啼谷口，抱养于秦。闻大难既息，故携来与君团聚耳。"生挥涕拜谢。儿在女怀，如依其母，竟不复能识父矣。

天未明，女即遽起。问之，答曰："奴欲去。"生裸跪床头，涕不能仰。女笑曰："妾诳君耳。今家道新创，非夙兴夜寐不可。"乃剪莽拥篲，类男子操作。生忧贫乏，不自给。女曰："但请下帷读，勿问盈歉，或当不殍饿死。"遂出金治织具；租田数十亩，雇佣耕作。荷镵诛茅，牵萝补屋，日以为常。里党闻妇贤，益乐赀助之。约半年，人烟腾茂，类素封家。生曰："灰烬之余，卿白手再造矣。然一事未就安妥，如何？"诘之，答曰："试期已迫，巾服尚未复也。"女笑曰："妾前以四金寄广文，已复名在案。若待君言，误之已久。"生益神之。

是科遂领乡荐。时年三十六，腴田连阡，夏屋渠渠矣。女袅娜如随风欲飘去，而操作过农家妇；虽严冬自苦，而手腻如脂。自言三十八岁，人视之，常若二十许人。

异史氏曰：其子贤，其父德，故其报之也侠。非特人侠，狐亦侠也。遇亦奇矣！然官宰悠悠，竖人毛发，刀震震入木，何惜不略移床上半尺许哉？使苏子美读之，必浮白曰："惜乎击之不中！"

【译文】

河北广平府冯翁有个儿子，名叫相如。父子都是秀才。冯翁年近六十，性子方正梗直，家里却常缺米少柴。几年之中，老伴与媳妇又相继去世，提水舂米都得亲自操劳。

一夜，相如坐在月下。忽然见东邻有个女子从墙头上偷看。相如看她，感到她美。走近她，她微笑着。用手招她，她不下来也不离去。一再请她，她就搁上梯子下来。两个人就睡在一起了。问她姓名，她说："我是邻家女儿红玉。"相如十分喜欢她，要与她订百年之好。红玉允诺了。

这样夜夜往来，约有半年光景。冯翁夜间起来，听见女人的笑语声，窥看到红玉，发了怒，把儿子叫出来，骂道："畜生！干的什么事！这样落魄，还不刻苦，却学风流淫荡吗？别人知道了，败坏你的名声；别人不知道，缩短你的寿命！"相如跪下自责，哭着说知道悔过了。冯翁叱斥红玉说："女人不守闺门训戒，既玷污自己，又玷污他人。倘然事情传出去，该不只出我家的丑！"骂完，气呼呼回去睡了。红玉流着泪说："你父亲怪罪我责备我，真够使我羞愧的了！我们两个的缘分完结了。"相如说："父亲在我不能自己作主。你如果有情意，还应当忍辱与我好下去。"红玉斩钉截铁表示拒绝，相如于是落下眼泪。红玉劝止他说："我与你没有媒妁之言，父母之命，翻墙钻洞偷偷幽会，怎能白头偕老？这地方有个好姑娘，你可以娶她。"相如说家里太穷了。红玉说："明天晚上你等着，我替你想办法。"

第二夜，红玉果然来了，拿出白银四十两送给相如，并说："离开此地六十里，吴村卫家有个姑娘，今年十八了。卫家要价高，所以至今没嫁出去。你用重金打动他们，一定能圆满成功。"说完，告别而去。相如找机会对父亲说，要到吴村去相亲，而红玉送银子的事瞒着不敢告诉。冯翁自忖没钱，因此不让儿子去。相如又婉转地说："让我去试试，不行就拉倒。"冯翁这才点头。相如就借了仆人马匹，去拜访卫家。卫老头是个庄稼人，相如把他请出来与他闲谈。卫老头知道冯家是世族，又见相如仪表堂堂，心里同意了，但担心他不肯多出彩礼。相如听他讲话吞吞吐吐，明白他的意思，把银子全部放在桌上。卫老头才露出喜色，央请隔壁一个书生作中人，写红帖订了婚。相如进去拜见丈母娘。住房很狭窄，女儿害羞躲在母亲身后。相如眼角扫了一下，虽然是荆钗布裙的穿戴，但神情光彩照人，心里暗暗欢喜。卫老头借邻居的房间款待女婿，就说："公子不必来迎亲。等我们略微准备些嫁妆，就抬轿子送去。"相如与丈人定下日子就回家了。他骗父亲说，卫家爱咱们门第清高，不要彩礼。冯翁也很欣喜。到日子，卫家果然送女儿来。新媳妇很勤俭，也很孝顺，夫妻感情很深厚。过了两年，生下个男孩，名福儿。

清明节那天，媳妇抱着儿子去扫墓，遇到本地姓宋的乡绅。姓宋的做过御史，犯贪污罪丢了官，住在乡间，作威作福，欺压乡民。那天也上坟回来，看到卫女觉得她漂亮，问了村里人，知道是冯相如的妻子。他料想冯相如是个贫士，用重金引诱，有希望动心，就派家人向他隐约地说出了这层意思。相如突然听说，心头怒火控制不住在脸上流露出来；后来一想宋家势大，自己不是对手，便强压怒火挤出笑容。回去告诉了父亲，冯翁火冒三丈，奔出屋来，对那家人指天划地百般臭骂。家人抱头鼠窜而去。姓宋的也勃然大怒，竟派一伙人冲进冯家，殴打相如父子，气势汹汹，人声鼎沸。卫女闻说，把儿子丢在床上，披头散发叫救命。宋家来人把她抢到手抬着，吵吵嚷嚷就走了。冯相如父子遍体鳞伤，呻吟在地，福儿在房间里呱呱啼哭。邻居们同情，一起把父子两人扶上床。一天之后，相如撑着拐杖能勉强起来。冯翁怨愤填胸不吃东西，吐出血来不久就死了。相如大哭，抱着福儿告状，上到总督、巡抚衙门，官司几乎打遍了，到底没能申张正义。后来听说妻子不屈而死，越发悲痛。冤气填塞胸口和咽喉，却无路可伸。常想拦路刺杀宋某，考虑到他侍从众多，再说福儿也无人可托付。日夜哀思，眼皮也合不拢。

忽然有个壮士到冯家来吊唁，络腮胡子浓密，下颌宽阔。相如与来客素不相识，请他坐下，要打听他的姓名籍贯，那人突然问道："你有杀父之仇，夺妻之恨，竟忘了报仇吗？"相如怀疑他是宋家派来的探子，姑且假意应付。来客怒目圆睁，眼眶欲裂，霍地起身朝外走去，说："我以为你是有骨气的人，现在才知道是不齿于人的下贱坯！"相如察觉到他是个奇人，跪下拉住他，说："实在是怕宋某派人来刺探我。现在我向你吐露真心：我为了报仇雪恨，卧薪尝胆已有多时了。只可怜这襁褓中的小东西，怕断了香火。你是义士，能为我抚养孤儿吗？"来客说："这是妇人女子的事，不是我所能做的。你要托人做的，你自己担当起来；你想自己去干的，我愿意代你去完成。"相如听了，伏倒在地叩响头，来客掉头就走。相如追上去问他姓名，他说："事情不成功，不受人家抱怨；成功了，也不受人家报德。"就去了。相如怕闯下大祸受牵连，抱着福儿逃走了。

到夜，宋家全家都睡了。有人翻越重重围墙，杀死宋御史父子三人，以及一个媳妇、一个丫环。宋家递了状子告到官府。县官大惊。宋家一口咬定是冯相如所干，就派捕快去抓相如，相如已潜逃，不知去向，于是更坐实了。宋家仆人同捕快到处搜索。夜里到南山，听到小儿啼哭，循声找到相如，用绳索套住脖子拖了就走。福儿哭得更凶，那群人抢下孩子丢弃在山野间。相如冤愤欲绝。见到县令，县令问："为什么杀人？"相如说："冤枉！宋某人死在夜里，我白天就出走的，再说抱着呱呱而啼的婴儿，怎能翻墙头杀人？"县令又问："不杀人，逃什么？"相如一时语塞，无法置辩，就被押进大牢。相如抽泣着说："我死不值得可惜，一个孤儿有什么罪？"县令说："你杀人家儿子多了，杀你一个儿子，怨什么？"相如革去秀才以后，屡次受酷刑逼供，到底不招认。

当夜县令刚睡下，听得有什么东西打在床上，响声震耳，十分害怕，就叫起来。全家惊起，集拢了点烛一照，只见一柄匕首，刀刃锋利如霜，剁进木床有一寸多，牢不可拔。县令看了，丧魂落魄。手下人背着武器到处搜索，竟没有踪影。县令暗暗心虚，又因为宋某已死，没什么可怕，就把案情详细申报上司，为相如开脱罪责，最后把他放了。

相如回到家里，米缸里没有一升一斗，孤影对着四壁。幸亏邻居同情，送点饮食，勉强独自度日。想到大仇已报，就脸添喜色；想到惨酷的横祸，几乎灭了全家，就泪如泉涌；想到半辈子彻骨贫穷，冯家香火又断，就在无人处放声大哭，无法自制。这样过了半年，捉拿案犯的禁令更松了，相如于是哀告县令，请求判还妻子的尸骨。等安葬好妻子回家，悲痛欲死，在空床上翻来覆去，只觉得竟没有了生路。忽然有人敲门，相如凝神静听，门外有个人唧唧哝哝在跟小孩说话。他急忙起身窥看，好像是个女人。门刚开，她就问："大冤已经昭雪，你可平安？"这声音非常熟悉，但一下子想不起是谁。用灯一照，原来是红玉。拉着个小孩，在红玉两腿间戏耍。相如也来不及细问，抱着红玉呜呜直哭。红玉也神情凄然，后来推推那孩子说："你忘记爸爸啦？"那孩子牵着红玉的衣襟，目光闪闪地盯着相如看。相如一端详，竟是福儿。他大吃一惊，抽泣着问："福儿哪能来！"红玉说："实话告诉你：从前我说是邻家女儿，是骗你的，我其实是狐精。正巧夜间走路，见福儿在谷口啼哭，就抱他到陕西去抚养。听说大难已经平息，所以带来与你团聚呢。"相如擦着泪水向红玉拜谢。福儿在红玉怀里，像依偎着妈妈一样，竟不再能认识爸爸了。

天没亮，红玉就匆匆起床。问她，她说："我要走了。"相如光身跪在床头，哭得抬不起头来。红玉笑着说："我骗你呢。如今家业新创，非起早摸黑不可。"就清除杂草，打扫庭院，像男子般操劳。相如担心贫穷，衣食无法自给。红玉说："你只管关门埋头读书，不必过问家庭经济的盈亏，或许不至于饿死。"就拿出银子置办了纺车织机；租了几十亩田，雇人来耕种。扛着锄头除草，折来藤萝补屋，天天这样忙碌不停。邻里亲戚听得红玉贤慧，更乐于资助他们。大约半年下来，人烟兴旺发达，像个富有人家了。相如说："灰烬之余，多亏你重新白手起家了。可是还有一件事没着落，怎么办呢？"红玉问什么事，他说："试期已近，革除的秀才还没有恢复哩。"红玉笑道："我早已寄了四两银子给本县学官，已恢复功名记录在案。如果等你讲这话，早就误事了。"相如更佩服她神机妙算。

这一科乡试，相如中了举人。当时他三十六岁，家里已经良田成片，高屋连栋了。红玉轻盈袅娜像要随风飘走似的，可是干活却胜过农家妇女；虽然三九严寒也辛苦操劳，一双手却始终白腻细嫩。她自己说是三十八岁，别人看来，一直像二十来岁的人。

异史氏说：儿子贤良，父亲有德，所以有侠士来回报。不但络腮胡子是侠士，狐精红玉也是侠士，相如的遭遇也算离奇了！然而当官的如此昏聩，令人发指。匕首入木震耳，可惜为什么不稍微在床上移过半尺左右呢？假如苏子美读到这里，一定会像他读《汉书·张良传》写刺客狙击秦始皇那样，喝下一大杯酒说："可惜没有击中！"

龙

北直界有堕龙入村。其行重拙，入某绅家。其户仅可容躯，塞而入。家人尽奔。登楼哗噪，铳砲轰然。龙乃出。门外停贮潦水，浅不盈尺。龙入，转侧其中，身尽泥涂；极力腾跃，尺余辄堕。泥蟠三日，蝇集鳞甲。忽大雨，乃霹雳拏空而去。

房生与友人登牛山，入寺游瞩。忽椽间一黄砖堕，上盘一小蛇，细裁如蚓。忽旋一周，如指；又一周，已如带。共惊，知为龙，群趋而下。方至山半，闻寺中霹雳一声，天上黑云如盖，一巨龙夭矫其中，移时而没。

章丘小相公庄，有民妇适野，值大风，尘沙扑面。觉一目眯，如含麦芒，揉之吹之，迄不愈。启睑而审视之，睛固无恙，但有赤线蜿蜒于肉分。或曰："此蛰龙也。"妇忧惧待死。积三月余，天暴雨，忽巨霆一声，裂眦而去。妇无少损。

袁宣四言："在苏州值阴晦，霹雳大作。众见龙垂云际，鳞甲张动，爪中抟一人头，须眉毕见；移时，入云而没。亦未闻有失其头者。"

【译文】

河北地界有一条落地龙进村，爬行笨拙，进入一户乡绅家。这家大门刚能容纳龙的身躯，硬挤着进去。家里人全部奔逃，有的上楼哇哇乱叫，有的架起土炮轰击。龙就退了出来。门外有一条小沟，浅水不满一尺。龙爬入沟中不停打滚，浑身沾满烂泥；竭力腾身起跃，总是一尺多高就掉下来。在泥污中蟠屈三天，苍蝇群集在鳞甲上。忽然下大雨，才一声霹雳腾空而去。

房生与朋友登上山东临淄县的牛山，进寺庙游览。突然屋椽间一块黄砖掉下，砖上盘着一条小蛇，细得才像蚯蚓。忽然转了一圈，变成手指般粗；又转一圈，已像带子般长。大家都很惊惶，知道它是龙，一起快步下山。刚到半山，听见寺庙中霹雳一声，天上乌云铺天盖地似的，一条巨龙在云中夭矫蜿蜒，好久才消失。

山东章丘县小相公庄，有个民家妇女到野外去，遇上大风，尘沙扑面。觉得一只眼睛被眯住了，像有麦芒在眼内，揉也好，吹也好，都恢复不了。掰开眼皮细瞧，眼珠本来没毛病，只有一丝红线弯弯曲曲在眼白里。有人说："这是一条潜藏的龙。"妇女忧惧等死。过了三个多月，天下暴雨，忽然一声炸雷，那条龙冲破眼眶飞去。妇女丝毫没有受伤。

袁宣四说："在苏州，正当天色阴暗，雷声大作。许多人看到龙悬在云中，鳞甲张动，两爪抟弄着一个人头，眉毛胡子看得清清楚楚；好一会儿，才入云隐没。也没听说有谁丢失了脑袋。"

林　四　娘

青州道陈公宝钥，闽人。夜独坐，有女子搴帏入。视之，不识；而艳绝，长袖宫装。笑云："清夜兀坐，得勿寂耶？"公惊问何人。曰："妾家不远，近在西邻。"公意其鬼，而心好之。捉袂挽坐，谈词风雅，大悦。拥之，不甚抗拒。顾曰："他无人耶？"公急阖户，曰："无。"促其缓裳，意殊羞怯。公代为之殷勤。女曰："妾年二十，犹处子也，狂将不堪。"狎亵既竟，流丹浃席。既而枕边私语，自言"林四娘"。公详诘之。曰："一世坚贞，业为君轻薄殆尽矣。有心爱妾，但图永好可耳，絮絮何为？"无何，鸡鸣，遂起而去。

由此夜夜必至。每与阖户雅饮。谈及音律，辄能剖悉宫商。公遂意其工于度曲。曰："儿时之所习也。"公请一领雅奏。女曰："久矣不托于音，节奏强半遗忘，恐为知者笑耳。”再强之，乃俯首击节，唱伊凉之调，其声哀婉。歌已，泣下。公亦为酸恻，抱而慰之曰：“卿勿为亡国之音，使人悒悒。”女曰：“声以宣意，哀者不能使乐，亦犹乐者不能使哀。”两人燕昵，过于琴瑟。

既久，家人窃听之，闻其歌者，无不流涕。夫人窥见其容，疑人世无此妖丽，非鬼必狐；惧为厌蛊，劝公绝之。公不能听，但固诘之。女愀然曰：“妾衡府宫人也。遭难而死，十七年矣。以君高义，托为燕婉，然实不敢祸君。倘见疑畏，即从此辞。”公曰：“我不为嫌；但燕好若此，不可不知其实耳。”乃问宫中事。女缅述，津津可听。谈及式微之际，则哽咽不能成语。女不甚睡，每夜辄起诵准提、《金刚》诸经咒。公问：“九原能自忏耶?”曰：“一也。妾思终身沦落，欲度来生耳。”

又每与公评骘诗词，瑕辄疵之；至好句，则曼声娇吟。意绪风流，使人忘倦。公问：“工诗乎?”曰：“生时亦偶为之。”公索其赠。笑曰：“儿女之语，乌足为高人道。”

居三年，一夕忽惨然告别。公惊问之。答云：“冥王以妾生前无罪，死犹不忘经咒，俾生王家。别在今宵，永无见期。”言已，怆然。公亦泪下。乃置酒相与痛饮。女慷慨而歌，为哀曼之音，一字百转；每至悲处，辄便哽咽。数停数起，而后终曲，饮不能畅。乃起，逡巡欲别。公固挽之，又坐少时。鸡声忽唱，乃曰：“必不可以久留矣。然君每怪妾不肯献丑；今将长别，当率成一章。”索笔构成，曰：“心悲意乱，不能推敲，乖音错节，慎勿出以示人。”掩袖而去。公送诸门外，湮然没。公怅悼良久。视其诗，字态端好，珍而藏之。诗曰：

静锁深宫十七年，谁将故国问青天？
闲看殿宇封乔木，泣望君王化杜鹃。
海国波涛斜夕照，汉家箫鼓静烽烟。
红颜力弱难为厉，惠质心悲只问禅。
日诵菩提千百句，闲看贝叶两三篇。
高唱梨园歌代哭，请君独听亦潸然。

诗中重复脱节，疑有错误。

【译文】

青州道观察陈宝钥，福建人。夜里独自坐着，有个女子掀开帘子进来。宝钥一看，并不认识；可艳丽极了，穿着明朝宫廷的长袖裙装。女子笑着说：“清夜呆坐，难道不寂寞吗？”宝钥惊问什么人，她说：“我家不远，近在西隔壁。”宝钥以为她是鬼，可是心里喜欢她。就抓住她衣袖拉她坐下。那女子谈吐风雅，宝钥十分快活。拥抱她，也不怎么抗拒，回头看看说：“没有别人吗？”宝钥急忙关上房门，说：“没有。”催她脱衣裳，女子神态间十分羞怯。宝钥就代她解衣。女子说：“我二十岁，还是处女。太粗暴我受不了。”亲热以后，床单上添了殷红色。后来两人在枕边讲悄悄话，女子自称林四娘。宝钥细加盘问，林四娘说：“我一生坚贞清白，已经被你轻薄得差不多完了。真心爱我，只求永远相好就行了，絮絮叨叨问个没完干什么？”没多久，晨鸡报晓，林四娘就起床离去。

打这以后她夜夜必到。宝钥常关门与她饮酒雅谈。谈到音乐，她常能分析曲调。宝钥就料想她善于唱歌奏曲，她说：“这是幼年时所学的。”宝钥要求聆听一曲。林四娘说：“好久不碰音乐了，节奏大半遗忘，恐怕被行家笑话呢。”宝钥一再要求，她才低头打着节拍，唱《伊州》、《凉州》等曲子，声音哀婉动人。唱完，眼泪簌簌流下。宝钥也为之酸楚，抱住她安慰说：“你不要唱那些亡国之音，听了使人忧伤。”她说：“音乐表达人的情绪，心里悲凉的人唱不出欢乐的歌，就像欢乐的人唱不出悲哀的歌一样。”两人间的亲密关系，超过了夫妻。

时间一久，家里人也来偷听，听了林四娘歌的人，无不流泪。陈宝钥的夫人窥见了林四娘的容貌，怀疑人间没有这样妖艳美丽的，不是鬼就是狐精；怕被迷上中邪受害，劝丈夫断绝往来。陈宝钥不能依从，但一再追问四娘。四娘悲戚地说：“我是明末衡王府宫女。遇难而死，十七年了。因为你品德高尚，托身相好，然而实在不敢害你。倘若你怀疑害怕，我就从此告辞。”宝钥说：“我不嫌你；只因这样亲密无间，不能不知道你的实情罢了。”于是问她宫中的事。她回叙往事，讲得津津有味；谈到衡王府败落的情景，就哽咽得话也不成句。四娘很少睡觉，每夜总要起来念《准提咒》、《金刚经》。宝钥问她：“在九泉之下，能超度自己吗？”她说：“这和人间是一样的。我想到自己终身沦落，要为来生积点福罢了。”

林四娘又常与宝钥评品诗词，疵瑕就指摘，读到好句子，就娇声拖腔吟诵起来。神情风流，使人忘记了困倦。宝钥问她：“会写诗吗？”她说：“在世时偶然也写写。”宝钥向她讨首赠诗，四娘笑笑说：“小儿女的诗句，哪值得向高人称道？”

过了三年，一天晚上四娘忽然神色惨然来告别。宝钥吃惊地问为什么。她答道：“阎王因为我生前无罪，死后还不忘诵经念咒，让我去投生王府。今夜告别，永远没有再见的时候了。”说罢，十分悲怆。宝钥也掉下眼泪。于是备酒相对痛饮。四娘慷慨而歌，音调哀怨悠长，一个字能唱得迂回百折。每到悲处，就哽咽起来。几次停下，几次重起，才唱完全曲。酒也喝不舒畅。四娘就起身，欲走不走要告别。宝钥再三挽留，又坐了一会。忽然鸡叫了，就说：“决不能再多待了。可你常怪我不肯献丑，现在即将永别，我要草成一首呈上。”要过笔，构思一会写成，说：“心烦意乱，不能仔细推敲，音节也有错误，小心不要给别人看。”以袖掩面而去。宝钥送到门外，她一下子消失了。宝钥惆怅了好久。看她写的诗，字迹端正娟秀，珍惜地保存起来。诗是这样的：

幽灵锁闭黄泉，寂寂寞寞十七年；

谁不眷恋故国，长把兴亡问青天。
魂游旧时宫殿，草木丛生封庭院；
垂泪思念君王，望帝身后化杜鹃。
海国波涛声中，夕阳虽好不觉残；
江山换了新主，箫鼓声中息烽烟。
红颜何能胜力，难为厉鬼惩仇奸；
蕙质兰心不减，苦难之中悟参禅。
南无阿弥陀佛，每日虔诵千百遍；
《金刚》《华严》诸经，闲来翻阅两三篇。
重温梨园旧曲，悲歌代哭亦堪怜；
幸有知音聆听，情通共鸣泪涟涟。

诗的内容有重复和脱节的地方，疑心是流传中出的差错。

（卷二译者：曹光甫）

卷　三

江　中

王圣俞南游，泊舟江心。既寝，视月明如练，未能寐，使童仆为之按摩。

忽闻舟顶如小儿行，踏芦席作响，远自舟尾来，渐近舱户。虑为盗，急起问童。童亦闻之。问答间，见一人伏舟顶上，垂首窥舱内。大愕，按剑呼诸仆，一舟俱醒。告以所见。或疑错误。

俄响声又作。群起四顾，渺然无人，惟疏星皎月，漫漫江波而已。众坐舟中。旋见青火如灯状，突出水面，随水浮游；渐近舡，则火顿灭。即有黑人骤起，屹立水上，以手攀舟而行。众噪曰："必此物也!"欲射之。方开弓，则遽伏水中，不可见矣。问舟人。舟人曰："此古战场，鬼时出没，其无足怪。"

【译文】

王圣俞到南方旅游，船停在江心。就寝后，看月光像白练似的皎洁，睡不着，就叫小僮替自己按摩。

忽然，听见船篷顶上像小孩子走路，踏得芦席索索作响，远远从船尾过来，渐渐靠近舱门。他担心是盗贼，急忙起身问小僮。小僮也听到了。问答之间，看见有个人伏在船顶上，探下脑袋往舱里张望。他大吃一惊，手按佩剑大声呼叫众仆人，一船人都醒了。他把看到的告诉大家。有人疑心他是错觉。

过了一会，响声又起，大伙四处察看，不见半个人影，只是疏星朗月，浩渺江水而已。众人在船中坐下。不一会，又见灯光似的青色火焰窜出水面，随波浮游；渐渐飘近船只，火就顿时熄灭了。就有个黑人突然窜上水面，笔直站在水上，用手攀着船舷行走。大伙叫喊起来说："一定是这怪物！"就想用箭射它。正张弓搭箭，那怪物一下子钻入水中不见了。大伙问船家，船家说："这一带原是古战场，时常有鬼出现，没什么可奇怪的。"

鲁公女

招远张于旦，性疏狂不羁。读书萧寺。时邑令鲁公，三韩人。有女好猎。生适遇诸野，见其风姿娟秀，着锦貂裘，跨小骊驹，翩然若画。归忆容华，极意钦想。后闻女暴卒，悼叹欲绝。鲁以家远，寄灵寺中，即生读所。生敬礼如神明，朝必香，食必祭。每酹而祝曰："睹卿半面，长系梦魂；不图玉人，奄然物化。今近在咫尺，而邈若河山，恨如何也！然生有拘束，死无禁忌，九泉有灵，当珊珊而来，慰我倾慕。"日夜祝之，几半月。

一夕，挑灯夜读，忽举首，则女子含笑立灯下。生惊起致问。女曰："感君之情，不能自已，遂不避私奔之嫌。"生大喜，遂共欢好。自此无虚夜。谓生曰："妾生好弓马，以射獐杀鹿为快，罪业深重，死无归所。如诚心爱妾，烦代诵《金刚经》一藏数，生生世世不忘也。"生敬受教，每夜起，即柩前捻珠讽诵。偶值节序，欲与偕归。女忧足弱，不能跋履。生请抱负以行，女笑从之。

如抱婴儿，殊不重累。遂以为常。考试亦载与俱。然行必以夜。生将赴秋闱，女曰：“君福薄，徒劳驰驱。”遂听其言而止。

积四五年，鲁罢官，贫不能舆其榇，将就窆之，苦无葬地。生乃自陈：“某有薄壤近寺，愿葬女公子。”鲁公喜。生又力为营葬。鲁德之，而莫解其故。鲁去，二人绸缪如平日。

一夜，侧倚生怀，泪落如豆，曰：“五年之好，于今别矣！受君恩义，数世不足以酬！”生惊问之。曰：“蒙惠及泉下人，经咒藏满，今得生河北卢户部家。如不忘今日，过此十五年，八月十六日，烦一往会。”生泣下曰：“生三十余年矣；又十五年，将就木焉，会将何为？”女亦泣曰：“愿为奴婢以报。”少间曰：“君送妾六七里。此去多荆棘，妾衣长难度。”乃抱生项，生送至通衢。

见路旁车马一簇，马上或一人，或二人；车上或三人、四人、十数人不等；独一钿车，绣缨朱幰，仅一老媪在焉。见女至，呼曰：“来乎？”女应曰：“来矣。”乃回顾生云：“尽此，且去；勿忘所言。”生诺。女子行近车，媪引手上之，展軨即发，车马阗咽而去。

生怅怅而归，志时日于壁。因思经咒之效，持诵益虔。梦神人告曰：“汝志良嘉。但须要到南海去。”问：“南海多远？”曰：“近在方寸地。”醒而会其旨，念切菩提，修行倍洁。三年后，次子明、长子政，相继擢高科。生虽暴贵，而善行不替。夜梦青衣人邀去，见宫殿中坐一人，如菩萨状，逆之曰："子为善可喜。惜无修龄，幸得请于上帝矣。"生伏地稽首。唤起，赐坐；饮以茶，味芳如兰。又令童子引去，使浴于池。池水清洁，游鱼可数，入之而温，掬之有荷叶香。移时，渐入深处，失足而陷，过涉灭顶。惊寤。异之。

由此身益健，目益明。自捋其须，白者尽簌簌落；又久之，黑者亦落。面纹亦渐舒。至数月后，颔秃面童，宛如十五六时。辄兼好游戏事，亦犹童。过饰边幅，二子辄匡救之。未几，夫人以老病卒。子欲为求继室于朱门。生曰："待吾至河北来而后娶。"屈指已及约期，遂命仆马至河北。访之，果有卢户部。

先是，卢公生一女，生而能言，长益慧美，父母最钟爱之。贵家委禽，女辄不欲。怪问之，具述生前约。共计其年，大笑曰："痴婢！张郎计今年已半百，人事变迁，其骨已朽；纵其尚在，发童而齿豁矣。"女不听。母见其志不摇，与卢公谋，戒阍人勿通客，过期以绝其望。未几，生至，阍人拒之。退返旅舍，怅恨无所为计。闲游郊郭，因循而暗访之。女谓生负约，涕不食。母言："渠不来，必已殂谢；即不然，背盟之罪，亦不在汝。"女不语，但终日卧。卢患之，亦思一见生之为人，乃托游遨，遇生于野。视之，少年也，讶之。班荆略谈，甚倜傥。公喜，邀至其家。方将探问，卢即遽起，嘱客暂独坐，匆匆入内，告女。女喜，自力起。窥审其状不符，零涕而返，怨父欺罔。公力白其是。女无言，但泣不止。公出，意绪懊丧，对客殊不款曲。生问："贵族有为户部者乎？”公漫应之。首他顾，似不属客。生觉其慢，辞出。

女啼数日而卒。生夜梦女来，曰：“下顾者果君耶？年貌舛异，觌面遂致违隔。妾已忧愤死。烦向土地祠速招我魂，可得活，迟则无及矣。”既醒，急探卢氏之门，果有女亡二日矣。生大恸，进而吊诸其室。已而以梦告卢。卢从其言，招魂而归。启其衾，抚其尸，呼而祝之。俄闻喉中咯咯有声。忽见朱樱乍启，坠痰块如冰。扶移榻上，渐复吟呻。卢公悦，肃客出，置酒宴会。细展官阀，知其巨家，益喜。择吉成礼。

居半月，携女而归。卢送至家，半年乃去。夫妇居室，俨如小耦，不知者，多误以子妇为姑嫜焉。卢公逾年卒。子最幼，为豪强所中伤，家产几尽。生迎养之，遂家焉。

【译文】

山东招远县张于旦，生性狂放不羁，栖身在寺庙里读书。当时县令鲁公，是朝鲜人，生有一女，爱好打猎。张于旦正好在郊外与她不期而遇，见她风姿秀美，身穿锦貂皮袍，骑一匹黑色小马驹，轻俏得像是画中人。回家追忆她的花容月貌，十分向往爱慕。后来听说她突然得急病死了，哀悼慨叹，悲痛欲绝。鲁公因为故乡遥远，就将灵柩暂寄在庙中，就是张于旦寄居读书之所。他对灵柩像敬神一样致礼，早上一定烧香，三餐必定祭奠。常洒酒在地祝告说：“见你芳容，一直魂牵梦绕；想不到美人儿忽然香销玉殒。如今近在咫尺，而生死异路，如同远隔河山，多么遗憾！但活人有礼法拘束，死了无所禁忌。九泉之下，你如有灵，该款款而来，慰我一片相思之情。”他日夜祝告，差不多有半个月。

一天晚上，张于旦挑灯夜读，忽一抬头，看到鲁女笑眯眯站在灯前。他惊奇地站起身来讯问由来。鲁女说："你的深情感动了我，使我不能自持，就顾不得私奔的嫌疑了。"张于旦大喜，就与她欢乐亲爱。从此没有一夜不来。鲁女对张于旦说："我生前喜欢弯弓走马，把射獐杀鹿当开心事，罪业深重，死了都没葬身之地。你如真心爱我，烦你代我多念念《金刚经》，生生世世不会忘记你。"张生不敢怠慢，接受嘱托，每天晚上起来到灵柩前手掐佛珠诵《金刚经》。碰上节日，张生想带她一同回家，她担心小脚伶仃不能长途跋涉。张生要求抱着她走，她笑着依允了。张生像抱婴儿似的，毫不费力。从此就常常这样了，连赶考也带上她一起去，但一定要在夜间上路。张生打算去省城参加举人考试，鲁女说："你福薄，去了也是白跑一趟。"张生就听她话不去了。

四五年下来，鲁公被罢了官，穷得连载棺木还乡的钱也没有，打算就地将女儿安葬，苦于没有坟地。张于旦就找上门去说："我有块薄田，就在庙边，愿意送给你安葬令爱。"鲁公很高兴。张生又为安葬的事出了好多力，鲁公感激他，就是不明白其中原委。鲁公走后，他俩仍像往日一样非常恩爱。

一天晚上，鲁女偎倚在张生胸前，泪水黄豆也似落下来，说："相爱五年，今天要分手了。我受你恩惠，几生几世也报答不尽！"张生惊慌地问她什么意思。她说："我这黄泉路上的人蒙你恩顾，诵经的遍数已经满了，就要投生到河北户部尚书卢家去。你如不忘今日，十五年之后，八月十六日，劳你前去与我相会。"张生流着眼泪说："我三十多岁了，再过十五年，眼看就要进棺材了，再与你相会干什么呢？"鲁女也哭着说："我情愿当丫环来报答你。"停了一会，又说："你送我走六七里路。这段路上荆棘丛生，我衣裳长，很难走过。"就双手钩住张生的头颈，张生抱起她送到大路上。

路旁停着一簇车马，马背上有骑着一个人的，有骑着两个人的；车子上坐三个人、四个人、十几个人不等；唯独一辆金花装饰、绣带红帘的车，只有一个老婆子坐着。看见鲁女走来，喊道："来了吗？"鲁女答应说："来了！"就回头看着张于旦说："到此为止吧，你且回去，别忘了我的话。"张生答应了。鲁女向车走去，老婆子伸手拉她上车，推开车闸立即启动。车马轰隆隆地去了。

张于旦怅怅而归，在墙上把相会的日期记在墙上。他想到经咒的效验，念得更虔诚了。有一夜，梦见神对他说：“你的志向很好，但还得上南海去一次。”张于旦问：“南海有多远？”神说：“不远，就在你心里。”张于旦醒来，领悟了神的意思，更坚信佛道，修身行善。三年后，次子张明，长子张政先后中了进士。张家虽然一下子成了显贵，但他做善事不改往日。一夜，梦见青衣小童请他去，宫殿正中坐着一个人，好像是菩萨模样，迎着张于旦说：“你行善难得，可惜寿命不长，幸而向上帝求到给你添寿了。”张于旦趴在地下叩头。菩萨命他起身，赏他坐下，给他喝茶，像珠兰般芬芳馥郁。又命小童领去，让他在池沼中沐浴。池水清洁，游鱼历历可数。张于旦下去，水是温的，捧一把闻闻有一股荷叶清香。过了一会，渐渐到了深水区，脚一滑沉了下去，水没过了他的头顶。张于旦受惊醒来，觉得这梦不寻常。

从此，他身子更健眼更明了。自己摸摸胡须，白的都一根根掉了下来；再过一段时间，黑胡子也都落光了，脸上皱纹也逐渐消失了。几个月之后，下巴光溜溜的，面容返老还童，竟像十五、六岁的人。常欢喜做游戏，也像个大孩子。有时候还打扮过了分，两个儿子不得不替他纠正过来。没多久，夫人年老病故，儿子打算替他向大户人家讨个续弦。他说：“待我到河北去一趟回来再娶吧！”屈指一算，已快到约定的日期了，就命仆人备马亲自到河北去。一打听，果然有姓卢的户部尚书家。

早先，卢公生养一女，生下来就能说话，长大后更是聪明美丽，父母十分钟爱。富贵人家来求亲，她老是不应允。家里人奇怪，问她，她就把前世与张于旦相约婚嫁的事一一讲了。大家算了一下年份，大笑说：“痴丫头！张郎现在算来快五十岁，人事变迁，他骨头说不定已朽烂；就算还在世，也秃发掉牙了！”卢女不听。她母亲见女儿意志坚决，就与卢公合计，关照门房：张于旦来，不要通报。过了斯限，好让女儿死了这条心。不久，张于旦到，门上人不让进。他回到旅店，惆怅怨恨，可也无法可施。就往城郊闲逛，打算看机会暗中打探。卢女以为张于旦背弃盟约，流泪不吃饭。母亲说：“他不来，一定已经去世了；就算没死，那么违背盟约的罪，也不在你。”卢女不说话，只是整天躺着。卢公很是担忧，也想看一看张于旦的为人，就借口郊游，在野外遇见了张于旦。一看，是个青年男子，非常奇怪，就与他坐在柴草堆上攀谈几句，觉得他很潇洒，心里喜欢，就邀他到自己家中。张于旦正打算探问，卢公却很快起身，请客人暂时独坐一会，匆匆入内，告诉了女儿。女儿非常高兴，勉力挣扎起床，窥察下来。模样不符，流着眼泪回房，埋怨父亲欺骗。卢公竭力说明那男子就是张于旦，女儿一言不发，只是不停地抽泣。卢公从内房出来，情绪懊丧，待客人很不亲切。张于旦问："贵族中可有人官至户部的？"卢公含糊地应了一声，头却朝着别处，好像不把客人放在心上。张于旦觉得他很不礼貌，就告辞出来。

卢女哭了几天，就一命呜呼了。晚上，张于旦梦见她来，说："那天的来客果真是你吗？只因年貌两样，见面错过了机会。我已经忧愤而死，请你赶快到土地祠去招我的魂，还可以复活，迟了就来不及了。"张于旦醒来，急忙到卢家门前打探，果然卢女死了两天了。他悲痛之极，直入内堂向遗体致哀。然后将梦告诉了卢公。卢公就照他所说，派人去招魂而归。掀开被子，抚着尸体，呼叫女儿的名字祝告。时间不长，就听得喉咙里咯咯有声，忽然小嘴一张，一口冰一般的痰块吐到地下。把她扶着搬到床上，渐渐重新哼哼唧唧呻吟起来。卢公喜悦，敬请张于旦出来，摆下酒席欢宴。卢公细问张家门第，知道也是大户人家，更是乐不可支，选了黄道吉日，举行婚礼。

张于旦在卢家住了半个月，就带了妻子回乡。卢公送他们到家，住了半年才去。张于旦和卢女在新房里，活像小夫小妻。不知道的人，都误以为儿子和媳妇是公婆呢。过了一年，卢公死了，儿子还很幼小，遭豪强算计，家产几乎被鲸吞光了。张于旦把卢公子接来抚养，卢公子就在那里落了户。

道　士

韩生，世家也。好客。同村徐氏，常饮于其座。会宴集，有道士托钵门上。家人投钱及粟，皆不受；亦不去。家人怒，归不顾。韩闻击剥之声甚久，询之家人，以情告。言未已，道士竟入。韩招之坐。道士向主客皆一举手，即坐。略致研诘，始知其初居村东破庙中。韩曰：“何日栖鹤东观，竟不闻知，殊缺地主之礼。”答曰：“野人新至，无交游。闻居士挥霍，深愿求饮焉。”韩命举觞。道士能豪饮。徐见其衣服垢敝，颇偃蹇，不甚为礼；韩亦海客遇之。道士倾饮二十余杯，乃辞而去。

自是每宴会，道士辄至，遇食则食，遇饮则饮，韩亦稍厌其频。饮次，徐嘲之曰：“道长日为客，宁不一作主？”道士笑曰：“道人与居士等，惟双肩承一喙耳。”徐惭不能对。道士曰：“虽然，道人怀诚久矣，会当竭力作杯水之酬。”饮毕，嘱曰：“翌午幸赐光宠。”

次日，相邀同往，疑其不设。行去，道士已候于途；且语且步，已至寺门。入门，则院落一新，连阁云蔓。大奇之，曰：“久不至此，创建何时？”道士答：“竣工未久。”比入其室，陈设华丽，世家所无。二人肃然起敬。甫坐，行酒下食，皆二八狡童，锦衣朱履。酒馔芳美，备极丰渥。饭已，另有小进。珍果多不可名，贮以水晶玉石之器，光照几榻。酌以玻璃盏，围尺许。道士曰：“唤石家姊妹来。”

童去少时，二美人入。一细长，如弱柳；一身短，齿最稚；媚曼双绝。道士即使歌以侑酒。少者拍板而歌，长者和以洞箫，其声清细。既阕，道士悬爵促釂，又命遍酌。顾问：“美人久不舞，尚能之否？”遂有僮仆展氍毹于筵下，两女对舞，长衣乱拂，香尘四散；舞罢，斜倚画屏。二人心旷神飞，不觉醺醉。道士亦不顾客，举杯饮尽，起谓客曰："姑烦自酌，我稍憩，即复来。"即去。

南屋壁下，设一螺钿之床，女子为施锦裀，扶道士卧。道士乃曳长者共寝，命少者立床下为之爬搔。二人睹此状，颇不平。徐乃大呼："道士不得无礼！"往将挠之。道士急起而遁。见少女犹立床下，乘醉拉向北榻，公然拥卧。视床上美人，尚眠绣榻。顾韩曰："君何太迂？"韩乃径登南榻，欲与狎亵，而美人睡去，拨之不转。因抱与俱寝。

天明，酒梦俱醒，觉怀中冷物冰人；视之，则抱长石卧青阶下。急视徐，徐尚未醒；见其枕遗屙之石，酣寝败厕中。起，互相骇异。四顾，则一庭荒草，两间破屋而已。

【译文】

书生韩某，是个世家子弟，非常好客。同村有个姓徐的，常在韩家喝酒。正好韩生举办宴会，有个道士托着斋钵到门上来。仆人给他钱和粮米，他都不受，也不离去。仆人火了，回转门内不去睬他。韩生听得敲门声响了好久，便问仆人，仆人把情况说了。话还没完，道士竟进来了。韩生就招呼他坐下。道士向韩生和来宾都举了举手，就坐下了。大略问了问道士的来历，才知道他新到，住在村东破庙里。韩生说："道长几时栖居东庙，我竟没听说，很失当地主人的礼节。"道士回答说："山野之人初来乍到，没有交往，听说你好客，不吝钱财，所以我很愿意讨杯酒喝。"韩生请他举杯。道士很能喝酒，是个海量。徐某看他衣服又脏又旧，一副落魄相，就对他不大恭敬；韩生也拿他当一般客人对待。道士连饮二十多杯，就告别回去。

从此以后，每当韩生设宴，道士就到，碰上吃饭就吃饭，碰上喝酒就喝酒。韩生对道士频频光顾，也有点讨厌。喝酒之间，徐某嘲笑他说："道长天天作客吃别人的，何不也作一次东道主？"道士笑笑说："我与你一样，只是两只肩胛扛着一张嘴罢了。"徐某羞愧满面，无言答对。道士又说："话虽如此，我怀着一片诚心也很久了，一定尽力办个杯水之席回敬。"他喝完酒嘱咐说："明天中午，敬请大驾光临。"

第二天，韩生、徐某相约着一同前往。他们怀疑道士摆不出宴席。走去，道士已在路上等候，三个人边说边行，已到庙门前。进门，只见庭院焕然一新，高楼连成一片。韩徐两人非常奇怪，就问："多时不到此地，这楼房是几时盖的？"道士回答说："才完工不久。"待走入内堂，陈设之华丽，贵族人家也是没有的。两个人肃然起敬。一落座，斟酒端菜的，都是十六七岁伶俐的童子，锦衣红鞋。酒味甘洌，菜肴香美，宴席丰盛极了。吃完饭，还有果点奉上。那珍奇的果子都不知叫什么名堂，盛果子的都是水晶玉石器皿，晶莹生辉，照亮桌子坐榻。饮料则装在琉璃盏中，盏围有一尺左右。道士说："去叫石家姐妹来！"

小童去不多时，两个美女进来。一个高挑身材，如婀娜弱柳；一个较矮，还是个少女。神媚声娇，堪称双绝。道士就命她们唱歌劝酒。少女打着拍板歌唱，年长的吹洞箫伴奏，歌乐声清越轻细。一曲终了，道士又举杯劝饮，命小童一一斟酒。回头问："美人好久不跳舞了，还能跳吗？"就有仆人将毯子铺在酒席前，两个美人对舞，长衣飘拂，香气四散。舞罢，斜靠在画屏上。韩生、徐某心花怒放，神魂飘荡，不觉醺醺大醉。道士也不管客人，举杯喝干，起身对韩徐两人说："姑且劳你们自己喝，我稍休息一会再来。"就走了。

南边房间墙下摆一张螺壳镶饰的大床，两个美人铺上锦绣床垫，扶道士躺下。道士就拉年长的一起睡，叫年少的站在床下替自己搔痒。韩徐两人看到这模样，心里很不满。徐某就大叫："道士不得无礼！"跑上去要捣乱。道士一骨碌爬起身，逃走了。徐某见少女还站在床边，就乘醉把她拉到北面床上，公然搂着她躺下。看年长的姑娘还在绣榻上酣眠，就望着韩生说："你不是太迂腐了吗?”韩生便直奔绣床，想与美人寻欢。可是那美人睡熟了，拨不醒她，就搂着她睡了。

天亮了，韩生酒也醒了，梦也醒了，觉得怀里什么冷东西冰冰凉，一瞧，原来是抱着一块长石头躺在青石阶下。急忙瞧徐某，徐某还没醒，只见他头枕一块拉满屎的石头，睡在破茅坑里。踢醒他，爬起身来，两人都感到十分惊怪；四面张望，满院荒草，两间破屋罢了。

胡　氏

直隶有巨家，欲延师。忽一秀才，踵门自荐。主人延入。词语开爽，遂相知悦。秀才自言胡氏。遂纳贽馆之。胡课业良勤，淹洽非下士等。然时出游，辄昏夜始归；扃闭俨然，不闻款叩而已在室中矣。遂相惊以狐。然察胡意固不恶，优重之，不以怪异废礼。

胡知主人有女，求为姻好，屡示意，主人伪不解。一日，胡假而去。次日，有客来谒，絷黑卫于门。主人逆而入。年五十余，衣履鲜洁，意甚恬雅。既坐，自达，始知为胡氏作冰。主人默然，良久曰：“仆与胡先生，交已莫逆，何必婚姻?且息女已许字矣。烦代谢先生。”客曰：“确知令爱待聘，何拒之深?”再三言之，而主人不可。客有惭色，曰：“胡亦世族，何遽不如先生?”主人直告曰：“实无他意，但恶非其类耳。”客闻之怒；主人亦怒，相侵益亟。客起抓主人；主人命家人杖逐之，客乃遁。遗其驴，视之，毛黑色，批耳修尾，大物也。牵之不动；驱之则随手而蹶，喓喓然草虫耳。主人以其言忿，知必相仇，戒备之。

次日，果有狐兵大至：或骑或步，或戈或弩，马嘶人沸，声势汹汹。主人不敢出。狐声言火屋，主人益惧。有健者，率家人噪出，飞石施箭，两相冲击，互有夷伤。狐渐靡，纷纷引去。遗刀地上，亮如霜雪；近拾之，则高粱叶也。众笑曰："技止此耳。"然恐其复至，益备之。明日，众方聚语，忽一巨人，自天而降：高丈余，身横数尺；挥大刀如门，逐人而杀。群操矢石乱击之，颠踣而毙，则刍灵耳。众益易之。狐三日不复来，众亦少懈。主人适登厕，俄见狐兵，张弓挟矢而至，乱射之；集矢于臀。大惧，急喊众奔斗，狐方去。拔矢视之，皆蒿梗。如此月余，去来不常，虽不甚害，而日日戒严，主人患苦之。

一日，胡生率众至。主人身出，胡望见，避于众中。主人呼之，不得已，乃出。主人曰："仆自谓无失礼于先生，何故兴戎？"群狐欲射，胡止之。主人近握其手，邀入故斋，置酒相款。从容曰："先生达人，当相见谅。以我情好，宁不乐附婚姻？但先生车马、宫室，多不与人同，弱女相从，即先生当知其不可。且谚云：'瓜果之生摘者，不适于口。'先生何取焉？"胡大惭。主人曰："无伤，旧好故在。如不以尘浊见弃，在门墙之幼子，年十五矣，愿得坦腹床下。不知有相若者否？"胡喜曰："仆有弱妹，少公子一岁，颇不陋劣。以奉箕帚，如何？"主人起拜，胡答拜。于是酬酢甚欢，前却俱忘。命罗酒浆，遍犒从者，上下欢慰。乃详问里居，将以奠雁。

胡辞之。日暮继烛，醺醉乃去。由是遂安。

年余，胡不至。或疑其约妄，而主人坚待之。又半年，胡忽至。既道温凉已，乃曰："妹子长成矣。请卜良辰，遣事翁姑。"主人喜，即同定期而去。至夜，果有舆马送新妇至。奁妆丰盛，设室中几满。新妇见姑嫜，温丽异常。主人大喜。胡生与一弟来送女，谈吐俱风雅，又善饮。天明乃去。新妇且能预知年岁丰凶，故谋生之计，皆取则焉。胡生兄弟，以及胡媪，时来望女，人人皆见之。

【译文】

河北直隶有家富户，打算请个家庭教师。忽然一个秀才上门自荐。主人请他进来。那秀才说话开朗，因而互相非常谈得来。秀才自称姓胡，那富户就付了学费让他住在家里。胡先生授课非常认真努力，学识之渊博非一般蹩脚教师可比。但常常出外走走，总要深更半夜才回来。门关得严严的，没听敲门，他已在房间里了。大家觉得惊奇，就猜想他是狐狸精，可观察下来觉得他实在并无恶意，待他十分敬重，并不因为有怪异之处而怠慢他。

胡先生知道主人有个女儿，有意求婚，好几次在言谈之中作了暗示，主人假装不懂。一天，胡先生告假出门。第二天，有客人来拜访，把所骑的黑驴系在门边。主人迎他进来。那客人年纪五十多岁，穿着光鲜整洁，神态很是安详高雅。坐下之后，说明来意，才知道他为胡先生做媒。主人一言不发，好久才说："我与胡先生已成莫逆之交，何必结成婚姻呢？再说小女也已经许配人家了，请代向胡先生表示歉意。"客人说："我们确实了解到令爱还没定下婆家，为什么拒绝得这么坚决呢？"再三陈说，主人就是不肯允承。客人有点下不来台，说："胡先生也是世家大族，有哪一点比不上你们家呢？"主人直言相告说："实在没有别的想法，就是怕不是同一种类罢了。"客人听了这话，顿时大怒；主人也发火了，于是你一言来我一语去，冲撞得更厉害。客人站起身子来抓主人，主人就命令仆人用棍棒赶他走，客人只得逃跑了。留下那头驴子，看它，浑身黑毛，削尖的耳朵长尾巴，是只庞然大物。拉它，它不动；赶它，它随手就倒下了，原来是只唧唧叫的蝈蝈儿。主人因那客人临走时恨声恨气的，知道一定结下了冤仇，就做好准备提防着。

第二天，大队狐兵果然来了，有骑着马的，有步行的，有拿着枪的，有执着弓箭的，马嘶人叫，声势浩大。主人不敢出头。狐兵嚷着说要放火烧屋，主人更害怕了。仆人中有力大勇猛的，带领众人呐喊着奔出去，扔石子射箭，你来我往，两相冲击，互有斗伤。狐兵渐渐不支，纷纷逃走。空地上留下大刀，亮闪闪像霜雪一般。走近去拾，原来是高粱叶子。大家笑着说："也不过这点能耐罢了。"但是怕它们再来，更加小心戒备。第二天，大家正碰头议论，忽然从天上降下一个巨人，有一丈多高，腰阔数尺，抡着门扇般的大刀，追着家人砍杀。大家射箭的射箭，扔石的扔石，一阵乱击，巨人倒地而死。原来是个稻草人罢了。大家更不把狐兵当回事了。狐兵有三天不再来，大伙儿也稍为松懈了。主人正巧去上厕所，不一会就见狐兵挽弓带箭到来，向他乱射，箭集中他屁股上。大为恐惧，急忙叫众人奔来抗击，狐兵方始退去。把箭拔出来一看，都是蒿草梗子。像这样一个多月，狐兵来去没有定规，虽然没有大的伤害，但每天小心戒备，主人十分头痛。

一天，胡先生又带领大队狐兵来到。主人亲自出来，胡先生远远望到，躲到狐群中去了。主人点名叫他，不得已，只得走上前来。主人说："我自以为没有对不起先生的地方，干吗要大动干戈？"众狐兵都张弓搭箭想射他，胡先生止住了。主人走近去握住他手，把他请入旧日书斋，置酒款待，心平气和地说："先生是个通达的人，一定能谅解。以咱们的交情，难道不乐意高攀这门亲事？但先生的车马、住房都与人类不一样，小女嫁给你，连你也该知道是不行的。俗语说：'强扭的瓜不甜。'先生取的是什么呢？"胡先生十分惭愧。主人接着又说："没关系，老交情还是在的。先生如果不嫌弃尘世俗人，你的学生，就是我那个小儿子，十五岁了，愿意当府上的女婿，不知有年貌相当的姑娘吗？"胡先生欣喜地说："我有个小妹妹，比你家公子小一岁，生得不算丑，让她来服侍公子，怎么样？”主人起身作揖，胡先生也拱手还礼。于是互相敬酒，谈谈说说，很是高兴，把前仇都消除了。主人命人排宴，招待胡先生手下人，上上下下，欢快宽慰。主人向胡先生详细询问住址，打算送鹅酒去定亲，胡先生说免了。这场酒一直喝到晚上，大伙才醉醺醺地回去。从此就太平了。

过了一年多，胡先生不来，有人怀疑他的婚约只是随口胡说的，主人还是坚信不疑，耐心等待。又过了半年，胡先生忽然来到，寒暄过后就说：“小妹已长大成人，请你家选个好日子，送她来侍候公婆。”主人喜孜孜的，共同商定了婚期，胡先生就回去了。到日子，晚上果然有车马把新娘子送到。嫁妆丰盛，几乎堆满了一屋子。新娘拜见公婆，温柔美丽不同寻常。主人非常高兴。胡先生与一个弟弟前来送亲，出言吐语都很有教养，也很会喝酒。喜酒一直喝到天亮才离去。新娘子还能预测年成好坏，所以经营生产都听她安排。胡先生兄弟和胡家老太常来探望新娘子，人人都见到过他们。

戏　术

有桶戏者，桶可容升，无底，中空，亦如俗戏。戏人以二席置街上，持一升入桶中；旋出，即有白米满升，倾注席上；又取又倾，顷刻两席皆满。然后一一量入，毕而举之，犹空桶。奇在多也。

利津李见田，在颜镇闲游陶场，欲市巨瓮，与陶人争直，不成而去。至夜，窑中未出者六十余瓮，启视一空。陶人大惊，疑李，踵门求之。李谢不知。固哀之，乃曰：“我代汝出窑，一瓮不损，在魁星楼下非与？”如言往视，果一一俱在。楼在镇之南山，去场三里余。佣工运之，三日乃尽。

【译文】

有一种用桶表演戏法的，桶的容积约有一升光景，没底，当中空无一物，也像一般戏法道具一样。表演者用两张席子铺在街道上，先拿一只空升放入桶中，一转眼取出来，就有满升的白米，把米倒在席上；再取再倒，不一会两张席子都满了。然后又将席上的米一升升倒入桶中。倒完把桶举起来，还是一只空桶。这戏法奇就奇在米的数量很多。

山东利津县人李见田，在颜神镇制陶工场闲逛，想买一只大瓮，与陶坊主人讨价还价，没买成就走了。到晚上开窑，还未出窑的六十多只瓮都没了。陶坊主人大吃一惊，怀疑李见田，上门去求他。李见田推说不知此事。陶坊主人苦苦哀求，他才说："我替你出窑，一只瓮不坏，在魁星楼下不是吗?"陶坊主人照他所说去看，果然一一都在。魁星楼在颜神镇南山中，离制陶工场三里多路。雇了工人把瓮运回来，三天才完。

丐　僧

济南一僧，不知何许人。赤足衣百衲，日于芙蓉、明湖诸馆，诵经抄募。与以酒食、钱、粟，皆弗受；叩所需，又不答。终日未尝见其餐饭。或劝之曰："师既不茹荤酒，当募山村僻巷中，何日日往来于羶闹之场?"僧合眸讽诵，睫毛长指许，若不闻。少选，又语之。僧遽张目厉声曰："要如此化!"又诵不已。久之，自出而去。或从其后，固诘其必如此之故，走不应。叩之数四，又厉声曰："非汝所知！老僧要如此化!"

积数日，忽出南城，卧道侧，如僵，三日不动。居民恐其饿死，贻累近郭，因集劝他徙。欲饭，饭之；欲钱，钱之。僧瞑然不应。群摇而语之。僧怒，于衲中出短刀，自剖其腹，以手入内，理肠于道，而气随绝。众骇，告郡，藁葬之。异日为犬所穴，席见。踏之似空；发视之，席封如故，犹空茧然。

【译文】

济南地方有个和尚，不知是哪儿人。光着脚板，穿着各种破布缝制的百衲衣，每天在芙蓉、明湖等馆中念佛化缘。给他酒食、钱财、粮米，他都不要；问他究竟要什么，他又不回答；整天不曾见他吃一口饭。有人劝他说："师父既然不吃荤，不喝酒，就应当到偏僻的山村小巷里去化缘，何必每天在这繁华的都会里奔走呢？"和尚闭着眼睛念经，眼睫毛有一指来长，好像根本没听见似的。过了一会，又对他说了一遍。和尚忽然睁开眼睛神色严厉地说："我就是要这样化缘！"说完，又不停诵起经来。过了好久，自管自出门而去。有人跟在他身后，一再问他为什么非要这样化缘不可的道理，他走着不回答。问得次数多了，他又大声说："这道理你是不懂的！我就是要这么化缘。"

过了几天，那和尚忽然走出南城门，躺在路边，仿佛僵了似的，三天不动。居民恐怕他要饿死，带累近城的人家，就聚拢来劝他到别处去，他要饭就给饭，他要钱就给钱。和尚还是闭着眼睛不应声。大伙就摇他与他讲话。和尚大怒，从衣中拔出短刀，切开自己肚子，伸手进去，把肠子拉出来放在路上整理，随即断了气。大家惊骇，向府里报告，把他用草席一卷埋了。几天后，被狗趴出一个洞，露出了草席，踩那席子，好像是空的，打开一看，草席还像原来一样卷着，只是里面没有尸体，像一只空茧子似的。

伏　狐

太史某，为狐所魅，病瘠。符禳既穷，乃乞假归，冀可逃避。太史行，而狐从之。大惧，无所为谋。一日，止于涿门外，有铃医，自言能伏狐。太史延之入。投以药，则房中术也。促令服讫，入与狐交，锐不可当。狐辟易，哀而求罢；不听，进益勇。狐展转营脱，苦不得去。移时无声，视之，现狐形而毙矣。

昔余乡某生者，素有嫪毐之目，自言生平未得一快意。夜宿孤馆，四无邻。忽有奔女，扉未启而已入；心知其狐，亦欣然乐就狎之。衿襦甫解，贯革直入。狐惊痛，啼声吱然，如鹰脱韝，穿窗而出。某犹望窗外作狎昵声，哀唤之，冀其复回，而已寂然矣。此真讨狐之猛将也！宜榜门驱狐，可以为业。

【译文】

翰林院太史某公，被狐狸精迷住了，病得骨瘦如柴。求神避凶、画符驱邪都用尽了，只得告假回乡，希望可以逃避。太史登程，狐狸精却跟着他。他害怕极了，无计可施。一天，住在涿县城门外，有个摇铃的走方郎中，自称能降伏狐狸精。太史请他进来。那医生取出药来，原来是壮阳的药物。医生催促太史赶快将药服下，进去与狐狸精交合，勇不可当，狐狸精退缩躲避，哀求作罢；太史不听，攻得更加猛烈。狐狸精翻来覆去设法挣脱，苦于脱不出身来。过了好一阵静躺着没了声息，一瞧，已经显出原形死了。

原先我乡有个书生，一向被人比作秦朝的“大阴人”嫪毐。他自称平生没有一次得到过性满足。夜间在学馆中独宿，四周没有邻居。忽然来了个私奔的女子，门没开就进了屋子。心里知道她是狐狸精，也欣然乐意地迎上去交欢。衣服才脱下，破肤直入。狐狸精惊于刺痛，吱吱地叫了一声，像老鹰从猎人手臂上飞去似的穿窗而出。书生还望着窗外，说下流话，苦苦叫那狐狸精，希望她再回来。可是窗外已无声无息了。这真是讨伐狐狸精的猛将，应该在门上挂上“专门驱狐”的牌子，很可以以此为业。

蛰　龙

於陵曲银台公，读书楼上。值阴雨晦冥，见一小物，有光如萤，蠕蠕而行。过处，则黑如蚰迹。渐盘卷上，卷亦焦。意为龙，乃捧卷送之。至门外，持立良久，蠖曲不少动。公曰："将无谓我不恭?"执卷返，仍置案上，冠带长揖送之。方至檐下，但见昂首乍伸，离卷横飞，其声嗤然，光一道如缕；数步外，回首向公，则头大于瓮，身数十围矣；又一折反，霹雳震惊，腾霄而去。回视所行处，盖曲曲自书笥中出焉。

【译文】

山东於陵人银台司曲公，在楼上读书。正遇阴雨，天色晦暗，他看到有样小东西，身上发出萤火虫般的绿光，慢慢地一扭一曲爬行。经过的地方，有一道蚰蜒般爬过后的黑迹。渐渐在书本上盘起身来，那书本就变得焦枯了。曲公思量，这大概是龙，就捧起书本送它走。到门外，捧着书本立了好久，那小东西蜷曲着身子一动也不动。曲公说："莫非以为我不恭敬吗?"把书捧回来，仍放在桌上，穿上公服，戴好官帽，向小东西作揖，然后再送它。刚到屋檐下，只见它抬起头伸了伸身子，离开书本斜飞出去，发出嗤嗤的声音，有一道光带。飞出数步之外，回头看了看曲公，这时龙头已比瓮还大，身长已有数丈。那龙又猛一回身，只听霹雳一声，惊天动地，龙就冲天飞去了。回看龙爬过的地方，原来是弯弯曲曲从竹书箱里出来的。

苏　仙

高公明图知郴州时，有民女苏氏，浣衣于河。河中有巨石，女踞其上。有苔一缕，绿滑可爱，浮水漾动，绕石三匝。女视之心动。既归而娠，腹渐大。母私诘之，女以情告。母不能解。数月，竟举一子。欲置隘巷，女不忍也，藏诸椟而养之。遂矢志不嫁，以明其不二也。然不夫而孕，终以为羞。儿至七岁，未尝出以见人。

儿忽谓母曰："儿渐长，幽禁何可长也？去之，不为母累。"问所之。曰："我非人种，行将腾霄昂壑耳。"女泣询归期。答曰："待母属纩，儿始来。去后，倘有所需，可启藏儿椟索之，必能如愿。"言已，拜母竟去。出而望之，已杳矣。女告母，母大奇之。

女坚守旧志，与母相依，而家益落。偶缺晨炊，仰屋无计。忽忆儿言，往启椟，果得米，赖以举火。由是有求辄应。逾三年，母病卒；一切葬具，皆取给于椟。

既葬，女独居三十年，未尝窥户。一日，邻妇乞火者，见其兀坐空闺，语移时始去。居无何，忽见彩云绕女舍，亭亭如盖，中有一人盛服立，审视，则苏女也。回翔久之，渐高不见。邻人共疑之。窥诸其室，见女靓妆凝坐，气则已绝。众以其无归，议为殡殓。忽一少年人，丰姿俊伟，向众申谢。邻人向亦窃知女有子，故不之疑。少年出金葬母，植二桃于墓，乃别而去。数步之外，足下生云，不可复见。后桃结实甘芳，居人谓之

"苏仙桃树",年年华茂,更不衰朽。官是地者,每携实以馈亲友。

【译文】

高明图任湖南郴州知州时,有个姓苏的民家女子,在河边洗衣。河里有块大石头,苏女蹲在石头上。这时有一串水苔,碧绿滑溜,很是可爱,在水面上浮动飘荡,沿着大石块游了三圈。苏女瞧着心中动了一下。回家之后就怀孕了,肚子一天天大起来。母亲背地里问她,苏女就把那天遇到的情况说了。母亲也解不开这谜团。几个月后,苏女竟生下个男孩,想扔了,又不忍心,于是把男孩藏在柜子里养着。就决定终身不嫁,表明自己坚贞不二。但是没嫁人就怀了孩子,终究是件见不得人的事。所以男孩长到七岁,还从没有出来见过生人。

一天,男孩忽然对他母亲说:"我一天天长大了,老是把我关着怎么长得大呢?我还是离开这里,免得连累了母亲。"母亲问他到哪儿去,男孩说:"我不是人类,马上就要飞离山谷,腾空而去了。"苏女哭着问儿子什么时候回来,男孩说:"待母亲百年之后我才回来。我走了以后,如果需要什么,可以打开藏我的柜子去找,一定能如愿以偿。"说完,向母亲拜了几拜,竟走了。苏女追出去看时,早已身影也不见了。她把这事告诉老母。老太太十分奇怪。

苏女坚守着不再嫁人的誓约,与老母相依为命,但家道更加衰落了。偶然有一次早炊断了粮,她仰望屋顶,束手无策。忽然想起儿子的话,去打开柜子,果然得到白米,靠那米生火做饭。从此有求必应。过了三年,老太太一病身亡,送葬需要的一切用物,都从柜子里取来。

丧事办完之后,苏女独自生活了三十年,意志坚定,从不向门外张望。一天,邻家妇女上门来借火,只见她静坐在空房之中,两人谈了好一阵话,邻妇才回去。过了不多久,忽然看到苏女房屋上空环绕着一团五色云彩,高高耸立着像车盖一样,中间站着个衣着整齐华贵的女人,仔细一瞧,原来就是苏女。在空中来回飞翔了好久,渐渐越飘越高,不见了。邻人们都大惑不解,就向苏女房内张望，只见她妆束鲜明，端然正坐，气已经断了。大伙因为没人给她料理后事，商量为她办理殡葬。忽然来了一个青年，身材高大，人品俊美，向众人一一施礼致谢。大家过去也隐约听到过苏女生有儿子的事，所以并不怀疑。那青年拿出钱来安葬了母亲，在墓边种了两株桃树，就告别而去。走出几步之外，只见脚下云气滚滚，转眼就不见人影了。后来桃树结的桃子又甜又香，当地人管它叫“苏仙桃树”。每年满树繁花，再不枯老。在这里做官的人，总爱带些桃子回去分送亲友。

李伯言

李生伯言，沂水人。抗直有肝胆。忽暴病，家人进药，却之曰：“吾病非药饵可疗。阴司阎罗缺，欲吾暂摄其篆耳。死勿埋我，宜待之。”是日果死。

驺从导去，入一宫殿，进冕服；隶胥祗候甚肃。案上簿书丛沓。一宗，江南某，稽生平所私良家女八十二人。鞫之，佐证不诬。按冥律，宜炮烙。堂下有铜柱，高八九尺，围可一抱；空其中而炽炭焉，表里通赤。群鬼以铁蒺藜挞驱使登，手移足盘而上。甫至顶，则烟气飞腾，崩然一响如爆竹，人乃堕；团伏移时，始复苏。又挞之，爆堕如前。三堕，则匝地如烟而散，不复能成形矣。

又一起，为同邑王某，被婢父讼盗占生女。王即生姻家。先是一人卖婢，王知其所来非道，而利其直廉，遂购之。至是王暴卒。越日，其友周生遇于途，知为鬼，奔避斋中。王亦从入。周惧而祝，问所欲为。王曰：“烦作见证于冥司耳。”惊问：“何事？”曰：“余婢实价购之，今被误控。此事君亲见之，惟借季路一言，无他说也。”周固拒之。王出曰：“恐不由君耳。”未几，周果死，同赴阎罗质审。李见王，隐存左袒意。忽见殿上火生，焰烧梁栋。李大骇，侧足立。吏急进曰：“阴曹不与人世等，一念之私不可容。急消他念，则火自熄。”李敛神寂虑，火顿灭。已而鞫状，王与婢父反复相苦。问周，周以实对。王以故犯论笞。笞讫，遣人俱送回生。周与王皆三日而苏。

李视事毕，舆马而返。中途见阙头断足者数百辈，伏地哀鸣。停车研诘，则异乡之鬼，思践故土，恐关隘阻隔，乞求路引。李曰：“余摄任三日，已解任矣，何能为力？”众曰：“南村胡生，将建道场，代嘱可致。”李诺之。至家，驺从都去，李乃苏。

胡生字水心，与李善，闻李再生，便诣探省。李遽问：“清醮何时？”胡讶曰：“兵燹之后，妻孥瓦全，向与室人作此愿心，未向一人道也。何知之？”李具以告。胡叹曰：“闺房一语，遂播幽冥，可惧哉！”乃敬诺而去。次日，如王所，王犹惫卧。见李，肃然起敬，申谢佑庇。李曰：“法律不能宽假。今幸无恙乎？”王云：“已无他症，但笞疮脓溃耳。”又二十余日始痊；臀肉腐落，瘢痕如杖者。

异史氏曰：阴司之刑，惨于阳世，责亦苛于阳世。然关说不行，则受残酷者不怨也。谁谓夜台无天日哉？第恨无火烧临民之堂廨耳！

【译文】

书生李伯言是山东沂水人，为人刚直有胆略。忽然间患了急病，家里人送上汤药，李生推开说："我的病不是药物所能治愈的。阴司缺个阎罗王，要我暂时代理罢了。我死之后不要埋葬，要等待我复活。"这天李生果然死去。

侍从领李生上车而去，进入一座宫殿，奉上王者的衣冠。差役们严肃地站立两厢伺候。桌上许多簿册公文杂乱地堆着。其中有一宗案子记载，江南有个恶棍，一生中共计奸污良家妇女八十二人，经过审问及旁证材料核实，罪证确凿。按照阴司的刑律，应处以炮烙的极刑。公堂下竖着铜柱，约八九尺高，一抱来粗。铜柱中间是空的，里面装木炭燃烧。里外通红。众鬼役用铁蒺藜打这恶棍，赶他攀登铜柱。那恶棍手抓脚盘爬上去。刚到顶，只见烟气飞腾，砰地一声像爆竹，人从上面跌了下来。蜷曲着伏在地上好一会儿，才苏醒过来。群鬼又打他上去，再爆再跌和上次一样。到第三次跌下，身体像轻烟一样散开，再也不能成形了。

又有一起案子，是同乡一个姓王的人，被丫环的父亲控告强抢他女儿。这姓王的与李伯言是亲家。原先有人卖丫环，王某知道这卖主来路不正，但是贪图便宜，便买下了。到这时候王某突然死去。过了一天，他朋友周生在路上碰见他，知道他是鬼，逃到书房里躲着。王某也跟了进来。周生很害怕，向王某祝告，问他要干什么。王某说："劳驾你到阴间去作个见证。"周生吃惊地问："什么事？"王某说："我家的丫环确实是用钱买来的，现在被人诬告说是抢来的。这事你是亲眼所见，只借重你出来说一句公道话，没有别的意思。"周生坚决拒绝。王某说："恐怕由不得你呢。"不久，周生果然死了，一同到阎罗殿上对质。李伯言见到王某，暗存袒护的想法。忽然看到殿上火起，烈焰已烧着了栋梁。李伯言十分惊惧，胆颤心惊地站了起来。一旁官吏忙禀告说："阴间与阳间不同，容不得一点私心。赶快打消杂念，大火自然就熄灭了。"李伯言定下神来，排除杂念，火焰顿时熄了。后来审问案件，王某与丫环之父反复辩论，相持不下。李伯言就问周生，周生照实说了。最后判决是，王某属明知故犯，罚打屁股。打完后，派人将王某与周生一起送还阳世复生。两个人都是死去三天后复活的。

李伯言审案完毕，乘上车马回家。路上看到缺头断脚的鬼有好几百，跪在地上哀哭。停下车来细问，都是外乡流落在本地的死鬼，想重蹈故土，怕关卡阻隔，恳求给个路条。李伯言说：“我代理阎罗职务三天，已经离任了，怎么能出力帮忙呢?”众鬼都说：“南村胡生，就要做佛事，请转告他就成了。”李伯言答应了。

回到家门，随从鬼役都回去了，李伯言就醒了过来。南村胡生字水心，与李伯言是老朋友，听说李伯言复活了，便来探望。李伯言见了面，劈头就问：“你几时做佛事?”胡生惊奇地说：“我家经兵乱之后，妻子儿女幸存，前些时才与妻发下这个愿心，从未向人说起过，你是怎么知道的?”李伯言就一一说了。胡生叹了口气说：“一句私房话竟会传到阴间去，真可畏啊。”就严肃地答应下来，回去了。第二天，李伯言到王家去。王某躺在床上，还很狼狈，见到李伯言，露出很恭敬的样子，感谢他保护之恩。李伯言说：“法律含糊不得，你现在不要紧吧?”王某说：“已没别的病痛，就是棒疮溃烂了。”又过二十多天，王某才痊愈；屁股上的肉都烂掉了，疤痕像受过杖刑的一样。

异史氏说：阴间的刑罚比阳世还惨酷，处分也比阳间严厉。但是通路子开后门说情是行不通的，这样即使是受到严刑的死鬼也就并不抱怨。谁说阴间是暗无天日的呢！我只恨没有天火去烧阳间的公堂罢了。

黄九郎

何师参，字子萧，斋于苕溪之东，门临旷野。薄暮偶出，见妇人跨驴来，少年从其后。妇约五十许，意致清越。转视少年，年可十五六，丰采过于姝丽。何生素有断袖之癖，睹之，神出于舍；翘足目送，影灭方归。

次日，早伺之。落日冥蒙，少年始过。生曲意承迎，笑问所来。答以“外祖家”。生请过斋少憩，辞以不暇；

固曳之，乃入。略坐兴辞，坚不可挽。生挽手送之，殷嘱便道相过。少年唯唯而去。生由是凝思如渴，往来眺注，足无停趾。

一日，日衔半规，少年欻至。大喜，要入，命馆童行酒。问其姓字，答曰："黄姓，第九。童子无字。"问："过往何频？"曰："家慈在外祖家，常多病，故数省之。"酒数行，欲辞去。生捉臂遮留，下管钥。九郎无如何，赪颜复坐。挑灯共语，温若处子；而词涉游戏，便含羞，面向壁。未几，引与同衾。九郎不许，坚以睡恶为辞。强之再三，乃解上下衣，着裤卧床上。生灭烛；少时，移与同枕，曲肘加髀而狎抱之，苦求私昵。九郎怒曰："以君风雅士，故与流连；乃此之为，是禽处而兽爱之也！"未几，晨星荧荧，九郎径去。生恐其遂绝，复伺之，蹀躞凝盼，目穿北斗。

过数日，九郎始至，喜逆谢过；强曳入斋，促坐笑语，窃幸其不念旧恶。无何，解屦登床，又抚哀之。九郎曰："缠绵之意，已镂肺膈，然亲爱何必在此？"生甘言纠缠，但求一亲玉肌。九郎从之。生俟其睡寐，潜就轻薄。九郎醒，揽衣遽起，乘夜遁去。生邑邑若有所失，忘啜废枕，日渐委悴。惟日使斋童逻侦焉。

一日，九郎过门，即欲径去。童牵衣入之。见生清癯，大骇，慰问。生实告以情，泪涔涔随声零落。九郎细语曰："区区之意，实以相爱无益于弟，而有害于兄，故不为也。君既乐之，仆何惜焉？"生大悦。九郎去后，病顿减，数日平复。九郎果至，遂相缱绻。曰："今勉承君意，幸勿以此为常。”既而曰：“欲有所求，肯为力乎？”问之，答曰：“母患心痛，惟太医齐野王先天丹可疗。君与善，当能求之。”生诺之。临去又嘱。生入城求药，及暮付之。九郎喜，上手称谢。又强与合。九郎曰：“勿相纠缠；请为君图一佳人，胜弟万万矣。”生问谁何。九郎曰：“有表妹，美无伦。倘能垂意，当执柯斧。”生微笑不答。九郎怀药便去。

三日乃来，复求药。生恨其迟，词多诮让。九郎曰：“本不忍祸君，故疏之；既不蒙见谅，请勿悔焉。”由是燕会无虚夕。凡三日必一乞药。齐怪其频，曰：“此药未有过三服者，胡久不瘥？”因裹三剂并授之。又顾生曰：“君神色黯然，病乎？”曰：“无。”脉之，惊曰：“君有鬼脉，病在少阴，不自慎者殆矣！”

归语九郎。九郎叹曰：“良医也！我实狐，久恐不为君福。”生疑其诳，藏其药，不以尽予，虑其弗至也。

居无何，果病。延齐诊视，曰：“曩不实言，今魂气已游墟莽，秦缓何能为力？”九郎日来省侍，曰：“不听吾言，果至于此！”生寻卒。九郎痛哭而去。

先是，邑有某太史，少与生共笔砚；十七岁擢翰林。时秦藩贪暴，而赂通朝士，无有言者。公抗疏劾其恶，以越俎免。藩升是省中丞，日伺公隙。公少有英称，曾邀叛王青盼，因购得旧所往来札，胁公。公惧，自经。夫人亦投缳死。

公越宿忽醒曰：“我何子萧也。”诘之，所言皆何家事，方悟其借躯返魂。留之不可，出奔旧舍。抚疑其诈，必欲排陷之，使人索千金于公。公伪诺而忧闷欲绝。忽通九郎至，喜共话言，悲欢交集。既欲复狎。九郎曰："君有三命耶？"公曰："余悔生劳，不如死逸。"因诉冤苦。九郎悠忧以思。少间曰："幸复生聚。君旷无偶，前言表妹，慧丽多谋，必能分忧。"公欲一见颜色。曰："不难。明日将取伴老母，此道所经。君伪为弟也兄者，我假渴而求饮焉。君日'驴子亡'，则诺也。"计已而别。

明日亭午，九郎果从女郎经门外过。公拱手絮絮与语。略睨女郎，娥眉秀曼，诚仙人也。九郎索茶，公请入饮。九郎曰："三妹勿讶，此兄盟好，不妨少休止。"扶之而下，系驴于门而入。公自起瀹茗。因目九郎曰："君前言不足以尽。今得死所矣！"女似悟其言之为己者，离榻起立，嘤喔而言曰："去休！"公外顾曰："驴子其亡！"九郎火急驰出。公拥女求合。女颜色紫变，窘若囚拘。大呼九兄，不应。曰："君自有妇，何丧人廉耻也？"公自陈无室。女曰："能矢山河，勿令秋扇见捐，则惟命是听。"公乃誓以皦日。女不复拒。事已，九郎至。女色然怒让之。九郎曰："此何子萧，昔之名士，今之太史。与兄最善，其人可依。即闻诸妗氏，当不相见罪。"日向晚，公邀遮不听去。女恐姑母骇怪。九郎锐身自任，跨驴径去。

居数日，有妇携婢过，年四十许，神情意致，雅似三娘。公呼女出窥，果母也。瞥睹女，怪问："何得在此？"女惭不能对。公邀入，拜而告之。母笑曰："九郎稚气，胡再不谋?”女自入厨下，设食供母，食已乃去。

公得丽偶，颇快心期；而恶绪萦怀，恒蹙蹙有忧色。女问之，公缅述颠末。女笑曰：“此九兄一人可得解，君何忧?”公诘其故。女曰：“闻抚公溺声歌而比顽童，此皆九兄所长也。投所好而献之，怨可消，仇亦可复。”公虑九郎不肯。女曰：“但请哀之。”

越日，公见九郎来，肘行而逆之。九郎惊曰：“两世之交，但可自效，顶踵所不敢惜。何忽作此态向人?”公具以谋告。九郎有难色。女曰：“妾失身于郎，谁实为之？脱令中途雕丧，焉置妾也?”九郎不得已，诺之。公阴与谋，驰书与所善之王太史，而致九郎焉。王会其意，大设，招抚公饮。命九郎饰女郎，作天魔舞，宛然美女。抚惑之，亟请于王，欲以重金购九郎，惟恐不得当。王故沉思以难之。迟之又久，始将公命以进。抚喜，前却顿释。

自得九郎，动息不相离；侍妾十余，视同尘土。九郎饮食供具如王者；赐金万计。半年，抚公病。九郎知其去冥路近也，遂辇金帛，假归公家。既而抚公薨。九郎出资，起屋置器，畜婢仆，母子及妗并家焉。九郎出，舆马甚都，人不知其狐也。

余有《笑判》，并志之：

男女居室，为夫妇之大伦；燥湿互通，乃阴阳之正窍。迎风待月，尚有荡检之讥；断袖分桃，难免掩鼻之丑。人必力士，鸟道乃敢生开；洞非桃源，渔篙宁许误入？今某从下流而忘返，舍正路而不由。云雨未兴，辄尔上下其手；阴阳反背，居然表里为奸。华池置无用之乡，谬说老僧入定；蛮洞乃不毛之地，遂使眇帅称戈。系赤兔于辕门，如将射戟；探大弓于国库，直欲斩关。或是监内黄鳣，访知交于昨夜；分明王家朱李，索钻报于来生。彼黑松林戎马顿来，固相安矣；设黄龙府潮水忽至，何以御之？宜断其钻刺之根，兼塞其送迎之路。

【译文】

何师参，字子萧，家住浙江苕溪东岸，门前是一片旷野。傍晚时候，他偶然出外走走，见有个老妇骑着驴子过来，后面跟着一个少年。那老妇大约五十来岁，神情不俗。再看那少年，约有十五六岁，面容仪态胜过绝色美女。何师参一向有同性恋的恶癖，看到这美貌少年，魂灵都飞了出去；少年走远了，他还踮起脚来眺望，直到身影渐没，方才回屋。

第二天，何生早早就守候着。到暮色苍茫时分，那少年才经过，何生迎上前去曲意应酬，笑着问他从何而来。少年回答说是刚从外祖父家归来。何生就请他到自己家里坐坐，少年推辞说没空。何生硬拖住他，少年才进门。略微坐了一会就起身告辞，怎么也留不住。何生拉着手送他，亲切地关照他顺路常来坐坐，少年连声答应着去了。从此，何生如饥似渴一心想那少年，走来走去眺望他来了没有，两只脚一刻也不停。

一天，太阳已半落山外，少年忽然来了。何生大喜，忙邀他进屋，命书童上菜斟酒。问他姓名。少年回答说："我姓黄，排行第九，年纪小还没有表字。"何生又问："你为什么常从我家门前过来过去？"他说："家母住在外祖父家，经常犯病，所以我多次去探望。"酒过数巡，黄九郎要告辞。何生掉过胳膊拦阻挽留，下了锁。黄九郎无法可想，只得涨红了脸再坐下。何生点上灯与他一起闲谈，黄九郎温柔得像处女，言语间稍有调戏之意，他就害羞，把脸对着墙壁。不久，何生引他同被而睡，黄九郎不许，坚持以睡相不好推辞。再三勉强他，才脱了上下衣裳，穿着裤子躺在床上。何生把蜡烛灭了，过了一会，渐渐挨近到一只枕头上，弯起胳膊搂住他脖子，把一只大腿压在他身上，轻薄地拥抱他，苦苦求他私下亲昵。黄九郎大怒，说："我因为你是个风雅的读书人，所以才在这里耽搁；谁料你竟做出这种事来，真是禽兽之行。"不一会，黎明的星光渐淡，黄九郎就径自走了。何生怕他就此断绝来往，就又守候他，踱着小步一心盼着，望眼欲穿直到夜晚。

过了几天，九郎才来，何生大喜，迎上前去承认错误，硬拖九郎进书房，促膝谈笑，私心里庆幸他不念旧恶。过了不多会儿，两人脱鞋上床，何生抚摸着九郎，又苦苦求欢。九郎说："你缠绵的情意，我已铭刻在心，但亲爱又何必有这种举动呢？"何生甜言蜜语一味纠缠，只求亲近一下肉体。九郎就同意了。何生待他睡熟，偷偷凑上去轻薄。九郎醒觉，抓起衣服急忙起身，乘着黑夜走了。何生悒悒不乐，如有所失，废寝忘食，一天天憔悴下来，只是每天派僮儿外出往来探伺。

一天，黄九郎经过何家门口，就想直接走过去，被僮儿拉住衣服拖进屋里。九郎看到何生形容消瘦，大吃一惊，安慰问候了几句。何生把情由据实相告，眼泪随声簌簌流下。九郎低声细气地说："我的意思，实在是因为那种相爱对我无益，对你却有害，所以不干。你既然以此为乐，我有什么可顾惜的呢！"何生非常喜悦。九郎去后，病顿时好转，几天身体就复原了。九郎果然到来，就与何生缠绵难分。九郎说："我今日勉为其难，满足了你的要求，但愿不要经常如此。"过了一会又说："我有一事想请你帮助，你肯出力吗？"何生问是什么事，九郎答道："我母亲害心疼病，只有太医齐野王的先天丹可以治好这病。你与齐野王很友好，该能求到这药。"何生答应了。九郎临走又嘱咐了一遍。何生进城求药，到晚上把药给了九郎。他十分喜欢，拱手相谢。何生又硬缠着他求欢。九郎说："不要缠我；让我为你物色一个美人，她可比我强多了。"何生就问她是谁，九郎说："我有个表妹，美丽无比。你如有意，我可以做大媒。"何生微笑不答。九郎把药揣在怀里就去了。

过了三天，九郎才来，又要求药。何生恨他来得太晚，言语之间便有责怪的意思。九郎说："我不忍心害你，所以来得疏了。既然得不到你谅解，请你别后悔。"从此欢会没有一夜断过。只是每过三天一定要乞讨一次先天丹。齐野王奇怪何生这么频繁地来讨药，说："这药没有超过三剂的，为什么服了那么久病还没好？"就包了三帖药都交给何生，又朝他脸上瞧了瞧，说："你面色灰暗，病了吗？"何生回答说："没病。"齐野王把了一下脉，吃惊地说："你的脉象是鬼脉，是少阴经上的病，不自己小心，就危险啦！"

何生回去后将医生的话告诉了黄九郎。九郎叹了口气说："真是个好医生。实不相瞒，我是狐狸，久了怕对你不利。"何生疑心他骗自己，便把药藏起来，不全部给他，担心他不来幽会。

过了没多少时间，何生果然病了，请齐野王来诊治。齐野王说："以前你不说实话，现在魂灵已接近坟墓了，即使请秦缓那样的名医来也无能为力啦！"九郎天天来望服侍，说："不听我话，果然病成这样。"何生不久就死了。九郎痛哭而去。

在此以前，本地有个太史，年轻时与何生是同学，十七岁选任翰林。当时的陕西省布政使贪污暴虐，可是因为贿赂了朝官，没人出来检举揭发。那位翰林就写了奏章揭露他的罪行，因为越职言事而被罢官。这位布政使后来升任浙江巡抚，他每天寻找翰林的岔子。翰林年轻时就很有名声，曾得到过一个叛王的器重。巡抚买下了他们早先来往的书信，以此来要胁翰林。翰林害怕了，自缢身亡，他的夫人也上吊死了。

隔了一夜，翰林忽然复醒，说："我是何子萧啊！"人们问他，说的都是何家的事。方始明白这是何生借翰林之尸还魂。留他不住，出外奔回到何家。巡抚怀疑这是一场骗局，定要设计陷害他，派人向他勒索千金之费，他假装同意而忧闷得要死。忽然门上通报说九郎来了，高兴地一起说话，悲喜交集。过后，他又向九郎求欢。九郎说："难道你有三条命吗？"他说："我后悔活过来有那么些烦恼，倒不如死了安逸。"因此就将冤枉苦处诉说了一遍。九郎皱眉沉思，过了一会说："幸而重新活着相会，你现在没有老婆，过去说的表妹，聪明美丽，很有智谋，她一定能替你分忧解愁。"何生想看看她的容貌。九郎说："这不难。我明天要请她来陪伴老母，经过这条路，你假装是我哥哥，到时候我推说口渴向你讨茶喝，你如果说‘驴子逃啦’，那就表示同意这门亲事了。”两人商量停当就分手了。

第二天中午，九郎果然带着一个女郎从何家门前经过。何生拱拱手，絮絮叨叨跟他攀谈起来。略为向那女子瞟了几眼，只见她双眉弯弯，容貌秀丽，真像天仙一般。九郎假说要喝茶，何生就请他们一同进屋用茶。九郎说：“三妹别见怪，他是我结拜兄弟，不妨歇一会儿。”就扶她下来，把驴子系在门边，进了书房。何生亲自起身去泡茶，瞅着九郎说：“你以前的话还不足以充分形容，现在我找到死的地方了！”三娘似乎听懂了他们是在谈论自己，就离开座位站了起来，娇声细气地说：“走吧！”何生看了看门外，说：“驴子逃走啦！”九郎急忙奔了出去。何生就搂着三娘求欢。三娘脸色紫涨，窘得像被抓住的囚犯，大声呼叫九哥，可九郎不应。三娘说：“你自有妻室，为什么要败坏人家的廉耻呢！”何生表白自己并无妻子。三娘就说：“你能对天立誓，保证今后不遗弃我，我就一切都听你的。”何生就对天立了誓言。三娘不再抗拒。两人好事刚结束，九郎回来了。三娘怒容满面，气愤地责备他。九郎说：“这是何子萧，过去的名士，现在的翰林，与我最要好，是个可以终身相托的人。即使舅母知道了，也一定不会怪罪的。”天色渐渐晚了，何生拦着他们不让走。三娘怕姑母见怪，九郎挺身出来说一切后果由自己负责，骑上驴背一直走了。

三娘在何家住了几天，有个妇人带着婢女打门前过，四十来岁，神情风度很像三娘。何生就叫三娘出来窥看，果然是她母亲。那妇人见到女儿，很是奇怪，问：“你怎么在这里？”三娘红着脸答不上来。何生请妇人进屋，拜见之后，就将经过禀告了妇人。她笑着说：“九郎这孩子真淘气，为什么不再商量商量呢？”三娘亲自下厨房，准备了饭菜请母亲吃，妇人吃好后就告辞回家了。

何生娶了个漂亮妻子，心里很快活，可一想到巡抚要陷害自己，就心情恶劣，常紧皱双眉，有忧虑之色。三娘动问，何生把始末一一告诉了她。三娘笑着说：“这件事，九哥一人就能解决，你担什么心呢？”何生问她缘故，三娘说：“听说巡抚迷恋声歌，亲近男色，这些都是九哥擅长的。咱们投巡抚所好，把九哥送去，这样怨恨可消，仇也可报了。”何生担心九郎不肯，三娘说：“你只要苦苦哀求他。”

过了一天，何生见九郎来访，就匍匐在地迎接，九郎吃惊地说：“我们是两世之交，只要可以效力，我从头到脚都可以献出，何必突然作出这种样子来对我？”何生就把计划告诉九郎。九郎露出为难的神色。三娘说：“我失身于何郎，这是谁捣的鬼啊？倘若他中途丧命，你把我怎么安排？”九郎无法，只得答应了。何生暗中与他商定，急忙送信给要好的同事王太史，就送九郎过去。王太史领会了何生的意思，大摆宴席，邀请巡抚饮酒。席间，叫九郎装扮女子，跳天魔舞助酒兴，看上去，像天仙美女一般。巡抚被迷住了，连连向王太史请求，要以高价购买九郎，只怕事儿不能成功。王太史故意装出慎重考虑的样子为难他。拖了好久，才转达何生的话，把九郎献给巡抚。巡抚很高兴，过去的冤结顿时冰释。

巡抚获得九郎以后，动止起居，寸步不离，把家中原有的十几名侍妾看作尘土一般。九郎的饮食、用具，都可以与王公媲美，赏赐金银数以万计。半年下来，巡抚病倒了。九郎知道他死期已近，就用车装了赏得的金银财物，告假回到何家。后来巡抚去世。九郎拿钱出来造了房子，添置了家具器物，买了丫环奴仆，把母亲、舅姆接来与自己一起居住。九郎出门时，车马都很华丽，人们不知道他是狐狸精。

我写有《笑判》一篇，一并录在这里：

男女同居，是夫妻生活的重要准则；燥湿互通，为阴阳相交的正常现象。张君瑞迎风待月，不免放荡之讥；汉哀帝断袖之癖，更是丑不可闻。只有大力士，鸟道才能开通；不是桃源洞，渔篙岂容误入？如今有些人追随下流而流连忘返，放着正道却避而不走。云雨未兴，竟而上下其手；阴阳反背，居然表里为奸。不爱女体，胡说老僧正在坐禅；偏喜男身，真是性爱不看对象。把赤兔马系在辕门，即将弯弓射戟；从国库中盗出大弓，就要斩关夺路。黄鳝入袴，分明荒唐之梦；红李钻核，岂是接代之种？那黑松林戎马顿来，固可相安无事；若黄龙府潮水忽至，何能抵御有方？宜斩断那钻刺的根子，堵塞那来往的通道。

金陵女子

沂水居民赵某，以故自城中归，见女子白衣哭路侧，甚哀。睨之，美。悦之，凝注不去。女垂涕曰："夫夫也，路不行而顾我！"赵曰："我以旷野无人，而子哭之恸，实怆于心。"女曰："夫死无路，是以哀耳。"赵劝其复择良匹。曰："渺此一身，其何能择？如得所托，媵之可也。"赵忻然自荐，女从之。赵以去家远，将觅代步。女曰："无庸。"乃先行，飘若仙奔。

至家，操井臼甚勤。积二年余，谓赵曰："感君恋恋，猥相从，忽已三年。今宜且去。"赵曰："曩言无家，今焉往？"曰："彼时漫为是言耳，何得无家？身父货药金陵。倘欲再晤，可载药往，可助资斧。"赵经营，为贳舆马。女辞之，出门径去；追之不及，瞬息遂杳。

居久之，颇涉怀想，因市药诣金陵。寄货旅邸，访诸衢市。忽药肆一翁望见，曰："婿至矣。"延之入。女方浣裳庭中，见之不言亦不笑，浣不辍。赵衔恨遽出。翁又曳之返。女不顾如初。翁命治具作饭，谋厚赠之。女止之曰："渠福薄，多将不任；宜少慰其苦辛，再检十数医方与之，便吃著不尽矣。"翁问所载药，女云："已售之矣，直在此。"翁乃出方付金，送赵归。

试其方，有奇验。沂水尚有能知其方者。以蒜臼接茅檐雨水，洗瘊赘，其方之一也，良效。

【译文】

山东沂水地方有个居民姓赵，因事从城中回家，看到一个白衣女子在路边哭得十分伤心。偷眼一瞧，漂亮！不由得就喜欢上了，老盯着她不肯离去。那女子流着眼泪说："你这人啊，路不走，光看着我！"赵某说："我因为荒凉野地没人，你哭得伤心，实在心里难受。"女子说："我丈夫死了，没依没靠，所以悲伤罢了。"赵某劝她再找个好夫婿，她说："我空荡荡一个人，哪能去挑人家。如果有可以终身相托的人，做个小老婆，就可以了。"赵某高高兴兴毛遂自荐，那女子也同意了。赵某因那儿离家远，打算找头驴什么的，女子说："那倒用不着。"就迈开步子先走了，跑得飞快，像仙人赶路似的。

到家，操持家务十分勤快。这样过了两年多时间，她忽然对赵某说："感激你恋恋不舍之情，苟且跟着你，一转眼快满三年，今日我该去了。"赵某说："从前你说没有归宿之处，如今往哪儿去呢？"女子说："我那时是随口这么说说的，怎么会没有家呢？我父亲在金陵卖药材，你倘若想与我重新见面，可以带了药材到金陵去，我们能帮你点路费。"赵某张罗着为她购买车马，那女子都回绝了，出门就走，追也追不上，一转眼就不见了人影。

赵某在家住了段日子，很想念那女子，就收购了些药材到金陵去。把货物在客店里安顿好，就上大街去寻访。忽然药店有个老翁看见了他，说："女婿来了。"就请赵某进入店堂。那女子正在庭院里洗衣裳，见到赵某不说也不笑，不住手地洗衣。赵某很是恼火，马上转身出店，老翁又拉他回来，可是那女子还是像刚才一样对他不理不睬。老翁命人准备饭菜，计划多送点钱财给赵某。女子阻止说："他福薄，给多了享受不起；最好稍为慰劳他一下长途跋涉的辛苦，再挑十几张方子给他，就吃穿不尽了。"老翁又问运来的那些药材，女子说："已卖掉了，钱在这里。"老翁就取出药方，付了钱，送赵某回家。

这药方，试着给人治病，效果特别灵。沂水地方至今还有人知道这方子。譬如用捣蒜的石臼承接茅檐滴下的雨水，擦洗瘤子肿块什么的，就是其中之一。非常有效。

汤　公

汤公名聘，辛丑进士。抱病弥留。忽觉下部热气，渐升而上：至股则足死；至腹则股又死；至心，心之死最难。凡自童稚以及琐屑久忘之事，都随心血来，一一潮过。如一善，则心中清净宁帖；一恶，则懊侬烦燥，似油沸鼎中，其难堪之状，口不能肖似之。犹忆七八岁时，曾探雀雏而毙之，只此一事，心头热血潮涌，食顷方过。直待平生所为，一一潮尽，乃觉热气缕缕然，穿喉入脑，自顶颠出，腾上如炊，逾数十刻期，魂乃离窍，忘躯壳矣。

而渺渺无归，漂泊郊路间。一巨人来，高几盈寻，掇拾之，纳诸袖中。入袖，则叠肩压股，其人甚夥，薅恼闷气，殆不可过。公顿思惟佛能解厄，因宣佛号，才三四声，飘堕袖外。巨人复纳之。三纳三堕，巨人乃去之。

公独立徬徨，未知何往之善。忆佛在西土，乃遂西。无何，见路侧一僧趺坐，趋拜问途。僧曰："凡士子《生死录》，文昌及孔圣司之，必两处销名，乃可他适。"公问其居，僧示以途，奔赴。无几，至圣庙，见宣圣南面坐，拜祷如前。宣圣言："名籍之落，仍得帝君。"因指以路。公又趋之。见一殿阁，如王者居。俯身入，果有神人，如世所传帝君像。伏祝之。帝君检名曰："汝心诚正，宜复有生理。但皮囊腐矣，非菩萨莫能为力。"因指示令急往。公从其教。

俄见茂林修竹，殿宇华好。入，见螺髻庄严，金容满月；瓶浸杨柳，翠碧垂烟。公肃然稽首，拜述帝君言。菩萨难之。公哀祷不已。傍有尊者白言："菩萨施大法力，撮土可以为肉，折柳可以为骨。"菩萨即如所请，手断柳枝，倾瓶中水，合净土为泥，拍附公体。使童子携送灵所，推而合之。棺中呻动，家人骇集。扶而出之，霍然病已。计气绝已断七矣。

【译文】

汤公名聘，是辛丑年间进士。他患重病快要死时，忽然感到身体下部有一股热气渐渐往上升起，升到大腿两脚就僵死；升到腹部大腿又僵死；到心脏，心脏死得最艰难。从童年以来的种种经历，久已忘却的琐碎小事，都随心血而来，一一如潮水般涌现又过去。如果是一件好事，心中就清净宁帖；如是一件坏事，心里就懊悔烦恼，像油在锅中沸腾，那难受的形状，是难以用言语形容的。还想起七八岁时，曾去摸鸟窝弄死了小鸟，只这么一件小事，心里热血如潮涌起，一顿饭工夫才过去。直等平生所作所为一一潮涨潮落，就觉得热气一缕一缕穿过咽喉进入大脑，从头顶心窜出，像炊烟似地腾升。过了好长时间，魂灵这才出窍，再也顾不上躯壳了。

孤魂茫然，漫无目的地飘荡在城郊的大路上。一个巨人过来，身高几乎八尺有余，把汤公魂灵拾起塞在袖子里。汤公进入袖中，只觉肩挨肩腿压腿的，原来早已有很多人在，汗酸臭味令人气闷，简直受不了。汤公顿时想起只有佛能解除灾难，就念起佛来，才三四声，就飘落到袖外。巨人又把他放进袖内。三进三出，巨人才走了。

汤公独自徬徨，不知上哪儿好。想到佛在西方，就向西走去。没多久，看到路边一个和尚盘腿而坐，赶紧上前下拜问路。和尚说："凡读书人的生死簿是由文昌帝君和孔圣人主管的，一定要两处地方都除了名，才能往别处去。”汤公问文昌庙、孔庙在何处，和尚指点了路径，他就直奔而去。不多一会，到了孔庙，见孔圣人朝南坐着，汤公上前参拜祝告。孔圣人说：“要在名册上除名，还得去求文昌帝君。”就指示了路径。汤公又赶紧走去。看到一座楼阁，像是王者的居所。他俯身进去，果然有一尊神仙，同世上所传的文昌帝君像一个样。汤公拜倒在地祝告。文昌帝君取出名册检查，说：“你的心正而诚，论理还该复活。只是躯体已经腐败，非菩萨不可，谁也无能为力。”就指点汤公赶快前去，汤公听从了他的教导。

不多一会，见到林木茂盛，翠竹高耸，殿堂很华美。进入殿内，见观音梳着螺髻，神态庄严，金面如同满月；手中玉瓶内插着柳枝，青翠如烟。汤公恭敬地磕头，跪着转述了文昌帝君的话。菩萨感到为难。汤公不停地哀告。旁边有个尊者禀告说：“菩萨施展大法力，抓把土可以捏成人的肉体，折枝杨柳就能搭成人的骨架。”菩萨就按照他的建议，折下一枝杨柳，倒一点瓶中甘露，合一把净土揉成泥，抹在汤公身上。派童子带到灵堂，把汤公朝棺材里一推，让魂灵合上尸身。这时棺材中响起了呻吟声，家里人吃惊地聚拢来，将汤公扶出棺材，病一下子好了。算起来，汤公断气已整整七天了。

阎　罗

莱芜秀才李中之，性直谅不阿。每数日，辄死去，僵然如尸，三四日始醒。或问所见，则隐秘不泄。

时邑有张生者，亦数日一死。语人曰：“李中之，阎罗也。余至阴司，亦其属曹。”其门殿对联，俱能述之。或问：“李昨赴阴司何事？”张曰：“不能具述。惟提勘曹操，笞二十。”

异史氏曰：阿瞒一案，想更数十阎罗矣。畜道、剑山，种种具在，宜得何罪，不劳挹取；乃数千年不决，何也？岂以临刑之囚，快于速割，故使之求死不得也？异已！

【译文】

山东莱芜县秀才李中之性格耿直、刚正不阿。每隔几天，就要昏死过去，直挺挺地像尸体一般，三四天才苏醒。有人问他昏死后的所见，他守口如瓶，不漏一句话。

当时，同乡有个张生，也隔几天昏死一次。他对别人说："李中之是阎罗王。我到阴间去，也是他的部下。"那阎罗殿门上的对联，张生都能说出来。有人问张生："李中之昨天到阴间去什么事？"张生回答："不能一件件都说出来，只是提审过曹操，打了他二十大板。"

异史氏说：曹操这案子，想是更换过几十个阎罗审判了。贬入畜生道、上刀山种种处分办法都在，他应得什么罪，并不要费多少斟酌。竟几千年不作判决，为什么呢？难道因为临刑的囚徒都希望早点一刀了结，故意使他求死不得吗？奇怪了！

连　琐

杨于畏，移居泗水之滨。斋临旷野，墙外多古墓，夜闻白杨萧萧，声如涛涌。夜阑秉烛，方复凄断。忽墙外有人吟曰："玄夜凄风却倒吹，流萤惹草复沾帏。"反复吟诵，其声哀楚。听之，细婉似女子。疑之。明日，视墙外，并无人迹。惟有紫带一条，遗荆棘中；拾归置诸窗上。向夜二更许，又吟如昨。杨移机登望，吟顿辍。悟其为鬼，然心向慕之。

次夜，伏伺墙头。一更向尽，有女子珊珊自草中出，手扶小树，低首哀吟。杨微嗽，女忽入荒草而没。杨由是伺诸墙下，听其吟毕，乃隔壁而续之曰："幽情苦绪何人见？翠袖单寒月上时。"久之，寂然。杨乃入室。

方坐，忽见丽者自外来，敛衽曰："君子固风雅士，妾乃多所畏避。"杨喜，拉坐。瘦怯凝寒，若不胜衣。问："何居里，久寄此间？"答曰："妾陇西人，随父流寓。十七暴疾殂谢，今二十余年矣。九泉荒野，孤寂如鹜。所吟，乃妾自作，以寄幽恨者。思久不属；蒙君代续，欢生泉壤。"杨欲与欢。蹙然曰："夜台朽骨，不比生人，如有幽欢，促人寿数。妾不忍祸君子也。"杨乃止。戏以手探胸，则鸡头之肉，依然处子。又欲视其裙下双钩。女俯首笑曰："狂生太啰唣矣！"杨把玩之，则见月色锦袜，约彩线一缕。更视其一，则紫带系之。问："何不俱带？"曰："昨宵畏君而避，不知遗落何所。"杨曰："为卿易之。"遂即窗上取以授女。女惊问何来，因以实告。乃去线束带。既翻案上书，忽见《连昌宫词》。慨然曰："妾生时最爱读此。今视之，殆如梦寐！"与谈诗文，慧黠可爱。剪烛西窗，如得良友。

自此每夜但闻微吟，少顷即至。辄嘱曰："君秘勿宣。妾少胆怯，恐有恶客见侵。"杨诺之。两人欢同鱼水，虽不至乱，而闺阁之中，诚有甚于画眉者。女每于灯下为杨写书，字态端媚。又自选宫词百首，录诵之。使杨治棋枰，购琵琶。每夜教杨手谈。不则挑弄弦索，作《蕉窗零雨》之曲，酸人胸臆；杨不忍卒听，则为《晓苑莺声》之调，顿觉心怀畅适。挑灯作剧，乐辄忘晓。视窗上有曙色，则张皇遁去。

一日，薛生造访，值杨昼寝。视其室，琵琶、棋局具在，知非所善。又翻书得宫词，见字迹端好，益疑之。杨醒，薛问："戏具何来？"答："欲学之。"又问诗卷，托以假诸友人。薛反覆检玩，见最后一叶细字一行云："某月日连琐书。"笑曰："此是女郎小字。何相欺之甚？"杨大窘，不能置词。薛诘之益苦，杨不以告。薛卷挟，杨益窘，遂告之。薛求一见。杨因述所嘱。薛仰慕殷切；杨不得已，诺之。夜分，女至，为致意焉。女怒曰："所言伊何？乃已喋喋向人！"杨以实情自白。女曰："与君缘尽矣！"杨百词慰解，终不欢，起而别去，曰："妾暂避之。"

明日，薛来，杨代致其不可。薛疑支托，暮与窗友二人来，淹留不去，故挠之，恒终夜哗，大为杨生白眼，而无如何。众见数夜杳然，寖有去志，喧嚣渐息。忽闻吟声，共听之，凄婉欲绝。薛方倾耳神注，内一武生王某，掇巨石投之，大呼曰："作态不见客，甚得好句，呜呜恻恻，使人闷损！"吟顿止。众甚怨之。杨恚愤见于词色。次日，始共引去。杨独宿空斋，冀女复来，而殊无影迹。

逾二日，女忽至。泣曰："君致恶宾，几吓煞妾！"杨谢过不遑。女遽出曰："妾固谓缘分尽也，从此别矣。"挽之已渺。由是月余，更不复至。杨思之，形销骨立，莫可追挽。

一夕，方独酌，忽女子搴帏入。杨喜极曰："卿见宥耶?”女涕垂膺，默不一言。亟问之，欲言复忍，曰：“负气去，又急而求人，难免愧恧。”杨再三研诘，乃曰：“不知何处来一龌龊隶，逼充媵妾。顾念清白裔，岂屈身舆台之鬼?然一线弱质，乌能抗拒?君如齿妾在琴瑟之数，必不听自为生活。”杨大怒，愤将致死；但虑人鬼殊途，不能为力。女曰：“来夜早眠，妾邀君梦中耳。”于是复共倾谈，坐以达曙。女临去，嘱勿昼眠，留待夜约。杨诺之。

因于午后薄饮，乘醺登榻，蒙衣偃卧。忽见女来，授以佩刀，引手去。至一院宇，方阖门语，闻有人掿石挝门。女惊曰：“仇人至矣!”杨启户骤出，见一人赤帽青衣，蝟毛绕喙。怒咄之。隶横目相仇，言词凶谩。杨大怒，奔之。隶捉石以投，骤如急雨，中杨腕，不能握刃，方危急所，遥见一人，腰矢野射。审视之，王生也。大号乞救。王生张弓急至，射之中股；再射之，殪。杨喜感谢。王问故，具告之。王自喜前罪可赎，遂与共入女室。女战惕羞缩，遥立不作一语。案上有小刀，长仅尺余，而装以金玉；出诸匣，光芒鉴影。王叹赞不释手。与杨略话，见女惭惧可怜，乃出，分手去。杨亦自归，越墙而仆，于是惊寤，听村鸡已乱鸣矣。觉腕中痛甚；晓而视之，则皮肉赤肿。

亭午，王生来，便言夜梦之奇。杨曰：“未梦射否?”王怪其先知。杨出手示之，且告以故。王忆梦中颜色，恨不真见。自幸有功于女，复请先容。夜间，女来称谢。杨归功王生，遂达诚恳。女曰：“将伯之助，义不敢忘。然彼赳赳，妾实畏之。”既而曰：“彼爱妾佩刀。刀实妾父出使粤中，百金购之。妾爱而有之，缠以金丝，瓣以明珠。大人怜妾夭亡，用以殉葬。今愿割爱相赠，见刀如见妾也。”次日，杨致此意。王大悦。至夜，女果携刀来，曰：“嘱伊珍重，此非中华物也。”由是往来如初。

积数月，忽于灯下，笑而向杨，似有所语，面红而止者三。生抱问之。答曰：“久蒙眷爱，妾受生人气，日食烟火，白骨顿有生意。但须生人精血，可以复活。”杨笑曰：“卿自不肯，岂我故惜之？”女云：“交接后，君必有念余日大病，然药之可愈。”遂与为欢。既而着衣起，又曰：“尚须生血一点，能拚痛以相爱乎？”杨取利刃刺臂出血；女卧榻上，便滴脐中。乃起曰：“妾不来矣。君记取百日之期，视妾坟前，有青鸟鸣于树头，即速发冢。”杨谨受教。出门又嘱曰：“慎记勿忘，迟速皆不可！”乃去。

越十余日，杨果病，腹胀欲死。医师投药，下恶物如泥，浃辰而愈。计至百日，使家人荷锸以待。日既夕，果见青鸟双鸣。杨喜曰：“可矣。”乃斩荆发圹。见棺木已朽，而女貌如生。摩之微温。蒙衣舁归，置暖处，气咻咻然，细于属丝。渐进汤酏，半夜而苏。每谓杨曰：“二十余年如一梦耳。”

【译文】

杨于畏迁居在泗水岸边，书斋前是一片旷野，墙外有很多古墓，夜间听风吹白杨，萧萧作响，声音好像波涛汹涌。夜深在烛光下，杨于畏正感到黯然神伤，忽然墙外有人吟诗道："玄夜凄风却倒吹，流萤惹草复沾帏。"反复吟诵，声音悲哀凄楚。听上去，轻细婉转，像女子的口音，心里很纳闷。第二天，察看墙外，并没有人迹，只有紫带一条，遗落在荆棘丛中。他就拾回放在窗上。入夜二更左右，又像昨夜一样吟诗，于畏搬过凳子站上去张望，吟诗声顿时停止了。他一下子明白是鬼，但是心里很向往爱慕。

第二天夜里，于畏伏在墙头窥看，一更将尽，有个女子缓缓从草丛中出来，手把小树，低头哀吟。杨于畏轻轻咳嗽了一声，女子忽地隐没在荒草丛中。杨于畏于是站在墙下等候，听她吟完，隔墙续诗道："幽情苦绪何人见？翠袖单寒月上时。"过了好久，声息全无。杨于畏只得回到房中。

刚坐下，忽见一个美人从门外进来，整衣施礼说："先生原来是风雅之士，我竟害怕躲避得过分了。"于畏高兴地拉她坐下，只觉得这女子瘦弱娇怯，好像连衣服也不胜负担。于畏问她："你老家在哪儿？在此地客居很久了吗？"女子回答："我是陇西人，跟随父亲流落至此，十七岁得急病而死，至今二十多年了。黄泉之下，荒野之中，孤苦寂寞如失群之雁。刚才所吟是我自己所作的诗，用以寄托心中的怨恨。思索很久接不下去，承蒙你代我完篇，使我在九泉之下也心生欢喜。"于畏想与她欢合。女子皱起双眉说："我是阴间朽骨，比不得阳世活人，如与人幽会，就会损人寿数。我不忍心祸害于你。"杨于畏才作罢，却用手戏摸她胸部，觉得乳房净滑得像鸡头米一样，还是处女之身。他又想看她裙下一双小脚，女子低头笑道："狂生的花头真多，腻死人了。"杨于畏握住一只玩赏，看到月白色的锦袜上，束着一缕彩色丝线；再看另一只脚，则系着紫带，就问她："为什么不都系带？"女子说："昨夜因为怕你而逃避，把一条紫带不知遗落在哪里了。"于畏说："替你换上吧。"就从窗边取来紫带给她。女子惊问从哪里来的，他就把实情说了。于是解下丝线，系上紫带。后来她翻弄桌上书本，忽然看见唐人元稹写的《连昌宫词》，感慨地说："我在世时最爱读这首诗。今天看看，简直像一场梦！"于畏与她谈论诗文，发觉她聪明伶俐，十分可爱。两人在西窗下剪烛共谈，就像遇上了好朋友一样。

从此，每夜只要听到低吟之声，不多时女子就到。她常嘱咐于畏说："你要保密，不要讲出去。我自幼胆小，怕有不怀好意的人来捣乱。"于畏答应了。两人相爱，如鱼得水，虽然还没发生关系，但闺房之中，真是比汉代张敞为妻子画眉还要亲昵十分。女子常在灯下为杨于畏抄书，字迹端正秀媚。又自选宫词一百首，录下后讽诵吟咏。她还让杨于畏整治棋盘，购买琵琶，每天晚上教于畏下棋，不然就拨弄琵琶，演奏《蕉窗零雨》的曲子，使人心酸，于畏不忍听完，就又改弹《晓苑莺声》的曲子，顿时使人感到心情舒畅。挑灯游戏，快乐得常常忘了天亮。看窗格上透出晨光，就惶急地逃去。

一天，薛生来访，正遇于畏午睡。看他房间里放着琵琶、棋盘，知道不是于畏擅长的。又翻书看到宫词，见字迹端正娟秀，更起疑心。于畏一觉醒来，薛生问他："这些玩意儿哪儿来的?"于畏说："我打算学呢。"又问诗卷，于畏推托说是朋友处借来的。薛生拿起诗卷反覆检阅把玩，见最后一页上有一行小字写道："某月某日连琐书。"笑着说；"这分明是女郎的小名，你为什么这样骗我!"于畏十分难堪，一句话也回答不出。薛生更是苦苦追问，于畏就是不说。薛生卷起诗挟在腋下，于畏更窘了，终于告诉了他。薛生恳求见一见连琐，于畏就把连琐的叮嘱说了。薛生仰慕连琐的心情非常殷切，于畏没有办法，只得应允了。至夜半，连琐来时，于畏为薛生致意，连琐生气地说："我是怎么对你说来着?你竟已唠唠叨叨对人讲了!"于畏拿实情为自己辩白。连琐说："你我缘分到此结束了。"尽管于畏百般安慰劝解，她始终郁郁不欢，起身告别说："我暂且避一避!"

第二天，薛生来了，于畏把连琐不愿见生人的意思转告给他。薛生疑心于畏支吾推托，傍晚约两个同窗好友来，赖着不走，有意阻挠，常彻夜喧闹，大遭于畏白眼相向，也拿他们没办法。众人看到几夜没有动静，渐有离去之意。吵闹声逐渐平息，忽然传来吟诗声，众人静听，声音哀婉欲绝。薛生正在全神贯注倾听，同来朋友中一个姓王的武秀才，搬起一块大石头朝窗外投去，大叫道："扭扭捏捏不肯见客，得了什么好句子，呜呜咽咽，凄凄恻恻，叫人听了烦闷丧气!"吟诗声立时停止了。大伙很怨王生，于畏更是恼恨得变了脸色，口出怨声。第二天，那帮人才一起走了。于畏独宿空房，盼望连琐再来，但没有一点影踪。

过了两天，连琐忽然来到，哭着说："你招来这些凶恶的客人，几乎把我吓死。"于畏忙不迭地赔罪。连琐立即出门而去，说："我本来就说缘分尽了，就此告辞。"于畏拉她，已经不见人影了。从此一个多月，再也没来过。于畏思念她，以至于形容消瘦，只剩一把骨头，也无可挽回。

一夜，于畏正在举杯独饮，忽然连琐揭起门帘进来。于畏欣喜之极，说："你原谅我了吗？"连琐泪流垂胸，默默不说一句话。于畏连连询问，她欲言又止，终于说道："我赌气而去，现在遇到急难又来求人，不免感到羞愧难当。"于畏再三细问，她才说："不知是哪儿来了个肮脏鬼差，逼我当他的小老婆。想到自己是清白人家出身，岂能屈身嫁给阴间的差役？但我一娇躯弱质，怎能抗拒得过？你如把我当作妻妾之列，一定不会听任我自生自灭。"于畏听罢大怒，愤愤地要去拼命，只怕人鬼不同，无法效力。连琐说："明天夜里你早点睡，我邀请你在梦中相见就是了。"于是两人重又倾心交谈，坐以达旦。连琐临走时，又叮嘱于畏白天别睡，留得夜间践梦中之约，于畏答应了她。

这天下午，于畏喝了点酒，乘醉上床，和衣而卧。忽然见连琐走来，交给他一把佩刀，拉着他手走去。来到一处院子，刚关上门讲话，就听得有人捏着石头砸门。连琐惊恐地说："仇人来了！"于畏打开门一跃而出，见一人头戴红帽，身穿青衣，嘴边一圈胡须硬如蝟毛。于畏愤怒地咄斥鬼差。那鬼差也满怀敌意横目相向，恶言谩骂。于畏大怒，向鬼差奔去。鬼差抓起一把石子，雨点般打来，又急又密，击中于畏手腕，佩刀脱手。正在危急关头，远远看见一个人，腰里挂着箭，正在射猎。仔细一瞧，却是王生，于畏大声向他呼救。王生急忙张弓奔至，一箭射中鬼差大腿，再一箭，将鬼差射毙。于畏大喜，向王生道谢。王生问怎么回事，于畏一五一十告诉了他。王生也很高兴自己可以将功补过，就一起进了连琐家里。连琐又惊又羞，战战兢兢，远远地站着，一声不响。桌上有一把小刀，仅一尺多长，用金玉装饰，拔出刀鞘，光芒四射，可照见人影。王生大加称赏，爱不释手。他与于畏略略说了几句话，见连琐羞惧交加，样子很可怜，就走出门来，分手而去。于畏也径自回家，翻墙时跌倒在地，豁然惊醒，听村中鸡已喔喔乱啼了。觉得手腕上很疼痛，天亮一看，皮肉都红肿了。

中午时，王生来，就说起夜来做了个奇怪的梦。于畏说："没梦到射箭吗？"王生奇怪他没说就先知道了。于畏伸出手来给他看，并告诉了其中的原委。王生回想起梦中所见连琐的容貌，不禁叹恨未能真见一面，又暗自庆幸对连琐有功，就再请于畏替自己说几句好话引见。夜间，连琐前来道谢，于畏把功劳都归给王生，并转达王生求见一面的诚意。连琐说："王生相助之恩，按理不敢相忘，但他那赳赳武夫的样子，我实在怕他。"后来又说："他喜爱我的佩刀，这刀实在是我父亲出使广东时花一百两银子买来的。我十分珍爱，就向父亲要来，在刀柄上绕上金丝，嵌上明珠。父亲可怜我夭亡，就拿它殉葬。现在我愿割爱送给王生，见刀就像见我一样。"第二天，于畏向王生转达了连琐的心意，王生很开心。到晚上，连琐果然带了刀来，说："叮嘱他珍重这把刀，这不是中原所产。"从此后，她与于畏又像当初一样往来了。

过了几个月，连琐忽然在灯下含笑对着于畏，好像有什么话要讲，红着脸，欲言又止了三次。于畏就抱着连琐问她。她回答说："久蒙你眷恋垂爱，使我感受了阳世活人的气息，又天天吃烟火食，白骨顿时有了生命力，只需再来点生人的精血，就可以复活了。"于畏笑嘻嘻地说："是你自己不肯，难道是我吝惜不成？"连琐说："与我交合后，你必定会患二十多天大病，不过服药后会痊愈的。"于是两人欢合起来。事毕后，连琐穿上衣服起来，又说："还要一点新鲜血，你能为相爱拼着受痛吗？"于畏取出利刀，划破手臂，连琐仰卧床上，鲜血就滴入她肚脐中。于是连琐起身说："我不来了。你要记住一百天的期限。到那天，你看我坟前有青鸟在树顶上鸣叫，就赶快掘坟。"于畏虔诚地听她嘱咐。临出门时，连琐又叮嘱说："小心记住，不要忘记，晚了早了都不行的。"就走了。

过了十几天，于畏果然病了，腹部胀得要命。医生给了药，拉下像泥土似的一大堆污物，又经过十二天病才好了。计算着到了百日之期，命家人扛了铁锹守候着。太阳落山后，果然看见一对青鸟在树顶鸣叫。于畏大喜说："行了！"就铲除野草荆棘，挖开坟穴，只见棺木已经朽坏，但连琐容貌像活着一般。用手摸摸，体有微温。就用衣服蒙上抬回家中，放在暖和的地方。连琐口中微有气息，细若游丝。慢慢喂点粥汤，半夜间苏醒过来。她常对于畏说："二十多年像一场梦罢了。"

单道士

韩公子，邑世家。有单道士，工作剧，公子爱其术，以为座上客。单与人行坐，辄忽不见。公子欲传其法，单不肯。公子固恳之。单曰："我非吝吾术，恐坏吾道也。所传而君子则可；不然，有借此以行窃者矣。公子固无虑此，然或出见美丽而悦，隐身入人闺闼，是济恶而宣淫也。不敢从命。"公子不能强，而心怒之，阴与仆辈谋挞辱之。恐其遁匿，因以细灰布麦场上；思左道能隐形，而履处必有印迹，可随印处急击之。于是诱单往，使人执牛鞭立挞之。单忽不见，灰上果有履迹，左右乱击，顷刻已迷。公子归，单亦至。谓诸仆曰："吾不可复居矣！向劳服役，今且别，当有以报。"袖中出旨酒一盛，又探得肴一簋，并陈几上。陈已，复探；凡十余探，案上已满。遂邀众饮，俱醉。一一仍内袖中。韩闻其异，使复作剧。单于壁上画一城，以手推挝，城门顿辟。因将囊衣箧物，悉掷门内，乃拱别曰："我去矣。"跃身入城，城门遂合，道士顿杳。

后闻在青州市上，教儿童画墨圈于掌，逢人戏抛之，随所抛处，或面或衣，圈辄脱去，落印其上。又闻其善房中术，能令下部吸烧酒，尽一器。公子尝面试之。

【译文】

韩公子，乡里世家大族出身。有个姓单的道士，戏法变得很巧妙，公子爱他的法术，把他当座上常客。单道士与人一起走着坐着，常忽然隐身不见。韩公子想学他的法术，道士不肯。公子一个劲儿恳求，道士说：“我并非吝惜我的法术不肯教人，只怕坏了自己的道行。如果传授给正人君子，那还不要紧；否则，会有借此法术去偷东西的。对公子当然不用有这样的担心，但有时出门遇上了美貌女子喜欢上了，用隐身法进入人家闺房，那是助长了邪恶，煽动了淫欲了。所以我不敢从命。”公子不能强迫，而心里对他很恼火，私下与仆人谋划殴打羞辱他一番。怕他隐身躲避，就用细灰撒在打麦场上，以为左道邪术能隐身，而行走必定有脚印，可以跟着脚印迅速打他。于是诱骗道士去，命人手执牛鞭马上抽打他。道士忽然隐身不见，灰上果然有鞋印，左右乱抽，转眼间那鞋印就乱得分辨不清了。公子回到家中，道士也到了。他对那些仆人说：“我不能再住下去了。以前一直有劳你们服务，如今将要分别，我该有点报答的表示。”说着就从袖中拿出一壶美酒，又取出一盘菜肴，都放在桌上。摆好，又到袖中去掏，共掏了十几回，酒菜放满了一桌子，这才邀请大伙吃喝，全都喝得酩酊大醉。道士把桌上的酒菜仍旧一一塞进袖中。公子听说这件怪事，请他再变一次戏法。道士在墙上画了一座城墙，用手去推推敲敲，城门顿时大开，他就把包裹衣箱等物统统扔入城门，然后拱拱手告辞说：“我走了！”纵身一跳，跳进城里，城门就关上了，道士顿时不见了身影。

后来听说他在青州市上，教儿童在手掌上画墨圈，碰见人就用手作抛掷之势闹着玩，随手抛去，墨圈就会离开手掌，在别人脸上或衣服上留下印迹。又听说道士擅长房中之术，能叫生殖器吸完一壶烧酒。韩公子曾当面请他试验过。

白　于　玉

吴青庵筠，少知名。葛太史见其文，每嘉叹之。托相善者邀至其家，领其言论风采。曰：“焉有才如吴生，而长贫贱者乎？”因俾邻好致之曰：“使青庵奋志云霄，当以息女奉巾栉。”时太史有女绝美。生闻大喜，确自信。既而秋闱被黜，使人谓太史：“富贵所固有，不可知者迟早耳。请待我三年不成而后嫁。”于是刻志益苦。

一夜，月明之下，有秀才造谒，白皙短须，细腰长爪。诘所来，自言：“白氏，字于玉。”略与倾谈，豁人心胸。悦之，留同止宿。迟明欲去，生嘱便道频过。白感其情殷，愿即假馆，约期而别。

至日，先一苍头送炊具来。少间，白至，乘骏马如龙。生另舍舍之。白命奴牵马去。遂共晨夕，忻然相得。生视所读书，并非常所见闻，亦绝无时艺。讶而问之。白笑曰：“士各有志，仆非功名中人也。”夜每招生饮，出一卷授生，皆吐纳之术，多所不解，因以迂缓置之。

他日谓生曰：“曩所授，乃《黄庭》之要道，仙人之梯航。”生笑曰：“仆所急不在此。且求仙者必断绝情缘，使万念俱寂，仆病未能也。”白问：“何故？”生以宗嗣为虑。白曰：“胡久不娶？”笑曰：“‘寡人有疾，寡人好色。’”白亦笑曰：“‘王请无好小色。’所好何如？”生具以情告。白疑未必真美。生曰：“此遐迩所共闻，非小生之目贱也。”白微哂而罢。次日，忽促装言别。生凄然与语，刺刺不能休。白乃命童子先负装行。两相依恋。俄见一青蝉鸣落案间，白辞曰：“舆已驾矣，请自此别。如相忆，拂我榻而卧之。”方欲再问，转瞬间，白小如指，翩然跨蝉背上，嘲哳而飞，杳入云中。生乃知其非常人，错愕良久，怅怅自失。

逾数日，细雨忽集，思白綦切。视所卧榻，鼠迹碎琐；嘅然扫除，设席即寝。无何，见白家童来相招，忻然从之。俄有桐凤翔集，童捉谓生曰："黑径难行，可乘此代步。"生虑细小不能胜任。童曰："试乘之。"生如所请，宽然殊有余地，童亦附其尾上；戛然一声，凌升空际。未几，见一朱门。童先下，扶生亦下。问："此何所？"曰："此天门也。"门边有巨虎蹲伏。生骇惧，童一身障之。见处处风景，与世殊异。童导入广寒宫，内以水晶为阶，行人如在镜中。桂树两章，参空合抱；花气随风，香无断际。亭宇皆红窗，时有美人出入，冶容秀骨，旷世并无其俦。童言："王母宫佳丽尤胜。"然恐主人伺久，不暇留连，导与趋出。

移时，见白生候于门。握手入，见檐外清水白沙，涓涓流溢；玉砌雕阑，殆疑桂阙。甫坐，即有二八妖鬟，来荐香茗。少间，命酌。有四丽人，敛衽鸣珰，给事左右。才觉背上微痒，丽人即纤指长甲，探衣代搔。生觉心神摇曳，罔所安顿。既而微醺，渐不自持，笑顾丽人，兜搭与语。美人辄笑避。白令度曲侑觞。一衣绛绡者，引爵向客，便即筵前，宛转清歌。诸丽者笙管敖曹，呜呜杂和。既阕，一衣翠裳者，亦酌亦歌。尚有一紫衣人，与一淡白软绡者，吃吃笑，暗中互让不肯前。白令一酌一唱。紫衣人便来把盏。生托接杯，戏挠纤腕。女笑失手，酒杯倾堕。白谯诃之。女拾杯含笑，俯首细语云："冷如鬼手馨，强来捉人臂。"白大笑，罚令自歌且舞。

舞已，衣淡白者又飞一觥。生辞不能釂。女捧酒有愧色，乃强饮之。

细视四女，风致翩翩，无一非绝世者。遽谓主人曰："人间尤物，仆求一而难之；君集群芳，能令我真个销魂否？"白笑曰："足下意中自有佳人，此何足当巨眼之顾？"生曰："吾今乃知所见之不广也。"白乃尽招诸女，俾自择。生颠倒不能自决。白以紫衣人有把臂之好，遂使襆被奉客。既而衾枕之爱，极尽绸缪。生索赠，女脱金腕钏付之。忽童入曰："仙凡路殊，君宜即去。"女急起遁去。生问主人，童曰："早诣待漏，去时嘱送客耳。"生怅然从之，复寻旧途。将及门，回视童子，不知何时已去。虎哮骤起，生惊窜而去。望之无底，而足已奔堕。一惊而寤，则朝暾已红。方将振衣，有物腻然堕褥间，视之，钏也。心益异之。由是前念灰冷，每欲寻赤松游，而尚以胤续为忧。

过十余月，昼寝方酣，梦紫衣姬自外至，怀中绷婴儿曰："此君骨肉。天上难留此物，敬持送君。"乃寝诸床，牵衣覆之，匆匆欲去。生强与为欢，乃曰："前一度为合卺，今一度为永诀，百年夫妇，尽于此矣。君倘有志，或有见期。"生醒，见婴儿卧褉褥间，绷以告母。母喜，佣媪哺之，取名梦仙。

生于是使人告太史，身已将隐，令别择良匹。太史不肯。生固以为辞。太史告女。女曰："远近无不知儿身许吴郎矣，今改之，是二天也。"因以此意告生。生曰："我不但无志于功名，兼绝情于燕好。所以不即入山者，徒以有老母在。”太史又以商女。女曰：“吴郎贫，我甘其藜藿；吴郎去，我事其姑嫜：定不他适。”使人三四返，迄无成谋，遂诹日备车马妆奁，嫔于生家。生感其贤，敬爱臻至。女事姑孝，曲意承顺，过贫家女。

逾二年，母亡，女质奁作具，罔不尽礼。生曰：“得卿如此，吾何忧！顾念一人得道，拔宅飞升。余将远逝，一切付之于卿。”女坦然，殊不挽留。生遂去。

女外理生计，内训孤儿，井井有法。梦仙渐长，聪慧绝伦。十四岁，以神童领乡荐；十五入翰林。每褒封，不知母姓氏，封葛母一人而已。值霜露之辰，辄问父所，母具告之。遂欲弃官往寻。母曰：“汝父出家，今已十有余年，想已仙去，何处可寻？”

后奉旨祭南岳，中途遇寇。窘急中，一道人仗剑入，寇尽披靡，围始解。德之，馈以金，不受。出书一函，付嘱曰：“余有故人，与大人同里，烦一致寒暄。”问：“何姓名？”答曰：“王林。”因忆村中无此名。道士曰：“草野微贱，贵官自不识耳。”临行，出一金钏曰：“此闺阁物，道人拾此，无所用处，即以奉报。”视之，嵌镂精绝。怀归以授夫人。夫人爱之，命良工依式配造，终不及其精巧。遍问村中，并无王林其人者。私发其函，上云：“三年鸾凤，分拆各天；葬母教子，端赖卿贤。无以报德，奉药一丸；剖而食之，可以成仙。”后书“琳娘夫人妆次”。读毕，不解何人，持以告母。母执书以泣，曰：“此汝父家报也。琳，我小字。”始恍然悟“王林”为拆白谜也。悔恨不已。又以钏示母。母曰：“此汝母遗物。而翁在家时，尝以相示。”又视丸，如豆大。喜曰：“我父仙人，啖此必能长生。”母不遽吞，受而藏之。会葛太史来视甥，女诵吴生书，便进丹药为寿。太史剖而分食之。顷刻，精神焕发。太史时年七旬，龙钟颇甚；忽觉筋力溢于肤革，遂弃舆而步，其行健速，家人坌息始能及焉。

逾年，都城有回禄之灾，火终日不熄。夜不敢寐，毕集庭中。见火势拉杂，寖及邻舍。一家徊徨，不知所计。忽夫人臂上金钏，戛然有声，脱臂飞去。望之，大可数亩；团覆宅上，形如月阑；钏口降东南隅，历历可见。众大愕。俄顷，火自西来，近阑则斜越而东。迨火势既远，窃意钏亡不可复得；忽见红光乍敛，钏铮然堕足下。都中延烧民舍数万间，左右前后，并为灰烬，独吴第无恙，惟东南一小阁，化为乌有，即钏口漏覆处也。葛母年五十余，或见之，犹似二十许人。

【译文】

吴青庵名筠，少年时就出名。葛太史读了他的文章，常称许叹赏，就托与吴青庵要好的朋友把他邀请来家，当面领略他的言论风采，说：“哪有像吴生这样有才情的人会贫困一辈子呢？”于是请吴青庵的邻里相好转告说：“假如吴青庵奋发有为，青云得志，我就把小女嫁给他。”当时葛太史有个女儿极其美丽。吴生听了这话，非常高兴，坚信自己必能得中功名。可是时隔不久吴生乡试落第，他派人对葛太史说：“功名富贵是本来应有的，就是不知迟来还是早到。请等我三年，还不能成功就请另攀高门。”于是他更刻苦攻读。

在一个月明之夜，有个秀才到吴家拜访，他脸色白皙，生着短须，腰身很细，留着长指甲。吴生问他来历，他自称姓白，字于玉。吴生与他倾心交谈了不多几句，就感到启人心智，十分喜欢，留他一起过夜。第二天天刚亮，白于玉要走，吴生叮嘱他顺路常来作客。白于玉为吴生热情所感动，愿意就来吴家寄居，两人约定日期后便分手告别。

到了日子，先有一个老仆人送炊具来，少停，白于玉到了，骑了匹龙驹骏马。吴生另找了间房间让他住下。白于玉叫仆人把马牵走。从此两人早晚在一起，欢然相处，十分投合。吴生看他所读的并不是常见常闻的书，也绝没有八股文，就奇怪地问他。白于玉笑笑说："人各有志，我不是功名富贵一路的人。"晚上常邀请吴生饮酒，取出一卷书来给吴生，内容全是养生之术，好多地方吴生读不懂，因而以为这书迂阔不切实际，搁在了一边。

过了几天，白于玉对吴生说："前几天交给你的书是《黄庭经》的精华，成仙的梯子和航船。"吴生笑笑说："我当务之急不在此。再说求仙的人一定得断绝情缘，消除各种杂念，我怕还做不到。"白于玉说："为什么？"吴生说自己念念不忘的是吴家要有后代。白于玉就问道："那你为什么还迟迟不娶妻？"吴生用一句《孟子》上的话笑着说："寡人有疾，寡人好色。"白于玉也笑着套用一句《孟子》上的话回敬道："'王请无好小色。'你爱的是谁？"吴生就把情况都告诉了他。白于玉怀疑葛太史女儿未必真美。吴生说："这是远近都闻名的，不是我眼光低。"白于玉微微一笑，停了话头。

第二天，白于玉忽然整理好行装前来道别。吴生很伤感地与他说话，唠唠叨叨没完。白于玉就叫书僮背了行李先去。两人都依依不舍。一会儿见一只青蝉鸣叫着落在台上，白于玉告辞说："车马已驾好了，咱们就此别了。你如果想念我，就把我的床铺收拾一下躺在上面。"吴生正想再问，一转眼间，白于玉的身子缩得手指般小，翩然跨上蝉背；青蝉一声长鸣凌空而飞，消失在云中。吴生这才知道他不是凡人，惊愕好久，怅然若失。

过了几天，忽然细雨纷纷，吴生想念白于玉心切，看他睡过的床榻，零零碎碎印着好些老鼠的足迹。吴生叹了口气，拂扫干净，铺好席子就睡。不多会儿，就见白家童儿来相请，吴生欣然跟他前去。很快就见一种叫桐凤的小鸟飞下。童儿捉住对吴生说："路黑难行，可以乘上它代步。"吴生顾虑鸟小背不了自己。童儿说："乘上去试试看。"吴生照他说的做，鸟背宽敞，骑上去还有馀地，童儿也跨坐在鸟尾巴上。那鸟戛地叫了一声，腾空高飞。不多一会，看到一所朱漆大门。童儿先下，扶吴生也下来。吴生问："这是哪儿？"童儿说："这是天门。"门边有头巨虎蹲伏在那里，吴生惊恐，童儿用身子挡着他。只见处处风景都与人世间大不相同。童儿领他进入广寒宫，里面用水晶制成台阶，人像在镜中行走。两株桂树，耸入高空，有一抱来粗；花香随风吹来，无处不闻。亭阁楼台一色红窗，时时有美女进去。艳丽的容貌，清秀的风骨，凡间没有可以相比的。童儿说："王母娘娘宫里的美人儿还要漂亮。"可是怕主人等得太久，没时间多耽搁，就带着吴生快步出来。

过了一阵，看见白于玉在门边等候。两人手挽手进去，只见屋檐外清水白沙，涓涓流淌；白玉阶石，雕花栏杆，简直怀疑就是月宫。才坐下，就有年轻美丽的丫环送上香茶。又过了一会，白于玉命人摆酒。有四个美人，上前行礼，佩玉叮当，在两边侍候。才觉得背上有点痒，美人立即把纤纤手儿长指甲，伸进内衣代为搔挠。吴生只觉心神摇荡，无法平静。酒喝得微醉以后，渐渐管束不住自己，笑眯眯地看着美人，搭讪着与她们攀谈。美人总是含笑别转头，不搭理。白于玉让美人唱歌助酒兴。一个穿红色薄绸衣的，为客人斟上酒，便在席前声音宛转地唱起来。其他几个美人热闹地吹奏着笙管，呜呜伴奏。一曲唱完，一个穿绿裳的也一边酌酒一边唱歌。还有一个穿紫衣的和一个穿淡白软纱的，在一旁吃吃地笑，暗中互相推让，不肯上前演唱。白于玉就命令她俩一个斟酒，一个唱歌。穿紫衣的就过来把盏，吴生借接杯之机，轻浮地挠了挠她玉腕，紫衣美人一笑，失手打翻了酒杯。白于玉斥责她。美人含笑拾起杯子，低着头轻声说："冷得像鬼手一样，还硬要来抓人手臂。"白于玉大笑，罚她边歌边舞。舞罢，穿淡白衣裳的又敬上一杯。吴生推辞说不能再喝了。她手捧酒杯，脸色有点尴尬，吴生只得勉强又喝了一杯。

吴生仔细端详四个美女，风致优美，没有一个不是绝世佳人，突然对白于玉说："人间尤物，我求一个都难办到；你这儿美人成群，能让我真个销魂么？”白于玉笑着说：“你心目中自有佳人，这几个怎能让眼界高的人瞧得上呢？”吴生说：“我今天才知道自己所见不广。”白于玉就把美人都叫来，让吴生自己挑选。他眼花缭乱，不知挑谁才好。白于玉因吴生曾握过紫衣女的手腕，就命她整理床铺侍候客人。这以后同衾共枕的欢爱，极其缠绵。吴生向她讨一件信物，她脱下腕上金镯给了吴生。忽然童儿进来说：“仙人凡人两条道，吴公子该立即离开。”女子急忙起身避去。吴生问主人何在，童儿说：“他一早上朝去了，临走关照我送贵客。”吴生心中惆怅，只得跟随童儿，重找原路回去。快到天门，回头看看童儿，不知什么时候已经走了。那巨虎咆哮着突然跳将出来，吴生大惊，急忙逃走。朝下一望，深不见底，他收脚不住，直摔下去。骤然惊醒，已是红日照耀的早上。正要整衣，有一件滑腻腻的东西掉在被上，一看，是金镯，心里更是惊异万分。从此后，吴生对功名、女色感到心灰意冷，常想寻找得道的真人避世遨游，只是想到自己还没有后代，很是忧虑。

过了十多个月，午觉睡得正香，梦见紫衣女从门外进来，怀里裹着一个婴孩，说：“这是你的骨肉，天上难留这孩子，特地抱来交给你。”就让婴孩睡在床上，拉上衣服盖好，急匆匆要走。吴生硬拉着她欢合，紫衣女说：“上一次相会，是成婚；这一次相会，是永别。夫妻百年好合，全在于此了。你如有志，可能还有相见之日。”吴生醒来，看见婴儿正睡在被中，就裹起来去告诉母亲。母亲见了很高兴，雇了奶妈哺育这孩子，给他取名叫梦仙。

于是吴生派人向太史禀告，说自己打算隐居学仙，请他另选东床。太史不肯答应。吴生坚持推辞，太史就把吴生的话告诉女儿，他女儿说：“这里远近都知道我已许配给吴郎，如今另选夫婿，就同再嫁一样。”太史把这意思转告吴生，吴生说：“我不但对功名没有兴趣，而且断了夫妻情欲。所以不马上入山隐居，只是因为有老母在。”太史又拿这话同女儿商量，他女儿说：“吴郎贫穷，我跟他咽野菜也是甜的；吴郎要走，我就服侍好婆婆，决不改嫁。”派的人打了三四个来回，一直没拿准个主意。太史就选了吉日，准备了车马妆奁，把女儿嫁到吴家。吴生感激她贤淑，对她敬爱备至。葛女侍奉婆母很孝敬，百依百顺，胜过贫家女子。

过了两年，婆母去世，葛女典卖妆奁，置办棺木，把丧事办得像像样样。吴生感动地说："能得你这样贤慧，我还有什么可担忧的！但想到我一旦成仙，全家就可升天，所以我将离家远去，家中一切都交给你了。"葛女态度坦然，并不挽留。吴生就走了。

葛女外要操持生计，内要教育孩子，井井有条。梦仙逐渐成长，聪敏过人，十四岁那年，得中举人，有神童之名；十五岁就入翰林院。屡次蒙皇上封赠诰命夫人，因不知生母是谁，就只封葛氏母亲一人。逢到霜露下降的秋天，梦仙常问起父亲的下落，葛母把情况一一告诉他。梦仙想要辞官去寻找父亲。葛母说："你父出家至今有十多年了，想来已经得道成仙，哪里去找他？"

后来梦仙奉旨祭祀南岳，半途中遇到强盗，正在危急之际，一个道士执剑前来，强盗全都四散逃走，才解了围。梦仙很感激他，送金银相谢，那道士不受，却拿出一封书信交给梦仙，关照说："我有个老朋友，与大人同乡，相烦代我向他问好。"梦仙向："他姓甚名谁?"道士回答："他叫王林。"梦仙想来想去村中并没有这人。道士说："草野小民很是低微，贵官自然不认识他。"道士临走拿出一只金手镯，说："这是闺阁里的东西，我拾到了，没什么用处，就送你作为报答。"看这手镯，镶嵌雕镂极其精美。藏在怀里带回家交给妻子，妻子对它很是珍爱，请手艺高明的银匠依样配制一只，总赶不上它精巧。梦仙又访遍全村，并无王林其人。他偷偷地将道士的信拆开，上面写道：

三年夫妻，一朝分拆，天各一方。葬母教子，全靠你大贤大德。无法报答恩情，送上丸药一粒，剖开服食，可以成仙。

信后写有"琳娘夫人妆次"六个字。梦仙把信读完，闹不清是给谁的，就拿了信去禀告葛母。葛女捧着信哭起来，说："这是你父亲的家书。琳是我的小名。"梦仙才恍然明白"王林"就是"琳"字的拆字谜，悔恨不已。又取出金手镯给葛母看，葛母说："这是你生身母亲的遗物，你父亲在家时，曾拿出来给我看过。"又看那粒丸药，像豆子那么大。梦仙高兴地说："我父亲是仙人，您服了这颗丸药一定能长生不老。"葛母不立即吞服，把它接过来藏好。正好葛太史来看外孙，葛女对父亲读了吴生的来信，并献上丸药祝寿。葛太史把丸药剖开，分给女儿一起服了。立时间，精神焕发。葛太史当时七十岁了，很是老态龙钟，忽然感到体力充沛，浑身是劲，就不再坐车，改为步行，走起路来飞快，家人们要气喘吁吁才能跟上。

过了年，京城里发生火灾，烧了一整天火还没熄灭。到晚上，吴家的人都不敢睡，集中在庭院里。只见火还是东一片西一片地烧着，看看就要烧到邻家。一家人急得像热锅上的蚂蚁，不知怎么办才好。忽然梦仙夫人手臂上的金镯发出戛戛的声音，离臂飞起。望去变得有数亩地大小，团团一圈覆盖在宅屋上，形状就像是月晕似的，手镯的缺口向着东南角，大家看得清清楚楚，感到奇怪极了。一会儿，火焰从西面烧过来，靠近晕圈就斜绕到东面去了。等火势远去之后，大家心想金镯失去不能再得了。忽然见红色光圈一下子收缩，手镯铮的一声掉在脚边。京中烧掉数万间民房，吴家左右前后都化为灰烬，单单吴家的宅第太平无事，只有东南角上一座小楼阁化为乌有，就是手镯缺口处漏遮的所在。葛母五十多了，有人见到她，还像二十来岁的人。

夜叉国

交州徐姓，泛海为贾。忽被大风吹去。开眼至一处，深山苍莽。冀有居人，遂缆船而登，负糗腊焉。方入，见两崖皆洞口，密如蜂房；内隐有人声。至洞外，伫足一窥，中有夜叉二，牙森列戟，目闪双灯，爪劈生鹿而食。惊散魂魄，急欲奔下；则夜叉已顾见之，辍食执入。

二物相语，如鸟兽鸣，争裂徐衣，似欲啖瞰。徐大惧，取橐中糗糒，并牛脯进之。分啖甚美。复翻徐橐。徐摇手以示其无。夜叉怒，又执之。徐哀之曰："释我。我舟中有釜甑，可烹饪。"夜叉不解其语，仍怒。徐再与手语，夜叉似微解。从至舟，取具入洞，束薪燃火，煮其残鹿，熟而献之。二物啖之喜。夜以巨石杜门，似恐徐遁。徐曲体遥卧，深惧不免。

天明，二物出，又杜之。少顷，携一鹿来付徐。徐剥革，于深洞处流水，汲煮数釜。俄有数夜叉至，群集吞啖讫，共指釜，似嫌其小。过三四日，一夜叉负一大釜来，似人所常用者。于是群夜叉各致狼麋。既熟，呼徐同啖。居数日，夜叉渐与徐熟，出亦不施禁锢，聚处如家人。徐渐能察声知意，辄效其音，为夜叉语。夜叉益悦，携一雌来妻徐。徐初畏惧，莫敢伸；雌自开其股就徐，徐乃与交。雌大欢悦。每留肉饵徐，若琴瑟之好。

一日，诸夜叉，早起，项下各挂明珠一串，更番出门，若伺贵客状。命徐多煮肉。徐以问雌，雌云："此天寿节。"雌出谓众夜叉曰："徐郎无骨突子。"众各摘其五，并付雌；雌又自解十枚；共得五十之数，以野苎为绳，穿挂徐项。徐视之，一珠可直百十金。俄顷俱出。徐煮肉毕，雌来邀去，云："接天王。"

至一大洞，广阔数亩。中有石，滑平如几；四围俱有石座；上一座蒙一豹革，余皆以鹿。夜叉二三十辈，列坐满中。少顷，大风扬尘，张皇都出。见一巨物来，亦类夜叉状，竟奔入洞，踞坐鹗顾。群随入，东西列立，悉仰其首，以双臂作十字交。大夜叉按头点视，问："卧眉山众，尽于此乎？"群哄应之。顾徐曰："此何来？"雌以"婿"对。众又赞其烹调。即有二三夜叉，奔取熟肉陈几上。大夜叉掬啖尽饱，极赞嘉美，且责常供。又顾徐云："骨突子何短？"众白："初来未备。"物于项上摘取珠串，脱十枚付之；俱大如指顶，圆如弹丸。雌急接，代徐穿挂，徐亦交臂作夜叉语谢之。物乃去，蹑风而行，其疾如飞。众始享其余食而散。

居四年余，雌忽产，一胎而生二雄一雌，皆人形，不类其母。众夜叉皆喜其子，辄共拊弄。一日，皆出攫食，惟徐独坐。忽别洞来一雌，欲与徐私，徐不肯。夜叉怒，扑徐踣地上。徐妻自外至，暴怒相搏，龁断其耳。少顷，其雄亦归，解释令去。自此雌每守徐，动息不相离。

又三年，子女俱能行步。徐辄教以人言，渐能语，啁啾之中，有人气焉。虽童也，而奔山如履坦途。与徐依依有父子意。

一日，雌与一子一女出，半日不归。而北风大作。徐恻然念故乡；携子至海岸，见故舟犹存，谋与同归。子欲告母，徐止之。父子登舟，一昼夜达交。至家，妻已醮。出珠二枚，售金盈兆，家颇丰。

子取名彪。十四五岁，能举百钧，粗莽好斗。交帅见而奇之，以为千总。值边乱，所向有功。十八为副将。

时一商泛海，亦遭风飘至卧眉。方登岸，见一少年，视之而惊。知为中国人，便问居里。商以告。少年曳入幽谷一小石洞，洞外皆丛棘；且嘱勿出。去移时，挟鹿肉来啖商。自言："父亦交人。"商问之，而知为徐，商在客中尝识之。因曰："我故人也。今其子为副将。"少年不解何名。商曰："此中国之官名。"又问："何以为官?”曰：“出则舆马，入则高堂；上一呼而下百诺；见者侧目视，侧足立：此名为官。”少年甚歆动。商曰：“既尊君在交，何久淹此?”少年以情告。商劝南旋。曰：“余亦常作是念。但母非中国人，言貌殊异；且同类觉之，必见残害：用是辗转。”乃出曰：“待北风起，我来送汝行。烦于父兄处，寄一耗问。”

商伏洞中几半年。时自棘中外窥，见山中辄有夜叉往还；大惧，不敢少动。一日，北风策策，少年忽至，引与急窜。嘱曰：“所言勿忘却。”商应之。又以肉置几上，商乃归。

径抵交，达副总府，备述所见。彪闻而悲，欲往寻之。父虑海涛妖薮，险恶难犯，力阻之。彪抚膺痛哭，父不能止。

乃告交帅，携两兵至海内。逆风阻舟，摆簸海中者半月。四望无涯，咫尺迷闷，无从辨其南北。忽而涌波接汉，乘舟倾覆。彪落海中，逐浪浮沉。久之，被一物曳去；至一处，竟有舍宇。彪视之，一物如夜叉状。彪乃作夜叉语。夜叉惊讯之，彪乃告以所往。夜叉喜曰：“卧眉，我故里也。唐突可罪！君离故道已八千里。此去为毒龙国，向卧眉非路。”乃觅舟来送彪。夜叉在水中推行如矢，瞬息千里，过一宵，已达北岸。见一少年，临流瞻望。彪知山无人类，疑是弟；近之，果弟。因执手哭。既而问母及妹，并云健安。彪欲偕往，弟止之，仓忙便去。回谢夜叉，则已去。

未几，母妹俱至，见彪俱哭。彪告其意。母曰：“恐去为人所凌。”彪曰：“儿在中国甚荣贵，人不敢欺。”归计已决，苦逆风难渡。母子方徊徨间，忽见布帆南动，其声瑟瑟。彪喜曰：“天助吾也！”相继登舟，波如箭激；三日抵岸，见者皆奔。彪向三人脱分袍裤。抵家，母夜叉见翁怒骂，恨其不谋。徐谢过不遑。家人拜见主母，无不战慄。彪劝母学作华言，衣锦，厌粱肉，乃大欣慰。母女皆男儿装，类满制。数月稍辨语言。弟妹亦渐白皙。

弟曰豹，妹曰夜儿，俱强有力。彪耻不知书，教弟读。豹最慧，经史一过辄了。又不欲操儒业；仍使挽强弩，驰怒马，登武进士第。聘阿游击女。夜儿以异种，无与为婚。会标下袁守备失偶，强妻之。夜儿开百石弓，百余步射小鸟，无虚落。袁每征，辄与妻俱。历任同知将军，奇勋半出于闺门。豹三十四岁挂印。母尝从之南征，每临巨敌，辄擐甲执锐，为子接应，见者莫不辟易。诏封男爵。豹代母疏辞，封夫人。

异史氏曰：夜叉夫人，亦所罕闻，然细思之而不罕也：家家床头有个夜叉在。

【译文】

交州地方有个姓徐的人，出海经商。船忽然被大风刮走。睁开眼，到了一处所在，深山野岭苍苍茫茫。他巴望这里有人居住，就缚好缆绳，向岸上走去，背上背着干粮和干肉。才进山，只见两边山崖上全是山洞，密密麻麻像蜂房似的。山洞中隐隐传来人声。他走到洞口，停步一张，里面有两个夜叉，牙齿密麻麻的像枪戟一般排着，眼睛眨巴眨巴像两盏灯，正用手爪掰开活鹿吞食。徐某魂飞魄散，急忙想奔下去，夜叉已回头看见，停止进食，把徐某抓了进去。

两夜叉互相交谈，像鸟兽鸣叫，争着撕开徐某的衣服，好像打算吃他。徐某害怕极了，从包袱中取出干粮和牛肉干献上去。夜叉把食物分吃了，觉得味道很美，又翻检徐某的包袱。徐某把手摇摇，表示没有了。夜叉大怒，又将他抓住。徐某哀求说："放了我。我船上有锅子，可以烧饭做菜。"夜叉听不懂他的话，还是发怒，徐某又用手比划，夜叉似乎有点懂了，跟着他上船，把炊具搬进山洞，取来柴草生火，烧煮剩下的鹿肉，烧熟后献给夜叉。那两个东西吃得十分高兴。晚上用大石堵住门，好像怕徐某逃走。徐某蜷着身子，离夜叉远远的睡下，深怕免不了遭到祸害。

天亮后，两个夜叉出去，又用石头堵住门。过了一会，带来一只鹿交给徐某。徐某剥去鹿皮，从山洞深处打来活水煮了几锅鹿肉。不一会，又来了几个夜叉，一起吃完后都指着锅子，似乎是嫌它太小。过了三四天，一个夜叉背一口大锅来，好像人日常用的。于是众夜叉纷纷把狼、麋鹿送来。烧熟后，招呼徐某一起吃。几天住下来，夜叉渐渐与徐某熟惯，出门也不再禁闭，和睦相处如一家人。徐某逐渐能辨察声音了解意思，每每学着它们的发音，说夜叉语。夜叉们更高兴了，带一个雌夜叉来给徐某当老婆。徐某起初很害怕，身子也不敢舒展，那雌夜叉却自己分开两脚来与徐某亲近，徐某这才与它交配，雌夜叉非常喜欢，常常留下肉食给徐某吃，像人间夫妻一样。

一天，众夜叉大清早就起身，各自在头颈里挂一串明珠，轮流出门，仿佛等候贵客的样子。吩咐徐某多多煮肉。徐某就问雌夜叉，雌夜叉说："今天是天寿节。"雌夜叉到外面对众夜叉说："徐郎没有骨突子。"夜叉们就各摘下五颗明珠交给雌夜叉，雌夜叉又自己解下十颗，一共是五十颗，用野麻绳穿了，挂在徐某颈上。徐某看看这些珠子，每颗好值百十两银子。过了一会，众夜叉都出去了。徐某煮完肉，雌夜叉来请他一同前去，说："快去接天王。"

到一个大山洞，很宽广，有几亩地大，中间有块大石，平整光滑像桌子。四围都有石凳，上首一只石凳上蒙着豹皮，其余的都是鹿皮。二三十个夜叉团团坐满洞中。没多大工夫，狂风吹得尘土飞扬，众夜叉急急忙忙奔出山洞，只见一个大怪物走来，也像夜叉的模样，径直奔进洞，蹲坐着像鹰鹛似的向大众注视。众夜叉跟着进入山洞，东西两排站立，都仰起头，双臂交叉作十字形。大夜叉逐个检查，问："卧眉山一伙都在此了吗？"众夜叉喧嚷着答应。大夜叉看了看徐某问道："他是哪来的？"雌夜叉回答说是它的夫婿。众夜叉又一齐称赞徐某烹调手艺高明。马上就有两三个夜叉奔去拿来熟肉放在石桌上。大夜叉双手捧着饱吃一顿，极口赞美，并命令今后要经常供给。又看了看徐某说："骨突子怎么这样短？"大伙说："新来没准备。"大夜叉就从颈上摘下珠串，解下十颗交给徐某，颗颗都有指顶般大，像弹子一样滚圆。雌夜叉急忙上前接住，替徐某穿挂好。徐某也交叉手臂用夜叉语道谢。大夜叉就走了，乘风而去，快得像飞一样。众夜叉这才把剩下的熟肉分食，而后散去。

徐某在山洞中住了四年多，雌夜叉忽然临盆生产了，一胎生下两雄一雌，都是人的模样，不像母亲。众夜叉都喜欢三个小孩，常来抱抱摸摸，戏耍戏耍。一天，众夜叉都出门寻找食物去了，只有徐某独自坐着。忽然从别的山洞里来了个母夜叉，想要与徐某私通，徐某不肯，母夜叉发怒，一扑把徐某推倒在地。这时徐某的夜叉妻子从洞外归来，怒不可遏，与母夜叉打了起来，把母夜叉的耳朵也咬断了。过了会儿，对方的雄夜叉也回来了，劝开母夜叉赶紧离去。从此雌夜叉常守护着徐某，寸步不离。

又过了三年，三个孩子都会走路了，徐某常教他们人话，渐渐会说了。叽叽呱呱声中有了点人类的气息。虽然还是幼童，但翻山越岭就如走平地一般，与徐某依依有父子之情。

一天，雌夜叉与一子一女出门去，半天不回。北风猛烈地刮起来，徐某感伤地想念起故乡，就带儿子到海岸边，看到原先的航船还在，就打算与儿子回归家乡。儿子要告诉母亲，徐某阻止了。父子俩登上航船，一日一夜抵达交州。回到家中，前妻已经改嫁。徐某拿出两颗明珠，售价超过百万，因此家中很是富裕。

那儿子取名徐彪，十四五岁就能举起三千斤重物，性情粗莽，喜好争斗。交州军事长官见了很以为奇，任命他为千总官。正逢边民作乱，徐彪每战获胜立功，到十八岁时已升为副将。

当时有一客商出海，也被大风刮到卧眉山下。正登岸时，看到一个少年，正望着他发怔。那少年知道他是中国人，便问他住在何地。商人说了。少年把他拉进深谷一个小石洞里，洞外长满了荆棘杂草，并关照他不要出洞。少年去了好一阵，挟了鹿肉来给商人吃，自己介绍说："我父亲也是交州人。"商人问明底细，知道就是徐某，商人在作客经商时曾见到过。于是说："他是我的朋友，现在他儿子在当副将。"少年不明白副将是什么意思。商人说："这是中国的官名。"少年又问："什么叫官？"商人说："出门乘坐车马，回来高楼大厦。上面一声呼叫，下面百人应声。参见的人不敢抬头正视，都要侧足站立。这就叫官。"少年很是羡慕。商人说："既然你父亲在交州，你怎么还一直留在此地呢？"少年就将情况告诉了商人。商人劝他回转家乡。少年说："我也常常这样想，但母亲不是中国人，语言面貌完全不同；再说此事一旦被同类发觉，必遭残害，所以一直举棋不定。"于是少年走出洞外，说："待刮北风时，我来送你南归，麻烦你在我父兄跟前通个消息。"

商人蛰伏在山洞中几乎半年，时常从杂草丛中向外张望，看到山中总有夜叉来来往往，怕得要死，一点不敢动。一天，北风呼呼作响，少年忽然来到，带他急忙奔逃，叮嘱说；"托你的事可别忘了。"商人答应。少年又把肉放在船中桌子上。商人就回去了。

船直达交州，就去了副将徐彪的府上，把自己在卧眉山的见闻都一一说了。徐彪听了，非常悲痛，想去寻访。他父亲担心海浪中种种妖异险恶惹不起，竭力劝阻。徐彪捶胸痛哭，徐某劝也劝不住。

徐彪将自己的情况报告了交州军事长官，带了两名士兵乘船入海。船被逆风阻挡，在海浪中漂泊了半个月。四面望去，无边无际，眼前白茫茫一片，分辨不清东西南北。忽然猛浪接天，把船打翻，徐彪落入海中，随浪浮沉。飘流了很长时间，被一头怪物拉走，拖到一处地方，竟有房廊屋舍。徐彪睁眼一瞧，那怪物像是夜叉的样子。徐彪就用夜叉语与它交谈。夜叉很是惊奇，盘问他的来历。徐彪把自己要去的地方说明了，夜叉高兴地说："卧眉是我的故乡，刚才冒犯了你，可真该死。你离开目的地已有八千里路。这儿往前去是毒龙国，到卧眉国不走这条路。"于是找了一只船来送徐彪。夜叉在水中推，小船快得如箭一般，一眨眼工夫就是一千里。过了一夜，就到了卧眉山的北岸。徐彪看到岸上有一少年，正面对大海向远处眺望。他知道这地方是没有人类的，因此怀疑是自己弟弟；走上前一瞧，果然是弟弟。便拉着手大哭起来。接着问母亲和妹妹，都说健康平安。他想跟弟弟一起去，弟弟劝止了他，匆匆忙忙就走了。徐彪回转身子想谢那夜叉，那夜叉早已走了。

没多久，母亲偕同妹妹来到，见到徐彪都哭了。徐彪讲明来意，母亲说："只怕去了要受人欺侮。"徐彪说："儿在中国很是富贵荣耀，人家不敢欺侮咱们。"归去的计划已定，苦于逆风难行。母子正彷徨无计，忽然看船帆向南飘动，北风瑟瑟，徐彪高兴地说："老天帮我的忙了！"相继登船。船似急箭穿浪，三天就到岸。人们一见，都吓得逃走。徐彪脱下衣裤，分给三人穿着。到家，母夜叉见到徐某就气愤地痛骂，恨他走的时候不商量。徐某连忙赔罪道歉。仆役佣人前来拜见主母，无不浑身打抖。徐彪劝母亲学中国话，让她穿锦绣衣服，吃可口的饭菜，她这才大为高兴。母女俩都穿男装，类似满族的打扮。几个月后稍稍懂一点中国话。弟弟和妹妹也渐渐变得白净起来。

弟弟取名徐豹，妹妹取名夜儿，都强壮有力。徐彪耻于不识字，教弟弟读书。徐豹非常聪明，经史读过一遍就明白，但他不想当文人学士，徐彪就仍叫他拉硬弓，骑烈马，后来考中了武进士，娶姓阿的游击将军之女为妻。夜儿因是夜叉种，没人愿意娶她。后来正碰上徐彪部下袁守备死了妻子，就硬把夜儿嫁了过去。夜儿能开百石硬弓，百步之外射小鸟，箭无虚发。袁守备每次出征，都带妻子一起上阵。后来官至同知将军，大功多半是靠老婆取得的。徐豹三十四岁当上一方军事长官。母亲曾随他到南方征战，每逢大敌当前，她就穿上铠甲，拿起武器，接应儿子作战；敌人见了，个个望风逃窜。皇帝下诏，封她为男爵，徐豹替母亲上疏辞谢，改封为夫人。

异史氏说：夜叉夫人，也很少听说；但仔细想想也并不稀奇，因为家家床头都有个夜叉在。

小　髻

长山居民某，暇居，辄有短客来，久与扳谈。素不识其生平，颇注疑念。客曰："三数日，将便徙居，与君比邻矣。"过四五日，又曰："今已同里，旦晚可以承教。"问："乔居何所？"亦不详告，但以手北指。自是，日辄一来，时向人假器具；或吝不与，则自失之。群疑其狐。村北有古冢，陷不可测，意必居此。共操兵杖往。伏听之，久无少异。一更向尽，闻穴中戢戢然，似数十百人作耳语。众寂不动。俄而尺许小人，连遝而出，至不可数。众噪起，并击之。杖杖皆火，瞬息四散。惟遗一小髻，如胡桃壳然，纱饰而金线。嗅之，骚臭不可言。

【译文】

山东长山县某居民，在家闲居，常有个矮身材客人来，久久地跟他攀谈。他一向不认识这客人，心里很有点疑惑。客人说："三四天后，我就要搬家，跟你是近邻了。"过了四五天，客人又说："现在我们两家同住一地，早晚可以向你请教。"那人就问客人："你搬在哪儿？"客人也不肯详细告诉，只用手朝北指指。从此以后，每天总要来一次，常向村人借用器具；有时舍不得，不借，那器具自己会失踪。大家怀疑客人是狐狸精。村北有座古墓，墓穴深不可测，众人猜测狐狸精一定住在那儿。拿了兵器棍棒一同前去，伏在古墓边听动静，好久没什么异样。一更将尽，听到墓穴中有切切嚓嚓的声音，好像几十上百个人在说悄悄话。大家不响也不动。一会儿，尺把长的矮人一个接一个地从墓穴中出来，多得没法数。众人跃起呐喊，棍棒齐下，每棍打下去都有火光迸射。矮人转眼间四散逃走，只掉下一个小小的发髻，像胡桃壳似的，用薄纱装饰，绕着金丝线。闻一闻，骚臭味没法形容。

西　　僧

西僧自西域来，一赴五台，一卓锡泰山。其服色言貌，俱与中国殊异。自言："历火焰山，山重重，气熏腾若炉灶。凡行必于雨后，心凝目注，轻迹步履之；悮蹴山石，则飞焰腾灼焉。又经流沙河，河中有水晶山，峭壁插天际，四面莹澈，似无所隔。又有隘，可容单车；二龙交角对口，把守之。过者先拜龙；龙许过，则口角自开。龙色白，鳞鬣皆如晶然。"僧言："途中历十八寒暑矣。离西土者十有二人，至中国仅存其二。西土传中国名山四：一泰山，一华山，一五台，一落伽也。相传山上遍地皆黄金，观音、文殊犹生。能至其处，则身便是佛，长生不死。"听其所言状，亦犹世人之慕西土也。倘有西游人，与东渡者中途相值，各述所有，当必相视失笑，两免跋涉矣。

【译文】

西方和尚从西域来，一个上了山西五台山，一个落脚在泰山。他们的衣着装扮、语言仪容，都与中原全然不同。自称："过火焰山时，山峦重重叠叠，热气蒸腾像炉灶。赶路一定得趁下雨之后，心要专，眼睛要盯着看，轻轻踩着脚印走，一不小心脚踢上了山石，就会飞焰腾腾燃烧起来。又经过流沙河，河中有座水晶山，峭壁高耸入云，四面晶莹透彻，好像并无阻隔似的。又有很窄的山口，能容纳单车通过，两条龙龙角交叉，口对着口，把守在那里。要过山口的人，先拜龙。龙许过，龙角龙口就会自己分开。龙身雪白，鳞和鬣都像水晶一样透明。"又说："路上过了十八个年头了。

离开西域时有十二个，到中国只剩下两个。我们西方听说中国有四座名山：一是泰山，一是华山，一是五台山，一是普陀落伽山。相传这四座山上遍地是黄金。观音、文殊两尊菩萨还生活在这四座名山中。谁能到那儿，谁就能成佛，长生不死。”听他们所说东方中国的情况，也就像世俗向往的西方乐土一样。倘若有向西方求佛的人与来东方求佛的人半道上相遇，各人说一说本土的情况，那么一定会相视而笑，两下里都免得长途跋涉了。

老　饕

邢德，泽州人，绿林之杰也。能挽强弩，发连矢，称一时绝技。而生平落拓，不利营谋，出门辄亏其资。两京大贾，往往喜与邢俱，途中恃以无恐。

会冬初，有二三估客，薄假以资，邀同贩鬻；邢复自罄其囊，将并居货。有友善卜，因诣之。友占曰：“此爻为‘悔’，所操之业，即不母而子亦有损焉。”邢不乐，欲中止；而诸客强速之行。至都，果符所占。腊将半，匹马出都门。自念新岁无资，倍益怏闷。时晨雾蒙蒙，暂趋临路店，解装觅饮。见一颁白叟，共两少年，酌北牖下。一僮侍，黄发蓬蓬然。邢于南座，对叟休止。僮行觞，误翻柈具，污叟衣。少年怒，立摘其耳。捧巾持帨，代叟揩拭。既见僮手拇俱有铁箭镮，厚半寸；每一镮，约重二两余。食已，叟命少年，于革囊中，探出镪物，堆累几上，称秤握算，可饮数杯时，始缄裹完好。少年于枥中牵一黑跛骡来，扶叟乘之；僮亦跨羸马相从，出门去。两少年各腰弓矢，捉马俱出。

邢窥多金，穷睛旁睨，馋焰若炙。辍饮，急尾之。视叟与僮犹款段于前，乃下道斜驰出叟前，紧衔关弓，怒相向。叟俯脱左足靴，微笑云："而不识得老饕也?"邢满引一矢去。叟仰卧鞍上，伸其足，开两指如箝，夹矢住。笑曰："技但止此，何须而翁手敌?"邢怒，出其绝技，一矢刚发，后矢继至。叟手掇一，似未防其连珠；后矢直贯其口，踣然而堕，衔矢僵眠。僮亦下。邢喜，谓其已毙，近临之。叟吐矢跃起，鼓掌曰："初会面，何便作此恶剧?"邢大惊，马亦骇逸。以此知叟异，不敢复返。

走三四十里，值方面纲纪，囊物赴都；要取之，略可千金，意气始得扬。方疾骛间，闻后有蹄声；回首，则僮易跛骡来，驶若飞。叱曰："男子勿行！猎取之货，宜少瓜分。"邢曰："汝识'连珠箭邢某'否?"僮云："适已承教矣。"邢以僮貌不扬，又无弓矢，易之。一发三矢，连遱不断，如群隼飞翔。僮殊不忙迫，手接二，口衔一。笑曰："如此技艺，辱寞煞人！乃翁偬遽，未暇寻得弓来；此物亦无用处，请即掷还。"遂于指上脱铁镮，穿矢其中，以手力掷，呜呜风鸣。邢急拨以弓；弦适触铁镮，铿然断绝，弓亦绽裂。邢惊绝。未及觑避，矢过贯耳，不觉翻坠。僮下骑，便将搜括。邢以弓卧挞之。僮夺弓去，拗折为两；又折为四，抛置之。已，乃一手握邢两臂，一足踏邢两股；臂若缚，股若压，极力不能少动。腰中束带双叠，可骈三指许；僮以一手捏之，随手断如灰烬。取金已，乃超乘，作一举手，致声"孟浪”，霍然径去。

邢归，卒为善士。每向人述往事不讳。此与刘东山事盖彷彿焉。

【译文】

邢德，山西晋城人，是绿林豪杰，能拉硬弓，发连珠箭，号称一时绝技。但一生贫困失意，不善经营，出门经商常常亏本。南京、北京两地的大商人往往喜欢与他一起做生意，路上靠他可以无所畏惧。

赶上有一年初冬，有几个商人借了点本钱给他，邀他一起出门做买卖；他又拿出全部资财合并了要去置办货物。他有个朋友很会算卦，他就登门问卜。朋友卜了一卦，说：“此一爻是‘悔’，这次做买卖，即使是无本钱生意，你也要亏损的。”邢德很扫兴，想退出不干，但几个商人硬催他走。到了京城，买卖果然和卜卦预测的一样。将近腊月半，他单人独马离开了京都。自己想新年没钱，心里加倍添了郁闷。这时晨雾蒙蒙，暂且快步走进路边饭店，放下包袱买酒来喝。看见一个花白头发的老汉与两个少年在北窗下喝酒。一个僮儿侍候着，黄头发乱蓬蓬的。邢德在南边桌子上，正对着老汉坐下。僮儿斟酒，不当心带翻了盘子酒器，弄脏了老汉的衣服。少年大怒，立即去揪僮儿耳朵。僮儿拿来布巾替老汉揩拭。揩完，邢德看到他两手大拇指上都套着拉弓的铁扳指，有半寸厚，每只大约有二两多重。他们吃喝完了，老汉就命少年从皮袋中取出银两堆放在桌子上，一边称着，一边扳着手指计算，约喝几杯酒的时间，才把银子包扎好。少年从马槽中牵出一头跛脚的黑骡，扶老汉骑上；僮儿也跨上一匹瘦马跟着，出门而去。两个少年在腰间挂上弓箭，牵着马一同出了店门。

邢德看他们带了很多钱，瞪着眼珠在一旁斜看，闪出贪婪的火焰。他放下酒杯，急忙盯在这帮人后面。看到老汉与僮儿还在前面慢悠悠地走，就绕道从斜刺里跑到老汉的前面，弯弓搭箭。对老汉怒目而视。老汉俯身脱下左脚的靴子，微笑着说：“你不认识老饕吗？”邢德扯满弓一箭射去，老汉仰卧在马鞍上，伸出脚来，张开两只脚趾，铁箍似地把箭夹住，笑笑说：“就这点本事，哪用得到老子用手来对付？”邢德大怒，施出了看家本领，一箭刚射出，后面一箭又紧跟着射到。老汉用手接了一箭，好像并没防备到连珠箭，那后发的一箭直射进老汉口中，一跤跌下骡来，衔着箭直挺挺躺倒在地。僮儿也翻身下马。邢德大为高兴，以为他已经死了，走近过去。老汉突然吐出箭来，一跃而起，拍拍手说：“初次见面，怎么就这样恶作剧？”邢德大吃一惊，马也受惊逃跑了，由此他才知道老汉本事非同寻常，不敢再回去寻衅。

邢德走了三四十里路，遇到一个大官的管家，正装着财宝赶路进京。他拦截了这批财宝，大约值千金之价，他这才有点得意扬扬起来。正驱马疾驰间，听得背后有马蹄声，扭头一看，只见僮儿换乘了那匹跛骡追来，快得像飞似的。僮儿大声喝道：“那汉子别跑，你夺来的货，也该分点给我。”邢德说：“你认识连珠箭邢某人吗？”僮儿回答说：“刚才已经领教过了。”邢德见僮儿相貌平常，又没带弓箭，就很瞧不起他，一气射了三箭，一箭连一箭，箭箭不断，就像群鹰飞翔似的。僮儿一点也不慌忙，手接两箭，口衔一箭，笑着说：“就这么一点本领，真羞死人了。你大爷来得匆忙，没空去找张弓来。这三支箭我也没什么用处，让我马上扔还给你。”就从手指上脱下铁扳指，把箭穿入孔中，用手使劲一扔，就听得呜呜风响。邢德急忙用弓去拨，弓弦恰巧碰到铁扳指，嘣的一声断了，弓身也被震裂。邢德大惊，来不及细看闪避，箭已射穿耳朵，不由得从马上翻滚下来。僮儿下骡，便来搜刮财宝。邢德躺在地上用弓乱打。僮儿劈手夺过弓去，一折两段，再折四段，扔过一边。而后用一只手捏住邢德手臂，一只脚踏住邢德两腿。邢德只觉得双臂似被绳子牢牢缚住，两腿似被大石重重压住，使出吃奶力气也不能动一动。他腰里束着条双层皮带，约有三指阔，僮儿用手一捏，皮带随手折断，碎裂得如灰烬一样。僮儿取出财宝，就跨上骡背，举了举手，说声“莽撞”，就飞也似的径自走了。

邢德回转家乡后，终于成为一个好人。他常常对别人叙述自己那次经历，一点也不隐瞒。这事与《拍案惊奇》中《刘东山夸技顺城门》的故事差不多。

连　城

乔生，晋宁人。少负才名。年二十余，犹偃蹇。为人有肝胆。与顾生善；顾卒，时恤其妻子。邑宰以文相契重；宰终于任，家口淹滞不能归，生破产扶柩，往返二千余里。以故士林益重之，而家由此益替。

史孝廉有女，字连城，工刺绣，知书。父娇爱之。出所刺《倦绣图》，征少年题咏，意在择婿。生献诗云：

慵鬟高髻绿婆娑，早向兰窗绣碧荷。
刺到鸳鸯魂欲断，暗停针线蹙双蛾。

又赞挑绣之工云：

绣线挑来似写生，幅中花鸟自天成。
当年织锦非长技，倖把回文感圣明。

女得诗喜，对父称赏。父贫之。女逢人辄称道；又遣媪矫父命，赠金以助灯火。生叹曰："连城我知己也！"倾怀结想，如饥思啖。无何，女许字于鹾贾之子王化成，生始绝望；然梦魂中犹佩戴之。

未几，女病瘵，沉痼不起。有西域头陀自谓能疗；但须男子膺肉一钱，捣合药屑。史使人诣王家告婿。婿笑曰："痴老翁，欲我剜心头肉也！"使返，史乃言于人曰："有能割肉者妻之。"生闻而往，自出白刃，刲膺授僧。血濡袍裤，僧敷药始止。合药三丸。三日服尽，疾若失。

史将践其言，先告王。王怒，欲讼官。史乃设筵招生，以千金列几上，曰："重负大德，请以相报。"因具白背盟之由。生怫然曰："仆所以不爱膺肉者，聊以报知己耳，岂货肉哉!"拂袖而归。

女闻之，意良不忍，托媪慰谕之。且云："以彼才华，当不久落。天下何患无佳人？我梦不祥，三年必死，不必与人争此泉下物也。"生告媪曰："'士为知己者死'，不以色也。诚恐连城未必真知我，但得真知我，不谐何害?"媪代女郎矢诚自剖。生曰："果尔，相逢时，当为我一笑，死无憾!"

媪既去，逾数日，生偶出，遇女自叔氏归，睨之。女秋波转顾，启齿嫣然。生大喜曰："连城真知我者!"会王氏来议吉期，女前症又作，数月寻死。生往临吊，一痛而绝。史舁送其家。

生自知已死，亦无所戚。出村去，犹冀一见连城。遥望南北一道，行人连绪如蚁，因亦混身杂迹其中。俄顷，入一廨署，值顾生，惊问："君何得来?"即把手将送令归。生太息，言："心事殊未了。"顾曰："仆在此典牍，颇得委任。倘可效力，不惜也。"生问连城。顾即导生旋转多所，见连城与一白衣女郎，泪睫惨黛，藉坐廊隅。见生至，骤起似喜，略问所来。生曰："卿死，仆何敢生!"连城泣曰："如此负义人，尚不吐弃之，身殉何为？然已不能许君今生，愿矢来世耳。"生告顾曰："有事君自去，仆乐死不愿生矣。但烦稽连城托生何里，行与俱去耳。”顾诺而去。

白衣女郎问生何人，连城为缅述之。女郎闻之，若不胜悲。连城告生曰：“此妾同姓，小字宾娘，长沙史太守女。一路同来，遂相怜爱。”生视之，意态怜人。方欲研问，而顾已返，向生贺曰：“我为君平章已确，即教小娘子从君返魂，好否？”两人各喜。方将拜别，宾娘大哭曰：“姊去，我安归？乞垂怜救，妾为姊捧帨耳。”连城凄然，无所为计，转谋生。生又哀顾。顾难之，峻辞以为不可。生固强之。乃曰：“试妄为之。”去食顷而返，摇手曰：“何如！诚万分不能为力矣！”宾娘闻之，宛转娇啼，惟依连城肘下，恐其即去。惨怛无术，相对默默；而睹其愁颜戚容，使人肺腑酸柔。

顾生愤然曰：“请携宾娘去。脱有愆尤，小生拼身受之！”宾娘乃喜，从生出。生忧其道远无侣。宾娘曰：“妾从君去，不愿归也。”生曰：“卿大痴矣。不归，何以得活也？他日至湖南，勿复走避，为幸多矣。”适有两媪摄牒赴长沙，生属宾娘，泣别而去。

途中，连城行蹇缓，里余辄一息；凡十余息，始见里门。连城曰：“重生后，惧有反覆。请索妾骸骨来，妾以君家生，当无悔也。”生然之。偕归生家。女惕惕若不能步，生伫待之。女曰：“妾至此，四肢摇摇，似无所主。志恐不遂，尚宜审谋，不然，生后何能自由？”相将入侧厢中。嘿定少时，连城笑曰：“君憎妾耶？”生惊问其故。赧然曰：“恐事不谐，重负君矣。请先以鬼报也。”生喜，极尽欢恋。因徘徊不敢遽生，寄厢中者三日。连城曰："谚有之：'丑妇终须见姑嫜。'戚戚于此，终非久计。"乃促生入。才至灵寝，豁然顿苏。家人惊异，进以汤水。

生乃使人要史来，请得连城之尸，自言能活之。史喜，从其言。方舁入室，视之已醒。告父曰："儿已委身乔郎矣，更无归理。如有变动，但仍一死！"

史归，遣婢往役给奉。王闻，具词申理。官受赂，判归王。生愤懑欲死，亦无奈之。连城至王家，忿不饮食，惟乞速死。室无人，则带悬梁上。越日，益惫，殆将奄逝。王惧，送归史。史复舁归生。王知之，亦无如何，遂安焉。

连城起，每念宾娘，欲遣信探之，以道远而艰于往。一日，家人进曰："门有车马。"夫妇出视，则宾娘已至庭中矣。相见悲喜。太守亲诣送女，生延入。太守曰："小女子赖君复生，誓不他适，今从其志。"生叩谢如礼。孝廉亦至，叙宗好焉。生名年，字大年。

异史氏曰：一笑之知，许之以身，世人或议其痴；彼田横五百人，岂尽愚哉。此知希之贵，贤豪所以感结而不能自已也。顾茫茫海内，遂使锦绣才人，仅倾心于蛾眉之一笑也。悲夫！

【译文】

云南晋宁有个书生姓乔。乔生年少就有文名。二十多岁还困顿不得志。他为人襟怀坦白，肝胆照人。与顾生十分要好，顾生死后，乔生时常接济他的妻儿。晋宁县官因乔生文才好而看重他。县官死在任上，家属流落本地不能还乡。乔生就变卖家产，亲自护送棺木回县官原籍，来回二千多里。文士们因此对他更加敬重，而他的家境却因此更衰落了。

当地举人史某有个女儿，小名连城，精于刺绣，又知书识礼，很受父亲的钟爱。有一年，史家拿出一幅连城绣的《倦绣图》，征求青年们题诗，目的是想为连城挑选夫婿。乔生应征，献诗道："慵鬟高髻绿婆娑，早向兰窗绣碧荷，刺到鸳鸯魂欲断，暗停针线蹙双蛾。"又作诗赞美刺绣的工致说："绣线挑来似写生，幅中花鸟自天成；当年织锦非长技，幸把回文感圣明。"连城看了诗，十分喜欢，在父亲的面前称赏；可她父亲却嫌乔生家贫。连城逢人就称道乔生诗写得好，还派了个老妈子，谎称她父亲的意思，送钱去周济他读书。乔生感动地说："连城真是我的知己!"倾心相思，如饥似渴。没过多久，连城许配给了盐商之子王化成，乔生才绝望，但对连城还是魂牵梦系的。

不久，连城患了肺痨，病势沉重，不能起床。有个西域来的和尚，自称能治好这病，不过需用男子胸口的肉一钱，与药捣碎掺和。史某派人到王家，告知女婿王化成。他女婿笑道："这呆老头子，他想要我割心头肉啊!"派去的人回来禀报，史某就向人宣布："有肯为我女儿割肉的，我就将女儿许配给他。"乔生听到，即刻前往史家，从身边摸出利刀，剜下一块胸肉，交给和尚。顿时鲜血直流，染红了衣裤；和尚给他敷上药，血才止住。和尚将人肉与药物合成三颗丸药。连城连服三天，药到病除。

史某打算实践自己的诺言，先告知王家。不料王家大怒，要去上告。史某只得摆下酒席宴请乔生，取出白银千两放在桌上，说："实在有负先生大恩大德，权且以此报答。"就将背叛誓约的缘由和盘托出。乔生气愤地说："我之所以不顾一切割下胸肉，是报答知己之情罢了。难道是在卖自己的肉吗?"说罢，甩袖愤然归家。

连城听到这个情况，心中感到老大不忍，托老妈子去安慰乔生，并说："像他那样有才华的人，想来不会长久失意，天下还怕找不到好女子?我做了个梦很不吉利，三年内必死。叫他不必与他人争夺一个行将就木的人。"乔生告诉老妈子说："古人说：'士为知己者死。'我爱连城，并不是仅仅因为她生得美。说实在的，我恐怕连城未必真正了解我；要是她真正知我之心，不能结合又有什么关系!”老妈子替连城表明心迹。乔生说:“真如你所说,今后相遇时,她要对我笑一笑,我就死了也没有遗憾了。”

老妈子走后没过几天,乔生偶然外出,碰到连城正从叔父那儿归家,乔生从旁斜望着她。连城回头把眼波射向乔生,启齿妩媚一笑。乔生大喜,说:“连城真是我的知己!”连城回到家里,碰上王家派人前来议定婚期,顿时旧病复发,数月之后就去世了。乔生前往吊丧,痛哭一阵之后也断了气。史某打发人把乔生抬回家中。

乔生自知已经身死,也没有什么难过。走出村外,还希望与连城见上一面。远远望见前面有一条南北走向的大道,路上行人络绎不绝,如蚁攒动,他就跻身杂在人丛中。不一会,进入一所衙署,不期遇上了顾生。顾生惊问:“你怎么会来?”说着就挽住乔生的手,要送他回去。乔生叹息一声,说:“心事还没有了结。”顾生说:“我在此地主管文案,颇受信任。倘有能效力之处,我一定帮忙。”乔生问起连城,顾生就带他转了好几处地方,看到连城与一白衣女郎,愁眉泪眼,坐在一处堂屋的走廊边上。她见乔生走来,赶紧起立,好像很高兴,简要地问起乔生的来由。乔生说:“你死了,我怎么还能活?”连城哭着说:“像我这样忘恩负义的人,你还不唾弃,反而以身殉情,何苦来!然而我今生是不能许配给你了,愿与你永结来生之缘罢了。”乔生对顾生说:“你若有事,就请先回,我是愿死不愿活了。只是麻烦你查一查连城将投生何处,我打算与她一同去呢。”顾生应了一声就走了。

白衣女郎向连城问乔生是谁,连城为她一一追叙一遍。女郎听罢,极为伤心感动。连城对乔生说:“她与我同姓,小名宾娘,是长沙史太守家的千金。我们一路同来,就相互要好了。”乔生举目看她,意态楚楚动人。正想细问,顾生已经回来了,向乔生祝贺说:“我已为你谋划定当了,就叫连城小姐与你一同还魂回生,好不好?”乔生与连城都非常高兴。正想行礼辞别,宾娘却大哭起来,说:“姐姐这一走,叫我到哪里去呢?希望你们慈悲,救我一救,我给姐姐做丫头好了!”连城也伤心起来,无计可施,掉头来与乔生商量。乔生又哀求顾生。顾生感到很为难,严词拒绝,说自己无能为力。乔生再三恳求,顾生只得说:“我去胡乱试试看。”顾生去了一顿饭工夫回来,连连摇手说:“怎么样,实在是万分无能为力了！”宾娘听了，痛哭起来，声音哀婉动人，只是一味地偎依在连城身边，生怕她马上离去。大家伤心极了，却又想不出办法，一时默默相对无语；而看看宾娘愁苦的面容，又叫人肝肠寸断。

顾生愤然挺身说道：“乔兄，你就带了宾娘走吧！如果今后上面要追究处罚，我横着一条命去顶就是了！”宾娘听了才欢喜，跟随乔生出来。乔生担心她路远没人作伴。宾娘说：“我情愿跟你回去，不再归家了。”乔生说：“你太痴了，你不回家，怎么能活呢？日后我到湖南来，你不要故意躲避，就算是我的大幸啦。”恰巧有两个老婆子带了公文往长沙去，乔生就将宾娘托付给她们，挥泪分手。

在回去的途中，连城走得很慢，里把路就得歇一歇脚。休息了十多次，方始乡里在望。连城说：“我复活后，怕事情还有反复。请你把我的尸骨讨来，我在你家里活过来，就不怕王家反悔了。”乔生认为很对，两人一同回到乔家。连城战战兢兢好像不能举步似的，乔生就停下等她。连城说：“我到了这里，手脚发抖，提心吊胆，六神无主，深恐咱俩的好事不能成就，因此还须谨慎地合计合计；要不然，复活后怎么还能由着自己的心意呢？”两个人互相搀扶着进了厢房，默然稍息。过了一会，连城笑着说：“你讨厌我吗？”乔生惊问此话何意。连城涨红了脸说：“我只怕好事不成，真要太对不起你了。因此想在复活前就以身相报呢。”乔生大喜，就与连城极尽夫妻之爱。因为犹豫不定，不敢匆忙还魂，便在厢房中一连住了三天。连城说：“俗话说：‘丑媳妇总要见公婆。’我们困守在此，终非长久之计。”就催乔生进正屋去。乔生才到灵床边，尸身忽然醒转。家中人很觉惊奇，连忙给他喝水。

乔生就派人邀请史某来家，请求他将连城尸体交给自己，说能使连城复活。史某听了很高兴，答应了乔生的要求。家人刚将尸棺抬入室中，一看连城已经活过来了。她禀告父亲说：“我已经把身子给了乔郎，再也没有嫁到王家的道理。如果以后有什么变化，我只能还是一死了之！”

史某回到家中，派了婢女前往乔生家服侍小姐。王家得到这一消息，写下状子告官。官府得了王家贿赂，将连城判给王家。乔生愤恨得要死，但又无可奈何。连城到了王家后，拒不进食，只求早日归天。当室中无人之时，就把带结在梁上。隔了一天，身体更加虚弱了，眼看奄奄一息，性命不保。王家害怕，送回给史家。史某又派人将她抬至乔生那儿。王家知道了，也无法可想，只得听之任之，从此就没事了。

连城身体复原后，常常思念宾娘，总想派人前去探听消息，因路途遥远难于成行。一天，家人进来禀报："门前有车马到来。"乔生夫妇出外看望，却见宾娘已来到庭中了。相见之下，悲喜交集。史太守亲自送女前来，乔生赶忙请进。太守说："小女全靠了你才转世还阳，所以她誓不别嫁，现在我满足她的心愿。"乔生按照礼节拜见了岳父。史举人也来了，与太守叙同宗亲谊。

乔生名年，字大年。

异史氏说：一笑的契合，就以身相许，世上也许会有人说他痴；那么西汉初年为田横而自杀的五百壮士，难道都是笨蛋吗？《老子》说："知我者希。"知己可贵，所以贤良豪杰之士才衷心感激而不能自已。但是茫茫天地之间，竟使才情锦绣的文人学士，仅仅倾心于美貌女子的启齿一笑，也太可悲了！

霍　生

文登霍生，与严生少相狎，长相谑也。口给交御，惟恐不工。

霍有邻妪，曾与严妻导产。偶与霍妇语，言其私处有两赘疣。妇以告霍。霍与同党者谋，窥严将至，故窃语云："某妻与我最昵。"众故不信。霍因捏造端末，且云："如不信，其阴侧有双疣。"严止窗外，听之既悉，不入径去。至家，苦掠其妻；妻不服，搒益残。妻不堪虐，自经死。霍始大悔，然亦不敢向严而白其诬矣。

严妻既死，其鬼夜哭，举家不得宁焉。无何，严暴卒，鬼乃不哭。霍妇梦女子披发大叫曰："我死得良苦，汝夫妻何得欢乐耶!"既醒而病，数日寻卒。霍亦梦女子指数诟骂，以掌批其吻。惊而寤，觉唇际隐痛，扪之高起，三日而成双疣，遂为痼疾。不敢大言笑；启吻太骤，则痛不可忍。

异史氏曰：死能为厉，其气冤也。私病加于唇吻，神而近于戏矣。

邑王氏与同窗某狎。其妻归宁，王知其驴善惊，先伏丛莽中，伺妇至，暴出；驴惊妇堕，惟一僮从，不能扶妇乘。王乃殷勤抱控甚至，妇亦不识谁何。王扬扬以此得意，谓僮逐驴去，因得私其妇于莽中，述袙裤履甚悉。某闻，大惭而去。少间，自窗隙中，见某一手握刃，一手捉妻来，意甚怒恶。大惧，逾垣而逃。某从之。追二三里地，不及，始返。王尽力极奔，肺叶开张，以是得吼疾，数年不愈焉。

【译文】

山东文登县霍生与严生自小在一起嬉耍，长大后也相互开玩笑。你一句来我一句去，只怕心思还没挖空。

霍生邻居中有个老婆子，曾替严生妻子接生，偶然与霍生妻子讲私房话，说严妻阴部生有两只瘤子。霍妻把此话告诉了霍生。霍生就与一班朋友定下一计，侦察到严生快到，他故作神秘地低声说："严某人老婆与我最亲热。"那些人假装不信，霍生就有头有尾地捏造了一通，并且说："你们如果不信，她下身生着一对瘤子。"严生站在窗外，听得一清二楚。就不再进门，径自走了。到家狠狠拷问老婆。老婆不服，他更往死里打。严妻受不了虐待，上吊死了。霍生这才万分后悔，但也不敢向严生说明自己是诬蔑。

严妻死后，鬼魂常常在夜里哀哭，全家不得安宁。没过几天，严生突然死去，鬼就不哭了。霍妻梦见一个披头散发的女子大声喊叫说：“我死得好苦，你们夫妻哪能快活自在!”醒来后，就生起病来，几天后也死了。霍生也梦见一女子指着他历数罪状，切齿痛骂，用手掌打他嘴巴。受惊醒来，觉得嘴唇隐隐作痛，用手一摸，肿起好高。过了三天，嘴唇上生了一对瘤子，就此无法治愈。霍生不敢大声说笑，嘴张得太快，就痛得要命。

异史氏说：死后能变为厉鬼，是一腔怨气郁结的结果。阴部的毛病加到仇人的嘴上，虽然神灵，却近于儿戏了。

村上王某与一同学常开玩笑。一次那同学的老婆回娘家，王某知道她骑的驴子容易受惊，预先伏在杂草丛中，等那女人到，突然窜出。驴子受惊，把女人掀落在地。只有一个小僮儿跟着，无法扶起她骑上驴背。王某就讨好地过来帮忙，抱抱捏捏，占了不少便宜。女人也不认识他是谁。王某为这事很扬扬得意，说僮儿追驴子去了，自己乘机与女人在草丛中有了勾当，把女人穿什么衣裤，着什么鞋都说得清清楚楚。那同学听说，羞惭已极而去。过了一会，王某从窗缝中看到那同学一手握刀，一手揪着妻子走来，满脸杀气。王某吓坏了，跳墙逃走。同学在后紧紧追赶，追了两三里路，看看追不上，才回去。王某死命奔逃，肺叶扩张，因此而患上了哮喘病，几年不愈。

汪士秀

汪士秀，庐州人。刚勇有力，能举石舂。父子善蹴鞠。父四十余，过钱塘没焉。积八九年，汪以故诣湖南，夜泊洞庭。时望月东升，澄江如练。方眺瞩间，忽有五人自湖中出，携大席，平铺水面，略可半亩。纷陈酒馔，馔器磨触作响，然声温厚，不类陶瓦。已而三人践席坐，二人侍饮。坐者一衣黄，二衣白；头上巾皆皂色，峩峩然下连肩背，制绝奇古，而月色微茫，不甚可晰。侍者俱褐衣，其一似童，其一似叟也。

但闻黄衣人曰："今夜月色大佳，足供快饮。"白衣者曰："此夕风景，大似广利王宴梨花岛时。"三人互劝，引釂竞浮白。但语略小，即不可闻。舟人隐伏，不敢动息。汪细审侍者叟，酷类父；而听其言，又非父声。

二漏将残，忽一人曰："趁此明月，宜一击毬为乐。"即见僮汲水中，取一圆出，大可盈抱，中如水银满贮，表里通明。坐者尽起。黄衣人呼叟共蹴之。蹴起丈余，光摇摇射人眼。俄而訇然远起，飞堕舟中。汪技痒，极力踏去，觉异常轻软。踏猛似破，腾寻丈，中有漏光，下射如虹；蚩然疾落，又如经天之彗，直投水中，滚滚作沸泡声而灭。

席中共怒曰："何物生人，败我清兴！"叟笑曰："不恶不恶，此吾家流星拐也。"白衣人嗔其语戏，怒曰："都方厌恼，老奴何得作欢？便同小乌皮捉得狂子来；不然，胫股当有椎吃也！"汪计无所逃，即亦不畏，捉刀立舟中。倏见僮叟操兵来。汪注视，真其父也。疾呼："阿翁！儿在此。"叟大骇，相顾凄断。僮即反身去。叟曰："儿急作匿，不然都死矣。"言未已，三人忽已登舟。面皆漆黑，睛大于榴。攫叟出。汪力与夺，摇舟断缆。汪以刀截其臂落，黄衣者乃逃。一白衣人奔汪；汪剁其颅，堕水有声，哄然俱没。方谋夜渡，旋见巨喙出水面，深若井。四面湖水奔注，砰砰作响。俄一喷涌，则浪接星斗，万舟簸荡。湖人大恐。

舟上有石鼓二，皆重百斤。汪举一以投，激水雷鸣，浪渐消；又投其一，风波悉平。汪疑父为鬼。叟曰："我固未尝死也。溺江者十九人，皆为妖物所食；我以蹋圆得全。物得罪于钱塘君，故移避洞庭耳。三人鱼精，所蹴鱼胞也。"父子聚喜，中夜击棹而去。天明，见舟中有鱼翅，径四五尺许，乃悟是夜间所断臂也。

【译文】

汪士秀是安徽庐州人，为人刚强勇猛，很有气力，能举石臼。他与父亲都擅长蹋球。汪父四十多岁，在渡过钱塘江时落水身亡。八九年后，汪士秀因事往湖南去，晚上船停靠在洞庭湖边。当时满月东升，明净的湖水如同雪练。正注目眺望间，忽然有五个人从湖中走出，带了条大席子，平铺在水面上，大约有半亩大小。他们把酒菜纷纷摆上席子，餐具碰撞作响，但声音温润，不像陶器。然后三个人入席坐下，两个人在旁侍候。坐的一个穿黄衣，两个穿白衣，头巾都是黑色，高高耸立，下垂至肩胛后背，式样极稀奇古怪。于月色朦胧中，不大看得清楚。侍候的两人都穿褐色衣服，一个像僮儿，一个好像是老头。

只听得穿黄衣的说："今夜月色太好了，够让人开怀畅饮。"穿白衣的说："今夜风景，很像南海广利王在梨花岛上开宴会的时候。"三人相互敬酒，举杯争相痛饮。但说话声较低，就没法听到了。船家都躲藏起来，不敢动也不敢出大气。汪士秀细看侍候的老头，极像自己的父亲；但听他说话，又不是父亲的声音。

二更将尽时，有一人忽然说道："趁着这明亮的月色，该踢一下球取乐。"就见那僮儿向水中吊起一只圆球，约有一抱大小，中间好像灌满了水银，里外透亮。坐着饮酒的人都站了起来。黄衣人叫老头一起踢。球踢起一丈多高，银光摇曳，异常耀眼。过了一会，砰的一声，远远飞落到汪士秀船中。他不觉技痒，尽力踢去，觉得那球非常轻软。由于用力太猛，好像把球踢破了，腾起丈把高，中间漏出一道光带，直射下来，好似一道彩虹，嗤的一声，飞快地坠落；又像横亘夜空的彗星，径直投向水里，发出一阵阵水沸时的气泡声响，就沉没了。

席上的人都愤怒地叫道："什么生人，败坏我们的雅兴！"老头笑嘻嘻地说："不坏，不坏，这是我家传的流星拐。"白衣人怪罪他说话不恭，发怒说："都正在恼恨，老奴才怎么倒反而高兴起来？就同小乌皮抓这疯子来；不然，当心腿上挨椎！"汪士秀想想无处可逃，也就不再惧怕，提刀立在船中。一眨眼间就见僮儿与老头手执兵器上船来。仔细一瞧，那老头果然是自己父亲，就大声疾呼："阿爸！儿在这里。"老头大吃一惊，两人对视，悲痛欲绝。僮儿见状，回身就走。老头说："你赶快躲起来，要不然都活不成了！"话还没说完，三个人忽然已经上船，面孔都漆黑，眼睛比石榴还大。一把把老头抓了出去。汪士秀上前奋力争夺，船摇晃起来，缆绳也断了。汪士秀用刀砍断黄衣人臂膊，黄衣人只得逃走。一白衣人直扑过来，被汪士秀剁中头颅，咕咚一声落进湖里。一阵乱哄哄那些人就都不见了。汪士秀正打算乘夜开船，随即看到一张大嘴伸出水面，深得像口井，四面湖水直往里灌，砰砰作响。过一会儿又喷涌而出，顿时白浪滔天，所有的船都颠簸起来。湖上人都吓得要死。

船上有两只石鼓，都有百把斤重。汪士秀举起一只向着大嘴掷去，立即激起雷鸣般的响声，巨浪渐渐停息下来。他又将另一只掷入，风波就完全平静了。汪士秀疑心父亲是鬼。老头说："我本来就没有死。当时在钱塘江落水的一共十九人，都被妖怪吞食了，我因为踢得一脚好球保全了性命。后来妖怪得罪了钱塘君，所以逃到洞庭湖来。那席上的三个人是鱼精，所踢的球是鱼泡泡。"父子相聚，十分高兴，半夜里就摇船走了。天亮时，看到船中有根大鱼鳍，约四五尺长，这才恍然大悟是昨夜砍落的黄衣人的臂膀。

商 三 官

故诸葛城，有商士禹者，士人也。以醉谑忤邑豪。豪嗾家奴乱捶之。舁归而死。

禹二子，长曰臣，次曰礼。一女曰三官，年十六；出阁有期，以父故不果。两兄出讼，经岁不得结。婿家遣人参母，请从权毕姻事。母将许之。女进曰："焉有父尸未寒而行吉礼？彼独无父母乎？"婿家闻之，惭而止。

无何，两兄讼不得直，负屈归。举家悲愤。兄弟谋留父尸，张再讼之本。三官曰："人被杀而不理，时事可知矣。天将为汝兄弟专生一阎罗包老耶？骨骸暴露，于心何忍矣。"二兄服其言，乃葬父。

葬已，三官夜遁，不知所往。母惭怍，唯恐婿家知，不敢告族党，但嘱二子冥冥侦察之。几半年，杳不可寻。会豪诞辰，招优为戏。优人孙淳携二弟子往执役。其一王成，姿容平等，而音词清彻，群赞赏焉。其一李玉，貌韶秀如好女。呼令歌，辞以不稔；强之，所度曲半杂儿女俚谣，合座为之鼓掌。孙大惭，白主人："此子从学未久，只解行觞耳。幸勿罪责。"即命行酒。玉往来给奉，善觑主人意向。豪悦之。酒阑人散，留与同寝。

玉代豪拂榻解履，殷勤周至。醉语狎之，但有展笑。豪惑益甚，尽遣诸仆去，独留玉。玉伺诸仆去，阖扉下楗焉。诸仆就别室饮。

移时，闻厅事中格格有声。一仆往觇之，见室内冥黑，寂不闻声。行将旋踵，忽有响声甚厉，如悬重物而断其索。亟问之，并无应者。呼众排阖入，则主人身首两断；玉自经死，绳绝堕地上，梁间颈际，残绠俨然。众大骇，传告内闼，群集莫解。

众移玉尸于庭，觉其袜履，虚若无足；解之，则素舄如钩，盖女子也。益骇。呼孙淳诘之。淳骇极，不知所对。但云："玉月前投作弟子，愿从寿主人，实不知从来。"

以其服凶，疑是商家刺客。暂以二人逻守之。女貌如生；抚之，肢体温软。二人窃谋淫之。一人抱尸转侧，方将缓其结束，忽脑如物击，口血暴注，顷刻已死。其一大惊，告众。众敬若神明焉。且以告郡。郡官问臣及礼，并言："不知。但妹亡去，已半载矣。"俾往验视，果三官。官奇之，判二兄领葬，敕豪家勿仇。

异史氏曰：家有女豫让而不知，则兄之为丈夫者可知矣。然三官之为人，即萧萧易水，亦将羞而不流；况碌碌与世浮沉者耶！愿天下闺中人，买丝绣之，其功德当不减于奉壮缪也。

【译文】

四川省冕宁县东南旧称诸葛城，有个读书人叫商士禹。酒醉后玩笑，言语之间触犯了当地一个豪绅。那豪绅唆使家人把他一顿乱打，抬回家中就死了。

商士禹有两个儿子，长子名臣，次子名礼；一个女儿名叫三官，年方十六，出嫁的日期已定，因父亲突然去世而未能过门。她的两个兄长为父亲的事，上告官府，可是案子拖了一年，仍未了结。三官的未婚夫家派人来拜见她母亲，请求变通一下，把亲事办了。她母亲打算答应。三官上前说："天底下哪有父亲尸骨未寒，而做儿女的先要急着结婚的道理？难道他们家没有父母吗？"男家听了此话，感到惭愧，就不再提这件事。

不久，两位兄长官司没打赢，抱屈而归，全家沉浸在一片悲愤之中。兄弟俩商量把父亲的尸体留着，为再打官司作物证。三官说："出了人命，官府不加追究，现在的世事不问可知。难道老天爷会为你们兄弟再生一个包青天吗？父亲尸骨长年不能入土，我们小辈于心何忍。”两位兄长认为她说得有理，就把父亲埋葬了。

埋葬完毕，商三官夜间逃离家门，不知哪儿去了。她母亲感到很丢面子，唯恐三官未婚夫家得知，不敢告诉亲属，只叫两个儿子暗中打听下落。寻访了近半年，一直杳无音信。赶上那豪绅做生日，他家请戏班演戏。演员孙淳带了两个徒弟来参加演出，一个叫王成，长相一般，但发音吐字清脆响亮，大家很是赞赏；另一个叫李玉，年轻美貌，像个美女。大家叫李玉唱歌，他推辞说不太会，强要他唱，所唱的曲子多半是粗俗的情歌民谣，在座的人都拍起手来。孙淳很是惭愧，对主人说：“这徒儿跟我学唱时间不长，只会给人敬敬酒，望勿怪罪。”于是就叫李玉给客人依次敬酒。

李玉来来往往侍候客人，很会看主人眼色行事。那豪绅十分喜欢他。酒尽客散留他与自己同睡。李玉替豪绅收拾床铺、脱鞋，殷勤备至。豪绅借醉拿话调戏他，李玉只是嬉嬉地笑。那豪绅越加迷恋了，就把其他仆人都打发开去，只留下李玉一个。李玉等所有仆人都离去了，就关上门，落了闩。其他仆人到别的房里饮酒去了。

过了一会儿，听得厅房里有乒乒乓乓的声音。一个仆人走过去朝里面张了张，只见房里漆黑一团，也听不到一点声音。那仆人才要转身，忽又听到一声巨响，好像是挂着的重物断了绳索砰然落地的声音。急忙发问，却无人答应。于是叫来众人撞门而入，就看到豪绅头已断，李玉上吊自尽，绳子断了，人已摔在地上。断绳一截挂在梁上，另一截系在他颈里。众人十分惊骇，赶忙报告内房眷属。大家聚集在一起，谁也弄不清究竟是怎么回事。

大家把李玉的尸体搬到院子里，觉得他的鞋袜里空空荡荡，好像没有脚似的；解开一看，鞋子里还有如新月样的一双小白鞋，原来竟是一个女子。人们更是震惊万分，叫来孙淳讯问，孙淳惊恐极了，不知怎样答对，只是说：“李玉上月来拜我为师，这次自愿跟来向主人祝寿。我实在不知她的来历。”

因为女尸戴孝，大家怀疑是商家派来的刺客，暂且派了两个人看守。女尸面貌和生时一样，摸一摸，身体柔软温热。两个家伙暗自商量着要想奸尸。其中一人抱住尸体转过来，正要解她衣带，忽然头上像挨了一棍似的，口中鲜血狂喷，顷刻身死。另一个大惊，慌忙告知众人。于是大家对女尸敬若神明，并且将此事报告到府里。府里的官长传讯商臣和商礼。兄弟两人都说："我们也不知其中原委。只是我家妹子离家出走已经有半年了。"命他俩去验看，果然就是商三官。官长也对三官的行为感到钦佩，就判决商臣、商礼将女尸领回安葬，并且下令豪绅家属不得报复。

异史氏说：家中有女豪杰而家里人不知道，那么她这两个哥哥是什么样的男子汉也就可想而知了。但是商三官的为人就是战国时在易水边慷慨悲歌的荆轲也会自愧不如，何况是那些庸庸碌碌随波逐流之辈呢。愿普天下女子都买丝线绣商三官的像，那功德肯定不在供奉关圣帝君之下。

于　江

乡民于江，父宿田间，为狼所食。江时年十六，得父遗履，悲恨欲死。夜俟母寝，潜持铁槌去，眠父所，冀报父仇。少间，一狼来，逡巡嗅之。江不动。无何，摇尾扫其额，又渐俯首舐其股。江迄不动。既而欢跃直前，将龁其领。江急以锤击狼脑，立毙。起置草中。少间，又一狼来，如前状。又毙之。以至中夜，杳无至者。忽小睡，梦父曰："杀二物，足泄我恨。然首杀我者，其鼻白；此都非是。"江醒，坚卧以伺之。既明，无所复得。欲曳狼归，恐惊母，遂投诸眢井而归。至夜复往，亦无至者。如此三四夜。忽一狼来啮其足，曳之以行。行数步，棘刺肉，石伤肤。江若死者。狼乃置之地上，意将龁腹。江骤起锤之，仆；又连锤之，毙。细视之，真白鼻也。大喜，负之以归，始告母。母泣从去，探眢井，得二狼焉。

异史氏曰：农家者流，乃有此英物耶？义烈发于血诚，非直勇也，智亦异焉。

【译文】

乡民于江，父亲在田间睡觉，被狼吃了。于江当时只有十六岁，寻得了父亲留下的鞋子，悲伤仇恨得要死。晚上，等母亲睡下，就偷偷拿着铁锤出去，睡在父亲睡过的地方，希望为父报仇。一会儿，有一头狼来，绕着于江兜圈子，闻他。于江不动。又过了一会，狼甩着尾巴拂他的额头，又渐渐低头舐他的大腿。于江一直不动弹。狼就跳跃着直窜过来，要咬他的喉管。于江急忙举起铁锤猛击狼的脑袋，狼立即倒地死了。他起身将狼放入草丛。过了没多久，又有一头狼来，和前一头一个样，于江又将它击毙。直到半夜，不见再有狼来。他忽然打起瞌睡来，梦见父亲说："你杀了两只狼，足以给我解恨了。但是第一个害死我的，它的鼻子是白的，这两头都不是。"于江醒来，耐心地躺着守候。天亮了，也没再等到狼。他想把狼拖回去，又怕惊吓了母亲，就把狼投入枯井后回家了。到晚上又去，也没狼来。这样三四夜。忽然有一头狼来咬住他脚，拖着他走。走了几步，荆棘刺进他的肉，石头划破他的皮，于江忍着痛，装得像死人一样。狼就把他放在地上，看样子要咬他肚子。这时于江飞快地用锤击去，那狼倒在地下；又连击几锤，终于把狼打死。仔细一瞧，真是白鼻子。他高兴极了，背起狼回到家中，这才告诉了母亲。母亲哭着跟于江去，搜索枯井，取到两头狼。

异史氏说：农民一流人中竟也有这样的英雄豪杰！忠义勇烈发于一片赤诚，不仅仅勇敢，智慧也是不寻常的！

小　二

滕邑赵旺，夫妻奉佛，不茹荤血，乡中有"善人"之目。家称小有。一女小二，绝慧美。赵珍爱之。年六岁，使与兄长春，并从师读，凡五年而熟《五经》焉。同窗丁生，字紫陌，长于女三岁，文采风流，颇相倾爱。私以意告母，求婚赵氏。赵期以女字大家，故弗许。

未几，赵惑于白莲教；徐鸿儒既反，一家俱陷为贼。小二知书善解，凡纸兵豆马之术，一见辄精。小女子师事徐者六人，惟二称最，因得尽传其术。赵以女故，大得委任。时丁年十八，游滕泮矣，而不肯论婚，意不忘小二也。潜亡去，投徐麾下。女见之喜，优礼逾于常格。女以徐高足，主军务；昼夜出入，父母不得闲。丁每宵见，尝斥绝诸役，辄至三漏。丁私告曰："小生此来，卿知区区之意否？"女云："不知。"丁曰："我非妄意攀龙，所以故，实为卿耳。左道无济，止取灭亡，卿慧人，不念此乎？能从我亡，则寸心诚不负矣。"

女怃然为间，豁然梦觉，曰："背亲而行，不义，请告。"二人入陈利害，赵不悟，曰："我师神人，岂有舛错？"女知不可谏，乃易髫而髻。出二纸鸢，与丁各跨其一；鸢肃肃展翼，似鹣鹣之鸟，比翼而飞。质明，抵莱芜界。女以指拈鸢项，忽即敛堕。遂收鸢；更以双卫，驰至山阴里，托为避乱者，僦屋而居。

二人草草出，啬于装，薪储不给。丁甚忧之。假粟比舍，莫肯贷以升斗。女无愁容，但质簪珥。闭门静对，猜灯谜，忆亡书，以是角低昂；负者，骈二指击腕臂焉。

西邻翁姓，绿林之雄也。一日，猎归。女曰："富以其邻，我何忧？暂假千金，其与我乎！"丁以为难。女曰："我将使彼乐输也。"乃翦纸作判官状，置地下，覆以鸡笼。然后握丁登榻，煮藏酒，检《周礼》为觞政：任言是某册第几叶，第几人，即共翻阅。其人得食傍、水傍、酉傍者饮；得酒部者倍之。既而女适得"酒人"，丁以巨觥引满促釂。女乃祝曰："若借得金来，君当得饮部。"丁翻卷，得"鳖人"。女大笑曰："事已谐矣！"滴漉授爵。丁不服。女曰："君是水族，宜作鳖饮。"

方喧竞所，闻笼中戛戛。女起曰："至矣。"启笼验视，则布囊中有巨金，累累充溢。丁不胜愕喜。后翁家媪抱儿来戏，窃言："主人初归，篝灯夜坐。地忽暴裂，深不可底。一判官自内出，言：'我地府司隶也。太山帝君会诸冥曹，造暴客恶录，须银灯千架，架计重十两；施百架，则消灭罪愆。'主人骇惧，焚香叩祷，奉以千金。判官荏苒而入，地亦遂合。"夫妻听其言，故啧啧诧异之。而从此渐购牛马，蓄厮婢，自营宅第。

里无赖子窥其富，纠诸不逞，逾垣劫丁。丁夫妇始自梦中醒，则编菅爇照，寇集满屋。二人执丁；又一人探手女怀。女袒而起，戟指而呵曰："止，止！"盗十三人，皆吐舌呆立，痴若木偶。女始著裤下榻；呼集家人，一一反接其臂，逼令供吐明悉。乃责之曰："远方人埋头涧谷，冀得相扶持；何不仁至此！缓急人所时有，窘急者不妨明告，我岂积殖自封者哉？豺狼之行，本合尽诛；但吾所不忍，姑释去，再犯不宥！"诸盗叩谢而去。

居无何，鸿儒就擒，赵夫妇妻子俱被夷诛；生赍金往赎长春之幼子以归。儿时三岁，养为己出，使从姓丁，名之承祧。于是里中人渐知为白莲教戚裔。适蝗害稼，女以纸鸢数百翼放田中，蝗远避，不入其陇，以是得无恙。里人共嫉之，群首于官，以为鸿儒余党。官瞰其富，肉视之，收丁。丁以重赂啖令，始得免。女曰："货殖之来也苟，固宜有散亡。然蛇蝎之乡，不可久居。"因贱售其业而去之，止于益都之西鄙。

女为人灵巧，善居积，经纪过于男子。尝开琉璃厂，每进工人而指点之，一切棋灯，其奇式幻采，诸肆莫能及，以故直昂得速售。居数年，财益称雄。而女督课婢仆严，食指数百无冗口。暇辄与丁烹茗著棋，或观书史为乐。钱谷出入，以及婢仆业，凡五日一课；女自持筹，丁为之点籍唱名数焉。勤者赏赉有差；惰者鞭挞罚膝立。是日给假不夜作，夫妻设肴酒，呼婢辈度俚曲为笑。女明察如神，人无敢欺。而赏辄浮于其劳，故事易办。

村中二百余家，凡贫者俱量给资本，乡以此无游惰。值大旱，女令村人设坛于野，乘舆夜出，禹步作法，甘霖倾注，五里内悉获沾足。人益神之。女出未尝障面，村人皆见之。或少年群居，私议其美；及觌面逢之，俱肃肃无敢仰视者。每秋日，村中童子不能耕作者，授以钱，使采荼蓟，几二十年，积满楼屋。人窃非笑之。会山左大饥，人相食；女乃出菜，杂粟赡饥者，近村赖以全活，无逃亡焉。

异史氏曰：二所为，殆天授，非人力也。然非一言之悟，骈死已久。由是观之，世抱非常之才，而误入匪僻以死者，当亦不少。焉知同学六人中，遂无其人乎？使人恨不遇丁生耳。

【译文】

山东滕县赵旺，夫妇两人信奉佛教，不食荤腥，在乡中人称善人。家里算得上小康之家。女儿小二，极其聪明美丽。赵旺对她十分钟爱。小二六岁时，便让她与哥哥长春一起拜先生读书，学了五年，读熟了五经。同学中有个姓丁的学生，字紫陌，比小二年长三岁，很有才情，人也风流，与小二互相倾心。丁生私下把意思告诉母亲，向赵家提亲。赵旺一心想把女儿嫁给富贵人家，所以没有应允。

不久，赵旺受白莲教蛊惑入了教，教主徐鸿儒起事造反后，赵旺一家都参加进去了。小二读过书，理解力强，凡是剪纸为兵，撒豆成马的法术，一见就能精通。跟随徐鸿儒学法术的小女孩共六人，就数小二拔尖，所以学得了徐鸿儒的全部本领。赵旺因女儿的关系，很受重用。这时丁生十八岁，已是滕县秀才，但就是不肯与人定亲，还是念念不忘小二。他瞒了家人逃走，投到徐鸿儒部下。小二见到丁生到来很是喜欢，待他优礼有加，超过常规。小二因为是徐鸿儒的得意学生，主持军务，不分昼夜出入军中，连她父母也不能跟她呆上一会儿。丁生常在夜间去会见小二，她把身边仆役都打发开，一下子就到三更。丁生私下对小二说："我这次来，你知道我的用心不？"小二说："我可不知道。"丁生说："我不是妄想攀龙附凤，所以如此，实在为了你罢了。徐鸿儒旁门左道，成不了大事，只能自取灭亡。你是聪明人，难道没想到这一点吗？你如能跟我逃走，那就不负我这一番苦心了。"

小二听了，茫然若失，呆了一会，忽然如大梦醒来，说："背着父母一走了之，这是不义，让我禀告过双亲。"两人就到赵旺屋里，向他说明利害关系。赵旺执迷不悟，说："徐仙师是神人，哪能有差错？"小二知道她父亲劝说不转，就把垂发挽起，改梳发髻，打扮成已婚妇女的样子。取出两只纸鹞子，与丁生各骑一只。纸鹞扑楞楞展开翅膀，像比翼鸟并翅而飞。天亮时，抵达莱芜县地界。小二用手指拧了一下纸鹞的脖子，纸鹞忽然敛起翅膀飘落到地面，就收起纸鹞，换上两头驴子，赶到山阴里，假说是避兵祸的，租了房子住下。

两人走得匆忙，行装简单，柴米都没着落，丁生很忧虑。向左右邻居借粮，没人肯借一升一斗。小二毫无焦急的样子，只是将首饰典卖了度日。关起门来相对静坐，猜猜灯谜，记记读过的书，以此来比胜负。谁输了，就并起两根手指打手臂。

西邻姓翁，是绿林大盗。一天，打猎归来。小二对丁生说："发财靠邻居，我担心什么？向他暂借千金，他大概肯给的吧！"丁生认为这事难办。小二说："我要让他乖乖地把钱送来。"就用纸剪成判官的样子，放在地下，把鸡笼覆在上面。然后拉着丁生坐上矮脚床，烫热藏酒，翻《周礼》作酒令："任意说某册第几页第几人，然后一起翻书。翻着的人官衔名称是食字傍、水字傍、酉字傍的就饮酒一杯；是酒部的则加倍。"后来小二恰巧翻得"酒人"，丁生就用大杯斟满酒催她干杯。小二就祷告说："如果我们借得到钱来，你就该翻得饮部。"丁生翻开书本，得"鳖人"，小二笑得前仰后合，说："事成了！"把酒往杯中滴了几滴让丁生喝，丁生不服气。小二说："按部来看，你属于水族，应该是鳖饮。"

两人正争得欢，听得笼中戛戛的响。小二站起说："来了！"打开笼子一看，布袋里沉甸甸的装满了钱。丁生不胜惊喜。后来翁家的老妈子抱着小孩来丁家玩，暗地里低声说道："我家主人刚回到家，夜里点灯坐在房内，地忽然裂开一道口子，深不见底，一个判官从里面出来，说：'我是阴间的司隶。东岳大帝集中地府属官，要编制强盗名册，需要银灯千架，每架重十两。献上一百架，就可消除罪过。'我家主人又惊又怕，点起香烛叩头祷告，奉上千金。判官就慢慢地钻回地下，地面也就合拢了。"丁生夫妻俩听着她说，故意啧啧称奇。从此渐渐买牛买马，使唤起仆役丫环，自己盖起了房子。

乡里的无赖子弟看他家富有，就纠合了些不三不四的人爬过墙来绑架丁生。丁生夫妻俩刚从梦中醒来，就见火把照得雪亮。满屋子都是强盗。两个人把丁生捉住，又有个人把手伸到小二怀里。小二袒露着身子从床上坐起，把手一指喝道："停，停！"十三个强盗顿时都吐出舌头呆呆地站着，傻乎乎好像木偶。小二这才穿裤子下床，叫唤家人集合起来，把强盗一个个反绑了臂膊，逼着他们彻底坦白。这才斥责他们说："我们外地人到这深山荒谷隐姓埋名，希望得到大家的照应，为什么这样不仗义！手头不便人都难免，缺钱花有急用的，不妨明说，我们难道是守财奴吗？你们这种豺狼行径，本该斩尽杀绝；但我不忍心这样做。暂且把你们放了，再犯决不饶恕。”众强盗磕头谢罪而去。

没多久，徐鸿儒兵败被擒，赵旺夫妇及子媳都遭到杀戮。丁生带钱去将长春的小儿子赎了回来。当时孩子才三岁，丁生夫妻俩把他当自己的孩子抚养，让他跟了丁姓，取名承祧。乡里的人逐渐知道他们是白莲教的亲属后代。恰巧当地蝗虫成灾，危害庄稼。小二做了几百只纸鹞放在田间，蝗虫远远避开，不进入丁家田中，庄稼得以没受祸害。乡里的人都嫉妒他们，大家到县衙门去告发，以为丁家是徐鸿儒的余党。县官对丁家的财富垂涎三尺，看成是一块肥肉，就将丁生捕进监牢。丁家出了很多钱贿赂县令，才得解免。小二说：“钱财得来容易，本来破点财也是应该的。但是这人心像蛇蝎的地方，不能长久住下去。”就贱价变卖家产，迁居到益都西郊外住下。

小二为人灵巧，善于囤积居奇，经营才能超过男子。曾开办琉璃厂，常常叫来工人加以指点，一切琉璃棋、琉璃灯，式样新奇，色彩多变，其他店家没法相比，因此他们家的货物价钱贵却卖得很快。过了几年，财力更加雄厚。小二对佣工仆妇督责很严，几百口人没一个吃闲饭的。空下来就与丁生品茶下棋，或以览读书籍为乐。钱粮进出以及佣工们的工作效益，每五天结算一次。小二自己拿着算盘核算，丁生则拿着名册点名报数。勤奋的奖赏有加，懒惰的则鞭打罚跪。到这一天放假不开夜工，夫妻二人设小宴，叫那些丫环唱民间小调取乐。小二明察秋毫，人都不敢弄虚作假。而奖赏常超过应得的酬劳，所以事情容易办成。

村子里二百多户人家，凡是贫穷的，小二都酌情提供资本，所以那儿没有游手好闲之徒。有一年大旱，小二叫村里人在野外搭起祭坛，晚上她乘车前往，踏着巫步作法，喜雨倾盆而降，五里方圆之内都受益匪浅，村里人把她当成了活菩萨。小二出门从不遮面，村里人都能见到她的真容。有些年轻人聚在一起，私下谈论她美；等当面相逢，个个都恭而敬之，没有敢抬起头看她一眼的。每年秋天，村上小孩不能下地耕作的，小二就出钱叫他们采集苦菜、蓟等野菜，近二十年光景，家中的楼房都积满了。人们暗中笑话她这种做法。后来山东闹饥荒，人吃人。小二就把野菜取出，掺上小米救济灾民。附近村子靠它保全了性命，没有人逃荒的。

异史氏说：小二的本领，恐怕是老天教的，不是人力所能及的。但若不是丁生一句话启发了她的觉悟，早已成了刀下之鬼了。由此看来，世上怀有特异才能而误入歧途死于非命的人该也是不少的。哪知道同学六人之中就没有小二这样的人才呢？让人遗憾的是她们没遇上丁生罢了。

庚　娘

金大用，中州旧家子也。聘尤太守女，字庚娘，丽而贤。逑好甚敦。以流寇之乱，家人离逷。金携家南窜。途遇少年，亦偕妻以逃者，自言广陵王十八，愿为前驱。金喜，行止与俱。至河上，女隐告金曰：“勿与少年同舟。彼屡顾我，目动而色变，中叵测也。”金诺之。

王殷勤，觅巨舟，代金运装，劬劳臻至。金不忍却。又念其携有少妇，应亦无他。妇与庚娘同居，意度亦颇温婉。王坐舡头上，与橹人倾语，似其熟识戚好。未几，日落，水程迢递，漫漫不辨南北。金四顾幽险，颇涉疑怪。顷之，皎月初升，见弥望皆芦苇。既泊，王邀金父子出户一豁。乃乘间挤金入水。金父见之，欲号。舟人以篙筑之，亦溺。生母闻声出窥，又筑溺之。王始喊救。母出时，庚娘在后，已微窥之。既闻一家尽溺，即亦不惊。但哭曰：“翁姑俱没，我安适归！”王入劝：“娘子勿忧，请从我至金陵。家中田庐，颇足赡给，保无虞也。”女收涕曰：“得如此，愿亦足矣。”王大悦，给奉良殷。

既暮，曳女求欢。女托体姅，王乃就妇宿。初更既尽，夫妇喧竞，不知何由。但闻妇曰："若所为，雷霆恐碎汝颅矣！"王乃挞妇。妇呼云："便死休！诚不愿为杀人贼妇！"王吼怒，捽妇出。便闻骨董一声，遂哗言妇溺矣。

未几，抵金陵，导庚娘至家，登堂见媪。媪讶非故妇。王言："妇堕水死，新娶此耳。"归房，又欲犯之。庚娘笑曰："三十许男子，尚未经人道耶？市儿初合卺，亦须一杯薄浆酒；汝家沃饶，当即不难。清醒相对，是何体段？"王喜，具酒对酌。庚娘执爵，劝酬殷恳。王渐醉，辞不饮。庚娘引巨碗，强媚劝之。王不忍拒，又饮之。于是酣醉，裸脱促寝。庚娘撤器灭烛，托言溲溺。出房，以刀入，暗中以手索王项，王犹捉臂作昵声。庚娘力切之，不死，号而起；又挥之，始殪。

媪彷佛有闻，趋问之。女亦杀之。王弟十九觉焉。庚娘知不免，急自刎。刀钝铁不可入，启户而奔。十九逐之，已投池中矣。呼告居人，救之已死，色丽如生。共验王尸，见窗上一函，开视，则女备述其冤状。群以为烈，谋敛资作殡。天明，集视者数千人；见其容，皆朝拜之。终日间，得金百，于是葬诸南郊。好事者，为之珠冠袍服，瘗藏丰满焉。

初，金生之溺也，浮片板上，得不死。将晓，至淮上，为小舟所救。舟盖富民尹翁专设以拯溺者。金既苏，诣翁申谢。翁优厚之，留教其子。金以不知亲耗，将往探访，故不决。俄白：“捞得死叟及媪。”金疑是父母，奔验果然。翁代营棺木。生方哀恸，又白：“拯一溺妇，自言金生其夫。”生挥涕惊出，女子已至，殊非庚娘，乃王十八妇也。向金大哭，请勿相弃。金曰：“我方寸已乱，何暇谋人？”妇益悲。尹得其故，喜为天报，劝金纳妇。金以居丧为辞，且将复仇，惧细弱作累。妇曰：“如君言，脱庚娘犹在，将以报仇居丧去之耶？”翁以其言善，请暂代收养，金乃许之。卜葬翁媪，妇缞绖哭泣，如丧翁姑。

既葬，金怀刃托钵，将赴广陵。妇止之曰：“妾唐氏，祖居金陵，与豺子同乡。前言广陵者，诈也。且江湖水寇，半伊同党，仇不能复，只取祸耳。”金徘徊不知所谋。忽传女子诛仇事，洋溢河渠，姓名甚悉。金闻之一快，然益悲。辞妇曰：“幸不污辱。家有烈妇如此，何忍负心再娶？”妇以业有成说，不肯中离，愿自居于媵妾。

会有副将军袁公，与尹有旧，适将西发，过尹；见生，大相知爱，请为记室。无何，流寇犯顺，袁有大勋；金以参机务，叙劳，授游击以归。夫妇始成合卺之礼。

居数日，携妇诣金陵，将以展庚娘之墓。暂过镇江，欲登金山。漾舟中流，欻一艇过，中有一妪及少妇，怪少妇颇类庚娘。舟疾过，妇自窗中窥金，神情益肖。惊疑不敢追问，急呼曰：“看群鸭儿飞上天耶！”少妇闻之，亦呼云：“馋猧儿欲吃猫子腥耶！”盖当年闺中之隐谑也。金大惊，返棹近之，真庚娘。青衣扶过舟，相抱哀哭，伤感行旅。唐氏以嫡礼见庚娘。庚娘惊问，金始备述其由。庚娘执手曰：“同舟一话，心常不忘，不图吴越一家矣。蒙代葬翁姑，所当首谢，何以此礼相向？”乃以齿序，唐少庚娘一岁，妹之。

先是，庚娘既葬，自不知历几春秋。忽一人呼曰：“庚娘，汝夫不死，尚当重圆。”遂如梦醒。扪之，四面皆壁，始悟身死已葬。只觉闷闷，亦无所苦。有恶少窥其葬具丰美，发冢破棺，方将搜括，见庚娘犹活，相共骇惧。庚娘恐其害己，哀之曰：“幸汝辈来，使我得睹天日。头上簪珥，悉将去。愿鬻我为尼，更可少得直。我亦不泄也。”盗稽首曰：“娘子贞烈，神人共钦。小人辈不过贫乏无计，作此不仁。但无漏言幸矣，何敢鬻作尼！”庚娘曰：“此我自乐之。”又一盗曰：“镇江耿夫人，寡而无子，若见娘子，必大喜。”庚娘谢之。自拔珠饰，悉付盗。盗不敢受；固与之，乃共拜受。遂载去，至耿夫人家，托言舡风所迷。耿夫人，巨家，寡媪自度。见庚娘大喜，以为己出。适母子自金山归也。庚娘缅述其故。金乃登舟拜母，母款之若婿。邀至家，留数日始归。后往来不绝焉。

异史氏曰：大变当前，淫者生之，贞者死焉。生者裂人眦，死者雪人涕耳。至如谈笑不惊，手刃仇雠，千古烈丈夫中，岂多匹俦哉！谁谓女子，遂不可比踪彦云也？

【译文】

金大用是中原地区世家子弟，妻子是尤太守的女儿，叫庚娘，美丽而贤慧。夫妻俩十分恩爱。因为流寇作乱，许多人家妻离子散，金大用带家眷向南逃。途中遇到一个年轻人，也是与妻子一起逃难的，自称扬州王十八，样样事愿意替金大用先去张罗。金大用当然很高兴，赶路住宿都与他在一起。到一条河边上，庚娘暗中对金大用说："不要与那年轻人同乘一条船，那人老盯着我，眼睛一转，脸色就变，居心叵测。"金大用答应了。

王十八很殷勤，寻到一条大船，替金家搬运行装，十分卖力，金大用不好意思拒绝。又想他也带着年轻妻子，料想也不会有什么问题。王妻与庚娘同住舱中，为人也很和气温柔。王十八坐在船头上，与船家攀谈，好像是他熟识的亲戚朋友。不多一会，太阳落山了，水远路长，迷茫一片，辨不清方向。金大用四面一看，环境幽暗险恶，很起了点疑心。又过了一会，皓月东升，满眼芦苇无边无际。船停靠后，王十八邀请金大用父子出舱门散散心，就乘机将金大用挤落水中。金父见状想喊，船工一篙子打去，也溺入河中。金母听见声音出来窥看，又是一篙子捅入水里。到这时王十八才叫救人。金母出舱时，庚娘在后边已经略为看到了些，听到一家都落水以后，就也不惊惶，只是哭着说："公婆都死了，叫我到哪里去啊！"王十八进来劝道："娘子别担忧，请随我到金陵去。我家中田地房产足够吃用，保证误不了你。"庚娘擦干眼泪，说："能这样，我也就满足了。"王十八十分高兴，给这送那的十分热络。

天黑了，王十八拉着庚娘求欢。庚娘推托身上不便，他只得到自己老婆那儿去睡。一更敲过，王十八夫妻俩吵闹起来，不知是为了什么。只听女的说："你这种所作所为，当心天雷劈碎你的头。"王十八就打老婆。他老婆喊叫说："死就死，真不愿做杀人贼的老婆！"王十八大怒，吼叫起来，一把揪出那女人，只听咕咚一声，就大声减："我老婆落水了。"

没过多久，船到了金陵，王十八领庚娘到家，上堂拜见王母。王母奇怪不是原来的媳妇，王十八说："老婆落水死了，这是新娶的。"回到房中，又要强行非礼。庚娘笑笑说："三十来岁的男人，还没有经历过男女之事吗？小市民家孩子成亲也需一杯薄酒交杯，你家很有钱，办点水酒该不是难事。不带点醉意，清醒相对像什么话？"王十八喜孜孜的，摆下酒菜与庚娘对饮起来。庚娘捧着酒杯，殷勤劝酒。王十八渐渐有些醉了，推辞着不肯再喝。庚娘斟了一大碗酒，强作媚态灌他。王十八不忍心拒绝，又喝了下去。于是醉得迷糊了，脱光了衣服催庚娘上床。庚娘撤去杯盘，吹灭灯烛，推说小便，出房门，拿了一把刀进来，暗中摸到王十八头颈。王十八还抓住她膀子说亲昵话。庚娘用力砍去，一刀不死，王十八大叫着挣扎起来。又挥了一刀，才断了气。

王母仿佛听到了什么，赶紧来问，庚娘把她也杀了。事情被王十八弟弟王十九察觉，庚娘自知不免一死，急忙把刀朝自己脖子上抹去。可是刀口钝缺，割不进皮肉，就开了门飞奔而出。王十九追上去，她已经跳进池塘。王十九呼告邻近居民，救起庚娘，人已死了，容貌像活着一样美。众人验看王家母子尸首时，发现窗台上有封信，打开一看，是庚娘写的，详细叙述了自己的冤状。众人认为庚娘是个烈女，商量凑钱为她殡葬。天亮以后，围观者有好几千人，看到庚娘的容貌，都下跪行礼。一天中就集得一百两银子，就选择在南郊下葬。热心的人还替她戴上珠冠，穿上袍服，墓穴里随葬品满满的。

当初，金大用落水后，靠一片木板浮在水面，得以不死。天将破晓，漂到淮河边上，被一条小船救起。这船是富户尹翁专为拯救落水者而设的。金大用苏醒后，到尹翁家致谢。尹翁待他优礼有加，留他教自己儿子读书。金大用因为不知亲人的下落，要去寻访，所以迟疑不决。过了一会，有人来告诉说："打捞到一名死老头和一名死老婆子。"金大用疑心是自己的父母，跑去一看，果然是的。尹翁代他置办了棺木。

金大用正在悲恸，又有人来禀告说："救起一个落水的妇女，自称金大用是她丈夫。"金大用抹一把眼泪惊讶地出去，那女子已经来了，却不是庚娘，而是王十八的老婆。她朝金大用大哭，请求不要抛弃她。金大用说："我心烦意乱，哪还顾得上替人拿主意。"王妻哭得更伤心了。尹翁得知其中缘由，高兴地说，这是天报应，劝金大用收下这女人。金大用以居丧推却，而且还要报仇，怕弱女子是个拖累。那女子说："照你的说法，如果庚娘还在，也因为居丧和报仇将她离异吗？"尹翁认为她说得有理，就建议暂时代金大用收养她，金大用才同意了。于是问过卦安葬二老，那女子披麻带孝，痛哭流涕，就像死了公婆一样。

丧事完毕后，金大用怀藏快刀，捧着讨饭钵头，打算到广陵去。那女子劝阻他说：“我们唐家祖居金陵，与狠心贼是同乡。以前他说广陵是骗你的。再说江湖水盗，有一半是他同党，你仇不能报，只能招祸罢了。”金大用犹犹豫豫，想不出什么好办法。忽然传来女子杀死仇家的消息，大江小河沸沸扬扬，连姓名都说得很真切。金大用听了一阵痛快，但更伤心了。他辞谢唐氏说：“亏得我没污了你的清白。家中有这样的烈妇，我哪忍心辜负她再娶？”唐氏因为已经说定了，不肯中途分手，自愿居于小妾偏房的地位。

正好有个姓袁的副将军，与尹翁是老朋友，要带兵西行，前来看望尹翁，与金大用一见如故，十分投机，就请他当自己的书记官。没多久，流寇作乱，袁副将军征战立下大功，金大用因参与军机，论功行赏，给了个游击将军的头衔荣归故乡。到这时，金大用才与唐氏合婚成礼。

住了几天，金大用带唐氏到金陵去，打算祭扫庚娘的墓。船过镇江，想上金山游览，正在江中荡漾，忽然一艘小艇驶过，上边有一个老太和一个少妇，金大用奇怪那少妇很像庚娘。小艇很快开过，少妇从船窗里向金大用张望，神情更像。惊疑间又不敢追问，急忙呼叫说：“看一群鸭子飞上天啦！”少妇听了，也叫道：“馋嘴狗儿想吃猫食吗？”这原是当年闺中取笑的私房话。金大用大惊，掉转船头向小艇靠拢，真的是庚娘！丫环将庚娘扶过船来，两人相抱痛哭，旅客也为之伤感。唐氏过来，用拜见正夫人的大礼参拜庚娘。庚娘惊奇地问其中原委，金大用就将前后经过一一说了。庚娘拉着唐氏的手说道：“同船一席话，心中常不能忘，不想冤家对头成了一家人。多蒙你代葬公婆，理应先要向你道谢，为什么要用这样大礼相见？”就按年龄大小排定次序，唐氏比庚娘小一岁，当了妹子。

当初庚娘被埋葬后，自己也不知道过了多少时间，忽然有个人唤她说：“庚娘，你丈夫没死，还会重新团圆的。”她就像从梦中醒来，伸手一摸，四周都是板壁，才明白自己死了，已被埋入黄土。她只觉得气闷，也没什么苦。有几个无赖子弟看到她墓中随葬品又多又好，盗墓破棺，正要搜括，看见庚娘还活着，他们可吓坏了。

庚娘怕他们加害于己，求他们说："幸亏你们来，使我能重见天日。我头上的簪环首饰，你们统统拿走；希望把我卖给庵堂当尼姑，还可以多少得点钱。我也不会向人说。"盗墓贼叩头说："娘子是贞节烈女，神仙也都敬重。我们不过是穷极无聊，做此不仁不义的勾当，只要你不说出去就是大幸了，哪敢把你卖了当尼姑！"庚娘说："这是我自己乐意的。"又有个盗贼说："镇江耿老夫人寡居无儿，她要是见到娘子，一定很喜欢。"庚娘谢了他，从头上拔下珍珠饰物，全交给盗墓贼。这伙人不敢接受，庚娘一定要给，才一起跪拜收下。就把庚娘载往镇江，到耿夫人家，借口说风刮迷了船。耿夫人出身世族大家，年老寡居度日，见了庚娘，非常欢喜，把她当亲生女儿一样看待。刚才是母女俩从金山回来。庚娘追叙了这段经过，金大用就上小艇拜过了耿夫人。夫人把他当女婿一般款待。邀到家里，留住了几天才让他们回去。从此后，两家人经常来往走动。

异史氏说：大难当前，淫邪者活命，贞烈者死节。活命的遭人唾骂愤恨，死节的让人哀悼落泪而已。至于像庚娘那样谈笑自如，从容不迫，亲手杀死仇敌，千古刚烈的男子汉中，能与她并列的难道多吗？谁说女子就不能与死后复仇的王彦云相比呢？

宫梦弼

柳芳华，保定人。财雄一乡，慷慨好客，座上常百人。急人之急，千金不靳。宾友假贷常不还。惟一客宫梦弼，陕人，生平无所乞请。每至，辄经岁。词旨清洒，柳与寝处时最多。

柳子名和，时总角，叔之。宫亦喜与和戏。每和自塾归，辄与发贴地砖，埋石子伪作埋金为笑。屋五架，掘藏几遍。众笑其行稚，而和独悦爱之，尤较诸客昵。

后十余年，家渐虚，不能供多客之求，于是客渐稀；

然十数人彻宵谈宴，犹是常也。年既暮，日益落，尚割亩得直，以备鸡黍。和亦挥霍，学父结小友，柳不之禁。

无何，柳病卒，至无以治凶具。宫乃自出囊金，为柳经纪。和益德之。事无大小，悉委宫叔。宫时自外入，必袖瓦砾，至室则抛掷暗陬，更不解其何意。和每对宫忧贫。宫曰："子不知作苦之难。无论无金；即授汝千金，可立尽也。男子患不自立，何患贫？"

一日，辞欲归。和泣嘱速返，宫诺之，遂去。和贫不自给，典质渐空。日望宫至，以为经理，而宫灭迹匿影，去如黄鹤矣。

先是，柳生时，为和论亲于无极黄氏，素封也。后闻柳贫，阴有悔心。柳卒，讣告之，即亦不吊；犹以道远曲原之。和服除，母遣自诣岳所，定婚期，冀黄怜顾。比至，黄闻其衣履穿敝，斥门者不纳。寄语云："归谋百金，可复来；不然，请自此绝。"和闻言痛哭。对门刘媪，怜而进之食，赠钱三百，慰令归。

母亦哀愤无策。因念旧客负欠者十常八九，俾择富贵者求助焉。和曰："昔之交我者为我财耳。使儿驷马高车，假千金，亦即匪难；如此景象，谁犹念曩恩、忆故好耶？且父与人金资，曾无契保，责负亦难凭也。"母故强之。和从教。凡二十余日，不能致一文；惟优人李四，旧受恩恤，闻其事，义赠一金。母子痛哭，自此绝望矣。

黄女已及笄，闻父绝和，窃不直之。黄欲女别适。女泣曰："柳郎非生而贫者也。使富倍他日，岂仇我者所能夺乎？今贫而弃之，不仁！"黄不悦，曲谕百端，女终不摇。翁妪并怒，旦夕唾骂之，女亦安焉。

无何，夜遭寇劫，黄夫妇炮烙几死，家中席卷一空。荏苒三载，家益零替。

有西贾闻女美，愿以五十金致聘。黄利而许之，将强夺其志。女察知其谋，毁装涂面，乘夜遁去，丐食于途。阅两月，始达保定，访和居址，直造其家。母以为乞人妇，故咄之。女呜咽自陈。母把手泣曰："儿何形骸至此耶！"女又惨然而告以故。母子俱哭。便为盥沐，颜色光泽，眉目焕映。母子俱喜。然家三口，日仅一啖。母泣曰："吾母子固应尔；所怜者，负吾贤妇！"女笑慰之曰："新妇在乞人中，稔其况味，今日视之，觉有天堂地狱之别。"母为解颐。

女一日入闲舍中，见断草丛丛，无隙地；渐入内室，尘埃积中，暗陬有物堆积，蹴之迕足，拾视皆朱提。惊走告和。和同往验视，则宫往日所抛瓦砾，尽为白金。因念儿时常与瘗石室中，得毋皆金？而故第已典于东家。急赎归。断砖残缺，所藏石子俨然露焉，颇觉失望；及发他砖，则灿灿皆白镪也。顷刻间，数巨万矣。

由是赎田产，市奴仆，门庭华好过昔日。因自奋曰："若不自立，负我宫叔！"刻志下帷，三年中乡选。乃躬赍白金往酬刘媪。鲜衣射目；仆十余辈，皆骑怒马如龙。媪仅一屋，和便坐榻上。人哗马腾，充溢里巷。

黄翁自女失亡，西贾逼退聘财，业已耗去殆半，售居宅，始得偿。以故困窘如和曩日。闻旧婿烜耀，闭户自伤而已。

媪沽酒备馔款和，因述女贤，且惜女遁。问和娶否。和曰：“娶矣。”食已，强媪往视新妇，载与俱归。至家，女华妆出，群婢簇拥若仙。相见大骇，遂叙往旧，殷问父母起居。

居数日，款洽优厚，制好衣，上下一新，始送令返。媪诣黄许报女耗，兼致存问。夫妇大惊。媪劝往投女，黄有难色。

既而冻馁难堪，不得已如保定。既到门，见闬闳峻丽，阍人怒目张，终日不得通。一妇人出，黄温色卑词，告以姓氏，求暗达女知。少间，妇出，导入耳舍。曰：“娘子极欲一觐；然恐郎君知，尚候隙也。翁几时来此？得毋饥否？”黄因诉所苦。妇人以酒一盛、馔二簋，出置黄前。又赠五金，曰：“郎君宴房中，娘子恐不得来。明旦，宜早去，勿为郎闻。”黄诺之。

早起趣装，则管钥未启，止于门中，坐襆囊以待。忽哗主人出。黄将敛避，和已睹之，怪问谁何，家人悉无以应。和怒曰：“是必奸宄！可执赴有司。”众应声出，短绠绷系树间。黄惭惧不知置词。未几，昨夕妇出，跪曰：“是某舅氏。以前夕来晚，故未告主人。”和命释缚。妇送出门，曰：“忘嘱门者，遂致参差。娘子言：相思时，可使老夫人伪为卖花者，同刘媪来。”黄诺，归述于妪。

妪念女若渴，以告刘媪，媪果与俱至和家。凡启十余关，始达女所。女著帔顶髻，珠翠绮纨，散香气扑人；嘤咛一声，大小婢媪，奔入满侧，移金椅床，置双夹膝。

慧婢瀹茗；各以隐语道寒暄，相视泪荧。至晚，除室安二媪；裀褥温耎，并昔年富时所未经。居三五日，女意殷渥。媪辄引空处，泣白前非。女曰："我子母有何过不忘；但郎忿不解，妨他闻也。"每和至，便走匿。

一日，方促膝坐，和遽入，见之，怒诟曰："何物村妪，敢引身与娘子接坐！宜撮鬓毛令尽！"刘媪急进曰："此老身瓜葛，王嫂卖花者，幸勿罪责。"和乃上手谢过。即坐曰："姥来数日，我大忙，未得展叙。黄家老畜产尚在否？"笑云："都佳。但是贫不可过。官人大富贵，何不一念翁婿情也？"和击桌曰："曩年非姥怜赐一瓯粥，更何得旋乡土！今欲得而寝处之，何念焉！"言至忿际，辄顿足起骂。

女恚曰："彼即不仁，是我父母。我迢迢远来，手皴瘃，足趾皆穿，亦自谓无负郎君；何乃对子骂父，使人难堪？"和始敛怒，起身去。黄妪愧丧无色，辞欲归。女以二十金私付之。

既归，旷绝音问，女深以为念。和乃遣人招之。夫妻至，惭怍无以自容。和谢曰："旧岁辱临，又不明告，遂使开罪良多。"黄但唯唯。和为更易衣履。留月余，黄心终不自安，数告归。和遗白金百两曰："西贾五十金，我今倍之。"黄汗颜受之。和以舆马送还，暮岁称小丰焉。

异史氏曰：雍门泣后，朱履杳然，令人愤气杜门，不欲复交一客。然良朋葬骨，化石成金，不可谓非慷慨好客之报也。闺中人坐享高奉，俨然如嫔嫱，非贞异如黄卿，孰克当此而无愧者乎？造物之不妄降福泽也如是。

乡有富者，居积取盈，搜算入骨。窖镪数百，惟恐人知，故衣败絮、啖糠粃以示贫。亲友偶来，亦曾无作鸡黍之事。或言其家不贫，便瞋目作怒，其仇如不共戴天。暮年，日餐榆屑一升，臂上皮折垂一寸长，而所窖终不肯发。后渐尫羸。濒死，两子环问之，犹未遽告；迨觉果危急，欲告子，子至，已舌蹇不能声，惟爬抓心头，呵呵而已。死后，子孙不能具棺木，遂藁葬焉。呜呼！若窖金而以为富，则大帑数千万，何不可指为我有哉？愚已！

【译文】

柳芳华，河北保定人，是一乡首富，为人慷慨好客，家中高朋满座，常数以百计。能急人所急，千金在所不吝。亲朋好友向他借钱常常不还。只有一个陕西客人叫宫梦弼的，从来没有向他求借什么。宫梦弼每次来作客，总要住上年把，这人谈吐潇洒，柳芳华与他相处时间最多。

柳芳华的儿子叫柳和，当时还小，称宫梦弼为叔父。宫梦弼也喜欢与他玩耍。每当柳和放学回家，宫梦弼就与他掘开铺地砖，把石子埋在下面，假装是埋藏金银财宝，用来取乐。家中五间大屋，几乎掘遍藏遍了。人都笑宫梦弼的举动近乎孩子气，只有柳和最喜欢他，比对其他客人格外亲昵。

十几年后，柳家财产渐空，供应不起众多食客的吃喝需索，因此来客就逐渐少了。但十几个客人在家通宵达旦地谈笑豪饮，也还是常有的事。柳芳华年暮以后，家道日益衰落，还用卖田卖地的钱招待宾客。柳和也很会挥霍，学父亲样，结交了一帮少年朋友，柳芳华听之任之，不加禁止。

过了不久，柳芳华生病死去，家里穷得连棺木也无钱置办。还是宫梦弼掏钱替柳芳华料理了后事。因此柳和对他更加感激敬重，家中事无大小，都托给宫叔叔。有时宫梦弼从外边回来，衣袖中总是带些瓦片碎石，到家里后就把它扔在暗角落里，也不懂他是什么意思。柳和常常对宫梦弼叹穷，宫梦弼就说："你不了解辛勤劳动的艰难。不要说你现在没钱，就是给你一千两银子，你也会一下子就花光的。男子汉怕的是不能自立，穷又怕什么呢？"

一天，宫梦弼要告别归家，柳和哭着叮嘱他快回来，他答应一声，就走了。柳和穷得无法度日，能典当的财物慢慢也抵押空了。天天盼着宫梦弼到来，好帮他经营家业，而宫梦弼连影子也不见，一去杳如黄鹤。

从前柳芳华活着的时候，曾替柳和与保定无极县的黄家定亲。那黄家虽不做官，也是富裕人家。后来听得柳家穷了，暗暗有了悔婚的念头。柳芳华死时，柳家曾去报丧，黄家也不来人吊唁；那时柳家还以为是路远而谅解了他们。柳和服丧期满之后，他母亲令他自己前往岳父处拜访，议定婚期，还希图黄家能够垂怜顾恤。及至到了那儿，黄某听说他衣衫褴褛，穿着双破鞋，就命令看门人不要放他入门，传话说："回去能筹备得百两纹银，可再来，否则，就此一刀两断。"柳和听到这话，痛哭不止。黄家对门刘老婆婆可怜柳和，端来饭菜请他吃，赠送三百铜钱，安慰柳和，劝他还乡。

柳和母亲也伤心怨愤，无法可想。因又转念，往昔的宾客十有八九借钱没还，让柳和拣其中有钱的，去求他们资助一些。柳和说："过去他们来结交，不过是贪图我家有钱罢了。倘若我今日乘着阔气的马车，借一千两银子也并不难；现在这般光景，谁还肯念着过去的恩惠，顾上旧日的情分呢？再说以前父亲借钱给别人，从来不写借条，也没有中人；欠我们债也没有凭据。"母亲还是一味要他去试一试，柳和只得听从。先后二十多天，竟然一文钱也没弄到；只有一个唱戏的李四，过去曾受到柳家照顾，听说了柳家的情况，慷慨地赠送了一两银子。母子两人相对痛哭。从此对婚姻就绝望了。

黄家的女儿已经成年，听说父亲断了柳家这门婚事，心里很不以为然。黄某打算将她另配他人，她流泪说道："柳郎并非生来就是贫穷的。假如他家现在比过去富裕一倍，就是有人同我家作对，还能夺得走他吗？如今他家穷了就抛弃他，这是不道德的。"黄某听了很不高兴，想方设法开导女儿，但她始终不动摇。她的父母都大发脾气，日夜辱骂女儿，她也坦然处之。

不久，黄家夜里遭到强盗抢劫，黄某夫妻都被烙灼，差一点送命，家中洗劫一空。光阴匆匆，又过了三年，黄家更加穷困衰落了。

有一个西边客商，听说黄家女儿长得很美，愿意拿出五十两纹银作聘礼来娶她。黄某贪图财礼，就应允了，打算强逼女儿改变主意嫁过去。黄女察觉了父亲的阴谋，就穿上破旧衣衫，弄脏脸面，乘着黑夜逃走，沿途讨饭，走了两个来月，才捱到保定地界，寻访到了柳和的住址，直奔他家而去。柳和的母亲以为是个叫花婆子，所以就喝赶她。黄女哽咽着说明了自己的来历，柳母拉着她的手流泪问道："孩子，你怎么弄成这个样子了?"黄女又悲伤地禀告缘故。柳和与他母亲都哭起来。

于是柳母就替她张罗沐浴更衣。黄女经过一番梳洗，容光焕发，眉目间光彩照人。柳家母子都十分高兴。然而一家三口，每天仅能将就吃上一餐。柳母哭着说："我们母子俩本来就该如此的，只可怜对不起我的好媳妇!"黄女笑着安慰老人说："过去我杂在叫花子中间，熟知那种苦处。与现在相比，感到有如天堂地狱般的差别呢。"说得老人破涕为笑。

一天，黄女走进空屋中，见野草丛生，满地都是。渐渐走进内房，里面积满了灰尘。在暗角落里有一堆东西，踢着了还撞痛脚，拾起一看，都是一锭锭白银。黄女大吃一惊，急忙去告知柳和。柳和就与她一同前往察看，原来宫梦弼昔日抛掷的碎石瓦片，都变成了银两。柳和因此想起小时候常常与宫梦弼在家里埋藏石子，莫非都会变成白银?但老房子大部分已当给东边邻居了，柳和急忙用钱赎回。断砖残缺，藏在砖下的石子分明可见，柳和很觉失望。等掘开完好的地砖时，下面都是一块块光灿灿的白银。不多一会儿，就掘得了几十万两银子。

于是柳和用钱赎回田地产业，购买奴仆，把房子修建得漂漂亮亮，比过去更有气派。柳和暗暗下决心说："今后我如果再不奋发自强，真对不住宫叔叔了!"从此他刻苦攻读，三年后中了举人。他亲自送白银到无极县去拜谢刘媪。柳和穿上光彩夺目的新衣服，带领十多个仆人，个个骑着高头骏马。那刘婆仅有一间房子，柳和便坐在床榻上与她攀谈。一时刘婆居住的巷子里人欢马叫，热闹非凡。

再说黄某自从女儿逃走，西土商人逼退财礼，但钱已用去将近一半，只得卖了住宅，方始还清。因此黄家也穷困得与柳和当年一样了。听说原来的女婿显耀，只能关上大门独自伤心而已。

刘婆买酒做菜款待柳和，饮食间向柳和称道黄家女儿的好品德，并惋惜她逃得不知去向了。刘婆问起柳和是否已经婚娶，柳和回答说已经娶了妻子。吃完饭，柳和硬要刘婆去看看新娘子，把她带上车一起回家。到了柳家，黄女身穿华丽衣服出迎，旁边众多丫环簇拥着，望去就像是仙女下凡。刘婆见了，大吃一惊。于是相互叙谈往事，黄女关切地向刘婆问父母的情况。

刘婆在柳家住了好几天，受到热情周到的款待。柳家用上好的料子为刘婆裁制衣服，上下一新，才送她回乡。刘婆回家后就去黄家报告了他们女儿的情况，并转达了问候之情。黄家老夫妻十分惊讶。刘婆劝他们去投奔女儿，黄某显出为难的神色。

这以后黄家的日子更加饥寒难熬了，实在没有别法，只得动身前往保定。到了柳家家门，但见华屋壮丽，十分气派。看门人对着黄某怒目圆睁，让他在门口站了一整天，也不进去通报。后来，黄某看到一个妇女出来，就低声下气地说了自己的姓名身份，求她暗底下转达给女儿知道。隔了一会，那妇女又出来，引黄某进一间小厢房，对他说：“我家娘子极想来拜见你老，就怕被丈夫知道，还得等机会。老伯是什么时候到此地的？莫不是腹中饥饿了吧？”黄某诉说了自己的苦处。那女人拿来了一壶酒，两盘饭菜，放在黄某面前，又送了他五两银子，说：“柳郎君在内房小宴，娘子恐怕是不能来见你了。明天一早，你要赶快离开这里，别让郎君知道。”黄某答应了。

第二天一早，黄某起身打点行装，大门还锁着，只得在门廊里就着包袱坐下等候。忽然里面大声嚷嚷主人出来了。黄某刚想躲避，柳和已经瞧见了他，故意怪问是何人，众人都不应声。柳和大怒说：“一定是个歹徒，将他捆起送到官府里去。”众人答应一声，上前将黄某用短绳绑在树上。黄某又羞又怕。说不出话来。不一会，昨天晚上那个女人走了出来，对主人下跪说："他是我舅舅，只因昨夜来得晚了，所以没有报告主人。"柳和听了，即下令松绑。那女人将黄某送出大门，说："忘了关照看门的了，所以出了点差错。娘子说的，想念时，可以叫老夫人装扮成卖花婆子，与刘婆一起来。"黄某答应了。回到家中，一一对老妻说了。

黄妻思念女儿，如饥似渴，就将此意告知刘婆，刘婆果然陪着她上柳和家去。过了十几重门，方始到达女儿的住房。她女儿穿戴华丽，尽是绫罗绸缎，珠翠金玉，香气袭人；口中娇滴滴吩咐一声，老少仆妇，立即奔来，在身边团团侍奉，搬动金交椅，放上消暑的竹夫人；伶俐的丫环泡上茶。母女互相用暗语问候致意，相对流泪。到了晚上，打扫房间安置两位老人。床上被褥温软，就是黄妻过去富裕的时候也未享用过。住了三五天，女儿对母亲感情十分深厚。黄妻常常在无人处，向女儿哭告以前自己做得不对。女儿说："咱们母女之间是不会记仇的，但我丈夫一直气忿不消，这次你来还是不让他知道为好。"每次柳和来，黄妻就躲藏起来。

有一天，母女俩正在促膝谈心，柳和突然进来，见到黄妻，怒骂道："哪儿来的乡下婆子，竟敢与娘子并坐在一起，该把她头毛拔光！"刘婆急忙上前说："这是我的亲戚，卖花的王嫂子，请您别怪罪。"柳和才拱手道歉，就坐下说："姥姥来了好几天了，我实在太忙，未能好好叙谈。黄家那老畜牲还活着不？"刘婆笑着回答："都好，就是穷得没法过日子。官人大富大贵，何不念点丈人女婿的情分呢？"柳和拍着桌子说："那年不是姥姥你可怜我，给我碗粥喝，我怎么还能回得家乡？我恨不得剥他们的皮，有什么好顾念的！"说到愤恨的地方，就跺着脚站起身来骂。

黄女恼了，说："他们纵然不仁，总是我的父母。我不远千里而来，一路上双手冻裂，鞋子破了，脚趾露在外面，自问没有对不起你的地方。你何至于当着子女的面骂父亲，使人无法忍受呢？"柳和这才息怒，立起来向外走去。黄妻十分羞惭懊丧，脸上无光，辞别要回家。女儿私底下拿出二十两银子交给了母亲。

黄妻回家之后，很久不通信息，黄女十分思念。柳和就派人到黄家去请岳父母。老夫妻来到柳家，十分惭愧，无地自容。柳和抱歉地说："去年光临，又没有明白见告，以至多有冒犯之处。"黄某只得恭顺地连声称是。柳和替他们更换了衣着。在柳家住了一个多月，黄某终究觉得于心不安，几次要求回家。柳和赠送白银一百两，说：“当年那商人拿出五十两纹银，我现在加你一倍。”黄某厚着老脸接受了。柳和随即派车马送他们回家。黄家暮年光景也称得上小康了。

异史氏说：富贵之家失势，门客绝迹不来，使人愤愤闭门，不想再结交一个客人了。但宫梦弼那样的好友，殡葬尸骨，化石成金，这不能说不是慷慨好客的报答。妇女能现现成成享受优厚的奉养，真像妃嫔一样，不是坚贞非常的黄家女儿，谁能当此无愧呢？老天爷不胡乱降福于人，这就是一例。

乡下有个富人，囤积居奇，课取厚利，搜括钱财，算计到人骨子里。地窖中藏了几百锭银子，唯恐别人知道。故意穿旧衣破絮，吃粗糠瘪谷，表示自己穷。亲友偶然来作客，也不供应饭菜。倘若有人说他家不穷，他便瞪着眼睛发火，好像与人有不共戴天之仇似的。到了老年时，还是每天吃一升榆树屑，臂上皮肤松皱，垂下来有一寸多长，而地窖中的银子始终不肯挖出来用。后来，身子越来越瘦弱，临死前两个儿子围着他问，还不肯马上说出。等到觉得病势当真危急，想告诉儿子，儿子来时，他舌头已僵直无法出声，只能用手抓挖胸口，嘴里发着呵呵的声音而已。死了以后，子孙买不起棺材，就草草埋葬了。唉，假如地窖里埋着金银就认为富有，那么国库中几千万两金银，为什么不能认为是我的呢？真蠢啊！

鸲鹆

王汾滨言：其乡有养八哥者，教以语言，甚狎习，出游必与之俱，相将数年矣。

一日，将过绛州，去家尚远，而资斧已罄。其人愁苦无策。鸟云：“何不售我？送我王邸，当得善价，不愁归路无资也。”其人云：“我安忍！”鸟言：“不妨。主人得价疾行，待我城西二十里大树下。”其人从之。携至城，相问答，观者渐众。有中贵见之，闻诸王。王召入，欲买之。其人曰：“小人相依为命，不愿卖。”王问鸟：“汝愿住否?”言：“愿住。”王喜。鸟又言：“给价十金，勿多予。”王益喜，立畀十金。其人故作懊恨状而去。

王与鸟言，应对便捷。呼肉啖之。食已，鸟曰：“臣要浴。”王命金盆贮水，开笼令浴。浴已，飞檐间，梳翎抖羽，尚与王喋喋不休。顷之，羽燥，翩跹而起。操晋声曰：“臣去呀!”顾盼已失所在。王及内侍，仰面咨嗟。急觅其人，则已渺矣。后有往秦中者，见其人携鸟在西安市上。毕载积先生记。

【译文】

王汾滨说：他家乡有个养八哥的，教八哥学话，十分亲近，出门一定要带上它，人鸟相处有好几年了。

一天，那人快到山西绛州，离家还远，而盘缠已用光了。他哭丧着脸，想不出一点办法。八哥说：“你何不把我卖了？卖到王府，该得个好价钱，回去的路费就不用发愁了。”那人说：“我哪舍得!”八哥说：“没事。主人拿到钱赶快走，在城西二十里外一棵大树下等我。”那人就同意了。他将八哥带到城里，逗着八哥一问一答说话，招引得围观的人越来越多。王府里的管家见了，告诉给王爷听。王爷把那人叫进王府，要买八哥。那人说：“小人与它相依为命，不愿卖。”王爷就问八哥：“你愿意住在这儿吗?”八哥说：“愿意住。”王爷很高兴。八哥又说：“给他十两银子，别多给。”王爷更高兴了，立即付出十两银子。那人故意装出很懊丧悔恨的样子走了。

王爷与八哥说着话，八哥对答如流，叫人取出肉来喂它。八哥吃完肉，说：“臣要洗澡。”王爷就命人取来金盆，装了水，打开鸟笼，让八哥洗澡。洗好澡，八哥飞上屋檐，梳理羽毛，抖抖身子，还与王爷唠叨个没完。过了一会，羽毛干了，它伶伶俐俐飞到空中，操着山西口音说道："臣去呀!"扭头看时已飞得无影无踪。王爷与内侍们仰面叹息，急忙派人找寻那养鸟人，已经不知去向了。后来有往陕西去的人，看到那人带着八哥在西安市上出没。这事是毕载积先生记的。

刘 海 石

刘海石，蒲台人，避乱于滨州。时十四岁，与滨州生刘沧客同函丈，因相善，订为昆季。无何，海石失怙恃，奉丧而归，音问遂阙。

沧客家颇裕。年四十，生二子：长子吉，十七岁，为邑名士；次子亦慧。沧客又内邑中倪氏女，大嬖之。后半年，长子患脑痛卒，夫妻大惨。无几何，妻病又卒；逾数月，长媳又死；而婢仆之丧亡，且相继也：沧客哀悼，殆不能堪。

一日，方坐愁间，忽阍人通海石至。沧客喜，急出门迎以入。方欲展寒温，海石忽惊曰："兄有灭门之祸，不知耶?"沧客愕然，莫解所以。海石曰："久失闻问，窃疑近况未必佳也。"沧客泫然，因以状对。海石歔欷。既而笑曰："灾殃未艾，余初为兄吊也。然幸而遇仆，请为兄贺。"沧客曰："久不晤，岂近精'越人术'耶?"海石曰："是非所长。阳宅风鉴，颇能习之。"沧客喜，便求相宅。

海石入宅，内外遍观之。已而请睹诸眷口；沧客从其教，使子媳婢妾，俱见于堂。沧客一一指示。至倪，海石仰天而视，大笑不已。众方惊疑，但见倪女战慄无色；身暴缩短，仅二尺余。海石以界方击其首，作石缶声。海石揪其发，检脑后，见白发数茎，欲拔之。女缩项跪啼，言即去，但求勿拔。海石怒曰："汝凶心尚未死耶？"就项后拔去之。女随手而变，黑色如狸。众大骇。海石掇纳袖中，顾子妇曰："媳受毒已深，背上当有异，请验之。"妇羞，不肯袒示。刘子固强之，见背上白毛，长四指许。海石以针挑出，曰："此毛已老，七日即不可救。"又视刘子，亦有毛，裁二指。曰："似此可月余死耳。"沧客以及婢仆，并刺之。曰："仆适不来，一门无噍类矣。"问："此何物？"曰："亦狐属。吸人神气以为灵，最利人死。"沧客曰："久不见君，何能神异如此！无乃仙乎？"笑曰："特从师习小技耳，何遽云仙。"问其师，答云："山石道人。适此物，我不能死之，将归献俘于师。"

言已，告别。觉袖中空空，骇曰："亡之矣！尾末有大毛未去，今已遁去。"众俱骇然。海石曰："领毛已尽，不能化人，止能化兽，遁当不远。"于是入室而相其猫，出门而嗾其犬，皆曰无之。启圈笑曰："在此矣。"沧客视之，多一豕。闻海石笑，遂伏，不敢少动。提耳捉出，视尾上白毛一茎，硬如针。方将检拔，而豕转侧哀鸣，不听拔。海石曰："汝造孽既多，拔一毛犹不肯耶？"执而拔之，随手复化为狸。

纳袖欲出。沧客苦留，乃为一饭。问后会，曰："此难预定。我师立愿弘，常使我等遨世上，拔救众生，未必无再见时。”及别后，细思其名，始悟曰：“海石殆仙矣。‘山石’合一‘岩’字，盖吕仙讳也。”

【译文】

刘海石是山东蒲台人，曾在济南滨州避乱。那时他十四岁，与滨州秀才刘沧客是同门，因此两人很要好，结为兄弟。没多久，刘海石父母死了，扶柩回乡，往来音信就断了。

刘沧客家相当富裕，他这时年届四十，生有两个儿子，长子刘吉，十七岁，是当地名士；次子也聪明。他又收了同乡倪家女儿为妾，十分宠爱。半年后，长子患头痛病死了，夫妻俩悲恸欲绝。没多久，刘沧客的结发妻子又死了；过了几个月，大儿媳也死去；丫环仆人的死亡，都是一个接一个的。刘沧客伤心极了，几乎无法忍受这一连串的打击。

一天，刘沧客正独自闷坐，忽然看门的仆人进来通报说，刘海石来了。刘沧客很高兴，急忙出门把海石迎进屋来。正要问寒问暖，海石忽然吃惊地说：“老兄有灭门大祸，你竟还不知道吗？”沧客发愣，不懂什么意思。海石说：“很长时间没通消息了，看来老兄近况不大好啊。”沧客眼泪汪汪，就把家中情况告诉了海石。海石叹息不止，接着又笑起来，说：“灾祸还没完，我先要为老兄痛心。但幸亏遇到我，我又要为你祝贺。”沧客说：“好久不见面，难道你近来精通扁鹊的透视术了吗？”海石说：“这不是我的所长，看看风水，相相宅基，还马马虎虎。”沧客很高兴，便要求海石看看屋基。

海石进宅，里里外外看了个遍。过后又请求与家眷们照照面，沧客答应了他的要求，叫儿子媳妇丫环小老婆都到堂上相见。沧客一一指给海石看。指到倪家女子，海石仰面朝天看着，不住地放声大笑。大伙正惊疑间，只见倪家女子浑身发抖，面无人色，身子一下缩短到只有二尺多长。海石用界尺打她的头，声音好像敲在石缶上。海石一把揪住她的头发，查看后脑勺，看见有几根白头发，想把它拔下。那女人缩起头颈，跪下啼哭，说她愿意马上离开，只求别拔。海石大怒说：“你害人之心还不死吗？”就从颈后把白发拔去。那女人随手变成一只黑狸。众人大为惊骇。海石一把拎起放进袖筒，看了看小儿媳说：“侄媳妇中毒已深，背上一定有点异样，请让我查看一下。”那媳妇怕羞，不肯露出背部让人看。刘沧客的儿子强迫她，只见她背上生了白毛，有四指来长。海石用针把白毛挑出，说：“这毛已经老了，再过七天就没法救了。”又看了看儿子，也有白毛，才二指来长。海石说：“像这，可以活一个多月罢了。”刘沧客和丫环仆人，也都挑去白毛。说道：“不是我碰巧到这里，一家没个活的啦。”问他这是什么东西？海石说：“也是狐狸一类东西，专门吸人的精气来作自己的灵性，人死对它最有利。”沧客说：“好久没见你，怎么会有这样神的本事，莫非你是仙人吧？”海石笑笑说：“不过跟师傅学点小技术罢了，哪就一下子谈得上成仙了呢。”问他师傅是谁，他回答说：“是山石道人。刚才这东西，我没法弄死它，要回去献俘获品给师傅。”

说罢，就要告别，觉得袖子里空荡荡的，吃惊地说：“逃走了！尾巴上有根大毛没拔去，现在它已逃走了。”大家都很惊恐。海石说：“颈上的毛已经拔光了，它再也不能变成人形，只能变成兽类，逃得一定不远。”于是他进屋端详猫，出屋唤来狗，都说没有。打开猪栏，他笑着说：“在这里了！”沧客一看，多了一头猪。那猪听到海石的笑声，就伏下身来，不敢动一动。海石提起耳朵把它捉出来，看尾巴上一根白毛，硬得像针。正要看准了去拔，那猪扭动身子哀叫，不让拔。海石说：“你作的孽已经太多，拔一根毛还不肯吗？”就揪住它拔下那根白毛。那头猪随手又变成黑狸。

海石把它装进袖里，就要出门。沧客苦苦相留，他才坐下吃了一顿饭。问他以后见面的日期，海石说：“这很难预先决定。我师傅立下大愿，常常派我们到世上走走，解救百姓苦难。未必没有再见之期。”等分别之后，沧客仔细捉摸“山石道人”这名字，方才恍然大悟，说：“海石大概已修成神仙了。‘山石’合成一个‘岩’字，是吕洞宾的名讳啊。”

谕　鬼

青州石尚书茂华为诸生时，郡门外有大渊，不雨亦不涸。邑中获大寇数十名，刑于渊上。鬼聚为祟，经过者辄被曳入。

一日，有某甲正遭困厄，忽闻群鬼惶窜曰："石尚书至矣！"未几，公至，甲以状告。公以垩灰题壁示云："石某为禁约事：照得厥念无良，致婴雷霆之怒；所谋不轨，遂遭铁钺之诛。只宜返罔两之心，争相忏悔；庶几洗髑髅之血，脱此沈沦。尔乃生已极刑，死犹聚恶。跳踉而至，披发成群；踯躅以前，搏膺作厉。黄泥塞耳，辄逞鬼子之凶；白昼为妖，几断行人之路！彼丘陵三尺外，管辖由人；岂乾坤两大中，凶顽任尔？谕后各宜潜踪，勿犹怙恶。无定河边之骨，静待轮回；金闺梦里之魂，还践乡土。如蹈前愆，必贻后悔！"自此鬼患遂绝，渊亦寻干。

【译文】

山东青州石茂华尚书做秀才时，青州城门外有个大池塘，不下雨也不会干涸。当地捕获几十名大盗，在池边处死。死鬼聚在一起作怪，经过的人常被拖进池塘。

一天，某人正被群鬼困住，忽听众鬼慌里慌张逃跑说："石尚书到了！"不一会，石茂华来到，那人就把情况告诉他。石茂华用泥灰在池边墙上写道："石某禁令：查得你们居心不良，致犯雷霆之怒；图谋不轨，而招杀身之祸。只应回转鬼魅之心，争相忏悔；才能洗净骷髅之血，解脱沉沦。你们活着已经遭到极刑，死了还要聚众作恶。跳跳纵纵前来，披头散发，成群结队；晃晃荡荡过去，攫人胸口，到处作祟。已经黄土塞耳，还要逞鬼子之凶；竟然白昼为妖，几乎断行人之路！坟墓以外，应由活人主宰；天地之间，岂能由你凶顽？禁令宣示后，各各应该绝迹，切切勿再作恶。无定河边之骨，静待投生；春闺梦里之魂，早回故乡。如敢再犯前科，必将后悔莫及。”从此恶鬼作祟绝迹了，池也很快干涸了。

泥　鬼

余乡唐太史济武，数岁时，有表亲某，相携戏寺中。太史童年磊落，胆即最豪，见庑中泥鬼，睁琉璃眼，甚光而巨，爱之，阴以指抉取，怀之而归。既抵家，某暴病不语。移时忽起，厉声曰：“何故抉我睛！”噪叫不休。众莫之知，太史始言所作。家人乃祝曰：“童子无知，戏伤尊目，行奉还也。”乃大言曰：“如此，我便当去。”言讫，仆地遂绝，良久而苏，问其所言，茫不自觉。乃送睛仍安鬼眶中。

异史氏曰：登堂索睛，土偶何其灵也？顾太史抉睛，而何以迁怒于同游？盖以玉堂之贵，而且至性觥觥，观其上书北阙，拂袖南山，神且惮之，而况鬼乎！

【译文】

我乡唐济武太史年幼时，与表亲某氏，手拉手在庙里玩耍。那时唐太史小孩儿家直率磊落，胆气极豪放，看到廊下泥鬼睁着琉璃眼，又光溜又大，很是喜爱，就暗暗用手指将它抠出来，揣在怀里带回家。到家以后，表亲某氏患了急病，说不出话来。过了一会，他忽然站起，厉声说：“为什么抠我眼珠！”大声嚷嚷个不停。大家都不知是怎么回事，唐济武这才把自己在庙里干的事说了出来。于是家里人就祷告说：“小孩子年幼无知，玩耍时伤了你眼睛，我们马上送还。”他这才大声说道：“这样，我就该走了。”说罢，倒地昏厥过去，好久才苏醒过来。大家问他说过些什么，他茫然，一点也不知道。家里人就把眼珠送回去还安在泥鬼眼眶中。

异史氏说：上门讨眼睛，泥塑木雕多么灵验啊。但是唐太史抠眼珠，为什么迁怒于同游的表亲呢？大概因为日后地位尊贵，而且秉性刚直的缘故。看他不畏权势，向朝廷上书直谏；事情不济，拂袖而去，归隐家居。神仙尚且忌惮三分，何况鬼呢！

梦　　别

王春李先生之祖，与先叔祖玉田公交最善。一夜，梦公至其家，黯然相语。问："何来？"曰："仆将长往，故与君别耳。"问："何之？"曰："远矣。"遂出。送至谷中，见石壁有裂罅，便拱手作别，以背向罅，逡巡倒行而入，呼之不应，因而惊寤。及明，以告太公敬一，且使备吊具。曰："玉田公捐舍矣！"太公请先探之，信，而后吊之。不听，竟以素服往。至门，则提旛挂矣。呜呼！古人于友，其死生相信如此；丧舆待巨卿而行，岂妄哉！

【译文】

李王春先生的祖父，与我死去的叔祖父玉田公交情最好。一夜，梦见玉田公到他家，说起话来神情忧郁。王春祖父问："你来有什么事吗？"玉田公说："我要长去不回，所以跟你告别罢了。"问他："去那儿？"他说："可远了。"就出去。王春祖父送他到山谷中，看到石壁上有一道裂缝，玉田公便转身拱手告别，把背朝着缝隙，慢慢倒退着进去。王春祖父大声喊他，不见答应，因而从梦中惊醒。到天亮后，把梦告诉了太公敬一，还让准备吊丧用的物品，说："玉田公去世了。"太公建议先派人打听一下，属实的话，再去吊丧。王春祖父不听，竟穿上丧服去了。到得玉田公家门，白色丧布已经挂起了。唉，古人对于朋友，死者生者互相信任到这程度。汉代的张劭死后，一定要等好友范式赶到，丧车才肯启动入土，难道是虚妄的吗！

犬　灯

韩光禄大千之仆，夜宿厦间，见楼上有灯，如明星。未几，荧荧飘落，及地化为犬。睨之，转舍后去。急起，潜尾之，入园中，化为女子。心知其狐，还卧故所。

俄，女子自后来，仆阳寐以观其变。女俯而撼之。仆伪作醒状，问其为谁。女不答。仆曰："楼上灯光，非子也耶?"女曰："既知之，何问焉?"遂共宿止，昼别宵会，以为常。主人知之，使二人夹仆卧；二人既醒，则身卧床下，亦不知堕自何时。

主人益怒，谓仆曰："来时，当捉之来；不然，则有鞭楚!"仆不敢言，诺而退。因念：捉之难；不捉，惧罪。展转无策。忽忆女子一小红衫，密著其体，未肯暂脱，必其要害，执此可以胁之。夜分，女至，问："主人嘱汝捉我乎?"曰："良有之。但我两人情好，何肯此为?"及寝，阴掬其衫。女急啼，力脱而去。从此遂绝。

后仆自他方归，遥见女子坐道周；至前，则举袖障面。仆下骑，呼曰："何作此态?"女乃起，握手曰："我谓子已忘旧好矣。既恋恋有故人意，情尚可原。前事出于主命，亦不汝怪也。但缘分已尽，今设小酌，请入为别。"时秋初，高粱正茂。女携与俱入，则中有巨第。系马而入，厅堂中酒肴已列。甫坐，群婢行炙。日将暮，仆有事，欲覆主命，遂别。既出，则依然田陇耳。

【译文】

光禄寺丞韩大千的仆人，夜间睡在大宅中，看见楼上亮着灯，有如明星。不一会儿，忽闪忽闪飘落下来，着地变成狗。斜眼看去，它一拐弯到屋后去了。仆人急忙起身，悄悄跟在后面。那狗进入园中，变成了女子。仆人心里明白是狐狸精，回到原处重新躺下。

一会儿，女子从后面来，仆人假装睡着了，观察她还有什么变化。女子俯下身子摇他，仆人装作醒来的样子，问她是谁。女子不回答。仆人说："楼上的灯光，不就是你吗？"女子说："既然知道，还问什么？"就一同睡下。白天去，晚上来相会，天天如此。这事被主人知道了，派两个人夹着仆人睡。那两人醒来后，发觉自己躺在床下，也不知什么时候掉下床的。

主人更火了，对仆人说："她来时，你就把她抓来；不然，你等着挨鞭子吧！"仆人不敢说什么，应了一声退下。就想：抓她难，不抓怕主人惩罚。想来想去没有办法。忽然回想起那女子把一件小红衫紧身穿着，一刻也不肯脱下，一定是她要命的东西，拿到了可以胁迫她。半夜，那女子来，问仆人："你主人叫你抓我吗？"仆人说："是有这回事。但我们两人恩恩爱爱，哪肯这样做呢？"到睡觉时，仆人冷不防揭她的小红衫，女子着急地叫起来，用力挣脱开走了。从此再也不来纠缠。

后来仆人从别处回来，远远看到那女子坐在路边；到她面前，她就举起袖子把脸遮了起来。仆人下马叫她说："你何必要这样子呢？"她这才站起身子，握着仆人的手说："我以为你已经把旧日的相好忘了。既然你对老交情还有恋恋之意，过去的事就还情有可原；再说那也是主人的指使，我也不来怪你。但是缘分已经结束，今天我备下薄酒，请你进去喝一杯作别。"当时正是初秋季节，高粱长得很茂盛。女子拉着他手走入高粱田里，只见里面有座大庄院，拴好马进去，厅堂中酒菜都已摆好。才坐下，丫环们便来来往往上菜。天色渐渐暗下来，仆人因为有事要向主人回复，就告别了。出门后，哪有什么庄院，依然是田垅罢了。

番　僧

释体空言："在青州，见二番僧，象貌奇古；耳缀双环，被黄布，须发鬈如。自言从西域来。闻太守重佛，谒之。太守遣二隶，送诣丛林。和尚灵辔，不甚礼之。执事者见其人异，私款之，止宿焉。或问：'西域多异人，罗汉得无有奇术否?'其一辴然笑，出手于袖，掌中托小塔，高裁盈尺，玲珑可爱。壁上最高处，有小龛，僧掷塔其中，矗然端立，无少偏倚。视塔上有舍利放光，照耀一室。少间，以手招之，仍落掌中。其一僧乃袒臂，伸左肱，长可六七尺，而右肱缩无有矣；转伸右肱，亦如左状。"

【译文】

体空和尚说：在山东青州地方，见到两名外国和尚，相貌稀奇古怪，耳朵上挂两只大耳环，身披黄布，胡子头发卷曲。他们自称从西域来，听说青州知府敬重佛法，赶来拜见。知府派两个差役，送他们到当地寺庙里去。庙中方丈灵辔，对他们不大敬重。那些做职事和尚见两人生得怪异，私自接待他们住了下来。有人问："西域有很多奇异的人，两位大师父莫非也有奇妙的技艺吧?"一个外国和尚嘻嘻笑了起来，把手从袖中伸出，掌心中托一座小塔，才尺把高，小巧玲珑，十分可爱。壁上最高处有一座小佛龛，那和尚把小塔往上一扔，不偏不倚，端端正正直立在佛龛中。看塔上有颗舍利子熠熠放光，照亮了整个房间。少停，和尚用手一招，那小塔仍旧落在他手掌中。另一个和尚袒露双臂，把左臂伸出，有六七尺长，而右臂缩得一点也没有了；接着又把右臂伸出来，也跟左边一样。

狐　妾

莱芜刘洞九，官汾州。独坐署中，闻亭外笑语渐近。入室，则四女子：一四十许，一可三十，一二十四五已来，末后一垂髫者。并立几前，相视而笑。刘固知官署多狐，置不顾。少间，垂髫者出一红巾，戏抛面上。刘拾掷窗间，仍不顾。四女一笑而去。

一日，年长者来，谓刘曰："舍妹与君有缘，愿无弃葑菲。"刘漫应之。女遂去。俄偕一婢，拥垂髫儿来，俾与刘并肩坐。曰："一对好凤侣，今夜谐花烛。勉事刘郎，我去矣。"刘谛视，光艳无俦，遂与燕好。诘其行踪。女曰："妾固非人，而实人也。妾，前官之女，蛊于狐，奄忽以死，窆园内。众狐以术生我，遂飘然若狐。"刘因以手探尻际。女觉之，笑曰："君将无谓狐有尾耶？"转身云："请试扪之。"自此，遂留不去。每行坐与小婢俱。家人俱尊以小君礼。婢媪参谒，赏赉甚丰。

值刘寿辰，宾客烦多，共三十余筵，须庖人甚众；先期牒拘，仅一二到者。刘不胜恚。女知之，便言："勿忧。庖人既不足用，不如并其来者遣之。妾固短于才，然三十席亦不难办。"刘喜，命以鱼肉姜桂，悉移内署。家中人但闻刀砧声，繁碎不绝。门内设一几，行炙者置柈其上；转视，则肴俎已满。托去复来，十余人络绎于道，取之不竭。末后，行炙人来索汤饼。内言曰："主人未尝预嘱，咄嗟何以办?”既而曰：“无已，其假之。”少顷，呼取汤饼。视之，三十余碗，蒸腾几上。客既去，乃谓刘曰：“可出金资，偿某家汤饼。”刘使人将直去。则其家失汤饼，方共惊异；使至，疑始解。

一夕，夜酌，偶思山东苦醁。女请取之。遂出门去。移时返曰：“门外一罂，可供数日饮。”刘视之，果得酒，真家中瓮头春也。越数日，夫人遣二仆如汾。途中一仆曰：“闻狐夫人犒赏优厚，此去得赏金，可买一裘。”女在署已知之，向刘曰：“家中人将至。可恨伧奴无礼，必报之。”明日，仆甫入城，头大痛，至署，抱首号呼。共拟进医药。刘笑曰：“勿须疗，时至当自瘥。”众疑其获罪小君。仆自思，初来未解装，罪何由得?无所告诉，漫膝行而哀之。帘中语曰：“尔谓夫人，则亦已耳，何谓狐也?”仆乃悟，叩不已。又曰：“既欲得裘，何得复无礼?”已而曰：“汝愈矣。”言已，仆病若失。仆拜欲出，忽自帘中掷一裹出，曰：“此一羔羊裘也，可将去。”仆解视，得五金。刘问家中消息，仆言都无事，惟夜失藏酒一罂，稽其时日，即取酒夜也。群惮其神，呼之“圣仙”。

刘为绘小像。时张道一为提学使，闻其异，以桑梓谊诣刘，欲乞一面。女拒之。刘示以像，张强携而去。归悬座右，朝夕祝之云：“以卿丽质，何之不可?乃托身于髿髿之老！下官殊不恶于洞九，何不一惠顾?”女在署忽谓刘曰：“张公无礼，当小惩之。”一日，张方祝，似有人以界方击额，崩然甚痛。大惧，反卷。刘诘之，使隐其故而诡对之。刘笑曰："主人额上得毋痛否？"使不能欺，以实告。

无何，婿亓生来，请觐之。女固辞。亓请之坚。刘曰："婿非他人，何拒之深？"女曰："婿相见，必当有以赠之；渠望我奢，自度不能满其志，故适不欲见耳。"既固请之，乃许以十日见。及期，亓入，隔帘揖之，少致存问。仪容隐约，不敢审谛。既退，数步之外，辄回眸注盼。但闻女言曰："阿婿回首矣！"言已，大笑，烈烈如鸮鸣。亓闻之，胫股皆软，摇摇然若丧魂魄。既出，坐移时，始稍定。乃曰："适闻笑声，如听霹雳，竟不觉身为己有。"少顷，婢以女命，赠亓二十金。亓受之，谓婢曰："圣仙日与丈人居，宁不知我素性挥霍，不惯使小钱耶？"女闻之曰："我固知其然。囊底适罄；向结伴至汴梁，其城为河伯占据，库藏皆没水中，入水各得些须，何能饱无餍之求？且我纵能厚馈，彼福薄亦不能任。"

女凡事能先知；遇有疑难，与议，无不剖。一日，并坐，忽仰天大惊曰："大劫将至，为之奈何！"刘惊问家口。曰："余悉无恙，独二公子可虑。此处不久将为战场，君当求差远去，庶免于难。"刘从之。乞于上官，得解饷云贵间。道里辽远，闻者吊之；而女独贺。无何，姜瓖叛，汾州没为贼窟。刘仲子自山东来，适遭其变，遂被害。城陷，官僚皆罹于难，惟刘以公出得免。

盗平，刘始归。寻以大案罣误，贫至饔飧不给；而当道者又多所需索，因而窘忧欲死。女曰："勿忧，床下三千金，可资用度。"刘大喜，问："窃之何处？"曰：

“天下无主之物，取之不尽，何庸窃乎。”刘借谋得脱归，女从之。后数年忽去，纸裹数事留赠，中有丧家挂门之小旛，长二寸许，群以为不祥。刘寻卒。

【译文】

山东莱芜刘洞九，在山西汾州做官。独自坐在官府中，听屋外有笑语声渐渐由远而近，进了屋子，原来是四个女子：一个四十来岁，一个三十岁模样，一个不出二十四五岁，最后一个是垂发少女。并排站在桌子边上，你看我我看你笑着。刘洞九早就知道官府中狐狸精很多，对她们不理不睬。过了一会，那少女取出一方红手帕，抛到刘洞九脸上闹着玩。刘洞九把手帕拾起扔在窗口，还是不睬她们。四个女子一笑而去。

一天，年纪最大的来对刘洞九说：“我妹妹与你有缘分，希望你不要嫌弃下贱。”刘洞九随口答应。那女子就走了。过了一会她和丫环扶着垂发少女来，让她与刘洞九挨肩坐下，说道：“一对好鸾凰，今夜结良缘。好好服侍刘郎，我去啦！”刘洞九细细打量少女，光彩照人，世上无双，就与她成了好事。事后问她来历，她说：“我固然不是人，而实际上是人。我是前任官的女儿，受狐狸精蛊惑，很快死去，就埋在园中。那些狐狸精用法术将我起死回生，我就飘飘然像个狐狸精了。”刘洞九就用手去摸她的尾骨处，她发觉了，笑笑说：“你莫不是以为狐狸精有尾巴吧？”转过身子说：“请试着摸摸看。”从此，狐女就留下不走了。走路也好坐下也好都跟小丫环在一起。家中人用待如夫人的礼节尊重她。仆妇丫环拜见，她都给很多赏赐。

逢刘洞九生日，来客很多，一共三十多桌筵席，需要好多厨师，先已下了公文去催，只有一两个到。刘洞九很恼火。狐女知道了，就说：“别担忧。既然厨子不够用，不如连来的也都打发走。我固然才能欠缺点，但三十桌筵席也不难办到。”刘洞九很高兴，叫人把鱼肉和生姜桂皮等调味都搬进内宅。家里人只听刀切砧板之声，一阵紧似一阵。门内放一张小桌子，端菜的将盘子放在上面，一转眼已盛满了菜肴。把盘子托去再来，十几个人一路上络绎不绝，菜肴取之不竭。宴会将近尾声，端菜人来要汤饼，里边说道："主人不曾预先关照，说要就要怎么办得到！"后来又说："没奈何，找人借去。"不多一会儿，叫取汤饼。大家一看，三十几碗汤饼，热气腾腾放在桌上。客人走后，狐女对刘洞九说："得拿些钱出来，去偿还某某人家的汤饼。"刘洞九派人把钱送去。原来那家汤饼不翼而飞，大家正在惊异；刘家人到，疑团才解开。

一天晚上喝酒，刘洞九偶尔想起山东的苦醁酒来。狐女说让她去取点来，就出门去。过了好一会回来说："门外有一坛，可供你几天喝了。"刘洞九去看，果然有一坛酒，真是老家新酿的苦醁酒。过了几天，刘洞九在老家的夫人派两名仆人到汾州来，路上一个仆人说："听说狐夫人犒赏很优厚，这次去得了赏金，得买件皮衣。"狐女在汾州官府内已经知晓，对刘洞九说："家中仆人就要来了，可恨这蠢奴才无礼，我一定得报复他一下。"第二天，那仆人才进汾州城门，头就大痛起来，到了衙门，抱头呼叫。大家打算请医给药。刘洞九笑笑说："不用医，到时候自己会好的。"众人疑心那仆人得罪了小夫人，可他自己想，新来乍到，行装还没卸，哪里会得罪呢？没什么可告罪的，姑且跪着移动膝盖走向狐女求饶。帘子里发话说："你称声夫人，也就算了，为什么要说狐呢？"仆人这才明白过来，不住地磕头。又听狐女说："你既然想得到皮衣，怎么还能无礼呢？"后来又说："你病好了。"说罢，仆人的头疼马上消失了。仆人拜谢后正要出去，忽然从帘中扔出一个包裹，说："这是件羊皮衣，你拿去吧！"仆人解开一看，是五两银子。刘洞九问起家中情况，仆人说都平安，只是有一夜丢了一坛窖藏的酒，计算日期，就是狐女取酒的那一天。大家敬畏她的神明，称她为圣仙。

刘洞九为狐女画了幅肖像。当时张道一任山西省提学使，听说狐女神异，就以同乡情分到刘家拜访，要求见狐女一面。狐女拒绝了，刘洞九把狐女的肖像给他看，谁知张道一强行将肖像带回家中，挂在书桌右边，早晚对画祝告说："以你的美丽姿质，谁不好嫁，竟去嫁一个白发垂垂的老头，我实在不比刘洞九差，你为什么不来光顾一次？"狐女在府中忽然对刘洞九说："张公无礼，要让他吃点小苦头。"一天，张道一正作祷告，好像有人用界尺敲他的额角，啪的一声很有点痛。他吓坏了，忙把画像还给刘家。刘洞九问怎么回事，送画人瞒过原由，编了谎言回答。刘洞九笑笑说："你主人额角上还痛不痛?"使者瞒不住，只得说了实话。

没多久，刘洞九女婿亓生来，请求参见狐女。狐女坚持不见，亓生一定要见。刘洞九就说："女婿也不是外人，何必硬要拒绝呢?"狐女说："接见女婿，一定要送见面礼；他欲望很大，我自料满足不了他的要求，所以才不想见他罢了。"后来亓生一再要求，就答应十天后相见。到了那天，亓生进来，隔着帘子作揖，问候了几句。隐隐约约看到狐女的仪表形容，不敢仔细看。退出好几步以外，就回头凝视。只听狐女说道："女婿回过头来了!"说罢，格格大笑，像猫头鹰叫似的。亓生听了，腿发软，摇摇晃晃像掉了魂。出来后坐了好一会儿，才稍稍定神，就说："刚才听到笑声，像听到响雷似的，竟不觉得身子是属于自己的。"少停，丫环奉狐女之命，送给亓生二十两银子。亓生接过银子，对丫环说："圣仙天天与岳父在一起，难道不知我向来用钱大手大脚，用不惯这点小钱吗?"狐女听了说："我本来就知道他这德性。刚巧碰上我袋里空空的；以前与同伴一起到河南汴梁，城里遭大水，库房都淹在水中，下水每人弄到一点钱，怎么能满足得了无底洞似的欲望呢? 再说纵使我能送他一笔大钱，他福薄也消受不起。"

狐女对任何事都能预知；刘洞九遇到疑难之事，与她讨论，无不分析得明明白白。一天，两人坐在一起，狐女忽然仰天吃惊地说："大难要临头了，怎么办呢?"刘洞九惊惶地问家里人吉凶，她说："其他人都没什么要紧，独独二公子叫人担心。不久后这里将成为战场，你该求一件差事远远离开此地，或许可以避免灾难。"刘洞九听从了她的意见，向上级官长请求差事，得到一桩往云南贵州解粮的任务。道路遥远，听到这消息的都对他表示同情，只有狐女向他庆贺。刘洞九启程不久，大同总兵姜瓖叛乱，汾州一带沦为叛军的大本营。刘洞九的次子从山东来，恰巧碰上战乱，就被害了。汾州城被乱军攻破后，官员都遭杀害，只有刘洞九因公出差得以幸免。

乱平之后，刘洞九方才回到汾州。不久因为一件大案牵连被撤职，穷得连一日三餐也吃不上，而掌权的又多方勒索，因而他窘迫焦急得要死。狐女说："别愁，床下三千两银子，可以使用。"刘洞九非常高兴，问："从哪儿窃得的？"狐女说："天底下无主的财物取之不尽，哪用得着窃呢？"刘洞九靠这笔钱多方想办法得以摆脱出来，回转家乡，狐女跟着他去。几年后，忽然走了，用纸包着几样东西留下送给他，其中有办丧事人家挂在门上的白布小旗，二寸来长，大家认为不吉利。不久，刘洞九就去世了。

雷　曹

乐云鹤、夏平子，二人少同里，长同斋，相交莫逆。夏少慧，十岁知名。乐虚心事之，夏亦相规不倦，乐文思日进，由是名并著，而潦倒场屋，战辄北。无何，夏遘疫卒，家贫不能葬，乐锐身自任之。遗襁褓子及未亡人，乐以时恤诸其家；每得升斗，必析而二之，夏妻子赖以活。于是士大夫益贤乐。乐恒产无多，又代夏生忧内顾，家计日蹙。乃叹曰："文如平子，尚碌碌以没，而况于我！人生富贵须及时，戚戚终岁，恐先狗马填沟壑，负此生矣，不如早自图也。"于是去读而贾。操业半年，家资小泰。

一日，客金陵，休于旅舍。见一人颀然而长，筋骨隆起，彷徨座侧，色黯淡，有戚容。乐问："欲得食耶？"其人亦不语。乐推食食之；则以手掬啖，顷刻已尽。乐又益以兼人之馔，食复尽。遂命主人割豚肩，堆以蒸饼，又尽数人之餐。始果腹而谢曰："三年以来，未尝如此饫饱。"乐曰："君固壮士，何飘泊若此？"曰："罪婴天谴，不可说也。"问其里居，曰："陆无屋，水无舟，朝村而暮郭耳。"乐整装欲行，其人相从，恋恋不去。乐辞之。告曰："君有大难，吾不忍忘一饭之德。"乐异之，遂与偕行。途中曳与同餐。辞曰："我终岁仅数餐耳。"益奇之。

次日，渡江，风涛暴作，估舟尽覆，乐与其人悉没江中。俄风定，其人负乐踏波出，登客舟，又破浪去；少时，挽一船至，扶乐入，嘱乐卧守，复跃入江，以两臂夹货出，掷舟中；又入之：数入数出，列货满舟。乐谢曰："君生我亦良足矣，敢望珠还哉！"检视货财，并无亡失。益喜，惊为神人，放舟欲行。其人告退，乐苦留之，遂与共济。乐笑云："此一厄也，止失一金簪耳。"其人欲复寻之。乐方劝止，已投水中而没。惊愕良久。忽见含笑而出，以簪授乐曰："幸不辱命。"江上人罔不骇异。

乐与归，寝处共之。每十数日始一食，食则啖嚼无算。一日，又言别，乐固挽之。适昼晦欲雨，闻雷声。乐曰："云间不知何状？雷又是何物？安得至天上视之，此疑乃可解。"其人笑曰："君欲作云中游耶？"

少时，乐倦甚，伏榻假寐。既醒，觉身摇摇然，不似榻上；开目，则在云气中，周身如絮。惊而起，晕如舟上。踏之，耎无地。仰视星斗，在眉目间。遂疑是梦。细视星嵌天上，如老莲实之在蓬也，大者如瓮，次如瓿，小如盎盂。以手撼之，大者坚不可动；小星动摇，似可摘而下者。遂摘其一，藏袖中。拨云下视，则银海苍茫，见城郭如豆。愕然自念：设一脱足，此身何可复问。

俄见二龙夭矫，驾缦车来。尾一掉，如鸣牛鞭。车上有器，围皆数丈，贮水满之。有数十人，以器掬水，遍洒云间。忽见乐，共怪之。乐审所与壮士在焉，语众曰："是吾友也。"因取一器授乐，令洒。时苦旱，乐接器排云，约望故乡，尽情倾注。未几，谓乐曰："我本雷曹，前误行雨，罚谪三载；今天限已满，请从此别。"乃以驾车之绳万尺掷前，使握端缒下。乐危之。其人笑言："不妨。"乐如其言，飗飗然瞬息及地。视之，则堕立村外。绳渐收入云中，不可见矣。

时久旱，十里外，雨仅盈指，独乐里沟浍皆满。归探袖中，摘星仍在。出置案上，黯黝如石；入夜，则光明焕发，映照四壁。益宝之，什袭而藏。每有佳客，出以照饮。正视之，则条条射目。

一夜，妻坐对握发，忽见星光渐小如萤，流动横飞。妻方怪咤，已入口中，咯之不出，竟已下咽。愕奔告乐，乐亦奇之。既寝，梦夏平子来，曰："我少微星也。君之惠好，在中不忘。又蒙自天上携归，可云有缘。今为君嗣，以报大德。"乐三十无子，得梦甚喜。自是妻果娠；及临蓐，光耀满室，如星在几上时，因名"星儿"。机警非常，十六岁，及进士第。

异史氏曰：乐子文章名一世，忽觉苍苍之位置我者不在是，遂弃毛锥如脱屣，此与燕颔投笔者，何以少异？至雷曹感一饭之德，少微酬良友之知，岂神人之私报恩施哉，乃造物之公报贤豪耳。

【译文】

乐云鹤、夏平子，两个人小时候同住一乡，长大后同在一书塾读书，交情很深。夏平子从小聪明，十岁就出了名，乐云鹤虚心向他学习，夏平子也孜孜不倦帮助，乐云鹤作文一天天进步，因此名气就一起响起来了。但科举场上失意潦倒，两个人每次应试都以失败告终。没过几年，夏平子染上瘟疫去世了，家里穷得无钱安葬，乐云鹤挺身而出料理了后事。夏平子丢下的婴儿和寡妻，他按时送去衣食；每次弄到一升一斗粮食，一定分成两半，夏家妻儿依靠他活了下来。因此士大夫们对乐云鹤更是赞不绝口。乐家产业也不多，又要代夏生操心养家活口，生计日益窘迫起来。他就叹息说："像夏平子那样好的文才，尚且默默无闻而死，何况我！人生富贵要及时，一年到头担惊受怕愁吃愁穿，恐怕比狗马还要先死，就辜负这一生了，不如早点另谋生路。"于是决定弃学经商。从商半年，成了小康人家。

一天，他到南京去，在旅店里歇息，看到一个人身材颀长，筋骨突出，在桌边徘徊，面色暗淡，带着伤心的样子。乐云鹤问道："想吃东西吗？"那人也不回答。乐云鹤就把自己的饭菜推过去给他吃，那人用手捧着吃，一会儿工夫已吃完了。乐云鹤又添了加倍的饭菜，那人又吃光了。乐云鹤就叫店主人切猪腿，端一叠蒸饼来，又吃下好几个人的饭菜，那人才吃饱肚子，道谢说："三年以来还不曾吃过这样一顿饱饭。"乐云鹤说："你真是壮士，为什么这样落泊呢？"他说："我犯罪遭到天谴，不能说。"问他家住何处，他说："我陆上没房子，水中没船，早走村庄，晚住城郭罢了。"乐云鹤打点行装要走，那人跟在身后，恋恋不舍。乐云鹤向他告辞，他说："你即将有大祸临头，我不忍忘了你的一饭之恩。"乐云鹤觉得奇怪，就与他一起动身。路上拉他一起用餐，他辞谢说："我一年只吃几餐罢了。"乐云鹤更奇怪了。

第二天渡江，风浪大作，商船都翻了。乐云鹤与那人全落入江中。很快风定浪息，那人背着乐云鹤踏水出来，登上客船，又独自破浪而去。少停，他拉来一条船，扶乐云鹤进舱，嘱咐躺下守候，又跳入大江，用两臂夹着货物从水中出来，扔在船中，又下水去。几进几出，货物摆满了一船。乐云鹤道谢说："你救了我命就很够了，哪敢奢望失落的货物重新得到呢！”检看财货，并没有丢失。乐云鹤更高兴了，惊讶之余，疑心他是仙人下凡。解开缆绳要开船的时候，那人告辞，乐云鹤苦苦挽留，就一同乘船过江。乐云鹤笑着说：“这一场灾难，只丢了一根金簪。”那人要再下水去寻，乐云鹤正要劝阻，他已跳入江中，不见了人影。乐云鹤惊愕了好久，忽然看见他微笑着从水中钻出，把金簪交给乐云鹤，说：“幸亏没有辜负了使命。”江上的人无不惊骇称奇。

乐云鹤与那人回到家里，起居与他在一起。那人每每十几天才吃一餐，吃起来胃口之大就没法算了。有一天，他又说要告别，乐云鹤一再挽留他。正好天色昏暗要下雨，听到了雷声。乐云鹤说：“云中间不知是什么样子，雷又是什么东西，怎样才能到天上去看一看，这些疑问就可以解开了。”那人笑着说：“你想到云中作一次遨游吗？”

过了一会儿，乐云鹤觉得很疲倦，就伏在床上打瞌睡。醒来感到身子摇摇晃晃的，不像在床上；睁开眼睛一看，原来在云雾之中，四周像是棉絮。他惊慌地爬起来，顿觉像在船上一样头晕。脚踏下去，软软的踩不到地。抬头看星星，都在眼睛眉毛前。他就怀疑是梦。细看星星嵌在天上，就像成熟的莲子长在莲蓬上一样，大的像瓮，中的像大肚酒瓶，小的像汤盏。用手摇它，大的牢不可动；小的动摇起来，像能摘下来似的。他就摘了一枚小星，藏在袖中。拨开云往下一瞧，一片银海茫茫，看得见地上的城镇像豆粒般大。他惊愕地想：假如一失足，自己这身躯哪还能再问。

一会儿，见两条矫健的龙蜿蜿蜒蜒驾着没有花纹的车子过来。尾巴一甩，声音像抽一下牛鞭。车上装着大水桶，都几丈粗，盛满了水。有几十个人拿勺子舀水，洒遍云间。他们忽然见到乐云鹤，都感到奇怪。乐云鹤细看自己结交的壮士也在里边，他对大伙说：“这是我朋友。”就拿一把勺子交给乐云鹤，叫他也洒水。当时苦于旱情严重，乐云鹤接过勺子，推开云团，大约朝着故乡的方向尽情地倾洒。没多会儿，那人对乐云鹤说：“我本是雷部属员，以前因为耽误了行雨，处罚下凡三年，今天期限已满，请就此告别。”就把拉车用的万尺长绳扔到乐云鹤面前，叫他抓住绳子的一端缒下去。乐云鹤怕有危险，那人笑着说：“没事。”乐云鹤就照他所说，利索地往下滑，一眨眼间已经着地。睁眼一看，原来掉在村口上。那绳渐渐收入云中，看不见了。

当时干旱已久，十里以外，只下了一指多雨，独独乐云鹤乡间下得满河满沟。他回家伸手摸袖中，摘下的星星还在，拿出来放在台上，黑黝黝的像块石头；到晚上，则光明焕发，照亮了一屋子。乐云鹤更把它当作宝，横一层竖一层包好藏起。每有好友，就取出作饮酒照明用。正面看它，只见条条光线耀人眼睛。

一夜，乐妻坐着对它拢头发，忽然看见星光渐渐缩小，像萤火虫一般，来回流动横飞。乐妻感到奇怪，正张口呼叫，星星已飞入她嘴里去了，怎么吐也吐不出，竟咽进了肚子里。乐妻怔了神，奔去告诉乐云鹤，乐云鹤也感到惊异。睡下后，梦见夏平子来，说："我是少微星。你的恩情，我记在心中，永世不忘。又蒙你把我从天上带回来，可说是有缘分。现在我托身做你的后代，来报答你的大恩大德。"乐云鹤三十岁了，还没有儿子，得了这个梦非常欢喜。打这之后，乐妻果然怀孕了，到临产的时候，满屋子光辉一片，就像那星星放在桌上的时候一样，因此就取名为星儿。这孩子非常机灵聪明，十六岁就进士及第。

异史氏说：乐云鹤文章闻名一世，忽然觉悟老天爷安排我的位置不在功名之中，于是抛弃毛笔像脱鞋，这与班超投笔从戎哪有一点差别呢？至于雷部属员感激供应一餐的恩德，少微星酬谢好友的知己之感，难道是神仙私报恩惠吗？这乃是上帝公报贤良豪俊之士罢了。

赌　符

韩道士，居邑中之天齐庙。多幻术，共名之"仙"。先子与最善，每适城，辄造之。一日，与先叔赴邑，拟访韩，适遇诸途。韩付钥曰："请先往启门坐，少旋我即至。"乃如其言。诣庙发扃，则韩已坐室中。诸如此类。

先是，有敝族人嗜博赌，因先子亦识韩。值大佛寺来一僧，专事樗蒲，赌甚豪。族人见而悦之，罄资往赌，大亏；心益热，典质田产，复往，终夜尽丧。邑邑不得志，便道诣韩，精神惨淡，言语失次。韩问之，具以实告。韩笑云：“常赌无不输之理。倘能戒赌，我为汝覆之。”族人曰：“倘得珠还合浦，花骨头当铁杵碎之！”韩乃以纸书符，授佩衣带间。嘱曰：“但得故物即已，勿得陇复望蜀也。”又付千钱，约赢而偿之。

族人大喜而往。僧验其资，易之，不屑与赌。族人强之，请以一掷为期。僧笑而从之。乃以千钱为孤注。僧掷之无所胜负，族人接色，一掷成采；僧复以两千为注，又败；渐增至十余千，明明枭色，呵之，皆成卢雉：计前所输，顷刻尽覆。阴念再赢数千亦更佳，乃复博，则色渐劣；心怪之，起视带上，则符已亡矣，大惊而罢。载钱归庙，除偿韩外，追而计之，并末后所失，适符原数也。已乃愧谢失符之罪。韩笑曰：“已在此矣。固嘱勿贪，而君不听，故取之。”

异史氏曰：天下之倾家者，莫速于博；天下之败德者，亦莫甚于博。入其中者，如沉迷海，将不知所底矣。夫商农之人，具有本业；诗书之士，尤惜分阴。负耒横经，固成家之正路；清谈薄饮，犹寄兴之生涯。尔乃狎比淫朋，缠绵永夜。倾囊倒箧，悬金于崄巇之天；呵雉呼卢，乞灵于淫昏之骨。盘旋五木，似走圆珠；手握多张，如擎团扇。左觑人而右顾己，望穿鬼子之睛；阳示弱而阴用强，费尽罔两之技。门前宾客待，犹恋恋于场头；舍上火烟生，尚眈眈于盆里。忘餐废寝，则久入成迷；舌敝唇焦，则相看似鬼。迨夫全军尽没，热眼空窥。视局中则叫号浓焉，技痒英雄之臆；顾橐底而贯索空矣，灰寒壮士之心。引颈徘徊，觉白手之无济；垂头萧索，始玄夜以方归。幸交谪之人眠，恐惊犬吠；苦久虚之腹饿，敢怨羹残。既而鬻子质田，冀还珠于合浦；不意火灼毛尽，终捞月于沧江。及遭败后我方思，已作下流之物；试问赌中谁最善？群指无裤之公。甚而枵腹难堪，遂栖身于暴客；搔头莫度，至仰给于香奁。呜呼！败德丧行，倾产亡身，孰非博之一途致之哉！

【译文】

韩道士，住在城中天齐庙。会各种幻术，大家都叫他仙人。我父亲在世时与他最要好，每次进城，都要去拜访他。有一天父亲与叔父到城里去，打算去看韩道士，恰巧在半道上相遇了。韩道士把钥匙交给父亲说："请先去开门，进去坐一坐，稍等片刻我就来。"两人照他的话向天齐庙走去。到庙打开锁，就见韩道士已坐在房中了。诸如此类很多。

早先，我族中有个人赌博成瘾，通过我父亲的关系，也结识了韩道士。正好大佛寺来了一个和尚，专门掷骰子赌博，输赢很大。我族中那人见了，很欣赏他，拿了家中所有的钱去赌，大输一场；这更刺激了他的赌心，就典卖了田地再去，一夜下来全部输光。他郁郁不欢，顺道往访韩道士，神情颓丧，语无伦次。韩道士问他怎么回事，他都实话实说了。韩道士笑笑说："长赌没有不输的道理。你如能戒赌，我替你翻本。"族里的人说："倘若本钱能翻回来，那几颗花骨头我一定用铁槌把它砸了。"韩道士就在纸上画了符，交给他佩在衣带间，叮嘱说："只要能捞还本就息手，不要得了陇又望蜀。"又给他一千钱，约好赢了就还。

族里的人兴冲冲前去。和尚看清他赌资不多，小看他，不屑与他赌。他死乞白赖硬缠软磨，要求一掷决胜负。和尚笑笑答应了。

就拿一千钱作孤注押上。和尚先掷，没掷出什么采头；那人接过骰子，一掷就是赢点。和尚又拿两千钱押下，又输了；渐渐赌注加码到十几千，明明掷出的是幺二三，一叫唤，都变成了四五六。算下来以前输掉的钱，顷刻之间全部赢了回来。他暗暗盘算，再赢它几千钱岂不更好。就再赌，但掷出来的点子越来越不行了，心里奇怪，立起身来看衣带，纸符已经不见了。大吃一惊，立即罢手。带钱回庙，除了还韩道士外，连最后所输的都追记在内，正好符合原数。过后就带着愧意向韩道士赔罪，说自己不小心，失落了纸符。韩道士笑笑说："纸符已在这里了。我本来就关照你别贪心，你却不听，所以我把它取回了。"

异史氏说：天底下倾家荡产的，没有比赌博更快了；天底下使人道德败坏的，也没有比赌博更厉害了。一入其中，像沉入茫茫大海，不知底在哪儿。经商务农的人，都有本业；读书的人，尤其珍惜时间。务农读书，固然是成家立业的正路；清谈小酌，也还是寄托兴致的活动。而竟亲近狐朋狗友，整夜难分难解。倾囊翻箱，把金钱挂在悬崖绝壁之顶；呼幺喝六，把希望寄于瘟生骰子之上。骰子旋转，如珠走玉盘；纸牌展开，像手拿团扇。一会儿瞧别人，一会儿顾自己，望穿了恶魔眼睛；表面上装软弱，暗底里下毒手，用尽了鬼蜮伎俩。家门前宾客等待，还在赌场边恋恋不舍；房顶上烟火直冒，仍对着骰盆眈眈虎视。废寝忘食，日子一久中了邪；唇焦舌燥，乍一看去成了鬼。待到全军尽覆没，只好红眼看人赌。瞧场上赌兴正浓，英雄岂不技痒；摸袋底分文全无，壮士徒然心灰。伸长头颈徘徊，叹手空空无济于事；低下脑袋丧气，才灰溜溜夜半回家。亏得埋怨数落的妻子已经入睡，只担心惊动狗叫；苦于久已空虚的肚子实在难熬，顾不得冷饭残羹。到后来押田卖儿，还盼合浦珠还；想不到火烧毛尽，终成水中捞月。待到惨败他再追悔，已成了下流的东西；试问赌中谁是代表，都说是没裤子先生。甚至饿得受不了，去与盗贼为伍；或者穷得没办法，就靠女人吃饭。唉，道德沦丧，行止堕落，家破人亡，不都是赌博这一条路造成的吗！

阿　霞

文登景星者，少有重名。与陈生比邻而居，斋隔一短垣。一日，陈暮过荒落之墟，闻女子啼松柏间；近临，则树横枝有悬带，若将自经。陈诘之，挥涕而对曰："母远去，托妾于外兄。不图狼子野心，畜我不卒。伶仃如此，不如死！"言已，复泣。陈解带，劝令适人。女虑无可托者。陈请暂寄其家，女从之。

既归，挑灯审视，丰韵殊绝。大悦，欲乱之。女厉声抗拒，纷纭之声，达于间壁。景生逾垣来窥，陈乃释女。女见景，凝眸停谛，久乃奔去。二人共逐之，不知去向。景归，阖户欲寝，则女子盈盈自房中出。惊问之。答曰："彼德薄福浅，不可终托。"景大喜。诘其姓氏，曰："妾祖居于齐。为齐姓，小字阿霞。"入以游词，笑不甚拒，遂与寝处。

斋中多友人来往，女恒隐闭深房。过数日，曰："妾姑去。此处烦杂，困人甚。继今，请以夜卜。"问："家何所？"曰："正不远耳。"遂早去，夜果复来，欢爱綦笃。

又数日，谓景曰："我两人情好虽佳，终属苟合。家君宦游西疆，明日将从母去，容即乘间禀命，而相从以终焉。"问："几日别？"约以旬终。既去，景思斋居不可常；移诸内，又虑妻妒。计不如出妻。志既决，妻至辄诟厉。妻不堪其辱，涕欲死。景曰："死恐见累，请蚤归。”遂促妻行。妻啼曰：“从子十年，未尝有失德，何决绝如此！”景不听，逐愈急。妻乃出门去。自是垩壁清尘，引领翘待；不意信杳青鸾，如石沉海。

妻大归后，数浼知交，请复于景，景不纳；遂适夏侯氏。夏侯里居，与景接壤，以田畔之故，世有却。景闻之，益大恚恨。然犹冀阿霞复来，差足自慰。越年余，并无踪绪。会海神寿，祠内外士女云集，景亦在。遥见一女，甚似阿霞。景近之，入于人中；从之，出于门外；又从之，飘然竟去。景追之不及，恨悒而返。

后半载，适行于途，见一女郎，著朱衣，从苍头，鞚黑卫来。望之，霞也。因问从人：“娘子为谁？”答言：“南村郑公子继室。”又问：“娶几时矣？”曰：“半月耳。”景思，得毋误耶？女郎闻语，回眸一睇，景视，真霞。见其已适他姓，愤填胸臆，大呼：“霞娘！何忘旧约？”从人闻呼主妇，欲奋老拳。女急止之。启幛纱谓景曰：“负心人何颜相见？”景曰：“卿自负仆，仆何尝负卿？”女曰：“负夫人甚于负我！结发者如是，而况其他？向以祖德厚，名列桂籍，故委身相从；今以弃妻故，冥中削尔禄秩，今科亚魁王昌，即替汝名者也。我已归郑君，无劳复念。”景俯首帖耳，口不能道一词。视女子，策蹇去如飞，怅恨而已。

是科，景落第，亚魁果王氏昌名。郑亦捷。景以是得薄倖名。四十无偶，家益替，恒趁食于亲友家。偶诣郑，郑款之，留宿焉。女窥客，见而怜之。问郑曰：“堂上客，非景庆云耶？”问所自识，曰：“未适君时，曾避难其家，亦深得其豢养。彼行虽贱，而祖德未斩；且与君为故人，亦宜有绨袍之义。”郑然之，易其败絮，留以数日。夜分欲寝，有婢持廿余金赠景。女在窗外言曰：“此私贮，聊酬夙好，可将去，觅一良匹。幸祖德厚，尚足及子孙。无复丧检，以促余龄。”景感谢之。

既归，以十余金买搢绅家婢，甚丑悍。举一子，后登两榜。郑官至吏部郎。既没，女送葬归，启舆则虚无人矣，始知其非人也。噫！人之无良，舍其旧而新是谋，卒之卵覆而鸟亦飞，天之所报亦惨矣！

【译文】

山东文登县景星，年轻时名气很响。他与陈生是邻居，书房只隔一垛矮墙。有一天傍晚，陈生从一片荒芜地方经过，听得松柏林中有女子哭声传出，走近一看，树的横干上挂着一条带子，那女子好像就要上吊的样子。陈生问她为何轻生，她抹着眼泪答道：“母亲出远门，把我托给表兄。谁想表兄狼心狗肺，不肯继续供养我，我孤苦伶仃的，这样活着，还不如死了的好。”说完，又哭起来。陈生解下带子，劝她嫁人。女子顾虑没有可以依托终身的人。陈生就建议她暂时寄居在自己家中，她同意了。

回家后，陈生点灯仔细端详，那女子风韵真是美极了，十分喜欢，就想非礼。女子厉声抗拒，吵嚷声传到隔壁。景生爬过墙头来张望，陈生才把女子放开。女子见了景生，停住了目光盯着他瞧，好久才奔出门去。陈生与景生一同追出，不知去向。景生回家，关上门正要睡，只见女子轻盈地从房中出来。景生吃了一惊，问她来此何意。女子说：“他德行不好，福分又浅，不可以终身相托。”景生快活之至，问她姓名，她说：“我家祖居在齐地，姓齐，小名阿霞。”景生用话挑逗她，她只是笑笑，不很拒绝，于是两个人同居了。

景生书房中多有朋友来往，阿霞常常藏身在里间。过了几天，她说："我暂且离开一下。这里烦杂，太困扰人了。从今后，我在晚上到你这儿来。"景生就问："你家在哪儿?"她说："正好不太远。"就早早走了，晚上果然又来了，两人恩恩爱爱，感情十分深厚。

又过了几天，阿霞对景生说："咱俩感情虽好，终究属于不正当结合。我父亲在西方边区任职，明天我要跟母亲前去，或许就乘机禀明双亲，而与你白头偕老了。"景生问："我们要分别几天?"她约定十天再相逢。

阿霞走后，景生想，住在书房里不是长久之计；如果叫阿霞搬到内房去睡，又怕妻子嫉妒。算计不如把妻子休了。主意打定，妻子一来他就恶狠狠辱骂。妻子受不了这分欺凌，哭着要去寻死。景生说："死我怕要受牵累，请早日回娘家吧。"就逼她走。妻子哭哭啼啼说："嫁你十年，我从没什么过失，你心肠为什么这样硬?"景生不听她的，赶得更急。妻子就出门而去。景生打扫屋子，粉刷墙壁，伸长头颈，踮起脚跟，眼巴巴等着阿霞。不料音信全无，如石沉大海。

他妻子被休回娘家后，几次托景生的好朋友说情，希望复婚，景生不同意；只得改嫁了夏侯氏。夏侯氏的田园住宅与景家接壤，为了田界的缘故，两家世代有嫌隙。景生听说妻子改嫁给冤家对头，更是恼恨之极。但他还盼着阿霞再来，还可聊以自慰。过了一年多，并无踪影头绪。正逢海神寿辰，神祠里男女云集，景生也在。远远看见一个女子，很像阿霞，挤过去，她钻进了人群；盯着她，又走出了大门；再跟上去，竟飘然而去。景生追她不上，怏怏地回去了。

半年之后，景生正走在路上，看见一个女郎，穿着大红衣衫，后边跟着一个老仆人，骑着黑驴过来。景生望去，是阿霞，就问那仆人："娘子是谁?"仆人回答："是南村郑公子的续弦。"又问："娶了多久了?"回答说："半个月罢了。"景生寻思，莫不是认错了人吧？女郎听到说话声，回头看了一眼，景生仔细一瞧，果真是阿霞。见她已另嫁他人，不觉气愤填胸，大嚷道："霞娘！你怎么忘了从前的婚约?"仆人听他呼叫女主人，要请他吃拳头。阿霞急忙喝住，掀开面纱对景生说："没良心的，你还有什么脸来见我?"

景生说：“是你对不起我，我何曾对不起你？”阿霞说：“你对夫人变心，比对我变心更坏。结发妻子尚且如此，何况别人？过去因为你祖上积德深厚，你的名字已注在登科榜上，所以以身相许；现在因为遗弃妻子的缘故，阴曹中已削去了你的功名俸禄。今科举人考试亚元王昌，就是代替你名字的。我已嫁了郑公子，不用你再挂念在心了。”景生俯首帖耳，一句话也说不出来。看阿霞在驴背上抽了一鞭，如飞而去。他只有满腔惆怅和悔恨。

这一科，景生落榜，亚元果然是王昌，郑公子也中了。景生因此落了个薄情的名声，到四十岁还没有再婚，家道更衰落了，常在亲友家混口饭吃。偶尔到郑家去，郑公子款待他，留他过夜。阿霞出来张望一下客人，看见是他，觉得很可怜，问郑公子说：“堂上客人，不是景庆云吗？”郑公子问她怎么认识的，阿霞说：“我未嫁你时，曾在他家避难，也得到他很好的照料。他的行为虽然卑贱，但祖上的阴德还在，而且与你有过交情，你也应当有故人的情谊，送点生计物品给他。”郑公子认为说得对，把景生的破棉袄换了新的，留在家中住了几天。半夜要睡时，有个丫环拿来二十多两银子送给景生，阿霞在窗外说道：“这是我的私房钱，聊以报答你过去的恩情，拿回去，找个好媳妇过活。幸亏你祖上阴德积得厚，恩泽还能够延及子孙。别再干缺德的事，损你余下的寿数。”景生感谢了她。

回家后，他用十几两银子向官宦人家买了个丫环，很丑、脾气又泼辣。生了个儿子，后来考中进士。郑公子官做到吏部郎中，去世之后，阿霞送丧回来，打开车帘竟空无一人了，才知道她并非人类。唉，一个人没了良心，弃旧图新，结果蛋打了，鸟也飞了，老天爷的报应也够惨的。

李司鉴

李司鉴，永年举人也。于康熙四年九月二十八日，打死其妻李氏。地方报广平，行永年查审。司鉴在府前，忽于肉架下，夺一屠刀，奔入城隍庙，登戏台上，对神而跪。自言："神责我不当听信奸人，在乡党颠倒是非，着我割耳。"遂将左耳割落，抛台下。又言："神责我不应骗人银钱，着我剁指。"遂将左指剁去。又言："神责我不当奸淫妇女，使我割肾。"遂自阉，昏迷僵仆。时总督朱云门题参革褫究拟，已奉俞旨，而司鉴已伏冥诛矣。邸抄。

【译文】

李司鉴是河北永年县举人，康熙四年（1665）九月二十八日，他打死了自己的妻子李氏。地方上把此案上报广平府，府里转给永年县审理。李司鉴在府衙门前，忽然从肉架上夺过一把屠刀，奔进城隍庙，登上戏台，面对神像跪下。他自己招供说："神责怪我不应当听信坏人的话，在乡里间颠倒是非，罚我割掉耳朵。"就把左耳割落，抛到台下。又说："神责怪我不应骗人钱财，罚我剁去手指。"就把左手手指剁了。又说："神责怪我不该奸淫妇女，命我割去肾囊。"就把自己阉割了，人也昏迷过去，直挺挺倒在地上。当时三省总督朱云门把李司鉴革去功名彻底查办的报告呈上去，已经接到圣旨批准，而李司鉴已经受到阴司的惩处身死了。此事见于当时的邸报。

五羖大夫

河津畅体元，字汝玉。为诸生时，梦人呼为"五羖大夫"，喜为佳兆。及遇流寇之乱，尽剥其衣，闭置空室。时冬月，寒甚，暗中摸索，得数羊皮护体，仅不至死。质明，视之，恰符五数。哑然自笑神之戏己也。后以明经授雒南知县。毕载积先生志。

【译文】

山西河津县畅体元，字汝玉。做秀才的时候，梦见有人叫他“五羖大夫”。他很高兴，认为是好兆头。（春秋时期，楚国人百里奚曾经落难，为人饲养牲口，穿着用五头黑母羊皮做的粗皮衣，后来到秦国，官至卿相，人称“五羖大夫”。）到后来，畅体元遇上流贼作乱，被扒光了衣服，关在一间空房子里。当时正是寒冬腊月，极冷，畅体元暗中摸索，摸到几张羊皮护身御寒，才不至于冻死。天亮一看，不多不少是五张。不禁失声笑了起来——原来老天爷开自己的玩笑。后来，畅体元以贡生的资格被任为河南雒南县知县。这事是毕载积先生记录的。

毛　狐

农子马天荣，年二十余。丧偶，贫不能娶。偶芸田间，见少妇盛妆，践禾越陌而过，貌赤色，致亦风流。马疑其迷途，顾四野无人，戏挑之。妇亦微纳。欲与野合。笑曰：“青天白日，宁宜为此。子归，掩门相候，昏夜我当至。”马不信。妇矢之。马乃以门户向背具告之，妇乃去。

夜分，果至，遂相悦爱。觉其肤肌嫩甚；火之，肤赤薄如婴儿，细毛遍体，异之。又疑其踪迹无据，自念得非狐耶？遂戏相诘。妇亦自认不讳。马曰：“既为仙人，自当无求不得。既蒙缱绻，宁不以数金济我贫？”妇诺之。

次夜来，马索金。妇故愕曰：“适忘之。”将去，马又嘱。至夜，问："所乞或勿忘耶？"妇笑，请以异日。逾数日，马复索。妇笑向袖中出白金二铤，约五六金，翘边细纹，雅可爱玩。马喜，深藏于椟。积半岁，偶需金，因持示人。人曰："是锡也。"以齿龁之，应口而落。马大骇，收藏而归。

至夜，妇至，愤致诮让。妇笑曰："子命薄，真金不能任也。"一笑而罢。马曰："闻狐仙皆国色，殊亦不然。"妇曰："吾等皆随人现化。子且无一金之福，落雁沉鱼，何能消受？以我蠢陋，固不足以奉上流；然较之大足驼背者，即为国色。"

过数月，忽以三金赠马，曰："子屡相索，我以子命不应有藏金。今媒聘有期，请以一妇之资相馈，亦借以赠别。"马自白无聘妇之说。妇曰："一二日，自当有媒来。"马问："所言姿貌如何？"曰："子思国色，自当是国色。"马曰："此即不敢望。但三金何能买妇？"妇曰："此月老注定，非人力也。"马问："何遽言别？"曰："戴月披星，终非了局。使君自有妇，搪塞何为？"天明而去。授黄末一刀圭，曰："别后恐病，服此可疗。"

次日，果有媒来。先诘女貌，答："在妍媸之间。""聘金几何？""约四五数。"马不难其价，而必欲一亲见其人。媒恐良家子不肯衒露。既而约与俱去，相机因便。既至其村，媒先往，使马待诸村外。久之，来曰："谐矣。余表亲与同院居，适往见女，坐室中。请即伪为谒表亲者而过之，咫尺可相窥也。"马从之。果见女子坐堂中，伏体于床，倩人爬背。马趋过，掠之以目，貌诚如媒言。及议聘，并不争直；但求得一二金，妆女出阁。马益廉之，乃纳金，并酬媒氏及书券者，计三两已尽，亦未多费一文。择吉迎女归，入门，则胸背皆驼，项缩如龟，下视裙底，莲舡盈尺。乃悟狐言之有因也。

异史氏曰：随人现化，或狐女之自为解嘲；然其言福泽，良可深信。余每谓：非祖宗数世之修行，不可以博高官；非本身数世之修行，不可以得佳人。信因果者，必不以我言为河汉也。

【译文】

农民马天荣，二十几岁上死了老婆，穷得没钱再娶。一次在田间耕作，见一个衣着华丽的少妇踩庄稼跨田埂过来，脸色绯红，情致也颇风流。马天荣疑心她迷了路，看看四野没人，就调戏挑逗她，那少妇也有点愿意。马天荣想与她苟合。少妇笑笑说："青天白日的，怎么可以干这事。你回去，掩上门等我，夜深了我会来的。"马天荣不信，少妇向他起誓。马天荣就把家门方向都告诉了她，她才走了。

夜半，少妇果然来了，于是两人非常恩爱。马天荣发觉她皮肤很娇嫩，点灯一照，只见她的皮肤又红又薄，像婴儿，浑身长着细毛，感到很奇怪。又怀疑她来去无踪，心里想莫不是狐狸精吧？就说着玩似的问她底细。少妇也毫不掩饰，承认自己是狐狸精。马天荣说："既然你是狐仙，自然有求必应。蒙你相爱，怎么不弄几两银子来救救穷？"少妇答应了他的要求。

第二夜少妇来，马天荣向她要钱。少妇故意呆了一呆说："正好忘了。"临走，马天荣又叮嘱她别忘了带钱。第三天晚上，马天荣问："我向你要钱的事没忘吗？"少妇笑笑，要求改天再说。过了几天，马天荣又向她要钱。少妇含笑从袖中掏出两锭白银，约五六两。银锭翘起的边上刻着细花纹，小巧可爱。马天荣很喜欢，把它藏在箱子里。过了半年，他偶然要钱花，就拿出银锭给人瞧。别人说："这是锡的。"用牙一咬，随口咬落一块。马天荣大吃一惊，把锡锭收起回家。

到晚上，少妇到来，马天荣气呼呼向她责问。少妇笑笑说："你命薄，给你真的你消受不起。"一笑而罢。马天荣又说："听说狐仙都是美貌非凡，看来也不尽然。"少妇说："我们都随对象的情况而变化现形。你连得到一两银子的福气也没有，沉鱼落雁的美女，怎么能消受得起？像我这般又笨又丑的女人，固然不能侍奉上等人物，但与大足驼背的女子比起来，也算是天姿国色了。"

过了几个月，少妇忽然拿三两白银送给马天荣，说："你几次向我要钱，我因为你命中没福分藏有银子，所以一直没答应。现在你定亲结婚的日子近了，就送你一笔讨老婆的钱，同时也算是临别相赠。"马天荣表白说自己并没有要娶妻的事。少妇说："一二天内，自然会有媒人来。"马天荣问："说的那人面貌生得怎样？"少妇说："你想念美丽女子，当然就是天姿国色。"马天荣说："这就不敢奢望。但是三两银子哪能买个老婆呢？"少妇说："这是月下老人注定的，不是人力所能办到。"马天荣问："你怎么忽然说要分手了呢？"她回答说："我天天披星戴月，到底不是结局。现在你要有正式妻子了，我还何必在此敷衍呢。"天一亮，少妇就走了。交给马天荣一包黄色药末，说："分别后怕你要生病，服了这药就会好的。"

第二天，果然有媒人来。马天荣先问女方生得如何，媒人回答说："不美也不丑。"他又问："要多少聘金？"媒人说："大约四五两银子。"马天荣对聘金倒不争，就是一定要亲眼见见她人。媒人怕良家妇女不肯抛头露面，后来约好一起去，到那儿见机行事。到了女方村子里，媒人先去，叫马天荣在村外等。过了好久，媒人回来说："成了。我表亲与那姑娘同住一院，刚才去见她，坐在屋里。你就假装去拜访我表亲，走过她家。近在咫尺，可以偷看。"马天荣依从了。果然见那姑娘坐在屋里，把身子趴在床上，叫人替她搔背。马天荣快步走过，用眼睛瞄了一下，面貌的确像媒人说的那样。到议定聘金的时候，女家并不争多嫌少，只要有几个钱办点嫁妆好出嫁就行。马天荣更觉得便宜，就交了聘金，加上酬谢媒人及书写婚约的开销，算算三两银子已经用光，也没有多费一个小钱。

选定吉日，迎新娘到家。进门一看，只见新娘子鸡胸驼背，头颈像乌龟似地缩着，再看裙子底下，一双大脚有尺把长。这才领悟到狐狸精的话事出有因。

异史氏说：随人变化现形，这也许是狐女的自我解嘲；但她说福分皆是命中注定，的确很可信。我常说，不是祖上几代积德，就做不到高官；不是本人几世修行，就娶不到美妻。相信因果报应的人，一定不认为我所说的是迂阔之谈吧。

翩　翩

罗子浮，邠人。父母俱早世。八九岁，依叔大业。业为国子左厢，富有金缯而无子，爱子浮若己出。

十四岁，为匪人诱去作狭邪游。会有金陵娼，侨寓郡中，生悦而惑之。娼返金陵，生窃从遁去。居娼家半年，床头金尽，大为姊妹行齿冷。然犹未遽绝之。无何，广创溃臭，沾染床席，逐而出。丐于市。市人见辄遥避。自恐死异域，乞食西行；日三四十里，渐至邠界。又念败絮脓秽，无颜入里门，尚趦趄近邑间。

日既暮，欲趋山寺宿。遇一女子，容貌若仙。近问："何适？"生以实告。女曰："我出家人，居有山洞，可以下榻，颇不畏虎狼。"生喜，从去。

入深山中，见一洞府。入则门横溪水，石梁驾之。又数武，有石室二，光明彻照，无须灯烛。命生解悬鹑，浴于溪流。曰："濯之，创当愈。"又开幛拂褥促寝，曰："请即眠，当为郎作裤。"乃取大叶类芭蕉，剪缀作衣。生卧视之。制无几时，折叠床头，曰："晓取著之。”乃与对榻寝。

生浴后，觉创疡无苦。既醒，摸之，则痂厚结矣。诘旦，将兴，心疑蕉叶不可著。取而审视，则绿锦滑绝。少间，具餐。女取山叶呼作饼，食之，果饼；又剪作鸡、鱼，烹之皆如真者。室隅一罂，贮佳酝，辄复取饮；少减，则以溪水灌益之。数日，创痂尽脱，就女求宿。女曰：“轻薄儿！甫能安身，便生妄想！”生云：“聊以报德。”遂同卧处，大相欢爱。

一日，有少妇笑入，曰：“翩翩小鬼头快活死！薛姑子好梦，几时做得？”女迎笑曰：“花城娘子，贵趾久弗涉，今日西南风紧，吹送来也！小哥子抱得未？”曰：“又一小婢子。”女笑曰：“花娘子瓦窑哉！那弗将来？”曰：“方呜之，睡却矣。”

于是坐以款饮。又顾生曰：“小郎君焚好香也。”生视之，年廿有三四，绰有余妍。心好之。剥果误落案下，俯假拾果，阴捻翘凤；花城他顾而笑，若不知者。生方怳然神夺，顿觉袍裤无温；自顾所服，悉成秋叶。几骇绝。危坐移时，渐变如故。窃幸二女之弗见也。少顷，酬酢间，又以指搔纤掌。城坦然笑谑，殊不觉知。突突怔忡间，衣已化叶，移时始复变。由是惭颜息虑，不敢妄想。城笑曰：“而家小郎子，大不端好！若弗是醋葫芦娘子，恐跳迹入云霄去。”女亦哂曰：“薄幸儿，便直得寒冻杀！”相与鼓掌。花城离席曰：“小婢醒，恐啼肠断矣。”女亦起曰：“贪引他家男儿，不忆得小江城啼绝矣。”

花城既去，惧贻诮责；女卒晤对如平时。

居无何，秋老风寒，霜零木脱，女乃收落叶，蓄旨御冬。顾生肃缩，乃持襆掇拾洞口白云，为絮复衣；著之，温暖如襦，且轻松常如新绵。

逾年，生一子，极惠美。日在洞中弄儿为乐。然每念故里，乞与同归。女曰："妾不能从；不然，君自去。"因循二三年，儿渐长，遂与花城订为姻好。

生每以叔老为念。女曰："阿叔腊故大高，幸复强健，无劳悬耿。待保儿婚后，去住由君。"女在洞中，辄取叶写书教儿读，儿过目即了。女曰："此儿福相，放教入尘寰，无忧至台阁。"

未几，儿年十四。花城亲诣送女。女华妆至，容光照人。夫妻大悦，举家宴集。翩翩扣钗而歌曰："我有佳儿，不羡贵官。我有佳妇，不羡绮纨。今夕聚首，皆当喜欢。为君行酒，劝君加餐。"既而花城去，与儿夫妇对室居。新妇孝，依依膝下，宛如所生。

生又言归。女曰："子有俗骨，终非仙品；儿亦富贵中人，可携去，我不误儿生平。"新妇思别其母，花城已至。儿女恋恋，涕各满眶。两母慰之曰："暂去，可复来。"翩翩乃翦叶为驴，令三人跨之以归。

大业已老归林下，意侄已死，忽携佳孙美妇归，喜如获宝。入门，各视所衣，悉蕉叶；破之，絮蒸蒸腾去。乃并易之。后生思翩翩，偕儿往探之，则黄叶满径，洞口云迷，零涕而返。

异史氏曰：翩翩、花城，殆仙者耶？餐叶衣云，何其怪也！然帏幄诽谑，狎寝生雏，亦复何殊于人世？山中十五载，虽无“人民城郭”之异；而云迷洞口，无迹可寻，睹其景况，真刘、阮返棹时矣。

【译文】

罗子浮是陕西邠州人，父母都死得很早，八九岁时，依靠叔父罗大业生活。大业任国子左厢，家里很有钱却没生儿子，所以疼爱子浮像自己亲生的一样。

罗子浮十四岁时，被坏人骗诱，在外嫖妓宿娼。这时有个南京来的妓女，侨居在邠州，子浮对她十分迷恋。那妓女回南京去时，子浮就偷偷地跟了前去。在妓女家住了半年，所带银钱都挥霍光了，遭到众妓女的冷笑与白眼。但还没有马上断绝关系。后来他花柳病发作，脓疮溃烂臭气熏人，弄得床席上污秽不堪，被妓院里赶了出来。在街上乞讨度日，可是人家见到他那副样子就远远避开了。子浮害怕自己要死在异乡客地，就向西沿路乞讨，每天走三四十里路，渐渐走到邠州地面。他转念又想，自己穿着破衣败絮，一身脓血腥臭，实在没有脸面回转家门，于是就在邻近的乡里徘徊。

天黑下来了，罗子浮想到山上庙里去过夜，半道上遇见一个女子，生得如天仙一般美丽。她近前来问：“你往哪儿去？”他就把想进庙里住夜的话实说了。那女子就说：“我是个出家人，住在山洞里，那儿留你住，而且不用怕野兽来伤害。”子浮很高兴，就跟着她走了。

进入深山中，看到一座洞府，进了洞，门前溪水横流，溪上架有石桥。再走几步，就有两间石室，里面一片雪亮，用不着灯烛照明。那女子叫子浮脱下破衣，到溪水里去洗个澡，说：“洗一洗，脓疮会治好的。”子浮洗完澡后，那女子又揭开床帐，展平被褥，叫他早点睡觉，说：“你快躺下，我为你做衣裳。”她就拿像芭蕉叶似的大叶子，剪剪缝缝，做起衣服来。子浮躺在床上看着。不多一会，她把缝制好的衣服折平放在床头，说：“明天可以拿来穿了。”就在子浮对面的床上睡了。

子浮洗过澡后，觉得疮口的疼痛消除了；第二天醒来，摸摸疮口，已经结起了厚厚的痂。天亮之后，子浮要起身，心里嘀咕这蕉叶怎么可以穿呢？取来细细一看，竟是绿色织锦缎，光滑极了。过了一会，那女子去准备早点。她拿出几片山树叶子，说是饼，子浮拿来一吃，果然是饼；又用剪刀把叶子剪成鸡呀、鱼呀放在锅里煮，盛出来就是真的鸡、鱼。房内壁角里放着一只瓦罐，装着美酒，就拿来畅饮；瓶里酒浅下去了，便把溪水灌满。几天后，子浮身上的疮痂都脱落了，他就求那女子同睡。那女子说："你这轻骨头，刚能存身，就痴心妄想起来了。"子浮说："我权且算是报你的大恩大德。"于是他俩就睡在一块了，非常恩爱。

有一天，一个年轻妇女笑着进来说："翩翩这小鬼头真开心死了！这新婚美梦是几时做着的呀？"那叫作翩翩的女子就应声迎上前去，笑着说："花城姐姐，你好长时间不来这儿了。今儿个西南风紧，把你给吹来了，可是添了个胖小子？"花城回答说："嗨，又生了个小丫头。"翩翩打趣说："你可成了专门生产女儿的作坊了。怎么也不将她带来呢？"花城说："刚才还哄着她，睡着了。"

于是三人坐下饮酒。花城瞧着子浮笑了笑说："你这少年郎前世不知烧了怎样的好香！"罗子浮看她，大约二十三四年纪，很有丰韵；心中对她非常爱慕。子浮剥果子不小心落到桌下，他假装弯腰去拾果子，暗中将花城的弓鞋捏了一把。花城眼看着别处在笑，好像不知有此事似的。罗子浮正在迷迷糊糊，魂灵出窍的当儿，突然感到身上凉丝丝的，急忙看看自己穿的衣服，都成了枯叶，他吓得要死，赶忙一本正经坐好。过了一会，那叶子渐又变成了衣服，他暗自庆幸翩翩与花城没瞧见自己的狼狈相。过了会儿，罗子浮借着斟酒递酒的机会，又用手指搔搔花城的手心；花城依然嘻嘻哈哈，若无其事，仿佛毫不觉察。子浮心头激动得卜卜直跳，不料身上衣服已经又化为叶片，隔了好一阵才回复原状。打这以后，子浮红着脸收住意马心猿，不敢想入非非了。花城笑着说："你家郎君太不正经。要不是你这醋瓶子，恐怕他要跳上天去了。"翩翩也嘲讽说："这薄情的家伙，只配让他冻死。"两人拍手大笑。花城站起来说："小丫头醒过来，怕要哭坏了。"翩翩也立起来说："你只贪图勾引别人家的男子，不想到小江城要哭死了！"

花城走后，子浮很害怕要遭到翩翩的责骂，可翩翩待他仍和平日一样。

住了不久，转眼已是深秋，西风飒飒，霜露降落，树叶凋零，翩翩于是将落叶收藏起来，准备冬粮。看到子浮瑟瑟发抖的样子，就拿了包袱布拾洞口的白云，作棉絮缝制寒衣。子浮穿在身上，像棉袄一样温暖，而且十分松软，老是像新棉衣。

过了一年，翩翩生下一个儿子，非常伶俐漂亮。夫妇俩天天在洞府内调弄儿子取乐。但是，子浮常常思念故乡，请求翩翩与他一同归去。翩翩说："我是不能跟你走的；要不然，你就一个人回去吧。"子浮无奈，也只得留下。就这样厮守着，又过了两三年，儿子渐渐长大了，就与花城家女儿定了亲。

子浮老是想着自己年迈的叔父，翩翩就说："阿叔固然年事已高，幸得身体还强健，无须牵挂。待我们的孩子保儿成婚后，你要留要走都随便。"翩翩在洞府中常常取叶子写字教儿子读书。保儿很聪明，只要看一遍就能明白。翩翩说："这孩子有福相，如让他到人间，不怕将来做不到大官。"

又过了几年，保儿已长到十四岁了。花城亲自送女儿江城来完婚，江城穿着华丽的衣妆过门，脸上容光焕发。子浮夫妻俩很是高兴，合家欢宴。酒席上翩翩取下头上钗子，敲着唱道："我有好儿子，不羡作高官；我有好媳妇，不羡穿绸缎。今夜团团坐，全家都喜欢。敬君一杯酒，劝君多加餐。"吃了一会，花城便回去了。保儿新房就设在子浮夫妇居室的对面。新娘子很孝顺，常与公婆形影不离，就像亲生女儿一般。

罗子浮又提起要回乡的事，翩翩就说："你是俗骨凡胎，终究成不了仙；保儿也是功名富贵场中人，可一同带去，我不耽误他的前途。"新媳妇想辞别自己母亲，花城已经到来。这时免不了儿女情深，大家眼泪汪汪的。翩翩与花城安慰一对小夫妻说："暂时分手，以后可以再来的。"翩翩用蕉叶剪成三匹驴子，叫他们三人骑驴回去。

这时，罗大业已经退休在家，以为侄儿早已死去了，忽然带着人品出众的侄孙、美貌超群的侄孙媳妇归来，喜欢得如获珠宝。三人进了家门，各自看看自己所穿的衣服，都是一片片蕉叶；把它破开，棉絮变成朵朵白云腾空而去。于是都换了衣装。后来，子浮想念翩翩，同着儿子媳妇前往山中寻访。只见满地黄叶，白云弥漫，辨不出洞口，只得垂泪而回。

异史氏说：翩翩、花城，恐怕是神仙吧！吃的是叶，穿的是云，多么奇怪啊！但帏帐中说说笑笑，亲昵地在一起睡觉，生孩子，与人世间又有什么两样？山中十五年，回家后虽然没有丁令威化鹤归来“城郭如故人民非”的变化，但再入深山，白云迷漫，洞口湮没，没有踪迹可找，看这景观，真像汉代刘晨、阮肇入山逢仙女后回船时的光景了。

黑　兽

闻李太公敬一言：“某公在沈阳，宴集山颠。俯瞰山下，有虎衔物来，以爪穴地，瘗之而去。使人探所瘗，得死鹿。乃取鹿而虚掩其穴。少间，虎导一黑兽至，毛长数寸。虎前驱，若邀尊客。既至穴，兽眈眈蹲伺。虎探穴失鹿，战伏不敢少动。兽怒其诳，以爪击虎额，虎立毙。兽亦径去。”

异史氏曰：兽不知何名。然问其形，殊不大于虎，而何延颈受死，惧之如此其甚哉？凡物各有所制，理不可解。如猕最畏狨：遥见之，则百十成群，罗而跪，无敢遁者。凝睛定息，听狨至，以爪遍揣其肥瘠；肥者则以片石志颠顶。猕戴石而伏，悚若木鸡，惟恐堕落。狨揣志已，乃次第按石取食，余始哄散。余尝谓贪吏似狨，亦且揣民之肥瘠而志之，而裂食之；而民之戢耳听食，莫敢喘息，蚩蚩之情，亦犹是也。可哀也夫！

【译文】

听李敬一太公说：某公在沈阳，宴会设在山头上。俯视山下，有一头老虎衔着东西来，用爪子刨坑埋好就走了。某公派人探看埋的东西，是一只死鹿。就取出死鹿，用土把坑虚掩起来。过了一会，老虎引一头黑色怪兽到来，毛有好几寸长。老虎在前头走着，好像邀请尊贵的客人。到了埋鹿的坑穴后，黑兽睁着一双大眼蹲在旁边看着。老虎把爪子伸进坑穴，鹿已经不见了，浑身发抖，伏在那儿一动不敢动。黑兽以为老虎骗自己，大怒，用爪子猛击它的前额，老虎立刻死去。黑兽也径自走了。

异史氏说：黑兽不知叫什么名字，但问起它的形状，并不比老虎大，为什么老虎伸着脖子挨打等死，怕得这样厉害？万物各有克星，其中道理无法理解。像猕猴最怕狨，远远看到狨来，百十成群的猕猴就一排排跪在地上，没有一只敢逃跑的。它们目光呆滞，屏住呼吸，听任狨走来，用爪把每只猕猴捏捏摸摸，度量它们肥瘦；肥的就用石片放在它头顶作标记。猕猴顶着石片蹲着，愣愣的像只木鸡，唯恐石片掉下来。狨做完标记，就按石片次序一只一只抓来吃，其余的猕猴才嗯喇一声四散走开。我曾经说贪官像狨，也是揣摩了老百姓的肥瘦做好标记，而后一个个的吃。老百姓俯首帖耳听凭贪官宰割，连大气也不敢喘一口，木头木脑的样子，也像猕猴一样。可悲啊！

（卷三译者：丁如明）

卷　四

余　德

武昌尹图南，有别第，尝为一秀才税居。半年来，亦未尝过问。一日，遇诸其门，年最少，而容仪裘马，翩翩甚都。趋与语，即又蕴藉可爱。异之。归语妻。妻遣婢托遗问以窥其室。室有丽姝，美艳逾于仙人；一切花石服玩，俱非耳目所经。尹不测其何人。诣门投谒，适值他出。翼日，即来答拜。展其刺呼，始知余姓德名。语次，细审官阀，言殊隐约。固诘之，则曰："欲相还往，仆不敢自绝。应知非寇窃逋逃者，何须逼知来历？"尹谢之。命酒款宴，言笑甚欢。向暮，有两昆仑捉马挑灯，迎导以去。

明日，折简报主人。尹至其家，见屋壁俱用明光纸裱，洁如镜。金狻猊爇异香。一碧玉瓶，插凤尾孔雀羽各二，各长二尺余。一水晶瓶，浸粉花一树，不知何名，亦高二尺许，垂枝覆几外；叶疏花密，含苞未吐；花状似湿蝶敛翼；蒂即如须。筵间不过八簋，而丰美异常。

既，命童子击鼓催花为令。鼓声既动，则瓶中花颤颤欲折；俄而蝶翅渐张；既而鼓歇，渊然一声，蒂须顿落，即为一蝶，飞落尹衣。余笑起，飞一巨觥；酒方引满，蝶亦扬去。顷之，鼓又作，两蝶飞集余冠。余笑云：“作法自毙矣。”亦引二觥。三鼓既终，花乱堕，翩翻而下，惹袖沾衿。鼓僮笑来指数：尹得九筹，余四筹。尹已薄醉，不能尽筹，强引三爵，离席亡去。由是益奇之。

然其为人寡交与，每阖门居，不与国人通吊庆。尹逢人辄宣播；闻其异者，争交欢余，门外冠盖常相望。余颇不耐，忽辞主人去。

去后，尹入其家，空庭洒埽无纤尘；烛泪堆掷青阶下；窗间零帛断线，指印宛然。惟舍后遗一小白石缸，可受石许。尹携归，贮水养朱鱼。经年，水清如初贮。后为佣保移石，误碎之。水蓄并不倾泻。视之，缸宛在，扪之虚耎。手入其中，则水随手泄；出其手，则复合。冬月亦不冰。一夜，忽结为晶，鱼游如故。尹畏人知，常置密室，非子婿不以示也。

久之渐播，索玩者纷错于门。腊夜，忽解为水，阴湿满地，鱼亦渺然。其旧缸残石犹存。忽有道士踵门求之，尹出以示。道士曰：“此龙宫蓄水器也。”尹述其破而不泄之异。道士曰：“此缸之魂也。”殷殷然乞得少许。问其何用，曰：“以屑合药，可得永寿。”予一片，欢谢而去。

【译文】

武昌人尹图南，在外面另有一所住宅，曾经被一位秀才租去居住。半年来，也从未去过问。一天，尹图南在门口遇见他，年纪很轻，却一表人才，轻裘骏马，风度翩翩。上前交谈，又觉得十分温雅可爱。尹图南很是惊异，回去对妻子说了，妻子派婢女借送东西问候窥视他的居室。屋里有一位美女，长得比天仙还漂亮；室内所有的花石摆设、服装玩物，都不是常人耳闻目睹的。尹图南猜不透秀才到底是什么身份，就上门去求见，正逢他不在。第二天，那秀才就来回访拜谢了，打开名片，才知道他姓余名德。言谈之间，尹图南仔细询问他的仕宦经历，他说得非常含糊。尹图南一再追问，余德只好说："你既然愿意与我交往，我当然不敢表示拒绝。但你应该知道我不是在逃的强盗和窃贼，何必逼着了解来历呢？"尹图南向他表示歉意，又命摆下酒宴款待，说说笑笑十分融洽。到晚上，有两名奴仆牵着马、提着灯，来接他回去。

第二天，余德下请帖回请主人。尹图南来到他家，只见屋里四壁都用明光纸裱贴，明洁如镜，金狮炉中点燃着异香。一只碧玉瓶里，插着凤尾和孔雀羽各两支，每支有二尺多长。一只水晶瓶里，浸着一树粉花，不知什么名字，也有二尺来高，垂枝覆盖在几案以外，叶少花多，含苞未放。花的形状像蝴蝶沾水收拢两翅，花蒂就像蝶须一般。席上菜肴只有八盘，但都非常精美丰盛。

宴席一开始，余德命小书童击鼓催花行酒令。鼓声一起，瓶中的花抖动得像要弯下腰来，接着蝴蝶状的翅膀就渐渐张开；鼓声一停，只听沉沉一声，须状的花蒂顿时落下，变成一只蝴蝶，飞落在尹图南衣服上。余德见状笑着站起，为他斟上一大杯；酒刚刚斟满，蝴蝶也飞走了。不一会，鼓声又起，两只蝴蝶同时飞到余德帽子上。余德笑着说："我这是作法自毙了。"也满饮了两大杯。击鼓三通方毕，花瓣乱纷纷落下，沾得二人袖管衣襟上到处都是。小书童笑着上来点数，尹图南该喝九杯，余德该喝四杯。尹图南已经有些醉意，不能再喝这么多，勉强喝了三杯，离席告退。从此他更加觉得余德非同寻常。

但是余德为人不喜欢与别人交往，常常闭门不出，也不参加左邻右舍的喜庆丧吊。尹图南逢人就宣扬，别人听说这等异事，争着与余德结交，他家门外常常停满车马。余德为此很不耐烦，一天突然辞别主人走了。

余德走后，尹图南走进他的住处，只见空荡荡的庭院打扫得纤尘不染；残存的蜡烛油堆弃在青台阶下；窗格上零碎的布帛、扯断的纱线，仿佛还留着指印。只有屋后遗下一只小白石缸，大约盛得下一石米左右。尹图南将缸搬回去，盛满了水养金鱼。过了一年，水依然清澈得如同刚放进去似的。后来佣人们移动山石，不小心把缸敲碎了，但水仍旧凝聚着不泻下来。一眼看去，缸似乎还在，但用手摸摸就觉得虚软了。手若伸进去，水就会随着溢出来；手一抽出来，又重新合拢了。冬天也不结冰；一夜，忽然结成了水晶状，但鱼仍旧在游。尹图南怕别人知道这件宝贝，常将它放在密室里，除了儿子、女婿，谁也不给看。

时间一长，消息渐渐传开了，要求前来观赏的人争着登门求见。腊月的一天夜里，凝固的水晶突然融解为水，弄得满地又冷又湿，鱼也不知游到何处去了。只有那旧石缸的残骸还在。忽然，有个道士上门来索看这只石缸，尹图南拿出来给他看。道士说：“这是龙宫里的蓄水器啊。”尹图南叙述了它破而不漏水的奇异现象，道士说：“这是石缸的魂还在啊。”道士恳切要求能得到一些，尹图南问他作什么用，道士说：“用它的屑末合药，服了可以长寿。”尹图南给了他一片，他高兴地道谢告辞。

杨千总

毕民部公即家起备兵洮岷时，有千总杨化麟来迎。冠盖在途，偶见一人遗便路侧。杨关弓欲射之。公急呵止。杨曰：“此奴无礼，合小怖之。”乃遥呼曰：“遗屙者！奉赠一股会稽藤簪绾髻子。”即飞矢去，正中其髻。其人急奔，便液污地。

【译文】

民部毕公从家居起用为兵备道前住甘肃洮州、岷州一带时，有一名千总官杨化麟前来迎候。仪仗队在路上行进时，忽然看见有一个人在路边大便。杨千总便弯弓搭箭准备向他射去。毕公急忙呼叫制止。杨千总说：“这家伙太不懂礼节，应当吓唬他一下。”远远地喊话说："屙屎的家伙，我奉送一枝会稽藤簪子给你绾头发吧！"说着一箭射去，正中他的发髻。那人急忙逃跑，大便小便滴得满地都是。

瓜　　异

康熙二十六年六月，邑西村民圃中，黄瓜上复生蔓，结西瓜一枚，大如碗。

【译文】

康熙二十六年（1687）六月，县城西面一户村民的菜园里，一条黄瓜上又生出瓜蔓来，结了一只西瓜，有碗口那么大。

青　　梅

白下程生，性磊落，不为畛畦。一日，自外归，缓其束带，觉带端沉沉，若有物堕。视之，无所见。宛转间，有女子从衣后出，掠发微笑，丽绝。程疑其鬼。女曰："妾非鬼，狐也。"程曰："倘得佳人，鬼且不惧，而况于狐。"遂与狎。二年，生一女，小字青梅。每谓程："勿娶，我且为君生男。"程信之，遂不娶。戚友共诮姗之。程志夺，聘湖东王氏。狐闻之，怒。就女乳之，委于程曰："此汝家赔钱货，生之杀之，俱由尔；我何故代人作乳媪乎！"出门径去。

青梅长而慧，貌韶秀，酷肖其母。既而程病卒，王再醮去。青梅寄食于堂叔；叔荡无行，欲鬻以自肥。适有王进士者，方候铨于家，闻其慧，购以重金，使从女阿喜服役。喜年十四，容华绝代。见梅忻悦，与同寝处。梅亦善候伺，能以目听，以眉语，由是一家俱怜爱之。

邑有张生，字介受。家窭贫，无恒产，税居王第。性纯孝；制行不苟；又笃于学。青梅偶至其家，见生据石啖糠粥；入室与生母絮语，见案上具豚蹄焉。时翁卧病，生入，抱父而私。便液污衣，翁觉之而自恨；生掩其迹，急出自濯，恐翁知。梅以此大异之。归述所见，谓女曰："吾家客，非常人也。娘子不欲得良匹则已；欲得良匹，张生其人也。"女恐父厌其贫。梅曰："不然，是在娘子。如以为可，妾潜告，使求伐焉。夫人必召商之；但应之曰'诺'也，则谐矣。"女恐终贫为天下笑。梅曰："妾自谓能相天下士，必无谬误。"

明日，往告张媪。媪大惊，谓其言不祥。梅曰："小姐闻公子而贤之也，妾故窥其意以为言。冰人往，我两人袒焉，计合允遂。纵其否也，于公子何辱乎？"媪曰："诺。"乃托侯氏卖花者往。夫人闻之而笑，以告王。王亦大笑。唤女至，述侯氏意。女未及答，青梅亟赞其贤，决其必贵。夫人又问曰："此汝百年事。如能啜糠覈也，即为汝允之。"女俯首久之，顾壁而答曰："贫富命也。倘命之厚，则贫无几时，而不贫者无穷期矣。或命之薄，彼锦绣王孙，其无立锥者岂少哉？是在父母。"

初，王之商女也，将以博笑；及闻女言，心不乐曰："汝欲适张氏耶？"女不答；再问，再不答。怒曰："贱骨，了不长进！欲携筐作乞人妇，宁不羞死！"女涨红气结，含涕引去；媒亦遂奔。

青梅见不谐，欲自谋。过数日，夜诣生。生方读，惊问所来；词涉吞吐。生正色却之。梅泣曰："妾良家子，非淫奔者；徒以君贤，故愿自托。"生曰："卿爱我，谓我贤也。昏夜之行，自好者不为，而谓贤者为之乎？夫始乱之而终成之，君子犹曰不可；况不能成，彼此何以自处？"梅曰："万一能成，肯赐援拾否？"生曰："得人如卿，又何求？但有不可如何者三，故不敢轻诺耳。"曰："若何？"曰："卿不能自主，则不可如何；即能自主，我父母不乐，则不可如何；即乐之，而卿之身直必重，我贫不能措，则尤不可如何。卿速退，瓜李之嫌可畏也！"梅临去，又嘱曰："君倘有意，乞共图之。"生诺。

梅归，女诘所往，遂跪而自投。女怒其淫奔，将施扑责。梅泣白无他，因而实告。女叹曰："不苟合，礼也；必告父母，孝也；不轻然诺，信也：有此三德，天必祐之，其无患贫也已。"既而曰："子将若何？"曰："嫁之。"女笑曰："痴婢能自主耶？"曰："不济，则以死继之！"女曰："我必如所愿。"梅稽首而拜之。

又数日，谓女曰："曩而言之戏乎，抑果欲慈悲也？果尔，则尚有微情，并祈垂怜焉。"女问之，答曰："张生不能致聘，婢子又无力可以自赎，必取盈焉，嫁我犹不嫁也。"女沉吟曰："是非我之能为力矣。我曰嫁汝，且恐不得当；而曰必无取直焉，是大人所必不允，亦余所不敢言也。"梅闻之，泣数行下，但求怜拯。女思良久，曰：“无已，我私蓄数金，当倾囊相助。”梅拜谢，因潜告张。张母大喜，多方乞贷，共得如干数，藏待好音。

会王授曲沃宰，喜乘间告母曰：“青梅年已长，今将莅任，不如遣之。”夫人固以青梅太黠，恐导女不义，每欲嫁之，而恐女不乐也，闻女言甚喜。踰两日，有佣保妇白张氏意。王笑曰：“是只合耦婢子，前此何妄也！然鬻媵高门，价当倍于曩昔。”女急进曰：“青梅侍我久，卖为妾，良不忍。”王乃传语张氏，仍以原金署券，以青梅嫔于生。

入门，孝翁姑，曲折承顺，尤过于生，而操作更勤，餍糠粃不为苦。由是家中无不爱重青梅。梅又以刺绣作业，售且速，贾人候门以购，惟恐弗得。得资稍可御穷。且劝勿以内顾误读，经纪皆自任之。

因主人之任，往别阿喜。喜见之，泣曰：“子得所矣，我固不如。”梅曰：“是何人之赐，而敢忘之？然以为不如婢子，恐促婢子寿。”遂泣相别。

王如晋，半载，夫人卒，停柩寺中。又二年，王坐行赇免，罚赎万计，渐贫不能自给，从者逃散。是时，疫大作，王染疾亦卒。惟一媪从女。未几，媪又卒。女伶仃益苦。有邻妪劝之嫁。女曰：“能为我葬双亲者，从之。”妪怜之，赠以斗米而去。半月复来，曰：“我为娘子极力，事难合也；贫者不能为而葬，富者又嫌子为陵夷嗣，奈何！尚有一策，但恐不能从也。”女曰：“若何？”曰：“此间有李郎，欲觅侧室，倘见姿容，即遣厚葬，必当不惜。”女大哭曰：“我搢绅裔而为人妾耶！”妪无言，遂去。日仅一餐，延息待价。居半年，益不可支。一日，妪至。女泣告曰：“困顿如此，每欲自尽；犹恋恋而苟活者，徒以有两柩在。己将转沟壑，谁收亲骨者？故思不如依汝所言也。”妪于是导李来，微窥女，大悦。即出金营葬，双榇具举。已，乃载女去，入参冢室。冢室故悍妒，李初未敢言妾，但托买婢。及见女，暴怒，杖逐而出，不听入门。女披发零涕，进退无所。有老尼过，邀与同居。女喜，从之。

至庵中，拜求祝发。尼不可，曰：“我视娘子，非久卧风尘者。庵中陶器脱粟，粗可自支，姑寄此以待之。时至，子自去。”居无何，市中无赖窥女美，辄打门游语为戏，尼不能制止。女号泣欲自死。尼往求吏部某公揭示严禁，恶少始稍敛迹。后有夜穴寺壁者，尼警呼始去。因复告吏部，捉得首恶者，送郡笞责，始渐安。又年余，有贵公子过庵，见女惊绝，强尼通殷勤，又以厚赂啖尼。尼婉语之曰：“渠簪缨胄，不甘媵御。公子且归，迟迟当有以报命。”既去，女欲乳药求死。

夜梦父来，疾首曰：“我不从汝志，致汝至此，悔之已晚！但缓须臾勿死，夙愿尚可复酬。”女异之。天明，盥已，尼望之而惊曰：“睹子面，浊气尽消，横逆不足忧也。福且至，勿忘老身矣。”语未已，闻叩户声。女失色，意必贵家奴。尼启扉果然。奴骤问所谋。尼甘语承迎，但请缓以三日。奴述主言，事若无成，俾尼自复命。尼唯唯敬应，谢令去。女大悲，又欲自尽。尼止之。女虑三日复来，无词可应。尼曰："有老身在，斩杀自当之。"

次日，方晡，暴雨翻盆，忽闻数人挝户大哗。女意变作，惊怯不知所为。尼冒雨启关，见有肩舆停驻；女奴数辈，捧一丽人出；仆从烜赫，冠盖甚都。惊问之，云："是司李内眷，暂避风雨。"导入殿中，移榻肃坐。家人妇群奔禅房，各寻休憩。入室见女，艳之，走告夫人。无何，雨息，夫人起，请窥禅舍。尼引入，睹女，骇绝，凝眸不瞬；女亦顾盼良久。夫人非他，盖青梅也。各失声哭，因道行踪。盖张翁病故，生起复后，连捷授司李。生先奉母之任，后移诸眷口。女叹曰："今日相看，何啻霄壤！"梅笑曰："幸娘子挫折无偶，天正欲我两人完聚耳。倘非阻雨，何以有此邂逅？此中具有鬼神，非人力也。"乃取珠冠锦衣，催女易妆。女俯首徘徊，尼从中赞劝之。女虑同居其名不顺。梅曰："昔日自有定分，婢子敢忘大德！试思张郎，岂负义者？"强妆之。别尼而去。

抵任，母子皆喜。女拜曰："今无颜见母！"母笑慰之。因谋涓吉合卺。女曰："庵中但有一丝生路，亦不肯从夫人至此。倘念旧好，得受一庐，可容蒲团足矣。"梅笑而不言。及期，抱艳妆来。女左右不知所可。俄闻鼓乐大作，女亦无以自主。梅率婢媪强衣之，挽扶而出。见生朝服而拜，遂不觉盈盈而亦拜也。梅曳入洞房，曰："虚此位以待君久矣。"又顾生曰："今夜得报恩，可好为之。"返身欲去。女捉其裾。梅笑云："勿留我，此不能相代也。”解指脱去。

青梅事女谨，莫敢当夕。而女终惭沮不自安。于是母命相呼以夫人；然梅终执婢妾礼，罔敢懈。

三年，张行取入都，过尼庵，以五百金为尼寿。尼不受。固强之，乃受二百金，起大士祠，建王夫人碑。后张仕至侍郎。程夫人举二子一女，王夫人四子一女。张上书陈情，俱封夫人。

异史氏曰：天生佳丽，固将以报名贤；而世俗之王公，乃留以赠纨袴。此造物所必争也。而离离奇奇，致作合者无限经营，化工亦良苦矣。独是青夫人能识英雄于尘埃，誓嫁之志，期以必死；曾俨然而冠裳也者，顾弃德行而求膏粱，何智出婢子下哉！

【译文】

南京有位姓程的读书人，生性磊落坦荡，跟谁都合得来。有一天，他从外面归来，宽衣解带之际，觉得腰带头沉甸甸的，好像有东西掉下来。细看，什么也没见；一转身间，忽然有一个女子从衣服后面出来，掠着发鬟微笑，漂亮极了。程生疑心她是鬼。女子说：“我不是鬼，是狐狸。”程生说：“只要能得到美人，我连鬼都不怕，何况是狐狸呢。”就跟她亲热一番。两年后，生下一个女儿，取名叫青梅。女子常对程生说：“你不要娶妻了，我要给你生一个儿子。”程生相信她，真的不娶妻。亲朋好友全都讥笑他，说他的不是。程生决心动摇了，娶了湖东王家的姑娘为妻。狐女听说以后大怒，俯身给女儿喂完奶，就把她交给程生说：“这是你家的赔钱货，让她活让她死，都随你便；我凭什么代别人作奶妈呢？”说完出了门头也不回地走了。

青梅长大以后十分聪明，容貌秀丽，很像她母亲。不久程生病故，王氏改嫁离去，青梅只得依靠堂叔父生活。堂叔生活放荡，品行不端，想把青梅卖掉，自己得些好处。恰巧有一位王进士，在家等候入选任职，听说青梅聪明伶俐，就用重金买下，让她服侍女儿阿喜。阿喜年方十四，姿容秀媚，举世无双。她见了青梅很是欢喜，与青梅同起同睡。青梅侍候小姐善于察言观色，眼珠一动，眉尖一蹙，她就能明白你的意思，因此一家人都非常喜欢她。

城里有位张生，字介受，家境贫寒，没有什么田产，租王进士家的房子居住。他天性十分孝顺，自我约束，一丝不苟，又专心于学问。一次青梅偶然到他家去，见张生坐在石凳上喝糠粥；她走进屋与张生的母亲说话，见桌上放着一碗蹄膀。当时张生的父亲卧病在床，张生进来，抱起父亲让他小便。小便弄脏了张生的衣裳，张父觉察了不免恨自己不小心；张生掩住污迹，急忙出去洗净，唯恐父亲知道。青梅因此而对他十分敬佩。回去后她把看到的情景告诉了阿喜，并对她说："我们家的那位房客，不是一般的人。小姐你不想找如意郎君则罢，若是想找，张生就是合适的人。"阿喜恐怕父亲嫌他贫寒。青梅说："事情并非如此，关键在你自己。如果你觉得中意，我就偷偷去告诉他，让他家托媒来求亲。那时夫人一定会叫你去商量，你只要应一声'同意'，事情就成了。"阿喜恐怕一辈子受穷被天下人耻笑，青梅说："我自以为有眼力能鉴别天下的才士，一定不会看错。"

第二天，青梅前去把这事儿对张生的母亲说了。张母大吃一惊，认为她的话不会有好结果。青梅说："小姐听说公子的为人，认为他好，我看破了她的心意，才来说这番话。媒人一去，有我们两人帮忙，估计能答应下来。即使事情不成，对公子脸上又有什么不好看的呢?"张母说："好吧。"于是托卖花的侯妈前往。王夫人听说张家来提亲，觉得好笑，就告诉了王进士，王进士也大笑。他们把女儿唤出来，告诉了侯妈的来意。女儿还没有来得及回答，青梅就极力称赞张生怎么怎么好，预言他将来必定大贵。夫人又问女儿："这是你的终身大事。如果你能不怕吃糠咽粗，我就替你应允下来。"阿喜低头半天，面对墙壁一字一句回答道："是贫是富都是命定的。倘然命好，贫穷不会长久，不穷的日子倒是无穷尽的。要是命不好，富贵人家的子弟落到贫无立锥之地的难道还少吗？这件事全在父母作主。"

王进士唤女儿出来商量，本来只是想让她取笑一番，等听到女儿的回答后，心里大不高兴，说："你是想要嫁给张生吗?"阿喜不答；再问，她还是不答。王进士大怒，骂道："贱骨头一点都不长进！你打算提着篮子做乞丐婆吗，难道不怕羞死?"阿喜涨红着脸，气急无言，眼泪汪汪退下去了。媒人也只得败兴而归。

青梅眼见事情不成，就准备为自己作打算。过了几天，她夜里去见张生。张生正在读书，吃惊地问她从哪里来；青梅吞吞吐吐，欲言又止。张生板着脸要她走。青梅抽泣着说："我是良家女子，不是私奔的淫妇；只是因为你人好，所以愿以身相托。"张生说："你爱我，是认为我品德好。但男女黑夜私情的行为，自爱的人都不会做，难道有道德的人会做吗?开始不规矩，最终结成夫妻，君子尚且认为不可以；何况婚事不能成功，你我今后又怎么做人呢?"青梅说："万一事情能成，你肯接纳我吗?"张生说："得到你这样的佳偶，我还能有什么要求?只是因为有三个无可奈何，所以不敢轻易答应。"青梅问："哪三个?"张生说："你的终身大事不能自己作主，就无可奈何了；即使能自己作主，要是我父母亲不中意，也就无可奈何了；即使父母中意，但你的赎身钱一定很高，我贫寒无法筹措，就更无可奈何了。你请赶快回去，瓜田李下，嫌疑可怕啊!"青梅临走又嘱咐张生说："你如果有这个心，求你跟我一起想办法。"张生答应了。

青梅回去以后，阿喜责问她到哪儿去了，青梅马上跪下自己交代了。阿喜对她半夜私奔的越礼行为大为气恼，要重重地责打她。青梅哭着辩白自己并无其他不正当行为，把实情一一说了。阿喜称赞张生道："不苟且交合，这是礼；一定要先禀告父母，这是孝；不轻易许诺，这是诚实。有这三种德行，上天一定会保佑他，他不用担心贫困了。"接着又问青梅："你打算怎么办呢?"青梅说："嫁给他。"阿喜笑着说："你这痴丫头能自己作得主吗?"青梅说："事若不成，我就一死了之!"阿喜说："我一定让你实现愿望。"青梅叩头拜谢。

又过了几天，青梅对小姐说："你上次说的到底是戏言呢，还是真的打算发慈悲呢?要是真的，那么我心里还有一些忧虑，希望都能得到你的哀怜。"阿喜问她有什么忧虑，青梅答道："张生贫穷不能备办聘礼，婢女我又无力可以为自己赎身。一定要满足主人的要求，那么嫁我就和不嫁我一样了。”阿喜沉吟再三，说：“这就不是我能出得上力的了。我说要嫁你出去，尚且恐怕不得当；要说一定不要身价钱，我父母必然不会应允，我也不敢去说的。”青梅听到这里，泪珠不断地滚下来，只是哀求怜悯拯救。阿喜思考了好久，说：“没办法，我有一些私房钱，一定倾囊相助。”青梅拜谢了，并且暗中告诉了张生。张母十分欢喜，多方求情借贷，积下了若干银钱，收藏着等待好消息。

正巧碰上王进士受任山西曲沃县令，阿喜便乘机对母亲说：“青梅年纪已经不小，如今要去赴任，不如把她打发了吧。”王夫人早就觉得青梅太灵巧，担心她唆使女儿违反闺训，常想把她嫁出去，只是怕女儿不乐意，听到女儿这么说，心里很高兴。过了两天，有个雇工的老婆向她转达了张家的意愿，王进士笑着说：“这位张生本来只配娶婢女为妻，上次打的主意实在太痴妄了！但要是把她卖给豪门大户做小老婆，得钱可以比当初买来时多一倍。”阿喜急忙进言劝阻说：“青梅侍候我这么久，卖她为妾，我实在于心不忍。”王进士于是传话给张家，仍然以原价赎去卖身契，将青梅嫁给了张生。

青梅进门以后，孝敬公婆，曲意顺从，更过于张生，操持家务也十分勤勉，食糠咽粗不以为苦。因此全家无不敬重爱怜青梅。青梅又以刺绣为副业，销售很快，商人等在门口收购，唯恐得不到。所得银钱稍可缓解家中困境。青梅又劝勉张生不要为操心家事而耽误了学业，全家生计都由她一手担当。

由于旧主人要上任，青梅前去向阿喜告别。阿喜见了她，流泪说：“你有了好归宿了，我实在不如你。”青梅说：“这是谁恩赐给我的，我难道敢忘记吗？但是你以为自己比不上我这个丫头，恐怕会折了我的寿。”于是双双恸哭而别。

王进士来到山西，刚满半年，夫人去世，灵柩停放在寺庙里。又过了两年，王进士因为行贿被罢官，还要罚款上万，渐渐困窘到不能自给的地步，奴仆们纷纷逃离。这时，又逢瘟疫大作，王进士也染病而亡，只剩一个老妈子随从阿喜；不久，老妈子也死了，阿喜孤苦伶仃日子愈加难过。有位邻居老妈妈劝她嫁人，她说：“谁能为我将双亲葬殓入土，我就嫁给他。”老妈妈很可怜她，送给她一斗米走了。过了半个月再来，对阿喜说：“我为小姐费了很多力，事情实在难成啊！穷人家没有力量替你安葬，富人家又嫌你是败落门庭的后代，怎么办呢？我还有一个办法，只怕你不肯依从。”阿喜问：“什么办法？”老妈妈说：“这里有个姓李的，想讨小老婆，如果见到你的容貌，就叫他出钱厚葬，也一定不会吝惜。”阿喜大哭着说：“我一个官宦家的小姐竟落到做人家小妾的下场啊！”老妈妈无从相劝，就走了。阿喜每天只吃一顿，拖延着生命等待有人肯出钱替她葬亲。又过了半年，更加支撑不下去了。一天，老妈妈来，阿喜哭着告诉她说：“我困顿到这地步，常常想一死了之；所以还贪生活着，只是因为有两具灵柩在这里。自己快要身死沟渠了，还有谁来收敛我双亲的遗骨呢？所以思来想去不如依从你上次的主意吧。”于是老妈妈把姓李的引来，他偷偷地窥视一下阿喜，十分满意，就出钱办理安葬，两具棺木都扛抬入土。葬事完毕后，他就用车接走了阿喜，带回家让她拜见正室。正室凶狠泼辣，又好妒忌，姓李的一开始不敢对她说是小老婆，只假称是买来的丫头。等到一看见阿喜，不禁勃然大怒，打了她一顿，赶出门外，不准再进入李家。阿喜披头散发，涕泪俱下，进退无路。正好有个老尼姑路过，请她与自己同住。阿喜转悲为喜，跟她走了。

来到尼姑庵里，阿喜跪下恳求剃发，老尼姑不肯，说：“我看小姐，不像是长久沦落风尘的人，我庵中粗茶淡饭，还可以勉强维持，你就暂时寄住在这里等待时机吧。机会一来，你只管走。”过了不多久，城里的无赖子弟见阿喜美貌，多次上门来用轻薄言词挑逗她，老尼姑无力制止，阿喜放声哭泣想要自杀。老尼姑前往官府请求某大人张贴告示严加禁止，无赖少年才稍为收敛。后来又有人夜间来挖尼庵的墙壁，也是老尼姑发觉大声呼喊，歹徒们才逃走。于是又告到官府，抓获了首恶分子，解送到州郡处以杖刑，才渐渐太平了。又过了一年多，有个贵公子来到尼姑庵，看见阿喜，惊讶之极，便再三请求老尼传递爱慕之意，并且以重金诱动老尼。老尼姑婉转劝阻说：“她是官宦人家的后裔，决不肯甘为人妾。公子暂且回去，容我慢慢有了消息再答复你。”公子走后，阿喜准备服毒药自尽。

当天夜里，阿喜梦见父亲来，沉痛地对她说：“我不依从你的意愿，致使你落到这般地步，我悔之已晚。但只要你稍许拖延点时间不死，你的宿愿还有再得实现的希望。”她醒来十分惊异。天亮之后，阿喜盥洗完毕，老尼见了她惊讶地说道：“看你的脸色，浊气全都退尽，不必担心意外的灾祸了。你将福星照临，到时候不要忘记我啊。”话还没说完，只听见有敲门声。阿喜顿时变色，猜想一定是贵公子家的仆人来了。老尼开门一看，果然是他。仆人劈头就问事情商量得怎样了。老尼用好话搪塞，只求宽限三天。仆人转告贵公子的话，说是倘若事情不成功，就叫老尼自己去回话。老尼唯唯诺诺恭敬地答应着，将他打发走了。阿喜悲伤难忍，又打算自尽，被老尼阻止。阿喜担心三天后贵公子再来，无言以对，老尼说：“有老身在，要抓要杀自有我承当。”

第二天，天刚黄昏，只见暴雨倾盆而下，忽然听见有几个人敲着尼庵的门大声喧嚷。阿喜以为变故发作了，惊恐得不知怎么才好。老尼冒雨把门打开，见门外停着一顶轿子；有几个婢女，搀扶着一位美人走出来；仆从们气势非凡，车马冠盖很是华丽。老尼吃惊地问是谁，答说：“是司理官大人的眷属，想借此暂避风雨。”老尼将他们引入殿堂里，搬来床榻让夫人端坐。其他家人妇女们则奔向禅房，各自寻找休歇之处。进入内室见到阿喜，惊于她的美艳，跑来告诉夫人。不多久，雨停了，夫人起身，请求参观一下禅房。老尼将她引入内室，夫人见到阿喜，惊诧极了，眼睛一眨不眨地盯住她，阿喜也左看右看了好久。原来夫人不是别人，正是青梅啊！两人都失声痛哭起来，于是青梅才说出了自己的行踪：自从张生父亲病故以后，张生还在丧期中便被起用任职，经过多次升迁授为司理官；张生先侍奉母亲赴任，然后派人搬迁其他家眷。阿喜叹息说：“今天与你相比，何止天上地下！”青梅笑着说：“幸亏小姐经受挫折至今尚未嫁人，这是上天想让我们二人团聚啊。倘然不是大雨阻碍了行程，又怎么会在这里相遇呢？这其中一定有鬼神相助，不是凡人之力啊。”于是取出珠冠锦衣，催阿喜更衣换妆。阿喜低头徘徊，老尼在中间帮着劝说。阿喜担心与青梅共事一夫名分不顺，青梅说：“当初早已定了尊卑的名分，婢女我怎敢忘却你的大德！你只要想一想张郎，难道是个负义之人吗？”说完强逼她换了妆。一行人告别老尼而去。

到达任所以后，张生母子都很喜欢。阿喜拜见张母，说："如今没脸见伯母。"张母含笑安慰了她，随后筹划择取吉日为他俩成亲。阿喜对青梅说："我在庵中只要还有一丝生路，也断不肯跟你到这里来。倘若你顾念往日的情分，那只要给我一间草屋，能容得下一张坐禅的蒲团我就心满意足了。"青梅笑而不答。到了大喜之日，青梅抱着漂亮的吉服来了，阿喜左顾右盼不知怎么才好。一会儿只听见鼓乐大作，阿喜也无法自己作主。青梅率领着婢女仆妇强行替她换妆，搀扶着她出来。阿喜看见张生身穿朝服对自己行礼，便不知不觉地也款款折腰还礼了。青梅将阿喜拉入洞房，说："空着这个位置等待你来已经很久了。"又对张生说："今夜你得以报恩，可要好自为之。"说完转身要走，阿喜拉住她衣襟。青梅笑着说："不要留我在这里，这事我可不能代替你啊。"掰开阿喜的手指走了。

青梅侍奉阿喜非常恭谨，从来不敢居先。阿喜则老是感到惭愧而内心不安。于是张母命令两人都以夫人相称；但是青梅始终遵守婢妾之礼，从来不敢懈怠。

过了三年，张生被上司举荐入京授予新职，途中路过尼姑庵，赠给老尼五百两银子以表敬意。老尼不受，张生再三坚持，她才收下二百两，造了一座观音庙，又立了一块王夫人碑。后来张生官做到侍郎，程夫人生了二子一女，王夫人生了四子一女。张生上书陈述衷情，皇帝下旨将她俩都册封为夫人。

异史氏说：上天降下丽质佳人，本来是用来报赏名士贤人的；而世上那些庸俗的王侯公卿，反留着奉送给纨绔子弟。这样上天就一定要与他相争了。其间情节曲折离奇，使作合者费却无数经营的功夫，造化也可以说是用心良苦了。唯有这位青梅夫人能识英雄于穷厄未达之时，立下非张生不嫁的誓言，甚至以死相期；曾经冠裳端庄的王进士，反倒放弃德行之士而寻求膏粱子弟，他的见识为什么还在一个婢女之下呢！

罗刹海市

马骥，字龙媒，贾人子。美丰姿。少倜傥，喜歌舞。

辄从梨园子弟，以锦帕缠头，美如好女，因复有“俊人”之号。十四岁，入郡庠，即知名。父衰老，罢贾而居。谓生曰：“数卷书，饥不可煮，寒不可衣。吾儿可仍继父贾。”马由是稍稍权子母。

从人浮海，为飓风引去，数昼夜，至一都会。其人皆奇丑；见马至，以为妖，群哗而走。马初见其状，大惧；迨知国人之骇己也，遂反以此欺国人。遇饮食者，则奔而往；人惊遁，则啜其余。

久之，入山村。其间形貌亦有似人者，然褴褛如丐。马息树下，村人不敢前，但遥望之。久之，觉马非噬人者，始稍稍近就之。马笑与语。其言虽异，亦半可解。马遂自陈所自。村人喜，遍告邻里，客非能搏噬者。然奇丑者望望即去，终不敢前。其来者，口鼻位置，尚皆与中国同。共罗浆酒奉马。马问其相骇之故。答曰：“尝闻祖父言：西去二万六千里，有中国，其人民形象率诡异。但耳食之，今始信。”问其何贫。曰：“我国所重，不在文章，而在形貌。其美之极者，为上卿；次任民社；下焉者，亦邀贵人宠，故得鼎烹以养妻子。若我辈初生时，父母皆以为不祥，往往置弃之；其不忍遽弃者，皆为宗嗣耳。”问：“此名何国？”曰：“大罗刹国。都城在北去三十里。”马请导往一观。于是鸡鸣而兴，引与俱去。天明，始达都。

都以黑石为墙，色如墨。楼阁近百尺。然少瓦，覆以红石；拾其残块磨甲上，无异丹砂。时值朝退，朝中有冠盖出，村人指曰：“此相国也。”视之，双耳皆背生，鼻三孔，睫毛覆目如帘。又数骑出，曰：“此大夫也。”以次各指其官职，率鬡髾怪异；然位渐卑，丑亦渐杀。无何，马归，街衢人望见之，噪奔跌蹶，如逢怪物。村人百口解说，市人始敢遥立。

既归，国中无大小，咸知村有异人，于是搢绅大夫，争欲一广见闻，遂令村人要马。然每至一家，阍人辄阖户，丈夫女子窃窃自门隙中窥语；终一日，无敢延见者。村人曰：“此间一执戟郎，曾为先王出使异国，所阅人多，或不以子为惧。”造郎门。郎果喜，揖为上宾。视其貌，如八九十岁人，目睛突出，须卷如蝟。曰：“仆少奉王命，出使最多；独未尝至中华。今一百二十余岁，又得睹上国人物，此不可不上闻于天子。然臣卧林下，十余年不践朝阶，早旦，为君一行。”乃具饮馔，修主客礼。酒数行，出女乐十余人，更番歌舞。貌类如夜叉，皆以白锦缠头，拖朱衣及地。扮唱不知何词，腔拍恢诡。主人顾而乐之。问：“中国亦有此乐乎？”曰：“有。”主人请拟其声，遂击桌为度一曲。主人喜曰：“异哉！声如凤鸣龙啸，得未曾闻。”翼日，趋朝，荐诸国王。王忻然下诏。有二三大臣，言其怪状，恐惊圣体。王乃止。即出告马，深为扼腕。

居久之，与主人饮而醉，把剑起舞，以煤涂面作张飞。主人以为美，曰：“请客以张飞见宰相，宰相必乐用之，厚禄不难致。”马曰：“嘻！游戏犹可，何能易面目图荣显？”主人固强之，马乃诺。主人设筵，邀当路者饮，令马绘面以待。未几，客至，呼马出见客。客讶曰：

“异哉！何前媸而今妍也！”遂与共饮，甚欢。马婆娑歌弋阳曲，一座无不倾倒。明日，交章荐马。王喜，召以旌节。既见，问中国治安之道，马委曲上陈，大蒙嘉叹，赐宴离宫。酒酣，王曰：“闻卿善雅乐，可使寡人得而闻之乎?”马即起舞，亦效白锦缠头，作靡靡之音。王大悦，即日拜下大夫。时与私宴，恩宠殊异。

久而官僚百执事，颇觉其面目之假；所至，辄见人耳语，不甚与款洽。马至是孤立，惘然不自安。遂上疏乞休致，不许；又告休沐，乃给三月假。于是乘传载金宝，复归山村。村人膝行以迎。马以金资分给旧所与交好者，欢声雷动。村人曰：“吾侪小人受大夫赐，明日赴海市，当求珍玩，用报大夫。”问：“海市何地?”曰：“海中市，四海鲛人，集货珠宝；四方十二国，均来贸易。中多神人游戏。云霞障天，波涛间作。贵人自重，不敢犯险阻，皆以金帛付我辈，代购异珍。今其期不远矣。”问所自知，曰：“每见海上朱鸟来往，七日即市。”马问行期，欲同游瞩。村人劝使自贵。马曰：“我顾沧海客，何畏风涛?”

未几，果有踵门寄资者，遂与装资入船。船容数十人，平底高栏。十人摇橹，激水如箭。凡三日，遥见水云幌漾之中，楼阁层叠；贸迁之舟，纷集如蚁。少时，抵城下。视墙上砖，皆长与人等。敌楼高接云汉。维舟而入，见市上所陈，奇珍异宝，光明射眼，多人世所无。一少年乘骏马来，市人尽奔避，云是“东洋三世子”。世子过，目生曰：“此非异域人。”即有前马者来诘乡籍。生揖道左，具展邦族。世子喜曰："既蒙辱临，缘分不浅！"于是授生骑，请与连辔。乃出西城。方至岛岸，所骑嘶跃入水。生大骇失声。则见海水中分，屹如壁立。俄睹宫殿，玳瑁为梁，鲂鳞作瓦；四壁晶明，鉴影炫目。

下马揖入。仰见龙君在上，世子启奏："臣游市廛，得中华贤士，引见大王。"生前拜舞。龙君乃言："先生文学士，必能衙官屈、宋。欲烦椽笔赋海市，幸无吝珠玉。"生稽首受命。授以水精之砚，龙鬣之毫，纸光似雪，墨气如兰。生立成千余言，献殿上。龙君击节曰："先生雄才，有光水国多矣！"遂集诸龙族，宴集采霞宫。酒炙数行，龙君执爵而向客曰："寡人所怜女，未有良匹，愿累先生。先生倘有意乎？"生离席愧荷，唯唯而已。龙君顾左右语。无何，宫人数辈，扶女郎出。珮环声动，鼓吹暴作，拜竟睨之，实仙人也。女拜已而去。少时，酒罢，双鬟挑画灯，导生入副宫。女浓妆坐伺。珊瑚之床，饰以八宝；帐外流苏，缀明珠如斗大；衾褥皆香耎。天方曙，则雏女妖鬟，奔入满侧。生起，趋出朝谢。拜为驸马都尉。以其赋驰传诸海。诸海龙君，皆专员来贺；争折简招驸马饮。生衣绣裳，驾青虬，呵殿而出。武士数十骑，皆雕弧，荷白棓，晃耀填拥。马上弹筝，车中奏玉。三日间，遍历诸海。由是"龙媒"之名，噪于四海。

宫中有玉树一株，围可合抱；本莹澈，如白琉璃；中有心，淡黄色，稍细于臂；叶类碧玉，厚一钱许，细碎有浓阴。常与女啸咏其下。花开满树，状类薝萄。每一瓣落，锵然作响。拾视之，如赤瑙雕镂，光明可爱。

时有异鸟来鸣，毛金碧色，尾长于身，声等哀玉，恻人肺腑。生每闻辄念乡土。因谓女曰：“亡出三年，恩慈间阻，每一念及，涕膺汗背。卿能从我归乎？”女曰：“仙尘路隔，不能相依。妾亦不忍以鱼水之爱，夺膝下之欢。容徐谋之。”生闻之，泣不自禁。女亦叹曰：“此势之不能两全者也！”明日，生自外归。龙君曰：“闻都尉有故土之思，诘旦趣装，可乎？”生谢曰：“逆旅孤臣，过蒙优宠，衔报之诚，结于肺肝。容暂归省，当图复聚耳。”入暮，女置酒话别。生订后会。女曰：“情缘尽矣。”生大悲。女曰：“归养双亲，见君之孝。人生聚散，百年犹旦暮耳，何用作儿女哀泣？此后妾为君贞，君为妾义，两地同心，即伉俪也，何必旦夕相守，乃谓之偕老乎？若渝此盟，婚姻不吉。倘虑中馈乏人，纳婢可耳。更有一事相嘱：自奉裳衣，似有佳朕，烦君命名。”生曰：“其女耶，可名龙宫；男耶，可名福海。”女乞一物为信。生在罗刹国所得赤玉莲花一对，出以授女。女曰：“三年后四月八日，君当泛舟南岛，还君体胤。”女以鱼革为囊，实以珠宝，授生曰：“珍藏之，数世吃著不尽也。”

天微明，王设祖帐，馈遗甚丰。生拜别出宫。女乘白羊车，送诸海涘。生上岸下马，女致声珍重，回车便去，少顷便远。海水复合，不可复见。生乃归。

自浮海去，咸谓其已死；及至家，家人无不诧异。幸翁媪无恙，独妻已他适。乃悟龙女“守义”之言，盖已先知也。父欲为生再婚；生不可，纳婢焉。谨志三年之期，泛舟岛中。见两儿坐浮水面，拍流嬉笑，不动亦不沉。近引之。儿哑然捉生臂，跃入怀中。其一大啼，似嗔生之不援己者。亦引上之。细审之，一男一女，貌皆婉秀。额上花冠缀玉，则赤莲在焉。背有锦囊，拆视，得书云："翁姑计各无恙。忽忽三年，红尘永隔；盈盈一水，青鸟难通。结想为梦，引领成劳，茫茫蓝蔚，有恨如何也！顾念奔月姮娥，且虚桂府；投梭织女，犹怅银河。我何人斯，而能永好？兴思及此，辄复破涕为笑。别后两月，竟得孪生。今已啁啾怀抱，颇解笑言；觅枣抓梨，不母可活。敬以还君。所贻赤玉莲花，饰冠作信。膝头抱儿时，犹妾在左右也。闻君克践旧盟，意愿斯慰。妾此生不二，之死靡他。奁中珍物，不蓄兰膏；镜里新妆，久辞粉黛。君似征人，妾作荡妇，即置而不御，亦何得谓非琴瑟哉？独计翁姑亦既抱孙，曾未一觌新妇，揆之情理，亦属缺然。岁后阿姑窀穸，当往临穴，一尽妇职。过此以往，则'龙宫'无恙，不少把握之期；'福海'长生，或有往还之路。伏惟珍重，不尽欲言。"生反复省书揽涕。两儿抱颈曰："归休乎！"生益恸，抚之曰："儿知家在何许？"儿亟啼，呕哑言归。生望海水茫茫，极天无际，雾鬟人渺，烟波路穷。抱儿返棹，怅然遂归。

生知母寿不永，周身物悉为预具，墓中植松槚百余。逾岁，媪果亡。灵轝至殡宫，有女子缞绖临穴。众方惊顾，忽而风激雷轰，继以急雨，转瞬间已失所在。松柏新植多枯，至是皆活。福海稍长，辄思其母，忽自投入海，数日始还。龙宫以女子不得往，时掩户泣。一日，昼暝，龙女忽入，止之曰："儿自成家，哭泣何为？"乃赐八尺珊瑚一树、龙脑香一帖、明珠百颗、八宝嵌金合一双，为作嫁资。生闻之，突入，执手啜泣。俄顷，疾雷破屋，女已无矣。

异史氏曰：花面逢迎，世情如鬼。嗜痂之癖，举世一辙。"小惭小好，大惭大好"；若公然带须眉以游都市，其不骇而走者，盖几希矣。彼陵阳痴子，将抱连城玉向何处哭也？呜呼！显荣富贵，当于蜃楼海市中求之耳！

【译文】

马骥，字龙媒，是个商人的儿子。他风姿秀美，从小性格豪迈，能歌善舞，常常混在梨园子弟堆里串戏，化装成旦角，扮相非常漂亮，因而又有"俊人"的雅号。十四岁那年，他进入府学堂，就声名大起。他父亲渐渐衰老了，只得停下买卖呆在家里，于是对马骥说："几本书，饿了不能当饭吃，冷了不能当衣穿，你还是子承父业做个商人吧。"马骥从此开始学起做生意来。

马骥跟人一起到海外去做买卖，途中船被巨风刮走，漂流了几天几夜，来到一座都市。当地的人都丑得出奇，看见马骥来了，把他看作妖怪，纷纷怪叫着四散逃去。马骥刚见到他们的模样时，非常害怕；等到知道他们也在害怕自己时，反倒顺势以此来欺负当地人了。遇见有人在吃东西，便故意快步奔上去，别人被吓得惊慌而逃，他就可以享用剩下的食物了。

过了一段时间，马骥来到一座山村。那里人的长相，也有一些是比较像中国人的，但都穿得破破烂烂像个乞丐。马骥在树下歇息，村里人都不敢上前，只是远远地望着他。时间长了，他们看出马骥并不是吃人的怪物，才渐渐靠近上来，马骥就笑着和他们说话。语言虽然不同，还勉强可以听懂一些。马骥便向他们陈述了自己的来历，村里人很高兴，争相转告邻居说："客人不会搏杀吃人的。"但是面貌奇丑的人仍然远远望一下就走，始终不敢走近。那些走近的人，脸上五官的位置还算与中国人大体一样，纷纷带着酒食前来赠送给他。马骥问他们为什么看见自己害怕，他们答道："从前听祖上的人说过：离我们这里以西二万六千里，有一个中国，那里的人长相非常奇怪。不过只是听说，如今才相信了。"马骥又问他们为什么这么穷，他们答道："我们国家所看重的，不在于文章学问而在于体形容貌，那些长得最美的，担任上卿；长相其次的，当地方官；长相再差一些的，也还可以求得富贵人家的恩赐，所以能有丰盛的食物养妻育子。至于像我们这些人，刚生下来就被父母亲看作是不祥之物，往往丢弃；那些舍不得扔掉的，都是为了要传宗接代罢了。"马骥又问："你们国家叫什么名字？"他们答道："叫大罗刹国，都城就在往北三十里的地方。"马骥请他们引导自己前去一游，于是第二天鸡一啼就起身，带着马骥一起出发了。天亮以后，才到达京城。

都城用黑石垒成城墙，颜色像墨一样；城阙宫殿高近百尺，但瓦很少，用红石覆盖。人们拣起红石的碎块来磨指甲，跟丹砂没两样。这时正逢宫中退朝，朝中有乘着高车大马出来的，村里人用手指着说："这就是相国。"马骥一看，那人双耳朝后长，鼻子有三孔，眼睫毛长得就像门帘一般盖住了眼睛。接着又有几个人骑着马出来，村里人又说："这些是大夫。"以下挨着个儿说出他们的官职，全都面目狰狞，形状怪异。然而大抵地位越低，形貌的丑怪程度就越轻。看不多时，马骥打算回村，街上的人见了他，嘶叫奔逃，跌跌撞撞，就像碰上了怪物似的。村里人百般辩解，街市上的人才敢远远地站着看他。

马骥回到村里以后，全国无论上下，都知道村里来了一个奇人，于是豪绅、官宦人家，争着想要开开眼界，就通过村里人邀马骥去。但是马骥每到一家，守门的往往紧闭大门，男人女人都偷偷地从门缝中边看边议论，一天走下来，始终没有一家敢把他请进家里接待的。村里人对马骥说："这里有一个宫廷侍卫官，曾经为已故的国王出使过外国，见多识广，或许不会因为你的容貌而害怕。”说着陪他来到了侍卫家门首，侍卫官果然大喜，像上宾那样接待马骥。马骥看他的外貌，像是八九十岁的人，眼珠突出，胡须卷起就像刺猬。他说：“我早年受先王差遣，出使的次数最多，只是从未去过中国。现在我已一百二十多岁了，竟又得以见到你们上国的人物，这是不能不禀报给天子知道的大事。但是我自从退隐林下，已经十几年没上朝了，明天一早，为你去一次。”于是摆下酒宴，宾主施礼入席。酒过数巡以后，主人唤出十几名家中的歌女，轮番表演歌舞。那班歌女外貌犹如夜叉，都用白锦缠头，红衣长长的拖在地上，演唱的不知是什么歌词，腔调节奏也非常怪异。主人看得兴致非常高，问道：“中国也有这样的歌舞吗？”马骥说：“有。”主人请他试唱，马骥就拍着桌子为他唱了一曲，主人高兴地说：“太奇妙了！这歌声犹如凤鸣龙啸，我从来没听到过。”第二天，他上朝向国王推荐马骥，国王欣然下旨宣召。但朝中有几个大臣上奏说马骥长得奇形怪状，恐怕会惊吓圣体。国王于是取消了传诏。主人出宫转告马骥时，为他深深地感到惋惜和不平。

又过了一段时间，马骥与主人一起喝酒，他有些醉了，握着宝剑舞将起来，用煤屑涂在脸上扮作张飞。主人觉得他这样很美，说道：“就请你以张飞的模样去拜见宰相，宰相一定会乐意提拔你，高官厚禄你就不难到手了。”马骥说：“哈哈，我这样客串扮戏还可以，怎么能改换面目去求荣华富贵呢？”主人坚持要他去，马骥也就同意了。主人设下筵席，邀请朝中大臣前来赴宴，让马骥画好花脸等着。不多时，客人陆续来了，主人叫马骥出来见客，客人惊奇地说：“真怪啊！怎么原先那么丑陋如今这么漂亮了呢？”于是与他一起饮酒，相交甚欢。马骥婆娑起舞，又唱了一套弋阳腔，一座无不为之倾倒。第二天，许多人上表章推荐马骥，国王大喜，派出旌车仪仗去宣召。马骥入宫拜见以后，国王向他询问中国的治安富国之道，马骥原原本本地向国王陈述了一番，大受国王嘉奖称叹。国王特命在离宫设宴招待马骥，酒饮到高兴处，国王问道：“听说爱卿擅长舞乐，能不能让我欣赏一下呢？”马骥立即离席起舞，也仿效当地风俗用白锦缠头，唱起软绵绵的曲调。国王甚为高兴，当天就授与他下大夫之职，以后又常常个别宴请他，待他的恩宠非同寻常。

时间久了，朝中的大小官员，都发觉马骥的面容是假扮的。马骥所到之处，常常见有人交头接耳地议论他，并且与他越来越疏远了。这时，马骥觉得非常孤立，心里很不安稳。于是他上疏请求罢职退休，但国王不准；他又要求休假，国王批给他三个月假期。马骥于是乘坐驿车、载着金银珠宝，又回到了山村。村民们跪行着迎接他，马骥将随带的金银财物分送给以前跟他交好的人，村里一片欢声雷动。村民们说："我们这些小百姓，竟受到大夫的赏赐，明天到海市去时，应当觅求一些珍珠宝物，以回报大夫。"马骥问："海市是什么地方？"村民说："是大海之中的集市。散居四海的鲛人，会集在这儿出售珠宝；四方十二国的商人，都来做买卖。其间还有许多神人前来游玩嬉戏，以致云霞遮蔽天空，海上波涛翻涌。贵族大户人家贪生怕死，不敢冒危险，都是将金银钱币托付我们代为购买奇珍异物。现在集市的日期已经快到了。"马骥问他们是怎么知道的，村民说："每当看见海上有红色的大鸟来往时，再过七天就是海市了。"马骥又询问出发的日期，准备与村民们一起去游玩。村民们劝他善自保重，马骥说："我本来是飘洋过海做买卖的人，还怕什么风浪？"

不久，果然有人上门来送钱托购珍宝的，马骥与村民们把钱装上船。大船能容好几十人，平底高栏，由十个人摇橹，行走得如箭一般，激起层层水花。走了三天，远远望见云天相接、水波荡漾之间，出现了重重叠叠的巍峨楼阁，四方赶来做生意的船只，多得如蚂蚁一般。不一会，船来到了城下，仰视城墙上的砖块，都与人一样高，谯楼高耸云霄。系好船只登岸入城，只见海市上所陈列的奇珍异宝，晶莹耀眼，大多是世人从未见过的。忽然，一位少年骑着骏马驰来，市上的人纷纷奔走躲避，说是东海三太子来了。太子走过来，看着马骥说："这不是外邦人。"说着就有一名为太子开道的人来问马骥的乡籍。马骥站在路旁施礼，叙说了自己的家世出身。太子听了高兴地说："既蒙你光临敝地，我真是缘分不浅。"于是命人牵来坐骑给马骥，又请求与他并马而行。出了西城，刚到海岛岸边，那匹坐骑就嘶叫着跳进水中。马骥大惊，失声呼叫起来，却见海水向两边分开，犹如两堵高墙屹立着。走下去不多远，马骥就看见了宫殿，以玳瑁装饰屋梁，以鲂鱼鳞片作瓦，四壁透明，光可鉴人，亮得耀眼。

马骥下了马，施礼入宫，抬头望见龙王在上端坐着。太子上前启奏道：“儿臣闲游市场时，遇见一位中国来的贤士，特引来参见大王。”马骥忙向前拜舞朝见，龙王开口说道：“先生是文人学士，文采一定超过屈原、宋玉。我想要烦请先生挥动大笔作一篇《海市赋》，希望你不要吝惜自己的笔墨。”马骥跪拜接受了命令。左右端来了水晶制成的砚台，龙鬣做成的御笔，纸笺光洁似雪，墨香幽雅如兰。马骥一挥而就，写成千余字的长文献给龙王。龙王击节赞赏道：“先生大才，为我们水国增光不少啊！”说着召集各部龙族，在采霞宫摆开宴席。酒过数巡以后，龙王端着酒盏对马骥说：“我最疼爱的一个女儿，还没有择定佳婿，我有意将她许配给你，不知道你还看得中吗？”马骥离席起身，又惭愧又感激地应承了，一时也说不出别的话。龙王向左右吩咐几句，很快，几名宫女便扶着公主出来了。珮环声叮当作响，鼓吹乐大声奏起。拜礼已毕，马骥偷偷望去，公主真如仙女一般。公主拜完礼便退入了后宫。不多时，酒席散去，宫女挑着宫灯喜烛，领着马骥进入旁宫。公主浓妆艳服，坐着等候。珊瑚床上，装饰着各种珍宝；帷幕的丝穗上，缀着斗大的夜明珠，被褥卧具无不又香又软。天刚亮，就有许多年轻漂亮的侍女，奔进来站在两边侍候。马骥起来后，立即入朝拜谢，被封为驸马都尉，并将他作的赋分送到四海去。四海龙王都派遣专人前来祝贺，争着发出请帖邀马骥去作客。马骥穿着锦绣衣裳，骑着青龙，前呼后拥地从宫中出发。数十名武装骑士，都身佩雕花宝弓，扛着白色长棍，明晃晃一片挤满了大道。一路上马上弹筝，车中吹箫；三天之内，走遍四海。从此“龙媒”的大名到处都传遍了。

龙宫中有一棵玉树，有一抱多粗，树干晶莹透明，像白琉璃一样；树干中心呈淡黄色；树梢比手臂细些；树叶就像碧玉，大约有一枚钱那么厚，虽然细碎，却有浓荫。马骥常与公主在树下吟咏歌唱。树上开满了花，形状像栀子花。每当有花瓣落下，便发出金属般的响声，马骥拾起来一看，就像是用红玛瑙雕成的，十分晶亮可爱。

宫中时常有异鸟飞来鸣叫，金碧色的羽毛，尾羽比身子还长，叫声与哀怨的凤箫相似，令人凄惋达于肺腑。马骥每当听到鸟鸣，就思念起故土，于是对公主说：“我离家出来已有三年，与父母亲音讯不通，每想到这一点，就泪湿胸，汗湿背。你能不能跟我一起回去呢？”公主说：“仙界与尘世路途阻隔，我不能跟你回去。不过我也不忍心因为夫妻的恩爱，夺走你父母的膝下之欢。让我慢慢想一个办法吧。”马骥听了，不禁泪下。公主也叹息说：“这是无法两全其美的恨事啊！”第二天，马骥从外面归来时，龙王对他说：“听说驸马萌生故国之思，那你明天就赶紧整理行装，好吗？”马骥拜谢道：“我只是个客游他乡的孤臣，竟受到你过分的恩宠，结草衔环以报恩的心情，是蕴积于肺腑的。请允许我暂时归家看望父母，一定想法再来与你们团聚。”到晚上，公主设下酒席与马骥话别。马骥问她何时才能重逢，公主说：“我们的情缘已经到头了。”马骥十分伤心，公主说：“你想要回去侍奉双亲，这可以看出你的孝心。人生聚合离散，一百年就像一朝一夕一样，何必要像小儿女那样悲伤哭泣呢？从今以后，我为你守贞，你为我守义，分居两地而心心相印，这就仍然同夫妻一样了，又何必一定要长相厮守，才算是白头偕老呢？要是违背了今天的盟言，不会有美满的婚姻。倘若你觉得没人料理家务，那就将一名婢女收房好了。另外还有一件事要告诉你：自从我与你结褵以后，似乎已经有了喜兆，还要请你预先为孩子取下名字才好。”马骥说：“要是生下个女孩，就取名龙宫；生下个男孩，就取名福海。”公主又向马骥索取一件东西作为信物，马骥将在罗刹国时所得到的一对红玉莲花拿出来给了公主。公主说：“三年后的四月八日那天，你要坐船来到南岛，那时我就把你的亲生骨肉归还你。”说完公主拿出一只鱼皮袋子，装满珠宝，交给马骥说：“你好好保藏着，子孙几代吃用不尽。”

第二天天刚亮，龙王设宴为马骥饯行，赠送的礼物非常丰厚。马骥拜别龙王出了龙宫，公主乘着白羊车，一直送他到海滨。马骥上岸，跳下马来与公主道别，公主说了声“珍重”，便回车而去，顷刻间就走远了，海水随之合拢，就再也看不见公主的人影了。马骥才上路回家。

自从马骥离家渡海以后，大家都以为他已经死了；等他回到家里，家里人无不惊异万分。幸亏老父母还健在，只是妻子已经改嫁了。马骥这才悟出公主要他“守义”的话，是已经预知这事了。他父亲想要为马骥再娶，马骥不肯，只将婢女收房。马骥牢记着三年的期限，到了这一天，他乘坐小船来到岛上，只见两个孩子浮坐在水面上，拍着水玩耍嬉笑，不移动位置，也不沉下去。马骥将船靠上去领他们，一个孩子欢笑着抓住马骥的手臂，扑入他的怀中；另一个大哭起来，像是怪他不向自己伸手的样子，马骥也把这个拉了上来。仔细一看，一男一女容貌都非常清秀。他们头上戴着缀有美玉的花冠，原来红玉莲花也在其中。孩子的背上有一只锦囊，马骥打开来发现一封信，信上说：“公公婆婆料想都还健在吧。三年不觉匆匆过去，仙界与尘世是永久地隔绝了；中间横亘着汪洋大海，青鸟也无法传递音讯。思念郁结成梦，翘首遥望致劳。茫茫无边的蔚蓝色大海，满腔幽怨又能怎样！想到奔月的嫦娥，只是孤单地生活在月宫里；织女嫁给牛郎以后，尚且以银河的阻隔为怅恨。我又是什么了不起的人，就能与你永结同好呢？想到这里，也就破涕为笑了。与你分别以后两个月，竟生下了双胞胎。现在已经会在我怀里学着说话，也很能领会我的笑声和话意了；他们见了吃的会自己去抓，已经不需要母亲也能长大了，所以我郑重地将他们归还给你。你所赠我的红玉莲花，我已缀在孩子的花冠上作为标记了。以后当你把孩子抱着坐在膝头上时，就像我在你身边一样了。得知你能够履行当年的盟言，我心中无比安慰。我这辈子同样决不生二心，直到死也不会移情他人。妆盒里所珍藏的，不再有化妆用的兰膏；镜子里照见的面容，也久不施胭脂粉黛了。你就像远行未归的征夫，我好比夫君流荡他乡的妻子，即使我远离你而不能得到你的亲近，又怎么能说我们不是恩爱的夫妻呢？只是我想到公公婆婆既然已经抱上了孙子孙女，却从未见过我这个媳妇一面，从情理上来说，也实在是有所欠缺的。一年后婆婆去世时，我一定会前来送葬，尽一尽媳妇的孝道。过了这天以后，那么只要‘龙宫’健康成长，不会没有重新见面的日子；只要‘福海’长在人间，也可能会有互相来往的机会。衷心祝愿你保重身体，一纸短信表不尽我对你的绵绵深情。”马骥把信看了好几遍，一边看一边拭泪不已。两个孩子搂着他脖子说：“我们回去吧！”马骥听了更加伤感，抚摸着他们的头说：“你们知道家在哪里吗？”两个孩子哭泣着，咿咿哑哑只管说要回家去。马骥望着白茫茫一片海水，远接天际望不到边；人儿朦胧不见踪影，烟云迷濛无路可通。他只得怀抱孩子掉转船头，神情怅惘地回了家。

马骥心知母亲已活不了多久，便预先替她置办了全套寿衣寿器，并在坟地周围种植了一百多棵松树和槚树。过了一年，母亲果然去世了。当灵车到达墓区时，忽然有一位披麻戴孝的女子来到墓旁。众人正惊异地看她，忽然狂风陡起、电闪雷鸣，接着是一阵暴雨，转眼之间那女子已经不见了。新种下的松柏原来枯死掉的不少，这时全都复活了。

福海年龄稍大些以后，常常思念母亲，有一天他忽然自己跳入海中，过了好几天才回来。龙宫因为是女子，不能前往，只得不时关上房门暗地哭泣。一天白天，日色昏暗，公主突然进门来，劝说女儿道："你是已经快要成家的人了，为什么总是还要哭哭啼啼呢?"说着赠给她一株八尺长的珊瑚、一袋龙脑香、一百颗明珠、一对八宝嵌金盒，作为她的嫁妆。马骥听到动静，冲进屋里，拉着她的手不住地抽泣。不一会儿，一个惊雷打入屋内，公主就不见了。

异史氏说：化装成大花脸去逢迎权贵，罗刹国的世风人情，就像鬼一样。那里嗜痂成癖的人，到处都是。正应着韩愈为自己的应酬捧场文字所解嘲的："我心里小有惭愧的地方，别人就说写得不错；我心里十分惭愧的地方，别人竟大声叫好起来。"如果堂堂皇皇作为须眉男子到闹市上游玩，不吓得仓皇逃走的人几乎没有了。在这种地方，像卞和那样的痴人，抱着价值连城的玉璧能到哪里去痛哭呢？唉唉，向在中的荣华富贵，只能到虚幻的海市蜃楼中去寻求了！

田　七　郎

武承休，辽阳人。喜交游，所与皆知名士。夜梦一人告之曰："子交游遍海内，皆滥交耳。惟一人可共患难，何反不识?”问:“何人?”曰:“田七郎非与?”醒而异之。

诘朝，见所与游，辄问七郎。客或识为东村业猎者。武敬谒诸家，以马棰挝门。未几，一人出，年二十余，貙目蜂腰，著腻帢，衣皂犊鼻，多白补缀。拱手于额而问所自。武展姓字，且托途中不快，借庐憩息。问七郎，答云:“即我是也。”遂延客入。见破屋数椽，木岐支壁。入一小室，虎皮狼蜕，悬布楹间，更无机榻可坐。七郎就地设皋比焉。武与语，言词朴质，大悦之。遽贻金作生计。七郎不受。固予之。七郎受以白母。俄顷将还，固辞不受。武强之再四。母龙钟而至，厉色曰:“老身止此儿，不欲令事贵客!”武惭而退。

归途展转，不解其意。适从人于舍后闻母言，因以告武。先是，七郎持金白母。母曰:“我适睹公子，有晦纹，必罹奇祸。闻之:受人知者分人忧，受人恩者急人难。富人报人以财，贫人报人以义。无故而得重赂，不祥，恐将取死报于子矣。”武闻之，深叹母贤;然益倾慕七郎。

翼日，设筵招之，辞不至。武登其堂，坐而索饮。七郎自行酒，陈鹿脯，殊尽情礼。越日，武邀酬之，乃至。款洽甚欢。赠以金，即不受。武托购虎皮，乃受之。归视所蓄，计不足偿，思再猎而后献之。入山三日，无所猎获。会妻病，守视汤药，不遑操业。浃旬，妻奄忽以死。为营斋葬，所受金，稍稍耗去。武亲临唁送，礼仪优渥。既葬，负弩山林，益思所以报武，而迄无所得。

武探得其故，辄劝勿亟。切望七郎姑一临存，而七郎终以负债为憾，不肯至。武因先索旧藏，以速其来。七郎检视故革，则蠹蚀殃败，毛尽脱，懊丧益甚。武知之，驰行其庭，极意慰解之。又视败革，曰："此亦复佳。仆所欲得，原不以毛。"遂轴鞹出，兼邀同往。七郎不可，乃自归。

七郎念终不足以报武，裹粮入山，凡数夜得一虎，全而馈之。武喜，治具，请三日留。七郎辞之坚。武键庭户，使不得出。宾客见七郎朴陋，窃谓公子妄交。而武周旋七郎，殊异诸客。为易新服，却不受；承其寐而潜易之，不得已而受之。既去，其子奉媪命，返新衣，索其敝裰。武笑曰："归语老姥，故衣已拆作履衬矣。"

自是，七郎日以兔鹿相贻，召之即不复至。武一日诣七郎，值出猎未返。媪出，踦门语曰："再勿引致吾儿，大不怀好意！"武敬礼之，惭而退。

半年许，家人忽白："七郎为争猎豹，殴死人命，捉将官里去。"武大惊，驰视之，已械收在狱。见武无言，但云："此后烦恤老母。"武惨然出；急以重金赂邑宰，又以百金赂仇主。月余无事，释七郎归。母慨然曰："子发肤受之武公子，非老身所得而爱惜者矣。但祝公子终百年，无灾患，即儿福。"七郎欲诣谢武。母曰："往则往耳，见武公子勿谢也。小恩可谢，大恩不可谢。"七郎见武，武温言慰藉，七郎唯唯。家人咸怪其疏；武喜其诚笃，益厚遇之。由是恒数日留公子家。馈遗辄受，不复辞，亦不言报。

会武初度，宾从烦多，夜舍屦满。武偕七郎卧斗室中，三仆即床下藉刍藁。二更向尽，诸仆皆睡去，两人犹刺刺语。七郎佩刀挂壁间，忽自腾出匣数寸许，铮铮作响，光炯烁如电。武惊起。七郎亦起，问："床下卧者何人？"武答："皆厮仆。"七郎曰："此中必有恶人。"武问故。七郎曰："此刀购诸异国，杀人未尝濡缕。迄今佩三世矣。决首至千计，尚如新发于硎。见恶人则鸣跃，当去杀人不远矣。公子宜亲君子、远小人，或万一可免。"武颔之。七郎终不乐，辗转床席。武曰："灾祥数耳，何忧之深？"七郎曰："我诸无恐怖，徒以有老母在。"武曰："何遽至此！"七郎曰："无则便佳。"

盖床下三人：一为林儿，是老弥子，能得主人欢；一僮仆，年十二三，武所常役者；一李应，最拗拙，每因细事与公子裂眼争，武恒怒之。当夜默念，疑必此人。诘旦，唤至，善言绝令去。

武长子绅，娶王氏。一日，武他出，留林儿居守。斋中菊花方灿。新妇意翁出，斋庭当寂，自诣摘菊。林儿突出勾戏。妇欲遁，林儿强挟入室。妇啼拒，色变声嘶。绅奔入，林儿始释手逃去。武归闻之，怒觅林儿，竟已不知所之。过二三日，始知其投身某御史家。某官都中，家务皆委决于弟。武以同袍义，致书索林儿，某弟竟置不发。武益恚，质词邑宰。勾牒虽出，而隶不捕，官亦不问。武方愤怒，适七郎至。武曰："君言验矣。"因与告愬。七郎颜色惨变，终无一语，即径去。

武嘱干仆逻察林儿。林儿夜归，为逻者所获，执见武。武掠楚之。林儿语侵武。武叔恒，故长者，恐侄暴怒致祸，劝不如治以官法。武从之，絷赴公庭。而御史家刺书邮至；宰释林儿，付纪纲以去。林儿意益肆，倡言丛众中，诬主人妇与私。武无奈之，忿塞欲死。驰登御史门，俯仰叫骂。里舍慰劝令归。

逾夜，忽有家人白："林儿被人脔割，抛尸旷野间。"武惊喜，意气稍得伸。俄闻御史家讼其叔侄，遂偕叔赴质。宰不容辨，欲笞恒。武抗声曰："杀人莫须有！至辱詈搢绅，则生实为之，无与叔事。"宰置不闻。武裂眦欲上，群役禁捽之。操杖隶皆绅家走狗，恒又老耄，签数未半，奄然已死。宰见武叔垂毙，亦不复究。武号且骂，宰亦若弗闻也者。遂舁叔归。哀愤无所为计。思欲得七郎谋，而七郎更不一吊问。窃自念：待七郎不薄，何遽如行路人？亦疑杀林儿必七郎。转念：果尔，胡得不谋？于是遣人探诸其家，至则扃镝寂然，邻人并不知耗。

一日，某弟方在内廨，与宰关说。值晨进薪水，忽一樵人至前，释担抽利刃，直奔之。某惶急，以手格刃，刃落断腕；又一刀，始决其首。宰大惊，窜去。樵人犹张皇四顾。诸役吏急阖署门，操杖疾呼。樵人乃自刭死。纷纷集认，识者知为田七郎也。宰惊定，始出覆验。见七郎僵卧血泊中，手犹握刃。方停盖审视，尸忽崛然跃起，竟决宰首，已而复踣。衙官捕其母子，则亡去已数日矣。

武闻七郎死，驰哭尽哀。咸谓其主使七郎。武破产夤缘当路，始得免。七郎尸弃原野三十余日，禽犬环守之。武取而厚葬。其子流寓于登，变姓为佟。起行伍，以功至同知将军。归辽，武已八十余，乃指示其父墓焉。

异史氏曰：一钱不轻受，正其一饭不忘者也。贤哉母乎！七郎者，愤未尽雪，死犹伸之，抑何其神？使荆卿能尔，则千载无遗恨矣。苟有其人，可以补天网之漏。世道茫茫，恨七郎少也。悲夫！

【译文】

武承休是辽阳人，喜欢交游，所结交的大多是有名望的人士。一天夜里梦见一个人对他说："你交游遍于海内，却都是没有经过慎重选择的朋友。如今只有一个人可与你共患难，为什么反倒不去结识他？"武承休问："是谁？"回答说："田七郎不是吗？"武承休醒来后觉得很奇怪。

第二天早晨起来，武承休只要见到熟识的人，就打听田七郎。有一个朋友认得是东村的猎户。武承休恭恭敬敬上门拜访，用马鞭子敲门。不一会，有个人出来，年约二十多岁，眼睛很有神，腰细细的，戴着沾满油腻的帽子，穿着黑裤衩，上面打着许多白色的补丁，双手拱到额头向武承休行礼，问他是从哪里来的。武承休报了自己的姓名，并且推说路上身体不舒服，想暂借屋舍休息一下。又问谁是田七郎，那人说："就是我啊。"于是将客人请进屋里。武承休抬头一看，只见是一座破败的旧屋，用树杈支撑着墙壁。进入一间小室，只见虎皮狼皮，错落地悬挂在横梁上，没有椅子或床榻可坐。七郎就地铺上一张虎皮，便坐下了。武承休与他交谈，觉得他言词朴实，很喜欢他，马上送银两给七郎过日子用，七郎不受。武承休一定要给他，他拿了进去禀报母亲，立刻又捧出来还给武承休，坚持不接受。武承休再三再四硬要他收下，七郎的母亲老态龙钟走出来，板着脸说："我只有这么个儿子，不想让他去侍奉贵客！"武承休羞惭地退下，走了。

回家的路上，武承休反复思忖，不理解这句话的意思。恰巧有个跟去的仆人在屋后听到七郎母亲的话，于是告诉了武承休。原来起先田七郎拿着银子走进去禀报母亲的时候，母亲说："我刚才看那位公子，脸上有预示晦气的皱纹，他一定会遭到一场横涡。我听说过：受人知遇就要替人分忧，受人恩惠就要急人所难。富人可以用财来报答别人，而穷人只能用义气来报答别人了。你无缘无故收受别人的重礼，不是好事，恐怕你将要以死来报答那位公子了。"武承休听说了这番话，深深赞叹田母的贤德，也更加倾慕七郎。

第二天，武承休设宴请田七郎，七郎推辞不来。武承休反过来登门拜访，坐在他家讨酒喝。七郎亲自为他斟酒，并且献上鹿肉干，极尽朋友之间的礼数。又过了一天，武承休再次邀请田七郎以为酬谢，他才来，两人交谈得十分投机。武承休又送他银两，七郎推却不受；武承休假托是请他代购虎皮，他才收下了。田七郎回家检点自已收藏的虎皮，觉得值不了那些钱，打算再猎获一些以后一起交给他。他进山搜索三天，毫无收获，正逢妻子病了，他只得守护着侍奉汤药，抽不出时间再去打猎。过了十来天，妻子竟然死了。七郎为了埋葬和祭奠妻子，稍微动用了一些武承休赠与的银两。武承休又亲自前来吊唁送丧，礼仪非常优厚。丧事既毕，田七郎背着硬弓弩箭深入山林，更加急切地想要报答武承休，但终于还是一无所得。武承休打听到七郎入山的缘故，再三劝他不必着急；又殷勤地希望七郎能到自己家里来一次，但七郎终究因为欠了银两而觉得惭愧，不肯去。武承休于是又推说要先看看他家原已收藏着的虎皮，企图催他早些来。七郎检看家里原有的虎皮，已经被虫蛀蚀得很是破败，毛都脱落下来了，心里更加懊恼。武承休知道后，骑马赶往他家，极力劝慰宽解他。又看了看那些破旧的皮，说："这些也很好。我所想要得到的皮，本来不在乎有没有毛。"说着就卷起皮革往外走，还打算邀请七郎一同到家里去。七郎不肯，他只得独自回家去了。

七郎思来想去总觉得这些皮不足以偿还武承休，于是带着干粮进山，守了好几夜，终于猎获了一头老虎，把一张完整的皮送给了武承休。武大喜，办了酒席，邀请他留住三天，七郎坚决推辞。武承休把前后门户全上了锁，使他出不去。其他宾客看见七郎一副不善辞令和衣衫褴褛的样子，私下议论武公子大概交错了朋友。但武承休接待七郎，与其他宾客大不一样。武承休又为七郎更换新衣，七郎推却不受，就趁他睡觉时偷偷替他换下，才不得已接受了。七郎回去后，他的儿子奉祖母之命将新衣送还，并要讨还旧衣。武承休笑着说："你回去对老祖母说，旧衣裳已被我拆散糊鞋衬了。"

从此以后，七郎每天都送来兔肉或鹿肉，但请他就再也不来了。一天，武承休去拜访七郎，正好他出去打猎还没回来。七郎的母亲走出来，靠在门口对武说："你再也不要来勾引我儿子，太不怀好意了！"武承休恭敬地向她行了礼，惭愧地退走了。

过了半年左右，仆人忽然来报告武承休说："田七郎为了与别人争猎豹子，打死了人命，已经被逮捕到官府去了。"武承休大惊，急忙赶去看视，只见他已被戴上刑具收押在监了。七郎见了武承休没别的话，只是说："今后烦请你照料我老母亲。"武承休神情惨然地出来后，急忙以重金贿赂县令，又用一百两银子贿赂死者家属，过了一个多月，七郎终于被无罪释放了。七郎的母亲激动地说："你的身体发肤，都是武公子那里得到的，我不能再当作自己所有的加以爱惜了。只希望公子高寿百年，无灾无难，那就是你的福气了。"七郎打算前去拜谢武承休，母亲说："你要去就去吧，只是见了武公子不要致谢。小的恩德可以致谢，大的恩德是无法致谢的。"七郎见了武承休，武承休用好言安慰他，七郎只是连连答应着。武家的人都在心里责怪七郎过于淡漠，而武承休却喜欢他的诚恳笃实，更加厚待他。从此以后，七郎常常一连好几天留住在武公子家里，武公子有什么馈赠他也立即收下，不再推辞，也不说要报答。

这天，正逢武承休庆贺生日，宾客奴仆很多，晚上各处卧室门外摆满了鞋子，武承休与田七郎一起睡在小房间里，三个仆人就在床下铺着干草打地铺。二更交尽，仆人们都睡着了，武承休和七郎还在说个不停。七郎的佩刀就挂在墙上，忽然刀身自动腾出刀鞘好几寸长，发出铮铮的声响，寒光烁烁有如闪电。武承休一惊，不由得坐起身来，七郎也起身问道："床下睡的是谁？"武承休说："都是我的仆人。"七郎说："其中一定有坏人。"武承休问他什么缘故，七郎说："这把刀是从外国买来的，杀起人来见血就死。从我祖父传下来已经用了三代了，杀了约有上千人，刀锋还像刚磨过的那样。它见了恶人会叫着跳出来，这大概就离杀人不远了。公子你应当亲近君子、疏远小人，或许还有一线希望免除灾难。”武承休点头称是。七郎一直闷闷不乐，在床上翻来覆去。武承休说：“吉凶都是天数，你为什么忧虑这么重呢?”七郎说：“我别的都不怕，只因为还有高堂老母在世。”武承休说：“何至于一下子就到这地步?”田七郎说：“但愿它没有就更好。”

原来床下睡着的三个人，一个叫林儿，久已得宠，能讨主人欢心；一个是小僮仆，才十二三岁，武承休常常差遣他的；一个叫李应，脾气最倔强，常常为了一些小事瞪着眼睛与公子争吵，武承休常常对他不满。这天夜里武承休默默地思忖，怀疑一定是李应。第二天早晨，武承休把他叫来，用一番好言好语把他打发走了。

武承休的长子武绅，娶妻王氏。有一天，武承休有事外出，留下林儿看家。书房前的菊花开得正盛，新媳妇心想公公刚出去，书房庭院肯定没人，便独自前去摘菊花。不料林儿突然跳出来调戏她。王氏想要逃走，林儿却强行将她拖进屋里。王氏一边哭一边反抗，脸色改变，声音嘶哑。武绅听见奔了进来，林儿才松开手逃走。武承休回来听说此事，怒气冲冲寻找林儿，竟已不知去向。过了二三天，才知道他投靠了某御史家。那御史在京城做官，家务事都委托弟弟作主。武承休因为有朋友交情，写信去索讨林儿，御史之弟竟然把信丢在一边不拆。武承休更加忿恨，修书请县令公断。捕人的公文虽然发了，但差役并不前去拘捕，县令也不再追问。武承休正在大怒之际，恰好七郎到来。武承休说：“你的话应验了。”随即将林儿出逃之事告诉了他。七郎的脸色顿时变得惨白，从头至尾不发一语，听完就掉头走了。

武承休嘱咐精明干练的仆人暗中巡察林儿的动静。林儿夜晚潜归，被巡逻的仆人捕获，绑来见武承休。武承休命人狠狠地抽打他，林儿出言不逊，冲撞武承休。武承休的叔叔武恒，本是一位忠厚长者，怕侄子在暴怒冲动时闯祸，劝他不如将林儿送官府惩办。武承休听从了，将林儿绑送公庭。这时御史家的名片和书信也送到了，县令就释放了林儿，交给御史家的管家带了回去。林儿从此更加得意而放肆，公然在大庭广众中散布谣言，诬陷主人的媳妇与自己有私情。武承休对林儿毫无办法，气得要死。他奔到御史家门口，指天画地叫骂，被左邻右舍再三劝解回来。

隔了一夜，忽然有仆人来报告说："林儿被人大卸八块，尸体丢在荒郊野地里了。"武承休听了又惊又喜，气才稍微出了些。不久就听说御史家上衙门告了他们叔侄俩，于是武承休陪同叔叔前去对质。县令不容他们分辩，就要拷打武恒。武承休厉声抗议道："说我们杀人是莫须有的罪名，至于侮辱谩骂官绅，确实是我做的，与我叔叔无关。"县令只当没听见。武承休怒目圆睁，打算冲上去救叔叔，被一班衙役拉住了。拿棍子拷打的隶卒都是御史家买通的走狗，武恒又年近八十，板子没挨到一半，就已经断气了。县令眼见武承休的叔叔要死了，就不再追问。武承休一边痛哭一边大骂，县令也好像没听到一样。武承休只得将尸体抬回家去。悲愤之极，没有一点办法。想要和七郎商量，但七郎却始终一次也不来吊丧慰问。暗自思忖：我平时对七郎恩德不浅，为什么他突然对我像陌路人一样呢？又疑心杀死林儿的一定是七郎。转念再想：要是果真这样，事先怎么会不商量一下呢？于是派人去他家打探，到了那里只见大门上了锁，空无一人，邻居也不知道他的下落。

一天，御史的弟弟正在县衙内室里向县令通关节，恰是早晨送柴送水的时候，忽然一个樵夫来到门前，放下担子，抽出一把雪亮的刀，径直奔上前去。御史的弟弟仓皇之间，用手抵挡刀锋，刀落腕断；再加一刀，才割下了他的首级。县令大惊，逃窜而去。那樵夫还在紧张地左右张望，衙役吏卒们急忙关死大门，手持兵器大声鼓噪。樵夫于是自刎而死。大家纷纷上前辨认，有认得的知道是田七郎。县令惊魂稍定，才出来重新验看，见七郎尸体僵卧在血泊中，手里依然握着刀。县尹不让盖尸，还在端详，那尸体突然一下跃起，竟然砍下了县令的头，这才再次倒下。衙门里的官吏去捉拿七郎的母亲及儿子，发现他们已逃走好几天了。

武承休听到七郎的死讯，奔去痛哭一场，极为哀伤。人们都认为是他指使了七郎。武承休破了家产巴结官府，才得以免除灾祸。七郎的尸首抛弃在原野里三十多天，鹰犬在周围守护着他。武承休收尸厚葬。七郎的儿子流落到登州安了家，改姓为佟。从当兵开始，靠战功升迁到同知将军。他回辽阳老家的时候，武承休已经八十多岁了，这时才将他父亲的坟墓指给他看。

异史氏说：不轻易接受别人一文钱，也正是受人一饭永志不忘的人。七郎的母亲真是贤德！至于田七郎呢，怨愤未能发泄尽，死了还要出口气，又多么不平凡啊！假如当年荆轲能做到这样，那么千载以下就没有遗恨了。假如有这样的人，就可以补天网的疏漏；茫茫大千世界，只恨像七郎这样的义士太少了。可悲啊！

产　龙

壬戌间，邑邢村李氏妇，良人死，有遗腹，忽胀如瓮，忽束如握。临蓐，一昼夜不能产。视之，见龙首，一见辄缩去。家人大惧，不敢近。有王媪者，焚香禹步，且捺且咒。未几，胞堕，不复见龙；惟数鳞，皆大如盏。继下一女，肉莹澈如晶，脏腑可数。

【译文】

壬戌年间，家乡邢村李家有个媳妇，丈夫去世，她怀着遗腹子，肚子忽而胀得像口瓮，忽而细得可以一把捏住。临产时，一昼夜都生不下来。给她检查，看见有只龙头，一现就缩回去了。家里人十分恐慌，都不敢走近去。有一个王婆婆，在屋里焚起香烛，行步作法，一边按李氏的腹部一边念咒。不一会，胎胞落下来了，却没有再见到龙；只有几张鳞片，却像酒杯口那么大。接着又生下一个女孩，肌肤莹洁透明如同水晶一般，五脏六腑都可以看见。

保　住

吴藩未叛时，尝谕将士：有独力能擒一虎者，优以廪禄，号“打虎将”。

将中一人，名保住，健捷如猱。邸中建高楼，梁木初架。住沿楼角而登，顷刻至颠，立脊檩上，疾趋而行，凡三四返；已乃踊身跃下，直立挺然。

王有爱姬善琵琶。所御琵琶，以暖玉为牙柱，抱之一室生温。姬宝藏，非王手谕，不出示人。一夕，宴集，客请一观其异。王适惰，期以翼日。时住在侧，曰："不奉王命，臣能取之。"王使人驰告府中，内外戒备，然后遣之。

住逾十数重垣，始达姬院。见灯辉室中，而门扃锢，不得入。廊下有鹦鹉宿架上。住乃作猫子叫；既而学鹦鹉鸣，疾呼"猫来"，摆扑之声且急。闻姬云："绿奴可急视，鹦鹉被扑杀矣！"住隐身暗处。俄一女子挑灯出，身甫离门，住已塞入。见姬守琵琶在几上，径携趋出。姬愕呼"寇至"，防者尽起。见住抱琵琶走，逐之不及，攒矢如雨。住跃登树上。墙下故有大槐三十余章，住穿行树杪，如鸟移枝；树尽登屋，屋尽登楼；飞奔殿阁，不啻翅翎，瞥然间不知所在。客方饮，住抱琵琶飞落筵前，门扃如故，鸡犬无声。

【译文】

清初，平西王吴三桂还没有叛变时，曾经号令部下将士：有谁能独自一人擒获一头猛虎的，赏赐优厚的俸禄，并且给以"打虎将"的称号。

打虎将中有一名勇士，名叫保住，身手矫捷得像猿猴。王府中正在建造高楼，大梁刚架上去。保住沿着楼角攀登上去，一眨眼就到了楼顶；他立在屋脊的横梁上，飞快地行走，一共往返了三四次；然后纵身跳下，笔直地立在地上。

平西王有个爱姬琵琶弹得很好。她弹的那张琵琶，是用暖玉制成的琴牙和弦柱，只要抱起琵琶，就满室感到温暖。平时珍藏着，没有平西王的手谕，从不拿出来给人看。一天晚上，大设宴席，客人请求看一看这张奇妙的琵琶。平西王此刻正好有点懒洋洋的，答应明天再看。当时保住在旁边，说道："不奉王爷的命令，我就能取到琵琶。"平西王派人迅速传告后宫，内外戒备森严，然后才打发保住前去。

保住接连越过十几重院墙，才来到爱姬的院宅。只见室内灯火辉煌，但门窗紧锁，无法进入。走廊里有一头鹦鹉停在架子上。保住就装猫叫，接着又学鹦鹉惊叫"猫来"的声音，扑腾翅膀急急挣扎的声音。保住听到爱姬在屋里说："绿奴，你快出去看看，鹦鹉快被猫咬死了！"保住隐藏在暗处，不一会有个婢女挑灯出来，等她身体刚一离开门，保住已经挤了进去。只见爱姬紧紧守住放在几案上的琵琶，他上前提起急忙就走。爱姬惊呼"强盗来了"，防护的卫兵一齐冲出来，看见保住抱着琵琶奔跑，追他不上，便拉弓搭箭雨点般地射去。保住跳上大树，墙外原有三十几棵大槐树，保住在树梢上穿行，就像飞鸟掠过树枝。树完了就上屋顶，屋顶完了就上楼顶；他飞奔在大殿台阁之间，与飞禽展翅没有什么两样，转眼间就不知去向了。客人还在宴饮，保住抱着琵琶飞身落在筵席前。大门仍然锁着，鸡犬寂然无声。

公孙九娘

于七一案，连坐被诛者，栖霞、莱阳两县最多。一日俘数百人，尽戮于演武场中。碧血满地，白骨撑天。上官慈悲，捐给棺木，济城工肆，材木一空。以故伏刑东鬼，多葬南郊。

甲寅间，有莱阳生至稷下，有亲友二三人，亦在诛数，因市楮帛，酹奠榛墟。就税舍于下院之僧。明日，入城营干，日暮未归。忽一少年，造室来访。见生不在，脱帽登床，著履仰卧。仆人问其谁何，合眸不对。既而生归，则暮色朦胧，不甚可辨。自诣床下问之。瞠目曰："我候汝主人。絮絮逼问，我岂暴客耶!"生笑曰："主人在此。"少年急起著冠，揖而坐，极道寒暄。听其音，似曾相识。急呼灯至，则同邑朱生，亦死于于七之难者。大骇却走。朱曳之云："仆与君文字交，何寡于情？我虽鬼，故人之念，耿耿不去心。今有所渎，愿无以异物遂猜薄之。"生乃坐，请所命。曰："令女甥寡居无耦，仆欲得主中馈。屡通媒妁，辄以无尊长之命为辞。幸无惜齿牙余惠。"先是，生有甥女，早失恃，遗生鞠养，十五始归其家。俘至济南，闻父被刑，惊恸而绝。生曰："渠自有父，何我之求？"朱曰："其父为犹子启榇去，今不在此。"问："女甥向依阿谁？"曰："与邻媪同居。"生虑生人不能作鬼媒。朱曰："如蒙金诺，还屈玉趾。"遂起握生手。生固辞，问："何之？"曰："第行。"勉从与去。

北行里许，有大村落，约数十百家。至一第宅，朱叩扉，即有媪出。豁开二扉，问朱何为。曰："烦达娘子：阿舅至。"媪旋反，须臾复出，邀生入。顾朱曰："两椽茅舍子大隘，劳公子门外少坐候。"生从之入。见半亩荒庭，列小室二。甥女迎门啜泣，生亦泣。室中灯火荧然。女貌秀洁如生时。凝眸含涕，遍问妗姑。生曰："具各无恙，但荆人物故矣。"女又呜咽曰："儿少受舅妗抚育，尚无寸报，不图先葬沟渎，殊为恨恨。旧年伯伯家大哥迁父去，置儿不一念；数百里外，伶仃如秋燕。

舅不以沉魂可弃，又蒙赐金帛，儿已得之矣。”生乃以朱言告，女俯首无语。媪曰：“公子曩托杨姥三五返。老身谓是大好；小娘子不肯自草草，得舅为政，方此意慊得。”

言次，一十七八女郎，从一青衣，遽掩入；瞥见生，转身欲遁。女牵其裾曰：“勿须尔！是阿舅，非他人。”生揖之。女郎亦敛衽。甥曰：“九娘，栖霞公孙氏。阿爹故家子，今亦‘穷波斯’，落落不称意。旦晚与儿还往。”生睨之，笑弯秋月，羞晕朝霞，实天人也。曰：“可知是大家，蜗庐人那如此娟好。”甥笑曰：“且是女学士，诗词俱大高。昨儿稍得指教。”九娘微哂曰：“小婢无端败坏人，教阿舅齿冷也。”甥又笑曰：“舅断弦未续，若个小娘子，颇能快意否?”九娘笑奔出，曰：“婢子颠疯作也!”遂去。

言虽近戏，而生殊爱好之。甥似微察，乃曰：“九娘才貌无双，舅倘不以粪壤致猜，儿当请诸其母。”生大悦。然虑人鬼难匹。女曰：“无伤，彼与舅有夙分。”生乃出。女送之，曰：“五日后，月明人静，当遣人往相迓。”

生至户外，不见朱。翘首西望，月衔半规，昏黄中犹认旧径。见南向一第，朱坐门石上，起逆曰：“相待已久。寒舍即劳垂顾。”遂携手入，殷殷展谢。出金爵一、晋珠百枚，曰：“他无长物，聊代禽仪。”既而曰：“家有浊醪，但幽室之物，不足款嘉宾，奈何!”生执谢而退。朱送至中途，始别。

生归，僧仆集问。生隐之曰：“言鬼者妄也，适赴友人饮耳。”后五日，果见朱来，整履摇箑，意甚忻适。才至户庭，望尘即拜。少间，笑曰：“君嘉礼既成，庆在今夕，便烦枉步。”生曰：“以无回音，尚未致聘，何遽成礼？”朱曰：“仆已代致之矣。”生深感荷，从与俱去。直达卧所，则甥女华妆迎笑。生问：“何时于归？”朱云：“三日矣。”生乃出所赠珠，为甥助妆。女三辞乃受。谓生曰：“儿以舅意白公孙老夫人，夫人作大欢喜。但言：老耄无他骨肉，不欲九娘远嫁，期今夜舅往赘诸其家。伊家无男子，便可同郎往也。”朱乃导去。

村将尽，一第门开，二人登其堂。俄白：“老夫人至。”有二青衣扶妪升阶。生欲展拜，夫人云：“老朽龙钟，不能为礼，当即脱边幅。”乃指画青衣，置酒高会。朱乃唤家人，另出肴俎，列置生前；亦别设一壶，为客行觞。筵中进馔，无异人世，然主人自举，殊不劝进。

既而席罢，朱归。青衣导生去。入室，则九娘华烛凝待。邂逅含情，极尽欢昵。初，九娘母子，原解赴都。至郡，母不堪困苦死，九娘亦自刭。枕上追述往事，哽咽不成眠。乃口占两绝云：

昔日罗裳化作尘，空将业果恨前身。
十年露冷枫林月，此夜初逢画阁春。

白杨风雨绕孤坟，谁想阳台更作云？
忽启缕金箱里看，血腥犹染旧罗裙。

天将明，即促曰：“君宜且去，勿惊厮仆。”自此昼来宵往，嬖惑殊甚。

一夕，问九娘：“此村何名？”曰：“莱霞里。里中多两处新鬼，因以为名。”生闻之欷歔。女悲曰：“千里柔魂，蓬游无底，母子零孤，言之怆恻。幸念一夕恩义，收儿骨归葬墓侧，使百世得所依栖，死且不朽。”生诺之。女曰：“人鬼路殊，君亦不宜久滞。”乃以罗袜赠生，挥泪促别。

生凄然而出，忉怛若丧。心怅怅不忍归，因过叩朱氏之门。朱白足出逆；甥亦起，云鬟鬅松，惊来省问。生怊怅移时，始述九娘语。女曰：“妗氏不言，儿亦夙夜图之。此非人世，久居诚非所宜。”于是相对汍澜。生亦含涕而别。叩寓归寝，展转申旦。欲觅九娘之墓，则忘问志表。及夜复往，则千坟累累，竟迷村路，叹恨而返。展视罗袜，着风寸断，腐如灰烬，遂治装东旋。

半载不能自释，复如稷门，冀有所遇。及抵南郊，日势已晚，息驾庭树，趋诣丛葬所。但见坟兆万接，迷目榛荒，鬼火狐鸣，骇人心目。惊悼归舍。失意遨游，返辔遂东。行里许，遥见女郎，独行丘墓间，神情意致，怪似九娘。挥鞭就视，果九娘。下骑欲语，女竟走，若不相识。再逼近之，色作努，举袖自障。顿呼“九娘”，则湮然灭矣。

异史氏曰：香草沉罗，血满胸臆；东山佩玦，泪渍泥沙。古有孝子忠臣，至死不谅于君父者。公孙九娘岂以负骸骨之托，而怨怼不释于中耶？脾鬲间物，不能掬以相示，冤乎哉！

【译文】

清初，山东于七造反这个案子，受到牵连而惨遭杀害的，以栖霞、莱阳两县最多。一天抓几百人，全部处死在演武场。死难者鲜血遍地，尸骨堆积如山。上司官吏发慈悲，拨下一批棺木加以收敛，济南城里工场作坊，木料被征用一空。因此之故，那些伏刑而死的冤鬼，大多葬在济南南郊。

康熙十三年（1674），有一位莱阳书生来到省城，他有二三位亲友，也在当年被诛杀之列。因而他买了些纸钱，在荒野里洒酒祭奠。晚上，他就借居在寺院的僧舍里。第二天，他进城办些私事，直到天黑还没有回来。突然有一位年轻人登门前来拜访，他见莱阳书生不在，就脱下帽子爬上床去，穿着鞋就朝天躺下。仆人问他是谁，他闭上眼睛不答话。一会儿莱阳书生回来了，但在朦胧夜色之中，也看不分明他到底是谁，于是亲自走到床前询问他。那年轻人瞪起双眼高声道："我在这里等候你主人，你如此絮絮叨叨连连追问，难道我是个强盗歹徒吗？"书生笑着说："主人现正在此。"那年轻人急忙起身戴上帽子，作揖坐下，非常热情地与书生寒暄起来。书生听他的声音，觉得似曾相识，急忙呼唤仆人点灯前来，这才看清原来是同县的朱生，也是于七一案的死难者。书生大为骇怕，连连后退，朱生拉住他说："我与你是文字之交，你为什么对我这般薄情？我虽然成了鬼，但对于故友的思念，却是耿耿心中而未能忘却的。如今有件事要麻烦你，希望你不要因为我是鬼就猜疑我，看轻我。"书生这才坐下，请他说明来意。他说："你的外甥女独身居住尚无配偶，我想娶她为妻。多次托人去说媒，她总是借口没有父母长辈的命令加以推辞。希望你不要吝惜自己的口舌为我说几句好话。"先前，书生有个外甥女，母亲早死，送来让书生抚养，到十五岁时才回到自己家里。她也被俘到济南，听说父亲已遭惨死，也大惊痛哭而亡。书生这时反问朱生说："她在阴间自有父亲，你为什么来求我呢？"朱生说："她父亲的棺木被侄子迁走了，现在不在这里。"书生问："那么外甥女这一向跟着谁呢？"朱生说：

“与一位邻居老婆婆住在一起。”书生担心活人不能替鬼魂做媒，朱生说：“如果你肯允诺的话，有劳你屈驾到我那里走一趟。”说着站起来拉书生的手。书生再三推辞，问他：“到哪里去?”朱生说：“只管走就是。”书生勉强跟着他一起去了。

向北走了一里路左右，有一座大村庄，大约住着百十来户人家。到一座宅第前，朱生上前敲门，很快有位老婆婆出来，打开两扇门，问朱生来干什么。朱生说：“烦请你通报一下小娘子，就说她舅舅到了。”老婆婆立即回身进去，一会儿又出来，请书生入内。她回头对朱生说：“只有两间小茅屋，地方太窄，劳驾公子在门外坐等片刻。”书生跟着她进去，只见半亩大小荒凉的庭园里，筑着两间小屋。外甥女迎候在门口哭泣，书生也不觉泪下。屋里灯火微弱，外甥女容貌娟秀莹洁，与生前一样。她含泪凝视着书生，一一询问各位舅妈、姑妈的近况，书生说：“她们都很好，只是我的妻子去世了。”外甥女又哭着说：“我从小受到舅舅、舅妈的抚育，还没报答分毫，不料自己却先葬身沟渠，真是遗恨无穷。去年，伯伯家的大哥把父亲迁走了，将我弃置在这里一点都不想着；我在数百里外，孤苦伶仃就像无家可归的秋燕一般。舅舅你不遗弃我这沉沦于九泉之下的冤魂，又承蒙赠送银钱布帛，我已经收到了。”书生于是将朱生的意思转告给她，她听了低头不语。老婆婆说：“朱公子曾经托杨婆婆来过三五回，我觉得很好，但小娘子不肯随随便便。如今有舅舅做主，才能称心如意。”

说话之间，有一位十七八岁的女子，后面跟着个婢女，快步轻轻地走进来，一眼见了书生，转身想避开。外甥女扯住她的衣襟，说：“不必这样！这是我舅舅，不是外人。”书生向姑娘作揖，姑娘也提起衣襟还礼。外甥女介绍说：“这位是九娘，是栖霞县公孙氏家的。她父亲是大户人家子弟，如今也已破落了，日子并不如意。她天天早晚只和我来往。”书生偷偷看她一眼，只见她含笑的眉毛如同弯月，娇羞的红晕如同朝霞，真像天仙一般，便说：“一见就知道是大家闺秀，穷巷陋户的人哪能长得这么漂亮！”外甥女笑着说：“她还是个女才子呢，诗词都做得很好。以前我还得到她的指教。”九娘微笑着说：“小丫头无缘无故说人坏话，叫你舅舅笑话。”外甥女又笑着说：“舅舅刚死了妻子尚未续娶，这么个小娘子，你还感到满意吧？”九娘边笑边跑出去，嗔怪道：“小丫头简直发疯了！”就走了。

这话虽然像是开玩笑，但书生却对九娘很有好感。外甥女似乎也有些察觉，于是说：“九娘才貌没人好比，舅舅倘然不嫌她是阴间鬼魂而有所犹豫，儿就去向她母亲提出请求。”书生大喜，但又担心人与鬼无法结亲。外甥女说：“没关系，她和你前世有缘分。”书生于是告辞出来。外甥女送他时说：“五天以后，月明人静的时分，我会派人前来迎接你。”

书生来到门外，没看见朱生。他抬头西望，半个月亮高挂空中，昏暗的月光下还记得来时走过的小路。忽见前面有一座向南的宅第，朱生正坐在门前石阶上，这时起身迎上来说：“我等候你好久了，就请你劳驾光顾寒舍吧。”就拉着他的手一起进去，恳切地表示感谢。朱生拿出一只金酒杯，一百颗晋珠，说：“我家里没什么值钱的东西，这些姑且代替聘礼吧。”一会儿又说：“家里虽然有些浊酒，只是恐怕阴间里的东西，不能用来款待贵宾，怎么办？”书生再三辞谢而告退。朱生一直送到半路上，才分手。

书生回到寺院，僧人、仆人都围上来打听，书生隐瞒下真情，只是说：“我说遇上鬼那是骗骗你们的，刚才是到朋友那儿喝酒去了。”五天以后，果然看见朱生来了，他衣履整洁、轻摇扇子，神态十分高兴，刚走到庭院外，便远远地躬身行礼。过了一会，笑着对书生说：“你喜庆的礼仪已经就绪，良辰定在今天晚上，就请你动身前往吧。”书生说：“我因为一直没有得到回音，所以还没有下过聘礼，怎么就匆忙成亲了呢？”朱生说：“我已经代你送过了。”书生深表感谢，跟着他一起前去。他们一直来到朱生家里，只见外甥女盛装打扮，笑着出来迎接。书生问她：“什么时候过门的？”朱生在旁答道：“已经三天了。”书生于是拿出上次朱生所赠的晋珠，给外甥女添作陪嫁。外甥女再三推辞以后才收下，对书生说：“我把舅舅的意思告诉了公孙老夫人，老夫人十分欢喜。只是她说自己年迈孤单，又没有其他亲生骨肉，不愿让九娘远嫁，所以约定今天晚上请舅舅前往她家上门招亲。她家没有男人，你这就可以同我家郎君一起去了。”朱生于是领着书生走了。

村子将到尽头，有一座宅第大门敞开着，二人直登厅堂。一会儿有人报告说："老夫人到了。"便有两个婢女扶着老夫人走上台阶来。书生正打算行大礼，夫人说："老朽我老态龙钟，不能还礼，就免去那些礼节吧。"随即吩咐婢女们，摆上酒席举行盛宴。朱生也唤仆人另外端出佳肴，排放在书生面前，并专门准备了酒壶，替客人斟酒。筵席上上菜与人世间没什么两样。只是主人只顾自己举杯，从不向客人劝酒。

酒宴完了以后，朱生回去了。丫环领着书生进入洞房，九娘已在花烛旁端坐等候。偶然的相逢互相钟情，说不尽多少亲昵欢快。原来当年，九娘与她母亲本来是要押解到京都去的。到了济南郡，母亲经不住折磨死了，九娘也跟着自尽。枕席之上九娘向书生追述往事，悲泣得不能入睡，于是随口吟成了两首七绝：

> 昔日罗裳化作尘，空将业果恨前身。
> 十年露冷枫林月，此夜初逢画阁春。

> 白杨风雨绕孤坟，谁想阳台更作云？
> 忽启镂金箱里看，血腥犹染旧罗裙。

天快要亮了，九娘催促书生说："你应该暂时离开了，不要惊动奴仆下人。"从此以后，书生总是白天回来晚上前去，对九娘非常深情。

一天晚上，书生问九娘："这座村子叫什么名字？"九娘说："叫莱霞里。因为村里住的大多是莱阳、栖霞两县的新鬼，所以取这个名字。"书生听说后不胜感慨。九娘悲伤地说："离乡千里，柔弱游魂，像蓬草一样没个根柢；我们母女俩孤苦伶仃，说来伤感。希望你体念夫妻恩义，把我们的尸骨收归到祖坟墓侧埋葬，好永世有个依靠归宿，死了也能不朽。"书生答应了她。九娘又说："人与鬼走的终究不是一条道，你也不宜在此久留。"于是将一双罗袜赠给书生，流着泪催促他上路。

书生神色凄然地出来，伤心得失魂落魄似的，心里无限惆怅，不忍心马上回去，于是来到朱生门前敲门。朱生赤着脚出来迎接，外甥女也起来了，蓬松着头发，惊讶地出来探问。书生难受了好久，才转述了九娘的话。外甥女听了说："舅妈即使不说，我也早晚在想这件事。这里不是人世间，你长久在此居住的确不太妥当。”于是相对痛哭一番，书生只得含泪告别。他敲门回寓所躺下，翻来覆去直到天亮。想去寻找九娘的坟墓，却又忘了问明标记。等到夜里再去，只见上千座坟墓密密麻麻，竟然把那条通往村里的路迷失了，他只得叹着气抱恨而回。打开罗袜细看，风一吹便片片碎裂，烂得像灰烬一般。他于是决意收拾行李回鲁东去。

半年过去了，书生还是不能忘怀九娘，他再一次来到济南，希望能有机会遇见她。等他抵达城南郊外时，太阳已经快下山了，他把马拴在庭院里的树上，快步走进墓丛中去，只看见无数坟茔一个接着一个，被野生的灌木丛遮蔽得分辨不清，点点鬼火，声声狐鸣，真使他骇目惊心。他又害怕又伤心地回到住所，对这次寻访出游完全绝望了，于是掉转马头向东回去。走了一里多路，远远望见一位女子，独自行走在坟墓中间，神情姿态，与九娘像得出奇。书生快马加鞭靠近去细看，果真是九娘。就下了马想与她说话，那女子只管走，好像与他不相识似的。书生再逼近几步，那女子显得很生气，举起袖子遮住了脸。书生赶紧叫了一声“九娘”，那女子竟突然消失了。

异史氏说：自比香草的屈原沉入汨罗，他的热血充满着胸臆；奉命讨伐的申生身佩玉玦，他的泪水浸润着泥沙。古代有一些孝子忠臣，至死也得不到君主或父亲的谅解。公孙九娘难道误以为书生背弃了对迁葬骸骨的重托，因而满腔怨恨不能消除吗？人的心处在肝脾胸腹之间，不能挖出来给人看，真是冤枉啊！

促　织

宣德间，宫中尚促织之戏，岁征民间。此物故非西产；有华阴令欲媚上官，以一头进，试使斗而才，因责常供。令以责之里正。市中游侠儿，得佳者笼养之，昂其直，居为奇货。里胥猾黠，假此科敛丁口，每责一头，辄倾数家之产。

邑有成名者，操童子业，久不售。为人迂讷，遂为猾胥报充里正役，百计营谋不能脱。不终岁，薄产累尽。会征促织，成不敢敛户口，而又无所赔偿，忧闷欲死。

妻曰："死何裨益？不如自行搜觅，冀有万一之得。"成然之。早出暮归，提竹筒铜丝笼，于败堵丛草处，探石发穴，靡计不施，迄无济；即捕得三两头，又劣弱不中于款。宰严限追比；旬余，杖至百，两股间脓血流离，并虫亦不能行捉矣。转侧床头，惟思自尽。

时村中来一驼背巫，能以神卜。成妻具资诣问。见红女白婆，填塞门户。入其舍，则密室垂帘，帘外设香几。问者爇香于鼎，再拜。巫从傍望空代祝，唇吻翕辟，不知何词。各各竦立以听。少间，帘内掷一纸出，即道人意中事，无毫发爽。

成妻纳钱案上，焚拜如前人。食顷，帘动，片纸抛落。拾视之，非字而画：中绘殿阁，类兰若；后小山下，怪石乱卧，针针丛棘，青麻头伏焉；旁一蟆，若将跳舞。展玩不可晓。然睹促织，隐中胸怀。折藏之，归以示成。

成反复自念，得无教我猎虫所耶？细瞻景状，与村东大佛阁真逼似。乃强起扶杖，执图诣寺后。有古陵蔚起；循陵而走，见蹲石鳞鳞，俨然类画。遂于蒿莱中，侧听徐行，似寻针芥；而心目耳力俱穷，绝无踪响。冥搜未已，一癞头蟆猝然跃去。成益愕，急逐趁之。蟆入草间。蹑迹披求，见有虫伏棘根；遽扑之，入石穴中。掭以尖草，不出；以筒水灌之，始出。状极俊健。逐而得之。审视，巨身修尾，青项金翅。大喜，笼归。举家庆贺，虽连城拱璧不啻也。上于盆而养之，蟹白栗黄，备极护爱，留待限期，以塞官责。

成有子九岁，窥父不在，窃发盆。虫跃掷径出，迅不可捉。及扑入手，已股落腹裂，斯须就毙。儿惧，啼告母。母闻之，面色灰死，大骂曰："业根！死期至矣！而翁归，自与汝覆算耳！"儿涕而出。

未几成归，闻妻言，如被冰雪。怒索儿，儿渺然不知所往；既得其尸于井。因而化怒为悲，抢呼欲绝。夫妻向隅，茅舍无烟，相对默然，不复聊赖。

日将暮，取儿藁葬。近抚之，气息惙然。喜寘榻上，半夜复苏。夫妻心稍慰。但蟋蟀笼虚，顾之则气断声吞，亦不敢复究儿，自昏达曙，目不交睫。

东曦既驾，僵卧长愁。忽闻门外虫鸣，惊起觇视，虫宛然尚在。喜而捕之。一鸣辄跃去，行且速。覆之以掌，虚若无物；手裁举，则又超忽而跃。急趁之。折过墙隅，迷其所往。徘徊四顾，见虫伏壁上。审谛之，短小，黑赤色，顿非前物。成以其小，劣之。惟彷徨瞻顾，寻所逐者。壁上小虫，忽跃落衿袖间。视之，形若土狗，梅花翅，方首长胫，意似良。喜而收之。将献公堂，惴惴恐不当意，思试之斗以觇之。

村中少年好事者，驯养一虫，自名"蟹壳青"，日与子弟角，无不胜。欲居之以为利；而高其直，亦无售者。径造庐访成。视成所蓄，掩口胡卢而笑。因出己虫，纳比笼中。成视之，庞然修伟，自增惭怍，不敢与较。少年固强之。顾念蓄劣物终无所用，不如拚博一笑。因合纳斗盆。

小虫伏不动，蠢若木鸡。少年又大笑。试以猪鬣毛，撩拨虫须，仍不动。少年又笑。屡撩之，虫暴怒，直奔，遂相腾击，振奋作声。俄见小虫跃起，张尾伸须，直龁敌领。少年大骇，解令休止。虫翘然矜鸣，似报主知。成大喜。

方共瞻玩，一鸡瞥来，径进以啄。成骇立愕呼。幸啄不中，虫跃去尺有咫；鸡健进，逐逼之，虫已在爪下矣。成仓猝莫知所救，顿足失色。旋见鸡伸颈摆扑；临视，则虫集冠上，力叮不释。成益惊喜，掇置笼中。

翼日进宰。宰见其小，怒诃成。成述其异。宰不信。试与他虫斗，虫尽靡；又试之鸡，果如成言。乃赏成，献诸抚军。抚军大悦，以金笼进上，细疏其能。既入宫中举天下所贡蝴蝶、螳螂、油利挞、青丝额，……一切异状，遍试之，无出其右者。每闻琴瑟之声，则应节而舞。益奇之。上大嘉悦，诏赐抚臣名马衣缎。抚军不忘所自，无何，宰以“卓异”闻。宰悦，免成役。又嘱学使，俾入邑庠。

后岁余，成子精神复旧。自言身化促织，轻捷善斗，今始苏耳。抚军亦厚赉成。不数岁，田百顷，楼阁万椽，牛羊蹄躈各千计。一出门，裘马过世家焉。

异史氏曰：天子偶用一物，未必不过此已忘；而奉行者即为定例。加以官贪吏虐，民日贴妇卖儿，更无休止。故天子一跬步，皆关民命，不可忽也。独是成氏子以蠹贫，以促织富，裘马扬扬。当其为里正、受扑责时，岂意其至此哉！天将以酬长厚者，遂使抚臣、令尹，并受促织恩荫。闻之：一人飞升，仙及鸡犬。信夫！

【译文】

明朝宣德年间，皇宫中风行斗蟋蟀，每年向民间征收。这玩意儿本不是陕西特产，有个华阴县令想要巴结上司，觅来一头送上去，试斗之下还有两下子，于是上司责令他年年供奉。县令就派到乡官头上。街市上游手好闲之徒，获得一头好蟋蟀便养在竹笼里，抬高市价，当作宝贝。乡长地保想出坏点子，以此为借口照人头摊派钱款，上边每征收一头，就有好几户倾家荡产。

县里有一个叫成名的读书人，考过几次秀才，一直没取。他为人迂腐，不善于言辞，就被刁猾的公差报上去，当上了乡长的差事。他千方百计想要卸脱这责任，没有成功，不到一年，一点微薄的家产倒赔光了。不久又逢征收蟋蟀，成名不敢照户口摊派，自己又拿不出钱来贴，忧愁烦闷得想死。

他妻子说："你死了又有什么用？还不如自己去找找，看能不能抓到一头，寄希望于万一。"成名认为有理。他早出晚归，提着竹筒和铜丝笼，来到断墙脚下、草丛深处，翻石挖洞，用尽办法，始终没有结果。即使捉到了两三头，又是些不合规格的劣等货。县令严格限期，催促交纳，十多天里，成名挨了上百下板子，臀部和两腿打得流血化脓，连出去捉虫也不行了。在床上翻来覆去，只想自杀。

这时村里来了一个驼背的女巫，据说能降神占卜。成名的妻子凑了钱去向她请教，只见红颜少女和白发老太，挤得把门口都堵住了。挨到自己进屋，就看见密室中间挂着一道帘布，帘布外面摆着一张香案。求卜的人在香炉里烧香，再跪拜叩首。女巫站在一旁朝天代为祝告，嘴唇一开一合念念有词，不知她说些什么。求卜的人都恭敬地站在一旁听着。不一会儿，帘布后面扔出一张纸来，上面写的就是求卜者所求的事，不会有丝毫差错。

成名的妻子把钱放在香案上，与别人一样焚香叩拜。大约一顿饭的工夫，帘布掀动，一张纸片抛落下来。她拿起来一看，上面不是字而是一幅画：中间画着殿台楼阁，像是寺庙；后面的小山下，乱堆着各种怪石，一丛丛长刺的灌木中，伏着一头名为“青麻头”的上等蟋蟀；旁边一只虾蟆，好像要跳起来的样子。她拿在手里反复观看还是不解其意，但看到那头蟋蟀，倒是隐隐切中自己的心事。就把画折起来藏好，带回去给成名看。

成名脑子里反复地想：莫不是指点我捉蟋蟀的地点吧？细看图上的景象，与村东大佛阁非常相似。就勉强扶着拐杖，拿着图来到佛寺后面。那儿有一座草木茂盛的古墓，沿着坟茔边上走去，看见一片鱼鳞也似的堆石，与图上画的一模一样。就在乱草丛中侧耳细听，慢慢前进，就像寻觅针芥一样；但用尽心力、目力、耳力，丝毫没有蟋蟀的踪迹鸣声。穷搜冥索不止，突然看见一头癞蛤蟆跳过。成名愈加惊奇，急忙赶过去，癞蛤蟆跳进了草丛中。忙追踪拨草寻找，只见一只蟋蟀伏在草根上。他猛地扑上去，蟋蟀跳进了一个石缝。用尖草去拯，蟋蟀不出来；用竹筒灌水进去，才出来了，模样儿十分壮健。成名追上去逮住它，仔细观看，只见它身大尾长，青项金翅，心中大喜，盛在竹笼里带回了家。全家庆贺，得了价值连城的璧也没这么高兴。成名将蟋蟀养在瓦盆里，用蟹肉、栗粉喂它，爱护备至，只等到了限期应付官差。

成名有个九岁的儿子，看父亲不在家，偷偷地打开瓦盆。蟋蟀一跃而出，快得没法捉，等到扑在手中，蟋蟀已经腿断腹破，一下子就死了。儿子很害怕，哭着告诉母亲。母亲听了，顿时面如死灰，大骂道：“你这个孽种，你的死期到了！等你父亲回来，自会跟你算账的！”儿子哭着出去了。

没过多久，成名回家，一听妻子的话，就像当头泼了一盆雪水。他怒冲冲寻找儿子，儿子却不见人影，不知跑到哪里去了。后来在井里找到了儿子的尸体，于是又化怒为悲，呼天抢地，哀伤欲绝。夫妻俩对着墙角哭泣，连饭也不烧了，相对无言，觉得这辈子没了指望。

挨到天快黑，用草席去裹儿子埋葬。走近一摸，觉得似乎还有一些微弱的呼吸，不由一喜，便把儿子移到床上，到半夜里他果然苏醒过来了。夫妻二人稍稍有些宽慰，但是儿子还是痴头呆脑的，昏昏沉沉的总像睡着一般。成名回头看到空空的蟋蟀盆子，马上又呼吸不畅、咽喉哽塞了，也不再多顾念儿子的事了。从黄昏到天亮，眼皮未曾合上。

太阳从东方升起，成名还直愣愣地躺在床上发愁。忽然他听见外面有蟋蟀的叫声，一惊而起，赶紧去察看，蟋蟀果然还在。他高兴地去捉，蟋蟀叫了一声就跳走了，速度还很快。成名扑上去用手掌罩住，掌心里好像没有东西；手刚放开，蟋蟀又忽地跳了开去。成名急忙再追上去，转过墙脚，却不见了蟋蟀的踪迹。他来回四面观看，才见蟋蟀伏在墙壁上，仔细看去，蟋蟀身体短小，黑中带红，根本不是原先那头。成名见它很小，有些看不上，所以只顾四处张望，想要找到刚才追赶的那头。这时墙壁上的小蟋蟀，忽地一下跳到他的衣袖上。一看，形状就像土狗子一般，长着梅花翅，方头长腿，样子像是良种。于是他高兴地把蟋蟀收起来，准备献给上司；但心里七上八下，唯恐上司不满意，想先试着拿出去斗一斗看看。

村里有个游手好闲的年轻人，养着一头蟋蟀，自己取名叫“蟹壳青”。每天拿出去与其他蟋蟀斗，没有一次不胜。他想靠它赚一笔钱，价钱抬得太高，也没人买。这天，他径直来到成名家里拜访，见了成名所养的蟋蟀，便掩着嘴嘿嘿地笑。就拿出自己那头蟋蟀，放进比赛用的瓦盆。成名一看，修长壮健，加倍地觉得惭愧，不敢拿自己的蟋蟀与它较量。那年轻人坚持要他斗，他前思后想，觉得留着这头劣货终究无用，倒不如斗一斗聊博一笑，于是也把蟋蟀放进了斗盆。

小蟋蟀在盆里伏着不动，一副呆若木鸡的样子，那年轻人又大笑一阵。试着用猪鬃毛去撩拨它的须，它还是不动，年轻人又笑了起来。再三撩拨之下，蟋蟀突然奋起，向前冲去，于是相互翻腾搏击起来，还振翅鸣叫示威。不一会，只见小蟋蟀跳起，张尾伸须，直向蟹壳青颈项咬去。那年轻人大惊，忙将两头蟋蟀分开让它们休战。小蟋蟀抬起头得意地长鸣，似乎是向主人报捷。成名不由大喜。

两人正在观看赏玩，有只公鸡一眼看见小蟋蟀，直走过来向它啄去。成名吓得惊叫。幸而公鸡一啄不中，小蟋蟀跳出去一尺多远；公鸡大步向前，紧追上去，小蟋蟀几乎已在鸡爪之下了。仓卒之间，成名不知所措，跺着脚，变了脸色。转眼间，只见公鸡伸长头颈，扑打翅膀，近前一看，原来小蟋蟀已经停在鸡冠上，用力咬住它不放。成名愈加惊喜，忙取下来收进了竹笼。

第二天，成名把小蟋蟀进献给了县令。县令嫌它太小，发脾气把他训斥一顿。他讲了蟋蟀的奇妙本领，县令不信，拿它与其他蟋蟀斗，一只只都败下阵去；又用鸡来试验，果然如同成名所说的一般。这才赏过成名，把蟋蟀献给了巡抚。巡抚大喜，用金丝笼子盛起来献给皇上，并且上疏详细说明这头蟋蟀的本领。进宫以后，用全国各地进贡的蝴蝶、螳螂、油利挞、青丝额等一切蟋蟀佳品先后与它相斗，没有能胜过它的，每当听到琴瑟和鸣，它还会应着节奏跳舞。于是格外被视为奇物了。皇上大为高兴，下诏赏赐给巡抚名马和缎匹。巡抚也没忘记好处的来源，不久，县令以“政绩优异”受到表扬；县令一高兴，免除了成名的徭役，又嘱咐县学的主考官，让成名入学补了一名秀才。

又过了一年多，成名的儿子才精神复原。自称化成了蟋蟀，轻捷灵巧，善于格斗，现在才苏醒过来。巡抚也重重地赏赐了成名。没几年，成名家良田百顷，高楼大院不计其数，牛羊成群。一出门，轻裘肥马，胜过名门富贵人家。

异史氏说：天子偶然对某一件东西感兴趣，未必不过后就忘记了，而下边执行的往往就奉为定例。加上官吏贪污暴虐，弄得百姓天天抛妻卖子，永无休止之日。所以天子每一个举动，都关系到百姓的命运，决不可掉以轻心。独有这位姓成的书生先因为当上了乡长而受贫，又因为上交了蟋蟀而致富，衣裘跨马，意气扬扬。当他身为乡长备受责罚的时候，他哪里会想到有这一步呢？上天要酬报忠厚善良的人，于是连巡抚、县令也一起受到蟋蟀的恩赐了。曾听说有这样的话：一人得道升了天，家里鸡犬也成了仙。确是这样啊！

柳秀才

明季，蝗生青兖间，渐集于沂。沂令忧之。退卧署幕，梦一秀才来谒，峨冠绿衣，状貌修伟。自言御蝗有策。询之，答云："明日西南道上，有妇跨硕腹牝驴子，蝗神也。哀之，可免。"令异之，治具出邑南。伺良久，果有妇高髻褐帔，独控老苍卫，缓蹇北度。即爇香，捧卮酒，迎拜道左，捉驴不令去。妇问："大夫将何为？"令便哀恳："区区小治，幸悯脱蝗口！"妇曰："可恨柳秀才饶舌，泄吾密机！当即以其身受，不损禾稼可耳。"乃尽三卮，瞥不复见。

后蝗来，飞蔽天日；然不落禾田，但集杨柳，过处柳叶都尽。方悟秀才柳神也。或云："是宰官忧民所感。"诚然哉！

【译文】

明朝末年，青州、兖州一带孳生了大批蝗虫，渐渐都飞集到沂县地区。沂县县令十分担忧，一天退衙以后，就在官署后房瞌睡，梦见一位秀才拜见，高高的冠帽、绿色的长衫，身材魁梧，自称有办法对付蝗灾。县令向他请教，他答道："明天县城西南大道上，有位妇女骑一头大肚皮母驴，她就是蝗神。向她哀求，可以免灾。"县令醒来十分惊异。第二天，他准备了酒食来到城南，等候好久，果然有一位妇人梳着高高的发髻，披着褐色的兜篷，独自骑一头老青驴，缓缓地向北而行。县令立即点燃香烛，捧着酒杯，在路边跪拜迎接，牵住驴子不让走。妇人问道："长官打算做什么呢？"县令随即哀求说："区区小县，望您怜悯，让它在蝗口下免灾！"妇人说："可恨柳秀才多嘴，泄露了我的机密！让他用自己的身体承受，不损伤庄稼就行了。"于是喝完了三杯酒，转眼就不见了。

后来蝗虫成片飞来，遮天蔽日，但是不落在庄稼田里，全都停留在杨柳树上，蝗虫经过的地方柳叶全被吃尽，县令这才明白，那秀才就是柳神。有人说："这是县令忧虑百姓，感动了上天的缘故。”的确是这样！

水　灾

康熙二十一年，山东旱，自春徂夏，赤地无青草。六月十三日小雨，始有种粟者。十八日，大雨沾足，乃种豆。一日，石门庄有老叟，暮见二牛斗山上，谓村人曰：“大水将至矣！”遂携家播迁。村人共笑之。无何，雨暴注，彻夜不止；平地水深数尺，居庐尽没。一农人弃其两儿，与妻扶老母，奔避高阜。下视村中，已为泽国，并不复念及儿矣。水落归家，见一村尽成墟墓。入门视之，则一屋仅存，两儿并坐床头，嬉笑无恙。咸谓夫妻之孝报云。此六月二十二日事。

康熙二十四年，平阳地震，人民死者十之七八。城郭尽墟，仅存一屋，则孝子某家也。茫茫大劫中，惟孝嗣无恙，谁谓天公无皂白耶？

【译文】

康熙二十一年（1682），山东大旱，从春到夏，田地干裂，寸草不生。六月十三日下了一场小雨，才有人开始种小米；十八日，又下了一场透雨，就种下豆。有一天，石门庄有个老头儿，傍晚时看见两头牛在山上相斗，对村里人说：“大水快来了！”马上带着全家迁往别处。村里人都觉得他好笑。不久，果然暴雨如注，整夜不停，平地积水几尺，民房全被淹没。一个农民抛下他的两个儿子，与妻子一起扶着老母亲，奔上高冈躲避。回头再看村里，已经成了一片汪洋，这时再也无法顾及儿子了。等大水退尽回到家里，只见全村成了一片废墟。他推进家门一看，只有自己的屋子还完好，两个儿子并排坐在床头，嬉笑着没什么损伤。人们都说这是夫妻二人笃行孝道的善报。这是六月二十二日的事情。

康熙二十四年（1685年），平阳一带地震，百姓不幸死去的占十之七八。全城几乎全化为废墟，唯一幸存的房屋，是某孝子的家。茫茫人世，大劫大难，唯有恪守孝道的人家，子孙不遭灾害。谁说老天爷黑白不分呢？

诸城某甲

学师孙景夏先生言：其邑中某甲者，值流寇乱，被杀，首坠胸前。寇退，家人得尸，将舁瘗之。闻其气缕缕然；审视之，咽不断者盈指。遂扶其头，荷之以归。经一昼夜始呻，以匕箸稍稍哺饮食，半年竟愈。又十余年，与二三人聚谈。或作一解颐语，众为哄堂。甲亦鼓掌。一俯仰间，刀痕暴裂，头堕血流。共视之，气已绝矣。父讼笑者。众敛金赂之，又葬甲，乃解。

异史氏曰：一笑头落，此千古第一大笑也。颈连一线而不死，直待十年后，成一笑狱，岂非二三邻人，负债前生者耶！

【译文】

诸城县学老师孙景夏先生说过这样一件事：他们县里有一个人，在流寇的骚乱中，不幸被杀伤，头颅坠下来挂在胸前。流寇退走以后，家里人找到了尸体，准备将他抬去埋葬，却听见还有一丝微弱的气息。仔细一看，咽喉处还有比手指稍粗的一点儿未被割断。于是扶着伤者的头，背回家中。过了一昼夜，那人开始呻吟起来，家里人用调羹筷子喂他略微吃一点。这样过了半年，竟然康复了。又过了十多年，那人与二三个朋友在一起聊天。其中一人说了一段笑话，众人哄堂大笑起来。那人也高兴得鼓掌，不料就在一俯一仰之间，颈部的刀痕突然迸裂，头颅落地，鲜血直流。众人一齐看时，那人已经断气了。死者的父亲要控告那个说笑话的人，那几个人凑了些银钱向他父亲求情，又花钱埋葬了死者，事情才算了结。

异史氏说：一场大笑竟然把头笑掉下来，这真是千古第一大笑啊！头颈仅仅一线相连而不死，直等到十年以后，才构成一场笑话官司，这岂不是那二三位邻居，前生欠了他的债吗？

库　官

邹平张华东公，奉旨祭南岳。道出江淮间，将宿驿亭。前驱白："驿中有怪异，宿之必致纷纭。"张弗听。宵分，冠剑而坐。俄闻靴声入，则一颁白叟，皂纱黑带。怪而问之。叟稽首曰："我库官也。为大人典藏有日矣。幸节钺遥临，下官释此重负。"问："库存几何？"答言："二万三千五百金。"公虑多金累缀，约归时盘验。叟唯唯而退。

张至南中，馈遗颇丰。及还，宿驿亭，叟复出谒。及问库物，曰："已拨辽东兵饷矣。"深讶其前后之乖。叟曰："人世禄命，皆有额数，锱铢不能增损。大人此行，应得之数已得矣，又何求？"言已，竟去。张乃计其所获，与所言库数，适相吻合。方叹饮啄有定，不可以妄求也。

【译文】

明朝万历年间，山东邹平人张华东先生任右都御史，奉旨祭祀南岳衡山。他南下经过江淮之间，准备在驿亭暂歇。在前面开路的随从报告说："驿亭里有怪物，在那儿留宿一定会惹出是非来。"张华东不听。半夜时分，张华东依旧正冠佩剑，端坐在驿亭里。一会儿听到脚步声走了进来，原来是一个头发斑白的老翁，头戴黑色纱帽，身系黑色腰带。张华东觉得奇怪，问他是谁。老翁下拜说："我是这里的守库官，为大人保管库藏很有些日子了。幸亏大驾远道光临，我就可以卸下这副重担了。"张华东问他："现在库存有多少？"老翁答道："二万三千五百两。"张华东担心旅途上带着大宗银子过于累赘，约定返回时再来盘点。老翁连连称是而退。

张华东来到南方，收到的馈赠十分丰盛。等回到江淮，夜宿在驿亭时，老翁再次前来拜见他。但是张华东一问到库藏银两时，老翁说："已经拨给辽东作军饷了。"张华东十分奇怪他为何说得前后矛盾。老翁说："人生一世的财产和命运，都有一定的数额，不会相差一斤一两。大人此番南行，应得的数目已经得到了，还要再求什么呢？"说罢，就掉头走了。张华东就计算一下自己所得的礼金，与老翁所说的库藏数目，正相吻合。他只得叹息各人的福分命中早已注定，自己是不能够非分追求的。

酆都御史

酆都县外有洞，深不可测，相传阎罗天子署。其中一切狱具，皆借人工。桎梏朽败，辄掷洞口，邑宰即以新者易之，经宿失所在。供应度支，载之经制。

明有御史行台华公，按及酆都，闻其说，不以为信，欲入洞以决其惑。人辄言不可，公弗听。秉烛而入，以二役从。深抵里许，烛暴灭。视之，阶道阔朗，有广殿十余间，列坐尊官，袍笏俨然；惟东首虚一坐。尊官见公至，降阶而迎，笑问曰："至矣乎？别来无恙否？"公问："此何处所？"尊官曰："此冥府也。"公愕然告退。尊官指虚坐曰："此为君坐，那可复还！"公益惧，固请宽宥。尊官曰："定数何可逃也！"遂检一卷示公，上注云："某月日，某以肉身归阴。"公览之，战慄如濯冰水。念母老子幼，泫然涕流。俄有金甲神人，捧黄帛书至。群拜舞启读已，乃贺公曰："君有回阳之机矣。"公喜致问。曰："适接帝诏，大赦幽冥，可为君委折原例耳。"乃示公途而出。

数武之外，冥黑如漆，不辨行路。公甚窘苦。忽一神将轩然而入，赤面长髯，光射数尺。公迎拜而哀之。神人曰："诵佛经可出。"言已而去。公自计经咒多不记忆，惟《金刚经》颇曾习之，遂乃合掌而诵，顿觉一线光明，映照前路。忽有遗忘之句，则目前顿黑；定想移时，复诵复明。乃始得出。其二从人，则不可问矣。

【译文】

四川酆都县城外有个洞，深不可测，相传是阎罗王的阴曹地府。里面所有的刑具，都借助人工制造。枷锁之类如果用得破旧了，就扔在洞口上，县令马上用新的换下，放在那儿过一夜就不见了。供应地府的各项开支，都明白地记载在典册上。

明朝时，有一位监察御史华公，巡视来到酆都，听到这些传说，不大相信，打算进洞解除自己的疑惑。人们都说不行，华公不听，带了两名衙役，拿着火烛下去了。走了一里多深，蜡烛突然熄灭了。他抬头一看，大路非常开阔，路旁有十几间高敞的宫殿，挨次坐着些长官，一个个官袍朝笏，神态严肃，只有东头空着一个座位。那些长官见华公到了，走下台阶来迎接，笑着问道："你来了吗？分别以后一向好吗？"华公问："这里是什么地方？"长官们说："这里是阴曹地府。"华公一惊，告辞打算退出。长官们指着那个空位说："这是你的座位，哪里还能再回去！"华公更加害怕，再三请求宽恕。长官们说："天定的命数怎么能逃脱呢？"于是找出一卷文书给他看，上面写着："某月某日，某人以肉身回到阴间。"华公看了，就像当头被泼了一盆冰水，浑身发抖。他想到家中还有年迈的母亲、幼小的儿子，禁不住伤心落泪。不一会，一位身披金甲的神将，捧着黄帛诏书前来。众官员拜舞山呼，开读完毕，才向华公祝贺道："你有转回阳世的希望了。"华公高兴地询问缘故。长官们道："刚才接到大帝诏书，宣布阴间大赦，可以为你辗转比照处理了。"于是将出去的路径指示给华公。

华公刚走出不多几步，便是一片冥色，漆黑如夜，看不清路，很是狼狈。忽然一位神将气宇轩昂地走进来，红脸长须，光芒照射几步以外。华今迎上去跪拜哀告。神人说："你口里诵读佛经就可以出去了。"说罢便走了。华公自忖，经卷咒语大多已记忆不清，只有《金刚经》倒是花过一番功夫的，于是双手合十诵读起来。顿时便觉得有一线亮光，照着前面的道路。偶然有遗忘之处，眼前顿时又是一片漆黑；他站定不动，细想了好久才回忆起来，重新诵读，就又恢复光明。这样，他才从地府里走了出来。至于他的二个随从，那就不知下落如何了。

龙 无 目

沂水大雨，忽堕一龙，双睛俱无，奄有余息。邑令公以八十席覆之，未能周身。又为设野祭。犹反复以尾击地，其声堛然。

【译文】

山东沂河一带大雨，突然掉下一条龙，两只眼睛全没有，奄奄一息快死了。县令命人用八十张席子盖上，还不能遮满它的身躯。又在郊外为龙设坛祭祀，只见龙还在挣扎着以尾巴拍击地面，那声音就像波浪汹涌一般。

狐　谐

万福，字子祥，博兴人也。幼业儒。家少有而运殊蹇，行年二十有奇，尚不能掇一芹。乡中浇俗，多报富户役，长厚者至碎破其家。万适报充役，惧而逃，如济南，税居逆旅。夜有奔女，颜色颇丽。万悦而私之。请其姓氏。女自言：“实狐，但不为君祟耳。”万喜而不疑。女嘱勿与客共，遂日至，与共卧处。凡日用所需，无不仰给于狐。

居无何，二三相识，辄来造访，恒信宿不去。万厌之而不忍拒，不得已，以实告客。客愿一睹仙容。万白于狐。狐谓客曰：“见我何为哉？我亦犹人耳。”闻其声，呖呖在目前，四顾，即又不见。客有孙得言者，善俳谑，固请见，且谓：“得听娇音，魂魄飞越；何吝容华，徒使人闻声相思？”狐笑曰：“贤哉孙子！欲为高曾母作行乐图耶？”诸客俱笑。狐曰：“我为狐，请与客言狐典，颇愿闻之否？”众唯唯。

狐曰：“昔某村旅舍，故多狐，辄出祟行客。客知之，相戒不宿其舍，半年，门户萧索。主人大忧，甚讳言狐。忽有一远方客，自言异国人，望门休止。主人大悦。甫邀入门，即有途人阴告曰：‘是家有狐。’客惧，白主人，欲他徙。主人力白其妄，客乃止。入室方卧，见群鼠出于床下。客大骇，骤奔，急呼：‘有狐！’主人惊问。客怨曰：‘狐巢于此，何诳我言无？’主人又问：

‘所见何状?’客曰:‘我今所见,细细幺么,不是狐儿,必当是狐孙子!’”言罢,座客为之粲然。

孙曰:“既不赐见,我辈留宿,宜勿去,阻其阳台。”狐笑曰:“寄宿无妨;倘小有迕犯,幸勿滞怀。”客恐其恶作剧,乃共散去。

然数日必一来,索狐笑骂。狐谐甚,每一语,即颠倒宾客,滑稽者不能屈也。群戏呼为“狐娘子”。

一日,置酒高会,万居主人位,孙与二客分左右座,上设一榻屈狐。狐辞不善酒。咸请坐谈,许之。酒数行,众掷骰为瓜蔓之令。客值瓜色,会当饮,戏以觥移上座曰:“狐娘子大清醒,暂借一觞。”狐笑曰:“我故不饮。愿陈一典,以佐诸公饮。”孙掩耳不乐闻。客皆言曰:“骂人者当罚。”狐笑曰:“我骂狐何如?”众曰:“可。”于是倾耳共听。

狐曰:“昔一大臣,出使红毛国,着狐腋冠,见国王。王见而异之,问:‘何皮毛,温厚乃尔?’大臣以狐对。王言:‘此物生平未曾得闻。狐字字画何等?’使臣书空而奏曰:‘右边是一大瓜,左边是一小犬。’”主客又复哄堂。

二客,陈氏兄弟,一名所见,一名所闻。见孙大窘,乃曰:“雄狐何在,而纵雌流毒若此?”狐曰:“适一典,谈犹未终,遂为群吠所乱,请终之。国王见使臣乘一骡,甚异之。使臣告曰:‘此马之所生。’又大异之。使臣曰:‘中国马生骡,骡生驹驹。’王细问其状。使臣曰:‘马生骡,是“臣所见”;骡生驹驹,乃“臣所闻”。’”

举座又大笑。众知不敌，乃相约：后有开谑端者，罚作东道主。顷之，酒酣，孙戏谓万曰：“一联请君属之。”万曰：“何如？”孙曰：“妓者出门访情人，来时‘万福’，去时‘万福’。”合座属思不能对。狐笑曰：“我有之矣。”众共听之。曰：“龙王下诏求直谏，鳖也‘得言’，龟也‘得言’。”四座无不绝倒。孙大恚曰：“适与尔盟，何复犯戒？”狐笑曰：“罪诚在我；但非此，不成确对耳。明旦设席，以赎吾过。”相笑而罢。

狐之诙谐，不可殚述。居数月，与万偕归。及博兴界，告万曰：“我此处有葭莩亲，往来久梗，不可不一讯。日且暮，与君同寄宿，待旦而行可也。”万询其处，指言：“不远。”万疑前此故无村落，姑从之。二里许，果见一庄，生平所未历。狐往叩关，一苍头出应门。入则重门叠阁，宛然世家。俄见主人，有翁与媪，揖万而坐。列筵丰盛，待万以姻娅，遂宿焉。狐早谓曰：“我遽偕君归，恐骇闻听。君宜先往，我将继至。”万从其言，先至，预白于家人。未几，狐至。与万言笑，人尽闻之，而不见其人。

逾年，万复事于济，狐又与俱。忽有数人来，狐从与语，备极寒暄。乃语万曰：“我本陕中人，与君有夙因，遂从尔许时。今我兄弟至矣。将从以归，不能周事。”留之不可，竟去。

【译文】

万福，字子祥，是山东博兴县人。他从小攻读诗书，家中薄有资产，而时运不佳，二十多岁了，还不能考取秀才。乡里有一种浮薄的风俗，富户多被报充徭役，其中忠厚老实之辈往往弄得倾家荡产。这次，万福恰逢被报充徭役，他为了躲避而逃离家门，来到济南，借宿在旅店里。到夜里，有个姿容秀丽的女子私自找上门来。万福喜欢她，就相好上了。问她的姓名，女子自称："我实在是狐狸，但不会祸害你的。"万福由于爱她，也不加怀疑。女子叮嘱他不要与其他客人同宿，就天天来到万福这里，与他同床共眠。万福日常用度所需，全都依赖狐女。

过了不多久，有二三位朋友，经常来拜访他，并且常常几夜不走。万福心里讨厌他们，又不好意思赶他们走，后来没办法，只得将实情告诉他们。朋友说希望一睹狐仙的芳容。万福转告了狐女，狐女对朋友说；"你们为什么一定要见我呢？我也和人一样啊。"听她的声音，娇滴滴的就在身边，朝四面看去，却又看不见。朋友中有一个叫孙得言的，喜欢开玩笑、恶作剧，坚持请她现身，并且说："有幸听到你娇媚的声音，魂魄都飞荡了；又何必吝惜如花的容貌，只让我们听到声音相思呢？"狐女笑着说："真是个贤孝的孙子啊！你是不是想要为你的高祖母、曾祖母作一幅肖像呢？"其他朋友听了都笑起来。狐女又说："我是狐狸，请允许我与你们谈谈有关狐狸的典故，你们还愿意听吗？"众人都说愿听。

于是狐狸说道："从前，某村一家旅店里，向来多狐狸，常常出来作弄旅客。旅客得知以后，相互提醒都不去住那家旅店。过了半年，旅店门庭冷落，主人十分担忧，所以非常忌讳提起狐狸。一天，忽然来了一位远方客人，自称是外国人，见了店招便住下了。主人很是高兴，刚把他迎进大门，就有过路人偷偷告诉他说：'这家旅店里有狐狸。'客人害怕得很，对主人说，打算搬到别处去住。主人再三申明那是胡说，客人这才住下。他走进房间刚睡下，便看见一群老鼠从床底下窜出来。客人大惊，急忙奔出来，大叫'屋里有狐狸'，主人也吃了一惊，问他看到了什么。客人抱怨说：'狐狸都在这里筑了巢穴了，怎么骗我说没有狐狸？'主人又问：'你看到的狐狸是什么样子？'客人说：'我刚才看到的一群，个头都很小，不是狐儿子，就是狐孙子！'"说罢，满座客人都笑起来。

孙得言说道："既然狐仙不肯赏脸一现，我们今天就睡在这里，都不走，叫他们好事不成。”狐仙笑着说：“睡在这里没关系，倘若我对你们稍有冒犯，请万勿往心里去。”朋友们担心她恶作剧，就都散了。

然而那几位朋友隔几天便来一次，缠住狐仙调笑戏谑。狐仙非常诙谐，每说一句话，便逗得那些朋友捧腹绝倒，口才再好的人也胜不过她，众人戏称她“狐娘子”。

一天，万福摆下酒宴，高朋满座，自己坐在主人席上，孙得言与另两位客人分坐左右，上边摆一张榻，安排给狐仙。狐仙推辞说不会喝酒，但众人一再邀请她入座说话，她答应了。酒过三巡，大家以掷骰子作“瓜蔓令”来行酒。一人掷到了瓜色，该他饮酒，他开玩笑把酒杯移向上边的空座说道：“狐娘子还清醒得很，请代我喝这一杯。”狐仙笑着说：“我从来不喝酒，但我可以说一个典故，以助诸公的酒兴。”孙得言掩着耳朵不愿听。客人们都说：“骂人的就要罚酒。”狐仙笑着说：“我骂狐狸怎么样？”众人说：“那可以。”于是大家都侧耳细听着。

狐仙说：“从前有一位大臣，出使到红毛国去，他戴着名贵的狐腋毛皮冠，参见国王。国王见了大为惊异，问他：‘这是什么皮毛，这么暖和厚实？’大臣回答说这是狐腋毛。国王说：‘这东西生平从未听说过，狐字是怎么写的？’使臣一边用手在空中书写，一边回答道：‘右边是个大瓜，左边是个小犬。’”主客又是一阵哄堂大笑。

那两位客人是陈氏兄弟，一个叫陈所见，一个叫陈所闻。他们见孙得言很尴尬，帮他回击道：“雄狐在哪里，竟让雌狐放肆胡言到这般地步？”狐仙马上接着说：“刚才那个典故，我还没有讲完，就被一阵犬吠声打断了，请让我说完。那国王见使臣乘着一头骡子，感到很新奇。使臣回禀道：‘这是马所生下的。’国王又大为惊讶。使臣解释道：‘在中国，马能够生骡，骡能够生小马驹。’国王细问他原由。使臣说：马生骡，是‘臣（陈）所见’；骡生小马驹，只是‘臣（陈）所闻’了。”举座又一阵大笑。

众人知道不是狐仙对手，于是相互约定：谁再要带头嘲笑人，就罚他请客做东。一会儿，酒喝到了兴头上，孙得言又开万福的玩笑说：“我有一上联请你对一下。”万福说：“上联怎么讲？”孙得言说："妓者出门访情人，来时'万福'，去时'万福'。"满座主客反复思量，都对不出来。只听狐仙笑着说："我有下联了。"众人都注意听着，狐仙说："龙王下诏求直谏，鳖也'得言'，龟也'得言'。"四座听了，无不大笑，佩服狐仙的才思。孙得言羞惭满面，说："我们刚才与你约定了的，怎么又违犯了呢？"狐仙笑着说："这的确是我的过错，但不这样就不能成为工整的对联了。明天我请客，赎回我的过失。"大家笑乐一场而散。

狐仙的诙谐机趣，无法一一描述。过了几个月，狐仙与万福一同返家，来到博兴县境，她对万福说："我在这里有一门远亲，已好久不来往了，不能不去拜访一下。这会儿天快黑了，我与你就去他家住一夜，等明天再走也行。"万福问她亲戚住在哪里，她指着前面说"不远"。万福怀疑，以前这儿从未听说有村庄，也只得暂且跟她走去。走了二里多路，果然有一村庄，他以前从未到过。狐仙上前叩门，一个老仆出来开门。进去以后，只见重门深院，真像是世家大族。不一会见到主人，有老翁和老妇二位，向万福施礼，并请他坐下。主人摆上了丰盛的筵席，就像对姻亲一样款待万福，于是他就住下了。第二天早上，狐仙对万福说："我这样突然之间与你一起回去，恐怕你家里人要害怕。还是你先回去，我随后就来。"万福听从她的话，先回到家，并向家里人说明了情况。一会儿，狐仙也来了，她与万福说说笑笑，别人都能够听到，却看不见她的模样。

过了一年，万福又有事到济南去，狐仙也与他同行。路上忽然有几个人走来，狐仙跟上去与他们搭话，谈得十分投机。就对万福说："我本来是陕西人，因为与你有一段前世姻缘，所以跟随你这么长时间。现在我兄弟来了，我必须跟他们回去，再不能继续服侍你了。"万福挽留她，她不答应，终于走了。

雨　钱

滨州一秀才，读书斋中。有款门者，启视，则皤然一翁，形貌甚古。延之入，请问姓氏。翁自言：“养真，姓胡，实乃狐仙。慕君高雅，愿共晨夕。”秀才故旷达，亦不为怪。遂与评驳今古。翁殊博洽，镂花雕缋，粲于牙齿；时抽经义，则名理湛深，尤觉非意所及。秀才惊服，留之甚久。

一日，密祈翁曰：“君爱我良厚。顾我贫若此，君但一举手，金钱宜可立致。何不小周给？”翁嘿然，似不以为可。少间，笑曰：“此大易事。但须得十数钱作母。”秀才如其请。翁乃与共入密室中，禹步作咒。俄顷，钱有数十百万，从梁间锵锵而下，势如骤雨。转瞬没膝；拔足而立，又没踝。广丈之舍，约深三四尺已来。乃顾语秀才：“颇厌君意否？”曰：“足矣。”翁一挥，钱即画然而止。乃相与扃户出。

秀才窃喜，自谓暴富。顷之，入室取用，则满室阿堵物皆为乌有，惟母钱十余枚，寥寥尚在。秀才失望，盛气向翁，颇怼其诳。翁怒曰：“我本与君文字交，不谋与君作贼！便如秀才意，只合寻梁上君交好得，老夫不能承命！”遂拂衣去。

【译文】

山东滨州城有个秀才，在书房里读书，听到有人敲门，打开一看，原来是一位白发老翁，衣着打扮很古朴。秀才请他进屋，动问姓名。老翁自我介绍说：“我名叫养真，姓胡，其实是一个狐仙。钦慕你的高雅，愿意与你朝夕相处。”秀才本来就旷达，也不以为怪，就与他一起评古说今。老翁知识非常渊博，引经据典，妙语连珠；有时引申经书义理，分析很深刻，更不是常人意料所及。秀才惊奇叹服，留他住了好久。

一天，秀才悄悄地恳求老翁道："先生对我可算关怀备至了，不过我贫穷到这种地步，你只要略一挥手，金钱该立刻会滚滚而来，为什么不稍微周济我一点呢?"老翁默不作声，似乎不肯同意。过了一会，笑着说："这是很容易的事，但必须要有十几枚钱作为本钱。"秀才按他的要求拿出了钱。老翁便与他一同进入密室，踏着巫师作法的步子念念有词。很快，几百万枚铜钱就从屋梁中落下来，叮当作响。如同暴雨骤降，一眨眼就淹没了膝盖。拔出双足站在钱上，很快又淹没了脚踝骨。一丈见方的屋子里，钱已堆得三四尺深了。老翁这才回头对秀才说："够使你满意了吧?"秀才说："够了。"老翁手一挥，钱雨就顿时停了下来。于是两人一起锁上门出来了。

秀才暗自高兴，自以为成为暴发户了。一会儿，他进入密室想要取钱用，才发现满室铜钱已化为乌有，只剩下原先那十几枚本钱，零零落落还在地上。秀才大失所望，向老翁大发脾气，责怪他欺骗自己。老翁生气地说："我本与你是文字之交，不想与你一起做贼！要如你的意，只该找梁上君子交朋友才行，老夫不能听从你的吩咐!"就拂袖而去了。

妾击贼

益都西鄙之贵家某者，富有巨金。蓄一妾，颇婉丽。而冢室凌折之，鞭挞横施。妾奉事之惟谨。某怜之，往往私语慰抚。妾殊未尝有怨言。

一夜，数十人踰垣入，撞其屋扉几坏。某与妻惶遽丧魄，摇战不知所为。妾起，嘿无声息，暗摸屋中，得挑水木杖一，拔关遽出。群贼乱如蓬麻。妾舞杖动，风鸣钩响，击四五人仆地；贼尽靡，骇愕乱奔。墙急不得上，倾跌咿哑，亡魂失命。妾拄杖于地，顾笑曰："此等物事，不直下手插打得！亦学作贼！我不汝杀，杀嫌辱我。”悉纵之逸去。

某大惊，问：“何自能尔?”则妾父故枪棒师，妾尽传其术，殆不啻百人敌也。妻尤骇甚，悔向之迷于物色。由是善颜视妾。妾终无纤毫失礼。

邻妇或谓妾：“嫂击贼若豚犬，顾奈何俯首受挞楚?”妾曰：“是吾分耳，他何敢言。”闻者益贤之。

异史氏曰：身怀绝技，居数年而人莫之知，而卒之捍患御灾，化鹰为鸠。呜呼！射雉既获，内人展笑；握槊方胜，贵主同车。技之不可以已也如是夫！

【译文】

山东益都城西郊有一户富贵人家，家财很大，添了一小妾，容貌非常秀丽。但是大老婆对她百般虐待，经常无故鞭打。小妾对大老婆侍奉得非常恭谨。主人怜爱小妾，常常背地里好言安慰她，小妾也从未有什么怨言。

一天夜里，数十名强盗翻墙而入，把他们家的大门几乎撞倒。主人与他妻子惊慌万状，丧魂落魄，浑身颇抖，不知怎么办。小妾起来，默不作声，在暗中摸索，抓到一根挑水用的扁担，拉开房门就冲了出去。群贼正乱作一团，小妾挥舞扁担，快如旋风，扁担两端的铁钩呼呼作响，一下子就把四五个人击倒在地。群贼失了风，惊骇之下抱头乱窜，心急慌忙爬不上墙，跌倒下来丢了魂似的没命号叫。小妾把扁担撑在地上，看着他们笑说：“这种东西，值不得我下手打，也想学做强盗！我不来杀你们，杀了反嫌玷辱了我自己。”把他们全放走了。

主人见了大为惊讶，问她：“你怎么会这么了得?”原来小妾的父亲以前是位枪棒教师，小妾学到了父亲的全部本领，恐怕百把个人不是她对手。大老婆尤其觉得害怕，后悔从前只看外表，错估了她，从此对她便十分客气了。但小妾却始终没有一丝失礼的地方。

有的邻居妇女对小妾说："嫂子击退盗贼就像赶猪赶狗一样，为什么要俯首受那鞭抽棍打呢？"小妾说："这是我的本分啊，还敢说别的什么吗？"听的人从此更加尊敬她的贤德。

异史氏说：身怀绝技，住了几年没人知道，终于抵御了突然而来的灾难，把悍妇化为了仁人。唉！古人围猎时射中了野鸡，才使他妻子开颜一笑；博戏时赢了对方的佩刀，他那身为贵公主的妻子才肯与他同车归家。技巧的不能小看就是这样！

驱　怪

长山徐远公，故明诸生也。鼎革后，弃儒访道，稍稍学勅勒之术，远近多耳其名。某邑一钜公，具币，致诚款书，招之以骑。徐问："召某何意？"仆辞以不知，"但嘱小人务屈临降耳。"徐乃行。

至则中庭宴馔，礼遇甚恭；然终不道其所以致迎之旨。徐不耐，因问曰："实欲何为？幸祛疑抱。"主人辄言无何也。但劝杯酒，言辞烱烁，殊所不解。言话之间，不觉向暮。邀徐饮园中。园构造颇佳胜，而竹树蒙翳，景物阴森，杂花丛丛，半没草莱中。抵一阁，覆板上悬蛛错缀，大小上下，不可以数。酒数行，天色曛暗，命烛复饮。徐辞不胜酒。主人即罢酒呼茶。诸仆仓皇撤肴器，尽纳阁之左室几上。茶啜未半，主人托故竟去。仆人便持烛引宿左室。烛置案上，遽返身去，颇甚草草。

徐疑或携襆被来伴，久之，人声殊杳。即自起扃户寝。窗外皎月，入室侵床，夜鸟秋虫，一时啾唧。心中怛然，不成梦寝。

顷之，板上橐橐，似踏蹴声，甚厉。俄下护梯，俄近寝门。徐骇，毛发蝟立，急引被覆首。而门已豁然顿开。徐展被角，微伺之，则一物，兽首人身；毛周其体，长如马鬣，深黑色；牙粲群峰，目炯双炬。及几，伏餂器中剩肴，舌一过，连数器辄净如扫。已而趋近榻，嗅徐被。徐骤起，翻被幂怪头，按之狂喊。怪出不意，惊脱，启外户窜去。徐披衣起遁，则园门外扃，不可得出。缘墙而走，择短垣踰，则主人马厩也。厩人惊；徐告以故，即就乞宿。

将旦，主人使伺徐，失所在。大骇。已而得之厩中。徐出，大恨，怒曰："我不惯作驱怪术；君遣我，又祕不一言；我橐中蓄如意钩一，又不送达寝所：是死我也！"主人谢曰："拟即相告，虑君难之。初亦不知橐有藏钩。幸宥十死！"徐终怏怏，索骑归。自是而怪遂绝。主人宴集园中，辄笑向客曰："我不忘徐生功也。"

异史氏曰："黄狸黑狸，得窜者雄。"此非空言也。假令翻被狂喊之后，隐其所骇惧，而公然以怪之遁为已能，天下必将谓徐生真神人不可及。

【译文】

山东长山县人徐远公，是明朝的生员。改了朝代之后，他弃儒求道，学了一点念咒捉鬼的法术，远近闻名。某县有一位大人物，准备下财礼，恳切地写了一封信，派仆人骑马去请他上门。徐远公问："叫我去是什么意思？"仆人推说不知道，表示"主人只嘱咐小人一定要委屈大驾光临。"徐远公于是跟他出发了。

来到了主人家里，正厅上早已摆下筵席，主人对他执礼十分恭敬；但始终不说明请他来家的目的。徐远公忍不住，就问道：“你到底要我做什么？望能解开我的疑团。”主人只说没什么事，一味劝他喝酒，言辞闪烁，很难理解。交谈之间，不觉天渐渐黑下来了。主人又邀徐远公到花园中继续饮酒，园子构筑得很不错，但竹树交络蒙蔽，景物苍凉阴森，丛丛野花，隐现在荒芜的杂草之间。走进一幢小楼，隔板上布满蜘蛛网，墙上地下，大大小小的蜘蛛无法数计。他们又喝了几盅酒，天色完全暗了，主人命人点上蜡烛继续饮酒。徐远公推辞说已经过量了，主人于是停止劝酒，吩咐送上茶来。几名仆人匆忙撤去碗碟，全都堆在左边房间的小桌上。茶还没有喝到一半，主人竟找了个借口走了。仆人便端着烛台把徐远公引到左边房间里去歇息，将烛台往桌上一放，匆匆返身就走，很有点草草不恭。

徐远公猜想或者是去搬铺盖来与自己作伴，但等了好久，却一点动静也没有，就自己起来把门关上睡下了。窗外皎洁的月光，穿过窗户射到床上，夜鸟秋虫，一时间唧唧啾啾都叫起来。徐远公心里害怕，没法入睡。

一会儿，隔板上“呼呼”作响，就像踢球的声音，非常震耳。接着声音又沿着楼梯下来，贴近了房门。徐远公吓得全身毛发竖立，连忙用被子把头盖上，门已经“豁朗”一声大开了。徐远公掀开被角，稍为偷看一下，只见一个兽头人身的怪物，全身长满马鬃般的深黑色长毛，长牙闪光像群峰耸立，双目炯炯如炬火照射。它走到桌边，低头舔碗碟里的剩菜，舌尖过处，连着几个盆子就一扫而光。接着它走到徐远公床边，嗅他的被子。徐远公突然跃起，翻过被子蒙在怪物头上，紧紧按住狂呼大叫。怪物没有料到，惊慌地挣脱出来，打开大门奔窜出去。徐远公披上衣裳起身逃离现场，只见花园大门反锁着，无法出去。沿墙走去，找到一处矮墙翻过去，原来是主人家的马厩。马夫惊醒以后，徐远公告诉了他缘故，并恳求借宿半夜。

天快亮的时候，主人派人去察看徐远公的动静，见他不在屋里，大吃一惊。过后在马厩中找到了他。徐远公出来后非常恼火，骂道：“我不常作法驱怪，你派给我这个差使，又不透露一点风声；我行囊里藏着一把如意剑，又不送到我住处来。这不是要我命吗？”

主人谢罪道："我本来打算跟你讲明，但是怕你畏难不肯留下。原先又不知道你行囊里藏着剑。希望你宽恕我的死罪！"徐远公终究还是不高兴，要了一匹马，骑着走了。从此以后那怪物就绝迹了。主人在花园里宴饮时，常常笑着对客人说："我不会忘记徐生的功劳的。"

异史氏说："不管黄猫黑猫，能逃窜掉的总是雄猫。"这的确不是一句空话。假如徐生翻过被子狂喊一阵以后，隐瞒了自己当时的恐惧，而公然以怪物逃走说成自己的本领，那么天下人必定会认为徐生真是高不可攀的神人了。

姊妹易嫁

掖县相国毛公，家素微。其父常为人牧牛。时邑世族张姓者，有新阡在东山之阳。或经其侧，闻墓中叱咤声曰："若等速避去，勿久溷贵人宅！"张闻，亦未深信。既又频得梦警曰："汝家墓地，本是毛公佳城，何得久假此？"由是家数不利。客劝徙葬吉，张听之，徙焉。

一日，相国父牧，出张家故墓，猝遇雨，匿身废圹中。已而雨益倾盆，潦水奔穴，崩渹灌注，遂溺以死。相国时尚孩童，母自诣张，愿丐咫尺地，掩儿父。张征知其姓氏，大异之。行视溺死所，俨然当置棺处，又益骇。乃使就故圹窆焉。且令携若儿来。

葬已，母偕儿诣张谢。张一见，辄喜，即留其家，教之读，以齿子弟行。又请以长女妻儿。母骇不敢应。张妻云："既已有言，奈何中改？"卒许之。

然此女甚薄毛家，怨惭之意，形于言色。有人或道及，辄掩其耳。每向人曰："我死不从牧牛儿！"

及亲迎，新郎入宴，彩舆在门；而女掩袂向隅而哭。催之妆，不妆；劝之亦不解。俄而新郎告行，鼓乐大作，女犹眼零雨而首飞蓬也。父止婿，自入劝女。女涕若罔闻。怒而逼之，益哭失声。父无奈之。又有家人传白："新郎欲行。"父急出，言："衣妆未竟，乞郎少停待。"即又奔入视女，往来者无停履。迁延少时，事愈急，女终无回意。父无计，周张欲自死。

其次女在侧，颇非其姊，苦逼劝之。姊怒曰："小妮子，亦学人喋聒！尔何不从他去？"妹曰："阿爷原不曾以妹子属毛郎；若以妹子属毛郎，更何须姊姊劝驾也。"父以其言慷爽，因与伊母窃议，以次易长。母即向女曰："忤逆婢不遵父母命，欲以儿代若姊，儿肯之否？"女慨然曰："父母教儿往也，即乞丐不敢辞；且何以见毛家郎便终饿莩死乎？"父母闻其言，大喜，即以姊妆妆女，仓猝登车而去。

入门，夫妇雅敦逑好。然女素病赤鬜，稍稍介公意。久之，浸知易嫁之说，由是益以知己德女。

居无何，公补博士弟子，应秋闱试。道经王舍人店，店主人先一夕梦神曰："旦日当有毛解元来，后且脱汝于厄。"以故晨起，专伺察东来客。及得公，甚喜。供具殊丰善，不索直；特以梦兆厚自托。公亦颇自负。私以细君发鬜鬜，虑为显者笑，富贵后，念当易之。已而晓榜既揭，竟落孙山，咨嗟蹇步，懊惋丧志。心赧旧主人，不敢复由王舍，以他道归。

后三年，再赴试，店主人延候如初。公曰："尔言初不验，殊惭祇奉。"主人曰："秀才以阴欲易妻，故被冥司黜落，岂妖梦不足以践？"公愕而问故，盖别后复梦而云。公闻之，惕然悔惧，木立若偶。主人谓："秀才宜自爱，终当作解首。"未几，果举贤书第一人。夫人发亦寻长，云鬟委绿，转更增媚。

姊适里中富室儿，意气颇自高。夫荡惰，家渐陵夷，空舍无烟火。闻妹为孝廉妇，弥增惭怍。姊妹辄避路而行。又无何，良人卒，家落。顷之，公又擢进士。女闻，刻骨自恨，遂忿然废身为尼。

及公以宰相归，强遣女行者诣府谒问，冀有所贻。比至，夫人馈以绮縠罗绢若干匹，以金纳其中，而行者不知也。携归见师。师失所望，恚曰："与我金钱，尚可作薪米费；此等仪物，我何须尔！"遂令将回。公及夫人疑之。及启视而金具在，方悟见却之意。发金笑曰："汝师百余金尚不能任，焉有福泽从我老尚书也。"遂以五十金付尼去，曰："将去作尔师用度；多，恐福薄人难承荷也。"行者归，具以告。师默然自叹，念平生所为，辄自颠倒，美恶避就，繄岂由人耶？

后店主人以人命事逮系囹圄，公为力解释罪。

异史氏曰：张公故墓，毛氏佳城，斯已奇矣。余闻时人有"大姨夫作小姨夫，前解元为后解元"之戏，此岂慧黠者所能较计邪？呜呼！彼苍者天久不可问，何至毛公，其应如响？

【译文】

明朝大学士毛纪，家境素来贫寒，他父亲经常为人放牛。当时同县有一大户人家张某，在东山南坡上新筑了墓地，张家有人路过墓地旁，便会听到坟墓里面发出呵斥的声音说："你们快些走开，不要老是混在贵人宅第里不走！"张某听说以后，也不全信。不久他又多次在梦中被警告说；"你们家的墓地，本来是毛公家的坟茔，你怎么能长期地借居在这里？"从此，家里接连出了几件不吉利的事。客人劝张某赶快择吉迁葬，张某听他的，将墓地迁走了。

一天，毛纪的父亲放牛，路过张家原先的墓地时，突然下起雨来，他躲进废弃的墓穴中。不料雨越下越大，积水向墓穴奔涌而来，喧嚣着灌注下去，毛父不幸被淹死了。毛纪那时还是个小孩，他母亲只得亲自来到张家，乞求他们恩赐尺寸之地，以埋葬孩子的父亲。张某问明了死者的姓名以后，大为奇怪；到淹死人的地方查看，宛然正是应当放置棺木的所在，更加惊异。就让毛父在原先的墓穴安葬，并且教把孩子领来看看。

毛母办完丧事，领着儿子上门拜谢张某。张某一见他就十分喜欢，马上将他留在家里，教他读书，并且按年龄与本家子弟依次排行。他又提议将大女儿许配给他，毛母害怕高攀不上，不敢应允。张某的妻子说："既然已经说出了口，怎么能半途更改呢？"毛母终于同意了。

但是张某的大女儿非常看不起毛家，怨恨羞惭的心情，在言语神色上显露出来。有人偶尔向她说起这件事，她就掩住耳朵。她常对别人说："我死也不嫁给那个放牛郎的儿子！"

到了迎亲的那天，新郎已经上了宴席，彩轿已经等在门口，但大女儿却以袖掩面对着墙角大哭，催她换装，她不换；劝她，也劝不开。不一会儿，新郎告辞要走，鼓乐声随之大作，张女还是泪水涟涟、蓬头乱发。张父拦住了女婿，自己入内劝女儿上桥，大女儿流着眼泪当作没听见。张父生气地强逼她，她更加放声大哭起来，张父也拿她没办法。这时家人又进来传话说："新郎要走了。"张父急忙赶出来，对他说道："新妆还没有换好，请贤婿再稍等片刻。"随即又奔进去探看大女儿的动静。这样奔进奔出几乎脚不停步。又拖延了一段时间，情况更加急迫了，大女儿始终不肯回心转意。张父也毫无办法，急得简直想自尽。

张某的小女儿在旁边，觉得姐姐太不对，也苦苦地逼劝她依从。姐姐生气地说："小丫头，你也学着别人瞎多嘴，你为什么不嫁给他去?"妹妹说："阿爸原先未曾将我许配给毛郎，若是将我许配毛郎，哪里还用得着姐姐劝驾呢?"父亲听她话说得干脆，于是与她母亲暗地里商量，打算用小女儿代替大女儿出嫁。母亲就向小女儿问道："犟头倔脑的大丫头不听父母之命，我们想让你代替你姐，不知你肯不肯?"小女儿慷慨地说："父母亲让我出嫁，就是嫁给乞丐我也不敢推辞；何况谁又能说毛家郎君注定是饿死的命呢?"父母亲听了她的话，大为高兴，马上将大女儿的喜妆打扮好小女儿，匆匆忙忙送她上车走了。

过门以后，夫妻间十分恩爱。但是她从小有头上生疮秃发的病，毛纪难免有些不太满意。时间长了，他才渐渐知道了姐妹易嫁的内情，从此更加将她引为知己，十分敬重。

又过了一些日子，毛纪补上了博士弟子，出发参加乡试。途经历城县王老板的客店，店主人头天晚上梦见天神说："明天会有一位毛解元来到你店里，日后他将帮助你解脱灾难。"所以王老板早晨一起来，就一心等候东方来的客人，等接到毛纪，非常欢喜，供应食宿特别丰厚周到，还不收钱，只把梦中预兆重重寄托在毛纪身上。毛纪也很自负，暗自担心妻子头发稀疏，要给有地位的人耻笑，盘算着获取功名以后，就休妻另娶。揭榜以后，竟然名落孙山。他叹息着，步履蹒跚，懊丧失望。觉得没脸去见那位王老板，不敢再到他的客店借宿，绕道回家。

又过了三年，毛纪再度赴试，来到王老板的客店时，店主人像原先那样恭候他。毛纪说："你上次的预言并不灵验，受你款待十分惭愧。"店主人说："先生是因为暗中想要换个妻子，所以被阴间的判官剥夺功名的，哪里能说我做的是不能应验的怪梦呢!"毛纪怔住了，问他缘故，才知道上次分别后店主人又做了一个梦，是这么说的。毛纪听了，十分震动，又悔恨又害怕，像木偶一样呆立在那里。店主人对他说："先生应当自爱，你终究会成为解元的。"不久，他果然高中榜首，他夫人的头发不久也长出来了，云鬓堆黑，越发动人。

张家大女儿后来嫁给乡里富家子，自觉颇为得意。丈夫浪荡怠惰，家道渐渐败落，甚至到了屋内空空，不举烟火的地步。她听说妹妹成了举人的妻子，更添羞愧。姐妹二人在路上相遇也不打照面。过了不久，她丈夫死了，家境更加败落了。没多久，毛纪又中了进士。张家大女儿听说后，更加刻骨痛恨自己，于是赌气剃度做了尼姑。

等到毛纪以宰相身份荣归乡里，张家大女儿强逼着女弟子到毛府去拜见问候，希望能得到一些馈赠。等那女弟子到了，毛夫人赠给她好几匹绸缎纱罗，又把银两夹在里面，但那女弟子都不知道。她拿着东西回去见了师父，师父大失所望，恨恨地说："给我金钱的话，我还可以用来买柴买米；给我这些漂亮的东西，我派得了什么用场呢?"于是又命女弟子送回毛府去。毛纪和夫人感到奇怪，待到打开一看，银两依旧还在，这才明白原物退还的意思。他们掏出银两对女弟子笑着说："你的师父连一百两银子都承受不起，怎么有福气跟着我老尚书享受荣华富贵呢?"于是拿出五十两银子交给女弟子带走，并对她说："把银两拿回去给你师父作为日常开支，多了，恐怕福薄的人难以承受啊。"女弟子回去后，一五一十禀告了师父。师父哑口无言，默默叹息，回忆一生作为，的确常常自行颠倒，避善趋恶，这难道又怪得了谁呢?

后来，客店的王老板因为人命案子关进监狱，毛纪极力为他排解，开脱了罪名。

异史氏说：张公家的旧墓，竟是毛公家的新坟，这本身就很令人惊奇了。我听现在有人说起"大姨夫作小姨夫，前解元为后解元"的戏，这又难道是自作聪明的人所能算计得到的吗?唉！那苍苍的上天，早就无从去问它了；为什么到了毛公这里，竟然预兆完全应验了呢?

续　黄　粱

福建曾孝廉，高捷南宫时，与二三新贵，遨游郊郭。

偶闻毗卢禅院，寓一星者，因并骑往诣问卜。入揖而坐。星者见其意气，稍佞谀之。曾摇箑微笑，便问："有蟒玉分否？"星者正容，许二十年太平宰相。曾大悦，气益高。值小雨，乃与游侣避雨僧舍。舍中一老僧，深目高鼻，坐蒲团上，偃蹇不为礼。众一举手登榻自话，群以宰相相贺。曾心气殊高，指同游曰："某为宰相时，推张年丈作南抚，家中表为参、游，我家老苍头亦得小千把，于愿足矣。"一坐大笑。

俄闻门外雨益倾注，曾倦伏榻间，忽见有二中使，赍天子手诏，召曾太师决国计。曾得意疾趋入朝。天子前席，温语良久。命三品以下，听其黜陟；即赐蟒玉名马。曾被服稽拜以出。入家，则非旧所居第，绘栋雕榱，穷极壮丽。自亦不解，何以遽至于此。然捻髯微呼，则应诺雷动。俄而公卿赠海物，伛偻足恭者，叠出其门。六卿来，倒屣而迎；侍郎辈，揖与语；下此者，颔之而已。晋抚馈女乐十人，皆是好女子。其尤者为嫋嫋，为仙仙，二人尤蒙宠顾。科头休沐，日事声歌。一日，念微时尝得邑绅王子良周济我，今置身青云，渠尚蹉跎仕路，何不一引手？早旦一疏，荐为谏议，即奉俞旨，立行擢用。又念郭太仆曾睚眦我，即传吕给谏及侍御陈昌等，授以意旨；越日，弹章交至，奉旨削职以去。恩怨了了，颇快心意。

偶出郊衢，醉人适触卤簿，即遣人缚付京尹，立毙杖下。接第连阡者，皆畏势献沃产。自此富可埒国。无何而嫋嫋、仙仙，以次殂谢，朝夕遐想。忽忆曩年见东家女绝美，每思购充媵御，辄以绵薄违宿愿，今日幸可适志。乃使干仆数辈，强纳资于其家。俄顷，藤舆舁至，则较昔之望见时，尤艳绝也。自顾生平，于愿斯足。

又逾年，朝士窃窃，似有腹非之者。然各为立仗马；曾亦高情盛气，不以置怀。有龙图学士包上疏，其略曰："窃以曾某，原一饮赌无赖，市井小人。一言之合，荣膺圣眷，父紫儿朱，恩宠为极。不思捐躯摩顶，以报万一；反恣胸臆，擅作威福。可死之罪，擢发难数！朝廷名器，居为奇货，量缺肥瘠，为价重轻。因而公卿将士，尽奔走于门下，估计夤缘，俨如负贩，仰息望尘，不可算数。或有杰士贤臣，不肯阿附，轻则置之闲散，重则褫以编氓。甚且一臂不袒，辄忤鹿马之奸；片语方干，远窜豺狼之地。朝士为之寒心，朝廷因而孤立。又且平民膏腴，任肆蚕食；良家女子，强委禽妆。沴气冤氛，暗无天日！奴仆一到，则守、令承颜；书函一投，则司、院枉法。或有厮养之儿，瓜葛之亲，出则乘传，风行雷动。地方之供给稍迟，马上之鞭挞立至。荼毒人民，奴隶官府，扈从所临，野无青草。而某方炎炎赫赫，怙宠无悔。召对方承于阙下，萋菲辄进于君前；委蛇才退于自公，声歌已超于后苑。声色狗马，昼夜荒淫；国计民生，罔存念虑。世上宁有此宰相乎！内外骇讹，人情汹汹。若不急加斧锧之诛，势必酿成操、莽之祸。臣夙夜祗惧，不敢宁处，冒死列款，仰达宸听。伏祈断奸佞之头，籍贪冒之产，上回天怒，下快舆情。如果臣言虚谬，刀锯鼎镬，即加臣身"云云。

疏上，曾闻之，气魄悚骇，如饮冰水。幸而皇上优容，留中不发。又继而科、道、九卿，交章劾奏；即昔之拜门墙、称假父者，亦反颜相向。奉旨籍家，充云南军。子任平阳太守，已差员前往提问。曾方闻旨惊怛，旋有武士数十人，带剑操戈，直抵内寝，褫其衣冠，与妻并系。俄见数夫运资于庭，金银钱钞以数百万，珠翠瑙玉数百斛，幄幕帘榻之属，又数千事，以至儿襁女舄，遗坠庭阶。曾一一视之，酸心刺目。又俄而一人掠美妾出，披发娇啼，玉容无主。悲火烧心，含愤不敢言。俄楼阁仓库，并已封志。立叱曾出。监者牵罗曳而出。夫妻吞声就道，求一下驷劣车，少作代步，亦不得。十里外，妻足弱，欲倾跌，曾时以一手相攀引。又十余里，己亦困惫。欻见高山，直插霄汉，自忧不能登越，时挽妻相对泣。而监者狞目来窥，不容稍停驻。又顾斜日已坠，无可投止，不得已，参差蹩躠而行。比至山腰，妻力已尽，泣坐路隅。曾亦憩止，任监者叱骂。忽闻百声齐噪，有群盗各操利刃，跳梁而前。监者大骇，逸去。曾长跪，言："孤身远谪，橐中无长物。"哀求宥免。群盗裂眦宣言："我辈皆被害冤民，只乞得佞贼头，他无索取。"曾叱怒曰："我虽待罪，乃朝廷命官，贼子何敢尔！"贼亦怒，以巨斧挥曾项。

觉头堕地作声，魂方骇疑，即有二鬼来，反接其手，驱之行。行逾数刻，入一都会。顷之，睹宫殿；殿上一丑形王者，凭几决罪福。曾前，匐伏请命。王者阅卷，才数行，即震怒曰："此欺君误国之罪，宜置油鼎！"万鬼群和，声如雷霆。即有巨鬼捽至墀下。见鼎高七尺已来，四围炽炭，鼎足尽赤。曾觳觫哀啼，窜迹无路。鬼以左手抓发，右手握踝，抛置鼎中。觉块然一身，随油波而上下；皮肉焦灼，痛彻于心；沸油入口，煎烹肺腑。念欲速死，而万计不能得死。约食时，鬼方以巨叉取曾出，复伏堂下。王又检册籍，怒曰："倚势凌人，合受刀山狱！"鬼复捽去。见一山，不甚广阔；而峻削壁立，利刃纵横，乱如密笋。先有数人罥肠刺腹于其上，呼号之声，惨绝心目。鬼促曾上，曾大哭退缩。鬼以毒锥刺脑，曾负痛乞怜。鬼怒，捉曾起，望空力掷。觉身在云霄之上，晕然一落，刃交于胸，痛苦不可言状。又移时，身躯重赘，刀孔渐阔；忽焉脱落，四支蠖屈。鬼又逐以见王。王命会计生平卖爵鬻名，枉法霸产，所得金钱几何。即有髯须人持筹握算，曰："三百二十一万。"王曰："彼既积来，还令饮去！"少间，取金钱堆阶上，如丘陵。渐入铁釜，熔以烈火。鬼使数辈，更以杓灌其口，流颐则皮肤臭裂，入喉则脏腑腾沸。生时患此物之少，是时患此物之多也！半日方尽。

王者令押去甘州为女。行数步，见架上铁梁，围可数尺，绾一火轮，其大不知几百由旬，焰生五采，光耿云霄。鬼挞使登轮。方合眼跃登，则轮随足转，似觉倾坠，遍体生凉。开眸自顾，身已婴儿，而又女也。视其父母，则悬鹑败焉。土室之中，瓢杖犹存。心知为乞人子。日随乞儿托钵，腹辘辘然常不得一饱。着败衣，风常刺骨。十四岁，鬻与顾秀才备媵妾，衣食粗足自给。

而家室悍甚，日以鞭棰从事，辄以赤铁烙胸乳。幸而良人颇怜爱，稍自宽慰。东邻恶少年，忽逾垣来逼与私。乃自念前身恶孽，已被鬼责，今那得复尔。于是大声疾呼，良人与嫡妇尽起，恶少年始窜去。居无何，秀才宿诸其室，枕上喋喋，方自诉冤苦。忽震厉一声，室门大辟，有两贼持刀入，竟决秀才首，囊括衣物。团伏被底，不敢复作声。既而贼去，乃喊奔嫡室。嫡大惊，相与泣验。遂疑妾以奸夫杀良人，因以状白刺史；刺史严鞫，竟以酷刑定罪案，依律凌迟处死，絷赴刑所。胸中冤气扼塞，距踊声屈，觉九幽十八狱，无此黑黯也。

正悲号间，闻游者呼曰："兄梦魇耶？"豁然而寤，见老僧犹跏趺座上。同侣竞相谓曰："日暮腹枵，何久酣睡？"曾乃惨淡而起。僧微笑曰："宰相之占验否？"曾益惊异，拜而请教。僧曰："修德行仁，火坑中有青莲也。山僧何知焉。"曾胜气而来，不觉丧气而返。台阁之想，由此淡焉。入山不知所终。

异史氏曰：福善祸淫，天之常道。闻作宰相而忻然于中者，必非喜其鞠躬尽瘁可知矣。是时方寸中，宫室妻妾，无所不有。然而梦固为妄，想亦非真。彼以虚作，神以幻报。黄粱将熟，此梦在所必有，当以附之邯郸之后。

【译文】

福建有一位曾举人，高中进士时，与几位同榜新贵一起到郊外游玩。偶然听说毗卢佛寺里寄住着一个占卜的，就一起骑马前去问卜。进了屋，施礼坐下，占卜的见他们意气扬扬，便略略奉承阿谀了一番。曾进士轻摇扇子微微一笑，紧跟着问："有没有位居上公的福分呢？"占卜的神色认真地预言他可以当二十年太平宰相。曾进士大为高兴，更加得意起来。这时正逢下小雨，他便与同伴在僧舍暂避。僧舍里有一位老和尚，凹眼眶，高鼻梁，在蒲团上打坐，对他们态度傲慢，不打招呼。众人向他举一举手，便坐在榻上只顾说起话来，纷纷把曾进士当做宰相来恭贺。曾进士气高意满，指着同伴说："我当了宰相时，推举张老作南方巡抚，我家表兄弟当个参将、游击，我家老管家也可以得个千总、把总，那我也就心满意足了。"说得满座哄堂大笑。

不多时，听得门外雨声越来越大，曾进士有点疲乏，伏在榻上，忽然见到二名太监，捧着天子的亲笔圣旨，召曾太师入宫商定国事。曾某十分得意，快步跟随着进入朝廷。天子座席前移，与他亲切交谈了好久，下令三品以下百官，都由他负责升迁黜降，并且当庭赐给他蟒袍、玉带、名马。曾某换上蟒袍，叩首谢恩而出。回到家里一看，已经不是原来的旧屋了，画栋雕梁，极其壮丽。他自己也不明白，怎么会突然变成这样。然而他手捻胡子轻轻吩咐一声，下面就立即应声如雷。一会儿，朝中三公六卿纷纷送来海外贡物，那些弯腰拱背、神色谦恭的人也不停地出入他家的大门。六卿来，他快步出迎；各部侍郎来，他作揖说一会话；地位再低的，就只是点点头算了。山西巡抚送来歌妓十名，都是美貌少女。其中最漂亮的两个叫袅袅、仙仙，格外受到宠爱。曾某在家休息的时候，天天欣赏她们的歌舞。有一天，曾某想起自己寒微的时候，曾经得到同县乡绅王子良的周济，现在位居青云，他在官场上还不得意，为什么不拉他一把呢？第二天便上疏推荐他担任谏议大夫，立即奉圣旨提拔重用。他又想起郭太仆曾和自己有点小过不去，就把吕给事中及监察御史陈昌等人叫来，暗中授意；第二天，弹劾郭太仆的奏章便接连呈上，立即奉圣旨将郭削职为民、逐出朝廷。曾某报恩除怨，都如愿以偿，心里很是痛快。

偶尔出城，来到郊外大道上，一个醉汉恰好冲撞了他的仪仗，他就吩咐下人将醉汉绑送到京兆府，立即用乱棍打死。与曾某府宅相邻，田地相连的人家，都害怕他的权势，献上肥沃的地产，从此曾府财富可以同国库相比了。不久，袅袅、仙仙先后死去，曾某日思夜想。忽然回忆起当年见到东邻家女儿绝顶美丽，常想把她买来当侍妾，但总因为缺少银钱未能如愿，现在终于可以达到目的了。就派了几名精干的仆人，拿钱去她家强买。转眼间，藤轿便把那女子抬了回来，曾某见她比往年看到时更加美艳妖娆。他回顾一生，觉得也算心满意足了。

又过了一年，朝中百官窃窃私议，似乎对他心怀不满，但又都像宫门前的立仗马，谁也不敢开口。曾某也意骄气盛，不把他们放在心上。有一位龙图阁包学士上疏奏本，大意说："臣以为，曾某原是个醉赌无赖，市井小人。只因一席言语，迎合圣意，荣受皇上照顾，父着紫袍，子披朱衣，恩宠达于极点。但他不去想为国捐躯、为天下操劳，以报效圣恩于万一；反而随心所欲，擅自作威作福。犯下的死罪，拔他的头发来数，尚且难清！朝廷官爵，居为奇货，估量官缺肥瘦，定下高低价码。因此朝中公卿将士，纷纷奔走在他门下，各自打着算盘，向他攀附巴结，简直就像行商负贩，对他仰承鼻息，望风趋拜的人，多得无法计数。一些杰出之士、贤良之臣，由于不肯阿谀依附，轻者贬为闲职，重者夺去官位，削职为民。甚至因不肯苟合，便被指鹿为马，横加罪名；片言冒犯，便被流放边远，长伴豺狼。朝士为之寒心，朝廷因此孤立。民脂民膏，任他肆意吞食；良家女子，强迫与之成亲。冤气弥漫，邪氛笼罩，暗无天日。曾府奴仆一到，太守、县令也得看颜色行事；一有私信下达，司法、监察部门也得枉法徇情。手下奴才的儿子，稍有瓜葛的亲戚，也都出门动用车乘，风行雷动，惊恐百姓。沿途地方供给稍有延迟，高头大马之上，鞭子立即抽来。残害百姓，差遣官府，车马随从所到之处，田野为之洗劫一空。而曾某气势显赫，自恃得宠，毫无悔意。有人刚受到皇帝召见，曾某就罗织罪状进谗于君前。一本正经刚从公堂上退班，后花园里马上响起乐歌，声色犬马，日夜荒淫。国计民生，从不留意。世上难道有这样的宰相吗？朝廷内外危机四伏，群情激愤难以平息。如若不从速将他极刑正法，势必酿成曹操、王莽篡位之祸。微臣日夜担惊受怕，不敢安眠，冒死罗列曾某罪状，上达皇上圣听。祈求斩了这奸贼佞臣的头颅，抄没他贪污受贿所得的财产，上回天帝之怒，下快公众之情。

如果微臣所说虚妄不实，愿身受刀劈、鼎烹之刑。”云云。

奏疏呈上，曾某听说后，心头发凉，就像饮下了冰水一般。幸亏皇上宽容，将奏疏压下不发。紧接着，都察院下属各科、各道、九卿大臣，纷纷上本弹劾曾某；就连从前投靠门下，称他为义父的，也都翻脸相向了。皇上下旨，抄没曾某全家，发配云南充军。曾某的儿子在平阳任太守，也已派人前去提解来一并审问。曾某接得圣旨，正在心惊胆战，随即有几十名武士，带着宝剑、长矛，直冲进他内室，剥下他的衣冠，将他与妻子都绑了起来。一会儿，只见几名挑伕将曾某的资财运到大庭上，金银、钱钞有数百万，珠宝玉器、翡翠玛瑙有几百斗，就连帷幕、窗帘、被褥之类也有几千件，甚至婴儿的襁褓、妇女的绣鞋，也都堆弃在庭前台阶上。曾某一样一样看过去，心酸刺目。又一会儿，一个人拖着曾某的美妾出来，只见她披头散发、娇声啼哭，花容失色。曾某一腔悲哀，如火中烧，满心愤怒，不敢发泄。武士们很快就把曾府的楼阁、仓库，全都贴上封条，当场叱责曾某，赶他出门。监守人拉出一长串系缚着的人，曾某夫妻忍气吞声上路，恳求给一辆劣马拉的破车代代脚力，也得不到。走出十里路外，曾妻脚一软，几乎跌倒在地，曾某不时用一只手搀扶着她。又走了十多里，他自己也疲倦不堪了。转眼看见前面高山耸立，直插云霄，曾某担心无力翻越，不时拉着妻子相对而泣。但监守人目光狰狞地看着他们，不准他们稍稍停步。回头只见夕阳西下，无处投宿休息，不得已，一脚高一脚低，勉强撑着走去。等走到半山腰，妻子已经力气用尽，哭泣着坐在路边，曾某也停步歇口气，任凭监守人训斥。忽然，只听得上百人一齐鼓噪，一群强盗手持利刃，蹦跳而来。监守人大惊，逃走了。曾某直挺挺跪下说道：“我是孤身被贬谪到远方的罪官，身上没有什么值钱的东西。”哀求得到宽免。那群强盗怒瞪双眼声称：“我们都是受害的冤民，只要割下奸贼佞臣的头颅，其他无所索取。”曾某怒斥道：“我虽是待罪之身，总还是朝廷命官，你们这班贼子怎敢如此?”强盗也大怒，挥起巨斧砍向曾某头颈。

曾某似乎听到头砰然落地的声音，正在神魂惊疑之际，马上就有二名小鬼前来，把他的双手反绑，赶着他走去。走了好久，来到一座都城。一会儿，看到了宫殿，殿上坐着一个面貌丑陋的大王，靠着几案判定死鬼是罪是福。曾某走上前去，跪在地上等待发落。大王打开案卷查看，才看了几行，便咆哮着怒吼道："此人欺君误国，应当下油锅！"万千鬼魂，齐声附和，犹如雷鸣。马上有一个巨鬼把曾某扯到殿阶之下，只见一只七尺来高的大鼎，四周火炭正旺，已把鼎足烧得通红。曾某浑身发抖，哭着哀求，欲逃无路。巨鬼用左手抓住他头发，右手提起他双脚，扔进大鼎中。曾某只觉得身体就像一块肉，随着油波上下浮沉；皮焦肉烂，痛彻于心；沸油从口里灌进去，五脏六腑都受煎熬。这时只希望快点死，但怎么也无法立刻死去。过了大约一顿饭的工夫，巨鬼才用大叉把曾某挑出来，重新放在殿堂下。大王又查看簿册，大怒道："仗势欺人，应该上刀山！"于是巨鬼又把他拉了过去，只见一座山，不怎么大，但直立陡峭，尖刀纵横，又乱又密，像丛生的竹笋。已有几个人被刺穿腹部，肠子挂在刀上，呼号的声音，惨不忍闻，触目惊心。巨鬼逼曾某上去，曾某大哭着向后退缩。鬼用毒锥刺他的后脑，曾某忍痛乞求哀怜。鬼不禁大怒，一把抓住曾某，使劲向空中抛去。曾某只觉得身在云霄之上缥缥渺渺，昏昏然一下子坠落下来，尖刀交叉，刺在胸口上，痛得无法形容。又过了一会，身体沉重地往下移，刀孔愈扎愈阔。忽然从刀山上脱落下来，四肢像毛虫般扭曲着。于是鬼又驱赶他去见大王。大王下令统计曾某生前卖官鬻爵、贪赃枉法、强占田产，一共得了多少钱财。当即有一个大胡子拿着筹子和算盘，报告说："总数是三百二十一万。"大王说："既然是他搜刮得来，还是让他自己喝下去！"不一会，就把那些银钱取来堆在殿阶上，有一座小山那么高，陆续送入铁锅，用烈火熔化。几个鬼公差扯住曾某，轮番用勺子舀起铁水往他口里灌，铁水淌在嘴边，皮肤马上焦裂发臭；灌入咽喉，五脏六腑都沸腾翻滚起来。曾某生前只恨钱财太少，现在则恨这东西太多了。灌了半天才灌完。

大王命令将曾某押到边远的甘州去托生为女子。往前走了几步，只见架上横一根铁梁，外廓有好几尺，上面套一只火轮，周长不知有几千里，熊熊烈焰发出五色光彩，照得天宇一片明亮。鬼抽打着曾某把他赶上火轮，曾某刚闭着眼睛跳上去，火轮马上就随着双足转动起来，似乎觉得一下子跌落下去，周身凉凉的。睁开眼睛看看自己，身体已经变成了婴儿，而且还是个女的。再看看自己的父母，衣衫褴褛，被絮破败。土屋里面，乞讨用的瓢和棍还在。曾某知道自己已投生为乞丐的女儿了。她每天随着乞丐父亲托着破钵去讨饭，饥肠辘辘，却经常不得一饱。身披破衣，寒风刺骨。到了十四岁，就被卖给顾秀才作小妾，衣食稍可温饱，但大老婆非常凶悍，天天鞭抽棍打，还动不动用烧红的烙铁烫她乳房。幸亏她丈夫很爱怜她，还能得到一点安慰。东邻有个恶少年，一天突然翻墙过来，要与她苟合，她想到前世作孽太深，已被阎王重罚，今世哪能再做错事呢？就大声疾呼，丈夫和大老婆闻声都起来了，恶少年才逃走。又不久，秀才晚上睡在她那儿，她正在枕上喁喁细语，诉说自己的冤苦，忽然一声震耳的吼叫，房门大开，有两名持刀的强盗闯进来，竟砍下了秀才的头，抢走了所有的衣物。她蜷缩身子躲在被子里，不敢出声。等到强盗走了，才叫喊着奔到大老婆的房间。大老婆大惊，一起过来哭着验看尸体，竟怀疑是她勾搭奸夫杀了丈夫，于是告状告到刺史那儿。刺史严加审问，竟用酷刑屈打成招，依法处以剐刑，绑赴刑场。她一腔冤气郁塞于胸中，跳着脚大声喊冤，觉得九原之下的十八层地狱，也没有这么黑暗。

曾某正在悲伤地号哭，只听得同游的人叫他道："老兄在做噩梦吗？"曾某顷刻睁开眼睛醒了，只见那位老僧依然盘腿坐在座榻上。同游的人争着问他："日色黄昏，腹中饥饿，你怎么会熟睡得那么久？"曾某神色惨然地起身。老僧微微一笑说："宰相的卦还灵验吗？"曾某更加惊异，向他下拜请教。老僧说："只要积功德，做好事，即使落入火炕，自有金莲护身。我一个山僧又知道什么呢？"曾某意气昂扬而来，却不料垂头丧气而回。他那当宰相的梦想，也从此淡泊了。后来入山云游，不知所终。

异史氏说：降福给行善的人，降祸给作恶的人，这是上天永恒的法则！一听到做宰相就满心欢喜的人，必定不是喜欢宰相的鞠躬尽瘁是可想而知的。这时曾某心中，宫室妻妾，无所不有。但是梦境终究是虚妄的，幻想也不是现实的。他用虚无进行想象，神灵就用乌有的幻境来回答他。黄粱将熟之际，这样的梦一定会做。那就把它附在《邯郸记》故事后面，称作《续黄粱》吧。

龙 取 水

俗传龙取江河之水以为雨，此疑似之说耳。徐东痴南游，泊舟江岸，见一苍龙自云中垂下，以尾搅江水，波浪涌起，随龙身而上。遥望水光睽烱，阔于三疋练。移时，龙尾收去，水亦顿息；俄而大雨倾注，渠道皆平。

【译文】

民间有龙取江河之水化为雨的传说，这是令人半信半疑的说法罢了。徐东痴南游，船停在长江边上，只见一条青龙从云端里挂下来，用尾巴搅动江水，波浪拍天，水便随着龙身上去了。遥遥望见水光闪动，十分耀眼，比三匹白练还阔。过了一会，龙尾收起，水也顿时平息了；接着，大雨倾盆从天而降，沟渠道路全被淹没。

小 猎 犬

山右卫中堂为诸生时，厌冗扰，徙斋僧院。苦室中蟹虫蚊蚤甚多，竟夜不成寝。食后，偃息在床。忽一小武士，首插雉尾，身高两寸许；骑马大如蜡；臂上青鞲，有鹰如蝇；自外而入，盘旋室中，行且驶。公方凝注，忽又一人入，装亦如前。腰束小弓矢，牵猎犬如巨螘。又俄顷，步者、骑者，纷纷来以数百辈，鹰亦数百臂，犬亦数百头。有蚊蝇飞起，纵鹰腾击，尽扑杀之。猎犬登床缘壁，搜噬虱蚤，凡罅隙之所伏藏，嗅之无不出者，顷刻之间，决杀殆尽。

公伪睡睨之。鹰集犬窜于其身。既而一黄衣人，着平天冠，如王者，登别榻，系驷苇篾间。从骑皆下，献飞献走，纷集盈侧，亦不知作何语。无何，王者登小辇，卫士仓皇，各命鞍马；万蹄攒奔，纷如撒菽，烟飞雾腾，斯须散尽。

公历历在目，骇诧不知所由。蹑履外窥，渺无迹响。返身周视，都无所见；惟壁砖上遗一细犬。公急捉之，且驯。置砚匣中，反复瞻玩。毛极细茸，项上有小环。饲以饭颗，一嗅辄弃去。跃登床榻，寻衣缝，啮杀虮虱。旋复来伏卧。逾宿，公疑其已往；视之，则盘伏如故。公卧，则登床箦，遇虫辄啖毙，蚊蝇无敢落者。公爱之，甚于拱璧。一日，昼寝，犬潜伏身畔。公醒转侧，压于腰底。公觉有物，固疑是犬，急起视之，已匾而死，如纸翦成者然。然自是壁虫无噍类矣。

【译文】

山西人卫周祚大学士，当他还是秀才时，因为讨厌环境嘈杂有人打扰，便搬在佛寺里住。苦于卧室中臭虫、蚊子、跳蚤很多，整夜不得安眠。一天饭后，躺在床上休息，忽然看见一个身高只有两寸左右的小武士，头上插着野鸡翎，骑着蚱蜢大小的马，臂上裹着黑皮臂衣，上面立着一头苍蝇大小的老鹰，从外面进来，在房间里绕着圈子，走得非常快。卫周祚正凝目注视着，忽然又有一个人进来，装束与那位武士一样，腰间束着小小的弓箭，牵着一头猎犬，就像大种蚂蚁那样大小。又过了一会，步行的，骑马的，络绎不绝地来了好几百人，鹰也有好几百只，猎犬也有好几百头。武士一见有蚊蝇飞起，便放出老鹰腾空扑击，全都杀死。猎犬则或上床，或沿墙搜出跳蚤或虱子便吃掉，凡藏在床板墙壁隙缝里的，闻到气味没有不被赶出来的。顷刻之间，苍蝇、蚊子、跳蚤、虱子便全被灭尽了。

卫周祚假装睡着，斜着眼睛看，只见老鹰、猎犬都停在自己身上了。接着来了一个身穿黄衣、头戴平天冠，像大王一样的人，登上另一张榻，把马系在席上。随从的骑士全都从马上跳下，献上捕获来的蚊蝇虱蚤，纷纷围聚在他身边，不知道在说什么话。一会儿，大王登上小小的御辇，卫士们匆忙地各自找到自己的坐骑，只见万马奔驰，就像撒落豆子一般，一片烟雾飞腾，顷刻之间就走完散尽。

卫周祚看得清清楚楚，只是惊异他们不知从哪里来的。他趿着鞋子走出门外探看，却一片空寂，一点动静也没有；他返回屋内巡视一周，也一点没发现有什么异样，只有墙壁的砖头上留下了一头小猎犬，他急忙捉住了它，那小猎犬也很驯服。把它放在装砚台的盒子里，反复观看把玩。小猎犬身上长着极细的茸毛，颈项上有一只小环。用饭粒喂它，闻一闻就丢在一边。它跳上床榻，钻进衣缝，见了虱子就咬，然后再回到砚盒里伏卧着。过了一夜，卫周祚怀疑小猎犬已经跑了，再一看，它仍然盘伏在老地方。卫周祚睡觉时，它就爬到竹席上，见了臭虫就咬死，蚊子苍蝇也因此而没有敢来停留的。卫周祚非常珍爱它，胜过名贵的玉璧。

有一天，卫周祚睡午觉，小猎犬又潜伏在他身边。卫周祚醒了翻身，把它压在了身子下面。他觉得似乎有一样东西，马上想到可能是小猎犬，急忙起身一看，已经被他压扁，死了，就像用纸剪成的那样。但从此以后，那些臭虫、虱子之类就全死完了。

棋　鬼

扬州督同将军梁公，解组乡居，日携棋酒，游翔林丘间。会九日登高，与客弈。忽有一人来，逡巡局侧，耽玩不去。视之，面目寒俭，悬鹑结焉。然而意态温雅，有文士风。公礼之，乃坐。亦殊㧑谦。公指棋谓曰：“先生当必善此，何勿与客对垒?”其人逊谢移时，始即局。

局终而负，神情懊热，若不自已。又着又负，益惭愤。酌之以酒，亦不饮，惟曳客弈。自晨至于日昃，不遑溲溺。方以一子争路，两互喋聒，忽书生离席悚立，神色惨沮。少间，屈膝向公座，败颡乞救。公骇疑，起扶之曰："戏耳，何至是？"书生曰："乞付嘱圉人，勿缚小生颈。"公又异之，问："圉人谁？"曰："马成。"

先是，公圉役马成者，走无常，常十数日一入幽冥，摄牒作勾役。公以书生言异，遂使人往视成，则僵卧已二日矣。公乃叱成不得无礼。瞥然间，书生即地而灭。公叹咤良久，乃悟其鬼。

越日，马成寤，公召诘之。成曰："书生湖襄人，癖嗜弈，产荡尽。父忧之，闭置斋中。辄逾垣出，窃引空处，与弈者狎。父闻诟詈，终不可制止。父愤悒赍恨而死。阎摩王以书生不德，促其年寿，罚入饿鬼狱，于今七年矣。会东岳凤楼成，下牒诸府，征文人作碑记。王出之狱中，使应召自赎。不意中道迁延，大愆限期。岳帝使直曹问罪于王。王怒，使小人辈罗搜之。前承主人命，故未敢以缧绁系之。"公问："今日作何状？"曰："仍付狱吏，永无生期矣。"公叹曰："癖之误人也如是夫！"

异史氏曰：见弈遂忘其死；及其死也，见弈又忘其生。非其所欲有甚于生者哉？然癖嗜如此，尚未获一高着，徒令九泉下，有长死不生之弈鬼也。可哀也哉！

【译文】

扬州督同将军梁公，辞职回乡安居，天天带着围棋和酒食，悠游于林泉丘壑间。这天正逢重阳登高，他与客人对弈，忽然有一个人走来，在棋局旁来回转，观看得有味不肯离去。梁公看看他，面貌清寒瘦削，衣裳破敝不堪，却温文尔雅，颇有文人风度。梁公对他以礼相待，他才坐下，举止也非常谦让。梁公指着棋盘问他："先生想必一定精于此道，何不与客人对弈一局呢？"那人辞谢了好久，才坐下对局。第一局棋下完输了，他神情非常懊恼，几乎控制不住自己。再下第二局又输了，他更加惭愧不平。梁公斟酒给他，他也不喝，只是拉着客人继续下棋。从早晨直到夕阳西斜，他连小便都顾不上。正在因为一枚棋子抢占要路，两人互相争执不下的时候，那书生忽然离座站立起来，神色显得非常惨淡沮丧。过了一会，他面向梁公屈膝跪下，叩头请求救助。梁公又惊又疑，站起来扶起他说："下棋本是游戏，何必这样呢？"书生说："请你嘱咐你的马夫，不要缚住我的头颈。"梁公又感到奇怪，问他："我的马夫指谁？"他说："马成。"

原来先前，梁公家中管马厩的佚役马成，会走无常，常常过十几天到阴间去一次，手拿文牒充作勾魂的差役。梁公因为书生说得蹊跷，便派人去查看马成，果然他已经僵卧着两天了。梁公便大声斥责他不得对书生无礼。一转眼间，那书生便就地不见了。梁公嗟叹了好久，这才明白他是鬼。

过了一天，马成醒来，梁公叫他来询问。马成说："那书生是湖北襄阳人，嗜好下棋成癖，以致家产荡尽。他父亲十分担忧，把他禁闭在书房里。他就翻墙头逃出去，偷偷来到僻静的地方，与下棋的人玩乐。他父亲听说后便痛骂他，到底无法制止他的棋癖。老人气愤忧郁，抱恨而死了。阎罗王因为那书生不孝，减他寿命，罚他下饿鬼狱，到现在已经七年了。正逢东岳凤楼建成，向各府发文牒征召文人作碑记。大王将他从狱中提出，命他应召作文以赎回罪过。不料他半路拖延，大大耽误了限期。东岳大帝派值日官向大王问罪，大王发怒，派小人们到处搜捕他。前天听从您的命令，所以没敢用绳索捆绑他。"梁公又问："那书生如今怎么样了？"马成说："仍然送交狱吏关押起来，永无超生之日了。"梁公叹息道："怪癖误人竟到这等地步啊！"

异史氏说：一见下棋，就忘记自己会死；等到死了，一见下棋，又忘记应该求生。难道不是他所要的还有比求生更重要的吗？只是癖好到这等地步，还没有下过一步高招，空使九泉之下，多了个长死不生的弈鬼。这真是可悲啊！

辛十四娘

广平冯生，正德间人。少轻脱，纵酒。昧爽偶行，遇一少女，着红帔，容色娟好。从小奚奴，蹑露奔波，履袜沾濡。心窃好之。

薄暮醉归，道侧故有兰若，久芜废，有女子自内出，则向丽人也。忽见生来，即转身入。阴念：丽者何得在禅院中？絷驴于门，往觇其异。入则断垣零落，阶上细草如毯。彷徨间，一斑白叟出，衣帽整洁，问："客何来？"生曰："偶过古刹，欲一瞻仰。翁何至此？"叟曰："老夫流寓无所，暂借此安顿细小。既承宠降，有山茶可以当酒。"乃肃宾入。

见殿后一院，石路光明，无复蓁莽。入其室，则帘幌床幕，香雾喷人。坐展姓字，云："蒙叟姓辛。"生乘醉遽问曰："闻有女公子，未遭良匹。窃不自揣，愿以镜台自献。"辛笑曰："容谋之荆人。"生即索笔为诗曰："千金觅玉杵，殷勤手自将。云英如有意，亲为捣玄霜。"主人笑付左右。少间，有婢与辛耳语。辛起慰客耐坐，牵幕入。隐约三数语，即趋出。生意必有佳报；而辛乃坐与嗢噱，不复有他言。生不能忍，问曰："未审意旨，幸释疑抱。"辛曰："君卓荦士，倾风已久。但有私衷，所不敢言耳。”生固请之。辛曰：“弱息十九人，嫁者十有二。醮命任之荆人，老夫不与焉。”生曰：“小生只要得今朝领小奚奴带露行者。”辛不应，相对默然。闻房内嘤嘤腻语，生乘醉搴帘曰：“伉俪既不可得，当一见颜色，以消吾憾。”内闻钩动，群立愕顾。果有红衣人，振袖倾鬟，亭亭拈带。望见生入，遍室张皇。辛怒，命数人捽生出。酒愈涌上，倒蓁芜中。瓦石乱落如雨，幸不着体。

卧移时，听驴子犹龁草路侧，乃起跨驴，踉蹡而行。夜色迷闷，误入涧谷，狼奔鸱叫，竖毛寒心。踟蹰四顾，并不知其何所。遥望苍林中，灯火明灭，疑必村落，竟驰投之。仰见高闳，以策挝门。内有问者曰：“何处郎君，半夜来此？”生以失路告。问者曰：“待达主人。”生累足鹄竢。忽闻振管辟扉，一健仆出，代客捉驴。生入，见室甚华好，堂上张灯火。少坐，有妇人出，问客姓字。生以告。踰刻，青衣数人，扶一老妪出，曰：“郡君至。”生起立，肃身欲拜。妪止之坐。谓生曰：“尔非冯云子之孙耶？”曰：“然。”妪曰：“子当是我弥甥。老身钟漏并歇，残年向尽，骨肉之间，殊所乖阔。”生曰：“儿少失怙，与我祖父处者，十不识一焉。素未拜省，乞便指示。”妪曰：“子自知之。”生不敢复问，坐对悬想。

妪曰：“甥深夜何得来此？”生以胆力自矜诩，遂一一历陈所遇。妪笑曰：“此大好事。况甥名士，殊不玷于姻娅，野狐精何得强自高？甥勿虑，我能为若致之。”生称谢唯唯。

妪顾左右曰："我不知辛家女儿，遂如此端好！"青衣人曰："渠有十九女，都翩翩有风格。不知官人所聘行几？"生曰："年约十五余矣。"青衣曰："此是十四娘。三月间，曾从阿母寿郡君，何忘却？"妪笑曰："是非刻莲瓣为高履，实以香屑，蒙纱而步者乎？"青衣曰："是也。"妪曰："此婢大会作意，弄媚巧。然果窕窈，阿甥赏鉴不谬。"即谓青衣曰："可遣小狸奴唤之来。"青衣应诺去。

移时，入白："呼得辛家十四娘至矣。"旋见红衣女子，望妪俯拜。妪曳之曰："后为我家甥妇，勿得修婢子礼。"女子起，娉娉而立，红袖低垂。妪理其鬓发，捻其耳环，曰："十四娘近在闺中作么生？"女低应曰："闲来只挑绣。"回首见生，羞缩不安。妪曰："此吾甥也。盛意与儿作姻好，何便教迷途，终夜窜溪谷？"女俯首无语。妪曰："我唤汝，非他，欲为阿甥作伐耳。"女默默而已。

妪命扫榻展裀褥，即为合卺。女腼然曰："还以告之父母。"妪曰："我为汝作冰，有何舛谬？"女曰："郡君之命，父母当不敢违。然如此草草，婢子即死，不敢奉命！"妪笑曰："小女子志不可夺，真吾甥妇也！"乃拔女头上金花一朵，付生收之。命归家检历，以良辰为定。乃使青衣送女去。

听远鸡已唱，遣人持驴送生出。数步外，欻一回顾，则村舍已失；但见松楸浓黑，蓬颗蔽冢而已。定想移时，乃悟其处为薛尚书墓。薛故生祖母弟，故相呼以甥。心知遇鬼，然亦不知十四娘何人。

咨嗟而归，漫检历以待之，而心恐鬼约难恃。再往兰若，则殿宇荒凉。问之居人，则寺中往往见狐狸云。阴念："若得丽人，狐亦自佳。"

至日，除舍扫途，更仆眺望，夜半犹寂。生已无望。顷之，门外哗然。蹓屣出窥，则绣幰已驻于庭，双鬟扶女坐青庐中。妆奁亦无长物，惟两长鬣奴扛一扑满，大如瓮，息肩置堂隅。生喜得丽偶，并不疑其异类。问女曰："一死鬼，卿家何帖服之甚?"女曰："薛尚书，今作五都巡环使，数百里鬼狐皆备扈从，故归墓时常少。"生不忘蹇修，翼日，往祭其墓。归见二青衣，持贝锦为贺，竟委几上而去。生以告女，女视之，曰："此郡君物也。"

邑有楚银台之公子，少与生共笔砚，相狎。闻生得狐妇，馈遗为馔，即登堂称觞。越数日，又折简来招饮。女闻，谓生曰："曩公子来，我穴壁窥之，其人猿睛而鹰准，不可与久居也。宜勿往。"生诺之。翼日，公子造门，问负约之罪，且献新什。生评涉嘲笑，公子大惭，不欢而散。生归，笑述于房。女惨然曰："公子豺狼，不可狎也！子不听吾言，将及于难！"生笑谢之。后与公子辄相谀噱，前却渐释。

会提学试，公子第一，生第二。公子沾沾自喜，走伻来邀生饮。生辞，频招乃往。至则知为公子初度，客从满堂，列筵甚盛。公子出试卷示生。亲友叠肩叹赏。酒数行，乐奏作于堂，鼓吹伧佇，宾主甚乐。公子忽谓生曰："谚云：'场中莫论文。'此言今知其谬。小生所以忝出君上者，以起处数语，略高一筹耳。"公子言已，一座尽赞。生醉不能忍，大笑曰："君到于今，尚以为文章至是耶?"生言已，一座失色。公子惭忿气结。客渐去，生亦遁。

醒而悔之，因以告女。女不乐曰："君诚乡曲之儇子也！轻薄之态，施之君子，则丧吾德；施之小人，则杀吾身。君祸不远矣！我不忍见君流落，请从此辞。"生惧而涕，且告之悔。女曰："如欲我留，与君约：从今闭户绝交游，勿浪饮。"生谨受教。

十四娘为人勤俭洒脱，日以纴织为事。时自归宁，未尝踰夜。又时出金帛作生计。日有赢余，辄投扑满。日杜门户；有造访者，辄嘱苍头谢去。

一日，楚公子驰函来，女焚爇不以闻。翼日，出吊于城，遇公子于丧者之家，捉臂苦邀。生辞以故。公子使圉人挽辔，拥之以行。至家，立命洗腆。继辞夙退。公子要遮无已，出家姬弹筝为乐。生素不羁，向闭置庭中，颇觉闷损；忽逢剧饮，兴顿豪，无复萦念。因而酣醉，颓卧席间。

公子妻阮氏，最悍妒，婢妾不敢施脂泽。日前，婢入斋中，为阮掩执，以杖击首，脑裂立毙。公子以生嘲慢故，衔生，日思所报，遂谋醉以酒而诬之。乘生醉寐，扛尸床间，合扉径去。生五更醒解，始觉身卧几上。起寻枕榻，则有物腻然，绁绊步履，摸之，人也。意主人遣僮伴睡。又蹴之，不动而僵。大骇，出门怪呼。厮役尽起，爇之，见尸，执生怒闹。公子出验之，诬生逼奸杀婢，执送广平。

隔日，十四娘始知，潸然曰："早知今日矣！"因按日以金钱遗生。生见府尹，无理可伸，朝夕搒掠，皮肉尽脱。女自诣问。生见之，悲气塞心，不能言说。女知陷阱已深，劝令诬服，以免刑宪。生泣听命。

女还往之间，人咫尺不相窥。归家咨惋，遽遣婢子去。独居数日，又托媒媪购良家女，名禄儿，年已及笄，容华颇丽；与同寝食，抚爱异于群小。生认误杀拟绞。苍头得信归，恸述不成声。女闻，坦然若不介意。既而秋决有日，女始皇皇躁动，昼去夕来，无停履。每于寂所，於邑悲哀，至损眠食。一日，日晡，狐婢忽来。女顿起，相引屏语。出则笑色满容，料理门户如平时。翼日，苍头至狱，生寄语娘子一往永诀。苍头复命。女漫应之，亦不怆恻，殊落落置之。家人窃议其忍。忽道路沸传，楚银台革爵；平阳观察奉特旨治冯生案。苍头闻之喜，告主母。女亦喜，即遣入府探视，则生已出狱，相见悲喜。俄捕公子至，一鞫，尽得其情。生立释宁家。

归见闱中人，泫然流涕，女亦相对怆楚，悲已而喜。然终不知何以得达上听。女笑指婢曰："此君之功臣也。"生愕问故。先是，女遣婢赴燕都，欲达宫闱，为生陈冤。婢至，则宫中有神守护，徘徊御沟间，数月不得入。婢惧误事，方欲归谋，忽闻今上将幸大同，婢乃预往，伪作流妓。上至勾阑，极蒙宠眷。疑婢不似风尘人。婢乃垂泣。上问："有何冤苦？"婢对："妾原籍隶广平，生员冯某之女。父以冤狱将死，遂鬻妾勾阑中。”上惨然，赐金百两。临行，细问颠末，以纸笔记姓名；且言欲与共富贵。婢言：“但得父子团聚，不愿华朊也。”上颔之，乃去。婢以此情告生。生急拜，泪眦双荧。

居无几何，女忽谓生曰：“妾不为情缘，何处得烦恼？君被逮时，妾奔走戚眷间，并无一人代一谋者。尔时酸衷，诚不可以告愬。今视尘俗益厌苦。我已为君畜良偶，可从此别。”生闻，泣伏不起。女乃止。夜遣禄儿侍生寝，生拒不纳。朝视十四娘，容光顿减；又月余，渐以衰老；半载，黯黑如村妪：生敬之，终不替。女忽复言别，且曰：“君自有佳侣，安用此鸠盘为？”生哀泣如前日。

又踰月，女暴疾，绝食饮，羸卧闺闼。生侍汤药，如奉父母。巫医无灵，竟以溘逝。生悲怛欲绝。即以婢赐金，为营斋葬。数日，婢亦去。遂以禄儿为室。踰年举一子。然比岁不登，家益落。夫妻无计，对影长愁。忽忆堂陬扑满，常见十四娘投钱于中，不知尚在否。近临之，则豉具盐盎，罗列殆满。头头置去，箸探其中，坚不可入；扑而碎之，金钱溢出。由此顿大充裕。

后苍头至太华，遇十四娘，乘青骡，婢子跨蹇以从，问：“冯郎安否？”且言：“致意主人，我已名列仙籍矣。”言讫，不见。

异史氏曰：轻薄之词，多出于士类，此君子所悼惜也。余尝冒不韪之名，言冤则已迂；然未尝不刻苦自励，以勉附于君子之林，而祸福之说不与焉。若冯生者，一言之微，几至杀身，苟非室有仙人，亦何能解脱囹圄，以再生于当世耶？可惧哉！

【译文】

明代正德年间，广平府有个姓冯的书生，年轻时轻佻狂放，饮酒无度。一天黎明散步，遇见一位少女，身披红色披风，姿容十分秀美。有个小僮仆跟着，踩着露水奔波，鞋袜都沾湿了。冯生对她一见钟情。

傍晚，冯生带着醉意回家，路过大道旁一座久已荒废的寺院，见有个女子从里面出来，原来就是早上那位美人。少女突然看见他来，马上转身回去。冯生暗想：绝妙佳人怎么会住在佛寺里呢？就把驴子系在门口，进去看个究竟。进入寺内，只见断壁残垣，破败零落，台阶上细草如同地毯。正在进退犹豫之际，出来了一位头发花白的老翁，衣帽十分整洁，开口问他："客人从何而来?"冯生答道："我偶然经过这座古寺，想进来观赏一番。老伯因何到此?"老翁说："老夫到处漂泊，没有固定的住处，暂借此地安顿家眷。既蒙大驾光临，备有山茶可以权当薄酒。"于是恭敬地引着他入内。

只见大殿后面还有一座院子，青石板路光可鉴人，看不到一根杂草。走进内室，又见窗帘床帷，都散发出阵阵香气。冯生坐下后互通姓名，老翁说："老夫姓辛。"冯生乘着醉意，单刀直入地问道："听说你有位小姐，还没有找到适当的人家。我不自量力，想要毛遂自荐。"辛老翁笑着说："让我与老妻商量一下。"冯生马上要来纸笔，化用裴航、云英的故事题了一首诗道："我千金买来了玉杵臼，情深意切地亲手献上。云英姑娘若能以心相许，我愿为她百日捣玄霜。"老翁看了一笑，递给了身边的人。不一会，一名婢女进来与辛老翁耳语，老翁起身，招呼冯生耐心等待，自己掀开帷幕进去了。隐隐约约听得里面说了几句话，就出来了，冯生以为他一定会带来好消息，但辛老翁只是坐下说笑，不再提起其他话题。冯生忍不住了，问道："还不知你的意思如何，希望能解开我心头的疑虑。"辛老翁说："你是位才华超绝的书生，我钦慕已久了。只是我有些心里话，却不敢说啊。"冯生再三请他明讲。辛老翁说：

“我有十九个女儿，已经嫁出了十二个。她们的婚事都由老妻做主，老夫是从来不参与的。”冯生说：“我只想要得到今天早晨领着小僮仆带露而行的那位。”辛老翁不接口，于是两人只得面对面默坐着。冯生听见里面传出柔和动听的女子说话声，便又乘着醉意掀起帘子说道：“既然求她为妻不可得，总该让我一睹风采，消除我一些憾意吧。”里屋的人听见帘钩响动，都站起来吃惊地朝他看。其中果然有一位红衣少女，轻拂双袖，钗鬟微倾，亭亭玉立，手把玩着衣带。看见冯生擅自闯入，满屋女子都惊慌得不知所措。辛老翁大怒，命令几名仆人把冯生推搡出去。冯生酒气愈加涌上，醉倒在乱草堆里。辛家众人将瓦石像雨点般投来，幸而没有打中他。

冯生躺了一会，听见驴子还在路边啃草，就起身，跨上驴子，踉踉跄跄地朝前行去。夜色昏黑，错进了一条溪谷，野狼奔突，猫头鹰号叫，吓得他毛骨悚然、胆战心惊。徘徊四顾，也不知这是什么地方。远看密林之中，灯火忽明忽暗，料想那里一定是座村庄，就赶着驴子前去投宿。抬头一看，门宇很高，他便用鞭杆敲门。里面有人问道：“何方来的客人，半夜三更到此地？”冯生告诉说自己迷了路。那人说：“让我通报主人。”冯生站在一旁，伸长脖子等候，忽然听到拔栓开门，有个精壮的男仆出来，替他牵入驴子。冯生跟进去，只见居室非常华丽，厅堂里掌着灯火。刚坐了一会儿，有个妇女出来，问他姓名，冯生告诉了她。过了一刻，几名丫环扶着一位老太出来，报称：“郡君到。”冯生起身，整衣要下拜，老太阻止了，请他坐下，对他说：“你不就是冯云子的孙子吗？”冯生答道：“是的。”老太说：“那你就是我的远房外甥了。老身年岁到了，剩下的日子不多了，亲戚之间，一向很少走动。”冯生说：“我从小死了父亲，与我祖父交往的人，我很少有认识的。我从未来向您请安，请您明白相告。”老太说：“你自己会知道的。”冯生不敢再问下去，只是坐在对面苦苦猜想。

老太问道：“甥儿怎么会深夜来到这里？”冯生以胆大自夸，一一叙述了自己的遭遇。老太听了笑道：“这是件大好事。何况贤甥是位名士，一点也不辱没这门姻亲，野狐精怎么敢妄自尊大呢？贤甥不必担心，我能替你促成这段姻缘。”冯生连连称谢。

老太回头对丫环说：“我不知道辛家女儿，竟长得这般漂亮！”

丫环应道："他家有十九个女儿，都是风姿翩翩，不同凡俗，不知先生想娶的是哪一位？"冯生说："那位大约十五岁上下的。"丫环说："这是十四娘。三月里，曾经跟着她母亲来向你老人家祝寿的，怎么就忘记了？"老太笑着说；"是不是那个把高底弓鞋镂上空花，里面装上香粉，蒙着纱巾走路的姑娘啊？"丫环说："是啊。"老太说："这个小妞最会耍花巧，弄风姿。但是的确婀娜风流，甥儿的眼力不错。"说着吩咐丫环道："快派小狸奴去唤她来。"丫环应声出去了。

过了一会，丫环进来禀报道："已经把辛家十四娘叫来了。"随即就见红衣女子进来，对着老太躬身下拜。老太拉她起来，说道："以后你就是我家的外甥媳妇，就不要再行这种婢女行的礼了。"红衣女子直起身，袅袅婷婷站在一旁，红袖低垂着。老太拢拢她的鬓发，捏捏她的耳环，说："十四娘最近在闺房里做什么活？"女子轻轻地答道："空闲时只是绣花。"说着，回头看见冯生，显出害羞而局促不安的样子。老大说："这是我的外甥。他满心想与你结成婚姻，你为什么让他迷了路，整夜地在深山峡谷里乱窜？"女子低头不语。老太又说："我叫你来不为别的，只是想为我外甥做个媒罢了。"女子还是不作声。

随后，老太命人收拾床榻、铺上被褥，打算马上让他们成亲。女子腼腆地说："我应当回去禀告一下父母。"老太说："我为你做媒，还会错得了吗？"女子说："郡君的命令，父母当然不敢违背。但是这样草草办事，我是死也不敢从命的。"老太笑道："小丫头志不可夺，真是我外甥的好媳妇啊！"于是拔下辛十四娘头上的一朵金花，交给冯生收藏，吩咐他回家查看历书，选定个黄道吉日。这才派丫环送辛十四娘回去。

听到户外雄鸡高唱，老太才派人牵着驴子送冯生出来。走出不几步，冯生猛一回头，村庄房舍就已经不见了，只看到松树楸树的浓荫之下，蓬草覆盖着一座坟茔而已。冯生定神细想了好久，才想起这里是薛尚书的墓地。薛尚书生前是冯生祖母的兄弟，所以称冯生为外甥。冯生心里明白是遇上了鬼，但是却不知道辛十四娘是什么人。

冯生不胜感慨地回到家里，胡乱翻查历书等待着，担心鬼订的婚约靠不住。他再到那座寺院去看，殿宇已经一片荒凉景象。询问附近的居民，说是寺院中常常看见狐狸出没。他暗想：只要能娶到那美人儿，即使是狐狸精也是好的。

到了选定的好日子，冯生将屋舍和道路打扫干净，命仆人轮流眺望，直到半夜，还是声息全无。冯生已经不抱希望了，忽然间，只听门外人声大哗。拖着鞋子出去看，绣幔车已经停在院子里，侍女已经搀扶辛十四娘坐在青布棚里了。嫁妆没有什么，只有两名大胡子奴仆扛着一只贮钱的扑满，有酒罈那么大，停放在厅堂角落里。冯生喜得美人儿为妻，也不疑虑她是不是人了。他问十四娘道："一个死了的人，你们家为什么对她这么顺从呢?"十四娘说："薛尚书如今在阴间做了五都巡环使，几百里以内的鬼怪狐精都受他管辖，所以回到自己墓地的时间很少。"冯生不忘媒人的恩德，第二天去祭扫坟墓；回来看见有两名丫环，拿一匹绣花锦缎前来祝贺，放在桌子上就走了。冯生把这事告诉十四娘，十四娘一看，说道："这是郡君家的东西。"

当地有个姓楚的通政院通玫，他的儿子从小和冯生一起读书，很亲近。他听说冯生娶了狐精为妻，婚后三日备了酒食，上门来举杯祝贺。过了几天，又送来请帖邀他去饮酒。十四娘听说后，对冯生说："上次楚公子来，我在后堂从壁缝中望了一下，那人猴儿眼，鹰爪鼻，不可与他长久交往，你不该去。"冯生答应了。第二天，楚公子上门来，责问他为什么失约，并且送来自己的新作。冯生评论时带了点嘲讽，弄得楚公子十分难堪，两人不欢而散。冯生回到内室，笑着告诉妻子，十四娘听了神色惨然地说："楚公子生性狠毒，你千万不可与他乱开玩笑！你要是不听我话，将会有灾难临头！"冯生笑着表示接受劝告。后来冯生见了楚公子，往往有意吹捧他一番，于是旧怨渐渐解开了。

当时正逢县学考试，楚公子得了第一，冯生名列第二。楚公子颇为得意，派使者请冯生饮酒。冯生推辞不去，屡次相邀，他才去了。到了那里才知道是楚公子生日，宾客满堂，筵宴非常丰盛。楚公子当场拿出试卷给冯生看，亲朋好友争着上前欣赏赞叹。酒过数巡，厅堂上奏起音乐，吹吹打打十分热闹，宾主谈笑甚欢。这时，楚公子突然对冯生说："俗话说‘考场之上莫论文’，这话现在看来错了。小生名次所以忝列在你前面，主要是开头几句比你略高一筹罢了。”楚公子说完，满座宾客都齐声附和赞同。冯生有些醉了，忍不住，大笑道：“阁下直到现在，还以为自己的文章真有这么高明吗?”冯生说完，全场宾客脸色都变了。楚公子又惭愧又愠怒，憋了一肚子气。客人渐渐散去，冯生也悄然回家。

冯生酒醒以后后悔自己失言，于是告诉了辛十四娘。十四娘不高兴地说：“你真是个乡下的浮薄小人啊！用轻薄的态度对待君子，是缺德；对待小人，会杀身。你快要大祸临头了！我不忍心看见你从此流落，还是让我告辞吧。”冯生害怕得哭了，告诉十四娘自己很后悔。十四娘说：“如果你想要我留下，那就要与你约定：从今以后闭门断绝一切交游，不准饮酒无度。”冯生一一依从。

十四娘持家勤俭，办事果断，天天织布以充生计。有时独自回娘家，从来不过夜。又常常拿出银钱布帛贴补日常开支。一天下来有余钱，就投进扑满去。她每天关了大门，有人来访，就吩咐老仆人谢绝。

一天，楚公子派人送来一封信，辛十四娘把它烧了，不让冯生知道。第二天，冯生出城去吊丧，在死者家里遇见楚公子，楚公子拉住他手臂苦苦邀请，冯生借故推辞。楚公子命马伕牵住冯生的坐骑，推推搡搡地强拉他走。到了家里，楚公子马上命人摆上丰盛的宴席。冯生又推辞要早些回去，但楚公子劝酒没完，又传出家养的女乐弹筝助兴。冯生本来就性格狂放，又被关在家里好久，很觉气闷无聊；一下子开怀痛饮，豪兴顿起，也不再把妻子的叮嘱放在心上了。终于喝得酩酊大醉，迷迷糊糊在酒席上倒下睡着了。

楚公子的妻子阮氏，最是凶悍妒忌，家里的婢女小妾不敢涂脂抹粉。几天前，一名婢女进入书房，被阮氏抓住，用棍子猛击头部，脑浆迸裂，当场毙命。楚公子因为被冯生嘲讽挖苦过，心怀余恨，天天想要报复，于是设下圈套灌醉他，以便诬陷。他趁冯生酒醉不醒，命人将婢女的尸体扛到床边，关上门就走。五更时分冯生酒醒，发觉自己伏卧在几案上，起身找床，却被一个软绵绵的东西绊了脚，用手一摸，是一个人。他以为是主人派来陪他睡觉的小僮，就又用脚踢了踢，那人却一动不动，已经僵硬了。冯生十分骇怕，冲出房门怪叫起来。奴仆们全都闻声起来，点上火，看见了尸体，便把冯生抓起来，闹闹嚷嚷。楚公子出面查看，一口咬定冯生是强奸杀人，将他绑送到广平府衙。

第二天，辛十四娘才得知，不觉潸然泪下，说道："我早知道会有今天！"于是她每天送些钱给冯生。冯生见了府尹大人，无理可伸，早晚受刑，打得皮开肉绽。十四娘亲自去探监，冯生见了，悲哀之气郁塞心头，说不出一句话来。十四娘知道陷阱很深，劝他忍冤屈招，以免再受摧残。冯生哭着听从了她。

辛十四娘去监狱，回家里，别人近在咫尺也看不见她。她回家感慨万分，立即把婢女打发走，独自住了几天，又托媒婆买下一名良家女子，名叫禄儿，年纪刚十五六岁，长得非常漂亮。辛十四娘与她同睡同吃，比其他奴仆格外抚爱。冯生招认了误杀之罪，被判处绞刑。老仆人得到消息赶回来，哭诉泣不成声。辛十四娘听说后，却神色平静，好像全不在意。到了秋天，处决的日子近了，辛十四娘才匆忙奔走起来，早出晚归，足不停步。每当她回到空寂的旧房间，就呜咽悲哀，寝食俱废。有一天，太阳快下山了，早先打发走的婢女忽然来了。辛十四娘立即起身，把她引进密室交谈。待到出来时，十四娘已是满面笑容，像平时一样料理家务了。第二天，老仆人前去探监，冯生托他带信让十四娘去见最后一面。老仆人回来禀报，十四娘随口应了一声，也并不显得伤心，似乎根本不把这件事放在心上。家里人都在背地里议论她的狠心。突然，满城沸沸扬扬地传开了：楚通政被革去了官职，平阳观察使奉御旨特来覆查冯生的案子。老仆人听了大喜，回家禀告主母。十四娘听后也十分高兴，立即派仆人去府衙探听消息，果然冯生已经被放出了死牢，见到了仆人他不禁悲喜交集。不久，楚公子被捕，一经审讯，完全查明了真情。冯生也立即被释回家。

冯生回家见到了妻子，眼泪再也止不住，辛十四娘也对着他伤心，二人哭了一阵，才转悲为喜。但是冯生始终不知道自己的冤案是怎么被皇上得知的。十四娘笑指婢女说："这就是你的功臣啊。"冯生惊奇地问她原因。原来先前，十四娘打发那婢女去京城，打算进入宫廷，为冯生申冤。婢女到了京城，宫门口有神守护，婢女是个小狐精，只得在御沟外徘徊，好几个月都找不到机会进去。正怕误了大事，想回来再作打算，忽然听说皇帝要去大同巡幸，她便提前出发，假扮作流浪四方的妓女。皇帝来到妓院，她大受宠幸。皇帝猜测她不像是个沦落风尘的女子，她就低头哭泣起来。皇帝问："你有什么冤枉?"她禀道："我原籍广平，是生员冯某的女儿。父亲受冤下狱，将被处死，才把我卖入妓院。"皇帝听了，神色惨然，赐给她黄金百两，临行时又仔细询问了事情的前后经过，取纸笔记下姓名，还说要与她共享富贵。婢女说："我只求父女团圆，不愿锦衣玉食。"皇帝点点头，才走了。婢女把这些情节告诉了冯生，冯生急忙下拜，双泪盈眶。

又过了些日子，辛十四娘忽然对冯生说："我要是不被情丝姻缘所牵扯，哪里会招来这些烦恼！你被捕时，我奔走于亲戚朋友之间，竟没有一个人为我出个主意的。那时的内心酸楚，真是没有地方可以诉说啊。现在再看尘世，更加感到厌倦。我已经为你准备好了称心的配偶，可以从此与你分别了。"冯生听她这么说，哭着伏在地上不肯起来，十四娘这才留下。到晚上，让禄儿去陪冯生睡，冯生坚决不要。第二天早上，冯生看着十四娘，发觉她容貌顿时减色了；过了一个多月，渐渐变得衰老了；半年后，皮肤发黑，像个农家老妇。但冯生依然敬重她，始终感情不变。十四娘忽然又提出与他分别，并且说："你已经有了年轻漂亮的伴侣，为什么还要我这鬼模样呢?"冯生哀泣，像以前一样。

又过了一个多月，辛十四娘得了急病，不饮不食，十分虚弱地卧于床榻。冯生亲自侍奉汤药，就像对待父母一样。但是巫术医道都不见效，最终还是死了。冯生悲痛欲绝，就以皇帝赏给婢女的银两，替她料理了丧事。过了几天，婢女也走了，于是冯生就娶禄儿为妻。一年后，禄儿生了个儿子。但是连年歉收，家境更加败落。夫妻俩苦无良策，日日相对而坐，长吁短叹。忽然他想起了厅堂角落里的那只扑满，从前常常看见十四娘投钱进去的，不知道还在不在。走近一看，酱瓿盐罈堆放满了。他把东西一样样搬走，用竹筷插进扑满试试，里面满满的伸不进；把它敲碎，金钱滚了一地。从此冯生顿时富裕起来了。

后来老仆人来到太华山，遇见辛十四娘骑着一头青骡，那婢女骑着驴跟在后面。十四娘问："冯郎安好吗?"并且说："请转告你主人，我已经名登仙榜了。"说完，就不见了。

异史氏说：轻薄的言词，大多是出自文人学士，这是君子所痛心叹惜的。我曾经冒天下之大不韪，为这样的人鸣冤，这已经是太迂了；但自己则未尝不刻苦自励，力求能依附于君子之林，因而足以遭祸得福的话，我就不参与了。像冯生那样的人，一言不慎的小过失，几乎性命不保；假如不是家里有位仙人，他又怎么能解脱牢狱之灾，而再生于当世呢？真可怕啊！

白 莲 教

白莲教某者，山西人，忘其姓名，大约徐鸿儒之徒。左道惑众，慕其术者多师之。某一日将他往，堂中置一盆，又一盆覆之，嘱门人坐守，戒勿启视。去后，门人启之，视盆贮清水，水上编草为舟，帆樯具焉。异而拨以指，随手倾侧；急扶如故，仍覆之。俄而师来，怒责："何违吾命？"门人立白其无。师曰："适海中舟覆，何得欺我？"又一夕，烧巨烛于堂上，戒恪守，勿以风灭。漏二滴，师不至。儽然而殆，就床暂寐；及醒，烛已竟灭，急起爇之。既而师入，又责之。门人曰："我固不曾睡，烛何得息？"师怒曰："适使我暗行十余里，尚复云云耶？"门人大骇。如此奇行，种种不胜书。

后有爱妾与门人通。觉之，隐而不言。遣门人饲豕；门人入圈，立地化为豕。某即呼屠人杀之，货其肉。人无知者。门人父以子不归，过问之，辞以久弗至。门人家诸处探访，绝无消息。有同师者，隐知其事，泄诸门人父。门人父告之邑宰。宰恐其遁，不敢捕治；达于上官，请甲士千人，围其第，妻子皆就执。闭置樊笼，将以解都。

途经太行山，山中出一巨人，高与树等，目如盎，口如盆，牙长尺许。兵士愕立不敢行。某曰："此妖也，吾妻可以却之。"乃如其言，脱妻缚。妻荷戈往。巨人怒，吸吞之。众愈骇。某曰："既杀吾妻，是须吾子。"乃复出其子，又被吞如前状。众各对觑，莫知所为。某泣且怒曰："既杀我妻，又杀吾子，情何以甘！然非某自往不可也。"众果出诸笼，授之刃而遣之。巨人盛气而逆。格斗移时，巨人抓攫入口，伸颈咽下，从容竟去。

【译文】

有一个白莲教徒，是山西人，已经忘记了他的姓名，大致是徐鸿儒之流。他以旁门左道迷惑百姓，倾慕他妖术的人常常来拜他为师。有一天，他打算到别处去，先在堂屋中间放一只盆子，上面再盖一只盆子，嘱咐徒弟坐着看守，警戒他不准打开来看。他走后，徒弟打开盖的盆子，只见下边的盆里盛着清水，水上浮着一只草编的小船，帆樯都全的。他好奇地用手指一拨，船随手就翻倒了；急忙扶正，仍旧把盆盖好。一会儿，师父回来，怒冲冲责问他："为什么违背我的命令？"徒弟马上声明没动过什么。师父说："刚才海里的船翻了，怎么瞒得过我？"又有一天晚上，他在厅堂里点燃了一枝巨烛，警戒徒弟要仔细看守，不要让它被风吹灭。到半夜二更天，师父还没回来。徒弟困倦极了，到床上小睡一会；等醒来，烛火已被吹灭了，他急忙起身重新点亮。师父进来以后，又责骂他。徒弟说："我的确不曾睡过，蜡烛怎么会熄掉呢？"师父大怒道："刚才已经害得我摸了十多里黑路，还这样狡辩吗？"徒弟十分惊怕。像这样的奇术诡行，一样样多得数不清。

后来，他的爱妾与徒弟私通，被他发觉了，他装作不知，也不声张，只是派徒弟去喂猪。徒弟刚进入猪圈，立刻变成了一头猪，他就叫来屠夫把这猪宰了，把肉卖掉。外人没有知道这件事的。徒弟的父亲因为儿子没回家，上门来问消息，师父推说好久没来了。徒弟家到处打听，一点消息也没有。有个师兄弟暗中知情，把底细捅给了那徒弟的父亲。徒弟的父亲向县令控告，县令怕白莲教徒逃遁，不敢打草惊蛇。报给上司，搬来上千名武装甲士，包围他的住宅，连他妻子、儿子都被擒获了。县令将他们一家锁在木笼子里，准备解送到京城去。

押送的队伍路经太行山，山中出来一个巨人，身材与大树一样高，眼睛好比碗口，嘴巴就像盆子，牙齿有一尺多长。士兵吃惊，停下来不敢前进。白莲教徒说："这是妖怪，我妻子可以杀退它。"差人照他说的，松了他妻子的绑。妻子扛着戈上前。巨人大怒，张嘴一吸便将她吞了。众人愈加惊怕。白莲教徒又说："既然杀了我妻子，现在该由我儿子上阵。"差人再放出他儿子，照旧被巨人一口吞了。众人面面相觑，不知怎么办。白莲教徒哭着怒吼："杀我妻子，又杀我儿子，我怎么能就此甘心！不过，现在非我亲自出马不可了。"众人真的放他出笼，递上兵器，派他上去。巨人气势正盛，迎候着他，两人格斗多时，巨人一把抓住那人就往嘴里送，头颈一伸就咽了下去，大摇大摆地走了。

双　灯

魏运旺，益都之盆泉人，故世族大家也。后式微，不能供读。年二十余，废学，就岳业酤。一夕，魏独卧酒楼上，忽闻楼下踏蹴声。魏惊起，悚听。声渐近，寻梯而上，步步繁响。无何，双婢挑灯，已至榻下。后一年少书生，导一女郎，近榻微笑。魏大愕怪。转知为狐，发毛森竖，俯首不敢睨。书生笑曰："君勿见猜。舍妹与有前因，便合奉事。"魏视书生，锦貂炫目，自惭形秽，靦颜不知所对。书生率婢子，遗灯竟去。魏细瞻女郎，楚楚若仙，心甚悦之。然惭怍不能作游语。女郎顾笑曰："君非抱本头者，何作措大气？"遽近枕席，暖手于怀。魏始为之破颜，捋裤相嘲，遂与狎昵。晓钟未发，双鬟即来引去。复订夜约。

至晚，女果至，笑曰："痴郎何福？不费一钱，得如此佳妇，夜夜自投到也。"魏喜无人，置酒与饮，赌藏枚。女子什有九赢。乃笑曰："不如妾约枚子，君自猜之，中则胜，否则负。若使妾猜，君当无赢时。"遂如其言，通夕为乐。既而将寝，曰："昨宵衾褥涩冷，令人不可耐。"遂唤婢襆被来，展布榻间，绮縠香耎。顷之，缓带交偎，口脂浓射，真不数汉家温柔乡也。自此，遂以为常。

后半年，魏归家。适月夜与妻话窗间，忽见女郎华妆坐墙头，以手相招。魏近就之。女援之，逾垣而出，把手而告曰："今与君别矣。请送我数武，以表半载绸缪之义。"魏惊叩其故。女曰："姻缘自有定数，何待说也。"语次，至村外，前婢挑双灯以待，竟赴南山，登高处，乃辞魏言别。魏留之不得，遂去。魏伫立彷徨，遥见双灯明灭，渐远不可睹，怏郁而反。是夜山头灯火，村人悉望见之。

【译文】

魏运旺，是山东益都县盆泉人，世家大族出身，后来家道衰落，无力供他读书。二十几岁就停学，跟着岳父卖酒。一天晚上，魏运旺独自睡在酒楼上，忽然听见楼下有踢踢趿趿的声音。魏运旺一惊而起，竖起耳朵听着，声音渐渐近了，沿着楼梯上来，步子越来越杂，越来越响。一会儿，两个婢女挑着灯，已经到了床边。后面一个少年书生，领一个女郎，走到床前微笑。魏运旺又惊又怕，很快想到是狐狸精，毛发根根竖起，低头不敢去看。书生笑着说："先生不要胡乱猜疑。我妹妹与你有一段前世姻缘，正应当来侍奉你。"魏运旺看看书生，锦衣貂裘耀眼，不觉自惭形秽，红着脸不知怎么回答才好。书生带着婢女留下灯，就走了。魏运旺细看那女郎，犹如仙女般楚楚动人，心里十分欢喜，但由于内心惭愧，竟说不出一句调情的话来。女郎看着他，笑笑说："你看上去不像是书呆子，为什么做出这种穷酸气呢？"说罢立即挨近枕席，把手伸到魏运旺怀里取暖。魏运旺这才笑了起来，脱下裤子互相调情，跟她亲热一番。天还没有亮，两个婢女就来把女郎领走了。相约夜里再见面。

到了夜里，女郎果然又来了，笑着对魏运旺说："傻小子哪来的好福气？不花费一文钱，就得了这样漂亮的老婆，每天夜里主动来找你。"魏运旺很高兴她独自前来，摆上酒与她对饮，玩猜钱的游戏。女郎十盘有九盘是赢的，于是笑着说："不如让我握着钱，你自己猜，猜中算胜，猜不中算输。要是让我猜，你就不会有赢的时候了。"于是照她所说，二人玩了一夜。结束后要睡觉了，女郎说："昨夜的被褥又粘又冷，让人受不了。"就叫婢女将被褥送来，铺在床上，原来是又香又软的绮罗被子。很快，两人就宽衣解带相依相偎，口红染得魏运旺嘴上、脸上到处都是，真不亚于汉家天子内宫的温柔乡。从此以后，那女郎就每天来了。

过了半年，魏运旺回到家里。正当明月之夜，他与妻子在窗下说话，忽然看见女郎打扮得非常漂亮，坐在墙头上，向他招手。魏运旺走近去，女郎拉住他，翻墙出去，握着他的手对他说："从今后要与你告别了。请你送我几步，表表半年恩爱的情义。"魏运旺惊问为什么。女郎说："姻缘自有定数，还用得着说吗？"说话之间，已到村外，先前两个婢女挑着双灯等候着，女郎竟向南山走去，登上高处，才与魏运旺道别。魏运旺挽留不住，她就此去了。魏运旺站在那儿彷徨无主，远远地看见双灯忽明忽暗，越走越远，渐渐看不见了，才怏怏不乐地回家。这天晚上，山上的灯火村民全都看见的。

捉鬼射狐

李公著明，睢宁令襟卓先生公子也。为人豪爽无馁怯。为新城王季良先生内弟。先生家多楼阁，往往睹怪异。公常暑月寄宿，爱阁上晚凉。或告之异，公笑不听，固命设榻。主人如请。嘱仆辈伴公寝，公辞言："喜独宿，生平不解怖。"主人乃使炷息香于炉，请衽何趾，始息烛覆扉而去。

公即枕移时，于月色中，见几上茗瓯，倾侧旋转，不堕亦不休。公咄之，铿然立止。即若有人拔香炷，炫摇空际，纵横作花缕。公起叱曰："何物鬼魅敢尔！"裸裼下榻，欲就捉之。以足觅床下，仅得一履；不暇冥搜，赤足挝摇处，炷顿插炉，竟寂无兆。公俯身遍摸暗陬，忽一物腾击颊上，觉似履状；索之，亦殊不得。乃启覆下楼，呼从人，爇火以烛，空无一物，乃复就寝。既明，使数人搜履，翻席倒榻，不知所在。主人为公易履。越日，偶一仰首，见一履夹塞椽间；挑拨而下，则公履也。

公益都人，侨居于淄之孙氏第。第綦阔，皆置闲旷；公仅居其半。南院临高阁，止隔一堵。时见阁扉自启闭，公亦不置念。偶与家人话于庭，阁门开，忽有一小人，面北而坐，身不盈三尺，绿袍白袜。众指顾之，亦不动。公曰："此狐也。"急取弓矢，对阁欲射。小人见之，哑哑作揶揄声，遂不复见。公捉刀登阁，且骂且搜，竟无所睹，乃返。异遂绝。公居数年，安妥无恙。公长公友三，为余姻家，其所目触。

异史氏曰：予生也晚，未得奉公杖屦。然闻之父老，大约慷慨刚毅丈夫也。观此二事，大概可睹。浩然中存，鬼狐何为乎哉！

【译文】

李著明，是睢宁县令李襟卓先生的儿子，为人豪爽，从不畏缩胆怯。他是新城王季良先生的内弟，王先生家里楼阁多，往往看到一些怪异现象。李著明曾经大暑天留宿他家，喜欢高阁晚上凉爽。有人告诉他有怪异，他微笑着不听劝告，坚持命人摆床。主人照办，吩咐仆人们陪他睡，李著明不要，说："我喜欢一个人睡，一生不知道什么叫害怕。"主人就命人在香炉里点了香，问他枕头放在哪一头，才熄了蜡烛，关上房门走了。

李著明就枕躺下，过了一会，在朦胧月色中，只见几案上的茶杯，忽然倾斜着旋转起来，不掉下也不停止。李著明大声喝斥，吭的一声，茶杯立即停止不转了。接着好像有人拔起了香，在空中摇晃着，左右上下划出花朵般的图案。李著明起身呵斥道："什么鬼怪竟敢如此！"他光着身子下床，想上前去抓它。脚在床底下找鞋，只找到一只，来不及细搜，就赤着脚向摇香的地方打去，香顿时插回香炉里，居然一点声息也没有。李著明俯身在角落里到处摸索，忽然一样东西飞来打在脸上，他觉得好像是只鞋子；想要找，又找不到。就打开门走下楼去，叫来仆人，点亮蜡烛照看，什么也没有，就重新睡下。天亮以后，他派几个人找鞋，翻席移床，还是不知下落。主人为他换了一双鞋。第二天，他偶一抬头，看见有一只鞋嵌在椽子夹缝里；挑下来一看，果然就是他的那只鞋。

李著明是益都人，一度寄居在淄博孙家。孙家的宅第很大，平时都空着，李著明家只住其中的一半。南院靠近一座高阁，中间只隔一堵墙。经常能看到阁门自动开、关，他也不放在心上。一天，他偶然与家人在庭院里聊天，阁门又开了，突然有一个很小的人，脸朝北坐着，身高不满三尺，身披绿袍，脚穿白袜。大家用手指点着看他，他也不动。李著明说：“这是狐精啊！”连忙取来弓箭，对着阁门预备射去，那小人见了，嘴里呀呀地像是嘲笑，就隐去不见了。李著明提着刀登上阁去，一边叫骂一边搜索，竟一无所见，就回下来。那怪物也就从此绝迹了。李著明住了好几年，一直安然无恙。李著明的大哥李友三，是我的亲家，这事是他亲眼所见。

异史氏说：我生得太迟了，未能赶上侍候李公。但听父老们说，他大致是一位慷慨、豪迈、刚毅的大丈夫。只要看这两件事，大体上可以想见他的风采了。人只要心中充满浩然正气，鬼狐妖魅又能把他怎么样呢？

蹇偿债

李公著明，慷慨好施。乡人某，佣居公室。其人少游惰，不能操农业。家窭贫。然小有技能，常为役务，每赉之厚。时无晨炊，向公哀乞，公辄给以升斗。一日，告公曰：“小人日受厚恤，三四口幸不殍饿。然曷可以久。乞主人贷我绿豆一石作资本。”公忻然，立命授之。某负去，年余，一无所偿。及问之，豆资已荡然矣。公怜其贫，亦置不索。

公读书于萧寺。后三年余，忽梦某来，曰：“小人负主人豆直，今来投偿。”公慰之，曰：“若索尔偿，则平日所负欠者，何可算数？”某愀然曰：“固然。凡人有所为而受人千金，可不报也；若无端受人资助，升斗且不容昧，况其多哉！”言已，竟去。公愈疑。既而家人白公：“夜牝驴产一驹，且修伟。”公忽悟曰：“得毋驹为某耶？”越数日归，见驹，戏呼某名。驹奔赴如有知识。自此遂以为名。

公乘赴青州，衡府内监见而悦之，愿以重价购之，议直未定。适公以家中急务不及待，遂归。

又逾岁，驹与雄马同枥，龁折胫骨，不可疗。有牛医至公家，见之，谓公曰："乞以驹付小人，朝夕疗养，需以岁月。万一得痊，得直与公剖分之。"公如所请。后数月，牛医售驴，得钱千八百，以半献公。公受钱，顿悟，其数适符豆价也。噫！昭昭之债，而冥冥之偿，此足以劝矣。

【译文】

李著明，为人慷慨，乐善好施。有个同乡在他家帮佣。那人从小游手好闲，不能务农，所以家里很穷。但也有些小技能，常常做些杂务，赏给他的也不少。有时早晨揭不开锅了，向李公哀求施舍，李公就给他几升几斗，一天，那人对李公说；"小人每天得到你的恩赏，一家三四口人幸而不致饿死。然而总不是久长之计，求主人借给我一石绿豆作资本去做买卖吧。"李公欣然同意，马上命人借给了他。那人背走后，一年有余，什么也没偿还。等到问起他，那笔绿豆钱早已被用完了。李公可怜他穷，也不去讨债。

李公在寺院里读书。过了三年多，忽然梦见那人来了，说："小人欠了主人的绿豆钱，今天特来还债。"李公安慰他说："假如真要向你讨债，那么平时积欠的怎么算得清呢?"那人神色惨然地说："的确是这样。凡是一个人做过一些事情受人千两银子，可以不报答；如果无缘无故受人资助，那么一升一斗也不该含糊，何况是那么多呢!"说罢，竟走了。李公醒来觉得奇怪。过后仆人来报告他说："夜里母驴生了一匹小驹，还很高大。"李公顿时醒悟："莫非这匹小驹就是那人吧?"过了几天，他回到家里，见了小驹，开玩笑叫了一声那人的名字，小驹马上奔过来，好像听得懂他的意思。从此，李公就以那人的名字来称呼小驹了。

后来李公乘着那匹小驴到青州去，管仓库的内监见了小驴非常喜欢，愿意出高价买下来。价钱还没有谈妥，正逢李公家里有急事不能等，就回去了。

又过了一年，小驴与一头雄马拴在一个槽里，雄马咬断了小驴的腿骨，医不好。有个牛医到李公家，见了瘸驴，对李公说："把这匹小驴给我带走吧，早晚治疗调养，要花些时间。万一能治好，卖得的钱就与你对半分。"李公同意了。过了几个月，牛医卖掉小驴，得了一千八百钱，拿一半送来给李公。李公收下了钱，顿时明白过来，这数目正与绿豆的价钱相符。咦！青天白日欠下的债，冥冥之中来偿还，这就足以劝诫人了。

头　滚

苏孝廉贞下封公昼卧，见一人头从地中出，其大如斛，在床下旋转不已。惊而中疾，遂以不起。后其次公就荡妇宿，罹杀身之祸，其兆于此耶？

【译文】

举人苏贞下的父亲，午睡时，看见一颗人头从地底下钻出来，有量米的斗那么大，在床下旋转不停。他因受惊吓而中风，从此一病不起。后来他的弟弟眠花宿柳，遭到杀身之祸，恐怕预兆就在这件事吧？

鬼　作　筵

杜秀才九畹，内人病。会重阳，为友人招作茱萸会。早兴，盥已，告妻所往，冠服欲出。忽见妻昏愦，絮絮若与人言。杜异之，就问卧榻。妻辄"儿"呼之。家人心知其异。时杜有母柩未殡，疑其灵爽所凭。杜祝曰："得勿吾母耶?"妻骂曰："畜产何不识尔父?"杜曰："既为吾父，何乃归家祟儿妇?"妻呼小字曰："我耑为儿妇来，何反怨恨? 儿妇应即死；有四人来勾致，首者张怀玉。我万端哀乞，甫能得允遂。我许小馈送，便宜付之。"杜如言，于门外焚钱纸。妻又言曰："四人去矣。彼不忍违吾面目，三日后，当治具酬之。尔母老，龙钟不能料理中馈。及期，尚烦儿妇一往。"杜曰："幽明殊途，安能代庖? 望父恕宥。"妻曰："儿勿惧，去去即复返。此为渠事，当毋惮劳。"言已，即冥然，良久乃苏。杜问所言，茫不记忆。但曰："适见四人来，欲捉我去。幸阿翁哀请，且解囊赂之，始去。我见阿翁镪袱尚余二铤，欲窃取一铤来，作糊口计。翁窥见，叱曰：'尔欲何为! 此物岂尔所可用耶!'我乃敛手未敢动。"杜以妻病革，疑信相半。

越三日，方笑语间，忽瞪目久之，语曰："尔妇綦贪，曩见我白金，便生觊觎。然大要以贫故，亦不足怪。将以妇去，为我敦庖务，勿虑也。"言甫毕，奄然竟毙；约半日许，始醒。告杜曰："适阿翁呼我去，谓曰：'不用尔操作，我烹调自有人，只须坚坐指挥足矣。我冥中喜丰满，诸物馔都覆器外，切宜记之。'我诺。至厨下，见二妇操刀砧于中，俱绀帔而绿缘之。呼我以嫂。每盛炙于簋，必请觇视。曩四人都在筵中。进馔既毕，酒具已列器中。翁乃命我还。"杜大愕异，每语同人。

【译文】

有一位秀才叫杜九畹，他妻子有病。正逢重阳节，秀才被朋友请去登高饮茱萸酒。早晨起来，漱洗已毕，对妻子说了要去的地方，整好衣冠准备出去，忽见妻子神情昏乱，口中念念有词似乎在与人说话。杜秀才觉得奇怪，就到床边询问，不料妻子竟以“儿子”来称呼他。家里人心知其中有异。当时杜母灵柩停在家里还未下葬，怀疑是她的灵魂依附在杜妻身上了。

杜秀才祝告说：“莫不是我母亲来了啊？”他妻子骂道：“畜生！为什么连你父亲也不认识了？”杜秀才说：“既然是我父亲，为什么回来祸害儿媳妇？”妻子喊他的小名说：“我专为儿媳妇而来，为什么反要怨恨我呢？儿媳妇命该立即死了，有四个人来勾她的魂，为首的叫张怀玉。我百般哀求，才得到允准开恩。我答应送些薄礼给他们，你该马上去发送一下。”杜秀才按照吩咐，在门外焚烧了纸钱。他妻子又说话了：“那四个人已经走了。他们不忍心不顾我的老面子，三天以后，我要办桌酒席答谢他们。你母亲老了，行动不便，无法料理筵席。到时候，还要麻烦儿媳妇去帮帮忙。”杜秀才说：“阴间和阳间不是同路，怎么能去代下厨房呢？请父亲饶了她。”妻子说：“我儿不要害怕，她去一下就回来的。这是为了她自己的事，她应当不怕劳苦。”说完，就昏迷过去了，好久才苏醒。杜秀才问她刚才说了些什么，她茫然毫无记忆，只是说：“刚才有四个人来，想要把我抓去，幸亏公公哀求恳告，还拿钱送他们，他们才走了。我见公公的钱袋里还馀下两锭银子，想偷拿一锭来，好日常开销。公公看到，斥责我说：‘你想干什么？这东西难道是你能够用的吗？’我才抽回手不敢动了。”杜秀才因为妻子病势沉重，对她的话半信半疑。

过了三天，杜秀才正与妻子谈笑，妻子忽然瞪着眼睛呆了半晌，说道：“你媳妇太贪心，上次见了我的银子，就红了眼。但大概因为太穷的缘故，也不足为怪。现在我要带你媳妇去一下，替我办筵席，你不要忧虑。”话刚说完，就很快昏死过去了，约摸过了半天，才苏醒过来，对杜秀才说：“刚才公公把我叫去，对我说：‘用不着你自己动手，我自有人来烹调，你只要端坐着指挥一下就行了。我们阴间喜欢丰盛，每盆菜肴都要满得溢出来，你一定要记住这一点。’我答应了。到厨房，只见两名妇女在里面切菜，都穿着青紫色外衣，镶着绿色滚边。她们叫我嫂嫂，每盛好一盆菜，一定要端来让我看一下。上次见到的那四个人都在筵席上。筵席用完，杯盘酒具都收拾好，公公才让我回来。”杜秀才十分惊异，常常说给朋友们听。

胡四相公

莱芜张虚一者，学使张道一之仲兄也。性豪放自纵。闻邑中某氏宅为狐狸所居，敬怀刺往谒，冀一见之。投刺隙中。移时，扉自辟。仆者大愕，却退。张肃衣敬入。见堂中几榻宛然，而阒寂无人。遂揖而祝曰：“小生斋宿而来，仙人既不以门外见斥，何不竟赐光霁？”忽闻虚室中有人言曰：“劳君枉驾，可谓跫然足音矣。请坐赐教。”即见两座自移相向。甫坐，即有镂漆朱盘，贮双茗盏，悬目前。各取对饮，吸沥有声，而终不见其人。茶已，继之以酒。细审官阀，曰：“弟姓胡氏，于行为四；曰相公，从人所呼也。”于是酬酢议论，意气颇洽。鳖羞鹿脯，杂以芗蓼。进酒行炙者，似小辈甚夥。酒后颇思茶，意才少动，香茗已置几上。凡有所思，无不应念而至。张大悦，尽醉始归。

自是三数日必一访胡，胡亦时至张家，并如主客往来礼。一日，张问胡曰：“南城中巫媪，日托狐神，渔病家利。不知其家狐，君识之否？”胡曰：“彼妄耳，实无狐。”少间，张起溲溺，闻小语曰：“适所言南城狐巫，未知何如人。小人欲从先生往观之，烦一言请于主人。”

张知为小狐，乃应曰：“诺。”即席而请于胡曰：“我欲得足下服役者一二辈，往探狐巫，敬请君命。”胡固言不必。张言之再三，乃许之。

既而张出，马自至，如有控者。既骑而行，狐相语于途，谓张曰：“后先生于道途间，觉有细沙散落衣襟上，便是吾辈从也。”语次进城，至巫家。巫见张至，笑逆曰：“贵人何忽得临？”张曰：“闻尔家狐子大灵应，果否？”巫正容曰：“若个蹀躞语，不宜贵人出得！何便言狐子？恐吾家花姊不欢！”言未已，空中发半砖来，中巫臂，踉蹡欲跌。惊谓张曰：“官人何得抛击老身也！”张笑曰：“婆子盲也！几曾见自己额颅破，冤诬袖手者？”巫错愕不知所出。正回惑间，又一石子落，中巫，颠蹶；秽泥乱堕，涂巫面如鬼。惟哀号乞命。张请恕之，乃止。巫急起奔遁房中，阖户不敢出。张呼与语曰：“尔狐如我狐否？”巫惟谢过。张仰首望空中，戒勿复伤巫，巫始惕惕而出。张笑谕之，乃还。

由是每独行于途，觉尘沙淅淅然，则呼狐语，辄应不讹。虎狼暴客，恃以无恐。如是年余，愈与胡莫逆。尝问其甲子，殊不自记忆；但言：“见黄巢反，犹如昨日。”

一夕共话，忽墙头苏然作响，其声甚厉。张异之。胡曰：“此必家兄。”张言：“何不邀来共坐？”曰：“伊道颇浅，只好攫鸡啖便了足耳。”张谓胡曰：“交情之好，如吾两人，可云无憾；终未一见颜色，殊属恨事。”胡曰：“但得交好足矣，见面何为？”

一日，置酒邀张，且告别。问："将何往？"曰："弟陕中产，将归去矣。君每以对面不觌为恨，今请一识数岁之友，他日可相认耳。"张四顾都无所见。胡曰："君试开寝室门，则弟在焉。"张如其言，推扉一觑，则内有美少年，相视而笑。衣裳楚楚，眉目如画，转瞬之间，不复睹矣。张反身而行，即有履声藉藉随其后，曰："今日释君憾矣。"张依恋不忍别。胡曰："离合自有数，何容介介。"乃以巨觥劝酒。饮至中夜，始以纱烛导张归。及明往探，则空房冷落而已。

后道一先生为西川学使，张清贫犹昔。因往视弟，愿望颇奢。月余而归，甚违初意，咨嗟马上，嗒丧若偶。忽一少年骑青驹，蹑其后。张回顾，见裘马甚丽，意甚骚雅，遂与语间。少年察张不豫，诘之。张因欷歔而告以故。少年亦为慰藉。同行里许，至歧路中，少年乃拱手别曰："前途有一人，寄君故人一物，乞笑纳也。"复欲询之，驰马径去。张莫解所由。又二三里许，见一苍头，持小簏子，献于马前，曰："胡四相公敬致先生。"张豁然顿悟。受而开视，则白镪满中。及顾苍头，已不知所之矣。

【译文】

莱芜人张虚一，是山西学政张道一的二哥，性格豪放，不受拘束。他听说同乡某人的宅第被狐狸占住了，便恭恭敬敬揣着名片前去拜访，希望能见上狐狸一面。他把名片塞进门缝中，隔了好久，门自动打开了。张虚一的仆人大为惊慌，向后便退，张虚一却整整衣服，恭敬地走了进去。只见堂上几案、座榻清清楚楚摆着，但静悄悄地没有人。就作揖祝告道："小生斋戒了好几天，然后前来，仙人既然不把我斥诸门外，为什么不让我瞻仰一下丰采呢?"忽然，听空屋内有人说道："有劳先生大驾光临，可说是独居空谷，听到脚步声了。请坐下赐教。"便见两只椅子自动移位，相对摆着。张虚一刚坐下，就有一只雕花的大红漆盘，托着两杯香茗，悬空挂在面前。于是各自拿起杯子喝茶，张虚一能听到对方呷吸的声音，却始终看不见人。喝完茶，接着又喝酒。张虚一细细打听他的家世，他说："小弟姓胡，排行第四，称相公，是跟着别人的叫法。"于是两人敬酒劝菜，说东道西，气氛十分融洽。菜有甲鱼羹、脍鹿肉，加上点香菜、辣菜。进酒递茶的，似乎有一大群小厮。张虚一酒后很想喝茶，这念头刚起，香茗已经放到桌上了。凡是他所想到的东西，无不随想随来。张虚一大为高兴，醉到不能再喝才回去。

从此以后，张虚一每隔三五天必定去拜访一次胡四相公，胡也不时来到张家，都像主客之间那样礼尚往来。一天，张虚一问胡四相公道："南城有一个巫婆，天天借了狐仙的名义，骗取病人的钱财。不知她家的狐仙，你认识不认识?"胡四相公说："她是瞎说，那儿实在没有狐仙。"过了一会，张虚一起身出去小便，只听一个很轻的声音说道："刚才你所说的南城狐巫，不知是何等样人。小人想跟着先生前去看看，烦劳你跟我主人说一下。"张虚一知道这是小狐精，就应道："好吧。"回到席上便请求胡四相公道："我想找一二位你身边的小厮，跟我前去探视狐巫，敬请你吩咐。"胡四反复表示不必。张虚一再三请求，才答应了。

随后，张虚一刚出门，马自己来了，就像有人牵着似的。上马出发，小狐们一路上说着话，对张虚一说："今后先生走在路上只要觉得有细沙撒落在衣襟上，那就是我们跟着。"说着话进了城，来到巫婆家。巫婆见张虚一来了，笑着相迎道："贵人怎么突然降临寒舍?"张虚一说："听说你家的小狐狸十分灵应，真是这样吗?"巫婆一脸严肃说："这种七嘴八舌的话，不应该从贵人口里说出来！怎么能随便叫小狐狸？恐怕我家花姐听了要不高兴的!"话未说完，半空中飞来半块砖头，打中了巫婆的手臂，她踉跄了几步几乎跌倒。她惊慌地对张虚一说："先生怎么能用砖来砸老身呢?"张虚一笑着说："老婆子瞎了眼吗？哪里见过自己额角破了，冤枉袖手旁观的人呢?”巫婆愣愣地不知说什么好，正在疑惑不定，又有一颗石子落下来，打中她，使她跌倒在地。污泥也纷纷堕下，涂得巫婆脸上像鬼一般。她只得哀号着乞求饶命。张虚一求了情，才止息了。巫婆急忙爬起来奔逃进内室，关上门不敢再出来。张虚一喊着对她说道:“你的狐精比得上我的狐精吗?”巫婆只得再三谢罪。张虚一抬头望着空中，劝小狐们不要再伤害巫婆，巫婆才战战兢兢从里面出来。张虚一笑着开导了她一番，就回去了。

从此以后，张虚一每当独自行走，便觉得有细沙尘淅淅沥沥落在身上，这时他呼叫小狐说话，就能听到应声，从不有错。就是遇上虎狼或强盗，他也有恃无恐。这样过了一年多，他与胡四相公友情更深厚了。他曾经问过胡四的年龄，胡四一点都记不得了，只说:“我看到黄巢造反，就像昨天的事一样。”

一天晚上，二人正在说话，忽然墙头上发出索索的声音，很响。张虚一觉得奇怪，胡四说:“这一定是我哥哥。”张说:“为什么不邀他来一同入席?”胡四说:“他的道行太浅，只喜欢偷鸡来大嚼一顿便满足了。”张虚一对胡四说:“交情好到像我们两人这样，可说没有什么不足的了;只是始终未能见你一面，实在遗憾。”胡四说:“只要能相知交好就够了，为什么一定要见面呢?”

一天，胡四相公摆下酒席邀请张虚一，要与他告别。张问:“你打算到哪里去?”胡四说:“小弟老家在陕中，我打算返回家乡。你常常以对面不能相见为憾，今天就请认识一下结交了好几年的朋友，他日重遇就可以相认了。”张虚一四处张望，什么也没看见。胡四说:“你只要打开寝室的门，小弟就在那儿了。”张虚一照他所说，推开门一看，果然里面有一位美少年，见了他便一笑，服饰鲜洁，眉清目秀。转眼之间，就看不见了。张虚一返身走回，就有杂乱的脚步声跟在后面，说道:“今天总算解除你的遗憾了。”张虚一依依惜别，不忍分手。胡四说:“聚散离合自有定数，又何必想不开呢。”就拿大杯向张虚一劝酒。一直喝到半夜，才打着灯笼送张虚一回去。到天亮，再去探看，只有空房冷冷落落罢了。

后来张道一先生做了西川学政，张虚一依然与从前一样清贫。于是他抱着很大的希望，前去探望弟弟。过了一个多月回来，和原来的愿望差得很远。他在马上长吁短叹，一副失魂落魄的样子，就像木偶。忽然有个少年骑着小青马，暗暗跟在他后面。张虚一回头一看，只见他轻裘肥马，十分华丽，意态也很风雅，便与他闲聊起来。少年觉察出张虚一心中不快，问他为什么。张虚一就叹息着把原因告诉了少年。少年也安慰了他一番。两人同行了一里多路，走到了岔路口，少年拱手与他作别道："前面路上有个人，将转交你一件老朋友的东西，希望你高兴地接受下来。"张虚一再想问问清楚，那少年纵马径自走了。张虚一不明白什么来由。又走了二三里路，看见一个仆人，拿着一只小竹箱，呈献在他马前，说道："胡四相公敬献给先生。"张虚一猛然醒悟过来。他接过来打开一看，满满一箱白银。再看那仆人，早已不知去向了。

念　秧

异史氏曰：人情鬼蜮，所在皆然，南北冲衢，其害尤烈。如强弓怒马，御人于国门之外者，夫人而知之矣；或有劙囊刺橐，攫货于市，行人回首，财货已空，此非鬼蜮之尤者耶？乃又有萍水相逢，甘言如醴，其来也渐，其入也深。误认倾盖之交，遂罹丧资之祸。随机设阱，情状不一；俗以其言辞浸润，名曰"念秧"。今北途多有之，遭其害者尤众。

余乡王子巽者，邑诸生。有族先生，在都为旗籍太史，将往探讯。治装北上，出济南，行数里，有一人跨黑卫，驰与同行。时以闲语相引，王颇与问答。其人自言："张姓，为栖霞隶，被令公差赴都。"称谓㧑卑，祇奉殷勤。相从数十里，约以同宿。王在前，则策蹇追及；在后，则止候道左。仆疑之，因厉色拒去，不使相从。张颇自惭，挥鞭遂去。既暮，休于旅舍，偶步门庭，则见张就外舍饮。方惊疑间，张望见王，垂手拱立，谦若厮仆，稍稍问讯。王亦以汎汎适相值，不为疑，然王仆终夜戒备之。鸡既唱，张来呼与同行。仆咄绝之，乃去。

朝暾已上，王始就道。行半日许，前一人跨白卫，年四十已来，衣帽整洁；垂首蹇分，盹寐欲堕。或先之，或后之，因循十数里。王怪问："夜何作，致迷顿乃尔？"其人闻之，猛然欠伸，言："我清苑人，许姓。临淄令高檠是我中表。家兄设帐于官署，我往探省，少获馈贻。今夜旅舍，误同念秧者宿，惊惕不敢交睫，遂致白昼迷闷。"王故问："念秧何说？"许曰："君客时少，未知险诈。今有匪类，以甘言诱行旅，夤缘与同休止，因而乘机骗赚。昨有葭莩亲，以此丧资斧。吾等皆宜警备。"王颔之。先是，临淄宰与王有旧，王曾入其幕，识其门客，果有许姓，遂不复疑。因道温凉，兼询其兄况。许约暮共主人，王诺之。仆终疑其伪，阴与主人谋，迟留不进，相失，遂杳。

翼日，日卓午，又遇一少年，年可十六七，骑健骡，冠服秀整，貌甚都。同行久之，未尝交一言。日既西，少年忽言曰："前去屈律店不远矣。"王微应之。少年因咨嗟欷歔，如不自胜。王略致诘问。少年叹曰："仆江南金姓。三年膏火，冀博一第，不图竟落孙山！家兄为部中主政，遂载细小来，冀得排遣。生平不习跋涉，扑面尘沙，使人薅恼。"因取红巾拭面，叹咤不已。听其语，操南音，娇婉若女子。王心好之，稍稍慰藉。少年曰："适先驰出，眷口久望不来，何仆辈亦无至者？日已将暮，奈何！”迟留瞻望，行甚缓。王遂先驱，相去渐远。

晚投旅邸，既入舍，则壁下一床，先有客解装其上。王问主人。即有一人入，携之而出，曰：“但请安置，当即移他所。”王视之，则许也。王止与同舍，许遂止。因与坐谈。少间，又有携装入者，见王、许在舍，返身遽出，曰：“已有客在。”王审视，则途中少年也。王未言，许急起曳留之，少年遂坐。许乃展问邦族，少年又以途中言为许告。俄顷，解囊出资，堆累颇重；秤两余，付主人，嘱治殽酒，以供夜话。二人争劝止之，卒不听。俄而酒炙并陈。筵间，少年论文甚风雅。王问江南闱中题，少年悉告之。且自诵其承破，及篇中得意之句，言已，意甚不平。共扼腕之。少年又以家口相失，夜无仆役，患不解牧圉。王因命仆代摄莝豆。少年深感谢。

居无何，忽蹴然曰：“生平蹇滞，出门亦无好况。昨夜逆旅，与恶人居，掷骰叫呼，聒耳沸心，使人不眠。”南音呼骰为兜，许不解，固问之。少年手摹其状。许乃笑于橐中出色一枚，曰：“是此物否？”少年诺。许乃以色为令，相欢饮。酒既阑，许请共掷，赢一东道主。王辞不解。许乃与少年相对呼卢。又阴嘱王曰：“君勿漏言。蛮公子颇充裕，年又雏，未必深解五木诀。我赢些须，明当奉屈耳。”二人乃入隔舍。旋闻轰赌甚闹，王潜窥之，见栖霞隶亦在其中。大疑，展衾自卧。又移时，众共拉王赌。王坚辞不解。许愿代辨枭雉，王又不肯。遂强代王掷。少间，就榻报王曰：“汝赢几筹矣。”王睡梦应之。

忽数人排闼而入，番语啁嗻。首者言佟姓，为旗下逻捉赌者。时赌禁甚严，各大惶恐。佟大声吓王，王亦以太史旗号相抵。佟怒解，与王叙同籍，笑请复博为戏。众果复赌，佟亦赌。王谓许曰："胜负我不预闻。但愿睡，无相溷。"许不听，仍往来报之。既散局，各计筹马，王负欠颇多。佟遂搜王装橐取偿。王愤起相争。金捉王臂阴告曰："彼都匪人，其情叵测。我辈乃文字交，无不相顾。适局中我赢得如干数，可相抵；此当取偿许君者，今请易之：便令许偿佟，君偿我。弗过暂掩人耳目，过此仍以相还。终不然，以道义之友，遂实取君偿耶?"王故长厚，亦遂信之。少年出，以相易之谋告佟。乃对众发王装物，估入己橐。佟乃转索许、张而去。

少年遂襆被来，与王连枕，衾褥皆精美。王亦招仆人卧榻上，各默然安枕。久之，少年故作转侧，以下体昵就仆。仆移身避之，少年又近就之。肤着股际，滑腻如脂。仆心动，试与狎；而少年殷勤甚至，衾息鸣动。王颇闻之；虽甚骇怪，而终不疑其有他也。

昧爽，少年即起，促与早行。且云："君蹇疲殆，夜所寄物，前途请相授耳。"王尚无言，少年已加装登骑。王不得已，从之。骡行驶，去渐远。王料其前途相待，初不为意。因以夜间所闻问仆，仆实告之。王始惊曰："今被念秧者骗矣！焉有宦室名士，而毛遂于圉仆者?"又转念其谈词风雅，非念秧者所能。急追数十里，踪迹殊杳。始悟张、许、佟皆其一党，一局不行，又易一局，务求其必入也。偿债易装，已伏一图赖之机；设其携装之计不行，亦必执前说篡夺而去。为数十金，委缀数百里；恐仆发其事，而以身交欢之，其术亦苦矣。

后数年而有吴生之事。邑有吴生，字安仁。三十丧偶，独宿空斋。有秀才来与谈，遂相知悦。从一小奴，名鬼头，亦与吴僮报儿善。久而知其为狐。吴远游，必与俱。同室之中，人不能睹。

吴客都中，将旋里，闻王生遭念秧之祸，因戒僮警备。狐笑言："勿须，此行无不利。"至涿，一人系马坐烟肆，裘服济楚。见吴过，亦起，超乘从之。渐与吴语，自言："山东黄姓，提堂户部。将东归，且喜同途不孤寂。"于是吴止亦止；每共食，必代吴偿直。吴阳感而阴疑之。私以问狐，狐但言："不妨。"吴意乃释。

及晚，同寻寓所，先有美少年坐其中。黄入，与拱手为礼。喜问少年："何时离都?"答云："昨日。"黄遂拉与共寓。向吴曰："此史郎，我中表弟，亦文士，可佐君子谈骚雅，夜话当不寥落。"乃出金资，治具共饮。少年风流蕴藉，遂与吴大相爱悦。饮间，辄目示吴作觞弊，罚黄，强使釂，鼓掌作笑。吴益悦之。

既而史与黄谋博赌，共牵吴，遂各出橐金为质。狐嘱报儿暗锁板扉，嘱吴曰："倘闻人喧，但寐无吪。"吴诺。吴每掷，小注则输，大注辄赢。更余，计得二百金。史、黄错囊垂罄，议质其马。忽闻挝门声甚厉，吴急起，投色于火，蒙被假卧。久之，闻主人觅钥不得，破扃起关，有数人汹汹入，搜捉博者。史、黄并言无有。一人竟捋吴被，指为赌者。吴叱咄之。数人强捡吴装。方不能与之撑拒，忽闻门外舆马呵殿声。吴急出鸣呼，众始惧，曳入之，但求勿声。吴乃从容苞苴付主人。卤簿既远，众乃出门去。

黄与史共作惊喜状，取次觅寝。黄命史与吴同榻。吴以腰橐置枕头，方命被而睡。无何，史启吴衾，裸体入怀，小语曰："爱兄磊落，愿从交好。"吴心知其诈，然计亦良得，遂相偎抱。史极力周奉，不料吴固伟男，大为凿枘，嚬呻殆不可任，窃窃哀免。吴固求讫事。手扪之，血流漂杵矣。乃释令归。及明，史惫不能起，托言暴病，但请吴、黄先发。吴临别，赠金为药饵之费。途中语狐，乃知夜来卤簿，皆狐为也。

黄于途，益谄事吴。暮复同舍，斗室甚隘，仅容一榻，颇煖洁，而吴狭之。黄曰："此卧两人则隘，君自卧则宽，何妨？"食已径去。吴亦喜独宿可接狐友。坐良久，狐不至。倏闻壁上小扉，有指弹声。吴拔关探视，一少女艳妆遽入，自扃门户，向吴展笑，佳丽如仙。吴喜致研诘，则主人之子妇也。遂与狎，大相爱悦。女忽潸然泣下。吴惊问之。女曰："不敢隐匿，妾实主人遣以饵君者。曩时入室，即被掩执；不知今宵何久不至。"又呜咽曰："妾良家女，情所不甘。今已倾心于君，乞垂拔救！"吴闻，骇惧，计无所出，但遣速去。女惟俯首泣。忽闻黄与主人捶阖鼎沸。但闻黄曰："我一路祗奉，谓汝为人，何遂诱我弟室！"吴惧，逼女令去。闻壁扉外亦有腾击声。吴仓卒汗如流瀋，女亦伏泣。又闻有人劝止主人。主人不听，推门愈急。劝者曰："请问主人意将胡为？如欲杀耶？有我等客数辈，必不坐视凶暴。如两人中有一逃者，抵罪安所辞？如欲质之公庭耶？帷薄不修，适以取辱。且尔宿行旅，明明陷诈，安保女子无异言？”主人张目不能语。吴闻，窃感佩，而不知其谁。

初，肆门将闭，即有秀才共一仆，来就外舍宿。携有香酝，遍酌同舍，劝黄及主人尤殷。两人辞欲起。秀才牵裾，苦不令去。后乘间得遁，操杖奔吴所。秀才闻喧，始入劝解。吴伏窗窥之，则狐友也。心窃喜。又见主人意稍夺，乃大言以恐之。又谓女子：“何默不一言？”女啼曰：“恨不如人，为人驱役贱务！”主人闻之，面如死灰。秀才叱骂曰：“尔辈禽兽之情，亦已毕露。此客子所共愤者！”黄及主人，皆释刀杖，长跽而请。吴亦启户出，顿大怒詈。秀才又劝止吴，两始和解。女子又啼，宁死不归。内奔出妪婢，捽女令入。女子卧地哭益哀。秀才劝主人重价货吴生。主人俯首曰：“作老娘三十年，今日倒绷孩儿，亦复何说！”遂依秀才言。吴固不肯破重资；秀才调停主客间，议定五十金。人财交付后，晨钟已动，乃共促装，载女子以行。

女未经鞍马，驰驱颇殆。午间稍休憩。将行，唤报儿，不知所往。日已西斜，尚无迹响，颇怀疑讶，遂以问狐。狐曰：“无忧，将自至矣。”

星月已出，报儿始至。吴诘之。报儿笑曰：“公子以五十金肥奸伧，窃所不平。适与鬼头计，反身索得。”遂以金置几上。吴惊问其故，盖鬼头知女止一兄，远出十余年不返，遂幻化作其兄状，使报儿冒弟行，入门索姊妹。主人惶恐，诡托病殂。二僮欲质官。主人益惧，啖之以金，渐增至四十，二僮乃行。报儿具述其故。吴即赐之。吴归，琴瑟綦笃。家益富。细诘女子，曩美少即其夫，盖史即金也。袭一槲细帔，云是得之山东王姓者。盖其党与甚众，逆旅主人，皆其一类。何意吴生所遇，即王子巽连天叫苦之人，不亦快哉！旨哉古言："骑者善堕。"

【译文】

异史氏说：人情险恶，种种阴谋暗算，是各处都有的，南北通衢大道上，这种害人的事更厉害。如果是提强弓、跨怒马，把对手抵拒在国门之外的人，那是人人都知道的；有的人划破他人钱袋、刺穿他人背包，在街市上掠取他人财物，行人回头看时，东西早已荡然一空，这不是阴险小人中最坏的吗？然而还有萍水相逢，甜言蜜语，来得不知不觉，终于深信不疑；误认对方是一见如故之交，结果遭到丧钱破财之灾。随机设下陷阱，手法千变万化；民间因为这些人用好话逐渐打动别人，便称呼他们为"念秧"。如今往北的大路上还常常会遇到，遭受其害的人非常多。

我同乡王子巽，是位县学秀才。他有个同族的先辈在京城里任旗籍太史官，打算前去探望。他收拾行李北上，离开济南走了不几里，就见一个人骑着黑驴，追上来与他同行，不时地说些没紧要的话与他搭讪，王子巽跟他闲聊，话也不少。那人自我介绍说："我姓张，在栖霞县当差，被派往京城去公干。"那人对王子巽做小伏低，执礼甚恭，一路上殷勤地侍候他。相随走了几十里路，约王子巽一起过夜。王子巽走在前面，那人便赶着驴子追上来；王子巽落后了，那人便在路边等候他。王子巽的仆人心中起疑，板起面孔赶那人走，不让那人跟在一起。张某很感惭愧，一挥鞭就走了。天黑时分，王子巽歇宿在旅店里，偶尔在门庭间散步，看见张某在外间饮酒。正在惊疑之际，张某也看见了他，马上垂手弯腰站着，谦恭得像奴仆一般，稍稍问候了几句。王子巽以为是寻常的重逢，也不多疑。但是王子巽的仆人整夜戒备着。鸡刚叫，张某就来招呼一起走。仆人呵斥拒绝，张某才离去。

朝阳升起以后，王子巽才上路。走了大约半天，见前面有一个四十来岁的男子骑着白驴，衣帽整洁，低垂着头，好像打瞌睡要掉下地来的样子。一会儿在前，一会儿在后，相随着走了十几里路。王子巽觉得奇怪，问他："你晚上干了什么，弄得白天这样精神恍惚?"那人听了，突然伸了个懒腰，答道："我是清苑人，姓许。临淄县令高檠是我表兄。我胞兄在那儿当文书，我前去探望，临别时胞兄送了些礼物给我。昨天夜里住旅馆时，没想到跟'念秧'住一起了，我整夜警惕，不敢闭眼，以致白天昏昏欲睡。"王子巽故意问："念秧是怎么回事?"许某说："你在外作客少，不知世道的阴险奸诈。如今有些歹徒，往往用好言好语引诱旅客，拉关系与你一起休歇，趁机敲诈欺骗。昨天我的一个远亲，就这样被骗走了钱财。我们都要提高警惕。"王子巽点头称是。原来临淄县令与王子巽是老朋友，王子巽曾经做过他的幕僚，知道他的门客之中，确实有个姓许的，于是便不再怀疑了。于是问寒问暖了一阵，顺便问起他哥哥的近况。许某也就趁机邀王子巽晚上共宿，王子巽答应了。但仆人始终怀疑许某有假，暗中与主人商议，拖拖拉拉不往前走，与许某拉开距离，终于看不见他人影了。

第二天中午时分，王子巽又在路上遇见一位少年，大约十六七岁年纪，骑着一头高大的骡子，冠服鲜丽整洁，容貌很美。两人一起走了好久，却没讲过一句话。直到夕阳偏西时，少年忽然开口说道："前面离屈律店不远了。"王子巽轻声应了一下。那少年随即长吁短叹，似乎非常悲伤的样子。王子巽刚一动问，少年就叹息着说："我姓金，是江南人。三年来日夜攻读，为的是名登金榜，不料竟名落孙山！哥哥是部里的主政，我把家眷一起带来，希望能排遣一下郁闷。我平时不习惯跋山涉水，这一路上尘沙扑面，使我好生烦恼。"说着就用红手帕擦脸，不住地叹气。听他说话，操南方口音，娇声软语像姑娘家似的，王子巽心里有点喜欢，便略为安慰了他一番。那少年说："刚才我的坐骑先走一步，家眷却等了好久还不见来，为什么连奴仆之辈也没有赶上来的呢？天倒快黑了，怎么办?"迟迟疑疑，走几步停下来望一阵，放慢了速度。王子巽于是先走了，相距也越来越远。

晚上到旅舍投宿时，王子巽刚一走进房间，便看见靠墙的一张床铺，已经先有客人把行李放在上面了。王子巽问旅店主人，就有一个人走进来，拿着行李往外走，说道："你只管住下，我可以搬到别处去。"王子巽一看，原来是许某。王子巽留下他同住一室，许某就住下了，二人便坐下说话。不一会，又有一人带着行李进来，见王、许已经在房间里，转身就走，嘴里说道："屋里已经有客了。"王子巽仔细一看，是途中遇到的少年。王子巽还没开口，许某已急忙起身拉住那少年，叫他留下，少年这才坐下。许某一一问了他家世籍贯，少年又把路上那些话对许某说了。一会儿，少年解开行囊，拿出钱袋，堆在那里份量不轻，称了一两多银子，交给店主人，吩咐置办酒菜，以供夜间谈助。二人争着劝阻，少年就是不听。不多时酒菜一起端了上来，席间，少年谈诗论文，很是风雅。王子巽问他江南地区乡试的考题；少年一一告诉了，并且把自己卷子上承题、破题部分及文内得意的句子朗读了几段；说罢，意气很是不平。王子巽也表示惋惜。少年又因为家眷没赶上，夜里没有仆人侍候，担心自己喂不好牲口。王子巽就叫仆人代他添好草料，少年十分感谢。

过不久，少年忽然不安地说："我这一生处处不顺利，出门也没好运道。昨夜在旅舍里，跟一些坏家伙住在一起，掷骰子，狂呼乱叫，吵耳烦心，叫我无法入睡。"南方人把"骰"字读作"兜"，许某听不懂，再三问他。那少年用手比划着骰子的模样，许某就笑着从行囊中拿出一枚骰子，问道："是不是这玩意儿?"少年说是。许某于是用骰子作酒令，三人一起欢饮。酒喝到差不多时，许某提出一起掷骰子，谁赢了就作东道主。王子巽推辞说不会玩。于是许某就与少年二人对赌。又暗中嘱咐王子巽说："你不要说给他听。南方小子钱很多，年纪又轻，未必精通赌骰子的诀窍。我赢他一些，明天一定请你客。"二人于是走到隔壁房间，马上就听到呼幺喝六的声音很闹。王子巽偷偷看了一下，只见头天碰到过的栖霞县公差也在其中，十分疑心，铺开被子自顾睡下了。过了一会，那些人拉王子巽一起赌，王子哭坚决推辞，说不懂此道。许某表示愿意代他判别输赢，王子巽还是不肯，许某就强行做主替王子巽代掷。

一会儿，到床前报告王子巽说："你已赢了几根筹子了。"王子巽在睡梦中随口乱应。

忽然，几个人推门而入，叽哩咕噜说着满语，为首的自称姓佟，是官府巡逻捉赌的。当时禁赌很严，在场的人十分恐慌。佟某大声吓唬王子巽，王子巽也抬出太史官的牌子来顶。佟某怒容消失，跟王子巽叙起同乡来，笑着请他们继续赌着玩。众人果然又赌起来，佟某也赌。王子巽对许某说："输赢我不想知道，我只想睡觉，你别来打扰我。"许某不听，还是来来去去报给他听。散局以后，各人计算筹码，王子巽输了很多，佟某就搜索王子巽的包要拿他的东西抵偿赌债。王子巽生气地起身相争，姓金的少年抓住他手臂轻声劝道："这些都是歹徒，居心难测。你我是文字之交，没有不互相照顾的道理。刚才在局中我赢了一些钱，可以抵消你输掉的。这些钱本该向许某要，现在就换一下：让许某还给佟某，你还给我。这不过是暂时遮人耳目，事情过后我仍然奉还给你。总不见得以道义所交的朋友，就真的拿你的钱物吧?"王子巽本是个忠厚人，也就信了他。那少年出去，把交换还赌债的打算告诉了佟某。于是少年当着众人打开了王子巽的行李，估价装进自己行囊；佟某也转而索取了许某、张某的财物走了。

少年搬来行李铺盖，与王子巽并头而眠，被褥都很精美。王子巽叫仆人也一起睡在床上，互相不再说话，各自就寝。过了好久，少年故意翻来覆去，以下身去靠近仆人，仆人把身体让开，少年又再次靠近他。肌肤贴在仆人两腿之间，滑腻如脂，仆人动了欲念，试着与少年偷欢起来；而少年十分殷勤周到，喘息声在被中响动。王子巽听得很清楚，虽然又惊又怪，却始终不怀疑会有其他变故。

天还没亮，少年就起来了，催促王子巽早点出发，并且说："你的驴太疲劳了，昨夜寄放在我这里的东西，到前面再归还你吧。"王子巽还没来得及答话，少年已经驮好行李上了坐骑。王子巽不得已，跟在后面出发了。骡子走得快，少年渐渐走远了。王子巽估计他会在前面等候自己，开始并不在意。接着他以夜里听到的动静问仆人，仆人告诉了实情。王子巽这才惊呼道："此番我们受了念秧的骗了！哪里会有官宦人家的名士，会以身自荐于奴仆的呢?"转念一想，那少年谈吐风流儒雅，不是念秧之辈所能做到的。

他急起直追数十里，踪迹全无。才省悟到张、许、佟等人都是一伙的，一计不成，又换一计，一定要自己落入圈套才罢休。交换偿还赌债，已经伏下赖账的奸计；即使一早带走行李的图谋不成，也必定会由佟某出面咬定要他还债而抢去的。为了几十两银子，跟踪几百里；恐怕仆人识破他们的阴谋，不惜出卖身体与之交欢，这骗局也算得用心良苦了。

几年之后，又有吴生的事。乡里有位吴生，字安仁。三十岁死了妻子，一个人住在空屋里。有个秀才常来闲聊，结成了好友。秀才带一个小奴，名叫鬼头，也与吴安仁的小僮报儿很要好。时间长了，吴生知道秀才是个狐精。吴生外出远游，一定约他同行。同在一室之中，别人是看不见狐精的。

有一次，吴生客居在京城，正准备返回家乡，听说王子巽被念秧所骗，因而提醒僮儿加倍小心。狐精笑着说："用不着，这次路上不会有什么麻烦。"到了涿县，有个人拴着马坐在烟铺里休息，毛皮衣服穿戴得整整齐齐。那人看见吴生走过，便也起身，跨上马跟在后面，渐渐与吴生搭起腔来，自我介绍道："我姓黄，是山东人，在户部传递文书，现在正要返回山东，很高兴跟你同路，就不觉寂寞了。"于是吴生住下他也住下，每次一起用饭，他一定代吴生付账。吴生表面上感激，暗中心存疑虑。偷偷地问狐精，狐精只是说："不妨事。"吴生才放下心。

这天晚上，一起找了个旅店，只见先已有一个翩翩少年坐在里面了。黄某进去后，与少年拱手施礼，高兴地问少年："什么时候离开京城的？"少年答道："昨天。"黄某于是拉着少年与他同住，向吴生说："这位史郎，是我的表弟，也是个读书人，可以与你一起谈诗论文，晚上聊天就不致冷清了。"说着拿出银钱，买来酒菜一起欢饮。那少年谈吐风流，很有修养，与吴生相处十分融洽。饮酒之间，常用目光暗示，与吴生串通，罚黄某饮酒，强使他灌下去，然后鼓掌取笑。吴生于是对他更加喜欢。

接着史某与黄某打算赌博，一起拉吴生参加，各人拿出行囊里的银钱作为赌资。这时狐精吩咐报儿偷偷把门板锁上，并叮嘱吴生说："要是听到人声喧闹，你只管睡着别动。"吴生答应了。吴生每次掷骰子，赌注下得小就输，赌注下得大就赢。赌了一个多时辰，算算赢了二百多两银子。史某、黄某钱袋快输空了，商量用马作为抵押。忽然，听得敲门声大作，吴生急忙起身，将骰子丢进火盆里，盖上被子装作睡着了。过了好久，只听主人因为找不到钥匙，砸开门锁打开房门，有好几个人气势汹汹地冲了进来，说要捉拿赌博的人。史某、黄某都说没有，其中一人竟来掀吴生的被子，声称他是赌博者。吴生大声呵斥他们，那些人强行搜查吴生的行装。吴生正快要抵挡不住的时候，忽然听见门外有车马喝道的声音，吴生急忙出去呼救，那些人才害怕起来，赶紧把他拉进来，只求他不要声张。吴生就从容地把行装交给了旅舍主人。等门外的大队人马走远了，众人才出门而去。黄某与史某都显出又惊又喜的样子，随便找个地方睡下。

黄某叫史某跟吴生同睡一床。吴生把腰间的钱袋放在枕边，才铺开被子睡下，不一会儿，史某掀开他被子，赤裸着身体钻入他怀里，轻声说："我爱你襟怀磊落，愿意与你交好。"吴生心里明白这是骗局，但自忖也可以趁机讨些便宜，便与他偎抱在一起。史某极力曲意奉迎，不料吴生是个魁梧男子汉，搞得十分不协调，史某皱眉呻吟几乎受不了，低声乞求吴生宽免。吴生坚持要搞完。用手一摸，血已经流了一大摊，就放了他叫他走。等到天亮，史某疲惫得起不来，借口说突然生病，只请吴生和黄某先上路。吴生临别时，赠给他银子作为买药治病的费用。途中，吴生与狐精交谈，才知道夜间门外的大队人马，都是狐精作的法。

黄某在路上，更加讨好吴生，晚上又与他同住，一间很小的房间，只容得下一张床铺，很整洁暖和，而吴生却嫌太狭小。黄某说："这张床两个人睡太挤，你一个人睡就宽敞了，有什么关系呢?"吃完了饭径自走了。吴生也为一个人住可以接待狐友而暗喜，坐了很久，却不见狐精来。忽然他听到有人用手指弹墙壁上小门的声音，他拉开门栓探头看，一个穿戴漂亮的少女闪身进来，自己关上了门，向吴生嫣然一笑，容貌秀丽好像天仙。吴生满心欢喜，问她是谁，她说是店主人的媳妇。吴生就与她亲昵起来，二人十分欢悦。那女子忽然潸然泪下，吴生吃惊地问她原因，女子说："我不敢向你隐瞒，我其实是主人派来引诱你的。要是在以往，我刚一进来，你就会被抓起来；不知道今天夜里他们为什么这么久了还没来。”接着又哭着说：“我本是个良家女子，心里其实不愿这样做。如今我已对你倾心相爱，请求你将我救出火坑吧！”吴生听罢；又惊又怕，一时想不出办法，只是连连催促女子快走。那女子却一味地低头哭泣。这时忽听黄某与主人敲门声大作，人声嘈杂，只听黄某喊道：“我一路上侍候你，当你是个人，为什么竟然引诱我弟媳妇起来！”吴生更加害怕，逼着女子快出去。这时又听见壁上小门外也有敲击声，吴生手足无措，大汗淋漓；女子也扑倒在床上哭泣。又听得有人在劝阻店主人，主人不理睬，把门推得更急了。劝的人说：“请问主人打算怎么办呢？你想杀死他吗？哪有我们这么多客人在此，一定不会坐视你行凶的。如果两个人中有一个逃走了，抵罪的责任你怎么能推脱得了呢？你想要上公堂当面对质吗？那你对家里妇女管教不严，只能使你自己丢丑。再说你开设旅舍招揽客人，明明是做了圈套讹诈，怎么能担保那女子不供出别的证词来呢？”店主人瞪着两眼竟无言以对。吴生听到这番话，心里非常感激，但不知道说话的是谁。

在此之前，旅舍即将关门时，有一位秀才带着一名仆人来投宿，在外面房间住下了。他随身携带着好酒，请同房间的每个人饮，向黄某及店主人敬酒尤其殷勤。两人推辞要起身，秀才扯住他们衣襟，一定不让他们走。后来捉了个空子溜了出去，拿着棍子直奔吴生的房间。秀才听到喧闹声，才赶来劝解。吴生伏在窗上往外偷看，原来是狐友，心里暗暗高兴。又见店主人有点软下来，就夸大其词吓唬他；又对女子说：“你为什么不说话？”女子哭道：“我只恨自己不像人，受人驱遣做这下贱的勾当！”店主人听了，面如死灰。秀才斥骂道：“你们这班禽兽的奸计，也已暴露无遗了。这是旅客人人痛恨的！”黄某和店主人听了，全都放下长棍短刀，直挺挺跪在地下求饶。吴生也开门出来，一时间将他们怒骂一通。秀才又劝阻吴生，双方才算和解。那女子又哭起来，死也不肯回去。内屋跑出个老太婆和婢女，拉着女子要她进去，女子躺在地上，哭得更加伤心起来。秀才劝店主人出大价钱将女子卖给吴生，店主人低着头说：“做了三十年收生婆，今天把孩子的襁褓裹颠倒了，还有什么话可说呢！”就依了秀才的话。吴生坚持不肯出高价，秀才在主客之间调停，最后议定五十两银子。人财交割完毕，晨钟已经敲响，吴生和秀才一同整装，载着女子出发了。

那女子从未经受过鞍马之劳，一路上颠簸得受不了。中午稍微休息一会。临出发，吴生呼唤报儿，却不知他到哪儿去了。直到夕阳西斜，还不见踪影，心里十分奇怪，就问狐精。狐精说："别发愁，他很快就会来的。"

月上星出，报儿才到。吴生问他哪里去了。报儿笑着说："公子拿五十两银子便宜了那坏家伙，我心里为你不平。刚才跟鬼头合谋，回去将银子讨了来。"就把银子放在桌子上。吴生惊奇地问怎么回事。原来鬼头打听到那女子只有一个哥哥，出远门十多年没回过家，就变成她哥哥的模样，让报儿冒充自己的小兄弟辈，到旅舍找妹妹。店主人慌了，假称她生病死了。两个僮儿要打官司，店主人更加害怕，拿银子私了，讨价还价，逐渐加码到四十两，才把两个僮儿打发走了。报儿说完了前因后果，吴生就把四十两赏给了他。

吴生回家后，夫妻感情十分和睦，家产也日益富裕起来。仔细打听女子的来历，原来那美少年就是她的丈夫，史某也就是金某。她披着一幅茧绸的披肩，说是从一个姓王的山东人那里得来的。原来他们的党羽到处都有，旅舍主人就是他们一伙的。怎么能够预料到，吴生所遇到的，就是使王子巽叫苦连天的人呢？这不是大快人心吗！老话说得好啊："会骑马的人，往往从马上摔下来。"

蛙　曲

王子巽言："在都时，曾见一人作剧于市。携木盒作格，凡十有二孔；每孔伏蛙。以细杖敲其首，辄哇然作鸣。或与金钱，则乱击蛙顶，如拊云锣，宫商词曲，了了可辨。"

【译文】

王子巽说过这样一件事："在京城时，曾经看见一个人在街市上表演杂戏。他随身带着一只木盒，隔成十二格，每一格里蹲着一只青蛙。他用一根细木棍敲敲青蛙的头，青蛙就‘哇哇’地叫起来。有人给钱，他就乱敲青蛙的头顶，像打云锣一样，曲调旋律，都可以清楚地分辨出来。”

鼠　戏

又言：“一人在长安市上卖鼠戏。背负一囊，中蓄小鼠十余头。每于稠人中，出小木架，置肩上，俨如戏楼状。乃拍鼓板，唱古杂剧。歌声甫动，则有鼠自囊中出，蒙假面，被小装服，自背登楼，人立而舞。男女悲欢，悉合剧中关目。”

【译文】

王子巽又说：“有个人在长安街上驯鼠表演。他背一只布袋，里面养着十几只小鼠。常在人多的地方拿出一只小木架，搁在肩膀上，很像戏楼的样子。于是他拍打着鼓板，唱起古代的杂剧。歌声刚起，就有小鼠从布袋里跑出来，戴着假面具，穿着很小的戏装，从背后登上戏楼，像人一样站着跳舞。男女悲欢离合，情节完全符合剧情。”

泥书生

罗村有陈代者，少蠢陋。娶妻某氏，颇丽。自以婿不如人，郁郁不得志。然贞洁自持，婆媳亦相安。

一夕独宿，忽闻风动扉开，一书生入，脱衣巾，就妇共寝。妇骇惧，苦相拒。而肌骨顿耎，听其狎亵而去。

自是恒无虚夕。月余，形容枯瘁。母怪问之。初惭怍不欲言；固问，始以情告。母骇曰："此妖也！"百术为之禁咒，终亦不能绝。乃使代伏匿室中，操杖以伺。

夜分，书生果复来，置冠几上；又脱袍服，搭椸架间。才欲登榻，忽惊曰："咄咄！有生人气！"急复披衣。代暗中暴起，击中腰胁，塔然作声。四壁张顾，书生已渺。束薪爇照，泥衣一片堕地上，案头泥巾犹存。

【译文】

罗村有个名叫陈代的人，从小就长得又笨又丑。后来娶了个妻子，很漂亮。她自己因为夫婿不如别人，心头悒郁，觉得不称心。但是她能守住贞洁，婆媳间也和好。

一天晚上，她独宿在家，忽然听到风吹开了房门，有个书生走进来，脱下衣衫冠帽，上床来与她共眠。她又惊又怕，竭力抵挡；但身体骨架却一下子酥软下来，听任他玩弄一番才离去。

从此，那个书生没有一晚上不来。过了一个多月，她面容憔悴。婆母感到惊奇，问她原因，开头她害羞不肯说；再三追问，她才告诉了实情。婆母大惊道："这是妖怪啊！"用尽各种办法替她驱邪，却始终无法阻止。于是就让陈代隐藏在房间里，握着棍子等候。

半夜时分，那书生果然又来了。他把帽子放在几案上，又脱下外衣，挂在衣架上。刚想爬上床去，忽然惊叫道："不对，不对，有生人气味！"急忙又披上衣服。这时陈代在黑暗中窜出来，一下子击中他的胸腰部，只听塔的一声。陈代向四面张望，那书生已经不见了踪影。陈代束一把柴点着了，只见有一片泥衣掉在地上，几案上的泥帽也还在。

土地夫人

鸾桥王炳者，出村，见土地神祠中出一美人，顾盼甚殷。挑以亵语，欢然乐受。狎昵无所，遂期夜奔。炳因告以居止。至夜，果至，极相悦爱。问其姓名，固不以告。由此往来不绝。

时炳与妻共榻，美人亦必来与交，妻竟不觉其有人。炳讶问之。美人曰："我土地夫人也。"炳大骇，亟欲绝之，而百计不能阻。因循半载，病惫不起。美人来更频，家人都能见之。未几，炳果卒。美人犹日一至。炳妻叱之曰："淫鬼不自羞！人已死矣，复来何为？"美人遂去，不返。

土地虽小，亦神也，岂有任妇自奔者？愦愦应不至此。不知何物淫昏，遂使千古下谓此村有污贱不谨之神。冤矣哉！

【译文】

鸾桥有个叫王炳的人，有一天来到村外，看见土地庙里出来一位美人，朝他频送秋波，似乎十分有意。王炳用调情的话挑逗她，她欣然接受。想欢会没有地方，就约定到夜里私奔。王炳就把自己家的地址告诉了她。到了夜晚，那美人果然来了，两人显得十分欢爱。王炳问她姓名，她坚持不肯说。从此来往不断。

有时王炳与妻子同床，那美人也一定要来与王炳交欢，王炳的妻子竟然不觉得旁边有人。王炳很是惊异，问她原因，美人说："我是土地夫人啊！"王炳大惊，当即就要与她断绝关系，但想尽办法也无法摆脱。这样拖延了半年，王炳被纠缠得体羸力弱，一病不起。而美人来得更加频繁，连王炳家里的人都能看见她了。不久，王炳果然死了。那美人依旧每天来一次。王炳的妻子叱责她说："你这个淫鬼难道还不自己感到害臊吗？人都已经死了，你还来做什么？"美人于是走去，不再来了。

土地老爷虽小，也是神啊，岂有任凭自己老婆私奔的吗？应该不至于糊涂到这般地步吧。不知是什么家伙淫贱无耻，使千年以后的人都说这个村庄有个被玷污的、持家不谨的土地神。真是冤枉啊！

寒月芙蕖

济南道人者，不知何许人，亦不详其姓氏。冬夏惟着一单帢衣，系黄绦，别无裤襦。每用半梳梳发，即以齿衔髻际，如冠状。日赤脚行市上；夜卧街头，离身数尺外，冰雪尽熔。

初来，辄对人作幻剧，市人争贻之。有井曲无赖子，遗以酒，求传其术，弗许。遇道人浴于河津，骤抱其衣以胁之。道人揖曰："请以赐还，当不吝术。"无赖者恐其绐，固不肯释。道人曰："果不相授耶？"曰："然。"道人默不与语；俄见黄绦化为蛇，围可数握，绕其身六七匝，怒目昂首，吐舌相向。某大愕，长跪，色青气促，惟言乞命。道人乃竟取绦。绦竟非蛇；另有一蛇，蜿蜒入城去。

由是道人之名益著。缙绅家闻其异，招与游，从此往来乡先生门。司、道俱耳其名，每宴集，辄以道人从。

一日，道人请于水面亭报诸宪之饮。至期，各于案头得道人速客函，亦不知所由至。诸客赴宴所，道人伛偻出迎。既入，则空亭寂然，榻几未设，咸疑其妄。道人顾官宰曰：“贫道无僮仆，烦借诸扈从，少代奔走。”官宰共诺之。道人于壁上绘双扉，以手挝之。内有应门者，振管而起。共趋觇望，则见憧憧者往来于中；屏幔床几，亦复都有。即有人传送门外。道人命吏胥辈接列亭中，且嘱勿与内人交语。两相受授，惟顾而笑。顷刻，陈设满亭，穷极奢丽。既而旨酒散馥，热炙腾熏，皆自壁中传递而出。座客无不骇异。

亭故背湖水，每六月时，荷花数十顷，一望无际。宴时方凌冬，窗外茫茫，惟有烟绿。一官偶叹曰：“此日佳集，可惜无莲花点缀！”众俱唯唯。少顷，一青衣吏奔白：“荷叶满塘矣！”一座尽惊。推窗眺瞩，果见弥望青葱，间以菡萏。转瞬间，万枝千朵，一齐都开，朔风吹来，荷香沁脑。群以为异。遣吏人荡舟采莲。遥见吏人入花深处；少间返棹，白手来见。官诘之。吏曰：“小人乘舟去，见花在远际；渐至北岸，又转遥遥在南荡中。”道人笑曰：“此幻梦之空花耳。”无何，酒阑，荷亦凋谢；北风骤起，摧折荷盖，无复存矣。济东观察公甚悦之，携归署，日与狎玩。

一日，公与客饮。公故有家传良酝，每以一斗为率，不肯供浪饮。是日，客饮而甘之，固索倾酿。公坚以既尽为辞。道人笑谓客曰：“君必欲满老饕，索之贫道而可。”客请之。道人以壶入袖中，少刻出，遍斟坐上，与公所藏更无殊别。尽欢始罢。公疑焉，入视酒瓻，则封固宛然，而空无物矣。心窃愧怒，执以为妖，笞之。杖才加，公觉股暴痛；再加，臀肉欲裂。道人虽声嘶阶下，观察已血殷坐上。乃止不笞，逐令去。道人遂离济，不知所往。后有人遇于金陵，衣装如故。问之，笑不语。

【译文】

济南有一位道士，不知道他是什么地方的人，也不知道他姓甚名谁。不论冬天夏天，他只穿一件夹衣，系一根黄色丝带，再没有别的袄裤了。他常用半只梳子梳头发，用梳齿夹住发髻，弄成帽子那样。白天赤着脚在街市上行走，晚上露宿街头，离身几尺开外，冰雪全被熔化。

刚来济南时，常当着众人变魔术，路人都争着送钱给他。有个市井无赖，送他酒，求他传授幻术，道士不肯。后来他遇见道士在河里洗澡，突然抱起他的衣服，要挟他答应。道士向他作揖道："请把衣服归还给我，我一定不再吝惜自己的幻术。"那无赖怕道士诓骗自己，一定不肯先还。道士说："你真的不肯还我吗？"他说："真的。"道士沉默着不再说话，一会儿，只见黄色丝带化成了一条蛇，有好几握粗，在那无赖身上绕了六七圈，仰着头怒目而视，朝他吐着舌头。那无赖大惊，直挺挺脆着，脸色铁青，呼吸急促，只说"饶命"。道士这才拿回了丝带，原来丝带不是蛇；另外有一条蛇，扭着身子爬进城去了。

因为这件事，道士名声大噪。官僚仕绅之家听说他不同寻常，纷纷请他去玩；从此，道士就经常出入于绅士家了。司、道衙门的长官也都风闻其名，每有宴会，往往带着道士去参加。

一天，道士要求在大明湖的水面亭上酬答各位长官的招饮。到那个日子，客人们个个在自己的桌上看到了道士的请柬，也不知道是怎么送来的。众客人到了宴会的所在，道士弓着身子出来迎接。走进去以后，却只见一座空亭，无声无息，连桌椅都没有摆，大家都疑心道士在骗人。道士对长官们说："贫道没有僮仆，烦请各位借几名仆从，稍微分担我一点奔走之劳。"长官们个个答应。道士在亭壁上画两扇门，用手拍打着。里面有人应声，摇动着钥匙开门。众人都走过去向内张望，只见门里面人来人往走动着，屏风、帷幕、桌椅，也都准备下了。随即有人把这些东西传送到门外。道士命令小吏差役们接过来摆在亭子里，并且吩咐他们不要与门里的人交谈。门里门外递接东西，只是相视一笑而已。不一会，桌椅器具便布满了亭子，排场阔绰讲究到了极点。接着散发着香气的美酒，热气蒸腾的佳肴，都从墙壁里不停地传了出来。座上的客人无不惊奇。

亭子本来就背靠着湖水，每当六月时节，荷花开满数十顷湖面，一望无际。但宴会举行时正值隆冬，窗外茫茫，只有一片绿色的湖水。有个官员偶发叹息："今天这样的盛会，只可惜缺了莲花点缀！"众人都称是。不一会，一名差役奔进来禀告："荷叶已经满塘都是了！"客人个个惊讶，推窗远远望去，果然眼前一片碧绿的荷叶，镶嵌着一朵朵荷花。转瞬之间，万枝千朵，一齐开放，北风吹来，荷香沁人心脾。大家觉得奇怪，吩咐小吏划小船下湖采莲。远远望见小船荡进了荷花深处，一会儿划回来，却空着手来见官们。官们问是怎么回事，小吏回答说："我们划船前去，看见荷花在远处；渐渐靠近北岸，却又见荷花远远地移到南湖了。"道士笑着说："这是幻觉中并不存在的花啊。"不多时，酒席结束，荷花也凋谢了；西北风猛吹，荷叶摧折得不再存留。济东观察使大人非常高兴，把道士带回衙门，每天与他戏耍。

一天，观察大人与客人对饮。他家藏有祖传秘法酿制的美酒，每次以饮一斗为限，不让客人随便多喝。这天，客人喝了觉得味道特别醇美，再三请求多饮几杯，哪怕倾家交换也行。观察大人坚持酒已喝完，不肯答应。道士笑着对客人说："先生一定要满足酒瘾，只问我索取就行了。"于是客人转而向道士请求。道士将酒壶塞入袖内，过了片刻再取出来，把每人的酒杯都斟满了，那味道与观察大人家酿的美酒毫无二致。大家喝到尽欢而散。观察大人不免心里疑惑，进去一看酒坛，虽然封泥依然完好无损，而里面却已空无一物了。暗自羞恼，把道士绑起来当作妖人拷打。棍子刚下去，观察大人感到大腿一阵剧痛；再打下去，屁股几乎要开裂了。道士虽然在台阶下嘶叫，观察大人已经血染坐椅了。他只得下令停止拷打，把道士赶了出去。道士于是离开济南，不知去向了。后来有人在金陵遇见他，服饰打扮和原来一样。问他，他笑而不答。

酒　狂

缪永定，江西拔贡生。素酗于酒，戚党多畏避之。偶适族叔家。缪为人滑稽善谑，客与语，悦之，遂共酣饮。缪醉，使酒骂座，忤客。客怒，一座大哗。叔以身左右排解。缪谓左袒客，又益迁怒。叔无计，奔告其家。家人来，扶捽以归。才置床上，四肢尽厥。抚之，奄然气尽。

缪死，有皂帽人絷去。移时，至一府署，缥碧为瓦，世间无其壮丽。至墀下，似欲伺见官宰。自思我罪伊何，当是客讼斗殴。回顾皂帽人，怒目如牛，又不敢问。然自度贡生与人角口，或无大罪。忽堂上一吏宣言，使讼狱者翼日早候。于是堂下人纷纷藉藉，如鸟兽散。

缪亦随皂帽人出，更无归着，缩首立肆檐下。皂帽人怒曰："颠酒无赖子！日将暮，各去寻眠食，而何往?"缪战栗曰："我且不知何事，并未告家人，故毫无资斧，庸将焉归?"皂帽人曰："颠酒贼！若酤自啖，便有用度！再支吾，老拳碎颠骨子!"缪垂首不敢声。

忽一人自户内出，见缪，诧异曰："尔何来?"缪视之，则其母舅。舅贾氏，死已数载。缪见之，始恍然悟其已死，心益悲惧。向舅涕零曰："阿舅救我!"贾顾皂帽人曰："东灵非他，屈临寒舍。"二人乃入。贾重揖皂帽人，且嘱青眼。俄顷，出酒食，团坐相饮。贾问："舍甥何事，遂烦勾致？"皂帽人曰："大王驾诣浮罗君，遇令甥颠詈，使我捽得来。"贾问："见王未？"曰："浮罗君会花子案，驾未归。"又问："阿甥将得何罪？"答言："未可知也。然大王颇怒此等辈。"缪在侧，闻二人言，觳觫汗下，杯箸不能举。无何，皂帽人起，谢曰："叨盛酌，已径醉矣。即以令甥相付托。驾归，再容登访。"乃去。

贾谓缪曰："甥别无兄弟，父母爱如掌上珠，常不忍一诃。十六七岁时，每三杯后，喃喃寻人疵；小不合，辄挝门裸骂。犹谓樨齿。不意别十余年，甥了不长进。今且奈何！"缪伏地哭，惟言悔无及。贾曳之曰："舅在此业酤，颇有小声望，必合极力。适饮者乃东灵使者，舅常饮之酒，与舅颇相善。大王日万几，亦未必便能记忆。我委曲与言，浼以私意释甥去，或可允从。"即又转念曰："此事担负颇重，非十万不能了也。"缪谢，锐然自任，诺之。缪即就舅氏宿。

次日，皂帽人早来觇望。贾请间，语移时，来谓缪曰："谐矣。少顷即复来。我先罄所有，用压契；余待甥归，从容凑致之。"缪喜曰："共得几何？"曰："十万。"曰："甥何处得如许？"贾曰："只金币钱纸百提，足矣。"缪喜曰："此易办耳。"

待将亭午，皂帽人不至。缪欲出市上，少游瞩。贾嘱勿远荡，诺而出。见街里贸贩，一如人间。至一所，棘垣峻绝，似是囹圄。对门一酒肆，纷纷者往来颇夥。

肆外一带长溪，黑潦涌动，深不可底。方伫足窥探，闻肆内一人呼曰："缪君何来？"缪急视之，则邻村翁生，故十年前文字交。趋出握手，欢若平生。即就肆内小酌，各道契阔。缪庆幸中，又逢故知，倾怀尽釂。酣醉，顿忘其死，旧态复作，渐絮絮瑕疵翁。翁曰："数载不见，若复尔耶？"缪素厌人道其酒德，闻翁言，益愤，击桌顿骂。翁睨之，拂袖竟出。缪追至溪头，捋翁帽。翁怒曰："是真妄人！"乃推缪颠堕溪中。溪水殊不甚深；而水中利刃如麻，刺穿胁胫，坚难动摇，痛彻骨脑。黑水半杂溲秽，随吸入喉，更不可过。岸上人观笑如堵，并无一引援者。

时方危急，贾忽至。望见大惊，提携以归，曰："子不可为也！死犹弗悟，不足复为人！请仍从东灵受斧锧。"缪大惧，泣言："知罪矣！"贾乃曰："适东灵至，候汝为券，汝乃饮荡不归。渠忙迫不能待。我已立券，付千缗令去；余者，以旬尽为期。子归，宜急措置，夜于村外旷莽中，呼舅名焚之，此愿可结也。"缪悉应之。乃促之行。送之郊外，又嘱曰："必勿食言累我。"乃示途令归。

时缪已僵卧三日，家人谓其醉死，而鼻气隐隐如悬丝。是日苏，大呕，呕出黑瀋数斗，臭不可闻。吐已，汗湿裀褥，身始凉爽。告家人以异。旋觉刺处痛肿，隔夜成疮，犹幸不大溃腐。十日渐能杖行。家人共乞偿冥负。缪计所费，非数金不能办，颇生吝惜，曰："曩或醉梦之幻境耳。纵其不然，伊以私释我，何敢复使冥主知?”家人劝之，不听。然心惕惕然，不敢复纵饮。里党咸喜其进德，稍稍与共酌。

年余，冥报渐忘，志渐肆，故状亦渐萌。一日，饮于子姓之家，又骂主人座。主人摈斥出，阖户径去。缪噪蹦时，其子方知，将扶而归。入室，面壁长跪，自投无数，曰：“便偿尔负！便偿尔负！”言已，仆地。视之，气已绝矣。

【译文】

缪永定，是江西的拔贡生。酗酒成性，亲戚朋友都害怕跟他接近。偶尔到堂叔家去，他为人滑稽风趣，爱讲笑话，客人与他交谈，对他很感兴趣，就一起畅饮。缪永定喝醉了，借酒骂人，得罪了客人。客人大怒，满座的人也七嘴八舌指责他，他堂叔只得亲自出场为双方排解。缪永定认为堂叔在偏袒客人，又把脾气发到堂叔身上。堂叔没办法，奔到他家去报信。家里人赶来，搀扶着拉他回去了。刚把他放到床上，四肢就瘫软了，再摸摸身体，已经断气了。

缪永定死过去，有个戴黑帽子的人拘系着他走了。过了些时候，来到一座官衙前，浅青色琉璃瓦盖顶，宏伟壮丽是人世间没有的。黑帽人把他带到台阶下，好像等着见长官的样子。缪永定暗自思忖：我有什么罪，无非是客人控告我酒后打架而已。回头看看黑帽人，怒目瞪得像牛似的，又不敢问。然而自己忖度，贡生与人争吵，也许没有什么大罪。忽听堂上一名胥吏宣布，命令涉讼案子的人第二天一早来等候，于是堂下的人纷纷攘攘，各自散去。

缪永定也随着黑帽人出来，他没有归宿之处，缩着头站在店铺的屋檐下。黑帽人生气地骂道：“你这个发酒疯的无赖！天快黑了，各人都去找吃饭睡觉的地方了，你到哪里去?”缪永定哆嗦着说：“我连什么事情都不知道，又没告诉家里人，所以身上一文钱也没有，我能够到哪里去呢?”黑帽人说：“酒疯子！你买了酒自己喝的时候，就有钱了！你再支支吾吾，小心我老拳打断你骨头！”缪永定低着头不敢再吭声。

忽然，一个人从店铺里走出来，见了缪永定，奇怪地问："你怎么到这里来了?"缪永定一看，原来是自己舅舅。舅舅姓贾，已经去世好几年了。缪永定见到他，才恍然明白自己也已死了，心里更加伤心害怕。对着舅舅泪如雨下，说："舅舅快救我!"贾某回头对黑帽人说："伴魂使大人不是外人，就请屈驾光临寒舍吧。"二人于是来到屋里。贾某向黑帽人深深作揖，并且请他多多包涵。不一会，端出了酒菜，围坐在桌旁喝了起来。贾某问黑帽人："我外甥出了什么事，才劳你把他勾来?"黑帽人说："我们大王出访浮罗君，正逢你外甥发酒疯骂人，命我抓他前来。"贾某问："见过大王了没有?"黑帽人说："浮罗君正在处理花子案，车驾还没有回来。"贾某又问："我外甥会判什么罪?"黑帽人答道："很难说。但是大王对这些酒鬼很恼火。"缪永定在旁听了他们二人的谈论，浑身发抖，直冒冷汗，连酒杯和筷子也拿不起来了。一会儿，黑帽人起身致谢道："今天蒙你盛情款待，我已经喝醉了，就将你外甥托付给你。等大王驾归，我再来登门拜访。"说完就走了。

贾某对缪永定说："外甥没有兄弟，父母爱你犹如掌上明珠，从来舍不得骂你一声。你长到十六七岁时，常常三杯酒一下肚，就满口醉话找人岔子，稍不如意，就捶着大门骂下流话。你父母还说你是童言无忌。不料一别十几年，外甥你还是毫不长进。如今还有什么办法呢?"缪永定趴在地上痛哭，只是喊着"后悔莫及"。贾某把他拉起来，说："我在这里卖酒，还算有点小名气，我一定尽自己的力量。刚才饮酒的是伴魂使，我常给他酒喝，他与我十分友好。大王日理万机，也未必能记得住你。待我婉转地为你求求情，请他私底下放你回去，他或许会同意的。"接着，贾某又转过话头说："不过此事要担很大的风险，恐怕没有十万银钱是不能了结的。"缪永定谢过舅舅，马上表示这笔钱应由自己来付，贾某答应了下来。这天缪永定就睡在舅舅家里。

第二天，黑帽人一早就来探看。贾某把他请进内室，与他谈了很长时候，才出来对缪永定说："已经谈成了，他过一会就再来。我先拿出所有的银钱，作为抵押；其馀的等你回去后，再慢慢凑齐了给他。"缪永定高兴地问："一共给他多少?"贾某说："十万钱。”缪永定又问：“我哪里去弄这么多钱来？”贾某说：“只要用一百刀锡箔，就够了。”缪永定大喜，说：“这很容易办到。”

等到中午时分，黑帽人还没来。缪永定想要到街市上去，稍微游览一下。贾某叮嘱他千万不要走远，他答应着出去了。缪永定看看街市坊里、店铺小贩，全和人世间一样。他走到一个所在，见高墙上布满棘刺，像是监狱的样子。对门有一家酒店，乱纷纷地进出的人很多。酒店外有一条溪流，乌黑的水翻腾着，深不见底。他正停住脚往下看，只听酒店里一个人叫道：“缪兄怎么来了？”缪永定连忙回头望去，原来是邻村的翁生，一位十年前的文字之交。他走出来与缪永定握手，高兴得就像活着时一样。二人就在酒店里小酌一番，各人自叙别后情况。缪永定庆幸之余，又遇见老朋友，就开怀痛饮起来，不觉喝得大醉，早已忘掉自己是死人，老毛病又犯了，渐渐地唠唠叨叨数落起翁生来。翁生说：“好几年不见，你怎么还是这个老样子呢？”缪永定一向讨厌别人提起他的酒德，一听翁生这么说，更加生气，便拍着桌子大骂起来。翁生斜视着他，竟拂袖而去。缪永定一直追到溪边才追上，拉下翁生的帽子。翁生大怒，斥道：“你真是个不知高低的人！”说着把他推落在溪中。溪水并不太深，但水中竖着密密麻麻的尖刀，刺穿了他的肋骨和小腿，拔都拔不出，刺得他痛彻全身。乌黑的溪水掺杂着粪便污物，随着呼吸流进喉咙，更是难以忍受。岸上的人看着哄笑，围成了一堵墙，却没有一个人肯拉他一把。

正在十分危急之时，贾某突然来到。见此情景大为吃惊，连忙将缪永定拉出水中，带回家去，责备他说：“你简直不可救药了！死了还不悔悟，已经没资格还阳为人了！你还是跟着伴魂使去受刀斧之刑吧。”缪永定大惊，哭着说：“我知罪了！”贾某这才说：“刚才伴魂使来，等着你立字据，你竟纵饮浪荡不回家。他事情忙等不得，我已经代你签了字，付给他一千贯钱，打发他走了；其馀的，十天内要付清。你回去以后，应当赶快准备停当，在夜间到村外旷野里，一边叫我的名字一边烧纸钱，你许下的愿就算完了。”缪永定一一答应。贾某就催他上路。送到郊外，又嘱咐他说：“你一定不能食言，否则将连累我。”于是指给他归途，叫他回去。

这时，缪永定已经僵卧三天了，家里人以为他醉酒而死，只是鼻孔里隐约还有一丝气息。这天他醒了过来，大大地呕吐一场，呕出污黑的秽水好几斗，臭不可闻。吐完以后，汗把被褥都湿透了，全身才觉得凉爽。他把自己奇怪的遭遇告诉了家里人，一下子又感到被刺的地方痛肿起来；过了一夜长出了疮，只是幸而溃烂得不算太厉害。过了十天，渐渐能拄着拐杖走路了，家里人都劝他快偿还冥债，他一算所需钱款，没有几两银子办不了，心里有点舍不得，说："那些事大概是酒醉成梦以后的幻觉吧。就算不是梦，那伴魂使以私情放走了我，他又怎么敢让冥间的大王知道呢？"家里人劝他，他不听。但是他从此心里总是害怕，不敢再放肆地喝酒了。乡里人都为他的酒德好转而高兴，逐渐也来约他一起喝酒了。

过了一年多，缪永定对阴间的报应已经渐渐淡忘了，思想上逐渐放肆起来，老毛病又开始复发了。一天，他在一个同族的人家里喝酒，又借着酒性辱骂主人，主人把他赶出去，关上大门自管自走了。缪永定暴跳如雷，折腾了一个多时辰，他儿子才得知，赶来扶他回去。一进屋，只见他面对墙壁直挺挺跪下，说了自己许多不是，还说："马上偿还你的欠债！马上偿还你的欠债！"说完，仆倒在地。家里人一看，已经断气了。

（卷四译者：邓长风）

中国古代名著全本译注丛书

聊斋志异

全译

中

［清］蒲松龄 著　丁如明等 译

卷　五

阳　武　侯

阳武侯薛公禄，胶薛家岛人。父薛公最贫，牧牛乡先生家。先生有荒田，公牧其处，辄见蛇兔斗草莱中；以为异，因请于主人为宅兆，构茅而居。后数年，太夫人临蓐，值雨骤至；适二指挥使奉命稽海，出其途，避雨户中。见舍上鸦鹊群集，竞以翼覆漏处，异之。既而翁出，指挥问："适何作？"因以产告。又询所产，曰："男也。"指挥又益愕，曰："是必极贵！不然，何以得我两指挥护守门户也？"咨嗟而去。

侯既长，垢面垂鼻涕，殊不聪颖。岛中薛姓，故隶军籍。是年应翁家出一丁口戍辽阳，翁长子深以为忧。时侯十八岁，人以太憨生，无与为婚。忽自谓兄曰："大哥啾唧，得无以遣戍无人耶？"曰："然。"笑曰："若肯以婢子妻我，我当任此役。"兄喜，即配婢。

侯遂携室赴戍所。行方数十里，暴雨忽集。途侧有危崖，夫妻奔避其下。少间，雨止，始复行。才及数武，崖石崩坠。居人遥望两虎跃出，逼附两人而没。侯自此勇健非常，丰采顿异。后以军功封阳武侯世爵。

至启、祯间，袭侯某公薨，无子，止有遗腹，因暂以旁支代。凡世封家进御者，有娠即以上闻，官遣媪伴守之，既产乃已。年余，夫人生女。产后，腹犹震动，凡十五年，更数媪，又生男。应以嫡派赐爵。旁支噪之，以为非薛产。官收诸媪，械梏百端，皆无异言。爵乃定。

【译文】

阳武侯薛禄，是山东胶州薛家岛人。当年，薛禄的父亲薛太公很穷，在乡宦家放牛。乡宦家有片荒田，薛太公把牛放到那里，常见蛇和兔在草莽中搏斗，认为这块荒田不平常，就请求主人给他做墓地，盖了茅草房住下。几年之后，太夫人临产，正遇突然下雨；刚好有两个指挥使奉命检查海岛治安，从那儿路过，躲到门里避雨。看见房顶上鸦鹊成群，纷纷用翅膀覆盖漏雨的地方，感到很奇怪。一会儿，太公出来，指挥使问他："刚才发生了什么事儿?"太公告诉说妻子生孩子。指挥使又问生男生女，太公说是男孩。指挥使越发惊奇了，说："这孩子将来必定大贵！不然，凭什么让我们两个指挥使护守门户呢?"两人感叹着走了。

薛禄长大后，脸上积着泥垢，淌着鼻涕，一点儿也不聪明。薛家岛姓薛的家族，从前入了军籍，这一年，该由太公家出一个男子戍守辽阳，太公的长子对此很发愁。这年，薛禄十八岁，人都嫌他傻乎乎的，没有人肯跟他定亲。忽然他自动对哥哥说："大哥唉声叹气，莫非是因为没有人可派去戍守辽阳吗?"哥哥说是。薛禄笑着说："如果肯把丫环给我做妻子，我就承担这份差事。"哥哥很高兴，马上就把丫环配给了他。

薛禄便带着妻子奔赴辽阳。才走几十里路，天忽然下起了暴雨。路旁有一处山崖很高，夫妻俩跑到崖下避雨。一会儿，雨停了，方继续赶路。才走几步，崖石崩塌了。当地人远远望见有两只老虎跳出来，向薛禄夫妇紧靠上去消失了踪影。从此，薛禄勇敢矫健非同一般，风貌顿时与过去大不相同。后来，因打仗有功，封为阳武侯，世代承袭爵位。

到了天启、崇祯年间，承袭侯爵的某公死了。他没有儿子，只有夫人正怀孕在身，因此爵位暂由别的支系代袭。当时，朝廷规定：凡是世代受封人家的妻妾，有怀孕的，就要马上禀告皇上，由朝廷派老妇人伴守产妇，直到孩子生下来为止。过了一年多，某公夫人生了个女儿，生后觉得腹部仍然震动，共计十五年，先后换了几个伴守的老妇，又生了个男孩。这时，应该把爵位赐还给嫡生子了，别的支系吵吵嚷嚷，说男孩不是薛家的种。官府把伴守产妇的老妇人都抓起来，百般拷打，都没有不同的说法，这才确定了爵位的继承人。

赵城虎

赵城妪，年七十余，止一子。一日，入山，为虎所噬。妪悲痛，几不欲活，号啼而诉于宰。宰笑曰："虎何可以官法制之乎？"妪愈号咷不能制止。宰叱之，亦不畏惧。又怜其老，不忍加威怒，遂诺为捉虎。妪伏不去，必待勾牒出，乃肯行。宰无奈之，即问诸役，谁能往者。一隶名李能，醺醉，诣座下，自言："能之。"持牒下，妪始去。

隶醒而悔之；犹谓宰之伪局，姑以解妪扰耳，因亦不甚为意，持牒报缴。宰怒曰："固言能之，何容复悔？"隶窘甚，请牒拘猎户。宰从之。隶集诸猎人，日夜伏山谷，冀得一虎，庶可塞责。

月余，受杖数百，冤苦罔控。遂诣东郭岳庙，跪而祝之，哭失声。无何，一虎自外来。隶错愕，恐被咥噬。虎入，殊不他顾，蹲立门中。隶祝曰："如杀某子者尔也，其俯听吾缚。"遂出缧索絷虎颈，虎帖耳受缚。

牵达县署，宰问虎曰："某子，尔噬之耶？"虎颔之。宰曰："杀人者死，古之定律。且妪止一子，而尔杀之，彼残年垂尽，何以生活？倘尔能为若子也，我将赦之。"虎又颔之。乃释缚令去。

媪方怨宰之不杀虎以偿子也，迟旦，启扉，则有死鹿；妪货其肉革，用以资度。自是以为常，时衔金帛掷庭中。妪从此致丰裕，奉养过于其子。心窃德虎。虎来，时卧檐下，竟日不去。人畜相安，各无猜忌。

数年，妪死，虎来吼于堂中。妪素所积，绰可营葬，族人共瘗之。坟垒方成，虎骤奔来，宾客尽逃。虎直赴冢前，嗥鸣雷动，移时始去。土人立"义虎祠"于东郊，至今犹存。

【译文】

山西赵城有个老婆婆，七十多岁了，只有一个儿子。一天，儿子进山，被老虎吃掉了。老婆婆万分悲痛，几乎不想活了，哭哭啼啼到县官那里告状。县官笑着说："对老虎，怎么能用官法制裁呢？"老婆婆更加号啕大哭不止。县官呵斥她，她也不畏惧。又可怜她年老，不忍心对她要威风发脾气，就答应给她捉虎报仇。老婆婆跪在地上不起来，一定要等县官把逮捕老虎的公文发出去，才肯走。县官拿她没办法，就问衙役们，谁能捉拿老虎归案。一个衙役叫李能，喝得醉醺醺的，走到县官座前，自称能去。他拿着公文走了，老婆婆才离开县衙。

李能酒一醒就后悔了，但还认为县官下公文逮捕老虎不过是做个样子，姑且用来摆脱老太婆的纠缠罢了，因此也不太在意，拿着公文回来交差。县官发怒说："你已经说能捕，哪容许你反悔？"李能很难堪，请县官下公文把当地猎户都拘来，县官同意了。李能把那些猎人集中起来，日夜埋伏在山谷里，希望捉到一只虎，对付着搪塞罪责。

一个多月过去了，李能挨了几百板子，冤苦无处申诉，就到东城外山神庙里跪着祷告，痛哭失声。不一会儿，一只虎从外边进来。李能仓卒间愣住了，怕被老虎吃掉。老虎进来，一点儿也不看别的地方，蹲立在门当中。李能祈祷说："如果吃掉老婆婆儿子的是你，你就低下头让我捆绑。"随即拿出绳索系住老虎的脖子，老虎俯首帖耳地接受捆绑。

李能牵着老虎来到县衙，县官问老虎："老婆婆的儿子是你吃掉的吗?"老虎点头。县官说："杀人偿命，是自古定下来的法律，何况老婆婆只有一个儿子，你却吃掉了他，她余年将尽，靠什么生活？如果你能做她的儿子，我就赦免了你。"老虎又点头。县官就解开绳索放它走了。

老婆婆心里正怨恨县官不杀掉老虎给儿子偿命，早晨开门，却见门口有只死鹿；她卖掉鹿肉鹿皮，用来做生活费。从此就成为常事。老虎有时还叼着金钱、绸缎放到院子里。老婆婆从此富裕起来，老虎奉养她超过了她的亲儿子，心里暗暗感激老虎。老虎来，有时躺在屋檐下，整天也不离开，人畜相安，各不猜忌。

几年后，老婆婆死了，老虎到堂屋里大声吼叫。老婆婆平时的积蓄，用来办丧事绰绰有余，同族人一起把她埋葬了。坟墓刚垒成，老虎突然跑来，宾客全都吓跑了。老虎直奔坟前，呼吼声如雷震，好一阵才离开。当地老百姓在东郊立了一座"义虎祠"，至今还在。

螳螂捕蛇

张姓者，偶行溪谷，闻崖上有声甚厉。寻途登觇，见巨蛇围如碗，摆扑丛树中，以尾击柳，柳枝崩折。反侧倾跌之状，似有物捉制之。然审视殊无所见。大疑。渐近临之，则一螳螂据顶上，以刺刀攫其首，攧不可去。久之，蛇竟死。视额上革肉，已破裂云。

【译文】

有个姓张的人，一次走在山谷里，听崖上发出很响的声音。找路登上山崖察看，见一条碗口粗的大蛇在树丛中摆来扑去，用尾巴挥击柳树，把柳树枝都弄断了。看它不断翻腾倾跌的样子，好像被什么东西钳制着。但仔细观察，什么也没看到，心里非常怀疑。一点点靠近过去，却原来是一只螳螂钉在大蛇的脑袋上，用刺刀般的前臂剜它的头，怎么攧也攧不掉。好久，大蛇竟然死了。看它的额头，皮肉已经破裂了。

武　技

李超，字魁吾，淄之西鄙人。豪爽，好施。偶一僧来托钵，李饱啗之。僧甚感荷，乃曰："吾少林出也。有薄技，请以相授。"李喜，馆之客舍，丰其给，旦夕从学。三月，艺颇精，意得甚。僧问："汝益乎？"曰："益矣。师所能者，我已尽能之。"僧笑命李试其技。李乃解衣唾手，如猿飞，如鸟落，腾跃移时，诩诩然骄人而立。僧又笑曰："可矣。子既尽吾能，请一角低昂。"李忻然，即各交臂作势。既而支撑格拒，李时时蹈僧瑕；僧忽一脚飞掷，李已仰跌丈余。僧抚掌曰："子尚未尽吾能也！"李以掌致地，惭沮请教。又数日，僧辞去。李由此以武名，遨游南北，罔有其对。

偶适历下，见一少年尼僧，弄艺于场，观者填溢。尼告众客曰："颠倒一身，殊大冷落。有好事者，不妨下场一扑为戏。"如是三言。众相顾，迄无应者。李在侧，不觉技痒，意气而进。尼便笑与合掌。才一交手，尼便呵止，曰："此少林宗派也。"即问："尊师何人？"李初不言。固诘之，乃以僧告。尼拱手曰："憨和尚汝师耶？若尔，不必较手足，愿拜下风。"李请之再四，尼不可。众怂恿之，尼乃曰："既是憨师弟子，同是个中人，无妨一戏。但两相会意可耳。"李诺之。然以其文弱故，易之；又少年喜胜，思欲败之，以要一日之名。方颉颃间，尼即遽止。李问其故，但笑不言。李以为怯，固请再角。尼乃起。少间，李腾一踝去。尼骈五指下削其股；李觉膝下如中刀斧，蹶仆不能起。尼笑谢曰："孟浪忤客，幸勿罪！"

李舁归，月余始愈。后年余，僧复来，为述往事。僧惊曰："汝大卤莽！惹他何为！幸先以我名告之；不然，股已断矣！"

【译文】

李超，字魁吾，山东淄川西郊人。性格豪爽，乐善好施。一次，有个和尚托着饭钵来化缘，李超给他饱吃一顿。和尚非常感激，便说："我是少林寺出身，会点武术，让我传授给你吧。"李超大喜，留和尚在客舍里住下，给他丰厚的待遇，早晚跟他学武术。三个月后，李超对武术相当精通了，得意非凡。和尚问他："你有收获吗？"李超说："有收获。老师能的，我已经全都能了。"和尚笑着叫李超一试身手。李超就脱掉衣服，在手心里唾了一口，时而像猿飞跃，时而像鸟落下，翻腾跳跃了一阵子，骄傲地站在和尚面前。和尚又笑着说："行啦。你既然把我的本领都学到手了，让我们比个高低吧！"李超欣然同意。当即各自交叉双臂，摆出架势。接着在支撑、格斗、抵挡的较量中，李超不断寻找和尚的破绽；不料和尚忽然飞起一脚，李超已仰面摔出一丈多远。和尚拍手说："你还没全部学会我的本领啊！"李超用手撑着地面，惭愧地向和尚请教。又过了几天，和尚告辞走了。从此，李超以武术出了名，遨游南北，没人是他的对手。

一次，李超偶然到济南，看见一个年轻的尼姑在场上耍武艺，四周围满了观众。尼姑对观众说："翻来覆去，老是我一个人，太冷落了。有爱热闹的，不妨下场交手玩玩。"这样说了三遍，大家你看我我看你，一直没有应声的。李超在场边，不觉技痒，信心十足地走进场内。尼姑笑着向他合掌致意。刚一交手，尼姑就喝他停下，说："这是少林宗派啊。"马上又问："你的老师是谁？"开始李超不说。尼姑一再追问，李超才告诉说是和尚。尼姑抱拳说："憨和尚是你老师吗？要是这样，不必较量了，我甘拜下风。"李超几次要求比试，尼姑不同意。那些围观者极力怂恿，尼姑才说："既然你是憨师的弟子，我们就是同一路的人，不妨玩玩，只要双方领会意思就行了。"李超嘴上答应了。但他看尼姑长得文弱，因而轻视她；加以年轻好胜，故一心想打败尼姑，以获取一时的名声。两个人正打得不相上下的时候，尼姑却突然停住了。李超问她为什么，她只笑，不说话。李超认为她胆怯了，非让她再较量不可，尼姑才又和他比起来。一会儿，李超飞起一脚向尼姑踢去，尼姑并拢五指向下削他的腿；李超只觉得膝下像刀砍斧劈的一样，跌倒在地起不来了。尼姑笑着道歉说："鲁莽了，冒犯了你，请不要怪罪！"

李超被抬回了家，一个多月才好。过了一年多，和尚又来了，李超向他回叙了这件事，和尚吃惊地说："你太莽撞了！招惹她干什么？幸好你先把我的名字告诉了她，不然，腿已经断了！"

小　人

康熙间，有术人携一榼，榼中藏小人，长尺许。投以钱，则启榼令出，唱曲而退。至掖，掖宰索榼入署，细审小人出处。初不敢言；固诘之，始自述其乡族。盖读书童子，自塾中归，为术人所迷，复投以药，四体暴缩；彼遂携之，以为戏具。宰怒，杀术人。留童子，欲医之，尚未得其方也。

【译文】

康熙年间，有个玩把戏的人带着个盒子，盒里藏着个小人，有一尺来长。观众给钱，玩把戏的就打开盒子叫小人出来，唱一段曲子，退回到盒子里。到山东掖县，县官把盒子弄到县衙，仔细盘问小人来历。开始小人不敢说；一再追问，才讲出他的家乡族姓。原来他是个读书的小孩，从乡塾回家，被那玩把戏的人逮住，又给他吃了药，使他的身体猛缩；那人就带着他，当做演出的工具。县官大怒，杀了玩把戏的人。留下小孩，想给他医治，至今还没得到医治的办法。

秦　　生

莱州秦生，制药酒，误投毒味，未忍倾弃，封而置之。积年余，夜适思饮，而无所得酒。忽忆所藏，启封嗅之，芳烈喷溢，肠痒涎流，不可制止。取盏将尝，妻苦劝谏。生笑曰："快饮而死，胜于馋渴而死多矣。"一盏既尽，倒瓶再斟。妻覆其瓶，满屋流溢。生伏地而牛饮之。少时，腹痛口噤，中夜而卒。妻号泣，为备棺木，行入殓矣。

次夜，忽有美人入，身长不满三尺，迳就灵寝，以瓯水灌之，豁然顿苏。叩而诘之，曰："我狐仙也。适丈夫入陈家窃酒醉死，往救而归。偶过君家，彼怜君子与己同病，故使妾以余药活之也。"言讫，不见。

余友人丘行素贡士，嗜饮。一夜思酒，而无可行沽，辗转不可复忍，因思代以醋。谋诸妇，妇嗤之。丘固强之，乃煨醯以进。壶既尽，始解衣甘寝。次日，夫人竭壶酒之资，遣仆代沽。道遇伯弟襄宸，诘知其故，固疑嫂不肯为兄谋酒。仆言："夫人云：'家中蓄醋无多，昨夜已尽其半；恐再一壶，则醋根断矣。'"闻者皆笑之。不知酒兴初浓，即毒药犹甘之，况醋乎？亦可以传矣。

【译文】

山东莱州秦生，配制药酒，错放进了有毒的配料，舍不得倒掉，就封好放起来。过了一年多，秦生夜里想喝酒，却哪里也搞不到。忽然想起以前藏的毒酒，启封闻闻，浓烈的香味喷放出来。馋得他肠子发痒，涎水直淌，不能控制。他拿来酒杯要尝，妻子苦苦劝阻。秦生笑着说："喝得痛快而死，比馋得渴死强多了。"干了一杯，拿起瓶再倒。妻子打翻了酒瓶，酒流了一地，秦生趴在地上像牛一样喝。一会儿，肚子疼痛，嘴不能说话，半夜就死了。妻子号啕大哭，给他置办了棺材，准备入殓。

第二天晚上，忽然有个美人进来，身高不足三尺，直接走进灵堂，用杯子里的水灌秦生，秦生顿时就苏醒过来。夫妇俩拜见美人，询问她是谁，美人说："我是狐仙。刚才丈夫到陈家偷酒喝，醉死在那儿了，我去救活了他回来，路过你们家，丈夫对先生同病相怜，让我用剩下的药水救活先生。"说完，就不见了。

我的朋友丘行素，是个进士，酒瘾很深。一天晚上，想喝酒，却没处可买，翻来覆去不能再忍，就想用醋代酒。跟妻子商量，妻子嗤笑他。丘行素硬要喝，妻子只得把醋烫热了给他端来。他把一壶醋都喝干了，才脱下衣服酣睡。第二天，妻子拿买一壶酒的钱打发仆人买醋。路上遇见丘行素的堂弟襄宸，襄宸问知原因，怀疑嫂子不肯为哥哥买酒喝。仆人说："夫人说：'家中存的醋本来就不多，昨天晚上已经喝掉了一半；恐怕再喝一壶，醋根就断了。'"听到的人都感到好笑，却不知酒兴正浓的时候，即使是毒药也觉得甜美，何况是醋呢？这件事也可以记载流传了。

鸦　头

诸生王文，东昌人。少诚笃。薄游于楚，过六河，休于旅舍，闲步门外。遇里戚赵东楼，大贾也，常数年不归。见王，相执甚欢，便邀临存。至其所，有美人坐室中，愕怪却步。赵曳之，又隔窗呼妮子去，王乃入。赵具酒馔，话温凉。王问："此何处所?"答云："此是小勾栏。余因久客，暂假床寝。"话间，妮子频来出入。王踧促不安，离席告别。赵强捉令坐。俄，见一少女经门外过，望见王，秋波频顾，眉目含情，仪度娴婉，实神仙也。王素方直，至此惘然若失。便问："丽者何人?"赵曰："此媪次女，小字鸦头，年十四矣。缠头者屡以重金啗媪，女执不愿，致母鞭楚，女以齿稚哀免，今尚待聘耳。"王闻言俯首，默然痴坐，酬应悉乖。赵戏之曰："君倘垂意，当作冰斧。"王怃然曰："此念所不敢存。"然日向夕，绝不言去。赵又戏请之。王曰："雅意极所感佩，囊涩奈何!"赵知女性激烈，必当不允，故许以十金为助。王拜谢趋出，罄赀而至，得五数，强赵致媪。媪果少之。鸦头言于母曰："母日责我不作钱树子，今请得如母所愿。我初学作人，报母有日，勿以区区放却财神去。"媪以女性拗执，但得允从，即甚欢喜。遂诺之，使婢邀王郎。赵难中悔，加金付媪。

王与女欢爱甚至。既谓王曰："妾烟花下流，不堪匹敌；既蒙缱绻，义即至重。君倾囊博此一宵欢，明日如何？”王泫然悲哽。女曰：“勿悲。妾委风尘，实非所愿。顾未有敦笃可托如君者。请以宵遁。”王喜，遽起；女亦起。听谯鼓已三下矣。女急易男装，草草偕出，叩主人扉。王故从双卫，托以急务，命仆便发。女以符系仆股并驴耳上，纵辔极驰，目不容启，耳后但闻风鸣；平明，至汉江口，税屋而止。

王惊其异。女曰：“言之，得无惧乎？妾非人，狐耳。母贪淫，日遭虐遇，心所积懑。今幸脱苦海。百里外，即非所知，可幸无恙。”王略无疑贰，从容曰：“室对芙蓉，家徒四壁，实难自慰，恐终见弃置。”女曰：“何为此虑。今市货皆可居，三数口，淡薄亦可自给。可鬻驴子作赀本。”王如言，即门前设小肆，王与仆人躬同操作，卖酒贩浆其中。女作披肩，刺荷囊，日获赢余，饮膳甚优。积年余，渐能蓄婢媪。王自是不着犊鼻，但课督而已。

女一日悄然忽悲，曰：“今夜合有难作，奈何！”王问之。女曰：“母已知妾消息，必见凌逼。若遣姊来，吾无忧；恐母自至耳。”夜已央，自庆曰：“不妨，阿姊来矣。”居无何，妮子排闼入。女笑逆之。妮子骂曰：“婢子不羞，随人逃匿！老母令我缚去。”即出索子絷女颈。女怒曰：“从一者得何罪？”妮子益忿，捽女断衿。家中婢媪皆集。妮子惧，奔出。女曰：“姊归，母必自至。大祸不远，可速作计。”乃急办装，将更播迁。媪忽掩入，怒容可掬，曰：“我故知婢子无礼，须自来也！”女迎跪哀啼。媪不言，揪发提去。

王徘徊怆恻，眠食都废。急诣六河，冀得贿赎。至则门庭如故，人物已非。问之居人，俱不知其所徙。悼丧而返。于是俵散客旅，囊赀东归。

后数年，偶入燕都，过育婴堂，见一儿，七八岁。仆人怪似其主，反复凝注之。王问："看儿何说？"仆笑以对。王亦笑。细视儿，风度磊落。自念乏嗣，因其肖己，爱而赎之。诘其名，自称王孜。王曰："子弃之襁褓，何知姓氏？"曰："本师尝言，得我时，胸前有字，书山东王文之子。"王大骇曰："我即王文，乌得有子？"念必同己姓名者。心窃喜，甚爱惜之。及归，见者不问而知为王生子。

孜渐长，孔武有力，喜田猎，不务生产，乐斗好杀；王亦不能箝制之。又自言能见鬼狐，悉不之信。会里中有患狐者，请孜往觇之。至则指狐隐处，令数人随指处击之，即闻狐鸣，毛血交落，自是遂安。由是人益异之。

王一日游市廛，忽遇赵东楼，巾袍不整，形色枯黯。惊问所来。赵惨然请间。王乃偕归，命酒。赵曰："媪得鸦头，横施楚掠。既北徙，又欲夺其志。女矢死不二，因囚置之。生一男，弃诸曲巷；闻在育婴堂，想已长成。此君遗体也。"王出涕曰："天幸孽儿已归。"因述本末。问："君何落拓至此？"叹曰："今而知青楼之好，不可过认真也。夫何言！"

先是，媪北徙，赵以负贩从之。货重难迁者，悉以贱售。途中脚直供亿，烦费不赀，因大亏损。妮子索取尤奢。数年，万金荡然。媪见床头金尽，旦夕加白眼。

妮子渐寄贵家宿，恒数夕不归。赵愤激不可耐，然无奈之。适媪他出，鸦头自窗中呼赵曰："勾栏中原无情好，所绸缪者，钱耳。君依恋不去，将掇奇祸。"赵惧，如梦初醒。临行，窃往视女。女授书使达王，赵乃归。

因以此情为王述之。即出鸦头书。书云："知孜儿已在膝下矣。妾之厄难，东楼君自能缅悉。前世之孽，夫何可言！妾幽室之中，暗无天日，鞭创裂肤，饥火煎心，易一晨昏，如历年岁。君如不忘汉上雪夜单衾，迭互暖抱时，当与儿谋，必能脱妾于厄。母姊虽忍，要是骨肉，但嘱勿致伤残，是所愿耳。"王读之，泣不自禁。以金帛赠赵而去。

时孜年十八矣。王为述前后，因示母书。孜怒眦欲裂，即日赴都，询吴媪居，则车马方盈。孜直入，妮子方与湖客饮，望见孜，愕立变色。孜骤进杀之。宾客大骇，以为寇。及视女尸，已化为狐。孜持刃迳入。见媪督婢作羹，孜奔近室门，媪忽不见。孜四顾，急抽矢望屋梁射之，一狐贯心而堕，遂决其首。寻得母所，投石破扃，母子各失声。母问媪，曰："已诛之。"母怨曰："儿何不听吾言！"命持葬郊野。孜伪诺之，剥其皮而藏之。检媪箱箧，尽卷金赀，奉母而归。

夫妇重谐，悲喜交至。既问吴媪，孜言："在吾囊中。"惊问之，出两革以献。母怒，骂曰："忤逆儿！何得此为！"号恸自挝，转侧欲死。王极力抚慰，叱儿瘗革。孜忿曰："今得安乐所，顿忘挞楚耶？"母益怒，啼不止。孜葬皮反报，始稍释。

王自女归，家益盛。心德赵，报以巨金。赵始知媪母子皆狐也。

孜承奉甚孝；然误触之，则恶声暴吼。女谓王曰："儿有拗筋，不刺去之，终当杀人倾产。"夜伺孜睡，潜絷其手足。孜醒曰："我无罪。"母曰："将医尔虐，其勿苦。"孜大叫，转侧不可开。女以巨针刺踝骨侧，深三四分许，用刀掘断，崩然有声；又于肘间脑际并如之。已乃释缚，拍令安卧。天明，奔候父母，涕泣曰："儿早夜忆昔所行，都非人类！"父母大喜。从此温和如处女，乡里贤之。

异史氏曰：妓尽狐也，不谓有狐而妓者；至狐而鸨，则兽而禽矣。灭理伤伦，其何足怪？至百折千磨，之死靡他，此人类所难，而乃于狐也得之乎？唐君谓魏徵更饶妩媚，吾于鸦头亦云。

【译文】

秀才王文，山东聊城一带人，年轻忠厚。他到楚地做短期旅游，过了六河，歇在旅店里，出门散步，遇见同乡赵东楼。赵东楼是个大商人，经常几年不回家。他看见王文，握着手十分欢欣，要王文就便到他住处玩玩。到了那所在，有个美女坐在屋里，王文吃惊不小，缩回脚步。赵东楼一把拉住他，又隔着窗喊："妮子走开！"王文这才进了屋。赵东楼备了酒菜，问寒问暖地拉起家常来。王文问；"这里是什么地方？"赵东楼说："这是小妓院。我因为长久客居在外，暂借这里安歇。"两人说话之间，那妮子频频走进走出，王文局促不安，坐不住了，起身就要告辞。赵东楼硬捉住他臂膀，摁他坐下。一会儿，看见一个少女从门外经过，望见王文，水汪汪的眼睛不住朝他打量，眉目含情，仪态娴雅，实在是个天仙。王文为人一向正派，到这时也惘惘然若有所失了。就问赵东楼：

“那美丽的姑娘是什么人?”赵东楼说:“她是这儿老太婆的二女儿，小名叫鸦头，十四岁了。来妓院的客人多次用大价钱引诱老太婆，鸦头执意不肯接客，还挨老娘痛打了一顿。鸦头苦苦哀告说:‘我年纪还小。’这才免了。如今还在等出嫁呢!”王文听了，低着头，呆坐不语，答话也驴头不对马嘴。赵东楼跟他开玩笑说:“如果你有意思，我给你做媒人。”王文惆怅地说:“这念头我不敢有。”但直到天黑，他绝口不说要走。赵东楼又打趣说要给他做媒，王文说:“你的美意，很使我感激，但我口袋里钱太少，怎么办呢?”赵东楼知道鸦头的性子高傲刚强，必定不会同意，故意许下拿出十两银子帮助。王文拜谢后急忙回旅店，把所有的钱都拿到妓院，才有五两银子，一定要赵东楼去交给老太婆。果然老太婆嫌钱少。鸦头对母亲说:“娘天天怪罪我不做摇钱树，今天就让我遂了娘的心愿吧。我初学做人，报答娘的日子还在后头，娘不要因为钱少就放走了财神。”老太婆因为鸦头性子倔犟，只要她能答应接客，也就很喜欢。于是许可了，让丫环去请王文。赵东楼这时不好意思半路反悔，贴了十两银子交给老太婆。

王文和鸦头非常欢爱。之后，鸦头对王文说:“我是下贱的烟花女子，不配跟你做夫妻，但既然蒙你爱恋，情义就是最贵重的。你倾囊换这一夜欢乐，明天又怎么办呢?”王文流下泪来，伤心地哽咽着说不出话。鸦头说:“你不要悲伤。委身风尘，实在不是我所愿意的，只是没有遇到像你这样忠厚老实可以托付终身的人。让我们乘夜逃走吧。”王文大喜，马上起床;鸦头也起来了。这时，听谯楼上更鼓已敲三声了。鸦头急忙换上男装，两个人匆匆出来，敲开旅店的门。王文来时带着两头驴子，他假说有急事，命令仆人马上出发。鸦头把符系在仆人的腿上和驴子的耳朵上，放开缰绳，极力奔驰。王文骑在驴子上，睁不开双眼，只听耳后风响。天明，到了汉口，租房子住下。

王文对鸦头的奇异本领感到惊奇。鸦头说:“我说了出来，你该不会害怕吧?我不是人，是狐狸精。我娘贪婪无度，我每天遭受虐待，心里积满了怨恨，如今幸而脱离了苦海。走出百里以外，娘就不能知道我的行踪，可以庆幸平安无事了。”王文一点儿也不疑忌变心，从容地说:“房中面对着美人，家里却只有四堵墙，实在难以宽心，恐怕到头来要被你抛弃。”鸦头说：“你何必有这顾虑。如今把货物买回来都可以储存着做生意，三四口人，薄汤淡饭，也就够开销了。不妨把驴子卖了做本钱。”王文听从鸦头的话，就在门前开了个小店铺。他亲自动手和仆人一起干，在店里卖酒。鸦头作披肩，绣荷包，每天赚的钱除去花销还有剩余，吃用很宽裕。过了一年多，渐渐能养起丫环、老妈子了。王文从此解下围裙，只对伙计检查督促而已。

有一天，鸦头忽然暗自忧伤起来，说：“今夜里该有灾难出现，怎么办!”王文问她，鸦头说：“娘已经知道我的消息，我必定会遭到凌辱逼迫。如果打发姐姐来，我不担心，就怕娘亲自来。”天快亮时，鸦头庆幸地说：“不妨事，阿姐来了。”过了一会儿，妮子推门直入。鸦头笑着迎上去。妮子骂道：“丫头不知羞耻，跟人潜逃!老娘叫我把你绑回去。”随即拿出绳子套鸦头的脖颈。鸦头也来火了，说：“我只跟一个人，有什么罪过?”妮子更气忿，撕撕打打，扯断了鸦头的衣襟。家里的丫头、老妈子都赶了过来，妮子害怕，奔了出去。鸦头说：“姐姐回去，娘必定要亲自来。大祸不远了，要快想办法。”于是，急忙收拾行李，打算再搬迁到别处去。老太婆出其不意闯了进来，怒容满面，说：“我早知道这丫头不规矩，必须老娘亲自来!”鸦头迎上前跪下，哭着哀求。老太婆不说话，一把揪住她头发提着就走。

王文急得团团转，说不尽心里的悲痛，吃不下，睡不着。急忙奔到六河，抱着一线希望，想拿钱把鸦头赎回来。到了那里，门庭还是原来的样子，人、物却已经不同了。打听当地住户，都不知老太婆家搬到了什么地方。王文悲哀沮丧，回到汉口。于是，他遣散了店铺里的伙计，带着钱财向东回了家乡。

几年以后，王文偶尔去燕京，路过育婴堂，看见一个男孩，七八岁的样子。仆人看那孩子长得活像主人，感到奇怪，反复盯着看。王文问：“你看小孩，是什么道理?”仆人笑着回答他。王文也笑了。仔细端详那男孩，模样落落大方。王文考虑自己就缺个儿子，因为那孩子酷似自己，心里喜欢，就把他从育婴堂里赎了出来。问他姓名，他说叫王孜。王文说：“你在还包着小尿布的时候，就被丢弃了，怎么会知道自己的姓名?”男孩说：“我的师父曾说，捡我的时候，胸前有字，写着‘山东王文之子’。”王文十分吃惊，说：“我就是王文，怎么会有儿子？”转念一想，必定是跟自己同名同姓的。心里暗暗高兴，很爱怜这小男孩儿。等回到家乡，看见的人不用问就认定他是王文的儿子。

王孜渐渐长大，勇猛有力，喜欢打猎，不务生产，乐斗好杀；王文也管不住他。又自称能看见鬼狐，大家都不信。正好这时，乡里有个人被狐狸精迷住，请王孜去看。到了那人家里，王孜就指出狐狸精隐藏的地方，叫几个人随他指的地方打去，马上就听见狐狸嗷嗷叫，毛飞血溅，从此，那家就太平了。从此，大家越发认为王孜不寻常。

一天，王文逛市场，忽然遇见赵东楼，衣巾不整，面容又瘦又黑。王文吃惊，问他从哪儿来。赵东楼神色凄惨，要求离开市场再谈。王文就带他回家，命家人摆酒款待。赵东楼说：“老太婆抓回鸦头，对她横加拷打。搬到北边以后，又想逼她改变志向。鸦头誓死不找第二个人，因此把她囚禁了起来。鸦头生下个男孩，被丢弃在小巷里，听说在育婴堂，想必如今已长大成人。这孩子就是你的骨肉啊！”王文流下眼泪，说：“老天照应，不肖儿已回到我的身边。”接着向赵东楼从头到底说了经过。又问赵东楼：“你怎么落魄到这个地步？”赵东楼叹息说：“如今才明白，跟妓女相好，不可以过于认真了。还说什么呢？”

原来，老太婆带着全家北迁，赵东楼借着做买卖跟着他们走。货物沉重难搬的，全都贱卖了。一路上，搬运的脚力，老太婆全家的吃用，花费多得算不清，因而亏损很大。妮子讨这讨那更是狮子大开口。几年下来，万两银子就全折腾光了。老太婆看赵东楼没了钱，天天不给好脸色。妮子也渐渐地在富贵人家里过夜，常常几夜不回。赵东楼气愤激动得不能忍耐，但也拿她没办法。有一天，正好老太婆到别处去了，鸦头从窗里喊赵东楼，对他说：“妓院里原本没有什么爱情，所以跟你亲热，是为钱罢了。你依恋着不走，要自取大祸。”赵东楼害怕，如梦初醒。临走，偷偷地去看鸦头。鸦头交给他一封信托他捎给王文。赵东楼才回转家乡。

赵东楼把这些情况向王文讲了，随即拿出鸦头的信。信上说：“知道孜儿已在你的膝下了。我的苦难东楼君自会向你从头一一详谈。前世作的孽，还有什么可说的！我被囚禁在暗室里，不见天日，鞭伤像撕裂皮肤般疼痛，饥饿像烈火煎心般难熬，换一个早晨黄昏，像过一个年头那么久长。你如果不忘记在汉口雪夜单被，互相紧偎着暖和身子时的情景，就该和儿子商量，必能使我脱离苦难。我娘和姐虽然残忍，终归是亲骨肉，只要嘱咐儿子别伤害她们，就是我的心愿了。”王文读了信，眼泪忍不住流下来。拿银子绸缎赠送给赵东楼让他走了。

这时，王孜已十八岁了。王文向他讲述了事情的全部经过，又把他母亲的信拿给他看。王孜愤怒得眼眶都要瞪裂开了，当天就奔赴都城，打听到吴老太婆的住处，只见门前车马正盛。王孜直闯进去，妮子正和湖州客人饮酒，望见王孜，吃惊地站起来，脸色都变了。王孜快步上前，一刀结果了她。客人以为来了强盗，大为惊慌。再看妮子尸体，已经变成了狐狸。王孜拿着刀直奔里屋，见老太婆正督促丫环做羹汤。王孜奔近门口，老太婆忽然不见了。他四处张望，迅速抽出箭朝屋梁射去，一只狐狸被射透心窝掉了下来，王孜就割下它的脑袋。他找到囚禁母亲的地方，举起石头砸开门锁，母子相见，痛哭失声。母亲问他老婆婆在哪儿，王孜说：“已经杀了。”母亲埋怨说：“孩儿怎么不听我的话！”命王孜把狐狸带到荒郊埋葬了。王孜表面应承，背地却剥掉了狐狸皮收藏起来。他翻箱倒柜，把银子钱财一卷而空，侍奉着母亲回了家。

王文、鸦头夫妻团聚，悲喜交集。后来王文问起吴老婆婆，王孜说：“在我的袋子里。”父亲惊奇地问他是怎么回事儿，王孜拿出两张狐狸皮献上。母亲发怒骂道：“忤逆儿子！哪能这样做！”放声大哭，捶打自己，翻来覆去想要寻死。王文一边极力抚慰鸦头，一边大声呼喝儿子把狐狸皮埋了。王孜气愤地说：“今天才得到个安乐的地方，就马上忘记挨打的痛苦了？”母亲更加生气，啼哭不止。王孜埋掉狐狸皮回来禀告了，母亲才稍稍消了气。

王文自鸦头回来，家业更加兴旺。心里感激赵东楼的好处，用大量钱财报答他。赵东楼才知老太婆母女都是狐狸精。

王孜侍奉父母很孝顺，但一不在意触犯了他，他就狂吼乱骂。鸦头对王文说：“儿子有根拗筋，不除掉，总有一天会杀人，倾家荡产。”夜晚，等王孜睡着了，鸦头偷偷地捆绑住他的手脚。王孜惊醒说；“我没有罪过。”母亲说：“要医治你的暴虐，你不要怕苦。”王孜大叫，来回翻转，挣脱不开。鸦头用大针刺他的踝骨旁边，刺进有三四分深，用刀掘断，发出“嘣”的一声；又在手肘、脑袋上都照样做了。完后，才解开绳子，拍他安睡。天亮，王孜跑来向父母问安，流着眼泪说：“夜里儿子回想以前的所作所为，都不是人干的。”父母大喜。从此，王孜温和得像个没出嫁的姑娘，乡里人都称赞他品行好。

异史氏说：妓女都是狐狸精一样的人，没想到还有狐狸精干妓女这一行的；至于狐狸精做鸨母，那就是兽而兼禽了。毁灭伦理，丧尽天良，有什么可奇怪的？至于经受千折百难，至死不嫁别人，这在人类之中也是难以做到的，而竟在狐狸中间得到了！唐太宗说魏徵比别人更妩媚，我对鸦头也这样评价。

酒　虫

长山刘氏，体肥嗜饮。每独酌，辄尽一瓮。负郭田三百亩，辄半种黍；而家豪富，不以饮为累也。一番僧见之，谓其身有异疾。刘答言：“无。”僧曰：“君饮尝不醉否？”曰：“有之。”曰：“此酒虫也。”刘愕然，便求医疗。曰：“易耳。”问：“需何药？”俱言不须。但令于日中俯卧，絷手足；去首半尺许，置良酝一器。移时，燥渴，思饮为极。酒香入鼻，馋火上炽，而苦不得饮。忽觉咽中暴痒，哇有物出，直堕酒中。解缚视之，赤肉长三寸许，蠕动如游鱼，口眼悉备。刘惊谢。酬以金，不受，但乞其虫。问：“将何用？”曰：“此酒之精：瓮中贮水，入虫搅之，即成佳酿。”刘使试之，果然。

刘自是恶酒如仇。体渐瘦，家亦日贫，后饮食至不能给。

异史氏曰：日尽一石，无损其富；不饮一斗，适以益贫：岂饮啄固有数乎？或言："虫是刘之福，非刘之病，僧愚之以成其术。"然欤，否欤？

【译文】

山东邹平县刘某，身体肥胖，爱喝酒。每次独自饮酒，总要喝干一坛子。城外有他三百亩土地，一半就种着酿酒的黍子；而家中豪富，并不在乎喝点儿。一个西域和尚看见他，说他身上有怪病。刘某答说没有。和尚说："你喝酒常常喝不醉吧？"刘某说："有这事。"和尚说："这是酒虫在作怪。"刘某惊呆了，便请和尚医治。和尚说："好治。"问他需要什么药，他说一概不需要。只让刘某中午趴在烈日下，捆住手脚；离头部半尺来远，放一只装着好酒的器皿。过了好一阵子，刘某又热又渴，想喝酒想到极点了。酒香扑鼻，馋火烧上来，而苦于喝不着。忽然觉得喉咙里痒得厉害，哇地吐出一样东西来，直接掉进酒器里。等解开绳子上前一看，只见酒器里有块三寸来长的红肉，像游鱼一样蠕动着，嘴巴、眼睛全有。刘某吃惊地向和尚道谢，拿钱报答他。和尚不要，只要那虫。刘某问他要酒虫做什么用，和尚说："这是酒的精粹：在坛子里盛上水，把酒虫放进去搅拌，立刻就成了美酒。"刘某请他试验，果然是这样。

从此，刘某厌恶酒好像仇敌似的。身子渐渐瘦下来，家业也一天比一天贫穷，后来竟到了吃不上饭的地步。

异史氏说：每天喝光一石酒，无损于他的富有；一斗酒不喝，反倒使他日益贫穷：难道吃喝本来就有定数的吗？有人说："酒虫是刘某的福，不是刘某的病，是和尚愚弄他，以成全自己的道术。"这话是对呢不对呢？

木雕美人

商人白有功言："在泺口河上，见一人荷竹簏，牵巨犬二。于簏中出木雕美人，高尺余，手目转动，艳妆如生。又以小锦鞯被犬身，便令跨坐。安置已，叱犬疾奔。美人自起，学解马作诸剧，镫而腹藏，腰而尾赘，跪拜起立，灵变不讹。又作昭君出塞：别取一木雕儿，插雉尾，披羊裘，跨犬从之。昭君频频回顾，羊裘儿扬鞭追逐，真如生者。"

【译文】

商人白有功说："在山东泺河口，曾看见一个人肩挑竹箱，手牵两条大狗。从竹箱里拿出个木雕的美人，一尺多高，眼转手动，打扮艳丽，活像个真人。又拿华美的小鞍垫披在狗背上，就让小美人骑上去。安置完，大声呵叱狗快跑。美人自动起身，模仿人纵马疾驰做各种表演，时而蹬着马镫藏在狗肚下，时而勾住狗腰拖在尾巴后，跪拜起立，变化灵活，一点儿没有差错。又表演昭君出塞：另取一个木雕的小伙子，插着野鸡翎，披着羊皮裘，骑着狗跟在木雕美人后边。昭君频频回头，披羊皮裘的小伙子扬鞭追赶，真是栩栩如生。"

封三娘

范十一娘，𤩽城祭酒之女。少艳美，骚雅尤绝。父母钟爱之，求聘者辄令自择；女恒少可。

会上元日，水月寺中诸尼，作"盂兰盆会"。是日，游女如云，女亦诣之。方随喜间，一女子步趋相从，屡望颜色，似欲有言。审视之，二八绝代姝也。悦而好之，转用盼注。女子微笑曰："姊非范十一娘乎？"答曰："然。"女子曰："久闻芳名，人言果不虚谬。"十一娘亦审里居。女答言："妾封氏，第三，近在邻村。"把臂欢笑，词致温婉，于是大相爱悦，依恋不舍。十一娘问："何无伴侣？"曰："父母早世，家中止一老妪，留守门户，故不得来。"十一娘将归，封凝眸欲涕，十一娘亦惘然，遂邀过从。封曰："娘子朱门绣户，妾素无葭莩亲，虑致讥嫌。"十一娘固邀之。答："俟异日。"十一娘乃脱金钗一股赠之，封亦摘髻上绿簪为报。

十一娘既归，倾想殊切。出所赠簪，非金非玉，家人都不之识，甚异之。日望其来，怅然遂病。父母讯得故，使人于近村谘访，并无知者。时值重九，十一娘羸顿无聊，倩侍儿强扶窥园，设褥东篱下。忽一女子攀垣来窥，觇之，则封女也。呼曰："接我以力！"侍儿从之，蓦然遂下。十一娘惊喜，顿起，曳坐褥间，责其负约，且问所来。答云："妾家去此尚远，时来舅家作耍。前言近村者，缘舅家耳。别后悬思颇苦；然贫贱者与贵人交，足未登门，先怀惭怍，恐为婢仆下眼觑，是以不果来。适经墙外过，闻女子语，便一攀望，冀是小姐，今果如愿。"十一娘因述病源。封泣下如雨，因曰："妾来当须秘密。造言生事者，飞短流长，所不堪受。"十一娘诺。偕归同榻，快与倾怀。病寻愈。订为姊妹，衣服履舄，辄互易着。见人来，则隐匿夹幕间。

积五六月，公及夫人颇闻之。一日，两人方对弈，夫人掩入。谛视，惊曰："真吾儿友也！"因谓十一娘："闺中有良友，我两人所欢，胡不早白？"十一娘因达封意。夫人顾谓三娘："伴吾儿，极所忻慰，何昧之？"封羞晕满颊，默然拈带而已。夫人去，封乃告别。十一娘苦留之，乃止。

一夕，自门外匆皇奔入，泣曰："我固谓不可留，今果遭此大辱！"惊问之。曰："适出更衣，一少年丈夫，横来相干，幸而得逃。如此，复何面目！"十一娘细诘形貌，谢曰："勿须怪，此妾痴兄。会告夫人，杖责之。"封坚辞欲去。十一娘请待天曙。封曰："舅家咫尺，但须以梯度我过墙耳。"十一娘知不可留，使两婢逾垣送之。行半里许，辞谢自去。婢返，十一娘伏床悲惋，如失伉俪。

后数月，婢以故至东村，暮归，遇封女从老妪来。婢喜，拜问。封亦恻恻，讯十一娘兴居。婢捉袂曰："三姑过我。我家姑姑盼欲死！"封曰："我亦思之，但不乐使家人知。归启园门，我自至。"婢归告十一娘；十一娘喜，从其言，则封已在园中矣。相见，各道间阔，绵绵不寐。视婢子眠熟，乃起，移与十一娘同枕，私语曰："妾固知娘子未字。以才色门地，何患无贵介婿；然纨袴儿敖不足数。如欲得佳耦，请无以贫富论。"十一娘然之。封曰："旧年邂逅处，今复作道场，明日再烦一往，当令见一如意郎君。妾少读相人书，颇不参差。"

昧爽，封即去，约俟兰若。十一娘果往，封已先在。

眺览一周，十一娘便邀同车。携手出门，见一秀才，年可十七八，布袍不饰，而容仪俊伟。封潜指曰："此翰苑才也。"十一娘略睨之。封别曰："娘子先归，我即继至。"

入暮，果至，曰："我适物色甚详，其人即同里孟安仁也。"十一娘知其贫，不以为可。封曰："娘子何亦堕世情哉！此人苟长贫贱者，余当抉眸子，不复相天下士矣。"十一娘曰："且为奈何？"曰："愿得一物，持与订盟。"十一娘曰："姊何草草！父母在，不遂如何？"封曰："妾此为，正恐其不遂耳。志若坚，生死何可夺也？"十一娘必不可。封曰："娘子姻缘已动，而魔劫未消。所以故，来报前好耳。请即别，即以所赠金凤钗，矫命赠之。"十一娘方谋更商，封已出门去。

时孟生贫而多才，意将择耦，故十八犹未聘也。是日，忽睹两艳，归涉冥想。一更向尽，封三娘款门而入。烛之，识为日中所见。喜致诘问。曰："妾封氏，范氏十一娘之女伴也。"生大悦，不暇细审，遽前拥抱。封拒曰："妾非毛遂，乃曹丘生。十一娘愿缔永好，请倩冰也。"生愕然不信。封乃以钗示生。生喜不自已，矢曰："劳眷注若此，仆不得十一娘，宁终鳏耳。"封遂去。

生诘旦，浼邻媪诣范夫人。夫人贫之，竟不商女，立便却去。十一娘知之，心失所望，深怨封之误已也；而金钗难返，只须以死矢之。

又数日，有某绅为子求婚，恐不谐，浼邑宰作伐。时某方居权要，范公心畏之。以问十一娘，十一娘不乐。

母诘之，默默不言，但有涕泪。使人潜告夫人：非孟生，死不嫁！公闻，益怒，竟许某绅家。且疑十一娘有私意于生，遂涓吉速成礼。十一娘忿不食，日惟耽卧。至亲迎之前夕，忽起，揽镜自妆。夫人窃喜。俄侍女奔白："小姐自经！"举宅惊涕，痛悔无所复及。三日遂葬。

孟生自邻媪反命，愤恨欲绝。然遥遥探访，妄冀复挽。察知佳人有主，忿火中烧，万虑俱断矣。未几，闻玉葬香埋，慉然悲丧，恨不从丽人俱死。向晚出门，意将乘昏夜一哭十一娘之墓。欻有一人来，近之，则封三娘。向生曰："喜姻好可就矣。"生泫然曰："卿不知十一娘亡耶?"封曰："我所谓就者，正以其亡。可急唤家人发冢，我有异药，能令苏。"生从之，发墓破棺，复掩其穴。生自负尸，与三娘俱归，置榻上；投以药，逾时而苏。顾见三娘，问："此何所?"封指生曰："此孟安仁也。"因告以故，始如梦醒。

封惧漏泄，相将去五十里，避匿山村。封欲辞去，十一娘泣留作伴，使别院居。因货殉葬之饰，用为资度，亦称小有。

封每遇生来，辄走避。十一娘从容曰："吾姊妹，骨肉不啻也，然终无百年聚。计不如效英、皇。"封曰："妾少得异诀，吐纳可以长生，故不愿嫁耳。"十一娘笑曰："世传养生术，汗牛充栋，行而效者谁也?"封曰："妾所得非世人所知。世传并非真诀，惟华陀五禽图差为不妄。凡修炼家无非欲血气流通耳，若得厄逆症，作虎形立止，非其验耶?"十一娘阴与生谋，使伪为远出者。

入夜，强劝以酒；既醉，生潜入污之。三娘醒曰：“妹子害我矣！倘色戒不破，道成当升第一天。今堕奸谋，命耳！”乃起告辞。十一娘告以诚意而哀谢之。封曰：“实相告：我乃狐也。缘瞻丽容，忽生爱慕，如茧自缠，遂有今日。此乃情魔之劫，非关人力。再留，则魔更生，无底止矣。娘子福泽正远，珍重自爱。”言已而逝。夫妻惊叹久之。

逾年，生乡、会果捷，官翰林。投刺谒范公，公愧悔不见。固请之，乃见。生入，执子婿礼，伏拜甚恭。公愧怒，疑生儇薄。生请间，具道情事。公不深信；使人探诸其家，方大惊喜。阴戒勿宣，惧有祸变。又二年，某绅以关节发觉，父子充辽海军，十一娘始归宁焉。

【译文】

十一娘是瞧城范祭酒的女儿。年轻艳美，文采尤其超人。父母钟爱她，有来求婚的，就让她自己选择；十一娘一直没点头。

正月十五，水月寺里的尼姑举行“盂兰盆会”。这一天，游女如云，十一娘也来了。她正在寺院里游览，一个女子紧紧跟着，不断望她的脸，好像有话要说。细看，那女子十六七岁，是个绝代美人。十一娘心里喜爱，转过脸注视她。那女子微笑说：“姐姐不是范十一娘吗？”十一娘回答说是。女子说：“早就听到你的芳名，人们说得果然不错。”十一娘也询问她的住处姓名，回答说：“我姓封，排行第三，就住在邻近的村子。”她握着十一娘的手臂欢笑，话语温柔委婉。于是两个人十分爱悦，依恋不舍。十一娘问：“你怎么没个伴？”封三娘说：“父母早已去世，家中只有个老妈子，留下看门，所以不能同来。”十一娘快要回家时，封三娘目不转睛地看着她，泪都要掉下来了。十一娘心里也很怅惘，就邀封三娘到家里做客。封三娘说：“你家红漆的大门，雕花的闺房，我一向无亲无故，担心招人讥笑讨没趣。”十一娘一再邀请，三娘说：“等以后再说吧。”十一娘于是从头上拔下一股金钗赠给三娘，三娘也从发髻上摘下一支绿簪子回赠。

十一娘回家后，一心想念三娘十分殷切。拿出她赠的簪子，不是金属的也不是玉的，家里人都认不出是什么，感到很奇怪。十一娘天天盼望三娘来，渐渐失望得病倒了。父母问知原因，派人到邻近村子里寻问，并没有知道封三娘的。到九月九日重阳节，十一娘已瘦弱不堪，病中无聊，叫丫环扶持，支撑着到后花园看看，在菊花下铺上褥垫。忽然有个女子攀墙来窥看，眼睛扫过去，原来是封三娘。她招呼道：“用一把力接住我！”丫环听她的话过去接，三娘麻利地跳了下来。十一娘又惊又喜，顿时站起来，拉三娘坐在褥上，责备她失约，并问她从哪来。三娘说：“我家离这儿还远，我常来舅舅家玩。以前说住在邻近村子，指的是舅舅家罢了。分别后，想你想得好苦，然而贫贱人与富贵人交往，脚还没登门，就先惭愧起来，怕被丫环仆人瞧不起，因此不能下决心来。刚才从墙外经过，听见女子的说话声，就攀墙望一望，希望是小姐，如今果然如愿了。”十一娘就说了生病的原由。封三娘泪如雨下，说：“我来的事要保守秘密。不然，造谣生事的人，飞短流长，是受不了的。”十一娘答应了。拉着她的手回到闺房，同睡一张床，愉快地倾吐着心里话，病很快好了。两人结为姊妹，衣服鞋袜，常你穿我的我穿你的。看见有人来，三娘就躲进双层帐子里。

过了五六个月，范公和夫人很听到些传闻。一天，十一娘和三娘正下棋，夫人出其不意进来。仔细打量三娘，惊喜地说：“真是我女儿的好朋友啊！”就对十一娘说：“闺房中有好朋友，是你父亲和我都高兴的事儿，为什么不早说？”十一娘就把三娘的意思告诉了母亲。夫人看着三娘说：“给我女儿做伴，我极感欣慰，为什么要瞒着？”封三娘羞得满脸通红，只是拈着衣带不说话。夫人走后，封三娘就向十一娘告辞，十一娘苦苦挽留，才作罢。

一天晚上，三娘从门外慌慌张张跑进来，哭着说：“我原来就说不能留下，如今果然遭到这么大的污辱！”十一娘吃惊地问她出了什么事，三娘说：“刚才我去上厕所，想不到有个青年男子来冒犯，幸亏我逃了出来。出了这样的事儿，还有什么脸见人！”十一娘细问男子的相貌模样，道歉说："不要见怪，他是我的傻哥哥。待会儿告诉夫人，用棍子打他。"封三娘坚决告辞要走。十一娘请她等到天亮。封三娘说："舅舅家离这儿很近，只要用梯子把我送过墙就行了。"十一娘知道挽留不住，就让两个丫环过墙送她。走有半里路，三娘辞谢了丫环，独自走了。丫环回来，十一娘伏在床上悲伤惋惜，就像小两口走了一个似的。

几个月后，丫环有事到东村，傍晚回家，遇见封三娘跟着个老婆婆迎面走来。丫环高兴地上前行礼问候。封三娘也很伤感，打听十一娘的情况。丫环拉着三娘的衣袖说："三姑娘去我家吧，我家姑娘盼你盼得要死！"封三娘说："我也想她，但不愿意让你家人知道我去了，你回去打开后花园门，我自己会去的。"丫环回来告诉了十一娘；十一娘非常欢喜，按三娘说的，开了花园门，三娘已经在花园里了。两人相见，各自诉说别后思念，情意缠绵，不能入睡。看丫环睡熟了，三娘就起来，挪过去和十一娘合枕一个枕头，小声说："我早就知道你没许配人。以你的才貌门第，不愁找不到个富贵的女婿；然而，富家子弟傲慢无礼，不值得考虑。如果想得到好伴侣，请不要以贫富来论人。"十一娘赞成她的说法。三娘说："我们去年相逢的水月寺里，今年又做道场，明天劳你再去一趟，该让你遇见个如意郎君。我小时读过看相书，看人不会有半点差错。"

天没亮，封三娘就走了，约好在水月寺里等候。十一娘果然去了，三娘已先一步到。她们游览了一圈，十一娘就邀请三娘一起坐车回家。拉着手出门，看见一个秀才，年纪有十七八岁，穿着朴素的布袍，仪表却很俊伟。三娘偷偷指着那秀才说："这是个做翰林官的人才。"十一娘略微斜眼看了一下。三娘告辞说："你先回家，我随后就到。"

傍晚，三娘果然来了，说："刚才我打听得很详细，那秀才就是同里的孟安仁。"十一娘知道孟家穷，不认为行。三娘说："你怎么也掉进世俗观念里了呢？这个人如果长久贫贱，我就把眼珠子剜出来，不再给天下人看相了。"十一娘说："那将怎么办呢？"三娘说："希望你给一件东西，拿去和孟安仁订下盟约。"十一娘说："姐姐好不草率！父母都在，事儿不成怎么办？"三娘说："我这么做，正是怕他们不同意。如果你意志坚定，死活又怎么能改变得了！”十一娘坚决不肯。三娘说：“你的姻缘已动，魔难却还没消除。我所以这样做，是报答你以前对我的情好罢了。我现在就告别，把你赠给我的金凤钗假说是你的意思送给孟安仁。”十一娘刚想再商量，三娘已出门走了。

当时，孟安仁贫穷而很有才华，他打定主意要自己选择伴侣，所以十八岁了，还没定亲。这一天，忽然看见两个美丽的女子，回家就暗自思念起来。一更将过，封三娘敲门进来。孟安仁拿灯一照，认出是白天见到的女子。欣喜地问她从哪里来。女子说：“我姓封，是范十一娘的女朋友。”孟安仁非常高兴，顾不上细问，一下子上前拥抱。三娘推开说：“我不是来毛遂自荐，是来做个介绍人。范十一娘愿与你缔结百年之好，你请媒人去提亲吧。”孟生愣住了，不敢相信。三娘就拿出金钗给他看。孟生抑制不住高兴，发誓说：“承蒙她这样深情爱恋，我如果得不到十一娘为妻，宁可终身不娶。”三娘就走了。

天亮后，孟生请邻居老婆婆去向范夫人求婚。范夫人嫌孟生穷，竟没和女儿商量，当场就回绝了。十一娘知道了这件事，心里失望，深怨三娘误了自己；而金钗已经难以要回来了，只得以死信守婚约。

又过了几天，某豪绅为儿子向范家求婚，担心不成，就请县官做媒人。当时某豪绅有权有势，范公心里害怕。问十一娘态度，十一娘不愿意。母亲追问她为什么，她沉默不语，只流眼泪。她让人偷偷地告诉夫人：不是孟生，死也不嫁别人！范公听说，越发生气，竟然答应了某豪绅家的婚事，并且怀疑十一娘和孟生有私情，就选定吉日，让十一娘及早成婚。十一娘气得不吃东西，每天只在床上躺着。到了迎亲的头天晚上，忽然起床，拿过镜子自己梳妆打扮起来。夫人暗暗高兴。一会儿，丫环跑来报告：“小姐上吊了！”全家上下震惊哭泣，痛悔已经再也来不及了。停尸三天，就把十一娘埋葬了。

孟生自从邻居老婆婆回了范夫人的话，气愤得要死。但仍远远地探听十一娘的消息，希望还能挽回。察知十一娘已许配了人家，怒火中烧，万念俱灰。没多久，听说十一娘香消玉殒，凄楚悲伤，恨不能跟美人儿一起死去。傍晚出门，想趁天黑到十一娘坟前痛哭一场。忽然有个人来，走近一看，是封三娘。三娘向孟生说："可喜你好姻缘能成了。"孟生流着泪说："你不知道十一娘死了吗?"三娘说："我所以说姻缘能成，正是因为她死了。你快去叫仆人来，掘开坟墓，我有灵药，能使她还魂。"孟生按她说的，挖坟开棺，取出尸体，又把墓穴掩盖好。孟生亲自背着尸体和三娘一同回家。他把尸体放在床上，三娘用了药，过了一段时候，十一娘就醒过来了。她转脸看见封三娘，问："这是什么地方?"三娘指着孟生说："这是孟安仁。"告诉了她死而复生的经过，十一娘这才如梦初醒。

封三娘怕事情泄露，带他们到五十里外的山村里躲藏起来。封三娘要辞别回去，十一娘哭着留她做伴，让她住在另一个院子里。靠着卖掉殉葬的首饰，用作过日子的费用，也还算小康水平。

封三娘每次遇见孟生，就躲开。十一娘从容地说："我们姐妹，不亚于亲骨肉，但终不能百年相聚在一起。想来想去不如学娥皇、女英姐妹，一同嫁给孟生。"三娘说："我从小得到秘诀，练气功可以长生不老，所以不愿意出嫁。"十一娘笑道："世上流传的养生之道也太多了，哪一种行之有效了呢?"封三娘说："我得到的秘诀不是人世间所能知道的。世间流传的并不是真诀，只有华佗的五禽图大致还算不差。凡是修炼的人无非是要血气流通罢了，要是得了打嗝的病症，作虎形，立刻就能止住，这不是它的效验吗?"十一娘暗暗和孟生商量好，让他假装出远门。到了晚上，十一娘硬劝三娘喝酒；三娘喝醉了，孟生偷偷进去和她睡在一起。三娘醒来说："妹妹害了我了！如果色戒不破，我的道行炼成，能升上第一天。如今陷进你们的奸谋，命中注定罢了!"就起身告辞。十一娘把一腔诚意告诉了她，并哀求原谅。三娘说："实话告诉你吧：我是狐仙，因为看见你美丽的容貌，顿生爱慕之心，作茧自缚，才有今天。这是情魔造成的灾难，与人力无关。再要留下，情魔更要萌生，就没有底了。你的福气长着呢，请珍重自爱。"说完就消逝了。孟生夫妇惊叹了很久。

过了一年，孟生乡试、会试果然高中，点了翰林。他拿着名片去拜见范公，范公又惭愧又后悔，不肯见他。孟生坚持要拜见，范公才同意见面。孟生进来，按做女婿的礼节，行跪拜礼，态度非常恭敬。范公恼羞成怒，怀疑孟生轻浮。孟生请单独晤谈，向范公叙说了事情的始末，范公不大相信；派人去孟家探访，才惊喜万分。暗中告诫知情人不要宣扬，以免招来灾祸。又过了两年，某豪绅因行贿受贿的事被发觉，父子俩发配到辽海充军，十一娘才回娘家探亲。

狐　梦

余友毕怡庵，倜傥不群，豪纵自喜。貌丰肥，多髭。士林知名。尝以故至叔刺史公之别业，休憩楼上。传言楼中故多狐。毕每读《青凤传》，心辄向往，恨不一遇。因于楼上，摄想凝思。

既而归斋，日已寖暮。时暑月燠热，当户而寝。睡中有人摇之。醒而却视，则一妇人，年逾不惑，而风雅犹存。毕惊起，问其谁何。笑曰："我狐也。蒙君注念，心窃感纳。"毕闻而喜，投以嘲谑。妇笑曰："妾齿加长矣，纵人不见恶，先自惭沮。有小女及笄，可侍巾栉。明宵，无寓人于室，当即来。"言已而去。

至夜，焚香坐伺。妇果携女至。态度娴婉，旷世无匹。妇谓女曰："毕郎与有夙缘，即须留止。明旦早归，勿贪睡也。"毕与握手入帏，款曲备至。事已，笑曰："肥郎痴重，使人不堪！"未明即去。

既夕自来，曰："姊妹辈将为我贺新郎，明日即屈同去。"问："何所？"曰："大姊作筵主，去此不远也。"毕果候之。良久不至，身渐倦惰。才伏案头，女忽入曰："劳君久伺矣。"乃握手而行。奄至一处，有大院落。直上中堂，则见灯烛荧荧，灿若星点。俄而主人出，年近二旬，淡妆绝美。敛衽称贺已，将践席，婢入白：“二娘子至。”见一女子入，年可十八九，笑向女曰：“妹子已破瓜矣。新郎颇如意否？”女以扇击背，白眼视之。二娘曰：“记儿时与妹相扑为戏，妹畏人数胁骨，遥呵手指，即笑不可耐。便怒我，谓我当嫁僬侥国小王子。我谓婢子他日嫁多髭郎，刺破小吻，今果然矣。”大娘笑曰：“无怪三娘子怒诅也！新郎在侧，直尔憨跳！”顷之，合尊促坐，宴笑甚欢。忽一少女抱一猫至，年可十一二，雏发未燥，而艳媚入骨。大娘曰：“四妹妹亦要见姊丈耶？此无坐处。”因提抱膝头，取肴果饵之。移时，转置二娘怀中，曰：“压我胫股痠痛！”二姊曰：“婢子许大，身如百钧重，我脆弱不堪。既欲见姊夫，姊夫故壮伟，肥膝耐坐。”乃捉置毕怀。入怀香耎，轻若无人。毕抱与同杯饮。大娘曰：“小婢勿过饮，醉失仪容，恐姊夫所笑。”少女孜孜展笑，以手弄猫，猫戛然鸣。大娘曰：“尚不抛却，抱走蚤虱矣！”二娘曰：“请以狸奴为令，执箸交传，鸣处则饮。”众如其教。至毕辄鸣。毕故豪饮，连举数觥。乃知小女子故捉令鸣也，因大喧笑。二姊曰：“小妹子归休！压煞郎君，恐三姊怨人。”小女郎乃抱猫去。大姊见毕善饮，乃摘髻子贮酒以劝。视髻仅容升许；然饮之，觉有数斗之多。比干视之，则荷盖也。二娘亦欲相酬。毕辞不胜酒。二娘出一口脂合子，大于弹丸，酌曰：“既不胜酒，聊以示意。”毕视之，一吸可尽；接吸百口，更无干时。女在傍以小莲杯易合子去，曰："勿为奸人所弄。"置合案上，则一巨钵。二娘曰："何预汝事！三日郎君，便如许亲爱耶！"毕持杯向口立尽。把之腻软；审之，非杯，乃罗袜一钩，衬饰工绝。二娘夺骂曰："猾婢！何时盗人履子去，怪道足冷冰也！"遂起，入室易舄。女约毕离席告别。女送出村，使毕自归。瞥然醒寤，竟是梦景；而鼻口醺醺，酒气犹浓，异之。至暮，女来，曰："昨宵未醉死耶？"毕言："方疑是梦。"女曰："姊妹怖君狂噪，故托之梦，实非梦也。"

女每与毕弈，毕辄负。女笑曰："君日嗜此，我谓必大高着；今视之，只平平耳。"毕求指诲。女曰："弈之为术，在人自悟，我何能益君？朝夕渐染，或当有异。"居数月，毕觉稍进。女试之，笑曰："尚未，尚未。"毕出与所尝共弈者游，则人觉其异，咸奇之。毕为人坦直，胸无宿物，微泄之。女已知，责曰："无惑乎同道者不交狂生也。屡嘱慎密，何尚尔尔！"怫然欲去。毕谢过不遑，女乃稍解；然由此来寝疏矣。

积年余，一夕来，兀坐相向。与之弈，不弈；与之寝，不寝。怅然良久，曰："君视我孰如青凤？"曰："殆过之。"曰："我自惭弗如。然聊斋与君文字交，请烦作小传，未必千载下无爱忆如君者。"毕曰："夙有此志；曩遵旧嘱，故秘之。"女曰："向为是嘱，今已将别，复何讳？"问："何往？"曰："妾与四妹妹为西王母徵作花鸟使，不复得来。曩有姊行，与君家叔兄，临别已产二女，今尚未醮；妾与君幸无所累。"毕求赠言，曰："盛气平，过自寡。"遂起，捉手曰："君送我行。"至里许，洒涕分手，曰："彼此有志，未必无会期也。"乃去。

康熙二十一年腊月十九日，毕子与余抵足绰然堂，细述其异。余曰："有狐若此，则聊斋之笔墨有光荣矣。"遂志之。

【译文】

我的朋友毕怡庵，洒脱不俗，乐观豪放，体态肥胖，胡须浓重。在文人群中有名气。他叔叔做刺史，他曾有事到叔叔的别墅去，在楼上歇息。传说楼里以前有很多狐狸，毕怡庵每读《青凤传》，心就向往，恨不能遇见一次狐仙，因此就在楼上苦思凝想起来。

回到书斋以后，天色已渐渐昏黑。当时正是夏季的月令，又闷又热，他当门躺下。睡梦里觉得有人推他，醒来转回头一看，却是一个妇人，年过四十，风韵犹存。毕怡庵吃惊地起身，问她是什么人。妇人笑着说："我是狐仙，蒙你一心思念，我心里感激。"毕怡庵听了很高兴，用言语挑逗她。妇人笑道："我年岁大了，即使别人不厌恶，自己先就惭愧起来，我有个小女十五岁了，可以侍奉你洗漱。明晚，不要留人住在这里，小女会来。"说完走了。

第二天夜里，毕怡庵点上香，坐着等候。妇人果然带着女儿来了。狐女仪态娴雅，举世无双。妇人对女儿说："毕郎和你前世有缘，你现在就留在这里。明天早早回去，不要贪睡。"毕怡庵握着狐女的手进了帐子，两人欢爱备至。事后，狐女笑着说："胖郎笨重，让人受不了！"天不亮，她就走了。

黄昏过后，狐女自己来了，说："姊妹们要庆贺我嫁新郎，明天，就请你和我一起去赴宴。"毕怡庵问在什么地方，狐女说："大姊作东道主，离这儿不远。"第二天，毕怡庵果真在家等候，等了很久狐女没有来，他身子渐渐困倦，刚伏在书桌上，狐女忽然进来说："劳你久等了。"就拉着他的手走了出去。一下子到一个地方，有个很大的院落。两人直奔正堂，只见灯光闪闪，像群星璀璨。很快主人出来了，看样子年近二十，装束淡雅，美丽绝顶。她整一整衣袖，行礼祝贺完毕，正要入席，丫环进来说："二姑娘来了。"只见一个女子进来，有十八九岁，笑着对狐女说："妹子已出嫁了，对新郎很满意吧？"狐女拿扇子敲她的后背，向她白了一眼。二姑娘说："记得小时和妹妹摔跤玩，妹妹怕人挠肋骨，我远远地张开手指要呵痒，她就笑得忍不住。就生我的气，说我该嫁小人国里的小王子。我说丫头你日后该嫁个大胡子男人，扎破你的小嘴，如今果然应了。"大姐笑着说："不怪三妹生你气！新郎在旁边，你竟这样胡闹！"一会儿，大家碰碰酒杯，紧挨着坐下，边吃边说笑，非常快乐。忽然一个小姑娘抱着一只猫来，年纪十一二岁的样子，黄毛未干，却透骨地艳丽妩媚。大姐说："四妹妹也要见见姊夫吗？这儿没你的座位。"说完把她抱在膝上，挟菜肴果子给她吃。过一阵，又把她推到二姑娘怀中，说："压得我腿胫痠痛！"二姐说："丫头这么大了，身子就像有几千斤重，我脆弱不堪，既然你要见姊夫，姊夫本就健壮，胖膝也耐坐。"就把小姑娘抱起来放到毕怡庵怀里。小姑娘到了怀里，毕怡庵只觉又香又软，轻盈得像没坐人似的。就抱着跟她同杯喝酒。大姐说："小丫头不要喝多了，醉了失态，恐怕姊夫要笑话。"小姑娘不停地张开小嘴憨笑，手抚弄着猫，猫喵喵地叫。大姐说："还不扔掉，抱着虱子要上身了！"二姐说："请以猫来行一个令：拿筷子一个一个往下传，猫叫时传到谁那里，就罚谁喝一杯酒。"大家照她说的传。每当传到毕怡庵手里时，猫就叫。毕怡庵向来酒量大，一连喝了几杯，才发现是小姑娘故意掐猫叫的，惹得大家又嚷又笑。二姐说："小妹快回去吧，压坏了郎君，恐怕三姊要怨你。"小姑娘这才抱着猫走了。大姐看毕怡庵能喝，就摘下束头发的髻子斟满酒劝他。毕怡庵看髻子只能装一升左右酒；但喝起来，觉得像有几斗。等喝干看看，却是一张大荷叶。二姐也要给他敬酒，毕怡庵推辞说不能再喝了。二姐拿出个口红盒子，比弹丸稍大，斟上酒说："既然不能多喝，姑且表一表心意吧。"毕怡庵看那盒子，一口就能喝干；接过来喝了上百口，再也没有干的时候。狐女在一旁用小莲花杯子换下盒子，说："你不要被狡猾的人捉弄了！"把盒放在桌上，却是一只大钵。二姐说：

“关你什么事，才给你做三天郎君，就这样亲爱了!”毕怡庵把酒端到嘴边，一饮而尽。把玩空杯，觉得柔软滑腻；细看，不是酒杯，是一只绣鞋，做工极为精妙。二姐夺过鞋子骂道：“刁猾的丫头，什么时候把人家的鞋偷去，怪不得脚冰冷!”说着起身，进内室换鞋。狐女邀毕怡庵起身离席，告别大姊，把他送出村子，让他自己回去。一瞬间，毕怡庵醒来，竟是一场梦；可人却醉醺醺的，满嘴满鼻酒气还很浓重，心里感到奇怪。到晚上，狐女来，说：“你昨晚没醉死吗?”毕怡庵说；“正怀疑是梦。”狐女说：“姊妹们怕你狂呼乱叫，所以假托梦境，其实不是梦。”

狐女每次和毕怡庵下棋，毕怡庵都输。狐女笑着说：“你每天下棋成瘾，我以为一定是个高手，现在看，也不过一般罢了。”毕怡庵求她指教。狐女说：“下棋的技巧在于自己慢慢领会，我怎能使你一下子提高?我们早晚在一起下棋，潜移默化，或许会有所不同。”过了几个月，毕怡庵觉得有点进步了。狐女试了试他，笑着说：“还不行，还不行。”毕怡庵出门和过去的棋友下棋玩，大家觉得他的棋法和以前不同，都感到奇怪。毕怡庵为人坦直，心里存不住事儿，就泄露了一些。回到家里，狐女已经知道了，责备他说：“怪不得我们同道不结交狂妄的人，屡次嘱咐你保守秘密，你怎么还这样!”生气要走。毕怡庵慌忙认错不迭，狐女才稍稍解怒；但从此渐渐来得少了。

过了一年多，有天晚上狐女来，面对毕怡庵呆呆地坐着。跟她下棋，她不下；要她睡下，她不睡。沉闷了很久，说：“你看我比青凤如何?”毕怡庵说：“恐怕超过了她。”狐女说：“我自愧不如。然而，聊斋主人和你是文字之交，劳请他为我作小传，未必千年以后就没有像你那样对我爱恋思念的人。”毕怡庵说：“我早就有这个愿望；过去因为遵守你的嘱咐，所以不敢外传。”狐女说：“我过去是有这样的嘱咐，如今已快要分别，还隐讳什么呢?”毕怡庵问她去哪儿，狐女说；“我和四妹妹被西王母娘娘招去做花鸟使，不能再来了。以前有个姊姊辈的，和你家叔伯哥哥相好，分别时已生了两个女儿，至今还没再嫁；幸好我和你还没留下累赘。”毕怡庵请她临别赠言，狐女说：“平息傲气，过错必少。”说完站起身，拉着毕怡庵的手，说：“你送我一程。”走了一里来路，狐女流着眼泪和毕怡庵告别，说："你我有志，未必就没有相会的日子。"说完就走了。

康熙二十一年（1682）腊月十九，毕怡庵和我在绰然堂抵足而卧，他详细地叙述了那件奇异的事情。我说："有这样的狐狸，聊斋的文章生辉了。"于是，就记了下来。

布　客

长清某，贩布为业，客于泰安。闻有术人工星命之学，诣问休咎。术人推之曰："运数大恶，可速归。"某惧，囊赀北下。途中遇一短衣人，似是隶胥。渐渍与语，遂相知悦。屡市餐饮，呼与共啜。短衣人甚德之。某问所干营，答言："将适长清，有所勾致。"问为何人。短衣人出牒，示令自审；第一即己姓名。骇曰："何事见勾？"短衣人曰："我非生人，乃蒿里山东四司隶役。想子寿数尽矣。"某出涕求救。鬼曰："不能。然牒上名多，拘集尚需时日。子速归，处置后事，我最后相招，此即所以报交好耳。"无何，至河际，断绝桥梁，行人艰涉。鬼曰："子行死矣，一文亦将不去。请即建桥，利行人；虽颇烦费，然于子未必无小益。"某然之。归，告妻子作周身具。克日鸠工建桥。久之，鬼竟不至。心窃疑之。一日，鬼忽来曰："我已以建桥事上报城隍，转达冥司矣，谓此一节可延寿命。今牒名已除，敬以报命。"某喜感谢。

后再至泰山，不忘鬼德，敬赍楮锭，呼名酹奠。既出，见短衣人匆遽而来曰："子几祸我！适司君方莅事，幸不闻知；不然，奈何！”送之数武，曰：“后勿复来。倘有事北往，自当迂道过访。”遂别而去。

【译文】

山东长清县某人，做贩卖布匹的生意。他在江苏泰安逗留，听说有个算命先生算得很准，就去卜问运气好坏。算命的推算了一番，说：“你的运气太坏，要赶快回家。”布贩子心里害怕，带着钱北返。半路上遇见个穿短衣的人，看样子像是衙门里的差役。渐渐凑上去拉话，就熟悉要好起来。布贩子多次买来吃的喝的，招呼差役一道享用。差役对他很感激。布贩子问差役干什么去，差役回答说：“去长清县，捕几个人。”问捕的是什么人，差役拿出公文，让他自己看。布贩子一看，上边第一个就是自己的名字，惊恐地说：“为什么拘捕我？”差役说：“我不是活人，是阴间东四司的差役，想必是你的寿数到了，才拘捕你。”布贩子流着泪向他求救。鬼说：“我救不了你。但公文上的名字很多，捕起来还需要些时间，你快回去，处理好后事，我最后去招你，这就是我对你友情的报答了。”不多久，走到一条河边，河上的桥梁断了，行人趟过河很艰难。鬼说：“你就要死了，一文钱也带不走。请马上修桥，方便行人；虽然很破费钱财，但对你未必就没有点好处。”布贩子认为他说得对。回到家里，告诉妻子准备棺材，自己去招工，限期修好了桥。过了很久，鬼竟然没来，心里暗暗怀疑。一天，鬼差忽然来了，说：“我已经把你修桥的事上报给城隍老爷，由他转达给阴司了，说凭这件事可以延长你的寿命。如今阎王爷已从公文上除了你的名字，我特来向你报告。”布贩子好不喜欢，便向鬼差表示感谢。

后来，他再到泰山，不忘记鬼差的恩情，恭恭敬敬拿着纸钱，呼唤着名字烧化祭奠。一出山，就看见鬼差匆匆忙忙来到面前说：“你差点儿害了我！刚才东四司长官正好出去办事，幸亏没听见；不然，该怎么办！”他送了布贩子几步，说：“以后不要再来了，如果我有事往北去，自然会绕道拜访。”说完就告别走了。

农　人

有农人芸于山下，妇以陶器为饷。食已，置器垅畔。向暮视之，器中余粥尽空。如是者屡。心疑之，因睨注以觇之。有狐来，探首器中。农人荷锄潜往，力击之。狐惊窜走。器囊头，苦不得脱；狐颠蹶，触器碎落，出首，见农人，窜益急，越山而去。

后数年，山南有贵家女，苦狐缠祟，敕勒无灵。狐谓女曰："纸上符咒，能奈我何！"女绐之曰："汝道术良深，可幸永好。顾不知生平亦有所畏者否？"狐曰："我罔所怖。但十年前在北山时，尝窃食田畔，被一人戴阔笠，持曲项兵，几为所戮，至今犹悸。"女告父。父思投其所畏，但不知姓名、居里，无从问讯。

会仆以故至山村，向人偶道。旁一人惊曰："此与吾曩年事适相符同，将无向所逐狐，今能为怪耶？"仆异之，归告主人。主人喜，即命仆马招农人来，敬白所求。农人笑曰："曩所遇诚有之，顾未必即为此物；且既能怪变，岂复畏一农人？"贵家固强之，使披戴如尔日状，入室以锄卓地，咤曰："我日觅汝不可得，汝乃逃匿在此耶！今相值，决杀不宥！"言已，即闻狐鸣于室。农人益作威怒。狐即哀言乞命。农人叱曰："速去，释汝。"女见狐奉头鼠窜而去，自是遂安。

【译文】

有个农夫在山下田里锄草，妻子用陶罐给他送饭。农夫吃罢，把陶罐放在地头上。傍晚看，陶罐里的剩粥全都没有了。这样的怪事发生了好几次，农夫心里怀疑，就在干活时斜着眼偷看。有一只狐狸来，把头伸进陶罐里。农人扛着锄头悄悄过去，使劲一击。狐狸惊慌逃窜，头被陶罐套住，苦于摆脱不出；跌倒碰碎了陶罐，才伸出头，看见农人，逃得更急，翻过山就没影了。

几年后，山南有个贵族人家的女儿，被狐狸精纠缠迷惑得很苦，作法驱邪，毫不灵验。狐狸精对贵家女说："纸上符咒，能把我怎样!"贵家女哄骗它说："你道术很深，我庆幸能跟你永远相好。但不知你生平也有惧怕的人吗?"狐狸精说："我什么也不怕。只是十年前在北山时，曾经到地头偷吃粮食，差点儿被一个戴着大草帽，拿着弯脖武器的人打死，至今还心有余悸。"贵家女把这话告诉了父亲。父亲想用狐狸惧怕的人对付它，却不知那人的姓名住址，无从寻找。

这时，贵家的仆人因事到北山村子里，偶然向人说起这事，旁边一个人惊奇地说："这情形跟我前些年经历的事儿倒正相符，莫不是以前追赶的那只狐狸，如今能作怪么?"仆人感到奇怪，回来告诉了主人。主人非常高兴，马上就让仆人牵马去请来了农夫，恳切地表明了请求。农夫笑着说："以前遇到狐狸确是有的，但未必就是这儿的东西；况且它既然能作怪变人，难道还能怕一个农夫不成?"贵族家非要他驱邪不可，让他穿戴成当年的模样，进闺房把锄头往地上一拄，大声呵斥："我天天找你找不到，原来竟藏在这里！今天碰上，一定打死不饶!"话音刚落，就听狐狸在房间里嗷嗷叫。农人越发装出发威生气的样子，狐狸精马上哀求饶命。农人呵斥说："你赶快走，就放了你。"贵家女儿看见狐狸精抱头鼠窜而去，从此就太平了。

章阿端

卫辉戚生，少年蕴藉，有气敢任。时大姓有巨第，白昼见鬼，死亡相继，愿以贱售。生廉其直，购居之。而第阔人稀，东院楼亭，蒿艾成林，亦姑废置。家人夜惊，辄相哗以鬼。两月余，丧一婢。无何，生妻以暮至楼亭，既归，得疾，数日寻毙。家人益惧，劝生他徙。生不听。而块然无偶，憭慄自伤。婢仆辈又时以怪异相聒。生怒，盛气襆被，独卧荒亭中，留烛以觇其异。

久之无他，亦竟睡去。忽有人以手探被，反复扪挲。生醒视之，则一老大婢，挛耳蓬头，臃肿无度。生知其鬼，捉臂推之，笑曰："尊范不堪承教！"婢惭，敛手蹀躞而去。少顷，一女郎自西北隅出，神情婉妙，闯然至灯下，怒骂："何处狂生，居然高卧！"生起笑曰："小生此间之第主，候卿讨房税耳。"遂起，裸而捉之。女急遁。生先趋西北隅，阻其归路。女既穷，便坐床上。近临之，对烛如仙；渐拥诸怀。女笑曰："狂生不畏鬼耶？将祸尔死！"生强解裙襦，则亦不甚抗拒。已而自白："妾章氏，小字阿端。误适荡子，刚愎不仁，横加折辱，愤悒夭逝，瘗此二十余年矣。此宅下皆坟冢也。"问："老婢何人？"曰："亦一故鬼，从妾服役。上有生人居，则鬼不安于夜室，适令驱君耳。"问："扪挲何为？"笑曰："此婢三十年未经人道，其情可悯；然亦太不自谅矣。要之：馁怯者，鬼益侮弄之；刚肠者，不敢犯也。"听邻钟响断，着衣下床，曰："如不见猜，夜当复至。"

入夕，果至，绸缪益欢。生曰："室人不幸殂谢，感悼不释于怀。卿能为我致之否？"女闻之益戚，曰："妾死二十年，谁一致念忆者！君诚多情，妾当极力。然闻投生有地矣，不知尚在冥司否。”逾夕，告生曰：“娘子将生贵人家。以前生失耳环，挞婢，婢自缢死，此案未结，以故迟留。今尚寄药王廊下，有监守者。妾使婢往行贿，或将来也。”生问：“卿何闲散？”曰：“凡枉死鬼不自投见，阎摩天子不及知也。”二鼓向尽，老婢果引生妻而至。生执手大悲。妻含涕不能言。女别去，曰：“两人可话契阔，另夜请相见也。”生慰问婢死事。妻曰：“无妨，行结矣。”上床偎抱，款若平生之欢。由此遂以为常。

后五日，妻忽泣曰：“明日将赴山东，乖离苦长，奈何！”生闻言，挥涕流离，哀不自胜。女劝曰：“妾有一策，可得暂聚。”共收涕询之。女请以钱纸十提，焚南堂杏树下，持贿押生者，俾缓时日。生从之。至夕，妻至曰：“幸赖端娘，今得十日聚。”生喜，禁女勿去，留与连床，暮以暨晓，惟恐欢尽。过七八日，生以限期将满，夫妻终夜哭。问计于女。女曰：“势难再谋。然试为之，非冥资百万不可。”生焚之如数。女来，喜曰：“妾使人与押生者关说，初甚难；既见多金，心始摇。今已以他鬼代生矣。”自此白日亦不复去，令生塞户牖，灯烛不绝。

如是年余，女忽病，瞀闷懊侬，恍惚如见鬼状。妻抚之曰：“此为鬼病。”生曰：“端娘已鬼，又何鬼之能病？”妻曰：“不然。人死为鬼，鬼死为聻。鬼之畏聻，犹人之畏鬼也。”生欲为聘巫医。曰：“鬼何可以人疗？邻媪王氏，今行术于冥间，可往召之。然去此十余里，妾足弱，不能行，烦君焚刍马。”生从之。马方爇，即见女婢牵赤骝，授绥庭下，转瞬已杳。少间，与一老妪叠骑而来，絷马廊柱。妪入，切女十指。既而端坐，首僩俫作态。仆地移时，蹶而起曰：“我黑山大王也。娘子病大笃，幸遇小神，福泽不浅哉！此业鬼为殃，不妨，不妨！但是病有瘳，须厚我供养，金百铤、钱百贯、盛筵一设，不得少缺。”妻一一噭应。妪又仆而苏，向病者呵叱，乃已。既而欲去。妻送诸庭外，赠之以马，欣然而去。入视女郎，似稍清醒。夫妻大悦，抚问之。女忽言曰：“妾恐不得再履人世矣。合目辄见冤鬼，命也！”因泣下。越宿，病益沉殆，曲体战栗，妄有所睹。拉生同卧，以首入怀，似畏扑捉。生一起，则惊叫不宁。如此六七日，夫妻无所为计。会生他出，半日而归，闻妻哭声。惊问，则端娘已毙床上，委蜕犹存。启之，白骨俨然。生大恸，以生人礼葬于祖墓之侧。

一夜，妻梦中呜咽。摇而问之，答云：“适梦端娘来，言其夫为聻鬼，怒其改节泉下，衔恨索命去，乞我作道场。”生早起，即将如教。妻止之曰：“度鬼非君所可与力也。”乃起去。逾刻而来，曰：“余已命人邀僧侣。当先焚钱纸作用度。”生从之。日方落，僧众毕集，金铙法鼓，一如人世。妻每谓其聒耳，生殊不闻。道场既毕，妻又梦端娘来谢，言：“冤已解矣，将生作城隍之女。烦为转致。”

居三年，家人初闻而惧，久之渐习。生不在，则隔窗启禀。一夜，向生啼曰：“前押生者，今情弊漏泄，按责甚急，恐不能久聚矣。”数日，果疾，曰：“情之所钟，本愿长死，不乐生也。今将永诀，得非数乎！”生皇遽求策。曰：“是不可为也。”问：“受责乎？”曰：“薄有所罚。然偷生罪大，偷死罪小。”言讫，不动。细审之，面庞形质，渐就澌灭矣。

生每独宿亭中，冀有他遇，终亦寂然，人心遂安。

【译文】

河南汲县戚生，年轻深沉，胆大敢为。当时，一家大户有座很大的宅院，大白天闹鬼，接连不断死人，愿意贱价出卖。戚生图它便宜，就买下住进去。但宅大人少，东院楼亭，茅草成林，也暂且空着不住人。夜里，家人受到惊扰，就嚷嚷有鬼。两个多月，死了一个丫环。不久，妻子因傍晚到东院楼亭，回来后得了病，不几天就死了。家人越发害怕，劝戚生搬家。戚生不听。但孤孤单单一个，没有了妻子，心情凄凉。仆人们又时时向他絮叨种种怪事儿，心里不高兴，憋着满肚子气，抱着被子独自到东院荒亭里睡，点上蜡烛打算看一看鬼怪出现。

等了很久，没有事儿，也就睡着了。忽然，觉得有人把手伸进他的被子，在他身上摸来摸去。戚生醒来一看，是个大龄丫环，长了一对贴肉耳朵，蓬乱着头，肥胖得不成样子。戚生知道她是鬼，抓住她的胳臂推她走，笑着说：“尊容实在不堪领教！”丫环羞愧，抽回手，踏着碎步走了。一会儿，一个神态美妙的女郎从西北角出来，闯到灯前，怒气冲冲地骂道：“哪里来的狂小子，居然安逸地躺在这里！”戚生起身笑道：“我是这里的房主，等你来问你讨房租罢了！”说着站起来，光着身子去抓女郎。女郎急忙逃跑。戚生赶快先一步跑到西北角，挡住她的回路。女郎无路可走，只好坐到床上。戚生走近她，在灯光下看着美如仙子；慢慢上去把她抱在怀里。女郎笑着说：“狂生不怕鬼吗？我要害死你！”戚生硬解开她的衣裙，她也不太抗拒。事后，她自我介绍说：“我姓章，小名阿端。错嫁给浪荡公子，他专横固执，良心不好，对我横加折磨，我年纪轻轻就悲愤抑郁而死，埋在这里二十多年了。这座宅子下面全都是坟墓。”戚生问她：“那大丫环是什么人?”女郎说：“也是个老鬼，跟在我身边使唤。上面有活人住着，鬼在地下就不安宁，刚才让她来赶跑你罢了。”戚生问：“她摸我干什么呢?”阿端笑着说：“这丫环活到三十岁没通男女情欲，论情理也够可怜的；但她也太不自量了。总而言之，越是胆小怕事的人，鬼就越是要辱弄他；坚强的人，鬼就不敢侵犯。”听邻家的钟敲完点，阿端穿衣下床，说：“如果你不疑忌我，我今夜会再来。”

到了晚上，阿端果然来了，两个人亲亲热热，更加欢乐。戚生说：“我的妻子不幸死了，我心里总放不下对她的悼念，你能为我引她来吗?”阿端听了，心中平添了悲哀，说：“我死了二十年，有谁向我表示过一点儿怀念！你真多情，我要尽力帮助你。但我听说你妻子已有投生的去处了，不知她还在不在阴间。”过了一晚，阿端来告诉戚生说：“娘子将托生在富贵人家。只因她生前丢失耳环，拷打丫环，丫环上吊死了，这案子没了结，所以耽搁下来，如今还暂住在药王廊下，有看守的。我让丫环去行贿，可能就要到这儿来。”戚生问：“你怎么这样闲散?”阿端说：“凡是屈死的鬼，自己不去见阎王，阎王就不能马上知道。”二更将尽，大丫环果然带着戚生的妻子来了。戚生拉着妻子的手，万分悲痛。妻子含着眼泪说不出话来。阿端向他们告别，说：“你俩好好谈谈别后相思，改天晚上咱们再相见吧。”戚生关心地询问妻子丫环自尽的事，妻子说：“不要紧，就要结案了。”两人上床偎抱，就像妻子活着时一样欢乐。从这以后，戚生和鬼妻就常常相会。

五天以后，妻子忽然哭着说：“明天将去山东，我们就要长久地分离了，怎么办呢了”戚生听了，泪流满面，不胜悲伤。阿端劝慰他说：“我有个办法，可以让你们暂时团聚。”戚生夫妇止住眼泪，问她有什么办法。阿端请戚生拿十挂纸钱到南堂杏树下焚烧，贿赂押送投生的鬼差，让宽限几天。戚生照她的话办了。到了晚上，妻子来说：“幸亏靠端姑娘办法好，如今还能团聚十天。”戚生心里欢喜，不让阿端走，留她三个人同床，一夜到天亮，只怕寻欢作乐的时间到点。过了七八天，戚生因限期将满，和妻子整夜哭泣。问阿端还有什么法子，阿端说：“看样子很难再想办法。但不妨试试看，恐怕没有一百万阴间钱不行。”戚生如数烧了纸钱。阿端来，高兴地说：“我让人跟押送的鬼差打通关节，一开始很难说话；后来看钱多，才动了心。现在已打发别的鬼代替投生去了。”从此，妻子和阿端白天也不再离去，叫戚生塞住门窗，日夜灯光不熄。

这样过了一年多，阿端忽然头晕目眩，神志恍惚，像见了鬼似的。戚妻抚摩着她说：“这是鬼病。”戚生说：“端姑娘已经是鬼，鬼又怎么能使她生病?”妻说：“不是这么回事。人死了变鬼，鬼死了变聻。鬼怕聻，就像人怕鬼一样。”戚生要请巫医给阿端治病，妻说：“鬼病怎么可以叫人来治？邻居王婆婆，如今在阴间行医，可以去请她。但她那儿离这里十多里路，我脚没劲儿，不能走，劳你烧一匹纸马。”戚生照她说的做了。纸马刚烧着，就见丫环牵来一匹红毛黑尾巴马，在庭院下把缰绳交给了妻子。一转眼那马就已跑得没影了。一会儿，妻子和一个老婆婆合骑一匹马来，下了马把它拴在廊下柱子上。老婆婆进屋，按着阿端的十指诊病。然后毕端毕正坐好，摇头晃脑装模作样，又跌倒在地上好一阵子，跳起来说：“我是黑山大王，娘子病得很重，幸亏遇到小神，福气不浅哪！这是恶鬼造下的灾祸，不要紧，不要紧！但是病好了，要重重地谢我，一百锭银子、一百串钱、一桌丰盛的筵席，可不能缺少了一样。”戚妻一一“噢！噢”地答应。王婆婆又跌倒在地上，苏醒过来，朝着阿端呵叱了一通，才罢。过后王婆婆要走，戚妻把她送到院外，把马赠给她，她高高兴兴地走了。回来看阿端，好像稍为清醒了一些。戚生夫妻非常喜悦，一起安慰问候她。阿端忽然说：“我恐怕是不能再到人世了。合上眼就看见冤鬼，这也是命啊!”说着，淌下眼泪来。过了一夜，病情更加沉重危险，蜷曲着身子发抖，就像看见了什么。她拉过戚生同睡，把头紧贴在戚生怀里，好像怕被捉走。戚生一起来，她就惊叫不安。这样有六七天，戚生夫妇毫无办法。这一天，戚生有事外出，半天才回，到家听见妻子哭声，吃惊地问她什么事，原来阿端已经死在床上了，随身衣服还在，揭开一看，端端正正一具白骨。戚生非常悲痛，按照人间葬礼把她埋葬在祖坟旁。

一天晚上，戚妻在睡梦里呜咽哭泣。戚生摇醒她，问哭什么，妻子回答说："刚才梦见端姑娘来了，说她的丈夫做了聻鬼，怪她在阴间不守节操，怀恨在心，讨去了她的命，她求我给她做道场。"早上，戚生早早起床，准备去张罗这事。妻子阻止他说："给鬼超度不是你能使上力的。"说完就起身出去了。过了一阵回来，说："我已让人去请和尚了，你要先烧些纸钱作用度。"戚生烧了。日头刚落，和尚就到齐了，击铙钹的，敲法鼓的，跟人世的完全一样。妻子总说声音嘈杂震耳，戚生却一点也听不见。做完道场，戚妻又梦见端姑娘来道谢，说："冤仇已解除了，就要投生到城隍老爷家做女儿，请你转告戚生。"

戚妻在家里住了三年，开始，仆人听说后都害怕，时间一长，就渐渐习惯了。戚生不在家的时候，仆人就隔着窗子禀报。一天晚上，妻子向戚生哭着说："以前押送投生的鬼差，如今舞弊的事儿泄露了，追查得很紧，恐怕相聚的时间不长了。"过了几天，她果然病了，说："我钟情于你，本愿长死，不愿投生。今将永别，难道不是命吗？"戚生惊慌地求她想个办法。妻子说："这是不能挽回的。"戚生问："你会受责罚吗？"妻子说："会受点轻的惩罚。但偷生罪大，偷死罪小。"说完，就不动了。戚生仔细看她，面孔形体，渐渐地消逝了。

戚生常独自睡在荒亭里，希望遇见别的鬼，终于安静无事，人心也就安定了。

馎饦媪

韩生居别墅半载，腊尽始返。一夜，妻方卧，闻人行声。视之，炉中煤火，炽耀甚明。见一媪，可八九十，鸡皮橐背，衰发可数。向女曰："食馎饦否？"女惧不敢应。媪遂以铁箸拨火，加釜其上；又注以水。俄闻汤沸。媪撩襟启腰橐，出馎饦数十枚，投汤中，历历有声。自言曰："待寻箸来。"遂出门去。女乘媪去，急起捉釜倾箦后，蒙被而卧。少刻，媪至，逼问釜汤所在。女大惧而号。家人尽醒，媪始去。启箦照视，则土鳖虫数十，堆累其中。

【译文】

韩生住在别墅里半年，腊月底才回家。一天夜里，他的妻子才躺下，听见有人走动。睁开眼看看，炉中煤火，烧得很旺；一个老太婆，有八九十岁，满脸皱纹，驼背，稀疏的头发几乎能数得出来。她对韩妻说："吃汤饼不?"韩妻害怕，不敢吱声。老太婆就用火钳拨弄拨弄炉火，放上锅，灌进水。一会儿，就听锅里的水沸腾起来。老太婆撩起衣襟，打开腰袋，拿出几十枚汤饼，放在锅里，声音听得很清楚。她自言自语地说："等我去找双筷子来。"就走了出去。韩妻乘老太婆出去，急忙下床，端起锅把汤饼倒在床后，蒙上被子就睡下。片刻，老太婆回来，追问韩妻把一锅汤饼弄到哪里去了。韩妻吓得大声呼叫，仆人全都惊醒，老太婆才走了。移开床，拿灯照看，却是几十只土鳖虫堆积在那里。

金永年

利津金永年，八十二岁无子，媪亦七十八岁，自分绝望。忽梦神告曰："本应绝嗣，念汝贸贩平准，赐予一子。"醒以告媪。媪曰："此真妄想。两人皆将就木，何由生子?"无何，媪腹震动；十月，竟举一男。

【译文】

山东利津县金永年，八十二岁，没有儿子，老妻也七十八岁了，自料已经没有希望。忽然梦见神告诉他说："你本该绝后，考虑你平日买卖公平，赐给你一个儿子。"老翁醒来告诉老妻。老妻说："这真是妄想。你我都是要进棺材的人了，怎么还能生儿子?"不久，老妻腹中震动；十个月后，竟生了个男孩。

花姑子

安幼舆，陕之拔贡生。为人挥霍好义，喜放生。见猎者获禽，辄不惜重直，买释之。

会舅家丧葬，往助执绋。暮归，路经华岳，迷窜山谷中。心大恐。一矢之外，忽见灯火，趋投之。数武中，欻见一叟，伛偻曳杖，斜径疾行。安停足，方欲致问。叟先诘谁何。安以迷途告；且言灯火处必是山村，将以投止。叟曰："此非安乐乡。幸老夫来，可从去，茅庐可以下榻。"

安大悦，从行里许，睹小村。叟扣荆扉，一妪出，启关曰："郎子来耶?"叟曰："诺。"既入，则舍宇湫隘。叟挑灯促坐，便命随事具食。又谓妪曰："此非他，是吾恩主。婆子不能行步，可唤花姑子来酾酒。"俄女郎以馔具入，立叟侧，秋波斜盼。安视之，芳容韶齿，殆类天仙。叟顾令煨酒。房西隅有煤炉，女即入房拨火。安问："此公何人?"答云："老夫章姓。七十年止有此女。田家少婢仆，以君非他人，遂敢出妻见子，幸勿哂也。"安问："婿家何里?"答言："尚未。"安赞其惠丽，称不容口。叟方谦挹，忽闻女郎惊号。叟奔入，则酒沸火腾。叟乃救止，诃曰："老大婢，濡猛不知耶!"回首，见炉傍有薥心插紫姑未竟，又诃曰："发蓬蓬许，裁如婴儿!”持向安曰：“贪此生涯，致酒腾沸。蒙君子奖誉，岂不羞死!”安审谛之，眉目袍服，制甚精工。赞曰：“虽近儿戏，亦见慧心。”斟酌移时，女频来行酒，嫣然含笑，殊不羞濇。安注目情动。忽闻妪呼，叟便去。安觑无人，谓女曰：“睹仙容，使我魂失。欲通媒妁，恐其不遂，如何?”女抱壶向火，默若不闻；屡问不对。生渐入室。女起，厉色曰：“狂郎入闼将何为!”生长跽哀之。女夺门欲出。安暴起要遮，狎接臆膈。女颤声疾呼，叟匆遽入问。安释手而出，殊切愧惧。女从容向父曰：“酒复涌沸，非郎君来，壶子融化矣。”安闻女言，心始安妥，益德之。魂魄颠倒，丧所怀来。于是伪醉离席，女亦遂去。叟设裀褥，阖扉乃出。安不寐；未曙，呼别。

至家，即浼交好者造庐求聘，终日而返，竟莫得其居里。安遂命仆马，寻途自往。至则绝壁巉岩，竟无村落；访诸近里，则此姓绝少。失望而归，并忘食寝。由此得昏瞀之疾：强啖汤粥，则喠嗒欲吐；溃乱中，辄呼花姑子。家人不解，但终夜环伺之，气势阽危。

一夜，守者困怠并寐，生蒙瞳中，觉有人揣而抗之。略开眸，则花姑子立床下，不觉神气清醒。熟视女郎，潸潸涕堕。女倾头笑曰：“痴儿何至此耶?”乃登榻，坐安股上，以两手为按太阳穴。安觉脑麝奇香，穿鼻沁骨。按数刻，忽觉汗满天庭，渐达肢体。小语曰：“室中多人，我不便住。三日当复相望。”又于绣袪中出数蒸饼置床头，悄然遂去。安至中夜，汗已思食，扪饼啗之。不知所苞何料，甘美非常，遂尽三枚。又以衣覆余饼，懵悿酣睡，辰分始醒，如释重负。

三日，饼尽，精神倍爽。乃遣散家人。又虑女来不得其门而入，潜出斋庭，悉脱扃键。未几，女果至，笑曰："痴郎子！不谢巫耶?"安喜极，抱与绸缪，恩爱甚至。已而曰："妾冒险蒙垢，所以故，来报重恩耳。实不能永谐琴瑟，幸早别图。"安默默良久，乃问曰："素昧生平，何处与卿家有旧，实所不忆。"女不言，但云："君自思之。"生固求永好。女曰："屡屡夜奔，固不可；常谐伉俪，亦不能。"安闻言，邑邑而悲。女曰："必欲相谐，明宵请临妾家。"安乃收悲以忻，问曰："道路辽远，卿纤纤之步，何遂能来?"曰："妾固未归。东头聋媪我姨行，为君故，淹留至今，家中恐所疑怪。"安与同衾，但觉气息肌肤，无处不香。问曰："熏何芗泽，致侵肌骨?"女曰："妾生来便尔，非由熏饰。"安益奇之。女早起言别。安虑迷途，女约相候于路。

安抵暮驰去，女果伺待，偕至旧所。叟媪欢逆。酒肴无佳品，杂具藜藿。既而请客安寝。女子殊不瞻顾，颇涉疑念。更既深，女始至，曰："父母絮絮不寝，致劳久待。"浃洽终夜，谓安曰："此宵之会，乃百年之别。"安惊问之。答曰："父以小村孤寂，故将远徙。与君好合，尽此夜耳。"安不忍释，俯仰悲怆。依恋之间，夜色渐曙。叟忽闯然入，骂曰："婢子玷我清门，使人愧怍欲死!"女失色，草草奔去。叟亦出，且行且詈。安惊孱遻怯，无以自容，潜奔而归。

数日徘徊，心景殆不可过。因思夜往，逾墙以观其便。叟固言有恩，即令事洩，当无大谴。遂乘夜窜往，蹀躞山中，迷闷不知所往。大惧。方觅归途，见谷中隐有舍宇；喜诣之，则闬闳高壮，似是世家，重门尚未扃也。安向门者询章氏之居。有青衣人出，问："昏夜何人询章氏？"安曰："是吾亲好，偶迷居向。"青衣曰："男子无问章也。此是渠妗家，花姑即今在此，容传白之。"入未几，即出邀安。才登廊舍，花姑趋出迎，谓青衣曰："安郎奔波中夜，想已困殆，可伺床寝。"少间，携手入帏。安问："妗家何别无人？"女曰："妗他出，留妾代守。幸与郎遇，岂非夙缘？"然偎傍之际，觉甚膻腥，心疑有异。女抱安颈，遽以舌舐鼻孔，彻脑如刺。安骇绝，急欲逃脱；而身若巨绠之缚。少时，闷然不觉矣。

安不归，家中逐者穷人迹。或言暮遇于山径者。家人入山，则见裸死危崖下。惊怪莫察其由，舁归。众方聚哭，一女郎来吊，自门外噭啕而入。抚尸捺鼻，涕洟其中，呼曰："天乎，天乎！何愚冥至此！"痛哭声嘶，移时乃已。告家人曰："停以七日，勿殓也。"众不知何人，方将启问；女傲不为礼，含涕迳出。留之不顾；尾其后，转眸已渺。群疑为神，谨遵所教。夜又来，哭如昨。至七夜，安忽苏，反侧以呻。家人尽骇。女子入，相向呜咽。安举手，挥众令去。女出青草一束，燂汤升许，即床头进之，顷刻能言。叹曰："再杀之惟卿，再生之亦惟卿矣！"因述所遇。女曰："此蛇精冒妾也。前迷道时所见灯光，即是物也。"安曰："卿何能起死人而肉白骨也？勿乃仙乎？"曰："久欲言之，恐致惊怪。君五年前，曾于华山道上买猎獐而放之否?”曰:“然，其有之。”曰:“是即妾父也。前言大德，盖以此故。君前日已生西村王主政家。妾与父讼诸阎摩王，阎摩王弗善也。父愿坏道代郎死，哀之七日，始得当。今之邂逅，幸耳。然君虽生，必且痿痹不仁;得蛇血合酒饮之，病乃可除。”生衔恨切齿，而虑其无术可以擒之。女曰:“不难。但多残生命，累我百年不得飞升。其穴在老崖中，可于晡时聚茅焚之，外以强弩戒备，妖物可得。”言已，别曰:“妾不能终事，实所哀惨。然为君故，业行已损其七，幸悯宥也。月来觉腹中微动，恐是孽根。男与女，岁后当相寄耳。”流涕而去。

安经宿，觉腰下尽死，爬抓无所痛痒。乃以女言告家人。家人往，如其言，炽火穴中。有巨白蛇冲焰而出。数弩齐发，射杀之。火熄入洞，蛇大小数百头，皆焦臭。家人归，以蛇血进。安服三日，两股渐能转侧，半年始起。

后独行谷中，遇老媪以绷席抱婴儿授之，曰:“吾女致意郎君。”方欲问讯，瞥不复见。启襁视之，男也。抱归，竟不复娶。

异史氏曰:人之所以异于禽兽者几希，此非定论也。蒙恩衔结，至于没齿，则人有惭于禽兽者矣。至于花姑，始而寄慧于憨，终而寄情于狎。乃知憨者慧之极，狎者情之至也。仙乎，仙乎!

【译文】

安幼舆是陕西的拔贡生，为人舍得花大钱，讲义气，喜好放生。看到猎人捕获禽兽，就不惜出高价，买下来放掉。

一天，舅舅家办丧事，他前去送葬。傍晚回家，路过华山，在山谷里迷了路，心里非常害怕。忽然，他看见一箭地之外有灯光，急忙往那里赶去。刚走几步，一眨眼看见一个老翁，驼着背，拖着拐杖，在斜路上走得很快。安生停下脚步，正想问路，老翁先发话问他是谁。安生告诉他走迷了路；并且说那边有灯光的地方必是个山村，打算去投宿。老翁说："那不是安乐乡。幸亏我来了，你跟我走吧，我家的茅屋可以歇息。"

安生非常高兴，跟着老翁走了约有一里路，看见个小村庄。老翁上前拍拍荆条门，一个老婆婆出来，打开门问："郎君来了吗?"老翁说；"来了。"走到里边，屋子又矮又窄。老翁点上灯，请他坐下，就叫老婆婆随便弄点吃的。又对老婆婆说："他不是别人，是我的恩人，老太婆你行走不便，可以叫花姑子来斟酒。"一会儿，一个女郎端着酒菜来，站在老翁身边，水汪汪的眼睛斜过来向安生顾盼。安生看她，年轻貌美，简直跟天仙差不多。老翁回头叫她热酒。内房西角有个煤炉，女郎马上进去拨火。安生问老翁："这姑娘是老公公什么人?"老翁说："我姓章。七十岁了，只有这个女儿。农家人没有丫环仆人，因为你不是外人，所以敢让妻子女儿出来，请不要见笑。"安生问："女婿家在哪里?"老翁说还没有。安生夸女郎聪明美丽，赞不绝口。老翁正在谦让，忽听女郎惊叫。老翁急忙奔进去，原来是酒沸出来着了火。老翁把火弄灭，呵责她说："这么大的丫头，酒沸得猛，不知道吗?"回过头来，见炉旁有个高粱秸芯扎的厕神紫姑，还没扎成，又训斥说："头发都那么长了，才像个娃娃。"拿来给安生看，说："贪玩这东西，把酒都热得沸腾了。你还夸奖她，岂不羞死人了!"安生细看那紫姑，有眉有眼还穿着袍服，做得很精致。称赞说："虽然近乎小孩子的玩具，也看得出她心眼儿聪明。"两人对喝了一阵子，女郎不断来斟酒，甜甜地微笑，一点儿也不羞涩。安生目不转睛盯着她看，动了爱慕之心。忽然听老婆婆呼唤，老翁就进去了。安生看没人，对女郎说："看见你仙女一样的容貌，使我魂都丢了。我想请媒人提亲，怕你家不同意，怎么办?"女郎捧起酒壶走向煤炉，默默地像没听见安生的话，问了几次也不回答。安生一点点地捱进内房。女郎站起身来。满脸严肃的神情，说：“狂郎进门来，要干什么?”安生直挺挺跪下哀求，女郎夺门欲出。安生猛地起身拦住，一把抱住她热烈地亲吻。女郎急忙呼叫，连声音也发抖了，老翁匆匆进来问，安生放开手出来，惭愧害怕得要死。女郎从容地对父亲说：“酒又沸出来了，不是郎君来，酒壶就烧化了。”安生听女郎这样说，心里一块石头才落了地，对她越发感激。不觉神魂颠倒，连到这儿来干什么的也忘得一干二净。于是假装喝醉了酒，离开了座位，女郎也走了。老翁给安生铺好被褥，关上门才出去。安生睡不着；天还没亮，就喊起老翁告别。

回到家里，安生马上请好朋友上门去求婚。去了一整天才回来，竟然连住处也没找到。于是，安生叫上仆人备上马，亲自去找。到了那地方，却是绝壁巉岩，根本没有村落；到邻村打听，姓章的人家也极少。安生失望而回，吃不下，睡不着，从此，得了个头昏眼花的病：勉强喝点汤水薄粥，就要呕吐；昏迷中，常呼喊花姑子。家里人不明白是怎么回事儿，只能整夜围在他身边侍候，眼看着病势危险了。

一天夜里，守护的人又困又累，都睡着了，朦胧中，安生觉得有人摇他。略睁开点儿眼，却是花姑子站在床前，不觉神志清醒起来。他盯着女郎，泪水刷刷地淌下来。女郎低下头笑道：“傻孩子，怎么就到了这个地步呢?”说着就上了床，坐在安生的腿上，用两手按摩他的太阳穴。安生只觉得有股冰片麝香的奇特香气，扑鼻而来，沁入骨髓。按摩了好一阵，安生忽然觉得满头大汗，渐渐全身都汗淋淋的。女郎小声说：“屋里人多，我不便住在这里。三天后再来看你。”又从绣花衣袖里拿出许多蒸饼放在床头，就悄悄地走了。半夜，安生消了汗，想吃东西，摸过饼吃起来。也不知里边包的是什么馅儿，只觉得非常甘美，就一气儿吃了三只。又用衣服盖住剩下的饼，迷迷糊糊地睡了过去，八九点钟才醒来，身上轻松得像卸掉了一副重担。

三天后，安生吃光蒸饼，精神倍爽。就打发走家里人，又担心女郎来进不了门，就偷偷溜出院子，把门闩全都拔开。一会儿，女郎果然来了，笑着说：“痴郎君，不谢谢医生吗?”安生高兴极了，抱住她亲热，两人非常恩爱。亲热之后，女郎说：“我冒着危险蒙着羞辱跟你相会，是为报答你的大恩罢了。实在不能跟你结为夫妻，希望你早作打算。”安生沉默了很久，问：“我与你家素不相识，在哪儿有过交情，实在回忆不起来。”女郎不回答，只说：“你自己好好想想吧。”安生坚持要求永远相好，女郎说：“总是夜里私奔，固然不行；永远结为夫妻，也不可能。”安生听了，闷闷不乐。女郎说：“一定要永远在一起，请你明天晚上到我家来。”安生这才转悲为喜，问道：“你家离这儿路途很远，你小脚伶仃的，怎能说来就来呢?”女郎说：“我根本就没回家。东头那聋老婆婆是我的姨妈，为了你，我在她家住到现在，恐怕家里要怀疑责怪了。”安生和女郎合盖一条被子，只觉她气息、肌肤，无一处不香。问她：“你熏的是什么香，都香得入肌透骨了?”女郎说：“我生来就这样，不是用香熏的。”安生更加惊奇。早晨，女郎起身告别。安生担心去时找不到路，女郎约好在路上相候。

傍晚，安生骑马去章家，女郎果然等候着他，两人一块儿来到上次的地方。章老翁和老婆婆欢欢喜喜出来迎接。端上酒菜款待，没有山珍海味，全是各种各样的山野土产，吃过饭，请客人歇息。女郎一点儿也不朝安生看，安生很有点疑虑不安。夜已深了，女郎才来，说：“父母唠唠叨叨，总不睡下，劳你久等了。”两人缠绵了一整夜，女郎对安生说：“今晚的相会，就是永久的分别。”安生吃惊地问她原因，回答说：“我父亲因为小村孤寂，要搬到很远的地方，跟你相好，尽这一夜罢了。”安生舍不得放她走，翻来覆去，悲伤不止。难分难舍之间，天渐渐亮了。突然，老翁闯了进来，骂道：“丫头玷污了我家清白门风，让人羞愧死了!”女郎惊慌失色，匆匆跑了出去。老翁也出去了，一边走一边骂骂咧咧。安生心惊胆怯，无地自容，偷偷跑回了家。

一连几天，安生都徘徊不定，那心情几乎日子都没法过了。就想夜里去章家，跳过院墙，瞅机会和女郎相会。老翁原说过对他家有恩，即使事情泄露了，想来该不会过分谴责。于是，就乘夜急奔而去，在山中转来转去，迷迷蒙蒙不知到了哪里。他心里害怕，正想找回家的路，忽然看见山谷里隐隐约约有房屋住家；高兴地跑了过去，只见墙垣高壮，像是官宦人家，几重大门还没有关闭。安生向看门的打听章家的住处。有个丫环出来，问：“黑夜里，什么人打听章家?”安生说:“章家是我的亲戚,我一时迷失了去他家的路。”丫环说:“你这个男子不用问章家了。这是花姑子的舅母家,花姑子现在就在这里,等我去向她禀告。”进去不一会儿,丫环就出来邀请安生。才走进廊里,花姑子快步出来迎接,对丫环说:“安郎奔波了半宿,想必已经又困又乏,快侍候他歇息。”一会儿,安生和花姑子手拉手进了帐子。安生问:“舅母家怎么没有别人?”女郎说:“舅母到别处去了,留下我替她看家。有幸和你相遇,难道不是前世因缘?”但在依偎的时候,安生觉得她身上很有股膻腥气,心里怀疑有点不对劲儿。女郎抱住安生的脖颈,猛可里用舌头舔他的鼻孔,安生觉得脑子像给什么扎了一下。他吓坏了,急忙要逃跑,身子却像被一条粗绳子捆住了。一会儿,就迷迷糊糊失去了知觉。

安生不回家,家里追寻的人把人迹所到之处都找遍了,有人说傍晚在山路上碰见过。家人进山,只见他赤裸裸地死在悬崖下。惊骇诧异,却弄不明白怎么回事,就把他抬回了家。大家正围着他哭,一个女郎来吊丧,从门外号啕着进来。她抚摸着安生的尸体,按捺着安生的鼻子,眼泪都滴落到鼻孔中,嘴里呼喊:“天哪,天哪!你怎么糊涂到这个地步!”痛哭得声音也嘶哑了,好一阵子才罢。她告诉安生家里人说:“停放七天,不要入殓!”大家不知她是什么人,正要开口询问;女郎态度高傲,也不施礼,含着眼泪径自往外走。大家挽留她,她头也不回;跟在她身后,转眼就不见她的身影了。众人怀疑她是神仙,虔诚地遵照她的话办了。夜里,女郎又来,像头天一样痛哭,到了第七天晚上,安生忽然苏醒过来,翻转身子呻吟。家里人都惊住了。女郎进来,和安生相对哭泣。安生举起手,挥了挥叫大家出去。女郎拿出一束青草,煎了一升汤,靠近床头喂安生喝下去,顷刻,安生就能说话了。他叹息说:“再一次害死我的是你,再一次救活我的还是你啊!”他向女郎叙述了遇到的情形。女郎说:“这是蛇精冒充我啊。那时你迷路看见的灯光,就是这个东西。”安生问:“你怎么能起死回生呢?莫非是仙人吗?”女郎说:“很早就想说,怕你受惊吓。你还记得五年前,曾在华山路上买下猎人捕获的麞子,把它放了的事吗?”安生说:“是的,有这回事儿。”女郎说:“这麞子就是我的父亲。以前说你对我家有大恩，就为这个缘故。你前两天已托生到西村王主政家。我和父亲到阎王那里告了一状，阎王也不发善心。父亲情愿毁坏道行代替你去死，哀求了七天，才让他抵了你。今天我们还能相见，是幸运罢了。但是，你虽然活了下来，必定落下个麻痹的后遗症；须用蛇血合在酒里喝了，才能除掉这个病。”安生恨得咬牙切齿，却担心没有办法捕捉蛇精。女郎说：“这不难。只是多杀害生命，连累我百年不能升天。蛇洞在老崖里，日落时，可在洞口堆积茅草，放火焚烧，外边用强弓作好防备，就可以擒获这妖精了。”说完，向安生告别：“我不能终生侍奉你，实在是悲哀。但为了你，我的道行已损坏了七分，请你怜悯谅解吧。近一个月来，觉得腹中微动，恐怕是有了身孕。是男是女，一年后，会送给你。”说完，流着泪走了。

过了一宿，安生觉得腰部以下全都失去了知觉，抓挠不觉得痛痒。就把女郎的话告诉了家里人。家人到山崖去，按照女郎说的，在洞里烧起大火。一条大白蛇冒着火焰冲出洞口，几张弓一齐发射，把它射死了。火熄进洞，大大小小几百条蛇，全都烧得焦臭。家人回来，用蛇血合酒给安生喝。安生服了三天，两条腿渐渐能够转动，半年后才能下床。

后来，安生独自走在山谷中，遇见章婆婆，把个包着小被的婴儿交给他，说：“我女儿问候郎君。”安生正要询问，转眼老婆婆就不见了。打开包被一看，是个男孩，抱回家去，竟不再娶妻。

异史氏说：孟子认为，人和禽兽差不多少，不同的是人有仁义之心。我看，这不是定论。蒙受别人的恩德，一辈子牢记不忘，在这方面，和禽兽相比，人要感到惭愧了。至于花姑子，开始寓聪慧于憨厚，最终寄深情于淡泊，由此可以推知，聪明到顶就憨厚，感情至深就恬淡。这就是仙人吧？这就是仙人吧？

武 孝 廉

武孝廉石某，囊赀赴都，将求铨叙。至德州，暴病，唾血不起，长卧舟中。仆篡金亡去。石大恚，病益加，资粮断绝。榜人谋委弃之。

会有女子乘船，夜来临泊，闻之，自愿以舟载石。榜人悦，扶石登女舟。石视之，妇四十余，被服粲丽，神采犹都。呻以感谢。妇临审曰："君夙有瘵根，今魂魄已游墟墓。"石闻之，嗷然哀哭。妇曰："我有丸药，能起死。苟病瘳，勿相忘。"石洒泣矢盟。妇乃以药饵石；半日，觉少痊。妇即榻供甘旨，殷勤过于夫妇。石益德之。月余，病良已。石膝行而前，敬之如母。妇曰："妾茕独无依，如不以色衰见憎，愿侍巾栉。"时石三十余，丧偶经年，闻之，喜惬过望，遂相燕好。妇乃出藏金，使入都营干，相约返与同归。

石赴都夤缘，选得本省司阃；余金市鞍马，冠盖赫奕。因念妇腊已高，终非良偶，因以百金聘王氏女为继室。心中悚怯，恐妇闻知，遂避德州道，迂途履任。年余，不通音耗。

有石中表，偶至德州，与妇为邻。妇知之，诣问石况。某以实对。妇大骂，因告以情。某亦代为不平，慰解曰："或署中务冗，尚未暇遑。乞修尺一书，为嫂寄之。"妇如其言。某敬以达石，石殊不置意。又年余，妇自往归石，止于旅舍，托官署司宾者通姓氏。石令绝之。一日，方燕饮，闻喧詈声；释杯凝听，则妇已搴帘入矣。石大骇，面色如土。妇指骂曰："薄情郎！安乐耶？试思富若贵何所自来？我与汝情分不薄，即欲置婢妾，相谋何害？"石累足屏气，不能复作声。久之，长跽自投，诡辞乞宥。妇气稍平。石与王氏谋，使以妹礼见妇。王氏雅不欲；石固哀之，乃往。王拜，妇亦答拜。曰："妹勿惧，我非悍妒者。曩事，实人情所不堪，即妹亦当不愿有是郎。"遂为王缅述本末。王亦愤恨，因与交詈石。石不能自为地，惟求自赎，遂相安帖。

初，妇之未入也，石戒阍人勿通。至此，怒阍人，阴诘让之。阍人固言管钥未发，无入者，不服。石疑之而不敢问妇，两虽言笑，而终非所好也。幸妇娴婉，不争夕。三餐后，掩闼早眠，并不问良人夜宿何所。王初犹自危；见其如此，益敬之。厌旦往朝，如事姑嫜。妇御下宽和有体，而明察若神。一日，石失印绶，合署沸腾，屑屑还往，无所为计。妇笑言："勿忧，竭井可得。"石从之，果得之。叩其故，辄笑不言。隐约间，似知盗者姓名，然终不肯泄。居之终岁，察其行多异。石疑其非人，常于寝后使人瞷听之，但闻床上终夜作振衣声，亦不知其何为。

妇与王极相爱怜。一夕，石以赴臬司未归，妇与王饮，不觉过醉，就卧席间，化而为狐。王怜之，覆以锦褥。未几，石入，王告以异。石欲杀之。王曰："即狐，何负于君？"石不听，急觅佩刀。而妇已醒，骂曰："虺蝮之行，而豺狼之心，必不可以久居！曩所啖药，乞赐还也！"即唾石面。石觉森寒如浇冰水，喉中习习作痒；呕出，则丸药如故。妇拾之，忿然迳出，追之已杳。石中夜旧症复作，血嗽不止，半岁而卒。

异史氏曰：石孝廉，翩翩若书生。或言其折节能下士，语人如恐伤。壮年殂谢，士林悼之。至闻其负狐妇一事，则与李十郎何以少异？

【译文】

武举人石某，带着钱去京城、准备谋求官职。走到山东德州时，突然得病，吐血不止，躺在船里不能动。仆人骗取了他的钱逃跑了。石某非常气愤。病又添了一重，花的吃的全没有了。船主打算抛弃他。

这时，有个妇人乘船来，夜里停靠在石某的船旁，听说这事，自愿让石某上自己的船。船主很高兴，把石某扶上了妇人的船。石某看看，妇人四十多岁的年纪，服饰华美，风韵犹存。他呻吟着向妇人道谢。妇人走近他仔细观察一番，说："你原来就有痨病根儿，如今魂魄已游到荒坟了。"石某听了，高声哀哭起来。妇人说："我有丸药，能起死回生。如果治好了你的病，可不要忘了我。"石某流着泪向她发誓。妇人便拿出药喂他吃了，才半天，石某就觉得好了一些。妇人在床前服侍，给他吃美味的食品，关怀爱护之情超过了夫妻。石某更加感激她。一个多月后，病好了，他跪着移步到妇人面前，恭敬得像儿子见了母亲。妇人说："我孤孤单单一个人，无依无靠的，如果你不因我年老色衰而讨厌我，我愿侍候你洗漱。"这时石某三十多岁，妻子死了一年多，听妇人这样说，大喜过望，就和妇人像夫妻般相亲相爱起来。妇人拿出积攒的钱，让他去京城谋求官职，相约等他返回时一道回家。

石某到京城贿赂有权势的人，谋得个本省守备的官职；剩下的钱买了鞍马，顿时冠盖显赫起来。就想，妇人年岁已大，终归不是理想的伴侣，就花一百两银子聘娶王家的女儿做继室。心里胆怯，怕妇人知道，就避开德州的路，绕道去省里上任。一年多了，不给妇人音信。

石某有个表弟，一次到德州，与妇人为邻。妇人得知后，去向他打听石某的情况，表弟把实情对她说了。妇人大骂，把自己和石某的经过和关系告诉了他。表弟也为她愤愤不平，劝慰她说："可能是官署里事务繁重，还没时间顾得上私事。请写一封信，我替嫂嫂捎给他。”妇人按他说的，写了一封信。表弟很认真地把信交给了石某，石某一点儿也不放在心上。又过了一年多，妇人自己来投奔石某，先在旅店住下，托官署里的司宾向石某通报姓名。石某命令不要睬她。一天，石某正在宴饮，听见闹闹嚷嚷的叫骂声；放下酒杯仔细听时，妇人却已经掀开门帘进来了。石某大惊，面如土色。妇人指着他骂道：“薄情郎！好快活呀！想想你的富贵是从哪里来的？我对你情分不薄，就是想买个婢女、讨房小的，跟我商量一下又有什么妨碍？”石某双脚交迭，屏住呼吸，再也作不得声。过了好一阵子，他长跪在妇人面前认错，花言巧语乞求宽恕。妇人的怒气这才稍稍平息下来。石某跟王氏商量，让她以妹妹的身份拜见妇人。王氏很不愿意；石某苦苦哀求，王氏才去了。王氏向妇人行礼，妇人也向王氏还礼。说：“妹妹不要担心，我不是刁蛮嫉妒的人。以前的事，实在是情理上过不去的，就是妹妹也不会愿意有这样的丈夫。”就向王氏把事情从头到底说了一遍。王氏听了也很气愤，和妇人你一句我一句地痛骂石某。石某无地自容，只求改错赎过，这才安贴下来。

先头，妇人没进内署时，石某告诉过守门的不要放她进来。到这时，把怒气都转到守门人身上，背地里责骂他。守门人一口咬定门锁从没打开，没人进来，对石某的责骂不服。石某心里疑惑不解，却不敢去问妇人，两人虽然也说说笑笑，但终究在感情上不亲近。幸好妇人安娴淡泊，不争枕席上的欢爱。一日三餐之后，关上房门早早地睡了，并不问丈夫夜间睡哪里。王氏起初还心里不安，有点自危；看妇人这样，对她越发敬重。每天早晨都去请安，就像对待婆婆一样。妇人待奴仆也宽容和气，很是得体，并且明察如神。一天，石某把官印丢了，整个官署就像开了锅，你来我往，一片慌乱，想不出个办法来。妇人笑道：“不要愁，把井淘干了，就能找到。”石某按她说的，淘干了井，果然得到了官印。问她缘故，她就笑而不答。神情间隐隐约约地好像知道偷官印的人是谁，但始终不肯泄露。住了一年，石某观察她的行事有许多不同寻常之处，怀疑她不是人类，常常在她睡后，派人监视、偷听，但只听到床上整夜有抖落衣服的声音，不知道她在做什么。

妇人和王氏互相十分体贴爱护。一天晚上，石某去按察使那里没回，她俩在一起喝酒，妇人不觉喝得大醉，顺势躺在床上，变成了一只狐狸。王氏爱怜，给她盖上了锦褥。不多时，石某回来，王氏把怪事告诉了他。石某要杀狐狸。王氏说："她即使是狐狸，有哪点对不起你？"石某不听，急忙寻找佩刀。这时妇人已醒，骂道："蛇蝎般的行为，豺狼般的心肝，势必不能长久住在一起！以前吃的丸药，请还给我吧！"随即就唾石某的脸。石某觉得冷森森的，像冰水浇头，喉咙里阵阵发痒，呕出一丸药，跟当初吃进去的一样。妇人拾起丸药，气愤地直往外走，追她，已没影了。半夜里，石某旧病复发，咳嗽吐血不止，半年，就死了。

异史氏说：石武举，风度翩翩，像个书生。有人说他能礼贤下士，和人说话就像怕伤害了对方。壮年死去，文人武士都哀悼他。等听了他忘恩负义，背弃狐妇的事，却又和《霍小玉传》里的李十郎有哪点儿不同呢？

西　湖　主

陈生弼教，字明允，燕人也。家贫，从副将军贾绾作记室。泊舟洞庭。适猪婆龙浮水面，贾射之中背。有鱼衔龙尾不去，并获之。锁置桅间，奄存气息；而龙吻张翕，似求援拯。生恻然心动，请于贾而释之。携有金创药，戏敷患处，纵之水中，浮沉逾刻而没。

后年余，生北归，复经洞庭，大风覆舟。幸扳一竹簏，漂泊终夜，絓木而止。援岸方升，有浮尸继至，则其僮仆。力引出之，已就毙矣。惨怛无聊，坐对憩息。但见小山耸翠，细柳摇青，行人绝少，无可问途。自迟明以及辰后，怅怅靡之。忽僮仆肢体微动，喜而扪之。无何，呕水数斗，醒然顿苏。相与曝衣石上，近午始燥可着。而枵肠辘辘，饥不可堪。于是越山疾行，冀有村落。

才至半山，闻鸣镝声。方疑听所，有二女郎乘骏马来，骋如撒菽。各以红绡抹额，髻插雉尾；着小袖紫衣，腰束绿锦；一挟弹，一臂青鞲。度过岭头，则数十骑猎于榛莽，并皆姝丽，装束若一。生不敢前。有男子步驰，似是驭卒，因就问之。答曰："此西湖主猎首山也。"生述所来，且告之馁。驭卒解裹粮授之。嘱云："宜即远避，犯驾当死！"生惧，疾趋下山。

茂林中隐有殿阁，谓是兰若。近临之，粉垣围沓，溪水横流；朱门半启，石桥通焉。攀扉一望，则台榭环云，拟于上苑，又疑是贵家园亭。逡巡而入，横藤碍路，香花扑人。过数折曲栏，又是别一院宇，垂杨数十株，高拂朱檐。山鸟一鸣，则花片齐飞；深苑微风，则榆钱自落。怡目快心，殆非人世。穿过小亭，有秋千一架，上与云齐；而罥索沉沉，杳无人迹。因疑地近闺阁，恇怯未敢深入。

俄闻马腾于门，似有女子笑语。生与僮潜伏丛花中。未几，笑声渐近。闻一女子曰："今日猎兴不佳，获禽绝少。"又一女曰："非是公主射得雁落，几空劳仆马也。"无何，红装数辈，拥一女郎至亭上坐。秃袖戎装，年可十四五。鬟多敛雾，腰细惊风，玉蕊琼英，未足方喻。诸女子献茗熏香，灿如堆锦。移时，女起，历阶而下。一女曰："公主鞍马劳顿，尚能秋千否？"公主笑诺。遂有驾肩者，捉臂者，褰裙者，持履者，挽扶而上。公主舒皓腕，蹑利屣，轻如飞燕，蹴入云霄。已而扶下。群曰："公主真仙人也！"嘻笑而去。

生睨良久，神志飞扬。迨人声既寂，出诣秋千下，徘徊凝想。见篱下有红巾，知为群美所遗，喜内袖中。登其亭，见案上设有文具，遂题巾曰：

雅戏何人拟半仙？分明琼女散金莲。
广寒队里应相妒，莫信凌波上九天。

题已，吟诵而出。复寻故径，则重门扃锢矣。踟蹰罔计，反而楼阁亭台，涉历几尽。一女掩入，惊问："何得来此？"生揖之曰："失路之人，幸能垂救。"女问："拾得红巾否？"生曰："有之。然已玷染，如何？"因出之。女大惊曰："汝死无所矣！此公主所常御，涂鸦若此，何能为地？"生失色，哀求脱免。女曰："窃窥宫仪，罪已不赦。念汝儒冠蕴藉，欲以私意相全；今孽乃自作，将何为计！"遂皇皇持巾去。生心悸肌慄，恨无翅翎，惟延颈俟死。迂久，女复来，潜贺曰："子有生望矣！公主看巾三四遍，辗然无怒容，或当放君去。宜姑耐守，勿得攀树钻垣，发觉不宥矣。"

日已投暮，凶祥不能自必；而饿焰中烧，忧煎欲死。无何，女子挑灯至。一婢提壶榼，出酒食饷生。生急问消息。女云："适我乘间言：'园中秀才，可恕则放之；不然，饿且死。'公主沉思云：'深夜教渠何之？'遂命馈君食。此非恶耗也。"生徊徨终夜，危不自安。辰刻向尽，女子又饷之。生哀求缓颊。女曰："公主不言杀，亦不言放。我辈下人，何敢屑屑渎告？"

既而斜日西转，眺望方殷，女子坌息急奔而入，曰："殆矣！多言者洩其事于王妃；妃展巾抵地，大骂狂伧，祸不远矣！"生大惊，面如灰土，长跽请教。忽闻人语纷挐，女摇手避去。数人持索，汹汹入户。内一婢熟视曰："将谓何人，陈郎耶？"遂止持索者，曰："且勿且勿，待白王妃来。"返身急去。少间来，曰："王妃请陈郎入。"生战惕从之。经数十门户，至一宫殿，碧箔银钩。即有美姬揭帘，唱："陈郎至。"上一丽者，袍服炫冶。生伏地稽首，曰："万里孤臣，幸恕生命！"妃急起，自曳之曰："我非君子，无以有今日。婢辈无知，致迕佳客，罪何可赎！"即设华筵，酌以镂杯。生茫然不解其故。妃曰："再造之恩，恨无所报。息女蒙题巾之爱，当是天缘，今夕即遣奉侍。"生意出非望，神惝恍而无着。

日方暮，一婢前白："公主已严妆讫。"遂引生就帐。忽而笙管敖曹；阶上悉践花罽；门堂藩溷，处处皆笼烛。数十妖姬，扶公主交拜。麝兰之气，充溢殿庭。既而相将入帏，两相倾爱。生曰："羁旅之臣，生平不省拜侍。点污芳巾，得免斧锧，幸矣；反赐姻好，实非所望。"公主曰："妾母，湖君妃子，乃扬江王女。旧岁归宁，偶游湖上，为流矢所中。蒙君脱免，又赐刀圭之药，一门戴佩，常不去心。郎勿以非类见疑。妾从龙君得长生诀，愿与郎共之。"生乃悟为神人。因问："婢子何以相识？"曰："尔日洞庭舟上，曾有小鱼衔尾，即此婢也。"又问："既不见诛，何迟迟不赐纵脱？"笑曰："实怜君才，但不自主。颠倒终夜，他人不及知也。"生叹曰："卿，我鲍叔也。馈食者谁？"曰："阿念，亦妾腹心。"生曰："何以报德？"笑曰："侍君有日，徐图塞责未晚耳。"问："大王何在？"曰："从关圣征蚩尤未归。"

居数日，生虑家中无耗，悬念綦切，乃先以平安书遣仆归。家中闻洞庭舟覆，妻子缞绖已年余矣。仆归，始知不死；而音问梗塞，终恐漂泊难返。又半载，生忽至，裘马甚都，囊中宝玉充盈。由此富有巨万，声色豪奢，世家所不能及。七八年间，生子五人。日日宴集宾客，宫室饮馔之奉，穷极丰盛。或问所遇，言之无少讳。

有童稚之交梁子俊者，宦游南服十余年。归过洞庭，见一画舫，雕槛朱窗，笙歌幽细，缓荡烟波。时有美人推窗凭眺。梁目注舫中，见一少年丈夫，科头叠股其上；傍有二八姝丽，挼莎交摩。念必楚襄贵官，而驺从殊少。凝眸审谛，则陈明允也。不觉凭栏酣叫。生闻呼罢棹，出临鹢首，邀梁过舟。见残肴满案，酒雾犹浓。生立命撤去。顷之，美婢三五，进酒烹茗，山海珍错，目所未睹。梁惊曰："十年不见，何富贵一至于此！"笑曰："君小觑穷措大不能发迹耶？"问："适共饮何人？"曰："山荆耳。"梁又异之。问："携家何往？"答："将西渡。"梁欲再诘，生遽命歌以侑酒。一言甫毕，旱雷聒耳，肉竹嘈杂，不复可闻言笑。梁见佳丽满前，乘醉大言曰："明允公，能令我真个销魂否？"生笑云："足下醉矣！然有一美妾之赀，可赠故人。"遂命侍儿进明珠一颗，曰："绿珠不难购，明我非吝惜。"乃趣别曰："小事忙迫，不及与故人久聚。"送梁归舟，开缆迳去。

梁归，探诸其家，则生方与客饮，益疑。因问："昨在洞庭，何归之速？"答曰："无之。"梁乃追述所见，一座尽骇。生笑曰："君误矣，仆岂有分身术耶？"众异之，而究莫解其故。后八十一岁而终。迨殡，讶其棺轻；开之，则空棺耳。

异史氏曰：竹簏不沉，红巾题句，此其中具有鬼神；而要皆恻隐之一念所通也。迨宫室妻妾，一身而两享其奉，即又不可解矣。昔有愿娇妻美妾，贵子贤孙，而兼长生不死者，仅得其半耳。岂仙人中亦有汾阳、季伦耶？

【译文】

书生陈弼教，字明允，河北人。家里贫穷，跟随副将军贾绾，给他做文书。一次，他们乘的船在洞庭湖停泊，正赶上有条扬子鳄在水上浮游，贾绾一箭射中了它的脊背。一条小鱼衔住扬子鳄的尾巴，不肯离开，一块儿被捕获了。扬子鳄被锁在桅杆上，已经奄奄一息；但它的嘴一张一合的，好像在求援救。陈生动了恻隐之心，就请求贾绾放了它。他随身带有治刀伤的药，闹着玩似的把药敷在扬子鳄的伤口上，把它放到湖里。扬子鳄浮沉了一阵，就没影了。

过了一年多，陈生回北方，又经过洞庭湖，大风掀翻了他乘坐的船。幸亏他扳住了一只竹箱，漂流了一整夜，被湖边的树枝挂住，才停了下来。他刚爬上岸，就有一具尸体跟着漂来，原来是自己的书僮。用力拖上岸来，已经死了。他心情悲哀又觉得空虚无聊，面朝书僮坐着歇息。只见苍翠的小山耸立，青葱的细柳摇曳，没有一个行人，无处可以打听道路。从黎明坐到太阳升起，他心里愁闷，精神萎靡。忽然，书僮的身体微微动了一下，陈生高兴地抚摸着他。不一会儿，他吐了几斗水。顿时苏醒过来。两个人脱下湿衣服晒在石头上，将近中午才晒干穿上。这时，他们已饥肠辘辘，饿得受不住了。于是，快步上山，希望山那边能有村落。

才到半山腰，忽听有响箭的声音。正想听明白箭射出的方向，有两个女郎骑着骏马过来，马蹄得得，快得像撒豆子。她们各自用红绸子扎头，发髻上插着野鸡翎，身穿紧袖紫衣，腰间束着绿锦带。一个手里拿着弹弓，一个臂上托着猎鹰。陈生和书僮翻过山头，就看见几十个女郎骑着马在草莽树丛中打猎，全都美丽无比，一样的装束。陈生不敢上前。有个男子跑过来，看样子是个马伕，陈生就走过去问他那些女子是什么人。马伕回答："这是西湖公主在首山上打猎。"陈生向他说了来历，并告诉他肚子饿。马伕解开粮袋拿干粮给陈生，嘱咐说："要马上远远躲开，触犯了公主大驾，该当死罪。"陈生害怕，慌忙下山。

山下，透过茂密的树林，隐隐约约看见有殿阁，陈生认为是座庙宇。走近看，粉墙围绕，溪水横流；朱红色大门半开，一座石桥直通门口。陈生手把着大门往里张望，只见楼台殿阁，云彩环绕，简直比得上皇家的御花园，又怀疑是哪个豪门贵族的园亭。他和书僮畏畏缩缩地走进去，青藤横在路上，香花扑面而来。走过几曲回栏，又是另一个院落，几十株垂柳，高高的枝条，拂弄着朱红色的屋檐。山鸟一鸣而起，花瓣一齐飞舞；一阵微风从花园深处吹来，榆钱纷纷飘落。这令人赏心悦目的景色，简直不是人间所能有的。穿过小亭，看见有架秋千，高耸入云；绳索沉沉地垂着，没有人影。陈生据此猜测这里靠近闺房，心里害怕，不敢再往里走了。

这时，忽听马在门外嘶腾，好像有女子说笑着走来。陈生和书僮潜伏在花丛里。不多时，笑声渐渐近了。只听一个女子说："今天打猎兴致不佳，捕获的野兽太少了。"又一个女子说："要不是公主射落了大雁，几乎让人马白劳累一场。"一会儿，几个红衣女子簇拥着一个女郎来到亭子上坐下。女郎穿着短袖军装，年纪有十四五岁，梳着云雾般的发髻，腰肢苗条得禁不住风吹似的，美玉琼花，难以比喻她的美貌。众女子纷纷献茶熏香，围在女郎身边像花团锦簇般灿烂耀眼。过了一阵，女郎起身，踏着台阶走下来。一个女子说："公主鞍马疲劳，还能荡秋千不?"公主笑着答应。于是，有的架着肩头，有的搀着手臂，有的提着她的裙子，有的拿着她的鞋，把她扶上了秋千踏板。公主舒展雪白的手臂，踩着尖尖的鞋子，身轻如燕，荡入云霄。荡完秋千，大家把公主扶下来，说："公主真是仙人哪!"嘻笑着离开了。

陈生躲在花丛中看了很久，不觉神志飞扬。等人声消失后，从花丛中出来走到秋千下，徘徊凝想。他看见篱笆下有条红手巾，知道是那群美人丢掉的，就高兴地藏到袖子里。登上那小亭，看见案上放着笔墨，就在红手巾上题了一首诗，写道：

是谁雅兴荡秋千？
分明天女散金莲。
月里嫦娥应嫉妒，
不信轻蹬上九天。

题完诗，吟诵着走出亭子。再寻找来时的路出去，一重重大门都已经上了锁。他和仆人进退两难，无计可施，就又转回身，把园子里的楼阁亭台几乎都走遍了。突然，一个女子走来，见到陈生主仆，吃惊地问："你们怎么到这里来了？"陈生向她作揖说："我们是迷路的人，希望能得到你的帮助。"女子问："你们拾到红手巾没有？"陈生说："拾到了，可是已经让我给弄脏了，怎么办？"说着拿出红手巾。女子大惊失色，说："你死无葬身之地了！这手巾是公主常用的，涂抹成了这个样子，怎么能有救你的余地？"陈生吓得脸变了色，哀求女子帮助开脱罪过免受处罚。女子说："偷看宫中的行事，罪过已是不能赦免了。考虑你是个文雅书生，想私下保全你；现在你自己作孽，有什么办法！"说完，就拿着红手巾慌慌张张地走了。陈生心惊肉跳，恨没有翅膀飞出去，只好伸长脖子等死。过了好一阵，女子又来了，小声祝贺说："你有活命的希望了！公主把手巾看了三四遍，笑盈盈的，没有怒容，或许能放你走。你暂且要耐心在这里等着，不许攀树钻墙的，被发现就饶不了了。"

这时，天已黑下来，陈生主仆凶吉不定；肚子饿得火烧火燎，忧愁熬煎得人要死。不一会儿，女子提着灯来了，一个丫环拎着酒壶食盒，拿来酒饭给陈生吃。陈生急忙打听消息。女子说："刚才我找个机会说：'园子里那个秀才，如果可以饶恕，就放了他；不然，就要饿死了。'公主沉思着说：'深更半夜叫他往哪里去呢？'于是，就叫我们给你送吃的。这不是坏兆头。"陈生心里七上八下，一夜不安。第二天上午，女子又来送吃的。陈生哀求她向公主求情。女子说："公主不说杀，也不说放，我们做下人的，怎敢不断地乱絮叨?”

转眼日头西斜，陈生正急切地盼望消息，女子喘吁吁地急忙跑进来，说：“坏了！不知谁多嘴，把这事向王妃泄露了；王妃打开手巾看过，扔在地上，大骂轻狂粗野，你大祸不远了！”陈生大惊，面如土色，直挺挺地跪在地上求救。忽听人声嘈杂，女子向他摆摆手，避开了。几个人拿着绳子，气势汹汹地进门。其中一个丫环仔细打量陈生，说：“我以为是谁呢，这不是陈郎吗?”就制止拿绳子的人说：“先别捆，先别捆，等我去禀告王妃回来。”转身急忙走了出去。她很快又回来，说：“王妃请陈郎进去。”陈生战战兢兢地跟着她。经过几十道门，来到一座宫殿前，绿色门帘垂着银帘钩。看见陈生，马上就有美女打起帘子，高喊道：“陈郎到了。”殿上坐着个美丽的妇人，服饰华美，光彩照人。陈生跪在地上叩头，说：“远路来的孤臣，请饶命是幸！”王妃急忙下座，亲自拉起陈生说：“如果不是你，我就没有今天。奴仆们不懂事，冒犯了佳宾，罪哪可赎！”随即摆上丰盛的酒席，用镂金的杯子斟酒款待。陈生稀里糊涂，不明缘故。王妃说：“再生的恩德，正恨没机会报答。我女儿承蒙你喜爱，在手巾上题诗，该是天配良缘，今晚就让她侍奉你。”陈生对这事深感意外，恍恍惚惚，心神不定。

天刚黑，一个丫环来禀报：“公主已经打扮好了。”就带着陈生出去拜堂成亲。顿时，鼓乐齐鸣；台阶上全都铺着花地毯；门口、堂前、篱笆、厕所，处处都挂着灯笼。几十个艳丽的女子，搀扶着公主，和陈生交拜。麝兰的香气充满殿堂。拜过堂后，一对新人相扶着走进洞房，两人倾心爱慕。陈生说：“我旅居在外，从来不曾到府上拜谒过，玷污了你的手巾，能免去杀头，已经是万幸了；反倒赐我好姻缘，这实在是我所不敢希望的。”公主说：“我的母亲，是洞庭湖君的妃子，扬子江王的女儿，去年回娘家，偶尔游到湖上，被箭射中。承蒙你解救，才免除灾祸，又赐给了一些药，我全家都感激你，总不忘记你的恩德。你不要因为不是同类就忌讳我。我从龙君那里得到长生秘诀，愿和你共同享用。”陈生这才明白公主是神仙，就问：“那丫环怎么认识我呢?”公主说：“那天在洞庭湖的船上，曾有条小鱼衔住扬子鳄的尾巴，就是这个丫环。”陈生又问：“你既然不杀我，为什么又迟迟不放我走呢?”公主笑着说：

“实在是爱惜你的才华，只是婚姻不能自己做主。我翻来覆去一宿没睡，这是别人也不知道的。”陈生感叹地说：“你，真是我的知音哪！那个送饭的人是谁呢？”公主说：“是阿念，她也是我的贴心人。”陈生说：“我用什么报答你的恩德？”公主笑说：“侍奉你的日子长着呢，你慢慢想法子塞责还不晚呀！”陈生问：“大王在哪？”公主说：“跟随关公讨伐蚩尤没回来。”

住了几天，陈生考虑家里不知道自己的消息，一定深为挂念，就先写封平安信打发书僮送回家。家里听说陈生乘的船在洞庭湖里翻了，妻子为他戴孝已一年多了。书僮回来，才知道他没死；但音信阻隔，怕他终归是漂泊难返。又过了半年，陈生忽然来家，穿皮袍，骑骏马，非常华丽，袋里满是金银珠宝。从此，陈家巨富，吃喝玩乐，奢侈豪华，就是官宦人家也比不上。七八年里，他生了五个儿子。天天宴请宾客，招待吃住，丰盛到了极点。有人问起他的奇遇，他说起来毫不隐讳。

陈生有个幼年时代的好友叫梁子俊，在南方做了十多年官。回家路过洞庭湖，看见一只装饰华美的游船，雕花的栏杆，朱红色的窗，传出的笙歌幽雅纤细。游船缓缓地荡漾在烟波里，不时有美人凭窗眺望。梁子俊注视船上，见一个青年男子，光着头叠着腿坐在船舱里，旁边有个十六七岁的美人给他按摩。梁子俊心想这男子必是个楚地贵官，但他身边的侍从却又极少。梁子俊盯着细看，原来是陈明允啊，不由自主地趴在船栏上高减喊起来。陈生听见呼唤，停下船，走到船头，邀请梁子俊过船来。梁子俊走进船舱，见满桌残汤剩菜，酒香还很浓。陈生立刻命令撤去残席。一会儿。有三五个美丽的丫环，上酒煮茶，端来的山珍海味，都是梁子俊从没见过的。梁子俊吃惊地说：“十年不见，怎么就富贵到这个程度？”陈生笑说：“你小看穷秀才不能发迹吗？”梁子俊问：“刚才谁跟你一起喝酒？”陈生说：“是我的妻子啊！”梁子俊更惊奇了，问：“你带着家眷去哪儿？”陈生答：“去湖西。”梁子俊再要问，陈生马上命令歌女唱歌助酒。一句话才出口，就听鼓声像晴天霹雳般震响起来，歌声、乐器声一齐并作，不再能听见说笑声。梁子俊见面前都是美丽的女子，乘着醉酒大声说：“明允公，你能送一个让我真正乐得丢了魂吗？”陈生笑着说：“你是喝醉了！但有买个美女的钱，可以送给老朋友。”就命丫环送上一颗明珠来，说：“用这颗明珠不难买到绿珠那样的美人。这表明我并不吝啬。”接着，就催他告别说：“我有点急事，不能和老朋友多聚了。”把梁子俊送回船，解开缆绳径自划走了。

梁子俊回家乡后，到陈生家探望，只见陈生正和客人喝酒，心里更加疑惑，问：“你昨天还在洞庭湖，怎么回来得这么快？”陈生回答说没有这事。梁子俊就向他追述了在洞庭湖上看见的情形，在座的客人都很吃惊。陈生笑说：“你弄错了吧，我难道有分身术不成？”大家都感到奇怪，但终究也弄不清是什么缘故。后来，陈生活到八十一岁去世。等到出殡的时候，抬棺材的人都奇怪棺材那么轻，打开看，却是一口空棺材。

异史氏说：竹箱不沉，红巾题诗，这中间都有鬼神的作用；但总之都与怜悯的一念相关。至于富贵同美色，一个人能两方面都享受到，就又不可理解了。从前有希望得到娇妻美妾，贵子贤孙，并又能长生不老的人，也只得到陈生的一半罢了。难道仙人中也有像唐代郭子仪、西晋石崇那样荣华富贵，妻奴成群的吗？

孝　　子

青州东香山之前，有周顺亭者，事母至孝。母股生巨疽，痛不可忍，昼夜嚬呻。周抚肌进药，至忘寝食。数月不痊，周忧煎无以为计。梦父告曰：“母疾赖汝孝。然此创非人膏涂之不能愈，徒劳焦恻也。”醒而异之。乃起，以利刃割胁肉；肉脱落，觉不甚苦。急以布缠腰际，血亦不注。于是烹肉持膏，敷母患处，痛截然顿止。母喜，问：“何药而灵效如此？”周诡对之。母创寻愈。周每掩护割处，即妻子亦不知也。既痊，有巨痕如掌。妻诘之，始得其情。

异史氏曰：刲股为伤生之事，君子不贵。然愚夫妇何知伤生之为不孝哉？亦行其心之所不自已者而已。有斯人而知孝子之真，犹在天壤。司风教者，重务良多，无暇彰表，则阐幽明微，赖兹刍荛。

【译文】

山东东部的香山前，有个叫周顺亭的，对母亲最孝顺。母亲腿上生了个大毒疮，疼得忍受不了，日夜皱着眉头呻吟。周顺亭给母亲按摩、上药，至于废寝忘食。母亲的病几个月不好，周顺亭愁得心如火煎，想不出办法来。他梦见父亲告诉说："你母亲的病全仗着你孝心照料，但这疮口不用人肉制成的药膏数上就不能愈合，你光是焦急难过也没用。"周顺亭醒来感到奇怪。起身下床，拿起一把快刀就割胁下的肉；肉脱落下来，觉得不怎么痛。急忙拿布带缠在腰间扎住创口，血也不怎么流出来。于是，他把肉燉成膏，敷在母亲的疮口上，疼痛顿时就止住了。母亲非常高兴，问："什么药这样灵验？"周顺亭用假话搪塞过去。母亲的疮口很快就好了。周顺亭时时掩盖着割肉的部位，就是妻子也不知道。创口愈合后，留下个巴掌大的疤痕。妻子追问他，才得知真情。

异史氏说："割股"是伤生的事，君子并不推崇。但是，愚朴的男女哪里知道伤生是不孝的呢？他们也不过是做心里所不能抑止的事罢了。有这样的人而后才知道人间还存在孝子的纯真，掌管风俗教化的人，重大的事务太多，没有时间去表彰；阐扬被埋没的，显露被忽略的，就依靠我这草野之人了。

狮　　子

暹逻贡狮，每止处，观者如堵。其形状与世传绣画者迥异，毛黑黄色，长数寸。或投以鸡，先以爪抟而吹之；一吹，则毛尽落如扫，亦理之奇也。

【译文】

暹罗国（今泰国）向中国进贡狮子，路上每当停下之处，围观的人挤得像堵墙似的。狮子的形状，跟世间流传绣的画的完全不同。毛色黑黄，有几寸长。有人把鸡扔给它，它先用爪子抓起来，然后用嘴吹；一吹，鸡毛就像风扫落叶似的全部脱落，这也是一件怪事。

阎　王

李久常，临朐人。壶榼于野，见旋风蓬蓬而来，敬酹奠之。后以故他适，路傍有广第，殿阁弘丽。一青衣人自内出，邀李。李固辞。青衣要遮甚殷。李曰：“素不识荆，得无误耶？”青衣云：“不误。”便言李姓字。问：“此谁家？”答云：“入自知之。”入，进一层门，见一女子手足钉扉上。近视，其嫂也。大骇。李有嫂，臂生恶疽，不起者年余矣。因自念何得至此。转疑招致意恶，畏沮却步。青衣促之，乃入。至殿下，上一人，冠带如王者，气象威猛。李跪伏，莫敢仰视。王者命曳起之。慰之曰：“勿惧。我以曩昔扰子杯酌，欲一见相谢，无他故也。”李心始安，然终不知其故。王者又曰：“汝不忆田野酹奠时乎？”李顿悟，知其为神。顿首曰：“适见嫂氏受此严刑，骨肉之情，实怆于怀。乞王怜宥！”王者曰：“此甚悍妒，宜得是罚。三年前，汝兄妾盘肠而产，彼阴以针刺肠上，俾至今脏腑常痛。此岂有人理者！”李固哀之。乃曰：“便以子故宥之。归当劝悍妇改行。”李谢而出，则扉上无人矣。

归视嫂，嫂卧榻上，创血殷席。时以妾拂意故，方致诟骂。李遽劝曰："嫂无复尔！今日恶苦，皆平日忌嫉所致。"嫂怒曰："小郎若个好男儿；又房中娘子贤似孟姑姑，任郎君东家眠，西家宿，不敢一作声。自当是小郎大好乾纲，到不得代哥子降伏老媪！"李微哂曰："嫂勿怒。若言其情，恐欲哭不暇矣。"曰："便曾不盗得王母箩中线，又未与玉皇香案吏一眨眼，中怀坦坦，何处可用哭者！"李小语曰："针刺人肠，宜何罪？"嫂勃然色变，问此言之因。李告之故。嫂战惕不已，涕泗流离而哀鸣曰："吾不敢矣！"啼泪未干，觉痛顿止，旬日而瘥。由是立改前辙，遂称贤淑。后妾再产，肠复堕，针宛然在焉。拔去之，腹痛乃瘳。

异史氏曰：或谓天下悍妒如某者，正复不少，恨阴网之漏多也。余谓不然。冥司之罚，未必无甚于钉扉者，但无回信耳。

【译文】

李久常是山东临朐县人。有一次，他在田野里喝酒，见旋风打着转儿刮来，就把酒洒向空中祭奠。后来，他去外地办事，走在路上，见路旁有一座大宅，厅堂楼阁很是壮丽。一个丫环从里边走出来，邀请他进去。李久常坚决辞谢。丫环不让他走，态度很是恳切。李久常说："我跟你素不相识，该不是认错了人吧？"丫环说："没错。"就说出了李久常的姓名。李久常问："这是谁家？"丫环回答说："你进去，自然就知道了。"李久常跟她进去，走过第一道门，见一个女子手脚钉在门上。近看，是他的嫂嫂，大吃一惊。李久常有个嫂嫂，手臂上生恶瘤，已经一年多不能起床了。他心想，嫂嫂怎么到了这里？转念又怀疑丫环请他进来是不怀好意，迟疑害怕停下了脚步。丫环催促他，他才又跟着往前走。到殿下，见上边坐着一个人，冠冕袍带，像个君王的打扮，神情气概，非常威猛。李久常跪伏在地，不敢抬头看。君王命侍从拉起他，安慰他说："不要怕。先前叨扰你给我酒喝，今天请你来是想见见面，表示感谢，没别的意思。"李久常听了，这才安心，但还是不知究竟。君王又说："你不记得在田野里洒酒祭奠的事了吗？"李久常顿时明白了，知道他是神，叩头说："刚才来时见嫂嫂受这种严刑，骨肉之情，心里实在痛惜。请君王怜悯宽恕！"君王说："这女人太刁蛮嫉妒，应该受这样的刑罚。三年前，你哥哥的小妾生孩子，肠子缠住了胎盘，你嫂子暗中把针扎在她带出的肠子上，使她肚子至今总是疼痛。这哪还有点儿人性！"李久常苦苦哀求，君王才说："就看在你的份上，饶恕了她吧。你回去后，要劝那刁蛮的妇人改改行为。"李久常道谢后走出来，原来钉着嫂嫂的门上已经没有人了。

李久常回家后，来看嫂嫂。嫂嫂躺在床上，疮口的血淌满了席子。这时正因为小妾不合她的心意，大肆辱骂。李久常急忙阻止她说："嫂嫂不要再这样，今天的痛苦，全都是你平时妒忌造成的。"嫂嫂生气地说："叔叔这样一个好男子，房中的娘子又贤惠得跟孟光似的，随你东家眠，西家宿，不敢吱一声。这自然是小叔叔好大的夫权，但代替你哥哥来降伏老娘还办不到！"李久常微微一笑说："嫂嫂不要发火。如果说出真情，恐怕要哭也来不及了。"嫂嫂说："我不曾偷过王母娘娘箩中的线，也没向玉皇大帝的香案吏飞过眼，心中坦荡荡，哪里用得着哭！"李久常小声对她说："用针扎人家的肠子，该算什么罪？"嫂嫂勃然变了脸色，问这话从何而知。李久常告诉了她。嫂嫂吓得不停地颤抖，一把眼泪一把鼻涕地哀叫："我不敢了！"眼泪还没干，顿时就觉得疮口不痛了，十天后痊愈。从此，她痛改前非。渐渐，就以贤惠受人称道。以后，小妾再生，肠子又掉下来，针仍在上面。拔掉了针，小妾的肚子才不痛了。

异史氏说：有人说天下像李久常嫂嫂那样刁蛮嫉妒的妇人正还不少，恨阴间法网漏掉的太多。我说，不是这样。阴间的刑罚，未必就没有比把手脚钉在门上更重的，只是没给阳世回个信息罢了。

土 偶

沂水马姓者，娶妻王氏，琴瑟甚敦。马早逝。王父母欲夺其志，王矢不他。姑怜其少，亦劝之，王不听。母曰：“汝志良佳；然齿太幼，儿又无出。每见有勉强于初，而贻羞于后者，固不如早嫁，犹恒情也。”王正容，以死自誓，母乃任之。

女命塑工肖夫像，每食，酹献如生时。一夕，将寝，忽见土偶人欠伸而下。骇心愕顾，即已暴长如人，真其夫也。女惧，呼母。鬼止之曰：“勿尔。感卿情好，幽壤酸辛。一门有忠贞，数世祖宗，皆有光荣。吾父生有损德，应无嗣，遂至促我茂龄；冥司念尔苦节，故令我归，与汝生一子承祧绪。”女亦沾衿。遂燕好如平生。鸡鸣，即下榻去。如此月余，觉腹微动。鬼乃泣曰：“限期已满，从此永诀矣！”遂绝。

女初不言；既而腹渐大，不能隐，阴以告母。母疑涉妄；然窥女无他，大惑不解。十月，果举一男。向人言之，闻者罔不匿笑；女亦无以自伸。有里正故与马有郤，告诸邑令。令拘讯邻人，并无异言。令曰：“闻鬼子无影，有影者伪也。”抱儿日中，影淡淡如轻烟然。又刺儿指血傅土偶上，立入无痕；取他偶涂之，一拭便去。以此信之。长数岁，口鼻言动，无一不肖马者，群疑始解。

【译文】

山东沂水县马某，娶妻王氏，夫妻感情深厚。马某死得早，王氏父母想改变女儿守节的志向，王氏发誓不嫁别人。婆婆怜惜她年轻，也劝她改嫁，她不听。婆母说："你的志向很好，但你年纪太小，又没生个儿女。常见有起初勉强守寡，日后却留下羞耻的，原不如早些改嫁，还是人之常情。"王氏板起面孔，以死发誓，婆母才听任了她。

王氏叫工匠塑了一尊丈夫的泥像，每逢吃饭，像他活着时一样，也献上一碗。一天晚上，刚要睡下，忽然看见泥人伸了伸手脚走下来。王氏吃惊地看去，它已经猛然长高，像平常人一样了，真是自己的丈夫啊！王氏害怕，呼喊婆母。鬼阻止她说："不要这样。我感激你的深情，在阴间也心里难过。我家有你这样忠贞的人，几代祖宗，全都光荣。我父亲生前做过缺德的事，应该绝后，这就造成我在壮年死去；阴间念你苦苦守节，所以命我回来，和你生个儿子，传宗接代。"王氏的泪水也湿透了衣襟。于是，两个人就像以前一样相亲相爱。鸡叫时，鬼就下床回去。就这样过了一个多月，王氏觉得腹中微动，鬼才哭着说："限期已满，从此永别了！"就不再下来。

开始，王氏没向人说出这件事；不久，肚子渐渐大了，隐瞒不住，就偷偷地告诉了婆母。婆母怀疑她说谎，但暗中观察，她并没有不端的行为，心中非常困惑，不知是怎么回事儿。十个月后，王氏果然生了个男孩。向人说出真情，听到的人无不暗中讥笑；王氏也没有办法表白。乡长过去和马某不和，把这事报告了县令。县令把王氏邻居抓来审问，邻居都没有什么异常的说法。县令说："听说鬼生的孩子没有影，有影就是假的。"把小孩抱到日光下验证，影子淡淡的，像一缕轻烟。又刺破小孩的手指，把血涂到泥人身上，血立刻浸到里边，不留一点儿痕迹；涂在别的泥人身上，留下的血渍一擦就掉了。因此，相信了王氏的话。儿子长到几岁后，鼻子嘴儿，一言一动，无一处不像马某，大家才解除了怀疑。

长治女子

陈欢乐，潞之长治人。有女慧美。有道士行乞，睨之而去。由是日持钵近廛间。适一瞽人自陈家出，道士追与同行，问何来。瞽云：“适过陈家推造命。”道士曰：“闻其家有女郎，我中表亲。欲求姻好，但未知其甲子。”瞽为之述之，道士乃别而去。

居数日，女绣于房，忽觉足麻痹，渐至股，又渐至腰腹；俄而晕然倾仆。定逾刻，始恍惚能立，将寻告母。及出门，则见茫茫黑波中，一路如线；骇而却退，门舍居庐，已被黑水淹没。又视路上，行人绝少，惟道士缓步于前。遂遥尾之，冀见同乡以相告语。走数里以来，忽睹里舍，视之，则己家门。大骇曰：“奔驰如许，固犹在村中。何向来迷惘若此！”欣然入门，父母尚未归。复仍至己房，所绣业履，犹在榻上。自觉奔波殆极，就榻憩坐。道士忽入。女大惊，欲遁。道士捉而捺之。女欲号，则瘖不能声。道士急以利刃剖女心。女觉魂飘飘离壳而立。四顾家舍全非，惟有崩崖若覆。视道士以己心血点木人上，又复叠指诅咒；女觉木人遂与己合。道士嘱曰：“自兹当听差遣，勿得违误！”遂佩戴之。

陈氏失女，举家惶惑。寻至牛头岭，始闻村人传言，岭下一女子剖心而死。陈奔验，果其女也。泣以愬宰。宰拘岭下居人，拷掠几遍，迄无端绪。姑收群犯，以待覆勘。

道士去数里外，坐路旁柳树下，忽谓女曰："今遣汝第一差，往侦邑中审狱状。去当隐身煖阁上。倘见官宰用印，即当趋避，切记勿忘！限汝辰去巳来。迟一刻，则以一针刺汝心中，令作急痛；二刻，刺二针；至三针，则使汝魂魄销灭矣。"女闻之，四体惊悚，飘然遂去。瞬息至官廨，如言伏阁上。时岭下人罗跪堂下，尚未讯诘。适将钤印公牒，女未及避，而印已出匣。女觉身躯重耎，纸格似不能胜，嚗然作响。满堂愕顾。宰命再举，响如前；三举，翻坠地下。众悉闻之。宰起祝曰："如是冤鬼，当便直陈，为汝昭雪。"女哽咽而前，历言道士杀己状，遣己状。宰差役驰去，至柳树下，道士果在。捉还，一鞫而服。人犯乃释。

宰问女："冤雪何归?"女曰："将从大人。"宰曰"我署中无处可容，不如暂归汝家。"女良久曰："官署即吾家，我将入矣。"宰又问，音响已寂。退入宅中，则夫人生女矣。

【译文】

陈欢乐是山西潞州长治县人，他有个女儿，聪明美丽。有个道士行乞，斜着眼瞅瞅她走了。从此，每天拿着钵在陈家附近转悠。一天，碰上个瞎子从陈家出来，道士追上去跟他同行，问他从哪来。瞎子说："刚才去给陈家算命了。"道士说："听说陈家有个女郎，我的一个表亲，想要求婚，但不知她的生日时辰。"瞎子告诉了他，道士便告辞走了。

过了几天，陈女在闺房里刺绣，忽然觉得双脚麻痹，渐渐麻到大腿，又渐渐麻到腰部；一会儿，就晕乎乎跌倒在地。一动不动好一刻，才迷迷糊糊地能站起来，打算去告诉母亲。等出了门，却见茫茫黑波中，有条线一样的小路；吓得倒退几步，家门房屋，已经被黑水淹没了。又看小路上，没有一个行人，只有道士在前边慢慢地走，就远远地跟着，希望看见同乡好告诉话儿。走了几里路，忽然看见村舍，细瞧，却是自己家门。非常吃惊地说："奔波了这么些路，原来还在村里，刚才怎么糊涂到这个地步！"高兴地走进门，看父母还没回来，便又回到自己的闺房，先前绣的鞋子，还在床上。自己觉得奔波得疲惫极了，就靠床坐着歇息。道士忽然进来。陈女大惊，想要逃跑。道士抓着她按住。陈女想喊，嗓子却哑得发不出声。道士急忙用尖刀剜陈女的心。陈女觉得魂儿轻飘飘离开躯体站起来。看看四周，全不是什么家舍，只有悬崖在头上覆盖着。再看道士，把自己的心血点在木头人上，又并起手指诅咒；陈女觉得木头人渐渐和自己的魂灵合为一体。道士嘱咐说："你从此要听从派遣，不得违误！"说着，就把木头人佩戴在身上。

陈家丢了女儿，全家惊慌。找到牛头岭，才听村里人传说，岭下有个女子被剜了心死了。陈欢乐跑去验看，果然是自己的女儿。他哭着报告了县官。县官抓来岭下居民，几乎拷打遍了，一直没有一点儿头绪。就暂且把所有的嫌疑犯都收押起来，等待复查。

道士走出几里外，坐在路旁柳树下，突然对陈女魂儿说："现在派你第一件差事，去县里侦探审案情况。去了要隐藏在暖阁上。如果看见官员们用印章，就要赶快躲开，切切记住，不可忘记！限你八时去十时回。晚回一刻钟，就在你心上扎一针，叫你立刻疼痛；晚两刻，扎两针；扎到第三针，就让你的魂魄消灭了。"陈女听了，四肢震动，就飘飘悠悠地飞走了。一眨眼到了县衙，按道士说的，趴在暖阁上。这时岭下人排成行跪在堂下，还没审问。这时正好要在公文上盖大印，陈女还没来得及躲避，印章已经出匣。陈女只觉得身子又沉又软，暖阁的纸格好像要承受不住，发出嘎叭嘎叭的声音。满堂的人吃惊地四处看。县官让再举印章，又发出刚才那样的声音；举到第三次，陈女翻落在地下。大家全都听见了。县官站起来祷告说："如果你是冤鬼，就直说吧，我给你昭雪。"陈女哽咽着走到县官面前，一一叙说道士怎样杀死自己，怎样派遣自己前来。县官派衙役骑马去捕捉，到柳树下，道士果然在。捉来，只审讯一次，就招供了。这才释放了所有的嫌疑犯。

县官问陈女："冤屈昭雪了，你回哪儿去？"陈女说："准备跟从大人。"县官说："我的官署里没有容纳你的地方，不如暂且回家去吧。"陈女好久才说："官署就是我的家，我要进去了。"县官再问，已经没有回音了。退堂回到后宅，夫人已生了个女儿。

义　犬

潞安某甲，父陷狱将死。搜括囊蓄，得百金，将诣郡关说。跨骡出，则所养黑犬从之。呵逐使退；既走，则又从之，鞭逐不返。从行数十里。某下骑，趋路侧私焉。既乃以石投犬，犬始奔去；某既行，则犬欻然复来，啮骡尾足。某怒鞭之。犬鸣吠不已。忽跃在前，愤龁骡首，似欲阻其去路。某以为不祥，益怒，回骑驰逐之。视犬已远，乃返辔疾驰；抵郡已暮。及扪腰橐，金亡其半。涔涔汗下，魂魄都失。辗转终夜，顿念犬吠有因。候关出城，细审来途。又自计南北冲衢，行人如蚁，遗金宁有存理？逡巡至下骑所，见犬毙草间，毛汗湿如洗。提耳起视，则封金俨然。感其义，买棺葬之，人以为义犬冢云。

【译文】

山西长治某甲，父亲被人陷害入狱，快要处死了。他把以往积攒的钱都搜括出来，总共有一百两银子，准备带到郡里打通关系。骑着骡出门，家里养的一条黑狗紧跟在身后。呵斥着赶它回去，没走几步，它就又跟了上来，鞭打也驱赶不回。跟着走了几十里路，某甲下骡，到路边小便，便后拿石头扔它，它才跑开了。上骡赶路以后，一转眼狗又跟了上来，咬骡的尾巴和蹄子。某甲火了，用鞭子抽它，狗大叫不止。忽然，狗跳到骡前，愤恨地咬骡头，好像要阻拦某甲前行。某甲认为不吉利，更加生气，调转骡头往回赶狗。看着狗已跑远，这才拉回缰绳飞驰；到郡里天已黑了。等摸摸腰里的钱袋，发现银子丢了一半。顿时急得汗流如雨，魂飞魄散。翻来覆去一夜没睡，忽然想起狗叫有原因。急忙跑到城关，等候开门出了城，沿着来路细找。又心想，来路是一条南北交通要道，行人多得像蚂蚁，丢掉的银子哪还会有在的道理？犹犹豫豫到昨天下骡的地方，看见狗死在草丛里，毛上汗湿淋淋，像水洗过的一般。他拎着耳朵把狗提起来一看，就见包着的银子端端正正在它身下。他被狗的情义所感动，买来棺材埋葬了它。人们管那儿叫义犬坟。

鄱阳神

翟湛持，司理饶州，道经鄱阳湖。湖上有神祠，停盖游瞻。内雕丁普郎死节臣像，翟姓一神，最居末座。翟曰："吾家宗人，何得在下！"遂于上易一座。既而登舟，大风断帆，桅樯倾侧，一家哀号。俄一小舟破浪而来；既近官舟，急挽翟登小舟，于是家人尽登。审视其人，与翟姓神无少异。无何，浪息，寻之已杳。

【译文】

翟湛持，到江西波阳做司理参军，路经阳湖。湖岸有座神庙，他停车进去游览瞻仰。庙堂里陈列着死于王事的丁普郎等明代开国功臣的塑像，一位姓翟的神像居于最末位。翟湛持说："和我同族姓的人，怎能在下边！"就跟上边的塑像换了个位置。游览完后上船渡湖，大风吹断了船帆，桅杆倒向一边，全家哀叫。一会儿，有只小船破浪而来，靠近官船后，一个人迅速地搀扶着翟湛持上了小船，接着全家人也都上去了。打量那人，和姓翟的神像一模一样。不久，风浪停止，找那人，已经无影无踪了。

伍秋月

秦邮王鼎，字仙湖。为人慷慨有力，广交游。年十八，未娶，妻殒。每远游，恒经岁不返。兄鼐，江北名士，友于甚笃。劝弟勿游，将为择偶。生不听，命舟抵镇江访友。友他出，因税居于逆旅阁上。江水澄波，金山在目，心甚快之。次日，友人来，请生移居；辞不去。

居半月余，夜梦女郎，年可十四五，容华端妙，上床与合，既寤而遗。颇怪之，亦以为偶。入夜，又梦之。如是三四夜。心大异，不敢息烛，身虽偃卧，惕然自警。才交睫，梦女复来；方狎，忽自惊寤；急开目，则少女如仙，俨然犹在抱也。见生醒，颇自愧怯。生虽知非人，意亦甚得；无暇问讯，真与驰骤。女若不堪，曰："狂暴如此，无怪人不敢明告也。"生始诘之。答云："妾伍氏秋月。先父名儒，邃于《易》数。常珍爱妾；但言不永寿，故不许字人。后十五岁果夭殁，即攒瘗阁东，令与地平。亦无冢志，惟立片石于棺侧，曰：'女秋月，葬无冢，三十年，嫁王鼎。'今已三十年，君适至。心喜，亟欲自荐；寸心羞怯，故假之梦寐耳。"王亦喜，复求讫事。曰："妾少须阳气，欲求复生，实不禁此风雨。后日好合无限，何必今宵？"遂起而去。次日，复至，坐对笑谑，欢若生平。灭烛登床，无异生人；但女既起，则遗泄流离，沾染茵褥。

一夕，明月莹澈，小步庭中。问女："冥中亦有城郭否?”答曰:“等耳。冥间城府,不在此处,去此可三四里。但以夜为昼。”问:“生人能见之否?”答云:“亦可。”生请往观,女诺之。乘月去,女飘忽若风,王极力追随。欻至一处,女言:“不远矣。”王瞻望殊罔所见。女以唾涂其两眥,启之,明倍于常,视夜色不殊白昼。顿见雉堞在杳霭中;路上行人,如趋墟市。俄二皂縶三四人过,末一人怪类其兄。趋近之,果兄。骇问:“兄那得来?”兄见生,潸然零涕,言:“自不知何事,强被拘囚。”王怒曰:“我兄秉礼君子,何至缧绁如此!”便请二皂,幸且宽释。皂不肯,殊大傲睨。生恚欲与争。兄止之曰:“此是官命,亦合奉法。但余乏用度,索贿良苦。弟归,宜措置。”生把兄臂,哭失声。皂怒,猛掣项索,兄顿颠蹶。生见之,忿火填胸,不能制止,即解佩刀,立决皂首。一皂喊嘶,生又决之。女大惊曰:“杀官使,罪不宥!迟则祸及!请即觅舟北发,归家勿摘提旛,杜门绝出入,七日保无虑也。”王乃挽兄夜买小舟,火急北渡。

归见吊客在门,知兄果死。闭门下钥,始入。视兄已渺;入室,则亡者已苏,便呼:“饿死矣!可急备汤饼。”时死已二日,家人尽骇。生乃备言其故。七日启关,去丧旛,人始知其复苏。亲友集问,但伪对之。

转思秋月,想念颇烦。遂复南下,至旧阁,秉烛久待,女竟不至。蒙眬欲寝,见一妇人来,曰:“秋月小娘子致意郎君:前以公役被杀,凶犯逃亡,捉得娘子去,见在监押。押役遇之虐。日日盼郎君,当谋作经纪。”王悲愤，便从妇去。至一城都，入西郭，指一门曰：“小娘子暂寄此间。”王入，见房舍颇繁，寄顿囚犯甚多，并无秋月。又进一小扉，斗室中有灯火。王近窗以窥，则秋月坐榻上，掩袖呜泣。二役在侧，撮颐捉履，引以嘲戏。女啼益急。一役挽颈曰：“既为罪犯，尚守贞耶?”王怒，不暇语，持刀直入，一役一刀，摧斩如麻，篡取女郎而出。幸无觉者。

裁至旅舍，蓦然即醒。方怪幻梦之凶，见秋月含睇而立。生惊起曳坐，告之以梦。女曰：“真也，非梦也。”生惊曰：“且为奈何!”女叹曰：“此有定数。妾待月尽，始是生期；今已如此，急何能待！当速发瘗处，载妾同归，日频唤妾名，三日可活。但未满时日，骨耎足弱，不能为君任井臼耳。”言已，草草欲出。又返身曰：“妾几忘之，冥追若何?生时，父传我符书，言三十年后，可佩夫妇。”乃索笔疾书两符，曰：“一君自佩，一粘妾背。”送之出，志其没处，掘尺许，即见棺木，亦已败腐。侧有小碑，果如女言。发棺视之，女颜色如生。抱入房中，衣裳随风尽化。粘符已，以被褥严裹，负至江滨；呼拢泊舟，伪言妹急病，将送归其家。幸南风大竞，甫晓，已达里门。抱女安置，始告兄嫂。一家惊顾，亦莫敢直言其惑。

生启衾，长呼秋月，夜辄拥尸而寝。日渐温暖。三日竟苏，七日能步；更衣拜嫂，盈盈然神仙不殊。但十步之外，须人而行；不则随风摇曳，屡欲倾侧。见者以为身有此病，转更增媚。每劝生曰：“君罪孽太深，宜积德诵经以忏之。不然，寿恐不永也。”生素不佞佛，至此皈依甚虔。后亦无恙。

异史氏曰：余欲上言定律：“凡杀公役者，罪减平人三等。”盖此辈无有不可杀者也。故能诛锄蠹役者，即为循良；即稍苛之，不可谓虐。况冥中原无定法，倘有恶人，刀锯鼎镬，不以为酷。若人心之所快，即冥王之所善也。岂罪致冥追，遂可幸而逃哉？

【译文】

苏北高邮王鼎，字仙湖。为人慷慨有力，交游广泛。十八岁了，没等迎娶，未婚妻就死了。每次出门远游，总是整年不回家。他的哥哥王鼐，是江北有名的文人，和弟弟感情深厚。他劝王鼎不要游荡了，要给他选个媳妇成家。王生不听，乘船到镇江拜访朋友。不巧，赶上朋友外出，就租了旅店的阁楼住下。他倚窗眺望，江水清波，金山呈现在眼前，心里非常畅快。第二天，朋友回来，请王生搬到家里住；王生辞谢不去。

住了半个多月，夜里梦见一个女郎，年纪有十四五岁，容貌端庄美丽，上床和他交合。王生醒来，发现梦遗了，感到很奇怪，但也还认为是偶然的事情。到夜晚，又梦见那女郎。如此这般的有三四夜。他心里非常惊奇，也不敢熄灯，身子虽然躺在床上，心里却时刻警惕着。才一合眼，梦见女郎又来；正亲热间，忽然自动惊醒；急忙睁开眼睛，却见那少女美如仙子，实实在在的还在自己怀抱里。她见王生醒来，很是惭愧羞怯。王生虽然明知她不是人类，心里也很得意；也顾不上问话，就急忙亲热起来。女郎像是受不了，说：“这样狂暴，难怪人家不敢明面告诉你。”王生这才问她是谁。女郎回答说：“我叫伍秋月。我的父亲是有名的儒生，精通占卜。他对我非常珍爱；但说我不能长寿，所以不把我许配人家。后来，我活到十五岁，果然夭亡了。父亲就把我埋在这阁楼的东边，让和地面一样平。也没有墓志，只在棺旁立了一块石片，上面写：‘女儿秋月，葬无坟茔，三十年后，嫁给王鼎。’如今已经三十年了，正好你来。我心里高兴，急于想向你自荐，又感到羞怯，所以借梦境和你相会。”王生也很欢喜，又要求做完那种事。秋月说：“我只须一点儿阳气，想求得复活，着实禁不起这种风雨，以后我们好合的日子多着呢，何必非在今宵?”说完起身走了。第二天夜晚，她又来，跟王生面对面坐着说笑打趣，两人像老朋友一样欢乐。息灯上床，王生感觉上她和活人没有区别；只是起床后，就遗泄淋漓，沾染被褥。

一天夜晚，明月晶莹，王生和秋月在院中散步，王生问她：“阴间也有城市吗?”秋月回答：“阴间和阳世一样。阴间的城府不在这儿，离这儿大概有三四里地。只是把黑夜当做白天。”王生问：“活人也能看见阴间吗?”回答说也可以看见。王生请求去阴间看看，秋月答应了。两人乘着月光前去，秋月飘忽如风，王生尽力追随，转眼就来到一个处所。秋月说：“不远了。”王生到处张望，却什么也没看见。秋月沾了点唾液抹在他两个眼眶上，再睁开，王生觉得眼睛比平常加倍明亮，看夜色如同白天。顿时就见到茫茫云雾中有座高大的城墙；路上行人，多得像赶集似的。一会儿，有两个穿黑衣的公差绑着三四个人走过，最后一个很像哥哥王鼐。王生快走几步到跟前看，果然是哥哥。吃惊地问：“哥哥怎么来了?”王鼐看是王鼎，眼泪刷刷地淌下来，说：“我也不知是为什么事，硬被抓起来了。”王生生气地说：“我哥哥是遵守礼法的君子，怎么能这样捆绑他?”就请求两名公差，赏光先给哥哥松松绑。公差不肯，非常傲慢地斜着眼看他。王生气愤地想跟公差争论，哥哥阻止他说：“这是官家命令，也应该依法办事。只是我缺钱用，他们勒索得我好苦，弟弟回去，要筹措些钱来。”王生拉着哥哥的胳臂，失声痛哭。公差生了气，猛拽王鼐脖颈上的绳索，王鼐立刻就摔倒了。王生见这情形，满腔怒火，压抑不住，马上抽出佩刀，一下子就砍掉那公差的头。另一个公差大声喊叫，王生又把他结果了。女郎大惊说：“杀死官差，罪不可饶恕！逃晚了就大祸临头了！请马上找一条船渡江北去，回到家里，别摘掉丧幡，关上门不要出入，七天后，保准无事了。”王生便扶着哥哥连夜去江边租了一只小船，火速向北划去。

回到家里，看见大门口有吊丧的客人，知道哥哥果然是死了。

王生关紧门，上好锁，才进院，看哥哥已经没影了；进到屋里，死去的哥哥已经苏醒，就喊着：“饿死了，赶快弄点汤饼来！”当时王鼐已经死了两天，全家人都大吃一惊。王生就向大家一五一十说了缘故。过了七天，打开门，摘掉丧幡，别人才知道王鼐复活了。亲友们都来问，王家只好用假话搪塞过去。

王生回过头又思念起秋月来，想得心里很是烦闷，就又乘船南下，到了原住的阁楼上，点上灯等了很久，秋月竟然不来。矇矇眬眬刚要睡着，看见有个妇人走来，对他说：“秋月小娘子让我告诉你：前些时因差人被杀，凶手逃跑，阴间官府把娘子抓去，现在被押在监狱里，看守虐待她，她天天盼你去，你要想办法救她。”王生听了，心里悲愤，就跟着妇人去了。来到一座城市，进了西城关，妇人指着一个门说：“小娘子就暂押在这里。”王生进去，只见一间间屋子密集，关押的囚犯很多，并没有秋月。又走进一扇小门，看见一间小屋里亮着灯，他凑近窗子往里瞅，是秋月坐在床上，用袖子捂着脸呜呜哭泣。两个看守在旁边，捏她的下巴，抓她的小脚，调戏她。秋月哭得更厉害，一个看守搂着她的脖子说：“已经做了罪犯，还守什么贞节？”王生怒从心头起，顾不上说话，持刀直闯进去，一刀一个，斩麻般杀掉两个看守，紧握秋月的手跑出监狱，幸好没人发现。

刚到旅店，王生猛然醒来。正奇怪梦境凶险，看见秋月站在床前深情地看着他。王生吃惊地起来拉她坐下，告诉她梦里的情形。秋月说：“这是真的，不是梦。”王生惊慌地说：“这该怎么办呢？”秋月叹息说：“这是命里注定的。本来等到这个月底，才是我复活的日子；如今已经这个样子了，情况紧急，怎么能再等待？你要赶快挖开埋葬我的地方，载着我一同回家，每天不停地呼唤我的名字，三天我就可以复活了。但日子没满，身子骨软弱，脚里没劲儿，不能给你操持家务罢了。”说完，匆匆忙忙要走。又返回身说：“我差点儿忘了，阴司要追来怎么办？活着时，父亲传给我符，说三十年后，可佩带在我们夫妇身上。”于是，要过笔，飞快地画好两道符，说：“一道你自己佩带，一道贴在我的背上。”王生送秋月出门，在她消失的地方作了记号，往下挖了有一尺来深，就看到了棺材。也已经腐烂了，旁边有块小碑，果然和秋月说的相同。打开棺材一看，秋月的脸色和活着时一样。王生把她抱进房中，她的衣裳都随风化成灰了。王生给她贴好符，用被子裹严实，背到江边，喊了一条停靠在那里的船，假说妹妹得了急病，要送她回家。幸好天刮起好大的南风，天刚亮，就到了居里。王生抱着秋月尸体回家，安顿好，才告诉哥哥嫂嫂。全家人都吃惊地你瞅我我瞅你，谁也不敢将心中的疑虑直说出来。

王生打开被子，不断呼唤秋月的名字，夜里就搂着尸体睡，尸体渐渐温暖起来。三天后，秋月竟然苏醒了，到了第七天，就能下地走动了；换上衣服拜见嫂嫂，轻盈得跟仙女没有两样。但十步以外，必须人搀扶着走，不然就随风摇摆，老是要倾倒。看见的人觉得她身体有这样的病，反而更增添了妩媚。秋月常劝王生说："你的罪孽太深，要靠积德诵经来忏悔，不然，恐怕寿命不长。"王生一向不信佛，从此皈依佛法，十分虔诚。后来，也就平安无事。

异史氏说：我想向上面进一言，定一条这样的法律："凡杀死公差的，比一般犯人罪减三等。"因为这一流人没有不该杀的。所以，能诛锄害人的公差，就是规矩的良民；即使做得稍微过分一些，也算不上暴虐。何况阴间本没有一定的法规，如果有坏人，刀劈锯拉锅煮，并不算残酷；如果是人心大快的事，也就是阎罗王所赞许的事了。哪有罪孽到了阴司追捕的程度，就又能侥幸脱逃的道理呢？

莲花公主

胶州窦旭，字晓晖。方昼寝，见一褐衣人立榻前，逡巡惶顾，似欲有言。生问之。答云："相公奉屈。""相公何人？"曰："近在邻境。"从之而出。转过墙屋，导至一处，叠阁重楼，万椽相接，曲折而行。觉万户千门，迥非人世。又见宫人女官，往来甚夥，都向褐衣人问曰："窦郎来乎？"褐衣人诺。俄，一贵官出，迎见甚恭。既登堂，生启问曰："素既不叙，遂疏参谒。过蒙爱接，颇注疑念。"贵官曰："寡君以先生清族世德，倾风结慕，深愿思晤焉。"生益骇，问："王何人？"答云："少间自悉。"无何，二女官至，以双旌导生行。入重门，见殿上一王者，见生入，降阶而迎，执宾主礼。礼已，践席，列筵丰盛。仰视殿上一扁曰"桂府"。生踧蹙不能致辞。王曰："忝近芳邻，缘即至深。便当畅怀，勿致疑畏。"生唯唯。

酒数行，笙歌作于下，钲鼓不鸣，音声幽细。稍间，王忽左右顾曰："朕一言，烦卿等属对：'才人登桂府。'"四座方思，生即应云："君子爱莲花。"王大悦曰："奇哉！莲花乃公主小字，何适合如此？宁非夙分？传语公主，不可不出一晤君子。"移时，珮环声近，兰麝香浓，则公主至矣。年十六七，妙好无双。王命向生展拜，曰："此即莲花小女也。"拜已而去。生睹之，神情摇动，木坐凝思。王举觞劝饮，目竟罔睹。王似微察其意，乃曰："息女宜相匹敌，但自惭不类，如何？"生怅然若痴，即又不闻。近坐者蹑之曰："王揖君未见，王言君未闻耶？"生茫乎若失，懡㦬自惭，离席曰："臣蒙优渥，不觉过醉，仪节失次，幸能垂宥。然日旰君勤，即告出也。"王起曰："既见君子，实惬心好，何仓卒而便言离也？卿既不住，亦无敢于强。若烦萦念，更当再邀。"遂命内官导之出。途中内官语生曰："适王谓可匹敌，似欲附为婚姻，何默不一言？"生顿足而悔，步步追恨，遂已至家。忽然醒寤，则返照已残。冥坐观想，历历在目。晚斋灭烛，冀旧梦可以复寻，而邯郸路渺，悔叹而已。

一夕，与友人共榻，忽见前内官来，传王命相召。生喜，从去。见王伏谒。王曳起，延止隅坐，曰："别后知劳思眷。谬以小女子奉裳衣，想不过嫌也。"生即拜谢。王命学士大臣，陪侍宴饮。酒阑，宫人前白："公主妆竟。"俄见数十宫女，拥公主出。以红锦覆首，凌波微步，挽上氍毹，与生交拜成礼。已而送归馆舍。洞房温凊，穷极芳腻。生曰："有卿在目，真使人乐而忘死。但恐今日之遭，乃是梦耳。"公主掩口曰："明明妾与君，那得是梦？"诘旦方起，戏为公主匀铅黄；已而以带围腰，布指度足。公主笑问："君颠耶？"曰："臣屡为梦误，故细志之。倘是梦时，亦足动悬想耳。"

调笑未已，一宫女驰入曰："妖入宫门，王避偏殿，凶祸不远矣！"生大惊，趋见王。王执手泣曰："君子不弃，方图永好。讵期孽降自天，国祚将覆，且复奈何！"生惊问何说。王以案上一章，授生启读。章云："含香殿大学士臣黑翼，为非常妖异，祈早迁都，以存国脉事：据黄门报称：自五月初六日，来一千丈巨蟒，盘踞宫外，吞食内外臣民一万三千八百余口；所过宫殿尽成丘墟，等因。臣奋勇前窥，确见妖蟒：头如山岳，目等江海；昂首则殿阁齐吞，伸腰则楼垣尽覆。真千古未见之凶，万代不遭之祸！社稷宗庙，危在旦夕！乞皇上早率宫眷，速迁乐土"云云。生览毕，面如灰土。即有宫人奔奏："妖物至矣！"阖殿哀呼，惨无天日。王仓遽不知所为，但泣顾曰："小女已累先生。"生坌息而返。公主方与左右抱首哀鸣，见生入，牵衿曰："郎焉置妾?"生怆恻欲绝，乃捉腕思曰："小生贫贱，惭无金屋。有茅庐三数间，姑同窜匿可乎?"公主含涕曰："急何能择?乞携速往!"生乃挽扶而出。未几，至家。公主曰："此大安宅，胜故国多矣。然妾从君来，父母何依?请别筑一舍，当举国相从。"生难之。公主号咷曰："不能急人之急，安用郎也!"生略慰解，即已入室。公主伏床悲啼，不可劝止。

焦思无术，顿然而醒，始知梦也。而耳畔啼声，嘤嘤未绝。审听之，殊非人声，乃蜂子二三头，飞鸣枕上。大叫怪事。友人诘之，乃以梦告。友人亦诧为异。共起视蜂，依依裳袂间，拂之不去。友人劝为营巢。生如所请，督工构造。方竖两堵，而群蜂自墙外来，络绎如绳。顶尖未合，飞集盈斗。迹所由来，则邻翁之旧圃也。圃中蜂一房，三十余年矣，生息颇繁。或以生事告翁。翁觇之，蜂户寂然。发其壁，则蛇据其中，长丈许。捉而杀之。乃知巨蟒即此物也。

蜂入生家，滋息更盛，亦无他异。

【译文】

山东胶州窦旭，字晓晖。一天刚午睡，见一个穿着褐色短衣的差人站在床前，迟迟疑疑惶恐不安地瞅着他，好像有话要说。窦生问他做什么，回答说："相公有请。"窦生问："相公是谁?"差人说："他就在邻近。"窦生跟着他走出门，转过屋墙，带到一个地方，楼阁重叠，万椽相接，曲曲折折往前走，只觉千门万户，完全不是人间的所在。又见许多官人女官，来来往往，都问差人："窦郎来了吗?"差人一一应着。一会儿，一个贵官出来，很恭敬地迎接窦生。登上殿堂以后，窦生开口问道："素来不曾交往过，也没到过这里拜谒。过于蒙你热情接待，很使我疑惑。"贵官说："我们大王因先生家族清白，世代高德，心里倾慕，很想跟你会见。"窦生更加惊奇，问："大王是谁?"回答说："待会儿你自然就知道了。"过了一会儿，两个女官来，手持一双旌旗在前边给窦生带路。进了两重宫门，见殿上有个君王，他看窦生进来，走下台阶迎接，行宾主之礼。礼毕，入席。筵席非常丰盛。窦生抬头见殿上一块匾写着"桂府"二字，局促不安地不知该说什么。大王说："能荣幸地靠近芳邻，缘分就是最深的了，就该开怀畅饮，不要疑虑畏惧。"窦生连声称是。

酒过几巡，殿下响起笙歌，没有钲鼓那些打击乐器，声音显得幽雅纤细。稍过一会儿，大王忽然看看左右两边的大臣说："我说一句上联，请你们对下联：'才人登桂府'"大家还正在思索，窦生就应声道："君子爱莲花。"大王非常高兴地说："奇妙啊，奇妙！莲花是公主的小名，怎么对得这样合适?难道不是前世有缘?传我的话给公主，不能不出来见君子一面。"过了好一阵，只听佩环声越来越近，飘来浓重的兰麝香，是公主来了。有十六七岁，美丽无比。大王命公主向窦生行礼，对窦生说："这就是小女莲花。"公主行完礼就走了。窦生看到她，神情摇动，像决木头似的呆坐着走了神儿。大王举杯向他劝酒，他睁着眼睛竟然没看见。大王好像有点察觉到他的心意，就说："小女跟你相配也还合适，只是惭愧跟你不是同类，怎么办呢?"窦生失魂落魄像个呆子，当下又没听见。坐在旁边的大臣碰碰他的脚说："大王举杯劝酒你没看见，大王跟你说话，你也没听见吗?"窦生茫然若失，心里惭愧，离开座席对大王说："臣承蒙优待，不觉喝醉了，失掉礼节，望能原谅就万幸了。大王您日夜操劳，不能过久打扰，我这就告辞了。"大王起身说："见到君子以后，心里实在高兴，为什么这样仓促就说要走?你既然不留下，我也不敢勉强，如果你心里挂念，以后会再邀你来。"就命内宫里的官领窦生出去。路上，内官对窦生说："刚才大王说可以相配，好像是要跟你结亲，你为什么默不作声?"窦生后悔得直跺脚，走一步，追悔一阵，就这样一步一恨地回了家。忽然醒来，大阳已经西落。呆坐着回想，梦里所见，历历在目。晚饭后，熄灯上床，希望再能寻回旧梦，但梦幻渺茫，他只有悔恨叹息而已。

一天晚上，窦生和朋友同床睡觉，忽然看见先前送他出宫的那个内官来了，传大王的命令召请他。窦生欣喜万分，跟着就走。见到大王，伏在地上参拜，大王拉起他，请他坐在旁边，说："分别后，知道劳你思念眷恋，自作主张想把小女许配给你，想来你不会太嫌弃吧?"窦生马上拜谢。大王让学士大臣陪同宴饮。酒喝得差不多的时候，宫人来报告说："公主打扮好了。"很快就见几十个宫女簇拥着公主出来。公主头上用红锦盖着，迈着轻盈的细步，被搀扶着踏上地毯，和窦生交拜成亲。拜过堂，把一对新人送回馆舍。那洞房冬暖夏凉，芳香柔和无比。窦生说："有你在眼前，真叫人乐得想不到会死。只怕今天的相逢是做梦吧?"公主掩嘴笑着说："明明是我和你，哪能是梦呢?"第二天早晨起床，窦生开玩笑地给公主搽粉打扮；完后用带子量公主的腰围，用手指测公主的脚。公主笑着说："你发疯了吗?"窦生说："我多次被梦欺骗，所以要仔细记住。如果这次还是梦，也足够引起我回想的了。"

两个人说笑还没完，一个宫女跑进来说："妖怪进入宫门，大王躲到偏殿上，灾祸不远了。"窦生大惊，急忙赶去见大王。大王拉住他的手，流着泪说："蒙你不嫌弃，正打算永远相好下去，不曾想天降妖孽，国家就要倾覆了，可怎么办!"窦生惊恐地问他原因。大王拿起书案上的一个奏章，交给窦生打开看。那奏章上说："含香殿大学士臣黑翼，因出现奇特妖怪，祈求早日迁都，以保存国家命脉事：据报告说：自五月初六，来了一条千丈长的大蟒，盘踞宫外，吞食宫内外臣民一万三千八百多人；所过之处，宫殿全都变成废墟。为此，臣奋勇前去窥探，确实看到妖蟒：头如山岳，眼似江海；一抬头能把殿阁齐数吞掉，一伸腰能叫楼墙全部倒塌。真是千古未见的凶物，万代不遇的祸患！国家命运，危在旦夕！乞望大王早早率领宫中眷属，从速搬迁到安乐的地方"云云。窦生看后，面如灰土。很快就有宫人跑来禀告："妖物到了!"全殿人哀叫、呼喊，惨无天日。大王仓促间惊慌失措，只是流着泪对窦生说："小女全托给先生了。"窦生气喘吁吁跑回馆舍，公主正和身边的宫女抱头哀哭，看见窦生进来，扯着他的衣襟说："郎君怎样安置我？"窦生悲痛欲绝，握住公主的手腕思虑着说："我家贫贱，我心里惭愧没有金屋可以藏娇。有三四间茅草房，你暂且和我一起躲进去，可以吗？"公主含着泪说："情况紧急，怎还能选择？请你快带我去！"窦生搀扶着公主出门，没多久，就到了家。公主说："这是最安全的住所，比宫中强多了。可我跟你来了，父母依靠谁呢？请另造一处房舍，全国都会跟来。"窦生感到难办。公主号咷大哭说："不能为别人的危难着急，要郎君干什么呢？"窦生略微安慰劝解一下，就已经进了内室。公主趴在床上悲哀地哭泣，劝也劝不住。

正焦急无法可想的时候，窦生突然醒来，才知道是一场梦，但耳边的哭泣声却嘤嘤不断。细听，和人的哭声毫不相同，原来是两三只蜂在枕头上飞鸣。窦生大叫怪事。朋友问他，他便把梦中的情形告诉了。朋友也感到诧异。两人一道起来看蜂，蜂依恋在袍袖之间，赶它不走。朋友劝窦生给蜂造个巢。窦生按梦里公主的请求，督促工匠建造。才竖起两堵墙，成群的蜂就从墙外飞来，像绳一样络绎不断。巢顶还没合拢，蜂就飞满了巢。窦生沿着路线寻找蜂子的来处，原来在邻家老翁的旧园子里。那座园子中有一房蜂，三十多年了，繁衍得很旺盛。有人把窦生给蜂造巢的事告诉了老翁，老翁去旧园看，蜂房里寂静无声，拨开蜂房壁脚，却是一条蛇盘踞在里边，有一丈多长。老翁把蛇捉住杀死了。窦生这才知道所谓巨蟒就是这条蛇。

蜂飞进窦生家后，繁衍得更加兴旺，也没出现什么怪异。

绿 衣 女

于生名璟，字小宋，益都人。读书醴泉寺。夜方披诵，忽一女子在窗外赞曰："于相公勤读哉！"因念深山何处得女子？方疑思间，女已推扉笑入曰："勤读哉！"

于惊起视之，绿衣长裙，婉妙无比。于知非人，固诘里居。女曰："君视妾当非能咋噬者，何劳穷问？"于心好之，遂与寝处。罗襦既解，腰细殆不盈掬。更筹方尽，翩然遂去。由此无夕不至。

一夕共酌，谈吐间妙解音律。于曰："卿声娇细，倘度一曲，必能消魂。"女笑曰："不敢度曲，恐消君魂耳。"于固请之。曰："妾非吝惜，恐他人所闻。君必欲之，请便献丑；但只微声示意可耳。"遂以莲钩轻点足床，歌云：

树上乌臼鸟，赚奴中夜散。
不怨绣鞋湿，只恐郎无伴。

声细如蝇，裁可辨认。而静听之，宛转滑烈，动耳摇心。歌已，启门窥曰："防窗外有人。"绕屋周视，乃入。生曰："卿何疑惧之深？"笑曰："谚云：'偷生鬼子常畏人。'妾之谓矣。"既而就寝，惕然不喜，曰："生平之分，殆止此乎？"于急问之。女曰："妾心动，妾禄尽矣。"于慰之曰："心动眼瞤，盖是常也，何遽此云？"女稍怿，复相绸缪。

更漏既歇，披衣下榻。方将启关，徘徊复返，曰："不知何故，惿惭心怯。乞送我出门。"于果起，送诸门外。女曰："君伫望我；我逾垣去，君方归。"于曰："诺。"视女转过房廊，寂不复见。方欲归寝，闻女号救甚急。于奔往。四顾无迹，声在檐间。举首细视，则一蛛大如弹，抟捉一物，哀鸣声嘶。于破网挑下，去其缚缠，则一绿蜂，奄然将毙矣。捉归室中，置案头。停苏移时，始能行步。徐登砚池，自以身投墨汁，出伏几上，走作“谢”字。频展双翼，已乃穿窗而去。自此遂绝。

【译文】

于生，名璟，字小宋，益都人。他在醴泉寺读书，一天夜里，正翻书诵读，忽听一个女子的声音在窗外称赞说：“于相公真用功啊！”于生想，深山里从哪来的女子？正疑虑的时候，女子已推门笑着进来，说：“真用功啊！”于生吃惊地起身看，绿衣长裙，婉妙无比。于生知道她不是人类，一再追问她住在哪里。女子说：“你看我该不是能吃人的吧，何必追问个没完？”于生心里喜欢她，就和她同床睡下。女子解开内衣，腰肢细得简直不满两手合围。天快亮的时候，女子飘然离去。从此，她没有一晚不来于生这里。

一天晚上，两人喝酒，闲谈中，于生发现女子很懂音律。于生说：“你的声音娇细，如果唱上一支曲子，必能让人听得丢了魂儿。”女子笑道：“不敢唱，怕你丢了魂儿呢。”于生非要她唱，女子说：“不是我小家子气，是怕被外人听见。你一定要听，那我就献丑了；但只小声表示一下意思可以了吧。”于是，她用脚轻轻地点着床腿打拍子，唱道：

树上乌臼鸟叫唤，
引我半夜把步散。
不怕散步湿绣鞋，
只怕我走郎无伴。

声音细微如蝇，刚刚能够辨出唱的什么字儿。但静静地欣赏，歌声宛转圆润，动耳摇心。女子唱完，打开门探头望望说：“提防窗外有人。”又绕着房子转了一圈，才进来。于生说：“你为什么疑虑害怕得这样厉害？”女子笑着说：“俗话说‘偷生鬼子常怕人’，说的就是我了！”一会儿睡下，女子心神不定，一点也不起劲，说：“咱们一生的缘分，怕是到此要结束了吧？”于生急忙问她原因。女子说：“我心头颤动，寿命要完了。”于生安慰她说：“心动眼跳，都是常事，哪能一下子就说到完了呢?”女子稍稍高兴一些，两人又亲热了一番。

天快亮的时候，女子穿衣下床，刚要开门，又犹犹豫豫地走了回来，对于生说：“不知什么原因，我心里老是害怕，求你送我出门。”于生果真起床送她到门外。女子说：“你站在这里看着我，我翻过墙后，你再回去。”于生答应。看着女子转过房廊，静悄悄再不见身影了，正想回房睡觉，忽听女子急促的呼救声。于生急忙奔去，四下里一看，没有踪影，听听，声音是从屋檐上发出的。抬起头仔细看，是一只弹丸大的蜘蛛捕捉住一个小昆虫，小昆虫声嘶力竭地哀鸣。于生挑破蜘蛛网，救下小昆虫，去掉缠在它身上的蛛丝，却是一只绿蜂，已经奄奄一息了。于生把它带回屋里，放在书桌上，绿蜂趴在那里，苏醒了好一阵子，才能走动。它慢慢地登上砚台，自动把身子投进墨汁里，出来伏在桌上，走成一个“谢”字，然后，频频展动双翼，穿过窗子飞走了。从此，绿衣女就没有再来。

黎　氏

龙门谢中条者，佻达无行。三十余丧妻，遗二子一女，晨夕啼号，萦累甚苦。谋聘继室，低昂未就。暂雇佣媪抚子女。

一日，翔步山途，忽一妇人出其后。待以窥觇，是好女子，年二十许。心悦之，戏曰：“娘子独行，不畏怖耶?”妇走不对。又曰：“娘子纤步，山径殊难。”妇仍不顾。谢四望无人，近身侧，遽挲其腕，曳入幽谷，将以强合。妇怒呼曰：“何处强人，横来相侵!”谢牵挽而行，更不休止。妇步履跌蹶，困窘无计。乃曰：“燕婉之求，乃若此耶？缓我，当相就耳。”谢从之。偕入静壑，野合既已，遂相欣爱。妇问其里居姓氏，谢以实告。既亦问妇。妇言："妾黎氏。不幸早寡，姑又殒殁，块然一身，无所依倚，故常至母家耳。"谢曰："我亦鳏也，能相从乎？"妇问："君有子女无也？"谢曰："实不相欺：若论枕席之事，交好者亦颇不乏。只是儿啼女哭，令人不耐。"妇踌躇曰："此大难事！观君衣服袜履款样，亦只平平，我自谓能办。但继母难作，恐不胜诮让也。"谢曰："请毋疑阻。我自不言，人何干与？"妇亦微纳。转而虑曰："肌肤已沾，有何不从？但有悍伯，每以我为奇货，恐不允谐，将复如何？"谢亦忧皇，请与逃窜。妇曰："我亦思之烂熟。所虑家人一泄，两非所便。"谢云："此即细事。家中惟一孤媪，立便遣去。"妇喜，遂与同归。先匿外舍；即入遣媪讫，扫榻迎妇，倍极欢好。

妇便操作，兼为儿女补缀，辛勤甚至。谢得妇，嬖爱异常，日惟闭门相对，更不通客。月余，适以公事出，反关乃去。及归，则中门严闭，扣之不应。排阖而入，渺无人迹。方至寝室，一巨狼冲门跃出，几惊绝。入视子女皆无，鲜血殷地，惟三头存焉。返身追狼，已不知所之矣。

异史氏曰：士则无行，报亦惨矣。再娶者，皆引狼入室耳；况将于野合逃窜中求贤妇哉！

【译文】

龙门人谢中条，为人轻薄，品行不端。三十多岁，死了老婆，家里留下二儿一女，早晚啼哭叫闹，他被拖累得很苦。打算娶继室，又高不成，低不就，就暂雇了个老年女佣照管孩子。

一天，他在山路上挥动两臂踱方步，忽然有个妇人出现在他的身后。他站住偷看，是个美丽的女子，年纪二十来岁。心里喜欢她，就调戏说："娘子一个人走路，不害怕吗？"妇人只管走路，不回答。他又说："娘子那么点小脚，走山路可太难了。"妇人依然不理睬他。谢中条看看四周无人，走近妇人身边，猛地攥住她的手腕，拉进深谷，想强行非礼。妇人气愤地大喊："哪里的强盗，横暴地来欺侮人！"谢中条架着她走，越发不停步。妇人脚步踉踉跄跄，困窘无法可想，便说："要求欢合，就像这个样子吗？你放开我，我顺从你就是了。"谢中条放了她，把她带到僻静的山谷，野合完后，两人也就互相欣然爱悦起来。妇人问谢中条的住址姓名，谢中条如实告诉了她。他又问妇人姓名。妇人说："我姓黎，不幸过早做了寡妇，婆婆又死了，孤孤单单一个人，无依无靠，所以常回娘家。"谢中条说："我也死了老婆，你能跟我吗？"黎氏问："你有子女没有？"谢中条说："实不相瞒：若说枕席上的事，愿意跟我相好的也很不少。只是儿啼女哭的，让人家不耐烦。"黎氏犹犹豫豫地说："这是最难的事了！看你衣服鞋袜样式，也只是一般，我自认为能做得来。只是后娘难当，恐怕受不了别人说闲话。"谢中条说："请不要三心二意了。我不说什么，与别人有什么相干的？"黎氏也有点儿同意的意思。转而又顾虑地说："我们肌肤都已经亲近过了，我还有什么不依从你的？只是我死去的丈夫有个很霸道的哥哥，每每把我当成奇货想要赚一票钱，恐怕他不会同意，这又怎么办呢？"谢中条也发愁不安，想让妇人跟他私奔回家。黎氏说："这条路我也翻来覆去想过了。就担心你家里人一旦泄露出去，对你我都不利。"谢中条说："这就是小事一桩了。我家中只有一个孤老太婆，马上就打发她走。"黎氏高兴了，就跟他一同回家。先在外边的房子里躲一躲，谢中条就进去把老太婆打发走，打扫干净床铺，把黎氏迎了进来，倍加欢好。

黎氏进门就操持家务，同时为儿女缝补衣服，十分辛勤。谢中条得到这个女人，异常宠爱，每天只关起门来和妇人厮守，再也不跟人打交道。过了一个多月，正好有公事外出，把门反锁上后才走。等到回家，第二道门却紧紧地关着，敲也没有人应声。他撞开门进去，里面连个人影也没有。才到卧室，一条大狼冲向门口跳了出去，几乎把他吓死。进去一看，子女全都没有了，鲜血满地，只有三颗人头还在。转身追狼，已不知它逃到哪里去了。

异史氏说：身为读书人，行为不端，受到的惩罚也太惨了。丧妻再娶，都是引狼入室罢了；更何况想在野合私奔中求贤妻呢？

荷花三娘子

湖州宗湘若，士人也。秋日巡视田垅，见禾稼茂密处，振摇甚动。疑之，越陌往觇，则有男女野合。一笑将返。即见男子靦然结带，草草迳去。女子亦起。细审之，雅甚娟好。心悦之，欲就绸缪，实惭鄙恶。乃略近拂拭曰："桑中之游乐乎？"女笑不语。宗近身启衣，肤腻如脂。于是挼莎上下几遍。女笑曰："腐秀才！要如何，便如何耳，狂探何为？"诘其姓氏，曰："春风一度，即别东西，何劳审究？岂将留名字作贞坊耶？"宗曰："野田草露中，乃山村牧猪奴所为，我不习惯。以卿丽质，即私约亦当自重，何至屑屑如此？"女闻言，极意嘉纳。宗言："荒斋不远，请过留连。"女曰："我出已久，恐人所疑，夜分可耳。"问宗门户物志甚悉，乃趋斜径，疾行而去。

更初，果至宗斋。殢雨尤云，备极亲爱。积有月日，密无知者。会一番僧卓锡村寺，见宗，惊曰："君身有邪气，曾何所遇？"答言："无之。"过数日，悄然忽病。女每夕携佳果饵之，殷勤抚问，如夫妻之好。然卧后必强宗与合。宗抱病，颇不耐之。心疑其非人，而亦无术暂绝使去。因曰：“曩和尚谓我妖惑，今果病，其言验矣。明日屈之来，便求符咒。”女惨然色变。宗益疑之。次日，遣人以情告僧。僧曰：“此狐也。其技尚浅，易就束缚。”乃书符二道，付嘱曰：“归以净坛一事，置榻前，即以一符贴坛口。待狐窜入，急覆以盆。再以一符粘盆上，投釜汤烈火烹煮，少顷毙矣。”家人归，并如僧教。夜深，女始至，探袖中金橘，方将就榻问讯。忽坛口飕飗一声，女已吸入。家人暴起，覆口贴符，方欲就煮。宗见金橘散满地上，追念情好，怆然感动，遽命释之。揭符去覆，女子自坛中出，狼狈颇殆。稽首曰：“大道将成，一旦几为灰土！君，仁人也，誓必相报。”遂去。数日，宗益沉绵，若将陨坠。家人趋市，为购材木。途中遇一女子，问曰：“汝是宗湘若纪纲否？”答云：“是。”女曰：“宗郎是我表兄。闻病沉笃，将便省视，适有故不得去。灵药一裹，劳寄致之。”家人受归。宗念中表迄无姊妹，知是狐报。服其药，果大瘳，旬日平复。心德之，祷诸虚空，愿一再觏。

一夜，闭户独酌，忽闻弹指敲窗。拔关出视，则狐女也。大悦，把手称谢，延止共饮。女曰：“别来耿耿，思无以报高厚。今为君觅一良匹，聊足塞责否？”宗问：“何人？”曰：“非君所知。明日辰刻，早越南湖，如见有采菱女，着冰縠帔者，当急舟趁之。苟迷所往，即视堤边有短干莲花隐叶底，便采归，以蜡火爇其蒂，当得美妇，兼致修龄。”宗谨受教。既而告别，宗固挽之。女曰：“自遭厄劫，顿悟大道。即奈何以衾裯之爱，取人仇怨?”厉色辞去。

宗如言，至南湖，见荷荡佳丽颇多。中一垂髫人，衣冰縠，绝代也。促舟劘逼，忽迷所往。即拨荷丛，果有红莲一枝，干不盈尺，折之而归。入门，置几上，削蜡于旁，将以爇火。一回头，化为姝丽。宗惊喜伏拜。女曰:“痴生!我是妖狐，将为君祟矣!”宗不听。女曰:“谁教子者?”答曰:“小生自能识卿，何待教?”捉臂牵之，随手而下，化为怪石，高尺许，面面玲珑。乃携供案上，焚香再拜而祝之。入夜，杜门塞窦，惟恐其亡。平旦视之，即又非石，纱帔一袭，遥闻芗泽；展视领衿，犹存余腻。宗覆衾拥之而卧。暮起挑灯，既返，则垂髫人在枕上。喜极，恐其复化，哀祝而后就之。女笑曰:“孽障哉!不知何人饶舌，遂教风狂儿屑碎死!”乃不复拒。而款洽间，若不胜任，屡乞休止。宗不听。女曰:“如此，我便化去!”宗惧而罢。由是两情甚谐。而金帛常盈箱箧，亦不知所自来。女见人喏喏，似口不能道辞；生亦讳言其异。怀孕十余月，计日当产。入室，嘱宗杜门禁款者，自乃以刀剖脐下，取子出，令宗裂帛束之，过宿而愈。

又六七年，谓宗曰:“夙业偿满，请告别也。”宗闻泣下，曰:“卿归我时，贫苦不自立，赖卿小阜，何忍遽言离逷?且卿又无邦族，他日儿不知母，亦一恨事。”女亦怅悒曰:“聚必有散，固是常也。儿福相，君亦期颐，更何求?妾本何氏。倘蒙思眷，抱妾旧物而呼曰:‘荷花三娘子!’当有见耳。”言已解脱，曰:“我去矣。”惊顾间，飞去已高于顶。宗跃起，急曳之。捉得履。履脱及地，化为石燕；色红于丹朱，内外莹澈，若水精然。拾而藏之。检视箱中，初来时所着冰縠帔尚在。每一忆念，抱呼“三娘子”，则宛然女郎，欢容笑黛，并肖生平；但不语耳。

【译文】

浙江湖州宗湘若，是个文人。秋天到田地里巡视，见庄稼茂密的地方，摇动得厉害。心里怀疑，就跨过田垅去看，却是一对男女在寻欢作乐。他笑笑要往回走，见那个男的满脸羞红地系好带子，匆匆而去。那女的也起来了。仔细打量，长得很是秀美。宗生心里喜爱她，很想过去跟她亲热，又对这种粗俗的行为实在感到羞耻。就稍微走近去用衣袖拂了拂她说：“男女幽会快乐吗？”女子笑而不语。宗生走到她的身边，解开她的衣裳，只见她皮肤细腻如脂，就全身上下到处抚摸起来。女子笑道：“迂腐的秀才，想怎样就怎样好了，一个劲儿摸什么？”宗生问她姓什么，女子说：“恩爱一回，就各自东西，何必追根问底？难道要留下姓名立贞节牌坊不成？”宗生说：“在田野草露中欢合，是山村里放猪的奴才干的，我不习惯。以你的美丽，即使私约，也要自重，何至于这样草率？”女子听他这样说，极为赞成。宗生说：“敝舍离这儿不远，请去坐坐。”女子说：“我出来已经很久了，恐怕要被人怀疑，夜间去得了。”她详细地问清了宗生家的门户标志，就快步上了小路，飞快地走了。

天刚黑，女郎果然来到宗家，云雨欢会，极其亲爱。来往有一个多月，没有人知道这秘密。这时，有个西部少数民族的和尚落脚在村子寺庙里，看见宗生，吃惊地说：“你身上有股邪气，遇到过什么吗？”宗生回答说没有。过了几天，宗生不声不响地忽然病倒了。女子每天晚上带着好果子给他吃，深情地安慰他，像夫妻一般恩爱。但睡下后，就一定要强使宗生跟她欢合。宗生抱病，很不能忍受。心里怀疑她不是人类，但也没有办法稍加拒绝，让她离开。于是说：“前些天和尚说我被妖精迷惑，现在果然得病，他的话应验了。明天去请他来，就求他给一道符咒。”女子听宗生这样说，悲伤得脸色都变了，宗生对她更增加了怀疑。第二天，宗生派家人把女郎的情况告诉了和尚。和尚说：“这是狐狸精。它的道行还浅，容易捉拿。”就写了两道符，交给家人，嘱咐说：“回去拿一只干净的坛子放在床前，就用一道符贴在坛口。等狐狸精窜进坛子，就赶快用盆盖住，再把另一道符贴在盆上，放在汤锅里用烈火烹煮，一会儿就死了。”家人回来，一切按照和尚说的办法准备好。夜深了，女子才来，从袖子里拿出金桔，刚要到床前问宗生的病情，忽然坛口飕飗一声，女子已被吸了进去。家人猛地出来，盖住坛口，贴好符，正要放锅里煮。宗生见金桔撒满了一地，回想起女子对他的恩爱，凄怆地动了感情，马上让家人放了它。家人揭去符，拿掉盆，女子从坛中出来，狼狈不堪，给宗生叩头说：“大道将成，几乎一旦成为灰土！你是个仁慈的人，我发誓一定要报答你。”说完就走了。又过了几天，宗生的病情更加沉重，好像要活不成了。家人赶到市上给他买棺木。路上遇到一个女子，问他：“你是宗湘若的管家吗？”家人回答是。女子说：“宗郎是我的表兄。听说他的病情沉重，准备去探望，正好有事去不了，一包灵药，麻烦你捎给他。”家人接过药回来，宗生心想表亲中从来没有什么姊姊妹妹，知道是狐狸精报恩。吃了药，果然非常见效，十来天就恢复了健康。宗生感激狐女，向上空祈祷，希望再见上一面。

一天夜里，宗生关上门独自喝酒，忽听有人用手指弹窗，拔开门栓出去看，却是狐女。非常高兴，握着她的手道谢，请她一块儿喝酒。狐女说：“分别后，我心里不安贴，考虑没有什么能报答你的大恩。现在我给你找了个好媳妇，姑且够塞责了吧？”宗生问：“是什么人？”狐女说：“这不是你所能知道的。明早八九点钟，你早点儿去渡南湖，如果看见采菱女郎中有个穿洁白绉纱披肩的，要赶快催船追赶。假如迷失了她的去向，马上看湖堤旁有枝隐藏在荷叶下边的短杆莲花，就采回来，用蜡烛火烧花蒂，你会得到美妻，还兼带着能长寿。”宗生认真地领受狐女的指教。说完，狐女告别，宗生一再挽留。狐女说：“自从遭到厄难，顿时领悟了大道。就是何苦因为男女的情爱，让人仇恨？”她神色严肃地告辞而去。

宗生按照狐女说的，到了南湖，见荷花荡里美女很多，其中一个少女，穿着洁白绉纱披肩，是个绝代佳人。他催船夫把船靠近前去，忽然迷失了她的去向，就拨开荷花丛，果然有一枝红色莲花，花茎不足一尺。宗生把它折下来带回家。进了门，放在桌上，割了一截蜡放在旁边，准备点火烧莲蒂。一回头，莲花变成了美女。宗生又惊又喜，向女郎跪拜。女郎说："傻书生，我是妖狐，要祸害你了！"宗生不听。女郎说："是谁教你这样做的？"宗生答说："我自己就能认出你，哪里用别人教？"他握住女郎的手臂拉她，女郎随手下滑，变成怪石，有一尺来高，八面玲珑。宗生就把它供在书桌上，点上香，向它再拜祈祷。到了夜晚，宗生关紧门，塞好窗孔，唯恐她跑掉。第二天早上看看，就又不是怪石，而是一件纱披肩，远远就能闻到它的香气；展开领子衣襟，还保存着女郎留下的柔腻。宗生盖上被子搂着纱披肩睡下，傍晚起床点灯，再回过身，却见少女在枕头上。宗生高兴极了，怕她再变，苦苦地祈祷，然后去亲近她。少女笑着说："孽障啊！不知是哪个多嘴多舌，就叫这个疯小子把我烦死了！"于是，她不再拒绝了。但在欢合的时候，好像受不住，屡次要求宗生停止。宗生不听。少女说："你这样，我就变了！"宗生害怕，才停止了。从此，两人感情非常和谐，而且金银财帛常常满箱满柜，也不知是从哪里来的。少女见人只点头应声，好像不善于说话似的；宗生也瞒过了她不寻常的来历。女子怀孕十多个月，预计到了该生的日子，进了屋，嘱咐宗生关上门，禁止来人。自己用刀剖开肚脐下部，取出儿子后，叫宗生撕布条包扎伤口，过了一夜，伤口就愈合了。

又过了六七年，女子对宗生说："前世欠的债，已经偿完，让我们告别吧。"宗生听了，流下眼泪说："你嫁给我时，我贫苦得不能自立，我依赖着你富裕起来，怎么忍心突然就说离开呢？况且你又没个族姓，日后，儿子不知道母亲是谁，也是一件憾事。"女子也忧郁地说："聚必有散，这本是常理。儿子福相，你也长寿，还求什么呢？我本姓何，如果你思念我，就抱着我的旧物呼唤'荷花三娘子'，会看到我的。"说完摆脱开宗生，说了声"我走了"，宗生吃惊地看着她，一眨眼间，她飞起身来已超过了头顶。宗生跳起来，急忙去拉她，抓住了她的一只鞋子。鞋子脱手落到地上，变成石燕，比朱砂还红，内外透明，像水晶一样。宗生捡起石燕，收藏起来。翻检箱子，看到荷花三娘子刚来时穿的白绉纱披肩还在。每当思念的时候，抱着它呼唤“三娘子”，就仿佛还像是个女郎，欢容笑眼，一切像原来一样，只是不说话罢了。

骂　鸭

邑西白家庄居民某，盗邻鸭烹之。至夜，觉肤痒。天明视之，茸生鸭毛，触之则痛。大惧，无术可医。

夜梦一人告之曰：“汝病乃天罚。须得失者骂，毛乃可落。”而邻翁素雅量，生平失物，未尝徵于声色。某诡告翁曰：“鸭乃某甲所盗。彼深畏骂焉，骂之亦可警将来。”翁笑曰：“谁有闲气骂恶人。”卒不骂。某益窘，因实告邻翁。翁乃骂，其病良已。

异史氏曰：甚矣，攘者之可惧也，一攘而鸭毛生。甚矣，骂者之宜戒也，一骂而盗罪减。然为善有术，彼邻翁者，是以骂行其慈者也。

【译文】

在城西白家庄住的某人，偷了邻居家的鸭子煮来吃了。到夜间，觉得皮肤奇痒。天亮一看，毛茸茸的，长了一身鸭毛，一碰它就痛，他恐慌极了，可是没法可治。

夜里，梦见一个人告诉他：“你的病是老天爷对你的惩罚，一定要让丢鸭的人骂你，鸭毛才能脱落。”然而邻家的老头儿向来宽宏大量，平时少了东西，从没作过声，发过脾气。某人就假意前去告诉老头儿：“鸭是某甲偷的。他很怕挨骂，你骂他，也可以警戒他以后不偷。”老头儿笑着说；“谁有闲气去骂缺德的人！”终归就是不骂。某人更加难堪，没奈何，只好照实告诉邻家老头儿。老头儿这才骂起来，某人的怪病也就好了。

异史氏说：偷人家的东西是多么可怕啊！偷一只鸭子就长一身鸭毛！被偷的人是多么应该注意啊：一骂就能减轻了小偷的罪过。不过，做好事也有方式方法，那邻居家老头儿，就是用骂来做善事的。

柳氏子

胶州柳西川，法内史之主计仆也。年四十余，生一子，溺爱甚至。纵任之，惟恐拂。既长，荡侈逾检，翁囊积为空。无何，子病。翁故蓄善骡。子曰："骡肥可啗。杀啖我，我病可愈。"柳谋杀蹇劣者。子闻之，即大怒骂，疾益甚。柳惧，杀骡以进。子乃喜。然尝一脔，便弃去。疾卒不减，寻毙。柳悼叹欲死。

后三四年，村人以香社登岱。至山半，见一人乘骡驶行而来，怪似柳子。比至，果是。下骡遍揖，各道寒暄。村人共骇，亦不敢诘其死。但问："在此何作？"答云："亦无甚事，东西奔驰而已。"便问逆旅主人姓名，众具告之。柳子拱手曰："适有小故，不暇叙间阔。明日当相谒。"上骡遂去。众既归寓，亦谓其未必即来。厌旦伺之，子果至，系骡厩柱，趋进笑言。众谓："尊大人日切思慕，何不一归省侍？"子讶问："言者何人？"众以柳对。子神色俱变，久之曰："彼既见思，请归传语：我于四月七日，在此相候。"言讫，别去。

众归，以情致翁。翁大哭，如期而往，自以其故告主人。主人止之曰："曩见公子神情冷落，似未必有嘉意。以我卜也，殆不可见。"柳涕泣不信。主人曰："我非阻君，神鬼无常，恐遭不善。如必欲见，请伏椟中，待其来，察其词色，可见则出。”柳如其言。既而子果至，问：“柳某来否？”主人答云：“无。”子盛气骂曰：“老畜产那便不来！”主人惊曰：“何骂父？”答曰：“彼是我何父！初与义为客侣，不图包藏祸心，隐我血赀，悍不还。今愿得而甘心，何父之有！”言已，出门，曰：“便宜他！”柳在椟历历闻之，汗流接踵，不敢出气。主人呼之，乃出，狼狈而归。

异史氏曰：暴得多金，何如其乐？所难堪者偿耳。荡费殆尽，尚不忘于夜台，怨毒之于人甚矣哉！

【译文】

山东胶州柳西川，在姓法的内史官家里掌管财务。四十多岁时，得了个儿子，非常溺爱。儿子想怎么样就怎么样，唯恐不称他的心。长大以后，奢侈放荡，无所顾忌，把柳西川的积蓄全都折腾光了。不久，儿子得了病。柳西川早就养着匹好骡，儿子说：“骡肉肥美好吃，把骡杀了给我吃，我的病就能好。”柳西川舍不得好骡，想杀匹差点的，儿子听说，马上发脾气大骂，病得更重了。柳西川害怕，就把好骡杀了给儿子吃，儿子这才高兴了。但煮好了骡肉，他只尝了一块，就扔掉了，病情也终于没有减轻，不久就死了。柳西川悲痛得要死。

过了三四年后，村里人到泰山烧香拜神，到了半山腰，见一个人骑着骡子走来，活脱是柳西川的儿子，像得出奇。等到了跟前，果然是他。他下骡向大家一一作揖，一个个问寒问暖。村里人都很惊惧，也不敢问到他的死，只问：“你在这里做什么？”回答说：“也没有什么事，只是东奔西跑而已。”接着就问大家住在哪家客店里。大家告诉了他。柳家儿子拱拱手说：“碰巧有件小事要办，来不及叙叙别后情况。明天去拜访你们。”说完，骑上骡就走了。大家回到旅店后，也还认为他未必就来。第二天等着，他果然来了。

把骡系在马厩里的柱子上，跑进来跟大家说笑。大家说："你父亲天天好不想你，为什么不回去一趟看望看望？"柳家儿子惊讶地问："你们说的是谁？"大家告诉他是柳西川。儿子听了，神情脸色都变了，停了很久说："他既然想我，请你们回去捎个话儿，四月七日那天，我在这里等他。"说完，告别大家走了。

大家回村后，把遇见的情况告诉了柳西川。柳西川听后大哭，按期前去，自己把来意告诉了店主。店主阻止他说："那天，我看公子神情冷落，像未必有好意。以我估计，怕是不可以见面。"柳西川流着泪不相信。店主说："我不是要阻拦你，神鬼无常，恐怕你会遭到不幸。如果你一定要见，请躲到柜子里，等他来时，观察一下他的态度，可以相见再出来。"柳西川按照店主的意见办了。过后，儿子果然来了，问店主："柳某来了吗？"店主回答说没来。儿子满腔气恨地骂道："老畜生哪就不来！"店主吃惊地说："你怎能骂父亲？"儿子说："他是我什么父亲！当初我把他当做好朋友一起做买卖，不料他包藏祸心，暗中吞没了我的血汗钱，蛮横无理地不偿还。今天只愿杀了他才痛快，哪有什么父亲！"说完，出门，还边走边说："便宜了他！"柳西川在柜子里听得清清楚楚，吓得汗流到脚跟，不敢出气。店主喊他，他才出来，狼狈而回。

异史氏说：一下子得了大量钱财，多么快活！难堪的是偿还罢了。已经几乎倾家荡产了，到了阴间还不忘记旧恨，怨恨之于人，也太深了！

上　仙

癸亥三月，与高季文赴稷下，同居逆旅。季文忽病。会高振美亦从念东先生至郡，因谋医药。闻袁鳞公言：南郭梁氏家有狐仙，善"长桑之术"。遂共诣之。

梁，四十以来女子也，致绥绥有狐意。入其舍，复室中挂红幕。探幕以窥，壁间悬观音像；又两三轴，跨马操矛，驺从纷沓。北壁下有案；案头小座，高不盈尺，贴小锦褥，云仙人至，则居此。众焚香列揖。妇击磬三，口中隐约有词。祝已，肃客就外榻坐。妇立帘下理发支颐与客语，具道仙人灵迹。久之，日渐曛。众恐碍夜难归，烦再祝请。妇乃击磬重祷。转身复立曰："上仙最爱夜谈，他时往往不得遇。昨宵有候试秀才，携肴酒来与上仙饮；上仙亦出良酝酬诸客，赋诗欢笑。散时，更漏向尽矣。"言未已，闻室中细细繁响，如蝙蝠飞鸣。方凝听间，忽案上若堕巨石，声甚厉。妇转身曰："几惊怖煞人！"便闻案上作叹咤声，似一健叟。妇以蕉扇隔小座。座上大言曰："有缘哉！有缘哉！"抗声让座，又似拱手为礼。已而问客："何所谕教？"高振美遵念东先生意，问："见菩萨否？"答云："南海是我熟径，如何不见。"又："阎罗亦更代否？"曰："与阳世等耳。""阎罗何姓？"曰："姓曹。"已乃为季文求药。曰："归当夜祀茶水，我于大士处讨药奉赠，何恙不已。"众各有问，悉为剖决。乃辞而归。

过宿，季文少愈。余与振美治装先归，遂不暇造访矣。

【译文】

癸亥年（1683）三月，我和高季文去山东临淄，同住在一家旅店里。季文忽然病了。恰好这时高振美也跟着念东先生来临淄，就一起商量请医治病的事儿。听袁鳞公说，南城梁家有狐仙，擅长神医之术，于是我和振美一同去梁家请教。

姓梁的，是个四十来岁的妇人，神气举止有点狐狸的味道。走进她的家里，里间挂着红色帘幕。把头伸进帘幕偷看，墙上悬挂着观音菩萨像；又有两三幅轴画，画上武将骑马操矛，周围有很多侍从相随。北墙下有只长桌，桌上放个小座，不足一尺高，铺着小锦褥，说是仙人来，就坐在小座上。来求仙的人点上香，列队作揖。妇人敲三下磬，嘴里念念有词。祈祷完，请客人到外间榻上坐。她站在帘幕外，理理头发，手托着腮颊，跟来客说话，说的全都是大仙怎样灵验的事。说了很久，天渐渐黑了，大家怕夜间受阻回不了家，就烦请她再祈祷，请大仙快来。妇人就又进去敲磬祈祷。完后，转回身、又站到帘外说："大仙最喜欢在夜里谈话，别的时间往往遇不上它。昨天晚上有个等候考试的秀才，带着酒菜来和大仙喝酒；大仙也拿出好酒酬谢客人，两个人赋诗谈笑，分别时，天都快亮了。"话没说完，听得里间不断地响起细微的声音，像蝙蝠飞鸣。大家正注意听的时候，忽然像有块巨石落在桌上，声音非常响。妇人转身说："几乎吓死人了！"就听桌上发出叹息声，像是个健壮的老头。妇人用芭蕉扇遮住小座，只听座上大声说："有缘哪！有缘哪！"又听得高声让座，又好像在拱手行礼。过后问来客："有什么指教？"高振美遵照念东先生的意思，问："仙人能看见菩萨不？"回答说；"南海是我走熟了的地方，怎么见不到？"高振美又问："阎罗王也更换吗？"回答说："跟阳间是一样的呢！"问阎罗王姓什么，答说姓曹。高振美问完，便给季文求药。大仙说："回去要连夜用茶水祭祀，我在大士那里讨来药赠送给你，什么病治不好？"来客各有问题请教，大仙一一给他们解决了。于是，各自告辞回家。

过了一晚，季文的病稍有好转。我和振美整理行装先回乡，就再没时间去拜访大仙了。

侯 静 山

高少宰念东先生云："崇祯间，有猴仙，号静山。托神于河间之叟，与人谈诗文、决休咎，娓娓不倦。以肴核置案上，啗饮狼籍，但不能见之耳。”时先生祖寝疾。或致书云：“侯静山，百年人也，不可不晤。”遂以仆马往招叟。叟至经日，仙犹未来。焚香祠之。忽闻屋上大声叹赞曰：“好人家！”众惊顾。俄檐间又言之。叟起曰：“大仙至矣。”群从叟岸帻出迎。又闻作拱致声。既入室，遂大笑纵谈。时少宰兄弟尚诸生，方入闱归。仙言：“二公闱卷亦佳；但经不熟，再须勤勉，云路亦不远矣。”二公敬问祖病。曰：“生死事大，其理难明。”因共知其不祥。无何，太先生谢世。

旧有猴人，弄猴于村。猴断锁而逸，不可追，入山中。数十年，人犹见之。其走飘忽，见人则窜。后渐入村中，窃食果饵，人皆莫之见。一日，为村人所睹，逐诸野，射而杀之。而猴之鬼竟不自知其死也，但觉身轻如叶，一息百里。遂往依河间叟，曰：“汝能奉我，我为汝致富。”因自号静山云。

长沙有猴，颈系金鍊，尝往来士大夫家。见之者必有庆幸之事。予之果，亦食。不知其何来，亦不知其何往也。有九旬余老人言：“幼时犹见其鍊上有牌，有前明藩邸识记。”想亦仙矣。

【译文】

少宰高念东先生说：“崇祯年间，有个猴仙，号称静山。托附在河间县一个老头身上显神，与人谈论诗文，判断凶吉，娓娓不倦。把菜肴、果子放在桌子上，它又吃又喝，把桌子弄得乱七八糟，只是人看不见它罢了。”当年，高念东先生的祖父有病，卧床不起。有人给高先生捎信说：“侯静山，是活百岁的仙人，不可不见见它。”于是，高先生派仆人骑马去请河间县老头儿。老头儿来了一整天，猴仙还没来，高家烧香祭祀，请它驾临。忽听屋顶上有人大声赞叹说：“好人家！”大家吃惊地往上看。一会儿，房檐上又这么说。老头儿站起来说：“大仙来了。”众人恭恭敬敬地跟随他出去迎接，又听见拱手致意的声音。进屋以后，大仙就纵声大笑，高谈阔论。当时，高先生和他的弟弟还是秀才，刚参加乡试回来，大仙说：“二位相公试卷答得也很好，只是经书不熟，还须努力，仕途也不远了。”二位相公恭恭敬敬请问祖父病情，大仙说：“生死大事，那道理很难说清。”从它的口气里，大家明白祖父的病不一样了。不久，高先生的祖父就去世了。

从前有个养猴人，在村子里耍猴。那猴弄断锁链逃跑了，追它不上，它跑进了山里。几十年后，人们还看见它。它往来飘忽，见人就逃。后来，渐渐溜进村子偷糕饼果子吃，大家都没能看见它。一天，突然被村里人看见了，追到荒野，射死了它。但它的鬼魂竟不知道自己死了，只觉得身轻如叶，一口气能行百里。就去依附在河间县老头儿身上，说：“如果你能信奉我，我让你富起来。”从此自号静山。

长沙有个猴，脖子上系着金链子，常进出士大夫家。看到它的人必定会有喜事。给它果子，它也吃。不知它从哪里来，也不知它回到哪里去。有位九十多岁的老人说：“小时候还看见它的链子上有块牌子，上面有前明藩王府邸的标记。”想来它也已成仙了。

钱　流

沂水刘宗玉云：其仆杜和，偶在园中，见钱流如水，深广二三尺许。杜惊喜，以两手满掬，复偃卧其上。既而起视，则钱已尽去，惟握于手者尚存。

【译文】

沂水县刘宗玉说：他的仆人杜和，一次在花园里，看见钱像水一样流淌，深、广各约二三尺。杜和又惊又喜，用两手满满捧了一捧，又把身子仰卧在上边，想压住一些。过后起来看看，钱已经全部流走；只有握在手里的还在。

郭　生

郭生，邑之东山人。少嗜读，但山村无所就正，年二十余，字画多讹。先是，家中患狐，服食器用，辄多亡失，深患苦之。一夜读，卷置案头，被狐涂鸦；甚者，狼籍不辨行墨。因择其稍洁者辑读之，仅得六七十首。心甚恚愤，而无如何。又积窗课廿余篇，待质名流。晨起，见翻摊案上，墨汁浓泚殆尽。恨甚。

会王生者，以故至山，素与郭善，登门造访。见污本，问之。郭具言所苦，且出残课示王。王谛玩之，其所涂留，似有春秋；又覆视涴卷，类冗杂可删。讶曰："狐似有意。不惟勿患，当即以为师。"过数月，回视旧作，顿觉所涂良确。于是改作两题，置案上，以觇其异。比晓，又涂之。积年余，不复涂；但以浓墨洒作巨点，淋漓满纸。郭异之，持以白王。王阅之曰："狐真尔师也，佳幅可售矣。"是岁，果入邑庠。郭以是德狐，恒置鸡黍，备狐啗饮。每市房书名稿，不自选择，但决于狐。由是两试俱列前名，入闱中副车。

时叶、缪诸公稿，风雅艳丽，家传而户诵之。郭有抄本，爱惜臻至，忽被倾浓墨碗许于上，污荫几无余字；又拟题构作，自觉快意，悉浪涂之：于是渐不信狐。无何，叶公以正文体被收，又稍稍服其先见。然每作一文，经营惨淡，辄被涂污。自以屡拔前茅，心气颇高，以是益疑狐妄。乃录向之洒点烦多者试之，狐又尽泚之。乃笑曰："是真妄矣！何前是而今非也？"遂不为狐设馔，取读本锁箱簏中。旦见封锢俨然。启视，则卷面涂四画，粗于指；第一章画五，二章亦画五，后即无有矣。自是狐竟寂然。

后郭一次四等，两次五等，始知其兆已寓意于画也。

异史氏曰：满招损，谦受益，天道也。名小立，遂自以为是，执叶、缪之余习，狃而不变，势不至大败涂地不止也。满之为害如是夫！

【译文】

城外东山人郭生，很小就有读书的癖好，但山村里没地方好请教，二十多岁了，写字笔画还有很多差错。先前，家里闹狐仙，穿的，吃的，用的器具，常常丢失，郭生对这祸患深感苦恼。一天夜里读书，他把书放在书桌上，结果被狐用墨涂抹；严重的地方乱糟糟地辨不出字行。他挑选稍微干净些的集中起来，仅仅剩下六七十首。心里非常气愤，却也没什么办法。他又把平时为准备考试作的二十多篇文章收在一起，等待名人评点。早晨起来，见文章翻摊在书桌上，墨汁浓浓的几乎全都给涂尽了。心里恨得要命。

这时，王生因事进山，他向来和郭生友好，就登门拜访。看到被墨汁污染的书，问郭生原因，郭生一一诉了苦。还拿出涂得一塌糊涂的文章给王生看。王生接过文章仔细玩味，所涂掉和保留的地方，好像寓有深意；又重新拿起被涂污的书看，也大抵属于冗杂可删的。惊讶地说："狐仙似乎是有意的。你不但不要忧虑，还要以它为师呢！"过了几个月，郭生回过头看看先前作的文章，顿时觉得涂得相当准确。于是他用旧题改写了两篇文章，放在书桌上，看有什么奇事。等到天亮一看，文章又被涂抹了。过了一年多，不再涂了；只用浓墨洒成大点子，淋漓满纸。郭生感到奇怪，拿去告诉王生，王生看过说："狐真是你的老师啊，这样的好文章，可以考中了。"这一年，郭生果然考入了县学。他因此感谢狐的恩德，常摆了鸡、米供狐吃喝。每当买到考场中的范文名稿，自己不选择，只由狐来决定。这以后，郭生两次考试都名列前茅，乡试考中副榜贡生。

当时，叶公、缪公等人的文章，风雅艳丽，家家户户传诵。郭生有手抄本，爱惜到了极点，忽然被狐泼了约有一碗来浓墨，污染得几乎不剩下一个字；郭生又拟题作文章，自己觉得满意，却全给狐乱涂了一气：于是，渐渐有点不相信狐了。不久，因纠正文体，叶公被逮捕，郭生又稍稍佩服狐有先见之明。然而，自己每作成一篇文章，惨淡经营，老是被涂抹；又自以为考试屡次名列前茅，不免心高气傲，因此，越发怀疑狐是没目的地胡乱涂抹。就把先前狐洒很多大点子的文章抄录下来试验，果然，狐又全涂上了墨汁。郭生笑道："真是乱涂的啊！不然，为什么先前赞许现在又否定了呢？"于是，他就不再给狐准备吃的了，还把读的书拿来锁到箱子里。早晨起来，只见箱子仍然锁着，打开一看，书的封面除了比手指还粗的四道；第一章划了五道，第二章也划了五道，往后就没有了。从此，狐竟然安静了。

后来，郭生考试，一次考了个四等，两次考了五等，都属差劣一类。才知狐已把预兆寓藏在画道道中了。

异史氏说：满招损，谦受益，这是千古不变的道理。有点小名气，就自以为是，执着于叶、缪二公文体的余习，拘泥不加变通，势必不到一败涂地不能了事。自满的害处就是这样啊！

金 生 色

金生色，晋宁人也。娶同村木姓女。生一子，方周岁。金忽病，自分必死。谓妻曰："我死，子必嫁，勿守也！”妻闻之，甘词厚誓，期以必死。金摇手呼母曰：“我死，劳看阿保，勿令守也。”母哭应之。既而金果死。木媪来吊，哭已，谓金母曰：“天降凶忧，婿遽遭命。女太幼弱，将何为计？”母悲悼中，闻媪言，不胜愤激，盛气对曰：“必以守！”媪惭而罢。夜伴女寝，私谓曰：“人尽夫也。以儿好手足，何患无良匹？小儿女不早作人家，眈眈守此襁褓物，宁非痴子？倘必令守，不宜以面目好相向。”金母过，颇闻余语，益恚。明日，谓媪曰：“亡人有遗嘱，本不教妇守也。今既急不能待，乃必以守！”媪怒而去。母夜梦子来，涕泣相劝，心异之。使人言于木，约殡后听妇所适。而询诸术家，本年墓向不利。

妇思自衒以售，缞绖之中，不忘涂泽。居家犹素妆；一归宁，则崭然新艳。母知之，心弗善也；以其将为他人妇，亦隐忍之。于是妇益肆。村中有无赖子董贵者，见而好之，以金啗金邻妪，求通殷勤于妇。夜分，由妪家逾垣以达妇所，因与会合。往来积有旬日，丑声四塞，所不知者惟母耳。

妇室夜惟一小婢，妇腹心也。一夕，两情方洽，闻棺木震响，声如爆竹。婢在外榻，见亡者自幛后出，带剑入寝室去。俄闻二人骇诧声。少顷，董裸奔出。无何，金捽妇发亦出。妇大嗥。母惊起，见妇赤体走去，方将启关。问之不答。出门追视，寂不闻声，竟迷所往。入妇室，灯火犹亮。见男子履，呼婢；婢始战惕而出，具言其异，相与骇怪而已。

董窜过邻家，团伏墙隅。移时，闻人声渐息，始起。身无寸缕，苦寒甚战，将假衣于妪。视院中一室，双扉虚掩，因而暂入。暗摸榻上，触女子足，知为邻子妇。顿生淫心，乘其寝，潜就私之。妇醒，问："汝来乎？"应曰："诺。"妇竟不疑，狎亵备至。先是，邻子以故赴北村，嘱妻掩户以待其归。既返，闻室内有声，疑而审听，音态绝秽。大怒，操戈入室。董惧，窜于床下。子就戮之。又欲杀妻。妻泣而告以误，乃释之。但不解床下何人。呼母起，共火之，仅能辨认。视之，奄有气息；诘其所来，犹自供吐。而刃伤数处，血溢不止，少顷已绝。妪仓皇失措，谓子曰："捉奸而单戮之，子且奈何？"子不得已，遂又杀妻。

是夜，木翁方寝，闻户外拉杂之声；出窥，则火炽于檐，而纵火人犹徨未去。翁大呼，家人毕集。幸火初燃，尚易扑灭。命人操兵弩，逐搜纵火者。见一人趫捷如猿，竟越垣去。垣外乃翁家桃园，园中四缭周墉皆峻固。数人梯登以望，踪迹殊杳；惟墙下块然微动。问之不应，射之而耎。启扉往验，则女子白身卧，矢贯胸脑。细烛之，则翁女而金妇也。骇告主人。翁媪惊怛欲绝，不解其故。女合眸，面色灰败，口气细于属丝。使人拔脑矢，不可出；足踏顶项而后出之。女嘤然一呻，血暴注，气亦遂绝。

翁大惧，计无所出。既曙，以实情白金母，长跽哀乞。而金母殊不怨怒，但告以故，令自营葬。金有叔兄生光，怒登翁门，诟数前非。翁惭沮，赂令罢归。而终不知妇所私者何名。俄邻子以执奸自首，既薄责逐释讫；而妇兄马彪素健讼，具词控妹冤。官拘妪；妪惧，悉供颠末。又唤金母；母托疾，遣生光代质，具陈底里。于是前状并发，牵木翁夫妇尽出，一切廉得其情。木以诲女嫁，坐纵淫，笞；使自赎，家产荡焉。邻妪导淫，杖之毙。案乃结。

异史氏曰：金氏子其神乎！谆嘱醮妇，抑何明也！一人不杀，而诸恨并雪，可不谓神乎！邻妪诱人妇，而反淫己妇；木媪爱女，而卒以杀女。呜呼！“欲知后日因，当前作者是”，报更速于来生矣！

【译文】

金生色是云南晋宁人，娶本村木家的女儿为妻，生了个儿子，才一周岁。金生色忽然病了，自认为必死，对妻子说：“我死后，你一定要改嫁，不要守节！”妻子听了，甜言蜜语赌咒发誓，和他约定要守到死。金生色摇摇手，喊来母亲说：“我死后，劳您照顾扶养孩子，不要叫她守节。”金母哭着答应了。后来金生色果然死了。木老太来吊丧，哭完，对金母说：“天降不幸，女婿突然死去，我女儿年纪太轻，今后怎么办呢？”金母正在悲哀中，听木老太这样说，非常愤激，满腔怒气地说：“一定要她守节！”木老太惭愧，不再向金母提这事。夜晚伴女儿睡，偷偷地对女儿说：“人人都可以做丈夫，凭你的好手好脚，哪怕没有好配偶？趁年轻不早早嫁人，眼睁睁地守着这襁褓里的东西，难道不是傻子？如果金老婆子一定叫你守，你不要给她好脸子看。”金母走过，听到后边几句话，更加气愤。第二天，对木老太说：“我儿子有遗嘱，本不叫媳妇守节；如今既然急不可待，就一定让她守着！”木老太生气地走了。金母夜里梦见儿子来，流着泪劝她不要让木女守着，醒来感到奇怪，就打发人告诉木家，约定儿子出殡后听任媳妇嫁人。不料，询问阴阳先生，说当年不宜埋葬。

木女想卖弄自己的风姿以求嫁出去，戴孝期间，不忘涂脂抹粉。住在婆家还穿素着白；一回娘家，就打扮得崭新艳丽。金母知道了，心里反感，但因为她今后总是别人家的媳妇，也就暗自忍耐。于是，木女越发放肆起来。村子里有个无赖叫董贵的，看见木女，心里喜爱，拿钱贿赂金家邻居老婆子，求她向木女表达心意。夜里，董贵从老婆子家跳墙来到木女的住处，跟木女相会交合。两人往来有十多天，丑闻传遍四面八方，蒙在鼓里的只有金母罢了。

木女房中夜晚只有一个小丫环侍候，她是木女的心腹。一天晚上，木女和董贵两情正融洽的时候，忽听棺材里一阵震响，像放炮竹似的。丫环在外间床上，看见死去的金生色从帐后出来，拿着剑走进卧室里去。马上就听见木女董贵的惊叫声。过了一会儿，董贵光着身子跑出来。又过了一会儿，金生色揪着木女的头发也出来了。木女大声嚎叫。金母被惊醒，见木女赤身露体地往外走，正要开大门。问她，也不回答。出门追看，静悄悄地没有声音，竟不知去向。金母走回木女的卧室，灯光还亮着。见有双男人的鞋子，叫丫环，丫环才战战兢兢地出来，一一说出所见的怪事，主仆两人也只能相对惊奇而已。

董贵窜到金生色的邻居老婆子家，蜷曲着身子趴在墙角里。过了好一阵，渐渐听不见人声了，才敢起来。他身上一丝不挂，冻得直打战，打算向老婆子借件衣服穿。看院子里有间屋，两扇门虚掩，就暂且进去。暗中摸到床上，触碰到女子的脚，知道是邻居老婆子的儿媳妇，顿时产生邪念，乘她熟睡着，偷偷上床去奸污。妇人醒了，问："你回来了吗？"董贵答应说是。妇人竟一点儿不怀疑，和董贵亲热备至。原来，邻居儿子因有事到北村，走时嘱咐妻子掩上门等他回来。回来后，听屋里有声音，起了疑心，仔细听听，那声音情态极其不堪。他气坏了，操起刀就进了屋。董贵害怕，钻到床底下，他上前戳了董贵几刀，又要杀妻子，妻子哭着告诉误会了，他才放过，却不知钻在床下的是什么人。喊母亲起床，一起拿灯照看，血肉模糊，勉强能辨认出来。看看他，已奄奄一息了；问他从哪儿来，他自己还能供认。但因刀伤有好几处，血流不止，不多会就断气了。邻居老婆子惊慌失措，对儿子说："捉奸却只杀了董贵一个，你将怎么办？"儿子不得已，就又杀了妻子。

就在这一夜，木老头正睡觉，听门外有杂乱的声音，出门一看，房檐上火往上直窜，而放火人还犹犹豫豫地没跑开。老头大声呼喊，家里人全都来了。幸好火刚起，还容易扑灭。老头让家人拿着刀枪弓箭追搜放火的。看见有个人像猿一般矫捷，竟越墙而去。墙外是木老头家桃园，四面围墙又高又牢。几个人登上梯子看，放火人毫无踪影；只是墙下有一团东西在微微抖动。发话问了，也不应声；用箭射去，听声音可知是软绵绵的。打开门进园验看，原来是个女子赤条条地躺在那里，箭射穿了胸口、脑门。拿火把仔细照照，却是木老头的女儿、金家的儿媳妇。仆人惊住了，急忙禀告主人。木老头夫妇心惊胆战怕得要死，不明白是什么原因。木女双眼紧闭，面如死灰，呼吸细如游丝。木老头让人拔她脑门上的箭，拔不出来；用脚踩着头顶和脖颈，箭才出来了。木女嘤地呻吟一声，血猛地喷射出来，气也就断了。

木老头很怕金家不饶，想不出办法推脱责任，天亮后，把实情告诉了金母，长跪在地，哀求宽恕。金母却一点儿也不怨恨，只把原由告诉了他，让他们自己营葬女儿。金生色有个叔伯哥哥叫金生光，怒气冲冲地来到木家，一边辱骂一边数落木女死前的丑行。木老头又惭愧又懊丧，只好塞给他财物，求他罢休回家。木家始终不知和女儿私通的人是谁。不久，金家邻居儿子因捉奸杀人到官府自首，官府给了他轻微的责罚后，把他赶出衙门完事；那媳妇的哥哥马彪却一向好打官司，写状申诉妹妹冤屈。官府拘捕邻居老婆子；老婆子害怕，把事情前前后后从头到尾全部供了出来。官府又传呼金母；金母托病，打发金生光代替作证，详细陈述了内幕。于是，前一件案子的真相也一并暴露了，把木老头夫妇全都牵扯出来，一切都调查得水落石出。木老太因教唆女儿再嫁，犯纵容奸淫罪，要挨板子，让她拿钱赎罪，因此把家产全都折腾光了。邻居老婆子给通奸人牵线，也给乱棍打死了。案子这才了结。

异史氏说：金家儿子难道不神么！谆谆嘱咐木女嫁人，又多么明智！他不动手杀一个人，就把所有的怨恨都报了，能不说他神吗？邻居老婆子引诱人家媳妇淫荡，反而使自家媳妇被奸淫；木老太爱女儿，最终却杀了女儿。唉！佛家说：“要知下世祸福，就看今世善恶。”这件事的报应，比来世更快了。

彭海秋

莱州诸生彭好古，读书别业，离家颇远。中秋未归，岑寂无偶。念村中无可共语；惟丘生者，是邑名士，而素有隐恶，彭常鄙之。月既上，倍益无聊，不得已，折简邀丘。

饮次，有剥啄者。斋僮出应门，则一书生，将谒主人。彭离席，肃客入。相揖环坐，便询族居。客曰："小生广陵人，与君同姓，字海秋。值此良夜，旅邸倍苦。闻君高雅，遂乃不介而见。"视其人，布衣洁整，谈笑风流。彭大喜曰："是我宗人。今夕何夕，遘此嘉客！"即命酌，款若夙好。

察其意，似甚鄙丘；丘仰与攀谈，辄傲不为礼。彭代为之惭，因挠乱其词，请先以俚歌侑饮。乃仰天再咳，歌《扶风豪士之曲》。相与欢笑。客曰："仆不能韵，莫报《阳春》。倩代者可乎？"彭言："如教。"客问："莱城有名妓无也？"彭答云："无。"客默然良久，谓斋僮曰："适唤一人，在门外，可导入之。"僮出，果见一女子逡巡户外。引之入。

年二八已来，宛然若仙。彭惊绝，掖坐。衣柳黄帔，香溢四座。客便慰问："千里颇烦跋涉也！"女含笑唯唯。彭异之，便致研诘。客曰："贵乡苦无佳人，适于西湖舟中唤得来。"谓女曰："适舟中所唱《薄幸郎曲》大佳。请再反之。"女歌云：

薄幸郎，牵马洗春沼。人声远，马声杳；江天高，山月小。掉头去不归，庭中生白晓。不怨别离多，但愁欢会少。眠何处？勿作随风絮。便是不封侯，莫向临邛去！

客于袜中出玉笛，随声便串；曲终笛止。彭惊叹不已，曰："西湖至此，何止千里，咄嗟招来，得非仙乎？"客曰："仙何敢言，但视万里犹庭户耳。今夕西湖风月，尤盛曩时，不可不一观也，能从游否？"彭留心欲觇其异，诺言："幸甚。"客问："舟乎，骑乎？"彭思舟坐为逸，答言："愿舟。"客曰："此处呼舟较远，天河中当有渡者。"乃以手向空招曰："舡来舡来！我等要西湖去，不吝偿也。"

无何，彩船一只，自空飘落，烟云绕之。众俱登。见一人持短棹；棹末密排修翎，形类羽扇；一摇羽清风习习。舟渐上入云霄，望南游行，其驶如箭。逾刻，舟落水中。但闻弦管敖曹，鸣声喤聒。出舟一望，月印烟波，游船成市。榜人罢棹，任其自流。细视，真西湖也。客于舱后，取异肴佳酿，欢然对酌。少间，一楼船渐近，相傍而行。隔窗以窥，中有二三人，围棋喧笑。客飞一觥向女曰："引此送君行。"女饮间，彭依恋徘徊，惟恐其去，蹴之以足。女斜波送盼。彭益动，请要后期。女曰："如相见爱，但问娟娘名字，无不知者。"客即以彭绫巾授女，曰："我为若代订三年之约。"即起，托女子于掌中，曰："仙乎，仙乎！"乃扳邻窗，捉女入，窗目如盘，女伏身蛇游而进，殊不觉隘。俄闻邻舟曰："娟娘醒矣。"舟即荡去。遥见舟已就泊，舟中人纷纷并去，游兴顿消。遂与客言，欲一登岸，略同眺瞩。才作商榷，舟已自拢。

因而离舟翔步，觉有里余。客后至，牵一马来，令彭捉之。即复去，曰："待再假两骑来。"久之不至。行人已稀；仰视斜月西转，天色向曙。丘亦不知何往。捉马营营，进退无主。振辔至泊舟所，则人船俱失。念腰橐空匮，倍益忧皇。

天大明，见马上有小错囊，探之，得白金三四两。买食凝待，不觉向午。计不如暂访娟娘，可以徐察丘耗。比讯娟娘名字，并无知者，兴转萧索。次日遂行。马调良，幸不蹇劣，半月始归。

方三人之乘舟而上也，斋僮归白："主人已仙去。"举家哀涕，谓其不返。彭归，系马而入。家人惊喜集问，彭始具白其异。因念独还乡井，恐丘家闻而致诘；戒家人勿播。语次，道马所由来。众以仙人所遗，便悉诣厩验视。及至，则马顿渺，但有丘生，以草缰絷枥边。骇极，呼彭出视。见丘垂首栈下，面色灰死，问之不言，两眸启闭而已。彭大不忍，解扶榻上，若丧魂魄。灌以汤酏，稍稍能咽。中夜少苏，急欲登厕；扶掖而往，下马粪数枚。又少饮啜，始能言。彭就榻研问之。丘云："下船后，彼引我闲语。至空处，戏拍项领，遂迷闷颠踣。伏定少刻，自顾已马。心亦醒悟，但不能言耳。是大辱耻，诚不可以告妻子，乞勿泄也！"彭诺之，命仆马驰送归。

彭自是不能忘情于娟娘。又三年，以姊丈判扬州，因往省视。州有梁公子，与彭通家，开筵邀饮。即席有歌姬数辈，俱来祗谒。公子问娟娘，家人白以病。公子怒曰："婢子声价自高，可将索子系之来！"彭闻娟娘名，惊问其谁。公子云："此娼女，广陵第一人。缘有微名，遂倨而无礼。"彭疑名字偶同；然突突自急，极欲一见之。无何，娟娘至，公子盛气排数。彭谛视，真中秋所见者也。谓公子曰："是与仆有旧，幸垂原恕。"娟娘向彭审顾，似亦错愕。公子未遑深问，即命行觞。彭问："《薄幸郎曲》犹记之否？"娟娘更骇，目注移时，始度旧曲。听其声，宛似当年中秋时。酒阑，公子命侍客寝。彭捉手曰："三年之约，今始践耶？"娟娘曰："昔日从人泛西湖，饮不数卮，忽若醉。蒙眬间，被一人携去，置一村中。一僮引妾入；席中三客，君其一焉。后乘舡至西湖，送妾自窗棂归，把手殷殷。每所凝念，谓是幻梦；而绫巾宛在，今犹什袭藏之。"彭告以故，相共叹咤。娟娘纵体入怀，哽咽而言曰："仙人已作良媒，君勿以风尘可弃，遂舍念此苦海人！"彭曰："舟中之约，一日未尝去心。卿倘有意，则泻囊货马，所不惜耳。"

诘旦，告公子；又称贷于别驾，千金削其籍，携之以归。偶至别业，犹能认当年饮处云。

异史氏曰：马而人，必其为人而马者也；使为马，正恨其不为人耳。狮象鹤鹏，悉受鞭策，何可谓非神人之仁爱之乎？即订三年约，亦度苦海也。

【译文】

山东莱州有个秀才姓彭名好古，在别墅里读书，离家很远。中秋节没回家，没个伴儿，好生寂寞。想想村子里的人都无可交谈，只有一个姓丘的，是县里的名士，却一向有不被人知的恶迹，彭好古总是瞧不起他。晚上，月亮已升上天空，彭好古更加感到无聊，无法排遣，只好写信邀丘生来会。

两个人喝了一会儿酒，忽听有人敲门。书僮出去开门，原来是个书生，说要拜见主人。彭好古离开座位，恭恭敬敬请客人进来。相互施礼后，三个人围着圈儿坐下。彭好古就问客人的族姓和住处。客人说："我是广陵人，跟你同姓，字海秋。在这美好的夜晚，旅居他乡的人倍感孤寂苦闷。我听说你为人高雅，就不经介绍自来拜见。"打量来客，一身布衣衫整齐干净，谈笑之间神态风流。彭好古高兴极了，说："你和我是一家子。今天晚上是什么好时辰，能遇见你这样一位佳客！"立即吩咐备酒宴，款待他像老朋友一样。

彭好古观察彭海秋，好像很鄙视丘生，丘生巴结着跟他攀谈，他总是很高傲，不那么礼貌。彭好古替丘生难为情，就打断他们的话，提议让自己先唱支俗曲助助酒兴。说着便仰着头咳了两声清一下嗓子，唱了一支《扶风豪士歌》。唱完，互相欢笑。客人说："我不懂音韵，不能和你这高雅的《阳春白雪》，请别人代替可以吗？"彭好古说："当然可以，一切随你的便。"客人问："莱州城里有没有名妓？"彭好古回答说："没有。"客人沉默了许久，对书僮说："刚才唤来一个人，在门外，你可以去领她进来。"书僮出门，果然见一个女子在门外徘徊，就把她带了进来。

女子看上去年过十六，仿佛像天仙似的。彭好古惊奇极了，搀她坐下。她身披柳黄色披肩，香飘四座。客人便慰问女子说："千里而来，让你辛苦了。"女子含笑应答。彭好古心里奇怪，便向客人探问究竟。客人说："我很遗憾贵乡没有美人，是刚从西湖船上把她唤来的。"又对女子说："你刚才在船上唱的《薄幸郎》曲非常好，请再唱一遍。"女子唱道：

薄情郎，春池里，马洗好。
人声远，马声消；
江天高，山月小。

掉头一去不归来，
庭中白天多寂寥；
不怨离别多，
只愁欢会少。
今夜宿何处？
别作柳絮随风飘。
宁可不封侯，
莫去临邛恋新娇。

客人从膝抹中取出玉笛，随着歌声伴奏；曲子唱完，笛声也终止了。彭好古惊叹不止，说：“西湖到这里，何止千里，顷刻之间就能把她招来，你莫不是仙人吧？”客人说：“哪里敢说是仙人，只是在我看来万里之遥就像庭院这么点距离罢了。今天晚上西湖风光月色，比以往任何时候都美，不可不观赏一番，你能跟我一起去游玩吗？”彭好古有心想看看他的神通，答应说：“那太有幸了。”客人问：“是乘船呢？还是骑马呢？”彭好古考虑乘船舒坦，回答说：“愿意乘船。”客人说：“这里叫船比较远，天河中应该是有摆渡的。”就向空中招手说：“船来！船来！我们要去西湖，多付些钱不在乎。”

一会儿，一只彩船烟环云绕，从空中飘然落下。大家都登上了船，只见一个人拿着短桨；桨的末端密密地排列着长长的羽毛，形状很像羽毛扇；一划桨，和风就一阵阵吹来。小船渐渐升入云霄，朝南方驶去，快得像箭一般。过了一阵子，船落到水里。只听得各种管弦乐器，交响共鸣，一片嘈杂。彭好古走出船舱一望，月亮的倒影印在烟波里，游船热闹得像集市。船夫停住桨，让船顺水漂流。细看，果真是西湖啊！客人从后舱里取出珍奇的菜肴和上等美酒，大家一起开怀畅饮。不多会儿，一只楼船渐渐靠近，和他们的船并排漂流。隔着船窗看，楼船里有两三个人围在一起下棋，又嚷又笑。客人递过一杯酒，对那女子说：“就用这杯酒给你送行。”女子喝酒的时候，彭好古依依不舍，只怕她离去，就用脚碰碰她。女子斜着眼睛送来多情的目光。彭好古更加动心，请约日后相会的日期。女子说：“如果你爱我，只要打听娟娘的名字，没有不知道的。”客人就把彭好古的一条丝巾交给了女子，说：“我替你订下三年的约期。”随即起身，将女子托在手掌上，说：“仙啊，仙啊！”就扳开旁边楼船的窗户，把女子往里送。窗口只像盘子那么大，女子伏下身子像蛇一样钻了进去，一点儿也不觉得狭窄。很快就听楼船里有人说：“娟娘醒过来了。”那楼船就飘飘荡荡地离开了。彭好古远远地望见楼船停泊在岸边，船里人都纷纷下船走了，游兴顿时消失。于是，就对客人说想到岸上去一下，略为观看一下风景。刚提出商量，船已自动靠了岸。

彭好古走下船头，甩开两臂快走，想找娟娘，自己觉得走出有一里多路的光景。彭海秋从后边赶上，牵来了一匹马，让彭好古牵着它。随即又转身离开，说：“等我再借两匹马来。”好久好久也不见他来。行人已渐渐地少了；彭好古抬头看看，月亮已经西斜，天色将近黎明。丘生也不知到哪里去了。他只好牵着马来回踱着，进退没有了主意。骑上马使劲抖动缰绳，跑到停船的地方，一看，人和船都不见了。想到腰包空空，更添了忧虑不安。

天色大亮，他看见马上有只饰金的小钱包，打开看看，有三四两银子，就用来买了吃食，在停船的地方一动不动地等待，不觉已到晌午。考虑不如暂且去寻访娟娘，也可以顺便慢慢打听丘生的消息。等问起娟娘名字，却并没有知道的，顿时心凉了一截。第二天，他只好一个人骑马回家。马是调教过的，幸而足力不弱，跋涉半个月才回到家里。

当彭好古三人乘船上天时，书僮回家报告：“主人已成仙上天了！”全家人都悲哀地啼哭，认为他一去不复返了。彭好古到家，系好马走进门，家里人又惊又喜，集拢来问这问那。彭好古才原原本本叙说了奇遇。因为想到独自回乡，恐怕丘家听说后要来追究，命令家人不要传扬出去。说话间讲到马的来历，大家认为是仙人给的，就一窝蜂地拥到马厩看个究竟。等大家来到厩前，马早已没了影，只有丘生，被马缰绳拴在马槽旁边。这一惊非同小可，喊彭好古出来看。彭好古见丘生的头垂在马栅栏下，面如死灰。问他，也不说话，只能两眼一睁一闭而已。彭好古心里老大不忍，解开绳子把丘生扶到床上，丘生就像丢了魂儿似的。灌他米汤，稍微能咽下点儿。半夜，略有点儿清醒了，急着要上厕所；彭好古扶着他去，他拉下了几团马粪。又给他喝了点儿米汤，他才能说话。彭好古到床边细细问他怎么回事。丘生说："下了船后，彭海秋拉我闲聊。到没人的地方，开玩笑地拍拍我的脖颈，我就迷迷糊糊地倒下了。趴在地上不能动，过一会儿，自己看自己已变成了马。心里也还明白，只是不能说话罢了。这是天大的耻辱，切不可告诉我的妻子儿女，求你不要泄露了啊！"彭好古答应了他，叫仆人用马把他送回了家。

从那以后，彭好古对娟娘不能忘情。过了三年，因为姊夫任扬州通判，他前去探望。扬州有个梁公子，与彭好古家是世交，设宴请彭好古来喝酒。当席，有几名歌女都来拜见。梁公子问："娟娘呢？"家人禀告说："娟娘有病。"梁公子发怒说："这丫头把自己看得太高，可用绳子把她绑了来！"彭好古听到娟娘的名字，大吃一惊，忙询问是谁。梁公子说："是个娼妓，广陵第一号美人。因为小有名声，就傲慢无礼。"彭好古怀疑是名字偶尔相同，然而触动心怀，急于想见她一面。片刻，娟娘来了，梁公子一脸怒气，数落了她一通。彭好古定神注视，真的是三年前中秋节见到的女子。于是，对梁公子说："她与我有旧交情，请你宽恕了她吧！"娟娘朝彭好古细看，好像也很惊诧。梁公子来不及深问，就叫娟娘敬酒。彭好古问："你还记得《薄幸郎》曲吗？"娟娘更加诧异，盯着彭好古看了好一会儿，才开始唱起了旧曲。听她的声音，仿佛像当年中秋节时一样。喝完酒，梁公子命娟娘侍候彭好古睡下。彭好古握住娟娘的手说："三年的期约，今天才实现么？"娟娘说："三年前那天跟着别人泛舟西湖，没饮上几杯，忽然醉了似的。迷迷糊糊之间，被一个人带走，放置在一个村子里。一个书僮领我进门，席中有三个客人，你是其中的一个。后来乘船到西湖，把我从窗棂送回去，你殷切地握着我的手。每当沉思凝想，总认为这是梦幻；可丝巾确实在，如今我仍然层层包裹珍藏着。"彭好古告诉她缘故，相对惊叹不已。娟娘纵身投入彭好古的怀里，哽咽着说："仙人已经作了良媒，你不要以为风尘中的女子可以抛弃，就忘掉了我这苦海中的人！"彭好古说："船中之约，一天也不曾忘记过。如果你有意，我就是倾囊卖马也在所不惜。"

第二天早晨，彭好古把事情原委告诉了梁公子，又向姊夫借了些钱，用千两白银的重价除掉了娟娘的娼籍，带她回了家。偶尔到别墅去，娟娘还能辨认出这是当年饮酒的地方。

异史氏说：马是人变的，必定是这人的为人像马；让人变成马，正是恨这人的行为不是人罢了。狮、象、鹤、鹏也都受过仙人鞭策，怎么可以说让人变马就不是仙人的仁爱之心呢？就是订下三年的期约，也是仙人超度娟娘脱离苦海啊！

堪舆

沂州宋侍郎君楚家，素尚堪舆；即闺阁中亦能读其书，解其理。宋公卒，两公子各立门户，为父卜兆。闻有善青乌之术者，不惮千里，争罗致之。于是两门术士，召致盈百；日日连骑遍郊野，东西分道出入，如两旅。经月余，各得牛眠地，此言封侯，彼云拜相。兄弟两不相下，因负气不为谋，并营寿域，锦棚彩幢，两处俱备。灵舆至歧路，兄弟各率其属以争，自晨至于日昃，不能决。宾客尽引去。舁夫凡十易肩，困惫不举，相与委柩路侧。因止不葬，鸠工构庐，以蔽风雨。兄建舍于傍，留役居守，弟亦建舍如兄；兄再建之，弟又建之：三年而成村焉。

积多年，兄弟继逝；嫂与娣始合谋，力破前人水火之议，并车入野，视所择两地，并言不佳，遂同修聘贽，请术人另相之。每得一地，必具图呈闺闼，判其可否。日进数图，悉疵摘之。旬余，始卜一域。嫂览图，喜曰："可矣。"示娣。娣曰："是地当先发一武孝廉。"葬后三年，公长孙果以武庠领乡荐。

异史氏曰：青乌之术，或有其理；而癖而信之，则

痴矣。况负气相争，委柩路侧，其于孝弟之道不讲，奈何冀以地理福儿孙哉！如闺中宛若，真雅而可传者矣。

【译文】

山东临沂人宋君楚官做到侍郎，他家一向崇尚看风水，就连闺阁之中的女子，也能阅读这一类的书，懂得其中门道。宋侍郎死了，两个公子各立门户，各自为父亲选择坟地。听说有擅长看风水的，哪怕远在千里之外，也争着去搜罗到门下。于是，两家请来的风水先生足有一百多，天天连翩骑马，遍布在荒郊野外相看，分东西两路出入，就像是两支队伍。过了一个多月，各相出一块风水宝地来。哥哥说把父亲埋在他们相定的地方，子孙将来可封侯，弟弟说埋在他们看中的地方，子孙将来可拜相。兄弟俩争执不下，就赌气不再商量，各自营造坟墓。锦棚、彩旗，两边齐备。下葬那天，灵柩抬到路口，兄弟俩率领手下人争夺，从早晨到太阳偏西，相持不下。送葬的宾客全都散去。抬灵柩的人换了十多次肩，累得再也抬不动了，一起把灵柩撂在路边走了。因此只好停止下来不葬，雇了工匠造棚子，给灵柩遮风雨。哥哥在灵棚边建了一处房子，留下仆人看守，弟弟也像哥哥一样建了一处房子，留下仆人看守；哥哥再扩建，弟弟也再扩建：三年后，竟成了一个村落。

过了许多年，兄弟俩相继去世；妯娌俩才一起商量，力求冲破以前水火不相容的意见分歧，合乘一辆车子到野外，看了风水先生选择的两处坟地，都说不好。于是，就共同备好聘礼请阴阳先生另相坟地。每选中一个地点，一定要先画成图送到闺房，由她们评断是否可以。每天送上几张图，全都指出毛病淘汰了。十多天后，才选到了一个地方。嫂嫂看了图，高兴地说："行了。"给弟媳看，弟媳说："把公公葬在这里，咱家会先产生一个武举人。"于是，就把宋侍郎安葬在这个地方。三年后，长孙果然乡试考中了武举人。

异史氏说：相风水的道术，或许有它一定的道理，但崇尚成癖并且迷信它，就是傻瓜了。更何况赌气相争，把灵柩搁在路边，连孝悌之道都不讲，还怎么能希望凭着地理位置保佑儿孙后代呢？像那闺阁中的妯娌俩，才真正是高雅可传的人物了。

窦　氏

南三复，晋阳世家也。有别墅，去所居十里余，每驰骑日一诣之。适遇雨，途中有小村，见一农人家，门内宽敞，因投止焉。近村人故皆威重南。少顷，主人出邀，踽蹐甚恭。入其舍斗如。客既坐，主人始操篲，殷勤氾扫。既而泼蜜为茶。命之坐，始敢坐。问其姓名，自言："廷章，姓窦。"未几，进酒烹雏，给奉周至。有笄女行炙，时止户外，稍稍露其半体，年十五六，端妙无比。南心动。雨歇既归，系念綦切。

越日，具粟帛往酬，借此阶进。是后常一过窦，时携肴酒，相与留连。女渐稔，不甚忌避，辄奔走其前。睨之，则低鬟微笑。南益惑焉，无三日不往者。一日，值窦不在，坐良久，女出应客。南捉臂狎之。女惭急，峻拒曰："奴虽贫，要嫁，何贵倨凌人也！"时南失偶，便揖之曰："倘获怜眷，定不他娶。"女要誓；南指矢天日，以坚永约，女乃允之。自此为始，瞰窦他出，即过缱绻。女促之曰："桑中之约，不可长也。日在帡幪之下，倘肯赐以姻好，父母必以为荣，当无不谐。宜速为计！"南诺之。转念农家岂堪匹耦？姑假其词以因循之。会媒来为议姻于大家；初尚踌躇，既闻貌美财丰，志遂决。女以体孕，催并益急，南遂绝迹不往。

无何，女临蓐，产一男。父怒搒女。女以情告，且言："南要我矣。"窦乃释女，使人问南；南立却不承。

窦乃弃儿，益扑女。女暗哀邻妇，告南以苦。南亦置之。女夜亡，视弃儿犹活，遂抱以奔南。款关而告阍者曰：“但得主人一言，我可不死。彼即不念我，宁不念儿耶?”阍人具以达南，南戒勿内。女倚户悲啼，五更始不复闻。质明视之，女抱儿坐僵矣。窦忿，讼之上官，悉以南不义，欲罪南。南惧，以千金行赂得免。

大家梦女披发抱子而告曰：“必勿许负心郎；若许，我必杀之!”大家贪南富，卒许之。

既亲迎，奁妆丰盛，新人亦娟好。然善悲，终日未尝睹欢容；枕席之间，时复有涕洟。问之，亦不言。过数日，妇翁来，入门便泪，南未遑问故，相将入室。见女而骇曰：“适于后园，见吾女缢死桃树上；今房中谁也?”女闻言，色暴变，仆然而死。视之，则窦女。急至后园，新妇果自经死。骇极，往报窦。窦发女冢，棺启尸亡。前忿未蠲，倍益惨怒，复讼于官。官以其情幻，拟罪未决。南又厚饵窦，哀令休结；官亦受其赇嘱，乃罢。

而南家自此稍替。又以异迹传播，数年无敢字者。南不得已，远于百里外聘曹进士女。未及成礼，会民间讹传，朝廷将选良家女充掖庭，以故有女者，悉送归夫家。一日，有妪导一舆至，自称曹家送女者。扶女入室，谓南曰：“选嫔之事已急，仓卒不能如礼，且送小娘子来。”问：“何无客?”曰：“薄有奁妆，相从在后耳。”妪草草径去。南视女亦风致，遂与谐笑。女俯颈引带，神情酷类窦女。心中作恶，第未敢言。女登榻，引被障首而眠。亦谓是新人常态，弗为意。日敛昏，曹人不至，始疑。捋被问女，而女已奄然冰绝。惊怪莫知其故，驰伻告曹，曹竟无送女之事，相传为异。时有姚孝廉女新葬，隔宿为盗所发，破材失尸。闻其异，诣南所徵之，果其女。启衾一视，四体裸然。姚怒，质状于官。官以南屡无行，恶之，坐发冢见尸，论死。

异史氏曰：始乱之而终成之，非德也，况誓于初而绝于后乎？挞于室，听之；哭于门，仍听之：抑何其忍！而所以报之者，亦比李十郎惨矣！

【译文】

南三复，是山西晋阳世代官宦人家的子弟。他有所别墅，离平时居住的地方十多里路，每天骑着马去一次。一天正碰上下雨，中途有个小村庄，南三复看有户农家院子挺宽敞的，就进去避雨。附近村子里的人一向不敢怠慢南三复，主人很快出来请他进屋坐，显得拘谨局促，十分恭敬。南三复到里屋一看，原来是一间斗室。他坐下后，主人先是拿起扫帚殷勤地到处打扫，接着冲上蜜水当茶，南三复让他坐，他才敢坐下。问他姓名，他自称名字叫廷章，姓窦。没多久，端上酒，煮了只童子鸡，对客人侍奉得非常周到。窦廷章有个刚成年的女儿在灶下做饭烧菜，不时站在门外，稍稍探出她的上半身，看上去年纪有十五六岁的样子，端庄美丽，没人能比得上。南三复怦然心动。雨停回家以后，还是念念不忘地想着她。

过了一天，南三复准备了粮米布帛去酬谢窦家，借此进一步接近。这以后，他常去窦家，有时带着酒菜，谈得近乎，留连忘返。窦女渐渐地和他熟悉起来，不怎么禁忌躲避他，常在他面前走动。南三复瞅她，她便低头微笑，南三复更迷恋她了，三天两日地往她家跑。一天，赶上窦廷章不在家，南三复来坐了很久，窦女出来陪客。南三复抓住她的手臂要行非礼。窦女又羞又急，严厉地拒绝他说：“我虽然贫穷，也要正当婚嫁，你为什么凭着门第高贵就无礼欺侮人”当时，南三复正死了妻子，就向窦女作了个揖，说：“如果能获得你的爱怜，我一定不娶别的女子。”窦女要他发誓，他指着天上的日头赌咒，表示永不变心，窦女才应允了他。从此以后，南三复瞅着窦廷章外出，就来和窦女私情缠绵。窦女催促他说；“幽会偷情，不是长久的事儿。我家每天都在你的荫庇之下，如果你肯恩赐联姻的好事，父母必定以此为荣，该是没有不同意的。你要早作主张呀！”南三复答应了她。转念一想，又觉得农家女怎么能配得上自己？就暂且托词把事儿拖着。这时，正遇上媒人来给一家大户人家的女儿提亲，开始他还犹犹豫豫的，等听说女方长得漂亮又有钱财，主意就定下来了。窦女因为已有身孕，催结婚催得更急，南三复就干脆绝迹不到她那里去了。

不久，窦女临产，生下一个男孩。窦廷章大怒，拷打她。窦女把实情告诉了父亲，并且说：“南三复答应娶我了！”窦廷章这才饶了女儿。请人去问南三复，南三复当即推卸不承认。于是，窦廷章便抛弃了婴儿，对女儿打得更凶了。窦女暗中哀求邻家妇人，要她把自己的苦处告诉南三复。南三复听了也不放在心上。窦女夜里逃了出去，看看被丢弃的孩子还活着，就抱着他去投奔南三复。她敲门，告诉看门人说：“只要得到主人一句话，我就可以不死了。他即使不替我着想，难道也不替他的儿子想想吗？”看门人把窦女的话全部转告给南三复，南三复却警告他不许放窦女进门。窦女依着南家大门悲哀地啼哭，直到五更天才不再听到她的哭声。天亮后看时，她怀抱着婴儿坐在那里，身体已经僵硬了。窦廷章非常气愤，到官府诉讼，官府里都认为南三复太不道德，想要治他的罪。南三复害怕了，用一千两银子上下打点，得以免罪。

那大户人家做了个梦，梦见窦女披头散发，抱着儿子，告诉他们说：“你家女儿一定不要许配负心郎，如果许了，我一定要杀死她！”大户人家贪图南三复有钱，终于还是把女儿许配了他。

南三复迎娶以后，新娘嫁妆丰盛，相貌也美丽，但总爱悲悲戚戚，整天看不到她一丝笑容。枕席之间，又常是一把鼻涕一把眼泪的，问她，也不说话。过了几天，新娘的父亲来，进门就掉泪，南三复来不及问原因，扶他进了屋。他看到女儿，惊恐地说：“刚才在后园里，看见我女儿吊死在桃树上；现在房中是谁？”女子听了他的话，脸色突变，倒在地上死了。看她，却是窦女。急忙到后园，新娘果然已经自尽。他们惊恐极了，派人去告诉窦廷章。窦廷章打开女儿坟墓，只见棺材开着，尸首不见了。他先前的恨还没消，如今更加悲伤愤怒，就又告到官府。官府因为这事儿近于虚幻，难以给南三复拟定罪名。南三复又给窦家送厚礼，哀求停止起诉，了结官司，官府也受了南三复的贿赂，于是，把案子撤了。

然而，从此以后，南三复家渐渐地衰落下来，又因为怪事传播开去，多年没人敢把女儿嫁给他。南三复不得已，在一百多里外的地方聘曹进士的女儿为妻。没等迎娶，逢民间谣传朝廷即将选良家女儿进后宫，因此有女儿的人家都急着把女儿送归夫家。一天，有个老妇人引着一乘轿子来到南家，自称是曹家来送女儿的。她扶着曹女进了屋，对南三复说："选嫔妃的事儿已经很急了，时间仓促，不能按礼节办，姑且送小娘子来。"南三复问："怎么没有客人来?"老妇人回答说："有点微薄的嫁妆随后就到。"说完，匆匆忙忙走了。南三复看女子也还风流标致，就和她调笑。女子低头翻弄着衣带，神情极像窦女。南三复心里很不是滋味，但又不敢说什么。女子上床，拉着被子蒙住头睡觉。南三复以为这是新嫁娘常有的情态，也不在意。到了傍晚，曹家人迟迟不到，心里才怀疑起来。掀开被子问那女子，谁知她已身体冰冷，断气了。南三复惊诧万分，不知这是怎么回事儿，派仆人骑马通知曹家，曹家竟然没有送女儿到南家的事。这事传了开去，一时成为奇闻。当时有个姚孝廉，女儿刚下葬，南三复家出怪事的前一夜，被盗墓的打开坟，撬开了棺木，尸体不知去向。听到这奇闻，到南家验看，果然是他的女儿。打开被子一看，女儿全身赤裸。姚孝廉大怒，写状子告到官府。官府因南三复总是行为不端，鄙薄他的为人，就以掘坟露尸的罪名定了他死刑。

异史氏说：开始勾引人家的女儿，后来娶了她，这已不算道德；更何况当初信誓旦旦，后来又抛弃了她呢？在娘家被责打，他不理睬；上门哭诉，他仍然不理睬：又多么残忍！但最后得到的报应，也比《霍小玉传》里的李益惨多了！

梁彦

徐州梁彦，患鼽嚏，久而不已。一日，方卧，觉鼻奇痒，遽起大嚏。有物突出落地，状类屋上瓦狗，约指顶大。又嚏，又一枚落。四嚏，凡落四枚。蠢然而动，相聚互嗅。俄而强者啮弱者以食；食一枚，则身顿长。瞬息吞并，止存其一，大于鼫鼠矣。伸舌周匝，自舐其吻。梁大愕，踏之。物缘袜而上，渐至股际。捉衣而撼摆之，粘据不可下。顷入衿底，爬抓腰胁。大惧，急解衣掷地。扪之，物已贴伏腰间。推之不动，掐之则痛，竟成赘疣；口眼已合，如伏鼠然。

【译文】

徐州人梁彦，得了打喷嚏的毛病，很久了，也不好。一天，他正睡觉，觉得鼻子痒得出奇，马上起来大打喷嚏。有什么东西冲出鼻子落在地上，样子像屋脊上装饰用的瓦狗，约有手指尖那么大。再打喷嚏，又有一个落在地上。连打四次，一共落下四个。只见它们蠢蠢欲动，聚在一起互相闻着。一会儿，强壮的把弱小的吃掉了；吃掉一个，身子就顿时长大许多。一眨眼的工夫，就互相吞并，只剩下一只，比鼫鼠还要大了。它伸出舌头绕圈儿，舐着自己的嘴唇。梁彦非常吃惊，用脚踩它。那东西攀着袜子往上爬，渐渐到了大腿上。梁彦扯着衣裳抖落，它紧贴住大腿，甩不下来。顷刻就爬到衣襟里，抓挠梁彦的腰部和肋部。梁彦十分害怕，急忙脱下衣服扔到地上。一摸，那东西已贴伏在腰间。推它不动，掐它就痛，竟成了赘疣；嘴、眼已经闭上，活像一只老鼠趴在那里。

龙　　肉

姜太史玉璇言："龙堆之下，掘地数尺，有龙肉充牣其中。任人割取，但勿言'龙'字。或言'此龙肉也'，则霹雳震作，击人而死。"太史曾食其肉，实不谬也。

【译文】

太史姜玉璇说："新疆白龙堆沙漠下面，掘开几尺深，里边充满龙肉，随人割取，但不能说'龙'字。如果有谁说'这是龙肉'，就响起霹雳，把说的人击死。"姜太史曾吃过那里的龙肉，说的事着实不荒谬。

（卷五译者：唐书文）

卷　六

潞　令

宋国英，东平人，以教习授潞城令。贪暴不仁，催科尤酷，毙杖下者，狼籍于庭。余乡徐白山适过之，见其横，讽曰："为民父母，威焰固至此乎？"宋扬扬作得意之词曰："喏！不敢！官虽小，莅任百日，诛五十八人矣。"

后半年，方据案视事，忽瞪目而起，手足挠乱，似与人撑拒状。自言曰："我罪当死！我罪当死！"扶入署中，逾时寻卒。呜呼！幸有阴曹兼摄阳政；不然，颠越货多，则"卓异"声起矣，流毒安穷哉！

异史氏曰：潞子故区，其人魂魄毅，故其为鬼雄。今有一官握篆于上，必有一二鄙流，风承而痔舐之。其方盛也，则竭攫未尽之膏脂，为之具锦屏；其将败也，则驱诛未尽之肢体，为之乞保留。官无贪廉，每莅一任，必有此两事。赫赫者一日未去，则蚩蚩者不敢不从。积习相传，沿为成规，其亦取笑于潞城之鬼也已！

【译文】

宋国英是山东东平府人，从县学教习提升为潞城县令。他为官贪暴刻薄，逼赋催税尤其残酷，挨了板子死掉的人，横七竖八倒在县衙的庭院里。我乡徐白山正巧去拜访他，目睹了他的横暴，讽刺说："身为百姓的父母官，威风、气焰竟到这地步了吗?"宋国英得意扬扬地说："哦！愧不敢当！我的官虽小，但到任一百天，已处死五十八人了!"

半年后，宋国英正坐在案前处理公务，忽然瞪大眼睛站了起来，手脚乱动，好像在抗拒别人抓他，口中自言自语道："我罪该死！我罪该死!"手下人把他扶进官署，过了一会儿就死了。呜呼！幸亏有阴曹地府兼管人世间的政事；不然，杀人敛财越多，就越能获得"政绩优异"的美名，流毒怎么得了呢?"

异史氏说：潞城县是黄帝后裔潞子的故国，当地人性格刚毅，所以死后便成为鬼雄。现在只要上面有个掌大印的官，下面必定有一两个卑鄙无耻的小人望风拍马，吮痈舐痔。当官的正得势，他们会榨干百姓身上残留的油水，为上司围上锦绣屏风；当官的有倒台的危险，他们会赶杀幸存的百姓，力求保住主子。无论贪官清官，每到一任，必定有这两件事。权势赫赫的官一天不下台，小百姓就不敢不顺从他。积习相传，成了不成文的规矩，岂不也要被潞城的"鬼雄"们嘲笑吗！

马　介　甫

杨万石，大名诸生也。生平有"季常之惧"。妻尹氏，奇悍。少迕之，辄以鞭挞从事。杨父年六十余而鳏，尹以齿奴隶数。杨与弟万钟常窃饵翁，不敢令妇知。然衣败絮，恐贻讪笑，不令见客。万石四十无子，纳妾王，旦夕不敢通一语。

兄弟候试郡中，见一少年，容服都雅。与语，悦之。询其姓字，自云："介甫，姓马。"由此交日密，焚香为昆季之盟。

既别，约半载，马忽携僮仆过杨。值杨翁在门外，曝阳扪虱。疑为佣仆，通姓氏使达主人。翁披絮去。或告马："此即其翁也。"马方惊讶，杨兄弟岸帻出迎。

登堂一揖，便请朝父。万石辞以偶恙。促坐笑语，不觉向夕。万石屡言具食，而终不见至。兄弟迭互出入，始有瘦奴持壶酒来。俄顷引尽。坐伺良久，万石频起催呼，额颊间热汗蒸腾。俄瘦奴以馔具出，脱粟失饪，殊不甘旨。食已，万石草草便去。

万钟襆被来伴客寝。马责之曰："曩以伯仲高义，遂同盟好。今老父实不温饱，行道者羞之！"万钟泫然曰："在心之情，卒难申致。家门不吉，蹇遭悍嫂，尊长细弱，横被摧残。非沥血之好，此丑不敢扬也。"马骇叹移时，曰："我初欲早旦而行，今得此异闻，不可不一目见之。请假闲舍，就便自炊。"万钟从其教，即除室为马安顿。夜深窃馈蔬稻，惟恐妇知。马会其意，力却之。且请杨翁与同食寝。自诣城肆，市布帛，为易袍袴。父子兄弟皆感泣。万钟有子喜儿，方七岁，夜从翁眠。马抚之曰："此儿福寿，过于其父，但少年孤苦耳。"

妇闻老翁安饱，大怒，辄骂，谓马强预人家事。初恶声尚在闺闼，渐近马居，以示瑟歌之意。杨兄弟汗体徘徊，不能制止；而马若弗闻也者。

妾王，体妊五月，妇始知之，褫衣惨掠。已，乃唤万石跪受巾帼，操鞭逐出。值马在外，惭懅不前。又追逼之，始出。妇亦随出，叉手顿足，观者填溢。马指妇叱曰："去，去！"妇即反奔，若被鬼逐。袴履俱脱，足缠萦绕于道上，徒跣而归，面色灰死。少定，婢进袜履。着已，噭啕大哭。家人无敢问者。马曳万石为解巾帼。万石耸身定息，如恐脱落；马强脱之。而坐立不宁，犹惧以私脱加罪。探妇哭已，乃敢入，趑趄而前。妇殊不发一语，遽起，入房自寝。万石意始舒，与弟窃奇焉。

家人皆以为异，相聚偶语。妇微有闻，益羞怒，遍挞奴婢。呼妾，妾创剧不能起。妇以为伪，就榻搒之，崩注堕胎。

万石于无人处，对马哀啼。马慰解之。呼僮具牢馔，更筹再唱，不放万石归。妇在闺房，恨夫不归，方大恚忿。闻撬扉声，急呼婢，则室门已辟。有巨人入，影蔽一室，狰狞如鬼。俄又有数人入，各执利刃。妇骇绝欲号。巨人以刀刺颈，曰："号便杀却！"妇急以金帛赎命。巨人曰："我冥曹使者，不要钱，但取悍妇心耳！"妇益惧，自投败颡。巨人乃以利刃画妇心而数之曰："如某事，谓可杀否？"即一画。凡一切凶悍之事，责数殆尽，刀画肤革，不啻数十。末乃曰："妾生子，亦尔宗绪，何忍打堕？此事必不可宥！"乃令数人反接其手，剖视悍妇心肠。妇叩头乞命，但言知悔。俄闻中门启闭，曰："杨万石来矣。既已悔过，姑留余生。"纷然尽散。无何，万石入，见妇赤身绷系，心头刀痕，纵横不可数。解而问之，得其故，大骇，窃疑马。明日，向马述之。马亦骇。

由是妇威渐敛，经数月不敢出一恶语。马大喜，告万石曰："实告君，幸勿宣泄：前以小术惧之。既得好合，请暂别也。”遂去。

妇每日暮，挽留万石作侣，欢笑而承迎之。万石生平不解此乐，遽遭之，觉坐立皆无所可。妇一夜忆巨人状，瑟缩摇战。万石思媚妇意，微露其假。妇遽起，苦致穷诘。万石自觉失言，而不可悔，遂实告之。妇勃然大骂。万石惧，长跽床下。妇不顾。哀至漏三下。妇曰：“欲得我恕，须以刀画汝心头如干数，此恨始消。”乃起捉厨刀。万石大惧而奔，妇逐之。犬吠鸡腾，家人尽起。万钟不知何故，但以身左右翼兄。妇方诟詈，忽见翁来，睹袍服，倍益烈怒；即就翁身条条割裂，批颊而摘翁髭。万钟见之怒，以石击妇，中颅，颠蹶而毙。万钟曰：“我死而父兄得生，何憾！”遂投井中，救之已死。移时妇苏，闻万钟死，怒亦遂解。

既殡，弟妇恋儿，矢不嫁。妇唾骂不与食，醮去之。遗孤儿，朝夕受鞭楚。俟家人食讫，始啖以冷块。积半岁，儿尪羸，仅存气息。

一日，马忽至。万石嘱家人勿以告妇。马见翁褴褛如故，大骇；又闻万钟殒谢，顿足悲哀。儿闻马至，便来依恋，前呼马叔。马不能识，审顾始辨。惊曰：“儿何憔悴至此！”翁乃嗫嚅具道情事。马忿然谓万石曰：“我曩道兄非人，果不谬。两人止此一线，杀之，将奈何？”万石不言，惟伏首帖耳而泣。

坐语数刻，妇已知之。不敢自出逐客，但呼万石入，批使绝马。含涕而出，批痕俨然。马怒之曰：“兄不能威，独不能断‘出’耶？殴父杀弟，安然忍受，何以为人?”万石欠伸，似有动容。马又激之曰:“如渠不去，理须威劫；便杀却勿惧。仆有二三知交，都居要地，必合极力，保无亏也。”万石诺，负气疾行，奔而入。适与妇遇，叱问:“何为?”万石遑遽失色，以手据地，曰:“马生教余出妇。”妇益恚，顾寻刀杖，万石惧而却走。马唾之曰:“兄真不可教也已!”

遂开箧，出刀圭药，合水授万石饮。曰:“此丈夫再造散。所以不轻用者，以能病人故耳。今不得已，暂试之。”饮下，少顷，万石觉忿气填胸，如烈焰中烧，刻不容忍。直抵闺闼，叫喊雷动。妇未及诘，万石以足腾起，妇颠去数尺有咫。即复握石成拳，擂击无算。妇体几无完肤，嘲嗜犹骂。万石于腰中出佩刀。妇骂曰:“出刀子，敢杀我耶!”万石不语，割股上肉，大如掌，掷地上。方欲再割，妇哀鸣乞恕。万石不听，又割之。家人见万石凶狂，相集，死力掖出。马迎去，捉臂相用慰劳。万石余怒未息，屡欲奔寻。马止之。少间，药力渐消，嗒焉若丧。马嘱曰:“兄勿馁。乾纲之振，在此一举。夫人之所以惧者，非朝夕之故，其所由来者渐矣。譬昨死而今生，须从此涤故更新；再一馁，则不可为矣。”遣万石入探之。妇股慄心慑，倩婢扶起，将以膝行。止之，乃已。出语马生，父子交贺。

马欲去，父子共挽之。马曰:“我适有东海之行，故便道相过，还时可复会耳。”月余，妇起，宾事良人。久觉黔驴无技，渐狎，渐嘲，渐骂；居无何，旧态全作矣。翁不能堪，宵遁，至河南，隶道士籍。万石亦不敢寻。

年余，马至，知其状，怫然责数已，立呼儿至，置驴子上，驱策径去。由此乡人皆不齿万石。学使案临，以劣行黜名。又四五年，遭回禄，居室财物，悉为煨烬；延烧邻舍。村人执以告郡，罚锾烦苛。于是家产渐尽，至无居庐。近村相戒无以舍舍万石。尹氏兄弟怒妇所为，亦绝拒之。

万石既穷，质妾于贵家，偕妻南渡。至河南界，资斧已绝。妇不肯从，聒夫再嫁。适有屠而鳏者，以钱三百货去。万石一身丐食于远村近郭间。

至一朱门，阍人诃拒不听前。少间，一官人出，万石伏地啜泣。官人熟视久之，略诘姓名，惊曰："是伯父也！何一贫至此？"万石细审，知为喜儿，不觉大哭。从之入，见堂中金碧焕映。俄顷，父扶童子出，相对悲哽。万石始述所遭。

初，马携喜儿至此，数日，即出寻杨翁来，使祖孙同居。又延师教读。十五岁入邑庠，次年领乡荐，始为完婚。乃别欲去。祖孙泣留之。马曰："我非人，实狐仙耳。道侣相候已久。"遂去。孝廉言之，不觉恻楚。因念昔与庶伯母同受酷虐，倍益感伤。遂以舆马赍金赎王氏归。年余，生一子，因以为嫡。

尹从屠半载，狂悖犹昔。夫怒，以屠刀孔其股，穿以毛绠，悬梁上，荷肉竟出。号极声嘶，邻人始知。解缚抽绠；一抽则呼痛之声，震动四邻。以是见屠来，则骨毛皆竖。后胫创虽愈，而断芒遗肉内，终不良于行；犹夙夜服役，无敢少懈。屠既横暴，每醉归，则挞詈不情。至此，始悟昔之施于人者，亦犹是也。

一日，杨夫人及伯母烧香普陀寺，近村农妇，并来参谒。尹在中帐立不前。王氏故问：“此伊谁？”家人进白：“张屠之妻。”便诃使前，与太夫人稽首。王笑曰：“此妇从屠，当不乏肉食，何羸瘠乃尔？”尹愧恨，归欲自经，绠弱不得死。屠益恶之。

岁余，屠死。途遇万石，遥望之，以膝行，泪下如縻。万石碍仆，未通一言。归告侄，欲谋珠还。侄固不肯。妇为里人所唾弃，久无所归，依群乞以食。万石犹时就尹废寺中。侄以为玷，阴教群乞窘辱之，乃绝。此事余不知其究竟，后数行，乃毕公权撰成之。

异史氏曰：惧内，天下之通病也。然不意天壤之间，乃有杨郎！宁非变异？余尝作《妙音经》之续言，谨附录以博一噱：“窃以天道化生万物，重赖坤成；男儿志在四方，尤须内助。同甘独苦，劳尔十月呻吟；就湿移干，苦矣三年嚬笑。此顾宗祧而动念，君子所以有伉俪之求；瞻井臼而怀思，古人所以有鱼水之爱也。第阴教之旗帜日立，遂乾纲之体统无存。始而不逊之声，或大施而小报；继则如宾之敬，竟有往而无来。只缘儿女深情，遂使英雄短气。床上夜叉坐，任金刚亦须低眉；釜底毒烟生，即铁汉无能强项。秋砧之杵可掬，不捣月夜之衣；麻姑之爪能搔，轻试莲花之面。小受大走，直将代孟母投梭；妇唱夫随，翻欲起周婆制礼。婆娑跳掷，停观满道行人；嘲嗜呜嘶，扑落一群娇鸟。恶乎哉！呼天吁地，忽尔披发向银床；丑矣夫！转目摇头，猥欲投缳延玉颈。

当是时也：地下已多碎胆，天外更有惊魂。北宫黝未必不逃，孟施舍焉能无惧？将军气同雷电，一入中庭，顿归无何有之乡；大人面若冰霜，比到寝门，遂有不可问之处。岂果脂粉之气，不势而威？胡乃肮脏之身，不寒而慄？犹可解者，魔女翘鬟来月下，何妨俯伏皈依？最冤枉者，鸠盘蓬首到人间，也要香花供养。闻怒狮之吼，则双孔撩天；听牝鸡之鸣，则五体投地。登徒子淫而忘丑，《回波词》怜而成嘲。设为汾阳之婿，立致尊荣，媚卿卿良有故；若赘外黄之家，不免奴役，拜仆仆将何求？彼穷鬼自觉无颜，任其斫树摧花，止求包荒于妬妇；如钱神可云有势，乃亦婴鳞犯制，不能借助于方兄。岂缚游子之心，惟兹鸟道？抑消霸王之气，恃此鸿沟？然死同穴，生同衾，何尝教吟《白首》？而朝行云，暮行雨，辄欲独占巫山。恨煞‘池水清’，空按红牙玉板；怜尔妾命薄，独支永夜寒更。蝉壳鹭滩，喜骊龙之方睡；犊车麈尾，恨驽马之不奔。榻上共卧之人，挞去方知为舅；床前久系之客，牵来已化为羊。需之殷者仅俄顷，毒之流者无尽藏。买笑缠头，而成自作之孽，太甲必曰难违；俯首帖耳，而受无妄之刑，李阳亦谓不可。酸风凛例，吹残绮阁之春；醋海汪洋，淹断蓝桥之月。又或盛会忽逢，良朋即坐，斗酒藏而不设，且由房出逐客之书；故人疏而不来，遂自我《广绝交》之论。甚而雁影分飞，涕空沾于荆树；鸾胶再觅，变遂起于芦花。故饮酒阳城，一堂中惟有兄弟；吹竽商子，七旬余并无室家：古人为此，有隐痛矣。呜呼！百年鸳偶，竟成附骨之疽；

五两鹿皮，或买剥床之痛。髯如戟者如是，胆似斗者何人？固不敢于马栈下断绝祸胎；又谁能向蚕室中斩除孽本？娘子军肆其横暴，苦疗妒之无方；胭脂虎啖尽生灵，幸渡迷之有楫。天香夜爇，全澄汤镬之波；花雨晨飞，尽灭剑轮之火。极乐之境，彩翼双栖；长舌之端，青莲并蒂。拔苦恼于优婆之国，立道场于爱河之滨。咦！愿此几章贝叶文，洒为一滴杨枝水！"

【译文】

杨万石是河北大名府秀才，向来怕老婆。妻子尹氏，蛮横得出奇，稍不顺心，就用鞭打来解决问题。杨父六十多岁没了老伴，尹氏把他当成奴仆之辈。杨万石和弟弟杨万钟常常偷着拿东西给老人吃，不敢让尹氏知道。但是父亲穿的是破棉袄，怕人笑话，不叫他见客。杨万石四十岁还没有儿子，就收王氏做小妾，早晚不敢同她说一句话。

兄弟俩去郡城等候考试，看见一个少年，外形装束漂亮文雅；交谈之下，非常喜欢。问他姓名，自称姓马，名介甫。从此交往一天比一天密切，烧香立盟，结拜为兄弟。

分别约半年以后，马介甫忽然带着书僮、仆人来拜访杨氏兄弟。正好杨父在门外，晒着太阳捉虱子，马介甫以为他是仆人，说了姓名，要他通报主人。杨父披上破棉袄进去了。有人告诉马介甫说："这就是他们的父亲啊！"马介甫正在惊讶，杨氏兄弟已经风度洒脱地出门迎客了。

走进客堂，施礼已毕，马介甫便请求拜见父亲。杨万石以父亲偶患小恙为由推辞。三人促膝而坐，说说笑笑，不觉已近黄昏。杨万石好几次说准备饭菜，却老不见端来。兄弟两人你进我出好几次，这才见一个瘦奴拿来一壶酒，很快就喝光了。坐着等了好久，杨万石频频起身催呼，满头满脸热汗蒸腾。不一会儿瘦奴端着碗盘出来，粗米饭，菜也烧得不对劲，极不好吃。吃完饭，杨万石敷衍一下就走了。

杨万钟抱着铺盖来陪客人睡觉。马介甫责备他说："过去我以为你们兄弟品德高尚，就同你们结拜为兄弟。现在老父亲事实上连温饱都谈不上，过路人也感到羞耻！"杨万钟流着眼泪说："内心的真情，实在说不出口。家门不幸，遇到个蛮横的嫂嫂；一家老小，横遭虐待。如果你我不是歃血盟誓过的结拜兄弟，这种家丑是不敢外扬的。"马介甫惊骇地叹息了好久，说："我原打算天一亮就走，现在听说这段奇闻，不可不亲眼看一看。请你借我一间空房间，我就便自己做饭吃。"杨万钟听从他吩咐，立即清理房间让他安顿。夜深时偷偷送来蔬菜粮食，生怕尹氏知道。马介甫理解他的苦衷，竭力推辞。他还请杨父和自己一起吃住，亲自进城买衣料，为他更换衣裤。杨家父子兄弟都感激得流下了眼泪。杨万钟有个儿子叫喜儿，才七岁，夜里跟着爷爷睡。马介甫抚摸着喜儿说："这孩子的福分寿命，超过他的父亲，只是小小年纪就要成孤儿受苦。"

尹氏听说公公安居饱食，大为恼怒，开口就骂，说马介甫强行干预别人的家庭私事。起初骂声还不出卧室，渐渐走近马介甫的居室骂，故意让他听到。杨氏兄弟汗流浃背，像热锅上的蚂蚁团团转，无法制止尹氏；而马介甫好像什么也没听见。

杨万石的妾王氏，怀孕五个月，尹氏才知道，就剥了她的衣服毒打。打完，又叫杨万石跪在地上，让他戴上女人的头巾，拿起鞭子赶他出门。正好马介甫在门外，杨万石羞惭止步，尹氏又追逼他，他才逃出门。尹氏也跟出来，叉手顿脚，看热闹的人都挤满了。马介甫指着尹氏叱道："去！去！"尹氏立刻回身奔跑，好像被鬼追赶一般，套裤和鞋子都掉了，裹脚布也弯弯绕绕散在路上，只好赤脚回去，面若死灰。定了一会儿神，婢女送上袜子鞋子。穿罢，就嚎啕大哭起来。家里人没有敢问她的。马介甫拖住杨万石为他解女人的头巾。他耸着身子，屏住呼吸，好像唯恐头巾脱落。马介甫强行脱了下来，而他却坐立不安，还在担心因为私自脱了头巾而加重处罚。当他探知尹氏不哭了，这才敢进屋，磨磨蹭蹭地挨上前去。尹氏一言不发，突然起身，进卧室自去睡了。杨万石这才松了口气，同弟弟杨万钟暗暗称奇。

家人都觉得奇怪，聚在一起交谈。尹氏隐隐约约听说了，更加恼羞成怒，把奴婢一一打遍了。喊王氏，王氏伤重不能起床。尹氏认为王氏是装的，就在床上打她，结果血崩流产。

杨万石在没人的地方对着马介甫哀哭。马介甫安慰他一番，叫僮仆准备丰盛的菜肴。一直到二更天，仍不放杨万石回房。尹氏在卧室里，恨丈夫不回来，正在大发脾气。听见撬门声，急忙喊婢女，房门已经开了。有个巨人进来，身影遮蔽了整个房间，面目像鬼一样狰狞可怕。一会儿又走进几个人，各拿锋利的尖刀。尹氏怕得要死，想喊叫。巨人用刀刺她的头颈，说："喊就杀了你！"尹氏赶紧取出钱财来赎命。巨人说："我是地狱的使者，不要钱，只要泼妇的心！"尹氏更加害怕，赶紧磕头，把额头都磕出血来。巨人就用利刃划尹氏的心口，列举她的罪状说："例如某一件事，你说该不该杀？"说完就在心口划一刀。凡是尹氏做过的所有凶狠、蛮横的事情，差不多斥责遍了，尖刀划在皮肉上，不下几十次。最后才说："妾生的儿子，也是你们家的后代，怎么竟忍心打得流产呢？这件事决不能宽宥！"于是命几个人把尹氏的手反绑了，要剖开泼妇的心肠来看看。尹氏叩头求饶，口口声声说知道悔过了。一时听得中门开了又关上，巨人说："杨万石来了。既然已经悔过，姑且留你一条性命。"纷纷四散离去。不一会儿，杨万石进来，见尹氏赤身露体被紧紧地捆绑着，胸口刀痕纵横交错，多得数不清，就解开绳索问她，得知其中缘故，大吃一惊，暗暗怀疑马介甫。第二天，杨万石向马介甫说了，马介甫也吓了一跳。

从此，尹氏的威风渐渐收敛，有好几个月不敢骂人一声。马介甫非常高兴，告诉杨万石说："实话对你说，你千万不要泄漏出去：上次是我略施小术吓唬吓唬她的。既然你们夫妻已经和好，我可以暂时告别了。"于是就走了。

尹氏每到太阳一落山，就拉住杨万石作伴，脸带欢笑地奉承迎合他。杨万石一生不知有这等乐趣，一旦碰上，觉得坐也不是立也不是。有一天晚上，尹氏想起巨人的模样，吓得抖抖缩缩。杨万石想讨好尹氏，略微对那是假的露了点口风。尹氏猛地从床上跳起来，追根刨底地盘问。杨万石自知说漏了嘴，但已不容后悔，就把实情告诉了她。尹氏勃然大怒，破口大骂。杨万石害怕，直挺挺跪在床前。尹氏看也不看他一眼。苦苦地哀求到三更时分，尹氏说："想要得到我的宽恕，就要用刀在你的心口上也划那么多下，方解我心头之恨。”于是起身去拿切菜刀。杨万石惊恐万状，赶快逃走，尹氏在后面紧紧追赶。直闹得鸡飞狗叫，家人全都起来了。杨万钟不知兄嫂为何吵闹，只好用身体忽左忽右地庇护哥哥。尹氏正骂得起劲，忽见公公来了，看见他一身新衣裤，更加怒火中烧；就贴着他身体把衣裤一条一条割开，打了耳光，又扯胡子。杨万钟见状大怒，用石头打尹氏，击中头部，尹氏跌了一跤，昏死过去。杨万钟说：“我死了，父亲和哥哥却有了活路，又有什么遗憾呢！”于是就投井自杀，救他起来人已死了。过些时间，尹氏苏醒过来，听说杨万钟死了，怒气也就消了。

杨万钟出殡之后，弟媳妇留恋儿子，立志不改嫁。尹氏唾骂她，不给她饭吃，终于逼她改嫁而去。留下一个孤儿，一天到晚挨鞭打受苦。等家里人全都吃完饭，这才给他一块冷饭团啃啃。过了半年，孩子又瘦又弱，只剩下一口气了。

一天，马介甫忽然来了。杨万石嘱咐家里人不要告诉尹氏。马介甫看见杨父仍旧衣衫褴褛，大吃一惊；又听说杨万钟死了，跺着脚悲哀。喜儿听说马介甫来了，就来同他亲近，上前叫马叔叔。马介甫起初认不出来，仔细一看才辨出是喜儿，吃惊地说：“孩子怎么憔悴到这地步？”杨父这才支支吾吾地把事情一件件讲了出来。马介甫听后气愤地对杨万石说：“我以前就说老兄简直不是人，果然没说错。你们两兄弟只有这一线单传的后代，害死了他，你怎么办？”杨万石不说话，俯首贴耳地哭泣。

坐着谈了好一会儿，尹氏已经知道马介甫来了。她不敢亲自出来赶客人，只叫杨万石进去，抽打耳光，要他同马介甫断绝交往。杨万石含着眼泪出来，脸上巴掌印很清晰。马介甫愤怒地说：“老兄既然不能降服她，难道就不能把她休了吗？她打你的父亲，害你的弟弟，你安然忍受，还能算人吗？”杨万石欠了欠身子伸了伸手臂，好像有些动容。马介甫又激他说：“如果她不滚蛋，按理说就应该动武；即便把她杀了也不要害怕。我有二三位知心朋友，都身居要职，一定尽力相助，保险不会让你吃亏。”杨万石答应了，借着一股子劲快步奔进去。恰巧被尹氏碰上，斥问道：“干什么？”杨万石惊慌失措，脸色也变了，趴在地上，说：“马生教我把你休了。”尹氏更加愤怒，四面环顾寻找刀杖。杨万石心里害怕，退了出来。马介甫骂啐了他一口道："老兄太没出息了！"

于是，马介甫打开箱子，取出药来，掺上水给杨万石喝。说："这是'丈夫再造散'。我所以不轻易使用，因为它有副作用。今天万不得已，只好试一试。"喝下片刻功夫，杨万石顿觉怒气填胸，似有一团烈火在心中燃烧，一刻也不能容忍，直奔尹氏卧室，叫喊声震如雷。尹氏还来不及问，杨万石已飞起一脚，把她踢出数尺之外。随即握着石头，捏紧拳头，打鼓似的在她身上揍了无数下。尹氏几乎体无完肤，但还是大骂不止。杨万石从腰间拔出佩刀，尹氏骂道："你拿刀敢杀我吗？"杨万石不说话，割下尹氏大腿上的一块肉，有手掌那么大，扔在地上。正要再割，尹氏哀叫着求饶。杨万石不听，又割。家人见杨万石凶狂，就集在一起，出死力把他架出来。马介甫把杨万石接过去，拉着手臂慰劳他。杨万石余怒未息，多次要奔出去找尹氏算账，都被马介甫劝阻了。不一会儿，药力渐渐消失，杨万石又垂头丧气了。马介甫叮嘱他说："老兄不要气馁，夫权振兴，在此一举。人所以害怕某种东西，不是一朝一夕形成的，是由来已久的。老兄这一次就好像昨天死了今天又活过来，应该从此改变旧貌，重新做人。如果再低声下气，就彻底没救了。"又让杨万石进去探动静。尹氏两腿发抖，心里害怕，叫侍婢扶起，打算跪下走路。杨万石阻止她，这才作罢。出来告诉马介甫。父子两人互相祝贺。

马介甫要走了，杨氏父子一起挽留。马介甫说："我正好要往东海走一遭，所以顺便来拜访你们，回来时还可以再相会。"过了一个多月，尹氏起床了，对丈夫很客气。日子一长，发觉丈夫不过是技穷之黔驴，就慢慢戏弄他，又慢慢嘲笑他，再慢慢辱骂他。不久，故态复萌。老人无法忍受，夜间出逃，到河南，当了道士。杨万石也不敢去寻找。

一年多以后，马介甫来了，他知道了情况，怒斥杨万石，然后立刻叫喜儿过来，抱上驴背，赶着驴径自走了。从此，乡里人都看不起杨万石。后来，学使驾临大名府学，以品行恶劣为由，开除了杨万石的生员资格。又过了四五年，杨家遭了火灾，住房财物都化为灰烬；大火还烧毁了邻居家的房子。村里人拖着杨万石到郡衙去告状，罚款很重。于是，家产渐渐变卖完了，以至于连住处也没了。附近的村民互相告诫：不要把房子给杨万石住。尹氏的兄弟对尹氏的行为感到愤怒，也拒不接纳。

杨万石家境穷困，只好把妾王氏抵押给富贵人家换点钱，同尹氏渡河南下。到了河南地界，盘缠用完了。尹氏不肯跟他，吵嚷着要另嫁。正好有一个屠夫死了妻子，就花三百文钱把尹氏买下了。杨万石独自一人在远村近城间讨饭。

有一天，杨万石来到一户有钱人家门前，看门人大声呵斥，不让他上前。过了一会儿，有个小官人出来，杨万石伏在地上抽泣。那小官人仔细看了他好久，又简单地问了他的姓名，惊讶地说："是我的伯父啊！怎么会贫困到这地步呢？"杨万石仔细端详他，认出是喜儿，不禁放声大哭；跟着喜儿走进大门，只见客堂里金碧辉煌，耀人眼目。一会儿，父亲扶着童仆出来，父子相对悲咽。杨万石这才叙述自己的遭遇。

当初，马介甫带着喜儿到此地，过了几天，就去把杨父找了来，让他们祖孙同居。又聘请教师教喜儿读书。喜儿十五岁考进县学，第二年又中了举人，这才为他办了婚事。马介甫就告别要走。祖孙二人流着眼泪留他。马介甫说："我不是人类，实在是狐仙。我的道友已经等我好久了。"于是就走了。喜儿说起这些往事，不觉伤感起来。因此又想起过去和庶伯母一起受到的残酷虐待，更加伤心，就用车马载着金钱去把王氏赎回来。一年多以后，王氏生了个儿子，杨万石就把她扶为正妻。

尹氏跟着屠夫生活了半年，她还像过去一样蛮横。丈夫火了，用屠刀在她的大腿上扎了个孔，穿上猪毛绳子，把她吊在房梁上，自己扛着肉走了。尹氏拼命喊叫，喉咙都哑了，邻居才知道，给她松绑抽绳。每抽一下绳，尹氏叫痛的声音震动四邻。从此一见到屠夫走来，她就吓得毛骨悚然。后来大腿上的伤口虽然愈合了，但毛绳的断刺还留在肉里，走起路来总不方便。尽管如此，尹氏还要白天黑夜伺候丈夫，不敢丝毫偷懒。屠夫的脾气强横暴躁，每次喝醉酒回家，就又打又骂毫不讲理。到了这时，尹氏才认识到自己过去对待别人，也正是这样的。

有一天，喜儿的夫人和伯母王氏一起到普陀寺烧香，附近村里的农妇，都来拜见。尹氏也在人群中，怅惘地站在那里不敢上前。

王氏故意问道："这是谁呀？"仆人上前禀告："张屠夫的妻子。"又呵责她上前向太夫人磕头。王氏笑着说："这个女人嫁了屠夫，肉一定不会少吃，怎么瘦弱得这模样呢？"尹氏又愧又恨，回到家里要上吊自杀，绳不牢，没有死成。屠夫因此更加厌恶她。

一年多以后，屠夫死了。尹氏在路上遇到杨万石，远远望见，双膝跪地而行，泪流不断。杨万石碍着仆人的面，一言不发。回到家里告诉喜儿，想要把尹氏接回来。喜儿坚决不同意。尹氏被乡里人赶了出来，一直无家可归，只好投靠乞丐帮混饭吃。杨万石还常到破庙里去和尹氏相会。喜儿以为伯父的行为有损名誉，就暗地里教乞丐们羞辱他，这才使他断绝了同尹氏来往。此事我不知结果如何，最后几行，是由毕公权撰写的。

异史氏说：怕老婆是普天下男人的通病。然而没想到天地之间竟有杨万石这种人！难道不是咄咄怪事吗？我曾经写过《妙音经》的续篇，谨附录于此，以博各位一笑："我以为天道化生万物，还得靠地理合成；男儿志在四方，尤其要妻子帮助。夫妻同欢，十月呻吟妻独苦；婴儿尿床，三年甘苦母自知。为传宗接代，君子有伉俪之求；看家务操劳，古人有鱼水之爱。但女权之威势过盛，则夫纲之传统不存。始而出言不逊，大骂还能小回嘴；继而敬之如宾，礼往不能以礼还。只因儿女情长，遂使英雄气短。床上坐夜叉，任凭金刚也得认低服小；锅底冒毒烟，就是铁汉也不敢犟头倔脑。砧上的捣衣棒不用它洗衣，专打男人的脊梁；麻姑的长指甲不用它搔痒，专抓丈夫的脸蛋。轻忍重逃，就像孟母训子；妇唱夫随，好似周婆制礼。跳脚拍手，摔盆扔罐，引满街行人看热闹；吵吵嚷嚷，哇里哇啦，把爱妾美婢全赶跑。可恶啊，呼天唤地，披头散发，扑向井边要自杀；可耻啊，装疯卖傻，摇头侧目，伸长头颈要上吊。每当此时，地下已多碎胆，天外更有惊魂。北宫黝那样的勇士未必不逃，孟施舍那样的硬汉岂能无惧！大将军气壮如牛，一进中庭，豪气不知去向；官老爷面若冰霜，一到卧房，顿时低眉顺眼。难道果真妇女脂粉之气，不必发作就威慑一切吗？那么为何堂堂七尺之躯，一见老婆就不寒而栗呢？还可理解的是：漂亮如仙女下凡，何妨俯伏顺从？最难忍受的是：蓬发像丑鬼出世，也要香花供养。闻'河东狮吼'，就仰面摔倒在地；听母鸡司晨，快拜倒石榴裙下。登徒子好色忘丑，《回波词》怕妇成嘲。岳父显贵，自己沾光，巴结老婆还事出有因；丈人平庸，不免奴役，上门女婿又所求何物？穷鬼自惭形秽，任凭摧残花枝，只求泼妇包涵，不必争执；财神有钱有势，竟也泼翻醋瓮，难请孔方帮忙，这又何苦！难道管束游子散漫之心，仅这鸟道？消磨丈夫英雄之气，惟此鸿沟？生则同衾，死则同穴，何尝有《白头》之叹；朝也行云，暮也行雨，还是要独占后房。有情人不能相会，空按捺一腔幽情；可人儿命运不佳，深夜里独守空房。金蝉脱壳，鹭鸶踏滩，幸骊龙正呼呼大睡；挥动麈尾，驱赶牛车，恨老牛还走得太慢。故布疑阵，床上共寝之人，打去方知是阿舅；妙耍掉包，久系身边之夫，醒来竟然成白羊。欢爱仅片刻，贻害却无穷。花钱买笑，而成自作之孽，太甲所谓不可活；俯首贴耳，还受无谓之罚，李阳也说不应该。酸风凛冽，吹残多少绣阁春情；醋海汪洋，淹没多少情场风月。有时忽遇盛会，良朋满座。好酒藏而不出，内房出逐客之令；老友疏而不来，外事呈绝交之势。甚而兄弟分家，追悔流泪也无济于事；丧妻再娶，前妻子女便遭受虐待。所以唐代的阳城，三兄弟同堂饮酒，都是独身；汉代的商子，七十岁牧猪吹竽，不讨老婆。古人所以如此，心有难言之痛了！唉！终身伴侣，反成附骨毒瘤；娶妻彩礼，竟买一场灾祸。须硬如戟的陈季常，不免怕老婆；胆大如斗的男子汉，还有哪一个？固然不敢杀掉老婆，埋在马槽下，以断绝祸根；又有谁能自处宫刑，关在暖房里，来斩除孽本？娘子军恣行凶暴，苦于治妒没有良药；雌老虎害死生灵，幸亏迷津还有渡舟。那就得深夜烧香，使忌妒的心理逐渐平静；清晨念经，叫横暴的怒火逐渐平息。夫妻间极乐之境，是比翼双栖，夫妻间口舌之争，也在青莲并蒂。要在净土国消除烦恼，就得在爱河边参禅修道。咦，愿这几章经文，化为一滴甘露！”

魁　星

郓城张济宇，卧而未寐，忽见光明满室。惊视之，一鬼执笔立，若魁星状。急起拜叩。光亦寻灭。

由此自负，以为元魁之先兆也。后竟落拓无成；家亦雕落，骨肉相继死，惟生一人存焉。彼魁星者，何以不为福而为祸也？

【译文】

山东郓城人张济宇，躺下还没睡着，忽然看见光把整个房间照亮了。他吃惊地坐起来看，只见一个鬼拿着笔站着，好像主持文运之神魁星的模样。他急忙起身叩头下拜。光亮也很快消失了。

从此，张济宇很自负，以为是中状元的好兆头。但他后来却穷困失意，一事无成，家境也破落了，亲骨肉相继死亡，只有他一个人还活着。那位魁星之神，为什么不赐来好运，反而降下灾祸呢？

库　将　军

库大有，字君实，汉中洋县人。以武举隶祖述舜麾下。祖厚遇之，屡蒙拔擢，迁伪周总戎。后觉大势既去，潜以兵乘祖。祖格拒伤手，因就缚之，纳款于总督蔡。

至都，梦至冥司，冥王怒其不义，命鬼以沸油浇其足。既醒，足痛不可忍。后肿溃，指尽堕。又益之疟。辄呼曰：“我诚负义！”遂死。

异史氏曰：事伪朝固不足言忠；然国士庸人，因知为报，贤豪之自命宜尔也。是诚可以惕天下之人臣而怀二心者矣。

【译文】

库大有，字君实，陕西汉中府洋县人。武举出身，在祖述舜麾下效力。祖述舜待他很好，多次提拔他，升为吴三桂所建伪周的总兵。后来，库大有觉得伪周大势已去，就偷偷地手持兵器前去偷袭祖述舜。在搏斗中，祖述舜伤了手，库大有就把他捆绑了，投降了蔡总督。

到了京师，库大有梦见自己来到了阴曹地府，阎王爷对他的不义之举大为恼怒，命小鬼用沸油浇他的脚；醒来时，脚痛得无法忍受。后来又肿又烂，脚指头一个一个掉光了。偏偏这时又染上了疟疾，库大有每每呼喊："我确实不仗义！"就死了。

异史氏说：为非正统的皇朝效力固然不足以称忠；然而，才能卓越也好，平庸之辈也好，受到赏识就要努力报答，贤才豪杰要求自己应该是这样。这则故事确实可以警戒那些身为人臣却怀有二心的人了。

绛　妃

癸亥岁，余馆于毕刺史公之绰然堂。公家花木最盛，暇辄从公杖履，得恣游赏。

一日，眺览既归，倦极思寝，解屦登床。梦二女郎，被服艳丽，近请曰："有所奉托，敢屈移玉。"余愕然起，问："谁相见召？"曰："绛妃耳。"恍惚不解所谓，遽从之去。

俄睹殿阁，高接云汉。下有石阶，层层而上，约尽百余级，始至颠头。见朱门洞敞，又有二三丽者，趋入通客。无何，诣一殿外，金钩碧箔，光明射眼。内一女人降阶出，环佩锵然，状若贵嫔。方思展拜，妃便先言："敬屈先生，理须首谢。"呼左右以毯贴地，若将行礼。

余惶悚无以为地，因启曰：“草莽微贱，得辱宠召，已有余荣。况敢分庭抗礼，益臣之罪，折臣之福！”妃命撤毯设宴，对筵相向。

酒数行，余辞曰：“臣饮少辄醉，惧有愆仪。教命云何？幸释疑虑。”妃不言，但以巨杯促饮。余屡请命。乃言：“妾，花神也。合家细弱，依栖于此，屡被封家婢子，横见摧残。今欲背城借一，烦君属檄草耳。”余皇然起奏：“臣学陋不文，恐负重托；但承宠命，敢不竭肝鬲之愚。”妃喜，即殿上赐笔札。诸丽者拭案拂座，磨墨濡毫。又一垂髫人，折纸为范，置腕下。略写一两句，便二三辈叠背相窥。余素迟钝，此时觉文思若涌。少间，稿脱，争持去，启呈绛妃。妃展阅一过，颇谓不疵，遂复送余归。醒而忆之，情事宛然。但檄词强半遗忘，因足而成之：

谨按封氏：飞扬成性，忌嫉为心。济恶以才，妬同醉骨；射人于暗，奸类含沙。昔虞帝受其狐媚，英、皇不足解忧，反借渠以解愠；楚王蒙其蛊惑，贤才未能称意，惟得彼以称雄。沛上英雄，云飞而思猛士；茂陵天子，秋高而念佳人。从此怙宠日恣，因而肆狂无忌。怒号万窍，响碎玉于王宫；淜湃中宵，弄寒声于秋树。倏向山林丛里，假虎之威；时于滟滪堆中，生江之浪。且也，帘钩频动，发高阁之清商；檐铁忽敲，破离人之幽梦。寻帷下榻，反同入幕之宾；排闼登堂，竟作翻书之客。不曾于生平识面，直开门户而来；若非是掌上留裙，几掠妃子而去。吐虹丝于碧落，乃敢因月成阑；翻柳浪于青郊，谬说为花寄信。赋归田者，归途才就，飘飘吹薜荔之衣；登高台者，高兴方浓，轻轻落茱萸之帽。蓬梗卷兮上下，三秋之羊角抟空；筝声入乎云霄，百尺之鸢丝断系。不奉太后之诏，欲速花开；未绝座客之缨，竟吹灯灭。甚则扬尘播土，吹平李贺之山；叫雨呼云，卷破杜陵之屋。冯夷起而击鼓，少女进而吹笙。荡漾以来，草皆成偃；吼奔而至，瓦欲为飞。未施抟水之威，浮水江豚时出拜；陡出障天之势，书天雁字不成行。助马当之轻帆，彼有取尔；牵瑶台之翠帐，于意云何？至于海鸟有灵，尚依鲁门以避；但使行人无恙，愿唤尤郎以归。古有贤豪，乘而破者万里；世无高士，御以行者几人？驾炮车之狂云，遂以夜郎自大；恃贪狼之逆气，漫以河伯为尊。

姊妹俱受其摧残，彙族悉为其蹂躏。纷红骇绿，掩苒何穷？擘柳鸣条，萧骚无际。雨零金谷，缀为藉客之裀；露冷华林，去作沾泥之絮。埋香瘞玉，残妆卸而翻飞；朱榭雕栏，杂珮纷其零落。减春光于旦夕，万点正飘愁；觅残红于西东，五更非错恨。翩翻江汉女，弓鞋漫踏春园；寂寞玉楼人，珠勒徒嘶芳草。斯时也：伤春者有难乎为情之怨，寻胜者作无可奈何之歌。尔乃趾高气扬，发无端之踔厉；催蒙振落，动不已之珊珊。伤哉绿树犹存，簌簌者绕墙自落；久矣朱旛不竖，娟娟者霣涕谁怜？堕溷沾篱，毕芳魂于一日；朝荣夕悴，免荼毒以何年？怨罗裳之易开，骂空闻于子夜；讼狂伯之肆虐，章未报于天庭。

诞告芳邻，学作蛾眉之阵；凡属同气，群兴草木之兵。莫言蒲柳无能，但须藩篱有志。且看莺俦燕侣，公覆夺爱之仇；请与蝶友蜂交，共发同心之誓。兰桡桂楫，可教战于昆明；桑盖柳旌，用观兵于上苑。东篱处士，亦出茅庐；大树将军，应怀义愤。杀其气焰，洗千年粉黛之冤；殲尔豪强，销万古风流之恨！

【译文】

康熙二十二年（1683），我在毕刺史家的"绰然堂"内教书。毕公家花草树木最为茂盛，我一有空就跟他游园，有机会尽情观赏。

一天，我游览完毕回到房间，感到疲劳极了，只想睡觉，就脱鞋上床。迷迷糊糊梦见两位女郎，穿得非常鲜艳美丽，走近对我说："有事拜托，请先生走一趟。"我怔怔地坐起来，问道："谁叫我去？"女郎回答说："是绛妃。"我恍惚间搞不清她们说的是谁，就赶紧跟她们去了。

一会儿，只见一座宫殿高耸入云。宫殿下有石阶，一层一层走上去，大约走完一百多级，才到了尽头。只见朱门洞开，又有两三位美丽的女郎进去通报客人已到。不多久，来到一座大殿外面，黄金的帘钩，碧玉的帘子，光芒耀眼。里面一位女子走下台阶出迎，身上环佩锵然有声，看样子像是位贵嫔。正想下拜，这位妃子已经先开口了："劳先生屈驾光临，理应先向你致谢。"便叫手下人铺上拜毯，像要行礼。我惶恐得无地自容，就说："我是卑微低贱之人，承蒙恩宠召见，已经感到过于荣幸，哪里还敢平起平坐以加重自己的罪过、折减自己的福分呢？"妃子命人拿掉拜毯摆上酒宴，同我面对面喝酒。

酒过数巡，我推辞道："我喝一点酒就要醉的，担心醉后失礼。有何见教，万望明白指点以释疑虑。"绛妃不答话，只管用大杯子催我喝酒。我多次请求指教，她这才回答说："我是花神。家人都是细弱之辈，托身此地，屡被狂风横加摧残。今天，我要背城一战，麻烦你为我写一篇宣战的檄文。”我惶惶然起身奏道：“我学识浅薄，文理不佳，深恐辜负重托。但既然接受了光荣的使命，岂敢不尽心竭力?”绛妃大喜，就在殿上赐给笔和纸。几位漂亮的姑娘把几桌和座位擦拭干净，磨浓了墨，蘸饱了笔。又有一位少女将纸折成规定的格式，放在我手腕下。刚写了一两句，就有两三批人重重叠叠围在我背后观看。我素来迟钝，这时反倒觉得文思如涌。顷刻间，文章写好了，旁观的人争着拿去，交给绛妃。绛妃看了一遍，评价很不错，就命人送我回家。醒来之后一回忆，梦中事宛然还在目前。但檄文的内容大半都忘记了。于是补足成篇：

“谨查风神：飞扬跋扈成性，心里充满仇恨。以歪才助恶，妒忌深入骨髓；在暗中害人，奸邪有似鬼蜮。昔日虞舜受其狐媚，女英、娥皇不足使他快乐，只吟南风之歌；楚襄王受其蛊惑，贤人才士未能使他满意，唯称雄风之赋。汉高祖刘邦，因风起云飞而思得猛士；汉武帝刘彻，因秋风归雁而思念佳人。从此恃宠而日益放纵，以致猖狂而无所顾忌。或者怒号于天地之间，把风铎刮得叮当作响；或者澎湃于午夜时分，使秋树发生瑟瑟之声。忽然窜回山林丛莽间，借虎威使山谷生风；有时来到三峡滟滪堆，促江水掀滔天巨浪。况且，帘钩频频摇动，奏出那高阁清凄的商音；檐铁忽然敲去，打破了离人相会的美梦。寻帷上床，反像入帐隐藏的幕宾；推门登堂，竟成胡乱翻书的客人。平生未曾相识，也会开大门直冲进来；掌中若不留裙，差点把皇妃卷掠而去。碧天之上使彩虹成丝，竟敢借月生晕；青郊之外使柳枝翻浪，胡说为花报信。归田隐居者，刚踏归途，飘飘撩起他薜荔做的衣裳；重阳登高者，正当高兴，轻轻吹落他插茱萸的帽子。蓬草梗上下飞舞，三秋羊角空中旋；风筝哨声入云霄，百尺纸鹞断了线。不执行武则天太后的诏令，催百花早早开放；虽未断楚庄王客人的帽缨，将灯烛一一吹灭。更有甚者，扬尘撒土，在李贺笔下把高山吹平；呼风唤雨，把杜甫家中茅屋卷破。激荡河水如击鼓，微风渐来如吹笙。荡漾而来，百草偃伏；吼奔而至，片瓦欲飞。未施翻江之威，江猪出浮参拜；突成障天之势，雁阵不能成行。马当山助王勃一帆清风，或为《滕王阁序》；瑶台上卷美女轻衣翠帐，又因什么居心？至于海鸟有灵，知躲避风灾在鲁国东门暂栖止；只求行人无恙，兴逆风阻舟的石氏女子可停息。古有宗悫，乘长风而破浪万里；今无列子，驾清风而行者几人？因‘炮车云’之继来，夜郎自大；仗贪狼星之逆气，河伯独尊。

姐妹饱受摧残，合族惨遭蹂躏。红花绿叶纷纷乱颤，东倒西歪；柳条花枝摇摇欲折，萧瑟无穷。金谷园里风吹雨打，落花铺成了褥子；华林园里霜寒露冷，飞絮沾污在泥地。香掩玉埋，卸残妆而翻飞；朱榭雕栏，杂环珮而飘零。一片花飞减却春，愁飘万点；树头树底觅残红，怨错五更。翩翩江汉女儿，弓鞋漫步春园，寂寞玉楼美人，骑马寻胜草地。这时：伤春的江汉女儿怀着难乎为情的哀怨，寻胜的玉楼美人发出无可奈何的叹息。你却趾高气扬，莫明其妙手舞足蹈；催开振落，雕谢百花横施淫威。绿树犹存，扑簌簌的残英缤缤纷纷，真是令人悲伤；朱幡不竖，娇滴滴的群花哭哭啼啼，又有谁来可怜？沉沦于粪池，沾惹于樊篱，一缕芳魂从此就算完了；锦簇于早晨，零落于傍晚，免受蹂躏不知要到何年？晋朝的女子唱着《子夜歌》抱怨春风轻薄，并不见丝毫效果；唐朝的韩愈写了《讼风伯》控诉狂风肆虐，也未见上达天庭。

广告芳邻，齐学娘子军；凡我同类，共兴草木兵。莫说‘蒲柳之质’弱不禁风，只有齐心协力众志成城。联合黄莺燕子，同报夺爱之仇；结交蝴蝶蜜蜂，共发同心之誓。兰木之桨桂木之楫，昆明池中训练水军；桑木伞盖柳木旗杆，上林苑中参与阅兵。东篱处士陶潜，出自茅庐当然支持我们；大树将军冯异，钟爱树荫理应同怀义愤。杀掉它嚣张的气焰，洗清千年百花之魂的冤屈；消灭这残暴的豪强，消除万古风流之士的遗恨！”

河间生

河间某生，场中积麦穰如丘，家人日取为薪，洞之。有狐居其中，常与主人相见，老翁也。

一日，屈主人饮，拱生入洞。生难之，强而后入。入则廊舍华好。即坐，茶酒香烈。但日色苍黄，不辨中夕。筵罢既出，景物俱杳。

翁每夜往夙归，人莫能迹。问之，则言友朋招饮。生请与俱，翁不可。固请之，翁始诺。挽生臂，疾如乘风，可炊黍时，至一城市。入酒肆，见坐客良多，聚饮颇哗。乃引生登楼上。下视饮者，几案柈飧，可以指数。翁自下楼，任意取案上酒果，抔来供生，筵中人曾莫之禁。移时，生视一朱衣人前列金橘，命翁取之。翁曰："此正人，不可近。"生默念：狐与我游，必我邪也。自今以往，我必正！方一注想，觉身不自主，眩堕楼下。饮者大骇，相哗以妖。生仰视，竟非楼上，乃梁间耳。以实告众。众审其情确，赠而遣之。问其处，乃鱼台，去河间千里云。

【译文】

河北河间府某生，家里的打谷场上麦秆堆成一座小山，家人每天取麦秆当柴烧，渐渐形成一个洞。有只狐狸住在里面，常常变成一个老翁同主人相见。

一天老翁邀请某生喝酒，拱手请他入洞。某生感到为难，老翁一再坚持，这才勉强进去。进到里面，曲廊房屋华美。就坐，茶香酒美。只是天色青黄，分不清是中午还是傍晚。酒席结束，走出洞来，景物立即杳无踪影。

老翁每天夜出晨回，谁也无法跟踪他。问他，则说是朋友请去喝酒的。某生请求跟他一起去，老翁不肯。某生执意要去，老翁这才答应。他挽着某生的手臂，走起来快如乘风。大约烧一顿饭的功夫，他们来到一座城市。走进酒店，只见座上客很多，聚饮十分喧闹。于是，老翁领某生上楼。从楼上看楼下喝酒的人，桌子酒菜清清楚楚。老翁自个儿走下楼去，随意取桌上的酒和果品，揣在怀里，拿来给某生吃，酒席上的人也没有谁阻止的。过了一会，某生看见一个身穿红色衣服的人面前放着金桔，就叫老翁去取。老翁说；“这个人是正人君子，我不能接近他。”某生暗想：“狐狸同我交朋友，一定是我身上有邪气。从今以后，我一定要改邪归正!”刚一沉思，只觉得身不由己，一阵眩晕掉下楼去。喝酒的客人大吃一惊，沸沸扬扬都说他是妖怪。某生仰头向上一看，竟然并不是什么楼，不过架着一根横梁罢了。于是就把实情告诉了大家。众人核计他所说不假，赠送些钱财让他回家。问当地是什么地方，原来是山东鱼台县，离河北河间府有千里之远。

云　翠　仙

梁有才，故晋人，流寓于济，作小负贩。无妻子田产。

从村人登岱。岱，四月交，香侣杂沓。又有优婆夷、塞，率众男子以百十，杂跪神座下，视香炷为度，名曰“跪香”。才视众中有女郎，年十七八而美，悦之。诈为香客，近女郎跪；又伪为膝困无力状，故以手据女郎足。女回首似嗔，膝行而远之。才又膝行近之；少间，又据之。女郎觉，遽起，不跪，出门去。才亦起，出履其迹，不知其往。

心无望，怏怏而行。途中见女郎从媪，似为女也母者。才趋之。媪女行且语。媪云：“汝能参礼娘娘，大好事！汝又无弟妹，但获娘娘冥加护，护汝得快婿，但能相孝顺，都不必贵公子、富王孙也。”才窃喜，渐渍诘媪。媪自言为云氏，女名翠仙，其出也。家西山四十里。才曰：“山路濇，母如此蹜蹜，妹如此纤纤，何能便至?”曰:“日已晚,将寄舅家宿耳。”才曰:“适言相婿,不以贫嫌,不以贱鄙,我又未婚,颇当母意否?”媪以问女,女不应。媪数问,女曰:“渠寡福,又荡无行,轻薄之心,还易翻覆。儿不能为遢伎儿作妇!”才闻,朴诚自表,切矢皦日。媪喜,竟诺之。女不乐,勃然而已。母又强拍咻之。才殷勤,手于橐,觅山兜二,舁媪及女。己步从,若为仆。过隘,辄诃兜夫不得颠摇动,良殷。

俄抵村舍,便邀才同入舅家。舅出翁,妗出媪也。云兄之嫂之。谓:“才吾婿。日适良,不须别择,便取今夕。”舅亦喜,出酒肴饵才。既,严妆翠仙出,拂榻促眠。女曰:“我固知郎不义,迫母命,漫相随。郎若人也,当不须忧偕活。”才唯唯听受。明日早起,母谓才:“宜先去,我以女继至。”

才归,扫户闼。媪果送女至。入视室中,虚无有。便云:“似此何能自给?老身速归,当小助汝辛苦。”遂去。次日,有男女数辈,各携服食器具,布一室满之。不饭俱去,但留一婢。

才由此坐温饱,惟日引里无赖,朋饮竞赌,渐盗女郎簪珥佐博。女劝之,不听;颇不耐之,惟严守箱奁,如防寇。

一日,博党款门访才,窥见女,适适惊。戏谓才曰:“子大富贵,何忧贫耶?”才问故。答曰:“曩见夫人,实仙人也。适与子家道不相称。货为媵,金可得百;为妓,可得千。千金在室,而听饮博无赀耶?”才不言,而心然之。归辄向女欷歔,时时言贫不可度。女不顾,才频频击桌，抛匕箸，骂婢，作诸态。

一夕，女沽酒与饮。忽曰："郎以贫故，日焦心。我又不能御穷，分郎忧，中岂不愧怍？但无长物，止有此婢，鬻之，可稍稍佐经营。"才摇首曰："其直几许！"又饮少时，女曰："妾于郎，有何不相承？但力竭耳。念一贫如此，便死相从，不过均此百年苦，有何发迹？不如以妾鬻贵家，两所便益，得直或较婢多。"才故愕言："何得至此！"女固言之，色作庄。才喜曰："容再计之。"遂缘中贵人，货隶乐籍。

中贵人亲诣才，见女大悦。恐不能即得，立券八百缗，事滨就矣。女曰："母日以婿家贫，常常萦念，今意断矣，我将暂归省；且郎与妾绝，何得不告母？"才虑母阻。女曰："我顾自乐之，保无差贷。"才从之。

夜将半，始抵母家。挝阖入，见楼舍华好，婢仆辈往来憧憧。才日与女居，每请诣母，女辄止之，故为甥馆年余，曾未一临岳家。至此大骇，以其家巨，恐媵妓所不甘也。女引才登楼上。媪惊问夫妻何来。女怨曰："我固道渠不义，今果然！"乃于衣底出黄金二铤置几上，曰："幸不为小人赚脱，今仍以还母。"母骇问故。女曰："渠将鬻我，故藏金无用处。"乃指才骂曰："豺鼠子！曩日负肩担，面沾尘如鬼。初近我，熏熏作汗腥，肤垢欲倾塌，足手皴一寸厚，使人终夜恶。自我归汝家，安坐餐饭，鬼皮始脱。母在前，我岂诬耶？"才垂首，不敢少出气。女又曰："自顾无倾城姿，不堪奉贵人；似若辈男子，我自谓犹相匹。有何亏负，遂无一念香火情？

我岂不能起楼宇、买良沃，念汝儇薄骨、乞丐相，终不是白头侣!”言次，婢妪连衿臂，旋旋围绕之。闻女责数，便都唾骂，共言：“不如杀却，何须复云云!”才大惧，据地自投，但言知悔。女又盛气曰：“鬻妻子已大恶，犹未便是剧；何忍以同衾人赚作娼!”言未已，众眦裂，悉以锐簪翦刀股攒刺胁腂。才号悲乞命。女止之曰：“可暂释却。渠便无仁义，我不忍其觳觫。”乃率众下楼去。

才坐听移时，语声俱寂，思欲潜遁。忽仰视见星汉，东方已白，野色苍莽；灯亦寻灭。并无屋宇，身坐削壁上。俯瞰绝壑，深无底。骇绝，惧堕。身稍移，塌然一声，堕石崩坠。壁半有枯横焉罥，不得堕。以枯受腹，手足无着。下视茫茫，不知几何寻丈。不敢转侧，嗥怖声嘶，一身尽肿，眼耳鼻舌身力俱竭。日渐高，始有樵人望见之；寻绠来，缒而下，取置崖上，奄将溘毙。

舁归其家。至则门洞敞，家荒荒如败寺，床簏什器俱杳，惟有绳床败案，是己家旧物，零落犹存。嗒然自卧。饥时，日一乞食于邻。既而肿溃为癞。里党薄其行，悉唾弃之。才无计，货屋而穴居，行乞于道，以刀自随。或劝以刀易饵，才不肯曰：“野居防虎狼，用自卫耳。”

后遇向劝鬻妻者于途，近而哀语，遽出刀摮而杀之，遂被收。官廉得其情，亦未忍酷虐之，系狱中，寻瘐死。

异史氏曰：得远山芙蓉，与共四壁，与以南面王岂易哉！己则非人，而怨逢恶之友；故为友者不可不知戒也。凡狭邪子诱人淫博，为诸不义，其事不败，虽则不怨亦不德。迨于身无襦，妇无裤，千人所指，无疾将死，穷败之念，无时不萦于心，穷败之恨，无时不切于齿；清夜牛衣中，辗转不寐。夫然后历历想未落时，历历想将落时，又历历想致落之故，而因以及发端致落之人。至于此，弱者起，拥絮坐诅；强者忍冻裸行，篝火索刀，霍霍磨之，不待终夜矣。故以善规人，如赠橄榄；以恶诱人，如馈漏脯也。听者固当省，言者可勿惧哉！

【译文】

梁有才原先是山西人，流落到山东济南府，做小贩为生。没有妻儿田产。

有一天，梁有才跟着村里人登泰山。每年四月，泰山上乱哄哄的都是香客。还有一群善男信女，领着成百的男子，乱纷纷跪在佛像前，要等一炷香烧完才起来，叫做“跪香”。梁有才看到人群中有一位女郎，年纪才十七八岁，长得又美，心里喜欢她，就装成香客，跪在女郎旁边；又假装腿酸无力，故意用手按在女郎的脚上。女郎回过头来，似乎有责怪的意思，跪着移了几步避开他。梁有才又用膝盖移了几步靠近她；过了一会儿，又把手按在女郎的脚上。女郎觉察后，立即站起身，不再跪香了，走出门去。梁有才也站起身来，出门跟踪，但已不知所往。

梁有才感到没望了，怏怏地走着。半路上只见女郎跟着一位老太太，好像是她母亲。梁有才急忙赶上去。母女俩一边走一边说着话。老太太说：“你能给娘娘烧香叩头，真是太好了！你又没有弟妹，只盼冥冥之中能得到娘娘的保佑，保佑你嫁一个好丈夫。只要互相能孝顺长辈，不一定要嫁富贵人家的公子哥儿。”梁有才暗暗高兴，渐渐问起老太太的家事。老太太自称云氏，女郎名翠仙，是她的亲生女儿。家住在山西边四十里的地方。梁有才说：“山路坎坷，老妈妈如此跌跌撞撞，这位妹妹的身体又这般单薄，怎么能一下子到家呢？”老妈妈说：“天色已晚，我们要在她舅舅家寄宿一夜。”梁有才说：“刚才听您说找女婿不嫌贫穷，不计低微，我正好没结婚，不知是否中您老人家的意?”老太太问女儿，女儿不回答。老太太又问了好几次，女郎说：“这人福分少，又放荡缺德，生性轻薄，容易翻脸无情。女儿不能嫁给薄情郎做妻子!”梁有才一听这话，赶紧表白自己老实、诚恳，还指天发誓。老太太一高兴，竟答应了。女儿郁郁不乐，也只能沉着脸罢了。老妈妈又执拗地拍着女郎的背哄她。梁有才赶紧献殷勤，掏钱包雇了两架山兜，抬着老妈妈和她女儿赶路。自己徒步跟在后面，像个仆人。每经过危险的路段，梁有才就呵斥抬山兜的农夫，不许他们颠簸摇晃，照顾得非常周到。

一会儿到了一个村庄，老太太邀请梁有才一起到女郎的舅舅家去。舅舅走出来，是一位老公公；舅母走出来，是一位老太太。云氏叫他俩哥哥、嫂嫂，说：“梁有才是我女婿。今天正是好日子，不必再另选吉日，就在今晚让他俩结婚。”舅舅也很高兴，取出酒菜款待梁有才。喝完酒，把翠仙盛妆打扮了送出来，掸了掸床催他们早睡。翠仙说：“我知道你是个无情无义的人，迫于母命，只好胡乱跟了你。你如果是个人，当不必担心在一起过活。”梁有才唯唯诺诺，洗耳恭听。

第二天早晨起来，老太太对梁有才说：“你最好先走，我带着女儿随后就到。”梁有才回到家里，立即打扫房间。老太太果然把女儿送来了，走进屋里一看，一无所有，就说：“像这模样怎能养家活口？我得赶快回去，稍稍帮你解决一点困难。”于是就走了。第二天，有几个男的女的，各拿着衣服、粮食和日常用具来，把房间都摆满了。饭也不吃，就都走了，只留下一个婢女。

梁有才从此坐享温饱，只是每天把附近的一批无赖招来，一起酗酒赌博，渐渐地发展到偷妻子簪子耳环之类的东西作赌资。翠仙劝他，他不听。翠仙也不耐烦多费口舌，只牢牢守住自己的箱子，像防备盗贼一样。

一天，一批赌友到家里来拜访梁有才，偷看到翠仙，大吃一惊。他们同梁有才开玩笑道：“你大富大贵了，还担心什么贫穷呢!”梁有才问原因，赌友回答说：“前些时看见你家夫人，真是仙女下凡，同你现在的家境实在不相称。如果你把她卖给别人做妾，可得百金；卖给妓院做妓女，可得千金。你把千金藏在家里，还担心喝酒赌博没钱吗?”梁有才嘴里不说，心里赞成。回到家里，常对妻子唉声叹气，老是说穷得没法过日子。翠仙不理他，他就频频敲桌子，扔筷子，骂婢女，作出种种丑态。

一天晚上，翠仙买了酒同丈夫对饮，忽然说道：“夫君因为贫穷的缘故，天天心急如焚。而我又不会赚钱来为你分忧，心里岂有不感到惭愧的道理？我没有什么多余的东西，只有这个婢女，把她卖了，或许可以稍微贴补一点家用。”梁有才摇摇头说：“这丫头能值多少钱?”又饮了一会儿，翠仙说：“我有什么事不可以帮你分担的呢？只是我没有这个力量罢了。想想穷到这种地步，即便我至死跟着你，到头来不过是两人一起受一辈子苦，有什么发财的机会呢？倒不如把我卖给富贵人家，这样双方都有好处，得到的钱财或许比卖婢女要多。”梁有才故意惊讶地说：“哪里到这个地步!”翠仙一再坚持，脸色变得一本正经。梁有才高兴地说：“让我再想想。”于是就通过得宠的太监把妻子卖给官府作乐妓。

那个太监亲自来到梁有才家，看见翠仙的姿色大为高兴。唯恐不能马上得到，就写下了一张出价八百贯的契约，事情眼看就要成了。这时翠仙说：“我母亲因为女婿家贫穷，常常牵挂我。现在，我们母女的情分要断了，我要回娘家几天看望母亲；而且，你同我一刀两断了，怎能不告诉母亲呢?”梁有才怕岳母阻拦。翠仙说：“我自己乐意的事，保险不会出错。”梁有才只好同意。

将近半夜到达岳母家。梁有才叩开门进去一看，只见楼房精美，婢女仆人匆匆忙忙走来走去。梁有才平时同翠仙生活在一起，每当他要去拜见岳母时，翠仙就阻止，所以当了人家一年多的女婿，从没去过岳母家。到这时，梁有才大吃一惊，因为翠仙娘家资财万贯，怕不肯让翠仙去做小老婆或妓女。翠仙领他上楼，云老太太吃惊地问小夫妻俩为何而来。翠仙埋怨道：“我早就说这个人无情无义，如今果然如此。”于是从衣服里取出两锭黄金放在桌上，说：“幸亏没被这个无耻小人骗走，今天原物还给母亲。”老太太吃惊地询问原因，翠仙说：“他要卖我，所以藏着金子也没有用处。”于是指着梁有才骂道：“你这个畜生！过去，你肩上挑着担子，脸上沾满灰尘，活像个鬼。刚接近我时，身上一股臭烘烘的汗味，皮肤上的污垢一层又一层，手脚皴裂的口子有一寸深，让人整夜讨厌。自从我嫁到你家，你坐下吃太平饭，身上那层鬼皮才脱掉。母亲在这里，我难道有一句话诬蔑你吗?”梁有才低着头，连气也不敢出。翠仙又说：“我自知没有倾国倾城的美貌，不配侍奉贵人；但像你这样的男人，我敢说还配得上。我有哪一点亏待了你，你就这样一点不念夫妻之情？我并不是造不起楼房，买不起良田，想想你那副轻骨头、讨饭相，终究不是白头到老的伴侣!”翠仙说到这里，丫环仆妇们已经手挽手，把梁有才团团围住。听见翠仙骂梁有才，便一起唾骂，齐声说：“不如把他杀了，何必多说!”梁有才害怕极了，趴在地上磕头，嘴里不停地说知道悔过了。翠仙又怒气冲冲地说：“卖妻子已经是够坏了，但还没有坏到顶点；你怎么竟忍心欺骗同床共枕的妻子去当妓女呢?”话音未落，众人气得眼眶都瞪裂，一起用尖尖的头簪、剪刀股攒刺梁有才的胸脯脚髁。梁有才哀叫着乞求饶命。翠仙劝阻道：“暂且放了他。即便他无情无义，我还不忍心看他发抖。”说罢就带领众人下楼去了。

梁有才坐着听了好一会，四面人声俱无，心里想逃走。忽然朝天看见星光银河，东方已经破晓，四野苍茫一片，灯烛也熄灭了，并不见刚才的房屋，自己原来坐在悬崖峭壁上。俯视山谷，深不见底。梁有才吓得要死，生怕掉下去。身子刚一挪动，只听轰的一声，身子下的山石崩塌了。峭壁的半腰横着一棵枯树，正巧把梁有才挂住，这才没掉下去。枯树只托住腹部，手脚都悬空没有着落。朝下一看，茫茫一片，不知有多少丈深。又不敢翻身，只好声嘶力竭喊救命，折腾得全身浮肿，精疲力尽。太阳渐渐升高了，这才被几个打柴的看见。他们找来了绳子，往下吊到半山腰，把梁有才拖到崖上，已经奄奄待毙了。

樵夫们把梁有才抬到他家里，只见大门敞开，房子像破庙一样荒凉，大床、箱子等家具都不见了，只有一张绳床，一只破桌子，是他家旧物，七零八落还留在那儿。梁有才垂头丧气独自躺在床上。肚子饿时，每天到邻居家去讨一次吃的。不久，身上肿的地方溃烂成疮。乡亲们鄙视他的为人，都唾弃他。梁有才没办法，只好卖了房子住在山洞里，沿街乞讨，随身还带了把刀。有人劝他把刀卖了换饭吃，梁有才不肯，说：“在野外居住要防备虎狼，刀是用来自卫的。”

后来，梁有才在路上遇到以前劝自己卖老婆的人，就走近他可怜巴巴地说话。突然拔出刀来把那人杀了。于是梁有才被抓起来。官府查得实情，也不忍心对他处以酷刑，只关在牢里。不久就生病死了。

异史氏说：能得到眉如远山、面如芙蓉的佳人，同她生活在一起，即使贫苦，拿国王的地位来做交换难道肯吗？自己禽兽不如，而迁怒于迎合作恶的狐朋狗友，所以做别人朋友的，不可不心知儆戒啊。凡浪荡子弟引诱别人吃喝嫖赌，干出种种坏事，下水的人若不到山穷水尽的地步，虽说不会怀恨，至少也不会感恩。等到他身上当光了衣服，老婆穿不起裤子，千人谴责，无病也难活，这时穷困败落的苦恼无时不萦绕心头，穷途末路的怨恨无时不形于颜色，半夜躺在麻草编成的牛衣之下，就会翻来覆去，不能成眠。于是他会一一想起困败前的过去，一一想起没落的经过，又一一想起倒霉的原因，自然而然想到导致自己落魄的罪魁祸首。到了这一步，懦弱的会裹着破被翻身坐起极口詈骂；强硬的便忍着寒冷，赤着身子，点火寻出刀来，霍霍地磨得雪亮，那报复的念头便再也等不及天亮了。所以劝人为善，就像赠送先苦后甜的橄榄果；诱人作恶，就像赠送致人死地的毒肉干。受人引诱的固然应当认真思考，而出言的一方能够不小心谨慎吗？

跳　神

济俗：民间有病者，闺中以神卜。倩老巫击铁环单面鼓，婆娑作态，名曰“跳神”。

而此俗都中尤盛。良家少妇，时自为之。堂中肉于案，酒于盆，甚设几上。烧巨烛，明于昼。妇束短幅裙，屈一足，作“商羊舞”。两人捉臂，左右扶掖之。妇刺刺琐絮，似歌，又似祝；字多寡参差，无律带腔。室数鼓乱挝如雷，蓬蓬聒人耳。妇吻辟翕，杂鼓声，不甚辨了。既而首垂，目斜睨；立全须人，失扶则仆。旋忽伸颈巨跃，离地尺有咫。室中诸女子，凛然愕顾曰："祖宗来吃食矣。"便一嘘，吹灯灭，内外冥黑。人慄息立暗中，无敢交一语；语亦不得闻，鼓声乱也。食顷，闻妇厉声呼翁姑及夫嫂小字，始共爇烛，伛偻问休咎。视尊中，盎中，案中，都复空空。望颜色，察嗔喜。肃肃罗问之，答若响。中有腹诽者、神已知，便指某姗笑我，大不敬，将褫汝裤。诽者自顾，莹然已裸，辄于门外树头觅得之。

满洲妇女，奉事尤虔。小有疑，必以决。时严妆，骑假虎假马，执长兵，舞榻上，名曰"跳虎神"。马虎势作威怒，尸者声伧佇。或言关、张、玄坛，不一号。赫气惨凛，尤能畏怖人。有丈夫穴窗来窥，辄被长兵破窗刺帽，挑入去。一家媪媳姊若妹，森森蹜蹜，雁行立，无岐念，无懈骨。

【译文】

山东济宁一带的风俗：民间有人生了病，他的妻子就在家里求神问卜；还要请老巫婆来敲铁环单面鼓，婆娑起舞，装模作样，称为"跳神"。

这种风俗，京城里尤其盛行。规矩人家的少妇，常常亲自"跳神"。在堂屋里，她们把肉放在食盘上，把酒倒在盆里，甚至堆满一桌；再点燃巨大的蜡烛，把屋子照得比白天还亮。妇人系上短裙，屈起一条腿，跳起了"商羊舞"。旁边两人捉住她的手臂，一左一右夹持着。妇人口中念念有词，絮絮叨叨，好像在唱歌，又好像在念咒；字句有多有少，参差不齐，不讲韵律，却自成一种腔调。屋子里好几面鼓擂得声如响雷，"蓬！蓬！蓬！"吵得人耳根不得清静。妇人的嘴一开一合，鼓声相杂，听不大清楚。然后，低垂着头，眼睛斜视，站立全得靠人搀扶，不然就要跌倒。不一会儿，突然伸长头颈狂跳，离地有一尺多高，屋里的女人们神情紧张地看着她说："老祖宗来吃饭啦！"于是，"噗"的一声把灯吹灭，屋里屋外一片漆黑。众人胆战心惊站在黑暗里，不敢说一句话；但即使说话，声音也听不清，因为鼓声太乱了。约一顿饭功夫，只听妇人厉声呼叫公婆和丈夫、嫂嫂的小名，众人这才一起点燃蜡烛，哈腰问她是吉是凶。一看酒盅、碗盆、盘架上，都空空如也。再观望妇人的脸色，察看她的表情，恭恭敬敬地问这问那。众人问一句，妇人答一句。人群中有人暗暗不信，这时神已经知道了，妇人便指出"某人讪笑我，对神不恭敬，要把你的裤子脱了"。那个心里不信的人一看自己身上，光光的已被脱去了裤子，总要到门外的树梢上才找得到。

满族妇女对"跳神"尤其相信，遇事稍有拿不定主意，一定要靠"跳神"来决定。这时，她们打扮得整整齐齐，骑着假虎、假马，手执长长的兵器，在榻上舞动，叫做"跳虎神"。假马假虎的样子很凶，装神的人叫喊的声音又粗重。也有人叫做"跳关帝"、"跳张飞"、"跳玄坛"的，名称各有不同，杀气腾腾，尤其吓人。如有男人在窗户上挖了个洞偷看，往往就被里面的长兵器破窗刺中帽子，挑了进去。一家之中婆、媳、姊、妹这班妇女们，抖抖缩缩，呆立成行，心无邪念，不敢稍有懈怠。

铁布衫法

沙回子，得铁布衫大力法。骈其指，力斫之，可断牛项；横搠之，可洞牛腹。曾在仇公子彭三家，悬木于空，遣两健仆极力撑去，猛反之；沙裸腹受木，砰然一声，木去远矣。又出其势，即石上，以木椎力击之，无少损；但畏刀耳。

【译文】

有个叫沙回子的人，学得一种“铁布衫”的大力功法。他把手指并拢，用力往下一砍，可以砍断牛的头颈；横里一捅，可以穿透牛的肚子。他在仇彭三公子家里，曾把一根大木头悬挂在空中，命两个健壮的仆人把木头尽全力推过去，再让它猛地一下反击过来。沙回子裸露出腹部来承受那根木头，只听“砰”的一声，木头被弹出很远。沙回子又把他的生殖器露出来，放在石头上，用木椎用力捶击，丝毫未见损伤；不过，那玩意儿对刀还是怕的。

大力将军

查伊璜，浙人。清明饮野寺中，见殿前有古钟，大于两石瓮；而上下土痕手迹，滑然如新。疑之。俯窥其下，有竹筐受八升许，不知所贮何物。使数人抠耳，力掀举之，无少动。益骇。乃坐饮以伺其人。居无何，有乞儿入，携所得糗糒，堆累钟下。乃以一手起钟，一手掬饵置筐内；往返数四，始尽。已复合之，乃去。移时复来，探取食之。食已复探，轻若启椟。一座尽骇。查问：“若男儿胡行乞？”答以：“啗噉多，无傭者。”查以其健，劝投行伍。乞人愀然虑无阶。查遂携归饵之；计其食，略倍五六人。为易衣履，又以五十金赠之行。

后十余年，查犹子令于闽，有吴将军六一者，忽来通谒。款谈间，问：“伊璜是君何人？”答言：“为诸父行。与将军何处有素？”曰：“是我师也。十年之别，颇复忆念。烦致先生一赐临也。”漫应之。自念：叔名贤，何得武弟子？

会伊璜至，因告之。伊璜茫不记忆。因其问讯之殷，即命仆马，投刺于门。将军趋出，逆诸大门之外。视之，殊昧生平。窃疑将军误，而将军伛偻益恭。肃客入，深启三四关，忽见女子往来，知为私廨，屏足立。将军又揖之。少间登堂，则卷帘者，移座者，并皆少姬。既坐，方拟展问，将军颐少动，一姬捧朝服至，将军遽起更衣。查不知其何为。众姬捉袖整衿讫，先命数人捺查座上不使动，而后朝拜，如觐君父。查大愕，莫解所以。拜已，以便服侍坐。笑曰："先生不忆举钟之乞人耶？"查乃悟。既而华筵高列，家乐作于下。酒阑，群姬列侍。将军入室，请衽何趾，乃去。

查醉起迟，将军已于寝门外三问矣。查不自安，辞欲返。将军投辖下钥，锢闭之。见将军日无他作，惟点数姬婢养厮卒，及骡马服用器具，督造记籍，戒无亏漏。查以将军家政，故未深叩。

一日，执籍谓查曰："不才得有今日，悉出高厚之赐。一婢一物，所不敢私，敢以半奉先生。"查愕然不受。将军不听。出藏镪数万，亦两置之。按籍点照，古玩床几，堂内外罗列几满。查固止之，将军不顾。稽婢仆姓名已，即命男为治装，女为敛器，且嘱敬事先生。百声悚应。又亲视姬婢登舆，厩卒捉马骡，阗咽并发，乃返别查。

后查以修史一案，株连被收，卒得免，皆将军力也。

异史氏曰：厚施而不问其名，真侠烈古丈夫哉！而将军之报，其慷慨豪爽，尤千古所仅见。如此胸襟，自不应老于沟渎。以是知两贤之相遇，非偶然也。

【译文】

查伊璜是浙江人。清明节他在野外寺庙里喝酒，看见大殿前有一口古钟，比容量二石的瓮还大；而钟上钟下泥土的痕迹，被手抚摸得像新的一样光滑。查伊璜有点疑心。俯身窥视钟下，只见有一只容积八升左右的筐子，不知道里面藏的是什么东西。就命几个人抠住钟的两耳，使劲往上掀，却纹丝不动。查伊璜更加吃惊，就坐着喝酒，等那筐的主人。不一会儿，有个乞丐进来，带着讨来的干粮，堆放在钟下，然后用一只手抬起钟，一只手抓干粮往筐里放，来去几次才抓完。事毕，又重新把钟合在筐上，这才离去。过了一会儿，乞丐又来了，掀起古钟从筐里掏出干粮就吃，吃完再掏，轻巧得就像打开一只盒子似的。在场的人都惊住了。查伊璜问道："你一个男子汉为什么要做乞丐？"回答说："我饭量太大，没人肯雇我做工。"查伊璜看他长得健壮，劝他从军。乞丐沮丧地担心没有门路。于是查伊璜把他带回去，给他饭吃。算算他的饭量，大约比五六个普通人还多。又给他换了衣服、鞋子，并送他五十两银子让他路上用。

十多年后，查伊璜的侄子在福建做县令，有一位叫吴六一的将军忽然前来拜访。交谈之间，吴六一问："伊璜是你什么人？"答道："是我叔伯辈。他同将军在何处有过交往？"吴六一说："他是我的老师。分别已经十年，我很想念他。烦请转告先生有机会光临寒舍。"查伊璜的侄子随口答应了，心想：叔叔是著名的贤者，怎么会收武人作学生呢？

正巧查伊璜来福建，侄子就把这件事告诉了他。查伊璜茫然毫无记忆。因为那个人诚心诚意来打听问候，查伊璜就命仆人准备车马，到他家递上名帖。吴将军赶快出来，到大门外迎接。查伊璜一看，一点也不认识，暗暗怀疑吴将军记错了，而吴将军弯腰躬背，态度愈加恭敬。他邀请客人入内，走进三四道门。忽见有女子走来走去，查伊璜知道这里是私宅，就止住脚步立在那儿。吴将军又拱手请他进去。一会儿，主客来到大堂，卷帘子的、搬座位的，都是年轻女子。坐定以后，查伊璜正要发问，吴将军下巴颏儿稍稍一动，一女子手捧朝服进来，吴将军即起身换衣服。查伊璜不知道他要干什么。众女子侍候将军伸进袖子，整好衣襟，吴将军先叫几个人将查伊璜按在椅子上不让动弹，然后向他跪拜，就像臣子朝见帝王、儿子拜见父亲一样。查伊璜大为惊愕，不明白怎么回事儿。拜毕，吴将军又换上便服在旁边陪伴，笑着说："先生不记得举钟的乞丐了吗?"查伊璜这才醒悟。接着，吴将军摆开丰盛的筵席，家庭乐队在堂下演奏。酒宴结束，众女子站在一边侍奉客人。吴将军走进卧室，亲自安排好客人的住宿，然后离去。

查伊璜那天喝醉了酒，第二天起得迟，而吴将军早已在卧室门外问候多次了。查伊璜深感不安，告别吴将军要回家。吴将军卸了他的车轮，下了锁把他关在宅里。查伊璜见吴将军整天不干别的事，就是清点家中的姬婢、仆人、士卒，以及骡马、日常用品和器具，催督登记造册，告诫不要有短缺遗漏。因为这是吴将军的家务，所以查伊璜没有细问。

一天，吴将军手拿簿册对查伊璜说："我这个不成器的人能有今天，完全出于先生的恩赐。家中一个婢女、一件器物，我都不敢据为一己所有，请以其中的一半奉献给先生。"查伊璜怔住了，不肯接受。吴将军不听他的，又拿出储藏的数万两银子，也分成两堆。按簿册上登记的一一查点，古玩和床、几等家具，堂内堂外几乎都摆满了。查伊璜坚决阻止，吴将军不管。清点完男女仆人的姓名，吴将军就命男仆为客人整理行装，女仆为客人收拾器物，而且叮嘱他们要好好服侍查先生。百来个仆人恭肃地齐声答应。吴将军又亲自看着姬婢们登上轿子，马夫们牵马拉骡，只听见一片嘈杂之声，这才回身同查伊璜告别。

后来，查伊璜因修《明史》案被株连入狱，最后得以免罪，全赖吴将军大力保护。

异史氏说：施人以厚恩而不问其名，真有古代侠义刚烈的大丈夫胸怀！而将军的报答，慷慨豪爽，尤其是千古仅此一见。这样的胸襟气度，自然不会一生默默无闻。由此可知两个贤人的相遇，并不是偶然的。

白 莲 教

白莲盗首徐鸿儒，得左道之书，能役鬼神。小试之，观者尽骇。走门下者如鹜。于是阴怀不轨。因出一镜，言能鉴人终身。悬于庭，令人自照，或幞头，或纱帽，绣衣貂蝉，现形不一。人益怪愕。由是道路摇播，踵门求鉴者，挥汗相属。徐乃宣言："凡镜中文武贵官，皆如来佛注定龙华会中人。各宜努力，勿得退缩。"因亦对众自照，则冕旒龙衮，俨然王者。众相视而惊，大众齐伏。徐乃建旂秉钺，罔不欢跃相从，冀符所照。不数月，聚党以万计，滕、峄一带，望风而靡。

后大兵进剿，有彭都司者，长山人，艺勇绝伦。寇出二垂髫女与战。女俱双刃，利如霜；骑大马，喷嘶甚怒。飘忽盘旋，自晨达暮，彼不能伤彭，彭亦不能捷也。如此三日，彭觉筋力俱竭，哮喘而卒。迨鸿儒既诛，捉贼党械问之，始知刃乃木刀，骑乃木凳也。假兵马死真将军，亦奇矣！

【译文】

白莲教的首领徐鸿儒得到一本邪书，能驱使鬼神。小试一下，看的人都惊住了。成群的人争着投奔到他门下，他就在这时暗暗起了图谋不轨的念头。于是拿出一面镜子，说能够照出人的一生结局，把它悬挂在庭院里，让人们自己照，有的幞头，有的纱帽，有的绣衣，有的武冠，显出的形象都不一样。人们更感惊奇。从此消息越传越远，登门求照镜子的人接踵而来。徐鸿儒就宣布说："凡是镜子中显现出文武贵官形象的，都是如来佛注定要入龙华会的人。各自应该努力，不得退缩。”于是他也当众自己照，镜子中显现出头戴皇冠、身穿龙袍的形象，俨然是一个帝王。众人你看我我看你，都感到吃惊，大家一起拜倒在地。徐鸿儒就树旂执钺，摆起帝王的排场，众人无不欢跳着跟从他，希望符合镜子中显现的形象。没几个月，聚众数万，山东滕县、峄县一带的人望风归顺。

后来官兵征剿，有个姓彭的都司，是山东长山人，武艺胆量无人能及。白莲教派出两个少女同他对战。少女都舞双刀，锋利雪亮，骑高头大马，喷鼻怒鸣。双方来来往往，忽左忽右，从早晨直到傍晚，少女不能伤彭都司，彭都司也胜不了。这样打了三天，彭都司觉得精疲力尽，气喘不止而死。直到徐鸿儒被诛，捉住贼党拷问，才知两个少女的刀是木刀，马是木凳。假的兵器马匹能战死真的将军，也是奇事！

颜　氏

顺天某生，家贫，值岁饥，从父之洛。性钝，年十七，裁能成幅。而丰仪秀美，能雅谑，善尺牍。见者不知其中之无有也。无何，父母继殁，孑然一身，授童蒙于洛汭。

时村中颜氏有孤女，名士裔也。少惠。父在时，尝教之读，一过辄记不忘。十数岁，学父吟咏。父曰：“吾家有女学士，惜不弁耳。”钟爱之，期择贵婿。父卒，母执此志，三年不遂，而母又卒。或劝适佳士，女然之而未就也。

适邻妇逾垣来，就与攀谈。以字纸裹绣线，女启视，则某手翰，寄邻生者。反复之而好焉。邻妇窥其意，私语曰：“此翩翩一美少年，孤与卿等，年相若也。倘能垂意，妾嘱渠侬腼合之。”女脉脉不语。妇归，以意授夫。邻生故与生善，告之，大悦。有母遗金鸦镮，托委致焉。

刻日成礼，鱼水甚欢。及睹生文，笑曰：“文与卿似是两人，如此，何日可成？”朝夕劝生研读，严如师友。敛昏，先挑烛据案自哦，为丈夫率，听漏三下，乃已。如是年余，生制艺颇通；而再试再黜，身名蹇落，饔飧不给，抚情寂漠，嗷嗷悲泣。女诃之曰：“君非丈夫，负此弁耳！使我易髻而冠，青紫直芥视之！”生方懊丧，闻妻言，睒暘而怒曰：“闺中人，身不到场屋，便以功名富贵似汝厨下汲水炊白粥；若冠加于顶，恐亦犹人耳！”女笑曰：“君勿怒。俟试期，妾请易装相代。倘落拓如君，当不敢复藐天下士矣。”生亦笑曰：“卿自不知蘖苦，真宜使请尝试之。但恐绽露，为乡邻笑耳。”女曰：“妾非戏语。君尝言燕有故庐，请男装从君归，伪为弟。君以襁褓出，谁得辨其非？”生从之。女入房，巾服而出，曰：“视妾可作男儿否？”生视之，俨然一顾影少年也。生喜，遍辞里社。交好者薄有馈遗，买一羸蹇，御妻而归。

生叔兄尚在，见两弟如冠玉，甚喜，晨夕恤顾之。又见宵旰攻苦，倍益爱敬。雇一剪发雏奴，为供给使。暮后，辄遣去之。乡中吊庆，兄自出周旋；弟惟下帷读。居半年，罕有睹其面者。客或请见，兄辄代辞。读其文，瞲然骇异。或排闼而迫之，一揖便亡去。客睹丰采，又共倾慕。由此名大噪，世家争愿赘焉。叔兄商之，惟辗然笑。再强之，则言：“矢志青云，不及第，不婚也。”

会学使案临，两人并出。兄又落。弟以冠军应试，中顺天第四；明年成进士；授桐城令，有吏治；寻迁河南道掌印御史，富埒王侯。因托疾乞骸骨，赐归田里。

宾客填门，迄谢不纳。又自诸生以及显贵，并不言娶，人无不怪之者。归后，渐置婢。或疑其私；嫂察之，殊无苟且。

无何，明鼎革，天下大乱。乃谓嫂曰："实相告：我小郎妇也。以男子阘茸，不能自立，负气自为之。深恐播扬，致天子召问，贻笑海内耳。"嫂不信。脱靴而示之足，始愕；视靴中，则败絮满焉。于是使生承其衔，仍闭门而雌伏矣。

而生平不孕，遂出赀购妾。谓生曰："凡人置身通显，则买姬媵以自奉；我宦迹十年，犹一身耳。君何福泽，坐享佳丽？"生曰："面首三十人，请卿自置耳。"相传为笑。

是时生父母，屡受覃恩矣。搢绅拜往，尊生以侍御礼。生羞袭闺衔，惟以诸生自安，终身未尝舆盖云。

异史氏曰：翁姑受封于新妇，可谓奇矣。然侍御而夫人也者，何时无之？但夫人而侍御者少耳。天下冠儒冠、称丈夫者，皆愧死矣！

【译文】

顺天府某生，家境贫困，那年正遇荒年，跟父亲到洛阳。他天性愚钝，十七岁还不能写成一篇完整的八股文；而相貌秀美，诙谐幽默，擅长写信，见到的人看不出他胸中没有才学。不久，父母相继病故，他孑然一身，在河南府教儿童识字。

当时，村里有一个姓颜的孤女，是名士的后代，从小聪慧；父亲在世时，曾教她念书，过目不忘。十多岁时，跟着父亲学做诗文。父亲说："我们家出了个女学士，可惜不是个男儿！"很钟爱她，希望挑选一个有地位的女婿。父亲死后，母亲坚持这个标准，三年下来没有如愿，而母亲也死了。有人劝颜氏嫁一个好的读书人，颜氏答应了，只是还没有成功。

正好邻家大嫂过墙来跟她攀谈，带的绣花线用一张有字的纸裹着。颜氏打开一看，是某生寄给大嫂丈夫的一封信。反复看了几遍，心里有点喜欢。大嫂看出颜氏的意思，悄悄说："这是一个风度翩翩的美少年，也是孤儿，和你同岁。倘若你看得中，我去同当家的说，要他撮合这门婚事。"颜氏羞羞答答，一语不发。大嫂回到家里，把主意告诉丈夫。她的丈夫一向同某生很要好，就对某生说了。某生大喜，托他把母亲留下的金戒指送给颜氏作聘物。

双方选定日期就举行了婚礼。婚后，夫妻生活很快乐。等到颜氏看了某生的文章，就笑着说："文章同你的人好像两回事，像这样，你哪天可以有成就？"从此，她朝夕督促丈夫攻读，就像良师益友一样严格。每天黄昏，颜氏先点亮蜡烛，伏案诵读，为丈夫示范，三更过后才休息。这样过了一年多，某生的八股文很通达了；然而两次考试，两次失败，立身立名不顺利不说，连饭也吃不上了。某生感慨寂寞，呜呜悲哭。颜氏责骂道："你不是男子汉，白白辜负了头上的冠弁。假如让我把发髻换成冠，高官厚禄唾手可得。"某生正在懊丧，听妻子这么说，怒目而视说："妇道人家，人没进过考场，就以为功名富贵像你厨房里打水煮白粥一样简单吗？如果冠弁戴在你的头上，恐怕也同我一样罢了！"颜氏笑着说："你不要发火。等下次考试到期，就让我换了男装代你去。倘若像你一样糟糕，当然再也不敢小看天下的读书人了！"某生也笑道："你自然不知道黄蘖之苦，真该让你尝尝！但怕露了馅被乡邻耻笑罢了。"颜氏说："我不是说着玩的。你曾说你家在顺天府有老屋，你让我穿着男装跟你回去，假装成你的弟弟。你还在襁褓中就外出了，谁能认得清真假呢？"某生答应了。颜氏进房，换一身男装出来，说："你看我可像一个男子？"某生一看，俨然是个美貌少年。某生心里高兴，一一告别乡邻。要好的凑了一点钱，买了一头瘦弱的驴子，某生就载着妻子回了老家。

某生的堂兄还在，见两个弟弟美如冠玉，非常高兴，早晚照顾得很周到。又见两人白天黑夜地苦苦攻读，更加爱护敬重，雇了个童仆供他们使唤。天黑以后，他们就打发童仆走开了。村庄里有婚丧喜庆，某生自己出面应酬，“弟弟”只管下了帷幔读书。住了半年，很少有人见过“弟弟”的面。客人或者请求见一面，某生就代为谢绝。有人读到“弟弟”的文章，大感惊异。有的径直推门进去硬要见面，“弟弟”迫不得已，作了揖就跑开了。客人看见丰采，又都倾慕。从此名声大振，有钱有势的人家争着想招“弟弟”去做上门女婿。堂兄去商量，“弟弟”只一笑而已。堂兄再来勉强，就说：“我立下雄心壮志，不中进士不结婚。”正巧学使大人亲临主考，某生及颜氏都去应试。某生又落第，而“弟弟”却以第一名的资格参加乡试，中顺天府第四名举人，第二年又考中进士，任安徽桐城县令，政绩很不错，不久又升任河南道掌印御史，富同王侯。于是颜氏以有病为由辞官，皇帝赐她回乡。

回到顺天后，宾客挤满门，颜氏始终谢绝不接待。人们又见他从秀才直到显贵，却并不谈起娶妻的事，没有不感到奇怪的。回乡后，逐渐买了些婢女。有人怀疑会同婢女勾搭，堂嫂暗地里侦察，毫无越轨行为。

不久明朝灭亡，天下大乱，于是颜氏对堂嫂说：“老实告诉你，我是你堂弟的妻子。由于丈夫无能，不能自立功名，赌气自己出来应考做官。我很担心事情张扬出去，以致天子亲自召问，让天下人笑话。”堂嫂不信。颜氏脱下靴子把脚伸给她看，堂嫂这才怔住了；看靴子里面，破棉絮塞得满满的。于是，颜氏让某生接替她的官衔，自己仍旧恢复女妆，闭门不出。

颜氏一辈子没有生育，就出钱为丈夫买妾。她对丈夫说：“一般人做了官，就买姬妾享受。我做官十年，仍然只有一个人。你有什么福气，坐享这样漂亮的女子？”某生说：“‘面首三十人’，请你自己置办吧。”两人互相说笑。

这时某生的父母已经多次受到封赠了。官员们前往拜访，用见侍御的礼节来尊待某生。但某生不好意思继承妻子的官衔，还是以秀才自居，一生中从未摆过做官的排场。

异史氏说：公婆因媳妇而受封，真是稀奇。然而侍御像女人的何时没有？只是女人做侍御的少有罢了。天下戴着儒冠、称为丈夫的，都要惭愧死了！

杜　翁

杜翁，沂水人。偶自市中出，坐墙下，以候同游。觉少倦，忽若梦，见一人持牒摄去。

至一府署，从来所未经。一人戴瓦垅冠，自内出，则青州张某，其故人也。见杜惊曰："杜大哥何至此？"杜言："不知何事，但有勾牒。"张疑其误，将为查验。乃嘱曰："谨立此，勿他适。恐一迷失，将难救挽。"遂去，久之不出。惟持牒人来，自认其误，释令归。杜别而行。途中遇六七女郎，容色媚好，悦而尾之。下道，趋小径，行十数步。闻张在后大呼曰："杜大哥，汝将何往？"杜迷恋不已。俄见诸女入一圭窦，心识为王氏卖酒者之家。不觉探身门内，略一窥瞻，即见身在苙中，与诸小豭同伏。豁然自悟，已化豕矣。而耳中犹闻张呼。大惧，急以首触壁。闻人言曰："小豕颠痫矣。"还顾，已复为人。速出门，则张候于途。责曰："固嘱勿他往，何不听信？几至坏事！"遂把手送至市门，乃去。

杜忽醒，则身犹倚壁间。诣王氏问之，果有一家自触死云。

【译文】

杜翁，山东沂水人。有一次，他从集市出来，坐在墙下，等候同来赶集的人。他感到有点疲倦；忽然像做梦似的，见一个手持公文的人把他捉走了。

到一座从没到过的府衙，有个头戴瓦楞帽的人从里面出来，原来是青州府的张某，杜翁的老朋友。他见到杜翁，吃惊地说："杜大哥怎么到这里来的？"杜翁说："不知为什么。不过来人是有公文的。"张某怀疑搞错了，要为他去核实，于是对杜翁说："你站在这里别动。我担心你万一迷路，就难以挽救了。"就去了，好久不出来。只有那持公文的人来，承认自己错了，把他放了叫他回去。杜翁告别就走了。路上遇见六七个女郎，容貌很漂亮，杜翁喜欢，就跟在她们后面，离开大路，走上一条小路。走了十几步，听张某在后面大叫："杜大哥！你要到哪里去？"杜翁迷恋，也不停步。一会儿，他看见几位女郎走进一扇小门，认得是开酒店王氏的家，不禁把身子探进门内，略为一看，立即感到自己仿佛是在猪圈里，同一群小猪趴在一起。杜翁猛然醒悟，自己已经变成一头猪了；而耳中还听见张某在呼叫。他害怕极了，赶紧用头撞墙，只听有人在说："小猪在发羊癫风了。"回顾自身，已重新变为人。赶快出门，张某在路旁等候，责备说："我嘱咐你一定不要到别处去，你为何不听信我的话？差一点把事情搞糟了！"于是拉着杜翁的手，送他到集市口才走。

杜翁忽然醒来，发现自己身体还靠在墙壁上。走到王氏酒店一问，果然有一头小猪撞墙死了。

小　谢

渭南姜部郎第，多鬼魅，常惑人。因徙去。留苍头门之而死，数易皆死；遂废之。

里有陶生望三者，夙倜傥，好狎妓，酒阑辄去之。友人故使妓奔就之，亦笑内不拒；而实终夜无所沾染。尝宿部郎家，有婢夜奔，生坚拒不乱，部郎以是契重之。

家綦贫，又有“鼓盆之戚”，茆屋数椽，溽暑不堪其热；因请部郎，假废第。部郎以其凶故，却之。生因作《续无鬼论》献部郎，且曰：“鬼何能为！”部郎以其请之坚，诺之。生往除厅事。

薄暮，置书其中；返取他物，则书已亡。怪之，仰卧榻上，静息以伺其变。食顷，闻步履声，睨之，见二女自房中出，所亡书，送还案上。一约二十，一可十七八，并皆姝丽。逡巡立榻下，相视而笑。生寂不动。长者翘一足踹生腹，少者掩口匿笑。生觉心摇摇若不自持，即急肃然端念，卒不顾。女近以左手捋髭，右手轻批颐颊，作小响。少者益笑。生骤起，叱曰：“鬼物敢尔！”二女骇奔而散。生恐夜为所苦，欲移归，又耻其言不掩；乃挑灯读。暗中鬼影憧憧，略不顾瞻。夜将半，烛而寝。始交睫，觉人以细物穿鼻，奇痒，大嚏；但闻暗处隐隐作笑声。生不语，假寐以俟之。俄见少女以纸条拈细股，鹤行鹭伏而至；生暴起诃之，飘窜而去。既寝，又穿其耳。终夜不堪其扰。鸡既鸣，乃寂无声，生始酣眠，终日无所睹闻。

日既下，恍惚出现。生遂夜炊，将以达旦。长者渐曲肱几上，观生读。既而掩生卷。生怒捉之，即已飘散；少间，又抚之。生以手按卷读。少者潜于脑后，交两手掩生目，瞥然去，远立以哂。生指骂曰：“小鬼头！捉得便都杀却！”女子即又不惧。因戏之曰：“房中纵送，我都不解，缠我无益。”二女微笑，转身向灶，析薪溲米，为生执爨。生顾而奖曰：“两卿此为，不胜憨跳耶？”俄顷，粥熟，争以匕、箸、陶碗置几上。生曰："感卿服役，何以报德？"女笑云："饭中溲合砒、酖矣。"生曰："与卿夙无嫌怨，何至以此相加。"啜已，复盛，争为奔走。生乐之，习以为常。

日渐稔，接坐倾语，审其姓名。长者云："妾秋容，乔氏；彼阮家小谢也。"又研问所由来。小谢笑曰："痴郎！尚不敢一呈身，谁要汝问门第，作嫁娶耶？"生正容曰："相对丽质，宁独无情；但阴冥之气，中人必死。不乐与居者，行可耳；乐与居者，安可耳。如不见爱，何必玷两佳人？如果见爱，何必死一狂生？"二女相顾动容，自此不甚虐弄之；然时而探手于怀，捋裤于地，亦置不为怪。

一日，录书未卒业而出，返则小谢伏案头，操管代录。见生，掷笔睨笑。近视之，虽劣不成书，而行列疏整。生赞曰："卿雅人也！苟乐此，仆教卿为之。"乃拥诸怀，把腕而教之画。秋容自外入，色乍变，意似妒。小谢笑曰："童时尝从父学书，久不作，遂如梦寐。"秋容不语。生喻其意，伪为不觉者，遂抱而授以笔，曰："我视卿能此否？"作数字而起，曰："秋娘大好笔力！"秋容乃喜。生于是折两纸为范，俾共临摹；生另一灯读。窃喜其各有所事，不相侵扰。仿毕，祗立几前，听生月旦。秋容素不解读，涂鸦不可辨认，花判已，自顾不如小谢，有惭色。生奖慰之，颜始霁。

二女由此师事生，坐为抓背，卧为按股，不惟不敢侮，争媚之。踰月，小谢书居然端好，生偶赞之。秋容大惭，粉黛淫淫，泪痕如线；生百端慰解之，乃已。因教之读，颖悟非常，指示一过，无再问者。与生竞读，常至终夜。小谢又引其弟三郎来，拜生门下。年十五六，姿容秀美。以金如意一钩为贽。生令与秋容执一经，满堂咿唔，生于此设鬼帐焉。部郎闻之喜，以时给其薪水。

积数月，秋容与三郎皆能诗，时相酬唱。小谢阴嘱勿教秋容，生诺之；秋容阴嘱勿教小谢，生亦诺之。一日，生将赴试，二女涕泪持别。三郎曰："此行可以托疾免；不然，恐履不吉。"生以告疾为辱，遂行。先是，生好以诗词讥切时事，获罪于邑贵介，日思中伤之。阴赂学使，诬以行简，淹禁狱中。

资斧绝，乞食于囚人，自分已无生理。忽一人飘忽而入，则秋容也。以馔具馈生。相向悲咽，曰："三郎虑君不吉，今果不谬。三郎与妾同来，赴院申理矣。"数语而出，人不之睹。越日，部院出，三郎遮道声屈，收之。

秋容入狱报生，返身往侦之，三日不返。生愁饿无聊，度一日如年岁。忽小谢至，怆惋欲绝，言："秋容归，经由城隍祠，被西廊黑判强摄去，逼充御媵。秋容不屈，今亦幽囚。妾驰百里，奔波颇殆；至北郭，被老棘刺吾足心，痛彻骨髓，恐不能再至矣。"因示之足，血殷凌波焉。出金三两，跛踦而没。

部院勘三郎，素非瓜葛，无端代控，将杖之，扑地遂灭。异之。览其状，情词悲恻。提生面鞫，问："三郎何人？"生伪为不知。部院悟其冤，释之。

既归，竟夕无一人。更阑，小谢始至。惨然曰："三郎在部院，被廨神押赴冥司；冥王以三郎义，令托生富贵家。秋容久锢，妾以状投城隍，又被按阁，不得入，且复奈何?”生忿曰：“黑老魅何敢如此！明日仆其像，践踏为泥，数城隍而责之；案下吏暴横如此，渠在醉梦中耶!”悲愤相对，不觉四漏将残。秋容飘然忽至。两人惊喜，急问。秋容泣下曰：“今为郎万苦矣！判日以刀杖相逼，今夕忽放妾归，曰：‘我无他，原以爱故；既不愿，固亦不曾污玷。烦告陶秋曹，勿见谴责。’”生闻少欢，欲与同寝，曰：“今日愿为卿死。”二女戚然曰：“向受开导，颇知义理，何忍以爱君者杀君乎?”执不可；然俯颈倾头，情均伉俪。二女以遭难故，妒念全消。

会一道士途遇生，顾谓“身有鬼气”。生以其言异，具告之。道士曰：“此鬼大好，不拟负他。”因书二符付生，曰：“归授两鬼，任其福命：如闻门外有哭女者，吞符急出，先到者可活。”生拜受，归嘱二女。

后月余，果闻有哭女者。二女争奔而去。小谢忙急，忘吞其符。见有丧舆过，秋容直出，入棺而没；小谢不得入，痛哭而返。生出视，则富室郝氏殡其女。共见一女子入棺而去，方共惊疑；俄闻棺中有声，息肩发验，女已顿苏。因暂寄生斋外，罗守之。忽开目问陶生。郝氏研诘之。答云：“我非汝女也。”遂以情告。郝未深信，欲舁归；女不从，径入生斋，偃卧不起。郝乃识婿而去。生就视之，面庞虽异，而光艳不减秋容，喜惬过望，殷叙平生。忽闻呜呜鬼泣，则小谢哭于暗陬。心甚怜之，即移灯往，宽譬哀情，而衿袖淋浪，痛不可解。

近晓始去。天明，郝以婢媪赍送香奁，居然翁婿矣。

暮入帷房，则小谢又哭。如此六七夜，夫妇俱为惨动，不能成合卺之礼。生忧思无策。秋容曰："道士，仙人也。再往求，倘得怜救。"生然之。迹道士所在，叩伏自陈。道士力言"无术"。生哀不已。道士笑曰："痴生好缠人！合与有缘，请竭吾术。"乃从生来，索静室，掩扉坐，戒勿相问。凡十余日，不饮不食。潜窥之，瞑若睡。

一日晨兴，有少女搴帘入，明眸皓齿，光艳照人。微笑曰："跋履终夜，惫极矣！被汝纠缠不了，奔驰百里外，始得一好庐舍，道人载与俱来矣。待见其人，便相交付耳。"敛昏，小谢至，女遽起迎抱之，翕然合为一体，仆地而僵。道士自室中出，拱手径去。拜而送之。及返，则女已苏。扶置床上，气体渐舒，但把足呻言趾股痠痛，数日始能起。

后生应试得通籍。有蔡子经者，与同谱，以事过生，留数日。小谢自邻舍归，蔡望见之，疾趋相蹑；小谢侧身敛避，心窃怒其轻薄。蔡告生曰："一事深骇物听，可相告否？"诘之，答曰："三年前，少妹夭殒，经两夜而失其尸，至今疑念。适见夫人，何相似之深也？"生笑曰："山荆陋劣，何足以方君妹？然既系同谱，义即至切，何妨一献妻孥。"乃入内，使小谢衣殉装出。蔡大惊曰："真吾妹也！"因而泣下。生乃具述本末。蔡喜曰："妹子未死，吾将速归，用慰严慈。"遂去。过数日。举家皆至，后往来如郝焉。

异史氏曰："绝世佳人，求一而难之，何遽得两哉！事千古而一见，惟不私奔女者能遘之也。道士其仙耶？何术之神也！苟有其术，丑鬼可交耳。

【译文】

陕西渭南县姜部郎的住宅多鬼魅，常常出来迷惑人。因此就搬走了，留下一个仆人看门，却死了。几次换人都死，于是将住宅废弃了。

附近街坊中有个叫陶望三的书生，素来风流倜傥，喜欢狎妓，酒喝足了，丢下妓女就走。有个朋友故意指使一个妓女主动去勾引他，陶生也笑着把她留下，并不拒绝；但实际上整夜都不同她发生关系。陶生曾在姜部郎家住过，有个婢女夜里来勾搭他，陶生坚决不肯乱来，因此很受姜部郎的器重。陶望三家境贫穷，又死了妻子，几间茅草屋大暑天热得不能住人，就向姜部郎借那幢不住的房子。部郎因这座房子不吉利，回绝了他。陶生于是写了一篇《续无鬼论》献给部郎，并且说："鬼能拿我怎么样呢？"姜部郎看他态度坚决，就答应了。陶生即去打扫堂屋。

傍晚，他把书放在厅堂屋，转身去拿别的东西，那书就不见了。陶生很奇怪，仰天躺在床上，宁神静息，等着事态变化。约一顿饭功夫，听见有脚步声，斜眼看去，见两个姑娘从房中出来，把刚才不见的书放还在书桌上。一个约二十岁，一个约十七八岁，都非常漂亮。两人欲进又退站在床下，相视而笑。陶生一动不动。那个年长的翘起一只脚踩陶生的肚子，那个年轻的掩口偷笑。陶生觉得心头摇荡，好像就要控制不住了，赶紧屏弃邪念，始终不理她们。年长的姑娘又靠近他，用左手捋他的胡子，用右手轻轻地打他的耳光，发出轻轻的声响。年轻的笑得更厉害了。陶生猛然起身，骂道："鬼东西，敢这样！"两个姑娘受惊逃散了。陶生怕夜里受她们的罪，想要搬回家去住，又为说话不兑现而羞耻，就挑灯夜读。黑暗中，鬼影晃动，陶生看也不看。直到快午夜，才点着蜡烛睡觉。眼皮刚刚合上，就感到有人用细细的东西穿他的鼻孔，奇痒，就大声打了个喷嚏，只听黑暗中隐隐约约有笑声。陶生不说话，和衣而睡等着。一会儿，只见那小的用纸条捻成细绳，蹑手蹑脚走来。陶生猛然起身怒斥，姑娘飘然逃去。陶生睡下以后，姑娘又用纸绳穿他的耳朵。整夜被闹得受不了，直到雄鸡报晓才平静下来。陶生这才酣睡，整个白天太平无事。

太阳一下山，恍恍惚惚又出现了。陶生于是乘夜烧火做饭，打算到天亮不睡了。那个年纪大的姑娘渐渐地屈着手臂倚在桌上，看陶生读书。看着看着，把陶生读的书合上。陶生大怒，伸手抓她，就已经飘然散去。过一会儿，又来抚摸陶生。陶生用手按住书页读。小的悄悄走到陶生脑后，两手交叉捂住他的眼睛，一眨眼功夫又走开了，远远站在那儿笑。陶生指着她骂道："小鬼头！被我抓住都杀了你们！"姑娘却并不害怕。于是，陶生同她俩开玩笑说："男女欢爱这类事我都不懂，纠缠我也没用。"两个姑娘微笑着，转身向厨房走去，又是劈柴，又是淘米，为陶生做饭。陶生看着她俩夸奖道："两位姑娘这么干，不比刚才傻乎乎地跳来跳去强吗?"不一会儿，粥煮好了，两人争着把调羹、筷子、陶碗放在桌上。陶生说："感谢两位姑娘为我干活，我怎么报答二位呢?"姑娘笑着说："饭里淘进砒霜和毒酒了。"陶生说："我与二位姑娘无怨无仇，何至于对我下此毒手。"陶生吃完，要添，两个姑娘争着为他跑腿。陶生很乐意，日子一久就习以为常。

渐渐地越来越混熟了，坐在一起推心置腹地交谈，陶生问姑娘的姓名。年纪大的一个说："我叫秋容，姓乔，她是阮家的小谢。"陶生又细问两位姑娘从哪里来。小谢笑着说："傻瓜！还不敢把身子露给我们看看，谁要你打听我们的出身？想娶我们不成?"陶生严肃地说："面对这样美丽的姑娘，难道我就不动情吗？但是，冥府里的阴气射中谁，谁就要死。如果你们不乐意同我一起住，走好了；如果你们乐意同我一起住，安心住下好了。如果你们不爱我，我何必玷污两个美人？如果你们爱我，又何必让我这个狂生去死呢?"两位姑娘你看看我，我看看你，有所感动，从此再也不放肆地捉弄陶生了。然而，她们常常把手伸进陶生的怀里，把他的裤子褪到地上，陶生也置之不以为怪。

一天，陶生书抄到一半就出去了，回来时小谢伏在书桌上，手握笔杆在替陶生抄书。见了陶生，小谢丢下笔斜着眼笑。陶生走近一看，虽然糟糕得不成字，但是一行一行很整齐。陶生称赞道：“你是个雅人！如果你乐意学写字，我来教你。”于是把小谢抱在怀里，把着手腕教她一笔一划写。秋容从外面进来，脸色突然变了，好像很妒忌。小谢笑着说：“小时候曾跟着父亲学写字，好久不写了，就像是做梦。”秋容不说话。陶生看出她的心思，假装不知道，就抱着她把笔递给她，说：“我看着你会不会写字？”秋容写了几个字，陶生站起来，说：“秋姑娘的字，真好笔力！”秋容这才高兴。陶生于是在两张纸上折出方格，让秋容和小谢临摹；自己则在另一盏灯下读书，心里暗暗庆幸她俩都有事干了，不会再来打扰。临写完毕，两人恭恭敬敬站在桌前，听陶生评判。秋容从来没读过书，乱涂一气，认不出她写的是什么字，评判结束，自知不如小谢，有点难为情；陶生却夸奖、鼓励她，这才扫除了她脸上的愁云。

两位姑娘从此拜陶生为师，陶生坐着，为他搔背；陶生躺着，为他按摩大腿，不仅不敢戏弄他，还争着向他献媚。一个多月后，小谢的字居然写得端端正正，陶生夸奖了几句。秋容大为惭愧，泪流满面；陶生百般安慰劝解，这才作罢。于是，陶生教秋容读书。秋容非常聪敏，指点一遍，没再问第二遍的，还同陶生比赛读书，常常要读到第二天早晨。小谢又把她的弟弟三郎叫来，拜在陶生门下。三郎年约十五六岁，形貌秀美；以一钩金如意作为拜师的礼物。陶生叫他跟秋容攻同一部经书，于是满堂书声琅琅，陶生在这里办起了鬼学校。姜部郎听说后很高兴，按时给陶生送柴送米。

过了几个月秋容与三郎都能做诗了，常常互相唱和。小谢曾背地里嘱咐陶生不要教秋容，陶生答应了；秋容也背地里嘱咐陶生不要教小谢，陶生也答应了。

一天，陶生要去应试了，两个姑娘同他挥泪而别。三郎说：“这次应试，可以借口生病不去，不然，恐怕不吉利。”陶生认为以生病为借口是件耻辱的事，就去了。在此之前，陶生喜欢写诗词讽刺时政，得罪了当地的权贵，权贵便时时想着害他。暗地里向学使行贿，诬告陶生品行不端，于是就把他关进了监狱。

陶生把旅费化完了，只好向狱中的犯人讨饭吃，自己估计已经没有活命的希望了。忽然，有一个人飘然而入，原来是秋容。秋容带了饭菜给陶生吃。两人相对悲泣。秋容说：“三郎担心你要倒霉，如今果然不错。三郎和我一起来的，他到巡抚那儿为你伸冤去了。”秋容说了几句就出去了，别人看不见她。过了一天，巡抚外出，三郎拦在路上喊冤叫屈，被抓了起来。

秋容进狱给陶生报了信，回身又去探听消息，三天不回来。陶生又愁又饿，百无聊赖，在牢里度日如年。忽然小谢来了，悲痛欲绝，说：“秋容回家，路经城隍庙，被庙里西廊内的黑脸判官强行抢去，逼她为妾。秋容不肯，现在也被关起来了。我走了几百里地，路途奔波累坏了。赶到北城，被老荆棘刺了脚底心，疼痛彻骨，恐怕不能再来了。”于是抬起脚给陶生看，只见鲜血染红了鞋袜。小谢拿出三两银子给陶生，一跛一跛地走了。

巡抚开堂审问三郎，说他与陶生非亲非故，代他人无理控告，正要打板子，三郎扑在地上就消失了。巡抚很奇怪。再看他写的状子，情词悲伤感人。于是亲自提审陶生，问道：“三郎是你什么人?”陶生假装不知道。巡抚明白他是冤枉的，就放了他。

陶生回到家里，整整一晚上一个人也没有。夜深了，小谢才来，伤心地说：“三郎在巡抚堂上，被管公堂的神押赴阴曹地府。阎王爷看他讲义气，就命他投生在富贵人家。秋容被关了很长时间，我写了状子投诉城隍老爷，又被搁置一边，无法上达。这叫我怎么办呢?”陶生气愤地说：“老黑鬼怎敢这样！明天我倒了他的座像，践踏成泥土，列举罪状责问城隍老爷，他手下的判官这般横暴，难道他喝醉了酒在做梦吗?”两人悲愤相对，不觉四更将过。忽然秋容飘然而至，两人又惊又喜，急忙询问。秋容流着泪说：“这次我为郎君受尽苦了！那个判官天天用刀杖相逼。今晚忽然放我回家，说：‘我没有别的用心，原是出于爱你的缘故。既然你不愿意，本也不曾玷污你的清白。烦你告诉陶官人，不要责怪我。’”陶生听说略为有点高兴，要同秋容一起睡觉，说：“现在，我心甘情愿为你去死！”两位姑娘悲伤地说：“昔日受你的开导，懂得了一点道理，怎么忍心因为爱你反而杀了你呢?”坚决不允。但是，三人交颈贴脸，情同夫妻。两个姑娘因为遭难的缘故，互相妒忌的念头全没了。

正巧有一个道士在路上遇到陶生，说他“身有鬼气”。陶生因为道士的话非同一般，就如实相告。道士说：“这两个鬼极好！不要辜负了她们。”于是就画了两道符交给陶生，说：“回去后把它交给两个鬼，就看她们的福气命运如何了。如果听见门外有人在哭女儿，就吞下符赶快出去，先到的人可以复活。”陶生拜谢了道士，收下符咒。回去后把道士的话向两位姑娘转述。

一个多月后，果然听见有人在哭女儿。两个姑娘争着奔出去。小谢忙中仓促，忘了吞符。只见一辆灵车经过，秋容直冲而出，进棺材就不见了；小谢进不去，痛哭而返。陶生出来一看，原来是郝家女儿出殡。众人眼睁睁看见一个姑娘进棺材里去了，正在惊疑，很快听到棺材里有声音。抬棺材的人放下棺材，打开查看。女儿已经活过来了。于是就把棺材暂时寄放在陶生的书斋外面，家人围守在四周。忽然，姑娘睁开眼睛问起陶生。郝氏追问她。姑娘回答说：“我不是你的女儿。”就把实情告诉了郝氏。郝氏并不深信，要把女儿抬回家。女儿不同意，直奔陶生的书房，躺在床上不起来。郝氏于是认了女婿就走了。陶生走近一看，脸庞虽然不同，但光彩并不亚于秋容，真是大喜过望。两人情意绵绵，互叙生平。忽听呜呜咽咽有鬼在哭泣，原来是小谢在暗角落里伤心。陶生很可怜她，就拿着灯走过去，劝她不要太难过，但小谢衣襟袖子都湿了，悲痛不止，直到天快亮时才离去。天亮了，郝氏派婢女、老妈子送来嫁妆，居然已经把陶生当女婿看待了。

傍晚，陶生和秋容走进卧房，小谢又哭。这样有六七天，夫妻俩都被小谢哭得心烦意乱，无法度新婚之夜。陶生忧心忡忡，束手无策。秋容说：“那个道士一定是神仙。你再去求他，或许能博得他同情救我们。”陶生说不错，于是就找到道士的住处，伏地磕头，以实情相告。道士一口咬定自己无能为力。陶生不住地哀求。道士笑着说：“你这个痴情公子真纠缠人！也算我同你有缘，尽力而为吧。”于是就跟随陶生来到家里，要了一间安静的房间，关门而坐，不许陶生问究竟。有十多天功夫，道士不吃不喝。偷偷去张望，只见他闭着眼睛像在睡觉。

一天，陶生早晨起床，见一个少女掀开帘子进来，眼睛奕奕有神，牙齿洁白如雪，光彩照人。她微笑着说：“走了一夜，累坏了！被你纠缠不休，叫我赶到百里之外，才找到一个好躯壳。本道人就载着它一起来了。等我见了那人，就交付给她。”傍晚，小谢来了，少女急忙起身迎上去拥抱，两人一下子合成了一个人，直挺挺地倒在地上。道士从房间里出来，拱拱手，径自走了。陶生拜跪送他。等回到屋里，少女已经苏醒。把她扶上床，呼吸渐渐舒畅，四肢也可以活动了，只是握着脚呻吟，说脚趾和大腿酸疼，过了几天才能起床。

后来，陶生去应考，中了进士。有一个叫蔡子经的人，与陶生是同年，那天有事找陶生，住了几天。小谢从邻居家回来，蔡子经看见了，急忙过去跟着她，小谢侧身躲进了房间，心里暗暗气恼这人轻薄无礼。蔡子经告诉陶生说："有一件事太吓人了，可以告诉你吗?"陶生问他是什么事，蔡子经回答道："三年前，我的小妹死了，过了两夜，尸体忽然失踪，至今还搞不清是怎么回事。刚才看见尊夫人，怎么同我的妹妹这么相像呢?"陶生笑着说："我的妻子很难看，怎么能同令妹相比呢？不过既然我俩是同年，关系自然很密切，不妨让你一见。"于是进屋，让小谢穿着当初的寿衣出来。蔡子经大吃一惊，说："真是我的妹妹啊!"于是哭了起来。陶生这才把事情始末告诉了他。蔡子经高兴地说："妹妹没有死，我要赶紧回家，告慰父母。"于是就走了。过了几天，蔡子经全家都来了。后来，蔡家和郝家一样，同陶生保持着姻亲关系。

异史氏说：绝代佳人，求一个已经难得，怎么一下子得到两个呢？这种事千年一遇，只有不和私奔的女子淫乱的人才能碰上。道士难道是神仙吗？法术怎么这样神呢？如果有他这种法术，丑鬼也可以相交了。

缢　　鬼

范生者，宿于逆旅。食后，烛而假寐。忽一婢来，襆衣置椅上；又有镜奁揥篋，一一列案头，乃去。俄一少妇自房中出，发篋开奁，对镜栉掠；已而髻，已而簪，顾影徘徊甚久。前婢来，进匜沃盥。盥已捧帨，既，持沐汤去。妇解襆出裙帔，炫然新制，就着之。掩衿提领，结束周至。范不语，中心疑怪，谓必奔妇，将严装以就客也。妇妆讫，出长带，垂诸梁而结焉。讶之。妇从容跂双弯，引颈受缢。才一着带，目即含，眉即竖，舌出吻两寸许，颜色惨变如鬼。大骇奔出，呼告主人，验之已渺。主人曰："曩子妇经于是，毋乃此乎？"吁！异哉！既死犹作其状，此何说也？

异史氏曰：冤之极而至于自尽，苦矣！然前为人而不知，后为鬼而不觉，所最难堪者，束装结带时耳。故死后顿忘其他，而独于此际此境，犹历历一作，是其所极不忘者也。

【译文】

范生住在旅店里，吃完饭，点着蜡烛，和衣躺着。忽然，有个婢女走来，把一包衣服放在椅子上，又把镜匣和梳妆箱一一放在桌上，然后离开。一会儿，有个少妇从房间里出来，打开箱子和镜匣，对着镜子梳头。梳好打发髻，打好插发簪，对着镜子前前后后看了很久。那个婢女又来了，递上一盆水，让少妇盥洗；盥洗完毕，捧着手巾侍候，然后又去倒水。少妇解开包袱拿出裙子披肩，簇光崭新，穿在身上。然后掩好衣襟，正了正领子，穿戴停当。范生一语不发，感到疑惑奇怪，心想一定是谁家淫奔的女人，梳妆打扮去勾引客人。妇人梳妆完毕，拿出一根长长的带子，挂在梁上，打了个结。范生正在惊讶，少妇从容不迫，踮起双脚，伸长头颈上吊。刚刚套进带子，双目就闭上，柳眉倒竖，舌头伸出嘴唇外有两寸左右，脸色变得阴惨惨的像鬼。范生害怕极了，奔出房间去叫喊店主。进来再看，已经不见踪影。店主说："从前，我媳妇吊死在这里，莫非是她的阴魂吧！"咦！真是奇怪！已经死了，还要做出临死的动作，这怎么解释呢？

异史氏说：冤屈到极点而至于自杀，也够苦了！然而在自杀之前做人时并不明白什么；在自杀以后做鬼时也不感到什么，最难堪的，是梳妆打扮结带上吊那一刻。所以死后其他事都顿时忘却，而独独对此时此境还一一重演一番，因为这是她绝对不会忘记的啊。

吴门画工

吴门画工某，忘其名。喜绘吕祖，每想像而神会之，希幸一遇。虔结在念，靡刻不存。一日，值群丐饮郊郭间，内一人敝衣露肘，而神采轩豁。心忽动，疑为吕祖。谛视觉愈确，遂捉其臂曰："君吕祖也。"丐者大笑。某坚执为是，伏拜不起。丐者曰："我即吕祖，汝将奈何?"某叩头，但祈指教。丐者曰："汝能相识，可谓有缘。然此处非语所，夜间当相见也。"再欲遮问，转盼已杳。骇叹而归。

至夜，果梦吕祖来，曰："念子志虑耑诚，特来一见。但汝骨气贪吝，不能为仙。我使子见一人可也。"即向空一招，遂有一丽人蹑空而下，服饰如贵嫔，容光袍仪，焕映一室。吕祖曰："此乃董娘娘，子审志之。"既而又问："记得否?"答："已记之。"又曰："勿忘却。"俄而丽者去，吕祖亦去。醒而异之，即梦中所见，肖而藏之，终亦不解所谓。后数年，偶游于都。会董妃薨，上念其贤，将为肖像。诸工群集，口授心拟，终不能似。某忽触念梦中人，得无是耶？以图呈进。宫中传览，皆谓神肖。由是授官中书，辞不受；赐万金。于是名大噪。贵戚家争遗重币，乞为先人传影。但悬空摹写，罔不曲似。浃辰之间，累数巨万。莱芜朱拱奎曾见其人。

【译文】

苏州画师某君，他的姓名我已经忘了。他喜欢画道教仙人吕洞宾的像，常常凭想象来传达吕洞宾的精神，希望自己有幸能见吕洞宾一面。他抱着这一虔诚的信念，无时无刻不挂在心上。一天，某君遇上一群乞丐在城外喝酒，其中一个乞丐衣服破烂，露出两肘，但神采奕奕，气宇轩昂。某君心中忽然一动，疑心他就是吕洞宾。盯着看了好一会，更觉得一点不错。于是抓着他的手臂说；“你是吕祖。”乞丐大笑。某君认定他正是吕祖，伏拜在地不起来。乞丐说：“我就算是吕洞宾，你又打算怎样？”某君叩头，只求指教。乞丐说：“你能认出我，可说是有缘。然而这里不是说话的地方，我们夜间见。”某君再要拦着他问，转眼之间已不见人影。只好惊叹而归。

到夜里，某君果然梦见吕祖来了，说：“念你立志专一而虔诚，特来同你一见。但是你本质贪婪吝啬，不能成仙。我让你见一个人吧！”就用手向空中一招，于是有一位美人蹈空下来，穿戴像贵嫔，容光服色，辉映一室。吕祖说：“这位是董娘娘，你记住了不要忘记。”过了一会，又问：“你记住了吗？”答说已经记住。吕祖又叮嘱：“不要忘记！”不一会儿美人走了，吕祖也走了。某君醒来，感到很奇怪，就把梦里看到的美人画下来，保存好，但始终不懂吕祖说的话是什么意思。几年以后，某君在京城旅游，正遇上董妃病逝，皇上思念董妃的贤德，要为她画像。宫廷召集了许多画师，口授董妃相貌特征，要他们凭想象力来画，始终画不像。某君忽然想起梦中见到的美人，心想莫不是她？就把藏着的画像呈献皇上。宫中传看，都说形神俱肖。因此，授给他中书的官职，他推辞不受；又改赐万金。于是，某君名震一时，皇亲国戚争着赠送重金，请他为过世的先人画像。某君没有依据，凭空画像，所画无不传神。仅十二天时间，就积下了好几万财产。山东莱芜朱拱奎曾见过这人。

林　氏

济南戚安期，素佻达，喜狎妓。妻婉戒之，不听。

妻林氏，美而贤。会北兵入境，被俘去。暮宿途中，欲相犯。林伪诺之。适兵佩刀系床头，急抽刀自刭死；兵举而委诸野。次日，拔舍去。有人传林死，戚痛悼而往。视之，有微息。负而归，目渐动；稍稍嚬呻；扶其项，以竹管滴沥灌饮，能咽。戚抚之曰："卿万一能活，相负者必遭凶折！"

半年，林平复如故；但首为颈痕所牵，常若左顾。戚不以为丑，爱恋逾于平昔。曲巷之游，从此绝迹。林自觉形秽，将为置媵；戚执不可。居数年，林不育，因劝纳婢。戚曰："业誓不二，鬼神宁不闻之？即似续不承，亦吾命耳。若未应绝，卿岂老不能生者耶？"林乃托疾，使戚独宿；遣婢海棠，襆被卧其床下。

既久，阴以宵情问婢。婢言无之。林不信。至夜，戒婢勿往，自诣婢所卧。少间，闻床上睡息已动。潜起，登床扪之。戚醒问谁。林耳语曰："我海棠也。"戚却拒曰："我有盟誓，不敢更也。若似曩年，尚须汝奔就耶？"林乃下床出。戚自是孤眠。林使婢托己往就之。戚念妻生平曾未肯作不速之客，疑焉。摸其项，无痕，知为婢，又咄之。婢惭而退。既明，以情告林，使速嫁婢。林笑云："君亦不必过执。倘得一丈夫子，即亦幸甚。"戚曰："苟背盟誓，鬼责将及，尚望延宗嗣乎？"

林翼日笑语戚曰："凡农家者流，苗与秀不可知，播种常例不可违。晚间耕耨之期至矣。"戚笑会之。既夕，林灭烛呼婢，使卧己衾中。戚入，就榻戏曰："佃人来矣。深愧钱镈不利，负此良田。"婢不语。既而举事，婢小语曰："私处小肿，颠猛不任！"戚体意温恤之。事已，婢伪起溺，以林易之。自此时值落红，辄一为之，而戚不知也。

未几，婢腹震。林每使静坐，不令给役于前。故谓戚曰："妾劝内婢，而君弗听。设尔日冒妾时，君误信之，交而得孕，将复如何？"戚曰："留犊鬻母。"林乃不言。无何，婢举一子。林暗买乳媪，抱养母家。积四五年，又产一子一女。长子名长生，已七岁，就外祖家读。林半月辄托归宁，一往看视。婢年益长，戚时时促遣之。林辄诺。婢日思儿女，林从其愿，窃为上鬟，送诣母所。谓戚曰："日谓我不嫁海棠，母家有义男，业配之。"

又数年，子女俱长成。值戚初度，林先期治具，为候宾友。戚叹曰："岁月骛过，忽已半世。幸各强健，家亦不至冻馁。所阙者，膝下一点。"林曰："君执拗，不从妾言，夫谁怨？然欲得男，两亦非难，何况一也。"戚解颜曰："既言不难，明日便索两男。"林言："易耳，易耳！"早起，命驾至母家，严妆子女，载与俱归。入门，令雁行立，呼父叩祝千秋。拜已而起，相顾嬉笑。戚骇怪不解。林曰："君索两男，妾添一女。"始为详述本末。戚喜曰："何不早告？"曰："早告，恐绝其母。今子已成立，尚可绝乎？"戚感极，涕不自禁。乃迎婢归，偕老焉。

古有贤姬，如林者，可谓圣矣！

【译文】

山东济南府的戚安期，生性轻佻，喜欢嫖妓。妻子婉言相劝，他不听。他妻子林氏，又漂亮又贤惠，清兵开进济南府时，被掳去。晚上在路上宿营，要污辱她。林氏假装答应，正好清兵的佩刀系在床头，急忙拔刀自刎。清兵抬起她扔到野外，第二天，拔营而去。听人说林氏死了，戚安期非常伤心地去找尸首。一看，还有点微弱的气息。就把她背回家。眼睛渐渐活动了，略为有点呻吟了。扶起她头颈，用竹管一滴一滴地灌水，也能下咽了。戚安期抚摸着林氏说："你万一能够活下来。我再对不起你就不得好死！"

过了半年，林氏完全康复了；但头颈被刀痕牵制，头常常像往左看什么似的。戚安期不嫌难看，爱恋超过往昔，从此再也不逛妓院了。林氏自觉外形不佳，要为丈夫讨一房小妾，戚安期坚决不同意。过了几年，林氏不生育，又劝丈夫收个丫环。戚安期说："我已经发誓不娶妾，鬼神难道会不知道吗？即使没有后代，也是我命中注定。如果我命中注定不该绝后，你难道已经老得不能生育了吗？"林氏于是借口有病，让戚安期一个人睡，又叫婢女海棠抱了铺盖睡在他床前。

过了一段时间，林氏悄悄地问婢女夜里有什么事没有，婢女说没事。林氏不信；到夜里，叫婢女不要去，自己到婢女的地方睡。过了一会儿，听见戚安期在床上已经打鼾，就悄悄起来，上床抚摸他的身体。戚安期醒来问是谁。林氏俯在他耳边说："我是海棠。"戚安期拒绝道："我发过誓，不敢违背誓言。要是像过去，还要等你主动来挑逗吗？"林氏就下床出去。戚安期从此就一个人睡了。林氏又叫海棠冒充自己去同主人亲热。戚安期想妻子从来不肯主动，起了疑心；一摸头颈，没有刀痕，知道是海棠，又赶她走。海棠惭愧而退。天亮后，戚安期把实情告诉林氏，让她赶快把海棠嫁出去。林氏笑着说："你也不必太固执了。倘若她能生个儿子，也是我们的福分。"戚安期说："如果我违背誓言，神鬼的责罚就要降临，还想让戚家后继有人吗？"

林氏第二天对戚安期开玩笑说："种地的不能预知长出来的是苗还是草，但播种的常例不能破。今天晚上，耕种的日子到了。"戚安期会意地笑了。到夜间，林氏吹灭蜡烛，叫海棠进屋，让她睡在自己被窝里。戚安期走进来，在床边开玩笑道："种田的来了。很惭愧，我的农具不好，辜负了这片良田。"海棠不吱声。房事进行中，海棠轻声说："我下身有点肿，太猛了受不了。"戚安期很体贴，格外温存。房事后，海棠假装起床小便，把林氏换进房去。从此以后，每当海棠月经过后，就如此这般来一次，而戚安期不知道。

不久，海棠怀孕了。林氏常常叫她坐着别动，不让她在面前干活；又故意对戚安期说："我劝你纳海棠为妾，而你不听。假如哪天她冒充我，你竟信以为真，交媾而怀孕，你将怎么办?"戚安期说："把孩子留下，把母亲卖了。"林氏这才不说了。不久，海棠生下一子。林氏背着戚安期雇了奶妈，把孩子寄养在自己的母亲家。过了四五年，海棠又生了一个儿子，一个女儿。

长子名长生，已经七岁，在外祖父家读书。林氏每隔半个月就找借口回娘家，去看望一次。海棠的年纪更大了，戚安期时时催促林氏打发她离开。林氏嘴上答应了。海棠天天想念儿女，林氏顺从她心愿，暗地里替她换掉了婢女的打扮，把她送到娘家。林氏对戚安期说："你天天说我不把海棠嫁出去。我娘家有一个养子，我已把海棠嫁给他了。"

又过了几年，子女都已长大成人。正遇戚安期生日，林氏提前做好准备，等候亲朋好友到来。戚安期叹息道："光阴似箭，倏忽之间，半辈子已经过去了。值得庆幸的是我俩身体都强健，家境也不至于挨饿受冻。唯一缺少的，是膝下儿女。"林氏说："你太固执了，不听我话，这怨谁?可你要儿子，两个也不难，何况一个呢?"戚安期一笑，说："既然你说不难，明天我就问你要两个儿子。"林氏说："好说，好说!"早起，林氏要车赶到娘家，把几个子女穿戴得整整齐齐，载着一起回家。一进门，林氏令子女排成一行，叫他们喊父亲，跪祝长命百岁。跪拜毕，子女们站起身来，相视嬉笑。戚安期惊奇不解。林氏说："你要两个儿子，我还加了一个女儿。"这才原原本本把事情经过说了。戚安期高兴地说："你为什么不早告诉我呢?"林氏说："早告诉你，怕你把孩子的母亲卖了。现在孩子已经长大成人，你还可以卖吗?"戚安期感动极了，眼泪忍不住流下来。于是把海棠接回来，三人白头偕老。

古代有贤惠的女子，像林氏这样，可以称得上“女圣人”了。

胡大姑

益都岳于九，家有狐祟，布帛器具，辄被抛掷邻堵。蓄细葛，将取作服；见捆卷如故，解视，则边实而中虚，悉被翦去。诸如此类，不堪其苦。乱诟骂之。岳戒止云：“恐狐闻。”狐在梁上曰：“我已闻之矣。”由是祟益甚。

一日，夫妻卧未起，狐摄衾服去。各白身蹲床上，望空哀祝之。忽见好女子自窗入，掷衣床头。视之，不甚修长；衣绛红，外袭雪花比甲。岳着衣，揖之曰：“上仙有意垂顾，即勿相扰。请以为女，如何？”狐曰：“我齿较汝长，何得妄自尊？”又请为姊妹，乃许之。于是命家人皆呼以胡大姑。

时颜镇张八公子家，有狐居楼上，恒与人语。岳问：“识之否？”答云：“是吾家喜姨，何得不识？”岳曰：“彼喜姨曾不扰人，汝何不效之？”狐不听，扰如故。犹不甚祟他人，而专祟其子妇：履袜簪珥，往往弃道上；每食，辄于粥碗中埋死鼠或粪秽。妇辄掷碗骂骚狐，并不祷免。岳祝曰：“儿女辈皆呼汝姑，何略无尊长体耶？”狐曰：“教汝子出若妇，我为汝媳，便相安矣。”子妇骂曰：“淫狐不自惭，欲与人争汉子耶！”时妇坐衣笥上，忽见浓烟出尻下，熏热如笼。启视，藏裳俱烬；剩一二事，皆姑服也。又使岳子出其妇，子不应。过数日，又促之，仍不应。狐怒，以石击之，额破裂，血流几毙。岳益患之。

西山李成爻，善符水，因币聘之。李以泥金写红绢作符，三日始成。又以镜缚梃上，捉作柄，遍照宅中。使童子随视，有所见，即急告。至一处，童言墙上若犬伏。李即戟手书符其处。既而禹步庭中，咒移时，即见家中犬豕并来，帖耳戢尾，若听教命。李挥曰："去!"即纷然鱼贯而去。又咒，群鸭即来，又挥去之。已而鸡至。李指一鸡，大叱之。他鸡俱去，此鸡独伏，交翼长鸣，曰："予不敢矣!"李曰："此物是家中所作紫姑也。"家人并言不曾作。李曰："紫姑今尚在。"因共忆三年前，曾为此戏，怪异即自尔日始也。遍搜之，见刍偶犹在厩梁上。李取投火中。乃出一酒瓻，三咒三叱，鸡起径去。闻瓻口言曰："岳四很哉!数年后，当复来。"岳乞付之汤火；李不可，携去。或见其壁间挂数十瓶，塞口者皆狐也。言其以次纵之，出为祟，因此获聘金，居为奇货云。

【译文】

山东益都岳于九，家里有狐狸精作怪，衣服布匹，日用器具，每每被扔到邻家墙下。岳于九藏了一些细葛，准备拿出来做衣服。只见捆扎得和先前一样，解开一看，四周是实的，中间是空的，全被剪去了。诸如此类，实在受不了骚扰之苦。家里人破口大骂一通。岳于九告诫说："不要骂了，怕狐狸精听见。"狐狸精在梁上说："我已经听见啦!"从此捣乱得更厉害。

一天，岳于九夫妻睡着还未起床，狐狸精把衣服、被子拿走了。两个人光着身子蹲在床上，望着天空哀求祈祷。忽然看见一个漂亮的姑娘从窗户中进来，把衣服扔在床头。看那姑娘的长相，身材不很高，穿一件绛红色的衣服，外套一件雪花背心。岳于九穿好衣服，对姑娘作揖道："仙姑有意光临寒舍，千万别给我们添麻烦，我们想认你作干女儿，不知意下如何？"狐狸精说："我年纪比你还大，你怎么能以长辈自居？"岳于九又请求认她作干姐姐，这才答应了。于是，岳于九命家里人都叫她胡大姑。

当时，颜镇的张八公子家也有狐狸精住在楼上，经常同人说话。岳于九问胡大姑："你认识她吗？"答曰："是我家喜阿姨，怎么会不认识？"岳于九说："那个喜阿姨从不捣乱，你怎么不向她学习？"胡大姑不听，照旧捣乱。还不大跟其他人捣乱，专跟岳于九的儿媳妇捣乱，往往把她的鞋子、袜子、发簪、耳环扔在路上；每当吃饭，就在她粥碗里埋进死老鼠或粪便等脏东西。媳妇摔碗大骂骚狐狸，并不祈祷求饶。岳于九祈祷道："儿女们都叫你姑姑，怎么一点也没有长辈的体统呢？"狐狸精说："叫你儿子休了他老婆，让我做你的媳妇，这样就大家太平了。"媳妇骂道："骚狐狸精真不知羞耻，想跟人争夺老公吗？"当时，媳妇坐在衣箱上，忽见一股浓烟从屁股底下冒出来，热得像坐在蒸笼上。打开箱子一看，藏在里面的衣服都烧为灰烬；剩下一两件，都是婆婆的衣服。狐狸精又叫岳于九的儿子休了老婆，岳子不睬她。过了几天，狐狸精又来催促，岳子还是不理。狐狸精大怒，用石头砸他，岳子额头破裂，血流如注，差一点送命。岳于九更担忧了。

西山李成爻擅长画符驱鬼。岳于九就出钱请他来辟邪。李成爻用金粉画在红绢上作符，画了三天才完成；又把镜子缚在木棍上，握着木棍当柄，在宅中到处照了一遍。叫小男孩跟着看，见到什么，立即报告。走到一处，小孩说墙上像有一条狗伏着。李成爻立即撮手挺直中指食指在墙上画符一道。然后在庭院里踱法步，念咒语，过了一会就见家里的狗和猪都跑来了，俯首帖耳，夹着尾巴，像是来听候差遣的。李成爻一挥手道："走开！"猪和狗立即乱纷纷排队走了。李成爻又念咒语，成群的鸭子来了，又挥手叫走。之后，鸡来了。李成爻指着其中的一只大声叱责。其他鸡都走了，唯有这一只伏在那里，拍着翅膀长鸣，说："我不敢了！"李成爻说："这个东西是你们家做的紫姑。"家里人都说没有做过。李成爻说："紫姑至今还在。"于是，家人想起三年之前，曾经做过这种游戏，怪事也就从那时开始的。搜遍了屋子，发现草人还在马棚的梁上。李成爻拿来投入火中；又拿出一只酒瓶，念了三次咒，又叱责三次，那只鸡就站起来径自走了。只听瓶口有人在说："岳四好狠，几年之后，还要再来。"岳于九请李成爻把瓶子扔进沸水或火里，李成爻不肯，带着走了。有人看见他家墙壁上挂着几十只瓶子，瓶口塞住的里面都有狐狸精。听说他按次序放狐狸精出来作怪，又借捉怪获取酬金，把它们居为奇货。

细　侯

昌化满生，设帐于余杭。偶涉廛市，经临街阁下，忽有荔壳坠肩头。仰视，一雏姬凭阁上，妖姿要妙，不觉注目发狂。姬俯哂而入，询之，知为娼楼贾氏女细侯也。其声价颇高，自顾不能适愿。归斋冥想，终宵不枕。

明日，往投以刺，相见，言笑甚欢，心志益迷。托故假贷同人，敛金如干，携以赴女，款洽臻至。即枕上口占一绝赠之云：

膏腻铜盘夜未央，床头小语麝兰香。
新鬟明日重妆凤，无复行云梦楚王。

细侯蹙然曰："妾虽污贱，每愿得同心而事之。君既无妇，视妾可当家否？"生大悦，即叮咛，坚相约。细侯亦喜曰："吟咏之事，妾自谓无难，每于无人处，欲效作一首，恐未能便佳，为听观所讥。倘得相从，幸教妾也。"因问生家田产几何，答曰："薄田半顷，破屋数椽而已。"细侯曰："妾归君后，当长相守，勿复设帐为也。四十亩聊足自给，十亩可以种黍，织五匹绢，纳太平之税有余矣。闭户相对，君读妾织，暇则诗酒可遣，千户侯何足贵！”生曰：“卿身价略可几多？”曰：“依媪贪志，何能盈也？多不过二百金足矣。可恨妾齿稚，不知重赀财，得辄归母，所私蓄者区区无多。君能办百金，过此即非所虑。”生曰：“小生之落寞，卿所知也，百金何能自致。有同盟友，令于湖南，屡相见招，仆以道远，故惮于行。今为卿故，当往谋之。计三四月，可以归复，幸耐相候。”细侯诺之。

生即弃馆南游，至则令已免官，以罣误居民舍，宦囊空虚，不能为礼。生落魄难返，就邑中授徒焉。三年，莫能归。偶笞弟子，弟子自溺死。东翁痛子而讼其师，因被逮囹圄。幸有他门人，怜师无过，时致馈遗，以是得无苦。

细侯自别生，杜门不交一客。母诘知故，不可夺，亦姑听之。有富贾某，慕细侯名，托媒于媪，务在必得，不靳直。细侯不可。贾以负贩诣湖南，敬侦生耗。时狱已将解，贾以金赂当事吏，使久锢之。归告媪云：“生已瘐死。”细侯疑其信不确。媪曰：“无论满生已死，纵或不死，与其从穷措大，以椎布终也，何如衣锦而厌粱肉乎？”细侯曰：“满生虽贫，其骨清也；守龌龊商，诚非所愿。且道路之言，何足凭信！”贾又转嘱他商，假作满生绝命书寄细侯，以绝其望。细侯得书，惟朝夕哀哭。媪曰：“我自幼于汝，抚育良劬。汝成人二三年，所得报者，日亦无多。既不愿隶籍，即又不嫁，何以谋生活？”细侯不得已，遂嫁贾。贾衣服簪珥，供给丰侈。年余，生一子。

无何，生得门人力，昭雪而出，始知贾之锢己也；然念素无郤，反复不得其由。门人义助资斧以归。既闻细侯已嫁，心甚激楚，因以所苦，托市媪卖浆者达细侯，细侯大悲。方悟前此多端，悉贾之诡谋。乘贾他出，杀抱中儿，携所有亡归满；凡贾家服饰，一无所取。贾归，怒质于官。官原其情，置不问。

呜呼！寿亭侯之归汉，亦复何殊？顾杀子而行，亦天下之忍人也！

【译文】

浙江昌化人满生，在余杭县教书。一天路过集市，从沿街的楼阁下经过，忽然有荔枝壳落在他肩上。抬头看，只见一个小姑娘靠在阁楼窗前，姿态妖冶，不禁盯着她痴痴地看。小姑娘朝下笑了笑就进去了。满生一打听，知道姑娘是妓院里贾氏的女儿细侯。细侯身价很高，满生自忖不能如愿；回到书斋苦思冥想，彻夜不眠。

第二天，去向细侯投名片，相见之下，说说笑笑很快活，满生更加着了迷。他找借口向朋友借钱，凑了一笔钱，就带着去找细侯。两人欢爱异常，满生就在枕上随口作了一首诗赠给她："烛泪点点天没亮，枕畔私语兰麝香。姑娘明日重打扮，不再记得多情郎。"细侯皱着眉头说："我虽然不清白，但常常希望找到一个情投意合的人儿来侍候他。你既然没有妻子，看看我能当家不？"满生大喜，立即一再叮嘱她，互相不忘海誓山盟。细侯也高兴地说："吟诗作赋之类的事，我看并不难。我常常背着人想学着做一首，怕不能一做就好，被人听了看了笑话。倘若我能跟着你，你可一定要教我。"又问满生家里有多少田地产业，满生回答说："只有薄田半顷，破房数间罢了。"细侯说："我嫁给你以后，要同你一直厮守在一起，你不要再去教书了。四十亩地勉强可以自给，还有十亩可以种黄米，再织些绢匹，在太平日子里交税足够了。我俩关起门来过日子，你念书，我织布，有空闲就作诗饮酒消遣，这样生活千户侯又有什么可稀罕的呢？”满生说：“你的身价大概值多少钱？”细侯说：“如果按妈妈的贪心，怎么能满足得了呢？最多不过二百两银子就足够了。可恨我年纪小，不知道积蓄钱财，得了钱，就交给母亲，自己的积蓄少得可怜。只要你能筹集一百两，余下部分你就别管了。”满生说：“我落魄穷困，你是知道的，一百两银子怎么拿得出？我有一个结拜兄弟，在湖南当县令，多次请我去看他。我觉得路太远，所以怕出门。今天，为了你，我要去同他商量，估计三四个月时间可以回来，你千万耐心等候。”细侯答应了。

满生随即辞职南行。到了湖南，县令已被罢免，受处分住在老百姓家里。他做官不贪，没有钱，不能资助满生。满生处境狼狈，难以返回，就在当地教书。一晃三年，没办法回去。有一次，满生责打学生，学生投河自杀了。主人痛惜儿子，就去控告先生，于是，满生被关进了监狱。幸亏有其他的学生，同情老师没有过错，常常送东西给他，因此才没有受苦。

细侯自从和满生分手，闭门不接一个客人。鸨母问明原因，没法使她回心转意，也只好由她去。有个富商仰慕细侯的名声，托人向鸨母说媒，志在必得，不在乎身价。细侯不肯。富商到湖南做生意，打听满生的消息。这时满生的刑期将满，富商用钱贿赂主管此案的官吏，要他长期关押满生。富商回来对鸨母说：“满生已经死在牢里。”细侯疑心这个消息不确。鸨母说：“不要说满生已经死了，就是没死，与其嫁一个穷书生苦日子过到老，哪里比得上穿锦着绣吃鱼吃肉呢？”细侯说：“满生虽然穷，他骨子里是清白高洁的；跟龌龊商人过日子，实在不合我的心愿。况且道听途说的话，怎么能相信呢？”富商又嘱咐别的商人伪造满生的绝命书寄给细侯，以断绝细侯的希望。细侯接到信，早晚痛哭。鸨母说：“我从小把你抚养大，很辛苦。你成人才两三年，我得到你报偿的日子，也不多。你既不肯做妓女，现在又不肯嫁人，怎么维持生活呢？”细侯没办法，就嫁给富商。富商给她做衣服、打首饰，供给得丰盛奢侈。一年多以后，细侯生了个儿子。

不久，满生得到学生的帮助，冤案昭雪出了狱，才知道自己长期被关是富商造成的，但想想向来无怨无仇，翻来覆去找不到缘由。学生只送给满生路费让他回去。满生回余杭后，听说细侯已经嫁人，心里很是愤激悲痛，于是就把自己的痛苦心情，托卖酒老太婆转告细侯。细侯伤心极了，这才明白以前好多事都是富商捣的鬼。乘他外出，把襁褓中的孩子杀了，带着所有属于自己的财物，逃到满生那里；凡是富商家的衣服首饰，一无所取。富商回来，怒气冲冲告到官府。官府觉得细侯情有可原，搁起诉状不予理会。

呜呼！当年寿亭侯关羽从曹营逃归蜀汉，又有什么不同？但是，杀了儿子再逃走，也算得天下硬心肠的人了！

狼 三 则

有屠人货肉归，日已暮。欻一狼来，瞰担中肉，似甚涎垂；步亦步，尾行数里。屠惧，示之以刃，则稍却；既走，又从之。屠无计，默念狼所欲者肉，不如姑悬诸树而蚤取之。遂钩肉，翘足挂树间，示以空空。狼乃止。屠即径归。昧爽往取肉，遥望树上悬巨物，似人缢死状，大骇。逡巡近之，则死狼也。仰首审视，见口中含肉，肉钩刺狼腭，如鱼吞饵。时狼革价昂，直十余金，屠小裕焉。

缘木求鱼，狼则罹之，亦可笑已！

一屠晚归，担中肉尽，止有剩骨。途中两狼，缀行甚远。屠惧，投以骨。一狼得骨止，一狼仍从；复投之，后狼止而前狼又至；骨已尽，而两狼之并驱如故。屠大窘，恐前后受其敌。顾野有麦场，场主积薪其中，苫蔽成丘。屠乃奔倚其下，弛担持刀。狼不敢前，眈眈相向。少时，一狼径去；其一犬坐于前，久之，目似瞑，意暇甚。屠暴起，以刀劈狼首，又数刀毙之。方欲行，转视积薪后，一狼洞其中，意将隧入以攻其后也。身已半入，止露尻尾。屠自后断其股，亦毙之。乃悟前狼假寐，盖以诱敌。

狼亦黠矣！而顷刻两毙，禽兽之变诈几何哉，止增笑耳！

一屠暮行，为狼所逼。道旁有夜耕者所遗行室，奔入伏焉。狼自苫中探爪入。屠急捉之，令不可去。顾无计可以死之。惟有小刀不盈寸，遂割破爪下皮，以吹豕之法吹之。极力吹移时，觉狼不甚动，方缚以带。出视，则狼胀如牛，股直不能屈，口张不得合。遂负之以归。非屠乌能作此谋也？

三事皆出于屠，则屠人之残，杀狼亦可用也。

【译文】

有个屠夫卖肉回家，天色已晚。忽然，一只狼走来，盯着担子上的肉，好像很嘴馋；屠夫走一步，狼也走一步，跟了好几里路。屠夫害怕了，拿出屠刀朝它晃晃，狼就稍稍后退几步；屠夫一起步，狼又跟上来。屠夫没法子，心想狼想要的是肉，不如姑且把肉吊在树上，明天早上来取。于是用钩子钩住肉，踮起脚挂在树上，然后把空担子给狼看。狼于是停住了脚步。屠夫就径自回家。天一亮，屠夫就去取肉，远望只见树上吊着一个很大的东西，就像人吊死的模样。屠夫吓了一跳，磨磨蹭蹭走近去，原来是一头死狼。抬头细看，只见狼嘴里含着肉，肉钩子刺穿了狼的上腭，像鱼吞了鱼饵那样。当时，狼皮价钱很贵，值十几两银子，屠夫因此发了一笔小财。

狼缘木求鱼而遭了殃，真是令人好笑！

一个屠夫晚上回家，担子里的肉卖完了，只剩一堆骨头。半路上遇到两只狼，跟在他后面走了很长一段路。屠夫害怕，扔了根骨头给狼。一只狼得到骨头停住了，另一只狼还在跟。屠夫再扔根骨头，后一只狼停住了，先前那只狼又跟了上来。骨头扔完了，两只狼还是照旧并排跟着。屠夫束手无策，怕前后受敌，环顾四周，田野里有个打麦场，主人在中间堆了柴垛，上面用草盖着，像个小山丘。屠夫于是奔过去靠在柴堆下，放下担子，手持屠刀。狼不敢上前，瞪着眼看着他。过了一会儿，一只狼走了；另一只狼像狗一样蹲在前面。过了很久，那狼眼睛仿佛闭上了，神态很悠闲。屠夫突然跳起来，用屠刀砍狼的头，又几刀结果了它性命。正要走，转身看柴堆后面，一只狼掏了个洞，想要钻进去从背后向他发起攻击。狼的身体已有一半钻进去了，只露出屁股和尾巴。屠夫从后面砍断它的腿，也把它杀了。这时才明白蹲在他前面的那只狼假装睡觉，是为了诱骗对手上当。

狼也真够狡猾！然而顷刻之间双双被杀，禽兽的狡诈机变能有多少招呢？只是添一点笑料罢了！

一个屠夫晚上赶路，被狼所逼，路旁有一座农夫夜耕时留下的临时棚屋，他就奔进去躲在里面。狼从草壁中伸进脚爪，屠夫赶快抓住，使它无法缩回去。只是没有办法可以弄死它。只有一把不到一寸长的小刀，就割破狼爪下的皮，用杀猪时吹气的办法向里面吹气。屠夫用尽全身力气吹了好一会儿，觉得狼不怎么动了，这才在吹气的地方扎上带子。走出棚屋一看，那只狼胀得像一头牛，腿伸直不能弯，口张开合不拢。于是就把狼背回家中。不是屠夫，怎么能想出这样的计谋呢？

三件事都出于屠夫。可见屠夫的残忍，杀狼时倒可派用场。

美 人 首

诸商寓居京舍。舍与邻屋相连，中隔板壁；板有松节脱处，穴如盏。忽女子探首入，挽凤髻，绝美；旋伸一臂，洁白如玉。众骇其妖，欲捉之，已缩去。少顷，又至，但隔壁不见其身。奔之，则又去之。一商操刀伏壁下。俄首出，暴决之，应手而落，血溅尘土。众惊告主人。主人惧，以其首首焉。逮诸商鞫之，殊荒唐。淹系半年，迄无情词，亦未有以人命讼者，乃释商，瘞女首。

【译文】

一群商人住在京城旅店里。旅店同邻居的房子连着，中间隔着一层板壁。板壁上有个树疖掉了，形成杯子大一个洞。忽然有个女子从洞中探出头来，挽着凤髻，极美；接着又伸出一条手臂，洁白如玉。众商人吓了一跳，以为是妖怪，正要去抓，已经缩了回去。过一会儿，又来了，只是隔着板壁看不见她身体。众商人奔过去，便又缩了回去。有一个商人拿着刀蹲在板壁下。一会儿头出来，猛的一砍，应声而落，血溅满地。众商人惊恐地告诉店主。店主害怕，拿着美人的头到官府去告发。官府把那些商人抓来审讯，口供非常荒唐。关了半年，审不出名堂，也没有人来报人命案，就释放了商人，掩埋了美人头。

刘 亮 采

闻济南怀利仁言：刘公亮采，狐之后身也。

初，太翁居南山，有叟造其庐，自言胡姓。问所居，曰：“只在此山中。闲处人少，惟我两人，可与数晨夕，故来相拜识。”因与接谈，词旨便利，悦之。治酒相欢，醺而去。

越日复来，愈益款厚。刘云：“自蒙下交，分即最深。但不识家何里，焉所问兴居?”胡曰：“不敢讳，实山中之老狐也。与若有夙因，故敢内交门下。固不能为翁福，亦不敢为翁祸，幸相信勿骇。”刘亦不疑，更相契重。即叙年齿，胡作兄，往来如昆季。有小休咎，亦以告。

时刘乏嗣，叟忽云：“公勿忧，我当为君后。”刘讶其言怪。胡曰：“仆算数已尽，投生有期矣。与其他适，何如生故人家?”刘曰：“仙寿万年，何遂及此?”叟摇首云：“非汝所知。”遂去。夜果梦叟来，曰：“我今至矣。”既醒，夫人生男，是为刘公。公既长，身短，言词敏谐，绝类胡。少有才名，壬辰成进士。为人任侠，急人之急，以故秦、楚、燕、赵之客，趾错于门；货酒卖饼者，门前成市焉。

【译文】

听山东济南府的怀利仁说：刘亮采是狐狸投胎。

早先，刘亮采的父亲住在南山，有个老头来到他家，自称姓胡。问他住在哪里，老头说：“就在这山中。这儿僻静人少，就你我二个，可以一起早晚说话，所以特来拜见，认识认识。”于是一起交谈。老头谈吐敏捷，刘老太爷对他印象很好，备酒欢饮，喝得醉醺醺才去。

隔了一天，老头又来了。刘老太爷的招待更见丰厚，说：“自从承蒙你同我交朋友，这情谊就是最深的了。但不知你住在哪里，到哪儿去探问你的起居呢?”胡老头说：“不敢相瞒，我是这座山里的老狐狸，同你前世有缘，所以敢同你交朋友。当然，我不能为你带来好运，但也不敢嫁祸于你，请务必相信我，不要害怕。”刘老太爷也不疑心，更看重胡老头。当即排年龄，胡老头为兄，从此就像兄弟一样来往，刘老太爷有什么小祸小福，他也事先告知。

当时，刘老太爷还没有儿子，胡老头忽然说："你不要担心，我要做你的后代。"刘老太爷惊讶他说得古怪。胡老头说："我寿命快完了，转世投胎已为期不远。与其到别人家去，哪里比得上生在老朋友的家里呢?"刘老太爷说："你们仙人可以活一万年，哪里就到这一步呢?"胡老头摇摇头说："这不是你能知道的。"就走了。夜里，刘老太爷果然梦见胡老头来，说："我今天来了。"醒来以后，夫人生了个儿子，这就是刘亮采。

刘亮采长大以后，身材短小，谈吐敏捷诙谐，极像胡老头，年纪很小就有才名，明万历壬辰（1592）中进士。他为人豪爽仗义，急人所急，因此，陕西、湖北、河北一带来拜见他的客人，前脚没去，后脚又来；卖酒卖饼的小贩，在他家门前形成了一个集市。

蕙　芳

马二混，居青州东门内，以货面为业。家贫，无妇，与母共作苦。

一日，媪独居，忽有美人来，年可十六七，椎布甚朴，而光华照人。媪惊顾穷诘。女笑曰："我以贤郎诚笃，愿委身母家。"媪益惊曰："娘子天人，有此一言，则折我母子数年寿!"女固请之。意必为侯门亡人，拒益力。女乃去。

越三日，复来，留连不去。问其姓氏，曰："母肯纳我，我乃言；不然，固无庸问。"媪曰："贫贱佣保骨，得妇如此，不称亦不祥。"女笑坐床头，恋恋殊殷。媪辞之，言："娘子宜速去，勿相祸。"女乃出门，媪视之西去。

又数日，西巷中吕媪来，谓母曰："邻女董蕙芳，孤而无依，自愿为贤郎妇，胡弗纳?”母以所疑虑具白之。吕曰：“乌有此耶?如有乖谬，咎在老身。”母大喜，诺之。吕既去，媪扫室布席，将待子归往娶之。

日将暮，女飘然自至。入室参母，起拜尽礼。告媪曰：“妾有两婢，未得母命，不敢进也。”媪曰：“我母子守穷庐，不解役婢仆。日得蝇头利，仅足自给。今增新妇一人，娇嫩坐食，尚恐不充饱；益之二婢，岂吸风所能活耶?”女笑曰：“婢来，亦不费母度支，皆能自得食。”问：“婢何在?”女乃呼：“秋月、秋松!”声未及已，忽如飞鸟堕，二婢已立于前。即令伏地叩母。

既而马归，母迎告之。马喜。入室，见翠栋雕梁，侔于宫殿；中之几屏帘幕，光耀夺视。惊极，不敢入。女下床迎笑，睹之若仙。益骇，却退。女挽之，坐与温语。马喜出非分，形神若不相属。即起，欲出行沽。女止曰：“勿须。”因命二婢治具。秋月出一革袋，执向扉后，格格撼摆之。已而以手探入，壶盛酒，柈盛炙，触类熏腾。饮已而寝，则花罽锦裀，温腻非常。天明出门，则茅庐依旧。母子共奇之。

媪诣吕所，将迹所由。入门，先谢其媒合之德。吕讶云：“久不拜访，何邻女之曾托乎?”媪益疑，具言端委。吕大骇，即同媪来视新妇。女笑逆之，极道作合之义。吕见其惠丽，愕眙良久，即亦不辨，唯唯而已。女赠白木搔具一事，曰：“无以报德，姑奉此为姥姥爬背耳。”吕受以归，审视则化为白金。马自得妇，顿更旧业，门户一新。笥中貂锦无数，任马取着；而出室门，则为布素，但轻煖耳。女所自衣亦然。

积四五年，忽曰："我谪降人间十余载，因与子有缘，遂暂留止。今别矣。"马苦留之。女曰："请别择良偶，以承庐墓。我岁月当一至焉。"忽不见。马乃娶秦氏。后三年，七夕，夫妻方共语，女忽入，笑曰："新偶良欢，不念故人耶?"马惊起，怆然曳坐，便道衷曲。女曰："我适送织女渡河，乘间一相望耳。"两相依依，语无休止。忽空际有人呼"蕙芳"，女急起作别。马问其谁。曰："余适同双成姊来，彼不耐久伺矣。"马送之。女曰："子寿八旬，至期，我来收尔骨。"言已，遂逝。今马六十余矣。其人但朴讷，无他长。

异史氏曰：马生其名混，其业亵，蕙芳奚取哉？于此见仙人之贵朴讷诚笃也。余尝谓友人：若我与尔，鬼狐且弃之矣。所差不愧于仙人者，惟"混"耳。

【译文】

马二混家住山东青州东门内，卖面为业。家境贫困，没有老婆，同老母一起艰难度日。

一天，马母一个人在家，忽然有个美人进来，年纪大约十六七岁，椎髻布衫，很是朴素，但光彩照人。马母吃惊地看着她，仔细盘问。姑娘笑着说："我因为你儿子为人诚恳老实，情愿到你家做媳妇。"马母更吃惊了，说，"姑娘是仙女下凡，就你这一句话，也要折我们母子好几年寿!"姑娘坚决要求留下。马母猜她一定是从富贵人家逃出来的，拒绝得也更不含糊。于是姑娘就走了。

过了三天，姑娘又来了，留连着不走。问她姓名，回答说："妈妈肯收留我，我才告诉你；不然，就不必问了。"马母说："我们贫贱人做牛做马的命，得到你这样的媳妇，不相称，也不吉利。"姑娘笑着坐在床头，恋恋不舍。马母谢绝她，说："姑娘赶快走吧，不要给我们家惹祸了。”姑娘这才出门，马母看她朝西走去。

又过了几天，西边巷子里的吕大娘来了，对马母说：“我的邻家女董蕙芳，孤苦伶仃，无依无靠，情愿做令郎的妻子，你们怎么不要她呢？”马母把疑虑都对她说了。吕大娘说：“哪会有这种事？如果有差错，我老婆子负责。”马母大喜，答应了这门亲事。吕大娘走后，马母打扫屋子，铺上席子，准备等儿子一回家就去迎亲。

傍晚，蕙芳飘然自己来了，走进屋子拜见马母，按新媳妇的礼节向马母跪拜行礼。蕙芳告诉马母：“我有两个婢女，没有婆母的同意，不敢擅自带她们进门。”马母说：“我们母子住着这么间破房子，不知道怎样使用婢女仆人。每天赚一点蝇头小利，只够自给。现在多了个新媳妇，娇滴滴的坐吃，还担心吃不饱；再加上两个婢女，难道喝西北风能够活命吗？”蕙芳笑着说：“婢女来了，也不费婆母开销，都能够自食其力。”马母问：“婢女在哪里呢？”蕙芳就叫：“秋月！秋松！”话音未落，两个婢女像飞鸟落地一般，已经站在面前了。蕙芳当即命她们跪在地上叩见老太太。

一会儿，马二混回来了。马母迎上去告诉他事情的经过。马二混心里高兴。走进房间，只见雕梁画栋，如同宫殿一般；房间里几案屏风，珠帘翠幕，光彩夺目。马二混吃惊极了，不敢进门。蕙芳下床，笑着迎上前来，看上去像仙女似的。马二混更惊慌了，向后便退，却被蕙芳一把拉住，坐下温存地跟他说话。马二混喜出望外，魂好像不在身上。就起身，要去打酒。蕙芳拦阻道：“用不着。”于是命婢女准备酒席。秋月取出一只皮袋，拿到门后，啪啪抖动几下，然后把手伸进袋子，取出的壶里有酒，盘里有肉。样样热气腾腾。喝完酒上床，花毯锦被，非常温暖滑腻。天亮出门，则仍旧是几间茅草房。母子俩都很奇怪。

马母来到吕大娘家，想问个究竟。一进门，先感谢吕大娘做媒的功德。吕大娘吃惊地说：“我好久不到你家去了，哪里有邻家女托我做过媒呢？”马母更怀疑了，把事情从头说了一遍。吕大娘大惊，立即同马母去看新媳妇。蕙芳笑着出来迎接，极力称道吕大娘做媒的恩义。吕大娘见她聪明美丽，呆呆地看了好一会儿，也就不再辩白，只是唔唔地应付。蕙芳送给吕大娘一只搔痒用的白木抓子，说：“没有什么报答你的大德，姑且送这个给大妈搔搔背吧。”

吕大娘收下回家，仔细一看，变成白金的了。马二混自从娶了老婆，就不再卖面，家庭面貌焕然一新。箱子里貂皮裘锦缎衣多得数不清，任马二混拿来穿，但一出家门，立即变成单色布衣，只是又轻又暖罢了。蕙芳自己的穿着也是这样。

过了四五年，蕙芳忽然说："我被天帝贬到人间已经十多年了。因同你有缘，就暂住你家。今天，我要告别了。"马二混苦苦挽留。蕙芳说："你重新娶个贤惠的妻子，好传宗接代。过几年，我会来看你一次的。"忽然就不见了。马二混就娶了秦氏为妻。三年后的七夕，夫妻俩正一起说话、蕙芳忽然进来，笑着说："新夫妇好快活，不记得故人了吗?"马二混一惊，站起身伤心地拉蕙芳坐下，就诉说心中的思念。蕙芳说："我刚送织女渡过天河，乘便来看你一次罢了。"两人情意绵绵，说不完的话。忽然天空中有人叫"蕙芳"。蕙芳赶紧起身告别。马二混问是谁在叫。蕙芳说："我刚才是和王母娘娘身边的双成姐姐一起来的，她等得不耐烦了。"马二混送她。蕙芳说："你能活到八十岁。到时候，我来替你收尸骨。"说完，人就不见了。现在，马二混已经六十多岁，人只是很朴实，不善谈吐，也没有其他特长。

异史氏说：马生名混，职业卑贱。蕙芳看上他哪一点呢？由此可见，仙人看重朴实、寡言、诚恳、忠厚的人。我曾对朋友说："像你和我，鬼怪和狐狸精尚且要丢在一边。我们在仙人面前不感到惭愧的，只有一个混字罢了。"

山　神

益都李会斗，偶山行，值数人籍地饮。见李至，欢然并起，曳入座，竞觞之。视其柈馔，杂陈珍错。移时，饮甚欢；但酒味薄涩。忽遥有一人来，面狭长，可二三尺许；冠之高细称是。众惊曰："山神至矣！"即都纷纷四去。李亦伏匿坎窞中。既而起视，则肴酒一无所有，惟有破陶器贮溲溺，瓦片上盛蜥蜴数枚而已。

【译文】

山东益都人李会斗，一次赶山路，遇见几个人坐在地上饮酒。他们见李会斗来了，七嘴八舌站起来，拉李会斗一起坐，争着向他劝酒。李会斗一看盘里的菜，横七竖八都是山珍海味。喝了一会儿，大家酒兴正浓，但酒的味道实在很差。忽然远处走来一人，脸型狭长，上下有二三尺；戴的冠又高又细，和他的脸型差不多。众人惊恐地说："山神来了！"说着，立即纷纷四散。李会斗也躲藏在地穴中。过后爬起来一看，菜和酒什么都没了，只有几只破陶器，里面盛着尿，瓦片上放着几条壁虎罢了。

萧　七

徐继长，临淄人，居城东之磨房庄。业儒未成，去而为吏。

偶适姻家，道出于氏殡宫。薄暮醉归，过其处，见楼阁繁丽，一叟当户坐。徐酒渴思饮，揖叟求浆。叟起，邀客入，升堂授饮。饮已，叟曰："曛暮难行，姑留宿，早旦而发如何也?"徐亦疲殆，乐遵所请。叟命家人具酒奉客。即谓徐曰："老夫一言，勿嫌孟浪：郎君清门令望，可附婚姻。有幼女未字，欲充下陈，幸垂援拾。"徐踧踖不知所对。叟即遣伻告其亲族，又传语令女郎妆束。顷之，峨冠博带者四五辈，先后并至。女郎亦炫妆出，姿容绝俗。于是交坐宴会。徐神魂眩乱，但欲速寝。酒数行，坚辞不任。乃使小鬟引夫妇入帏，馆同爰止。徐问其族姓，女自言："萧姓，行七。"又复细审门阀。女曰："身虽贱陋，配吏胥当不辱寞，何苦研穷？"徐溺其色，款曜备至，不复他疑。女曰："此处不可为家。审知汝家姊姊甚平善，或不拗阻，归除一舍，行将自至耳。"徐应之。既而加臂于身，奄忽就寐。

既觉，则抱中已空。天色大明，松阴翳晓，身下籍黍穰尺许厚。骇叹而归，告妻。妻戏为除馆，设榻其中，阖门出，曰："新娘子今夜至矣。"因与共笑。

日既暮，妻戏曳徐启门，曰："新人得无已在室耶？"既入，则美人华妆坐榻上。见二人入，桥起逆之。夫妻大愕。女掩口局局而笑，参拜恭谨。妻乃治具，为之合欢。女早起操作，不待驱使。

一日谓徐："姊姨辈俱欲来吾家一望。"徐虑仓卒无以应客。女曰："都知吾家不饶，将先赍馔具来，但烦吾家姊姊烹饪而已。"徐告妻，妻诺之。晨炊后，果有人荷酒胾来，释担而去。妻为职庖人之役。晡后，六七女郎至，长者不过四十以来，围坐并饮，喧笑盈室。徐妻伏窗以窥，惟见夫及七姐相向坐，他客皆不可睹。北斗挂屋角，欢然始去。女送客未返。妻入视案上，杯柈俱空。笑曰："诸婢想俱饿，遂如狗舐砧。"少间，女还，殷殷相劳，夺器自涤，促嫡安眠。妻曰："客临吾家，使自备饮馔，亦大笑话。明日合另邀致。"

逾数日，徐从妻言，使女复召客。客至，恣意饮啖；惟留四簋，不加匕箸。徐问之。群笑曰："夫人谓吾辈恶，故留以待调人。"座间一女，年十八九，素舄缟裳，云是新寡，女呼为六姊。情态娇艳，善笑能口。与徐渐洽，辄以谐语相嘲。行觞政，徐为录事，禁笑谑。六姊频犯，连引十余爵，酡然径醉。芳体娇懒，荏弱难持。无何，亡去。徐烛而觅之，则酣寝暗帏中。近接其吻，亦不觉。以手探裤，私处坟起。心旌方摇，席中纷唤徐郎，乃急理其衣，见袖中有绫巾，窃之而出。迨于夜央，众客离席，六姊未醒。七姐入，摇之，始呵欠而起，系裙理发从众去。徐拳拳怀念，不释于心。将于空处展玩遗巾，而觅之已渺。疑送客时遗落途间，执灯细照阶除，都复乌有。意顼顼不自得。女问之，徐漫应之。女笑曰："勿诳语，巾子人已将去，徒劳心目。"徐惊，以实告，且言怀思。女曰："彼与君无宿分，缘止此耳。"问其故。曰："彼前身曲中女；君为士人，见而悦之，为两亲所阻，志不得遂，感疾阽危。使人语之曰：'我已不起。但得若来，获一扪其肌肤，死无憾！'彼感此意，诺如所请。适以冗羁，未遽往；过夕而至，则病者已殒；是前世与君有一扪之缘也。过此即非所望。"

后设筵再招诸女，惟六姊不至。徐疑女妒，颇有怨怼。女一日谓徐曰："君以六姊之故，妄相见罪。彼实不肯至，子我何尤？今八年之好，行将别矣，请为君极力一谋，用解从前之惑。彼虽不来，宁禁我不往？登门就之，或人定胜天，不可知。"徐喜，从之。

女握手，飘若履虚，顷刻至其家。黄甓广堂，门户曲折，与初见时无少异。岳父母并出，曰："拙女久蒙温煦。老身以残年衰慵，有疏省问，或当不怪耶？"即张筵作会。女便问诸姊妹。母云："各归其家，惟六姊在耳。”即唤婢请六娘子来，久之不出。女入曳之以至。俯首简嘿，不似前此之谐。少时，叟媪辞去。女谓六姊曰：“姐姐高自重，使人怨我！”六姊微哂曰：“轻薄郎何宜相近！”女执两人残卮，强使易饮，曰：“吻已接矣，作态何为？”少时，七姐亡去，室中止余二人。徐遽起相逼，六姊宛转撑拒。徐牵衣长跽而哀之，色渐和，相携入室。裁缓襦结，忽闻喊嘶动地，火光射闼。六姊大惊，推徐起曰：“祸事忽临，奈何！”徐忙迫不知所为，而女郎已窜避无迹矣。

徐怅然少坐，屋宇并失。猎者十余人，按鹰操刃而至，惊问：“何人夜伏于此？”徐托言迷途，因告姓字。一人曰：“适逐一狐，见之否？”答云：“不见。”细认其处，乃于氏殡宫也。怏怏而归。

犹冀七姊复至，晨占雀喜，夕卜灯花，而竟无消息矣。董玉玹谈。

【译文】

徐继长是山东临淄人，家住城东磨房庄；应试没结果，弃学做吏。

一次走亲家，要经过于家停放棺材的地方。傍晚，他喝醉酒回家，路过那里，只见楼阁重叠壮丽，一个老翁当门坐着。徐继长酒喝多了口渴，想喝水，作了个揖，求老翁给碗水喝。老翁站起身，邀请客人入门，上厅堂拿水给他。徐继长喝完，老翁说：“天色已晚，道路难行，暂且留下过一夜，一清早再赶路，怎么样？”徐继长确实累了，很乐意接受老翁的建议。老翁命家人准备酒席招待客人，又对徐继长说：“老汉有句话，你不要嫌我冒昧：你门第清高名声好，是可以结为姻亲的。我有个小女儿还没出嫁，想把她嫁给你，希望你能答应。”徐继长局促不安，不知说什么好。老翁立即派人告诉亲戚朋友，又传话让女儿梳妆打扮。一会儿，四五个读书人模样的客人陆续到了。小姐也打扮得漂漂亮亮出来，姿容不同凡俗。于是，大家一起入席就坐。徐继长神魂颠倒，只想赶快上床。酒过数巡，坚持说不能再喝了。于是，老翁就命丫环领新郎新娘入洞房，住处俨然同富家一样。徐继长问小姐姓什么，小姐说：“姓萧，排行第七。”徐继长又仔细盘问她的门第出身。萧七姐说：“我虽然出身卑贱，但配你这个小小的胥吏总不至于辱没你，何必苦苦盘问?”徐继长沉湎于她的美色，恩爱备至，不再疑神疑鬼了。七姐说：“此处不可安家。我知道你家夫人待人平和善良，恐怕她不会作难，你回去腾出一间房间，我自己会来的。”徐继长一口答应。然后搂着她身子，很快睡着了。

早晨醒来，怀里的七姐不见了。天色已经大亮，晨光从松树枝叶间透进来，身下垫的小米秸芯有一尺来厚。徐继长惊叹而归，把昨晚的经历告诉了妻子。妻子开玩笑腾出一间屋子，在里面放上床，关上门出来，说：“新娘子今晚要来了!”说完，两个人都笑了。

太阳下山了。妻子笑着拉徐继长去开门，说：“莫非新娘子已经来了?”进去以后，只见一位美人浓妆艳抹，坐在床上。见两人进来，躬身相迎。夫妻俩怔住了。萧七姐以手掩口，吃吃地笑；恭恭敬敬向夫人行拜见礼。于是，徐妻就准备酒宴，让他们喝交杯酒。七姐一早就起床干活，不等徐妻使唤。

一天，七姐对徐继长说：“我的几位姐姐姨姨都想来我家看看。”徐继长担心仓促之间拿不出东西招待。七姐说：“她们都知道咱家不富裕，会先把酒菜送来的，只是要麻烦我家姐姐掌勺。”徐继长告诉妻子，妻子答应了。吃过早饭，果然有人挑着酒肉来；卸下担子就走了。徐妻忙着准备饭菜。傍晚，有六七个女子来了，年纪最大的不过四十以内。大家围坐一席饮酒，满室说笑声。徐妻伏在窗下偷看，只见丈夫同七姐对面坐着，其他客人都看不见。直到北斗星挂上屋檐，才闹闹嚷嚷地走了。七姐送客还没有回来。徐妻进去看桌上，杯盘都空了，笑着说：“这几个丫头想来都饿了，就像狗舔肉砧一般。”过了一会儿，七姐回来了，殷切地向夫人道谢，抢过杯盘碗筷自己洗，催促夫人赶快睡觉。徐妻说："客人来我家做客，却让她们自备酒菜，也是大笑话。改日理应重新请她们。"

过了几天，徐继长听妻子的话，让七姐再去把客人请来。客人一到，纵情吃喝，只留四盘菜不下筷。徐继长问为什么不吃。客人们一起笑道："尊夫人说我们吃相不好，所以留着给她吃。"座中有个姑娘，年纪十八九岁，白鞋白裙，说是刚死了丈夫，七姐叫她"六姐"。六姐情态妖冶动人，能说会笑。同徐继长渐渐地混熟了，就用俏皮话开他玩笑。酒席上定下规矩，由徐继长担任主管，禁止说笑话。六姐屡屡犯禁，一连罚饮十多杯；两颊绯红，已经醉了，身体娇软，摇摇晃晃坐不住；不一会儿，就逃离了酒席。徐继长点了蜡烛去找，只见六姐在暗处帐子里酣睡，走近去接吻，她也毫无知觉；又把手伸进她裤子，阴部隆起。正在心神摇荡，忽听酒席上纷纷叫唤，"徐郎"，就赶快理好六姐的衣裳，看见袖中有绫巾一条，偷拿了才出来。直到半夜，客人离席，六姐还没有醒。七姐进去摇她，这才打着呵欠起来，系好裙子，理了理鬓发，随大家走了。徐继长苦苦思念，心里丢不下，走到没人处想打开绫巾赏玩赏玩，却怎么也找不到；怀疑是送客时丢在路上了，拿着油灯细照台阶，都还是没有。心里若有所失，不大高兴。七姐问他，他随口敷衍。七姐笑着说："别骗人了，绫巾人家已经带走，不必费心费力了。"徐继长一惊，就说了实话，并且说很想念六姐。七姐说："她和你注定没有同床共寝的缘分，情分就到此为止了。"徐继长又问其中原因。七姐说："她前世是妓女；你前世是读书人。你一见她就爱上了，但被父母阻拦，不能如愿，因此相思得病，危在旦夕。你派人传话给她说：'我已一病不起。只要你来，让我抚摸一下肌肤，死也无憾了！'她被你的这片心意感动了，就答应了你的要求。正巧当时有事耽搁，没有立即去；过了一夜才到，你已经死了。所以，她前世和你有'一摸之缘'，再进一步，就办不到了。"

后来，徐继长又设宴招待几位姑娘，唯有六姐不来。徐继长怀疑七姐妒忌，对她颇有不满之意。有一天，七姐对徐继长说："你因为六姐的缘故，错怪罪我。她确实是自己不肯来，怪我什么呢？现在，你我恩爱相处已经八年，我快要走了，就让我尽我所能替你想个办法，以解除你心头的疑团。她虽然不来，难道能禁止我们去吗？登门去迁就她，或许人的努力能够挽回天意也未可知。”徐继长大喜，听她的。

七姐握着他的手，在空中飘然而行，顷刻之间到了她家。黄瓦房顶，好大的厅堂，门户走道曲曲折折，同当初见到的一模一样。岳父母一起出来，说：“小女久蒙你爱护。我们年纪大了，身体不好，对你们关心不够，你不会见怪吧？”随即摆开酒席招待。七姐问起几位姐姐，母亲回答说：“都回她们自己家去了；只有六姑娘还在。”就叫婢女去请六姐来。好久不见她露面，七姐进去把她拉了来，还是低头默然，不像以前那样爱说爱笑。过了一会儿，两位老人告退。七姐对六姐说：“姐姐清高自重，倒让别人埋怨我了！”六姐微微一笑，说：“轻薄男子，怎么能同他接近？”七姐拿起两人喝剩的酒杯，强迫他们换来喝，说：“嘴都亲过了，装模作样干什么？”过了一会儿，七姐走开了，屋里只剩下徐继长和六姐两人。徐继长突然起身，逼六姐就范。六姐宛转拒绝。徐继长拉着她的衣服跪在地上苦苦哀求。六姐脸色渐渐温和了。两人手拉着手进卧房，刚刚解开衣带，忽听喊叫声震天动地，火光照射在门上。六姐大惊失色，推开徐继长站起身来说：“大祸临头了！怎么办？”徐继长手忙脚乱，不知干什么好，而六姐已经逃得无影无踪了。

徐继长懊丧地坐了一会儿，刚才的房屋全都不见了。十几个猎人擎鹰持刀走来，惊问道：“是谁深更半夜躲在这里？”徐继长谎称是迷了路，并告诉他们自己的姓名。有一个猎人说：“刚才追赶一只狐狸，你看见吗？”徐继长回答说：“没看见。”仔细辨认四周，是于家寄放棺材的地方，怏怏地回家而去。

徐继长还希望萧七姐会再来；他早晨盼喜鹊叫，晚上盼灯花结，但终于音讯全无了。这个故事是董玉玹讲的。

乱离二则

学师刘芳辉，京都人。有妹许聘戴生，出阁有日矣。值北兵入境，父兄恐细弱为累，谋妆送戴家。修饰未竟，乱兵纷入，父子分窜。女为牛彔俘去。从之数日，殊不少狎。夜则卧之别榻，饮食供奉甚殷。又掠一少年来，年与女相上下，仪采都雅。牛彔谓之曰：“我无子，将以汝继统绪，肯否？”少年唯唯。又指女谓曰：“如肯，即以此为汝妇。”少年喜，愿从所命。牛彔乃使同榻，浃洽甚乐。既而枕上各道姓氏，则少年即戴生也。

陕西某公，任盐秩，家累不从。值姜瓖之变，故里陷为盗薮，音信隔绝。后乱平，遣人探问，则百里绝烟，无处可询消息。

会以复命入都，有老班役丧偶，贫不能娶，公赉数金使买妇。时大兵凯旋，俘获妇口无算，插标市上，如卖牛马。遂携金就择之。自分金少，不敢问少艾。中一媪甚整洁，遂赎以归。媪坐床上，细认曰：“汝非某班役耶？”问所自知。曰：“汝从我儿服役，胡不识！”班役大骇，急告公。公视之，果母也。因而痛哭，倍偿之。

班役以金多，不屑谋媪。见一妇年三十余，风范超脱，因赎之。既行，妇且走且顾，曰：“汝非某班役耶？”又惊问之。曰：“汝从我夫服役，如何不识！”班役益骇，导见公。公视之，真其夫人。又悲失声。一日而母妻重聚，喜不可已。乃以百金为班役娶美妇焉。意必公有大德，所以鬼神为之感应。惜言者忘其姓字，秦中或有能道之者。

异史氏曰：炎昆之祸，玉石不分，诚然哉！若公一门，是以聚而传者也。董思白之后，仅有一孙，今亦不得奉其祭祀，亦朝士之责也。悲夫！

【译文】

学师刘芳辉，京城人，有个妹妹许配给戴生为妻，出嫁的日期已经定了。正遇上清兵入境，父亲和兄长担心女孩子拖累，打算把女儿打扮好就送到戴家。梳妆还没完，清兵就涌进城来。刘芳辉和父亲逃散。刘女被清军一个统领三百人的下级军官掳去，跟着他好几天，一点也没有非礼之举。夜里给她另睡一床，吃的喝的都不错。军官又抓来一个少年，年纪与刘女差不多，仪表、神态很高雅。军官对他说："我没有儿子，想让你为我传宗接代，你肯吗？"少年随口应承。又指着刘女对他说："如果肯，我就把这个姑娘给你做老婆。"少年很高兴，愿意从命。军官就让他俩同床共寝。男欢女爱，非常快乐；事毕在枕上各报姓名，原来这位少年就是戴生。

陕西某公，任盐运使之职，家眷拖累没带在身边。遇上姜瓖作乱，家乡沦为匪巢，音信不通。后来叛乱平息，派人探问，则方圆百里之内荒无人烟，已无处可以打听消息。

正好这时某公回京城述职。有个老差役死了老婆，没钱续娶。某公送给他几两银子让他买个老婆。这时官军凯旋而归，俘获的妇女不计其数，就在市场上插着标价牌，像卖牛马一般。老差役就带了钱前去挑选。自忖钱不多，不敢问津年轻姑娘。其中有一位老大娘很整洁，就把她赎出来带回家。老大娘坐在床上，仔细辨认说："你不是某差役吗？"差役问怎么会认识自己。老大娘说："你在我儿子手下当差，我怎么会不认识你呢？"差役大惊，赶紧告诉某公。某公一看，果然是母亲，就痛哭起来，加倍偿还了差役。

差役因为手里钱多，不想再买年老的了。看见有个妇人三十多岁，风度超脱，就把她赎出来。走在路上，妇人边走边端详，说："你不是某差役吗？"差役又吃惊地问她怎么会知道。妇人说："你在我丈夫手下当差，我怎么会不认识你呢？"差役更加惶恐，领她去见某公。某公一看，果真是自己的夫人，又伤心地哭出声来。一天之内同母亲、妻子重新团聚，高兴得不能自已。就拿出一百两银子替那个差役娶了个漂亮的老婆。我想，一定是某公有非常了不起的德行，所以鬼神也被他感动。可惜讲这件事的人忘了某公的姓名，陕西一带或许还有人能说出来。

异史氏说：昆仑山火灾，玉石俱焚。事实确是如此。像某公一家，是因终于团聚，故事才得流传开来。董思白的后代，只有一个孙子，现在也不能够继承香火了，这也是朝中当官者的责任。可悲！

豢蛇

泗水山中，旧有禅院，四无村落，人迹罕及，有道士栖止其中。或言内多大蛇，故游人益远之。

一少年入山罗鹰。入既深，无所归宿；遥见兰若，趋投之。道士惊曰：“居士何来？幸不为儿辈所见！”即命坐，具饘粥。食未已，一巨蛇入，粗十余围，昂首向客，怒目电瞛。客大惧。道士以掌击其额，呵曰：“去！”蛇乃俯首入东室。蜿蜒移时，其躯始尽，盘伏其中，一室尽满。客大惧，摇战。道士曰：“此平时所豢养。有我在，不妨；所患者，客自遇之耳。”客甫坐，又一蛇入，较前略小，约可五六围。见客遽止，睒䀹吐舌如前状。道士又叱之，亦入室去。室无卧处，半绕梁间，壁上土摇落有声。客益惧，终夜不寝。早起欲归，道士送之。出屋门，见墙上阶下，大如盎盏者，行卧不一。见生人，皆有吞噬状。客惧，依道士肘腋而行，使送出谷口，乃归。

余乡有客中州者，寄宿蛇佛寺。寺僧具晚餐，肉汤甚美，而段段皆圆，类鸡项。疑问寺僧：“杀鸡几何，遂得多项？”僧曰：“此蛇段耳。”客大惊，有出门而哇者。既寝，觉胸上蠕蠕。摸之，则蛇也，顿起骇呼。僧起曰：

"此常事，乌足骇!"因以火照壁间，大小满墙，榻上下皆是也。次日，僧引入佛殿。佛座下有巨井，井中蛇粗如巨瓮，探首井边而不出。爇火下视，则蛇子蛇孙以数百万计，族居其中。僧云："昔蛇出为害，佛坐其上以镇之，其患始平"云。

【译文】

山东泗水县山里，从前有一座寺院，四周没有村庄，人迹罕至，有道士住在里面。据说寺里多大蛇，所以游人更不敢去了。

有个少年进山捕鹰，走得很远，没有过夜的地方。远远看见寺院，赶紧去投宿。道士吃惊地说："居士从哪里来？幸亏没被我的儿女们看见。"就请少年坐，送上粥。粥还没吃完，一条大蛇游了进来，有十余围粗，昂头对着路人，怒目射出闪电般的光芒。少年很害怕。道士用手掌拍拍蛇的额头，喝道："去!"大蛇就低下头游进东边房里。蜿蜒好一会儿全身才进完，盘伏在里面，满满占了一屋子。少年害怕极了，吓得浑身打抖。道士说："这是我平日养的。有我在，没关系。担心的是客人独自遇上它。"少年刚坐下，又一条蛇进来，比刚才那条略小，大约有五六围粗，见到生人立即停住，目闪凶光，伸出舌头，同刚才那条一个模样。道士又大声斥责，这蛇也游进去了。房间里已没有可待的地方，一半就绕在梁上。墙壁上的尘土噼咧啪啦地往下掉。少年更害怕了，一夜没睡着。清晨起来要回家，道士送他上路。走出屋门，只见墙壁上、台阶下，碗口粗的，杯口粗的，游动盘卧不一。一见陌生人，都露出要吞食的样子。少年害怕，贴着道士臂肘腋下而走，请他一直送出谷口，才让他回去。

我家乡有人到河南作客，曾在蛇佛寺寄宿。寺里的和尚准备了晚饭，肉汤味道很鲜美，而每一块肉都是圆圆的一段，像鸡颈。心里疑惑，就问和尚："你们杀了多少只鸡，竟有这么多鸡颈？"和尚说："这是蛇肉块。"客人们大吃一惊，有出去呕吐的。睡下以后，感到胸前有什么东西在蠕动；伸手一摸，原来是蛇，顿时跳起来惊叫。和尚起来说："这是常有的事，有什么值得大惊小怪？"于是点灯照墙壁。只见大大小小的蛇爬满了墙，床上床下也全是蛇。第二天，和尚带他们进佛殿。在佛座下面有一口大井，井里的蛇有巨甕那么粗，把头伸出井边却不游出来。点上火把朝下一看，只见蛇子蛇孙数以百万计，合家住在里面。和尚说："过去蛇出来祸害人，佛坐在上面镇住它们，祸患才消灭。"

雷　公

亳州民王从简，其母坐室中，值小雨冥晦，见雷公持锤，振翼而入。大骇，急以器中便溺倾注之。雷公沾秽，若中刀斧，反身疾逃；极力展腾，不得去。颠倒庭际，嗥声如牛。天上云渐低，渐与檐齐。云中萧萧如马鸣，与雷公相应。少时，雨暴澍，身上恶浊尽洗，乃作霹雳而去。

【译文】

安徽亳州人王从简的母亲坐在屋里，天正下小雨，很暗，只见雷公手持大锤，振翅飞入。王母惊恐已极，急忙把便盆里的尿泼过去。雷公沾上了尿水，就像被刀斧击中一般，返身急忙逃窜；极力想展翅腾飞，却飞不起来；最后跌倒在院子里，吼声如牛。天上的云渐渐垂下来，几乎和屋檐一样高。云中萧萧之声如同马嘶，与雷公的吼声相应。一会儿，暴雨倾盆而下，雷公身上的尿水被冲洗干净，就打着霹雳走了。

菱　角

胡大成，楚人。其母素奉佛。成从塾师读，道由观音祠，母嘱过必入叩。

一日，至祠，有少女挽儿遨戏其中，发裁掩颈，而风致娟然。时成年十四，心好之。问其姓氏。女笑云："我祠西焦画工女菱角也。问将何为?"成又问："有婿家无?"女酡然曰："无也。"成言："我为若婿，好否?"女惭云："我不能自主。"而眉目澄澄，上下睨成，意似欣属焉。成乃出。女追而遥告曰："崔尔诚，吾父所善，用为媒，无不谐。"成曰："诺。"因念其慧而多情，益倾慕之。

归，向母实白心愿。母止此儿，常恐拂之，即浼崔作冰。焦责聘财奢，事已不就。崔极言成清族美才，焦始许之。

成有伯父，老而无子，授教职于湖北。妻卒任所，母遣成往奔其丧。数月将归，伯又病，亦卒。淹留既久，适大寇据湖南，家耗遂隔。成窜民间，吊影孤惶而已。

一日，有媪年四十八九，萦回村中，日昃不去。自言："离乱罔归，将以自鬻。"或问其价。言："不屑为人奴，亦不愿为人妇，但有母我者，则从之，不较直。"闻者皆笑。成往视之，面目间有一二颇肖其母，触于怀而大悲。自念只身，无缝纫者，遂邀归，执子礼焉。媪喜，便为炊饭织屦，劬劳若母。拂意辄谴之；而少有疾苦，则濡煦过于所生。

忽谓曰："此处太平，幸可无虞。然儿长矣，虽在羁旅，大伦不可废。三两日，当为儿娶之。"成泣曰："儿自有妇，但间阻南北耳。"媪曰："大乱时，人事翻覆，何可株待?”成又泣曰:“无论结发之盟不可背,且谁以娇女付萍梗人?”媪不答,但为治帘幌衾枕,甚周备,亦不识所自来。

一日,日既夕,戒成曰:“烛坐勿寐,我往视新妇来也未。”遂出门去。三更既尽,媪不返。心大疑。俄闻门外哗,出视,则一女子坐庭中,蓬首啜泣。惊问:“何人?”亦不语。良久,乃言曰:“娶我来,即亦非福,但有死耳!”成大惊,不知其故。女曰:“我少受聘于胡大成;不意胡北去,音信断绝。父母强以我归汝家。身可致,志不可夺也!”成闻而哭曰:“即我是胡某。卿菱角耶?”女收涕而骇,不信。相将入室,即灯审顾,曰:“得无梦耶?”于是转悲为喜,相道离苦。

先是乱后,湖南百里,涤地无类。焦携家窜长沙之东,又受周生聘。乱中不能成礼,期是夕送诸其家。女泣不盥栉,家中强置车中。至途次,女颠坠车下。遂有四人荷肩舆至,云是周家迎女者,即扶升舆,疾行若飞,至是始停。一老姥曳入,曰:“此汝夫家,但入勿哭。汝家婆婆,旦晚将至矣。”乃去。成诘知情事,始悟媪神人也。夫妻焚香共祷,愿得母子复聚。

母自戎马戒严,同侪人妇奔伏涧谷。一夜,噪言寇至,即并张皇四匿。有童子以骑授母。母急不暇问,扶肩而上,轻迅剽遬,瞬息至湖上,马踏水奔腾,蹄下不波。无何,扶下,指一户云:“此中可居。”母将启谢;回视其马,化为金毛犼,高丈余,童子超乘而去。母以手挝门,豁然启扉。有人出问,怪其音熟,视之,成也。

母子抱哭。妇亦惊起，一门欢慰。疑媪为大士现身。由此持观音经咒益虔。遂流寓湖北，治田庐焉。

【译文】

胡大成是湖南人，他母亲一向信奉佛教。大成跟私塾里的老师念书，上学要从观音祠过，母亲嘱咐他每次路过都要进去磕头。

一天，大成走进观音祠，有个少女领着小孩在里面玩，头发刚披到颈部，却风姿娟秀。当时大成十四岁，心里爱她。问她姓名，她笑着说："我是观音祠西边焦画工的女儿菱角。你问我姓名想干什么?"大成又问："有婆家没有?"菱角红着脸说："还没呢。"大成又说："我做你女婿好不?"菱角很难为情，说："我做不了主。"说完，两只水汪汪的眼睛，对大成上下一瞟，好像很中意。大成就出去了。菱角追上来远远告诉说："崔尔诚是我父亲的好朋友，请他做媒，一定成功。"大成说："知道了。"想想菱角聪明而又多情，对她更爱慕了。

回到家里，大成向母亲吐露了心愿。胡母只有这么个儿子，一向对他百依百顺，生怕扫了儿子的兴头，立即请崔尔诚做媒。焦画工索要彩礼开价很高，眼看事儿就要吹了。崔尔诚极口称赞胡大成出身清白人家，又有才华，焦画工这才答应下来。

大成有个伯父，年老没有儿子，在湖北任学官。妻子死在当地。胡母便让大成去奔丧。过了几个月，大成正要回乡，伯父又病倒，不久也死了。大成逗留在湖北好久，正遇上叛军占据湖南，家中音讯就隔断了。大成逃窜在民间，独自一人，凄凄惶惶而已。

一天，有位老大娘，年约四十八九岁，在村子里徘徊；太阳偏西也不回去，嘴里说："乱世分离，无家可归，我要把自己卖了。"有人问她要什么价。老大娘说："我不甘心做人家的奴仆，也不愿意做别人的妻子。只要有人肯认我做母亲，我就跟他走，价钱并不计较。"人们一听这话都笑了。大成过去一看，老大娘面目有点像自己母亲，触动了心事，非常难过。想想自己孤零零一个，没有缝缝补补的人，就邀请老大娘回家，像儿子一样孝敬她。老大娘很高兴，就帮他烧饭做鞋，像母亲一样操劳。大成不称她的心她就责备，稍有一点不舒服她就体贴关心，比亲生儿子还好。

老大娘忽然对大成说："此地太平，幸而可以不必担心。但是你已长大成人，虽然流落异乡，婚姻大事不能不办。过几天，我要替你娶媳妇。"大成哭着说："我自有媳妇，只是一南一北没法往来罢了。"老大娘说："战乱时期，人事变化无常，你怎么能一棵树上吊死呢？"大成又哭着说："且不说结发夫妻婚约不可背弃。何况谁肯把娇养的爱女嫁给异乡流落人呢？"老大娘不说什么，只是为大成准备窗帘帐子被褥枕头，非常周到，也不知是从哪里弄来的。

一天，太阳落山了，老大娘嘱咐大成说："点上蜡烛坐着，不要睡觉，我去看看新娘子来了没有。"就出门去了。三更已过，老大娘还没回来。大成心里很疑惑。一会儿听得门外声音很闹，出去一看，只见一位姑娘坐在院子里，披头散发哭个不停。大成吃惊地问："什么人？"姑娘也不回答。好久，才说："把我娶来，也不是什么福气，只有一死了之！"大成大惊，不明白是怎么回事。姑娘说："我从小同胡大成订了婚，没想到胡大成到湖北去，音讯全无。父母亲硬把我嫁给你。身体可以送到这里，心愿是决不能改变的。"大成一听这话就哭着说："我就是胡大成。你是菱角吗？"姑娘停了哭泣，吃惊不小，不敢相信。随着大成走进屋去，借着灯光细细端详，说："莫非是在梦里？"于是转悲为喜，互相诉说别离的痛苦。

原来战乱之后，湖南百里之内不见人烟。焦画工带着全家逃到长沙东面，又接受了周家的聘礼。逃难途中，不能讲究礼节，约定那天晚上把女儿送到他家。菱角哭着不肯梳洗，家里人强行把她抬上了车。到半路，菱角从车上跌下来。就有四个人抬着轿子来到，说是周家迎新娘的，当即把菱角扶上轿，飞一样抬着就走，到这里才停下。一位老大娘搀她进来，说："这就是你的夫家，只管进去，别哭了。你家婆婆不久就到。"说完就走了。大成问明事情经过，才醒悟老大娘是神仙。夫妻俩焚香祷告，希望母子重新团圆。

胡母自从打仗戒严以后，同一起逃难的妇女跑进山谷躲了起来。一夜，闹嚷嚷的说叛兵来了，几个人张皇失措四下里躲避。有个小孩把一匹马牵给胡母，胡母匆忙之中也来不及问，扶着小孩的肩膀上了马，轻快如飞，转眼到了洞庭湖。那马踏着湖面奔腾；马蹄着水不起浪花。不一会儿，小孩把胡母扶下马，指着一户人家说："这里边可以住。"胡母正要道谢，回头看马，变成观音的坐骑金毛犼，有一丈多高。那小孩跨上犼背骑着去了。胡母用手敲门，门豁然而开。有人出来问是谁。胡母奇怪声音这么熟，一看，是儿子大成。母子抱头痛哭。菱角也被惊醒了，一家人又高兴、又宽慰。于是，便怀疑老大娘是观音菩萨显灵。从此，这家人信奉观音菩萨更加虔诚，就在湖北住下了，还买了田产和房子。

饿　鬼

马永，齐人。为人贪，无赖，家卒屡空，乡人戏而名之"饿鬼"。年三十余，日益窭，衣百结鹑，两手交其肩，在市上攫食。人尽弃之，不以齿。

邑有朱叟者，少携妻居于五都之市，操业不雅。暮岁归其乡，大为士类所口；而朱洁行为善，人始稍稍礼貌之。一日，值马攫食不偿，为肆人所苦。怜之，代给其直。引归，赠以数百，俾作本。

马去，不肯谋业，坐而食。无何，赀复匮，仍蹈旧辙。而常惧与朱遇，去之临邑。暮宿学宫，冬夜凛寒，辄摘圣贤颠上旒而煨其板。学官知之，怒欲加刑。马哀免，愿为先生生财。学官喜，纵之去。马探某生殷富，登门强索赀，故挑其怒；乃以刀自劙，诬而控诸学。学官勒取重赂，始免申黜。诸生因而共愤，公质县尹。尹廉得实，笞四十，梏其颈，三日毙焉。

是夜，朱叟梦马冠带而入，曰："负公大德，今来相报。"既寤，妾举子。叟知为马，名以马儿。少不慧，喜其能读。二十余，竭力经纪，得入邑泮。后考试寓旅邸，昼卧床上，见壁间悉糊旧艺；视之，有《犬之性》四句题，心畏其难，读而志之。入场，适是其题，录之，得优等，食饩焉。六十余，补临邑训导。官数年，曾无一道义交。惟袖中出青蚨，则作鸬鹚笑；不则睫毛一寸长，稜稜若不相识。偶大令以诸生小故，判令薄惩，辄酷掠如治盗贼。有讼士子者，即富来叩门矣。如此多端，诸生不复可耐。而年近七旬，臃肿聋瞶，每向人物色黑须药。有狂生某，剉茜根给之。天明共视，如庙中所塑灵官状。大怒，拘生；生已早夜亡去。以此愤气中结，数月而死。

【译文】

马永是山东人，为人贪婪，行为无赖，家中因此常常断粮。乡里人嘲笑他，叫他“饿鬼”。三十多岁了，日子越过越穷，衣服破破烂烂，两只手交叉抱肩，在集市上抓来东西就吃，不给钱。人们都唾弃他，不同他来往。

城里有个朱叟，年轻时带着妻子住在繁华的都市里，干的行当很不雅。晚年回到故乡，大受士人指责；而朱叟修身洁行，乐善好施，人们这才渐渐对他以礼相待。一天，正遇马永拿了吃的不给钱，被店里的人扭住要给他点厉害。朱叟可怜他，代他付了钱；又把他领回家，送了几百个钱给他作本钱。

马永走了以后，不肯自谋职业，只是坐吃。没多久，钱又花完了，重新到集市上去吃白食。但是他常常怕再遇见朱叟，就到临邑县去了。晚上睡在县学里；冬夜寒冷，就把孔圣人和弟子偶像头上的冕摘下来，把里面的木板烤火。学官知道了，大怒，要对他处以刑罚。马永苦苦哀求饶了他，说是情愿为学官去搞钱。学官高兴，就放了他。马永打听到某生很富有，就上门强行要钱，故意挑起他的怒火，然后用刀子划破自己身体，到县学去诬告。学官向某生勒索了许多钱财，这才免了开除。秀才们激起了公愤，大家一起到县令面前去当堂对质。县令调查到事实真相，打了马永四十大板，用木枷锁住头颈。过了三天，马永就死了。

这天晚上，朱叟梦见马永穿戴得整整齐齐进来，说："我辜负了你对我的大恩大德，今天特来报答。"朱叟醒来时，他的小妾已生了儿子。朱叟知道是马永投胎，取名"马儿"。

马儿小的时候不聪明，可喜的是还肯读书。二十多岁时，竭力争取，得以进了县学。后来赴考住在客店里，白天躺在床上，见墙壁上糊的都是过去的八股文章；一看，有一篇题目是"犬之性"四句，觉得很难做，就把文章念了几遍记住了。进了考场，正好出的是这道题，马儿就把记住的文章誊录下来，考了个优等，因此取得了官府提供的生活费。到了六十多岁，马儿补了个临邑县学训导。做了几年官，未曾有过一个以道义相交的朋友。只要袖子里拿出钱来，他就眉开眼笑；否则，他连看也不朝你看，愣愣的好像不认得的一样。有一次，县令因为秀才们犯了一点小过错，判令稍加惩治，但马儿像查办盗贼一样把他们痛打一顿。有人告学生状，他就钱财上门了。像这类事多的是。秀才们没法再忍耐了。这时，马儿已年近七十，老态龙钟，耳聋眼花，还常常向人觅染黑须的药。有一个捣蛋学生，挖了茜草根去骗他。天亮后大家一看，就像是庙里泥塑的灵官模样。他大怒，要抓那个学生，但那学生早已在夜里逃走了。为此他胸中怒气郁结，几个月就死了。

考弊司

闻人生，河南人。抱病经日，见一秀才入，伏谒床下，谦抑尽礼。已而请生少步，把臂长语，刺刺且行，数里外犹不言别。生伫足，拱手致辞。秀才云："更烦移趾，仆有一事相求。"生问之。答云："吾辈悉属考弊司辖。司主名虚肚鬼王。初见之，例应割髀肉，浼君一缓颊耳。"生惊问："何罪而至于此？"曰："不必有罪，此是旧例。若丰于贿者，可赎也。然而我贫。”生曰：“我素不稔鬼王，何能效力？”曰：“君前世是伊大父行，宜可听从。”

言次，已入城郭。至一府署，廨宇不甚弘厂，惟一堂高广，堂下两碣东西立，绿书大于栲栳，一云“孝弟忠信”，一云“礼义廉耻”。躇阶而进，见堂上一扁，大书“考弊司”。楹间，板雕翠字一联云：“曰校、曰序、曰庠，两字德行阴教化；上士、中士、下士，一堂礼乐鬼门生。”游览未已，官已出，鬈发鲐背，若数百年人；而鼻孔撩天，唇外倾，不承其齿。从一主簿吏，虎首人身。又十余人列侍，半狞恶若山精。秀才曰：“此鬼王也。”生骇极，欲却退。鬼王已睹，降阶揖生上，便问兴居。生但诺。又问：“何事见临？”生以秀才意具白之。鬼王色变曰：“此有成例，即父命所不敢承！”气象森凛，似不可入一词。生不敢言，骤起告别；鬼王侧行送之，至门外始返。

生不归，潜入以观其变。至堂下，则秀才已与同辈数人，交臂历指，俨然在徽缧中。一狞人持刀来，裸其股，割片肉，可骈三指许。秀才大嗥欲嗄。生少年负义，愤不自持，大呼曰：“惨惨如此，成何世界！”鬼王惊起，暂命止割，跷履逆生。生忿然已出，遍告市人，将控上帝。或笑曰：“迂哉！蓝蔚苍苍，何处觅上帝而诉之冤也？此辈惟与阎罗近，呼之或可应耳。”乃示之途。趋而往，果见殿陛威赫，阎罗方坐；伏阶号屈。王召讯已，立命诸鬼绾绁提锤而去。少顷，鬼王及秀才并至。审其情确，大怒曰："怜尔夙世攻苦，暂委此任，候生贵家；今乃敢尔！其去若善筋，增若恶骨，罚令生生世世不得发迹也！"鬼乃棰之，仆地，颠落一齿；以刀割指端，抽筋出，亮白如丝。鬼王呼痛，声类斩豕。手足并抽讫，有二鬼押去。

生稽首而出。秀才从其后，感荷殷殷。挽送过市，见一户，垂朱帘，帘内一女子，露半面，容妆绝美。生问："谁家？"秀才曰："此曲巷也。"既过，生低徊不能舍，遂坚止秀才。秀才曰："君为仆来，而令踽踽以去，心何忍。"生固辞，乃去。

生望秀才去远，急趋入帘内。女接见，喜形于色。入室促坐，相道姓名。女自言："柳氏，小字秋华。"一妪出，为具肴酒。酒阑，入帷，欢爱殊浓，切切订婚嫁。既曙，妪入曰："薪水告竭，要耗郎君金赀，奈何！"生顿念腰橐空虚，惶愧无声。久之，曰："我实不曾携得一文，宜署券保，归即奉酬。"妪变色曰："曾闻夜度娘索逋欠耶？"秋华嚬蹙，不作一语。生暂解衣为质。妪持笑曰："此尚不能偿酒直耳！"呶呶不满志，与女俱入。生惭。移时，犹冀女出展别，再订前约；久久无音，潜入窥之，见妪与秋华，自肩以上化为牛鬼，目睒睒相对立。大惧，趋出；欲归，则百道歧出，莫知所从。问之市人，并无知其村名者。

徘徊廛肆之间，历两昏晓，凄意含酸，响肠鸣饿，进退无以自决。忽秀才过，望见之，惊曰："何尚未归，而简亵若此？"生靦颜莫对。秀才曰："有之矣！得勿为花夜叉所迷耶?”遂盛气而往，曰:“秋华母子，何遽不少施面目耶!”去少时，即以衣来付生，曰:“淫婢无礼，已叱骂之矣。”送生至家，乃别而去。生暴绝，三日而苏，言之历历。

【译文】

闻人生是河南人，病了一整天，看见一个秀才进来，伏在床前拜见，态度谦恭，礼节周到。随后，他请闻人生起来走走，握着他的手臂说个没完，边说边走，到几里之外还不告别。闻人生停住脚步，拱手道别。秀才说:“再请你往前走几步，我有一事相求。”闻人生问是什么事，秀才回答说:“我们这些人都属于考弊司管辖。司主任叫‘草包鬼大王’。初次见他，按惯例要割下大腿上的肉，所以请你出面说几句好话。”闻人生吃惊地问:“你犯了什么罪，要落到这等地步?”秀才说:“不必有罪，这是老规矩。如果谁的贿赂多，可以免割。但是我很穷。”闻人生说:“我从来不认识这个‘鬼大王’，怎么能效力呢?”秀才说:“你前世是‘鬼大王’的祖父，他会听你的。”说完，两人已经走进城了。

到一座官府前，房子不很宽敞，只有一间大堂又高又大，堂前两块石碑东西竖着，上面绿色的字比笆斗还大;一边是“孝悌忠信”，一边是“礼义廉耻”。循着石阶进去，只见大堂上挂着一块匾，大书“考弊司”三字;柱子上是雕着翠绿色对联的木板，上写:“曰校，曰序，曰庠，两字德行阴教化;上士，中士，下士，一堂礼乐鬼门生。”游览还没有完，当官的已经出来了;卷发驼背，像几百岁的人，加以鼻孔朝天，嘴唇外翻，龇牙咧嘴。身后跟着个主管簿记的小吏，虎头人身。还有十多个人站在一边侍候，大多面目狰狞像山鬼。秀才说:“这就是‘鬼大王’。”闻人生害怕极了，想退回去。鬼大王已经看见，走下台阶作揖，请闻人生上堂，便询问起居情况。闻人生只是诺诺连声。鬼王又问:“何事光临?”闻人生就把秀才的意思都说了。鬼王马上变脸，说“这是老规矩，就是亲爸爸的命令也不敢更改。”神气十分庄严，好像一个字也听不进去。闻人生不敢再说，赶紧起身告辞。鬼王侧身走下送客，到门外才回身。

闻人生不回去，偷偷溜进去察看动静。到堂前，只见秀才已和几个同辈一起，两臂交叉，手指被拶住，好像罪犯挨绑似的。一个面目狰狞的人持刀过来，脱下他的裤子，在他的大腿上割下一片肉，有三指宽。秀才声嘶力竭地大叫。闻人生年少仗义，气愤之极，忍不住大叫道："如此残酷，成何体统！"鬼大王吃了一惊，下令暂停割肉，穿上鞋来迎接闻人生。闻人生已经愤然而出，把这事一一告诉市民，要到上帝那儿去控告。有人笑他说："好迂腐啊！苍苍上天，你到哪里去找上帝诉冤呢？这批人只跟阎罗王接近，向阎王爷喊冤或许还喊得应。"就给闻人生指路。

闻人生快步走去，果然看见宫殿台阶很高，威势赫赫，阎王爷正在那里坐着，便跪倒在台阶下大叫冤枉。阎王爷审讯完毕，立即命几个小鬼拿着绳子和大锤去抓人。一会儿，鬼大王和秀才都来了。审得闻人生所说是实，阎王爷大怒说："我可怜你前世苦苦读书，暂时委任你这个职务，等机会让你投生到富贵人家。现在你竟敢这样！我要抽你身上的善筋，添你身上的恶骨，罚你永生永世不能升官发财！"小鬼就打鬼大王板子，打得他倒在地上，磕掉一颗牙齿。又割开他指头，抽出筋来，像蚕丝一样白亮；鬼大王叫痛，声音有如杀猪。手筋脚筋都抽完，两个小鬼把他押了下去。闻人生向阎王叩过头就出来了。

秀才跟在他后面，非常感激，挽着他送过集市。只见有一户人家挂着朱帘，帘内一个女子露出半张脸，容貌打扮绝顶漂亮。闻人生问："这是谁家？"秀才说："这是妓院。"已经走了过去，闻人生还盘桓舍不得离去，于是执意不要秀才再送了。秀才说："你是为了我才来的，让你孤零零地回去，我怎么忍心呢？"闻人生坚持不让再送，秀才这才回去。

闻人生看着秀才走远了，急忙掀开帘子进去。姑娘接见他，满脸高兴。就进内室促膝而坐，互通姓名。姑娘自称姓柳，小名秋华。有个老太婆出来，给他们准备了酒菜。喝完酒，就进帐子，欢爱很浓，窃窃私语要订婚嫁之盟。天亮后，老太婆进来说："柴、水都已用尽，要化先生的钱了，怎么办？"闻人生顿时想起自己腰包空空的，慌乱惭愧，不好作声。好久才说："我实在是一分钱也没带。我写张欠条，一回家就还你。"老太婆变脸道："你听说过有妓女上门去讨债的吗？"秋华皱着眉头，一句话也不说。闻人生只好脱下衣服作抵押。老太婆拿着笑说："这还不够抵酒钱呢。"唠唠叨叨，很不满意，同秋华一起进去了。闻人生很惭愧，好一会儿，还盼着秋华出来道别，再把婚约说说定。过了好长时间没动静，闻人生就偷偷进去窥探。只见老太婆和秋华肩膀以上变成了牛鬼，两眼鬼火闪闪，面对面站着。闻人生十分恐惧，急忙出来。他想回家，但岔道太多，不知走哪条。问问市民，都不知道他村名的。

闻人生在集市上徘徊，过了两天两夜，心里凄楚辛酸，腹中饥肠鸣响，进退不能自决。忽然秀才走过，看见闻人生，吃惊地问："怎么还没回去，搞得这么邋遢？"闻人生红着脸没法回答。秀才说："对了！是不是被'花夜叉'迷住了？"就怒气冲冲赶到妓院，说："秋华母女，怎么就不给点面子呢？"去了一会儿，就把衣服拿来还给闻人生，说："那贱女人无礼，已经骂过她了。"又把闻人生一直送到家里，才告辞而去。闻人生突然死亡，过了三天苏醒过来。这三天里经历的情景他说得清清楚楚。

阎　罗

沂州徐公星，自言夜作阎罗王。州有马生亦然。徐公闻之，访诸其家，问马昨夕冥中处分何事。马言："无他事，但送左萝石升天。天上堕莲花，朵大如屋"云。

【译文】

山东沂州人徐星，自称夜里当阎罗王。沂州还有个马生也这么说。徐星听说就到他家拜访，问马生昨夜在阴司处理什么事。马生说："没别的事，只是送左萝石升天。天上落下莲花，每朵有屋子那么大。"（译者注：左萝石，名懋第，明末人。南明派他使清，不屈而死。)

大　人

长山李孝廉质君诣青州，途中遇六七人，语音类燕。审视两颊，俱有瘢，大如钱。异之，因问何病之同。客曰：旧岁客云南，日暮失道，入大山中，绝壑巉岩，不可得出。谷中有大树一章，条数尺，绵绵下垂，荫广亩余。诸客计无所之，因共系马解装，旁树栖止。夜深，虎豹鹗鸱，次第嗥动，诸客抱膝相向，不能寐。

忽见一大人来，高以丈计。客团伏，莫敢息。大人至，以手攫马而食，六七匹顷刻都尽。既而折树上长条，捉人首穿腮，如贯鱼状。贯讫，提行数步，条毳折有声。大人似恐坠落，乃屈条之两端，压以巨石而去。客觉其去远，出佩刀，自断贯条，负痛疾走。未数武，见大人又导一人俱来。客惧，伏丛莽中。见后来者更巨，至树下，往来巡视，似有所求而不得。已乃声啁啾，似巨鸟鸣，意甚怒，盖怒大人之绐己也。因以掌批其颊。大人伛偻顺受，无敢少争。俄而俱去。诸客始仓皇出。

荒窜良久，遥见岭头有灯火，群趋之。至则一男子居石室中。客入环拜，兼告所苦。男子曳令坐，曰："此物殊可恨，然我亦不能箝制。待舍妹归，可与谋也。"无何，一女子荷两虎自外入，问客何来。诸客叩伏而告以故。女子曰："久知两箇为孽，不图凶顽若此！当即除之。"于石室中出铜锤，重三四百觔，出门遂逝。男子煮虎肉飨客。肉未熟，女子已返，曰："彼见我欲遁，追之数十里，断其一指而还。"因以指掷地，大于胫骨焉。众骇极，问其姓氏，不答。少间，肉熟，客创痛不食。女以药屑遍糁之，痛顿止。天明，女子送客至树下，行李俱在。各负装行十余里，经昨夜斗处，女子指示之，石窪中残血尚存盆许。出山，女子始别而返。

【译文】

山东长山县举人李质君到青州去，路上遇到六七个人，河北口音。细看他们两颊，都有铜钱大的瘢，李质君很奇怪，就问他们怎么会生同样的病，对方说："去年我们在云南，天黑迷路，走进大山，深谷峭壁，没法出去。山谷中有一棵大树，枝条有几尺粗，接连不断往下垂，树荫有一亩多大。大家想无处可去，就一起拴了马，卸下行李，靠着树歇息。夜深了，老虎、豹子、猫头鹰挨着个儿响起嗥叫声，大家抱着膝盖围成一团，无法入睡。

"忽然看见有个巨人走来，一丈多高。大家团团趴在地下，连气都不敢出。巨人一到，用手抓住马就吃，六七匹马顷刻吃个精光，然后折下树上的长枝，捉住我们几个人的头从脸颊上穿过去，就像串鱼一样。穿好后，拎着走了几步。树枝发出脆折的声音，巨人好像怕我们掉下来，把树枝两头弯在一起，用巨石压住，就走了。大家看巨人走远，就拔出佩刀，自己割断树枝，忍痛飞奔。

"没走几步，只见巨人又领着一个巨人来了。大家很害怕，藏在树丛中。只见后来的那个更高大，走到树下，来回巡视，像找什么东西却又找不着；然后声音像鸟叫似的，看样子很发火，大概恼怒先来的那个骗了自己，就打他耳光。那巨人弓着腰挨打，不敢争辩一句。一会儿都走了。大家这才慌慌张张逃出树丛。

"在野地里奔窜好久，远远看见山头上有灯光，大家快步过去。到那里，只见一个男子住在石室中。大家进去，围着他下拜，诉说遇到的苦难。男子扶起我们叫坐，说：'这东西特别可恨，但我也制不服他。等我妹妹回来，可以同她商量。'不一会儿，一个姑娘扛着两只老虎从外面进来，问我们打哪儿来。大家磕头拜倒在地，告诉她缘故。姑娘说：‘早就知道这两个家伙造孽，没想到如此凶顽！该立即除掉他们！’说着，从石室中拿出铜锤，有三四百斤重，走出门外就不见了。男子煮老虎肉招待客人。虎肉未熟，姑娘已经回来了，说：‘那两个家伙看见我想逃，追了几十里路，被我砍断一个手指回来。’就把手指扔在地下，比普通人的大腿还粗。大家惊恐极了。问姑娘姓名，她不回答。过了一会儿，老虎肉煮熟了，大家伤口疼痛，吃不下去。姑娘拿药粉一一给我们敷上，疼痛顿时止住了。“天亮后，姑娘把我们送到大树下，行李都还在。各人背着行李走了十多里路。经过昨夜搏斗处，姑娘指点给大家看。那岩石坑里残留的血还有大约一面盆。走出大山，姑娘才同我们道别回去。”

向杲

向杲字初旦，太原人。与庶兄晟，友于最敦。晟狎一妓，名波斯，有割臂之盟；以其母取直奢，所约不遂。适其母欲从良，愿先遣波斯。

有庄公子者，素善波斯，请赎为妾。波斯谓母曰：“既愿同离水火，是欲出地狱而登天堂也。若妾媵之，相去几何矣！肯从奴志，向生其可。”母诺之，以意达晟。时晟丧偶未婚，喜，竭赀聘波斯以归。庄闻，怒夺所好，途中偶逢，大加诟骂。晟不服，遂嗾从人折棰笞之，垂毙，乃去。杲闻奔视，则兄已死。不胜哀愤。具造赴郡。庄广行贿赂，使其理不得伸。

杲隐忿中结，莫可控诉，惟思要路刺杀庄。日怀利刃，伏于山径之莽。久之，机渐泄。庄知其谋，出则戒备甚严；闻汾州有焦桐者，勇而善射，以多金聘为卫。杲无计可施，然犹日伺之。

一日，方伏，雨暴作，上下沾濡，寒战颇苦。既而烈风四塞，冰雹继至，身忽然痛痒不能复觉。岭上旧有山神祠，强起奔赴。既入庙，则所识道士在内焉。先是，道士尝行乞村中，杲辄饭之，道士以故识杲。见杲衣服濡湿，乃以布袍授之，曰："姑易此。"杲易衣，忍冻蹲若犬，自视，则毛革顿生，身化为虎。道士已失所在。心中惊恨。转念：得仇人而食其肉，计亦良得。下山伏旧处，见己尸卧丛莽中，始悟前身已死；犹恐葬于乌鸢，时时逻守之。

越日，庄始经此，虎暴出，于马上扑庄落，龁其首，咽之。焦桐返马而射，中虎腹，蹷然遂毙。杲在错楚中，恍若梦醒；又经宵，始能行步，厌厌以归。

家人以其连夕不返，方共骇疑，见之，喜相慰问。杲但卧，蹇涩不能语。少间，闻庄信，争即床头庆告之。杲乃自言："虎即我也。"遂述其异。由此传播。庄子痛父之死甚惨，闻而恶之，因讼杲。官以其事诞而无据，置不理焉。

异史氏曰：壮士志酬，必不生返，此千古所悼恨也。借人之杀以为生，仙人之术亦神哉！然天下事足发指者多矣。使怨者常为人，恨不令暂作虎！

【译文】

向杲字初旦，山西太原人。他和庶兄向晟感情最为亲密。向晟同一个叫波斯的妓女很要好，两人发誓要结为夫妻；因为鸨母要价太高，婚约未能实现。正在这时，鸨母要从良了，想先打发掉波斯。

有一个庄公子，一直很喜欢波斯，要赎波斯做他的小妾。波斯对鸨母说："既然希望共同脱离苦海，那就是要跳出地狱登上天堂啊。如果让我做小妾，同当妓女相差多少呢？你肯随我的心愿，那么向生这人是可以的。"鸨母答应了，把这个意思转告向晟。当时向晟死了妻子尚未续弦，非常高兴，就用全部钱财把波斯聘了回来。庄公子听说，恨向晟抢走心上人。有一次在路上相遇，对向晟大肆辱骂。向晟不服，庄公子就指使随从折断竹竿抽打向晟，一直打到向晟快要死了才走。向杲得到消息跑去看，兄长已经死了。悲愤之极，写了状子到郡城去告。庄公子多方贿赂，致使向杲有理无法伸冤。

向杲隐愤郁结在心，无法投诉，只想在路上刺杀庄公子；于是天天身藏利刃，埋伏在山径草木丛中。时间一长，秘密渐渐泄漏。庄公子得知他的计划，一外出就戒备森严。听说汾州有个叫焦桐的人，勇敢而善于射箭，就出重金聘请他做保镖。向杲无法下手，但还是每天候着庄公子。

一天，向杲正埋伏着，暴雨倾盆而下，上下湿透，寒颤得厉害。后来狂风大作，接着下起冰雹，向杲忽然连痛痒的知觉也没有了。山上原来有座山神庙，向杲勉强起来朝那儿奔去。进庙以后，他认识的道士在里面。当初，道士曾在村里乞讨，向杲总给他饭吃。所以道士也认识他。看见向杲的衣服湿透了，就把布袍给他，说："姑且换上它吧。"向杲换了衣服，忍着冻像狗一样蹲下身子，朝自己一看，身上顿时长出皮毛，变成了老虎。道士已经无影无踪了。向杲又惊又恨，转念一想："遇上仇人吃他的肉，这办法也很可取！"就下山埋伏在老地方，看见自己的躯体躺在草木丛中，这才意识到自己的前身已经死了。向杲担心乌鸦老鹰啄食，常常巡守在旁。

过了一天，庄公子才经过这里。老虎猛然跳出，把庄公子扑下马，咬断他的头，吞了下去。焦桐回马一箭，射中虎腹，老虎跌倒在地死了。向杲在灌木草丛中，恍恍惚惚像从梦中醒来。又过了一个晚上，才能够行走；强自挣扎着回到家里。

家里人由于向杲接连几夜没回家，正在惊疑，见他回来，高兴地问长问短。向杲只是躺着，口涩舌钝说不出话来。过了一会儿，家人得到庄公子的消息，争着在床头向向杲报喜。向杲这才开口说："老虎就是我啊。"就讲述自己奇异的经历。从此，这件事就传出去了。庄公子的儿子心痛父亲死得惨，听说后恨之入骨，就去告向杲。官府因为这事荒诞无据，置之不理。

异史氏说：壮士实现志向，一定不活着回来，这是千古遗憾事。借人之手杀了老虎而让向杲活转来，仙人的法术也神了！然而，天下事足以使人怒发冲冠的实在太多了。假如怨者老是做人，恨不能叫他们暂时做虎！

董公子

青州董尚书可畏，家庭严肃，内外男女，不敢通一语。一日，有婢仆调笑于中门之外，公子见而怒叱之，各奔去。

及夜，公子偕僮卧斋中。时方盛暑，室门洞敞。更深时，僮闻床上有声甚厉，惊醒。月影中，见前仆提一物出门去。以其家人故，弗深怪，遂复寐。忽闻靴声訇然，一伟丈夫赤面修髯，似寿亭侯像，捉一人头入。僮惧，蛇行入床下。闻床上支支格格，如振衣，如摩腹，移时始罢。靴声又响，乃去。僮伸颈渐出，见窗櫺上有晓色。以手扪床上，着手沾湿，嗅之血腥。大呼公子，公子方醒。告而火之，血盈枕席。大骇，不知其故。

忽有官役叩门。公子出见，役愕然，但言怪事。诘之，告曰："适衙前一人神色迷罔，大声曰：'我杀主人矣！’众见其衣有血污，执而白之官。审知为公子家人。渠言已杀公子，埋首于关庙之侧。往验之，穴土犹新，而首则并无。”公子骇异，趋赴公庭，见其人即前狎婢者也。因述其异。官甚惶惑，重责而释之。公子不欲结怨于小人，以前婢配之，令去。

积数日，其邻堵者，夜闻仆房中一声震响若崩裂，急起呼之，不应。排闼入视，见夫妇及寝床，皆截然断而为两，木肉上俱有削痕，似一刀所断者。

关公之灵迹最多，未有奇于此者也。

【译文】

山东青州董可畏尚书，家规很严，内眷和外头的男仆不敢说一句话。一天，有个婢女和男仆在中门外面互相嘲戏取笑。公子看见，当场怒叱，两人各自跑掉了。

到夜里，公子和书僮睡在书斋里。当时正值盛夏，房门大开。夜深时，书僮听见床上发出很响的声音，惊醒过来。月光下，只见那个男仆提着一件东西出门去。由于他是自己家里的人，所以并不很奇怪，就又睡着了。忽然听见很响的靴子声，一个身材魁梧的男子，红脸长髯，就像画中寿亭侯关羽的模样，提着一颗人头进来。书僮害怕，蛇一般爬进床底下，只听床上吱吱格格，像在抖动衣服，又像在按摩肚子，过了好一会儿才消失。靴子声又响起来，那个红脸男子走了。书僮伸着头慢慢出来，见窗檽上已有晨光。用手摸床上，着手黏湿，闻闻一股血腥气。大叫公子，公子才醒来。书僮告诉了刚才所见，又点了火照，枕头、席子上血都满了。两个人十分惊惧，不知是怎么回事。

忽然有官府的差役来敲门。公子出去会见，差役呆住了，只是说：“怪事！”公子问是怎么回事，差役说：“刚才衙门前有个人精神恍惚，大声说：‘我杀了主人！’众人见他衣服上有血污，就抓住他向官府报告；审讯后知道是公子的仆人。他说已杀了公子，把头埋在关帝庙旁边。赶到那里核实，只见坑里的土还是新挖的，但是并没有人头。”公子感到惊异，赶赴公堂，见正是那个同婢女调情的男仆，就叙述了夜间发生的怪事。官很惶惑，狠狠责罚了男仆，然后把他放了。公子不愿同小人结怨仇，就把那个婢女许配给他，叫他们走。

过了几天，邻居夜里听见仆人房间里一声震响，像爆炸似的，急忙起身呼叫他们，没人答应。破门进去看，只见夫妻俩和睡的床，都被劈成两半，木头和身体上都有削过的痕迹，好像是被一刀砍断的。

关公显灵的事迹最多，但没有比这事更奇异的。

周　三

泰安张太华，富吏也。家有狐扰，遣制罔效。陈其状于州尹，尹亦不能为力。时州之东亦有狐居村民家，人共见为一白发叟。叟与居人通吊问，如世人礼。自云行二，都呼为胡二爷。适有诸生谒尹，间道其异。尹为吏策，使往问叟。时东村人有作隶者，吏访之，果不诬，因与俱往。即隶家设筵招胡。胡至，揖让酬酢，无异常人。吏告所求。胡曰：“我固悉之，但不能为君效力。仆友人周三，侨居岳庙，宜可降伏，当代求之。”吏喜，申谢。胡临别与吏约，明日张筵于岳庙之东。吏领教。

胡果导周至。周虬髯铁面，服裤褶。饮数行，向吏曰：“适胡二弟致尊意，事已尽悉。但此辈实繁有徒，不可善谕，难免用武。请即假馆君家，微劳所不敢辞。”吏转念：去一狐，得一狐，是以暴易暴也。游移不敢即应。周已知之，曰：“无畏，我非他比，且与君有喜缘，请勿疑。”吏诺之。周又嘱明日偕家人阖户坐室中，幸勿哗。吏归，悉遵所教。俄闻庭中攻击刺斗之声，踰时始定。启关出视，血点点盈阶上。墀中有小狐首数枚，大如碗盏焉。又视所除舍，则周危坐其中，拱手笑曰：“蒙重托，妖类已荡灭矣。”自是馆于其家，相见如主客焉。

【译文】

山东泰安张太华，是个很有钱的胥吏。家里有狐狸精作怪，驱赶制伏都不奏效。张太华只好把此事报告州官，州官也无能为力。当时，州的东面也有狐狸精住在村民家里，人们都看见是一个白发苍苍的老人。老人与居民互相交往，自称排行第二，人们都叫他“胡二爷”。正好有一个秀才拜谒州官，谈话中说到这件怪事。州官就为张太华出主意，要他去请教胡二爷。当时，东村有人在州衙里做差役，张太华就先去问他，果然有这回事，于是就同他一起去东村。他们就在差役家里设宴招待胡二爷。胡二爷来了，打躬作揖，应酬交谈，同普通人没有两样。张太华就把要求告诉他。胡二爷说：“这件事我当然知道，但不能为你效劳。我的朋友周三，借住在岳庙里，他应该可以降伏的，我一定代你求他。”张太华很高兴，道了谢。胡二爷临走同张太华约定：明天在岳庙东边设宴招待周三。张太华听他吩咐。

胡二爷果然领着周三来了。周三一脸卷曲的胡须，一张铁板一样的脸，戎装结束。酒过数巡，对张太华说：“刚才胡二弟转达尊意，事情已都清楚了。但这些东西繁衍得很多，无法晓之以理，难免动之以武。请把你家的房子借一间给我。小事一件，不敢推辞”。张太华转念一想：赶走一个狐狸精，又来一个狐理精，这是“以暴易暴。”犹豫不决，不敢就答应。周三已经知道了，说：“别怕，我同其他狐狸精不一样，而且和你有好缘分，请不要怀疑。”张太华答应了。周三又叮嘱张太华：“明天同家里人关门坐在屋里，务必不要大声说话。”张太华回家，完全遵照周三的叮嘱办。一会儿，听见庭院里有攻击格斗的声音，过了一段时间才逐渐平静下来。开门出去一看，台阶上满是斑斑血迹，还有几只小狐狸头，像杯碗那么大。再看清扫出来的房间，周三端坐在里面，拱手笑道："承蒙把重任托付给我，妖怪已经消灭光了。"从此，周三就在张太华家里住下，见面像主人和客人一样。

鸽　异

鸽类甚繁，晋有坤星，鲁有鹤秀，黔有腋蝶，梁有翻跳，越有诸尖：皆异种也。又有靴头、点子、大白、黑石、夫妇雀、花狗眼之类，名不可屈以指，惟好事者能辨之也。

邹平张公子幼量，癖好之，按经而求，务尽其种。其养之也，如保婴儿：冷则疗以粉草，热则投以盐颗。鸽善睡，睡太甚，有病麻痹而死者。张在广陵，以十金购一鸽，体最小，善走，置地上，盘旋无已时，不至于死不休也，故常须人把握之；夜置群中，使惊诸鸽，可以免痹股之病：是名"夜游"。齐鲁养鸽家，无如公子最；公子亦以鸽自诩。

一夜，坐斋中，忽一白衣少年叩扉入，殊不相识。问之。答曰："漂泊之人，姓名何足道。遥闻畜鸽最盛，此亦生平所好，愿得寓目。"张乃尽出所有，五色俱备，灿若云锦。少年笑曰："人言果不虚，公子可谓尽养鸽之能事矣。仆亦携有一两头，颇愿观之否？"张喜，从少年去。

月色冥漠，野圹萧条，心窃疑惧。少年指曰："请勉行，寓屋不远矣。"又数武，见一道院，仅两楹。少年握手入，昧无灯火。少年立庭中，口中作鸽鸣。忽有两鸽出：状类常鸽，而毛纯白；飞与檐齐，且鸣且斗，每一扑，必作觔斗。少年挥之以肱，连翼而去。复撮口作异声，又有两鸽出：大者如鹜，小者裁如拳；集阶上，学鹤舞。大者延颈立，张翼作屏，宛转鸣跳，若引之；小者上下飞鸣，时集其顶，翼翩翩如燕子落蒲叶上，声细碎，类鼗鼓；大者伸颈不敢动。鸣愈急，声变如磬，两两相和，间杂中节。既而小者飞起，大者又颠倒引呼之。张嘉叹不已，自觉望洋可愧。遂揖少年，乞求分爱；少年不许。又固求之。少年乃叱鸽去，仍作前声，招二白鸽来，以手把之，曰："如不嫌憎，以此塞责。"接而玩之：睛映月作琥珀色，两目通透，若无隔阂，中黑珠圆于椒粒；启其翼，胁肉晶莹，脏腑可数。张甚奇之，而意犹未足，诡求不已。少年曰："尚有两种未献，今不敢复请观矣。"方竞论间，家人燎麻炬入寻主人。回视少年，化白鸽，大如鸡，冲霄而去。又目前院宇都渺，盖一小墓，树二柏焉。与家人抱鸽，骇叹而归。试使飞，驯异如初。虽非其尤，人世亦绝少矣。于是爱惜臻至。积二年，育雌雄各三。虽戚好求之，不得也。

有父执某公，为贵官。一日，见公子，问："畜鸽几许？"公子唯唯以退。疑某意爱好之也，思所以报而割爱良难。又念：长者之求，不可重拂。且不敢以常鸽应，选二白鸽，笼送之，自以千金之赠不啻也。他日，见某公，颇有德色；而某殊无一申谢语。心不能忍，问："前禽佳否？"答云："亦肥美。"张惊曰："烹之乎？"曰：

"然。"张大惊曰："此非常鸽，乃俗所言'鞾鞑'者也！"某回思曰："味亦殊无异处。"张叹恨而返。

至夜，梦白衣少年至，责之曰："我以君能爱之，故遂托以子孙。何乃以明珠暗投，致残鼎镬！今率儿辈去矣。"言已，化为鸽，所养白鸽皆从之，飞鸣径去。天明视之，果俱亡矣。心甚恨之，遂以所畜，分赠知交，数日而尽。

异史氏曰：物莫不聚于所好，故叶公好龙，则真龙入室；而况学士之于良友，贤君之于良臣乎！而独阿堵之物，好者更多，而聚者特少。亦以见鬼神之怒贪而不怒痴也。

向有友人馈朱鲫于孙公子禹年，家无慧仆，以老佣往。及门，倾水出鱼，索柈而进之。及达主所，鱼已枯毙。公子笑而不言，以酒犒佣，即烹鱼以飨。既归，主人问："公子得鱼颇欢慰否？"答曰："欢甚。"问："何以知？"曰："公子见鱼便欣然有笑容，立命赐酒，且烹数尾以犒小人。"主人骇甚，自念所赠颇不粗劣，何至烹赐下人。因责之曰："必汝蠢顽无礼，故公子迁怒耳。"佣扬手力辩曰："我固陋拙，遂以为非人也！登公子门，小心如许，犹恐筲斗不文，敬索柈出，一一匀排而后进之，有何不周详也？"主人骂而遣之。

灵隐寺僧某，以茶得名，铛臼皆精。然所蓄茶有数等，恒视客之贵贱以为烹献；其最上者，非贵客及知味者，不一奉也。一日，有贵官至，僧伏谒甚恭，出佳茶，手自烹进，冀得称誉。贵官默然。僧惑甚，又以最上一等烹而进之。饮已将尽，并无赞语。僧急不能待，鞠躬曰："茶何如？"贵官执盏一拱曰："甚热。"此两事，可与张公子之赠鸽同一笑也。

【译文】

鸽子的种类很多：山西有坤星，山东有鹤秀，云南有腋蝶，河南有翻跳，浙江有诸尖，都是特殊的品种。另外还有靴头、点子、大白、黑石、夫妻雀、花狗眼之类，名称多得数不清，只有喜欢养鸽子的人才能分辨。

山东邹平县的张幼量公子，就有这癖好。他按照《鸽经》的记载去觅，想方设法要把所有品种买齐。他养鸽子像保护婴儿似的：冷了用切细的草保暖，热了给鸽子吃点盐粒。鸽子爱睡觉，如果睡过了头，有的会麻木而死。张公子在扬州时花十两银子买来一只鸽子，体型最小，善于走动；把它放在地上，就没完没了地兜着圈子走，不累死不肯停的，所以常常要人把它握在手里。夜里把这只鸽子放在鸽群里，可以惊动其他鸽子，避免得腿脚麻木的毛病，这鸽就叫"夜游"。山东一带养鸽子的人家，都比不上张公子，公子也以精于养鸽自诩。

一天夜里，他坐在书房里，忽然一个白衣少年敲门进来，从来没见过面。问他，回答说："流浪人，姓名不值一提。我在很远的地方听说你养的鸽子最多，这也是我生平的爱好，希望能看看你的鸽子。"张公子就拿出所有的鸽子，各种颜色都有，像云锦般灿烂。少年笑着说道："果然名不虚传，公子可谓鸽子养到家了！我也带着一两只鸽子，你是否愿意瞧瞧？"张公子高兴，就跟随少年而去。

走着走着，月色昏暗，野坟景象萧条，张公子心里暗暗疑惧。少年朝前一指，说："请再鼓把劲，我住的房子不远了。"又走了几步，见一座道观，宽仅两根楹柱。少年握着张公子的手走进去，里面漆黑一团，没有灯光。少年站在庭院里，嘴里学着鸽子叫。忽然有两只鸽子飞出来，形状同普通的鸽子一样，而毛色纯白。它们飞到屋檐那么高，一边鸣叫，一边争斗；每扑一次，一定在空中翻个觔斗。少年挥动手臂，两只鸽子并排飞去。少年又撮口发出奇怪的声音，又有两只鸽子飞出：大的像鸭子，小的只像拳头；它们停在台阶上，学仙鹤跳舞。那只大的伸长头颈站着，张开翅膀形成一道屏风，兜着圈子又叫又跳，像是在引诱小鸽子；那只小的上下飞鸣，不时落在大鸽子头顶上，两翅翩翩，就像燕子落在蒲叶上。它的叫声细碎，有点像卜郎鼓。大鸽子伸直头颈不敢动弹。鸣叫越来越急，声音变得像击磬那般清越，两只鸽子互相应和，交鸣合拍。接着小鸽子振翅飞起，大鸽又颠来倒去地引逗呼唤着它。张公子称赞不已，自觉差得太远，很是惭愧，就向少年作揖，恳求割爱。少年不肯。张公子又执意请求，少年就把鸽子赶走，仍像先前那样学鸽子叫，招来了两只白鸽，用手握着说："如果你不嫌弃，我就用这两只鸽子表表心意。"张公子接在手里观赏，只见鸽子双睛在月光照射下呈琥珀色，两眼透明，像是中间无所阻隔；眼球的黑珠比椒粒还圆，拉开翅膀，胁下的肉晶亮如玉，五脏六腑历历在目。张公子啧啧称奇，但是还不满足；就变着手法请求。少年说："还有两种鸽子没有拿给你看，现在，我不敢再请你看了。"两人正在争执的时候，张公子的家人点着火把来找主人。张公子回头一看，少年变作一只白鸽，大如鸡，直冲云霄而去；再看刚才的道观，已经无影无踪，只有一座小墓，种着两株柏树。就和家人抱着鸽子，惊叹而回。张公子让鸽子试飞，同那天晚上见到的一样，驯顺而不同寻常。虽然不是少年所有鸽子中最好的，但人世间已经绝少见了。于是备加爱护。两年中，这对鸽子生出三只雌鸽，三只雄鸽。即使亲戚朋友来求，也不能到手。

张公子父亲的朋友某公，身为高官。一天，见到张公子，问："你养了多少只鸽子？"张公子含糊地答应着退了下来，猜想某公一定也爱鸽子，就想送两只给他，但又舍不得割爱。转念又一想：长辈的要求，不可过于违拗，而且不能用普通的鸽子应付，就选了两只白鸽，装在笼里送去，自认为这份礼物不亚于赠送千金了。过了几天，张公子见到某公，露出对对方很有恩德的神色，但某公没有一句道谢的话。张公子忍不住问道："那两只白鸽好不好！"某公答道："还算肥美。"张公子吃惊地说："你煮来吃了吗？"某公说："是啊。"张公子大吃一惊，说："这不是普通的鸽子，就是通常说的'鞑靼'啊！"某公回忆道："味道也没有什么特别。"张公子又叹息后悔而回。

到夜里，梦见白衣少年来了，责备他说："我以为你能爱鸽子，所以把我的子孙托付给你。为什么竟明珠暗投，使它们在锅中丧生！现在，我领孩子们去了。"说完，变成鸽子，张公子养的白鸽都跟在后面，飞鸣而去。天亮一看，白鸽果然都不见了。心里非常悔恨，就把所养的全部鸽子分送给好朋友，几天功夫就送光了。

异史氏说：万物莫不聚集在爱好它的人手里，所以叶公好龙，真龙就飞进他的居室，更何况读书人对于良友，贤明的君王对于忠臣呢！但是，唯有钱这东西，喜欢它的人最多，而聚集到的人特别少。也可见鬼神恼火贪得无厌之徒，而并不恼火一片痴心的人！

过去，孙禹年公子的朋友送他红鲫鱼，这朋友家没有晓事的仆人，就派了一个老仆前去。到门口，老仆把水倒掉，拿出红鲫鱼，要了一只盘子，把鱼放在里面送进去。等送到孙公子面前，红鲫鱼已经死了。公子笑了笑并不说话，命人拿酒犒赏老仆，并当即烧红鲫鱼给他吃。老仆回家以后，主人问他："张公子收到鱼高兴吗?"仆人回答说："高兴极了。"又问："你怎么知道的?"仆人答道："公子一看见鱼就笑了，立即叫人拿酒给我喝，还烧了几条犒劳我。"主人吓了一大跳，心想这份礼物并不粗劣，何至于煮了赏赐仆人呢？就责骂仆人道："一定是你蠢头蠢脑，不懂礼貌，所以公子发火了。"仆人挥着手极力分辩，说："我固然愚蠢，你就不把我当人看待！我走到孙公子家门口，如此这般小心翼翼，还怕鱼篓水桶不斯文，恭恭敬敬问他们家讨了只盘子，把鱼一条一条整整齐齐排好然后送进去，还有什么不周到吗?"主人骂了他一顿，把他打发走了。

灵隐寺某和尚，以茶道闻名，茶铛、茶臼都精美。但是所藏的茶叶有好几等，常常看客人身份高低烹了招待。其中最上等的茶叶，如果不是贵客和品茶行家，一点不拿出来。一天，有位贵官来到，和尚恭恭敬敬拜谒，拿出上佳的茶叶，亲自烹了进上，希望得到称赞。贵官一言不发。和尚很感困惑，又拿出最上等的茶叶烹了进上。茶快喝完了，贵官并没有一句称赞的话。和尚急得忍不住了，向贵官鞠了一躬说："茶的味道如何?"贵官手执小茶杯，拱一拱手说："很烫。"

这两件事，可以跟张公子的赠鸽同发一笑。

聂政

怀庆潞王，有昏德。时行民间，窥有好女子，辄夺之。有王生妻，为王所睹，遣舆马直入其家。女子号泣不伏，强舁而出。王亡去，隐身聂政之墓，冀妻经过，得一遥诀。无何，妻至，望见夫，大哭投地。王恻动心怀，不觉失声。从人知其王生，执之，将加搒掠。忽墓中一丈夫出，手握白刃，气象威猛，厉声曰："我聂政也！良家子岂容强占！念汝辈不能自由，姑且宥恕。寄语无道王：若不改行，不日将抉其首！"众大骇，弃车而走；丈夫亦入墓中而没。夫妻叩墓归，犹惧王命复临。过十余日，竟无消息，心始安。王自是淫威亦少杀云。

异史氏曰：余读《刺客传》，而独服膺于轵深井里也。其锐身而报知己也，有豫之义；白昼而屠卿相，有鲊之勇；皮面自刑，不累骨肉，有曹之智。至于荆轲，力不足以谋无道秦，遂使绝裾而去，自取灭亡。轻借樊将军之头，何日可能还也？此千古之所恨，而聂政之所嗤者矣。闻之野史，其坟见掘于羊、左之鬼。果尔，则生不成名，死犹丧义，其视聂之抱义愤而惩荒淫者，为人之贤不肖何如哉！噫！聂之贤，于此益信。

【译文】

河南怀庆府的潞王，昏庸不堪。常常到民间去，看到有漂亮的女子，就抢来占为己有。有个王生的妻子，被潞王看见了，派了车马直奔他家。王妻哭喊着，不肯顺从，被强行抬了出去。王生逃出家门，躲藏在战国时著名侠客聂政的墓旁，希望妻子经过那里，好远远地见她最后一面。不一会儿，王妻到了，望见丈夫，嚎啕大哭，扑倒在地。王生悲从中来，不觉失声痛哭。王府随从知道他是王生，抓住他就要拷打。忽然坟墓中出来一个男子，手握雪亮的尖刀，神态威武刚猛，厉声说道："我是聂政！良家妇女岂容强占！考虑到你们身不由己，姑且饶了这一遭。传话给无道的潞王，如果不痛改前非，要不了几天就要摘了他的脑袋！"仆从们吓坏了，扔下车子逃走。那男子也走进坟墓不见了。王生夫妇对坟墓磕过头回家，还担心潞王再派爪牙来抓人。过了十多天，竟然没有动静，这才放下心来。潞王的淫威，从此也有所收敛。

异史氏说：我读《史记·刺客列传》，独独心服于轵深井里人聂政。他奋不顾身报答严仲子的知遇之恩，有豫让的义气；光天化日之下刺杀韩相侠累，有专诸的勇敢；事成之后自毁容貌，不连累姐姐，有曹沫的智慧。至于荆轲，力不足以图谋无道的秦王，只好让他挣断衣裾逃走，自取灭亡。轻易借了樊于期将军的头，哪天才能还呢？这是千古的遗恨，也是为聂政所嗤笑的。我从野史逸闻中得知：荆轲死后容不得左伯桃葬于其旁，结果自己的坟墓被鬼雄羊角哀掘掉了。如果真是这样，那么活着不能成名，死后还不仗义，比之聂政的怀抱一腔义愤，严惩荒淫无耻，为人的贤与不贤又怎样呢？哦！聂政之贤，在这件事上更确凿无疑了。

冷　生

平城冷生，少最钝，年二十余，未能通一经。忽有狐来，与之燕处。每闻其终夜语，即兄弟诘之，亦不肯泄。如是多日，忽得狂易病：每得题为文，则闭门枯坐；少时，哗然大笑。窥之，则手不停草，而一艺成矣。脱稿又文思精妙。是年入泮，明年食饩。每逢场作笑，响彻堂壁，由此“笑生”之名大噪。幸学使退休，不闻。后值某学使规矩严肃，终日危坐堂上。忽闻笑声，怒执之，将以加责。执事官代白其颠。学使怒稍息，释之而黜其名。从此佯狂诗酒。著有《颠草》四卷，超拔可诵。

异史氏曰：闭门一笑，与佛家顿悟时何殊间哉！大笑成文，亦一快事，何至以此褫革？如此主司，宁非悠悠！

学师孙景夏，往访友人。至其窗外，不闻人语，但闻笑声嗤然，顷刻数作。意其与人戏耳。入视，则居之独也。怪之。始大笑曰：“适无事，默温笑谈耳。”

邑宫生，家畜一驴，性蹇劣。每途中逢徒步客，拱手谢曰：“适忙，不遑下骑，勿罪！”言未已，驴已蹶然伏道上，屡试不爽。宫大惭恨，因与妻谋，使伪作客。己乃跨驴周于庭，向妻拱手，作遇客语。驴果伏。便以利锥毒刺之。适有友人相访，方欲款关，闻宫言于内曰：“不遑下骑，勿罪！”少顷，又言之。心大怪异，叩扉问其故，以实告，相与捧腹。

此二则，可附冷生之笑并传矣。

【译文】

山西平城县冷生，年轻时最为愚钝，二十多岁了，还没能精学一部经书。忽然有狐狸精来和他一起生活。常听见他们整夜说个不停，即使亲兄弟去盘问，他也不肯泄漏一句。这样过了好几天，冷生忽然得了精神病，每当拿了题目做文章，就关起门来呆坐；过了一会儿，又哈哈大笑。偷偷看他，则手不停笔，顷刻一篇八股文就写成了。文章构思非常精妙。这一年他考取县学生员，第二年做了廪生。每逢考试，他都要放声大笑，响彻考场四壁，因此“笑生”的名声大振。幸亏学使退下去休息，没听见。后来遇到某学使规矩严肃，整天端坐在堂上。忽然听见笑声，发脾气把冷生拉出来，要惩处他。管事的官员代为说明他有点神经不正常，学使的怒气稍为平息，把他放了，除了他的名。从此他佯装疯癫，以诗酒自娱。著有《颠章》四卷，不同凡俗，值得一读。

异史氏说：关门一笑，同佛家顿悟时“拈花微笑”有什么不同？大笑一阵便做出一篇好文章，也是一件快事，何至于因此取消廪生？这样的学使大人，岂不荒谬！

学师孙景夏去拜访朋友。到他窗外，听不见人说话，只听得嗤嗤的笑声，一会儿功夫就笑了几次。猜想他在同别人闹着玩。进去一看，朋友独自一人在屋里。孙先生表示奇怪，那位朋友大笑道：“刚才我闲着没事干，就温习温习笑话罢了。”

我们家乡的宫生，家里养了一头驴，走不快，宫生每次在路上遇见徒步行走的客人，都要拱手表示歉意道：“我正有事忙着，没功夫下驴，望勿怪罪！”话没说完，驴子已经四腿一跪伏在路上，屡试不爽。宫生大为惭愧恼怒，就同妻子商量，让她假装做过路人。自己骑上驴子，在院子里兜圈子，向妻子拱手说遇见客人的话。驴子果然又趴下了。宫生就用锋利的锥子狠狠地刺它。正好那时有朋友来拜访，正要敲门，只听宫生在内面说：“没功夫下驴，请原谅！”过了一会儿，又说了一遍。朋友非常惊诧，敲门问怎么回事，宫生如实相告，一起捧腹大笑。

这两则故事，可以放在冷生爱笑的故事后面一并流传。

狐惩淫

某生购新第，常患狐。一切服物，多为所毁，且时以尘土置汤饼中。一日，有友过访，值生出，至暮不归。生妻备馔供客，已而偕婢啜食余饵。

生素不羁，好蓄媚药，不知何时狐以药置粥中，妇食之，觉有脑麝气。问婢，婢云不知。食讫，觉欲焰上炽，不可暂忍；强自按抑，燥渴愈急。筹思家中无可奔者，惟有客在，遂往叩斋。客问其谁，实告之。问何作，不答。客谢曰：“我与若夫道义交，不敢为此兽行。”妇尚流连。客叱骂曰：“某兄文章品行，被汝丧尽矣！”隔窗唾之。妇大惭，乃退。因自念：我何为若此？忽忆碗中香，得毋媚药也？检包中药，果狼藉满案，盎盏中皆是也。稔知冷水可解，因就饮之。顷刻心下清醒，愧耻无以自容。展转既久，更漏已残。愈恐天晓难以见人，乃解带自经。婢觉救之，气已渐绝。辰后，始有微息。客夜间已遁。

生晡后方归，见妻卧，问之，不语，但含清涕。婢以状告。大惊，苦诘之。妻遣婢去，始以实告。生叹曰：“此我之淫报也，于卿何尤？幸有良友；不然，何以为人！”遂从此痛改往行，狐亦遂绝。

异史氏曰：居家者相戒勿蓄砒鸩，从无有戒不蓄媚药者，亦犹之人畏兵刃而狎床笫也。宁知其毒有甚于砒鸩者哉！顾蓄之不过以媚内耳，乃至见嫉于鬼神；况人之纵淫，有过于蓄药者乎？

某生赴试，自郡中归，日已暮，携有莲实菱藕，入室，并置几上。又有藤津伪器一事，水浸盎中。诸邻人以生新归，携酒登堂，生仓卒置床下而出，令内子经营供馔，与客薄饮。饮已，入内，急烛床下，盎水已空。问妇。妇曰：“适与菱藕并出供客，何尚寻也？”生忆肴中有黑条杂错，举座不知何物。乃失笑曰：“痴婆子！此何物事，可供客耶?”妇亦疑曰：“我尚怨子不言烹法，其状可丑，又不知何名，只得糊涂脔切耳。”生乃告之，相与大笑。今某生贵矣，相狎者犹以为戏。

【译文】

某生买了一座新住宅，常有狐狸精作怪，一切衣服物品，多被毁坏，还常常把尘土放进面食中。一天，有朋友来访，正好某生出去了，到傍晚还不回来，他妻子准备了饭菜给客人吃，然后跟婢女一起把剩下的饭菜吃了。

某生一贯放荡不羁，喜欢收藏春药。不知什么时候，狐狸精把春药放进了粥里，妇人吃粥时，觉得粥里有冰脑和麝香的气味；问婢女，婢女说不知道。吃完粥，只觉欲火中烧，无法按捺；竭力克制，性欲更加强烈。想来想去家里没有可以泄欲的对象，只有某生的朋友，就去敲书房的门。客人问是谁，妇人实说了；又问来干什么，妇人不答话。客人拒绝道：“我同你丈夫是道义之交，不敢做这种禽兽的行为。”妇人还赖在那儿不肯走。客人叱骂道：“某兄的文章品行，都被你丧尽了!”隔窗唾她。妇人非常惭愧，就退下了。于是自己暗想：我怎么会这个样子？忽然想起粥碗里的香气，莫不是春药？检查包里的药，果然乱七八糟散了一桌，杯盏里也全是的。妇人知道冷水可以解药力，就去喝冷水，顷刻心里清醒，羞惭得无地自容。翻来覆去好久，天都快要亮了，更怕天亮无脸见人，就解下衣带上吊。幸亏婢女发觉，救了下来，已没气了。辰时以后，才有很微弱的呼吸。客人夜间已经走了。

某生到晚上才回家，见妻子躺在床上，就问她是怎么回事。妇人不答话，眼眶里含着泪水。婢女把自杀的事告诉了主人，某生大惊，苦苦追问。妇人叫婢女走开，这才把实情说了。某生叹息道；“这是我淫荡的报应，有什么可以责备你的呢？幸亏有个良友，不然，让我怎么做人!”于是从此痛改前非，狐狸精也就绝迹了。

异史氏说：住在家里的人相互告诫不要储藏砒霜毒酒，从来没有告诫不要储藏春药的，这也就像人们畏惧刀枪兵器，却沉缅于床笫之乐一样。哪里知道春药之毒有超过砒霜毒酒的呢？但人们藏春药不过为了博取妻妾欢心罢了，没想到竟遭到鬼神的嫉恨；更何况人们纵淫之害，有超过储藏春药的呢！

某生赶考，从郡城回来，已是傍晚。走进家里，他把带回的莲子、菱、藕都放在桌上；还有“藤津伪器”一根，放水浸在盆中。几个邻居因为他刚回家，带着酒走进他家客堂；某生慌乱之中把盆放在床下就出来了，命妻子准备下酒菜，与客人一起小酌。喝完酒，某生进屋，赶紧用烛照床下，只见盆里已经空了。便问妻子。妻子说：“刚才同菱藕一起拿出来招待客人了，还找什么呢？”某生这才想起有几根黑条条乱七八糟拌在菜里，刚才大家都不知道是什么。于是失声笑道：“痴婆娘！这是什么东西，怎么可以招待客人呢？”妻子也疑疑惑惑道：“我还在埋怨你不向我交代烧法，这东西样子难看，又不知叫什么名字，只好稀里糊涂把它当肉切了。”某生这才告诉她是“藤津伪器”，两人相对大笑。现在，某生已经当官了，同他亲近的人还拿这件事开玩笑。

山　市

奂山山市，邑八景之一也。数年恒不一见。孙公子禹年，与同人饮楼上，忽见山头有孤塔耸起，高插青冥。相顾惊疑，念近中无此禅院。无何，见宫殿数十所，碧瓦飞甍，始悟为山市。未几，高垣睥睨，连亘六七里，居然城郭矣。中有楼若者，堂若者，坊若者，历历在目，以亿万计。忽大风起，尘气莽莽然，城市依稀而已。既而风定天清，一切乌有；惟危楼一座，直接霄汉。五架窗扉皆洞开；一行有五点明处，楼外天也。层层指数：楼愈高，则明愈少；数至八层，裁如星点；又其上，则黯然缥缈，不可计其层次矣。而楼上人往来屑屑，或凭或立，不一状。逾时，楼渐低，可见其顶；又渐如常楼；

又渐如高舍；倏忽如拳如豆，遂不可见。又闻有早行者，见山上人烟市肆，与世无别，故又名“鬼市”云。

【译文】

山东淄川奂山上的“山市”，是当地八景之一，常常几年不能见到一次。孙禹年公子有一次同朋友在楼上饮酒，忽见山头耸起一座孤塔，高高插入青天。大家面面相觑，不胜惊疑，想附近并没有这样一座寺院。不多时，又见数十座宫殿，碧瓦飞甍，这才明白是山市。不一会儿，高高的城墙，连绵不断横亘六七里，居然是一座城市了。其中有楼阁模样的，厅堂模样的，街坊模样的，历历在目，成千成万。忽然刮起一阵大风，尘气茫茫，城市只剩下一点轮廓而已。风定天清以后，一切化为乌有，只有高楼一座，直接霄汉，每层五扇门窗都洞开，一排有五点透明处，那是楼后的天空。一层层点着数，楼越高，则透明处越小；数到第八层，透明处只有星星那么一点；再往上数，则暗淡模糊，没法计算它的层次了。而楼上的人不停地来来去去，有的凭栏远眺，有的立在那里，形态各异。过了一个时辰，楼渐渐低下来，可以望见它的顶部，又渐渐变得和普通的楼一样，又渐渐变得像高房子一样；一下子像拳头那么大，像豆子那么大，于是就看不见了。又听说有人清早赶路，见到山上人烟集市店铺，同人世间没有区别，因此又叫它“鬼市”。

江　城

临江高蕃，少慧，仪容秀美。十四岁入邑庠。富室争女之；生选择良苛，屡梗父命。父仲鸿，年六十，止此子，宠惜之，不忍少拂。

初，东村有樊翁者，授童蒙于市肆，携家僦生屋。翁有女，小字江城，与生同甲，时皆八九岁，两小无猜，日共嬉戏。后翁徙去，积四五年，不复闻问。一日，生于隘巷中，见一女郎，艳美绝俗。从以小鬟，仅六七岁。不敢倾顾，但斜睨之。女停睇，若欲有言。细视之，江城也。顿大惊喜。各无所言，相视呆立，移时始别，两情恋恋。生故以红巾遗地而去。小鬟拾之，喜以授女。女入袖中，易以己巾，伪谓鬟曰："高秀才非他人，勿得讳其遗物，可追还之。"小鬟果追付生。

生得巾大喜。归见母，请与论婚。母曰："家无半间屋，南北流寓，何足匹偶?"生言："我自欲之，固当无悔。"母不能自决，以商仲鸿；鸿执不可。生闻之闷闷，嗌不容粒。母忧之，谓高曰："樊氏虽贫，亦非狙侩无赖者比。我请过其家，倘其女可偶，当亦无害。"高曰："诺。"母托烧香黑帝祠，诣之。见女明眸秀齿，居然娟好，心大爱悦。遂以金帛厚赠之，实告以意。樊媪谦抑而后受盟。归述其情，生始解颜为笑。逾岁，择吉迎女归，夫妻相得甚欢。

而女善怒，反眼若不相识；词舌嘲啁，常聒于耳。生以爱故，悉含忍之。翁媪闻之，心弗善也，潜责其子。为女所闻，大恚，诟骂弥加。生稍稍反其恶声，女益怒，挞逐出户，阖其扉。生嗜嗜门外，不敢叩关，抱膝宿檐下。女从此视若仇。其初，长跪犹可以解；渐至屈膝无灵，而丈夫益苦矣。翁姑薄让之，女牴牾不可言状。翁姑忿怒，逼令大归。樊惭惧，浼交好者请于仲鸿；仲鸿不许。

年余，生出遇岳，岳邀归其家，谢罪不遑。妆女出见，夫妇相看，不觉恻楚。樊乃沽酒款婿，酬劝甚殷。日暮，坚止留宿，扫别榻，使夫妇并寝。既曙辞归，不敢以情告父母，掩饰弥缝。自此三五日，暂一寄岳家宿，而父母不知也。樊一日自诣仲鸿。初不见，迫而后见之。樊膝行而请。高不承，诿诸其子。樊曰："婿昨夜宿仆家，不闻有异言。"高惊问："何时寄宿？"樊具以告。高赧谢曰："我固不知。彼爱之，我独何仇乎？"

樊既去，高呼子而骂。生但俯首，不少出气。言间，樊已送女至。高曰："我不能为儿女任过，不如各立门户，即烦主析爨之盟。"樊劝之，不听。遂别院居之，遣一婢给役焉。月余，颇相安，翁媪窃慰。未几，女渐肆，生面上时有指爪痕；父母明知之，亦忍不置问。一日，生不堪挞楚，奔避父所，芒芒然如鸟雀之被鹯驱者。翁媪方怪问，女已横梃追入，竟即翁侧捉而棰之。翁姑涕噪，略不顾瞻，挞至数十，始悻悻以去。高逐子曰："我惟避嚣，故析尔。尔固乐此，又焉逃乎？"生被逐，徙倚无所归。母恐其折挫行死，令独居而给之食。又召樊来，使教其女。樊入室，开谕万端，女终不听，反以恶言相苦。樊拂衣去，誓相绝。无何，樊翁愤生病，与妪相继死。女恨之，亦不临吊，惟日隔壁噪骂，故使翁姑闻。高悉置不知。

生自独居，若离汤火，但觉凄寂。暗以金啖媒媪李氏，纳妓斋中，往来皆以夜。久之，女微闻之，诣斋嫚骂。生力白其诬，矢以天日，女始归。自此日伺生隙。

李妪自斋中出，适相遇，急呼之；妪神色变异，女愈疑。谓妪曰："明告所作，或可宥免；若犹隐秘，撮毛尽矣！"媪战而告曰："半月来，惟勾栏李云娘过此两度耳。适公子言，曾于玉笥山见陶家妇，爱其双翘，嘱奴招致之。渠虽不贞，亦未便作夜度娘，成否故未必也。"女以其言诚，姑从宽恕。媪欲行，又强止之。日既昏，呵之曰："可先往灭其烛，便言陶家至矣。"媪如其言。女即遽入。生喜极，挽臂促坐，具道饥渴。女默不语。生暗中索其足，曰："山上一觐仙容，介介独恋是耳。"女终不语。生曰："夙昔之愿，今始得遂，何可觌面而不识也？"躬自捉火一照，则江城也。大惧失色，堕烛于地，长跪觳觫，若兵在颈。女摘耳提归，以针刺两股殆遍，乃卧以下床，醒则骂之。生以此畏若虎狼；即偶假以颜色，枕席之上，亦震慴不能为人。女批颊而叱去之，益厌弃不以人齿。生日在兰麝之乡，如犴狴中人，仰狱吏之尊也。

女有两姊，俱适诸生。长姊平善，讷于口，常与女不相洽。二姊适葛氏。为人狡黠善辨，顾影弄姿，貌不及江城，而悍妒与埒。姊妹相逢无他语，惟各以阃威自鸣得意。以故二人最善。生适戚友，女辄嗔怒；惟适葛所，知而不禁。一日，饮葛所。既醉，葛嘲曰："子何畏之甚？"生笑曰："天下事颇多不解：我之畏，畏其美也；乃有美不及内人，而畏甚于仆者，惑不滋甚哉？"葛大惭，不能对。婢闻，以告二姊。二姊怒，操杖遽出。生见其凶，跚屣欲走。杖起，已中腰膂；三杖三蹶而不能起。误中颅，血流如瀋。二姊去，蹒跚而归。妻惊问之。初以忤姨故，不敢遽告；再三研诘，始具陈之。女以帛束生首，忿然曰："人家男子，何烦他挞楚耶！"更短袖裳，怀木杵，携婢径去。抵葛家，二姊笑语承迎。女不语，以杵击之，仆；裂裤而痛楚焉。齿落唇缺，遗失溲便。

女返，二姊羞愤，遣夫赴愬于高。生趋出，极意温恤。葛私语曰："仆此来，不得不尔。悍妇不仁，幸假手而惩创之，我两人何嫌焉。"女已闻之，遽出，指骂曰："龌龊贼！妻子亏苦，反窃窃与外人交好！此等男子，不宜打煞耶！"疾呼觅杖。葛大窘，夺门窜去。生由此往来全无一所。

同窗王子雅过之，宛转留饮。饮间，以闺阁相谑，颇涉狎亵。女适窥客，伏听尽悉，暗以巴豆投汤中而进之。未几，吐利不可堪，奄存气息。女使婢问之曰："再敢无礼否？"始悟病之所自来，呻吟而哀之。则绿豆汤已储待矣。饮之乃止。从此同人相戒，不敢饮于其家。

王有酤肆，肆中多红梅，设宴招其曹侣。生托文社，禀白而往。日暮，既酣，王生曰："适有南昌名妓，流寓此间，可以呼来共饮。"众大悦。惟生离席，兴辞。群曳之曰："阃中耳目虽长，亦听睹不至于此。"因相矢缄口。生乃复坐。少间，妓果出。年十七八，玉佩丁冬，云鬟掠削。问其姓，云："谢氏，小字芳兰。"出词吐气，备极风雅，举座若狂。而芳兰尤属意生，屡以色授。为众所觉，故曳两人连肩坐。芳兰阴把生手，以指书掌作"宿"字。生于此时，欲去不忍，欲留不敢，心如乱丝，不可言喻。而倾头耳语，醉态益狂，榻上胭脂虎，亦并忘之。

少选，听更漏已动，肆中酒客愈稀；惟遥座一美少年，对烛独酌，有小僮捧巾侍焉。众窃议其高雅。无何，少年罢饮出门去。僮返身入，向生曰："主人相候一语。"众则茫然，惟生颜色惨变，不遑告别，匆匆便去。盖少年乃江城，僮即其家婢也。生从至家，伏受鞭扑。从此禁锢益严，吊庆皆绝。文宗下学，生以误讲降为青。

一日，与婢语，女疑与私，以酒罈囊婢首而挞之。已而缚生及婢，以绣剪剪腹间肉互补之，释缚令其自束。月余，补处竟合为一云。女每以白足踏饼尘土中，叱生摭食之。如是种种。

母以忆子故，偶至其家，见子柴瘠，归而痛哭欲死。夜梦一叟告之曰："不须忧烦，此是前世因。江城原静业和尚所养长生鼠，公子前生为士人，偶游其地误毙之。今作恶报，不可以人力回也。每早起，虔心诵观音咒一百遍，必当有效。"醒而述于仲鸿，异之，夫妻遵教。虔诵两月余，女横如故，益之狂纵。闻门外钲鼓，辄握发出，憨然引眺，千人指视，恬不为怪。翁姑共耻之，而不能禁。

忽有老僧在门外宣佛果，观者如堵。僧吹鼓上革作牛鸣。女奔出，见人众无隙，命婢移行床，翘登其上。众目集视，女如弗觉。逾时，僧敷衍将毕，索清水一盂，持向女而宣言曰："莫要嗔，莫要嗔！前世也非假，今世也非真。咄！鼠子缩头去，勿使猫儿寻。"宣已，吸水噀射女面，粉黛淫淫，下沾衿袖。众大骇，意女暴怒，女殊不语，拭面自归。僧亦遂去。

女入室痴坐，嗒然若丧，终日不食，扫榻遽寝。中夜忽唤生醒。生疑其将遗，捧进溺盆。女却之。暗把生臂，曳入衾。生承命，四体惊悚，若奉丹诏。女慨然曰："使君如此，何以为人!"乃以手抚扪生体，每至刀杖痕，嘤嘤啜泣，辄以爪甲自掐，恨不即死。生见其状，意良不忍，所以慰籍之良厚。女曰："妾思和尚必是菩萨化身。清水一洒，若更腑肺。今回忆曩昔所为，都如隔世。妾向时得毋非人耶？有夫妻而不能欢，有姑嫜而不能事，是诚何心！明日可移家去，仍与父母同居，庶便定省。"絮语终夜，如话十年之别。

昧爽即起，摺衣敛器，婢携簏，躬襆被，促生前往叩扉。母出骇问，告以意。母尚迟回，女已偕婢入。母从入。女伏地哀泣，但求免死。母察其意诚，亦泣曰："吾儿何遽如此？"生为细述前状，始悟曩昔之梦验也。喜，唤厮仆为除旧舍。女自是承颜顺志，过于孝子。见人，则觍如新妇。或戏述往事，则红涨于颊。且勤俭，又善居积；三年，翁媪不问家计，而富称巨万矣。生是岁乡捷。女每谓生曰："当日一见芳兰，今犹忆之。"生以不受荼毒，愿已至足，妄念所不敢萌，唯唯而已。会以应举入都，数月乃返。入室，见芳兰方与江城对弈。惊而问之，则女以数百金出其籍矣。此事浙中王子雅言之甚详。

异史氏曰：人生业果，饮啄必报，而惟果报之在房中者，如附骨之疽，其毒尤惨。每见天下贤妇十之一，悍妇十之九，亦以见人世之能修善业者少也。观自在愿力宏大，何不将盂中水洒大千世界也？

【译文】

江西临江府高蕃，从小聪明，仪容秀美。十四岁进县学。有钱人家争着把女儿许配给他。高蕃选择妻子很挑剔，好几次挡回了父命。他父亲高仲鸿，六十岁了，只有这么个儿子，宠爱他，不忍心稍有拂逆。

起初，东村有个樊翁，在集市边教小孩读书。他带着家眷，就租了高蕃家的房子住。樊翁有个女儿，小字江城，与高蕃同年，当时都只有八、九岁，两小无猜，每天在一起玩耍。后来樊翁搬走，一晃四五年过去了，不再往来。

有一天，高蕃在一条狭窄的巷子里看见一位姑娘，美丽超群，后面跟着一个小丫环，只有六七岁。高蕃不敢尽情看，只用眼角偷瞧。那姑娘停下脚步看着他，像有话要说。仔细看去，竟是江城，顿时又惊又喜。两人都说不出话来，愣愣地站在那儿互相对看。过了好一会儿才分别，两个人都恋恋不舍。高蕃故意把红巾掉在地上。小丫环拾起，高兴地递给江城。江城放进袖中，换了自己的汗巾，故意哄小丫环说："高秀才不是别人，不能拿他掉了的东西，你追上去还他。"小丫环果然追上高蕃，把汗巾给他。

高蕃拿到汗巾，大喜。回家拜见母亲，请求向樊家提亲。高母说："她家穷得连半间房子也没有，搬来搬去到处为家，哪儿够得上与我家婚配？"高生说："我自己喜欢的，决不后悔。"高母无法决定，就去同丈夫商量。高仲鸿坚决不同意。高蕃听说后闷闷不乐，粒米不进。高母急了，对丈夫说："樊家虽然穷，但也不是下贱无赖之辈。我想到樊家去看看，如果他家姑娘不错，娶她也没有什么害处。"高仲鸿说："好吧。"

高母假称到黑帝祠去烧香，来到樊家，只见江城明眸秀齿，确实漂亮，心里十分喜爱。就拿出很丰厚的彩礼送给樊家，说明了来意。樊母先是自谦家贫不配，后来就答应了这门婚事。高母回家把经过一说，高蕃才开颜而笑。过了一年，选定黄道吉日，把江城迎娶回来。婚后夫妻生活很快乐。

但是江城很容易发脾气，一翻脸就形同路人，啰里啰嗦在丈夫耳边唠叨个没完。高蕃因为爱她，一切都忍了。公婆听说之后，心里反感，背地里责怪儿子。此事被江城知道了，大为怨恨，变本加厉辱骂丈夫。高蕃略为回敬了几句，江城更加发火，把丈夫打出门外，关上房门。高蕃在门外抖抖索索，不敢敲门，抱着膝盖在屋檐下过夜。江城从此把丈夫看成仇敌一般。起初，长跪不起还可以求得和解；渐渐到了屈膝也没用，做丈夫的就更苦了。公婆稍加责备，江城顶撞的模样简直不可形容。公婆忿怒了，逼着把她休回娘家。樊翁又惭愧又害怕，请好朋友向高仲鸿说情，高仲鸿不答应。

过了一年多，高蕃外出，遇见岳父，岳父把他请到家里，不住地赔不是。又让江城梳妆打扮出来相见。夫妻俩一见面，心里都很难过。樊翁就买了酒招待女婿，劝酒挟菜，非常殷勤。晚上，一定要留女婿住下；另外准备床铺，让他们夫妻俩共寝。天亮后，高蕃辞别回家，不敢把实情告诉父母，遮遮盖盖。从此以后，三五天就去丈人家过夜，而父母一点也不知道。

有一天，樊翁自己去看高仲鸿。高仲鸿起初不见，被软缠硬磨得没办法才出来相见。樊翁膝盖着地走过去请求原谅媳妇。高仲鸿不肯作主，推托给儿子决定。樊翁说："女婿昨夜睡在我家，没听说他反对这样做。"高仲鸿吃惊地问："他什么时候开始住在你家的？"樊翁把实情都说了。高仲鸿红着脸表示歉意道："我实在不知道。他爱你女儿，我敌视她干什么？"

樊翁走后，高仲鸿把儿子叫到跟前，骂了一顿。高蕃只是低着头，一声不吭。说话之间，樊翁已把女儿送来了。高仲鸿说："我不能为儿女受罪。不如各立门户。就麻烦你做我们分家的见证人。"樊翁劝他不要分，高仲鸿不听。于是，就让高蕃夫妇住在另一所院子，派了一个婢女供他们使唤。过了一个多月，相安无事，高仲鸿夫妇暗暗感到安慰。不久，江城又渐渐放肆起来，高蕃的脸上常有指甲的伤痕，父母明知江城抓的，也忍耐着不去问他。一天，高蕃受不了挨打之苦，逃到父母处躲避，惶惶然就像被鹰鹯追逐的鸟雀。父母正惊异地问他，江城已经横握木棍追了进来，竟然就在公公身旁抓住他痛打。公婆流着眼泪叫住手，江城看也不看，一直打到几十下，才恨恨地走了。高仲鸿赶走儿子，说：“我只为躲避吵闹，才同你们分家的。你既然乐意这样，又为什么要逃呢？”高蕃被父亲赶了出来，东荡西荡没处去。母亲怕他受了委屈去自杀，就叫他单独居住，给他吃的；又把樊翁叫来，让他管教自己的女儿。樊翁进屋，百般开导，江城只是不听，反而恶言恶语伤父亲的心。樊翁气得拂袖而去，发誓同女儿一刀两断。不久，气得生了病，同妻子先后死了。江城恨他们，也不去娘家吊唁，整天隔着墙壁破口大骂，故意让公婆听。高仲鸿一切只当没听见。

高蕃自从独居以后，就像脱离了苦海，只是感到凄凉寂寞，就悄悄地用钱买通媒婆李氏，把妓女领进书房，来来往往都在夜里进行。时间一长，江城略有所闻，就到书房大骂。高蕃竭力辩白没这回事，指天指日地发誓，江城这才回去。从此，江城日日夜夜窥伺高蕃的过错。

李媒婆从书斋出来，正好被江城遇见，急忙叫住她。李媒婆神色变了，江城更为怀疑，对她说：“打开天窗说亮话，或许可以饶了你；如果还想隐瞒，我把你头发拔光！”李媒婆打着抖说：“半个月来，只有妓院里的李云娘来过两次。刚才公子说：他曾在玉笥山见过陶家媳妇，爱她那双小脚；嘱咐我去把她招来。陶家媳妇虽然不规矩，也不至于干妓女这行当。是否成功还说不定。”江城因为她说了实话，就饶了她。李媒婆要走，江城又拦住她。太阳落山了，江城呵责李氏道：“你先去把公子的蜡烛灭了，就说陶家媳妇来了。”李氏照她说的做了。江城立即进房。高蕃高兴极了，挽着她的手臂，紧靠着坐在一起，诉说思念之苦。江城默不作声。高蕃在暗中摸到她的脚，说：“我在山上一见你，一门心思就爱着这双脚。”江城始终不说话。高蕃说：“宿愿今天才偿，怎么能见面不认识一下呢？”亲自点上蜡烛一照，原来是江城。高蕃大惊失色，蜡烛掉在地上，直挺挺跪着发抖，就像刀架在他脖子上。江城扯住他的耳朵，提着回到家里，用针刺遍了他的两腿，这才让他睡在下床；每次醒来，就骂他一顿。高蕃因此怕她像怕虎狼一样。即使江城偶尔赏脸，高蕃在床上也心惊胆战，无法过正常的夫妻生活，于是江城抽他的耳光，叱他滚下床去，更加厌弃他，不把他当人看待。高蕃每天闻着妻子的脂粉香气，却像监狱里的犯人，时时要看狱吏的脸色。

江城有两个姐姐，都嫁给了秀才。大姐性格平和善良，不善谈吐，常同江城合不来。二姐嫁给葛家，为人狡猾，伶牙俐齿，常常搔首弄姿，容貌不如江城漂亮，而蛮横妒忌同江城不相上下。姐妹俩一见面没有别的话可说，就各自夸耀在丈夫面前的威风，因此，她俩最为要好。高蕃到亲戚朋友家去，江城总要大发雷霆，唯独去葛家，知道了也不禁止。一天，高蕃在葛家饮酒，酒喝多了，葛生嘲笑高蕃道："你怎么怕得这么厉害?"高蕃笑道："天下有很多事情不可理解。我的怕，是怕她的美；竟还有美不及我老婆，而怕比我还厉害的，不是更叫人困惑吗?"葛生非常惭愧，答不上来。这话正好被婢女听见，就告诉了二姐。二姐大怒，提着棍子赶出来。高蕃见她一副恶狠狠的样子，拖着鞋子就要走。二姐手起棍落，打在高蕃腰脊上，三棍跌倒三次，打得他爬不起来；又误中头部，血流如注。二姐去了，高蕃一瘸一拐地回家。江城惊问怎么回事。高蕃开始还因为得罪了二姨，不敢马上就说；再三追问，才原原本本说了出来。江城用布包扎好丈夫的头，气愤地说："我的男人，为什么要烦劳她来打?"换了一件短袖衣裳，怀揣木杵，带着婢女径自去了。到了葛家，二姐笑语相迎。江城一言不发，拿出木杵就是一下。二姐倒地；江城又撕下她的裤子痛打，直打得她掉了牙，裂了唇，屁滚尿流。

江城回家后，二姐羞愤，叫丈夫到高蕃那儿去告诉。高蕃急忙出来，赔了许多不是。葛生悄悄地对他说："我这次来，实在是不得不来。凶婆娘不仁不义，幸亏假人之手罚她吃了点苦头。我们两个有什么怨恨呢。"江城已经听见了，冲出来，指着葛生的鼻子骂道："肮脏的东西，你老婆吃亏受苦，你反而偷偷摸摸跟外人拉交情！这种男人，不该打死吗?"大叫："把棍子找来!"葛生十分狼狈，夺门而逃。从此，高蕃没有一个地方可去了。

高蕃的同学王子雅来访，高蕃婉转地留他喝酒。喝酒之间，王子雅拿妻子作话题开玩笑，很有些猥亵之谈。赶上江城正窥视客人，躲在一边听得明白，就暗中把巴豆放在汤里送进去。不一会儿，客人上吐下泻，苦不堪言，人顿时软得只剩一口气了。江城派婢女去问他："再敢无礼不？"王子雅这才醒悟病是哪儿来的，呻吟着哀告。里边绿豆汤早已备好待用，喝下吐泻才止。从此，朋友们互相告诫，不敢再到高家喝酒。

王子雅开一家酒店，店里有好几株红梅，就设宴招待朋友。高蕃借口参加文社，禀告过江城就去了。傍晚，酒正喝到兴头上，王子雅说："正好有南昌名妓寄住在这里，可以叫来一起喝酒。"众人十分喜悦，只有高蕃站起身来要告辞。大家拉住他说："你家夫人耳目虽然灵通，也听看不到此地。"于是互相发誓保密。高蕃就重新入席。过了一会儿，妓女果然出来了。年纪十七八岁，身上环佩叮咚，秀发梳掠得一团云似的。问她姓名，说："姓谢，小字芳兰。"出言吐语，极为高雅，满座欣喜若狂。而芳兰特别中意高蕃，屡屡暗递秋波。被大家发觉后，故意拉他俩并肩而坐。芳兰暗地里握着高蕃的手，用手指在他的手心里写了个"宿"字。这时，高蕃要走不忍，想留不敢，心乱如麻，不可言状。而交头接耳之际，醉态更见癫狂，家里的"母大虫"也就丢在了脑后。

少停，听得头更已经敲了，酒店里客人更少了，只有远处座上一个美少年在对烛独酌，有个小书僮捧着手巾在一边侍候。众人背地里议论他高雅。不久，少年喝完酒出门去；那书僮回身进店，对高蕃说："主人等在门外和你说句话。"别人都茫然不知怎么回事，只有高蕃脸色惨变，顾不上告别，匆匆就走了。原来少年就是江城，书僮就是他们家的婢女。高蕃跟着回家，趴在地上挨鞭打。从此，管得更严，朋友间喜庆丧吊都断了。学使下县学视察，高蕃因为讲经出了差错，降了一级。

一天，高蕃同婢女说话。江城怀疑有私情，就把酒罈子套在婢女头上打她；然后把高蕃和婢女绑起来，用绣花剪刀剪下两人腹部的肉换个儿贴上，松了绑叫他们自己包扎好伤口。一个多月后，贴上肉的地方竟然长到一起了。江城还常常赤脚把饼放在尘土中踩，呼叱高蕃捡起来吃。诸如此类的虐待，多种多样。

高母因为想念儿子，有一天到儿子家来，只见他骨瘦如柴；回去痛哭一场，简直不想活了。夜里梦见一个老翁告诉她说："不必忧愁烦闷，这是前世种下的因。江城本是静业和尚养的长生鼠；公子前世是个读书人。偶尔游寺，误把长生鼠打死了。今世受到恶报，人力无法挽回。你每天早晨起来，诚心诚意念一百遍观音咒，一定会有效果。”醒来把梦告诉了丈夫，夫妻俩很感惊异，就遵教去做。虔诚地念了两个多月观音咒，江城蛮横如故，还增加了放纵癫狂，一听见门外锣鼓响，就披头散发出去，傻乎乎地眺望；千人指点，盯着她看，她也安然不以为怪。公婆都感到羞耻，却没法阻止。

忽然有个老和尚在门外弘扬佛法，看的人围成了一堵墙。老和尚吹鼓皮发出牛叫声。江城奔出去，看见人群水泄不通，就命婢女搬出折椅，高高地站在上面看。众人目光一齐朝向她，她好像不觉得。过了好一会儿，和尚讲经将要结束，讨来一盂清水，捧着走向江城念动咒语道：“不要怒！不要忿！前世也不假，今世也不真。咄！鼠子缩头去，别让猫儿寻。”念完，吸水对江城脸上喷去，顿时眉黛脂粉湿漉漉的往下滴，沾湿了衣襟袖子。众人大惊，以为江城会暴跳如雷，江城一声不吭，抹掉脸上的水自己回家去。那老和尚也就走了。

江城进屋痴呆呆地坐着，垂头丧气，到晚不吃东西，整理好床铺很快睡下。半夜里忽然叫醒丈夫。高蕃以为她要小便，把便盆捧上。江城推开，暗暗握住丈夫的手臂，把他拖进被窝。高蕃遵命上床，四肢战战兢兢，像接到了圣旨。江城感慨地说：“让你落到这种地步，我还怎么算人！”就用手抚摸丈夫的身体，每摸到刀疤棒痕，就呜呜咽咽哭泣，然后用指甲掐自己身体，恨不能立刻去死。高蕃见她这样，很不忍心，百般劝慰。江城说：“我想那老和尚一定是菩萨化身。他用清水一洒，我就像换了肺腑一样。现在回想过去的所作所为，恍如隔世。我过去莫非不是人吗？我有丈夫而不能使他欢乐，有公婆而不能侍奉，这是什么心肠呢？明天还是搬回家去，仍旧与公婆住在一起，才便于请安问候。”絮絮叨叨说了一夜，像叙谈十年阔别一样。

江城天蒙蒙亮就起床了，折叠衣裳，收拾器具，婢女带着藤箱，自己抱着被子，催促丈夫到公婆那儿敲门。高母出来惊问是怎么回事，高蕃就把搬回来住的意思说了。高母还在犹豫，江城已偕同婢女进门了。高母跟着进来，江城伏在地上哀哭，只求婆婆饶她一死。高母看她确实心诚，也哭着说：“我儿怎么就这样呢？”高蕃细细说了昨夜的情况；高母才明白以前那场梦应验了，心里高兴，叫仆人替小夫妻俩打扫过去住的房间。江城从此看公婆的脸色，体察公婆的心意，连孝子也比不上；见了外人，则腼腆得像新娘子。有人开玩笑提起过去的事，她就满脸通红。而且勤俭，又善于经营积聚，三年公婆不问家里收支，而富得可称巨万了。这一年，高蕃中了举人。江城常常对丈夫说："那天一见芳兰，至今还想念她。"高蕃因为不受妻子虐待，已经心满意足，哪里还敢想入非非？只是哼哼哈哈而已。正好这时入京应进士考，几个月才回来。一进内室，只见芳兰正同江城下棋，惊问怎么回事。原来江城用几百两银子把芳兰赎出来了。这件事浙江王子雅说得很详细。

异史氏说：人生因果，点滴必报。而唯有报在妻子身上的，像生在骨头上的疮，毒害尤其残酷。每每看到天下贤惠的妻子只占十分之一，蛮横的妻子倒占十分之九，也可见世人能修身行善的很少。观世音菩萨法力宏大，何不将她盂中净水洒遍大千世界呢？

孙　　生

孙生，娶故家女辛氏。初入门，为穷裤，多其带，浑身纠缠甚密，拒男子不与共榻。床头常设锥簪之器以自卫。孙屡被刺剟，因就别榻眠。月余，不敢问鼎。即白昼相逢，女未尝假以言笑。同窗某知之，私谓孙曰："夫人能饮否？"答云："少饮。"某戏之曰："仆有调停之法，善而可行。"问："何法？"曰："以迷药入酒，给使饮焉，则惟君所为矣。"孙笑之，而阴服其策良。询之医家，敬以酒煮乌头，置案上。入夜，孙酾别酒，独酌数觥而寝。如此三夕，妻终不饮。一夜，孙卧移时，视妻犹寂坐，孙故作鼾声；妻乃下榻，取酒煨炉上。孙窃喜。既而满饮一杯；又复酌，约尽半杯许，以其余仍内壶中，拂榻遂寝。久之无声，而灯煌煌尚未灭也。疑其尚醒，故大呼："锡檠熔化矣!"妻不应，再呼仍不应。白身往视，则醉睡如泥。启衾潜入，层层断其缚结。妻固觉之，不能动，亦不能言，任其轻薄而去。既醒，恶之，投缳自缢。孙梦中闻喘吼声，起而奔视，舌已出两寸许。大惊，断索，扶榻上，逾时始苏。孙自此殊厌恨之，夫妻避道而行，相逢则各俯其首。积四五年，不交一语。妻或在室中，与他人嬉笑；见夫至，色则立变，凛如霜雪。孙尝寄宿斋中，经岁不归；即强之归，亦面壁移时，默然就枕而已。父母甚忧之。

一日，有老尼至其家，见妇，亟加赞誉。母不言，但有浩叹。尼诘其故，具以情告。尼曰："此易事耳。"母喜曰："倘能回妇意，当不靳酬也。"尼窥室无人，耳语曰："购春宫一帧，三日后，为若厌之。"尼去，母即购以待之。三日，尼果来。嘱曰："此须甚密，勿令夫妇知。"乃翦下图中人，又针三枚、艾一撮，并以素纸包固，外绘数画如蚓状，使母赚妇出，窃取其枕，开其缝而投之；已而仍合之，返归故处。尼乃去。至晚，母强子归宿。媪往窃听。二更将残，闻妇呼孙小字，孙不答。少间，妇复语，孙厌气作恶声。质明，母入其室，见夫妇面首相背，知尼之术诬也。呼子于无人处，委谕之。孙闻妻名，便怒，切齿。母怒骂之，不顾而去。

越日，尼来，告之罔效。尼大疑。媪因述所听。尼笑曰："前言妇憎夫，故偏厌之。今妇意已转，所未转者男耳。请作两制之法，必有验。"母从之，索子枕如前缄置讫，又呼令归寝。更余，犹闻两榻上皆有转侧声，时作咳，都若不能寐。久之，闻两人在一床上唧唧语，但隐约不可辨。将曙，犹闻嬉笑，吃吃不绝。媪以告母。母喜，尼来，厚馈之。孙由是琴瑟和好。生一男两女，十余年从无角口之事。同人私问其故。笑曰：“前此顾影生怒，后此闻声而喜，自亦不解其何心也。”

异史氏曰：移憎而爱，术亦神矣。然能令人喜者，亦能令人怒，术人之神，正术人之可畏也。先哲云：“六婆不入门。”有见矣夫！

【译文】

孙生娶大族人家的女儿辛氏为妻。刚过门时，辛氏做的满裆裤加了许多带子，浑身上下缠得密腾腾，拒不肯和丈夫同床。床头常放了锥子、发簪之类的东西以自卫。孙生多次挨刺，就在别的床上睡；一个多月不敢有非分的企图。即使白天相遇，辛氏也不曾跟丈夫说笑。同学某生知道了，私下对孙生说：“尊夫人会喝酒吗？”孙生答道：“能喝一点。”某生就同他开玩笑说：“我有调解你们夫妻关系的办法，这办法好，也可行。”孙生问：“什么办法？”某生说：“把迷魂药放进酒里，哄她喝下去，就随你怎么干了。”孙生笑话这个点子，但心底里却佩服他的计策妙。请教了医生，小心翼翼用酒煮乌头，放在桌上。到夜里，孙生斟上别的酒，一个人喝了几大杯才睡。这样过了三个晚上，辛氏一直不喝。一夜，孙生躺下好一会儿了，见妻子还默默坐着，就故意打鼾。辛氏就走下床来，拿酒煨在炉上。孙生暗暗高兴。然后，辛氏满满喝了一杯；又再斟，喝了大约半杯左右，把剩下的酒仍旧倒入酒壶，拂了一下床就睡了。过了好久没有声音，而油灯还亮亮地点着没熄，疑心她还醒着，故意大叫：“灯座烧化了！”辛氏不应声。再叫还是不应声。孙生光着身子过去一看，妻子烂醉如泥；掀开被子偷偷钻进去，一层一层剪断结着的带子。辛氏虽然觉得，却不能动弹，也不能说话，任凭孙生轻薄一阵而去。酒醒之后，辛氏憎恶发生的事，结了绳圈自杀。孙生梦中听见喘吼的声音，起身奔去看，舌头已经伸出两寸来长。大惊，割断绳子，扶她上床，过了个把时辰才苏醒过来。孙生从此特别讨厌、仇恨妻子。夫妻走路避开对方，相遇就各自低着头。这样过了四五年，没说过一句话。有时妻子在屋里同别人有说有笑，一见丈夫来了，脸色马上变了，冷若冰霜。孙生曾睡在书房里，整年没回房；即使强迫他回房，也是好一段时间都面对墙壁发呆，一声不响上床睡觉而已。父母亲很为此担忧。

一天，有个老尼姑到他家来，看见辛氏，极力夸奖。孙母不接话，只是长吁短叹。尼姑询问缘故，孙母以实情一一相告。尼姑说："这事好办。"孙母高兴地说："如果能使媳妇回心转意，报酬多少钱不在乎。"尼姑看屋里没人，就悄悄地在孙母耳边说："你去买一幅春宫画，三天后，我替你压邪。"尼姑走后，孙母立即买来等她。第三天，尼姑果然来了，嘱咐说："这事要秘密，别让他们夫妻知道。"就剪下春宫图里的人，又把三根针、一撮艾，一起用白纸包得严严的，外面画了几划，形如蚯蚓；让孙母设法把儿媳妇引出卧房，偷偷拿她的枕头，拉开一条缝把纸包放进去，然后再缝上，送回原处。尼姑就走了。到晚上，孙母强迫儿子回房睡。老妈子前去偷听。二更将尽，听得辛氏叫孙生的小名，孙生不理她。过了一会儿，辛氏又说话，孙生没好气地恶声回答。天亮时，孙母进他们房间，只见夫妻俩脸都背着，知道尼姑的法术不灵。把儿子叫到没人处，开导他。孙生一听妻子的名字就发火，咬牙切齿。孙母生气地骂他，孙生头也不回就走了。

过了一天，尼姑又来了，孙母告诉她法术没生效，尼姑很奇怪。老妈子就把偷听到的情况说了。尼姑笑着说："那天你说媳妇厌恶男人，所以单方面压邪。现在你媳妇已经回心转意了，没回心转意的是男方。让我施行为双方压邪的法术，一定应验。"孙母同意了，要来儿子的枕头，像上次那样封好放好，又叫儿子回房去睡。一更以后，还听见两张床上都有翻身的声响，时时咳嗽，都好像睡不着。好久，听见两个人在一张床上唧唧哝哝地说话，但隐隐约约听不清在说什么。天快亮时，还听得他们在嬉戏，笑声吃吃不断。老妈子把夜间的情况告诉孙母，孙母大喜，尼姑来时，重重地谢了她。

孙生从此以后夫妻恩爱，生了一个儿子两个女儿，十多年里从来没有过口角的事。朋友们私下问他缘故，孙生笑着说：“从前一见影子就生气；后来一听声音就喜欢；自己也不知道这感情是怎么回事。”

异史氏说：变仇恨为恩爱，法术也够神的。然而能使人高兴的，也能使人发怒，有法术的人神通广大，也正是他可怕的地方。先哲说：“三姑六婆不进门。”这话有见识！

八 大 王

临洮冯生，盖贵介裔而陵夷矣。有渔鳖者，负其债不能偿，得鳖辄献之。一日，献巨鳖，额有白点。生以其状异，放之。后自婿家归，至恒河之侧，日已就昏，见一醉者，从二三僮，颠踬而至。遥见生，便问：“何人？”生漫应：“行道者。”醉人怒曰：“宁无姓名，胡言行道者？”生驰驱心急，置不答，径过之。醉人益怒，捉袂使不得行，酒臭熏人。生更不耐，然力解不能脱。问：“汝何名？”呓然而对曰：“我南都旧令尹也。将何为？”生曰：“世间有此等令尹，辱寞世界矣！幸是旧令尹；假新令尹，将无杀尽途人耶？”醉人怒甚，势将用武。生大言曰：“我冯某非受人挞打者！”醉人闻之，变怒为欢，踉蹡下拜曰：“是我恩主，唐突勿罪！”起唤从人，先归治具。生辞之不得。握手行数里，见一小村。既入，则廊舍华好，似贵人家。醉人酲稍解，生始询其姓字。曰：“言之勿惊，我洮水八大王也。适西山青童招饮，不觉过醉，有犯尊颜，实切愧悚。”生知其妖，以其情辞殷渥，遂不畏怖。

俄而设筵丰盛，促坐欢饮。八大王最豪，连举数觥。生恐其复醉，再作萦扰，伪醉求寝。八大王已喻其意，笑曰：“君得无畏我狂耶？但请勿惧。凡醉人无行，谓隔夜不复记者，欺人耳。酒徒之不德，故犯者十之九。仆虽不齿于侪偶，顾未敢以无赖之行，施之长者，何遂见拒如此？”生乃复坐，正容而谏曰：“既自知之，何勿改行？”八大王曰：“老夫为令尹时，沉湎尤过于今日。自触帝怒，谪归岛屿，力返前辙者，十余年矣。今老将就木，潦倒不能横飞，故态复作，我自不解耳。兹敬闻命矣。”倾谈间，远钟已动。八大王起捉臂曰：“相聚不久。蓄有一物，聊报厚德。此不可以久佩，如愿后，当见还也。”口中吐一小人，仅寸余。因以爪掐生臂，痛若肤裂；急以小人按捺其上，释手已入革里，甲痕尚在，而漫漫坟起，类痰核状。惊问之，笑而不答。但曰：“君宜行矣。”送生出，八大王自返。回顾村舍全渺，惟一巨鳖，蠢蠢入水而没。错愕久之。自念所获，必鳖宝也。

由此目最明，凡有珠宝之处，黄泉下皆可见；即素所不知之物，亦随口而知其名。于寝室中掘得藏镪数百，用度颇充。后有货故宅者，生视其中有藏镪无算，遂以重金购居之。由此与王公埒富矣。火齐木难之类皆蓄焉。得一镜，背有凤纽，环水云湘妃之图，光射里余，须眉皆可数。佳人一照，则影留其中，磨之不能灭也；若改妆重照，或更一美人，则前影消矣。

时肃府第三公主绝美，雅慕其名。会主游崆峒，乃往伏山中，伺其下舆，照之而归，设置案头。审视之，见美人在中，拈巾微笑，口欲言而波欲动。喜而藏之。

年余，为妻所泄，闻之肃府。大怒，收之。追镜去，拟斩。生大贿中贵人，使言于王曰："王如见赦，天下之至宝，不难致也。不然，有死而已，于王诚无所益。"王欲籍其家而徙之。三公主曰："彼已窥我，十死亦不足解此玷，不如嫁之。"王不许。公主闭户不食。妃子大忧，力言于王。王乃释生囚，命中贵以意示生。生辞曰："糟糠之妻不下堂，宁死不敢承命。王如听臣自赎，倾家可也。"王怒，复逮之。妃召生妻入宫，将鸩之。既见，妻以珊瑚镜台纳妃，辞意温恻。妃悦之，使参公主。公主亦悦之，订为姊妹，转使谕生。生告妻曰："王侯之女，不可以先后论嫡庶也。"妻不听，归修聘币纳王邸，赍送者迨千人。珍石宝玉之属，王家不能知其名。王大喜，释生归，以公主嫔焉。公主仍怀镜归。

生一夕独寝，梦八大王轩然入曰："所赠之物，当见还也。佩之若久，耗人精血，损人寿命。"生诺之，即留宴饮。八大王辞曰："自聆药石，戒杯中物已三年矣。"乃以口啮生臂，痛极而醒。视之，则核块消矣。后此遂如常人。

异史氏曰：醒则犹人，而醉则犹鳖，此酒人之大都也。顾鳖虽日习于酒狂乎，而不敢忘恩，不敢无礼于长者，鳖不过人远哉？若夫己氏则醒不如人，而醉不如鳖矣。古人有龟鉴，盍以为鳖鉴乎？乃作《酒人赋》。

赋曰：

有一物焉，陶情适口；饮之则醺醺腾腾，厥名为“酒”。其名最多，为功已久：以宴嘉宾，以速父舅，以促膝而为欢，以合卺而成偶；或以为“钓诗钩”，又以为“扫愁帚”。故曲生频来，则骚客之金兰友；醉乡深处，则愁人之逋逃薮。糟邱之台既成，鸱夷之功不朽。齐臣遂能一石，学士亦称五斗。则酒固以人传，而人或以酒丑。若夫落帽之孟嘉，荷锸之伯伦，山公之倒其接䍦，彭泽之漉以葛巾。酣眠乎美人之侧也，或察其无心；濡首于墨汁之中也，自以为有神。井底卧乘船之士，槽边缚珥玉之臣。甚至效鳖囚而玩世，亦犹非害物而不仁。至如雨宵雪夜，月旦花晨，风定尘短，客旧妓新，履舄交错，兰麝香沉，细批薄抹，低唱浅斟；忽清商兮一奏，则寂若兮无人。雅谑则飞花粲齿，高吟则戛玉敲金。总陶然而大醉，亦魂清而梦真。果尔，即一朝一醉，当亦名教之所不嗔。尔乃嘈杂不韵，俚词并进；坐起欢哗，呶呶成阵。涓滴忿争，势将投刃；伸颈攒眉，引杯若鸩；倾濡碎觥，拂灯灭烬。绿酹葡萄，狼籍不靳；病叶狂花，觞政所禁。如此情怀，不如弗饮。又有酒隔咽喉，间不盈寸；呐呐呢呢，犹讥主吝；坐不言行，饮复不任：酒客无品，于斯为甚。甚有狂药下，客气粗；努石棱，磔髩须；袒两背，跃双趺。尘濛濛兮满面，哇浪浪兮沾裾；口狺狺兮乱吠，发蓬蓬兮若奴。其吁地而呼天也，似李郎之呕其肝脏；其扬手而掷足也，如苏相之裂于牛车。舌底生莲者，不能穷其状；灯前取影者，不能为之图。

父母前而受忤，妻子弱而难扶。或以父执之良友，无端而受骂于灌夫。婉言以警，倍益眩瞑。此名“酒凶”，不可救拯。唯有一术，可以解酩。厥术维何？只须一梃。絷其手足，与斩豖等。止困其臀，勿伤其顶，捶至百余，豁然顿醒。

【译文】

甘肃临洮的冯生是贵族后裔，可家道衰落了。有一个捉鳖的人，欠了他的债还不起，捉到鳖就献给他。一天，送来一只巨鳖，额头上有白点。冯生因为它形状特别，就把它放了。

后来他从女婿家回来，走过恒河边，天色已晚，只见一个醉汉，二三个僮仆跟着，跌跌撞撞过来。远远看见冯生，就问：“什么人？”冯生随口答应：“过路人。”醉汉大怒道：“难道你没有姓名，胡说什么过路人？”冯生急着赶路，不去睬他，就直冲冲走过去。醉汉更火了，一把抓住他衣襟不放他走，酒气熏人。冯生更不耐烦，但是竭力挣扎也不得脱身，就问：“你叫什么名字？”醉汉含含糊糊答道：“我是南京城昔日的令尹。你要干什么？”冯生说：“世界上有这样的令尹，辱没世界了！幸亏你是旧令尹，假如你是新令尹，岂不要把过路人全部杀光了吗？”醉汉火得厉害，看样子要动武了。冯生口出大言道：“我冯某人不是好打的！”醉汉一听，变怒为喜，踉踉跄跄倒地便拜，说：“原来是我的恩人，刚才多有冒犯。望勿见罪！”站起身来唤过僮仆，吩咐先回去准备酒食。冯生推托不过，被他握住手走了好几里路，看见一座小村庄。进了村，只见房子华美，像是富贵人家。醉汉的酒有点醒了，冯生这才询问他的姓名。醉汉道：“说出来你不要害怕，我是洮水中的‘八大王’，刚才西山青童叫我去喝酒，不知不觉就喝多了，有冒犯你的地方，实在深感惭愧不安。”冯生知道他是水妖，但见他说话热情，也就不害怕了。

一会儿八大王摆出丰盛的酒筵，主客促膝而坐，高高兴兴地对饮。八大王喝酒最豪爽，连干几大杯。冯生怕他又喝醉，再纠缠个没完，就假装喝醉要睡觉。八大王已经明白他的意思，笑着说："你莫不是怕我撒酒疯吗？你尽管放心。凡是醉汉行为出了格，说过了一夜就不再记得的，骗人罢了。醉汉越轨，十个里有九个是故意犯的。我虽然不为同辈看重，但不敢对长者耍无赖，你为什么就这样远着我呢！"冯生这才重新坐下，脸色严肃地劝道："既然自己知道，为什么不改正呢？"八大王说："老汉我做令尹时，沉湎于酒乡比今天还厉害。自从触怒天帝，贬回岛屿，痛改前非十多年了。现在我已老了，快要死了，潦倒度日，不能奋发有为，所以故态复萌，连我自己也搞不清是怎么回事。此刻，我要恭恭敬敬听你的指教。"主客倾心交谈之间，远处钟声已响，八大王起身握住冯生的手臂说："相聚的时间太短了。我藏着一件东西，把它送给你，姑且报答大恩大德。这东西不可以长时间带在身上，愿望实现后就要还给我。"说着，嘴里吐出一个小人，只有一寸多长。随即用手爪掐冯生的手臂，冯生痛得像皮肤裂开一样；又赶紧用小人按在痛处，一松手已经钻进皮肤里去，指甲痕还在，慢慢隆起一个小包，样子像痰核。冯生吃惊地问这是怎么回事，八大王笑而不答，只是说："你该走了。"把冯生送出村庄，八大王才返回。冯生回头看，村庄房屋全不见了，只有一只巨大的鳖，笨头笨脑入水而没。冯生怔了好久，心想得到的一定是鳖的宝贝。

从此，冯生的眼睛最明亮，凡藏有珠宝的地方，即使在黄土之下他也看得见；即使向来不知道的东西，也能随口叫出它的名字。他在卧室里掘到埋藏在那儿的几百两银子，开销很充裕。后来有人要出卖旧房子，冯生看出里边藏着无数金钱，就用重金买下居住，从此同王公大人一样富了。火齐、木难之类的稀世珍宝，他都有收藏。还得到一面镜子，背后有凤形纽襻，四周是水云湘妃图案，光芒可以射到一里多以外，镜中人像清晰得头发胡须都历历可数。美人照一下，她的倩影就留在镜子里，磨也磨不掉；如果她改换装饰重照，或者换一个美人来照，那么前次的影子就消失了。

那时，肃王府的三公主美貌绝伦，冯生倾慕她的美名。正好这时公主游览崆峒山，冯生就埋伏在山里，等公主走下辇舆，照了她就回家，把镜子放在桌上，仔细看，只见公主在里面，拿着手巾微笑，嘴好像要说话，眼波好像要流动。高兴地藏了起来。

过了一年多，这事被冯生的妻子泄露了，传到肃王府。肃王大怒，把冯生抓起来，抄走了那面镜子，准备把他杀了。冯生大肆贿赂王府太监，请他们传话给肃王说：“千岁如果赦免我的罪，天下最贵重的宝物不难得到。不然的话，我只有一死而已，对千岁实在没有什么好处。”肃王准备抄没冯生的全部家产，把他流放。三公主说：“他已经偷看到我了。处死他十次也无法清除这个污点，不如嫁了他吧。”肃王不许。公主关上房门不吃饭。王妃非常担忧，竭力在肃王面前说情。肃王这才放了冯生，命太监把招驸马的意思告诉他。冯生拒绝道：“结发之妻不可抛弃，我宁死也不能从命，千岁如果允许我用钱财赎身，倾家荡产也心甘情愿。”肃王大怒，又把他抓起来。王妃招冯妻进宫，打算用毒酒害死她。见面以后，冯妻把一座珊瑚镜台送给王妃，话儿说得温和动人。王妃喜欢上了她，让她去参见公主。公主也喜欢她，就同她结为异姓姐妹，反过来请她去开导冯生。冯生对妻子说：“王侯家的女儿，是不以进门先后论嫡庶的。”冯妻不肯听，回家准备了聘礼送进王府，送礼的队伍近千人；珍石、宝玉之类，连王府里的人也叫不出名字。肃王大喜，就放冯生回家，把公主嫁给了他。公主仍然怀揣着镜子来到冯家。

一天晚上，冯生一个人睡觉，梦见八大王昂然进门说：“送你的东西该还我了，带得太久，耗损人的精血，折损人的寿命。”冯生答应了，就留八大王喝酒，八大王推辞说：“自从听了你的苦口良药，戒杯中之物已经三年了。”就一口咬住冯生的手臂。冯生痛极醒来。一看，手臂上的肿块消失了。从此，冯生仍像普通人一样。

异史氏说：醒时还像人，而醉时却像鳖，嗜酒者大多如此。只是鳖虽然天天习惯于发酒疯，而不敢忘恩负义，不敢对长者无礼，鳖不是远远胜过了人吗？至于某某人，那就醒时不如人，醉时不如鳖了。古人有所谓龟鉴，何不效之以做鳖鉴呢？于是，写下一篇《酒人赋》。赋曰：

有此一物，陶冶性情，满足口欲，喝了它就醉醺醺、轻飘飘，它的名字叫“酒”。种类不胜枚举，作用由来已久：可以招待嘉宾，可以宴请长辈；可以促膝为欢，可以交杯成婚；或当成激发诗兴的

“引子”，或比作驱除愁云的“扫帚”。所以“曲生”常来，便成文学家同心的好友；醉乡深处，正是断肠人避愁之胜地。糟丘之台已成，酒囊之功不朽：淳于髡能饮一石，焦学士号称五斗。酒固然靠人而流传，而人有时也因酒而出丑：落帽的孟嘉，扛锹的刘伶；山简的帽子反戴，陶潜的葛巾沥酒。阮籍酣卧美人旁，并没有歹意；张旭发浸墨汁中，自以为有神。贺知章眼花堕入井底，毕吏部偷酒酣眠邻家。甚至苏舜钦之学囚饮，徒为玩世而不恭；石曼卿之效鳖饮，也非害物而不仁。至于像雨天雪夜，月夕花朝，风止尘净，老友新妓，男女错杂，浓香扑鼻，吟风弄月，浅酌低喝；忽然一曲高歌，四座无声；有的谈笑风生，妙语连珠；有的高声吟诵，声如金玉。纵陶然而大醉，也魂清而梦真。果能如此，即使一日一醉，也不受道德谴责。若是吵吵嚷嚷，骂骂咧咧，粗话连篇，出言不逊。离席喧哗，闹哄哄乱成一片；滴酒忿争，气汹汹几乎拔刀。罚酒的伸颈皱眉，举杯就像服毒；闹酒的泼酒摔杯，随手拂灭灯烛。听凭那绿醑佳酿，葡萄美酒，狼藉满地而不惜；直喝得烂醉如泥，借酒装疯，酒席规矩全不讲。如此情态，不如不喝。又有酒离喉咙，不到一寸，却还喋喋不休，责怪主人悭吝，坐着不走，喝又不行：酒客无德，以此为甚。更有灌下黄汤，粗声粗气，浓眉倒竖，吹胡瞪眼，袒胸露背，弹腿跌脚，弄得满面灰尘，吐得一身酒污，嘴里哇哇像狗叫，头发蓬蓬像奴仆。呕吐时呼天喊地，像李贺吟诗，恨不把心肝吐出；瘫倒时伸手趴脚，像苏秦将死，正要被牛车撕裂。能说会道的，不能描述尽他们的模样；擅长绘画的，无法刻画出他们的形象。父母年老，劝不了他们忤逆的恶习；妻儿力弱，架不住他们摇晃的身体。长辈教训，无端受到谩骂；婉言相戒，更是毫无效果。这叫“酒凶”，无药可救。只有一法，可以解酒。什么办法？木棍一根。缚住醉鬼手脚，就像杀猪同等。只打屁股，不伤头顶，打到一百，豁然清醒。

戏缢

邑人某，佻侻无赖。偶游村外，见少妇乘马来，谓同游者曰："我能令其一笑。"众不信，约赌作筵。某遽奔去，出马前，连声哗曰："我要死！……"因于墙头抽粱藍一本，横尺许，解带挂其上，引颈作缢状。妇果过而哂之，众亦粲然。妇去既远，某犹不动，众益笑之。近视，则舌出目瞑，而气真绝矣。粱幹自经，不亦奇哉？是可以为儇薄者戒。

【译文】

同乡某某，放荡无赖。偶然在村外游玩，看见有个少妇骑马过来，就对同游者说："我有办法让她笑。"众人不信，以一桌酒席同他打赌。某某马上奔过去，赶在她马前出来，连声叫道："我要寻死！……"一边从墙上抽出一根高粱秸，横在那儿一尺左右，解下腰带挂在上面，伸长头颈作出上吊的样子。少妇果然一笑而过，众人也大笑。少妇已经走远了，某某还是一动不动，众人笑得更厉害了。走近一看，某某舌头伸出，眼睛紧闭，真的断气了。在高粱秸上上吊自杀，岂不怪哉！这件事可以给轻薄之徒作鉴戒。

（卷六译者：王兴康）

卷　七

罗　祖

罗祖，即墨人也。少贫。总族中应出一丁戍北边，即以罗往。罗居边数年，生一子。驻防守备雅厚遇之。会守备迁陕西参将，欲携与俱去。罗乃托妻子于其友李某者，遂西。自此三年不得反。适参将欲致书北塞，罗乃自陈，请以便道省妻子。参将从之。

罗至家，妻子无恙，良慰。然床下有男子遗舄，心疑之。既而诣李申谢。李致酒殷勤；妻又道李恩义，罗感激不胜。明日，谓妻曰："我往致主命，暮不能归，勿伺也。"出门跨马去。匿身近处，更定却归。闻妻与李卧语，大怒，破扉。二人惧，膝行乞死。罗抽刃出，已复韬之曰："我始以汝为人也，今如此，杀之污吾刀耳！与汝约：妻子而受之，籍名亦而充之，马匹器械具在。我逝矣。"遂去。

乡人共闻于官。官笞李，李以实告。而事无验见，莫可质凭，远近搜罗，则绝匿名迹。官疑其因奸致杀，益械李及妻；逾年，并桎梏以死。乃驿送其子归即墨。

后石匣营有樵人入山，见一道人坐洞中，未尝求食。众以为异，赍粮供之。或有识者，盖即罗也。馈遗满洞，罗终不食，意似厌嚣，以故来者渐寡。积数年，洞外蓬蒿成林。或潜窥之，则坐处不曾少移。又久之，见其出游山上，就之已杳；往瞰洞中，则衣上尘蒙如故。益奇之。更数日而往，则玉柱下垂，坐化已久。土人为之建庙；每三月间，香楮相属于道。其子往，人皆呼以小罗祖，香税悉归之；今其后人，犹岁一往，收税金焉。沂水刘宗玉向予言之甚详。予笑曰："今世诸檀越，不求为圣贤，但望成佛祖。请遍告之：若要立地成佛，须放下刀子去。"

【译文】

罗祖，是山东即墨县人。小时候，家里很穷。他一姓里的人，该抽一个壮丁到北方去防守边境，就叫罗祖去。罗祖在边境住了几年，生了一个儿子。驻防边境的守备官十分优待他。后来这守备升做陕西地方的参将官，要带罗祖一道去。罗祖就把老婆儿子托给一个姓李的朋友，往陕西去了。从这以后，三年中一直无法回家。这时正好参将要送一封信到北方边关上去，罗祖就去求这个差使，请求顺道回去探望他的老婆儿子。参将答应了他。

罗祖回到家中，看到老婆儿子平安无事，心里感到安慰。但发现床底下有一双男人留下的鞋子，便起了疑心。过了一会，去拜访那姓李的朋友表示感谢。姓李的摆上酒来，殷勤地款待他。老婆向他说姓李的恩德义气，罗祖听了非常感激。第二天，罗祖对老婆说："我要去为长官送信，晚上不能回家了，不要等我。"走出门骑上马去了。他在附近躲藏起来，到了深夜，突然回到家中。听到他老婆和姓李的睡在床上说话，心中大怒，打破房门冲了进去。两人害怕，跪着膝行到罗祖跟前，请求将他们杀死。罗祖拔出刀来，停了一会，又插回刀鞘中，对姓李的说："我起先把你当个人，如今做出这丑事来，杀你弄脏我的刀罢了！和你约定：老婆儿子你收了去，户籍上的名字你认了去，马匹器械统统在这里，我去了。"说毕，走了。

乡里的人把这事报告了官府。官府拷问那姓李的，姓李的说出了实情。但这事没有凭据，也没有人可作见证，远远近近到处寻找罗祖，却连影子也没有。官府怀疑罗祖因为发现了奸情被杀，就把姓李的和那妇人关了起来。过了一年，两人都死在牢里。官府就把罗祖的儿子送回即墨去。

后来石匣营地方有个砍柴的人进山，看见一个道士在山洞中打坐。这道士从来不到外面化斋饭吃，众人觉得很奇怪，就送了些粮食给他。有一个人认出了他，原来就是罗祖。众人纷纷送给他东西，山洞都堆满了，但他始终不吃，看他的神色，好像讨厌去打扰他，因此来的人慢慢的少了。过了几年工夫，洞外的野草长得像树林一般。有人暗地里观察罗祖，只见他端坐在那里一点没有移动。又过了许多日子，看见他走出洞来，在山上游玩。走近去看他时，人就不见了。再到洞里去看看，他的衣服上蒙了厚厚的灰尘，仍和从前一样。众人更觉奇怪。又过了几天，走去一看，鼻涕挂下来，早已仙去了。乡下人为他盖了祠庙，每年三月间，拿着香烛纸锭前往祭奠的人接连不断。他的儿子前去时，人们都叫他小罗祖。香客施舍的钱，全都给了他。现在罗祖的后人，还一年前往一次，去收取香火钱。沂水地方的刘宗玉，曾详细地对我说过这件事。我笑着说道："现在世上的那些施主，不求做圣贤，却想成佛祖。请你一一告诉他们：若要立地成佛，必须放下屠刀。"

刘　　姓

邑刘姓，虎而冠者也。后去淄居沂，习气不除，乡人咸畏恶之。有田数亩，与苗某连垅。苗勤，田畔多种桃。桃初实，子往攀摘；刘怒驱之，指为己有。子啼而告诸父。父方骇怪，刘已诟骂在门，且言将讼。苗笑慰之。怒不解，忿而去。

时有同邑李翠石作典商于沂，刘持状入城，适与之遇。以同乡故相熟，问："作何干？"刘以告。李笑曰："子声望众所共知；我素识苗，甚平善，何敢占骗。将毋反言之也？"乃碎其词纸，曳入肆，将与调停。刘恨恨不已，窃肆中笔，复造状，藏怀中，期以必告，未几，苗至，细陈所以，因哀李为之解免。言："我农人，半世不见官长。但得罢讼，数株桃，何敢执为己有。"李呼刘出，告以退让之意。刘又指天画地，叱骂不休；苗惟和色卑词，无敢少辨。

既罢，逾四五日，见其村中人，传刘已死，李为惊叹。异日他适，见杖而来者，俨然刘也。比至，殷殷问讯，且请顾临。李逡巡问曰："日前忽闻凶讣，一何妄也？"刘不答，但挽入村，至其家，罗浆酒焉。乃言："前日之传非妄也。曩出门，见二人来，捉见官府。问何事，但言不知。自思出入衙门数十年，非怯见官长者，亦不为怖。从去，至公廨，见南面者有怒容，曰：'汝即某耶？罪恶贯盈，不自悛悔；又以他人之物，占为己有。此等横暴，合置铛鼎！'一人稽簿曰：'此人有一善，合不死。'南面者阅簿，其色稍霁。便云：'暂送他去。'数十人齐声呵逐。余曰：'因何事勾我来？又因何事遣我去？还祈明示。'吏持簿下，指一条示之。上记：崇祯十三年，用钱三百，救一人夫妇完聚。吏曰：'非此，则今日命当绝，宜堕畜生道。'骇极，乃从二人出。二人索贿。怒告曰：'不知刘某出入公门二十年，耑勒人财者，何得向老虎讨肉吃耶！'二人乃不复言。送至村，拱手曰：‘此役不曾啖得一掬水。’二人既去，入门遂苏，时气绝已隔日矣。”

李闻而异之，因诘其善行颠末。初，崇祯十三年，岁大凶，人相食。刘时在淄，为主捕隶。适见男女哭甚哀，问之。答云：“夫妇聚裁年余，今岁荒，不能两全，故悲耳。”少时，油肆前复见之，似有所争。近诘之。肆主马姓者便云：“伊夫妇饿将死，日向我讨麻酱以为活。今又欲卖妇于我。我家中已买十余口矣。此何要紧？贱则售之，否则已耳。如此可笑，生来缠人！”男子因言：“今粟贵如珠，自度非得三百数，不足供逃亡之费。本欲两生，若卖妻而不免于死，何取焉？非敢言直，但求作阴隲行之耳。”刘怜之，便问马出几何。马言：“今日妇口，止直百许耳。”刘请勿短其数，且愿助以半价之资。马执不可。刘少负气，便谓男子：“彼鄙琐不足道，我请如数相赠。若能逃荒，又全夫妇，不更佳耶？”遂发囊与之。夫妻泣拜而去。刘述此事，李大加奖叹。

刘自此前行顿改，今七旬犹健。去年，李诣周村，遇刘与人争，众围劝不能解。李笑呼曰：“汝又欲讼桃树耶？”刘芒然改容，呐呐敛手而退。

异史氏曰：李翠石兄弟，皆称素封。然翠石又醇谨，喜为善，未尝以富自豪，抑然诚笃君子也。观其解纷劝善，其生平可知矣。古云：“为富不仁。”吾不知翠石先仁而后富者耶？抑先富而后仁者耶？

【译文】

本县有一个姓刘的，是个人面兽心的人。后来从临淄搬到沂水，本性不改，乡里人都对他又怕又恨。他有几亩田，与姓苗的隔垅相连。姓苗的勤劳，田边种了许多桃树。桃树第一次结了果实，他儿子前去采摘。姓刘的发怒把他赶走，说桃树是自己的。儿子哭着回来告诉父亲。他父亲正在奇怪，姓刘的已经骂上门来，还扬言要和他打官司。姓苗的笑着劝他，他的怒气还不消，愤愤地走了。

这时同县有个李翠石，在沂水地方开典当，姓刘的拿了状子进城，正好与他相遇。因为是同乡，所以彼此认识。李翠石问："做什么去?"姓刘的就告诉了他。李翠石笑着说："你的名气大家都知道。我向来熟悉姓苗的，很和气，怎么敢霸占讹诈。你这是在说反话吧?"便撕碎了他的状子，拉他进店里，要替他们两人调解。姓刘的气得不得了，偷偷地拿了店里的笔，重新写了一张状子，藏在怀里，非要告姓苗的不可。不多时，姓苗的来到店里，详细地讲了事情的起因，请求李翠石替他解劝，说："我是庄稼人，这辈子没见过官长，只求不打官司，几棵桃树，我怎么敢一定当作自己的?"李翠石把姓刘的叫出来，告诉他姓苗的愿意让步的意思。姓刘的还指天画地，叫骂个没完，姓苗的却总是和颜悦色，低声下气，一点不敢争辩。

事情了结后，过了四五天，听见村里的人传说姓刘的已经死了，李翠石又吃惊又感叹。有一天，他到别处去，看见一个人拄着拐杖走来，好像是那个姓刘的。等到走近了，姓刘的显出很亲热的样子，问长问短，还请他光临自己的家。李翠石迟疑不决地问："前几天突然听到你的死讯，怎么传得这样离奇呢?"姓刘的也不回答，只是拉他进村，到了家里，摆出酒菜，便说："前天的传说不是假的。那天我出门，看见有两个人走来，要捉我去见官府。我问他们有什么事，只说不知道。我想自己在衙门里进进出出已经几十年，不是怕见官长的人，所以也不惊慌。跟他们走到公堂，看见上面坐着的官儿脸有怒色，问：'你就是刘某吗?你做的坏事太多了，自己不知道改悔，还要霸占别人的东西。这样横行霸道的人，应该扔到油锅里去!'只见一个人查着簿子说：'这个人做过一件好事，不应该死。'官儿看了簿子，脸色稍微有些缓和，就说：'暂时送他回去。’几十个人齐声吆喝着赶我。我说：‘因为什么事捉我来？又为什么叫我走？还望讲个明白。’差人拿着簿子从堂上走下来，指着一条给我看，上面记着：崇祯十三年，用三百钱，搭救一对夫妻团圆。差人说道：‘不是这件事，今天你的命就完了，要降到畜生道里去。’我害怕极了，就跟着两个差人出来。他们向我讨钱。我火了，对他们说：‘我刘某出入官府二十年，是专门勒索别人钱财的人，怎么能向老虎讨肉吃呢！’两人便不再说了。送到村里，拱拱手道：‘这一趟差使，连水也不曾喝着一口。’等两个差人走了，我走进门来，便醒了，这时断气已一天了。”李翠石听了很惊异，便问他做好事的前后经过。

当时是崇祯十三年，年岁饥荒，人吃人。姓刘的那时在临淄做捕快，看见一男一女哭得很伤心，便上前询问。那男女回答道：“我们做夫妻只有一年多，现在荒年，不能养活两条命，所以悲伤。”不一会，在油店门前又看见他们，好像在和人争论什么，便上前去问个究竟。老板姓马，说：“他夫妻俩饿得快要死了，天天来向我讨麻酱过活。现在又要把女人卖给我。我家里已经买了十几个人了。这事打什么紧？便宜就买，不便宜就不买。真可笑，硬是来缠着人！”那男的便说：“现在米贵得像珍珠，自己算算，没有三百钱，就不够逃荒的吃用。本来想两人都活命，倘若卖了妻子仍免不了死，又何必走这条路呢？我不是要争价钱，只求你当好事做罢了。”姓刘的可怜他，便问马老板愿意出多少价。姓马的说：“现在一个女人，只值一百多钱罢了。”姓刘的请他不要少付钱，而且愿意贴他一半。马老板一口回绝。姓刘的年少使气，便和那男的说：“这人窝窝囊囊的，不值得和他理论，我把这笔钱如数送给你，你若能逃荒，又能夫妻团圆，不是更好吗？”说罢就打开钱袋，把钱交给那男人。夫妻俩一边哭泣，一边拜谢，离开油店走了。

听姓刘的讲了这件事，李翠石非常称赞他。姓刘的从此一下子改了过去的行为，现在他七十岁了，身体还很健朗。去年，李翠石到周村去，遇到姓刘的正和人发生争执，许多人围住了劝不开。李翠石笑着叫道：“你又要打桃树官司了吗？”姓刘的脸色顿时显得十分疲惫，讷讷地垂着手走了。

异史氏说：李翠石兄弟都称富家。但翠石为人厚道，喜欢做好事，从来不因为富有而自以为了不得，是个忠厚老实的人。看他排解纠纷，劝人向善，就可以知道他一生的立身行事了。古人说："为富不仁。"我不知道翠石是先仁后富的呢，还是先富后仁的呢？

邵　女

柴廷宾，太平人。妻金氏，不育，又奇妒。柴百金买妾，金暴遇之，经岁而死。柴忿出，独宿数月，不践闺闼。

一日，柴初度，金卑词庄礼，为丈夫寿。柴不忍拒，始通言笑。金设筵内寝，招柴。柴辞以醉。金华妆自诣柴所，曰："妾竭诚终日，君即醉，请一盏而别。"柴乃入，酌酒话言。妻从容曰："前日误杀婢子，今甚悔之。何便仇忌，遂无结发情耶？后请纳金钗十二，妾不汝瑕疵也。"柴益喜，烛尽见跋，遂止宿焉。由此敬爱如初。

金便呼媒媪来，嘱为物色佳媵；而阴使迁延勿报，己则故督促之。如是年余。柴不能待，遍嘱戚好为之购致，得林氏之养女。金一见，喜形于色，饮食共之，脂泽花钏，任其所取。然林固燕产，不习女红，绣履之外，须人而成。金曰："我家素勤俭，非似王侯家，买作画图看者。"于是授美锦，使学制，若严师诲弟子。初犹呵骂，继而鞭楚。柴痛切于心，不能为地。而金之怜爱林，尤倍于昔，往往自为妆束，匀铅黄焉。但履跟稍有折痕，则以铁杖击双弯；发少乱，则批两颊：林不堪其虐，自经死。柴悲惨心目，颇致怨怼。妻怒曰："我代汝教娘子，有何罪过？”柴始悟其奸，因复反目，永绝琴瑟之好。

阴于别业修房闼，思购丽人而别居之。荏苒半载，未得其人。偶会友人之葬，见二八女郎，光艳溢目，停睇神驰。女怪其狂顾，秋波斜转之。询诸人，知为邵氏。邵贫士，止此女，少聪慧，教之读，过目能了。尤喜读《内经》及冰鉴书。父爱溺之，有议婚者，辄令自择，而贫富皆少所可，故十七岁犹未字也。

柴得其端末，知不可图，然心低徊之。又冀其家贫，或可利动。谋之数媪，无敢媒者，遂亦灰心，无所复望。忽有贾媪者，以货珠过柴。柴告所愿，赂以重金，曰：“止求一通诚意，其成与否，所勿责也。万一可图，千金不惜。”媪利其有，诺之。登门，故与邵妻絮语。睹女，惊赞曰：“好个美姑姑！假到昭阳院，赵家姊妹何足数得！”又问：“埍家阿谁？”邵妻答：“尚未。”媪言：“若个娘子，何愁无王侯作贵客也！”邵妻叹曰：“王侯家所不敢望；只要个读书种子，便是佳耳。我家小孽冤，翻复遴选，十无一当，不解是何意向。”媪曰：“夫人勿须烦怨。恁个丽人，不知前身修何福泽，才能消受得！昨一大笑事：柴家郎君云：于某家茔边，望见颜色，愿以千金为聘。此非饿鸱作天鹅想耶？早被老身诃斥去矣！”邵妻微笑不答。媪曰：“便是秀才家，难与较计；若在别个，失尺而得丈，宜若可为矣。”邵妻复笑不言。媪抚掌曰：“果尔，则为老身计亦左矣。日蒙夫人爱，登堂便促膝赐浆酒；若得千金，出车马，入楼阁，老身再到门，则阍者呵叱及之矣。”邵妻沉吟良久，起而去，与夫语；移时，唤其女；又移时，三人并出。邵妻笑曰：“婢子奇特，多少良匹悉不就，闻为贱媵则就之。但恐为儒林笑也！”媪曰：“倘入门，得一小哥子，大夫人便如何耶！”言已，告以别居之谋。邵益喜，唤女曰：“试同贾姥言之。此汝自主张，勿后悔，致怼父母。”女觍然曰：“父母安享厚奉，则养女有济矣。况自顾命薄，若得嘉耦，必减寿数，少受折磨，未必非福。前见柴郎亦福相，子孙必有兴者。”媪大喜，奔告。

柴喜出非望，即置千金，备舆马，娶女于别业，家人无敢言者。女谓柴曰：“君之计，所谓燕巢于幕，不谋朝夕者也。塞口防舌，以冀不漏，何可得乎？请不如早归，犹速发而祸小。”柴虑摧残。女曰：“天下无不可化之人。我苟无过，怒何由起？”柴曰：“不然。此非常之悍，不可情理动者。”女曰：“身为贱婢，摧折亦自分耳。不然，买日为活，何可长也？”柴以为是，终踌躕而不敢决。

一日，柴他往。女青衣而出，命苍头控老牝马，一妪携襆从之，竟诣嫡所，伏地而陈。妻始而怒；既念其自首可原，又见容饰兼卑，气亦稍平。乃命婢子出锦衣衣之。曰：“彼薄幸人播恶于众，使我横被口语。其实皆男子不义，诸婢无行，有以激之。汝试念背妻而立家室，此岂复是人矣？”女曰：“细察渠似稍悔之，但不肯下气耳。谚云：‘大者不伏小。’以礼论：妻之于夫，犹子之于父，庶之于嫡也。夫人若肯假以词色，则积怨可以尽捐。”妻云：“彼自不来，我何与焉？”即命婢媪为之除舍。心虽不乐，亦暂安之。

柴闻女归，惊惕不已，窃意羊入虎群，狼藉已不堪矣。疾奔而至，见家中寂然，心始稳贴。女迎门而劝，令诣嫡所。柴有难色。女泣下，柴意少纳。女往见妻曰：“郎适归，自惭无以见夫人，乞夫人往一姗笑之也。”妻不肯行。女曰：“妾已言：夫之于妻，犹嫡之于庶。孟光举案，而人不以为谄，何哉？分在则然耳。”妻乃从之。见柴曰：“汝狡兔三窟，何归为？”柴俛不对。女肘之，柴始强颜笑。妻色稍霁，将返。女推柴从之，又嘱庖人备酌。自是夫妻复和。

女早起青衣往朝；盥已，授帨，执婢礼甚恭。柴入其室，苦辞之，十余夕始肯一纳。妻亦心贤之；然自愧弗如，积惭成忌。但女奉侍谨，无可蹈瑕；或薄施诃谴，女惟顺受。

一夜，夫妇少有反唇，晓妆犹含盛怒。女捧镜，镜堕，破之。妻益恚，握发裂眥。女惧，长跪哀免。怒不解，鞭之至数十。柴不能忍，盛气奔入，曳女出。妻呶呶逐击之。柴怒，夺鞭反扑，面肤绽裂，始退。由此夫妻若仇。柴禁女无往。女弗听，早起，膝行伺幕外。妻搥床怒骂，叱去不听前。日夜切齿，将伺柴出而后泄愤于女。柴知之，谢绝人事，杜门不通吊庆。妻无如何，惟日挞婢媪以寄其恨，下人皆不可堪。

自夫妻绝好，女亦莫敢当夕，柴于是孤眠。妻闻之，意亦稍安。有大婢素狡黠，偶与柴语，妻疑其私，暴之尤苦。婢辄于无人处，疾首怨骂。一夕，轮婢直宿，女嘱柴，禁无往，曰："婢面有杀机，叵测也。"柴如其言，招之来，诈问："何作?"婢惊惧无所措词。柴益疑，检其衣，得利刃焉。婢无言，惟伏地乞死。柴欲挞之。女止之曰："恐夫人所闻，此婢必无生理。彼罪固不赦，然不如鬻之，既全其生，我亦得直焉。"柴然之。会有买妾者，急货之。妻以其不谋故，罪柴，益迁怒女，诟骂益毒。柴忿顾女曰："皆汝自取。前此杀却，乌有今日。"言已而走。妻怪其言，遍诘左右，並无知者；问女，女亦不言。心益闷怒，捉裾浪骂。柴乃返，以实告。妻大惊，向女温语；而心转恨其言之不早。柴以为嫌郤尽释，不复作防。适远出，妻乃召女而数之曰："杀主者罪不赦，汝纵之何心?"女造次不能以词自达。妻烧赤铁烙女面，欲毁其容。婢媪皆为之不平。每号痛一声，则家人皆哭，愿代受死。妻乃不烙，以针刺胁二十余下，始挥之去。柴归，见面创，大怒，欲往寻之。女捉襟曰："妾明知火坑而故蹈之。当嫁君时，岂以君家为天堂耶?亦自顾薄命，聊以泄造化之怒耳。安心忍受，尚有满时；若再触焉，是坎已填而复掘之也。"遂以药糁患处，数日寻愈。忽揽镜喜曰："君今日宜为妾贺，彼烙断我晦纹矣!"朝夕事嫡，一如往日。

金前见众哭，自知身同独夫，略有愧悔之萌，时时呼女共事，词色平善。月余，忽病逆，害饮食。柴恨其不死，略不顾问。数日，腹胀如鼓，日夜寝困。女侍伺不遑眠食，金益德之。女以医理自陈；金自觉畴昔过惨，疑其怨报，故谢之。

金为人持家严整，婢仆悉就约束；自病后，皆散诞无操作者。柴躬自纪理，劬劳甚苦，而家中米盐，不食自尽。由是慨然兴中馈之思，聘医药之。金对人辄自言为“气蛊”，以故医脉之，无不指为气郁者。凡易数医，卒罔效，亦滨危矣。又将烹药。女进曰：“此等药，百裹无益，只增剧耳。”金不信。女暗撮别剂易之。药下，食顷三遗，病若失。遂益笑女言妄，呻而呼之曰：“女华陀，今如何也！”女及群婢皆笑。金问故，始实告之。泣曰：“妾日受子之覆载而不知也！今而后，请惟家政，听子而行。”无何，病痊，柴整设为贺。女捧壶侍侧；金自起夺壶，曳与连臂，爱异常情。更阑，女托故离席；金遣二婢曳还之，强与连榻。自此，事必商，食必偕，姊妹无其和也。无何，女产一男。产后多病，金亲调视，若奉老母。

后金患心痗，痛起，则面目皆青，但欲觅死。女急市银针数枚，——比至，则气息濒尽——按穴刺之，画然痛止。十余日复发，复刺，过六七日又发。虽应手奏效，不至大苦，然心常惴惴，恐其复萌。夜梦至一处，似庙宇，殿中鬼神皆动。神问：“汝金氏耶？汝罪过多端，寿数合尽；念汝改悔，故仅降灾，以示微谴。前杀两姬，此其宿报。至邵氏何罪而惨毒如此？鞭打之刑，已有柴生代报，可以相准；所欠一烙二十三针，今三次，止偿零数，便望病根除耶？明日又当作矣！”醒而大惧，犹冀为妖梦之诬。食后果病，其痛倍切。女至，刺之，随手而瘥。疑曰："技止此矣，病本何以不拔？请再灼之。""此非烂烧不可，但恐夫人不能忍受。"金忆梦中语，以故无难色。然呻吟忍受之际，默思欠此十九针，不知作何变症，不如一朝受尽，庶免后苦。炷尽，求女再针。女笑曰："针岂可以泛常施用耶？"金曰："不必论穴，但烦十九刺。"女笑不可。金请益坚，起跪榻上。女终不忍。实以梦告。女乃约略经络，刺之如数。自此平复，果不复病。弥自忏悔，临下亦无戾色。

子名曰俊，秀惠绝伦。女每曰："此子翰苑相也。"八岁有神童之目；十五岁，以进士授翰林。是时柴夫妇年四十，如夫人三十有二三耳。舆马归宁，乡里荣之。邵翁自鬻女后，家暴富，而士林羞与为伍；至是，始有通往来者。

异史氏曰：女子狡妒，其天性然也。而为妾媵者，又复炫美弄机，以增其怒。呜呼！祸所由来矣。若以命自安，以分自守，百折而不移其志，此岂梃刃所能加乎？乃至于再拯其死，而始有悔悟之萌。呜呼！岂人也哉！如数以偿，而不增之息，亦造物之恕矣。顾以仁术作恶报，不亦慎乎！每见愚夫妇抱疴终日，即招无知之巫，任其刺肌灼肤而不敢呻，心尝怪之，至此始悟。

闽人有纳妾者，夕入妻房，不敢便去，伪解屦作登榻状。妻曰："去休！勿作态！"夫尚徘徊，妻正色曰："我非似他家妒忌者，何必尔尔。"夫乃去。妻独卧，辗转不得寐，遂起，往伏门外潜听之。但闻妾声隐约，不甚了了，惟"郎罢"二字，略可辨识。郎罢，闽人呼父也。妻听逾刻，瘆厥而踣，首触靡作声。夫惊起，启户，尸倒入。呼妾火之，则其妻也。急扶灌之。目略开，即呻曰：“谁家郎罢被汝呼！”妒情可哂。

【译文】

柴廷宾，是太平府人。妻子金氏，不能生育，妒忌心又重得出奇。柴廷宾花了一百两银子，买了个小老婆，金氏对她很凶恶，过了一年就死了。柴廷宾气得走出去，一个人独身居住几个月，不进金氏的房间。

一天，柴廷宾生日，金氏低声下气地和他说话，恭恭敬敬地向他行礼，为他祝寿。柴廷宾不好意思拒绝她，两人才开始讲话。金氏在房里摆了酒席，请柴廷宾进房喝酒，他推说已经喝醉了。金氏又打扮得漂漂亮亮的，亲自跑到他房里，对他说：“我诚心诚意准备一天了，你就是已经喝醉，也请去喝一杯再走。”柴廷宾这才进去，一边喝酒，一边和她说话。金氏慢慢地说道：“前些时错杀了那个丫头，现在真是懊悔。你为什么恨得这个样子，连夫妻感情都不讲了呢？以后你就是娶六个小老婆来，我不会和你过不去的。”柴廷宾听了更是高兴，蜡烛烧尽后，就住下过夜了。从此两人相敬相爱，和从前一样。

金氏就叫了媒婆来，嘱咐她为柴廷宾找个漂亮的小老婆，暗地里却要她拖延着，不要来送回音，自己则又当着柴廷宾的面故意催她。这样过了一年多，柴廷宾等得不耐烦了，就到处托亲友去买，后来买到了林家的一个养女。金氏见了，表面上装得很喜欢，和她一道吃饭，胭脂首饰，也随便她取用。林家养女是北方人，没有学过针线，除了绣鞋之外，别的活都不会做。金氏说：“我们家里一向要勤俭做人，不像王侯之家，把人买来当作画儿看的。”于是给她一块好绸料，叫她学着做衣，好像严厉的老师教训学生一样。开始还只是呵斥，责骂，后来就拿鞭子打了。柴廷宾看了很心痛，但也没有办法。而金氏却比以前更“爱护”林家养女，常常亲自替她打扮，给她抹粉擦胭脂什么的。但只要见她鞋跟稍有皱折，就用铁棒打她的一双小脚；头发稍有点散乱，就打她两面的脸蛋。林家养女受不了她的虐待，上吊死了。柴廷宾看在眼里，伤在心里，对金氏十分怨恨。金氏发脾气说：“我替你教训小娘子，有什么罪过？”柴廷宾才开始明白她的奸险，于是重又和她翻了脸，要永远断绝夫妻感情。

柴廷宾暗中在别墅里修整房间，想买一个美人儿，跟她另外住开。半年慢慢过去了，还没有遇到中意的人。有一次他偶然去给朋友送葬，看见一个十六七岁的姑娘，长得光彩照人，满目生辉，柴廷宾眼睛盯着她，看得出了神。姑娘奇怪他毫无顾忌地盯着自己，也就斜过眼去看他。后来问了几个人，知道姑娘姓邵。

邵家是个贫苦的读书人家，只生了这个姑娘，从小很聪明，教她读书，一看就懂，尤其爱读医学书和相命书。父亲宠她，有来提亲的，就叫她自己挑选，但不论贫穷的，富贵的，她都不中意，因此十七岁了，还没有婆家。

柴廷宾打听到了她的底细，知道没法娶她，但心里总是丢不开。又想到她家里穷，或者可以拿钱去打动。去托了几个老婆子，没有一个敢去做媒的，也就冷了心，不再有什么想头了。忽然有一个姓贾的老婆子，因卖珠子经过柴家。柴廷宾对她说了自己的心事，送了她许多钱，对她说：“只求你去说一说我的诚意，成功不成功，不会怪你的。万一能成功，就是花一千两银子，我也舍得。”老婆子贪他有钱，答应去了。到了邵家，故意找话头不停地和邵家妻子说话。看见邵女，惊奇地称赞说：“好个漂亮闺女，倘若到了昭阳宫里，那赵飞燕、赵合德姊妹又算得了什么！”又问：“女婿是谁家？”邵妻回答说：“还没有呢。”老婆子说：“像这样的好姑娘，还愁没有王侯家的人来做女婿！”邵妻叹息说：“王侯人家倒不敢想，只要有个读书人家的子孙，就不错了。我们家这个小冤家，挑来拣去，十个没有一个中意的，不知她到底要什么样的人。”老婆子说：“夫人不要烦恼。这样的美人儿，还不知前世里修了什么福的人才能消受她呢！我昨天听到一个大笑话：有个柴大官人说，他在某家坟地边，看见姑娘好容貌，愿意拿出一千两银子来聘她。这不是饿极了的猫头鹰想吃天鹅肉吗？早被老身喝斥走了！”邵妻微笑着不答话。老婆子又说：“就因为是邵秀才家，这事儿难商量，若是别人家，这失尺得丈的事，也该可以做得了。”邵妻仍是笑着不说话。老婆子拍着手说："若真是这样子，那么为我老婆子打算，主意就错了。我天天得着夫人好心看待，上门就陪我坐着说话，赏我吃酒，如果得了一千两银子，出门坐车马，在家住楼房，那时老婆子再上门，看门人就要喝斥我了。"邵妻想了好半天，起身走进里屋，和丈夫说了一回话；过了一些时候，就叫她女儿；又过了一些时候，三个人一道走了出来。邵妻笑着说："这丫头真是怪脾气，多少好官人她都不中意，听说去做低贱的小老婆，却肯了。只怕要被读书人家笑话呢！"老婆子说："倘若进了门，生个小官人，大老婆又能怎么样？"说罢，告诉姑娘嫁过去后分开住的打算。邵妻听了更加高兴，对女儿说："你去和贾姥姥说说。这是你自己的主张，不要将来后悔，抱怨父母。"邵女羞涩地说："只要爹娘能够享福过太平日子，那养女儿也就有用了。况且我自知命苦，若嫁得个好丈夫，一定会缩短寿命，稍为受点折磨，不一定不是福气。前几天我看到柴官人，也是一副福相，将来子孙中一定会有发达的。"

老婆子十分高兴，跑去告诉柴廷宾。柴廷宾喜出望外，立刻拿了一千两银子，备了轿马，娶了邵女，住在别墅里，家里的人，都不敢声张出去。邵女对柴廷宾说："你这办法，叫做燕子窝筑在门帘上，不是长久之计。堵住人家的嘴巴，想要不漏风声出去，怎么做得到呢？还不如早一点回去，早一点挑明，祸害还小。"柴廷宾怕她受虐待，邵女说："天下没有不可改变的人。我如果没有过错，她的脾气从哪里发起？"柴廷宾说："你不知道。这女人十分强横，不是情理可以说得通的人。"邵女说："我做了低贱的奴仆，受点苦也是应该的。若不是这样，捱着日子过活，怎能长久？"柴廷宾觉得她说得很对，但总是打不定主意。

有一天，柴廷宾到别地方去。邵女穿了丫头的衣裳，叫佣人牵着一匹老母马，一个老婆子挟着被褥跟在后面，一直走到大老婆家里，伏在地上说明来由。金氏开始很生气，后来想想她能自己跑来告诉，还可以饶恕，又见她神色打扮都肯服小，气也就稍稍平了，叫丫头拿出好衣服让她穿上，说："他这个没良心的人，到处说我的坏话，使我背了恶名。其实都是他不讲情义，丫头们没有规矩，做出了这种事。你想想背着妻子另立家室，这难道还算是人吗？"邵女说："我仔细地观察他，好像也有点后悔，只是不肯低声下气认错罢了。俗话说：‘大的不肯伏小的。’从礼仪上说：妻子对于丈夫，好像儿子对于父亲，小老婆对于大老婆一样。夫人若肯待他和气一点，那么多年的怨恨就可以消除了。”金氏说：“他不肯回来，跟我有什么关系？”就叫丫头老妈子给她打扫房间。心里虽然不高兴，也只得暂时忍耐着。

柴廷宾听说邵女回到了他家里，吓得不得了，心想羊跑进了虎群里，早已被撕咬得不像样子了。急忙赶回去，见家里静悄悄的，心里才放心。邵女在门口迎着，劝他到大老婆房里去。柴廷宾显出不愿意的样子。邵女掉下了眼泪，柴廷宾才有点回心转意。邵女跑去见金氏，说：“官人刚刚回来，自己不好意思，觉得没脸见夫人，求夫人去批评他两句。”金氏不肯。邵女说：“我已经说过：丈夫对于妻子，就好像大老婆对于小老婆。从前孟光服侍梁鸿，做好饭菜，把托盘举得与眉毛一样高，送到梁鸿面前，表示恭敬，别人也没有说她是讨好男人，为什么呢？因为照名分应该是这样的。”金氏听了她的话，才去了。见了柴廷宾，说：“你狡兔三窟，还回来干什么？”柴廷宾低着头不答话。邵女用肘碰碰他，他才勉强装出了笑脸。金氏的脸色，也稍为和顺了些，准备回房里去。邵女推柴廷宾跟在后面，又叮嘱厨房里准备好酒菜送去。从此夫妻又和好了。

邵女每天一早起身，就穿了丫头衣裳去拜见大老婆，侍候她洗脸完毕，送上佩带的手巾，很恭敬地行着丫头的规矩。柴廷宾到她房里，她总是推辞，十多天才肯留他住宿一次。金氏心里也称赞她，但惭愧自己不如她，日子一长，由惭愧变成了妒忌。但邵女服侍得很小心，金氏挑不出她的错处；就是稍为责骂她几句，她也只是顺从地听着。

一天夜里，夫妻俩发生了点口角，早晨梳妆时，金氏还满脸怒气。邵女捧着一面镜子在旁侍候，不小心把镜子掉在地上打碎了。金氏越发生气，瞪大了眼睛，一把抓住她的头发。邵女害怕，直挺挺跪着苦苦求饶。金氏怒气不消，用鞭子打了她几十下。柴廷宾忍耐不住，气呼呼地奔进房里，拉了邵女出来。金氏骂骂咧咧，追赶着打她。柴廷宾发了怒，一把夺过鞭子，去打金氏，把她脸上的皮肉打破，才退出房来。从此夫妻就像仇人一样。柴廷宾不让邵女到金氏房里去，邵女不听，一早起来，跪在地上，用膝盖走到金氏的门帘外面。金氏拍打着床生气，骂着叫她滚开，不准她走进房里，整天咬牙切齿，打算等柴廷宾外出的时候，把气出到邵女身上。柴廷宾得知后，断了一切人事关系，不和人家发生丧吊喜庆方面的往来，闭门守在家里。金氏无机可乘，只好天天打骂丫头婆子，来发泄自己的仇恨，底下人都被她折磨得忍受不了。

自从他们夫妻断绝恩爱后，邵女也不敢陪丈夫过夜，柴廷宾就一个人独睡。金氏知道后，心里也放宽了些。有一个大丫头，生来奸刁，有次偶然和柴廷宾说了一回话，金氏怀疑她和丈夫有私情，就特别残酷地虐待她。丫头每在人背后，发恨地咒骂金氏。有天夜里，轮到这个丫头陪夜，邵女就嘱咐柴廷宾，不要让她到金氏房里，说："这丫头脸上有股杀气，不知她安了什么心。"柴廷宾听了邵女的话，把丫头叫来，假装问她："你要做什么？"丫头着了慌，一时答不上话来。柴廷宾更起了疑心，检查她的衣裳，寻出了一把快刀。丫头无话可说，只得伏在地上求死。柴廷宾要打她，邵女劝住说："怕夫人知道这事后，这丫头就没有命了。她的罪过原是不能轻饶的，但不如把她卖了，既可保全她的性命，我们也可以拿到钱了。"柴廷宾也同意了。正好遇到一个要买小老婆的人，就赶紧把丫头卖给了他。

金氏因为这事没有和她商量，怪罪丈夫，更迁怒到邵女身上，骂得更凶了。柴廷宾气愤地对邵女说："这都是你自己找的。前几天杀了她，就不会有今天的怄气。"说罢就走了出去。金氏听他说的话很奇怪，就把丫头、佣人一个个找来追问，都说不知道，问邵女，也不肯说，心里就更气闷，提着衣角乱骂。柴廷宾才进来，把实情告诉了她。金氏听后大吃一惊，对邵女说了几句好话，但心里又恨邵女没有早一点告诉她。柴廷宾以为她的怨恨已经消了，就不再去防备她。正巧柴廷宾有次出远门，金氏就把邵女叫来，责备她说："谋杀主人的人，罪不能饶。你把她放了，安的是什么心？"邵女一时情急，也解释不清楚。金氏烧红了铁，烙邵女的脸，要破坏她的面貌。丫头婆子看了都为她抱不平。邵女每喊一声痛，家里的人都哭起来，愿意代她去死。金氏就不再烙，用针在她胁下刺了二十多下，才斥她走。柴廷宾回家，看见邵女脸上的伤痕，心中大怒，要去找金氏算账。邵女拉住他的衣襟说："我是明知火坑而故意跳进来的。我嫁给你时，难道以为你家是天堂吗？也不过因为自知命苦，姑且借她出出上天的气罢了。耐心忍受着，还有出头的日子；若再触犯她，就好比把已经填平的窟窿再挖开来了。"就用药敷在受伤的地方，几天工夫很快好了。她忙拿镜子照看，高兴地说："你今天应该为我祝贺，她把我的晦气纹烙断了！"于是早夜服侍大老婆，仍和从前一样。

金氏前几天看见丫头、佣人为邵女哭泣，自己知道很孤立，开始有一点愧悔，常常叫邵女一道做事，说话和脸色都很和气。过了一个多月，金氏突然生了反胃的病，吃不下东西。柴廷宾恨不得她就死，毫不过问，也不去探望。几天后，金氏肚子胀得像鼓一样，日夜受着折磨。邵女服侍金氏，连睡觉、吃饭都顾不上，金氏十分感激。邵女自称有办法治疗金氏的病，金氏觉得以前待她太凶，疑心她报复，所以推辞了。

金氏为人，管家严厉有规矩，丫头、仆人都受她约束，病倒以后，那些人都松松垮垮，没人好好儿干活。柴廷宾亲自料理家务，做得很辛苦，而家中的米盐，还不曾吃就没有了。他感叹地想，还是要有个当家人，因此就请医生给金氏治病。金氏逢人就说自己的膨胀病是气出来的，因此医生给她把脉，也没有一个不说是气闷得病的。一共换了几个医生，都看不好，病有点儿危险了。又要给她煎原来的药，邵女进言说："这种药，吃一百帖也没用，反会加重病情。"金氏不相信。邵女暗地里抓了别种药换来煎了。吃下去，一顿饭工夫就大便了三次，病像是没了。金氏笑话邵女是在瞎说，哼哼着叫她道："女华佗，今天你看我怎么样了？"邵女和丫头们都笑起来。金氏问她们笑什么，大家才把实情告诉她。金氏流着眼泪说："我天天受到你的照应，却还不知道呢！从今以后，凡是家中的事，都依着你的话去办。"不多几天，金氏病好了，柴廷宾摆了桌酒祝贺她。邵女捧着酒壶在一旁侍候，金氏起身夺过酒壶，拉她并肩坐下，十分要好，和平常完全不一样。夜深了，邵女借故离席，金氏叫两个丫头把她拖了回来，硬要和她同睡一床。从此以后，有事必定要和姑娘商量，吃饭必定要在一起，连亲姊妹也没有这样和好。不久，邵女生了一个男孩。产后多病，金氏亲自调理照顾，就像服侍自己的老母亲一样。

后来，金氏得了心痛病，发作时，满脸发青，痛苦得只想寻死。邵女忙去买了几根银针，回来时，金氏气息都快要断了。邵女照着穴道扎进去，痛就立刻止住了。十多天后，金氏旧病复发，就用针再扎。过了六七天，又发。虽然针到病除，不至于吃大苦，但金氏常常心不安，恐怕复发。她夜里做梦，到一个地方，像是庙宇，大殿里鬼神都活动起来。那神问她："你是金氏吗？你罪孽很多，寿数该尽了。念你能够改悔，所以只降给你灾难，作为小小的惩罚。你从前杀死了两个小老婆，这是前世的报应。但邵氏有什么罪，你对她竟这样的凶恶？你鞭打过她，这已经有柴秀才代她打还了，可以两下相抵；还欠她一烙二十三针，现在你发病三次，只还了一个零头，就想病根断吗？明天又该发病了！"金氏醒来后，非常害怕，希望这只是乱梦，是虚妄的。饭后，果然又发病了，而且痛得特别厉害。邵女跑来，给她扎了针，手到病除。邵女怀疑说："我的针灸本领都用上了，怎么病根还不除去？让我再为你拔拔火罐看。这种病不把皮肉灼烂是治不好的，只怕夫人受不了。"金氏想起梦中的话，也就不推辞，但在忍着痛哼哼唧唧的时候，暗想还欠十九针，不知要变成什么样的病，不如一下子扎完了，免得以后再吃苦。引火的东西已经烧尽，金氏还要邵女再给她扎针。邵女笑着说："针怎么可以随便扎呢？"金氏说："不必看穴道，只要扎十九下就行了。"邵女笑着不肯。金氏坚持请求，起身跪在床上。邵女始终不忍心再扎。金氏把梦中的情形如实讲了，邵女才约摸照着经脉，如数扎了十九下。从此以后，病就好了，果然不再复发。金氏内心更加忏悔，对下人也不再凶神恶煞了。

柴廷宾的儿子单名叫俊，生得漂亮聪明，没有人能及得上他。邵女常说："这孩子有做翰林的骨相。"八岁时就被称为神童，十五岁中了进士，在翰林院做官。这时柴廷宾夫妻俩刚四十岁，邵女才三十二三岁而已。邵女坐了轿子前呼后拥回娘家，邻舍都很羡慕她。那邵老头子自从卖了女儿后，家中一下有钱了，但一些读书人瞧不起他，不愿和他接近，到这时候才有人和他往来。

异史氏说：女人奸刁妒忌，这是天性如此。而那些做小老婆的，还要炫耀美貌，卖弄聪明，使大老婆更加生气。唉！灾祸就这样生出来了。如果安于自己的命运，守着自己的本分，受尽挫折也不改变自己的志气，这样的人，难道可以用棍棒刀子加在她身上吗？乃至于第二次从死里救回来，才开始有点悔悟。唉！这难道能算人吗？叫她把欠下的债全部偿还，不要她加利息，也是上天的宽恕了。不过以医术作为恶行的报应，这不太颠倒了吗？我常见那些愚蠢的男女，生了病，就叫根本不懂医道的巫婆神汉来装神弄鬼，听凭他扎着烧着皮肉还不敢叫喊，心里常常感到奇怪，现在才开始明白了。

福建有个娶了小老婆的人，晚上到大老婆的房里，不敢马上就走，假装脱鞋上床睡觉的样子。大老婆说："去吧！不要装腔了！"这人还在房里踱来踱去，大老婆沉下脸来说道："我不是那种争风吃醋的人，何必装出这种样子呢？"他这才去了。大老婆一人独睡，翻来覆去睡不着，就起身，跑去伏在小老婆门外偷听。只听见小老婆的声音隐隐约约的，听不大真切，只有"郎罢"二字，还略可听得清楚。"郎罢"，是福建人叫爹。大老婆偷听了一会，痰塞喉咙，跌倒下去，头撞着门，发出响声。那男人慌忙起来开门，失去知觉的大老婆倒了进来。叫小老婆点灯一照，原来是妻子。急忙把她扶起，往她嘴里灌水。大老婆眼皮刚抬起，就呻吟着说："是谁的郎罢要你叫！"那吃醋的样子实在可笑。

巩　　仙

巩道人，无名字，亦不知何里人。尝求见鲁王，阍人不为通。有中贵人出，揖求之。中贵见其鄙陋，逐去之；已而复来。中贵怒，且逐且扑。至无人处，道人笑出黄金二百两，烦逐者覆中贵："为言我亦不要见王；但闻后苑花木楼台，极人间佳胜，若能导我一游，生平足矣。"又以白金赂逐者。其人喜。反命。中贵亦喜，引道人自后宰门入，诸景俱历。又从登楼上。中贵方凭窗，道人一推，但觉身堕楼外，有细葛绷腰，悬于空际；下视，则高深晕目，葛隐隐作断声。惧极，大号。无何，数监至，骇极。见其去地绝远，登楼共视，则葛端系櫺上；欲解援之，则葛细不堪用力。遍索道人已杳矣。束手无计，奏之鲁王。王诣视，大奇之。命楼下藉茅铺絮，将因而断之。甫毕，葛崩然自绝，去地乃不咫耳。相与失笑。

王命访道士所在。闻馆于尚秀才家，往问之，则出游未复。既，遇于途，遂引见王。王赐宴坐，便请作剧。道士曰："臣草野之夫，无他庸能。既承优宠，敢献女乐为大王寿。"遂探袖中出美人，置地上，向王稽拜已。道士命扮《瑶池宴》本，祝王万年。女子吊场数语。道士又出一人，自白"王母"。少间，董双成、许飞琼……一切仙姬，次第俱出。末有织女来谒，献天衣一袭，金彩绚烂，光映一室。王意其伪，索观之。道士急言："不可！"王不听，卒观之，果无缝之衣，非人工所能制也。道士不乐曰："臣竭诚以奉大王，暂而假诸天孙，今为浊气所染，何以还故主乎？"

王又意歌者必仙姬，思欲留其一二；细视之，则皆宫中乐妓耳。转疑此曲，非所夙谙，问之，果茫然不自知。道士以衣置火烧之，然后纳诸袖中，再搜之，则已无矣。王于是深重道士，留居府内。道士曰："野人之性，视宫殿如藩笼，不如秀才家得自由也。"每至中夜，必还其所；时而坚留，亦遂宿止。

辄于筵间颠倒四时花木为戏。王问曰："闻仙人亦不能忘情，果否?”对曰：“或仙人然耳；臣非仙人，故心如枯木矣。”一夜，宿府中，王遣少妓往试之。入其室，数呼不应；烛之，则瞑坐榻上。摇之，目一闪即复合；再摇之，齁声作矣。推之，则遂手而倒，酣卧如雷；弹其额，逆指作铁釜声。返以白王。王使刺以针，针弗入。推之，重不可摇；加十余人举掷床下，若千斤石堕地者。旦而窥之，仍眠地上。醒而笑曰：“一场恶睡，堕床下不觉耶!”后女子辈每于其坐卧时，按之为戏：初按犹软，再按则铁石矣。

道士舍秀才家，恒中夜不归。尚锁其户，及旦启扉，道士已卧室中。初，尚与曲妓惠哥善，矢志嫁娶。惠雅善歌，弦索倾一时。鲁王闻其名，召入供奉，遂绝情好。每系念之，苦无由通。一夕，问道士：“见惠哥否?”答言：“诸姬皆见，但不知其惠哥为谁。”尚述其貌，道其年，道士乃忆之。尚求转寄一语。道士笑曰：“我世外人，不能为君塞鸿。”尚哀之不已。道士展其袖曰：“必欲一见，请入此。”

尚窥之，中大如屋。伏身入，则光明洞彻，宽若厅堂，几案床榻，无物不有。居其内，殊无闷苦。道士入府，与王对弈。望惠哥至，阳以袍袖拂尘，惠哥已纳袖中，而他人不之睹也。尚方独坐凝想时，忽有美人自檐间堕，视之，惠哥也。两相惊喜，绸缪臻至。尚曰：“今日奇缘，不可不志。请与卿联之。”书壁上曰：“侯门似海久无踪。”惠续云：“谁识萧郎今又逢。”尚曰：“袖里乾坤真个大。”惠曰：“离人思妇尽包容。”书甫毕，忽有五人入，八角冠，淡红衣，认之，都与无素。默然不言，捉惠哥去。尚惊骇，不知所由。

道士既归，呼之出，问其情事，隐讳不以尽言。道士微笑，解衣反袂示之。尚审视，隐隐有字迹，细裁如虮，盖即所题句也。后十数日，又求一人。前后凡三入。惠哥谓尚曰："腹中震动，妾甚忧之，常以紧帛束腰际。府中耳目较多。倘一朝临蓐，何处可容儿啼？烦与巩仙谋，见妾三叉腰时，便一拯救。"尚诺之。归见道士，伏地不起。道士曳之曰："所言，予已了了。但请勿忧。君宗祧赖此一线，何敢不竭绵薄。但自此不必复入。我所以报君者，原不在情私也。"

后数月，道士自外入，笑曰："携得公子至矣。可速把襁褓来！"尚妻最贤，年近三十，数胎而存一子；适生女，盈月而殇。闻尚言，惊喜自出。道士探袖出婴儿，酣然若寐，脐梗犹未断也。尚妻接抱，始呱呱而泣。道士解衣曰："产血溅衣，道家最忌，今为君故，二十年故物，一旦弃之。"尚为易衣。道士嘱曰："旧物勿弃却，烧钱许，可疗难产，堕死胎。"尚从其言。

居之又久，忽告尚曰："所藏旧衲，当留少许自用，我死后亦勿忘也。"尚谓其言不祥。道士不言而去。入见王曰："臣欲死！"王惊问之。曰："此有定数，亦复何言。"王不信，强留之。手谈一局，急起；王又止之。请就外舍，从之。道士趋卧，视之已死。王具棺木以礼葬之。尚临哭尽哀，始悟曩言盖先告之也。遗衲用催生，应如响，求者踵接于门。始犹以污袖与之；既而剪领衿，罔不效。及闻所嘱，疑妻必有产厄，断血布如掌，珍藏之。

会鲁王有爱妃，临盆三日不下，医穷于术。或有以尚生告者，立召入，一剂而产。王大喜，赠白金、彩缎良厚，尚悉辞不受。王问所欲。曰："臣不敢言。"再请之，顿首曰："如推天惠，但赐旧妓惠哥足矣。"王召之来，问其年，曰："妾十八入府，今十四年矣。"王以其齿加长，命遍呼群妓，任尚自择；尚一无所好。王笑曰："痴哉书生！十年前订婚嫁耶？"尚以实对。乃盛备舆马，仍以所辞彩缎，为惠哥作妆，送之出。惠所生子，名之秀生，——秀者袖也，——是时年十一矣。日念仙人之恩，清明则上其墓。

有久客川中者，逢道人于途，出书一卷曰："此府中物，来时仓猝，未暇璧返，烦寄去。"客归，闻道人已死，不敢达王；尚代奏之。王展视，果道士所借。疑之，发其冢，空棺耳。后尚子少殇，赖秀生承继，益服巩之先知云。

异史氏曰：袖里乾坤，古人之寓言耳，岂真有之耶？抑何其奇也！中有天地、有日月，可以娶妻生子，而又无催科之苦，人事之烦，则袖中虮虱，何殊桃源鸡犬哉！设容人常住，老于是乡可耳。

【译文】

有一个姓巩的道士，不知道他叫什么名字，也不知道是什么地方的人。他曾经去求见鲁王，但王府看门人不肯给他通报。正好有个太监出来，道士就上前恳求他引见。那太监见他傻头傻脑，就把他赶跑了。过了一会儿，道士又回来了。太监发了脾气，叫人赶他打他。赶到一个没人的地方，道士笑着拿出二百两金子，请追赶他的人交给太监，并要他转告，自己并不是一定要见鲁王，只是听说王府后花园里的花木楼台，是人间最好的景致，倘然肯带他去游玩一番，这一辈子就心满意足了。道士又拿出一些银子塞给那人。那人得了银子，高高兴兴地回去回复太监。太监见了金子也眉开眼笑，领了道士从王府后门进去，把花园里各种景致看个遍，又跟着到楼上去玩。那太监正靠在窗口，道士一推，太监只觉得身子掉出窗外，有一根细藤拴着腰，吊在半空中。往下一看，离地很远，吓得眼都花了，还听到那根细藤隐隐发出像要断裂的声音。他害怕极了，大喊起来。一会儿，几个太监跑来，一看都吓坏了。看见他离地很远，就一起上楼去看，发现藤的一头缚在窗格上；要想解开藤结救他下来，又怕藤太细，一用力会拉断。各处寻遍道士，连影子都不见。大家束手无策，只好去禀报鲁王。鲁王跑来一看，非常惊奇。就叫人在楼下铺上茅草棉絮，再去割断细藤。刚准备停当，那根细藤就自己断了。那太监落地一看，发觉自己原来离地还不到一尺，大家看了也都忍不住大笑起来。

鲁王派人去寻找道士，听说他住在一个姓尚的秀才家里。派人去问，说是出去游逛还没回来。后来在路上遇到他，便带他去见鲁王。鲁王赏他喝酒，席间就请他表演仙法。道士说："我是一个乡下人，没有别的本事。既然承蒙大王厚待，愿意献上一队歌女为大王祝寿。"于是他从袖子里摸出一个美女，放在地上。那美女向鲁王行了礼，道士叫她演一出《瑶池宴》的戏，祝鲁王长寿万年。美女上场唱了几句，道士又从袖子里摸出一个美女，自称是王母娘娘。过了一会儿，董双成、许飞琼和所有的仙女，都一个个挨着次序出来了。最后织女出来拜见王母娘娘，献上一件天衣，金光闪闪，光亮照满了整个屋子。鲁王怀疑天衣是假的，向道士要来看看。道士连忙说不行。鲁王不听他的话，还是拿过来看了，果然是件无缝的天衣，不是人工能够做得出的。道士很不高兴地说："我诚心诚意竭力侍奉大王，从天孙织女那里暂时借来的，现在被龌龊的气味污染，叫我怎样去还给主人呢？"

鲁王心想那些歌女一定也是天上的仙女，就想要留下一两个。但仔细一看，原来都是自己宫里的歌妓。鲁王转而疑惑那支曲子，她们过去并不会唱，问她们，果然都莫名其妙，只是不知不觉地唱了出来。道士当场把天衣丢在火里烧了，然后将灰藏进袖子里，再去搜他的袖子时，就什么也没有了。鲁王从此很敬重巩道士，留他住在府里。道士说："我是乡下人，自由惯了的，我看宫殿就像牢笼，不如秀才家里自由自在。"每到夜里，就一定要回尚家。有时候再三留他，他也就住一夜。

道士常常在酒席上，让那些四时花木颠倒着季节开放，用来逗乐。鲁王问道："听说仙人也不能忘记情爱，是不是真的？"道士说："仙人或许是这样。但我不是仙人，所以我的心就像枯木一样没有感情了。"有一天晚上，他睡在王府里，鲁王叫了一个年轻的歌妓去试探他。那歌妓走进他房里，叫了几声都不应；取来灯烛一照，只见他闭着眼睛坐在床上。摇摇他，眼睛一睁就又闭上了；再摇他，鼾声响起来了。一推，随手就倒，鼾声像打雷一样。弹弹他的额角，触指发出铁锅子般的声音。那歌妓回去禀报鲁王，鲁王叫人用针刺他，那针进不去；推他，重得推不动：叫了十多个人把他抬起来扔在床下，好像一块千斤重的石头落地似的。第二天早上去一看，他仍然睡在地上。醒来后笑着说："一场大觉，竟从床上跌下来都不知道！"后来这些歌妓常常在他坐着或躺下时，摸着他的身子玩，刚摸时还软，再一摸就硬得像铁石了。

巩道士住在尚秀才家里，常常通夜不回去。尚秀才在他住的房门上上了锁，天亮开门一看，道士已经睡在里面了。当初，尚秀才和一个叫惠哥的妓女很要好，两人一心一意要结成夫妻。惠哥很会唱曲子，弹奏乐器的技艺压倒众人。鲁王听说她的名声，就把她召到宫里演唱，从此两人就不能来往了。尚秀才时时想念她，可是无法见到她一面。一天晚上，尚秀才问道士："你在鲁王府里见过惠哥吗？"道士说："所有的歌妓都见过了，但不知道谁是惠哥？"尚秀才说出她的相貌和年龄，道士才想起来了。尚秀才请他代传一句话。道士笑着说："我是个出家人，不能为你传递情爱。"尚秀才一再哀求，道士就展开自己的袖子说："如果你一定要见她，请到这里面去。"

尚秀才往道士的袖子里一看，只见里面大得像房子一样，就弯了腰进去。里面光线透亮，宽敞得像一所厅堂，几、桌、床、椅，样样齐备。住在里面，一点也不觉得气闷难受。道士到了王府，和鲁王面对面下棋。看见惠哥走来，他假装用道袍的袖子抹桌上的灰尘，一抬手，惠哥已被吸进袖子。而旁人却一点都没有觉察。尚秀才正独自坐着呆想，忽然有一个美人从廊檐上飘落下来，一看，正是惠哥。两人又惊又喜，亲密得不得了。尚秀才说："今天这个奇缘，不可没有纪念。我和你联句做一首诗吧。"于是他在壁上写道：

侯门似海久无踪，

惠哥续道：

谁识萧郎今又逢。

尚秀才又写道：

袖里乾坤真个大，

惠哥又接一句：

离人思妇尽包容。

刚把诗做完，突然有五个人进来，头戴八角帽子，身穿淡红色衣服，辨认之下，都是陌生人。他们一句话都不说，就把惠哥抓走了。尚秀才又惊又怕，不知道是怎么回事，

道士回来后，把尚秀才从袖子里叫出来，问他在里面干了些什么，尚秀才隐瞒了一些，不肯全部讲出。道士微微笑着，脱下道袍，翻出袖里子叫他看。尚秀才仔细一看，上面有隐隐约约的字迹，仅像虱子一样大小，原来就是他和惠哥题的那首诗。过了十多天，尚秀才又要求道士带他到鲁王府去，这样前后一共去过三次。两人第三次相会时，惠哥对尚秀才说："我已有了身孕，非常担心，常常用带子缚紧腰部。王府里人多眼多，如果有一天生下来，孩子哭闹，我把他藏到哪里去呢？你去要求巩仙人，看见我腰腹隆起时，就来救我。"尚秀才答应了，回家看见道士，就跪在地上不肯起身。道士把他扶起来说："你们说的话，我已经明白了，请不必担心。你家全仗这点骨肉来传宗接代，我哪敢不尽力帮忙呢？但从此以后，你不要再进去了。我要报答你的，本来就不在这种儿女私情的事上呀。"

过了几个月，道士从外面回来，笑着说道："把你的公子带来了，快点把小被子拿来！"尚秀才的妻子非常贤惠，快三十岁了，生过好几胎，只活下来一个儿子；最近生了个女儿，满月就死了。听到尚秀才说话的声音，又惊又喜地跑出来。道士从袖子里托出婴儿，只见他闭了眼睛睡着，连脐带都没有断呢。尚秀才的妻子接过来抱了，才哇哇地哭了起来。道士脱下道袍，说："产妇的血溅了道袍，我们道家最犯忌这个。现在为了你的缘故，我这件穿了二十年的道袍就只好丢了。"尚秀才就给他换了一件新的道袍。道士叮嘱说："这件旧道袍不要扔掉，烧铜钱大一块，灰吃了可以治难产，打落肚里的死胎。"尚秀才听了道士的话，把旧道袍收藏起来了。

道士又住了很久，一天他突然对尚秀才说："你藏着的那件旧道袍，应该留一点自己用，我死后，你也不要忘记。"尚秀才以为他说的话不吉利。道士就不再说什么，走了。道士到了王府里，见了鲁王，说："我要死了！"鲁王听了一惊，问他是什么道理，道士说："这是天数，有什么道理可说！"鲁王不信，再三留住他。刚下完一局棋，道士就急急忙忙站起来要走，鲁王又拦住他。道士请求到外间去，鲁王依了。道士快步走去睡下，看看他，已经死了。鲁王备了棺材，隆重地安葬了他。尚秀才去吊丧，哭得非常伤心，这时他才明白道士以前说的话，是预先告诉他的。道士留下的那件旧道袍，用来催生，十分灵验，上门求讨的人前脚刚走，后脚又来。尚秀才开始还只把沾着污血的袖子剪一点送给病家，后来袖子剪光了，就剪领子、大襟，都同样灵验。想起道士的嘱咐，尚秀才疑心妻子必定会有难产，就剪下巴掌大的一块血布，珍藏起来。

这时正好鲁王有个宠爱的妃子，临盆三天还没有生下来，医生办法都想尽了。有人禀报鲁王，说尚秀才能治难产，立刻召进府去，道袍灰一剂下去，孩子就生下来了。鲁王非常高兴，送给他许多金银绸缎，尚秀才都谢绝不要。鲁王问他要什么？尚秀才说："我不敢说。"鲁王再三问他，他才叩头说道："大王如肯给我天大的恩典，只求把从前的那位歌妓惠哥赏给我，就心满意足了。"鲁王把惠哥叫来，问她的年龄，惠哥答道："我十八岁进府，到现在已经十四年了。"鲁王觉得她年龄太大了，就把所有的歌妓统统叫来，任凭尚秀才挑选，尚秀才却一个也不喜欢。鲁王笑道："这个书生真傻！你和她十年前难道订过婚约吗？"尚秀才把实情告诉了鲁王，鲁王就准备了许多车马，还把尚秀才不肯收下的金银绸缎，作为给惠哥的嫁妆，把她送到尚家。惠哥所生的儿子，名叫秀生——"秀"和"袖"同音——那时已经十一岁了。他们常常想着巩仙的恩德，每年清明节，就到他坟上扫墓。

有个多年在四川旅居的人，一天在路上遇到了巩仙。巩仙拿出一本书来，对那人说："这是鲁王府里的东西，我走的时候很匆忙，来不及归还，麻烦你替我带回去。"那人回来后，听说道士早已死了，不知是怎么回事，不敢送到鲁王府里去，尚秀才就代他把这事向鲁王禀报了。鲁王看了那本书，果然是道士借去的，心里很疑惑，就去掘开道士的坟，一看棺材原来是空的。后来尚秀才的大儿子年纪轻轻就死了，靠秀生才能够传宗接代，就更加佩服巩仙有先见之明了。

异史氏说：袖子里面有天地，这不过是古人说的寓言罢了，难道真有这种事吗？多么奇怪啊！里面有天地，有日月，可以娶妻生子，又没有催租逼债的苦楚，人事纠葛的烦恼，那么袖中虱子，和世外桃源的鸡狗有什么两样！如果允许人一直住下去，能够老死在那里就好了。

二　商

莒人商姓者，兄富而弟贫，邻垣而居。康熙间，岁大凶，弟朝夕不自给。一日，日向午，尚未举火，枵腹蹀躞，无以为计。妻令往告兄。商曰："无益。脱兄怜我贫也，当早有以处此矣。"妻固强之，商便使其子往。少顷，空手而返。商曰："何如哉！"妻详问阿伯云何。子曰："伯踌躕目视伯母；伯母告我曰：'兄弟析居，有饭各食，谁复能相顾也。'"夫妻无言，暂以残盎败榻，少易糠秕而生。

里中三四恶少，窥大商饶足，夜逾垣入。夫妻惊寤，鸣盥器而号。邻人共嫉之，无援者。不得已，疾呼二商。商闻嫂鸣，欲趋救。妻止之，大声对嫂曰："兄弟析居，有祸各受，谁复能相顾也！"俄，盗破扉，执大商及妇，炮烙之，呼声綦惨。二商曰："彼固无情，焉有坐视兄死而不救者！"率子越垣，大声疾呼。二商父子故武勇，人所畏惧，又恐惊致他援，盗乃去。视兄嫂，两股焦灼。扶榻上，招集婢仆，乃归。大商虽被创，而金帛无所亡失。谓妻曰："今所遗留，悉出弟赐，宜分给之。"妻曰："汝有好兄弟，不受此苦矣！"商乃不言。

二商家绝食，谓兄必有以报；久之，寂不闻。妇不能待，使子捉囊往从贷，得斗粟而返。妇怒其少，欲反之；二商止之。逾两月，贫馁愈不可支。二商曰："今无术可以谋生，不如鬻宅于兄。兄恐我他去，或不受券而恤焉，未可知；纵或不然，得十余金，亦可存活。"妻以为然，遣子操券诣大商。大商告之妇，且曰："弟即不仁，我手足也。彼去则我孤立，不如反其券而周之。"妻曰："不然。彼言去，挟我也；果尔，则适堕其谋。世间无兄弟者，便都死却耶！我高葺墙垣，亦足自固。不如受其券，从所适，亦可以广吾宅。"计定，令二商押署券尾，付直而去。

二商于是徙居邻村。乡中不逞之徒，闻二商去，又攻之。复执大商，搒楚并兼，梏毒惨至，所有金赀，悉以赎命。盗临去，开廪呼村中贫者，恣所取，顷刻都尽。

次日，二商始闻，及奔视，则兄已昏愦不能语；开目见弟，但以手抓床席而已。少顷遂死。二商忿诉邑宰。盗首逃窜，莫可缉获。盗粟者百余人，皆里中贫民，州守亦莫如何。大商遗幼子，才五岁，家既贫，往往自投叔所，数日不归；送之归，则啼不止。二商妇颇不加青眼。二商曰："渠父不义，其子何罪？"因市蒸饼数枚，自送之。过数日，又避妻子，阴负斗粟于嫂，使养儿。如此以为常。又数年，大商卖其田宅，母得直，足自给，二商乃不复至。

后岁大饥，道殣相望，二商食指益繁，不能他顾。侄年十五，荏弱不能操业，使携篮从兄货胡饼。一夜，梦兄至，颜色惨戚曰："余惑于妇言，遂失手足之义。弟不念前嫌，增我汗羞。所卖故宅，今尚空闲，宜僦居之。屋后蓬颗下，藏有窖金，发之，可以小阜。使丑儿相从；长舌妇余甚恨之，勿顾也。"既醒，异之。以重直啗第主，始得就，果发得五百金。从此弃贱业，使兄弟设肆廛间。侄颇慧，记算无讹；又诚悫，凡出入，一锱铢必告。二商益爱之。一日，泣为母请粟。商妻欲勿与；二商念其孝，按月廪给之。数年家益富。大商妇病死，二商亦老，乃析侄，家赀割半与之。

异史氏曰：闻大商一介不轻取与，亦狷洁自好者也。然妇言是听，愦愦不置一辞，恝情骨肉，卒以吝死。呜呼！亦何怪哉！二商以贫始，以素封终。为人何所长？但不甚遵阃教耳。呜呼！一行不同，而人品遂异。

【译文】

山东莒县商家，哥哥富裕，弟弟贫穷，彼此隔着一垛墙住着。康熙年间闹灾荒，弟弟有了早饭没晚饭。一天，太阳当顶了，还没有米下锅，空着肚子在屋里踱来踱去，没有法子可想。妻子叫他去求哥哥帮助。小商说："没有用。若是哥哥可怜我穷，应该老早想办法照应了。"妻子硬逼着他去，小商就叫他的儿子过去。不多时，儿子空着手回来了。小商对妻子说："怎么样?"妻子详细地问儿子大伯说了些什么。儿子说："大伯犹豫不决，用眼睛看着伯母；伯母对我说：'兄弟已经分家，有饭各管各吃，谁还能互相照看着呢?'"夫妻俩无话可说，暂时把破碗破床，拿去换了一点糠皮回来度日。

乡邻中有三四个年轻无赖，看见大商有钱，半夜里爬墙进去。夫妻俩从梦中惊醒，敲着洗脸盆大声叫喊。邻舍都恨他们，没有人帮忙的。不得已，忙喊小商。小商听到嫂嫂喊他，要跑过去营救。妻子拦住他，大声对嫂嫂说："兄弟分家，有祸各管各受，谁还能互相照看着呢!"一会儿，强盗打破了门，捉了大商和他妻子，用火烫他们，那哭喊的声音，着实凄惨。小商说道："他们固然没有情义，但哪有在一旁看着哥哥死而不救的呢!"说着就带领儿子，翻墙过去，大声疾呼。小商父子一向力大勇敢，人都见了害怕，强盗也怕惊动其他人来帮忙，就逃走了。小商看看哥嫂，两条腿都烫焦了。把他们扶到床上躺下，叫来丫头佣人照看，就回家了。大商虽然受了点伤，但财产却没有丢失。他对妻子说："今天能留下这些东西，都是弟弟赏给的，应当分给他一些。"妻子说："你有好兄弟，就不会吃这苦头了!"大商听后，就不吱声了。

小商家断了粮米；想哥哥一定会拿东西来谢他。过了许多日子，却不见动静。他妻子耐不住了，打发儿子拿了袋子去借粮，结果只借得一斗小米回来。他妻子恨大商借得太少，要拿去退还，被小商劝住了。过了两个月，全家饿得实在支撑不住了。小商说："现在已没有办法过活，不如把房子卖给哥哥。哥哥怕我到别处去，或者不受我的契据，另外借钱给我，也说不定；即便不是这样，卖十几两银子来，也可以活命。"妻子听他说得有理，就叫儿子拿了契据到大商家去。大商把这事告诉妻子，还说："弟弟就是没有良心，到底是我的手足。他一走，我们就孤立了，不如把契据还给他，给他几个钱，照应照应算了。”妻子说：“话不是这么说的。他说要走，是要挟我们的意思，若真的把钱借给他，就中了他的计了。世上没兄弟的人，就都死了吗！我把墙头加高，也可以保护自己。不如收了他的契据，随他到哪里去，我也可以扩大房子了。”主意打定，叫小商在契据上画了押，付了钱，把他打发走了。

小商就此搬到了别的村里。乡邻中那些为非作歹的人，听说小商搬走了，又打进大商门去，捉住大商，棍棒交加，还用了各种残酷的刑罚，所有金银财宝，全部用来抵他们两条命。强盗临走打开他家的米仓，叫村里的穷人随便拿，一刻工夫就统统拿光了。第二天，小商才听说这事，奔过去看望，这时他哥哥已经昏昏沉沉不能说话了。抬起眼皮看见兄弟，只是用手抓着床席，不多一会就死了。小商很气愤，到县官那里告状。强盗头子已经逃走，无处捉拿。抢粮的一百多人，都是贫苦乡邻，官府拿他们也没有办法。大商死时留下一个幼儿，才五岁，因为家里穷，常常跑到叔叔那里，一住就是几天；送他回去，他就哭个不停。小商的妻子很讨厌他。小商说：“他父亲不讲情义，他的儿子有什么罪？”就买了几个蒸饼，亲自送他回家。过了几天，又瞒着妻子，暗地里背了一斗小米给嫂嫂送去，让她抚养儿子。以后也常常这样接济。又过了几年，大商的儿子卖掉了田地房屋，他母亲得了钱，母子二人可以过活，小商就不再来接济他们了。

后来又闹灾荒，路上到处都是饿死的人。小商家里因为吃饭的人口增加，无法照顾他们。侄儿十五岁，身体瘦弱，不能干什么活，小商就叫他提了篮子跟着堂兄去卖芝麻饼。一天夜里，小商梦见他哥哥走来，神色凄惨地说：“我听了妇道人家的话，失了兄弟间的情义。兄弟不记我从前的过错，使我羞愧难当。我儿子卖掉的旧房子，现在还没人住，你可以去租来住下。屋后长着蓬草的地方，有个地窖，里面藏着银子，你去挖掘出来，可以增加点家产。叫那个丑小子跟着你，那个长舌妇，我已恨透了，不要去照顾她。”小商醒后，觉得很奇怪。小商出了很多租金给房东，把房子租了下来，果然掘到了五百两银子。从此就不再做低贱的行当，叫儿子、侄子在街面上开了个店铺。侄子很聪明，算账不出错；人又老实谨慎，凡是银钱进出，一钱一分都要告诉叔叔。小商因此更加喜欢他。有一天，侄子哭着为母亲向叔叔讨点粮食，小商的妻子不肯给，小商念他有孝心，就按月拿米给他。过了几年工夫，小商家里更富裕了。这时大商的妻子已经生病死去，小商自己也老了，就和侄儿分家，家中财产，分了一半给他。

异史氏说：听说大商一点点东西都不肯轻易与人往来，算得洁身自好的人了。但只知道听老婆的话，糊里糊涂没有主张，对亲兄弟也无动于衷，终于因吝啬而死。唉！有什么奇怪呢！小商开头贫穷，后来富有。他做人有什么长处？只是不很听老婆的话罢了。唉！一种行为不同，人品就两样了。

沂水秀才

沂水某秀才，课业山中。夜有二美人入，含笑不言，各以长袖拂榻，相将坐，衣耎无声。少间，一美人起，以白绫巾展几上，上有草书三四行，亦未尝审其何词。一美人置白金一铤，可三四两许；秀才掇内袖中。美人取巾，握手笑出，曰："俗不可耐！"秀才扪金，则乌有矣。丽人在坐，投以芳泽，置不顾，而金是取，是乞儿相也，尚可耐哉！狐子可儿，雅态可想。

友人言此，并思不可耐事，附志之：对酸俗客。市井人作文语。富贵态状。秀才装名士。旁观谄态。信口谎言不倦。揖坐苦让上下。歪诗文强人观听。财奴哭穷。醉人歪缠。作满洲调。体气若逼人语。市井恶谑。任憨儿登筵抓肴果。假人余威装模样。歪科甲谈诗文。语次频称贵戚。

【译文】

沂水地方有一个秀才，在山中读书。夜里有两个美人儿进来，抿着嘴微笑，不做声。两人用长袖子拂了拂坐榻，拉着手坐下，衣裳软绵绵的，一点声响都没有。停了一回，一个美人儿站起来，拿出一幅白绫巾铺在桌上，上面有三四行草字，秀才也不去细看是什么句子。一个美人儿拿出个银元宝，大约有三四两，秀才拿起就塞进袖子里。两个美人儿收回绫巾，拉着手边笑边出门，说："俗不可耐！"秀才摸那银子，已经化为乌有了。美人儿在身旁。赠他香巾，放在一边不看，只知道拿银子，这种叫花子相，叫人还可以忍受么！狐狸精变成的美人儿讨人喜欢，那副风流模样，是可以想象得出的。

朋友讲起这个故事，又想起几件无法忍受的事，附记如下：面对迂腐俗气的客人。生意人讲斯文话。摆出富贵派头。读书人装名士。一旁看巴结奉承的丑态。随口编谎不知疲倦。互相作揖竭力推让上下座次。蹩脚诗文强迫别人欣赏。守财奴哭穷。酒鬼纠缠不清。学满洲话腔调。盛气凌人。小市民恶作剧。听任傻孩子爬上酒席抓苹果吃。借别人的威风装腔作势。末等科甲出身的人谈论诗文。说话当中频频抬出贵戚。

梅　女

封云亭，太行人。偶至郡，昼卧寓屋。时年少丧偶，岑寂之下，颇有所思。凝视间，见墙上有女子影，依稀如画。念必意想所致。而久之不动，亦不灭，异之。起视转真；再近之，俨然少女，容蹙舌伸，索环秀领。惊顾未已，冉冉欲下。知为缢鬼，然以白昼壮胆，不大畏怯。语曰："娘子如有奇冤，小生可以极力。"影居然下，曰："萍水之人，何敢遽以重务浼君子。但泉下槁骸，舌不得缩，索不得除，求断屋梁而焚之，恩同山岳矣。”诺之，遂灭。

呼主人来，问所见。主人言：“此十年前梅氏故宅，夜有小偷入室，为梅所执，送诣典史。典史受盗钱三百，诬其女与通，将拘审验。女闻自经。后梅夫妻相继卒，宅归于余。客往往见怪异，而无术可以靖之。”封以鬼言告主人。计毁舍易楹，费不赀，故难之；封乃协力助作。既就而复居之。梅女夜至，展谢已，喜气充溢，姿态嫣然。封爱悦之，欲与为欢。瞒然而惭曰：“阴惨之气，非但不为君利；若此之为，则生前之诟，西江不可濯矣。会合有时，今日尚未。”问：“何时？”但笑不言。封问：“饮乎？”答曰：“不饮。”封曰：“对佳人，闷眼相看，亦复何味？”女曰：“妾生平戏技，惟谙打马。但两人寥落，夜深又苦无局。今长夜莫遣，聊与君为交线之戏。”

封从之。促膝戟指，翻变良久，封迷乱不知所从；女辄口道而颐指之，愈出愈幻，不穷于术。封笑曰：“此闺房之绝技也。”女曰：“此妾自悟，但有双线，即可成文，人自不之察耳。”更阑颇怠，强使就寝，曰：“我阴人不寐，请自休。妾少解按摩之术，愿尽技能，以侑清梦。”封从其请。女叠掌为之轻按，自顶及踵皆遍；手所经，骨若醉。既而握指细擂，如以团絮相触状，体畅舒不可言：擂至腰，口目皆慵；至股，则沉沉睡去矣。

及醒，日已向午，觉骨节轻和，殊于往日。心益爱慕，绕屋而呼之，并无响应。日夕，女始至。封曰：“卿居何所，使我呼欲遍？”曰：“鬼无常所，要在地下。”

问："地下有隙，可容身乎？"曰："鬼不见地，犹鱼不见水也。"封握腕曰："使卿而活，当破产购致之。"女笑曰："无须破产。"戏至半夜，封苦逼之。女曰："君勿缠我。有浙娼爱卿者，新寓北邻，颇极风致。明夕，招与俱来，聊以自代，若何？"封允之。次夕，果与一少妇同至，年近三十已来，眉目流转，隐含荡意。三人狎坐，打马为戏。局终，女起曰："嘉会方殷，我且去。"封欲挽之，飘然已逝。两人登榻，于飞甚乐。诘其家世，则含糊不以尽道。但曰："郎如爱妾，当以指弹北壁，微呼曰：'壶卢子'，即至。三呼不应，可知不暇，勿更招也。"天晓，入北壁隙中而去。次日，女来。封问爱卿。女曰："被高公子招去侑酒，以故不得来。"因而翦烛共话。女每欲有所言，吻已启而辄止；固诘之，终不肯言，欷歔而已。封强与作戏，四漏始去。自此二女频来，笑声常彻宵旦，因而城社悉闻。

典史某，亦浙之世族，嫡室以私仆被黜。继娶顾氏，深相爱好；期月夭殂，心甚悼之。闻封有灵鬼，欲以问冥世之缘，遂跨马造封。封初不肯承，某力求不已。封设筵与坐，诺为招鬼妓。日及曛，叩壁而呼，三声未已，爱卿即入。举头见客，色变欲走。封以身横阻之。某审视，大怒，投以巨椀，溘然而灭。封大惊，不解其故，方将致诘。俄暗室中一老妪出，大骂曰："贪鄙贼！坏我家钱树子！三十贯索要偿也！"以杖击某，中颅。某抱首而哀曰："此顾氏，我妻也。少年而殒，方切哀痛；不图为鬼不贞。于姥乎何与？"妪怒曰："汝本浙江一无赖贼，买得条乌角带，鼻骨倒竖矣！汝居官有何黑白？袖有三百钱，便而翁也！神怒人怨，死期已迫，汝父母代哀冥司，愿以爱媳入青楼，代汝偿贪债，不知耶？”言已又击。

某宛转哀鸣。方惊诧无从救解，旋见梅女自房中出，张目吐舌，颜色变异，近以长簪刺其耳。封惊极，以身障客。女愤不已。封劝曰：“某即有罪，倘死于寓所，则咎在小生。请少存投鼠之忌。”女乃曳妪曰：“暂假余息，为我顾封郎也。”某张皇鼠窜而去。至署，患脑痛，中夜遂毙。

次夜，女出笑曰：“痛快！恶气出矣！”问：“何仇怨？”女曰：“曩已言之：受贿诬奸，衔恨已久。每欲浼君，一为昭雪，自愧无纤毫之德，故将言而辄止。适闻纷拏，窃以伺听，不意其仇人也。”封讶曰：“此即诬卿者耶？”曰：“彼典史于此，十有八年；妾冤殁十六寒暑矣。”问：“妪为谁？”曰：“老娼也。”又问爱卿，曰：“卧病耳。”因輾然曰：“妾昔谓会合有期，今真不远矣。君尝愿破家相赎，犹记否？”封曰：“今日犹此心也。”女曰：“实告君：妾殁日，已投生延安展孝廉家。徒以大怨未伸，故迁延于是。请以新帛作鬼囊，俾妾得附君以往，就展氏求婚，计必允谐。”封虑势分悬殊，恐将不遂。女曰：“但去无忧。”封从其言。女嘱曰：“途中慎勿相唤；待合卺之夕，以囊挂新人首，急呼曰：‘勿忘勿忘！’”封诺之。才启囊，女跳身已入。

携至延安，访之，果有展孝廉，生一女，貌极端好；

但病痴，又常以舌出唇外，类犬喘日。年十六岁，无问名者。父母忧念成痗。封到门投刺，具通族阀。既退，托媒。展喜，赘封于家。女痴绝，不知为礼，使两婢扶曳归室。群婢既去，女解衿露乳，对封憨笑。封覆囊呼之。女停眸审顾，似有疑思。封笑曰："卿不识小生耶？"举之囊而示之。女乃悟，急掩衿，喜共燕笑。诘旦，封入谒岳。展慰之曰："痴女无知，既承青眷，君倘有意，家中慧婢不乏，仆不靳相赠。"封力辨其不痴。展疑之。无何，女至，举止皆佳，因大惊异。女但掩口微笑。展细诘之，女进退而惭于言；封为略述梗概。展大喜，爱悦逾于平时。使子大成与婿同学，供给丰备。年余，大成渐厌薄之，因而郎舅不相能；厮仆亦刻疵其短。展惑于浸润，礼稍懈。

女觉之，谓封曰："岳家不可久居；凡久居者，尽阘茸也。及今未大决裂，宜速归。"封然之，告展。展欲留女，女不可。父兄尽怒，不给舆马。女自出妆赀贳马归。后展招令归宁，女固辞不往。后封举孝廉，始通庆好。

异史氏曰：官卑者愈贪，其常情然乎？三百诬奸，夜气之牿亡尽矣。夺嘉耦，入青楼，卒用暴死。吁！可畏哉！

康熙甲子，贝丘典史最贪诈，民咸怨之。忽其妻被狡者诱与偕亡。或代悬招状云："某官因自己不慎，走失夫人一名。身无余物，止有红绫七尺，包裹元宝一枚，翘边细纹，并无阙坏。"亦风流之小报也。

【译文】

封云亭，是太行地方的人。有次他偶然去府城，白天在客店里躺着休息。那时他年轻丧妻，寂寞无聊之中，常常想入非非。正当他对空凝视，只见墙壁上出现了一个女人的影子，模模糊糊像幅画一样。他想这一定是幻觉，可是那影子好半天不动，也不消失。他觉得很奇怪，起身一看，影子就显得清晰了；再走近去一看，居然是一个少女，愁面蹙额，伸着舌头，颈子上套着一根绳子，封云亭惊慌地还想再看看清楚，那影子已经渐渐移动像是要下来。封云亭知道这是吊死鬼，但因为是白天，所以胆子也壮，不大害怕。他对吊死鬼说："娘子如有什么冤枉，小生可以尽力帮忙。"那影子居然下来了，对封云亭说："萍水相逢，怎么可以一下子把大事请托你呢。但是我在九泉底下，舌头缩不进去，绳子解不下来，求你把这屋子的屋梁锯断烧掉，这个恩德就和山一样高了。"封云亭答应了她，那影子就不见了。

封云亭把店主请来，问他这事情的前后经过。店主说："十年前，这里是梅家的老屋。一天晚上，有个小偷进来偷东西，被梅家捉住了，送到典史那里。那典史受了小偷贿赂的三百个钱，就诬赖梅家的女儿和小偷私通，要把她提去审问检验。梅家的女儿听说，就上吊死了。后来梅家夫妻先后死去，这房子就卖给了我。住客常常看见闹鬼，可是没法使它安静下来。"封云亭就把吊死鬼的要求告诉店主。店主算算拆房换梁，花钱很多，感到为难。封云亭就贴钱帮他办。梁木换好后，封云亭仍住在里面。晚上，梅家的女儿来了，向他道谢以后，满脸喜气洋洋，姿态十分妩媚。封云亭很喜欢她，想和她亲热一番。梅女羞羞答答地红了脸说："我身上有一股阴气，非但对你不利，而且做出这事，我生前的污点，就再也洗不掉了。我们将来会有缘分结合，现在还不到时候。"封云亭问她要到什么时候，她笑而不答。问她会不会喝酒，她说不会。封云亭说："面对着美人，只是闷坐相视，这有什么味道！"梅女说："我生前在玩的方面，只有'打马'比较在行。但两个人太少，半夜里又找不到搭档，现在夜长无可消遣，我聊且和你挑线绷玩儿。"

封云亭同意了。两人膝碰膝，指挨指，挑起线圈来。翻来覆去变了好久，封云亭弄糊涂了，常常不知怎么挑才好。梅女就一面讲，一面用下巴颏儿示意指点他，越套越奇，花样无穷。封云亭笑着说："这是姑娘们的绝技啊！"梅女说："这是我自己想出来的，只要有两根线，就可以挑出各种花样，只是别人不在这上面留心罢了。"到了深夜，两人都玩倦了，封云亭一再叫她去睡，梅女说："我们阴世里的人是不睡觉的，你自己睡吧。我懂得点按摩术，愿意尽我所能，帮你早入清梦。"封云亭接受了。梅女叠着手掌，轻轻地给他按摩，从头到脚都按摩到了，手到哪里，那里的骨头都像酥了一样。按摩完毕，又握拳轻轻捶打，封云亭觉得像一团棉絮碰着身体一样，浑身舒坦得无法形容。捶到腰部，口眼就懒得再开了；捶到两腿，已经睡得很沉了。

封云亭醒来时，已是日中时分。他觉得全身骨节轻松舒服，和平常感觉完全两样，心里就更加爱慕她。他屋前屋后叫她，没有回应。太阳下山，她才来。封云亭问："你到哪里去了，叫我到处找你？"梅女说："鬼没有固定的地方，不过总住在地下就是了。"又问他："地下有空隙能容纳身体吗？"她说："鬼在地下看地是透明的，就像鱼在水中看水是透明的一样。"封云亭握着她的手，说："要是你能活过来，我就是倾家荡产也要娶你。"梅女笑着说："用不着破产的。"两人玩到半夜，封云亭又苦苦求她。梅女说："你不要缠我。有个浙江妓女，名叫爱卿，最近住在北面离这里不远的地方，风度极好。明天晚上我把她叫来，就当作代替我，怎么样？"封云亭答应了。第二天晚上，梅女果然与一个少妇一起来了。那少妇年近三十，眉飞目转，隐隐含着放荡的神情。三个人坐着嬉笑，玩"打马"的游戏。一局结束，梅女起身说："良辰美景，兴致正浓，我要走了。"封云亭要挽留她，她已飘然不见踪影。于是两人上床共枕，亲亲热热，快乐了一番。封云亭问那少妇的身世，她含含糊糊不肯和盘托出，只说："你如爱我，只要用手指敲敲北面的墙壁，轻轻叫声'壶卢子'，我就来。连叫三声不答应，说明我没有空，你就不必再叫了。"天一亮，她穿过北面的墙缝走了。第二天，梅女前来，封云亭问她爱卿到哪里去了，梅女说："有个高公子把她叫去陪酒了，所以不能前来。"封云亭就和梅女在灯下聊天。梅女好像有什么话要说，但一到嘴边又收了回去。封云亭耐心地追问，她始终不说，只是叹气而已。封云亭硬要和她戏耍，到深夜四更，她才回去。从此，两个女人经常到封云亭房里来，谈笑的声音，通宵达旦，因而满城都知道这件事。

郡里的典史，也是浙江的世家子弟。他的妻子因为和仆人私通，被他休弃了。续娶了一个顾氏，两人感情很好；但不幸过了一个月，顾氏就死了，使他心里十分悲伤。典史听说封云亭认识鬼魂，想问他与阴魂相会的事，就骑马到封云亭的住处拜访。封云亭开始不肯应承，禁不住典史再三要求，才准备了酒菜请他，答应给他叫一个鬼妓。天一黑，封云亭敲着墙壁叫爱卿，还没叫到第三声，爱卿一下子就来了。她抬头看见典史，脸色马上变了，转身要走，被封云亭拦住了。典史仔细一看，心中大怒，抓起一只大碗扔过去，爱卿忽然消失了。封云亭大吃一惊，不知其中根由，刚要问典史为什么发怒，暗室里又突然走出来一个老太婆，大骂典史道："你这个贪污下流的贼！把我家的摇钱树打坏了！非赔我三十贯钱不可！"边骂边拿一根拐杖打去，正好打中典史的脑门。典史抱着脑袋，悲哀地说："这顾氏，是我妻子啊。她年纪轻轻就死了，我正在伤心，想不到她做鬼不贞节，和大娘什么相干？"老太婆怒气冲冲地骂道："你本来是浙江的一个无赖，花钱买了个官做，鼻梁骨就倒竖起来！你做官有什么是非？谁袋里有三百钱，谁就是你的老子，天怒人怨，死期就在眼前。你父母代你到阴司里去哀求，情愿让心爱的儿媳妇去做妓女，赚几文钱代你还贪污债，你还不知道吗？"骂完又打。

那典史宛转哀叫，封云亭也慌了手脚，无法解救。这时忽然看见梅女从房里出来，眼睛张得大大的，舌头伸在外面，面目变得很可怕，走到典史身边，用长簪刺他的耳朵。封云亭害怕极了，忙用身体把典史挡住。梅女气忿不止。封云亭劝解说："他即使有罪，如果死在我房里，我也担当不了。请不要连累我，暂时饶了他吧！"梅女这才拉开老太婆说："暂且留他多活一会，看在我面上，不要让封先生为难。"典史慌慌张张抱头鼠窜而去。到了衙门，得了头痛病，半夜里就死了。

第二天晚上，梅女来了，笑着说："真痛快！这口恶气总算出了！"封云亭问："你和他有什么怨仇？"梅女说："以前已经对你说过，这个贪官受了贿，诬陷我和小偷通奸，我恨在心里已经很久了，常想请你为我申冤，但又惭愧没有什么好处给你，因此说不出口。正好听到争吵，偷偷来一听，不料正是仇人。”封云亭吃惊地说：“他就是诬陷你的那个家伙吗？”梅女说：“他在这里做了十八年的典史，我冤枉死了十六年了。”封云亭问：“这老太婆是谁？”梅女说：“她是一个老娼妓。”又问爱卿现在怎样了？梅女告诉他：“正在生病呢。”接着微笑道：“我从前对你说过，我们会有一天要结合的，现在这天已经不远了。你说过愿意倾家荡产娶我，还记得这个话吗？”封云亭回答说：“我今天还是这个想法。”梅女说：“老实告诉你：我死的那天，就已投生到延安一个姓展的举人家里了。只因大仇未报，所以到今天还逗留在这里。请你拿块新布做只鬼魂袋，让我能跟了你去，向展家求婚，估计一定会得到同意。”封云亭担心门户不相当，恐怕事情不成功。梅女说：“你放心去好了。”封云亭听从了她的话。梅女又叮嘱说：“路上千万不要喊我，等到新婚那天晚上，把鬼魂袋挂在新娘子头上，立刻就叫：‘不要忘记！不要忘记！’”封云亭一一答应了。袋刚打开，梅女就跳了进去。

封云亭带着鬼魂袋到了延安，一打听，果然有一个展举人，生有一女，长得非常美丽；但一生下来就是个白痴，而且常常把舌头伸在外面，像狗在热天喘气似的。这姑娘已经十六岁了，还没有人上门求婚。她父母为她犯愁，成了一块心病。封云亭到展家递上名帖，说明了家中情况。回来后，就托媒人去说亲。展举人很高兴，就把他招赘在家里。新娘完全是个傻子，不懂得礼节，展举人就叫两个丫头把她扶到房里。丫头一走，她就解开自己的衣襟，坦露胸乳，对着封云亭傻笑。封云亭把鬼魂袋套在她头上，喊道：“不要忘记！不要忘记！”姑娘停着眼珠子仔细看他，好像有些疑问在思考。封云亭笑着说：“你不认识我了？”说着就举着口袋给她看。姑娘才醒悟过来，急忙掩上衣襟，欢欢喜喜地说笑起来。第二天，封云亭去拜见岳父。展举人安抚他说：“小女痴傻无知，承你见爱；你如有意，我家里有很多聪明的丫头，你看中哪一个，我一定送给你，决不会吝惜的。”封云亭竭力辩白新娘不痴。展举人有点怀疑。不一会儿，女儿来了，举止都很得体，举人大为惊奇。女儿只是含羞地微笑。展举人再三细细盘问，她忸忸怩怩不好意思讲，后来还是封云亭代她把情况大概说了说。展举人非常高兴，对女儿更加喜爱。还叫儿子展大成和女婿一道读书，日常供给很丰厚。过了一年多，展大成渐渐厌恶封云亭，看不起他，因此郎舅间关系不好；仆人们也在背后说长道短，讲封云亭的坏话。展举人这些话听多了，对女婿的态度也就不像以前那么好了。

女儿觉察到这种情况，对封云亭说："岳父家里是不可长住的，凡是长住下去的人，一定都是些没有志气的窝囊废！现在趁没有翻脸，应该赶快离开。"封云亭觉得有理，就向岳父告别。展举人要留住女儿，女儿不肯。父亲和哥哥都发了脾气，不给他们准备车马。女儿拿出自己的首饰变卖了一点钱，雇牲口走了。女儿走后，展举人托人带信叫她回娘家走走，女儿坚决推辞不去。后来封云亭中了举人，两家才开始往来。

异史氏说：官越小越贪，难道常情是这样的吗？那典史受了三百钱的贿贴，就诬人通奸，他的天良已丧尽了。他失去了妻子，妻子又入了妓院，最后自己也因此不得好死。唉，可怕得很呀！

康熙甲子年，山东贝丘地方有个典史，最为贪酷狡诈，老百姓都怨恨他。后来他的妻子突然被奸刁的人骗走，有人替他贴一张寻人的招贴说："本官因为自己不小心，走失了夫人一名。她身上没有别的东西，只有七尺长的红绫子包着元宝一只，翘边细花纹一点也不曾缺损。"这也算得是风流的小报应了。

郭　秀　才

东粤士人郭某，暮自友人归，入山迷路，窜榛莽中。更许，闻山头笑语，急趋之。见十余人，藉地饮。望见郭，哄然曰："坐中正欠一客，大佳，大佳！"郭既坐，见诸客半儒巾，便请指迷。一人笑曰："君真酸腐！舍此明月不赏，何求道路？"即飞一觥来。郭饮之，芳香射鼻，一引遂尽。又一人持壶倾注。郭故善饮，又复奔驰吻燥，一举十觞。众人大赞曰："豪哉！真吾友也！"

郭放达喜谑，能学禽语，无不酷肖。离坐起溲，窃作燕子鸣。众疑曰："半夜何得此耶？"又效杜鹃，众益疑。郭坐，但笑不言。方纷议间，郭回首为鹦鹉鸣曰："郭秀才醉矣，送他归也！"众惊听，寂不复闻。少顷，又作之。既而悟其为郭，始大笑。皆撮口从学，无一能者。一人曰："可惜青娘子未至。"又一人曰："中秋还集于此，郭先生不可不来。"郭敬诺。

一人起曰："客有绝技；我等亦献踏肩之戏，若何？"于是哗然并起。前一人挺身矗立；即有一人飞登肩上，亦矗立；累至四人，高不可登；继至者，攀肩踏臂，如缘梯状：十余人，顷刻都尽，望之可接霄汉。方惊顾间，挺然倒地，化为修道一线。

郭骇立良久，遵道得归。翼日，腹大痛；溺绿色，似铜青，着物能染，亦无溺气，三日乃已。往验故处，则肴骨狼籍，四围丛莽，并无道路。至中秋，郭欲赴约，朋友谏止之。设斗胆再往一会青娘子，必更有异。惜乎其见之摇也！

【译文】

广东有个姓郭的读书人，傍晚从朋友家回来，在山里迷了路，走到了乱草丛中。约摸过了一个时辰，听到山顶上有人说笑，就急急忙忙寻了过去。只见十几个人，坐在地上喝酒。这班人远远看见姓郭的走来，七嘴八舌说道："座上正缺一个客人，好极！好极！"姓郭的坐定后，见这班客人大半读书人打扮，便向他们问路。其中一人笑着说："你真是个酸溜溜的迂腐人！放着这明亮的月色不欣赏，为什么要寻路?”说着递上一杯酒来。姓郭的接过酒杯，香味扑鼻，一饮而尽。又有一人拿着酒壶来斟酒。姓郭的本来就能喝，加上赶路口渴，所以一饮就是十杯。众人大加赞赏，说:“爽快!真够朋友!”

姓郭的为人豪爽，能说笑话，又会学鸟叫，学什么像什么。他离开座位去小解，暗暗地学燕子的叫声。众人疑惑地说:“半夜三更，哪来的燕子叫呢?”又模仿杜鹃的声音，众人更疑惑不解。姓郭的回到座位上，只是微微笑着，却不说话。你一句我一句正在议论，姓郭的转过头去，学着鹦鹉的声音叫道:“郭秀才醉了，送他回去吧!”众人惊奇地听着，却又静悄悄的没有声音了。停了一回，又叫起来。后来知道这是姓郭的装的，才大笑起来。大家都撅着嘴跟他学鸟叫，却没有一个人学得像的。其中一人说:“可惜青娘子没有来。”又有一人说:“中秋节再到这里欢聚，郭先生不能不来。”姓郭的有礼貌地答应了。

有一人站起来说道:“客人有一手绝技，我们也奉献叠罗汉的游戏给他看看怎么样?”众人“哄”的一声一齐站了起来。前面一人直挺挺站着，便有另一人飞也似的跳到他肩上，也直挺挺站着。叠到四个人，高得不能再跳上去了。后面的人就攀着肩头，踏着臂膀，像爬梯子似的，十几个人，一刻工夫全上去了，看上去高得可以接到天上。姓郭的正惊奇地看着的时候，这人柱子又直挺挺倒在地上，变成了一条狭长的道路。

姓郭的呆呆地站了半天，循着这条路回到了家中。第二天，姓郭的肚子痛得厉害，拉出来的粪便，是绿色的，像铜青一样，碰着什么东西，都会染上这种颜色，也没有臭气。拉了三天才停止。跑去察看那老地方，只见饭菜骨头，撒了一地，四面却都是乱草，并没有道路。到了中秋节，姓郭的要去参加约会，被朋友劝住了。假如大胆再去会一会青娘子，那必定更有奇事。可惜他的主意不坚定。

死 僧

某道士，云游日暮，投止野寺。见僧房扃闭，遂藉蒲团，趺坐廊下。夜既静，闻启阖声。旋见一僧来，浑身血污，目中若不见道士，道士亦若不见之。僧直入殿，登佛座，抱佛头而笑，久之乃去。及明，视室，门扃如故。怪之，入村道所见。众如寺，发扃验之，则僧杀死在地，室中席篋掀腾，知为盗劫。疑鬼笑有因；共验佛首，见脑后有微痕，刓之，内藏三十余金。遂用以葬之。

异史氏曰：谚有之："财连于命。"不虚哉！夫人俭啬封殖，以予所不知谁何之人，亦已痴矣；况僧并不知谁何之人而无之哉！生不肯享，死犹顾而笑之，财奴之可叹如此。佛云："一文将不去，惟有业随身。"其僧之谓夫！

【译文】

有个道士，到处漫游，一天傍晚到郊外的一座寺庙中投宿。见和尚住房的门锁着，就在走廊的蒲团上打坐。深夜，他听到开门、关门的声音。随后，看见一个浑身是血的和尚走来。那和尚好像没有看见道士似的，道士也装作没有看见他。和尚径直走进佛殿，登上佛座，抱着佛像的头笑起来。过了很久，他才离去。天亮后，道士看见和尚住房的门照旧锁着，觉得很奇怪。到了一个村庄，他就把夜间看到的情形都一一说了。众人赶到庙里，打开和尚的房门察看，发现和尚被人杀死在地上，房里的座席、箱子，也被翻得乱七八糟，才知道是遇到了强盗抢劫。大家怀疑鬼笑一定有原因，于是一起去查看佛像的头，发现佛像的后脑勺有细细的裂缝，挖开一看，里面藏着三十多两银子。就用这些银子把和尚安葬了。

异史氏说：有句谚语说："钱财连着性命。"这话不假呀！一个人节俭吝啬，积聚财富，用来留给那些不知名姓的后代，这已经是很傻了；何况这和尚连不知名姓的后代都没有呢！活着不肯享受，死了还瞧着财富发笑，像这样的守财奴实在太可叹了。佛说："一文钱都带不走，只有冤孽伴随在身。”说的就是这和尚吧。

阿　英

甘玉，字璧人，庐陵人。父母早丧。遗弟珏，字双璧。始五岁，从兄鞠养；玉性友爱，抚弟如子。后珏渐长，丰姿秀出，又惠能文。玉益爱之。每曰：“吾弟表表，不可以无良匹。”然简拔过刻，姻卒不就。

适读书匡山僧寺，夜初就枕，闻窗外有女子声。窥之，见三四女郎席地坐，数婢陈肴酒，皆殊色也。一女曰：“秦娘子，阿英何不来？”下座者曰：“昨自函谷来，被恶人伤右臂，不能同游，方用恨恨。”一女曰：“前宵一梦大恶，今犹汗悸。”下座者摇手曰：“莫道莫道！今宵姊妹欢会，言之吓人不快。”女笑曰：“婢子何胆怯尔尔！便有虎狼衔去耶？若要勿言，须歌一曲，为娘行侑酒。”女低吟曰：

闲阶桃花取次开，昨日踏青小约未应乖。付嘱东邻女伴少待莫相催，着得凤头鞋子即当来。

吟罢，一座无不叹赏。

谈笑间，忽一伟丈夫岸然自外入，鹘睛荧荧，其貌狞丑。众啼曰：“妖至矣！”仓卒哄然，殆如鸟散。惟歌者婀娜不前，被执哀啼，强与支撑。丈夫吼怒，龁手断指，就便嚼食。女郎踣地若死。玉怜恻不可复忍，乃急袖剑拔关出，挥之，中股；股落，负痛逃去。扶女入室，面如尘土，血淋衿袖；验其手，则右拇断矣。裂帛代裹之。女始呻曰："拯命之德，将何以报？"玉自初窥时，心已隐为弟谋，因告以意。女曰："狼疾之人，不能操箕帚矣。当别为贤仲图之。"诘其姓氏，答言："秦氏。"玉乃展衾，俾暂休养；自乃襆被他所。晓而视之，则床已空；意其自归。而访察近村，殊少此姓；广托戚朋，并无确耗。归与弟言，悔恨若失。

珏一日偶游涂野，遇一二八女郎，姿致娟娟，顾之微笑，似将有言。因以秋波四顾而后问曰："君甘家二郎否？"曰："然。"曰："君家尊曾与妾有婚姻之约，何今日欲背前盟，另订秦家？"珏云："小生幼孤，夙好都不曾闻，请言族阀，归当问兄。"女曰："无须细道，但得一言，妾当自至。"珏以未禀兄命为辞。女笑曰："呆郎君！遂如此怕哥子耶？妾陆氏，居东山望村。三日内，当候玉音。"乃别而去。

珏归，述诸兄嫂。兄曰："此大谬语！父殁时，我二十余岁，倘有是说，那得不闻？"又以其独行旷野，遂与男儿交语，愈益鄙之。因问其貌。珏红彻面颈，不出一言。嫂笑曰："想是佳人。"玉曰："童子何辨妍媸？纵美，必不及秦；待秦氏不谐，图之未晚。"珏默而退。

逾数日，玉在途，见一女子，零涕前行。垂鞭按辔而微睨之，人世殆无其匹。使仆诘焉。答曰："我旧许甘家二郎；因家贫远徙，遂绝耗问。近方归，复闻郎家二三其德，背弃前盟。往问伯伯甘璧人，焉置妾也？"玉惊喜曰："甘璧人，即我是也。先人曩约，实所不知。去家不远，请即归谋。”乃下骑授辔，步御以归。女自言：“小字阿英。家无昆季，惟外姊秦氏同居。”始悟丽者即其人也。玉欲告诸其家，女固止之。窃喜弟得佳妇，然恐其佻达招议。久之，女殊矜庄，又娇婉善言。母事嫂，嫂亦雅爱慕之。

值中秋，夫妻方狎宴，嫂招之。珏意怅惘。女遣招者先行，约以继至；而端坐笑言，良久殊无去志。珏恐嫂待久，故连促之。女但笑，卒不复去。质旦，晨妆甫竟，嫂自来抚问：“夜来相对，何尔怏怏？”女微哂之。珏觉有异，质对参差。嫂大骇：“苟非妖物，何得有分身术？”玉亦惧，隔帘而告之曰：“家世积德，曾无怨雠。如其妖也，请速行，幸勿杀吾弟！”女觍然曰：“妾本非人，只以阿翁夙盟，故秦家姊以此劝驾。自分不能育男女，尝欲辞去，所以恋恋者，为兄嫂待我不薄耳。今既见疑，请从此诀。”转眼化为鹦鹉，翩然逝矣。初，甘翁在时，蓄一鹦鹉甚慧，尝自投饵。时珏四五岁，问：“饲鸟何为？”父戏曰：“将以为汝妇。”间鹦鹉乏食，则呼珏云：“不将饵去，饿煞媳妇矣！”家人亦皆以此为戏。后断锁亡去。始悟旧约云即此也。

然珏明知非人，而思之不置；嫂悬情尤切，旦夕啜泣。玉悔之而无如何。后二年，为弟聘姜氏女，意终不自得。有表兄为粤司李，玉往省之，久不归。适土寇为乱，近村里落，半为丘墟。珏大惧，率家人避山谷。山上男女颇杂，都不知其谁何。忽闻女子小语，绝类英。嫂促珏近验之，果英。珏喜极，捉臂不释。女乃谓同行者曰："姊且去，我望嫂嫂来。"既至，嫂望见悲哽。女慰劝再三。又谓："此非乐土。"因劝令归。众惧寇至，女固言："不妨。"乃相将俱归。女撮土拦户，嘱安居勿出，坐数语，反身欲去。嫂急握其腕，又令两婢捉左右足，女不得已，止焉。然不甚归私室；珏订之三四，始为之一往。嫂每谓新妇不能当叔意。女遂早起为姜理妆，梳竟，细匀铅黄，人视之，艳增数倍；如此三日，居然丽人。嫂奇之。因言："我又无子。欲购一妾，姑未遑暇。不知婢辈可涂泽否？"女曰："无人不可转移，但质美者易为力耳。"遂遍相诸婢，惟一黑丑者，有宜男相。乃唤与洗濯，已而以浓粉杂药末涂之。如是三日，面赤渐黄；四七日，脂泽沁入肌理，居然可观。日惟闭门作笑，并不计及兵火。

一夜，噪声四起，举家不知所谋。俄闻门外人马鸣动，纷纷俱去。既明，始知村中焚掠殆尽；盗纵群队穷搜，凡伏匿岩穴者，悉被杀掳。遂益德女，目之以神。女忽谓嫂曰："妾此来，徒以嫂义难忘，聊分离乱之优。阿伯行至，妾在此，如谚所云，非李非桃，可笑人也。我姑去，当乘间一相望耳。"嫂问："行人无恙乎？"曰："近中有大难。此无与他人事，秦家姊受恩奢，意必报之，固当无妨。"嫂挽之过宿，未明已去。

玉自东粤归，闻乱，兼程进。途遇寇，主仆弃马，各以金束腰间，潜身丛棘中。一秦吉了，飞集棘上，展翼覆之。视其足，缺一指，心异之。俄而群盗四合，绕莽殆遍，似寻之。二人气不敢息。盗既散，鸟始翔去。

既归，各道所见，始知秦吉了即所救丽者也。

后值玉他出不归，英必暮至；计玉将归而早出。珏或会于嫂所，间邀之，则诺而不赴。一夕，玉他往，珏意英必至，潜伏候之。未几，英果来，暴起，要遮而归于室。女曰："妾与君情缘已尽，强合之，恐为造物所忌。少留有余，时作一面之会，如何？"珏不听，卒与狎。天明，诣嫂。嫂怪之。女笑云："中途为强寇所劫，劳嫂悬望矣。"数语趋出。居无何，有巨狸衔鹦鹉经寝门过。嫂骇绝，固疑是英。时方沐，辍洗急号，群起噪击，始得之。左翼沾血，奄存余息。抱置膝头，抚摩良久，始渐醒。自以喙理其翼。少选，飞绕室中，呼曰："嫂嫂，别矣！吾怨珏也！"振翼遂去，不复来。

【译文】

甘玉，表字璧人，江西吉安人。父母死得很早。留下一个弟弟叫甘珏，表字双璧。甘珏五岁时，就跟着哥哥过活。甘玉生性友爱，抚养弟弟像亲生儿子一样。后来甘珏渐渐长大，模样儿清秀出众，又很聪明，会写文章。甘玉更加喜欢他。常常对人说："我弟弟一表人才，应该有个美满的姻缘。"但因为过分挑剔，亲事总是说不成。

那时甘玉正在匡山的和尚庙里读书，有一天晚上，刚刚睡下，就听见窗外有女子说话的声音。他从门缝里望出去，只见三四个姑娘席地而坐，几个丫头在摆设酒菜，都长得十分标致。只听见一个姑娘问："秦娘子，阿英为什么不来？"坐在下首的一个姑娘说："她昨天从函谷关来，被恶人伤了右臂，不能一道来玩，正在那里生气。"另一个姑娘说："前儿晚上我做了一个梦，很不吉利，现在想着还要吓出一身汗。"下首坐着的那位姑娘对她摇摇手说："别讲，别讲，今儿晚上姊妹们欢聚，讲了吓人扫兴。"姑娘笑着说：

“这丫头怎么这样胆小！马上就有虎狼来衔了你去吗？倘若要我不说，你须唱一个曲儿，给大家助酒兴。”只听那姑娘低声吟唱道：

> 阶前桃花依次开，昨日踏青小约未应乖。嘱咐东邻女伴少待莫相催，着得凤头鞋子即当来。

吟罢，满座的人都赞叹叫好。

正在说笑的时候，突然有个高大的男人，威风凛凛地从外面走来，他眼睛突出，一闪一闪发着光，相貌又凶又丑。姑娘们吓得叫道：“妖怪来了！”顿时乱哄哄地，像鸟儿飞散一样急忙逃走了。只有那唱曲儿的姑娘摇摇摆摆地走不快，被捉住了，伤心地哭着，拼命挣扎抵挡。那男人发脾气吼叫起来，咬断了她的手指，就在嘴里咀嚼。姑娘倒在地上，像死过去一般。甘玉可怜她，耐不住性子，急忙抽剑，拔掉门闩冲出去，挥剑一砍，正中那男人大腿，腿上的肉砍下来一块，他忍着伤痛逃走了。甘玉把姑娘扶进屋里，见她面如土色，鲜血染红了衣襟袖子。检查她受伤的右手，大拇指已经断了，就扯了块布条替她包扎好。姑娘呻吟着说：“感谢你救命的大恩，我用什么来报答你呢？”甘玉刚见到这姑娘时，心里就想给弟弟说合，于是就把自己的意思告诉她。姑娘说：“我是残废的人，不能做你家的媳妇了。我要另外为你好兄弟找一个。”甘玉问她姓氏，回答说姓秦。甘玉就给她铺好被褥，叫她暂且休养，自己搬了铺盖到别的屋里睡觉。天亮去看她，床上已空空的，心想她自己回家了。到附近的村庄里打听，都说没有姓秦的。托了许多亲戚朋友去寻访，也没有确实的消息。回来对兄弟说了，心里十分懊悔。

有一天，甘珏偶然到郊外去游玩，遇见一个十五六岁的姑娘，容貌风韵都很美。姑娘扭头对他微微一笑，好像有什么话要说。她朝四周一看，然后问：“你是甘家的二少爷吗？”甘珏回答说：“是的。”姑娘说：“你父亲从前和我定过亲事，怎么现在要背弃前约，另外和秦家定亲呢？”甘珏说：“我从小就死了父亲，亲故好友也都不曾听说过这事，请小姐告诉我族姓家世，我回去好问哥哥。”姑娘说：“不用细说，只要得到你的一句话，我就可以自己上门。”甘珏就以还没有禀告过哥哥为理由推辞。姑娘笑着说：“呆少爷！就这样怕你哥哥吗？我姓陆，住在东山望村。三天以内，等你的回音。”说完就告别走了。

甘珏回到家里，把这事告诉了哥哥嫂嫂。哥哥说：“这完全是瞎说！父亲死时，我已二十多岁，倘有这样的事，哪有不知道的呢？”又嫌这姑娘独自跑到野外，和男人随便说话，心里越发看不起她。问起这姑娘长相如何，甘珏脸一直红到脖子，说不出一句话来。嫂子笑着说：“想必一定是个美人儿。”甘玉说：“小孩子家，分得出什么美丑？就算长得美，也一定比不上姓秦的姑娘。等秦家那边不成功，再说也不迟。”甘珏一声不响地退了下去。

过了几天，甘玉正在路上走着，看见一个姑娘，一边哭一边走。甘玉停下马，稍稍斜过眼去看了她一眼，觉得人世间再也没有这样的美人儿了。叫仆人去问她，那姑娘说：“我从前许配了甘家的二少爷，因为家里穷，搬到了远地方，就断了信息。最近才搬回来，又听说甘家朝三暮四，背弃了从前的婚约。我现在要去问问大伯甘璧人，看他怎样安置我。”甘玉听了又惊又喜，说：“甘璧人就是我。上一辈订下的婚约，我实在不知道。这里离我家不远，就请你随我回去一道商量。”于是下了马，把马缰绳递给姑娘，让她骑着，自己步行，带了她回去。姑娘自己说小名叫阿英，家里没有兄弟，只有表姐秦姑娘和她同住。甘玉这才明白她说的秦姑娘就是自己所寻访的美人儿了。甘玉要去对她表姐说一声，姑娘坚持不让。甘玉为弟弟得了个漂亮的媳妇暗暗高兴，但怕她自己上门惹人说闲话。日子长久以后，看出她举止十分自重端庄，又娇柔婉转会说话。服侍嫂嫂，就像服侍母亲一样尽心。嫂嫂也很喜欢她。

中秋节那天，甘珏夫妻俩正在亲亲热热地喝酒，嫂嫂派人来邀阿英。甘珏心里觉得像失落了什么似的。阿英打发来人先去，说好随后就到；却坐在那里有说有笑，过了好半天，还没有要去的样子。甘珏怕嫂嫂久等，所以连连催她动身。阿英只是微笑，到底没去。天刚亮，阿英才打扮好，嫂嫂就亲自来看她了，问道：“昨儿晚上在一块儿饮酒，你为什么闷闷不乐的？”阿英微微一笑。甘珏觉得有点奇怪，就向嫂嫂核对这对不上头的情况。嫂嫂很吃惊，说：“如果不是妖怪，怎么会有分身的法术？”甘玉也害怕，隔着帘子对姑娘说：“我家世世代代积德，没有怨仇。倘若你是妖怪，请快快走吧，千万不要害死我兄弟！”姑娘害羞地说：“我本来不是人，只因公公从前和我定下婚约，所以秦家姐姐特地劝我来的。我自忖不能生男育女，想告辞回去，所以恋着不走，是因为哥哥嫂嫂待我不错。现在既然起了疑心，就让我从此和你们分别吧。”转眼之间，变成了一只鹦哥，轻快地飞走了。当初，甘老先生在世时，养一只鹦哥十分聪明，常常亲自喂它吃东西。甘珏那时才四五岁，曾问他父亲：“养鸟儿做什么？”父亲和他开玩笑说：“将来给你做媳妇。”有时鹦哥的吃食断了，他父亲就对甘珏说：“还不快拿食料去，媳妇要饿死了！”家里的人也都这样和他开玩笑。后来锁链断了，鹦哥就飞走了。这才明白从前的婚约，就是说的这件事。

甘珏明明知道她不是人，却还是思念着她；嫂嫂尤其挂念，日夜哭泣。甘玉很懊悔，但已无法可想了。过了两年，甘玉替兄弟娶了个姓姜的姑娘，但甘珏心里总是不满意。甘家有一个表哥在广东地方做法官，甘玉去探望他，很久也没回来。当时正遇到土匪作乱，附近的村庄大半烧成了废墟。甘珏十分恐慌，带了家眷躲进山沟。山里男男女女各样人都有，谁都不认识。忽然听到有个女的在小声说话，那声音极像阿英。嫂嫂叫甘珏走近去仔细辨认，果然是阿英。甘珏十分高兴，拉着阿英的手臂不放。阿英就对同伴说：“姐姐暂且先走一步，我看望嫂嫂去。”到了那儿，嫂嫂望见，悲伤哽咽。阿英再三劝慰，并说：“这里不是安身之处。”劝他们回家。大家害怕土匪会来，阿英一再说不妨事。于是她就跟着甘家人一起回去。到了家里，阿英抓了一把土，放在家门口，叮嘱他们好好住在屋里，不要出门。又坐着说了几句话，就回身要走。嫂嫂急忙握住她的手，又叫两个丫头一边一个抱住她的脚。阿英没法，只得住下了。但不大愿意回到自己原来的房间里去；甘珏约了她几次，她才进去过一趟。嫂嫂常说新娘子不称小叔的心意，阿英就每天很早起身，替姜氏梳妆，梳好头，又仔细给她美容，旁人见了，都说漂亮了不少。就这样打扮了三天，居然成了一个美人儿。嫂嫂感到很奇怪，就对阿英说：“我又没生孩子。要买一个小老婆，还没有机会。不知道这些丫头里有没有可以打扮成美人儿的？”阿英说：“没有一个人是不能改变的，只是生相好点的容易打扮罢了。”于是把丫头一个个看过，只有一个又黑又丑的，有生男孩子的面相。就叫来替她擦洗，洗完了又用厚粉掺和药末给她涂上。这样擦洗涂抹了三天，脸色就由黑转黄；二十八天后，涂上去的药粉渗进了皮肤，居然很好看了。全家白天只是关了门说说笑笑，并不想到外面的兵灾。

一天夜里，喊声从四面八方响起，一家人都不知怎么办才好。一会儿听到门外人呼马嘶，乱哄哄的过去了。直到天亮，才知道村里都被抢光烧光了；土匪头子还叫喽啰们成群结队到处搜寻，所有躲在山洞里的人，统统被他们杀的杀、抓的抓。因此，甘家就更加感激阿英，把她当作神仙。阿英却突然对嫂嫂说："我这次回来，只是因为嫂嫂的恩义难忘，暂且分担一点兵荒马乱之忧。阿伯就要回来了，我住在这里，就像俗话说的，非李非桃，可要笑死人了。我且回去，会抽空来看望你们的。"嫂嫂问："你大伯路上不会出事吧?"阿英说："最近有大难。这不关别人的事，秦家姐姐受他大恩大德，想来一定会去报答他，不妨事的。"嫂嫂挽留她过了夜，天还未亮，她就走了。

甘玉从广东回来，听说土匪作乱，就加紧赶路。半路上碰到了土匪，主仆两人把马放掉了，只把金子束在腰间，躲避到荆棘丛中。这时有一只秦吉了飞来停在荆棘丛上，张开翅膀遮住他们。甘玉看它的脚，缺了个脚趾，心里奇怪。一会儿许多土匪从四面围拢来，几乎把荆棘丛围得水泄不通，看样子是在寻找他们，两人吓得连气都不敢出。土匪离开后，那秦吉了才飞走。甘玉回到家，互相说起遇见的事，才明白秦吉了就是从前所救的那个美人儿。

以后，碰到甘玉外出没有回家，阿英就必定当晚来到，估计甘玉快要回家了，她就提前离开。甘珏有时在嫂嫂那里遇见她，偶尔邀请她到他房里坐坐，她嘴上答应，却总是不去。一天晚上，甘玉外出，甘珏料定阿英会来，就隐藏起来等着她。不多时，阿英果然来了，甘珏突然跳出来半道拦住她，拉她到自己房里。阿英说："我和你情分已尽，硬要合在一起，恐怕要犯天怒的。还是稍为留点后路，有机会时会一次面，怎么样?"甘珏不依，到底和她亲热了一番。天亮后，阿英去拜见嫂嫂。嫂嫂怪她昨晚不来，阿英笑着说："半路上被土匪劫住，有劳嫂嫂挂念了。"说了几句，就走了。过了不几天，有一只大野猫衔着一只鹦哥在甘玉的房门口走过，嫂嫂害怕极了，十分怀疑是阿英。这时她正在洗头，急忙停下叫喊起来，众人赶来又喊又打，才从野猫口里夺下了鹦哥。只见鹦哥左边的翅膀上沾满了鲜血，只剩下一丝气息。嫂嫂把它抱在腿上，抚摸了很长时间，鹦哥才苏醒过来，自己用嘴理着翅膀的羽毛。一会儿，在屋里飞了个圈子，叫道："嫂嫂，分别了，我怨恨甘珏！"振翅飞走了，从此再没有回来。

橘　树

陕西刘公，为兴化令。有道士来献盆树；视之，则小橘细裁如指，摈弗受。刘有幼女，时六七岁，适值初度。道士云："此不足供大人清玩，聊祝女公子福寿耳。"乃受之。女一见，不胜爱悦，寘诸闺闼，朝夕护之唯恐伤。刘任满，橘盈把矣。是年初结实。简装将行，以橘重赘，谋弃之。女抱树娇啼。家人绐之曰："暂去，且将复来。"女信之，涕始止。又恐为大力者负之而去，立视家人，移栽墀下，乃行。

女归，受庄氏聘。庄丙戌登进士，释褐为兴化令。夫人大喜。窃意十余年橘不复存，及至，则橘已十围，实累累以千计。问之故役，皆云："刘公去后，橘甚茂而不实，此其初结也。"更奇之。庄任三年，繁实不懈；第四年，憔悴无少华。夫人曰："君任此不久矣。"至秋，果解任。

异史氏曰：橘其有夙缘于女与？何遇之巧也！其实也似感恩，其不华也似伤离。物犹如此，而况于人乎？

【译文】

陕西地方的刘公，在兴化县做知县。有个道士送来一盆树，刘公一看，是棵细小得和手指一般大的橘树，就不愿接受。刘公有个小女儿，这时才六七岁，这天恰巧是她的生日，道士就说道："这盆橘树，不足以供大人赏玩，就算祝小姐多福多寿吧。"刘公才接受了下来。他女儿一见，喜欢得不得了，搬进去放在自己的闺房里，早夜看护着它，生怕它受损伤。刘公任期满时，橘树也长得一把粗了。这一年，第一次结了果实。刘公检点行李，准备启程，因为橘树又重又累赘，打算丢下不要了。他女儿抱着橘树娇声啼哭，家里的人哄她说："暂时出门，还要回来的。"他女儿信以为真，才不哭了。又怕被力气大的人搬了去，限时限刻看着家人把它移栽在阶沿下面，才跟着走了。

刘公的女儿回到家乡，接受了庄家的聘定。姓庄的丙戌年中了进士，一开始做官就担任兴化县知县。庄夫人十分高兴，心想离开十多年了，橘树大概已经不在了。一回到那里，见橘树长得有五尺周径，果子结得一串一串的，总有上千个。问了从前的差人，都说："刘大人走后，橘树长得很大，却不结果，这是第一次结果子呢。"

庄夫人更加感到奇怪。姓庄的任职三年，橘树每年都结很多果子，到了第四年，却枯萎了，一点花也不开。庄夫人说："你这官做不长了。"到了秋天，果然解职了。

异史氏说：这橘树与这女子难道前世有缘分吗？怎么有这样的巧合呢？它结果子，好像是感激她的恩德；它不开花，又好像是感伤与她离别。橘树尚且这样，何况是人呢！

赤　字

顺治乙未冬夜，天上赤字如火。其文云："白苕代靖否复议朝治驰。"

【译文】

顺治乙未年冬天的一个夜里，天空中出现了一行红字，像火一样。那文字是："白苕代靖否复议朝冶驰。"

牛成章

牛成章，江西之布商也。娶郑氏，生子女各一。牛三十三岁病死。子名忠，时方十二；女八九岁而已。母不能贞，货产入囊，改醮而去。遗两孤，难以存济。有牛从嫂，年已六衰，贫寡无归，送与居处。数年，妪死，家益替。

而忠渐长，思继父业而苦无赀。妹适毛姓，毛富贾也。女哀壻假数十金付兄。兄从人适金陵，途中遇寇，资斧尽丧，飘荡不能归。偶趋典肆，见主肆者绝类其父；出而潜察之，姓字皆符。骇异不谕其故。惟日流连其傍，以窥意旨，而其人亦略不顾问。如此三日，觇其言笑举止，真父无讹。即又不敢拜识；乃自陈于群小，求以同乡之故，进身为佣。立券已，主人视其里居、姓氏，似有所动，问所从来。忠泣诉父名。主人怅然若失。久之，问："而母无恙乎？"忠又不敢谓父死，婉应曰："我父六年前，经商不返，母醮而去。幸有伯母抚育，不然，葬沟渎久矣。"主人惨然曰："我即是汝父也。"于是握手悲哀。又导入参其后母。后母姬，年三十余，无出，得忠喜，设宴寝门。牛终歁歔不乐，即欲一归故里。妻虑肆中乏人，故止之。牛乃率子纪理肆务；居之三月，乃以诸籍委子，取装西归。

既别，忠实以父死告母。姬乃大惊，言："彼负贩于此，曩所与交好者，留作当商；娶我已六年矣。何言死耶?"忠又细述之。相与疑念，不喻其由。逾一昼夜，而牛已返。携一妇人，头如蓬葆。忠视之，则其所生母也。牛摘耳顿骂："何弃吾儿!"妇慑伏不敢少动。牛以口龁其项。妇呼忠曰："儿救吾！儿救吾!"忠大不忍，横身蔽鬲其间。牛犹忿怒，妇已不见。众大惊，相哗以鬼。旋视牛，颜色惨变，委衣于地，化为黑气，亦寻灭矣。母子骇叹，举衣冠而瘗之。忠席父业，富有万金。后归家问之，则嫁母于是日死，一家皆见牛成章云。

【译文】

牛成章，是江西卖布的商人。娶郑氏为妻，生有一男一女。牛成章三十三岁就生病死了。儿子单名叫忠，这时才十二岁，女儿不过八九岁罢了。孩子的母亲不肯守节，卖掉了家产，把钱藏在身边，改嫁别人去了。留下两个孤儿，无法生活。牛成章有个堂房嫂子，已经六十岁了，穷得很，又是寡妇，没有家，就和两个孤儿一块儿住着。过了几年，老太也死了，家里更加破落。

牛忠慢慢长大后，想接着做父亲的买卖，但苦于没有本钱。他妹妹嫁给一个姓毛的，是个有钱的商人。她求丈夫借了几十两银子给哥哥。牛忠跟了人到金陵地方去，路上遇到强盗，把本钱全丢了，流浪在外，无法回家。一次偶然跑到当铺里，看见那个掌柜的，很像他父亲。走出店门，暗地里去打听，姓名都和父亲一样。牛忠感到奇怪，不明白是什么缘故。只是天天跟随在他身边，暗里观察他的神色，可是这人却一点儿不当回事。这样连续三天，看他的说笑举动，牛忠认准是自己的父亲，丝毫也不会有错。但又不敢拜认，于是去对那些店伙说情，求他们看在同乡面上，收他进店做佣人。立下受雇的契约，那掌柜的看了上面写的住处和姓名，好像有点儿动心，就问牛忠从什么地方来。牛忠哭着告诉他父亲的名字。那掌柜的像是丢了什么似的有些烦恼，好半天，才问："你母亲还好吗?"牛忠又不敢说父亲死了，只婉转地答道："我父亲六年前外出做买卖，没有回来，母亲改嫁别人去了。幸亏有伯母抚养，不然我早已死了。"那掌柜神色凄惨地说："我就是你父亲啊。"拉着牛忠的手哭起来。又领牛忠进去拜见后母。那后母姓姬，三十多岁，没有生育，见牛忠到来，很高兴，在房里摆了一桌酒招待他。但牛成章一直唉声叹气，闷闷不乐，说要回家乡去一趟。姬氏顾虑店里人手少，所以留住他。牛成章便带着儿子料理店里的事务。过了三个月，牛成章把各种账簿交给儿子，收拾了行李，回西边去。

牛成章走后，牛忠把父亲死去的实情告诉了后母。姬氏听后大吃一惊，说："他做买卖到这里，过去的要好朋友，留他下来做典当的生意，娶我过来已经六年了，怎么说死了呢?"牛忠又把事情经过详细讲了一遍。两人都很怀疑，不明白到底是怎么回事。过了一天一夜，牛成章回来了，还带来一个蓬头散发的妇人。牛忠一看，正是他生身母亲。牛成章拎着妇人的耳朵，顿足骂道："为什么抛弃我的儿子!"那妇人吓得趴在地上一动不敢动。牛成章用嘴去咬她的头颈，妇人就对着牛忠喊道："孩儿救我!孩儿救我!"牛忠很不忍心，忙横身把两人挡隔开。牛成章还是气呼呼的，那妇人却已不见了。众人非常惊奇，七嘴八舌说她是鬼。再看牛成章，神色变得很凄惨，把衣服留在地上，化作一缕黑气，也一转眼不见了。母子两人惊怕感叹，拿起牛成章的衣帽埋葬了。牛忠依靠父亲的当铺，做买卖发了万贯家财。后来回家乡去一问，知道他母亲就是在那一天死的，一家人都见到了牛成章。

青　娥

霍桓，字匡九，晋人也。父官县尉，早卒。遗生最幼，聪惠绝人。十一岁，以神童入泮。而母过于爱惜，禁不令出庭户，年十三，尚不能辨叔伯甥舅焉。同里有武评事者，好道，入山不返。有女青娥，年十四，美异常伦。幼时窃读父书，慕何仙姑之为人。父既隐，立志不嫁。母无奈之。

一日，生于门外瞥见之。童子虽无知，只觉爱之极，而不能言；直告母，使委禽焉。母知其不可，故难之。生郁郁不自得。母恐拂儿意，遂托往来者致意武，果不谐。生行思坐筹，无以为计。

会有一道士在门，手握小镵，长裁尺许。生借阅一过，问："将何用?"答云："此劚药之具；物虽微，坚石可入。"生未深信。道士即以斫墙上石，应手落如腐。生大异之，把玩不释于手。道士笑曰："公子爱之，即以奉赠。"生大喜，酬之以钱，不受而去。持归，历试砖石，略无隔阂。顿念穴墙则美人可见，而不知其非法也。

更定，逾垣而出，直至武第；凡穴两重垣，始达中庭。见小厢中，尚有灯火，伏窥之，则青娥卸晚妆矣。少顷，烛灭，寂无声。穿墉入，女已熟眠。轻解双履，悄然登榻；又恐女郎惊觉，必遭诃逐，遂潜伏绣褶之侧，略闻香息，心愿窃慰。而半夜经营，疲殆颇甚，少一合眸，不觉睡去。

女醒，闻鼻气休休；开目，见穴隙亮入。大骇，急起，暗中拔关轻出，敲窗唤家人妇，共爇火操杖以往。见一总角书生，酣眠绣榻；细审，识为霍生。推之始觉，遽起，目灼灼如流星，似亦不大畏惧，但靦然不作一语。众指为贼，恐呵之。始出涕曰："我非贼，实以爱娘子故，愿以近芳泽耳。”众又疑穴数重垣，非童子所能者。生出镵以言其异。共试之，骇绝，讶为神授。将共告诸夫人。女俛首沉思，意似不以为可。众窥知女意，因曰：“此子声名门第，殊不辱玷。不如纵之使去，俾复求媒焉。诘旦，假盗以告夫人，如何也？”女不答。众乃促生行。生索镵。共笑曰：“骙儿童！犹不忘凶器耶？”生觑枕边，有凤钗一股，阴纳袖中。已为婢子所窥，急白之。女不言亦不怒。一媪拍颈曰：“莫道他骙若，意念乖绝也！”乃曳之，仍自窦中出。

既归，不敢实告母，但嘱母复媒致之。母不忍显拒，惟遍托媒氏，急为别觅良姻。青娥知之，中情皇急，阴使腹心者风示媪。媪悦，托媒往。会小婢漏泄前事，武夫人辱之，不胜恚愤。媒至，益触其怒，以杖画地，骂生并及其母。媒惧窜归，具述其状。生母亦怒曰：“不肖儿所为，我都梦梦。何遂以无礼相加！当交股时，何不将荡儿淫女一并杀却？”由是见其亲属，辄便披诉。女闻，愧欲死。武夫人大悔，而不能禁之使勿言也。女阴使人婉致生母，且矢之以不他，其词悲切。母感之，乃不复言；而论亲之谋，亦遂辍矣。

会秦中欧公宰是邑，见生文，深器之，时召入内署，极意优宠。一日，问生：“婚乎？”答言：“未。”细诘之，对曰：“夙与故武评事女小有盟约；后以微嫌，遂致中寝。”问：“犹愿之否？”生靦然不言。公笑曰：“我当为子成之。”即委县尉、教谕，纳币于武。夫人喜，婚乃定。

逾岁，娶归。女入门，乃以镳掷地曰：“此寇盗物，可将去！”生笑曰：“勿忘媒妁。”珍佩之恒不去身。

女为人温良寡默，一日三朝其母；余惟闭门寂坐，不甚留心家务。母或以吊庆他往，则事事经纪，罔不井井。年余，生一子孟仙。一切委之乳保，似亦不甚顾惜。又四五年，忽谓生曰：“欢爱之缘，于兹八载。今离长会短，可将奈何！”生惊问之，即已默默，盛妆拜母，返身入室。追而诘之，则仰眠榻上而气绝矣。母子痛悼，购良材而葬之。

母已衰迈，每每抱子思母，如摧肺肝，由是遘病，遂惫不起。逆害饮食，但思鱼羹，而近地则无，百里外始可购致。时厮骑皆被差遣；生性纯孝，急不可待，怀赀独往，昼夜无停趾。返至山中，日已沉冥，两足跛踦，步不能咫。后一叟至，问曰：“足得毋泡乎？”生唯唯。叟便曳坐路隅，敲石取火，以纸裹药末，熏生两足讫。试使行，不惟痛止，兼益矫健。感极申谢。叟问：“何事汲汲？”答以母病，因历道所由。叟问：“何不另娶？”答云：“未得佳者。”叟遥指山村曰：“此处有一佳人，倘能从我去，仆当为君作伐。”生辞以母病待鱼，姑不遑暇。叟乃拱手，约以异日入村，但问老王，乃别而去。

生归，烹鱼献母。母略进，数日寻瘳。乃命仆马往寻叟。至旧处，迷村所在。周章逾时，夕暾渐坠；山谷甚杂，又不可以极望。乃与仆分上山头，以瞻里落；而山径崎岖，苦不可复骑，跋履而上，昧色笼烟矣。蹀躞四望，更无村落。方将下山，而归路已迷。心中燥火如烧。荒窘间，冥堕绝壁。幸数尺下有一线荒台，坠卧其上，阔仅容身，下视黑不见底。惧极不敢少动。又幸崖边皆生小树，约体如栏。移时，见足傍有小洞口；心窃喜，以背着石，螬行而入。意稍稳，冀天明可以呼救。

少顷，深处有光如星点。渐近之，约三四里许，忽睹廊舍，并无釭烛，而光明若昼。一丽人自房中出，视之，则青娥也。见生，惊曰："郎何能来?"生不暇陈，抱袪呜恻。女劝止之。问母及儿，生悉述苦况，女亦惨然。生曰："卿死年余，此得无冥间耶?"女曰："非也，此乃仙府。曩时非死，所瘗，一竹杖耳。郎今来，仙缘有分也。"因导令朝父，则一修髯丈夫，坐堂上；生趋拜。女白："霍郎来。"翁惊起，握手略道平素。曰："婿来大好，分当留此。"生辞以母望，不能久留。翁曰："我亦知之。但迟三数日，即亦何伤。"乃饵以肴酒，即令婢设榻于西堂，施锦裀焉。生既退，约女同榻寝。女却之曰："此何处，可容狎亵?"生捉臂不舍。窗外婢子笑声嗤然，女益惭。方争拒间，翁入，叱曰："俗骨污吾洞府！宜即去!"生素负气，愧不能忍，作色曰："儿女之情，人所不免，长者何当伺我？无难即去，但令女须便将随。"

翁无辞，招女随之，启后户送之；赚生离门，父子阖扉去。回首峭壁巉岩，无少隙缝，只影茕茕，罔所归适。视天上斜月高揭，星斗已稀。怅怅良久，悲已而恨，面壁叫号，迄无应者。愤极，腰中出镵，凿石攻进，且攻且骂。瞬息洞入三四尺许。隐隐闻人语曰："孽障哉！”生奋力凿益急。忽洞底豁开二扉，推娥出曰：“可去，可去！”壁即复合。女怨曰：“既爱我为妇，岂有待丈人如此者？是何处老道士，授汝凶器，将人缠混欲死！”生得女，意愿已慰，不复置辨；但忧路险难归。女折两枝，各跨其一，即化为马，行且驶，俄顷至家。时失生已七日矣。

初，生之与仆相失也，觅之不得，归而告母。母遣人穷搜山谷，并无踪绪。正忧惶所，闻子自归，欢喜承迎。举首见妇，几骇绝。生略述之，母益忻慰。女以形迹诡异，虑骇物听，求即播迁。母从之。异郡有别业，刻期徙往，人莫之知。偕居十八年，生一女，适同邑李氏。

后母寿终。女谓生曰：“吾家茅田中，有雉抱八卵，其地可葬。汝父子扶榇归窆。儿已成立，宜即留守庐墓，无庸复来。”生从其言，葬后自返。月余，孟仙往省之，而父母俱杳。问之老奴，则云：“赴葬未还。”心知其异，浩叹而已。

孟仙文名甚噪，而困于场屋，四旬不售。后以拔贡入北闱，遇同号生，年可十七八，神采俊逸，爱之。视其卷，注顺天廪生霍仲仙。瞪目大骇，因自道姓名。仲仙亦异之，便问乡贯，孟悉告之。仲仙喜曰：“弟赴都时，父嘱文场中如逢山右霍姓者，吾族也，宜与款接，今果然矣。顾何以名字相同如此？”孟仙因诘高、曾，并严、慈姓讳，已而惊曰：“是我父母也！”仲仙疑年齿之不类。孟仙曰：“我父母皆仙人，何可以貌信其年岁乎？”因述往迹，仲仙始信。场后不暇休息，命驾同归。才到门，家人迎告，是夜失太翁及夫人所在。两人大惊。仲仙入而询诸妇。妇言：“昨夕尚共杯酒，母谓：‘汝夫妇少不更事。明日大哥来，吾无虑矣。’早旦入室，则阒无人矣。”兄弟闻之，顿足悲哀。仲仙犹欲追觅；孟仙以为无益，乃止。是科仲领乡荐。以晋中祖墓所在，从兄而归。犹冀父母尚在人间，随在探访，而终无踪迹矣。

异史氏曰：钻穴眠榻，其意则痴；凿壁骂翁，其行则狂；仙人之撮合之者，惟欲以长生报其孝耳。然既混迹人间，狎生子女，则居而终焉，亦何不可？乃三十年而屡弃其子，抑独何哉？异已！

【译文】

霍桓，字匡九，山西人。父亲做过县尉，很早就死了。那时霍桓还很小，可是比谁都聪明。十一岁上，就被称为神童，中了秀才。因为母亲过分宠爱他，平时不让他出门，因此到了十三岁时，还分辨不出叔、伯、甥、舅来。同村有个姓武的评事（法官），喜欢道术，入山修行，一去不回。他有个女儿，名叫青娥，年纪才十四岁，长得美丽非常。这姑娘从小时候起，就偷偷地阅读父亲的藏书，羡慕何仙姑的为人。父亲入山修道后，她就打定主意不嫁人，母亲对她也没有办法。

有一天，霍桓在门外看见了青娥。小孩子虽然不大懂事，心里却十分热烈地爱她，只是说不出口。后来他毫无隐瞒地把自己的心事告诉了母亲，要求派人去说媒。母亲知道这事不好办，觉得很为难。霍桓因此闷闷不乐。母亲怕违背了儿子的心意，便托人去向武家求亲，果然被拒绝了。霍桓走路也想，坐下也想，想不出一个好办法来。

碰巧有个道士上门来化斋，手里握着一把小铲子，只有尺把长。霍桓借过来看了看，问道士派什么用途。那道士说："这是采药的工具。别看它小，再坚硬的石头也可以凿进去。"霍桓不大相信。道士便用铲子凿墙上的石头，只见那石头酥软得像豆腐一样，一块块随手落下来。霍桓觉得十分奇怪，只管拿在手里把玩，不肯放手。道士笑道："公子既然喜欢，就把它送给你吧。"霍桓非常高兴，取出钱来酬谢。道士不肯接受，径自去了。霍桓拿了小铲子回去，一一试凿砖块、石头，毫无阻挡。他立刻想到，要是在墙上凿个窟窿，就可以看到美人了。但他不知道这样做是犯法的。

等到起更后，霍桓翻身爬到墙外，径直走到武家，接连凿通了两堵墙，才进入内院。他见小厢房里还亮着灯火，就伏在窗下向里偷看，只见青娥已经卸去晚妆。一会儿，灯火熄灭，一点声音都没有了。霍桓在窗下凿开一洞，进入室内。这时青娥已经睡熟。他就轻手轻脚地脱下鞋子，悄悄地爬上床去，但又怕青娥惊醒，一定会被她斥骂驱赶，就偷偷伏在绣被旁边，微微闻到她一点呼吸时散发出来的香气，暗暗感到心满意足。只是他累了半夜，实在疲倦极了，稍一合眼，不知不觉就睡着了。

青娥一觉醒来，听到床上有鼻息声；睁眼一看，见窗下开了一个洞，有亮光透进来。顿时大吃一惊，连忙下床，黑暗里拔去门闩，开了房门，轻轻走出，敲窗叫醒仆妇。众人点起火把，手拿棍棒，来到房中。只见一个年幼的书生，正在绣床上酣睡；再仔细一看，认出是霍桓。大家把他乱推才醒过来，他一下子站起，目光闪闪好像流星，似乎并不十分害怕，只是红着脸一句话也不说。大家说他是贼，恐吓呵斥他，他才流着泪道："我不是贼，实在因为爱小姐，想和她亲近亲近罢了。"众人又怀疑这样连凿几堵墙，不是一个孩子所能做得到的。霍桓便取出铲子，说出它的妙用来。大家拿过来一试，惊奇极了，疑心是神仙赐给他的，准备一起去告诉夫人。青娥低头沉思，看她的意思好像不同意这样做。众人看破她的心思，便说："这孩子名声门第都不错，也不辱没了小姐，不如放他回去，叫他再找媒人来求亲。明天早晨，只对夫人说晚上闹贼便是。小姐觉得这样好不好？"青娥并不答话，大家便催促霍桓快走。霍桓还要讨回那把铲子，众人一齐笑道："傻孩子！你还忘不了这凶器呀？"霍桓一眼瞥见枕边有一股凤头钗，就偷偷藏进衣袖里。

早被一个丫鬟看见，急忙告诉青娥。青娥不说什么，也不生气。一个老妈子拍着霍桓的颈子道："别看他傻乎乎的，心机可乖巧着呢。"说着拉了霍桓便走，仍从墙洞里把他送出去。

霍桓回到家里，不敢把实情告诉母亲，只是要求母亲再托媒人去说亲。母亲不忍心明白拒绝他，只是到处托媒人，急着替他另找一门合适的亲事。青娥知道这消息后，心里很着急，暗地里打发个心腹家人去向霍夫人透露些意思。霍夫人听了很高兴，又托了媒人前去说亲。这时正好有个小丫鬟把那件事泄漏了出去，武夫人认为家中出了丑事，非常气愤。媒人一到，更惹起她的火来。她用拐杖划着地，大骂霍桓和他的母亲。媒人害怕，逃回霍家，把情形详细说了一遍。霍夫人也怒道："这不长进的东西干的事，我都蒙在鼓里。为什么对我也这么无礼！当荡儿、淫妇在一起睡觉的时候，为什么不当场把他们一起杀了呢？"从此以后，霍夫人一见到亲戚，就把这件事抖落出来。青娥听说，羞愧得要死。武夫人也十分后悔，但又无法封住霍夫人的口使她不讲。青娥私下派人去见霍夫人，委婉地向她表示，立誓不嫁别人，话说得很悲切。霍夫人听了很感动，就不再说了，但提亲的事也就停下来了。

这时陕西有一位欧公来任县令，看了霍桓的文章，很器重他，常把他叫到衙门里去，十分厚爱。一天，问霍桓可曾结婚，霍桓回答说没有。欧公仔细询问原因，霍桓才说道："早先曾和武评事的女儿有过盟约，后来因为发生了点误会，把婚事耽搁下来了。"欧公问他，这门亲事还愿不愿意重提？霍桓涨红着脸不说话。欧公笑道："我来替你撮合一下吧！"便委托县尉、教谕做媒，向武家送去聘礼。武夫人很高兴，亲事就定下来了。

过了一年，霍家把青娥娶了过来。她一进门，就把铲子扔在地上，说："这是小偷用的东西，快拿去吧！"霍桓笑道："我们可不能忘了这个大媒！"他把铲子珍重地带上，从不离身。

青娥为人温柔善良，不多讲话，每天拜见婆婆三次，其余的时间，只是闭门静坐，不大留心家务。婆婆有时因为吊丧喜庆的事出门去了，她就事事都管，无不处理得有条有理。过了一年多，青娥生了一个儿子，取名孟仙。她把一切都委托给奶妈照料，好像不大关心爱护。又过了四五年，她忽然对霍桓说道："我们之间的恩爱姻缘，至今八年了。现在相会时短分离长，这可如何是好呢？”霍桓吃惊地问她缘故，她却默不作声，盛妆拜了婆婆，回身进屋。霍桓进去问她，她已经朝天躺在床上，气都断了。母子两人痛哭一番，买了上好的棺材，把她葬了。

这时霍夫人已经年老力衰，每次抱起孙子，就会想到他的娘来，难过得肝肠欲断，从此就一病不能起床。她见了吃的东西就要吐，只想吃鱼羹，但附近一带没有鱼，要到一百里以外才能买到。当时仆人马匹都差遣出去了，霍桓生性至孝，急着要为母亲买鱼，等不及他们回来，就带了钱独自出门，日夜赶路，不肯休息。回来的路上，霍桓走到一座山中，这时天色已经昏暗，两只脚瘸了似的，一步迈不开一尺。后面忽然有一位老者赶上来，问他道：“你脚上大概是起了泡吧？”霍桓点头说是。老者便拉他到路边坐下，敲着石头取火，用纸裹了药粉，熏他的两脚。熏完后，叫他试着走走，果然不痛了，而且走起路来更觉轻快。霍桓十分感激，向老者道谢。老者问：“为什么赶路这样匆忙？”他便把母亲生病的事和得病的原因一一说了。老者又问：“为什么不另娶一个妻子？”他答道：“还没有看上好的对象。”老者远远地指着一个山村道：“那里有一个美人，你如能跟我去，我愿意替你做媒。”霍桓说母亲生病，正等我买鱼回去吃，现在没有工夫了。老者拱拱手，约他改天到村里去，只问老王就行。说完，告别而去。

霍桓回到家里，把鱼烹好献给母亲。母亲略吃了些，过了几天，病就慢慢好了。他这才带了仆人，骑着马去找那老者。走到原来那个地方，找不到村庄所在。徘徊好久，太阳渐渐西下，错杂的山谷又挡住了视线，望不到远处。于是和仆人分头上山，看看附近有没有村庄。山路险峻不平，无法再骑马，只好徒步上去，暮色已经朦胧。他迈着碎步，四面张望，仍然不见人家。正要下山，又迷了归路，心中急得火烧似的。瞎闯之间，漆黑中掉下悬崖，幸亏几尺以下有一狭长的荒台，落在上面就势躺下，恰好容纳一个人的身体，向下望去，黑洞洞深不见底。他害怕极了，一动都不敢动。又幸好平台边都长着小树，像栏杆一样把他的身体拦住。又过了一会，发现脚边有一个小小的洞口，心中暗暗高兴。就用背紧贴着石头，慢慢挪移进洞去。这时心里才踏实了些，只希望等到天亮，可以呼救。

不一会儿，在那洞的深处出现了星星点点的亮光。他朝着有亮光的地方走了约三四里路，忽然看见一所房子。屋里没有点灯，却光明如同白昼。一个美人从屋里出来，仔细一看，却是青娥。她见了霍桓，惊奇地问道："你怎么能走到这里来？"霍桓来不及细说，就揽着青娥的衣袖，呜呜咽咽哭了起来。青娥把他劝住，问起母亲和孩子，霍桓把凄苦的情况全都讲了，她听了也很悲伤。霍桓道："你死了一年多了，这里莫非是阴曹地府吧？"青娥道："不是，这里是仙府。从前我并没有真的死去，你们埋葬的，只是一根竹杖。你如今能到这里来，说明你有仙缘。"青娥带着霍桓去拜见她父亲，是一位留着长髯的老人，正坐在厅堂里面。霍桓上前施礼。青娥告诉父亲说："霍郎来了。"老人很惊异地站起来，握着霍桓的手，叙了一会家常，便道："姑爷来太好了，你有缘该留在这里。"霍桓推辞说母亲等着他回去，不能久留。老人道："我也知道。但迟三四天回去，想也无妨。"于是准备了酒菜请他用，并吩咐丫鬟们把床摆在西厅里，铺上锦绣被褥。

霍桓回到西厅，要求青娥同床睡觉。青娥推辞道："这里是什么地方，怎能做不干净的事？"霍桓抓住她的手臂不放。窗外的丫鬟们都嗤嗤地笑起来，更使青娥觉得羞惭。正在拉拉扯扯，老人走了进来，对霍桓喝斥道："一副俗骨，把我这洞府都玷污了，快给我滚出去！"霍桓向来气性高傲，羞愧难忍，沉下脸说："儿女私情，谁都难免，你老人家怎可偷看。要我走也不难，只是你的女儿该跟着我走。"

老人没话可说，叫女儿跟在后边，开了后门送他。骗得霍桓两脚刚出门，父女俩却把门关上走了。霍桓回头一看，门变了峭壁危崖，一丝缝隙也没有，只剩下他一个人孤零零的，不知归宿在何处。抬头望天，斜月高挂，星斗已稀少了，他惆怅了好久，由悲转恨，对着峭壁大喊，始终没人答应。气忿已极，便从腰里取出铲子，凿着石头进去，边凿边骂。一瞬间，洞被凿了三四尺深。这时，隐隐听到有人说道："前世作孽呀！"霍桓听到人声，就使劲凿得更快了。忽然洞底打开两扇门，有人把青娥推出来，道："去吧！去吧！"峭壁又重新合上了。青娥抱怨道："你既然爱我，娶我为妻，岂有这样对待丈人的？不知是哪里来的老道士，给你这把凶器，把人蛮缠得要死！”霍桓得了青娥，心满意足，也就不作争辩，只是担心道路艰险，回不了家。青娥折了两根树枝，每人各跨一根，树枝立刻变成了两匹马，跑得飞快，一会儿就到了家。这时，霍桓已失踪七天了。

当时，霍桓与仆人失去联系以后，仆人找他不着，回去禀报了霍夫人。霍夫人派人搜遍了山上山下，不见霍桓踪影。正在忧愁不安的时候，听说儿子回来了，霍夫人高兴得不得了，连忙出去迎接。抬头看见青娥，差点把霍夫人吓死。霍桓把经过情形大概讲了一遍，霍夫人听后，就更觉欣慰了。青娥因为自己形迹离奇，怕引起旁人的议论，就向霍夫人提出搬家。霍夫人答应了。霍家在邻县原有一处别居，定下日子搬了过去，谁也没有知道。两人在那里共同生活了十八年，生了一个女儿，长大后嫁给了同县的李家。

后来霍夫人死了。青娥对霍桓道：“我们老家那块草地里，有只野鸡孵着八个蛋。那地方可以安葬。你们父子快去办理安葬的事。孟仙已经长大了，就叫他在那里守墓，不必回来。”霍桓依着她的话，把母亲安葬了之后，独自回去。过了一个多月，孟仙回家探亲，他父母却都不见了。问了老仆人，才知道丧葬完毕，他们就没有回来。孟仙觉得这事蹊跷，但也只能长叹而已。

孟仙很有才名，但是考试屡次不取，到了四十岁还没有中举。后来以拔贡的资格到京城参加会试，在那里遇到同号的一个考生，年龄大约十七八岁，风度翩翩，见了很是爱慕。看他的考卷，上面写着“顺天廪生霍仲仙”，顿时瞪大了眼睛，感到十分惊奇。他自报了姓名，仲仙也觉得很奇怪，便问是哪里人氏。孟仙都一一告诉了他。仲仙高兴地说：“弟来京城时，家父曾嘱咐我，如果在考场中遇到山西人姓霍的，就是我们的本家，应当亲切地和他结交，现在果然遇到了。但我们的名字怎么这样相同呢？”孟仙问仲仙高祖、曾祖和父母的姓名，听后惊喜地说道：“他们就是我的父母呀！”仲仙一时不敢相信，觉得年龄不符。孟仙道：“我的父母都是仙人，怎么能从外貌上看出他们的年龄呢？”于是讲了从前的经历，仲仙才相信了。考试结束，两人顾不上休息，便一起乘车回家。刚到门口，家人迎出来禀报说，夜里老太爷和太夫人不知住哪里去了。两人听后大吃一惊。仲仙进去问妻子，他妻子说道："昨夜我们还在一起饮酒。母亲说：'你们夫妇俩年纪轻，不懂事。明天你们大哥回来，我就不用担心了。'早晨到他们房里一看，人就不见了。"兄弟二人听了，连连顿足，非常悲伤。仲仙还想出外追寻，孟仙认为找也没用，就作罢了。那一科仲仙中了举人。因为山西是祖籍，就跟着孟仙回到山西老家。兄弟俩还指望父母仍然活在世上，但是到处打听，始终没有踪迹。

异史氏说：钻了墙洞睡到床上去，可见他的情意很痴；凿破山壁骂丈人，说明他的行为很狂。仙人为他撮合婚姻，只是要用长生不老报答他的孝心罢了。然而既然青娥已经降到人间，生下儿女，就应该在人世居住到底，这有什么不可以的？而三十年中多次抛弃儿子，这是为什么呢？奇怪！

镜　听

益都郑氏兄弟，皆文学士。大郑早知名，父母尝过爱之，又因子并及其妇；二郑落拓，不甚为父母所欢，遂恶次妇，至不齿礼：冷暖相形，颇存芥蒂。次妇每谓二郑："等男子耳，何遂不能为妻子争气？"遂摈弗与同宿。于是二郑感愤，勤心锐思，亦遂知名。父母稍稍优顾之，然终杀于兄。次妇望夫綦切，是岁大比，窃于除夜以镜听卜。有二人初起，相推为戏，云："汝也凉凉去！"妇归，凶吉不可解，亦置之。

闱后，兄弟皆归。时暑气犹盛，两妇在厨下炊饭饷耕，其热正苦。忽有报骑登门，报大郑捷。母入厨唤大妇曰："大男中式矣！汝可凉凉去。"次妇忿恻，泣且炊。俄又有报二郑捷者。次妇力掷饼杖而起，曰："侬也凉凉去!”此时中情所激，不觉出之于口；既而思之，始知镜听之验也。

异史氏曰：贫穷则父母不子，有以也哉！庭帏之中，固非愤激之地；然二郑妇激发男儿，亦与怨望无赖者殊不同科。投杖而起，真千古之快事也！

【译文】

山东益都县有姓郑的兄弟俩，都是读书人。老大很早就出了名，父母对他特别喜欢，又因为喜欢老大，对大儿媳也格外看得起；老二没有出息，不太讨父母欢喜，因此二儿媳也被公婆瞧不起，甚至不让她去拜见。由于公婆厚此薄彼，两个媳妇之间产生了很多隔阂。二儿媳常常对丈夫说：“同样是男子汉，你为什么就不能为老婆争口气?”因此不要丈夫同她住在一起。老二因感动而发愤，决心努力学习，于是也出了名。父母对他的态度稍有改变，但终究及不上老大在家中的地位。二儿媳对丈夫期望很高。这年正赶上乡试，她就偷偷地在年三十晚上，身上带了镜子，去听过路人说的第一句话，以此算丈夫的命能不能考上。这时有两个人出门，互相推搡着戏闹，说：“你也凉快凉快去!”二儿媳回家以后，猜不透这句话是凶是吉，也就搁在脑后了。

考试过后，兄弟俩都回到了家里。当时天气还很热，两个媳妇在厨房里为下地干活的人烧饭，正热得难受。忽然官府报喜的人骑马到了门口，报告郑家老大考中了。婆婆走进厨房，对大儿媳说：“老大考中了！你可以凉快凉快去。”二儿媳听了又气又伤心，一边哭着，一边烧饭。不一会儿，又有人来报告郑家老二考中了。二儿媳使劲把擀面杖一扔，拔脚就走，口中说道：“我也凉快凉快去!”这时由于心中激动，她不知不觉脱口说了这句话；过后一想，才明白用镜子占卜听来的那句话应验了。

异史氏说：儿子贫穷则父母不喜欢。这其中有缘故啊！家庭本来不是怄气使性的地方，然而二儿媳激励丈夫奋发上进的做法，与怨恨失望因而耍无赖的行为完全不是一码事。扔下擀面杖拔脚就走，真是千年难得的一桩快事啊！

牛 瘟

陈华封，蒙山人。以盛暑烦热，枕籍野树下。忽一人奔波而来，首着围领，疾趋树阴，掬石而坐，挥扇不停，汗下如流瀋。陈起座，笑曰："若除围领，不扇可凉。"客曰："脱之易，再着难也。"就与倾谈，颇极蕴藉。既而曰："此时无他想，但得冰浸良酝，一道冷芳，度下十二重楼，暑气可消一半。"陈笑曰："此愿易遂，仆当为君偿之。"因握手曰："寒舍伊迩，请即迂步。"客笑而从之。

至家，出藏酒于石洞，其凉震齿。客大悦，一举十觥。日已就暮，天忽雨；于是张灯于室，客乃解除领巾，相与磅礴。语次，见客脑后，时漏灯光，疑之。无何，客酩酊，眠榻上。陈移灯窃窥之，见耳后有巨穴，盏大；数道厚膜，间鬲如櫺；外耎革垂蔽，中似空空。骇极，潜抽髻簪，拨膜觇之，有一物，状类小牛，随手飞出，破窗而去。益骇，不敢复拨。方欲转步，而客已醒。惊曰："子窥见吾隐矣！放牛瘟出，将为奈何？"陈拜诘其故。客曰："今已若此，尚复何讳。实相告：我六畜瘟神耳。适所纵者牛瘟，恐百里内牛无种矣。"陈故以养牛为业，闻之大恐，拜求术解。客曰："余且不免于罪，其何术之能解？惟苦参散最效，其广传此方，勿存私念可也。"言已，谢别出门。又掬土堆壁龛中，曰："每用一合亦效。”拱不复见。

居无何，牛果病，瘟疫大作。陈欲专利，秘其方，不肯传；惟传其弟。弟试之神验。而陈自剉啖牛，殊罔所效，有牛两百蹄躈，倒毙殆尽；遗老牝牛四五头，亦逡巡就死。中心懊恼，无所用力。忽忆龛中掬土，念未必效，姑妄投之。经夜，牛乃尽起。始悟药之不灵，乃神罚其私也。后数年，牝牛繁育，渐复其故。

【译文】

陈华封，蒙山地方的人。因为大暑天怕热，躺在村外一棵大树下乘凉。忽然有一个人急急忙忙走来，头上包着围巾，快步跑到树荫下，搬了块石头坐下，不停地打着扇子，汗如雨下。陈华封坐起来，笑着说道：“如果把围巾取下来，不用打扇也会感到凉快的。”客人道：“取下来容易，再包上就难了。”两人开始闲扯起来，谈得非常投机。过了一会儿，客人说道：“这会子没有别的想法，只希望喝杯用冰浸过的美酒，又凉又香，从喉咙口一直透到心口窝，暑气可以消除一半。”陈华封笑道：“这个愿望容易实现，我可以为你办到。”于是握着客人的手说：“我家离这里很近，请就去弯一弯吧。”客人笑着跟他去了。

到了家，陈华封取出藏在石洞里的美酒，那酒凉得叫人直咂牙。客人非常高兴，一口气喝了十大杯。天色已经黑了，又忽然下起雨来。于是在室内点了灯，客人也解下了围巾，两人海阔天空谈了起来。说话间，陈华封看见客人的后脑勺不时露出灯光，感到很奇怪。不一会儿，客人喝得大醉，睡倒在床上。陈华封拿着灯过去偷看，只见他耳朵后面有个大窟窿，有杯口那么大。里面有好几道厚膜，间隔得像窗户的格子，外面有一块软皮遮盖着，里面好像空空的。陈华封惊异极了，偷偷地从发髻上拔下簪子，拨开膜看看。只见有一个东西，形状像条小牛，顺着他的手飞了出来，穿破窗纸飞走了。陈华封这时更为惊怕，不敢再去拨看那膜了。他刚要转身离开，客人已经醒了。吃惊地说：“你偷看我的秘密了！把牛瘟放出去了，这可怎么办啊？”陈华封一面施礼，一面问是什么缘故。客人道：“现在已经这样了，还有什么好瞒着的。实话告诉你吧，我是六畜的瘟神啊。刚才放走的是牛瘟，恐怕方圆百里之内，牛就要死绝断种了。”陈华封素来是以养牛为生的，听了十分害怕，向客人叩头恳求解除瘟疫的办法。客人道：“我尚且免不了罪责，有什么办法能解除瘟疫呢？只有苦参散有效果，你去广泛宣传这个药方，不要存私心就可以了。”说罢，道谢告辞。临走时，又捧了些土堆在壁龛里，说：“每次用一点，也有效。”拱了拱手，就不见了。

过了不久，牛果然得病了。瘟疫大流行。陈华封只想自己得到好处，不肯把药方传给别人，只传给了弟弟。他弟弟试验了一下，果然有神效。而陈华封用这药方给自己的牛治病时，却毫无效果，四十头牛，差不多死光了。剩下的四五头老母牛，眼看也快要死去。陈华封心里很懊恼，但也无能为力。他忽然想起壁龛中那堆土，虽然不相信会有效果，但姑且试试看吧，给牛吃了。过了一夜，牛全好了。他这时才明白药所以不灵，是神仙罚他有私心啊。数年以后，母牛繁殖，牛群又逐渐恢复到原来的数量。

金姑夫

会稽有梅姑祠。神故马姓，族居东莞，未嫁而夫早死，遂矢志不醮，三旬而卒。族人祠之，谓之梅姑。

丙申，上虞金生，赴试经此，入庙徘徊，颇涉冥想。至夜，梦青衣来，传梅姑命招之。从去。入祠，梅姑立候檐下，笑曰：“蒙君宠顾，实切依恋。不嫌陋拙，愿以身为姬侍。”金唯唯。梅姑送之曰：“君且去。设座成，当相迓耳。”醒而恶之。是夜，居人梦梅姑曰：“上虞金生，今为吾婿，宜塑其像。”诘旦，村人语梦悉同。族长恐玷其贞，以故不从。未几，一家俱病。大惧，为肖像于左。既成，金生告妻子曰："梅姑迎我矣。"衣冠而死，妻痛恨，诣祠指女像秽骂；又升座批颊数四，乃去。今马氏呼为金姑夫。

异史氏曰：不嫁而守，不可谓不贞矣。为鬼数百年，而始易其操，抑何其无耻也？大抵贞魂烈魄，未必即依于土偶；其庙貌有灵，惊世而骇俗者，皆鬼狐凭之耳。

【译文】

绍兴有座梅姑庙，神主原姓马，老家住在东莞地方。这姓马的女子，还没有出嫁，未婚夫就很早死了，便决心不再嫁人。三十岁上，她自己也死了。族里的人供奉她，叫她梅姑。

丙申年，上虞一个姓金的读书人，赶考路过这里，走进庙里，踱来踱去，很有些不规矩的念头。到了晚上，梦见一个丫鬟走来，说梅姑请他去，就跟着走了。进了祠堂，梅姑站着等在廊檐下，笑着说："蒙你宠爱，实在对你依依不舍。你不嫌我丑笨，我愿意做你的小老婆。"姓金的连连答应。梅姑送他，说："你暂且回去，等我摆好座位，再来迎接你。"姓金的醒来后，觉得很不吉利。这天夜里，住在本地的人也梦见梅姑对他们说："上虞姓金的读书人，现在做了我的丈夫，应该给他塑造一个神像。"第二天早上，村里人说起夜里做的梦，情形都一样。族长恐怕坏了她守贞节的名声，所以没有依她的话去做。不久，全家都害起病来。族长很害怕，就给姓金的塑了个神像，放在梅姑神像左边。神像塑成后，姓金的告诉他的妻子说："梅姑来迎接我了。"说毕，穿戴好衣帽，死了。他妻子恨透了，到祠堂里指着梅姑的神像，用不堪入耳的话骂她；又爬到神座上去，照着神像的脸，打了三四个巴掌，才走了。现在马氏族人都称呼金生为金姑夫。

异史氏说：不出嫁而守节，不能说不贞节了。做鬼做了几百年，却开始改变操守，怎么这样没有廉耻呢？大凡贞节刚毅的魂魄，未必一定要依附在泥塑木雕身上；那庙里的神像有灵验、震惊世人、吓唬流俗的，都是鬼狐之辈附在它身上罢了。

梓潼令

常进士大忠，太原人。候选在都。前一夜，梦文昌投刺。拔签，得梓潼令，奇之。后丁艰归，服阕候补，又梦如前。默思岂复任梓潼乎？已而果然。

【译文】

进士常大忠，太原人。在京城等候选拔任用。前一天夜里，梦见神仙梓潼帝君前来拜访。第二天到吏部抽签，抽到梓潼县令，心里感到很奇怪。后来他父母死了，就回家去办理丧事。守丧三年期满，仍回京城等候补选官职，又做了同以前一样的梦。常大忠默默寻思：难道还会再任梓潼县令吗？事后果然应验了。

鬼津

李某昼卧，见一妇人自墙中出，蓬首如筐，发垂蔽面；至床前，始以手自分，露面出，肥黑绝丑。某大惧，欲奔。妇猝然登床，力抱其首，便与接唇，以舌度津，冷如冰块，浸浸入喉。欲不咽而气不得息，咽之稠黏塞喉。才一呼吸，而口中又满，气急复咽之。如此良久，气闭不可复忍。闻门外有人行声，妇始释手去。由此腹胀喘满，数十日不食。或教以参芦汤探吐之，吐出物如卵清，病乃瘥。

【译文】

有一个李某，白天睡觉时，看见墙壁中走出一个妇人，蓬头散发，头大得像个箩筐，头发下垂，遮住了整个面孔。她走到床前，才用手分开面前的头发，露出了又胖又黑的脸，丑得出奇。李某见了大吃一惊，正要下床逃走，那妇人突然上床，用力抱住李某的头，便与他接吻，用舌头把口水舔到李某嘴里。那口水冷得像冰块一样，慢慢地流入李某喉咙。李某想不咽下去，气却缓不过来，咽下去又觉得粘乎乎的沾住了喉咙。刚透过一口气，嘴里又积满了口水，憋得只好再咽下去。这样过了很久，李某实在憋不住了。这时听到门外有人走动的声音，妇人才放开李某走了。从此李某就腹胀气喘，几十天吃不下饭去。有人告诉李某，说喝参芦汤可以引起呕吐，李某喝了，吐出了像蛋清一样的东西，病就好了。

仙人岛

王勉，字黾斋，灵山人。有才思，屡冠文场，心气颇高，善诮骂，多所凌折。偶遇一道士，视之曰：“子相极贵，然被‘轻薄孽’折除几尽矣。以子智慧，若反身修道，尚可登仙籍。”王嗤曰：“福泽诚不可知，然世上岂有仙人！”道士曰：“子何见之卑？无他求，即我便是仙耳。”

王乃益笑其诬。道士曰：“我何足异。能从我去，真仙数十，可立见之。”问：“在何处？”曰：“咫尺耳。”遂以杖夹股间，即以一头授生，令如己状。嘱合眼，呵曰：“起！”觉杖粗如五斗囊，凌空翕飞，潜扪之，鳞甲齿齿焉。骇惧，不敢复动。移时，又呵曰：“止！”即抽杖去，落巨宅中，重楼延阁，类帝王居。有台高丈余，台上殿十一楹，弘丽无比。道士曳客上，即命童子设筵招宾。殿上列数十筵，铺张炫目。道士易盛服以伺。

少顷，诸客自空中来，所骑，或龙，或虎，或鸾凤，不一类。又各携乐器。有女子，有丈夫，有赤其两足。中独一丽者，跨彩凤；宫样妆束；有侍儿代抱乐具；长五尺以来，非琴非瑟，不知其名。酒既行，珍肴杂错，入口甘芳，并异常馐。王默然寂坐，惟目注丽者，然心爱其人，而又欲闻其乐，窃恐其终不一弹。酒阑，一叟倡言曰："蒙崔真人雅召，今日可云盛会，自宜尽欢。请以器之同者，共队为曲。"于是各合配旅。丝竹之声，响彻云汉。独有跨凤者，乐伎无偶。群声既歇，侍儿始启绣囊，横陈几上。女乃舒玉腕如搊筝状，其亮数倍于琴，烈足开胸，柔可荡魄。弹半炊许，合殿寂然，无有欬者。既阕，铿尔一声，如击清磬。共赞曰："云和夫人绝技哉！"大众皆起告别，鹤唳龙吟，一时并散。道士设宝榻锦衾，备王寝处。

王初睹丽人，心情已动；闻乐之后，涉想尤劳。念己才调，自合芥拾青紫，富贵后何求弗得。顷刻百绪，乱如蓬麻。道士似已知之，谓曰："子前身与我同学，后缘意念不坚，遂坠尘网。仆不自他于君，实欲拔出恶浊；不料迷晦已深，梦梦不可提悟。今当送君行。未必无复见之期，然作天仙须再劫矣。"遂指阶下长石，令闭目坐，坚嘱无视。已，乃以鞭驱石。石飞起，风声灌耳，不知所行几许。忽念下方景界，未审何似；隐将两眸微开一线，则见大海茫茫，浑无边际。大惧，即复合，而身已随石俱堕，砰然一声，汩没若鸥。幸夙近海，略谙泅浮。闻人鼓掌曰：“美哉跌乎！”

危殆方急，一女子援登舟上，且曰：“吉利，吉利，秀才‘中湿’矣!”视之，年可十六七，颜色艳丽。王出水寒栗，求火燎之。女子言：“从我至家，当为处置。苟适意，勿相忘。”王曰：“是何言哉！我中原才子，偶遭狼狈，过此图以身报，何但不忘!”女子以棹催艇，疾如风雨，俄已近岸。于舱中携所采莲花一握，导与俱去。

半里许入村，见朱户南开，进历数重门，女子先驰入。少间，一丈夫出，是四十许人，揖王升阶，命侍者取冠袍袜履，为王更衣。既，询邦族。王曰：“某非相欺，才名略可听闻。崔真人切切眷恋，招升天阙。自分功名反掌，以故不愿栖隐。”丈夫起敬曰：“此名仙人岛，远绝人世。文若，姓桓。世居幽僻，何幸得近名流。”因而慇懃置酒。又从容而言曰：“仆有二女，长者芳云，年十六矣，只今未遭良匹。欲以奉侍高人，如何?”王意必采莲人，离席称谢。

桓命于邻党中，招二三齿德来。顾左右，立唤女郎。无何，异香浓射，美姝十余辈，拥芳云出，光艳明媚，若芙蕖之映朝日。拜已，即坐。群姝列侍，则采莲人亦在焉。酒数行，一垂髫女自内出，仅十余龄，而姿态秀曼，笑依芳云肘下，秋波流动。桓曰：“女子不在闺中，出作何务?”乃顾客曰：“此绿云，即仆幼女。颇惠，能记典、坟矣。”因令对客吟诗。遂诵《竹枝词》三章，娇婉可听。便令傍姊隅坐。桓因谓：“王郎天才，宿构必富，可使鄙人得闻教乎？”王即慨然诵近体一作，顾盼自雄。中二句云：

一身剩有须眉在，小饮能令块磊消。

邻叟再三诵之。芳云低告曰：“上句是孙行者离火云洞，下句是猪八戒过子母河也。”一座抚掌。桓请其他。王述《水鸟》诗云：“潴头鸣格磔，……”忽忘下句。甫一沉吟，芳云向妹呫呫耳语，遂掩口而笑。绿云告父曰：“渠为姊夫续下句矣。云：‘狗腚响弸巴。’”合席粲然。王有惭色。桓顾芳云，怒之以目。王色稍定，桓复请其文艺。王意世外人必不知八股业，乃炫其冠军之作，题为《孝哉闵子骞》二句，破云：“圣人赞大贤之孝……”绿云顾父曰：“圣人无字门人者，‘孝哉……’一句，即是人言。”王闻之，意兴索然。桓笑曰：“童子何知！不在此，只论文耳。”王乃复诵。每数句，姊妹必相耳语，似是月旦之词，但嚅嗫不可辨。王诵至佳处，兼述文宗评语，有云：“字字痛切。”绿云告父曰：“姊云：‘宜删“切”字。’”众都不解。桓恐其语嫚，不敢研诘。王诵毕，又述总评，有云：“羯鼓一挝，则万花齐落。”芳云又掩口语妹，两人皆笑不可仰。绿云又告曰：“姊云：‘羯鼓当是四挝。’”众又不解。绿云启口欲言，芳云忍笑诃之曰：“婢子敢言，打煞矣！”众大疑，互有猜论。绿云不能忍，乃曰：“去‘切’字，言‘痛’则‘不通’。鼓四挝，其声云‘不通又不通’也。”众大笑。桓怒诃之。因而自起泛卮，谢过不遑。

王初以才名自诩，目中实无千古；至此，神气沮丧，徒有汗淫。桓谀而慰之曰：“适有一言，请席中属对焉：‘王子身边，无有一点不似玉。’”众未措想，绿云应声曰：“黾翁头上，再着半夕即成龟。”芳云失笑，呵手扭胁肉数四。绿云解脱而走，回顾曰：“何预汝事！汝骂之频频，不以为非；宁他人一句，便不许耶？”桓咄之，始笑而去。

邻叟辞别。诸婢导夫妻入内寝，灯烛屏榻，陈设精备。又视洞房中，牙签满架，靡书不有。略致问难，响应无穷。王至此，始觉望洋堪羞。女唤“明珰”，则采莲者趋应，由是始识其名。

屡受诮辱，自恐不见重于闺闼；幸芳云语言虽虐，而房帏之内，犹相爱好。王安居无事，辄复吟哦。女曰：“妾有良言，不知肯嘉纳否？”问：“何言？”曰：“从此不作诗，亦藏拙之一道也。”王大惭，遂绝笔。久之，与明珰渐狎。告芳云曰：“明珰与小生有拯命之德，愿少假以辞色。”芳云乃即许之。每作房中之戏，招与共事，两情益笃，时色授而手语之。芳云微觉，责词重叠；王惟喋喋，强自解免。一夕，对酌，王以为寂，劝招明珰。芳云不许。王曰：“卿无书不读，何不记‘独乐乐’数语？”芳云曰：“我言君不通，今益验矣。句读尚不知耶？‘独要，乃乐于人要；问乐，孰要乎？曰：不。’”一笑而罢。

适芳云姊妹赴邻女之约，王得间，急引明珰，绸缪备至。当晚，觉小腹微痛；痛已，而前阴尽肿。大惧，以告芳云。云笑曰："必明珰之恩报矣！"王不敢隐，实供之。芳云曰："自作之殃，实无可以方略，既非痛痒，听之可矣。"数日不瘳，忧闷寡欢。芳云知其意，亦不问讯，但凝视之，秋水盈盈，朗若曙星。王曰："卿所谓'胸中正，则眸子瞭焉'。"芳云笑曰："卿所谓'胸中不正，则瞭子眸焉'。"盖"没有"之"没"，俗读似"眸"，故以此戏之也。王失笑，哀求方剂。曰："君不听良言，前此未必不疑妾为妒意。不知此婢原不可近。曩实相爱，而君若东风之吹马耳，故唾弃不相怜。无已，为若治之。然医师必审患处。"乃探衣而咒曰："'黄鸟黄鸟，无止于楚！'"王不觉大笑，笑已而瘳。

逾数月，王以亲老子幼，每切怀忆。以意告女。女曰："归即不难，但会合无日耳。"王涕下交颐，哀与同归。女筹思再三，始许之。桓翁张筵祖饯。绿云提篮入，曰："姊姊远别，莫可持赠。恐至海南，无以为家，夙夜代营宫室，勿嫌草创。"芳云拜而受之。近而审谛，则用细草制为楼阁，大如橼，小如橘，约二十余座，每座梁栋榱题，历历可数；其中供帐床榻，类麻粒焉。王儿戏视之，而心窃叹其工。芳云曰："实与君言：我等皆是地仙。因有夙分，遂得陪从。本不欲践红尘，徒以君有老父，故不忍违。待父天年，须复还也。"王敬诺。

桓乃问："陆耶？舟耶？"王以风涛险，愿陆。出则车马已候于门。谢别而迈，行踪骛驶。俄至海岸，王心虑其无途。芳云出素练一匹，望南抛去，化为长堤，其阔盈丈。瞬息驰过，堤亦渐收。至一处，潮水所经，四望辽邈。芳云止勿行，下车取篮中草具，偕明珰数辈，布置如法，转眼化为巨第。并入解装，则与岛中居无稍差殊，洞房内几榻宛然。时已昏暮，因止宿焉。

早旦，命王迎养。王命骑趋诣故里，至则居宅已属他姓。问之里人，始知母及妻皆已物故，惟老父尚存。子善博，田产并尽，祖孙莫可栖止，暂僦居于西村。王初归时，尚有功名之念，不恝于怀；及闻此况，沉痛大悲，自念富贵纵可携取，与空花何异。驱马至西村，见父衣服滓敝，衰老堪怜。相见，各哭失声。问不肖子，则出赌未归。王乃载父而还。芳云朝拜已毕，燂汤请浴，进以锦裳，寝以香舍。又遥致故老与谈䜩，享奉过于世家。子一日寻至其处，王绝之，不听入，但予以廿金，使人传语曰："可持此买妇，以图生业。再来，则鞭打立毙矣！"子泣而去。

王自归，不甚与人通礼；然故人偶至，必延接盘桓，㧑抑过于平日。独有黄子介，夙与同门学，亦名士之坎坷者，王留之甚久，时与秘语，赂遗甚厚。居三四年，王翁卒，王万钱卜兆，营葬尽礼。时子已娶妇，妇束男子严，子赌亦少间矣；是日临丧，始得拜识姑嫜。芳云一见，许其能家，赐三百金为田产之费。翼日，黄及子同往省视，则舍宇全渺，不知所在。

异史氏曰：佳丽所在，人且于地狱中求之，况享受无穷乎？地仙许携姝丽，恐帝阙下虚无人矣。轻薄减其禄籍，理固宜然，岂仙人遂不之忌哉？彼妇之口，抑何其虐也！

【译文】

王勉，字黾斋，广东灵山人。他有一些才气，考试时常常名列第一，因此非常自负，喜欢讥讽嘲骂，许多人都受过他的侮辱。一天，王勉偶然遇到一个道士。道士看着他说："你有一副富贵相貌，但你太轻薄，把前程折磨光了。凭你的聪明，如肯回心修道，还可以成仙。"王勉冷笑说："福气如何，的确不可预料，但世界上哪里有什么仙人！"道士说："你的见识怎么这样浅薄？不用到别的地方去寻找，我就是一个仙人。"

王勉越发笑他胡说八道。道士说："我算不了什么。你肯跟我去，几十个真正的仙人立刻可以见到。"王勉问："在哪里？"道士说："近在眼前。"说着把一根手杖夹在大腿中间，把另一头交给王勉，叫他也用两腿夹住，叮嘱他闭上眼睛，然后喝道："起来！"王勉顿时觉得手杖变得比盛五斗米的口袋还粗，腾空飞行；偷偷摸一摸它，有一层层的鳞片。王勉很害怕，不敢再动。过了一会儿，道士又喝了一声："停止！"说着就把手杖抽去。两个人已经落在一座巨大的宅第中，楼宇亭阁，连成一片，好像皇宫。里面有一座平台，一丈多高，台上的大殿有十一根楹柱，十分雄伟壮丽。道士拉着王勉上去，就叫侍僮准备筵席，邀请宾客。殿上摆了几十桌，场面很大。道士也换了礼服，在一旁等候。

不多时，许多客人从空中来了。他们骑的，有的是龙，有的是虎，有的是鸾凤，种类不一。每个人又各自带着乐器。仙人中有男有女，也有赤脚的。其中只有一个美丽的仙姑骑的是彩凤，宫样妆束。由侍女给她抱着五尺多长的乐器，看上去不像琴，也不像瑟，不知叫什么名称。大家入座行酒，桌上摆满了山珍海味，味道香美，都不是寻常食物。王勉不说话，静静地坐着，眼睛盯着那个美丽的仙姑，心里很爱她，又想听听她弹的音乐，只是怕她不肯弹奏。酒喝完了，一位老者提议说："承蒙崔真人邀请，今天可以说是个盛会，自然应当尽情地乐一下。请拿相同乐器的人，合奏一支曲子。"于是各人配着对子，丝竹之声，响彻云霄。只有那个骑彩凤的仙姑，没有人能和她配对。等到各种乐声都停了，侍女才打开绣花套子，把乐器横放在桌上。仙姑伸出玉手，像调筝一般地开始弹奏。声音比琴要响亮几倍，激越时，叫人胸襟开阔；柔和时，又使人销魂荡魄。弹了烧半顿饭的工夫，整个殿上静悄悄的，连咳嗽的声音都没有。曲终，只听当的一声，像击磬一般清越。大家赞美说："云和夫人真是绝技!"众仙起身告辞，只听鹤唳龙吟，一霎时都去了。道士准备了宝榻绣被，留王勉过夜。

王勉初见仙姑，已经产生爱慕之情，听她弹奏音乐后，想得更加急切了。他觉得凭自己的才学，取得功名就像拾一把草那样容易，等到富贵之后，有什么东西不能得到呢。一时间想入非非，思绪像乱麻一样。道士好像已经知道他的心事，对他说："你的前身和我是同学，后来因为意志不坚定，就落到尘世上了。我不把你当外人看待，真想把你救出这个恶浊的世界，不料你迷恋太深，糊里糊涂没法劝醒。我现在就送你回去，今后未必就没有见面的日子，但是要做神仙，今生是没有希望了。"就指着台阶下面的一块长石头，叫他闭上眼坐好，再三叮嘱他不要睁开眼睛看。然后，用鞭子一挥，石头就飞了起来。王勉只听到风声飕飕直朝耳朵里灌，不知走了多少路程。忽然想下面的景色，不知是什么样子，就偷偷把两眼睁开一条缝，只见一片大海茫茫，漫无边际，心里一吓，赶紧闭上眼睛，但身体已随着石头往下掉，砰的一声，像海鸥似的落到海里。幸亏他住在海边，略会游泳。听见有人拍手说："这一下跌得可美了!"

正在危急关头，一个女子把他拉到了船上。那女子说："吉利，吉利，秀才'中湿'了!"王勉一看，那女子大约十六七岁，长得很美丽。王勉从水里出来，冻得浑身发抖，向那女子要一盆火烘衣服。女子说："跟我回家去，我替你想法子，如果你将来得意，可不要把我忘了。"王勉说："这是什么话，我是中原才子，暂时遭难，将来当全力报答，岂但只是不忘记呢!"女子拿桨划船，快得像急风骤雨一样，一会儿就靠了岸。女子从船舱里取出采来的一束莲花，领着他一同回去。

走了半里路左右，两人进了村庄，王勉看见一户人家，红漆大门朝南开。过了几道门，女子先奔进去。随即有个男人出来，四十来岁，作揖迎请王勉进屋，又吩咐下人取出冠袍鞋袜让他更换。穿戴停当，就询问他的家世族氏。王勉说："我不骗你，我的才气，很有些小名声，崔真人对我深切思念，请我到天宫里去。我自己估量取功名易如反掌，所以不愿在那里隐居，才重回人间。”那男人听了肃然起敬，说：“这地方叫仙人岛，与世隔绝。我叫文若，姓桓，世世代代住在这冷僻的地方，能够接近你这样的名流，真是有幸。”就殷勤地准备酒筵，又从容地说：“我有两个女儿，大的芳云，已经十六岁了，只是到现在还没有找到好人家。我想把她嫁给你这样有才学的人，你看怎么样？”王勉心想一定就是那个采莲女子，马上起立道谢。

桓文若叫下人从乡邻中请了几位年长德高的人来作陪，又吩咐左右立刻叫女儿出来。不久，一股异香飘来，十几个美女簇拥着芳云走出。芳云光艳明丽，好像朝阳映照下的芙蓉。礼毕就坐，美女环立左右，那个采莲女子也在里面。

酒过数巡之后，一个拖着小抓髻的女孩从里面跑出来。只有十多岁，容貌神态非常秀媚，笑盈盈地靠在芳云的臂膀上，眼睛骨溜溜地转个不停。桓文若说：“女孩子不好好待在闺房里，出来做什么？”回头对王勉说：“这个绿云，就是我的小女儿。很聪明，能记得一些古书了。”说着就叫她吟几句诗给客人听听。她吟了三首《竹枝词》，娇婉动听。吟毕，桓文若叫她挨着芳云坐下。

桓文若问王勉说：“王先生是个天才，必定满腹锦绣，能不能让鄙人领教领教呢？”王勉立刻吟了一首近体诗，左顾右盼，十分得意。其中有两句是：

一身剩有须眉在，小饮能令块磊消。

邻座老翁再三吟味，芳云低声对他说：“上句是孙行者走出火云洞，下句是猪八戒经过子母河。”座中客人都鼓掌大笑。桓文若还要向王勉请教，王勉背了首《水鸟》诗道：“水中鸟儿咯叽叫……”忽然忘了下句。略一沉吟，芳云在妹妹耳边嘀咕着什么，掩着嘴发笑。绿云对她父亲说道：“姐姐替姐夫接着下句了，是‘狗屁股儿砰巴响’。”合座又都大笑起来。王勉脸色有些羞惭。桓文若朝芳云狠狠瞪了一眼，王勉才稍稍定下心来。

桓文若又向他请教文章。王勉想，穷乡僻壤的人一定不懂八股文的做法，就把自己考第一名的文章拿出来炫耀，题目是“孝哉闵子骞”两句，破题是“圣人赞大贤之孝……”，绿云对她父亲说：

“闵子骞名损，子骞是他的字，圣人不会称学生的字，这‘孝哉’一句，就是别人的话。”王勉一听，兴致全没了。桓文若笑着说：“小孩子懂得什么，我们不讲这个，只论文章做得如何。”于是王勉继续背诵。每念几句，姊妹俩就要低声絮语一番，好像是在评论，但声音低得听不清楚。王勉念到得意的地方，还把试官的评语念出。有句评语是：“字字痛切。”绿云对父亲说：“姐姐说应把‘切’字删掉。”大家都不懂什么意思。桓文若怕她说出轻慢的话，不敢细问。文章念完，又把总评背出，其中有两句说：“羯鼓一打，则万花齐落。”芳云又掩嘴对她妹妹说着，两人笑得头都抬不起来。绿云又告诉爸爸：“姐姐说：‘羯鼓应当是打四下。’”大家又不懂。绿云开口想说话，芳云忍笑喝住她，说：“丫头敢说出来，我打死你。”大家更疑惑不解了，纷纷猜测。绿云忍不住，就说：“去掉‘切’字，医书上说‘痛则不通’。鼓打四下，那声音是‘不通又不通’呀！”大家听了大笑起来。桓文若生气地把她喝住，起身给王勉满斟一杯，忙不迭地谢罪。

王勉一开始因为才气名声自命不凡，目空一切，到了这时，神情沮丧，只是冒汗。桓文若一面安慰他，一面又奉承说：“我正好有个上联，请各位对一对：‘王子身边，无有一点不似玉。’”大家还来不及想，绿云应声说：“黾翁头上，再着半夕即成龟。”芳云失声笑了起来，呵着手在她两胁下搔了好几下，绿云挣脱了逃走，回过头来对姐姐说：“管你什么事！你骂了他好几次，不觉得不应该，难道别人骂他一句，就不许吗？”桓文若连声喝斥，她才笑着跑了。

几位乡邻老翁告辞走了。丫鬟们引着王勉和芳云进入内室，只见灯烛屏榻，摆设精致齐备。又见洞房里面，悬着象牙标签的书堆满架上，应有尽有。略为提些问题，芳云对答如流。王勉这时才觉得自己好像河流面对海洋，不胜羞愧。芳云喊了一声“明珰”，那个采莲女子就答应着走了过来，王勉因此才知道她的名字。

王勉多次受到讥笑侮辱，恐怕被他妻子看不起，幸而芳云说话虽然刻薄，但在闺房里面，还能相亲相爱。他闲居无事，就又吟诗。芳云说：“我有一句好话，不知你肯不肯采纳？”王勉问是什么话，芳云答道：“从此不要做诗，这也是藏拙的一个办法。”王勉听了十分惭愧，就搁笔不再做诗。时间一长，王勉和明珰逐渐热络起来。他对芳云说："明珰对我有救命之恩，请你待她好一点。"芳云当即答应了他。夫妻俩每次寻欢作乐，就叫明珰一起来。两个人感情越发深厚了，常常传眼色、打手势。芳云有些察觉，一再责怪他，王勉总是辩解，硬说自己没有那回事。一天夜里，夫妻俩在一起饮酒，王勉觉得冷静，劝芳云叫明珰来同饮，芳云不许。王勉说："你无书不读，怎么不记得《孟子》里'独乐乐（前一"乐"古音"要"）'，这几句话？"芳云说："我说你不通，现在更加得到证实了。连断句都不知道吗？该读成：'独要，乐于人要；乐，孰要？曰不……'也就是说，'单独约会，比再约别人快活；快活的事情，谁还约别人呢？回答是：不。'"芳云故意把原文的字改成同音字，照自己的意思重新断句，两人一笑而罢。

有一次，正巧芳云姊妹俩到邻舍一个女人家里去玩，王勉得到机会，急忙和明珰偷情，亲热得难舍难分。当晚，王勉就觉得小腹有些疼痛，等到痛停止后，发现生殖器肿了。他很害怕，去告诉芳云。芳云笑着说："这一定是明珰给你的报答了！"王勉不敢隐瞒，就实说了。芳云说："你自己作的孽，我实在没法可救，既然不痛不痒，就随它去吧。"过了几天，肿还是不消，王勉心里很忧愁烦闷。芳云知道他的心情，也不去问他，只是凝视着他，两眼水灵灵的，明亮得像黎明前的星星。王勉说："你正是《孟子》里说的，'胸中正，则眸子瞭焉'（心里正，那眼珠子就明亮了）。"芳云笑着说："你可说是'胸中不正，则瞭子眸焉'。"原来"没有"的"没"，当地方言读起来像"眸"字一样，"瞭子"当地方言读起来像生殖器的俗称一样，所以芳云说这句话和他开玩笑。王勉也不禁笑了，要求芳云给他药方。芳云说："你不听好话，以前还可能疑心我吃醋，却不知道这丫头是碰不得的。过去我实在是好心待你，你却把我的话当作耳边风，所以我也不来管你了。没有法子，给你治治吧。但是医生一定要看看害病的地方。"说着就拉开他的衣服，伸手去摸，嘴里还念咒："黄鸟黄鸟，无止于楚！"王勉不觉大笑起来，笑完病就好了。

过了数月，王勉因为家里还有老人幼子，常常十分牵记，想回家去一次，就把这个意思告诉了芳云。芳云说："回去也不难，只是再见就没有日子了。”王勉泪流满面，恳求她一道回去。芳云考虑再三，才答应了他的要求。桓文若设宴送行。绿云提着一只篮子进来，说：“姐姐远行，没有什么东西可以相赠。只怕到了海南地方，没有房子可住。我起早带夜替你造了宫室，你不要嫌做得粗糙。”芳云谢了，把东西收下。拿到眼前细看，都是用细草扎成的楼房，大的像香橼，小的像橘子，约有二十多栋，每栋房子的横梁、柱子、廊檐、匾额，都可以看得清清楚楚。里面还摆设了床帐，像芝麻一般大小。王勉看了，以为她是小孩子闹着玩的，不过也暗暗称赞造得工巧。芳云说：“老实对你说吧：我们都是地仙，因为我俩有一段缘分，才和你结为夫妇。本来我不想踏进红尘，只因你家有老父，所以不忍心违背你的意愿。等到你父亲百年后，我还要回来的。”王勉恭恭敬敬地答应了。

桓文若问：“是乘车呢，还是坐船？”王勉因为风浪危险，愿意走陆路。走出家门，车马已经等在外面了。辞别出发，一路上马跑得飞快。顷刻到了海边，王勉担心路途不通。芳云取出白绸一匹，向南抛去，变成了一条一丈宽的长堤。马车一瞬间驶了过去，长堤也逐渐收了起来。到一处被潮水淹过的地方，四面一看，是块很大的空地。芳云叫停车，下车从篮子中取出草扎的楼房，和明珰几个人照原样布置起来，一转眼间变成了巨大宅第。大家走了进去，卸下行装，只见里面和海岛中的住处没有丝毫差别，洞房里摆设的桌椅床榻，也都和原来的一样。这时天色已晚，就住下过夜。

第二天一早，芳云叫王勉把老父接来奉养。王勉叫人备了马，骑着回到家中。这时房子都已归了别人，问了乡邻，才知道母亲和妻子都已死了，只有老父还在，儿子喜欢赌钱，把田地房产统统卖了，祖孙两人无处安身，暂时在西村借了房子住着。王勉刚回来，还有求功名的念头，心里一直丢不开。听说这般情况，心中十分悲痛，心想富贵就是能够得到，与那镜中之花又有什么两样？骑马赶到西村，看见老父衣衫破烂，形容衰老，十分可怜。父子相见，都失声痛哭。问起那不成材的儿子，说是出去赌钱还没有回来。王勉就把父亲接了回去。芳云见面拜过公公，就烧水请公公洗澡，送去好衣服让他穿上，腾出好房间给他住下。又把公公从前的老朋友请来，天天陪他喝酒谈笑，老人家享受得比官宦人家还好。一天，儿子找上门来，王勉不见他，也不准他进屋，只拿出二十两银子，叫人告诉他：“拿去娶个媳妇，好好过日子，再来就拿鞭子打死!”他儿子哭着走了。

王勉自回家以后，不大与人应酬；但凡是从前的老朋友来访，就一定要招待他们住几天，比过去谦让有礼多了。特别有个黄子介，从前和他同学，也是有才学而不得意的人，王勉留他住了很久，常跟他悄悄交谈，还送给他许多钱。过了三四年，王勉的父亲死了。王勉花了上万银钱，选了块风水好的墓地，隆重地埋葬了父亲。这时他儿子已娶了媳妇，这媳妇把丈夫管得很紧，因此也不常出去赌钱了。奔丧那天，媳妇才初次拜见公婆。芳云一见面，就称赞她会过日子，给了三百两银子，让他们去购置田产。第二天，黄子介和王勉的儿子再去看望时，那里的房子全不见了，人也不知去向。

异史氏说：美人的居处，即使是地狱，人们还要到那里去找她，更何况是享受不尽的地方呢？地仙肯带美人来，恐怕天宫里就要没有人了。轻薄会折寿折福，这是理所当然，难道仙人就不顾忌这些吗？那女人的嘴，又怎么这样厉害呢？

阎罗薨

巡抚某公父，先为南服总督，殂谢已久。公一夜梦父来，颜色惨栗，告曰：“我生平无多孽愆，只有镇师一旅，不应调而误调之，途逢海寇，全军尽覆；今讼于阎君，刑狱酷毒，实可畏凛。阎罗非他，明日有经历解粮至，魏姓者是也。当代哀之，勿忘!”醒而异之，意未深信。既寐，又梦父让之曰：“父罹厄难，尚弗镂心，犹妖梦置之耶?”公大异之。

明日，留心审阅，果有魏经历，转运初至，即刻传入，使两人捺坐，而后起拜，如朝参礼。拜已，长跽涟洏而告以故。魏不自任，公伏地不起。魏乃云："然，其有之。但阴曹之法，非若阳世懵懵，可以上下其手，即恐不能为力。"公哀之益切。魏不得已，诺之。公又求其速理。魏筹回虑无静所。公请为粪除宾廨，许之。公乃起。又求一往窥听，魏不可。强之再四，嘱曰："去即勿声。且冥刑虽惨，与世不同，暂置若死，其实非死。如有所见，无庸骇怪。"

至夜，潜伏廨侧，见阶下囚人，断头折臂者，纷杂无数。墀中置火铛油镬，数人炽薪其下。俄见魏冠带出，升座，气象威猛，迥与曩殊。群鬼一时都伏，齐鸣冤苦。魏曰："汝等命戕于寇，冤自有主，何得妄告官长？"众鬼哗言曰："例不应调，乃被妄檄前来，遂遭凶害，谁贻之冤？"魏又曲为解脱，众鬼嗥冤，其声汹动。魏乃唤鬼役："可将某官赴油鼎，略入一煠，于理亦当。"察其意，似欲借此以泄众忿。即有牛首阿旁，执公父至，即以利叉刺入油鼎。公见之，中心惨怛，痛不可忍，不觉失声一号，庭中寂然，万形俱灭矣。公叹咤而归。及明，视魏，则已死于廨中。松江张禹定言之。以非佳名，故讳其人。

【译文】

有一位抚台的父亲，原先做南方总督，死去已经多年了。有一天夜里，抚台梦见父亲走来，脸色凄惨，哆嗦着对他说："我一生没有多作孽，只有驻防的一队士兵，不应当调动而错调了，途中遇到海盗，全军覆没。现在他们到阎王那里告状。阎王的刑罚很残酷，实在叫人害怕。阎王不是别人，明天有个解送粮米路过此地的经历官，姓魏的就是。你替我去求求他，别忘了!”抚台醒后，觉得诧异，不很相信。重新睡着后；又梦见父亲责怪道：“父亲遇到灾难，你却不放在心上，像梦魇一样丢在脑后吗?”抚台感到非常奇怪。

第二天留心观察，果然有一个姓魏的经历官转运粮米刚到这里，抚台就立刻唤他进屋，叫两个人按他坐下，然后自己向他叩头跪拜，像朝见皇帝时的礼仪一样。拜毕，挺直了身体跪着，流着眼泪，把事情的前后经过告诉了那姓魏的。姓魏的不承认自己是阎王，抚台就跪伏在地上不起来。姓魏的便说道：“我是阎王，这事也是有的。但阴世的王法，不像阳世那样糊里糊涂，可以打通上下关节作弊的，只怕我出不了力。”抚台听后，更加急切的哀求他。姓魏的没法，只好答应。抚台又求他赶快办理这事。姓魏的想了半天，怕没有清净的地方。抚台建议为他打扫一间客房，姓魏的同意了。抚台才站起身来。又要求前去偷看、偷听，姓魏的不肯。硬要求了三四次，姓魏的才叮嘱道：“去便去，可不要作声。况且阴世里的刑罚，虽然残酷，和阳世不同，开始上刑时人像是死了，但实际上并没有死。你如看到了什么，不要大惊小怪。”

到了晚上，抚台悄悄地躲在客房的旁边。只见台阶下的犯人，有砍了脑袋的，有折了臂膀的，乱哄哄的不计其数。台阶当中放着火炉油锅，有几个人在下面烧柴火。一会儿，见那姓魏的穿戴着官服走出，在厅堂升了座，神气很威严，和白天见到的完全是两个样子。众鬼一下子都跪伏在地，齐声喊冤叫苦。姓魏的说道：“你们的性命，害在强盗手中，冤有头债有主，怎么可以乱告官长?”众鬼乱嚷嚷地说：“按规定不该调动，而被他乱发军令调来，这才遭到杀害，谁使我们屈死的呢?”姓魏的又转弯抹角替抚台的父亲解脱罪名。众鬼喊起冤来，气势汹汹。姓魏的便命鬼差人：“可以将那个官长投进油锅里，稍为受点煎熬，从情理上说也是应该的。”看他的用意，好像是要借此让众鬼出出怨气。当即有一个牛头恶鬼，押着抚台的父亲走来。恶鬼用尖叉刺着把他挑到油锅里去。抚台一见，心里悲痛，无法忍受，不觉失声叫出来，院子里就静悄悄的什么也看不到了。抚台感到惊奇，叹着气，回到房里。等到天亮，去看看那姓魏的，已经死在厅堂上了。这故事是松江的张禹定说的。因为不是什么光彩的事，所以就不说出抚台的姓名了。

颠道人

颠道人，不知姓名，寓蒙山寺。歌哭不常，人莫之测，或见其煮石为饭者。

会重阳，有邑贵载酒登临，舆盖而往，宴毕过寺，甫及门，则道士赤足着破衲，自张黄盖，作警跸声而出，意近玩弄。邑贵乃惭怒，挥仆辈逐骂之。道人笑而却走。逐急弃盖；共毁裂之，片片化为鹰隼，四散群飞。众始骇，盖柄转成巨蟒，赤鳞耀目。众哗欲奔。有同游者止之曰："此不过翳眼之幻术耳，乌能噬人！"遂操刃直前。蟒张吻怒逆，吞客咽之。众骇，拥贵人急奔，息于三里之外。使数人逡巡往探，渐入寺，则人蟒俱无。方将返报，闻老槐内喘急如驴，骇甚。初不敢前；潜踪移近之，见树朽中空，有窍如盘。试一攀窥，则斗蟒者倒植其中，而孔大仅容两手，无术可以出之。急以刀劈树，比树开而人已死。逾时少苏，舁归。道士不知所之矣。

异史氏曰：张盖游山，厌气浃于骨髓。仙人游戏三昧，一何可笑！予乡殷生文屏，毕司农之妹夫也，为人玩世不恭。章丘有周生者，以寒贱起家，出必驾肩而行。亦与司农有瓜葛之旧。值太夫人寿，殷料其必来，先候于道，着猪皮靴，公服持手本。俟周舆至，鞠躬道左，唱曰："淄川生员，接章丘生员！"周惭，下舆；略致数语而别。少间，同聚于司农之堂，冠裳满座，视其服色，无不窃笑；殷傲睨自若。既而筵终出门，各命舆马。殷亦大声呼："殷老爷独龙车何在？"有二健仆，横扁杖于前，腾身跨之。致声拜谢，飞驰而去。殷亦仙人之亚也。

【译文】

有个疯道士，不知姓甚名谁，居住在蒙山寺中。他忽而唱歌，忽而哭泣，变化无常，人们都摸不透他，有人还看见他煮石头当饭吃。

那天正逢重阳节，城里有个贵人带了酒到蒙山登高，坐着轿张着大伞前往。吃过酒饭，到蒙山寺游玩。刚来到庙门口，只见道士光着双脚，穿着破旧的道袍，自己打着一把大黄伞，口里喊着："肃静！回避！"从庙里走出来，那意思有点在戏弄他们。贵人恼羞成怒，叫仆人们轰赶、辱骂道士。道士边笑边退，被撵得急了，丢下大伞就跑。仆人们把大伞撕得粉碎，碎片都变成了老鹰，向四面八方飞去。众人这才害怕起来。大伞柄转眼间又变为一条大蟒蛇，火红的鳞片耀人眼目。众人惊叫着要逃跑。有一个游客叫住大家，说："这不过是障眼法罢了，哪能吃了人呢！"于是拿着刀向蟒蛇走去。蟒蛇张嘴气势汹汹地迎上来，把那个游客一口吞了，咽下肚去。众人吓坏了，护着贵人急忙逃走，一直跑出三里多路才停下脚。派了几个人回去探听情况，慢慢走进庙里，人、蟒都不见了。刚要回去报告，听到老槐树里有急促的喘气声音，像驴一般，吓得不得了。开始不敢靠前，后来偷偷摸摸地走近槐树，发现树的中心烂空了，有个盘子般大小的洞穴。试着爬上去一看，那个同蟒蛇搏斗的游客倒竖在里面，而树洞只能伸进两只手，无法把他救出来。急忙用刀劈树，等到把树劈开，那游客已昏死过去了。过了一段时间，才慢慢苏醒过来，众人把他抬了回去，道士却不知到哪里去了。

异史氏说：打着伞盖去游山，那俗气已透到骨髓里去了。仙人寓游戏于道术，讽刺得多么可笑！我家乡有位殷秀才，名叫文屏，是户部尚书毕公的妹夫，为人玩世不恭。章丘有个周秀才，原来很穷，后来发了，出门一定要坐轿才走。也和户部尚书有点关系。那天正碰上尚书家老太太生日，殷秀才料定他必定会去，就着了一双猪皮靴子，穿了礼服，拿着谒见上司的名帖，等候周秀才轿子过来，弯着腰站在路旁，大声宣称："淄川秀才，迎接章丘秀才。"周秀才觉得惭愧，走下轿来，略为说了几句话，就走开了。不多时，二人在户部尚书的厅堂里又碰头了，满座宾客，看见殷秀才穿的衣服，都暗暗地发笑。殷秀才却目光高傲，若无其事。散席后，宾客告辞出门，各人呼唤自己的轿马，坐了回去。殷秀才也大声叫道："殷老爷的独龙车在哪里?"有两个壮实的仆人，横抬着一根扁棍子走上前来，殷秀才一跃身骑了上去；向主人道过谢，飞也似的去了。这殷秀才也真和仙人差不多啊。

胡四娘

程孝思，剑南人。少惠能文。父母俱早丧，家赤贫，无衣食业，求佣为胡银台司笔札。胡公试使文，大悦之，曰："此不长贫，可妻也。"银台有三子四女，皆褓中论亲于大家；止有少女四娘，孽出，母早亡，笄年未字，遂赘程。或非笑之，以为惽髦之乱命，而公弗之顾也。除馆馆生，供备丰隆。群公子鄙不与同食，仆婢咸揶揄焉。生默默不较短长，研读甚苦。众从旁厌讥之，程读弗辍；群又以鸣钲锽聒其侧，程携卷去，读于闺中。

初，四娘之未字也，有神巫知人贵贱，遍观之，都无谀词；惟四娘至，乃曰："此真贵人也!"及赘程，诸姊妹皆呼之"贵人"以嘲笑之；而四娘端重寡言，若罔闻之。渐至婢媪，亦率相呼。四娘有婢名桂儿，意颇不平，大言曰："何知吾家郎君，便不作贵官耶？"二姊闻而嗤之曰："程郎如作贵官，当抉我眸子去！"桂儿怒而言曰："到尔时，恐不舍得眸子也！"二姊婢春香曰："二娘食言，我以两睛代之。"桂儿益恚，击掌为誓曰："管教两丁盲也！"二姊忿其语侵，立批之。桂儿号咷。夫人闻知，即亦无所可否，但微哂焉。桂儿噪诉四娘；四娘方绩，不怒亦不言，绩自若。

会公初度，诸壻皆至，寿仪充庭。大妇嘲四娘曰："汝家祝仪何物？"二妇曰："两肩荷一口！"四娘坦然，殊无惭怍。人见其事事类痴，愈益狎之。独有公爱妾李氏，三姊所自出也，恒礼重四娘，往往相顾恤。每谓三娘曰："四娘内慧外朴，聪明浑而不露，诸婢子皆在其包罗中而不自知。况程郎昼夜攻苦，夫岂久为人下者？汝勿效尤，宜善之，他日好相见也。"故三娘每归宁，辄加意相欢。

是年，程以公力得入邑庠。明年，学使科试士，而公适薨，程缞哀如子，未得与试。既离苫块，四娘赠以金，使趋入"遗才"籍。嘱曰："曩久居，所不被呵逐者，徒以有老父在；今万分不可矣！倘能吐气，庶回时尚有家耳。"临别，李氏、三娘赂遗优厚。程入闱，砥志研思，以求必售。无何，放榜，竟被黜。

愿乖气结，难于旋里，幸囊资小泰，携卷入都。时妻党多任京秩，恐见诮讪，乃易旧名，诡托里居，求潜身于大人之门。东海李兰台见而器之，收诸幕中，资以膏火，为之纳贡，使应顺天举；连战皆捷，授庶吉士。

自乃实言其故。李公假千金，先使纪纲赴剑南，为之治第。时胡大郎以父亡空匮，货其沃墅，因购焉。既成，然后贷舆马往迎四娘。

先是，程擢第后，有邮报者，举宅皆恶闻之；又审其名字不符，叱去之。适三郎完婚，戚眷登堂为馔，姊妹诸姑咸在，独四娘不见招于兄嫂。忽一人驰入，呈程寄四娘函信；兄弟发视，相顾失色。筵中诸眷客始请见四娘。姊妹惴惴，惟恐四娘衔恨不至。无何，翩然竟来。申贺者，捉坐者，寒暄者，喧杂满屋。耳有听，听四娘；目有视，视四娘；口有道，道四娘也：而四娘凝重如故。众见其靡所短长，稍就安帖，于是争把盏酌四娘。方宴笑间，门外啼号甚急。群致怪问。俄见春香奔入，面血沾染。共诘之，哭不能对。二娘诃之，始泣曰："桂儿逼索眼睛，非解脱，几抉去矣！"二娘大惭，汗粉交下。四娘漠然，合座寂无一语，各始告别。四娘盛妆，独拜李夫人及三姊，出门登车而去。众始知买墅者即程也。四娘初至墅，什物多阙。夫人及诸郎各以婢仆器具相赠遗，四娘一无所受；唯李夫人赠一婢，受之。

居无何，程假归展墓，车马扈从如云。诣岳家，礼公柩，次参李夫人。诸郎衣冠既竟，已升舆矣。胡公殁，群公子日竞赀财，柩弗顾。数年，灵寝漏败，渐将以华屋作山丘矣。程睹之悲，竟不谋于诸郎，刻期营葬，事事尽礼。殡日，冠盖相属，里中咸嘉叹焉。

程十余年历秩清显，凡遇乡党厄急，罔不极力。二郎适以人命被逮，直指巡方者，为程同谱，风规甚烈。

大郎浼妇翁王观察函致之，殊无裁答，益惧。欲往求妹，而自觉无颜，乃持李夫人手书往。至都，不敢遽进，觇程入朝，而后诣之。冀四娘念手足之义，而忘睚眦之嫌。阍人既通，即有旧媪出，导入厅事，具酒馔，亦颇草草。食毕，四娘出，颜温霁，问："大哥人事大忙，万里何暇枉顾?"大郎五体投地，泣述所来。四娘扶而笑曰："大哥好男子，此何大事，直复尔尔？妹子一女流，几曾见呜呜向人?"大郎乃出李夫人书。四娘曰："诸兄家娘子，都是天人，各求父兄，即可了矣，何至奔波到此?"大郎无词，但顾哀之。四娘作色曰："我以为跋涉来省妹子，乃以大讼求贵人耶!"拂袖径入。大郎惭愤而出。归家详述，大小无不诟詈；李夫人亦谓其忍。逾数日，二郎释放宁家，众大喜，方笑四娘之徒取怨谤也。俄而四娘遣价候李夫人。唤入，仆陈金币，言："夫人为二舅事，遣发甚急，未遑字覆。聊寄微仪，以代函信。"众始知二郎之归，乃程力也。后三娘家渐贫，程施报逾于常格。又以李夫人无子，迎养若母焉。

【译文】

程孝思，四川人。从小就聪明，会写文章。父母都死得很早，家里穷得丁当响，又没有谋温饱的生计，就去向通政司一位姓胡的长官要求当秘书。胡公要他写篇文章试试，大为赏识，说："这个人不会长期受穷，可以把女儿嫁给他。"胡公有三个儿子，四个女儿，都在吃奶的时候就同有财有势的人家订亲了；只有小女儿四娘，是小老婆生的，母亲早死了，到十五六岁还没有找人家，于是就把程孝思招做上门女婿。有些人非议嘲笑胡公，认为他老糊涂了，乱作主张，可是胡公一概置之不理。他叫人收拾一间书房，让程孝思住进去，供应一切齐备，又多又好。胡家几个儿子瞧不起程孝思，不愿与他同桌吃饭，男女仆人也都戏弄他。程孝思默默忍受，不予计较，只是刻苦读书。大家在旁边讥笑他，他照样不停地攻读；又在跟前打鼓敲钟扰乱他，他就拿了书本到卧房中去读。

当初，四娘还没订亲时，有个巫婆能知道人的贵贱，给胡家其他兄弟姐妹看相时，从没有说过一句奉承话，只有给相到四娘，才说："这是真正的贵人啊！"等到招程孝思为女婿后，四娘的几个姐姐都管她叫"贵人"，以此来嘲笑她。而四娘却端庄稳重，不随便说话，对她们的嘲笑也只当没有听见。慢慢地丫鬟仆妇们也都管她叫"贵人"了。四娘有个丫鬟，名叫桂儿，心里很感不平，曾大声说："怎么知道我家的姑爷就不能做大官呢？"四娘的二姐听了这话，就讥讽说："程姑爷如能做大官，你就把我的眼珠子挖了去！"桂儿赌气地说："到那时恐怕就舍不得眼珠子喽！"二姐的丫鬟春香说："二小姐说话如不算数，就挖我的眼珠子代替。"桂儿越发生气了，同春香击掌发誓，说："准保你们两个都变成双眼瞎！"二姐觉得这话冒犯了自己，气得立刻上前打了桂儿一个嘴巴。桂儿大哭大叫起来。胡夫人听到后，也不说什么，只是微笑了一下。桂儿吵吵嚷嚷向四娘诉说了一遍，四娘正在纺线，听了不生气也不答话，照旧纺线。

胡公过生日那天，几个女婿都来了，送来的寿礼摆满了院子。大嫂嘲笑四娘说："你家送了什么寿礼呀？"二嫂接口道："两个肩膀扛一张嘴巴！"四娘却坦然处之，一点也不感到惭愧。众人见四娘凡事像个傻子一般，就更加戏弄她了。只有胡公心爱的小老婆李氏，是三姐的母亲，常对四娘以礼相待，总是护着她。经常对三姐说："四姐内心聪明而外表朴实，她的聪明是一点也不外露的，那些娘儿们都在她罗网之中而自己还不知道。况且程姑爷日夜苦读，哪里会总是做人下人呢？你可别学她们那种样子，要好好对待四姐，将来也好见面呀！"因此，三姐每次回娘家，就对四娘特别表示好感。

这一年，程孝思靠了胡公的帮助，进了县学，做了秀才。第二年，学政来考举人，这时胡公恰巧死了，程孝思像儿子一样守丧尽孝，没能参加科举考试。程孝思守丧期满后，四娘给他一些钱，让他去取得补考举人的资格，嘱咐他说："以前能够长住这里而没被撵出去，只因为有父亲在。现在可是万万不行了！你倘能争口气，考中了，也许回来时还能有个家呀！"临走时，李氏和三姐赠给他许多钱。程孝思进了考场，穷思苦想，下决心一定要考中。不久，发榜了，他竟然名落孙山。

他的目的没有达到，心里闷闷不乐，觉得没有脸面回家。幸亏他兜里还有一些钱，就带着书箱到京城去了。当时，岳父家有许多亲戚在京城做官，他怕他们讥笑议论，就改了名字，假报了家乡住址，托人在大官家谋点事干。东海的李御史，见了程孝思后，很器重他，聘请他做自己的幕僚，送给他生活费用，替他捐了个贡生的身份，让他去参加顺天府考试。程孝思接连考中了举人、进士，被授予庶吉士的官职。他这时才如实地讲出了自己的身世遭遇。李御史拿出一千两银子，派仆人先赶到四川，替他置办住宅。当时，胡家大儿子因为父亲死后缺钱用，要变卖一所上好的宅院，李家的仆人就把它买了下来。一切安排妥当后，就雇了车马去接四娘。

在这之前，程孝思考中的喜报曾传到家中，但胡家的人都不愿意听，又发现喜报上的名字不相符，就把报喜的人赶跑了。当时正逢胡家三儿子结婚，亲戚们都来道喜，姊妹们也都在场，只有四娘没有被兄嫂邀请。这时，忽然有一人飞马而来，送上程孝思给四娘的一封信。胡家兄弟打开一看，你瞧我，我瞧你，脸色都变了。酒席上的亲眷客人们这才请四娘出来相见。四娘的几个姐姐心里不安，只怕她记恨，不肯赴宴。不久，四娘竟然步履轻盈地来了。有人向她道喜，有人拉她入座，有人问寒问暖，满屋子闹腾腾，乱嘈嘈的。大家耳朵听的是四娘，眼睛看的是四娘，嘴上说的是四娘，而四娘却安详稳重，和平常一样。大家见四娘并不计较什么，才稍稍安下心来，于是争着给她斟酒。正在喝酒谈笑的时候，门外传来一阵阵哭喊的声音。大家奇怪地询问缘故。很快就见春香满脸是血奔跑进来。众人一齐追问她出了什么事，她只是哭，却无法回答。二姐大声叱责她，她才哭着说："桂儿逼着要我的眼睛，要不是我挣脱得快，差点被她挖去了！"二姐听了十分惭愧，汗水夹着脂粉一齐流了下来。四娘毫无表示，满座静悄悄地没人说话，客人开始告别离去。四娘盛装打扮，只向李夫人和三姐行了礼，便出门上车去了。众人才知道买宅院的就是程孝思。四娘刚住进新买的宅院时，家中什物缺少，胡夫人和胡家兄弟分别送来丫鬟、仆人、器具，四娘一概不受，只把李夫人送来的一个丫鬟留下了。

过了不久，程孝思请假回来扫墓，车马随从如云。到了岳父家，在岳父灵位前行了礼，又去拜见李夫人。胡家兄弟穿好见客的衣服出来迎接，程孝思已经上车走了。胡公死后，胡家兄弟天天争家产，不顾父亲的灵柩。几年以后，停放棺材的屋子破败得漏雨了，慢慢地要变成埋葬棺材的坟墓了。程孝思看了很悲伤，也不同胡家兄弟商量，选了个日子，把棺材落葬了，一切都按照规定的礼节进行。出殡那天，许多有地位的人前来送葬，车马相接，邻里们都赞叹不已。

程孝思十多年做的都是清贵官职，很有声望。凡是遇到家乡人有困难，无不尽力帮助。胡家老二因为人命案子被逮捕了，处理这个案子的巡按御史，是程孝思的同僚，办事非常严格。胡家老大央求丈人王道台写信求情，毫无回音，心里更加紧张。要去求四妹，又觉得没脸开口，就拿了李夫人的亲笔信前去。到了京城，不敢贸然上门，暗中看准程孝思上朝去了，才去求见四娘。希望四娘顾念手足之情，忘了从前种种不愉快的事情。看门的进去通报后，就有从前的女仆迎出来，带他进了大厅，摆上普通的酒饭。老大吃完饭后，四娘出来相见，和颜悦色地问："大哥事情很忙，怎么有空大老远地赶到这里来呢？"老大跪伏在地，边哭边说明来意。四娘把他扶起来，笑着说："大哥是个男子汉，这算什么了不得的大事，值得你这个样子。妹子是女流之辈，什么时候看见我在人面前呜呜地哭过？"老大于是拿出李夫人的信。四娘说："各位嫂子都是了不起的人物，各人去找自己的父亲、兄长，事情就立刻解决了，何必老远地跑到这里来呢？"老大无话可说，只是一个劲地求情。四娘变了脸色，说："我以为你跋山涉水的跑来看望妹子，原来是因为有人命官司来求'贵人'呀？"说罢，一甩袖子就回房去了。老大又羞又恼地走了。回到家里，把经过详详细细讲了一遍，大人小孩没有一个不骂四娘无情的，连李夫人也觉得四娘太狠心了。过了几天，老二被释放回家，大家非常高兴，正在笑话四娘不近人情，白白地自取辱骂。不一会儿，四娘派仆人来问候李夫人了。李夫人叫他进来，仆人取出金钱，说："我家夫人为了二舅老爷的事，叫我赶快来，没来得及写信。送上这点微薄的礼物，聊表问候，代替书信了。"大家才知道老二能够平安回来，都是程孝思出了力。后来，三姐家渐渐穷了，程孝思对她的报答帮助远远超出了一般。又因为李夫人没有儿子，就把她接到家中，像侍候母亲一样侍候她。

僧　术

黄生，故家子。才情颇赡，夙志高骞。村外兰若，有居僧某，素与分深。既而僧云游，去十余年复归。见黄，叹曰："谓君腾达已久，今尚白纻耶？想福命固薄耳。请为君贿冥中主者。能置十千否？"答言："不能。"僧曰："请勉办其半，余当代假之。三日为约。"黄诺之，竭力典质如数。三日，僧果以五千来付黄。黄家旧有汲水井，深不竭，云通河海。僧命束置井边，戒曰："约我到寺，即推堕井中。候半炊时，有一钱泛起，当拜之。"乃去。

黄不解何术；转念效否未定，而十千可惜。乃匿其九，而以一千投之。少间，巨泡突起，铿然而破，即有一钱浮出，大如车轮。黄大骇。既拜，又取四千投焉。落下，击触有声，为大钱所隔，不得沉。日暮，僧至，谯让之曰："胡不尽投？"黄云："已尽投矣。"僧曰："冥中使者止将一千去，何乃妄言？"黄实告之。僧叹曰："鄙吝者必非大器。此子之命合以明经终；不然，甲科立致矣。"黄大悔，求再禳之。僧固辞而去。黄视井中钱犹浮，以绠钓上，大钱乃沉。是岁，黄以副榜准贡，卒如僧言。

异史氏曰：岂冥中亦开捐纳之科耶？十千而得一第，直亦廉矣。然一千准贡，犹昂贵耳。明经不第，何值一钱！

【译文】

有个姓黄的书生，是大户人家的儿子。他很有才学，志向远大。村外有座寺庙，住着一个和尚，黄生平素与他来往密切。后来，和尚外出漫游，过了十多年才回来。见到黄生，叹息地说："我以为你早已发迹了，现在却还是个白丁呀？想必你命中福分太薄了。让我为你向阴间管事的送点礼，你能准备一万钱吗？"黄生回答说不能。和尚道："请你尽力准备五千，其余的我替你去借，三天内把这笔钱凑齐。"黄生答应了。他尽了最大努力，抵押了财物，准备了五千钱。第三天，和尚果然拿了五千钱来交给黄生。黄家有口古井，很深，水总不干，据说与河海相通。和尚叫黄生把钱捆好，放在井边，叮嘱道："你估计我回到庙里后，就把这些钱都推到井里去。过半顿饭工夫，有一个钱会浮上来，你见了就叩头。"说罢，就走了。

黄生不知道和尚施的是什么法术；又一想，是不是灵验还不一定，把这一万钱扔到井里太可惜了。于是他藏起九千，只把一千钱扔到井里。过了不大一会儿，井里突然冒出一个大水泡，嘣的一声，水泡破了，立刻有一个钱浮上来，足足有车轮一般大。黄生大惊，叩了头，又取出四千钱扔下去。钱落到井里，碰撞得当当作响，因为被那大钱挡住了，沉不下去。傍晚，和尚回来了，责备黄生道："为什么不全扔下去？"黄生道："已经全扔下去了。"和尚道："阴间派来的人只拿到一千，你怎么说谎呢？"黄生只好把实情告诉他。和尚叹道："吝啬鬼必定成不了大器。这是你的命，只好做个贡生就到顶了，不然的话，进士马上可以到手。"黄生非常后悔，要求和尚再向阴间祭告，和尚坚决不肯，走了。黄生看那井里的钱，仍然浮着，就用绳子把它们钓上来，那个大钱才沉了下去。

这一年，黄生考举人，中了个备取，依例成为贡生，结局同和尚说的完全一样。

异史氏说：难道阴间也有捐款纳钱而做官的名目吗？花一万钱中个进士，花费倒也便宜。但一千钱考个贡生，还是很贵的。举人都没考上，贡生能值什么钱！

禄数

某显者多为不道；夫人每以果报劝谏之，殊不听信。适有方士，能知人禄数，诣之。方士熟视曰："君再食米二十石、面四十石，天禄乃终。"归语夫人。计一人终年仅食面二石，尚有二十余年天禄，岂不善所能绝耶？横如故。逾年，忽病"除中"，食甚多而旋饥，一昼夜十余餐。未及周岁，死矣。

【译文】

有个很有地位的人，干了许多坏事，他的妻子常用因果报应的道理进行劝阻，但他一点也不听信。正好有个方士，能预知人的寿命，他就前去拜访。方士仔细端详着他说："你再吃米二十石、面四十石，天年就尽了。"他把方士的话告诉了妻子。他计算一人一年仅吃面二石，那么还有二十多年的寿命，难道几桩坏事就能把寿命折了吗？因而照旧横行霸道。过了一年，他突然得了糖尿病，吃得很多而又饿得很快，一天一夜要吃十多餐。不到一年，就死了。

柳生

周生，顺天宦裔也。与柳生善。柳得异人之传，精袁许之术。尝谓周曰："子功名无分；万钟之赀，尚可以人谋。然尊阃薄相，恐不能佐君成业。"未几，妇果亡。家室萧条，不可聊赖。因诣柳，将以卜姻。入客舍，坐良久，柳归内不出。呼之再三，始出，曰："我日为君物色佳偶，今始得之。适在内作小术，求月老系赤绳耳。"周喜问之。答曰："甫有一人携囊出，遇之否？"曰："遇之。褴褛若丐。"曰："此君岳翁，宜敬礼之。"周曰："缘相交好，遂谋隐密，何相戏之甚也！仆即式微，犹是世裔，何至下昏于市侩？"柳曰："不然。犁牛尚有子，何害？"周问："曾见其女耶？"答曰："未也。我素与无旧，姓名亦问讯知之。"周笑曰："尚未知犁牛，何知其子？"柳曰："我以数信之。其人凶而贱，然当生厚福之女。但强合之必有大厄，容复禳之。"周既归，未肯以其言为信，诸方觅之，迄无一成。

一日，柳生忽至，曰："有一客，我已代折简矣。"问："为谁？"曰："且勿问，宜速作黍。"周不喻其故，如命治具。俄客至，盖傅姓营卒也。心内不合，阳浮道与之；而柳生承应甚恭。少间，酒肴既陈，杂恶草具进。柳起告客："公子向慕已久，每托某代访，曩夕始得晤。又闻不日远征，立刻相邀，可谓仓卒主人矣。"饮间，傅忧马病，不可骑。柳亦俛首为之筹思。既而客去，柳让周曰："千金不能买此友，何乃视之漠漠？"借马骑归，因假周命，登门持赠傅。周既知，稍稍不快，已无如何。过岁，将如江西，投臬司幕。诣柳问卜。柳言："大吉！"周笑曰："我意无他，但薄有所猎，当购佳妇，几幸前言之不验也，能否？”柳云：“并如君愿。”及至江西，值大寇叛乱，三年不得归。后稍平，选日遵路，中途为土寇所掠，同难七八人，皆劫其金赀，释令去；惟周被掳至巢。盗首诘其家世，因曰：“我有息女，欲奉箕帚，当即无辞。”周不答。盗怒，立命枭斩。周惧，思不如暂从其请，因从容而弃之。遂告曰：“小生所以踟蹰者，以文弱不能从戎，恐益为丈人累耳。如使夫妇得相将俱去，恩莫厚焉。”盗曰：“我方忧女子累人，此何不可从也。”引入内，妆女出见，年可十八九，盖天人也。当夕合卺，深过所望。细审姓氏，乃知其父，即当年荷囊人也。因述柳言，为之感叹。

过三四日，将送之行，忽大军掩至，全家皆就执缚。有将官三员监视，已将妇翁斩讫，寻次及周。周自分已无生理。一员审视曰：“此非周某耶？”盖傅卒已以军功授副将军矣。谓僚曰：“此吾乡世家名士，安得为贼。”解其缚，问所从来。周诡曰：“适从江臬娶妇而归，不意途陷盗窟。幸蒙拯救，德戴二天！但室人离散，求借洪威，更赐瓦全。”傅命列诸俘，令其自认，得之。饷以酒食，助以资斧，曰：“曩受解骖之惠，旦夕不忘。但抢攘间不遑修礼，请以马二匹、金五十两，助君北旋。”又遣二骑持信矢护送之。途中，女告周曰：“痴父不听忠告，母氏死之。知有今日久矣；所以偷生旦暮者，以少时曾为相者所许，冀他日能收亲骨耳。某所窖藏巨金，可以发赎父骨；余者携归，尚足谋生产。”嘱骑者候于路，两人至旧处，庐舍已烬，于灰火中，取佩刀掘尺许，果得金；尽装入橐，乃返。以百金赂骑者，使瘗翁尸；又引拜母家，始行。至直隶界，厚赐骑者而去。

周久不归，家人谓其已死，恣意侵冒，粟帛器具，荡无存者。及闻主人归，大惧，哄然尽逃；只有一妪，一婢，一老奴在焉。周以出死得生，不复追问。及访柳，则不知所适矣。女持家逾于男子，择醇笃者授以赀本，而均其息。每诸商会计于檐下，女垂帘听之；盘中误下一珠，辄指其讹。内外无敢欺。数年，夥商盈百，家数十巨万矣。乃遣人移亲骨，厚葬之。

异史氏曰：月老可以贿嘱，无怪媒妁之同于牙侩矣。乃盗也有是女耶？培塿无松柏，此鄙人之论耳。妇人女子犹失之，况以相天下士哉！

【译文】

周秀才，是北京做官人家的后代，和柳秀才很要好。柳秀才得到仙人的传授，精通相术。曾对周秀才说：“你命里没有做官的份，但万钟米的钱，还是可以设法弄到的。只是尊夫人福相太薄，恐怕不能帮助你成就事业。”过了不久，他妻子果然死了。家里冷冷清清，没人照料。就去找柳秀才，想请他算算自己续弦的事怎么样。进了客厅，坐了好半天，柳秀才回到内室不出来。叫了好几次，他才出来，说：“我天天为你寻找好对象，现在才找到。刚才我在屋里做点小法术，求月下老人用红绳子系脚呢。”周秀才高兴地向他打听，柳秀才回答说：“刚才有个人拿着袋子出去，你碰到没有？”周秀才说：“碰到了。衣衫破破烂烂，像个叫花子。”柳秀才说：“他就是你老丈人，你应该恭恭敬敬，对他以礼相待。”周秀才说：“我们因为相好，所以和你商量私事，为什么和我开这样大的玩笑呢！我就是穷，到底也是做官人家的后代，还不至于要和街上的贱人攀亲。”柳秀才说：“话可不能这样说。杂色牛也会有好种，有什么关系呢?”周秀才问:“你可曾见过他女儿?”柳秀才说:“没有见过。我和他向来不认识,连姓名还是问了他才知道的”。周秀才笑着说:“还不知道杂色牛,怎么就知道它的种呢?”柳秀才说:“我是算了他的命才知道的。这人凶暴下贱,但注定要生个命大福大的女儿。不过硬拉在一起,一定会有大祸,让我再去求求神灵保佑。”周秀才回家后,总不相信他的话是真的,就自己到处物色,终究没一个成功。

一天,柳秀才突然来找他,说:“有一位客人,我已经代你送帖子去请他了。”周秀才问是谁,柳秀才说:“你先别问,快去烧饭。”周秀才摸不着头脑,照他的话准备好酒菜。一会儿,客人来了,姓傅,是个当兵的。周秀才心里不乐意,表面上和他敷衍几句,柳秀才却对他很是恭敬。不多时,酒菜摆上来了,里面夹杂了些不上席面的下劣菜肴。柳秀才站起身对客人打招呼:“周公子仰慕你已经多时了,常托我寻访你,前几天才得见面。又听说你近日内要远出打仗,急忙来请你,所以准备得十分仓促。”席间,姓傅的谈起他的马病了,无法骑,正为此发愁。柳秀才也低头替他想办法。散席后,客人告辞走了,柳秀才就埋怨周秀才说:“你用一千两金子也买不到这样的朋友,为什么这样冷待他?”他向周秀才借马骑回家,却用周秀才的名义把马送给姓傅的。周秀才知道后,有点不高兴,但已经无可奈何。过了一年,周秀才想到江西按察使的衙门里去做事。他找到柳秀才问吉凶。柳秀才说:“大吉大利!”周秀才笑着说:“我没有别的打算,只要积下几个钱,就该买个好女人。但愿你从前说的话不灵验,不知能否称了我的心愿?”柳秀才说:“都会称你心愿的。”周秀才到江西,正逢强盗造反,困在那里三年,无法回家。后来稍微太平了点,就选了个日子上路,半路上又碰到土匪抢劫。一起遭劫的七八个人,都抢去金银财物,放他们走了,只有周秀才被押到土匪窝里。土匪头子问他家中情况,并说:“我有一个女儿,要嫁给你为妻,该不会推辞。”周秀才不回答。土匪头子大怒,立刻下令杀头。周秀才怕了,想不如暂且答应他,再慢慢想办法摆脱。就对土匪头子说:“我所以拿不定主意,是因为身体文弱,不能跟随你们一道打仗,怕给你添麻烦。如能让我们夫妻俩一起到别处去,这个恩典就再大也没有了。”土匪头子说："我正在愁女儿拖累，这有什么不能答应的呢。"于是领他到里面去，叫女儿打扮后出来见了面，只见她大约十八九岁，生得像天仙一样美丽。当夜就吃了交欢酒。周秀才觉得这桩婚事比原来希望的还好。仔细打听她的姓名，才知道她父亲就是当年那个背布袋子的人。于是对她讲了柳秀才说过的话，两人感叹了一番。

过了三四天，土匪头子正准备送他们上路，突然有大批官军杀到，全家人统统被捉住捆绑起来。有三个将官监视着，先把他妻子的父亲杀了，挨下来轮到周秀才。周秀才自忖已没有生路。一个将官盯着他看，说："这不是周秀才吗?"原来那个姓傅的士兵，因为打仗有功，已升任副将了。他对同伴说："这位是我家乡做官人家有名的读书人，怎么可能做土匪呢。"说着给周秀才松了绑，问他从什么地方来。周秀才撒谎说："刚从江西按察使衙门里娶了妻子回去，想不到半路陷入土匪窝。幸亏你搭救，恩德齐天了，只是妻子离散，还求借你大力，赐我们团圆。"姓傅的吩咐把捉来的人排好队，叫周秀才自己认了领去。还请他吃了酒饭，送他盘缠，对他说："从前受过你送马的好处，日夜不敢忘记。只是匆忙之间，来不及准备礼物，请允许我送两匹马、五十两银子，帮助你回北方去。"又派了两个骑兵，拿着令箭，护送他走。路上，妻子对周秀才说："无知的父亲不听好言相劝，我母亲就是因为他死的。我早知会有今天，所以捱着过日子，是因为小时候算命先生有过话，希望有一天能收埋父母的骨头罢了。我在地窖里埋着许多银子，掘出来可以赎回父亲的尸骨；剩下的带回家去，还可以做买卖过日子。"于是叮嘱骑兵在路上等候，两人回到原来住的地方。房屋已经烧光了，在废墟中，用佩刀掘了一尺多深，果然掘到了银子，统统装进袋里便回。拿一百两银子送给两个骑兵，叫他们收埋好父亲的尸体；又领周秀才祭拜了母亲的坟墓，才动身回家。到了北京地界，重赏了骑兵，打发他们回去。

周秀才多年不回去，家里的佣人以为他已经死了，就任意侵吞他的财产，粮米绸缎用具，拿得一点不剩。等到听说主人回来，个个惊恐万状，争先恐后地逃跑了。只有一个老婆子，一个丫头，一个老佣人，守着屋子。周秀才因为自己刚从死里逃生，也就不再去追问。等到去拜访柳秀才，已不知他的去向了。周秀才的妻子管家胜过男人，她挑选几个老实人，拿出本钱叫他们做买卖，利润和他们平分。那些商人在廊檐下算账，她隔帘听着，谁打错一个算盘珠子，她能立刻指出。因此里里外外没有敢欺侮她的。几年工夫，替她做买卖的多达上百人，家里的钱积了几十万。她就派人把父母的尸骨运来，重新隆重埋葬。

异史氏说：月下老人可以拿钱去通路子，怪不得做媒的和做买卖的一样了。强盗竟会有这样的女儿吗？小土堆上长不出松柏：这是没见识人的议论罢了。连妇人女子都看不准，何况是相天下的读书人呢！

冤狱

朱生，阳穀人。少年佻达，喜诙谑。因丧偶，往求媒媪。遇其邻人之妻，睨之美。戏谓媪曰："适睹尊邻，雅少丽，若为我求凰，渠可也。"媪亦戏曰："请杀其男子，我为若图之。"朱笑曰："诺。"更月余，邻人出讨负，被杀于野。邑令拘邻保，血肤取实，究无端绪；惟媒媪述相谑之词，以此疑朱。捕至，百口不承。令又疑邻妇与私，搒掠之，五毒参至。妇不能堪，诬伏。又讯朱。朱曰："细嫩不任苦刑，所言皆妄。既是冤死，而又加以不节之名，纵鬼神无知，予心何忍乎？我实供之可矣：欲杀夫而娶其妇，皆我之为，妇实不知之也。"问："何凭？"答言："血衣可证。"及使人搜诸其家，竟不可得。又掠之，死而复苏者再。朱乃云："此母不忍出证据死我耳，待自取之。"因押归告母曰："予我衣，死也；即不予，亦死也：均之死，故迟也不如其速也。"母泣，入室移时，取衣出，付之。令审其迹确，拟斩。再驳再审，无异词。

经年余，决有日矣。令方虑囚，忽一人直上公堂，努目视令而大骂曰："如此愦愦，何足临民！"隶役数十辈，将共执之。其人振臂一挥，颓然并仆。令惧，欲逃。其人大言曰："我关帝前周将军也！昏官若动，即便诛却！"令战惧悚听。其人曰："杀人者乃宫标也，于朱某何与？"言已，倒地，气若绝。少顷而醒，面无人色。及问其人，则宫标也。搒之，尽服其罪。

盖宫素不逞，知其讨负而归，意腰橐必富，及杀之，竟无所得。闻朱诬服，窃自幸。是日身入公门，殊不自知。令问朱血衣所自来，朱亦不知之。唤其母鞫之，则割臂所染；验其左臂，刀痕犹未平也。令亦愕然。后以此被参揭免官，罚赎羁留而死。年余，邻母欲嫁其妇；妇感朱义，遂嫁之。

异史氏曰：讼狱乃居官之首务，培阴骘，灭天理，皆在于此，不可不慎也。躁急污暴，固乖天和；淹滞因循，亦伤民命。一人兴讼，则数农违时；一案既成，则十家荡产：岂故之细哉！余尝谓为官者，不滥受词讼，即是盛德。且非重大之情，不必羁候；若无疑难之事，何用徘徊？即或邻里愚民，山村豪气，偶因鹅鸭之争，致起雀角之忿，此不过借官宰之一言，以为平定而已，无用全人，只须两造，笞杖立加，葛藤悉断。所谓神明之宰非耶？每见今之听讼者矣：一票既出，若故忘之。摄牒者入手未盈，不令消见官之票；承刑者润笔不饱，不肯悬听审之牌。矇蔽因循，动经岁月，不及登长吏之庭，而皮骨已将尽矣！而俨然而民上也者，偃息在床，漠若无事。宁知水火狱中，有无数冤魂，伸颈延息，以望拔救耶！然在奸民之凶顽，固无足惜；而在良民之株累，亦复何堪？况且无辜之干连，往往奸民少而良民多；而良民之受害，且更倍于奸民。何以故？奸民难虐，而良民易欺也。皂隶之所殴骂，胥徒之所需索，皆相良者而施之暴。自入公门，如蹈汤火。早结一日之案，则早安一日之生，有何大事，而顾奄奄堂上若死人，似恐溪壑之不遽饱，而故假之以岁时也者！虽非酷暴，而其实厥罪维均矣。尝见一词之中，其急要不可少者，不过三数人；其余皆无辜之赤子，妄被罗织者也。或平昔以睚眦开嫌，或当前以怀璧致罪，故兴讼者以其全力谋正案，而以其余毒复小仇。带一名于纸尾，遂成附骨之疽；受万罪于公门，竟属切肤之痛。人跪亦跪，状若乌集；人出亦出，还同猱系。而究之官问不及，吏诘不至，其实一无所用，只足以破产倾家，饱蠹役之贪囊，鬻子典妻，泄小人之私愤而已。深愿为官者，每投到时，略一审诘：当逐逐之，不当逐芟之。不过一濡毫、一动腕之间耳，便保全多少身家，培养多少元气。从政者曾不一念及于此，又何必桁杨刀锯能杀人哉！

【译文】

朱秀才，是阳穀地方的人。年纪还轻，却很轻浮，喜欢开玩笑。朱秀才因为妻子死了，去找媒婆说亲。遇到媒婆邻居的妻子，斜眼看去，长得很漂亮。朱秀才对媒婆开玩笑说："刚才看见你邻家夫人，确实年轻貌美。你给我求偶，她很合适。"媒婆也开玩笑说："你把她男人杀了，我就为你动她脑筋。"朱秀才笑着说："好。"过了一个多月，那邻家男人外出讨债，被人杀死在野外。县官把死者的左邻右舍都抓起来，严刑逼供，到底没有头绪。只有媒婆说出了那次开玩笑的话，因此就怀疑到朱秀才。把他抓来，却百般否认。县官又怀疑死者的妻子与朱秀才私通，就拷问这妇人，用了各种刑具。妇人经受不住，屈打成招。又审问朱秀才，朱秀才说："女人细皮嫩肉的，受不住酷刑，所招认的全是假话。她既要含冤而死，又被加上不守贞节的坏名声，即使鬼神不知真情，我又怎么忍心呢？我从实招认就是了。要杀那男人并娶他的老婆，都是我干的，这女人实在不知内情啊！"县官问："有什么证据？"朱秀才答道："血衣可以作证。"等派人到朱家搜查，到底搜不到。又拷问朱秀才，几次打得死去活来。朱秀才又说："这是我母亲不忍心拿出证据，让我被处死，等我自己去取来。"于是押着朱秀才回家，朱秀才对母亲说："给我血衣，我得死；即使不给我血衣，我也得死。反正都得死，所以晚死不如早死啊。"朱母哭了，进入里屋，过了一会儿，拿出血衣，交给儿子。县官验明确是血衣，判了朱秀才死刑。上级两次驳回重审，供词不变。

过了一年多，处决的日子快到了。县官正在审查犯人的罪状档案，忽然有个人直进公堂，对县官瞪着眼睛，大骂道；"这样糊涂，怎么能够治理百姓！"衙役数十人，拥上来要抓他。这人伸出胳膊一挥，众衙役都被打倒在地。县官害怕了，要逃跑。这人大声说道："我是关老爷跟前的周将军，昏官如敢动一动，立刻把你杀了！"县官浑身打颤，惊恐地听着。这人说："凶手是宫标，与朱秀才有什么相干？"说罢，就倒在了地上，好像断气了。不一会儿，苏醒了过来，脸上没有一点人色。问他是什么人，原来就是宫标。拷问之下，全部招认了罪状。

原来宫标平素就不是个安分的人。得知媒婆的邻居讨债回来，以为他腰包中一定有很多钱财，等把人杀了，竟一无所得。他听说朱秀才屈打成招，心中暗暗庆幸。这天他怎么会跑到衙门里去，自己一点也不清楚。县官问朱秀才血衣是哪里来的，朱秀才也不知道。把他母亲叫来一问，原来是她割破自己的胳膊，用血染的。检查她的左臂，伤疤还没平复。县官也怔住了。后来，县官因为这件冤案被弹劾撤职，罚金赎罪。拘押期间就死了。过了一年多，邻居的母亲要媳妇改嫁。媳妇感激朱秀才仗义，就嫁给了他。

异史氏说：审理案件，是做官的第一要事，积阴德，伤天良，都在这件事上，不可不加小心。性子急躁粗暴，固然违背自然；办事拖拖拉拉，也会害人性命。一个人打官司，许多庄稼人耽误农时；一件诉讼结案，十户人家倾家荡产。这难道是小事吗？我曾说做官的不乱接状子，就是大好事。不是重大案件，不必关押候审；没有疑难问题，何必犹豫不决？即便有糊涂的乡邻，强横的山民，偶然为鹅儿鸭儿的小事发生争执，跑到官府告状，不过是想借做官的一句话，来平息争端罢了，用不着牵连许多人，只需把双方当事人叫来，该挨板子的立刻责打，其余人一概不牵连。所谓精明清正的官府，不就是这样的吗？现在常见审理官司的人，一张传票发出以后，就好像把它忘了。送票公差钱没拿够，就不勾销这张见官的票子；办案人油水没吃饱，就不肯挂听审的牌子。瞒上欺下，一拖就是一年半载，当事人还没踏进官府的公堂，连皮带骨就已快被啃完了。而那像煞有介事的父母官，躺在床上，若无其事。他怎么知道水深火热的地狱里有数不清的冤魂，正伸长头颈，苟延残喘，盼着他去搭救呀！当然，刁民凶徒，本不值得怜惜，而善良的百姓受到株连，又怎能忍受？况且无辜受牵累的，往往坏人少而好人多。好人所受的苦难，也比坏人加倍地深重。这是什么缘故？因为坏人难对付，而好人好欺侮嘛。差人打骂的，官吏勒索的，都看中是好人才使出凶狠的手段。一进衙门，就好像跌进沸水烈火。早一天结案，早一天安生，本不算什么大事，而看那公堂上的活死人，好像怕腰包不能马上填满，所以还要给他多少年月似的。这虽不是酷刑暴虐，但实际上的罪孽却是一样的。我曾经看到一张状子里面，重大的不可缺少的案犯，不过三四人，其余都是无辜的百姓，却被胡乱地加上了罪名的。这些人或者平日为一点小事得罪了人，或者不肯出钱贿赂而成了罪状，所以申诉人用全力要打赢官司之余，附带着挟嫌报小仇。在状子后面带上一个名字，从此就像骨头上生了疔疮；在衙门里受尽百般苦难，真好比割开皮肉一般痛苦。别人跪下，他也跪下，活像乌鸦集聚：别人退出，他也退出，又似猴子攀吊。但是到头来，官问不到他，差人查不到他，对审案毫无用处，只是破了产业，变卖家私，去填满黑心差人的口袋，卖掉儿子，抵押老婆，让小人泄泄私愤罢了。我深切希望做官的人，每次对到衙门里来的人，要稍稍审问一下，该放的就放，不该放的就从速决断。这不过是一挥笔、一劳手之间的事，却保全了多少身家性命，培养了多少人家的元气。做官的人如果从来不想到这一点，那么用不着枷铐刀锯，也能杀人啊！

鬼　令

教谕展先生，洒脱有名士风。然酒狂，不持仪节。每醉归，辄驰马殿阶。阶上多古栢。一日，纵马入，触树头裂，自言："子路怒我无礼，击脑破矣！"中夜遂卒。邑中某乙者，负贩其乡，夜宿古刹。更静人稀，忽见四五人携酒入饮，展亦在焉。酒数行，或以字为令曰："田字不透风，十字在当中；十字推上去，古字赢一钟。"一人曰："回字不透风，口字在当中；口字推上去，吕字赢一钟。"一人曰："囹字不透风，令字在当中；令字推上去，含字赢一钟。"又一人曰："困字不透风，木字在当中；木字推上去，杏字赢一钟。"末至展，凝思不得。众笑曰："既不能令，须当受命。"飞一觥来。展云："我得之矣：曰字不透风，一字在当中；……"众又笑曰："推作何物？"展吸尽曰："一字推上去，一口一大钟！"相与大笑，未几出门去。某不知展死，窃疑其罢官归也。及归问之，则展死已久，始悟所遇者鬼耳。

【译文】

教谕官展先生，风流潇洒，有名士风度。但是个酒徒，不讲究礼仪。每次喝醉了回来，就在孔子庙殿下阶沿上跑马。阶沿上种了许多古柏树。一天，展先生骑马奔到台阶，一头撞在树上，撞破了脑袋，他自言自语地说："孔子学生子路怪我没有规矩，把我的脑袋给打破了。"到了半夜，他就死了。县里某商贩，到展先生家乡做买卖，晚上在古寺中投宿。夜深人静，忽然看见四五个人带着酒到寺中来喝，展先生也在其中。他们依次斟了几回酒后，其中一人以推字作酒令说："田字不透风，十字在当中；十字推上去，古字赢一钟。"第二个人说："回字不透风，口字在当中；口字推上去，吕字赢一钟。"第三个人说："囹字不透风，令字在当中；令字推上去，含字赢一钟。"第四个人说："困字不透风，木字在当中；木字推上去，杏字赢一钟。"最后轮到展先生，冥思苦想却说不出。众人笑道："既然说不出酒令，该当受罚。"说着给他斟满一大杯酒递来。展先生说："我有了：曰字不透风，一字在当中；……"众人又笑道："推作什么字？"展先生把酒一饮而尽，说："一字推上去，一口一大钟！"众人听了都哈哈大笑起来。没有多久，大家就出门走了。某商贩原来不知道展先生已死，私下里疑心他是被罢了官回来的。等到回去一打听，知道他已死了很久，才明白遇到的全是鬼。

甄　后

洛城刘仲堪，少钝而淫于典籍，恒杜门攻苦，不与世通。一日，方读，忽闻异香满室；少间，珮声甚繁。惊顾之，有美人入，簪珥光采；从者皆宫妆。刘惊伏地下。美人扶之曰："子何前倨而后恭也？"刘益惶恐曰："何处天仙，未曾拜识。前此几时有侮？"美人笑曰："相别几何，遂尔懵懵！危坐磨砖者，非子耶？"乃展锦荐，设瑶浆，捉坐对饮，与论古今事，博洽非常。刘茫茫不知所对。美人曰：“我止赴瑶池一回宴耳；子历几生，聪明顿尽矣！”遂命侍者以汤沃水晶膏进之。刘受饮讫，忽觉心神澄彻。既而曛黑，从者尽去，息烛解襦，曲尽欢好。未曙，诸姬已复集。美人起，妆容如故，鬓发修整，不再理也。刘依依苦诘姓字。答曰：“告郎不妨，恐益君疑耳。妾，甄氏；君，公幹后身。当日以妾故罹罪，心实不忍，今日之会，亦聊以报情痴也。”问：“魏文安在?”曰：“丕，不过贼父之庸子耳。妾偶从游嬉富贵者数载，过即不复置念。彼曩以阿瞒故，久滞幽冥，今未闻知。反是陈思为帝典籍，时一见之。”旋见龙舆止于庭中，乃以玉脂合赠刘，作别登车，云推而去。

刘自是文思大进。然追念美人，凝思若痴，历数月，渐近羸殆。母不知其故，忧之。家一老妪，忽谓刘曰：“郎君意颇有所思否?”刘以言隐中情，告之。妪曰：“郎试作尺一书，我能邮致之。”刘惊喜曰：“子有异术，向日昧于物色。果能之，不敢忘也。”

乃折柬为函，付妪便去。半夜而返曰：“幸不误事。初至门，门者以我为妖，欲加缚絷。我遂出郎君书，乃将去。少顷唤入，夫人亦欷歔，自言不能复会。便欲裁答。我言：‘郎君羸惫，非一字所能瘳。’夫人沉思久，乃释笔云：‘烦先报刘郎：当即送一佳妇去。’濒行，又嘱：‘适所言，乃百年计；但无泄，便可永久矣。’”刘喜伺之。

明日，果一老姥率女郎，诣母所，容色绝世。自言陈氏；女其所出，名司香，愿求作妇。母爱之；议聘，更不索赀，坐待成礼而去。惟刘心知其异。阴问女："系夫人何人?"答云："妾铜雀故妓也。"刘疑为鬼。女曰："非也。妾与夫人，俱隶仙籍，偶以罪过谪人间。夫人已复旧位；妾谪限未满，夫人请之天曹，暂使给役，去留皆在夫人，故得长侍床箦耳。"一日，有瞽媪牵黄犬丐食其家，拍板俚歌。女出窥，立未定，犬断索咋女。女骇走，罗衿断。刘急以杖击犬。犬犹怒，龁断幅，顷刻碎如麻。瞽媪捉领毛，缚以去。刘入视女，惊颜未定。曰："卿仙人，何乃畏犬?"女曰："君自不知：犬乃老瞒所化，盖怒妾不守分香戒也。"刘欲买犬杖毙。女不可，曰："上帝所罚，何得擅诛?"

居二年，见者皆惊其艳，而审所从来，殊恍惚，于是共疑为妖。母诘刘，刘亦微道其异。母大惧，戒使绝之。刘不听。母阴觅术士来，作法于庭。方规地为坛，女惨然曰："本期白首；今老母见疑，分义绝矣。要我去，亦复非难，但恐非禁咒所能遣耳!"乃束薪爇火，抛阶下。瞬息烟蔽房屋，对面相失。有声震如雷。既而烟灭，见术士七窍流血死矣。入室，女已渺。呼妪问之，妪亦不知所去。刘始告母："妪盖狐也。"

异史氏曰：始于袁，终于曹，而后注意于公幹，仙人不应若是。然平心而论，奸瞒之篡子，何必有贞妇哉?犬睹故妓，应大悟分香卖履之痴，固犹然妒之耶?呜呼!奸雄不暇自哀，而后人哀之已!

【译文】

洛城地方的刘仲堪，年轻时很笨，钻在书堆里，常常闭门用功，不和别人往来。一天，他正在读书，突然闻到满屋子奇异的香气，过了一会儿，又听到佩玉叮叮当当响个不停。他惊奇地环顾四周，见有一个美人儿走进来，簪子耳环发出耀眼的光彩；跟从的人都是宫中打扮，刘仲堪吓得趴在地上。那美人儿扶起他来，说道："你为什么从前骄傲，现在恭敬呢？"刘仲堪更加惊慌，答道："哪里的天仙，不曾拜识过。从前几时有过得罪的事？"美人儿笑着说："分别不到几天，就糊里糊涂了。一本正经坐着磨砖的，不就是你吗？"说着，铺上华美的垫子，摆上美酒，拉了刘仲堪对饮，和他谈论古往今来的事情，知识非常渊博。刘仲堪呆呆的不知答些什么才好。美人儿说："我不过到瑶池去赴了一次宴，你就经历了几世，聪明灵性顿时不见了！"就命伺候的人用热水泡水晶膏给他喝。刘仲堪喝下后，忽然觉得心明神清。一会儿天黑下来，美人儿的随从都离去了，两人灭了灯烛，亲热了一番。天还未亮，丫鬟们已经又到齐了。美人儿起身，那脸上的胭脂花粉依旧好好的，头发整整齐齐，不需要重新梳理。刘仲堪依依不舍，一再问她姓名，美人儿说："告诉你也不妨，只是怕你越发疑心罢了。我就是从前嫁给曹丕的甄皇后，你是刘祯的后身，那时因为我的缘故，害你受罪，我心里实在过意不去，今天的相会，也算是暂且报答你的痴情罢了。"刘仲堪问："魏文帝在什么地方？"美人儿说："曹丕不过是奸雄父亲的无能儿子罢了。我偶然高兴，跟着富贵的人玩几年，事情过去了，也就不放在心上。他从前因为曹操的关系，在阴间滞留好久，现在也不知道他的消息。倒是曹植在替玉皇大帝管理书籍典册，我常能见到他。"转眼间，只见一辆龙车停在院子里，美人儿就把一个玉脂盒送给刘仲堪，告别上车，腾云驾雾去了。

刘仲堪从此做文章才思大有长进。但是因为思念美人儿，常常失神地想得像个傻子一样。几个月后，逐渐消瘦下去，浑身无力。他母亲不知道底细，心里犯愁。家里有个老婆子，有次突然问他："少爷心里在想着一个人吧？"刘仲堪因为老婆子猜中了自己的心思，就把实情告诉了她。老婆子又说："少爷写封信试试看，我能把信送到她那里。"刘仲堪又惊又喜，说："你有奇异的法术，从前我看你外貌平常，没有注意你。你如真能把信送到，我不会忘了你的好处。”

于是就写了一封信，交给老婆子，要她立刻送去。到了半夜，老婆子回来说：“亏得没有误事。我刚走到她家门口，看门的把我当作妖怪，要把我绑起来。我拿出少爷的信，他就带去禀报。一会儿，里面叫我进去。夫人长吁短叹，说无法再和你见面了。接着就要给你写回信。我说：‘少爷已病得不像样子了，不是一个字能治得好的。’夫人沉思了很久，放下笔说：‘烦你先回去告诉刘郎，我会很快给他送一个好媳妇去。’临走时，又叮嘱说：‘我刚才说的话，是为长远着想的；只要不泄漏出去，就可以保得天长日久了。’”

刘仲堪高高兴兴等着。第二天，果然有个老太婆领着一个姑娘来到刘母房里。这姑娘脸蛋标致，世上找不出第二个。老太婆自称姓陈，姑娘是她生的，名叫司香，愿意做刘家的媳妇。刘母喜欢姑娘，和老太婆商量聘礼。老太婆却不要钱，坐在那里，等两人拜过堂才回去。只有刘仲堪心里明白这事不平常，悄悄地问姑娘是甄皇后的什么人。姑娘回答说：“我是从前铜雀台上跳舞的女子。”刘仲堪怀疑她是个鬼。姑娘说：“我不是鬼。我和夫人都上了神仙名册，因为偶然犯了点错误，罚降到人间。现在夫人已恢复到原来的地位；我的期限还没满，夫人求了天官，暂时让我听她差遣，或去或留，都由夫人决定，所以可长久地陪伴你。”一天，有个瞎子老太婆牵着一条黄狗，到刘家来讨饭，一面拍着板子，一面唱着粗俗的曲儿。姑娘出门张望，还没等她站稳脚，那狗就挣断绳子奔过来咬她。姑娘吓得逃跑，但罗衫的大襟已咬断了。刘仲堪连忙操起棍子打狗。那狗还怒冲冲撕咬断下的衣片，顷刻咬得像乱麻一样粉碎。瞎子老太婆抓住狗颈上的毛，套上绳子，牵着走了。刘仲堪进屋去看望姑娘，她惊慌的神色还没恢复。刘仲堪问：“你是仙人，怎么还怕那狗呢？”姑娘说：“你自然不知道，那狗是曹操变的，大概恨我不遵守他的遗嘱。”刘仲堪要把狗买来打死。姑娘阻止说：“上帝罚他做狗，怎么可以擅自杀它呢？”

姑娘在刘仲堪家住了两年，见过她的人都惊奇她的美貌，但问她是从哪里来的，她却回答得含含糊糊，于是大家都怀疑她是妖怪。刘母问刘仲堪，他也只简单地说她不是平常人。刘母非常害怕，劝刘仲堪和姑娘断绝关系。刘仲堪不肯。刘母就暗中找了个有法术的人来，在院子里作法。正在画地造坛，姑娘就神情凄惨地对刘仲堪说："我本想和你白头到老，现在老太太怀疑我，看来我们的情义已经绝了。要我走并不难，但恐怕不是画符念咒能把我赶走的！"说着就捆了一把柴草，点上火，抛到阶沿下面。转眼间烟雾弥漫，遮蔽房屋，对面不见人。一声巨响，像打雷一般。烟雾过后，只见那作法的人已七窍流血死了。刘仲堪回到房里，姑娘已经不见了。找老太婆问，老太婆也不知去向。刘仲堪才告诉母亲说，那老太婆可能是狐狸精。

异史氏说：甄氏先嫁袁熙，再嫁曹丕，后来又看中刘桢，仙人不该这样。然而平心而论，奸臣曹操的篡逆儿子，为什么一定要有守节的妻子呢？曹操化身的狗见了从前的舞妓，应该大彻大悟当初死时分余香给几位夫人，叫众多的姬妾做鞋作买卖，这些举动实在痴迷可笑，难道还要妒嫉她们么？唉！那奸雄来不及可怜自己，而后来的人却替他可怜！

宦　娘

温如春，秦之世家也。少癖嗜琴，虽逆旅未尝暂舍。客晋，经由古寺，系马门外，暂憩止。入则有布衲道人，趺坐廊间，筇杖倚壁，花布囊琴。温触所好，因问："亦善此也？"道人云："顾不能工，愿就善者学之耳。"遂脱囊授温，视之，纹理佳妙，略一勾拨，清越异常。喜为抚一短曲。道人微笑，似未许可。温乃竭尽所长。道人哂曰："亦佳，亦佳！但未足为贫道师也。"温以其言夸，转请之。道人接置膝上，裁拨动，觉和风自来；又顷之，百鸟群集，庭树为满。温惊极，拜请受业。道人三复之。温侧耳倾心，稍稍会其节奏。道人试使弹，点正疎节，曰："此尘间已无对矣。"温由是精心刻画，遂称绝技。

后归程，离家数十里，日已暮，暴雨莫可投止。路旁有小村，趋之。不遑审择，见一门，匆匆遽入。登其堂，阒无人。俄一女郎出，年十七八，貌类神仙。举首见客，惊而走入。温时未耦，系情殊深。俄一老媪出问客。温道姓名，兼求寄宿。媪言："宿当不妨，但少床榻；不嫌屈体，便可藉藁。"少旋，以烛来，展草铺地，意良殷。问其姓氏，答云："赵姓。"又问："女郎何人？"曰："此宦娘，老身之犹子也。"温曰："不揣寒陋，欲求援系，如何？"媪颦蹙曰："此即不敢应命。"温诘其故，但云难言，怅然遂罢。媪既去，温视藉草腐湿，不堪卧处，因危坐鼓琴，以消永夜。雨既歇，冒雨遂归。

邑有林下部郎葛公，喜文士。温偶诣之，受命弹琴。帘内隐约有眷客窥听，忽风动帘开，见一及笄人，丽绝一世。盖公有一女，小字良工，善词赋，有艳名。温心动，归与母言，媒通之；而葛以温势式微，不许。然女自闻琴以后，心窃倾慕，每冀再聆雅奏；而温以姻事不谐，志乖意沮，绝迹于葛氏之门矣。一日，女于园中，拾得旧笺一折，上书《惜余春》词云：

> 因恨成痴，转思作想，日日为情颠倒。海棠带醉，杨柳伤春，同是一般怀抱。甚得新愁旧愁，刬

尽还生，便如青草。自别离只在，奈何天里，度将昏晓。　　今日个蹙损春山，望穿秋水，道弃已拚弃了！芳衾妒梦，玉漏惊魂，要睡何能睡好？漫说长宵似年，侬视一年，比更犹少。过三更已是三年，更有何人不老！

女吟咏数四，心悦好之。怀归，出锦笺，庄书一通，置案间；逾时索之不可得，窃意为风飘去。适葛经闺门过，拾之；谓良工作，恶其词荡，火之而未忍言，欲急醮之。临邑刘方伯之公子，适来问名，心善之，而犹欲一睹其人。公子盛服而至，仪容秀美。葛大悦，款延优渥。既而告别，坐下遗女舄一钩。心顿恶其儇薄，因呼媒而告以故。公子亟辨其诬；葛弗听，卒绝之。

先是，葛有绿菊种，吝不传，良工以植闺中。温庭菊忽有一二株化为绿，同人闻之，辄造庐观赏；温亦宝之。凌晨趋视，于畦畔得笺写《惜余春》词，反覆披读，不知其所自至。以“春”为己名，益惑之，即案头细加丹黄，评语亵嫚。适葛闻温菊变绿，讶之，躬诣其斋，见词便取展读。温以其评亵，夺而挼莎之。葛仅读一两句，盖即闺门所拾者也。大疑，并绿菊之种，亦猜良工所赠。归告夫人，使逼诘良工。良工涕欲死；而事无验见，莫有取实。夫人恐其迹益彰，计不如以女归温。葛然之，遥致温。温喜极。是日招客为绿菊之宴，焚香弹琴，良夜方罢。既归寝，斋童闻琴自作声，初以为僚仆之戏也；既知其非人，始白温。温自诣之，果不妄。

其声梗涩，似将效己而未能者。爇火暴入，杳无所见。温携琴去，则终夜寂然。因意为狐，固知其愿拜门墙也者，遂每夕为奏一曲，而设弦任操若师，夜夜潜伏听之。至六七夜，居然成曲，雅足听闻。

温既亲迎，各述曩词，始知缔好之由，而终不知所由来。良工闻琴鸣之异，往听之，曰："此非狐也，调悽楚，有鬼声。"温未深信。良工因言其家有古镜，可鉴魑魅。翊日，遣人取至，伺琴声既作，握镜遽入；火之，果有女子在，仓皇室隅，莫能复隐。细审之，赵氏之宦娘也。大骇，穷诘之。泫然曰："代作蹇修，不为无德，何相逼之甚也?"温请去镜，约勿避；诺之。乃囊镜。女遥坐曰："妾太守之女，死百年矣。少喜琴筝；筝已颇能谙之，独此技未有嫡传，重泉犹以为憾。惠顾时，得聆雅奏，倾心向往；又恨以异物不能奉裳衣，阴为君腼合佳偶，以报眷顾之情，刘公子之女舄，《惜余春》之俚词，皆妾为之也。酬师者不可谓不劳矣。"夫妻咸拜谢之。宦娘曰："君之业，妾思过半矣；但未尽其神理。请为妾再鼓之。"温如其请，又曲陈其法。宦娘大悦曰："妾已尽得之矣!"乃起辞欲去。良工故善筝，闻其所长，愿一披聆。宦娘不辞，其调其谱，并非尘世所能。良工击节，转请受业。女命笔为绘谱十八章，又起告别。夫妻挽之良苦。宦娘悽然曰："君琴瑟之好，自相知音；薄命人乌有此福。如有缘，再世可相聚耳。"因以一卷授温曰："此妾小像。如不忘媒妁，当悬之卧室，快意时，焚香一炷，对鼓一曲，则儿身受之矣。"出门遂没。

【译文】

温如春，是陕甘一带大户人家出身。年轻时爱琴成了癖好，即使出门在外，也从来没有一刻离身。有次他到山西去做客，经过一座古庙，把马拴在门外，稍为歇歇脚。走进庙里，看见一个穿布袍的道士，盘腿坐在廊沿下，一根竹杖靠在墙上，一个花布袋子套着一把琴。温如春一见，触动自己的爱好，便问那道士："你也会这个吗?"道士说："只是弹得不好，想向好手学学罢了。"就解开袋子，把琴递给温如春。温如春见琴板花纹精致考究，稍稍勾拨一下，声音清脆高昂，不同一般，便高兴地为道士弹了一个短曲子。道士微微含笑，好像还不大看得上。温如春便竭力把最拿手的弹出来。道士听了笑道："还算好，还算好，但还不能做我的先生。"温如春听道士说大话，便请他也弹一个曲子来听听。道士接过琴来，搁在腿上，刚一拨动，便觉有一股微风吹来；又弹了一回，百鸟飞集，院子里的树上都停满了。温如春惊奇极了，向道士下拜，求他教授。道士重复弹了三遍。温如春侧耳用心听着，略略领会了曲子的节拍。道士叫他试弹，指出他错误的地方，说："这样弹奏，世界上就已经没有第二个人能够比配了。"温如春从此精心研习，一时称为绝技。

后来，温如春回家乡去，走到离家几十里的地方，天色晚了，又下起大雨，没有地方可以投宿。见路旁有个小村庄，便跑过去。也来不及察看、选择人家，见到一扇门，就急急忙忙闯了进去。跑到厅堂，静悄悄的不见一个人。一会儿，有个姑娘走出来，年纪十七八岁，容貌好像天仙一样。她抬头看见客人，吓得跑了回去。温如春这时还不曾娶妻，看见这姑娘，心里十分中意。又过了一会儿，有一个老太婆出来招呼他。温如春报了姓名，又要求借宿。老太婆说："借宿不要紧，只是缺少床铺；如不嫌怠慢，可以铺些稻草。"不多时，拿来一支蜡烛，打开稻草铺在地上，态度很殷勤。温如春问她姓氏，回答说"姓赵"。又问她姑娘是什么人，老太婆说："这是宦娘，是我的侄女儿。"温如春说："我不估量自己寒酸贫贱，想要求和你结一门亲，不知你的意思怎样?"老太婆皱着眉说道："这个我不敢答应。"温如春问她为什么，老太婆只说这话不好说。温如春显出很懊恼的样子，只得作罢了。老太婆走后，温如春看看地上铺的稻草又烂又湿，无法睡觉，便端坐弹琴，打算以此消磨长夜，等雨停了，便不顾夜色昏黑，径自归家。

县里有个闲居在家做过官的葛公，喜欢结交读书人。温如春有次偶然到他家里，应他的要求，弹了一回琴。帘子里隐隐约约有女眷在偷偷地听他弹奏。忽然一阵风起，把帘子吹开，见一个十五六岁的姑娘，长得十分标致，世上没有一个人能及得上她。原来葛公有一个女儿，小名叫良工，会填词作赋，美貌是出了名的。温如春看着动了心，回到家对母亲说了，托媒人去提亲，但葛公嫌温家家道不振，不肯答应。但葛女自从听他弹琴以后，暗暗倾慕，常想再听他美妙的弹奏；而温如春因为这亲事不成功，心灰意懒，不再上葛家的门了。有一天，葛女在花园里拾到一张旧信纸，上面写着一首《惜余春》词，那词说道：

> 因恨成痴，转思作想，日日为情颠倒。海棠带醉，杨柳伤春，同是一般怀抱。甚得新愁旧愁，刬尽还生，便如青草。自别离，只在奈何天里，度将昏晓。　　今日个蹙损春山，望穿秋水，道弃已拚弃了！芳衾妒梦，玉漏惊魂，要睡何能睡好？漫说长宵似年；侬视一年，比更犹少：过三更已是三年，更有何人不老！

她把词反复念了三四遍，心里很喜欢。就把词揣在怀里，回到房中，取出精致的信纸，端端正正抄了一遍，放在桌上。隔了一会儿却找不到了，心想是被风吹走了。这时恰巧葛公从女儿房门外走过，拾起来一看，以为是良工作的。他厌恶那些放荡的词句，便把它烧了，又不忍心责备她，想早点让她出嫁。临县刘布政使的公子，这时正好托人来说媒，葛公心里很愿意，可是还想看一看人。公子打扮得漂漂亮亮前来，仪态容貌都很美好。葛公见了很高兴，招待他十分周到。后来刘公子告辞走了，在他坐的椅子底下遗留了一只女人的鞋子。葛公顿时厌恶他轻薄，就把媒人叫来，把这事告诉了他。刘公子竭力分辩，说这是冤枉，葛公也不听，最后还是回绝了。

在这以前，葛家有绿菊名种，小气不肯传给外人。良工把这菊花种在自己房里。温如春院子里的菊花，忽然有一二株变成了绿色，他的朋友听到后，就跑到他家里去观赏，温如春也十分珍爱。清晨到院子里看看，在菊畦边拾到一张信纸，上面写着一首《惜余春》词，反复读了几遍，不知它从什么地方来的。因为“春”字是自己的名字，心里更觉奇怪，就拿到桌上去细细的批点，那些批语写得都很轻薄。正好葛公听说温家的菊花变成了绿色，觉得奇怪，就亲自跑到温如春书房里，看见那首词，拿来便读。温如春因为上面的批语很轻薄，就从葛公手里夺过来，把它团皱了。葛公只看清了其中一两句，原来就是他在女儿门外拾到的那首词。心中大为怀疑，连那绿菊名种，也猜疑是良工送给他的。回去告诉了夫人，叫她去逼问良工。良工哭得要寻死，可是这事又没有凭据，无法证实。夫人怕事情传扬开去，想想还不如把女儿嫁给温如春。葛公也同意，托人把信息带给温如春。温如春高兴极了。这一天请客人来喝酒欣赏绿菊，点上香，弹着琴，闹到深夜才罢。回到房中睡下后，书僮听到那琴自己会发出声音，开始以为是家中其他仆人在拨弄，后来知道不是人弹的，才去告诉温如春。温如春自己跑去一听，果然不假。那琴声很生硬，好像要学他而还没有学会似的。点了灯直闯进去，影踪全无，什么也看不到。温如春把琴拿走，便整夜听不到声响了。心想大概是狐狸精，知道它愿意拜自己为师，便每晚为它奏一个曲子，又调好弦让它弹，就像在教它一样，而自己则每夜躲在一旁听。过了六七夜以后，居然学成了一个曲子，而且还十分动听。

温如春成亲后，两人互说从前看到的那首词，才知道结成这姻缘全靠它，但始终不知道这首词的来历。良工听说琴会自己作声的怪事，就去听，听过说道：“这不是狐狸精，那调子凄凉，是鬼的声音。”温如春不很相信。良工便说她家有一面古镜，可以照见鬼怪。第二天，打发人去取来，等到琴声一响，就拿了镜子突然进去，点灯一照，果然有一个女子，正慌慌张张跑到屋角落里，却无法再躲藏。仔细一看，原来是赵家的宦娘。温如春大惊，寻根刨底的问她。她伤心地流着泪说：“替你们做了媒，不算没恩德，为什么逼得我这样厉害?”温如春跟她说，拿开镜子，她不要躲避，宦娘答应了，温如春便用布袋把镜子套起来。宦娘远远地坐着说道：“我是太守的女儿，死去已经一百年了。年轻的时候，喜欢弹琴、弹筝。筝已经弹得很好了，只有这弹琴的技法，没有得到正传，死在地下，还觉得是一件恨事。你到我家来的时候，听过你弹的一手好琴，倾心向往。只恨我是个鬼，不能够嫁你，便暗地里替你结成一对好夫妻，来报答你眷恋我的一片情意。刘公子座位底下的女鞋，《惜余春》的粗俗词句，都是我干的事。这样报答先生，不可说不辛苦了。”温如春夫妻俩听了以后，都向她拜谢。宦娘说：“你的琴艺，我已懂得一多半了，但还不完全知道其中的神理，请你再为我弹一次。”温如春答应了她的要求，又详细地告诉她弹琴的技法。宦娘十分高兴，说：“我已全部学会了。”便起身告辞要走。良工本来会弹筝，听说宦娘弹得很好，希望能聆听一曲。宦娘并不推辞。那调子曲谱，都不是尘世间的人能学得会的。良工击节称赞，回请宦娘收自己为徒。宦娘拿笔替她画了十八章曲谱，又起身告辞。夫妻俩苦苦挽留，宦娘凄凉地说：“你们夫妻感情亲密，互相知音，我薄命人怎有这种福气。如果有缘分，下一世还可以相聚。”说着就拿出一卷纸交给温如春，说：“这是我的小照。你如不忘记媒人，便挂在卧房里，高兴的时候，烧一炷香，对她弹一曲琴，那我就身受你的情意了。”说着走出门去，不见了。

阿　绣

海州刘子固，十五岁时，至盖省其舅。见杂货肆中一女子，姣丽无双，心爱好之。潜至其肆，托言买扇。女子便呼父。父出，刘意沮，故折阅之而退。遥睹其父他往，又诣之。女将觅父。刘止之曰：“无须，但言其价，我不靳直耳。”女如言，故昂之。刘不忍争，脱贯径去。明日复往，又如之。行数武，女追呼曰：“返来！适伪言耳，价奢过当。”因以半价返之。刘益感其诚，蹈隙辄往，由是日熟。女问：“郎居何所？”以实对。转诘之，自言："姚氏。"临行，所市物，女以纸代裹完好，已而以舌舐黏之。刘怀归不敢复动，恐乱其舌痕也。积半月，为仆所窥，阴与舅力要之归。意惓惓不自得。以所市香帕脂粉等类，密置一箧，无人时，辄阖户自捡一过，触类凝思。

次年，复至盖，装甫解，即趋女所；至则肆宇阖焉，失望而返。犹意偶出未返，早又诣之，阖如故。问诸邻，始知姚原广宁人，以贸易无重息，故暂归去；又不审何时可复来。神志乖丧。居数日，怏怏而归。母为议婚，屡梗之，母怪且怒。仆私以曩事告母，母益防闲之，盖之途由是绝。刘忽忽遂减眠食。母忧思无计，念不如从其志。于是刻日办装，使如盖，转寄语舅，媒合之。舅即承命诣姚。逾时而返，谓刘曰："事不谐矣！阿绣已字广宁人。"刘低头丧气，心灰绝望。既归，捧箧啜泣，而徘徊顾念，冀天下有似之者。

适媒来，艳称复州黄氏女。刘恐不确，命驾至复。入西门，见北向一家，两扉半开，内一女郎，怪似阿绣；再属目之，且行且盼而入，真是无讹。刘大动，因僦其东邻居，细诘知为李氏。反复凝念：天下宁有如此相似者耶？居数日，莫可夤缘，惟日眈眈伺候其门，以冀女或复出。一日，日方西，女果出。忽见刘，即返身走，以手指其后；又复掌及额，乃入。刘喜极，但不能解。凝思移时，信步诣舍后，见荒园寥廓，西有短垣，略可及肩。豁然顿悟，遂蹲伏露草中。

久之，有人自墙上露其首，小语曰："来乎？"刘诺而起。细视，真阿绣也。因大恫，涕堕如绠。女隔堵探身，以巾拭其泪，深慰之。刘曰："百计不遂，自谓今生已矣，何期复有今夕？顾卿何以至此？"曰："李氏，妾表叔也。"刘请逾垣。女曰："君先归，遣从人他宿，妾当自至。"刘如言，坐伺之。少间，女悄然入，妆饰不甚炫丽，袍裤犹昔。刘挽坐，备道艰苦。因问："卿已字，何未醮也？"女曰："言妾受聘者妄也。家君以道里赊远，不愿附公子婚，此或托舅氏诡词，以绝君望耳。"既就枕席，宛转万态，款接之欢，不可言喻。四更遽起，过墙而去。刘自是不复措意黄氏矣。旅居忘返，经月不归。

一夜，仆起饲马，见室中灯犹明；窥之，见阿绣，大骇。顾不敢言主人，旦起，访市肆，始返而诘刘曰："夜与还往者，何人也？"刘初讳之。仆曰："此第岑寂，鬼狐之薮，公子宜自爱。彼姚家女郎，何为而至此？"刘始觍然曰："西邻是其表叔，有何疑沮？"仆言："我已访之审：东邻止一孤媪，西家一子尚幼，别无密戚。所遇当是鬼魅；不然，焉有数年之衣，尚未易者？且其面色过白，两颊少瘦，笑处无微涡，不如阿绣美。"刘反覆思，乃大惧曰："然且奈何？"仆谋伺其来，操兵入共击之。至暮，女至，谓刘曰："知君见疑，然妾亦无他，不过了夙分耳。"言未已，仆排闼入。女呵之曰："可弃兵！速具酒来，当与若主别。"仆便自投，若或夺焉。刘益恐，强设酒馔。女谈笑如常，举手向刘曰："悉君心事，方将图效绵薄，何竟伏戎？妾虽非阿绣，颇自谓不亚，君视之犹昔否耶？”刘毛发俱竖，噤不语。女听漏三下，把琖一呷，起立曰：“我且去，待花烛后，再与新妇较优劣也。”转身遂杳。

刘信狐言，径如盖。怨舅之诳己也，不舍其家；寓近姚氏，托媒自通，啗以重赂。姚妻乃言：“小郎为觅壻广宁，若翁以是故去，就否未可知。须旋日，方可计校。”刘闻之，彷徨无以自主，惟坚守以伺其归。逾十余日，忽闻兵警，犹疑讹传；久之，信益急，乃趣装行。中途遇乱，主仆相失，为侦者所掠。以刘文弱，疎其防，盗马亡去。至海州界，见一女子，蓬鬓垢耳，出履蹉跌，不可堪。刘驰过之。女遽呼曰：“马上人非刘郎乎？”刘停鞭审顾，则阿绣也。心仍讶其为狐，曰：“汝真阿绣耶？”女问：“何为出此言？”刘述所遇。女曰：“妾真阿绣也。父携妾自广宁归，遇兵被俘，授马屡堕。忽一女子，握腕趣遁，荒窜军中，亦无诘者。女子健步若飞隼，苦不能从，百步而屦屡褪焉。久之，闻号嘶渐远，乃释手曰：‘别矣！前皆坦途，可缓行，爱汝者将至，宜与同归。’”刘知其狐，感之。因述其留盖之故。女言其叔为择壻于方氏，未委禽而乱适作。刘始知舅言非妄。携女马上，叠骑归。入门则老母无恙，大喜。系马入，具道所以。母亦喜，为之盥濯，竟妆，容光焕发。母抚掌曰：“无怪痴儿魂梦不置也！”遂设裀褥，使从己宿。又遣人赴盖，寓书于姚。不数日，姚夫妇俱至，卜吉成礼乃去。

刘出藏箧，封识俨然。有粉一函，启之，化为赤土。

刘异之。女掩口曰："数年之盗，今始发觉矣。尔日见郎任妾包裹，更不及审真伪，故以此相戏耳。"方嬉笑间，一人搴帘入曰："快意如此，当谢蹇修否?"刘视之，又一阿绣也。急呼母。母及家人悉集，无有能辨识者。刘回眸亦迷；注目移时，始揖而谢之。女子索镜自照，赧然趋出，寻之已杳。夫妇感其义，为位于室而祀之。一夕，刘醉归，室暗无人，方自挑灯，而阿绣至。刘挽问："何之?"笑曰："醉臭熏人，使人不耐！如此盘诘，谁作桑中逃耶?"刘笑捧其颊。女曰："郎视妾与狐姊孰胜?"刘曰："卿过之，然皮相者不辨也。"已而合扉相狎。俄有叩门者，女起笑曰："君亦皮相者也。"刘不解，趋启门，则阿绣入，大愕。始悟适与语者狐也。暗中又闻笑声。夫妻望空而祷，祈求现像。狐曰："我不愿见阿绣。"问："何不另化一貌?"曰："我不能。"问："何故不能?"曰："阿绣，吾妹也，前世不幸夭殂。生时，与余从母至天宫，见西王母，心窃爱慕，归则刻意效之。妹子较我慧，一月神似；我学三月而后成，然终不及妹。今已隔世，自谓过之，不意犹昔耳。我感汝两人诚意，故时复一至，今去矣。"遂不复言。

自此三五日辄一来，一切疑难悉决之。值阿绣归宁，来常数日不去，家人皆惧避之。每有亡失，则华妆端坐，插玳瑁簪长数寸，朝家人而庄语之："所窃物，夜当送至某所；不然，头痛大作，悔无及!"天明，果于某所获之。三年后，绝不复来。偶失金帛，阿绣效其装，吓家人，亦屡效焉。

【译文】

海州刘子固，十五岁那年，到盖平探望舅舅。看见街上杂货铺里有一个女郎，长得娇美无比，心里喜欢上她。他悄悄地走到店铺里，假说要买扇子，女郎就叫她父亲。父亲出来了，刘子固很扫兴，故意讨价还价了一阵就离开了。远远看见她父亲出了门，就又走了过去。那女郎看见他，又想去找她父亲。刘子固阻止她说："你不必去找，只要讲一个价钱，我不会还价的。"女郎听他这么说，故意抬高价钱。刘子固不忍心和她争，付了钱就走了。第二天，刘子固又到那店铺里去，仍和昨天一样。他刚离开店铺走了几步，女郎追喊道："回来！刚才只是骗骗你罢了，价钱开得太高了，不值的。"就把钱退了一半给他。刘子固更感到她为人诚实，以后一有空闲，就跑到店铺里去买东西，因此一天天熟悉起来。女郎问："你家住什么地方？"刘子固从实说了，又反问女郎姓氏，女郎说她姓姚。离开店铺时，女郎替刘子固把所买的东西用纸包好，用舌头把封口舔湿粘牢。刘子固拿着东西回到家里，就不敢再动，怕弄坏了她用舌头舔过的地方。半个月下来，仆人看出了秘密，暗中和他舅舅商量，竭力把他送回海州。刘子固心情闷闷不乐，有一种失落感。他把买来的香帕脂粉等东西，密藏在箱子里，没人时，就关上门，一样样拿出来细看，触物生情，久久地沉浸在回想中。

第二年，刘子固又到盖平去。刚把行装放下，就跑向女郎的店铺。到那里一看，门窗关得紧紧的，只好失望地回来。还以为女郎偶然出门没有回家，第二天一早又去，那门窗照旧关着。问了几个邻舍，才知道姚家原是广宁人，因嫌做买卖收入少，所以暂时回老家去了，也不晓得什么时候才能再来，刘子固一听，神情沮丧，住了几天，就无精打采地回家了。母亲给他提亲事，他总是不同意，母亲又生气又摸不着头脑。仆人暗地里把以前的事告诉了他母亲，母亲就把他管束得更紧了，从此不许他再到盖平去。刘子固神志恍惚，觉也睡不好，饭也吃不下。他母亲犯了愁，又想不出办法，心想不如称了他的心愿。于是马上为他准备行装，送他到盖平，同时传话给他舅舅，请他做媒说合。舅舅答应后就去姚家，一会儿回来，对刘子固说："这事儿不能成了，阿绣已经许配给一个广宁人了。"刘子固垂头丧气，灰心绝望。回家以后，捧着收藏香帕脂粉的箱子哭泣。他一面徘徊，一面发着痴想，希望天底下有一个像阿绣那样的美女。

这时刚好有个媒婆，说复州黄家有一个闺女如何如何漂亮。刘子固怕媒婆的话不确实，就坐了车子亲自到复州去相亲。进了西门，看见朝北一户人家，两扇门半开着，里面有一个女郎，模样和阿绣像得出奇。再定睛看她，她边走边回头望，进里屋去了。果真是阿绣，一点也不会错。他十分激动，就租了东隔壁一间房子住下。仔细打听，知道这一家姓李。刘子固翻来覆去想出了神：天底下哪有这样相像的人呢？住了几天，他没有机会和这家人拉上关系，只好成天盯着女郎家门口等候，希望女郎再出来。一天傍晚时候，女郎果然出来了。她突然看到刘子固，转身就走，用手指指后面，又把手掌朝下举手齐额，进屋去了。刘子固高兴极了，但不知女郎打的手势是什么意思。他沉思了很久，随意走到屋后，只见一个荒园空荡荡的很大，西头有一截矮墙，大约有齐肩高。他顿时开窍，领悟了女郎手势的意思，就在露草中蹲伏下来。

过了好久，有个人从墙上露出头来，低声说："来了吗?"刘子固答应了一声站起来，仔细一看，真的是阿绣。这时他喜极而悲，眼泪像断了线的珠子一样落下来。女郎隔着墙探出身来，用手帕替他擦眼泪，深情地安慰他。刘子固说："我千方百计，达不到目的，自以为这辈子没指望了，怎会想到还有今天！但你怎么会到这里的呢?"女郎说："李家是我的表叔。"刘子固要求越墙过去相会，女郎说："你先回去，把仆人打发到别的地方去睡，我会自己来的。"刘子固听从了她的话，回家等她。不久，女郎悄悄地进来了，她的服饰打扮不怎么漂亮，还是从前那身旧衣裳。刘子固拉她坐下，一一诉说别后想得好苦，求得多难，就问："你已许配人家了，怎么还不出嫁?"女郎说："说我受了人家的聘，是假话。我父亲因为你家太远，不愿和你结亲。这也许托你舅舅故意这么说，要断了你这个念头。"说完两人上床共寝，亲热异常，绸缪欢爱，美不可言。到了四更，女郎就急急起身，越墙而去。刘子固从此再也不想什么黄家姑娘了，住了一个月，还想不到要回去。

一天夜里，仆人起来喂马，看见他房里灯还亮着；偷偷往里一看，见阿绣在那里，大吃一惊。但不敢问主人，早上起来，到街上去打听，回来才问刘子固：“夜里和少爷来住的，是什么人？”刘子固开始还想隐瞒，仆人说：“这房子冷清清的，怕是鬼怪狐精的老窝，少爷应该自己爱护一点。那姚家的女郎，为什么跑到这里来？”刘子固才红着脸说：“西边邻居是她的表叔，有什么好猜疑的？”仆人说：“我已经打听明白了：东隔壁只有一个孤老太婆，西边那家有个年幼的孩子，没有别的亲戚。你遇到的一定是鬼怪，否则哪有一个人衣服穿了几年还不换的？再说她脸色太白，两颊又瘦了点，笑起来没有小酒窝，不如阿绣漂亮。”刘子固反复一想，才害怕起来，说：“那怎么办呢？”仆人出了一个主意：等她来时，拿了刀冲进去一起对付她。到黄昏时候，女郎来了，对刘子固说：“我知道你在怀疑我，但我也没有别的意思，不过来了却我们的缘分罢了。”话还没有讲完，仆人就闯开门进来了。女郎喝住他说：“把你的刀放下！快去拿酒来，我和你主人告别！”仆人主动把刀扔下，好像有人夺下来似的。刘子固更加害怕，勉强壮着胆子摆了酒食。女郎谈笑如常，用手指着刘子固说：“我知道你的心事，正要为你出点力，为什么竟埋伏下杀手？我虽不是阿绣，自认也不比她差，你看我还不如从前的那个阿绣吗？”刘子固汗毛直竖，像哑巴似地一句话也讲不出。女郎听得打三更了，拿起酒杯来喝了一口，起身说：“我走了，等你结婚之后，再来和你的新娘子比一比谁美谁丑吧！”说完，转身就不见了。

刘子固信了狐精的话，就直接回到盖平。他怨恨舅舅骗自己，就不住在舅舅家里，在姚家附近租了间房子住下，托媒人去说亲，送去很厚的聘礼，想打动女家的心。姚家的妻子说：“我家小叔在广宁为阿绣找了一户人家，她父亲带着她亲自看去了，能不能成功还说不定。要等回来才好商量。”刘子固听了，一时没了主意，心神不定，最后决心守在盖平，等候阿绣回来。过了十多天，忽然听说打仗了。开始还怀疑是谣言，日子一长，风声越来越紧，就收拾行装回家。半路上遇到了乱兵，刘子固和仆人走散了，他自己被一个探子抓了去。军队里看他生得文弱，对他防范不严，被他偷了一匹马逃走了。到了海州地面，他看见一个女子，蓬头垢面，走路一颠一蹶的，十分狼狈。刘子固骑马经过时，那女子急忙喊道：“骑在马上的不是刘郎吗？”刘子固勒马细看，原来是阿绣。刘子固仍然怀疑她是狐精，问道："你是真阿绣吗?"女郎说："你为什么问这个话?"刘子固就把他遇到假阿绣的事说了一遍。女郎说："我是真阿绣啊。父亲带我从广宁回来，路上遇到兵马，被俘虏了，他们给我马骑，我几次都从马上跌下来。这时忽然有一个姑娘，拉着我的手就跑，在兵马中乱奔，也没有人查问。那姑娘跑得比鸟儿还要快，我竭力奔跑也赶不上，走了百把步路鞋子就掉了好几次。过了半天，听到人喊马嘶的声音渐渐远了，她才放下我的手说：'再见了，前面路上太平，可慢慢走，爱你的人快要到了，你正好同他一道回去。'"刘子固知道这女郎就是狐精，心里很感激她。他对阿绣说了留在盖平的缘故。阿绣说，她叔父为她挑了一个姓方的男家，还没有下聘，就遇到了兵灾。刘子固才知道舅舅的话并不是假的。他把阿绣扶上马，两人一前一后骑着回家了。回到家里，看到母亲平安无事，刘子固非常高兴。拴好马，走进里屋，把前后说了一遍，母亲也很喜欢，给阿绣洗澡，打扮完毕，容光焕发，母亲拍着手说："难怪痴儿子做梦都想着你!"就铺设被褥，叫女郎跟她一道睡。同时派人去盖平，捎信给姚家。不几天，姚家夫妻俩来了，选定好日子完了婚才走。

刘子固取出秘藏的箱子，那些香帕脂粉还包得好好的。其中有一匣粉，打开来一看，竟是红土。刘子固觉得奇怪。阿绣掩着嘴笑道："几年前的骗局，今天才被你发觉了。那时我见你总是任凭我包扎，顾不上细看东西的真假，所以就拿这红土跟你开了个玩笑!"两人正在说笑时，有一个人掀开帘子走了进来，说："这样快活，该不该谢谢媒人?"刘子固一看，又是一个阿绣来了。急忙喊他母亲，母亲和家里人都到齐了，没人能分辨出谁真谁假。刘子固转眼看时，也迷糊了；定睛看了好久，才认出那后来的阿绣，就向她作揖道谢。那女郎要来镜子，自己照了一下，红着脸跑出去，再寻已不见踪影了。夫妇俩感激她的恩义，在房里为她立了一块牌位供着。

一天黄昏，刘子固喝醉了酒回家，屋里黑洞洞的没有一个人。他刚点上灯，阿绣进来了。刘子固拉住她的手问："到哪里去了?"阿绣笑着说："酒臭熏得人受不了，还这样盘问，莫非我和人家幽会去了吗?"刘子固笑着捧住她的脸，女郎就问："你看我和狐姊姊谁漂亮?”刘子固说:“你比她漂亮,但粗心的人是分辨不出来的。”说罢,两人就关上门睡觉了。一会儿,听到有人敲门,女郎起身笑道:“你也是个粗心的人呀!”刘子固听了摸不着头脑,走去开了门,却是阿绣来了。刘子固大吃一惊,才省悟到刚才和他讲了半天话的阿绣是狐精。黑暗中还听到她的笑声。夫妻两人对着天空祈祷,要求狐精再现人形。狐精说:“我不愿再见阿绣。”刘子固问:“那你为什么不另外变个样子呢?”狐精说:“我不能变。”刘子固又问:“为什么不能变呢?”狐精答道:“阿绣是我的妹妹,上一世不幸早死。她在世时和我跟着母亲到天宫去,见到西王母,心里暗暗爱慕王母娘娘的外貌风度,回来后一心一意模仿她的言谈举止。妹妹比我聪明,一个月神态就像了,我学了三个月才像,但总不及妹妹工夫到家。现在又过了一世,我自以为可以超过妹妹,想不到还是不及她。我被你们的诚意感动,所以常到你们这里来,现在我要走了。”说罢就不再开口了。

从此,狐精每隔三五天就来一次,刘家有什么疑难,她都能帮助解决。碰到阿绣回娘家去,狐精来了就一住几天,刘家的仆人都害怕,躲避她。每逢刘家丢失东西,狐精就打扮得漂漂亮亮,头上插根几寸长的玳瑁簪子,端端正正坐了,板着面孔对刘家的仆人说:“谁偷了东西,今夜必须送到某某地方;要是不送去,头痛天发起来,后悔也来不及!”天亮去一看,失窃的东西果然已放在那里了。过了三年,狐精就不再来了。家里偶然遗失了金银绸缎什么的,阿绣就装着狐精的打扮吓唬仆人,也常有效果。

杨疤眼

一猎人,夜伏山中,见一小人,长二尺已来,踽踽行涧底。少间,又一人来,高亦如之。适相值,交问何之。前者曰:“我将往望杨疤眼。前见其气色晦黯,多罹不吉。”后人曰:“我亦为此,汝言不谬。”猎者知其非人,厉声大叱,二人并无有矣。夜获一狐,左目上有瘢痕，大如钱。

【译文】

有个猎人，夜间埋伏在山中，见一个小人，身子才有二尺来长，正孤零零地在山谷底的溪边行走。一会儿，又有一个人走来，高矮差不多。二人正好走到一起，彼此询问对方去哪里。前一个人说：“我要去看看杨疤眼。前些日子见他满脸晦气，多数是要碰到倒霉事儿了。”后一个人说：“我也正要去看看他。你讲的准没错。”猎人知道他们并不是人，就厉声呵斥，二人都不见了。夜间，猎人捕得一只狐狸，左眼上有疤痕像铜钱一般大。

小　翠

王太常，越人。总角时，昼卧榻上。忽阴晦，巨霆暴作。一物大于猫，来伏身下，展转不离。移时晴霁，物即径出。视之，非猫，始怖，隔房呼兄。兄闻喜曰：“弟必大贵，此狐来避雷霆劫也。”后果少年登进士，以县令入为侍御。生一子名元丰，绝痴，十六岁不能知牝牡，因而乡党无与为婚。王忧之。

适有妇人率少女登门，自请为妇。视其女，嫣然展笑，真仙品也。喜问姓名。自言：“虞氏。女小翠，年二八矣。”与议聘金。曰：“是从我糠覈不得饱，一旦置身广厦，役婢仆，厌膏粱，彼意适，我愿慰矣，岂卖菜也而索直乎！”夫人大悦，优厚之。妇即命女拜王及夫人，嘱曰：“此尔翁姑，奉侍宜谨。我大忙，且去，三数日当复来。”王命仆马送之。妇言：“里巷不远，无烦多事。”

遂出门去。小翠殊不悲恋，便即奁中翻取花样。夫人亦爱乐之。

数日，妇不至。以居里问女，女亦憨然不能言其道路。遂治别院，使夫妇成礼。诸戚闻拾得贫家儿作新妇，共笑姗之；见女皆惊，群议始息。女又甚慧，能窥翁姑喜怒。王公夫妇，宠惜过于常情，然惕惕焉惟恐其憎子痴；而女殊欢笑，不为嫌。第善谑，刺布作圆，蹋蹴为笑。着小皮靴，蹴去数十步，绐公子奔拾之；公子及婢恒流汗相属。一日，王偶过，圆硧然来，直中面目。女与婢俱敛迹去，公子犹踊跃奔逐之。王怒，投之以石，始伏而啼。

王以告夫人；夫人往责女，女俛首微笑，以手刓床。既退，憨跳如故，以脂粉涂公子作花面如鬼。夫人见之，怒甚，呼女诟骂。女倚几弄带，不惧，亦不言。夫人无奈之，因杖其子。元丰大号，女始色变，屈膝乞宥。夫人怒顿解，释杖去。女笑拉公子入室，代扑衣上尘，拭眼泪，摩挲杖痕，饵以枣栗。公子乃收涕以忻。女阖庭户，复装公子作霸王，作沙漠人；已乃艳服，束细腰，婆娑作帐下舞；或髻插雉尾，拨琵琶，丁丁缕缕然，喧笑一室，日以为常。王公以子痴，不忍过责妇；即微闻焉，亦若置之。

同巷有王给谏者，相隔十余户，然素不相能；时值三年大计吏，忌公握河南道篆，思中伤之。公知其谋，忧虑无所为计。一夕，早寝，女冠带，饰冢宰状，剪素丝作浓髭，又以青衣饰两婢为虞候，窃跨厩马而出，戏云："将谒王先生。"驰至给谏之门，即又鞭挞从人，大言曰："我谒侍御王，宁谒给谏王耶！"回辔而归。比至家门，门者误以为真，奔白王公。公急起承迎，方知为子妇之戏。怒甚，谓夫人曰："人方蹈我之瑕，反以闺阁之丑登门而告之，余祸不远矣！"夫人怒，奔女室，诟让之。女惟憨笑，并不一置词。挞之，不忍；出之，则无家：夫妻懊怨，终夜不寝。时冢宰某公赫甚，其仪采服从，与女伪装无少殊别，王给谏亦误为真。屡侦公门，中夜而客未出，疑冢宰与公有阴谋。次日早朝，见而问曰："夜相公至君家耶？"公疑其相讥，惭颜唯唯，不甚响答。给谏愈疑，谋遂寝，由此益交欢公。公探知其情，窃喜，而阴嘱夫人，劝女改行；女笑应之。

逾岁，首相免，适有以私函致公者，误投给谏。给谏大喜，先托善公者往假万金，公拒之。给谏自诣公所。公觅巾袍，并不可得；给谏伺候久，怒公慢，愤将行。忽见公子衮衣旒冕，有女子自门内推之以出。大骇；已而笑抚之，脱其服冕而去。公急出，则客去远。闻其故，惊颜如土，大哭曰："此祸水也！指日赤吾族矣！"与夫人操杖往。女已知之，阖扉任其诟厉。公怒，斧其门。女在内含笑而告之曰："翁无烦怒！有新妇在，刀锯斧钺，妇自受之，必不令贻害双亲。翁若此，是欲杀妇以灭口耶？"公乃止。给谏归，果抗疏揭王不轨，衮冕作据。上惊验之，其旒冕乃粱藍心所制，袍则败布黄袱也。上怒其诬。又召元丰至，见其憨状可掬，笑曰："此可以作天子耶？"乃下之法司。给谏又讼公家有妖人，法司严诘臧获，并言无他，惟颠妇痴儿，日事戏笑；邻里亦无异词。案乃定，以给谏充云南军。王由是奇女。又以母久不至，意其非人。使夫人探诘之，女但笑不言。再复穷问，则掩口曰："儿玉皇女，母不知耶?"

无何，公擢京卿。五十余，每患无孙。女居三年，夜夜与公子异寝，似未尝有所私。夫人舁榻去，嘱公子与妇同寝。过数日，公子告母曰："借榻去，悍不还！小翠夜夜以足股加腹上，喘气不得；又惯掐人股里。"婢妪无不粲然。夫人呵拍令去。一日，女浴于室，公子见之，欲与偕；女笑止之，谕使姑待。既出，乃更泻热汤于瓮，解其袍裤，与婢扶入之。公子觉蒸闷，大呼欲出。女不听，以衾蒙之。少时，无声，启视，已绝。女坦笑不惊，曳置床上，拭体乾洁，加复被焉。夫人闻之，哭而入，骂曰："狂婢何杀吾儿!"女輾然曰："如此痴儿，不如勿有。"夫人益恚，以首触女；婢辈争曳劝之。

方纷噪间，一婢告曰："公子呻矣!"辍涕抚之，则气息休休，而大汗浸淫，沾浃裀褥。食顷，汗已，忽开目四顾，遍视家人，似不相识，曰："我今回忆往昔，都如梦寐，何也?"夫人以其言语不痴，大异之。携参其父，屡试之，果不痴。大喜，如获异宝。至晚，还榻故处，更设衾枕以觇之。公子入室，尽遣婢去。早窥之，则榻虚设。自此痴颠皆不复作，而琴瑟静好，如形影焉。

年余，公为给谏之党奏劾免官，小有罣误。旧有广西中丞所赠玉瓶，价累千金，将出以贿当路。女爱而把玩之，失手堕碎，惭而自投。公夫妇方以免官不快，闻之，怒，交口呵骂。女奋而出，谓公子曰：“我在汝家，所保全者不止一瓶，何遂不少存面目？实与君言：我非人也。以母遭雷霆之劫，深受而翁庇翼；又以我两人有五年夙分，故以我来报曩恩、了夙愿耳。身受唾骂，擢发不足以数，所以不即行者，五年之爱未盈，今何可以暂止乎！”盛气而出，追之已杳。公爽然自失，而悔无及矣。公子入室，睹其剩粉遗钩，恸哭欲死；寝食不甘，日就羸悴。公大忧，急为胶续以解之，而公子不乐。惟求良工画翠小像，日夜浇祷其下。

几二年，偶以故自他里归。明月已皎，村外有公家亭园，骑马墙外过，闻笑语声，停辔，使厩卒捉鞚，登鞍一望，则二女郎游戏其中。云月昏蒙，不甚可辨。但闻一翠衣者曰：“婢子当逐出门！”一红衣者曰：“汝在吾家园亭，反逐阿谁？”翠衣人曰：“婢子不羞！不能作妇，被人驱遣，犹冒认物产也？”红衣者曰：“索胜老大婢无主顾者！”听其音，酷类小翠，疾呼之。翠衣人去曰：“姑不与若争，汝汉子来矣。”既而红衣人来，果小翠。喜极。女令登垣，承接而下之，曰：“二年不见，骨瘦一把矣！”公子握手泣下，具道相思。女言：“妾亦知之，但无颜复见家人。今与大姊游戏，又相邂逅，足知前因不可逃也。”请与同归，不可；请止园中，许之。公子遣仆奔白夫人。夫人惊起，驾肩舆而往，启钥入亭。女即趋下迎拜；夫人捉臂流涕，力白前过，几不自容，曰：“若不少记榛梗，请偕归，慰我迟暮。”女峻辞不可。夫人虑野亭荒寂，谋以多人服役。女曰：“我诸人悉不愿见，惟前两婢朝夕相从，不能无眷注耳，外惟一老仆应门，余都无所复须。”夫人悉如其言。托公子养疴园中，日供食用而已。

女每劝公子别婚，公子不从，后年余，女眉目音声，渐与曩异，出像质之，迥若两人。大怪之。女曰：“视妾今日，何如畴昔美?”公子曰：“今日美则美，然较昔则似不如。”女曰：“意妾老矣!”公子白：“二十余岁，何得速老。”女笑而焚图，救之已烬。一日，谓公子曰：“昔在家时，阿翁谓妾抵死不作茧。今亲老君孤，妾实不能产，恐误君宗嗣。请娶妇于家，旦晚侍奉翁姑，君往来于两间，亦无所不便。”公子然之，纳币于钟太史之家。吉期将近，女为新人制衣履，赍送母所。及新人入门，则言貌举止，与小翠无毫发之异，大奇之。往至园亭，则女亦不知所在。问婢，婢出红巾曰：“娘子暂归宁，留此贻公子。”展巾，则结玉玦一枚，心知其不返，遂携婢俱归。虽顷刻不忘小翠，幸而对新人如觌旧好焉。始悟钟氏之姻，女预知之，故先化其貌，以慰他日之思

异史氏曰：一狐也，以无心之德，而犹思所报；而身受再造之福者，顾失声于破甑，何其鄙哉！月缺重圆，从容而去，始知仙人之情，亦更深于流俗也！

【译文】

有个掌管宗庙礼仪的太常官，姓王，浙江人。小时候，白天躺在床上，突然天昏地暗，雷电大作，一只比猫还大的东西，跑来伏在他的身下，转来转去，不肯离开。一会儿雨过天晴，那东西就走了。仔细看去，并不是猫，才害怕起来，隔着房间喊他的哥哥。他

哥哥一听很高兴，说道："兄弟将来必定会做大官，这狐狸来躲避雷击啊。"后来他果然少年中了进士，由知县升任御史。王公有个儿子，名叫元丰，是个白痴，长到十六岁，还分不清男女，因此乡里人都不愿意把自己的女儿嫁给他。王公常为儿子的婚事发愁。

一天，有个妇人领着个年轻的女儿找上门来，主动请求把女儿给他家做媳妇。看那女孩子，笑容微露，模样儿真像仙女下凡。王家高兴地问那妇人姓名。她自称姓虞，女儿叫小翠，今年十六岁了。和她商量聘礼，那妇人道："这孩子跟着我，连糠都吃不饱，一旦住在这高大的房子里，有丫鬟奴仆供她使唤，有山珍海味任她吃喝，只要她生活得好，我就安心了，难道是要做买卖，讲什么价钱吗？"王夫人听后非常高兴，盛情款待了她们。那妇人便叫女儿拜见王公夫妇，吩咐道："这就是你的公婆，你要小心伺候他们。我很忙，先回去，三四天后再来看你。"王公叫仆人备马相送。妇人说她家很近，不必麻烦，就出门走了。小翠倒也没有什么悲伤或恋恋不舍的样子，就随手在小箱子里翻检做针线活儿的花样。王夫人又疼爱又高兴。

过了几天，不见那妇人到来。王夫人问小翠家住何处，她却傻乎乎地说不清来去的途径。王夫人便另外收拾了一个院子，让小两口成婚。亲戚们听说王家捡了个穷人家的女儿做媳妇，大家嘲笑这件事；后来亲眼看见小翠，都感到吃惊，风言风语才没了。小翠很聪明，能看出公婆心里的喜怒。王公夫妇格外宠爱她，但总担心她嫌自己的儿子傻；而小翠却乐呵呵的，一点不嫌弃。只是爱戏耍，缝了个布球，常踢着取乐。她穿上小皮靴，一踢就是几十步远，哄元丰奔跑着去拾取。元丰和丫鬟们奔来奔去，累得满头大汗。一天，王公偶然走过，那布球啪的一声，正好打在他脸上。小翠和丫鬟们连忙溜走，元丰还是起劲地奔过去追球。王公很生气，拾起一块石头向元丰掷去。元丰被打，才趴在地上哭了。

王公把这事告诉了夫人，夫人便去责备小翠。小翠低着头只是微笑，用手划着床沿。夫人离开后，她又照旧痴憨地蹦蹦跳跳，还把脂粉抹在元丰脸上，扮成个花脸活鬼。夫人见了，心中大怒，把小翠叫来骂了一顿。小翠身靠桌子，摆弄着衣带，既不害怕，也不说话。夫人对她没有办法，就把元丰打了一顿。元丰痛得直叫，小翠才着了慌，跪下求饶。夫人怒气顿时消了，丢下棍棒，走了出去。小翠笑着把元丰拉到卧室，替他拂去衣服上的尘土，擦干眼泪，抚摩他身上的棍棒伤痕，拿枣子、栗子给他吃，他才停住眼泪高兴起来。小翠关上房门，又把元丰扮成楚霸王，或者胡人。自己则穿上艳丽的衣服，把腰束得细细的，翩翩跳起虞美人舞；或在发髻上插根野鸡翎子，手弹琵琶，叮叮咚咚。房里一片笑闹声。从早到晚，经常这样。王公因为儿子傻，也就不忍过分责怪媳妇，即使稍有所闻，也只当没有听到，不去管她。

在王家所在巷子里，还住着一个姓王的给谏官，相隔十多家门面。但关系素来不大好。那时正值三年一次的官吏政绩考评，王给谏妒忌王公做了河南道御史，想找岔儿陷害他。王公知道他的阴谋，心里犯愁，但一时又想不出对付的办法。一天晚上，王公很早就睡了。小翠穿戴上男人的衣冠扮作宰相的样子，剪了一些白丝线当作胡须贴在嘴上；又叫两个丫鬟穿上青衣，扮成相府侍从，偷偷地从马棚里牵了一匹马，骑着出去。开玩笑说："我要去看看王先生。"到了王给谏家门口，又用鞭子打随从，大声说道："我要见的是王御史，难道要我去见那王给谏么！"掉转马头就走。回到自己家门口，看门人错以为真是宰相到了，赶紧进去报告王公。王公连忙起身出去迎接。一看才知道是儿媳妇闹着玩的，气得大发脾气，对夫人说道："有人正在找我的岔儿，这媳妇反把家丑送上门去告诉人家。我倒霉的日子快到了！"夫人听了也很恼火，奔到小翠房里责骂她。小翠只是傻笑，并不分辩。弄得王公夫妇毫无办法；打她吧，不忍下手；休掉她吧，她又无家可归。夫妇俩非常悔恨，一夜都没有睡好觉。当时的宰相某公，声势显赫。他的神采、服饰、随从，都与小翠妆扮的没有什么差别。王给谏也信以为真，多次派人到王公家门口去探听消息。到了半夜，仍不见宰相出来，他疑心宰相正在与王公商议什么机密大事。第二天早朝，见到王公，便问道："昨晚相公到您府上来了吗?"王公以为是在讽刺他，满面羞惭，只是低声含糊地答应了两声。王给谏越加怀疑起来，从此就放弃了找王公岔儿的打算，并竭力讨好他。王公打听到王给谏并不知道事情的真相，心中暗暗喜欢，但私下里还是嘱咐夫人，劝小翠以后别再这样胡闹了。小翠也笑着答应了。

过了一年，宰相被免了职。这时正好有人写了一封私信给王公，但误送到了王给谏家里。王给谏大喜，便先托和王公有交情的人，向他借一万两银子，以此相要挟。王公拒绝了。王给谏亲自上门。王公找会客穿戴的衣帽，一件也找不到。王给谏在外面等了好久，认为王公故意怠慢他，气呼呼正要离开，忽见王公的儿子身穿龙袍，头戴平天冠，被一个女子从房里推出来。王给谏看见，先是吓了一大跳，然后笑着按住他，脱下那龙袍、平天冠就走。王公急急忙忙赶出来，王给谏已经走远了。王公知道了事情的经过后，吓得面如土色，大哭道："这个害人精呀，没几天就要满门抄斩了！"接着就与夫人拿了棍棒去打小翠。小翠早已知道，紧闭了房门，任凭他们去叫骂。王公气极了，拿斧头劈门。小翠在房里笑着说道："公公用不着生气，有儿媳妇在，要杀要斩，自有儿媳妇来承当，决不会连累两位大人。公公这个样子，是要杀我灭口吗？"王公听了，只好住手。王给谏回去后，果然上奏章揭发王公要造反，还把龙袍、平天冠呈上，作为凭证。皇帝大惊，亲自验看，发现那平天冠是秫秸心扎成的，龙袍只是块破旧的黄包袱。皇帝大怒，说王给谏诬陷好人。又把元丰叫去，见了他那副傻相，笑道："他这种样子能做皇帝吗？"便交给司法机关处置。王给谏又指控王家有妖人。执法官把他家中的丫鬟、仆役抓去严加审问，众人都说："并无妖人，只是疯媳妇、傻儿子一对小夫妻成天戏耍取笑罢了。"左右邻舍说的也都这样。案子判决结果是：王给谏诬告不实，充军云南。王公从此就觉得这小翠不平常，加上她母亲久去不来，越发疑心她不是个凡人，便叫夫人去探问她。小翠只是笑而不答。再三追问，小翠才掩着嘴笑着说："我是玉皇大帝的女儿，婆婆不知道吗？"

不久，王公升任太常卿。这时他已经五十多岁了，常常为没有孙子发愁。小翠过门已经三年，每夜与元丰分床而睡，似乎从来没有同衾共枕过。夫人就把另一张床抬走，叮嘱儿子和媳妇睡在一起。过了几天，元丰对母亲说："借了那张床去，怎么老是不还！小翠每夜把腿搁在我肚子上，叫人喘不过气来。她又喜欢掐人大腿，实在难受。"丫鬟仆妇听了都笑起来。夫人忙喝住他，拍拍他叫他走。一天，小翠在房里洗澡，元丰见了，要和她共浴。小翠笑着阻止他，叫他等一下。等她洗好出了浴缸，另外换了热水倒进缸里，替元丰脱去衣服，与丫鬟一起把他扶进去。元丰感到闷热，大叫着要出来。小翠不理他，反用被子给他蒙上。不多一会，没声息了，拉开被子一看，已经死去。小翠却坦然笑着，也不惊慌，把元丰拖到床上，替他擦干身体，盖上两条被子。夫人听到消息，哭着跑进来，骂道："你这疯丫头，为什么杀死我儿子！"小翠笑嘻嘻地说："像这样的傻儿子，倒不如没有的好。"夫人听后越发气恼，用头去撞小翠。丫鬟们争着拉开夫人劝解。

正在吵得不可开交的当儿，一个丫鬟禀报说："公子出声了！"夫人忙收住眼泪，过去抚摸儿子，见他微微吐着气，大汗淋漓，把被褥都湿透了。过了一顿饭工夫，汗不出了，忽然睁开眼睛，向四面张望，看见家里的人，好像都不认识似的，说道："现在我回想起从前的事来，都像在梦里一样，这是什么原因呀？"夫人听他说的不像痴话，觉得非常奇怪，带着他去见他父亲，试了好几次，果然不痴不傻了。夫妇俩大喜，像是得了珍珠奇宝一般。到晚上，把另一张床搬回原处，铺上被褥，看他怎么样。他一到房里，就把丫鬟们都打发走。第二天早上去察看，那张床还是原样，空摆在那里。自此以后，小夫妻俩就不再有疯疯癫癫的行为了，两人恩爱非常，形影不离。

过了一年多，王公被王给谏同党的人弹劾，免了官，还受了点处分。王家藏有广西巡抚送的一只白玉花瓶，价值数千金，这时想拿它贿赂当权的人。小翠很喜欢这只花瓶，拿在手中把玩，一不小心掉在了地上，跌得粉碎。她羞愧地跑去向公婆认错。王公夫妇正为丢官的事心中不快，现在听说又打了花瓶，不由怒从心起，两人把小翠骂了一顿。小翠一阵风似地跑出来，对元丰说道："我在你家，替你们保全的不止一只花瓶，为什么就不肯留一点面子给我呢？老实告诉你吧，我不是凡人，只因为我母亲遭雷霆之劫，受过你父亲保护，又因为我们俩有五年的缘分，所以我来报前恩，了宿愿。我挨的骂都数不清了，所以不走，是因为五年的缘分没满。如今我还能再待下去吗？"说罢，气冲冲地走了出去。元丰追到门外，小翠已不知去向。王公嘴里不说，心里像丢了魂一样，但后悔已来不及了。元丰每次进房，见到小翠用过的脂粉和留下的鞋子，总要哭得死去活来，觉也睡不好，饭也吃不下，人一天天消瘦下来。王公着实发愁，急着替他续娶，以解除他的悲痛。但元丰却不愿意，只是请来一位名画师，替小翠画了一张像，日夜供奉祈祷。

这样差不多过了两年。有一天，元丰偶然因事从别处回家，已经明月当空，村外有他家的一座花园，他骑着马从花园墙外经过，听到园内有说笑声，便停下马来，叫马夫勒住缰绳，自己站在马鞍上向里面望。只见两个女郎正在园中游戏，因为月亮被云遮着，昏昏蒙蒙，看不大清楚。只听得一个穿绿衣裳的说道："这丫头应当赶出门去！"一个穿红衣裳的答道："你在我家花园里玩，想要赶谁出去？"绿衣女道："这丫头真不害羞！不会做媳妇，被人家休了出来，还要冒认人家的财产吗？"红衣女道："总比你这嫁不出去的老丫头强些！"元丰听那红衣女说话的声音，很像小翠，便连忙喊她。绿衣女边走边说道："我暂且不和你争论，你男人来了。"红衣女就走了过来，果然是小翠。元丰高兴极了。小翠叫元丰爬上墙头，接他过去，说道："两年不见，你竟瘦得只剩下一把骨头了。"元丰握着小翠的手，一边哭着，一边诉说思念之苦。小翠道："我也知道，但只是没脸再见你们家的人。今天和大姊在这里游玩，想不到又会碰到你，可知姻缘是逃不掉的。"元丰请小翠一道回去，她不肯；请她留在园中，她同意了。元丰差遣仆人赶快回家，禀报王夫人。夫人很吃惊，起身坐了轿子赶来。打开大门，走进亭子，小翠忙迎接跪拜。夫人拉着小翠的臂膀，流着眼泪，竭力表白以前错了，几乎无以自容，说道："如果你不怀恨我，就请你同我一道回去，使我晚年能得些安慰。"小翠坚决推辞不肯。夫人担心花园荒凉，打算多派几个人来服侍。小翠道："我什么人都不愿意见。只是从前跟我的两个丫鬟，天天和我在一起，我对她们还是很想念的。外面再派一个老仆看门，其他人都不需要了。"夫人全部照办。对外只说儿子在花园里养病，每天给他们送去吃的和穿的。

小翠常劝元丰另外娶妻，元丰不依。过了一年多，小翠的容貌和声音，渐渐变得和从前不一样了，取出画像一对照，完全好像两个人。元丰大为奇怪。小翠说道："你看我现在比过去美吗？"元丰道："你现在美虽然美，但好像不如以前了。"小翠道："想必是我老了。"元丰道："你才二十多岁，怎么会这么快就老。"小翠笑着把画像烧了，元丰上前夺取，已经成了灰烬。一天，小翠对元丰说："从前在家时，公公说我到死也不会生孩子。现在双亲都老了，你又是个独子。我真的不能生育，怕误了你家传宗接代。我劝你还是另娶一个妻子在家里，早晚也好由她来服侍公婆，你两边跑跑，也没有什么不便。"元丰答应了，就聘定了钟太史家女儿。婚期近了，小翠忙着为新娘做了衣服、鞋子，送到王夫人那儿。及至新娘过门，她的言谈、容貌、举止，与小翠一模一样。元丰十分惊奇，再到园亭中去找小翠，已不知去向。问丫鬟，丫鬟取出一块红巾说："娘子暂时回娘家去了，留下这红巾叫我交给你。"元丰展开红巾，见系着一块表示诀绝的玉玦，知道她再也不会回来了，便带着丫鬟回去。虽然时刻想念小翠，幸而见到新娘就像见了小翠一样。他这时才悟出与钟家的姻缘，小翠早就预料到了，所以先化成钟家女儿的容貌，以便安慰元丰日后对她的思念。

异史氏说：一只狐狸，因为受人无意中的保护，尚且还想到报恩；而身受重恩大德的人，反而为打破一只花瓶，对恩人声色俱厉，这是多么卑鄙啊！月缺重圆，从容离去，方知仙家情谊，远远超过世俗。

金和尚

金和尚，诸城人。父无赖，以数百钱鬻子五莲山寺。少顽钝，不能肄清业，牧猪赴市，若佣保。后本师死，稍有遗金，卷怀离寺，作负贩去。饮羊、登垄，计最工。数年暴富，买田宅于水坡里。弟子繁有徒，食指日千计。绕里膏田千百亩。里中起第数十处，皆僧无人；即有，亦贫无业，携妻子，僦屋佃田者也。每一门内，四缭连屋，皆此辈列而居。僧舍其中：前有厅事，梁楹节棁，绘金碧，射人眼；堂上几屏，晶光可鉴；又其后为内寝，朱帘绣幕，兰麝香充溢喷人；螺钿雕檀为床，床上锦茵褥，褶叠厚尺有咫；壁上美人山水诸名迹，悬粘几无隙处。一声长呼，门外数十人，轰应如雷。细缨革靴者，皆乌集鹄立；受命皆掩口语，侧耳以听。客仓卒至，十余筵可咄嗟办，肥醴蒸薰，纷纷狼籍如雾霈。但不敢公然蓄歌妓；而狡童十数辈，皆慧黠能媚人，皂纱缠头，唱艳曲，听睹亦颇不恶。金若一出，前后数十骑，腰弓矢相摩戛。奴辈呼之皆以“爷”；即邑人之若民，或“祖”之，“伯、叔”之，不以“师”，不以“上人”，不以禅号也。其徒出，稍稍杀于金，而风鬃云辔，亦略与贵公子等。

金又广结纳，即千里外呼吸亦可通，以此挟方面短长，偶气触之，辄惕自惧。

而其为人，鄙不文，顶趾无雅骨。生平不奉一经，持一咒，迹不履寺院，室中亦未尝蓄铙鼓；此等物，门人辈弗及见，并弗及闻。凡僦屋者，妇女浮丽如京都，脂泽金粉，皆取给于僧，僧亦不之靳，以故里中不田而农者以百数。时而恶佃决僧首瘗床下，亦不甚穷诘，但逐去之，其积习然也。金又买异姓儿，私子之。延儒师，教帖括业。儿聪慧能文，因令入邑庠；旋援例作太学生；未几，赴北闱，领乡荐。由是金之名以“太公”噪。向之“爷”之者“太”之，膝席者皆垂手执儿孙礼。

无何，太公僧薨。孝廉缞绖卧苫块，北面称孤；诸门人释杖满床榻；而灵帏后嘤嘤细泣，惟孝廉夫人一而已。士大夫妇咸华妆来，搴帏吊唁，冠盖舆马塞道路。

殡日，棚阁云连，幡幢翳日。殉葬刍灵，饰以金帛；舆盖仪仗数十事；马千匹，美人百袂，皆如生。方弼、方相，以纸壳制巨人，皂帕金铠；空中而横以木架，纳活人内负之行。设机转动，须眉飞舞；目光铄闪，如将叱咤；观者惊怪，或小儿女遥望之，辄啼走。冥宅壮丽如宫阙，楼阁房廊连垣数十亩，千门万户，入者迷不可出。祭品象物，多难指名。会葬者盖相摩，上自方面，皆伛偻入，起拜如朝仪；下至贡监簿史，则手据地以叩，不敢劳公子，劳诸师叔也。当是时，倾国瞻仰，男女喘汗属于道；携妇襁儿，呼兄觅妹者，声鼎沸。杂以鼓乐喧豗，百戏鞺鞳，人语都不可闻。观者自肩以下皆隐不见，惟万顶攒动而已。有孕妇痛急欲产，诸女伴张裙为幄，罗守之；但闻儿啼，不暇问雌雄，断幅绷怀中，或扶之，或曳之，蹩躠以去。奇观哉！

葬后，以金所遗赀产，瓜分而二之：子一，门人一。孝廉得半，而居第之南、之北、之西东，尽缁党；然皆兄弟叙，痛痒犹相关云。

异史氏曰：此一派也，两宗未有，六祖无传，可谓独辟法门者矣。抑闻之：五蕴皆空，六尘不染，是谓“和尚”；口中说法，座上参禅，是谓“和样”；鞋香楚地，笠重吴天，是谓“和撞”；鼓钲锽聒，笙管敖曹，是谓“和唱”；狗苟钻缘，蝇营淫赌，是谓“和幛”。金也者，“尚”耶？“样”耶？“撞”耶？“唱”耶？抑地狱之“幛”耶？

【译文】

金和尚，山东诸城人。父亲是个无赖，为几百个钱把他卖在五莲山寺庙里。金和尚年轻时很笨，念经都念不上来，养猪打杂，像佣人一般。后来他师父死了，留下一点钱给他，他把钱藏在怀里就离开寺庙，做买卖去了。他对欺诈牟利那一套，最有心机。几年工夫，就发了横财，在水坡里买了田地房屋。还收了很多门徒，每天吃饭的，总有千把人。水坡里四周良田千百亩，都是他的。就地造的几十处住宅，住的都是和尚，没有别的人；即使有，也是贫穷无业的人，带了妻儿来赁他的屋住，租他的田种。每一个门户里面，四厢房屋相连，都是这些人挨着住的。和尚住在中间，前面有厅堂，梁木柱子，描金绘碧，耀人眼目。堂上摆设的几案屏风，光亮得可以照人。堂后是卧室，大红门帘，绣花帐幔，兰花、麝香满屋散发着扑鼻的香气。嵌着螺钿的雕花檀香木床，床上绣花锦缎被褥，叠起来有一尺八寸高。壁上美人山水名家名画，挂贴得几乎不留空隙。一声呼唤，门外几十个人应声轰然如雷。头戴缨帽脚穿皮靴的差人，乌鸦飞集般走拢来，天鹅伸颈般站立两旁，听候吩咐，都掩口回话，侧耳恭听。客人突然到来，十几桌酒席可以立刻办好，美酒佳肴，多得不计其数。只是不敢堂堂皇皇蓄养歌妓，但漂亮的男孩有十几个，都聪明狡猾，能讨人喜欢。他们头缠黑纱，唱着动人的曲子，听听看看，也很不错。金和尚若出门，前前后后有几十个骑马的随从，腰际佩挂的弓箭互相磕磕碰碰。仆从们都称他"爷"。就是当地老百姓，也有的称他公公，有的称他伯伯叔叔，不叫他师父，不叫他和尚，不称他法号。他的门徒外出，威风比他小一点，但飞马如云，气派也和富贵人家的子弟差不多。

金和尚又广泛结交朋友，即使千里之外，他的消息也很灵通，他就借此掌握省里大官的短处来要挟他们。谁要是偶然触犯了他，便提心吊胆，无法自安。

他为人粗野，不文明，从头到脚没有一根雅骨。生平不诵一本经、不念一句咒，不进寺院门，房子里也从来不放铙钹钟鼓。这类东西，他的门徒不但没见过，连听都没听说过。凡是来租他房子住的人家，女人都像京城中一样打扮得轻浮华丽。胭脂花粉，都由和尚供应。和尚也不计价。因此水坡里一带不种田的农户有上百家。

有时凶恶的佃户把和尚杀了埋在床底下，金和尚也不十分追究，只是把他们赶走，因为这是和尚难改的积习造成的。金和尚又买了一个外姓人家的小孩，私下认做儿子，请了先生，教他做应试文章。孩子聪明，学会了写文章，金和尚就叫他去考县学。随即又按照惯例捐了个太学生，不多几时，去参加乡试，中了举人。从此，金和尚成为众人口中的“太公”了。从前叫“爷”的改叫“太爷”。客人来见，都垂着手行儿孙的礼节。

不久，这位太公和尚死了。那举人披麻戴孝，睡在草席上。他向北跪着，自称孤儿。门徒们的哭丧棒放下来可以摆满床榻，但是灵柩幕布后面，只有举人夫人一个人轻声哭泣。那些做官人家的妇女，打扮得漂漂亮亮，撩起帘幕进来吊孝；戴冠的，张伞的，又是车，又是马，把路都堵住了。出丧那天，沿路搭的祭棚吊台，多得像满天云朵，旌旗招展遮住了太阳。陪葬用的稻草人，都用金丝织物装饰，车子、仪仗等器物有几十种，上千匹马，百来个美女，都像真的一样。用纸扎的巨大的开路神，头裹黑巾，身披金甲，里面是空心的，横架了一根木头，由活人藏在里面扛着行走。还装了机关，转动时须眉飞舞，目光一亮一亮的，好像将要发怒逞威似的。观看的人都觉得惊奇，有的小孩子远远看到了就哭着躲避。替死人准备的住宅华丽极了，像宫殿似的，楼、阁、房、廊，墙连着墙，足有几十亩地，千门万户，进去的人都迷路出不来。祭品和龙凤麟龟四种灵物，好多说不出名目。送葬的伞盖碰着伞盖，上从大官起，一个个弯腰进去行礼，像臣子朝见君王；下到贡生、监生、文书、佐史，则伏地跪拜，不敢劳动公子，劳动各位长老。这时候，全城的人都出来瞻仰，男男女女，喘着气，流着汗，接连不断排在路旁；有男人带着妻子的，有母亲抱着孩子的，有呼唤哥哥寻找妹妹的，一片嘈杂喧嚣。加上鼓乐吹打声、杂耍锣鼓声，人说话都听不见了。那些看热闹的人肩膀以下都没在人的海洋中，只见万头攒动罢了。有怀胎的妇女被挤得肚疼要生孩子，几个女伴张开裙子做成临时的帏屏，围守护理；只听小孩哭声，也来不及看清是男是女，赶紧撕破裙幅，包了抱在怀里。有的搀扶，有的牵引，一晃一晃地走了。这真是奇观啊。

丧事办完，把金和尚的遗产分做两份，一份是儿子的，一份是门徒的。举人得了一半家产，住宅四周，住的全是和尚，但彼此都是兄弟辈分，好坏还都互相照应。

异史氏说：这一派和尚，南北两大禅宗未尝见过，六代祖师也从来不曾传下，可说是独立门户了。然而我听人说过：色、受、想、行、识五蕴皆空，声、色、香、味、触、法六尘不染的，叫做“和尚”；嘴里讲着教义，坐在座位上修行的，叫做“和样”；走南闯北的，叫做“和撞”；锣鼓敲得热闹，笙管吹得响亮的，叫做“和唱”；像狗一样钻觅门路，像苍蝇一样追逐嫖赌的，叫做“和幛”。像金和尚这样的人，是“和尚”呢？“和样”呢？“和撞”呢？“和唱”呢？还是该下地狱的“和幛”呢？

龙 戏 蛛

徐公为齐东令。署中有楼，用藏肴饵，往往被物窃食，狼籍于地。家人屡受谯责，因伏伺之。见一蜘蛛，大如斗。骇走白公。公以为异，日遣婢辈投饵焉。蛛益驯，饥辄出依人，饱而后去。积年余，公偶阅案牍，蛛忽来伏几上。疑其饥，方呼家人取饵；旋见两蛇夹蛛卧，细裁如箸，蛛爪蜷腹缩，若不胜惧。转瞬间，蛇暴长，粗于卵。大骇，欲走。巨霆大作，阖家震毙。移时，公苏；夫人及婢仆击死者七人。公病月余，寻卒。公为人廉正爱民，柩发之日，民敛钱以送，哭声满野。

异史氏曰：龙戏蛛，每意是里巷之讹言耳，乃真有之乎？闻雷霆之击，必于凶人，奈何以循良之吏，罹此惨毒；天公之愦愦，不已多乎！

【译文】

徐公做齐东县令，官署中有一个阁楼，用来储藏菜肴糕饼之类。常被什么东西偷吃，撒落一地。家里人多次受责备，就暗中躲在一边察看。看见一只蜘蛛，有斗一般大，吓得奔去报告徐公。徐公觉得这事不同寻常，就每天派丫头们投放食物喂养它。蜘蛛也更加顺从，饿了就出来傍着人，吃饱了就离去。过了一年多，徐公偶然翻阅公文，蜘蛛忽然爬上来伏在桌上。以为它饿了，刚要叫家里人取食物来喂它，随即看见两条蛇躺在蜘蛛的两边，只像筷子那么细。蜘蛛蜷着爪子缩成一团，好像十分害怕。一转眼，两条蛇突然长大了，身体比鸡蛋还要粗。徐公大吃一惊，正要逃走。顿时霹雳大作，全家都被震得昏死过去。过了一会，徐公苏醒了，夫人和丫头仆人共七人被雷打死。徐公病了一个多月，不久也死了。他为人廉洁正直，爱护百姓，出殡那天，老百姓凑了钱来送葬，田野里到处都是哭声。

异史氏说：龙戏蛛，总认为这是民间谣传，难道真有这种事吗？听说雷电只打恶人，怎么这样正直有为的官吏，也遭到这般惨祸，老天爷不是太糊涂了吗？

商　妇

天津商人某，将贾远方，从富人贷赀数百。为偷儿所窥，及夕，预匿室中以俟其归。而商以是日良，负赀竟发。偷儿伏久，但闻商人妇转侧床上，似不成眠。既而壁上一小门开，一室尽亮。门内有女子出，容齿少好，手引长带一条，近榻授妇，妇以手却之。女固授之；妇乃受带，起悬梁上，引颈自缢。女遂去，壁扉亦阖。偷儿大惊，拔关遁去。既明，家人见妇死，质诸官。官拘邻人而锻炼之，诬服成狱，不日就决。偷儿愤其冤，自首于堂，告以是夜所见。鞫之情真，邻人遂免。问其里人，言宅之故主曾有少妇经死，年齿容貌，与盗言悉符，固知是其鬼也。俗传暴死者必求代替，其然欤？

【译文】

天津有个商人，要到很远的地方去做买卖，向有钱人借了几百钱作本钱。正好被小偷看见，到晚上，事先潜伏在商人家中，等他回来。而商人因为这一天吉利，带了钱已出发了。小偷躲了很久，只听商人的老婆在床上翻来覆去，好像睡不着觉。后来墙上一扇小门开了，满室亮堂堂的。只见门内有一个女子出来，年轻貌美，手里拿了一根长带子，走近床榻，把带子交给商人的老婆。那妇人用手推开，少女坚持要给她。妇人就接过带子，起床悬在梁上，把脖子伸进圈套上吊。少女就走了，那墙上的小门也关上了。小偷大吃一惊，拔掉门闩就逃。天亮后，家里人发现主妇吊死了，就报告了官府。官府把邻居抓来拷问，屈打成招，下了大狱，没几天就要杀头。小偷对这冤狱出于义愤，就到公堂去自首，把那天晚上看到的情形全说了。审问属实，邻居才免罪释放。向那地方的人了解，说商人住宅原先的主人曾有一个少妇上吊自尽，年龄和相貌同小偷讲的完全一样，才确信那是少妇的鬼魂。世俗传说不得好死的人一定要找替身，真有这回事吗？

阎罗宴

静海邵生，家贫。值母初度，备牲酒祀于庭；拜已而起，则案上肴馔皆空。甚骇，以情告母。母疑其困乏不能为寿，故诡言之。邵默然无以自白。无何，学使案临，苦无资斧，薄贷而往。途遇一人，伏候道左，邀请甚殷。从去。见殿阁楼台，弥亘街路。既入，一王者坐殿上。邵伏拜。王者霁颜命坐，即赐宴饮。因曰：“前过华居，厮仆辈道路饥渴，有叨盛馔。”邵愕然不解。王者曰：“我忤官王也。不记尊堂设帨之辰乎?”筵终，出白镪一裹，曰：“豚蹄之扰，聊以相报。”受之而出，则宫殿人物，一时都渺；惟有大树数章，萧然道侧。视所赠，则真金，秤之得五两。考终，止耗其半，犹怀归以奉母焉。

【译文】

静海县邵姓书生，家里很穷。正逢母亲生日，邵生准备了点酒肉，摆在院中供神。跪拜后起立，发现桌上供的食品全光了。他很吃惊，把情形告诉了母亲。母亲疑心他没钱买东西给自己做生日，故意编了假话来骗她。邵生无法辩白，只好默不作声。不久，学官来考查学生。邵生苦于没有盘缠，只好借了点钱去参加考试。途中遇见一人，跪候在路旁，殷勤地邀请他。他就跟着去了。只见整条街路满是殿阁楼台。进门后，有位王爷坐在殿堂上面。邵生跪下叩头。王爷和蔼地让邵生坐下，又立刻请他吃酒。接着说道：“前些日子经过贵府，仆人们赶路又饥又渴，有劳你给吃了一顿美餐。”邵生怔了神，不明白他这话的意思。王爷道：“我是四殿阎王。你忘了你母亲过生日那天的事了吗?”酒宴过后，王爷拿出一封银子，说道：“仆人们叨扰了你家的供品，就用这来报答你吧。”邵生收了银子出门，那宫殿、人物，一下子都不见了，只有几棵大树，冷冷落落挺立在路旁。再看看那银子，倒是真的，称一下，足有五两。考试结束，邵生只花了一半，剩下的藏在怀里，拿回家供养母亲了。

役　鬼

山西杨医，善针灸之术；又能役鬼。一出门，则捉骡操鞭者，皆鬼物也。尝夜自他归，与友人同行。途中见二人来，修伟异常。友人大骇。杨便问："何人？"答云："长脚王、大头李，敬迓主人。"杨曰："为我前驱。"二人旋踵而行，蹇缓则立候之，若奴隶然。

【译文】

山西杨医生，擅长针灸医术，又能驱使鬼。他一出门，为他牵骡执鞭的，全是鬼。有天夜里他从外面回家，与朋友结伴而行。途中看见两个人迎面走来，身材都长得特别高大。朋友见了大为吃惊。杨医生问："谁？"二人答道："长脚王、大头李，前来迎候主人。"杨医生说："给我在前面带路。"二人就转过身去在前面走，杨医生他们走得慢，就停下来等候，像奴仆一样。

细　　柳

细柳娘，中都之士人女也。或以其腰嫖袅可爱，戏呼之"细柳"云。柳少慧，解文字，喜读相人书。而生平简默，未尝言人臧否；但有问名者，必求一亲窥其人。阅人甚多，俱未可，而年十九矣。父母怒之曰："天下迄无良匹，汝将以丫角老耶？"女曰："我实欲以人胜天；顾久而不就，亦吾命也。今而后，请惟父母之命是听。"

时有高生者，世家名士，闻细柳之名，委禽焉。既醮，夫妇甚得。生前室遗孤，小字长福，时五岁，女抚养周至。女或归宁，福辄号啼从之，呵遣所不能止。年余，女产一子，名之长怙。生问名字之义，答言："无他，但望其长依膝下耳。"女于女红疎略，常不留意；而于亩之东南，税之多寡，按籍而问，惟恐不详。久之，谓生曰：“家中事请置勿顾，待妾自为之，不知可当家否？”生如言，半载而家无废事，生亦贤之。

一日，生赴邻村饮酒，适有追逋赋者，打门而谇；遣奴慰之，弗去。乃趣僮召生归。隶既去，生笑曰：“细柳，今始知慧女不若痴男耶？”女闻之，俯首而哭。生惊挽而劝之，女终不乐。生不忍以家政累之，仍欲自任，女又不肯。晨兴夜寐，经纪弥勤。每先一年，即储来岁之赋，以故终岁未尝见催租者一至其门；又以此法计衣食，由此用度益纾。于是生乃大喜，尝戏之曰：“细柳何细哉：眉细、腰细、凌波细，且喜心思更细。”女对曰：“高郎诚高矣：品高、志高、文字高，但愿寿数尤高。”村中有货美材者，女不惜重直致之；价不能足，又多方乞贷于戚里。生以其不急之物，固止之，卒弗听。蓄之年余，富室有丧者，以倍赀赎诸其门。生因利而谋诸女，女不可。问其故，不语；再问之，荧荧欲涕。心异之，然不忍重拂焉，乃罢。

又逾岁，生年二十有五，女禁不令远游；归稍晚，僮仆招请者，相属于道。于是同人咸戏谤之。一日，生如友人饮，觉体不快而归，至中途堕马，遂卒。时方溽暑，幸衣衾皆所夙备。里中始共服细娘智。福年十岁，始学为文。父既殁，娇惰不肯读，辄亡去从牧儿遨。谯诃不改，继以夏楚，而顽冥如故。母无奈之，因呼而谕之曰：“既不愿读，亦复何能相强？但贫家无冗人，可更若衣，便与僮仆共操作，不然，鞭挞勿悔！”于是衣以败絮，使牧豕；归则自掇陶器，与诸仆啗饭粥。数日，苦之，泣跪庭下，愿仍读。母返身向壁，置不闻。不得已，执鞭啜泣而出。

残秋向尽，桁无衣，足无履，冷雨沾濡，缩头如丐。里人见而怜之，纳继室者，皆引细娘为戒，啧有烦言。女亦稍稍闻之，而漠不为意。福不堪其苦，弃豕逃去，女亦任之，殊不追问。积数月，乞食无所，憔悴自归；不敢遽入，哀求邻媪往白母。女曰："若能受百杖，可来见；不然，早复去。"福闻之，骤入，痛哭愿受杖。母问："今知改悔乎？"曰："悔矣。"曰："既知悔，无须挞楚，可安分牧豕，再犯不宥！"福大哭曰："愿受百杖，请复读。"女不听，邻妪怂恿之，始纳焉。濯发授衣，令与弟怙同师。勤身锐虑，大异往昔，三年游泮。中丞杨公，见其文而器之，月给常廪，以助灯火。

怙最钝，读数年不能记姓名。母令弃卷而农。怙游闲惮于作苦。母怒曰："四民各有本业，既不能读，又不能耕，宁不沟瘠死耶？"立杖之。由是率奴辈耕作，一朝晏起，则诟骂从之；而衣服饮食，母辄以美者归兄。怙虽不敢言，而心窃不能平。农工既毕，母出赀使学负贩。怙淫赌，入手丧败，诡托盗贼运数，以欺其母。母觉之，杖责濒死。福长跪哀乞，愿以身代，怒始解。自是一出门，母辄探察之。怙行稍敛，而非其心之所得已也。

一日，请母，将从诸贾入洛；实借远游，以快所欲，而中心惕惕，惟恐不遂所请。母闻之，殊无疑虑，即出碎金三十两，为之具装；末又以铤金一枚付之，曰："此乃祖宦囊之遗，不可用去，聊以压装，备急可耳。且汝初学跋涉，亦不敢望重息，只此三十金得无亏负足矣。”临行又嘱之。怙诺而出，欣欣意自得。至洛，谢绝客侣，宿名娼李姬之家。凡十余夕，散金渐尽。自以巨金在橐，初不意空匮在虑；及取而斫之，则伪金耳。大骇，失色。李媪见其状，冷语侵客。怙心不自安，然囊空无所向往，犹冀姬念夙好，不即绝之。俄有二人握索入，骤絷项领。惊惧不知所为。哀问其故，则姬已窃伪金去首公庭矣。至官，不能置辞，梏掠几死。收狱中，又无资斧，大为狱吏所虐，乞食于囚，苟延余息。

初，怙之行也，母谓福曰：“记取廿日后，当遣汝之洛。我事烦，恐忽忘之。”福请所谓，黯然欲悲，不敢复请而退。过二十日而问之。叹曰：“汝弟今日之浮荡，犹汝昔日之废学也。我不冒恶名，汝何以有今日？人皆谓我忍，但泪浮枕簟，而人不知耳！”因泣下。福侍立敬听，不敢研诘。泣已，乃曰：“汝弟荡心不死，故授之伪金以挫折之，今度已在缧绁中矣。中丞待汝厚，汝往求焉，可以脱其死难，而生其愧悔也。”福立刻而发；比入洛，则弟被逮三日矣。即狱中而望之，怙奄然面目如鬼，见兄涕不可仰。福亦哭。时福为中丞所宠异，故遐迩皆知其名。邑宰知为怙兄，急释之。

怙至家，犹恐母怒，膝行而前。母顾曰：“汝愿遂耶？”怙零涕不敢复作声，福亦同跪，母始叱之起。由是痛自悔，家中诸务，经理维勤；即偶惰，母亦不呵问之。凡数月，并不与言商贾，意欲自请而不敢，以意告兄。

母闻而喜，并力质贷而付之，半载而息倍焉。是年，福秋捷，又三年登第；弟货殖累巨万矣。邑有客洛者，窥见太夫人，年四旬，犹若三十许人，而衣妆朴素，类常家云。

异史氏曰：黑心符出，芦花变生，古与今如一丘之貉，良可哀也！或有避其谤者，又每矫枉过正，至坐视儿女之放纵而不一置问，其视虐遇者几何哉？独是日挞所生，而人不以为暴；施之异腹儿，则指摘从之矣。夫细柳固非独忍于前子也；然使所出贤，亦何能出此心以自白于天下？而乃不引嫌，不辞谤，卒使二子一贵一富，表表于世。此无论闺闼，当亦丈夫之铮铮者矣！

【译文】

细柳姑娘，是京城里读书人家的女儿。有些人因为她身材长得苗条可爱，就开玩笑叫她“细柳”。细柳从小聪明，识得文字，喜欢读相面的书。她平时不多说话，从来不说长道短。只要有人来求婚，她就一定要亲自暗地里看一看那人。看过的人很多，都不中她的意，而年龄却十九了。父母生她的气，说：“天底下到现在还没有一个人能配得上你的，你准备一辈子做老姑娘吗？”姑娘说：“我实在是要用人力去战胜天意，但这么久了也没有合适的，这也是我的命啊。从今以后，听凭父母作主吧。”

当时有个姓高的秀才，是官宦人家出身的名士，听到细柳的名声，就下了聘订婚。过门后，夫妻感情很好。高生的前妻死后留下一个孩子，小名叫长福，当时只有五岁，细柳抚养他十分尽心。细柳有时候回娘家，长福就哭闹着要跟去，吓他赶他都没用。过了一年，细柳生了个儿子，取名长怙。高生问这名字有什么意义，细柳回答说：“没有什么含义，只希望孩子能永远在我们跟前罢了。”细柳对于针线活不在行，不常留意这类事，但对于家里田地在哪儿，租米多少，都对着账簿查问，只怕不详尽。时间一长，细柳对高生说："家里的事，你放手别管，交给我来安排，不知道我能不能当好这个家?"高生同意了，半年下来，家里的事一件也没有耽误过，高生也称她贤惠能干。

一天，高生到邻村去吃酒，恰巧有催讨租税的差役来了，一边打门，一边骂人。细柳叫仆人去说好话，那人不肯走，只得打发书僮把高生叫回来。差役走后，高生笑着说："细柳，今天才知道聪明的女人不如傻乎乎的男人吗?"细柳听了这话，低头哭了起来。高生急忙拉住她的手劝慰，细柳仍然闷闷不乐。高生不忍心让家事劳累细柳，仍要自己管家，她又不肯。细柳起早摸黑，管理家事更勤了。总是早一年就把第二年的租税准备好，所以一年到头都不见催租的人上门。对家中的吃穿花费，也事先计划好，从此，家中用度更宽裕了。高生于是十分高兴，曾和细柳开玩笑说："细柳什么细？眉细、腰细、金莲细，可喜心思更细。"细柳回答说："高郎的确高：品高、志高、文字高，但愿寿命更高。"村里有卖好棺木的，细柳不惜重金去买，钱不够，就想方设法向亲戚朋友去借。高生认为这不是急需的物品，坚决不同意买，细柳总是不听。棺木买来放了一年多，有个有钱人家死了人，要以双倍的价钱向高家转买。高生因为有利可图，就和细柳商量，细柳不肯卖。问她为什么，她不说；再追问，她就眼泪汪汪要哭了。高生感到很奇怪，但不忍过于违背她的意思，就作罢了。

又过了一年，高生二十五岁了。细柳不让他出远门；回来得稍微晚一点，就叫书僮、仆人一个接一个地去请。因此，朋友们都取笑他。一天，高生去朋友家喝酒，感到身体不舒服而回家，半路从马上掉下来，就死了。当时正值大热天，幸亏寿衣早就准备好了。乡邻们这才人人服了细柳想得周到。长福长到十岁，才学习写文章。父亲死后，他娇生惯养，不肯读书，总是逃学和放牛的孩子玩耍，骂他也不改，打他也没用。细柳没有办法，把他叫来对他说："你既然不愿读书，我也没法强迫你。但穷人家里不能有闲人，给你换身衣服，和仆人们一块去干活，不然的话，我用鞭子抽你，可别后悔!"于是，给他换了件破衣服，叫他去放猪。回到家里，就叫他自己拿了粗碗，和仆人们一块吃饭。过了几天，长福吃不起苦，哭着跪在院子里哀求，表示愿意仍去读书。细柳转过身子，面对墙壁，不去理他。长福没法，拿起鞭子，哭着走了。

秋天快过去了，长福身上没有衣服，脚上没有鞋子，冰冷的雨点打得他浑身湿透，缩头缩脑像个叫花子。邻居见了可怜他，娶填房的人，都拿细柳作为后娘虐待前妻孩子的坏榜样，窃窃嚓嚓议论的不少。细柳也稍微听到一些，可她不放在心上。长福吃不了苦，扔下猪逃走了，细柳也随他去，绝不询问。过了几个月，长福连讨饭的去处都没有了，又黄又瘦，自己回家来，不敢马上进门，哀求邻居老妈妈去告诉母亲。细柳说："他若能挨得一百棍，可以来见我；不然的话，趁早走吧。"长福听了这话，赶快进屋，痛哭流涕说，愿意挨棍子。细柳问他："现在知道改悔了吗？"长福说："悔了！"细柳说："既然知道后悔，就不用打了，给我老老实实放猪去，再犯可不饶你！"长福大哭着说："情愿挨一百棍子，请准许我再去读书。"细柳不答应，邻居老妈妈从旁劝说，才同意了。叫他洗了澡，换了衣服，吩咐他和弟弟长怙，一块儿跟着先生读书。长福读书用心勤奋，和从前大不一样了。三年之后，考中了秀才。中丞杨公，看了他的文章很赞赏，每月给他一些钱，资助他读书。

长怙很笨，读了几年书，还不会写自己的名字。母亲叫他放弃读书去种田。长怙游手好闲，怕做苦活。母亲生气地说："士、农、工、商，都有自己的职业，你既不能读书，又不肯种田，难道不要饿死在路边沟里吗？"立刻把他打了一顿。从此长怙就带了仆人种田。哪一天起身迟了，就立刻把他痛骂一顿；穿衣吃饭，母亲都挑好的给他哥哥。长怙嘴上虽不敢说，但心里不服。农活做完了，母亲拿出钱来，让长怙学做买卖。长怙又嫖又赌，母亲给的钱到手就花光了，撒谎说遇到强盗抢劫，欺骗母亲。母亲发觉后，把他打得半死。长福直挺挺地跪在地上哀求，情愿代弟弟挨打，母亲才消了气。从此，长怙一出门，母亲就监视他，他的行为才收敛一点，但并不是他真正想学好。

一天，长怙去求母亲，让他跟一些做买卖的人到洛阳去。实际上是想借机出远门，痛痛快快玩一玩，但心里惴惴不安，只怕母亲不答应。母亲听他一说，一点也没有怀疑，立刻拿出碎银三十两，给他准备行装。后来又给他一锭金子，说："这是你爷爷做官时留下来的，不要花了，可用它来压装，防备急用。况且你头一回出门学做买卖，也不指望你获得厚利，只要这三十两银子不亏本就好了。”临走时，母亲又叮嘱了一遍。长怙连声答应，出门上路，心里乐滋滋的。到了洛阳，长怙与同去的买卖人分了手，住进名妓李姑娘家。总共十几夜，就把三十两碎银花得差不多了。他自恃袋里还有一大锭金子，开始也不把钱袋渐空放在心里，等到把金锭凿开一看，发现是假的，方才大惊失色。李家老鸨看他这个样子，冷言冷语挖苦他。长怙心神不定，可是口袋空空的，没有地方可去，还希望李姑娘念旧情，不要马上和他断绝往来。不一会儿，有两个人拿着绳子进来，一下子扣住他的头颈。长怙吓得不知怎样才好。伤心地问为什么抓他，原来李姑娘已经偷了他那块假金子，拿到官府去报案了。到了官府，长怙无话可说，被打得死去活来，差点送了性命。送进牢房，身边又没有一点钱，被看牢的人大肆虐待，靠向犯人讨点吃的，挣扎着活命。

长怙当初出门的时候，母亲对长福说：“你记住，二十天以后，要派你到洛阳去一次。我事情多，怕匆忙中忘了。”长福问母亲说这话是什么意思，母亲伤心得要掉下泪来。长福不敢再问，就走了出去。过了二十天，长福去问母亲，母亲叹息说：“你弟弟现在这样不学好，就像你当年不肯读书一样。我要是不顶这个坏名声，你怎么会有今天？别人都说我狠心，我只能眼泪淌湿了枕席，不过外人不知道罢了。”说着流下了眼泪。长福站在一旁，恭恭敬敬地听着，不敢插嘴。母亲收住眼泪，说：“你弟弟野性不改，所以我给他假金子，叫他吃些苦，现在想来他已经关在牢里了。中丞杨大人待你很好，你去求求他，可救你弟弟一命，让他羞愧悔改。”长福立刻上路，等他到了洛阳，弟弟关在牢里已经三天了。马上到牢里去探望，长怙面目已像鬼一样，只剩下一口气，见到哥哥，流下眼泪，不敢抬起头来。长福也哭着。这时长福是中丞杨公的红人，所以远近都知道他的名字，县官得知他是长怙的哥哥，就急忙把长怙放了。

长怙回到家里，还怕母亲生气，跪下用膝盖移动到母亲面前。母亲看了他一眼，说：“你的愿望满足了吗？”长怙流着眼泪，不敢再出声。长福也一同跪下，母亲才叱责长怙起来。从此，长怙痛改前非，家中各种事情，都勤勤恳恳地去照管，即使偶有懈怠，母亲也不去责问他。长怙回家几个月，细柳一点不跟他谈做买卖的事。他想请求再去行商，又不敢，就把意思告诉哥哥。母亲听说后，心里很高兴，想尽办法抵押借贷了钱交付给他，半年工夫，长怙赚的钱翻了一番。这一年，长福考中举人。过了三年，又中了进士。弟弟做买卖利滚利，资本已积到数万了。县里有个客居洛阳的人，看见过高进士的太夫人，年纪四十岁了，还好像三十多岁的样子，衣着打扮朴素，和平常人家一样。

异史氏说：有黑心肠的后娘，就会有给前妻生的孩子穿芦花衣裳的故事，古代和现在，都是一样的，实在可悲啊！有的后娘为了避免别人说三道四，又常常做好人做过头，甚至于看着前妻生的儿女不学好，也不去管教，这种人和那些虐待狂比起来，又有多少差别呢？单是天天打自己亲生的儿女，别人并不觉得她凶恶，如果也这样对待前妻生的孩子，闲言闲语就来了。细柳本不是单对前妻生的孩子狠心，但如果她自己生的儿子肯学好，又怎能让天下人知道她的苦心呢？她竟然不避嫌疑，不怕人说难听话，最终教养两个儿子一个做官，一个发财，成为世上的头面人物。这不要说妇道人家，就是在男子汉大丈夫中，也可算佼佼者了！

（卷七译者：胡士明）

卷　八

画　马

临清崔生，家窭贫。围垣不修。每晨起，辄见一马卧露草间，黑质白章；惟尾毛不整，似火燎断者。逐去，夜又复来，不知所自。崔有好友，官于晋，欲往就之，苦无健步，遂捉马施勒乘去。嘱属家人曰：“倘有寻马者，当如晋以告。”

既就途，马骛驶，瞬息百里。夜不甚馁刍豆，意其病。次日紧衔不令驰；而马蹄嘶喷沫，健怒如昨。复纵之，午已达晋。时骑入市廛，观者无不称叹。晋王闻之，以重直购之。崔恐为失者所寻，不敢售。居半年，无耗，遂以八百金货于晋邸，乃自市健骡以归。

后王以急务，遣校尉骑赴临清。马逸，追至崔之东邻，入门，不见。索诸主人。主曾姓，实莫之睹。及入室，见壁间挂子昂画马一帧，内一匹毛色浑似，尾处为香炷所烧，始知马，画妖也。校尉难复王命，因讼曾。时崔得马赀，居积盈万，自愿以直贷曾，付校尉去。曾甚德之，不知崔即当年之售主也。

【译文】

山东临清县有个姓崔的书生，家境贫困，连围墙坏了也不修。他往往清晨起来就看到一匹马卧在被露水打湿的草地上，黑毛白纹，只是尾毛零乱不全，好像被火烧断似的。把它赶走，夜间又来，也不知是从哪里来的。崔生有个好友，在山西做官，想到他那里去，苦于没有脚力，就捉住这匹马，套上笼头，骑着走了。临行叮嘱家里人说："如果有人寻找这匹马，就到山西来告诉我。"

上路以后，马飞奔起来，转眼已过百里。夜晚崔生给它喂食，却吃得很少，以为它是病了。第二天，崔生紧控缰绳，不让它奔跑；但马踢腿嘶叫，口喷唾沫，壮健奋怒，和昨天一样。于是又听任它奔驰，中午就已到山西。崔生经常骑着马进入市内，看到的人没有一个不称奇赞叹的。晋王听说，愿出高价买这匹马。崔生怕失主寻找，不敢卖掉。住了半年，没有听到什么消息，就作价八百两银子卖给了晋王府，自己另外买了一头健壮的骡子骑回家。

后来晋王有紧急事务，派遣校尉骑着这匹马到临清县。马逃走了，校尉追到崔生东邻家，进了门，那马不见了，就向主人索取。主人姓曾，说是实在没有见到这匹马。校尉走进屋子，只见墙上挂着元代画家赵子昂画的一幅骏马图，其中有一匹马，毛色和逃走的马非常相似，尾巴处被点燃的香烧坏，这才明白那匹马是画在作怪。校尉没法向晋王交代，就去衙门控告曾某。当时崔生靠卖马得到的钱囤积居奇，已有上万资产，自愿按马价借钱给曾某，付给校尉，让他离开。曾某很感激崔生，却不知道他就是当年卖马的人。

局　诈

某御史家人，偶立市间，有一人衣冠华好，近与攀谈。渐问主人姓字、官阀，家人并告之。其人自言："王姓，贵主家之内使也。"语渐款洽，因曰："宦途险恶，显者皆附贵戚之门，尊主人所托何人也？"答曰："无之。"王曰："此所谓惜小费而忘大祸者也。"家人曰：

“何托而可？”王曰：“公主待人以礼，能覆翼人。某侍郎系仆阶进。倘不惜千金贽，见公主当亦不难。”家人喜，问其居止。便指其门户曰：“日同巷不知耶？”家人归告侍御。侍御喜，即张盛筵，使家人往邀王。王欣然来。筵间道公主情性及起居琐事甚悉。且言：“非同巷之谊，即赐百金赏，不肯效牛马。”御史益佩戴之。临别订约。王曰：“公但备物，仆乘间言之，旦晚当有报命。”

越数日始至，骑骏马甚都。谓侍御曰：“可速治装行。公主事大烦，投谒者踵相接，自晨及夕，不得一间。今得少隙，宜急往，误则相见无期矣。”侍御乃出兼金重币，从之去。曲折十余里，始至公主第，下骑祗候。王先持贽入。久之，出，宣言：“公主召某御史。”即有数人接递传呼。侍御伛偻而入，见高堂上坐丽人，姿貌如仙，服饰炳耀；侍姬皆着锦绣，罗列成行。侍御伏谒尽礼。传命赐坐檐下，金碗进茗。主略致温旨，侍御肃而退。自内传赐缎靴、貂帽。

既归，深德王，持刺谒谢，则门阖无人。疑其侍主未归。三日三诣，终不复见。使人询诸贵主之门，则高扉扃锢。访之居人，并言：“此间曾无贵主。前有数人僦屋而居，今去已三日矣。”使反命，主仆丧气而已。

副将军某，负赀入都，将图握篆，苦无阶。一日，有裘马者谒之，自言：“内兄为天子近侍。”茶已，请间云：“目下有某处将军缺，倘不吝重金，仆嘱内兄游扬圣主之前，此任可致，大力者不能夺也。”某疑其妄。其人曰：“此无须踟蹰。某不过欲抽小数于内兄，于将军锱铢无所望。言定如干数，署券为信。待召见后，方求实给；不效，则汝金尚在，谁从怀中而攫之耶？”某乃喜，诺之。

次日，复来引某去，见其内兄，云：“姓田。”烜赫如侯家。某参谒，殊傲睨不甚为礼。其人持券向某曰：“适与内兄议，率非万金不可，请即署尾。”某从之。田曰：“人心叵测，事后虑有翻覆。”其人笑曰：“兄虑之过矣。既能予之，宁不能夺之耶？且朝中将相，有愿纳交而不可得者，将军前程方远，应不丧心至此。”某亦力矢而去。其人送之，曰：“三日即覆公命。”

逾两日，日方西，数人吼奔而入，曰：“圣上坐待矣！”某惊甚，疾趋入朝。见天子坐殿上，爪牙森立。某拜舞已。上命赐坐，慰问殷勤。顾左右曰：“闻某武烈非常，今见之，真将军才也！”因曰：“某处险要地，今以委卿，勿负朕意，侯封有日耳。”某拜恩出。即有前日裘马者从至客邸，依券兑付而去。于是高枕待绶，日夸荣于亲友。过数日，探访之，则前缺已有人矣。大怒，忿争于兵部之堂，曰：“某承帝简，何得授之他人？”司马怪之。及述宠遇，半如梦境。司马怒，执下廷尉。始供其引见者之姓名，则朝中并无此人。又耗万金，始得革职而去。异哉！武弁虽骇，岂朝门亦可假耶？疑其中有幻术存焉，所谓“大盗不操矛弧”者也。

嘉祥李生，善琴。偶适东郊，见工人掘土得古琴，遂以贱直得之。拭之有异光；安弦而操，清烈非常。喜极，若获拱璧，贮以锦囊，藏之密室，虽至戚不以示也。

邑丞程氏，新莅任，投刺谒李。李故寡交游，以其先施故，报之。过数日，又招饮，固请乃往。程为人风雅绝伦，议论潇洒，李悦焉。越日，折柬酬之，欢笑益洽。从此月夕花晨，未尝不相共也。年余，偶于丞廨中，见绣囊裹琴置几上。李便展玩。程问："亦谙此否？"李曰："生平最好。"程讶曰："知交非一日，绝技胡不一闻？"拨炉爇沉香，请为小奏。李敬如教。程曰："大高手！愿献薄技，勿笑小巫也。"遂鼓《御风曲》，其声泠泠，有绝世出尘之意。李更倾倒，愿师事之。

自此二人以琴交，情分益笃。年余，尽传其技。然程每诣李，李以常琴供之，未肯泄所藏也。一夕，薄醉。丞曰："某新肄一曲，无亦愿闻之乎？"为奏《湘妃》，幽怨若泣。李亟赞之。丞曰："所恨无良琴；若得良琴，音调益胜。"李欣然曰："仆蓄一琴，颇异凡品。今遇钟期，何敢终密？"乃启椟负囊而出。程以袍袂拂尘，凭几再鼓，刚柔应节，工妙入神。李击节不置。丞曰："区区拙技，负此良琴。若得荆人一奏，当有一两声可听者。"李惊曰："公闺中亦精之耶？"丞笑曰："适此操乃传自细君者。"李曰："恨在闺阁，小生不得闻耳。"丞曰："我辈通家，原不以形迹相限。明日，请携琴去，当使隔帘为君奏之。"李悦。次日，抱琴而往。程即治具欢饮。少间，将琴入，旋出即坐。俄见帘内隐隐有丽妆，顷之，香流户外。又少时，弦声细作；听之不知何曲，但觉荡心媚骨，令人魂魄飞越。曲终便来窥帘，竟二十余绝代之姝也。丞以巨白劝釂，内复改弦为《闲情》之赋，李形神益惑。倾饮过醉，离席兴辞，索琴。丞曰：“醉后防有蹉跌。明日复临，当令闺人尽其所长。”

李归。次日诣之，则廨舍寂然，惟一老隶应门。问之，云：“五更携眷去，不知何作，言往复可三日耳。”如期往伺之，日暮，并无音耗。吏皂皆疑，白令破扃而窥其室，室尽空，惟几榻犹存耳。达之上台，并不测其何故。

李丧琴，寝食俱废，不远数千里访诸其家。——程故楚产，三年前，捐赀授嘉祥。——执其姓名，询其居里，楚中并无其人。或云：“有程道士者，善鼓琴；又传其有点金术。三年前，忽去不复见。”疑即其人。又细审其年甲、容貌，脗合不谬。乃知道士之纳官，皆为琴也。知交年余，并不言及音律；渐而出琴，渐而献技，又渐而惑以佳丽；浸渍三年，得琴而去。道士之癖，更甚于李生也。天下之骗机多端，若道士，犹骗中之风雅者也。

【译文】

某御史的仆人，偶尔站在市场上，有个衣着华丽的人到跟前和他攀谈。渐渐问起他主人的姓名、官阶，仆人全都告诉了他。那人自我介绍说：“我姓王，是公主家的内使。”两个越谈越融洽，王某就说：“当今做官这条道险恶难走，贵官都得攀个皇亲国戚做靠山，你家主人靠的是谁？”仆人回答说：“我家主人没有靠山。”王某说：“这就叫不舍得小破费，却忘了大祸害。”仆人说：“依靠谁好呢？”王某说：“我家公主待人讲究礼节，能荫庇人。某侍郎就是由我介绍给公主的。如果不惜千金见面礼，进见公主也不是一件难事。”仆人听了很高兴，问他住在哪里，王某便指着一个大门说：“天天住一条胡同都不知道吗？”仆人回去报告了御史，御史很高兴，马上摆下丰盛的宴席，派仆人去请他。王某愉快地来了，在酒席上对公主的性格和生活琐事讲得很详尽，并说："如果不是看邻里的情面，就是赏我一百两银子，也不肯为你奔走效劳的。"御史对他更加感恩戴德。临别约定进见公主的日期，王某说："你只管准备礼物就是了，我找机会和公主说一下，早晚会来告诉你的。"

过了好几天，王某才骑着一匹非常漂亮的骏马前来报信，对御史说："快准备好礼物跟我走。公主事情太多，求见的人接连不断，从早到晚一点空也没有。现在正好有一些空闲，得马上就去，错过了这个机会，再要见面就不知等到什么时候了。"御史就带着重金厚礼，跟他一起去了。拐弯抹角走了十多里路，才到达公主的府第，下了马恭恭敬敬等候召见。王某先把礼物带进去，过了好久，才出来传话："公主召见某御史。"马上又有好几个人，一声接一声地传呼。御史弯腰曲背走了进去，只见高大的厅堂上坐着一个美人，姿态容貌，宛如仙女，衣服首饰，光彩夺目；侍女都穿锦着绣，排列成行。御史跪在地上，依礼参拜。公主传下命令，在檐下赐坐，用金碗上茶。公主稍微安慰了几句，御史就恭恭敬敬地退下。里面传出公主的两件赏品：一双锦缎靴，一顶貂皮帽。

御史回家以后，十分感激王某，就拿着名帖去王家拜谢，但大门紧闭，里面没人。他怀疑王某侍候公主还没回来。可是三天去了三次，始终不见人影。派人到公主府第打听情况，只见大门紧锁。询问附近的居民，都说："这里从来不曾住过什么公主，前些日子有几个人租房子住在里面，现在已经搬走有三天了。"派去的人回来报告，御史主仆两人听了，唯有垂头丧气而已。

有个副将军，带着不少钱进京城，想谋取一个正职，只是苦于没有门路。一天，有个穿裘骑马的人前来见他，自称："我的内兄是皇上身边的侍从。"喝完茶后，那人请避开旁人说："眼下某处将军职位有个空额，你若不心痛多化些钱，我回去关照内兄，请他在皇上面前替你说说好话，这个职位可以到手，就是有权势的人也无法夺走。"副将军怀疑他在胡说八道，那人说："这用不着犹豫，我不过想从内兄那里抽些小回扣而已，在您将军这边一个铜钱也不想要。现在先说定一个数目，立下凭据为证，等到皇上召见之后，才要你如数付给；如果不成功，那么钱还在你那里，谁又能从你怀里夺走呢?”副将军很高兴，满口答应下来。

第二天，那人又来带副将军去见他的内兄，说是姓田，威势赫赫，如王侯之家。副将军上前参拜，田某态度十分傲慢，斜着眼睛看他，不怎么还礼。那人拿着凭据对副将军说：“刚才我和内兄谈过了，这种事通常没有一万两银子是不行的，请你就在下面签名画押吧。”副将军遵照他的话做了。田某说：“人心不可测，怕事成之后有反复。”那人笑着说：“哥哥顾虑太多了，你既然能给他官职，难道不能夺回来吗？何况满朝将相，还有想和你结交而巴结不上的呢，将军前程正很远大，该不至于这样负心吧!”副将军也极力发誓才走。那人送他出来说：“三天内就给你回音。”

过了两天，太阳刚刚偏西，有几个人叫着奔进来，对副将军说：“皇上坐在殿上等你呢!”副将军大吃一惊，急忙上朝，只见皇帝坐在殿上，卫士在两旁肃立。副将军三拜九叩完毕，皇上命他坐下，关切地慰问他，对旁边的人说：“听说这人武功非凡，今天一看，真是一员将才!”于是对他说：“某处是险要之地，现在委派你去任职，切不可辜负朕的心意，将来封侯是大有希望的。”副将军又拜谢皇恩，然后退下。就有那穿裘骑马的人跟着他到了旅社，按凭据把银子如数取走。于是副将军高枕无忧，等待授职，天天向亲友夸耀他的荣幸。过了几天，去打听消息，得知那个空额已授给别人了。副将军勃然大怒，在兵部大堂忿忿地争吵，说：“我承皇上选中，你们怎么能将这个职位授给他人?”兵部尚书听了很奇怪，等到他讲述被皇上召见的经过，大半好像是梦境中的事情。兵部尚书发怒了，把他抓起来交大理寺审讯。副将军这才招供了引见者的姓名，但朝中并没有这个人，结果又化了上万银子才得到赦免，革职还乡。奇怪！武夫虽然呆头呆脑，难道朝门也可以作假吗？我怀疑其中有幻术在起作用，所谓“大盗不动刀枪”就是。

山东嘉祥县有个姓李的书生，擅长弹琴。一天他偶然到东郊去，看见工人掘地挖出一架古琴，就用贱价买了下来。擦掉外面的尘土，琴上闪现出奇异的光彩，安上琴弦弹奏乐曲，声音特别清亮高昂。李生高兴极了，就像得到稀世的珍宝，将它用锦袋装起来，藏在密室之中，就是最亲近的亲戚，也休想看到。

有个姓程的县丞新来上任，递上名帖拜访李生。李生本来很少交往，因为县丞先来拜访他，也就回访了。过了几天，县丞又请他去喝酒，而且一再来请，盛情难却，就前往赴宴。程丞为人风流儒雅，无与伦比，加上谈吐潇洒，李生心里很喜欢他。隔了一天，写信回邀，欢笑间关系更加融洽。从此以后，花晨月夜，无不在一起度过。过了一年多，李生偶然在程丞官舍中，看见绣花袋里装着一架琴，放在桌子上面，便拿出来观赏。程丞问道："你对这也很熟悉吗？"李生答道："这是我平生最喜欢的东西。"程丞惊讶地说："我们相交相知不是一天了，你的绝技为何不让我听听呢？"于是拨了拨香炉灰，点起沉香，请李生弹一曲。李生恭敬从命。程丞听了说："真是一流高手！我愿以小技献丑，请别笑话我班门弄斧。"于是弹了一段《御风曲》，琴声清脆悠扬，有超离尘世之意。李生更为佩服，愿拜程丞为师。

从此两人以琴交往，情谊越加深了。一年有余，程丞将琴技全部传给了李生。但程丞每次到李家去，李生都拿一般的琴让他弹，还不肯泄露珍藏的那架古琴。一天晚上，李生微微有些醉意，程丞说："我最近学会一个曲子，你是否愿意听呢？"就给他弹了一曲《湘妃》，掩抑哀怨，如泣如诉，李生赞不绝口。程丞说："我所遗憾的，是没有一架好琴，如果有的话，音调更好听。"李生欣然说："我藏着一架好琴，与寻常之物很不相同，今天遇到知音，怎么敢永远保密下去？"于是打开柜子，将那琴袋搬了出来。程丞用袍袖掸掉琴上的灰尘，靠着桌子又弹了一曲，节奏刚柔相应，精妙入神。李生打着拍子，赞叹不已。程丞说："我拙劣的琴技不足道，实在辜负了这架好琴。如果能让我妻子演奏，该有一两声值得一听的。"李生惊奇地问："您夫人也精于弹琴吗？"程丞笑着说："刚才弹奏的琴曲，就是妻子传给我的。"李生说："真遗憾，夫人在闺阁之中，我是无法聆听她的演奏了。"程丞说："我们是知己朋友，本来就用不着那么多规矩。到明天，请你带着琴来，我一定叫她隔着帘子为你演奏。"李生非常高兴。第二天，李生抱着琴到程家。程丞马上准备了酒菜，和李生一起欢饮，没多久，程丞将琴拿了进去，很快又走出来，坐下喝酒。不一会，看到帘内隐隐约约有个美人，顷刻之间，阵阵芳香飘到门外，又隔了一会，帘内轻轻地响起了琴声。李生听了，也不知是什么曲子，只觉得回荡于心，柔媚入骨，令人神魂颠倒。一曲奏完，只见她隔着帘子在向外偷看，竟是一个二十多岁的绝代佳人。程丞拿着大杯子劝他再喝，帘内又重新弹起了《闲情之赋》，李生的心神形体更被迷住了，放杯畅饮，醉得很厉害，就离开席位，起身告辞，要讨回古琴。程丞说“你喝醉了，要防路上失足跌倒。明天再来，我一定叫她把琴艺全都表现出来。”李生就回家了。

第二天，李生又去程丞那里，只见官舍里静悄悄的，只有一个年老的衙役在照管门户。李生问他程丞哪里去了，回答说：“天没亮就带着家眷出去，不知干什么，只说往返大概要三天。”李生到期又去守候，一直等到天黑，也没有消息。那些官吏和衙役也都起了疑心，便报告县官，打开门锁，看看程丞的屋里，东西都已搬光了，只有桌子和床还留在那里。县官将此事报告了上司，都猜不透程丞潜逃的原因。

李生丢失了古琴，睡不好觉，吃不下饭，不远千里到程丞家乡查访。程丞原来说是湖北人，三年前捐钱买了个官职，到嘉祥县任县丞。李生拿程丞的姓名到他家乡打听，湖北并没有这个人。有人说：“有个姓程的道士，擅长弹琴，据说他还有点石成金的法术。三年前，突然离开这里，从此再也没有看到过。”李生怀疑就是这个人，又详细地打听那道士的年龄、容貌，和程丞全都吻合无误。这才明白道士纳钱捐官，都是为了他的古琴。交了一年多知心朋友，并不谈及音律；逐步拿出琴来，逐步献上琴技；又逐步用美人来迷惑他；磨了三年，把琴骗到手就走。道士的琴癖，比李生更深。天下骗人的机巧多种多样，像程道士这样的人，还算是诈骗中的风雅人物哩。

放　蝶

长山王进士岍生为令时，每听讼，按律之轻重，罚令纳蝶自赎；堂上千百齐放，如风飘碎锦，王乃拍案大笑。一夜，梦一女子，衣裳华好，从容而入，曰："遭君虐政，姊妹多物故。当使君先受风流之小谴耳。"言已，化为蝶，回翔而去。明日，方独酌署中，忽报直指使至，皇遽而出，闺中戏以素花簪冠上，忘除之。直指见之，以为不恭，大受诟骂而返。由是罚蝶令遂止。

青城于重寅，性放诞。为司理时，元夕以火花爆竹缚驴上，首尾并满，牵登太守之门，击柝而请，自白："某献火驴，幸出一览。"时太守有爱子患痘，心绪方恶，辞之。于固请之。太守不得已，使阍人启钥。门甫辟，于火发机，推驴入。爆震驴惊，踶趹狂奔；又飞火射人，人莫敢近。驴穿堂入室，破瓯毁甑，火触成尘，窗纱都烬。家人大哗。痘儿惊陷，终夜而死。太守痛恨，将揭劾之。于浼诸司道，登堂负荆，乃免。

【译文】

山东长山县进士王峄生，任县官时每次审理诉讼案件，按法律条款处分的轻重，罚人缴纳蝴蝶来抵罪；大堂上千百只蝴蝶一齐放起，就像风飘碎锦似的。王峄生于是拍着桌子大笑。一天晚上，他梦见一个女子，穿着华丽的衣服，从容不迫地走了进来，说道："因为遭受你的暴政，我的姊妹有许多已经死去，现在应该让你先受一次因风雅而得的小小谴责。"说完，变成一只蝴蝶，盘旋着飞去了。第二天，王峄生正在官署中独自喝酒，忽然接到报告，说是钦差大臣到了，匆匆忙忙出去迎接，连妻子同他开玩笑插在帽上的一朵白花也忘了拿掉。钦差大臣见了，认为大不敬，王峄生挨了一顿辱骂后才脱身。从此以后，他罚人缴纳蝴蝶的命令也就废止了。

山东高青县于重寅，性格放荡不羁。他任推官的时候，元宵夜将火花爆竹绑在驴身上，自头到尾，全都绑满，然后牵着驴子来到知府门前，敲着梆子求见，自称："我有一头火驴献上，希望大人能出来看一看。"当时知府因爱子出天花，正心情烦躁，就辞谢了。于重寅一再请求，知府无可奈何，只好叫看门人去开门。大门刚打开，于重寅就点燃引火线，将驴推了进去。爆竹震响惊动了驴子，便腾空狂奔起来；加上火花飞迸射人，谁也不敢接近。驴子穿过大堂，闯进屋子，打破瓦盆，踏碎锅碗，火星溅到挡尘的木板上，窗纱都化为灰烬。家里的人大喊大叫，知府的儿子受了惊吓，病势转重，天不亮就死了。知府痛恨之极，准备揭发、弹劾他的罪行。于重寅请托许多官员替他说情，又亲自上知府家请罪，方才作罢。

男 生 子

福建总兵杨辅，有娈童，腹震动。十月既满，梦神人剖其两胁去之。及醒，两男夹左右啼。起视胁下，剖痕俨然。儿名之天舍、地舍云。

异史氏曰：按此吴藩未叛前事也。吴既叛，闽抚蔡公疑杨欲图之，而恐其为乱，以他故召之。杨妻夙智勇，疑之，沮杨行。杨不听。妻涕而送之。归则传齐诸将，披坚执锐，以待消息。少间，闻夫被诛，遂反攻蔡。蔡仓皇不知所为。幸标卒固守，不克乃去。去既远，蔡始戎装突出，率众大噪。人传为笑焉。后数年，盗乃就抚。未几，蔡暴亡。临卒，见杨操兵入，左右亦皆见之。呜呼！其鬼虽雄，而头不可复续矣！生子之妖，其兆于此耶？

【译文】

福建总兵杨辅，有个宠爱的美少年，感到肚子里面有些震动。

满了十个月，梦见天神剖开他的两肋而去。到醒来，两个男孩夹在左右两边呱呱啼哭。起身看看胁下，剖开的痕迹还很清楚。于是给两个儿子取名为天舍、地舍。

异史氏说：查考这件事，发生在藩王吴三桂还未叛乱之前。吴三桂反叛后，福建巡抚蔡某，怀疑杨辅是吴党，想除掉他。又怕他因此作乱，便找了个借口，召见杨辅。杨辅的妻子素来智勇双全，对此心存疑虑，劝丈夫不要去。杨辅不听，他的妻子流着泪把他送走，回去后立即召集全体将士，身披坚固的盔甲，手持锋利的武器，等候杨辅的消息。没多久，听到丈夫被杀了，就举兵反叛，攻打蔡某。蔡某惊惶失措，不知如何是好。幸亏绿营标兵死守，乱兵攻打不下，只得离开。乱兵走远以后，蔡某才一身武装，从里面冲出，率领众人，装模作样地叫喊了一阵。此事众口相传，以为笑柄。隔了几年，叛兵才被招抚。没多久，蔡某突然死去。临死前，看见杨辅拿着兵器进来，连旁边的人也都看到。唉！杨辅虽为鬼雄，但头颅已断，不能再接上了。先前男人生子的怪事，难道是这次祸变的征兆吗？

钟　生

钟庆余，辽东名士。应济南乡试。闻藩邸有道士，知人休咎，心向往之。二场后，至趵突泉，适相值。年六十余，须长过胸，一皤然道人也。集问灾祥者如堵，道士悉以微词授之。于众中见生，忻然握手，曰：“君心术德行，可敬也！”挽登阁上，屏人语，因问：“莫欲知将来否？”曰：“然。”曰：“子福命至薄，然今科乡举可望。但荣归后，恐不复见尊堂矣。”生至孝，闻之泣下，遂欲不试而归。道士曰：“若过此已往，一榜亦不可得矣。”生云：“母死不见，且不可复为人，贵为卿相，何加焉?”道士曰:“某夙世与君有缘,今日必合尽力。”乃以一丸授之曰:“可遣人夙夜将去,服之可延七日,场毕而行,母子犹及见也。”

生藏之,匆匆而出,神志丧失。因计终天有期,早归一日,则多得一日之奉养,携仆贳驴,即刻东迈。驱里许,驴忽返奔,下之不驯,控之则蹶。生无计,躁汗如雨。仆劝止之,生不听。又贳他驴,亦如之。日已衔山,莫知为计。仆又劝曰:“明日即完场矣,何争此一朝夕乎?请即先主而行,计亦良得。”不得已,从之。

次日,草草竣事,立时遂发,不遑啜息,星驰而归。则母病绵惙,下丹药,渐就痊可。入视之,就榻泫泣。母摇首止之,执手喜曰:“适梦之阴司,见王者颜色和霁。谓稽尔生平,无大罪恶;今念汝子纯孝,赐寿一纪。”生亦喜。历数日,果平健如故。未几,闻捷,辞母如济。因赂内监,致意道士。道士欣然出,生便伏谒。道士曰:“君既高捷,太夫人又增寿数,此皆盛德所致,道人何力焉!”生又讶其先知,因而拜问终身。道士云:“君无大贵,但得耄耋足矣。君前身与我为僧侣,以石投犬,误毙一蛙,今已投生为驴。论前定数,君当横折;今孝德感神,已有解星入命,固当无恙。但夫人前世为妇不贞,数应少寡。今君以德延寿,非其所耦,恐岁后瑶台倾也。”生恻然良久,问继室所在。曰:“在中州,今十四岁矣。”临别嘱曰:“倘遇危急,宜奔东南。”

后年余,妻病果死。钟舅令于西江,母遣往省,以便途过中州,将应继室之谶。偶适一村,值临河优戏,士女甚杂。方欲整辔趋过，有一失勒牡驴，随之而行，致骡蹄趹。生回首，以鞭击驴耳；驴惊，大奔。时有王世子方六七岁，乳媪抱坐隄上；驴冲过，扈从皆不及防，挤堕河中。众大哗，欲执之。生纵骡绝驰。顿忆道士言，极力趋东南。

约二十余里，入一山村，有叟在门，下骑揖之。叟邀入，自言“方姓”，便诘所来。生叩伏在地，具以情告。叟言：“不妨。请即寄居此间，当使徼者去。”至晚得耗，始知为世子。叟大骇曰：“他家可以为力，此真爱莫能助矣！”生哀不已。叟筹思曰：“不可为也。请过一宵，听其缓急，倘可再谋。”生愁怖，终夜不枕。次日侦听，则已行牒讥察，收藏者弃市。叟有难色，无言而入。生疑惧，无以自安。

中夜，叟来，入坐，便问：“夫人年几何矣？”生以鳏对。叟喜曰：“吾谋济矣。”问之，答云：“余姊夫慕道，挂锡南山；姊又谢世。遗有孤女，从仆鞠养，亦颇慧。以奉箕帚如何？”生喜符道士之言，而又冀亲戚密迩，可以得其周谋，曰：“小生诚幸矣。但远方罪人，深恐贻累丈人。”叟曰：“此为君谋也。姊夫道术颇神，但久不与人事矣。合卺后，自与甥女筹之，必合有计。”生喜极，赘焉。

女十六岁，艳绝无双。生每对之欷歔。女云：“妾即陋，何遂遽见嫌恶？”生谢曰：“娘子仙人，相耦为幸。但有祸患，恐致乖违。”因以实告，女怨曰：“舅乃非人！此弥天之祸，不可为谋，乃不明言，而陷我于坎窨！”生长跪曰：“是小生以死命哀舅，舅慈悲而穷于术，知卿能生死人而肉白骨也。某诚不足称好逑，然家门幸不辱寞。倘得再生，香花供养有日耳。”女叹曰：“事已至此，夫复何辞？然父自削发招提，儿女之爱已绝。无已，同往哀之，恐担挫辱不浅也。”

乃一夜不寐，以氈绵厚作蔽膝，各以隐着衣底；然后唤肩舆，入南山十余里。山径拗折绝险，不复可乘。下舆，女跬步甚艰，生挽臂拽扶之，竭蹶始得上达。不远，即见山门，共坐少憩。女喘汗淫淫，粉黛交下。生见之，情不可忍，曰：“为某故，遂使卿罹此苦！”女愀然曰：“恐此尚未是苦！”困少苏，相将入兰若，礼佛而进。曲折入禅堂，见老僧趺坐，目若瞑，一僮执拂侍之。方丈中，扫除光洁；而坐前悉布沙砾，密如星宿。女不敢择，入跪其上；生亦从诸其后。僧开目一瞻，即复合去。女参曰：“久不定省，今女已嫁，故偕婿来。”僧久之，启视曰：“妮子大累人！”即不复言。夫妻跪良久，筋力俱殆，沙石将压入骨，痛不可支。又移时，乃言曰：“将骡来未？”女答曰：“未。”曰：“夫妻即去，可速将来。”二人拜而起，狼狈而行。既归，如命，不解其意，但伏听之。

过数日，相传罪人已得，伏诛讫。夫妻相庆。无何，山中遣僮来，以断杖付生云：“代死者，此君也。”便嘱瘗葬致祭，以解竹木之冤。生视之，断处有血痕焉。乃祝而葬之。夫妻不敢久居，星夜归辽阳。

【译文】

钟庆余，是辽东地区的名士。他去济南参加乡试，听说王府中有个道士，能预知人的吉凶祸福，很想见见他。第二场考完后，钟生到趵突泉，正巧碰上道士。看年纪六十出头，长须垂到胸部以下，是一个白发老道。聚在他身边询问吉凶的人，就像围了一堵墙，道士都用巧妙含蓄的话来答复。他在人群中看到钟生，高兴地跟他握手，说："你的心术德行，令人敬佩！"拉着他上了楼，支开别人说话，就问："是不是想知道将来的事呢？"钟生答道："是的。"道士说："你命中没多少福气，但这次乡试可望中举。只是等你得了功名回去，恐怕再也见不到令堂大人了。"钟生为人特别孝顺，听了顿时流下眼泪，便想放弃乡试赶回去。道士说："你若错过这次机会，以后再也不会中举了。"钟生说："母亲临终不去看她，做人还不配，就是贵为卿相又有什么价值呢？"道士说："我和你前世有缘，今天一定要尽力帮助你。"于是拿出一丸药给他，说："你可以派个人连夜送回家，令堂大人吃了能延缓七天，考试结束再走，母子还来得及见面。"

钟生收藏了丸药，急匆匆走出去，连神志都不清了。想想母亲去世之日已经逼近，早回去一天，就能多奉养一天，便带着仆人，租了一头驴子，立即东归。赶了里把路，驴子忽然往回奔跑，鞭打也不听话，用缰绳控制它，腿又乱蹬。钟生毫无办法，急得汗如雨下。仆人劝他留下来，钟生不听，又租了一头驴，也是这样。太阳快下山了，不知如何是好。仆人又劝他说："明天乡试就结束了，何必定要争这一天呢？请让我先把药送回去，这办法也不错。"钟生无可奈何，听从了仆人的话。

第二天，钟生匆匆忙忙对付完了考试，顾不上喝口水休息一下，星夜快马赶回家去。母亲病危，吃了道士的丹药后，渐渐好转了。钟生进去探望母亲，在床前泪水直淌。母亲摇头制止他，拉着他的手高兴地说："刚才做梦到了阴间，看见阎王脸色和气，说：'查你生平，没大的罪恶，现在念你儿子大孝，再赐给你阳寿十二年。'"钟生听了也很高兴。过了几天，母亲果然恢复了健康。没多久，又知道中举了，便辞别母亲，再到济南去。通过贿赂王府的内监，向道士致意。道士欣然出来，钟生立即拜伏在地谒见。道士说："你已经中举，太夫人又增加了阳寿，这都是你品德高尚带来的，我一个道士有什么力量呢！"钟生惊异于道士的未卜先知，因而拜问自己的一生结果。道士说："你做不了大官，只要能长寿也就足够了。你的前身和我都是和尚，用石块打狗，误中青蛙，把它打死了，那青蛙现在已经投胎为驴子。照原来的定数，你要死于非命；如今孝顺的美德上感天神，已经有化解的星宿进入你的命中，以后理应没有什么灾祸。但你夫人前世不守贞节，命定该年轻守寡，如今你以德行延长了寿命，她和你就不相配，恐怕一年后夫人要去世了。"钟生悲伤了好久，又问续娶的妻子在哪里。道士说："在河南，今年十四岁了。"临别又嘱咐钟生："以后如果遇到急难，应该向东南方逃去。"

一年多以后，钟生的妻子果然病死了。钟生的舅舅在江西当县官，母亲叫他前去探望，顺路经过河南，准备应验续娶妻子的预言。一天，他偶然到了一个村子，正逢河滨演戏，男女混杂。钟生正想骑骡赶快过去，有一头没绾住的公驴，跟着一起走，惹得骡子用蹄来踢它。钟生回头用鞭子抽打驴子的耳朵，驴子受到惊吓，狂奔起来。当时有个才六七岁的王子，奶妈正抱着坐在河堤上；驴子冲过，随从人员都来不及防护，将王子挤落到河里去了。众人大声吆喝，想抓住钟生。钟生放松缰绳让骡子拼命奔驰，猛地想起道士的话，便竭力向东南方急奔而去。

大约跑了二十多里，进入一个山村，有个老汉站在门外，钟生下了骡，向他作揖。老汉请钟生进屋，自称姓方，随后就问他从哪里来。钟生跪在地上磕头，将事情全部告诉了他。老汉说："不要紧，请你就住在这里，我派人去打听一下。"到晚上得到消息，才知道掉下河的是王子。老汉大吃一惊，说："别家我还能帮上忙，这可真爱莫能助了！"钟生哀求不止，老汉考虑后说："我不能为你做什么，请你先过一夜，听听风声缓急，或许还可再想想办法。"钟生又愁又怕，一夜没睡。第二天，又派人出去探听，得知官府已经发出公文追查逃犯，有敢藏匿的，要杀头陈尸示众。老汉现出为难的神色，不声不响走进屋里。钟生疑虑重重，恐惧万分，无法平静。

半夜，老汉来了，进屋坐下后，就问他："夫人多大年纪？"钟生回答说妻子已经死了。老汉高兴地说："我的办法能成功了。"钟生问他有什么办法，老汉答道："我的姐夫，爱慕佛道，在南山出家，姐姐又已去世，留下一个孤女，由我抚养，孩子人很聪明，让她侍候你怎么样?"钟生为道士的预言应验而高兴，又希望亲戚关系密切，可以得到他的策划帮助，便说："小生实在幸运。但我是一个从远方来的罪人，生怕要连累丈人。"老汉说："这是为你着想。我姐夫道术很神，只是长久不参与人世间的事情了。成亲之后，你自己去和外甥女商量，一定会有办法的。"钟生高兴极了，就在老汉家作了上门女婿。

女郎十六岁，极其漂亮，举世无双。钟生总对着她叹息。女郎说："我即使长得丑，也不至于马上就让你嫌恶呀!"钟生道歉说："娘子是个仙女，和你结成夫妻，是我的幸运。但我祸患在身，怕因此和你分离。"就将实情告诉了她。女郎怨恨地说："舅舅真不是人！这是弥天大祸，没法可想的，事前却不讲明，把我推到陷阱之中!"钟生直挺挺跪着不起，说："是我用陷于死地的命运哀求舅舅，舅舅心地慈悲却又没有办法，知道你能起死回生啊！我确实不配称作一个好丈夫，但幸亏门第还不会辱没你。如果能得到再生，将来我对你一定尽心尽力，永远敬重。"女郎叹了一声说："事情已经到了这种地步，还有什么话可说?只是父亲自从在寺庙削发为僧后，对儿女的慈爱之情已经断绝。没有办法，只有和你一起去哀求他，只是怕要受到很大的挫折和耻辱。"

于是两人一夜没有睡觉，用毡绵做了厚厚的护膝，各自穿在衣服里面，然后叫了轿子，让人抬进南山。往里走了十多里，山路曲折险峻，无法再坐轿了。下了轿，女郎每跨一小步都很艰难，钟生挽着她的手臂，连拖带扶，竭尽全力，跌跌撞撞爬到山上。不远就看到佛寺的大门，两人一起坐着休息了一会。女郎气喘吁吁，汗水直淌，脸上的脂粉，眉上的青黛，一齐流下了来。钟生见了，心里很不好受，说："因为我的缘故，竟使你遭受这般痛苦!"女郎神情忧伤地说："恐怕这还不能算苦!"疲劳稍微解除了些，两人又相互搀扶着进了寺院，拜过了佛，就向里走。曲曲折折进了僧堂，只见一个老和尚盘腿打坐，眼睛好像闭着，一个童子拿着拂尘在一旁侍立。僧堂里面扫得干干净净，而老和尚座位前面，全都铺上了沙子碎石，密密麻麻，好像天上的星辰。女郎也不敢挑选地方，就进去跪在碎石上面，钟生也跟在她的后面跪下。老和尚睁开眼睛看了一下，马上又闭上了。女郎参拜说："好久没来问安了，现在女儿已经出嫁，所以和女婿一起来看望您。"老和尚沉默了好久，才张开眼睛看着女儿说："妮子太牵累人了！"说完就不作声了。钟生夫妻俩跪了好久，筋疲力尽，只觉得沙石快要压进骨头了，疼痛难熬。又过了好一会，老和尚才问道："骡子牵来了吗？"女郎回答："没有。"老和尚说："你们夫妻马上回去，可将骡子尽快送来。"两人磕了头爬起来，狼狈不堪地走出去。回家后，遵命将骡子送去，也不明白父亲的意思，只是躲在家里听候消息。

过了几天，外面传说罪人已经抓到杀掉了。夫妻两人互相庆贺。不久，山里派了一个童子来，把一根砍断的竹棒交给钟生，说："代你去死的，就是这根竹子。"随后嘱咐钟生把竹棒埋葬祭奠，以解除它的冤屈。钟生看那竹棒，在砍断处还有血痕在呢。于是作了祈祷，将它葬了。夫妻俩不敢在那里长久住下去，连夜赶回了辽阳。

鬼　妻

泰安聂鹏云，与妻某，鱼水甚谐。妻遘疾卒。聂坐卧悲思，忽忽若失。一夕独坐，妻忽排扉入。聂惊问："何来？"笑云："妾已鬼矣。感君悼念，哀白地下主者，聊与作幽会。"聂喜，携就床寝，一切无异于常。从此星离月会，积有年余。聂亦不复言娶。伯叔兄弟惧堕宗主，私劝聂鸾续；聂从之，聘于良家。然恐妻不乐，秘之。未几，吉期逼迩。鬼知其情，责之曰："我以君义，故冒幽冥之谴；今乃质盟不卒，钟情者固如是乎？"聂述宗党之意。鬼终不悦，谢绝而去。聂虽怜之，而计亦得也。

迨合卺之夕，夫妇俱寝，鬼忽至，就床上挞新妇，大骂："何得占我床寝！"新妇起，方与撑拒。聂惕然赤蹲，并无敢左右袒。无何，鸡鸣，鬼乃去。新妇疑聂妻故并未死，谓其赚己，投缳欲自缢。聂为之缅述，新妇始知为鬼。日夕复来。新妇惧避之。鬼亦不与聂寝，但以指掐肤肉；已乃对烛目怒相视，默默不语。如是数夕。聂患之。近村有良于术者，削桃为杙，钉墓四隅，其怪始绝。

【译文】

山东泰安县聂鹏云，和妻子如鱼水相得，感情很好，妻子病死后，聂鹏云坐着也悲，躺下也想，神志恍惚，若有所失。一天晚上，聂鹏云独自坐着，妻子忽然推门进来，聂鹏云惊奇地问："你从哪里来？"妻子笑着说："我已经成鬼了。感激你对我悼念，所以哀告阴间主管的人，暂且来和你幽会。"聂鹏云很高兴，拉着妻子上床睡觉，一切都和她在世时一样，从此月亮升起时相会，晓星出现后分离，过了一年多时间。聂鹏云也不再提续娶的事。叔伯兄弟怕他家绝了后代，私下都劝他续娶，聂鹏云答应了，和一个良家女子订了婚事。但又怕妻子不高兴，一直瞒着她。没多久，婚期临近了。鬼妻知道了这件事，责备他说："我因为你有情义，所以不顾阴间的惩罚，来和你相会；而你现在却破坏了我们的誓约，真正钟情的人难道是这样的吗？"聂鹏云对她讲了叔伯兄弟的意思，鬼妻始终很不高兴，和他决绝后走了。聂鹏云虽然很可怜她，但想想这样也好。

到了新婚之夜，夫妻两人都睡下了。鬼妻忽然来了，就在床上打新娘，大骂道："怎么能占我的床睡！"新娘爬起来，正支撑着跟她抵挡，聂鹏云战战兢兢赤身蹲着，不敢袒护哪一方。没多久，鸡叫了，鬼妻才离开。新娘怀疑聂鹏云的妻子本来就没死，以为他骗了自己，要上吊自杀。聂鹏云向她讲了实情，新娘才知道是鬼。晚上鬼妻又来了，新娘吓得躲开。鬼妻也不和聂鹏云同床，只是用指甲掐他的皮肉，然后在烛光下怒目相视，一言不发。这样过了好几夜，聂鹏云十分担忧。附近村子有精通法术的人，用桃木削了几个木桩，钉在鬼妻坟墓的四周，从此才不再作怪。

黄将军

黄靖南得功微时，与二孝廉赴都，途遇响寇。孝廉惧，长跪献资。黄怒甚，手无寸铁，即以两手握骡足，举而投之。寇不及防，马倒人堕。黄拳之臂断，搜橐而归孝廉。孝廉服其勇，资劝从军，后屡建奇勋，遂腰蟒玉。

【译文】

南明靖南侯黄得功未发迹时，曾和两个举人一起去京城，途中遇到了拦路抢劫的强盗。举人心中害怕，直挺挺跪下，将财物都交了出来。黄得功非常气愤，手无寸铁，就用两手抓住骡脚，举起来向强盗掷去。强盗来不及防备，人仰马翻。黄得功挥起双拳，将强盗的臂膀打断，搜出藏在袋里的财物，归还举人。举人很佩服他的勇敢，拿出钱来资助他，劝他去从军。后来黄得功多次建立大功，终于身穿蟒袍，腰围玉带，做了大官。

三朝元老

某中堂，故明相也。曾降流寇，世论非之。老归林下，享堂落成，数人直宿其中。天明，见堂上一匾云："三朝元老。"一联云："一二三四五六七，孝弟忠信礼义廉。”不知何时所悬。怪之，不解其义。或测之云：“首句隐亡八，次句隐无耻也。”

洪经略南征，凯旋。至金陵，醮荐阵亡将士。有旧门人谒见，拜已，即呈文艺。洪久厌文事，辞以昏眊。其人云：“但烦坐听，容某颂达上闻。”遂探袖出文，抗声朗读，乃故明思宗御制祭洪辽阳死难文也。读毕，大哭而去。

【译文】

有个内阁大学士，从前是明朝的宰相。因为他曾经向农民起义军投降，所以遭到世俗舆论的指责。告老还乡，祭祖的祠堂落成后，有几个人在里面守夜。天亮时，看到堂上挂着一块匾额，上写“三朝元老”。一副对联是：“一二三四五六七，孝悌忠信礼义廉。”也不知是什么时候挂上的。大家都很奇怪，不懂得是什么意思。有人推想说：“首句隐含‘忘八’，次句隐含‘无耻’。”

明朝降将、清七省经略洪承畴奉命南征，得胜回来，到达南京后，设坛祭祀阵亡将士。有个从前的学生晋见洪承畴，参拜完毕，就献上一篇文章。洪承畴厌恶文墨已很久了，借口老眼昏花，没有接受。那人说：“只请你坐着听就行了，让我读给你听。”就从袖中取出文章，高声朗读起来，原来是已故明朝崇祯皇帝亲自写的《祭洪辽阳死难文》。读完，那人痛哭着走了。

医　术

张氏者，沂之贫民。途中遇一道士，善风鉴，相之曰：“子当以术业富。”张曰：“宜何从？”又顾之，曰：“医可也。”张曰：“我仅识之无耳，乌能是？”道士笑曰：“迂哉！名医何必多识字乎？但行之耳。”既归，贫无业，乃摭拾海上方，即市廛中除地作肆，设鱼牙蜂房，谋升斗于口舌之间，而人亦未之奇也。

会青州太守病嗽，牒檄所属征医。沂故山僻，少医工；而令惧无以塞责，又责里中使自报。于是共举张。令立召之。张方痰喘，不能自疗，闻命大惧，固辞。令弗听，卒邮送去。路经深山，渴极，咳愈甚。入村求水，而山中水价与玉液等，遍乞之，无与者。见一妇漉野菜，菜多水寡，盎中浓浊如涎。张燥急难堪，便乞余瀋饮之。少间，渴解，嗽亦顿止。阴念：殆良方也。

比至郡，诸邑医工，已先施治，并未痊减。张入，求密所，伪作药目，传示内外；复遣人于民间索诸藜藿，如法淘汰讫，以汁进太守。一服，病良已。太守大悦，赐赉甚厚，旌以金扁。由此名大噪，门常如市，应手无不悉效。有病伤寒者，言症求方。张适醉，误以疟剂予之。醒而悟之，不敢以告人。三日后，有盛仪造门而谢者，问之，则伤寒之人，大吐大下而愈矣。此类甚多。张由此称素封，益以声价自重，聘者非重赀安舆不至焉。

益都韩翁，名医也。其未著时，货药于四方。暮无所宿，投止一家，则其子伤寒将死，因请施治。韩思不治则去此莫适，而治之诚无术。往复踌躇，以手搓体，而汙成片，捻之如丸。顿思以此给之，当亦无所害。晓而不愈，已赚得寝食安饱矣。遂付之。中夜，主人挝门甚急。意其子死，恐被侵辱，惊起，逾垣疾遁。主人追之数里，韩无所逃，始止。乃知病者汗出而愈矣。挽回，款宴丰隆；临行，厚赠之。

【译文】

有个姓张的人，原是山东沂水县的贫民。一次在路上遇到一个道士，很会相面，道士看着他说："今后你会因一种技艺致富。"张某问道："我从事什么行当好呢？"道士又看了一会，说："你可以行医。"张某说："我识不了几个字，怎么能行医呢？"道士笑着说："迂腐！名医何必要多识字呢？只要看病就是了。"张某回去后，穷得无事可做，就采集民间秘方，在集市内清出一块地面，开了个小铺子，摆上鱼牙蜂窝，靠着翻嘴皮子糊口，人们也没看重过他。

恰巧青州知府得了咳嗽病，发下公文通告所属各县征求名医。沂水县原是偏僻山区，医生很少，县官怕不能交差，就责令乡里自报，于是大家推举了张某。县官立即召见他。张某当时正气喘多痰，连自己都没法医治，接到命令后，非常恐惧，坚决推辞。县官不听，终于把他交给驿站送走了。张某路过深山，渴得要命，咳嗽更加厉害。就进村子找水喝，但是山里的水和美酒一样珍贵，张某到处乞讨，没给他的。看到一个农妇在挤野菜，菜多水少，盆内浓浊的菜汁，就像人的唾液。张某干渴难熬，就去讨剩下的菜汁喝了下去。不一会，干渴解除，咳嗽也顿时停止。张某暗想：这大概是医治咳嗽的良方。

等他到了青州，各县的医生已经先行治疗，但知府的咳嗽并未减轻。张某进去，要一间密室，假装开了个药方，在内外传阅；又派人到民间搜寻各种野菜，依照农妇的办法，淘洗干净，挤出菜汁，献给知府，一喝病就好了。知府非常高兴，赏给张某很多财物，还奖给他一块金字匾额，表彰他的医术。从此以后，张某名声大震，门庭若市，手到病除，无不灵验。有个患伤寒的病人，向张某陈述了病状，求他开个药方。张某恰巧喝醉了，错把治疟疾的药给了他。酒醒后知道搞错了，却不敢告诉病人。三天以后，有人带着厚礼，上门致谢。一问，原来是那个患伤寒病的人，吃了张某给的药后，大吐大泻，现在已经痊愈了。诸如此类的事很多。张某由此成了一个财主，更以声价自重，请他看病的人，不给重金，不用车接，是决不上门的。

山东益都县韩老汉，是个名医。在他出名之前，行游四方，到处卖药。一天晚上，没有睡处，就到一户人家投宿。那家儿子得了伤寒，眼看快死了，就请他医治。韩老汉心想，如果不医治，那么离开这里后就没有地方可去了；医治吧，又实在没有办法。急得他来回走个不停，用手搓着身体，搓下一片片污泥，又把它捏成一团，看上去就像一个药丸。韩老汉突然想出一个主意，就用这个丸子来哄骗主人，想来也没有什么害处。到了明天早晨，即使病没治好，也已赚到一顿饱饭，睡了一个安稳觉。于是就把丸子给了主人。睡到半夜，主人前来敲门，敲得很急。韩老汉猜想他的儿子一定死了，恐怕受到凌辱，惊慌地爬起来，翻过墙头，急忙逃跑。主人追了好几里路，韩老汉无处可逃，停了下来。方才知道病人吃了丸子后，出了一身汗，已经痊愈。主人把韩老汉拉回去，摆了丰盛的宴席款待他；临走的时候，还给了他很多钱。

藏虱

乡人某者，偶坐树下，扪得一虱，片纸裹之，塞树孔中而去。后二三年，复经其处，忽忆之，视孔中纸裹宛然。发而验之，虱薄如麸。置掌中审顾之。少顷，掌中奇痒，而虱腹渐盈矣。置之而归。痒处核起，肿数日，死焉。

【译文】

有个乡下人，偶尔坐在树下，在身上摸到一个虱子，就用一张纸把它包起来，塞在树洞里走了。过了两三年，他又经过那里，忽然想起以前的事，一看树洞里的纸包，还是那个样子。他打开纸包查看，虱子薄得就像一片麸皮。把它放在掌中仔细观察，不一会，觉得掌中奇痒，而虱子的肚子渐渐饱满起来，便把它放下回家了。发痒的地方，肿起有果核大，几天就死了。

梦　狼

白翁，直隶人。长子甲，筮仕南服，三年无耗。适有瓜葛丁姓造谒，翁款之。丁素走无常。谈次，翁辄问以冥事，丁对语涉幻；翁不深信，但微哂之。

别后数日，翁方卧，见丁又来，邀与同游。从之去，入一城阙。移时，丁指一门曰："此间君家甥也。"时翁有姊子为晋令，讶曰："乌在此？"丁曰："倘不信，入便知之。"翁入，果见甥，蝉冠豸绣坐堂上，戟幢行列，无人可通。丁曳之出，曰："公子衙署，去此不远，亦愿见之否？"翁诺。少间，至一第，丁曰："入之。"窥其门，见一巨狼当道，大惧不敢进。丁又曰："入之。"又入一门，见堂上、堂下，坐者、卧者，皆狼也。又视墀中，白骨如山，益惧。丁乃以身翼翁而进。公子甲方自内出，见父及丁良喜。少坐，唤侍者治肴蔌。忽一巨狼，衔死人入。翁战惕而起曰："此胡为者？"甲曰："聊充庖厨。"翁急止之。心怔忡不宁，辞欲出，而群狼阻道。进退方无所主，忽见诸狼纷然嗥避，或窜床下，或伏几底。错愕不解其故，俄有两金甲猛士努目入，出黑索索甲。甲扑地化为虎，牙齿巉巉。一人出利剑，欲枭其首。一人曰："且勿，且勿，此明年四月间事，不如姑敲齿去。"乃出巨锤锤齿，齿零落堕地。虎大吼，声震山岳。翁大惧，忽醒，乃知其梦。心异之。遣人招丁，丁辞不至。

翁志其梦，使次子诣甲，函戒哀切。既至，见兄门齿尽脱；骇而问之，则醉中坠马所折。考其时，则父梦之日也。益骇。出父书。甲读之变色，为间曰：“此幻梦之适符耳，何足怪。”时方赂当路者，得首荐，故不以妖梦为意。弟居数日，见其蠹役满堂，纳贿关说者，中夜不绝，流涕谏止之。甲曰：“弟日居衡茅，故不知仕途之关窍耳。黜陟之权，在上台不在百姓。上台喜，便是好官；爱百姓，何术能令上台喜也?”弟知不可劝止，遂归。告父。翁闻之大哭。无可如何，惟捐家济贫，日祷于神，但求逆子之报，不累妻孥。

次年，报甲以荐举作吏部，贺者盈门；翁惟欷歔，伏枕托疾不出。未几，闻子归途遇寇，主仆殒命。翁乃起，谓人曰：“鬼神之怒，止及其身，祐我家者不可谓不厚也。”因焚香而报谢之。慰藉翁者，咸以为道路说讹，惟翁则深信不疑，刻日为之营兆。——而甲固未死。

先是，四月间，甲解任，甫离境，即遭寇，甲倾装以献之。诸寇曰：“我等来，为一邑之民泄冤愤耳，宁耑为此哉!”遂决其首。又问家人：“有司大成者谁是?”——司故甲之腹心，助桀为虐者。——家人共指之。贼亦杀之。更有蠹役四人，——甲聚敛臣也，将携入都。——并搜决讫，始分赀入囊，骛驰而去。甲魂伏道旁，见一宰官过，问：“杀者何人?”前驱者曰：“某县白知县也。”宰官曰：“此白某之子，不宜使老后见此凶惨，宜续其头。”即有一人掇头置腔上，曰：“邪人不宜使正，以肩承领可也。”遂去。移时复苏。妻子往收其尸，见有余息，载之以行；从容灌之，亦受饮。但寄旅邸，贫不能归。半年许，翁始得确耗，遣次子致之而归。甲虽复生，而目能自顾其背，不复齿人数矣。翁姊子有政声，是年行取为御史，悉符所梦。

异史氏曰：窃叹天下之官虎而吏狼者，比比也。即官不为虎，而吏且将为狼，况有猛于虎者耶！夫人患不能自顾其后耳；苏而使之自顾，鬼神之教微矣哉！

邹平李进士匡九，居官颇廉明。常有富民为人罗织，门役吓之曰："官索汝二百金，宜速办；不然，败矣！"富民惧，诺备半数。役摇手不可。富民苦哀之。役曰："我无不极力，但恐不允耳。待听鞫时，汝目睹我为若白之，其允与否，亦可明我意之无他也。"少间，公按是事。役知李戒烟，近问："饮烟否？"李摇其首。役即趋下曰："适言其数，官摇首不许，汝见之耶？"富民信之，惧，许如数。役知李嗜茶，近问："饮茶否？"李颔之。役托烹茶，趋下曰："谐矣！适首肯，汝见之耶？"既而审结，富民某获免，役即收其苞苴，且索谢金。呜呼！官自以为廉，而骂其贪者载道焉，此又纵狼而不自知者矣。世之如此类者更多，可为居官者备一鉴也。

【译文】

白老汉，河北人。大儿子白甲，在南方做官，三年没有音信。碰巧有个姓丁的远房亲戚登门拜访，老汉款待了他，丁某一直在当阴差，谈话的时候，老汉便问起阴间的事情，丁某回答的话，有不少虚幻的东西；老汉不太相信，只是微微冷笑。

二人分别后几天，老汉正睡着，见丁某又来了，请老汉和他一起到外面游玩。老汉跟着他去了，走进一座城门。往前走了不久，丁某指着一个大门说："这里是你外甥的家。"老汉的姐姐有个儿子在山西当县官，便惊讶地问："他怎么在这里?"丁某说："如果你不信，进去看看就知道了。"老汉进了门，果然见到外甥，头戴附有金蝉、插着貂尾的帽子，身穿绣着獬豸的御史官服，坐在大堂上面，两旁排列着兵戟旌旗，没有人可以往里通报。丁某把老汉拉到门外，说："你儿子的官署，离这里不远，也愿意去见他一面吗?"老汉答应了。不一会，到了一个府第，丁某对老汉说："进去吧。"老汉往门内一看，只见一只大狼挡在道上，非常害怕，不敢进去。丁某又说："进去吧。"又进了一道门，只见堂上、堂下，坐着的、躺着的都是狼。又看到台阶上面，白骨如山，心里更加害怕。丁某就用身子护着老汉进去。老汉的儿子白甲刚从里面出来，看到父亲和丁某，十分高兴。坐了一会，就叫侍从准备酒菜。忽然一只大狼叼着一个死人进来。老汉胆战心惊地站起来说："这是干什么呀?"白甲说："姑且给厨房当菜用。"老汉急忙制止他。心中惶恐不安，便辞别儿子想走出去，但被一群狼挡住了道路。老汉正进退不得，六神无主，不知如何才好。忽然见群狼纷纷嗥叫着逃避，有的窜到床下，有的趴在桌子底下。惊愕间不知是什么缘故。很快两个披着金甲的勇士瞪着眼睛闯了进来，拿出黑色的绳索，将白甲捆绑起来，白甲扑倒在地，变成一只老虎，露出锋利的牙齿。一个甲士抽出利剑，要砍掉白甲的脑袋。另一个说："别砍，别砍，这是明年四月间的事，不如暂且把他的牙齿敲掉。"于是拿出大锤敲打牙齿，牙齿七零八落掉在地上。老虎大声吼叫，震动山岳。老汉非常害怕，猛地醒来，才知道做了个噩梦。心里觉得很奇怪，派人去叫丁某，丁某借故推托，没有来。

老汉将那噩梦记了下来，派二儿子到白甲那里去，并在信中告诫白甲，写得十分沉痛恳切。二儿子到了白甲的官署，只见哥哥的门牙全都脱落了，惊惧地问是怎么回事，回答说是喝醉了从马上摔下来碰断的。查对坠马的日期，正是父亲做梦那一天，心里更加害怕，拿出父亲的信给他看。白甲读完后脸色都变了，隔了一会才说："这不过是和幻梦巧合罢了，有什么好奇怪的。"当时白甲正贿赂当权的人，得到优先保举提升的资格，所以并不把妖梦放在心上。弟弟住了几天，看到满堂都是蛀虫般的衙役，行贿的、走后门的，到半夜也不断上门，于是流着眼泪劝阻哥哥。白甲说："弟弟整天住在草屋之中，所以不知道官场诀窍。升降的大权，在上司手中，与百姓无关。上司喜欢你，你就是好官；如果爱护百姓，又怎么能讨上司喜欢呢?"弟弟知道已劝阻不了他，就回家了，将所见到的情况告诉了父亲。老汉听了，痛哭流涕。但也无法可想，只有拿出家产，救济贫民，天天向神祈祷，只求逆子的报应，不要连累妻子和儿女。

第二年，有人前来报告，说是白甲被荐举升任吏部主事，前来祝贺的人踏破了门槛；老汉只是叹气，睡在床上，托病不肯出来会客。没多久，听到儿子在途中遇到强盗，主仆全都丧了命。老汉这才起身，对人说："鬼神的愤怒，只是发泄在他一个人身上，对我家的保佑，不能说不深厚了。"于是烧香感谢神灵。安慰老汉的人，都认为这是外面误传，只有老汉深信不疑，立即为儿子营造坟墓。——但白甲原本就没有死掉。

在这之前的四月间，白甲离任，刚走出县境，就碰上强盗，白甲将所带的东西全都献了出来。那些强盗说："我们来这里，是为一县百姓发泄他们的冤愤，哪里是专为这些臭钱来的!"说完就砍了他的头。又问仆人："有个叫司大成的是谁?"司大成原是白甲的心腹，一贯助桀为虐。仆人一起指着他，强盗把他也杀了。另外有四个蛀虫般的衙役，都是白甲搜刮钱财的帮凶，这次准备带到京城去，也一并搜查出来杀掉。然后才分了白甲的财物，装进袋子，上马飞驰着走了。白甲的灵魂趴在路旁，只见过来一个官员，问道："被杀的是什么人?"前面清道的人说："是某县的白知县。"那官员说："这是白某的儿子，不应该让他年老后还看到这种凶惨的景象，得把白甲砍下的头再接上去。"随即有一个人把头从地上捡起来，胡乱放在白甲的脖子上，说："恶人不该给他接正，让他用肩膀抬着下巴就行了。"说完就走了。过了一会，白甲苏醒过来。妻子去收尸，见他还有一些气息，就用车子把他带走；慢慢地给他灌一些水，也能喝下去。只是寄居在旅店里，穷得回不了家。过了半年光景，老汉才得到确切消息，派二儿子去把他接回来。白甲虽然复活了，但眼睛能看到自己的脊背，不再像个人样了。老汉姐姐的儿子为官声誉很好，这年被调到京城，补授御史，完全符合老汉的梦境。

异史氏说：我哀叹当今天下，官如虎，吏似狼，到处都是。即使当官的不为虎，为吏的还要做狼，何况当官的还有比虎更加凶猛的呢！人就怕看不到自己的背后，复活后让他自己看到，鬼神的教诲是多么微妙啊！

山东邹平县进士李匡九，为官廉洁贤明。曾有一个富人被人罗织了一些罪名，去衙门受审。门口的衙役吓唬他说："当官的向你索取二百两银子，你该马上去筹办；不然的话，就要坏事了。"富人害怕，答应准备半数。衙役摇手表示不行。富人苦苦哀求他，衙役说："我没有不尽力帮忙的，只怕当官的不准许。到听审的时候，你亲眼看我为你说情，当官的是否答应，也可以表明我并没有别的意思。"过了不久，李匡九审理这件案子。衙役明知他已戒烟，却靠上前问道："要抽烟吗？"李匡九摇摇头。衙役立即跑下去，对富人说："我刚才说了你愿给的钱数，当官的摇头不答应，你看见了吧？"富人相信了，十分害怕，答应如数给钱。衙役知道李匡九喜欢喝茶，又靠上前问道："要喝茶吗？"李匡九点点头。衙役假托去沏茶，又下去对富人说："替你说妥了！刚才当官的点了头，你看见了吧？"接着就审理结案，富人得到赦免，衙役立即收下他的贿赂，还向他勒索了谢金。唉！当官的自以为清廉，而骂他贪婪的还满路都是，这又是纵狼作恶而自己不知道的。世上诸如此类的事就更多了，可以给当官的作为一面镜子。

夜　明

有贾客泛于南海。三更时，舟中大亮似晓。起视，见一巨物，半身出水上，俨若山岳；目如两日初升，光四射，大地皆明。骇问舟人，并无知者。共伏瞻之。移时，渐缩入水，乃复晦。后至闽中，俱言某夜明而复昏，相传为异。计其时，则舟中见怪之夜也。

【译文】

有个客商在南海航行。夜间三更的时候，船里十分明亮，好像已是早晨。起身向外看，只见一个巨大的怪物，半个身子露出水面，恰似一座大山；两只眼睛就像刚刚升起的太阳，光芒四射，大地都被照亮。他惊骇地问船夫这是什么东西，但没有人知道。船上的人都趴在地上看它。过了一会，那怪物渐渐缩进水里，天就又暗了下来。后来商人到了福建，那里的人都说在某个晚上，天忽然明亮，后来重又昏暗，互相传说，以为怪事。算算他们所讲的时间，正是在船上看到怪物的那个夜晚。

夏　雪

丁亥年七月初六日，苏州大雪。百姓皇骇，共祷诸大王之庙。大王忽附人而言曰："如今称老爷者，皆增一大字；其以我神为小，消不得一大字也？"众悚然，齐呼"大老爷"，雪立止。由此观之，神亦喜谄，宜乎治下部者之得车多矣。

异史氏曰：世风之变也，下者益谄，上者益骄。即康熙四十余年中，称谓之不古，甚可笑也。举人称爷，二十年始；进士称老爷，三十年始；司、院称大老爷，二十五年始。昔者大令谒中丞，亦不过老大人而止；今则此称久废矣。即有君子，亦素谄媚行乎谄媚，莫敢有异词也。若缙绅之妻呼太太，裁数年耳。昔惟缙绅之母，始有此称；以妻而得此称者，惟淫史中有林乔耳，他未之见也。唐时，上欲加张说大学士。说辞曰："学士从无大名，臣不敢称。"今之大，谁大之？初由于小人之谄，而因得贵倨者之悦，居之不疑，而纷纷者遂遍天下矣。

窃意数年以后，称爷者必进而老，称老者必进而大，但不知大上造何尊称？匪夷所思已！

丁亥年六月初三日，河南归德府大雪尺余，禾皆冻死，惜乎其未知媚大王之术也。悲夫！

【译文】

康熙四十六年丁亥（1707）七月初六，苏州地区大雪纷飞，百姓惶恐不安，一起到大王庙祈祷。大王的神灵忽然附在人身上说："如今称作老爷的，都在前面增加一个'大'字；你们莫非是小看我这个神，担当不起一个'大'字吗？"众人听了，都毛骨悚然，齐声呼喊"大老爷"，雪立刻停止了。由此看来，神也喜欢阿谀奉承，无怪乎《庄子》寓言中说，为秦王看病的医生，开刀动手术的得一辆车，而用舌头舐痔疮的却能得五辆车，做得越卑贱，得的赏赐就越多了。

异史氏说：社会风气在变化，下面的人越阿谀奉承，上面的人越骄傲自大。就拿康熙朝四十多年来说，称呼已经不同古时，变得十分可笑。从康熙二十年（1681）开始，举人称爷；三十年（1691）开始，进士称老爷；二十五年（1686）开始，司、院长官称大老爷。过去县官晋见巡抚，也不过称老大人而已，现在这个称呼早已不用了。即使是正人君子，也习惯了阿谀奉承，跟着一起阿谀奉承，不敢反对。像士大夫的妻子称作太太，才只有几年。过去只有士大夫的母亲，才有这个称呼；以妻子的身份而得到这个称呼的，只有淫荡小说中的林太太、乔太太，其他地方从未见到过。在唐代，玄宗要加封张说大学士的官衔。张说推辞说："学士从没有'大'的说法，臣不敢称。"如今称作"大"的，这"大"是谁加的呢？起先是由于小人的阿谀奉承，因此讨得傲慢的显贵的欢心，他们也就当之无愧，于是众人纷纷效尤，满天下都是了。我猜想再过几年，称爷的一定会进一步加上一个"老"字，称老的一定会进一步加上一个"大"字，只是不知在"大"上面再创造什么尊称？这就不是一般人所能想象得到了！

康熙四十六年丁亥六月初三，河南归德府下了一尺多厚的大雪，庄稼全部冻死，可惜那里的人不懂得讨大王欢心的办法，可悲啊！

化　男

苏州木渎镇有民女夜坐庭中，忽星陨中颅，仆地而死。父母老而无子，止此女，哀呼急救。移时始苏，笑曰："我今为男子矣！"验之，果然。其家不以为妖，而窃喜其暴得丈夫也。奇已。亦丁亥间事。

【译文】

苏州木渎镇有个老百姓的女儿，夜晚坐在庭院内，忽有陨星坠下，击中了她的头颅，倒在地上死了。她的父母都已年迈，没有儿子，只有这个女儿，因此悲哀地呼唤着，急忙抢救。过了一会，女儿开始苏醒过来，笑着说："我如今变为男子了！"验看一下，果真这样。家里人并不把这事当作妖异，反而暗中为突然得到一个男子感到高兴。这太奇怪了。也是康熙四十六年（1707）丁亥间的事。

禽　侠

天津某寺，鹳鸟巢于鸱尾。殿承尘上，藏大蛇如盆，每至鹳雏团翼时，辄出吞食净尽。鹳悲鸣数日乃去。如是三年，人料其必不复至，而次岁巢如故。约雏长成，即径去，三日始还。入巢哑哑，哺子如初。蛇又蜿蜒而上。甫近巢，两鹳惊，飞鸣哀急，直上青冥。俄闻风声蓬蓬，一瞬间，天地似晦。众骇异，共视乃一大鸟，翼蔽天日，从空疾下，骤如风雨，以爪击蛇，蛇首立堕，连摧殿角数尺许，振翼而去。鹳从其后，若将送之。巢既倾，两雏俱堕，一生一死。僧取生者置钟楼上。少顷，鹳返，仍就哺之，翼成而去。

异史氏曰：次年复至，盖不料其祸之复也；三年而巢不移，则报仇之计已决；三日不返，其去作秦庭之哭，可知矣。大鸟必羽族之剑仙也，飙然而来，一击而去，妙手空空儿何以加此？

济南有营卒，见鹳鸟过，射之，应弦而落。喙中衔鱼，将哺子也。或劝拔矢放之，卒不听。少顷，带矢飞去。后往来近郭间，两年余，贯矢如故。一日，卒坐辕门下，鹳过，矢坠地。卒拾视曰："矢固无恙耶？"耳适痒，因以矢搔耳。忽大风摧门，门骤阖，触矢贯脑而死。

【译文】

天津某个寺庙，鹳鸟在佛殿屋脊的鸱尾上筑窝。佛殿的天花板上，藏着一条有盆口那么粗的大蛇，每当雏鸟快长成的时候，蛇就爬出来吞吃得干干净净。鹳鸟哀鸣好几天才离开。一连三年都是这样，人们预料它一定不会再来，但下一年照样在那里筑窝。当雏鸟快要长成的时候，鹳鸟却径自飞走了，三天才回来。进窝后哑哑地叫着，和以前一样哺育雏鸟。大蛇又曲曲弯弯爬了上来。刚靠近鸟窝，两只鹳鸟就惊飞起来，急切地哀叫着，直上天空。过了一会，听到一阵蓬蓬的风声，一眨眼的功夫，天地似乎昏暗了。大家都感到震惊，看时只见一只大鸟，翅膀遮天蔽日，从高空猛扑下来，其势迅急如暴风骤雨。它用爪子袭击那条大蛇，蛇头马上掉了下来，连带把佛殿的一角也毁坏了好几尺，才鼓翅飞去。鹳鸟跟在它后面，好像要去送行。鸟窝已倒塌，两只雏鸟都掉下来，一只活着，一只死去。和尚把活着的雏鸟拾起放在钟楼上。不一会，鹳鸟飞了回来，仍旧哺育它，直到翅膀长成，才一起飞走。

异史氏说：鹳鸟第二年又到这里，大概没有想到灾祸竟会重演；三年不搬家，那是因为它决心要报仇；离开鸟窝三天不回来，它去请救兵是可想而知的。大鸟一定是鸟类中的剑仙，来如狂飙，一击而去，就是唐代传奇中的剑客妙手空空儿，又哪里能够超过它？

济南有个士兵，看到鹳鸟飞过，就射了一箭，鹳鸟随着弦声落了下来，嘴里叼着一条鱼，是准备去喂雏鸟的。有人劝那士兵拔掉箭，把鸟放了，士兵不听。不一会，鹳鸟带着箭飞走了。后来它往来于附近的城郭之间，两年多，箭一直留在身上。一天，那士兵正坐在辕门下，鹳鸟从上面飞过，箭掉到地上。士兵拾起来看着说："箭还没什么损坏吧？"恰巧他耳朵发痒，就用箭头去搔耳朵。这时大风忽然吹动辕门，门猛地关上，撞着了箭，直穿士兵的脑门，士兵就这样死了。

鸿

天津弋人得一鸿。其雄者随至其家，哀鸣翱翔，抵暮始去。次日，弋人早出，则鸿已至，飞号从之；既而集其足下。弋人将并捉之。见其伸颈俛仰，吐出黄金半铤。弋人悟其意，乃曰："是将以赎妇也。"遂释雌。两鸿徘徊，若有悲喜，遂双飞而去。弋人称金，得二两六钱强。噫！禽鸟何知，而钟情若此！悲莫悲于生别离，物亦然耶？

【译文】

天津有个猎鸟的人，射到一只母雁。那只公雁跟着到他家，哀鸣着来回飞翔，直到天黑才离开。第二天，猎鸟的人清早出门，那公雁已经来了，边飞边叫，跟着他往前走，随后就落到他的脚下。

猎鸟的人想把它也捉起来。只见它伸着脖子，一俯一仰，吐出半锭黄金。猎鸟的人明白了它的意思，就说："这金子是想用来赎取它媳妇的。"于是放了那只母雁。两只雁在那里来回走动，好像悲喜交集，随后双双飞走了。猎鸟的人一秤那锭金子，有二两六钱多。唉！禽鸟懂得什么，竟然这样钟情！世上没有比生离死别更悲痛的了，动物也是这样吧？

象

粤中有猎兽者，挟矢如山。偶卧憩息，不觉沉睡，被象来鼻摄而去。自分必遭残害。未几，释置树下，顿首一鸣，群象纷至，四面旋绕，若有所求。前象伏树下，仰视树而俯视人，似欲其登。猎者会意，即足踏象背，攀援而升。虽至树巅，亦不知其意向所存。少时，有狻猊来，众象皆伏。狻猊择一肥者，意将搏噬。象战栗，无敢逃者，惟共仰树上，似求怜拯。猎者会意，因望狻猊发一弩，狻猊立殪。诸象瞻空，意若拜舞。猎者乃下。象复伏，以鼻牵衣，似欲其乘。猎者随跨身其上，象乃行。至一处，以蹄穴地，得脱牙无算。猎人下，束治置象背。象乃负送出山，始返。

【译文】

广东有个猎人，带着箭上山。偶然躺下来休息，不知不觉睡得很熟，被过来的一头大象用鼻子卷走了。猎人自忖这次必然被伤害。没多久，大象把他放在一棵树下，以头碰地，长叫一声，一群象纷纷而来，在他四周盘绕，好像有什么要他帮助似的。先前那只大象趴在树下，抬头望望树梢，又朝下看看猎人，似乎要他上树。

猎人明白了它的意思，就用脚踏着象背，爬到树上。虽然爬到树梢头，也不知大象究竟是什么意思。不一会，有一只狮子来了，那群象都趴在地上。狮子挑了一头肥的，想要扑上去吃掉它。那群象浑身打颤，没有敢逃的，只是都抬头望着树上，似乎在求猎人可怜，拯救它们。猎人明白了它们的意思，就向狮子射了一箭，狮子立即中箭而死。那群象仰望天空，好像在向他拜舞。猎人就下了树。大象又趴在地上，用鼻子拉着他的衣服，似乎要他骑在背上。猎人随即跨上象背，大象就向前行走。到了一个地方，用脚在地上扒了个坑，得到无数脱落的象牙。猎人爬了下来，把象牙收拾好捆起来，放在象背上。大象就驮着将猎人送出山，才返回去。

负 尸

有樵夫赴市，荷杖而归，忽觉杖头如有重负。回顾，见一无头人悬系其上。大惊，脱杖乱击之，遂不复见。骇奔，至一村。时已昏暮，有数人爇火照地，似有所寻。近问讯，盖众适聚坐，忽空中堕一人头，须发蓬然，倏忽已渺。樵人亦言所见，合之适成一人，究不解其何来。后有人荷篮而行，忽见其中有人头，人讶诘之，始大惊，倾诸地上，宛转而没。

【译文】

有个樵夫到市场去，扛着棍棒回家。忽然觉得棍棒的一头好像压着重物，回头一看，只见一个无头的人悬挂在上面。樵夫大吃一惊，抽出棍棒乱打了一阵，无头人就不见了。樵夫恐惧地奔逃，到了一个村庄。当时已经是黄昏时分，有几个人点着火把照看地上，好像在寻找什么东西。樵夫上前探问，原来那些人刚才正坐在一起，忽然从空中掉下一个人头，胡须、头发都乱蓬蓬的，很快又不见了。樵夫也讲了自己所看到的情况，合起来正好成一个人，但终究不明白那死人是从哪里来的。后来有人扛着篮子走过，旁边的人忽然看到篮子里有颗人头，就惊讶地问他是怎么回事，那人这才大吃一惊，把人头倒在地上，滚动几下就不见了。

紫花和尚

诸城丁生，野鹤公之孙也。少年名士，沉病而死，隔夜复苏，曰："我悟道矣。"时有僧善参玄，因遣人邀至，使就榻前讲《楞严》。生每听一节，都言非是，乃曰："使吾病痊，证道何难。惟某生可愈吾疾，宜虔请之。"盖邑有某生者，精岐黄而不以术行，三聘始至，疏方下药，病愈。既归，一女子自外入，曰："我董尚书府中侍儿也。紫花和尚与妾有夙冤，今得追报，君又活之耶？再往，祸将及。"言已，遂没。某惧，辞丁。丁病复作，固要之，乃以实告。丁叹曰："孽自前生，死吾分耳。"寻卒。后寻诸人，果曾有紫花和尚，高僧也，青州董尚书夫人尝供养家中；亦无有知其冤之所自结者。

【译文】

山东诸城县姓丁的书生，是野鹤公丁耀亢的孙子。年纪很轻，就已成名。患重病死去，隔了一夜又复活过来，说："我已领悟佛道了。"当时有个和尚，擅长探究深奥的佛理，就派人把他请来，让他坐在床前讲解《楞严经》。丁生每听完一节，都认为讲得不对，就说："假如我病好了，验证佛理并不难。但只有某书生能治好我的病，得诚诚心心去请他。"原来同县有个书生，精通医术，但并不行医，丁生请他三次才来，开方服药后，丁生的病就好了。某书生回到家里，一个女子从外面走了进来，说："我是董尚书府中的侍女，紫花和尚和我有前世冤仇，今世才得到追报，你又要救活他吗？再去，祸就要临头了。”说完，那女子就不见了。某书生感到害怕，辞谢了丁生的聘请。丁生病又发了，一定要请他去，他才以实情相告。丁生叹息着说：“前世作孽，死是命中注定。”不久就死了。以后某书生访问他人，得知过去确实有个紫花和尚，是个高僧，青州董尚书夫人曾将他供养在家中，不过没有人知道他是怎样结下这个冤仇的。

周克昌

淮上贡士周天仪，年五旬，止一子，名克昌，爱暱之。至十三四岁，丰姿甚秀；而性不喜读，辄逃塾，从群儿戏，恒终日不返。周亦听之。一日，既暮不归，始寻之，殊竟乌有。夫妻号咷，几不欲生。

年余，昌忽自至。言：“为道士迷去，幸不见害。值其他出，得逃而归。”周喜极，亦不追问。及教以读，慧悟倍于畴曩。逾年，文思大进，既入郡庠试，遂知名。世族争婚，昌颇不愿。赵进士女有姿，周强为娶之。既入门，夫妻调笑甚欢；而昌恒独宿，若无所私。逾年，秋战而捷。周益慰。然年渐暮，日望抱孙，故尝隐讽昌。昌漠若不解。母不能忍，朝夕多絮语。昌变色，出曰：“我久欲亡去，所不遽舍者，顾复之情耳。实不能探讨房帏，以慰所望。请仍去，彼顺志者且复来矣。”媪追曳之，已踣，衣冠如蜕。大骇，疑昌已死，是必其鬼也。悲叹而已。

次日，昌忽仆马而至，举家惶骇。近诘之，亦言：

为恶人略卖于富商之家；商无子，子焉。得昌后，忽生一子，昌思家，遂送之归。问所学，则顽钝如昔。乃知此为昌；其入泮乡捷者，鬼之假也。然窃喜其事未泄，即使袭孝廉之名。入房，妇甚狎熟；而昌靦然有愧色，似新婚者。甫周年，生子矣。

异史氏曰：古言庸福人，必鼻口眉目间具有少庸，而后福随之；其精光陆离者，鬼所弃也。庸之所在，桂籍可以不入闱而通，佳丽可以不亲迎而致；而况少有凭藉，益之以钻窥者乎！

【译文】

淮河地区贡士周天仪，年已五十，只有一个儿子，名克昌，十分溺爱。周克昌到了十三四岁，容貌很是秀美，但天性不喜欢读书，总是逃学，跟着许多儿童玩耍，常常整天不回家。周天仪也听任他这样。一天，到傍晚还不回家，周天仪才出去找他，竟到处找不到。夫妻两人号啕大哭，几乎不想活下去。

过了一年多，周克昌忽然自己回来了，说："受了道士的蛊惑，被他带走了，幸亏没有遭到伤害。乘他到别处去，才有机会逃回来。"周天仪高兴之极，也就不多追问了。等教他读书，比过去要聪明得多。过了一年，周克昌文思大有长进，考取秀才，从此出了名。一些有地位的人家，争着前来求婚，周克昌都很不愿意。赵进士的女儿长得很美，周天仪强迫儿子娶了她。过门成亲后，夫妻俩说说笑笑，十分欢乐；不过周克昌总是一个人睡，好像没有什么欲念。又过了一年，参加乡试中了举人。周天仪更加宽慰。只是渐渐年老，天天想着抱孙子，因此曾在话中暗示过儿子，但周克昌却无动于衷，好像不懂似的。他母亲忍不住了，早晚在他面前唠叨个不停。周克昌变了脸色，走出去说："我早就想逃跑，所以不急于撒手，只是考虑到养育之恩罢了。我实在不能同房生儿育女，满足二老的愿望。请让我仍旧离开吧，那个顺应你们意愿的人就要回来了。”老太太追上去拉着他，周克昌已跌倒在地上，只剩下衣服帽子，像蝉脱壳一般。周天仪夫妇大惊，怀疑周克昌已经死去，这一定是他的鬼魂，只好悲叹完事。

第二天，周克昌忽然带着仆人，骑着马回来了，全家都惊惧不安。周天仪夫妇走上前问他从哪里来，也说是被坏人抢去，卖给了富商人家，商人没儿子，就把他当作儿子抚养。商人在得到周克昌以后，忽然生了个儿子。周克昌想家，商人就把他送回来了。问他学习的情况，还是和过去一样笨。方知这才真是周克昌，那个入学中举的，是鬼魂借用了他的形体。周天仪夫妇暗自庆幸这件事的真相没泄露出去，就叫周克昌继承了举人的名义。走进卧房，妻子对他十分亲热熟惯，而周克昌脸色却有些害羞，如同新婚一般。同房才一年，就生了个儿子。

异史氏说：古人说庸人得福，人在鼻口眉目之间一定要有点平庸之处，然后福气才会随之而来。那些精明外露的人，是鬼所抛弃的。有了平庸的气质，功名可以不进考场而自来，美女可以不经迎娶而获得；何况稍微有些依靠，加上善于钻营窥伺的人呢！

嫦　娥

太原宗子美，从父游学，流寓广陵。父与红桥下林妪有素。一日，父子过红桥，遇之，固请过诸其家，瀹茗共话。有女在旁，殊色也。翁亟赞之。妪顾宗曰：“大郎温婉如处子，福相也。若不鄙弃，便奉箕帚，如何？”翁笑促子离席，使拜妪曰：“一言千金矣！”先是，妪独居，女忽自至，告诉孤苦。问其小字，则名嫦娥。妪爱而留之，实将奇货居之也。时宗年十四，睨女窃喜，意翁必媒定之；而翁归若忘。心灼热，隐以白母。翁闻而笑曰：“曩与贪婆子戏耳。彼不知将卖黄金几何矣，此何可易言!”

逾年，翁媪并卒。子美不能忘情嫦娥，服将阕，托人示意林妪。妪初不承。宗忿曰：“我生平不轻折腰，何媪视之不值一钱？若负前盟，须见还也!”妪乃云：“曩或与而翁戏约，容有之。但无成言，遂都忘却。今既云云，我岂留嫁天王耶？要日日装束，实望易千金；今请半焉，可乎？”宗自度难办，亦遂置之。

适有寡媪，僦居西邻，有女及笄，小名颠当。偶窥之，雅丽不减嫦娥。向慕之，每以馈遗阶进；久而渐熟，往往送情以目，而欲语无间。一夕，逾垣乞火。宗喜挽之，遂相燕好。约为嫁娶，辞以兄负贩未归。由此蹈隙往来，形迹周密。

一日，偶经红桥，见嫦娥适在门内，疾趋过之。嫦娥望见，招之以手，宗驻足；女又招之，遂入。女以背约让宗。宗述其故。便入室，取黄金一铤付之。宗不受，辞曰：“自分永与卿绝，遂他有所约。受金而为卿谋，是负人也；受金而不为卿谋，是负卿也：诚不敢有所负。”女良久曰：“君所约，妾颇知之。其事必无成；即成之，妾不怨君之负心也。其速行，媪将至矣。”宗仓卒无以自主，受之而归。

隔夜，告之颠当。颠当深然其言，但劝宗专心嫦娥。宗不语；愿下之，宗乃悦。即遣媒纳金林妪，妪无辞，以嫦娥归宗。入门后，悉述颠当言。嫦娥微笑，阳怂恿之。宗喜，急欲一白颠当，而颠当迹久绝。嫦娥知其为己，因暂归宁，故予之间，嘱宗窃其佩囊。已而颠当果至，与商所谋，但言勿急。及解衿狎笑，胁下有紫荷囊，将便摘取。颠当变色起，曰：“君与人一心，而与妾二！负心郎！请从此绝。”宗屈意挽解，不听，竟去。一日，过其门探察之，已另有吴客僦居其中，颠当子母迁去已久，影灭迹绝，莫可问讯。

宗自娶嫦娥，家暴富，连阁长廊，弥亘街路。嫦娥善谐谑，适见美人画卷，宗曰：“吾自谓，如卿天下无两，但不曾见飞燕、杨妃耳。”女笑曰：“若欲见之，此亦何难。”乃执卷细审一过，便趋入室，对镜修妆，傚飞燕舞风，又学杨妃带醉。长短肥瘦，随时变更；风情态度，对卷逼真。方作态时，有婢自外至，不复能识，惊问其僚；既而审注，恍然始笑。宗喜曰：“吾得一美人，而千古之美人，皆在床闼矣！”

一夜，方熟寝，数人撬扉而入，火光射壁。女急起，惊言：“盗入！”宗初醒，即欲鸣呼。一人以白刃加颈，惧不敢喘。又一人掠嫦娥负背上，哄然而去。宗始号，家役毕集，室中珍玩，无少亡者。宗大悲，恇然失图，无复情地。告官追捕，殊无音息。

荏苒三四年，郁郁无聊，因假赴试入都。居半载，占验询察，无计不施。偶过姚巷，值一女子，垢面敝衣，
父偃儴如丐。停趾相之，乃颠当也。骇曰：“卿何憔悴至此？”答云：“别后南迁，老母即世，为恶人掠卖旗下，挞辱冻馁，所不忍言。”宗泣下，问：“可赎否？”曰：“难矣。耗费烦多，不能为力。”宗曰：“实告卿：年来颇称小有；惜客中资斧有限，倾装货马，所不敢辞。如所需过奢，当归家营办之。”女约明日出西城，相会丛柳下；嘱独往，勿以人从。宗曰：“诺。”次日，早往，则女先在，袿衣鲜明，大非前状。惊问之。笑曰：“曩试君心耳，幸绨袍之意犹存。请至敝庐，宜必得当以报。”北行数武，即至其家，遂出肴酒，相与谈宴。宗约与俱归。女曰：“妾多俗累，不能从。嫦娥消息，固颇闻之。”宗急询其何所。女曰：“其行踪缥缈，妾亦不能深悉。西山有老尼，一目眇，问之，当自知。”遂止宿其家。

天明示以径。宗至其处，有古寺，周垣尽颓；丛竹内有茅屋半间，老尼缀衲其中。见客至，漫不为礼。宗揖之，尼始举头致问。因告姓氏，即白所求。尼曰：“八十老瞽，与世睽绝，何处知佳人消息？”宗固求之。乃曰：“我实不知。有二三戚属，来夕相过，或小女子辈识之，未可知。汝明夕可来。”宗乃出。

次日再至，则尼他出，败扉扃焉。伺之既久，更漏已催，明月高揭，徘徊无计，遥见二三女郎自外入，则嫦娥在焉。宗喜极，突起，急揽其袪。嫦娥曰：“莽郎君！吓煞妾矣！可恨颠当饶舌，乃教情欲缠人。”宗曳坐，执手款曲，历诉艰难，不觉恻楚。女曰：“实相告：妾实姮娥被谪，浮沉俗间，其限已满；托为寇劫，所以绝君望耳。尼亦王母守府者，妾初谴时，蒙其收恤，故暇时常一临存。君如释妾，当为代致颠当。”宗不听，垂首陨涕。女遥顾曰：“姊妹辈来矣。”宗方四顾，而嫦娥已杳。宗大哭失声，不欲复活，因解带自缢。恍惚觉魂已出舍，怅怅靡适。俄见嫦娥来，捉而提之，足离于地；

入寺，取树上尸推挤之，唤曰："痴郎，痴郎！嫦娥在此。"忽若梦醒。少定，女恚曰："颠当贱婢！害妾而杀郎君，我不能恕之也！"下山赁舆而归。

既命家人治装，乃返身出西城，诣谢颠当；至则舍宇全非，愕叹而返。窃幸嫦娥不知。入门，嫦娥迎笑曰："君见颠当耶？"宗愕然不能答。女曰："君背嫦娥，乌得颠当？请坐待之，当自至。"未几，颠当果至，仓皇伏榻下。嫦娥叠指弹之，曰："小鬼头陷人不浅！"颠当叩头，但求赊死。嫦娥曰："推人坑中，而欲脱身天外耶？广寒十一姑不日下嫁，须绣枕百幅、履百双，可从我去，相共操作。"颠当恭白："但求分工，按时赍送。"女不许，谓宗曰："君若缓颊，即便放却。"颠当目宗，宗笑不语。颠当目怒之。乃乞还告家人，许之，遂去。宗问其生平，乃知其西山狐也。买舆待之。次日，果来，遂俱归。

然嫦娥重来，恒持重不轻谐笑。宗强使狎戏，惟密教颠当为之。颠当慧绝，工媚。嫦娥乐独宿，每辞不当夕。一夜，漏三下，犹闻颠当房中，吃吃不绝。使婢窃听之。婢还，不以告，但请夫人自往。伏窗窥之，则见颠当凝妆作己状，宗拥抱，呼以嫦娥。女哂而退。未几，颠当心暴痛，急披衣，曳宗诣媒娥所，入门便伏。嫦娥曰："我岂医巫厌胜者？汝自欲捧心傚西子耳。"颠当顿首，但言知罪。女曰："愈矣。"遂起，失笑而去。颠当私谓宗："吾能使娘子学观音。"宗不信，因戏相赌。嫦娥每趺坐，眸含若瞑。颠当悄以玉瓶插柳，置几上；自乃垂发合掌，侍立其侧，樱唇半启，瓠犀微露，睛不少瞬。宗笑之。嫦娥开目问之。颠当曰："我学龙女侍观音耳。"嫦娥笑骂之，罚使学童子拜。颠当束发，遂四面朝参之，伏地翻转，逞诸变态，左右侧折，袜能磨乎其耳。嫦娥解颐，坐而蹴之。颠当仰首，口衔凤钩，微触以齿。嫦娥方嬉笑间，忽觉媚情一缕，自足趾而上，直达心舍，意荡思淫，若不自主。乃急敛神，呵曰："狐奴当死！不择人而惑之耶？"颠当惧，释口投地。嫦娥又厉责之，众不解。嫦娥谓宗曰："颠当狐性不改，适间几为所愚。若非夙根深者，堕落何难！"自是见颠当，每严御之。颠当惭惧，告宗曰："妾于娘子一肢一体，无不亲爱；爱之极，不觉媚之甚。谓妾有异心，不惟不敢，亦不忍。"宗因以告嫦娥，嫦娥遇之如初。然以狎戏无节，数戒宗，不听；因而大小婢妇，竞相狎戏。

一日，二人扶一婢，效作杨妃。二人以目会意，赚婢懈骨作酣态，两手遽释；婢暴颠墀下，声如倾堵。众方大哗，近抚之，而妃子已作马嵬薨矣。大众惧，急白主人。嫦娥惊曰："祸作矣！我言如何哉！"往验之，不可救。使人告其父。父某甲，素无行，号奔而至，负尸入厅事，叫骂万端。宗闭户惴恐，莫知所措。嫦娥自出责之，曰："主即虐婢至死，律无偿法；且邂逅暴殂，焉知其不再苏？"甲噪言："四支已冰，焉有生理！"嫦娥曰："勿哗，纵不活，自有官在。"乃入厅事抚尸，而婢已苏，随手而起。嫦娥返身怒曰："婢幸不死，贼奴何得无状！可以草索絷送官府！"甲无词，长跪哀免。嫦娥曰："汝既知罪，姑免究处。但小人无赖，反复何常，留汝女终为祸胎，宜即将去。原价如干数，当速措置来。"遣人押出，俾浼二三村老，券证署尾。已，乃唤婢至前，使甲自问之："无恙乎？"答曰："无恙。"乃付之去。

已，遂召诸婢，数责遍扑。又呼颠当，为之厉禁。谓宗曰："今而知为人上者，一笑嚬亦不可轻。谑端开之自妾，而流弊遂不可止。凡哀者属阴，乐者属阳；阳极阴生，此循环之定数。婢子之祸，是鬼神告之以渐也。荒迷不悟，则倾覆及之矣。"宗敬听之。颠当泣求拔脱。嫦娥乃掐其耳；逾刻释手，颠当怃然为间，忽若梦醒，据地自投，欢喜欲舞。由此闺阁清肃，无敢哗者。婢至其家，无疾暴死。甲以赎金莫偿，浼村老代求怜恕，许之。又以服役之情，施以材木而去。

宗常患无子。嫦娥腹中忽闻儿啼，遂以刃破左胁出之，果男；无何，复有身，又破右胁而出一女。男酷类父，女酷类母，皆论昏于世家。

异史氏曰：阳极阴生，至言哉！然室有仙人，幸能极我之乐，消我之灾，长我之生，而不我之死。是乡乐，老焉可矣，而仙人顾忧之耶？天运循环之数，理固宜然；而世之长困而不亨者，又何以为解哉？昔宋人有求仙不得者，每曰："作一日仙人，而死亦无憾。"我不复技能笑之也。

【译文】

太原宗子美，跟父亲在外游学，寄居扬州。宗父和红桥下林婆婆早就很熟。一天，父子俩路过红桥，遇见了她。林婆再三邀请他们上门，烹茶一起闲谈。旁边有个女郎，姿色异常美丽。宗父见了，赞不绝口。老妇回头看着宗子美说："大郎温柔和顺，像个女孩，真是福相。如果不厌弃的话，就许配给他，怎么样？"宗父笑着叫儿子赶快起身向林婆拜谢，说："一言千金了！"原先林婆一人独居，女郎忽然自己到来，诉说孤苦，问她小名，叫做嫦娥。林婆喜欢她，就收留下来，实际上是想把她当宝贝藏着，谋取大利。宗子美当时十四岁，用眼瞟着女郎，暗暗高兴，心想父亲一定会托媒人把婚事订下。但宗父回家后好像忘了。宗子美心里焦急，偷偷将这事告诉了母亲。宗父知道后笑着说："上次不过是和那个贪婆子开开玩笑罢了。不知她要将嫦娥卖多少钱呢，这件事谈何容易！"

过了一年，父母都死了。宗子美对嫦娥不能忘情，居丧期就要满了，托人向林婆婆表示自己的心意。林婆起先不认账。宗子美气愤地说："我生平从不肯轻易弯腰行礼，为什么老太太对我以前的跪拜，竟看得一钱不值呢？如果她违背前约，必须还我一拜！"林婆听后，才说："以前和你父亲开玩笑定亲，或许有过这回事，但没有正式订约，就都忘记了。现在你既然这么说，我难道要把她留着嫁给天王吗？只是天天打扮要花费，着实希望能换取一千两银子，现在请你给个半数，行吗？"宗子美自忖财力难以办到，也就只好作罢。

恰好这时有个老年寡妇，租了宗子美家西边邻居的房屋住下，有个女儿已十五岁，小名颠当。宗子美偶然见到她，娴雅美丽不在嫦娥之下。宗子美心生爱慕，常以赠送东西为借口，和她接近。时间长了，渐渐熟悉起来，往往用眼神来传送情意，但要说话却没有机会。一天夜晚，颠当翻过墙头，求取火种。宗子美高兴地拉着她的手，相互成就了好事。宗子美要和她约定婚事，但颠当却以哥哥在外贩运还没回来为由推辞了。从此以后，捉空儿就互相往来，但做得小心不露形迹。

一天，宗子美偶然经过红桥，看到嫦娥正巧在门内，就快步过门而去。嫦娥望见了，举手招呼他，宗子美停下脚步，见嫦娥又在招呼他，便走了进去。嫦娥责备他违背婚约，宗子美讲明了缘故。嫦娥就到卧室取出一锭黄金给他。宗子美不肯接受，推辞说："我自忖和你的关系永远断绝了，就另外订了婚约。接受了金子为你着想，是辜负别人；接受了金子不为你着想，是辜负你。我真不敢辜负任何一方。”嫦娥沉默了好久才说：“你现在订的婚约，我很清楚。这件事肯定不会成功，即使成功，我也不怨你负心。现在快走吧，老太太就要回来了。”宗子美匆忙中没了主张，就收下金子回家了。

过了一夜，宗子美将事情告诉了颠当。颠当认为他说得很对，但劝他一心一意去爱嫦娥。宗子美默不作声，颠当又表示愿意在嫦娥之下作妾，他才高兴了。于是派媒人将金子送给林婆，林婆无话可说，就把嫦娥嫁给了宗子美。过门以后，宗子美把颠当的话全都讲了出来。嫦娥微笑着，表面上怂恿他去进行颠当的事。宗子美很高兴，急着想去告诉颠当，但颠当已好久不见人影了。嫦娥知道颠当为了自己才避开的，于是暂时回到娘家，故意给个机会。临走时，嘱咐宗子美偷取她佩在身上的锦袋。后来颠当果然来了，和她商量婚事，只是说不要着急。到解开衣服，亲昵嬉笑时，宗子美见她胁下有个紫色的荷包，就要去拿。颠当马上变了脸色，起身说：“你和别人一条心，对我却是心怀二意。负心郎！从此我们就一刀两断。”宗子美低声下气地挽留解释，颠当都不听，竟自走了。一天，宗子美到她家打听察访，已经另有苏州客人租住在里面，颠当母女早已搬走了。从此影踪全无，也没处打听消息。

宗子美自从娶了嫦娥，家里暴富起来，高阁连着长廊，横贯了整条街。嫦娥喜欢开玩笑，恰巧看到一轴美人画卷，宗子美说：“我自以为你的美貌举世无双，只是没有见到汉代赵飞燕和唐代杨贵妃这样的美女罢了。”嫦娥笑着说：“如果你想要见，这也不难。”于是拿着画卷仔细看了一遍，就快步走进内室，对镜妆扮起来，学了赵飞燕的舞姿，又学杨贵妃的醉态。长短胖瘦，随时变换，风采神态，对照画卷看极其相似。当她弄姿作态的时候，有个丫头从外面进来，竟然不再认识，吃惊地问同伴那个美女是谁；后来仔细察看，这才恍然大悟，笑了起来。宗子美高兴地说：“我得到一个美人，从而千古美人，都在闺门之内了。”

一天夜里，睡得正熟，有几个人撬门进来，火光照射四壁。嫦娥急忙起身，惊恐地叫道：“强盗进来了！”宗子美刚醒过来，就想呼喊，一个人已经把白光闪闪的刀子架在他的脖子上，吓得连气都不敢喘。又有一个人抢了嫦娥，背在身上，闹哄哄地走了。宗子美这才大声哭喊，家里的仆人都聚拢过来，查点屋里的珍宝玩物，一点没少。宗子美十分悲痛，又感到害怕，不知如何是好，只觉得已经没有什么生趣了。报告官府追捕强盗，也毫无消息。

渐渐过了三四年，宗子美心中烦闷无聊，就趁应试的机会，来到京城。住了半年，为寻找嫦娥，占卜查访，什么办法都用过了。偶然路过姚巷，碰到一个女子，面目污垢，衣服破烂，神色局促，形同乞丐。宗子美停下脚步一看，竟是颠当，大吃一惊，问道："你为何落难到这种地步？"颠当回答说："和你分别以后，我就搬家到了南方，不久老母去世，我被坏人抢去，卖给旗人做奴仆，鞭打辱骂，饥寒交迫，苦不堪言。"宗子美听了流下眼泪，问道："可以赎身吗？"颠当说："难啊，要花费很多钱，实在无能为力。"宗子美说："实话告诉你：近几年我很有一点财产，可惜作客在外，所带盘缠有限，但为了替你赎身，就是行李马匹全部卖掉，也在所不辞。如果需要的钱太多，就回家去筹办。"颠当约他明天去西城，在柳树丛下相会；并叮嘱他独自前往，不要带人去。宗子美说："好的。"第二天，宗子美很早就去了，颠当已经先在那里，衣着华美，和昨天所见大不相同。宗子美吃惊地问她是怎么回事，颠当笑着说："昨天我是在故意试探你的心呢，幸好你还没有忘记旧情。请你到我家里去，一定能够得到报答。"向北走了几步，就到了她家，于是拿出酒菜，一起边喝边谈。宗子美邀她一起回家，颠当说："我有许多俗事牵累，不能跟你去。不过嫦娥的消息，倒听到不少。"宗子美忙问她在哪里，颠当说："她的行踪若隐若现，我也不太清楚。西山有个老尼姑，一眼已瞎，你去问她，就自会知道。"那天，宗子美就住在她的家里。

天亮以后，颠当指了去西山的路。宗子美走到那里，看到有一座古庙，四周围墙都已倒塌，竹丛中有半间茅屋，老尼姑正在里面缝补僧衣。看到客人来了，漫不经心，也不以礼接待。宗子美向她作揖，尼姑才抬头问了一声。宗子美通报了姓名，就讲了求她帮助的事。尼姑说："我是个八十岁的老瞎子，和尘世隔绝已久，哪里会知道你那美人的消息呢？"宗子美软磨硬缠求她帮助，尼姑才说：

"我实在不知道。不过有两三个亲戚明天晚上要来这里。或许女孩子们认识她也说不准。明天晚上你可来一次。"宗子美就出了茅屋。

第二天，宗子美又到那里，尼姑已经外出，那扇破门锁着。等了很长时间，夜色已深，明月高照，正在徘徊不定，毫无办法的时候，远远望见两三个女郎从外面进来，嫦娥就在中间。宗子美高兴极了，冲了过去，急忙拉住她的衣袖。嫦娥说："莽撞的郎君，真吓坏我了！可恨颠当多嘴多舌，又把人牵缠到情欲之中。"宗子美拉她坐下，握着手诉说衷情，一一陈述所经历的艰难，不觉为之悲伤。嫦娥说："实话告诉你：我本是月中姮娥，受罚贬到人间沉浮，期限已经满了。借托被强盗抢走，是为了断绝你的希望。尼姑也是王母娘娘府上的看门人，我当初受惩罚的时候，承蒙她收容救济，所以有空常来看望。你如果肯让我走，我一定把颠当给你弄到手。"宗子美不肯听从，只是低着头流泪。嫦娥向远处望着说："姐妹们来了。"宗子美正四处张望，嫦娥已经杳无影踪了。他痛哭失声，不想再活了，就解下衣带，上吊自尽。恍惚觉得魂魄已经出了窍，心烦意乱，不知去哪里才好。不一会，看到嫦娥走来，把他身子提起，两脚离地，走进庙里，又去拿来树上的尸体把他推压进去，叫道："痴情郎，痴情郎！嫦娥在这里。"宗子美好像忽然从梦中醒来，稍微定一下神，嫦娥怨恨地说："颠当这个贱丫头！害了我又杀郎君，我决不能饶恕她！"于是两人走下山，租了轿子回去。

宗子美吩咐仆人准备行装，就转身出西城，去谢颠当。到了那里，见房屋已全变了样，只得惊叹而回，暗自庆幸嫦娥不知道。进门，嫦娥迎上来笑着说："你看到颠当了吗？"宗子美怔住了，没法回答。嫦娥说："你背着嫦娥，怎么能得到颠当？请坐下等着，她自己会来的。"没多久，颠当果然来了。见了嫦娥，慌忙趴在床下。嫦娥叠起手指弹她，说："小鬼头害人不浅！"颠当磕着头，只求缓死。嫦娥说："你把别人推到坑里，自己却想脱身到天外吗？广寒宫里的十一姑，不久就要出嫁，需要绣枕一百幅、绣鞋一百双，你可跟我去，一起操作。"颠当恭敬地说："只求分些事给我做，一定按时交货。"嫦娥不答应，对宗子美说："如果你替她说情，我就放走她。"颠当瞧着他，宗子美笑着不说话。颠当恼怒地瞪了他一眼。于是要求回去告诉家里人，嫦娥同意她，就走了。宗子美向嫦娥询问颠当的生平，才知道她是西山的狐狸精。备好轿子等候她，第二天，果然来了。三个人就一起回家。

但嫦娥重新回到家中，一直举止庄重，不随便戏谑说笑。宗子美要和她亲昵嬉戏，她只是暗暗叫颠当来对付。颠当聪明绝顶，善于巴结。嫦娥喜欢一个人睡，总是推辞，不和宗子美同房。一天晚上，三更敲过，还听到颠当房中，笑声不断，就叫丫环去偷听他们讲些什么。丫环回来后，不肯告诉，只是请夫人自己去。嫦娥躲在窗外偷看，只见颠当盛妆扮成自己模样，宗子美抱着她，叫她嫦娥。嫦娥哂笑着退下。没多久，颠当突然心痛，连忙披衣起身，拉着宗子美到嫦娥那里，一进门就跪倒在地。嫦娥说："我难道是靠诅咒来制服人的巫医吗？你自己要学西施捧心罢了。"颠当磕头只说知罪，嫦娥说："病已好了。"颠当就站起来，忍不住笑着走了。

颠当暗中对宗子美说："我能够使娘子学观音模样。"宗子美不信，于是就开玩笑打了赌。嫦娥常常盘腿而坐，微微闭上眼睛，好像在瞌睡。颠当悄悄地将柳条插入玉瓶，放在桌子上；然后自己披着头发，合上手掌，侍立在一旁，樱桃般的小嘴半张着，微微露出洁白的牙齿。眼睛不眨一下。宗子美笑了。嫦娥睁开眼睛，问她干什么，颠当说："我在学龙女侍候观音菩萨。"嫦娥笑着骂她，罚她学童子拜观音的样子。颠当把头发结束起来，就四面跪拜，伏在地上翻过来转过去，表现出各种姿态，身子向两边倾侧，脚能碰到耳朵。嫦娥笑开了颜，坐着用脚踢她。颠当抬起头，嘴里衔着嫦娥的凤头鞋，微微用牙齿去碰。嫦娥正嬉笑间，忽然感到有一缕媚情，从脚趾上升，直达心房，不由自主春心荡漾，淫欲顿生。连忙收敛精神，呵斥道："狐奴该死，也不看看人，就来迷惑吗？"颠当害怕，松开口跪伏在地。嫦娥又厉声责备她，大家都不明白为什么。嫦娥对宗子美说："颠当狐性不改，刚才几乎被她拖下水了。如果不是平素根性养得深厚，堕落实在容易得很！"从此看到颠当，总是严加管教。颠当感到惭愧害怕，就告诉宗子美说："我对于娘子的一肢一体，无不感到可亲可爱；爱到极点，就不知不觉格外讨好她。要说我对她有什么坏心思，非但不敢，也不忍心的。"宗子美把她的话告诉了嫦娥，嫦娥对待她又和原先一样了。不过因为他们亲昵嬉戏，没有节制，多次告诫宗子美，宗子美都不听，从而大小丫环仆妇，也都争着相互嬉戏。

一天，有两个人扶着一个丫环，扮成杨贵妃的模样。那两个人用眼神传意，哄骗丫环放松筋骨，装作醉态，然后突然把手放开；丫环猛地跌倒在台阶下，声音就像倒塌了一堵墙。众人哄嚷起来，上前摸她，这个“贵妃”丫环已经身亡“马嵬坡”了。众人害怕起来，急忙报告主人。嫦娥吃惊地说：“闯祸了！我以前说的怎么样！”走去查看，已经救不活了。就派人告诉了她的父亲。父某甲，素来品行不好，号叫着跑来，背起尸体放进厅堂，百般叫骂。宗子美吓得把门关上，不知如何是好。嫦娥自己走了出来，斥责某甲，说：“主人就是把丫环虐待致死，法律上也没有抵命的规定；何况你女儿是出人意外突然死的，怎么知道她不会再苏醒过来呢？”某甲嚷着说：“四肢已经冰冷，哪里还有复活的道理？”嫦娥说：“不要吵，就是不能复活，也自有官府来处理。”就走进厅堂去抚摸尸体，丫环已经苏醒，随手起身。嫦娥转身发怒说：“丫环幸亏没死，狗奴才怎么能无礼！快拿绳子把他捆起来，送官府处理！”某甲无话可说，直挺挺跪在地上，哀求饶恕。嫦娥说：“你既然知罪，暂且不追究处罚了。但小人无赖，反复无常，留着你女儿终究是个祸胎，还是领回去妥当。原先卖身的银价，要赶快筹办好交来。”派人押了出去，让他请托村里二三个老人，在契约上签名担保。然后把丫环叫到跟前，让某甲自己问她：“没有什么吗？”回答说：“没什么。”这才把丫环交给他领了回去。

事情过后，嫦娥就召集丫环们，历举过错，一一责打。又把颠当叫来，对她严加管制。对宗子美说：“今天才知道在上面的人，一笑一颦，都不可轻忽。戏谑从我开始，流弊就不可制止。世上事凡是悲哀的属阴，欢乐的属阳；阳发展到极点，阴就产生了，这是循环往复一定之理。这次丫环的祸事，是鬼神告诉我们大祸将由此逐渐形成。如果荒淫迷乱，始终不悟，那么就会遭受倾覆之祸了。”宗子美恭敬地听着。颠当哭着请求嫦娥为她解脱。嫦娥就用手指掐她的耳朵，过了一刻才放开。颠当茫然自失，隔了一会，忽然好像从梦中醒来，自己趴伏在地，欢喜得直想跳舞。从此以后，闺房中清净肃穆，没有人再敢喧闹。丫环回家以后，没有什么病，却突然死了。某甲因所欠的赎身银子无法偿还，拜托村里老人代求怜悯宽恕。嫦娥答应了。又看在过去服侍过的情分上，赏了一副棺木，让他们回去了。

宗子美时常担心没有儿子。一天，嫦娥腹中忽然听到有小儿啼哭的声音，就用刀割破左胁取出，果真是个男孩；不久，又有身孕，又破右胁取出一个女孩。男孩酷似父亲，女孩酷似母亲，后来都和世家子女成了亲。

异史氏说：阳发展到极点，阴就产生了，这真是至理名言！家里有了仙人，有幸能使我享尽乐趣，消除灾祸，长生不老，免于死亡。在这欢乐乡中，理应可以无忧无虑到老了，但仙人却怎么反而要忧虑呢？天运循环的气数，本应如此。不过世上有些人，长期困顿，从未亨通，又该怎样解释呢？从前宋代有个求仙不得的人，常常说："能做一天神仙，就是死了也值得。"我不能再取笑他了。

鞠药如

鞠药如，青州人。妻死，弃家而去。后数年，道服荷蒲团至。经宿欲去，戚族强留其衣杖。鞠托闲步至村外，室中服具，皆冉冉飞出，随之而去。

【译文】

鞠药如，山东青州府人。妻子死后，他弃家出走。过了几年，身穿道服，肩挑蒲团，回到家中。住了一夜又要走。亲戚族人硬把他的衣服手杖扣住不放。鞠药如借口散步，走到村外，屋里的衣服手杖，都慢慢飞出，随他而去。

褚生

顺天陈孝廉，十六七岁时，尝从塾师读于僧寺，徒侣甚繁。内有褚生，自言山东人，攻苦讲求，略不暇息；且寄宿斋中，未尝一见其归。陈与最善，因诘之。答曰："仆家贫，办束金不易，即不能惜寸阴，而加以夜半，则我之二日，可当人三日。"陈感其言，欲携榻来与共寝。褚止之曰："且勿，且勿！我视先生，学非吾师也。阜城门有吕先生，年虽耄，可师，请与俱迁之。"盖都中设帐者多以月计，月终束金完，任其留止。于是两生同诣吕。

吕，越之宿儒，落魄不能归，因授童蒙，实非其志也。得两生甚喜；而褚又甚惠，过目辄了，故尤器重之。两人情好款密，昼同几，夜亦共榻。

月既终，褚忽假归，十余日不复至。共疑之。一日，陈以故至天宁寺，遇褚廊下，劈檾淬硫，作火具焉。见陈，忸怩不安。陈问："何遽废读？"褚握手请间，戚然曰："贫无以遗先生，必半月贩，始能一月读。"陈感慨良久，曰："但往读，自合极力。"命从人收其业，同归塾。戒陈勿泄，但托故以告先生。陈父固肆贾，居物致富，陈辄窃父金，代褚遗师。父以亡金责陈，陈实告之。父以为痴，遂使废学。褚大惭，别师欲去。吕知其故，让之曰："子既贫，胡不早告？"乃悉以金返陈父，止褚读如故，与共饔飧，若子焉。陈虽不入馆，每邀褚过酒家饮。褚固以避嫌不往；而陈要之弥坚，往往泣下，褚不忍绝，遂与往来无间。

逾二年，陈父死，复求受业。吕感其诚，纳之；而废学既久，较褚悬绝矣。居半年，吕长子自越来，丐食寻父。门人辈敛金助装，褚惟洒涕依恋而已。吕临别，嘱陈师事褚。陈从之，馆褚于家。未几，入邑庠，以“遗才”应试。陈虑不能终幅，褚请代之。

至期，褚偕一人来，云是表兄刘天若，嘱陈暂从去。陈方出，褚忽自后曳之，身欲踣，刘急挽之而去。览眺一过，相携宿于其家。家无妇女，即馆客于内舍。居数日，忽已中秋。刘曰：“今日李皇亲园中，游人甚夥，当往一豁积闷，相便送君归。”使人荷茶鼎、酒具而往。但见水肆梅亭，喧啾不得人。过水关，则老柳之下，横一画桡，相将登舟。酒数行，苦寂。刘顾僮曰：“梅花馆近有新姬，不知在家否？”僮去少时，与姬俱至，盖勾栏李遏云也。李，都中名妓，工诗善歌，陈曾与友人饮其家，故识之。相见，略道温凉。姬戚戚有忧容。刘命之歌，为歌《蒿里》。陈不悦，曰：“主客即不当卿意，何至对生人歌死曲？”姬起谢，强颜欢笑，乃歌艳曲。陈喜，捉腕曰：“卿向日《浣溪纱》读之数过，今并忘之。”姬吟曰：

泪眼盈盈对镜台，开帘忽见小姑来，低头转侧看弓鞋。　强解绿蛾开笑面，频将红袖拭香腮，小心犹恐被人猜。

陈反覆数四。已而泊舟，过长廊，见壁上题咏甚多，即命笔记词其上。日已薄暮，刘曰：“闱中人将出矣。”遂送陈归。入门，即别去。

陈见室暗无人，俄延间，褚已入门；细审之，却非褚生。方疑，客遽近身而仆。家人曰：“公子惫矣！”共扶拽之。转觉仆者非他，即己也。既起，见褚生在旁，惚惚若梦。屏人而研究之。褚曰："告之勿惊：我实鬼也。久当投生，所以因循于此者，高谊所不能忘，故附君体，以代捉刀；三场毕，此愿了矣。"陈复求赴春闱。曰："君先世福薄，悭吝之骨，诰赠所不堪也。"问："将何适？"曰："吕先生与仆有父子之分，系念常不能置。表兄为冥司典簿，求白地府主者，或当有说。"遂别而去。

陈异之。天明，访李姬，将问以泛舟之事；则姬死数日矣。又至皇亲园，见题句犹存，而淡墨依稀，若将磨灭。始悟题者为魂，作者为鬼。至夕，褚喜而至，曰："所谋幸成，敬与君别。"遂伸两掌，命陈书褚字于上以志之。陈将置酒为饯，摇首曰："勿须。君如不忘旧好，放榜后，勿惮修阻。"陈挥涕送之。见一人伺候于门；褚方依依，其人以手按其顶，随手而匾，掬入囊，负之而去。

过数日，陈果捷。于是治装如越。吕妻断育几十年，五旬余，忽生一子，两手握固不可开。陈至，请相见。便谓掌中当有文曰"褚"。吕不深信。儿见陈，十指自开，视之果然。惊问其故，具告之。共相欢异。陈厚贻之，乃返。后吕以岁贡廷试入都，舍于陈；则儿十三岁，入泮矣。

异史氏曰：吕老教门人，而不知自教其子。呜呼！作善于人，而降祥于己，一间也哉！褚生者，未以身报师，先以魂报友，其志其行，可贯日月，岂以其鬼故奇之与!

【译文】

河北顺天府陈举人，十六七岁的时候，曾跟着塾师在寺庙里读书，同学很多。其中有个褚生，自称山东人，刻苦攻读，深入探讨，一刻不停；而且就在书房里寄宿，从没有见他回过家。陈生和他关系最好，就问他为什么这样。褚生回答说：“我家里很穷，筹措学费不容易，即使不能珍惜每一寸光阴，每天多学半个夜晚，那么我读二天书，就可以抵别人三天了。”陈生听了很感动，想把床搬来和他一起睡。褚生劝阻说：“你暂且不要来，不要来！我看这个先生，学问不能做我们的老师。阜成门有位吕先生，虽然年老，可以拜他为师，让我们一起搬到那里去吧。”原来京城里的塾师，大多按月收费，到了月底学费用完，去留听便。于是两人一起到吕先生那里读书。

吕先生是浙江一个老学者，穷困潦倒，回不了家，就收些学生开蒙，实在不是他的志向。收了这两个学生，心里很高兴，而褚生又很聪明，过目就明白，所以尤其器重他。两个人感情密切，白天同桌读书，夜间同床睡觉。到月底，褚生忽然请假回去，十多天还没回来。大家都很疑惑。一天，陈生有事到天宁寺，在廊檐下遇到褚生，见他正在把麻梗削成小片，一头沾上硫黄，制作火柴。褚生看到陈生，满脸羞愧，十分不安。陈生问道；“你为什么突然停学呢?”褚生握着他的手，避开旁人，忧伤地说：“我家里穷，没钱给先生，必须做半个月小买卖，才能读一个月书。”陈生感慨好久，才说：“你只管回去读书就是了，我自会尽力帮助你的。”就吩咐随从的人收起他营业的摊子，一起回私塾。褚生告请陈生保密，只找个借口告诉了吕先生。陈生的父亲，原是个开店铺的商人，靠囤积居奇发了财。陈生就偷了父亲的钱，替褚生付给老师。父亲因为缺了钱责问他，陈生以实情相告。父亲以为他是个傻瓜，就叫他停学了。褚生十分惭愧，向老师告别，准备回去。吕先生知道了他的情况后，责备说：“你既然很穷，为什么不早些告诉我?”就把钱都退还给陈父，叫褚生留下来照常读书，和他一起吃饭，就像对待自己的儿子一样。陈生虽然不能进学馆读书，但常常邀请褚生到酒家喝酒。褚生原来因避嫌不肯去，但陈生却邀请得更加恳切，往往眼泪都流下来，褚生不忍心再拒绝，就跟他往来无间了。

过了两年，陈生的父亲死了，重新要求从师学习。吕先生为他的诚恳所感动，就收下了他；只是停学已久，和褚生相比，就差得多了。过了半年，吕先生的大儿子自浙江来，一路讨饭寻到父亲。学生们凑钱帮助老师准备行装。褚生只是流着眼泪依依不舍而已。吕先生临别时，嘱咐陈生拜褚生为师。陈生听从了他的话，请褚生住在家里讲学。不久，考取了秀才，并以“遗才”的身份参加乡试。陈生担心作文不能完篇，褚生自愿代他去应试。

到了乡试的日子，褚生带了一个人来，说是表兄刘天若，嘱咐陈生暂时跟他去。陈生刚出去，褚生忽然从后面拖住他，身子就要倒下了，刘天若忙挽着他往外走。游览一番，牵着手到刘家住宿。刘家没有妇女，就让客人住在内室。住了几天，不觉到了中秋节。刘天若说：“今天李皇亲的花园中，游客很多，应当去解解闷。顺便送你回家。”于是派人挑着茶壶、酒具前往。到了那里，只见水边店铺梅中亭，喧闹嘈杂都是人，无法进去。过了水关，老柳树下横着一座画舫，两人相扶着上了船。喝了几杯酒，感到寂寞无聊。刘天若对家僮说：“梅花馆新近有个歌姬，不知在家吗？”家僮去了不久，和歌姬一起来了，原来这个歌姬就是妓院里的李遏云。李遏云是京城中的名妓，长于诗词，善于歌舞。陈生曾和朋友在她家里喝过酒，所以认识她。见面寒暄了几句，李姬神色忧伤，面带愁容。刘天若叫她唱歌，就唱了一首名为《蒿里》的挽歌。陈生心里不痛快，说：“即使主客都不称你的心，又何至于对着活人唱丧歌呢？”李姬站起来谢罪，勉强装出笑容，唱了一段艳曲。陈生这才高兴了，握住她的手腕说：“你过去作的《浣溪纱》读过好几遍，现在都忘了。”李姬就吟道：

一双清澈的眼睛，
含着热泪愁对镜台。
忽然门帘被人拉开，
只见小姑走了进来。
顿时低头转向一边，

故意望着脚上的弓鞋。
勉强解开紧锁的黛眉，
装作笑颜显出欢快。
却又频频举起红袖，
偷偷擦拭沾湿的香腮。
尽管小心翼翼地遮掩，
依然怕被别人疑猜。

陈生听后，反复念了三四遍。过了一会，船靠了岸。陈生路过长廊，看到墙上题了不少诗，就提笔将李姬所吟的那首词写在上面。这时已近黄昏，刘天若说："应考的人快要出场了。"就送陈生回家。一进门，便告辞了。

陈生走进屋子，见里面十分昏暗，没有别人，迟延片刻，褚生已进了门；仔细看看，却又不像。正惊疑不定间，客人突然走到身边跌倒了。仆人说："公子累坏了！"一起上前把他扶起来。陈生转瞬间觉得跌倒的不是别人，倒是自己。陈生起身后，看到褚生就在旁边，恍恍惚惚，好像做了个梦。于是把仆人打发出去，追问这是怎么回事。褚生说："我告诉你，可别吃惊。我实际上是个鬼，早就该去投胎了，所以拖延到现在，是因为不能忘了你深厚的情谊，所以附在你的身上，代你前去应试。现在三场已经考完，我的心愿也了结了。"陈生还求他代为参加明年春天的会试。褚生说："你的先父福分薄，吝啬的尸骨，不配承受皇帝的追封。"陈生问："你现在准备到哪里去？"褚生说："吕先生和我有父子的情谊，常常系在心头，不能忘掉。我表兄是阴曹地府的文书，求他向阎王说说情，或许能够答应我的要求。"说完就告别了。

陈生觉得很奇怪。天亮以后，就去找李姬，想问她昨天一起泛舟的事情，可是到了那里，李姬已经死去好几天了。又到李皇亲的花园，看到题的那首词还在，但是墨迹很淡，隐隐约约留在墙上，好像就要磨灭了。这才明白题写的是自己灵魂，而作者则是一个女鬼。到了晚上，褚生高兴地来了。说："很幸运，我的打算已经成功，现在来向你告别。"说完伸出两个手掌，叫陈生在掌心写个"褚"字，作为记号。陈生想置办酒席为他饯行，褚生摇摇头说："不必了。你如果不忘旧情，发榜后不要怕路途的遥远险阻，来看看我。”陈生抹着眼泪送他出去，看到一个人在门外等着；褚生正在依依惜别的时候，那人用手按在他头顶上，随手就按扁了，捧进一个口袋里，背着走了。

过了几天，陈生果然高中举人。于是准备行装，前往浙江。吕先生的妻子已经近十年不生育了，五十多岁的人，忽然生了一个儿子，两只小手握得紧紧的，掰也掰不开。陈举人到了那里后，请求吕先生让他看看孩子，就说孩子的掌心一定有个“褚”字。吕先生不太相信。孩子见了陈举人，十个指头自己松开了，掌心果然有个“褚”字。吕先生惊讶地询问究竟，陈举人就把事情的经过告诉了他。两个人都高兴而惊奇。陈举人向孩子赠送了很多东西，才回去。后来吕先生被推选为岁贡，进京参加廷试，就寄居在陈举人家中。说起他的儿子，今年十三岁，已经考取了秀才。

异史氏说：吕先生教学生读书，不知所教的就是自己儿子。唉！对别人行善，吉祥就会降到自己身上，其间关系十分密切。褚生这个人，在用身子报答老师之前，先用魂魄报答了朋友，他的志气、操行，可以和日月争光，哪里因为他是鬼物才使人感到惊奇呢！

盗　户

顺治间，滕、峄之区，十人而七盗，官不敢捕。后受抚，邑宰别之为“盗户”。凡值与良民争，则曲意左袒之，盖恐其复叛也。后讼者辄冒！称盗户，而怨家则力攻其伪；每两造具陈，曲直且置不辨，而先以盗之真伪，反复相苦，烦有司稽籍焉。适官署多狐，宰有女为所惑，聘术士来，符捉入瓶，将炽以火。狐在瓶内大呼曰：“我盗户也！”闻者无不匿笑。

异史氏曰：今有明火劫人者，官不以为盗而以为奸；

逾墙行淫者，每不自认奸而自认盗：世局又一变矣。设今日官署有狐，亦必大呼曰“吾盗”无疑也。

章丘漕粮徭役，以及征收火耗，小民常数倍于绅衿，故有田者争求托焉。虽于国课无伤，而实于官橐有损。邑令钟，牒请厘弊，得可。初使自首；既而奸民以此要上，数十年鬻去之产，皆诬托诡挂，以讼售主。令悉左袒之，故良懦多丧其产。有李生为某甲所讼，同赴质审。甲呼之“秀才”；李厉声争辨，不居秀才之名。喧不已。令诘左右，共指为真秀才。令问：“何故不承？”李曰：“秀才且置高阁，待争地后，再作之未晚也。”噫！以盗之名，则争冒之；秀才之名，则争辞之：变异矣哉！有人投匿名状云：“告状人原壤，为抗法吞产事：身以年老不能当差，有负郭田五十亩，于隐公元年，暂挂恶衿颜渊名下。今功令森严，理合自首。讵恶久假不归，霸为己有。身往理说，被伊师率恶党七十二人，毒杖交加，伤残胫肢；又将身锁置陋巷，日给箪食瓢饮，囚饿几死。互乡地证，叩乞革顶严究，俾血产归主，上告。”此可以继柳跖之告夷、齐矣。

【译文】

清顺治年间（1644—1661），山东滕县、峄县一带，十个人中有七个是强盗，连官府也不敢追捕。后来受了招安，县官将他们另立户口，称作“盗户”。凡是碰到“盗户”和良民发生纠纷，就违心地袒护“盗户”，唯恐他们重新作乱。后来打官司的人总是冒称“盗户”，而对方则又极力攻击他是假的。双方陈述，是非曲直暂且放在一边不去争辩，而先在“盗户”的真假上面，相互争个不休，最后只好麻烦官吏去查阅户籍。这时官署里常有狐狸作祟，县官的女儿被迷惑了，于是请来一个术士，画符念咒，将狐狸捉到瓶子里，准备用火烧。狐狸在瓶中大声喊道：“我是盗户呀!”听到的人无不暗暗发笑。

异史氏说：如今明火执仗拦路抢劫的人，官府不把他们当“盗”而以为是“奸”；而翻墙进行奸淫的人，又总不承认自己是“奸”而承认是“盗”——这是世道的又一个变化了。假如今天官署里还有狐狸的话，也必定会大声呼喊“我是强盗”，这是毫无疑问的。

山东章丘县摊派水道运粮的劳役，以及征收法定以外的苛捐杂税，平民百姓常比绅士多出好几倍，所以有一些田地的人家，争着托人求情，把田产挂在绅士名下。这虽然对国家赋税没有什么损害，却实在有损于官吏的腰包。有个姓钟的县官，向上司打报告请求革除这个弊病，得到许可。起初叫隐瞒田产的人出来自首；随后有些奸诈的刁民趁机要挟，几十年前卖掉的田产，都诬称虚挂在某人名下，和当年的买主打官司。县官不作调查分析，统统偏袒他们，很多善良懦弱的人因此丧失了田产。有个姓李的书生，被某甲告了一状，一起到衙门对质受审。某甲叫他“秀才”，李生厉声争辩，不肯承认，两人争吵不休。县官询问身边的衙役，都说他是真秀才。就问他：“你为什么不承认呢?”李生说：“暂且把秀才这两个字抛在一边吧，等争清土地是谁的以后，再做秀才也不晚。”唉!强盗的名称，争着冒充；秀才的名称，却争着推辞——世道变得太怪了！有人投了一封匿名状说：“告状人原壤，为抗拒法律，侵吞田产之事：我因为年老体衰，不能当差。家有五十亩靠近城郭的良田，在鲁隐公元年（前722），暂时挂在劣绅颜渊名下。现在法令森严，理应自首。哪知劣绅久借不还，霸为己有。我亲自前去说理，被他老师孔子率领恶党七十二人，棍棒交加一顿毒打，臂伤腿残；又把我关在陋巷里，每天只给一箪饭，一瓢水，几乎饿死。互乡的田契可作证据，叩请革除劣绅颜渊的功名，严加追究，让血产归还主人。上告。”明代有人写了一篇文章，内容为春秋大盗柳下跖上告商末隐士伯夷、叔齐并吞他的血产。这篇状子可作为它的续篇了。

某　乙

邑西某乙，故梁上君子也。其妻深以为惧，屡劝止之；乙遂翻然自改。居二三年，贫窭不能自堪，思欲一作冯妇而后已。乃托贸易，就善卜者问何往之善。术者占曰："东南吉，利小人，不利君子。"兆隐与心合，窃喜。遂南行，抵苏、松间，日游村郭，凡数月。偶入一寺，见墙隅堆石子二三枚，心知其异，亦以一石投之。径趋龛后卧。日既暮，寺中聚语，似有十余人。忽一人数石，讶其多，因共搜龛后，得乙，问："投石者汝耶?"乙诺。诘里居、姓名，乙诡对之。乃授以兵，率与共去。至一巨第，出臾梯，争逾垣入。以乙远至，径不熟，俾伏墙外，司传递、守囊橐焉。少顷，掷一裹下；又少顷，缒一箧下。乙举箧知有物，乃破箧，以手揣取，凡沉重物，悉纳一囊，负之疾走，竟取道归。由此建楼阁、买良田，为子纳粟。邑令扁其门曰"善士"。后大案发，群寇悉获；惟乙无名籍，莫可查诘，得免。事寝既久，乙醉后时自述之。

曹有大寇某，得重赀归，肆然安寝。有二三小盗，逾垣入，捉之，索金。某不与；箠灼并施，罄所有，乃去。某向人曰："吾不知炮烙之苦如此!"遂深恨盗，投充马捕，捕邑寇殆尽。获曩寇，亦以所施者施之。

【译文】

县城西部某乙，原是个窃贼。他的妻子为此十分害怕，多次劝他不要再干了，某乙便幡然改悔。过了两三年，穷得实在受不了，就想重操旧业，再偷一次，然后洗手不干。于是用做生意的名义到出色的算命先生那里，询问去什么地方顺利。算命先生替他占了一卦，说："东南吉，有利于小人，不利于君子。"这个征兆和某乙所想的正相合，心里暗暗高兴。于是去南方，到达苏州、松江一带，天天在城乡游荡，就这样过了几个月。一天，某乙偶然走进一座寺庙，见墙角堆着二三块石子，心里明白这必有缘故，也拿一块石子扔在那里。随后直奔佛龛后面睡下。天黑以后，听到寺庙中有人聚在一起说话，好像有十多个人。忽然有一个人数了石子，很奇怪怎么多了一块，便一起到佛龛后面搜查，发现了某乙，问道："扔石子的是你吗？"某乙承认了。那帮人询问他的住所、姓名，某乙都用假话来回答。于是给他一件武器，带着他一起走了。到了一个大宅子，那帮人拿出软梯，争着越过围墙进去。因为某乙远道而来，路不熟，就让他躲在围墙外面，传送、看守装着财物的口袋。过了一会，抛下一个包裹；又过了一会，用绳子吊下一只箱子。某乙抬了抬箱子知道里面有财物，就打开箱子，用手在里面摸索，只要是沉重的东西，都拿出来装进一个口袋，背着它飞快地逃走，竟自取道回家。从此建造楼阁，购买良田，并替儿子交纳财货捐了个监生。县官在他家大门上挂了块写着"善士"两字的匾额。后来这件抢劫大案破了案，那帮强盗都被捕获，只有某乙因为没有真实的姓名、籍贯，无从追查，得以逃脱罪责。事情平息已久，某乙喝醉后自己常常述说这件事。

山东曹州府有个大盗某人，得到许多财货后回来，毫无顾忌地在家中安睡。有两三个小盗翻墙进来，把某人抓了起来，向他勒索金银。某人不肯给，于是鞭打火烫交加，直到他把所有的财物都拿了出来，那几个小盗才离开。某人对别人说："我不知道炮烙竟然这么痛苦！"从此极其痛恨强盗，投入衙门充当马捕，县里的强盗几乎被他捉光。抓到以前抢他的强盗后，也用鞭打火烫的酷刑还报了他们。

霍　女

朱大兴，彰德人。家富有而吝啬已甚，非儿女婚嫁，坐无宾、厨无肉。然佻达喜渔色，色所在，冗费不惜。每夜，逾垣过村，从荡妇眠。一夜，遇少妇独行，知为亡者，强胁之，引与俱归。烛之，美绝。自言“霍氏”。细致研诘。女不悦曰：“既加收齿，何必复盘察？如恐相累，不如早去。”朱不敢问，留与寝处。顾女不能安粗粝，又厌见肉臛，必燕窝或鸡心、鱼肚白作羹汤，始能餍饱。朱无奈，竭力奉之。又善病，日须参汤一碗。朱初不肯。女呻吟垂绝，不得已，投之，病若失。遂以为常。女衣必锦绣，数日，即厌其故。如是月余，计费不赀，朱渐不供。女啜泣不食，求去。朱惧，又委曲承顺之。每苦闷，辄令十数日一招优伶为戏；戏时，朱设凳帘外，抱儿坐观之。女亦无喜容，数相诮骂，朱亦不甚分解。居二年，家渐落。向女婉言，求少减；女许之，用度皆损其半。久之，仍不给，女亦以肉糜相安；又渐而不珍亦御矣。朱窃喜。

忽一夜，启后扉亡去。朱怊怅若失；遍访之，乃知在邻村何氏家。何大姓，世胄也，豪纵好客，灯火达旦。忽有丽人，半夜入闺闼。诘之，则朱家之逃妾也。朱为人，何素藐之；又悦女美，竟纳焉。绸缪数日，益惑之，穷极奢欲，供奉一如朱。朱得耗，坐索之，何殊不为意。朱质于官。官以其姓名来历不明，置不理。朱货产行赇，乃准拘质。女谓何曰："妾在朱家，原非采礼媒定者，胡畏之？"何喜，将与质成。座客顾生谏曰："收纳逋逃，已干国纪；况此女人门，日费无度，即千金之家，何能久也？"何大悟，罢讼，以女归朱。

过一二日，女又逃。有黄生者，故贫士，无偶。女叩扉入，自言所来。黄见艳丽忽投，惊惧不知所为。黄素怀刑，固却之。女不去。应对间，娇婉无那。黄心动，留之；而虑其不能安贫。女早起，躬操家苦，劬劳过旧室。黄为人蕴藉潇洒，工于内媚，因恨相得之晚。止恐风声漏泄，为欢不久。而朱自讼后，家益贫；又度女终不能安，遂置不究。

女从黄数岁，亲爱甚笃。一日，忽欲归宁，要黄御送之。黄曰："向言无家，何前后之舛？"曰："曩漫言之。妾镇江人。昔从荡子，流落江湖，遂至于此。妾家颇裕，君竭赀而往，必无相亏。"黄从其言，赁舆同去。

至扬州境，泊舟江际。女适凭窗，有巨商子过，惊其艳，反舟缀之，而黄不知也。女忽曰："君家綦贫，今有一疗贫之法，不知能从否？"黄诘之。女曰："妾相从数年，未能为君育男女，亦一不了事。妾虽陋，幸未老耄，有能以千金相赠者，便鬻妾去，此中妻室、田庐皆备焉。此计如何？"黄失色，不知何故。女笑曰："君勿急，天下固多佳人，谁肯以千金买妾者。其戏言于外，以觇其有无。卖不卖，固自在君耳。"黄不肯。女自与榜人妇言之，妇目黄，黄漫应焉。妇去无几，返言："邻舟有商人子，愿出八百。"黄故摇首以难之。未几，复来，便言如命，即请过船交兑。黄微哂。女曰：“教渠姑待，我嘱黄郎，即令去。”女谓黄曰：“妾日以千金之躯事君，今始知耶？”黄问：“以何词遣之？”女曰：“请即往署券，去不去固自在我耳。”黄不可。女逼促之，黄不得已，诣焉。立刻兑付。黄令封志之，曰：“遂以贫故，竟果如此，遽相割舍。倘室人必不肯从，仍以原金璧赵。”方运金至舟，女已从榜人妇从船尾登商舟，遥顾作别，并无凄恋。黄惊魂离舍，嗌不能言。俄商舟解缆，去如箭激。黄大号，欲追傍之。榜人不从，开舟南渡矣。瞬息达镇江，运赀上岸。榜人急解舟去。

黄守装闷坐，无所适归，望江水之滔滔，如万镝之丛体。方掩泣间，忽闻娇声呼“黄郎”。愕然四顾，则女已在前途。喜极，负装从之。问：“卿何遽得来？”女笑曰：“再迟数刻，则君有疑心矣。”黄乃疑其非常，固诘其情。女笑曰：“妾生平于吝者则破之，于邪者则诳之也。若实与君谋，君必不肯，何处可致千金者？错囊充牣，而合浦珠还，君幸足矣，穷问何为？”乃雇役荷囊，相将俱去。

至水门内，一宅南向，径入。俄而翁媪男妇，纷出相迎，皆曰：“黄郎来也！”黄入参公姥。有两少年，揖坐与语，是女兄弟，大郎、三郎也。筵间味无多品，玉柈四枚，方几已满。鸡蟹鹅鱼，皆脔切为个。少年以巨碗行酒，谈吐豪放。已而导入别院，俾夫妇同处。衾枕滑耎，而床则以熟革代棕藤焉。日有婢媪馈致三餐，女或时竟日不出。黄独居闷苦，屡言归，女固止之。一日，谓黄曰："今为君谋：请买一人，为子嗣计。然买婢媵则价奢；当伪为妾也兄者，使父与论昏，良家子不难致。"黄不可。女弗听。有张贡士之女新寡，议聘金百缗，女强为娶之。新妇小名阿美，颇婉妙。女嫂呼之；黄瑟踧不自安，而女殊坦坦。他日，谓黄曰："妾将与大姊至南海一省阿姨，月余可返，请夫妇安居。"遂去。

夫妻独居一院，按时给饮食，亦甚隆备。然自入门后，曾无一人复至其室。每晨，阿美入觐媪，一两言辄退。娣姒在旁，惟相视一笑。既流连久坐，亦不款曲。黄见翁，亦如之。偶值诸郎聚语，黄至，既都寂然。黄疑闷莫可告语。阿美觉之，诘曰："君既与诸郎伯仲，何以月来都如生客？"黄仓猝不能对，吃吃而言曰："我十年于外，今始归耳。"美又细审翁姑阀阅，及妯娌里居。黄大窘，不能复隐，底里尽露。女泣曰："妾家虽贫，无作贱媵者，无怪诸宛若鄙不齿数矣！"黄惶怖莫知筹计，惟长跪一听女命。美收涕挽之，转请所处。黄曰："仆何敢他谋，计惟孑身自去耳。"女曰："既嫁复归，于情何忍？渠虽先从，私也；妾虽后至，公也。不如姑俟其归，问彼既出此谋，将何以置妾也？"居数月，女竟不返。

一夜，闻客舍喧饮。黄潜往窥之，见二客戎装上坐：一人裹豹皮巾，凛若天神；东首一人，以虎头革作兜牟，虎口衔额，鼻耳悉具焉。惊异而返，以告阿美，竟莫测霍父子何人。夫妻疑惧，谋欲僦寓他所，又恐生其猜度。黄曰："实告卿：即南海人还，折证已定，仆亦不能家此也。今欲携卿去，又恐尊大人别有异言。不如姑别，二年中当复至。卿能待，待之；如欲他适，亦自任也。”阿美欲告父母而从之，黄不可。阿美流涕，要以信誓，乃别而归。黄入辞翁姑。时诸郎皆他出，翁挽留以待其归，黄不听而行。登舟凄然，形神丧失。至瓜州，忽回首见片帆来，驶如飞；渐近，则船头按剑而坐者，霍大郎也。遥谓曰：“君欲遄返，胡再不谋？遗夫人去，二三年，谁能相待也？”言次，舟已逼近。阿美自舟中出，大郎挽登黄舟，跳身径去。先是，阿美既归，方向父母泣诉，忽大郎将舆登门，按剑相胁，逼女风走。一家慴息，莫敢遮问。女述其状，黄不解何意，而得美良喜，开舟遂发。

至家，出赀营业，颇称富有。阿美常悬念父母，欲黄一往探之；又恐以霍女来，嫡庶复有参差。居无何，张翁访至，见屋宇修整，心颇慰。谓女曰：“汝出门后，遂诣霍家探问，见门户已扃，第主亦不之知，半年竟无消息。汝母日夜零涕，谓被奸人赚去，不知流离何所。今幸无恙耶？”黄实告以情，因相猜为神。后阿美生子，取名仙赐。至十余岁，母遣诣镇江，至扬州界，休于旅舍，从者皆出。有女子来，挽儿入他室，下帘，抱诸膝上，笑问何名。儿告之。问：“取名何义？”答云：“不知。”女曰：“归问汝父当自知。”乃为挽髻，自摘髻上花代簪之；出金钏束腕上。又以黄金内袖，曰：“将去买书读。”儿问其谁，曰：“儿不知更有一母耶？归告汝父：朱大兴死无棺木，当助之，勿忘也。”老仆归舍，失少主；寻至他室，闻与人语，窥之，则故主母。帘外微嗽，将有咨白。女推儿榻上，恍惚已杳。问之舍主，并无知者。数日，自镇江归，语黄，又出所赠。黄感叹不已。及询朱，则死裁三日，露尸未葬，厚恤之。

异史氏曰：女其仙耶？三易其主不为贞；然为吝者破其悭，为淫者速其荡，女非无心者也。然破之则不必其怜之矣，贪淫鄙吝之骨，沟壑何惜焉？

【译文】

朱大兴，河南彰德府人。家境富有，但非常吝啬，除儿女婚嫁外，家里没有客，厨房没有肉。可是行为轻佻，喜欢猎取女色，在女人身上，花费再多也在所不惜。每夜都翻墙窜村，去和一些淫荡的女人睡觉。一天晚上，朱大兴遇见一个少妇独自赶路，知道她是从家中逃出来的，就胁迫她跟自己一起回家。用烛光一照，漂亮极了。少妇自称姓霍，朱大兴详细追问她的来历。霍女不高兴地说："既然你已收留了我，何必还要这样盘问？如果你怕受到牵连，不如及早让我离开。"朱大兴不敢再问了，就留下她住在一起。只是霍女不惯粗茶淡饭，又讨厌肉食，一定要燕窝、鸡心、鱼肚白做羹汤，才能吃饱。朱大兴无可奈何，只好尽力奉养她。霍女又多病，每天必须喝一碗人参汤。朱大兴起先不肯给，霍女整天呻吟，眼看就要死了，没办法，只好给她喝，病一下子就好了。以后也就习以为常。霍女穿着一定要锦绣，没几天就嫌陈旧。这样过了一个多月，花的钱不计其数。朱大兴渐渐供养不起了。霍女只是啼哭，不肯吃饭，要求离开。朱大兴害怕了，又去迁就奉承她。霍女经常苦于烦闷，隔十几天就叫朱大兴请一帮艺人来演戏；演的时候，朱大兴在帘外摆个凳子，抱了儿子坐着看戏。霍女也没有高兴的样子，几次嘲骂他，朱大兴也不怎么辩解。过了两年，家境逐渐败落，朱大兴婉言请求她减少一些开支；霍女答应了，日常费用都减掉一半。时间一长，还是供养不起，霍女吃点肉粥也行了，又慢慢地连普通的食物也能吃了。朱大兴暗暗高兴。

一天晚上，霍女忽然打开后门逃走了。朱大兴十分伤感，像丢了魂一样，到处寻访，才知道她在邻村何某家里。何家是个大族，世家子弟，豪放好客，常常在家里宴饮作乐，灯火通宵达旦。忽然有个美人半夜走进他的卧室。一问，原来是朱大兴家逃出来的小妾。何某一向瞧不起朱大兴的为人，又爱霍女的美貌，竟把她收留下来。一起亲热了几天后，越发被她迷住了，穷奢极欲，供养她完全和朱大兴当初一样。朱大兴得到消息，就到何家要人，何氏根本就不在乎。朱大兴到官府去告状，官府因为霍女姓名、来历都不清楚，置之不理。朱大兴变卖了家产行贿，官府才准许传何某来审问。霍女对何某说："我在朱家，原本就不是明媒正娶的，你怕他什么？"何某很高兴，准备和朱大兴争个明白。有个客人叫顾生的劝他说："收容逃亡的人，已经犯了国法；何况这个女人进门以后，每天挥霍无度，就是千金家产也怎么能长久呢？"何某大为醒悟，就不去打官司了，把霍女归还朱大兴。

过了一二天，霍女又逃走了。有个姓黄的书生，原是个贫苦的读书人，妻子死了。霍女敲门进来，对他讲了自己的来历。黄生看到这么一个美人忽然投奔他，又惊又怕，不知如何是好。黄生一向守法，坚决不肯收留她。霍女就是不走，谈话间，显得十分娇柔可爱。黄生动心了，就把她留下来，只是担心她不能忍受贫困。霍女每天很早就起床，亲自操持家务劳累，比他的前妻更能吃苦耐劳。黄生为人文雅潇洒，很能赢得妻子欢心，两人相见恨晚，只怕走漏了风声，不能长久欢聚在一起。而朱大兴自从打官司后，家境更加贫穷，又考虑到霍女终究不能安于贫苦，也就不再追究了。

霍女跟着黄生过了几年，相亲相爱，十分情深。一天，忽然想回娘家探望，要黄生备车送她。黄生说："你过去一直说没有家，怎么前后说的不一样啊？"霍女说："从前不过是随便说说。我是江苏镇江人，过去跟一个浪荡子流落江湖，就到了这里。我娘家很富裕，你卖了全部家产送我前去，一定不会亏待你。"黄生听从了她的话，雇了车和她一起去了。

到了扬州境内，船停在江边。霍女正巧靠在窗口，有个大商人的儿子乘船经过，为她容貌艳丽而惊奇，掉过船头尾随在后，黄生一点也不知道，霍女忽然说："你家很穷，现在我有个脱贫的办法，不知你能听从吗？"黄生问她是什么办法，霍女说："我跟从你好几年了，没能替你生男育女，这也是一件放不下的心事。我虽然容貌丑陋，幸而还未年老，如果有谁愿出一千两银子，那就把我卖了，这样，你再娶妻子、购买田地房屋的钱，就都有了。这个办法怎么样?”黄生脸色也变了，不知她说这话是什么缘故。霍女笑着说：“你不要着急，天下有的是美人，谁肯用一千两银子买我？你不妨在外面假装说要把妻子卖掉，看看有没有买主。至于到底卖不卖，当然得由你自己决定。”黄生不肯。霍女就自己去和船夫的妻子说了，那妇人看着黄生，黄生随便应了一声。船妇去了不一会，回来说：“邻船有个大商人的儿子，愿意出八百两银子。”黄生故意摇摇头为难她。她又去了不一会，回来说商人的儿子答应如数付给，请马上到那条船上去交人拿钱。黄生微微讪笑。霍女说：“叫他暂且等一下，我和黄郎说几句话就叫他去。”接着对黄生说：“我天天都以价值千金的身子来侍候你，今天才知道了吧!”黄生问她：“现在用什么话去打发他们呢?”霍女说：“请你马上过去签署契约，去不去本来就由我自己决定。”黄生不同意。霍女逼着他快去，黄生无可奈何，才上了邻船。商人的儿子立刻兑付了银子，黄生叫人将银子封存起来，加上印记，对商人的儿子说：“因为家境贫困，竟然真的把妻子卖了，突然互相分手。如果我妻子一定不肯跟随你，仍把银子如数奉还。”刚把银子运到船上，霍女已跟随船夫的妻子，从船尾登上商人的船，远远地望着他告别，一点没有悲哀依恋的神情。黄生惊骇得魂不附体，气结喉塞，一句话也说不出来。不一会，商人的船解开缆绳，如箭一般飞速离开。黄生放声大哭，想追上去靠近那条船。船夫没理他，只管开船南渡。转眼到了镇江，把财货搬上岸，船夫急忙解开缆绳，把船开走。

黄生守着行李，闷坐在江边，没有可去的地方，望着滔滔的江水，如万箭穿心一般痛苦。正在掩面流泪的时候，忽然听到娇滴滴呼唤“黄郎”的声音。黄生怔怔地往四周一看，只见霍女已经在前边路上了。高兴之极，背着行李跟了上去。问道：“你怎么这么快就能回来了呢?”霍女笑着说：“再晚个把小时回来，你就要生疑心了。”黄生由此怀疑她不是平常人，一再追问她的隐情。霍女笑着说：“我生平做事，对于吝啬鬼就破他的财，对于有邪念的人就欺骗他。如果这回用实话和你商量，你一定不会答应，这样，到哪里去得到一千两银子呢？现在钱袋已经装满，我人也回来了，你已很幸运，也该满足了，还寻根究底干什么？”于是雇人挑着钱袋，一起走了。

到了镇江水门内，有一所朝南的住宅，霍女带着黄生径自走了进去。不一会，男女老少纷纷出来迎接，都说：“黄郎来了！”黄生进去拜见了岳父岳母。有两个年轻人，向黄生作揖问候，坐下来交谈，原来是霍女的兄弟大郎和三郎。酒席上菜的品种不多，四个玉盘，就已把方桌摆满，鸡蟹鹅鱼，都切成块。年轻人用大碗向他进酒，谈吐十分豪放。饭后将黄生领进另外一所小院，让他们夫妇居住。被褥枕头光滑柔软，而床榻则用熟皮代替棕藤做成。每天有丫环女仆把饭菜送来，霍女有时整天不出正院门。黄生一个人住着，觉得苦闷无聊，多次提出要回家，霍女坚持不让他走。一天，她对黄生说：“我现在为你考虑，请你买个女人，生儿育女，传宗接代。可是买妾价钱太贵，你可以假装是我的哥哥，让我父亲出面给你提亲，那么就是良家女子也不难找到。”黄生不同意这么做，霍女根本就不听从。张贡士有个女儿，新近死了丈夫，商量以后，霍女用了一百贯钱的聘礼，硬替黄生将她娶来。新娘子小名阿美，性格温顺，姿色秀丽。霍女叫她嫂子，黄生局促不安，而霍女却十分坦然。过了几天，霍女对黄生说：“我要和大姐到南海去看望姨妈，过一个多月就可回来，请你们夫妻安心住在这里。”随后就走了。

黄生和阿美独住小院，女仆按时送来饭菜，也很丰盛周到。只是自从阿美进门以后，再也没有一个人到他屋里来。每天早晨，阿美去给婆婆请安，只说了一两句话就退出来，妯娌们在一旁，也只是见面时笑一笑而已。即使多坐一会，也不热情应酬。黄生拜见岳父，也是这样。一次霍女的几个兄弟正在一起闲谈，黄生偶然走过那里，马上就没声音了。黄生心里纳闷，但又没人可以告诉。阿美发觉后，问道：“你既然和他们是兄弟，为什么一个月来都像生客一般？”黄生仓促之间，无言以对，结结巴巴地说：“我在外面生活了十年，现在刚刚回来。”阿美又详细地询问公公婆婆的家世，以及妯娌们娘家的住处。黄生回答不出，十分为难，知道不能再隐瞒下去，就把实情都说了出来。阿美哭着说：“我家虽然贫穷，但从没有做下贱的小老婆的，难怪妯娌们都看不起我，不把我和她们同样看待！”黄生惊惶不安，不知如何是好，只有直挺挺地跪在地上，听凭阿美处置。阿美收住眼泪把他拉起来，反而问他怎么办。黄生说："我还敢有什么打算，想来只有独自离开这里罢了。"阿美说："我既然已嫁给你，又怎么忍心再回娘家去？她虽然先跟着你，却是私奔；我虽然是后到的，却是明媒正娶。不如暂且等她回来，问她既然想出这个主意，又打算怎么安置我？"但过了几个月，霍女竟不回来。

一天晚上，听到客房里有喝酒喧闹的声音。黄生偷偷前住窥探，只见两个穿着戎装的客人，坐在上座，其中一个人头裹豹皮巾，威风凛凛，如同天神；东头一个用虎头皮作头盔，虎口衔着他的额头，虎鼻虎耳全都具备。黄生惊异地回去，告诉了阿美，始终猜不透霍家父子究竟是些什么人。夫妻俩疑惧不安，想搬出去另外找地方住，又怕引起霍家的猜疑。黄生说："实话告诉你：就是去南海的人回家，当面对证定下来，我也不能在此安家了。现在想带着你走，又怕令尊大人有不同意见。不如暂时分手。两年之内，我一定再回来，你能等待就等待我，如果想另外嫁人，也由你自己决定。"阿美想回家告诉父亲后，跟着他一起去，黄生不答应。阿美痛哭流涕，要他立下誓言，才告别他回娘家。黄生进去向霍女的父母辞行，当时几个兄弟都外出了，老汉挽留他，叫他等人回来后再说。黄生不听，就自己走了。上船以后，心头悲伤，模样像丢了魂一般。到了瓜州，转过身忽然看到一艘帆船飞驰而来，渐渐靠近，握着剑坐在船头的正是霍大郎。大郎远远地对黄生说："你急于回家，为什么不和我们再商量一下？叫夫人回去等上二三年，谁能这样等待呢？"说话之间，船已靠拢。阿美从船舱里出来，大郎扶她登上黄生的船，又跳回自己的船径自开走了。这以前，阿美已经回到娘家，正向父母哭诉，霍大郎忽然带着轿子登门，手按剑把逼阿美上轿，风驰电掣般地走了。全家吓得气都不敢出，没有人敢上前阻拦责问。阿美讲了这些情况，黄生也不明白霍家这样做是什么意思，不过得到阿美，心里很高兴，就开船出发了。

回家以后，黄生拿出钱来经商，称得上相当富有。阿美时常思念父母，要黄生去看看；又怕把霍女带来，谁嫡谁庶又要出现麻烦。过了不久，阿美的父亲寻访到这里，见房屋高大整洁，十分欣慰。就对女儿说："你出门以后，我就到霍家去探问情况，见门已上锁，连房东也不知他们到哪里去了，半年一直没有消息。你母亲日夜流泪，说你被坏人骗了去，不知流落到什么地方。现在幸而还安好吧！”黄生将实情告诉了他，大家都猜想霍家的人是神仙。后来阿美生了个儿子，取名为仙赐。长到十多岁，母亲让他去镇江。到了扬州地界，住在一家旅店里，随从的人都出去了。这时有个女子来到旅店，拉着仙赐的手走进另一房间，放下门帘，把他抱在膝上，笑着问他的名字。孩子告诉了她。女子又问道：“取这个名字是什么意思?”回答说：“不知道。”女子说：“回去问问你父亲就知道了。”说完替仙赐挽了个发髻，把自己髻上的花摘下来，代他插在头上；拿出金镯子套在他的手腕上。又把黄金放在他的袖子里，说：“拿去买书读吧。”孩子问她是谁，女子说：“我儿不知道还有一个母亲吗？回去告诉你父亲，朱大兴死了连棺木都没有，应该帮助他下葬，可别忘记了。”老仆人回到旅店，发现小主人不见了，找到别的房间，听到他和人讲话，偷偷一看，原来是从前的主母。就在门帘外轻轻咳嗽了一声，想进去禀告。女子急忙将孩子推到床上，恍惚间就消失了踪影。去问旅店主人，都不知道有这么一个人。过了几天，仙赐从镇江回家，将这件事告诉了父亲，又拿出所赠送的东西给他看。黄生感慨万千。去探问朱大兴的情况，得知他才死了三天，尸体暴露还没安葬，黄生就给了朱家很多钱，把他收敛了。

异史氏说：霍女大概是个神仙吧？换了三个丈夫，称不上贞洁；但她让吝啬鬼破财，使淫荡的人加速堕落，看来并不是无意的。不过像朱大兴这种人，既然已破了他的财，就不必再可怜他，这么一副贪淫鄙吝的尸骨，扔在沟壑之中，有什么好可惜的？

司文郎

平阳王平子，赴试北闱，赁居报国寺。寺中有余杭生先在，王以比屋居，投刺焉。生不之答。朝夕遇之，多无状。王怒其狂悖，交往遂绝。

一日，有少年游寺中，白服裙帽，望之傀然。近与接谈，言语谐妙。心爱敬之。展问邦族，云："登州宋姓。"因命苍头设座，相对噱谈。余杭生适过，共起逊坐。生居然上座，更不抟挹。卒然问宋："尔亦入闱者耶？"答曰："非也。驽骀之才，无志腾骧久矣。"又问："何省？"宋告之。生曰："竟不进取，足知高明。山左、右并无一字通者。"宋曰："北人固少通者，而不通者未必是小生；南人固多通者，然通者亦未必是足下。"言已，鼓掌；王和之，因而哄堂。生惭忿，轩眉攘腕而大言曰："敢当前命题，一校文艺乎？"宋他顾而哂曰："有何不敢！"便趋寓所，出经授王。王随手一翻，指曰："'阙党童子将命。'"生起，求笔札。宋曳之曰："口占可也。我破已成：'于宾客往来之地，而见一无所知之人焉。'"王捧腹大笑。生怒曰："全不能文，徒事嫚骂，何以为人！"王力为排难，请另命佳题。又翻曰："'殷有三仁焉。'"宋立应曰："三子者不同道，其趋一也。夫一者何也？曰：仁也。君子亦仁而已矣，何必同？"生遂不作，起曰："其为人也小有才。"遂去。

王以此益重宋。邀入寓室，款言移晷，尽出所作质宋。宋流览绝疾，逾刻已尽百首。曰："君亦沉深于此道者；然命笔时，无求必得之念，而尚有冀倖得之心，即此，已落下乘。"遂取阅过者一一诠说。王大悦，师事之。使庖人以蔗糖作水角。宋啗而甘之，曰："生平未解此味，烦异日更一作也。"由此相得甚欢。宋三五日辄一至，王必为之设水角焉。余杭生时一遇之，虽不甚倾谈，而傲睨之气顿减。

一日，以窗艺示宋。宋见诸友圈赞已浓，目一过，推置案头，不作一语。生疑其未阅，复请之。答已览竟。生又疑其不解。宋曰："有何难解？但不佳耳！"生曰："一览丹黄，何知不佳？"宋便诵其文，如夙读者，且诵且訾。生踧踖汗流，不言而去。移时，宋去，生入，坚请王作。王拒之。生强搜得，见文多圈点，笑曰："此大似水角子！"王故朴讷，靦然而已。次日，宋至，王具以告。宋怒曰："我谓'南人不复反矣'，伧楚何敢乃尔！尔当有以报之！"王力陈轻薄之戒以劝之，宋深感佩。

既而场后，以文示宋，宋颇相许。偶与涉历殿阁，见一瞽僧坐廊下，设药卖医。宋讶曰："此奇人也！最能知文，不可不一请教。"因命归寓取文。遇余杭生，遂与俱来。王呼师而参之。僧疑其问医者，便诘症候。王具白请教之意。僧笑曰："是谁多口？无目何以论文？"王请以耳代目。僧曰："三作两千余言，谁耐久听！不如焚之，我视以鼻可也。"王从之。每焚一作，僧嗅而颔之曰："君初法大家，虽未逼真，亦近似矣。我适受之以脾。"问："可中否？"曰："亦中得。"余杭生未深信，先以古大家文烧试之。僧再嗅曰："妙哉！此文我心受之矣，非归、胡何解办此！"生大骇，始焚己作。僧曰："适领一艺，未窥全豹，何忽另易一人来也？"生托言："朋友之作，止彼一首；此乃小生作也。"僧嗅其余灰，咳逆数声，曰："勿再投矣！格格而不能下，强受之以鬲；再焚，则作恶矣。”生惭而退。

数日榜放，生竟领荐；王下第。宋与王走告僧。僧叹曰：“仆虽盲于目，而不盲于鼻；帘中人并鼻盲矣。”俄余杭生至，意气发舒，曰：“盲和尚，汝亦啖人水角耶？今竟何如？”僧曰：“我所论者文耳，不谋与君论命。君试寻诸试官之文，各取一首焚之，我便知孰为尔师。”生与王并搜之，止得八九人。生曰：“如有舛错，以何为罚？”僧愤曰：“剜我盲瞳去！”生焚之，每一首，都言非是；至第六篇，忽向壁大呕，下气如雷。众皆粲然。僧拭目向生曰：“此真汝师也！初不知而骤嗅之，刺于鼻，棘于腹，膀胱所不能容，直自下部出矣！”生大怒，去，曰：“明日自见，勿悔！勿悔！”越二三日，竟不至；视之，已移去矣。——乃知即某门生也。

宋慰王曰：“凡吾辈读书人，不当尤人，但当克己：不尤人则德益弘，能克己则学益进。当前踧落，固是数之不偶；平心而论，文亦未便登峰，其由此砥砺，天下自有不盲之人。”王肃然起敬。又闻次年再行乡试，遂不归，止而受教。宋曰：“都中薪桂米珠，勿忧资斧。舍后有窖镪，可以发用。”即示之处。王谢曰：“昔窦、范贫而能廉，今某幸能自给，敢自污乎？”王一日醉眠，仆及庖人窃发之。王忽觉，闻舍后有声；窃出，则金堆地上。情见事露，并相慴伏。方诃责间，见有金爵，类多镌款，审视，皆大父字讳。——盖王祖曾为南部郎，入都寓此，暴病而卒，金其所遗也。王乃喜，秤得金八百余两。明日告宋，且示之爵，欲与瓜分，固辞乃已。以百金往赠瞽僧，僧已去。积数月，敦习益苦。及试，宋曰："此战不捷，始真是命矣！"

俄以犯规被黜。王尚无言；宋大哭，不能止。王反慰解之。宋曰："仆为造物所忌，困顿至于终身，今又累及良友。其命也夫！其命也夫！"王曰："万事固有数在。如先生乃无志进取，非命也。"宋拭泪曰："久欲有言，恐相惊怪：某非生人，乃飘泊之游魂也。少负才名，不得志于场屋。徉狂至都，冀得知我者，传诸著作。甲申之年，竟罹于难，岁岁飘蓬。幸相知爱，故极力为'他山'之攻，生平未酬之愿，实欲借良朋一快之耳。今文字之厄若此，谁复能漠然哉！"王亦感泣。问："何淹滞？"曰："去年上帝有命，委宣圣及阎罗王核查劫鬼，上者备诸曹任用，余者即俾转轮。贱名已录，所未投到者，欲一见飞黄之快耳，今请别矣。"王问："所考何职？"曰："梓潼府中缺一司文郎，暂令聋僮署篆，文运所以颠倒。万一倖得此秩，当使圣教昌明。"

明日，忻忻而至，曰："愿遂矣！宣圣命作《性道论》，视之色喜，谓可司文。阎罗稽簿，欲以'口孽'见弃。宣圣争之，乃得就。某伏谢已。又呼近案下，嘱云：'今以怜才，拔充清要；宜洗心供职，勿蹈前愆。'此可知冥中重德行更甚于文学也。君必修行未至，但积善勿懈可耳。"王曰："果尔，余杭其德行何在？"曰："不知。要冥司赏罚，皆无少爽。即前日瞽僧，亦一鬼也，是前朝名家。以生前抛弃字纸过多，罚作瞽。彼自欲医人疾苦，以赎前愆，故托游廛肆耳。"王命置酒。宋曰："无须；终岁之扰，尽此一刻，再为我设水角足矣。"王悲怆不食。坐令自啖，顷刻，已过三盛。捧腹曰："此餐可饱三日，吾以志君德耳。向所食，都在舍后，已成菌矣。藏作药饵，可益儿慧。"王问后会，曰："既有官责，当引嫌也。"又问："梓潼祠中，一相酹祝，可能达否？"曰："此都无益。九天甚远，但洁身力行，自有地司牒报，则某必与知之。"言已，作别而没。

王视舍后，果生紫菌，采而藏之。旁有新土坟起，则水角宛然在焉。王归，弥自刻厉。一夜，梦宋舆盖而至，曰："君向以小忿，误杀一婢，削去禄籍；今笃行已折除矣。然命薄不足任仕进也。"是年，捷于乡；明年，春闱又捷。遂不复仕。生二子，其一绝钝，啖以菌，遂大慧。后以故诣金陵，遇余杭生于旅次，极道契阔，深自降抑，然鬓毛斑矣。

异史氏曰：余杭生公然自诩，意其为文，未必尽无可观；而骄诈之意态颜色，遂使人顷刻不可复忍。天人之厌弃已久，故鬼神皆玩弄之。脱能增修厥德，则帘内之"刺鼻棘心"者，遇之正易，何所遭之仅也。

【译文】

山西平阳王平子，去京城参加顺天府的乡试，租了报国寺的房子住下。有个浙江余杭县的书生先在寺中了，因为贴邻，王平子就递上名帖，但余杭生都没有回访他。早晚碰见了，也常没有礼貌。王平子被他的狂妄激怒了，就不再跟他来往。

一天，有个年轻人到报国寺游玩，穿着白衣，戴着周沿挂纱的帽子，望去很有气魄。王平子走上前和他交谈，年轻人谈吐诙谐，妙趣横生。王平子心里十分喜爱敬重他，就问起他的籍贯、家族，年轻人说："家住山东登州府，姓宋。"于是叫仆人摆好坐椅，相对谈笑。恰巧余杭生经过，两人都起身让座。余杭生居然坐了上座，毫不谦让，突然问宋生："你也是参加乡试的吗?"宋生回答说："不。我才能低下，早就没有飞黄腾达的念头了。"又问："家在哪个省?"宋生告诉了他。余杭生说："竟然不进取功名，由此也足以了解你了。山东、山西两地，没有一个通晓文字的人。"宋生说："北方人通晓文字的固然少，但不通晓的未必是我；南方人通晓文字的固然多，但通晓的也未必就是你。"说完，拍起手来；王平子跟着一起拍手，从而引起了哄堂大笑。余杭生恼羞成怒，扬起眉毛，捋起袖子，大声地说："你敢当面出题，较量一下八股文吗?"宋生看也不看他，微笑着说："有什么不敢的!"余杭生就跑回住处，拿了一本经书交给王平子。王平子随手一翻，指着其中一句说："'阙党童子将命。'"就用它来作比试的题目。(这句话出自《论语·宪问》，全文的意思是：阙里有一个儿童来向孔子传达信息。下文还说：有人问孔子："这小孩是恳求上进的人吗?"孔子说："我看见他大模大样坐在座位上，又看见他同长辈并肩而行。这不是一个求上进的人，只是一个想走捷径的人。")余杭生站起来，寻找笔墨纸张。宋生拉着他说："随口成文就可以了。我的破题已经想好：'在宾客往来的地方，看见一个无知的人。'"王平子听了，捧着肚子哈哈大笑。余杭生怒气冲冲说："一点不会做文章，只会谩骂，算什么人呢!"王平子极力为他们调解，请求另外出一个好题目。又翻书说："'殷有三仁焉。'"(这句话出自《论语·微子》，联系上文，整个意思是：商纣王昏乱残暴，微子离开了他，箕子做了奴隶，比干因谏劝被杀。孔子说："殷商末年有三位仁人。")宋生听了，应声而说："三个人的做法不同，但目的是一致的。一致在什么地方呢？是仁。君子只要仁就可以了，何必一定要相同呢?"余杭生就不再作文了，起身说："这个人还略微有些才能。"说完走了。

王平子由此更加敬重宋生，把他请进屋子，亲切交谈了很久。他把自己所作的文章全都拿出来向宋生请教，宋生看得很快，一刻工夫就把上百篇看完了，说："你对八股文也很有研究；不过执笔时虽然没有志在必得的念头，而还怀有侥幸获胜的心理，就这一点，已经落到下品了。"就把看过的文章一一详加分析解说。王平子非常高兴，就拜宋生为师。并叫厨子用蔗糖包水饺招待他。宋生吃了觉得很好吃，说："我一辈子没尝过这美味，麻烦你以后再做一次。"从此两人相处得很快活。宋生每隔三五天就要来一次，王平子必定要包水饺给他吃。余杭生有时碰见他们，虽然不怎么畅谈，但那骄傲自大、目空一切的神态大大减少了。

一天，余杭生把平时习作的八股文全拿给宋生看。宋生见几个朋友圈点赞语已经写得密密麻麻，就用眼扫了一遍，朝桌上一推，一句话也不说。余杭生怀疑他没看文章内容，再一次请他看看。宋生回答说已看完了。余杭生又怀疑他没看懂。宋生说："有什么难懂的？只是不好罢了。"余杭生说："你只看了一下评点，怎么知道不好呢？"宋生便背诵他的文章，好像早就熟读了的，一面背诵，一面批评。余杭生局促不安，汗流浃背，默默地离开了。过了一会，宋生走了，余杭生又进来，坚决要看王平子的文章。王平子不给他看。余杭生硬把王平子的文章搜出来，见上面有很多圈点，笑着说："这太像水饺了！"王平子一向为人朴实，口齿迟钝，只是羞惭罢了。第二天，宋生来了，王平子把事情都告诉了他。宋生发怒说："我原以为那南方人一定降服了，这卑鄙的家伙怎么敢这样无礼！一定要报复报复他。"王平子极力劝他为人行事不要轻薄。宋生深受感动，对王平子的气度十分钦佩。

乡试结束后，王平子把应试的文章给宋生看，宋生很赞赏。两人偶然走进一座宫观，看到有个瞎眼和尚坐在廊檐下行医卖药。宋生惊讶地说："这是个奇人！最懂得文章好坏，不能不向他请教。"于是叫王平子回住所把文章拿来。王平子路上碰到余杭生，就和他一起来了。王平子口称法师，上前参拜。和尚怀疑他是求医问病的人，就询问病情。王平子陈述了请他指教文章的意思。和尚笑着说："是谁多嘴多舌，我没有眼睛，怎么评论文章呢？"王平子请他用耳朵听。和尚说："三场试卷共有两千多字，谁有耐心长时间听呢？不如把它们烧掉，我用鼻子闻闻就行了。"王平子听从他的话，每烧一篇文章，和尚就闻一下，点点头说："你刚开始摹仿大作家的手笔，虽然还没逼真，也已经近似了。刚才我是用脾来领受的。”王平子问他：“能中举吗？”回答说：“也可以中。”余杭生不太相信，先把古代大作家的文章烧了试试他。和尚又闻了说：“妙啊！这篇文章我用心领受了，不是归有光、胡友信，谁能写出这样好的文章！”余杭生大吃一惊，这才烧了自己的文章。和尚说：“刚才领受了一篇文章，还没看到全体，怎么忽然又另外换了一个人来？”余杭生找了个借口说：“刚才烧的是朋友的作品，只有那一篇；这篇才是我作的。”和尚闻闻文章的余灰，呛得连声咳嗽，说：“不要再烧了！格格不入，实在不能闻。勉强用横膈膜来领受，再烧，就要呕吐了。”余杭生惭愧地退了下去。

过了几天，乡试发榜，余杭生竟然中举，而王平子却落第了。宋生与王平子去告诉和尚，和尚叹息着说：“我虽然瞎了眼，但鼻子没有瞎，而考官连鼻子都瞎了。”不一会，余杭生来了，洋洋自得地说：“瞎和尚，你也吃了人家的水饺吗？现在究竟怎么样？”和尚说：“我谈论的是文章，没打算和你谈论命运。你不妨去把那些考官的文章找来，每人取一篇烧掉，我就知道谁是你的座师了。”余杭生和王平子一起搜寻，只得到八九个人的文章。余杭生问和尚：“如果你说错了，怎么处罚？”和尚愤愤地说：“那就把我的瞎眼珠挖掉！”余杭生就烧文章，每烧一篇，都说不是；到了第六篇，和尚忽然向着墙壁大呕大吐起来，屁放得像打雷。大家都笑了。和尚擦着眼睛对余杭生说：“这真是你的座师了！起先我还不知道，突然一闻，刺鼻戳腹，连膀胱都无法容纳，一直从屁眼里放了出去！”余杭生勃然大怒，走了出去，说：“明天自见分晓，不要后悔！不要后悔！”过了两三天，到底没有来；去看他，已经搬走了。这才知道他就是那个考官的门生。

宋生安慰王平子说：“凡是我们这样的读书人，不该怨恨别人，只应克制自己。不怨人德行就会日益光大，能克己学问才会日益长进。眼下不得志，固然是命运不佳；但平心而论，文章也没有到登峰造极的境界。从此磨砺自己，精益求精，天下自有不瞎的考官会赏识你。”王平子肃然起敬。又听说明年还要举行乡试，就不回家，留在京城受宋生指教。宋生说：“京城里柴如桂、米如珠，你不必担心盘缠不够。屋后有埋藏的白银，可以挖出来使用。”就将埋藏的地点指给他看。王平子辞谢说："宋代窦仪、范仲淹贫困时能廉洁自重，如今我幸而还能自给，哪敢玷污自己呢？"一天，王平子喝醉酒睡着了，仆人和厨子偷偷去发掘银子。王平子忽然醒来，听到屋后有声响，悄悄出去，见银子已堆在地上。事情败露，仆人和厨子都吓得跪在地上请罪。王平子正在大声呵责之际，看到里面有些银杯，大多刻着文字，仔细一看，都是祖父的名字。——原来王平子的祖父曾在南京作过部郎，到北京后住在这里，得急病死了，这些银子是他留下的。王平子这才高兴了，一称，有八百多两。第二天告诉了宋生，并把银杯给他看，要和他平分这些银子，宋生坚决推辞才作罢。又拿了一百两银子去送给瞎和尚，但瞎和尚已经走了。

几个月下来，王平子学习更加勤勉刻苦。到了乡试的时候，宋生说："这次考再不中，那才真是命了！"不久，因违犯了应考规则被除名了。王平子还没有什么怨言，宋生却放声大哭，无法抑制。王平子反而去劝慰他。宋生说："我被老天爷忌恨，一生贫困潦倒，现在又连累了好朋友。岂不是命吗！岂不是命吗！"王平子说："万事固然都是命中注定的。但像先生却是不想求取功名，和命运无关。"宋生擦着眼泪说："很早就想对你说了，只怕你吃惊：我不是活人，而是漂泊不定的鬼魂。年轻时背着才子的名声，在考场上总不得志，于是装疯作傻来到京城，希望能找到一个知己，传授我的著作。崇祯十七年（1644）李自成攻陷北京，我竟遭难死了。以后年年都像随风飘游的蓬草，没有定所。幸而与你相知，所以极力帮助你切磋学问，实在是想使生平没有实现的愿望，借好朋友来快慰一下。现在文章的命运这样不济，谁还能无动于衷呢？"王平子也感动得流下了眼泪，问道："你为什么长时间滞留在这里？"宋生说："去年上帝有命令，委派宣圣孔子和地府阎王核查遭劫难的鬼魂，优秀的派到各部任用，其余的就让去阳间投胎转生。我的名字已被录用，所以没去报到，是想看到你飞黄腾达高兴一下。现在让我们告别吧。"王平子问："阴府考核你担任什么职务？"宋生说："天帝命梓潼帝君主管天下文教，他府中现在缺少一名主管文学的司文郎，暂时叫聋僮代理，所以文运就颠倒了。万一有幸得到这个职位，我一定让圣教兴盛起来。"

第二天，宋生高高兴兴地来了，说："我的愿望实现了！宣圣叫我作了一篇'性道论'，看了后面露喜色，说我可以主管文章。阎王查阅生死簿，说我言语有过失，不能任用。宣圣为我力争，才得成功。我拜谢完毕，又把我叫到桌前，叮嘱说：'现在因为爱惜你的才学，提拔你担任这个清贵的职务；应当改正过失，把事办好，不要再重犯过去的错误。'由此可知，阴间对德行比对文学更加重视。你德行修养一定还未到家，只要持续不懈地做好事就行了。"王平子说："果真这样，那么余杭生的德行在哪里？"宋生说："这我不知道。总之阴间的赏罚，都一点不会错。以前碰到的瞎和尚，也是一个鬼。他是前朝的名家，因为生前把写过字的纸扔得太多，被罚做瞎子。他自己想要医治世人的疾苦，来赎前生的罪过，所以假托行医在市上漫游。"王平子吩咐仆人准备酒菜，宋生说："不必了。整年打扰你，现在到头了。再为我准备一餐水饺就够了。"王平子心情悲痛，不想吃东西，就叫他自己吃，不一会，宋生已吃了三碗，捧着肚子说："这一餐可以三天不饿肚子，我用它牢记你的恩德。过去吃的水饺，都在屋后面，已经变成蕈了。你把它当作药藏起来，可以增进小孩的聪明。"王平子问他以后什么时候能相会，宋生说："既有官职在身，就该避嫌疑了。"又问他："我到梓潼祠中，把酒浇在地上祝告，你能听到吗？"回答说："这都没有什么好处。九天之外很远，只要你洁身自好，努力实行，自有土地神报告，我一定会知道的。"说完，告别不见了。王平子到屋后一看，果然长着紫色的蕈，就采下藏了起来。旁边有一堆凸起的新土，水饺仿佛就在那里。

王平子回家后，更加刻苦自励，一天晚上，梦见宋生坐着官轿来了，说："你过去因小事发怒，误杀了一个丫环，已被阴府从禄位簿册上除名，如今你诚笃修行，已经抵消了从前的罪过。只是你福分浅，不能在仕途中进取。"这一年，王平子考中了举人；第二年春天，又考中了进士。就不再做官了。生下两个儿子，其中一个极其鲁钝，给他吃了紫蕈后，就变得很聪明。王平子后来有事到南京，在旅店碰见余杭生，畅叙久别的情怀，余杭生非常谦恭，但鬓发已经斑白了。

异史氏说：余杭生公然自夸，想来他写的文章，未必没有一点可观之处；但那种骄狂做作的神态脸色，使人一刻也无法容忍。天道人事对此厌弃已久，因此鬼神也都在玩弄他。如果能修养德性，那么令人“刺鼻戳腹”的考官，要碰上原是很容易的，何至于仅仅只遇到一次呢？

丑　狐

穆生，长沙人。家清贫，冬无絮衣。一夕枯坐，有女子入，衣服炫丽而颜色黑丑。笑曰：“得毋寒乎？”生惊问之。曰：“我狐仙也。怜君枯寂，聊与共温冷榻耳。”生惧其狐，而厌其丑，大号。女以元宝置几上，曰：“若相谐好，以此相赠。”生悦而从之。床无裀褥，女代以袍。将晓，起而嘱曰：“所赠，可急市软帛作卧具；余者絮衣作馔，足矣。倘得永好，勿忧贫也。”遂去。生告妻，妻亦喜，即市帛为之缝纫。女夜至，见卧具一新，喜曰：“君家娘子劬劳哉！”留金以酬之。从此至无虚夕。每去，必有所遗。

年余，屋庐修洁，内外皆衣文锦绣，居然素封。女赂遗渐少，生由此心厌之，聘术士至，画符于门。女来，啮折而弃之。入指生曰：“背德负心，至君已极！然此奈何我！若相厌薄，我自去耳。但情义既绝，受于我者，须要偿也！”忿然而去。生惧，告术士。术士作坛，陈设未已，忽颠地下，血流满颊；视之，割去一耳。众大惧，奔散；术士亦掩耳窜去。室中掷石如盆，门窗釜甑，无复全者。生伏床下，蓄缩汗耸。俄见女抱一物入，猫首猧尾，置床前，嗾之曰：“嘻嘻！可嚼奸人足。”物即龁履，齿利于刃。生大惧，将屈藏之，四肢不能动。物嚼指，爽脆有声。生痛极，哀祝。女曰："所有金珠，尽出勿隐。"生应之。女曰："呵呵！"物乃止。生不能起，但告以处。女自往搜括，珠钿衣服之外，止得二百余金。女少之，又曰："嘻嘻！"物复嚼。生哀鸣求恕。女限十日，偿金六百。生诺之，女乃抱物去。久之，家人渐聚，从床下曳生出，足血淋漓，丧其二指。视室中，财物尽空，惟当年破被存焉。遂以覆生，令卧。又惧十日复来，乃货婢鬻衣，以足其数。至期，女果至；急付之，无言而去。自此遂绝。

生足创，医药半年始愈，而家清贫如初矣。狐适近村于氏。于业农，家不中赀；三年间，援例纳粟，夏屋连蔓，所衣华服，半生家物。生见之，亦不敢问。偶适野，遇女于途，长跪道左。女无言，但以素巾裹五六金，遥掷生，反身径去。后于氏早卒，女犹时至其家，家中金帛辄亡去。于子睹其来，拜参之，遥祝曰："父即去世，儿辈皆若子，纵不抚恤，何忍坐令贫也？"女去，遂不复至。

异史氏曰：邪物之来，杀之亦壮；而既受其德，即鬼物不可负也。既贵而杀赵孟，则贤豪非之矣。夫人非其心之所好，即万钟何动焉。观其见金色喜，其亦利之所在，丧身辱行而不惜者欤？伤哉贪人，卒取残败！

【译文】

穆生，湖南长沙人。家境清寒，冬天连棉衣都没有。一天晚上，百无聊赖地坐着，有个女子进来，衣着华丽，但容貌又黑又丑，笑着问他："莫不是冷吧?"穆生惊讶地问她是谁，回答说："我是狐仙，可怜你寂寞无聊，今晚姑且和你睡在一起暖暖冷床吧。"穆生害怕她是狐精，又厌恶她长相丑陋，大叫起来。女子拿出一个元宝放在桌上，说："你如果和我相好，就把它送给你。"穆生高兴地答应了。床上没有垫褥，女子就用自己的长袍代替。天快亮的时候，女子起身嘱咐道："我给你的银子，可赶快去买些棉花、绸料作被褥；余下的钱，棉衣、食物也够了。如果你能和我永远相好，那就不用为贫穷担忧了。"说完就走了。穆生将这件事告诉了妻子，他妻子也很高兴，便去买了些绸料缝纫起来。晚上女子进来，见床上被褥焕然一新，高兴地说："你家娘子辛苦了!"留下一些钱酬谢她。从此，女子夜夜都来，每次离去，必有财物赠送。

过了一年多，穆家房舍整洁美观，里里外外的人都穿上锦绣衣裳，居然成了富翁。女子给的钱渐渐少了。穆生由此心里厌恶她，便请来一个道士，在门上画了一道符。女子来后，将那道符咬碎扔掉，进去指着穆生说："忘恩负义，你已经到了极点了！但画符又能把我怎样！如果你嫌弃我，我自会走的。但既已断情绝义，你拿我的东西，也必须还我!"说完，忿忿地走了。穆生害怕，告诉了道士。道士筑起一个坛，还没摆设好，忽然跌倒在地下，血流满面，一瞧，一个耳朵割掉了。众人非常害怕，都跑散了；道士也捂着耳朵逃窜而去。盆口大的石块往室内直扔，门窗锅罐，没有一样完好的。穆生趴在床下，蜷缩着身子，冷汗直冒。不一会，见女子抱着一个猫头狗尾的小动物进来，将它放在床前，嗾使道："嘻嘻！去咬那奸人的脚。"那怪物便上前咬穆生的鞋，牙齿比刀还锋利。穆生害怕极了，想屈腿藏起来，但四肢不能动弹。那怪物嚼着他的脚趾，发出清脆的声响。穆生疼痛难熬，苦苦哀求。女子说："你现有的金银财宝，都要拿出来，不得隐藏。"穆生答应了，女子叫了声："呵呵!"怪物才停下来。穆生不能起身，只告诉她藏在哪里。女子亲自前去搜括，除了珠宝衣服外，只有二百多两银子，女子嫌少，又嗾使道："嘻嘻!"那怪物就又咬了起来。穆生哀叫着求饶。女子限他十天内偿还六百两银子，穆生答应了，她才抱着怪物离开。过了好久，家人渐渐聚拢，将穆生从床下拖了出来，脚上鲜血淋漓，咬掉了两个脚趾。再看房间里，财物都光了，只有当年的破被还在，便拿来盖在穆生身上，叫他躺下。又怕女子十天后再来，只得将丫环、衣服卖掉，凑足银数。到了日子，女子果然来了，穆生忙将钱给她，她一声不响地走了。从此便和穆生断绝了来往。

穆生的脚伤，医治了半年才好，而家里又和当初一样贫困了。狐精后来嫁给了近村一家姓于的。于家务农，家产不及中等人家；三年间，按成例缴纳财物，为儿子捐了监生，高大的房子连成片，所穿华丽的衣服，多半是原先穆生家里的东西。穆生见了，也不敢过问。一天，他偶然到野外去，途中遇见女子，就在路边直挺挺地跪下。女子也不说话，只用白手巾包了五六两银子，远远地扔给他，转身就走。后来姓于的早死，女子仍常去他家，每去一次，家里的金银财物就少一点。于家的儿子见她来了，便上前参拜，远远地祝告："即使父亲去世了，儿女还都是你的孩子，就是不能抚养怜惜，又怎么忍心从此叫他们贫穷呢?"女子走了，就再也不曾来过。

异史氏说：妖邪之物来了，杀了它也是壮举；但既然受了它的恩惠，那么，就是对鬼怪也不可负心。赵盾执政，最后决定晋灵公继承君位，后来灵公却派人去刺杀赵盾，贤良之士、豪杰之辈自然要非议他了。一个人，不是心中所爱，即使财富再多，又怎么能动心呢？看穆生一见钱便喜形于色，大概也是有利可图，就连丧失生命、败坏品行也在所不惜的人吧？可悲啊，贪婪的人，终于自取祸败！

吕无病

洛阳孙公子，名麒，娶蒋太守女，甚相得。二十夭殂，悲不自胜。离家，居山中别业。适阴雨，昼卧，室无人。忽见复室帘下，露妇人足，疑而问之。有女子褰帘入，年约十八九，衣服朴洁，而微黑多麻，类贫家女。意必村中儆屋者，呵曰："所须宜白家人，何得轻入!"

女微笑曰："妾非村中人，祖籍山东，吕姓。父文学士。妾小字无病。从父客迁，早离顾复。慕公子世家名士，愿为康成文婢。"孙笑曰："卿意良佳。然仆辈杂居，实所不便，容旋里后，当舆聘之。"女次且曰："自揣陋劣，何敢遂望敌体？聊备案前驱使，当不至倒捧册卷。"孙曰："纳婢亦须吉日。"乃指架上，使取通书第四卷，——盖试之也。女翻检得之。先自涉览，而后进之，笑曰："今日河魁不曾在房。"孙意少动，留匿室中。女闲居无事，为之拂几整书，焚香拭鼎，满室光洁，孙悦之。至夕，遣仆他宿。女俛眉承睫，殷勤臻至。命之寝，始持烛去。中夜睡醒，则床头似有卧人；以手探之，知为女。捉而撼焉。女惊起立榻下。孙曰："何不别寝，床头岂汝卧处也？"女曰："妾善惧。"孙怜之，俾施枕床内。忽闻气息之来，清如莲蕊，异之；呼与共枕，不觉心荡；渐与同衾，大悦之。念避匿非策，又恐同归招议。孙有母姨，近隔十余门，谋令遁诸其家，而后再致之。女称善，便言："阿姨，妾熟识之，无容先达，请即去。"孙送之，逾垣而去。

孙母姨，寡媪也。凌晨启户，女掩入。媪诘之。答云："若甥遣问阿姨。公子欲归，路赊乏骑，留奴暂寄此耳。"媪信之，遂止焉。孙归，矫谓姨家有婢，欲相赠，遣人舁之而还，坐卧皆以从。久益嬖之，纳为妾。世家论昏，皆勿许，殆有终焉之志。女知之，苦劝令娶；乃娶于许，而终嬖爱无病。许甚贤，略不争夕；无病事许益恭：以此嫡庶偕好。许举一子阿坚，无病爱抱如己出。

儿甫三岁，辄离乳媪，从无病宿；许唤之，不去。无何，许病卒。临诀，嘱孙曰：“无病最爱儿，即令子之可也；即正位焉亦可也。”既葬，孙将践其言。告诸宗党，佥谓不可；女亦固辞，遂止。

邑有王天官女，新寡，来求婚。孙雅不欲娶，王再请之。媒道其美，宗族仰其势，共怂恿之。孙惑焉，又娶之。色果艳，而骄已甚，衣服器用，多厌嫌，辄加毁弃。孙以爱敬故，不忍有所拂。入门数月，擅宠专房，而无病至前，笑啼皆罪。时怒迁夫壻，数相闹斗。孙患苦之，以故多独宿。妇又怒。孙不能堪，托故之都，逃妇难也。妇以远游咎无病。无病鞠躬屏气，承望颜色；而妇终不快。夜使直宿床下，儿奔与俱。每唤起给使，儿辄啼。妇厌骂之。无病急呼乳媪来抱之，不去；强之，益号。妇怒起，毒挞无算，始从乳媪去。儿以是病悸，不食。妇禁无病不令见之。儿终日啼，妇叱媪，使弃诸地。儿气竭声嘶，呼而求饮；妇戒勿与。日既暮，无病窥妇不在，潜饮儿。儿见之，弃水捉衿，号咷不止。妇闻之，意气汹汹而出。儿闻声辍涕，一跃遂绝。无病大哭。妇怒曰：“贱婢丑态！岂以儿死胁我耶！无论孙家襁褓物；即杀王府世子，王天官女亦能任之！”无病乃抽息忍涕，请为葬具。妇不许，立命弃之。妇去，窃抚儿，四体犹温。隐语媪曰：“可速将去，少待于野，我当继至。其死也，共弃之；活也，共抚之。”媪曰：“诺。”无病入室，携簪珥出，追及之。共视儿，已苏。二人喜，谋趋别业，往依姨。媪虑其纤步为累，无病乃先趋以俟之，疾若飘风，媪力奔始能及。约二更许，儿病危，不复可前。遂斜行入村，至田叟家，倚门待晓，扣扉借室，出簪珥易赀，巫医并致，病卒不瘳。女掩泣曰：“媪好视儿，我往寻其父也。”媪方惊其谬妄，而女已杳矣。骇诧不已。

是日，孙在都，方憩息床上，女悄然入。孙惊起曰：“才眠已入梦耶！”女握手哽咽，顿足不能出声。久之久之，方失声而言曰：“妾历千辛万苦，与儿逃于杨——”句未终，纵声大哭，倒地而灭。孙骇绝，犹疑为梦。唤从人共视之，衣履宛然。大异不解。即刻趣装，星驰而归。

既闻儿死妾遁，抚膺大悲。语侵妇，妇反唇相稽。孙忿，出白刃；婢妪遮救，不得近，遥掷之。刀脊中额，额破血流，披发嗥叫而出，将以奔告其家。孙捉还，杖挞无数，衣皆若缕，伤痛不可转侧。孙命舁诸房中护养之，将待其瘥而后出之。妇兄弟闻之，怒，率多骑登门；孙亦集健仆械御之。两相叫骂，竟日始散。王未快意，讼之。孙捍卫入城，自诣质审，诉妇恶状。宰不能屈，送广文惩戒以悦王。广文朱先生，世家子，刚正不阿。廉得情，怒曰：“堂上公以我为天下之龌龊教官，勒索伤天害理之钱，以吮人痈痔者耶！此等乞丐相，我所不能！”竟不受命，孙公然归。王无奈之，乃示意朋好，为之调停，欲生谢过其家。孙不肯，十反不能决。妇创渐平，欲出之，又恐王氏不受，因循而安之。

妾亡子死，夙夜伤心，思得乳媪，一问其情。因忆无病言“逃于杨”，近村有杨家疃，疑其在是；往问之，并无知者。或言五十里外有杨谷，遣骑诣讯，果得之。儿渐平复；相见各喜，载与俱归。儿望见父，嗷然大啼，孙亦泪下。妇闻儿尚存，盛气奔出，将致诮骂。儿方啼，开目见妇，惊投父怀，若求藏匿。抱而视之，气已绝矣。急呼之，移时始苏。孙恚曰：“不知如何酷虐，遂使吾儿至此！”乃立离婚书，送妇归。王果不受，又舁还孙。孙不得已，父子别居一院，不与妇通。乳媪乃备述无病情状，孙始悟其为鬼。感其义，葬其衣履，题碑曰：“鬼妻吕无病之墓。”无何，妇产一男，交手于项而死之。孙益忿，复出妇；王又舁还之。孙乃具状控诸上台，皆以天官故，置不理。后天官卒，孙控不已，乃判令大归。孙由此不复娶，纳婢焉。

妇既归，悍名噪甚，居三四年，无问名者。妇顿悔，而已不可复挽。有孙家旧媪，适至其家。妇优待之，对之流涕；揣其情，似念故夫。媪归告孙，孙笑置之。又年余，妇母又卒，孤无所依，诸娣姒颇厌嫉之；妇益失所，日辄涕零。一贫士丧偶，兄议厚其奁妆而遣之，妇不肯。每阴托往来者致意孙，泣告以悔，孙不听。一日，妇率一婢，窃驴跨之，竟奔孙。孙方自内出，迎跪阶下，泣不可止。孙欲去之。妇牵衣复跪之。孙固辞曰：“如复相聚，常无间言则已耳；一朝有他，汝兄弟如虎狼，再求离逷，岂可复得！”妇曰：“妾窃奔而来，万无还理。留则留之，否则死之！且妾自二十一岁从君，二十三岁被出，诚有十分恶，宁无一分情？”乃脱一腕钏，并两足而束之，袖覆其上，曰：“此时香火之誓，君宁不忆之耶?”孙乃荧眥欲泪，使人挽扶入室；而犹疑王氏诈谖，欲得其兄弟一言为证据。妇曰：“妾私出，何颜复求兄弟？如不相信，妾藏有死具在此，请断指以自明。”遂于腰间出利刃，就床边伸左手一指断之，血溢如涌。孙大骇，急为束裹。妇容色痛变，而更不呻吟。笑曰：“妾今日黄粱之梦已醒，特借斗室为出家计，何用相猜?”孙乃使子及妾另居一所，而己朝夕往来于两间。又日求良药医指创，月余寻愈。妇由此不茹荤酒，闭户诵佛而已。

居久，见家政废弛，谓孙曰：“妾此来，本欲置他事于不问；今见如此用度，恐子孙有饿莩者矣。无已，再觍颜一经纪之。”乃集婢媪，按日责其绩织。家人以其自投也，慢之，窃相诮讪，妇若不闻知。既而课工，惰者鞭挞不贷，众始惧之。又垂帘课主计仆，综理微密。孙乃大喜，使儿及妾皆朝见之。阿坚已九岁，妇加意温恤，朝入塾，常留甘饵以待其归；儿亦渐亲爱之。一日，儿以石投雀，妇适过，中颅而仆，逾刻不语。孙大怒，挞儿。妇苏，力止之。且喜曰：“妾昔虐儿，心中每不自释，今幸消一罪案矣。”孙益嬖爱之，妇每拒，使就妾宿。居数年，屡产屡殇，曰：“此昔日杀儿之报也。”阿坚既娶，遂以外事委儿，内事委媳。一日曰：“妾某日当死。”孙不信。妇自理葬具，至日，更衣入棺而卒。颜色如生，异香满室；既敛，香始渐灭。

异史氏曰：心之所好，原不在妍媸也。毛嫱、西施，焉知非自爱之者美之乎？然不遭悍妒，其贤不彰，几令人与嗜痂者并笑矣。至锦屏之人，其夙根原厚，故豁然一悟，立证菩提；若地狱道中，皆富贵而不经艰难者也。

【译文】

洛阳孙公子，名麒，娶蒋知府的女儿为妻，夫妇感情很好。蒋氏二十岁就死了，孙麒悲伤得受不了，就离家到山中的别墅居住。一个阴雨天，孙麒白天独自在屋里躺着。忽然看到套间帘下，露出一双女人的脚，心里生疑，就问是谁。有个女郎撩起帘子进来，看上去大约十八九岁，衣服朴素整洁，脸色微黑，还有不少麻点，像是穷苦人家的女儿。孙麒料想她一定是来租房屋的村里人，呵斥道："有什么事，应该去告诉我家仆人，怎么可以随便进来！"女郎微笑着说："我不是村里人，祖籍山东，姓吕。父亲是文学士。我小名叫无病。跟着父亲旅居这里，不幸父母很早就去世了。仰慕公子是世家名士，愿在你的书房里做个婢女。"孙麒笑着说："你的用意很好。不过这里仆人杂居在一起，实在有所不便，等我回家以后，一定用花轿来聘你。"无病吞吞吐吐地说："我自忖卑陋低下，哪敢与你匹配。姑且供你在书房里差遣，还不至于倒捧书籍。"孙麒说："就是收个丫环，也要拣个好日子。"于是指着书架，叫她拿《通书》第四卷，以此测验一下她的文化程度。无病翻查后找到了，先自己浏览了一下，然后送上前，笑着说："今天月中凶神河魁不在房中。"孙麒听她说了这句隐语，有些心动了，便把她留下，藏在屋里。无病闲着无事，替他抹桌理书，烧香擦炉，满室光亮清洁，孙麒很喜欢她。到了晚上，叫仆人到别处去睡。无病低眉顺眼，侍候殷勤备至。直到孙麒叫她去睡，才拿了灯烛离开。孙麒半夜醒来，觉得床头好像有个人睡在那里；用手一摸，知道是无病，就按住她摇。无病惊醒，起身立在床下。孙麒说："为什么不到别处去睡，床头哪是你睡的地方？"无病说："我独自容易害怕。"孙麒可怜她，就让她在里床安了枕。忽然闻到一股气息飘来，像莲蕊一般清香，感到奇怪，就叫她和自己共枕，不觉心荡起来。渐渐同被睡在一起了，孙麒非常喜欢她。考虑到躲躲藏藏终究不是办法，又怕一起回去会招来非议。孙麒有个姨妈，在附近只隔十几个门户，打算叫无病先躲到那里去，然后再把她弄回家。无病认为这个办法很好，就说：“我很熟悉阿姨，不用先去关照，请让我马上就去。”孙麒送她出去，无病翻过墙头走了。

孙麒的姨妈是个寡妇，清晨开门，无病悄悄进去。老太太问她来干什么，回答说：“你外甥派我来问候阿姨。公子要回去了，路又远，马又缺，留我暂住在这里。”老太太信了，就留下她。

孙麒回家后，假称姨妈家有个丫环要送给他，派人用轿子抬了回来，从此白天坐着、晚上睡着，无病都在身边。时间长了，更加宠爱，就收她为妾。名门大族前来提亲，都不答应，似乎有和无病白头到老的意思。无病知道后，苦苦劝他续娶；孙麒才和许家的姑娘成了亲，但总是宠爱无病。许氏很贤惠，一点也不计较晚上同房的事；无病侍候许氏也更加恭敬，因此妻妾之间关系和好。许氏生了一个儿子，小名阿坚，无病抱着他非常喜爱，就像自己亲生的那样。孩子才三岁，就离开奶妈，跟着无病睡觉；许氏叫他，也不肯去。没多久，许氏得病死了。临终的时候，嘱咐孙麒说：“无病最爱孩子，可以给她做儿子，就是把她扶正也可以。”葬礼以后，孙麒准备实现她的遗言。告诉了族里的人，都说不可以；无病也坚决推辞，就此作罢。

同县王宰相有个女儿，新近守寡，派人前来求婚。孙麒很不想再娶，王家一再请求，媒人称道她的美貌，宗族仰慕她家的权势，都怂恿孙麒娶她。孙麒被迷惑了，又娶了进来，王氏的姿色果然艳丽，只是非常骄横，衣服用具，大多不合她心意，常常弄坏了扔掉。孙麒因为爱慕敬重她的缘故，不忍违她的意。进门几个月，王氏独占宠爱，无病到她跟前，笑也不是，哭也不是，都要得罪。还常迁怒丈夫，吵闹殴打也不止一次了。孙麒又担心，又苦闷，为此常常独自过夜。王氏又要发怒。孙麒无法忍受，找个借口去京城，逃避王氏带来的灾难。王氏把丈夫出门远游怪到无病头上。无病弯腰屏气，看着脸色侍候她，王氏总还是不高兴。夜晚叫无病睡在她床下，孩子跑过来和她睡在一起。每当王氏喊无病起来侍候，孩子就哭。王氏厌恶地骂他。无病急忙喊奶妈来抱，孩子不肯离开；硬要抱他走，哭得更厉害了。王氏怒气冲冲起来，狠狠把孩子打了不知多少下，这才跟着奶妈去了。孩子由此得了恐惧症，不肯吃东西。王氏不许无病去看他。孩子整天啼哭，王氏呵斥奶妈，叫她扔在地上。孩子气都接不上了，声音嘶哑，喊着要水喝，王氏又下令不许给。天黑以后，无病趁王氏不在，偷偷去给孩子喝水。孩子见到她，也不喝水了，捉住她的衣襟，不住声地号咷大哭起来。王氏听到后，气势汹汹出来。孩子听到她的声音，马上停止了哭泣，向上一跳，就断气了。无病放声大哭。王氏发怒说："贱丫头一副丑态！难道想用孩子的死来威胁我吗？不要说是孙家的小孩，就是杀了王府的世子，王宰相的女儿也担当得起！"无病忍住眼泪，抽噎着，请求王氏为孩子置办安葬用具。王氏不答应，下令马上把孩子扔掉。王氏走后，无病偷偷抚摸孩子，觉得四肢还有些温暖，就悄悄对奶妈说："你可赶快把孩子带走，在野外等一会，我一定随后就到。如果孩子死了，一起把他扔掉；如果还活着，一起来抚养。"奶妈说："好的。"无病进屋，带了首饰出来，追上奶妈。一起看孩子，已经苏醒过来。两人高兴极了，打算去山中别墅，投靠姨妈。奶妈担心她脚小走路困难，无病就走在前面等她，快得像一阵风，奶妈拼命奔跑，才能赶上她。大约夜间二更时分，孩子病危，不能再向前走了，就从旁边小道进村，到一个老农家，靠着门等到天亮，敲门进去，借了一间屋子，无病拿出首饰换了些钱，把巫师、医生都请来，但孩子的病到底没看好。无病捂着脸边哭边说："奶妈好好看着孩子，我去找他父亲了。"奶妈正奇怪她想法如此荒谬，无病已经杳无影踪了，惊诧不止。

这一天，孙麒在京城，正躺在床上休息，无病悄悄进来。孙麒吃了一惊，起身说："我刚睡下，就已做梦了吗？"无病握着他的手，只是哽咽，跺着脚，说不出话来。过了好久，才失声说："我历尽千辛万苦，和孩子逃到杨——"话还没说完，放声大哭，倒在地上消失了。孙麒害怕极了，还怀疑在做梦。叫侍从的人一起来看，衣服鞋子依然还在。孙麒大惑不解，立刻准备好行装，星夜驰马回家。

听到孩子已死，爱妾逃亡，孙麒捶胸痛哭，极其悲伤。说话间冒犯了王氏，王氏反唇相讥。孙麒怒不可遏，拿出刀来，丫环女仆忙阻拦相救，孙麒没法近身，远远把刀扔过去。刀背击中王氏额头，皮破血流，王氏披头散发，嗥叫着出门，要跑回去告诉娘家人。孙麒把她抓回来，用棍棒打了不知多少下，王氏身上的衣服都成了碎片，遍体伤痛，没法翻身。孙麒命仆人将她抬到屋里看护疗养，准备等痊愈后休弃她。王氏的兄弟听到消息，勃然大怒，带着许多人骑马上门问罪。孙麒也聚集了健壮的仆人，拿着兵器抵挡。两边互相叫骂，整整一天，方才散去。王家还不满足，告了他一状。孙麒由人保护着进城，自己到公堂对质，诉说王氏在家作恶的情状。县官压不服他，就把他送交学官教官惩罚训斥，以此讨好王宰相。教官朱先生是个世家子弟，为人刚正不阿，查明实情后，愤怒地说："县太爷把我看作是世上的肮脏教官，勒索伤天害理的钱财，来吮痈舔痔的人吗？这种乞丐相，我是不会做的！"竟不接受命令。孙麒公然回到家中。王宰相对他没办法，于是又示意朋友，为他出面调解，要孙麒到他家去认错。孙麒不肯，调解的人往返十次不得解决。王氏伤口渐渐好转，孙麒想休了她，又怕王家不接受，只得照旧一天天拖下去。

爱妾逃亡，儿子死去，孙麒朝思暮想，无限伤心，只想找到奶妈，问问详细情况。于是想起无病说过"逃到杨"的话，附近有个叫杨家疃的村子，怀疑她在那里，但前往探问，却没有人知道。有人说在五十里外，有个叫杨谷的地方，孙麒派人骑马去问，果然找到了他们。孩子已渐渐恢复健康，相见后都很高兴，就乘着车子一起回家。孩子望见父亲，嗷的一声大哭起来，孙麒也掉下眼泪。王氏听到孩子还活着，气汹汹奔出来，又要骂他。孩子正在啼哭，睁开眼睛看见王氏，吓得投入父亲怀中，像要躲藏起来。孙麒抱起来一看，气已经断了。急忙呼唤他，过了好一会才苏醒过来。孙麒恨恨地说："不知是怎样残酷虐待的，竟使我儿怕到如此地步！"于是立下离婚书，把王氏送回娘家。王家果然不肯接受，又抬回给孙家。孙麒没办法，只得父子两人另住一个院子，不和王氏来往。奶妈于是详细讲述了无病当时的情况，孙麒这才明白她原来是鬼。为了感激她的情义，安葬了她的衣服鞋子，在墓碑上题写："鬼妻吕无病之墓。"不久，王氏生下个男孩，两手交叉扼住婴儿的颈项，使他窒息死了。孙麒更加愤恨，又把王氏退给娘家；王家又抬回来还他。孙麒就写了诉状到按察司控告，都因为宰相的缘故，置之不理。后来宰相死了，孙麒不停地控告，才判令王氏休回娘家。孙麒从此不再娶妻，只是收了一个丫环为妾。

王氏回娘家以后，凶悍的名气很响，住了三四年，没有来提亲的。王氏顿时后悔了，但已无法再挽回。孙麒家有个老女仆，恰巧到王家去。王氏待她十分客气，对着她流下眼泪；女仆猜测她的心情，似乎在思念前夫。回去告诉了孙麒，孙麒一笑置之。又过了一年多，王氏的母亲又死了，孤单单的无所依靠，嫂子弟妇都很厌恶她；王氏更加没有安身之处，每天眼泪汪汪的。有个穷书生死了妻子，王氏的哥哥打算多备些嫁妆把她嫁掉。王氏不肯，常常在暗中托来往的人向孙麒传达心意，哭着告诉自己的悔恨之情，孙麒仍不听从。一天，王氏带着一个丫环，偷了一匹驴子骑着，竟直奔孙家而去。孙麒刚从里面出来，王氏迎上去跪在台阶下，哭个不停。孙麒要走开，王氏拉着他的衣服又跪了下来。孙麒坚决推辞说："如果再团聚，一直没有不和那也罢了；一旦又有什么事，你的兄弟虎狼也似，再要把你离了，又怎能办到！"王氏说："我偷奔到这里来，万万没有回去的道理。你能收留，我就留下；否则只有一死！况且我从二十一岁和你成亲，二十三岁被你休弃，我诚然有十分罪恶，难道就没有一分情意吗？"于是脱下一只手镯，把两只脚合并束在一起，用衣袖盖在上面，说："那时在香火前面发的誓，你难道不记得了？"孙麒眼中闪着泪光，泪水就要流了下来，叫人扶着王氏进屋；但还是怀疑她有欺诈之心，想要她兄弟出来说一句话作证。王氏说："我是私自出奔的，哪有脸再去求兄弟？如果你不相信，我这里藏着凶器，请让我断指表明心迹。"于是从腰间取出一把锋利的刀，靠着床边伸出左手一个指头，把它砍断，血流如涌。孙麒大吃一惊，急忙替她包扎。王氏痛得变了脸色，但忍着一声不哼，笑着说："今天我的黄粱美梦已经做醒，只是借一间小屋作出家的打算，何必猜疑？"孙麒就让儿子和妾另住一处，自己早晚在两处来往。又天天寻找良药，医治王氏的指伤，一个多月伤口就好了。王氏从此不吃荤、不喝酒，只是关起门念经罢了。

过了很久，王氏见家政废弛，对孙麒说："我这次回来，本想什么事都不过问；现在看到家里开支这样大，怕子孙中会有饿死的人了。万不得已，只好再厚着脸皮管理一下。"于是召集丫环女仆，每天督责她们纺纱织布。仆人因为她是自己投奔来的，瞧不起她，私下里冷嘲热讽的，王氏好像没听见一般。过后考核干了多少活，懒惰的鞭打不饶，众人这才害怕她。又隔着帘子查核管账的仆人，总账细目理得十分周密。孙麒大为高兴，叫儿子和妾每天早晨都来向王氏问安。阿坚已经九岁，王氏格外注意爱抚怜惜，早晨上学读书，常留着美味的食品等他回来。孩子也渐渐亲近喜欢她了。一天，孩子用石头扔麻雀，王氏路过，正好打中她的头，跌倒在地，好一会说不出话来。孙麒大怒，拿棍子打儿子，王氏醒过来极力劝住，并且高兴地说："我过去虐待过这孩子，总是一块放不下的心病，今天幸而能够勾销一个罪过了。"孙麒更加宠爱她。王氏常常拒绝孙麒，叫他到妾那里去过夜。这样住了几年，王氏分娩了几次，孩子每次都夭折了，她说："这是我过去杀儿子的报应！"阿坚成亲以后，王氏就把外边的事务交给儿子，家中的事务交给媳妇。一天忽然说："我在某一天要死了。"孙麒不相信，王氏自己准备了安葬的用具。到了日子，王氏换了衣服，躺进棺材就死了。脸色就像活着时一样，满屋都是奇异的香气；直到殡殓之后，香气才渐渐消失。

异史氏说：心中所爱，本来就不在于容貌的美丑。毛嫱、西施，谁知不是出自爱她们的人的赞美呢？但是不遭悍妇嫉妒，吕无病的贤惠也不会显示出来，那几乎会使人觉得孙麒和嗜痂成癖的人同样可笑了。至于出身富贵之家的王氏，根性原来就厚，所以一旦豁然觉悟，能够立地成佛。像那些沦入地狱的，都是在人世享尽富贵而没有经历艰难的人！

钱卜巫

夏商，河间人。其父东陵，豪富侈汰，每食包子，辄弃其角，狼藉满地。人以其肥重，呼之"丢角太尉"。暮年，家綦贫，日不给餐；两肱瘦，垂革如囊，人又呼"募庄僧"，——谓其挂袋也。临终谓商曰："余生平暴殄天物，上干天怒，遂至冻饿以死。汝当惜福力行，以盖父愆。”商恪遵治命，诚朴无二，躬耕自给。乡人咸爱敬之。

富人某翁哀其贫，假以赀，使学负贩，辄亏其母。愧无以偿，请为佣。翁不肯。商瞿然不自安，尽货其田宅，往酬翁。翁诘得情，益怜之，强为赎还旧业；又益贷以重金，俾作贾。商辞曰：“十数金尚不能偿，奈何结来世驴马债耶？”翁乃招他贾与偕。数月而返，仅能不亏；翁不收其息，使复之。年余，贷赀盈辇，归至江，遭飓，舟几覆，物半丧失。归计所有，略可偿主。遂语贾曰：“天之所贫，谁能救之？此皆我累君也！”乃稽簿付贾，奉身而退。翁再强之，必不可，躬耕如故。每自叹曰：“人生世上，皆有数年之享；何遂落魄如此？”

会有外来巫，以钱卜，悉知人运数。敬诣之。巫，老妪也。寓室精洁，中设神座，香气常熏。商人朝拜讫，便索赀。商授百钱，巫尽内木筩中，执跪座下，摇响如祈签状。已而起，倾钱入手，而后于案上次第摆之。其法以字为否，幕为亨；数至五十八皆字，以后则尽幕矣。遂问：“庚甲几何？”答：“二十八岁。”巫摇首曰：“早矣！官人现行者先人运，非本身运。五十八岁，方交本身运，始无盘错也。”问：“何谓先人运？”曰：“先人有善，其福未尽，则后人享之；先人有不善，其祸未尽，则后人亦受之。”商屈指曰：“再三十年，齿已老耄，行就木矣。”巫曰：“五十八以前，便有五年回润，略可营谋；然仅免寒饿耳。五十八之年，当有巨金自来，不须力求。官人生无过行，再世享之不尽也。”

别巫而返，疑信半焉。然安贫自守，不敢妄求。后至五十三岁，留意验之。时方东作，病痁不能耕。既痊，天大旱，早禾尽枯。近秋方雨，家无别种，田数亩悉以种谷。既而又旱，荞菽半死，惟谷无恙；后得雨勃发，其丰倍焉。来春大饥，得以无馁。商以此信巫，从翁贷赀，小权子母，辄小获；或劝作大贾，商不肯。

迨五十七岁，偶葺墙垣，掘地得铁釜；揭之，白气如絮，惧不敢发。移时，气尽，白镪满瓮。夫妻共运之，秤计一千三百二十五两。窃议巫术小舛。邻人妻入商家，窥见之，归告夫。夫忌焉，潜告邑宰。宰最贪，拘商索金。妻欲隐其半。商曰："非所宜得，留之贾祸。"尽献之。宰得金，恐其漏匿，又追贮器，以金实之，满焉，乃释商。居无何，宰迁南昌同知。逾岁，商以懋迁至南昌，则宰已死。妻子将归，货其粗重；有桐油如干篓，商以直贱，买之以归。既抵家，器有渗漏，泻注他器，则内有白金二铤；遍探皆然。兑之，适得前掘镪之数。

商由此暴富，益赡贫穷，慷慨不吝。妻劝积遗子孙，商曰："此即所以遗子孙也。"邻人赤贫至为丐，欲有所求，而心自愧。商闻而告之曰："昔日事，乃我时数未至，故鬼神假子手以败之，于汝何尤？"遂周给之。邻人感泣。后商寿八十，子孙承继，数世不衰。

异史氏曰：汰侈已甚，王侯不免，况庶人乎！生暴天物，死无饭含，可哀矣哉！幸而鸟死鸣哀，子能干盛，穷败七十年，卒以中兴；不然，父孽累子，子复累孙，不至乞丐相传不止矣。何物老巫，遂宣天之秘？呜呼！

怪哉！

【译文】

夏商，河北河间府人。父亲夏东陵，原是个大富翁，生活奢侈，每次吃包子，总把边边角角扔掉，乱糟糟的满地都是。因为他身躯肥胖笨重，人们叫他“丢角太尉”。晚年家境很穷，天天吃了上顿没下顿；两条手臂消瘦了，垂下的皮像口袋似的，人们又叫他“募庄僧”——是说他身上挂着袋。夏东陵临死对夏商说：“我生平任意糟蹋物品，触怒了天帝，结果受冻挨饿死去。你应当珍惜福分，努力劳作，替我掩盖罪过。”夏商谨守父亲遗嘱，做人忠厚老实，没有邪念，亲自耕作养活自己。乡里的人都爱护敬重他。

有个富有的老翁，可怜夏商家境贫困，就借钱给他，叫他出门学做买卖，结果连老本都蚀了。夏商惭愧没钱偿还，要求给老翁做佣人。老翁不答应。夏商惶恐不安，把自己的土地房屋全都卖了，去还钱给老翁。老翁问明实情后，更加怜惜他，硬给他把田产房屋都赎了回来；又借给他更多的钱，让他经商。夏商推辞说：“十几两银子我都还不起，如果结下来世作驴作马的债，那可怎么办?”老翁就招呼别的商人和他一起做买卖。过了几个月回来，仅仅没有亏本而已；老翁不收他的利息，叫他再干下去。一年多，赚了不少钱，财货装满了车子，回来到长江遇上飓风，船差点翻掉，货物丧失了一半。回家一算，所有的钱财大致可以偿还主人的贷款。就对商人说：“天生的穷人，谁能救他?这都是我的命不好，连累你了!”于是查点账簿，统统交给商人，自己告退了。老翁还要勉强他去干，夏商坚决不同意，仍和过去那样自耕自种。时常独自叹道：“人生在世，都有几年享受，为什么我就这样穷困潦倒呢?”

正好外地来了个巫婆，用铜钱占卜，人的命运她全能知道。夏商恭恭敬敬前去问卜。巫婆是个老太婆，住的房子很干净，当中摆了一个神座，香火不断。夏商进去朝拜完毕，巫婆就向他要钱。夏商给她一百钱，巫婆全都装进木筒，拉他跪在神座下，摇响木筒，如同求签的模样。接着站起来，将钱倒在手中，然后在桌上一个挨一个摆开。她的方法，是带字的正面表示命运不好，没字的背面表示命运亨通；数到五十八个铜钱，都是正面的，以后就全是背面的了。于是问他："你多大岁数了？"回答说："二十八岁。"巫婆摇着头说："还早呢！官人现在交的是先人的运，不是本身的运。要到五十八岁，才交本身的运，从此没有盘根错节的麻烦事儿了。"夏商问她："什么叫先人的运？"回答说："先人有善行，他的福分没享尽，子孙就接着享受；先人有恶行，他的灾祸没受完，子孙也接着受下去。"夏商屈指一算，说："再过三十年，岁数已经很大，快进棺材了。"巫婆说："在五十八岁以前，有五年回润期，可以略微经营一些事情，但也只能避免饥寒而已。五十八岁那年，一定会有大量金钱送上门，用不着自己出力谋求。官人生平没有什么过错，下一辈子是享受不尽的。"

夏商告辞巫婆回到家里，半信半疑。但还是安贫守命，不敢有非分的企求。后来到了五十三岁，夏商留心观察一切征兆。当时正是春耕时节，得了疟疾不能播种。痊愈后，天又大旱，早稻全都枯死了。将近初秋才下了透雨，家里没有别的种子，几亩田都种上了谷子。接着又是久旱不雨，荞麦豆子多半旱死了，只有谷子没有受灾，以后得到雨水，蓬蓬勃勃长了起来，获得加倍的丰收。第二年春天大饥荒，他家得以不挨饿。夏商因此相信了巫婆的预言，向老翁借钱干些小本经营，算算本利总能小有收益；有人劝他做大买卖，夏商不肯。

到了五十七岁，夏商偶然修理围墙，从地下挖出一口倒扣的铁锅；揭开铁锅，看到一团如同棉絮的白气，吓得不敢再把下面的东西打开。过了一会，白气散净了，发现满满一瓮白银。夫妻俩一起把它搬回屋子，一秤，共计一千三百二十五两银子。因为提前一年发了财，暗中认为巫婆的卜术有点小小的差错。邻人的妻子到夏商家，偷看到银子，回去告诉丈夫。她丈夫妒忌了，偷着报告了县官。县官最贪婪，把夏商抓起来，向他索取银子。夏商的妻子想隐瞒掉一半，夏商不同意，说："不是应该得到的钱财，留着会招祸的。"就全部献了出来。县官得到银子，怕他还有隐匿，又把装银子的大瓮追来，将银子放进去，正好装满，这才把夏商释放了。没多久，县官升任南昌府的同知，又过了一年，夏商因为贩运货物到了南昌。那县官已经死了，他的妻子将返回故乡，就把粗重的东西卖掉；有若干篓桐油，夏商认为价钱很便宜，就买了回家。到家以后，一个篓子漏油，就把油倒出来装进其他容器，发现篓里有两锭银子；查遍其他油篓，都是这样。把它们兑成银子，刚巧是去年从地里挖掘出来的数目。

夏商因此突然发了大财，他更加周济穷人，十分慷慨，毫不吝啬。妻子劝他积蓄起来，留给子孙，夏商说："这样做就是留给子孙。"那个告密的邻人，后来穷得精光，做了乞丐，想求他帮助，又问心有愧。夏商听到消息后对他说："从前的事情，是我时运未到，所以鬼神借你的手来败一下财，你有什么过错?"就周济了他。邻人感动得哭了。夏商后来活到八十岁，子孙继承了他的财产，好几代没有败落。

异史氏说：奢侈过分，王侯也难免破产，何况平民百姓呢？活着任意糟蹋，死了一无所有，可悲啊！幸而"鸟之将死，其鸣也哀；人之将死，其言也善"，儿子能改正父亲过失，振作起来，在贫穷衰败七十年后，使家庭重新兴盛。不然的话，父亲的罪孽连累儿子，儿子又连累孙子，不到世代乞丐相传的地步，不罢休。什么老巫婆，就泄了天机？唉！奇怪！

姚　　安

姚安，临洮人，美丰标。同里宫姓，有女子字绿娥，艳而知书，择偶不嫁。母语人曰："门族风采，必如姚某始字之。"姚闻，绐妻窥井，挤堕之，遂娶绿娥。雅甚亲爱。然以其美也，故疑之：闭户相守，步辄缀焉；女欲归宁，则以两肘支袍，覆翼以出，入舆封志，而后驰随其后，越宿，促与俱归。女心不能善，忿曰："若有桑中约，岂琐琐所能止耶！"姚以故他往，则扃女室中。女益厌之；俟其去，故以他钥置门外以疑之。姚见大怒，问所自来。女愤言："不知！"姚愈疑，伺察弥严。

一日，自外至，潜听久之，乃开锁启扉，惟恐其响，悄然掩入。见一男子貂冠卧床上。忿怒，取刀奔入，力斩之。近视，则女昼眠畏寒，以貂覆面上。大骇，顿足自悔。宫翁忿质官。官收姚，褫衿苦械。姚破产，以具金赂上下，得不死。由此精神迷惘，若有所失。适独坐，见女与髯丈夫，狎亵榻上，恶之，操刃而往，则没矣；反坐，又见之。怒甚，以刀击榻，席褥断裂。愤然执刃，近榻以伺之，见女立面前，视之而笑。遽砍之，立断其首；既坐，女不移处，而笑如故。夜间灭烛，则闻淫溺之声，亵不可言。日日如是，不复可忍，于是鬻其田宅，将卜居他所。至夜，偷儿穴壁入，劫金而去。自此贫无立锥，忿恚而死。里人藁葬之。

异史氏曰：爱新而杀其旧，忍乎哉！人止知新鬼为厉，而不知故鬼之夺其魄也。呜呼！截指而适其屦，不亡何待！

【译文】

姚安，甘肃临洮县人，仪表俊美。同乡姓宫的人家，有个女儿名叫绿娥，容貌艳丽，知书达理，一直没有找到满意的夫家。她的母亲对人说："门第风采一定要像姚安那样，才把女儿许配他。"姚安听说以后，骗妻子看井里有什么东西，把她推下去淹死了，于是娶了绿娥为妻。

两人十分相爱。只是因为绿娥太漂亮，姚安总是放心不下，整天关上大门守着她，绿娥走到哪里，他就跟到哪里，绿娥想回娘家，姚安就用两臂支起袍子，像翅膀似的遮着她走出去，等上了轿，他就把轿帷拉严，做上记号，然后骑马跟在后面，在岳母家住了一宿，就催绿娥一起回家。绿娥对此很厌恶，气愤地说："我如果真有偷情的约会，你这些小动作又怎么制止得了！"姚安有事到别处去，就把绿娥锁在卧室里，绿娥更加讨厌他；等他走后，故意把别的钥匙放在门外，使他生疑。姚安看到钥匙大发雷霆，追问是从哪里来的。绿娥气愤地说；"不知道！"姚安越发起疑，暗中监视更严了。

一天，他从外面回来，在门外偷听了好久，才开锁推门，唯恐发出声响，悄悄溜了进去。只见一个男人戴着貂皮帽子躺在床上，怒从心头起，拿了刀直奔进去，使劲把人砍死了。走上前一看，原来是绿娥白天睡觉怕冷，把貂皮盖在脸上。姚安大为恐慌，跺着脚后悔不已。宫老翁气愤地到官府控告，官府把姚安抓去，革了秀才功名，施以重刑。姚家倾家荡产，用重金贿赂官府上上下下，才得免于一死。从此精神恍惚，好像丢了魂似的。正当他独坐在家，看到绿娥和一个大胡子男人在床上寻欢，恶向胆边生，拿着刀奔过去，人就不见了；回身坐下，又看到那模样。姚安愤怒到极点，用刀砍床，席子被褥都断裂了。忿忿地握着刀站在床旁守候，见绿娥站在面前，看着他笑。姚安猛地砍了过去。立刻把她的脑袋砍了下来；等他坐下以后，绿娥依然站在原地对着他笑。晚上熄了灯，就听到男女淫戏的声音，污秽得说不出口。天天如此，实在忍不下去，就变卖田地房产，准备搬到别处去住。到晚上，小偷挖洞进来，把他的钱都偷走了。从此姚安穷得连一寸土地都没有，含恨死去。邻居把他草草埋葬了。

异史氏说：喜爱新人而杀死旧妻，何等残忍！人们只知道新鬼在作怪，却不知道实际上是旧鬼夺去了他的魂魄。唉！截断脚趾以求适合鞋子，不死还等何时呢？

采 薇 翁

明鼎革，干戈蠭起。於陵刘芝生，聚众数万，将南渡。忽一肥男子诣栅门，敞衣露腹，请见兵主。刘延入与语，大悦之。问其姓字，自号采薇翁。刘留参帷幄，赠以刀。翁言："我自有利兵，无须矛戟。"向兵所在。翁乃捋衣露腹，脐大可容鸡子；忍气鼓之，忽脐中塞肤，嗤然突出剑跗；握而抽之，白刃如霜。刘大惊，问："止此乎？"笑指腹曰："此武库也，何所不有。"命取弓矢，又如前状，出雕弓一；略一闭息，则一矢飞堕，其出不穷。已而剑插脐中，既都不见。刘神之，与同寝处，敬礼甚备。

时营中号令虽严，而乌合之群，时出剽掠。翁曰："兵贵纪律；今统数万之众，而不能镇慑人心，此败亡之道也。"刘喜之，于是纠察卒伍，有掠取妇女财物者，枭以示众。军中稍肃，而终不能绝。翁不时乘马出，遨游部伍之间，而军中悍将骄卒，辄首自堕地，不知其何因。因共疑翁。前进严饬之策，兵士已畏恶之；至此益相憾怨。诸部领谮于刘曰："采薇翁，妖术也。自古名将，止闻以智，不闻以术。浮云、白雀之徒，终致灭亡。今无辜将士，往往自失其首，人情汹惧；将军与处，亦危道也，不如图之。"刘从其言，谋俟其寝，诛之。使觇翁，翁坦腹方卧，息如雷。众大喜，以兵绕舍，两人持刀入，断其头；及举刀，头已复合，息如故，大惊。又斫其腹；腹裂无血，其中戈矛森聚，尽露其颖。众益骇，不敢近；遥拨以稍，而铁弩大发，射中数人。众惊散，白刘。刘急诣之，已杳矣。

【译文】

时代末年，战祸四起。山东邹平县刘芝生，聚集了数万人，准备渡江南下。忽然有个肥胖的男子来到营门，敞开衣服，袒露着肚子，求见主将。刘芝生请他进去谈话，对他大为欣赏。问他的姓名，自称采薇翁。刘芝生把他留在幕下担任参谋，并送给他一把刀。采薇翁说："我自有锐利的武器，不需要刀枪。"问他武器在什么地方。采薇翁掀起衣服，露出肚子，肚脐大得可以放一个鸡蛋；屏气鼓腹，忽然脐中皮肤往外顶，嗤的一声一把剑柄突了出来；握住了向外抽，剑锋雪亮。刘芝生大吃一惊，问道："只有这把剑吗？"采薇翁边笑边指着肚子说："这是兵器库，什么东西没有？"刘芝生叫他取弓箭，又像刚才的样子，取出一张雕弓；肚脐略微收缩一下，一支箭就飞落到地上。一件一件出来，连续不断。随后将剑插入肚脐中，又都不见了。刘芝生深感神奇，和采薇翁睡在一起，招待十分恭敬周到。

当时军营中号令虽然严厉，但乌合之众，仍时常出去掳掠。采薇翁说："军队以纪律为重。现在统率数万人，却不能镇伏人心，这会导致失败和灭亡。"刘芝生听了很高兴，于是检查部队，发现有掳掠妇女、财物的，都斩首示众。军中稍为严正了一些，但不轨的行为一直未能绝迹。采薇翁时常乘马出去，在部队里漫游，这时一些凶悍的将军、骄横的士兵，往往脑袋自己掉到地上，不知是什么原因。于是大家都怀疑是采薇翁干的。以前提出严厉整顿军纪的主张，士兵已经又恨又怕他；这时对他就更加怨恨了。众将领在刘芝生面前说他坏话："采薇翁那一套都是妖术。自古以来的名将，只听说以智取胜，没听说过以妖术取胜的。能隐身在浮云中的妙手空空儿也好、养白雀传信的张天翁也好，结果只是招来灭亡。现在不少无辜将士，往往无缘无故掉了脑袋，军中情绪惶恐不安；将军和他住在一起，也很危险，不如设法把他除掉。"刘芝生听从了他们的话，打算等采薇翁睡下以后杀死他。派人去看采薇翁在干什么，只见他袒露着肚子正在熟睡，鼾声如雷。众人十分高兴，派兵包围住房，两个人拿刀进去，砍下他的头；等刀一举，头颅已经重新合上了，依然鼾声如雷，不由得大吃一惊。又砍他的肚子，肚子开裂，却不见血，里面武器林立，锋刃毕露。众人更加害怕，不敢上前，用长矛远远拨弄，忽然铁弩猛射，好几个人中箭。众人吓得四处逃散，去报告刘芝生。刘芝生急忙赶到那里，采薇翁已经不见影踪了。

崔　猛

崔猛，字勿猛，建昌世家子。性刚毅，幼在塾中，诸童稍有所犯，辄奋拳殴击，师屡戒不悛；名、字，皆先生所赐也。至十六七，强武绝伦。又能持长竿跃登夏屋。喜雪不平，以是乡人共服之，求诉禀白者盈阶满室。崔抑强扶弱，不避怨嫌；稍逆之，石杖交加，支体为残。每盛怒，无敢劝者。惟事母孝，母至则解。母谴责备至，崔唯唯听命，出门辄忘。

比邻有悍妇，日虐其姑。姑饿濒死，子窃啖之；妇知，诟厉万端，声闻四院。崔怒，逾垣而过，鼻耳唇舌尽割之，立毙。母闻大骇，呼邻子，极意温恤，配以少婢，事乃寝。母愤泣不食。崔惧，跪请受杖，且告以悔。母泣不顾。崔妻周，亦与并跪。母乃杖子，而又针刺其臂，作十字纹，朱涂之，俾勿灭。崔并受之。母乃食。

母喜饭僧道，往往餍饱之。适一道士在门，崔过之。道士目之曰："郎君多凶横之气，恐难保其令终。积善之家，不宜有此。"崔新受母戒，闻之，起敬曰："某亦自知；但一见不平，苦不自禁。力改之，或可免否？"道士笑曰："姑勿问可免不可免，请先自问能改不能改。但当痛自抑；如有万分之一，我告君以解死之术。"崔生平不信厌禳，笑而不言。道士曰：“我固知君不信。但我所言，不类巫觋，行之亦盛德；即或不效，亦无妨碍。”崔请教，乃曰：“适门外一后生，宜厚结之，即犯死罪，彼亦能活之也。”呼崔出，指示其人，盖赵氏儿，名僧哥。赵，南昌人，以岁祲饥，侨寓建昌。崔由是深相结，请赵馆于其家，供给优厚。僧哥年十二，登堂拜母，约为弟昆。逾岁东作，赵携家去，音问遂绝。

崔母自邻妇死，戒子益切，有赴诉者，辄摈斥之。一日，崔母弟卒，从母往吊。途遇数人，絷一男子，呵骂促步，加以捶扑。观者塞途，舆不得进。崔问之。识崔者竞相拥告。先是，有巨绅子某甲者，豪横一乡，窥李申妻有色，欲夺之，道无由。因命家人诱与博赌，贷以赀而重其息，要使署妻于券，赀尽复给。终夜，负债数千；积半年，计子母三十余千。申不能偿，强以多人篡取其妻。申哭诸其门。某怒，拉系树上，榜笞刺刿，逼立“无悔状”。崔闻之，气涌如山，鞭马前向，意将用武。母搴帘而呼曰：“唶！又欲尔耶！”崔乃止。既吊而归，不语亦不食，兀坐直视，若有所嗔。妻诘之，不答。至夜，和衣卧榻上，辗转达旦，次夜复然。忽启户出，辄又还卧。如此三四，妻不敢诘，惟慴息以听之。既而迟久乃反，掩扉熟寝矣。

是夜，有人杀某甲于床上，刳腹流肠；申妻亦裸尸床下。官疑申，捕治之。横被残梏，踝骨皆见，卒无词。积年余，不堪刑，诬服，论辟。会崔母死，既殡，告妻曰：“杀甲者，实我也。徒以有老母故，不敢泄。今大事已了，奈何以一身之罪殃他人？我将赴有司死耳！”妻惊挽之，绝裾而去，自首于庭。官愕然，械送狱，释申。申不可，坚以自承。官不能决，两收之。戚属皆诮让申。申曰：“公子所为，是我欲为而不能者也。彼代我为之，而忍坐视其死乎？今日即谓公子未出也可。”执不异词，固与崔争。久之，衙门皆知其故，强出之，以崔抵罪，濒就决矣。会恤刑官赵部郎，案临阅囚，至崔名，屏人而唤之。崔入，仰视堂上，僧哥也。悲喜实诉。赵徘徊良久，仍令下狱，嘱狱卒善视之。寻以自首减等，充云南军，申为服役而去；未期年，援赦而归：皆赵力也。

既归，申终从不去，代为纪理生业。予之赀，不受。缘橦技击之术，颇以关怀。崔厚遇之，买妇授田焉。崔由此力改前行，每抚臂上刺痕，泫然流涕。以故乡邻有事，申辄矫命排解，不相禀白。

有王监生者，家豪富，四方无赖不仁之辈，出入其门。邑中殷实者，多被劫掠；或迕之，辄遣盗杀诸途。子亦淫暴。王有寡婶，父子俱烝之。妻仇氏，屡沮王，王缢杀之。仇兄弟质诸官，王赇嘱，以告者坐诬。兄弟冤愤莫伸，诣崔求诉。申绝之使去。过数日，客至，适无仆，使申瀹茗。申默然出，告人曰：“我与崔猛朋友耳，从徙万里，不可谓不至矣；曾无廪给，而役同厮养，所不甘也！”遂忿而去。或以告崔。崔讶其改节，而亦未之奇也。申忽讼于官，谓崔三年不给佣值。崔大异之，亲与对状，申忿相争。官不直之，责逐而去。又数日，申忽夜入王家，将其父子婶妇并杀之，黏纸于壁，自书姓名；及追捕之，则亡命无迹。王家疑崔主使，官不信。崔始悟前此之讼，盖恐杀人之累己也。关行附近州邑，追捕甚急。会闯贼犯顺，其事遂寝。

及明鼎革，申携家归，仍与崔善如初。时土寇啸聚，王有从子得仁，集叔所招无赖，据山为盗，焚掠村疃。一夜，倾巢而至，以报仇为名。崔适他出；申破扉始觉，越墙伏暗中。贼搜崔、李不得，据崔妻，括财物而去。申归，止有一仆，忿极，乃断绳数十段，以短者付仆，长者自怀之。嘱仆越贼巢，登半山，以火爇绳，散挂荆棘，即反勿顾。仆应而去。申窥贼皆腰束红带，帽系红绢，遂傚其装。有老牝马初生驹，贼弃诸门外。申乃缚驹跨马，衔枚而出，直至贼穴。贼据一大村，申絷马村外，逾垣入。见贼众纷纭，操戈未释。申窃问诸贼，知崔妻在王某所。俄闻传令，俾各休息，轰然噭应。忽一人报东山有火，众贼共望之；初犹一二点，既而多类星宿。申坌息急呼东山有警。王大惊，束装率众而出。申乘间漏出其右，反身入内。见两贼守帐，绐之曰："王将军遗佩刀。"两贼竞觅。申自后斫之，一贼踣；其一回顾，申又斩之。竟负崔妻越垣而出。解马授辔，曰："娘子不知途，纵马可也。"马恋驹奔驶，申从之。出一隘口，申灼火于绳，遍悬之，乃归。

次日，崔还，以为大辱，形神跳躁，欲单骑往平贼。申谏止之。集村人共谋，众恇怯莫敢应。解谕再四，得敢往二十余人，又苦无兵。适于得仁族姓家获奸细二。崔欲杀之，申不可；命二十人各持白梃，具列于前，乃割其耳而纵之。众怨曰：“此等兵旅，方惧贼知，而反示之。脱其倾队而来，阖村不保矣！”申曰：“吾正欲其来也。”执匿盗者诛之。遣人四出，各假弓矢火铳，又诣邑借巨炮二。日暮，率壮士至隘口，置炮当其冲，使二人匿火而伏，嘱见贼乃发。又至谷东口，伐树置崖上。已而与崔各率十余人，分岸伏之。一更向尽，遥闻马嘶，贼果大至，缅属不绝。俟尽入谷，乃推堕树木，断其归路。俄而炮发，喧腾号叫之声，震动山谷。贼骤退，自相践踏；至东口，不得出，集无隙地。两岸铳矢夹攻，势如风雨，断头折足者，枕藉沟中。遗二十余人，长跪乞命。乃遣人絷送以归。乘胜直抵其巢。守巢者闻风奔窜，搜其辎重而还。

崔大喜，问其设火之谋。曰：“设火于东，恐其西追也；短，欲其速尽，恐侦知其无人也；既而设于谷口，口甚隘，一夫可以断之，彼即追来，见火必惧：皆一时犯险之下策也。”取贼鞫之，果追入谷，见火惊退。二十余贼，尽劓刖而放之。由此威声大震，远近避乱者从之如市，得土团三百余人。各处强寇无敢犯，一方赖之以安。

异史氏曰：快牛必能破车，崔之谓哉！志意忼慨，盖鲜俪矣。然欲天下无不平之事，宁非意过其通者与？李申，一介细民，遂能济美。缘橦飞入，剪禽兽于深闺；断路夹攻，荡幺魔于隘谷。使得假五丈之旗，为国效命，乌在不南面而王哉！

【译文】

崔猛，字勿猛，江西建昌府世家子弟。性格刚强果敢，小时候在私塾读书，孩子们稍有侵犯，他就挥拳殴打，先生多次警告，仍不悔改；他的名和字，都是先生取的。长到十六七岁，武艺超群；还能手持长竿跳上高屋。喜欢打抱不平，所以乡里的人都佩服他，前来诉冤求助的人，站满了台阶，挤满了屋子。崔猛压抑豪强，扶助弱者，不怕别人仇恨；稍微违背了他，就石块、棍子一起上，把人打得体伤肢残。每当他火气上来，没有敢去劝阻的。唯独侍奉母亲特别孝顺，只要母亲一到，他的怒气就消除了。崔母百般谴责，崔猛唯唯诺诺，唯命是听，但一出门就全忘了。

近邻有个凶悍的媳妇，天天虐待婆婆。婆婆快要饿死了，儿子偷偷给她饭吃；那恶妇知道后，百般辱骂，四周邻居都听到了。崔猛勃然大怒，跳过墙头，把恶妇的鼻子、耳朵、嘴唇、舌头全都割掉，马上就死了。崔母听后害怕极了，把邻家的儿子叫来，极力劝慰抚恤，又把一个年轻丫环给他做妻子，事情才平息下来。为此，崔母气得光流泪不吃饭。崔猛怕了，跪在地上请母亲用棍子打他，并告诉她自己已经悔过。崔母哭着不理他。崔猛的妻子周氏，也同他一起跪下。崔母才打了儿子，又用针在他臂上刺了十字形花纹，涂上红色，使它永不消失。崔猛都接受了。崔母才开始吃饭。

崔母喜欢布施僧道，常常尽他们吃饱。一天有个道士站在门前，崔猛恰巧从他前面经过。道士看着崔猛说："郎君脸上有很多凶横之气，恐怕难保善终。积善的人家，不应该有这种情况。"崔猛刚接受母亲的训诫，听了这话，心生敬意说："我自己也明白；只是一看到不平，苦于没法控制自己。如果勉力改正，或许可以免除灾祸吧?"道士笑着说："暂且不要问能免不能免，请先自问能改不能改。只应当做到尽力克制自己。如果有万分之一的希望，我可以把解除死亡的办法告诉你。"崔猛生平不相信祈祷鬼神、消除灾祸那一套，笑着不说话。道士说："我本来就知道你不相信。只是我所说的办法，和那些巫师的法术不同，做到了也是一种美德，即使不见效，也没有什么妨碍。"崔猛就向他请教，道士才说："刚才门外有个年轻人，应该和他结下深交，即使你以后犯了死罪，他也能把你救活。"说完，叫崔猛出去，指给他看那个人，原来是赵家的儿子，名叫僧哥。赵家是南昌人，因为那年遭受饥荒，客居在建昌。崔猛从此深交僧哥，请他全家住到自己家里，吃用都很优厚。僧哥当时十二岁，崔猛带他登堂拜见母亲，和他结为兄弟。第二年春耕的时候，赵家全家回南昌，就断了音信。

崔母自从邻家的媳妇死后，教训儿子更加严厉，有来诉冤求助的人，一概拒绝斥退。一天，崔母的弟弟死了，崔猛跟着母亲去吊丧。路上遇见几个人，用绳子捆着一个男子，边打边骂，逼他快走。围观的人堵住了路，轿子无法过去。崔猛去打听情况，认识他的人争着拥上前告诉他。原来在此之前，有个大乡绅的儿子某甲，在乡里横行霸道，看见李申的妻子长得漂亮，想夺过来，又没借口。就叫仆人引诱李申一起赌博，用高利借给他钱，要挟他在借据上写明用妻子作抵押，李申钱输光了，又继续借给他。赌了一夜，李申负债好几千；过了半年，连本带利，滚到三万多。李申无法偿还，某甲就派了很多人强行把他的妻子夺走。李申到他家门前哭，某甲火了，把李申拉去绑在树上，棒打锥刺，逼他立下不再反悔的字据。崔猛听后，一股气涌上来，像山一样压在心头，策马向前，想要动武。崔母撩起轿帘喊道："咋的！又要像从前那样吗？"崔猛才停下来。吊完丧回到家里，既不说话，也不吃饭，独自坐着，两眼愣愣地望着前面，好像和谁生气似的。妻子问他，也不回答。到了晚上，崔猛和衣躺在床上，翻来覆去直到天亮，第二天晚上还是这样。忽然开门出去，就又返回躺下，这样三四次，妻子不敢问他，只是提心吊胆、一声不吭地听着。后来出去很长时间才回来，关上房门睡得很沉。

就在这天晚上，有人把某甲杀死在床上，肚子破开，肠子流了出来；李申妻子的尸体也赤裸裸地倒在床下。官府怀疑是李申干的，把他抓起来治罪。李申横遭酷刑，被打得脚腕骨都露了出来，始终没有供认。过了一年多，实在受不了酷刑，被迫无辜服罪，判处死刑。恰巧这时崔母死了，安葬完毕，崔猛对妻子说："杀死某甲的人，实在是我。只因为老母还活着，所以不敢泄露出去。现在大事已经了结，怎能把自身的罪行祸害别人？我将到官府去抵命！"妻子惊恐地拉住他，崔猛挣断衣袖出去，到公庭自首。当官的听了颇感意外，给他带上刑具送进监狱，同时释放李申。李申不同意，坚持承认是自己干的。当官的判断不了，就把两人都关押起来。亲戚都责怪李申。李申说："崔公子所作所为，是我想做而做不到的。他代我做了，我忍心坐看他死吗？现在只当崔公子没有出面自首就是了。"一口咬定原来的供词，坚持和崔猛争。久而久之，衙门里的人都知道了其中的缘故，硬把李申释放，以崔猛抵罪，眼看就要处决了。恰巧在这时候，恤刑官赵部郎到建昌审查囚犯的罪状，审到崔猛的名字，叫旁人退下，把他单独招来。崔猛进去抬头一看，原来是僧哥。悲喜交集，就把实情告诉了他。赵部郎反复思考，仍然叫人把他送进监狱，嘱咐狱卒好好照顾他。接着就以投案自首为理由减刑，发配到云南充军，李申自愿跟从服役，也去了云南；不到一年，又根据赦令放了回来。这一切，都是赵部郎出了力。

崔猛回家以后，李申始终跟着他不肯离开，替他管理家业。崔猛给他钱，也不接受，而对爬高格斗之类武艺，却很感兴趣。崔猛待他很好，替他买了女子作妻，还送给他一些田地。崔猛从此力改过去的行为，常常抚摸母亲刺在臂上的花纹，泪流满面。因此遇到乡邻有事，李申就假托他的命令，排难解纷，而不去告诉他。

有个姓王的监生，是个富豪，四面八方的无赖坏蛋，都在他的家门进进出出。县里富裕人家，大多被他抢劫过；有触犯他的，就叫强盗在路上杀了。他的儿子也淫乱暴虐。王某有个守寡的婶婶，父子两人都和她通奸。他的妻子仇氏，屡次劝阻他，王某就把她勒死了。仇氏的兄弟到官府告状，王某就进行贿赂，嘱咐官府将原告治以诬陷之罪。仇氏兄弟冤愤无处申诉，就到崔猛那里求助。李申加以拒绝，叫他们回去。过了几天，有客人来，恰巧仆人不在，崔猛就叫李申沏茶。李申默默地走了出去，告诉旁人："我和崔猛是朋友，跟着他流放到万里之外，不能说我不够交情。但他从不曾给过工钱，却把我当仆人一般使唤，我可不愿意这样下去！"说完，忿忿地走了。有人告诉了崔猛，崔猛对他变了脸虽是惊讶，但也并不很奇怪。李申忽然到府官告状，说崔猛三年没给他工钱。崔猛大为惊异，亲自去当堂对质。李申气愤地争个不休。官府认为他说的没什么道理，把他训斥一顿，赶了出去。又过几天，李申忽然在夜间潜入王监生家里，把他父子两人及婶婶全都杀了，并在墙上贴纸，写下自己姓名；等追捕他，已经逃得无影无踪。王家怀疑是崔猛指使的，官府不相信。崔猛这才明白先前李申告他的状，是怕杀人连累他。官府向附近州县发出公文，追捕很急。恰巧李自成率军攻下北京，这件事也就作罢了。

等到明朝灭亡，李申带了家里人回来，仍和崔猛像当初一样友好。当时有不少土匪在山林中拉帮结伙，王监生有个侄子王得仁，把他叔叔招来的那批无赖召集起来，占据山头，公然为盗，烧杀抢劫，骚扰村庄。一天晚上，这帮强盗倾巢而出，以替叔父报仇为名，围攻崔猛住宅。崔猛正巧出门了；直到大门被攻破，李申方才发觉，翻过墙头，在暗处藏了起来。强盗没有搜到崔猛、李申，就抓了崔猛的妻子，把财物掠夺一空。李申回去后，家里只剩下一个仆人，气愤极了，就将绳子割成几十段，把短的交给仆人，长的揣在自己怀里。嘱咐仆人绕过强盗的老窝，爬到半山，把绳子点着火，散挂在灌木丛中，然后马上回来，不要再去管它。仆人应了一声就走了。李申在暗中看到强盗腰上都束着一条红带子，帽子系着一块红绸子，就装扮成他们的模样。崔猛家有一匹刚下驹的老马，强盗把它扔在门外。李申拴住小驹，跨上老马，不声不响地直达强盗的巢穴。这帮强盗占据了一个大村子，李申将马拴在村外，翻过墙头进村。看到强盗们乱纷纷的，手中的兵器还没有放下。李申偷偷向强盗打听，知道崔猛的妻子被关在王得仁的住所。不一会，听到王得仁传下命令，让他们各自休息，强盗们闹哄哄答应着。忽然有人报告东山有火，强盗们一起望去，见那里起先还只有一两点火光，后来多得就像满天星星。李申装出一副气喘吁吁的样子，大喊东山有紧急情况。王得仁大吃一惊，穿上戎装，带着众人跑出来。李申乘机从旁边溜走，转身进去，见两个强盗守着营帐，就骗他们说："王将军的佩刀忘记带了。"两个强盗争着寻找。李申从后面砍了一刀，一个强盗倒在地上，另一个回头看时，李申也把他杀了。李申背着崔猛的妻子，翻过墙头，到了村外，解开那匹老马，把缰绳交给她，说："娘子不认识回去的路，随马奔跑就行了。"老马恋着小驹，往家里急奔，李申跟在它的后面。出了一个险要关口，李申用火点燃绳子，到处挂满，就回家了。

第二天，崔猛回来，把这件事看作是奇耻大辱，怒形于色，暴跳如雷，想单枪匹马去扫平强盗。李申劝阻了他，召集村里人一起商量，大家都畏畏缩缩，没人应声。李申再三解释说明，才有二十多个人敢去，又苦于没有武器。恰巧在王得仁的一个同族家中抓到两个奸细。崔猛想杀了他们，李申不同意，叫那二十多人各自拿着一根棍子，排在面前，就割掉奸细的耳朵放走了。大家埋怨说："这样的队伍，正怕强盗知道底细，怎么反倒让他们看？如果他们倾巢而来，全村难保了。"李申说："我正是想叫他们倾巢而来。"随后把藏匿奸细的人抓来杀了。派人到各处去，借取弓箭火枪，又到县里借了两门大炮。天黑以后，李申率领壮士来到险要的关口，把炮安放在要冲，叫两个人不露明火埋伏在旁，吩咐他们看到强盗才开炮。又到山谷东口，砍了一些树木放在山崖上。然后和崔猛各自率领十多个人，分别在山谷两侧埋伏起来。一更将尽，远远听到马叫声，强盗果然大批出动。一个接一个，连续不断。等他们全都进了山谷，李申和壮士就把崖上的树木推下去，断了他们的归路。不一会两炮齐发，喧腾号叫的声音震动山谷。强盗立刻后退，自相践踏；到了山谷东口，被树木挡住去路，逃不出去，聚在一起，拥挤不堪。两边山上火枪利箭夹攻，势如暴风骤雨，那些强盗断了头的，折了腿的，在山沟里横七竖八，叠在一起。余下二十多人，直挺挺地跪在地上请求饶命。李申派人把他们绑起来押送回去。乘胜直捣强盗的老窝。守窝的强盗闻风逃窜，就把物资全部搜出来，带了回去。

崔猛非常高兴，问李申将绳子点上火是什么计谋。李申说："在东山放火绳，是怕他们向西追赶；点火的绳子很短，是想叫它们赶快烧完，怕他们侦探出那里没人；随后在关口放火绳，关口很窄，一个人就能截断去路，他们即使追来，看到火光，必然害怕。这都是一时冒险的下策。"将俘获的强盗拉来审问，当时果然追进山谷，看到火光吓退回去。那二十多个俘获的强盗，都割了鼻子砍了脚放走。从此声威大震，远远近近逃避战乱的人投奔他们，如同闹市一般，建立了一个三百多人的民团。各地强盗，没有敢来侵犯的，这一带地方，靠他们得到了安宁。

异史氏说：快牛必定会拉坏车子。指的就是崔猛这样的人吧！意气慷慨，简直是天下无双。但是想要天下没有不平的事，岂不是主观愿望超过了实际可能吗？李申一个小小百姓，竟能继承他的侠义。爬上木竿，飞过高墙，将衣冠禽兽杀死在卧室内；截断归路，两边夹攻，把恶魔强盗消灭于狭谷中。如果能有一面朝廷授予的五丈旗，为国效劳，难道不能南面封王吗？

诗　谳

青州居民范小山，贩笔为业，行贾未归。四月间，妻贺氏独居，夜为盗所杀。是夜微雨，泥中遗诗扇一柄，乃王晟之赠吴蜚卿者。晟，不知何人；吴，益都之素封，与范同里，平日颇有佻达之行，故里党共信之。郡县拘质，坚不伏，惨被械梏，诬以成案；驳解往复，历十余官，更无异议。吴亦自分必死，嘱其妻罄竭所有，以济茕独。有向其门诵佛千者，给以絮裤；至万者絮袄。于是乞丐如市，佛号声闻十余里。因而家骤贫，惟日货田产，以给资斧。阴赂监者使市鸩。夜梦神人告之曰：“子勿死，曩日‘外边凶’，目下‘里边吉’矣。”再睡，又言，以是不果死。

无何，周元亮先生分守是道，录囚至吴，若有所思。因问：“吴某杀人，有何确据？”范以扇对。先生熟视扇，便问：“王晟何人？”并云不知。又将爰书细阅一过，立命脱其死械，自监移之仓。范力争之。怒曰：“尔欲妄杀一人便了却耶？抑将得仇人而甘心耶？”众疑先生私吴，俱莫敢言。先生标朱签，立拘南郭某肆主人。主人惧，莫知所以。至则问曰：“肆壁有东莞李秀诗，何时题耶？”答云：“旧岁提学按临，有日照二三秀才，饮醉留题，不知所居何里。”遂遣役至日照，坐拘李秀。数日，秀至。怒曰：“既作秀才，奈何谋杀人？”秀顿首错愕，曰：“无之！”先生掷扇下，令其自视，曰：“明系尔作，何诡托王晟？”秀审视曰：“诗真某作，字实非某书。”曰：“既知汝诗，当即汝友。谁书者？”秀曰：“迹似沂州王佐。”乃遣役关拘王佐。佐至，呵之如秀状。佐供：“此益都铁商张成索某书者，云晟其表兄也。”先生曰：“盗在此矣。”执成至，一讯遂伏。

先是，成窥贺美，欲挑之，恐不谐。念托于吴，必人所共信，故伪为吴扇，执而往。谐则自认，不谐则嫁名于吴，而实不期至于杀也。逾垣入，逼妇。妇因独居，常以刀自卫。既觉，捉成衣，操刀而起。成惧，夺其刀。妇力挽，令不得脱，且号。成益窘，遂杀之，委扇而去。三年冤狱，一朝而雪，无不诵神明者。吴始悟“里边吉”乃“周”字也。然终莫解其故。后邑绅乘间请之。笑曰：“此最易知。细阅爰书，贺被杀在四月上旬；是夜阴雨，天气犹寒，扇乃不急之物，岂有忙迫之时，反携此以增累者，其嫁祸可知。向避雨南郭，见题壁诗与箑头之作，口角相类，故妄度李生，果因是而得真盗。”闻者叹服。

异史氏曰：天下事，入之深者，当其无有有之用。词赋文章，华国之具也，而先生以相天下士，称孙阳焉。岂非入其中深乎？而不谓相士之道，移于折狱。易曰：“知几其神。”先生有之矣。

【译文】

山东青州府居民范小山，以贩笔为业，外出经商未回。四月间，妻子贺氏独自在家，晚上被强盗杀了。那夜下着小雨，有一柄题诗的扇子遗落在泥地上，是王晟送给吴蜚卿的。王晟不知是什么人，吴蜚卿是山东益都县的财主，和范小山是同乡，平时很有一些轻佻的行为，所以乡邻都相信范妻是他杀的。府县衙门把他抓去审问，吴蜚卿一口否认，惨遭严刑拷打，屈打成招定了案，经过十多个官吏反复审理，都没有异议。吴蜚卿也自料非死不可，就嘱咐妻子把家里财产全都拿出来救济孤儿寡妇。谁能朝他家门念佛一千遍，就给一条棉裤；一万遍，就给一件棉袄。于是门庭若市，挤满乞丐，念佛声传出十几里外。吴家因此很快贫穷下来，只有天天变卖田产以供花费。吴蜚卿暗中贿赂狱卒去买毒药。夜里梦见一个神人告诉他："你不要寻死，从前是'外边凶'，现在是'里边吉'了。"再睡，又梦见神人这样说，因此没去死。

没多久，周亮工（字元亮）先生被派到青州当道台，审查囚犯的案子，审到吴蜚卿，若有所思，问道："吴蜚卿杀人，有什么确证？"范小山回答说有一把扇子。周先生反反复复看着扇子，就问："王晟是什么人？"都说不知道。又将犯人口供记录仔细看了一遍，立刻下令解下吴蜚卿刑具，从死牢移到拘留所。范小山极力争辩。周先生恼怒地说："你想胡乱杀一个人就算了结呢？还是抓到仇人才甘心呢？"大家怀疑周先生在包庇吴蜚卿，都不敢再说了。周先生掷了一根朱签，下令立即拘捕南城外某酒店主人。主人十分害怕，不知是什么原因。到了衙门，周先生问他："你酒店墙壁上有东莞县李秀的诗，是什么时候写在上面的？"回答说："去年提学到青州视察，有两三个日照县的秀才喝醉了题写的，不知他们住在哪里。"就派衙役到日照县，指名拘捕李秀。过了几天，李秀押到。周先生怒容满面说："既然做了秀才，怎么还要图谋杀人？"李秀磕着头，仓促间惊愕不已，说："我没杀人！"周先生把扇子扔到地上，叫他自己看，说："明明是你作的诗，为什么要假托王晟呢？"李秀仔细看了看，说："诗真是我作的，但字实在不是我写的。"周先生说："那人既然知道你的诗，一定是你的朋友。你看是谁写的？"李秀说："看笔迹好像是沂州王佐。"就派衙役带着公文去拘捕王佐。王佐到庭，周先生像对李秀那样呵斥他。王佐招供："这是益都县铁商张成求我替他写的，说王晟是他的表兄。"周先生说："杀人的强盗在这儿了。"把张成抓来，一审就招供了。

在此之前，张成看到贺氏长得漂亮，想勾引她，又怕不成功。心想冒名吴蜚卿，人们必然都会相信，因此伪制了一把吴蜚卿的扇子，拿着前去。事成就自报真名实姓，不成就把恶名转嫁给吴蜚卿，事先实在没想到会杀人。翻墙进屋，威逼贺氏。贺氏因为独居，经常备刀自卫。发觉有人，一把抓住他的衣服，握刀而起。张成害怕了，夺下她的刀子。贺氏用力拉住他，不让他脱身，并且叫喊起来。张成更加窘迫，就杀了她，扔下扇子逃走。

三年冤狱，一旦昭雪，人们无不称颂周先生料事如神。吴蜚卿这才明白所谓"里边吉"就是"周"字。但却始终不明白周先生是怎么破案的。后来县里的乡绅找机会请教，周先生笑着说："这最容易弄清。我仔细看了犯人供词的记录，贺氏是在四月上旬被杀的，那天晚上下着雨，天气依然很冷，扇子不是急用的东西，哪有在忙迫的时候，反而带着它添麻烦的？可想而知这是嫁祸于人。过去我在南城外酒店避雨，看到墙上题诗，和扇面题诗语气相似，所以姑妄猜测到李生。果然由此抓到了真正的凶手。"听到的人无不叹服。

异史氏说：天下事，深入观察，都能在看似无用的地方，产生有用的效果。辞赋文章，是光耀国家的东西，而周先生却以此来鉴别天下读书人，真可称为伯乐了。这难道不是由于他能深入观察吗？没想到鉴别人的办法，用到了判断案件上来。《易经》上说："知道事物变化的隐微之处，就能料事如神。"周先生有这本领了。

鹿 衔 草

关外山中多鹿。土人戴鹿首，伏草中，卷叶作声，鹿即群至。然牡少而牝多。牡交群牝，千百必遍，既遍遂死。众牝嗅之，知其死，分走谷中，衔异草置吻旁以熏之，顷刻复苏。急鸣金施铳，群鹿惊走。因取其草，可以回生。

【译文】

东北地区山中多鹿，当地人戴着鹿的头皮，埋伏在草中，卷叶作为吹管，模仿鹿的叫声，鹿就会成群而来，只是雄的少，雌的多。一头雄鹿和一群雌鹿交配，哪怕有千百头雌鹿，也都要一一交配，完事以后，雄鹿就死了。众雌鹿上前嗅它，知道它已死，就分散奔到山谷里，衔来一种奇异的草放在雄鹿嘴边熏它，马上就复活过来。这时急忙敲锣鸣枪，群鹿受惊逃跑，就能得到这种异草，据说可以起死回生。

小　棺

天津有舟人某，夜梦一人教之曰："明日有载竹笥赁舟者，索之千金；不然，勿渡也。"某醒，不信。既寐，复梦，且书"𡿨、𡿪、𡿫"三字于壁，嘱云："倘渠吝价，当即书此示之。"某异之。但不识其字，亦不解何意。次日，留心行旅。日向西，果有一人驱骡载笥来，问舟。某如梦索价。其人笑之。反复良久，某牵其手，以指书前字。其人大愕，即刻而灭。搜其装载，则小棺数万余，每具仅长指许，各贮滴血而已。某以三字传示遐迩，并无知者。未几，吴逆叛谋既露，党羽尽诛，陈尸几如棺数焉。徐白山说。

【译文】

天津某船夫，夜里梦见一个人教他说："明天有个装载竹箱的人来租船，向他讨价一千两银子，不然的话，就别替他摆渡。"船夫醒来，并不信以为真。睡着后又做梦，见那人还在墙上写了"𠪗、𠫆、𠫇"三个字，嘱咐他说："如果来人嫌价钱太贵，就马上写这三个字给他看。"船夫感到奇怪，但不识这几个字，也不明白是什么意思。第二天，留心来往的人。太阳偏西的时候，果然有个人赶着驮竹箱的骡子来，要过河。船夫照梦中的数字要价。那人笑他太贪心。讨价还价好久，船夫拉着他的手，用手指在他掌心写了梦中见到的三个字，那人大吃一惊，马上隐没不见。船夫搜查他装载的箱子，发现里面有几万口小棺材，每口只有手指那么长，各藏着一滴血。船夫将这三个字在远近传示，没人认识。没多久，吴三桂反叛阴谋败露，同党全被杀掉，堆积的尸体，几乎和小棺材数目相等。这件事是徐白山说的。

邢 子 仪

滕有杨某，从白莲教党，得左道之术。徐鸿儒诛后，杨幸漏脱，遂挟术以遨。家中田园楼阁，颇称富有。至泗上某绅家，幻法为戏，妇女出窥。杨睨其女美，归谋摄取之。其继室朱氏，亦风韵，饰以华妆，伪作仙姬；又授木鸟，教之作用；乃自楼头推堕之。朱觉身轻如叶，飘飘然凌云而行。无何，至一处，云止不前，知已至矣。是夜，月明清洁，俯视甚了。取木鸟投之。鸟振翼飞去，直达女室。女见彩禽翔入，唤婢扑之；鸟已冲帘出。女追之，鸟堕地作鼓翼声；近逼之，扑入裙底；展转间，负女飞腾，直冲霄汉。婢大号。朱在云中言曰："下界人勿须惊怖，我月府姮娥也。渠是王母第九女，偶谪尘世。

王母日切怀念，暂招去一相会聚，即送还耳。”遂与结襟而行。方及泗水之界，适有放飞爆者，斜触鸟翼；鸟惊堕，牵朱亦堕，落一秀才家。

秀才邢子仪，家赤贫而性方鲠。曾有邻妇夜奔，拒不纳。妇衔愤去，谮诸其夫，诬以挑引。夫固无赖，晨夕登门诟辱之。邢因货产僦居别村。有相者顾某善决人福寿，邢踵门叩之。顾望见笑曰：“君富足千钟，何着败絮见人？岂谓某无瞳耶？”邢嗤妄之。顾细审曰：“是矣。固虽萧索，然金穴不远矣。”邢又妄之。顾曰：“不惟暴富，且得丽人。”邢终不以为信。顾推之出，曰：“且去且去，验后方索谢耳。”

是夜，独坐月下，忽二女自天降；视之，皆丽姝。诧为妖，诘问之，初不肯言。邢将号召乡里，朱惧，始以实告，且嘱勿泄，愿终从焉。邢思世家女不与妖人妇等，遂遣人告其家。其父母自女飞升，零涕惶惑；忽得报书，惊喜过望，立刻命舆马星驰而去。报邢百金，携女归。邢得艳妻，方忧四壁，得金甚慰。往谢顾。顾又审曰：“尚未尚未。泰运已交，百金何足言！”遂不受谢。

先是，绅归，请于上官捕杨。杨预遁，不知所之，遂籍其家，发牒追朱。朱惧，牵邢饮泣。邢亦计窘，姑赂承牒者，赁车骑携朱诣绅，哀求解脱。绅感其义，为竭力营谋，得赎免；留夫妻于别馆，欢如戚好。绅女幼受刘聘；刘，显秩也，闻女寄邢家信宿，以为辱，反婚书，与女绝姻。绅将议姻他族；女告父母，誓从邢。邢闻之喜；朱亦喜，自愿下之。绅忧邢无家，时杨居宅从官货，因代购之。夫妻遂归，出橐金，粗治器具，蓄婢仆，旬日耗费已尽。但冀女来，当复得其资助。一夕，朱谓邢曰："孽夫杨某，曾以千金埋楼下，惟妾知之。适视其处，砖石依然，或窖藏无恙。"往共发之，果得金。因信顾术之神，厚报之。后女于归，妆赀丰盛，不数年，富甲一郡矣。

异史氏曰：白莲歼灭而杨独不死，又附益之，几疑恢恢者疏而且漏矣。孰知天留之，盖为邢也。不然，邢即否极而泰，亦恶能仓卒起楼阁、累巨金哉？不爱一色，而天报之以两。呜呼！造物无言，而意可知矣。

【译文】

山东滕县有个杨某，跟着白莲教党徒，学到一些邪门歪道的法术。山东白莲教首领徐鸿儒被擒杀后，杨某侥幸漏网脱身，就依仗妖术四处游荡。家里有田园楼阁，称得上相当富有。一天，杨某到泗水之滨某绅士家做魔术游戏，妇女都出来窥看。杨某瞟见绅士的女儿长得很美，回家打算用妖术把她取来。杨某的后妻朱氏，长得也很风流俊俏，杨某叫她穿上华丽的衣服，打扮成仙女模样；又给她一只木鸟，教会使用的方法，就把她从楼上推下去。朱氏只觉身轻如叶，飘飘然腾云驾雾而去。不一会，到一个地方，云停下不前，知道已经到达目的地。这天夜晚，月光皎洁，向下望去，一目了然。朱氏把木鸟抛出，木鸟拍着翅膀飞去，直达绅士女儿的卧室。女郎看见一只彩鸟飞了进来，就叫丫环捉住它；木鸟已经冲出门帘。女郎追它，木鸟落地发出拍打翅膀的声音；逼近过去，又扑到她裙子下面；一转眼，背着女郎飞腾起来，直上云霄。丫环大声哭喊。朱氏在云中说："地上的人不用惊吓，我是月宫里的嫦娥。她是王母娘娘第九个女儿，偶有过失降到尘世。王母娘娘每天思念情切，暂时招她回去相聚，很快就会送还的。”说着，和女郎把衣襟联结在一起走了。刚到泗水边界，正好有人放爆竹，斜飞过来碰到木鸟的翅膀，木鸟受惊跌下，把朱氏也拉着掉下，落到一个秀才的家里。

秀才名叫邢子仪，家里穷得一无所有，但性格刚直。曾经有个邻家女人夜里私奔他，他拒绝不让进门。那女人怀恨而去，在丈夫面前说坏话，诬陷邢子仪勾引她。她丈夫本是个无赖，早晚上门辱骂。邢子仪无法忍受，就卖了房产，搬到别的村子居住。有个姓顾的相面人，善断人的祸福夭寿，邢子仪上门问自己的命运。顾某一望见他就笑着说：“你是个大富翁，怎么穿着破棉袄见人？难道说我没眼珠吗？”邢子仪笑他胡说。顾某仔细看了一阵，说：“对了。现在虽然寒苦寂寞，但金窝不远了。”邢子仪还认为他在胡说。顾某说：“你不但会暴发，还能得到美人。”邢子仪始终不信。顾某推他出门，说：“去吧，去吧，我的话应验以后，再向你讨谢金。”

这天夜晚，邢子仪独自坐在月光下，忽然有两个女子从天而降；一看，都是美女。惊讶得以为是妖怪；盘问她们，起先不肯说。邢子仪要把村里人喊来，朱氏害怕了，才以实情相告，并且叮嘱他不要泄漏出去，愿意终身跟着他。邢子仪考虑到名门闺秀不能同妖人的妻子同样看待，就派人到女郎家报信。女郎的父母自从女儿飞上天，眼泪直淌，惶惑不安；忽然报信的到了，惊喜出于望外，立刻备了车马星夜驰去，酬谢邢子仪一百两银子，把女郎带回。邢子仪得了一个艳丽的妻子，正为家徒四壁担忧，得到这笔银子，十分快慰。就去酬谢顾某。顾某又相了他的面说：“还没完，还没完。好运已经交了，一百两银子算得了什么！”不肯受谢。

这之前，绅士回家，就报请官府拘捕杨某。杨某事先逃走了，不知去向，就没收了他的家产，发出公文追捕朱氏。朱氏惶恐，拉着邢子仪暗暗痛哭。邢子仪也无法可想，姑且贿赂追捕的衙役，租了车马带朱氏到绅士家，哀求他帮忙解脱困境。绅士感激他的情义，竭力设法营救，得以化钱财替朱氏赎了罪；并挽留邢子仪夫妇在别墅中住下，就像亲戚好友一般亲热。绅士的女儿小时候许配给刘家，刘家是大官，听说女郎在邢家住过两夜，以为耻辱，退还婚约，断了婚姻关系。绅士打算和其他人家商议婚事，女郎告诉父母，发誓非邢子仪不嫁。邢子仪听到十分高兴；朱氏也很高兴，自愿在她下面作妾。绅士担忧邢子仪没有住宅，当时杨某的住宅由官府出售，就代他买了下来。邢子仪和朱氏回到家里，拿出绅士上次给的银子，简单地购置了一些器物家具，养了几个丫环仆人，不到十天，钱就用完了。只盼着女郎嫁过来，一定能再得到她家的资助。一天晚上，朱氏对邢子仪说："我那造孽的前夫杨某，曾把一千两银子埋在楼下，只有我知道。刚才我到那里去看，砖石仍和过去一样，或许窖藏的银子没出事。"一起去挖掘，果然得到了银子。邢子仪因此相信顾某的相术确实神，重重酬谢了他。后来女郎嫁过来，嫁妆丰盛，没几年，邢子仪已是一州的首富了。

异史氏说：白莲教被歼灭，唯独杨某不死，还增加他的财产，这几乎使人怀疑恢恢天网，疏而有漏了。哪知道上天留下他，是为了邢子仪。否则，邢子仪即使否极泰来，又哪能在仓促间就建起楼阁，积起巨额金钱呢？不贪一个女色，上天却赐给他两个。唉！创造万物的上天虽然不说话，但它的心意可以知道了。

李　生

商河李生，好道。村外里余，有兰若，筑精舍三楹，趺坐其中。游食缁黄，往来寄宿，辄与倾谈，供给不厌。一日，大雪严寒，有老僧担囊借榻，其词玄妙。信宿将行，固挽之，留数日。适生以他故归，僧嘱早至，意将别生。鸡鸣而往，扣关不应。逾垣入，见室中灯火荧荧，疑其有作，潜窥之。僧趣装矣，一瘦驴絷灯檠上。细审，不类真驴，颇似殉葬物；然耳尾时动，气咻咻然。俄而装成，启户牵出。生潜尾之。门外原有大池，僧系驴池树，裸入水中，遍体掬濯已。着衣牵驴入，亦濯之。既而加装超乘，行绝驶。生始呼之。僧但遥拱致谢，语不及闻，去已远矣。王梅屋言：李其友人。曾至其家，见堂上额书“待死堂”，亦达士也。

【译文】

山东商河县有个姓李的书生，爱好佛、老之学。村外一里多路有一座寺院，李生在寺内造了三间修炼的屋子，在里面打坐。一些游食四方的和尚、道士，来来往往，在这里寄宿，李生总是和他们开怀畅谈，供他们吃喝，从不厌烦。一天下大雪，十分寒冷，有个老和尚挑着行装前来借宿，说的话深奥微妙。住了两夜，就要离开，李生再三挽留，又住了几天。恰巧李生有事回家，和尚嘱咐他早些回来，像有和他告别的意思。鸡叫头遍，李生就到寺里去，敲门没人应声，就翻墙进去，看到屋里灯光闪烁，怀疑和尚在干些什么，就躲在暗处偷着。和尚在急急整理行装了，一匹瘦驴拴在灯架上。仔细一看，不像是真的驴子，倒很像陪葬的东西；但耳朵、尾巴时时在摆动，发出微微的呼吸声。不一会，行装已经捆好，和尚开门把驴子牵了出去。李生暗暗跟在后面。门外原有一个大池塘，和尚把驴子拴在池边树上，光着身子跳入水中，双手捧水，把浑身上下洗过，穿上衣服，又把驴子牵到水中，也把它洗了一下。随后安置好行装，跳上驴背，疾驰而去。李生这才呼喊他，和尚只是在远处拱拱手，表达谢意，没听清他说些什么，已经走得很远了。王梅屋说：李生是他的朋友。曾到他家，看见堂上的横匾，写着“待死堂”三字，也是个通达知命的人。

陆　押　官

赵公，湖广武陵人，官宫詹，致仕归。有少年伺门下，求司笔札。公召入，见其人秀雅。诘其姓名，自言陆押官。不索佣值。公留之，慧过凡仆。往来牋奏，任意裁答，无不工妙。主人与客弈，陆睨之，指点辄胜。赵益优宠之。

诸僚仆见其得主人青目，戏索作筵。押官许之。问："僚属几何？"会别业主计者皆至，约三十余人，众悉告之数以难之。押官曰："此大易。但客多，仓卒不能遽办，肆中可也。"遂遍邀诸侣赴临街店。皆坐。酒甫行，有按壶起者曰："诸君姑勿酌。请问今日谁作东道主？宜先出赀为质，始可放情饮啖；不然，一举数千，哄然都散，向何取偿也？"众目押官。押官笑曰："得无谓我无钱耶？我固有钱。"乃起向盆中捻溼面如拳，碎掐置几上；随掷，遂化为鼠，窜动满案。押官任捉一头，裂之，啾然腹破，得小金；再捉，亦如之。顷刻鼠尽，碎金满前。乃告众曰："是不足供饮耶？"众异之，乃共恣饮。既毕，会直三两余。众秤金，适符其数。众索一枚怀归，白其异于主人。主人命取金，搜之已亡。反质肆主，则偿赀悉化疾藜。还白赵，赵诘之。押官曰："朋辈逼索酒食，囊空无赀。少年学作小剧，故试之耳。"众复责偿。押官曰："我非赚酒食者，某村麦穰中，再一簸扬，可得麦二石，足偿酒价有余也。"因浼一人同去。某村主计者将归，遂与偕往。至则净麦数斛，已堆场中矣。众以此益奇押官。

一日，赵赴友筵，堂中有盆兰甚茂，爱之。归犹赞叹之。押官曰："诚爱此兰，无难致者。"赵犹未信。凌晨至斋，忽闻异香蓬勃，则有兰花一盆，箭叶多寡，宛如所见。因疑其窃，审之。押官曰："臣家所蓄，不下千百，何须窃焉?”赵不信。适某友至，见兰惊曰：“何酷肖寒家物!”赵曰：“余适购之，亦不识所自来。但君出门时，见兰花尚在否?”某曰：“我实不曾至斋，有无固不可知。然何以至此?”赵视押官。押官曰：“此无难辨；公家盆破，有补缀处；此盆无也。”验之始信。

夜告主人曰：“向言某家花卉颇多，今屈玉趾，乘月往观。但诸人皆不可从，惟阿鸭无害。”——鸭，宫詹僮也。遂如所请。公出，已有四人荷肩舆，伏候道左。赵乘之，疾于奔马。俄顷人山，但闻奇香沁骨。至一洞府，见舍宇华耀，迥异人间；随处皆设花石，精盆佳卉，流光散馥，即兰一种，约有数十余盆，无不茂盛。观已，如前命驾归。

押官从赵十余年。后赵无疾卒，遂与阿鸭俱出，不知所往。

【译文】

赵公，湖南省武陵县人。曾在太子宫中任詹事，后来告老还乡。有个少年守候在门下，要求替赵公掌管文书工作。赵公召他进来，见他面目清秀，举止文雅。问他姓名，自称陆押官，并声明不要雇用的酬金。赵公就把他留了下来。押官聪明能干，超过一般仆人。往来信札、朝廷奏章，随意起草答复，无不字句工整，文采美妙。主人与来客下棋，押官瞟上一眼，指点一下就能赢。赵公因此更加优待宠爱他。

几个在一起的仆人，见他得到主人器重，开玩笑要他设宴请客。押官答应了，问道：“同事共有几个?”恰巧这天在别墅管账的人都来了，共约三十多人，大家把这个数告诉他，想以此为难他。押官说：“这很容易。只是客人多了些，匆促间不能马上置办，还是到酒店去吧。”就把众人一一请到临街的酒店，一起入座。刚要斟酒，有人用手按着酒壶，起身说道："诸位暂且不要斟酒，请问今天谁作东道主？应该先拿出钱来押着，才可以放心吃喝，否则一下子花费几千个钱，吃完后一哄而散，向谁讨钱付账呢？"大家都看着押官。押官笑着说："莫非以为我没钱吗？我原本有的是钱。"起身从盆中捏起拳头大一团湿面，把它掐碎了放在桌上，随手抛出就变成鼠，满桌乱窜。押官随手捉住一只，撕它，啾啾叫着肚子就裂开了，得到一小块银子；再捉一只，也是这样。不一会，鼠都撕完，碎银在桌前摆满了。押官就对大家说："这些钱难道还不够买酒喝吗？"众人都觉得神奇，就一起大吃大喝起来。吃完结算，得付三两多银子，一秤碎银，不多不少是这个数。众人要了一块碎银带回去，将这件怪事告诉主人。主人叫他们把银子拿出来看看，往怀里掏时已经不见了。再到店主那里去查问，所付给他的那些碎银，全都变成了蒺藜。回去告诉了赵公。赵公责问押官。押官回答说；"朋友们逼我请客，但口袋里空空的没有钱。我小时候曾学过魔术，所以拿出来试了一下。"大家又要他去付清酒钱。押官说："我不是那种骗取酒食的人，从某村的麦秆中，再簸扬一次，可以得到二石麦子，足够付酒钱，还会有些剩余。"于是请一个人和他一起去。某村管账的人正要回去，便和他一同前往，到那边一看，几斛干净的麦子，已经堆放在场中了。众人因此对押官更加称奇。

一天，赵公到朋友家赴宴，堂上有盆兰花开得很茂盛，心里喜爱它，回家还赞叹不止。押官说："如果你真的喜欢这盆兰花，得到它也不难。"赵公还不太相信。第二天清早来到书房，忽然浓郁的奇香扑鼻而来，有一盆兰花，花苞、叶片的多少，和朋友家见到的一样。因此怀疑是押官偷来的，就查问他，押官说："我家所养的兰花，不下千百盆，何必要去偷呢？"赵公不信他的话。恰巧那朋友来到，见了这盆兰花，惊奇地说："怎么和我家的兰花一模一样！"赵公说："我刚才买到，也不知是从哪里来的。不过你出门的时候，看到兰花还在家里吗？"那朋友说："我实在没到过书房，在不在还不知道，但是怎么会到这里来的？"赵公看着押官。押官说："这不难辨别。你家的花盆，已经破损，有修补过的地方，这个盆没有。"一检查，果然不错。

到了晚上，押官告诉主人说："我曾说家里有许多花卉，现在请你屈尊乘着月光前去观看。但其他人都不可跟从，只有阿鸭没关系。”阿鸭，是赵公任詹事时的书僮。赵公就答应了他的请求。走出家门，已有四个人抬着轿子，在路旁等候。赵公乘上轿子，只觉走得比奔马还快。不一会进入山中，只闻到一阵阵奇异的香气，沁人肌骨。到了一个洞府，只见房屋华丽辉煌，和人间的完全不同。到处都安放着花石，精致的花盆，名贵的花卉，光彩四射，香气弥漫，仅兰花一种，就约有几十盆，无不繁花盛开。参观完毕，和来时一样乘轿回家。

押官跟随赵公十多年。后来赵公无疾而终，押官就和阿鸭一起外出，不知到哪里去了。

蒋太史

蒋太史超，记前世为峨嵋僧，数梦到故居庵前潭边濯足。为人笃嗜内典，一意台宗，虽早登禁林，尝有出世之想。假归江南，抵秦邮，不欲归。子哭挽之，弗听。遂入蜀，居成都金沙寺；久之，又之峨嵋，居伏虎寺，示疾怛化。自书偈云：

翛然猿鹤自来亲，老衲无端堕业尘。妄向镬汤求避热，那从大海去翻身。功名傀儡场中物，妻子骷髅队里人。只有君亲无报答，生生常自祝能仁。

【译文】

翰林蒋超，记得前生是峨嵋山上的和尚，几次做梦到过去居住的寺庙前一个水潭边洗脚。为人诚意爱好佛经，专心信仰天台宗，虽然早年选入翰林，身在禁院，却常有出世的想法。一次度假回江南，到达高邮县后，就不想再回去了。儿子哭着挽留他，也不听。于是去四川，住在成都金沙寺；过了多时，又上峨嵋山，住在伏虎寺，得病死了。亲手写下一偈：

超然脱俗无牵挂，山猿白鹤来相亲；
哪想到如此老僧，竟无端堕入风尘。
想躲避恼人炎热，却妄向沸汤找寻。
怎能在无边大海，去求得自在翻身？
正如同场中木偶，恋什么富贵功名；
娇妻俊儿一场空，无非骷髅队里人。
空余憾事唯一桩，未报君恩与双亲；
但愿世世降佛门，常为君亲诵经文。

邵士梅

邵进士，名士梅，济宁人。初授登州教授，有二老秀才投刺，睹其名，似甚熟识；凝思良久，忽悟前身。便问斋夫："某生居某村否？"又言其丰范，一一吻合。俄两生人，执手倾语，欢若平生。谈次，问高东海况。二生曰："狱死二十余年矣，今一子尚存，此乡中细民，何以见知？"邵笑云："我旧戚也。"先是，高东海素无赖；然性豪爽，轻财好义。有负租而鬻女者，倾囊代赎之。私一媪，媪坐隐盗，官捕甚急，逃匿高家。官知之，收高，备极搒掠，终不服，寻死狱中。其死之日，即邵生辰。后邵至某村，恤其妻子，远近皆知其异。此高少宰言之，即高公子冀良同年也。

【译文】

有个姓邵的进士，名士梅，山东济宁府人。起先被派到山东登州府任教授，有两个老秀才送上名帖求见，邵士梅看了他们的名字，好像很熟悉，凝神思索了好久，忽然感悟，想起了前身的事情。就问学舍里的差役："某生居住在某村吗？"又谈起他的举止风度，都一一吻合。不一会，两个秀才走进来，邵士梅和他们握手畅谈，就像老相识一样愉快。谈话之间，问起高东海的情况。两个秀才说："他已死在狱中二十多年了，现在还留着一个儿子。这是乡下的老百姓，你怎么会知道？"邵士梅笑着说："他是我的亲戚。"原来，高东海为人素来无赖；但性格豪爽，好讲义气，不重钱财。有人欠田租把女儿卖了，高东海拿出全部家产代他赎回。他和一个妓女相好，妓女因隐藏强盗得罪，官府搜捕很急，就逃到高家躲藏。官府发觉后，把高东海抓去，受尽拷打，始终不招，不久就死在狱中。他死的那天，就是邵士梅的生日。后来邵士梅到某村，抚恤高东海的妻儿，远近都知道这件怪事。这是高侍郎说的，邵士梅就是高侍郎的儿子冀良的同年。

顾　生

江南顾生，客稷下，眼暴肿，昼夜呻吟，罔所医药。十余日，痛少减。乃合眼时辄睹巨宅，凡四五进，门皆洞辟；最深处有人往来，但遥睹不可细认。一日，方凝神注之，忽觉身入宅中，三历门户，绝无人迹。有南北厅事，内以红氍贴地。略窥之，见满屋婴儿，坐者、卧者、膝行者，不可数计。愕疑间，一人自舍后出，见之曰："小王子谓有远客在门，果然。"便邀之。顾不敢入，强之乃入。问："此何所？"曰："九王世子居。世子疟疾新瘥，今日亲宾作贺，先生有缘也。"言未已，有奔至者，督促速行。

俄至一处，雕榭朱栏，一殿北向，凡九楹。历阶而升，则客已满座。见一少年北面坐，知是王子，便伏堂下。满堂尽起。王子曳顾东向坐。酒既行，鼓乐暴作，诸妓升堂，演“华封祝”。才过三折，逆旅主人及仆唤进午餐，就床头频呼之。耳闻甚真，心恐王子知，遂托更衣而出。仰视日中夕，则见仆立床前，始悟未离旅邸。心欲急反，因遣仆阖扉去。

甫交睫，见宫舍依然，急循故道而入。路经前婴儿处，并无婴儿，有数十媪蓬首驼背，坐卧其中。望见顾，出恶声曰：“谁家无赖子，来此窥伺！”顾惊惧，不敢置辨，疾趋后庭，升殿即坐。见王子颔下添髭尺余矣。见顾，笑问：“何往？剧本过七折矣。”因以巨觥示罚。移时曲终，又呈齣目。顾点《彭祖娶妇》。妓即以椰瓢行酒，可容五斗许。顾离席辞曰：“臣目疾，不敢过醉。”王子曰：“君患目，有太医在此，便合诊视。”东座一客，即离坐来，两指启双眥，以玉簪点白膏如脂，嘱合目少睡。王子命侍儿导入复室，令卧；卧片时，觉床帐香软，因而熟眠。居无何，忽闻鸣钲镗聒，即复惊醒。疑是优戏未毕；开目视之，则旅舍中狗舐油铛也。然目疾若失。再闭眼，二无所睹矣。

【译文】

江南有个姓顾的书生，客居在山东临淄县，眼睛突然肿起来，痛得日夜呻吟，找不到地方医治。十几天，疼痛才减轻一点。可是一闭上眼睛，就看到四、五进房屋的大宅，门都敞开着；最里面有人来来往往，但远看不能仔细辨认。一天，顾生正聚精会神看着，忽然觉得自身已进入宅中，走进三道门，一个人影也没有。有南北两间厅堂，里面都用红毡铺地，粗粗一看，满屋都是婴儿，有坐的，有躺的，有爬着走的，多得没法数。顾生正愣愣地疑惑的时候，有个人从屋后走出，看到他说："小王子说有远客在门口，果然不错。"就邀他进去。顾生不敢往里面走，那人硬把他请了进去。顾生问道："这里是什么地方?"回答说："是九王世子居住的地方。世子患疟疾刚好，今天亲属宾客前来庆贺，先生真有缘分。"话还没完，有人奔跑过来，催他们快些进去。

不一会，到了一个地方，雕花的楼台，朱红的栏杆，一座大殿坐南朝北，共有九排柱子。踏着台阶上去，客人已经满座，只见一个少年朝北坐着，知道这就是王子，便拜倒在堂下。这时满堂座客一齐站了起来，王子拉顾生朝东坐下。酒过一巡，鼓乐之声大作，歌妓们进入厅堂，演出《华封祝》的戏文。刚演完三折，店主人和仆人叫他去吃午饭，在床头连连呼唤。顾生耳朵听得很真切，又怕王子知道，于是借口上厕所出来。抬头一看日头，还是中午时分，见仆人站在床前，方才明白自己并未离开旅店。心中急于返回王子那里，就叫仆人关上房门离开。

刚合上眼，看到宫殿还是那样，连忙顺老路进去。经过原来都是婴儿的地方，并没有婴儿，只有几十个蓬头驼背的老太婆，在里面坐着躺着。望见顾生，恶声恶气说："谁家的无赖子弟，到这里来偷看!"顾生又惊又怕，不敢辩解，急忙到后院去，进入大殿就座。见王子下巴上已长出一尺多长的胡子，看到顾生，笑着问道："到什么地方去了？戏已演完七折了。"拿起一个大杯，要罚他喝酒。过了一会，戏演完了，又送上戏单，顾生点了《彭祖娶妇》。歌妓们便拿着椰壳劝酒，那玩艺儿能盛酒五斗左右。顾生起身推辞说："臣眼睛有病，不能喝得太多。"王子说；"你患眼病，有太医在这里，就该给你看看。"东边座上一个客人立即离座过来，两个手指拨开眼皮，用玉簪点上油脂般的白药膏，嘱咐顾生闭上眼睛睡一会。王子命侍女把他领进套间，叫他躺在床上。躺了一会，觉得床帐又香又软，因此睡熟了。没多久，忽然听到敲钟的喧闹声，就又惊醒了。怀疑是戏还没演完，睁眼一看，原来是旅店里的狗在舔油锅。但眼病已好，再闭上眼睛，什么也看不到了。

陈锡九

陈锡九，邳人。父子言，邑名士。富室周某，仰其声望，订为婚姻。陈累举不第，家业萧索，游学于秦，数年无信。周阴有悔心。以少女适王孝廉为继室；王聘仪丰盛，仆马甚都。以此愈憎锡九贫，坚意绝昏；问女，女不从。怒，以恶服饰遣归锡九。日不举火，周全不顾恤。一日，使佣媪以餢饷女，入门向母曰："主人使某视小姑姑饿死否。"女恐母惭，强笑以乱其词。因出榼中肴饵，列母前。媪止之曰："无须尔！自小姑入人家，何曾交换出一杯温凉水？吾家物，料姥姥亦无颜啗噉得。"母大恚，声色俱变。媪不服，恶语相侵。纷纭间，锡九自外入，讯知大怒，撮毛批颊，挞逐出门而去。次日，周来逆女，女不肯归；明日又来，增其人数，众口呶呶，如将寻斗。母强劝女去。女潸然拜母，登车而去。过数日，又使人来，逼索离婚书，母强锡九与之。惟望子言归，以图别处。周家有人自西安来，知子言已死，陈母哀愤成疾而卒。锡九哀迫中，尚望妻归；久而渺然，悲愤益切。薄田数亩，鬻治葬具。葬毕，乞食赴秦，以求父骨。

至西安，遍访居人，或言数年前有书生死于逆旅，葬之东郊，今冢已没。锡九无策，惟朝丐市廛，暮宿野寺，冀有知者。会晚经丛葬处，有数人遮道，逼索饭价。锡九曰："我异乡人，乞食城郭，何处少人饭价？"共怒，捽之仆地，以埋儿败絮塞其口。力尽声嘶，渐就危殆。忽共惊曰："何处官府至矣！"释手寂然。俄有车马至，便问："卧者何人？"即有数人扶至车下。车中人曰："是吾儿也。孽鬼何敢尔！可悉缚来，勿致漏脱。"锡九觉有人去其塞，少定，细认，真其父也。大哭曰："儿为父骨良苦。今固尚在人间耶！"父曰："我非人，太行总管也。此来亦为吾儿。"锡九哭益哀。父慰谕之。锡九泣述岳家离昏。父曰："无忧，今新妇亦在母所。母念儿甚，可暂一往。"遂与同车，驰如风雨。

移时，至一官署，下车入重门，则母在焉。锡九痛欲绝，父止之。锡九啜泣听命。见妻在母侧，问母曰："儿妇在此，得毋亦泉下耶？"母曰："非也，是汝父接来，待汝归家，当便送去。"锡九曰："儿侍父母，不愿归矣。"母曰："辛苦跋涉而来，为父骨耳。汝不归，初志为何也？况汝孝行已达天帝，赐汝金万斤，夫妻享受正远，何言不归？"锡九垂泣。父数数促行，锡九哭失声。父怒曰："汝不行耶！"锡九惧，收声，始询葬所。父挽之曰："子行，我告之：去丛葬处百余步，有子母白榆是也。"挽之甚急，竟不遑别母。门外有健仆，捉马待之。既超乘，父嘱曰："日所宿处，有少资斧，可速办装归，向岳索妇；不得妇，勿休也。"锡九诺而行。马绝驶，鸡鸣至西安。仆扶下，方将拜致父母，而人马已杳。寻至旧宿处，倚壁假寐，以待天明。坐处有拳石碍股；晓而视之，白金也。市棺赁舆，寻双榆下，得父骨而归。合厝既毕，家徒四壁。幸里中怜其孝，共饭之。

将往索妇，自度不能用武，与族兄十九往。及门，门者绝之。十九素无赖，出语秽亵。周使人劝锡九归，愿即送女去，锡九乃还。初，女之归也，周对之骂婿及母，女不语，但向壁零涕。陈母死，亦不使闻。得离书，掷向女曰："陈家出汝矣！"女曰："我不曾悍逆，何为出我？"欲归质其故，又禁闭之。后锡九如西安，遂造凶讣，以绝女志。此信一播，遂有杜中翰来议姻，竟许之。亲迎有日，女始知，遂泣不食，以被韬面，气如游丝。周正无法，忽闻锡九至，发语不逊，意料女必死，遂舁归锡九，意将待女死以泄其愤。锡九归，而送女者已至；犹恐锡九见其病而不内，甫入门，委之而去。邻里代忧，共谋舁还；锡九不听，扶置榻上，而气已绝。始大恐。正遑迫间，周子率数人持械入，门窗尽毁。锡九逃匿，苦搜之。乡人尽为不平；十九纠十余人锐身急难，周子兄弟皆被夷伤，始鼠窜而去。周益怒，讼于官，捕锡九、十九等。锡九将行，以女尸嘱邻媪。忽闻榻上若息，近视之，秋波微动矣；少时，已能转侧。大喜，诣官自陈。宰怒周讼诬。周惧，啗以重赂，始得免。

锡九归，夫妻相见，悲喜交并。先是，女绝食奄卧，自矢必死。忽有人捉起曰："我陈家人也，速从我去，夫妻可以相见；不然，无及矣！"不觉身已出门，两人扶登肩舆，顷刻至官廨，见公姑具在。问："此何所？"母曰："不必问，容当送汝归。"一日，见锡九至，甚喜。一见遽别，心颇疑怪。公不知何事，恒数日不归。昨夕忽归，曰："我在武夷，迟归二日，难为保儿矣。可速送儿归去。”遂以舆马送女。忽见家门，遂如梦醒。女与锡九共述曩事，相与惊喜。由此夫妻相聚，但朝夕无以自给。锡九于村中设童蒙帐，兼自攻苦。每私语曰：“父言天赐黄金，今四堵空空，岂训读所能发迹耶?”

一日，自塾中归，遇二人，问之曰：“君陈某耶?”锡九曰：“然。”二人即出铁索絷之。锡九不解其故。少间，村人毕集，共诘之，始知郡盗所牵。众怜其冤，醵钱赂役，途中得无苦。至郡见太守，历述家世。太守愕然曰：“此名士之子，温文尔雅，乌能作贼!”命脱缧绁，取盗严梏之，始供为周某贿嘱。锡九又诉翁婿反面之由，太守更怒，立刻拘提。即延锡九至署，与论世好，盖太守旧邳宰韩公之子，即子言受业门人也。赠灯火之费以百金；又以二骡代步，使不时趋郡，以课文艺。转于各上官游扬其孝，自总制而下，皆有馈遗。锡九乘骡而归，夫妻慰甚。

一日，妻母哭至，见女伏地不起。女骇问之，始知周已被械在狱矣。女哀哭自咎，但欲觅死。锡九不得已，诣郡为之缓颊。太守释令自赎，罚谷一百石，批赐孝子陈锡九。放归，出仓粟，杂糠秕而辇运之。锡九谓女曰：“尔翁以小人之心度君子矣。乌知我必受之，而琐琐杂糠覈耶?”因笑却之。

锡九家虽小有，而垣墙陋敝。一夜，群盗入。仆觉，大号，止窃两骡而去。后半年余，锡九夜读，闻挝门声，问之寂然。呼仆起视，则门一启，两骡跃入，乃向所亡也。直奔枥下，咻咻汗喘。烛之，各负革囊；解视，则白镪满中。大异，不知其所自来。后闻是夜大盗劫周，盈装出，适防兵追急，委其捆载而去。骡认故主，径奔至家。周自狱中归，刑创犹剧，又遭盗劫，大病而死。女夜梦父囚系而至，曰："吾生平所为，悔已无及。今受冥谴，非若翁莫能解脱，为我代求婿，致一函焉。"醒而呜泣。诘之，具以告。锡九久欲一诣太行，即日遂发。既至，备牲物酹祝之，即露宿其处，冀有所见，终夜无异，遂归。周死，母子逾贫，仰给于次婿。王孝廉考补县尹，以墨败，举家徙沈阳，益无所归。锡九时顾恤之。

异史氏曰：善莫大于孝，鬼神通之，理固宜然。使为尚德之达人也者，即终贫，犹将取之，乌论后此之必昌哉？或以膝下之娇女，付诸颁白之叟，而扬扬曰："某贵官，吾东床也。"呜呼！宛宛婴婴者如故，而金龟婿以谕葬归，其惨已甚矣，而况以少妇从军乎？

【译文】

陈锡九，江苏邳县人。父亲陈子言，是县内名士。有个姓周的富户，仰慕陈家声望，把女儿许给锡九。陈子言屡次参加乡试都没中举，家业衰败，就去陕西游学，好几年没有音信。周某暗暗后悔订了这门亲。他把小女儿嫁给王举人当填房；王家聘礼丰厚，仆役车马很气派。周某因此更加嫌恶锡九贫穷，打定主意要退婚，问女儿，女儿却不同意。周某大怒，便让她穿戴着粗劣的服饰嫁给锡九。每天揭不开锅，周某毫不顾惜。一天，周某派老女仆送食盒给女儿吃，一进门就对锡九的母亲说："主人叫我来看看姑娘饿死没有。"周女怕婆婆难堪，强颜欢笑把她的话支开。于是取出盒子里的菜肴糕饼，放在婆婆面前。老妇阻止她说："用不着这样！自从姑娘嫁给人家，什么时候有过一杯凉水的回礼？我家的东西，料想姥姥也没脸吃下去。"陈母气极，声音、脸色都变了。老妇不服气，恶言恶语伤人。正在吵吵嚷嚷，锡九从外面进来，问明情况后勃然大怒，抓住老妇的头发，给她几个巴掌，边打边把她赶出了门。第二天，周某来接女儿回家，女儿不肯回去；第三天又来了，还增加了人数，七嘴八舌的，好像要寻衅打架。陈母硬劝周女回娘家，周女流着眼泪拜别婆婆，上车走了。过了几天，又派人来，逼着要离婚书，母亲又强迫锡九给了他。只是盼望陈子言回来，想办法搬家。周家有人从西安来，得知陈子言已经死了，陈母哀伤气愤成病，离开了人世。锡九在哀痛窘迫之中，还希望妻子回来；很久没有消息，心情更加悲愤。几亩薄田，卖了给母亲置办棺木。安葬完毕，就讨饭到陕西去，要寻找父亲的尸骨。

到了西安，到处打听当地人，有人说几年前有个书生死在旅店里，葬在东郊，现在坟墓已经湮没了。锡九无法可想，只有白天在市内讨饭，晚上在破庙里过夜，希望有知情的人。一天晚上，锡九正路过一片乱坟，有几个人拦住他的去路，逼着他要饭钱。锡九说："我是外乡人，到处讨饭吃，哪里欠过人家饭钱呢?"那伙人恼了，把他打倒在地，用葬死孩子的破棉絮塞住他的嘴巴。锡九声嘶力竭，眼看就要死了。那伙人忽然都惊恐地说："不知是哪里的官府来人了!"撒开手，一片寂静。不一会有车马来到，就问："躺在地上的是什么人?"马上就有几个人把他扶到车前，车里的人说："这是我的儿子呀！这些造孽的恶鬼，怎么敢这样！统统给我捆来，一个也不要漏掉。"锡九觉得有人掏出他嘴里的破棉絮，稍微定了一下神，仔细辨认，果真是自己的父亲，大哭着说："儿子为寻找父亲的尸骨好苦！原来父亲还活在世上啊!"父亲说："我不是活人，是太行山总管。这次来，也是为了我儿。"锡九哭得更加伤心。父亲劝慰了一会。锡九抽泣着诉说岳父逼他离婚的事，父亲说："别担忧，媳妇如今也在你母亲那里，你母亲非常想念你，可以暂时去一下。"就让锡九同车，风驰电掣般驶去。

过了一会，到一座官署门前，下车穿过几道大门，看见母亲在里面。锡九悲痛欲绝，父亲劝阻了他。锡九抽泣着听从了。看见妻子在母亲身边，就问母亲："儿媳在这里，是不是也已命归黄泉了?"母亲说："不是，她是你父亲接来的，等你回家后，该就送回去。"锡九说："儿子侍候父母，不愿再回去了。"母亲说："你千辛万苦长途跋涉到这里，为的是找到父亲的尸骨，你不回去，当初的心愿怎么办呢？况且你的孝行已经被天帝知道，赏赐给你黄金万斤，你们夫妻享受的日子正长，怎么能说不回去呢？”锡九听了，只是低头抽泣。父亲一次又一次催他走，锡九放声痛哭起来。父亲恼怒地说：“你不走是不是！”锡九怕父亲生气，忍住哭声，开始询问父亲埋葬的地方。父亲拉着他说：“你去吧，我告诉你：离那乱坟堆一百多步远，有一大一小两棵白榆树的地方就是。”由于拉他走得很急，竟来不及同母亲告别。门外有个健壮的仆人，正牵着马等他。锡九骑上马背，父亲又嘱咐道：“你往日过夜的地方，有一些盘缠钱，可尽快置办行装回去，向岳父要妻子；得不到妻子，不要罢休。”锡九答应着走了。马跑得极快，鸡叫时已到了西安。仆人把他扶下马，他正想托仆人向父母致意，人和马已经无影无踪了。就找到以往过夜的地方，靠着墙打盹，等待天亮。觉得坐的地方有块拳头大的石块硌着屁股，天亮一看，原来是块银子。锡九于是买了棺材，租了车子，找到两棵榆树底下，挖出父亲的尸骨运了回去。把双亲合葬完毕，家里就什么也没有了。幸而邻居可怜他的孝心，都给他饭吃。

锡九准备去岳父家要回妻子，自忖使武的不行，就和族兄陈十九一同前往。到了周家门前，看门的不让他们进去。陈十九一向是个无赖，用肮脏话乱骂一气。周某派人劝锡九回去，愿意马上把女儿送回来，锡九方才回家。当初，周女被接回娘家时，周某朝着她大骂女婿和亲家母，周女一声不吭，只是对着墙壁流泪。陈母死了，也不让她知道。周某拿到锡九的离婚书后，扔给女儿说：“陈家把你休了！”周女说：“我不曾凶悍忤逆，为什么休弃我？”想回去问个明白，周某又把她禁闭起来。后来锡九去了西安，又伪造凶信说锡九已经死了，以断她的希望。这个消息一传开，就有个杜中翰来提亲，周某竟然答应了。迎亲的日子已在眼前，周女才知道这件事，就哭着不肯吃东西，用被子蒙着脸，气息微弱得就像一缕游丝。周某正在无法可想的时候，忽然听到锡九来要人，而且出言不逊，心想女儿已是必死无疑，就把她抬着送回陈家，打算等女儿死了，趁机发泄一下心头的怨恨。锡九刚回到家中，周某已派人把女儿送到；还怕锡九见她病重不肯接受，一进门，扔下她就走了。邻居们替锡九担忧，都出主意叫他再抬回去；锡九不听，把妻子扶到床上，却已经断气了。这才大为恐慌。正急得不知所措，周某的儿子领几个人拿着棍棒闯了进来，门窗全被砸坏。锡九逃出去躲起来，这些人苦苦搜寻他。乡亲们都为锡九打抱不平，危急中陈十九纠集了十几个人挺身而出，周家弟兄都被打伤，这才抱头鼠窜而去。周某更加恼怒，到官府告状，拘捕锡九、十九等人。锡九临走的时候，将妻子的尸体托付给邻家的老太太。忽然听到床上好像有呼吸的声音，走近一看，妻子的眼睛在微微转动；不一会，已经能翻身了。心里非常高兴，自动到官府陈述了情况。县官因周某诬告发怒了。周某害怕，花很多钱贿赂，才免于治罪。

锡九回到家中，夫妻相见，悲喜交集。在此之前，周女绝食，奄奄一息躺着，已下了必死的决心。忽然有人把她拉起来说："我是陈家的人，快跟我去，夫妻可以相见；不然，就来不及了！"不知不觉身子已经出了房门，两个人扶她上了轿子，很快到了一处官署，见公公、婆婆都在里面，就问道："这是什么地方？"婆婆说："你不必问，过几天就送你回去。"一天，看见锡九来了，很高兴。但见了一面就匆匆分别，心里很纳闷。公公不知有什么事，常常好几天不回家。昨天晚上忽然回到家中，对婆婆说："我在武夷山，回来晚了两天，难为你守着孩子，可快送孩子回去。"于是用车马将她送了回来。忽然间见到家门，就像从梦中醒来一般。周女和锡九一起叙说往事，相互又惊又喜。从此夫妻天天在一起，只是早晚连饭都吃不上。锡九在村里办了个私塾教孩子读书，同时自己也刻苦攻读。常私下这样说："父亲说天帝赏赐给我黄金，现在家里四壁空空，难道教几个小孩就能发财吗？"

一天，锡九从私塾回家，遇到两个人，问他："你是陈锡九吗？"锡九说："是的"。那两个人就拿出铁链把他扣住，锡九不知是怎么回事。一会儿，村里人都来了，一起质问那两个人，才知道锡九受到府里一伙强盗的牵连。大家都可怜锡九冤枉，凑钱贿赂那两个衙役，路上才没吃苦。到府里见了知府，锡九一一陈述家世。知府惊讶地说："此人是名士的儿子，温文尔雅，怎能做贼呢？"命衙役解除他身上的枷锁，从狱中提出强盗，严刑拷问，才供出是周某收买他们诬陷锡九的。锡九又诉说了岳父女婿反目成仇的原因，知府更加气愤，立即把周某抓来。接着又把锡九请进官署，和他叙起世交，原来知府是过去邳县县官韩公的儿子，是陈子言教过的学生。知府送他一百两银子作夜间读书的灯火费；又给了两匹骡子作坐骑，叫他常常到府里来，考核学业。又在上司面前到处称扬他的孝行，自总督以下，各级官员都对锡九有所馈赠。锡九骑着骡子回家，夫妻两人都很欣慰。

一天，岳母哭着来了，见到女儿就趴在地上不肯起来。周女吓了一跳，问她有什么事，才知道周某已经披枷带锁关进监狱了。周女哀哭着谴责自己，只想寻死。锡九不得已，到府里去为周某说情。知府把周某放了，叫他自己拿出财物赎罪，罚了一百石谷子，并批示将这些谷子赐给孝子陈锡九。周某放回家后，从仓库里取出谷子，搀上糠秕，用车子送到陈家。锡九对妻子说；“你父亲以小人之心度君子之腹。怎么知道我一定会收下这些谷子，而要这样小家子气地搀进糠秕呢?”于是笑着把这些谷子退了回去。

锡九家虽然略微有了些财产，但围墙破陋不堪。一天晚上，一群强盗闯进来。仆人发觉后大喊起来，强盗只偷走了两匹骡子。过了半年多时间，锡九正在夜里读书，听见有敲门的声音，问了却又没有动静。就叫仆人起来看，门一开，两匹骡子跳了进来，就是半年前被偷走的。骡子直奔槽下，气喘吁吁，满身是汗。用烛一照，各驮着皮袋；解开一看，里面装满白银。大为惊奇，不知从哪里来的。后来听说这天晚上一伙大盗抢劫周家，装满皮袋出来，正好遇上守城的兵士紧急追捕，就弃掉皮袋骡子走了。骡子认识旧主人的家，直接奔了回来。周某从狱中回来，受刑的创伤仍然很重，又遭到强盗抢劫，大病一场死去。周女夜晚梦见父亲戴着枷锁来到跟前，说:“我生平所作所为，后悔已经来不及了。现在受到阴间的惩罚，除了你的公公，谁也不能解救我，你替我求求女婿，写封信说说情吧。”醒后呜呜哭了起来。锡九问她，就把梦中的事都告诉了他。锡九早就想到太行山去一次，当天就出发了。到达以后，备下祭品，洒酒祝告，便在那里露宿，希望能见到父母。但一夜下来，并没有异常现象，就回家了。周某死后，周家母子更加贫困，靠二女婿接济。王举人通过考试，补为县尹，因为贪污被撤了职，全家流放到沈阳，周家母子更无依靠了。锡九常常照顾他们。

异史氏说：善行没有比孝行更大的，这道理鬼神相通，理所当然。如果是个崇尚德行的通达之士，即使孝子终身贫困，还是要选他为婿，哪会考虑他以后一定能兴旺起来呢？有的人把身边的娇女，嫁给须发斑白的老头，还洋洋自得地说："某某贵官，是我的女婿。"唉！少女窈窕的身段，娇柔的声音，依然未变，而做官的女婿，却已发丧归葬，这也真够凄惨了！何况使得年轻的妇女，跟着丈夫充军发配到边远地方呢！

（卷八译者：黄　珅）

公批准了他的状子，发下牌签，派公差立刻把妇人提来。某翁听到消息吓慌了神，带着一帮子侄来到公堂，苦苦哀求邵公准予免提，邵公不答应。李监生也后悔了，请求撤回诉讼。邵公发怒道：“公门里难道由得了你做主，官司要打就打，要停就停不成？今天非得把人带来审理不可！”妇人上堂后，他只问了一两句，就说：“真是一只雌老虎！”下令责打三十大板，把屁股都打烂了。

异史氏说：邵公大概对妇人不守闺德的行为痛心已久了吧，怎么怒气这般暴烈啊！不过县里有了这样贤明的父母官，民间就不会再有凶悍的泼妇了。记下这事，以弥补“循吏传”的不足。

于去恶

北平陶圣俞，名下士。顺治间，赴乡试，寓居郊郭。偶出户，见一人负笈佢儴，似卜居未就者。略诘之，遂释负于道，相与倾语，言论有名士风。陶大说之，请与同居。客喜，携囊入，遂同栖止。客自言：“顺天人，姓于，字去恶。”以陶差长，兄之。

于性不喜游瞩，常独坐一室，而案头无书卷。陶不与谈，则默卧而已。陶疑之，搜其囊箧，则笔研之外，更无长物。怪而问之。笑曰：“吾辈读书，岂临渴始掘井耶？”一日，就陶借书去，闭户抄甚疾，终日五十余纸，亦不见其折叠成卷。窃窥之，则每一稿脱，辄烧灰吞之。愈益怪焉，诘其故。曰：“我以此代读耳。”便诵所抄书，顷刻数篇，一字无讹。陶悦，欲传其术；于以为不可。陶疑其吝，词涉诮让。于曰：“兄诚不谅我之深矣。欲不言，则此心无以自剖；骤言之，又恐惊为异怪。奈何？”陶固谓：“不妨。”于曰：“我非人，是鬼耳。今冥

卷　九

邵临淄

临淄某翁之女，太学李生妻也。未嫁时，有术士推其造，决其必受官刑。翁怒之；既而笑曰：“妄言一至于此！无论世家女必不至公庭，岂一监生不能庇一妇乎？”既嫁，悍甚，指骂夫婿以为常。李不堪其虐，忿鸣于官。邑宰邵公准其词，签役立勾。翁闻之，大骇，率子弟登堂，哀求寝息。弗许。李亦自悔，求罢。公怒曰：“公门内岂作辍尽由尔耶？必拘审！”既到，略诘一二言，便曰：“真悍妇！”杖责三十，臀肉尽脱。

异史氏曰：公岂有伤心于闺阃耶？何怒之暴也！然邑有贤宰，里无悍妇矣。志之，以补《循吏传》之所不及者。

【译文】

山东临淄县某翁的女儿，是国子监李监生的妻子。出嫁之前，有个算命的推算她的生辰八字，断言她一定会受官刑。某翁听了勃然大怒，随后又哑然失笑道：“胡言乱语竟到了这地步！且不说绅士家女儿决计不会上公堂出乖露丑，难道一个监生还不能庇护自己的老婆么？”他女儿嫁到李家后，凶悍得很，指骂丈夫，简直是家常便饭。李监生受不了河东狮吼，憋着一肚子气去告了官。县令邵

中国古代名著全本译注丛书

聊斋志异全译

下

[清]蒲松龄 著 丁如明等 译

中以科目授官，七月十四日奉诏考帘官，十五日士子入闱，月尽榜放矣。”陶问：“考帘官为何？”曰：“此上帝慎重之意，无论乌吏鳖官，皆考之。能文者以内帘用，不通者不得与焉。盖阴之有诸神，犹阳之有守、令也。得志诸公，目不睹坟、典，不过少年持敲门砖，猎取功名，门既开，则弃去；再司簿书十数年，即文学士，胸中尚有字耶！阳世所以陋劣倖进，而英雄失志者，惟少此一考耳。”陶深然之，由是益加敬畏。

一日，自外来，有忧色，叹曰：“仆生而贫贱，自谓死后可免；不谓迍邅先生相从地下！”陶请其故。曰：“文昌奉命都罗国封王，帘官之考遂罢。数十年游神耗鬼，杂入衡文，吾辈宁有望耶！”陶问：“此辈皆谁何人？”曰：“即言之，君亦不识。略举一二人，大概可知：乐正师旷、司库和峤是也。仆自念命不可凭，文不可恃，不如休耳。”言已怏怏，遂将治任。陶挽而慰之，乃止。

至中元之夕，谓陶曰：“我将入闱。烦于昧爽时，持香炷于东野，三呼去恶，我便至。”乃出门去。陶沽酒烹鲜以待之。东方既白，敬如所嘱。无何，于偕一少年来。问其姓字。于曰：“此方子晋，是我良友。适于场中相邂逅。闻兄盛名，深欲拜识。”同至寓，秉烛为礼。少年亭亭似玉，意度谦婉，陶甚爱之。便问：“子晋佳作，当大快意？”于曰：“言之可笑！闱中七则，作过半矣；细审主司姓名，裹具径出。奇人也！”陶扇炉进酒，因问：“闱中何题？去恶魁解否？”于曰：“书艺、经论各一，夫人而能之。策问：‘自古邪僻固多，而世风至今日，奸情丑态，愈不可名，不惟十八狱所不得尽，抑非十八狱所能容。是果何术而可？或谓宜量加一二狱，然殊失上帝好生之心。其宜增与、否与，或别有道以清其源，尔多士其悉言勿隐。’弟策虽不佳，颇为痛快。表：‘拟天魔殄灭，赐群臣龙马天衣有差。’次则‘瑶台应制诗’、‘西池桃花赋’。此三种，自谓场中无两矣！”言已鼓掌。方笑曰：“此时快心，放兄独步矣；数辰后，不痛哭始为男子也。”

天明，方欲辞去。陶留与同寓，方不可，但期暮至。三日，竟不复来。陶使于往寻之。于曰：“无须。子晋拳拳，非无意者。”日既西，方果来。出一卷授陶，曰：“三日失约，敬录旧艺百余作，求一品题。”陶捧读大喜，一句一赞，略尽一二首，遂藏诸笥。谈至更深，方遂留，与于共榻寝。自此为常；方无夕不至，陶亦无方不欢也。

一夕，仓皇而入，向陶曰：“地榜已揭，于五兄落第矣！”于方卧，闻言惊起，泫然流涕。二人极意慰藉，涕始止。然相对默默，殊不可堪。方曰：“适闻大巡环张桓侯将至，恐失志者之造言也；不然，文场尚有翻覆。”于闻之，色喜。陶询其故。曰：“桓侯翼德，三十年一巡阴曹，三十五年一巡阳世，两间之不平，待此老而一消也。”乃起，拉方俱去。

两夜始返，方喜谓陶曰：“君不贺五兄耶？桓侯前夕至，裂碎地榜，榜上名字，止存三之一。遍阅遗卷，得五兄甚喜，荐作交南巡海使，旦晚舆马可到。”陶大喜，置酒称贺。酒数行，于问陶曰：“君家有闲舍否?”问：“将何为?”曰：“子晋孤无乡土，又不忍恝然于兄。弟意欲假馆相依。”陶喜曰：“如此，为幸多矣。即无多屋宇，同榻何碍。但有严君，须先关白。”于曰：“审知尊大人慈厚可依。兄场闱有日，子晋如不能待，先归何如?”陶留伴逆旅，以待同归。

次日，方暮，有车马至门，接于莅任。于起握手曰：“从此别矣。一言欲告，又恐阻锐进之志。”问：“何言?”曰：“君命淹蹇，生非其时。此科之分十之一；后科桓侯临世，公道初彰，十之三；三科始可望也。”陶闻，欲中止。于曰：“不然，此皆天数，即明知不可，而注定之艰苦，亦要历尽耳。”又顾方曰：“勿淹滞，今朝年、月、日、时皆良，即以舆盖送君归。仆驰马自去。”方忻然拜别。陶中心迷乱，不知所嘱，但挥涕送之。见舆马分途，顷刻都散。始悔子晋北旋，未致一字，而已无及矣。

三场毕，不甚满志，奔波而归。入门问子晋，家中并无知者。因为父述之。父喜曰：“若然，则客至久矣。”先是陶翁昼卧，梦舆盖止于其门，一美少年自车中出，登堂展拜。讶问所来。答云：“大哥许假一舍，以入闱不得偕来。我先至矣。”言已，请入拜母。翁方谦却，适家媪入曰：“夫人产公子矣。”恍然而醒，大奇之。是日陶言，适与梦符，乃知儿即子晋后身也。父子各喜，名之小晋。儿初生，善夜啼，母苦之。陶曰：“倘是子晋，我见之，啼当止。”俗忌客忤，故不令陶见。母患啼不可耐，乃呼陶入。陶呜之曰：“子晋勿尔！我来矣！”儿啼正急，闻声辍止，停睇不瞬，如审顾状。陶摩顶而去。自是竟不复啼。

数月后，陶不敢见之；一见，则折腰索抱，走去，则啼不可止。陶亦狎爱之。四岁离母，辄就兄眠；兄他出，则假寐以俟其归。兄于枕上教《毛诗》，诵声呢喃，夜尽四十余行。以子晋遗文授之，欣然乐读，过口成诵；试之他文，不能也。八九岁，眉目朗彻，宛然一子晋矣。陶两入闱，皆不第。丁酉，文场事发，帘官多遭诛遣，贡举之途一肃，乃张巡环力也。陶下科中副车，寻贡。遂灰志前途，隐居教弟。常语人曰：“吾有此乐，翰苑不易也。”

异史氏曰：余每至张夫子庙堂，瞻其须眉，凛凛有生气。又其生平喑哑如霹雳声，矛马所至，无不大快，出人意表。世以将军好武，遂置与绛、灌伍；宁知文昌事繁，须侯固多哉！呜呼！三十五年，来何暮也！

【译文】

北京人陶圣俞，是一时名士。顺治年间，他到省城参加举人考试，借居在城外。偶然出门，看见一个人背着行李，急匆匆赶路，像是还没有找到歇脚的地方。陶圣俞稍向他动问几句，那人就把行囊放在地上，推心置腹交谈起来，言论间有名士风度。陶圣俞大为倾心，请他与自己同住。来人欣然从命，行李带进屋，两人就生活在一起。那人自称顺天府人，姓于，名去恶。因为陶圣俞年龄稍大些，就被认了兄长。

于去恶生性不爱游览，常常一个人待在屋里，但桌上并无书本文章。陶圣俞不与他交谈时，他就只是默不作声地躺着。陶圣俞好生奇怪，检视他的行箧，除了笔墨纸砚外，再没有多余的东西。大惑不解，不免开口询问。于去恶笑笑，答道："像我们这样的人读书，难道还需要临阵磨枪，'急来抱佛脚'不成?"一天，他向陶圣俞借得书去，关了房门抄得飞快，一天下来五十几张纸，却也不见他堆叠成册。陶圣俞偷偷张望，只见他每抄完一篇，就付之一炬，把灰吞下肚去。这下更是疑窦丛生，当即请教个中缘故。于去恶说："我用这代替诵读罢了。"就将所抄的文字琅琅背诵起来，一口气背了好几篇，一字不误。陶圣俞大感兴趣，希望能学得他的本领，于去恶却表示不行。陶圣俞疑心他不够朋友，出语中便有责备的意思。于去恶说："老兄实在是太不谅解我了。想不对你说吧，我的心就无法自白；一下子说出来，又怕你因为怪异而惊吓。叫我怎么是好?"陶圣俞一再表示不碍事。于去恶说："我不是人类，是个鬼罢了。如今阴间用分科考试的方法授任官吏，七月十四日奉旨先考试官，十五日读书人进入试场，到月底可以发榜了。"陶圣俞问："试官为什么还要先考呢?"于去恶说："这是上帝慎重行事的意思，大小百官，无论阿狗阿猫，都要考核。通文章的作主考、阅卷官使用，不行的休想滥竽充数。因为阴间设立诸神，就像阳世有太守、县令一般。那些平步青云的衮衮诸公，从不读三坟、五典，不过是年轻时依仗几篇时文作敲门砖猎取功名，门已开，砖便丢弃一旁，再在文牍堆里泡上十几年，即使是以文学进身的士人，胸中哪还有点墨！阳世间所以小人得志而英雄失路，只是缺少阴间这一考罢了！"陶圣俞深以为然，从此对于去恶更为敬服。

一天，于去恶从外面来，满面愁容，叹息着说："我活着时不能发迹，自以为死了可以避免，想不到九泉之下，晦气鬼仍然不肯放过我！"陶圣俞问是怎么回事。于去恶说："文昌帝君奉命去都罗国册封国王，所以试官的考核就取消了。在官场中鬼混了几十年的一批神鬼，拼拼凑凑都混入了试官之列，像我们这般读书人哪还有什么希望!"陶圣俞问："都是些什么神鬼?"于去恶说："就是说出来，你也不认识。大略举一两个，你就可见一斑了。一个是春秋时的师旷，你知道他是瞎子；一个是西晋的和峤，就是人称有'钱癖'的那家伙。我盘算自己命运信赖不得，文才依靠不得，不如不考算了!”说罢闷闷不乐，就要收拾铺盖行李。陶圣俞一边挽留，一边好言劝慰，他才作罢。

到了七月十五日中元节的晚上，于去恶对陶圣俞说：“我要进场赴考去了。烦请你在拂晓时，拿香到东边野地去点上，唤我三声‘去恶’，我就到了。”就出门而去。陶圣俞打了酒，烧了菜肴等着他。东方破晓，他恭恭敬敬依言而行，不多时，于去恶带了一个青年同来。请教那人的姓名，于去恶说：“这是我的好友方子晋。刚才在考场中不期而遇。他久仰老兄大名，渴望认识你。”三人同至寓所，点上蜡烛，互致敬礼。那青年身材颀长，如玉树临风，风度谦和温婉，陶圣俞很觉钟爱，就问道：“子晋场中的大作，一定很是得心应手吧?”于去恶说：“说来可笑！考试的七道题目，他已作完一大半了；仔细了解主考官的姓名，包好文具一直就出了考场，真是奇人!”陶圣俞扇旺炉火，烫酒送上，就问：“考试出了些什么题目？去恶兄一鸣惊人吧?”于去恶回答道：“《四书》同《五经》的八股文各一道，是人人都会做的。策问一道，题目是：‘从古以来坏人坏事固然层出不穷，然而人间风气到了现今，奸宄的情弊、丑恶的表现，更是不可名状。不仅十八层地狱的惩治范围概括不尽，而且十八层地狱都关不下了。这到底采取什么措施为好？有人认为应当酌情增设一两座新狱，但这很失上帝好生之德。是添加地狱数量还是不添，或者还有其他正本清源的办法，请列位考生务必畅所欲言，不必隐讳。’我的对策虽然不理想，却发挥得十分淋漓痛快。拟表一道，题目是‘鬼魔荡灭后，赏赐有功群臣数量不等的龙马及天衣’，以下诗题是‘瑶台应制’，赋题是‘西池桃花’，这三道，自以为在考场中是独一无二的了。”说完不禁拍起手来。方子晋笑着说：“现在老兄兴高采烈，随你独步天下了；再过几个时辰，不痛哭流涕，那才算男子汉呢。”

天亮时分，方子晋要告辞。陶圣俞挽留他一同住下，方子晋没同意，只约好黄昏再来。一连三天，竟然不再露面。陶圣俞请于去恶去找他，于去恶说：“用不到。子晋恳挚，不是不讲感情的人。”夕阳西下，方子晋果然来了。他掏出一卷文稿交给陶圣俞，说：“失约三天，敬录往日所作的时文一百余篇，请你批评指教。”陶圣俞捧读着极为欣赏，一句一赞，稍读了一两篇，就将文稿珍藏在书箱里。三人交谈直到夜深，方子晋就留下过夜，与于去恶同睡一床。从此后习以为常，方子晋没有一晚不来；陶圣俞不见方子晋，也会郁郁不乐。

一天晚上，方子晋神色惊慌地进来，向陶圣俞说："阴间的试榜已经揭晓，去恶兄名落孙山了！"于去恶刚睡下，听得此言大惊，从床上翻起，泪水不住地流了下来。陶、方两人极力劝慰，他才收住了泪。三个人默默相对，那情景非常令人难受。方子晋说："刚才听说天界的巡按桓侯将到，——恐怕是失意者的流言。如果不是谣传，那么文场还有翻覆。"于去恶听他一说，顿时面露喜色。陶圣俞问怎么回事。于去恶说："桓侯张翼德，每隔三十年巡行一回地府，三十五年视察一番阳世。这两处的冤屈不平，都要等这老将军来消除呢。"就起身，拉着方子晋一同出去。

过了两夜，两人才回来，方子晋喜形于色地对陶圣俞说："你不来祝贺祝贺于兄吗？桓侯前天晚上驾到，将阴间发榜的文告撕得粉碎，榜上的名字只保留了三分之一。又将落第的试卷一一审阅，发现了于兄的文才，很是高兴，举荐他任交南巡海使，上任的车马早晚就可到。"陶圣俞大喜，摆下酒宴祝贺。酒斟了几遍，于去恶问陶圣俞道："你家里可有空着的房屋？"陶圣俞问："你要干什么？"于去恶说："子晋孤苦伶仃，无家可归，又舍不得漠然与兄分别。我想让他借住在府上有个依靠。"陶圣俞高兴地说："真能这样，我就太荣幸了。即使房子没多，同睡一床又有何妨！只是家父还在，需要先禀告一声。"于去恶说："我很知道府上大人仁慈宽厚，极可信赖。你参加考试还有时日，子晋如果等不及，让他先回你家如何？"陶圣俞留他陪伴自己作客，好等着同自己一起回去。

第二天天色刚黑，就有车马到门前，接于去恶赴任。于去恶站起来同陶圣俞握手，说："就此告别了。有一句话想告诉你，又怕影响了你进取的壮志。"问他是什么话，于去恶说："你的命运困顿，生不逢辰。这一届的考试，只有十分之一的希望；下一届桓侯巡视人间，公理正气开始抬头，有十分之三的把握；要第三次科举考试，才有出头之日。"陶圣俞听了，就想中途退却。于去恶说："不能如此。这都是天数，就是明知不行，而命中注定的艰苦，也要全部经历过罢了。"又对方子晋说："你不要再久留了。今天的年、月、日、时辰，都很吉利，就用车乘送你回去，我骑马去上任好了。”方子晋高兴地向陶圣俞行礼告别。陶圣俞心乱如麻，也不知该说些什么，只是挥泪为他俩送行。只见车辆马匹各奔前程，顷刻间已不见踪影。这才后悔子晋北归，自己没有给他一句口信，但却已经追不上了。

三场考试结束，陶圣俞自己不很满意，跋涉着赶回了家。进门问起子晋，家里并不知道这个人，于是他向父亲陈述了始末。父亲高兴地说：“若是这样，那么客人已经来了好久了！”原来此前有一天陶父睡午觉，梦见张着帷幄的车乘停在门口，有个美少年从车中出来，登上厅堂行拜跪之礼。陶父惊讶，问客从何来，对方答道：“圣俞大哥答应我借府上一间屋子居住，他因为参加考试，不能同来，我就先到一步了。”说罢，请求进内屋拜见陶母。陶父正在谦让，只听家中的老仆妇进来禀报，说：“夫人生下公子了。”顿时清醒过来，心里感到万分奇怪。这天圣俞的一席话，正与梦境相符，这才知道新生儿就是子晋的后身。父子两人都很兴奋，就为他起名小晋。

小晋出生不久，老是夜间哭闹，陶母十分苦恼。陶圣俞说：“假如是子晋投生，我见了他，啼哭一定会停的。”当地风俗忌讳婴儿见生人，所以不让陶圣俞去见他。陶母被儿啼缠得实在忍受不了，这才叫陶圣俞进入。陶圣俞哄着婴儿说：“子晋别这样，我来了！”小晋哭得正欢，听到声音马上停止，小眼睛盯着他不眨一下，好像在仔细辨认似的。陶圣俞抚摸一番孩子的头顶，这才起身离开。从此后，小晋竟再不哭闹了。

几个月后，陶圣俞简直不敢来看弟弟了，一见面，小晋就弯过腰来要他抱；一走开，就哭个不住。陶圣俞也对弟弟十分亲昵钟爱。小晋四岁就离开母床，往往在哥哥身边睡，哥哥外出，就和衣躺在床上，等他回来。陶圣俞在枕头上教他读《诗经》，小晋牙牙学诵，一夜间可学会四十多行。又拿子晋留下的文稿教他，他很乐意学习，读一遍就能背诵，用别人的文章来试，他就做不到了。八九岁时，眉清目秀，活脱脱一副子晋的模样。陶圣俞两次赶考都不中。顺治十四年（1657），顺天科场舞弊案发，主考官大多遭到处决或贬谪，科考的道路为之整肃一新，这正是天界巡使张桓侯的功绩。陶圣俞在下一科中了副榜，不久会试成了贡士。于是他冷却了功名之心，隐居在家，教弟弟读书。他常对人说："我有这样的天伦之乐，就是拿翰林院的高官来交换，我也不干。"

异史氏说：我每到张夫子庙堂，瞻仰他须眉威风凛凛，生气勃勃。又想到他生平叱咤风云，声如霹雳，挺矛纵马所到之处，无不大快人心，出人意表。人们因为张将军爱好武事，就把他放在周勃、灌婴一起，哪知道文昌帝君事忙，需要他出力的地方正多着呢！唉！三十五年，来得好晚啊！

狂　生

刘学师言："济宁有狂生某，善饮；家无儋石，而得钱辄沽，殊不以穷厄为意。值新刺史莅任，善饮无对。闻生名，招与饮而悦之，时共谈宴。生恃其狎，凡有小讼求直者，辄受薄贿，为之缓颊；刺史每可其请。生习为常，刺史心厌之。一日早衙，持刺登堂。刺史览之微笑。生厉声曰：'公如所请，可之；不如所请，否之。何笑也！闻之：士可杀而不可辱。他固不能相报，岂一笑不能报耶！'言已，大笑，声震堂壁。刺史怒曰：'何敢无礼！宁不闻灭门令尹耶！'生掉臂竟下，大声曰：'生员无门之可灭！'刺史益怒，执之。访其家居，则并无田宅，惟携妻在城堞上住。刺史闻而释之，但逐不令居城垣。朋友怜其狂，为买数尺地，购斗室焉。入而居之，叹曰：'今而后畏令尹矣！'"

异史氏曰：士君子奉法守礼，不敢劫人于市，南面者奈我何哉！然仇之犹得而加者，徒以有门在耳；夫至无门可灭，则怒者更无以加之矣。噫嘻！此所谓“贫贱骄人”者耶！独是君子虽贫，不轻干人，乃以口腹之累，喋喋公堂，品斯下矣。虽然，其狂不可及。

【译文】

刘学师说：山东济宁有个狂放不羁的书生，喜欢喝酒。家里没有担石存粮，却一有钱便去贪杯，全不把穷困艰难放在心上。正遇上新来的知州上任，也是海量没有对手。听得书生的名气，就请来共饮，很是赏识，常常同他一起谈谈喝喝。书生仗着混熟了，凡有打小官司求赢的，他往往接受数量有限的贿赂，为当事人在知州面前说情。知州也常常同意他的请求。书生习以为常，知州不免暗暗讨厌起来。一天上午升堂，书生又拿着名帖登上公庭。知州看了帖子，只是微笑。书生厉声说道：“明公同意我的请托就表明同意，不同意的话就直言拒绝，笑些什么！我听说：‘士可杀而不可辱。’别的固然不能还报，难道一笑也还报不了吗！”说罢大笑，震得公堂墙壁嗡嗡地响。知州动了怒，说：“你怎敢如此无礼！难道没有听说过‘灭门州县官’的话么？”书生胳臂一甩，竟走了，高声说：“学生没有门可灭！”知州更是怒不可遏，把他抓了起来。察访他的家，原来并没有田地房屋，只是带着妻子在城楼上住。知州知道后释放了他，但将他从城墙上赶走不许居住。朋友们同情他狂放，为他买下一点地皮，买了一间小屋。书生搬进去住了，感叹道：“从今后我要害怕州县官了！”

异史氏说：读书人奉法守礼，不敢去集市上杀人放火，朝南坐的官又能拿我怎么样？不过仇恨而还能加以迫害的，只是因为有“一家门”在的缘故。到没有门可灭，那么忌恨的人再也无处下手了。哈哈，这就是所谓“以贫贱来傲视人”吧。不过君子虽穷，不轻易巴结人，书生竟因为嘴巴肚子的连累，到公堂上叽叽呱呱，品格就不免卑下了。话是这么说，他的狂放还是常人所不可及的。

澂　俗

澂人多化物类，出院求食。有客寓旅邸时，见群鼠入米盎，驱之即遁。客伺其入，骤覆之，瓢水灌注其中，顷之尽毙。主人全家暴卒，惟一子在。讼官，官原而宥之。

【译文】

陕西澄城地方的人常常会幻化成动物，离开家院去寻觅食物。有个外地客人住在旅舍的时候，看到一群老鼠进了米缸，去赶就逃。这人等它们进缸，出其不意把盖盖上，舀水朝缸里灌，一刻工夫老鼠全死了。旅舍主人一家都突然死去，只有一个儿子幸存。向官府告状，官府了解了事情经过，赦免了外地客人。

凤　仙

刘赤水，平乐人，少颖秀。十五入郡庠。父母早亡，遂以游荡自废。家不中赀，而性好修饰，衾榻皆精美。

一夕，被人招饮，忘灭烛而去。酒数行，始忆之，急返。闻室中小语，伏窥之，见少年拥丽者眠榻上。宅临贵家废第，恒多怪异，心知其狐，亦不恐。入而叱曰："卧榻岂容鼾睡！"二人惶遽，抱衣赤身遁去。遗紫纨袴一，带上系针囊。大悦，恐其窃去，藏衾中而抱之。俄一蓬头婢自门罅入，向刘索取。刘笑要偿。婢请遗以酒，不应；赠以金，又不应。婢笑而去。旋返曰："大姑言：

如赐还，当以佳耦为报。”刘问：“伊谁？”曰：“吾家皮姓，大姑小字八仙，共卧者胡郎也；二姑水仙，适富川丁官人；三姑凤仙，较两姑尤美，自无不当意者。”刘恐失信，请坐待好音。婢去复返曰：“大姑寄语官人：好事岂能猝合？适与之言，反遭诟厉；但缓时日以待之，吾家非轻诺寡信者。”刘付之。

过数日，渺无信息。薄暮，自外归，闭门甫坐，忽双扉自启，两人以被承女郎，手捉四角而入，曰：“送新人至矣！”笑置榻上而去。近视之，酣睡未醒，酒气犹芳，赪颜醉态，倾绝人寰。喜极，为之捉足解袜，抱体缓裳。而女已微醒，开目见刘，四肢不能自主，但恨曰：“八仙淫婢卖我矣！”刘狎抱之。女嫌肤冰，微笑曰：“今夕何夕，见此凉人！”刘曰：“子兮子兮，如此凉人何！”遂相欢爱。既而曰：“婢子无耻，玷人床寝，而以妾换袴耶！必小报之！”从此无夕不至，绸缪甚殷。袖中出金钏一枚，曰：“此八仙物也。”又数日，怀绣履一双来，珠嵌金绣，工巧殊绝，且嘱刘暴扬之。刘出夸示亲宾。求观者皆以赀酒为贽，由此奇货居之。女夜来，作别语。怪问之，答云：“姊以履故恨妾，欲携家远去，隔绝我好。”刘惧，愿还之。女云：“不必，彼方以此挟妾，如还之，中其机矣。”刘问：“何不独留？”曰：“父母远去，一家十余口，俱托胡郎经纪，若不从去，恐长舌妇造黑白也。”从此不复至。

逾二年，思念綦切。偶在途中，遇女郎骑款段马，老仆鞚之，摩肩过；反启障纱相窥，丰姿艳绝。顷，一少年后至，曰："女子何人？似颇佳丽。"刘亟赞之。少年拱手笑曰："太过奖矣！此即山荆也。"刘惶愧谢过。少年曰："何妨。但南阳三葛，君得其龙，区区者又何足道！"刘疑其言。少年曰："君不认窃眠卧榻者耶？"刘始悟为胡。叙僚婿之谊，嘲谑甚欢。少年曰："岳新归，将以省觐，可同行否？"刘喜，从入萦山。——山上故有邑人避难之宅——女下马入。少间，数人出望，曰："刘官人亦来矣。"入门谒见翁妪。又一少年先在，靴袍炫美。翁曰："此富川丁婿。"并揖就坐。少时，酒炙纷纶，谈笑颇洽。

翁曰："今日三婿并临，可称佳集。又无他人，可唤儿辈来，作一团圞之会。"俄，姊妹俱出。翁命设坐。各傍其婿。八仙见刘，惟掩口而笑；凤仙辄与嘲弄；水仙貌少亚，而沉重温克，满座倾谈，惟把酒含笑而已。于是履舄交错，兰麝熏人，饮酒乐甚。刘视床头乐具毕备，遂取玉笛，请为翁寿。翁喜，命善者各执一艺，因而合座争取；惟丁与凤仙不取。八仙曰："丁郎不谙可也，汝宁指屈不伸者？"因以拍板掷凤仙怀中，便串繁响。翁悦曰："家人之乐极矣！儿辈俱能歌舞，何不各尽所长？"八仙起，捉水仙曰："凤仙从来金玉其音，不敢相劳；我二人可歌《洛妃》一曲。"二人歌舞方已，适婢以金盘进果，都不知其何名。翁曰："此自真腊携来，所谓'田婆罗'也。"因掬数枚送丁前。凤仙不悦曰："婿岂以贫富为爱憎耶？"翁微哂不言。八仙曰："阿爹以丁郎异县，故是客耳。若论长幼，岂独凤妹妹有拳大酸婿耶?”凤仙终不快，解华妆，以鼓拍授婢，唱《破窑》一折，声泪俱下；既阕，拂袖径去，一座为之不欢。八仙曰：“婢子乔性犹昔。”乃追之，不知所往。

刘无颜，亦辞而归。至半途，见凤仙坐路旁，呼与并坐。曰：“君一丈夫，不能为床头人吐气耶？黄金屋自在书中，愿好为之!”举足云：“出门匆遽，棘刺破复履矣。所赠物，在身边否?”刘出之。女取而易之。刘乞其敝者。辴然曰：“君亦大无赖矣！几见自己衾枕之物，亦要怀藏者？如相见爱，一物可以相赠。”旋出一镜付之曰：“欲见妾，当于书卷中觅之；不然，相见无期矣。”言已，不见。

怊怅而归。视镜，则凤仙背立其中，如望去人于百步之外者。因念所嘱，谢客下帷。一日，见镜中人忽现正面，盈盈欲笑，益重爱之。无人时，辄以共对。月余，锐志渐衰，游恒忘返。归见镜影，惨然若涕；隔日再视，则背立如初矣：始悟为己之废学也。乃闭户研读，昼夜不辍；月余，则影复向外。自此验之：每有事荒废，则其容戚；数日攻苦，则其容笑。于是朝夕悬之，如对师保。如此二年，一举而捷。喜曰：“今可以对我凤仙矣!”揽镜视之，见画黛弯长，瓠犀微露，喜容可掬，宛在目前。爱极，停睇不已。忽镜中人笑曰：“‘影里情郎，画中爱宠’，今之谓矣。”惊喜四顾，则凤仙已在座右。握手问翁媪起居。曰：“妾别后，不曾归家，伏处岩穴，聊与君分苦耳。”刘赴宴郡中，女请与俱；共乘而往，人对面不相窥。既而将归，阴与刘谋，伪为娶于郡也者。女既归，始出见客，经理家政。人皆惊其美，而不知其狐也。

刘属富川令门人，往谒之。遇丁，殷殷邀至其家，款礼优渥。言：“岳父母近又他徙。内人归宁，将复。当寄信往，并诣申贺。”刘初疑丁亦狐，及细审邦族，始知富川大贾子也。初，丁自别业暮归，遇水仙独步。见其美，微睨之。女请附骥以行。丁喜，载至斋，与同寝处。棂隙可入，始知为狐。女言：“郎无见疑。妾以君诚笃，故愿托之。”丁嬖之，竟不复娶。

刘归，假贵家广宅，备客燕寝，洒扫光洁。而苦无供帐；隔夜视之，则陈设焕然矣。过数日，果有三十余人，赍旗采酒礼而至，舆马缤纷，填溢阶巷。刘揖翁及丁、胡入客舍；凤仙逆妪及两姨入内寝。八仙曰：“婢子今贵，不怨冰人矣。——钏履犹存否?”女搜付之，曰：“履则犹是也，而被千人看破矣。”八仙以履击背，曰：“挞汝寄于刘郎。”乃投诸火，祝曰：“新时如花开，旧时如花谢；珍重不曾着，姮娥来相借。”水仙亦代祝曰：“曾经笼玉笋，着出万人称；若使姮娥见，应怜太瘦生。”凤仙拨火曰：“夜夜上青天，一朝去所欢，留得纤纤影，遍与世人看。”遂以灰捻柈中，堆作十余分，望见刘来，托以赠之，但见绣履满柈，悉如故款。八仙急出，推柈堕地；地上犹有一二只存者，又伏吹之，其迹始灭。

次日，丁以道远，夫妇先归。八仙贪与妹戏，翁及胡屡督促之，亭午始出，与众俱去。初来，仪从过盛，观者如市。有两寇窥见丽人，魂魄丧失，因谋劫诸途。

侦其离村，尾之而去。相隔不盈一矢，马极奔，不能及。至一处，两崖夹道，舆行稍缓；追及之，持刀吼咤，人众都奔。下马启帘，则老妪坐焉。方疑误掠其母；才他顾，而兵伤右臂，顷已被缚。凝视之，崖并非崖，乃平乐城门也；舆中则李进士母，自乡中归耳。一寇后至，亦被断马足而絷之。门丁执送太守，一讯而伏。时有大盗未获，诘之，即其人也。明春，刘及第。凤仙以招祸，故悉辞内戚之贺。刘亦更不他娶。及为郎官，纳妾，生二子。

异史氏曰：嗟乎！冷暖之态，仙凡固无殊哉！“少不努力，老大徒伤”。惜无好胜佳人，作镜影悲笑耳。吾愿恒河沙数仙人，并遣娇女昏嫁人间，则贫穷海中，少苦众生矣。

【译文】

刘赤水是广西平乐人，从小聪明过人，十五岁就成了郡学的生员。他的父母去世得早，他因而游手好闲，不思上进。家产不及中等，但他生性喜爱装饰，被褥、床铺都十分华美。

一天晚上，他被人邀去喝酒，忘记灭烛就出门了。喝了几杯，才想起，连忙赶回家来。只听屋里有人窃窃私语，伏下身子窥看，见一个年轻人搂着个美人儿在床上睡觉。他的住所紧邻着富贵人家的空房子，怪事常不少，心里明白是狐狸，也不怕，进屋子大声呵斥道：“卧榻哪容别人睡觉！”两个人惊慌失措，抱了衣服光身逃跑了。留下一条女人的紫绫裤，腰带上还拴着针线荷包。刘赤水见了大喜，怕狐狸偷回去，就藏在被子里抱着。一会儿，一个蓬头散发的丫环从门缝里钻进来，向刘赤水要裤子。刘赤水笑着要报酬。丫头说送酒来，他不答应；又说送钱来，也不答应。丫环笑着走了，很快又回来说：“大姑娘说：你肯赏脸还她裤子，她就报答给你个大美人。”刘赤水问：“美人是谁？”丫环说：“我们这家姓皮，大姑娘小名八仙；跟她一起睡在你床上的是胡郎；二姑娘叫水仙，嫁给本省富川县丁家小官人；三姑娘叫凤仙，比两个姐姐还要出挑得好，当然不会不合你心意的。”刘赤水怕她说话不算数，要立时等凤仙来。丫环再去请示，回来说：“大姑娘叫传话给你：婚姻大事怎能够匆匆办成？刚才跟凤仙姑娘说了，反挨了她一顿臭骂。只请你宽缓几天等着，我家不是轻易许诺、不守信义的人。”刘赤水把裤子交还了丫头。

过了几天，不见一点音信。傍晚，刘赤水从外面回来，关上房门刚刚坐下，忽然两爿门扇自动打开，有两个人用被子托着一个少女，提着被子四角进来，嚷道：“送新娘子来了！”笑着连人带被放在他床上就走了。刘赤水走近一看，那少女睡得美美的还没醒过来，身上还散发着酒的香气，红扑扑的脸，一副醉美人的模样，真是倾国倾城。刘赤水不禁狂喜，托起她的脚脱下袜子，抱起她的身子解开衣裳。这时少女已稍稍觉醒，睁开眼睛看见刘赤水，身子却动弹不得，只怨恨地说：“八仙这个贱丫头卖了我了！”刘赤水亲昵地拥抱她。少女嫌他肌肤冰凉，就借《诗经·绸缪》“今夕何夕，见此良人”的诗句，微笑着说：“今夕何夕，见此凉人！”刘赤水也借着原诗接下去答：“子兮子兮，如此凉人何！”两个人便尽情绸缪了一番。完事之后，少女说：“这丫头不害臊，弄脏了人家的卧床，倒把我拿来换裤子！我非得给她一点厉害尝尝！”从此以后，凤仙没有一个晚上不来，两人你欢我爱，感情很深。一天，凤仙从袖里取出一枚金钏，说：“这是八仙的东西。”又过了几天，她怀里揣一双绣鞋来，鞋上镶着珠子，绣着金线，手艺精巧无比。她嘱咐刘赤水到外面广为宣扬，刘赤水就拿出去向亲友炫耀。要求观看的人都送钱送酒作礼。从此绣鞋成了奇货可居的稀罕玩意。一天凤仙夜间来，对刘赤水说要告别。刘赤水奇怪地问她怎讲，她答道：“姐姐因为绣鞋的缘故怨恨我，想带全家搬到远方，隔绝我的相好。”刘赤水怕凤仙走，愿意把鞋还给八仙。凤仙说：“不必这样。她正用这方法要挟我，如果还她，就中她计了。”刘赤水问：“你为什么不独自留下？”她说：“父母远离后，一家十多口人都托胡郎照管。我如果不跟了去，恐怕长舌妇要说长道短。”从此，凤仙就不再来。

时间过去了两年，刘赤水深深思念着凤仙。偶然有一回，他在半道上遇见一个女子骑一匹缓缓前行的马，老仆人牵着缰绳，擦肩而过，那女子回过头来，揭开面纱偷看，容貌艳丽非凡。一会儿，一个年轻人随后赶到，故意问："那女子是什么人呀？好像相当漂亮。"刘赤水赞不绝口，年轻人举手作揖，笑着说："太过奖了，她就是我的老婆。"刘赤水羞愧不安地向他赔礼，年轻人说："没关系。不过南阳诸葛三兄弟中，你好算是得了诸葛亮，我的老婆又哪里值得你夸奖！"刘赤水不明白他的话。年轻人说："你不认识那个偷睡你床榻的人了吗？"刘赤水这才明白他就是胡郎。两人一起叙说连襟之谊，互相嘲戏，很是欢洽。胡郎说："岳父最近回来了，我们想要前去拜望，你能一起去吗？"刘赤水很高兴，跟着他们一起进了萦山。萦山山上过去就有城里人来避难盖的房屋。八仙下马，进了屋子。不多久，几个人出来张望，说："刘官人也来了。"两个女婿进门拜见岳父母。屋中又有一个年轻人先在了，一身穿戴华丽夺目。岳翁说："这是富川县的丁郎。"三连襟互相作揖各自坐下。一会儿，美酒佳肴交杂着上了桌，大家有说有笑十分融洽。

岳翁说："今天三个女婿都来了，真是济济一堂。又没有外人，不妨把孩子们都叫来，作一个团圆会。"很快三姐妹都出来了。老翁吩咐安设座位，各自靠在自己丈夫身边。八仙见了刘赤水，只是掩着嘴笑；凤仙时不时和八仙取闹；水仙容貌比她俩稍差些，但稳重温和，满座人都在娓娓交谈，只有她端着酒含笑不语。这时座下鞋子交错，屋内芳香袭人，酒喝得非常快活。刘赤水看见床头陈列着各种乐器，就取了一枝玉笛，要为岳父奏曲祝寿。老翁很高兴，吩咐会弄乐器的各取一件献艺，因而满座的人都踊跃去拿，只有丁郎和凤仙没有动手。八仙说："丁郎不擅长乐器情有可原，你难道手指蜷曲了伸不直不成？"说着把一面拍板丢到凤仙怀里，凤仙就为满堂的乐器打起了拍子。老翁喜悦地说："今天一家团圆真是其乐无比！孩儿们都能歌善舞，何不各尽所长？"八仙就站起身来，拉住水仙说："凤仙从来吝惜金口，不敢劳驾她，我们姐妹俩不妨来一曲《洛神》。"二人载歌载舞才结束，正巧丫环托着金盘端来水果，大家都叫不出名来。老翁说："这是从柬埔寨带来的，人称

‘田婆罗’。”说完就捧起几个送到丁郎面前。凤仙不高兴地说：“对女婿难道用贫富作为爱憎标准吗?”老翁微微一笑，并不接话。八仙说：“阿爹因为丁郎远住外县，所以当他是客罢了。就是论起长幼来，难道凤妹妹独有个拳头大的酸丁女婿就稀罕不成!”凤仙始终不痛快，她除下漂亮的妆束，把拍板递给丫环，唱起吕蒙正未发达时穷途末路的《破窑》一出戏文，边唱边流下了眼泪。一曲唱完，甩着袖子径自走了出去，真是“一人向隅，满座不欢”。八仙说：“这妮子臭脾气还不改!”就去追赶凤仙，却不知凤仙跑到哪儿去了。

刘赤水没脸再坐下去，也告辞回家。到半路上，看见凤仙坐在路边，叫他过去坐在一起。她说：“你一个男子汉，不能为自己妻子争气吗？书中自有黄金屋，希望你好自为之!”又举起脚来说：“匆忙出门，让荆棘把夹鞋都划破了。我给你的绣鞋，带在身边么?”刘赤水拿了出来，凤仙接过换上。刘赤水向她讨破的，凤仙笑着说：“你也太无聊了。几时见到连自己老婆的东西，也要拿来藏在怀里的？你如果爱我，有一样东西可以送给你。”随即拿出一面镜子交给刘赤水说：“想见我，就应当从攻读的书本里找。不然，一辈子都甭想见面。”说完，人就不见了。

刘赤水惆怅地回到家里。取出那面镜子观望，只见凤仙背对着他站在镜中，就像望着一个离开自己百步之外的人。于是想起凤仙的嘱咐，闭门谢客，一心钻在屋里读书。有一天，发现镜里的凤仙突然现出了正面，甜蜜蜜的像是含着笑容。刘赤水更加钟爱她，没有人的时候，总是同她脉脉相对。一个多月后，原先的决心渐渐消退了，出外游玩，常常流连忘返。回得家来再看镜中的形象，已是一脸愁容，像要哭泣的样子。隔天再看，凤仙已同起初一样背他而立了。这才意识到是因为自己荒废学业的缘故。于是他关起门来钻研苦读，日夜不停，过了一个多月，凤仙的镜影又朝外了。从此得到验证：凡是他因事荒废学习，凤仙的镜容就悲伤；一连几天刻苦攻读，镜容就笑吟吟的。于是他从早到晚让镜子高高挂着，像对着崇高的师长。这样过了两年，刘赤水一考就中了举人。他欣喜地说：“如今可以对得起我的凤仙了!”一把揽住镜子打量，见凤仙画眉弯长，微露雪白的牙齿，笑容可掬，好像就在眼前。刘赤水喜爱极了，目不转睛看个没完。忽听镜中人笑着说：“《西厢记》所谓‘影里情郎’、‘画中爱宠’，如今就是了。”刘赤水惊喜地四下张望，只见凤仙已出现在身旁。他紧握住她的手，打听岳父母的近况。凤仙说：“我打从同你分手后，还没有回过家呢。我一直隐居在岩洞里，好帮你分担一些劳苦罢了。”刘赤水到郡里去赴宴，凤仙要求同他一起去，两人同乘一辆车子前往，别人就在对面也看不见凤仙。后来快回家时，凤仙暗下同刘赤水商议，假说她是从郡里娶来的媳妇。这一次回来后，凤仙才出来见客，操持家务。人们都惊异她的美貌，并不知道她是狐类。

刘赤水算是富川县令的门生，前去拜谒。遇到了丁郎，殷勤地把刘赤水邀到家里，款待十分丰厚。丁郎说：“岳父母最近又搬到别处去了，我的妻子回娘家探亲，就要回来了。我一定写封信去告诉岳父，一同上你家表示祝贺。”刘赤水起初怀疑丁郎也是狐类，等详细了解了他的籍贯族系，才知他是富川县大商人的儿子。当初丁郎黄昏时分从别墅回家，遇到水仙独个儿走着，丁郎看她长得动人，稍稍斜眼去瞅。水仙请求搭坐他的马，丁郎求之不得，将她载到书斋一同居住生活。水仙能从窗缝间进出自如，丁郎才知她是狐仙。水仙说：“你不要对我起疑。我是因为你为人忠厚诚实，所以愿意把终身托付给你。”丁郎很宠爱她，竟然不再娶妻。

刘赤水回家以后，借了有钱人家的宽阔住宅，准备客人吃饭睡觉的地方，清扫得一尘不染。一时苦于没有帐帏和摆设，过了一夜再看，已经陈设一新了。过了几天，果然有三十多个人，带着彩帛、酒礼上门而来，车马众多，把街道巷口都堵满了。刘赤水出来迎接岳父及丁郎、胡郎，把他们让进客厅，凤仙把岳母和两个姐姐迎入卧室。八仙说：“小妮子如今发达了，不再埋怨媒人了吧。我的金钏和绣鞋还在吗?”凤仙找出来交给她，说：“鞋倒还是那双鞋，只是让千人传万人看的，看也看破了。”八仙拿着鞋敲打她后背，说：“你把鞋给了刘郎，该打!”说着就把绣鞋扔进火里，祝颂道：“新鞋犹如盛开花朵，旧鞋好比花时已过。珍重爱惜不曾穿着，最多借给月里嫦娥。”水仙也代为祝颂说：“曾经裹护美人金莲，穿出引得多少艳羡。月中嫦娥若得一见，也该爱怜过于纤纤。”凤仙拨弄着火堆接着祝道：“夜夜伴着月宫飞仙，如今弃去断却前缘。

还应留得一痕弓弯，好让无数世人看遍。”说着将残灰捏弄在盘中，分作十几堆，看见刘赤水过来，便托着盘子交给他，只见满盘都是绣鞋，跟原先的款式一模一样。八仙急忙闪身过来，一把将盘子推翻在地，地上还留着一两只鞋，她伏下身子撮口急吹，这才都失去了踪影。

第二天，丁郎因为归路遥远，同水仙双双先回去了。八仙一个劲儿同凤仙嬉闹，岳翁和胡郎一再催促，到中午她才出闺房，随着大伙儿都离了刘家。当初一行人浩荡而来，随从人马太招摇，看热闹的人层层围观，如临集市。有两个强盗瞅见了美人，魂灵都飞到了爪哇国外，因而策划在车马回去的路上拦劫。这会儿侦察到美人已出村外，便跟踪着追去。两下相隔不到一箭之地，盗匪策马极力奔跑，却怎么也赶不上。前行到一处，两旁崖壁夹着小路，马车的速度稍稍放慢下来，这才追了上来。强盗提着刀大声恐吓，随从们都奔逃四散。盗匪跳下马来，打开车帘，却是一个老太太坐在那里。正怀疑错劫了美人的母亲，才向周围寻看，只觉右臂上着了兵器，转眼之间已被捆绑得严严实实，定睛一看，那里是什么崖壁，分明是平乐县的城门。车里的老妇是李进士的母亲，刚从乡下回来。另一个强盗晚来一步，也被砍断了马腿，束手就擒。守城门的军士将他们扭送到太守处，一审讯盗匪就供认了。当时正有大盗未被捉获，盘问下来，正是这两名案犯。第二年春天，刘赤水中了进士。凤仙怕招祸，因此一概辞谢了娘家人贺喜的礼仪。刘赤水也不再娶别的女子。一直到他做了侍郎，才收了一房小妾，生下两个儿子。

异史氏说：可叹啊，炎凉的世态，仙界同人世竟没有两样！“少壮不努力，老大徒伤悲”，可惜没有争强好胜的佳人，来作镜中的悲容笑颜罢了。我愿有数不清的仙人，都派出爱女下嫁人间，那么在贫穷之海中，少苦些芸芸众生了。

佟　客

董生，徐州人。好击剑，每慷慨自负。偶于途中遇一客，跨蹇同行。与之语，谈吐豪迈。诘其姓字，云："辽阳佟姓。"问："何往？"曰："余出门二十年，适自海外归耳。"董曰："君遨游四海，阅人綦多，曾见异人否？"佟曰："异人何等？"董乃自述所好，恨不得异人之传。佟曰："异人何地无之，要必忠臣孝子，始得传其术也。"董又毅然自许；即出佩剑，弹之而歌；又斩路侧小树，以矜其利。佟掀髯微笑，因便借观。董授之。展玩一过，曰："此甲铁所铸，为汗臭所蒸，最为下品。仆虽未闻剑术，然有一剑，颇可用。"遂于衣底出短刃尺许，以削董剑，脆如瓜瓠，应手斜断，如马蹄。董骇极，亦请过手，再三拂拭而后返之。邀佟至家，坚留信宿。叩以剑法，谢不知。董按膝雄谈，惟敬听而已。

更既深，忽闻隔院纷拏。隔院为生父居，心惊疑。近壁凝听，但闻人作怒声曰："教汝子速出即刑，便赦汝！"少顷，似加搒掠，呻吟不绝者，真其父也。生捉戈欲往。佟止之曰："此去恐无生理，宜审万全。"生皇然请教。佟曰："盗坐名相索，必将甘心焉。君无他骨肉，宜嘱后事于妻子；我启户，为君警厮仆。"生诺，入告其妻。妻牵衣泣。生壮念顿消，遂共登楼上，寻弓觅矢，以备盗攻。仓皇未已，闻佟在楼檐上笑曰："贼幸去矣。"烛之已杳。逡巡出，则见翁赴邻饮，笼烛方归；惟庭前多编菅遗灰焉。乃知佟异人也。

异史氏曰：忠孝，人之血性；古来臣子而不能死君父者，其初岂遂无提戈壮往时哉，要皆一转念误之耳。昔解缙与方孝孺相约以死，而卒食其言；安知矢约归后，不听床头人呜泣哉？

邑有快役某，每数日不归，妻遂与里中无赖通。一日归，值少年自房中出，大疑，苦诘妻。妻不服。既于床头得少年遗物，妻窘无词，惟长跪哀乞。某怒甚，掷以绳，逼令自缢。妻请妆服而死，许之。妻乃入室理妆，某自酌以待之，呵叱频催。俄妻炫服出，含涕拜曰："君果忍令奴死耶？"某盛气咄之。妻返走入房，方将结带，某掷盏呼曰："咍，返矣！一顶绿头巾，或不能压人死耳。"遂为夫妇如初。此亦大绅者类也，一笑。

【译文】

有个姓董的书生，是江苏徐州人，喜欢击剑，常以慷慨的豪侠自负。偶然在行途中遇到一个过客，两人骑着驴子走在一起。同那人搭话，谈吐豪放；问他姓名，说是辽阳人，姓佟。董生问他上哪儿去，佟客说："我离家二十年了，才从海外回来。"董生说："你闯荡四海，见识的人很多，有没有遇到过有奇特本领的人？"佟客问："你说的是哪等样的奇人？"董生于是介绍了自己对剑术的爱好，只是憾恨得不到奇人的真传。佟客说："奇特的高手哪儿没有？只是一定要是忠臣孝子，才能得到他们传授技艺。"董生又当仁不让地表示自己就是忠孝一流人物，当下拔出佩剑，用手指弹击着吟唱起来，还挥剑砍断路边的小树，夸耀刃口的锋利。佟客掀着胡子微笑，顺便借他佩剑一观。董生递给了他。佟客端平了上下检视一遍，说："这是用盔甲的熟铁锻打的，长期受汗臭熏染，最属差次的一种。我虽然不懂什么剑术，倒也有一把剑，很可以用用。"就从衣服下面取出尺把长的一口短剑，用来削董生的那把，脆得像削瓜条葫芦一般，随手斜断成马蹄铁似的碎片。董生大为震惊，也请过过手，把剑再三拂拭，这才交还原主。他把佟客邀到家里，坚持要留他住两夜。问他剑术，佟客推辞说一窍不通。董生按着膝盖高谈阔论，他只是恭听而已。

夜深了，忽然听得隔壁院子里一片纷乱。隔壁院子是董生父亲的住所，董生心里又惊又疑。他凑近墙壁凝神细听，只听得有人怒气冲冲地说："叫你的儿子速速出来就死，就饶了你！"不多时，好像动手打起人来，不住声地呻吟的，当真是自己的父亲。董生抓起一把戈，想要过去，佟客阻止他说："这一去怕没有活路，应当慎重考虑一个万全之策。"董生惊慌地向他讨教。佟客说："强盗指名道姓要找你，一定要达到目的才甘心。你没有其他的亲人，应当向妻子嘱咐一些后事。我去开门，为你叫起仆人来。"董生同意了，进内屋去告诉他的妻子。妻子拉住他衣服哭哭啼啼，董生的壮心顿时瓦解冰消。于是夫妻俩一起逃到楼上，寻找弓箭，用来防备强盗的进攻。正慌乱个没了，听得佟客在楼檐上笑着说："谢天谢地，强盗走了。"董生举灯照他，人已杳无踪影了。董生迟迟疑疑走出屋来，只见父亲去邻家饮酒，刚提着灯笼回来，只不过院子前有好些草把子烧剩的灰留在那儿。这才知道佟客就是个奇人。

异史氏说：忠孝，是人的一种刚强气质。自古以来做臣做子而不能为君为父献出生命的，最初难道就没有过提戈壮行的瞬间吗？主要都是一转念铸成的大错罢了。当年解缙与方孝孺约定，愿为建文帝死难，而终于违背了诺言，哪知道他立了誓回家后，不曾听到他老婆哭哭啼啼呢？

本县有个当公差的某某，常常几天不回家，他妻子就同邻里的无赖子弟勾搭成奸。有天公差回家，正好遇上那无赖子弟从他妻子房里出来，他大为犯疑，一个劲地向妻子追问，妻子矢口否认。后来他在床头发现了奸夫留下的东西，妻子狼狈不堪，哑口无言，只是直挺挺地跪着哀求他宽恕。公差大发雷霆，丢下一根绳子，逼着妻子上吊。妻子请求穿戴打扮停当后再自杀，丈夫同意了。他妻子就进里屋去梳妆，公差独个儿喝着闷酒等她出来，骂骂咧咧的一次次催促。一会儿妻子穿红戴绿地出来了，含着眼泪向他下拜，说："郎君真这么狠心要奴家送命么？"公差仗着一股怒气呵斥她。妻子转身走进里屋，刚要把绳结打上，公差把酒杯丢在地上，高声招呼说："喂喂，回来吧！一顶绿帽子，想来也未必压得死人。"于是夫妇和好如初。这也是解缙一类的人物，可发一笑。

辽 阳 军

沂水某，明季充辽阳军。会辽城陷，为乱兵所杀；头虽断，犹不甚死。至夜，一人执簿来，按点诸鬼。至某，谓其不宜死，使左右续其头而送之。遂共取头按项上，群扶之，风声簌簌，行移时，置之而去。视其地，则故里也。沂令闻之，疑其窃逃。拘讯而得其情，颇不信；又审其颈无少断痕，将刑之。某曰："言无可凭信，但请寄狱中。断头可假，陷城不可假。设辽城无恙，然后受刑未晚也。"令从之。数日，辽信至，时日一如所言，遂释之。

【译文】

山东沂水县某人，明末发配充军辽阳。正赶上辽城失守，他被入城的乱军砍杀，头虽然断了，人还没有完全死。到夜里，来了一人，手持簿册，一一对照着清点死鬼。点到某人说他命不该绝，吩咐手下人将他的头接好送走，于是几个人一起将断头捺在他脖子上，簇拥着扶他，只觉风声簌簌，走了好一阵子，放下他扬长而去。看那地方，原来是沂水老家。沂水县县官听说他回来了，怀疑是擅自潜逃，将他抓起来审讯得知了这些情形，却难以置信。又查视他的颈项，一点断痕也没有，于是准备处死他。某人说："我的话没有凭据，只求能暂时将我安顿在狱中。断头可以是假的，辽城失陷却不能假。倘若辽城没事，再处死我也不迟。"县官答应了他。过了几天，辽阳战报传来，城陷的时间同某人所说的完全相符，于是释放了他。

张贡士

安丘张贡士，寝疾，仰卧床头。忽见心头有小人出，长仅半尺；儒冠儒服，作俳优状。唱昆山曲，音调清澈，说白、自道名贯，一与己同；所唱节末，皆其生平所遭。四折既毕，吟诗而没。张犹记其梗概，为人述之。高西园晤杞园先生，曾细询之，犹述其曲文，惜不能全忆。

高西园云："向读渔洋先生《池北偶谈》，见有记心头小人者，为安丘张某事。余素善安丘张卯君，意必其宗属也。一日，晤间问及，始知即卯君事。询其本末，云当病起时，所记昆山曲者，无一字遗，皆手录成册，后其嫂夫人以为不祥语，焚弃之。每从酒边茶余，犹能记其尾声，常举以诵客。今并识之，以广异闻。其词云：'诗云子曰都休讲，不过是都都平丈（相传一村塾师训童子读《论语》，字多讹谬。其尤堪笑者，读"郁郁乎文哉"为"都都平丈我"）。全凭着佛留一百二十行（村塾中有训蒙要书，名《庄农杂学》。其开章云：佛留一百二十行，惟有庄农打头强。最为鄙俚）。'玩其语意，似自道其生平寥落，晚为农家作塾师，主人慢之，而为是曲。意者夙世老儒，其卯君前身乎？卯君名在辛，善汉隶篆印。"

【译文】

山东安丘县有个姓张的贡士，病倒了仰卧在床上。忽然看见有个小人从心口钻出，身高只有半尺，读书人的帽子衣服，做出戏子的模样。唱的是昆曲，声调清越嘹亮，说白自报家门，姓名里贯完全与自己相同，所唱的内容情节，都是自己平生的经历。唱完四折，吟过下场诗，就不见了。张举人还能记得个大概，向人说起。高西园去访问张杞园先生，曾经详细打听过这件事；张杞园还能讲出曲词来，可惜不能记全。

高西园说：以前我读王士禛的《池北偶谈》，看见有一则记述心口小人的笔记，说的是安丘县张某的事。我一向同安丘县张卯君交好，猜想一定是他的族人。一天，同他相会时问起，才知就是卯君的亲历。询问此事的前后经过，他说当时病愈后，小人所唱的昆曲记忆犹新，一字不漏，都亲笔记下汇成一册；后来他的夫人觉得这些东西不吉利，付之一炬毁掉了。他每当茶余酒后，还能记得"尾声"一节，常举出来背诵给客人听。现在我一起记在这里，好让更多人见识这件奇事。那曲词是："诗云子曰都休讲，不过是都都平丈（相传有个乡下的私塾老师教小学生读《论语》，大多念了别字。其中尤其可笑的，是把《八佾》篇中的"郁郁乎文哉"念作了"都都平丈我"）。全凭着佛留一百二十行（村学中有一本主要的启蒙课文叫做《庄农杂字》，开头一段写道："佛留一百二十行，惟有庄农打头强。"最浅薄了）。"玩味这曲文的意思，很像是自叙平生不得意，晚年为农村人家作村塾教师，主人怠慢，因而做了这支曲。猜想起来，卯君的前身，大概是个宿世老夫子吧？卯君名在辛，对汉代隶书、印章篆刻十分在行。

爱　奴

河间徐生，设教于恩。腊初归，途遇一叟，审视曰："徐先生撤帐矣。明岁授教何所？"答曰："仍旧。"叟曰："敬业姓施。有舍甥，延求明师，适托某至东疃聘吕子廉，渠已受贽稷门。君如苟就，束仪请倍于恩。"徐以成约为辞。叟曰："信行君子也。然去新岁尚远，敬以黄金一两为贽，暂留教之，明岁另议何如？”徐可之。叟下骑呈礼函，且曰：“敝里不遥矣。宅綦隘，饲畜为艰，请即遣仆马去，散步亦佳。”徐从之，以行李寄叟马上。

行三四里许，日既暮，始抵其宅，沤钉兽镮，宛然世家。呼甥出拜，十三四岁童子也。叟曰：“妹夫蒋南川，旧为指挥使。止遗此儿，颇不钝，但娇惯耳。得先生一月善诱。当胜十年。”未几，设筵，备极丰美；而行酒下食，皆以婢媪。一婢执壶侍立，年约十五六，风致韵绝，心窃动之。席既终，叟命安置床寝，始辞而去。

天未明，儿出就学。徐方起，即有婢来捧巾侍盥，即执壶人也。日给三餐，悉此婢；至夕，又来扫榻。徐问：“何无僮仆？”婢笑不言，布衾径去。次夕复至。入以游语，婢笑不拒，遂与狎。因告曰：“吾家并无男子，外事则托施舅。妾名爱奴。夫人雅敬先生，恐诸婢不洁，故以妾来。今日但须缄密，恐发觉，两无颜也。”

一夜，共寝忘晓，为公子所遭，徐惭怍不自安。至夕，婢来曰：“幸夫人重君，不然，败矣！公子入告，夫人急掩其口，若恐君闻，但戒妾勿得久留斋馆而已。”言已，遂去。徐甚德之。然公子不善读，诃责之，则夫人辄为缓颊。初犹遣婢传言；渐亲出，隔户与先生语，往往零涕。顾每晚必问公子日课。徐颇不耐，作色曰：“既从儿懒，又责儿工，此等师我不惯作！请辞。”夫人遣婢谢过，徐乃止。

自入馆以来，每欲一出登眺，辄锢闭之。一日，醉中快闷，呼婢问故。婢言：“无他，恐废学耳。如必欲出，但请以夜。”徐怒曰：“受人数金，便当淹禁死耶！教我夜窜何之乎？久以素食为耻，贽固犹在囊耳。”遂出金置几上，治装欲行。夫人出，脉脉不语，惟掩袂哽咽，使婢返金，启钥送之。徐觉门户偪侧；走数步，日光射入，则身自陷冢中出，四望荒凉，一古墓也。大骇。心感其义，乃卖所赐金，封堆植树而去。

过岁，复经其处，展拜而行。遥见施叟，笑致温凉，邀之殷切。心知其鬼，而欲一问夫人起居，遂相将入村，沽酒共酌，不觉日暮。叟起偿酒价，便言：“寒舍不远，舍妹亦适归宁，望移玉趾，为老夫祓除不祥。”出村数武，又一里落，叩扉入，秉烛向客。俄，蒋夫人自内出，始审视之，盖四十许丽人也。拜谢曰：“式微之族，门户零落，先生泽及枯骨，真无计可以偿之。”言已，泣下。既而呼爱奴，向徐曰：“此婢，妾所怜爱，今以相赠，聊慰客中寂寞。凡有所须，渠亦略能解意。”徐唯唯。少间，兄妹俱去，婢留侍寝。鸡初鸣，叟即来促装送行；夫人亦出，嘱婢善事先生。又谓徐曰：“从此尤宜谨秘，彼此遭逢诡异，恐好事者造言也。”徐诺而别，与婢共骑。

至馆，独处一室，与同栖止。或客至，婢不避，人亦不之见也。偶有所欲，意一萌，而婢已致之。又善巫，一挼挲而疴立愈。清明归，至墓所，婢辞而下。徐嘱代谢夫人。曰：“诺。”遂没。数日反，方拟展墓，见婢华妆坐树下，因与俱发。终岁往还，如此为常。欲携同归，执不可。

岁杪，辞馆归，相订后期。婢送至前坐处，指石堆曰：“此妾墓也。夫人未出阁时，便从服役，夭殂瘞此。如再过，以炷香相吊，当得复会。”别归，怀思颇苦，敬往祝之，殊无影响。乃市榇发冢，意将载骨归葬，以寄恋慕。穴开自入，则见颜色如生。肤虽未朽，而衣败若灰；头上玉饰金钏，都如新制。又视腰间，裹黄金数铤，卷怀之。始解袍覆尸，抱入材内，赁舆载归；停诸别第，饰以绣裳，独宿其旁，冀有灵应。

忽爱奴自外入，笑曰：“劫坟贼在此耶！”徐惊喜慰问。婢曰：“向从夫人往东昌，三日既归，则舍宇已空。频蒙相邀，所以不肯相从者，以少受夫人重恩，不忍离逷耳。今既劫我来，即速瘞葬，便见厚德。”徐问：“古人有百年复生者，今芳体如故，何不效之？”叹曰：“此有定数。世传灵迹，半涉幻妄。要欲复起动履，亦复何难？但不能类生人，故不必也。”乃启棺入，尸即自起，亭亭可爱。探其怀，则冷若冰雪。遂将入棺复卧，徐强止之。婢曰：“妾过蒙夫人宠，主人自异域来，得黄金数万，妾窃取之，亦不甚追问。后濒危，又无戚属，遂藏以自殉。夫人痛妾夭谢，又以宝饰入敛。身所以不朽者，不过得金宝之余气耳。若在人世，岂能久乎？必欲如此，切勿强以饮食；若使灵气一散，则游魂亦消矣。”徐乃构精舍，与共寝处。笑语一如常人；但不食不息，不见生人。年余，徐饮薄醉，执残沥强灌之；立刻倒地，口中血水流溢，终日而尸已变。哀悔无及，厚葬之。

异史氏曰：夫人教子，无异人世；而所以待师者何厚也！不亦贤乎！余谓艳尸不如雅鬼，乃以措大之俗莽，致灵物不享其年，惜哉！

章丘朱生，素刚鲠，设帐于某贡士家。每谴弟子，内辄遣婢为乞免，不听。一日，亲诣窗外，与朱关说。朱怒，执界方，大骂而出。妇惧而奔；朱追之，自后横击臀股，锵然作皮肉声。一何可笑！

长山某，每延师，必以一年束金，合终岁之虚盈，计每日得如干数；又以师离斋、归斋之日，详记为籍；岁终，则公同按日而乘除之。马生馆其家，初见操珠盘来，得故甚骇；既而暗生一术，反嗔为喜，听其覆算不少校。翁大悦，坚订来岁之约。马辞以故。遂荐一生乖谬者自代。及就馆，动辄诟骂，翁无奈，悉含忍之。岁杪，携珠盘至。生勃然忿极，姑听其算。翁又以途中日尽归于西，生不受，拨珠归东。两争不决，操戈相向，两人破头烂额而赴公庭焉。

【译文】

徐生是河北河间人，在山东东昌府恩县教私塾。农历十二月初回家，路上遇见一个老人，细细打量他说："徐先生放假了。明年去哪儿教书？"徐生答："还是老地方。"老人说："敝人姓施。我有个外甥，想请高明的家庭教师。刚才托我到东疃去请吕子廉，他已经受了临淄的聘礼。你如果肯俯就，报酬愿比恩县多一倍。"徐生谢绝说已有成约。老人说："你真是守信的君子。不过现在离明年还远，我敬以一两黄金为谢仪，请你暂且留下教书，明年的事以后再议，怎么样？"徐生答应了。老人下马送上银封，一边说："我家不远了。那儿屋子小，多养牲畜很困难，请就把我的马打发走，我们散散步也不错。"徐生听从了他的话，把行李寄放到老人马上。

步行了大约三四里路，天色已晚，才到老人住所。只见大门上满布着浮沤钉，配着兽形的门镮，完全是大户人家的气派。老人叫出外甥向徐生行礼，原来是个十三四岁的孩子。老人说：“我妹夫蒋南川，生前任禁军指挥使。只留下这根独苗，不算愚笨，只是有些娇生惯养。能够得到你一个月的教育，肯定‘胜读十年书’。”没过多久，摆出筵席，酒菜准备得极其丰美；而斟酒、端盘的，都是丫头仆妇。一个丫环提着酒壶，站在客人边上服侍，年约十五六岁，风韵极为可爱，徐生暗暗动心。酒足饭饱，老人吩咐给客人安排床铺，徐生才告别主人，离座而去。

天没大亮，那公子就出来问学。徐生才起床，便有丫环前来递上手巾，侍候漱洗，正是昨晚提壶的那个。一日三餐，都是这个丫环端送服侍，到晚上，又来铺床。徐生问她：“怎么没见书僮男仆？”丫环笑而不答，铺好被子就径自走了。第二天晚上又来，徐生用情话挑逗她，她只是笑，并没有拒绝的表示，徐生就同她亲热了一番。她这才告诉徐生说：“这一家没有男人，对外全借重施老舅。我叫爱奴。主母对你十分敬重，怕别的丫头不干净，所以派我来侍候。今天的事一定要保密，怕露了馅两方面都没脸。”

有一夜，两人睡在一床，不觉就天亮了，被公子劈头碰见。徐生羞惭无地，心里忐忑不安。到晚上，爱奴来了，说：“幸亏夫人敬重你，不然就糟了。公子进去告诉夫人，夫人急忙掩住他嘴不让说，像是怕被你听到。她只是告诫我不要在书房久留罢了。”说完就走了。徐生对夫人感激不尽。然而公子不肯好好读书，徐生责骂他，夫人就往往为儿子求情。起先还派丫环来传话，渐而亲自出场，隔着窗子同徐生交谈，往往声泪俱下。但她每天晚上又要向徐生询问儿子功课的进展。徐生很是受不了，发脾气说：“又要纵容儿子不用功，又要要求儿子成绩好，这样的老师我当不了！另请高明吧！”夫人打发爱奴代为赔礼，徐生才息了怒。

徐生从进这户人家教书以来，每想出去看看风光散散心，门总是紧紧锁着。一天他喝醉了，心里烦闷，就把爱奴叫过来询问缘故。爱奴说：“没有别的意思，怕影响教学罢了。如果你一定要外出，只好请用夜里的时间。”徐生大怒，说：“收了人家一点金子，就该关禁闭闷死不成！叫我夜里往外跑，我能到哪里去？我光吃饭不干事，也惭愧好久了。那谢仪一直还在包里呢!”说着取出黄金放在桌上，打点行装就要走。夫人出来，脉脉无语，只是拿袖子遮住脸哽咽。她让爱奴送还那金锭，打开门锁，送出徐生。徐生觉得门口很窄小，走了几步，有阳光射进，这才看到自己是从一个凹陷的坟洞里出来。举目四望，一片荒凉，原来是一座古墓。他不禁大惊，然而内心感激这家的恩义，就把谢金兑了钱，给坟墓垒了土，种了树，这才离去。

过了年，徐生又经过墓地，在坟前行了跪拜之礼走了。远远望见姓施的老人过来，满面笑容地问寒问暖，殷勤地邀他去喝酒叙谈。徐生明知对方是鬼，但想问一问蒋夫人的近况，就同老人一起进村，打酒共饮，不知不觉天就昏黑了。老人离座付了酒钱，就说:“舍下不远，我妹妹也正好回娘家，望你光临，为我消除不祥。”走出村子几步开外，又是一处村落。老人敲门进去，举烛为客人照路。一会儿，蒋夫人从内屋出来，徐生这才仔细看了看她，是个四十来岁的美妇人。夫人拜谢说:“家族衰落，门户萧条。我们这些死去的人都沾了先生的恩泽，真不知怎么才能报答你。”说罢，眼泪就下来了。停了一会她唤来了爱奴，对徐生说:“这个丫头我最疼爱，今天赠送给你，聊以安慰客中寂寞。你需要什么，她也大致能会意。”徐生连连答应。少停，老人和蒋夫人都告辞了，爱奴留下侍候徐生睡觉。次晨鸡叫头遍，老人就来帮着整理行装，送徐生上路。夫人也出来，叮嘱爱奴好好侍候先生。又对徐生说:“从今后格外要小心保守秘密，彼此相逢离奇，怕好事者会飞短流长。”徐生应允，告别了二人，同爱奴共骑一马出发了。

到了教馆，徐生独自要了一间屋子，同爱奴生活在一起。有时客人来，爱奴不躲开，客人也看不见她。徐生偶尔想要些什么，才一动念，爱奴已经帮他办到了。她又擅长用巫术治病，一搓一摸，手到病除。清明节徐生回家，经过墓地，爱奴就同徐生分手下墓穴。徐生嘱她代向夫人致意，她说了声“好的”，就消失了。几天后徐生回程，在墓前刚想展拜，只见爱奴打扮得漂漂亮亮坐在树下，就同她一起上路。一年回家几次，每次都是如此。徐生想带她一起回家，她坚决不肯。

年底，徐生辞退了私塾的教职，卷起铺盖回家，同爱奴相订后会的日期。爱奴送他到以前自己坐等的地方，指着一堆乱石说："这是我的墓地。夫人没有出嫁之前，我就跟着服侍她，我年轻轻的死了，就埋在这里。你如果再过这里，点上一炷香来慰问我，就能重新见面。"徐生同她分手回家，想得她很苦。他恭敬地前去祝祷，不见一点动静。就买了棺木，打开墓穴，想把她遗骸装回家去安葬，以寄托恋慕之情。墓穴打开后，他亲自进去，只见爱奴形容像活人一般。肌肤虽然没有朽烂，但衣服都腐坏得像灰一样了。头上的玉首饰、金项圈，全同新制作的一样。又看她腰间，裹着几锭黄金，徐生都取下来放进自己怀里。这才脱下衣服盖在遗体上，抱起来放入棺材，租了一辆车子装运回去。到家后将棺木停放在另外的住所里，给爱奴穿一身绣花衣裳。独自在棺木旁过夜，希望有灵验的效应。

忽然爱奴从门外进来，笑着说："盗墓的贼在这里呢！"徐生惊喜地慰问她。爱奴说："我前段日子跟着夫人去了东昌，三天后回来，不想墓穴已经空了。以前多次承你相邀，所以没有从命，是因为从小受夫人大恩，不忍心远离她罢了。如今你既然把我的尸骸劫了来，请你快快埋葬了，这就是你的大恩大德了。"徐生问："古人有死了一百年还魂复活的，如今你的身体还同从前一样，为什么不仿效先例呢？"爱奴叹了一口气道："这是命中注定的。人世间所传说的起死还生的灵异，大半是不真实的。要我重新到阳间活动，也不是什么难事。但终究不能同活人一模一样，所以不必多此一举。"说着她打开棺盖爬了进去，棺内的尸骸就自己起来，娉娉婷婷，令人爱怜。徐生探摸她的心口，却是冰一般凉。爱奴于是想重进棺内躺下，徐生硬扯住了她。爱奴说："我受了夫人过分的宠爱，主人从国外回来，得了几万两黄金，我偷偷私拿了一些，也不怎么追问。后来我得病垂危，又没有什么亲戚，就把黄金藏起来作为自己的殉葬品。夫人为我的夭折十分伤心，又用贵重的首饰给我入殓。我的遗体所以没有朽坏，不过是受了金玉宝贝灵气的作用。假如我回到人世，尸身还能长久吗？你硬要留我下来的话，决不要强迫我进饮食。假如灵气一散，我的幽魂也要消失了。"徐生于是建造了精美的房屋，同爱奴一起过活。爱奴能说能笑，同平常人一样，但不吃饭，不呼吸，不见生人。过了一年多，徐生喝了酒晕乎乎有点醉意，就拿剩下的酒强行灌给爱奴喝。她立刻跌倒在地，口中血水迸流，一天下来尸身就朽烂了。徐生哀痛万分，后悔莫及，只得隆重地安葬了她。

异史氏说：蒋夫人教育孩子，跟人世间没有两样，但她对待老师何等仁厚！不也很贤德吗！我以为艳尸不如雅鬼，竟因为秀才的粗俗卤莽，使雅鬼过早地泯灭，太可惜了！

山东章丘县的朱生，一向性子刚直，在某贡士家教书。每当他责罚学生，主母总是派出侍女为孩子请求免罚，朱生不加理睬。一天，主母亲自出马到教馆窗外，向朱生说情。朱生发火了，操起一把戒尺，大骂着抢出门来。主母吓得逃跑，朱生紧追不舍，从她背后用戒尺向屁股上横抽，啪的一声皮肉上早已着了一下。这件事多么可笑！

山东邹平县的某某，每请家庭教师，总要把一年工资的总数，与当年的实际天数合计，算出每天酬金平均几何；又将老师何日离开学馆，何日回来，详细登记成册。年底，就当着老师的面逐日进行乘除计算。马生在他家教书，乍见这老头儿带了一把算盘来，知道了原因后很是吃惊；惊定后暗暗想出一个主意，转怒为喜，任凭对方精核细算，一点不作计较。老头大喜，坚持要签订明年的续约。马生借故推辞，却推荐了一个性子很坏的秀才代替自己。那秀才接受教职后，动不动就破口大骂，老头没奈何，只好一次次忍受下去。岁终，老头儿带了算盘来。秀才勃然大怒，气愤到了极点，暂且听他算下去。老头又把路途往返的日子全都划到老师头上，秀才不同意，把算盘珠子拨到东家份下。两人争吵不休，终于大打出手，结果双双头破血流，闹到官府去解决。

单父宰

青州民某，五旬余，继娶少妇。二子恐其复育，乘父醉，潜割睾丸而药糁之。父觉，托病不言。久之，创渐平。忽入室，刀缝绽裂，血溢不止，寻毙。妻知其故，讼于官。官械其子，果伏。骇曰：“余今为‘单父宰’矣！”并诛之。

邑有王生者，娶月余而出其妻。妻父讼之。时淄宰辛公，问王何故出妻。答云：“不可说。”固诘之。曰：“以其不能产育耳。”公曰：“妄哉！月余新妇，何知不产？”忸怩久之，告曰：“其阴甚偏。”公笑曰：“是则偏之为害，而家之所以不齐也。”此可与《单父宰》并传一笑。

【译文】

山东益都地方某平民，五十多岁了，娶了个年轻妇人做后妻。他的两个儿子生怕后母再生育，趁老父喝醉酒，偷偷割掉他的睾丸，胡乱涂上一些药。做父亲的醒过来后，假说自己有病，不敢把家丑张扬出来。时间久了，伤口渐渐愈合。忽然有一天进屋后，刀缝裂了开来，血流不止，不久就送了命。后妻知道了死因，告了官。县令逮捕了他的两个儿子，果然招认了罪状。县令震惊地说：“我今天真成了‘单父宰’了！”（原来春秋时宓子贱管理单父［今山东单县］，不花什么力气就将地方治理得很好，后人便将贤德的地方官称作“单父宰”，县令在这里取“单”与“骟”音同。）他把两个儿子都处死了。

县城有个姓王的秀才，新婚才一个月就休了妻。他的岳父告到官府，当时辛公任淄川县令，就问王生休妻的缘故。王生说：“这是难以启齿的事。”辛公一再追问，他才说：“是因为她不能生育。”辛公说：“胡说八道，结婚才一个月出头，你怎么知道她不育？”王生忸怩了好久，终于开了口道：“她的阴道很偏。”辛公笑道：“原来因为‘偏’，害得家也不能齐了。”这件事可以和“单父宰”同发一笑。

孙必振

孙必振渡江，值大风雷，舟船荡摇，同舟大恐。忽见金甲神立云中，手持金字牌下示；诸人共仰视之，上书“孙必振”三字，甚真。众谓孙：“必汝有犯天谴，请自为一舟，勿相累。”孙尚无言，众不待其肯可，视旁有小舟，共推置其上。孙既登舟，回首，则前舟覆矣。

【译文】

孙必振过长江，正碰上风雷大作，渡船颠簸摇晃，一船人都害怕万分。忽然看见金甲神人按立云头，手拿金字令牌朝下出示。大家一齐抬头望去，上面写着“孙必振”三字，很是分明。众人对孙必振说：“一定是你犯了天条要受惩罚，请你一个人上别的船去，不要连累了我们!”孙必振还来不及回话，船上人也不等他同意，看见旁边有只小船，就七手八脚把他推了上去。孙必振登上小船后，回头一望，刚才乘坐的渡船已经翻了。

邑人

邑有乡人，素无赖。一日，晨起，有二人摄之去。至市头，见屠人以半猪悬架上，二人便极力推挤之，忽觉身与肉合，二人亦迳去。少间，屠人卖肉，操刀断割，遂觉一刀一痛，彻于骨髓。后有邻翁来市肉，苦争低昂，添脂搭肉，片片碎割，其苦更惨。肉尽，乃寻途归；归时，日已向辰。家人谓其晏起，乃细述所遭。呼邻问之，则市肉方归，言其片数、斤数、毫发不爽。崇朝之间，已受凌迟一度，不亦奇哉！

【译文】

县城有个本地人，一贯品行不端。一天，早上起床，有两个人把他拉出去。到集市口，看见一个杀猪的把半爿猪肉挂在货架上，两个人就使劲把他推挤过去，他顿时觉得自己同猪肉爿合二而一，那两个人也径自走了。过了一会，杀猪的开始卖肉，举着屠刀将猪身斩开，这人就觉得一刀一痛。钻心彻骨。后来住在他家邻近的老头儿来买肉，一味计较秤杆高低，杀猪的只得不时地添膘搭肉，零斩碎割，受苦更惨。直到半爿猪肉卖完了，这人才得以脱身，辨认着路回家。回家时，已是上午八九点钟光景。家里人还以为他起床晚了，他于是把经历细说了一遍。喊来邻居老头儿询问，得知刚从市场上买肉回来，说起片数、斤数，分毫不差。一个早上，他已领受了一回千刀万剐的刑罚，这不也是一桩奇闻么！

元　宝

广东临江山崖巉岩，常有元宝嵌石上。崖下波涌，舟不可泊。或荡桨近摘之，则牢不可动；若其人数应得此，则一摘即落，回首已复生矣。

【译文】

广东临江地方山崖峻峭，山石上常常嵌有元宝。山崖脚下波涛汹涌，船停靠不住。有人划小船靠近去摘，元宝嵌得很牢，掰不动；如果谁命中注定应该得到这元宝的，那就一摘就落。回头再看，已经重新生出新的元宝了。

研　石

王仲超言："洞庭君山间有石洞，高可容舟，深暗不测，湖水出入其中。尝秉烛泛舟而入，见两壁皆黑石，其色如漆，按之而软；出刀割之，如切硬腐。随意制为研。既出，见风则坚凝过于他石。试之墨，大佳。估舟游楫，往来甚众，中有佳石，不知取用，亦赖好奇者之品题也。"

【译文】

王仲超说：洞庭湖君山之间有石洞，高度可容小船进入。洞深处漆黑一片，无法测知实情，湖水在洞口漫进漫出。我曾经拿着蜡烛荡小船进去，看见两边洞壁都是黑石，颜色像黑漆，揿上去手感柔软。拿出刀子来割，就像切硬豆腐一般，可以随自己的心意做成砚台。取出后，遇风就硬结超过别的石头。磨墨试试，非常理想。商船游艇，在君山来往的很多。山中有这样的好石头，却不懂得拿来利用，也要依靠有心人才能得到鉴别和赏识啊。

武　夷

武夷山有削壁千仞，人每于下拾沉香玉块焉。太守闻之，督数百人作云梯，将造顶以觇其异，三年始成。太守登之，将及巅，见大足伸下，一拇指粗于捣衣杵，大声曰："不下，将堕矣！"大惊，疾下。才至地，则架木朽折，崩坠无遗。

【译文】

武夷山有一道悬崖峭壁，高七八百丈。人们常能在崖壁下拾到沉香和玉块。当地的太守听说了，就指挥几百名民工搭建云梯，想到山崖顶部去看看其中的奥妙。三年时间才告完工。太守登上云梯，快要攀到山顶时，看见一只硕大无比的脚伸挂下来，一个脚拇指足有捣衣棒那么粗。有个巨大的声音发出警告说："再不下去，就要摔死了！"太守大惊，忙不迭地逃下云梯。刚到地上，云梯的木架就一片片朽烂断裂，崩塌坠落，一点也没留下。

大 鼠

万历间，宫中有鼠，大与猫等，为害甚剧。遍求民间佳猫捕制之，辄被噉食。适异国来贡狮猫，毛白如雪。抱投鼠屋，阖其扉，潜窥之。猫蹲良久，鼠逡巡自穴中出，见猫，怒奔之。猫避登几上，鼠亦登，猫则跃下。如此往复，不啻百次。众咸谓猫怯，以为是无能为者。既而鼠跳掷渐迟，硕腹似喘，蹲地上少休。猫即疾下，爪掬顶毛，口龁首领，辗转争持，猫声呜呜，鼠声啾啾。启扉急视，则鼠首已嚼碎矣。然后知猫之避，非怯也，待其惰也。彼出则归，彼归则复，用此智耳。噫！匹夫按剑，何异鼠乎！

【译文】

明代万历年间，宫中出了老鼠，有猫那般大，造成了十分严重的危害。朝廷到处征求民间好猫来捕捉，都被大鼠咬死作了美餐。正好外国进贡了一只波斯猫，周身毛色雪白。宫人将它抱着放进闹鼠害的房间，关上房门，暗中偷看。那白猫蹲在地上好久，老鼠迟迟疑疑从洞中钻出来，见到猫，怒冲冲直扑上去。白猫逃上了桌子，大鼠也跳上去，猫儿便一跃而下。这样蹿上跳下，不少于百把次。大家都说这猫胆小，以为是不中用的了。后来老鼠蹦跳渐渐慢下来了，大肚子好像喘不过气来，蹲在地上稍事休息。那白猫立刻飞快窜下，用爪子抱住老鼠的头，一口咬住它的脖子，撕扭在一起翻来滚去，白猫呜呜怒嘶，老鼠啾啾尖叫。连忙打开门来细看，只见老鼠头已经被咬碎了。这才明白猫儿的躲逃，不是害怕，而是等待老鼠筋疲力尽。敌进我退，敌退我进，用了这个计谋罢了。哎！靠匹夫之勇按剑逞能，跟大鼠有什么两样！

张不量

贾人某，至直隶界，忽大雨雹，伏禾中。闻空中云："此张不量田，勿伤其稼。"贾私意张氏既云"不良"，何反祐护。雹止，入村，访问其人，且问取名之义。盖张素封，积粟甚富。每春间贫民就贷，偿时多寡不校，悉纳之，未尝执概取盈，故名"不量"，非不良也。众趋田中，见稞穗摧折如麻，独张氏诸田无恙。

【译文】

有一个商人到河北地界，突然大颗的冰雹从天而降，连忙趴倒在稻田中。只听得半空中发话道："这是张不量的田地，不要伤害他的庄稼。"商人暗想这姓张的既然叫做"不良"，怎么神人反而庇护起来？冰雹停后，就进村访求其人，并且打听这个名号的来历。原来姓张的是个财主，家里储藏了很多粮食。每到春天青黄不接的时候，穷人向他借粮，偿还时还多还少毫不计较，一概收受下来，从不用升斗复核，所以人称"不量"，并不是"不良"。村里人赶到田中，只见稻穗被雹子打断，乱七八糟，只有张家的田里安然无恙。

牧　竖

两牧竖入山至狼穴，穴有小狼二，谋分捉之。各登一树，相去数十步。少顷，大狼至，入穴失子，意甚仓皇。竖于树上扭小狼蹄耳故令嗥；大狼闻声仰视，怒奔树下，号且爬抓。其一竖又在彼树致小狼鸣急；狼辍声四顾，始望见之，乃舍此趋彼，跑号如前状。前树又鸣，又转奔之。口无停声，足无停趾，数十往复，奔渐迟，声渐弱；既而奄奄僵卧，久之不动。竖下视之，气已绝矣。今有豪强子，怒目按剑，若将搏噬；为所怒者，乃阖扇去。豪力尽声嘶，更无敌者，岂不畅然自雄？不知此禽兽之威，人故弄之以为戏耳。

【译文】

两个牧童进山见到狼窝，窝里有两只小狼，两人商量好各捉一只，分别爬上树，相距几十步。没多少时候，老狼回来了，进窝发现狼崽丢了，显得十分惊慌。牧童在树上扭掐小狼的蹄子和耳朵，故意让它惨叫，老狼听到叫声抬头寻找，怒冲冲地奔到树下，一边嗥叫，一边用爪子在树身上爬抓。另一个牧童又在那边的树上弄得小狼急叫，老狼停住嗥叫左右张望，才发现了目标，于是放下这头奔往那头，也像这里一样又抓又嗥。这边树上小狼再次哀鸣起来，老狼又奔转回来。嘴不停地嗥，脚不停地跑，几十个来回，渐渐步子慢了，嗥声弱了，到后来奄奄一息躺倒在地，好久也不动弹。牧童爬下树来一看，已经断气了。如今有使气逞强自以为好汉的，瞪着眼，按着剑，一副拼个你死我活、恨不得把对方吞下肚子的神气；而被他所怨恨的对手，却关上房门躲了起来。那“好汉”声嘶力竭叫骂不休，再没有人出来较量，岂不得意洋洋自觉威风？不知道这只是老狼式的威风，人家故意作弄他作为取笑罢了。

富　翁

富翁某，商贾多贷其赀。一日出，有少年从马后，问之，亦假本者。翁诺之。至家，适几上有钱数十，少年即以手叠钱，高下堆垒之。翁谢去，竟不与赀。或问故，翁曰："此人必善博，非端人也。所熟之技，不觉形于手足矣。"访之果然。

【译文】

某富翁，商人们常向他借钱。一天外出，有个青年人跟在马后，问下来，也是来求借本钱的。富翁同意了。到家，正巧桌上有几十枚铜板，那青年就用手把铜钱叠起来，高高低低垒成几堆。富翁顿时拒绝借贷，把他打发走了，终于没有借钱给他。有人问是什么缘故，富翁说："这小子一定是赌场老手，不是正派人。他习惯的垒钱手法，不知不觉就在动作中露出来了。"打听下来，果真是这么回事。

王　司　马

新城王大司马霁宇镇北边时，常使匠人铸一大杆刀，阔盈尺，重百钧。每按边，辄使四人扛之。卤簿所止，则置地上，故令北人捉之，力撼不可少动。司马阴以桐木依样为刀，宽狭大小无异，贴以银箔，时于马上舞动。诸部落望见，无不震悚。又于边外埋苇薄为界，横斜十余里，状若藩篱，扬言曰："此吾长城也。"北兵至，悉拔而火之。司马又置之。既而三火，乃以炮石伏机其下，北兵焚薄，药石尽发，死伤甚众。既遁去，司马设薄如前。北兵遥望皆却走，以故帖服若神。后司马乞骸归，塞上复警。召再起；司马时年八十有三，力疾陛辞。上慰之曰："但烦卿卧治耳。"于是司马复至边。每止处，辄卧幛中。北人闻司马至，皆不信，因假议和，将验真伪。启帘，见司马坦卧，皆望榻伏拜，挢舌而退。

【译文】

明朝兵部尚书王霁宇是山东新城人，他镇守北部边境时，曾经命令工匠铸一柄大刀，刀身一尺多阔，重三千斤。每次巡行边境，总让四个人抬着它。仪仗停下，就把大刀放在地上，故意叫满人去提抓，用尽吃奶的力气还是纹丝不动。王尚书暗下用桐木依照式样做一把刀，尺寸大小一模一样，表面贴上银箔，经常在马上舞弄。各部落满人见了，无不惊惧。他又在边境上用苇草插在地上作为界线，曲曲弯弯绵亘十几里，形状好像篱笆，扬言说："这是我筑的长城!"清兵前来，全都拔出，付之一炬。王尚书又照样设置。这样接连被烧了三回，他就用火药地雷安上机关埋在苇草下，清兵烧苇，地雷全数爆炸，死伤了很多人。活着的士兵逃走后，王尚书重新设起苇墙。清兵远远望见都退了回去。因为这些缘故，对王尚书服服帖帖，像神明那样敬畏。后来王尚书告老还乡，边境上又传来了警报。朝廷召他再度出山。那时王尚书已经八十三岁了，勉强支撑着病体，向皇上辞别。皇上安慰他说："只需你坐镇指挥就行了。"于是王尚书又来到边防。每停驻一地，总是躺在帐中。清人听说王霁宇来了，都不大相信，就假装议和，来探真伪。打开帘帐，看见王司马安然躺着，都向着床榻跪拜行礼，一个个伸出舌头，乖乖地退了下去。

岳神

扬州提同知，夜梦岳神召之，词色愤怒。仰见一人侍神侧，少为缓颊。醒而恶之。早诣岳庙，默作祈禳。既出，见药肆一人，绝肖所见。问之，知为医生。既归，暴病，特遣人聘之。至则出方为剂，暮服之，中夜而卒。或言：阎罗王与东岳天子，日遣侍者男女十万八千众，分布天下作巫医，名“勾魂使者”。用药者不可不察也！

【译文】

扬州副长官姓提，夜间梦见泰山岳神召他前去，恶狠狠地斥骂他。抬头看见岳神边有个侍从在帮着说好话，岳神才稍稍平和了些。提某醒来，觉得很不吉利。一早就到岳神庙去，暗暗祈祷消灾。出得庙来，看见药铺子里有一个人，容貌同梦中见到的极其相像。上前打听，得知那人是个医生。回家后，提某突然得了病，就特意派人请那医生来。医生来到后开了药方，提某当晚服下，半夜就一命呜呼了。有人说：阎罗王同东岳大帝，每天都派出十万八千名男女侍从，分布天下做神巫、医生，名叫“勾魂使者”。看病服药的不能不注意啊！

小梅

蒙阴王慕贞，世家子也。偶游江浙，见媪哭于途，诘之。言：“先夫止遗一子，今犯死刑，谁有能出之者？”王素慷慨，志其姓名，出橐中金为之斡旋，竟释其罪。其人出，闻王之救己也，茫然不解其故，访诣旅邸，感泣谢问。王曰："无他，怜汝母老耳。"其人大骇曰："母故已久。"王亦异之。抵暮，媪来申谢，王咎其谬诬。媪曰："实相告：我东山老狐也。二十年前曾与儿父有一夕之好，故不忍其鬼之馁也。"王悚然起敬，再欲诘之，已杳。

先是，王妻贤而好佛，不茹荤酒；治洁室，悬观音像，以无子，日日焚祷其中。而神又最灵，辄示梦，教人趋避，以故家中事皆取决焉。后有疾，綦笃，移榻其中；又别设锦裀于内室而扃其户，若有所伺。王以为惑，而以其疾势昏瞀，不忍伤之。卧病二年，恶嚣，常屏人独寝。潜听之，似与人语；启门视之，又寂然。病中他无所虑，有女十四岁，惟日催治装遣嫁。既醮，呼王至榻前，执手曰："今诀矣！初病时，菩萨告我，命当速死，念不了者，幼女未嫁，因赐少药，俾延息以待。去岁，菩萨将回南海，留案前侍女小梅，为妾服役。今将死，薄命人又无所出。保儿，妾所怜爱，恐娶悍怒之妇，令其子母失所。小梅姿容秀美，又温淑，即以为继室可也。"盖王有妾，生一子，名保儿。王以其言荒唐，曰："卿素敬者神，今出此言，不已亵乎？"答云："小梅事我年余，相忘形骸，我已婉求之矣。"问："小梅何处？"曰："室中非耶？"方欲再诘，闭目已逝。

王夜守灵帏，闻室中隐隐啜泣，大骇，疑为鬼。唤诸婢妾启钥视之，则二八丽者，缞服在室。众以为神，共罗拜之。女敛涕扶掖。王凝注之，俛首而已。王曰："如果亡室之言非妄，请即上堂，受儿女朝谒；如其不可，仆亦不敢妄想，以取罪过。”女靦然出，竟登北堂。王使婢为设坐南向，王先拜，女亦答拜；下而长幼卑贱，以次伏叩，女庄容坐受；惟妾至，则挽之。

自夫人卧病，婢惰奴偷，家久替。众参已，肃肃列侍。女曰：“我感夫人盛意，羁留人间，又以大事相委，汝辈宜各洗心，为主效力，从前愆尤，悉不计校；不然，莫谓室无人也！”共视座上，真如悬观音图像，时被微风吹动。闻言悚惕，哄然并诺。女乃排拨丧务，一切井井。由是大小无敢懈者。

女终日经纪内外，王将有作，亦禀白而行；然虽一夕数见，并不交一私语。既殡，王欲申前约，不敢径告，嘱妾微示意。女曰：“妾受夫人谆嘱，义不容辞；但匹配大礼，不得草草。年伯黄先生，位尊德重，求使主秦晋之盟，则惟命是听。”时沂水黄太仆，致仕闲居，于王为父执，往来最善。王即亲诣，以实告。黄奇之，即与同来。女闻，即出展拜。黄一见，惊为天人，逊谢不敢当礼；既而助妆优厚，成礼乃去。女馈遗枕履，若奉舅姑，由此交益亲。

合卺后，王终以神故，亵中带肃，时研诘菩萨起居。女笑曰：“君亦太愚，焉有正直之神，而下婚尘世者？”王力审所自。女曰：“不必研穷，既以为神，朝夕供养，自无殃咎。”女御下常宽，非笑不语；然婢贱戏狎时，遥见之，则默默无声。女笑谕曰：“岂尔辈尚以我为神耶？我何神哉！实为夫人姨妹，少相交好；姊病见思，阴使南村王媪招我来。第以日近姊夫，有男女之嫌，故托为神道，闭内室中，其实何神。”众犹不信；而日侍边傍，见其举动，不少异于常人，浮言渐息。然即顽奴钝婢，王素挞楚所不能化者’女一言无不乐于奉命。皆云：“并不自知。实非畏之，但睹其貌，则心自柔，故不忍拂其意耳。”以此百废具举。数年中，田地连阡，仓廪万石矣。

又数年，妾产一女。女生一子；子生，左臂有朱点，因字小红。弥月，女使王盛筵招黄。黄贺仪丰渥，但辞以耄，不能远涉；女遣两媪，强邀之，黄始至。抱儿出，袒其左臂，以示命名之意。又再三问其吉凶。黄笑曰：“此喜红也，可增一字，名喜红。”女大悦，更出展叩。是日，鼓乐充庭，贵戚如市。黄留三日始去。

忽门外有舆马来，逆女归宁。向十余年，并无瓜葛，共议之，而女若不闻。理妆竟，抱子于怀，要王相送，王从之。至二三十里许，寂无行人，女停舆，呼王下骑，屏人与语，曰：“王郎王郎，会短离长，谓可悲否？”王惊问故。女曰：“君谓妾何人也？”答曰：“不知。”女曰：“江南拯一死罪，有之乎？”曰：“有。”曰：“哭于路者吾母也，感义而思所报，乃因夫人好佛，附为神道，实将以妾报君也。今幸生此襁褓物，此愿已慰。妾视君晦运将来，此儿在家，恐不能育，故借归宁，解儿厄难。君记取家有死口时，当于晨鸡初唱，诣西河柳堤上，见有挑葵花灯来者，遮道苦求，可免灾难。”王曰：“诺。”因讯归期。女云：“不可预定。要当牢记吾言，后会亦不远也。”临别，执手怆然交涕。俄登舆，疾若风。王望之不见，始返。

经六七年，绝无音问。忽四乡瘟疫流行，死者甚众，一婢病三日死。王念囊嘱，颇以关心。是日与客饮，大醉而睡。既醒，闻鸡鸣，急起至堤头，见灯光烔烁，适已过去。急追之，止隔百步许，愈追愈远，渐不可见，懊恨而返。数日暴病，寻卒。王族多无赖，共凭陵其孤寡，田禾树木，公然伐取，家日陵替。逾岁，保儿又殇，一家更无所主。族人益横，割裂田产，厩中牛马俱空；又欲瓜分第宅。以妾居故，遂将数人来，强夺鬻之。妾恋幼女，母子环泣，惨动邻里。

方危难间，俄闻门外有肩舆入，共觇，则女引小郎自车中出。四顾人纷如市，问："此何人?"妾哭诉其由。女颜色惨变，便唤从来仆役，关门下钥。众欲抗拒，而手中若痿。女令一一收缚，系诸廊柱，日与薄粥三瓯。即遣老仆奔告黄公，然后入室哀泣。泣已，谓妾曰："此天数也。已期前月来，适以母病耽延，遂至于今。不谓转盼间已成丘墟!"问旧时婢媪，则皆被族人掠去，又益欷歔。越日，婢仆闻女至，皆自遁归，相见无不流涕。所絷族人，共噪儿非慕贞体胤，女亦不置辨。既而黄公至，女引儿出迎。黄握儿臂，便捋左袂，见朱记宛然，因袒示众人，以证其确。乃细审失物，登簿记名，亲诣邑令，令拘无赖辈，各笞四十，械禁严追；不数日，田地马牛，悉归故主。黄将归，女引儿泣拜曰："妾非世间人，叔父所知也。今以此子委叔父矣。"黄曰："老夫一息尚在，无不为区处。"黄去，女盘查就绪，托儿于妾，乃具馔为夫祭扫，半日不返。视之，则杯馔犹陈，而人杳矣。

异史氏曰：不绝人嗣者，人亦不绝其嗣，此人也而实天也。至座有良朋，车裘可共；迨宿莽既滋，妻子陵夷，则车中人望望然去之矣。死友而不忍忘，感恩而思所报，独何人哉！狐乎！倘尔多财，吾为尔宰。

【译文】

山东蒙阴县王慕贞，大户人家出身。偶然出游江浙一带，见一个老妇人在路上啼哭，上前询问缘故。老妇人说："我那过世的丈夫只留下一个儿子，如今犯了死罪，有谁能解救他哟！"王慕贞一向慷慨，记下她儿子的姓名，拿出行囊里的银子为他上下打点，竟然得以无罪开释。那人出了狱，听说王慕贞搭救了自己，却茫然不明白其中缘由，便到旅店拜访，流泪感恩，开言动问。王慕贞说："没别的，我只是可怜你母亲年老罢了。"那人大吃一惊，说："我母亲去世已经多年了！"王慕贞也感到事有蹊跷。到晚上，老妇人来了，千恩万谢的，王慕贞责备她说了假话。老妇人说："实言相告，我是东山的老狐。二十年前同这孩子的父亲有过一夜的恩爱，所以不忍心让他断了子嗣。"王慕贞听了肃然起敬，还想细问，那老妇却已不见了。

在这之前，王慕贞的妻子，人很贤惠，而笃信佛教，不沾荤酒。她收拾了一间净室，挂一帧观音像；因为婚后无子，所以天天在里面烧香祈祷。而菩萨又特别灵验，常常托梦指点，教人趋吉避凶，所以家中事无大小，都要听菩萨的意旨决定。后来王妻生了病，病势十分沉重。她就把床搬进净室，又在卧室中另外备下一床锦被，把门锁严了，好像等谁来睡似的。王慕贞很觉困惑，但因为妻子病得昏昏沉沉，也不忍心违拗她伤她的心。王妻在病床上躺了两年，讨厌声音闹，常常不要别人在跟前，独个儿睡。暗暗偷听，好像她在同谁说话，开门看看，却又寂无旁人。王妻在病中没有其他的牵挂，她有个十四岁的女儿，只是每天催促王慕贞操办嫁妆，把女儿嫁出去。待到女儿出嫁了，王妻把丈夫唤到床前，拉着他的手说道："如今和你永别了！当初得病时，观音菩萨就告诉我，说我命定活不长久。我放心不下的，是年轻的女儿还没有出嫁，所以菩萨赐给我一些药，让我维持生命等着。去年，菩萨要回南海，把她香案前的侍女小梅留下服侍我。如今我要离开人世了，命薄福薄，又没能为你生个儿子。保儿是我所疼爱的，只怕你日后再娶个妒妇进门，会让她娘儿俩无处容身。小梅长得很漂亮，性格又温柔娴静，你就娶她做继妻吧！"原来王慕贞有个小妾，生了一个男孩叫保儿。王慕贞觉得妻子的话太离奇，就说："你平时一向崇敬菩萨，如今说这样的话，不是太亵渎神明了么？"王妻答道："小梅服侍我一年多，彼此知心，亲密无间，我已经向她好言相求过了。"王慕贞问："那么小梅在哪儿呢？"王妻说："不就在屋子里吗！"王慕贞刚想再问，王妻已经闭上眼睛咽气了。

到晚上，王慕贞在妻子的床帏前守灵，听得空关的卧室里隐隐传出抽泣的声音，不由大为惊恐，以为有鬼。叫来丫环下人打开锁一看，只见一个十五六岁的美貌女子，穿着丧服在屋里。众人以为是神，都团团下拜，女子收住眼泪，一一扶起。王慕贞注视着她，她只是低头不语。王慕贞说："如果我亡妻的话不假，那就请你现在到堂上去，接受儿女辈请安拜见；假如你不同意，那么我也不敢存什么痴心妄想，来自招不是。"女子红着脸走出屋子，竟上了北堂。王慕贞忙叫丫环安了个朝南的座位，让她坐下，自己先拜，那女子也回拜。然后长幼卑贱，按着次序跪下叩头，女子神情庄重，端坐受礼。只有当王慕贞的小妾前来叩拜时，她起身扶住，不使行礼。

自从王妻卧床久病以来，男女下人乘机偷懒耍滑，家道衰落已久。众人参拜完毕，恭恭敬敬站在两旁侍候。小梅开言道："我有感于王夫人的盛意，逗留在人间，夫人又把家中大事委托给我。你们这些人应当各自洗心革面，为主人效力，从前一切过犯，可以一概不追究。不然，可别说家里没有主妇！"大家一齐放眼望去，只见她在座位上，真像那帧挂着的观音图像，被微风时时吹动着的样子。听了这番话个个心生敬畏，闹哄哄地齐声领命。小梅于是安排分派治丧事务，一切井井有条。从此大大小小没敢偷懒的。

小梅整天里里外外一把抓，王慕贞要做什么，也要告诉过她才去施行。不过虽然一晚上要见几次面，并不讲一句私情的话。王妻入土以后，王慕贞想提出前约，不敢直说，托小妾向小梅略作暗示。小梅说："我接受王夫人的谆谆托付，义不容辞；但结婚是隆重的礼仪，不能马虎。年伯黄先生，地位尊贵，德望隆重，请他主婚，我就唯命是从。"当时沂水县的黄公，曾官太仆，退休赋闲在家，是王慕贞的父辈，来往特别密切。王慕负就亲自登门拜访，把实情告诉了。黄公觉得稀罕，就一起前来。小梅听说，马上出来行跪拜礼。黄公一见，惊为天仙，避让着不敢受礼。后来他资助了丰厚的嫁妆，婚礼完毕才走。小梅送黄公亲手做的枕头、鞋子，像对待公婆一样，从此两家交往更加亲密。

喝过交杯酒后，王慕贞总因把小梅当作神，亲近中不忘庄重，还常常细问菩萨起居。小梅笑道："你也太傻了。哪里有正大光明的女神会同尘世中的凡人结婚的?"王慕贞就一个劲儿打听她的来历。小梅说："你也不要刨根究底。既然把我当神，日夜供养着，自然没有祸殃。"小梅待下人常很宽仁，说话总是笑容满面；然而婢仆互相戏谑，远远望见小梅，便会默默无声。小梅笑着开导他们说："难道你们还以为我是神吗？我哪里是什么神哟！我其实是王夫人的姨妹，从小要好。姨姐生病想念我，悄悄请南村王姥邀我前来。只是因为与姨姐夫接近，要避男女的嫌疑，所以假托为神，在内室深居不出。其实哪是神!"大家还是不相信。但每天在小梅身边服侍，看见她的举止行动，跟平常人没有一点两样，神啊仙啊的流言才渐渐止息下来。不过即使是再顽劣的奴仆，再蠢笨的丫环，王慕贞一向责打也不能使他们听话的，小梅一句话，没有一个不乐意听命。他们都说："自己也说不出所以然来。实在并不是害怕女主人；但一看到她脸，心就自然软了，所以再也不忍心违拗她的意志。"因此，百废并举，几年中间，王家土地阡陌连片，仓库中堆积了万石粮食。

又过了几年，小妾生了个女儿，小梅生了个儿子。儿子初出娘胎，左臂上就有一颗红色的痣，所以小名叫小红。满月时，小梅叫王慕贞备下丰盛的宴席，招请黄公。黄公送来了丰厚的贺礼，但以年老不能远行为由，辞谢不来。小梅派两个老妈子硬去邀请，黄公才来赴宴。小梅抱出儿子，把他左边的小手臂袒露出来，向黄公解释命名的意思，又再三向黄公请教这红痣究竟是吉是凶。黄公笑呵呵地说："这是喜红呢！我看孩子名字上可以加一个字，就叫'喜红'。"小梅高兴极了，又特意出来向黄公叩拜致谢。这天，满院子鼓乐喧天，贵客临门，热闹得如同集市一般。黄公留住三天才走。

忽一天，门外有车马到来，接小梅回娘家省亲。过去十几年间，并没有沾亲带故的娘家人来看过她，大家都在议论纷纷，而小梅却好像充耳不闻。她梳妆打扮停当，把儿子抱在怀里，要王慕贞相送一程，王慕贞应允了。行了约莫二三十里路，静悄悄没一个过路人，小梅停住车，叫王慕贞下马，屏退从人，同他密语，说道："王郎，王郎！相会短，离别长，你说可悲不可悲?"王慕贞大惊，问是何意。小梅说："你说我到底是什么人?"王慕贞答说不知道。小梅说："你在江南曾经救了一个人的死罪，有没有这回事?"王慕贞说："有的。"小梅说："那个在路上啼哭的，就是我的母亲。她深为你的义气感动，想有所报恩，就借夫人信佛依托为神，实际上是要用我来报答你。如今有幸生下襁褓里的孩儿，这心愿已经得到慰藉。我见你坏运道即将临头，这孩子留在家里恐怕不能养育，所以借回娘家，消他的灾难。你记住了，一旦家里死了人，必须在鸡叫头遍时到西河的杨柳堤上去，看到有人挑着葵花灯走来，你拦路苦苦哀求，可以消灾免祸。"王慕贞说："好的。"就问小梅什么时候回来。小梅说："这还不能预定。总之你一定要牢记我的话，后会之期也不会太远了。"两人临别手握着手，心情悲怆，泪流满面。不久小梅上了车，风驰电掣而去。王慕贞到望不见了，才回家。

一连过了六七年，小梅没一点消息。忽然四乡瘟疫流行，死了好多人，王家一个丫环病了三天死了。王慕贞想到小梅当年的嘱咐，很是关心。这一天同客人一起喝酒，大醉而睡。醒来后，听到鸡叫，急忙起身赶到堤头，只见灯光闪烁，刚已过去。连忙追赶，只离开一百来步。谁知越追越远，渐渐灯火就看不到了，只得懊丧悔恨地返回家来。几天后染上急病，不多时便一命呜呼了。王家族中大多是无赖，都来欺侮孤儿寡妇，公然抢收庄稼，砍伐树木，家境一天天衰败下来。过了一年，保儿又夭折了，一家更没了主，族人越加蛮横，田产也给瓜分了，牲口棚里的牛马也给抢夺一空了，还打主意想把房屋也分了。因为王慕贞的小妾还住在屋里，他们就带了一帮人来，强行要把她抢去卖掉。小妾放不下年幼的女儿，母女俩抱成一团痛哭，左邻右舍见此惨状无不伤心。

正在危急之际，不一会听到门外有轿子进来。大家看时，却是小梅带着小儿郎从车上下来。她四下扫视，人乱哄哄的像在集市上，就问："这些是什么人？"小妾哭着把事由诉说了一遍。小梅顿时沉下脸来，就吩咐跟来的仆人，把门关了，挂上一把大锁。那些族里的人想要抗拒，而手脚好像瘘了似的。小梅命令一个个捆绑起来，缚在走廊的柱子上，每天给三茶缸薄粥。当下就派老仆人奔去报告黄公，然后进内室哀哭。哭罢，对小妾说："这是命中注定！我前一个月就打算回来，正遇上母亲生病耽搁，才一直拖到今天。想不到转眼之间，好端端一个家竟成了丘墟！"又问早先那些婢仆，才知道都被族里人抢拉走了，又添了一阵叹息。过了一天，下人们听说女主人回来了，都一个个自己逃了回来，相见之下无不泪流满面。被绑的族中无赖们，纷纷叫嚷说小梅带来的儿郎不是王慕贞亲生的，小梅也不同他们搭理。后来黄公来了，她就带着喜红出门迎接。黄公握住喜红手臂，就把左边袖管捋上去，只见一颗红痣清清楚楚，就袒露着给大家看，证明他确是王慕贞的儿子。然后仔细盘点被掠走的财物，造册登记，亲自去拜访了县令。县令将无赖们捉来，各责打四十板子，铐押起来严厉追赃。不几天，田地牲口，全都物归原主。黄公就要回去了，小梅领着喜红哭着拜谢，说："我不是这个世上的人，这是叔父早就知道的。今天就把这孩子交给您了。"黄公说："只要老夫一口气还在，没有不为小喜红操心出力的。"黄公走后，小梅将家产盘查停当，把喜红托给小妾照看。于是她准备了酒食到丈夫墓上祭扫，好半天不回来。跑去看，杯盘中祭品还陈列着，人已经不知去向了。

异史氏说：不断人后嗣的，人也不断他后嗣，这看起来是人为的，其实有天意在。至于座中有好朋友，坐车穿衣可以不分彼此；等墓地上长出荒草，妻子儿女每况愈下，车里的人就远远望一眼再也不管走了。朋友去世而不忍心忘却，受人恩德而一心想报答，还只有谁呢？狐仙么？假如你钱多，我做你管家。

药　僧

济宁某，偶于野寺外，见一游僧，向阳扪虱；杖挂葫芦，似卖药者。因戏曰：“和尚亦卖房中丹否？”僧曰：“有。弱者可强，微者可巨，立刻见效，不俟经宿。”某喜求之。僧解衲角，出药一丸，如黍大，令吞之。约半炊时，下部暴长；逾刻自扪，增于旧者三之一。心犹未足，窥僧起遗，窃解衲，拈二三丸并吞之。俄觉肤若裂，筋若抽，项缩腰橐，而阴长不已。大惧，无法。僧返，见其状，惊曰：“子必窃吾药矣！”急与一丸，始觉休止。解衣自视，则几与两股鼎足而三矣。缩颈蹒跚而归，父母皆不能识。从此为废物，日卧街上，多见之者。

【译文】

山东济宁某人，有一回在野外的寺庙里，看见一个游方和尚，晒着太阳捉虱子。和尚的锡杖上挂着一只葫芦，好像是卖药的。某人于是开玩笑说：“和尚也卖风流药吗?”和尚说：“有。性功能弱的可以增强，生殖器小的可以变大，立竿见影，不待隔夜。”某人欣然向他要药。和尚解开袈裟的衣角，取出一粒药丸，像黄米般大小，叫他吞下。大约烧熟半顿饭的工夫，某人下身勃然壮大，过了一些时间自己摸摸，比原来长出了三分之一。他还不满足，趁和尚起身小便的当儿，偷偷解开袈裟，捞了两三粒药丸一股脑儿咽了下去。顿时觉得下身仿佛皮肤开裂，筋抽得紧紧的，缩颈收腰佝偻成一团，而阳具还在不停地扩伸。这下慌了神，却眼睁睁地无法制止。和尚回来见此情景，吃惊道：“你一定偷吃我的药了！”急忙给他服下一丸药，才觉得止住了疯长。某人解开衣服自己检视，生殖器与两条大腿几乎已鼎足而三了。他缩着脖子，蹒跚而归，父母都认不出他了。从此他成了废人，每天躺在街上，很多人都见到过他。

于中丞

于中丞成龙，按部至高邮。适巨绅家将嫁女，妆奁甚富，夜被穿窬席卷而去。刺史无术。公令诸门尽闭，止留一门放行人出入，吏目守之，严搜装载。又出示谕阖城户口，各归第宅，候次日查点搜掘，务得赃物所在。乃阴嘱吏目：设有城门中出入至再者，捉之。过午，得二人，一身之外，并无行装。公曰："此真盗也。"二人诡辨不已。公令解衣搜之，见袍服内着女衣二袭，皆奁中物也。——盖恐次日大搜，急于移置，而物多难携，故密着而屡出之也。

又公为宰时，至邻邑。早旦，经郭外，见二人以床舁病人，覆大被；枕上露发，发上簪凤钗一股，侧眠床上。有三四健男夹随之，时更番以手拥被，令压身底，似恐风入。少顷，息肩路侧，又使二人更相为荷。于公过，遣隶回问之，云是妹子垂危，将送归夫家。公行二三里，又遣隶回，视其所入何村。隶尾之，至一村舍，两男子迎之而入。还以白公。公谓其邑宰："城中得无有劫寇否？"宰曰："无之。"时功令严，上下讳盗，故即被盗贼劫杀，亦隐忍而不敢言。公就馆舍，嘱家人细访之，果有富室被强寇入家，炮烙而死。公唤其子来，诘其状。子固不承。公曰："我已代捕大盗在此，非有他也。"子乃顿首哀泣，求为死者雪恨。公叩关往见邑宰，差健役四鼓出城，直至村舍，捕得八人，一鞫而伏。诘其病妇何人。盗供："是夜同在勾栏，故与妓女合谋，置金床上，令抱卧至窝处始瓜分耳。"

共服于公之神。或问所以能知之故。公曰："此甚易解，但人不关心耳。岂有少妇在床，而容入手衾底者。且易肩而行，其势甚重，交手护之，则知其中必有物矣。若病妇昏愦而至，必有妇人倚门而迎；止见男子，并不惊问一言，是以确知其为盗也。"

【译文】

巡抚于成龙，视察到江苏高邮。正好有个大户人家要嫁女儿，嫁妆很丰厚，半夜里被小偷光顾，席卷一空，当地长官束手无策。于公命令关闭各道城门，只留一个门放行人出入，由吏目把守，严加搜查装载的货物。又出告示叫全城百姓各回本宅，等候第二天挨门检查，一定要把赃物寻个水落石出。随后他暗中吩咐吏目：假如有在城门口进出几次的，就抓起来。午后，捉来两名嫌疑犯，一身穿着之外，并没有什么行李。于公说："这是真的小偷！"两人花言巧语，不停地为自己辩护。于公下令解开他们的衣服搜身，看见外衣里面套着两身女人衣服，都是嫁妆中的物品。原来小偷害怕第二天大搜查，急于转移赃物，但东西太多难以携带，所以暗中穿在身上，一次次混出城去。

又于公任县官时，有事到邻县去。一清早经过城外，看见两个人用担架抬着病人，盖一条大被子；枕头上只露出一绺头发，头发上簪一支凤钗，病人侧身躺在担架上。有三四个健壮的男人夹护着担架，不时轮流用手围裹被子，将它塞在病人身下，像是怕风吹进去。不多会儿，担架在路旁歇下，又叫两个人换着抬。于公轿过，派公差回身询问，说是妹子生病垂危，要送还夫家去。于公走了两三里路，又派公差返回，看那些人进了哪个村子。公差尾随在后，到一处村宅，有两个男人把他们迎了进去。回来禀报了于公。于公问邻县县令："城中莫非有强盗抢劫案件不成?"县令说："没有。"当时对官吏的考核要求十分苛刻，衙门上下忌讳盗案发生，所以即使被强盗抢劫杀害了人命，也含冤隐忍，不敢说出真相。于公住进客馆，嘱咐自己的仆人细细访查，果然有个富翁被强盗闯入家中，受炮烙而死。于公叫那家的儿子来，向他了解情况。富翁子一个劲地否认。于公说："我已经代抓了大盗在此，没有别的用意。"富家子这才叩头哀哭，请求为死去的父亲报仇雪恨。于公亲到官廨去见邻县县令，请他派遣身强力壮的衙役在四更时分出城，直奔村宅，一举捕得八名强盗，一审就招供了。问那担架上的病妇是谁，强盗招道："那天晚上大家都在妓院里，所以同妓女合谋，将抢来的金银放在担架上，让她抱着躺下，到窝藏地点才瓜分。"

大家都钦佩于公料事如神。有人请教他所以能洞察此案的原因，于公说："这很容易明白，只是一般人不注意罢了。哪有年轻妇人躺着，而允许大男人用手探到身下塞被子的道理？况且抬担架走路要换几次肩，势必很重；大家七手八脚围护着，可知其中一定有什么东西藏着了。假如抬送的真是个病得不省人事的妇人，担架到了，一定有夫家的妇女站在门口迎接扶持；只看见男人，连句吃惊的问话也没有，这就确知他们是强盗了。"

皂隶

万历间，历城令梦城隍索人服役，即以皂隶八人书姓名于牒，焚庙中；至夜，八人皆死。庙东有酒肆，肆主故与一隶有素。会夜来沽酒，问："款何客?"答云："僚友甚多，沽一尊少敍姓名耳。"质明，见他役，始知其人已死。入庙启扉，则瓶在焉，贮酒如故。归视所与钱，皆纸灰也。令肖八像于庙。诸役得差，皆先酬之乃行；不然，必遭笞谴。

【译文】

明代万历年间，山东历城县令梦见城隍神向他要人以供使唤，就在文书上写了本县八个公差的姓名，送到城隍庙里烧化了。到了夜里，这八个人都死了。城隍庙东面有一所酒店，店老板以前跟其中的一名公差交情不错。就在这夜那公差来打酒，老板问他："你招待什么客人？"公差答道："同事人数很多，买瓶酒介绍认识一下罢了。"天刚亮，见到别的公差，才知道那人已经死了。进城隍庙打开内门，只见酒瓶在那儿，装的酒跟原来一样。回店查看那公差给的钱，都是锡箔灰。县令在城隍庙里画了八公差像，县里的差人接受公干，都先祭祀他们才去执行。不然，一定会遭到打屁股的责罚。

绩　女

绍兴有寡媪夜绩，忽一少女推扉入，笑曰："老姥无乃劳乎？"视之，年十八九，仪容秀美，袍服炫丽。媪惊问："何来？"女曰："怜媪独居，故来相伴。"媪疑为侯门亡人，苦相诘。女曰："媪勿惧，妾之孤，亦犹媪也。我爱媪洁，故相就，两免岑寂，固不佳耶？"媪又疑为狐，默然犹豫。女竟升床代绩，曰："媪无忧，此等生活，妾优为之，定不以口腹相累。"媪见其温婉可爱，遂安之。

夜深，谓媪曰："携来衾枕，尚在门外，出溲时，烦捉之。"媪出，果得衣一裹。女解陈榻上，不知是何等锦绣，香滑无比。媪亦设布被，与女同榻。罗衿甫解，异香满室。既寝，媪私念：遇此佳人，可惜身非男子。女子枕边笑曰：“姥七旬，犹妄想耶?”媪曰：“无之。”女曰：“既不妄想，奈何欲作男子?”媪愈知为狐，大惧。女又笑曰：“愿作男子，何心而又惧我耶?”媪益恐，股战摇床。女曰：“嗟乎！胆如此大，还欲作男子！实相告：我真仙人，然非祸汝者。但须谨言，衣食自足。”媪早起，拜于床下。女出臂挽之，臂腻如脂，热香喷溢；肌一着人，觉皮肤松快。媪心动，复涉遐想。女哂曰：“婆子战慄才止，心又何处去矣！使作丈夫，当为情死。”媪曰：“使是丈夫，今夜那得不死！”由是两心浃洽，日同操作。视所绩，匀细生光；织为布，晶莹如锦，价较常三倍。媪出，则扃其户；有访媪者，辄于他室应之。居半载，无知者。

后媪渐泄于所亲，里中姊妹行皆托媪以求见。女让曰：“汝言不慎，我将不能久居矣。”媪悔失言，深自责；而求见者日益众，至有以势迫媪者。媪涕泣自陈。女曰：“若诸女伴，见亦无妨；恐有轻薄儿，将见狎侮。”媪复哀恳，始许之。越日，老媪少女，香烟相属于道。女厌其烦，无贵贱，悉不交语，惟默然端坐，以听朝参而已。乡中少年闻其美，神魂倾动，媪悉绝之。

有费生者，邑之名士，倾其产，以重金啗媪。媪诺，为之请。女已知之，责曰：“汝卖我耶！”媪伏地自投。女曰：“汝贪其赂，我感其痴，可以一见。然而缘分尽矣。”媪又伏叩。女约以明日。生闻之，喜，具香烛而往，入门长揖。女帘内与语，问：“君破产相见，将何以教妾也?”生曰:“实不敢他有所干，祇以王嫱、西子，徒得传闻，如不以冥顽见弃，俾得一阔眼界，下愿已足。若休咎自有定数，非所乐闻。”忽见布幕之中，容光射露，翠黛朱樱，无不毕现，似无帘幌之隔者。生意眩神驰，不觉倾拜。拜已而起，则厚幕沉沉，闻声不见矣。悒怅间，窃恨未睹下体;俄见帘下绣履双翘，瘦不盈指。生又拜。帘中语曰:“君归休!妾体惰矣!”媪延生别室，烹茶为供。生题《南乡子》一调于壁云:

隐约画帘前，三寸凌波玉笋尖。点地分明莲瓣落，纤纤，再着重台更可怜。　　花衬凤头弯，入握应知软似绵。但愿化为蝴蝶去，裙边，一嗅余香死亦甜。

题毕而去。女览题不悦，谓媪曰:“我言缘分已尽，今不妄矣。”媪伏地请罪。女曰:“罪不尽在汝。我偶堕情障，以色身示人，遂被淫词污亵，此皆自取，于汝何尤。若不速迁，恐陷身情窟，转劫难出矣。”遂襆被出。媪追挽之，转瞬已失。

【译文】

浙江绍兴有个寡老太，晚上纺纱织布，忽然一个少女推门进来，哭着说:“老阿婆不觉太辛苦吗!”看那少女，十八九岁年纪，容态秀美，衣妆华艳。老太惊问:“闺女从哪儿来?”少女道:“我可怜阿婆孤单单的，所以来作个伴儿。”老太怀疑她是从大户人家偷跑出来的，盘问不止。少女说:“阿婆别怕，我也是孤单单的一个人，同你一样。我喜爱阿婆清洁，所以来接近你，两人都除了寂寞，岂不好吗?”老太又怀疑她是狐狸，默默地犹豫着。少女竟上床，代她转动纺车，说："阿婆不用担心，这种活我最内行，一定不会添一张嘴加重你的负担。"老妇见她温柔和顺，讨人喜爱，就安下心来让她留下。

夜深了，少女对老太说："我带来枕头被子，还在门外，你出去解手时，麻烦你提进来。"老太出门，果然有一包衣被。少女打开铺在床上，不知是什么锦绣，香滑无比。老太也铺开布被，与少女同睡一床。少女刚解开衣服，满屋子都是异香。睡下后，老太私下想：遇到这样一个美人儿，可惜自己不是男子。少女在枕边笑着说："阿婆七十岁了，还胡思乱想吗？"老太说："没有的事。"少女说："既然没有胡思乱想，为什么想作男子？"老太益发断定她是狐狸，大为恐惧。少女又笑着说："既然愿作男身了，怎么想的又怕起我来了？"老太更怕，两条腿抖得床都摇动了。少女说："唉！胆这么小，还想做男子！实话实说吧：我真是仙人，不过不是祸害你的。只是你一定要保密，今后吃穿是不用愁的。"说话间老妇早已起身，拜倒在床下。少女伸出手臂挽她起来，手臂像油脂一般滑腻，溢发着温暖和馨香；肌肤一碰到人，只觉皮肤松快。老太动了心，又不着边际地胡想起来。少女嗤笑道："老婆子打抖刚停，魂灵儿又飞到哪儿去了！假如你做男人，肯定要为情而死。"老太说："假如我是男人，今夜哪能不送命！"从此后两人感情融洽，每天在一起劳作。看少女所纺的纱，匀细光洁，织成布匹，亮闪闪的像是锦缎，可卖三倍的价。老太出外，就把房门锁上；有人上门，老太总在别的房间里接待，所以少女住了半年，没人发觉。

后来老太渐渐对亲近的人露了点口风，街坊中的老姐妹们都托老太介绍求见。少女责备说："你说话不谨慎，我在这里要呆不长久了。"老太后悔漏了嘴，深深感到内疚，但求见的人一天天增多，甚至有仗势施加压力的。老太老泪纵横向少女诉说苦衷。少女说："若是你的老姐妹，见见也没什么，只怕遇上轻薄的无赖，就要被戏弄欺侮。"老太又苦苦恳求，少女才同意了。过了一天，求见的老婆子、大姑娘，焚香点烛，一路络绎不绝。少女颇觉厌烦，对来人无分贵贱，都不答理，只是默默端坐，听任她们参拜罢了。乡里的青年子弟风闻少女美艳，神魂颠倒，老太一概谢绝。

有个姓费的秀才，是绍兴城的名士，花了全部家产，用重金贿赂老太，老太经不住诱惑，为他求情。少女已经知道来意，责备说："你出卖我了！"老太跪拜在地承认了不是。少女说："你贪图他贿赂，我感念他痴心，可以见他一面。可是我们的缘分到头了。"老太又伏地叩头。少女约定第二天会面。费生得到佳音，喜不自胜，备了香烛前去，进门向少女一揖到地。少女在帘内同他交谈，问道："你倾家荡产来见我，不知对我有什么要求？"费生说："实在不敢有别的请求，只是因为王昭君、西施这样的美人，只不过听到些传闻。倘若仙子不嫌弃我愚陋无知，让我开开眼界，我的心愿就满足了。至于人生祸福自有定数，不是我想请教的。"话刚说完，忽然看见布帘子中露出少女的芳容，黛眉朱唇，无不毕现，就像没有帘幕阻隔似的。费生目迷心眩看出了神，情不自禁拜倒在地。拜完起身，已见厚厚的帘子严严实实，只闻其声而不见其形了。怛郁惆怅之间，暗恨没有见到少女的下半身，一动念间，就见帘下呈现出一双穿着绣鞋的纤足，细瘦得还不及一根手指的长度。费生又倒身下拜。帘中传语道："你回去吧！我身子疲倦了。"老太请费生到另一间屋里，烹茶招待他。费生写了一首《南乡子》题在墙壁上：

画帘隔却倩影，时现时隐，
难忘小小金莲，尖尖玉笋。
宛如一双荷瓣，轻点芳尘，
纤足动人，
再衬高底绣鞋，更觉销魂。

绣鞋弯弯如钩，描花刺凤。
梦想一握软玉，享尽温存。
但愿身化蝴蝶，追随卿卿，
围绕红裙，
一嗅伊人芳馨，死也甘心。

费生写毕自去。少女读了，十分不快，对老妇说："我说你我缘分已到尽头，现在看来真没有说错。"老妇俯伏在地请罪。少女说："也不全是你的过错。我偶然堕入情魔，向人显示了色身，才受到淫词侮辱。这都是自作自受，有什么可责怪你的？我如果不从速离开，怕陷入情网，再历一次劫就难以解脱了。”于是打点衣被行装出门。老妇追出去挽留，转眼间已不见了身影。

红　毛　毡

红毛国，旧许与中国相贸易。边帅见其众，不许登岸。红毛人固请：“赐一毡地足矣。”帅思一毡所容无几，许之。其人置毡岸上，仅容二人；拉之，容四五人；且拉且登，顷刻毡大亩许，已数百人矣。短刃并发，出于不意，被掠数里而去。

【译文】

红毛国即荷兰，过去允许他们同中国互通贸易。镇守边境的主帅见他们人数众多，便禁止上岸。荷兰人坚持请求说：“只要开恩给我们一块毯子大小的地方就够了。”主帅想一块毯子占不了多大地方，就同意了。那人拿毯子铺在岸上，只能容两个人。把毯子拉扯拉扯，便可以容四五个人。边拉边登岸，顷刻间毯子已有一亩来大，登上几百个人了。他们一齐掣出短刀，突然袭击，好几里地面被他们抢掠一番，才走了。

抽　　肠

莱阳民某昼卧，见一男子与妇人握手入。妇黄肿，腰粗欲仰，意象愁苦。男子促之曰：“来，来！”某意其苟合者，因假睡以窥所为。既入，似不见榻上有人，又促曰：“速之！”妇便自坦胸怀，露其腹，腹大如鼓。男子出屠刀一把，用力刺入，从心下直剖至脐，蚩蚩有声。

某大惧，不敢喘息。而妇人攒眉忍受，未尝少呻。男子口衔刀，入手于腹，捉肠挂肘际；且挂且抽，顷刻满臂。乃以刀断之，举置几上，还复抽之。几既满，悬椅上；椅又满，乃肘数十盘，如渔人举网状，望某首边一掷。觉一阵热腥，面目喉鬲覆压无缝。某不能复忍，以手推肠，大号起奔。肠堕榻前，两足被絷，冥然而倒。家人趋视，但见身绕猪脏；既入审顾，则初无所有。众各自谓目眩，未尝骇异。及某述所见，始共奇之。而室中并无痕迹，惟数日血腥不散。

【译文】

山东莱阳居民某甲睡午觉，看见一个男子和女人手拉手进来了。女人又黄又肿，腰身粗得像要朝天仰倒一般，一副愁眉苦脸的模样。男子不住催促她说："来呀！来呀！"某甲以为是通奸的，就假装睡着来偷看他们的作为。男子进屋后，好像没看见床上有人，又催道："快些啊！"女人就自己袒开前胸，露出腹部，肚子大得像鼓。男子掏出一把屠刀，用力刺进去，从心口下一直剖开到肚脐处，发出嗤嗤的切割声。某甲恐惧万分，大气也不敢出。而女人却皱着眉忍受着，哼都不哼一下。男子嘴咬住刀，把手伸进腹腔，掏出肠子挂在臂肘上，一边挂一边抽，一刻工夫手臂便挂满了。他于是用刀把下端割断，举起那一大挂放在桌上，回头继续抽起肚肠来。桌上放满了，就挂在椅子上；椅子又放满了，就在臂肘上盘几十圈，像渔夫撒网那样，向某甲头边甩了过来。某甲只觉一阵热气夹着腥臭兜头而来，脸、喉、胸部都被肠子满满压住，不留一丝缝隙。他再也忍受不住，用手推开肠子，大叫着起来狂奔。肠滑落到床下，他两只脚被绊住，顿时失去知觉跌扑在地。家里人赶来一看，只见他身上绕着猪肠子；再在屋里仔细看，却什么也没有了。大家都以为自己看花了眼，也并不怎么惊讶；直到某甲讲了他所看到的，才都奇怪起来。而屋子里并没有痕迹，只是血腥味好几天不散。

张 鸿 渐

张鸿渐，永平人。年十八，为郡名士。时卢龙令赵某贪暴，人民共苦之。有范生被杖毙，同学忿其冤，将鸣部院，求张为刀笔之词，约其共事。张许之。妻方氏，美而贤，闻其谋，谏曰："大凡秀才作事，可以共胜，而不可以共败：胜则人人贪天功，一败则纷然瓦解，不能成聚。今势力世界，曲直难以理定，君又孤，脱有翻覆，急难者谁也！"张服其言，悔之，乃婉谢诸生，但为创词而去。质审一过，无所可否。赵以巨金纳大僚，诸生坐结党被收，又追捉刀人。张惧，亡去。

至凤翔界，资斧断绝。日既暮，踟躇旷野，无所归宿。欻睹小村，趋之。老媪方出阖扉，见生，问所欲为，张以实告。妪曰："饮食床榻，此都细事；但家无男子，不便留客。"张曰："仆亦不敢过望，但容寄宿门内，得避虎狼足矣。"妪乃令入，闭门，授以草荐，嘱曰："我怜客无归，私容止宿，未明宜早去，恐吾家小娘子闻知，将便怪罪。"妪去，张倚壁假寐。

忽有笼灯晃耀，见妪导一女郎出。张急避暗处，微窥之，二十许丽人也。及门，见草荐，诘妪；妪实告之。女怒曰："一门细弱，何得容纳匪人！"即问："其人焉往？"张惧，出伏阶下。女审诘邦族，色稍霁，曰："幸是风雅士，不妨相留。然老奴竟不关白，此等草草，岂所以待君子！"命妪引客入舍。俄顷，罗酒浆，品物精洁；既而设锦裀于榻。张甚德之，因私询其姓氏。妪曰："吾家施氏，太翁夫人俱谢世，止遗三女。适所见，长姑舜华也。"

妪去。张视几上有《南华经》注，因取就枕上，伏榻翻阅。忽舜华推扉入。张释卷，搜觅冠履。女即榻捺坐曰："无须，无须！"因近榻坐，觍然曰："妾以君风流才士，欲以门户相托，遂犯瓜李之嫌。得不相遐弃否?"张皇然不知所对，但云："不相诳，小生家中，固有妻耳。"女笑曰："此亦见君诚笃，顾亦不妨。既不嫌憎，明日当烦媒妁。"言已，欲去。张探身挽之，女亦遂留。未曙即起，以金赠张，曰："君持作临眺之资；向暮，宜晚来，恐傍人所窥。"张如其言，早出晏归，半年以为常。

一日，归颇早，至其处，村舍全无，不胜惊怪。方徘徊间，闻媪云："来何早也!"一转盼间，则院落如故，身固已在室中矣，益异之。舜华自内出，笑曰："君疑妾耶?实对君言：妾，狐仙也，与君固有夙缘。如必见怪，请即别。"张恋其美，亦安之。夜谓女曰："卿既仙人，当千里一息耳。小生离家三年，念妻孥不去心，能携我一归乎?"女似不悦，曰："琴瑟之情，妾自分于君为笃；君守此念彼，是相对绸缪者，皆妄也!"张谢曰："卿何出此言！谚云：'一日夫妻，百日恩义。'后日归念卿时，亦犹今日之念彼也。设得新忘故，卿何取焉?"女乃笑曰："妾有褊心：于妾，愿君之不忘；于人，愿君之忘之也。然欲暂归，此复何难，君家咫尺耳。”遂把袂出门，见道路昏暗，张逡巡不前。女曳之走，无几时，曰：“至矣。君归，妾且去。”

张停足细认，果见家门。逾垝垣入，见室中灯火犹荧。近以两指弹扉。内问为谁，张具道所来。内秉烛启关，真方氏也。两相惊喜，握手入帷。见儿卧床上，慨然曰：“我去时儿才及膝，今身长如许矣！”夫妇依倚，恍如梦寐。张历述所遭。问及讼狱，始知诸生有瘐死者，有远徙者，益服妻之远见。方纵体入怀，曰：“君有佳耦，想不复念孤衾中有零涕人矣！”张曰：“不念，胡以来也？我与彼虽云情好，终非同类；独其恩义难忘耳。”方曰：“君以我何人也？”张审视，竟非方氏，乃舜华也。以手探儿，一竹夫人耳。大惭无语。女曰：“君心可知矣！分当自此绝矣，犹幸未忘恩义，差足自赎。”

过二三日，忽曰：“妾思痴情恋人，终无意味。君日怨我不相送，今适欲至都，便道可以同去。”乃向床头取竹夫人共跨之，令闭两眸，觉离地不远，风声飕飕。移时，寻落。女曰：“从此别矣。”方将订嘱，女去已渺。

怅立少时，闻村犬鸣吠，苍茫中见树木屋庐，皆故里景物，循途而归。逾垣叩户，宛若前状。方氏惊起，不信夫归，诘证确实，始挑灯呜咽而出。既相见，涕不可仰。张犹疑舜华之幻弄也；又见床卧一儿，如昨夕，因笑曰：“竹夫人又携入耶？”方氏不解，变色曰：“妾望君如岁，枕上啼痕固在也。甫能相见，全无悲恋之情，何以为心矣！”张察其情真，始执臂欷歔，具言其详。问讼案所结，并如舜华言。

方相感慨，闻门外有履声，问之不应。盖里中有恶少，久窥方艳，是夜自别村归，遥见一人逾垣去，谓必赴淫约者，尾之入。甲故不甚识张，但伏听之。及方氏亟问，乃曰："室中何人也？"方讳言："无之。"甲言："窃听已久，敬将以执奸耳。"方不得已，以实告。甲曰："张鸿渐大案未消，即使归家，亦当缚送官府。"方苦哀之，甲词益狎逼。张忿火中烧，把刀直出，剁甲中颅。甲踣，犹号；又连剁之，遂死。方曰："事已至此，罪益加重。君速逃，妾请任其辜。"张曰："丈夫死则死耳，焉肯辱妻累子以求活耶！卿无顾虑，但令此子勿断书香，目即瞑矣。"天明，赴县自首。赵以钦案中人，姑薄惩之。寻由郡解都，械禁颇苦。

途中遇女子跨马过，一老妪捉鞚，盖舜华也。张呼妪欲语，泪随声堕。女返辔，手启障纱，讶曰："表兄也，何至此？"张略述之。女曰："依兄平昔，便当掉头不顾；然予不忍也。寒舍不远，即邀公役同临，亦可少助资斧。"从去二三里，见一山村，楼阁高整。女下马入，令妪启舍延客。既而酒炙丰美，似所夙备。又使妪出曰："家中适无男子，张官人即向公役多劝数觞，前途倚赖多矣。遣人措办数十金，为官人作费，兼酬两客，尚未至也。"二役窃喜，纵饮，不复言行。日渐暮，二役径醉矣。女出，以手指械，械立脱；曳张共跨一马，驶如龙。少时，促下，曰："君止此。妾与妹有青海之约，又为君逗留一晌，久劳盼注矣。"张问："后会何时？"女不答；再问之，推堕马下而去。

既晓，问其地，太原也。遂至郡，赁屋授徒焉。托名宫子迁。居十年，访知捕亡寝怠，乃复逡巡东向。既近里门。不敢遽入，俟夜深而后入。及门，则墙垣高固，不复可越，只得以鞭挝门。久之，妻始出问。张低语之。喜极，纳入，作呵叱声，曰："都中少用度，即当早归，何得遣汝半夜来？"入室，各道情事，始知二役逃亡未返。言次，帘外一少妇频来，张问伊谁，曰："儿妇耳。"问："儿安在？"曰："赴郡大比未归。"张涕下曰："流离数年，儿已成立，不谓能继书香，卿心血殆尽矣！"话未已，子妇已温酒炊饭，罗列满几。张喜慰过望。居数日，隐匿房榻，惟恐人知。一夜，方卧，忽闻人语腾沸，捶门甚厉。大惧，并起。闻人言曰："有后门否？"益惧，急以门扇代梯，送张夜度垣而出，然后诣门问故，乃报新贵者也。方大喜，深悔张遁，不可追挽。

张是夜越莽穿榛，急不择途；及明，困殆已极。初念本欲向西，问之途人，则去京都通衢不远矣。遂入乡村，意将质衣而食。见一高门，有报条黏壁上，近视，知为许姓，新孝廉也。顷之，一翁自内出，张迎揖而告以情。翁见仪貌都雅，知非赚食者，延入相款。因诘所往。张托言："设帐都门，归途遇寇。"翁留诲其少子。张略问官阀，乃京堂林下者；孝廉，其犹子也。

月余，孝廉偕一同榜归，云是永平张姓，十八九少年也。张以乡、谱俱同，暗中疑是其子；然邑中此姓良多，姑默之。至晚解装，出《齿录》，急借披读，真子也。不觉泪下。共惊问之。乃指名曰："张鸿渐，即我是也。”备言其由。张孝廉抱父大哭。许叔姪慰劝，始收悲以喜。许即以金帛函字，致告宪台，父子乃同归。

方自闻报，日以张在亡为悲；忽白孝廉归，感伤益痛。少时，父子并入，骇如天降，询知其故，始共悲喜。甲父见其子贵，祸心不敢复萌。张益厚遇之，又历述当年情状，甲父感愧，遂相交好。

【译文】

张鸿渐是河北永平人，十八岁成为郡中名士。当时卢龙县令赵某贪婪而残暴，百姓都受他的苦。有个姓范的秀才被赵某一顿板子打死，县学的同学为他死得冤枉愤愤不平，准备向巡抚告状，请张鸿渐起草讼状，约他联名上诉。张鸿渐同意了。他的妻子方氏，美丽贤惠，听说他们的计划，便劝告丈夫说：“大抵秀才做事，可以同享胜利，而不能共度失败。胜利了人人贪天之功以为己有，一旦失败就乱哄哄土崩瓦解，不能团结在一起。如今是讲势力的世界，是非曲直难以根据公道判定。你又无依无靠，假如车翻船覆，谁能救你急难呢！”张鸿渐对这番话心悦诚服，后悔自己的许诺，于是委婉地谢绝了秀才们的邀约，仅仅起草了状词便撒手不问了。巡抚讯问核查了一番，不表示可否。而赵某用重金贿赂大官，结果秀才们反以结党的罪名被捕入狱。又追查讼状的执笔者，张鸿渐害怕，便逃跑了。

到陕西凤翔地界，盘缠用光了。天黑以后，张鸿渐在旷野里徘徊，没地方过夜。忽然见到一个小村子，急忙跑过去。有个老妇人正出来关门，看见张鸿渐，问他要做什么，张鸿渐以实情相告。老妇人说：“吃饭睡觉这都问题不大，只是家里没有男人，不便留客。”张鸿渐说：“我也不敢有过分的奢望，只要允许我在门内寄宿，能够躲避虎狼就够了。”老妇人就叫他进来，关上了门，拿来草垫交给他，叮嘱道：“我可怜你没有去处，私自让你留下过夜。天不亮你就得早早离开，怕我家小娘子知道就要怪罪下来。”老妇人走了，张鸿渐靠着墙壁，和衣而睡。

忽然有灯笼火晃晃耀耀，只见老妇人领一个女郎出来。张鸿渐急忙躲到暗处，偷眼看去，是个二十左右的美人儿。她走到门边，看见草垫，就向老妇人发问，老妇人如实禀告。女郎生气地说："一家弱女子，哪能让不三不四的人进来！"当下问："那人到哪儿去了？"张鸿渐惶恐，出来跪伏在台阶下。女郎问明籍贯家世，脸色才和气了些，说："还好是读书人，不妨留宿。不过老奴才竟然不禀告明白，这样随随便便，哪里是对待君子的样子！"吩咐老妇人把客人领进屋子。一会儿工夫，摆上了酒菜，样样精美洁净。饭后又在床上铺设了锦被。张鸿渐很是感激，就私下向老妇人打听女郎的姓名。老妇人答道："我家姓施，老太爷、老夫人都去世了，只留下三个女儿。刚才你见到的，是大小姐舜华。"

老妇人走后，张鸿渐看见桌上有本《南华经注》，就拿到枕头旁，躺在床上翻看。忽然舜华推门进来。张鸿渐放下书本，寻找鞋帽，舜华近床来按他坐下，说："不用，不用！"接着她靠着床坐下，不好意思地说："我看你是个风流才子，想把一家一计托付给你，就犯了瓜田李下的嫌疑前来。你能不嫌弃我吗？"张鸿渐惊慌得不知该怎么回答，只说："不能欺骗你，我家里已经有了妻子了。"舜华笑着说："这也可见你诚实厚道，但有了妻子也不要紧。你既然不嫌弃，明天便可以办提亲的事。"说完，要走。张鸿渐探出身子拉住她，舜华也就留了下来。天没亮，她就起了床，拿出银两送给张鸿渐说："你拿着作为观赏游玩的花费。到天黑了要晚点来，不然怕被别人看见。"张鸿渐遵从她的嘱咐，每天早出晚归。这样过了半年，习以为常。

一天，张鸿渐回来得相当早，到了原先的地方，村舍什么也没有，这一惊非同小可。正在徘徊无计之时，只听得老妇人说："怎样回来得这样早！"一转眼，院落像原来一样，自己已置身在屋子里了，张鸿渐更觉惊奇。舜华从里屋出来，笑着说："你怀疑我了吧？实话对你说：我是狐仙，跟你本来就有一段旧缘分。如果你一定要见怪，就请立时分手吧！"张鸿渐爱恋她的美貌，也就安下心来。夜间，他对舜华说："你既然是仙人，应当是千里路一呼吸间就可到的。我离家已经三年，想念妻子儿女，心里撇不下，你能带我回家一次吗？"舜华像是不高兴了，说："说到夫妻恩爱之情，我自认为与你是很深厚的了。你伴着这边想着那边，可见对我情意缠绵的样子，都是假的!”张鸿渐向她道歉，说：“你怎么说这样的话！俗话说：‘一夜夫妻百夜恩。’以后我回去想念你，也像今日想念她一样。假如我得到新欢就忘记旧情，你又能看中我些什么呢!”舜华于是笑了起来，说：“我这人心眼儿小：对自己，希望你念念不忘；对别人，却愿你忘掉。然而，你想要暂时回家，这又有什么难的！你的家就近在眼前罢了。”于是拉着他的袖口便出了门，只见道路昏暗，张鸿渐迟疑着不敢前进。舜华拽着他放开步子，走不多时，说：“到了。你回家去吧，我暂且走了。”

张鸿渐站定脚仔细辨认，果然看见了自家的大门。他跳过坏墙进了院子，看到室内灯火还在闪亮。他走近用两个手指弹了弹门，里边问是谁，张鸿渐细细说了从哪里来。屋里人拿着灯烛开门，果真是妻子方氏。两人又惊又喜，握着手进了床帐。张鸿渐看见儿子躺在床上，感慨地说：“我走的时候儿子才到我膝盖，现在长得这么高了。”夫妻俩偎倚在一起，恍恍惚惚像在梦中。张鸿渐一一述说遭遇，又问到那一场官司引起的大狱，才知道秀才们有在牢里病死的，有发配远方的，这就更加佩服妻子的远见卓识。方氏投入丈夫的怀抱，说：“你有了称心的人，想来不再想念冷被窝里孤零零为你流泪的人了!”张鸿渐说：“不想，为什么回来呢？我同她虽然感情融洽，毕竟不是同类，只是她对我有恩有义，我难以忘记罢了。”方氏说：“你以为我是谁?”张鸿渐细细一看，竟不是方氏，而是舜华；用手探摸儿子，是个取凉用的竹夫人罢了。大为惭愧，不发一语。舜华说：“可以知道你的心了！我们的缘分应当从此结束了，还幸好你没忘记恩义，勉强可以借此弥补。”

过了两三天，舜华忽然说：“我想自己一厢情愿地迷恋着你，终究没有意思。你每天埋怨我不送你回家，现在我正好要到京城去，顺路可以同你一起去。”说着，从床上拿过竹夫人，两人一起骑上。叫张鸿渐闭上双眼，只觉得离开地面不远，耳旁风声飕飕作响，过了一段时间，随即落地。舜华说：“从此相别了!”张鸿渐正想叮嘱几句，舜华一去已经不见人影了。

张鸿渐惆怅地站了一会儿，听到村子里狗叫，苍茫中见到树木、房屋，都是故园的景物，于是顺着路途回家。跳过破墙敲门，情形完全同前回一样。方氏吃惊地起身，不相信是丈夫归来，盘问下来证实了，才点亮灯，呜咽着出来开门。见到张鸿渐，哭得抬不起头来。张鸿渐还疑心是舜华用幻术作弄人，又看见床上躺着一个孩子，跟那天晚上一般模样，于是笑着说："竹夫人又带进来了吗?"方氏摸不着头脑，变了脸色说："我盼望你回来，度日如年，枕头上的泪痕还在呢。刚能见面，你却一点没有悲伤爱恋的心情，你的心是什么做的!"张鸿渐觉察妻子情真意实，这才拉着她的手臂抽泣起来，详尽地叙述了全部遭遇。问起妻子诉讼案的结果，全同舜华说的一模一样。

两人正在互相感慨，听得门外有脚步声，问是谁，却不吱声。原来村子里有个无赖子弟某甲，暗中垂涎方氏的美貌已久。这天晚上从外村回来，远远望见一个人跳墙入院，心想一定是约好来通奸的，就尾随着进来。某甲以前不太认识张鸿渐，只趴在窗下偷听。等方氏一再追问，才反问道："屋子里是什么人?"方氏瞒着说："没什么人。"某甲说："我偷听得很久了，打算捉一捉奸呢!"方氏无奈，说了实话。某甲说："张鸿渐大案还没有了结，就算是他回来了，也应当绑起来扭送官府!"方氏苦苦哀求他，某甲的话更加下流嚣张。张鸿渐怒火中烧，拿着刀开门直出，向某甲砍去，正中头顶。某甲跌倒在地，还大声嚎叫，又连砍几刀，才结果了性命。方氏说："事情已经到了这个地步，你的罪更加重了。你快逃吧，让我来承担罪责。"张鸿渐说："大丈夫死就死罢了，哪肯屈辱妻子连累儿女以求活命呢！你不要担心，只要让这孩子不要断了我们家读书的传统，我死也瞑目了。"天亮后，他去县里自首。县官赵某因为他是皇帝批示过的要案中的人犯，暂且给了点不重的责罚。接着从郡里押送到都城，披枷戴锁，折磨得很苦。

半路上，张鸿渐遇到一个女郎骑马而过，一个老妇人牵着辔头，原来是舜华。张鸿渐招呼老妇人想说话，眼泪随声掉了下来。舜华勒转马头，用手撩开面纱，惊讶地说："是表兄呀，怎么到这步田地?"张鸿渐简述了缘由。舜华说："照表兄平日的行为，就该掉头不管。但我不忍心。我家不远，便请公差一同去，也可以稍微助你一点盘缠。"一行人跟着舜华走了大约两三里路，见到一个山村，楼阁高大而齐整。舜华下马入内，吩咐老妇人打开屋子请来客进入。随后摆出丰盛美味的酒肉，好像早就准备停当似的。又让老妇人出来说道：“家里正赶上男人不在，张官人就请公差多喝几杯，前头路上要依仗的事儿多着呢。派人张罗几十两银子，给官人作费用，顺带着酬谢两位客人，还没有到。”两个公差暗暗欢喜，放怀痛饮，不再说赶路的话。天色渐渐昏黑下来，两个公差一口气喝醉了。舜华从里屋出来，用手向枷具一指，枷锁立刻脱落。她拉着张鸿渐同骑上一匹马，像龙一般腾空飞驶。一会儿，又催促张鸿渐下马，说：“你就留在这里吧。我和妹妹约好了去青海仙境，又为你逗留了一阵，让她要盼望多时了。”张鸿渐问：“什么时候再见？”舜华不答；再问时，把他推下马，径自走了。

天亮以后，张鸿渐打听在什么地方，得知是太原。于是就到县城里，租了屋子以教书为业，改名官子迁。住了十年，了解到追捕逃犯的事情渐渐松下来了，才又走走停停向东而行。走近村口，不敢马上进村，等到夜深之后才进入。到家门口，院墙已变得又高又坚固，不能再从墙上翻越了，只好用马鞭敲门。敲了很久，妻子方氏才出来讯问。张鸿渐压低声音告诉她，方氏高兴极了，开门让他进来，故意大声叱责道：“在都城缺少用度，就应当早早回来，怎么派你半夜来家？”进到屋内，夫妻俩各自诉说别后的光景，张鸿渐才知道两个公差都逃跑了，没有回来。说话中间，门帘外有个少妇时时进来，张鸿渐问妻子她是谁，答说：“是儿媳妇。”又问：“那么儿子在哪里？”方氏答：“到郡里去参加举人考试，还没回来。”张鸿渐流下了眼泪，说：“我在外边流落这些年，儿子已长大成人，没想到能继承书香门第，你的心血几乎耗尽了！”话没说完，儿媳妇已经烫了酒，做好了饭菜，摆满了一桌子。张鸿渐欣慰之情，出乎望外。一连住了几天，张鸿渐都躲在屋里，躺在床上，唯恐被人发现。一天夜里，正睡着，忽然听到人声鼎沸，敲门声很响。夫妻俩大为惊恐，都坐了起来。只听得有人说：“有后门吗？”两人更加害怕。方氏急忙用门扇代替梯子，送丈夫翻墙出去，然后走到大门边问什么事，原来是来报儿子中举的。方氏大喜，非常后悔丈夫逃跑，没法追回。

张鸿渐这一夜越草莽，穿树丛，慌不择路，到了天亮，已是筋疲力尽。原本打算向西逃跑，一问路上的人，却离开京城大道不远了。于是他进了一个乡村，想用身上的衣服换些食物。看见一座高大的院门，有报科考中式的告示贴在院墙上，走近细看，才知这家姓许，家里有人新中了举人。一会儿，有个老翁从院里出来，张鸿渐迎上去行礼，向他说明来意。老翁见张鸿渐仪容风流儒雅，知道不是骗吃白食的，就请进屋子，款待一番。顺便问他要往何处去，张鸿渐托词说："在京城教书，回家路上遭到了强盗。"老翁留他教自己的小儿子。张鸿渐大略地问了许家的官阶门第，得知老翁是告老回乡的京官，新考中的举人是他的侄子。

一个多月后，许举人带着同榜的另一名举人一起回家来，说是永平人，姓张。那人是位十八九岁的年轻人。张鸿渐因为他的家乡和姓氏都跟自己相同，暗下怀疑是自己的儿子，但永平姓张的很多，所以暂且不作声。到晚上，许举人打开行装，拿出这一榜举人的履历册，张鸿渐急忙借来展读，一看果真是自己的儿子，不觉流下泪来。大家都吃惊地问他原因，他就指着上面的名字说："张鸿渐，就是我啊。"详尽地说了全部因由。张举人抱着父亲大哭。许家叔侄安慰劝说，这才收住眼泪，高兴起来。许老翁当下备了礼物，写一封信给御史，为张鸿渐开释；父子两人才一同回家。

方氏自从得到儿子中举的喜报后，每天为丈夫逃亡在外而悲伤。忽然听得下人禀告举人回家来了，感伤更添凄婉。不多时，父子俩一同进门，方氏吃惊得好像他们是从天而降的一般。问知缘故，才一起悲喜交集。某甲的父亲看见张鸿渐的儿子中了举人，不敢再起祸害的念头。而张鸿渐格外厚待他，又一一讲述了当年事情的经过。某甲的父亲感愧交加，于是两家互相和好。

太　医

万历间，孙评事少孤，母十九岁守节。孙举进士，而母已死。尝语人曰："我必博诰命以光泉壤，始不负萱堂苦节。"忽得暴病，綦笃。素与太医善，使人招之；使者出门，而疾益剧。张目曰："生不能扬名显亲，何以见老母地下乎！”遂卒，目不瞑。

无何，太医至，闻哭声，即入临吊。见其状，异之。家人告以故。太医曰：“欲得诰赠，即亦不难。今皇后旦晚临盆矣，但活十余日，诰命可得。”立命取艾，灸尸一十八处。炷将尽，床上已呻；急灌以药，居然复生。嘱曰：“切记勿食熊虎肉。”共志之；然以此物不常有，颇不关意。既而三日平复，乃从朝贺。

过六七日，果生太子，召赐群臣宴。中使出异品，遍赐文武，白片朱丝，甘美无比。孙啖之，不知何物。次日，访诸同僚，曰：“熊膰也。”大惊，失色，即刻而病，至家遂卒。

【译文】

明代万历年间，有个大理院评事姓孙，从小死了父亲，母亲十九岁当了寡妇，一直苦守着没有再嫁。儿子中了进士，而母亲却去世了。他曾对人宣言说：“我一定要为老人家博得朝廷追赠的诰命，让老人家在地下风光风光，这才不辜负慈母苦苦守节的心志。”忽然，孙评事得了暴病，病势十分沉重。他向来与太医交情亲密，忙派人去招请。派去的人出了门，而他的病情更加恶化，他张大眼睛说：“我活着的时候不能扬名耀亲，死了怎么去见地下的老母！”就咽了气，眼不闭。

没多会儿太医到了，听到哭声，赶紧进屋吊唁。看到孙评事死不瞑目的模样，很是诧异。家人把缘故说了，太医道：“要想得到赠诰，也不是难事。如今皇后娘娘早晚就要临盆了，只要活十来天，诰命就能到手。”立时吩咐取艾绒来，点燃了，在尸身上灸热了十八个部位。艾绒还未烧尽，床上已经传来病人的呻吟声，急忙将汤药灌进口内，孙评事竟然复活过来。太医叮嘱道：“切记不要吃熊肉和虎肉！”孙评事同家人都记住了，不过因为这两样东西并不常见，所以也不怎么太放在心上。

三天以后，孙评事身体康复了，便仍然参加入朝行礼。又过了六七天，果然皇后诞生了太子，宫中召集大臣们赐宴。太监端出珍贵的食品，一个个分给文武百官品尝，白片红丝，味美无比。孙评事吃了，也不知是什么食物。第二天，向同事们打听，说是熊掌。孙评事大惊失色，马上旧病复发，回到家里就死了。

牛　飞

邑人某，购一牛，颇健。夜梦牛生两翼飞去，以为不祥，疑有丧失。牵入市损价售之。以巾裹金，缠臂上。归至半途，见有鹰食残兔，近之甚驯。遂以巾头絷股，臂之。鹰屡摆扑，把捉稍懈，带巾腾去。此虽定数，然不疑梦，不贪拾遗，则走者何遽能飞哉？

【译文】

乡里某人，买了一头牛，很是健壮。夜里得梦，那头牛生出一对翅膀，飞走了，觉得不吉利，怀疑这头牛保不住，便牵到牲口市场上折价脱了手。这人用手巾将银两包起来，缠在手臂上回家。走到半路上，见到一只老鹰正在啄食一只没啃完的死兔子，走近它，还是乖乖的不飞走。这人就用手巾的一端结住老鹰腿，架在手臂上带着走。老鹰一次次挣扎扑腾翅膀，把捉稍一放松，它便带着手巾连同银子飞腾而去。这虽然说是命中注定，然而如果不对梦境无端猜疑，不贪图路上的外快，那么四只脚的牛怎么会不翼而飞呢？

王　子　安

王子安，东昌名士，困于场屋。入闱后，期望甚切。

近放榜时，痛饮大醉，归卧内室。忽有人白："报马来。"王踉跄起曰："赏钱十千！"家人因其醉，诳而安之曰："但请睡，已赏矣。"王乃眠。俄又有入者曰："汝中进士矣！"王自言："尚未赴都，何得及第？"其人曰："汝忘之耶？三场毕矣。"王大喜，起而呼曰："赏钱十千！"家人又诳之如前。又移时，一人急入曰："汝殿试翰林，长班在此。"果见二人拜床下，衣冠修洁。王呼赐酒食，家人又绐之，暗笑其醉而已。久之，王自念不可不出耀乡里。大呼长班，凡数十呼，无应者。家人笑曰："暂卧候，寻他去。"又久之，长班果复来。王捶床顿足，大骂："钝奴焉往！"长班怒曰："措大无赖！向与尔戏耳，而真骂耶？"王怒，骤起扑之，落其帽。王亦倾跌。妻入，扶之曰："何醉至此！"王曰："长班可恶，我故惩之，何醉也？"妻笑曰："家中止有一媪，昼为汝炊，夜为汝温足耳。何处长班，伺汝穷骨？"子女皆笑。王醉亦稍解，忽如梦醒，始知前此之妄。然犹记长班帽落；寻至门后，得一缨帽如盏大，共疑之。自笑曰："昔人为鬼揶揄，吾今为狐奚落矣。"

异史氏曰：秀才入闱，有七似焉：初入时，白足提篮，似丐。唱名时，官呵隶骂，似囚。其归号舍也，孔孔伸头，房房露脚，似秋末之冷蜂。其出场也，神情惝怳，天地异色，似出笼之病鸟。迨望报也，草木皆惊，梦想亦幻。时作一得志想，则顷刻而楼阁俱成；作一失志想，则瞬息而骸骨已朽。此际行坐难安，则似被絷之猱。忽然而飞骑传人，报条无我，此时神色猝变，嗒然若死，则似饵毒之蝇，弄之亦不觉也。初失志，心灰意败，大骂司衡无目，笔墨无灵，势必举案头物而尽炬之；炬之不已，而碎踏之；踏之不已，而投之浊流。从此披发入山，面向石壁，再有以且夫、尝谓之文进我者，定当操戈逐之。无何，日渐远，气渐平，技又渐痒；遂似破卵之鸠，只得衔木营巢，从新另抱矣。如此情况，当局者痛哭欲死；而自旁观者视之，其可笑孰甚焉。王子安方寸之中，顷刻万绪，想鬼狐窃笑已久，故乘其醉而玩弄之。床头人醒，宁不哑然失笑哉？顾得志之况味，不过须臾；词林诸公，不过经两三须臾耳，子安一朝而尽尝之，则狐之恩与荐师等。

【译文】

王子安是山东聊城地方的名士，科举场中一直不得意。应试后，等待佳音，希望很是热切。临近发榜时，他痛饮一顿，酩酊大醉，回家一头躺倒在卧室里。忽然有人来说："报喜的来了！"王子安跌跌冲冲起来，嚷道："快给十贯赏钱！"家里人因为他醉了，哄他安心躺下说："你只管睡下，已经赏过了。"王子安就继续睡觉。不久又有人进来说："你中了进士了！"王子安自言自语地说："我还没有进京赴考，怎么会中进士？"那人说："你忘了吗？礼部的三场考试早考过了。"王子安大喜，一骨碌起来喊道："赏十贯钱！"家人又像前一回那样哄他。又过了一会儿，一个人急匆匆进屋说："你殿试得了翰林，服侍的跟班在这里。"王子安定睛一看，果真有两个人鲜衣亮帽，跪拜在床前。王子安连忙呼唤赏酒食，家人又哄骗他，暗暗笑他醉糊涂了。过了好久，王子安想不可不出外向乡里居民炫耀一番，于是大呼跟班。连声吆喝了几十遍，没承应的。家人笑着说："你暂时躺下等着，我们找他去。"又有好一阵工夫，跟班果真又来了。王子安擂着床板跺着脚，大骂道："蠢奴才！死到哪儿去了!”跟班发火道:“你这个穷酸秀才真是无赖!我刚才跟你开玩笑罢了,你真骂起人来了?”王子安怒不可遏,从床上猛地跳起来向他扑去,打落了他的帽子。他自己也立脚不住,跌倒在地。他妻子进来,扶起他说:“怎么醉得这个地步了!”王子安说:“跟班可恶,我所以惩罚他,哪里醉了?”王妻笑着说:“家里就只有一个黄脸婆,白天替你烧饭,晚上为你焐脚罢了,哪来跟班伺候你这穷骨头啊?”子女们都笑起来。王子安的醉意也退了一些,一下子如梦初醒,才知道刚才都是幻觉。不过他还记得打落了跟班的帽子,寻到门背后,找到一顶缨帽,只有酒杯大小,大家都疑惑不解。王子安自嘲道:“前人被鬼奚落,如今我却让狐狸耍了。”

异史氏说:秀才参加考试,有七像:刚进考场,赤脚提着装笔墨砚台的篮子,像乞丐。点名的时候,考官呵斥,公差叱骂,像囚犯。对号进考舍,间间伸头,房房露脚,像深秋蜂巢里的蜜蜂。出考场,神情恍惚,天地变色,像出笼的病鸟。等盼望报信人到来,风吹草动都惊心,胡思乱想也像真,时而想到榜上有名,仿佛顷刻登上楼阁;时而想到名落孙山,又仿佛一眨眼间躯骨都已朽烂。这时坐立不安,就像被拘囚的猴子。忽然飞骑向人报捷,录取榜上无我,这时神色骤变,灰心丧气半死不活,就像服食了毒药的苍蝇,拨弄也毫无知觉。刚落第,心如死灰,万念俱休,大骂主考官瞎了眼睛,笔墨不灵,势必将书桌上的文章付之一炬,烧了还不够,又踩得稀烂,踩了还不足,再丢入浊流。从此披发遁入深山,面向石壁呆坐,再有人拿“且夫”、“尝谓”这一类时文送来给自己的,非得拿枪把他赶跑不可。不久,时光渐渐流逝,心气渐渐平复,又开始技痒,就像斑鸠破了蛋,只得衔来树枝,营建新巢,重新抱窝。像这样的情形,当事者痛哭欲绝,而从旁观者看来,哪有比这更可笑的。王子安内心世界中,顷刻之间思绪万端,想来鬼狐暗中讪笑已久,所以趁他喝醉作弄他。床上人醒,哪能不哑然失笑!然而得意的快感,不过一刹那;翰林诸公,不过经历了两三个刹那罢了。王子安一天内尽数尝到了,那么狐狸的恩情跟赏识荐拔的恩师也不相上下了。

刁姓

有刁姓者，家无生产，每出卖许负之术，——实无术也。数月一归，则金帛盈囊。共异之。会里人有客于外者，遥见高门内一人，冠华阳巾，言语啁嗻，众妇丛绕之。近视，则刁也。因微窥所为。见有问者曰："吾等众人中，有一夫人在，能辨之乎？"——盖有一贵妇微服其中，将以验其术也。里人代为刁窘。刁从容望空横指曰："此何难辨。试观贵人顶上，自有云气环绕。"众目不觉集视一人，觇其云气。刁乃指其人曰："此真贵人！"众惊以为神。里人归述其诈慧。乃知虽小道，亦必有过人之才；不然，乌能欺耳目、赚金钱，无本而殖哉！

【译文】

有个姓刁的，家里不从事生产，每次外出靠相面算命赚钱，实际上并没有这方面的本领。他隔几个月回来一次，金银财帛总是满包，大家都感到奇怪。正逢上里中有人在外乡作客，远远看见高门大屋里有个人，戴着道士的方巾，嘴里夹七夹八的说个不停，一大群妇女密匝匝的围着他。走近一看，原来是姓刁的，于是暗暗偷看他的表演。只见有个问事的说："我们这伙人中，有一个官太太在，你能辨出她吗？"原来有个贵妇人穿着平常人的衣服杂在人堆里头，准备来试试姓刁的本事。里中人不禁代他捏一把汗。姓刁的从容不迫，朝天用手指横划一道道："这有什么难认的！你们看贵人的头顶上，自有云气环绕着。"大家情不自禁地把视线集中到一个妇人身上，想看看她的"云气"，姓刁的乘机指着那人说道："这位太太真是贵人！"众人惊奇万分，都说他是神人。里中人回来，讲述了他骗人的小聪明。这才知道虽然是小术，也一定要有超过常人的才智，不然的话，怎么能够掩人耳目赚骗银钱，没有本钱而发财致富呢！

农　妇

邑西磁窑坞有农人妇，勇健如男子，辄为乡中排难解纷。与夫异县而居。夫家高苑，距淄百余里；偶一来，信宿便去。妇自赴颜山，贩陶器为业。有赢余，则施丐者。一夕与邻妇语，忽起曰："腹少微痛，想孽障欲离身也。"遂去。天明往探之，则见其肩荷酿酒巨甕二，方将入门。随至其室，则有婴儿绷卧。骇问之，盖娩后已负重百里矣。故与北庵尼善，订为姊妹。后闻尼有秽行，忿然操杖，将往挞楚，众苦劝乃止。一日，遇尼于途，遽批之。问："何罪？"亦不答，拳石交施，至不能号，乃释而去。

异史氏曰：世言女中丈夫，犹自知非丈夫也，妇并忘其为巾帼矣。其豪爽自快，与古剑仙无殊，毋亦其夫亦磨镜者流耶？

【译文】

城西磁窑坞有个农家妇女，像男人那样力大健壮，常常为乡里人解决困难，消除纠纷。农妇同她的丈夫分居在不同的县境。丈夫住在高苑，离开临淄有一百多里路，偶然来一次，住上两夜就走。农妇自己到颜山，以贩卖陶器为生。赚到了多余的钱，就施舍给要饭的人。一天晚上和邻妇聊天，忽然起身说："肚子有点痛，大概是小讨债鬼要从身子里出来了。"说着就走了。天亮邻妇去看望她，只见她肩上扛着两口酿酒的大瓮，正要进门。邻妇跟她到了里屋，有个婴儿用布包着躺在那儿。吃惊地问她，才知道分娩后已经扛着大瓮走了一百多里路了。农妇以前同北庵的尼姑很要好，结成了姐妹。后来听说尼姑生活不正派，就气愤地拿起棍子，要去揍她，众人苦苦劝说才罢休。一天，在路上碰到那尼姑，马上就给她一个耳光。尼姑问："我有什么罪？"农妇也不答话，拳石交加，打得尼姑叫不出声来，才放了她，径自走了。

异史氏说：世人所说的"女中丈夫"，还明知自己不是男人。而这个农妇连自己是女性也已经忘记了。她的豪爽洒脱，同古时剑侠聂隐娘没有什么不同。莫非她的丈夫，也是磨镜少年之流的人物吗？

金陵乙

金陵卖酒人某乙，每酿成，投水而置毒焉；即善饮者，不过数盏，便醉如泥。以此得"中山"之名，富致巨金。早起，见一狐醉卧槽边，缚其四肢。方将觅刃，狐已醒，哀曰："勿见害，请如所求。"遂释之，辗转已化为人。时巷中孙氏，其长妇患狐为祟，因问之，答云："是即我也。"乙窥妇娣尤美，求狐携往。狐难之。乙固求之。狐邀乙去，入一洞中，取褐衣授之，曰："此先兄所遗，着之当可去。"既服而归，家人皆不之见；袭常衣而出，始见之。大喜，与狐同诣孙氏家。见墙上贴巨符，画蜿蜒如龙。狐惧曰："和尚大恶，我不往矣！"遂去。乙逡巡近之，则真龙盘壁上，昂首欲飞。大惧亦出。盖孙觅一异域僧，为之厌胜，授符先归，僧犹未至也。次日，僧来，设坛作法。邻人共观之，乙亦杂处其中。忽变色急奔，状如被捉；至门外，踣地化为狐，四体犹着人衣。将杀之。妻子叩请。僧命牵去，日给饮食，数月寻毙。

【译文】

南京某乙是个卖酒的，每次把酒酿好，都掺水放进毒药。就是酒量好的人，喝不过几杯，也会醉烂如泥。因此得了传说中让人沉醉千日的“中山”酒之名，发起财来，捞进大笔的金银。一天早上起来，看见一只狐狸醉倒在酒槽边上，就将它四肢捆绑起来。正想要找刀，狐狸醒了，哀求道：“请不要杀我，你想要什么都行。”某乙就解开了它。一翻身，已经变成了人。当时巷子里孙家，大媳妇被狐狸作怪迷了，某乙就问起这件事，狐狸回答说：“那就是我。”某乙偷看过妇人的妯娌长得更美，就要狐狸带他去孙家。狐狸感到为难。某乙坚持要去，狐狸便邀他到一个洞里，取出一件褐色的衣服交给他，说：“这是我死去的哥哥留下的，穿上它大概可以去成。”某乙穿了回家，家里人都看不见他；披上平时穿的衣服出来，家人才看见了。某乙大喜，同狐狸一起到了孙家。只见墙壁上贴着一张大符，画得弯弯曲曲好像是龙。狐狸害怕了，说：“和尚太可恶，我不去了！”就走了。某乙迟疑着走近前去，只见一条活生生的龙盘在墙上，抬着头像要飞起来，大为恐惧，也逃了出去。原来孙家找到一个外国来的和尚，为他降妖，给了一道符箓他先回，和尚还没有到。第二天，那和尚来了，设立神坛作法。街坊邻里都来观看，某乙也混在人堆里。忽然他面色大变，拔腿就跑，样子像是被人追捕；逃到门外，倒地变成一只狐狸，身上还穿着人衣。和尚要杀他，老婆孩子叩头求饶。和尚命令牵他回去，每天给吃给喝，几个月就死了。

郭　安

孙五粒，有僮仆独宿一室，恍惚被人摄去。至一宫殿，见阎罗在上，视之曰：“误矣，此非是。”因遣送还。既归，大惧，移宿他所；遂有僚仆郭安者，见榻空闲，因就寝焉。又一仆李禄，与僮有夙怨，久将甘心，是夜操刀入，扪之，以为僮也，竟杀之。郭父鸣于官。时陈其善为邑宰，殊不苦之。郭哀号，言："半生止此子，今将何以聊生！"陈即以李禄为之子。郭含冤而退。此不奇于僮之见鬼，而奇于陈之折狱也。

济之西邑有杀人者，其妇讼之。令怒，立拘凶犯至，拍案骂曰："人家好好夫妇，直令寡耶！即以汝配之，亦令汝妻寡守。"遂判合之。此等明决，皆是甲榜所为，他途不能也。而陈亦尔尔，何途无才！

【译文】

孙五粒有个僮仆独自在一间屋子里过夜，朦胧中觉得被人捉去，到一所宫殿里，看见阎罗王坐在上面，打量着他说："错了，不是这个人。"于是仍将他发送回家。回来后，越想越怕，就搬到别的地方去住。于是另一个仆人郭安，看见床铺空着，就在上边睡了。又有个叫李禄的仆人，同僮仆积有旧怨，早就想出出心头的恶气，这天夜里提刀进来，摸到郭安，以为是僮仆，竟把他杀了。郭安的父亲到官府去告状。当时陈其善当县官，对凶手一点不为难。郭安父亲号啕大哭，说："半辈子只生了这个儿子，今后靠谁养老活命！"陈其善就判决让李禄做他儿子。郭安父亲带着满肚子的冤屈下了公堂。这件事情，僮仆见鬼并不算奇怪，奇怪的倒是陈县官对案子的审决。

济南府西部的小城有凶手杀了人，被害人的妻子到官府控告。县官大怒，立即捉了凶犯来，拍着桌子骂道："人家好端端的一对夫妻，你就一下子让女方成了寡妇！我这就把你配给她，也让你的老婆尝尝守寡的味道！"于是将这两人判成了一对。这种明断，都是进士所为，其他出身的人是做不来的。而陈其善也如此这般，哪条道没有才子！

折　狱

邑之西崖庄，有贾某被人杀于途；隔夜，其妻亦自经死。贾弟鸣于官。时浙江费公祎祉令淄，亲诣验之。见布袱裹银五钱余，尚在腰中，知非为财也者。拘两村邻保审质一过，殊少端绪，并未搒掠，释散归农；但命地约细察，十日一关白而已。逾半年，事渐懈。贾弟怨公仁柔，上堂屡聒。公怒曰："汝既不能指名，欲我以桎梏加良民耶！"呵逐而出。贾弟无所伸诉，愤葬兄嫂。

一日，以逋赋故，逮数人至。内一人周成，惧责，上言钱粮措办已足，即于腰中出银袱，禀公验视。公验已，便问："汝家何里？"答云："某村。"又问："去西崖几里？"答："五六里。""去年被杀贾某，系汝何人？"答云："不识其人。"公勃然曰："汝杀之，尚云不识耶！"周力辨，不听；严梏之，果伏其罪。

先是，贾妻王氏，将诣姻家，惭无钗饰，聒夫使假于邻。夫不肯；妻自假之，颇甚珍重。归途，卸而裹诸袱，纳袖中；既至家，探之已亡。不敢告夫，又无力偿邻，懊恼欲死。是日，周适拾之，知为贾妻所遗，窥贾他出，半夜逾墙，将执以求合。时溽暑，王氏卧庭中，周潜就淫之。王氏觉，大号。周急止之，留袱纳钗。事已，妇嘱曰："后勿来，吾家男子恶，犯恐俱死！"周怒曰："我挟勾栏数宿之赀，宁一度可偿耶！"妇慰之曰："我非不愿相交，渠常善病，不如从容以待其死。"周乃去，于是杀贾，夜诣妇曰："今某已被人杀，请如所约。"妇闻大哭，周惧而逃，天明则妇死矣。

公廉得情，以周抵罪。共服其神，而不知所以能察之故。公曰："事无难办，要在随处留心耳。初验尸时，见银袜刺万字文，周袜亦然，是出一手也。及诘之，又云无旧，词貌诡变，是以确知其真凶也。"

异史氏曰：世之折狱者，非悠悠置之，则缧系数十人而狼籍之耳。堂上肉鼓吹，喧阗旁午，遂嚬蹙曰："我劳心民事也。"云板三敲，则声色并进，难决之词，不复置念；耑待升堂时，祸桑树以烹老龟耳。呜呼！民情何由得哉！余每曰："智者不必仁，而仁者则必智；盖用心苦则机关出也。""随在留心"之言，可以教天下之宰民社者矣。

邑人胡成，与冯安同里，世有郤。胡父子强，冯屈意交欢，胡终猜之。一日，共饮薄醉，颇倾肝胆。胡大言："勿忧贫，百金之产不难致也。"冯以其家不丰，故嗤之。胡正色曰："实相告：昨途遇大商，载厚装来，我颠越于南山眢井中矣。"冯又笑之。时胡有妹夫郑伦，托为说合田产，寄数百金于胡家，遂尽出以炫冯。冯信之。既散，阴以状报邑。公拘胡对勘，胡言其实，问郑及产主皆不讹。乃共验诸眢井。一役缒下，则果有无首之尸在焉。胡大骇，莫可置辨，但称冤苦。公怒，击喙数十，曰："确有证据，尚叫屈耶！"以死囚具禁制之。尸戒勿出，惟晓示诸村，使尸主投状。

逾日，有妇人抱状，自言为亡者妻，言："夫何甲，揭数百金出作贸易，被胡杀死。"公曰："井有死人，恐未必即是汝夫。"妇执言甚坚。公乃命出尸于井，视之，果不妄。妇不敢近，却立而号。公曰："真犯已得，但骸躯未全。汝暂归，待得死者首，即招报令其抵偿。"遂自狱中唤胡出，呵曰："明日不将头至，当械折股!"押去终日而返，诘之，但有号泣。乃以梏具置前作刑势，却又不刑，曰："想汝当夜扛尸忙迫，不知坠落何处，奈何不细寻之?"胡哀祈容急觅。公乃问妇："子女几何?"答曰："无。"问："甲有何戚属?""但有堂叔一人。"慨然曰："少年丧夫，伶仃如此，其何以为生矣!"妇乃哭，叩求怜悯。公曰："杀人之罪已定，但得全尸，此案即结；结案后，速醮可也。汝少妇，勿复出入公门。"妇感泣，叩头而下。

公即票示里人，代觅其首。经宿，即有同村王五，报称已获。问验既明，赏以千钱。唤甲叔至，曰："大案已成；然人命重大，非积岁不能成结。侄既无出，少妇亦难存活，早令适人。此后亦无他务，但有上台检驳，止须汝应身耳。"甲叔不肯，飞两签下；再辩，又一签下。甲叔惧，应之而出。妇闻，诣谢公恩。公极意慰谕之。又谕："有买妇者，当堂关白。"既下，即有投婚状者，盖即报人头之王五也。公唤妇上，曰："杀人之真犯，汝知之乎?"答曰："胡成。"公曰："非也。汝与王五乃真犯耳。"二人大骇，力辨冤枉。公曰："我久知其情，所以迟迟而发者，恐有万一之屈耳。尸未出井，何以确信为汝夫？盖先知其死矣。且甲死犹衣败絮，数百金何所自来？”又谓王五曰：“头之所在，汝何知之熟也！所以如此其急者，意在速合耳。”两人惊颜如土，不能强置一词。并械之，果吐其实。盖王五与妇私已久，谋杀其夫，而适值胡成之戏也。乃释胡。冯以诬告，重笞，徒三年。事结，并未妄刑一人。

异史氏曰：我夫子有仁爱名，即此一事，亦以见仁人之用心苦矣。方宰淄时，松裁弱冠，过蒙器许，而驽钝不才，竟以不舞之鹤为羊公辱。是我夫子生平有不哲之一事，则松实贻之也。悲夫！

【译文】

县里的西崖庄有个姓贾的，被人杀在路上。过了一夜，他妻子也上吊身亡。贾某的弟弟去报了官。当时浙江人费祎祉任淄川县令，亲自到现场查看。只见贾某的布兜里包着五钱多银子，还在腰里，知道不是谋财害命的。又把西崖庄同案发处的地保、村民传来审问一遍，几乎没有什么线索。他并不拷打逼供，放他们各自回去干活；只命令地保仔细侦查，每十天来衙门汇报一次罢了。过了半年，办案渐渐松了下来。贾某的弟弟抱怨费公太宽大软弱，几次到衙门去吵闹。费公不由动怒，说：“你既不能指名道姓说出凶手，难道要我乱抓好人吗！”把他叱责一通，赶出公堂。贾某的弟弟有冤无处申诉，只得气忿地把哥哥和嫂子埋葬了。

一天，县衙门因为拖欠田税，抓来了好几个人。其中一个叫周成的，害怕受到责罚，禀告县令说钱粮已经打点够了，当场从腰中掏出钱兜，交给费公验看。费公看过之后，就问：“你家住在哪个村子？”周成答住某某村。费公又问：“离开西崖庄几里？”周成答：“五六里路。”费公接着问：“去年被杀的贾某，是你的什么人？”周答：“我不认识这个人。”费公勃然大怒，喝道：“你杀了他，还说不认识么！”周成竭力申辩，费公不听。对他施用大刑，果然招认了罪行。

原来贾某的妻子王氏要到亲家家去，因为没有钗环首饰，自惭形秽，缠着丈夫向邻居去借。丈夫不肯，妻子就自己去借了来，很是珍重，回家路上把首饰卸下，包在布兜里，放进袖筒。谁知到家后，往袖中一摸，布兜已不翼而飞。王氏不敢告诉丈夫，又无力赔还邻居，懊恼得几乎寻死。这天，周成恰好拾到，知道是贾妻遗失的，窥探得贾某外出，便半夜翻墙，打算拿首饰要挟王氏通奸。当时正值大热天，王氏睡在院子里，周成偷偷地上前非礼。王氏惊醒，大声喊叫起来，周成急忙阻止她，留下布兜送上首饰。王氏屈从之后，关照周成道："以后不要再来，我家男人脾气坏，犯了这种事你我恐怕都活不成！"周成气恼地说："我带给你这么值钱的东西，去妓院可玩上好几夜呢，难道一次就一笔勾销了？"王氏安慰他说："我不是不愿同你相好，他身体常犯病，不如慢慢等他死了再说吧！"周成这才走了。于是他杀了贾某，夜里又来找王氏，说："如今你丈夫已经被人杀了，你要照说过的做！"王氏听了，放声大哭，周成害怕起来，逃了出去。天亮，王氏已经自尽了。

费公查清案情，将周成抵命。众人对县令断案如神十分佩服，而不明白他是怎么能够明察秋毫的。费公说："案子没有难办的，重要的在于随处留心。当初验尸的时候，见到钱兜上绣着卍字文，周成的钱兜也一样，是同出一手。等我问他，又说不认识贾某，言语诡诈，神色可疑。所以我确断他是杀人真凶。"

异史氏说：世上断案的，不是漫不经意把案子搁在一旁，便是胡乱抓上几十个人将他们折磨得不像样子。公堂上板子声不断，号呼此起彼伏，于是皱着眉头说道："我为百姓的事操劳，真是辛苦啊！"报时的云板敲了三下，歌舞美女一起来，难决的案子，不再放在心上；专等升堂时，殃及池鱼，株连无辜罢了。唉！民情从哪儿得知呢！我常说："智者不一定仁，而仁者一定智。因为用心良苦，才会妙计百出。"费公"随处留心"的话，可以教育普天下作地方官的人了。

县里人胡成，与冯安同住一里。两家世代不和。胡家父子势强，冯安只得违心地同他们拉交情，而胡成总是对他有所猜忌。一天，二人在一起喝酒，都有了几分醉意，相互也就掏出了不少心里话。胡成夸口道："别担心穷，百把两银子的家产，我不难弄到手呢！"冯安因为他家底子并不富厚，故意嗤之以鼻。胡成一本正经说："老实告诉你，我昨天在路上碰到一个富商，带着大宗货物来，我把他推倒在南山的枯井中了。"冯安又笑他胡诌。当时胡成有个妹夫郑伦，托他代办田产，寄放了几百两银子在胡家，胡成就尽数拿出来向冯安炫示。这下冯安信了。喝完酒，偷偷写了状子，向官府告发。县令费公将胡成拘拿到案对质，胡成说了实情，向郑伦及田产主人调查，都没差错。费公于是带着众人一起去验看那口枯井。一个公差沿绳索下到井底，果然有一具无头的死尸在。胡成大惊失色，有口难辩，只是称冤叫苦。费公大怒，下令打了他几十个嘴巴，说："证据确凿，你还叫屈么！"用死囚的枷具把胡成锁上，关了起来。一面下令不准将井中尸体取出，只是告示各村知晓，要死者家属投状申领。

过了一天，有个妇人抱着状子前来，自称是死者的妻子，说道："丈夫何甲，带几百两银子出门做买卖，被胡某杀死。"费公说："井里有死尸，怕不一定就是你的丈夫。"妇人一口咬定说是的。费公就下令从枯井中取出尸体，验看之下，果然不错。妇人不敢走近尸体，退后站着，大声号哭。费公说："凶犯已经得到了，只是尸体没全。你暂时回家，等得到死者的头，立即提取供词结案，让凶手抵命。"于是从狱中唤出胡成，对他厉声喝道："明天你不把死者的头交出来，我就打断你的腿！"把他押下，一天后带上堂，问他头颅的下落，他只是号啕大哭。费公便命人摆上刑具作出准备用刑的架势，却又不动刑，说："想是你当夜扛尸匆忙，把头不知丢落在哪里了，你怎么不去仔细寻找一番？"胡成哀求容他抓紧寻找。费公于是转问何甲的妻子："你有几个子女？"妇人说："没有。"费公问："何甲有什么亲属？"妇人答："只有一个堂叔。"费公感叹地说："你年纪轻轻就死了丈夫，这般孤苦伶仃，怎么生活下去啊！"妇人就抽抽答答哭了起来，叩头求费公怜悯。费公说："杀人之罪已经定了，只要尸体弄全，这案子就了结了。结案后，你可以速速改嫁。你一个年轻妇人，不要再在公堂上抛头露面了。"妇人感恩戴德地流着眼泪，叩头而下。

费公随即写了单子通告何甲的乡邻，要他们帮着寻找头颅。过了一夜，就有同村的王五前来禀报，说是已经找获。费公问清来历，验明确是死者的头，就赏给王五一千文钱。又传来何甲的堂叔，对他说：“大案已经办理，但人命重大，没有成年累月的时间不能了结。你侄子没有子女，侄媳妇年轻也难以生活下去，还是早早让她嫁人吧。以后也没有别的事了，就是上司核查案情时，只需要你出堂到一到就是了。”何甲的堂叔不肯让侄媳妇改嫁，费公就丢下两根签来，要打他二十板子；再申辩几句，费公又扔下一签。何甲的堂叔害怕了，只得应允，下了公堂。妇人知道后，前来向费公谢恩。费公竭力安慰她，又下令道：“有出钱要这个妇人的，当堂禀报上来。”这道命令传下去后，立即有投送请婚状子的，原来就是报人头的王五。费公叫妇人上堂，问道：“杀人的真犯，你知道是谁？”妇人答：“是胡成。”费公说：“不是，你和王五才是真正的凶手！”二人大惊，喊冤叫屈，极口分辩。费公说：“我早就知道了真相，所以迟迟才揭穿出来，是恐怕万一冤屈了无辜。尸体还没有从井中取出，你怎么就确信是你丈夫？那还不是你事先已经知道他死了！再说何甲死的时候，身上穿的还是一身破烂衣服，哪儿来几百两银子？”又对王五说：“何甲的头在什么地方，你怎么知道得这么清楚？你所以如此急着来献报，是想早点同奸妇成亲罢了！”两人吓得面如土色，再也说不出狡辩的话来。费公对两人都用了刑，果然从实招供了。原来王五与妇人私通已久，合谋杀害了何甲，而恰巧碰上胡成醉酒戏言。于是胡成无罪释放；冯安因为诬告，被重重打了一顿板子，判处三年徒刑。事情了结，并没有错对一个人用刑。

异史氏说：我们的费公有仁德爱民的好名声，就拿这个案子来看，也可以看出仁德长者用心的良苦了。费公刚任淄川县令时，松小子才二十岁，承蒙费公过分器重，结果是蠢笨无能，竟然因为绣花草包一个，使推荐人蒙受难堪。我们费公一生有一件不明智的事，就是松小子造成的。遗憾！

义　　犬

周村有贾某，贸易芜湖，获重赀。赁舟将归，见堤上有屠人缚犬，倍价赎之，养豢舟上。舟人固积寇也，窥客装，荡舟入莽，操刀欲杀。贾哀赐以全尸，盗乃以毡裹置江中。犬见之，哀嗥投水，口衔裹具，与共浮沉。流荡不知几里，达浅搁乃止。犬泅出，至有人处，狺狺哀吠。或以为异，从之而往，见毡束水中，引出断其绳。客固未死，始言其情。复哀舟人，载还芜湖，将以伺盗船之归。登舟失犬，心甚悼焉。

抵关三四日，估楫如林，而盗船不见。适有同乡估客将携俱归，忽犬自来，望客大嗥，唤之却走。客下舟趁之。犬奔上一舟，啮人胫股，挞之不解。客近呵之，则所啮即前盗也。衣服与舟皆易，故不得而认之矣。缚而搜之，则裹金犹在。呜呼！一犬也，而报恩如是。世无心肝者，其亦愧此犬也夫！

【译文】

周村有个商人，到安徽芜湖经商，赚了不少钱。他租了船打算回乡，看见堤岸上有个屠夫在缚狗，商人就用双倍的价钱买了下来，养在船上。船夫本是个多年的强盗，窥见商人随身带着的钱物，就把船摇到芦苇丛中，抡起刀来要结果他的性命。商人苦苦求留个全尸，强盗就用毯子将他包住扎紧，丢下江中。狗见了，哀嗥着跳下水去，用嘴衔住毯子，跟商人一起在江面上浮沉。漂荡了不知多少路，直到被浅滩搁住才停下。狗从水中趟上岸，到有人的地方呜呜哀叫。有人觉得奇怪，跟着狗走，看见水里浸着一卷毯子，拉出来弄断绳索。商人原来没死，这才叙述了事情的经过。商人又恳求当地的船夫将自己带回芜湖，准备等候那只强盗船回来。上了船却发现狗失踪了，心里十分痛惜。

到芜湖码头三四天了，大小商船停泊如林，却找不到强盗船。正好有同乡的生意人，准备捎带他一起回去。忽然那只狗自己来了，对着商人大声嗥叫，商人唤它，它却向后退。商人就下船跟它走。狗奔上一只船，咬住一个人的腿，打它也不松口。商人上前喝止，一看狗咬住的人正是前回的强盗。那人衣服和船只都换掉了，所以不能一下子辨认出来。绑住强盗搜索，失去的银封还在。唉！一只狗，而这样报恩；世上没有心肝的人，比比这条狗，能不惭愧吗！

杨大洪

大洪杨先生涟，微时为楚名儒，自命不凡。科试后，闻报优等者，时方食，含哺出问："有杨某否？"答云："无。"不觉嗒然自丧，咽食入鬲，遂成病块，噎阻甚苦。众劝令录遗才；公患无赀，众醵十金送之行，乃强就道。夜梦人告之云："前途有人能愈君疾，宜苦求之。"临去，赠以诗，有"江边柳下三弄笛，抛向江心莫叹息"之句。明日途次，果见道士坐柳下，因便叩请。道士笑曰："子误矣，我何能疗病？请为三弄可也。"因出笛吹之。公触所梦，拜求益切，且倾囊献之。道士接金，掷诸江流。公以所来不易，哑然惊惜。道士曰："君未能恝然耶？金在江边，请自取之。"公诣视果然。又益奇之，呼为仙。道士漫指曰："我非仙，彼处仙人来矣。"赚公回顾，力拍其项曰："俗哉！"公受拍，张吻作声，喉中呕出一物，堕地塥然，俯而破之，赤丝中裹饭犹存，病若失。回视道士已杳。

异史氏曰：公生为河岳，没为日星，何必长生乃为不死哉！或以未能免俗，不作天仙，因而为公悼惜；余谓天上多一仙人，不如世上多一圣贤，解者必不议予说之傎也。

【译文】

杨涟先生字大洪，未做官时是江汉一带有名的学者，自命不凡。举人考试后，听见报列于前茅的名单，当时他正在就餐，嘴里含着饭出来问道："有杨涟吗？"报子回答："没有。"杨涟顿时神情沮丧，一口饭咽下堵在胸腹之间，成了病块，噎塞得很苦。大家劝他参加录遗考试，他担心路费不够，众人就凑集了十两银子送他走，他才勉强上路。晚上，杨涟梦见一个人告诉他说："前面路上有人能治你的病，你应当极力求他。"临走，又送他一首诗，其中有"江边柳下三弄笛，抛向江心莫叹息"的句子，暗用东晋桓伊为船中素不相识的名士王徽之吹奏《梅花三弄》的故事。第二天路中，果然看见一个道士坐在柳下，于是就恳请他治病。道士笑着说："你错了，我哪会治病？让我吹《梅花三弄》还可以。"说着取出笛子吹奏起来。杨涟触动梦境，下拜哀求，更加苦切，并拿出身上所有的银子献给道士。道士接过银两，抛到江水里。杨涟因为来之不易，不禁失声惊呼，很是惋惜。道士说："你还丢不开吗？银子就在江边，请自己去捡吧！"杨涟跑去一看，果然在，又更加钦佩道士，叫他神仙。道士随手一指，说："我不是神仙，那里才是神仙来了。"哄得杨涟转过头去看，道士往他颈上用力一拍，说道："俗气啊！"杨涟挨了一掌，张嘴发出声来，喉咙中呕出一团东西，结结实实落在地上。弯下腰拨开一看，血丝里还包着那口饭，顿时除了病根。回头看那道士，已经不知去向了。

异史氏说：杨涟活着像黄河泰山，死了像日月星辰，何必长生才算不死呢！有人认为他不能免俗，错过了成仙的机会，因而为他惋惜；我说与其天上多一个仙人，不如世上多一个圣贤。有见解的人一定不会批评我说颠倒了。

查牙山洞

章丘查牙山，有石窟如井，深数尺许。北壁有洞门，伏而引领望见之。会近村数辈，九日登临，饮其处，共谋入探之。三人受灯，缒而下。洞高敞与夏屋等；入数武，稍狭，即忽见底。底际一窦，蛇行可入。烛之，漆漆然暗深不测。两人馁而却退；一人夺火而嗤之，锐身塞而进。幸隘处仅厚于堵，即又顿高顿阔，乃立，乃行。顶上石参差危耸，将坠不坠。两壁嶙嶙峋峋然，类寺庙中塑，都成鸟兽人鬼形：鸟若飞，兽若走，人若坐若立，鬼罔两示现忿怒；奇奇怪怪，类多丑少妍。心凛然作怖畏。喜径夷，无少陂。逡巡几百步，西壁开石室，门左一怪石鬼，面人而立，目努，口箕张，齿舌狞恶；左手作拳，触腰际；右手叉五指，欲扑人。心大恐，毛森森以立。遥望门中有爇灰，知有人曾至者，胆乃稍壮，强入之。见地上列椀琖，泥垢其中；然皆近今物，非古窑也。旁置锡壶四，心利之，解带缚项系腰间。即又旁瞩，一尸卧西隅，两肱及股四布以横。骇极。渐审之，足蹑锐履，梅花刻底犹存，知是少妇。人不知何里，毙不知何年。衣色黯败，莫辨青红；发蓬蓬，似筐许乱丝，黏着髑髅上；目、鼻孔各二；瓠犀两行，白巉巉，意是口也。存想首颠当有金珠饰，以火近脑，似有口气嘘灯，灯摇摇无定，焰纁黄，衣动掀掀。复大惧，手摇颤，灯顿灭。忆路急奔，不敢手索壁，恐触鬼者物也。头触石，仆，即复起；冷湿浸颔颊，知是血，不觉痛，抑不敢呻；坌息奔至窦，方将伏，似有人捉发住，晕然遂绝。

众坐井上俟久，疑之，又缒二人下。探身入窦，见发罥石上，血淫淫已僵。二人失色，不敢入，坐愁叹。俄井上又使二人下；中有勇者，始健进，曳之以出。置山上，半日方醒，言之缕缕。所恨未穷其底；极穷之，必更有佳境。后章令闻之，以丸泥封窦，不可复入矣。

康熙二十六、七年间，养母峪之南石崖崩，现洞口；望之，钟乳林林如密笋。然深险，无人敢入。忽有道士至，自称钟离弟子，言："师遣先至，粪除洞府。"居人供以膏火，道士携之而下，坠石笋上，贯腹而死。报令，令封其洞。其中必有奇境，惜道士尸解，无回音耳。

【译文】

山东章丘县查牙山上有个石窟，直统统的像口井，有好几尺深。北壁上有个洞口，伏下身子伸长脖子朝下望便能见到。正碰上附近村子里几个人重阳节登山，在石窟边喝酒，就一同商议进去探一探究竟。三个人接过灯，用绳子拴住身体吊下去。洞里高大宽敞跟大房子差不多，走进几步，渐见狭小，再向前便忽然见了底。底部有个小洞，人匍匐着像蛇一般钻行能进入。用灯火一照，黑漆漆的，深不可测。两个人胆怯了，要打退堂鼓，一个人夺过灯火，嗤笑他们，奋不顾身钻了进去。好在狭隘的一段不过比墙壁稍厚些，马上就一下子高敞起来，就站起身，就迈开步。只见头顶上岩石犬牙交错，高高地耸着，像就要坠落而尚未落下；两壁怪石林立，像寺庙中的塑像，都成鸟兽人鬼的形状：鸟像在飞，野兽像在奔跑，人或坐或立，魑魅魍魉显出狰狞忿怒的模样；奇奇怪怪，大都是丑陋的形象多，美感的东西少。不禁凛凛然起了畏惧的心思。幸好路径平坦，没有一点坡度。迟迟疑疑走了几百步，看见西壁别开一所石室，门左怪石活像一个鬼，面对来人站立，眼睛瞪出，嘴巴像畚箕那样张着，牙齿舌头露出一副凶相，左手捏拳抵在腰部，右手叉开五指像要朝人扑来。探洞人极为恐怖，毛发都一根根竖了起来。远远望见门内有烧东西的灰烬，知道有人曾来过这里，这才稍稍壮了胆，勉强走了进去。只见地上安放着碗盏，里面积着泥垢，不过都是近年的东西，不是古瓷。旁边放着四把锡酒壶，探洞人看中了它们，就解下衣带一一绑住壶颈系在腰间。接着又向旁边探视，却见西边躺着一具尸体，两手两脚四面摊开，这一下吓了个半死。慢慢再细看，死尸脚上穿着尖尖的鞋子，鞋底梅花图案还在，知道是个年轻妇女，不知是哪里人，也不知死在哪年。衣服颜色已经暗腐，辨不出是青是红；头发乱蓬蓬的，像一筐乱丝，粘在枯骨上。眼眶和鼻孔各是两个洞，两行牙齿白森森的，想来就是嘴巴了。想起头上应该有金珠首饰，就把灯火凑近脑部；好像有口中呼出的气在吹着灯火，火苗摇晃不定，火焰呈现昏黄的颜色，而死者的衣裳也一掀一掀地抖动起来。探洞人又大为恐惧，手一发抖，灯就顿时灭了。凭着回忆一路急奔，不敢用手摸索石壁，生怕触碰到鬼类的东西。一头撞在石头上，跌倒在地，马上又起来；脸颊和下巴上凉丝丝湿漉漉的，知道是血，也不觉得疼，也不敢哼一声，气喘吁吁，直奔到小洞口，刚想低下身子钻越，好像有谁揪住了头发，头一晕，就昏了过去。

众人在石窟上等了许久，起了疑心，又将先前探险的二人用绳子吊下去。探身进洞，只见同伴头发挂在岩石上，血汪汪地人已经失去知觉了。二人大惊失色，不敢进去，坐着发愁叹息。不一会石窟上又派下来两个人，其中有胆子大的，才挺身进去。把探洞人拖出来。放在山地上，半天才醒过来，把经过说得很详细。遗憾的是没能探索到底，如果彻底探查的话，一定更有佳妙之境。后来章丘县令知道了，派人用泥团封堵洞穴，不能再进去了。

康熙二十六、二十七年（1687、1688）间，养母峪南部的石崖发生山崩，露出一个洞口，望进去，钟乳石林立，像密集的笋。然而洞深径险，没有人敢进去。忽然有个道士前来，自称是汉钟离的徒弟，说："师傅派我先来，清扫洞府。"当地的居民提供给他灯油和火种，道士带着下洞，跌在石笋上，刺穿肚子而死。报告县令后，下令封闭了洞口。洞里一定有奇境，可惜道士撒手仙去，没有回音罢了。

安 期 岛

长山刘中堂鸿训，同武弁某使朝鲜。闻安期岛神仙所居，欲命舟往游。国中臣僚佥谓不可，令待小张。——盖安期不与世通，惟有弟子小张，岁辄一两至。欲至岛者，须先自白。如以为可，则一帆可至；否则飓风覆舟。逾一二日，国王召见。入朝，见一人，佩剑，冠棕笠，坐殿上；年三十许，仪容修洁。问之，即小张也。刘因自述向往之意，小张许之。但言："副使不可行。"又出，遍视从人，惟二人可以从游。遂命舟导刘俱往。水程不知远近，但觉习习如驾云雾，移时已抵其境。

时方严寒，既至，则气候温煦，山花遍岩谷。导入洞府，见三叟趺坐。东西者见客入，漠若罔知；惟中坐者起迎客，相为礼。既坐，呼茶。有僮将盘去。洞外石壁上有铁锥，锐没石中；僮拔锥，水即溢射，以琖承之；满，复塞之。既而托至，其色淡碧。试之，其凉震齿。刘畏寒不饮。叟顾僮颐示之。僮取琖去，呷其残者；仍于故处拔锥，溢取而返，则芳烈蒸腾，如初出于鼎。窃异之。问以休咎，笑曰："世外人岁月不知，何解人事？"问以却老术，曰："此非富贵人所能为者。"刘兴辞，小张仍送之归。既至朝鲜，备述其异。国王叹曰：

“惜未饮其冷者，是先天之玉液，一琖可延百龄。”

刘将归，王赠一物，纸帛重裹，嘱近海勿开视。既离海，急取拆视，去尽数百重，始见一镜；审之，则蛟宫龙族，历历在目。方凝注间，忽见潮头高于楼阁，汹汹已近。大骇，极驰；潮从之，疾若风雨。大惧，以镜投之，潮乃顿落。

【译文】

大学士刘鸿训是山东邹平人，奉命同某武官一起出使朝鲜。听说安期岛是神仙居住的地方，想备船前去游览。朝鲜国大臣们都说不成，要他等小张来。原来安期岛不与人世交通，只有仙人的徒弟小张，一年间来个一两次。想去岛上的人，先要自报家门；如果小张认为可以的，那么一只帆船就能到达；否则飓风会掀翻船只。过了一两天，国王召见；入朝，只见一人身佩长剑，头戴棕笠，坐在殿上，年约三十左右，仪容整洁。打听下来，原来就是小张。刘鸿训就表白了自己向往仙岛的心意。小张同意他去，但说：“你的副使不能去。”又出来，逐个检视随从人员，只有两个人可以陪同出游。于是就派下船只，领着刘鸿训一同前去。水路不知远近，只觉得风声习习，好似腾云驾雾，过了个把时辰已到目的地。

当时正是寒冬，上了岛，只觉气候温暖和煦，满山满谷开着花。小张引刘鸿训进了洞府，见有三个老头儿盘膝坐着。东西二位见客人进来，态度冷冷的，好像毫无所知；只有当中坐着的起身来迎接客人，同刘鸿训互相行礼。坐下后，吩咐进茶，有童子带着茶盘出去。洞外岩石壁上有一把铁锥，尖端插没在石头中；童子拔出铁锥，水就喷射出来。童子用玉杯接着，装满了，又用铁锥塞住。托到跟前，水色淡碧。试着呷一口，冰冰凉的刺激牙齿。刘鸿训怕水冷，不敢再喝。老头望着童子，用下巴向他示意，童子就取走玉杯，将里头的剩茶啜饮干净，仍然在老地方拔开锥子，装满一杯回来，这一次却茶香四溢，热气腾腾，好像刚从炉上端下一般。刘鸿训暗暗称奇。他向老头请教自己的祸福凶吉，老头笑道：“世外人岁月不知，哪能懂得人事？”又问长生不老的方法，老头回答说：“这不是富贵中人所能做得到的。”刘鸿训起身告辞，小张仍伴送他回去。到了朝鲜，刘鸿训一五一十说起岛上的奇事。国王叹息道：“可惜你没有喝冷的一杯，那是自然形成的玉液，喝一杯可多活一百岁呢。”

刘鸿训要回中国了，国王送给他一件礼物，外面用纸和帛包了一层又一层，嘱咐他在靠近海的地方不要打开。船出了海，刘鸿训就急不可耐地拆开来看，揿去了几百层包皮，才看见是一面镜子。仔细观察，只见水晶宫殿和龙鱼虾蟹，一件件都呈现在眼前。正在出神观看，忽见潮头比楼阁还高，汹涌着已经逼近。船上人大惊失色，把船开得飞快；潮头紧追不舍，急如疾风暴雨。刘鸿训害怕极了，把镜子丢了过去，潮水便一下子平息了。

沅　俗

李季霖摄篆沅江，初莅任，见猫犬盈堂，讶之。僚属曰：“此乡中百姓瞻仰风采也。”少间，人畜已半；移时，都复为人，纷纷并去。

一日，出谒客，肩舆在途。忽一舆夫急呼曰：“小人吃害矣！”即倩役代荷，伏地乞假。怒诃之，役不听，疾奔而去。遣人尾之。役奔入市，觅得一叟，便求按视。叟相之曰：“是汝吃害矣。”乃以手揣其肤肉，自上而下力推之；推至少股，见皮内坟起，以利刃破之，取出石子一枚，曰：“愈矣。”乃奔而返。后闻其俗有身卧室中，手即飞出，入人房闼，窃取财物。设被主觉，絷不令去，则此人一臂不用矣。

【译文】

李季霖代理沅江县令，刚上任，只见大堂上满是猫和狗，很是惊奇。手下人说："这是乡里的老百姓来瞻仰老爷的风采啊。"不多时，堂上猫狗和人已经各占一半；再过一会，全都重新变成人，纷纷一起走了。

一天，李季霖出门会客。轿子抬到半路，忽然一名轿夫急声大叫道："我受暗害了！"说完就要请别人代他抬轿，自己趴在地上叩头，请求准假。李季霖大声呵斥他，轿夫不听，狂奔而去。李季霖就派人跟踪他。那轿夫奔跑到集市中，找到一个老头儿，就请他为自己检查。老头端详一下说："你是受了暗害了。"就用手揣摸轿夫的皮肤，从上向下用力推挤，推到大腿下部，只见皮肤里突起一个包。用锋利的小刀划开，取出一枚石子，说："治好啦。"轿夫就拔腿奔跑着赶回来。后来听说当地民俗，有身体躺在室内，手直接飞出，进人家内室偷东西。假如被物主发觉，扣住不让回去，那个人的一条手臂就废了。

云萝公主

安大业，卢龙人。生而能言，母饮以犬血，始止。既长，韶秀，顾影无俦；慧而能读。世家争婚之。母梦曰："儿当尚主。"信之。至十五六，迄无验，亦渐自悔。一日，安独坐，忽闻异香。俄一美婢奔入，曰："公主至。"即以长氈贴地，自门外直至榻前。方骇疑间，一女郎扶婢肩入；服色容光，映照四堵。婢即以绣垫设榻上，扶女郎坐。安仓皇不知所为，鞠躬便问："何处神仙，劳降玉趾？"女郎微笑，以袍袖掩口。婢曰："此圣后府中云萝公主也。圣后属意郎君，欲以公主下嫁，故使自来相宅。"安惊喜，不知置词；女亦俯首：相对寂然。

安故好棋，楸枰尝置坐侧。一婢以红巾拂尘，移诸案上，曰：“主日耽此，不知与粉侯孰胜？”安移坐近案，主笑从之。甫三十余着，婢竟乱之，曰：“驸马负矣！”敛子入盒，曰：“驸马当是俗间高手，主仅能让六子。”乃以六黑子实局中，主亦从之。主坐次，辄使婢伏坐下，以背受足；左足踏地，则更一婢右伏。又两小鬟夹侍之；每值安凝思时，辄曲一肘伏肩上。局阑未结，小鬟笑云：“驸马负一子。”进曰：“主惰，宜且退。”女乃倾身与婢耳语。婢出，少顷而还，以千金置榻上，告生曰：“适主言居宅湫隘，烦以此少致修饰，落成相会也。”一婢曰：“此月犯天刑，不宜建造；月后吉。”

女起；生遮止，闭门。婢出一物，状类皮排，就地鼓之；云气突出，俄顷四合，冥不见物，索之已杳。母知之，疑以为妖。而生神驰梦想，不能复舍。急于落成，无暇禁忌；刻日敦迫，廊舍一新。

先是，有滦州生袁大用，侨寓邻坊，投刺于门；生素寡交，托他出，又窥其亡而报之。后月余，门外适相值，二十许少年也。宫绢单衣，丝带乌履，意甚都雅。略与倾谈，颇甚温谨。悦之，揖而入。请与对弈，互有赢亏。已而设酒留连，谈笑大欢。明日，邀生至其寓所，珍肴杂进，相待殷渥。有小童十二三许，拍板清歌，又跳掷作剧。生大醉，不能行，便令负之。生以其纤弱，恐不胜。袁强之。僮绰有余力，荷送而归。生奇之。次日，犒以金，再辞乃受。由此交情款密，三数日辄一过从。袁为人简默，而慷慨好施。市有负债鬻女者，解囊代赎，无吝色。生以此益重之。过数日，诣生作别，赠象箸、楠珠等十余事，白金五百，用助兴作。生反金受物，报以束帛。后月余，乐亭有仕宦而归者，橐赀充牣。盗夜入，执主人，烧铁钳灼，劫掠一空。家人识袁，行牒追捕。邻院屠氏，与生家积不相能，因其土木大兴，阴怀疑忌。适有小仆窃象箸，卖诸其家，知袁所赠，因报大尹。尹以兵绕舍，值生主仆他出，执母而去。母衰迈受惊，仅存气息，二三日不复饮食。尹释之。生闻母耗，急奔而归，则母病已笃，越宿遂卒。收殓甫毕，为捕役执去。尹见其年少温文，窃疑诬枉，故恐喝之。生实述其交往之由。尹问："何以暴富？"生曰："母有藏镪，因欲亲迎，故治昏室耳。"尹信之，具牒解郡。

邻人知其无事，以重金赂监者，使杀诸途。路经深山，被曳近削壁，将推堕之。计逼情危，时方急难，忽一虎自丛莽中出，啮二役皆死，衔生去。至一处，重楼叠阁，虎入，置之。见云萝扶婢出，凄然慰弔："妾欲留君，但母丧未卜窀穸。可怀牒去，到郡自投，保无恙也。"因取生胸前带，连结十余扣，嘱云："见官时，拈此结而解之，可以弭祸。"生如其教，诣郡自投。太守喜其诚信，又稽牒知其冤，销名令归。至中途，遇袁，下骑执手，备言情况。袁愤然作色，默不一语。生曰："以君风采，何自污也？"袁曰："某所杀皆不义之人，所取皆非义之财。不然，即遗于路者，不拾也。君教我固自佳，然如君家邻，岂可留在人间耶！"言已，超乘而去。

生归，殡母已，柴门谢客。忽一夜，盗入邻家，父子十余口，尽行杀戮，止留一婢。席卷赀物，与僮分携之。临去，执灯谓婢："汝认之：杀人者我也，与人无涉。"并不启关，飞檐越壁而去。明日，告官。疑生知情，又捉生去。邑宰词色甚厉。生上堂握带，且辨且解，宰不能诘，又释之。

既归，益自韬晦，读书不出，一跛妪执炊而已。服既阕，日扫阶庭，以待好音。一日，异香满院。登阁视之，内外陈设焕然矣。悄揭画帘，则公主凝妆坐。急拜之。女挽手曰："君不信数，遂使土木为灾；又以苫块之戚，迟我三年琴瑟：是急之而反以得缓，天下事大抵然也。"生将出赀治具。女曰："勿复须。"婢探椟，肴羹热如新出于鼎，酒亦芳洌。酌移时，日已投暮，足下踏婢，渐都亡去。女四肢娇惰，足股屈伸，似无所着。生狎抱之。女曰："君暂释手。今有两道，请君择之。"生揽项问故。曰："若为棋酒之交，可得三十年聚首；若作床笫之欢，可六年谐合耳。君焉取?"生曰："六年后再商之。"女乃默然，遂相燕好。

女曰："妾固知君不免俗道，此亦数也。"因使生蓄婢媪，别居南院，炊爨纺织，以作生计。北院中并无烟火，惟棋枰、酒具而已。户常阖，生推之则自开，他人不得入也。然南院人作事勤惰，女辄知之，每使生往谴责，无不具服。女无繁言，无响笑，与有所谈，但俯首微哂。每骈肩坐，喜斜倚人。生举而加诸膝，轻如抱婴。生曰："卿轻若此，可作掌上舞。"曰："此何难！但婢子之为，所不屑耳。飞燕原九姊侍儿，屡以轻佻获罪，怒谪尘间，又不守女子之贞；今已幽之。”阁上以锦荐布满，冬未尝寒，夏未尝热。女严冬皆着轻縠；生为制鲜衣，强使着之。逾时解去，曰：“尘浊之物，几于压骨成劳！”

一日，抱诸膝上，忽觉沉倍曩昔，异之。笑指腹曰：“此中有俗种矣。”过数日，颦黛不食，曰：“近病恶阻，颇思烟火之味。”生乃为具甘旨。从此饮食遂不异于常人。一日曰：“妾质单弱，不任生产。婢子樊英颇健，可使代之。”乃脱衷服衣英，闭诸室。少顷，闻儿啼。启扉视之，男也。喜曰：“此儿福相，大器也！”因名大器。绷纳生怀，俾付乳媪，养诸南院。女自免身，腰细如初，不食烟火矣。忽辞生，欲暂归宁。问返期，答以“三日”。鼓皮排如前状，遂不见。至期不来；积年余，音信全渺，亦已绝望。生键户下帏，遂领乡荐。终不肯娶；每独宿北院，沐其余芳。一夜，辗转在榻，忽见灯火射窗，门亦自辟，群婢拥公主入。生喜，起问爽约之罪。女曰：“妾未愆期，天上二日半耳。”生得意自诩，告以秋捷，意主必喜。女愀然曰：“乌用是傥来者为！无足荣辱，止折人寿数耳。三日不见，入俗幛又深一层矣。”生由是不复进取。

过数月，又欲归宁。生殊悽恋。女曰：“此去定早还，无烦穿望。且人生合离，皆有定数，撙节之则长，恣纵之则短也。”既去，月余即返。从此一年半岁辄一行，往往数月始还，生习为常，亦不之怪。又生一子。

女举之曰："豺狼也！"立命弃之。生不忍而止，名曰可弃。甫周岁，急为卜婚。诸媒接踵，问其甲子，皆谓不合。曰："吾欲为狼子治一深圈，竟不可得，当令倾败六七年，亦数也。"嘱生曰："记取四年后，侯氏生女，左胁有小赘疣，乃此儿妇。当婚之，勿较其门地也。"即令书而志之。后又归宁，竟不复返。

生每以所嘱告亲友。果有侯氏女，生有疣赘，侯贱而行恶，众咸不齿，生竟媒定焉。大器十七岁及第，娶云氏，夫妻皆孝友。父钟爱之。可弃渐长，不喜读，辄偷与无赖博赌，恒盗物偿戏债。父怒，挞之，卒不改。相戒隄防，不使有所得。遂夜出，小为穿窬。为主所觉，缚送邑宰。宰审其姓氏，以名刺送之归。父兄共縶之，楚掠惨棘，几于绝气。兄代哀免，始释之。父忿恚得疾，食锐减。乃为二子立析产书，楼阁沃田，悉归大器。可弃怨怒，夜持刀入室，将杀兄，误中嫂。先是，主有遗裤，绝轻耎，云拾作寝衣。可弃斫之，火星四射，大惧，奔去。父知，病益剧，数月寻卒。可弃闻父死，始归。兄善视之，而可弃益肆。年余，所分田产略尽，赴郡讼兄。官审知其人，斥逐之。兄弟之好遂绝。

又逾年，可弃二十有三，侯女十五矣。兄忆母言，欲急为完婚。召至家，除佳宅与居；迎妇入门，以父遗良田，悉登籍交之，曰："数顷薄产，为若蒙死守之，今悉相付。吾弟无行，寸草与之，皆弃也。此后成败，在于新妇：能令改行，无忧冻饿；不然，兄亦不能填无底壑也。"侯虽小家女，然固慧丽，可弃雅畏爱之，所言无敢违。每出，限以晷刻，过期，则诟厉不与饮食，可弃以此少敛。年余，生一子。妇曰："我以后无求于人矣。膏腴数顷，母子何患不温饱，无夫焉，亦可也。"会可弃盗粟出赌，妇知之，弯弓于门以拒之。大惧，避去。窥妇入，逡巡亦入。妇操刀起。可弃返奔，妇逐斫之，断幅伤臀，血沾袜履。忿极，往诉兄，兄不礼焉，冤惭而去。过宿复至，跪嫂哀泣，求先容于妇，妇决绝不纳。可弃怒，将往杀妇，兄不语。可弃忿起，操戈直出。嫂愕然，欲止之。兄目禁之。俟其去，乃曰："彼固作此态，实不敢归也。"使人觇之，已入家门。兄始色动，将奔赴之，而可弃已坌息入。

盖可弃入家，妇方弄儿，望见之，掷儿床上，觅得厨刀；可弃惧，曳戈反走，妇逐出门外始返。兄已得其情，故诘之。可弃不言，惟向隅泣，目尽肿。兄怜之，亲率之去，妇乃纳之。俟兄出，罚使长跪，要以重誓，而后以瓦盆赐之食。自此改行为善。妇持筹握算，日致丰盈，可弃仰成而已。后年七旬，子孙满前，妇犹时捋白须，使膝行焉。

异史氏曰：悍妻妒妇，遭之者如疽附于骨，死而后已，岂不毒哉！然砒、附，天下之至毒也，苟得其用，瞑眩大瘳，非参、苓所能及矣。而非仙人洞见脏腑，又乌敢以毒药贻子孙哉！

章丘李孝廉善迁，少倜傥不泥，丝竹词曲之属皆精之。两兄皆登甲榜，而孝廉益佻脱。娶夫人谢，稍稍禁制之。遂亡去，三年不返，遍觅不得。后得之临清句阑中，家人入，见其南向坐，少姬十数左右侍，盖皆学音艺而拜门墙者也。临行，积衣累笥，悉诸妓所贻。既归，夫人闭置一室，投书满案。以长绳絷榻足，引其端自櫺内出，贯以巨铃，系诸厨下。凡有所需，则蹑绳；绳动铃响，则应之。夫人躬设典肆，垂帘纳物而估其直；左持筹，右握管；老仆供奔走而已：由此居积致富。每耻不及诸姒贵。锢闭三年，而孝廉捷。喜曰："三卵两成，吾以汝为𫗴矣，今亦尔耶？"

又耿进士崧生，亦章丘人。夫人每以绩火佐读：绩者不辍，读者不敢息也。或朋旧相诣，辄窃听之：论文则瀹茗作黍；若恣谐谑，则恶声逐客矣。每试得平等，不敢入室门；超等，始笑逆之。设帐得金，悉内献，丝毫不敢隐匿。故东主馈遗，恒面较锱铢。人或非笑之，而不知其销算良难也。后为妇翁延教内弟。是年游泮，翁谢仪十金。耿受榼返金。夫人知之曰："彼虽周亲，然舌耕谓何也？"追之返而受之。耿不敢争，而心终歉焉，思暗偿之。于是每岁馆金，皆短其数以报夫人。积二年余，得如干数。忽梦一人告之曰："明日登高，金数即满。"次日，试一临眺，果拾遗金，恰符缺数，遂偿岳。后成进士，夫人犹诃谴之。耿曰："今一行作吏，何得复尔？"夫人曰："谚云：'水长则船亦高。'即为宰相，宁便大耶？"

【译文】

安大业是河北卢龙人，刚出生就会说话，母亲给他喝下狗血，才止住不说了。长大后，仪容俊秀，对着镜子自己打量，实在没人可及。天资又聪明，读书成绩优良，名门世家争着想同他结亲。他母亲得了一梦，说儿子该和公主成婚，深信不疑。可是到了十五六岁，梦兆一直没有应验，也就渐渐后悔自己过于迷信了。一天，安大业独个儿坐着，忽然闻到一股奇异的馨香，不一会儿跑来一个美貌的丫环，说："公主驾到！"随即用长毯铺地，从门外直到床前。安大业正在惊疑，只见一个女郎搭着丫环的肩进来，服饰生辉，容光焕发，映照四壁。丫环就把绣花垫放在床上，扶女郎坐下。安大业惊慌得不知怎样才好，向女郎鞠躬，就问道："哪里的仙子，屈驾光临?"女郎微笑，用袖子掩住嘴。丫环说："这是圣后府中的云萝公主。圣后看中了你，想让公主嫁过来，所以让公主自己来相看宅居。"安大业又惊又喜，一句话也说不出来；女郎也低着头；两人相对无言。

安大业平素爱下围棋，棋盘常放在座位旁边，一个丫环用红纱巾掸去灰尘，把它移放在桌上，说："公主每天迷这个，不知与驸马谁胜?"安大业移坐到桌边，公主也笑着应战。才下了三十多手棋，丫环竟把棋局搅乱了，说："驸马输了！"她一边把棋子收进盒里，一边说："驸马该是人间高手，公主只能让六颗子。"说着就在棋盘上摆了六颗黑子，公主也听之任之。公主坐的时候，总让丫环趴在座位下，把脚搁在她背上；左脚踏地，就换一个丫环匍匐在右边。又有两个小丫环一左一右在公主两旁伺候，每当安大业凝神苦思时，公主就弯起一条胳膊靠在小丫环肩上。下到残局，还没有终了，小丫环就笑着说："驸马输了一子。"又上前禀告公主道："公主累了，该回去休息了。"公主就弯下身子对丫环耳语了几句。丫环出去，一会儿重又回来，拿一千两银子放在床上，对安大业说："刚才公主说这里的住屋低矮狭小，劳你用这些钱稍加整修，等新屋落成，再来相会。"另一个丫环说："这个月犯天刑之忌，不宜兴建土木，过了这个月才吉利。"

公主起身准备离开，安大业拦住她，把房门关上。丫环拿出一件东西，外形象皮袋，就地鼓气，只见云气突然出来，顷刻间满屋弥漫，什么也看不见，再想找寻公主，已经无影无踪。安母知道了这件事，怀疑是妖精，而安大业神颠魂倒，做梦也想，再也不能断绝情丝。急于修好房屋，顾不上禁忌，限期催促进度，将庭廊屋舍整修一新。

早些时候，有个河北滦县的书生袁大用，借住在安家附近，递上名片求见。安大业一向极少交游，就借口外出不见，又乘他不在家的时候前去投帖回拜。后来过了一个多月，恰巧在门外碰见了，是个二十来岁的年轻人，身穿官绢缝制的单衣，腰缠丝带，脚登乌靴，意态很是优美风雅。稍稍与他攀谈，十分温文有礼，安大业喜欢他，作揖请他进屋。又请他对弈，互有胜负。下完棋，设酒款待，千杯恨少，谈笑尽欢。

第二天，袁生邀请安大业到他寓所做客，宴席上佳肴上了一道又一道，招待得十分殷勤。有个小童儿，十二三岁，拍着乐板清唱，又跳跃翻扑作表演。安大业喝得酩酊大醉，不能走了，袁生就叫小童背他回家。安大业看小童细弱，怕背不动自己，而袁生硬要他服从安排。那小童果然绰有余力，背送他到家。安大业觉得奇怪，第二天，拿银子赏给小童。小童再三推辞才收下。从此安大业与袁生交情亲密，三两天就来往一次。袁生为人沉默寡言，而慷慨大方，乐善好施。集市上有人因为债台高筑出卖女儿，他解囊相助，替那人赎回女儿，毫无吝啬之意。安大业因此更敬重他。过了几天，袁生到安家来道别，赠送了象牙筷、伽南珠等十多件礼品，还有白银五百两，用来帮助修建房屋。安大业退还了银子，只收下礼物，回赠了五匹绢帛。过了一个多月，乐亭县有个做官的回乡，行李中满载钱财。夜间强盗入室，捉住主人，把铁钳烧红了烙他，逼他交出金银财宝，抢劫一空。家人认识是袁生，官府发文四处追捕。安大业邻居姓屠，与安家不和已久，因为安大业突然大兴土木，暗中起了怀疑和妒忌。恰好安家有个僮仆偷出一副象牙筷，卖给屠家，屠某知道是袁生赠送的，就报告了县官。县官派兵将安家宅院围住，正巧安大业带着仆人外出，就抓走了安母。安母年迈体衰，受了惊恐，只剩一口气，两三天不吃不喝。县官放她出狱。安大业听得母亲的消息，急奔回家，母亲已经病危，过一夜就去世了。收殓才完毕，安大业就被衙役抓走。县官见他年轻斯文，暗暗怀疑诬告不实，故意恐吓喝问。安大业如实说了他同袁生交往的经过。县官问："你怎么会突然富起来？"安大业说："我母亲有积藏的银子，因为要娶亲，所以装修结婚用房罢了。”县官信了他的话，就开具公文，将安大业解往郡府结案。

邻居屠某得知他没事，就用重金收买解差，叫他们在路上结果安大业性命。路过深山，安大业被解差拉到峭壁边，要把他推下悬崖。眼见得奸计将要得逞、情势岌岌可危，在急难之际，忽然从草木丛中窜出一头猛虎，把两名解差咬死，叼起安大业便走。来到一处，楼阁重重。老虎进内，把安大业放下，只见云萝公主由丫环搀扶着出来，神色凄然地安慰他说：“我想把你留下来，但是你母亲逝世，还没有找到墓地安葬。你可以把县衙的公文带上，自动到郡府投案，保你平安无事。”说罢，取过安大业胸前衣带，一连打了十几个结，叮嘱道：“你见了官，拈着这些结一个个解开，可以消灾止祸。”安大业遵照她的嘱咐，到郡府投案。太守因为他诚实守信感到可喜，又查看县官的公文，知道了他的冤情，就销去他的罪名，释放回家。走到半路上，遇见了袁生，便下了坐骑，拉着袁生的手，把别后的情况详述一遍。袁生愤然变了脸色，一言不发。安大业问他：“像你这样一表人才，为什么要自污品行呢？”袁生说：“我所杀的都是不义之徒，所拿的都是不义之财。不然，就是掉在路上，我也不拾的。你对我的教诲固然是金玉良言，然而像你家邻居，岂能留在人间呢！”说完，飞身纵上坐骑，径自去了。安大业回到家里，把母亲安葬停当，闭门谢客。忽然有一夜，强盗闯进邻家，把屠某父子十几口人全都杀死，只留下一个丫环。强盗把钱财席卷一空，与同来的僮仆分着携带，临走之前，举着灯火向丫环说道：“你认准了：杀人的是我，同别人没有关系！”并不开门，飞檐走壁而去。第二天，丫环报了官。县官怀疑安大业知情，又把他捉去。县官口气脸色都很严厉。安大业在公堂上手捏衣带，一边申辩，一边解结。县官问不下去，又放了他。

安大业回家后，更加藏锋不露，读书不出。只有一个跛足的老婆子为他烧饭罢了。三年服丧期满了，安大业天天打扫台阶和庭院，一心等待公主的好消息。一天，满院飘溢奇异的馨香，安大业登上楼阁一看，内外陈设都焕然生辉。他悄悄掀开画帘，已见公主穿戴整齐坐在屋里。安大业急忙拜见。公主挽着他的手，说：“你不相信命数，妄自大兴土木，结果得了灾祸。又为了尽孝服丧，使我们的结合耽误了三年。急于求成，反而欲速不达，天下的事情往往都是这样的。”安大业想拿出银子办酒席，公主说：“不必费心了。”丫环把手伸进柜子，取出的菜肴羹汤都像刚从热锅中盛起似的，酒也香浓清冽。对饮了好些时候，太阳已经西下，公主脚下作垫的丫环，都一个个离开了。公主四肢娇柔无力，双腿屈屈伸伸，像是无所着落。安大业就亲昵地拥抱她。公主说：“你先放手。现在有两条路，由你选择。”安大业搂着她的脖子，问是什么。公主说道：“如果我们做下棋饮酒的好朋友，可以有三十年的欢聚。如果在床上寻欢作乐，只有六年的团圆。你愿选哪一条？”安大业说：“六年后再商量吧。”公主就不再言语，于是两情欢洽，成了夫妇。

公主对安大业说：“我早就知道你免不了世俗的选择，这也是定数。”于是她让安大业带着丫环仆妇，另外住在南院，生火做饭、纺纱织布，维持日常生活。她住的北院没有烟火，只有棋盘、酒具之类罢了。院门经常关闭，安大业推它就自动开启，其他人进不去。然而南院中婢仆干活谁勤谁懒，公主总知道的，常叫安大业去责备偷懒的，没有一个不心悦诚服。公主不多说话，也不大声喧笑，同她交谈，她只是低着头微笑。每当并肩而坐，她喜欢斜倚着丈夫。安大业把她抱起放在膝上，轻得像抱婴儿。安大业说：“你这样轻，简直可以像汉代的赵飞燕那样，在手掌上舞蹈了。”公主说：“这有什么难的！但这是奴婢们跳的，我不屑做罢了。赵飞燕本是我九姐姐的侍儿，好几回因为轻佻而得罪，九姐一怒之下把她贬谪到尘世，又不恪守女子的贞节。现在已被幽禁了起来。”公主居住的楼阁上布满了锦毯，冬天不曾冷过，夏天不曾热过。寒冬腊月她都穿轻纱，安大业为她做新衣袄，强迫她穿上，一会儿就脱了，说：“尘世的浊物，几乎要把我骨头压出病来了！”

一天，安大业把妻子抱在膝上，忽然觉得她比往时重得多，很觉奇怪。公主笑着指着腹部说：“这里头有俗种了。”再过几天，她皱着眉头不喝玉液琼浆，说：“这阵子病得胃口不开，倒很想吃点烟火食了。”安大业就为她准备了可口的菜肴。从此公主的饮食就不再和常人有什么不同。一天，公主告诉安大业说：“我的体质单薄，受不了生孩子的苦楚。丫环樊英的身子骨挺结实，可以让她代我分娩。”就脱下贴身衣服让樊英穿上，把她关在屋里。一会儿，听见婴儿呱呱啼哭，开门一看，生下的是男孩。她高兴地说："这娃娃一脸福相，必成大器！"于是就取名"大器"。她用襁褓裹住孩子，递到安大业怀里，让他交给奶妈在南院里喂养。公主打从生下大器后，恢复了当初的细腰，又不再吃烟火食了。有一天，公主忽然向丈夫告别，要暂回娘家省亲。问她什么时候回来，她回答说"三天"。跟从前一样，鼓动皮袋，消失在云雾之中。三天到期，不见她归来；一年多过去了，音信全无，安大业也已经绝望了。他闭门苦读，终于中了举人，却始终不肯另娶妻室，常常住在北院里，沉浸在公主留下的余香之中。一天晚上，安大业在床上翻来覆去不能成眠，忽然看见灯火照亮了窗户，房门也自动打开了，一群丫环簇拥着公主进来。安大业喜出望外，从床上赶紧起身，嗔怪公主失约误期。公主说："我没有过期，天上才只过了两天半呢！"安大业得意洋洋地告诉妻子自己考场高中，以为公主一定喜欢。不料公主神情忧郁地说："这种身外之物，要来何用！它既不值得骄傲，也不值得沮丧，只能折人寿命罢了。三日不见，你跌进世俗的魔障又深一层了。"安大业从此不再追求功名利禄。

过了几个月，公主又要回娘家，安大业恋恋不舍，很是难受。公主说："这次去一定早早回来，不劳你望眼欲穿。况且人生聚散都有定数，有所节制就久长，恣意放纵就短暂。"去后，一个多月就回来了。从此一年半载就回娘家一次，往往几个月才归来。安大业习以为常，也就不抱怨了。不久后公主又生了一个儿子。她抱起小儿子一看，说："这是只豺狼啊！"立即叫人把孩子扔掉。安大业不忍心才作罢，取名叫"可弃"。可弃才满周岁，公主就急忙为他选择婚配。媒人们前脚刚去后脚来，公主问了对方的生辰八字，都说不适合。公主说："我想为狼子修个深圈，竟找不到，只好让他败六七年家，这也是天数！"嘱咐丈夫道："记住，四年以后，侯家生个女儿，左胳肢下有个小疣的，就是可弃的媳妇。该把她娶来，不要计较门第。"就叫安大业记下备忘。后来，公主又去娘家省亲，竟不再回来。

安大业常常将公主的嘱咐告诉亲戚朋友。果然到时候有个侯家的女孩，生来左胳肢下有小疣。侯家门第卑贱，行为不端，大家都看不起，安大业竟然请媒人定了亲。安大器十七岁进士及第，娶云氏为妻，夫妇两人都孝敬老人，友爱兄弟，安大业钟爱他们。可弃渐渐长大，不喜欢读书，总是背着父兄，与无赖子弟赌博，常常偷东西还赌债，父亲发狠打他，到底不改。只好互相告诫，防贼一样防他，不让他得手。可弃就在夜间外出，做穿洞爬墙小偷小摸的勾当，被主人发觉，绑送到县官那儿。县官审问得他的姓名，用名帖将他送回家，父亲、哥哥一起动手，把他捆起来，狠狠抽打，几乎断气，哥哥代为哀告求免，才放了他。安大业气怒得病，食量锐减。于是他给两个儿子立了分家产的文书，将楼房良田都分给大器。可弃怨恨，竟在夜间持刀闯进大器屋里，想要谋害哥哥，却一刀误中了嫂子。先前，公主有条裤子留在家里，质地极为轻柔，云氏拿来当睡裤穿。可弃这一刀正砍在睡裤上，火星四溅，吓得拔腿逃去。父亲知道后，病情加重，几个月后就离开了人间。可弃听得父亲病死了，才回家。安大器待他十分厚道，而可弃却更加放肆。过了一年多，他把所分得的田产挥霍得差不多了，便到郡府去告了哥哥一状。知府清楚他的为人，将他赶出衙门。兄弟之情就断了。

又过了一年，可弃二十三岁，侯家的女儿也十五岁了。做哥哥的想起母亲的嘱咐，想赶快给弟弟完婚。他把可弃叫到家里，清扫一处好房子给他住，迎娶侯女进门，又把父亲留下的良田全部登记入册，交给新娘道："这几顷薄田，为你拼着命守到今天，现在全都交付给你。我弟弟品行很差，就是给他一根草，他都保不住的。今后家庭兴旺还是败落，全在你新娘身上。如果你能让浪子回头，那就不愁冻饿。不然的话，我这个做哥哥的也填不满他那无底洞啊!"侯氏虽然是小户人家的女儿，然而天资聪明，容貌秀丽，可弃对她又怕又爱，她说什么不敢违拗。每次可弃外出，她总是限定时刻，超过时间，就痛骂一顿不给饭吃。可弃因此稍为收敛了一些。过了一年多，侯氏生了个儿子。她说："我以后没有什么要求人的了。良田数顷，我们母子何愁得不到温饱?没有男人，也可以过!"正碰上可弃偷了家中粮食出去赌，侯氏知道了，弯弓搭箭等在门口不许他进来。可弃吓得抱头鼠窜，窥探妻子进了屋，才畏畏缩缩也进来。侯氏操起一把刀，起身就砍，可弃连忙扭头奔逃。侯氏追出去砍他，削断了后襟，砍伤了屁股，鲜血沾湿了鞋袜。他气极了，跑到哥哥那儿诉说，大器不理睬他，只得一肚子委屈满脸羞惭地离开。过了一夜又来了，跪在嫂子面前痛哭流涕，求云氏到妻子那儿去说情，但侯氏却坚决不许他进门。可弃怒不可遏，声言要去把妻子杀了，大器也不接口。可弃气冲冲地站起身，拿了一杆长矛夺门而出。云氏吃了一惊，想要制止，大器使眼色叫她别管。等可弃走远了，才说："他这是故意摆摆样子，其实哪有胆量回家！"一面派人去看，说是已进了家门。大器才神情紧张起来，正要赶过去，却见可弃已经气喘吁吁地进来了。

原来可弃闯进家门，侯氏正在逗弄儿子。望见他，就把孩子扔在床上，找到一把菜刀迎上前去。可弃魂飞魄散，倒拖着长矛掉头就跑，侯氏一直追出门外才返身回屋。大器早已心里明白，故意问他回去的情况。可弃不说话，只是对着壁角呜呜哭泣，眼睛都哭肿了。哥哥不禁心生怜意，于是亲自领着他去，侯氏才算收容了他。等到大器走了，她罚丈夫长跪在地，要挟他发重誓痛改前非，然后才用瓦盆盛了饭给他吃。从此以后，可弃改恶从善。侯氏亲自经营家业，掌握家政，日子一天天富足起来，可弃坐享其成而已。后来他七十岁了，子孙满堂，侯氏还常常扯住他的白胡子，罚他跪着走呢。

异史氏说：悍妻妒妇，碰上的就像骨头上生了疮，要倒一辈子的楣，死而后已，难道不毒么！然而砒霜、附子，是天下的剧毒，如果使用得当，头晕目眩也能治愈，不是人参、茯苓所能及的。不过，不是仙人洞察肺腑，又有谁敢把毒药留交给子孙呢！

济南章丘李善迁举人，从小豪爽风流，不拘小节，弹琴吹笛唱曲之类，样样精通。他的两个哥哥都中了进士，而李举人却愈发不检点。娶了个夫人姓谢，对他稍稍管束严格了些，他就离家出走，三年不回来，到处寻觅，不见踪影。后来在山东临清县的妓院里找到了他。家人进去，见他朝南坐在上座，左右有十来个年轻女子侍候着他，原来都是拜他为师来学习唱曲的。临走，好几箱衣装，都是妓女们送的。回家后，谢夫人把他关在一间屋子里，把书本堆满一桌，同一根长绳一头系在床脚上，一头从窗槅间引出，穿在大铃上，结扎在厨房里。凡有什么需要，就踩一下绳子，绳动铃响，便有人来应。谢夫人亲自开了个当铺，自己坐在帘子后，收进的东西她估价，左手拿算盘，右手握毛笔，老仆人不过跑跑腿而已。就这样，积下财货，终于致富，她每每以自己不及两个妯娌显贵为耻辱。在书房中关了三年禁闭，李举人终于考上了进士。谢夫人满心欢喜说："三个蛋孵出两只鸡，我还以为你是死蛋呢。今天你也破壳了么？"

又，进士耿崧生，也是章丘人。他的夫人常常挑灯夜织，伴丈夫攻读：纺织的不停工，读书的也不敢休息。有时朋友故交来拜访，夫人总是躲着偷听：讨论文章就泡茶做饭款待；如果任意说笑，夫人就恶声恶气下逐客令了。耿崧生每当考试成绩一般，就不敢跨进卧室门内；成绩超等，夫人才笑逐颜开地迎接丈夫。耿崧生开馆教书，得到的薪酬全数上交妻子，丝毫不敢隐瞒私藏。所以对东家的酬谢，常常当面一分一厘地计较。旁人有的讥笑他，实在是不了解他对夫人难以交账的苦衷。后来耿崧生为岳父请去，教自己的小舅子读书。这一年小舅子考取了县学，岳父就给耿崧生送来了十两谢金。耿崧生只收受了酒菜，退回了银子。夫人知道了，说："他们虽是近亲，然而教书应当收报酬，不然为什么叫'舌耕'呢？"硬是把来人追回来拿下了十两银子。耿崧生不敢争辩，但心里总觉得内疚，就想暗地里贴还岳父。从此他每年教学馆的收入，都克扣了数目上报夫人。接连两年多，私房钱已积蓄了若干，忽然梦见有人对他说："明天去登山，可以凑满金额。"第二天，试着登高一望，果然拾到人家失落的银两，正好符合缺额。这才偿还了岳父。后来耿崧生中了进士，夫人还呵斥谴责他。耿崧生说："我现在已经做官了，你怎么还是这样？"夫人说："谚语说得好：'水涨船高。'就是做了宰相，难道就大了么？"

鸟　语

中州境有道士，募食乡村。食已，闻鹂鸣，因告主人使慎火。问故，答曰："鸟云：'大火难救，可怕！'"众笑之，竟不备。明日，果火，延烧数家，始惊其神。

好事者追及之，称为仙。道士曰："我不过知鸟语耳，何仙也!"适有皂花雀鸣树上，众问何语。曰："雀言：'初六养之，初六养之；十四、十六殇之。'想此家双生矣。今日为初十，不出五六日，当俱死也。"询之，果生二子；无何，并死，其日悉符。

邑令闻其奇，招之，延为客。时群鸭过，因问之。对曰："明公内室，必相争也。鸭云：'罢罢！偏向他！偏向他！'"令大服，盖妻妾反唇，令适被喧聒而出也。因留居署中，优礼之。时辨鸟言，多奇中。而道士朴野，肆言辄无所忌。令最贪，一切供用诸物，皆折为钱以入之。一日，方坐，群鸭复来，令又诘之。答曰："今日所言，不与前同，乃为明公会计耳。"问："何计?"曰："彼云：'蜡烛一百八，银朱一千八。'"令惭，疑其相讥。道士求去，令不许。逾数日，宴客，忽闻杜宇。客问之。答曰："鸟云：'丢官而去。'"众愕然失色。令大怒，立逐而出。未几，令果以墨败。呜呼！此仙人儆戒之，而惜乎危厉熏心者，不之悟也。

齐俗呼蝉曰"稍迁"，其绿色者曰"都了"。邑有父子，俱青、社生，将赴岁试，忽有蝉集襟上。父喜曰："稍迁，吉兆也。"一僮视之，曰："何物稍迁，都了而已。"父子不悦。已而果皆被黜。

【译文】

河南境内有个道士，到村庄里去求食。饭吃完了，听到黄莺鸣叫，就关照主人要小心火烛。问他为什么，回答说："鸟说的：'大火难救，可怕！’”大家听了好笑，竟不作防备。第二天，果然发生了火灾，火势蔓延，烧了好几户人家，这才惊佩道士料事如神。有热心的去追上了他，叫他神仙。道士说：“我不过懂些鸟语罢了，哪里是神仙呢！”正好树上有皂花雀在吱吱喳喳叫，大家就问是叫些什么。道士说道：“雀儿在说：‘初六养的，初六养的，十四、十六小命就没了的。’大概这家人家养了双胞胎吧。今天是初十，不出五六天，看来都得死呢！”打听下来，果然那家孪生二子；不多几天，都夭亡了，日期全都符合。

县令听说了道士的奇事，把他招来，请他作客。当时有群鸭子摇摇摆摆走过，县令便指此发问。道士回答说：“老爷的宝眷一定在吵架呢。鸭子叫着：‘罢！罢！偏向他，偏向他！’”县令大为佩服，原来他的妻妾发生口角，他刚才就是受不了吵闹才出来的。于是将道士留住在官署中，很是优待。道士常常辨听鸟语，大都奇妙地言中。然而道士生性朴实粗野，放口直言，无所顾忌。县令最是贪财，一切官中供用的公物，他都变卖成银钱中饱私囊。一天，正坐着，那群鸭又来了，县令又问鸭子说些什么。道士答道：“今天说的，与前次不同，这回是在为你老爷核算啊。”问：“算些什么？”答道：“它们说：‘蜡烛一百八，银朱一千八。’”县令不禁羞红了脸，怀疑道士在挖苦自己。道士请求离开，县令不许。过了几天，县令宴请宾客，忽然听到杜鹃啼。客人请教道士，道士答道：“杜鹃鸟说：‘丢官而去！’”大家吃了一惊，变了脸色。县令大怒，立时就把道士赶了出去。过了不久，县令果然因为贪污而丢了乌纱帽。唉！这是仙人警告在先，可惜利欲熏心、甘蹈险地的人，执迷不悟啊！

山东地方知了俗称“稍迁”，而绿色的一种俗称“都了”。某乡有父子二人，都属于成绩和品级最差的生员——“青衣生”和“社生”，要去参加学政巡视学校而举行的考试，忽然有只知了落在衣襟上。父亲高兴地说：“‘稍迁’，好兆头呀！”一个书僮仔细一看，说：“什么稍迁，不过是‘都了’罢了！”父子两人都被兜头浇了一盆冷水。后来果真都没有考上。

天　宫

郭生，京都人。年二十余，仪容修美。一日，薄暮，有老妪贻尊酒。怪其无因。妪笑曰："无须问；但饮之，自有佳境。"遂径去。揭尊微嗅，洌香四射，遂饮之。忽大醉，冥然罔觉。及醒，则与一人并枕卧。抚之，肤腻如脂，麝兰喷溢，盖女子也。问之，不答。遂与交。交已，以手扪壁，壁皆石，阴阴有土气，酷类坟冢。大惊，疑为鬼迷。因问女子："卿何神也？"女曰："我非神，乃仙耳。此是洞府。与有夙缘，勿相讶，但耐居之。再入一重门，有漏光处，可以溲便。"既而女起，闭户而去。久之，腹馁，遂有女僮来，饷以面饼、鸭臑，使扪啖之。黑漆不知昏晓。无何，女子来寝，始知夜矣。郭曰："昼无天日，夜无灯火，食炙不知口处；常常如此，则姮娥何殊于罗刹，天堂何别于地狱哉！"女笑曰："为尔俗中人，多言喜泄，故不欲以形色相见。且暗摸索，妍媸亦当有别，何必灯烛！"居数日，幽闷异常，屡请暂归。女曰："来夕与君一游天宫，便即为别。"

次日，忽有小鬟笼灯入，曰："娘子伺郎久矣。"从之出。星斗光中，但见楼阁无数。经几曲画廊，始至一处，堂上垂珠帘，烧巨烛如昼。入，则美人华妆南向坐，年约二十许；锦袍眩目；头上明珠，翘颤四垂；地下皆设短烛，裙底皆照：诚天人也。郭迷乱失次，不觉屈膝。女令婢扶曳入坐。俄顷，八珍罗列。女行酒曰："饮此以送君行。”郭鞠躬曰：“向觌面不识仙人，实所惶悔；如容自赎，愿收为没齿不二之臣。”女顾婢微笑，便命移席卧室。室中流苏绣帐，衾褥香软。使郭就榻坐。饮次，女屡言：“君离家久，暂归亦无所妨。”更尽一筹，郭不言别。女唤婢笼烛送之。郭不言，伪醉眠榻上，扰之不动。女使诸婢扶裸之。一婢排私处曰：“箇男子容貌温雅，此物何不文也！”举置床上，大笑而去。女亦寝，郭乃转侧。女问：“醉乎？”曰：“小生何醉！甫见仙人，神志颠倒耳。”女曰：“此是天宫。未明，宜早去。如嫌洞中怏闷，不如早别。”郭曰：“今有人夜得名花，闻香扪干，而苦无灯烛，此情何以能堪？”女笑，允给灯火。漏下四点，呼婢笼烛抱衣而送之。入洞，见丹垩精工，寝处褥革棕毡尺许厚。

郭解屦拥衾，婢徘徊不去。郭凝视之，风致娟好。戏曰：“谓我不文者，卿耶？”婢笑，以足蹴枕曰：“子宜僵矣！勿复多言。”视履端嵌珠如巨菽。捉而曳之，婢仆于怀，遂相狎，而呻楚不胜。郭问：“年几何矣？”笑答云：“十七。”问：“处子亦知情乎？”曰：“妾非处子，然荒疏已三年矣。”郭研诘仙人姓氏，及其清贯、尊行。婢曰：“勿问！即非天上，亦异人间。若必知其确耗，恐觅死无地矣。”郭遂不敢复问。

次夕，女果以烛来，相就寝食，以此为常。一夜，女入曰：“期以永好；不意人情乖沮，今将粪除天宫，不能复相容矣。请以卮酒为别。”郭泣下，请得脂泽为爱。女不许，赠以黄金一斤、珠百颗。三琖既尽，忽已昏醉。

既醒，觉四体如缚，纠缠甚密，股不得伸，首不得出。极力转侧，晕堕床下。出手摸之，则锦被囊裹，细绳束焉。起坐凝思，略见床櫺，始知为己斋中。时离家已三月，家人谓其已死。

郭初不敢明言，惧被仙谴，然心疑怪之。窃间一告知交，莫有测其故者。被置床头，香盈一室；拆视，则湖绵杂香屑为之，因珍藏焉。后某达官闻而诘之，笑曰："此贾后之故智也。仙人乌得如此？虽然，此事亦宜慎秘，泄之，族矣！"有巫尝出入贵家，言其楼阁形状，绝似严东楼家。郭闻之，大惧，携家亡去；未几，严伏诛，始归。

异史氏曰：高阁迷离，香盈绣帐；雏奴蹀躞，履缀明珠；非权奸之淫纵，豪势之骄奢，乌有此哉！顾淫筹一掷，金屋变而长门；唾壶未干，情田鞠为茂草。空床伤意，暗烛销魂。含颦玉台之前，凝眸宝幄之内。遂使糟丘台上，路入天宫；温柔乡中，人疑仙子。伧楚之帷薄固不足羞，而广田自荒者，亦足戒已！

【译文】

郭生，北京人。二十出头，气度轩昂，容貌俊美。一天将近黄昏，有个老妇人送来一尊酒。事出无因，郭生好生奇怪。老妇人笑着说："不要寻根刨底。你只管喝，好事自在后头。"说完径自离去。郭生揭开酒尊，略略一闻，浓烈的酒香扑鼻，就喝了起来。顿时酩酊大醉，昏然不知。等到醒来，发现自己与一个人并枕而睡。用手触摸，肌肤腻滑如脂，空气中还散发着一种似麝如兰的香味：原来是个女子。郭生发问，对方不答。于是就同她交欢。事毕，扪摸身旁墙壁，都是石块，阴森森的一股泥土气，很像坟茔。郭生大惊，疑心被鬼迷了，便问女子："你是哪方神灵啊?"女子答道："我不是神，而是仙子。这儿是仙家洞府。我同你前世有缘，你别惊讶，只管耐心住着便是。再进一道门，有光线透进来，那儿可以方便。"过了一会女子起身，关上门走了。等了很久，肚子饿了，就有女仆进来，送上面饼和鸭肉羹，让郭生在暗中摸索着吃。一片漆黑，也不知是黑夜还是白天。不多时，女子来睡觉，才知道已经是晚上了。郭生说："白天不见太阳，晚上没有灯光，吃饭也不知怎么送进嘴，经常这样的话，那么嫦娥同夜叉有什么区别，天堂同地狱又有什么两样呢!"女子笑着说："因为你这样的尘世中人，多嘴多舌的喜欢泄露天机，所以不想让你瞧见我。何况暗中摸索，也能分辨出美丑来，何必灯烛!"住了几天，幽暗中实在闷得慌，郭生多次请求暂时回去。女子说："明天晚上我陪你游一回天宫，随即就分别吧。"

第二天，忽然有个小丫环提着灯进来，说："娘子等你好久了。"郭生便跟她出去。星光之下，只见楼阁参差，不计其数。转过几条曲曲弯弯的画廊，才到一处所在，堂上垂着珠帘，点着粗大的蜡烛，亮如白昼。进入堂内，只见一个美人打扮华丽，朝南坐着，年约二十左右。身上锦袍光彩耀目，头戴明珠，翠翘颤巍巍的垂着；地下都点短烛，将裙底映照得清清楚楚：真是天仙般的人儿。郭生目迷心乱，手足无措，不觉屈膝跪倒。女子吩咐婢女扶拽到座位上。转眼之间，珍肴美味罗列席上。女子斟酒劝饮，说："喝下这杯，为你送行。"郭生鞠躬道："以前对面不识仙人，实在惶恐后悔。如果能允许我改过，我愿做你至死忠诚不二的仆人。"女子望着婢女微微一笑，就吩咐将座席搬进卧室。卧室中悬着缀有流苏的绣帐，被褥又香又软。女子让郭生靠近床榻坐。饮酒中间，女子多次说："你离家好几天了，暂时回去一下也没关系。"一更已过，郭生也不说辞别的话。女子叫婢女用灯笼送他，郭生一言不发，假装喝醉了，躺在床上，摇他也不起来。女子就让婢女扶着他解衣宽带。一个婢女推着他的下身说："这男人相貌温文，怎么这东西这般不雅!"婢女们将郭生抬起放在床上，大笑着走了。女子也睡下，郭生就翻过身来。女子问："你醉了吧?"郭生说："我哪里是醉了!刚见到仙人，神志颠倒罢了。"女子说："这儿可是天宫。天亮前，应当早早离开。假如你嫌洞里气闷，不如及早分手。”郭生说：“如今有人在半夜得到一枝名花，只能闻闻香味，摸摸枝干，而苦于没有灯烛，这情景怎么受得了呢！”女子笑了，同意供给灯火。漏交四更，叫婢女提灯笼抱衣服送郭生过去。进了洞，只见洞壁粉刷得十分精致，睡觉的地方铺着皮褥和棕毛，足有尺把厚。

郭生脱下鞋，盖上被子，婢女徘徊着还不离开。郭生细细打量，见她风韵秀美，便挑逗她说：“讲我不雅的，就是你吧？”婢女笑了起来，用脚踢着枕头说：“你快挺尸吧！不要多嘴了！”见她绣鞋尖上，镶嵌的珠粒有豆子般大。郭生一把捉住她，拉近身来，婢女滚倒在他怀里，于是两人就亲热起来，而婢女忍受不了痛楚，呻吟不绝。郭生问：“你多大了？”婢女笑答说：“十七了。”郭生问她：“黄花闺女也懂调情么？”婢女说：“我不是闺女，不过也有三年不近男子了。”郭生细细打听仙人的姓名，她的出身和修行的情形，婢女阻止说：“你可别问，这里就算不是天上，也不同于人间。你如果定要弄个水落石出，只怕死无葬身之地了！”郭生就不敢追问下去。

第二天晚上，女子果然带了灯烛来，互相在一起睡眠、饮食，自此习以为常。一夜，女子进洞来说：“本指望和你永远相好，谁料人情多阻隔，如今将要清除天宫，不能再容我们在一起了。让我敬你一杯酒作为饯别吧！”郭生眼泪直流，请求女子送点香脂油膏留念。女子不同意，送他黄金一斤，珍珠百颗。三杯下肚，郭生忽已昏醉。醒来后，只觉四肢像被缚住似的，纠缠得很密，大腿伸不直，头也钻不出来。尽力翻身挣扎，昏沉沉的滚落到床下。郭生挣出手来摸索，原来被细绳扎结的锦被裹着。起坐凝神细想，稍稍能分辨出床架的模样，这才知道是在自己书房里。那时郭生离家已有三个月，家人以为他不在人世了。

郭生起初不敢向人明说，生怕受到仙子的责罚，然而心里一直大惑不解。偶然乘机向知心朋友一吐秘事，没有人能解释出所以然来。那床锦被还放在床头，余香袅袅，飘满一室；拆开一看，原来是湖州的丝绵夹着香料屑末制作的，于是就珍藏了起来。后来有个身居要路的大官听说了问他，笑着说：“这是晋惠帝时贾后渔猎男色的故技啊，仙人哪会这样？话是这么说，这件事还是该小心保密。透露出去，就满门抄斩了！”有个神巫常出入贵官人家，说起那楼阁的形状，极像严世藩的府邸。郭生听了，怕得要死，带着全家逃出去躲避；不久严世藩被朝廷问斩，才回来。

异史氏说：高楼朦朦胧胧，绣花帐里香气四溢；小婢来来去去，鞋子尖上明珠闪亮：不是大奸臣淫佚放纵，豪贵家穷奢极侈，哪有这般情景！遭严世藩玩弄一过，藏娇的金屋便成了冷宫；作“香唾壶”时间不久，感情的田地已长满荒草。守空床独自伤情，对昏烛黯然销魂。镜台之前，不展愁眉；锦帐之中，望穿秋水。这就使迷魂汤下，有条路进入“天宫”；温柔乡中，错把人当作“仙子”。卑微人家伤风败俗，算不得奇耻大辱；名门贵族自坏门庭，实足以引为教训！

乔　女

平原乔生，有女黑丑：壑一鼻，跛一足。年二十五六，无问名者。邑有穆生，年四十余，妻死，贫不能续，因聘焉。三年，生一子。未几，穆生卒，家益索，大困，则乞怜其母。母颇不耐之。女亦愤不复返，惟以纺织自给。有孟生丧偶，遗一子乌头，裁周岁，以乳哺乏人，急于求配，然媒数言，辄不当意。忽见女，大悦之，阴使人风示女。女辞焉，曰：“饥冻若此，从官人得温饱，夫宁不愿？然残丑不如人，所可自信者，德耳；又事二夫，官人何取焉！”孟益贤之，向慕尤殷，使媒者函金加币，而说其母。母悦，自诣女所，固要之；女志终不夺。母惭，愿以少女字孟；家人皆喜，而孟殊不愿。居无何，孟暴疾卒，女往临哭尽哀。

孟故无戚党，死后，村中无赖，悉凭陵之，家具携取一空，方谋瓜分其田产。家人亦各草窃以去，惟一妪抱儿哭帷中。女问得故，大不平。闻林生与孟善，乃踵门而告曰："夫妇、朋友，人之大伦也。妾以奇丑，为世不齿，独孟生能知我；前虽固拒之，然固已心许之矣。今身死子幼，自当有以报知己。然存孤易，御侮难，若无兄弟父母，遂坐视其子死家灭而不一救，则五伦中可以无朋友矣。妾无所多须于君，但以片纸告邑宰；抚孤，则妾不敢辞。"林曰："诺！"女别而归。林将如其所教；无赖辈怒，咸欲以白刃相仇。林大惧，闭户不敢复行。女听之数日寂无音；及问之，则孟氏田产已尽矣。女忿甚，锐身自诣官。官诘女属孟何人。女曰："公宰一邑，所凭者理耳。如其言妄，即至戚无所逃罪；如非妄，即道路之人可听也。"官怒其言戆，诃逐而出。

女冤愤无以自伸，哭诉于搢绅之门。某先生闻而义之，代剖于宰。宰按之，果真，穷治诸无赖，尽返所取。或议留女居孟第，抚其孤；女不肯。扃其户，使妪抱乌头，从与俱归，另舍之。凡乌头日用所需，辄同妪启户出粟，为之营办；己锱铢无所沾染，抱子食贫，一如曩日。积数年，乌头渐长，为延师教读；己子则使学操作。妪劝使并读。女曰："乌头之费，其所自有；我耗人之财以教己子，此心何以自明？"又数年，为乌头积粟数百石，乃聘于名族，治其第宅，析令归。乌头泣要同居，女乃从之；然纺绩如故。乌头夫妇夺其具。女曰："我母子坐食，心何安矣？"遂早暮为之纪理，使其子巡行阡陌，若为佣然。乌头夫妻有小过，辄斥谴不少贷；稍不悛，则怫然欲去。夫妻跪道悔词，始止。未几，乌头入泮，又辞欲归。乌头不可，捐聘币，为穆子完婚。女乃析子令归。乌头留之不得，阴使人于近村为市恒产百亩而后遣之。后女疾求归。乌头不听。病益笃，嘱曰："必以我归葬！"乌头诺。

既卒，阴以金啗穆子，俾合葬于孟。及期，棺重，三十人不能举。穆子忽仆，七窍血出，自言曰："不肖儿，何得遂卖汝母！"乌头惧，拜祝之，始愈。乃复停数日，修治穆墓已，始合厝之。

异史氏曰：知己之感，许之以身，此烈男子之所为也。彼女子何知，而奇伟如是？若遇九方皋，直牡视之矣。

【译文】

山东平原县乔生，有个女儿又黑又丑，一只鼻孔凹塌，还瘸了一条腿。长到二十五六岁，没有人来提亲。县城里有个穆生，年纪四十多了，死了老婆，贫穷不能续弦，就娶了乔女为妻。结婚三年，生了个儿子。不久，穆生去世，家业更加萧条，艰难万状，只得向母亲求援。母亲很不耐烦。乔女也心里有气，再也不回娘家，只靠纺纱织布维持生活。有个姓孟的读书人新死了妻子，留下一个儿子叫乌头，才满周岁。因为无人拉扯孩子，急于再求婚配，可是媒人说了好几个，都不中他意。他无意间看到乔女，非常爱慕，暗中请人向乔女示意。乔女谢绝了他，说："我如今这般挨饿受冻，跟上孟官人，便能过上丰衣足食的生活，说起来哪有什么不愿意的？但是我生得丑，又落下残疾，样样不如人，还能自信的，只是品德罢了。如果我又去嫁人，不能从一而终，孟官人还能看中我些什么呢！"孟生听了，更觉乔女贤德，思慕之情益发深切，便委派媒人带着财礼，去说动她母亲。乔母心喜，亲自到女儿家里，胡搅蛮缠地要她答应，乔女抱定守寡的志愿，始终不为所动。乔母拿了钱说不过去，情愿把小女儿许给孟生。孟家人都很喜欢，而孟生本人却根本不考虑。过了不久，孟生突然得了急病，不治身亡。乔女得知，前往孟家哭吊，极尽哀思。

孟生向来没什么亲戚，他死后，村里的无赖都来欺凌，把家具搬取一空，正在策划瓜分田产。仆人们也顺手牵羊各自偷东摸西跑散了，只有一个老婆子抱着乌头在床帷中哭泣。乔女问明情况，大为不平。她听说林生是孟生的好朋友，就找上门去，向他开言道："夫妇、朋友，是人伦的重要部分。我因为特别丑陋，被世人看不起，唯独孟生能了解我。我以前虽然拒绝嫁给他，但我的心早已许给他了。现在他人不在了，儿子幼小无依，我自然应该对知己有所报答。然而抚养孤儿容易，抵御外人的欺侮难。假如没有兄弟父母，就坐看人家儿死家灭而不救一救，那么五伦之中就可以去掉朋友这一伦常了。我对你也没有更多的要求，只希望你写一张状子投交县官。至于抚养孤儿，我是责无旁贷的。"林生应允。乔女便告辞回家了。林生要按乔女的嘱托行事时，无赖们闻知大怒，都扬言要捅他刀子。林生吓慌了，关起门来躲着，不敢到衙门去。乔女好几天听不到动静，等问到林生，孟家田产已被瓜分光了。乔女气愤极了，挺身而出，亲自去衙门告官。县官问乔女是孟生的什么人，乔女答道："大人主管一县的百姓，凭的是理罢了。如果诬告，即使至亲也难逃罪责；如果情况属实，就是路人的话也是值得听取的。"县官对她直率的回话感到恼火，呵叱着将她赶出了衙门。

乔女满腔冤愤没处伸，就到官绅人家门前哭诉。某先生听说，为她的义气所感动，就代她向县官分辩，县官调查下来，果然情况属实，就将无赖们一一查办，把侵吞的财产全部追回。有人提议让乔女留住在孟家，抚育孟生的遗孤，乔女不肯。她把孟家大门锁上，叫老婆子抱着乌头跟自己一起回家，安排他们另屋居住。凡是乌头日常的需用，她总是同老婆子一起打开孟家的门，取出粮米钱物，为他张罗置办，而自己分毫不沾用，抱着自己的儿子粗茶淡饭清贫度日，一如以往。过了几年，乌头渐渐长大，乔女为他请了老师教课读书，自己的儿子则叫他学农活。老婆子劝她让两个孩子一起念书，乔女答道：“乌头的学费，是他自己出的。我如果花别人的钱来教自己的儿子，我的一番心思怎么还能说得清？”又过了几年，她替乌头积攒了几百石粮食，于是给他娶了一房出身名门大族的媳妇，为他修好老家的屋宅，叫他们分居回家去住。乌头哭着要和乔女住在一起，乔女便答应了，但她还是像以往一样纺纱织布。乌头夫妇夺走了她的纺车，乔女道：“我母子两人坐吃现成饭，心怎么能安呢！”于是她起早贪黑为孟家经营家业，派她的儿子到田地里巡视，好像佣工一般。乌头夫妇犯了再小的过错，乔女都严加训斥，毫不姑息；稍有一点点不肯认错改过，她就板起脸要离开孟家。直到小夫妻跪下表示悔过，才善罢甘休。不久，乌头考中秀才，乔女又要告辞回家。乌头不放她走，还拿出钱来做彩礼，为她儿子完婚。于是乔女就叫儿子迁回旧居。乌头挽留不住，暗中派人在附近村子买下田产百亩，送给乔女的儿子才让他回去。后来乔女得了病，要求回家，乌头不听。病越来越重了，乔女叮嘱乌头道：“一定要把我抬回穆家安葬！”乌头答应了。

乔女死后，乌头暗地里用金银诱使她儿子同意母亲与孟生合葬。到下葬之日，棺木沉重，三十个人都抬不起来。忽然，乔女的儿子跌倒在地上，口鼻流血，自己嚷道：“不肖的儿子！怎敢出卖你的亲娘！”乌头害怕了，跪拜祷告，才恢复了常态。于是将乔女的棺木重新停放几天，把穆生的坟墓修缮完毕，才在那儿落棺合葬。

异史氏说：感念知己，以身相报，这是有烈性的大丈夫的行为。那位乔女何以也懂得，而奇伟如此？如果遇上遗貌取神的相马专家九方皋，一定会将她看成雄骏！

蛤

东海有蛤，饥时浮岸边，两壳开张；中有小蟹出，赤线系之，离壳数尺，猎食既饱，乃归，壳始合。或潜断其线，两物皆死。亦物理之奇也。

【译文】

东海有一种蚌蛤，饿了就浮到岸边，张开两爿介壳，壳中有小蟹爬出来，身上有根红线牵着。爬出壳外好几尺远，觅找食物，吃饱了又爬回去，壳爿这才闭合。有人乘其不备弄断了红线，结果蛤、蟹双双死去。这也是自然界的一件奇事吧！

刘 夫 人

廉生者，彰德人。少笃学；然早孤，家綦贫。一日他出，暮归失途。入一村，有媪来谓曰："廉公子何之？夜得毋深乎？"生方皇惧，更不暇问其谁何，便求假榻。媪引去，入一大第。有双鬟笼灯，导一妇人出，年四十余，举止大家。媪迎曰："廉公子至。"生趋拜。妇喜曰："公子秀发，何但作富家翁乎！"即设筵，妇侧坐，劝釂甚殷，而自己举杯未尝饮，举箸亦未尝食。生惶惑，屡审阀阅。笑曰："再尽三爵告君知。"生如命已。妇曰："亡夫刘氏，客江右，遭变遽殒。未亡人独居荒僻，日就零落。虽有两孙，非鸱鸮，即驽骀耳。公子虽异姓，亦三生骨肉也；且至性纯笃，故遂腼然相见。无他烦，薄藏数金，欲倩公子持泛江湖，分其赢余，亦胜案头萤枯死也。"生辞以少年书痴，恐负重托。妇曰："读书之计，先于谋生。公子聪明，何之不可？"遣婢运赀出，交兑八百余两。生惶恐固辞。妇曰："妾亦知公子未惯懋迁，但试为之，当无不利。"生虑重金非一人可任，谋合商侣。妇云："勿须，但觅一朴悫谙练之仆，为公子服役足矣。"遂轮纤指一卜之曰："伍姓者吉。"命仆马囊金送生出，曰：“腊尽涤琖，候洗宝装矣。”又顾仆曰：“此马调良，可以乘御，即赠公子，勿须将回。”

生归，夜才四鼓，仆系马自去。明日，多方觅役，果得伍姓，因厚价招之。伍老于行旅，又为人戆拙不苟，赀财悉倚付之。往涉荆襄，岁杪始得归，计利三倍。生以得伍力多，于常格外，另有馈赏，谋同飞洒，不令主知。甫抵家，妇已遣人将迎，遂与俱去。见堂上华筵已设；妇出，备极慰劳。生纳赀讫，即呈簿籍；妇置不顾。少顷即席，歌舞鞺鞳，伍亦赐筵外舍，尽醉方归。因生无家室，留守新岁。次日，又求稽盘。妇笑曰：“后无须尔，妾会计久矣。”乃出册示生，登志甚悉，并给仆者，亦载其上。生愕然曰：“夫人真神人也！”过数日，馆谷丰盛，待若子姪。

一日，堂上设席，一东面，一南面；堂下一筵向西。谓生曰：“明日财星临照，宜可远行。今为主价粗设祖帐，以壮行色。”少间，伍亦呼至，赐坐堂下。一时鼓钲鸣聒。女优进呈曲目，生命唱《陶朱富》。妇笑曰：“此先兆也，当得西施作内助矣。”宴罢，仍以全金付生，曰：“此行不可以岁月计，非获巨万勿归也。妾与公子，所凭者在福命，所信者在腹心，勿劳计算，远方之盈绌，妾自知之。”生唯唯而退。

往客淮上，进身为鹾贾，逾年，利又数倍。然生嗜读，操筹不忘书卷；所与游，皆文士，所获既盈，隐思止足，渐谢任于伍。桃源薛生与最善；适过访之，薛一门俱适别业，昏暮无所复之。阍人延生入，扫榻作炊。

细诘主人起居，盖是时方讹传朝廷欲选良家女，犒边庭，民间骚动。闻有少年无妇者，不通媒妁，竟以女送诸其家，至有一夕而得两妇者。薛亦新婚于大姓，犹恐舆马喧动，为大令所闻，故暂迁于乡。初更向尽，方将扫榻就寝，忽闻数人排闼入。阍人不知何语，但闻一人云："官人既不在家，秉烛者何人？"阍人答："是廉公子，远客也。"俄而问者已入，袍帽光洁，略一举手，即诘邦族。生告之。喜曰："吾同乡也。岳家谁氏？"答云："无之。"益喜，趋出，急招一少年同入，敬与为礼。卒然曰："实告公子：某慕姓。今夕此来，将送舍妹于薛官人，至此方知无益。进退维谷之际，适逢公子，宁非数乎！"生以未悉其人，故踌躇不敢应。慕竟不听其致词，急呼送女者。少间，二媪扶女郎入，坐生榻上。睨之，年十五六，佳妙无双。生喜，始整巾向慕展谢；又嘱阍人行沽，略尽款洽。慕言："先世彰德人；母族亦世家，今陵夷矣。闻外祖遗有两孙，不知家况何似。"生问："伊谁？"曰："外祖刘，字晖若，闻在郡北三十里。"生曰："仆郡城东南人，去北里颇远；年又最少，无多交知。郡中此姓最繁，止知郡北有刘荆卿，亦文学士，未审是否，然贫矣。"慕曰："某祖墓尚在彰郡，每欲扶两榇归葬故里，以资斧未办，姑犹迟迟。今妹子从去，归计益决矣。"生闻之，锐然自任。二慕俱喜。酒数行，辞去。生却仆移灯，琴瑟之爱，不可胜言。次日，薛已知之，趋入城，除别院馆生。

生诣淮，交盘已，留伍居肆，装赀返桃源，同二慕启岳父母骸骨，两家细小，载与俱归。入门安置已，囊金诣主。前仆已候于途。从去，妇逆见，色喜曰："陶朱公载得西子来矣！前日为客，今日吾甥婿也。"置酒迎尘，倍益亲爱。生服其先知，因问："夫人与岳母远近？"妇云："勿问，久自知之。"乃堆金案上，瓜分为五；自取其二曰："吾无用处，聊贻长孙。"生以过多，辞不受。凄然曰："吾家零落，宅中乔木，被人伐作薪；孙子去此颇远，门户萧条，烦公子一营办之。"生诺，而金止受其半。妇强纳之。送生出，挥涕而返。生疑怪间，回视第宅，则为墟墓。始悟妇即妻之外祖母也。既归，赎墓田一顷，封植伟丽。

刘有二孙，长即荆卿；次玉卿，饮博无赖，皆贫。兄弟诣生申谢，生悉厚赠之。由此往来最稔。生颇道其经商之由，玉卿窃意冢中多金，夜合博徒数辈，发墓搜之，剖棺露胔，竟无少获，失望而散。生知墓被发，以告荆卿。荆卿诣生同验之，入圹，见案上累累，前所分金具在。荆卿欲与生共取之。生曰："夫人原留此以待兄也。"荆卿乃囊运而归，告诸邑宰，访缉甚严。后一人卖坟中玉簪，获之，穷讯其党，始知玉卿为首。宰将治以极刑；荆卿代哀，仅得赊死。墓内外两家并力营缮，较前益坚美。由此廉、刘皆富，惟玉卿如故。生及荆卿常河润之，而终不足供其博赌。

一夜，盗入生家，执索金赀。生所藏金，皆以千五百为箇，发示之。盗取其二，止有鬼马在厩，用以运之而去。使生送诸野，乃释之。村众望盗火未远，噪逐之；

贼惊遁。共至其处，则金委路侧，马已倒为灰烬。始知马亦鬼也。是夜止失金钏一枚而已。先是，盗执生妻，悦其美，将就淫之。一盗带面具，力呵止之，声似玉卿。盗释生妻，但脱腕钏而去。生以是疑玉卿，然心窃德之。后盗以钏质赌，为捕役所获，诘其党，果有玉卿。宰怒，备极五毒。兄与生谋，欲以重贿脱之，谋未成而玉卿已死。生犹时恤其妻子。生后登贤书，数世皆素封焉。呜呼！“贪”字之点画形象，甚近乎“贫”。如玉卿者，可以鉴矣！

【译文】

有个书生姓廉，河南安阳人，从小好学，然而很早失去父母，家境非常贫困。一天出外，黄昏回家迷了路，走进一座村子，有个老妇人过来对他说：“廉公子哪儿去？天不是太晚了吗？”廉生正在惶恐不安，顾不上问她是谁，就恳求借个铺过一宿。老妇领他进一所大宅院。有丫环提着灯笼，引一个妇人出来，四十多岁，举止显出大家风度。老妇迎上去说：“廉公子来了！”廉生忙赶上前去施礼。妇人高兴地说：“公子秀姿英发，哪里只是作富家翁的光景！”当下便设宴招待。妇人坐在下侧，劝酒很是殷勤，而自己举杯却未曾沾唇，举筷也未曾入口。廉生有点惶惑，好几回动问她的来历。妇人笑着说：“再干三杯酒，我就告诉你。”廉生照着办了。妇人说：“我死去的男人姓刘，客寓在江西，不幸遭到意外，一下子离开了人世。抛下我孤零零住在这荒僻的场所，日子一天不如一天。虽说有两个孙子，但不是心术不正的败家精，就是百无一用的傻瓜蛋。公子你虽不是我刘家人，却也有前生后世的骨肉缘分，而且心地纯正厚道，所以才不避羞惭来和你相见。也没有别的事麻烦你，我稍稍积藏了一些银两，想劳驾你带着作为本钱跑跑江湖，分到些红利，也胜过坐吃山空。”廉生推辞说自己年纪小，是个书呆子，怕有负重托。刘夫人说：“读书之计，首先在于谋生。公子聪明，哪里去不成?”吩咐侍女将资本运送出来，当场秤银，交付八百多两。廉生很是惊慌，一再推却，刘夫人说:“我也知道你不惯于做生意，但不妨试试看，一定不会不赚钱的。”廉生顾虑金额巨大，这生意不是一个人能做得好的，打算跟人合伙经商。刘夫人说:“用不着的，只要寻一个忠诚老实有经验的仆人，让你使唤着就行了。”说着掰着手指卜了一卦，说:“姓伍的吉利。”吩咐仆人备马把银子装入口袋，送廉生回家，对廉主说:“年底我会把杯盘洗得干干净净，为你满载而归洗尘。”又关照仆人说:“这匹马驯得很好，容易驾驭。就送给廉公子，你不必带回来了。”

廉生回到家里，才只有四更时分，仆人拴定了马匹，径自回去。第二天，廉生多方寻觅，果真找到个姓伍的，就出重金雇佣。伍仆老走江湖，为人又戆直认真，廉生就把钱财都委他经管。两人前往湖北江汉一带，直到年终才回还，算下来赢利足有本钱的三倍。廉生因为伍仆劳苦功高，就在讲定的工价外添加了不少奖赏，而打算分布在其他项目上出账，不让刘夫人知道。才到家门，刘夫人已经派人迎接，于是跟着来人同行。只见堂上已摆好丰盛的宴席，夫人出来，说了多少慰劳的话。廉生奉上此行获得的银两，当即呈交账目，妇人丢在一旁，并不在意。不一会请廉生入席，席间清歌妙舞，甚是热闹。伍仆也在外面的屋子里赏了席面，吃得酒酣饭饱才回去。因为廉生还没有成家，刘夫人就留下他守岁。第二天大年初一，廉生又请夫人检查账目。夫人笑着说:“以后用不着这些劳什子，我早帮你理好账了。”说着拿出簿册来给廉生看，只见一笔笔账目很是详赅，连私下给伍仆的赏赐也赫然登在上面。廉生惊讶得瞠目结舌，说:“夫人真是神仙啊!”这样过了好几天，饮食起居，款待得十分丰盛，就像对待嫡亲的子侄辈一般。

一天，又在堂上设下宴席，一桌朝东，一桌朝南;堂下另外向西摆开一桌。妇人对廉生说:“明天是财星高照的吉日，宜出远门。今天我为你们主仆二人略备杯盘饯行，好让出门人增色。”不一会，伍仆也被叫了进来，赏他在堂下就座。一时间鼓乐齐作，喧阗震耳。女伶上前呈上曲目，廉生点了一支《陶朱富》(陶朱是春秋时越国范蠡经商致富后的别号)。妇人笑道:“这是个预兆，公子你就要像范蠡那样，得一个西施做内助了!”宴会结束后，仍将上回的全部本利交给廉生，说："这一去不能预计程期，不得到上万的赢利，就别急着回来。我和你廉公子，所依靠的是命中的福气，所信赖的是彼此的赤诚。你也不用在记账上费心，你那里的收支亏盈，我在这里自然得知。"廉生连声答应，退了出来。

廉生往扬州一带经商，又谋得官府的许可，经营食盐的买卖，过了一年，赢利又翻了好几倍。然而廉生性喜读书，行商时也不忘一卷在手，所交游往还的都是文人。他买卖上赚了大钱，私下就有适可而止的念头，于是渐渐把经商的业务都交给了伍仆。湖南常德人薛生，同廉生交情最好。廉生有一回去他那儿拜访，正赶上薛生全家都去别墅了，扑了个空。天时已昏黑，没法再往别处，守门人就请廉生进屋，为他清了个铺，作了顿饭。廉生细问薛生的生活情形，才知这段时候正谣传朝廷要选良家女子赏给边塞将帅，民间骚动，听说哪个小伙子还没娶媳妇，不通过说媒竟将女儿送上门去，甚至有一个晚上得到两个媳妇的。薛生也与某大户人家女儿新婚，还怕人来客往风声太大，会让官府知道，所以暂时搬到乡下躲避。一更将尽，廉生正要铺床睡觉，忽听得好几个人破门而入。守门人不知说了些什么，只听一个人说："你家官人既然不在家，那么点蜡烛的是谁？"守门人回答："是廉公子，远客。"很快问话的人已进了屋，衣帽光洁，向廉生略一作揖，就急着问姓名出身。廉生告诉了他，对方高兴地说："是我同乡啊！岳父母是哪一家？"廉生说："我还未成家呢。"来人更加欢喜，快步出屋，急忙招一个年轻人一同进来，恭恭敬敬向廉生行礼，出其不意说："实告公子，我姓慕，今晚来这里，想把妹子送配给薛官人，到这儿才知道白跑一趟了。正在进退两难之际，恰巧碰上公子，难道不是天意吗！"廉生因为从来没见过他的妹子，所以迟迟疑疑的不敢应允。慕生竟然不听他的回答，就急声招呼送妹子的进来。一会儿，二名妇人扶着女郎进来，坐在廉生床上。偷眼望去，见她十五六岁年纪，佳妙无双。廉生喜不自胜，这才整好衣冠向慕生展拜致谢，又吩咐守门人打酒来，好稍为叙叙友情。慕生介绍："祖上是安阳人；母亲一族本也是世代官宦人家，就是眼下败落了。听说外祖父家还有两个孙子在，就不知道近来的家计如何。"廉生问："令外祖高姓大名？"慕生答说："姓刘，字晖若，听说住在城北三十里处。"廉生说：

“我是城东南的，离开城北很有一段路；年纪又轻，交际也少。安阳城中姓刘的最多，只知道城北有个叫刘荆卿的，也是读书人，不知是不是这一家。——只是他家也穷得可以。”慕生又说：“我祖父的墓还在安阳，我每想把父母双亲的灵柩送回故乡安葬，因为盘缠不够，所以拖延至今。现在妹子嫁进了你家，我回乡的念头就更坚决了。”廉生听了，挺身把这事包揽下来，慕家兄妹都很高兴。酒过几巡，告辞离去。廉生退去仆人移开了灯，这一宵男欢女爱，自不必多说。第二天，薛生已知道了这件事，急忙进城，另外清扫一所宅院让廉生寄住。

廉生来到扬州，把货物钱款盘点完，留下伍仆看守店铺，自己载着银两回到常德，同慕家兄妹一起打开岳父母圹穴，载着二老遗体，连同两家细小，都带回了安阳。回家安排已定，便携带钱款去见刘夫人。前回迎接的仆人，已经在途中等候。廉生跟去，夫人迎出门来相见，满面春风说：“陶朱公带西施来了！你以前是这儿的客，如今可是我的外甥女婿了。”说着设酒接风，加倍亲切。廉生佩服夫人的先见之明，就问：“夫人同我岳母有亲不成?”刘夫人说：“不必多问，以后你自会明白的。”于是把廉生带来的银子堆在桌上，一分为五，自己拿了二份，说：“我留着也没有用处，姑且送给长孙吧。”廉生觉得留给自己的银钱太多，推辞不受。刘夫人神情凄然地说：“我家败落已久，宅院里的树木，被人当柴砍了；孙子住得离这儿很远，门户萧条，麻烦公子你为我操办一下吧。”廉生允诺，而银两只愿收受半数。刘夫人便强迫他收下，然后送出门外，抹着眼泪回身。廉生正觉奇怪，回过头去一望，宅院都变成了丘墟坟墓。这才明白刘夫人就是妻子的外祖母。回家以后，赎回了一顷墓田，树碑植林，改建得宏伟壮丽。

刘夫人有两个孙子，大的就是刘荆卿；小的叫刘玉卿，酗酒赌博，品行不正，都很穷。俩兄弟到廉生这里道谢，廉生都有丰厚的赠送。从此来往极熟，廉生常向他俩讲述自己经商的始末。玉卿私念刘夫人墓葬中银子很多，夜间纠合几名赌徒掘墓搜索，把棺木劈开，连尸骨都露了出来，竟一无所获，失望而散。廉生闻得墓被盗发，把这事告诉荆卿。荆卿来找廉生一起去查看，进了墓穴，只见香案上一封封银子堆得高高的，都是夫人原先分定的，一两不少。

荆卿想同廉生平分。廉生说："这本来就是夫人留着给你的。"荆卿就装进口袋运了回去，告到县官那里，访寻缉拿盗墓犯，很是严紧。后来有个人变卖墓中玉簪，给逮住了，追究他的同党，才知玉卿是主犯。县官要将他处死，荆卿代为哀求，终算留下了他一条命。廉、刘两家合力修缮墓地，比以前更坚固美观。从此廉生和荆卿都成了富家，只有玉卿依然一贫如洗。尽管两人常周济他，总不能满足他赌博的用度。

一夜，一群强盗闯入廉家，逼迫廉生拿出钱来。廉生的藏银都以一千五百两为一封，打开给他们看。强盗抢了两封，马厩里只有刘夫人送的那匹马，就用它运走银两。强盗把廉生当人质迫使他送到野外，才放了他。村民们看见强盗的火把还没有走远，就呐喊着追去，强盗吓得抱头鼠窜。大家追到那儿一看，银子丢弃在路边，马已倒在地上变成灰烬，这才知道马也是鬼。这天晚上，损失的只有一只金钏罢了。在这之前，强盗捉住了廉生的妻子，看上她的美貌，想奸污她。有个强盗戴着面具，竭力呵斥制止，听声音像是玉卿。强盗们放开廉妻，只解下她手腕上的金钏。廉生因此怀疑玉卿，但也暗暗感激他。后来那强盗拿金钏作赌注，被捕快扭获，审问他的同伙，果然有玉卿在内。县官大怒，对玉卿施遍了刑罚。荆卿与廉生商量，想重金贿赂官府为弟弟开脱，计划未及实现，玉卿已死在狱内。廉生对玉卿的妻子儿女仍然时时周济。他后来成了举人，子孙几代虽无官职，却富甲一方。唉！"贪"字的点画形象，跟"贫"字差不多。与玉卿相似的人，可以从中得到鉴戒了！

陵县狐

陵县李太史家，每见瓶鼎古玩之物，移列案边，势危将堕。疑厮仆所为，辄怒谴之。仆辈称冤，而亦不知其由，乃严扃斋扉，天明复然。心知其异，暗觇之。一夜，光明满室，讶为盗。两仆近窥，则一狐卧椟上，光自两眸出，晶莹四射。恐其遁，急入捉之。狐啮腕肉欲脱，仆持益坚，因共缚之。举视，则四足皆无骨，随手摇摇若带垂焉。太史念其通灵，不忍杀；覆以柳器，狐不能出，戴器而走。乃数其罪而放之，怪遂绝。

【译文】

济南李翰林家，常见瓶鼎古董一类摆设，移放在桌子边沿，摇摇欲坠。李翰林怀疑是僮仆干的，每次都大发雷霆，斥罚一番。仆人们大叫冤枉，但也不知是什么缘故。于是把书房门紧紧锁上，天亮一看，又是这样。心里明白出了怪事，便暗中观察。一天夜里，屋里忽然大放光明，大家都感惊讶，以为是盗贼。两个仆人走近悄悄探视，只见一只狐狸躺在柜子上，光芒就从两颗眼珠中发出，晶莹四射。仆人怕它逃走，急忙闯进去将它捉住。狐狸咬手腕上的肉想要挣脱，仆人抓得更牢，于是七手八脚将它缚住。拎起来一看，四条腿都没有骨头，随手摇动晃晃悠悠的像带子垂着。翰林念它有灵性，不忍心结果它，只用柳条筐罩住，狐狸跑不出来，顶着筐蹿来蹿去。于是李翰林数说它的罪过，而后放走了它。怪事就不再发生了。

（卷九译者：穆　俦）

卷　十

王　货　郎

济南业酒人某翁，遣子小二如齐河索贳价。出西门，见兄阿大。时大死已久。二惊问："哥那得来?"答云："冥府一疑案，须弟一证之。"二作色怨讪。大指后一人如皂状者，曰："官役在此，我岂自由耶!"但引手招之，不觉从去，尽夜狂奔，至太山下。忽见官衙，方将并入，见群众纷出。皂拱问："事何如矣?"一人曰："勿须复入，结矣。"皂乃释令归。大忧弟无资斧。皂思良久，即引二去，走二三十里，入村，至一家檐下。嘱云："如有人出，便使相送；如其不肯，便道王货郎言之矣。"遂去。二冥然而僵。既晓，第主出，见人死门外，大骇。守移时，微苏；扶入饵之，始言里居，即求资送。主人难之。二如皂言。主人惊绝，急赁骑送之归。偿之，不受；问其故，亦不言，别而去。

【译文】

济南开酒店的某老人，派儿子小二到齐河去索要赊酒的欠款。小二出了西城门，遇见兄长阿大。——当时阿大已死很久了。小二惊异地问："哥怎么能来?"阿大回答说："冥府有桩疑案，必须你去作一下证。"小二顿时撂下脸，恨恨地骂起来。阿大指着身后一个官差模样的人，对弟弟说："官差在这里，我难道做得了主吗！"只举手一招，小二不知不觉跟随而去，狂奔了一夜，来到泰山脚下。忽然看见衙门，正准备一起进去，见许多人纷纷出来。官差拱手问道："事情怎么样啦？"有个人告诉说："用不着再进去，已经结案了。"官差就放了小二，叫他回家。阿大担心弟弟没有盘缠。官差想了好久，就领小二去，走了二三十里路，进村到一家屋檐下，嘱咐小二说："如有人出来，便叫他送你；如果他不肯，就说王货郎说的。"说完就走了。小二迷迷糊糊昏了过去。天亮以后，屋主出来，看有人死在门外，大吃一惊。守了一段时间，小二稍稍苏醒过来；就扶他进屋喂吃的。这才讲了家乡住处，就请求资助送回。屋主面有难色。小二把官差的话说了一遍，屋主惊吓极了，赶快租了乘骑，护送小二回家。偿还费用，他不收；问他什么缘故，也不说，告别而去。

疲　龙

胶州王侍御，出使琉球。舟行海中，忽自云际堕一巨龙，激水高数丈。龙半浮半沉，仰其首，以舟承颔；睛半含，嗒然若丧。阖舟大恐，停桡不敢少动。舟人曰："此天上行雨之疲龙也。"王悬敕于上，焚香共祝之。移时，悠然遂逝。舟方行，又一龙堕，如前状。日凡三四。又逾日，舟人命多备白米，戒曰："去清水潭不远矣。如有所见，但糁米于水，寂无哗。"俄至一处，水清澈底。下有群龙，五色，如盆如瓮，条条尽伏。有蜿蜒者，鳞鬣爪牙，历历可数。众神魂俱丧，闭息含眸，不惟不敢窥，并不能动。惟舟人握米自撒。久之见海波深黑，始有呻者。因问掷米之故。答曰："龙畏蛆，恐入其甲。白米类蛆，故龙见辄伏，舟行其上，可无害也。"

【译文】

山东胶州有个姓王的侍御官，出使琉球，船在海洋上航行，忽然从云端落下一条巨龙，激起几丈高的水柱。巨龙半浮半沉，仰着头，用船头托着下颌；眯着眼睛，瘫软得像要死了。船上人都十分恐惧，停止划桨，不敢动一动。船老大说："这是一条在天上行雨疲倦的龙啊。"王侍御把皇上的诏书悬挂起来，点上香，大家一同祷告。过了好一会，疲龙就慢悠悠去了。船刚启航，又有一条龙落下来，和刚才一样。一天之内总共有三四条。又过了一天，船老大命令多准备些白米，告诫说："离清水潭不远了。如看到什么，只管把白米撒到海里，保持寂静，不要嚷嚷。"不久到一处海域，海水清澈见底。海底有许多龙，五色俱全，有像盆一样粗的，有像瓮一样粗的，条条都盘伏着。也有蜿蜒游动的，鳞片、颈毛、爪子、牙齿，都看得清清楚楚。大家吓得魂都掉了，屏住呼吸，闭上眼睛，不仅不敢偷看，连身子也不敢挪动一下。只有船老大自己抓着一把把白米向海里抛撒。好久，发现海水波浪的颜色变深变黑，才有人轻轻哼出声来。大家便问：为什么要撒白米？船老大回答说："龙畏惧蛆虫，怕它钻进鳞甲。白米有点像蛆虫，所以龙看见就潜伏不动，船在上面航行，就可以没有危险了。"

真　　生

长安士人贾子龙，偶过邻巷，见一客，风度洒如。问之，则真生，咸阳僦寓者也。心慕之。明日，往投刺，适值其亡；凡三谒，皆不遇。乃阴使人窥其在舍而后过之，真走避不出；贾搜之始出。促膝倾谈，大相知悦。贾就逆旅，遣僮行沽。真又善饮，能雅谑，乐甚。酒欲尽，真搜箧出饮器，玉卮无当，注杯酒其中，盎然已满；以小盏挹取入壶，并无少减。贾异之，坚求其术。真曰："我不愿相见者，君无他短，但贪心未净耳。此乃仙家隐术，何能相授。”贾曰：“冤哉！我何贪，间萌奢想者，徒以贫耳。”一笑而散。

由是往来无间，形骸尽忘。每值乏窘，真辄出黑石一块，吹咒其上，以磨瓦砾，立刻化为白金，便以赠生；仅足所用，未尝赢余。贾每求益。真曰：“我言君贪，如何，如何！”贾思明告必不可得，将乘其醉睡，窃石而要之。一日，饮既卧，贾潜起，搜诸衣底。真觉之曰：“子真丧心，不可处矣！”遂辞别，移居而去。

后年余，贾游河干，见一石莹洁，绝类真生物。拾之，珍藏若宝。过数日，真忽至，瞡然若有所失。贾慰问之。真曰：“君前所见，乃仙人点金石也。曩从抱真子游，彼怜我介，以此相贻。醉后失去，隐卜当在君所。如有还带之恩，不敢忘报。”贾笑曰：“仆生平不敢欺友朋，诚如所卜。但知管仲之贫者，莫如鲍叔，君且奈何？”真请以百金为赠。贾曰：“百金非少，但授我口诀，一亲试之，无憾矣。”真恐其寡信。贾曰：“君自仙人，岂不知贾某宁失信于朋友者哉！”真授其诀。贾顾砌上有巨石，将试之。真掣其肘，不听前。贾乃俯掬半砖，置砧上曰：“若此者，非多耶？”真乃听之。贾不磨砖而磨砧；真变色欲与争，而砧已化为浑金。反石于真。真叹曰：“业如此，复何言。然妄以福禄加人，必遭天谴。如逭我罪，施材百具、絮衣百领，肯之乎？”贾曰：“仆所以欲得钱者，原非欲窖藏之也。君尚视我为守财卤耶？”真喜而去。

贾得金，且施且贾；不三年，施数已满。真忽至，握手曰："君信义人也！别后被福神奏帝，削去仙籍；蒙君博施，今以功德消罪。愿勉之，勿替也。"贾问真系天上何曹。曰："我乃有道之狐耳。出身綦微，不堪孽累，故生平自爱，一毫不敢妄作。"贾为设酒，遂与欢饮如初。贾至九十余，狐犹时至其家。

长山某，卖解信药，即垂危，灌之无不活；然秘其方，即戚好不传也。一日，以株累被逮。妻弟饷食狱中，隐置信焉。坐待食已而后告之。甲不信。少顷，腹中溃动，始大惊，骂曰："畜产速行！家中虽有药末，恐道远难俟；急于城中物色薜荔为末，清水一盏，速将来！"妻弟如其教。迨觅至，某已呕泻欲死，急投之，立刻而安。其方自此遂传。此亦犹狐之秘其石也。

【译文】

西安有个读书人，叫贾子龙，偶然走过邻近的巷子，遇见一个外乡人，风度潇洒。攀谈之下，知道他姓真，咸阳人，客居在这里。贾子龙心里仰慕他，第二天，去递上名帖求见，正好真生出门了；先后拜访三次，都没有遇上。于是，贾子龙就暗底里派人看准他在家才去访问，真生赶快走开，避而不出；贾子龙到处找，他才出来相见。两人促膝畅谈，互相极为投机，相见恨晚。贾子龙就在客舍里留下，派书僮去买酒。真生好酒量，又能讲笑话，十分欢快。酒快喝光了，真生翻箱倒箧，找出饮酒器皿，是只没有底的玉杯，倒一杯酒进去，已经满满的了。用小盅一盅盅舀出来装入酒壶，玉杯里的酒并不稍减。贾子龙觉得奇异，一定要真生教他这个法术。真生说："我所以不愿相见，你没有别的短处，只是贪心未除而已。这是仙家秘术，怎能传授给你？"贾子龙说："冤枉啊！我怎么贪心？间或萌生出奢望，只是因为穷罢了。"一笑而散。

从此，两人往来亲密，欢聚时，放浪形骸，忘乎所以。每当钱不够花，真生就取出一块黑石，在上头吹口气，念动咒语，用黑石磨擦碎瓦小石子，瓦石立刻化为白银，便拿它送给贾子龙；只够开销，从未有过盈余。贾子龙常要求多一点，真生说："我说你贪心，怎么样，怎么样！"贾子龙想，明里相求一定得不到，准备趁他喝醉酣睡，偷到黑石来要挟他。一天，两人酒后睡下，贾子龙偷偷起身，在真生衣袋里搜寻。真生发觉了，说："你真没良心，不能相处下去了！"就告别，搬了个地方走了。

一年多以后，贾子龙到黄河边游玩，看见一块石头精莹光洁，极像真生的黑石。贾子龙把它捡起来，像宝贝一样珍藏着。过了几天，真生忽然来到，一副失意的样子，像丢了什么东西似的。贾子龙安慰他，并询问一番。真生说："你以前见的，是仙人的点金石。过去我跟仙人抱真子交往，他爱我耿直，把它赠给我。谁想醉后遗失，私下占卜，该在你这里。如果你有古人裴度拾到玉带归还原主那样的德行，我不敢忘记报恩。"贾子龙笑着说："我这辈子不敢欺骗朋友，的确同你占卜的一样。不过，理解管仲贫穷的，莫若鲍叔牙了，你又将怎么样？"真生答应以一百两银子相赠。贾子龙说："一百两银子不算少，只要你传授我口诀，让我亲自试一下，就没有遗憾了。"真生怕他失信。贾子龙说："你自己是仙人，难道不知道我贾某能愿意失信于朋友吗！"真生教给他口诀。贾子龙回头看到台阶上有块巨石，打算用它来试。真生拉住他手臂，不让他上前。贾子龙就弯腰从地上捡起半块砖头，放到捣衣用的石板上，说："像这样的，不多了吧？"真生才同意。贾子龙不磨砖头而磨了石板；真生变了脸要与他争，可是石板已化成纯金了。贾子龙将点金石还给真生。真生叹口气说："已经这样了，还说什么呢。不过随便给人福禄，必遭上天惩罚。如要脱免我的罪责，就得施舍棺材一百具，棉衣一百件，你肯吗？"贾子龙回答说："我之所以想得到钱财，本来不是准备埋藏到地窖里去的。你还把我看作守财奴呀？"真生高兴地走了。

贾子龙得到金子后，一边施舍棺材、棉衣，一边做买卖；不到三年，施舍的数目已满。真生忽然来到，握住贾子龙的手说："你是讲信义的人！上次分别后，我被福神上奏玉帝，削去仙籍；承蒙你广为施舍，如今用功德抵销了罪过。望你继续努力，不要停止做好事。”贾子龙问真生在天上属什么部门。真生说：“我只是得道的狐狸罢了。出身低微，不能作孽遭累，所以生平自爱，一点不敢胡作非为。”贾子龙为他摆上酒宴，就像以前一样跟他高兴地喝起酒来。贾子龙活到九十多岁，狐仙还常到他家。

有个长山人，卖解毒的药，即使生命垂危，灌下药没有不活的；但他秘藏这个药方，即使亲戚好友也不传授。一天，因受株连被捕，他内弟到狱中送饭，暗中放了毒药。坐等他吃下之后才告诉饭中有毒。长山人不相信。一会儿，腹中药性发作，他才惊慌起来，骂着：“你这个畜生养的！快跑！家里虽然有药末，恐怕路远等不及了，赶快在城里找到薜荔碾成细末，要清水一小杯，快去弄来！”内弟按他的要求做了。等找到弄好，长山人已经上吐下泻快死了。急忙用药，立刻就好了。这个秘方从此就传了下来。这也如同狐仙秘藏他的黑石一样。

布　商

布商某，至青州境，偶入废寺，见其院宇零落，叹悼不已。僧在侧曰：“今如有善信，暂起山门，亦佛面之光。”客慨然自任。僧喜，邀入方丈，款待殷勤。既而举内外殿阁，并请装修；客辞以不能。僧固强之，词色悍怒。客惧，请即倾囊，于是倒装而出，悉授僧。将行，僧止之曰：“君竭赀实非所愿，得毋甘心于我乎？不如先之。”遂握刀相向。客哀之切，弗听；请自经，许之。逼置暗室而迫促之。适有防海将军经寺外，遥自缺墙外望见一红裳女子入僧舍，疑之。下马入寺，前后冥搜，竟不得。至暗室所，严扃双扉，僧不肯开，托以妖异。将军怒，斩关入，则见客缢梁上。救之，片时复苏，诘得其情。又械问女子所在，实则乌有，盖神佛现化也。杀僧，财物仍以归客。客益募修庙宇，由此香火大盛。赵孝廉丰原言之最悉。

【译文】

一个布商，到山东青州境内，偶然走进一座破败了的寺庙，见到寺院房屋零零落落，感叹不已。有个和尚在旁说道："现在如果有位行善信佛的人，暂且把寺庙的大门造起来，也是佛面的光辉。"布商慨然允承下来。和尚面露喜色，邀他进了长老的住处，殷勤款待。进而又列举内外殿堂楼阁，请布商一并装修；布商推辞说能力达不到。和尚一再强求，说话腔调凶狠。布商害怕起来，要求就把身上所带的全数奉上算数，于是倾囊而出，都给了和尚。布商要走，和尚拦住他说："你拿出全部钱财，实际上是不情愿的，对我会甘心吗？不如先送你回老家。"于是握刀相向。布商苦苦哀求，不听；要求自缢，和尚答应了。强迫他进入暗室，逼他快些。正遇上有个防海将军途经庙外，远远从围墙缺口外看见一个穿红衣裳的女子进入和尚的住处，起了怀疑。他下马进了寺庙，前前后后到处搜查，竟然找不到。到暗室处，两扇门紧锁着，和尚不肯开门，借口有妖异。将军发怒，砍掉门锁进去，便看到布商吊死在梁上。把他救下，一会儿复苏过来。问得真情，就把和尚铐起来，问他红衣女子在哪里。实际上是没有的，大概是神佛显灵吧。防海将军杀了恶僧，把财物仍然归还布商。布商进而募捐，重修庙宇，从此香火大盛。赵丰原举人谈起这件事最详细。

彭二挣

禹城韩甫自言："与邑人彭二挣并行于途，忽回首不见之，惟空蹇随行。但闻号救甚急，细听则在被囊中。近视囊内累然，虽则偏重，亦不得堕。欲出之，则囊口缝纫甚密；以刀断线，始见彭犬卧其中。既出，问何以入，亦茫不自知。盖其家有狐为祟，事如此类甚多云。”

【译文】

山东禹城韩公甫亲自对人说：“我与同乡彭二挣一起在路上行走，忽然，回头看不到他了，只有空驴跟着走。可是听到很急的呼救声，细听就在被袋中，走近看看，被袋鼓鼓囊囊的，虽然一边轻一边重，驴驮着也掉不下来。我想弄他出来，而袋口密密麻麻缝着，用刀割断了线才发现彭二挣像条狗那样躺在里面。出来后，问他怎么钻进去的，他也茫然不知。他家有狐精作祟，据说这样的事很多。”

何　仙

长山王公子瑞亭，能以乩卜。乩神自称何仙，为纯阳弟子，或谓是吕祖所跨鹤云。每降，辄与人论文作诗。李太史质君师事之，丹黄课艺，理绪明切；太史揣摩成，赖何仙力居多焉，因之文学士多皈依之。然为人决疑难事，多凭理，不甚言休咎。

辛未岁，朱文宗案临济南，试后，诸友请决等第。何仙索试艺，悉月旦之。座中有与乐陵李忭相善者，李固好学深思之士，众属望之，因出其文，代为之请。乩注云：“一等。”少间，又书云：“适评李生，据文为断。然此生运数大晦，应犯夏楚。异哉！文与数适不相符，岂文宗不论文耶？诸公少待，试一往探之。”少顷，又书云：“我适至提学署中，见文宗公事旁午，所焦虑者殊不在文也。一切置付幕客六七人，粟生、例监，都在其中，前世全无根气，大半饿鬼道中游魂，乞食于四方者也。曾在黑暗狱中八百年，损其目之精气，如人久在洞中，乍出，则天地异色，无正明也。中有一二为人身所化者，阅卷分曹，恐不能适相值耳。”众问挽回之术。书云：“其术至实，人所共晓，何必问？”众会其意，以告李。李惧，以文质孙太史子未，且诉以兆。太史赞其文，因解其惑。李以太史海内宗匠，心益壮，乩语不复置怀。

后案发，竟居四等。太史大骇，取其文复阅之，殊无疵摘。评云：“石门公祖，素有文名，必不悠谬至此。是必幕中醉汉，不识句读者所为。”于是众益服何仙之神，共焚香祝谢之。乩书曰：“李生勿以暂时之屈，遂怀惭怍。当多写试卷，益暴之，明岁可得优等。”李如其教。久之署中颇闻，悬牌特慰之。次岁果列前名，其灵应如此。

异史氏曰：幕中多此辈客，无怪京都丑妇巷中，至夕无闲床也。呜呼！

【译文】

山东长山有位公子叫王瑞亭，他善用乩卜。请的神自称是何仙，是吕洞宾的徒弟，有的说是吕洞宾所乘的仙鹤。每次降临，就与人论文作诗。太史官李质君以师礼侍奉何仙，何仙批点他的窗课，条理清楚；李太史悉心研摩，取得成就，依靠何仙的力量居多。因此，文学之士大多归顺依附何仙。不过何仙替人解决疑难问题，多根据事理，不大预言吉凶。

康熙三十年（1691），提学官朱轼来济南主持科考，考试后，许多考生请何仙评判他们文章的等第。何仙要了每人的试卷，一一评定。席间有个人，与乐陵地方的李忭是好朋友，李忭本是好学深思的读书人，众人所望，这人便拿出李忭的文章，代为请教。乩卜的评语是“一等”。一会儿，又批道：“刚才评论李忭，是依据文章作出判断。但是李忭命中注定有大晦气，应受教鞭教棒惩罚。奇怪啊！文章与运气不相符合，难道主考不管文章吗？诸位稍等片刻，我去探察一下试试看。”过不久，又写道：“刚才到提学官署，看见提学官公事纷繁，他所焦虑的根本不在文章，一切考务交给六七个幕僚办理，纳粮捐钱财做了监生的都在其中。前世一点没有根基，多半是饿鬼行列中的游魂，四方乞食的人。曾经关在地狱八百年，伤了他们眼睛的精气，像人长久在洞穴中刚出来，天地的颜色也觉得不一样，没有了标准的眼力啊！其中有一两个是人身转世，分别阅卷，恐怕不会正好碰到他们。”大家问挽回的办法，何仙写道：“办法很实在，人所共知，何必问呢？”大家会意，把乩卜的情况告诉李忭。李忭害怕起来，将文章送给翰林孙子未，并且告诉了乩卜的预兆。孙太史称赞他的文章，解除他的困惑。李忭认为孙太史是海内文章大师，心里更踏实了，就不再把乩卜的话放在心上。

后来发了榜，李忭竟然居第四等，按规定受杖责。孙太史大为惊奇，拿他的文章复看，实在找不出错谬之处。评论道：“浙江石门朱提学，向来以文章出名，一定不会荒诞无稽到这种地步。这一定是幕僚中的醉汉，连句读都不通的人干的。”于是，大家更加信服何仙的神明，焚香共祝，拜谢他。乩卜批写道：“李生不要因为暂时的委屈，就感到惭愧。应该大量抄写试卷上的文章，更加传播它，明年可得到优等。”李忭按这个办法去做了。久而久之，官署中对这事也有所风闻，张贴文告特地安慰他。第二年，果然名列前茅，乩卜竟这样的灵验。

异史氏说：幕僚中多这一班家伙，难怪京都下等妓院里，到晚上就客满了，可悲啊！

牛同人

（上缺）牛过父室，则翁卧床上未醒，以此知为狐。

怒曰："狐可忍也，胡败我伦！关圣号为'伏魔'，今何在，而任此类横行！"因作表上玉帝，内微诉关帝之不职。久之，关帝（上二字似为衍文）忽闻空中喊嘶声，则关帝也。怒叱曰："书生何得无礼！我岂耑掌为汝家驱狐耶？若禀诉不行，咎怨何辞矣。"即令杖牛二十，股肉几脱。少间，有黑面将军缚一狐至，牵之而去，其怪遂绝。

后三年，济南游击女为狐所惑，百术不能遣。狐语女曰："我生平所畏惟牛同人而已。"游击亦不知牛何里，无可物色。适提学按临，牛赴试，在省偶被营兵迕辱，忿愬游击之门。游击一闻其名，不胜惊喜，伛偻甚恭。立捉兵至，捆责尽法。已，乃实告以情。牛不得已，为之呈告关帝。俄顷，见金甲神降于其家。狐方在室，颜猝变，现形如犬，绕屋嗥窜。旋出自投阶下。神言："前帝不忍诛，今再犯不赦矣！"絷系马颈而去。

【译文】

（上缺）牛同人经过父亲的卧室，原来父亲还睡在床上未醒，因此知道是狐狸精。同人愤怒地说："狐狸精真忍心，怎么乱我人伦！关帝号为'三界伏魔大帝'，如今在哪里，而让这种畜类横行！"便写奏章上告玉皇大帝，里面含有诉述关帝失职的意思。过了好久，同人忽然听到空中有呼喝声，原来是关帝显圣。关帝怒叱道："读书人怎能如此无礼！难道我是专管替你家驱赶狐狸精的吗？如果你禀告我而不给你办，那么责怪、怨恨，我也无可推卸了。"随即下令打牛同人二十板子，屁股上的肉几乎打烂了。过了一会儿，有个黑脸将军缚了一只狐狸到，把它牵走，作祟的事就没有了。

三年后，济南有个游击将军的女儿被狐狸精迷惑住了，用了各种办法都驱赶不走。狐狸精对姑娘说："我生平所畏惧的只有牛同人罢了。"游击也不知牛同人是什么地方人，无法寻找。正好提学官来济南主持科考，牛同人赴考，在省城偶然遭到绿营兵侮辱，他愤而找到游击那儿告状，游击一听到他的名字，不胜惊喜，屈身迎接，很是恭敬。立即将有关兵士抓到，捆起来依军法处理。事后，游击就将女儿的情况实言相告。牛同人无法推辞，替他写了表章呈告关帝。顷刻之间，见身穿黄金盔甲的神降临游击家。狐狸精刚好在房内，脸色突然变了，现出原形象条狗，绕着屋子嗥叫逃窜。不大会儿，自己出来伏在台阶下。金甲神说："上次关帝不忍心杀死你，如今再犯不饶恕了！"把它捆住系在马颈上离去。

神　女

米生者，闽人，传者忘其名字、郡邑。偶入郡，醉过市廛，闻高门中箫鼓如雷。问之居人，云是开寿筵者，然门庭亦殊清寂。听之，笙歌繁响。醉中雅爱乐之，并不问其何家，即街头市祝仪，投晚生刺焉。或见其衣冠朴陋，便问："君系此翁何亲？"答言："无之。"或言："此流寓者，侨居于此，不审何官，甚贵倨也。既非亲属，将何求？"生闻而悔之，而刺已入矣。无何，两少年出逆客，华裳眩目，丰采都雅，揖生入。见一叟南向坐，东西列数筵，客六七人，皆似贵胄；见生至，尽起为礼，叟亦杖而起。生久立，待与周旋，而叟殊不离席。两少年致词曰："家君衰迈，起拜良艰，予兄弟代谢高贤之见枉也。"生逊谢而罢。遂增一筵于上，与叟接席。未几，女乐作于下。座后设琉璃屏，以幛内眷。鼓吹大作，座客不复可以倾谈。筵将终，两少年起，各以巨杯劝客，杯可容三斗，生有难色；然见客受，亦受。顷刻四顾，主客尽釂；生不得已，亦强尽之。少年复斟。生觉惫甚，起而告退。少年强挽其裾。生大醉逷地，但觉有人以冷水洒面，恍然若寤。起视，宾客尽散，惟一少年捉臂送之，遂别而归。后再过其门，则已迁去矣。

自郡归，偶适市，一人自肆中出，招之饮。视之，不识；姑从之入，则座上先有里人鲍庄在焉。问其人，乃诸姓，市中磨镜者也。问："何相识？"曰："前日上寿者，君识之否？"生言："不识。"诸言："予出入其门最稔。翁，傅姓，但不知何省何官。先生上寿时，我方在墀下，故识之也。"日暮，饮散。鲍庄夜死于途。鲍父不识诸，执名讼生。检得鲍庄体有重伤，生以谋杀论死，备历械梏；以诸未获，罪无申证，颂系之。年余，直指巡方，廉知其冤，出之。

家中田产荡尽，而衣巾革褫，冀其可以辨复，于是携囊入郡。日将暮，步履颇殆，休于路侧。遥见小车来，二青衣夹随之。既过，忽命停舆。车中不知何言。俄一青衣问生："君非米姓乎？"生惊起诺之。问："何贫窭若此？"生告以故。又问："安之？"又告之。青衣去，向车中语；俄复返，请生至车前。车中以纤手搴帘，微睨之，绝代佳人也。谓生曰："君不幸得无妄之祸，闻之太息。今日学使署中，非白手可以出入者，途中无可解赠，……"乃于髻上摘珠花一朵，授生曰："此物可鬻百金，请缄藏之。"生下拜，欲问官阀，车行甚疾，其去已远，不解何人。执花悬想，上缀明珠，非凡物也。珍藏而行。至郡，投状，上下勒索甚苦；出花展视，不忍置去，遂归。归而无家，依于兄嫂。幸兄贤，为之经纪，贫不废读。

过岁，赴郡应童子试，误入深山。会清明节，游人甚众。有数女骑来，内一女郎，即曩年车中人也。见生停骖，问其所往。生具以对。女惊曰："君衣顶尚未复耶？"生惨然于衣下出珠花，曰："不忍弃此，故犹童子也。"女郎晕红上颊。既，嘱坐待路隅，款段而去。久之，一婢驰马来，以裹物授生，曰："娘子言：今日学使之门如市，赠白金二百，为进取之资。"生辞曰："娘子惠我多矣！自分掇芹非难，重金所不敢受。但告以姓名，绘一小像，焚香供之，足矣。"婢不顾，委地下而去。生由此用度颇充，然终不屑夤缘。后入邑庠第一。以金授兄；兄善居积，三年，旧业尽复。适闽中巡抚为生祖门人，优恤甚厚，兄弟称巨家矣。然生素清鲠，虽属大僚通家，而未尝有所干谒。

一日，有客裘马至门，都无识者。出视，则傅公子也。揖而入，各道间阔。治具相款。客辞以冗，然亦不竟言去。已而肴酒既陈，公子起而请闲，相将入内，拜伏于地。生惊问："何事？"怆然曰："家君适罹大祸，欲有求于抚台，非兄不可。"生辞曰："渠虽世谊，而以私干人，生平所不为也。"公子伏地哀泣。生厉色曰："小生与公子，一饮之知交耳，何遂以丧节强人！"公子大惭，起而别去。

越日，方独坐，有青衣人入，视之，即山中赠金者。生方惊起，青衣曰："君忘珠花否？"生曰："唯唯，不敢忘！"曰："昨公子，即娘子胞兄也。"生闻之，窃喜，伪曰："此难相信。若得娘子亲见一言，则油鼎可蹈耳；不然，不敢奉命。"青衣出，驰马而去。更尽复返，扣扉入曰："娘子来矣！"言未已，女郎惨然入，向壁而哭，不作一语。生拜曰："小生非卿，无以有今日。但有驱策，敢不惟命！"女曰："受人求者常骄人，求人者常畏人。中夜奔波，生平何解此苦，只以畏人故耳，亦复何言！"生慰之曰："小生所以不遽诺者，恐过此一见为难耳。使卿夙夜蒙露，吾知罪矣！"因挽其袪，隐抑搔之。女怒曰："子诚敝人也！不念畴昔之义，而欲乘人之厄。予过矣！予过矣！"忿然而出，登车欲去。生追出谢过，长跪而要遮之。青衣亦为缓颊。女意稍解，就车中谓生曰："实告君：妾非人，乃神女也。家君为南岳都理司，偶失礼于地官，将达帝听；非本地都人官印信，不可解也。君如不忘旧义，以黄纸一幅，为妾求之。"言已，车发遂去。

生归，悚惧不已。乃假驱祟，言于巡抚。巡抚谓其事近巫蛊，不许。生以厚金赂其心腹，诺之，而未得其便也。既归，青衣候门，生具告之，默然遂去，意似怨其不忠。生追送之曰："归语娘子：如事不谐，我以身命殉之！"既归，终夜辗转，不知计之所出。适院署有宠姬购珠，乃以珠花献之。姬大悦，窃印为之嵌之。怀归，青衣适至。笑曰："幸不辱命。然数年来贫贱乞食所不忍鬻者，今还为主人弃之矣！”因告以情；且曰：“黄金抛置，我都不惜；寄语娘子：珠花须要偿也！”

逾数日，傅公子登堂申谢，纳黄金百两。生作色曰：“所以然者，为令妹之惠我无私耳；不然，即万金岂足以易名节哉！”再强之，声色益厉。公子惭而去，曰：“此事殊未了！”翼日，青衣奉女郎命，进明珠百颗，曰：“此足以偿珠花否耶？”生曰：“重花者，非贵珠也。设当日赠我万镒之宝，直须卖作富家翁耳，什袭而甘贫贱，何为乎？娘子神人，小生何敢他望，幸得报洪恩于万一，死无憾矣！”青衣置珠案间，生朝拜而后却之。

越数日，公子又至。生命治肴酒。公子使从人入厨下，自行烹调，相对纵饮，欢若一家。有客馈苦糯，公子饮而美之，引尽百盏，面颊微赪。乃谓生曰：“君贞介士，愚兄弟不能早知君，有愧裙钗多矣。家君感大德，无以相报，欲以妹子附为婚姻，恐以幽明见嫌也。”生喜惧非常，不知所对。公子辞而出，曰：“明夜七月初九，新月钩辰，天孙有少女下嫁，吉期也，可备青庐。”次夕，果送女郎至，一切无异常人。三日后，女自兄嫂以及婢仆，大小皆有馈赏。又最贤，事嫂如姑。

数年不育，劝纳副室，生不肯。适兄贾于江淮，为买少姬而归。姬，顾姓，小字博士，貌亦清婉，夫妇皆喜。见髻上插珠花，甚似当年故物；摘视，果然。异而诘之。答云：“昔有巡抚爱妾死，其婢盗出鬻于市，先人廉其直，买而归。妾爱之。先人无子，生妾一人，故所求无不得。后父死家落，妾寄养于顾媪之家；顾，妾姨行，见珠，屡欲售去，妾投井觅死，故至今犹存也。”夫妇叹曰：“十年之物，复归故主，岂非数哉！”女另出珠花一朵，曰：“此物久无偶矣！”因并赐之，亲为簪于髻上。

姬退，问女郎家世甚悉，家人皆讳言之。阴语生曰：“妾视娘子，非人间人也；其眉目间有神气。昨簪花时，得近视，其美丽出于肌里，非若凡人以黑白位置中见长耳。”生笑之。姬曰：“君勿言，妾将试之：如其神，但有所须，无人处焚香以求，彼当自知。”女郎绣袜精工，博士爱之，而未敢言，乃即闺中焚香祝之。女早起，忽检箧中，出袜，遣婢赠博士。生见之而笑。女问故，以实告。女曰：“黠哉婢乎！”因其慧，益怜爱之：然博士益恭，昧爽时，必熏沐以朝。后博士一举两男，两人分字之。生年八十，女貌犹如处子。生抱病，女鸠匠为材，令宽大倍于寻常。既死，女不哭；男女他适，则女已入材中死矣。因并葬之。至今传为“大材冢”云。

异史氏曰：“女则神矣，博士而能知之，是遵何术欤？乃知人之慧固有灵于神者矣！

【译文】

有个姓米的书生，福建人，传说这故事的人忘了他的名字、所在府县。他偶然进城，喝醉了酒，路过闹市，听到高大的门楼内传出箫鼓声，响得像打雷。米生向居民打听，说是做寿的人家，但门庭冷落得很。细听，笙歌阵阵。米生醉中很觉欣赏，并不问这是什么样的人家，就在街头买了寿礼，递进自称晚生的名片。有的人见他衣着简朴，便问：“你是这家老人的什么亲戚？”米生回答说：

"没有亲戚关系。"有的告诉他说:"这是一家外乡人,侨居在这里,弄不清是什么官,很高贵孤傲。你既然不是亲戚,要企求什么吧?"米生一听,懊悔起来,但是名片已递进去了。没多会儿,两个少年出来迎客,衣着华丽,令人眼花,风度翩翩,神采优雅,作揖请米生入内。米生见一老人面南而坐,两旁摆列几桌酒席,六七个客人,都像贵族,见米生来到,一齐站起来施礼,老人也撑着拐杖站起来。米生一直站着,等待向老人行礼祝寿,而老人甚至连座位也不离开。两位少年致词说:"家父年迈体弱,起拜很艰难,我们兄弟俩代表家父,对你屈驾光临表示感谢。"米生辞谢一番便作罢。于是在上首增设一桌筵席,与老人相邻。没多久,舞姬在下面表演。酒席后面设置琉璃屏风,用来遮住女眷。鼓乐大作,座上客不能再交谈。筵席快结束时,两少年站起来,各用巨杯劝酒,一杯可容三斗,米生面有难色,但是看见客人们接了酒杯,他也就接过来。顷刻间朝周围一看,主人、客人全喝了;他不得已,也勉强干杯。少年又给斟酒。米生觉得很疲倦,起身告退。少年硬拉住他的衣袖。米生喝得大醉,瘫在地上,只觉得有人用冷水洒在他脸上,顿时像睡醒一样明白过来。他站起身来一看,客人全走了,只有一位少年搀着他手臂送他,于是就告别而归。后来再经过这家门口,已经搬走了。

米生从郡城回家以后,有次偶然到集市去,一个人从酒店出来,喊他喝酒。看看那人,不认识;姑且跟着进了酒店,原来乡邻鲍庄先坐在那儿了。米生问那人,乃是姓诸,在集市上磨镜子的。米生问他说:"怎么认识我的?"姓诸的回答说:"前些日子做寿的人,你认识他吗?"米生说:"不认识。"姓诸的说:"我出入他家,最是熟悉。老人姓傅,但不知哪里人,做什么官。先生你祝寿时,我正在台阶下,所以认识你。"傍晚,酒散了。鲍庄当夜死在路上。鲍庄的父亲不认识姓诸的,指名控告米生。检验鲍庄尸体有重伤,米生以谋杀罪将判死刑,受尽刑罚;因为姓诸的没有抓到,定罪无据,关押了一年多。巡按视察地方,查访得知了冤情,将他释放。

米生家里田产荡尽,而且革除了秀才的资格,寄希望于上诉得以恢复,于是带了行李包裹上郡城。天色将暗,走得很累,就在路旁休息。远远看见小车过来,有两个丫环左右跟着。小车从米生身边过去，忽然被命令停车。不知车里人讲了什么。一会儿，有个丫环上前问米生："你不是姓米吗？"米生惊起答应说是。丫环问："为什么贫穷到这种地步？"米生把缘故告诉了她。又问："到哪儿去？"米生又告诉了她。丫环走向小车，对车中人讲话；一会儿重新走回来，请米生到小车前面去。车中人用柔美的手撩开挂帘，米生稍微看她一眼，是位绝代佳人。车中人对米生说："你不幸遭受了意外的灾难，听了令人叹息。如今学政官署内，不是两手空空的人能够进出的，我在途中，没有什么可以赠送，……"就从发髻上摘下一朵珠花簪子，递给米生说："这珠花可卖百两银子，请收藏起来。"米生跪下拜谢，想问问她家的官阶门第，小车行走很快，已离得远了，他搞不清是什么人。米生手执珠花簪子，想来想去，簪子上装缀的明珠，看看不是平常的东西。他把珠花珍藏起来继续赶路。到了郡城，投递了状子，官署上下勒索得很厉害；他拿出珠花看看，舍不得卖掉，就回乡去了。回乡又没有了家，依附兄嫂过活。幸而哥哥人好，替他经营料理，他在贫困中仍坚持攻读。

过了年，米生赴郡城参加入学考试，误入深山。恰巧是清明节，游人很多。有几个女子骑马而来，内中一位女郎就是当年车中人。女郎看到米生，停下马，问他到哪里去。米生告诉了她。女郎惊讶地问道："你的秀才身份还没有恢复吗？"米生凄惨地从衣裳里拿出珠花，对女郎说："我不忍失去它，所以仍旧是个童生。"女郎脸红了。说完话，嘱咐米生坐在路旁等着，上马缓缓而去。过了好久，一个丫环驰马来到，将包裹递给米生，说："我家姑娘说了，如今学政官署门庭若市，送你二百两银子，作为你进取的用度。"米生辞谢说："姑娘给我的好处多了！我自以为考个秀才不是难事，重金相赠，不敢收下。但请把姑娘的姓名相告，让我绘一幅肖像，焚香供奉，我心愿已足了。"丫环不睬，将包裹丢在地下就走了。米生从此日常开支比较充裕了，可是总归不屑于钻营。后来，他以成绩第一名考进县学。米生把银子交给哥哥；他哥哥善于经纪，三年光景，原先的产业完全恢复。当时，福建的巡抚恰巧是米生祖父的学生，给米生兄弟俩的周济很优厚，因此，兄弟俩成为大户人家了。但是，米生素来清高耿直，即使是高官的世交姻亲，他也从不曾因有所求而前去拜谒。

一天，有位车马衣裘的客人登门，没人认识。米生出去一看，原来是傅公子。把客人请进屋，相互叙谈阔别之情。米生设宴款待。傅公子推说自己很忙，但也不就说告辞。等到酒席已摆好，傅公子站起来请米生私下里谈件事，两人一同进了内室，傅公子拜伏在地。米生吃惊地问："什么事?"傅公子凄惨地说："家父正遭大祸，要有求于巡抚，非兄不可。"米生推辞说："巡抚大人虽然和我家世交，而以私事求人，我从来不做。"傅公子跪倒在地哀泣。米生放下脸来，严厉地说："我与你喝过一次酒的交情罢了，凭什么就拿丧失气节来逼迫人!"傅公子很惭愧，起身告别而去。

第二天，米生正独自坐着，有个丫环进来，一看，就是深山赠他银子的女子。米生正惊喜地站起，丫环说："你忘了珠花没有?"米生说："哦哦，不敢忘!"丫环说："昨天来的公子，就是我家姑娘的胞兄啊。"米生一听，暗暗高兴，假装说："这叫人难以相信。如让小姐亲自来说一句，我就连油锅也敢下的；不然，不敢奉命。"丫环出门，驰马而去。夜深更尽，丫环又返回，敲门进来说："姑娘来了!"话没说完，姑娘愁容满面进屋，面壁而哭，不讲一句话。米生下拜说："我没有你，不会有今天。只要你吩咐，敢不唯命是听!"姑娘说："受人求的人常常对人高傲，有求于人的人常常怕人。半夜奔波，我生来哪里吃过这种苦，只因为怕人的缘故罢了，还有什么说的呢!"米生安慰她说："我所以没有立即允诺，是怕错过这机会，见你一面很难。使你早晚带着露水赶路，我知罪了!"便拉住她的衣袖，偷偷地抚摸她。姑娘愤怒地说："你实在是不正经的人!不念从前的恩义，反而想乘人之危。我错了!我错了!"气愤地出门，上车要走。米生追出来赔礼道歉，直挺挺跪在地上拦住她。丫环也替他婉言劝解。姑娘的怒意稍稍缓和，在车里对米生说："实话告诉你，我不是凡人，是神女。家父做南兵都理司的官，偶然对地官失礼，就要上奏玉帝知道；非本地长官的官印，不可解救。你如不忘旧义，用一幅黄纸，替我求巡抚盖上官印。"说完，车出发就走了。

米生回屋，惊恐不已。就借口驱邪，向巡抚提出盖印的要求。巡抚认为这种事近乎巫婆骗人，不同意。米生用重金贿赂他的心腹，答应了，但得不到适当的机会。米生回家，丫环等在门口，米生如实告诉她，她一声不响就离去了，意思似乎怨恨米生不忠。米生追上去送她，说：“回去告诉姑娘：如果事情办不成，我用生命相报！”回到家里后，整夜翻来覆去，想不出办法。恰巧巡抚有个爱妾购买珍珠，米生就把珠花献给她。爱妾高兴极了，偷了官印替他在黄纸上盖了。米生把纸藏在怀里回家，丫环刚巧到。米生笑着说：“幸而不辱使命。可是几年来，穷到讨饭也舍不得卖掉的东西，今天还是为了它的主人丢掉了！”便将实情告诉她，并且说：“黄金丢了，我都不可惜；转告小姐：珠花一定要偿还的啊！”

过了几天，傅公子登门拜谢，送黄金百两。米生沉下脸说：“我所以这样做，是因为令妹无私地资助过我；不然的话，就是一万两黄金，难道够用来换我的名声气节吗！”傅公子再勉强他收下，米生脸色和声音更严厉了。傅公子惭愧地告退，说：“这事还远没了！”

第二天，丫环奉神女之命，送上明珠百颗，并说：“这些足以抵偿珠花不？”米生说：“看重珠花，不是因为珠值钱。假如当时赠我万斤珍宝，只该卖了做个富翁了吧，可我把珠花一层层包好藏着而甘守贫贱，为什么呢？姑娘是神仙，我怎敢有别的念头，幸而能够报答万分之一的大恩，死无遗憾了！”丫环把明珠放在茶几上，米生对明珠恭敬礼拜，然后把它退回。

过了几天，傅公子又来了。米生命家人设宴。傅公子派随从进厨房，自行烹调，相对放开了量喝，欢快得像一家人。有一种人家送的上等米酒，傅公子喝了称好，连干百杯，脸上微红。就对米生说：“你是守志不移的人，我兄弟俩不能早了解你，和妹妹相比惭愧得多了。家父感谢你的大恩，没有好报答的，想把妹妹许配你，怕因为天上人间界域不一，让你生嫌。”米生又喜又惧，一时不知如何回答。傅公子告辞出门，说：“明夜是七月初九，新月如钩，辰星相拱，天上织女有小女儿下嫁，是吉期，你可布置新房，准备迎亲。”第二天晚上，果然把神女送到，米生与她交拜成婚，一切跟平常人没有差别。婚后三天，神女从哥嫂到丫环、仆人，上上下下都有馈赠或赏赐。神女又很贤惠，敬重嫂子像对待婆婆一样。

神女几年没有生育，劝米生纳妾，米生不肯。正好他哥哥在江淮经商，替米生买了个年轻姑娘回家。这姑娘姓顾，小名博士，眉清目秀，米生夫妇都很喜欢。看到她发髻上插了枝珠花簪子，很像当年旧物；摘下一看，果然不错。米生觉得奇异，便问她。她回答说：“从前有个巡抚的爱妾死了，她的丫环偷出来在市场上卖，我父亲觉得价钱便宜，买了回来。我喜爱它。我父亲没有儿子，只生我一个，所以有求必应。后来父亲去世，家也破落了，我寄养在顾老太家，她是我姨妈，见到珠花，屡次要卖掉，我投井寻死，所以至今还在呀。”米生夫妇叹息说：“十年之物重归故主，难道不是天数吗！”神女又拿出另一只珠花簪子说：“这珠花长久没有配对了！”便一并赐给了博士，亲自替她插在发髻上。

博士退下，很详细地打听神女的家世，家人都不直说。她暗地里对米生说：“我看娘子，不是人间凡人，她的眉目间有仙气。昨天她给我插珠花簪子时，得以靠近看，她的美丽从肌肤里显现出来，不像凡人从皮肤黑白、五官位置中显露美貌。”米生笑笑。博士说：“你不要讲出来，我准备试试她：如果她是神人，只要有所需求，在没有人的地方焚香祈祷，她就会知道的。”神女绣的袜子精巧，博士喜爱而不敢开口，就在闺房中焚香祷告。神女一早起床，忽然翻箱找出绣袜，派丫环去送给博士。米生看见就笑了。神女问什么原因，米生实言相告。神女说：“狡黠的婢子！”因博士聪明，神女对她更加怜爱；然而博士对神女也益发恭敬，每天拂晓，必先沐浴熏香才拜见神女。后来，博士一胎生下两个男孩，神女和她各人养育一个。米生活到八十岁时，神女容貌还像处女。米生抱病在床，神女召集工匠做棺材，要求做得比平常的宽大一倍。米生去世，神女不哭；趁家里男女人等不在时，神女就躺进棺材里死了。家属就把他俩合葬。至今传说是“大材冢”。

异史氏说：神女确实神了，博士竟能晓得她是神人，这遵照的是什么法术呢？可见凡人的聪明还有比神仙灵的呢。

湘　裙

晏仲，陕西延安人。与兄伯同居，友爱敦笃。伯三十而卒，无嗣；妻亦继亡。仲痛悼之，每思生二子，则以一子为兄后。甫举一男，而仲妻又死。仲恐继室不恤其子，将购一妾。邻村有货婢者，仲往相之，略不称意，情绪无聊，被友人留酌，醺醉而归。

途中遇故窗友梁生，握手殷殷，邀过其家。醉中忘其已死，从之而去。入其门，并非旧第，疑而问之。答云："新移此耳。"入而谋酒，则家酿已竭，嘱仲坐待，挈瓶往沽。仲出立门外以俟之。见一妇人控驴而过，有童子随之，年可八九岁，面目神色，绝类其兄。心恻然动，急委缀之。便问童子何姓。答言："姓晏。"仲益惊，又问："汝父何名？"答言："不知。"言次，已至其门，妇人下驴入。仲执童子曰："汝父在家否？"童诺而入。顷之，一媪出窥，真其嫂也。讶叔何来。仲大悲，随之而入。见庐落亦复整顿。因问："兄何在？"曰："责负未归。"问："跨驴何人？"曰："此汝兄妾甘氏，生两男矣。长阿大，赴市未返；汝所见者阿小。"坐久，酒渐解，始悟所见皆鬼。以兄弟情切，即亦不惧。

嫂温酒治具。仲急欲见兄，促阿小觅之。良久，哭而归曰："李家负欠不还，反与父闹。"仲闻之，与阿小奔而去。见有两人方捽兄地上。仲怒，奋拳直入，当者尽踣。急救兄起，敌已俱奔。追捉一人，捶楚无算，始起。执兄手，顿足哀泣；兄亦泣。既归，举家慰问，乃具酒食，兄弟相庆。

居无何，一少年入，年约十六七。伯呼阿大，令拜叔。仲挽之，哭向兄曰："大哥地下有两男子，而坟墓不扫；弟又子少而鳏，奈何?”伯亦凄恻。嫂谓伯曰：“遣阿小从叔去，亦得。”阿小闻之，依叔肘下，眷恋不去。仲抚之，倍益酸辛。问：“汝乐从否?”答云：“乐从。”仲念鬼虽非人，慰情亦胜无也，因为解颜。伯曰：“从去，但勿娇惯，宜啖以血肉，驱向日中曝之，午过乃已。六七岁儿，历春及夏，骨肉更生，可以娶妻育子；但恐不寿耳。”言间，门外有少女窥听，意致温婉。仲疑为兄女，便以问兄。兄曰：“此名湘裙，吾妾妹也。孤而无归，寄养十年矣。”问：“已字否?”伯云：“尚未。近有媒议东村田家。”女在窗外小语曰：“我不嫁田家牧牛子。”仲颇有动于中，而未便明言。既而伯起，设榻于斋，止弟宿。仲雅不欲留，而意恋湘裙，将设法以窥兄意，遂别兄就榻。

时方初春，气候犹寒，斋中夙无烟火，森然起粟。对烛冷坐，思得小饮。俄而阿小推扉入，以杯羹斗酒置案上。仲喜极，问谁之为。答云：“湘姨。”酒将尽，又以灰覆盆火，掷床下。仲问：“爷娘寝乎?”曰：“睡已久矣。”“汝寝何所?”曰：“与湘姨共榻耳。”阿小俟叔眠，乃掩门去。仲念湘裙惠而解意，益爱慕之；又以其能抚阿小，欲得之心益坚。辗转床头，终夜不寝。早起，告兄曰：“弟孑然无偶，烦大哥留意也。”伯曰：“吾家非一瓢一担者，物色当自有人。地下即有佳丽，恐于弟无所利益。”仲曰：“古人亦有鬼妻，何害?”伯似会意，便言：“湘裙亦佳。但以巨针刺人迎，血出不止者，乃可为生人妻，何得草草。”仲曰：“得湘裙抚阿小，亦得。”

伯但摇首。仲求之不已。嫂曰："试捉湘裙强刺验之，不可乃已。"遂握针出。门外遇湘裙，急捉其腕，则血痕犹湿，盖闻伯言时，早自试之矣。嫂释手而笑，反告伯曰："渠作有意乔才久矣，尚为之代虑耶？"妾闻之怒，趋近湘裙，以指刺眶而骂曰："淫婢不羞！欲从阿叔奔去耶？我定不如其愿！"湘裙愧愤，哭欲觅死，举家腾沸。仲乃大惭，别兄嫂，率阿小而出。兄曰："弟姑去；阿小勿使复来，恐损其生气也。"仲诺之。

既归，伪增其年，托言兄卖婢之遗腹子。众以其貌酷类，亦信为伯遗体。仲教之读，辄遣抱一卷就日中诵之。初以为苦，久而渐安。六月中，几案灼人，而儿戏且读，殊无少怨。儿甚惠，日尽半卷，夜与叔抵足，恒背诵之。仲甚慰。又以不忘湘裙，故不复作"燕楼"想矣。

一日，双媒来为阿小议婚，中馈无人，心甚躁急。忽甘嫂自外入曰："阿叔勿怪，吾送湘裙至矣。缘婢子不识羞，我故挫辱之。叔如此表表，而不相从，更欲从何人者？"见湘裙立其后，心甚欢悦。肃嫂坐；具述有客在堂，乃趋出。少间复入，则甘氏已去。湘裙卸妆入厨下，刀砧盈耳矣。俄而肴胾罗列，烹饪得宜。客去，仲入，见湘裙凝妆坐室中，遂与交拜成礼。至晚，女仍欲与阿小共宿。仲曰："我欲以阳气温之，不可离也。"因置女别室，惟晚间杯酒一往欢会而已。

湘裙抚前子如己出，仲益贤之。一夕，夫妻款洽，仲戏问："阴世有佳人否？"女思良久，答言："未见。

惟邻女葳灵仙，群以为美；顾貌亦犹人，要善修饰耳。与妾往还最久，心中窃鄙其荡也。如欲见之，顷刻可致。但此等人，未可招惹。”仲急欲一见。女把笔似欲作书，既而掷管曰：“不可，不可！”强之再四，乃曰：“勿为所惑。”仲诺之。遂裂纸作数画若符，于门外焚之。

少时，帘动钩鸣，吃吃作笑声。女起曳入，高髻云翘，殆类画图。扶坐床头，酌酒相叙间阔。初见仲，犹以红袖掩口，不甚纵谈；数盏后，嬉狎无忌，渐伸一足压仲衣。仲心迷乱，不知魂之所舍。目前惟碍湘裙；湘裙又故防之，顷刻不离于侧。葳灵仙忽起，搴帘而出；湘裙从之，仲亦从之。葳灵仙握仲，趋入他室。湘裙甚恨，而无可如何，愤然归室，听其所为而已。既而仲入，湘裙责之曰：“不听我言，后恐却之不得耳。”仲疑其妒，不乐而散。次夕，葳灵仙不召自来。湘裙甚厌见之，傲不为礼；仙竟与仲相将而去。如此数夕。女望其来，则诟辱之，而亦不能却也。月余，仲病不起，始大悔，唤湘裙与共寝处，冀可避之；昼夜防稍懈，则人鬼已在阳台。湘裙操杖逐之，鬼忿与争，湘裙荏弱，手足皆为所伤。仲寖以沉困。湘裙泣曰：“吾何以见吾姊矣！”又数日，仲冥然遂死。

初见二隶执牒入，不觉从去。至途患无资斧，邀隶便道过兄所。兄见之，惊骇失色，问：“弟近何作？”仲曰：“无他，但有鬼病耳。”实告之。兄曰：“是矣。”乃出白金一裹，谓隶曰：“姑笑纳之。吾弟罪不应死，请释归，我使豚子从去，或无不谐。”便唤阿大陪隶饮。反身入家，遍告以故。乃令甘氏隔壁唤葳灵仙。俄至，见仲欲遁。伯揪返骂曰："淫婢！生为荡妇，死为贱鬼，不齿群众久矣；又祟吾弟耶！"立批之，云鬟蓬飞，妖容顿减。久之，一妪来，伏地哀恳。伯又责妪纵女宣淫，诃詈移时，始令与女俱去。伯乃送仲出，飘忽间已抵家门，直抵卧室，豁然若寤，始知适间之已死也。

伯责湘裙曰："我与若姊，谓汝贤能，故使从吾弟；反欲促吾弟死耶！设非名分之嫌，便当挞楚！"湘裙惭惧啜泣，望伯伏谢。伯顾阿小喜曰："儿居然生人矣！"湘裙欲出作黍，伯辞曰："弟事未办，我不遑暇。"阿小年十三，渐知恋父；见父出，零涕从之。父曰："从叔最乐，我行复来耳。"转身遂逝，自此不复通闻问矣。

后阿小娶妇，生一子，亦年三十而卒。仲抚其孤，如侄生时。仲年八十，其子二十余矣，乃析之。湘裙无所出。一日，谓仲曰："我先驱狐狸于地下可乎？"盛妆上床而殁。仲亦不哀，半年亦殁。

异史氏曰：天下之友爱如仲，几人哉！宜其不死而益之以年也。阳绝阴嗣，此皆不忍死兄之诚心所格；在人无此理，在天宁有此数乎？地下生子，愿承前业者，想亦不少；恐承绝产之贤兄贤弟，不肯收恤耳！

【译文】

晏仲，陕西延安人。他与大哥晏伯共同生活，兄弟友爱，真诚深厚。晏伯三十岁就去世了，没有后代，他妻子也相继去世。晏仲沉痛哀悼他们，常想生两个儿子，就把一个过继在大哥名下。可是，他刚生了个男孩，自己的妻子又去世了。晏仲怕再娶的妻子不怜惜前妻生的孩子，准备买个小妾。邻村有卖婢女的，晏仲去相看，一点都不称心，情绪无聊，被朋友留下喝酒，醉醺醺的回家。

途中遇到老同学梁生，恳切地握住他手，请他到自己家去。晏仲醉中忘记梁生已死了，跟了他走。进了门，并不是原先的住宅，疑惑地动问，梁生回答说："新搬到这里来的。"进屋打算备酒，家酿的酒一点也没了，梁生请晏仲坐等片刻，自己拿着酒瓶去打。晏仲走出门外站着等候。看见一个妇女骑驴走过，有个小孩跟着，年纪大约八九岁，面貌神色，极像他的哥哥。晏仲心里一动，悲从中来，急忙尾随在后。就问孩子姓什么。回答："姓晏。"晏仲更惊奇了，又问："你父亲叫什么名字?"回答说："不知道。"说着，已到他家门口，妇人下驴进屋。晏仲拉住孩子问："你父亲在家吗?"孩子回答一声也进去了。一会儿，一个老妇人出来张望，真是他嫂嫂。嫂嫂惊讶晏仲为什么来了。晏仲悲伤极了，随嫂嫂进门。看到院落也很齐整，晏仲便问："哥哥在哪里?"嫂嫂说："催欠账还没回来。"晏仲又问："骑驴的是谁?"嫂嫂说："这是你哥的小妾甘氏，生两个男孩了。大的叫阿大，赶集没返回；你见到的叫阿小。"晏仲坐了好久，酒性渐渐退了，开始明白自己见到的都是鬼。但因为兄弟之间情深意切，倒也不怕。

嫂子忙着温酒，准备设宴。晏仲急于要见哥哥，催促阿小去找。过了好久，阿小哭着回来说："李家欠债不还，反而与父亲吵闹。"晏仲听说，与阿小跑去。看见两个人正把哥哥摔倒在地上。晏仲大怒，挥拳直奔上去，抵挡的全都跌倒。晏仲急忙救起哥哥，对手都一同逃走了。晏仲追上去抓住一个，把他捶打了好久才直起身来，拉着哥哥的手，顿着脚哀哭，他哥哥也泣不成声。回到哥哥家里，全家上前慰问，就备了酒菜，兄弟俩互相祝酒庆贺。

不久，一个少年进来，年纪约有十六七岁。晏伯喊他阿大，令他拜见叔叔。晏仲搀起阿大，哭着对哥哥说："大哥在阴间有两个儿子，可是没有人扫墓；我只有一个儿子，又鳏居，怎么办呢?"晏伯也伤感起来。嫂子对晏伯说："让阿小跟叔叔去，也行。"阿小听了，偎倚到叔叔臂下，依恋着不离开。晏仲抚摸着他，心里倍加辛酸。问阿小："你乐意随我去吗?"阿小回答说："乐意去。"晏仲心想，鬼虽然不是人，感情上有所安慰总比没有强，因此脸色就高兴了。晏伯说："阿小跟了你去，只是不要娇惯他，该给他吃荤的，赶他到太阳底下晒着，过了中午才算完。六七岁的小儿，经过春夏两季，骨肉重新长出来，将来可以娶妻生养儿子；只是怕寿不长啊。"正谈说间，门外有个少女来窥望听他们说话，神态柔美温顺。晏仲疑心她是哥哥的女儿，便问哥哥。哥哥说："这女孩叫湘裙，我小妾的妹子。她孤苦伶仃，无家可归，寄养这里十年了。"晏仲问："订婚没有?"晏伯说："还没有。最近有媒人来说过东村田家。"湘裙在窗外小声说："我不嫁给田家放牛的。"晏仲很有点动心，而不便明说。一会儿晏伯起身，在书房里安放了床，留弟弟过夜。晏仲很不想留宿，可是心里恋着湘裙，准备设法探探哥哥的口气，就向哥哥道了晚安上床。

当时正是初春，气候还寒冷，书房中平常不生炉子，阴森森的使人起鸡皮疙瘩。晏仲面对烛光，冷清清地坐着，心想能喝点酒多好。不大会儿，阿小推门进来，把一碟菜一碗酒放在茶几上。晏仲高兴极了，问是谁给做的。阿小回答说："湘姨。"酒快喝完时，阿小又用灰覆盖炭盆里的火，把炭盆移置床下。晏仲问阿小："你爹娘睡了吗?"回答说："已睡下好久了。"又问："你睡在哪儿?"回答说："与湘姨一起睡。"阿小等叔叔睡下，才轻轻地把门带上离开。晏仲想到湘裙聪明而且善解人意，对她更爱慕；又因为她能够抚育阿小，要获得她的决心更坚定。晏仲在床上辗转反侧，一夜不眠。一早起床，对哥哥说："弟孤单丧偶，烦大哥留意啊。"晏伯说："我们也不是只有一个瓢儿一担家什的人家，当然会物色到合适的人。阴间即使有漂亮的，怕对你没有什么好处。"晏仲说："传说古人也有鬼妻，有什么害处?"晏伯似乎会意，就说："湘裙倒也挺好。只是用巨针刺左关穴位出血不止的，才可做活人的妻子，怎么可以草率。"晏仲说："得湘裙来抚育阿小，也行。"晏伯只是摇头不允。晏仲不断向哥哥恳求。嫂子说："不妨把湘裙捉来，强行刺一下试试，不行的话就作罢。"就拿了巨针走出去。在门外遇到湘裙，她急忙抓住湘裙的手腕，却发现血痕还是湿的，原来她听晏伯说的时候，早已自己试验过了。嫂子松手笑了起来，返身告诉晏伯说："湘裙她'假正经'好久了，还用为她担心吗?"晏伯的小妾甘氏听了很恼火，快步走近湘裙，用手指戳着她的眼皮骂道：

"下贱的丫头不知羞！想跟阿叔私奔吗？我一定不让你如愿！"湘裙又羞又气，哭着要寻死，全家都闹腾起来。于是晏仲觉得很惭愧，向兄嫂告别了，领了阿小出门。晏伯说："弟弟你暂且离去吧；不要让阿小再回来，怕损了他的阳气啊。"晏仲答应了。

晏仲回到家里，往大里虚报阿小的岁数，假托是哥哥家卖掉的丫环所生的遗腹子。大家因阿小相貌酷似他父亲，也就相信是晏伯的遗腹子了。晏仲教阿小读书，往往让他捧一本书到太阳下朗读。阿小开始觉得苦，长久下来也渐渐习惯了。六月里，书桌烫人，而阿小在太阳下戏耍读书，没有一点怨言。阿小很聪明，每天读完半卷书，夜里与叔叔抵足而睡，常能背得上来。晏仲感到很欣慰。又因为忘不了湘裙，所以不再像唐朝的张愔那样，作燕子楼纳舞妓关盼盼为妾之想了。

一天，两个媒人上门来替阿小议婚，晏仲家里没有人做饭，他心里烦躁着急得很。忽然，甘氏嫂子从外进来，说："阿叔不要见怪，我送湘裙来了。只因这丫头不知羞耻，我故意使她受点挫折和屈辱。阿叔这样特出的人，她不来相从，还要想跟什么样的人呢？"晏仲看见湘裙站在甘氏的背后，心里很喜欢。晏仲恭敬地请甘氏嫂子坐下；告诉她客厅有客人，就赶快走了出去。一会儿又回房间，甘氏已经走了。湘裙卸妆进了厨房，菜刀砧板响声充耳。不一会儿，鱼肉烧好摆到桌上，烹饪得当。客人走后，晏仲进房，看到湘裙盛妆端坐室内，就与她交拜成礼。到了晚上，湘裙仍旧要和阿小一起睡。晏仲说："我要用阳气使他暖和，不能离开。"因此在别的房间安置了湘裙，只在晚上到她房间去一次，喝杯酒欢聚一下而已。

湘裙抚育晏仲前妻所生的儿子，像亲生的一样，晏仲更觉得她好。一天晚上，夫妻欢合，晏仲开玩笑问："阴间有没有美人儿？"湘裙想了好久，回答说："没见过。只有邻居的女儿葳灵仙，大家认为她美；看容貌也和平常人相似，主要善于打扮罢了。她与我来往时间最久了，但我内心瞧不起她的放荡。如想见她，立刻能叫来。不过这种人，不能招惹。"晏仲急着想见一见。湘裙拿起笔，像要写字，一会儿扔下笔说："不行，不行！"晏仲一个劲儿要她写，湘裙就说："不要被她迷住。"晏仲答应了。湘裙就撕张纸，画了几个像符的东西，在门外烧了。

不多时，门帘动，帘钩响，听到吃吃的笑声。湘裙起身拉蕙灵仙进来，高高的发髻，插戴着珠饰，几乎像画中人一般。湘裙扶她坐在床头，斟上酒，叙谈分别后的情况。蕙灵仙刚见到晏仲时，还用红袖遮住嘴，不怎么随意讲话；喝下几杯酒以后，轻狂放荡起来，毫无顾忌，渐渐伸出一只脚来踩住晏仲的衣角。晏仲心神迷乱，魂儿不知飞到哪儿去了，眼前只是碍着湘裙；而湘裙又故意防范，顷刻不离左右。蕙灵仙忽然站起，掀帘而去；湘裙跟在她后面，晏仲也跟着。蕙灵仙一把握住晏仲的手，急忙进了另一个房间。湘裙很恨，可是没有办法，气愤地回到自己的房间，听任他们去干他们的。不久，晏仲进来，湘裙责备他说："不听我的话，今后恐怕要推也推不掉了。"晏仲疑心湘裙吃醋，不欢而散。第二天，蕙灵仙不招自来，湘裙很讨厌看见她，傲然不施礼；蕙灵仙竟和晏仲一同离她而去了。这样几夜。湘裙看到她来，就辱骂她，但也推不掉她。一个多月后，晏仲病得起不来了，才大为后悔，喊湘裙和他一起睡，希望能够躲避她；湘裙昼夜防范，稍有松懈，晏仲和蕙灵仙就又在合欢了。湘裙操起棍子赶她，蕙灵仙忿然与她相争，湘裙体弱力薄，手脚都被打伤。晏仲渐渐病重，湘裙哭着说："我怎么见我姐姐呢！"又过了几天，晏仲昏死过去。

起初，晏仲看见两个差役手持文书进来，他不知不觉跟着走了。到路上，晏仲担心没有盘缠，请差役顺路弯到他哥哥家。晏伯见到弟弟，大惊失色，问："你近来做什么了？"晏仲说："没有别的，只是患了鬼迷病吧。"把实情告诉了哥哥。晏伯说："这就是了。"便拿出一包银子，对差役说："姑且笑纳。我弟弟罪不该死，请放他回家，我派儿子跟你们去，或许没什么不合适。"便叫阿大陪差役去喝酒。自己返身回家，把事儿给家里人一一说了。就叫甘氏隔着墙喊蕙灵仙。一会儿来了，看见晏仲，就想逃。晏伯把她揪回来，骂道："淫丫头！活着是荡妇，死了做贱鬼，不把你当个东西已经久了；还迷惑我弟弟吗！"当即搧她耳光，打得她云鬓篷散，妖冶的容貌顿时减色。打骂了好久，一个老妇人进来，伏在地上哀求。晏伯又责备老妇人纵容女儿作下流事，斥骂了好一会儿，才叫她与蕙灵仙都滚回去。

晏伯就送晏仲出去，飘忽间已到达自己家门，晏仲径直进了卧室，像睡醒一样豁然明白过来，这才知道刚才自己已死了。晏伯责备湘裙说："我和你姐姐都说你贤惠能干，所以送你来跟随我弟弟，反而要促使我弟弟死吗！假如不是有弟媳名分的关系，就该痛打你一顿！"湘裙既惭愧又害怕，哭着向晏伯跪下谢罪。晏伯看看阿小，转而高兴起来，说："孩子居然是个活人了！"湘裙想去做饭，晏伯推辞说："弟弟的事没有办完，我没有空闲。"阿小已十三岁，渐渐懂得依恋父亲；看见父亲出去，流着泪跟在后面。晏伯说："跟着叔叔最快活，我以后会再来的。"一转身就不见了。从此以后再也没有消息了。

后来阿小长大娶妻，生下一个儿子，也在三十岁那年死了。晏仲抚养他的孤儿，和阿小在世时一样精心。晏仲活到八十岁，阿小的儿子二十多岁了，就分家给他独立门户。湘裙一直没有生育。一天，她对晏仲说："我先到阴世去为你安排归宿，可以吗？"盛妆上床后就死了。晏仲也不哀痛，半年后他也去世。

异史氏说：天下人兄弟间友爱像晏仲的，有几个呢！所以该他不死而增加寿命。在世无子，死后生子送到人间来承继香火，这都是不忍兄长去世的诚心所致；在人没有这个理，在天难道有这种规矩吗？死后生子，希望他继承生前产业的，想来也不少；怕继承了绝房产业的好兄好弟们，不肯收留抚养吧！

三　生

湖南某，能记前生三世。一世为令尹，闱场入帘。有名士兴于唐被黜落，愤懑而卒，至阴司执卷讼之。此状一投，其同病死者以千万计，推兴为首，聚散成群。某被摄去，相与对质。阎罗便问："某既衡文，何得黜佳士而进凡庸？"某辨言："上有总裁，某不过奉行之耳。"阎罗即发一签，往拘主司。久之，勾至。阎罗即述某言。

主司曰："某不过总其大成；虽有佳章，而房官不荐，吾何由而见之也?"阎罗曰："此不得相诿，其失职均也，例合笞。"方将施刑，兴不满志，戛然大号；两墀诸鬼，万声鸣和。阎罗问故，兴抗言曰："笞罪太轻，是必掘其双睛，以为不识文之报。"阎罗不肯，众呼益厉。阎罗曰："彼非不欲得佳文，特其所见鄙耳。"众又请剖其心。阎罗不得已，使人褫去袍服，以白刃劙胸，两人沥血鸣嘶。众始大快，皆曰："吾辈抑郁泉下，未有能一伸此气者；今得兴先生，怨气都消矣。"哄然遂散。

某受剖已，押投陕西为庶人子。年二十余，值土寇大作，陷入贼中。有兵巡道往平贼，俘掳甚众，某亦在中。心犹自揣非贼，冀可辨释。及见堂上官，亦年二十余，细视，乃兴生也。惊曰："吾合尽矣!"既而俘者尽释，惟某后至，不容置辨，竟斩之。某至阴司投状讼兴。阎罗不即拘，待其禄尽，迟之三十年，兴始至，面质之。兴以草菅人命，罚作畜。稽某所为，曾挞其父母，其罪维均。某恐来生再报，请为大畜。阎罗判为大犬，兴为小犬。

某生于北顺天府市肆中。一日，卧街头，有客自南中来，携金毛犬，大如狸。某视之，兴也。心易其小，龁之。小犬咬其喉下，系缀如铃。大犬摆扑嗥窜，市人解之不得。俄顷，俱毙。并至冥司，互有争论。阎罗曰："冤冤相报，何时可已。今为若解之。"乃判兴来世为某婿。某生庆云，二十八举于乡。生一女，娴静娟好，世族争委禽焉。某皆弗许。偶过临郡，值学使发落诸生，其第一卷李姓，实兴也。遂挽至旅舍，优厚之。问其家，适无偶，遂订姻好。人皆谓某怜才，而不知有夙因也。既而娶女去，相得甚欢。然婿恃才辄侮翁，恒隔岁不一至其门。翁亦耐之。后婿中岁偃蹇，苦不得售，翁百计为之营谋，始得志于名场。由此和好如父子焉。

异史氏曰：一被黜而三世不解，怨毒之甚至此哉！阎罗之调停固善；然墀下千万众，如此纷纷，勿亦天下之爱婿，皆冥中之悲鸣号动者耶？

【译文】

湖南某人，能记得前生三世的事情。一世做县官，科考时任同考官，参加阅卷。有个名士叫兴于唐，落选了，气愤郁闷而死，到阴曹地府拿了试卷告某人的状。这张状子一投呈，同病而死的成千上万，推兴于唐为首领，聚散成群。某人的魂被摄走，在阴曹地府当面对质。阎罗王就问："某人，你既然评判文章，怎么能贬黜优等生而录取平庸之辈呢？"某人辩白说："上头有总裁，我不过奉命行事罢了。"阎罗王即刻签发一张传票，去把主考官拘来。好久，主考官押到。阎罗王就把某人的口供叙述了一遍。主考官说："我不过是总其大成；虽然有好文章，阅卷官不推荐上来，我从哪儿去看到呢？"阎罗王说："这事不得互相推诿，都同样失职，按例应受笞刑。"正准备施刑，兴于唐不满意，突然大叫起来，台阶两边的许多怨死鬼，齐声附和。阎罗王问什么缘故，兴于唐抗声答道："笞刑抵罪太轻，一定要挖他们的眼珠，作为不识文章好坏的报应。"阎罗不同意，众鬼呼叫更加厉害。阎罗王说："他们不是不想得到好文章，只是见识浅陋罢了。"众怨鬼又请求剖他俩的心。阎罗王不得已，叫鬼差剥掉他们的官服，用雪亮的刀划开胸膛，顿时血流如注，两人嘶声号叫。众鬼才心中大快，都说："我们抑郁而死，九泉之下，没有能为我们申一申冤气的；如今靠兴先生，怨气全消了。"一哄而散。

某人受了剖心刑罚后，被押送到陕西投胎做平民的儿子。二十多岁，正遇上土匪闹得很凶，某人陷入土匪窝中。有一支巡兵前往讨匪，俘虏了很多人，某人也在其中。他心里还揣摩自己不是贼，希望可以辩白获释。等见到公堂的官，也不过二十多岁，细看原来是兴于唐。某人吃惊地说："这一下我该完蛋了！"后来被俘的人都释放了，只有某人最后押上堂，不容分说，竟然被斩首。某人到地府递上状子，起诉兴于唐。阎罗王并不立即去拘捕，要等他享完应得的官禄，拖了三十年，他才到案，公堂上当面对质。兴于唐因为草菅人命，罚作畜牲。阎罗王审查某人的所作所为，曾经打过父母，判他的罪和兴于唐一样。某人怕来世再遭报复，请求罚做大的畜牲。阎罗王判某人做大狗，兴于唐做小狗。

某人在北京一个店铺里出世。一天，在街头躺着，有个从南方来的过客，牵了一只金毛犬，像狸那么大小。某人看它，是兴于唐。心里轻视它个儿小，就上前咬它。小狗咬住大狗的喉咙死死不放，像脖子上系的铃铛一样甩不掉。大狗摆动扑打，嗥叫蹿跳，市民无法把它们分开。一会儿都死了。一同来到阴府，互相争论。阎罗王说："冤冤相报，何时得了。今天替你们解决冤仇。"于是判兴于唐来世做某人的女婿。某人转世生在庆云县，二十八岁时在乡试中考上了举人，他生了一个女儿，娴静美丽，世家大族争相求婚。某人都不应允。偶然路过邻郡，正碰上学政官宣布考生录取名单，第一名姓李，就是兴于唐转世。某人就拉他来到旅馆，盛情款待。询问他的家世，正巧他没有婚配，就把女儿许婚给他。人们都认为某人爱才，而不知有前世的因缘在。不久，李生娶了某人的女儿去，夫妻间融洽欢快。但是女婿自恃有才，就轻慢岳父，常常隔个一年半载都不登门一次。岳父也容忍他。后来女婿中年生活困顿，苦于不能高中做官，岳父千方百计为他钻营谋求，这才科场得志。从此翁婿和好如同父子了。

异史氏说：一次遭到贬黜，就结怨三世不能和解，怨仇的危害竟到这种地步！阎罗王的调停办法固然很好；但台阶下怨鬼多到成千上万，不也就是说天下的爱婿都是地府中悲呼号哭的怨鬼吗？

长　亭

石太璞，泰山人，好厌禳之术。有道士遇之，赏其慧，纳为弟子。启牙签，出二卷，上卷驱狐，下卷驱鬼，乃以下卷授之，曰："虔奉此书，衣食佳丽皆有之。"问其姓名，曰："吾汴城北村玄帝观王赤城也。"留数日，尽传其诀。石由此精于符箓，委贽者踵接于门。

一日，有叟来，自称翁姓，炫陈币帛，谓其女鬼病已殆，必求亲诣。

石闻病危，辞不受贽，姑与俱往。十余里入山村，至其家，廊舍华好。入室，见少女卧縠幛中，婢以钩挂幛。望之年十四五许，支缀于床，形容已槁。近临之，忽开目云："良医至矣。"举家皆喜，谓其不语已数日矣。石乃出，因诘病状。叟言："白昼见少年来，与共寝处，捉之已杳，少间复至，意其为鬼。"石曰："其鬼也，驱之匪难，恐其是狐，则非余所敢知矣。"叟云："必非必非。"石授以符，是夕宿于其家。

夜分，有少年入，衣冠整肃。石疑是主人眷属，起而问之。曰："我鬼也。翁家尽狐。偶悦其女红亭，姑止焉。鬼为狐祟，阴骘无伤，君何必离人之缘而护之也？女之姊长亭，光艳尤绝。敬留全璧，以待高贤。彼如许字，方可为之施治；尔时我当自去。"石诺之。是夜，少年不复至，女顿醒。天明，叟喜，以告石，请石入视。石焚旧符，乃坐诊之。见绣幕有女郎，丽若天人，心知其长亭也。诊已，索水洒幛。女郎急以碗水付之，蹀躞之间，意动神流。石生此际，心殊不在鬼矣。出辞叟，托制药去，数日不返。

鬼益肆，除长亭外，子妇婢女，俱被淫惑。又以仆马招石，石托疾不赴。明日，叟自至。石故作病股状，扶杖而出。叟拜已，问故。曰："此鳏之难也！曩夜婢子登榻，倾跌，堕汤夫人泡两足耳。"叟问："何久不续？"石曰："恨不得清门如翁者。"叟默而出。石走送曰："病瘥当自至，无烦玉趾也。"又数日，叟复来；石跛而见之。叟慰问三数语，便曰："顷与荆人言，君如驱鬼去，使举家安枕，小女长亭，年十七矣，愿遣奉事君子。"石喜，顿首于地。乃谓叟："雅意若此，病躯何敢复爱。"立刻出门，并骑而去。入视祟者既毕，石恐背约，请与媪盟。媪遽出曰："先生何见疑也？"即以长亭所插金簪，授石为信。石朝拜之。已，乃遍集家人，悉为祓除。惟长亭深匿无迹；遂写一佩符，使人持赠之。是夜寂然，鬼影尽灭，惟红亭呻吟未已，投以法水，所患若失。

石欲辞去，叟挽止殷恳。至晚，肴核罗列，劝酬殊切。漏二下，主人乃辞客去。石方就枕，闻叩扉甚急；起视，则长亭掩入，辞气仓皇，言："吾家欲以白刃相仇，可急遁！"言已，径返身去。石战惧无色，越垣急窜。遥见火光，疾奔而往，则里人夜猎者也。喜。待猎毕，乃与俱归。心怀怨愤，无之可伸，思欲之汴寻赤城，而家有老父，病废已久，日夜筹思，莫决进止。

忽一日，双舆至门，则翁媪送长亭至，谓石曰：“曩夜之归，胡再不谋?”石见长亭，怨恨都消，故亦隐而不发。媪促两人庭拜讫。石将设筵，辞曰：“我非闲人，不能坐享甘旨。我家老子昏髦，倘有不悉，郎肯为长亭一念老身，为幸多矣。”登车遂去。盖杀婿之谋，媪不之闻；及追之不得而返，媪始知之。颇不能平，与叟日相诟谇；长亭亦饮泣不食。媪强送女来，非翁意也。长亭入门，诘之，始知其故。

过两三月，翁家取女归宁。石料其不返，禁止之。女自此时一涕零。年余，生一子，名慧儿，买乳媪哺之。然儿善啼，夜必归母。一日，翁家又以舆来，言媪思女甚。长亭益悲，石不忍复留之。欲抱子去，石不可，长亭乃自归。别时，以一月为期，既而半载无耗。遣人往探之，则向所僦宅久空。又二年余，望想都绝；而儿啼终夜，寸心如割。既而石父病卒，倍益哀伤；因而病惫，苫次弥留，不能受宾朋之吊。方昏愦间，忽闻妇人哭入。视之，则缞绖者长亭也。石大悲，一恸遂绝。婢惊呼，女始辍泣，抚之良久，始渐苏。自疑已死，谓相聚于冥中。女曰：“非也。妾不孝，不能得严父心，尼归三载，诚所负心。适家人由海东经此，得翁凶问。妾遵严命而绝儿女之情，不敢循乱命而失翁媳之礼。妾来时，母知而父不知也。”言间，儿投怀中。言已，始抚之，泣曰：“我有父，儿无母矣！”儿亦噭啕，一室掩泣。

女起，经理家政，柩前牲盛洁备，石乃大慰。而病久，急切不能起。女乃请石外兄款洽吊客。丧既闭，石始杖而能起，相与营谋斋葬。葬已，女欲辞归，以受背父之谴。夫挽儿号，隐忍而止。未几，有人来告母病。乃谓石曰：“妾为君父来，君不为妾母放令去耶？”石许之。女使乳媪抱儿他适，涕洟出门而去。去后，数年不返，石父子渐亦忘之。

一日，昧爽启扉，则长亭飘入。石方骇问，女戚然坐榻上，叹曰：“生长闺阁，视一里为遥；今一日夜而奔千里，殆矣！”细诘之，女欲言复止。请之不已，哭曰：“今为君言，恐妾之所悲，而君之所快也。迩年徙居晋界，僦居赵搢绅之第。主客交最善，以红亭妻其公子。公子数逋荡，家庭颇不相安。妹归告父；父留之，半年不令还。公子忿恨，不知何处聘一恶人来，遣神绾锁，缚老父去，一门大骇，顷刻四散矣。”石闻之，笑不自禁。女怒曰：“彼虽不仁，妾之父也。妾与君琴瑟数年，止有相好而无相尤。今日人亡家败，百口流离，即不为父伤，宁不为妾吊乎！闻之忭舞，更无片语相慰藉，何不义也！”拂袖而出。石追谢之，亦已渺矣。怅然自悔，拚已决绝。

过二三日，媪与女俱来，石喜慰问。母子俱伏。惊而询之，母子俱哭。女曰：“妾负气而去，今不能自坚，又欲求人，复何颜矣！”石曰：“岳固非人；母之惠，卿之情，所不忘也。然闻祸而乐，亦犹人情，卿何不能暂忍？”女曰：“顷于途中遇母，始知絷吾父者，盖君师也。”石曰：“果尔，亦大易。然翁不归，则卿之父子离散；恐翁归，则卿之夫泣儿悲也。”媪矢以自明，女亦誓以相报。

石乃即刻治任如汴，询至玄帝观，则赤城归未久。入而参之。便问："何来？"石视厨下一老狐，孔前股而系之。笑曰："弟子之来，为此老魅。"赤城诘之，曰："是吾岳也。"因以实告。道士谓其狡诈，不肯轻释。固请，乃许之。石因备述其诈，狐闻之，塞身入灶，似有惭状。道士笑曰："彼羞恶之心，未尽亡也。"石起，牵之而出，以刀断索抽之。狐痛极，齿龈龈然。石不遽抽，而顿挫之，笑问曰："翁痛之，勿抽可耶？"狐睛睒炯，似有愠色。既释，摇尾出观而去。石辞归。

三日前，已有人报叟信，媪先去，留女待石。石至，女逆而伏。石挽之曰："卿如不忘琴瑟之情，不在感激也。"女曰："今复迁还故居矣，村舍邻迩，音问可以不梗。妾欲归省，三日可旋，君信之否？"曰："儿生而无母，未便殇折。我日日鳏居，习已成惯。今不似赵公子，而反德报之，所以为卿者尽矣。如其不还，在卿为负义，道里虽近，当亦不复过问，何不信之与有？"女次日去，二日即返。问："何速？"曰："父以君在汴曾相戏弄，未能忘怀，言之絮絮；妾不欲复闻，故早来也。"自此闺中之往来无间，而翁婿间尚不通吊庆云。

异史氏曰：狐情反复，谲诈已甚。悔婚之事，两女而一辙，诡可知矣。然要而婚之，是启其悔者已在初也。且婿既爱女而救其父，止宜置昔怨而仁化之；乃复狎弄于危急之中，何怪其没齿不忘也！天下有冰玉之不相能者，类如此。

【译文】

石太璞是泰山人，喜好压邪消灾的法术。有个道士遇到他，赏识他的聪明，收为弟子。打开古装书的套封，拿出两卷书，上卷讲驱狐，下卷讲驱鬼，道士就把下卷给他，说：“虔诚地遵奉这卷书，吃的穿的漂亮的媳妇都有了。”太璞问师父姓名，道士说：“我是汴城北村玄帝观的王赤城。”太璞留师父住了几天，把全部驱鬼的口诀都学到了。石太璞从此精通画符念咒，送礼来求他的人接踵登门。

一天，有个老人前来，自称姓翁，把送礼的钱物显眼地摆开，说他女儿得了鬼病快要死了，一定请太璞亲自到。太璞听说病危，推辞不肯收礼，姑且与老人同去一趟。走了十多里路，进山村到了老人的家，房子很华丽。进了内室，见一个少女躺在纱帐内，丫环用帐钩把帐门挂起，看上去年纪大约十四五岁，着床不起，形容枯槁。临近看看，她忽然睁开眼说：“良医来了。”全家都高兴起来，说她已好几天不说话了。太璞于是走出内室，询问病状。老人说：“她白天看到有个少年来，与她同床共寝。想要捉他就不见了。过一会又来。想来是个鬼。”太璞说：“是鬼的话，驱赶他不难；怕他是狐狸精，那么就不是我能知道的了。”老人说：“绝对不是，绝对不是。”太璞把符箓交给他，这一夜就在他家里住了下来。

半夜，有个少年进来，衣帽端正整齐。太璞猜想是主人的家属，起身问候。他说：“我是鬼。老头儿一家都是狐狸精。我偶然欢喜上他家的女儿红亭，暂时留在这里。鬼给狐狸精作祟，不伤阴骘，你何必拆散别人的姻缘来保护它们呢？红亭的姐姐长亭，那漂亮更是绝了。我没招惹过她，为的是等你。如果老头子答应把长亭许配给你，方才可以替他们治疗；那时我会自动离开。”太璞答应下来。这一夜，鬼没有再来，红亭顿时清醒过来。天亮后，老人心里高兴，告诉了石太璞，请他进内室看看。太璞烧掉昨晚的符箓，就坐下替红亭诊治。看见锦绣屏风后有个女郎，美丽得像天仙，心里明白她就是长亭了。诊治完毕，要水洒一下帐子。那女郎急忙端来一碗水给他，小步轻移，情态动人，神采溢流。这个时候的石太璞，心思完全不在驱鬼了。他出来向老人告辞，托言去制药，好几天不来。

鬼更加放肆，除长亭外，老人的儿媳、丫环，都被奸淫迷惑。老人又派仆人用车马请石太璞，他推托有病不来。第二天，老人亲自登门。太璞故意装出腿上有病的样子，拄了拐杖出来。老人施礼后，问太璞的病因。回答说："这是鳏居的艰难啊！前几天夜里，丫环上床收拾时跌倒了，汤婆子掉落，烫了我的两只脚。"老人问："为什么长久不续弦再娶？"太璞说："恨不能找到像你家那样的清高门第。"老人默默出去。太璞跑上去送老人，说："病好了我当亲自去，不麻烦你移动玉趾了。"又过了几天，老人再次来到；太璞跛着出来相见。老人慰问了几句，便说："刚才我与妻子说，你如把鬼赶走了，使全家安宁，我女儿长亭十七岁了，愿把她嫁给你。"太璞很高兴，跪拜在地。他就对老人说："如此好意，怎敢再爱惜病体。"立刻出门，和老人一起骑马而去。太璞入内看病人已毕，怕他们说话不算数，要求与老夫人订个约。老夫人急忙出来说："你为什么怀疑呢？"随即将长亭所插的金簪，交给他作为信物。太璞拜谢过老夫人，就召集全家人，一一替他们袚除灾祸。只有长亭躲藏得连影子也找不到；太璞就画一张佩符，派人拿去送给她。这一夜安安静静，鬼的影子全消失了，只有红亭呻吟没停止，投用了法水，病患顿然若失。

太璞要告辞回家，老人挽留得殷勤而诚恳。到晚上，菜果罗列，劝酒酬谢十分热切。二更过后，老人才告辞而去。太璞刚躺下，听得敲门声很急，起来看，原来是长亭，她闪身进房，神色慌张，气急败坏地说："我家要对你白刃相向，赶快逃！"说完，径自转身而去。太璞大惊失色，翻过墙急忙逃窜。远远看见火光，狂奔过去，原来是同村人在夜猎。太璞心里一阵高兴，等他们打猎结束，才一同回家。石太璞心怀怨愤，无处可伸，心想到汴城找师父王赤城，可是家有老父，病残已久，他日夜考虑，没法决定去还是不去。

忽然有一天，两辆小车来到他家门口，原来是老夫人送长亭来了，问太璞："前些天连夜赶回，为什么不再商量商量？"太璞见到长亭，怨恨都消了，所以也就隐瞒着不讲出来。老夫人催促他们当堂交拜成礼完毕。太璞要摆酒席，老夫人辞谢说："我不是空闲人，没有口福坐享美味。我家老头子老糊涂了，如有不周之处，你肯因为长亭而想起我，我就感到有幸多了。”说完，上车就走了。原来杀婿的阴谋，老夫人事先没听说；到追不上太璞而返回时，老夫人才知道。她心中很是不平，与老头子天天吵嘴；长亭也眼泪往肚里咽，不肯吃饭。老夫人作主，硬是把女儿送来，不是老头子的意愿。长亭过门后，太璞问她，才知道其中的缘故。

过了两三个月，岳父家接长亭回家省亲。太璞料定她去而不返，禁止她回娘家。长亭从此时常落泪。过了一年多，生下个儿子，取名慧儿，雇了奶妈喂奶。但是慧儿很会哭，到晚上一定要跟着母亲。一天，岳父家又用小车来接长亭，说老夫人很思念女儿。长亭益发悲伤，太璞不忍再留她。长亭要抱儿子去，太璞不同意，长亭就独自回娘家了。告别时，讲定一个月回来，后来半年过去，毫无音讯。太璞派人去打听，原来她家早先借的房子，已长久空无一人了。这样又过了两年多，太璞绝望了；可慧儿整夜啼哭，太璞心如刀绞。不久，他父亲病死，哀伤就加倍了，因而得了重病，精疲力尽，举丧之际奄奄一息，连宾客朋友的吊唁也不能受了。正昏昏沉沉间，忽听得有个女人哭着进来。一看，披麻戴孝的女人是长亭。太璞大为伤心，因一下子过度悲痛，竟然气绝。丫环惊呼起来，长亭才停止哭泣，抚摸好久，太璞才逐渐苏醒过来。他疑心自己已死了，以为和长亭是在阴间相聚。长亭说：“不是的，我不孝，不能得到严父的欢心，三年不让我回来，对你实在负心。正好家里人从东海路经这里，得知公公去世的噩耗。我遵父命而绝儿女之情，不敢再遵错误的父命而失翁媳之礼。我来的时候，母亲知道，父亲还不知道。”正说着，慧儿扑到母亲怀里。讲完话，长亭才抚摸着儿子，哭着说：“我有父亲的话，我儿子就没有母亲了！”慧儿也嚎啕大哭，一屋子的人都在抹眼泪。

长亭起身，料理家事，公公灵柩前摆上的牲品清洁、完备，太璞才感到极大的安慰。可是病得太久，急切不能起床。长亭就请太璞的表兄接待吊唁的人。丧事办完后，太璞才能撑着拐杖起床走动，与长亭商量殡葬的事。安葬完了，长亭要告别回娘家，她是瞒着父亲前来奔丧的，回去也打算挨骂。丈夫挽留，儿子号哭，长亭暗自忍着痛苦留了下来。不久，有人来告诉说，长亭的母亲病重。她就对太璞说：“我为了你父亲来的，你不为我母亲放我回娘家吗?”太璞答应了她。长亭叫奶妈抱着儿子到别的地方玩，自己泪流满面，出门而去。走后，好几年不回来，太璞和慧儿父子俩渐渐也忘了她。

有一天，天刚亮，太璞开了门，便见长亭飘然而入。太璞惊奇地刚要问她，长亭悲伤地坐到床上，叹息着说:“我在闺房中长大，把一里路看得很远；如今一天一夜就奔走了一千里，疲倦极了!”太璞详细问她，她欲言又止。再三求她说，她哭着说:“今天告诉你，恐怕我的悲伤，正是你的痛快。近几年我家迁居在山西境内，租赁赵官人家的房子。赵家和我家相处很好，因此将红亭嫁给赵家公子为妻。赵公子屡次在外放荡，家庭生活很不安宁。妹妹回家告诉父亲；父亲把她留下，半年不让她回去。赵公子忿恨，不知从哪里请来一个恶人，差遣天神带着锁链，把我老父亲缚走了，全家惊骇至极，顷刻之间四散逃命去了。”太璞听了，不禁哈哈大笑。长亭生气地说:“他虽然不仁，是我的父亲。我与你几年夫妻，只有相好而没有相争过。今天我娘家家破人亡，百口之家流离失所，即使你不为我父亲悲伤，难道不为我哀痛吗!听了乐得手舞足蹈，更谈不上说句安慰的话，多么不义!”说完拂袖而出。太璞追上去道歉赔罪，已经不见了。他怅然若失，懊悔不迭，横下心来，认为从此永诀了。

过了两三天，岳母和长亭一起来，太璞欣喜，上前安慰问候。母女俩一同跪在地上。太璞惊慌地询问她们，母女俩都哭起来。长亭说:“我赌气而去，如今自己坚持不下去，又要求人，还有什么脸面啊!”太璞说:“岳父固然不算人，而岳母的恩德，你的情意，我不会忘记。但是我听到岳父的灾祸反而高兴，也是常人的情感，你怎么不能暂时忍耐一下?”长亭说:“我刚在途中遇到母亲，才知道拘囚我父亲的人，就是你的师父。”太璞说:“果然是的话，也很容易。然而岳父不回来，你要父女离散；只怕岳父一回来，你的丈夫要哭、儿子要伤心了。”岳母发誓表明心迹，长亭也设誓相报。

于是，石太璞立刻打点行装到汴城，问讯到了玄帝观，王赤城刚回来不久。太璞进去拜见师父。师父就问:“为何而来?”太璞看到厨灶下有只老狐狸，前腿穿了孔用绳索绑着。笑着对师父说:“弟子这次来，是为了这只老怪物。”王赤城追问所以，太璞说:

“这是我的岳父啊。”因此把情由实言相告。王道士认为它狡诈，不肯轻易释放。太璞一再求情，道士才同意。石太璞便详细讲述它狡猾的行为，老狐狸听到，缩身躲进灶洞，像是惭愧的样子。道士看到说：“它的羞耻之心，没有完全泯灭啊。”太璞起身，把它牵到外面，用刀割断绳索抽出来。老狐狸痛极了，牙齿咬得格格响。太璞不马上抽绳，而是抽一点停一下，笑着问：“岳父疼痛的话，不抽行吗？”老狐狸眼睛里冒出火光，似有恼怒的神色。获释之后，它摇摇尾巴，出了玄帝观而去。太璞辞谢师父回家。

石太璞到家前三天，已有人向长亭母女告诉老人获释的消息，老太先去，留下长亭等候石太璞。太璞到家时，长亭跪地迎接。太璞扶她起来，说：“你如不忘夫妻之情，不在于感激啊。”长亭说：“现在我家又迁回故居住下了，村舍与这里邻近，音讯可以不阻隔了。我想回娘家看一下，三天可回来，你信得过吗？”太璞说：“慧儿生来没有母亲，也没有就夭折。我天天鳏居，已成习惯。我现在不像赵公子，反而以德报怨，我为你做的一切已是仁至义尽了。如不回来，在你是违背了义气的，路虽然近，我也不会再过问了，有什么不相信的呢？”长亭第二天回娘家，两天就返回了。太璞问：“怎么这样快？”长亭说：“父亲因为你在汴城曾经戏耍他，不能忘怀，讲起来唠唠叨叨；我不想再听，所以提早回来了。”从此长亭与娘家来往不断，但翁婿之间还是互不应酬。

异史氏说：老狐狸性情反复无常，狡诈已极。悔婚的事，两个女儿一个手法，诡谲就可知了。然而以要挟来求婚，是一起头就开了它悔婚之端。况且女婿既然爱妻子而救岳父，只宜放弃旧怨而以仁义来对待才行；竟还戏弄于危急之中，怎么能怪它没齿不忘呢！天下有翁婿间相互不和睦的，大抵如此。

席　方　平

席方平，东安人。其父名廉，性戆拙。因与里中富室羊姓有郤，羊先死；数年，廉病垂危，谓人曰：“羊某今贿嘱冥使搒我矣。”俄而身赤肿，号呼遂死。席惨怛不食，曰：“我父朴讷，今见陵于强鬼；我将赴地下，代伸冤气耳。”自此不复言，时坐时立，状类痴，盖魂已离舍矣。

席觉初出门，莫知所往，但见路有行人，便问城邑。少选，入城。其父已收狱中。至狱门，遥见父卧檐下，似甚狼狈；举目见子，潸然涕流。便谓：“狱吏悉受赇嘱，日夜搒掠，胫股摧残甚矣！”席怒，大骂狱吏：“父如有罪，自有王章，岂汝等死魅所能操耶！”遂出，抽笔为词。值城隍早衙，喊冤以投。羊惧，内外贿通，始出质理。城隍以所告无据，颇不直席。

席忿气无所复伸，冥行百余里，至郡，以官役私状，告之郡司。迟之半月，始得质理。郡司扑席，仍批城隍覆案。席至邑，备受械梏，惨冤不能自舒。城隍恐其再讼，遣役押送归家。役至门辞去。席不肯入，遁赴冥府，诉郡邑之酷贪。冥王立拘质对。二官密遣腹心，与席关说，许以千金。席不听。过数日，逆旅主人告曰：“君负气已甚，官府求和而执不从，今闻于王前各有函进，恐事殆矣。”席以道路之口，犹未深信。俄有皂衣人唤入。升堂，见冥王有怒色，不容置词，命笞二十。席厉声问：“小人何罪？”冥王漠若不闻。席受笞，喊曰：“受笞允当，谁教我无钱耶！”冥王益怒，命置火床。两鬼捽席下，见东墀有铁床，炽火其下，床面通赤。鬼脱席衣，掬置其上，反复揉捺之。痛极，骨肉焦黑，苦不得死。约一时许，鬼曰：“可矣。”遂扶起，促使下床着衣，犹幸跛而能行。复至堂上，冥王问："敢再讼乎?"席曰："大冤未伸，寸心不死，若言不讼，是欺王也。必讼!"又问："讼何词?"席曰："身所受者，皆言之耳。"冥王又怒，命以锯解其体。二鬼拉去，见立木，高八九尺许，有木板二，仰置其下，上下凝血模糊。方将就缚，忽堂上大呼"席某"，二鬼即复押回。冥王又问："尚敢讼否?"答云："必讼!"冥王命捉去速解。既下，鬼乃以二板夹席，缚木上。锯方下，觉顶脑渐辟，痛不可禁，顾亦忍而不号。闻鬼曰："壮哉此汉!"锯隆隆然寻至胸下。又闻一鬼云："此人大孝无辜，锯令稍偏，勿损其心。"遂觉锯锋曲折而下，其痛倍苦。俄顷，半身辟矣。板解，两身俱仆。鬼上堂大声以报。堂上传呼，令合身来见。二鬼即推令复合，曳使行。席觉锯缝一道，痛欲复裂，半步而踣。一鬼于腰间出丝带一条授之，曰："赠此以报汝孝。"受而束之，一身顿健，殊无少苦。遂升堂而伏。冥王复问如前；席恐再罹酷毒，便答："不讼矣。"冥王立命送还阳界。隶率出北门，指示归途，反身遂去。

席念阴曹之暗昧尤甚于阳间，奈无路可达帝听。世传灌口二郎为帝勋戚，其神聪明正直，诉之当有灵异。窃喜两隶已去，遂转身南向。奔驰间，有二人追至，曰："王疑汝不归，今果然矣。"捽回复见冥王。窃意冥王益怒，祸必更惨；而王殊无厉容，谓席曰："汝志诚孝。但汝父冤，我已为若雪之矣。今已往生富贵家，何用汝鸣呼为。今送汝归，予以千金之产、期颐之寿，于愿足乎?”乃注籍中，嵌以巨印，使亲视之。席谢而下。鬼与俱出，至途，驱而骂曰：“奸滑贼！频频翻覆，使人奔波欲死！再犯，当捉入大磨中，细细研之!”席张目叱曰：“鬼子胡为者！我性耐刀锯，不耐挞楚。请反见王，王如令我自归，亦复何劳相送。”乃返奔。二鬼惧，温语劝回。席故蹇缓，行数步，辄憩路侧。鬼含怒不敢复言。

约半日，至一村，一门半辟，鬼引与共坐；席便据门阈。二鬼乘其不备，推入门中。惊定自视，身已生为婴儿。愤啼不乳，三日遂殇。魂摇摇不忘灌口，约奔数十里，忽见羽葆来，旛戟横路。越道避之，因犯卤簿，为前马所执，絷送车前。仰见车中一少年，丰仪瑰玮。问席：“何人?”席冤愤正无所出，且意是必巨官，或当能作威福，因缅诉毒痛。车中人命释其缚，使随车行。俄至一处，官府十余员，迎谒道左，车中人各有问讯。已而指席谓一官曰：“此下方人，正欲往愬，宜即为之剖决。”席询之从者，始知车中即上帝殿下九王，所嘱即二郎也。席视二郎，修躯多髯，不类世间所传。

九王既去，席从二郎至一官廨，则其父与羊姓并衙隶俱在。少顷，槛车中有囚人出，则冥王及郡司、城隍也。当堂对勘，席所言皆不妄。三官战慄，状若伏鼠。二郎援笔立判；顷之，传下判语，令案中人共视之。判云：

勘得冥王者：职膺王爵，身受帝恩。自应贞洁以率臣僚，不当贪墨以速官谤。而乃繁缨棨戟，徒夸品秩之尊；羊很狼贪，竟玷人臣之节。斧敲斫，斫入木，妇子之皮骨皆空；鲸吞鱼，鱼食虾，蝼蚁之微生可悯。当掬西江之水，为尔湔肠；即烧东壁之床，请君入瓮。

城隍、郡司：为小民父母之官，司上帝牛羊之牧。虽则职居下列，而尽瘁者不辞折腰；即或势逼大僚，而有志者亦应强项。乃上下其鹰鸷之手，既罔念夫民贫；且飞扬其狙狯之奸，更不嫌乎鬼瘦。惟受赃而枉法，真人面而兽心！是宜剔髓伐毛，暂罚冥死；所当脱皮换革，仍令胎生。隶役者：既在鬼曹，便非人类。只宜公门修行，庶还落蓐之身；何得苦海生波，益造弥天之孽？飞扬跋扈，狗脸生六月之霜；隳突叫号，虎威断九衢之路。肆淫威于冥界，咸知狱吏为尊；助酷虐于昏官，共以屠伯是惧。当于法场之内，剁其四肢；更向汤镬之中，捞其筋骨。羊某：富而不仁，狡而多诈。金光盖地，因使阎摩殿上，尽是阴霾；铜臭熏天，遂教枉死城中，全无日月。余腥犹能役鬼，大力直可通神。宜籍羊氏之家，以赏席生之孝。即押赴东岳施行。

又谓席廉："念汝子孝义，汝性良懦，可再赐阳寿三纪。"因使两人送之归里。席乃抄其判词，途中父子共读之。既至家，席先苏；令家人启棺视父，僵尸犹冰，俟之终日，渐温而活。及索抄词，则已无矣。自此，家日益丰；三年间，良沃遍野；而羊氏子孙微矣，楼阁田产，尽为席有。里人或有买其田者，夜梦神人叱之曰："此席家物，汝乌得有之！"初未深信；既而种作，则终年升斗无所获，于是复鬻归席。席父九十余岁而卒。

异史氏曰：人人言净土，而不知生死隔世，意念都迷，且不知其所以来，又乌知其所以去；而况死而又死，生而复生者乎？忠孝志定，万劫不移，异哉席生，何其伟也！

【译文】

席方平是东安人。他父亲叫席廉，性格刚直，笨嘴拙舌，因而和本村姓羊的富豪结了怨仇。姓羊的先死，几年后，席廉病重垂危，对人说："羊某如今贿赂地府的差役拷打我了。"一会儿，浑身红肿，一阵呼号就咽了气。席方平悲痛得饭也不吃，说："我父亲老实巴交的，不会说话，如今被强横的恶鬼欺凌，我要到地府去代父申冤。"从这时候起，不再开口，一忽儿坐下，一忽儿站起，样子像痴呆，原来魂灵已经离开躯壳了。

席方平觉得自己才出了门，不知往哪里去，只见路上有过往行人，就询问县城在哪里。不大会儿，进了城。他的父亲已被关进监狱。他来到监狱门口，远远看见父亲躺在屋檐下，很凄惨的样子；抬眼看见儿子，不禁潸然泪下。就告诉儿子说："狱吏都受了贿赂，听从吩咐，日夜拷打，我的两条腿都被打烂了！"席方平怒不可遏，大骂狱吏："我父亲如有罪的话，自有王法，难道是你们这些死鬼能够操纵的吗！"于是出来提笔写了状子。正好城隍清早升堂，席方平喊冤，把状子递上去。姓羊的害怕起来，把衙门内外关节贿赂通了，才出庭对质评理，城隍以席方平所告无据，对他很不公正。

席方平一腔怨怒之气无处再伸，在黑暗中走了一百多里路来到郡府，把城隍及其衙役受贿枉断的情状告到郡司。拖了半个月才得到审理。郡司把他狠狠责打一顿，仍旧批给城隍覆案。席方平被带到县城，受尽各种刑罚，惨刑冤情使他难以平静。城隍怕他再告状，派差役押送他回家。差役押送到门口就辞别走了。席方平不肯进家门，悄悄逃到地府，控诉郡司和城隍的残酷贪婪。阎王立即下令传他们前来对质。郡司和城隍暗中派心腹之人与席方平通关节说情，答应给他一千两银子。席方平拒绝。过了几天，旅店老板对他说："你这人赌气过了头，官府求和也执意不从，现在听说在阎王面前都有他们的信和礼品，恐怕你的官司危险了。"席方平以为道听途说，还不很相信。一会儿有黑衣差役唤他进殿。升堂后，只见阎王面有怒色，不容分说，下令责打席方平二十板子。席方平厉声问道："我犯了什么罪?"阎王表情冷漠，置若罔闻。席方平挨了打，喊道："我挨打活该，谁叫我没有钱呢!"阎王更加激怒，下令把他上火床。两个鬼差把他拉下去，他看到大堂东侧的台阶下有张铁床，床下熊熊烈火，把床面烧得通红。鬼差剥去席方平的衣服，双手把他举起扔到火床上，翻来覆去地按捺揉搓。席方平痛极，骨肉都烧成焦黑色，只恨不能立即死去。这样折磨了一个多时辰，鬼差说："差不多了。"就扶起他，催促他下床，穿上衣服，幸而还可以跛着行走。又被带到大堂上，阎王问："敢再控告吗?"席方平回答："大冤未伸，寸心不死，如讲不控告，那是欺骗大王。我一定要控告!"阎王又问："控告什么?"席方平说："我身受的一切痛苦，都要说出来!"阎王又被激怒起来，下令用锯剖解他的身体。两个鬼差把他拉走，他看到一根八九尺高的木柱，有两块木板，板面朝天，靠在柱脚上，木板上下模模糊糊全是凝结的血迹。鬼差正打算捆绑，忽然大堂上高声呼叫"席方平"，两个鬼差就重新把他押回大堂。阎王又问："还敢控告吗?"席方平回答说："一定要控告!"阎王命拉下去赶快锯开。下堂后，鬼差就用两块木板把他夹住，缚在木柱上。锯刚拉动，他觉得头顶渐渐被劈开，疼得受不了，但还是强忍着不吭声。只听一个鬼差说："这汉子真硬气!"锯声隆隆地很快锯到胸口下面。又听一个鬼差说："这人是大孝子，没罪，把锯稍偏一点，不要损坏他的心。"就觉得锯锋曲折而下，痛得加倍难熬。不大会儿，身子被锯成两爿了。夹板解开，两爿身子一齐倒下。鬼差上堂大声回报。堂上传呼，命令把两爿身子合起，带上堂来。两鬼差就推拢拼合，拉着叫他上堂。席方平觉得一道锯缝疼痛得又要裂开似的，刚迈半步就跌倒了。一个鬼差从腰间抽出一条丝带给他，说："送你这条带子报答你的孝心。"他接过带子束在腰上，全身顿时复原，一点也不觉得疼痛了。就被带上堂跪下。阎王还是照原话问他，席方平怕再遭毒刑，便回答说："不控告了。"阎王立刻命令送他回阳间。差役带他出北门，指示他回家的路径，转身就走了。

席方平心想，阴曹地府的黑暗腐败比阳间更厉害，怎奈无路上天告玉帝。世人传说，灌口二郎神是玉帝的功臣，又是外甥，是聪明正直的神，向他申诉冤情，一定会灵验的。暗自庆幸两个差役已走，就转身向南。正奔跑中，有两个鬼卒追上来，说："阎王疑心你不回家，现在果然如此。"一把抓住他拖回去再见阎王。席方平暗想阎王更要大发雷霆，遭的祸害一定更惨；可是阎王脸色一点不严厉，对席方平说："你确实是个孝子。不过你父亲的冤案，我已为他平反昭雪了。如今已转生到富贵人家，哪儿用得着你再鸣冤叫屈。现在送你回去，赐你千金财产、百岁寿命，你满足了吗?"就在生死簿上写明，盖上大印，让他亲眼看过。席方平道谢退下。鬼差与他一同出了地府，到路上，鬼差一边赶着他走，一边骂道："你这个奸猾贼！屡次翻来覆去，让我们奔波得要死了！再犯的话，要把你捉回去放到大磨里，细细的磨成肉酱！"席方平瞪起眼，斥责道："鬼儿子干什么的！我这性子就是耐得住刀锯，受不了抽打。请回去见阎王，阎王如让我自己回家，何必再劳你们相送。"说着就返身往回跑。两个鬼差害怕了，好言好语把他劝回。席方平故意拖拖拉拉，走几步就坐在路旁歇一歇，鬼差敢怒而不敢言。

大约走了半天，到一个村庄，有家大门半开着，鬼差拉席方平一起坐下，席方平便占了门槛。两个鬼差趁他不备，把他推进大门。席方平一惊，定神看看自己，身子已转生为初生婴儿。他气愤不过，啼哭不止，奶也不吃，三天就夭亡了。灵魂晃晃荡荡，忘不了到灌口找二郎神，大约跑了几十里路，忽然看见一队仪仗过来，旌旗飘飘，戈戟成排，充塞道路。席方平跨过马路回避，想不到冲撞了仪仗队，被前哨骑兵抓住，捆起来送到车前。席方平抬头看见车内坐着一个少年，仪表堂堂，身材魁伟。问他："你是什么人?"席方平的冤愤正无处申诉，而且心想这一定是大官，也许能操纵刑赏，施展权威，便把自己遭受的痛苦全部倾诉出来。车中少年听后，命人给他松绑，让他随车行走。不一会儿到一个地方，有十多个官员在路旁迎候，车中少年向每个官员询问了几句。说完就指着席方平向一个官员说："这是下界人，正要找你说话，应当立即给他裁决。"席方平向随从询问，才知道车中少年就是玉帝的儿子九王殿下，所嘱咐的人就是二郎神。席方平看看二郎神，身材修长，满脸胡须，不像人间所传说的那副模样。

九王走后，席方平随二郎神来到一个官署，原来父亲、姓羊的和衙役都在那里。一会儿，囚车中有犯人被押出来，则是阎王以及郡司、城隍。二郎神当堂审讯，对质核实，席方平所控告的都是事实。三个官吓得浑身发抖，样子像蜷屈在地的老鼠。二郎神提起笔来立即写下判词；过了会儿，下达判词，让案中涉及的人一起来看。判词说：

“查阎王某：受封王爵，任职阴世，身受玉帝圣恩。本应廉洁奉公，以作臣僚表率；不该贪污受贿，而招怨恨咒骂。而竟车马仪仗，只夸耀官位尊贵；狠毒贪婪，玷污了人臣节操。斧敲凿，凿入木，层层敲榨，妇女儿童皮骨都被刮净；鲸吞鱼，鱼吃虾，弱肉强食，蝼蛄蚂蚁小命实在可怜。当引西江之水，替你洗肠；就烧东墙之床，请君入瓮。城隍、郡司：身为百姓父母之官，主管玉帝牛羊之牧。虽然职位低下，忠职守者应该尽心竭力，不辞劳苦；即使上司相逼，有志气者也应敢于抵制，决不低头。可你们像凶猛的老鹰，上下联手鱼肉百姓，早已不顾人民都贫穷；更又如狡猾的猴子，竞相施展狡诈手段，哪里还嫌瘦鬼无油水。一味贪赃枉法，真是人面兽心！应该剔除骨髓刮去毛发，先在阴间判处死刑；理当剥去人皮换上兽革，赶到阳世投胎牲畜。当差役的：既然在地府，就不是人类。只应在衙门里修身行好，以求投身为人；怎可以苦海里横生波澜，更添弥天罪孽？飞扬跋扈，一副狗脸像六月降霜，变化无常；横冲直撞，狂呼乱叫如老虎逞凶，阻碍道路。在阴间滥施淫威，人都知狱中吏惹不起；替昏官助纣为虐，谁不对刽子手怕得慌。当在刑场之上，剁去四肢；再向油锅之中，捞出筋骨。羊某人：为富不仁，狡诈多端。金银遍地，因使阎王殿上，布满阴霾；铜臭熏天，竟叫枉死城中，暗无天日。铜臭余腥，尚能役使鬼差；金钱大力，直可买通神仙。应没收羊家财产，以奖赏席生孝行。以上全部案犯，立即押赴东岳大帝处按律执行。”

二郎神把一干犯人发落完毕，又对席廉说：“考虑你儿子大孝大义，你心地善良，性格懦弱，可以再赐给你阳寿三十六年。”就派两个差官送席家父子回家。席方平就抄录下二郎神的判词，归途中父子一起细读。到家后，席方平先苏醒过来，他叫家人打开父亲的棺材看看，僵硬的尸体还是冷冰冰的，等了一整天，慢慢有了体温，复活过来。等席方平想到找那抄录的判词时，却已不见了。从此席家一天天富起来；三年之内，良田沃土遍四野；而羊姓子孙，家道日益衰败，房屋田产都被席家买来。乡里有想买羊家田产的人，夜里梦见神人叱责他说：“这是席家的田产，你怎么能占有它！”起初还不大相信，买下后种上作物，一年下来，颗粒无收，于是再转卖给席家。席方平的父亲席廉活到九十多岁才去世。

异史氏说：人人都说西方极乐世界，而不知道生与死是隔绝的两个世界，由此及彼，一切意念都要迷失。连自己怎么来到人世都不知道，又怎么知道自己将怎么离开人世；更不用说像席生这样，死了一回又再死，投生了一次又复生了！忠孝之志坚定，万种劫难也不能移，这就是席方平与众不同之处，多么伟大啊！

素　秋

俞慎，字谨庵，顺天旧家子。赴试入都，舍于郊郭。时见对户一少年，美如冠玉。心好之，渐近与语，风雅尤绝。大悦，捉臂邀至寓，便相款宴。审其姓氏，自言：“金陵人，姓俞，名士忱，字恂九。”公子闻与同姓，又益亲洽，因订为昆仲；少年遂以名减字为忱。

明日，过其家，书舍光洁；然门庭踧落，更无厮仆。引公子入内，呼妹出拜，年十三四以来，肌肤莹澈，粉玉无其白也。少顷，托茗献客，似家中亦无婢媪。公子异之，数语遂出。由是友爱如胞。恂九无日不来寓所；或留共宿，则以弱妹无伴为辞。公子曰：“吾弟留寓千里，曾无应门之僮，兄妹纤弱，何以为生矣？计不如从我去，有斗舍可共栖止，如何？”恂九喜，约以闱后。

试毕，恂九邀公子去，曰：“中秋月明如昼，妹子素秋，具有蔬酒，勿违其意。”竟挽入内。素秋出，略道温凉，便入复室，下帘治具。少间，自出行炙。公子起曰：“妹子奔波，情何以忍！”素秋笑入。顷之，搴帘出，则一青衣婢捧壶；又一媪托柈进烹鱼。公子讶曰：“此辈何来？不早从事，而烦妹子？”恂九微哂曰：“素秋又弄怪矣。”但闻帘内吃吃作笑声，公子不解其故。既而筵终，婢媪撤器，公子适嗽，误堕婢衣；婢随唾而倒，碎碗流炙。视婢，则帛剪小人，仅四寸许。恂九大笑。素秋笑出，拾之而去。俄而婢复出，奔走如故。公子大异之。恂九曰：“此不过妹子幼时，卜紫姑之小技耳。”公子因问：“弟妹都已长成，何未婚姻？”答云：“先人即世，去留尚无定所，故此迟迟。”遂与商定行期，鬻宅，携妹与公子俱西。

既归，除舍舍之；又遣一婢为之服役。公子妻，韩侍郎之犹女也，尤怜爱素秋，饮食共之。公子与恂九亦然。而恂九又最慧，目下十行，试作一艺，老宿不能及之。公子劝赴童子试。恂九曰：“姑为此业者，聊与君分苦耳。自审福薄，不堪仕进；且一入此途，遂不能不戚戚于得失，故不为也。”居三年，公子又下第。恂九大为扼腕，奋然曰：“榜上一名，何遂艰难若此！我初不欲为成败所惑，故宁寂寂耳；今见大哥不能自发舒，不觉中热，十九岁老童，当效驹驰也。”

公子喜，试期，送入场，邑、郡、道皆第一。益与公子下帷攻苦。逾年科试，并为郡、邑冠军。恂九名大噪，远近争婚之，恂九悉却去。公子力劝之，乃以场后为解。无何，试毕，倾慕者争录其文，相与传诵；恂九亦自觉第二人不屑居也。

榜既放，兄弟皆黜。时方对酌，公子尚强作噱；恂九失色，酒盏倾堕，身仆案下。扶置榻上，病已困殆。急呼妹至，张目谓公子曰："吾两人情虽如胞，实非同族。弟自分已登鬼箓。衔恩无可相报，素秋已长成，既蒙嫂氏抚爱，媵之可也。"公子作色曰："是真吾弟之乱命矣！其将谓我人头畜鸣者耶！"恂九泣下。公子即以重金为购良材。恂九命舁至，力疾而入。嘱妹曰："我没后，急阖棺，无令一人开视。"公子尚欲有言，而目已瞑矣。公子哀伤，如丧手足。然窃疑其嘱异，俟素秋他出，启而视之，则冠巾袍服如蜕；揭之，有蠹鱼径尺，僵卧其中。骇异间，素秋促入，惨然曰："兄弟何所隔阂？所以然者，非避兄也；但恐传布飞扬，妾亦不能久居耳。"公子曰："礼缘情制；情之所在，异族何殊焉？妹宁不知我心乎？即中馈当无漏言，请勿虑。"遂速卜吉期，厚葬之。

初，公子欲以素秋论婚于世家，恂九不欲。既没，公子以商素秋，素秋不应。公子曰："妹年已二十矣，长而不嫁，人其谓我何？"对曰："若然，但惟兄命。然自顾无福相，不愿入侯门，寒士而可。"公子曰："诺。"

不数日，冰媒相属，卒无所可。先是，公子之妻弟韩荃来吊，得窥素秋，心爱悦之，欲购作小妻。谋之姊，姊急戒勿言，恐公子知。韩去，终不能释，托媒风示公子，许为买乡场关节。公子闻之，大怒，诟骂，将致意者批逐出门，自此交往遂绝。适有故尚书之孙某甲，将娶而妇忽卒，亦遣冰来。其甲第云连，公子之所素识；然欲一见其人，因与媒约，使甲躬谒。及期，垂帘于内，令素秋自相之。甲至，裘马驺从，炫耀闾里。又视其人，秀雅如处女。公子大悦，见者咸赞美之，而素秋殊不乐。公子不听，竟许之。盛备奁装，计费不赀。素秋固止之，但讨一老大婢，供给使而已。公子亦不之听，卒厚赠焉。

既嫁，琴瑟甚敦。然兄嫂常系念之，每月辄一归宁。来时，奁中珠绣，必携数事，付嫂收贮。嫂未知其意，亦姑从之。

甲少孤，止有寡母，溺爱过于寻常，日近匪人，渐诱淫赌，家传书画鼎彝，皆以鬻还戏债。而韩荃与有瓜葛，因招饮而窃探之，愿以两妾及五百金易素秋。甲初不肯；韩固求之，甲意似摇，然恐公子不甘。韩曰："我与彼至戚，此又非其支系，若事已成，则彼亦无如何；万一有他，我身任之。有家君在，何畏一俞谨庵哉！"遂盛妆两姬出行酒，且曰："果如所约，此即君家人矣。"甲惑之，约期而去。至日，虑韩诈谖，夜候于途，果有舆来，启帘照验不虚，乃导去，姑置斋中。韩仆以五百金交兑俱明。甲奔入，伪告素秋，言公子暴病相呼。素秋未遑理妆，草草遂出。舆既发，夜迷不知何所，逴行良远，殊不可到。忽有二巨烛来，众窃喜其可以问途。无何，至前，则巨蟒两目如灯。众大骇，人马俱窜，委舆路侧；将曙复集，则空舆存焉。意必葬于蛇腹，归告主人，垂首丧气而已。

数日后，公子遣人诣妹，始知为恶人赚去，初不疑其婿之伪也。取婢归，细诘情迹，微窥其变，忿甚，遍愬郡邑。某甲惧，求救于韩。韩以金妾两亡，正复懊丧，斥绝不为力。甲呆憨无所复计，各处勾牒至，但以赂嘱免行。月余，金珠服饰，典货一空。公子于宪府究理甚急，邑官皆奉严令，甲知不可复匿，始出，至公堂实情尽吐。蒙宪票拘韩对质。韩惧，以情告父。父时休致，怒其所为不法，执付隶。既见诸官府，言及遇蟒之变，悉谓其词枝；家人搒掠殆遍，甲亦屡被敲楚。幸母日鬻田产，上下营救，刑轻得不死，而韩仆已瘐毙矣。

韩久困囹圄，愿助甲赂公子千金，哀求罢讼。公子不许。甲母又请益以二姬，但求姑存疑案，以待寻访；妻又承叔母命，朝夕解免，公子乃许之。甲家綦贫，货宅办金，而急切不能得售，因先送姬来，乞其延缓。

逾数日，公子夜坐斋头，素秋偕一媪，蓦然忽入。公子骇问："妹固无恙耶?"笑曰："蟒变乃妹之小术耳。当夜窜入一秀才家，依于其母。彼自言识兄，今在门外，请入之也。"公子倒屣而出，烛之，非他，乃周生，宛平之名士也，素以声气相善。把臂入斋，款洽臻至。倾谈既久，始知颠末。

初，素秋昧爽款生门，母纳入，诘之，知为公子妹，便将驰报。素秋止之，因与母居。慧能解意，母悦之，以子无妇，窃属意素秋，微言之。素秋以未奉兄命为辞。生亦以公子交契，故不肯作无媒之合，但频频侦听。知讼事已有关说，素秋乃告母欲归。母遣生率一媪送之，即嘱媪媒焉。公子以素秋居生家久，窃有心而未言也；及闻媪言，大喜，即与生面订为好。

先是，素秋夜归，将使公子得金而后宣之；公子不可，曰："向愤无所泄，故索金以败之耳。今复见妹，万金何能易哉！"即遣人告诸两家，顿罢之。又念生家故不甚丰，道赊远，亲迎殊艰，因移生母来，居以恂九旧第；生亦备币帛鼓乐，婚嫁成礼。一日，嫂戏素秋："今得新婿，曩年枕席之爱，犹忆之否？"素秋微笑，因顾婢曰："忆之否？"嫂不解，研问之，盖三年床笫，皆以婢代。每夕，以笔画其两眉，驱之去，即对烛而坐，婿亦不之辨也。益奇之，求其术，但笑不言。

次年大比，生将与公子偕往。素秋以为不必，公子强挽之而去。是科，公子荐于乡，生落第归，隐有退志。逾岁，母卒，遂不复言进取矣。一日，素秋告嫂曰："向问我术，固未肯以此骇物听也。今远别行有日矣，请秘授之，亦可以避兵燹。"惊而问之。答云："三年后，此处当无人烟。妾荏弱不堪惊恐，将蹈海滨而隐。大哥富贵中人，不可以偕，故言别也。"乃以术悉授嫂。数日，又告公子。留之不得，至于泣下。问："往何所？"即亦不言。鸡鸣早起，携一白须奴，控双卫而去。公子阴使人委送之，至胶莱之界，尘雾幛天，既晴，已迷所往。三年后，闯寇犯顺，村舍为墟。韩夫人剪帛置门内，寇至，见云绕韦驮高丈余，遂骇走，以是得无恙焉。

后村中有贾客至海上，遇一叟甚似老奴，而髭发尽黑，猝不敢认。叟停足而笑曰："我家公子尚健耶？借口寄语：秋姑亦甚安乐。”问其居何里，曰：“远矣，远矣！”匆匆遂去。公子闻之，使人于所在遍访之，竟无踪迹。

异史氏曰：管城子无食肉相，其来旧矣。初念甚明，而乃持之不坚。宁知糊眼主司，固衡命不衡文耶？一击不中，冥然遂死，蠹鱼之痴，一何可怜！伤哉雄飞，不如雌伏。

【译文】

俞慎，字谨庵，是顺天府大家子弟。进京赶考，住在城外。常见对门有个青年，长得美如冠玉。心有好感，渐渐接近攀谈起来，那青年谈吐风雅尤其出众。俞慎大为喜欢，拉着他的手臂邀请到自己住处，设宴款待。问他的姓名，自称金陵人，姓俞，名士忱，字恂九。俞慎一听与自己同姓，更加亲近，便结拜为兄弟；青年就把自己的名字减掉一个字，改为俞忱。

第二天，俞慎到他家，书房整齐清洁；但门庭冷落，更没有书僮和仆人。他领俞慎进内室，叫妹妹出来拜见义兄，妹妹年纪大约十三四岁，肌肤光洁，粉和玉也没有那么白。一会儿，亲自端茶送给客人，似乎家里也没有丫环、老妈子。俞慎感到奇怪，说了几句话就告辞出来。从此两人像亲兄弟一样友爱。恂九没有一天不到俞慎的住处来；有时留他住下，他就以妹妹弱小，无人作伴做为由推辞。俞慎说：“弟弟离家千里，客居这里，连个应门接待的书僮也没有，兄妹都年轻柔弱，怎么生活呢？我想，不如跟我回家，房子不宽大，供你们住下还是可以的，怎么样？”恂九很高兴，约定科场考试结束后成行。

考试完了，恂九邀俞慎到他家，说：“今天中秋佳节，月明如同白昼，素秋妹妹准备了酒菜，不要辜负她的心意。”竟拉俞慎进了房。素秋出来，说了几句问候的话，便进套间，放下帘子，在里面准备酒食。不一会儿，亲自端来烤肉。俞慎站起来说：“妹妹来回奔忙，怎么过意得去！”素秋笑着进去了。很快，掀帘出来的却是一个穿青衣的丫环，手里捧着酒壶；又有一个老婆子托一盘红烧鱼送上。俞慎惊讶地说："这两个人从哪里来的？为什么不早点出来伺候，反而麻烦妹妹呢？"恂九微微一笑说："素秋又作怪了。"只听到帘子里边吃吃的笑声，俞慎不明白其中的缘故。散席时，丫环老婆子来收拾餐具，正好俞慎漱口，不慎把水吐到丫环衣服上；丫环一唾就倒，碗碎汤流。看那丫环，原来是绢帛剪成的小人儿，仅四寸多长。恂九大笑。素秋笑着出来，捡起小人儿就进去。不久丫环重新出来，跟刚才一样奔走。俞慎十分惊奇。恂九说："这不过是妹妹小时候学会请紫姑的小魔术罢了。"俞慎便问："弟妹都已长大成人，为什么没有订婚？"恂九回答说："父母去世后，留下还是离开这儿都还没有定，所以耽搁下来了。"于是俞慎与他商定动身日期，恂九卖掉住宅，带着妹妹随俞慎一起向西去。

回家后，俞慎打扫房间安顿恂九兄妹住下，又派一名丫环去伺候他们。俞慎的妻子，是韩侍郎的侄女，格外喜爱素秋，吃喝都在一起。俞慎与恂九也是这样。而恂九又最聪明，一目十行，试着写了篇文章，饱学的老先生也比不上。俞慎劝他去考秀才。恂九说："我暂且捧起书本来读，是聊以分担你读书的苦寂而已。自知福薄，不是得功名的命；况且一旦走上这条路，就不能不忧心忡忡于得失之间，所以不去考。"过了三年，俞慎应试又落第。恂九大为惋惜，振奋精神说："榜上登个名字，怎么就艰难到这地步！我起初不想被功名成败所迷惑，所以宁愿安安静静过日子；如今见大哥的文才难以发挥，不觉心里热起来，我这个十九岁的大龄童生，也要效法小马驹子到科场去驰骋一番。"

俞慎很高兴，临考时，亲自送他进考场，县、府、道的考试都是第一名。他与俞慎更发奋闭门苦读。第二年一起参加科试，府、县并列一等。恂九名噪一时，远近人家争相与他攀亲，恂九都一一谢绝。俞慎竭力劝他，他就以乡试以后再说来解释。没多久，乡试完毕，倾慕他的人争先恐后抄录他的文章，互相传诵；恂九也自以为第二名不屑于得。

发榜后，兄弟俩都名落孙山。消息到时两人正在对饮，俞慎还强颜作笑；恂九却变了脸色，酒杯翻落，身子一软，倒在桌下。俞慎扶他躺到床上，病已十分危险，急忙呼喊素秋来。恂九睁开眼睛对俞慎说："我们两个虽然情同手足，其实不是同族。小弟自知就要死了。你的恩情没有什么可以报答，素秋已长大成人，既蒙嫂嫂喜欢，让她做你二房吧。"俞慎沉下脸说："这真是弟弟的胡言乱语了！难道以为我是人面兽心之流吗？"恂九掉下眼泪。俞慎立即用重金替他买了一口好棺材。恂九命人抬到跟前，拼最后的力气，自己爬进去。嘱咐妹妹说："我死后，立即合上棺盖，不要让任何人打开来看。"俞慎还有话要说，可是恂九眼睛一闭就咽气了。俞慎悲痛得像死了亲兄弟一样。但是心里怀疑他临终遗嘱奇怪，趁素秋不在，揭开棺盖看看，只见衣帽像蛇蜕一样；掀开衣帽，有一条尺来粗的蠹鱼僵卧在里面。俞慎正在惊异，素秋急忙进来，凄惨地说："兄弟之间有什么可隐瞒的呢？所以瞒着，不是避哥哥；只怕传播开去，我也不能久留罢了。"俞慎说："礼是根据人情制定出来的；情谊所在，即使不是同类，又有什么分别？妹妹难道不理解我的心吗？就是你嫂嫂，我也不会向她泄露一句话的，请你不要忧虑。"于是，很快选定了吉利的日子，隆重地安葬了俞忱。

起初，俞慎想把素秋嫁给做官的人家，恂九不愿意。他死了以后，俞慎把这事和素秋商量，素秋不吭声。俞慎说："妹妹已经二十岁了，长大了不出嫁，别人要怎么说我呢？"素秋回答说："若是这样，只凭哥哥决定。但是我觉得自己没有福相，不愿嫁到官宦人家，嫁个穷书生就可以了。"俞慎说："好吧。"

过不几天，说媒的相继登门，素秋都不同意。先前，俞慎的内弟韩荃来吊丧，看到过素秋，心里很喜欢她，想买去做小妾。他去和姐姐商量，姐姐急忙告诫他免开尊口，怕俞慎知道。韩荃走后，始终忘不了，托媒人暗示俞慎，答应为他乡试时买通关节。俞慎听了勃然大怒，痛骂一顿，将说媒传话的人打出门去，从此与韩荃的交往就断绝了。正好有个前任尚书的孙子某甲，准备迎亲而未婚妻暴死，也托人来说媒。某甲住宅高大，连接云天，俞慎早就晓得；但是要先见一见某甲，便与媒人约定日期，让某甲亲自来拜见。到日子，俞慎命人在内室放下门帘，让素秋在帘内亲自相看。某甲到来时，身穿皮裘，骑着骏马，随从拥簇，炫耀乡里。又看某甲的相貌，俊美文雅，简直像个大姑娘。俞慎高兴极了，旁观的人莫不交口赞美，可是素秋却很不乐意。俞慎不听，竟然许下了这门亲事。

备办的嫁妆十分丰厚，不计较花多少钱财。素秋坚决制止他，说自己只要带一个大龄丫环供差遣就够了。俞慎也不听她的，最终还是送了大批陪嫁。

素秋出嫁后，小夫妻相处很好。然而俞慎夫妇时常思念她，每个月总要回来一趟。来的时候，总是要从妆奁中拿些珠翠绣衣，带回来交给嫂嫂收藏。嫂嫂不明白她的用意，也只好暂且由着她。

某甲幼年丧父，只有守寡的母亲，对某甲的溺爱超乎寻常，因此，某甲天天和坏人接近，渐渐被引诱去嫖赌，祖传的书画古玩，都被卖了偿还寻欢作乐的欠债。韩荃与某甲有点亲戚关系，便请某甲喝酒又暗中试探他的意思，愿意用两个小妾和五百两银子来换素秋。某甲起初不肯，韩荃再三请求，某甲心好像有点动了，但是担心俞慎不会善罢甘休。韩荃说："我与他是至亲，素秋又不是他俞家的人，如事真的办成了，那他也不好怎么样；万一有什么，我一人做事一人当。有我父亲在，还怕他一个俞谨庵吗！"说着就喊两个艳妆浓抹的美妇人出来劝酒，并且说："真按商定的办，这就是你的人了。"某甲被迷惑住，约好交换日期走了。到日子，某甲顾虑韩荃有诈，夜里在半路上等候，果然有轿子抬来，掀开帘子验看，不假，就领到家里，暂且把两个女人安置在书房里。韩荃的仆人把五百两银子当面交清。某甲跑进房间，骗素秋说俞慎得了急病派人来叫。素秋顾不上梳理，草草收拾一下就出来了。轿子出发后，夜间迷路不知所在，走了很久很远，就是到不了目的地。忽然有两支大烛迎面而来，众人心里高兴，这下子可以问路了。不多久，到了面前，原来是条大蟒，两只眼睛像灯笼一般。大家惊骇极了，人马都逃窜而去，把轿子也扔在路边；天快亮时，几个人又聚集拢来，只剩下一顶空轿了。估计素秋一定葬身蛇腹，回去报告韩荃，也只能垂头丧气罢了。

过了几天，俞慎派人看望素秋，才知道被坏人骗走了，开始不怀疑某甲的假话。把素秋的贴身丫环领回家，细问事情经过，看出一点不对头，极为气愤，跑遍府、县告某甲。某甲怕了，向韩荃求救。韩荃因为人财两空，还在懊丧，把他赶走了事，绝不出一点力。某甲呆住了，再也想不出对策，各处的传票到了，只得塞钱求个免于带走。一个多月下来，家里的金银珠翠、衣服首饰，典卖一空。俞慎在按察使衙门催查办催得很急，各县官员都接到严厉的命令，某甲情知不能再躲了，才出来投案，到公堂上吐露了全部实情。按察使发传票，把韩荃也拘捕到案对质。韩荃害怕了，把情况告诉父亲。当时他父亲韩侍郎已告老还乡，恼怒儿子做了犯法的事，把他捉住交给公差。面见公堂的时候，讲到途中遇蟒的怪事，都认为他在搪塞；几个仆人全都挨了板子，某甲也多次被拷打。幸而他母亲每日变卖田产，上下打点营救，受刑较轻，得以不死，而韩家仆人已被折磨死了。

韩荃在牢里关得久了，愿意帮某甲贿赂俞慎一千两银子，哀求他撤诉。俞慎不答应。某甲的母亲又提出再添上那两个美妇人，只求暂作疑案挂着，等找到素秋下落再说；俞慎的妻子又受婶娘托付，早晚劝丈夫免诉，俞慎才答应下来。某甲家里很穷，卖房屋筹集银两，急切之中卖不出去，便先把两个美妇人送来，乞求俞慎延缓日期。

几天过去了，俞慎夜间在书房里坐着，素秋领着一个老婆子突然进来，俞慎大吃一惊，问："妹妹原来没事儿呀！"素秋笑着说："变出一条蟒，不过是妹子的小魔术罢了。当夜我逃进一个秀才家，与他母亲住在一起。他自己说认识你，现在门外，哥哥去请他进来吧。"俞慎急忙中倒拖着鞋子出门，用烛一照，不是别人，是宛平县的名士周生。两人一向因声气相投，关系很好。俞慎拉着他手臂进了书房，亲切备至。倾心交谈了很久，俞慎才知道事情的始末。

当时，素秋一大早去敲周生家的门，周母收她进屋，盘问她一番，知道是俞慎的妹妹，周生当时就要赶来报信。素秋阻止了他，就与母亲住在一起。素秋聪明善解人意，周母很喜欢她，因为儿子没娶媳妇，心里看中了素秋，说话时微微试探了一下。素秋以没有得到哥哥同意来推托。周生也因为与俞慎交好，所以不肯作没有媒人的结合，只是一次次派人打听消息。后来得知官司已有通关节说人情的消息，素秋就告诉周母要回家。周母派儿子带上个老婆子送她，当时嘱托老婆子到这里来说媒。俞慎因为素秋在周生家住了很久，心里有意把素秋嫁给周生而不便出口；等听了老婆子的话，高兴极了，立即与周生当面订婚。

素秋夜里回的家，她原先打算让俞慎得到一千两银子后再宣布自己回家的消息。俞慎不同意，说："以前我愤怒无处发泄，所以索取银子来败他们的家，如今重新见到妹妹，一万两银子又怎么能换呢！"马上派人通知韩家和某甲家，立即撤销诉讼。俞慎又考虑周生家原来不怎么富裕，路途又远，迎亲很困难，就把周母接来，把恂九住的旧居让他们住下；周生也备了彩礼，请了吹鼓手，举行了婚礼。有天，嫂嫂和素秋开玩笑说："妹妹如今有了新姑爷，当年夫妻的情爱，还记得吗？"素秋微微一笑，便回头问丫环："记得吗？"嫂嫂不懂，追问她怎么回事，原来素秋在某甲家三年，同床共枕的事都是让丫环代替。每夜，素秋用笔画丫环的双眉，赶她前去，就是对烛而坐，某甲也辨别不出来。嫂嫂听了更感到神奇，求她传授法术，素秋只是笑而不答。

第二年是乡试之年，周生准备与俞慎同去应试。素秋认为周生不必去应试，俞慎硬拉着他去了。这一科，俞慎中了举人，周生落榜回来，内心产生了退隐的想法。过了一年，周母去世，他就再也不提进取功名的事了。一天，素秋告诉嫂嫂说："以前你问我法术的事，我本来不肯拿这个来骇人听闻。如今没几天要远别了，让我把法术秘密传授给你，也可用来避兵灾。"嫂嫂惊异地问她怎么回事。素秋回答说："三年之后，这里要变成没有人烟的地方。我身体弱，经受不了惊吓，准备到海滨隐居。大哥是富贵场中的人，不可能同我们一起去，所以要向你们道别。"于是把法术全部传授给嫂嫂。几天后，素秋又向大哥告别。俞慎留她不住，竟至于掉下眼泪。问去哪儿，素秋也不说。鸡叫头遍，周生夫妇早早起身，带一个白胡子老仆人，骑两条毛驴走了。俞慎私下派人跟在后面送他们，到胶州莱州边界，尘雾遮天，雾散后，已不知他们往哪里去了。三年后，李闯王进犯北京，村里房子成了废墟。俞慎的妻子用绢帛剪了神像放在门内，贼寇来到时，看见白云缭绕着一丈多高的韦驮神，就吓跑了，所以俞慎家能免遭兵灾。

后来村里有个做买卖的到海边，遇到一个老头儿很像白胡子老仆，可是胡子头发全是黑的，猝然相见，倒不敢相认。老头儿停下脚步笑着说："我家公子还健康吗？请你给他捎个口信，素秋姑娘也很安乐。"问他住在什么地方，回答说："远啦，远啦！"就匆匆离去。俞慎听说，派人到海边到处找，到底没有踪迹。

异史氏说：凭笔杆子不能飞黄腾达，由来已久。恂九最初不求功名的想法是很明智的，可就不能坚持下来。哪知道花了眼的主考官，本来是裁决命运而不是裁决文章的呢？一试不中，就溘然长逝，蠹鱼的痴呆，多么可怜！飞黄腾达的伤心梦，还不如隐姓埋名避开尘世了。

贾 奉 雉

贾奉雉，平凉人。才名冠一时，而试辄不售。一日，途中遇一秀才，自言郎姓，风格洒然，谈言微中。因邀俱归，出课艺就正。郎读罢，不甚称许，曰："足下文，小试取第一则有余，闱场取榜尾则不足。"贾曰："奈何？"郎曰："天下事，仰而跂之则难，俯而就之甚易，此何须鄙人言哉！"遂指一二人、一二篇以为标准，大率贾所鄙弃而不屑道者。闻之，笑曰："学者立言，贵乎不朽，即味列八珍，当使天下不以为泰耳。如此猎取功名，虽登台阁，犹为贱也。"郎曰："不然。文章虽美，贱则弗传。君欲抱卷以终也则已；不然，帘内诸官，皆以此等物事进身，恐不能因阅君文，另换一副眼睛肺肠也。"贾终嘿然。郎起而笑曰："少年盛气哉！"遂别而去。是秋入闱复落，邑邑不得志，颇思郎言，遂取前所指示者强读之。未至终篇，昏昏欲睡，心惶惑无以自主。又三年，闱场将近，郎忽至，相见甚欢。因出所拟七题，使贾作之。越日，索文而阅，不以为可，又令复作；作已，又訾之。贾戏于落卷中，集其葛冗泛滥、不可告人之句，连缀成文，俟其来而示之。郎喜曰："得之矣！"因使熟记，坚嘱勿忘。贾笑曰："实相告：此言不由中，转瞬即去，便受夏楚，不能复忆之也。"郎坐案头，强令自诵一过；因使袒背，以笔写符而去，曰："只此已足，可以束阁群书矣。"验其符，濯之不下，深入肌理。至场中，七题无一遗者。回思诸作，茫不记忆，惟戏缀之文，历历在心。然把笔终以为羞；欲少窜易，而颠倒苦思，竟不能复更一字。日已西坠，直录而出。

郎候之已久，问："何暮也？"贾以实告，即求拭符；视之，已漫灭矣。再忆场中文，遂如隔世。大奇之。因问："何不自谋？"笑曰："某惟不作此等想，故能不读此等文也。"遂约明日过诸其寓，贾诺之。郎既去，贾取文稿自阅之，大非本怀，怏怏不自得，不复访郎，嗒丧而归。未几，榜发，竟中经魁。又阅旧稿，一读一汗。读竟，重衣尽湿。自言曰："此文一出，何以见天下士矣！"方惭怍间，郎忽至曰："求中既中矣，何其闷也？"曰："仆适自念，以金盆玉碗贮狗矢，真无颜出见同人。行将遁迹山丘，与世长绝矣。"郎曰："此亦大高，但恐不能耳。果能之，仆引见一人，长生可得，并千载之名，亦不足恋，况傥来之富贵乎！"贾悦，留与共宿，曰："容某思之。"

天明，谓郎曰："予志决矣！"不告妻子，飘然遂去。渐入深山，至一洞府，其中别有天地。有叟坐堂上，郎使参之，呼以师。叟曰："来何早也？"郎白："此人道念已坚，望加收齿。"叟曰："汝既来，须将此身并置度外，始得。"贾唯唯听命。郎送至一院，安其寝处，又投以饵，始去。

房亦精洁；但户无扉，窗无櫺，内惟一几一榻。贾解屦登榻，月明穿射矣。觉微饥，取饵啖之，甘而易饱。窃意郎当复来，坐久寂然，杳无声响。但觉清香满室，脏腑空明，脉络皆可指数。忽闻有声甚厉，似猫抓痒，自牖睨之，则虎蹲檐下。乍见，甚惊；因忆师言，即复收神凝坐。虎似知其有人，寻入近榻，气咻咻，遍嗅足股。少顷，闻庭中嗥动，如鸡受缚，虎即趋出。又坐少时，一美人入，兰麝扑人，悄然登榻，附耳小言曰："我来矣。"一言之间，口脂散馥。贾瞑然不少动。又低声曰："睡乎？"声音颇类其妻，心微动。又念曰："此皆师相试之幻术也。"瞑如故。美人笑曰："鼠子动矣！"初，夫妻与婢同室，狎亵惟恐婢闻，私约一谜曰："鼠子动，则相欢好。"忽闻是语，不觉大动，开目凝视，真其妻也。问："何能来？"答云："郎生恐君岑寂思归，遣一妪导我来。"言次，因贾出门不相告语，偎傍之际，颇有怨怼。贾慰藉良久，始得嬉笑为欢。既毕，夜已向晨，闻叟谯诃声，渐近庭院。妻急起，无地自匿，遂越短墙而去。俄顷，郎从叟入。叟对贾杖郎，便令逐客。郎亦引贾自短墙出，曰："仆望君奢，不免躁进；不图情缘未断，累受扑责。从此暂去，相见行有日也。"指示归途，拱手遂别。

贾俯视故村，故在目中。意妻弱步，必滞途间。疾趋里余，已至家门，但见房垣零落，旧景全非，村中老幼，竟无一相识者，心始骇异。忽念刘、阮返自天台，情景真似。不敢入门，于对户憩坐。良久，有老翁曳杖出。贾揖之，问："贾某家何所?"翁指其第曰："此即是也。得无欲问奇事耶?仆悉知之。相传此公闻捷即遁；遁时，其子才七八岁。后至十四五岁，母忽大睡不醒。子在时，寒暑为之易衣；迨殁，两孙穷踧，房舍拆毁，惟以木架苫覆蔽之。月前，夫人忽醒，屈指百余年矣。远近闻其异，皆来访视，近日稍稀矣。"贾豁然顿悟，曰："翁不知贾奉雉即某是也。"翁大骇，走报其家。时长孙已死；次孙祥，至五十余矣。以贾年少，疑有诈伪。少间，夫人出，始识之。双涕霪霪，呼与俱去。苦无屋宇，暂入孙舍。大小男妇，奔入盈侧，皆其曾、玄，率陋劣少文。长孙妇吴氏，沽酒具藜藿；又使少子杲及妇，与己共室，除舍舍祖翁姑。贾入舍，烟埃儿溺，杂气熏人。居数日，懊惋殊不可耐。两孙家分供餐饮，调饪尤乖。里中以贾新归，日日招饮；而夫人恒不得一饱。吴氏故士人女，颇娴闺训，承顺不衰。祥家给奉渐疏，或嘑尔与之。贾怒，携夫人去，设帐东里。每谓夫人曰："吾甚悔此一返，而已无及矣。不得已，复理旧业，若心无愧耻，富贵不难致也。"

居年余，吴氏犹时馈饷，而祥父子绝迹矣。是岁，试入邑庠。邑令重其文，厚赠之，由此家稍裕。祥稍稍来近就之。贾唤入，计曩所耗费，出金偿之，斥绝令去。遂买新第，移吴氏共居之。吴二子，长者留守旧业；次杲颇慧，使与门人辈共笔砚。贾自山中归，心思益明澈。无何，连捷登进士第。又数年，以侍御出巡两浙，声名赫奕，歌舞楼台，一时称盛。贾为人鲠峭，不避权贵，朝中大僚，思中伤之。贾屡疏恬退，未蒙俞旨，未几而祸作矣。

先是，祥六子皆无赖，贾虽摈斥不齿，然皆窃余势以作威福，横占田宅，乡人共患之。有某乙娶新妇，祥次子篡取为妾。乙故狙诈，乡人敛金助讼，以此闻于都。于是当道者交章攻贾。贾殊无以自剖，被收经年。祥及次子皆瘐死。贾奉旨充辽阳军。时杲入泮已久，为人颇仁厚，有贤声。夫人生一子，年十六，遂以嘱杲，夫妻携一仆一媪而去。贾曰："十余年富贵，曾不如一梦之久。今始知荣华之场，皆地狱境界，悔比刘晨、阮肇，多造一重孽案耳。"

数日，抵海岸，遥见巨舟来，鼓乐殷作，虞候皆如天神。既近，舟中一人出，笑请侍御过舟少憩。贾见惊喜，踊身而过，押隶不敢禁。夫人急欲相从，而相去已远，遂愤投海中。漂泊数步，见一人垂练于水，引救而去。隶命篙师荡舟，且追且号，但闻鼓声如雷，与轰涛相间，瞬间遂杳。仆识其人，盖郎生也。

异史氏曰：世传陈大士在闱中，书艺既成，吟诵数四，叹曰："亦复谁人识得！"遂弃去更作，以故闱墨不及诸稿。贾生羞而遁去，此处有仙骨焉。乃再返人世，遂以口腹自贬，贫贱之中人甚矣哉！

【译文】

贾奉雉是甘肃平凉人。他才华的名声称冠于一时，可是应试总是不中。一天，在路上遇到一个秀才，自称姓郎，风度潇洒，说话精辟。贾奉雉便邀请他一同回家，拿出作文请教。郎秀才看完，不很称赞，说："你的文章，小考取第一名有余，科试榜上末一名还不够点儿。"贾奉雉问："那怎么办呢？"郎秀才说："天下事，踮着脚仰求困难，弯下腰接近很容易，个中原因何必要我来讲呢！"就指出一两个人、一两篇文章作为标准，大多是贾奉雉所鄙弃而不屑于一提的。听郎秀才一说，他笑着说："读书人写作，贵在流芳百世，就像美味一样列入八珍，也该让天下人不以为过分。像你说的那样猎取功名，即使当上宰相，还是低贱的。"郎秀才说："话不能这样说。文章虽好，地位低就不会流传。你想抱着书本以了结一生也就算了；否则，考场里的官都是靠这种文章爬上去的，恐怕不会因为评阅你的文章，另换一副眼睛和心肝肺肠的。"贾奉雉一直沉默不语。郎秀才起身笑着说："你真是少年气盛啊！"说完就告别而去。这年秋天乡试，贾奉雉再次落榜，郁郁不得志，常想起郎秀才的话，就找出上次指出的几篇文章，勉强读起来。还没读完一篇，就昏昏欲睡，心里惶惑，不知怎么才好。又过了三年，乡试临近，郎秀才忽然来到，相见十分高兴。郎秀才便拿出他所拟的七个题目，叫贾奉雉作文。第二天，要来文章审阅，不认为行，又叫重作；作完，还是非议。贾奉雉开玩笑从落第的试卷中，专拣那些又臭又长、不可告人的句子，拼凑成文，等郎秀才来便拿给他看。郎秀才高兴地说："这就行了！"便让贾奉雉熟读牢记，再三嘱咐不要忘了。贾奉雉笑着说："实话相告吧：这些话不是我心里想说的，转瞬间就忘了，即使挨一顿教棍，也不能再记得了。"郎秀才坐到书桌前，强迫他把文章朗读一遍；就要他袒露背部，用笔画了一道符走了。临别时，说："只要这些已经够了，其余那些书可以束之高阁了。"贾奉雉察看背上的符，洗它不掉，深印在皮肤的纹理中。应试进入考场，七个题目没有一个遗漏的。回想自己写的几篇得意之作，茫然全不记得了，只有开玩笑胡乱拼凑的文章还一句句清楚地印在心中。然而提笔写下总以为羞耻；想稍作改动，可翻来覆去苦思冥想，竟不能再改动一个字。眼看夕阳西下，只好直抄下来，交卷出了考场。

郎秀才等候他已好长时间，问道："为什么这样晚？"贾奉雉将实情告诉了郎秀才，就要求把背上的符擦掉；一看，已经消失了。再回忆考场里的文章，就有隔世之感。他大为惊奇，便问郎秀才："你为什么不自己谋取功名?"郎秀才笑着说："我因为不想求取功名，所以能够不读这种文章啊。"就约贾奉雉明天到自己的住处去，贾奉雉答应了。郎秀才走后，贾奉雉取出文章底稿自己看看，觉得实在不是自己本来想说的，怏怏不乐，不再去拜访郎秀才了，怀着失落感，情绪沮丧地回了家。不久，发榜了，贾奉雉竟然考了第一名。又翻阅旧稿，读一段，出一身汗。读完，几层衣服都湿透了。自言自语说："这文章一传出去，我怎么见天下读书人呢!"正惭愧时，郎秀才突然来了，说："求考中已经考中了，为什么闷闷不乐呢?"贾奉雉说："刚才我自己在想，用金盆玉碗盛了狗屎，真正没脸出去见朋友。我就要躲到深山里去，永远与世隔绝了。"郎秀才说："这也很高明，只怕你做不到罢了。真能做到，我带你去见一个人，能得到长生不老，连千古流芳的名声也不足留恋，何况偶然得来的富贵呢!"贾奉雉心里喜悦，留郎秀才过夜，说："容我考虑考虑。"

天一亮，贾奉雉对郎秀才说："我的决心下定了!"也不跟妻子儿女说一声，就飘然而去。渐渐进入深山，来到一个洞府，里面别有天地。有个老人坐在堂上，郎秀才叫贾奉雉上前拜见，称他师父。老人说："怎么提早来啦?"郎秀才禀告："这人求道的念头已经坚定，望加收留。"老人对贾奉雉说："你既然来了，须把自身置之度外，才能得道。"贾奉雉连声答应听从师命。郎秀才送他到一处院落，安顿他的住处，又拿些食物放下，才走了。

住房倒也精致清洁，只是大门没有门扇，窗户没有窗棂，屋内只有一张桌子一张床。贾奉雉脱鞋上床，月光已经照射进来了。他觉得有点饿，拿食物吃起来，味美而易饱。心想郎秀才会再来，坐了很久，没人影也没声响。只觉得满室清香，五脏六腑透明可见，血脉筋络都可以一一数清。忽然听到很猛烈的声音，像猫在抓痒，从窗口斜眼一看，原来是头老虎蹲在屋檐下面。乍一见，很惊慌，因而想起师父的话，就又凝神端坐。老虎似乎知道屋里有人，随后进入屋内，走到床边，气咻咻地在贾奉雉的脚上腿上嗅了个遍。一会儿，听到庭院中传来叫声扑翅声，像鸡被缚住了，老虎就急忙出去。贾奉雉又坐了片刻，一个美人进来，香气袭人，悄悄上床，附在他耳边小声说："我来了。"一句话之间，唇膏散发出馥郁的芬芳。贾奉雉闭上眼睛，一动不动。美人又低声说："睡了吗？"声音很像他的妻子，心稍微一动。又转念想："这都是师父考验我的幻术啊。"依旧闭着眼睛。美人笑着说："老鼠出动了！"原先贾奉雉夫妇与丫环同住一个房间，夜里亲热，只怕丫环听见，私下约定"老鼠出动了"一句隐语，作为求欢的信号。现在忽然听到这句话，不觉大为心动，睁眼定神一看，真是他的妻子。问："你怎么来的？"妻子回答说："郎秀才怕你寂寞想家，派一个老婆子去领我来的。"说话中间，因为他出门不辞而别，偎依在亲近之际很有埋怨之意。贾奉雉劝慰好久，才能嬉笑着寻欢作乐。完事之后，天已快亮了，听到师父的呵责声由远而近，渐渐近院子了。妻子急忙起床，没地方躲藏，就爬过一堵矮墙出去了。一会儿，郎秀才跟着老人进来。老人当着贾奉雉的面用拐杖打郎秀才，叫他下逐客令。郎秀才也领着贾奉雉从矮墙爬出去，对他说："我对你希望过高，不免急躁冒进；想不到你情缘未断，连累我挨了好一顿打。从此你暂时回去，后会有期。"指给他回家的路，就拱手告别。

贾奉雉往山下一看，家乡故村，原来看得见。心想妻子走得慢，一定还滞留在途中。快步跑了一里多路，已到了自家门口，只见房屋院墙，残破不堪，旧时景象，面目全非，村里老老少少竟没有一个认识的，心里才惊奇起来。忽然想起《神仙传》里说，刘晨、阮肇在天台山仙境半年，回家已历十一世了，情景真是相似。他不敢进家门，就在对门坐下来休息。好久，有位老翁拄着拐杖出来。贾奉雉上前作揖施礼，问道："贾奉雉家住在什么地方？"老翁指着对门房子说："那就是啊！你莫不是要打听奇事吗？我全都知道。相传这个老先生听到中举的捷报就逃走了；逃走时，他儿子才只有七八岁。后来长到十四五岁时，母亲忽然长睡不醒。儿子在世时，天冷天热替她更换衣服；儿子死后，两个孙子穷得慌，把她住的房屋拆毁一空，只用木头搭个架子，盖上草苫遮蔽她的身子。上个月，她忽然醒来，屈指一算，已经一百多年了。远近的人听到这件怪事，都来瞧稀罕，这几天来的人稍微少些了。"贾奉雉恍然大悟，对老翁说："老人家不知道贾奉雉就是我呀！"老翁大惊，跑去报告贾家。当时他的长孙已死；二孙子贾祥，也到五十多岁了。因为贾奉雉年轻，孙子怀疑他骗人。不大一会儿，夫人出来，才认出了他。两行眼泪再也止不住，招呼他一同到家里去。苦于无房，他俩暂时住进孙子家。大大小小、男男女女跑进来一大群，身旁站满了，都是他的曾孙、玄孙，大多粗鄙缺少教育。长孙媳妇吴氏，去买了酒炒了野菜；又叫她的小儿子贾杲小夫妻俩与自己睡一处，腾出房间让太公、太婆住。贾奉雉进房间，烟尘小孩儿屎尿，混杂的气味熏得他够呛。这样住了几天，他懊悔不迭，实在忍不下去。两个孙子家轮流供吃喝，做的饭菜特别差劲。村里人因他新近回来，天天请他喝酒，可他夫人常常吃不到一顿饱饭。长孙媳妇吴氏，原是读书人家的女儿，熟悉礼数，很有家教，顺承孝敬一直不减。二孙子贾祥家供给奉养渐渐少了，有时送点吃的，竟呵斥着给他。贾奉雉发火了，带着夫人离开，到东村去教书。他常对夫人说："我很后悔这次回家，但已经来不及了。现在，迫不得已，只好重操旧业，如果心里忘记'羞耻'二字，富贵是不难到手的。"

住了一年多，吴氏还时常送吃的东西，而贾祥父子绝迹不来了。这年，考中秀才。县令看重他的文章，赠送给他很厚的礼，从此家里稍微宽裕了点。贾祥也一点点来接近。贾奉雉唤他到跟前，算清他过去花的钱，拿出银子偿还了，拒绝再和他来往，叫他走。于是贾奉雉买了新的住房，让吴氏搬来同住。吴氏的两个儿子，大的留守旧家业；小的贾杲很聪明，贾奉雉让他与自己的学生一起读书。贾奉雉从深山回家后，心里更加明白透彻。没多久，连连报捷，得中进士。又过几年，以侍御史出巡浙东、浙西，声名显赫，歌舞，楼台，盛极一时。他为人耿直，不避权贵，朝廷里的大官，总想中伤陷害他。他屡次上疏告退，没得到皇帝批准，没多久祸事就发生了。

早先，贾祥的六个儿子都是无赖，贾奉雉尽管拒绝与他们来往，不把他们当做小辈，然而他们都背着贾奉雉，借他的势力作威作福，横占田产住宅，乡里人都视他们为祸害。某乙新娶媳妇，贾祥的二小子把她抢来做小老婆。某乙本来狡诈，同乡又凑了银子资助他告状，因此这件丑闻在京都传开了。于是朝中当权的大官纷纷向皇帝奏本，弹劾贾奉雉。贾奉雉无法辩白，被关了一年。贾祥和他的二小子都病死在监狱里。贾奉雉奉旨充军辽阳。当时贾杲早已成了秀才，为人很仁义厚道，有好名声。贾夫人生的一个儿子，也十六岁了，就把他托付给贾杲照顾，夫妻两个带了一个男仆一个女佣就踏上充军的道路。途中，贾奉雉对夫人说："十多年的富贵，还不如做个梦的时间长。现在才明白荣华的场所，都是地狱的境界。我只是后悔比刘晨、阮肇多造了一重孽案罢了。"

走了几天，抵达海边，远远看见一条大船驶近，船上鼓乐大作，侍从都像天上的神仙。靠近以后，船内走出一人，笑着邀请侍御史上船休息一下。贾奉雉见了又惊又喜，纵身一跳，上了大船，押解的公差也不敢阻拦。贾夫人急忙要跟去，而大船离岸已远，就愤然投了海。她在海里漂了几丈远，只见有人放下一根绳索，把她拉起来救走了。公差命令船夫划着小艇去追大船，边追边喊，但是只听到雷鸣般的鼓声夹杂着轰隆隆的波涛声，转瞬之间，大船就不见了。贾家仆人认识船上的人，就是郎生。

异史氏说：世上传说陈际泰在试场中，文章写好后，反复朗读，叹息着说："又有谁能赏识呢！"就丢弃重做，所以他试场的作文比不上其他手稿。贾奉雉感到羞耻而逃遁，这里就有仙风道骨在。可是重返人世后，就为吃饭问题贬低自己，"贫贱"二字，拖累人是多么厉害啊！

胭　脂

东昌卞氏，业牛医者，有女小字胭脂，才姿惠丽。父宝爱之，欲占凤于清门，而世族鄙其寒贱，不屑缔盟，以故及笄未字。对户龚姓之妻王氏，佻脱善谑，女闺中谈友也。一日，送至门，见一少年过，白服裙帽，丰采甚都。女意似动，秋波萦转之。少年俯其首，趋而去。去既远，女犹凝眺。王窥其意，戏之曰："以娘子才貌，得配若人，庶可无恨。"女晕红上颊，脉脉不作一语。王问："识得此郎否?"答云："不识。"王曰："此南巷鄂秀才秋隼，故孝廉之子。妾向与同里，故识之。世间男子，无其温婉。今衣素，以妻服未阕也。娘子如有意，当寄语使委冰焉。"女无言，王笑而去。

数日无耗，心疑王氏未暇即往，又疑宦裔不肯俯拾。邑邑徘徊，萦念颇苦；渐废饮食，寝疾惙顿。王氏适来省视，研诘病因。答言："自亦不知。但尔日别后，即觉忽忽不快，延命假息，朝暮人也。"王小语曰："我家男子，负贩未归，尚无人致声鄂郎。芳体违和，非为此否?"女赪颜良久。王戏之曰："果为此者，病已至是，尚何顾忌?先令夜来一聚，彼岂不肯可?"女叹息曰："事至此，已不能羞。但渠不嫌寒贱，即遣媒来，疾当愈；若私约，则断断不可!"王颔之，遂去。

王幼时与邻生宿介通，既嫁，宿侦夫他出，辄寻旧好。是夜宿适来，因述女言为笑，戏嘱致意鄂生。宿久知女美，闻之窃喜，幸其机之可乘也。将与妇谋，又恐其妒，乃假无心之词，问女家闺闼甚悉。次夜，逾垣入，直达女所，以指叩窗。内问："谁何?"答以"鄂生"。女曰："妾所以念君者，为百年，不为一夕。郎果爱妾，但宜速倩冰人；若言私合，不敢从命。"宿姑诺之，苦求一握纤腕为信。女不忍过拒，力疾启扉。宿遽入，即抱求欢。女无力撑拒，仆地上，气息不续。宿急曳之。女曰："何来恶少，必非鄂郎；果是鄂郎，其人温驯，知妾病由，当相怜恤，何遂狂暴如此!若复尔尔，便当鸣呼，品行亏损，两无所益!"宿恐假迹败露，不敢复强，但请后会。女以亲迎为期。宿以为远，又请之。女厌纠缠，约待病愈。宿求信物，女不许。宿捉足解绣履而去。女呼之返，曰："身已许君，复何吝惜？但恐'画虎成狗'，致贻污谤。今亵物已入君手，料不可反。君如负心，但有一死！"

宿既出，又投宿王所。既卧，心不忘履，阴揣衣袂，竟已乌有。急起篝灯，振衣冥索。诘之，不应。疑妇藏匿，妇故笑以疑之。宿不能隐，实以情告。言已，遍烛门外，竟不可得。懊恨归寝。窃幸深夜无人，遗落当犹在途也。早起寻之，亦复杳然。

先是，巷中有毛大者，游手无籍。尝挑王氏不得，知宿与洽，思掩执以胁之。是夜，过其门，推之未扃，潜入。方至窗外，踏一物，耎若絮帛，拾视，则巾裹女舄。伏听之，闻宿自述甚悉，喜极，抽身而出。逾数夕，越墙入女家，门户不悉，误诣翁舍。翁窥窗，见男子，察其音迹，知为女来者。心忿怒，操刀直出。毛大骇，反走。方欲攀垣，而卞追已近，急无所逃，反身夺刃；媪起大呼，毛不得脱，因而杀之。女稍痊，闻喧始起。共烛之，翁脑裂不复能言，俄顷已绝。于墙下得绣履，媪视之，胭脂物也。逼女，女哭而实告之；但不忍贻累王氏，言鄂生之自至而已。

天明，讼于邑。邑宰拘鄂。鄂为人谨讷，年十九岁，见客羞涩如童子。被执，骇绝。上堂不知置词，惟有战栗。宰益信其情真，横加梏械。书生不堪痛楚，以是诬服。既解郡，敲扑如邑。生冤气填塞，每欲与女面相质；

及相遭，女辄诟詈，遂结舌不能自伸，由是论死。往来覆讯，经数官无异词。

后委济南府复案。时吴公南岱守济南，一见鄂生，疑不类杀人者，阴使人从容私问之，俾得尽其词。公以是益知鄂生冤。筹思数日，始鞫之。先问胭脂："订约后，有知者否？"答："无之。""遇鄂生时，别有人否？"亦答："无之。"乃唤生上，温语慰之。生自言："曾过其门，但见旧邻妇王氏与一少女出，某即趋避，过此并无一言。"吴公叱女曰："适言侧无他人，何以有邻妇也？"欲刑之。女惧曰："虽有王氏，与彼实无关涉。"公罢质，命拘王氏。

数日已至，又禁不与女通，立刻出审，便问王："杀人者谁？"王对："不知。"公诈之曰："胭脂供言，杀卞某汝悉知之，胡得隐匿？"妇呼曰："冤哉！淫婢自思男子，我虽有媒合之言，特戏之耳。彼自引奸夫人院，我何知焉！"公细诘之，始述其前后相戏之词。公呼女上，怒曰："汝言彼不知情，今何以自供撮合哉？"女流涕曰："自己不肖，致父惨死，讼结不知何年，又累他人，诚不忍耳。"公问王氏："既戏后，曾语何人？"王供："无之。"公怒曰："夫妻在床，应无不言者，何得云无？"王供："丈夫久客未归。"公曰："虽然，凡戏人者，皆笑人之愚，以炫己之慧，更不向一人言，将谁欺？"命梏十指。妇不得已，实供："曾与宿言。"

公于是释鄂拘宿。宿至，自供："不知。"公曰："宿妓者必无良士！"严械之。宿自供："赚女是真。自失履后，未敢复往，杀人实不知情。”公怒曰：“逾墙者何所不至！”又械之。宿不任凌籍，遂以自承。招成报上，无不称吴公之神。铁案如山，宿遂延颈以待秋决矣。然宿虽放纵无行，故东国名士。闻学使施公愚山贤能称最，又有怜才恤士之德，因以一词控其冤枉，语言怆恻。公讨其招供，反覆凝思之。拍案曰：“此生冤也！”遂请于院、司，移案再鞫。问宿生：“鞋遗何所？”供言：“忘之。但叩妇门时，犹在袖中。”转诘王氏：“宿介之外，奸夫有几？”供言：“无有。”公曰：“淫乱之人，岂得专私一个？”供言：“身与宿介，稚齿交合，故未能谢绝；后非无见挑者，身实未敢相从。”因使指其人以实之。供云：“同里毛大，屡挑而屡拒之矣。”公曰：“何忽贞白如此？”命搒之。妇顿首出血，力辨无有，乃释之。又诘：“汝夫远出，宁无有托故而来者？”曰：“有之，某甲、某乙，皆以借贷馈赠，曾一二次入小人家。”

盖甲、乙皆巷中游荡子，有心于妇而未发者也。公悉籍其名，并拘之。既集，公赴城隍庙，使尽伏案前。便谓：“曩梦神人相告，杀人者不出汝等四五人中。今对神明，不得有妄言。如肯自首，尚可原宥；虚者，廉得无赦！”同声言无杀人之事。公以三木置地，将并加之；括发裸身，齐鸣冤苦。公命释之。谓曰：“既不自招，当使鬼神指之。”使人以毡褥悉幛殿窗，令无少隙；袒诸囚背，驱入暗中，始授盆水，一一命自盥讫；系诸壁下，戒令“面壁勿动。杀人者，当有神书其背”。少间，唤出验视，指毛曰：“此真杀人贼也！”

盖公先使人以灰涂壁，又以烟煤濯其手：杀人者恐神来书，故匿背于壁而有灰色；临出，以手护背，而有烟色也。公固疑是毛，至此益信。施以毒刑，尽吐其实。判曰：

宿介：蹈盆成括杀身之道，成登徒子好色之名。只缘两小无猜，遂野鹜如家鸡之恋；为因一言有漏，致得陇兴望蜀之心。将仲子而逾园墙，便如鸟堕；冒刘郎而至洞口，竟赚门开。感帨惊尨，鼠有皮胡若此？攀花折树，士无行其谓何！幸而听病燕之娇啼，犹为玉惜；怜弱柳之憔悴，未似莺狂。而释幺凤于罗中，尚有文人之意；乃劫香盟于袜底，宁非无赖之尤！蝴蝶过墙，隔窗有耳；莲花卸瓣，堕地无踪。假中之假以生，冤外之冤谁信？天降祸起，酷械至于垂亡；自作孽盈，断头几于不续。彼逾墙钻隙，固有玷夫儒冠；而僵李代桃，诚难消其冤气。是宜稍宽笞扑，折其已受之惨；姑降青衣，开其自新之路。

若毛大者：刁猾无籍，市井凶徒。被邻女之投梭，淫心不死；伺狂童之入巷，贼智忽生。开户迎风，喜得履张生之迹；求浆值酒，妄思偷韩掾之香。何意魄夺自天，魂摄于鬼。浪乘槎木，直入广寒之宫；径泛渔舟，错认桃源之路。遂使情火息焰，欲海生波。刀横直前，投鼠无他顾之意；寇穷安往，急兔起反噬之心。越壁入人家，止期张有冠而李借；夺兵遗绣履，遂教鱼脱网而鸿离。风流道乃生此恶魔，温柔乡何有此鬼蜮哉！即断首领，以快人心。

胭脂：身犹未字，岁已及笄。以月殿之仙人，自应有郎似玉；原霓裳之旧队，何愁贮屋无金？而乃感关雎而念好逑，竟绕春婆之梦；怨摽梅而思吉士，遂离倩女之魂。为因一线缠萦，致使群魔交至。争妇女之颜色，恐失“胭脂”；惹鸷鸟之纷飞，并托“秋隼”。莲钩摘去，难保一瓣之香；铁限敲来，几破连城之玉。嵌红豆于骰子，相思骨竟作厉阶；丧乔木于斧斤，可憎才真成祸水！葳蕤自守，幸白璧之无瑕；缧绁苦争，喜锦衾之可覆。嘉其入门之拒，犹洁白之情人；遂其掷果之心，亦风流之雅事。仰彼邑令，作尔冰人。

案既结，遐迩传诵焉。

自吴公鞫后，女始知鄂生冤。堂下相遇，靦然含涕，似有痛惜之词，而未可言也。生感其眷恋之情，爱慕殊切；而又念其出身微，且日登公堂，为千人所窥指，恐娶之为人姗笑，日夜萦回，无以自主。判牒既下，意始安帖。邑宰为之委禽，送鼓吹焉。

异史氏曰：甚哉！听讼之不可以不慎也！纵能知李代为冤，谁复思桃僵亦屈？然事虽暗昧，必有其间，要非审思研察，不能得也。呜呼！人皆服哲人之折狱明，而不知良工之用心苦矣。世之居民上者，棋局消日，紬被放衙，下情民艰，更不肯一劳方寸。至鼓动衙开，巍然高坐，彼哓哓者直以桎梏静之，何怪覆盆之下多沉冤哉！

愚山先生，吾师也。方见知时，余犹童子。窃见其奖进士子，拳拳如恐不尽；小有冤抑，必委曲呵护之，曾不肯作威学校，以媚权要。真宣圣之护法，不止一代宗匠，衡文无屈士已也。而爱才如命，尤非后世学使虚应故事者所及。尝有名士入场，作《宝藏兴焉》文，误记“水下”；录毕而后悟之，料无不黜之理。作词曰：“宝藏在山间，误认却在水边。山头盖起水晶殿。瑚长峰尖，珠结树颠。这一回崖中跌死撑船汉！告苍天：留点蒂儿，好与友朋看。”先生阅文至此，和之曰：“宝藏将山夸，忽然见在水涯。樵夫漫说渔翁话。题目虽差，文字却佳，怎肯放在他人下。尝见他，登高怕险；那曾见会水淹杀？”此亦风雅之一斑，怜才之一事也。

【译文】

山东东昌做牛医的卞家，有个女儿小名胭脂，人才好，长得又漂亮。父亲宠她像宝贝似的，要把她许给上等人家，可是名门大族嫌牛医贫贱，不屑结亲，因此胭脂长到十五岁，还没有许配。卞家对门龚家，妻子王氏，是个轻薄风流的女人，很会说笑取乐，是胭脂闺房中谈笑的常客。一天，胭脂送她到大门口，看见一个青年走过，白衣披巾帽，风采十分英俊。胭脂情有所动，一双水汪汪的眼睛盯着他转。青年低下头匆匆走去。已经远了，胭脂还在凝眸眺望。王氏看出胭脂的心事，开玩笑说：“以你的才貌，和这样一个人配成对，差不多可以不遗憾了。”胭脂红晕飞上脸颊，含情脉脉一语不发。王氏问：“认识这小伙吗?”胭脂回答说：“不认识。”王氏说：“这人是南巷的秀才鄂秋隼，已故举人的儿子。我以前与他家是街坊，所以认识他。世上的男人，再没有他那么温顺的。今天穿一身白，因为给亡妻服丧还没有满期。你如有意，我可以把话传过去，叫他请媒人来。”胭脂不言语，王氏笑着就走了。

几天没有消息，胭脂怀疑王氏没空就去，又疑心官宦人家后代不肯低就。闷闷不乐地徘徊，一缕情丝挂在心间，思念很苦；渐渐不进饮食，萎靡不振地病倒在床上。正好王氏来看她，细问病因。

胭脂说："我也不知怎么回事。只是那天别后，就觉得恍恍惚惚，心里不快，这命只靠一口气拖着，是早晚难保的人了。"王氏小声说："我家男人外出做买卖没回来，还没人去给鄂秀才说一声。你身子不舒服，莫非就为这吗？"胭脂脸红了好一阵子。王氏开玩笑说："果真为这个的话，病已经到这地步，还顾忌什么？先叫他夜晚来聚一聚，难道他不肯吗？"胭脂叹口气说："事情到这个地步，已不能害臊了。只要他不嫌我家贫贱，就托媒人来，我的病会好的；如果私下约会，那是断断使不得的！"王氏点点头，就走了。

王氏年轻时与邻家一个叫宿介的书生私通，出嫁后，宿介打听到她男人外出，就找她重温旧情。正好这夜宿介来了，王氏便把胭脂的话当作笑料讲给他听，末了还嬉笑着嘱咐宿介把意思转达给鄂秋隼。宿介早知道胭脂长得美，听了暗暗高兴，庆幸有机可乘了。准备与王氏商量，又怕她妒忌，就装出毫不在意的样子，把胭脂闺房的坐落、门户问得很清楚。第二天夜里，宿介翻墙进入卞家，径直来到胭脂的住所，用手指轻叩她的窗户。胭脂在房内问："谁呀？"回答说是"鄂秋隼"。胭脂说："我所以思念你，为的是结百年之好，不是图一夕之欢。你如果真心爱我，就应当早请媒人；如果说私下里交合，恕我不敢从命。"宿介暂且假意应允了，苦苦哀求让他握一握她的玉手作为凭信。胭脂不忍过于拒绝，撑着病体勉强起来开门。宿介突然进来，就抱住胭脂求欢。胭脂没有力气抗拒，跌倒在地上，一口气上不来了，宿介急忙拉她起来。胭脂说："哪里来的恶少，一是不是鄂郎；果真是鄂郎的话，他是温和善良的人，知道我的病由，一定会怜惜我，哪就如此狂暴！你再这样，我就要喊了，损坏了人品德行，两方面都没有好处！"宿介怕假装的形迹败露，不敢再强求，只请约定以后相会的日期。胭脂以迎亲那天为期。宿介认为太远，又求她。胭脂厌烦他纠缠不休，约定等病愈后相会。宿介要一件信物，胭脂不给。宿介捉住她的脚脱下绣鞋就走。胭脂喊他回来，说："我已答应嫁给你，还有什么好吝惜的呢？只是怕'画虎不成反类犬'，落得被人耻笑辱骂。现在绣鞋已在你手里，料想要不回来。你如负心，我只有一死！"

宿介出来，又到王氏那儿过夜。躺下后，心里惦记着那只绣鞋，悄悄摸衣袖，竟空无所有了。急忙起身点灯，抖动衣裳到处翻找。王氏问他，他不吭声。又怀疑王氏藏了起来，王氏故意笑笑来迷惑他。宿介不能隐瞒了，如实把情况告诉了王氏。说完，持灯烛到门外照遍了，竟然找不到。懊丧地回房睡觉。暗暗庆幸深更半夜没人，遗失的绣鞋应当还在路上。一大早起身寻找，也还是没有踪影。

在这之前，巷子里有个毛大，是游手好闲的无业流氓。曾挑逗王氏，没有得手，知道宿介与她相好，想伺机捉奸来胁迫王氏。这天夜深，毛大到王氏门前，推门没有闩上，溜了进去。刚到窗下，踩到一样东西，软软的像棉絮，捡起来一看，是用手巾裹着的一只绣鞋。他潜伏着听，把宿介自述的话听得清清楚楚，高兴极了，抽身就出去。过了几晚，毛大翻墙进了胭脂家，门户不熟，误到牛医住的房间。卞牛医从窗缝里向外一看，见是个男子，观察他的动态，知道是为女儿来的。心中愤怒，拿起刀直奔而出。毛大大惊，掉头就跑。刚要翻墙，卞牛医已追上，惶急中无处可逃，返身夺刀；胭脂母亲起身大叫，毛大脱身不得，就此杀了卞牛医。胭脂的病刚好点，听到喊声才起来。母女俩点上烛一照，老头子的脑袋开裂不再能说话，一会儿就断气了。在墙脚下找到一只绣鞋，老太婆一看，是胭脂的东西。当下逼问女儿，胭脂哭着实言相告；只是不忍心牵累王氏，只说鄂秋隼自己来的。

天一亮，人命案告到县里。县官下令将鄂秋隼拘捕到案。鄂秋隼为人谨慎不善言辞，十九岁了，见了客人像小孩儿那样害羞。被捕，惊恐极了，上了公堂不知说什么好，只是浑身发抖。县老爷益发相信他杀人是真，横加拷打。书生忍不住痛，就此屈打成招。押解到郡府，和县里一样大刑伺候。鄂秋隼怨气填胸，常想同胭脂当面对质；等到相遇，胭脂总是痛骂，他就张口结舌不能申辩，因此被判死刑。这案子来回复审，经过几个官没有不同意见。后来委派济南府复核。当时吴南岱任济南知府，一见鄂秋隼，就疑心他不像杀人的，暗中派人从容地个别审问，让他可以充分辩白。吴南岱因此更了解鄂秋隼的冤枉。筹划了好几天，才开始审问。先审问胭脂："订了约会之后，有没有人知道？"胭脂回答说："没有。"问："遇到鄂生时，旁边有别的人吗？"也回说："没有。"就传唤鄂秋隼上堂，语气温和地安慰他。鄂秋隼自称："我曾路过她家门口，只见到从前的邻居王氏与一个少女出来，我立即快步避开了，这以后并没有和她讲过一句话。”吴知府叱责胭脂说：“刚才说旁边没有别人，怎么有邻家女人呢？”要对她用刑。胭脂害怕了，说：“虽然有王氏，与她实在没有牵连。”吴知府停止对质，下令拘捕王氏。

几天之后，王氏拘捕到案，又看牢她不让与胭脂通气，立刻开审，就问王氏：“杀人的是谁？”王氏回答说：“不知道。”吴知府诈她，说：“胭脂招供说，杀卞牛医的事你全知道，哪得隐瞒？”王氏嚷道：“冤枉啊！不要脸的丫头自己想男人，我虽然有过说媒的话，不过是开玩笑罢了。她自己勾引奸夫进院，我怎么知道呀！”吴知府仔细地追问她，王氏才讲出前后与胭脂开玩笑的话。吴知府传呼胭脂上堂，怒声问道：“你说她不知情，今天她怎么自己供出给你做媒的事呢？”胭脂流泪说：“我自己不好，致使父亲惨死，官司不知哪年了结，又连累别人，实在不忍心罢了！”吴知府问王氏说：“你要她之后，对谁讲过？”王氏供道：“没有。”吴知府怒声说：“夫妻在床上，应是无话不说的，怎能说没有？”王氏供道：“我丈夫长久在外没有回来。”吴知府说：“虽然如此，凡戏耍他人的，都笑别人愚蠢来炫耀自己聪明，你再也没向一个人说起过，想骗谁？”吴知府命令把她十个指头拶起来。王氏迫不得已，从实招供说：“曾经与宿介说过。”

于是，吴知府释放鄂秋隼，逮捕宿介。宿介押到，自己供认说：“不知道。”吴知府说：“乱搞男女关系的一定不是好人！”严刑拷打他。宿介只得招供说：“诱骗胭脂的事是真，自从绣鞋丢失后，没敢再去，杀人的事，实在不知情”。吴知府怒斥道：“翻墙的人什么事干不出来！”又上刑。宿介经不得严刑拷打，就承认自己杀的。招供上报，无不称颂吴知府的神明。结案如山，宿介就得伸长脖子等秋后处斩了。然而宿介虽然放荡无行，却仍是山东名士。听说学使施愚山被称为最贤明能干的官员，又有怜才恤士的美德，便写了一篇文字诉说自己的冤枉，语言悲切动人。施学使要来他的供词，反复凝思，拍案说道：“这人冤枉了！”就请求都察院、提刑按察使司把案子转来再审。

施学使问宿介：“绣鞋丢失在什么地方？”宿介供道：“忘了。不过敲王氏门时，还在衣袖里。”施学使转而问王氏：“宿介之外，奸夫还有几个?”王氏供道:“没有。”施学使说:“淫乱的人,哪会专门私通一个人?”王氏供道:“我与宿介年轻时相好,因此没能谢绝,后来并非没有人挑逗,但自己确实没有顺从。”施学使就叫她从实指出是谁挑逗的。王氏说:“街坊毛大,屡次调戏都被我拒绝了。”施学使说:“怎么突然这样贞节清白了?”下令拷打她。王氏磕头出血,竭力申辩没有别的奸情,才饶了她。施学使又问:“你丈夫出了远门,难道没有借故上门来的?”王氏回答说:“有的,某甲和某乙,都因为借钱送礼,曾到我家一两次。”

原来某甲、某乙都是巷子里的浪荡子,对王氏有心而还没有挑明的。学使把名字一一记下,一并把他们抓来。人到齐后,施学使到城隍庙,叫他们统统在神案前跪下。就对他们说:“前几天,我梦见神人告诉我,杀卞牛医的凶手就在你们四五个人里面。今天,你们面对神明,不得说假话。如果肯自首,还可以从宽处理;说假话的,查出决不赦免!”几个人异口同声说没有杀人的事。施学使叫人取出刑具,放在地上,要把他们都铐起来;头发扎好,衣服剥掉,他们却齐声喊冤叫苦起来。施学使叫把他们放下,说:“既然不肯自招,当请鬼神指出凶手是谁。”派人用毡毯、被褥把神殿的窗户全都遮起来,不许有一点缝隙漏光;几个囚犯光着背,被赶进漆黑一团的神殿里,才给他们一盆水,一一命他们自己洗手;把他们缚在墙壁下,警告说:“面对墙壁不许动。杀人的,自有神在他背上写字。”过了一会儿,把他们喊出来验看,施学使指着毛大说:“这是真正的杀人犯!”

原来,施学使先派人在墙壁上涂上灰,又用烟煤放在水盆里让他们洗手,杀人凶手害怕神来写字,所以把背脊紧贴墙壁躲避,因而粘上了灰;临出来,用手护背,因而又粘上烟煤的颜色。施学使本来怀疑是毛大,到此确信无疑了。用重刑拷问,毛大招认了全部事实。施学使判道:

“案犯宿介:重蹈盆成括杀身之覆辙,获得登徒子好色的名声。只因两小无猜,成就了野鸭如同家鸡之恋;又为一言有漏,以至于得陇又起望蜀之心。‘将仲子’翻院墙,就像鸟儿落地,进了卞家;假‘刘晨’入天台,好比洞口遇仙,骗开房门。对女子动手动脚,老鼠尚且有皮,怎么能够这样?动脑筋折花折柳,文人竟然无行,算是什么东西！幸而听病燕之娇啼，还有怜香惜玉之心；怜弱柳之憔悴，并无雨骤风狂之暴。罗网中放了幺凤，还有点文人之意；金莲下抢走绣鞋，岂不是无赖之尤！蝴蝶有心过墙，不料隔窗有耳；绣鞋不意丢失，谁知落地无影。假中假由此而生，冤外冤有谁能信？祸自天降，终于受酷刑，差点丧命；孽由自作，几乎砍脑袋，不得复生。翻墙钻洞的淫行，固然玷辱书生名声；李代桃僵的误会，也真难消心头冤气。责打可以稍为宽缓，抵他已受的苦刑；秀才姑且降为童生，给他自新的出路。

“至于像毛大这种人：刁猾无赖，市井凶徒。挑逗邻居女子遭到拒绝，淫心不死；探察偷情男人已经入港，贼智顿生。迎春风开了门户，庆幸随张生入室；求茶水得到美酒，妄想学韩寿偷香。不想天夺走六魄，鬼摄去三魂。乘天筏直入广寒宫，撑渔船错闯桃源路。就使情火顿息烈焰，欲海横生波澜。刀横直前，下毒手毫无顾忌；狗急跳墙，起恶心丧尽天良。翻墙进入人家，只想张冠李戴；夺刀落下绣鞋，就成金蝉脱壳。风流道上竟然出这种恶魔，温柔乡中怎会有如此鬼蜮！即将该犯斩首示众，以快人心。

“至于胭脂：尚未许嫁，已达婚龄。以月里嫦娥之貌，自应有郎如美玉；似《霓裳羽衣》之姿，何愁藏娇无金屋。感‘关关雎鸠’而思‘君子’之‘好逑’，竟然萦绕绩妇之春梦；怨‘摽梅’之实而想诱女之‘吉士’，几乎成了离魂之倩女。只因一线情丝牵缠，致使万种魔魇毕至。争一少女芳心，恐失胭脂之美色；惹众饿狼垂涎，都借秋隼的名义。绣鞋抢走，难以保全纯洁真挚的爱；闺房敲开，几乎糟蹋价值连城之玉。红豆嵌进骰子，入骨的相思竟惹出灾难；父亲死在刀下，可爱的美人真成了祸水。幸而尚能自守贞操，终于白璧无瑕；虽然陷入牢狱之灾，还可重归闺房。拒绝非礼的行为，其情可嘉，还是清白的情人；‘掷果潘郎’的心意，其愿可遂，也是风流的雅事。仗仰县官，担任媒人。”

结案后，远近传诵。

自从吴知府审案，胭脂才知道鄂秋隼冤枉。公堂下相遇。羞愧含泪，好像想说些深怜痛惜的话，可是说不出口。鄂秋隼感觉到她的眷恋之情，对她的爱慕也十分热切；可是又想到她出身低微，并且天天上公堂，被许多人窥看指点，怕娶了她被人讪笑，日思夜想，拿不定主意。判决的公文下达后，心思才安定下来。县令为他做媒，成婚之日还送了乐队吹打迎亲。

异史氏说：多严重！审案不可不慎重啊！这案子李代桃僵，纵然能够知道李代的鄂秋隼是蒙冤的，谁还会再想到桃僵的宿介也是受屈的呢？但是案情虽然不明朗，一定有破绽，总之不是深刻思考、详细察辨，就不可能水落石出的！人人都佩服青天大老爷判案神明，而不知高手的用心良苦。世上那些为官作宰的人，整日下棋消磨时间，睡在绸被里传令放衙。至于下面的情况，百姓的困苦，再不肯用点心思去想。到了擂鼓开衙的时候，巍然高坐在公堂上，对陈述冤情的径直用刑罚来叫他闭口，难怪覆盆之下有冤难申，造成大批冤案啊！

施愚山先生是我的老师。初见时，我还是儿童。亲见他奖励后进学子，拳拳之心，唯恐不尽；小有冤屈，必定曲意加以保护，呵责禁止侵害的行为，从来不肯在学校里摆威风，来向权贵献媚。他真是孔子的护法神，不仅是一代文宗，评判文章不屈抑读书人而已；而爱才如命，更不是后世学政使虚应故事装装门面所能及的。曾经有位名士应试进了考场，作以“宝藏兴焉”为题的文章，误把山里宝藏理解为水下宝藏；文章誊写完毕才发觉，料想没有不落第的道理。于是作《黄莺儿》一曲写于文后，说：宝藏在山间，误认却在水边。山头盖起水晶殿。瑚长峰尖，珠结树颠，这一回崖中跌死撑船汉！告苍天，留点蒂儿，好与友朋看。施愚山先生阅卷至此，也作曲一首与他唱和：宝藏将山夸，忽然见在水涯。樵夫漫说渔翁话。题目虽差，文字却佳，怎肯放在他人下。尝见他，登高怕险；那曾见会水淹杀？这也是先生风雅之一斑，爱才之一例。

阿　纤

奚山者，高密人。贸贩为业，往往客蒙沂之间。一日，途中阻雨，及至所常宿处，而夜已深，遍叩肆门，无有应者。徘徊庑下。忽二扉豁开，一叟出，便纳客入。

山喜从之。絷蹇登堂，堂上迄无几榻。叟曰：“我怜客无归，故相容纳。我实非卖食沽饮者。家中无多手指，惟有老荆弱女，眠熟矣。虽有宿肴，苦少烹鬻，勿嫌冷啜也。”言已，便入。少顷，以足床来，置地上，促客坐；又入，携一短足几至：拔来报往，蹀躞甚劳。山起坐不自安，曳令暂息。

少间，一女郎出行酒。叟顾曰：“我家阿纤兴矣。”视之，年十六七，窈窕秀弱，风致嫣然。山有少弟未婚，窃属意焉。因询叟清贯尊阀。答云：“士虚，姓古。子孙皆夭折，剩有此女。适不忍搅其酣睡，想老荆唤起矣。”问：“婿家阿谁？”答言：“未字。”山窃喜。既而品味杂陈，似所宿具。食已，致恭而言曰：“萍水之人，遂蒙宠惠，没齿所不敢忘。缘翁盛德，乃敢遽陈朴鲁：仆有幼弟三郎，十七岁矣。读书肄业，颇不顽冥。欲求援系，不嫌寒贱否？”叟喜曰：“老夫在此，亦是侨寓。倘得相托，便假一庐，移家而往，庶免悬念。”山都应之，遂起展谢。叟殷勤安置而去。鸡既唱，叟已出，呼客盥沐。束装已，酬以饭金。固辞曰：“客留一饭，万无受金之理；矧附为婚姻乎？”

既别，客月余，乃返。去村里余，遇老媪率一女郎，冠服尽素。既近，疑似阿纤。女郎亦频转顾，因把媪袂，附耳不知何辞。媪便停步，向山曰：“君奚姓耶？”山唯唯。媪惨然曰：“不幸老翁压于败堵，今将上墓。家虚无人，请少待路侧，行即还也。”遂入林去，移时始来。途已昏冥，遂与偕行。道其孤弱，不觉哀啼；山亦酸恻。

媪曰："此处人情大不平善，孤孀难以过度。阿纤既为君家妇，过此恐迟时日，不如早夜同归。"山可之。

既至家，媪挑灯供客已，谓山曰："意君将至，储粟都已粜去；尚存廿余石，远莫致之。北去四五里，村中第一门，有谈二泉者，是吾售主。君勿惮劳，先以尊乘运一囊去，叩门而告之，但道南村古姥有数石粟，粜作路用，烦驱蹄躈一致之也。"即以囊粟付山。山策蹇去，叩户，一硕腹男子出，告以故，倾囊先归。俄有两夫以五骡至。媪引山至粟所，乃在窖中。山下为操量执概，母放女收，顷刻盈装，付之以去。凡四返而粟始尽。既而以金授媪。媪留其一人二畜，治任遂东。行二十里，天始曙。至一市，市头赁骑，谈仆乃返。既归，山以情告父母。相见甚喜，即以别第馆媪，卜吉为三郎完婚。媪治奁妆甚备。阿纤寡言少怒；或与语，但有微笑；昼夜绩织无停晷：以是上下悉怜悦之。嘱三郎曰："寄语大伯：再过西道，勿言吾母子也。"居三四年，奚家益富，三郎入泮矣。

一日，山宿古之旧邻，偶及曩年无归，投宿翁媪之事。主人曰："客误矣。东邻为阿伯别第，三年前，居者辄睹怪异，故空废甚久，有何翁媪相留？"山甚讶之，而未深言。主人又曰："此宅向空十年，无敢入者。一日，第后墙倾，伯往视之，则石压巨鼠如猫，尾在外犹摇。急归，呼众共往，则已渺矣。群疑是物为妖。后十余日，复入试，寂无形声；又年余，始有居人。"山益奇之。归家私语，窃疑新妇非人，阴为三郎虑；而三郎笃爱如常。

久之，家中人纷相猜议。女微察之，夜中语三郎曰："妾从君数载，未尝少失妇德；今置之不以人齿。请赐离婚书，听君自择良耦。"因泣下。三郎曰："区区寸心，宜所夙知。自卿入门，家日益丰，咸以福泽归卿，乌得有异言？"女曰："君无二心，妾岂不知；但众口纷纭，恐不免秋扇之捐。"三郎再四慰解，乃已。

山终不释，日求善扑之猫，以觇其意。女虽不惧，然蹙蹇不快。一夕，谓媪小恙，辞三郎省侍之。天明，三郎往讯，则室内已空。骇极，使人于四途踪迹之，并无消息。中心营营，寝食都废。而父兄皆以为幸，交慰藉之，将为续婚；而三郎殊不怿。

俟之年余，音问已绝；父兄辄相诮责，不得已，以重金买妾，然思阿纤不衰。又数年，奚家日渐贫，由是咸忆阿纤。有叔弟岚以故至胶，迂道宿表戚陆生家。夜闻邻哭甚哀，未遑诘也。既返，复闻之，因问主人。答云："数年前，有寡母孤女僦居于是。月前姥死，女独处，无一线之亲，是以哀耳。"问何姓，曰："姓古。尝闭户不与里社通，故未悉其家世。"岚惊曰："是吾嫂也！"因往款扉。有人挥涕出，隔扉应曰："客何人？我家故无男子。"岚隙窥而遥审之，果嫂。便曰："嫂启关，我是叔家阿遂。"女闻之，拔关纳入，诉其孤苦，意凄惨悲怀。岚曰："三兄忆念颇苦。夫妻即有乖迕，何遂远遁至此？"即欲赁舆同归。女怆然曰："我以人不齿数故，遂与母偕隐；今又返而依人，谁不加白眼？如欲复还，当与大兄分炊；不然，行乳药求死耳！"

岚既归，以告三郎。三郎星夜驰去。夫妻相见，各有涕洟。次日，告其屋主。屋主谢监生，窥女美，阴欲图致为妾，数年不取其值；频风示媪，媪绝之。媪死，窃幸可谋，而三郎忽至，通计房租以留难之。三郎家故不丰，闻金多，颇有忧色。女言："不妨。"引三郎视仓储，约粟三十余石，偿租有余。三郎喜，以告谢。谢不受粟，故索金。女叹曰："此皆妾身之恶幛也!"遂以其情告三郎。三郎怒，将诉于邑。陆氏止之，为散粟于里党，敛赀偿谢，以车送两人归。

三郎实告父母，与兄析居。阿纤出私金，日建仓廪，而家中尚无儋石，共奇之。年余验视，则仓中盈矣。不数年，家大富；而山苦贫。女移翁姑自养之；辄以金粟周兄，狃以为常。三郎喜曰："卿可云不念旧恶矣。"女曰："彼自爱弟耳。且非渠，妾何缘识三郎哉?"后亦无甚怪异。

【译文】

有个叫奚山的，是山东高密人。以跑买卖为职业，时常客居在沂水蒙山之间。一天，途中因雨受阻，等走到他经常借宿的地方，已经夜深了，敲遍所有店铺的门，没有应声的。只好在廊檐下徘徊。忽然两扇门豁然洞开，一个老人出来，就请奚山进屋。奚山高高兴兴跟老人进去。拴好驴，上了客堂，堂上并没有桌子和卧榻。老人说："我同情你无处投宿，所以接待你。我实在不是开饭馆的，家里没什么人，只有老妻弱女，已经睡熟了。虽然有隔夜菜肴，苦于没有热过，请不要嫌吃冷的啊。"说完就进了里屋。一会儿，把矮脚床搬来，放在地上，催奚山坐下；又进去带来一只矮桌：进进出出，步子又跨不大，很是辛劳。奚山站起身来，有点不过意，拉住老人让他歇一歇。

不大会儿，一个姑娘出来倒酒，老人回头看着说："我家阿纤起来了。"奚山看姑娘，年纪十六七岁，身材窈窕，长得秀气文弱，风韵美好。奚山有个小弟弟尚未婚配，心里看中了阿纤。便问老人尊姓大名。老人回答说："我姓古，叫士虚。儿孙都夭折了，只剩这个女儿。刚才舍不得搅了她的好睡，想必是我家老太婆喊她起来的了。"奚山又问："女婿是谁？"回答说："没有许配人家。"奚山暗暗高兴。一忽儿各样菜都摆好了，像是早已做好了的。奚山吃完，表示感谢，就说："萍水相逢之人，就蒙老伯如此厚爱，所受恩惠，没齿不敢忘记。只因老人家德高，才敢仓促讲句鲁莽的老实话：我有个年幼的弟弟叫三郎，十七岁了。读书学习，不是很笨。想攀婚姻，不知嫌不嫌我家贫贱？"老人高兴地说："我在这里，也是侨居。倘若能够相托，就借一居所，全家搬过去，或许可免了挂念。"奚山都答应下来，就又站起来表示感谢。老人殷勤安排好枕被才离开。鸡叫头遍，老人已经出来，喊奚山盥洗。奚山整装完毕，取出饭钱酬谢。老人坚决推辞，说："留客人吃顿饭，万万没有收钱的道理；何况又攀了亲呢！"

告别后，奚山在外一个多月才回还。在离村一里多的路上，遇到一个老妇人领着个姑娘，穿戴一身白。走近后，觉得有点像阿纤。姑娘也频频回头看，便拉住老妇人的衣袖，附耳不知说了些什么。老妇人就停下步子，对奚山说："你姓奚吗？"奚山点头称是。老妇人神情凄惨地说："我家老头子不幸被断墙压死，现在要去上坟。我家里空荡荡的没有人，请你在路旁稍等会儿，我们去一下就回来。"母女俩就进入树林里去了，过了一段时间才回来。路已经昏暗了，奚山就与她们一同走。讲起她们孤弱，母女俩不觉伤心得哭起来；奚山听了也心酸难过。老妇人说："这地方人情很不善良，寡妇难以过日子。阿纤既然是你家媳妇，错过这个机会恐怕耽搁了日子，不如趁今夜赶个早，一同到你家去。"奚山同意这个主意。

到了阿纤家，老妇人点灯供奚山吃喝完了，对他说："我心想你快要来了，储存的粮都已卖去，还剩二十几石，路远没能送去。朝北四五里，村中第一家有个谈二泉，是我的卖主。你不怕劳累的话，先用你的驴运一袋粮去，叫开门后，告诉他，只说南村古姥姥家有几石粮，卖掉作路费，烦他赶牲口来跑一趟。”就把一袋粮交付给奚山。奚山赶驴前去，敲了门，一个大肚子男人出来，将情况给他说了，倒下一袋粮就先回来。过不久，有两个脚夫赶着五头骡子到来。古姥姥领奚山到储粮的地方，原来在地窖里。奚山下地窖替他们秤粮，母女俩放的放，收的收，很快装满，交付给脚夫运走。一共四个来回粮食才运完。随后谈二泉把银子交给古姥姥。古姥姥留下他一个脚夫两头骡子，打点行装就朝东上路。走了二十里，天才亮。到一个集市上，在街头雇了马，谈二泉的仆人才回去。回家以后，奚山将情由告诉了父母，相见很是喜欢，随即另外安顿住房让母女住下，选好日子替奚三郎完婚。古姥姥嫁妆办得很齐备。阿纤寡言少语，难得发火；有人与她说话，只是微微一笑；昼夜纺纱织布，没有停的时候，因此上上下下都喜欢她。阿纤嘱咐三郎说：“请转言大伯：再过西边那一路，不要讲起我们母女俩的事。”阿纤母女住了三四年，奚家日益富足，三郎考取了秀才。

一天，奚山投宿在古姥姥的老邻居家，偶然谈到前几年无处投宿，住在古家的事。房东说：“你错了。东邻是我伯父的别宅，三年前，住在里面的人常常看见怪事，所以房子空废了很久，有什么老夫妻俩相留？”奚山很惊讶，也没有深谈。房东又说：“这座住宅从前空废了十年，没有人敢进去。一天，房子后墙倒塌，我伯父去看，就见石头压住一只像猫那么大的老鼠，尾巴露在外面还在摇摆。伯父急忙回家，招呼许多人一同去，已经不见了。大家疑心就是这家伙作怪。过了十多天，再进去试试，寂静无声，什么也没有。又过了一年多，才有人住进去。”奚山更觉得奇怪。回到家里私下里讲了，暗暗怀疑新娶的弟媳不是人类，心中替三郎忧虑；但是三郎还像往常一样，深深爱着阿纤。久而久之，家里人议论纷纷，都有所猜疑。阿纤有点觉察，夜里对三郎说：“我嫁给你几年了，未曾有过一点过错；现在不把我当人看待，请赐我一张离婚书，听你自便去选择好的配偶吧。”说着便掉下眼泪。三郎说：“我的一片心意，你应该早就知道，从你进门，家里日益富裕，大家都认为是你的福气好，哪有什么别样的话？”阿纤说：“你没有二心，我怎么不明白；只是众口纷纭，怕总有一天会像秋扇一样被抛弃。”三郎再三安慰劝解，才罢。

奚山终究放心不下，天天寻求善捕鼠的猫，用来观察阿纤的反应。阿纤尽管不怕，但是眉头紧皱，心中不快。一天傍晚，说她母亲有点小病，辞别三郎去看望伺候母亲。天亮时，三郎去探问，屋子里已经没人了。三郎大惊，派人到各条路上去打听她们的踪迹，都没有消息。他思前想后，没法平静，觉也睡不好，饭也吃不下；可他父亲、兄长都认为是件幸运的事，相互前来安慰，要替他再娶；可三郎非常不高兴。

等了一年多，有关阿纤的音讯已绝，他父兄不时责备他，不得已，用重金买了小妾，但对阿纤仍思念不已。又过几年，奚家一天天贫穷下来，大家因此又都想起阿纤来了。三郎有个堂弟奚岚，因为有事到胶州，绕道投宿表亲陆生家。夜里听到邻家哭得很悲伤，没来得及问一声就起程了。办完事返回，夜里又听到哭声，便问主人。主人告诉他说："几年前，有寡母孤女，租房子住在这里。上个月姥姥死了，女的独自住着，没有一个亲人，所以哀伤罢了。"奚岚问："姓什么？"回答说："姓古。经常闭门不出，不与邻里来往，所以不清楚她的家世。"奚岚惊奇地说："是我嫂子啊！"就去敲门。有人擦着眼泪出来，隔着门应声说："你是谁？我家没有男人。"奚岚从门缝里窥看，远远辨认，果真是嫂嫂。就说："嫂嫂，开门，我是你叔公家的阿岚呀。"阿纤一听，拔下门闩请他进来，诉说了自己的孤苦，看上去很是凄惨悲伤。奚岚说："三哥想念嫂嫂想得好苦。你们夫妻俩即使有点不和睦，何必就远走他乡到这里呢？"就想雇车一同回家。阿纤凄惨地说："我因为被人看不起的缘故，就与母亲一同避开；今天又回去依附人，谁不白眼相加？如要我再回家，当与大哥分家；不然，就服毒药以求一死罢了！"

奚岚回家后，把情况告诉了三郎。三郎连夜赶去。夫妻相见，痛哭流涕。第二天，三郎把他俩的夫妻关系告诉房主。房主姓谢，是个监生，看阿纤漂亮，心想把她弄到手做小老婆，几年不收她房租；多次向古姥姥旁敲侧击提过这意思，古姥姥拒绝了。古姥姥一死，谢监生暗暗高兴可以动阿纤脑筋了，想不到三郎突然来到。就把历年全部房租总计来留难他们。三郎家本来已不富裕，听租金数目大，很犯愁。阿纤说："不碍事。"说着领三郎看粮仓储存，大约有三十多石粮食，偿还租金有余。三郎高兴起来，告诉谢监生。谢监生不收粮食，故意要银子。阿纤叹口气说："这都是我的罪过啊！"就把谢监生的念头告诉了三郎。三郎愤怒起来，要向县衙起诉。表亲陆生劝止他，替他们在邻居中出售粮食，收了银子偿还谢监生，用车子送他俩回家。

三郎把实情告诉了父母，与哥哥分家。阿纤拿出私房钱，天天造粮仓，可家里还没有一石粮食，大家感到惊奇。一年后查看，粮仓满满的了。不几年，家里大为富裕；而奚山却为贫穷所困扰。阿纤请公公、婆婆到自己家来供养他们；还拿出银子、粮食周济奚山，习以为常。三郎高兴地说："你可说是不念旧恶了。"阿纤回答说："他自以为是爱护弟弟罢了。再说不是他，我怎么会认识你呢？"以后也没有发生什么怪异。

瑞　云

瑞云，杭之名妓，色艺无双。年十四岁，其母蔡媪，将使出应客。瑞云告曰："此奴终身发轫之始，不可草草。价由母定，客则听奴自择之。"媪曰："诺。"乃定价十五金，逐日见客。客求见者必以贽：贽厚者，接一弈，酬一画；薄者，留一茶而已。瑞云名噪已久，自此富商贵介，日接于门。

余杭贺生，才名夙著，而家仅中赀。素仰瑞云，固未敢拟同鸳梦，亦竭微贽，冀得一睹芳泽。窃恐其阅人既多，不以寒畯在意；及至相见一谈，而款接殊殷。坐语良久，眉目含情。作诗赠生曰：

何事求浆者，蓝桥叩晓关？
有心寻玉杵，端只在人间。

生得之狂喜。更欲有言，忽小鬟来白“客至”，生仓猝遂别。

既归，吟玩诗词，梦魂萦扰。过一二月，情不自已，修贽复往。瑞云接见良欢。移坐近生，悄然谓：“能图一宵之聚否？”生曰：“穷踧之士，惟有痴情可献知己。一丝之贽，已竭绵薄。得近芳容，意愿已足；若肌肤之亲，何敢作此梦想。”瑞云闻之，戚然不乐，相对遂无一语。生久坐不出，媪频唤瑞云以促之，生乃归。心甚邑邑，思欲罄家以博一欢，而更尽而别，此情复何可耐？筹思及此，热念都消，由是音息遂绝。

瑞云择婿数月，更不得一当，媪颇恚，将强夺之而未发也。一日，有秀才投贽，坐语少时，便起，以一指按女额曰：“可惜，可惜！”遂去。瑞云送客返，共视额上有指印，黑如墨，濯之益真。过数日，墨痕渐阔；年余，连颧彻准矣。见者辄笑，而车马之迹以绝。媪斥去妆饰，使与婢辈伍。瑞云又荏弱，不任驱使，日益憔悴。

贺闻而过之，见蓬首厨下，丑状类鬼。起首见生，面壁自隐。贺怜之，便与媪言，愿赎作妇。媪许之。贺货田倾装，买之而归。入门，牵衣揽涕，且不敢以伉俪自居，愿备妾媵，以俟来者。贺曰：“人生所重者知己：卿盛时犹能知我，我岂以衰故忘卿哉！”遂不复娶。闻者共姗笑之，而生情益笃。

居年余，偶至苏，有和生与同主人，忽问：“杭有名妓瑞云，近如何矣？”贺以“适人”对。又问：“何人？”曰：“其人率与仆等。”和曰：“若能如君，可谓得人矣。

不知价几何许?”贺曰:“缘有奇疾,姑从贱售耳。不然,如仆者,何能于勾栏中买佳丽哉!”又问:“其人果能如君否?”贺以其问之异,因反诘之。和笑曰:“实不相欺:昔曾一觐其芳仪,甚惜其以绝世之姿,而流落不偶,故以小术晦其光而保其璞,留待怜才者之真鉴耳。”贺急问曰:“君能点之,亦能涤之否?”和笑曰:“乌得不能,但须其人一诚求耳。”贺起拜曰:“瑞云之婿,即某是也。”和喜曰:“天下惟真才人为能多情,不以妍媸易念也。请从君归,便赠一佳人。”

遂与同返。既至,贺将命酒,和止之曰:“先行吾法,当先令治具者有欢心也。”即令以盥器贮水,戟指而书之,曰:“濯之当愈。然须亲出一谢医人也。”贺笑捧而去,立俟瑞云自靧之,随手光洁,艳丽一如当年。夫妇共德之,同出展谢,而客已渺,遍觅之不可得,意者其仙欤?

【译文】

瑞云是杭州城有名的妓女,容貌才艺,盖世无双。她长到十四岁时,妓院的老鸨蔡婆子准备叫她出来接客。瑞云请求说:“这是我一生道路的开始,不能随随便便。出的价由你定,留宿的客就要听我自己选择。”蔡婆子说:“好。”于是定过夜价十五两银子。瑞云就天天与嫖客见面。求见的客一定要带见面礼:礼厚的,陪他下盘棋,送他一幅画;礼薄的,留他喝杯茶而已。瑞云的名声早已远近传扬,从这时开始,富商显贵,每日接踵上门来。

余杭县一个姓贺的书生,素有才华,很有名气,只是家境不太富裕。他一向倾慕瑞云,本不敢梦想同效鸳鸯,听得她见客了,也竭力筹措了一份薄礼,希望能一睹芳容。他暗自担心瑞云看的人多了，不把穷书生放在眼里；等到见面一谈，她却接待得很殷勤，坐着说了好久话，眉目之中含情脉脉。还作了一首诗送给他，诗中写道："何事求浆者，蓝桥叩晓关？有心寻玉杵，端只在人间。"诗里用了唐传奇"裴航遇仙"的典故：裴航在蓝桥驿讨茶水喝，看上了美丽的少女云英，向她祖母求亲，老妇人非要他找到玉杵臼为聘不可；裴航最后找到了玉杵臼，娶了云英。贺生得到这首诗，高兴得发狂。再想说些话，忽然小丫头来告诉"客到"，贺生匆忙之中就告别了。

回家以后，吟赏玩味着诗中的句子，梦萦魂绕。过了一两天，情不自禁，又置办了礼金，再去见瑞云。瑞云接见他很欢喜。她把坐椅移到贺生身旁，悄悄地问："你能想法子来与我欢聚一夜吗？"贺生说："我一个穷得没办法的书生，只有一腔痴情能献给知己。一点见面礼已竭尽微力了。能在你身边，已经心满意足；至于肌肤相亲，哪敢有这种梦想。"瑞云听了，闷闷不乐，相对而坐，就连一句话也没有了。贺生坐了好久不出来，蔡婆子三番五次呼唤瑞云催他走，贺生只好回家。他心里十分郁闷，想倾家荡产来求得一夜之欢，可是五更过后还是要分别，那情景又怎么忍受得了？想到这里，热烈的念头全都消失，从此就断了音讯。

瑞云挑选意中人，一连几个月再得不到一个适当的人。蔡婆子很窝火，准备强迫她接客，只是还没有说出来。一天，有个秀才送了礼金，坐下谈了一会儿，就站起来，用一只手指在瑞云额头上按了一下，说道："可惜，可惜！"说完就走了。瑞云送客回来，大家看到她额头留着手指印，黑得像墨汁，越洗越明显。过了几天，黑迹渐渐扩大；一年多后，从脸颊到鼻梁黑成一片。见到的人就笑，门前车马也因此绝迹了。蔡婆子斥责了她，卸去妆饰品，叫她与丫头们在一起。瑞云身子又虚弱，受不了驱使，一天比一天憔悴。

贺生听说，来探望她，见她蓬着头在厨房里干活，丑得像鬼。瑞云抬头看见贺生，脸对墙壁遮掩自己。贺生同情她，就与蔡婆子说，愿赎她做妻子。蔡婆子答应了。贺生把田地卖了，倾其所有，把瑞云买回家来。瑞云一进门，拉住贺生的衣角，擦不完的眼泪，还不敢以夫妻身份自居，愿意做个小妾，好等日后再娶正妻。贺生说："人生最可贵的是知己：你走红时还能把我作为知己，我怎能因为你色衰落难的缘故忘掉你呢!”就此不再娶别的女人。听说的人都讥笑他,可他对瑞云的爱更深厚了。

过了一年多,贺生偶然到苏州,与一个姓和的秀才同在一个主人家作客,和秀才忽然问贺生说:“杭州有个名妓瑞云,现在怎么样了?”贺生用“嫁人了”作为回答。和秀才又问:“嫁了个什么样的人?”贺生回答说:“那人大致与我差不多。”和秀才说:“真能像你,可说得着个好丈夫了。不知身价多少?”贺生说:“因为她有怪病,姑且贱卖了。不然,像我这样的人,怎能从妓院里买漂亮的女人呢!”和秀才又问:“她嫁的男人果真能像你一样吗?”贺生因为他问得奇怪,就反问他。和秀才笑着说:“实不相瞒,以前曾见过她一面,很可惜她以绝代的姿容而流落在妓院之地,命运不济,所以用小法术把她的光彩隐蔽起来,保持了她美玉般的纯洁,留着等候爱才的人去真正赏识她罢了。”贺生急忙问道:“你能把她点黑,也能给她洗掉吗?”和秀才笑着说:“怎么不能,不过必须娶她的人诚心诚意来求一下才行。”贺生连忙起身下拜,说:“瑞云的丈夫,就是我呀。”和生高兴地说:“天下只有真正的才子才能多情,不因美丑而动摇爱心。请让我随你一同回去,就送还你一个绝代佳人。”

于是,两个人一起返回余杭。到达后,贺生要喊瑞云备酒,和秀才制止他说:“先来施展我的法术,应当先让准备酒菜的人有高兴的心情呀。”就叫贺生打了盆清水来,并拢中指和食指在水面上画了几下,说:“用这盆水洗脸就能好。但是她必须亲自出来谢一下医生啊!”贺生笑着,捧着盆进去,立等瑞云洗脸,手到之处光亮洁白,艳丽完全如同当年。夫妻俩都感激和秀才的恩德,一起出来拜谢,客人却不见了,到处寻找都找不到,想来是神仙吧?

仇大娘

仇仲,晋人,忘其郡邑。值大乱,为寇俘去。二子福、禄俱幼;继室邵氏,抚双孤,遗业幸能温饱。而岁屡祲，豪强者复凌藉之，遂至食息不保。仲叔尚廉利其嫁，屡劝驾，而邵氏矢志不摇。廉阴券于大姓，欲强夺之；关说已成，而他人不之知也。里人魏名夙狡狯，与仲家积不相能，事事思中伤之。因邵寡，伪造浮言以相败辱。大姓闻之，恶其不德而止。久之，廉之阴谋与外之飞语，邵渐闻之，冤结胸怀，朝夕陨涕，四体渐以不仁，委身床榻。福甫十六岁，因缝纫无人，遂急为毕姻。妇，姜秀才屺瞻之女，颇称贤能，百事赖以经纪。由此用渐裕，乃使禄从师读。

魏忌嫉之，而阳与善，频招福饮，福倚为腹心交。魏乘间告曰："尊堂病废，不能理家人生产；弟坐食，一无所操作：贤夫妇何为作马牛哉！且弟买妇，将大耗金钱。为君计，不如早析，则贫在弟而富在君也。"福归，谋诸妇；妇咄之。奈魏日以微言相渐渍，福惑焉，直以己意告母。母怒，诟骂之。福益恚，辄视金粟为他人之物也者而委弃之。魏乘机诱与博赌，仓粟渐空，妇知而未敢言。既至粮绝，被母骇问，始以实告。母愤怒而无如何，遂析之。幸姜女贤，旦夕为母执炊，奉事一如平日。福既析，益无顾忌，大肆淫赌。数月间，田产悉偿戏债，而母与妻皆不及知。福赀既罄，无所为计，因券妻贷赀，而苦无受者。邑人赵阎罗，原漏网之巨盗，武断一乡，固不畏福言之食也，慨然假赀。福持去，数日复空。意踟蹰，将背券盟。赵横目相加。福大惧，赚妻付之。魏闻窃喜，急奔告姜，实将倾败仇也。姜怒，讼兴。福惧甚，亡去。

姜女至赵家，始知为婿所卖，大哭，但欲觅死。赵初慰谕之，不听；既而威逼之，益骂；大怒，鞭挞之，终不肯服。因拔笄自刺其喉，急救，已透食管，血溢出。赵急以帛束其项，犹冀从容而挫折焉。明日，拘牒已至，赵行行殊不置意。官验女伤重，命笞之，隶相顾无敢用刑。官久闻其横暴，至此益信，大怒，唤家人出，立毙之。姜遂舁女归。

自姜之讼也，邵氏始知福不肖状，一号几绝，冥然大渐。禄时年十五，茕茕无以自主。先是，仲有前室女大娘，嫁于远郡，性刚猛，每归宁，馈赠不满其志，辄迕父母，往往以愤去，仲以是怒恶之；又因道远，遂数载不一存问。邵氏垂危，魏欲招之来而启其争。适有贸贩者，与大娘同里，便托寄语大娘，且歆以家之可图。数日，大娘果与少子至。入门，见幼弟侍病母，景象惨淡，不觉怆恻。因问弟福，禄备告之。大娘闻之，忿气塞吭，曰："家无成人，遂任人蹂躏至此！吾家田产，诸贼何得赚去！"因入厨下，爇火炊糜，先供母，而后呼弟及子共啖之。啖已，忿出，诣邑投状，讼诸博徒。众惧，敛金赂大娘。大娘受其金而仍讼之。邑令拘甲、乙等，各加杖责，田产殊置不问。大娘愤不已，率子赴郡。郡守最恶博者。大娘力陈孤苦，及诸恶局骗之状，情词慷慨。守为之动，判令邑宰追田给主；仍惩仇福，以儆不肖。既归，邑宰奉令敲比，于是故产尽反。大娘时已久寡，乃遣少子归，且嘱从兄务业，勿得复来。大娘由此止母家，养母教弟，内外有条。母大慰，病渐瘥，家务悉委大娘。里中豪强，少见陵暴，辄握刃登门，侃侃争论，罔不屈服。

居年余，田产日增。时市药饵珍肴，馈遗姜女。又见禄渐长成，频嘱媒为之觅姻。魏告人曰：“仇家产业，悉属大娘，恐将来不可复返矣。”人咸信之，故无肯与论婚者。

有范公子子文，家中名园，为晋第一。园中名花夹路，直通内室。或不知而误入之，值公子私宴，怒执为盗，杖几死。会清明，禄自塾中归，魏引与游遨，遂至园所。魏故与园丁有旧，放令入，周历亭榭。俄至一处，溪水汹涌，有画桥朱槛，通一漆门；遥望门内，繁花如锦，盖即公子内斋也。魏绐之曰：“君请先入，我适欲私焉。”禄信之，寻桥入户，至一院落，闻女子笑声。方停步间，一婢出，窥见之，旋踵即返。禄始骇奔。无何，公子出，叱家人绾索逐之。禄大窘，自投溪中。公子反怒为笑，命诸仆引出。

见其容裳都雅，便令易其衣履，曳入一亭，诘其姓氏。蔼容温语，意甚亲昵。俄趋入内；旋出，笑握禄手，过桥，渐达曩所。禄不解其意，逡巡不敢入。公子强曳入之。见花篱内隐隐有美人窥伺。既坐，则群婢行酒。禄辞曰：“童子无知，误践闺闼，得蒙赦宥，已出非望。但愿释令早归，受恩非浅。”公子不听。俄顷，肴炙纷纭。禄又起，辞以醉饱。公子捺坐，笑曰：“仆有一乐拍名，若能对之，即放君行。”禄唯唯请教。公子云：“拍名‘浑不似’。”禄默思良久，对曰：“银成‘没奈何’。”公子大笑曰：“真石崇也！”禄殊不解。

盖公子有女名蕙娘，美而知书，日择良耦。夜梦一人告之曰：“石崇，汝婿也。”问：“何在？”曰：“明日落水矣。”早告父母，共以为异。禄适符梦兆，故邀入内舍，使夫人女辈共觇之也。公子闻对而喜，乃曰：“拍名乃小女所拟，屡思而无其偶，今得属对，亦有天缘。仆欲以息女奉箕帚；寒舍不乏第宅，更无烦亲迎耳。”禄惶然逊谢，且以母病不能入赘为辞。公子姑令归谋，遂遣圉人负湿衣，送之以马。既归告母，母惊为不祥。于是始知魏氏险；然因凶得吉，亦置不仇，但戒子远绝而已。逾数日，公子又使人致意母，母终不敢应。大娘应之，即倩双媒纳采焉。未几，禄赘入公子家。年余游泮，才名籍甚。妻弟长成，敬少弛；禄怒，携妇而归。母已杖而能行。频岁赖大娘经纪，第宅亦颇完好。新妇既归，婢仆如云，宛然有大家风焉。

魏又见绝，嫉妒益深，恨无瑕之可蹈，乃引旗下逃人诬禄寄赀。国初立法最严，禄依令徙口外。范公子上下贿托，仅以蕙娘免行；田产尽没入官。幸大娘执析产书，锐身告理，新增良沃如干顷，悉罣福名，母女始得安居。禄自分不返，遂书离婚字付岳家，伶仃自去。行数日，至都北，饭于旅肆。有丐子怔营户外，貌绝类兄；近致讯诘，果兄。禄因自述，兄弟悲惨。禄解複衣，分数金，嘱令归。福泣受而别。禄至关外，寄将军帐下为奴。因禄文弱，俾主支籍，与诸仆同栖止。仆辈研问家世，禄悉告之。内一人惊曰：“是吾儿也！”盖仇仲初为寇家牧马，后寇投诚，卖仲旗下，时从主屯关外。向禄缅述，始知真为父子，抱首悲哀，一室为之酸辛。已而愤曰："何物逃东，遂诈吾儿！"因泣告将军。将军即命禄摄书记；函致亲王，付仲诣都。仲伺车驾出，先投冤状。亲王为之婉转，遂得昭雪，命地方官赎业归仇。仲返，父子各喜。禄细问家口，为赎身计，乃知仲入旗下，两易配而无所出，时方鳏也。禄遂治任返。

初，福别弟归，蒲伏自投。大娘奉母坐堂上，操杖问之："汝愿受扑责，便可姑留；不然，汝田产既尽，亦无汝啖饭之所，请仍去。"福涕泣伏地，愿受笞。大娘投杖曰："卖妇之人，亦不足惩。但宿案未消，再犯首官可耳。"即使人往告姜。姜女骂曰："我是仇氏何人，而相告耶！"大娘频述告福而揶揄之，福惭愧不敢出气。居半年，大娘虽给奉周备，而役同厮养。福操作无怨词，托以金钱辄不苟。大娘察其无他，乃白母，求姜女复归。母意其不可复挽。大娘曰："不然。渠如肯事二主，楚毒岂肯自罹？要不能不有此忿耳。"遂率弟躬往负荆。岳父母诮让良切。大娘叱使长跪，然后请见姜女。请之再四，坚避不出；大娘搜捉以出。女乃指福唾骂，福惭汗无以自容。姜母始曳令起。大娘请问归期。女曰："向受姊惠綦多，今承尊命，岂复有异言？但恐不能保其不再卖也！且恩义已绝，更何颜与黑心无赖子共生活哉？请别营一室，妾往奉事老母，较胜披削足矣。"大娘代白其悔，为翼日之约而别。次朝，以乘舆取归，母逆于门而跪拜之。女伏地大哭。大娘劝止，置酒为欢，命福坐案侧。乃执爵而言曰："我苦争者，非自利也。今弟悔过，贞妇复还，请以簿籍交纳；我以一身来，仍以一身去耳。"夫妇皆兴席改容，罗拜哀泣，大娘乃止。

居无何，昭雪之命下，不数日，田宅悉还故主。魏大骇，不知其故，自恨无术可以复施。适西邻有回禄之变，魏托救焚而往，暗以编菅爇禄第，风又暴作，延烧几尽；止余福居两三屋，举家依聚其中。未几禄至，相见悲喜。初，范公子得离书，持商蕙娘。蕙娘痛哭，碎而投诸地。父从其志，不复强。禄归，闻其未嫁，喜如岳所。公子知其灾，欲留之；禄不可，遂辞而退。大娘幸有藏金，出葺败堵。福负锸营筑，掘见窖镪，夜与弟共发之，石池盈丈，满中皆不动尊也。由是鸠工大作，楼舍群起，壮丽拟于世胄。

禄感将军义，备千金往赎父。福请行，因遣健仆辅之以去。禄乃迎蕙娘归。未几，父兄同归，一门欢腾。大娘自居母家，禁子省视，恐人议其私也。父既归，坚辞欲去。兄弟不忍。父乃析产而三之：子得二，女得一也。大娘固辞。兄弟皆泣曰："吾等非姊，乌有今日！"大娘乃安之。遣人招子，移家共居焉。或问大娘："异母兄弟，何遂关切如此？"大娘曰："知有母而不知有父者，惟禽兽如此耳，岂以人而效之？"福、禄闻之皆流涕。使工人治其第，皆与己等。

魏自计十余年，祸之而益以福之，深自愧悔。又仰其富，思交欢之，因以贺仲阶进，备物而往。福欲却之，仲不忍拂，受鸡酒焉。鸡以布缕缚足，逸入灶；灶火燃布，往栖积薪，僮婢见之而未顾也。俄而薪焚灾舍，一家惶骇。幸手指众多，一时扑灭，而厨中百物俱空矣。兄弟皆谓其物不祥。后值父寿，魏复馈牵羊。却之不得，系羊庭树。夜有僮被仆殴，忿趋树下，解羊索自经死。兄弟叹曰：“其福之不如其祸之也！”自是魏虽殷勤，竟不敢受其寸缕，宁厚酬之而已。后魏老，贫而作丐，每周以布粟而德报之。

异史氏曰：噫嘻！造物之殊不由人也！益仇之而益福之，彼机诈者无谓甚矣。顾受其爱敬，而反以得祸，不更奇哉？此可知盗泉之水，一掬亦污也。

【译文】

仇仲是山西人，忘了他的家乡属于哪个郡、县。时值天下大乱，他被贼寇掳走。两个儿子仇福、仇禄都还小；填房邵氏抚养一对孤儿，留下的产业幸而还能温饱。可是连年收成不好，那些豪强大族又欺凌他们，以致供口粮用的租息也不能保证收到。仇仲的叔父仇尚廉企图从邵氏改嫁中捞到好处，三番五次地劝她，可邵氏矢志不移。仇尚廉暗地里和一家大姓立了契约，想强抢她；条件已经谈妥，而别人不知道。街坊魏名一向狡猾，与仇仲家长期不和睦，处处都想中伤一番。因为邵氏年轻守寡，就伪造谣言来败坏她的名声。那家大姓听说，嫌邵氏品行不好，就中止了与仇尚廉的密谋。久而久之，仇尚廉的阴谋和外界的流言蜚语，邵氏渐渐有所风闻，冤屈郁积于胸，早晚伤心落泪，渐渐四肢麻木，病倒在床。仇福刚满十六岁，因为家里连个缝缝补补的人都没有，就急急忙忙替他娶亲完婚。新媳妇是秀才姜屺瞻的女儿，可称得上又贤惠又能干，家里大小百事靠她一人张罗。从此家用开支渐渐有点宽裕，就让仇禄从师读书。

魏名妒忌他们，可是表面上和仇家相处得很好，不断叫仇福去喝酒，仇福把他当知心朋友信赖。魏名趁机告诉他说：“你母亲病成残废，不能管理一家劳动生产；你兄弟坐吃，一点不干事：你们夫妻俩为什么做牛做马呢！况且你兄弟娶媳妇，将要花费一大笔钱。我替你着想，不如早分家，那么穷的是你兄弟，富的就是你了。”

仇福回家，与妻子商量；妻子呵叱他。怎奈魏名天天把些挑拨离间的话向他耳里灌，仇福迷惑了，径直把自己想分家的意思告诉母亲。母亲火了，把他痛骂一顿。仇福更恼恨，就把家里的钱粮看作别人的东西似的随便扔弃。魏名乘机引诱他一起赌博，他家里粮仓渐渐空了，妻子知道而没敢讲。直到口粮断了，母亲惊问，才把真实情况告诉了。母亲愤怒极了，却又无可奈何，就分了家。幸亏姜氏贤惠，早晚为母亲烧茶做饭，侍奉照顾一如既往。仇福分家以后，更加肆无忌惮，狂赌滥嫖。数月之内，田地房产全抵了吃喝嫖赌的债，可他母亲与妻子还不知情。仇福家产已尽，再也想不出办法了，便出字据用老婆作抵押借钱，苦于找不到接受条件的主顾。县里有个赵阎罗，原是漏网的大盗，横行乡里，不怕仇福说话不算数，一口答应借钱给他。仇福把钱拿去，几天工夫又精光了。他犹豫不决，想要把字据作废了。赵阎罗横眼朝他一瞪，仇福十分心寒，只得把妻子骗到赵家，交给了赵阎罗。魏名听说暗暗高兴，急忙跑去告诉姜秀才，实际上是要使仇家一败涂地。姜秀才生气了，告到衙门。仇福慌极，逃了出去。

姜氏到了赵家，才知道自己被丈夫卖了，大哭起来，只想寻死。赵阎罗起初好言相劝，不听；既而威吓逼迫，骂得更凶；大怒，用鞭抽打她，她始终不肯屈服，拔下发簪朝自己喉咙刺去。急忙救住，食管已经刺穿，鲜血直流。赵阎罗连忙用布条把她脖子包扎起来，还想慢慢儿杀她的性子，使她屈从。第二天，衙门传票已到，赵阎罗态度强硬，满不在乎。县官验明姜氏伤势很重，下令鞭打赵阎罗，衙役你看我我看你，不敢用刑。县官早就听说赵阎罗横蛮凶暴，到这时更相信传闻是实。不由大怒，喊自己的仆人出来，当场打死了这个恶棍。姜秀才就把女儿抬回家去。

自从姜秀才告了状，邵氏才知道大儿子不成器的种种情状，号叫一声，几乎气绝，昏迷不醒，病情恶化。仇禄当时只有十五岁，孤单无靠，不知怎么办才好。早先，仇仲前妻有个女儿叫大娘，远嫁在外郡，她性格刚烈，每次回娘家，临走送的东西稍不如她的意，就顶撞父母，往往负气而去。仇仲因此发火讨厌她；又因为路远，就好几年不通一次问候。邵氏病危，魏名想把她招来挑起争端。正好有个跑买卖的与她同住一个街坊，魏名就托他捎话给仇大娘，而且用可以谋取家产的话来打动她的心。过了几天，仇大娘果真带着小儿子来了。一进门，看到小兄弟服侍病危的母亲，景况惨淡，不觉一阵心酸难过。就问大兄弟仇福怎么不见，仇禄把家里发生的事原原本本告诉了姐姐。仇大娘一听，一股忿气塞在喉咙口，说："家里没有大人，竟任人糟蹋到这个地步，我家田地产业，那些贼怎么能骗去！"就下厨房，生火煮粥，先侍候母亲吃了，而后喊弟弟和小儿子一起来吃。吃罢，忿忿出门，到县里告状，跟那伙赌徒打官司。赌徒们害怕了，凑了银子来贿赂大娘。大娘收下银子还是打官司。县官下令把某甲、某乙几个赌徒拘捕到案，各打板子，田产的事一点也不追问。仇大娘气不过，带了小儿子赶到府衙门。那郡守最恨赌徒。大娘竭力诉说娘家孤苦，以及那些恶棍设计坑骗的种种情况，一席话说得意气激昂，郡守也被感动了，判令县官追回田地归还原主，而且还要惩罚仇福，以儆戒那些不成材的子孙。大娘回到县里，县令奉命责打那伙赌徒，迫使他们交出田产，于是仇家原有的产业全部退回。当时仇大娘早已守寡，就让小儿子回去，还嘱咐他跟哥哥从事生产劳动，不要再来。大娘从此住在娘家，奉养母亲，教育弟弟，里里外外井井有条。邵氏得到很大安慰，病渐渐好起来，家中事务全交给大娘处理。乡里豪强稍有一点欺凌她家，她就握着刀找上门去，刚直不屈地争高低评是非，那些豪强没有不服她的。

住了一年多，田产一天天增加。她时常买些补药好菜送给姜氏。又见弟弟仇禄逐渐长大成人，多次托说媒的替他留意婚姻。魏名告诉别人说："仇家的产业，全归了大娘，恐怕将来回不到仇家兄弟手里了。"人们都听信他，所以没有愿意与仇家谈婚事的。

有个公子叫范子文，家里花园出了名，号称山西第一。花园中名花夹路，直通内室。有人不知就里，沿花径误入范公子内室，正巧范公子家宴，一怒之下，把来人当盗贼抓起来，一顿棍棒差点送了命。那天清明节，仇禄从私塾放学回家，魏名带他游玩，就到了范家花园。他本来与园丁熟悉，放他们进去，游遍了亭台水榭。不久到一处，溪流水急波涌，上架雕花石桥，朱红色的栏杆，直通一扇油漆的门；远望门内，繁花似锦，原来就是范公子的内宅。魏名骗仇禄说："你先进去，我正好要解手。"仇禄信以为真，沿着桥进了门，来到一座院落，听到女人的笑声。正停下脚步的当儿，一个丫环出来，冷不防看见了他，转身就退回去。仇禄这才害怕得奔跑起来。没过多久，范公子出来，吆喝仆人拿绳索追上去。仇禄十分窘迫，自己跳进溪流。范公子转怒为笑，命几个仆人把他拉上岸来。

范公子看仇禄容貌衣着美而不俗，就叫换下他衣服鞋子，把他拖进一座亭子，问他的姓名。和颜悦色，语气温和，看上去很亲切。一会儿快步进去，随即出来，笑着握住仇禄的手过桥，渐渐走到刚才的地方。仇禄不明白他意图，脚步迟疑，不敢进去。范公子硬把他拉了进去。仇禄见花丛中隐隐有个美人在偷看。坐下以后，一群丫环送上酒来。仇禄辞谢说："我年轻无知，误闯内宅，能蒙原谅，已出望外。只求放我早回，那就受恩非浅了。"范公子不听。不多一会，佳肴纷纭杂陈。仇禄又起身，推辞说已酒醉饭饱了。范公子按他坐下，笑着说："我有一个乐曲的拍名，你要能对出来，就放你走。"仇禄只得连声应允，请教上联。范公子吟出上联是："拍名'浑不似'"。"浑不似"是一种小型的琵琶。仇禄默默想了好久，对道："银成'没奈何'。""没奈何"相传是一种用千两白银铸成的大圆球。范公子大笑说："果真是石崇啊！"仇禄实在不懂他是什么意思。

原来，范公子有个女儿叫蕙娘，美丽而又知书识礼，每天在选择如意郎君。夜里梦见一个人告诉她说："石崇是你的夫婿。"蕙娘问："在哪里？"回答说："明天落水了。"蕙娘晨起把梦告诉父母，大家都以为奇异。仇禄正好符合梦兆，所以范公子把他邀进内宅，让夫人、女儿们都偷偷地相一相。听了对句，范公子高兴得很，就说；"拍名是我女儿拟的，屡屡推敲，也想不出下联，今天你能对上，也是天赐良缘。我想把女儿嫁给你；我家不乏住房，更不烦劳迎亲了。"仇禄不安地谦谢，又以母亲病重不能入赘推辞。范公子同意他暂且回家去商量，就派马夫背了仇禄的湿衣服，用马送他回家。到家把事情经过告诉母亲，母亲惊恐地认为不祥。于是才知道魏名这人居心险恶；然而因凶而得吉，也就不记仇了，只是告诫儿子远远避开他，断绝与他来往罢了。过了几天，范公子又派人来向邵氏提婚事，邵氏一直不敢答应。仇大娘却应下了，立即请了两位媒人送上聘礼。没过多久，仇禄到范家做了招女婿。过了一年多，考中秀才，文才名声大扬。但是蕙娘的弟弟已长大成人，对仇禄不太敬重；仇禄一怒之下，带着妻子回到自己家里。他母亲已能拄着拐杖行走了。几年来，靠仇大娘经营管理，住宅也修整得很完好。新媳妇回家，丫环、仆人一大群，仿佛像个大户人家的气派了。

魏名因为又被仇家断绝了往来，妒忌得更厉害，恨没有机会踩他们一脚，就勾结旗下逃人，诬称仇禄窝赃。国朝初期立法最厉，仇禄按法令流放到关外。范公子上下塞钱托人情，仅仅使蕙娘免于随同充军；仇家的田地产业，全部没收充公。幸亏仇大娘拿着从前兄弟俩分家的产权证书，奋不顾身上告说理，新买的好几顷肥沃良田，全挂在仇福名下，母女俩才得以安居。仇禄自料不能回来了，就写了离婚书交给岳父家，孤苦伶仃地独自上路。走了几天，到京都北边，在一家旅店用饭。有个叫花子惶恐不安地在门外，模样极像他哥哥；走近盘问，果然是仇福。仇禄便将家里的情况和自己的遭遇诉述一遍，兄弟俩相对悲切。仇禄解开夹衣，分出几两银子给哥哥，嘱咐他回家。仇福含泪收下银子，就与弟弟告别。仇禄来到关外，在一个将军手下供奴役。因他长得文弱，叫他管账，与其他仆人住在一起。仆人们细问家世，仇禄全都告诉了他们。其中一个人吃惊地说："你是我的儿子啊！"原来，仇仲当年被贼寇掳走后，先给他们牧马，后来贼寇投诚，把仇仲卖到旗下，当时正随主人屯驻在关外。当他向仇禄追述往事，仇禄才知道真是父子，抱头大哭，满屋都为他们辛酸。仇仲愤怒地说："哪个狗东西逃离东家，竟讹诈我儿子！"便哭诉将军。将军就命仇禄代理文书；并给亲王写了一封信，交付仇仲亲去北京。仇仲候亲王车驾出来，先把冤状递上去。亲王替他辩白说情，冤案终于得到昭雪，命令地方官把没收充公的田产退还仇家。仇仲回到将军处，父子都很高兴。仇禄细问父亲现在家里的人口情况，打算替他赎身，才知道仇仲到旗下曾换过两个配偶，但都没有生下子女，如今正单身独居。于是仇禄就收拾行装回乡。

当初，仇福别了弟弟回到家里，匍匐在地自投家门。仇大娘把母亲扶到正堂上坐下，拿着棍子问他：“你愿受责打，就可暂且留下；否则，你的田产已经被你输光，也没有你吃饭的地方，请仍旧走吧。”仇福伏在地上痛哭流涕，愿受责打。大娘把棍子一丢，说：“卖老婆的人，打一顿惩罚也太轻了。只是旧案没销，再犯向官府告发就行了。”就派人去告诉姜家。姜氏骂道：“我是仇家什么人，要来告诉我！”大娘一再把这话说给仇福听，故意嘲笑刺激他，仇福惭愧得连气都不敢出。住了半年，仇大娘虽然供他吃穿很周全，但叫他干活却同仆人一样。仇福劳动没一句怨言，托他办银钱出入的事也一丝不苟。大娘考察他已没什么毛病了，就禀告母亲，求姜氏重新回家。母亲认为这件事是不能再挽回的了。大娘说：“不一定这样。她如肯嫁第二个男人，岂肯自己刺破喉管遭那份罪？她总归不能不有这一股子气罢了。”于是，大娘领着弟弟亲自到姜家负荆请罪。岳父母对仇福责备得极痛切。大娘叱责弟弟叫他直挺挺跪着，然后请姜氏出来相见。再三再四请，姜氏坚决避而不出；大娘进去找着她，硬把她拖出来。姜氏就指着仇福唾骂，仇福惭愧得头上冒汗，无地自容。岳母这才把女婿拉了起来。大娘请问姜氏哪天回去。姜氏说：“我一向得到姐姐很多恩惠，今天承姐姐亲自上门叫我回去，难道还能说个‘不’字？只是怕保不定他不再卖我啊！况且他对我恩义已断，还有什么脸面跟这黑心的无赖一起生活？请姐姐另外给我准备个房间，我去侍奉老母，比出家做尼姑好一点就够了。”大娘代弟弟表白悔过，约定第二天来接她，就告别回家。第二天一早，仇家用车子请姜氏回家，母亲亲自到大门迎接，跪下给儿媳磕头。姜氏伏倒在地大哭。仇大娘劝住了，摆上酒欢庆，叫仇福坐在桌边。于是，仇大娘举杯说：“我苦苦相争，不是为自己谋私利。如今弟弟悔过自新，贞烈的弟媳重新回来，让我把家产账簿交你们收下；我是空身来的，仍然空身一人回去罢了。”仇福夫妻俩都站起身来，没了笑容，并排跪在姐姐面前哀哭，大娘这才暂时留了下来。

没过多久，仇禄昭雪平反的命令下达，不几天，充公的田产悉数归还原主。魏名大吃一惊，弄不清是何缘故，恨自己再没有什么办法可以去陷害仇家了。正好仇家西邻失火，魏名借救火为名前去，暗中用草把点燃了仇禄的房子，风刮得很猛，火势蔓延仇家的房子几乎烧光；只有仇福住的两三间房子保住了，全家挤在里面住下。不久仇禄到了，一家人相见，悲喜交集。早先，范公子得到仇禄的离婚书，便拿去同蕙娘商量。蕙娘痛哭，当下把离婚书撕得粉碎，丢在地上。范公子随女儿的心意，不再勉强她。仇禄回来，听说蕙娘没改嫁，高高兴兴到岳父家探望。范公子知道他家遭了火灾，想留他住下；仇禄不肯，就辞别而回。幸而大娘积蓄了点银子，拿出来修烧坏的房屋。仇福扛起铁锹挖土筑墙，掘着掘着，发现了一窖银子，夜间与弟弟一起挖开，是个一丈多见方的石池子，里面满满的尽是银光闪闪的元宝。因此，请来许多能工巧匠，大兴土木，楼房一幢接一幢造起来，壮丽的气派比得上贵族世家。

仇禄感激将军的恩义，准备了一千两银子去给父亲赎身。仇福要求让他去，就派了身强力壮的仆人陪他前往。仇禄才接蕙娘回家。过不久，父亲和仇福一同回来了，合家团圆，满门欢腾。仇大娘自从在娘家住下，禁止儿子来探亲，怕人议论她有私心。父亲回家后，她决意离开。可是，两兄弟舍不得她走。父亲就把家产一分为三：两个儿子各得一份，女儿也得一份。大娘一再推辞。两个弟弟都泪汪汪地说："我们要不是姐姐，哪有今天！"大娘这才安下心来。派人去叫儿子，把家搬来一起居住。有人问大娘："你和仇福、仇禄不是一个娘生的，为什么就这样关心他们？"大娘说："只知有母而不知有父的，只有禽兽才这样罢了，难道人去仿效禽兽吗？"仇福和仇禄听了都感动得流泪。派工人整修、装饰姐姐的房子，内外都与他兄弟俩一个样子。

魏名心里盘算，十多年来一次次祸害仇家，都反而使仇家越来越得福，深自愧悔。又仰慕仇家富有，想与仇家拉个关系讨个好，就以祝贺仇仲作为台阶，带了些礼物前往。仇福要把他拒之门外，仇仲不忍心给他难堪，收下他的鸡和酒。鸡是用布条缚住脚的，窜进灶头，灶火烧着了布条，又飞到柴堆上，僮仆丫环们看到而没放在心上。一会儿柴堆燃烧起来，房子也起火了，全家惊惶。幸亏人手多，立刻把火扑灭，但是厨房里各样东西都烧光了。仇福兄弟都说魏名送的东西是不祥之物。后来正逢仇仲做寿，魏名又牵了羊送来。再三推辞不掉，只好把羊拴在庭院里一棵树上。那天夜里有个小厮被仆人打了一顿，气得跑到树下，解开拴羊的绳子上吊死了。兄弟俩叹息着说："魏名的祝福，还不如他的祸害！"从此魏名虽然时常来献殷勤，仇家竟不敢收他一寸线了，宁可多给他一点酬谢了事。以后魏名老了，穷得做了乞丐，仇家每每用衣食周济他，以德报怨。

异史氏说：哎呀！上天的安排真是由不得人的啊！越想祸害人反而越使人得福，那些奸诈的人实在没意思透了。但是受到他的爱敬，反而因此遭灾，不更奇怪吗？这可知山东泗水盗泉的水，捧了喝一口，也会玷污的。难怪孔夫子路过盗泉，口渴也不肯喝哩！

曹操冢

许城外有河水汹涌，近崖深黯。盛夏时，有人入浴，忽然若被刀斧，尸断浮出；后一人亦如之。转相惊怪。邑宰闻之，遣多人闸断上流，竭其水。见崖下有深洞，中置转轮，轮上排利刃如霜。去轮攻入，有小碑，字皆汉篆。细视之，则曹孟德墓也。破棺散骨，所殉金宝，尽取之。

异史氏曰：后贤诗云："尽掘七十二疑冢，必有一冢葬君尸。"宁知竟在七十二冢之外乎？奸哉瞒也！然千余年而朽骨不保，变诈亦复何益？呜呼，瞒之智，正瞒之愚耳！

【译文】

河南许昌城外有一条河，河水汹涌，靠近山崖的地方，水色深暗。盛夏时节，有人下去洗澡，突然好像被刀斧砍中，尸身断了，浮出水面。接着又有一人也遭到同样的不幸。众口相传，无不惊骇奇怪。县官听说，派了许多人筑坝，截断上游的水流，排尽这一段的河水。发现山崖下有一个深洞，洞口安置了一架转轮，轮上排列着锋利的刀刃，寒光森如霜雪。除掉转轮，攻进洞内，发现一块不大的石碑，上面的文字都是汉代的篆书。仔细察看，原来是曹操的墓葬。人们砸破棺木，打碎尸骨，把陪葬的金银财宝收取一空。

异史氏说：晚近的文士有首诗写道："尽掘七十二疑冢，必有一冢葬君尸。"谁能料到曹操的墓竟在七十二座疑冢之外呢？曹阿瞒太奸诈了！然而，千余年后还是没能保住枯骨，变着法儿要机诈又有什么用呢？唉，曹阿瞒的聪明，正是他的愚蠢罢了。

龙飞相公

安庆戴生，少薄行，无检幅。一日，自他醉归，途中遇故表兄季生。醉后昏眊，亦忘其死，问："向在何所？"季曰："仆已异物，君忘之耶？"戴始恍然，而醉亦不惧。问："冥间何作？"答云："近在转轮王殿下司录。"戴曰："人世祸福，当必知之？"季曰："此仆职也，乌得不知。但过烦，非甚关切，不能尽记耳。三日前偶稽册，尚睹君名。"戴急问其何词。季曰："不敢相欺，尊名在黑暗狱中。"戴大惧，酒亦醒，苦求拯拔。季曰："此非所能效力，惟善可以已之。然君恶籍盈指，非大善不可复挽。穷秀才有何大力？即日行一善，非年余不能相准，今已晚矣。但从此砥行，则地狱中或有出时。"戴闻之泣下，伏地哀恳；及仰首而季已杳矣，悒悒而归。由此洗心改行，不敢差跌。

先是，戴私其邻妇，邻人闻知而不肯发，思掩执之。而戴自改行，永与妇绝；邻人伺之不得，以为恨。一日，遇于田间，阳与语，绐窥眢井，因而堕之。井深数丈，计必死。而戴中夜苏，坐井中大号，殊无知者。邻人恐其复生，过宿往听之；闻其声，急投石。戴移闭洞中，不敢复作声。邻人知其不死，劚土填井，几满之。

洞中冥黑，真与地狱无少异者。空洞无所得食，计无生理。蒲伏渐入，则三步外皆水，无所复之，还坐故处。初觉腹馁，久竟忘之。因思重泉下无善可行，惟长宣佛号而已。既见磷火浮游，荧荧满洞，因而祝之："闻青磷悉为冤鬼；我虽暂生，固亦难返，如可共话，亦慰寂寞。"但见诸磷渐浮水来；磷中皆有一人，高约人身之半。诘所自来。答云："此古煤井。主人攻煤，震动古墓，被龙飞相公决地海之水，溺死四十三人。我等皆其鬼也。"问："相公何人？"曰："不知也。但相公文学士，今为城隍幕客。彼亦怜我等无辜，三五日辄一施水粥。要我辈冷水浸骨，超拔无日。君倘再履人世，祈捞残骨葬一义冢，则惠及泉下者多矣。"戴曰："如有万分一，此即何难。但深在九地，安望重睹天日乎！"因教诸鬼使念佛，捻块代珠，记其藏数。不知时之昏晓：倦则眠，醒则坐而已。

忽见深处有笼灯，众喜曰："龙飞相公施食矣！"邀戴同往。戴虑水沮，众强扶曳以行，飘若履虚。曲折半里许，至一处，众释令自行；步益上，如升数仞之阶。阶尽，睹房廊，堂上烧明烛一枝，大如臂。戴久不见火光，喜极趋上。上坐一叟，儒服儒巾。戴辍步不敢前。叟已睹之，讶问："生人何来？"戴上，伏地自陈。叟曰："我耳孙也。"因令起，赐之坐。自言："戴潜，字龙飞。曩因不肖孙堂，连结匪类，近墓作井，使老夫不安于夜室，故以海水没之。今其后续如何矣?"盖戴近宗凡五支，堂居长。

初，邑中大姓赂堂，攻煤于其祖茔之侧。诸弟畏其强，莫敢争。无何，地水暴至，采煤人尽死井中。诸死者家，群兴大讼，堂及大姓皆以此贫；堂子孙至无立锥。戴乃堂弟裔也。曾闻先人传其事，因告翁。翁曰："此等不肖，其后乌得昌！汝既来此，当毋废读。"因饷以酒馔，遂置卷案头，皆成、洪制艺，迫使研读。又命题课文，如师授徒。堂上烛常明，不翦亦不灭。倦时辄眠，莫辨晨夕。翁时出，则以一僮给役。历时觉有数年之久，然幸无苦。但无别书可读，惟制艺百首，首四千余遍矣。翁一日谓曰："子孽报已满，合还人世。余冢邻煤洞，阴风刺骨，得志后，当迁我于东原。"戴敬诺。翁乃唤集群鬼，仍送至旧坐处。群鬼罗拜再嘱。戴亦不知何计可出。

先是，家中失戴，搜访既穷，母告官，系缧多人，并少踪绪。积三四年，官离任，缉察亦弛。戴妻不安于室，遣嫁去。会里中人复治旧井，入洞见戴，抚之未死。大骇，报诸其家。舁归经日，始能言其底里。自戴入井，邻人殴杀其妇，为妇翁所讼，驳审年余，仅存皮骨而归。闻戴复生，大惧，亡去。宗人议究治之，戴不许；且谓曩时实所自取，此冥中之谴，于彼何与焉。邻人察其意无他，始逡巡而归。井水既涸，戴买人入洞拾骨，俾各为具，市棺设地，葬丛冢焉。又稽宗谱名潜，字龙飞，先设品物，祭诸其家。学使闻其异，又赏其文，是科以优等入闱，遂捷于乡。既归，营兆东原，迁龙飞厚葬之；春秋上墓，岁岁不衰。

异史氏曰：余乡有攻煤者，洞没于水，十余人沉溺其中。竭水求尸，两月余始得涸，而十余人并无死者。盖水大至时，共泅高处，得不溺。缒而上之，见风始绝，一昼夜乃渐苏。始知人在地下，如蛇鸟之蛰，急切未能死也。然未有至数年者。苟非至善，三年地狱中，乌复有生人哉！

【译文】

安徽安庆戴姓书生，年轻时行为不端，骄纵放荡，无所不为。有一天，他在外面喝得大醉回家，路上碰到死去的表兄季生。戴生酒后晕晕糊糊，也忘记表兄早已死了，就问季生这一向在什么地方。季生说："我已经不在人世了，难道你忘记了吗？"戴生这才恍然记起。但因喝醉了酒，倒也不觉害怕，又问道："在阴间干什么事？"季生答道："近来在转轮阎王殿下当司录。"戴生说："人世的祸福，你一定知道了？"季生说："这是我的职责，怎么会不知道。只是事情太多了，不是我十分关心的，不能都一一记住罢了。三天前我偶然查阅名册，还看到了你的大名呢。"戴生着急地问他名册上写些什么。季生说："不敢骗你，你的大名录在黑暗地狱中。"戴生大为惊恐，酒也吓醒了，苦苦哀求表兄大力救拔。季生说："这不是我所能帮助的，只有做善事才能把这事了了。不过，你平生作恶的记录已经多得手指不够数。不做大好事不能挽回。你一个穷秀才有什么大的能耐？即使你每天做一件善事，没有一年半载不能够数，现在已经太晚了。但是你从此磨砺操行，那么黑暗地狱中或许还有出头之日。"戴生听了这番话，掉下了眼泪，伏在地上哀求，等再抬头，季生已没踪影了，心情沉重地回到家中。从此，他革心洗面，痛改前非，不敢再有任何不端的行为。

以前，戴生与邻居的妻子私通，邻居察觉后，隐忍着没有把事情闹开，想出其不意地捉奸。但戴生自从改变了行径，再也不与那女人来往。邻居等不到机会，深为恼恨。一天，与戴生在田间相遇，他装着交谈，骗戴生去看枯井，趁机把戴生推入井中。这口枯井有好几丈深，邻居估计戴生必死无疑。

半夜时分，戴生醒了过来，坐在井底大叫，却没有一个人听见。邻居怕他复活，过了一夜去听动静。听到叫声，急忙向枯井里投石块。戴生闪身躲在井壁的洞穴中，不敢再出声。邻居知道他没有死，就挖土填井，几乎把井身填满了。

洞穴中漆黑一片，真和置身地狱没一点差别。里面空空的没地方可找到吃的，戴生心想活不成了，就匍伏着一点一点向深处爬去。但是三步以外竟都是水，再没有可去之处，只好回到原来的地方坐着。开始觉得肚子饿，时间久了，竟忘记了。因而想起地底下没善事可做，只有不断念着佛的名号而已。后来看见磷火点点在空中浮游，满洞闪闪烁烁。于是祝祷说："听说青荧的磷光都是含冤而死的鬼魂。我虽然暂时活着，也料定难以生还。如果可与你们谈谈，我在寂寞中也可稍得安慰。"只见各处磷火渐渐浮水而来，每点磷火中都有一个人影，约有半人高。戴生问他们从哪里来的，鬼魂回答说："这儿是古代的煤井。矿主挖煤，震动了古墓，被龙飞相公决开了地海的水，淹死了四十三个挖煤的矿工。我们都是这些淹死的冤鬼。"戴生问："龙飞相公是什么人？"鬼魂说："我们也不知道。只知道龙飞相公是个文人，现在是城隍老爷的幕客。他也可怜我们无辜，每隔三五天就施舍一次稀粥。主要是我们这批冤魂终年冷水浸骨，没有超拔的日子，你倘若能再返回人世，求你把我们的残骨捞出来，埋葬在义冢里，这就是对泉下人很大的恩惠了。"戴生说："如果有万分之一的希望活着出去，办这件事又有何难。只是如今我也深陷九泉，怎敢奢望重睹天日呢！"于是教鬼魂都念佛，捻土块代佛珠，念完一遍捻一块土记数。也不知何时是黄昏，何时是拂晓，疲倦了就睡，醒过来又坐起再念，如此而已。

忽然间发现幽深处有一盏灯笼出现，鬼魂们高兴地嚷道："龙飞相公来施舍吃的了。"邀请戴生一同前去。戴生怕有水挡阻，众鬼不容分说扶拽着他就走。戴生只觉得飘飘然如踩在空中。曲曲折折走了半里光景，到了一处所在，众鬼放手要他自己走。越走越高，就像登上几丈高的台阶。走尽台阶，看到房屋和偏廊，厅堂上点燃着一支像手臂那么大的明烛。戴生很久没有见到火光，高兴极了快步奔去。堂上坐着一个老人，身穿儒服，头戴儒巾。戴生停步不敢再往前。堂上老人已经看到了他，惊讶地问道："陌生人从哪里来?"戴生上前，伏在地上陈说自己的经历。老人说："原来是我远裔的孙子。"就叫他起身，赐他坐下。老人自我介绍说："我是戴潜，字龙飞。以前曾因为不成器的孙子戴堂结交坏蛋，在墓葬附近挖掘煤井，使我在冥冥墓室中不得安宁，所以就用地海的水把井淹没了。如今戴堂后人的情况如何?"原来戴姓本家宗族有五房，戴堂是长房。

当初，乡中大户买通戴堂，要在戴氏的祖坟旁开挖煤井。戴堂的弟弟们害怕大户的势力强大，不敢出来反对。不久，地下水突然涌进，挖煤的人都淹死在井里。死者家属纠合起来大打官司，戴堂和那家大户都为此倾家荡产，戴堂的子孙甚至贫无立锥之地。戴生就是戴堂弟弟的后代，也曾经听祖上说起这件事情，因而就把这些情况告诉老人。老人说："这些没出息的东西，后代哪能发达！你既然到我这里，就该不要误了读书。"就赐给他酒菜，还把一些文章汇编放在桌上，都是明朝成化、弘治年间科举考试的八股文。老人强迫戴生专心研读，还出题叫他作文，就像老师教学生一样。厅堂上蜡烛一直亮着，不剪烛芯也不会熄灭。戴生读累了就睡觉，也不分早夜。老人有时外出，就派一个僮仆来侍候戴生。这样过了只觉有几年之久，倒也幸好没受苦。但是没别的书可读，只有八股文章百篇，每篇都读了四千多遍了。一天，老人对戴生说："你的恶报已满，理当重返人世。我的墓室靠着煤洞，阴风刺骨。你日后得志，要把我的墓迁到东边的高地上。"戴生恭敬地答应了。老人就把一群鬼喊来，仍把戴生送回原来坐的地方。这群鬼围着戴生跪拜，再次拜托他，戴生也不知有什么法子可以出井。

当初，家中发现戴生失踪，到处寻遍了也不得下落，戴生的母亲就告到官府。抓了好几个人，并没有线索。过了三四年，地方官到期离任，缉查也就松了。戴生的妻子不愿再守空房，戴母打发她改嫁了。正逢乡里人重新开挖旧井，进洞发现了戴生，摸摸他没有死。乡人极为吃惊，通知了戴家。抬回家过了一天，才能开口说话，历历讲述了情由。自从戴生落井，邻居就把妻子打死，被岳父告发，反复审问了一年多，只落得皮包骨头回家来。听说戴生复活，十分恐惧，逃走了。戴生家族的人商量要追究查办他，戴生不同意，还说过去的事实在是咎由自取，是鬼神给予的惩罚，和邻居有什么关系。邻居打听到戴生并无报复的意思，这才畏畏缩缩回到故乡。煤井里的水干涸后，戴生雇人下井从煤洞里把骨头拾出来，一一拼成骨架；买来棺木，安排墓地，集体入葬。又查阅宗谱名册，查出戴潜，字龙飞，他就预备了供品，到他墓前虔诚祭奠。学使大人听说这件奇事，又很赏识戴生的文章。这一年科考时他以优等生员参加考试，竟中了举人。戴生回来后，在东边高地上营建墓室，把龙飞相公的遗骸迁出，厚葬在新墓中。春秋两季上坟，年年不断。

异史氏说：我乡有人挖煤，煤洞被地下水淹没，十几个人淹在里面。排水寻找尸首，两个月才抽干，十几个人竟没有死去的。原来水暴涨时，他们一齐泅水到地势高的地方，没有被淹着。用绳子把他们一个个吊上来，见了风才昏过去，一昼夜就渐渐苏醒过来。这才知道人在地下，如同蛇鸟蛰伏，短时间不会就死去；但也没有到几年的。若不是行了至善，三年地狱中，哪还有人活着出来！

珊瑚

安生大成，重庆人。父孝廉，早卒。弟二成，幼。生娶陈氏，小字珊瑚，性娴淑。而生母沈，悍谬不仁，遇之虐，珊瑚无怨色。每早旦，靓妆往朝。值生疾，母谓其诲淫，诟责之。珊瑚退，毁妆以进。母益怒，投颡自挝。生素孝，鞭妇，母始少解。自此益憎妇。妇虽奉事惟谨，终不与交一语。生知母怒，亦寄宿他所，示与妇绝。久之，母终不快，触物类而骂之，意皆在珊瑚。生曰："娶妻以奉姑嫜，今若此，何以妻为！"遂出珊瑚，使老妪送诸其家。方出里门，珊瑚泣曰：“为女子不能作妇，归何以见双亲？不如死！”袖中出剪刀刺喉。急救之，血溢沾衿。扶归生族婶家。婶王氏，寡居无耦，遂止焉。

媪归，生嘱隐其情，而心窃恐母知。过数日，探知珊瑚创渐平，登王氏门，使勿留珊瑚。王召之入；不入，但盛气逐珊瑚。无何，王率珊瑚出，见生，便问：“珊瑚何罪？”生责其不能事母。珊瑚脉脉不作一言，惟俯首呜泣，泪皆赤，素衫尽染，生惨恻不能尽词而退。又数日，母已闻之，怒诣王，恶言诮让。王傲不相下，反数其恶；且言：“妇已出，尚属安家何人？我自留陈氏女，非留安氏妇也，何烦强与他家事！”母怒甚而穷于词，又见其意气汹汹，惭沮大哭而返。珊瑚意不自安，思他适。先是，生有母姨于媪，即沈姊也。年六十余，子死，止一幼孙及寡媳；又尝善视珊瑚。遂辞王往投媪。媪诘得故，极道妹子昏暴，即欲送之还。珊瑚力言其不可，兼嘱勿言，于是与于媪居，类姑妇焉。珊瑚有两兄，闻而怜之，欲移之归而嫁之。珊瑚执不肯，惟从于媪纺绩以自度。

生自出妇，母多方为子谋婚，而悍声流播，远近无与为耦。积三四年，二成渐长，遂先为毕姻。二成妻臧姑，骄悍戾沓，尤倍于母。母或怒以色，则臧姑怒以声。二成又懦，不敢为左右袒。于是母威顿减，莫敢撄，反望色笑而承迎之，犹不能得臧姑欢。臧姑役母若婢；生不敢言，惟身代母操作，涤器汛扫之事皆与焉。母子恒于无人处，相对饮泣。无何，母以郁积病，委顿在床，便溺转侧皆须生；生昼夜不得寐，两目尽赤。呼弟代役，甫入门，臧姑辄唤去之。生于是奔告于媪，冀媪临存。入门，泣且诉。诉未毕，珊瑚自帏中出。生大惭，禁声欲出。珊瑚以两手叉扉。生窘急，自肘下冲出而归，亦不敢以告母。

无何，于媪至，母喜止之。由此媪家无日不以人来，来辄以甘旨饷媪。媪寄语寡媳："此处不饿，后勿复尔。"而家中馈遗，卒无少间。媪不肯少尝食，缄留以进病者。母病亦渐瘥。媪幼孙又以母命将佳饵来问疾。沈叹曰："贤哉妇乎！姊何修者！"媪曰："妹以去妇何如人？"曰："嘻！诚不至夫己氏之甚也！然乌如甥妇贤！"媪曰："妇在，汝不知劳；汝怒，妇不知怨：恶乎弗如？"沈乃泣下，且告之悔，曰："珊瑚嫁也未者？"答云："不知，请访之。"又数日，病良已。媪欲别。沈泣曰："恐姊去，我仍死耳！"媪乃与生谋，析二成居。二成告臧姑。臧姑不乐，语侵兄，兼及媪。生愿以良田悉归二成，臧姑乃喜。立析产书已，媪始去。

明日，以车乘来迎沈。沈至其家，先求见甥妇，极道甥妇德。媪曰："小女子百善，何遂无一疵？余固能容之。子即有妇如吾妇，恐亦不能享也。"沈曰："呜呼冤哉！谓我木石鹿豕耶！具有口鼻，岂有触香臭而不知者？"媪曰："被出如珊瑚，不知念子作何语？"曰："骂之耳。"媪曰："诚反躬无可骂，亦恶乎而骂之？"曰："瑕疵人所时有，惟其不能贤，是以知其骂也。"媪曰："当怨者不怨，则德焉者可知；当去者不去，则抚焉者可知。向之所馈遗而奉事者，固非予妇也，而妇也。”沈惊曰：“如何?”曰：“珊瑚寄此久矣。向之所供，皆渠夜绩之所贻也。”沈闻之，泣数行下，曰：“我何以见吾妇矣!”媪乃呼珊瑚。珊瑚含涕而出，伏地下。母惭痛自挞，媪力劝始止，遂为姑媳如初。

十余日偕归，家中薄田数亩，不足自给，惟恃生以笔耕，妇以针耨。二成称饶足，然兄不之求，弟亦不之顾也。臧姑以嫂之出也鄙之；嫂亦恶其悍，置不齿。兄弟隔院居。臧姑时有陵虐，一家尽掩其耳。臧姑无所用虐，虐夫及婢。婢一日自经死。婢父讼臧姑，二成代妇质理，大受扑责，仍坐拘臧姑。生上下为之营脱，卒不免。臧姑械十指，肉尽脱。官贪暴，索望良奢。二成质田贷赀，如数纳入，始释归。而债家责负日亟，不得已，悉以良田鬻于村中任翁。翁以田半属大成所让，要生署券。生往，翁忽自言：“我安孝廉也。任某何人，敢市吾业!”又顾生曰：“冥间感汝夫妻孝，故使我暂归一面。”生出涕曰：“父有灵，急救吾弟!”曰：“逆子悍妇，不足惜也！归家速办金，赎吾血产。”生曰：“母子仅自存活，安得多金?”曰：“紫薇树下有藏金，可以取用。”欲再问之，翁已不语；少时而醒，茫不自知。生归告母，亦未深信。臧姑已率数人往发窖，坎地四五尺，止见砖石，并无所谓金者，失意而去。生闻其掘藏，戒母及妻勿往视。后知其无所获，母窃往窥之，见砖石杂土中，遂返。

珊瑚继至，则见土内悉白镪；呼生往验之，果然。

生以先人所遗，不忍私，召二成均分之。数适得揭取之二，各囊之而归。二成与臧姑共验之，启囊则瓦砾满中，大骇。疑二成为兄所愚，使二成往窥兄，兄方陈金几上，与母相庆。因实告兄，生亦骇，而心甚怜之，举金而并赐之。二成乃喜，往酬债讫，甚德兄。臧姑曰："即此益知兄诈。若非自愧于心，谁肯以瓜分者复让人乎?"二成疑信半之。

次日，债主遣仆来，言所偿皆伪金，将执以首官。夫妻皆失色。臧姑曰："如何哉！我固谓兄贤不至于此，是将以杀汝也!"二成惧，往哀债主；主怒不释。二成乃券田于主，听其自售，始得原金而归。细视之，见断金二铤，仅裹真金一韭叶许，中尽铜耳。臧姑因与二成谋：留其断者，余仍返诸兄以觇之。且教之言曰："屡承让德，实所不忍。薄留二铤，以见推施之义。所存物产，尚与兄等。余无庸多田也，业已弃之，赎否在兄。"生不知其意，固让之。二成辞甚决，生乃受。秤之，少五两余。命珊瑚质奁妆以满其数，携付债主。主疑似旧金，以剪刀断验之，纹色俱足，无少差谬，遂收金，与生易券。二成还金后，意其必有参差；既闻旧业已赎，大奇之。臧姑疑发掘时，兄先隐其真金，忿诣兄所，责数诟厉。生乃悟返金之故。珊瑚逆而笑曰："产固在耳，何怒为!"使生出券付之。

二成一夜梦父责之曰："汝不孝不弟，冥限已迫，寸土皆非己有，占赖将以奚为!"醒告臧姑，欲以田归兄。臧姑嗤其愚。是时二成有两男，长七岁，次三岁。无何，长男病痘死。臧姑始惧，使二成退券于兄。言之再三，生不受。未几，次男又死。臧姑益惧，自以券置嫂所。春将尽，田芜秽不耕，生不得已，种治之。臧姑自此改行，定省如孝子；敬嫂亦至。未半年而母病卒。臧姑哭之恸，至勺饮不入口。向人曰："姑早死，使我不得事，是天不许我自赎也！"产十胎皆不育，遂以兄子为子。夫妻皆寿终。生三子，举两进士。人以为孝友之报云。

异史氏曰：不遭跛扈之恶，不知靖献之忠，家与国有同情哉。逆妇化而母死，盖一堂孝顺，无德以戡之也。臧姑自克，谓天不许其自赎，非悟道者何能为此言乎？然应迫死，而以寿终，天固已恕之矣。生于忧患，有以矣夫！

【译文】

书生安大成，四川重庆人。父亲是个举人，早就去世了。弟弟二成，年龄还小。安大成娶了陈家的姑娘，小名珊瑚，性情温柔文静。而安大成的母亲沈氏却蛮横不仁，对媳妇百般虐待，珊瑚毫无怨色。每天清晨，珊瑚穿戴整齐来给沈氏请安。正逢安大成生病，沈氏就说是珊瑚打扮得妖媚，诱惑了他而造成的，辱骂了她一顿。珊瑚默默退下，卸去装束洗掉脂粉再来请安。沈氏火更大，以头碰地，自打嘴巴撒泼。大成一向孝顺，鞭打了珊瑚，沈氏才稍稍解怒。从此，沈氏更加厌恶媳妇。珊瑚虽然小心翼翼侍候，沈氏却从来不和她说一句话。大成知道母亲恼恨珊瑚，也搬到别处去住，表示不敢再和珊瑚同宿。时间一长，沈氏还是不解气，总是指桑骂槐，都冲着珊瑚来。大成说："娶妻子是为了侍奉公婆，像现在这种样子，还要妻子干什么！"就把珊瑚休弃了，叫一个老太婆把她送回娘家。才走出里门，珊瑚哭着说："身为女人做不了妻子，回家有什么脸见父母？不如死了！"从袖子里拿出一把剪刀朝咽喉刺去。老太婆急忙抢救，鲜血直淌，已经沾湿了衣襟。只得把她扶回大成的远房婶婶家里。婶婶王氏，守寡独居，珊瑚就住下了。

老太婆回去复命，大成叮嘱她瞒着这事儿，心里生怕母亲知道。过了几天，大成打听到珊瑚伤口渐渐长好，就到王氏家要婶婶不再收留珊瑚。王氏招呼他进屋，他不进，只是发脾气要珊瑚离开。不一会，王氏领珊瑚出来见他，开口就问："珊瑚有什么罪？"大成指责他不能侍奉好母亲。珊瑚默默不答一言，只是低头呜呜地哭，眼睛都哭出血来，白衣衫都染红了。大成凄惨不忍，话没说完就走了。又过了几天，沈氏知道了，怒气冲冲赶来见王氏，恶言指责。王氏也态度强硬，毫不相让，反过来列举沈氏种种坏处，并且说："珊瑚已经被你们休逐，还算你们安家什么人？我自管收留陈家的女儿，不是留你安家的媳妇，何必劳你干涉别家的事！"沈氏怒不可遏，却也理屈词穷，又见王氏气势汹汹的样子，只得惭愧沮丧地哭着回去了。珊瑚心中不安，便想搬到别处去。早先，大成有个姨母于妈妈，就是沈氏的姐姐，六十多岁，儿子死了，只有一个幼孙和守寡的儿媳，她曾经待珊瑚很好。珊瑚就辞别王氏前去投奔。于妈妈问明情由，一股劲地说妹妹昏暴，当下要送珊瑚回去。珊瑚极力说回不得，还叮嘱不要声张。于是，就和于妈妈在一起生活，像是婆媳似的。珊瑚有两个哥哥，知道了非常同情，要接她回娘家改嫁。珊瑚坚决不肯，只跟着于妈妈纺纱织布养活自己。

自从珊瑚被逐，沈氏就多方设法要为大成再娶，但恶婆婆的名声传开，远近没有愿意结亲的。拖了三、四年，二成渐渐长大，就先替他完了婚。二成的媳妇叫臧姑，生性骄横泼辣，歪理十八条，比婆婆加倍厉害。婆婆有时给她脸色看，她就出声怒骂。二成又生性懦弱，不敢偏袒哪一方。于是沈氏威风顿减，再也不敢触犯臧姑，反要看她脸色笑着逢迎，还不能讨得媳妇欢心。臧姑使唤婆婆像奴婢似的。大成也不敢吱一声，只能亲自代母亲干活，洗涤器皿、洒水扫地的事都帮着做。母子两人常躲在没人的地方相对流泪。过了些日子，沈氏积郁成疾，瘫痪在床，大小便、翻身都得大成侍候。大成白天黑夜不得休息，两眼熬得通红。去喊弟弟二成来替换。二成才跨进母亲房门，臧姑就把他喊了回去。大成于是跑去告诉于妈妈，希望姨母能来看望。他进门就一边哭，一边诉说。哭诉还没完，珊瑚从房帘后走了出来。大成非常惭愧，止住话音就要出去。珊瑚两手叉住门框，大成又窘又急，从珊瑚肘下冲了出去。回到家中，也不敢告诉母亲。

没多久，于妈妈来了，沈氏高兴地把姐姐留下。从此于妈妈家中没有一天不派人来，来了就给于妈妈送好吃的食物。于妈妈传话给守寡的媳妇说："我在这儿饿不着，以后不要再送了。"但是家里送的食物还是一天也不断。于妈妈不肯尝一点味道，全都留下给病人吃。沈氏的病也渐渐好了。于妈妈的小孙子又因母亲吩咐带着精美的食品来探望病人。沈氏感叹说："这媳妇真贤惠，姐姐怎么修来的！"于妈妈说："妹妹觉得休掉的媳妇是个怎样的人？"沈氏说："唉，她实在不至于像现在那个过分，但哪像外甥媳妇贤惠！"于妈妈说："媳妇在，你不知道什么是劳苦；你发脾气，媳妇不知道埋怨。又有哪点不如？"沈氏眼泪淌下来，告诉于妈妈自己后悔了。说："珊瑚改嫁了没有？"于妈妈回答说："不知道，待我打听打听。"又过了几天，病大好了，于妈妈要告别。沈氏哭着说："只怕姐姐一走，我还是死罢了。"于妈妈就与大成商量，让他和二成分家过。二成告诉臧姑，臧姑不愿意，出言不逊骂大成，还带到于妈妈。大成愿把良田全归二成，臧姑这才高兴。等分家凭证手续办好，于妈妈才离去。

第二天，于妈妈派车子来接沈氏。沈氏到于家，就先急着要见见外甥媳妇，不住口地称赞她的贤德。于妈妈说："小妇人纵有百种好处，哪就没一点毛病？我一向能容忍这点毛病。你即便有个媳妇像我媳妇一样，怕你也不能受用。"沈氏说："啊呀冤枉，你以为我是木头石块，鹿猪畜牲吗！我也有嘴巴鼻子，难道碰到香臭还不懂吗？"于妈妈说；"像珊瑚那样被你逐出家门，不知她想起你会说些什么？"沈氏说："骂我罢了。"于妈妈说："你扪心自问实在没什么可骂，人家又怎么会骂你呢？"沈氏说："毛病人都有，就为她不能说我好，所以料定她会骂我。"于妈妈说："该怨的不怨，那么待她好些就可想而知了；该离的不离，那么留她下来也可想而知了。以前送东西来奉养你的，本来不是我的媳妇，而是你的媳妇呀！"沈氏惊问："怎么说？"于妈妈说："珊瑚寄居在这里很久了，前些日子供你吃的，都是她夜间纺织所得送你的。"沈氏听罢，热泪交流，说：“我还有什么脸见我媳妇呢！”于妈妈这才唤珊瑚。珊瑚含泪出来，拜倒在地。沈氏痛悔羞愧，自己捶自己，于妈妈好不容易才劝住了。于是婆媳相称和当初一样。

过了十几天，婆媳俩一起回家。家中几亩薄田，不能赖以为生，就靠安大成卖文，珊瑚替人家做针线维持生活。二成家道富足，但是大成不去求助，二成也不来照顾。臧姑因为嫂子曾被逐很瞧不起她，而珊瑚也厌恶臧姑的凶悍，从不搭理她。兄弟两家隔墙而居，臧姑常有欺凌施暴之时，大成一家都捂住耳朵。臧姑没处耍泼，就虐待丈夫和丫环，一天，丫环上吊自尽了。丫环的父亲告了臧姑，二成代妻子到公堂受审，大挨板子，仍然要拿臧姑到案。大成用钱上下打点，为她营求解免，最终还是没用。臧姑受到拶指的酷刑，十个手指肉都掉了。当官的贪婪残忍，索贿的胃口很大。二成只得将田产作抵押，借得银两如数交上去，才放臧姑出来。而债主催还债一天紧似一天，二成不得已，把良田全部卖给村中姓任的老翁。任老翁因为田有一半是大成所让给的，要大成来签署卖契。大成去了，任老翁忽然自己开口说道：“我是安举人，姓任的是什么人，竟敢买我田产！”又望着大成说：“阴曹地府被你们夫妻俩的孝心所感动，所以暂时放我回来见你一面。”大成流泪说：“父亲有灵，快救救我兄弟吧！”任老翁答道：“逆子泼妇不值得怜惜！回去赶紧筹集钱，赎回我的血产。”大成说：“母亲和我仅仅只能勉强过日子，哪来这么多钱？”任老翁答道：“紫薇花树下有银子埋着，你可以取出来用。”大成还想再问些话，任老翁已闭口不言。过了一会清醒过来，茫茫然一无所知。大成回家告诉了母亲，沈氏对此也不太相信。臧姑已抢先带了几个人到紫薇花树下发掘起来，挖地四、五尺深，只看到破砖乱石，并无所谓藏金，失望而去。大成听说臧姑已在发掘，告诫母亲和珊瑚不要去看。后来知道臧姑一无所获，沈氏就偷偷去看，只见砖石混杂在泥土中，就回来了。

珊瑚接着也到坑边，却见泥土中都是白花花的银子，把大成喊来验看，果然不假。大成因为这些银子都是先人所遗留下来的，不忍一人独占，把二成叫来平分，银两正好一分为二。两人各自用布袋盛着背回家去。二成与臧姑一起查看，打开布袋竟全是瓦砾，大惊。臧姑疑心二成被哥哥愚弄了，让二成去偷看大成的情况。只见大成正把银子放在桌上，与母亲互相庆贺。二成就把自己的情况实说给哥哥听，大成也感到惊异，心里很可怜二成，就把桌上的银子全都送给他。二成才高兴了，去把债务还清，心里很感激哥哥。臧姑却说："就这件事更可以看到你哥哥骗了你，如果不是心中有愧，谁肯把分得的一半再让给别人？"二成半信半疑。

第二天，债主派仆人来，说偿还的银子都是假的，要抓二成到官府去告发。夫妻两个都大惊失色。臧姑说："怎么样？我本来就说你哥哥不至于这样贤德，他要置你于死地呀！"二成害怕了，去哀求债主，债主怒气不解。二成只得把田契交给债主，听凭债主出售。这才把付出的银子取回。细看，只见两块断开的银锭，只在表面裹了韭叶般薄的一层银皮，中间全是铜。臧姑就与二成合计：把断开的两块银锭留下，其余都送还大成，看他有何反应。并且教他说："屡次承蒙让产的恩德，实在心有不忍。只留下两锭，以领受推让施舍的恩义。我所存的财产，还和哥哥一样多。我也用不着太多的田地，都已经卖出，赎不赎全在哥哥了。"大成不知他的用意，再三谦让，二成推辞很坚决，也就收下了。称了一下，发现少了五两多，就叫珊瑚把首饰当了，凑足数目，拿去付给债主。债主怀疑还像是原来的假银子，用剪刀铰断检查，那纹银成色十足，一点不差，就收下了，把田契还给大成。二成把银子还给大成后，料想必然会有风波，后来听说哥哥已把田产赎回，大为惊奇。臧姑猜疑当初发掘时，大成先把真银藏起来了，就气冲冲到大成门前指责谩骂。大成这才明白退银子的原因。珊瑚迎出门来对臧姑笑着说："田产都在呢，何必发怒！"叫大成把田契拿出来，交付给她。

一天夜里，二成梦见父亲责备他说："你对父母不孝，对兄长不敬，死期已在眼前，一寸田地都不属你所有，赖占着干什么！"醒来把梦告诉臧姑，想把田地还给哥哥。臧姑笑他愚蠢。这时二成已有两个儿子，大的七岁，小的三岁。不多久，大儿子生天花而死。臧姑这才害怕起来，叫二成把田契退还哥哥，二成去说了好几次，大成也不肯收下。不久，二儿子又死了，臧姑更怕，自己拿了田契放到嫂嫂那儿。春天即将过去，田里杂草丛生，无人耕种，大成不得已，就去种植管理了。臧姑从此改变行径，早晚都到婆婆那儿请安，就像孝子一样。对嫂嫂也非常敬重。不到半年，沈氏生病去世，臧姑哭得悲痛，至于杯水不进。她对人说：“婆婆过早去世，使我不能侍奉她，这是上天不许我赎罪呀！”她生了十胎，没一个活下来，就过继大成的儿子为子。二成夫妻都终其天年。大成的三个儿子，两个中了进士。人们认为是大成孝顺长辈、友爱兄弟的结果。

异史氏说：不吃跋扈将军的苦头，不知臣下尽忠的可贵。一家一国，道理相通。逆妇转变，婆婆却死了。大概满堂孝顺，没德行来消受吧？臧姑自责，说上天不许她自赎罪过，不是悟道的人，怎能说出这样的话？不过她理应早死的，却能终其天年，上天实在已经宽恕她了。古人说：“生于忧患。”有道理！

五　通

南有五通，犹北之有狐也。然北方狐祟，尚百计驱遣之；至于江浙五通，民家有美妇，辄被淫占，父母兄弟，皆莫敢息，为害尤烈。有赵弘者，吴之典商也。妻阎氏，颇风格。一夜，有丈夫岸然自外入，按剑四顾，婢媪尽奔。阎欲出，丈夫横阻之，曰：“勿相畏，我五通神四郎也。我爱汝，不为汝祸。”因抱腰举之，如举婴儿，置床上，裙带自脱，遂狎之。而伟岸甚不可堪，迷惘中呻楚欲绝。四郎亦怜惜不尽其器。既而下床，曰：“我五日当复来。”乃去。

弘于门外设典肆，是夜婢奔告之。弘知其五通，不敢问。质明，视妻惫不起，心甚羞之，戒家人勿播。妇三四日始就平复，而惧其复至。婢媪不敢宿内室，悉避外舍；惟妇对烛含愁以伺之。无何，四郎偕两人入，皆少年蕴藉。有僮列肴酒，与妇共饮。妇羞缩低头，强之饮亦不饮；心惕惕然，恐更番为淫，则命合尽矣。三人互相劝酬，或呼大兄，或呼三弟。饮至中夜，上座二客并起，曰："今日四郎以美人见招，会当邀二郎、五郎醵酒为贺。"遂辞而去。四郎挽妇入帏。妇哀免，四郎强合之，血液流离，昏不知人，四郎始去。妇奄卧床榻，不胜羞愤。思欲自尽，而投缳则带自绝，屡试皆然，苦不得死。幸四郎不常至，约妇痊可始一来。积两三月，一家俱不聊生。

有会稽万生者，赵之表弟，刚猛善射。一日，过赵，时已暮，赵以客舍为家人所集，遂导客宿内院。万久不寐，闻庭中有人行声，伏窗窥之，见一男子入妇室。疑之，捉刀而潜视之，见男子与阎氏并肩坐，肴陈几上矣。忿火中腾，奔而入。男子惊起，急觅剑；刀已中颅，颅裂而踣。视之，则一小马，大如驴。愕问妇，妇具道之。且曰："诸神将至，为之奈何！"万摇手，禁勿声。灭烛取弓矢，伏暗中。未几，有四五人自空飞堕。万急发一矢，首者殪。三人吼怒，拔剑搜射者。万握刃倚扉后，寂不少动。一人入，剁颈亦殪。仍倚扉后，久之无声，乃出，叩关告赵。赵大惊，共烛之，一马两豕死室中。举家相庆。犹恐二物复仇，留万于家，炰豕烹马而供之；味美，异于常馐。万生之名，由是大噪。居月余，其怪竟绝，乃辞欲去。

有木商某苦要之。先是，某有女未嫁，忽五通昼降，是二十余美丈夫，言将聘作妇，委金百两，约吉期而去。计期已迫，阖家惶惧。闻万生名，坚请过诸其家。恐万有难词，隐其情不以告。盛筵既罢，妆女出拜客，年十六七，是好女子。万错愕不解其故，离坐伛偻。某捺坐而实告之。万初闻而惊；而生平意气自豪，故亦不辞。

至日，某仍悬采于门，使万坐室中。日昃不至，窃意新郎已在诛数。未几，见檐间忽如鸟堕，则一少年盛服入。见万，返身而奔。万追出，但见黑气欲飞，以刀跃挥之，断其一足，大嗥而去。俯视，则巨爪大如手，不知何物；寻其血迹，入于江中。某大喜。闻万无耦，是夕即以所备床寝，使与女合卺焉。于是素患五通者，皆拜请一宿其家。居年余，始携妻而去。自是吴中止有一通，不敢公然为害矣。

异史氏曰：五通、青蛙，惑俗已久，遂至任其淫乱，无人敢私议一语。万生真天下之快人也！

【译文】

南方有五通，如同北方有狐精。不过北方狐精作祟，还能想方设法驱逐它；至于江浙地方的五通，百姓家有标致的妇女就被奸淫霸占，父母兄弟都不敢吭声，危害就更大。苏州有个开当铺的商人叫赵弘，妻子阎氏，很有几分姿色。一夜，有个汉子昂首挺胸从外边进来，握着剑四面环顾，婢女仆妇全都逃了。阎氏也想出去，汉子横身挡住她，说："不要怕，我是五通神中的四郎。我喜欢你，不会害你。"说着抱住阎氏的腰，像抱婴儿一样托起来放在床上，阎氏的衣裙腰带自动脱落，便戏弄她。四郎阳具粗壮有棱，阎氏不堪忍受，迷惘中宛转呻吟，痛苦欲绝。四郎也知怜惜，适可而止。事毕下床，说："五天后我要再来。"就走了。

赵弘的当铺开设在住宅大门之外，当晚婢女奔来报告他，他明白那是五通神，不敢过问。天明，见妻子疲惫得起不了床，心里很觉耻辱，告诫家人不准外扬。过了三四天阎氏身体才恢复正常。怕五通再来，婢女仆妇都不敢在内室住宿，全都避到外边屋子里，只有阎氏一人对烛含愁等着。不一会，四郎和两个人一同进来，都年轻而风流。有僮仆摆上菜和酒，就与阎氏一起喝。阎氏害羞地缩着身子，低垂着头，强劝她喝她也不喝；心惊胆战，生怕轮番施暴，这条命就完了。三个人互相劝酒，大哥、三弟的互相招呼。喝到夜半，坐在上首的两个客人并排站起，说："今晚四郎因为美人邀请我们，哪天该邀二郎、五郎出钱买酒来贺喜。"就告辞而去。四郎挽住阎氏进了帐，阎氏哀求放过她，四郎强行交合，鲜血淋漓，阎氏昏死过去不省人事，四郎才离去。阎氏奄奄一息躺在床上，不胜羞愤。想上吊自杀，头刚套进绳圈，绳子就自动断落，试了几次都是这样，求死不得，痛苦万分。幸好四郎不常来，大约阎氏恢复得差不多了才来一次。这样两三个月下来，赵弘一家都没法安生过日子了。

赵弘有个表弟姓万，家住浙江绍兴，刚强勇猛，擅长射箭。一天到赵家来，时间已是傍晚时分。赵弘因为客房已被家人仆妇住着，就安排他住在内院。万生很久没有睡着，听到院子里有脚步声。伏在窗后偷看，只见有一个男子进入阎氏房中，不由起了疑心，拿刀悄悄去看个究竟。只见那男子和阎氏并肩坐着，菜已经摆在桌上。顿时怒火中烧，直奔进去。男子大惊而起，急忙找剑，万生的刀已砍中他的头颅，头颅砍裂，倒在地上，细看，原来是一匹小马，和驴差不多大。万生惊愕地询问阎氏，阎氏把详情说了，并且说："几个五通神马上要到，怎么办？"万生摇手不让她出声，把烛火灭了，取来弓箭，潜伏在暗处。不一会，有四五个人从空中飞下。万生急发一箭，为首的倒地而亡。其余三人怒声吼叫，拔出佩剑搜寻射箭的。万生手握利刀，靠在门扇后面，悄没声息，一动不动。一个人进来，万生一刀砍下，正中脖颈，那人也倒地而死。万生仍然紧贴在门扇背后，好久听不到声音，就出来，敲门告诉赵弘。赵弘大惊，一起点烛去看，一匹马、两头猪死在房中。全家相庆，还担心逃走的两个怪物来复仇，请万生留住在家里，烤了猪煮了马肉给他吃，味道很美，胜过平常的肉食。万生的名气，因此大震。住了一个多月，那怪物竟绝迹了。万生就告辞要走。

有个木材商人苦苦相邀。原来他有个女儿还没嫁人，忽然五通神大白天来了，是个二十来岁的美男子。声言要聘她为妻，留下聘金百两，约定吉日而去。眼看日期已近，全家惶惶不安，听得万生大名，执意请他来家作客，怕万生推托，隐瞒了真相没有实告。丰盛的酒宴才结束，木材商把梳妆打扮的女儿领出来拜见万生，十六七岁，是个漂亮的姑娘。万生一时怔住了，不懂他什么缘故，离座躬身回礼。木材商忙按他坐下，才把实情相告。万生初听有点吃惊，但他从来以血性男子自豪，所以也不推辞。

到了日子，木材商仍在门口张灯结彩，让万生坐在室内。太阳偏西了五通还不到，暗自猜想新郎会不会是已经杀掉的几个中的一个。又过了不一会，看见屋檐间忽然像鸟飞落似的，接着一个年轻男子盛装而入。看见万生，回身就逃。万生追出，只见一团黑气正要飞起，纵身一刀挥去，砍断了五通的一只脚，那团黑气大嗥而去。俯下身子一看，是一只手掌般大小的脚爪，也不知是什么怪物。沿着血迹找去，直入江中。木材商人非常高兴，听说万生还没有成家，这天晚间就用准备好的新房床帐，让他和女儿成婚。于是一向受五通祸害的人家，都来拜请万生到家中住一宿。过了一年多，万生才带着妻子离去。从此，苏南只有一通，不敢公然为害了。

异史氏说：五通、青蛙之类的神怪，惑乱人心已久，乃至于听任这些丑类淫乱，没人敢私下议论一句。万生真是天下的快人！

又

金生，字王孙，苏州人。设帐于淮，馆搢绅园中。园中屋宇无多，花木丛杂。夜既深，僮仆散尽，孤影徬徨，意绪良苦。一夜，三漏将残，忽有人以指弹扉。急问之，对以“乞火”，音类馆童。启户纳之，则二八丽者，一婢从诸其后。生意妖魅，穷诘甚悉。女曰：“妾以君风雅之士，枯寂可怜，不畏多露，相与遣此良宵。恐言其故，妾不敢来，君亦不敢纳也。”生又疑为邻之奔女，惧丧行检，敬谢之。女横波一顾，生觉魂魄都迷，忽颠倒不能自主。婢已知之，便云："霞姑，我且去。"女颔之。既而呵曰："去则去耳，甚得云耶、霞耶！"婢既去，女笑曰："适室中无人，遂偕婢从来。无知如此，遂以小字令君闻矣。"生曰："卿深细如此，故仆惧有祸机。"女曰："久当自知，保不败君行止，勿忧也。"上榻缓其装束，见臂上腕钏，以条金贯火齐，衔双明珠；烛既灭，光照一室。生益骇，终莫测其所自至。事甫毕，婢来叩窗；女起，以钏照径，入丛树而去。自此无夕不至。生于去时遥尾之；女似已觉，遽蔽其光，树浓茂，昏不见掌而返。

一日，生诣河北，笠带断绝，风吹欲落，辄于马上以手自按。至河，坐扁舟上，飘风堕笠，随波竟去。意颇自失。既渡，见大风飘笠，团转空际，渐落；以手承之，则带已续矣。异之。归斋向女缅述；女不言，但微哂之。生疑女所为，曰："卿果神人，当相明告，以祛烦惑。"女曰："岑寂之中，得此痴情人为君破闷，妾自谓不恶。纵令妾能为此，亦相爱耳，苦致诘难，欲见绝耶？"生不敢复言。

先是，生养甥女，既嫁，为五通所惑，心忧之而未以告人。缘与女狎昵既久，肺鬲无不倾吐。女曰："此等物事，家君能驱除之。顾何敢以情人之私告诸严君？"生苦哀求计。女沉思曰："此亦易除，但须亲往。若辈皆我家奴隶，若令一指得着肌肤，则此耻西江不能濯也。"生哀求无已。女曰："当即图之。"次夕至，告曰："妾为君遣婢南下矣。婢子弱，恐不能便诛却耳。"

次夜方寝，婢来叩户。生急起纳入。女问：“如何？”答云：“力不能擒，已宫之矣。”笑问其状。曰：“初以为郎家也；既到，始知其非。比至婿家，灯火已张，入见娘子坐灯下，隐几若寐。我敛魂覆瓿中。少时，物至，入室急退，曰：‘何得寓生人！’审视无他，乃复入。我阳若迷。彼启衾入，又惊曰：‘何得有兵气！’本不欲以秽物污指，奈恐缓而生变，遂急捉而阉之。物惊嗥遁去。乃起启瓿，娘子若醒，而婢子行矣。”生喜谢之，女与俱去。

后半月余，绝不复至，亦已绝望。岁暮，解馆欲归，女忽至。生喜逆之，曰：“卿久见弃，念必何处获罪；幸不终绝耶？”女曰：“终岁之好，分手未有一言，终属缺事。闻君卷帐，故窃来一告别耳。”生请偕归。女叹曰：“难言之矣！今将别，情不忍昧：妾实金龙大王之女，缘与君有宿分，故来相就。不合遣婢江南，致江湖流传，言妾为君阉割五通。家君闻之，以为大辱，忿欲赐死。幸婢以身自任，怒乃稍解；杖婢以百数。妾一跬步，皆以保姆从之。投隙一至，不能尽此衷曲，奈何！”言已，欲别。生挽之而泣。女曰：“君勿尔，后三十年可复相聚。”生曰：“仆年三十矣；又三十年，皤然一老，何颜复见？”女曰：“不然，龙宫无白叟也。且人生寿夭，不在容貌，如徒求驻颜，固亦大易。”乃书一方于卷头而去。

生旋里，甥女始言其异，云：“当晚若梦，觉一人捉予塞盎中；既醒，则血殷床褥，而怪绝矣。”生曰：“我囊祷河伯耳。”群疑始解。

后生六十余，貌犹类三十许人。一日，渡河，遥见上流浮莲叶，大如席，一丽人坐其上，近视，则神女也。跃从之，人随荷叶俱小，渐渐如钱而灭。此事与赵弘一则，俱明季事，不知孰前孰后。若在万生用武之后，则吴下仅遗半通，宜其不足为害也。

【译文】

书生金王孙，苏州人。在淮水一带教书，住在一家做官人家的花园里。花园里房屋不多，花草树木丛生。每当夜深时，僮仆都走了，金王孙形只影单，心情很是凄苦。一夜，三更将尽，忽听有人用手指弹门扇，王孙忙问是谁，回答说是“借火”，声音像学馆的学童。开门让进来，则是十六七岁一位美人，后面跟着个婢女。王孙以为是妖物鬼怪，盘问很详细。美人说：“我因你是风雅的读书人，冷清得可怜，不怕踩着露水，来这儿与你共度良宵。恐怕讲出来历，我不敢来，你也不敢接待了。”金王孙又怀疑她是附近私奔的女子，怕坏了自己操行，便正色加以谢绝。那美人眼波一转，金王孙只觉神魂迷乱，顿时情思颠倒，不能自制。婢女已觉察，便说：“霞姑，我先走了。”美人点点头，既而又呵责说：“走就走吧，什么云啊霞啊的!”婢女离开后，她笑着说：“刚才房内无人，就同婢女一起来。她无知到这模样，竟叫我乳名让你听到了。”金王孙说：“你这样心细，所以我怕有祸机。”美人说：“时间长了自会明白，保证不坏你的名声，不用担忧。”上床宽衣，王孙看到她的臂环是用金链条穿着的玫瑰珠石，镶嵌着两颗明珠；灯烛吹灭后，光照一室。王孙更感惊异，终究猜不透她是哪里来的。事儿刚完毕，婢女来敲窗户；美人穿戴起床，借臂环上夜明珠照路径，进树丛而去。从此没一夜不来。金王孙在她离开时远远尾随；她似乎已经觉察，急忙遮住夜明珠，树木浓密繁茂，昏暗中伸手不见五指，王孙只得返回。

一天，他到淮河北岸去，笠帽带子断了，风一吹，就要掉下来，就在马背上用手按着。到河边，坐上小船，一阵大风吹落笠帽，随波飘去。金王孙心中很是怅惘。上岸后，发现大风吹着笠帽，在空中团团转，渐渐降落；用手接住，帽带已接好了。他觉得奇怪。回书斋后向美人追述这件事；美人不作声，只微微一笑。王孙怀疑是她所为，说："你当真是神仙的话，该明言相告，以消除我的烦闷和疑虑。"美人说："寂寞冷清时，得到像我这样的痴情人替你解闷，我自以为不坏了。就算我能还你笠帽，也是相爱罢了，苦苦追问，想跟我断绝吗？"金王孙不敢再说了。

早先，金王孙有个外甥女，出嫁后被五通神迷乱，金王孙一直担忧而没有告诉过人。因与美人亲昵已久，肺腑之言，无不倾吐。美人说："这类东西，家父能驱除它。但是我怎敢把情人的私事告诉给严父呢？"金王孙苦苦哀求她想个主意。美人沉思半晌说："这也易除，不过要亲自前去。那类东西都是我家奴隶，假如叫它的一个指爪碰到我的肌肤，那这耻辱用西江之水也洗不清了。"金王孙哀求不已。美人说："一定马上想办法。"过了一夜，美人一到就告诉王孙说："我替你派婢女南下了。婢女力量小，怕不能立即除掉呢。"

第二夜刚睡下，婢女来敲门。王孙急忙起来开门让进。美人问："怎么样？"婢女回答说："我没能把他捉来，已经将他阉割了。"笑问当时情形。婢女说："我起初以为金郎家里，到那儿后才知道不是，等赶到你外甥女婿家，已是张灯时分，进去看见你外甥女坐在灯下，倚着小桌像是睡着了。我便将她的魂魄收进小瓮覆盖住。不多时，那家伙来了，一进房就急忙退出，说：'怎么住着陌生人！'细察没发现什么，才又进房。我佯装被他迷倒，他掀被钻了进来，又惊问：'怎么会有兵器的气味！'本来我不想被它的脏东西污了手指，无奈怕慢了有变化，就急忙抓住把它阉了。这家伙惊叫着逃走。我便起来开了小瓮，你外甥女似乎醒来，我就动身回来了。"金王孙高兴地向她道谢，美人与她一同离去。

半个多月过去了，美人绝迹不再来，金王孙也不存希望了。一晃到了年底，学馆放假，金王孙准备回苏州老家，美人忽然来到。王孙高兴地迎接她，说："你抛弃我已很久了，我想一定是我什么地方得罪了你；幸而你终于没有绝弃我吧？"美人说："相好一年，分手没一句话，到底是件憾事。听说你学馆放假，准备回乡，所以偷偷来告别呢。”金王孙要求她同归故里。美人叹口气说：“这就难说了！如今即将分别，不忍隐瞒实情：我本是金龙大王的女儿，因与你前世有缘，所以特来相就。不该派婢女去江南，致使江湖流传，说我为你阉割了五通神。家父听说，以为奇耻大辱，气得要命我去死。幸而婢女出来承担全部责任，怒气才稍为消掉些；便将婢女打了百把棍。我走半步，都派保姆跟着。觑了个空来一次，不能尽诉衷肠，奈何！”说完就要告别。金王孙拉住她流泪。神女说：“你不要这样，三十年后，还可再相聚。”王孙说：“我已三十岁了，再过三十年，白发一老翁，有什么脸再见？”神女说：“不然，龙宫没白发老翁。况且人生长寿短命，不在容貌，如只求青春容颜常驻，确实也很容易。”就在书册头上写下秘方走了。

不久，金王孙回到家乡，外甥女才讲起自己遇到的奇事，说：“当晚像做梦似的，觉得有个人把我捉住塞到瓮头里；醒来后，就见床上被褥上满是血污，妖怪从此绝迹了。”王孙说：“我以前向河神祈祷过罢了。”大家才解除了疑惑。

后来，金王孙六十多岁，容貌还像三十来岁的样子。一天，摆渡过河，远远看见上游飘来一张荷叶，大得像席子，一个美人坐在上面，飘近一看，原来是神女。金王孙跃上荷叶跟着她，人随荷叶一起变小，渐渐像铜钱一样，很快消失了。这件事与赵弘的一段故事，都是明末的事，不知哪在前哪在后。如果在万生用武之后，那么苏南只剩下半“通”，大概它不足为害了。

申　氏

泾河之侧，有士人子申氏者，家窭贫，竟日恒不举火。夫妻相对，无以为计。妻曰：“无已，子其盗乎？”申曰：“士人子，不能亢宗，而辱门户、羞先人，跖而生，不如夷而死！”妻忿曰：“子欲活而恶辱耶？世不田而食者，止两途：汝既不能盗，我无宁娼耳！”申怒，与妻语相侵。妻含愤而眠。申念：为男子不能谋两餐，至使妻欲娼，固不如死！潜起，投缳庭树间。但见父来，惊曰："痴儿！何至于此！"断其绳，嘱曰："盗可以为，须择禾黍深处伏之。此行可富，无庸再矣。"妻闻堕地声，惊寤；呼夫不应，爇火觅之，见树上缳绝，申死其下。大骇。抚捺之，移时而苏，扶卧床上。妻忿气少平。既明，托夫病，乞邻得稀酡饵申。申啜已，出而去。至午，负一囊米至。妻问所从来。曰："余父执皆世家，向以摇尾为羞，故不屑以相求也。古人云：'不遭者可无不为。'今且将作盗，何顾焉！可速炊，我将从卿言，往行劫。"妻疑其未忘前言之忿，含忍之。因淅米作糜。申饱食讫，急寻坚木，斧作梃，持之欲出。妻察其意似真，曳而止之。申曰："子教我为，事败相累，当无悔！"绝裾而去。

日暮，抵邻村，违村里许伏焉。忽暴雨，上下淋湿。遥望浓树，将以投止。而电光一照，已近村垣。远处似有行人，恐为所窥，见垣下禾黍蒙密，疾趋而入，蹲避其中。无何，一男子来，躯甚壮伟，亦投禾中。申惧，不敢少动。幸男子斜行去。微窥之，入于垣中。默意垣内为富室亢氏第，此必梁上君子，俟其重获而出，当合有分。又念：其人雄健，倘善取不予，必至用武。自度力不敌，不如乘其无备而颠之。计已定，伏伺良耑。直将鸡鸣，始越垣出。足未及地，申暴起，梃中腰膂，踣然倾跌，则一巨龟，喙张如盆。大惊，又连击之，遂毙。

先是，亢翁有女，绝惠美，父母皆怜爱之。一夜，有丈夫入室，狎逼为欢。欲号，则舌已入口，昏不知人，听其所为而去。羞以告人，惟多集婢媪，严扃门户而已。夜既寝，更不知扉何自而开；入室，则群众皆迷，婢媪遍淫之。于是相告各骇，以告翁；翁戒家人操兵环绣闼，室中人烛而坐。约近夜半，内外人一时都瞑，忽若梦醒，见女白身卧，状类痴，良久始寤。翁甚恨之，而无如何。积数月，女柴瘠颇殆。每语人："有能驱遣者，谢金三百。"申平时亦悉闻之。是夜得龟，因悟祟翁女者，必是物也。遂叩门求赏。翁喜，延之上座，使人舁龟于庭，脔割之。留申过夜，其怪果绝。乃如数赠之，负金而归。

妻以其隔宿不还，方切忧盼；见申入，急问之。申不言，以金置榻上。妻开视，几骇绝，曰："子真为盗耶！"申曰："汝逼我为此，又作是言！"妻泣曰："前特以相戏耳。今犯断头之罪，我不能受贼人累也！请先死！"乃奔。申逐出，笑曳而返之，具以实告，妻乃喜。自此谋生产，称素封焉。

异史氏曰：人不患贫，患无行耳。其行端者，虽饿不死；不为人怜，亦有鬼祐也。世之贫者，利所在忘义，食所在忘耻，人且不敢以一文相托，而何以见谅于鬼神乎！

邑有贫民某乙，残腊向尽，身无完衣。自念：何以卒岁？不敢与妻言，暗操白梃，出伏墓中，冀有孤身而过者，劫其所有。悬望甚苦，渺无人迹；而松风刺骨，不复可耐。意濒绝矣，忽一人伛偻来。心窃喜，持梃遽出。则一叟负囊道左，哀曰："一身实无长物。家绝食，适于婿家乞得五升米耳。”乙夺米，复欲褫其絮袄。叟苦哀之。乙怜其老，释之，负米而归。妻诘其自，诡以“赌债”对。阴念此策良佳。次夜复往。居无几时，见一人荷梃来，亦投墓中，蹲居眺望，意似同道。乙乃逡巡自塚后出。其人惊问：“谁何？”答云：“行道者。”问：“何不行？”曰：“待君耳。”其人失笑。各以意会，并道饥寒之苦。夜既深，无所猎获。乙欲归。其人曰：“子虽作此道，然犹雏也。前村有嫁女者，营办中夜，举家必殆。从我去，得当均之。”乙喜，从之。

至一门，隔壁闻炊饼声，知未寝，伏伺之。无何，一人启关荷杖出行汲，二人乘间掩入。见灯辉北舍，他屋皆暗黑。闻一媪曰：“大姐，可向东舍一瞩，汝奁妆悉在椟中，忘扃鐍未也。”闻少女作娇惰声。二人窃喜，潜趋东舍，暗中摸索得卧椟；启覆探之，深不见底。其人谓乙曰：“入之！”乙果入，得一裹，传递而出。其人问：“尽矣乎？”曰：“尽矣。”又绐之曰：“再索之。”乃闭椟加锁而去。乙在其中，窘急无计。未几，灯火亮入，先照椟。闻媪云：“谁已扃矣。”于是母及女上榻息烛。乙急甚，乃作鼠啮物声。女曰：“椟中有鼠！”媪曰：“勿坏而衣。我疲顿已极，汝宜自觇之。”女振衣起，发扃启椟。乙突出，女惊仆。乙拔关奔去，虽无所得，而窃幸得免。嫁女家被盗，四方流播。或议乙。乙惧，东遁百里，为逆旅主人赁作佣。年余，浮言稍息，始取妻同居，不业白梃矣。此其自述，因类申氏，故附之。

【译文】

陕西泾河岸边，有户姓申的书香门第后裔，家里一贫如洗，常常整天不生灶火。夫妇愁苦相对，想不出办法。妻子说："没办法，你去偷吧？"申某说："我身为读书人家的子弟，不能光宗耀祖，反而辱没家门，羞辱先人，与其像盗跖那样活着，不如像伯夷那样饿死！"妻子生气地说："你想活下去，还怕羞耻吗？世上不耕而食的人，只有两条路：你既不愿去偷，不如让我卖淫去！"申某发脾气了，与妻子言来语去，吵了一架。妻子忍着怨气睡了。申某想：我身为男子汉，不能谋得一日两餐，至于使妻子要去卖淫，我还不如去死吧！偷偷地下床，到院子里一棵树下挂上绳子上吊了。只见父亲走来，惊慌地说："痴儿子，何至于这样！"把绳子弄断，嘱咐他："偷的事可以做，必须选择禾黍长得浓密的地方深藏起来。干这一回就可以发财，不用再干第二回了。"申妻听到重物落地的声响，从睡梦中惊醒；叫唤丈夫，没有应声；点火去找，发现树上挂了根断绳，丈夫死在树下。大惊，上前按摩他，过了一段时间才活过来，把他扶到床上躺下。申妻的怨气也就稍稍平息了。天亮后，申妻说是丈夫生病，向邻居讨了点稀粥让他吃下。申某喝完了，出门而去。到中午时，背了袋米回家。妻子问从哪里弄来，申某说："我父亲生前交往的朋友，都是世家大族，过去以摇尾乞怜为可耻，所以不愿意去求助。古人说：'不得意的人可以无所不为。'如今我就要去做贼，还顾忌什么！你快点去做饭，我准备听你的话，去行劫。"申妻估摸他记着昨天争吵的话，还在生气，自己忍住不去搭腔。便去淘米烧粥。申某饱餐一顿，急忙找来一根硬木，用斧头砍削成木棍，拿着就要出门。妻子发觉丈夫的意图不像是假，便一把拖住他不让出去。申某说："你叫我这么干的，事情败露连累你，不要后悔！"甩开妻子就走了。

傍晚时，申某来到邻村，在离村一里左右的地方躲藏起来。忽然天降暴雨，浑身上下淋了个透湿。远看树丛浓密，便想到那儿避一避。走了一会，闪电一亮，才发觉已接近村子的围墙了。远处好像有人走来，怕被人发现，见围墙下的禾黍密密蒙蒙，就急奔那儿钻了进去，蹲在里面藏着。没多久，走来一个魁梧的大汉，也躲进禾黍地里。申某害怕，不敢动一动。幸亏那汉子侧着身子走开了。

申某稍稍探头一瞧，见他翻进院墙。暗自想起墙内是富户亢家府第，这大汉必定是个梁上君子，等他狠狠偷了一票出来，该有自己一份。又想：这人粗壮有力，倘若好商量不给，势必动武。自己衡量力不能敌，不如乘其不备，打他个措手不及。主意已定，埋伏在墙下，专心等候。

直到快鸡叫了，大汉才越墙出来。脚未着地，申某突然窜出，木棍不偏不倚，正中大汉腰脊骨，大汉一跤翻跌在地，竟是只大乌龟，口张如盆。他吃惊不小，又举棍连连猛击，终于将大龟打死。

原先，亢老翁有个女儿，绝顶聪明美丽，父母亲都疼爱她。一夜，有个汉子闯入她的房间，戏逼为欢。她想要叫喊，汉子的舌头已伸入她的嘴里，弄得她昏迷不知人事，听任那汉子玩弄后扬长而去。这种事羞于告诉别人，只好多叫些婢女仆妇陪伴，把门窗关严罢了。夜里都睡下后，不知门怎么自动开了；那汉子进来，大家都昏迷不醒，婢女仆妇都给奸淫遍了。于是互相诉说，都惊骇不已，把这件事告诉了亢老翁。亢老翁命家中仆役操起武器，团团围在女儿绣房周围，房间里的人点蜡烛坐着。大约夜半时分，里外的人一时都睡着了，忽然像做梦醒来，只见亢女赤身裸体躺着，看上去像痴了似的，好久才清醒过来。亢老翁气恨到了极点，又没有办法。过了几个月，女儿骨瘦如柴，很是疲惫。亢老翁逢人就讲："有谁能驱赶妖魔，我送三百两银子酬谢。"申某平时也全都听说过这事。今夜得到这只大龟，明白对亢女作祟的，必定是这妖物。就到亢家敲门求赏。亢老翁高兴地设筵招待，请他坐了上座，派人把大龟抬进院子，把它千刀万剐。留申某在他家过夜，作怪的事果然绝迹了。亢老翁就如数给了三百两酬金，申某背着银两回家。

申妻因丈夫隔夜未归，正忧心忡忡盼他回家；一见他进来，急切问他情况。申某不答话，只把银子放在床上。妻子打开一看，几乎吓煞，说："你真的做贼了！"申某说："你逼我做这种事，又说这种话！"妻子哭着说："我前天只是开玩笑罢了，如今你犯下杀头的罪，我不能受贼的牵连！让我先去死！"说着就往外奔，申某追出来，笑着拖她回来，将实情一五一十告诉她，妻子才破涕为笑。从此，夫妇谋划生产，被称为不食俸禄而拥有资财的"素封"人家。

异史氏说：人不怕贫穷，怕没有品行。品行端正的，即使挨饿也不至于死；不被人可怜，也有鬼相助。世上有些贫穷之人，有利可图便见利忘义，有食可取便见食忘耻，别人连一文钱都不敢相托，又怎么能被鬼神谅解呢！

县城有贫民某乙，腊月将尽，身上连一件完整的衣服也没有。他想：怎么过年呢？不敢对妻子说，悄悄地提根白木棍棒，出去埋伏在墓地里，企望有单身的人走过，抢劫他身上所有。左盼右等好久，连个人影也没有，而松间吹来的寒风刺骨，再也难以忍耐。正在绝望之际，忽见一个人伛偻着腰走来，心中暗暗高兴，手持棍子突然跃出。原来是个老头儿，背着袋子，吓得呆立在路旁，哀求说："我身上实在没有剩余的东西，家里断了粮，刚从女婿家讨到五升米罢了。"某乙抢过米，又想剥他棉袄。老头儿苦苦哀求。某乙可怜他老，就放了他，背起米回家。妻子问米从哪儿来的，他诡称是讨来的赌债。暗自想这办法很不错，第二夜又去了。过了没多久，发现一个人扛着根棍子走来，也进了墓地，蹲下身子向远处张望，看样子像是同行。某乙就迟迟疑疑从坟堆后出来。那人一惊，问道："谁？"某乙说："走路的。"那人又问："怎么不走了？"答道："等你呢。"那人失声笑了出来，互相心照不宣，一块谈起饥寒交迫的苦恼。已到深夜，没有一点猎获。某乙想回去了。那人说："你虽然干上这一行，但还是个雏鸟，嫩着呢。前村有户人家，闺女出嫁，筹办嫁妆到半夜，一家人肯定累得怕动弹了。跟我去，得手后，东西咱俩均分。"某乙很高兴，跟那人去了。

到了一家门外，隔墙听见做炊饼的声音，知道还没睡下，两人藏起来候机会。不一会儿，有人拔闩开门，担着水桶去挑水，两人趁机闪身进去。看见北屋灯火辉煌，其余房间都一片漆黑。听一个老妇人说："大闺女，快到东厢房看一看，你的妆奁都在柜子里，忘了锁上没有。"听得少女撒娇不愿去。两人暗暗高兴，蹑手蹑脚快步进了东厢房，黑暗中摸索到一只卧柜，掀起盖子伸进手去，深不着底。那人对某乙说："爬进去！"某乙果真爬进柜里，抓了个包袱，传递出来。那人问："还有吗？"某乙说："没有了。"那人又哄骗他说："再摸摸看。"就把柜盖合上，上了锁走了。某乙在柜中，窘急无计可施。不多久，有灯火点着进屋，先照柜子。听老妇人说了声："谁已经锁了。"于是，母女俩上床，熄灯睡下。某乙很着急，便作出老鼠啮东西的声响。闺女说："柜中有老鼠！"老妇人说："不要咬坏了你的衣服，我乏力极了，你最好自己去看看。"闺女抖一抖衣服，穿着起身，开锁掀盖。某乙突然跃出，闺女吓得跌倒在地。某乙拔开门闩，飞奔而逃，虽然一无所得，却暗暗庆幸免于被抓。嫁女人家被盗的事，远近传播。有人议论到某乙。某乙害怕了，向东逃到百里之外，给一家旅店老板当佣工。过了一年多，流言蜚语稍稍平息了，才把妻子接去同住，不干那白木棍的勾当了。这是某乙的自述，因为与《申氏》的故事相类似，所以附记于此。

恒　娘

洪大业，都中人。妻朱氏，姿致颇佳，两相爱悦。

后洪纳婢宝带为妾，貌远逊朱，而洪嬖之。朱不平，辄以此反目。洪虽不敢公然宿妾所，然益嬖宝带，疏朱。后徙其居，与帛商狄姓者为邻。狄妻恒娘，先过院谒朱。恒娘三十许，姿仅中人，而言词轻倩。朱悦之。次日，答其拜，见其室亦有小妻，年二十以来，甚娟好。邻居几半年，并不闻其诟谇一语；而狄独钟爱恒娘，副室则虚员而已。朱一日见恒娘而问之曰："余向谓良人之爱妾，为其为妾也，每欲易妻之名呼作妾。今乃知不然。夫人何术？如可授，愿北面为弟子。"恒娘曰："嘻！子则自疏，而尤男子乎？朝夕而絮聒之，是为丛驱雀，其离滋甚耳！其归益纵之，即男子自来，勿纳也。一月后，当再为子谋之。"

朱从其言，益饰宝带，使从丈夫寝。洪一饮食，亦使宝带共之。洪时一周旋朱，朱拒之益力，于是共称朱氏贤。如是月余，朱往见恒娘。恒娘喜曰："得之矣！子归毁若妆，勿华服，勿脂泽，垢面敝履，杂家人操作。一月后，可复来。"朱从之：衣敝补衣，故为不洁清，而纺绩外无他问。洪怜之，使宝带分其劳；朱不受，辄叱去之。

如是者一月，又往见恒娘。恒娘曰："孺子真可教也！后日为上巳节，欲招子踏春园。子当尽去敝衣，袍袴袜履，崭然一新，早过我。"朱曰："诺！"至日，揽镜细匀铅黄，一一如恒娘教。妆竟，过恒娘。恒娘喜曰："可矣！"又代挽凤髻，光可鉴影；袍袖不合时制，拆其线，更作之；谓其履样拙，更于笥中出业履，共成之，讫，即令易着。临别，饮以酒，嘱曰："归去一见男子，即早闭户寝，渠来叩关，勿听也。三度呼，可一度纳。口索舌，手索足，皆吝之。半月后，当复来。"朱归，炫妆见洪。洪上下凝睇之，欢笑异于平时。朱少话游览，便支颐作惰态；日未昏，即起入房，阖扉眠矣。未几，洪果来款关；朱坚卧不起，洪始去。次夕复然。明日，洪让之。朱曰："独眠习惯，不堪复扰。"日既西，洪入闺坐守之。灭烛登床，如调新妇，绸缪甚欢。更为次夜之约；朱不可长，与洪约，以三日为率。

半月许，复诣恒娘。恒娘阖门与语曰："从此可以擅专房矣。然子虽美，不媚也。子之姿，一媚可夺西施之宠，况下者乎！"于是试使睨，曰："非也！病在外眥。"试使笑，又曰："非也！病在左颐。"乃以秋波送娇，又軃然瓠犀微露，使朱傚之，凡数十作，始略得其彷彿。恒娘曰："子归矣！揽镜而嫻习之，术无余矣。至于床笫之间，随机而动之，因所好而投之，此非可以言传者也。"朱归，一如恒娘教。洪大悦，形神俱惑，唯恐见拒。日将暮，则相对调笑，跬步不离闺闼，日以为常，竟不能推之使去。朱益善遇宝带，每房中之宴，辄呼与共榻坐；而洪视宝带益丑，不终席，遣去之。朱赚夫入宝带房，扃闭之，洪终夜无所沾染。于是宝带恨洪，对人辄怨谤。洪益厌怒之，渐施鞭楚。宝带忿，不自修，拖敝垢履，头类蓬葆，更不复可言人矣。

恒娘一日谓朱曰："我术如何矣？"朱曰："道则至妙；然弟子能由之，而终不能知之也。纵之，何也？"曰："子不闻乎：人情厌故而喜新，重难而轻易？丈夫之爱妾，非必其美也，甘其所乍获，而幸其所难遘也。纵而饱之，则珍错亦厌，况藜羹乎！""毁之而复炫之，何也？"曰："置不留目，则似久别；忽睹艳妆，则如新至：譬贫人骤得粱肉，则视脱粟非味矣。而又不易与之，则彼故而我新，彼易而我难，此即子易妻为妾之法也。"朱大悦，遂为闺中之密友。

积数年，忽谓朱曰："我两人情若一体，自当不昧生平。向欲言而恐疑之也；行相别，敢以实告：妾乃狐也。幼遭继母之变，鬻妾都中。良人遇我厚，故不忍遽绝，恋恋以至于今。明日老父尸解，妾往省覲，不复还矣。"朱把手唏嘘。早旦往视，则举家惶骇，恒娘已杳。

异史氏曰：买珠者不贵珠而贵椟：新旧难易之情，

千古不能破其惑；而变憎为爱之术，遂得以行乎其间矣。古佞臣事君，勿令见人，勿使窥书。乃知容身固宠，皆有心传也。

【译文】

洪大业，京都人。妻子朱氏，姿色风韵很好，夫妻俩相亲相爱。

后来，大业收丫环宝带为妾，宝带容貌远不及朱氏，可大业宠爱她。朱氏心中不平，每每因此夫妻反目。从此，洪大业虽不敢公然住到宝带房内，但更加宠爱她，疏远朱氏。洪家后来搬迁，与姓狄的丝绸商做邻居。狄家妻子恒娘，先过院来拜见朱氏。恒娘三十来岁，长相一般，而谈吐轻快，朱氏很喜欢她。第二天回拜，发现狄家也有妾，二十来岁，很漂亮。两家为邻将近半年，从未听到他们有一句吵骂埋怨的话；而姓狄的只钟情于恒娘，纳的妾形同虚设，不过摆摆样子罢了。一天，朱氏见到恒娘，便问她："我以前认为丈夫爱妾，就因为她是妾，每想把妻子的名称改叫作妾，现在才知道不然。你有什么方法？如能传授，我愿面北而拜，做你的弟子。"恒娘说："嘻！是你自己疏远了丈夫，反而抱怨男人吗？你早晚拌嘴，在他耳边絮叨，这叫做'为丛驱雀'，无疑是把丈夫往妾那儿赶，造成感情上的隔阂越来越大罢了。你回家后，要更加随他的便，即使丈夫自己来，也不要接纳他。一个月以后，我再替你出主意。"

朱氏听她的话，便将宝带加倍打扮起来，叫她跟丈夫睡在一起。大业每次吃饭，朱氏也叫她去共餐。大业偶一对朱氏表示亲热，朱氏格外极力推拒，于是，众人都称赞她贤惠。这样过了一个多月，朱氏去见恒娘。恒娘高兴地说："行了！你回家后换下衣服，不要穿好衣服，不要涂脂抹粉，随它蓬头垢面，穿上破旧的鞋，杂在家人中干活。一个月以后，可以再来。"朱氏听从了，回家后，穿上破旧缝补过的衣服，故意弄得不干不净，整天纺纱织布，其余一概不闻不问。大业心生怜悯，让宝带替她分担些，朱氏不要，每回都将她赶开。

像这样又过了一个月，朱氏再次去见恒娘。恒娘说："孺子真可教也！后天三月三，我想带你去春游踏青。那天，你要把旧衣全部换下，衣裤鞋袜全都崭新，一早到我这儿来。"朱氏说："好吧！"到了那天，朱氏对镜细细涂抹脂粉，一一照恒娘的吩咐办妥。打扮完毕，去见恒娘。恒娘高兴地说："可以了！"又替朱氏挽了个凤髻，光泽可以照见人影；袍袖不合潮流，拆了缝线，重新改制；说她鞋子式样笨拙，又从竹箱内取出自己正做着的鞋，一起把它做好，完了，就叫她换上。……临别时，给她喝了酒，嘱咐说："回家见一下丈夫，就早点关上房门就寝，他来敲门，不要理睬。三次喊门，可以接纳一次。至于口索舌，手索足的举动，都要吝啬。半个月后，再到我这儿来。"朱氏回到家里，打扮得光彩炫目去见洪大业。大业眯起眼睛，上上下下打量妻子，欢笑的样子，与平时大不一样。朱氏说了几句出门春游的话，便手托香腮做出懒洋洋的样子；天还没暗，就起身入房，关上房门睡了。不一会儿，大业果然来敲房门，朱氏坚卧不起，大业才走。第二天晚上又是这样。第三天，洪大业责怪她，她回答说："独眠已成习惯，受不了再来打扰。"这天夕阳西斜，大业就进朱氏房内坐下不走了。灭烛登床，大业就像同新婚的妻子作乐似的，情意缠绵，十分欢乐。又作次夜之约；朱氏不肯每天这样，与丈夫约定，以三天为准。

半个月左右，朱氏再次去见恒娘。恒娘关上门对她说："从此你可以垄断丈夫的宠爱了。不过，你虽美貌，但不妩媚。你的姿容，一媚就能夺走西施的宠幸，更不要说差得远的人了！"于是，恒娘让她试着斜眼瞟人，说："不对，毛病在眼眶上。"又让她试着露出笑容，说："不对，毛病在左脸部位。"就用秋波传送娇媚，又嫣然一笑洁齿微露，让朱氏照着做，一共做了几十遍，才稍稍学得有点像了。恒娘说："你回家吧！对着镜子练熟了，再也没有别的方法了。至于床上的事，随机而动，投其所好，这是不能用语言传授的！"朱氏回家后，一如恒娘所教。洪大业很是兴奋，形神都被迷住了，只怕遭到拒绝。太阳快要落山，就和朱氏调笑，半步不离房间，每天成为常规，竟没法将他推出房门叫他走。朱氏待宝带更好了，每在房中喝酒，就喊她来与自己同坐一榻；而大业看宝带，越看越丑，不到散席，就把她打发走。朱氏将丈夫骗到宝带房内，将房门反锁，洪大业整夜都不碰一碰宝带。于是宝带怨恨大业，对人发泄不满，说大业坏话。洪大业对她更厌恶恼火，渐渐拿鞭子竹棒对付她了。宝带气不过，也不修饰自己，拖着又破又脏的鞋，头发像一窝乱草，更不像人样了。

有一天，恒娘对朱氏说："我的方法如何？"朱氏说："方法是绝妙，然而我这学生能照着做，而始终不能明白其中的奥秘。对丈夫放纵是什么道理呢？"恒娘说："你没听说过吗？——'人情厌旧喜新，重难轻易。'丈夫爱妾，未必是她美貌，只不过刚刚到手要尝甜头，又庆幸亲热的机会难得呀。放任他尝够吃饱，就是山珍海味也会倒胃口，何况粗劣的菜呢！"朱氏又问："先毁妆，再艳妆，为什么呢？"恒娘说："搁在一边不放在眼里，就像久别；突然看见一身艳妆，就像新到。好比穷汉突然得到精美的食物，就觉得糙米饭不是味儿了。而又不轻易满足他，那你与宝带相比，她是旧的，你是新的，她容易到手，你不容易到手，这就是你的换妻为妾的办法呀。"朱氏很开心，她们两个就成了闺房密友。

过了几年，恒娘突然对朱氏说："我俩情同一体，我觉得不该对你隐瞒身世。以前想说怕你起疑心；行将告别，才敢以实情相告：我是狐精。幼年死了亲娘，继母把我卖在京都。丈夫待我很好，所以我不忍突然离去，恋恋不舍直到今天。明天老父得道飞升，我前往省亲，不再回来了。"朱氏拉着她的手哽咽起来。第二天一早去看，狄家上上下下一片惊慌，恒娘已不见踪影了。

异史氏说：买珠宝的不重珠宝，反而看重那精美的珠宝盒。弃旧喜新、重难轻易的心理，千古以来不能破除这种困惑；于是变憎为爱的方法，便在这种情势中得以施展了。古时候佞臣侍奉君王，不让他见人，不让他读书。我这才明白保住身家地位，稳固君王宠幸，都是有心传的！

葛　巾

常大用，洛人。癖好牡丹。闻曹州牡丹甲齐、鲁，心向往之。适以他事如曹，因假搢绅之园居焉。而时方二月，牡丹未华，惟徘徊园中，目注句萌，以望其拆。作《怀牡丹》诗百绝。未几，花渐含苞，而资斧将匮；寻典春衣，流连忘返。

一日，凌晨趋花所，则一女郎及老妪在焉。疑是贵家宅眷，亦遂遄返。暮而往，又见之，从容避去。微窥之，宫妆艳绝。眩迷之中，忽转一想：此必仙人，世上岂有此女子乎！急返身而搜之，骤过假山，适与妪遇。女郎方坐石上，相顾失惊。妪以身幛女，叱曰："狂生何为！"生长跪曰："娘子必是神仙！"妪咄之曰："如此妄言，自当絷送令尹！"生大惧。女郎微笑曰："去之！"过山而去。生返，不能徒步，意女郎归告父兄，必有诟辱之来。偃卧空斋，自悔孟浪。窃幸女郎无怒容，或当不复置念。悔惧交集，终夜而病。日已向辰，喜无问罪之师，心渐宁帖。而回忆声容，转惧为想。如是三日，憔悴欲死。

秉烛夜分，仆已熟眠。妪入，持瓯而进曰："吾家葛巾娘子，手合鸩汤，其速饮！"生闻而骇，既而曰："仆与娘子，夙无怨嫌，何至赐死？既为娘子手调，与其相思而病，不如仰药而死！"遂引而尽之。妪笑，接瓯而去。生觉药气香冷，似非毒者。俄觉肺鬲宽舒，头颅清爽，酣然睡去。既醒，红日满窗。试起，病若失。心益信其为仙。无可夤缘，但于无人时，彷佛其立处、坐处，虔拜而默祷之。一日，行去，忽于深树内，觌面遇女郎，幸无他人，大喜，投地。女郎近曳之，忽闻异香竟体，即以手握玉腕而起，指肤软腻，使人骨节欲酥。正欲有言，老妪忽至。女令隐身石后，南指曰：“夜以花梯度墙，四面红窗者，即妾居也。”匆匆遂去。生怅然，魂魄飞散，莫能知其所往。

至夜，移梯登南垣，则垣下已有梯在，喜而下，果见红窗。室中闻敲棋声，伫立不敢复前，姑逾垣归。少间，再过之，子声犹繁；渐近窥之，则女郎与一素衣美人相对着，老妪亦在坐，一婢侍焉。又返。凡三往复，三漏已催。生伏梯上，闻妪出云：“梯也，谁置此？”呼婢共移去之。生登垣，欲下无阶，恨悒而返。

次夕，复往，梯先设矣。幸寂无人，入，则女郎兀坐，若有思者。见生惊起，斜立含羞。生揖曰：“自谓福薄，恐于天人无分，亦有今夕耶！”遂狎抱之。纤腰盈掬，吹气如兰，撑拒曰：“何遽尔！”生曰：“好事多磨，迟为鬼妒。”言未及已，遥闻人语。女急曰：“玉版妹子来矣！君可姑伏床下。”生从之。无何，一女子入，笑曰：“败军之将，尚可复言战否？业已烹茗，敢邀为长夜之欢。”女郎辞以困惰。玉版固请之，女郎坚坐不行。玉版曰：“如此恋恋，岂藏有男子在室耶？”强拉之，出门而去。

生膝行而出。恨绝，遂搜枕簟，冀一得其遗物。而室内并无香奁，只床头有水精如意，上结紫巾，芳洁可爱。怀之，越垣归。自理衿袖，体香犹凝，倾慕益切。然因伏床之恐，遂有怀刑之惧，筹思不敢复往，但珍藏如意，以冀其寻。

隔夕，女郎果至，笑曰："妾向以君为君子也，而不知寇盗也。"生曰："良有之！所以偶不君子者，第望其如意耳。"乃揽体入怀，代解裙结。玉肌乍露，热香四流，偎抱之间，觉鼻息汗熏，无气不馥。因曰："仆固意卿为仙人，今益知不妄。幸蒙垂盼，缘在三生。但恐杜兰香之下嫁，终成离恨耳。"女笑曰："君虑亦过。妾不过离魂之倩女，偶为情动耳。此事要宜慎秘，恐是非之口，捏造黑白，君不能生翼，妾不能乘风，则祸离更惨于好别矣。"生然之，而终疑为仙，固诘姓氏。女曰："既以妾为仙，仙人何必以姓名传。"问："妪何人？"曰："此桑姥。妾少时受其露覆，故不与婢辈同。"遂起，欲去，曰："妾处耳目多，不可久羁，蹈隙当复来。"临别，索如意，曰："此非妾物，乃玉版所遗。"问："玉版为谁？"曰："妾叔妹也。"付钩乃去。

去后，衾枕皆染异香。由此三两夜辄一至。生惑之，不复思归。而囊橐既空，欲货马。女知之，曰："君以妾故，泻囊质衣，情所不忍。又去代步，千余里将何以归？妾有私蓄，聊可助装。"生辞曰："感卿情好，抚臆誓肌，不足论报；而又贪鄙，以耗卿财，何以为人矣！"女固强之，曰："姑假君。"遂捉生臂，至一桑树下，指一石，曰："转之！"生从之。又拔头上簪，刺土数十下，又曰："爬之。"生又从之。则瓮口已见。女探入，出白镪近五十两许；生把臂止之，不听，又出十余铤，生强反其半而后掩之。

一夕，谓生曰："近日微有浮言，势不可长，此不可不预谋也。”生惊曰：“且为奈何！小生素迂谨，今为卿故，如寡妇之失守，不复能自主矣。一惟卿命，刀锯斧钺，亦所不遑顾耳！”女谋偕亡，命生先归，约会于洛。生治任旋里，拟先归而后逆之；比至，则女郎车适已至门。登堂朝家人，四邻惊贺，而并不知其窃而逃也。生窃自危；女殊坦然，谓生曰：“无论千里外非逻察所及，即或知之，妾世家女，卓王孙当无如长卿何也。”

生弟大器，年十七，女顾之曰：“是有惠根，前程尤胜于君。”完婚有期，妻忽夭殒。女曰：“妾妹玉版，君固尝窥见之，貌颇不恶，年亦相若，作夫妇可称嘉耦。”生闻之而笑，戏请作伐。女曰：“必欲致之，即亦非难。”喜问：“何术？”曰：“妹与妾最相善。两马驾轻车，费一妪之往返耳。”生惧前情俱发，不敢从其谋；女固言：“不害。”即命车，遣桑媪去。数日，至曹。将近里门，媪下车，使御者止而候于途，乘夜入里。良久，偕女子来，登车遂发。昏暮即宿车中，五更复行。女郎计其时日，使大器盛服而逆之。五十里许，乃相遇，御轮而归；鼓吹花烛，起拜成礼。由此兄弟皆得美妇，而家又日以富。

一日，有大寇数十骑，突入第。生知有变，举家登楼。寇入，围楼。生俯问：“有仇否？”答言：“无仇。但有两事相求：一则闻两夫人世间所无，请赐一见；一则五十八人，各乞金五百。”聚薪楼下，为纵火计以胁之。生允其索金之请；寇不满志，欲焚楼，家人大恐。女欲与玉版下楼，止之不听。炫妆而下，阶未尽者三级，谓寇曰："我姊妹皆仙媛，暂时一履尘世，何畏寇盗！欲赐汝万金，恐汝不敢受也。"寇众一齐仰拜，喏声"不敢"。姊妹欲退，一寇曰："此诈也！"女闻之，反身伫立，曰："意欲何作，便早图之，尚未晚也。"诸寇相顾，默无一言，姊妹从容上楼而去。寇仰望无迹，哄然始散。

后二年，姊妹各举一子，始渐自言："魏姓，母封曹国夫人。"生疑曹无魏姓世家，又且大姓失女，何得一置不问？未敢穷诘，而心窃怪之。遂托故复诣曹，入境谘访，世族并无魏姓。于是仍假馆旧主人。忽见壁上有《赠曹国夫人》诗，颇涉骇异，因诘主人。主人笑，即请往观曹夫人，至则牡丹一本，高与檐等。问所由名，则以此花为曹第一，故同人戏封之。问其"何种"？曰："葛巾紫也。"心益骇，遂疑女为花妖。

既归，不敢质言，但述赠夫人诗以觇之。女蹙然变色，遽出，呼玉版抱儿至，谓生曰："三年前，感君见思，遂呈身相报；今见猜疑，何可复聚！"因与玉版皆举儿遥掷之，儿堕地并没。生方惊顾，则二女俱渺矣。悔恨不已。后数日，堕儿处生牡丹二株，一夜径尺，当年而花，一紫一白，朵大如盘，较寻常之葛巾、玉版，瓣尤繁碎。数年，茂荫成丛；移分他所，更变异种，莫能识其名。自此牡丹之盛，洛下无双焉。

异史氏曰：怀之专一，鬼神可通，偏反者亦不可谓无情也。少府寂寞，以花当夫人，况真能解语，何必力穷其原哉？惜常生之未达也！

【译文】

常大用，河南洛阳人，喜爱牡丹成癖。他听说曹州牡丹为山东第一，心里十分仰慕。正巧因别的事到曹州，就借官绅人家的花园住下来。当时才二月，牡丹尚未开花，他只好在花园里徘徊，盯着牡丹初发的嫩芽看，希望它早日开花。写下思念牡丹花的绝句诗一百首。没多久，牡丹花渐渐含苞，可他的盘缠也就要完了；很快他当掉了春装，流连忘返。

有天凌晨，大用快步走向牡丹处，一个姑娘和一个老婆子已在那儿了。他疑心是富贵人家的内眷，也就急急忙忙往回走。傍晚再去，又看见她们，这次他不慌不忙地避开。稍微偷眼看了一下，那姑娘宫装打扮，艳丽绝伦。大用在目眩心迷中，突然转念一想：这一定是仙女，世上难道有这样的女子吗！急忙回身寻找，快速绕过假山，正好和那个老婆子迎面相遇。姑娘刚坐在石凳上，他俩互相看了一眼，都有点惊慌失措。老婆子用身体遮着姑娘，喝斥大用说："狂生干什么！"大用跪地不起，说："娘子一定是神仙！"老婆子啐了他一口说："这样胡说八道，就该捆送县令处理！"大用很害怕。姑娘微微一笑，说："走吧！"绕过假山走了。大用返回，几乎走不动路了，心想姑娘回去告诉父兄，一定有一番辱骂要来。仰天躺在空房里，后悔自己的冒失。暗自庆幸姑娘没有怒容，或者能不再把这事放在心上。悔恨和恐惧纠缠着他，一夜下来病倒了。太阳高高升起，八点左右没人前来问罪，大用暗暗高兴，心里也慢慢平静了。回想起姑娘的音容笑貌，恐惧便转为相思。像这样过了三天，他憔悴得像要死了。

半夜还点着灯烛，仆人已经熟睡。老婆子进来，端着个碗送到大用面前说："我家葛巾娘子亲手调制的鸩汤，赶快喝下去！"大用听了很惊恐，过了一会儿说："我与娘子素无怨仇，何至于赐我一死？既然是娘子亲手调制，我与其相思而死，不如喝毒药而死！"就拿过汤药一饮而尽。老婆子笑了，接过空碗就走。大用觉得药味芳香清凉，似乎不是毒药。一会儿，感到胸部宽松舒适，头脑清爽，不觉酣然入睡。一觉醒来，已是红日满窗。试着下床行走，病好像消失了。心里更加相信姑娘是位仙女。但因无缘与她见面，只得在没人时，到她站过、坐过的地方，虔诚地跪拜并默默地祷告。

一天，正准备离开，忽然在树林深处迎面见到葛巾姑娘，幸而没有别人，他高兴极了，朝葛巾姑娘跪下。葛巾走近了拉他起来，忽然闻到她满身散发出异香，就用手握住她白嫩的手腕站了起来，只觉她十指柔软，肌肤滑腻，使他浑身骨节都要酥了。正想与她说话，老婆子忽然来了。葛巾叫大用躲在山石后面，朝南一指说："夜里用花梯翻过墙去，四面是红窗的，就是我的卧室。"匆匆忙忙就走了。大用怅然若失，魂飞魄散，也不晓得朝哪里走才好。

到了夜里，大用搬了架梯子登上南墙，原来墙那边已放好了梯子，高兴地爬下去，果然看见红窗。听得室内有棋子碰击的声音，他站定了不敢再往前，只好暂时翻墙回去。过了一会儿再过来，棋子的声音仍然不断；他慢慢走近去偷看，葛巾与一个白衣美人在对弈，老婆子也在坐，一个丫环伺候在一边。他只得再次返回住处。打了三个来回，已是三更光景。大用伏在墙外梯子上等候。听得老婆子出来说："是梯子呀，谁放在这儿的？"叫来丫环，一同搬走了。大用爬上墙，想要下去没了阶梯，心里恨恨的，闷闷不乐回到住处。

第二夜再去，梯子先已放好了。幸亏静悄悄的没人，大用进去，葛巾正独自静坐着，若有所思。见到他惊慌地起来，羞羞涩涩侧身站着。大用作揖说："我自以为福薄，怕与天仙没缘，想不到也有今夜！"就轻狂地拥抱她。她腰身纤细，两手合捧还嫌多，呼出的气像芝兰一样香，使劲推拒着说："哪有这么急的！"大用说："好事多磨，迟了要被鬼妒忌的。"话音未落，听到远处有人说话。葛巾急忙说："玉版妹妹来了，你可以暂时躲在床底下。"大用顺从了她。不大会儿，一个姑娘进来，笑着说："败军之将，还敢再说战吗？我已烹好了茶，特来请你去痛痛快快下个通宵。"葛巾以身子疲乏为借口推辞。玉版非要请她去，葛巾硬是坐着不走。玉版说："这样恋恋不舍，难道在房内藏了男人吗？"强拉着葛巾出门走了。

大用从床底下爬了出来。心里恨透，就到床上翻开枕席，希望找到一件葛巾留下的东西。可是房内没有梳妆用品，只床头有一支水晶如意，柄头上拴着紫巾，香洁可爱。大用把它揣在怀里，翻墙回去。自己理理衣襟袖子，葛巾身上的香气还凝聚不散，倾心爱慕之情益发热切了。然而，因钻床底受到惊吓，便产生了事发要吃官司的恐惧，想来想去不敢再去了，只把水晶如意珍藏起来，希望葛巾来找。

隔了一夜，葛巾真的来了，笑着说："我一向以为你是君子，还不知道你竟是小偷。"大用说："真有这回事！所以偶然小人一下，只是希望'如意'罢了。"就把葛巾搂进怀内，替她解开衣裙纽扣。洁白的肌肤初露，温香四溢，拥抱偎依之间，只觉她鼻息汗气，无一不香。就说："我本来就猜想你是仙女，如今更知道不假。有幸蒙你见爱，真是三世结下的缘。只怕像古时候的仙女杜兰香，下凡嫁人最终造成离别之恨罢了。"葛巾笑着说："你的顾虑也过分了。我不过是离魂的倩女，偶然被情感所动罢了。这事要谨慎保密，怕搬弄是非的人捏造事实，颠倒黑白，你不能生出翅膀远走高飞，我不能驾起清风一逃了之，那么遭到诬陷被迫分手，比好聚好散的别离更惨了。"大用同意她所说，但总怀疑她是仙女，再三问她的姓氏。葛巾说："既然认为我是仙女，仙女何必要将姓名告诉别人？"大用又问："那个老婆子是什么人？"葛巾说："她是桑姥姥，我小时受她庇护，因此不把她当佣人看待。"就起身要走，又说："我那儿人多眼杂，不能在这里久留，能抽空会再来的。"临别时，讨水晶如意，说："这不是我的东西，是玉版妹妹丢在我那儿的。"大用问："玉版是谁？"葛巾说："我的堂妹。"大用把珍藏的水晶如意交还她，她就走了。

葛巾走后，大用的被褥、枕头都染上异香。从此三两夜就来一趟。大用迷恋她，不再想回洛阳了。可钱包已经空空，想把马卖掉。葛巾知道了，说："你因为我的缘故，倾囊当衣，我于心不忍。现在又要卖马，一千多里路怎么回家？我积攒了点私房钱，暂且可以帮你过日子。"大用辞谢说："感激你的深情厚爱，我扪心发下刻骨的誓言，也谈不上对你的报答；还要贪鄙地花费你的钱财，我怎么再做人！"葛巾坚持要他接受资助，说："就算是暂时借给你的。"就抓住他手臂到一棵桑树下，指着一块石头说："转过去！"大用顺从了她。葛巾又拔下头上的簪子往土里连戳几十下，说："扒开！"大用又听从了她。只见陶瓮的口已经露出来了。葛巾伸进手去拿出白银近五十两；大用捉住葛巾手臂，制止她再取，她不听，又拿出十几锭银子。大用硬是放回一半，然后埋好。

有天夜里，葛巾对大用说："近来稍微有点闲话，势不能长久下去了，这不能不预先筹划一下。"大用吃惊地说："这可怎么办！我素来拘泥谨慎，如今为了你，好像寡妇失了操守，不再能自拿主意了。一切听命于你，刀斧搁在脖子上，我也不能顾及了！"葛巾和他商量一同逃跑，叫他先回家，约定在洛阳相会。大用收拾行李回家乡，打算先回家，然后接她；谁知他刚到家门，葛巾坐着车正好也到门口。进入正厅拜见家里的人，惊动了四邻纷纷前来贺喜，他们并不知道葛巾是偷偷地逃出来的。大用暗暗自危，葛巾却格外坦然，对他说："不用说千里外不是探子所能到的，即使万一知道了，我是世家望族的女儿，古代的卓王孙对女婿司马相如也不能怎么样！"

大用的弟弟叫大器，十七岁，葛巾朝他看看，说："这人天性聪明，前程比你远大。"大器已经定下结婚的日子，妻子突然死了。葛巾对大用说："我的堂妹玉版，你已经暗底下见过她了，容貌不丑，年龄和大器也相配，配为夫妻，可称得上天生一对，地成一双了。"大用听着笑了起来，开玩笑请她做媒。葛巾说："一定要娶她，倒也不难。"大用高兴地问："你有什么法子？"葛巾说："堂妹与我最要好。用两匹马驾一辆轻车，不过用一个老婆子打个来回罢了。"大用怕上次的事全都露了馅，不敢听从她的计谋；葛巾坚持说："不碍事。"就传命备车，派桑姥姥前去。几天后，车马人等到了曹州。临近里门，桑姥姥下了车，叫车夫停车在路旁等候，自己趁夜色进了乡里。好久，桑姥姥领着姑娘来了，登上车，就出发。天黑就在车中过夜，天刚亮又继续赶路。葛巾计算了往返时间，让大器穿上结婚礼服前去迎接。大器赶到五十里路以外，就与她们相遇了。大器亲自驾车，载着新媳妇回到家里；吹吹打打，点起花烛，拜堂成亲。从此常家兄弟俩都娶上了漂亮的媳妇，家业也一天比一天富庶。

有一天，有几十个骑着马的强盗，突然闯进常宅。大用情知发生了祸变，全家上楼。强盗闯入后，把楼房团团围住。大用俯身问道："你们与我家有仇吗？"一个强盗头目回答说："没有仇。但是有两桩事儿相求：一是听说两位夫人的美貌是世间没有的，请赏我们见一见；二是我们一共五十八个人，每个人讨五百两银子。”说完，强盗们把柴草堆积在楼下，作出放火的打算，来威胁常家。大用答应他们勒索银子的要求；强盗们不满意，要烧楼，全家人大为恐慌。葛巾要与玉版下楼，常家兄弟劝阻，她俩不听。穿着华丽的衣服下来，还剩三级阶梯停下，对强盗们说：“我姊妹俩是仙女，暂时到人间走走，哪怕你们强盗！要赏你们万两金银，怕你们不敢接受吧。”强盗们一齐叩头，说声：“不敢。”葛巾姊妹要退上楼，其中一个强盗说：“这是骗我们哩！”葛巾听到，转身站住，说：“你们想干什么？趁早说，还来得及！”强盗们面面相觑，没人敢再说一句话，她俩从从容容上楼去了。强盗们仰起头来张望，已看不到葛巾姊妹的影子，才一哄而散。

两年之后，葛巾姊妹各生了一个儿子，这才渐渐地告诉人：她俩姓魏，葛巾的母亲受诰封为曹国夫人。大用怀疑曹州没有姓魏的世家望族，况且大姓人家丢失女儿，怎能置之不问？但又不敢追问，暗想，这件事怪了。就借故再往曹州，进了曹州地界便打听、察访，世家大族中并没有姓魏的。于是仍然向原来的房东家借花园住下。忽然看到墙壁上写的有《赠曹国夫人》的诗，很使他惊奇，便询问主人。主人笑了起来，随即请他一同去看“曹夫人”，来到花园里，原来是一株牡丹，长得与屋檐一般高。问起花名由来，就说这花在曹州名列第一，所以友人开玩笑，给了这个封号。大用问他：“什么品种？”主人回答说：“葛巾紫。”大用心里更加惊恐，就疑心葛巾姊妹是花妖。

回到家里，不敢实说，只是讲述《赠曹国夫人》的诗看葛巾的反应。葛巾皱着眉头，变了脸色，突然出门，呼唤玉版把儿子抱来，对大用说：“三年前，被你思慕成疾所感动，才以身相许报答你；现在被你猜疑，怎么能再相聚在一起呢？”就与玉版都举起孩子远远扔去，两个小孩落地都没了。大用正吃惊地四顾，葛巾姊妹也都不见了。大用悔恨不已。几天以后，小孩坠落的地方长出两株牡丹，一夜之间，长高一尺，当年就开了花，一紫一白，花骨朵儿有茶盘大，比起常见的葛巾、玉版花，花瓣更多更细。几年后，茂叶覆盖，长成一丛；分蘖移栽他处，又成变种，没有人叫得出这种花的名称。从此，洛阳牡丹的盛名，天下无双。

异史氏说：思念专一，鬼神也可交往，算不上正神的，也不能说它没有情感。白居易寂寞时，作诗“少府无妻春寂寞，花开将尔当夫人”，何况像葛巾这样，真能解语，何必追根究底呢？可惜常大用还不通达啊！

（卷十译者：阮廷贵、朱友华）

卷十一

冯木匠

抚军周有德，改创故藩邸为部院衙署。时方鸠工，有木作匠冯明寰直宿其中。夜方就寝，忽见纹窗半开，月明如昼。遥望短垣上，立一红鸡；注目间，鸡已飞抢至地。俄一少女露半身来相窥。冯疑为同辈所私；静听之，众已熟眠。私心怔忡，窃望其误投也。少间，女果越窗过，径已入怀。冯喜，默不一言。欢毕，女亦遂去。自此夜夜至。初犹自隐，后遂明告。女曰："我非误就，敬相投耳。"两人情日密。既而工满，冯欲归，女已候于旷野。冯所居村，离郡固不甚远，女遂从去。既入室，家人皆莫之睹，冯始知其非人。迨数月，精神渐减，心益惧，延师镇驱，卒无少验。一夜，女艳妆来，向冯曰："世缘俱有定数：当来推不去，当去亦挽不住。今与子别矣。"遂去。

【译文】

巡抚周有德，将从前的藩王府邸改建成为巡抚衙门。当时刚召集工匠施工，有个木匠叫冯明寰的，在府邸中值夜。夜间冯木匠刚睡下，忽见雕花窗半开，月色明亮如同白昼。远远望见短墙上，站着一只红鸡。正细看时，那鸡已飞扑到地上。不久有个少女露出半个身子来偷看。冯木匠疑心是同伴的情妇，而细听动静，众人都已熟睡。他呆呆地胡思乱想，暗暗希望她找错了人，到自己这儿来。过了一会儿，那少女果然越窗而入，一下子已扑到他的怀里。冯木匠大喜，默不作声。交欢完毕，那少女就走了。从此她每夜都来。冯木匠起初还打埋伏，后来就挑明了。少女说："我并非搞错了人，就是特地来和你好的。"两人的感情一天比一天亲密。后来工期满了，冯木匠要回家，少女已经预先在空旷的野外等着他。冯木匠住的村子，离济南府城原不太远，那少女就跟着他去了。进门以后，家里人都看不见这女子，冯木匠这才知道她并不是人。等到几个月下来，精神日渐减退，心里更加害怕，请法师来镇妖驱邪，到底没一点效果。夜晚，那女子浓妆艳抹前来，对冯木匠说道："世上的缘分都是天生注定的，该来的推不掉，该去的留不住。现在和你分手了。"就离去了。

黄　英

马子才，顺天人。世好菊，至才尤甚。闻有佳种，必购之，千里不惮。一日，有金陵客寓其家，自言其中表亲有一二种，为北方所无。马欣动，即刻治装，从客至金陵。客多方为之营求，得两芽，裹藏如宝。归至中途，遇一少年，跨蹇从油碧车，丰姿洒落。渐近与语。少年自言："陶姓。"谈言骚雅。因问马所自来，实告之。少年曰："种无不佳，培溉在人。"因与论艺菊之法。马大悦，问："将何往？"答云："姊厌金陵，欲卜居于河朔耳。"马欣然曰："仆虽固贫，茅庐可以寄榻。不嫌荒陋，无烦他适。"陶趋车前，向姊咨禀。车中人推帘语，乃二十许绝世美人也。顾弟言："屋不厌卑，而院宜得广。"马代诺之，遂与俱归。

第南有荒圃，仅小室三四椽，陶喜，居之。日过北院，为马治菊。菊已枯，拔根再植之，无不活。然家清贫，陶日与马共食饮，而察其家似不举火。马妻吕，亦爱陶姊，不时以升斗馈恤之。陶姊小字黄英，雅善谈，辄过吕所，与共纫绩。陶一日谓马曰：“君家固不丰，仆日以口腹累知交，胡可为常。为今计，卖菊亦足谋生。”马素介，闻陶言，甚鄙之，曰：“仆以君风流高士，当能安贫；今作是论，则以东篱为市井，有辱黄花矣。”陶笑曰：“自食其力不为贪，贩花为业不为俗。人固不可苟求富，然亦不必务求贫也。”马不语，陶起而出。自是，马所弃残枝劣种，陶悉掇拾而去。由此不复就马寝食，招之始一至。

未几，菊将开，闻其门嚣喧如市。怪之，过而窥焉，见市人买花者，车载肩负，道相属也。其花皆异种，目所未睹。心厌其贪，欲与绝；而又恨其私秘佳本，遂款其扉，将就诮让。陶出，握手曳入。见荒庭半亩皆菊畦，数椽之外无旷土。劚去者，则折别枝插补之；其蓓蕾在畦者，罔不佳妙：而细认之，皆向所拔弃也。陶入屋，出酒馔，设席畦侧，曰：“仆贫不能守清戒，连朝幸得微赀，颇足供醉。”少间，房中呼“三郎”，陶诺而去。俄献佳肴，烹饪良精。因问：“贵姊胡以不字?”答云：“时未至。”问：“何时?”曰：“四十三月。”又诘：“何说?”但笑不言。尽欢始散。过宿，又诣之，新插者已盈尺矣。大奇之，苦求其术。陶曰：“此固非可言传；且君不以谋生，焉用此?”

又数日，门庭略寂，陶乃以蒲席包菊，捆载数车而去。逾岁，春将半，始载南中异卉而归，于都中设花肆，十日尽售，复归艺菊。问之去年买花者，留其根，次年尽变而劣，乃复购于陶。陶由此日富：一年增舍，二年起夏屋。兴作从心，更不谋诸主人。渐而旧日花畦，尽为廊舍。更于墙外买田一区，筑墉四周，悉种菊。至秋，载花去，春尽不归。

而马妻病卒。意属黄英，微使人风示之。黄英微笑，意似允许，惟专候陶归而已。年余，陶竟不至。黄英课仆种菊，一如陶。得金益合商贾，村外治膏田二十顷，甲第益壮。忽有客自东粤来，寄陶生函信，发之，则嘱姊归马。考其寄书之日，即妻死之日；回忆园中之饮，适四十三月也，大奇之。以书示英，请问“致聘何所”。英辞不受采。又以故居陋，欲使就南第居，若赘焉。马不可，择日行亲迎礼。

黄英既适马，于间壁开扉通南第，日过课其仆。马耻以妻富，恒嘱黄英作南北籍，以防淆乱。而家所须，黄英辄取诸南第。不半岁，家中触类皆陶家物。马立遣人一一赍还之，戒勿复取。未浃旬，又杂之。凡数更，马不胜烦。黄英笑曰：“陈仲子毋乃劳乎？”马惭，不复稽，一切听诸黄英。鸠工庀料，土木大作，马不能禁。经数月，楼舍连亘，两第竟合为一，不分疆界矣。然遵马教，闭门不复业菊，而享用过于世家。马不自安，曰：“仆三十年清德，为卿所累。今视息人间，徒依裙带而食，真无一毫丈夫气矣。人皆祝富，我但祝穷耳！”黄英曰："妾非贪鄙；但不少致丰盈，遂令千载下人，谓渊明贫贱骨，百世不能发迹，故聊为我家彭泽解嘲耳。然贫者愿富，为难；富者求贫，固亦甚易。床头金任君挥去之，妾不靳也。"马曰："捐他人之金，抑亦良丑。"黄英曰："君不愿富，妾亦不能贫也。无已，析君居：清者自清，浊者自浊，何害。"乃于园中筑茅茨，择美婢往侍马。马安之。然过数日，苦念黄英。招之，不肯至；不得已，反就之。隔宿辄至，以为常。黄英笑曰："东食西宿，廉者当不如是。"马亦自笑，无以对，遂复合居如初。

会马以事客金陵，适逢菊秋。早过花肆，见肆中盆列甚烦，款朵佳胜，心动，疑类陶制。少间，主人出，果陶也。喜极，具道契阔，遂止宿焉。要之归。陶曰："金陵，吾故土，将婚于是。积有薄赀，烦寄吾姊。我岁杪当暂去。"马不听，请之益苦。且曰："家幸充盈，但可坐享，无须复贾。"坐肆中，使仆代论价，廉其直，数日尽售。逼促囊装，赁舟遂北。入门，则姊已除舍，床榻裀褥皆设，若预知弟也归者。陶自归，解装课役，大修亭园，惟日与马共棋酒，更不复结一客。为之择婚，辞不愿。姊遣两婢侍其寝处，居三四年，生一女。

陶饮素豪，从不见其沉醉。有友人曾生，量亦无对。适过马，马使与陶相较饮。二人纵饮甚欢，相得恨晚。自辰以讫四漏，计各尽百壶。曾烂醉如泥，沉睡座间。陶起归寝，出门践菊畦，玉山倾倒，委衣于侧，即地化为菊，高如人；花十余朵，皆大于拳。马骇绝，告黄英。

英急往，拔置地上，曰：“胡醉至此！”覆以衣，要马俱去，戒勿视。既明而往，则陶卧畦边。马乃悟姊弟菊精也，益爱敬之。而陶自露迹，饮益放，恒自折柬招曾，因与莫逆。值花朝，曾来造访，以两仆舁药浸白酒一坛，约与共尽。坛将竭，二人犹未甚醉。马潜以一瓻续入之，二人又尽之。曾醉已惫，诸仆负之以去。陶卧地，又化为菊。马见惯不惊，如法拔之。守其旁以观其变。久之，叶益憔悴。大惧，始告黄英。英闻骇曰：“杀吾弟矣！”奔视之，根株已枯。痛绝，掐其梗，埋盆中，携入闺中，日灌溉之。马悔恨欲绝，甚怨曾。越数日，闻曾已醉死矣。盆中花渐萌，九月既开，短干粉朵，嗅之有酒香，名之“醉陶”，浇以酒则茂。后女长成，嫁于世家。黄英终老，亦无他异。

异史氏曰：青山白云人，遂以醉死，世尽惜之，而未必不自以为快也。植此种于庭中，如见良友，如对丽人，——不可不物色之也。

【译文】

马子才，北京人。世代爱好菊花，传到他更是爱得厉害。听说有好的品种，不怕千里之遥，非买来不可。有个南京客人借住在他家，说起自己亲戚家有一两个品种，是北方所没有的。马子才欣然动心，立刻打点行装，随客人来到南京。那客人多方为他寻觅，弄到两株花苗，马子才当宝贝一样包好藏妥。回来的路上，遇见一个年轻人，骑驴跟在一辆女子乘坐的油碧车后面，容貌俊美，风度潇洒。马子才渐渐靠上去搭话。年轻人自称姓陶，谈吐风雅。就问马子才从哪里来，马子才如实相告。年轻人说：“品种没有不好的，全在于人怎样栽培浇灌。”就和他谈论起培植菊花的方法。马子才大为欢喜，问他："要去哪里?"年轻人答道："我姐姐在南京住厌了，想去北方找个地方居住。"马子才高兴地说："我虽然本就贫穷，有几间草房还可以供你们借住。不嫌荒僻简陋的话，就不用费事到别处去了。"陶生把驴紧赶几步来到车前，向姐姐禀告请示。车里的人掀起车帘答话，原来是一位二十来岁的绝代佳人，望着弟弟说："屋子低小倒不在乎，但院子须要宽广。"马子才代她弟弟一口答应，就同姐弟俩一起回家。

马家住宅南边有一处荒园，只有三四间小屋，陶生很喜欢，住下了。他天天来到北院，为马子才培植菊花。已经枯干的菊花，经他连根拔起重新栽植，没有不活的。但陶生家境清贫，他天天和马子才一起饮食，看他家的样子，似乎并不生火做饭。马子才的妻子吕氏，也很喜欢陶生的姐姐，时常送些粮食接济他们。陶生的姐姐闺名叫黄英，很善于言谈，时常到吕氏那里，和她一起缝纫纺织。一天，陶生对马子才说："你家境本来不富裕，我还天天拿一张嘴来增加知交的负担，长期下去怎么行呢?为目前考虑，出售菊花也足以谋生了。"马子才一向很清高，听了陶生的话，很看不起他，说："我以为你是风流高雅的人，应该能够安于清贫；现在说出这种话来，简直把陶渊明采菊的东篱当成市侩聚集的市场，羞辱菊花了。"陶生笑着说："自食其力不算贪婪，以卖花为职业不算庸俗。人固然不能用不正当手段致富，但也不必一定要追求贫穷。"马子才不说话，陶生就站起身走了。打这以后，马子才扔掉的残枝劣种，陶生全都拾去。从此也不再到马子才那儿休息吃饭，请他，才来一回。

不久，菊花即将开放，只听得陶生的门庭喧闹得像市集一样。马子才感到奇怪，过去悄悄观看，只见市民来买花的，车拉肩挑，一路上接连不断。那些花都是些从来没见过的珍奇品种。马子才心里厌恶他贪婪，想和他绝交；但又恨他暗藏好花对自己保密；就去敲他的门，要当面责备他。陶生出来，握着马子才的手把他拉进门。只见半亩大的荒园都成了菊畦，几间小屋之外没有一点空地。那些掘出来卖掉的空位，就从别的花上折下枝条插上补足；那留在畦中含苞欲放的，没有一株不佳妙，而细加辨认，都是原先自己拔掉扔弃的。陶生进屋拿出酒食，就在菊畦旁设下酒席，说："我贫穷不能坚持清高的操守，连日来侥幸赚了一点钱，足够供饮酒的了。”少停，屋里喊“三郎”，陶生答应着进去，很快献上佳肴，烹调得很精致。马子才就问：“令姐为什么不出嫁?”陶生答道：“还没到时候。”问：“什么时候?”答：“四十三月。”马子才又追问：“什么意思?”陶生只是笑着不说话。二人一直喝到兴尽才散。第二天，马子才又去陶家，新插上的枝条已长到一尺多高了。他大为惊奇，苦苦请求陶生传授秘诀。陶生说：“这本来不是能用语言来传授的；况且你又不靠菊花谋生，学这个有什么用呢?”

又过了几天，来买花的人渐渐少了。陶生就用蒲草席包裹菊花，满满装了几车出门去。第二年春天快过一半，才装载着南方的珍异花卉回来，在京城中开设花铺，十天工夫就全部售完，就又回家培植菊花。问到去年买花的人，留着那菊根，第二年都变成了劣种，就再到陶家购买。陶生因此一天天富起来，一年添住房，二年盖高屋。任意兴建，一点也不同园主人商量。渐渐原先的花畦，全成了廊屋。另外在墙外买了一块田，四周筑起围墙，全部种上菊花。到秋天，陶生又装载着菊花出门去，第二年春尽还不回来。

马子才的妻子因病去世。他心中爱上了黄英，托人略微委婉地流露了点意思。黄英微笑，意思像是同意，只专等陶生回来决定了。过了一年多，陶生竟不来。黄英督率仆人种菊，一切和陶生一样。赚了钱更和商人合伙做买卖又在村外买下二十顷良田，府第也更宏大了。忽然有客人从广东来，捎来了陶生的书信。马子才打开一看，信中嘱咐姐姐嫁给马子才。核对他寄信的日子，就是马妻去世的同一天；回忆园中饮酒时，到接信正好是四十三个月。马子才十分惊奇。他把信给黄英看，请问聘礼送到何处。黄英推辞不受彩礼。又因为马家的旧房子简陋，想要让马子才到南院新房子里住，就像倒插门女婿那样。马子才不同意，拣了好日子举行婚礼把黄英娶了过来。

黄英嫁过来以后，在院墙上开了一扇门通往南院，每天过去督察仆人干活。马子才耻于依靠妻子致富，常嘱咐黄英把南院北院的帐簿分开，以防混淆。然而家里所需用的物品，黄英往往从南院取来。不上半年，家里到处都是陶家的器具。马子才立即派人一一搬回南院，吩咐不许再拿过来。不到十天，又混过来了。接连搬回去几次，马子才不胜麻烦。黄英笑着说：“你这个像战国时陈仲子那样廉洁清高的人呵，这样搬来搬去不是太辛苦了吗?”马子才很惭愧，不再查检了，一切都由着黄英。于是黄英召集工匠，置办材料，大兴土木。马子才没法阻止。过了几个月，楼房连成一片，两所府第竟合而为一，不再分疆界了。不过黄英也听从马子才的嘱咐，关门不再做菊花生意，而享受已经超过了世代做官的大户人家。马子才心里感到不安，说：“我三十年来清廉的操守，受你连累了。现在我活在世上，只不过靠着老婆吃饭，真没有丝毫男子汉的气味。别人都祈求富，我只祝愿穷罢了。”黄英说：“我不是贪婪低鄙；只是不稍稍致富，就要让千年以下的人，说陶渊明穷骨头，百世也不能发达。所以姑且代我们陶家的渊明先生扬眉吐气罢了。然而贫穷的人想要富，是很难的；富人要穷，倒也很容易。床头的金钱任你去挥霍，我不会吝惜的。”马子才说：“花别人的钱，也是很可耻的。”黄英说：“你不愿意富，我也不愿意穷。实在不行的话，你另外分开住。清高的自去清高，污浊的自去污浊，有什么关系呢?”于是黄英就在园中盖了茅草屋让马子才住，挑选了漂亮的丫环过去侍候他。马子才觉得挺合适。但过了几天，非常想念黄英；请她来，她不肯来；没办法，只好自己到黄英那儿去。每隔一夜就去一次，习以为常。黄英笑道：“从前有个姑娘，东邻小伙子家境富裕而貌丑，西邻小伙子一表人才而贫穷。别人问她愿意嫁哪一家，她说：‘我愿意在东家吃饭，西家睡觉。’你这位清廉的人可不该这样!”马子才自己也笑了，无话可答。于是重又像过去那样住在一起了。

马子才因为有事到南京，正赶上菊花开放的秋天。早上经过花店，见店中一盆盆陈放着很多菊花，花朵的样子无比佳妙，不由心中一动，疑心这花很像是陶生所培育的。过了一会儿，店主人出来，果然是陶生。马子才高兴极了，尽情诉说了久别之情，就留宿在陶生处。马子才请陶生回家。陶生说：“南京，是我的故乡，我将在这里结婚成家。我积蓄了一点钱财，烦你捎给我姐姐。我年底要暂时离开此地。”马子才不依他，更加苦苦地请他回去，并且说：“家里幸好很富裕，只要坐享就行，用不着再做生意。”坐在店中，让仆人代替陶生讲价钱，降低售价，几天工夫就卖完了。逼催陶生收拾行李，雇船北上。一进门，黄英已经为弟弟打扫好房间，床榻被褥铺设齐全，好像预先知道弟弟回来似的。陶生自打回来以后，拿出带回来的钱财，指挥工匠，大修花园亭台。只天天和马子才一起下棋饮酒，此外不再结交一个朋友。马子才要为他选择婚配，他谢绝说不愿意。他姐姐打发两个丫环侍候他眠食起居，过了三四年，生了一个女儿。

陶生的酒量一向很大，从来没见他大醉过。马子才有个朋友曾生，酒量也没有对手。正好曾生来拜访马子才，马子才就让他同陶生较量一下喝酒。二人放开酒量喝得非常投机，只恨相遇太晚。从早上七八点钟直喝到四更天，算下来各喝了一百来壶。曾生烂醉如泥，就在酒席上呼呼大睡。陶生起身回卧室，出门踏在菊畦上，也颓然醉倒，衣服褪在一边，身体就地变成一株菊花，有人那么高，十几朵花，都比拳头还大。马子才惊骇至极，忙去告诉黄英。黄英急忙赶去，把那株菊拔起来放在地上，说："怎么醉成这样!"给它盖上衣服，拉着马子才一起离开，嘱咐他别看。天明以后，马子才前去，只见陶生睡在菊畦旁。才明白姐弟俩都是菊花精，更敬爱他们了。陶生自从露了本相，饮酒更豪放了，经常自己下请帖邀请曾生，就此与曾生成了好朋友。二月十五百花生日这天，曾生来拜访，让两个仆人抬来一大坛药制白酒，与陶生约定一起喝干它。酒坛即将空了，二人还没十分醉。马子才悄悄拿一大瓶酒添进去，二人又把它喝完了。曾生醉得支持不住，几个仆人把他背了回去。陶生醉倒在地，又变成菊花。马子才上次见过，并不吃惊，按照黄英的办法把它拔出来，守在一旁看他变化。过了很久，菊叶越来越枯萎，马子才大为恐慌，这才去告诉黄英。黄英听了惊骇地说："你弄死我弟弟了!"急忙奔去看，根茎已经枯了。黄英悲痛万分，掐下一段花梗，埋在花盆里，带回自己的闺房，天天浇灌它。马子才悔恨得要命，十分抱怨曾生。几天后，听说曾生已经醉死了。盆中的菊梗渐渐萌芽生长，到九月里开花以后，短茎白花，闻上去有股酒香，就命名为"醉陶"，用酒浇灌它就开得更茂盛。后来陶生的女儿长大了，嫁给世代做官的大户人家。黄英直到老死，也没别的奇异的事。

异史氏说：唐朝傅奕，给自己作墓志铭道："青山白云人，因酒醉死。”世人都为他惋惜，而他自己未必不认为痛快。把“醉陶”这个品种栽在庭院中，如见良友，如对美人，不可不物色它啊！

书痴

彭城郎玉柱，其先世官至太守，居官廉，得俸不治生产，积书盈屋。至玉柱，尤痴：家苦贫，无物不鬻，惟父藏书，一卷不忍置。父在时，曾书《劝学篇》黏其座右，郎日讽诵；又帱以素纱，惟恐磨灭。非为干禄，实信书中真有金粟。昼夜研读，无间寒暑。年二十余，不求婚配，冀卷中丽人自至。见宾亲，不知温凉，三数语后，则诵声大作，客逡巡自去。每文宗临试，辄首拔之，而苦不得售。

一日，方读，忽大风飘卷去。急逐之，踏地陷足；探之，穴有腐草；掘之，乃古人窖粟，朽败已成粪土。虽不可食，而益信“千钟”之说不妄，读益力。一日，梯登高架，于乱卷中得金辇径尺，大喜，以为“金屋”之验。出以示人，则镀金而非真金。心窃怨古人之诳己也。居无何，有父同年，观察是道，性好佛。或劝郎献辇为佛龛。观察大悦，赠金三百、马二匹。郎喜，以为金屋、车马皆有验，因益刻苦。然行年已三十矣。或劝其娶。曰：“‘书中自有颜如玉’，我何忧无美妻乎？”又读二三年，迄无效；人咸揶揄之。时民间讹言：天上织女私逃。或戏郎：“天孙窃奔，盖为君也。”郎知其戏，置不辨。

一夕，读《汉书》至八卷，卷将半，见纱翦美人夹藏其中。骇曰："书中颜如玉，其以此应之耶？"心怅然自失。而细视美人，眉目如生；背隐隐有细字云："织女。"大异之。日置卷上，反复瞻玩，至忘食寝。一日，方注目间，美人忽折腰起，坐卷上微笑。郎惊绝，伏拜案下。既起，已盈尺矣。益骇，又叩之。下几亭亭，宛然绝代之姝。拜问："何神？"美人笑曰："妾颜氏，字如玉，君固相知已久。日垂青盼，脱不一至，恐千载下无复有笃信古人者。"郎喜，遂与寝处。然枕席间亲爱倍至，而不知为人。每读，必使女坐其侧。女戒勿读，不听。女曰："君所以不能腾达者，徒以读耳。试观春秋榜上，读如君者几人？若不听，妾行去矣。"郎暂从之。少顷，忘其教，吟诵复起。逾刻，索女，不知所在。神志丧失。嘱而祷之，殊无影迹。忽忆女所隐处，取《汉书》细检之，直至旧所，果得之。呼之不动，伏以哀祝。女乃下曰："君再不听，当相永绝！"因使治棋枰、樗蒲之具，日与遨戏。

而郎意殊不属。觑女不在，则窃卷流览。恐为女觉，阴取《汉书》第八卷，杂溷他所以迷之。一日，读酣，女至，竟不之觉；忽睹之，急掩卷，而女已亡矣。大惧，冥搜诸卷，渺不可得；既，仍于《汉书》八卷中得之，叶数不爽。因再拜祝，矢不复读。女乃下，与之弈，曰："三日不工，当复去。"至三日，忽一局赢女二子。女乃喜，授以弦索，限五日工一曲。郎手营目注，无暇他及；

久之，随指应节，不觉鼓舞。女乃日与饮博，郎遂乐而忘读。女又纵之出门，使结客，由此倜傥之名暴著。女曰："子可以出而试矣。"

郎一夜谓女曰："凡人男女同居则生子；今与卿居久，何不然也?"女笑曰："君日读书，妾固谓无益。今即夫妇一章，尚未了悟，枕席二字有工夫。"郎惊问："何工夫?"女笑不言。少间，潜迎就之。郎乐极，曰："我不意夫妇之乐，有不可言传者。"于是逢人辄道，无有不掩口者。女知而责之。郎曰："钻穴逾隙者，始不可以告人；天伦之乐，人所皆有，何讳焉。"过八九月，女果举一男，买媪抚字之。

一日，谓郎曰："妾从君二年，业生子，可以别矣。久恐为君祸，悔之已晚。"郎闻言，泣下，伏不起，曰："卿不念呱呱者耶?"女亦凄然。良久曰："必欲妾留，当举架上书尽散之。"郎曰："此卿故乡，乃仆性命，何出此言!"女不之强，曰："妾亦知其有数，不得不预告耳。"

先是，亲族或窥见女，无不骇绝，而又未闻其缔姻何家，共诘之。郎不能作伪语，但默不言。人益疑，邮传几遍，闻于邑宰史公。史，闽人，少年进士。闻声倾动，窃欲一睹丽容，因而拘郎及女。女闻知，遁匿无迹。宰怒，收朗，斥革衣衿，梏械备加，务得女所自往。郎垂死，无一言。械其婢，略能道其仿佛。宰以为妖，命驾亲临其家。见书卷盈屋，多不胜搜，乃焚之；庭中烟结不散，暝若阴霾。

郎既释，远求父门人书，得从辨复。是年秋捷，次年举进士。而衔恨切于骨髓。为颜如玉之位，朝夕而祝曰："卿如有灵，当佑我官于闽。"后果以直指巡闽。居三月，访史恶款，籍其家。时有中表为司理，逼纳爱妾，托言买婢寄署中。案既结，郎即日自劾，取妾而归。

异史氏曰：天下之物，积则招妒，好则生魔：女之妖，书之魔也。事近怪诞，治之未为不可；而祖龙之虐，不已惨乎！其存心之私，更宜得怨毒之报也。呜呼！何怪哉！

【译文】

江苏徐州郎玉柱，先人官做到知府，在官任上很清廉，所得俸禄不去买田置地，却购藏了满屋子的书。传到郎玉柱，更加痴了：家里迫于贫困，什么东西都卖了，唯独父亲的藏书，一卷也舍不得放弃。父亲在世时，曾写了相传是宋真宗所作的《劝学篇》，贴在郎玉柱座位右边。郎玉柱每天吟诵，又用白纱罩上，唯恐字迹磨灭掉。他并非是为了读书做官，而是真心相信《劝学篇》中所说"书中自有千钟粟"、"书中自有黄金屋"的话。昼夜勤读，无论严寒酷暑，从不间断。二十多岁了，也不求婚配，期望着书卷中容颜如玉的美人自己降临。见了亲友宾客，他也不懂得寒暄，说不上几句话，就自顾自大声诵读起来，客人只好尴尬地自己离去。每次学使莅临考核秀才，都把他取为头名，但遗憾的是一直没有考中举人。

一天，郎玉柱正在攻读，忽然一阵大风卷走了他的书本。急忙追赶，一脚踏在地上却陷了进去；仔细探看，洞里有烂草；挖掘开来，原来是古人地窖里的藏粮，已经腐烂成一堆粪土。虽然不能食用，他却更相信"千钟粟"的说法不假，读书更用功了。一天，用梯子爬上高高的书架，在乱书堆中发现一辆一尺来长的金车，大喜，认为"黄金屋"的话应验了。他把金车拿出去给人看，原来是镀金的而不是真金的，心里暗暗埋怨古人骗了自己。过不久，有个和父亲同榜考取功名的前辈，来当本地区的道台，这人信奉佛教。有人劝郎玉柱把那辆镀金车献给他作佛龛。道台很高兴，送了郎玉柱三百两银子，两匹马。郎玉柱很高兴，认为"书中自有黄金屋"、"书中车马多如簇"的说法都得到了证实，因此就更加刻苦读书了。但这时郎玉柱已有三十岁了。有人劝他娶妻，他说："'书中自有颜如玉'，我还怕没有美貌的妻子吗？"又读了两三年，一直毫无效验，人家都取笑他。当时民间谣传，说是天上织女私奔下凡。有人开郎玉柱的玩笑说："织女私奔下凡，就是为了你呀！"郎玉柱知道他在戏弄自己，只当不听见，也不分辩。

一天夜里，读《汉书》到第八卷，在这卷将近一半的地方，看见一个用绢纱剪成的美人夹在书页中。惊骇地说："'书中有女颜如玉'，难道就应在这上面吗？"心中怅然若有所失。细看那美人，眉眼就像活的一样；背后隐隐约约有两个小字："织女"。郎玉柱大感奇异。天天把美人放在书卷上，反复欣赏，甚至忘了吃饭睡觉。一天，正盯着看，那美人忽然弯腰而起，坐在书上微笑。郎玉柱吃惊非常，在书桌前倒地便拜。拜完起来，美人已有一尺多高了。郎玉柱更吃惊了，再拜。那美人走下书桌，亭亭玉立，宛然是个绝代佳人。郎玉柱恭敬地问："哪位神仙？"美人含笑说：我姓颜，名叫如玉，你其实早就知道我了。承蒙你每天都爱慕地看着我，假如我不来一下，恐怕千载之下不再有深信古人的人了。"郎玉柱很欢喜，就和她一起睡觉。枕席之间虽然亲爱备至，却并不懂男女之事。从此郎玉柱每当读书时，一定要那女子坐在身旁。女子禁止他不要读了，他不听。女子说："你所以不能飞黄腾达，只因为读书罢了。试看中进士中举人的，像你那样读书的有几个？你要是不听，我马上就走了。"郎玉柱暂且听从了她，不一会，就忘了她的话，又书声琅琅了。过了一阵，再找女子，不知哪里去了。郎玉柱丢魂失魄，专诚祷告，毫无踪影。忽然想起美人藏身之处，取来《汉书》仔细翻寻，直到原来的页次，果然找到了。喊她，不动，伏在地上苦苦祈求，女子才从书上下来，说："你再不听我劝，就永远不和你见面了。"就叫他置备了棋盘、骰子等东西，天天和他一起戏耍。

但郎玉柱的心思一点也不在戏耍上面，一看女子不在，就偷偷拿书浏览。怕被她发觉，暗中把《汉书》第八卷和别的书混杂放在一起，使她找不到老家。一天，郎玉柱正读得来劲，女子走来他竟没有察觉。猛抬头看见她，急忙把书合上，但女子已经不见了。郎玉柱吓坏了，翻遍众书，一点影子也没有；最后，仍旧在《汉书》第八卷中找到了，页数不差。就再次拜告，发誓不再读书，女子才下来，和他下围棋，说："三天之内下不好，我就再回去。"到第三天，忽然有一局赢了女子两子。女子才高兴了，又教他弹奏乐器，限他五天内精熟一支曲子。郎玉柱手里不停练，眼睛盯着看，顾不上别的。时间长了，得心应手弹得有板有眼，不觉兴奋起来。女子于是天天和他饮酒对局，郎玉柱也就乐而忘读了。女子又纵容他出门，让他交结朋友，从此郎玉柱洒脱豪放顿时出了名。女子说："现在你可以出去应考功名了。"

郎玉柱有一夜对女子说："凡男女住在一起就会生孩子，现在我和你同居很长时间了，怎么没生呢?"女子笑着说："你天天读书，我原就说没用。现在你连'夫妻'这一章还没有弄明白。男女睡觉是有讲究的。"郎玉柱惊讶地问："什么讲究?"女子笑着不说。过一会，悄悄迎身上去依就他。郎玉柱快乐极了，说："我没想到夫妻之间的欢乐，有语言所不能表达的。"于是逢人就津津乐道，听的人没有不捂着嘴笑的。女子知道了就责怪他，郎玉柱说："钻洞爬墙去乱搞的，才不可告人；夫妻之间天然的欢乐，人所共有，为什么要隐瞒呢?"过了八九个月，女子果然生了个男孩，就雇了保姆来抚养孩子。

一天，女子对郎玉柱说："我跟了你两年，已经生了儿子，可以分手了。长久下去怕会给你招祸，后悔就晚了。"郎玉柱听了这话，流下眼泪，拜伏在地上不起来，说："你就不顾念呱呱啼哭的孩子吗?"女子也很伤感，好久才说："一定要我留下，那就要把书架上的书全都丢掉。"郎玉柱说："这是你的故乡，我的性命，为什么说出这种话?"女子也不勉强他，说："我也知道这是天数，只是不能不预先告诉你罢了。"

在这之前，郎玉柱的亲族中有些人曾看见过女子，无不为她的美丽所惊倒，而又没听说郎玉柱和谁家缔结了婚姻，就都来盘问他。郎玉柱不会说假话，只是默不作声。人们更怀疑了，到处传说纷纷，连县令史公也听说了。史公是福建人，年纪很轻就中了进士。听到传说就动了心，暗中产生了一睹丽容的欲望，就要把郎玉柱和女子抓起来。女子听到消息，躲得无影无踪。县令大怒，逮捕了郎玉柱，革去他秀才功名，各种刑具都用遍了，一定要他供出女子的下落。郎玉柱死去活来，没有一句供词。县令又刑讯他的丫环，丫环稍微能说出个大概。县令认为是妖邪，命人备车亲自到郎家，只见书籍满屋，多得搜不过来，就一把火全烧了。院子中烟气凝结不散，昏暗得就像阴霾天气。

郎玉柱释放以后，从远处求得父亲门生的一封书信，得以按例甄别恢复了秀才的功名。这年秋天中了举人，次年又中了进士。他对史县令怀恨入骨，立了颜如玉的牌位，早晚祷告说："你如果有神灵，就保佑我到福建做官。"后来郎玉柱果然以御史的身份巡抚福建。到任三月，查访史某的罪状，抄了他的家。当时他有个表亲任司法官，逼他收了一个爱妾，假称是买的丫环，暂时安顿在衙门里。史某的案子了结以后，郎玉柱当天弹劾自己，带了妾弃官而归。

异史氏说：世上事物，积蓄过多就会招来嫉妒，爱好过分就会生出精灵。女子的妖异，就是书的精灵。这事近于怪诞，史县令查究它未始不可；但像秦始皇那样一火焚之，不太惨了吗？至于存了好色的私心，更该受到怨毒的报应了。唉，有什么可奇怪的！

齐天大圣

许盛，兖人。从兄成，贾于闽，货未居积。客言大圣灵著，将祷诸祠。盛未知大圣何神，与兄俱往。至则殿阁连蔓，穷极弘丽。入殿瞻仰，神猴首人身，盖齐天大圣孙悟空云。诸客肃然起敬，无敢有惰容。盛素刚直，窃笑世俗之陋。众焚奠叩祝，盛潜去之。

既归，兄责其慢。盛曰："孙悟空乃丘翁之寓言，何遂诚信如此？如其有神，刀槊雷霆，余自受之！”逆旅主人闻呼大圣名，皆摇手失色，若恐大圣闻。盛见其状，益哗辨之；听者皆掩耳而走。

至夜，盛果病，头痛大作。或劝诣祠谢，盛不听。未几，头小愈，股又痛，竟夜生巨疽，连足尽肿，寝食俱废。兄代祷，迄无验。或言：神谴须自祝。盛卒不信。月余，疮渐敛，而又一疽生，其痛倍苦。医来，以刀割腐肉，血溢盈碗。恐人神其词，故忍而不呻。又月余，始就平复。而兄又大病。盛曰：“何如矣！敬神者亦复如是，足征余之疾非由悟空也。”兄闻其言，益恚，谓神迁怒，责弟不为代祷。盛曰：“兄弟犹手足。前日支体糜烂而不之祷，今岂以手足之病，而易吾守乎？”但为延医剉药，而不从其祷。药下，兄暴毙。盛惨痛结于心腹，买棺殓兄已，投祠指神而数之曰：“兄病，谓汝迁怒，使我不能自白。倘尔有神，当令死者复生，余即北面称弟子，不敢有异辞；不然，当以汝处三清之法，还处汝身，亦以破吾兄地下之惑。”

至夜，梦一人招之去，入大圣祠，仰见大圣有怒色，责之曰：“因汝无状，以菩萨刀穿汝胫股；犹不自悔，啧有烦言。本宜送拔舌狱，念汝一生刚鲠，姑置宥赦。汝兄病，乃汝以庸医夭其寿数，于人何尤？今不少施法力，益令狂妄者引为口实。”乃命青衣使请命于阎罗。青衣白：“三日后，鬼籍已报天庭，恐难为力。”神取方版，命笔，不知何词，使青衣执之而去。良久乃返。成与俱来，并跪堂上。神问：“何迟？”青衣白：“阎摩不敢擅专，又持大圣旨上咨斗宿，是以来迟。”盛趋上拜谢神恩。神曰：“可速与兄俱去。若能向善，当为汝福。”兄弟悲喜，相将俱归。醒而异之。急起启材视之，兄果已甦，扶出，极感大圣力。盛由此诚服信奉，更倍于流俗。而兄弟赀本，病中已耗其半；兄又未健，相对长愁。

一日，偶游郊郭，忽一褐衣人相之曰：“子何忧也?”盛方苦无所诉，因而备述其遭。褐衣人曰：“有一佳境，暂往瞻瞩，亦足破闷。”问：“何所?”但云：“不远。”从之。出郭半里许。褐衣人曰：“予有小术，顷刻可到。”因命以两手抱腰，略一点首，遂觉云生足下，腾踔而上，不知几百由旬。盛大惧，闭目不敢少启。顷之曰：“至矣。”忽见琉璃世界，光明异色。讶问：“何处?”曰：“天宫也。”信步而行，上上益高。遥见一叟，喜曰：“适遇此老，子之福也!”举手相揖。叟邀过诸其所，烹茗献客；止两盏，殊不及盛。褐衣人曰：“此吾弟子，千里行贾，敬造仙署，求少赠馈。”叟命僮出白石一柈，状类雀卵，莹澈如冰，使盛自取之。盛念携归可作酒枚，遂取其六。褐衣人以为过廉，代取六枚，付盛并裹之。嘱纳腰橐，拱手曰：“足矣。”辞叟出，仍令附体而下，俄顷及地。盛稽首请示仙号。笑曰：“适即所谓觔斗云也。”盛恍然，悟为大圣，又求祐护。曰：“适所会财星，赐利十二分，何须他求。”盛又拜之，起视已渺。既归，喜而告兄。解取共视，则融入腰橐矣。后辇货而归，其利倍蓰。自此屡至闽，必祷大圣。他人之祷，时不甚验；盛所求无不应者。

异史氏曰：昔士人过寺，画琵琶于壁而去；比返，则其灵大著，香火相属焉。天下事固不必实有其人；人灵之，则既灵焉矣。何以故？人心所聚，而物或托焉耳。若盛之方鲠，固宜得神明之祐，岂真耳内绣针，毫毛能变；足下觔斗，碧落可升哉！卒为邪惑，亦其见之不真也。

【译文】

许盛，山东兖州人。随哥哥许成到福建经商，货物一时还没有采购齐全。旁的客商说起此地的“大圣”特别灵验，要到庙里去祈祷。许盛不知道所谓大圣是哪路神仙，就和哥哥一起前去。到了祠庙，只见殿堂楼阁连接成片，极其宏伟壮丽。进入大殿瞻仰，神的塑像是猴头人身，原来就是传说中的齐天大圣孙悟空。众客商肃然起敬，没有一个敢有不恭的表情。许盛向来刚强正直，暗笑世人的迷信习俗浅陋愚昧。众人都忙着焚香上供叩头祷告，许盛却偷偷溜开了。

回来以后，哥哥责怪他怠慢大圣。许盛说：“孙悟空是丘处机老先生寓言中的人物，为什么竟这样信奉他？假如他真的有神灵，刀砍雷劈，我独自承当！”旅馆主人听他竟敢直呼大圣名讳，都连连摇手，变了脸色，像是怕大圣听到似的。许盛见此情景，更加高声争辩起来。听的人都捂着耳朵跑开了。

到夜里，许盛果然病了，头痛得厉害。有人劝他到大圣庙去谢罪，许盛不听。不久，头痛稍微好了些，大腿又痛了，一夜之间生了个大毒疮，一直肿到脚，睡不着，吃不下。哥哥代他祷告，却毫无效验。有人说：“受神惩罚必须亲自去祝祷。”许盛始终不信。过了一个多月，毒疮渐渐收口，但又生了一个新的疮，比前一个加倍痛苦。医生来，用刀割去烂肉，血流了满满一碗。许盛怕人家把大圣说得更神乎其神，强忍着痛苦不肯呻吟一声。又过了一个多月，才得以痊愈。但哥哥又得了大病。许盛说：“怎么样？你这个敬神的也还这样，足证我的病并不是由孙悟空得的。”哥哥听了他这话，更加生气，以为这是神迁怒于自己；责怪弟弟不代为祈祷。许盛说："兄弟好比'手足'，前一阵'肢体'溃烂也不去祈祷，现在怎能因为'手足'的病，就改变我坚持的原则呢?"他只为哥哥请医合药，而不听从哥哥去祈祷。药服下后，哥哥突然死去。许盛惨痛凝聚于心胸，买来棺木收殓了哥哥，来到大圣庙指着神像责骂道："我哥哥得病，说是你因我而迁怒于他，使我说不清楚。假如你真有神通，就该让死去的哥哥复活，我就面朝北跪下称弟子，不敢再有二话；否则，就要用你把三清神像扔到茅厕里的做法，反过来对付你自己，也好以此来破除我哥哥九泉之下的迷惑。"

到夜里，许盛梦见一个人把他招去，进入大圣庙，抬头见大圣面有怒色，斥责他说："因为你无礼，用'菩萨刀'穿你的大腿。你还不自悔，说三道四的。本该送你下拔舌地狱，念你一生刚强正直，姑且宽恕了你。你哥哥病死，是你请庸医夭折了他的寿命，对别人怪罪什么？现在不稍微施展一点法力，更要让狂妄不信神的人有了话柄。"于是大圣就派一个侍从去向阎罗请命。侍从说："人死三天以后，新鬼的名册已经上报天庭，地府恐怕就无能为力了。"大圣拿一块方板，挥笔不知写了些什么，让侍从拿着前去。好久才回来，许成也随他来了，一起跪在堂上。大圣问："怎么来晚了?"侍从报告说："阎王不敢擅自做主，又拿着大圣的法旨上天请示北斗星君，所以来迟了。"许盛赶紧上前拜谢大圣的恩典。大圣说："快和你哥哥一起回去！如能改过从善，我就赐福于你。"兄弟俩又悲又喜，互相搀扶着回去了。梦醒以后，许盛觉得奇怪，急忙起来打开棺盖验看，哥哥果然已经苏醒过来。许盛把哥哥扶出棺材，极其感激大圣的法力。从此心悦诚服信奉大圣，比一般人还要加倍虔诚。然而兄弟俩的资本，病中已经花掉一半；哥哥又尚未康健，两个人直犯愁。

一天，许盛偶然在城郊闲游，忽然有个穿粗布衣服的人打量着他问："先生为什么这样忧愁?"许盛一肚皮的烦恼正苦于没有地方诉说，就对他详尽地叙述了自己的遭遇。那人说："有一处好地方，不妨暂且去参观参观，也足够消愁解闷的了。"许盛问："什么地方?"那人只说："不远。"许盛就跟他前去。出城半里多路，那人说："我有个小法术，可以马上就到。"就吩咐许盛两手抱着他的腰。那人稍微一点头，许盛就觉得脚下生云，腾跃而上，不知有几千几万里。许盛大为恐惧，闭上眼不敢睁开一点。不一会，那人说："到了。"许盛睁开眼睛，只见一片琉璃世界，光明灿烂，色彩异样。惊讶地问："这是什么地方?"那人说："天宫。"信步走去，越上越高。远远看见一个老翁，穿粗布衣服的人高兴地说："正好遇见这老翁，是你的福气了!"和老翁互相举手作揖。老翁邀请他们到自己住所，煎茶招待客人；只有两杯茶，根本没有许盛的份。那人对老翁说："这是我的弟子，千里经商，来仙府拜访，请稍微送他点什么。"老翁命童子捧出一盘白石子，形状好似雀蛋而晶莹澄澈像冰，让许盛自己拿。许盛心想带回去可以用作饮酒时计数的筹码，就拿了六枚。穿粗布衣服的人嫌少，又代拿了六枚，交给许盛一并包好，嘱咐他装在腰包里，又向老翁拱手说："够了。"辞别老翁出来，那人仍旧叫许盛抱腰飞下，一会儿就到地上。许盛叩头请问仙号，那人笑着说："刚才就是所谓的觔斗云。"许盛恍然大悟，知道就是大圣，又求保佑。大圣说："刚才所会见的就是财神，他赐给你十二分利，哪还用求别的呢?"许盛又下拜，起来看时大圣已经不见了。回来以后，许盛欣喜地告诉哥哥。解下腰包一起观看，那些白石子已经融进腰包了。后来他们把货物运回家乡，获得好几倍的利润。从这以后许盛多次来到福建，每次必定向大圣祈祷。别人的祈祷，有时不很灵验；许盛所求，没有不应验的。

异史氏说：从前有个读书人经过一所寺庙，在墙上画下一只琵琶就走了。等他再来，琵琶大仙有灵已经出了名，上供的香烛接连不断。天下事本来不一定实有其人；人们视为神灵，就已经灵了。这是什么缘故呢？人心所向，有些妖物就来假托罢了。像许盛那样方正耿直，本来就应该得到神明的保佑，哪里真有什么耳藏金箍棒，毫毛会变化；脚下觔斗云，青天能飞升的孙悟空呢！许盛最终还是被妖邪所迷惑，也是他的识见不能真切不移啊！

青蛙神

江汉之间，俗事蛙神最虔。祠中蛙不知几百千万，有大如笼者。或犯神怒，家中辄有异兆：蛙游几榻，甚或攀缘滑壁不得堕，其状不一，此家当凶。人则大恐，斩牲禳祷之，神喜则已。楚有薛昆生者，幼惠，美姿容。六七岁时，有青衣媪至其家，自称神使，坐致神意，愿以女下嫁昆生。薛翁性朴拙，雅不欲，辞以儿幼。虽故却之，而亦未敢议婚他姓。

迟数年，昆生渐长，委禽于姜氏。神告姜曰："薛昆生，吾婿也，何得近禁脔！"姜惧，反其仪。薛翁忧之，洁牲往祷，自言："不敢与神相匹偶。"祝已，见肴酒中皆有巨蛆浮出，蠢然扰动；倾弃，谢罪而归。心益惧，亦姑听之。

一日，昆生在途，有使者迎宣神命，苦邀移趾。不得已，从与俱往。入一朱门，楼阁华好。有叟坐堂上，类七八十岁人。昆生伏谒，叟命曳起之，赐坐案旁。少间，婢媪集视，纷纭满侧。叟顾曰："入言薛郎至矣。"数婢奔去。移时，一媪率女郎出，年十六七，丽绝无俦。叟指曰："此小女十娘，自谓与君可称佳偶；君家尊乃以异类见拒。此自百年事，父母止主其半，是在君耳。"昆生目注十娘，心爱好之，默然不言。媪曰："我固知郎意良佳。请先归，当即送十娘往也。"昆生曰："诺。"趋归告翁。翁仓遽无所为计，乃授之词，使返谢之，昆生不肯行。方诮让间，舆已在门，青衣成群，而十娘入矣。上堂朝拜，翁姑见之皆喜。即夕合卺，琴瑟甚谐。由此神翁神媪，时降其家。视其衣，赤为喜，白为财，必见，以故家日兴。

自婚于神，门堂藩溷皆蛙，人无敢诟蹴之。惟昆生少年任性，喜则忌，怒则践毙，不甚爱惜。十娘虽谦驯，但善怒，颇不善昆生所为；而昆生不以十娘故敛抑之。十娘语侵昆生。昆生怒曰："岂以汝家翁媪能祸人耶？丈夫何畏蛙也！"十娘甚讳言"蛙"，闻之恚甚，曰："自妾入门，为汝家田增粟、贾益价，亦复不少。今老幼皆已温饱，遂如鸮鸟生翼，欲啄母睛耶！"昆生益愤曰："吾正嫌所增污秽，不堪贻子孙。请不如早别。"遂逐十娘。翁媪既闻之，十娘已去。呵昆生，使急往追复之，昆生盛气不屈。至夜，母子俱病，郁冒不食。翁惧，负荆于祠，词义殷切。过三日，病寻愈。十娘亦自至，夫妻欢好如初。

十娘日辄凝妆坐，不操女红，昆生衣履，一委诸母。母一日忿曰："儿既娶，仍累媪！人家妇事姑，吾家姑事妇！"十娘适闻之，负气登堂曰："儿妇朝侍食，暮问寝，事姑者，其道如何？所短者，不能吝佣钱，自作苦耳。"母无言，惭沮自哭。昆生入，见母涕痕，诘得故，怒责十娘。十娘执辨不相屈。昆生曰："娶妻不能承欢，不如勿有！便触老蛙怒，不过横灾死耳！"复出十娘。十娘亦怒，出门径去。次日，居舍灾，延烧数屋，几案床榻，悉为煨烬。昆生怒，诣祠责数曰："养女不能奉翁姑，略无庭训，而曲护其短！神者至公，有教人畏妇者耶！且盎盂相敲，皆臣所为，无所涉于父母。刀锯斧钺，即加臣身；如其不然，我亦焚汝居室，聊以相报。"言已，负薪殿下，爇火欲举。居人集而哀之，始愤而归。

父母闻之，大惧失色。至夜，神示梦于近村，使为婿家营宅。及明，赍材鸠工，共为昆生建造，辞之不止；日数百人相属于道，不数日，第舍一新，床幕器具悉备焉。修除甫竟，十娘已至，登堂谢过，言词温婉。转身向昆生展笑，举家变怨为喜。自此十娘性益和，居二年，无间言。

十娘最恶蛇，昆生戏函小蛇，绐使启之。十娘色变，诟昆生。昆生亦转笑生嗔，恶相抵。十娘曰："今番不待相迫逐，请从此绝！"遂出门去。薛翁大恐，杖昆生，请罪于神。幸不祸之，亦寂无音。积有年余，昆生怀念十娘，颇自悔，窃诣神所哀十娘，迄无声应。未几，闻神以十娘字袁氏，中心失望，因亦求婚他族；而历相数家，并无如十娘者，于是益思十娘。往探袁氏，则已垩壁涤庭，候鱼轩矣。心愧愤不能自已，废食成疾。父母忧皇，不知所处。忽昏愦中有人抚之曰："大丈夫频欲断绝，又作此态！"开目，则十娘也。喜极，跃起曰："卿何来？"十娘曰："以轻薄人相待之礼，止宜从父命，另醮而去。固久受袁家采币，妾千思万思而不忍也。卜吉已在今夕，父又无颜反璧，妾亲携而置之矣。适出门，父走送曰：'痴婢！不听吾言，后受薛家凌虐，纵死亦勿归也！'"昆生感其义，为之流涕。家人皆喜，奔告翁媪。媪闻之，不待往朝，奔入子舍，执手呜泣。由此昆生亦老成，不作恶谑，于是情好益笃。

十娘曰："妾向以君儇薄，未必遂能相白首，故不敢留孽根于人世；今已靡他，妾将生子。"居无何，神翁神媪着朱袍，降临其家。次日，十娘临蓐，一举两男。由此往来无间。居民或犯神怒，辄先求昆生；乃使妇女辈盛妆入闺，朝拜十娘，十娘笑则解。薛氏苗裔甚繁，人名之“薛蛙子家”。近人不敢呼，远人呼之。

【译文】

江汉平原一带，民间事奉青蛙神最为虔诚。蛙神庙里的青蛙不知有几千几万，有的像竹笼那么大。若有人冒犯了蛙神，家里就会出现异常的征兆：青蛙在桌上、床上跳来跳去，甚至有的爬上光滑的墙壁也不会掉下来，种种不一。这家就会有凶祸。这家人就非常恐惧，杀猪杀羊上供祈祷，蛙神高兴了才算完。湖北有个叫薛昆生的，从小聪明，容貌俊美。六七岁时，有一个穿青衣的老妇人到他家，自称是蛙神的使者，坐下传达了神的意旨：愿意把女儿下嫁给昆生。薛老汉生性老实巴交，很不愿意，推辞说是儿子还小。虽然故意推却了，但也不敢和别家订婚。过了几年，昆生渐渐长大，向一个姓姜的人家下了聘礼。蛙神就警告姓姜的说：“薛昆生是我的女婿，你怎么敢插一脚！”姜家害怕，退回了薛家的聘礼。薛老汉为此很忧虑，准备了洁净的供品前往神庙祷告，自称：“不敢与神高攀婚姻。”祷告完，只见上供的酒菜中都有大蛆浮出来，蠢蠢然扭动。薛老汉只得把酒菜倒掉，向神谢罪，然后回家。心里更加恐惧，也只好暂且由他去。

一天，昆生走在路上，忽然有蛙神的使者迎上前来宣告神的命令，说什么也要邀请他光临。昆生不得已，随他一同前往。进了一扇红漆大门，里面楼阁华丽。有个老翁坐在堂上，好像七八十岁的人。昆生伏地拜见，老人命左右扶起，赐他坐在桌旁。不一会，丫环仆妇聚拢来观看昆生，乱纷纷挤在一边。老翁转过头去说：“进去说薛郎君来了。”几个丫环飞奔而去。过了一阵，有个老妇人领着姑娘出来了，年约十六七岁，美丽无比。老翁指着她对昆生说：“这是我的女儿十娘，我自以为她和你可称得上是很好的一对，但你父亲却因为我们不是人类而拒绝。这是终身大事，父母只能做一半主，就看你自己的意思了。”昆生眼盯着十娘，心里爱她，默默不说话。老妇人说：“我原就知道郎君心里很愿意。请你先回去，我们马上就送十娘来。”昆生说：“好的。”于是赶忙回家报告父亲。薛老汉仓促之间想不出对策，就教给昆生一番话，叫他回去谢绝。昆生不肯去。薛老汉正在训斥昆生，花轿已经到门，丫环成群，十娘进来了。上堂拜见公公婆婆，公婆见了十娘也都喜欢。当晚成亲，小夫妻很是恩爱。从此，蛙神蛙婆时常降临薛家。看蛙神的衣服，红有喜事白进财，一定应验。因此薛家就一天天兴旺起来。

自从和蛙神结亲，薛家的大门、厅堂、篱笆、厕所到处是蛙，没有一个人敢咒骂或践踏它们。只有昆生年轻任性，高兴时还有所顾忌，生气时就把它们踏死，不怎么爱惜。十娘虽然谦和温顺，但很会生气，对昆生这样做很不满；但昆生并不因为十娘的缘故而收敛自己。十娘对昆生有所指责，昆生发怒说：“难道仗着你家老头子老太婆能降祸于人吗？大丈夫怕什么青蛙！”十娘很忌讳提到“蛙”字，听了非常动气，说：“自从我进了你家门，使你家田地增收粮食，买卖多赚利润，也很不少了。现在你家老老小小都已吃饱穿暖，就像猫头鹰长出翅膀，要啄母亲的眼睛了吗？”昆生更气了，说：“我正嫌添的财不干不净，不能传给子孙。请不如早点分手吧。”就赶走了十娘。薛老汉夫妇听说，十娘已经走了。训斥昆生，叫他赶紧去把十娘追回来，昆生气冲冲不肯屈服。到夜里，昆生母子俩都得了病，胸闷腹胀，不想吃东西。薛老汉害怕，到蛙神庙请罪，说的话非常恳切。过了三天，母子俩的病很快好了，十娘也自己回来了。于是夫妻俩又像原先一样和好。

十娘每日打扮得漂漂亮亮坐着，不做针线活，昆生的衣服鞋子，一应推给他母亲去做。薛母有一天气不过说：“儿子讨了老婆，仍然还要老娘受累！人家媳妇侍候婆婆，我们家婆婆侍候媳妇！”十娘正好听见，憋着气走上堂屋说：“我白天吃饭侍候你，晚上临睡问候你，侍奉婆婆还要有怎样的规矩？我所差的，不能省点佣工钱自吃苦罢了。”薛母没话说，羞惭丧气，自己哭了。昆生进来，见到母亲泪痕，问知缘故，就生气地责备十娘。十娘坚持分辩不让步。昆生说：“娶妻不能博取父母的欢心，不如没有！就是触怒了老蛙，不过飞来横祸一死罢了！”于是又驱逐十娘。十娘也火了，出门扬长而去。第二天，薛家住房着火，连烧好几间屋子，桌椅床榻，全都化为灰烬。昆生大怒，到蛙神庙指责蛙神道：“生下女儿不会侍奉公婆，一点家教也没有，反而包庇她的过错。神是最公正的，难道有教人怕老婆的吗？况且夫妻吵架，两只碗叮哨，都是我所做，和我父母毫不相干。你要杀要砍，就加到我身上好了。不然，我也烧你的住房，姑且算是报答。”说完，背了柴草堆在神殿之下，引了火就要点着。当地居民都聚拢来哀求他别烧，他才愤愤然地回去了。父母听说此事，吓得脸色都白了。当天夜里，蛙神托梦给附近村子的居民，让他们给女婿家造房子。天亮后，这些人都带着材料，凑集了人工，共同为昆生建造，推辞也推辞不掉，每天几百个人一路上络绎不绝。不几天，住宅焕然一新，床帐器具样样齐备。修整刚完工，十娘就回来了。她上堂向公婆道歉认错，言语温顺委婉，转身又对昆生露出笑容。于是全家转怨为喜。从此十娘性情更加温和，过了二年，没有什么闲言碎语。

十娘最厌恶蛇，昆生恶作剧，把小蛇装在盒子里，骗她打开看。十娘一下子变了脸，大骂昆生。昆生也由笑脸变为恼怒，恶狠狠地回骂。十娘说：“这次用不着你驱赶，请从此断绝关系！”出门就走了。薛老汉大为恐惧，责打昆生，并向蛙神请罪。幸而蛙神并没有对他们降祸，也没有什么回音。过了一年多，昆生怀念十娘，自己很后悔，偷偷到蛙神庙去祈祷，哀恳十娘回来，但毫无反应。不久，听说蛙神把十娘许给了一家姓袁的，昆生内心非常失望，于是也向别人家求婚。但先后相亲相了好几家，没有一个赶得上十娘的，因此就更思念十娘了。他悄悄去袁家探看，人家已经粉刷好墙壁，扫除了庭院，专等花轿临门了。昆生心中愧愤交集，不能自已；不思饮食，因而病倒了。昆生的父母又愁又急，不知如何是好。昏睡中，昆生忽然觉得有人抚摸着他说：“好一个大丈夫，几次三番要和我断绝关系，现在怎么又成这模样了呢？”睁眼一看：原来是十娘！昆生高兴极了，一跃而起，说：“你怎么来了？”十娘说：“照你这个轻薄人对待我的态度，只该听从父亲的话，再嫁别人去，实际也早就收下了袁家的彩礼。但我千考虑万考虑，还是不忍心撇开你。吉日原定在今晚，父亲无脸去退还袁家的彩礼，我亲自拿去退还了。刚才我出门时，父亲走出来送我，说：‘痴丫头，不听我的话，以后受了薛家欺凌，就是死了也别再回来！’”昆生被十娘的情义所感动，为此流下了眼泪。家人也都很高兴，跑去报告老汉夫妇。老太太听说，不等媳妇前来拜见，跑到儿子屋里，拉着媳妇的手呜呜直哭。从此昆生也变得老练稳重，不恶作剧了，于是他们的爱情更深厚了。

一天，十娘对昆生说：“我先前因为你为人轻佻，未必就能白头到老，所以不敢在人间留下根苗。现在我们已经至死不渝，我也要生孩子了。”过了不久，蛙神蛙婆穿着红袍降临薛家。第二天，十娘分娩，一胎生下两个儿子。以后蛙神就常来常往。当地居民有冒犯了蛙神的，往往先来求昆生；然后让自己家里的妇女打扮得整整齐齐进入十娘闺房，朝拜十娘；如果十娘笑了，他们的罪就算免了。

薛家后代人丁兴旺，人们称之为“薛蛙子家”。近处的人不敢这样叫，远处的人才这样称呼他们。

又

青蛙神，往往托诸巫以为言。巫能察神嗔喜：告诸信士曰“喜矣”，福则至；“怒矣”，妇子坐愁叹，有废餐者。流俗然哉？抑神实灵，非尽妄也？

有富贾周某，性吝啬。会居人敛金修关圣祠，贫富皆与有力；独周一毛所不肯拔。久之，工不就，首事者无所为谋。适众赛蛙神，巫忽言：“周将军仓命小神司募政，其取簿籍来。”众从之。巫曰：“已捐者，不复强；未捐者，量力自注。”众唯唯敬听，各注已。巫视曰：“周某在此否？”周方混迹其后，惟恐神知，闻之失色，次且而前。巫指籍曰：“注金百。”周益窘。巫怒曰：

“淫债尚酬二百，况好事耶!”盖周私一妇，为夫掩执，以金二百自赎，故讦之也。周益惭惧，不得已，如命注之。既归，告妻。妻曰：“此巫之诈耳。”巫屡索，卒不与。一日，方昼寝，忽闻门外如牛喘。视之，则一巨蛙，室门仅容其身，步履蹇缓，塞两扉而入。既入，转身卧，以阈承颔，举家尽惊。周曰：“必讨募金也。”焚香而祝，愿先纳三十，其余以次赍送，蛙不动；请纳五十，身忽一缩，小尺许；又加二十，益缩如斗；请全纳，缩如拳，从容出，入墙罅而去。周急以五十金送监造所。人皆异之，周亦不言其故。

积数日，巫又言：“周某欠金五十，何不催并?”周闻之，惧，又送十金，意将以此完结。一日，夫妇方食，蛙又至，如前状，目作怒。少间，登其床，床摇撼欲倾；加喙于枕而眠，腹隆起如卧牛，四隅皆满。周惧，即完百数与之。验之，仍不少动。半日间，小蛙渐集，次日益多，穴仓登榻，无处不至；大于碗者，升灶啜蝇，糜烂釜中，以致秽不可食；至三日，庭中蠢蠢，更无隙处。一家皇骇，不知计之所出。不得已，请教于巫。巫曰：“此必少之也。”遂祝之，益以廿金，首始举；又益之，起一足；直至百金，四足尽起，下床出门，狼犺数步，复返身卧门内。周惧，问巫。巫揣其意，欲周即解囊。周无奈何，如数付巫，蛙乃行，数步外，身暴缩，杂众蛙中，不可辨认，纷纷然亦渐散矣。

祠既成，开光祭赛，更有所需。巫忽指首事者曰：“某宜出如干数。”共十五人，止遗二人。众祝曰：“吾等与某某，已同捐过。”巫曰：“我不以贫富为有无，但以汝等所侵渔之数为多寡。此等金钱，不可自肥，恐有横灾非祸。念汝等首事勤劳，故代汝消之也。除某某廉正无所苟且外，即我家巫，我亦不少私之，便令先出，以为众倡。”即奔入家，搜括箱椟。妻问之，亦不答，尽卷囊蓄而出。告众曰：“某私剋银八两，今使倾橐。”与众共衡之，秤得六两余，使人志其欠数。众愕然，不敢置辨，悉如数纳入。巫过此茫不自知；或告之，大惭，质衣以盈之。惟二人亏其数，事既毕，一人病月余，一人患疔瘇，医药之费，浮于所欠，人以为私剋之报云。

异史氏曰：老蛙司募，无不可与为善之人，其胜刺钉拖索者，不既多乎？又发监守之盗，而消其灾，则其现威猛，正其行慈悲也。

【译文】

青蛙神往往附在巫师身上说话。这种巫师能察辨神的喜怒，他若是告诉信仰者说“神高兴了”，这人就福气临门；若是说“神生气了”，这人老婆孩子都发愁叹气，坐等祸从天降，甚至有吓得吃不下饭的。这是迷信习俗造成的呢，还是蛙神确实灵验，不全是虚假的呢？

有个富商周某，生性吝啬。一次当地居民集资修建关帝庙，不论贫富都参与出了力，唯独周某一毛不拔。过了好久，工程不能完工，发起人束手无策。这时正好群众举行祭祀蛙神的仪式，巫师忽然被蛙神附体，说道：“周仓将军命令我主管修庙的募捐事务，快拿过募捐簿来。”众人照办了。巫师说：“已经捐过的，不再勉强；没捐过的，量力自己写明认捐的数目。”众人都恭敬地听命，各自写毕。巫师看着众人说：“周某在这里吗？”周某这时正混在人群后面，唯恐被蛙神知道，听见喊他，变了脸色，磨磨蹭蹭走上前来。

巫师指着簿子对他说："写上捐银一百两。"周某更加窘急。巫师生气地说："你淫债还付了二百两，何况好事呢！"原来周某和一个妇人通奸，被她丈夫捉住，化了二百两银子才饶了他，所以蛙神揭他的阴私。周某更加羞惭恐惧，没办法，只好遵命写上。回家以后，告诉了妻子。妻子说："这是巫师骗人的鬼话罢了。"巫师屡次来催讨捐款，周某始终不肯给。一天，周某正睡午觉，忽听得门外好像有牛的喘气声。起来一看，是一只巨大的青蛙，大门刚够容下它的身子，爬得很慢很艰难，从两扇门里挤了进来。进来后，转身卧下，把下巴枕在门槛上，全家都很惊恐。周某说："一定是来讨捐款的。"就焚香祷告，情愿先交三十两，其余的以后陆续送交，巨蛙动都不动；请求先交五十两，巨蛙身体忽然一缩，小了一尺左右；再加二十两，更缩小到斗来大小；请求全部交纳，那蛙缩小到如同拳头大小，慢悠悠地出去，钻进墙缝里走了。周某赶紧拿五十两银子送交监造的地方，人们都奇怪他怎么慷慨起来了，周某也不说破其中缘故。

过了几天，巫师又说了："周某欠银五十两，为何不去催讨？"周某听说了，很害怕，又送去十两银子，打算就此了结。一天，周某夫妻俩正在吃饭，巨蛙又来了，像上次那样，眼睛凸出发着怒。稍过片刻，巨蛙爬上他家的床，床摇摇晃晃差一点给压倒。巨蛙把嘴巴搁在枕头上睡下，肚子鼓起如同躺着的牛，床的四角全占满了。周某害怕，当即把欠款全部交纳。再看那巨蛙，仍然动都不动。半天工夫，有许多小蛙渐渐聚集拢来，第二天更多，钻进仓库，爬上床榻，无处不到。有些比碗还大的，爬上灶台捉苍蝇吃，有的就掉到锅里被煮得稀烂，以致锅中食物臭秽不能食用。到第三天，庭院中到处都是蠢蠢爬动的青蛙，再没有一点空隙。全家惶恐不安，不知所措。没办法，周某只好向巫师请教。巫师说："这一定是嫌少。"于是周某就向蛙神祷告，情愿再增捐二十两银子，巨蛙的头才抬起来；再增加，巨蛙移动一只脚；直增加到一百两，巨蛙四脚都动了，下床出门，笨拙地爬了几步，又回过身来躺在门里。周某害怕，问巫师这是为什么。巫师猜测巨蛙的意思，是要周某当场交款。周某无可奈何，只好把银子如数付给巫师，巨蛙才走。爬出几步，身子猛然缩小，混杂在众多的小蛙中，分辨不出了；乱纷纷的无数小蛙也逐渐散去了。

关帝庙落成以后，要举行神像揭幕祭祀仪式，还需要一笔经费。巫师忽然又被蛙神附体，指着发起人说："某甲应该出若干，某乙应该出若干。"发起人共十五个，只剩下两个人没指到。被指到的这些人向蛙神祷告说："我们和那两个人，已经一同捐过了。"巫师说："我不是根据你们家境贫富决定你们该捐不该捐，只根据你们侵吞贪污的数目决定该拿出多少。这种钱，不能私吞，否则怕有飞来横祸。考虑到你们发起主持建庙很勤劳，所以代你们消灾！除了某某二人公正廉洁毫无所私外，就是我家巫师，我也一点不包庇他，就叫他先出，给大家做个榜样。"巫师说完，就奔进家中，翻箱倒柜。妻子问他，他也不回答，卷了所有的积蓄来到门外，对众宣告说："巫师某人，私自克扣八两银子，现在让他拿出全部积蓄。"说完就和众人一起拿秤称，称下来有六两多，叫人记下他还欠多少。那几个人都怔住了，不敢争辩，都按蛙神指出的数目交纳。巫师过后一点也不知道，有人告诉了他，他非常惭愧，当掉了衣服来交足数目。只有两个人亏欠了应交的数目，事情完结以后，一个人病了一月多，另一个人生了疔疮，花的医药费用，比他欠的钱还多，人们认为这是他们私吞捐款的报应。

异史氏说：老蛙主持募捐，没有不参与行善的人，这比刺铁钉拖铁索的不是强得多了吗？又揭发经办人员的贪污，而让他们以退赔来消灾。这样看来，它显示威力，正是在施慈悲啊！

任　秀

任建之，鱼台人，贩毡裘为业。竭赀赴陕。途中逢一人，自言："申竹亭，宿迁人。"话言投契，盟为弟昆，行止与俱。至陕，任病不起，申善视之。积十余日，疾大渐。谓申曰："吾家故无恒产，八口衣食，皆恃一人犯霜露。今不幸，殂谢异域。君，我手足也，两千里外，更有谁何！囊金二百余，一半君自取之，为我小备殓具，剩者可助资斧；其半寄吾妻子，俾辇吾榇而归。如肯携残骸旋故里，则装赀勿计矣。”乃扶枕为书付申，至夕而卒。申以五六金为市薄材，殓已。主人催其移槽，申托寻寺观，竟遁不返。任家年余方得确耗。任子秀，时年十七，方从师读，由此废学，欲往寻父柩。母怜其幼，秀哀涕欲死，遂典赀治任，俾老仆佐之行，半年始还。殡后，家贫如洗。幸秀聪颖，释服，入鱼台泮。而佻达善博，母教戒綦严，卒不改。一日，文宗案临，试居四等。母愤泣不食。秀惭惧，对母自矢。于是闭户年余，遂以优等食饩。母劝令设帐，而人终以其荡无检幅，咸诮薄之。

有表叔张某，贾京师，劝使赴都，愿携与俱，不耗其赀。秀喜，从之。至临清，泊舟关外。时盐航舣集，帆樯如林。卧后，闻水声人声，聒耳不寐。更既静，忽闻邻舟骰声清越，入耳萦心，不觉旧技复痒。窃听诸客，皆已酣寝，囊中自备千文，思欲过舟一戏。潜起解囊，捉钱踟蹰，回思母训，即复束置。既睡，心怔忡，苦不得眠；又起，又解：如是者三。兴勃发，不可复忍，携钱径去。至邻舟，则见两人对博，钱注丰美。置钱几上，即求入局。二人喜，即与共掷。秀大胜。一客钱尽，即以巨金质舟主，渐以十余贯作孤注。赌方酣，又有一人登舟来，眈视良久，亦倾橐出百金质主人，入局共博。张中夜醒，觉秀不在舟；闻骰声，心知之，因诣邻舟，欲挠沮之。至，则秀胯侧积赀如山，乃不复言，负钱数千而返。呼诸客并起，往来移运，尚存十余千。未几，三客俱败，一舟之钱俱空。客欲赌金，而秀欲已盈，故托非钱不赌以难之。张在侧，又促逼令归。三客燥急。舟主利其盆头，转贷他舟，得百余千。客得钱，赌更豪；无何，又尽归秀。天已曙，放晓关矣，共运赀而返。三客亦去。主人视所质二百余金，尽箔灰耳。大惊，寻至秀舟，告以故，欲取偿于秀。及问姓名、里居，知为建之之子，缩颈羞汗而退。过访榜人，乃知主人即申竹亭也。

秀至陕时，亦颇闻其姓字；至此鬼已报之，故不复追其前郄矣。乃以赀与张合业而北，终岁获息倍蓰。遂援例入监。益权子母，十年间，财雄一方。

【译文】

任建之，山东鱼台县人，以贩卖皮货为生。他带了全部资本到陕西去，路上遇到一个人，自称“申竹亭，江苏宿迁人”。二人谈得很投机，就拜为把兄弟，结伴同行。到了陕西，任建之得病卧床不起，申竹亭很好地照看他。过了十几天，任建之病危，对申竹亭说：“我家原没有田产，一家八个人吃穿，全靠我一人在外奔波。现在我不幸将死在异乡。你，是我的把兄弟，离家两千里外，还能指望谁呢！我钱袋中有二百多两银子，一半你自己收下。替我简单地置备棺木，剩下的就算给你添点旅费吧。另一半请你寄给我的妻儿，让他们来把我的棺材运回故乡。如果你肯把我的尸骨送回故乡，那袋中的银子就全归你支配了。”说完趴在枕头上写了遗书交给申竹亭，到晚上就死了。申竹亭仅用五六两银子给任建之买了口薄皮棺材，收殓完毕，旅馆主人催他搬走，申竹亭借口去寻寄放棺材的寺庙，竟然逃走不回来了。任家一年多后才得知确实的凶讯。任建之的儿子任秀，这时十七岁，正跟着老师读书，因此中止了学业，要去寻找父亲的灵柩。母亲因为他年龄小舍不得，任秀哭得死去活来，就典当了衣物为他筹措盘费，并叫老仆人一路上照应他，半年才回来。把父亲殡葬以后，家里穷得一无所有。幸亏任秀很聪明，守孝期满后，考中了秀才，进了鱼台县学。但任秀为人轻浮放荡，精通赌博，尽管母亲管教得很严，但他始终不改，一次，主管全省科举的学使大人降临，考核秀才，任秀考了第四等，不及格。母亲气得哭泣不吃饭。任秀又惭愧又害怕，在母亲面前发誓改过。于是闭门读书一年多，终于考了优等，升为吃官粮的高级秀才。母亲劝他办私塾当老师，但人们还是认为他放荡不检点，都讥笑轻视他，没人请他。

任秀有个表叔张某，在京城做买卖，劝他去首都并愿意带他一起去，不花他的钱。任秀很高兴，就同意了。他们到了山东临清，把船停在城关外。当时在此停泊的盐船很多，桅杆如林。任秀睡下后，只听得一阵阵水声人声，闹得人睡不着。更深人静后，忽听得邻船掷骰子的声音清清楚楚飘过来，钻进耳朵，萦绕心头，不由得手又痒了。悄悄听同船乘客动静，都已睡熟，钱袋中他自己备有一千文钱，想要到邻船去耍一耍。偷偷起来解开钱袋，抓着钱犹豫不决，回想起母亲的教诲，就又把钱袋缚好放下。睡下后，又心思不定，怎么也睡不着。于是又起来，又解钱袋，这样反复三次。终于赌兴大发，再也忍不住了，拿了钱就过去。到了邻船，看见有两个人在对赌，作赌注的铜钱又多又好。任秀把钱放在桌上，就请求加入赌局。那二人很高兴，就和他一起掷。任秀大胜。其中一个赌客铜钱输光了，就拿出一大锭银子向船主兑换成铜钱继续赌，赌注渐渐增加到一次输赢十几贯钱。赌得正起劲，又有一人上船来，盯着观看了很久，也倒空钱袋拿出一百两银子向船主换成铜钱，参加进去一起赌。张表叔半夜醒来，发觉任秀不在船上，又听到骰子声，知道任秀去赌钱了，就来到邻船，想要阻止他。到了邻船，看到任秀腿边赢的钱堆得像山一样，就不再开口，背了几千钱回到自己船上。又把同船的客商都叫起来，帮着来回搬钱，还剩下十几千。不久，那三个赌客都输了，船上全部铜钱都输给了任秀。三个赌客想要赌银子，而任秀的欲望已经满足，就故意借口不是铜钱不赌来刁难他们。张表叔在一旁又催逼着他回去。三个赌客又气又急。船主贪图多抽头钱，就向别的船上转兑了一百多千铜钱。三个赌客得了铜钱，赌注下得更大了。没多久，这些钱又都归了任秀。这时天已亮，早晨开关放船了，任秀和表叔一起把钱搬运回船，那三个赌客也各自离去。船主人查看那三个赌客兑换给他的二百多两银子，都是些烧给鬼的锡箔灰而已。他大为吃惊，寻到任秀船上，把这情况告诉他，想要从任秀这儿取得赔偿。等到一问任秀的姓名、籍贯，知道他是任建之的儿子，不由得缩紧了脖子，羞愧得直冒汗，退下了，任秀去向船夫打听，才知道那船主人就是申竹亭。

任秀当初到陕西时，也曾大概听说过他的名字；现在鬼已经报复了他，也就不再追究他从前的罪责了。于是任秀用这笔钱和张表叔合伙北上做生意，到年底获得了好几倍的利润。他就按照条例捐钱取得了国子监监生的资格。此后他更加经营求利，十年之间，财富成为一方之冠。

晚　霞

五月五日，吴越间有斗龙舟之戏：刳木为龙，绘鳞甲，饰以金碧；上为雕甍朱槛；帆旌皆以锦绣；舟末为龙尾，高丈余；以布索引木板下垂，有童坐板上，颠倒滚跌，作诸巧剧。下临江水，险危欲堕。故其购是童也，先以金啖其父母，预调驯之，堕水而死，勿悔也。吴门则载美妓，较不同耳。

镇江有蒋氏童阿端，方七岁，便捷奇巧，莫能过，声价益起，十六岁犹用之。至金山下，堕水死。蒋媪止此子，哀鸣而已。阿端不自知死，有两人导去，见水中别有天地；回视，则流波四绕，屹如壁立。俄入宫殿，见一人兜牟坐。两人曰："此龙窝君也。"便使拜伏。龙窝君颜色和霁，曰："阿端伎巧可入柳条部。"遂引至一所，广殿四合。趋上东廊，有诸年少，出与为礼，率十三四岁。即有老妪来，众呼解姥。坐令献技。已，乃教以钱塘飞霆之舞，洞庭和风之乐。但闻鼓钲喤聒，诸院皆响。既而诸院皆息。姥恐阿端不能即娴，独絮絮调拨之；而阿端一过，殊已了了。姥喜曰："得此儿，不让晚霞矣！"

明日，龙窝君按部，诸部毕集。首按夜叉部，鬼面鱼服。鸣大钲，围四尺许；鼓可四人合抱之，声如巨霆，叫噪不复可闻。舞起，则巨涛汹涌，横流空际，时堕一点星光，及着地消灭。龙窝君急止之，命进乳莺部，皆二八姝丽，笙乐细作，一时清风习习，波声俱静，水渐凝如水晶世界，上下通明。按毕，俱退立西墀下。次按燕子部，皆垂髫人。内一女郎，年十四五以来，振袖倾鬟，作散花舞；翩翩翔起，衿袖袜履间，皆出五色花朵，随风扬下，飘泊满庭。舞毕，随其部亦下西墀。阿端旁睨，雅爱好之。问之同部，即晚霞也。无何，唤柳条部。龙窝君特试阿端。端作前舞，喜怒随腔，俯仰中节。龙窝君嘉其惠悟，赐五文袴褶，鱼须金束发，上嵌夜光珠。阿端拜赐下，亦趋西墀，各守其伍。端于众中遥注晚霞，晚霞亦遥注之。少间，端逡巡出部而北，晚霞亦渐出部而南；相去数武，而法严不敢乱部，相视神驰而已。既按蛱蝶部，童男女皆双舞，身长短、年大小、服色黄白，皆取诸同。诸部按已，鱼贯而出。柳条在燕子部后，端疾出部前，而晚霞已缓滞在后。回首见端，故遗珊瑚钗，端急纳袖中。

既归，凝思成疾，眠餐顿废。解媪辄进甘旨，日三四省，抚摩殷切，病不少瘥。媪忧之，罔所为计，曰："吴江王寿期已促，且为奈何！"薄暮，一童子来，坐榻上与语，自言："隶蛱蝶部。"从容问曰："君病为晚霞否？"端惊问："何知？"笑曰："晚霞亦如君耳。"端凄然起坐，便求方计。童问："尚能步否？"答云："勉强尚能自力。"童挽出，南启一户；折而西，又辟双扉。见莲花数十亩，皆生平地上；叶大如席，花大如盖，落瓣堆梗下盈尺。童引入其中，曰："姑坐此。"遂去。少时，一美人拨莲花而入，则晚霞也。相见惊喜，各道相思，略述生平。遂以石压荷盖令侧，雅可幛蔽；又匀铺莲瓣而藉之，忻与狎寝。既订后约，日以夕阳为候，乃别。端归，病亦寻愈。由此两人日一会于莲亩。

过数日，随龙窝君往寿吴江王。称寿已，诸部悉还，独留晚霞及乳莺部一人在宫中教舞，数月更无音耗，端怅惘若失。惟解媪日往来吴江府；端托晚霞为外妹，求携去，冀一见之。留吴江门下数日，宫禁森严，晚霞苦不得出，怏怏而返。积月余，痴想欲绝。一日，解媪入，戚然相吊曰："惜乎！晚霞投江矣！"端大骇，涕下不能自止。因毁冠裂服，藏金珠而出，意欲相从俱死。但见江水若壁，以首力触不得入。念欲复还，惧问冠服，罪将增重。意计穷蹙，汗流浃踵。忽睹壁下有大树一章，乃猱攀而上，渐至端杪；猛力跃堕，幸不沾濡，而竟已浮水上。不意之间，恍睹人世，遂飘然泅去。移时，得岸，少坐江滨，顿思老母，遂趁舟而去。抵里，四顾居庐，忽如隔世。次且至家，忽闻窗中有女子曰：“汝子来矣。”音声甚似晚霞。俄，与母俱出，果霞，斯时两人喜胜于悲；而媪则悲疑惊喜，万状俱作矣。

初，晚霞在吴江，觉腹中震动，龙宫法禁严，恐旦夕身娩，横遭挞楚；又不得一见阿端，但欲求死，遂潜投江水。身泛起，沉浮波中。有客舟拯之，问其居里。晚霞故吴名妓，溺水不得其尸。自念衏院不可复投，遂曰：“镇江蒋氏，吾婿也。”客因代赁扁舟，送诸其家。蒋媪疑其错误，女自言不误，因以其情详告媪。媪以其风格韵妙，颇爱悦之；第虑年太少，必非肯终寡也者。而女孝谨，顾家中贫，便脱珍饰售数万。媪察其志无他，良喜。然无子，恐一旦临蓐，不见信于戚里，以谋女。女曰：“母但得真孙，何必求人知。”媪亦安之。

会端至，女喜不自已。媪亦疑儿不死；阴发儿冢，骸骨具存。因以此诘端。端始爽然自悟；然恐晚霞恶其非人，嘱母勿复言。母然之。遂告同里，以为当日所得非儿尸。然终虑其不能生子。未几，竟举一男，捉之无异常儿，始悦。久之，女渐觉阿端非人，乃曰：“胡不早言！凡鬼衣龙宫衣，七七魂魄坚凝，生人不殊矣。若得宫中龙角胶，可以续骨节而生肌肤，惜不早购之也。”端货其珠，有贾胡出赀百万，家由此巨富。值母寿，夫妻歌舞称觞，遂传闻王邸。王欲强夺晚霞。端惧，见王自陈：“夫妇皆鬼。”验之无影而信，遂不之夺。但遣宫人就别院，传其技。女以龟溺毁容，而后见之。教三月，终不能尽其技而去。

【译文】

五月五日端午节，江浙一带有赛龙船的娱乐：用木料制成龙形船身，画上鳞甲，装饰得金碧辉煌；上部是红漆雕花的船楼，船帆旌旗都用锦绣制成；船末是龙尾，高一丈多，用布绳吊着木板挂在半空，有童子坐在板上，翻倒滚跌，做各种惊险巧妙的动作。下临江水，又高又险，好像要掉下去似的。所以主人在雇用这种童子时，先用金钱打动他们的父母，然后预先训练他们；如果落水而死，不得反悔。苏州的风俗则是在船上载美妓，有些不同。

镇江有个姓蒋的童子叫阿端，才七岁，敏捷灵巧谁也比不上，声价越来越高。十六岁人家还雇用他，船到金山脚下，失手落水而死，蒋母只有这个儿子，也只好哀哭而已。阿端落水以后，不知道自己已经死了，有两个人领他去，只见水中另有天地；回头看，则流水环绕，如同墙壁似地屹立着。不一会进入一座宫殿，见一人戴着头盔坐着。那两个人说："这就是龙窝君。"就让阿端跪拜。龙窝君神色温和，说："阿端技艺精巧，可以加入柳条班。"就有人把阿端带到一个地方，四面都有宽广的殿堂。走上东边走廊，就有若干少年出来跟他见礼，都才十三四岁模样。随即有个老婆婆走来，众人都称她解姥姥。坐下叫阿端表演技艺，然后就教给他"钱塘飞霆"、"洞庭和风"等音乐舞蹈。只听得锣鼓喧天，各院落都响起音乐声。后来各院都平静下来，唯独解姥姥怕阿端不能马上熟练，还在絮絮叨叨点拨调教他；而阿端只练一遍，心里就清清楚楚。解姥姥高兴地说："有了这孩子，不逊于晚霞了！"

第二天，龙窝君考查各个歌舞班，各班都到齐了。首先考查夜叉班：都戴着鬼面具，穿着鱼皮服；敲的大锣圆径有四尺多，大鼓要四人才能合抱，声如巨雷，大喊大叫也不再听得清；舞蹈开始，立刻巨浪汹涌，从空中横流而过，不时坠落一点星光，着地就灭了。龙窝君急忙命他们停止。接着命令幼莺班上场：全是十五六岁的美女，吹奏起幽雁的笙乐，一时清风习习，波平声静，江水渐渐凝固，宛如水晶世界，上下一片晶莹透彻。考查完，都退下立在西边台阶下。再下来考查燕子班，都是些尚未成年的女孩子，其中一个姑娘，年龄在十四五岁以内，舞动长袖，低倾云鬟，跳起了"散花舞"；只见她翩翩飞起，襟袖鞋袜之间，都散出各种颜色的花朵，随风飘下，洒满堂前。舞毕，随着她的班也退到了西边台阶下。阿端在一旁看着，心里非常爱慕她。问同班的伙伴，才知道她就是晚霞。不一会，传柳条班。龙窝君特地考查阿端，阿端就跳了昨天解姥姥教的舞蹈，表情随着旋律时喜时怒，动作和着节奏忽高忽低。龙窝君对他的聪明伶俐非常赞赏，赐给他一套五彩花纹的衣裤，一副鱼须状的金抹额，上边还嵌有夜明珠。阿端拜谢后退下，也来到西台阶下。各人都站在各自的队伍中。阿端在人群中远远地注视着晚霞，晚霞也远远地注视着他。过了一会，阿端慢慢地挨到了自己队伍的最北头，晚霞也渐渐地凑到了本班的最南头。二人相距只有几步，但因为法令很严，不敢混淆队伍，只是互相对看着神驰意往而已。接着又考查蝴蝶班：全都是童男童女，双双起舞，每一对舞伴的身材高矮、年龄大小、服装颜色都是一样的。全部考查完毕后，各班首尾相接一一退出。柳条班在燕子班后面，阿端快步挤到本班最前面，而晚霞已落在自己班的最后。她回头看见阿端，故意掉下一支珊瑚钗，阿端急忙拾起藏在袖中。

回班以后，阿端一心思念晚霞得了病，不想吃不想睡。解姥姥给他送来好吃的，一天来看望他三四回，亲切地抚摸安慰他，但阿端的病毫无起色。解姥姥为此犯了愁，又毫无办法，说：“吴江王的寿辰马上就要到了，这可怎么办呢！”傍晚，有一个童子走来，坐在床边和阿端说话，自我介绍说：“我是蝴蝶班的。”他显得随随便便地问：“你的病是不是为了晚霞？”阿端惊讶地问：“你怎么知道的？”童子笑着说：“晚霞也像你一样病了。”阿端伤心地坐起来，就求童子想办法。童子问：“你还能走路吗？”阿端说：“勉强还能自己走动。”童子就搀他出去，往南打开一扇便门，转向西，又推开一道院门。只见几十亩荷花，都生在平地上，荷叶大如席子，荷花大如伞，坠落的花瓣堆积在花梗下有一尺多厚。童子把阿端领到荷花中，说：“你暂且在这儿坐一会儿。”说完就走了。少停，一个美人拨开荷花丛进来，是晚霞。二人相见又惊又喜，互相诉说了相思之情，简单介绍了各自的生平。就用石头压住荷叶使它侧立起来，很能遮住身体，又把花瓣均匀地铺在地上作为褥垫，欣喜地相与亲热睡觉。完后又约定以后相会，每天以夕阳西下为准，这才分手。阿端回到班里，病很快就好了。从此两个人每天在荷花地里相会一次。

过了几天，随龙窝君前去给吴江王祝寿。祝寿演出完毕，各个班都回来了，唯独留下了晚霞和幼莺班的一个人在吴江王宫中教舞蹈，好几个月都没有音讯，阿端满心惆怅，失魂落魄。只有解姥姥每天到吴江王府打个来回，阿端假称晚霞是自己的表妹，央求解姥姥把自己带去，希望能见上一面。在吴江王门下逗留了几天，王宫禁令森严，晚霞苦于不能出来，阿端只得懊丧地回去。又一个多月下来，阿端痴痴想着晚霞，想得要死。一天，解姥姥进来，悲伤地安慰阿端说："可惜！晚霞投江自尽了！"阿端大惊，泪水忍不住夺眶而出。他就撕毁了衣帽，身藏金抹额、夜明珠出宫，想要跟随晚霞一起去死。只见江水如同墙壁，用头使劲撞也撞不进去。想要重新回宫，又怕追问起衣帽来，罪加一等。走投无路，急得汗流到脚跟。忽然看见水壁下有一棵大树，他就像猴子一般爬上去，渐渐爬到树梢，猛一用力，向外跳下，幸而身体并不沾湿，竟然已经浮在水面上了。阿端出乎意料之外又恍然看到了人间，就随波游去，过了些时候，上了岸。他在江边坐了片刻，顿时想起老娘，就搭了便船回去。到了家乡，看着四周的房屋，忽忽如有隔世之感。蹒跚着回到家里，忽听得窗里有女子的声音说道："你儿子来了！"声音很像是晚霞。马上，一个女子和他母亲一起迎了出来，果然是晚霞。这时两个人不禁喜胜于悲；而老娘则悲、疑、惊、喜，无数表情都交织到一起了。

当初，晚霞在吴江王宫里，发觉腹中胎儿在动。龙宫法规极严，晚霞唯恐一旦分娩，横遭毒打，又不能见阿端一面，只求一死，就偷偷跳入江水。身子漂在江面上，随波沉浮。有条客船把她救起来，问她家乡住处。晚霞本是苏州名妓，当初落水后找不到她尸体。这时她暗自考虑，不能再跳进妓院这个火坑，就说："镇江蒋某，是我丈夫。"船上旅客就代她雇了条小船，把她送到蒋家。蒋母怀疑她弄错了，晚霞自己说没错，就把情况详细告诉了蒋母。蒋母因为她风姿美妙，很喜爱她，只是担心她年纪太轻，一定是不肯守寡到底的。但晚霞孝顺谨慎，看到家里很穷，就脱下自己珍贵的首饰卖了几万钱供家用。蒋母看清她并没有再嫁的念头，很欢喜。但自己没有儿子，怕一旦分娩，亲戚邻里都不会相信，就和她商量办法。晚霞说："妈妈只要得到的是真孙子，何必求人家了解呢？"蒋母也就安心了。

这时正好阿端回来了，晚霞高兴得不得了。蒋母也疑心儿子没有死，私下挖开儿子的坟墓，尸骨都还在。蒋母就拿这件事询问阿端。阿端这才恍然明白自己早已死了。但他怕晚霞厌恶自己不是人，就嘱咐母亲不要再说。母亲认为对，就告诉乡邻们说，当初捞上来的不是儿子的尸体。但终究还是担心鬼不能生孩子。不久，晚霞竟生了一个男孩，抱在手里跟正常婴儿没什么两样，蒋母这才不愁了。时间长了，晚霞渐渐察觉阿端不是人，就说："你为什么不早说呢！凡是鬼穿了龙宫的衣服以后，经过七七四十九天，魂魄就坚固地凝聚不散，跟活人没什么两样了。如果有龙宫中的龙角胶，可以把尸骨的骨节粘接起来，生出肌肉皮肤，可惜当初没有买一点。"阿端把他的夜明珠卖了，有个西域胡商出价一百万，蒋家因此大富。一次，正逢母亲寿辰，阿端夫妻俩载歌载舞敬酒祝寿。这事传到王爷府中，王爷想要用武力夺走晚霞。阿端很害怕，就去见王爷自述："我们夫妻俩都是鬼。"王爷查验他，果然没有影子，信了，就不来抢晚霞了，只是派遣宫女到偏院向晚霞学舞蹈艺术。晚霞用龟尿毁了自己的容貌，然后去见王爷。教了三个月，宫女们始终不能完全学到她的舞技，她也就回去了。

白　秋　练

直隶有慕生，小字蟾宫，商人慕小寰之子。聪惠喜读。年十六，翁以文业迂，使去而学贾，从父至楚。每舟中无事，辄便吟诵。抵武昌，父留居逆旅，守其居积。生乘父出，执卷哦诗，音节铿锵。辄见窗影憧憧，似有人窃听之，而亦未之异也。一夕，翁赴饮，久不归，生吟益苦。有人徘徊窗外，月映甚悉。怪之，遽出窥觇，则十五六倾城之姝。望见生，急避去。又二三日，载货北旋，暮泊湖滨。父适他出，有媪入曰：“郎君杀吾女矣！”生惊问之。答云：“妾白姓。有息女秋练，颇解文字。言在郡城，得听清吟，于今结想，至绝眠餐。意欲附为婚姻，不得复拒。”生心实爱好，第虑父嗔，因直以情告。媪不实信，务要盟约。生不肯。媪怒曰：“人世姻好，有求委禽而不得者。今老身自媒，反不见纳，耻孰甚焉！请勿想北渡矣！”遂去。少间，父归，善其词以告之，隐冀垂纳。而父以涉远，又薄女子之怀春也，笑置之。

泊舟处，水深没棹；夜忽沙碛拥起，舟滞不得动。湖中每岁客舟必有留住守洲者，至次年桃花水溢，他货未至，舟中物当百倍于原直也，以故翁未甚忧怪。独计明岁南来，尚须揭赀，于是留子自归。生窃喜，悔不诘媪居里。日既暮，媪与一婢扶女郎至，展衣卧诸榻上。向生曰：“人病至此，莫高枕作无事者！”遂去。生初闻而惊；移灯视女，则病态含娇，秋波自流。略致讯诘，嫣然微笑。生强其一语。曰：“‘为郎憔悴却羞郎’，可为妾咏。”生狂喜，欲近就之，而怜其荏弱。探手于怀，接脑为戏。女不觉欢然展谑，乃曰：“君为妾三吟王建‘罗衣叶叶’之作，病当愈。”生从其言。甫两过，女揽衣起坐曰：“妾愈矣！”再读，则娇颤相和。生神志益飞，遂灭烛共寝。女未曙已起，曰：“老母将至矣。”未几，媪果至。见女凝妆欢坐，不觉欣慰。邀女去，女俯首不语。媪即自去，曰：“汝乐与郎君戏，亦自任也。”于是生始研问居止。女曰：“妾与君不过倾盖之友，婚嫁尚不可必，何须令知家门。”然两人互相爱悦，要誓良坚。

女一夜早起挑灯，忽开卷凄然泪莹，生急起问之。女曰：“阿翁行且至。我两人事，妾适以卷卜，展之得李益《江南曲》，词意非祥。”生慰解之，曰：“首句‘嫁得瞿塘贾’，即已大吉，何不祥之与有！”女乃稍欢。起身作别曰：“暂请分手，天明则千人指视矣。”生把臂哽咽，问：“好事如谐，何处可以相报？”曰：“妾常使人侦探之，谐否无不闻也。”生将下舟送之，女力辞而去。无何，慕果至。生渐吐其情。父疑其招妓，怒加诟厉。细审舟中财物，并无亏损，谯诃乃已。一夕，翁不在舟，女忽至，相见依依，莫知决策。女曰：“低昂有数，且图目前。姑留君两月，再商行止。”临别以吟声作为相会之约。由此值翁他出，遂高吟，则女自至。四月行尽，物价失时，诸贾无策，敛赀祷湖神之庙。端阳后，雨水大至，舟始通。

生既归，凝思成疾。慕忧之，巫医并进。生私告母曰：“病非药禳可痊，唯有秋练至耳。”翁初怒之；久之，支离益惫，始惧，赁车载子，复如楚，泊舟故处。访居人，并无知白媪者。会有媪操柁湖滨，即出自任。翁登其舟，窥见秋练，心窃喜；而审诘邦族，则浮家泛宅而已。因实告子病由，冀女登舟，姑以解其沈痼。媪以婚无成约，弗许。女露半面，殷殷窥听，闻两人言，眥泪欲堕。媪视女面，因翁哀请，即亦许之。

至夜，翁出，女果至，就榻呜泣曰：“昔年妾状，今到君耶！此中况味，要不可不使君知。然羸顿如此，急切何能便瘳？妾请为君一吟。”生亦喜。女亦吟王建前作。生曰：“此卿心事，医二人何得效？然闻卿声，神已爽矣。试为我吟‘杨柳千条尽向西’。”女从之。生赞曰：“快哉！卿昔诵诗余，有《采莲子》云：‘菡萏香连十顷陂。’心尚未忘，烦一曼声度之。”女又从之。甫阕，生跃起曰：“小生何尝病哉！”遂相狎抱，沉疴若失。既而问：“父见媪何词？事得谐否？”女已察知翁意，直对“不谐”。

既而女去，父来，见生已起，喜甚，但慰勉之。因曰：“女子良佳。然自总角时，把柁櫂歌，无论微贱，抑亦不贞。”生不语。翁既出，女复来，生述父意。女曰：“妾窥之审矣：天下事，愈急则愈远，愈迎则愈距。当使意自转，反相求。”生问计。女曰：“凡商贾志在利耳。妾有术知物价。适视舟中物，并无少息。为我告翁：居某物，利三之；某物，十之。归家，妾言验，则妾为佳妇矣。再来时，君十八，妾十七，相欢有日，何忧为！”生以所言物价告父。父颇不信，姑以余赀半从其教。既归，所自置货，赀本大亏；幸少从女言，得厚息，略相准。以是服秋练之神。生益夸张之，谓女自言，能使己富。翁于是益揭赀而南。至湖，数日不见白媪；过数日，始见其泊舟柳下，因委禽焉。媪悉不受，但涓吉送女过舟。翁另赁一舟为子合卺。女乃使翁益南，所应居货，悉籍付之。媪乃邀婿去，家于其舟。翁三月而返。物至楚，价已倍蓰。将归，女求载湖水；既归，每食必加少许，如用醯酱焉。由是每南行，必为致数坛而归。

后三四年，举一子。一日，涕泣思归。翁乃偕子及妇俱如楚。至湖，不知媪之所在。女扣舷呼母，神形丧失。促生沿湖问讯。会有钓鲟鳇者，得白骥。生近视之，巨物也，形全类人，乳阴毕具。奇之，归以告女。女大骇，谓夙有放生愿，嘱生赎放之。生往商钓者，钓者索直昂。女曰："妾在君家，谋金不下巨万，区区者何遂靳直也！如必不从，妾即投湖水死耳！"生惧，不敢告父，盗金赎放之。既返，不见女，搜之不得，更尽始至。问："何往？"曰："适至母所。"问："母何在？"觍然曰："今不得不实告矣：适所赎，即妾母也。向在洞庭，龙君命司行旅。近宫中欲选嫔妃，妾被浮言者所称道，遂勑妾母，坐相索。妾母实奏之。龙君不听，放母于南滨，饿欲死，故罹前难。今难虽免，而罚未释。君如爱妾，代祷真君可免。如以异类见憎，请以儿掷还君。妾去，龙宫之奉，未必不百倍君家也。"生大惊，虑真君不可得见。女曰："明日未刻，真君当至。见有跛道士，急拜之，入水亦从之。真君喜文士，必合怜允。"乃出鱼腹绫一方，曰："如问所求，即出此，求书一'免'字。"生如言候之。果有道士蹩躠而至，生伏拜之。道士急走，生从其后。道士以杖投水，跃登其上。生竟从之而登，则非杖也，舟也。又拜之。道士问："何求？"生出罗求书。道士展视曰："此白骥翼也，子何遇之？"蟾宫不敢隐，详陈颠末。道士笑曰："此物殊风雅，老龙何得荒淫！"遂出笔草书"免"字，如符形，返舟令下。则见道士踏杖浮行，顷刻已渺。归舟，女喜，但嘱勿泄于父母。

归后二三年，翁南游，数月不归。湖水既罄，久待不至。女遂病，日夜喘急。嘱曰：“如妾死，勿瘗，当于卯、午、酉三时，一吟杜甫《梦李白》诗，死当不朽。候水至，倾注盆内，闭门缓妾衣，抱入浸之，宜得活。”喘息数日，奄然遂毙。后半月，慕翁至，生急如其教，浸一时许，渐甦。自是每思南旋。后翁死，生从其意，迁于楚。

【译文】

河北有个慕生，小名蟾宫，是商人慕小寰的儿子。聪明，爱读书。十六岁那年，老人认为舞文弄墨不切实用，让他放弃学业去学做买卖，跟父亲来到湖北。在船上每当没事，他就吟诗诵文。到了武昌，父亲把他留在栈房里，看守采购的货物。他趁父亲外出，拿起书本吟诵诗篇，音节铿锵有力。就见窗外人影晃动，像是有人偷听，他也并不以为奇怪。有一夜，父亲外出赴宴，很久没回来，慕生吟诵得更用功。这时有人在窗外徘徊，月光把人影映在窗上，非常清晰。慕生觉得奇怪，出其不意出外探看，原来是个十五六岁极其美貌的姑娘。望见慕生，急忙躲开了。又过了两三天，慕家父子载着货物北归，晚上船停泊在湖滨。父亲正好到别处去，有个老大娘进船舱说：“郎君害死我女儿了。”慕生吃惊地问她怎么回事，大娘说：“我家姓白，有个女儿叫秋练，很懂一点文章。说在武昌城里，听到你清雅的吟诗声，到现在还想念不止，以至不想睡不想吃。想高攀你结为婚姻，你可不能拒绝。”慕生心里其实很爱慕那姑娘，只是顾虑父亲责怪，就把这苦衷向老大娘直说了。老大娘不信，一定要他订下婚约。慕生不肯。老大娘生气地说：“人世间的婚姻，有人想求女方同意还求不来。现在我老太婆自己上门求亲，反而被你拒绝，还有比这更丢脸的吗！你别想渡湖北上了！”说完就去了。过了一会，父亲回来了。慕生尽量拣好话说，把这事告诉了父亲，暗暗希望父亲同意这门亲事。但父亲因为路隔得远，又看不起那姑娘急于找男人，笑笑就把这事丢开了。

他们停船的地方，水深没过了船橹。当天夜里，湖底的沙石忽然涨起，把船搁浅住了，动弹不得。湖中每年必有商船搁浅在沙洲上的，到第二年春天桃花汛发，那时别人的货物还没运到，过冬船上的货物就会比原价增值百倍，所以慕翁也不怎么担忧和奇怪。只是考虑到明年南来，还要增加资金，于是留下儿子，独自回乡。慕生暗暗高兴，后悔没有问明老大娘的住址。天黑以后，老大娘和一个丫环搀扶着那姑娘来了，让她宽衣睡在床上。老大娘向慕生说道："人家病成这样，郎君别像没事人一样高枕无忧！"就走了。慕生初听吃了一惊，拿过灯来看那姑娘，只见病态之中含着娇羞，晶莹的眼睛像秋波流动。慕生略微问了她几句，她妩媚地微笑着不说话。慕生缠着要她说话，姑娘就说："'为郎憔悴却羞郎'，《会真记》里崔莺莺赠张生的诗，真可以说是为我写的。"慕生高兴得发狂，就想和她亲热，但又怜惜她太虚弱了。就把手伸进她怀里，和她接吻调笑。姑娘不禁欢笑着也开起玩笑来，就说道："你为我吟诵三遍唐朝王建'罗衣层层'那首诗，我的病就会好。"慕生就按她说的吟诵。才两遍，姑娘披衣坐起来说："我好了。"慕生再念时，她娇声颤抖着一起念。慕生更加神魂飞扬，于是就熄灯一起睡了。天不亮，姑娘就起床了，说："老母就要来了。"不一会，老大娘果然来了。看到女儿打扮齐整，欢欢喜喜地坐着，不觉很欣慰。就叫女儿回去，她低着头不搭腔。老大娘就独自回去，说："你乐意和郎君玩耍，也随你吧。"这时慕生才详细询问姑娘的家庭情况。她说："我和你不过是萍水相遇的交情，结婚还不能肯定，何必让你知道我的家庭门第呢？"但两人互相爱慕，山盟海誓很坚决。

一天夜里，姑娘很早就起来挑亮了灯，打开一卷书，忽然伤心起来，眼泪汪汪的。慕生急忙起来问她怎么了。她说："公公很快要来了。我们两个的事，我刚才用书来算卦，打开一看，是唐朝李益的《江南曲》，这首诗的意思不吉利。"慕生宽慰她说："这首诗第一句'嫁得瞿塘贾'，就已经大吉大利了，哪有什么不吉祥！"秋练才稍微快乐了些，起身告别说："让我们暂时分手吧，天一亮就千人指点着看了。”慕生拉着她的手臂哽咽流泪，问：“如果好事能成，我该到哪里去告诉你呢？”秋练说：“我会经常派人探听消息，成不成都会知道的。”慕生要下船送她，她再三推却而去。不久，慕翁果然来了。慕生向父亲一点一点吐露了心事。父亲疑心他把妓女招到船上，生气地斥骂他。细查船上的财物，并没短缺，骂声才停。一夜，父亲不在船上，秋练忽然来了。二人相见，依依不舍，想不出好主意来。秋练说：“成不成命中注定的，先图个眼下吧。我姑且再留你两个月，再商量以后怎么办。”临别，约定慕生吟诗就是相会的暗号。从此，遇到父亲外出，慕生就高声吟诗，秋练就自己来了。四月份快过完了，船上货物的价钱错过了好时光，几个客商束手无策，就凑了钱到湖神庙祈祷。端午节后，连降大雨，船才能通航。

慕生回家以后，相思之情郁结于心，病倒了。父亲很忧虑，又是请医生，又是请巫师。慕生私下告诉母亲说：“我的病不是吃药消灾能治好的，只有秋练来了才会好。”父亲起初很生气；时间长了，儿子形神憔悴，更衰弱无力了，才害怕了。于是慕翁雇车载着儿子，再次到湖北，把船停泊在原来的地方。他向当地居民打听，却没有一个人知道白大娘的。正好有个老大娘驾船从湖滨经过，就出来自认。慕翁登上她的船，见了秋练，暗暗喜欢，而向白大娘仔细询问籍贯门第，却是以船为家而已。于是他就如实相告儿子的病因，希望姑娘到自己船上去，先救一救儿子的重病。老大娘因为婚姻没有讲定，不同意女儿去。秋练在里舱露出半个脸，关注地偷听，听见两个人的话，眼眶里的泪水快要掉下来了。大娘见了女儿的脸色，趁着慕翁哀求，也就同意了。

当天夜里，慕翁外出，秋练果然来了，走近床边呜呜哭着说：“当初我相思成疾，如今轮到你了吗！这里面的滋味，实在不能不让你体验体验。但你虚弱到如此程度，怎能马上就好呢？让我也来为你吟一吟诗吧。”慕生心里喜欢。秋练就也吟诵上次王建那首诗。慕生说：“这首诗吻合你的心事，医别人怎能有效呢？但我听了你的声音，精神已经爽快多了。请你为我吟诵唐朝刘方平‘杨柳千条尽向西’那首诗试试。”秋练照他说的做了。慕生赞美说：“痛快！你从前吟词，有一首唐朝皇甫松的《采莲子》：‘荷花含苞，香连十顷池塘。'我还记得。劳驾为我悠扬地吟唱一遍。"秋练又照他说的做了。一曲刚完，慕生一跃而起说："我哪里有病呢！"于是二人亲热地拥抱在一起，重病似乎无影无踪了。后来慕生问她："父亲见了大娘说了些什么话？我们的事能成功吗？"秋练已经觉察慕翁无意允婚，直截了当地回答："不成。"

秋练走后，父亲回来，看到慕生已能起床，非常欢喜，但只是宽慰勉励了几句，就说；"姑娘很好。但从小就过着水上生活，摇橹把舵唱船歌。不说出身低贱，而且还不贞洁。"慕生沉默不语。父亲外出后，秋练又来了。慕生向她转述了父亲的意思。秋练说："我看得很清楚。天下事，越急越难成功，越迎合越要拒绝。要使老人家自己回心转意，反过来求我。"慕生就问她有什么办法。秋练说："大凡商人的愿望，不过赚钱罢了。我有法术，能预知物价。刚才看船上的货物，一点利也赚不到。你代我转告老人家：囤积某种货物，有三倍的利润；某种货物，有十倍的利润。你们回家以后，假如我的话应验了，那我就将是你们家的好媳妇了。下次来时，你十八，我十七，欢乐的日子长着呢，你担忧什么！"慕生就把秋练所说的物价告诉了父亲。父亲不大相信，姑且用剩余的资金一半照秋练所说的采购了。回家以后，他自己所置办的货物，大大地亏了本；幸而稍微听从了秋练的话，获得了大利润；盈亏大致相抵。慕翁因此服了秋练的神明。慕生更加夸张秋练的本事，说是她曾说过，能使自己发财。于是慕翁带了更多的资金南下。到了湖边，好几天没有见到白大娘。又过了几天，才见到她的船停在柳树下，就送上了聘礼。大娘一点都不受，只是选了吉日送女儿过船。慕翁另外租了一条船为儿子举行婚礼。婚后，秋练让公公更向南行，所应采购的货物，都开了清单交给他。大娘就把女婿请去，在她的船上安家。过了三个月，慕翁回来了。货物运到湖北，价钱就已经成倍上升。将回河北时，秋练请求带一些湖水回去，回到慕家后，每次吃饭一定要加一点，好像加酱醋一般。从此慕翁每次南下做生意，一定要为她带几坛湖水回来。

这样过了三四年，秋练生了一个儿子。一天，秋练忽然哭着要回南方。慕翁就偕同儿子媳妇一起去湖北。到了湖边，不知白大娘在哪里。秋练敲着船舷呼唤母亲，神色都变了，催慕生沿湖打听。

这时有个钓鲟鳇鱼的人，钓到一条白鲤鱼。慕生走近去观看，是条大家伙，形状完全像人，乳房阴部都具备。慕生很奇怪，回来告诉了秋练。秋练大惊，说自己早就有放生的心愿，叮嘱慕生把那条大白鲤赎了放生。慕生前去和钓鱼的商量，那人要价很高。秋练对慕生说："我在你家，出主意赚的钱不下多少万，这点区区的小数目为何就舍不得为我花呢？假如你一定不肯答应，我就跳湖自杀罢了！"慕生害怕，也不敢告诉父亲，偷拿了钱把大白鲤赎了放生。回船以后，秋练不见了，找也找不到，直到天亮才回来。慕生问她："哪里去了？"她说："刚才去母亲那里了。"慕生问："母亲在哪里呢？"秋练不好意思地说："现在我不能不如实相告了：刚才你所赎的，就是我的母亲。原先在洞庭湖，龙君命她掌管湖上的交通。最近龙宫选妃子，有些人过分地赞美我，于是龙君就下令给我母亲，指定要我入宫。母亲把我的情况如实回奏，龙君不允许，把我母亲流放到湖的南滨，饿得要死，所以遭到了这个灾难。现在灾难虽然躲过了，流放的处罚还没解除。你如果怜惜我，代为向真君祈祷就可使母亲得到赦免。如果你因为我不是人类而厌恶我，那就请让我把儿子扔还给你，我走。龙宫的享受，不见得不比你家强百倍。"慕生听了大惊，担忧真君不是轻易能见到的。秋练说："明天午后一时，真君会到。看见有个跛道士，你就赶紧上前叩拜，他下水你也要跟着他。真君喜爱文士，一定会怜悯而答应你的。"又拿出一块鱼肚白的罗绫说："如果真君问你求什么，你就把这拿出来，求他写个'免'字。"慕生照她的话等候，果然有个道士一瘸一拐地走来，慕生就伏在地上叩拜。道士急忙走开，慕生紧跟在他后面。道士把拐杖扔在水里，然后跳在上面。慕生竟也跟着他跳上去，却原来不是拐杖，而是一条船。慕生又向他叩拜。道士就问："你求什么？"慕生就拿出罗绫求道士写。道士打开看了说："这是白鲤的鳍，你怎么遇上它的？"慕生不敢隐瞒，详细说了前后经过。道士笑着说："这东西相当风雅，老龙怎能如此荒淫！"就拿出笔来像画符一样草写了个"免"字，把船回到岸边命慕生下船。只见道士踏着拐杖飘浮而去，顷刻之间已经不见了。慕生回到自己船上，秋练很高兴，只是嘱咐他别把此事泄露给父母。

回去后，又过了两三年，慕翁去南方，好几个月没回来。以前带回的湖水喝完了，等了很久不到，秋练就病了，日夜喘得很厉害。她嘱咐慕生说："如果我死了，不要埋葬，要在每天早晨，中午，晚上三个时候，为我吟诵一遍杜甫《梦李白》诗，我的尸体就不会腐烂。等湖水带到了，倒在盆里，关上门脱下我的衣服，把我抱进盆里浸着，就会活过来。"喘息了几天，奄然断了气。过了半个月，父亲回来了。慕生急忙按她的嘱咐去做，浸了一个多时辰，渐渐苏醒过来。从此，秋练常常想要南归。后来慕翁死了，慕生听从秋练的意愿，把家迁到湖北。

王　　者

湖南巡抚某公，遣州佐押解饷六十万赴京。途中被雨，日暮愆程，无所投宿，远见古刹，因诣栖止。天明，视所解金，荡然无存。众骇怪，莫可取咎。回白抚公，公以为妄，将置之法。及诘众役，并无异词。公责令仍反故处，缉察端绪。

至庙前，见一瞽者，形貌奇异，自榜云："能知心事。"因求卜筮。瞽曰："是为失金者。"州佐曰："然。"因诉前苦。瞽者便索肩舆，云："但从我去，当自知。"遂如其言，官役皆从之。瞽曰："东。"东之。瞽曰："北。"北之。凡五日，入深山，忽睹城郭，居人辐辏。入城，走移时，瞽曰："止。"因下舆，以手南指："见有高门西向，可款关自问之。"拱手自去。

州佐如其教，果见高门。渐入之。一人出，衣冠汉制，不言姓名。州佐述所自来。其人云："请留数日，当与君谒当事者。"遂导去，令独居一所，给以食饮。暇时闲步，至第后，见一园亭，入涉之。老松翳日，细草如毡。数转廊榭，又一高亭，历阶而入，见壁上挂人皮数张，五官俱备，腥气流熏。不觉毛骨森竖，疾退归舍。自分留鞹异域，已无生望，因念进退一死，亦姑听之。明日，衣冠者召之去，曰："今日可见矣。"州佐唯唯。衣冠者乘怒马甚驶，州佐步驰从之。俄，至一辕门，俨如制府衙署，皂衣人罗列左右，规模凛肃。衣冠者下马，导入。又一重门，见有王者，珠冠绣绂，南面坐。州佐趋上，伏谒。王者问："汝湖南解官耶?"州佐诺。王者曰："银俱在此。是区区者，汝抚军即慨然见赠，未为不可。"州佐泣诉："限期已满，归必就刑，禀白何所申证?"王者曰："此即不难。"遂付以巨函云："以此复之，可保无恙。"又遣力士送之。州佐慑息，不敢辨，受函而返。山川道路，悉非来时所经。既出山，送者乃去。

数日，抵长沙，敬白抚公。公益妄之，怒不容辨，命左右者飞索以缧。州佐解襆出函，公拆视未竟，面如灰土。命释其缚，但云："银亦细事，汝姑出。"于是急檄属官，设法补解讫。数日，公疾，寻卒。先是，公与爱姬共寝，既醒，而姬发尽失。阖署惊怪，莫测其由。盖函中即其发也。外有书云："汝自起家守令，位极人臣。赇赂贪婪，不可悉数。前银六十万，业已验收在库。当自发贪囊，补充旧额。解官无罪，不得加谴责。前取姬发，略示微警。如复不遵教令。旦晚取汝首领。姬发附还，以作明信。"公卒后，家人始传其书。后属员遣人寻其处，则皆重岩绝壑，更无径路矣。

异史氏曰：红线金合，以儆贪婪，良亦快异。然桃源仙人，不事劫掠；即剑客所集，乌得有城郭衙署哉？呜呼！是何神欤？苟得其地，恐天下之赴愬者无已时矣。

【译文】

湖南巡抚某公，派遣一员州佐（知州的助理官）押解饷银六十万两赴京。途中遇雨，天黑时，前不着村后不着店，无处投宿。远远望见一座古庙，就前去住下。天亮检看所押解的银两，空荡荡一无所有。众人又害怕又奇怪，无从追查罪责。州佐回来报告巡抚，巡抚认为他所说非实，将要依法处置。等盘问众差役，并没有不同的说法。巡抚责令州佐仍回原处，侦查线索。

到庙前，看见一个盲人，长相奇特，招牌上写着：“能知心事。”州佐就请他算卦。盲人说：“是为丢失银钱的事。”州佐说：“是的。”就诉说前几天丢银的不幸。盲人就要轿子，说：“只要跟我去，就会知道。”州佐按他的要求办了，差役们都跟随着。盲人说东，就向东；盲人说北，就向北。共走了五天，进入深山，忽然看到一座城市，居民密集。进了城，走了一阵，盲人说：“停。”就下了轿，用手向南指着说：“看见有朝西的高门，可以敲门自去打听。”说完拱手而去。

州佐照盲人指点，果然看到高门，慢慢进去。里面出来一人，衣帽都是汉人式样，也不介绍自己的姓名。州佐对他讲述了自己来到这里的缘故，那人说：“请稍留几天，我要和你一道去拜见掌权的。”于是就领他进去，让他单独住一所房子，供他吃喝。州佐闲着没事，出来散步，走到府第后面，见有一处园林，就进去到处转转。古松参天蔽日，细草铺地如毡毯。转过几处回廊亭榭，又有一座高亭。登上台阶进去，只见墙上挂着几张人皮，五官齐备，腥气熏人。不觉毛骨悚然，赶紧退回住所。料想自己也将剥下皮来留在异乡，已无生还之望。就想进退都是一死，也就暂且听天由命了。第二天，汉人装束的那人把他叫去，说：“今天可以去拜见掌权的人了。”州佐连连答应。那人骑着一匹烈马走得很快，州佐徒步跑着跟上。不一会儿，到一座辕门，活像是总督衙门，两旁排列着身穿黑衣的差役，排场威风而森严。那人下马，领他进去。又经一重大门，见到有个大王，头戴珍珠冠，身穿绣花袍，朝南而坐。州佐小步快走上前拜见，大王问："你是湖南押饷银的官吗?"州佐答是。大王说："银两都在这里，这点区区的小数目，你那巡抚就是慷慨送我，也不是不可以的嘛。"州佐哭诉："巡抚给我的限期已经满了，我回去一定要受刑罚。向巡抚报告又有什么证明?"大王说："这却不难。"就交给他一个大匣子说："把这个交给他，可以保你没事。"又派武士送他。州佐紧张得气都不敢出，不敢争辩，收下匣子返回。山川道路，都不是来时所经过的。出山以后，送他的武士就回去了。

过了几天，州佐抵达长沙，恭敬地向巡抚禀报。巡抚更认为他在胡诌，盛怒之下不容他分辩，命令左右立即把他捆上。州佐解开包袱取出匣子。巡抚打开匣子，还没看完，就吓得面如土色。命人松了州佐的绑，只是说："银子也是小事，你暂且退出吧!"于是巡抚向下属地方官紧急传令，设法补足饷银解送完毕。几天，巡抚得了病，很快就死了。在这以前，巡抚和爱妾同睡，醒来后，那女的头发全没了。全衙门都惊怪，猜不透怎么回事。原来匣子里就是那女人的头发。另外还有一封信，写道；"你从做县令知府起，官位升到了顶，贪污收贿，难以尽数。上次六十万两银子，已经查收在库。你应当自己拿出贪污来的赃款，补足原数。押解官无罪，不得处罚。上次取走你小妾的头发，略示小小的警告。如果不遵教令，早晚取你的脑袋。小妾的头发随信附还，以作为明证。"巡抚死后，家里人才传出这封信。后来巡抚属下的官员派人去寻找那大王的地方，却都是重叠的高峰，无底的深谷，再没有路了。

异史氏说：用唐朝剑侠红线女盗走军阀田承嗣枕边的金盒的办法，以警告贪官，真是又痛快又奇异。但世外桃源的仙人，不会干抢劫银子的事；即便是剑侠聚集的地方，又怎会有城市和衙门呢?唉！这是什么神啊？假如能找到那地方，恐怕天下前去告状的人没有完的时候了。

某 甲

某甲私其仆妇，因杀仆纳妇，生二子一女。阅十九年，巨寇破城，劫掠一空。一少年贼，持刀入甲家。甲视之，酷类死仆。自叹曰："吾今休矣！"倾囊赎命，迄不顾，亦不一言，但搜人而杀，共杀一家二十七口而去。甲头未断，寇去少甦，犹能言之，三日寻毙。呜呼！果报不爽，可畏也哉！

【译文】

某甲私通他仆人的妻子，就杀了仆人，收他妻子为妾，生下两个儿子、一个女儿。过了十九年，有大队强盗攻破了这座城，抢掠一空。一个年轻的强盗，拿着刀进入某甲的家。某甲见这强盗的长相，酷似被他杀死的仆人，不禁叹道："这下我完了！"把全部金钱拿出来赎命，强盗始终不理睬，也不说一句话，只是搜出人来就杀，共杀了一家二十七口而去。某甲的头还没断，强盗走后苏醒过来一会儿，还能够说出这件事，三天后就死了。唉！因果报应一点不差，真是可畏！

衢 州 三 怪

张握仲从戎衢州，言："衢州夜静时，人莫敢独行。钟楼上有鬼，头上一角，象貌狞恶，闻人行声即下。人骇而奔，鬼亦遂去。然见之辄病，且多死者。又城中一塘，夜出白布一匹，如匹练横地。过者拾之，即捲入水。又有鸭鬼，夜既静，塘边并寂无一物，若闻鸭声，人即病。"

【译文】

张握仲从军，曾驻扎在浙江衢州。他说："衢州夜深人静时，没有人敢单独行走。钟楼上有个鬼，头上长着一只角，相貌狰狞凶恶，听到人走路声就下来。人吓得飞奔而逃，鬼也就走了。但见了它就会得病，而且大多要死。还有城里一个池塘，夜里会出来一匹白布，像一段白绸子横在地上，路过的人去拾它，就被卷入水中。又有一种鸭鬼，夜深人静，池塘边静悄悄地什么都没有，这时如果听到鸭叫，人就会得病。"

拆　楼　人

何冏卿，平阴人。初令秦中，一卖油者有薄罪，其言戆，何怒，杖杀之。后仕至铨司，家赀富饶。建一楼，上梁日，亲宾称觞为贺。忽见卖油者入，阴自骇疑。俄报妾生子。愀然曰："楼工未成，拆楼人已至矣！"人谓其戏，而不知其实有所见也。后子既长，最顽，荡其家。佣为人役，每得钱数文，辄买香油食之。

异史氏曰：常见富贵家楼第连亘，死后，再过已墟。此必有拆楼人降生其家也。身居人上，乌可不早自惕哉！

【译文】

何冏卿，山东平阴人。早年在陕西任县令，一个卖油人犯了点小罪，因为说话戆直，何冏卿怒气上来，就用杖刑把他打死了。何冏卿后来官做到吏部长官，家里很有钱。一次，何冏卿建一座楼房，上梁那天，亲友们都来饮酒祝贺。忽然看到那卖油人进来了，暗自惊骇疑惑。不一会，家人前来报喜：小老婆生了儿子。何冏卿惨然说道："楼还没完工，拆楼的人已经来了！"大家都当他在开玩笑，而不知他确实有所见。后来他儿子长大以后，极其顽劣，把全部家产都败完了，就去给人当仆役，每当赚了几文钱，就买香油吃。

异史氏说：时常看到富贵人家楼房连片，主人死后，再经过已经成废墟。这一定也有拆楼人到他家投胎了。位居人上，怎能不及早自我警惕呢！

大　蝎

明彭将军宏，征寇入蜀。至深山中，有大禅院，云已百年无僧。询之土人，则曰：“寺中有妖，入者辄死。”彭恐伏寇，率兵斩茅而入。前殿中，有皂雕夺门飞去；中殿无异；又进之，则佛阁，周视亦无所见，但入者皆头痛不能禁。彭亲入亦然。少顷，有蝎如琵琶，自板上蠢蠢而下。一军惊走。彭遂火其寺。

【译文】

明朝彭宏将军，进四川剿匪。到深山中，有一所大寺院，据说已经一百来年没有和尚了。询问当地人，说是：“寺里有妖怪，人进去就死。”彭将军怕里面藏有盗匪，率兵劈开茅草荆棘入内。前殿中，有只黑雕夺门飞出；中殿没有什么异常；再进去，是佛阁，遍查四周也没发现什么，只是入内的人都头痛得受不了，彭将军亲自进去也一样。过了一会儿，有只蝎子，大如琵琶，从天花板上蠢蠢而下，全队兵丁吓得乱跑。彭将军就把这座寺院一把火烧了。

陈　云　栖

真毓生，楚夷陵人，孝廉之子。能文，美丰姿，弱冠知名。儿时，相者曰：“后当娶女道士为妻。”父母共以为笑。而为之论婚，低昂苦不能就。

生母臧夫人，祖居黄冈，生以故诣外祖母。闻时人语曰：“黄州‘四云’，少者无伦。”盖郡有吕祖庵，庵中女道士皆美，故云。庵去臧氏村仅十余里，生因窃往。扣其关，果有女道士三四人，谦喜承迎，仪度皆洁。中一最少者，旷世真无其俦，心好而目注之。女以手支颐，但他顾。诸道士觅盏烹茶。生乘间问姓字。答云：“云栖，姓陈。”生戏曰：“奇矣！小生适姓潘。”陈赪颜发颊，低头不语，起而去。少间，瀹茗，进佳果。各道姓字：一，白云深，年三十许；一，盛云眠，二十以来；一，梁云栋，约二十有四五，却为弟。而云栖不至。生殊怅惘，因问之。白曰：“此婢惧生人。”生乃起别，白力挽之，不留而出。白曰：“而欲见云栖，明日可复来。”生归，思恋綦切。

次日，又诣之。诸道士俱在，独少云栖，未便遽问。诸女冠治具留餐，生力辞，不听。白拆饼授箸，劝进良殷。既问：“云栖何在？”答云：“自至。”久之，日势已晚，生欲归。白捉腕留之，曰：“姑止此，我捉婢子来奉见。”生乃止。俄，挑灯具酒，云眠亦去。酒数行，生辞已醉。白曰：“饮三觥，则云栖出矣。”生果饮如数。梁亦以此挟劝之，生又尽之，覆盏告辞。白顾梁曰：“吾等面薄，不能劝饮。汝往曳陈婢来，便道潘郎待妙常已久。”梁去，少时而返，具言：“云栖不至。”生欲去，而夜已深，乃佯醉仰卧。两人代裸之，迭就淫焉。终夜不堪其扰。天既明，不睡而别。数日不敢复往，而心念云栖不忘也，但不时于近侧探侦之。

一日，既暮，自出门，与少年去。生喜，不甚畏梁，急往款关。云眠出应门。问之，则梁亦他适。因问云栖。盛导去，又入一院，呼曰："云栖！客至矣。"但见室门阒然而合。盛笑曰："闭扉矣。"生立窗外，似将有言，盛乃去。云栖隔窗曰："人皆以妾为饵，钓君也。频来，身命殆矣。妾不能终守清规，亦不敢遂乖廉耻，欲得如潘郎者事之耳。"生乃以白头相约。云栖曰："妾师抚养，即亦非易。果相见爱，当以二十金赎妾身。妾候君三年。如望为桑中之约，所不能也。"生诺之。方欲自陈，而盛复至，从与俱出，遂别归。

中心怊怅，思欲委曲夤缘，再一亲其娇范，适有家人报父病，遂星夜而还。无何，孝廉卒。夫人庭训最严，心事不敢使知，但刻减金赀，日积之。有议婚者，辄以服阕为辞。母不听。生婉告曰："曩在黄冈，外祖母欲以婚陈氏，诚心所愿。今遭大故，音耗遂梗，久不如黄省问；旦夕一往，如不果谐，从母所命。"夫人许之。乃携所积而去。

至黄，诣庵中，则院宇荒凉，大异畴昔。渐入之，惟一老尼炊灶下，因就问。尼曰："前年老道士死，'四云'星散矣。"问："何之？"曰："云深、云栋，从恶少去；向闻云栖寓居郡北；云眠消息不知也。"生闻之悲叹。命驾即诣郡北，遇观辄询，并少纵迹。怅恨而归，伪告母曰："舅言：陈翁如岳州，待其归，当遣伻来。"

逾半年，夫人归宁，以事问母，母殊茫然。夫人怒子诳；媪疑甥与舅谋，而未以闻也。幸舅出，莫从稽其妄。

夫人以香愿登莲峰，斋宿山下。既卧，逆旅主人扣扉，送一女道士，寄宿同舍，自言："陈云栖。"闻夫人家夷陵，移坐就榻，告愬坎坷，词旨悲恻。末言："有表兄潘生，与夫人同籍，烦嘱子姪辈一传口语，但道其暂寄栖鹤观师叔王道成所，朝夕厄苦，度日如岁。令早一临存；恐过此以往，未之或知也。"夫人审名字，即又不知。但云："既在学宫，秀才辈想无不闻也。"未明早别，殷殷再嘱。夫人既归，向生言及。生长跪曰："实告母：所谓潘生，即儿也。"夫人既知其故，怒曰："不肖儿！宣淫寺观，以道士为妇，何颜见亲宾乎！"生垂头，不敢出词。会生以赴试入郡，窃命舟访王道成。至，则云栖半月前出游不返。既归，悒悒而病。

适臧媪卒，夫人往奔丧，殡后迷途，至京氏家，问之，则族妹也。相便邀入。见有少女在堂，年可十八九，姿容曼妙，目所未睹。夫人每思得一佳妇，俾子不怼，心动，因诘生平。妹云："此王氏女也，京氏甥也。怙恃俱失，暂寄此耳。"问："婿家谁？"曰："无之。"把手与语，意致娇婉。母大悦，为之过宿，私以己意告妹。妹曰："良佳。但其人高自位置；不然，胡蹉跎至今也。容商之。"夫人招与同榻，谈笑甚欢；自愿母夫人。夫人悦，请同归荆州；女益喜。次日，同舟而还。

既至，则生病未起。母欲慰其沉疴，使婢阴告曰："夫人为公子载丽人至矣。"生未信，伏窗窥之，较云栖尤艳绝也。因念：三年之约已过；出游不返，则玉容必已有主。得此佳丽，心怀颇慰。于是𩈪然动色，病亦寻瘳。母乃招两人相拜见。生出，夫人谓女："亦知我同归之意乎?"女微笑曰："妾已知之。但妾所以同归之初志，母不知也。妾少字夷陵潘氏，音耗阔绝，必已另有良匹。果尔，则为母也妇；不尔，则终为母也女，报母有日也。"夫人曰："既有成约，即亦不强。但前在五祖山时，有女冠问潘氏，今又潘氏，固知夷陵世族无此姓也。"女惊曰："卧莲峰下者，母耶?询潘者，即我是也。"母始恍然悟，笑曰："若然，则潘生固在此矣。"女问："何在?"夫人命婢导去问生。生惊曰："卿云栖耶?"女问："何知?"生言其情，始知以潘郎为戏。女知为生，羞与终谈，急返告母。母问其"何复姓王"。答云："妾本姓王。道师见爱，遂以为女，从其姓耳。"夫人亦喜，涓吉为之成礼。先是，女与云眠俱依王道成。道成居隘，云眠遂去之汉口。女娇痴不能作苦，又羞出操道士业，道成颇不善之。会京氏如黄冈，女遇之流涕，因与俱去，俾改女冠装，将论婚士族，故讳其曾隶道士籍。而问名者，女辄不愿，舅及妗皆不知其意向，心厌嫌之。是日，从夫人归，得所托，如释重负焉。合卺后，各述所遭，喜极而泣。

女孝谨，夫人雅怜爱之；而弹琴好弈，不知理家人生业，夫人颇以为忧。积月余，母遣两人如京氏，留数日而归。泛舟江流，欻一舟过，中一女冠，近之，则云眠也。云眠独与女善。女喜，招与同舟，相对酸辛。问：

“将何之?”盛云:“久切悬念。远至栖鹤观,则闻依京舅矣。故将诣黄冈,一奉探耳。竟不知意中人已得相聚。今视之如仙,剩此漂泊人,不知何时已矣!”因而欷歔。女设一谋:令易道装,伪作姊,携伴夫人,徐择佳耦。盛从之。既归,女先白夫人,盛乃入。举止大家;谈笑间,练达世故。母既寡,苦寂,得盛良欢,惟恐其去。盛早起,代母劬劳,不自作客。母益喜,阴思纳女姊,以掩女冠之名,而未敢言也。一日,忘某事未作,急问之,则盛代备已久。因谓女曰:“画中人不能作家,亦复何为。新妇若大姊者,吾不忧也。”不知女存心久,但惧母嗔。闻母言,笑对曰:“母既爱之,新妇欲效英、皇,何如?”母不言,亦辴然笑。女退,告生曰:“老母首肯矣。”乃另洁一室,告盛曰:“昔在观中共枕时,姊言:‘但得一能知亲爱之人,我两人当共事之。’犹忆之否?”盛不觉双眥荧荧,曰:“妾所谓亲爱者,非他:如日日经营,曾无一人知其甘苦;数日来,略有微劳,即烦老母卹念,则中心冷暖顿殊矣。若不下逐客令,俾得长伴老母,于愿斯足,亦不望前言之践也。”

女告母。母令姊妹焚香,各矢无悔词,乃使生与行夫妇礼。将寝,告生曰:“妾乃二十三岁老处女也。”生犹未信。既而落红殷褥,始奇之。盛曰:“妾所以乐得良人者,非不能甘岑寂也;诚以闺阁之身,觍然酬应如勾栏,所不堪耳。借此一度,挂名君籍,当为君奉事老母,作内纪纲。若房闱之乐,请别与人探讨之。”三日后,襆被从母,遣之不去。女早诣母所,占其床寝,不得已,乃从生去。由是三两日辄一更代，习为常。

夫人故善弈，自寡居，不暇为之。自得盛，经理井井，昼日无事，辄与女弈。挑灯瀹茗，听两妇弹琴，夜分始散。每与人曰："儿父在时，亦未能有此乐也。"盛司出纳，每记籍报母。母疑曰："儿辈常言幼孤，作字弹棋，谁教之？"女笑以实告。母亦笑曰："我初不欲为儿娶一道士，今竟得两矣。"忽忆童时所卜，始信定数不可逃也。

生再试不第。夫人曰："吾家虽不丰，薄田三百亩，幸得云眠纪理，日益温饱。儿但在膝下，率两妇与老身共乐，不愿汝求富贵也。"生从之。后云眠生男女各一；云栖女一男三。母八十余岁而终：孙皆入泮；长孙，云眠所出，已中乡选矣。

【译文】

真毓生，湖北宜昌人，父亲是个举人。毓生善于写文章，长相俊美，二十来岁就出了名。小时候，有个相面的预言说："这孩子将来要娶女道士为妻。"父母都认为这是笑话。但为儿子说亲，老是高不成低不就。

毓生的母亲臧夫人，娘家祖居湖北黄冈。毓生有事到外祖母家去，听到人们流传着一条顺口溜："黄冈美女有四云，最小的倾国又倾城。"原来黄冈有座吕祖庵，庵里四个女道士名字中都有"云"字，都很漂亮，所以有这说法。这庵离毓生外祖母家的村子仅有十几里，毓生就偷偷前往。敲了庵门，果然有三四个女道士，谦顺欣喜地迎接上来，模样都很洁净。其中年龄最小的一个，真是美得举世无双。毓生心里爱慕，眼睛盯着她。那女子用手托着腮帮，只管看着别处。其他几个女道士忙着找茶具沏茶。毓生趁机问她姓名。她答道："姓陈，名云栖。"毓生开玩笑说："妙极了！宋朝尼姑陈妙常嫁了潘必成，我正好姓潘。”陈云栖红晕飞上脸颊，低着头不说话，起身而去。过了一会，众女道士沏上茶，奉上上等果品。她们各自介绍了自己的姓名：一个叫白云深，三十来岁；一个叫盛云眠，二十不到；一个叫梁云栋，约二十四五岁，却是师弟；而云栖没有来。毓生很失望，就问云栖怎么不来？云深说：“这丫头怕陌生人。”毓生就起身告别，白云深竭力挽留，毓生不肯再留下，出来了。白云深说：“你想见云栖，明日可以再来。”毓生回去后，非常思恋云栖。

第二天，又来到庵里。几个女道士都在，唯独少了云栖，毓生也不便马上就问。女道士们整治菜肴，留他吃饭，毓生极力推辞，她们不听。白云深掰开饼，送上筷子，劝吃劝喝，非常殷勤。吃完了，毓生问：“云栖在哪里？”答：“自己会来的。”过了很久，天色已晚，毓生要回去，白云深抓住他手腕挽留他，说：“你姑且留在这儿，我把那丫头捉来见你。”毓生就留下了。不一会，点上灯，摆上酒席，盛云眠也离去了。斟过几次酒，毓生推辞说已经醉了。白云深说：“你再喝三大杯，云栖就出来了。”毓生果真干了三杯。梁云栋也拿同样的话逼他喝，毓生又干了三杯，把杯子扣在桌上告辞。白云深回过头对梁云栋说：“我们的面子小，够不上劝客人饮酒。你去把陈丫头拖来，就说潘郎等妙常好久了。”梁云栋去了，过一会回来，说：“云栖不肯来。”毓生想要走，但夜已深了，就假装喝醉了，仰面躺下。白梁二人代他脱去衣服，轮流凑上去淫乱。整夜纠缠得毓生受不了。天亮后，毓生不再睡觉就告别了。一连好几天，毓生不敢再去庵里，而心里又念念不忘云栖，只好时常在庵附近探察动静。

一天，天黑了，白云深出门，和一个小伙子离开了。毓生很高兴，他不大怕梁云栋，急忙前去敲门，出来开门的是云眠。一问，原来梁云栋也外出了。毓生就问云栖，盛云眠领他前去，又进了一个院子，云眠喊道：“云栖，客人来了。”只见房门砰的一声关上了。盛云眠笑道：“吃闭门羹了。”毓生站在窗外，像有话要说，盛云眠就走开了。云栖隔着窗户说：“她们都把我当钓饵，来钓你这条大鱼。你假如常来，生命都有危险。我做不到清规戒律守到底，也不敢就不顾廉耻乱来，只是想找个潘郎那样的人嫁给他罢了。”

毓生就和她相约白头到老。云栖说："我师父抚养我，也不容易。你果真爱我，就该拿二十两银子来赎我。我等你三年。如果你指望我和你苟且乱搞，这办不到。"毓生同意了，正要再进一步表白，而盛云眠又来了，只好跟她一起出来，就告别回家。

毓生心中惆怅，想转弯抹角创造机会，再当面看一看她娇美的模样，却有家人前来报信，说父亲病了，于是连夜赶回家中。不久父亲去世了。臧夫人家教极严，毓生的心事不敢告诉母亲，只好节约开支，每天积下点钱。有来说亲的，硫生就推托说要守孝三年再考虑。母亲不听他的。毓生婉转地禀告说："当初在黄冈，外祖母想要让我同陈家姑娘结婚，我心里也确实愿意。如今父亲去世，联系中断，很久没到黄冈去请安问候了。早晚去一次，如果那边不成功，任凭母亲做主好了。"母亲同意了。于是毓生携带了积蓄的银两前去。

到了黄冈，来到庵中，却见院落荒凉，和当初大不一样。一步步进去，只有一个老尼姑在灶下做饭，就上前打听。老尼姑说："去年老道士死了，'四云'都散去了。"毓生又问："到哪里去了？"老尼姑说："云深，云栋，跟着无赖小伙走了。先前听说云栖寄居在黄冈府北边，云眠的消息不知道。"毓生听了不禁为之悲叹，立即动身前往府北，遇到道观就去打听，都没什么线索。毓生惆怅而又遗憾，回到家里，编了假话告诉母亲说："舅舅说，陈老先生到湖南岳阳去了。等他回来，就派人来。"过了半年，臧夫人回娘家，向她母亲问起这门亲事，老人家却一点也不知道。臧夫人因为儿子说谎非常生气，老太太则疑心外孙是和舅舅商量的，而没有告诉自己。幸好毓生的舅舅出门了，无从证实这事是假的。

臧夫人到莲花山烧香还愿，在山下斋戒过夜。睡下后，旅店主人来敲门，送来一个女道士，和她同住一个房间。女道士自称姓陈名云栖。听说夫人家在宜昌，就把椅子移到夫人床边，向夫人诉说自己坎坷的经历，说得很是伤心。最后说："我有个表兄潘生，和夫人是同乡，劳驾嘱咐你儿子侄儿他们传一个口信，就说我暂时寄住在栖鹤观师叔王道成处，早晚遭厄受苦，度日如年；让他早点来看我；怕再往后，就没人知道我怎样了。"夫人细问潘生的名字，云栖却不知道，只是说："他既然是个秀才，秀才们想必不会不知道他。”天没亮她就告别了，还很殷切地再把这事拜托夫人。臧夫人回家以后，对毓生说起这事。毓生跪下不起说：“不瞒母亲说，她所说的潘生，就是儿子。”夫人知道其中缘故后，大怒道：“你这不成材的东西！在寺观里大肆淫乱，把女道士当老婆；还有什么脸面再见亲戚朋友！”毓生耷拉着脑袋，不敢出声。后来毓生因考试去府城，偷偷坐船去寻访王道成。到那里，云栖半月前出游不再回来。回家以后，毓生悒郁致病。

正在这时，外祖母去世了，臧夫人去黄冈奔丧。安葬以后迷了路，到一家姓京的人家，一问，原来是自己的同族妹妹。他们便请夫人进去。看见有个姑娘在屋里，年约十八九岁，姿容美丽，见所未见。臧夫人一直想娶个好儿媳，使儿子不埋怨自己，心中一动，就问她的生平。族妹说：“她姓王，是我丈夫的外甥女。父母都没了，暂时寄住在这里。”夫人问：“婆家是哪家?”族妹说：“还没有呢。”夫人拉着姑娘的手问长问短，言谈举止娇柔温顺。臧夫人大为喜欢，为此留下过了夜，暗中把自己的心意告诉了族妹。族妹说：“很好。只是这丫头眼界很高，不然，怎么拖延到今天呢！且和她商量商量看。”臧夫人把姑娘叫来与自己同床，谈谈笑笑很投机。姑娘自愿认臧夫人为母，夫人非常开心，就请她一起回宜昌，姑娘更欢喜了。第二天，一起乘船回家。

到家以后，毓生仍病着没起床。母亲想使重病的儿子心中快慰，让丫环偷偷告诉他说：“夫人为公子带来一个美人。”毓生不信，趴在窗上偷看，比云栖更为艳丽。就想：和云栖三年的约期已经过了，她出游不回，花容玉貌一定已经有主了。能得到这个美人，也很称心满意了。于是笑逐颜开，病也很快好了。臧夫人招呼他们二人相见。毓生退出，夫人对姑娘说：“你知道我请你一起回来的意思吗?”姑娘微笑着说：“我已经知道了。不过我所以一起来，原来的打算母亲还不知道。我小时候许配给宜昌潘家，音讯长期断绝，一定已经另有好配偶了。果真这样，我就做母亲的儿媳妇；否则，就始终是母亲的女儿，我总有一天会报答的。”夫人说：“既然你已有婚约，那也不勉强。不过我上次在五祖山，有个女道士向我打听潘家，现在你又是潘家，据我所知宜昌世族之中没有姓潘的。”姑娘惊讶地说：“借宿在莲花峰下的就是母亲吗？打听潘家的就是我呀。”夫人这才恍然大悟，笑着说：“如果是这样，那么潘生原本就在这里了。”姑娘问：“在哪里？”夫人命丫环领她前去问毓生。毓生吃惊地说：“你是云栖吗？”女郎问：“你怎么知道的？”毓生说明了情况，才知道当初说姓潘是开玩笑。姑娘知道了潘郎就是毓生，不好意思和他谈下去，急忙回房告诉母亲。母亲就问她：“怎么又姓王了？”云栖答：“我本来姓王。师父喜欢我，就把我认作女儿，我就随了师父的姓。”夫人也很高兴，就选了吉日为他们举行了婚礼。原来在此之前，云栖和云眠一起投靠王道成。王道成住所小，云眠就到汉口去了。云栖娇憨，不能操劳吃苦，又羞于出来从事道士的职业，王道成对她很不满。正好京某到黄冈，云栖遇见舅舅直流眼泪，舅舅就带走她，让她换去女道士的装束，准备在读书人家说门亲，所以瞒过她做过女道士。但前来提亲的，云栖总不愿意。舅舅和舅母都不知道她的心事，有点厌烦她。那天，跟着臧夫人回家，终于有了依托，好像放下了沉重的包袱。婚礼结束后，二人各自叙述了自己的遭遇，都欢喜得流下了眼泪。

云栖孝顺恭谨，夫人很疼爱她；但她喜欢弹琴下棋，不懂管理家业，夫人很为此忧虑。过了一个多月，臧夫人让小夫妻俩去京家。他们在京家住了几天，坐船回家。船正在江中行驶，忽然有另一艘船经过，船上有个女道士，驶近一看，原来是盛云眠。“四云”中只有云眠和云栖要好，云栖见了她很高兴，把她请到自己船上，二人相对，都很心酸。云栖问她：“去哪里？”云眠说：“我一直很挂念你，所以路远迢迢到栖鹤观，却听说你依靠了京舅舅。所以我要到黄冈去，探望你一下罢了。竟不知道你和意中人已经团聚。现在看你们像成了仙似的，剩下我这漂泊的人，不知何时才是了局。”因而伤心地哭了。云栖出一个主意：让云眠换去女道士装束，假装是自己的姐姐，带回家陪伴臧夫人，慢慢选个好丈夫。云眠同意了。回家以后，云栖先禀告过夫人，云眠才进去。云眠举止落落大方，谈笑之间，对人情世故也很老练。臧夫人守寡以后，苦于寂寞，得到云眠非常欢喜，唯恐她离开。云眠一早起来，代夫人管理家事，不把自己当作客人。臧夫人更欢喜了，暗想让儿子娶了云栖的这个姐姐，也好掩盖云栖做过女道士的名声，但不敢就说出来。一天，夫人忘了做一件事，急忙询问，原来云眠早已代她处理好了。于是臧夫人就对云栖说："你这个画上的美人不会理家，真是中看不中用。要是有像你大姐那样的媳妇，我就不担忧了。"不知云栖存心已久，只是怕母亲生气不敢说。听了母亲的话，笑嘻嘻回答说："母亲既然喜欢她，媳妇想效法女英、娥皇，姐妹俩同嫁大舜，怎么样?"臧夫人不说话，也笑了起来。云栖退下，告诉毓生说："母亲同意了。"于是云栖另外打扫一间房间，对云眠说："当初我们在庵中同床共枕时，姐姐曾说：'只要能找到一个知情知义的人，我们两人就一起嫁给他。'这话你还记得吗?"云眠不觉双眼湿润了，说："我所说的知情知义，不是指别的；像我以前天天辛苦经营，从来没有一个人知道我的甘苦；这些天来，略微出了一点力，就使老夫人费心来体贴关心我，那我心里的冷暖顿时就不一样了。如果不下逐客令，让我能永远陪伴老夫人，我的愿望就已满足，也并不期望实现以前说的话了。"

云栖把情况禀告了母亲。臧夫人就让姐妹俩焚上香，各自发誓决不反悔。于是就让毓生与云眠举行了婚礼。临睡前，云眠告诉毓生："我乃是二十三岁的老处女。"毓生还不信。后来处女血染红了床褥，毓生才惊奇她的贞洁。云眠说："我之所以愿意嫁人，并不是不甘孤寂；实在是因为一个姑娘家，厚着脸皮像个妓女似的应酬人，是我所不能忍受的。借此春风一度，挂名做了你的妻子，我要为你侍奉老母亲，做个内管家。至于夫妻之间的乐事，请你另外和人去品尝吧。"新婚三天后，云眠就抱着铺盖去跟臧夫人一起睡，赶她也不走。云栖早早地来到夫人房中，占了云眠的床铺，云眠没办法，才跟了毓生去睡。从此隔三两天就轮换一次，习以为常。

臧夫人原先善于下棋，自从守寡以后，就没空再下了。自从有了云眠，家业管理得井井有条，白天没事，就和云栖对局。晚上点灯沏茶，听两个媳妇弹琴，直到半夜才散。她常常对人说："他父亲在的时候，也没能有这样的快乐。"云眠经管家里的收支，每次记好账请臧夫人过目。夫人疑惑地说："你们曾说过从小就失去了父母，那写字弹琴下棋，是谁教的呢?"云栖笑着把实情告诉了母亲。母亲也笑了，说："我当初不愿意让儿子娶一个女道士，现在竟娶了两个了。"忽然想起儿子小时候算的命，才相信命中注定，是躲不过的。

毓生两次考试都没考中举人，臧夫人说："我家虽然不富，但有薄田三百亩，幸亏有云眠经管，一天比一天有穿有吃的。你只要在我身边，领着两个媳妇和我老太婆共享天伦之乐，我不图你去追求富贵。"毓生听从了母亲的话。后来云眠生了一男一女，云栖生了三男一女。母亲活到八十多岁才去世。她的孙子都考中秀才。大孙子，是云眠所生，已经中了举人了。

司札吏

游击官某，妻妾甚多。最讳某小字，呼年曰岁，生曰硬，马曰大驴；又讳败曰胜，安为放。虽简札往来，不甚避忌，而家人道之，则怒。一日，司札吏白事，误犯；大怒，以研击之，立毙。三日后，醉卧，见吏持刺入。问："何为？"曰："'马子安'来拜。"忽悟其鬼，急起，拔刀挥之。吏微笑，掷刺几上，泯然而没。取刺视之，书云："岁家眷硬大驴子放胜。"暴谬之夫，为鬼揶揄，可笑甚已！

牛首山一僧，自名铁汉，又名铁屎。有诗四十首，见者无不绝倒。自镂印章二：一曰"混帐行子"，一曰"老实泼皮"。秀水王司直梓其诗，名曰《牛山四十屁》。款云："混帐行子、老实泼皮放。"不必读其诗，标名已足解颐。

【译文】

游击官某人，大小老婆一大堆。他最忌讳别人提到她们的小名：把"年"字称作"岁"，"生"字称作"硬"，"马"字称作"大驴"。又忌讳"败"字，称作"胜"；"安"字称作"放"。虽然信件往来不怎么避忌，但家里人如果说到这些字眼，游击官就要发火。一天，有个司札吏——管理公文信件的办事员——向他禀报事情，不小心犯了忌讳。游击官大怒，用砚台砸过去，当场砸死了。三天后，游击官喝醉了躺着，忽见这个司札吏拿了一张名片进来，就问："有什么事？"司札吏说："'马子安'前来'拜'见。"游击官忽然醒悟他是个鬼，急忙起来，拔刀挥去。司札吏微笑着，把名片扔在桌上，一下子消失了。游击官拿起名片看，上面写道："岁家眷硬大驴子放胜。"（"年家眷生马子安拜。"）这凶暴荒谬的武夫，被鬼所戏弄，真可笑极了。

牛首山一个和尚，自己取名叫做铁汉，又叫做铁屎。他作有四十首诗，看到的人没有不笑弯了腰的。他自己刻了二枚印章：一枚刻的是"混账东西"，另一枚是"老实无赖。"浙江嘉兴的王御史刻印了他的诗，书名叫《牛山四十屁》。落款是："混账东西、老实无赖放。"用不着读他的诗，题目和署名就够让人发笑的了。

蚰　蜒

学使朱裔三家门限下有蚰蜒，长数尺。每遇风雨即出，盘旋地上如白练然。按蚰蜒形若蜈蚣。昼不能见，夜则出。闻腥辄集。或云：蜈蚣无目而多贪也。

【译文】

主管一省科举的学使朱裔三家，门槛下面有一条蚰蜒，长好几尺。每逢刮风下雨就出来，在地上扭来扭去像白绸子似的。据说蚰蜒的形状像蜈蚣，白天见不到，夜里才出来。闻到腥味就集拢来。有人说：是一种没有眼睛而很贪吃的蜈蚣。

司　训

教官某，甚聋，而与一狐善；狐耳语之，亦能闻。每见上官，亦与狐俱，人不知其重听也。积五六年，狐别而去。嘱曰："君如傀儡，非挑弄之，则五官俱废。与其以聋取罪，不如早自高也。"某恋禄，不能从其言，应对屡乖。学使欲逐之，某又求当道者为之缓颊。

一日，执事文场。唱名毕，学使退与诸教官燕坐。教官各扪籍靴中，呈进关说。已而学使笑问："贵学何独无所呈进？"某茫然不解。近坐者肘之，以手入靴，示之势。某为亲戚寄卖房中伪器，辄藏靴中，随在求售。因学使笑语，疑索此物。鞠躬起对曰："有八钱者最佳，下官不敢呈进。"一座匿笑。学使叱出之，遂免官。

异史氏曰：平原独无，亦中流之砥柱也。学使而求呈进，固当奉之以此。由是得免，冤哉！

朱公子子青《耳录》云："东莱一明经迟，司训沂水。性颠痴，凡同人咸集时，皆默不语；迟坐片时，不觉五官俱动，笑啼并作，旁若无人焉者。若闻人笑声，顿止。俭鄙自奉，积金百余两，自埋斋房，妻子亦不使知。一日，独坐，忽手足自动，少刻云：'作恶结怨，受冻忍饥，好容易积蓄者，今在斋房。倘有人知，竟如何？'如此再四。一门斗在旁，殊亦不觉。次日，迟出，门斗入，掘取而去。过二三日，心不自宁，发穴验视，则已空空。顿足拊膺，叹恨欲死。"教职中可云千态百状矣。

【译文】

教官某甲，聋得厉害，而和一个狐精友好。狐精跟他咬耳朵，他倒能听见。每次去见上司，也和狐精一起去，别人不知道他耳背。过了五六年，狐精别他而去。嘱咐他说："你就像木偶，没人操纵，五官都不起作用。与其因为耳聋得罪，不如趁早自动退隐。"某甲舍不得那点俸禄，没能听他话，回答上司问话屡屡出错。学使要停他的职，某甲又求掌权的大官为自己说情。

一天，某甲在考场执行公务。考生点名完毕，学使退堂和各教官随便闲坐。教官们各自从靴中摸出要求关照的名单呈上。完后学使笑着问某甲："为什么唯独贵学校没有名单呈上来呢？"某甲茫茫然不知他说些什么。坐在他旁边的人用胳膊肘捅他，把手伸进靴里向他示意。某甲为亲戚代卖淫器，常藏在靴里，随时向人推销。因为学使是笑着问他的，猜想是索取那玩意儿，就站起来点头哈腰地说："有八文钱一个的最佳，卑职不敢献上。"满座忍不住暗笑。学使喝令他出去，就此免了他的官。

异史氏说：独不随众徇私枉法，也可算中流砥柱了。身为学使而要求下属走自己的后门，本该把那玩意儿送给他。因此而被免官，冤枉！

朱子青公子所著《耳录》说："山东东莱县一个姓迟的贡生，在沂水县当教官，天性疯疯癫癫。凡同事们集会时，大家都默不作声；迟教官稍坐片刻，不知不觉就会五官全动，哭笑都来，旁若无人。如果听到别人的笑声，他的疯癫顿时就停止了。他生活上很吝啬，积攒了一百多两银子，亲自埋在书房里，连妻儿也不让知道。一天，他独自坐着，忽然手舞足蹈，一会儿说：'作恶人，结冤家，受冻挨饿，好容易攒下的这些银子，如今都埋在书房里。倘使被人知道了，可怎么办呢？'这样连说了三四遍。有个学校中的仆役在旁边，他也毫无所觉。第二天，迟教官外出，仆役进入书房，把银子挖走了。过了两三天，迟教官心里不踏实，挖开藏银子的洞察看，则已经空空如也。他顿脚拍胸，叹惜悔恨得要死。"教官中真可说是千态百状了！

黑　　鬼

胶州李总镇，买二黑鬼，其黑如漆。足革粗厚，立刃为途，往来其上，毫无所损。总镇配以娼，生子而白，僚仆戏之，谓非其种。黑鬼亦疑，因杀其子，检骨尽黑，始悔焉。公每令两鬼对舞，神情亦可观也。

【译文】

胶州李总兵，买了两个黑人，黑得像漆一样。他们的脚底皮又粗又厚，把许多刀刀口朝上架在地上当路，黑人在刀刃上走来走去，毫无损伤。李总兵把娼妓配给他们，生下的儿子却是白皮肤。仆人们开玩笑，说不是他们的种。黑人也起了疑心，就杀了他们的儿子，验看骨头，全是黑的，这才后悔了。李总兵经常叫两个黑人对舞，那神态表情也很可观。

织　　成

洞庭湖中，往往有水神借舟。遇有空船，缆忽自解，飘然游行。但闻空中音乐并作，舟人蹲伏一隅，瞑目听之，莫敢仰视，任所往。游毕，仍泊旧处。

有柳生，落第归，醉卧舟上。笙乐忽作。舟人摇生不得醒，急匿艎下。俄有人捽生。生醉甚，随手堕地，眠如故，即亦置之。少间，鼓吹鸣聒。生微醒，闻兰麝充盈，睨之，见满船皆佳丽。心知其异，目若瞑。少间，传呼织成。即有侍儿来，立近颊际，翠袜紫舄，细瘦如指。心好之，隐以齿啮其袜。少间，女子移动，牵曳倾踣。上问之，因白其故。在上者怒，命即行诛。遂有武士入，捉缚而起。见南面一人，冠类王者。因行且语，曰："闻洞庭君为柳氏，臣亦柳氏；昔洞庭落第，今臣亦落第；洞庭得遇龙女而仙，今臣醉戏一姬而死：何幸不幸之悬殊也！"王者闻之，唤回，问："汝秀才下第者乎？"生诺。便授笔札，令赋"风鬟雾鬓"。生固襄阳名士，而构思颇迟，捉笔良久。上诮让曰："名士何得尔？"生释笔自白："昔《三都赋》十稔而成，以是知文贵工、不贵速也。"王者笑听之。自辰至午，稿始脱。王者览之，大悦曰："真名士也！"遂赐以酒。顷刻，异馔纷纶。方问对间，一吏捧簿进白："溺籍告成矣。"问："人数几何？"曰："一百二十八人。"问："签差何人矣？"答云："毛、南二尉。"生起拜辞，王者赠黄金十斤，又水晶界方一握，曰："湖中小有劫数，持此可免。"

忽见羽葆人马，纷立水面，王者下舟登舆，遂不复见，久之，寂然。舟人始自艎下出，荡舟北渡，风逆不得前。忽见水中有铁猫浮出。舟人骇曰："毛将军出现矣！"各舟商人俱伏。又无何，湖中一木直立，筑筑摇动。益惧曰："南将军又出矣！"少时，波浪大作，上翳天日，四顾湖舟，一时尽覆。生举界方危坐舟中，万丈洪涛，至舟顿灭，以是得全。

既归，每向人语其异。言舟中侍儿，虽未悉其容貌，而裙下双钩，亦人世所无。后以故至武昌，有崔媪卖女，千金不售；蓄一水晶界方，言有能配此者，嫁之。生异之，怀界方而往。媪忻然承接，呼女出见，年十五六已来，媚曼风流，更无伦比，略一展拜，返身入帏。生一见，魂魄动摇，曰："小生亦蓄一物，不知与老姥家藏颇相称否?"因各出相较，长短不爽毫厘。媪喜，便问寓所，请生即归命舆，界方留作信。生不肯留。媪笑曰："官人亦太小心！老身岂为一界方抽身窜去耶?"生不得已，留之。出则赁舆急返，而媪室已空。大骇。遍问居人，迄无知者。日已向西，形神懊丧，邑邑而返。中途，值一舆过，忽搴帘曰："柳郎何迟也?"视之，则崔媪。喜问："何之?"媪笑曰："必将疑老身拐骗者矣。别后，适有便舆，顿念官人亦侨寓，措办良艰，故遂送女归舟耳。"生邀回车，媪必不可。生仓皇不能确信，急奔入舟，女果及一婢在焉。见生入，含笑承迎。见翠袜紫履，与舟中侍儿妆饰，更无少别。心异之，徘徊凝注。女笑曰："眈眈注目，生平所未见耶?"生益俯窥之，则袜后齿痕宛然。惊曰："卿织成耶?"女掩口微哂。生长揖曰："卿果神人，早请直言，以祛烦惑。"女曰："实告君：前舟中所遇，即洞庭君也。仰慕鸿才，便欲以妾相赠；因妾过为王妃所爱，故归谋之。妾之来，从妃命也。"生喜，沐手焚香，望湖朝拜，乃归。

后诣武昌，女求同去，将便归宁。既至洞庭，女拔钗掷水，忽见一小舟自湖中出，女跃登，如飞鸟集，转瞬已杳。生坐船头，于没处凝盼之。遥遥一楼船至，既近窗开，忽如一彩禽翔过，则织成至矣。一人自窗中递掷金珠珍物甚多，皆妃赐也。自是，岁一两觐以为常。故生家富有珠宝，每出一物，世家所不识焉。

相传唐柳毅遇龙女，洞庭君以为婿。后逊位于毅。又以毅貌文，不能摄服水怪，付以鬼面，昼戴夜除；久之渐习忘除，遂与面合而为一。毅览镜自惭。故行人泛湖，或以手指物，则疑为指己也；以手覆额，则疑其窥己也；风波辄起，舟多覆。故初登舟，舟人必以此告戒之。不则设牲牢祭享，乃得渡。许真君偶至湖，浪阻不得行。真君怒，执毅付郡狱。狱吏检囚，恒多一人，莫测其故。一夕，毅示梦郡伯，哀求拔救。伯以幽明异路，谢辞之。毅云："真君于某日临境，但为求恳，必合有济。"既而真君果至，因代求之，遂得释。嗣后湖禁稍平。

【译文】

洞庭湖中，往往有水神借船的事。遇到空载的船，缆绳忽然自动解开，飘啊飘地在水上游驶。只听得空中音乐齐奏，船工们蹲伏在船角落里，闭着眼听，没有敢抬头看的，任凭船只驶往何处。水神游湖完毕，船仍旧回到原处停泊。

有个柳生，应试落第而归，喝醉了躺在船上。忽然音乐声起，船工们推摇柳生推不醒，就急忙各自躲在甲板下面。过了一会，有个人过来揪拉柳生，柳生醉得很厉害，随拉随倒，仍然醉眠不醒。那人也就算了。过了一会，乐声大作，震耳欲聋。柳生有点醒了，闻到异香扑鼻，侧眼偷看，只见满船都是美女。心里知道遇上了奇事，假装闭着眼睛。过了一会，只听得传叫织成。就有一个侍女走来，正好站在柳生的脸旁，绿袜紫鞋，纤细得像手指一般。柳生心里爱这小脚，偷偷地用牙咬住她的袜子。少停，那女子移动，因袜子被牵住跌倒了。上面问怎么回事，女子就报告了跌倒的缘故。坐在上面的人大怒，命令把柳生立即处死。就有武士进来，把柳生按住捆绑了揪起来。柳生看见朝南坐着一个人，头上戴的好像是王冠。他就一边走一边说："我听说洞庭君姓柳，我也姓柳；当初洞庭君应试落第，如今我也落第；洞庭君遇到龙女而成仙，现在我却因醉中调戏一个侍女而被杀。为什么幸与不幸相差这么远啊！"大王听见了，把他叫回，问："你是落第的秀才吗?"柳生答是。大王便让人给他笔墨纸张，命他写一篇《风鬟雾鬓赋》。柳生原是襄阳著名文士，但构思很慢，握着笔思考了很久。大王谴责说："名士哪能这样!"柳生放下笔自我辩白说："从前晋朝左思写《三都赋》十年才完成，洛阳为之纸贵。由此可知文章贵在质量，不在写得快。"大王笑着，任凭他慢慢写。整整写了一上午，才算脱稿。大王读了，大喜说："真是名不虚传啊!"就赐他饮酒。片刻之间，各种珍异的食品纷纷送上。宾主正在问答之际，一个办事员捧着名册上前禀报说："应该淹死的人名册造好了。"大王问："有多少人?"答："一百二十八人。"又问："派遣何人执行?"答："毛、南二校尉。"柳生起身拜谢告辞。大王赠他黄金十斤，还有一把水晶界尺，说："湖中将有小灾难，拿了这界尺可以免难。"

忽见仪仗队和护卫的人马，纷纷站立水面，大王下船上车，就不见了。过了好久，一点声音也没有了，船工们才从船板底下出来。他们驾船北渡，但遇到逆风，船不能前进。忽见水中浮出一只铁锚，船工们惊恐地说："毛将军出来了!"各船上的商客都一齐下拜。又过了一会，湖中竖着浮起一根大木头，一上一下地摇动。众人更恐惧地说："南将军也出来了!"稍过片刻，波涛大起，遮天蔽日，只见四面的船，纷纷倾覆。柳生举着界尺端坐船上，万丈洪涛，一到船边就平静了，因此得以保全。

回家以后，柳生经常向人谈起这次奇遇。说是船上的那位侍女，虽然没有看清她的容貌，然而裙子底下那双小脚，也是人间所没有的。后来柳生有事到武昌，有个崔大娘卖女儿，无论多少钱都不卖。她藏着一把水晶界尺，说有跟这把界尺配成对的，就把女儿嫁给他。柳生感到奇怪，就揣着界尺前往。崔大娘高兴地接待了他。叫女儿出来相见。她女儿不到十五六岁，妩媚风流，再没人可比的，向柳生略微行了个礼，就转身回里屋了。柳生见了，魄动魂摇，说："我也有一样东西，不知和老太太家所藏相配否？"于是双方拿出来比较，两把界尺长短不差分毫。崔大娘大喜，就问明柳生的住处，请他回去准备车子，界尺就留下来作为信物。柳生不肯留下界尺。崔大娘笑着说："官人也太小心了，我老太婆难道为了一把界尺就逃走吗？"柳生不得已，把界尺留下了。出来雇了车子急忙返回，但崔大娘的家已经空无一人。柳生大惊，问遍住在那里的人，始终没知道的。太阳已经西斜，柳生神情懊丧，闷闷不乐地回船。路上，遇到一辆车子过来，忽然有人掀开车帘说："柳郎怎么来迟了？"一看，就是崔大娘。柳生高兴地问："去哪里？"崔大娘笑着说："你一定疑心我老太婆是个诈骗者了。分别以后，正好有便车，顿时想起你也是旅居在此，备办车子很不方便，所以就径自把女儿送到你船上了。"柳生请她回车，崔大娘一定不肯。柳生匆忙中不能确信她的话，急急奔回船上，那姑娘果然和一个丫环在了。见柳生进舱，含笑上前迎接。只见她绿袜紫鞋，和洞庭湖上船中侍女的装束，没有一点差别。柳生心里觉得奇怪，来回盯着她看。姑娘笑着说："目不转睛的，从来没见过吗？"柳生更弯下身子窥看，袜子后面牙齿咬的痕迹还宛然可见，惊讶地说："你就是织成吗？"女郎捂着嘴微笑。柳生对她行了个礼，说："你果真是神人的话，请早点直说，好让我消除疑惑。"姑娘说："实话告诉你，你从前在船上遇到的，就是洞庭君。他仰慕你的大才，就想把我送给你。但因为我特别蒙王妃宠爱，所以要回宫同王妃商量。我这次来，就是奉了王妃的命令。"柳生大喜，洗手焚香，向着洞庭湖朝拜。于是双双回家。

后来柳生到武昌去，织成请求同去，要趁便回娘家。到了洞庭湖，织成拔下金钗扔在水中，忽见一只小船从湖中出来，织成一跃跳上小船，轻盈得如同飞鸟，转眼就不见了。柳生坐在船头，凝视着织成消失的地方。远远有一艘楼船驶来，靠近以后，楼窗打开，忽然像一只五彩鸟飞翔而过，原来是织成回来了。有人从楼船窗中扔过来很多珍宝，都是王妃赏赐的。从此，织成每年回去一两次朝见王妃，成为惯例。所以柳生家中珍宝极多，每拿出一件，世家豪族都不识得。

相传唐朝柳毅遇到龙女，洞庭君把他招为女婿。后来让位给他。又因为柳毅相貌文雅，不能慑服水怪，就给他一个鬼脸，白天戴上夜里除下。时间一长，柳毅渐渐习惯了，夜里忘了除下，鬼脸就和他的脸合而为一了。柳毅拿起镜子感到羞惭。所以旅客经过洞庭湖，如果有人用手指点什么，柳毅就疑心是指自己；如果有人用手覆在额上，柳毅就疑心他在偷看自己。风浪就起来，船往往翻沉。所以旅客初次登船，船夫一定把这个规矩告诫他们，要不就备办牛羊等物上供祭祀，才能渡湖。仙人许逊偶然到洞庭湖，被风浪所阻不能前进。许逊大怒，把柳毅抓了关在郡监狱里。监狱官检点囚犯，总是多出一人，猜不透是什么缘故。一天夜里，柳毅托梦给郡守，哀求救援。郡守因为阴间和阳间不能相通，谢绝了。柳毅说："许真君将于某日来到此地，你只要为我恳求，一定会有效的。"后来许逊果然来了，郡守代为恳求，柳毅得以释放。从此后湖上的禁忌稍为太平了些。

竹　青

鱼客，湖南人，忘其郡邑。家贫，下第归，资斧断绝。羞于行乞，饿甚，暂憩吴王庙中，拜祷神座。出卧廊下，忽一人引去，见王，跪曰："黑衣队尚缺一卒，可使补缺。"王曰："可。"即授黑衣。既着身，化为乌，振翼而出。见乌友群集，相将俱去，分集帆樯。舟上客旅，争以肉向上抛掷。群于空中接食之。因亦尤效，须臾果腹。翔栖树杪，意亦甚得。逾二三日，吴王怜其无偶，配以雌，呼之"竹青"。雅相爱乐。鱼每取食，辄驯无机。竹青恒劝谏之，卒不能听。一日，有满兵过，弹之中胸。幸竹青衔去之，得不被擒。群乌怒，鼓翼搧波，波涌起，舟尽覆。竹青仍投饵哺鱼。鱼伤甚，终日而毙。

忽如梦醒，则身卧庙中。先是，居人见鱼死，不知谁何，抚之未冷，故不时令人逻察之。至是，讯知其由，敛赀送归。

后三年，复过故所，参谒吴王。设食，唤乌下集群啖，祝曰："竹青如在，当止。"食已，并飞去。后领荐归，复谒吴王庙，荐以少牢。已，乃大设以飨乌友，又祝之。是夜宿于湖村，秉烛方坐，忽几前如飞鸟飘落，视之，则二十许丽人，辴然曰："别来无恙乎？"鱼惊问之。曰："君不识竹青耶？"鱼喜，诘所来。曰："妾今为汉江神女，返故乡时常少。前乌使两道君情，故来一相聚也。"鱼益欣感，宛如夫妻之久别，不胜欢恋。生将偕与俱南，女欲邀与俱西，两谋不决。

寝初醒，则女已起。开目，见高堂中巨烛荧煌，竟非舟中。惊起，问："此何所？"女笑曰："此汉阳也。妾家即君家，何必南！"天渐晓，婢媪纷集，酒炙已进。就广床上设矮几，夫妇对酌。鱼问："仆何在？"答："在舟上。"生虑舟人不能久待。女言："不妨，妾当助君报之。"于是日夜谈宴，乐而忘归。舟人梦醒，忽见汉阳，骇绝。仆访主人，杳无音信。舟人欲他适，而缆结不解，遂共守之。

积两月余，生忽忆归，谓女曰："仆在此，亲戚断绝。且卿与仆，名为琴瑟，而不一认家门，奈何？"女曰："无论妾不能往；纵往，君家自有妇，将何以处妾乎？不如置妾于此，为君别院可耳。"生恨道远，不能时至。女出黑衣，曰："君向所着旧衣尚在。如念妾时，衣此可至；至时，为君解之。"乃大设肴珍，为生祖饯。即醉而寝，醒，则身在舟中。视之，洞庭旧泊处也。舟人及仆俱在，相视大骇，诘其所往。生故怅然自惊，枕边一襆，检视，则女赠新衣袜履，黑衣亦折置其中。又有绣橐维絷腰际，探之，则金赀充牣焉。于是南发，达岸，厚酬舟人而去。

归家数月，苦忆汉水，因潜出黑衣着之。两胁生翼，翕然凌空，经两时许，已达汉水。回翔下视，见孤屿中有楼舍一簇，遂飞堕。有婢子已望见之，呼曰："官人至矣！"无何，竹青出，命众手为缓结，觉羽毛划然尽脱。握手入舍曰："郎来恰好，妾旦夕临蓐矣。"生戏问曰："胎生乎？卵生乎？"女曰："妾今为神，则皮骨已硬，应与曩异。"越数日，果产，胎衣厚裹，如巨卵然，破之，男也。生喜，名之"汉产"。三日后，汉水神女皆登堂，以服食珍物相贺。并皆佳妙，无三十以上人。俱入室就榻，以拇指按儿鼻，名曰"增寿"。既去，生问："适来者皆谁何？"女曰："此皆妾辈。其末后着藕白者，所谓'汉皋解珮'，即其人也。"居数月，女以舟送之，不用帆楫，飘然自行。抵陆，已有人絷马道左，遂归。由此往来不绝。

积数年，汉产益秀美，生珍爱之。妻和氏，苦不育，每思一见汉产。生以情告女。女乃治任，送儿从父归，约以三月。既归，和爱之过于己出，过十余月，不忍令返。一日，暴病而殇，和氏悼痛欲死。生乃诣汉告女。

入门，则汉产赤足卧床上，喜以问女。女曰：“君久负约。妾思儿，故招之也。”生因述和氏爱儿之故。女曰：“待妾再育，令汉产归。”又年余，女双生男女各一：男名“汉生”，女名“玉珮”。生遂携汉产归。然岁恒三四往，不以为便，因移家汉阳。汉产十二岁入郡庠。女以人间无美质，招去，为之娶妇，始遣归。妇名“卮娘”，亦神女产也。后和氏卒，汉生及妹皆来擗踊。葬毕，汉生遂留；生携玉珮去，自此不返。

【译文】

鱼客，湖南人，忘了他是哪府哪县的。家里很穷，落第回家，盘缠用完了。他羞于乞讨，饿极了，暂时在吴王庙里休息，向着神像祈祷。出来躺在走廊里。忽然有个人把他领去见吴王，那人跪下禀报说：“黑衣队里还缺一名士兵，可以让这个人补上名额。”吴王说：“可以。”于是就发给鱼客一件黑衣服。鱼客穿上身，就变成一只乌鸦，拍着翅膀飞出来。只见乌鸦伙伴们聚集成群，带着鱼客一同飞去，分散停落在船帆、桅杆上。船上的旅客们，争着把肉块向上抛掷。群鸦就在空中接来吃。于是鱼客也学样，一会儿就吃饱了。在树梢间飞翔栖息，也颇为得意。过了两三天，吴王怜悯他没有配偶，就把一只雌鸦配给他，名叫竹青。互相很是恩爱快乐。鱼客每当接吃旅客抛掷的肉块时，都很驯服，毫无防人之心。竹青常常规劝他，他到底没能听从。一天，有满洲兵经过，用弹弓弹中了他的胸口。幸亏竹青把他衔去，才没被捉住。群鸦大怒，鼓动翅膀搧起波浪，波涛大作，把船只全掀翻了。竹青衔着吃的来喂鱼客，鱼客伤很重，当天就死了。

鱼客如同做了一场梦忽然醒来，发现自己仍然躺在吴王庙里。在此之前，当地居民发现鱼客死在庙中，不知他是谁，摸摸他的身体还没冷，所以不时派人来察看。这时见他醒了，问清了他的情况，就凑了盘缠送他回家。

三年后，鱼客重经旧地，进庙参拜了吴王的神像。又准备了食品，召请乌鸦们飞下来吃。鱼客祝告说："竹青如果也在其中，请留下。"乌鸦们吃完，都飞走了。后来鱼客考中了举人，回家时又到吴王庙朝拜，用整猪整羊祭祀吴王。祭毕，摆下丰盛的食物大请乌鸦朋友，又像上次那样祷告竹青。这一夜鱼客宿在湖边村里，正在烛旁坐着，忽然桌前像有一只飞鸟飘然落下，定睛一看，是二十来岁的美貌女子，嫣然一笑说："别后身体好吗？"鱼客吃惊地问她是谁，她说："你不认识竹青了吗？"鱼客大喜，问她从哪里来。竹青说："我现在当了汉江的神女，回故乡的时候很少。前一阵乌鸦使者两次告诉我你的深情，所以来聚一聚。"鱼客更加欣喜感动，就像人间夫妻久别重逢一样，不胜欢恋。鱼客想要和她一起南归家乡，而竹青想邀请鱼客一起西去汉江，两人的意见没有统一。

鱼客一觉醒来，竹青已经起来了。睁眼一看，只见高敞的堂屋中巨烛辉煌，竟不是在船上。鱼客吃惊地坐起，问："这是什么地方？"竹青笑着说："这里是汉阳。我的家就是你的家，为什么一定要回南方呢！"天渐渐亮了，丫环仆妇纷纷前来侍候，酒菜都已献上。就在大床上摆了矮几，夫妻对饮。鱼客问："我的仆人在哪里？"竹青答："在船上。"鱼客担心所雇的船夫不能长期等待，竹青说："不要紧，我会帮你通知他们。"于是二人日夜笑谈饮酒，鱼客快乐得忘了回家。鱼客的船夫们睡醒过来，忽然发觉来到了汉阳，都吓坏了。鱼客的仆人寻访主人，杳无音信。船夫想要到别处去，但缆绳怎么也解不开，于是只好和仆人一起守候在汉阳。

过了两个多月，鱼客忽然想回家，对竹青说："我在这里，和亲戚们都断了往来。况且你和我，名为夫妻，却不去认一认家门，这怎么行呢？"竹青说："且不说我不能去你家，即使去了，你家里自有妻子，我又放在什么位置上呢？不如让我留在这里，作为你又一个家吧！"鱼客恨路太远了，不能经常来。竹青拿出一件黑衣服说："你从前所穿的旧衣服还在，如果想念我时，穿上这衣服就能到这儿。到的时候，我给你脱下来。"于是竹青大摆宴席，为鱼客饯行。鱼客喝醉就睡了，醒来，已经身在船上。仔细一看，是在洞庭湖边原来停泊之处。船夫和仆人都在，见了鱼客都大为惊骇，追根究底问他到哪里去了。鱼客故意惘然惊讶。枕头边有个包袱，打开检看，是竹青送的新衣服新鞋袜，那件黑衣服也折好放在里面。又有一个绣花钱袋拴在腰里，一摸，里面装满了金银。于是向南进发，到了岸边，重重酬谢了船夫，就回家去了。

回家几个月，鱼客非常想念汉水上的竹青，就偷偷取出黑衣穿上。两胁生出翅膀，凌空飞翔，过了两个来时辰，就已到达汉水。鱼客盘旋着往下看，见孤岛上有一片楼房，就飞降下来。已经有丫环望见了，叫道："官人来啦！"不一会，竹青出来，命众人给他解开黑衣服上的带子，鱼客就觉得身上的羽毛一下子都脱掉了。竹青拉着他的手进房，说："你来得正好，我早晚就要生孩子了。"鱼客开玩笑地问："是胎生呢，还是卵生？"竹青说："我现在成了神，已经脱胎换骨，想必跟过去做乌鸦时不一样了。"过了几天，果然分娩了。厚厚的胎衣裹着孩子，好像大卵似的。把胎衣破开，是个男孩子。鱼客很欢喜，给孩子取名汉产。孩子出生第三天，汉水的神女们都上门来，带了衣服食品和珍宝来贺喜。神女们全都年轻美丽，没有三十岁以上的。她们进屋来到床边，用大拇指按婴儿的鼻子，这名堂叫做"增寿"。神女们走后，鱼客问："刚才来的都是些谁？"竹青说："她们都是和我一样的神女。最后那个穿藕白色衣服的，《列仙传》里所说解下佩珠赠给郑交甫的，就是她了。"住了几个月，竹青用船送鱼客回家，不用帆不用桨，船自动飘然行驶。上了岸，已经有人在路边为他备好了马，于是就回到家里。从此鱼客就不断往来于两地。

过了几年，汉产越长越俊秀，鱼客十分珍爱他。鱼客的妻子和氏，苦于不会生育，时常想见一见汉产。鱼客把这衷情告诉竹青。竹青就为他们整备行装，送儿子随父亲回家，约好三个月送回。回到家里，和氏对汉产比自己亲生的还要疼爱，过了十几个月，也舍不得让他回去。一天，汉产忽然得了急病死了，和氏悲痛得差点死去。鱼客就到汉水去报告竹青。一进门，就见汉产光着脚丫睡在床上，他欣喜地问竹青怎么回事。竹青说："你失约太久了，我想念儿子，所以把他招回来了。"鱼客就说了和氏爱孩子的缘故。竹青说："等我再生，就让汉产回湖南。"又过了一年多，竹青一胎双生，男孩女孩各一个，男孩取名汉生，女孩取名玉佩。于是鱼客就带了汉产回家。但每年都要去汉水三四次，觉得很不方便，就把家迁到汉阳。汉产十二岁就考中秀才。竹青因为人间没有好姑娘，把汉产招去，给他娶了妻子，才送他回家。媳妇名叫卮娘，也是神女所生。后来和氏去世，汉生和玉佩都来奔丧。安葬完毕后，汉生就留下了。鱼客带着玉佩离去，从此再没有回来。

段　氏

段瑞环，大名富翁也。四十无子。妻连氏最妒，欲买妾而不敢。私一婢；连觉之，挞婢数百，鬻诸河间栾氏之家。段日益老，诸侄朝夕乞贷，一言不相应，怒征声色。段思不能给其求，而欲嗣一侄，则群侄阻挠之，连之悍亦无所施，始大悔。愤曰："翁年六十余，安见不能生男！"遂买两妾，听夫临幸，不之问。居年余，二妾皆有身。举家皆喜。于是气息渐舒。凡诸侄有所强取，辄恶声梗拒之。无何，一妾生女，一妾生男而殇。夫妻失望。又将年余，段中风不起，诸侄益肆，牛马什物，竞自取去。连诟斥之，辄反唇相稽。无所为计，朝夕呜哭。段病益剧，寻死。诸侄集柩前，议析遗产。连虽痛切，然不能禁止之。但留沃墅一所，赡养老稚，侄辈不肯。连曰："汝等寸土不留，将令老妪及呱呱者饿死耶！"日不决，惟忿哭自挝。

忽有客入吊，直趋灵所，俯仰尽哀。哀已，便就苫次。众诘为谁。客曰："亡者吾父也。"众益骇。客从容自陈。先是，婢嫁栾氏，逾五六月，生子怀，栾抚之等诸男。十八岁入泮。后栾卒，诸兄析产，置不与诸栾齿。怀问母，始知其故。曰："既属两姓，各有宗祏，何必在此承人百亩田哉！”乃命骑诣段，而段已死。

言之凿凿，确可信据。连方忿痛，闻之大喜，直出曰：“我今亦复有儿！诸所假去牛马什物，可好自送还；不然，有讼兴也！”诸侄相顾失色，渐引去。怀乃携妻来，共居父忧。

诸段不平，共谋逐怀。怀知之，曰：“栾不以为栾，段复不以为段，我安适归乎！”忿欲质官，诸戚党为之排解，群谋亦寝。而连以牛马故，不肯已。怀劝置之。连曰：“我非为牛马也，杂气集满胸，汝父以愤死，我所以吞声忍泣者，为无儿耳。今有儿，何畏哉！前事汝不知状，待予自质审。”怀固止之，不听，具词赴宰控。宰拘诸段，审状，连气直词恻，吐陈泉涌。宰为动容，并惩诸段，追物给主。既归，其兄弟之子有不与党谋者，招之来，以所追物，尽散给之。连七十余岁，将死，呼女及孙媳曰：“汝等志之：如三十不育，便当典质钗珥，为婿纳妾。无子之情状实难堪也！”

异史氏曰：连氏虽妒，而能疾转，宜天以有后伸其气也。观其慷慨激发，吁！亦杰矣哉！

济南蒋稼，其妻毛氏，不育而妒。嫂每劝谏，不听，曰：“宁绝嗣，不令送眼流眉者忿气人也！”年近四旬，颇以嗣续为念。欲继兄子，兄嫂俱诺，而故悠忽之。儿每至叔所，夫妻饵以甘脆，问曰：“肯来吾家乎？”儿亦应之。兄私嘱儿曰：“倘彼再问，答以不肯。如问何故不肯，答云：‘待汝死后，何愁田产不为吾有。’”一日，稼出远贾，儿复至。毛又问，儿即以父言对。毛大怒曰：

"妻孥在家，固日日算吾田产耶！其计左矣！"逐儿出，立招媒媪，为夫买妾。及夫归，时有卖婢者，其价昂，倾赀不能取盈，势将难成。其兄恐迟而变悔，遂暗以金付媪，伪称为媪转贷而玉成之。毛大喜，遂买婢归。毛以情告夫，大怒，与兄绝。年余，妾生子。夫妻大喜。毛曰："媪不知假贷何人，年余竟不置问，此德不可忘。今子已生，尚不偿母价也！"稼乃囊金诣媪。媪笑曰："当大谢大官人。老身一贫如洗，谁敢贷一金者。"具以实告。稼感悟，归告其妻，相为感泣。遂治具邀兄嫂至，夫妇皆膝行，出金偿兄，兄不受，尽欢而散。后稼生三子。

【译文】

段瑞环，是河北大名县的富翁。四十岁还没有儿子。妻子连氏妒忌心最重，段瑞环想买个小老婆却又不敢。他私通一个丫环，连氏发觉后，把那丫环痛打几百下，卖给了河间县一个姓栾的人家。段瑞环越来越老了，几个侄儿因为他没儿子，天天来借钱借物。一句话不答应，就恶声恶气给他脸色看。段瑞环想，不能他们要什么就给什么；而想要过继一个侄儿，其他几个就加以阻挠。连氏虽然凶悍泼辣，对此也毫无办法，这才大为后悔起来。她气愤地说："老头子不过六十多岁，怎见得不能再生儿子！"于是就给丈夫买了两个妾，任凭丈夫去宠爱，全不过问。过了一年多，二妾都怀了孕。全家都很高兴。于是气也渐渐粗了。凡众侄儿来强取钱物，就厉声加以拒绝。不久，一个妾生了个女孩，另一个妾生了个男孩却夭折了。夫妻俩大为失望。又过了一年多，段瑞环中风躺倒了，几个侄儿更加放肆，牲畜器具，争着径自取走。连氏斥骂他们，他们就反唇相讥。连氏毫无办法，早晚呜呜地哭。段瑞环病更重，不久就死了。几个侄儿迫不及待聚在灵柩前，商议瓜分遗产。连氏虽然痛苦悲切，但也无法阻止他们。她只留下一所肥沃的庄园赡养老幼，侄儿们不肯。连氏说：“你们寸土不留，想叫我老太婆和呱呱啼哭的婴儿饿死吗？”连日争吵不决，连氏气得只能捶胸痛哭。

忽然有个客人进门吊唁，径直快步走到灵位前，哭得前俯后仰极尽悲哀。哭完，退到孝子的位置上。众人盘问他是谁。这客人说：“死去的就是我的父亲。”众人更惊奇了。客人不慌不忙自述来历：先前，段家卖掉的那个丫环嫁到栾家，过了五六个月就生了个儿子，取名叫怀。姓栾的像对其他儿子一样抚育他。十八岁考中秀才。后来栾姓继父死了，哥哥们分遗产，不把他算作栾家子弟。怀问了母亲，才知道其中缘故。就说：“我既然和栾家是两个姓，各有各的祖宗，何必在这里继承人家的百十来亩田呢？”于是就骑了马来到段家，但段瑞环已经死了。

他说得有根有据，确实令人相信。连氏这时正又气又悲，听说这事大喜，就冲出来说：“我现在也有儿子了！你们借去的各种牲畜器具，该好好的自己送还，不然，有官司好打了。”众侄儿你看我我看你，脸都转了色，渐渐散去。段怀就把妻子接来，一起为父亲守丧。

段家众侄儿不甘心，共同图谋驱逐段怀。段怀知道了，说：“栾家不把我当姓栾的，段家又不把我当姓段的，叫我到哪里去！”气愤地要打官司。亲戚们为他们调解，段家众侄子也打消了原先的图谋。但连氏因为强取去的牲畜等物，不肯罢休。段怀劝她算了。连氏说：“我并不是为了牛马，而是夹七夹八积了一肚皮的气，你父亲因为气才死的。我所以忍声吞气，就因为没有儿子罢了。现在有儿子，还怕什么呢？先前的事你不了解情况，等我亲自去打官司。”段怀再三劝阻，连氏不听，写了状子到县官那里去告。县官拘传段家众侄子，审理案情。连氏理直气壮，言词哀切，说得滔滔不绝。县官为之动容，一并惩处了段家众侄子，追还强占的东西给原主。回家以后，连氏把兄弟的儿子中没有参与强夺家产的请来，把追回的东西都分给他们。连氏活到七十多岁，临死前，对女儿和孙媳妇说：“你们记着，如果到三十岁还没生儿子，就应该当掉首饰，为丈夫娶妾。没有儿子的苦处，实在难以忍受啊！”

异史氏说：连氏虽然嫉妒，但能迅速转变，老天该让她有儿子，使她扬眉吐气。看她那慷慨果断的措置，呵！也算女中豪杰了！

济南蒋稼，他妻子毛氏不能生育而又妒忌。嫂子经常劝她让丈夫娶妾，她不听，说："宁可绝了后代，也不让送媚眼的骚妖精来气我！"蒋稼年近四十，很把延续香烟的事放在心上，想要过继哥哥的儿子，兄嫂都答应了，却故意拖延不当回事。那孩子每到叔叔家来，蒋稼夫妻给他吃甜的脆的，问他："肯到我们家来吗？"孩子也说肯。蒋稼的哥哥背地里嘱咐儿子说："如果叔叔再问你，你就说不肯。如果他再问为什么不肯，你就说：'等你死后，你的田地产业还怕不归我吗！'"一次，蒋稼出远门经商去了，孩子又到他家。毛氏又问他，孩子就按父亲教的话回答。毛氏大怒说："你们老婆儿子在家，原来天天在算计我家的田地产业啊！你们打错了算盘！"把孩子赶了出去，立即叫来媒婆，要为丈夫买妾。等丈夫回来，当时有个卖丫环的，要价很高，毛氏全部积蓄拿出来也不够，看来难以买成了。蒋稼的哥哥恐怕时间长了毛氏会反悔，就悄悄把银子交给媒婆，让媒婆假称是向人转借来成全这桩好事的。毛氏大喜，就把丫环买了回来。她把情况告诉了丈夫，蒋稼大怒，和哥哥断绝了关系。过了一年多，买来的妾生了儿子。夫妻俩高兴异常。毛氏说："媒婆不知向谁转借的银子，过了一年多竟然也没有来问过一声，这个恩情我们可不能忘了。现在儿子都已经生了，还不去偿还他母亲的身价吗？"于是蒋稼就带了钱去媒婆那里。媒婆笑着说："你应该好好谢谢你家大官人。我老太婆一贫如洗，谁敢借给我一两银子呢。"就把实情全部相告。蒋稼明白过来，回去告诉了妻子，两人都感动得哭了。于是设宴邀请兄嫂来到，蒋稼夫妻俩跪着用膝盖走上前，拿出银子还给哥哥，哥哥不肯收。两家尽欢而散，后来蒋稼生了三个儿子。

狐　女

伊衮，九江人。夜有女来，相与寝处。心知为狐，而爱其美，秘不告人，父母亦不知也。久而形体支离。父母穷诘，始实告之。父母大忧，使人更代伴寝，兼施敕勒，卒不能禁。翁自与同衾，则狐不至；易人，则又至。伊问狐。狐曰：“世俗符咒，何能制我。然俱有伦理，岂有对翁行淫者！”翁闻之，益伴子不去，狐遂绝。后值叛寇横恣，村人尽窜，一家相失。伊奔入昆仑山，四顾荒凉。日既暮，心恐甚。忽见一女子来，近视之，则狐女也。离乱之中，相见欣慰。女曰：“日已西下，君姑止此。我相佳地，暂创一室，以避虎狼。”乃北行数武，遂蹲莽中，不知何作。少刻返，拉伊南去；约十余步，又曳之回。忽见大木千章，绕一高亭，铜墙铁柱，顶类金箔；近视，则墙可及肩，四围并无门户，而墙上密排坎窞。女以足踏之而过，伊亦从之。既入，疑金屋非人工可造，问所自来。女笑曰：“君子居之，明日即以相赠。金铁各千万，计半生吃着不尽矣。”既而告别。伊苦留之，乃止。曰：“被人厌弃，已拚永绝；今又不能自坚矣。”及醒，狐女不知何时已去。天明，逾垣而出。回视卧处，并无亭屋，惟四针插指环内，覆脂合其上；大树，则丛荆老棘也。

【译文】

伊衮，江西九江人。夜间有个女子来，跟他一起睡觉。伊衮心里知道她是狐精，但爱她长得美，秘不告人，连父母也不知道。时间长了，身体越来越憔悴虚弱。父母追根问底，伊衮这才把真情说出来。父母大为忧虑，派人轮流陪伴儿子睡觉，同时又施用道士的符咒，但始终不能禁住狐精。父亲亲自同儿子睡一个被窝，狐女就不来；换个人陪，就又来了。伊衮以此问狐女。狐女说：“世俗流传的符咒，哪能制住我呢！但我也像人一样要讲伦理道德，世上难道有当着公公的面搞淫乱的吗?”父亲听说了这话，更陪伴着儿子不离开，狐女就此绝迹不来了。后来遇到叛贼猖獗，村里人纷纷逃窜，伊衮一家人离散了。伊衮逃入昆仑山，四顾一片荒凉。太阳下山后，心里很恐慌。忽见有个女子走来，近前一看，原来是狐女。离乱之中，相见很觉欣慰。狐女说：“太阳已经西下，你姑且留在这儿。我来选一块好地方，临时盖一间房，以避虎狼。”就向北走了几步，蹲在草丛里，不知干些什么。过一会儿回来，拉着伊衮向南，约走了十几步，又拖他往回走。伊衮忽见数以千计的大树，围绕着一座高亭，铜墙铁柱，屋顶好像贴着金箔。走近看，墙才齐肩高，四周并没有门，墙上密密层层排列着一个个坑坑洼洼。狐女踏着这些坑洼就过了墙，伊衮也照她样子做。进到里面，伊衮疑惑这金屋不是人工可以制造的，就问怎么来的。狐女笑着说：“你这个君子就住下吧，明天我就把它送给你。金铁各有千万斤，算来半辈子吃穿不尽了。”后来狐女告别。伊衮苦苦挽留，她才留下，说道：“被人厌弃，本来已经横下心永远断绝，现在又不能坚持了。”伊衮醒来，狐女不知什么时候已经走了。天亮后，他越墙出来。回头再看睡觉的地方，并没有什么亭子房屋，只有四枚针插在一个指环里，一只香脂盒盖在上面；大树，是些荆丛老棘罢了。

张氏妇

凡大兵所至，其害甚于盗贼：盖盗贼人犹得而仇之，兵则人所不敢仇也。其少异于盗者，特不敢轻于杀人耳。

甲寅岁，三藩作反，南征之士，养马兖郡，雞犬庐舍一空，妇女皆被淫污。时遭霪雨，田中潴水为湖，民无所匿，遂乘垣入高粱丛中。兵知之，裸体乘马，入水搜淫，鲜有遗脱。惟张氏妇不伏，公然在家。有厨舍一所，夜与夫掘坎深数尺，积茅焉；覆以薄，加席其上，若可寝处。自炊灶下。有兵至，则出门应给之。二蒙古兵强与淫。妇曰："此等事，岂可对人行者!"其一微笑，啁嗻而出。妇与入室，指席使先登。薄折，兵陷。妇又另取席及薄覆其上，故立坎边，以诱来者。少间，其一复入。闻坎中号，不知何处。妇以手笑招之曰："在此处。"兵踏席，又陷。妇乃益投以薪，掷火其中。火大炽，屋焚。妇乃呼救。火既熄，燔尸焦臭。人问之。妇曰："两猪恐害于兵，故纳坎中耳。"由此离村数里，于大道旁并无树木处，携女红往坐烈日中。村去郡远，兵来率乘马，顷刻数至。笑语啁嗻，虽多不解，大约调弄之语。然去道不远，无一物可以蔽身，辄去，数日无患。一日，一兵至，甚无耻，就烈日中欲淫妇。妇含笑不甚拒。隐以针刺其马，马辄喷嘶，兵遂絷马股际，然后拥妇。妇出巨锥猛刺马项，马负痛奔骇。韁系股不得脱，曳驰数十里，同伍始代捉之。首躯不知处，韁上一股，俨然在焉。

异史氏曰：巧计六出，不失身于悍兵。贤哉妇乎，慧而能贞!

【译文】

凡是大军所到的地方，祸害比盗贼还厉害。对盗贼，人们还可以当仇敌来报复，而官兵则是人们所不敢仇视的。官兵稍微不同于盗贼的一点，只不过不敢轻易杀人罢了。

甲寅年（1674），吴三桂等三藩造反，朝廷南征的大军，在山东兖州集结待命。当地鸡犬房屋都被抢劫一空，妇女都被奸污。当时正逢雨水连绵，田里积水成湖，老百姓无处藏躲，只得翻过院墙躲进高粱田里。官兵们知道后，裸体骑着马，进入积水的田里搜寻奸淫，妇女很少有躲过的。只有张家媳妇不躲藏，公然留在家中。有一间厨房，夜里她和丈夫一起挖了个几尺深的坑，里面放些柴草，盖上一张养蚕用的蚕箔，又在上面铺席子，弄成似乎可以睡觉的样子。自己在灶下做饭，有官兵来了，就出门支应他们。有两个蒙古兵要强奸她。她说："这种事，难道可以当着别人面干吗？"一个兵微笑着，嘴里叽哩咕噜走了出去。张家媳妇和另一个兵进入厨房，指着席子让他先上去。这个兵一上去，蚕箔折断，就掉进陷坑。张家媳妇又另外取了席子和蚕箔盖在坑上，故意站在坑边，来诱骗第二个。过了一会儿，另一个兵又进来，听到坑里的号叫声，不知是哪里。张家媳妇笑着用手招呼他说："在这里。"第二个兵踏上席子，也掉进坑里。于是那媳妇就向坑中添柴草，把火把扔了下去。火势越来越猛，连房子都烧着了，张家媳妇这才叫救火。火熄灭以后，烧死的尸体散发出焦臭味。旁人问她。她说："有两头猪恐怕被官兵抢走，所以藏在土坑里，不料被火烧死了。"从此她就离村数里，在大路边没有树木的地方，带了针线活坐在烈日下做。这村子离城很远，官兵来时都骑着马。一会儿工夫就有好几批官兵来，见了她，个个嬉皮笑脸叽哩咕噜，虽然大半听不懂，大约总是些调戏的话。但张家媳妇所坐的地方离大路不远，又没有什么东西可以遮蔽身体，这些兵也就都走了，几天没出什么事。一天，来了一个大兵，特别无耻，在大太阳底下就想奸污她。张家媳妇含着笑不怎么抗拒，暗暗用针刺他的马，马就喷鼻嘶叫，大兵就把马缰绳拴在自己的大腿上，然后去拥抱张氏。张氏拿出大锥子猛刺马颈，马吃痛惊奔，大兵被缰绳拴着大腿脱不开身，马拖着他奔驰了几十里，同伍才把马笼住。大兵的头和身躯不知哪里去了，缰绳上一条大腿，端端正正还在。

异史氏说：巧计就像汉朝六出奇谋的陈平，不失身于凶悍的大兵。多贤惠的妇人，聪明而能保住贞节！

于 子 游

海滨人说："一日，海中忽有高山出，居人大骇。一秀才寄宿渔舟，沽酒独酌。夜阑，一少年人，儒服儒冠，自称：'于子游。'言词风雅。秀才悦，便与欢饮。饮至中夜，离席言别。秀才曰：'君家何处？玄夜茫茫，亦太自苦。'答云：'仆非土著，以序近清明，将随大王上墓。眷口先行，大王姑留憩息，明日辰刻发矣。宜归，早治任也。'秀才亦不知大王何人。送至鹢首，跃身入水，拨剌而去，乃知为鱼妖也。次日，见山峰浮动，顷刻已没。始知山为大鱼，即所云大王也。"俗传清明前，海中大鱼携儿女往拜其墓，信有之乎？

康熙初年，莱郡潮出大鱼，鸣号数日，其声如牛。既死，荷担割肉者，一道相属。鱼大盈亩，翅尾皆具；独无目珠。眶深如井，水满之。割肉者误堕其中，辄溺死。或云：海中贬大鱼，则去其目，以目即夜光珠云。

【译文】

海边的人说：一天，海中忽然涌现出一座高山，当地居民很惊骇。有个秀才借宿在渔船上，打了酒自斟自饮。夜深人静，一个年轻人上船来，读书人打扮，自称名叫于子游，谈吐风雅。秀才心里喜悦，就和他一起欢饮。饮到半夜，于子游站起来告别。秀才说："你家住哪里？黑夜茫茫，赶回去也太辛苦了。"他答道："我不是本地人，因为清明节近了，我将随从大王去上坟。大王的家眷先走了，大王暂留此地休息，明天早晨就出发。我该回去，早点做好准备。"秀才也不知道他所说的大王是谁，送他到船头。于子游腾身跃入水中，变成一条鱼游走了。秀才才知道他是鱼精。第二天，只见新涌出的高山浮动起来，一下子没入水中。这才知道那山其实是一条大鱼，也就是于子游所说的大王。民间传说清明节前，海里的大鱼要携带儿女们去朝拜祖先的坟墓，真的有这种事吗？

康熙初年，山东掖县有一条大鱼被海潮冲上岸，鸣叫了好几天，声音像牛。大鱼死后，挑着担子来割取鱼肉的人，一路上络绎不绝。这鱼足有一亩地大，鳍尾俱全，唯独没有眼珠。眼眶像井那样深，积满了水。割鱼肉的人不小心掉下去，就被淹死。有人说："海龙王处罚大鱼，就摘去它的眼珠，因为它的眼珠就是夜明珠。"

男　妾

一官绅在扬州买妾，连相数家，悉不当意。惟一媪寄居卖女，女十四五，丰姿姣好，又善诸艺。大悦，以重价购之。至夜，入衾，肤腻如脂。喜扪私处，则男子也。骇极，方致穷诘。盖买好僮，加意修饰，设局以骗人耳。黎明，遣家人寻媪，则已遁去无踪。中心懊丧，进退莫决。适浙中同年某来访，因为告诉。某便索观，一见大悦，以原价赎之而去。

异史氏曰：苟遇知音，即予以南威不易。何事无知婆子，多作一伪境哉！

【译文】

有个士大夫在扬州买妾，接连相看了好几家，都不合意。只有个老妇人借住在那儿卖女儿，十四五岁，姿貌美好，又精通各种技艺。士大夫很喜欢，出高价买下了。到夜里，钻进被窝，那女子皮肤滑润得像涂了油脂。喜滋滋摸她下身，却原来是个男子。士大夫惊骇极了，这才追根问底。原来是骗子买了俊秀的男童，精心化妆打扮，设下圈套来骗人的。黎明，派家人去寻那老妇人，早已逃得无影无踪了。士大夫心里很懊丧，决不定如何处置这“男妾”。正在这时，与他同榜考中功名的浙江朋友来拜访，士大夫就把这事告诉他。这朋友就要求看看，一见之下大为喜悦，用原价把那男童买了去。

异史氏说：只要遇到欣赏男风的知音，就是给他著名的美女南威他也不换。不懂事的老婆子，何苦多此一番弄虚作假的手脚呢！

汪可受

湖广黄梅县汪可受，能记三生：一世为秀才，读书僧寺。僧有牝马产骡驹，爱而夺之。后死，冥王稽籍，怒其贪暴，罚使为骡偿寺僧。既生，僧爱护之，欲死无间。稍长，辄思投身涧谷，又恐负豢养之恩，冥罚益甚，遂安之。数年，孽满自毙，生一农人家。堕蓐能言，父母以为怪，杀之，乃生汪秀才家。秀才近五旬，得男甚喜。汪生而了了；但忆前生以早言死，遂不敢言。至三四岁，人皆以为痖。一日，父方为文，适有友人过访，投笔出应客。汪入见父作，不觉技痒，代成之。父返见之，问：“何人来？”家人曰：“无之。”父大疑。次日，故书一题置几上，旋出；少间即返，翳行悄步而入。则见儿伏案间，稿已数行，忽睹父至，不觉出声，跪求免死。父喜，握手曰：“吾家止汝一人，既能文，家门之幸也，何自匿为？”由是益教之读。少年成进士，官至大同巡抚。

【译文】

湖北黄梅县人汪可受，能记得自己过去的三生。第一生是个秀才，借住在寺院里读书。和尚有匹母马下了一头骡驹，秀才喜欢骡驹，把它强夺走了。后来秀才死了，阎王查核他一生善恶，对他的贪婪凶暴很生气，罚他做骡偿还寺里的和尚。骡出生后，和尚很爱护它，它想寻死也没机会。长大些后，它常想跳下山谷寻死，又怕辜负了和尚豢养之恩，阴间的处罚就要更厉害了，于是就安心当骡子。过了几年，罪罚满期，就自然死了。第三生投胎在一个农夫家，一生下来就会说话，父母以为怪异不祥，把他杀了。然后才降生在汪秀才家。汪秀才年近五十，得了个男孩非常欢喜。汪可受一生下来就很明白，但他记得前生因为说话太早而被杀，就不敢说话。直到三四岁，人家都以为他是哑巴。一天，父亲正在作文章，恰好有友人来拜访，就放下笔出去接待客人。汪可受进书房见到父亲所写的文章，不觉手痒，就代父亲把文章写完了。父亲回来见了，问："谁来过了？"家里人说："没人来过。"父亲大为疑惑。第二天，他故意写了一个文章题目放在书桌上，就出去了。稍过片刻他就返回，蹑手蹑脚走进书房，就见儿子伏在桌上，文稿已经写好几行。汪可受猛然看见父亲来了，不觉说出话来，跪下求父亲饶他一死。父亲大喜，拉着他的手说："我家只有你一个儿子，既然你能写文章，这是汪家门的幸运，为什么你要瞒着呢？"从此父亲就更加教他读书。他年纪很轻就中了进士，官做到山西大同巡抚。

牛　犊

楚中一农人赴市归，暂休于途。有术人后至，止与倾谈。忽瞻农人曰："子气色不祥，三日内当退财，受官刑。"农人曰："某官税已完，生平不解争斗，刑何从至？"术人曰："仆亦不知。但气色如此，不可不慎之也！"农人颇不深信，拱别而归。次日，牧犊于野，有驿马过，犊望见，误以为虎，直前触之，马毙。役报农人至官，官薄惩之，使偿其马。盖水牛见虎必斗，故贩牛者露宿，辄以牛自卫；遥见马过，急驱避之，恐其误触也。

【译文】

湖北一个农夫赶集回家，在路上暂歇。接着来了一个相面算命的人，停下来和他攀谈。忽然看着他的脸说：“你的气色不祥，三天之内要破财，受官刑。”农夫说：“公家的赋税我已经交纳完毕，平生又从不知道跟别人争斗，哪会受官刑呢?”相面的说；“这我也不知道。但你的气色注定要如此，不可不加小心!”农夫不怎么相信，拱手告别了他就回家了。第二天，农夫在野外放牧牛犊，有公家驿站的马匹经过。牛犊望见马，误以为是虎，就直奔过去用犄角抵触，马死了。公差就把农夫带到官府报告了情况，官府稍微责打了农夫几下，命他赔马。原来水牛见了老虎就一定要搏斗，所以贩牛的露宿野外，就用牛来保卫自己；远远望见马匹经过，就急忙赶着牛避开，怕牛误以为虎而去抵触。

王　大

李信，博徒也。昼卧，忽见昔年博友王大、冯九来，邀与敖戏。李亦忘其为鬼，欣然从之。既出，王大往邀村中周子明，冯乃导李先行，入村东庙中。少顷，周果同王至。冯出叶子，约与撩零。李曰：“仓卒无博赀，辜负盛邀，奈何?”周亦云然。王云：“燕子谷黄八官人放利债，同往贷之，宜必诺允。”于是四人并去。飘忽间，至一大村。村中甲第连垣，王指一门，曰：“此黄公子家。”内一老仆出，王告以意。仆即入白。旋出，奉公子命，请王、李相会。入见公子，年十八九，笑语蔼然。便以大钱一提付李，曰：“知君悫直，无妨假贷。周子明我不能信之也。”王委曲代为请。公子要李署保，李不肯。王从旁怂恿之，李乃诺。亦授一千而出。便以付周，具述公子之意，以激其必偿。

出谷，见一妇人来，则村中赵氏妻，素喜争善骂。冯曰：“此处无人，悍妇宜小祟之。”遂与王捉返入谷。妇大号。冯掬土塞其口。周赞曰：“此等妇，只宜椓杙阴中！”冯乃捋襟，以长石强纳之。妇若死。众乃散去，复入庙，相与博赌。自午至夜分，李大胜，冯、周赀皆空。李因以厚赀增息悉付王，使代偿黄公子；王又分给周、冯，局复合。居无何，闻人声纷拏，一人奔入，曰：“城隍老爷亲捉博者，今至矣！”众失色。李舍钱逾垣而逃。众顾赀，皆被缚。既出，果见一神人坐马上，马后縶博徒二十余人。天未明，已至邑城，门启而入。至衙署，城隍南面坐，唤人犯上，执籍呼名。呼已，并令以利斧斫去将指，乃以墨朱各涂两目，游市三周讫。押者索贿而后去其墨朱，众皆赂之。独周不肯，辞以囊空；押者约送至家而后酬之，亦不许。押者指之曰：“汝真铁豆，炒之不能爆也！”遂拱手去。周出城，以唾湿袖，且行且拭。及河自照，墨朱未去；掬水盥之，坚不可下，悔恨而归。

先是，赵氏妇以故至母家，日暮不归。夫往迎之。至谷口，见妇卧道周。睹状，知其遇鬼，去其泥塞，负之而归。渐醒能言，始知阴中有物，宛转抽拔而出。乃述其遭。赵怒，遽赴邑宰，讼李及周。牒下，李初醒；周尚沉睡，状类死。宰以其诬控，笞赵械妇，夫妻皆无理以自申。越日，周醒，目眶忽变一赤一黑，大呼指痛。视之，筋骨已断，惟皮连之，数日寻堕。目上墨朱，深入肌理。见者无不掩笑。一日，见王大来索负。周厉声但言无钱，王忿而去。家人问之，始知其故。共以神鬼无情，劝偿之。周龈龈不可，且曰："今日官宰皆左袒赖债者，阴阳应无二理，况赌债耶！"

次日，有二鬼来，谓黄公子具呈在邑，拘赴质审；李信亦见隶来，取作间证：二人一时并死。至村外相见，王、冯俱在。李谓周曰："君尚带赤墨眼，敢见官耶?"周仍以前言告。李知其吝，乃曰："汝既昧心，我请见黄八官人，为汝还之。"遂共诣公子所。李入而告以故，公子不可，曰："负欠者谁，而取偿于子?"出以告周，因谋出赀，假周进之。周益忿，语侵公子。鬼乃拘与俱行。无何，至邑，入见城隍。城隍呵曰："无赖贼！涂眼犹在，又赖债耶！"周曰："黄公子出利债，诱某博赌，遂被惩创。"城隍唤黄家仆上，怒曰："汝主人开场诱赌，尚讨债耶?"仆曰："取赀时，公子不知其赌。公子家燕子谷，捉获博徒在观音庙，相去十余里。公子从无设局场之事。"城隍顾周曰："取赀悍不还，反被捏造！人之无良，至汝而极！"欲笞之。周又诉其息重。城隍曰："偿几分矣?"答云："实尚未有所偿。"城隍怒曰："本赀尚欠，而论息耶?"笞三十，立押偿主。二鬼押至家，索贿，不令即活，缚诸厕内，令示梦家人。家人焚楮锭二十提，火既灭，化为金二两、钱二千。周乃以金酬债，以钱赂押者，遂释令归。

既苏，臀创坟起，脓血崩溃，数月始痊。后赵氏妇不敢复骂；而周以四指带赤墨眼，赌如故。此以知博徒之非人矣！

异史氏曰：世事之不平，皆由为官者矫枉之过正也。昔日富豪以倍称之息折夺良家子女，人无敢言者；不然，函刺一投，则官以三尺法左袒之。故昔之民社官，皆为势家役耳。迨后贤者鉴其弊，又悉举而大反之。有举人重赀作巨商者，衣锦厌粱肉，家中起楼阁、买良沃。而竟忘所自来。一取偿，则怒目相向。质诸官，官则曰："我不为人役也。"是何异懒残和尚，无工夫为俗人拭涕哉！余尝谓昔之官谄，今之官谬；谄者固可诛，谬者亦可恨也。放赀而薄其息，何尝专有益于富人乎？

张石年宰淄川，最恶博。其涂面游城，亦如冥法，刑不至堕指，而赌以绝。盖其为官，甚得钩距法。方簿书旁午时，每一人上堂，公偏暇，里居、年齿、家口、生业，无不絮絮问。问已，始劝勉令去。有一人完税缴单，自分无事，呈单欲下。公止之，细问一过，曰："汝何博也？"其人力辨生平不解博。公笑曰："腰中尚有博具。"搜之，果然。人以为神，而并不知其何术。

【译文】

李信，是个赌徒。大白天躺着，忽然看见从前的赌友王大、冯九走来，邀他一起去赌博。李信忘记他们已经死了，欣然同意。出门以后，王大又去邀村里的周子明，冯九就领着李信先走，进了村东的庙里。一会儿，周子明果然同王大一起来了。冯九拿出纸牌，相约决一胜负。李信说：“我急匆匆来没有赌本，辜负了二位的盛情邀请，怎么办？”周子明也说没钱。王大说：“燕子谷黄八官人专门放债生利，我们同去借钱，他一定肯的。”于是四人一同前去。恍惚间，到了一个大村子，村中豪华的府第一座接一座。王大指着一家大门说：“这就是黄公子家。”里面出来一个老仆人，王大对他说明来意，仆人就进去禀告。很快又出来，奉公子命令，请王大、李信见面。二人进去，见公子十八九岁，谈笑和气。他就把大钱一贯交给李信，说：“我知道你忠厚正直，不妨借给你。周子明我信不过他。”王大婉转地为周子明说好话，代他求借。公子要李信签字担保，李信不肯。王大在一旁怂恿，李信才答应下来，也借了一贯钱就出来了。便把钱交给周子明，把公子信不过他的意思也都说了，以此激励他一定要偿还。

走出燕子谷，看见一个妇人走来，是同村赵某的妻子，这女人平常喜欢争吵骂街。冯九就说：“这里没人，应该对这泼妇作点小惩罚。”就和王大把她捉住回进谷中。妇人大叫，冯九抓把土塞住她嘴。周子明在一旁喝彩说：“这种女人，只该把桩打进她阴道。”冯九就撩起她的衣襟，用一根长石条硬塞进去。这女人昏过去了。几个人就走开，重新回到庙里，一起赌博。从中午一直赌到半夜，李信大胜，冯九、周子明的钱都输光了。李信就把借的钱加上利息一起交给王大，让他代为偿还黄公子。王大又把这笔钱分借给周子明和冯九，赌局重开。过了不一会，忽听得人声喧哗，一个人奔进来说：“城隍老爷亲自来抓赌，现在已经到了！”众人大惊失色。李信扔下钱爬墙逃走，其他三人只顾钱都被抓获。押出庙来，果然看见一个神人骑在马上，马后拴着二十多个赌徒。天不亮，就到了县城。开门进城，到了衙门里，城隍老爷朝南而坐，传唤犯人上堂，拿着名单点名。点完名，全都命令用利斧砍掉中指，再用墨和朱砂分别涂抹两眼，游街三圈示众完毕。押解他们的差役勒索贿赂然后才肯除去墨和朱砂，众人都塞了钱，只有周子明不肯，推说钱袋空了。差役提出把他送到家再拿钱，周子明也不允许。差役指着他说："你真是一粒铁豆，炒也炒不爆！"就拱手告别走了。周子明走出城，用唾沫沾湿袖子，边走边擦眼睛。到河边一照，红黑颜色还在；用手捧水来洗，怎么也洗不掉，悔恨地回家了。

在这之前，赵某的妻子因有事到娘家去，天黑了还不回来。丈夫就去接她。走到燕子谷口，只见妻子躺在道路拐弯的地方。赵某见状，知道她遇到了鬼，就把她嘴里的泥掏出来，背她回去。渐渐醒来能说话了，赵某才知道她阴道里有东西，小心宛转把石条拔了出来。他妻子就叙述了自己的遭遇。赵某大怒，马上赶到县官处，控告李信和周子明。传票发下，李信刚刚醒来，周子明还像死了似的沉睡着。县官认为是诬告，责打了赵某，拘系了赵妻，夫妻二人都找不出理由来为自己申辩。过了一天，周子明醒来，眼眶忽然变成一红一黑，大叫手指痛。一看，中指的筋骨已经断了，只有皮还连着，过了几天就掉下来了。眼上的红黑颜色，深入皮肉。见到的人没有不捂着嘴笑的。一天，周子明看见王大来讨他欠黄公子的钱。周子明厉声嚷嚷只说没钱，王大气愤地走了。家里人问了，才知道其中缘故。大家认为鬼神是无情的，劝他还债。周子明固执地争辩，不肯还，并且说："现在官府都袒护赖债的，阴间和阳间道理应该是一样的，何况是赌债呢！"

第二天，周子明看见有两个鬼前来，说是黄公子向城隍老爷呈递了诉讼状，所以拘传他前去质对听审。李信也见差役前来，把他传去作为证人。两个人同时都死了。鬼魂到村外相遇，王大、冯九都在。李信对周子明说："你眼上还带着红黑色，敢去见官呀？"周子明仍然用以前说的话回答他。李信知道他吝啬，就说："你既然昧着良心不认账，让我去见黄八官人，替你还了这钱。"就一起到黄公子住的地方，李信进去把情况说了，公子不同意，说："欠债的是谁，而要你来赔偿？"李信出来告诉了周子明，就打算拿出钱来，用周子明的名义送进去。周子明更加气不过，说了些攻击公子的话。于是鬼差押着他们一起走。不一会，到了县城，进去见城隍老爷。城隍呵斥道："无赖贼子，眼上涂的颜色还在，又赖债吗？"周子明说："黄公子放债取利，引诱我赌博，才使我受了惩罚。"城隍传唤黄家仆人上堂，生气地说："你主人开设赌场引诱人赌博，还讨债吗？"仆人说："借钱时，公子不知道他们赌。公子家在燕子谷，抓到赌徒是在观音庙，离开十几里路。公子从来没有开设赌场的事。”城隍转过头对周子明说：“借了钱蛮横不还，反而诬蔑人家！你没良心到极点了！”要责打他。周子明又诉说利息太重。城隍说：“你还他几分了？”回答说：“实在还没有还过。”城隍大怒说：“你本金还欠着，倒来说什么利息轻重吗？”把他打了三十大板，立即押他去还债。两个鬼差把他押到家里，索取贿赂，不让马上复活，把他绑在厕所里，叫托梦给家里人要钱。家里人烧了二十挂纸钱。火熄灭后，变为二两银子，二千铜钱。周子明就用银子还了债，把铜钱送给鬼差。于是鬼差放了让他回阳。

周子明苏醒以后，屁股上的创伤肿得很高，脓血溃烂，几个月后才痊愈。后来赵某的妻子不敢再骂街了，但周子明断了中指，带着红黑眼，却照旧赌博。由此可知赌徒之不是人了。

异史氏说：世事不公平，都是由于当官的矫枉过正。从前富豪人家用一倍利息的高利贷，逼迫良家子女抵债，没人敢说一句话；否则，一张名片送进衙门，官府就假借法律的名义为他们撑腰。所以从前的地方官，都是为权势人家服务的。到后来贤良的官明察这种弊端，又把从前的做法全部反过来。有的人借了人家巨款做了大商人，穿锦着绣，吃厌细粮鱼肉，家里盖楼造阁，买了肥沃良田；而竟忘了这一切是从哪里来的。一向他讨债，就怒目相向。告到官府，官就说：“我不为催债的服务。”这与唐代的懒残和尚有什么不同！他拖着鼻涕，人家叫他擦去，他反而说：“没有工夫为俗人擦鼻涕。”我曾说从前的官拍马屁，现在的官荒谬。拍马屁的官固然应受谴责，荒谬的官也够可恨的。放债而稍微收一点利息，何尝只对富人有好处呢？

张石年任山东淄川县令，最痛恨赌博，他也让赌徒涂脸游街，和阴间的办法一样，刑罚不至于砍掉指头，而赌风却禁绝了。因为他当官，很掌握了一套了解实情的办法。正当公文堆积时，每一个人上公堂，张公偏偏很悠闲，住处、年龄、家庭人口、职业等等，无不絮絮叨叨地询问。问完，才加以勉励，让他回去。有个人完税以后呈交单据，就要退下。张公叫住他，细细问了他一遍，说：“你为什么赌博？”这人竭力申辩从来不懂赌博。张公笑着说：“你腰里还藏着赌具呢。”一搜，果然如此。人们都认为张公神了，而不知道他用的是什么办法。

乐　　仲

乐仲，西安人。父早丧，遗腹生仲。母好佛，不茹荤酒。仲既长，嗜饮善啖，窃腹诽母，每以肥甘劝进。母咄之。后母病，弥留，苦思肉。仲急无所得肉，刲左股献之。病稍瘥，悔破戒，不食而死。仲哀悼益切，以利刃益刲右股见骨。家人共救之，裹帛敷药，寻愈。心念母苦节，又恸母愚，遂焚所供佛像，立主祀母。醉后，辄对哀哭。年二十始娶，身犹童子。娶三日，谓人曰："男女居室，天下之至秽，我实不为乐！"遂去妻。妻父顾文渊，浼戚求返，请之三四，仲必不可。迟半年，顾遂醮女。

仲鳏居二十年，行益不羁：奴隶优伶皆与饮；里党乞求，不靳与；有言嫁女无釜者，揭灶头举赠之，自乃从邻借釜炊。诸无行者知其性，咸朝夕骗赚之。或以赌博无赀，对之欷歔，言追呼急，将鬻其子。仲措税金如数，倾囊遗之；及租吏登门，自始典质营办。以故，家日益落。

先是，仲殷饶，同堂子弟争奉事之，凡有任其取携，莫之较；及仲蹇落，存问绝少。仲旷达，不为意。值母忌辰，仲适病，不能上墓，欲遣子弟代祀；诸子弟皆谢以故。仲乃酹诸室中，对主号痛，无嗣之戚，颇萦怀抱。因而病益剧。瞀乱中，觉有人抚摩之，目微启，则母也。

惊问："何来?"母曰："缘家中无人上墓，故来就享，即视汝病。"问："母向居何所?"母曰："南海。"抚摩既已，遍体生凉。开目四顾，渺无一人，病瘥。

既起，思朝南海。会邻村有结香社者，即卖田十亩，挟赀求偕。社人嫌其不洁，共摈绝之。乃随从同行。途中牛酒薤蒜不戒，众更恶之，乘其醉睡，不告而去。仲即独行。至闽遇友人邀饮，有名妓琼华在座。适言南海之游，琼华愿附以行。仲喜，即待趣装，遂与俱发；虽寝食与共，而毫无所私。既至南海，社中人见其载妓而至，更非笑之，鄙不与同朝。仲与琼华知其意，乃任其先拜而后拜之。众拜时，恨无现示。及二人拜，方投地，忽见遍海皆莲花，花上璎珞垂珠；琼华见为菩萨，仲见花朵上皆其母。因急呼奔母，跃入从之。众见万朵莲花，悉变霞彩，障海如锦。少间，云静波澄，一切都杳，而仲犹身在海岸。亦不自解其何以得出，衣履并无沾濡。望海大哭，声震岛屿。琼华挽劝之，怆然下刹，命舟北渡。

途中有豪家招琼华去，仲独憩逆旅。有童子方八九岁，丐食肆中，貌不类乞儿。细诘之，则被逐于继母。心怜之。儿依依左右，苦求拔拯，仲遂携与俱归。问其姓氏，则曰："阿辛，姓雍。母顾氏。尝闻母言：适雍六月，遂生余。余本乐姓。"仲大惊。自疑生平一度，不应有子。因问乐居何乡。答云："不知。但母没时，付一函书，嘱勿遗失。"仲急索书。视之，则当年与顾家离婚书也。惊曰："真吾儿也!"审其年月良确，颇慰心愿。然家计日疏，居二年，割亩渐尽，竟不能畜僮仆。

一日，父子方自炊，忽有丽人入，视之，则琼华也。惊问："何来？"笑曰："业作假夫妻，何又问也？向不即从者，徒以有老妪在；今已死。顾念不从人，无以自庇；从人，则又无以自洁；计两全者，无如从君，是以不惮千里。"遂解装代儿炊。仲良喜。至夜，父子同寝如故，另治一室居琼华。儿母之，琼华亦善抚儿。戚党闻之，皆馔仲，两人皆乐受之。客至，琼华悉为治具，仲亦不问所自来。琼华渐出金珠，赎故产，广置婢仆马牛，日益繁盛。仲每谓琼华曰："我醉时，卿当避匿，勿使我见。"华笑诺之。一日，大醉，急唤琼华。华艳妆出。仲睨之良久，大喜，蹈舞若狂，曰："吾悟矣！"顿醒。觉世界光明，所居庐舍，尽为琼楼玉宇，移时始已。从此不复饮市上，惟日对琼华饮。琼华茹素，以茶茗侍。

一日，微醺，命琼华按股，见股上刲痕，化为两朵赤菡萏，隐起肉际。奇之。仲笑曰："卿视此花放后，二十年假夫妻分手矣。"琼华信之。既为阿辛完婚，琼华渐以家付新妇，与仲别院居。子妇三日一朝，事非疑难不以告。役二婢，一温酒，一瀹茗而已。一日，琼华至儿所，儿媳咨白良久，共往见父。入门，见父白足坐榻上。闻声，开眸微笑曰："母子来大好！"即复瞑。琼华大惊曰："君欲何为？"视其股上，莲花大放。试之，气已绝。急以两手捻合其花，且祝曰："妾千里从君，大非容易。为君教子训妇，亦有微劳。即差二三年，何不一少待也？"移时，仲忽开眸笑曰："卿自有卿事，何必又牵一人作伴也？无已，姑为卿留。”琼华释手，则花已复合。于是言笑如初。

积三年余，琼华年近四旬，犹如二十许人。忽谓仲曰：“凡人死后，被人捉头舁足，殊不雅洁。”遂命工治双槽。辛骇问之。答云：“非汝所知。”工既竣，沐浴妆竟，命子及妇曰：“我将死矣。”辛泣曰：“数年赖母经纪，始不冻馁。母尚未得一享安逸，何遂舍儿而去？”曰：“父种福而子享，奴婢牛马，皆骗债者填偿汝父，我无功焉。我本散花天女，偶涉凡念，遂谪人间三十余年；今限已满。”遂登木自入。再呼之，双目已含。辛哭告父，父不知何时已僵，衣冠俨然。号恸欲绝。入棺，并停堂中，数日未殓，冀其复返。光明生于股际，照彻四壁。琼华棺内则香雾喷溢，近舍皆闻。棺既合，香光遂渐减。

既殡，乐氏诸子弟觊觎其有，共谋逐辛。讼诸官，官莫能辨，拟以田产半给诸乐。辛不服，以词质郡，久不决。初，顾嫁女于雍，经年余，雍流寓于闽，音耗遂绝。顾老无子，苦忆女，诣婿，则女死甥逐。告官。雍惧，赂顾，不受，必欲得甥。穷觅不得。一日，顾偶于途中，见彩舆过，避道左。舆中一美人呼曰：“若非顾翁耶？”顾诺。女子曰：“汝甥即吾子，现在乐家，勿讼也。甥方有难，宜急往。”顾欲详诘，舆已去远。顾乃受赂入西安。至，则讼方沸腾。顾自投官，言女大归日、再醮日，及生子年月，历历甚悉。诸乐皆被杖逐，案遂结。及归，述其见美人之日，即琼华没日也。辛为顾移家，授庐赠婢。六十余，生一子，辛顾卹之。

异史氏曰：断荤戒酒，佛之似也。烂熳天真，佛之真也。乐仲对丽人，直视之为香洁道伴，不作温柔乡观也。寝处三十年，若有情、若无情，此为菩萨真面目，世中人乌得而测之哉！

【译文】

乐仲，西安人，父亲死得早，他是遗腹子。母亲虔信佛教，不吃酒肉荤腥。乐仲长大以后，嗜酒好吃，心里暗暗对母亲的做法不以为然，常拿肥肉美酒劝母亲吃，母亲训斥他。后来母亲病了，濒危之时，特别想吃肉。乐仲仓促之间弄不到，就割了自己左腿上的肉奉献给母亲。病情稍见好转，母亲悔恨自己破戒，绝食而死。乐仲哀悼得痛不欲生，更用快刀把自己右腿割得露出了骨头。家里人一起抢救，敷药包扎，不久就复原了。乐仲心中感念母亲辛苦守节，又痛心她愚昧迷信，就烧毁了她供奉的佛像，立牌位祭祀母亲。喝醉以后，就对着牌位哀哭。乐仲二十岁才娶妻，还是个童男的身子。结婚三天，对人说："男女之间的事，是天下最肮脏的，我实在不觉得乐趣！"就把妻子休了。岳父顾文渊，央亲戚出面求乐仲让妻子回来，再三再四请求，乐仲一定不同意。过了半年，顾文渊就让女儿改嫁了。

乐仲单身生活了二十年，行为更加放任，奴仆戏子，都一起饮酒。邻居亲友向他求助，他从不吝惜。有说嫁女儿没有铁锅的，乐仲就揭下灶上的锅送给他，自己却向邻居借锅做饭。几个无赖知道了他的脾性，都早晚来诈骗他。有个无赖因为赌博没本钱，就在乐仲面前哭泣，说赋税催得急，要卖掉儿子。乐仲如数筹措了税金，全部送给那人。等收租吏上门，自己才典卖了东西凑钱。因此，家业日益败落。

原先，乐仲家殷实富裕，同族子弟争着来侍奉他。凡家里有的，任凭他们拿去，从不计较。到乐仲败落，就极少有来问候的了。乐仲生性旷达，并不在意。到母亲忌日，他正好生病，不能上坟。想差遣同族子弟代祭，众子弟都借故推辞。于是乐仲只得在家里洒酒祭祀，对着母亲的牌位号啕痛苦。没有子嗣的伤感，很强烈地在心头萦回，因此病加重了。昏迷中，觉得有人在抚摸自己，微微睁开眼睛，原来是母亲。乐仲惊问："您怎么来了？"母亲说："只因家里没人上坟，所以来受祭享，就便看看你的病。"乐仲问："母亲一向住在哪里？"母亲说："南海。"抚摩以后，乐仲遍体清凉。睁开眼睛四面观看，渺无一人，而病也就好了。

乐仲起床后，思量着要去朝拜南海。正好邻村有些善男信女结成香社，乐仲就卖了十亩田，带着钱去请求参加。香社里的人嫌他饮酒吃荤不洁净，都拒绝他。乐仲就跟随着他们同行，路上牛肉、酒、葱、蒜一样也不忌。众人更讨厌他，趁他喝醉了睡着，不招呼就走了。乐仲于是独自前行。到了福建，遇到友人请饮酒，有个著名妓女琼华也在座。正好乐仲提到南海之行。琼华愿意随他同去。乐仲很高兴，等她迅速准备好行装，就和她一起出发了。一路上乐仲虽然和她同吃同睡，但毫无男女私情之事。到了南海，香社中的人看到乐仲带了妓女同来，更加非议讥笑他，鄙薄他不愿和他一起朝拜。乐仲和琼华知道他们的意思，就让他们先朝拜，然后自己才去上香。众人朝拜时，很遗憾菩萨没有显示什么奇迹。等到乐仲琼华二人朝拜，刚跪下地，忽见满海都是莲花，花上璎珞垂珠，琼华看见是观音菩萨，而乐仲看见的花朵上都是他母亲。于是急忙呼喊着奔向母亲，跳到海里跟随着她。众人只见万朵莲花全都变成彩霞，锦缎似地遮蔽了大海。过了一会儿，云静波清，一切都消失了，而乐仲的身体仍然在岸上。他自己也不明白怎么从海里上来的，衣服鞋袜都没有沾湿。他望着大海大哭，哭声震动了岛屿。琼华拉着劝他，悲伤地走下寺院，坐船北渡。

归途中，有富豪人家把琼华召去，乐仲独自在旅舍休息。有个八九岁的男孩，在店铺中要饭，相貌不像是要饭的。乐仲详细地问他，原来是被后母驱赶出来的。心里可怜他。孩子依恋在乐仲身边，哀求救助。于是乐仲就带着他一起回家。问他姓什么，孩子说："我小名阿辛，姓雍，母亲姓顾。曾听母亲说，嫁到雍家才六个月，就生了我。我本来该姓乐。"乐仲听了大惊，自己疑惑平生只有过一次夫妻生活，不会有儿子。就问孩子姓乐的生父是哪里人。孩子说："不知道。不过母亲临死时，交给我一封文书，叮嘱我不要遗失。"乐仲赶紧要过文书，一看，就是自己当年给顾家的离婚书。他惊奇地说："真是我的儿子呵！"核对孩子的出生年月都很符合，心中很是欣慰。然而家中生计一天比一天窘迫，过了两年，田地渐渐都卖完了，竟连僮仆也养不起了。

一天，父子俩正在自己做饭，忽然有个美人进来，一看，原来是琼华。乐仲惊讶地问："你怎么来了？"琼华笑着说："已经和你做了假夫妻，怎么还要问呢？当初我之所以没有立即跟从你，只因为有老鸨在；现在她已经死了。我考虑不嫁人，就没有依靠；嫁人，又不能保守贞洁；算来能两全其美的，没有比跟从你更合适的了。所以不远千里而来。"就放下行李，替下孩子来做饭。乐仲非常高兴。到夜里，父子俩仍旧同睡，另外整治了一间屋子让琼华住。孩子把琼华当作母亲，琼华也很好地抚养他。亲友们听说，都带了食物来祝贺，乐仲和琼华都很乐意地接受了。有客人来，琼华都准备好酒菜，乐仲也不问她从哪里弄来的。琼华逐渐拿出金银珠宝，赎回了乐仲原先的产业，买了很多奴仆和牛马，家业一天天兴盛起来。乐仲经常对琼华说："我喝醉时，你要避开，不要让我见到。"琼华笑着答应了。一天，乐仲大醉，急迫地呼唤琼华。琼华打扮得漂漂亮亮出来。乐仲斜着眼睛看了她好久，忽然大喜，发狂似地手舞足蹈，说："我领悟了！"顿时酒醒。只觉得世界一片明亮，所住的房屋，都化为琼楼玉宇，过了好一阵才罢。从此，乐仲不再到街市上饮酒，只是天天和琼华对饮。琼华吃素，用茶相陪。

一天，乐仲微醉，让琼华按摩大腿。琼华看到他大腿上刀割的伤痕，化为两朵红莲花苞，微微凸出于皮肉。感到很奇怪。乐仲笑着说："你看这花苞开放以后，我和你二十年假夫妻就分手了。"琼华很相信。后来，给阿辛完婚后，琼华逐渐把家政交付给儿媳，自己和乐仲住在别院。儿子媳妇三天朝见一次，不是疑难的事不禀告。他们使唤两个丫环，一个烫酒，一个沏茶罢了。一天，琼华到儿子那里，儿媳禀告请示了好久，然后一起去见父亲。进门，见父亲赤脚坐在床上。听到声音，睁眼微笑说："你们母子来得太好了！"就又闭上眼睛。琼华大惊，说："你要干什么？"看他大腿上，莲花已经开得很大。试他的鼻息，已经没了气。琼华急忙用两手捏拢他腿上的莲花，并且祷告说："我从千里之外来跟从你，很不容易。为你教儿子训媳妇，也出了点力气。就差两三年，为什么不稍微等一等我呢?"过了好一阵，乐仲忽然睁开眼睛笑着说："你自有你的事，何必又要拉一个人做伴呢?没办法，姑且为你留下吧。"琼华放开手，乐仲腿上的莲花苞又合上了。于是谈笑如旧。

过了三年多，琼华年近四十，还像二十来岁的人。她忽然对乐仲说："大凡人死以后，被别人捧头抬脚，很不雅观，又不洁净。"于是就命令工匠打造一对棺材。阿辛惊骇地问她干什么，琼华说："这不是你所能懂的。"棺材完工，琼华沐浴打扮好，对儿子媳妇说："我要死了。"阿辛哭着说："多年来靠母亲经营料理，才不受冻挨饿。母亲还没能享受一下安逸，怎么就舍下儿子去了呢?"琼华说："父亲种下福根，儿子来享受。奴仆牛马，都是骗债的人偿还你父亲的，我没什么功劳。我本是散花天女，偶然动了凡念，就谪降人间三十多年，如今期限已经满了。"就自己躺进棺材。再喊她，双眼已经合上了。阿辛哭着去报告父亲，父亲不知什么时候已经死了，衣帽穿戴得整整齐齐。阿辛放声大哭，悲痛得死去活来。他把父亲的尸体装入棺材，一对棺材并排停放在厅堂中，好几天不盖，希望他们复活，这时乐仲大腿之间生出一道光明，照彻四壁。琼华的棺内则香气喷射，邻近人家都能闻到。棺盖合上以后，香气和光明才逐渐消灭。

殡葬以后，乐姓众子弟眼红他家富有，共同图谋驱逐阿辛。告到官府，官府也不能明辨，打算把一半田产判给乐姓众子弟。阿辛不服，上诉到府里，案子久悬不决。当初，顾文渊把女儿再嫁给雍家，过了一年多，雍家迁居福建，就断了音信。顾文渊年老无子，很想念女儿，就到女婿家，而女儿已死，外孙被逐。顾文渊告到官府，雍家害怕，用金钱贿赂他，他不受，非要得到外孙不可。但到处找遍还是没有。一天，顾文渊偶然在路上，看见一辆彩车经过，就避在路边。车中一个美人喊他说："你不是顾老先生吗?"顾文渊回答是。美人说："你外孙就是我儿子，现在在乐家。您不必打官司了，外孙正有急难，该赶紧去。"顾文渊要细问，车子已经去得远了。于是顾文渊就接受了雍家贿赂的钱去西安。到那儿，乐家的官司正打得热闹。顾文渊自动到案，说明女儿被休的日期，再嫁的日期，以及生儿子的年月，一桩桩说得清清楚楚。于是乐姓众子弟都挨了一顿板子被赶出衙门，这案子就了结了。回到家里，顾文渊说起他见到美人的那一天，就是琼华死的那天。阿辛为外祖父把家搬来，给他房子，送他丫环。顾老先生六十多岁，生了个儿子，阿辛很关照他。

异史氏说：断荤戒酒，表面上像佛而已；天真烂漫，才是佛门真谛。乐仲面对美人，简直把她看作馨香洁净的修道同伴，而不当作温柔乡看待。一起生活三十年，像有情，又像无情，这才是菩萨的真面目，世俗之人哪能测度他呢！

香　　玉

劳山下清宫，耐冬高二丈，大数十围，牡丹高丈余，花时璀燦似锦。胶州黄生，舍读其中。一日，自窗中见女郎，素衣掩映花间。心疑观中焉得此。趋出，已遁去。自此屡见之。遂隐身丛树中，以伺其至。未几，女郎又偕一红裳者来，遥望之，艳丽双绝。行渐近，红裳者却退，曰："此处有生人！"生暴起。二女惊奔，袖裙飘拂，香风洋溢，追过短墙，寂然已杳。爱慕弥切，因题句树下云：

无限相思苦，含情对短窗。
恐归沙吒利，何处觅无双？

归斋冥想。女郎忽入，惊喜承迎。女笑曰："君汹汹似强寇，使人恐怖；不知君乃骚雅士，无妨相见。"生略叩生平。曰："妾小字香玉，隶籍平康巷。被道士闭置山中，实非所愿。"生问："道士何名？当为卿一涤此垢。"

女曰："不必，彼亦未敢相逼。借此与风流士长作幽会，亦佳。"问："红衣者谁？"曰："此名绛雪，乃妾义姊。"遂相狎。及醒，曙色已红。女急起，曰："贪欢忘晓矣。"着衣易履，且曰："妾酧君作，勿笑：'良夜更易尽，朝暾已上窗。愿如梁上燕，栖处自成双。'"生握腕曰："卿秀外惠中，令人爱而忘死。顾一日之去，如千里之别。卿乘间当来，勿待夜也。"女诺之。由此夙夜必偕。

每使邀绛雪来，辄不至，生以为恨。女曰："绛姊性殊落落，不似妾情痴也。当从容劝驾，不必过急。"

一夕，女惨然入，曰："君陇不能守，尚望蜀耶？今长别矣。"问："何之？"以袖拭泪，曰："此有定数，难为君言。昔日佳作，今成谶语矣。'佳人已属沙吒利，义士今无古押衙'，可为妾咏。"诘之，不言，但有呜咽。竟夜不眠，早旦而去。生怪之。次日，有即墨蓝氏，入宫游瞩，见白牡丹，悦之，掘移径去。生始悟香玉乃花妖也，怅惋不已。过数日，闻蓝氏移花至家，日就萎悴。恨极，作哭花诗五十首，日日临穴涕洟。

一日，凭吊方返，遥见红衣人，挥涕穴侧。从容近就，女亦不避。生因把袂，相向汍澜。已而挽请入室，女亦从之。叹曰："童稚姊妹，一朝断绝！闻君哀伤，弥增妾恸。泪堕九泉，或当感诚再作；然死者神气已散，仓卒何能与吾两人共谈笑也。"生曰："小生薄命，妨害情人，当亦无福可消双美。曩频烦香玉道达微忱，胡再不临？"女曰："妾以年少书生，什九薄倖；不知君固至情人也。然妾与君交，以情不以淫。若昼夜狎暱，则妾所不能矣。”言已，告别。生曰：“香玉长离，使人寝食俱废。赖卿少留，慰此怀思，何决绝如此！”女乃止，过宿而去。数日不复至。

冷雨幽窗，苦怀香玉，辗转床头，泪凝枕席。揽衣更起，挑灯复踵前韵曰：

山院黄昏雨，垂帘坐小窗。
相思人不见，中夜泪双双。

诗成自吟。忽窗外有人曰：“作者不可无和。”听之，绛雪也。启户内之。女视诗，即续其后曰：

连袂人何处？孤灯照晚窗。
空山人一个，对影自成双。

生读之泪下，因怨相见之疏。女曰：“妾不能如香玉之热，但可少慰君寂寞耳。”生欲与狎。曰：“相见之欢，何必在此。”

于是至无聊时，女辄一至。至则宴饮唱酧，有时不寝遂去，生亦听之。谓曰：“香玉吾爱妻，绛雪吾良友也。”每欲相问：“卿是院中第几株？乞早见示，仆将抱植家中，免似香玉被恶人夺去，贻恨百年。”女曰：“故土难移，告君亦无益也。妻尚不能终从，况友乎！”生不听，捉臂而出，每至牡丹下，辄问：“此是卿否？”女不言，掩口笑之。

旋生以腊归过岁。至二月间，忽梦绛雪至，愀然曰：

“妾有大难！君急往，尚得相见；迟无及矣。”醒而异之，急命仆马，星驰至山。则道士将建屋，有一耐冬，碍其营造，工师将纵斤矣。生急止之。入夜，绛雪来谢。生笑曰：“向不实告，宜遭此厄！今已知卿；如卿不至，当以艾炷相炙。”女曰：“妾固知君如此，曩故不敢相告也。”坐移时，生曰：“今对良友，益思艳妻。久不哭香玉，卿能从我哭乎？”二人乃往，临穴洒涕。更余，绛雪收泪劝止。

又数夕，生方寂坐，绛雪笑入曰：“报君喜信：花神感君至情，俾香玉复降宫中。”生问：“何时？”答曰：“不知，约不远耳。”天明下榻，生嘱曰：“仆为卿来，勿长使人孤寂。”女笑诺。两夜不至。生往抱树，摇动抚摩，频唤，无声。乃返，对灯团艾，将往灼树。女遽入，夺艾弃之，曰：“君恶作剧，使人创痏，当与君绝矣！”生笑拥之。

坐未定，香玉盈盈而入。生望见，泣下流离，急起把握。香玉以一手握绛雪，相对悲哽。及坐，生把之觉虚，如手自握，惊问之。香玉泫然曰：“昔，妾花之神，故凝；今，妾花之鬼，故散也。今虽相聚，勿以为真，但作梦寐观可耳。”绛雪曰：“妹来大好！我被汝家男子纠缠死矣。”遂去。香玉款笑如前；但偎傍之间，彷佛一身就影。生悒悒不乐，香玉亦俯仰自恨。乃曰：“君以白蔹屑，少杂硫黄，日酹妾一杯水，明年此日报君恩。”别去。

明日，往观故处，则牡丹萌生矣。生乃日加培植，又作雕栏以护之。香玉来，感激倍至。生谋移植其家，女不可，曰：“妾弱质，不堪复戕。且物生各有定处，妾来原不拟生君家，违之反促年寿。但相怜爱，合好自有日耳。”生恨绛雪不至。香玉曰：“必欲强之使来，妾能致之。”乃与生挑灯至树下，取草一茎，布掌作度，以度树本，自下而上，至四尺六寸，按其处，使生以两爪齐搔之。俄见绛雪从背后出，笑骂曰：“婢子来，助桀为虐耶!”牵挽并入。香玉曰：“姊勿怪！暂烦陪侍郎君，一年后不相扰矣。”从此遂以为常。

生视花芽，日益肥茂，春尽，盈二尺许。归后，以金遗道士，嘱令朝夕培养之。次年四月至宫，则花一朵，含苞未放；方流连间，花摇摇欲拆；少时已开，花大如盘，俨然有小美人坐蕊中，裁三四指许；转瞬飘然欲下，则香玉也。笑曰：“妾忍风雨以待君，君来何迟也!”遂入室。绛雪亦至，笑曰：“日日代人作妇，今幸退而为友。”遂相谈宴。至中夜，绛雪乃去。二人同寝，款洽一如从前。

后生妻卒，遂入山，不复归。是时，牡丹已大如臂。生每指之曰：“我他日寄魂于此，当生卿之左。”二女笑曰：“君勿忘之。”后十余年，忽病。其子至，对之而哀。生笑曰：“此我生期，非死期也，何哀为!”谓道士曰：“他日牡丹下有赤芽怒生，一放五叶者，即我也。”遂不复言。子舆之归家，即卒。次年，果有肥芽突出，叶如其数。道士以为异，益灌溉之。三年，高数尺，大拱把，但不花。老道士死，其弟子不知爱惜，斫去之。

白牡丹亦憔悴死；无何，耐冬亦死。

异史氏曰：情之至者，鬼神可通。花以鬼从，而人以魂寄，非其结于情者深耶？一去而两殉之，即非坚贞，亦为情死矣。人不能贞，亦其情之不笃耳。仲尼读唐棣而曰“未思”，信矣哉！

【译文】

山东崂山下清宫，耐冬高二丈，大数十围，牡丹高一丈多，开花时灿烂如锦。山东胶县人黄生，借住其中读书。一天，从窗户中见一女郎，身穿白衣在花丛中忽隐忽现。黄生心中起疑：道观之中怎会有这女子？快步出去看时，女郎已不见了。此后黄生又多次见到她。于是黄生就隐藏在树丛中，等候她到来。不一会，只见那女郎又偕同一个红衣女伴一起走来，远远望去，双双艳丽无比。她们渐渐走近了，忽然红衣女子往后退避，说：“这里有生人！”黄生猛然跃出，两个女郎惊慌地奔跑，裙袖飘拂，香气洋溢。追过短墙，静悄悄已不见踪影。黄生爱慕之情更为殷切，就在树下题诗一首：“无限相思无限苦，独含深情对短窗。只恐佳人归豪门，‘仙客’何处觅‘无双’？”最后一句，是借唐朝王仙客和刘无双的恋爱故事，抒发自己的爱慕之情。

黄生回到书房正思念不止，白衣女郎忽然进来，黄生惊喜地上前迎接。女郎笑着说：“你气势汹汹像个强盗，使人害怕。想不到你却是个风雅的诗人，所以不妨和你相见。”黄生略微问了她的生平。女郎说：“我小名香玉，原住在妓院里，被下清宫的道士关禁在这山中，实在非我所愿。”黄生问：“那道士叫什么名字？我要为你出这口气。”香玉说：“不必了，他也不敢相逼。借此机会和风流诗人长期幽会，也很不错。”黄生问：“穿红衣服的是谁？”女郎说：“她叫绛雪，是我的义姐。”于是二人就亲热起来。等到醒来，东方已红。香玉急忙起床说：“只管贪欢，都忘了天亮了。”一边穿衣着鞋，一边说：“我和了你一首诗，可别见笑：良宵欢乐容易过，不觉朝阳已上窗。但愿人如梁上燕，同飞同栖自成双。”黄生握着她的手腕说："你外表秀美，内心聪明，真爱死人了。只是你离开我一天，就像千里永别一样。你别等到夜里，一有机会就来。"香玉答应了。从此二人早晚都在一起。

黄生每次让她邀请绛雪来，总不来，黄生以为遗憾。香玉说："绛雪姐姐性格特别孤僻，不像我这么痴情。只能慢慢劝她，不必太急。"

一晚，香玉神色凄惨地进来，说："你连'陇'都守不住了，还想'望蜀'啊？如今我们要永别了。"黄生问："你去哪里？"香玉用袖子擦着眼泪说："这是命运注定的，不好对你说。你当初题的那首佳作，现在成了不幸的预言了。'豪门已夺佳人去，更无侠士救无双。'宋朝王晋卿的诗句，可说是为我而作的了。"黄生问她怎么回事，她不说，只是哭泣。彻夜未眠，一早就去了。黄生感到非常奇怪。第二天，有个即墨县姓蓝的，来下清宫游览，见到一株白牡丹，很喜欢，就把它掘起带走了。黄生这才明白香玉乃是牡丹花精，怅恨惋惜不止。过了几天，听说白牡丹被姓蓝的移植到家里，就一天天枯萎而死。黄生恨极，写了五十首《哭花诗》，天天来到香玉留下的坑穴旁哭泣哀悼。

一天，黄生哀悼完刚要回去，远远看见红衣女郎绛雪也来到坑穴边哭泣，就从容地走近去，她也不躲避。黄生就拉着绛雪的袖子，和她相对流泪。后来，黄生恳请她到自己房中，绛雪也依了他。她叹息说："从小的姐妹，一旦永别！听到你哀伤，更添我悲痛。泪水堕入九泉之下，或许她能为我们的真诚所感动而重生。但是她死后神离气散，一时间怎能和我们两人一起谈笑呢！"黄生说："我命不好，妨害恋人，当然也没福消受两个美人。以前我多次烦请香玉转达一点儿心意，为什么你再不肯光临呢？"绛雪说；"我以为年轻书生，十个有九个薄情，不知道你原是最重感情的人。但我和你交往，为感情而不为性欲。若是日夜亲昵，那我就做不到了。"说完，就要告别。黄生说："香玉永久离开了我，使我吃不下睡不着。仰仗你多留一会儿，安慰我的情思，为何说走就走呢！"绛雪这才留下，过了一宿离去，好几天没再来。

冷雨敲着幽窗，黄生苦苦怀念着香玉，在床上翻来侧去，泪水沾湿了枕席。他披上衣服起来，拨亮了灯火，又按前诗的韵写了一首："凄凉山院黄昏雨，垂帘惆怅坐小窗。无限相思人不见，半夜独自泪双双。"写完了正在自己吟诵，忽然窗外有人说："既有作诗的，不可没有和诗的。"听上去，是绛雪的声音，忙开门让她进来。绛雪看了黄生的诗，就在后面续写道："亲密人儿在何处？唯有孤灯照晚窗。寂寞空山人一个，灯前对影自成双。"黄生读了流下眼泪，就埋怨绛雪来得太少了。绛雪说："像香玉那样热烈我做不到，只能稍微安慰一下你的寂寞罢了。"黄生要和她亲昵，绛雪说："相见的快乐，何必在这上面。"

从此，每当黄生寂寞无聊时，绛雪就来一次。来了以后就和黄生饮酒吟诗，有时不留宿就走了，黄生也由着她。他对绛雪说："香玉是我的爱妻，你绛雪是我的良友。"他常常问绛雪："你是院中第几棵？请早点告诉我，我将抱回去种在家里，免得像香玉似地被恶人夺去，使人遗恨一辈子。"绛雪说："故土难移，告诉了你也没有用。爱妻尚且不能始终伴着你，何况良友呢！"黄生不听她的，拉着她的手臂出来，每到一棵牡丹下面，就问："这棵是你吗？"绛雪不说，只是捂着嘴笑。

不久已到腊月，黄生回家祭祖过年。到二月间，忽然梦见绛雪到，忧愁地说："我有大难临头，你赶紧去，还能相见，迟了就来不及了。"黄生醒后觉得奇怪，急忙命仆人备马，连夜赶到崂山。原来是观里的道士要建造房屋，有一棵耐冬，妨碍了房屋的建造，工匠正要挥斧把它砍掉。黄生急忙制止了他们。到夜里，绛雪来向黄生道谢，黄生笑着说："你早不把实情告诉我，该遭这次困厄！现在我已经知道你了，如果你再不肯来，我就燃了艾条来灼你。"绛雪说："我早知道你要这样来纠缠，所以过去才不敢告诉你。"二人坐了一阵，黄生说："我现在面对良友，更想念美丽的妻子。好久没去哭香玉了，你能跟我一起去哭吗？"于是两个人就前去，对着坑穴洒泪。哭了一个多时辰，绛雪收住眼泪劝黄生停止。

又过了几夜，黄生正寂寞地坐着，绛雪笑着进来说："报告你一个喜讯：花神被你的深情所感动，让香玉重新降生到这下清宫中，"黄生问："什么时候？"绛雪答："不知道，大约不久吧！"天亮绛雪下床而去，黄生叮嘱道："我是为你来的，你别老是让人孤单寂寞。"绛雪笑着答应了，却两夜没来。黄生前去抱着那棵耐冬树，摇晃抚摸，连声呼唤，没有声音。于是黄生就回到房中，对着灯搓艾条，要去灼那棵树。绛雪突然进来，夺过艾条扔掉，说："你恶作剧，假使我身上灼出伤疤，就要和你断绝关系了！"黄生笑着把她抱在怀里。

二人还没坐定，香玉轻盈地进来了。黄生一见香玉，泪水纵横，急忙起来握住她的手。香玉用另一只手握着绛雪，三人相对伤心地哽咽着。等到坐下，黄生握着香玉的手觉得空虚，好像自己握着拳头一样，惊讶地问她。香玉流着泪说："从前我是花的神，所以是凝实的，如今我是花的鬼，所以是虚散的。如今我们虽然相聚，你别当作是真的，只把它当作梦来看就是了。"绛雪说："妹妹来得太好了，我被你家男人纠缠死了。"就告辞走了。香玉举止笑貌和以前一样，只是偎依之间，好像一个虚幻的影子。黄生郁郁不乐，香玉也低头抬头觉得遗憾。她对黄生说："你用白蔹屑，稍微拌点硫黄，每天浇我一杯水，明年今天就能报答你的恩情。"就告别走了。

第二天，黄生到白牡丹原先生长的地方，就见一株牡丹苗生出来了。黄生就天天加以培植，又制作了雕花栏杆来保护它。香玉来，对黄生感激不尽。黄生想要把牡丹苗移植到自己家里，香玉不同意，说："我体质虚弱，不堪再受损伤。况且万物生长各有注定的地方，我这次来原本不打算生在你家，违抗命运反而要缩短寿命。只要你爱我，欢会的日子自会来到。"黄生埋怨绛雪不来。香玉说："你一定要强求她来，我有办法。"就和黄生带了灯笼来到耐冬树下，拿了一根草，用巴掌量了它的尺寸，再用它来量树身，自下而上，量到四尺六寸，就指着这地方，让黄生用两个手指甲一齐搔它。转眼绛雪就从背后出来，笑着骂道："这丫头来了，就助纣为虐吗？"两个人拉着绛雪一起进屋。香玉说："姐姐别生气，暂时麻烦你陪伴他，一年后就不打扰你了。"从此绛雪也就常来。

黄生观察那牡丹芽，一天比一天壮盛，到春末，已有二尺多高了。黄生回家后，付给道士银两，嘱咐他朝夕培植灌溉牡丹。第二年四月黄生到下清宫，就见有花一朵，含苞未放。黄生正依恋不忍离去，花摇摇晃晃要开放，不一会已经开了。花大如盘，清楚地看到有个小美人坐在花蕊中，才三四指高。转眼间，美人飘然飞下，原来是香玉。香玉笑着对黄生说："我忍受着风吹雨打等你来，你来得好迟！"于是就进了屋。绛雪也来了，笑着说："天天代人做妻子，幸好现在退为朋友了。"于是三人一起饮酒谈笑。到半夜，绛雪走了。二人同睡，完全像以前一样融洽。

后来黄生的妻子死了，黄生就进山，不再回家。这时，牡丹已有手臂般粗。黄生常常指着它说："我将来死后，灵魂就寄托在这里，要生在你左边。"香玉、绛雪都笑着说："你别忘了。"十几年后，黄生忽然病了。他儿子赶来，对着父亲很悲哀。黄生笑着说："这是我新生之日，不是死亡之时，你伤心什么！"对道士说"将来牡丹下面有红色的芽萌生，一放五叶的，就是我。"于是不再说话。儿子用车把他载回家，黄生就死了。第二年，牡丹下果然有株茁壮的芽萌出，叶数和黄生所说一样。道士觉得奇怪，更精心浇灌它。三年后，高好几尺，有一围来粗，但不开花。老道士死后，他的徒弟不懂得爱惜，把它砍掉了。白牡丹也就憔悴而死，不久，耐冬也死了。

异史氏说：情深到极点，鬼神也可相通。花成为鬼也跟着所爱的人；人死后灵魂也寄附着所爱的花。难道不是他们的感情凝结得深吗？一棵被砍去，另两棵跟着死去，就算不是坚贞，也是为情而死了。一个人做不到坚贞，还是他的情不深厚罢了。《论语·子罕》说，孔子读了"难道我不想念你，只是你家住得远"这两句逸诗，说道："并没有想念，否则有什么远呢？"千真万确！

三　仙

一士人赴试金陵，经宿迁，遇三秀才，谈论超旷，遂与沽酒款洽。各表姓字：一介秋衡，一常丰林，一麻西池。纵饮甚乐，不觉日暮。介曰："未修地主之仪，忽叨盛馔，于理不当。茅茨不远，可便下榻。"常、麻并起捉裾，唤仆相将俱去。至邑北山，忽睹庭院，门绕清流。

既入，舍宇清洁。呼童张灯，又命安置从人。麻曰：“昔日以文会友，今场期伊迩，不可虚此良夜。请拟四题，命阄各拈其一，文成方饮。”众从之。各拟一题，写置几上，拾得者就案构思。二更未尽，皆已脱稿，迭相传视。秀才读三作，深为倾倒，草录而怀藏之。主人进良酝，巨杯促釂，不觉醺醉。主人乃导客就别院寝。客醉不暇解履，和衣而卧。及醒，红日已高，四顾并无院宇，主仆卧山谷中。大骇。见傍有一洞，水涓涓流。自讶迷惘。视怀中，则三作俱存。下山问土人，始知为“三仙洞”。盖洞中有蟹、蛇、虾蟆三物，最灵，时出游，人往往见之。士人入闱，三题即仙作，以是擢解。

【译文】

读书人某甲，赴南京应试，路经江苏宿迁，遇见三个秀才，言谈超脱旷达。某甲就买了酒跟他们一起亲切地喝起来。三个人各自介绍了姓名：一个叫介秋衡，一个叫常丰林，一个叫麻西池。放开酒量，喝得很高兴，不觉天色已晚。介秋衡说道：“没尽到本地主人的礼节，忽然间叨扰了你丰盛的酒肴，从道理上讲不过去。寒舍不远，可以就便留宿。”常、麻二人也都站起来拉着某甲的衣服，唤仆人一起前去。到城北山上，忽然看到有座庭院，门前环绕着清清的溪流。进去以后，房屋清洁。主人命僮仆张灯，又命安置随从。麻西池说：“从前以文会友，如今考期将近，不可虚度了这个良夜。让我们拟四个题目，做成阄儿，各人抓一个，做完文章再来饮酒。”大家都同意。各人拟了一个题目，写了放在桌上，抽到的就在桌旁构思。二更没完，都已写成，互相传阅。某甲看了三人的文章，深为倾倒，就抄写了藏在怀里。主人献上美酒，大杯劝饮，他不觉大醉。主人就领他到别院就寝。某甲醉得顾不上脱鞋，和衣睡下。一觉醒来，红日已经很高了。环顾四周，并无庭院，自己和仆人都睡在山谷中。某甲大为惊骇。又见旁边有一山洞，溪水涓涓流淌。奇怪自己怎么这样迷惘。看看怀中，三篇文章都在。下山询问当地居民，才知道那洞是“三仙洞”。原来洞中有蟹、蛇、蛤蟆三样动物，极有神灵，时常出游，人们常常见到他们。某甲进考场，三个试题就是三仙所作的文章。他因此中了举人。

鬼 隶

历城县二隶，奉邑令韩承宣命，营干他郡，岁暮方归。途遇二人，装饰亦类公役，同行话言。二人自称郡役。隶曰：“济城快皂，相识十有八九，二君殊昧生平。”二人云：“实相告：我城隍鬼隶也。今将以公文投东岳。”隶问：“公文何事?”答云：“济南大劫，所报者，杀人之名数也。”惊问其数。曰：“亦不甚悉，约近百万。”隶问其期，答以“正朔”。二隶惊顾，计到郡正值岁除，恐罹于难；迟留恐贻谴责。鬼曰：“违误限期罪小，入遭劫数祸大。宜他避，姑勿归。”隶从之。未几，北兵大至，屠济南，扛尸百万。二人亡匿得免。

【译文】

山东济南府历城县两名公差，奉县令韩承宣之命，到外地出差，将近年底才返回。路上遇到两个人，装束也像是公差，和他们一路走着交谈。那二人自称是府里的公差。历城县的公差说：“济南城里的公差，十有八九我们都认识，从没见过你们二位。”那二人说：“实话相告：我们是济南城隍的鬼差。现在是去东岳大帝处投送公文。”历城县的公差问：“公文上写的什么事情?”鬼差答道：“济南将有大劫，公文上报的，是将要被杀的人名和数字。”公差惊问有多少，鬼差答：“也不太清楚，大约将近一百万。”公差问大劫的日期，鬼差答："正月。"两个公差惊恐地对看，计算回到济南正是年底，怕遭此大劫；倘若逗留不归，又怕受到官府惩处。鬼差说："误了限期罪小，回去遭劫祸大。该到别处躲一躲，暂且别回去。"两个公差听从了鬼的话。不久，北方大军来到，血洗济南城，杀人百万。两个公差逃避得以免难。

王　十

高苑民王十，负盐于博兴。夜为二人所获。意为土商之逻卒也，舍盐欲遁；足苦不前，遂被缚。哀之。二人曰："我非盐肆中人，乃鬼卒也。"十惧，乞一至家，别妻子。不许，曰："此去亦未便即死，不过暂役耳。"十问："何事？"曰："冥中新阎王到任，见奈河淤平，十八狱坑厕俱满，故捉三种人淘河：小偷、私铸、私盐；又一等人使涤厕：乐户也。"

十从去，入城郭，至一官署，见阎罗在上，方稽名籍。鬼禀曰："捉一私贩王十至。"阎罗视之，怒曰："私盐者，上漏国税，下蠹民生者也。若世之暴官奸商所指为私盐者，皆天下之良民。贫人揭锱铢之本，求升斗之息，何为私哉！"罚二鬼市盐四斗，并十所负，代运至家。留十，授以蒺藜骨朵，令随诸鬼督河工。鬼引十去，至奈河边，见河内人夫，缀续如蚁。又视河水浑赤，臭不可闻。淘河者皆赤体持畚锸，出没其中。朽骨腐尸，盈筐负异而出；深处则灭顶求之。惰者辄以骨朵击背股。同监者以香绵丸如巨菽，使含口中，乃近岸。见高苑肆商，亦在其中。十独苛遇之：入河楚背，上岸敲股。商惧，常没身水中，十乃已。经三昼夜，河夫半死，河工亦竣。前二鬼仍送至家，豁然而苏。

先是。十负盐未归，天明，妻启户，则盐两囊置庭中，而十久不至。使人遍觅之，则死途中。舁之而归，奄有微息，不解其故。乃醒，始言之。肆商亦于前日死，至是始苏。骨朵击处，皆成巨疽，浑身腐溃，臭不可近。十故诣之。望见十，犹缩首衾中，如在奈河状。一年，始愈，不复为商矣。

异史氏曰：盐之一道，朝廷之所谓私，乃不从乎公者也；官与商之所谓私，乃不从乎其私者也。近日齐、鲁新规，土商随在设肆，各限疆域。不惟此邑之民，不得去之彼邑；即此肆之民，不得去之彼肆。而肆中则潜设饵以钓他邑之民：其售于他邑，则廉其直；而售诸土人，则倍其价以昂之。而又设逻于道，使境内之人，皆不得逃吾网。其有境内冒他邑以来者，法不宥。彼此互相钓，而越肆假冒之愚民益多。一被逻获，则先以刀杖残其胫股，而后送诸官；官则桎梏之，是名“私盐”。呜呼！冤哉！漏数万之税非私，而负升斗之盐则私之；本境售诸他境非私，而本境买诸本境则私之，冤矣！律中“盐法”最严，而独于贫难军民，背负易食者，不之禁；今则一切不禁，而专杀此贫难军民！且夫贫难军民，妻子嗷嗷，上守法而不盗，下知耻而不倡；不得已，而揭十母而求一子。使邑尽此民，即“夜不闭户”可也，非天下之良民乎哉！彼肆商者，不但使之淘奈河，直当使涤狱厕耳！而官于春秋节，受其斯须之润，遂以三尺法助使杀吾良民。然则为贫民计，莫若为盗及私铸耳：盗者白昼劫人，而官若聋；铸者炉火亘天，而官若瞽；即异日淘河，尚不至如负贩者所得无几，而官刑立至也。呜呼！上无慈惠之师，而听奸商之法，日变日诡，奈何不顽民日生，而良民日死哉！

各邑肆商，旧例以若干石盐赀，岁奉本县，名曰“食盐”。又逢节序，具厚仪。商以事谒官，官则礼貌之，坐与语，或茶焉。送盐贩至，重惩不遑。张公石年令淄川，肆商来见，循旧规，但揖不拜。公怒曰：“前令受汝贿，故不得不隆汝礼；我市盐而食，何物商人，敢公堂抗礼乎！”捋袴将笞。商叩头谢过，乃释之。后肆中获二负贩者，其一逃去，其一被执到官。公问：“贩者二人，其一焉往？”贩者曰：“逃去矣。”公曰：“汝腿病不能奔耶？”曰：“能奔。”公曰：“既被捉，必不能奔；果能，可起试奔，验汝能否。”其人奔数步欲止。公曰：“奔勿止！”其人疾奔，竟出公门而去。见者皆笑。公爱民之事不一，此其闲情，邑人犹乐诵之。

【译文】

山东高苑县居民王十，到博兴县去贩私盐。夜里被两个人抓获。王十以为是当地官盐商的巡丁，扔下盐想逃，双脚怎么也迈不开，就被绑了起来。王十哀求放了他。两个人说：“我们不是盐铺里的人，是鬼卒。”王十恐惧，乞求回一趟家，和妻子儿女告别。鬼卒不允许，说：“这次去阴间也不至于就死，不过暂时服一阵劳役罢了。”王十问：“干什么事情呢？”鬼卒说：“阴间新阎王到任，看到奈河淤积，十八层地狱的茅厕都满了。所以捉三种人去淘河：小偷，私铸铜钱的，贩卖私盐的；另有一种人捉去打扫厕所：妓院的。"

王十跟着前去，进城，到一座衙门，看到阎罗坐在堂上，正在查核名册。鬼卒上前禀报说："捉了一名贩私盐的王十到。"阎王看了王十，大怒说："所谓贩私盐的，是指对上偷漏国家税收，对下蛀食百姓生计的人。至于世间的残暴官吏不法奸商所说的私盐贩子，都是天下的良民。穷人凑点小本钱，赚几升口粮，怎能算私呢！"就罚二鬼卒买盐四斗，连同王十原来背的，代为送到他家里。留下王十，交给他一根蒺藜骨朵棒，让他随同众鬼卒去监督淘河工程。鬼卒领着王十前去，到奈河边上，只见河里的夫役，像蚂蚁似的络绎不绝。又见河水浑浊发红，臭不可闻。淘河的夫役都光着身体拿着铁锹畚箕，在河里上上下下。腐尸烂骨，满筐地扛抬出来；水深的地方则要没入水中去捞。谁干活不出力，监工的就拿骨朵棒敲他的背脊大腿。一同监工的鬼卒拿出一种香绵丸，像颗大豆子，让王十含在口中；这才靠近岸边。王十见高苑县的官盐铺商人，也在夫役之中。王十专门虐待他：下河敲背，上岸敲腿。那官盐商怕挨打，常常浸没在水中干活，王十方才罢休。经过三昼夜，淘河的夫役死了一半，淘河的工程也已完成。先前的两个鬼仍然把王十送到家里，王十忽然就苏醒了。

当初，王十背盐没回来。天亮时，妻子开门，却见两袋盐放在院里，而王十很久还不回来。托人到处寻找，发现他死在路上。抬他回家，微微有点气息，也不明白是何原因。直到王十醒来，才说了以上的情况。那官盐铺商人也是那一天死的，这时才苏醒。被骨朵棒敲过的地方，都变成大肿疮，浑身溃烂，恶臭不可靠近。王十故意去看他。盐商望见王十，还把头缩进被窝里，像是在奈河的样子。一年，才痊愈。从此，不再做盐商了。

异史氏说：盐这一问题，朝廷所说的私盐，指的是不遵照公家的盐法；而官和商人所指的私盐，指的是不遵照他们的私规。近来山东的新规定，各地盐商按照所在地方开设盐铺，各自划定了区域范围。不但这一县的百姓，不准到那一县去买盐；就是这一盐铺区域里的百姓，也不准到那一盐铺去买。而盐铺却暗暗设下诱饵来引诱外地的百姓：他们卖给外地人，就降低价钱；而卖给当地人，则加倍收钱抬高盐价。而又在路上布置巡逻，使境内的人，都逃不脱他们的罗网。如果有本地人假冒外地人来买盐的，按他们的规定决不轻饶。这样各地的盐铺彼此引诱对方区域内的人来上钩，因而越界买盐或假冒外地人买盐的百姓就更多了。一旦被巡逻的抓获，就先用刀棍打残他们的腿，然后送到官府；官府则把他们上了刑具关起来。这罪名就叫做“私盐”。唉！冤枉！他们偷漏国家好几万的税收不算私，而背几升几斗盐却算做私。他们把本地的盐卖给外地不算私，而本地人在本地越界买盐却算作私。冤枉啊！国法中“盐法”最严，然而唯独对于贫苦军民背点盐换粮食，并不禁止。如今则是所有非法行为都不禁止，而专门残害这些贫苦军民。况且这些贫苦军民，妻儿张着嘴等吃饭，上守国法不做盗贼，下知羞耻不当娼妓，实在没办法，用十分资本贩点盐，求得一分利息养家活口。倘使全县都是这种百姓，那就可以“夜不闭户”了，这还不是天下的良民吗！至于那些官盐铺的商人，不仅该去淘奈河，简直该去打扫地狱的厕所！但是当官的在过年过节时，得了盐商们一些贿赂，就假借国家法律来帮助他们残害我们的良民。这样看来，为贫民考虑，不如去当强盗或去私铸铜钱了。强盗青天白日抢劫财物，而官府却像聋子一样；私铸铜钱的炉火冲天，而官府却像瞎子一样；就算将来到阴间受罚淘奈河，还不至于像贩私盐所得无几，而官府的刑罚却立即加到身上。唉！上没有仁慈惠民的官长，而听任奸商的办法越变越诡诈，怎能不使刁民一天天增加，而良民一天天死亡呢！

各地的官盐商，过去按惯例把若干石盐的钱，年底奉献给本县县官，称作“食盐”。又每逢节令，给县官送上厚礼。盐商有事来见官，官就对他们很礼貌，请他们坐下谈话，有时还要上茶。盐商们送贩私盐的来，县官就忙不迭地予以重惩。张石年任山东淄川县令，有盐商来见他，按老规矩，只作揖而不下拜。张公大怒说：“从前的县令受了你们的贿赂，所以不得不抬高接待你们的礼节。我吃盐自己买，你们这些商人算什么东西，竟敢在公堂上分庭抗礼吗！”命人扒下商人的裤子要打。商人叩头谢罪，才放了他。后来官盐铺中抓了两个贩私盐的，其中一个逃走了，另一个被送到官府。张公问他：“贩的有两个，另一个哪里去了？”贩私盐的说：“逃走了。”张公说“你的腿有病不能奔吗？”回答说：“能奔。”张公说："既然被捉住，一定不能奔。你果真能奔，站起来奔奔试试，看你能不能。"那人奔了几步想停下来。张公说："快奔，别停！"那人飞速奔跑，竟奔出衙门而去。见到的人都笑了。张公爱民的事情很多，这一件是他的小轶事，县里的人至今还津津乐道。

大　男

奚成列，成都士人也。有一妻一妾。妾何氏，小字昭容。妻早没，继娶申氏，性妒，虐遇何，因并及奚；终日哓聒，恒不聊生。奚怒，亡去。去后，何生一子大男。奚去不返，申摈何不与同炊，计日授粟。大男渐长，用不给，何纺绩佐食。大男见塾中诸儿吟诵，亦欲读。母以其太稚，姑送诣读。大男慧，所读倍诸儿。师奇之，愿不索束脩，何乃使从师，薄相酬。积二三年，经书全通。

一日归，谓母曰："塾中五六人，皆从父乞钱买饼，我何独无？"母曰："待汝长，告汝知。"大男曰："今方七八岁，何时长也？"母曰："汝往塾，路经关帝庙，当拜之，祐汝速长。"大男信之，每过必入拜。母知之，问曰："汝所祝何词？"笑云："但祝明年便使我如十六七岁。"母笑之。然大男学与躯长并速：至十岁，便如十三四岁者；其所为文竟成章。一日，谓母曰："昔谓我壮大，当告父处，今可矣。"母曰："尚未，尚未。"又年余，居然成人，研诘益频，母乃缅述之。大男悲不自胜，欲往寻父。母曰："儿太幼，汝父存亡未知，何遽可寻？"大男无言而去，至午不归。往塾问师，则辰餐未复。母大惊，出赀佣役，到处冥搜，杳无踪迹。

大男出门，循途奔去，茫然不知何往。适遇一人将如夔州，言姓钱。大男丐食相从。钱病其缓，为赁代步，资斧耗竭。至夔，同食，钱阴投毒食中，大男瞑不觉。钱载至大刹，托为己子，偶病绝赀，卖诸僧。僧见其丰姿秀异，争购之。钱得金竟去。僧饮之，略醒。长老知而诣视，奇其相，研诘，始得颠末。甚怜之，赠赀使去。有泸州蒋秀才，下第归，途中问得故，嘉其孝，携与同行。至泸，主其家。月余，遍加谘访。或言闽商有奚姓者，乃辞蒋，欲之闽。蒋赠以衣履，里党皆敛赀助之。途遇二布客，欲往福清，邀与同侣。行数程，客窥囊金，引至空所，絷其手足，解夺而去。适有永福陈翁过其地，脱其缚，载归其家。翁豪富，诸路商贾，多出其门，翁嘱南北客代访奚耗。留大男伴诸儿读。大男遂住翁家，不复游。然去家愈远，音益梗矣。

何昭容孤居三四年，申氏减其费，抑勒令嫁。何志不摇。申强卖于重庆贾，贾劫取而去。至夜，以刀自劙。贾不敢逼，俟创瘥，又转鬻于盐亭贾。至盐亭，自刺心头，洞见脏腑。贾大惧，敷以药，创平，求为尼。贾曰："我有商侣，身无淫具，每欲得一人主缝纫。此与作尼无异，亦可少偿吾值。"何诺。贾舆送去。入门，主人趋出，则奚生也。盖奚已弃儒为商，贾以其无妇，故赠之也。相见悲骇，各述苦况，始知有儿寻父未归。奚乃嘱诸客旅，侦察大男。而昭容遂以妾为妻矣。然自历艰苦，疴痛多疾，不能操作，劝奚纳妾。奚鉴前祸，不从所请。

何曰："妾如争床笫者，数年来固已从人生子，尚得与君有今日耶？且人加我者，隐痛在心，岂及诸身而自蹈之？"奚乃嘱客侣，为买三十余老妾。逾半年，客果为买妾归。入门，则妻申氏。各相骇异。

先是，申独居年余，兄苞劝令再适。申从之。惟田产为子侄所阻，不得售。鬻诸所有，积数百金，携归兄家。有保宁贾，闻其富有奁资，以多金啗苞，赚娶之。而贾老废不能人。申怨兄，不安于室，悬梁投井，不堪其扰。贾怒，搜括其赀，将卖作妾。闻者皆嫌其老。贾将适夔，乃载与俱去。遇奚同肆，适中其意，遂货之而去。既见奚，惭惧不出一语。奚问同肆商，略知梗概。因曰："使遇健男，则在保宁，无再见之期，此亦数也。然今日我买妾，非娶妻，可先拜昭容，修嫡庶礼。"申耻之。奚曰："昔日汝作嫡，何如哉！"何劝止之。奚不可，操杖临逼。申不得已，拜之。然终不屑承奉，但操作别室。何悉优容之，亦不忍课其勤惰。奚每与昭容谈宴，辄使役使其侧；何更代以婢，不听前。

会陈公嗣宗宰盐亭。奚与里人有小争，里人以逼妻作妾揭讼奚。公不准理，叱逐之。奚喜，方与何窃颂公德。一漏既尽，僮呼叩扉，入报曰："邑令公至。"奚骇极，急觅衣履，则公已至寝门；益骇，不知所为。何审之，急出曰："是吾儿也！"遂哭。公乃伏地悲哽。盖大男从陈翁姓，业为官矣。初，公至自都，迂道过故里，始知两母皆醮，伏膺哀痛。族人知大男已贵，反其田庐。公留仆营造，冀父复还。既而授任盐亭，又欲弃官寻父，陈翁苦劝止之。会有卜者，使筮焉。卜者曰：“小者居大，少者为长；求雄得雌，求一得两：为官吉。”公乃之任。为不得亲，居官不茹荤酒。是日，得里人状，睹奚姓名，疑之。阴遣内使细访，果父。乘夜微行而出。见母，益信卜者之神。临去，嘱勿播，出金二百，启父办装归里。父抵家，门户一新，广畜仆马，居然大家矣。申见大男贵盛，益自敛。兄苞不愤，告官，为妹争嫡。官廉得其情，怒曰：“贪赀劝嫁，已更二夫，尚何颜争昔年嫡庶耶！”重笞苞。由此名分益定。而申妹何，何姊之。衣服饮食，悉不自私。申初惧其复仇，今益愧悔。奚亦忘其旧恶，俾内外皆呼以太母，但诰命不及耳。

异史氏曰：颠倒众生，不可思议，何造物之巧也！奚生不能自立于妻妾之间，一碌碌庸人耳；苟非孝子贤母，乌能有此奇合，坐享富贵以终身哉！

【译文】

奚成列，是成都的读书人，有一妻一妾。妾姓何，小名昭容。前妻早已去世，继娶后妻申氏，为人嫉妒，虐待何氏，因而牵连带到奚成列；整天吵吵闹闹，常常没法过日子。奚成列一怒之下，离家出走。奚成列走后，何氏生下一个儿子，小名叫大男。奚成列一去不返，申氏排斥何氏，不让她和自己一锅吃饭，卡着日子给她口粮。大男渐渐长大，费用不够，何氏纺纱织布来贴补吃的。大男看到学校里很多小孩在念书，也想读书。母亲因为他还太小，姑且送他到学校读读试试。大男聪明，所读的书比别的孩子多一倍。老师认为他是个奇才，愿意不收学费教他。何氏这才让大男正式拜老师读书，并尽力给老师少量报酬。两三年下来，经书全部通了。

一天回家，他对母亲说：“学校里五六个同学，都跟父亲要钱买糕饼，我为什么独独没有父亲？”母亲说：“等你长大了，告诉你知道。”大男说：“我现在才七八岁，什么时候长大呢？”母亲说：“你去学校，经过关帝庙，要进去拜，保佑你快长大。”大男很相信，每次经过关帝庙一定进去拜。母亲知道了问他：“你向关帝祷告些什么话？”大男笑着说：“我只祷告明年就让我像十六七岁。”母亲笑他。但大男的学问和身体都长得很快：到十岁，就像十三四岁的人；所写的文章居然很有章法。一天，大男对母亲说：“你从前说等我长大，就该告诉我父亲的去处，现在可以跟我讲了。”母亲说：“还不行，还不行。”又过了一年多，大男居然像个成人了，追问母亲的次数也更多了，母亲这才详细叙述了他父亲出走的经过。大男不胜悲伤，就要去寻找父亲。母亲说：“你还太小，你父亲是死是活还不知道，怎能马上去寻找呢？”大男默默地去了，到中午还没回家。母亲到学校问老师，才知道早饭后没回学校。母亲大惊，出钱雇了人到处寻找，毫无踪迹。

大男出门后，顺着大路奔去，心里茫然，不知往哪里去好。正好遇见一个人要到夔州去，说是姓钱。大男一路讨饭跟着他。钱某嫌他走得慢，给他雇了头牲口，钱都用完了。到了夔州，一起进餐，钱某暗中在食物里放了蒙汗药，大男吃了昏迷不省人事。钱某把他用车拉到一座大寺院，假称是自己的儿子，偶然得了病，钱又用光了，要卖给和尚。和尚们见大男风姿出众，争着买他。钱某银两到手就溜了。和尚用水喂大男，他才渐渐醒来。长老知道了来看他，觉得他相貌不凡，仔细询问，才弄清始末。长老很怜惜他，送了点钱让他自去。有个泸州的蒋秀才，考试落第回家，路上问知大男情况，赞许他的孝行，带他同行。到了泸州，大男就在蒋家住下。一个多月，到处寻访打听。有人说福建商人中有个姓奚的，大男就辞别蒋秀才，要到福建去。蒋秀才赠给他衣服鞋袜，邻里亲友也都凑了钱资助他。路上，大男遇到两个布商，他们要到福建省福清县去，邀大男结伴。走了几天路程，布商偷看到大男钱袋里的银子，就把他引到没人的地方，捆住他手脚，解下他钱袋抢了就走。正好有个福建省永泰县的陈老先生经过那儿，给他松了绑带回自己家里。陈老先生是个豪富，各路客商，有不少出自他的门下。老先生嘱咐南北客商代为查访奚成列的消息，留下大男陪伴几个儿子读书。大男就住在陈家，不再四处流浪。但离家更远了，音讯也更难通了。

何昭容独自生活了三四年，申氏减少她的生活费用，逼迫她改嫁。何氏守志不移。申氏强行把她卖给一个重庆商人，商人抢走了她。到夜里，何氏用刀自割，商人不敢逼她，等她伤好，又转卖给四川盐亭县的商人。到了盐亭，何氏又自刺胸口，穿了个大洞，连内脏都露出来了。盐亭商人非常害怕，给她敷上药。伤口平复以后，何氏要求当尼姑。商人说："我有个经商的同伴，是个没有性功能的人，一直想找个人缝缝补补。这跟当尼姑没什么两样，也可以补回我一点身价钱。"何氏答应了。商人就用车把她送去。进了门，主人快步迎出来，竟是奚成列。原来，奚成列已经弃文经商，盐亭商人因为他没有妻子，所以把何氏送给他。相见之下，悲伤惊奇交织，各自叙述苦楚的经历，才知道有个儿子寻找父亲没有回来。奚成列就嘱托各客商探访大男的消息。而何昭容就此由妾成为妻了。但何昭容自从经历了几番艰苦折磨，伤痛多病，不能操劳，就劝奚成列娶妾。但奚成列鉴于从前的教训，没听她劝告。何氏说："我要是个争风吃醋的人，这些年来早已跟了别人生了儿子了，还能够和你有今天吗？况且别人加给我的，至今隐痛在心，难道轮到自己还会去走老路吗？"奚成列才嘱托同伙，为自己买个三十多岁的老妾。过了半年，那同伙果然为他买了一个妾回来。一进门，竟是妻子申氏。三个人都惊住了。

原来在这以前，申氏独居了一年多，她哥哥申苞劝她再嫁。申氏同意了。只是田地房产被奚家子侄阻止，没卖成，把其他东西都卖了，积下有几百两银子，带着回到哥哥家。有个四川保宁的商人，听说申氏很有些私房钱，就用不少钱买通了申苞，把申氏骗娶到手。然而商人年老性机能衰退。申氏怨恨哥哥，不安于室，又是上吊，又是跳井，闹得商人受不了。商人火了，搜括尽她的私房钱，要把她卖给别人作妾。但人家一听都嫌她太老。商人要去夔州，就带她一起去。遇到奚成列店里的同伙，正好合条件，就把她买来了。申氏见了奚成列，惭愧恐惧说不出一句话。奚成列问了店里的同伙，知道个大概，就说："假使你碰到的是健壮的男子，那你就在保宁了，没再见面的日子，这也是天数。但今天我是买妾，不是娶妻，你该先拜昭容，正一正嫡妻庶妾的规矩。"申氏感到耻辱。奚成列说："当初你做嫡妻，是怎样的呢！"何氏劝丈夫算了，奚成列不答应，拿起棍棒到申氏面前逼她。申氏没办法，只好拜了何氏。但到底不肯侍奉何氏，只在别的屋里干活。何氏都宽容了她，也不忍心去督责检查她干活勤劳还是懒惰。奚成列每和昭容饮酒叙谈，就叫申氏在一旁侍候，何氏另叫丫环代替，不让申氏陪侍。

这时是陈嗣宗大人任盐亭县令。奚成列与邻人有些小纠纷，邻人用逼妻作妾的罪名告发他。陈公不受理，叱责驱逐了告发人。奚成列心里喜欢，和何氏私下称颂陈公的恩德。一更已尽，僮仆唤着敲门，进来禀报说："县令大人到。"奚成列惊恐极了，心急慌忙寻找衣服鞋子，不想大人已到了卧室门口。奚成列更惊恐了，不知如何是好。何氏细细观看，急匆匆出来说："是我的儿啊！"就哭了起来。陈公也就跪倒在地，悲伤哽咽，说不出话来。原来大男跟了陈老先生的姓，已经做官了。起初，他从京城出来，绕道经过故乡，才知道两位母亲都已再嫁，内心十分悲痛。同族的人知道大男已成贵人，就把田地房产都还他。陈公留下仆人经营，期望父亲重新回家。后来任命他做盐亭县令，他又想弃官寻找父亲，陈老先生苦苦劝阻了他。这时正好有个算卦的，请他算了一卦。他道："小的居大位，年轻的居尊位，求雄兼得雌，求一能得俩。做官大吉。"陈公这才赴任。因为没找到双亲，居官期间戒酒断荤。这天，收到那邻人的状子，看到奚成列的名字，怀疑是自己的父亲。暗中派亲信细加查访，果然是父亲。他乘夜穿便服出了衙门。又见到了母亲，就更相信算卦者的神验了。临走，他嘱咐大家不要声张。又拿出二百两银子，启请父亲置办行装回故乡。父亲回到老家，门庭已是焕然一新，畜养了好多仆人和马匹，居然是大户人家了。申氏见大男做了官，地位高，气势大，更自动收敛。她哥哥申苞不服气，告到官府，为妹妹争嫡妻的地位。官府查明实况，大怒道："贪图钱财劝妹改嫁，已经换了两个丈夫，还有什么脸面来争过去的嫡庶！"重重责打了申苞。从此嫡庶的名分更确定了。然而申氏把何氏当妹妹，何氏也把申氏当姐姐。吃的穿的，都不一个人私自享用。申氏起初还怕何氏报复，如今更感到惭愧和后悔。奚成列也原谅了她的旧恶，让家中里里外外都称呼她为"太母"，只是得不到朝廷封赠的诰命罢了。

异史氏说：人生颠来倒去，简直不可思议。老天的安排多么巧妙！奚成列处于妻妾之间不能修身齐家，不过是一个庸庸碌碌的人罢了，假如不是孝子贤母，哪能有这奇妙的团圆，终身坐享富贵呢！

外 国 人

己巳秋，岭南从外洋飘一巨艘来。上有十一人，衣鸟羽，文采璀燦。自言："吕宋国人。遇风覆舟，数十人皆死；惟十一人附巨木，飘至大岛得免。凡五年，日攫鸟虫而食；夜伏石洞中，织羽为帆。忽又飘一舟至，橹帆皆无，盖亦海中碎于风者，于是附之将返。又被大风引至澳门。"巡抚题疏，送之还国。

【译文】

康熙二十八年（1689）秋天，有一艘大船从外洋飘到广东。船上有十一人，穿着鸟羽编织成的衣服，花纹很绚丽。他们自称是吕宋国（菲律宾）人，遇到巨风翻了船，好几十人都淹死了，只有他们十一个紧紧贴在大木头上，飘到一座大岛得以幸免。整整五年，白天捉飞鸟爬虫来吃，夜里在石洞中藏身，把鸟羽编织成船帆。后来忽然又有一艘船飘到岛边，船帆船橹都没有，原来也是在海上被大风损坏的。于是大家乘了这船想回国，又被大风吹到了澳门。广东巡抚奏明朝廷，送他们回国。

韦 公 子

韦公子，咸阳世家。放纵好淫，婢妇有色，无不私者。尝载金数千，欲尽览天下名妓，凡繁丽之区，无不至。其不甚佳者，信宿即去；当意，则作百日留。叔亦名宦，休致归，怒其行，延明师置别业，使与诸公子键户读。公子夜伺师寝，逾垣归，迟明而返，以为常。一夜，失足折肱，师始知之。告公，公益施夏楚，俾不能起而始药之。及愈，公与之约：能读倍诸弟，文字佳，出勿禁；若私逸，挞如前。然公子最慧，读常过程。数年，中乡榜。欲自败约，公箝制之。赴都，以老仆从，授日记籍，使志其言动，故数年无过行。后成进士，公乃稍弛其禁。

公子或将有作，惟恐公闻，入曲巷中，辄托姓魏。一日，过西安，见优僮罗惠卿，年十六七，秀丽如好女，悦之。夜留缱绻，赠贻丰隆。闻其新娶妇尤韵妙，私示意惠卿。惠卿无难色，夜果携妇至，三人共一榻。留数日，眷爱臻至。谋与俱归。问其家口，答云："母早丧，父存。某原非罗姓。母少服役于咸阳韦氏，卖至罗家，四月即生余。倘得从公子去，亦可察其音耗。"公子惊问母姓。曰："姓吕。"生骇极，汗下浃体，盖其母即生家婢也。生无言。时天已明，厚赠之，劝令改业。伪托他适，约归时召致之，遂别去。

后令苏州，有乐妓沈韦娘，雅丽绝伦，爱留与狎。戏曰："卿小字取'春风一曲杜韦娘'耶?"答曰："非也。妾母十七为名妓，有咸阳公子，与公同姓，留三月，订盟昏娶。公子去，八月生妾，因名韦，实妾姓也。公子临别时，赠黄金鸳鸯，今尚在。一去竟无音耗，妾母以是愤悒死。妾三岁，受抚于沈媪，故从其姓。”公子闻言，愧恨无以自容。默移时，顿生一策。忽起挑灯，唤韦娘饮，暗置鸩毒杯中。韦娘才下咽，溃乱呻嘶。众集视，则已毙矣。呼优人至，付以尸，重赂之。而韦娘所与交好者尽势家，闻之，皆不平，贿激优人，讼于上官。生惧，泻橐弥缝，卒以浮躁免官。

归家，年才三十八，颇悔前行。而妻妾五六人，皆无子。欲继公孙；公以其门无内行，恐儿染习气，虽许过嗣，但待其老而后归之。公子愤欲招惠卿，家人皆以为不可，乃止。又数年，忽病，辄挝心曰：“淫婢宿妓者，非人也！”公闻而叹曰：“是殆将死矣！”乃以次子之子，送诣其家，使定省之。月余果死。

异史氏曰：盗婢私娼，其流弊殆不可问。然以己之骨血，而谓他人父，亦已羞矣。而鬼神又侮弄之，诱使自食便液。尚不自剖其心，自断其首，而徒流汗投鸩，非人头而畜鸣者耶！虽然，风流公子所生子女，即在风尘中，亦皆擅场。

【译文】

韦公子，出身于咸阳大族。为人放纵好色，丫环女仆中长得漂亮的，无不被他奸污。他曾装载几千两银子，要玩弄遍天下名妓。凡是繁华的地方，没有不到的。那些不很出色的妓女，他住一两宿就走了；合意的，就留好几个月。他叔父也是知名的官员，退休回家，对他的行为很生气。请来明师，安置别墅，叫他和韦家其他公子一起锁上门读书。他夜里候老师睡下，翻墙回家，天亮返回书院，习以为常。一夜，失足跌断了手臂，老师才知道翻墙的事，就告诉了他叔父。叔父更加之以责打，打得他爬不起来才给他医治。

等他伤好，叔叔和他订下规矩：读书能超过弟弟们一倍，文章写得好，就不禁止他外出；如果私自逃出，照上次那样责打。但韦公子极聪明，读的书常超量。几年下来，中了举人。他想要违背那规矩，但叔叔管束得很严。进京也派老家人跟着，交下日记本，教记下公子的言行，所以几年没有太不好的行为。后来韦公子成了进士，叔父才稍微放松了对他的管束。

韦公子有时要去荒唐，唯恐叔父知道，进入妓院，常常假称姓魏。一天，他经过西安，见到戏子罗惠卿，年龄十六七岁，长相秀丽像姣好的女子，就喜欢上了。夜里留下淫乱，馈赠极为丰盛。听说罗惠卿新娶的妻子特别风流美妙，私下用含蓄的话有所示意。罗惠卿毫无为难的表情，夜里果然带着妻子来了，三人共睡一床。留宿几天，眷恋备至，打算把他们带回咸阳。问他们家里有哪些人。罗惠卿答："母亲早就去世，父亲还在。我本不是罗家人。母亲年轻时在咸阳韦家做丫环，卖到罗家四个月就生下我。如果我能跟公子去咸阳，也可以打听生父的消息。"韦公子吃惊地问他母亲的姓，罗惠卿答："姓吕。"韦公子惊骇万分，汗流遍体，原来罗惠卿的母亲就是公子家的丫环。韦公子不再说什么。这时天已亮了，公子送了罗惠卿一大笔钱，劝他改行。假托要到别处去，说好回来时再找他，就告别而去。

后来韦公子当了苏州某县县令，有个艺妓叫沈韦娘，风雅美丽独一无二，韦公子喜爱她，留下狎玩。开玩笑问："你的小名，是取唐诗'春风一曲杜韦娘'吗?"韦娘答道："不是。我母亲十七岁就成名妓，有个咸阳公子和你同姓，留宿三个月，海誓山盟，说定要娶我母亲。公子走后八个月，母亲生下我，因此叫韦娘，其实韦是我的姓。公子临别时，赠给我母亲黄金鸳鸯，现在还在。一去竟没了音讯，我母亲因此气闷而死。我三岁，沈大娘收养了我，所以随了她的姓。"韦公子听了这话，愧恨交加，感到自己没有了容身之地。沉默了好一阵，顿时想出一条计策。忽然起床拨亮了灯，唤韦娘饮酒，暗中把毒药放在杯中。韦娘一喝下去，神志昏乱，时而呻吟，时而惨叫。众人赶来看时，韦娘已经一命归天。韦公子叫来艺妓的老板，交付了尸体，用重金贿赂他。然而韦娘所交往相好的都是有权有势的人家，听说此事，都不服气，也塞钱给老板，挑唆他到韦公子的上司那里去告状。韦公子害怕了，倾囊弥补向有关方面打招呼，终于以轻浮不稳重的罪名丢了乌纱帽。

韦公子罢官回家才三十八岁，很后悔过去的行为。而他的五六个妻妾，都没有生儿子。想要过继叔父的孙子为儿。叔父因为他家风不正，怕孙儿沾染上不良习气，虽然答应此事，但要等他老了以后才让孙儿归他。韦公子气不过想把惠卿招来，家里人都不同意，只好作罢。又过了几年，韦公子忽然得病，常常敲打胸口说："奸污丫环、嫖宿妓女的，真不是人啊！"叔父听说，叹息说："他这大概是快要死了！"就把二儿子的儿子送到他家，让以儿子的身份侍候他。过了一个多月，韦公子果然死了。

异史氏说：偷丫环，嫖妓女，其恶果简直不堪设想。然而让自己的亲生骨肉，去称呼别人为父亲，也已经够羞耻的了。而鬼神又侮辱捉弄他，诱使他自屙自吃，奸污了自己的亲生子女。他还不挖出自己的心，砍了自己的头，而只是惭惧流汗，只是投毒灭口，难道不是长着人头的畜牲吗？不过，风流公子所生的子女，即便流落在色情场所，也都是出人头地的。

石清虚

邢云飞，顺天人。好石，见佳石，不惜重直。偶渔于河，有物挂网，沉而取之，则石径尺，四面玲珑，峰峦叠秀。喜极，如获异珍。既归，雕紫檀为座，供诸案头。每值天欲雨，则孔孔生云，遥望如塞新絮。

有势豪某，踵门求观。既见，举付健仆，策马径去。邢无奈，顿足悲愤而已。仆负石至河滨，息肩桥上，忽失手，堕诸河。豪怒，鞭仆。即出金，雇善泅者，百计冥搜，竟不可见。乃悬金署约而去。由是寻石者日盈于河，迄无获者。后邢至落石处，临流於邑，但见河水清澈，则石固在水中。邢大喜，解衣入水，抱之而出。携归，不敢设诸厅所，洁治内室供之。

一日，有老叟款门而请。邢托言石失已久。叟笑曰："客舍非耶?"邢便请入舍，以实其无。及入，则石果陈几上。愕不能言。叟抚石曰："此吾家故物，失去已久，今固在此耶。既见之，请即赐还。"邢窘甚，遂与争作石主。叟笑曰："既汝家物，有何验证?"邢不能答。叟曰："仆则故识之。前后九十二窍，巨孔中五字云：'清虚天石供。'"邢审视，孔中果有小字，细如粟米，竭目力裁可辨认；又数其窍，果如所言。邢无以对，但执不与。叟笑曰："谁家物，而凭君作主耶!"拱手而出。邢送至门外；既还，已失石所在。邢急追叟，则叟缓步未远。奔牵其袂而哀之。叟曰："奇哉！径尺之石，岂可以手握袂藏者耶?"邢知其神，强曳之归，长跽请之。叟乃曰："石果君家者耶、仆家者耶?"答曰："诚属君家，但求割爱耳。"叟曰："既然，石固在是。"入室，则石已在故处。叟曰："天下之宝，当与爱惜之人。此石能自择主，仆亦喜之。然彼急于自见，其出也早，则魔劫未除。实将携去，待三年后，始以奉赠。既欲留之，当减三年寿数，乃可与君相终始。君愿之乎?"曰："愿。"叟乃以两指捏一窍，窍软如泥，随手而闭。闭三窍，已，曰："石上窍数，即君寿也。"作别欲去。邢苦留之，辞甚坚；问其姓字，亦不言，遂去。

积年余，邢以故他出，夜有贼入室，诸无所失，惟窃石而去。邢归，悼丧欲死。访察购求，全无踪迹。积有数年，偶入报国寺，见卖石者，则故物也，将便认取。卖者不服，因负石至官。官问："何所质验？"卖石者能言窍数。邢问其他，则茫然矣。邢乃言窍中五字及三指痕，理遂得伸。官欲杖责卖石者，卖石者自言以二十金买诸市，遂释之。邢得石归，裹以锦，藏椟中，时出一赏，先焚异香而后出之。

有尚书某，购以百金。邢曰："虽万金不易也。"尚书怒，阴以他事中伤之。邢被收，典质田产。尚书托他人风示其子。子告邢，邢愿以死殉石。妻窃与子谋，献石尚书家。邢出狱始知，骂妻殴子，屡欲自经，家人觉救，得不死。夜梦一丈夫来，自言："石清虚。"戒邢勿戚："特与君年余别耳。明年八月二十日，昧爽时，可诣海岱门，以两贯相赎。"邢得梦，喜，谨志其日。其石在尚书家，更无出云之异，久亦不甚贵重之。明年，尚书以罪削职，寻死。邢如期至海岱门，则其家人窃石出售，因以两贯市归。

后邢至八十九岁，自治葬具；又嘱子，必以石殉。及卒，子遵遗教，瘗石墓中。半年许，贼发墓，劫石去。子知之，莫可追诘。越二三日，同仆在道，忽见两人，奔蹶汗流，望空投拜，曰："邢先生，勿相逼！我二人将石去，不过卖四两银耳。"遂縶送到官，一讯即伏。问石，则鬻宫氏。取石至，官爱玩，欲得之，命寄诸库。吏举石，石忽堕地，碎为数十余片。皆失色。官乃重械两盗论死。邢子拾碎石出，仍瘗墓中。

异史氏曰：物之尤者祸之府。至欲以身殉石，亦痴甚矣！而卒之石与人相终始，谁谓石无情哉？古语云："士为知己者死。"非过也！石犹如此，何况于人！

【译文】

邢云飞，北京人。生性爱好假山石，见了佳石，不惜重金也要购买。一次，他偶尔在河边打鱼，河底有什么东西挂住渔网。他潜入水底捞出来，原来是一块一尺来大小的石头，四面玲珑剔透，峰峦重叠秀美。邢云飞欢喜极了，如同获得了稀世奇宝。回家后，配上紫檀木雕刻的底座，供在桌上。每逢天要下雨，石头的每个孔窍都会冒出云气，远看就像孔中塞了新丝绵。

有个势力很大的豪绅知道了，上门请求观赏。一见之后，就把石头交给健壮的仆人，骑马扬长而去。邢云飞毫无办法，只能捶胸顿足，以示悲愤罢了。那仆人扛着石头到河边，在桥上换肩，忽然一个失手，把石头掉落河中。豪绅大怒，鞭打仆人，并马上拿出钱来，雇了善于泅水的人，千方百计打捞，却始终找不到。豪绅只好写了悬赏寻石的启事而去。因此寻石头的人天天挤满河，但一直没找到。后来，邢云飞到石头坠落的地方，对着河水呜咽。只见河水清可见底，石头仍然在水中。邢云飞大喜，脱衣下水，把石头抱出水面，带回家中，不敢供设在客厅里，就把内室打扫洁净供着它。

一天，有个老人登门请求一观此石。邢云飞推说此石失落已久。老人笑着说："客厅里放着的不是吗？"邢云飞就请他进客厅，以便证实没有。等进去，石头果然陈设在桌上。邢云飞惊愕得说不出话来。老人抚摩着石头说："这是我家旧物，失落已久，如今原来在这里！既然看见了，请立即赐还给我。"邢云飞窘急极了，就和老人争做石头的主人。老人笑着说："既然是你家的东西，有什么可以验证的？"邢云飞答不上来。老人说："我却早有记认：前后共有九十二个孔窍，大孔中有五个字：'清虚天石供。'"邢云飞细看，孔中果然有小字，只有小米粒大，用尽眼力才能辨认；又数孔窍的数目，果然如老人所说。邢云飞无话可说，只是坚持不肯给他。老人笑着说；"这是谁家的东西，难道由得你作主吗？"拱手而出。邢云飞送到门外，再回屋时，石头已经不见了。他急忙去追赶老人，老人慢悠悠还没走远，奔上前去拉着老人的衣袖哀求。老人说："奇怪了，一尺来大小的石头，难道可以握在拳头里，藏在袖子里吗?"邢云飞知道他是神人，硬拉他回家，长跪不起求他。老人这才说："此石果真是你家的，还是我家的?"邢云飞答道："确实是你家的，只求你割爱罢了。"老人说："你既然这样说了，那石头原旧在那里。"邢云飞进入内室，石头已经在原处了。老人说："天下的宝物，应该给爱惜它的人。这石头能自己选择主人，我也很觉喜欢。但它急于现形，出世也太早，因此魔劫还未消除。其实我是想把它带走，等三年以后才把它奉送给你。既然你要留下它，就得减少三年寿命，它才能和你相始终。你愿意吗?"邢云飞说："愿意。"于是老人就用两指捏一孔，孔软得像泥，随手捏合。捏合三孔完毕，老人说："石上孔窍的数目，就是你的寿数。"告别要走。邢云飞苦苦挽留，老人告辞很坚决；问他姓名，他也不说，就走了。

过了一年多，邢云飞有事外出，夜里有贼进入内室，别的都不偷，就把石头偷走了。邢云飞回来，伤心得要死。明访暗察，悬赏寻求，毫无踪迹。过了几年，邢云飞偶然进报国寺，见卖石的，正是自己失去的石头，就上前认取。卖石的不服，就背着石头到官府。官问有什么凭据，卖石的能说出孔窍的数目。邢云飞追问其他的特征，卖石的就茫然了。邢云飞就说出大孔中的五个字以及三处手指捏合的痕迹。于是邢云飞胜诉。官府要责打卖石的，卖石的自称是用二十两银子从市场上买来的，官才把他放了。邢云飞得了石头回家，用锦缎包好，藏在木箱中，不时拿出来赏玩一番，先点上名贵的香，然后取将出来。

有某尚书，想用一百两银子买它。邢云飞说："即使一万两也不卖。"尚书动了怒，暗中用别的事陷害他。邢云飞被逮捕入狱，家里的田产都典押掉了。尚书通过别人示意他儿子献石赎罪。儿子告诉邢云飞，邢云飞愿以死殉石。他妻子瞒着他同儿子商量，把石头献到尚书家中。邢云飞出狱才知道这事，气得骂妻打儿，屡次要悬梁自尽，都被家里人发觉救下，才没有死。一夜，他梦见一个男子前来，自称石清虚，劝告他不必伤心："我只不过和你分别一年多点罢了。明年八月二十日，拂晓时，你可以到海岱门去，用两贯钱赎回我。”邢云飞得梦，很欢喜，慎重记下这个日子。那石头在尚书家中，再没有孔窍生云的奇异现象，时间长了，尚书也不怎么珍视它了。第二年，尚书因罪罢官，接着就死了。邢云飞如期到海岱门，正好尚书的家人把石头偷出来卖，就用两贯钱买了回来。

后来邢云飞到了八十九岁，自己准备好殡葬用品，又嘱咐儿子一定要把石头殉葬。等死后，儿子遵照遗嘱，把石头埋在他坟墓里。过了半年左右，有贼掘墓，盗走了石头。邢云飞的儿子发觉后，也无处可追查。隔了两三天，同仆人在路上，忽见有二人奔来，跌倒在地，流着汗，望空跪拜，说：“邢先生，别逼我们了，我们二人偷了石头去，也不过才卖了四两银子罢了。”于是就把这二人绑送到官府，一经审讯就认了罪。追问石头何在，则已经卖给一个姓官的了。把石头取来，那官心爱地赏玩着，想占为己有，便命令寄存在官库中。衙役拿起石头，石头忽然落地，碎成几十片。众人无不大惊失色。于是官就给两个贼上了重刑，判处死刑。邢云飞的儿子收拾了碎石出衙门，仍旧埋在墓中。

异史氏说：特别好的东西是惹祸的根源。甚至想要以身殉石，痴心得也够厉害的了。而最后石头也同主人全始全终，谁说石头没有感情呢？古话说：“士为知己者死。”这话并不过分。石头尚且如此，何况人呢！

曾友于

曾翁，昆阳故家也。翁初死未殓，两眶中泪出如瀋，有子六，莫解所以。次子悌，字友于，邑名士，以为不祥，戒诸兄弟各自惕，勿贻痛于先人；而兄弟半迂笑之。先是，翁嫡配生长子成，至七八岁，母子为强寇掳去。娶继室，生三子：曰孝，曰忠，曰信。妾生三子：曰悌，曰仁，曰义。孝以悌等出身贱，鄙不齿，因连结忠、信为党。即与客饮，悌等过堂下，亦傲不为礼。仁、义皆忿，与友于谋，欲相仇。友于百词宽譬，不从所谋；而仁、义年最少，因兄言，亦遂止。孝有女，适邑周氏，病死。纠悌等往挞其姑，悌不从。孝愤然，令忠、信合族中无赖子，往捉周妻，搒掠无算，抛粟毁器，盎盂无存。周告官。官怒，拘孝等囚系之，将行申黜。友于惧，见宰自投。友于品行，素为宰重，诸兄弟以是得无苦。友于乃诣周所负荆，周亦器重友于，讼遂止。孝归，终不德友于。

无何，友于母张夫人卒，孝等不为服，宴饮如故。仁、义益忿。友于曰："此彼之无礼，于我何损焉。"及葬，把持墓门，不使合厝。友于乃瘗母隧道中。未几，孝妻亡，友于招仁、义同往奔丧。二人曰："'期'且不论，'功'于何有！"再劝之，哄然散去。友于乃自往，临哭尽哀。隔墙闻仁、义鼓且吹，孝怒，纠诸弟往殴之。友于操杖先从。入其家，仁觉先逃。义方逾垣，友于自后击仆之。孝等拳杖交加，殴不止。友于横身障阻之。孝怒，让友于。友于曰："责之者，以其无礼也，然罪固不至死。我不怙弟恶，亦不助兄暴。如怒不解，身代之。"孝遂反杖挞友于，忠、信亦相助殴兄，声震里党，群集劝解，乃散去。友于即扶杖诣兄请罪。孝逐去之，不令居丧次。而义创甚，不复食饮。仁代具词讼官，诉其不为庶母行服。官签拘孝、忠、信，而令友于陈状。友于以面目损伤，不能诣署，但作词禀白，哀求寝息，宰遂销案。义亦寻愈。

由是仇怨益深。仁、义皆幼弱，辄被敲楚。怨友于曰："人皆有兄弟，我独无！"友于曰："此两语，我宜言之，两弟何云！"因苦劝之，卒不听。友于遂扃户，携妻子借寓他所，离家五十余里，冀不相闻。友于在家，虽不助弟，而孝等尚稍有顾忌；既去，诸兄一不当，辄叫骂其门，辱侵母讳。仁、义度不能抗，惟杜门思乘间刺杀之，行则怀刃。

一日，寇所掠长兄成，忽携妇亡归。诸兄弟以家久析，聚谋三日，竟无处可以置之。仁、义窃喜，招去共养之。往告友于。友于喜，归，共出田宅居成。诸兄怒其市惠，登门窘辱。而成久在寇中，习于威猛，大怒曰："我归，更无人肯置一屋；幸三弟念手足，又罪责之。是欲逐我耶！"以石投孝，孝仆。仁、义各以杖出，捉忠、信，挞无数。成乃讼宰，宰又使人请教友于。友于诣宰，俯首不言，但有流涕。宰问之，曰："惟求公断。"宰乃判孝等各出田产归成，使七分相准。自此仁、义与成倍加爱敬。谈及葬母事，因并泣下。成恚曰："如此不仁，是禽兽也！"遂欲启圹，更为改葬。仁奔告友于。友于急归谏止。成不听，刻期发墓，作斋于茔。以刀削树，谓诸弟曰："所不衰麻相从者，有如此树！"众唯唯。于是一门皆哭临，安厝尽礼。自此兄弟相安。

而成性刚烈，辄批挞诸弟，于孝尤甚。惟重友于，虽盛怒，友于至，一言即解。孝有所行，成辄不平之，故孝无一日不至友于所，潜对友于诟诅。友于婉谏，卒不纳。友于不堪其扰，又迁居三泊，去家益远，音迹遂疏。又二年，诸弟皆畏成，久而相习。而孝年四十六，生五子：长继业，三继德，嫡出；次继功，四继绩，庶出；又婢生继祖。皆成立。效父旧行，各为党，日相竞，孝亦不能呵止。惟祖无兄弟，年又最幼，诸兄皆得而诟厉之。

岳家故近三泊，会诣岳，迂道诣叔。入门，见叔家两兄一弟，弦诵怡怡，乐之，久居不言归。叔促之，哀求寄居。叔曰："汝父母皆不知，我岂惜瓯饭瓢饮乎！"乃归。过数月，夫妻往寿岳母。告父曰："儿此行不归矣。"父诘之，因吐微隐。父虑与有夙隙，计难久居。祖曰："父虑过矣。二叔，圣贤也。"遂去，携妻之三泊。友于除舍居之，以齿儿行，使执卷从长子继善。祖最慧，寄籍三泊年余，入云南郡庠。与善闭户研读，祖又讽诵最苦。友于甚爱之。

自祖居三泊，家中兄弟益不相能。一日，微反唇，业诟辱庶母。功怒，刺杀业。官收功，重械之，数日死狱中。业妻冯氏，犹日以骂代哭。功妻刘闻之，怒曰："汝家男子死，谁家男子活耶！"操刀入，击杀冯，自投井死。冯父大立，悼女死惨，率诸子弟，藏兵衣底，往捉孝妻，裸挞道上以辱之。成怒曰："我家死人如麻，冯氏何得复尔！"吼奔而出。诸曾从之，诸冯尽靡。成首捉大立，割其两耳。其子护救，继、绩以铁杖横击，折其两股。诸冯各被夷伤，哄然尽散。惟冯子犹卧道周。成夹之以肘，置诸冯村而还。遂呼绩诣官自首。冯状亦至。于是诸曾被收。惟忠亡去，至三泊，徘徊门外。适友于率一子一侄乡试归，见忠，惊曰："弟何来？"忠未语先泪，长跪道左。友于握手曳入，诘得其情，大惊曰："似此奈何！然一门乖戾，逆知奇祸久矣；不然，我何以窜迹至此。但我离家久，与大令无声气之通，今即蒲伏而往，徒取辱耳。但得冯父子伤重不死，吾三人中幸有捷者，则此祸或可少解。"乃留之，昼与同餐，夜与共寝。忠颇感愧。居十余日，见其叔侄如父子，兄弟如同胞，凄然下泪曰："今始知从前非人也。"友于喜其悔悟，相对酸恻。俄报友于父子同科，祖亦副榜。大喜。不赴鹿鸣，先归展墓。明季科甲最重，诸冯皆为敛息。友于乃托亲友赂以金粟，资其医药，讼乃息。

举家泣感友于，求其复归。友于乃与兄弟焚香约誓，俾各涤虑自新，遂移家还。祖从叔不欲归其家。孝乃谓友于曰："我不德，不应有亢宗之子；弟又善教，俾姑为汝子。有寸进时，可赐还也。"友于从之。又三年，祖果举于乡。使移家去，夫妻皆痛哭而去。不数日，祖有子方三岁，亡归友于家，藏继善室，不肯返；捉去辄逃。孝乃令祖异居，与友于邻。祖开户通叔家，两间定省如一焉。时成渐老，家事皆取决于友于。从此门庭雍穆，称孝友焉。

异史氏曰：天下惟禽兽止知母而不知父，奈何诗书之家，往往而蹈之也！夫门内之行，其渐渍子孙者，直入骨髓。古云：其父盗，子必行劫，其流弊然也。孝虽不仁，其报亦惨；而卒能自知乏德，托子于弟，宜其有操心虑患之子也。若论果报，犹迂也。

【译文】

曾老先生，是云南晋宁县大户。他刚死还未入殓，两个眼眶中一滴一滴淌下眼泪。他有六个儿子，谁也不明白这是什么缘故。次子曾悌，字友于，是县里的名士，以为不吉利，劝告众兄弟各自谨慎小心，不要做出使祖先痛心的事情。但兄弟们倒有一半认为他迂腐而笑话他。原先，老先生的原配夫人生了长子曾成，到七八岁，母子二人都被强盗抢去。娶了继妻，生三个儿子，分别取名为孝、忠、信。妾也生了三个儿子，分别取名为悌、仁、义。曾孝因为曾悌等三人出身低贱，鄙薄不把他们当兄弟看，就联合曾忠、曾信一鼻孔出气。即便和客人宴饮，曾悌等人经过堂下，他们也傲然不施礼。曾仁曾义都气不过，和友于商量，想要报复。友于百般劝解，不依从他们的打算，而曾仁、曾义年纪最小，听了哥哥的话，也就罢了。曾孝有个女儿，嫁给本县周家。得病死了。曾孝纠合曾悌等人去打她婆婆，曾悌不听他的。曾孝很生气，吩咐曾忠、曾信拉拢族里的无赖子弟，去捉住周家的婆婆，毒打无数下。扔粮食，砸家具，瓶瓶罐罐不留一件。周家告到官府，官府大怒，把曾孝等关起来，将要申报上级革他们的功名。友于害怕，见县官自动投案。友于的品行，一向为县官所器重，几个兄弟因此才没吃苦头。友于又到周家赔礼道歉，周家也很器重友于，官司就不打了。曾孝回家，始终不感谢友于。

不久，友于的母亲张夫人去世。曾孝等不为庶母守孝，宴饮如常。曾仁、曾义更气忿了。友于说："这是他们无礼，对我们有什么损害呢。"等到下葬，曾孝等把持墓室的门，不让庶母和父亲合葬。友于只好把母亲葬在通往墓室的隧道里。没多久，曾孝妻子死了，友于召唤曾仁、曾义一同前去吊唁。曾仁、曾义说："儿子要为庶母服丧一年的规矩他都不顾，弟弟为嫂子服丧五个月的规矩何必要有？"友于再要劝时，他们一哄而散。友于只好独自前往吊唁，在灵前痛哭尽哀。隔墙听得曾仁、曾义敲鼓吹箫，曾孝大怒，纠集几个弟弟去打他俩。友于拿起棍棒跟在头里。进了他俩的家，曾仁发觉先逃掉了，曾义刚要翻墙，友于从后面把他打倒在地。曾孝等上前拳棒交加，殴打个没完。友于就挺身阻拦。曾孝很生气，责备友于。友于说："责打他，是因为他无视礼法，但他的罪本不至于死。我不助长弟弟的错误，也不支持哥哥的凶暴。如果你不解恨，我愿代他挨打。”于是曾孝就回过棒来抽打友于，曾忠、曾信也帮着殴打。打闹声惊动了邻里亲戚，大家围拢来劝解，才散去。友于就拄了棍子到大哥处请罪，曾孝把他赶走，不让他参加丧礼。而曾义受伤很重，不再吃喝。曾仁代他写了状子告到官府，控告曾孝等不为庶母服丧。县官签了传票拘传曾孝、曾忠、曾信，而命友于陈述实际情况。友于因为脸部受伤，不便到衙门见官，只书面禀告，哀求止息这场诉讼。县官就销案了结。曾义不久也好了。

从此双方怨仇更深了。曾仁、曾义都年幼弱小，常常挨揍。他们引用《论语》中司马牛的话埋怨友于说：“人皆有兄弟，我独无!”友于说：“这两句话，应该我来说，二位弟弟怎么倒这样说呢!”就苦苦地劝他们，终于不听。友于就锁了家门，带着妻儿借住到别处，离家五十多里，以图听不见兄弟们的争斗。友于在家，虽然不助着弟弟，而曾孝等还稍有顾忌。友于一走，几个哥哥一不合心意，就上曾仁、曾义家门口叫骂，侮辱侵犯到庶母的名字。曾仁、曾义自料不是对手，只好关门不出，想乘机刺杀他们，外出就怀里藏着刀。

一天，被强盗掳掠走的长兄曾成，忽然带着妻子逃回来了。众兄弟因为早就分了家，聚在一起商量了三天，竟然无处可以安置曾成。曾仁、曾义心中暗喜，把曾成请去，共同供养他。又去告知友于。友于很高兴，回家来，一起拿出部分田产房屋把曾成安顿下来。曾孝等恨他们向曾成卖好，上门窘辱他们。曾成长期生活在强盗中，养成了骠悍凶猛的性格，大怒说：“我回来，你们再没人肯让出一间屋。幸亏三位弟弟顾念手足之情，你们又指责他们。是想赶我走吗!”拿起一块石头向曾孝掷去，曾孝倒地。曾仁、曾义各自拿了棍棒出来，捉住曾忠、曾信，殴打无数。曾成就告到县官处，县官又派人来请教友于。友于去见县官，低头不言，只是流泪。县官问他怎么处理此案，友于说；“只求秉公判决。”县官就判曾孝等各自拿出田产归曾成，使得七兄弟七分家产大致相当。从此曾仁、曾义和曾成加倍地兄爱弟敬。一次谈到葬母的事，不禁都流出了眼泪。曾成恼怒地说：“他们如此不仁，简直是禽兽!”就要打开墓穴，重新改葬。曾仁跑去告诉友于。友于急忙回家劝阻。曾成不听，定下日子开墓，在墓地准备了庐所。他用刀削去一棵树，对弟弟们说道："有不来披麻戴孝的，就像这棵树一样。"几个弟弟连声答应。于是曾家一门都来哭吊，按照礼节安葬了棺木。从此兄弟们相安无事。

但曾成性格刚烈，经常揍弟弟们，对曾孝尤其厉害。唯独尊重友于，虽然在盛怒之中，友于到，一句话就能使他息怒。凡曾孝所作的事，曾成往往看不入眼。所以曾孝没有一天不到友于的住所来，背地里对友于咒骂曾成。友于委婉地规劝他，他始终不接受。友于受不了他的纠缠打扰，就又迁居到三泊，离家更远，音讯和来往都稀少了。又过了二年，几个弟弟都怕曾成，日子长了就成习惯了。曾孝这年四十六岁，生了五个儿子：长子继业，三子继德，是嫡妻所生；次子继功，四子继绩，是庶妾所生；幼子继祖，是丫环所生。都已经成家立业。他们也学了父亲从前的行为，各自结党，天天争吵，曾孝也喝止不住。唯独继祖没有同母兄弟，年纪又最小，哥哥们都可以欺负斥骂他。

继祖的岳父家邻近三泊，他借去岳父家的机会，绕道到叔父家。进门，看到叔父家两兄一弟和乐地弹琴诵读，他喜爱这种生活，住了很久不提起回家。友于催他，他哀求叔父让他寄住。友于说："你父母都不知道你在这里，我难道舍不得一碗饭一杯水吗！"继祖才回去。过了几个月，夫妻俩要去给岳母拜寿。继祖禀告父亲说："儿子这一去就不回来了。"父亲追问，他就吐露了秘密心愿。曾孝顾虑与友于有旧怨，预计难以久住。继祖说："父亲的顾虑多余了。二叔，是圣贤啊。"就离家，带了妻子来到三泊。友于打扫了屋子让他居住，把他和自己的儿子们一样看待，让他跟自己的长子继善读书。继祖极聪明，寄居三泊一年多，就成了云南府学的秀才。平时与继善闭门研读，继祖又读得最刻苦。友于很疼爱他。

自从继祖住到三泊，家里兄弟们更加互不服气。一天，稍微有点争吵，继业就辱骂庶母。继功大怒，用刀捅死了继业。官府逮捕了继功，上了重刑，几天后就死在狱中。继业的妻子冯氏，还是天天以骂代哭。继功的妻子刘氏听了，大怒说："你家男人死了，谁家男人活着呢？"拿了刀进去，杀死了冯氏，自己也跳井死了。冯氏的父亲冯大立，哀痛女儿死得惨，率领冯家众子弟，把兵器藏在衣服里，去曾家捉住曾孝的妻子，脱光她的衣服，在大路上痛打，以侮辱曾家。曾成大怒说：“我家死了这么多人，冯家怎能再这样！”吼叫着奔了出来，曾家人众跟在后面，冯家的人大败。曾成首先捉住冯大立，割掉了他两只耳朵。冯大立的儿子上前救护，继绩用铁棒横扫，打断了他的两腿。冯家其余的人也都受了伤，一哄而散。只有冯大立的儿子还躺在路旁。曾成用胳膊肘夹着他，到冯村放下回来，就叫继绩同到官府自首。冯家状子也到了，于是曾家几个人都被捕了。只有曾忠逃走，到三泊，在友于门外徘徊。正好友于率领一子一侄乡试归来，看见曾忠，惊讶地问：“弟弟怎么来了？”曾忠未曾说话先流泪，直挺挺跪在路旁。友于握着他的手把他拉进门，问得上述情况，大惊说：“弄到这地步可怎么办！满门不和，我早就预料要有一场奇祸，不然，我为什么要逃到这里来呢！只是我离家已久，与现任县令没有什么联系，现在即使跪着去求他，也不过是自取羞辱罢了。只希望冯家父子重伤不死，我们三个人当中侥幸有中举人的，那么这场祸或许能解掉一点。”就留下曾忠，白天和他同吃，夜里和他同睡。曾忠很是感动惭愧。住了十几天，看到他们叔侄好像父子，兄弟如同一母所生，凄凉地流下眼泪，说：“我现在才知道从前不是个人。”友于见他悔悟也很欣慰，相对心酸凄恻。不久有捷报来说友于父子同时中了举人，继祖也中了副榜贡生。一家大喜。他们不去参加新举人的庆宴，先回家乡展拜祖坟。明末最重视科举，冯家众人都因此而小心翼翼。友于就委托亲友出面，用金钱粮食贿赂冯家，提供给他们医药费，官司也就平息了。

全家都流泪感激友于，请求他重新回来。友于就和兄弟们焚香盟誓，使各人反省自新，就把家搬了回来。继祖愿意跟着叔叔不想回自己家。曾孝就对友于说：“我没有好的德行，不会有荣宗耀祖的儿子，你又善于教导，让他姑且作你的儿子吧。等他有点上进，再赐还给我。”友于同意了。又过了三年，继祖果然乡试中了举人。友于让他搬回自己家，继祖夫妻俩都痛哭而去。不几天，继祖有个儿子才三岁，逃回友于家，藏在继善的房里，不肯回去，把他捉了去又逃过来。曾孝就让继祖分开住，安家在友于隔壁。继祖在院墙上开了一扇门通到叔父家，向父亲和叔父两边一样早晚问安。这时曾成年纪渐老，家里的事都取决于友于。从此合门和睦，称得上子女孝顺，兄弟友爱。

异史氏说：天下唯有禽兽只知有母不知有父，为什么读圣人书的人家，往往学了禽兽的样呢？人在家里的行为，对子孙潜移默化，深入骨髓。古人说："父亲做贼，儿子一定去抢劫。"这就是流毒的影响造成的。曾孝虽然不仁，报应也够惨的了；而终于能自知缺乏德行，把儿子托付给弟弟教导；所以他会有小心谨慎、居安思危的好儿子。如果仅仅用佛家因果报应的说法来解释，还是迂腐的看法呢。

嘉平公子

嘉平某公子，风仪秀美。年十七八，入郡赴童子试。偶过许娼之门，见内有二八丽人，因目注之。女微笑点首，公子近就与语。女问："寓居何处？"具告之。问："寓中有人否？"曰："无。"女云："妾晚间奉访，勿使人知。"公子归，及暮，屏去僮仆。女果至，自言："小字温姬。"且云："妾慕公子风流，故背媪而来。区区之意，愿奉终身。"公子亦喜。自此三两夜辄一至。

一夕，冒雨来，入门解去湿衣，罥诸椸上；又脱足上小靴，求公子代去泥涂。遂上床以被自覆。公子视其靴，乃五文新锦，沾濡殆尽，惜之。女曰："妾非敢以贱物相役，欲使公子知妾之痴于情也。"听窗外雨声不止，遂吟曰："凄风冷雨满江城。"求公子续之，公子辞以不解。女曰："公子如此一人，何乃不知风雅！使妾清兴消矣！"因劝肄习，公子诺之。

往来既频，仆辈皆知。公子姊夫宋氏，亦世家子，闻之，窃求公子，一见温姬。公子言之，女必不可。宋隐身仆舍，伺女至，伏窗窥之，颠倒欲狂。急排闼，女起，逾垣而去。宋向往甚殷，乃修贽见许媪，指名求之。媪曰："果有温姬，但死已久。"宋愕然退，告公子，公子始知为鬼。至夜，因以宋言告女。女曰："诚然。顾君欲得美女子，妾亦欲得美丈夫。各遂所愿足矣，人鬼何论焉？"公子以为然。

试毕而归，女亦从之。他人不见，惟公子见之。至家，寄诸斋中。公子独宿不归，父母疑之。女归宁，始隐以告母。母大惊，戒公子绝之。公子不能听。父母深以为忧，百术驱之不能去。一日，公子有谕仆帖，置案上，中多错谬："椒"讹"菽"，"姜"讹"江"，"可恨"讹"可浪"。女见之，书其后："何事'可浪'？'花菽生江'。有婿如此，不如为娼！"遂告公子曰："妾初以公子世家文人，故蒙羞自荐。不图虚有其表！以貌取人，毋乃为天下笑乎！"言已而没。公子虽愧恨，犹不知所题，折帖示仆。闻者传为笑谈。

异史氏曰：温姬可儿！翩翩公子，何乃苛其中之所有哉！遂至悔不如娼，则妻妾羞泣矣。顾百计遣之不去，而见帖浩然，则"花菽生江"，何殊于杜甫之"子章髑髅"哉！

《耳录》云：道旁设浆者，榜云："施'恭'结缘。"亦可一笑。

有故家子，既贫，榜子门曰："卖古淫器。"讹窑为淫，云："有要宣淫、定淫者，大小皆有，入内看物论价。”崔卢之子孙如此甚众，何独“花菽生江”哉！

【译文】

嘉平（今安徽全椒）某公子，风度翩翩，仪容秀美。十七八岁，上府城去考秀才。偶然经过姓许的娼妓门口，见门内有个十五六岁的美人，就定睛注视着她。女子微笑着向他点头，公子就走近去和她说话。姑娘问他：“你借住在哪里?”公子都告诉了。又问：“住处有别人吗?”公子答：“没有。”姑娘说：“我晚上来拜访，别让人知道。”公子回到住处，到傍晚，把仆人们都打发开。姑娘果然来了，自称：“小名叫温姬。”并且说：“我爱慕公子风流，所以背着老娘前来。我的心意，愿把终身奉托给你。”公子也很欢喜。从此温姬三两夜就来一次。

一天夜里，温姬冒雨而来。进门脱去湿衣服，挂在衣架上；又脱去脚上的小靴，请公子代为擦去污泥；就上床用被盖着自己。公子看她的靴，是五彩花纹的崭新锦靴，几乎沾满了泥污，很是可惜。温姬说：“我并非敢拿这卑贱的东西劳驾你，要让你知道我的痴情啊!”听着窗外雨声不停，她就吟了一句诗：“凄风冷雨满江城。”请公子续下去，公子推辞说不会。温姬说：“公子这样仪表堂堂的人，怎么却不懂风雅，使我雅兴也消退了。”就劝公子学习吟诗填词，公子答应了。

温姬来往的次数一多，仆人们也都知道了。公子的姐夫姓宋，也是官宦人家子弟，听说此事，私下请求公子，要见一见温姬。公子对温姬说了，她坚决不同意。宋某躲在仆人房里，等温姬来了，趴在窗上偷看。一见之了，爱慕得几乎发狂，急忙推门进去。温姬起身越墙而去。宋某向往很殷切，就带了礼物去见许鸨母，指名求见温姬。许鸨母说：“确是有个温姬，但早就死了。”宋某惊愕地退出来，把这话告诉了公子，公子才知道温姬是鬼。到夜里，公子就把宋某的话告诉温姬。温姬说：“确实是这样。但你想要得到美女，我也想得到美男子。各自实现了自己的愿望就足够了，何必计较是人是鬼呢?”公子认为她说得有理。

考试完毕，公子要回家，温姬也随他同归。别人看不见，只见公子能看见她。到家以后，公子把她安置在书斋中。父母见公子在书斋中独宿不回卧室，起了疑心。公子的姐姐回娘家，才隐隐约约把情况告诉了母亲。母亲大惊，命令公子与温姬断绝，公子不能听从。父母为此深深担忧，用尽各种驱鬼的办法，也不能赶走温姬。一天，公子写了一张吩咐仆人的条子放在桌上，条子中有很多错误："椒"误写为"菽"，"姜"误写为"江"，"可恨"误写为"可浪"。温姬见了，在条子后面写道："何事'可浪'？'花菽生江'。有夫如此，不如为娼，"她对公子说："我原先以为你是出身官宦人家的文人，所以不顾羞耻自动投奔。想不到你空有外表，我只根据外貌来选择人，岂不要被天下人笑话吗！"说完就消失了。公子虽然感到惭愧和遗憾，还不知道她在条子后面题的字，仍然把条子交给仆人。听说此事的人都当笑话传开了。

异史氏说：温姬真是个可爱的人儿！翩翩公子，为什么要苛求他腹中有些什么呢？因此而至于后悔不如当娼妓，那他的妻妾就要羞耻得哭了。然而千方百计驱除不走，一见那张条子就浩然长叹，这样看来，"花菽生江"与杜甫"子章髑髅血模糊"之句能驱除疟鬼有什么两样呢！

《耳录》上说：有人在路边施舍茶水，招贴上写道："施恭结缘。""茶"字误写成"恭"字，也够使人一笑了。

有个大族人家的子弟，败落贫穷以后，在大门上贴了招贴，写道；"出卖古代淫器。"把"窑"字误写成"淫"字。下面又写道："有要宣淫、定淫的，大小皆有，入内看货论价。"宣窑、定窑都是名贵的古瓷器，名门贵族的后代像这样不通的很多，岂止"花菽生江"呢！

（卷十一译者：沈开生）

卷十二

二　班

殷元礼，云南人，善针灸之术。遇寇乱，窜入深山。日既暮，村舍尚远，惧遭虎狼。遥见前途有两人，疾趁之。既至，两人问客何来，殷乃自陈族贯。两人拱敬曰："是良医殷先生也！仰山斗久矣！"殷转诘之。二人自言班姓，一为班爪，一为班牙。便谓："先生，余亦避难石室，幸可栖宿，敢屈玉趾，且有所求。"殷喜从之。俄至一处，室傍岩谷。爇柴代烛，始见二班容躯威猛，似非良善。计无所之，亦即听之。又闻榻上呻吟，细审，则一老妪僵卧，似有所苦。问："何恙？"牙曰："以此故，敬求先生。"乃束火照榻，请客逼视。见鼻下口角有两赘瘤，皆大如碗。且云："痛不可触，妨碍饮食。"殷曰："易耳。"出艾团之，为灸数十壮，曰："隔夜愈矣。"二班喜，烧鹿饷客；并无酒饭，惟肉一品。爪曰："仓猝不知客至，望勿以辅亵为怪。"殷饱餐而眠，枕以石块。二班虽诚朴，而粗莽可惧，殷转侧不敢熟眠。天未明，便呼妪，问所患。妪初醒，自扪，则瘤破为创。殷促二班起，以火就照，敷以药屑，曰："愈矣。"拱手遂别。班又以烧鹿一肘赠之。后三年无耗。

殷适以故入山，遇二狼当道，阻不得行。日既西，狼又群至，前后受敌。狼扑之，仆；数狼争啮，衣尽碎。自分必死。忽两虎骤至，诸狼四散。虎怒，大吼，狼惧尽伏。虎悉扑杀之，竟去。

殷狼狈而行，惧无投止。遇一媪来，睹其状，曰："殷先生吃苦矣！"殷戚然诉状，问何见识。媪曰："余即石室中灸瘤之病妪也。"殷始恍然，便求寄宿。媪引去，入一院落，灯火已张。曰："老身伺先生久矣。"遂出袍袴，易其敝败。罗浆具酒，酬劝谆切。媪亦以陶碗自酌，谈饮俱豪，不类巾帼。殷问："前日两男子，系老姥何人？胡以不见？"媪曰："两儿遣逆先生，尚未归复，必迷途矣。"

殷感其义，纵饮不觉沉醉，酣眠座间。既醒，已曙，四顾竟无庐，孤坐岩上。闻岩下喘息如牛，近视，则老虎方睡未醒。喙间有二瘢痕，皆大如拳。骇极，惟恐其觉，潜踪而遁。始悟两虎即二班也。

【译文】

殷元礼是云南人，擅长针灸。因遇贼寇骚乱，逃往深山里去。眼看天色已晚，离村舍还很远，殷元礼深恐遇到虎狼。远远地看到前面走着两个人，急忙追赶上去。赶上以后，那两个人问他从哪里来，殷元礼说了自己的姓氏籍贯。两个人拱手为礼说："是名医殷先生啊，久仰久仰！"殷元礼转问他们，那两个人自称姓班，一个叫班爪，一个叫班牙。又说："殷先生，我们也避难住在石室里。幸而可以栖身，想请大驾光临，并且有事相求。"殷元礼欣然跟着他们去了。转眼来到一处，只见一石室依山傍谷而筑。那两人点燃木柴当烛，殷元礼这才看到班氏兄弟体威貌猛，不像良善之辈。想想无处可去，也只好听之任之。又听到卧榻上传来呻吟之声，仔细一看，是一个老妇人一动不动躺在榻上，好像有什么病痛。殷元礼问道："有什么病吗？"班牙说："正想请先生诊断！"于是举起一束火把照着床榻，请殷元礼靠近细看。只见老妇人鼻下嘴角处生了两个碗大的瘤子，并说十分疼痛，不能触碰，妨碍饮食。殷元礼说："这容易办。"于是取出艾绒，搓成团，一连灸了几十次，说："过一夜就好了。"班氏兄弟大喜，煮鹿肉款待客人。也没有酒和饭，只有鹿肉一种食品。班爪说："仓促之间，不知客到，请不要以轻慢见怪。"殷元礼饱餐一顿躺下，用石块作枕头。二班虽然诚恳朴实，但粗犷鲁莽却令人害怕，因而他辗转不敢熟睡。天不亮，就喊那老妇人，询问病情如何。老妇人刚刚醒来，她用手摸了摸患处，却是瘤子破成了伤口。殷元礼连忙叫起二班，点火照着患处，敷上药粉，说道："好啦！"遂即拱手告别。班氏又送他一只熟鹿腿作为酬谢。以后三年，没有消息。

一天，殷元礼恰巧有事进山，遇见两只狼挡道，不得前进。太阳偏西，又来了一群狼，腹背受敌。狼向他扑去，他跌倒在地；几只狼争相咬他，衣衫尽被撕碎，自忖必死无疑。忽然两只老虎突然来到，群狼四散而逃。两只老虎发怒，大声吼叫，群狼吓得趴在地上。老虎将狼尽行扑杀后，竟自离去。

殷元礼狼狈而行，又怕无处投宿。只见一个老妇人走来，看到他这副样子，说道："殷先生受苦了！"殷元礼伤心地把自己的遭遇说了一遍，问老妇人何以认识，老妇说道："我就是你在石室中灸瘤的病人。"殷元礼恍然大悟，便求寄宿。老妇人领着他走，进了一处院落，院内已是灯火通明；说道："老妇恭候先生很久了！"于是取出袍裤，换下他的破碎衣服；张罗酒菜，殷勤劝食。老妇也用陶碗自斟自酌，饮酒豪放，谈吐爽快，不像女流之辈。殷元礼问道："上次两个男人是老太什么人？怎么不见他们？"老妇说："我那两个儿子差去迎接先生，还没回来，一定是迷路了。"

殷元礼感激老妇人的深情厚意，开怀痛饮，不觉沉沉大醉，在座位上睡着了。一觉醒来，天已大亮，四下里看看，竟没有房舍，自己正独坐在山岩上。只听到山岩下有牛一般的喘息声，近前一看，见一只老虎正酣睡未醒，嘴角边两个疙疤，都像拳头般大。殷元礼骇极，生怕老虎醒来，悄悄地逃走了。他这才知道那两只老虎就是班氏兄弟。

车　夫

有车夫载重登坡，方极力时，一狼来啮其臀。欲释手，则货敝身压，忍痛推之。既上，则狼已龁片肉而去。乘其不能为力之际，窃尝一脔，亦黠而可笑也。

【译文】

有个车夫推着重车爬坡，正使劲时，一只狼来咬他的屁股。想要松手，货物倒下来要压住身子，只得忍着痛推车。上坡以后，那狼已咬掉一块肉跑了。乘人无能为力之际，偷吃一块肉，也可谓狡猾而可笑了。

乩　仙

章丘米步云，善以乩卜。每同人雅集，辄召仙相与赓和。一日，友人见天上微云，得句，请以属对，曰："羊脂白玉天。"乩批云："问城南老董。"众疑其妄。后以故偶适城南，至一处，土如丹砂，异之。见一叟牧豕其侧，因问之。叟曰："此猪血红泥地也。"忽忆乩词，大骇。问其姓，答云："我老董也。"属对不奇，而预知遇城南老董，斯亦神矣！

【译文】

山东章丘县一个叫米步云的，精于扶乩占卜之术。每和同事们聚会谈诗论文，往往祈请仙人一同相互唱和。一天，友人看到天上飘着微云，得诗一句，要请仙人接上对句，说是："羊脂白玉天。"乩语批道："去问城南的老董。"众人怀疑他在胡说。后来，友人因事偶然来到城南，走到一处，只见那里的泥土都像朱砂一样通红，心中好不奇怪。见一个老翁在旁边放猪，便走去问他。老翁答道："这是'猪血红泥地'。"友人猛然回想起乩语的批示，深为惊异。再问老翁尊姓，老翁答道："我是老董。"乩仙对句不算稀奇；但预先知道遇见城南老董，这也神了！

苗　生

龚生，岷州人。赴试西安，憩于旅舍，沽酒自酌。一伟丈夫入，坐与语。生举卮劝饮，客亦不辞。自言苗姓，言噱粗豪。生以其不文，偃蹇遇之。酒尽，不复沽。苗曰："措大饮酒，使人闷损！"起向垆头沽，提巨瓻而入。生辞不饮，苗捉臂劝釂，臂痛欲折。生不得已，为尽数觞。苗以羹碗自吸，笑曰："仆不善劝客，行止惟君所便。"生即治装行。约数里，马病，卧于途，坐待路侧。行李重累，正无方计，苗寻至。诘知其故，遂谢装付仆，己乃以肩承马腹而荷之，趋二十余里，始至逆旅，释马就枥。移时，生主仆方至。生乃惊为神人，相待优渥，沽酒市饭，与共餐饮。苗曰："仆善饭，非君所能饱，饫饮可也。"引尽一瓻，乃起而别曰："君医马尚须时日，余不能待，行矣。"遂去。

后生场事毕，三四友人，邀登华山，藉地作筵。方共宴笑，苗忽至，左携巨尊，右提豚肘，掷地曰：“闻诸君登临，敬附骥尾。”众起为礼，相并杂坐，豪饮甚欢。众欲联句。苗争曰：“纵饮甚乐，何苦愁思!”众不听，设“金谷之罚”。苗曰：“不佳者，当以军法从事!”众笑曰：“罪不至此。”苗曰：“如不见诛，仆武夫亦能之也。”首座靳生曰：“绝巘凭临眼界空。”苗信口续曰：“唾壶击缺剑光红。”下座沉吟既久，苗遂引壶自倾。移时，以次属句，渐涉鄙俚。苗呼曰：“只此已足，如赦我者，勿作矣!”众弗听。苗不可复忍，遽效作龙吟，山谷响应；又起俯仰作狮子舞。诗思既乱，众乃罢吟，因而飞觞再酌。时已半酣，客又互诵闱中作，迭相赞赏。苗不欲听，牵生豁拳。胜负屡分，而诸客诵赞未已。苗厉声曰：“仆听之已悉。此等文，只宜向床头对婆子读耳，广众中刺刺者可厌也!”众有惭色，更恶其粗莽，遂益高吟。苗怒甚，伏地大吼，立化为虎，扑杀诸客，咆哮而去。所存者，惟生及靳。靳是科领荐。

后三年，再经华阴，忽见嵇生，亦山上被噬者。大恐欲驰，嵇捉鞚使不得行。靳乃下马，问其何为。答曰：“我今为苗氏之伥，从役良苦。必再杀一士人，始可相代。三日后，应有儒服儒冠者见噬于虎，然必在苍龙岭下，始是代某者，君于是日，多邀文士于此，即为故人谋也。”靳不敢辨，敬诺而别。至寓，筹思终夜，莫知为谋，自拚背约，以听鬼责。适有表戚蒋生来，靳述其异。蒋名下士，邑尤生考居其上，窃怀忌嫉。闻靳言，阴欲陷之。折简邀尤，与共登临，自乃着白衣而往，尤亦不解其意。至岭半，肴酒并陈，敬礼臻至。会郡守登岭上，与蒋为通家，闻蒋在下，遣人召之。蒋不敢以白衣往，遂与尤易冠服。交着未完，虎骤至，衔蒋而去。

异史氏曰：得意津津者，捉衿袖，强人听闻；闻者欠伸屡作，欲睡欲遁，而诵者足蹈手舞，茫不自觉。知交者亦当从旁肘之蹑之，恐座中有不耐事之苗生在也。然嫉忌者易服而毙，则知苗亦无心者耳。故厌怒者苗也，——非苗也。

【译文】

甘肃岷县有个姓龚的书生，去西安赶考。在一家旅舍中歇脚，买了点酒独自酌饮。一个魁伟的男子进来，坐下跟他攀谈。龚生举杯相邀，那人并不推辞。自称姓苗；谈笑粗鲁豪爽。龚生见他人不儒雅，对他十分傲慢。酒喝完，也不再打。苗生说道："和文绉绉的人一起喝酒，叫人闷坏了！"起身到酒店买回一大瓶酒来。龚生推说不喝了，苗生抓住他膀子相劝，龚生膀子痛得像断了一样，不得已，只好又干了几杯。苗生则用一只大海碗饮用，笑着说道："我不会劝客，要走要留，请你自便吧。"龚生于是告辞，整装上路。大约走了几里路，马病倒在路旁，龚生只得坐在路边等待。行李重，是个累赘。正没法可想，苗生很快到了。问明缘故，便卸下行李交给仆人，自己用肩膀抵着马肚子扛起来，快步走了二十多里路，才到一家旅店，把病马放到马棚里。又过了一会儿，龚生主仆二人方才赶到。龚生简直把苗生看成了神仙，相待格外优厚，买来酒饭，和他一起进餐。苗生说："我食量大，不是你买点饭就能饱的，让我酒喝够就行了！"拿起一大瓶酒干了，就起身告辞说："你治疗马病还需要耽搁一段时间，我不能等待，先走一步了。"就走了。

龚生考试完毕，三四个同场考生，相邀攀登华山，就地摆下筵席。正在一起欢宴笑谈，苗生忽然来了，左手拿着大酒杯，右手提着猪腿，扔在地上说："听说诸位上山，我敬随在后。"众考生起身施礼，一起随便坐下，开怀畅饮，十分欢快。大家想要联句赋诗。苗生争辩道："痛痛快快喝酒很快活，何苦伤脑筋！"大家不听，规定赋诗不成，要罚酒三杯。苗生说："如果诗句不佳，应当以军法从事！"众人笑道："罪过还不到这地步。"苗说："如果不以死刑论处，我这个粗人武夫也能凑合。"于是坐在首位的靳生说："山顶登临眼界空。"苗生信口续道："唾壶打破剑光红。"坐在下首的沉吟好久没下文，苗生就拿起酒壶给自己倒了一杯。过了一会，接下去一个个联句，语言渐趋粗陋庸俗。苗生喊道："够了够了！请饶我一回，别再作诗了罢！"众人不听。苗生忍无可忍，突然学龙吟，满山谷回声荡漾，又起身上下俯仰作狮子舞。众考生诗绪已被打乱，只得罢了吟诗。于是举杯再饮。喝到有一半醉意时，考生们又背诵各自应试的文章，一再相互吹捧。苗生不高兴听，扯着龚生猜拳，几个回合下来，各有胜负，考生们背诵吹捧仍然未完。苗生厉声说道："我已经听得明白，你们这种文章只配在床头上对老婆去读；大庭广众之中唠叨个没完真讨厌！"众考生面有惭色，又恨他粗鲁无礼，就更加放声朗诵。苗生不禁大怒，伏在地上大声吼叫，立时变成一只猛虎，将考生们扑杀，咆哮着走了。幸存的只有龚生和靳生。靳生这次科试考中了举人。

时光过去了三年。靳生又一次路过华阴，忽然遇见了嵇生，他也是当年在华山上被老虎咬死的。靳生大惊失色，就想纵马奔走。嵇生拉住马笼头不让他走。靳生只好下马，问他干什么。嵇生答道："我如今做了苗生的伥鬼，受他驱使，苦得很。必须再杀死一个读书人，才能替下我来。三天之后，该有一个穿儒服戴儒冠的人被虎吃掉，然而地点必在苍龙岭下，才能是我的替身。请你到那天多邀请一些读书人到那里，就是为老朋友帮忙了。"靳生不敢分辨，恭恭敬敬答应了告别。回到寓所，靳生彻夜未眠，思来想去，不知如何是好。想拼着自己违背诺言，听凭伥鬼责罚。正好表亲蒋生到来。靳生便将所遇的怪事讲给他听。蒋生是个名士，同县的尤生应考名次在他之上，他心怀嫉妒；听了靳生所说，暗中想加害于尤生。就写信邀约尤生一起登苍龙岭；自己穿一身普通衣服前往，尤生并不知道他的用心。到苍龙岭半腰处，蒋生摆开酒菜，对尤生敬礼备至。正好郡太守也来到苍龙岭顶上，他和蒋生家是世交，听说蒋生在下面，便叫人来召唤。蒋生不敢穿平民衣服去，便和尤生互换衣帽；没等换好，一只猛虎忽然到来，把蒋生衔走了。

异史氏说：那些洋洋得意的人，扯着别人的衣袖，强迫人家听他啰嗦。听的人连连打哈欠，屡屡伸懒腰，要睡要逃，而说的人手舞足蹈，茫然不觉。和他要好的人这种时候应该从旁用肘或者用脚碰碰他，以防座中有像苗生那样不耐烦的人在。但嫉妒的人换衣帽而丧了命，可见苗生杀人也是无心的，可以说冥冥中自有天意在。因此厌烦而发怒的是苗生，又不是苗生。

蝎　客

南商贩蝎者，岁至临朐，收买甚多。土人持木钳入山，探穴发石搜捉之。一岁，商复来，寓客邸。忽觉心动，毛发森悚，急告主人曰："伤生既多，今见怒于虿鬼，将杀我矣！急垂拯救！"主人顾室中有巨瓮，乃使蹲伏，以瓮覆之。移时，一人奔入，黄发狞丑。问主人："南客安在？"答曰："他出。"其人入室四顾，鼻作嗅声者三，遂出门去。主人曰："可幸无恙矣。"及启瓮视客，已化为血水。

【译文】

南方一个贩卖蝎子的客商，每年都到山东临朐县，收购量很大。当地人手持木夹子进山，探洞穴、翻石块去搜捕蝎子。有一年，那客商又来了，寄宿在客店中。忽然觉得心动，毛发全都竖起来；连忙对店主人说："我残害生灵太多，如今触怒了蝎鬼，它要来杀害我了，请你赶快设法救我！"店主人看到室内有一口大瓮，便叫商贩蹲下来，用大瓮把他罩起来。一会儿，一个人飞奔进来，黄头发，面貌丑陋狰狞。问店主人："南方客商在哪里?"店主人回答说："到别处去了。"那人走进室内四处张望，鼻子嗤哼嗤哼地嗅了三下，就出门走了。店主人说："可幸没事了。"等拿开大瓮看看客商，已经化成一滩血水。

杜 小 雷

杜小雷，益都之西山人。母双盲。杜事之孝，家虽贫，甘旨无缺。一日，将他适，市肉付妻，令作馎饦。妻最忤逆，切肉时，杂蜣螂其中。母觉臭恶不可食，藏以待子。杜归，问："馎饦美乎?"母摇首，出示子。杜裂视，见蜣螂，怒甚。入室，欲挞妻，又恐母闻。上榻筹思，妻问之，不语。妻自馁，徬徨榻下。久之，喘息有声。杜叱曰："不睡，待敲扑耶!"亦竟寂然。起而烛之，但见一豕，细视，则两足犹人，始知为妻所化。邑令闻之，絷去，使游四门，以戒众人。谭薇臣曾亲见之。

【译文】

杜小雷是山东益都县西山人，母亲双目失明，他待母亲十分孝顺。虽然家境贫困，好吃的食物从来不缺。一天，杜小雷要外出，买来了肉交给妻子，嘱咐她给母亲做饺子。小雷的妻子最不孝，切肉时把屎克螂掺在里面。母亲觉得有股恶臭，不能吃，就把饺子收藏起来等待儿子回来。杜小雷回来，问母亲："饺子好吃吗?"母亲摇摇头，拿出来给儿子看。小雷掰开饺子，见有屎克螂，大怒。进屋想把妻子打一顿，又怕母亲听到。上床细思，妻子问话，也不作声。妻子自觉气馁，在床前徘徊不定；过了好久，发出喘息之声。小雷喝斥道："还不睡觉，等挨揍不成!"也不听见妻子回话。起床点烛一照，只见一只猪，仔细一瞧，两只脚还是人的脚。这才知道猪就是妻子变的。县令听说此事，将猪捆走，游四门示众，以警戒人们。谭薇臣曾经亲眼看到。

毛大福

太行毛大福，疡医也。一日，行术归，道遇一狼，吐裹物，蹲道左。毛拾视，则布裹金饰数事。方怪异间，狼前欢跃，略曳袍服，即去。毛行，又曳之。察其意不恶，因从之去。未几，至穴，见一狼病卧，视顶上有巨疮，溃腐生蛆。毛悟其意，拨剔净尽，敷药如法，乃行。日既晚，狼遥送之。行三四里，又遇数狼，咆哮相侵，惧甚。前狼急入其群，若相告语，众狼悉散去。毛乃归。

先是，邑有银商宁泰，被盗杀于途，莫可追诘。会毛货金饰，为宁所认，执赴公庭。毛诉所从来，官不信，械之。毛冤极不能自伸，唯求宽释，请问诸狼。官遣两役押入山，直抵狼穴。值狼未归。及暮不至，三人遂反。至半途，遇二狼，其一疮痕犹在。毛识之，向揖而祝曰："前蒙馈赠，今遂以此被屈。君不为我昭雪，回去搒掠死矣！"狼见毛被絷，怒奔隶。隶拔刀相向。狼以喙拄地大嗥；嗥两三声，山中百狼群集，围旋隶。隶大窘。狼竞前啮絷索，隶悟其意，解毛缚，狼乃俱去。归述其状，官异之，未遽释毛。后数日，官出行，一狼衔敝履，委道上。官过之，狼又衔履奔前置于道。官命收履，狼乃去。官归，阴遣人访履主。或传某村有丛薪者，被二狼迫逐，衔其履而去。拘来认之，果其履也。遂疑杀宁者必薪，鞫之果然。盖薪杀宁，取其巨金，衣底藏饰，未遑搜括，被狼衔去也。

昔一稳婆出归，遇一狼阻道，牵衣若欲召之。乃从去。见雌狼方娩不下。妪为用力按捺，产下放归。明日，衔鹿肉置其家以报之。可知此事从来多有。

【译文】

山西太行毛大福，是个治疮的医生。一天，他行医归来，路上遇见一只狼，把嘴里衔着的一包东西放下，蹲在路旁。毛大福拾起来一看，布里包着几件金首饰。正在惊愕间，那只狼跑到他跟前欢跳，咬住他长袍轻轻拉一下，就走开去。毛大福一移步，狼又来扯他。毛大福看这狼并无恶意，便跟它走去。不一会，走到一个洞中，见一只病狼在那里躺着，细看头顶上生一个大疮，已经溃烂生蛆。毛大福明白了狼的意思，拨开狼毛，将疮口腐肉剔净，如法敷上药，就走了。这时天色已晚，那只狼远远地在后面护送。走了三四里路，又遇见几只狼，嗥叫着要伤害他，他十分害怕。先前那只狼急忙跑进狼群，像告诉了些什么，那些狼都四散走开。毛大福这才回到家中。

前不久，县中有个经营银器的商人名叫宁泰的，路遇强盗被杀害。案件无由追究。正巧毛大福变卖得来的金首饰，被宁家的人认了出来，便扭送公堂。毛大福陈诉了首饰的来历，官府不信，给他上了枷锁。毛大福冤屈极了，无法自伸，只求宽释，去问那狼。当官的派了两个衙役押他进山，直到狼洞门前。碰上狼没回来，等到傍晚还不到，三人就返回了。走到半路，遇到两只狼，其中一只疮疤仍在。毛大福认出了那只狼，便作揖祝告："上次承蒙你馈赠，如今却因此蒙冤受屈；你不替我昭雪，回去要被拷打死了！"那狼见毛大福被绑，愤怒地奔向两个衙役。衙役拔刀相向，那狼便用嘴抵着地，大声嗥叫，叫了三两声，山里百十只狼聚集拢来，将衙役团团围住。两个衙役窘迫万分，群狼争着上前撕咬捆绑的绳索。衙役明白它们的意思，赶紧给毛大福松了绑，群狼方才散去。衙役回来详述经过，当官的也觉得奇怪，但并未立即将毛大福释放。过后几天，当官的外出，一只狼衔了旧鞋放在路上。当官的走了过去，那狼又衔着旧鞋跑到前面把它放在路上。当官的命人将旧鞋拾起，那狼才离开。官回到府衙，暗中派人密访这鞋子的主人。有人传说，某村有个名叫丛薪的人，曾被两只狼追赶，衔走了他的鞋子。当官的把丛薪拘来辨认，果然是他的鞋子。由是怀疑杀害宁泰的人就是丛薪，审了一堂，果然不错。原来，丛薪杀害了宁泰，抢走他大量银子；衣服底下还藏着首饰，没有来得及搜括，被狼衔去了。

以前有个收生婆，外出归来，遇见一只狼拦住去路。狼牵扯她的衣服，像是想叫她跟着去，收生婆便跟着狼去了。看到一只母狼难产。收生婆用力为它按捺，直到母狼产下后，才放她回家。第二天，狼衔了一块鹿肉放在收生婆的家中，作为报答。可知这一类事从来就有，而且还是不少的。

雹　神

唐太史济武，适日照会安氏葬。道经雹神李左车祠，入游眺。祠前有池，池水清澈，有朱鱼数尾游泳其中。内一斜尾鱼唼呷水面，见人不惊。太史拾小石将戏击之。道士急止勿击。问其故，言：“池鳞皆龙族，触之必致风雹。”太史笑其附会之诬，竟掷之。

既而升车东行，则有黑云如盖，随之以行。簌簌雹落，大如绵子。又行里余，始霁。太史弟凉武在后，追及与语，则竟不知有雹也。问之前行者亦云。太史笑曰：“此岂广武君作怪耶！”犹未深异。安村外有关圣祠，适有稗贩客，释肩门外，忽弃双簏，趋祠中，拔架上大刀旋舞。曰：“我李左车也。明日将陪从淄川唐太史一助执绋，敬先告主人。”数语而醒，不自知其所言，亦不识唐为何人。安氏闻之，大惧。村去祠四十余里，敬修楮帛祭具，诣祠哀祷，但求怜悯，不敢枉驾。太史怪其敬信之深，问诸主人。主人曰："雹神灵迹最著，常托生人以为言，应验无虚语。若不虔祝以尼其行，则明日风雹立至矣。"

异史氏曰：广武君在当年，亦老谋壮事者流也。即司雹于东，或亦其不磨之气，受职于天。然业神矣，何必翘然自异哉！唐太史道义文章，天人之钦瞩已久，此鬼神之所以必求信于君子也。

【译文】

太史唐济武，到山东日照县去参加安家的葬礼。途中经过雹神李左车的庙，进去游览一番。庙前有一个水池，池水清澈见底，几条红色的鱼在水中游来游去。其中有一条歪尾巴的鱼，浮在水面吸食，见人也不害怕。唐太史捡起一块小石子，正想扔它逗乐，道士急忙劝他不要扔。太史问他缘故，道士说；"这池中长鳞的都是龙族，触犯了它们，必然要招致风雹。"唐太史笑道士胡诌乱扯，终究用石子向鱼扔了去。

游览完毕，唐太史登车东行，只见一片像伞盖样的黑云，随车飘行，刷刷地落下冰雹，像棉子般大小。又走了里把路，才云消天开。唐太史的弟弟唐凉武的车子在后面，赶上来和太史谈话，太史问他，他竟然不知道降落冰雹的事。又问问前面的人，说法也一样。唐太史笑道："这莫非是广武君李左车在作祟吗！"但他仍然不十分惊奇。安家村外有一座关帝庙。正好有个小贩在庙门外停担歇肩，忽然间他丢开一副箩筐，跑到庙中，拔出架上的大刀旋转要舞起来，并且说："我乃是李左车，明天将陪山东淄川唐太史同来，帮他送葬，谨预先告知安家主人。"几句话说完，就清醒过来了，自己却不知说了些什么，也不认识唐太史是谁。安家听说，十分害怕。村子离李左车庙有四十多里路，安家敬备了纸帛祭品，到庙中虔诚哀祷，只求神仙怜悯，不敢劳屈尊驾。唐太史怪安家人太迷信。询问主人，主人说："雹神的灵验迹象最明显，经常借活人之口说话，一一应验，从无虚言。如果不诚心诚意祈求他不要来，明天风雹必然要来到的。"

异史氏说：当年楚汉相争之际，广武君李左车也算得上老谋深算，担当重任的一流人了。做东方的雹神，或者也是他那不可磨灭的气概，才被上天任命的吧。但已经成了神，又何必再标奇立异以显示自己的非凡呢！唐太史的道德文章，久为天、人所共仰；这大概就是广武君所以要取得他信服的缘故吧。

李 八 缸

太学李月生，升宇翁之次子也。翁最富，以缸贮金，里人称之"八缸"。翁寝疾，呼子分金：兄八之，弟二之。月生觖望。翁曰："我非偏有爱憎，藏有窖镪，必待无多人时，方以畀汝，勿急也。"过数日，翁益弥留。月生虑一旦不虞，觑无人，即床头祕讯之。翁曰："人生苦乐，皆有定数。汝方享妻贤之福，故不宜再助多金，以增汝过。"盖月生妻车氏，最贤，有桓、孟之德，故云。月生固哀之。怒曰："汝尚有二十余年坎壈未历，即予千金，亦立尽耳。苟不至山穷水尽时，勿望给与也！"月生孝友敦笃，亦即不敢复言。

无何，翁大渐，寻卒。幸兄贤，斋葬之谋，勿与校计。月生又天真烂漫，不较锱铢，且好客善饮，炊黍治具，日促妻三四作，不甚理家人生产。里中无赖窥其懦，辄鱼肉之。逾数年，家渐落。窘急时，赖兄小周给，不至大困。无何，兄以老病卒，益失所助，至绝粮食。春贷秋偿，田所出，登场辄尽。乃割亩为活，业益消减。又数年，妻及长子相继殂谢，无聊益甚。寻买贩羊者之妻徐，冀得其小阜；而徐性刚烈，日凌藉之，至不敢与亲朋通吊庆礼。

忽一夜梦父曰："今汝所遭，可谓山穷水尽矣。尝许汝窖金，今其可矣。"问："何在？"曰："明日畀汝。"醒而异之，犹谓是贫中之积想也。次日，发土葺墉，掘得巨金。始悟向言"无多人"，乃死亡将半也。

异史氏曰：月生，余杵臼交，为人朴诚无伪。余兄弟与交，哀乐辄相共。数年来，村隔十余里，老死竟不相闻。余偶过其居里，因亦不敢过问之。则月生之苦况，盖有不可明言者矣。忽闻暴得千金，不觉为之鼓舞。呜呼！翁临终之治命，昔习闻之，而不意其言皆谶也。抑何其神哉！

【译文】

太学生李月生，是李升宇老人第二个儿子。老人极其富有，用缸储藏金银，乡里人称他为"八缸"。老人卧病不起，把儿子们叫来分金银：长兄得八成，弟弟得二成。李月生对此抱怨不满。老人说："我不是偏爱哪个，不喜欢哪个；还有一窖藏金，必须等人少时才能给你，不要着急。"过了几天，老人病情加重，濒临死亡；月生生怕一旦发生意外，便趁无人时，偷偷在病床床头询问父亲。老人说道："人生苦乐，都有定数，你目前正在享受着妻子贤惠的福，所以不宜再多给你金银，以免增添你的过错。"原来，月生的妻子车氏，为人最是贤惠，像历史上桓少君、孟光那样具有勤俭持家的美德，所以老人才这样说。李月生继续苦苦央求，老人发怒说："你还有二十多年坎坷日子没过呢，即使给你千两黄金，也会立刻花完的。不到山穷水尽之时，别指望再给你银两。"李月生是个孝顺父母、友爱兄长的忠厚人，也就不敢再说什么了。

过不多久，老人病危，很快就死去。幸而月生的哥哥为人贤德，祭祀葬礼之类花费，都不和月生算账。月生也是天真烂漫，不斤斤计较的人。而且好客，爱喝酒。烧饭也好，办酒席也好，每天要催促妻子做三四次，也不很管家里仆人的生产。同里的一些无赖看出他懦弱，常来欺负他。过了几年，家境逐渐衰败下来。窘迫时，多赖兄长稍作接济，因此还不感到太困难。不久，哥哥年老病故，月生更失去了帮助，竟弄到断炊绝粮的地步。春天借贷，秋天还债，田里出产的粮食，一上场就光了。无奈只好靠变卖田地过活，家业因此也就更加凋零。又过了几年，李月生的妻子和长子相继去世，他更加感到无所依靠，不久买下羊贩子的妻子徐氏，指望得到一点财物。那徐氏性情刚强粗暴，一天天骑到了他脖子上，甚至连亲友们的婚丧大事，月生也不敢去庆吊走动了。

忽然一天夜里，月生梦见死去的父亲对他说："你现在的处境，可说是山穷水尽了。我曾答应过给你的一窖金银，现在可以给你了。"月生问道："在哪里?"老人说："明天给你。"月生醒来，觉得奇怪，还以为这是穷困之中每天想钱想的。第二天，挖土修墙，掘到大量的金银。这才领悟父亲当时说的"人少时"，是指一家人死去将近一半的时候。

异史氏说：李月生和我是贫贱之交，他为人诚恳朴实，毫无虚假。我家弟兄和他交往甚深，甘苦与共。近年来，两村相隔十余里，是老是死他竟然也不让我们知道，我偶然经过他家住处，也因此不敢前去访问，可知月生的艰难困苦，是难以明说的了。猛一听到他突然得到千金，不禁为他感到高兴。啊！升宇老翁临终时的遗言，以前我经常听说，没想到他的话都是未卜先知的预言。这又多么神奇啊！

老龙船户

朱公徽荫巡抚粤东时，往来商旅，多告无头冤状。

千里行人，死不见尸，数客同游，全无音信，积案累累，莫可究诘。初告，有司尚发牒行缉；迨投状既多，竟置不问。公莅任，历稽旧案，状中称死者不下百余，其千里无主者，更不知凡几。公骇异恻怛，筹思废寝。遍访僚属，迄少方略。于是洁诚熏沐，致檄城隍之神。

已而斋寝，恍惚见一官僚，搢笏而入。问："何官？"答云："城隍刘某。""将何言？"曰："鬓边垂雪，天际生云，水中漂木，壁上安门。"言已而退。既醒，隐谜不解。辗转终宵，忽悟曰："垂雪者，老也；生云者，龙也；水上木为船；壁上门为户：岂非'老龙船户'耶！"

盖省之东北，曰小岭、曰蓝关，源自老龙津，以达南海，岭外巨商，每由此入粤。公遣武弁，密授机谋，捉龙津驾舟者，次第擒获五十余名，皆不械而服。盖此等贼以舟渡为名，赚客登舟，或投蒙药，或烧闷香，致客沉迷不醒；而后剖腹纳石，以沉水底。冤惨极矣！自昭雪后，遐迩欢腾，谣颂成集焉。

异史氏曰：剖腹沉石，惨冤已甚，而木雕之有司，绝不少关痛痒，岂特粤东之暗无天日哉！公至则鬼神效灵，覆盆俱照，何其异哉！然公非有四目两口，不过痌瘝之念，积于中者至耳。彼巍巍然，出则刀戟横路，入则兰麝熏心，尊优虽至，究何异于老龙船户哉！

【译文】

朱徽荫做广东巡抚时，来往的商贾旅客有很多人来告无头状。

不远千里而来的人，死了不见尸首；几个人同游，全部失踪，积压的案子一大堆，无法追查。最初，官府还发出告示，缉拿罪犯。等告来的状子越来越多，竟置之不问了。朱公到任，一一查核旧案卷，状辞中说到死去的人不下一百多个，至于家在千里之外、没有苦主的死者，更不知有多少。朱公既感惊骇，又觉可怜，殚思竭虑，彻夜不眠。遍访下属官员，一直没有对策。朱公于是虔诚地斋戒沐浴，给城隍神写去一道檄文。

完后，睡在斋舍里，恍惚间看到一个官员，腰插着笏板走进来。朱公问道："你是什么官？"那人答说："我是城隍刘某。""来此有何见教？"那人说："鬓边垂雪，天际生云，水中漂木，壁上安门。"说完就走了。朱公清醒过来以后，解不开这个谜，整夜翻来覆去不能入睡。猛然领悟道："所谓'垂雪'者，就是老。能'生云'的，是龙。'水上木'是船。'壁上门'是户。这难道不就是'老龙船户'吗？"

原来，广东的东北部有小岭河和蓝关河，发源于老龙津，直达南海。岭外的大商人常从这里进入广东。朱公暗中派遣一些武官，面授机宜，捉拿在老龙津撑船的，接连捉到五十多个。都不用上枷锁，就自动招认了。这些强盗都以渡客为名，哄骗客人上船，或用蒙汗药，或用闷香，使客人昏迷不醒，然后剖开肚子，填上石块，沉入水底，真是惨极冤极！这个案子被侦破昭雪后，远近人民欢呼雀跃，颂扬朱公盛德的歌谣几乎可以编成一部书。

异史氏说：剖腹填石，惨冤已到极点。而泥塑木雕的官员，却丝毫不关痛痒。难道只是广东东部这样暗无天日吗？朱公到任，鬼神显灵，致使沉冤得以昭雪，这是多么大的反差！不过朱公并没有四只眼睛两张嘴，他只是把关怀民众疾苦的念头积在心中不忘才做到了这一步。那些巍巍然的大官儿们，外出时刀矛满路，进家后兰麝熏心，看起来虽然至尊至优，但和老龙津杀人越货的船户又有什么不同呢！

青　城　妇

费邑高梦说为成都守，有一奇狱。

先是，有西商客成都，娶青城山寡妇。既而以故西归，年余复返。夫妻一聚，而商暴卒。同商疑而告官，官亦疑妇有私，苦讯之。横加酷掠，卒无词。牒解上司，并少实情，淹系狱底，积有时日。后高署有患病者，延一老医，适相言及。医闻之，遽曰：“妇尖嘴否？”问：“何说？”初不言，诘再三，始曰：“此处绕青城山有数村落，其中妇女多为蛇交，则生女尖喙，阴中有物类蛇舌。至淫纵时，则舌或出，一入阴管，男子阳脱立死。”高闻之骇，尚未深信。医曰：“此处有巫媪能内药使妇意荡，舌自出，是否可以验见。”高即如言，使媪治之，舌果出，疑始解。牒报郡。上官皆如法验之，乃释妇罪。

【译文】

山东费县高梦说任成都府大守时，曾遇到一桩奇案。

原先，有一个西边商人客居成都，娶了青城山一个寡妇为妻。后来，商人因事回西，过了一年多又回到成都来。夫妻一聚，商人就暴死了。商人的同伙有所怀疑，告到官府。官府也怀疑寡妇有什么私情，对她逼供审讯，横加酷刑，到底不招。备了公文押解到府里，但又缺少真凭实据，就这样将那寡妇关在监牢里，拖了很久。后来，高梦说衙门里有人害病，请来一位老中医，正好说到这件事。老中医听罢，立即问道：“寡妇的嘴是尖的吗？”官府的人问：“此话怎讲？”老中医起初不说，经再三盘问，才说道：“这青城山周围有好几个村子，村中妇女有很多和蛇交媾，生下来的女孩都是尖嘴，生殖器中有一个类似蛇舌的东西，长大纵情淫乱时，那舌状物便会伸出来；一进到阴茎中，男子就立刻脱阳而死。”高梦说听了这番话，深感骇异，但还不十分相信。老中医说道：“这附近有个巫婆，能用药物使妇女产生淫欲，那时舌状物自会出现。或是或非，尽可验证。”高梦说就按照老中医所说，让巫婆给那被押的寡妇用药，舌状物果然出现了。“谋杀亲夫”案的怀疑这才消除。具文上报省里，上级官员也用同样的方法验证，这才免了寡妇的罪。

鸮　　鸟

长山杨令，性奇贪。康熙乙亥间，西塞用兵，市民间骡马运粮。杨假此搜括，地方头畜一空。周村为商贾所集，趁墟者车马辐辏。杨率健丁悉篡夺之，不下数百余头。四方估客，无处控告。时诸令皆以公务在省。适益都令董、莱芜令范、新城令孙，会集旅舍。有山西二商，迎门号愬，盖有健骡四头，俱被抢掠，道远失业，不能归，哀求诸公为缓颊也。三公怜其情，许之。遂共诣杨。

杨治具相款。酒既行，众言来意。杨不听。众言之益切。杨举酒促釂以乱之，曰：“某有一令，不能者罚。须一天上、一地下、一古人，左右问所执何物，口道何词，随问答之。”便倡云：“天上有月轮，地下有昆仑，有一古人刘伯伦。左问所执何物，答云：‘手执酒杯。’右问口道何词，答云：‘道是酒杯之外不须提。’”范公云：“天上有广寒宫，地下有乾清宫，有一古人姜太公。手执钓鱼竿，道是‘愿者上钩’。”孙云：“天上有天河，地下有黄河，有一古人是萧何。手执一本大清律，道是‘赃官赃吏’。”杨有惭色，沉吟久之，曰：“某又有之。天上有灵山，地下有泰山，有一古人是寒山。手执一帚，道是‘各人自扫门前雪’。”众相视觍然。忽一少年傲岸而入，袍服华整，举手作礼。共挽坐，酌以大斗。少年笑曰："酒且勿饮。闻诸公雅令，愿献刍荛。"众请之。少年曰："天上有玉帝，地下有皇帝，有一古人洪武朱皇帝。手执三尺剑，道是'贪官剥皮'。"众大笑。杨恚骂曰："何处狂生敢尔！"命隶执之。少年跃登几上，化为鸮，冲帘飞出，集庭树间，回顾室中，作笑声。主人击之，且飞且笑而去。

异史氏曰：市马之役，诸大令健畜盈庭者十之七，而千百为群，作骡马贾者，长山外不数数见也。圣明天子爱惜民力，取一物必偿其值，焉知奉行者流毒若此哉！鸮所至，人最厌其笑，儿女共唾之，以为不祥。此一笑，则何异于凤鸣哉！

【译文】

山东长山县县令姓杨，本性特别贪婪。清朝康熙三十四年（1695），我国西部边陲有战事，官家购买民间骡马运送军粮。杨某趁机搜刮，地方上的牲口被抢掠一空。周村是商贾云集的地方，赶集的车马拥挤。杨某率领精壮的兵丁把牲口全部抢去，不下数百头。来自四方的客商，控告无门。当时，各县县令都因公来省城，正好益都县县令董某、莱芜县县令范某、新城县县令孙某在旅舍里碰头了。有山西的两个客商朝着旅舍门哭诉，原来他们有四头大骡子都被夺走，家乡路远，又失了生计，无法回归，所以哀求这几位长官代为说情。三位县令怜悯他们的境遇，答应了。就一同去造访杨某。

杨某摆上酒席，款待三位县令。斟过酒，三位长官说明来意，杨某不听。几个人说得更加恳切，杨某故意举杯劝酒来打断他们，说："我有一酒令，不能如令的要罚酒。要说一个天上的，一个地下的，一个古人名；左右要问手里拿的什么，嘴里说的什么，随问随答。"于是他领先说："天上有月轮，地下有昆仑，有个古人刘伯伦。”左问：“拿的什么？”回答：“手执酒杯。”右问：“说的什么？”回答：“有道是酒杯以外不须提。”范某说道：“天上有广寒宫，地下有乾清宫，有个古人姜太公。手拿钓鱼竿，说道是‘愿者上钩’。”孙某说：“天上有天河，地下有黄河，有个古人是萧何。手拿一本《大清律》，说道是‘赃官赃吏’。”杨某面有愧色。沉吟良久，说道：“我又有了：天上有灵山，地下有泰山，有个古人叫寒山。手拿一把扫帚，说道是‘各人自扫门前雪’。”三长官听后觉得不好意思。忽然，一个少年昂着头傲然走了进来，袍服华丽整洁，向众人举手为礼。大家让他入座，为他斟了一大杯酒。少年笑道：“酒暂且不喝。听到诸位的高雅酒令。我也想向众位献上几句野人之言。”众人请他说出，少年道：“天上有玉帝，地下有皇帝，有个古人是洪武朱皇帝。手执三尺剑，说道是‘贪官剥皮’。”众人大笑。杨某怒喝道：“哪里来的狂徒，竟敢如此大胆！”命令手下将他拿下。那少年跳上桌子，变成一只猫头鹰，冲出门帘，飞到庭院中一棵树上，回头对着屋内，发出笑声。主人打它，它一边笑着一边飞走了。

异史氏说：这次因战争买马，地方官十之七八满院都是膘肥体健的牲口，但征集成百上千的牲口，做起骡马买卖的，除了长山县令以外也并不多见。圣明天子，爱惜民力，征用老百姓的东西一定要照价付钱，哪知道奉命执行的流毒一至于此！猫头鹰所到之处，人们最讨厌它的笑声，男孩女孩一起对它吐口水，认为不吉利。而这一次笑声，和凤凰的鸣叫有什么不同呢！

古　瓶

淄邑北村井涸，村人甲、乙缒入淘之。掘尺余，得髑髅。误破之，口含黄金，喜纳腰橐。复掘，又得髑髅六七枚。悉破之，无金。其旁有磁瓶二、铜器一。器大可合抱，重数十斤，侧有双环，不知何用，斑驳陆离。瓶亦古，非近款。既出井，甲、乙皆死。移时乙苏，曰：

"我乃汉人。遭新莽之乱，全家投井中。适有少金，因内口中，实非含敛之物，人人都有也。奈何遍碎头颅?情殊可恨!"众香楮共祝之，许为殡葬，乙乃愈；甲则不能复生矣。颜镇孙生闻其异，购铜器而去。袁孝廉宣四得一瓶，可验阴晴：见有一点润处，初如粟米，渐阔渐满，未几雨至；润退，则云开天霁。其一入张秀才家，可志朔望：朔则黑点起如豆，与日俱长；望则一瓶遍满；既望，又以次而退，至晦则复其初。以埋土中久，瓶口有小石粘口上，刷剔不可下。敲去之，石落而口微缺，亦一憾事。浸花其中，落花结实，与在树者无异云。

【译文】

山东淄县北村的一口井干涸了，村民甲、乙二人腰系绳索，吊下去掏挖。挖了一尺多深，掘出一具骷髅，不小心把它弄碎了，发现骷髅头口中含着金子。两人欣喜非常，将金子塞进腰包。继续往下挖，又挖出六七具骷髅，两人把它们逐一敲碎，却不见黄金。这些枯骨旁边有两个瓷瓶，一件铜器。铜器大小约有一抱，重数十斤，两旁各有一个环，不知作什么用，铜器上面绿锈斑剥。瓷瓶也是古董，不像现时的款式。从井中出来之后，甲乙两人都死过去了。过了一会，乙苏醒过来，说道："我是汉朝人，因遭王莽之乱，全家投入井中。家里正好有点儿金子，就把它塞进口中，并非入殓时含在口中的陪葬之物，会得人人都有的。为什么要把头颅一一敲碎？这事委实可恨!"众人焚香烧纸，一同祈祷，答应为之殡葬。乙的病随即好了。甲则没能再复活过来。颜镇的孙生听说这一奇事，将那个铜器买了回去。举人袁宣四得到一只古瓶。这瓶能显示阴晴：瓶上有一点润湿处，开头像一粒小米那样大小，渐渐扩展开来，布满瓶体，过不多久，雨就下起来了。润湿退去，就云散天晴。另一只古瓶落到张秀才家。这瓶可以显示朔望：阴历初一，瓶体上出现豆子般大小的黑点，一天比一天增多；到十五那天，整个瓶体全都满了，过了十五，黑点又逐渐退去，月终又恢复原状。因埋在土里时间太久，瓶口上粘住一块小石子，刷剔不掉，敲着除去它，石子是弄掉了，瓶口却敲出一个缺口。这也是一件令人遗憾的事。用瓶盛水养花，花落结果，就像生长在树上的一样。

元少先生

韩元少先生为诸生时，有吏突至，白主人欲延作师，而殊无名刺。问其家阀，含糊对之。束帛缄贽，仪礼优渥。先生许之。约期而去。至日，果以舆来。迤逦而往，道路皆所未经。忽睹殿阁，下车入，气象类藩邸。既就馆，酒炙纷罗，劝客自进，并无主人。筵既撤，则公子出拜；年十五六，姿表秀异。展礼罢，趋就他舍，请业始至师所。公子甚慧，闻义辄通。先生以不知家世，颇怀疑闷。馆有二僮给役，私诘之，皆不对。问："主人何在？"答以事忙。先生求导窥之，僮不可。屡求之，乃导至一处，闻拷楚声。自门隙目注之，见一王者坐殿上，阶下剑树刀山，皆冥中事。

大骇。方将却步，内已知之，因罢政，叱退诸鬼，疾呼僮。僮变色曰："我为先生，祸及身矣！"战惕奔入。王者怒曰："何敢引人私窥！"即以巨鞭重笞讫。乃召先生入，曰："所以不见者，以幽明异路。今已知之，势难再聚。"因赠束金使行。曰："君天下第一人，但坎壈未尽耳。"使青衣捉骑送之。先生疑身已死。青衣曰：

“何得便尔！先生食御一切，置自俗间，非冥中物也。”既归，坎坷数年，中会、状，其言皆验。

【译文】

韩元少先生还在做秀才读书时，有个小吏突然到来，声称他家主人想聘请他去做家庭教师，而请帖名片却都没有。韩元少询问他家的情况，来人含糊其辞。带来的丝帛以及见面礼十分优厚。元少应允，双方约定了到馆的日期，那人就走了。到了日子，果然来了一辆车子。元少坐在车上，沿着一条蜿蜒曲折的道路驶去。这条路十分陌生，以前从未走过。忽然看见一片楼台殿阁，韩元少下车走了进去，看那气派像是一个藩王的官邸。进到学馆，已是酒肉纷陈；侍者劝他自便，并无主人陪同。饭罢撤去筵席，一位公子出来拜见。公子年约十五六岁，容貌清秀，风度不凡。施礼完毕，公子便到另外的房间，只有请教课业时才到元少屋里来。那公子很聪明，一听意思就懂。韩元少因不了解这家的家世，颇感纳闷。学馆里有两个书僮供差遣使唤，元少私下里向他们打听，书僮都不作答。又问：“主人在哪里？”书僮回说主人事忙。元少要书僮带他各处看看，书僮不肯。多次请求，才把他领到一个去处，听到拷打之声。元少朝门缝里仔细看进去，见一个大王模样的人坐在殿上，阶下则是剑树刀山，全是一派阴间景象。

元少大骇，正要退出，大殿内已经知道了。那大王就停下公事，叱退诸鬼，大声呼唤书僮。书僮吓得脸色也变了，说道：“为了先生，我的大祸临头了。”说罢，战兢兢跑进大殿里。大王怒喝道：“怎么敢带人偷看！”于是用大鞭痛打。打罢，把元少叫了进去，说道：“所以不和你见面，是因为阴间阳间不相通。现在你既然已经知道这是什么所在，势难再留下了。”于是赠给元少学馆酬金，请他回去。并且对他说：“先生是天下第一等人，只是坎坷还没完罢了。”命仆人牵马相送。元少疑惑自己已经死了，仆人说道：“哪里就会这样！你所吃所用，都是来自阳间，不是阴间的东西。”元少回到家中，过了几年坎坷日子，后来连中会元和状元。阎王说得一点不错。

薛 慰 娘

丰玉桂，聊城儒生也。贫无生业。万历间，岁大祲，孑然南遁。及归，至沂而病。力疾行数里，至城南丛葬处，益惫，因傍冢卧。忽如梦，至一村，有叟自门中出，邀生入。屋两楹，亦殊草草。室内一女子，年十六七，仪容慧雅。叟使瀹柏枝汤，以陶器供客。因诘生里居、年齿，既已，乃曰："洪都姓李，平阳族。流寓此间，今三十二年矣。君志此门户，余家子孙如见探访，即烦指示之。老夫不敢忘义。义女慰娘，颇不丑，可配君子。三豚儿到日，即遣主盟。"生喜，拜曰："犬马齿二十有二，尚少良配。惠以眷好，固佳；但何处得翁之家人而告诉也？"叟曰："君但住北村中，相待月余，自有来者，止求不惮烦耳。"生恐其言不信，要之曰："实告翁：仆故家徒四壁，恐后日不如所望，中道之弃，人所难堪。即无姻好，亦不敢不守季路之诺，即何妨质言之也？"叟笑曰："君欲老夫旦旦耶？我稔知君贫。此订非专为君，慰娘孤而无依，相托已久，不忍听其流落，故以奉君子耳。何见疑！"即捉臂送生出，拱手阖扉而去。

生觉，则身卧冢边，日已将午。渐起，次且入村。村人见之皆惊，谓其已死道旁经日矣。顿悟叟即冢中人也，隐而不言，但求寄寓。村人恐其复死，莫敢留。村有秀才与同姓，闻之，趋诘家世，盖生缌服叔也。喜导至家，饵治之，数日寻愈。因述所遇，叔亦惊异，遂坐待以觇其变。居无何，果有官人至村，访父墓址，自言平阳进士李叔向。

先是，其父李洪都，与同乡某甲行贾，死于沂，某因瘗诸丛葬处。既归，某亦死。是时翁三子皆幼。长伯仁，举进士，令淮南。数遣人寻父墓，迄无知者。次仲道，举孝廉。叔向最少，亦登第。于是亲求父骨，至沂遍访。是日至，村人皆莫识。生乃引至墓所，指示之。叔向未敢信，生为具陈所遇，叔向奇之。审视两坟相接，或言三年前有宦者，葬少妾于此。叔向恐误发他冢，生遂以所卧处示之。叔向命舁材其侧，始发冢。冢开，则见女尸，服妆黯败，而粉黛如生。叔向知其误，骇极，莫知所为。而女已顿起，四顾曰："三哥来耶?"叔向惊，就问之，则慰娘也。乃解衣蔽覆，舁归逆旅。急发旁冢，冀父复活。既发，则肤革犹存，抚之僵燥，悲哀不已。装敛入材，清醮七日；女亦缞绖若女。忽告叔向曰："曩阿翁有黄金二锭，曾分一为妾作奁。妾以孤弱无藏所，仅以丝线絷腰，而未将去，兄得之否?"叔向不知，乃使生反求诸圹，果得之，一如女言。叔向仍以线志者分赠慰娘。

暇乃审其家世。先是，女父薛寅侯无子，止生慰娘，甚钟爱之。女一日自金陵舅氏归，将媪问渡。操舟者乃金陵媒也。适有宦者，任满赴都，遣觅美妾，凡历数家，无当意者，将为扁舟诣广陵。忽遇女，隐生诡谋，急招附渡。媪素识之，遂与共济。中途，投毒食中，女、妪皆迷。推妪堕江；载女而返，以重金卖诸宦者。入门，嫡始知，怒甚。女又惘然，莫知为礼，遂挞楚而囚禁之。北渡三日，女方醒。婢言始末，女大泣。一夜，宿於沂，自经死，乃瘗诸乱冢中。女在墓，为群鬼所凌，李翁时呵护之，女乃父事翁。翁曰：“汝命合不死，当为择一快婿。”前生既见而出，反谓女曰：“此生品谊可托。待汝三兄至，为汝主婚。”一日曰：“汝可归候，汝三兄将来矣。”盖即发墓之日也。

女于丧次，为叔向缅述之。叔向叹息良久，乃以慰娘为妹，俾从李姓。略买衣妆，遣归生。曰：“资斧无多，不能为妹子办妆。意将偕归，以慰母心，如何？”女亦欣然。于是夫妻从叔向，辇柩并发。

及归，母诘得其故，爱逾所生，馆诸别院。丧次，女哀悼过于儿孙。母益怜之，不令东归，嘱诸子为之买宅。适有冯氏卖宅，直六百金。仓猝未能取盈，暂收契券，约日交兑。及期，冯早至；适女亦从别院入省母，突见之，绝似当年操舟人。冯见亦惊。女趋过之。两兄亦以母小恙，俱集母所。女问：“厅前跮蹉者为谁？”仲道曰：“几忘却，此必前日卖宅者也。”即起欲出。女止之，告以所疑，使诘难之。仲道诺而出，则冯已去，而巷南塾师薛先生在焉。因问：“何来？”曰：“昨夕冯某浼早登堂，一署券保。适途遇之，云偶有所忘，暂归便返，使仆坐以待之。”少间，生及叔向皆至，遂相攀谈。慰娘以冯故，潜来屏后窥客，细视之，则其父也。突出，持抱大哭。翁惊涕曰：“吾儿何来！”众始知薛即寅侯也。仲道虽于街头常遇，初未悉其名字。至是共喜，为述前因，设酒相庆。因留信宿，自道行踪。盖失女后，妻以悲死，鳏居无依，故游学至此也。生约买宅后，迎与同居。翁次日往探，冯则举家遁去，乃知杀媪卖女者，即其人也。冯初至平阳，贸易成家；比年赌博，日就消乏，故货居宅，卖女之资，亦濒尽矣。

慰娘得所，亦不甚仇之，但择日徙居，更不追其所往。李母馈遗不绝，一切日用皆供给之。生遂家于平阳，但归试甚苦。幸是科举孝廉。慰娘富贵，每念媪为己死，思报其子。媪夫姓殷，一子名富，好博，贫无立锥。一日，博局争注，殴杀人命，亡归平阳，远投慰娘。生遂留之门下。研诘所杀姓名，盖即操舟冯某也。骇叹久之，因为道破，乃知冯即杀母仇人也。益喜，遂役生家。薛寅侯就养于婿，婿为买妇，生子女各一焉。

【译文】

丰玉桂是山东聊城的一个读书人。家境贫困，无以为生。明朝万历年间，严重自然灾害，他独自一人到南方去逃荒。回来时在鲁南沂水附近得了病。勉力支撑着走了几里路，到城南乱坟岗处，实在走不动了，便在一座坟旁边躺了下来。忽然像做梦一般，来到一个村落。有个老人从家门中走了出来，邀丰玉桂进去。这是两间屋子，显得有点杂乱，室内有一女子，年约十六七岁，仪容聪明而优雅。老人叫她煮点柏枝汤，用陶器盛了奉客。就询问丰玉桂的年龄、籍贯，然后说道："我姓李，名洪都，山西平阳人，流落此地已是三十二年了。请你记住我家的门户，如果有我家子孙访问你，就麻烦你指点给他，老夫不会忘记你的情义。我的义女慰娘，长得不算丑陋，可以和你匹配。我三儿到来那天，就让他主婚。"丰玉桂心中大喜，下拜说："小子今年二十二岁，还没有找到如意的配偶。蒙您厚爱，许下亲事，当然是好。但我到哪里找到岳父家的人去告诉他呢?”老人说:“你只要在北村住下等一个多月,自有人来,只求你不要嫌麻烦就是了。”丰玉桂担心老人的话靠不住,便有意要他把话说死,道:“实不相瞒,我家穷得只有四堵墙,生怕以后会使您失望;万一中途见弃,这是最使人难堪的。即使不是姻亲,我也不敢受人之托不守诺言。老人家何妨实说呢!”老人笑道:“你这是想要我起誓吗?我完全知道你家境贫穷。我为义女订婚也并非完全为你着想;慰娘没了父母,孤苦伶仃,寄在我家已很久了,不忍看她没依没靠的,所以才把她许配给你,你为什么要见疑呢?”于是抓着玉桂的手臂送他出来,拱手告别,关门进去了。

丰玉桂醒来,发觉自己躺在一座坟茔旁边,时间已近中午了。他慢慢起来,蹒跚着走进村去。村里人看到他都感到惊奇,说他已倒死在道旁有一天了。玉桂顿时领悟到梦中的老人就是那墓中人,但却隐忍不说,只求寄住。村里人怕他再死去,都不敢收留他。村中有个秀才和玉桂同姓,听说以后,跑去盘问家世,原来是玉桂的远房叔叔。高兴地把他领到家里,给他吃喝治疗,不几天病就好了。于是述说他的梦中所遇。叔叔也感到惊奇,就让玉桂住下等待,看看会发生什么事。住不多久,果然有穿官服的人来到村中,寻访他父亲的坟墓所在,自称山西平阳县进士李叔向。

原来,他父亲李洪都与同乡某甲出外经商,死在沂水,某甲将他葬在乱坟岗中;某甲回去以后也死了。那时李洪都老人的三个儿子都还年幼。长子李伯仁,考中了进士,做了淮南县县令。几次派人寻找父亲的坟墓,一直没人知道。次子李仲道中了举。李叔向最小,也考中了进士,于是他亲自寻求父亲遗骨,来到沂水,各处都找遍了。这天来到村中,村里人都不知道。丰玉桂于是带领李叔向来到乱坟岗,把他父亲的坟墓指点给他。叔向不敢相信。玉桂便将自己梦中所遇一一讲了一遍,叔向觉得奇怪。仔细察看,有两座坟相连。有人说,三年以前,有个当官的曾把他的小妾葬在这里。叔向唯恐错挖了别家的坟墓,玉桂便把自己以前躺过的地方指给他看。叔向叫人把棺材抬到旁边,开始挖坟。坟墓掘开,现出一具女尸,服装均已腐烂,但面貌依然姣好,像活人一样。叔向知道挖错。害怕极了,不知如何是好。却不料那女子顿时坐了起来,四处一望,说道:“是三哥来了吗?”叔向吃惊,一问,原来她就是慰娘。忙脱下衣服，给她暂时蔽体，把她抬回旅店。又迅速发掘旁边一座坟墓，希望父亲也能重新活过来。及至挖开以后，尸体皮肉没烂，摸摸已经干瘪僵硬了。叔向悲伤不止。将父亲遗体装殓入棺，做了七天道场，慰娘也披麻戴孝，如同亲生女儿一般。

慰娘忽然告诉叔向："以前，父亲有两锭黄金，曾分给我一个当嫁妆。我因孤弱无依，没处存放，只用丝线系在当中，没有拿去，哥哥拿到过吗？"叔向并不知情，叫玉桂再到墓坑中去找，果然找到了，正如慰娘所说。叔向仍旧把那块系有丝线的金锭给了慰娘。

闲暇无事时，叔向详细询问慰娘的家世。原来，慰娘的父亲名叫薛寅侯，没有儿子，只生慰娘一个，对她十分钟爱。一天，慰娘从南京的舅父家回来，带着一个老婆子去打听摆渡的事。有个撑船的是南京专门说媒的。当时有个任期刚满的官要去京城，派他觅求美女为妾，看了好几家，都不中意。这说媒的正准备驾船去扬州物色美女，忽然看到慰娘，暗生诡计，急忙招呼她们上船。那老婆子和他本来就相识，就和慰娘一同上了船，到江心，那人在食物中放下毒药，慰娘和老婆子都昏迷过去。他把老婆子推落江中，载了慰娘回南京，以重金卖给了那个当官的。慰娘进了门，那官太太才知道丈夫纳妾，不禁勃然大怒。而慰娘则依然糊里糊涂，也不知向官太太行礼，就被毒打一顿，关了起来。那官长携带眷属北渡，三天后慰娘才清醒过来。一个丫环将前后经过告诉了她，慰娘大哭一场。一夜住在沂水，她上吊死了，被葬在乱坟岗中。慰娘在坟墓中常被众鬼欺凌。李洪都经常呵退群鬼，护卫慰娘。慰娘也就把老人当父亲看待。老人对慰娘说："你命里还不该死，我要为你找个好女婿。"那天见到丰玉桂，老人送出后回来，对慰娘说："这个书生人品很好，可以托付。等你三哥到来，让他为你主婚。"一天，老人又对慰娘说："你可以回去等候，你三哥马上就要来到了。"老人说这话的时候，正是李叔向挖墓的那一天。

慰娘在丧事以后将往事对叔向细述，叔向叹息良久，遂认慰娘为妹，要她改姓李。替慰娘简单买了几件衣物，将她嫁给丰玉桂，说："我带的盘缠不多，无法为妹妹办嫁妆。想带你一起回家，以慰母亲之心，不知你意下如何？"慰娘高兴地答应了。于是，夫妻俩便跟随李叔向，车马灵柩一起上路。

回到家中，叔向的母亲问明了原委，心疼慰娘赛过自己亲生儿女，把玉桂夫妇安排在另一个院中住下。殡葬期间，慰娘哀悼胜过李家子孙，叔向的母亲更加爱怜她，不让她再回到山东老家去，并吩咐三个儿子为慰娘购置房屋。正巧有个姓冯的要出卖房屋，房价六百两银子。仓促之间房价未能付清，写了一张债券，约定日期兑付欠款。到了日子，冯某一大早就来了。正巧慰娘从别院过来给母亲请安，突然看到冯某，极像当年那个撑船的。冯某看到慰娘，也吃了一惊。慰娘快步走了过去。两个哥哥也因母亲略有不适，都聚在母亲房里。慰娘问道："大厅前面那个走来走去的是什么人？"李仲道说："差点忘了，一定是前天那个卖房子的。"说着就站起来要出去。慰娘叫住他，把自己的怀疑向他说了，让仲道好好盘问那人。仲道应允，及至出来一看，冯某已经不在，而巷子南面一位私塾教师薛老先生坐在那里。李仲道便问道："您来此干什么？"薛老先生答道："昨天晚上，冯某央求我今天一早到府上来，做个兑付债券的中保。刚才我在路上遇到他，他说偶然忘了什么东西，回去一下就来，让我坐在这里等候。"一会儿，丰玉桂和李叔向也都来了，大家一起攀谈起来。慰娘因为冯某的缘故，躲在屏风后面偷看来客，仔细辨认，老先生竟是自己的父亲。她猛然从屏风后面跑了出来，抱着父亲放声大哭。那老人惊喜得流下泪来，说："我儿怎么会到这里来？"众人方才知道薛老先生就是薛寅侯。李仲道虽然常在街头遇到他，却不知道他的大名。至此，众人皆大欢喜，细述往事，设酒宴相庆。薛老先生在李家住了几夜，自述行踪。原来，他丢了女儿以后，妻子因悲痛而死去，孤身一人，无依无靠，所以游学来到平阳。丰玉桂和他约定房子买妥以后，就把他接来同住。第二天，薛寅侯到冯某家探视，冯某已经举家逃走了，这才明白害死老婆子、拐卖女儿的就是这个人。那冯某初到平阳时，靠做生意起家。近年因赌博一天天败落下来，因而出卖房产。拐卖慰娘所得钱款，也差不多全化在这房产上了。

慰娘已经得到满意的安身之处，也就不太仇恨他了，只选定日期搬了家，也不追究他逃到哪里去。李家母亲经常送来一些东西，一切开销，全由李家供给。丰玉桂就在平阳安家落户。只是回乡应考颇觉路远辛苦。幸而那一年中了举。慰娘如今既富且贵了，每每想到当年老婆婆是为自己而死，总想报答她的儿子。老婆婆夫家姓殷，有个儿子名殷富，好赌博，穷得无立锥之地。一天，殷富在赌场中为争赌注打人致死，远道逃来平阳，投奔慰娘。丰玉桂把他留在家中。询问殷富所打死的人的姓名，原来就是那个撑船的冯某。玉桂听了，惊叹了好一阵子，便将往事一一向殷富说明。殷富这才知道冯某就是害死母亲的仇人，因而更加高兴，就留下当了玉桂家的仆人。薛寅侯由女婿玉桂赡养。玉桂又为他买了一个女人成家，生下了一男一女。

田子成

江宁田子成，过洞庭，舟覆而没。子良耜，明季进士，时在抱中。妻杜氏，闻讣，仰药而死。良耜受庶祖母抚养成立，筮仕湖北。年余，奉宪命营务湖南。至洞庭，痛哭而返。自告才力不及，降县丞，隶汉阳，辞不就。院司强督促之乃就。辄放荡江湖间，不以官职自守。

一夕，舣舟江岸，闻洞箫声，抑扬可听。乘月步去，约半里许，见旷野中，茅屋数椽，荧荧灯火；近窗窥之，有三人对酌其中。上座一秀才，年三十许；下座一叟；侧座吹箫者，年最少。吹竟，叟击节赞佳。秀才面壁吟思，若罔闻。叟曰："卢十兄必有佳作，请长吟，俾得共赏之。"秀才乃吟曰：

满江风月冷凄凄，瘦草零花化作泥。
千里云山飞不到，梦魂夜夜竹桥西。

吟声怆恻。叟笑曰："卢十兄故态作矣！"因酌以巨觥，曰：“老夫不能属和，请歌以侑酒。”乃歌“兰陵美酒”之什。歌已，一座解颐。少年起曰：“我视月斜何度矣。”突出见客，拍手曰：“窗外有人，我等狂态尽露也！”遂挽客入，共一举手。

叟使与少年相对坐。试其杯皆冷酒，辞不饮。少年起以苇炬燎壶而进之。良耜亦命从者出钱行沽，叟固止之。因讯邦族，良耜具道生平。叟致敬曰：“吾乡父母也。少君姓江，此间土著。”指少年曰：“此江西杜野侯”。又指秀才：“此卢十兄，与公同乡。”

卢自见良耜，殊偃蹇不甚为礼。良耜因问：“家居何里？如此清才，殊早不闻。”答曰：“流寓已久，亲族恒不相识，可叹人也！”言之哀楚。叟摇手乱之曰：“好客相逢，不理觞政，聒絮如此，厌人听闻！”遂把杯自饮，曰：“一令请共行之，不能者罚。每掷三色，以相逢为率，须一古典相合。”乃掷得幺二三，唱曰：“三加幺二点相同，鸡黍三年约范公：朋友喜相逢。”次少年，掷得双二单四，曰：“不读书人，但见俚典，勿以为笑。四加双二点相同，四人聚义古城中：兄弟喜相逢。”卢得双幺单二，曰：“二加双幺点相同，吕向两手抱老翁：父子喜相逢。”良耜掷，复与卢同，曰：“二加双幺点相同，茅容二簋款林宗：主客喜相逢。”令毕，良耜兴辞。卢始起曰：“故乡之谊，未遑倾吐，何别之遽？将有所问，愿少留也。”良耜复坐，问：“何言？”曰：“仆有老友某，没于洞庭，与君同族否？”良耜曰：“是先君也，何以相识？”曰：“少时相善。没日，惟仆见之，因收其骨，葬江边耳。”良耜出涕下拜，求指墓所。卢曰：“明日来此，当指示之。要亦易辨，去此数武，但见坟上有丛芦十茎者是也。”良耜洒涕，与众拱别。至舟，终夜不寝，念卢情词似皆有因。

昧爽而往，则舍宇全无，益骇。因遵所指处寻墓，果得之。丛芦其上，数之，适符其数。恍然悟卢十兄之称，皆其寓言；所遇，乃其父之鬼也。细问土人，则二十年前，有高翁富而好善，溺水者皆拯其尸而埋之，故有数坟在焉。遂发冢负骨，弃官而返。

归告祖母，质其状貌皆确。江西杜野侯，乃其表兄，年十九，溺于江；后其父流寓江西。又悟杜夫人殁后，葬竹桥之西，故诗中忆之也。但不知叟何人耳。

【译文】

南京人田子成，在渡洞庭湖时，翻船淹死了。儿子田良耜，是明末进士，当时还在怀抱中。妻子杜氏，听到噩耗，服毒而死。田良耜由庶祖母抚养成人，在湖北做官。一年多之后，奉上司命令去管理湖南。到洞庭湖，痛哭而还。他向上级呈报，自称才力不够，降为县丞，隶属汉阳，又推辞不去就职，上司强迫督促才赴任。他经常游荡于江湖之间，对官职不大负责。

一天傍晚，在江岸停船，听到一阵洞箫声，忽低忽高很好听。趁着月光走出，大约半里光景，看到旷野之中有几间茅屋，灯火闪烁。走近窗子窥视，有三个人在里面喝酒。上座一个秀才，年约三十左右；下座一个老翁；侧面坐着吹箫人，年纪最轻。一曲才罢，老翁打着拍子称好。那秀才却只管面向墙壁，低吟沉思，好像没听见似的。老翁说：“卢十兄定有佳作，何不念出来让大家共同欣赏。”那秀才便吟道：“满江风月冷凄凄，瘦草零花化作泥。千里云山飞不到，梦魂夜夜竹桥西。”吟诗的声音凄切悲凉。老翁笑道：

“卢十兄又故态复萌了！”就用大杯斟酒，说道：“老夫不能和你的诗，还是让我用歌来助酒吧。”就唱了“兰陵美酒”这支歌。歌罢，一座欢笑。那少年起身说：“让我去看看月亮斜到哪里了。”突然走出屋子，看到了良耜，便拍手说道：“窗外有人！我们的狂态全暴露了。”说完，拉着良耜进屋，大家一起举手为礼。

老翁叫良耜和少年相对坐下。良耜用手摸摸酒杯，酒全是冷的，推辞不喝。少年起身点燃芦苇，烘热酒壶，然后向良耜进酒。良耜也叫随从拿钱去买酒，被老翁劝阻了。随即询问良耜的籍贯和宗族，良耜叙述了生平，老翁致敬道：“你原来是我家乡的父母官啊！我姓江，名少君，就是此地人氏。”指着少年说：“这位是江西杜野侯。”又指着秀才说：“这位是卢十兄，和你是同乡。”

卢十从看到良耜起，就有点倨傲不太礼貌。良耜于是问他：“家住哪村？如此才华，我怎么早没有听说！”卢十答道：“我流落此地已久，亲戚族人，往往互不相识，说来令人可叹！”说到这里，不胜悲哀凄苦。老翁摆手打岔说：“幸逢嘉宾，不好好儿喝一杯，却啰嗦这些个，叫人听了讨厌！”于是举杯自饮。说道：“我有一酒令，请大家来行，不能的要受罚：每人掷三个骰子，以点数相合为标准，再讲一个典故和它相配。”说罢，拿起骰子一掷，掷出的点数是幺、二、三，于是唱道：“三和幺二点数同，杀鸡烧饭等范公（东汉人范式，与张劭友好，分手时和张劭约定三年后来拜谒尊亲。到期，张劭杀鸡炊黍等待，范式果然如期来到，尽欢而别）：这是朋友喜相逢。”接下来由少年掷骰，掷得两个二点和一个四点，于是说道：“我胸无点墨，用典粗俗，请不要见笑：四和双二点数同，四人聚义古城中（指《三国演义》中刘备、关羽、张飞、赵云在古城相会的故事）：这是兄弟喜相逢。”卢十掷得两个幺和一个二点，于是唱道：“二和双幺点数同，吕向双手抱老翁（唐朝人吕向父亲客居他乡，多年不还。吕做官后一天在路上遇一老翁，正是他父亲，下马抱父足而流涕，迎他回家）：这是父子喜相逢。”良耜掷得的点数和卢十一样，唱道：“二和双幺点数同，茅容二菜请林宗（汉朝人茅容，与郭林宗友好。郭在茅家做客，茅容杀鸡供奉母亲，却用蔬菜与林宗共食，林宗称赞他贤惠）：这是主客喜相逢。”酒令已罢，良耜起身告辞。卢十这才起来说：“咱们的乡谊还没来得及倾吐呢，为何就匆匆辞去？我还有事要问，望你少留片刻。”良耜又坐了下来，问道：“有什么话？”卢十说道：“我有老友某某，淹死在洞庭湖中，和你是同宗吗？”良耜说：“那就是家父。您怎会认识他的？”卢十说：“年轻时我们两人就友好。他淹死的那天，只有我一人看到。是我收了他的遗骨，葬在江边。”良耜听罢，悲泣下拜，请他指出父亲坟墓所在。卢十说：“你明天到这里来，我当指给你看。其实，也容易辨认，离这里几步远，只要看到坟上有一丛芦苇共十棵的，那就是了。”良耜流下泪来，和三人拱手告别。回到船上，通宵未眠，回想卢十的表情以及说话的语气，好像都有某种因由在。

第二天，天刚蒙蒙亮，良耜就去了，不料茅屋已全然不见，良耜更感惊骇。于是按照指点的方位寻找坟墓。果然看到有这么一座，上头长着一丛芦苇，一数正好十棵。这才恍然大悟，原来“卢十兄”的称呼，都是那些饮酒者的寓言；昨晚所遇见的，是他父亲的鬼魂。良耜向当地人仔细打听，得知在二十年前，有一位姓高的老人，家境富裕而乐于行善，凡是淹死的人，他都把死者的尸体打捞上来埋葬，所以江边有好几个坟墓。良耜就打开父亲的坟，背起父亲的遗骨，弃官还乡。

回家把所遇到的事告诉庶祖母，庶祖母细问形容情态容貌都相符合。江西杜野侯，是田良耜的表兄，十九岁时淹死在江中；后来他父亲流寓在江西；又想起良耜的母亲杜夫人死后，葬在竹桥之西，所以诗中念念不忘“竹桥西”。只是不知道那位宴饮中的老人到底是谁。

王桂庵

王樨，字桂庵，大名世家子。适南游，泊舟江岸。邻舟有榜人女，绣履其中，风姿韵绝。王窥既久，女若不觉。王朗吟“洛阳女儿对门居”，故使女闻。女似解其为己者，略举首一斜瞬之，俯首绣如故。王神志益驰，以金一锭投之，堕女襟上。女拾弃之，金落岸边。王拾归，益怪之，又以金钏掷之，堕足下；女操业不顾。无何，榜人自他归。王恐其见钏研诘，心急甚；女从容以双钩覆蔽之。榜人解缆，径去。王心情丧惘，痴坐凝思。时王方丧偶，悔不即媒定之。乃询舟人，皆不识其何姓。返舟急追之，杳不知其所往。不得已，返舟而南。务毕，北旋，又沿江细访，并无音耗。抵家，寝食皆萦念之。

逾年，复南，买舟江际，若家焉。日日细数行舟，往来者帆楫皆熟，而曩舟殊杳。居半年，赀罄而归。行思坐想，不能少置。一夜，梦至江村，过数门，见一家柴扉南向，门内疏竹为篱，意是亭园，径入。有夜合一株，红丝满树。隐念：诗中"门前一树马缨花"，此其是矣。过数武，苇笆光洁。又入之，见北舍三楹，双扉阖焉。南有小舍，红蕉蔽窗。探身一窥，则椸架当门，罥画裙其上，知为女子闺闼，愕然却退；而内亦觉之，有奔出瞰客者，粉黛微呈，则舟中人也。喜出非望，曰："亦有相逢之期乎！"方将狎就，女父适归，倏然惊觉，始知是梦。景物历历，如在目前。秘之，恐与人言，破此佳梦。

又年余，再适镇江。郡南有徐太仆，与有世谊，招饮。信马而去，误入小村，道途景象，仿佛平生所历。一门内，马缨一树，梦境宛然。骇极，投鞭而入。种种物色，与梦无别。再入，则房舍一如其数。梦既验，不复疑虑，直趋南舍，舟中人果在其中。遥见王，惊起，以扉自幛，叱问："何处男子？"王逡巡间，犹疑是梦。女见步趋甚近，闲然扃户。王曰："卿不忆掷钏者耶？"

备述相思之苦，且言梦征。女隔窗审其家世，王具道之。女曰："既属宦裔，中馈必有佳人，焉用妾？"王曰："非以卿故，昏娶固已久矣。"女曰："果如所云，足知君心。妾此情难告父母，然亦方命而绝数家。金钏犹在，料钟情者必有耗问耳。父母偶适外戚，行且至。君姑退，倩冰委禽，计无不遂；若望以非礼成耦，则用心左矣。"王仓卒欲出。女遥呼王郎曰："妾芸娘，姓孟氏。父字江蓠。"王记而出。

罢筵早返，谒江蓠。江迎入，设坐篱下。王自道家阀，即致来意，兼纳百金为聘。翁曰："息女已字矣。"王曰："讯之甚确，固待聘耳，何见绝之深？"翁曰："适间所说，不敢为诳。"王神情俱失，拱别而返。当夜辗转，无人可媒。向欲以情告太仆，恐娶榜人女为先生笑；今情急，无可为媒，质明，诣太仆，实告之。太仆曰："此翁与有瓜葛，是祖母嫡孙，何不早言？"王始吐隐情。太仆疑曰："江蓠固贫，素不以操舟为业，得毋误乎？"乃遣子大郎诣孟。孟曰："仆虽空匮，非卖昏者。曩公子以金自媒，谅仆必为利动，故不敢附为婚姻。既承先生命，必无错谬。但顽女颇恃娇爱，好门户辄便拗却，不得不与商榷，免他日怨婚也。"遂起，少入而返，拱手一如尊命，约期乃别。大郎复命，王乃盛备禽妆，纳采于孟，假馆太仆之家，亲迎成礼。

居三日，辞岳北归。夜宿舟中，问芸娘曰："向于此处遇卿，固疑不类舟人子。当日泛舟何之？"答云："妾叔家江北，偶借扁舟一省视耳。妾家仅可自给，然傥来物颇不贵视之。笑君双瞳如豆，屡以金赀动人。初闻吟声，知为风雅士，又疑为儇薄子作荡妇挑之也。使父见金钏，君死无地矣。妾怜才心切否?”王笑曰：“卿固黠甚，然亦堕吾术矣!”女问：“何事?”王止而不言。又固诘之。乃曰：“家门日近，此亦不能终祕。实告卿：我家中固有妻在，吴尚书女也。”芸娘不信，王故庄其词以实之。芸娘色变，默移时，遽起，奔出；王蹋履追之，则已投江中矣。王大呼，诸船惊闹，夜色昏蒙，惟有满江星点而已。王悼痛终夜，沿江而下，以重价觅其骸骨，亦无见者。

邑邑而归，忧痛交集。又恐翁来视女，无词可对。有姊丈官河南，遂命驾造之。年余始归。途中遇雨，休装民舍，见房廊清洁，有老妪弄儿厦间。儿见王入，即扑求抱，王怪之。又视儿秀婉可爱，揽置膝头。妪唤之，不去。少顷，雨霁，王举儿付妪，下堂趣装。儿啼曰：“阿爹去矣!”妪耻之，呵之不止，强抱而去。王坐待治任，忽有丽者自屏后抱儿出，则芸娘也。方诧异间，芸娘骂曰：“负心郎!遗此一块肉，焉置之?”王乃知为己子。酸来刺心，不暇问其往迹，先以前言之戏，矢日自白。芸娘始反怒为悲，相向涕零。

先是，第主莫翁，六旬无子，携媪往朝南海。归途泊江际，芸娘随波下，适触翁舟。翁命从人拯出之，疗控终夜，始渐苏。翁媪视之，是好女子，甚喜，以为己女，携归。居数月，欲为择婿，女不可。逾十月，生一子，名曰寄生。王避雨其家，寄生方周岁也。王于是解装，入拜翁媪，遂为岳婿。居数日，始举家归。至，则孟翁坐待，已两月矣。翁初至，见仆辈情词恍惚，心颇疑怪；既见，始共欢慰。历述所遭，乃知其枝梧者有由也。

【译文】

王樨，字桂庵，是河北大名府的世家子弟。一次，他去南方游览，把船停靠在江边。邻船有个船夫的女儿，正在那里绣鞋，风姿神韵没人能比。王桂庵窥视好久，那女子好像没有觉察，他就高声朗诵王维“洛阳女儿对门居”的诗句，故意让她听见。那女子好像领会到这是为她朗诵的，微微抬起头来，斜着瞟他一眼，依旧低下头刺绣。桂庵越发神魂荡漾，于是把一块金子朝女子丢了过去，落在她衣襟上；女子拿起来丢开了，金块落在江岸边。桂庵拾回金子，更觉奇怪；又把一只金手镯扔了过去，掉在女子脚下，女子照样刺绣，对金镯不去看一眼。不一会儿，船夫从别处回来了。王桂庵生怕他看到镯子追问，心中很焦急。那女子却从容不迫地用她两只小脚将手镯遮掩过去。船夫解开缆绳，径自把船撑走了。王桂庵心里懊丧而且怅惘，呆呆地坐着，凝神想着。他那时刚刚丧偶不久，后悔没有立即托媒定下这门婚事。于是向别的船夫打听，都不知道那船夫姓甚名谁。桂庵掉转船头，急忙追赶，那只船已经杳无踪迹，不知到哪里去了。不得已，只好折回船头南行。办完事北上，又沿江仔细寻访，并无音讯。到家，吃饭睡觉心思都在那女子身上。

过了一年，他又去南方，在江边买下一条船，以船为家。每天察看江上船只，把来来往往船上的帆樯桨橹都认熟了，而以前的那只船却杳然不见踪迹。前后过了半年，盘缠用光，只好回家，但对那女子行思坐想，一刻也放不下。一天夜里，王桂庵梦见自己来到江边一个村庄。走过几家门口，看到一扇向南的木门，门内以疏竹为篱。桂庵以为是一个园子，便一直走了进去。里面有一棵合欢，红丝满树；暗想：诗中有“门前一树马缨花”的句子，这就是了。

过了几步，只见一排光洁的芦苇篱笆。再走进去，看见北边三间屋子，双门紧闭。南边有一间小屋，鲜红的美人蕉掩映着窗户。探身向里一看，当门内有个衣架，上面挂着花裙，知道是女子的闺房，怔了一下，转身退出，已被屋里的人察觉了。有人跑出来察看来客，美丽的面容略一呈现，正是船中女子！桂庵喜出望外，说道："想不到还有相会的一天！"正要上前亲近，女子的父亲刚好回来了。突然惊醒，方知是梦。情景清清楚楚像在目前。桂庵把这件事藏在心底，怕对人谈起，会破坏了这个好梦。

又过了一年多，王桂庵再去镇江。郡南有位姓徐的，作过太仆卿的官职，与王家是世交，请桂庵前往吃酒。桂庵信马前往，误入一个小村庄，沿途景物十分眼熟，好像在哪里见过似的。在一家门内，有棵马缨花树，宛然梦中所见。桂庵惊异万分，便投鞭下马，走进院中。一件件东西和梦中完全相同，再往里走，就连房屋的间数也相符。桂庵觉得梦境已经应验，不再疑虑，径直奔向南边小屋，船中女子果然就在里面。她远远看到王桂庵，吃惊地站起身来，躲在门后，叱问道："你是哪里的男人？"桂庵犹豫间还怀疑是在做梦。那女子见桂庵已经走得很近，把门砰然关上。桂庵说道："难道你不记得掷镯子的人了吗？"于是尽情地诉说相思之苦，并说了做梦的事。女子隔窗盘问他的家世，桂庵一一说了。女子说："既然是官宦人家的子弟，你家中必然已有佳人为妻，哪里还用得着我？"桂庵答道："要不是因为你的缘故，我早就结婚了。"女子说："果真像你所说的那样，足以知道你的心了。我自己难以将这情意告诉父母；不过也违背父命回绝了好几家求婚。那金镯还一直保存着，我料想钟情的人一定会来打听信息的。我父母正好到亲戚家去了，不一会儿就要回来。请你暂且回去，托媒送聘礼，估计不会不成的；如若想用非礼的手段成双，那你的心机就用错了。"桂庵匆忙想出去，那女子远远喊叫王郎说："我名叫芸娘，姓孟。父亲名叫江蓠。"桂庵默记在心，走了出来。

徐太仆处宴饮刚完，桂庵便早早返回，去拜见孟江蓠。老人将桂庵迎进门去，在篱下设了座位。桂庵说了自己的家世之后，就说明来意，并献上百金作为聘礼。老人说："小女已经许人了。"桂庵道："我已打听清楚，您女儿仍然待字闺中；为什么一口回绝呢。"

老人说："我刚才说的，不敢有半点虚假。"桂庵神情沮丧，拱手告别。当天夜里，辗转不能入睡，苦于无人做媒。原先桂庵也曾想将此事告诉徐太仆，担心娶了船夫的女儿被他耻笑。现在情况急迫，又没别人可以做媒；因而天一亮就到徐太仆家里，把实在情况告诉了他。徐太仆说："这位孟老和我有点亲戚关系，是我祖母的娘家嫡孙。你怎么不早说？"桂庵这才吐露了隐情。徐太仆疑惑地说："江蓠虽穷，向来不以撑船为业，莫非是你弄错了吧！"就派儿子大郎前去孟家。孟江蓠说："我虽然没什么家产，但绝不是卖婚的人。那位公子用银子自我做媒，以为我必然会被钱财打动，因此不敢攀附结亲。既然承蒙太仆先生之命，想来不会错的。只是小女平日娇惯太甚，一些大户人家前来提亲，往往被她回绝。必得和她本人商量，免得日后为婚事埋怨我。"就起身稍为进去了一会，回出来拱手说一切听从徐太仆之命。双方又约定婚期，大郎这才告别，回家复命。王桂庵于是备下丰厚的聘礼，送到孟家。借徐太仆家迎亲成婚。

住了三天，王桂庵告辞岳父，带了芸娘北归。夜里住在船上，桂庵问芸娘道："以前，我在此地遇见你，就猜想你不是船家的女儿。那天，你们撑船到什么地方去了？"芸娘答道："我叔父家在江北，偶然借了一只船去看望叔父。我家境况并不富裕，只能自给；但对不义之财却视同粪土。可笑你目光短浅，两眼如豆，竟然一再用金银财物打动人！我最初听到你吟诗，知道你是一个风雅之士；但又怀疑你是轻薄少年错把我看作淫荡女子来挑逗。要是那金镯被父亲看到，恐怕你连死都没处去死了！你看我怜才的心切不切？"桂庵笑道："你固然很聪明，但仍然中了我的计了！"芸娘问道："哪件事？"桂庵闭口不答。芸娘再三追问，就说："快要到家了，这事也不能瞒到底了。实话告诉你，我家中本有妻室，她是吴尚书的女儿。"芸娘不信，桂庵故意把话说得一本正经，来表明真有这回事。芸娘变了脸色，沉默了好一会儿，突然起身向外奔去。桂庵拖着鞋追出来，芸娘已经投身江中了。桂庵大声喊叫，附近几条船都受惊闹闹嚷嚷的。夜色朦胧，只有繁星满江而已。桂庵痛悼终宵，沿江而下，用重金寻求芸娘尸体，也没人发现。

王桂庵悒悒回家，忧痛交加。又怕岳父前来看望女儿，无法交待。他有个姐夫在河南做官，就准备了车马前去，在那里住了一年多才回家。路上遇雨，到一户人家更衣休息。看到屋内廊下，收拾得干干净净；一位老太太在大房间里逗着小孩玩。那小孩一见桂庵进来，就扑向他要他抱。桂庵很觉奇怪，又见那小孩生得清秀可爱，就把他揽在怀里，放在膝上。老太大喊叫，小孩也不过去。一会儿，雨过天晴，桂庵把小孩抱起交给老太太，走下厅堂整理行装。小孩哭道："阿爸要走了！"老太太有点羞愧，呵斥他别乱叫，小孩还是叫个不停，就强行把小孩抱着走开了。桂庵坐等仆人打点，忽然有个漂亮的女子，从屏风后抱着小孩走了出来，原来竟是芸娘！桂庵正诧异间，芸娘骂道："没心肝的！留下这块肉，把他怎么处置？"桂庵才知道是自己的孩子。只觉一阵酸楚直刺心头，来不及询问芸娘别后经历，先把以前说的戏言，指天发誓，自己剖白。芸娘这才转怒为悲，夫妻相对泪如雨下。

原来，这家房主人莫老先生，年已六十，膝下没有儿女。带领老太太去南海朝香。回来时泊舟江边，芸娘投江，随波流下，正巧碰到莫老先生的船。莫老叫仆人把她救出水，治疗护理了一夜，才渐渐苏醒过来。老夫妇俩见芸娘是个美丽的女子，很喜欢，把她认作女儿，带回家中。住了几个月，要为她挑女婿，芸娘不肯。过了十个月，生下一个儿子，取名寄生。桂庵在莫家避雨时，寄生才刚满周岁。桂庵于是卸下行装，入内拜见莫老夫妇，认了丈人女婿。住了几天，才携带芸娘母子回家。到家时，孟老等候已经两个月了。孟老初到女婿家中，看到仆人们神态言谈躲躲闪闪，不免心生疑窦。见到桂庵、芸娘之后，才一起欢快欣慰。谈起一年中的悲欢离合，孟老方才明白那些仆人吞吞吐吐是有原因的。

寄　生 附

寄生，字王孙，郡中名士。父母以其襁褓认父，谓有夙惠，钟爱之。长益秀美，八九岁能文，十四入郡庠。

每自择偶。父桂庵有妹二娘，适郑秀才子侨，生女闺秀，慧艳绝伦。王孙见之，心切爱慕。积久，寝食俱废。父母大忧，苦研诘之，遂以实告。父遣冰于郑；郑性方谨，以中表为嫌，却之。王孙逾病。母计无所出，阴婉致二娘，但求闺秀一临存之。郑闻，益怒，出恶声焉。父母既绝望，听之而已。

郡有大姓张氏，五女皆美；幼者名五可，尤冠诸姊，择婿未字。一日，上墓，途遇王孙，自舆中窥见，归以白母。母沈知其意，见媒媪于氏，微示之。媪遂诣王所。时王孙方病，讯知，笑曰："此病老身能医之。"芸娘问故。媪述张氏意，极道五可之美。芸娘喜，使媪往候王孙。媪入，抚王孙而告之。王孙摇首曰："医不对症，奈何！"媪笑曰："但问医良否耳：其良也，召和而缓至，可矣；执其人以求之，守死而待之，不亦痴乎？"王孙欷戲曰："但天下之医，无愈和者。"媪曰："何见之不广也？"遂以五可之容颜发肤，神情态度，口写而手状之。王孙又摇首曰："媪休矣！此余愿所不及也。"反身向壁，不复听矣。媪见其志不移，遂去。

一日，王孙沉痼中，忽一婢入曰："所思之人至矣！"喜极，跃然而起。急出舍，则丽人已在庭中。细认之，却非闺秀，着松花色细褶绣裙，双钩微露，神仙不啻也。拜问姓名。答曰："妾，五可也。君深于情者，而独钟闺秀，使人不平。"王孙谢曰："生平未见颜色，故目中止一闺秀。今知罪矣！"遂与要誓。方握手殷殷，适母来抚摩，蘧然而觉，则一梦也。回思声容笑貌，宛在目中。阴念："五可果如所梦，何必求所难遘。"因而以梦告母。母喜其念少夺，急欲媒之。王孙恐梦见不的，托邻妪素识张氏者，伪以他故诣之，嘱其潜相五可。

妪至其家，五可方病，靠枕支颐，婀娜之态，倾绝一世。近问："何恙?"女默然弄带，不作一语。母代答曰："非病也。连日与爹娘负气耳!"妪问故。曰："诸家问名。皆不愿，必如王家寄生者方嫁。是为母者劝之急，遂作意不食数日矣。"妪笑曰："娘子若配王郎，真是玉人成双也。渠若见五娘，恐又憔悴死矣！我归，即令倩冰，如何?"五可止之曰："姥勿尔！恐其不谐，益增笑耳!"妪锐然以必成自任，五可方微笑。

妪归，复命，一如媒媪言。王孙详问衣履，亦与梦合，大悦。意虽稍舒，然终不以人言为信。过数日，渐瘳，祕招于媪来，谋以亲见五可。媪难之，姑应而去。久之，不至。方欲觅问，媪忽忻然来曰："机幸可图。五娘向有小恙，日令婢辈将扶，移过对院。公子往伏伺之，五娘行缓涩，委曲可以尽睹矣。"王孙喜，明日，命驾早往，媪先在焉。即令絷马村树，引入临路舍，设座掩扉而去。少间，五可果扶婢出。王孙自门隙目注之。女从门外过，媪故指挥云树以迟纤步，王孙窥觇尽悉，意颤不能自持。未几，媪至，曰："可以代闺秀否?"王孙申谢而返，始告父母，遣媒要盟。

及妁往，则五可已别字矣。王孙失意，悔闷欲死，即刻复病。父母优甚，责其自误。王孙无词，惟日饮米汁一合。积数日，鸡骨支床，较前尤甚。媪忽至，惊曰：

"何惫之甚?"王孙涕下，以情告。媪笑曰："痴公子!前日人趁汝来，而故却之；今日汝求人，而能必遂耶?虽然，尚可为力。早与老身谋，即许京都皇子，能夺还也。"王孙大悦，求策。媪命函启遣伻，约次日候于张所。桂庵恐以唐突见拒。媪曰："前与张公业有成言，延数日而遽悔之；且彼字他家，尚无函信。谚云：'先炊者先餐。'何疑也!"桂庵从之。次日，二仆往，并无异词，厚犒而归。王孙病顿起。由此闺秀之想遂绝。

初，郑子侨却聘，闺秀颇不怿；既闻张氏婚成，心愈抑郁，遂病，日就支离。父母诘之，不肯言。婢窥其意，隐以告母。郑闻之，怒不医，以听其死。二娘怼曰："吾姪亦殊不恶，何守头巾戒，杀吾娇女!"郑恚曰："若所生女，不如早亡，免贻笑柄!"以此夫妻反目。二娘与女言，将使仍归王孙，若为媵。女俯首不言，意若甚愿。二娘商郑，郑更怒，一付二娘，置女度外，不复预闻。二娘爱女切，欲实其言。女乃喜，病渐瘥。窃探王孙，亲迎有日矣。及期，以姪完婚，伪欲归宁，昧旦，使人求仆舆于兄。兄最友爱，又以居村邻近，遂以所备亲迎车马，先迎二娘。既至，则妆女入车，使两仆两媪护送之。到门，以毡贴地而入。时鼓乐已集，从仆叱令吹擂，一时人声沸聒。王孙奔视，则女子以红帕蒙首，骇极，欲奔；郑仆夹扶，便令交拜。王孙不知何由，即便拜讫。二媪扶女，径坐青庐，始知其闺秀也。举家皇乱，莫知所为。时渐濒暮，王孙不复敢行亲迎之礼。

桂庵遣仆以情告张；张怒，遂欲断绝。五可不肯，曰："彼虽先至，未受雁采；不如仍使亲迎。"父纳其言，以对来使。使归，桂庵终不敢从。相对筹思，喜怒俱无所施。张待之既久，知其不行，遂亦以舆马送五可至，因另设青帐于别室。而王孙周旋两间，蹀躞无以自处。母乃调停于中，使序行以齿，二女皆诺。及五可闻闺秀差长，称"姊"有难色。母甚虑之。比三朝公会，五可见闺秀风致宜人，不觉右之，自是始定。然父母恐其积久不相能，而二女却无间言，衣履易着，相爱如姊妹焉。

王孙始问五可却媒之故。笑曰："无他，聊报君之却于媪耳。尚未见妾，意中止有闺秀；既见妾，亦略靳之，以觇君之视妾，较闺秀何如也。使君为伊病，而不为妾病，则亦不必强求容矣。"王孙笑曰："报亦惨矣！然非于媪，何得一觐芳容。"五可曰："是妾自欲见君，媪何能为。过舍门时，岂不知眈眈者在内耶。梦中业相要，何尚未知信耶？"王孙惊问："何知？"曰："妾病中梦至君家，以为妾；后闻君亦梦妾，乃知魂魄真到此也。"王孙异之，遂述所梦，时日悉符。父子之良缘，皆以梦成，亦奇情也。故并志之。

异史氏曰：父痴于情，子遂几为情死。所谓情种，其王孙之谓与？不有善梦之父，何生离魂之子哉！

【译文】

寄生，字王孙，是郡中的名士。父母因为他刚满周岁就能认出父亲来，认为他天赋聪颖，对他十分钟爱。寄生越长越英俊，八九岁就能写文章，十四岁就进了郡办的学校读书。他每每要自行选择配偶。父亲王桂庵有个妹妹叫二娘，嫁给秀才郑子侨为妻，生了个女儿名闺秀，聪慧艳丽，天下无双。王孙对她一见钟情。思慕既久，竟至饭不能吃，觉不能睡，恹恹地病了。父母大为担忧，苦苦追问，王孙才把心事实说了。他父亲派媒人到郑家去提亲，那知郑秀才生性方正拘谨，认为姑表兄妹结婚不妥，谢绝了。王孙更加相思成疾。母亲无计可施，暗中委婉地致意二娘，只求闺秀能来看望一下。郑秀才听说后益发恼怒，竟至口出恶言。王孙的父母绝望了，只好随他去。

本郡有个姓张的大户人家，生有五个女儿，个个很美。最小的一个名叫五可，尤其在众姐妹中首屈一指，眼下择婿未成，待字闺中。一天，五可上坟，途中遇见王孙，在轿子里看到他，回家告诉了母亲，她母亲沈氏深知女儿的心事，见到媒婆于氏，就向她微微透露了一点意思。于婆就到王孙家里。这时，王孙正在害病。于媒婆打听明白，笑着说："他这病老婆子能治。"王孙的母亲芸娘询问底细，于媒婆于是把张家的意图向她说明，并极力称赞五可长得美丽。芸娘高兴，便叫媒婆去探问王孙。于媒婆进屋，安抚王孙，把这事儿告诉了他。王孙摇头说："医不对症，有什么办法！"于婆笑道："你只要问医生好不好：如果医生好，像春秋时名医和、缓那样，请这个而那个来，就行了；非得认定一个人追求她，这岂不是太傻了吗？"王孙叹口气，说："可惜天下的医生，没有能超过和的。"于婆说："你见过的美人太少了！"遂即把五可的容貌、头发、肌肤、神情仪态一一描述，一边还用手比划。王孙摇了摇头说："姥姥不必费心了，这不是我心意中的姑娘。"说罢，转身面向墙壁，不再听她啰嗦了。于媒婆见他心愿不可改变，就走了。

一天，王孙正病得昏昏沉沉，忽然一个丫环进来说："你所思念的人儿来了！"王孙大喜过望，立刻从床上一跃而起。急忙走出屋子，只见一个俏丽的姑娘已在院中。仔细一看，却不是闺秀。穿一身松花色细褶绣裙，微微露出一双小脚，比下凡的仙女还美。王孙拜问姓名，女子答道："我是五可。你是一个多情种子，却只钟情于闺秀，使人感到不平。"王孙谢罪，说道："我生平没见过你的容貌，故而心目中只有一个闺秀。现在我知道错了！"就和那女子山盟海誓。正握着手情深意浓，恰巧母亲前来抚问，王孙猛地惊醒，原来做了一个梦。回想梦中音容笑貌，仿佛就在眼前。暗自思量，如果五可真像梦中所见，又何必苦苦追求难以成功的人呢！于是就把梦境告诉了母亲。母亲为他心意有了松动而高兴，急于找媒人说合。王孙唯恐梦中所见不实在，便托邻家一向认识张家的一个老太太找个借口到张家去，嘱咐她暗中相一相五可的容貌。

那老太太来到张家，五可正在害病，靠着绣枕，用手支着下巴颏儿，一副娇柔婀娜之态，着实是世上少有，人间难寻。老太太走近去问："姑娘哪里不舒服？"五可搓弄着衣带，默不作声。她母亲代为回答道："哪里有病，只是连日来和做爹妈的怄气罢了！"老太太询问原委，五可的母亲说："好些人家来提亲，她一概不同意，说是必得嫁给像王家寄生那样的人才行。也是我这个做娘的规劝太急，她就故意闹起别扭，已经好几天不吃饭了。"老太太笑道："姑娘如果能和王孙匹配，那真是玉人成双了！那王郎要是看到了五可姑娘，恐怕也要憔悴死了！我回去就让他家请媒人，你看如何？"五可阻止她说："姥姥不必这样，恐怕不成功，岂不更加惹人笑话！"那老太太自愿担保必定成功，五可这才露出笑容来。

老太太回到王家，把这事儿回复了，说得和于媒婆完全一样。王孙详细询问五可的穿戴，也和梦中所见相合，十分喜悦。心情虽然稍为舒畅，但对别人说的总不太相信。过了几天，病渐渐好了，偷偷把于媒婆叫来，要想法亲自看看五可。于媒婆颇感为难，姑且答应一声走了，好久也不来。王孙正要找她询问，于媒婆忽然兴高采烈地来了，说道："亏得天赐良机！五可姑娘前些时有点不舒服，每天叫丫环们扶着到对院去。公子前去躲在一边等候，五姑娘走得慢，一切隐秘都可以看个明白了！"王孙高兴，第二天早早动身前往。于媒婆已经先在了，就叫他把马系在村中树上，然后领他到路边一间屋子里，安排好座位，掩上门就走开了。一会儿，五可果然扶着丫环出来了，王孙从门缝中盯着她看。她从屋门外走过时，于媒婆故意指点着云彩树木使她放慢步子。王孙看了个清清楚楚，一时神魂荡漾，不能自持。不一会儿，于媒婆来了，说："可以顶得上闺秀不？"王孙道了谢回家，这才告诉父母，派媒人说合。

待到媒人前去，五可已经许给别家了。王孙失望极了，悔恨郁闷得要死，顿时旧病复发。王孙的父母十分忧愁，责怪他自己把事儿耽误了。王孙没话可说，每天只喝一小碗米汁，几天下来，形销骨立，病得比前次更重。于媒婆忽然来了，吃惊地说："怎么憔悴到这般地步了?"王孙流下眼泪，把情况告诉了她。于媒婆笑道："你这呆公子呀！上次人家来求你，你回绝了人家；如今你求人家，就能一定如愿吗？虽然如此，还可以使上一把劲。早跟我商量，哪怕是许给了京都的皇子，也能夺回来的!"王孙大喜，请教办法。于媒婆吩咐写好求婚书，派好使者，约定第二天在张家等候。王桂庵怕会因为唐突而被拒绝。于媒婆说："以前我和张老先生已经有言在先，由于拖延了几天，他家才突然反悔的。况且五可许了别家，还没有婚书为凭。常言道：'先烧饭的先吃。'还犹豫什么呢?"王桂庵听从了于媒婆的话。第二天，王家派两个仆人前去，张家并没说什么反对的话，重重犒赏了他们才回来。王孙病顿时好了。从此思念闺秀的念头就断了。

当初，郑子侨回绝了王家提亲，闺秀很不乐意。及至听说和张家的婚事定了下来，心里更加悒郁，从此一病不起，日渐衰弱消瘦。父母问她，她不肯说。丫头看出她的心事，暗中告诉了她母亲。郑秀才听说，一怒之下，不替她医治，要听任她病死。二娘怨愤地说道："我那娘家侄子哪一点不好？你何必如此迂腐固执，逼死我的爱女!"郑秀才气哼哼地说："你生的女儿，倒不如早点死掉的好，免得留下笑柄!"夫妇俩因此反目不和。二娘对女儿说，要让她仍旧嫁给王孙，哪怕是做妾。闺秀低头不语，那意思好像很愿意。二娘和郑秀才商量，秀才更加发怒，一切交付给二娘，把女儿置之度外，不再过问她的事。二娘爱女心切，想实现自己的诺言。闺秀这才高兴，病也渐渐好了。二娘私下里打听，知道王孙的婚期已近。到大喜的日子，二娘谎称要回娘家去，庆贺侄子结婚。天还未亮，就派人到哥哥王桂庵家要车来接。桂庵最是友爱，又因为住的村子邻近，就用准备迎接新娘的车马，先去接二娘。车子一到，二娘把女儿打扮好，坐进车，派两个男仆和两个老妈陪送。到王家门前，用毡铺地走了进去。这时，鼓乐已经齐备，随从的仆人喝令奏乐，一时人声鼎沸。王孙跑过来一看，不见姑妈，是个红帕蒙头的女子，惊骇极了，想要跑开，却被郑家仆人一边一个扶着，就叫他交拜天地。王孙不知怎么回事，也就拜了。两个随嫁老妈，扶着女子直接坐到洞房里，这才知道她是闺秀。全家慌乱，不知如何是好。时间渐渐临近黄昏了，王孙不敢再去张家迎接新娘五可。

王桂庵派仆人把情况告诉了张家，张家火了，要断了这门亲事；五可不肯，说道："她虽然人先到，却没有受聘纳采，不如仍叫男家来迎亲。"五可的父亲同意她的话，便对王家来人说了。仆人回去，桂庵到底不敢照办。全家人相对想办法，喜不是怒不是，无计可施。张家等了好久，知道王家不会来人了，就也用车马把五可送到王家，在别的屋子里另外铺设了洞房。王孙两处周旋，进退两难，无法自处。他母亲芸娘从中调停，叫五可和闺秀以年龄大小为序。两个人都同意。及至五可听到闺秀比自己稍大，要称呼"姐姐"面有难色。婆母很担心。等到三朝相会时，五可见闺秀风姿动人，不觉认可了，从此姐妹称呼才定了下来。父母唯恐天长日久互不相容，但闺秀和五可却从没伤和气的话，衣服鞋子混着穿，相亲相爱像亲姐妹一样。

王孙闲来问五可拒绝媒人提亲的缘故，五可笑道："没别的，聊以报复一下你回绝于媒婆罢了。你还没有见到我，心坎里只有闺秀；既然见了我，也要卡你一下，看看你对待我比起对待闺秀到底如何。假如你为她而病，不为我而病，那我也不必强求你接纳了。"王孙笑道："这报复也太残忍了！然而不是于媒婆，我哪能看到你的芳容呢。"五可说道："那是我自己想见到你；媒婆能起什么作用！走过屋门时，难道不知道有人大睁两眼在里面窥视我吗？我们在梦中已经相约，你怎么还不相信呢"王孙吃惊地问："你怎么知道的?"五可答道："我病中梦见到你家，以为这是虚幻的。后来听说你也梦见我，才知道魂魄真的到过这里。"王孙觉得奇怪，就把自己的梦境讲了一遍。日子和时间完全相同。王桂庵和王孙，父子俩的婚姻良缘都以梦结成，也是奇事。所以一并记了下来。

异史氏说：父亲痴情，儿子就几乎为情而死。所谓多情种，难道就是说的王孙吗？没有善于做梦的父亲，哪会生出神魂出窍的儿子来呢！

周　生

周生者，淄邑之幕客。令公出，夫人徐，有朝碧霞元君之愿，以道远故，将遣仆赍仪代往。使周为祝文。周作骈词，历叙平生，颇涉狎谑。中有云："栽般阳满县之花，偏怜断袖；置夹谷弥山之草，惟爱余桃。"此诉夫人所愤也，类此甚多。脱稿，示同幕凌生。凌以为亵，戒勿用。弗听，付仆而去。

未几，周生卒于署；既而仆亦死；徐夫人产后，亦病卒。人犹未之异也。周生子自都来迎父榇，夜与凌生同宿。梦父戒之曰："文字不可不慎也！我不听凌君言，遂以亵词，致干神怒，遽夭天年；又贻累徐夫人，且殃及焚文之仆；恐冥罚尤不免也！"醒而告凌，凌亦梦同，因述其文。周子为之惕然。

异史氏曰：恣情纵笔，辄洒洒自快，此文客之常也。然婬嫚之词，何敢以告神明哉！狂生无知，冥谴其所应尔。但使贤夫人及千里之仆，骈死而不知其罪，不亦与刑律中分首从者，反多愦愦耶？冤已！

【译文】

周生是山东淄川县的幕僚。县令因公外出，夫人徐氏许下过朝拜泰山"碧霞元君娘娘"的愿，因路程太远，准备派遣仆人携带供礼代去。让周生撰写一篇祝祷文。周生用骈体文叙述了徐夫人的平生，很有些秽亵戏谑的语句，其中说："淄川全县都有花枝招展的美女，偏怜男宠；淄川满山尽是令人陶醉的丽人，只爱同性。"而这些话都是诉说徐夫人憎恨的事。类似这样的语句还很多。文稿写好，拿给同僚凌生过目，凌生认为语句秽亵，劝周生不要用它。周生不听，竟将祝文交给仆人带走了。

不久，周生死在官署中，接着那个仆人也死了。徐夫人产后也一病身亡。人们还没引以为怪。周生的儿子从京城来运回他父亲的灵柩，夜间和凌生同住一室。梦见父亲告诫他说："写文章千万要小心谨慎啊！我不听凌君劝告，才因为词句秽亵而触怒神灵，突然折寿而死，又连累了徐夫人，而且殃及焚烧祝文的仆人；恐怕阴间的惩罚还免不了呢！"醒来告诉凌生，凌生竟然也做了同样的梦，就把周生所写的祝文叙述了一下。周生的儿子不禁为之深感敬畏。

异史氏说：纵情弄笔，自以为洒脱痛快，这是文人的通病。但是淫秽不洁的文词，怎敢用来祝告神明呢？周生狂妄无知，受到神明的惩罚是罪有应得。然而让贤惠的徐夫人和不远千里代为夫人还愿的仆人都一并死去，而不知罪在何处；不是比起人间刑律分别首犯和从犯的，反而要糊涂得多吗？冤枉啊！

褚遂良

长山赵某，税屋大姓。病症结，又孤贫，奄然就毙。一日，力疾就凉，移卧檐下。既醒，见绝代丽人坐其傍。因诘何之。女曰："我特来为汝作妇。"某惊曰："无论贫人不敢有妄想；且奄奄一息，有妇何为！"女曰："我能治之。"某曰："我病非仓猝可除；纵有良方，其如无赀买药何！"女曰："我医疾不用药也。"遂以手按赵腹，力摩之。觉其掌热如火。移时，腹中痞块，隐隐作解拆声。又少时，欲登厕。急起，走数武，解衣大下，胶液流离，结块尽出，觉通体爽快。

返卧故处，谓女曰：“娘子何人？祈告姓氏，以便尸祝。”答云：“我狐仙也。君乃唐朝褚遂良，曾有恩于妾家，每铭心欲一图报。日相寻觅，今始得见，夙愿可酬矣。”某自惭形秽，又虑茅屋灶煤，玷染华裳。女但请行。赵乃导入家，土莝无席，灶冷无烟，曰：“无论光景如此，不堪相辱；即卿能甘之，请视瓮底空空，又何以养妻子？”女但言：“无虑。”言次，一回头，见榻上毡席衾褥已设；方将致诘，又转瞬，见满室皆银光纸裱贴如镜，诸物已悉变易，几案精洁，肴酒并陈矣。遂相欢饮。日暮，与同狎寝，如夫妇。

主人闻其异，请一见之。女即出见，无难色。由此四方传播，造门者甚夥。女并不拒绝。或设筵招之，女必与夫俱。一日，座中一孝廉，阴萌淫念。女已知之，忽加诮让。即以手推其首；首过櫺外，而身犹在室，出入转侧，皆所不能。因共哀免，方曳出之。积年余，造请者日益烦，女颇厌之。被拒者辄骂赵。值端阳，饮酒高会，忽一白兔跃入。女起曰：“舂药翁来见召矣！”谓兔曰：“请先行。”兔趋出，径去。女命赵取梯。赵于舍后负长梯来，高数丈。庭有大树一章，便倚其上；梯更高于树杪。女先登，赵亦随之。女回首曰：“亲宾有愿从者，当即移步。”众相视不敢登。惟主人一僮，踊跃从其后。上上益高，梯尽云接，不可见矣。共视其梯，则多年破扉，去其白板耳。群入其室，灰壁败灶依然，他无一物。犹意僮返可问，竟终杳已。

【译文】

山东长山县赵某，租了大户人家的房子居住。腹中生了一个块，孤身一人，生活贫困，病得奄奄一息，眼看就要死了。

一天，他竭力支撑着病体，移到屋檐下躺着乘凉。醒来后，见一个绝色佳人坐在身边，就问她。那女子说："我特地来做你的妻子。"赵某吃惊地说道："且不说贫贱之人不敢有妄想，更何况我已经只剩一口气了，还要老婆干什么！"女子说："我能治你的病。"赵某说："我的病不是一下子就能治好的；即便有好的药方，没钱买药也是枉然。"女子说道："我治病是不用药的。"就用手放在他肚子上，用力按摩。赵某只觉得那手掌热得像火。过了一段时间，腹中痞块隐隐发出松散化解的声音。又过了一会儿，赵某想上厕所，于是急忙起身，紧走几步，解下裤子，泻出大量橡胶似的黏液，淋淋漓漓，那结块全部排泄出来了。赵某觉得浑身轻松，爽快无比。

回到屋檐下原来躺的地方，对女子说："娘子是什么人？求你告诉我姓名，以便他日立牌位祭祀。"女子答道："我是狐仙。你是唐朝宰相褚遂良，曾有恩于我家，我一直铭记在心，希图报答。每天寻找你，今天才得见到，我的夙愿可以实现了。"赵某自惭形秽，又顾虑草屋里的锅灶煤炉弄脏她漂亮的衣裳。那女子只是请他一起进屋，赵某就领她进去。只见床上铺的是铡碎的乱草，没有席子；炉灶冷冷的不冒炊烟。赵某说道："且不说这般光景，不能辱没你，即使你不以为苦，请看米缸底空空的，又怎能养活妻子呢！"女子只说："别发愁。"说话间，赵某一回头，只见床上毡席被褥已经铺设好了，正要问时，又一转眼，只见满室银光纸裱糊得像镜子也似，所有东西都变换一新，几案精美光洁，酒菜也一起摆好了。于是两个人欢饮起来。天黑以后，同床亲昵，像夫妻一般。

房东听到这桩奇事，要求见一见那女子。女子就出来相见，丝毫没有为难的样子。从此，四面八方传播开去，上门访问的人很多，那女子并不拒绝。有人设宴邀请，女子总是和丈夫一同赴宴。一天，座中有个举人暗暗萌发了邪念，女子已经知道，马上加以谴责。当下用手把他的头推了一下，头出了窗格之外，身子还在屋里，进不能进，出不能出，连转身也动弹不得。在座的人共同哀求宽宥，女子才把举人拉了出来。前后一年多时间里，前来造访请宴的人越来越多，女子颇觉厌烦。那些遭到拒绝的人，往往痛骂赵某。一天正值端午节，赵某设宴欢饮，高朋满座。忽然一只白兔跳了进来。那女子起身说道："那位捣药的老人派白兔来召我回去了！"她对白兔说："请你先走一步。"白兔快步跑出屋子，径自去了。女子叫赵某拿梯子来，赵某从屋后扛来一架长梯，有好几丈高。庭院中有一棵大树，就把梯子靠在树上，梯子高过树梢。女子先登上梯子，赵某也跟着她上去。那女子回过头来说："亲朋宾客中有愿意跟随的，就请移步上梯。"众人面面相觑，不敢攀登。只有房东家的一个小僮欢跃着跟在他们后面，爬了上去。只见他们愈登愈高，梯子的尽头上接云端，不能看见了。众人看那梯子，原来是一扇用了多年的破门去掉了门板罢了。大家走进屋子，灰墙破灶还像以前一样，此外再没有一件东西了。大家还以为等那小僮回来可以问个明白，竟终于音讯杳然。

刘全

邹平牛医侯某，荷饭饷耕者。至野，有风旋其前，侯即以杓掬浆祝奠之。尽数杓，风始去。一日适城隍庙，闲步廊下，见内塑刘全献瓜像，被鸟雀遗粪，糊蔽目睛。侯曰："刘大哥何遂受此玷污！"因以爪甲为除去之。

后数年，病卧，被二皂摄去。至官衙前，逼索财贿甚苦。侯方无所为计，忽自内一绿衣人出，见之讶曰："侯翁何来？"侯便告诉。绿衣人责二皂曰："此汝侯大爷，何得无礼！"二皂喏喏，逊谢不知。俄闻鼓声如雷。绿衣人曰："早衙矣。"遂与俱入，令立墀下，曰："姑立此，我为汝问之。"遂上堂点手，招一吏人下，略道数语。吏人见侯拱手曰："侯大哥来耶？汝亦无甚大事，有一马相讼，一质便可复返。”遂别而去。少间，堂上呼侯名。侯上跪，一马亦跪。官问侯：“马言被汝药死，有诸?”侯曰：“彼得瘟症，某以瘟方治之。既药不瘳，隔日而死，与某何涉?”马作人言，两相苦。官命稽籍，籍注马寿若干，应死于某年月日，数确符。因诃曰：“此汝天数已尽，何得妄控!”叱之而去。因谓侯曰：“汝存心方便，可以不死。”仍命二皂送回。前二人亦与俱出，又嘱途中善相视。侯曰：“今日虽蒙覆庇，生平实未识荆。乞示姓字，以图衔报。”绿衣人曰：“三年前，仆从泰山来，焦渴欲死。经君村外，蒙以杓浆见饮，至今不忘。”吏人曰：“某即刘全。曩被雀粪之污，闷不可耐，君手为涤除，是以耿耿。奈冥间酒馔，不可以奉宾客，请即别矣。”侯始悟，乃归。既至家，款留二皂。皂并不敢饮其杯水。侯苏，盖死已逾两日矣。

自此益修善。每逢节序，必以浆酒酹刘全。年八旬，尚强健，能超乘驰走。一日，途间见刘全骑马来，若将远行。拱手道温凉毕，刘曰：“君数已尽，勾牒出矣。勾役欲相招，我禁使弗须。君可归治后事，三日后，我来同君行。地下代买小缺，亦无苦也。”遂去。侯归告妻子，招别戚友，棺衾俱备。第四日日暮，对众曰：“刘大哥来矣。”入棺遂殁。

【译文】

山东邹平县的牛医侯某，给耕地的人去送饭。走到郊外，一阵风在他前面旋转不息。侯某便用木勺舀出汤水，洒在地上，祝祷祭奠。洒完几杓，风才离去。一天，侯某到城隍庙去，在庙廊下漫步，看到庙里刘全献瓜的塑像，被鸟雀的粪便糊住了眼睛。侯某道："刘大哥怎么就受这玷污！"于是用手指甲将鸟粪剔掉。

过了几年，侯某病卧在床，被两个衙役捉去。到衙门前。衙役勒索贿金，逼得很苦。侯某正在无法可想，忽然从门内走出一个身穿绿衣的人来，看到他惊讶地说："侯老先生为何来到这里？"侯某告诉了他。绿衣人叱斥两个衙役说："这是你们的侯大爷，怎能这般无礼！"两个衙役诺诺连声，卑谦地谢罪说不知情。顷刻间，听到鼓声如雷。绿衣人说："早衙开始了。"就同侯某一起进去，叫他站在台阶下，说："你暂时在这里站一站，我替你问问。"就走到大堂上扬手招呼一个小吏下来，简单说了几句。那小吏来见侯某，拱手说："侯大哥来啦？你也没什么大不了的事，是一匹马告了你的状，问一下就可以回去的。"说罢，告别而去。过了一会儿，大堂上喊侯某的名字。侯某上前跪下。有一匹马也跪着。案官问侯某："这马说它是被你毒死的，有这事吗？"侯某答道："这马害了瘟病，我用治瘟病的药方给它治疗。服药无效，第二天死去。这和我有什么相干？"那马也说人话，双方各执一词，互不相让。案官叫人查对簿籍，上面注明那马的寿命，应死于某年某月某日，寿数确实相符。案官呵斥道："这是你的寿数已尽，怎敢诬告他人！"将马叱骂出来。又对侯某说："你存心行善，与人方便，可以不死。"仍命两个衙役把他送回。绿衣人和那个小吏也和他一起出来。又嘱咐两个衙役沿途好好照看侯某。侯某说道："今天虽蒙两位庇佑，但我和你们实在是素昧平生，敢恳请二位告知尊姓大名，以图报答。"绿衣人说："三年前，我从泰山来，中途干渴得要命，路过你村外，蒙你用汤水为我解渴，至今难忘！"那小吏说："我就是刘全。以前我被鸟粪玷污，气闷难以忍受，你亲手为我清除，因此一直记着你的情谊。无奈阴间的酒饭菜肴，不能用来招待宾客，就请你赶快走吧！"侯某方才明白，就回去了。到家后，侯某挽留款待两个衙役，衙役却连一杯水也不敢喝。侯某苏醒过来，他已经死去两天了。

从此他更加修身行善。每逢节日，都要用酒浆酬谢刘全。侯某八十岁时，身体依然健壮，能跳跃登车，骑马驰走。一天，侯某在路上忽然遇见刘全骑马而来，好像要远行的样子。两人拱手寒暄已罢，刘全道："你的寿数已尽，勾命的公文已经签发。勾命的衙役要来招你，被我制止了，说无须如此。你可以回去料理后事，三天之后，我来和你同行。我在阴间已为你用钱捐了个小差使，不会受什么苦的。"就走了。侯某回家告诉了妻子，又把亲友们招来告别。棺木寿衣都已齐备。第四天傍晚，侯某对众人说："刘大哥来了！"进了棺材，随即死去。

土 化 兔

靖逆侯张勇镇兰州时，出猎获兔甚多，中有半身或两股尚为土质。一时秦中争传土能化兔。此亦物理之不可解者。

【译文】

靖逆侯张勇镇守兰州时，出外打猎，打到许多野兔。其中有的半个身子或两条腿还是泥质的。一时陕西关中一带盛传泥土能变成兔子。这也是事物之理无法解释的。

鸟 使

苑城史乌程家居，忽有鸟集屋上，香色类鸦。史见之，告家人曰："夫人遣鸟使召我矣。急备后事，某日当死。"至日果卒。殡日，鸦复至，随槥缓飞，由苑之新。及殡，鸦始不见。长山吴木欣目睹之。

【译文】

南京附近的苑城，有一个名叫史乌程的人，闲居家中。忽然间有一群鸟聚集在他的屋顶上，鸟的鸣叫声和羽毛的颜色都像乌鸦。史乌程见状，便对家人说："夫人派遣鸟使者来召唤我了；赶快为我准备后事，某天我就要死去了。"到了那天，史某果然死去。出殡之日，那一群乌鸦又来了，从苑城到新亭，跟着棺材缓缓飞行。直到安葬完毕，乌鸦才不见了。山东长山的吴木欣亲眼看到此事。

姬　生

南阳鄂氏，患狐，金钱什物，辄被窃去。迕之，祟益甚。鄂有甥姬生，名士不羁，焚香代为祷免，卒不应；又祝舍外祖使临己家，亦不应。众笑之。生曰："彼能幻变，必有人心。我固将引之，俾入正果。"数日辄一往祝之。虽不见验，然生所至，狐遂不扰。以故，鄂常止生宿。生夜望空请见，邀益坚。

一日，生归，独坐斋中，忽房门缓缓自开。生起致敬曰："狐兄来耶？"殊寂无声。一夜，门自开。生曰："倘是狐兄降临，固小生所祷祝而求者，何妨即赐光霁？"却又寂然。案头有钱二百，及明失之。生至夜，增以数百。中宵，闻布幄铿然。生曰："来耶？敬具时铜数百备用。仆虽不充裕，然非鄙吝者。若缓急有需，无妨质言，何必盗窃？"少间，视钱，脱去二百。生仍置故处，数夜不复失。有熟鸡，欲供客而失之。生至夕，又益以酒。而狐从此绝迹矣。鄂家祟如故。生又往祝曰："仆设钱而子不取，设酒而子不饮；我外祖衰迈，无为久祟之。仆备有不腆之物，夜当凭汝自取。"乃以钱十千、酒一罇，两鸡皆聂切，陈几上。生卧其傍，终夜无声，钱物如故。狐怪从此亦绝。

生一日晚归，启斋门，见案上酒一壶，燂鸡盈盘，钱四百，以赤绳贯之，即前日所失物也。知狐之报。嗅酒而香，酌之色碧绿，饮之甚醇。壶尽半酣，觉心中贪念顿生，蓦然欲作贼。便启户出。思村中一富室，遂往越其墙。墙虽高，一跃上下，如有翅翎。入其斋，窃取貂裘、金鼎而出。归置床头，始就枕眠。天明，携入内室。妻惊问之，生嗫嚅而告，有喜色。妻骇曰："君素刚正，何忽作贼!"生恬然不为怪，因述狐之有情。妻恍然悟曰："是必酒中之狐毒也。"因念丹砂可以却邪，遂研入酒，饮生。少顷，生忽失声曰："我奈何做贼!"妻代解其故，爽然自失。又闻富室被盗，噪传里党。生终日不食，莫知所处。妻为之谋，使乘夜抛其墙内。生从之。富室复得故物，事亦遂寝。

生岁试冠军，又举行优，应受倍赏。及发落之期，道署梁上粘一帖云："姬某作贼，偷某家裘、鼎，何为行优?"梁最高，非跛足可粘。文宗疑之，执帖问生。生愕然，思此事除妻外无知者；况署中深密，何由而至?因悟曰："此必狐之为也。"遂缅述无讳，文宗赏礼有加焉。生每自念：无所取罪于狐，所以屡陷之者，亦小人之耻独为小人耳。

异史氏曰：生欲引邪入正，而反为邪惑。狐意未必大恶，或生以谐引之，狐亦以戏弄之耳。然非身有夙根，室有贤助，几何不如原涉所云，家人寡妇，一为盗污遂行淫哉！吁！可惧也!

吴木欣云："康熙甲戌，一乡科令浙中，点稽囚犯。有窃盗，已刺字讫，例应逐释。令嫌'窃'字减笔从俗，非官板正字，使刮去之；候创平，依字汇中点画形象另刺之。盗口占一绝云：'手把菱花仔细看，淋漓鲜血旧痕斑。早知面上重为苦，窃物先防识字官。'禁卒笑之曰：'诗人不求功名，而乃为盗？'盗又口占答之云：'少年学道志功名，只为家贫误一生。冀得赀财权子母，囊游燕市博恩荣。'"即此观之，秀才为盗，亦仕进之志也。狐授姬生以进取之资，而返悔为所误，迂哉！一笑。

【译文】

河南南阳有家姓鄂的，家中狐狸精作怪，金钱什物，往往被偷去。违背了它，就闹得更加厉害。鄂某有个外孙姓姬，名士风度，放任不受拘束。他焚香代为祈求狐精别再捣乱，结果无效。他又祝恳狐精放弃外祖父家到自己家里来，也没用。众人笑话他，姬生说："狐狸既然能变幻，一定也具有人性。我就是要引导它们，使它们改邪归正。"每隔几天，总要去鄂家祝祷一番。虽然不见效验，但只要姬生一到，狐狸就不骚扰。因此鄂某经常留姬生过夜。姬生夜里望着空中请狐精出来相见，邀请得更加坚定。

一天，姬生回家，独自一人坐在书斋中，房门忽然慢慢地自动打开，姬生站起来施礼说："是狐兄来了吗？"寂然无声。又一天夜里，房门自动开了，姬生说道："倘若是狐兄降临，这一向是我祝祷祈求的；何妨赏光露面？"却还是寂然无声。姬生案头放有两百文铜钱，天亮不见了。到晚上，姬生又添上了几百文钱，夜半时刻，听到床帐铿然作响。姬生说道："来了吗？我敬备几百文铜钱供你使用。我虽不富裕，却不是那种鄙俗吝啬之徒。你有常用急需，不妨直说，何必偷窃呢？"不一会儿，再看那钱，少了两百文。姬生仍旧将钱放在原处，几个夜晚过去了，再没有少过。一只烧熟的鸡，想招待客人的，忽然不见了。到晚上，姬生又添上酒，而从此狐精却不再出现了。鄂家作怪还和过去一样，姬生又前去祝祷说："我放好了钱你不拿，备好了酒你不喝；我外公年老体衰，就请你不要老是在他家扰乱了吧。我准备下一点小小的礼物，到夜间随你自己取用。"于是将铜钱十千，美酒一罇，鸡两只切成薄片，陈列在案上。姬生躺在一旁，通宵没有声响，钱物原样未动。狐狸精作怪从此没有了。

一天，姬生晚上回家，打开书斋门，只见案上放着一壶酒，满盘烧鸡；另有铜钱四百文，用一根红绳串着，就是前些时失去的。知道这是狐精的回报。闻闻酒，香气扑鼻；斟出来一看，颜色碧绿；喝起来，酒味醇厚可口。一壶酒喝完，姬生已是半醉，只觉心中顿生贪婪之念，突然想去做贼。他开门走出去，想着村中有一户富裕人家，就前去翻越他家围墙。围墙虽高，姬生却一跃而上，一跳而下，好像插上了翅膀一样。进入房中，窃取了貂皮裘、金鼎而出。回来后，放在床头，方才入睡。天明以后，又把赃物拿到内室。妻子惊奇地问他，他悄悄告诉了妻子，还面带喜色。妻子惊骇地说："你一向刚直正派，为何忽然做起贼来了？"姬生神色安然，不以为怪，就说起狐精怎样有交情。妻子恍然大悟道："这一定是喝的酒里面有狐精的毒！"她想起朱砂可以去邪，就研碎了放入酒中，给姬生喝了。不一会儿，姬生突然失声说："我干什么要做贼！"妻子把因由向他解释了，姬生茫茫然好像失落了什么。又听说富户失盗，消息传遍了邻里。姬生整天饮食难下，不知如何是好。妻子为他出主意，教他趁夜间把东西扔到富户院墙中去。姬生按计而行。那家富户被盗之物失而复得，事情也就平息下来了。

这一年，姬生应考中了头名，又被举荐为品行优良，要受到加倍的奖赏。到了发奖的这一天，学道官署大梁上贴着一张帖子，上面写着："姬某做贼，偷窃某家的貂裘、金鼎，怎能称得上品行优良？"这大梁最高，不是一踮脚就能粘贴上去的。学道未免生疑，拿着这张帖子问姬生。姬生愕然，心想，这事除妻子外没人知道；而况官府门卫森严，谁能进来？因而领悟到这一定是狐精干的。于是便将往事毫无隐瞒地说了，学道加倍奖赏了他。姬生常自己想：对狐精并没有得罪之处，之所以屡次陷害，也是小人耻于独自作小人罢了。

异史氏说：姬生想把邪恶引入正道，结果反被邪恶所诱惑。狐精的本意未必十分恶毒；也许姬生用诙谐的手段引导它，它也就戏弄姬生罢了。但是，若不是姬生本身具有好根性，家中又有贤内助，怎能不像汉朝原涉所说，民家的寡妇，一旦被坏人污辱失身，就做那淫乱的事来呢！唉，可怕！

吴木欣说：康熙三十三年（1694），浙中有一个举人出身的县官，核查囚犯。有一个窃贼，脸上已经刺好字，照例应该释放了，县官认为罪犯脸上所刺的“窃”字是简笔俗字，不是官府文书上的正式写法，于是便叫人把字刮掉，等创口长好以后照字典上的笔划另行刺上。窃贼当场吟了一首诗道：“手拿镜子仔细看，鲜血淋漓旧痕斑。早知面上再受苦，窃物先防识字官。”狱卒取笑他说：“诗人不去博取功名，怎么却去做了盗贼？”窃贼又吟了一首诗回答道：“少年学道志功名，只为家贫误一生。希得资财生利息，去到北京取恩荣。”从这事看来，秀才之所以做贼，也是基于谋求上进的愿望。狐精送给姬生谋求上进的资财，姬生反而怨恨被狐精所误。太迂腐了！一笑。

果　　报

安丘某生，通卜筮之术。其为人邪荡不检，每有钻穴逾隙之行，则卜之。一日，忽病，药之，不愈。曰：“吾实有所见。冥中怒我狎亵天数，将重谴矣，药何能为！”亡何，目暴瞽，两手无故自折。

某甲者，伯无嗣。甲利其有，愿为之后。伯既死，田产悉为所有，遂背前盟。又有叔，家颇裕，亦无子。甲又父之。死，又背之。于是并三家之产，富甲一乡。一日，暴病若狂，自言曰：“汝欲享富厚而生耶！”遂以利刃自割肉，片片掷地。又曰：“汝绝人后，尚欲有后耶！”剖腹流肠，遂毙。未几，子亦死，产业归人矣。果报如此，可畏也夫！

【译文】

山东安丘县某书生，通晓占卜问卦那一套。他行为邪荡，不自检点。每有男女私通的行为，他就占卜以问吉凶。一天，忽然病了，服药无效。说：“我确实看到了什么。阴间为我亵渎天数而发怒，我将受到严厉的惩罚，药物能起什么作用！”不久，双目突然失明，两只手也无缘无故自己骨折了。

某甲，他的伯父没有儿子。他贪图伯父的财产，自愿做他的儿子。伯父一死，家产全部为他所有，他就违背了先前的诺言。某甲还有一个叔父，家境也很富裕，同样没有儿子。他又认叔为父。叔父一死，他又违背了以前的誓言。这样，合并了三家的财产，他就成了本乡的首富。一天，他突然病了，像疯子一样，自言自语说：“你想坐享富贵过日子吗？”说着就用快刀割下自己的肉，一片一片扔在地上。又说：“你绝了人家的后代，自己还想有后代吗？”说着剖开自己的肚子，肠流了出来，就死了。不久，他的儿子也死了，家产归他人所有。因果报应如此，可畏！

公 孙 夏

保定有国学生某，将入都纳赀，谋得县尹。方趣装而病，月余不起。忽有僮入曰：“客至。”某亦忘其疾，趋出逆客。客华服类贵者。三揖入舍，叩所自来。客曰：“仆，公孙夏，十一皇子坐客也。闻治装将图县尹，既有是志，太守不更佳耶？”某逊谢，但言：“赀薄，不敢有奢愿。”客请效力，俾出半赀，约于任所取盈。某喜求策。客曰："督、抚皆某最契之交，暂得五千缗，其事济矣。目前真定缺员，便可急图。"某讶其本省。客笑曰："君迂矣！但有孔方在，何问吴越桑梓耶。"某终踌躇，疑其不经。客曰："无须疑惑。实相告：此冥中城隍缺也。君寿尽，已注死籍。乘此营办，尚可以致冥贵。"即起告别，曰："君且自谋，三日当复会。"遂出门跨马去。某忽开眸，与妻子永诀。命出藏镪，市楮锭万提，郡中是物为空。堆积庭中，杂刍灵鬼马，日夜焚之，灰高如山。

三日，客果至。某出赀交兑，客即导至部署，见贵官坐殿上，某便伏拜。贵官略审姓名，便勉以"清廉谨慎"等语。乃取凭文，唤至案前与之。某稽首出署。自念监生卑贱，非车服炫耀，不足震慑曹属。于是益市舆马；又遣鬼役以彩舆迓其美妾。区画方已，真定卤簿已至。途中里余，一道相属，意得甚。忽前导者钲息旗靡。惊疑间，见骑者尽下，悉伏道周；人小径尺，马大如狸。车前者骇曰："关帝至矣！"某惧，下车亦伏。遥见帝君从四五骑，缓辔而至。须多绕颊，不似世所模肖者；而神采威猛，目长几近耳际。马上问："此何官？"从者答："真定守。"帝君曰："区区一郡，何直得如此张皇！"某闻之，洒然毛悚；身暴缩，自顾如六七岁儿。帝君命起，使随马踪行。道傍有殿宇，帝君入，南向坐，命以笔札授某，俾自书乡贯姓名。某书已，呈进。帝君视之，怒曰："字讹误不成形象！此市侩耳，何足以任民社！"又命稽其德籍。傍一人跪奏，不知何词。帝君厉声曰："干进罪小，卖爵罪重！"旋见金甲神绾锁去。遂有二人捉某，褫去冠服，笞五十，臀肉几脱，逐出门外。四顾车马尽空，痛不能步，偃息草间。

细认其处，离家尚不甚远。幸身轻如叶，一昼夜始抵家。豁若梦醒，床上呻吟。家人集问，但言股痛。盖瞑然若死者，已七日矣，至是始寤。便问："阿怜何不来？"——盖妾小字也。先是，阿怜方坐谈，忽曰："彼为真定太守，差役来接我矣。"乃入室丽妆，妆竟而卒，才隔夜耳。家人述其异。某悔恨椎胸，命停尸勿葬，冀其复还。数日杳然，乃葬之。某病渐瘳，但股疮大剧，半年始起。每自曰："官赀尽耗，而横被冥刑，此尚可忍；但爱妾不知舁向何所，清夜所难堪耳。"

异史氏曰：嗟乎！市侩固不足南面哉！冥中既有线索，恐夫子马踪所不及到，作威福者，正不胜诛耳。吾乡郭华野先生传有一事，与此颇类，亦人中之神也。先生以清骾受主知，再起总制荆楚。行李萧然，惟四五人从之，衣履皆敝陋。途中人皆不知为贵官也。适有新令赴任，道与相值。驼车二十余乘，前驱数十骑，驺从以百计。先生亦不知其何官，时先之，时后之，时以数骑杂其伍。彼前马者怒其扰，辄诃却之。先生亦不顾瞻。亡何，至一巨镇，两俱休止。乃使人潜访之，则一国学生，加纳赴任湖南者也。乃遣一价召之使来。令闻呼骇疑；及诘官阀，始知为先生，悚惧无以为地。冠带蒲伏而前。先生问："汝即某县县尹耶？"答曰："然。"先生曰："蕞尔一邑，何能养如许驺从？履任，则一方涂炭矣！不可使殃民社，可即旋归，勿前矣。”令叩首曰：“下官尚有文凭。”先生即令取凭，审验已，曰：“此亦细事，代若缴之可耳。”令伏拜而出。归途不知何以为情，而先生行矣。世有未莅任而已受考成者，实所创闻。盖先生奇人，故有此快事耳。

【译文】

河北保定有个国子监学生，要到京城去缴款，打算捐一个县令的位置。正在整装，却病了，一个多月不能起床。忽然，有个僮仆进来说：“客人到。”某生也忘记了自己有病，急忙走出去迎接来客。这客人服饰华丽，像是贵人。某生三揖请进，问他从何处而来。客人说：“我公孙夏，是十一皇子的座上客。听说你将整装进京，谋求做个县令；既然有这心愿，知府不是更好吗？”某生谦逊致谢，说：“我的金钱不多，不敢存有奢望。”客人表示可以出力帮忙，让他先拿出一半的钱数；说定在到任以后再取足。某生高兴地请教计策，客人说：“省里的总督巡抚等人，都是和我最要好的朋友，暂时弄到五千贯钱，事情就可以办成了。目前河北真定府缺员，可以赶快设法谋取。”某生奇怪近在本省。客人笑着说：“你迂腐了！只要有钱，哪管远在吴越近在本乡呢！”某生总有些踌躇不决，怀疑这事不合常规。客人说：“你不必疑虑。实话告诉你，这是阴间城隍的缺额。你的寿数完了，已经登记在死人簿籍上了。趁此机会想想办法，还可以做阴间的贵人。”就起身告别，说：“你先自己考虑考虑，三天之后我当再来相见。”于是出门跨马走了。某生忽然睁开眼，和妻子诀别，叫她取出储藏的银子，购买纸钱一万串，郡中纸钱被收买一空。堆积在庭院中，再加上草扎的人马，日夜焚烧，灰积得山一般高。

三天过去，公孙夏果然来了。某生把钱款交付给他，当即把某生带到部衙门，只见殿上坐着大官，某生便伏身下拜。那大官约略问了问姓名，就拿“要清廉谨慎”之类的话勉励了几句。拿出凭证，把某生叫到案前给了他。某生叩谢，走出部衙。心里想，自己只是一个国子监学生，地位卑微，如果不在车马服饰上炫耀一番，不足以使同僚和下属敬畏。于是增购车马，又派鬼役用彩轿把自己的美妾接来。刚安排好，真定的仪仗队已到。队伍上路有一里多长，前后相接排满道，好不得意。忽然前边引导的仪仗人员停止了吹打，收起了旗子。惊疑间只见骑马的人全都滚鞍下马，伏在路旁。人只有一尺多高，马好像野猫般大。车前的鬼役惊慌地说："关帝老爷驾到了！"某生害怕，也下车俯伏在地。远远看见关帝随身跟着四五个骑马的，缓缓地到来了。关帝原来是络腮胡子，不像世间描绘的五绺长髯，神采威猛，丹凤眼，眼梢几乎长到耳边。关帝在马上问："这是什么官？"随从的人答道："是真定太守。"关帝说："小小一个郡官，哪值得如此铺张炫耀！"某生听说，吓得汗毛都竖了起来，身躯一下子缩小，自己一看，像六七岁的小儿一般。关帝叫他起来，让他跟着自己的马走。大道旁边有一座宫殿，关帝走了进去，朝南坐下，叫人把纸笔递给某生，要他书写自己的籍贯、姓名。某生写好呈递上去，关帝一看，发怒道："字错得不像样子！这是个市侩罢了，哪配担任地方官！"又叫人查看他的道德薄子。旁边一人跪着不知禀报了什么话，关帝厉声说道："谋取升官罪轻，卖官鬻爵罪重！"很快看到金甲神人带着绳索锁链走了出去。就有两个人捉住某生，摘去官帽，扒掉官服，打了五十板子，屁股上的肉几乎都打掉了，赶出门外。某生四下里看看，车马全没有了。痛得不能走动，于是躺在草间休息。

仔细认认地方，离家还不太远。幸而身轻如叶，一天一夜才到家。豁然好像大梦初醒，正在床上呻吟。家人聚集拢来询问，他只喊大腿痛。实际上他昏过去已经七天了，现在才苏醒过来。就问："阿怜怎么不见？"——阿怜就是他的小妾。原来，阿怜正坐着和别人说话，忽然说道："他做了真定太守，派差人来接我了。"就进内室梳妆打扮得漂漂亮亮的。打扮好就死去了，才隔夜的事。家里人说了这桩怪事，某生悔恨捶胸，叫把小妾的尸首暂时停放，不要埋葬，盼望她能复活。过了几天，没有动静，才把她埋葬了。某生的病逐渐好了，只是屁股上创伤很厉害，半年多才能起床。常自言自语道："捐官的钱花光了，还横遭阴间酷刑，这些还能忍受。只是爱妾不知被抬到哪里去了，清夜孤独，难以忍受。"

异史氏说：唉！市侩确实不配做官，阴间既然存在门路和关系，恐怕关公马迹来不及走到的地方，作威作福的官儿们，正多得杀不胜杀呢！我乡郭华野先生有一件事流传，和上述故事很相似，他也是人中的神明。郭先生以清廉耿直受到皇帝的信任，再次起用，总督湖北湖南。他的行李简单，只有四五个随从，衣服鞋子都破旧不堪，路人都不知他是大官。正巧有个新县令上任，半路和郭先生相遇。新县令带有驼车二十多辆，几十匹马队在前面导引，车夫随从数以百计。郭先生也不知道他是什么官，有时走到前边，有时走在后边，有时几匹马就混在县令的马队中。那些骑马的前导对郭先生的冲扰十分恼怒，往往喝斥驱赶。郭先生看也不朝他们看。不一会儿，走到一个大镇，两队人马都停下来休息。郭先生令人暗中打听，原来是个国子监学生，捐官到湖南赴任。于是派个差役把他找来。县令听说叫他，心里惊疑。等问明官位，才知道是郭华野先生，紧张恐惧得无地自容。戴冠束带，匍匐而前。郭先生问道："你就是某县的县令吗？"县令回答说："是。"郭先生说："小小一个县，怎能养得起这许多车夫仆从？你一到任，那一带的老百姓就要遭殃了。不能让你去害百姓，可以马上回去，不要赴任了。"那县令叩头道："下官还有文书凭证。"郭先生就叫他拿出文书凭证来，审查完了，说道："这是小事，我替你交回去就行了。"县令伏拜而去。归途中还不知怎样的难以为情，而郭先生已经走了。世上有还没上任就受到考查政绩的，实在前所未闻。郭先生是个不平凡的人，所以有这种大快人心的事！

韩　　方

明季，济郡以北数州县，邪疫大作，比户皆然。齐东农民韩方，性至孝。父母皆病，因具楮帛，哭祷于孤石大夫之庙。归途零涕。遇一人，衣冠清洁，问："何悲？"韩具以告。其人曰："孤石之神，不在于此，祷之何益？仆有小术，可以一试。"韩喜，诘其姓字。其人曰："我不求报，何必通乡贯乎？"韩敦请临其家。其人曰："无须。但归，以黄纸置床上，厉声言：'我明日赴都，告诸岳帝！'病当已。"韩恐不验，坚求移趾。其人曰："实告子：我非人也。巡环使者以我诚笃，俾为南乡土地。感君孝，指授此术。目前岳帝举枉死之鬼，其有功人民，或正直不作邪祟者，以城隍、土地用。今日殃人者，皆郡城北兵所杀之鬼，急欲赴都自投，故沿途索赂，以谋口食耳。言告岳帝，则彼必惧，故当已。"韩悚然起敬，伏地叩谢。及起，其人已渺。惊叹而归。遵其教，父母皆愈。以传邻村，无不验者。

异史氏曰：沿途祟人而往，以求不作邪祟之用，此与策马应"不求闻达之科"者何殊哉！天下事大率类此。犹忆甲戌、乙亥之间，当事者使民捐谷，具疏谓民乐输。于是各州县如数取盈，甚费敲扑。时郡北七邑被水，岁祲，催办尤难。唐太史偶至利津，见系逮者十余人。因问："为何事？"答曰："官捉吾等赴城，比追乐输耳。"农民不知"乐输"二字作何解，遂以为徭役敲比之名，岂不可叹而可笑哉！

【译文】

明朝末年，山东济阴郡以北的几个州县，瘟疫流行，家家户户都染上了。山东东部的一个农民韩方，生性极为孝顺。父母都病了，他就备好纸钱礼物，到"孤石大夫"神庙中去哭祷。回家途中眼泪流个不止。遇到一个人，衣帽整洁，问道："为什么悲悲切切？"韩方把实情一一告诉了他。那人说："孤石大夫神灵不在这里，祈祷有什么用处？我倒有一个小小的方法，你不妨一试。"韩方大喜，问他姓名，那人说：“我不求报答，何必通姓名报籍贯呢？”韩方敦请他到家里去。那人说：“不必了。你只管回去，用黄纸一张放在床上，厉声说：‘我明天进京，向东岳大帝控告！’病就会好了。”韩方怕不灵验，一定要恳求他动身。那人说：“实不相瞒，我不是人。巡环使者见我忠厚老实，让我做了南乡的土地神。被你的孝心所感动，指点你这个方法。眼前东岳大帝正在选拔冤死的鬼，那些有功于人民的，或正直不搞邪恶行径的，任用为城隍或土地神。如今祸害人的，都是郡城中清兵枉杀之鬼，急于赶赴京城自荐，所以一路上勒索贿赂，以谋口中之食罢了。你说要到东岳大帝面前控告，那它们必然害怕，作祟也就停止了。”韩方肃然起敬，伏地叩头致谢。待到起身，那人已不知去向了。惊叹着回家，遵照他的指点去做，父母的病都好了。他把这个方法传授给邻村，没有不灵验的。

异史氏说：一路祸害人民而去，以求不搞邪恶行径之用，这和快马加鞭去赶考“不求闻达”之科的人，有什么不同呢？天下的事情大都如此。还记得，康熙三十三年（1694）、三十四年（1695）间，当官的要老百姓捐献谷子，写奏折时却说“人民乐于赞助”的。于是各州县都如数凑足，很花了点拷打鞭扑的工夫。当时，郡北七县遭受水灾，收成不好，催办捐献谷子尤其困难。唐太史偶然来到利津县，看到十几个被逮捕捆绑着的老百姓，便问他们：“你们犯了什么事？”他们回答说：“当官的把我们捉进城来，限期追交‘乐于赞助’罢了。”农民不明白“乐于赞助”作什么解释，竟把它作为必须限期交纳，交不出就应受拷打的赋税名称，岂不可叹而又可笑吗！

纫　针

虞小思，东昌人。居积为业。妻夏，归宁返，见门外一妪，偕少女哭甚哀。夏诘之，妪挥泪相告。乃知其夫王心斋，亦宦裔也。家中落，无衣食业，浼中保贷富室黄氏金，作贾。中途遭寇，丧赀，幸不死。至家，黄索偿，计子母不下三十金，实无可准抵。黄窥其女纫针美，将谋作妾。使中保质告之：如肯可，折债外，仍以廿金压券。王谋诸妻。妻泣曰："我虽贫，固簪缨之胄。彼以执鞭发迹，何敢遂媵吾女！且纫针固自有婿，汝乌得擅作主！"

先是，同邑傅孝廉之子，与王投契，生男阿卯，与襁中论婚。后孝廉官于闽，年余而卒。妻子不能归，音耗俱绝。以故纫针十五，尚未字也。妻言及此，遂无词，但谋所以为计。妻曰："不得已，其试谋诸两弟。"——盖妻范氏，其祖曾任京职，两孙田产尚多也。次日，妻携女归告两弟。两弟任其涕泪，并无一词肯为设处。范乃号啼而归。适逢夏诘，且诉且哭。

夏怜之。视其女，绰约可爱，益为哀楚。因邀入其家，款以酒食。慰之曰："母子勿戚，妾当竭力。"范未遑谢，女已哭伏在地，益加惋惜。筹思曰："虽有薄蓄，然三十金亦复大难。当典质相付。"母子拜谢。夏以三日为约。别后，百计为之营谋，亦未敢告诸其夫。三日，未满其数；又使人假诸其母。范母女已至，因以实告。又订次日。抵暮，假金至，合裹并置床头。至夜，有盗穴壁，以火入。夏觉，睨之，见一人臂跨短刀，状貌凶恶。大惧，不敢作声，伪为睡者。盗近箱，意将发扃。回顾夏枕边有裹物，探身攫去，就灯解视；乃入腰橐，不复胠箧而去。夏乃起呼。家中惟一小婢，隔墙告邻，邻人集而盗已远。夏乃对灯啜泣。见婢睡熟，乃引带自经于檽间。天曙婢觉，呼人解救，四肢冰冷。虞闻奔至，诘婢始得其由，惊涕营葬。时方夏，尸不僵，亦不腐。过七日，乃殓之。

既葬，纫针潜出，哭于其墓。暴雨忽集，霹雳大作，发墓，纫针震死。虞闻，奔验，则棺木已启，妻呻嘶其中，抱出之。见女尸，不知为谁。夏审视，始辨之。方相骇怪。未几，范至，见女已死，哭曰："固疑其在此，今果然矣！闻夫人自缢，日夜不绝声。今夜语我，欲哭于殡宫，我未之应也。"夏感其义，遂与夫言，即以所葬材穴葬之。范拜谢。虞负妻归，范亦归告其夫。闻村北一人被雷击死于途，身有字云："偷夏氏金贼。"俄闻邻妇哭声，乃知雷击者即其夫马大也。村人白于官，拘妇械鞫，则范氏以夏之措金赎女，对人感泣，马大赌博无赖，闻之而盗心遂生也。官押妇搜赃，则止存二十数；又检马尸得四数。官判卖妇偿补责还虞。夏益喜，全金悉仍付范，俾偿债主。

葬女三日，夜大雷电以风，坟复发，女亦顿活。不归其家，往扣夏氏之门，盖认其墓，疑其复生也。夏惊起，隔扉问之。女曰："夫人果生耶！我纫针耳。"夏骇为鬼，呼邻媪诘之，知其复活，喜内入室。女自言："愿从夫人服役，不复归矣。"夏曰："得无谓我损金为买婢耶？汝葬后，债已代偿，可勿见猜。"女益感泣，愿以母事。夏不允。女曰："儿能操作，亦不坐食。"天明，告范。范喜，急至。亦从女意，即以属夏。范去，夏强送女归。女啼思夏。王心斋自负女来，委诸门内而去。夏见，惊问，始知其故，遂亦安之。女见虞至，急下拜，呼以父。虞固无子女，又见女依依怜人，颇以为欢。女纺绩缝纫，勤劳臻至。夏偶病剧，女昼夜给役。见夏不食，亦不食，面上时有啼痕。向人曰：“母有万一，我誓不复生！”夏少瘳，始解颜为欢。夏闻流涕，曰：“我四十无子，但得生一女如纫针亦足矣。”夏从不育；逾年忽生一男，人以为行善之报。

居二年，女益长。虞与王谋，不能坚守旧盟。王曰：“女在君家，婚姻惟君所命。”女十七，惠美无双。此言出，问名者趾错于门，夫妻为拣。富室黄某亦遣媒来。虞恶其为富不仁，力却之。为择于冯氏。冯，邑名士，子慧而能文。将告于王；王出负贩未归，遂径诺之。黄以不得于虞，亦托作贾，迹王所在，设馔相邀，更复助以资本，渐渍习洽。因自言其子慧以自媒。王感其情，又仰其富，遂与订盟。既归，诣虞，则虞昨日已受冯氏婿书。闻王所言，不悦，呼女出，告以情。女怫然曰：“债主，吾仇也！以我事仇，但有一死！”王无颜，托人告黄以冯氏之盟。黄怒曰：“女姓王，不姓虞。我约在先，彼约在后，何得背盟！”遂控于邑宰，宰意以先约判归黄。冯曰：“王某以女付虞，固言婚嫁不复预闻，且某有定婚书，彼不过杯酒之谈耳。”宰不能断，将惟女愿从之。黄又以金赂官，求其左袒，以此月余不决。

一日，有孝廉北上公车，过东昌，使人问王心斋。适问于虞，虞转诘之，盖孝廉姓傅，即阿卯也。入闽籍，十八已乡荐矣。以前约未婚。其母嘱令便道访王，问女曾否另字也。虞大喜，邀傅至家，历述所遭。然婿远来千里，患无凭据。傅启箧出王当日允婚书。虞招王至，验之果真，乃共喜。是日当官覆审，傅投刺谒宰，其案始销。涓吉约期乃去。

会试后，市币帛而还，居其旧第，行亲迎礼。进士报已到闽，又报至东，傅又捷南宫。复入都观政而返。女不乐南渡，傅亦以庐墓在，遂独往扶父柩，载母俱归。又数年，虞卒，子才七八岁，女抚之过于其弟。使读书，得入邑庠，家称素封，皆傅力也。

异史氏曰：神龙中亦有游侠耶？彰善瘅恶，生死皆以雷霆，此钱塘《破阵舞》也。轰轰屡击，皆为一人，焉知纫针非龙女谪降者耶？

【译文】

虞小思，山东东昌县人。做囤积生意。妻子夏氏，从娘家回来，看到门外有个老太婆，带着一个少女哭得很伤心。夏氏问了她们，老太婆挥泪相告，才知道她丈夫名王心斋，也是官宦人家的后代，因家道中落，衣食无着，央求中人作保，向富室黄家借钱去做生意。路上遭遇强盗，钱被抢去，幸而没有送命。回到家中，黄家讨债，连本带息不下三十两银子，实在无物可作抵偿。黄某见他女儿纫针长得美，想买她作妾，要中人转告他：如果答应，除了不要旧债以外，另给二十两银子作为卖身契的押金。王心斋和妻子商量这件事，妻子哭了，说道："我们虽然贫穷，总是官宦人家的后代。黄某靠赶车起家，怎敢讨我的女儿作妾！何况，纫针已经许定了人家，你怎能擅自作主！"

原来，同县傅举人的儿子，和王心斋要好，生了一个男孩名阿卯，襁褓中就和纫针订了婚。后来傅举人去福建做官，一年多死了，妻儿都无法回来，音讯都断绝了。就是因为这个缘故，纫针年已十五，仍然待字闺中。王心斋听妻子说到这里，无词以对，只是在想对策。王妻说："万不得已，我去找两个弟弟商量试试。"原来王妻姓范，她祖父曾做过京官，两个孙子田产还很多。第二天，她带着女儿回娘家把情况告诉两个弟弟。两个弟弟任凭她流泪，连一句替她设法的话也没有。范氏于是痛哭而回。正遇到夏氏询问，她便边说边哭。

夏氏怜悯她，看她女儿柔美可爱，更加心痛，就请母女二人进家，酒饭相待。安慰她们说："娘儿俩不要难过，我一定尽力帮助。"范氏还没来得及致谢，纫针已经哭伏在地。夏氏更加怜惜，心里盘算了一下说："我虽然有点积蓄，但三十两银子也还是很艰难。我要当掉些东西凑钱给你们。"母女俩向她拜谢。夏氏约定，三天之后来拿钱。母女俩走后，夏氏千方百计为她们想办法，也没敢告诉丈夫。第三天还没凑满数，又叫人到母亲那里去借。范氏母女已经来了，夏氏便把实际情况告诉她们；又约定第二天来拿。傍晚，借的钱拿来了，夏氏合在一起包裹好放在床头。夜间，有个强盗挖墙洞，拿着火把钻了进来。夏氏惊醒，斜眼一瞧，只见一个人臂挎短刀，模样凶恶。她害怕极了，不敢做声，假装睡着。强盗走近箱子，想要撬锁。一回头，看到夏氏枕边有包裹，探身将它拿去。就着火光打开看，就装进衣袋，不再撬箱子走了。夏氏起来叫喊，家中只有一个小丫环。隔墙告诉邻居，等邻居人到，强盗已经逃远了。夏氏对灯哭泣。看到小丫环已经睡熟，便解开带子，在窗户框上吊死了。天亮后，小丫环发觉，喊人解救，已经四肢冰冷。虞小思听说，飞奔而来，问了丫环才知道缘故，大惊痛哭，料理丧事。当时正是夏天，夏氏的尸体不僵也不腐烂。过了七天，才埋葬。

夏氏安葬以后，纫针偷偷出来，在她坟前痛哭。忽然间暴雨倾盆，霹雳大作，坟墓被雷击开，纫针也被震死了。虞小思听说，跑去查看，只见棺材已经开了，妻子正在里面呻吟。虞小思把她抱了出来。看到女尸，不知是谁。夏氏仔细看，才认出是纫针。正在惊诧，不一会儿范氏来了，见女儿已死，哭着说道："我就疑心她在这里，现在果真如此！她听说夫人上吊自杀，日夜痛哭不止。今天夜里她对我说，要到坟上来哭夫人，我没有答应。"夏氏被纫针的情义感动，便对丈夫说，就用葬她的棺木墓穴埋葬纫针。范氏拜谢。虞小思背着妻子回家，范氏也回家告诉了丈夫王心斋。范氏听说村北有个人被雷击毙在路上，身上有字："偷夏氏金钱的贼。"马上又听到邻家妇人的哭声，才知道被雷击毙的就是她丈夫马大。村里人告到官府，把马大的妻子捉来审讯。原来，范氏因感激夏氏为赎纫针筹措银两，对人感动得流泪。马大是一个赌棍无赖，听说此事，生了偷盗的念头。官府押着马大的妻子搜查赃物，只剩下了二十两银子，又从马大的尸体上检得四两。官府判决，将马大的妻子卖了补足三十两偿还给虞家。夏氏更加高兴，把全部银子仍旧给了范氏，让她偿还债主。

纫针安葬后第三天，夜里霹雳闪电大作，夹带狂风，坟墓再次开裂，纫针也顿时复活了。她不回自己家，去敲夏氏的门，因为认出夏氏的坟墓，怀疑她复活了。夏氏惊醒起身，隔着房门问是谁，纫针说："夫人果然复活了！我是纫针呀！"夏氏害怕是鬼，请邻家老太太去问，知道纫针也复活了，于是高兴地把她引进屋里。纫针主动说道："我情愿跟着夫人服役，不再回家了。"夏氏说道："莫不是认为我花钱是要买丫环吧？把你安葬以后，你家欠的债已经代为还清，你不要胡乱猜疑。"纫针更是感动得流泪，愿将夏氏当作母亲侍奉。夏氏不同意。纫针说："我能干活，不会坐吃闲饭的。"天明以后，去告诉了范氏，范氏高兴，急忙赶到。她也顺从女儿的意愿，当即把纫针给了夏氏。范氏走后，夏氏硬把纫针送回家去。纫针哭着思念夏氏。父亲王心斋亲自背了女儿来到虞家，把她放在门内就走了。夏氏见了纫针，惊奇地问她，才知道原委，也就留下了她。纫针看到虞小思来，连忙下拜，称他父亲。虞小思一向没有子女，又看到纫针依依恋恋，令人爱怜，很觉欢喜。纫针纺织缝纫，勤劳备至。一次，夏氏得了重病，纫针昼夜服侍。看夏氏不吃饭，她也不吃；经常面带泪痕，对别人说："万一母亲有什么好歹，我也誓不再活了！"夏氏的病情稍有好转，纫针才舒展愁眉，高兴起来。夏氏听说后，流着泪说道："我四十岁没有儿子，哪怕生一个像纫针这样的女儿，也心满意足了！"夏氏从未生育，过了一年，忽然生一男孩。人们都说这是行善的报应。

过了两年，纫针的年龄大了。虞小思和王心斋商量，不能再守着以前的婚约不放了。王心斋说："女儿在你家，婚姻之事全凭你来作主。"纫针十七岁，美丽贤惠无比。这番话一经传出，到虞家上门提亲的人前脚未走，后脚又来，夫妇俩左挑右选。富家黄某也派媒人来，虞小思厌恶他为富不仁，坚决拒绝。最后选定姓冯的一家。冯某是县中名士，儿子聪明伶俐，善写文章。虞小思要把这事告知王心斋，正好他出门贩货没有回来，于是便自作主张，许下了这门亲事。黄某求亲遭到虞家拒绝，也借口做生意，追寻到王心斋所在之处，设宴邀请他，又再次资助他经商的资本，逐渐在感情上拉拢他。黄某夸耀自己的儿子如何聪明，亲自向王心斋提亲。王心斋感他的情，又羡慕他家的富有，就和黄某说定了婚事。王心斋回家以后，来到虞家，虞小思早一天已经接受了冯家的订婚书。他听了王心斋所说，颇觉不快，于是叫纫针出来，把实情告诉她。纫针勃然变色，说道："黄家债主，那是我的仇人！要我去侍奉仇人，我只有一死了之！"王心斋自觉没脸，托人转告黄某已和冯家订了婚约。黄某怒道："这女孩子姓王，不姓虞。我说定在先，冯家说定在后，怎能说了话不算数！"就告到县里。县官的意见要以婚约在先为理由，判归黄家。冯家说："王心斋把女儿给了虞家，说定不再过问女儿的婚姻大事。况且，我们有订婚书，他们不过是杯酒之中的闲谈而已。"县官无法决断，准备根据纫针的意愿为准。黄某又用金钱贿赂县官，求他帮忙。因此这个案子拖了一个多月判不下来。

一天，有个举人北上应试，车子经过东昌县，派人去打听王心斋，正巧问到虞家。虞小思转而询问来人，原来这位举人姓傅，就是阿卯，入了福建籍，年十八岁已乡试中举，赴京应考。因为以前曾经订有婚约，所以至今未婚。母亲嘱咐他顺路打听王心斋，问问他女儿有没有另外许配人家。虞小思听了大喜，邀请傅阿卯到自己家中，将纫针的遭遇一一向他陈述。但女婿远从千里之外到来，担心他口说无凭。傅阿卯打开箱子，出示王心斋当年允婚书。虞小思把王心斋请来验看，果然不错。大家都高兴极了。这天，官府复审这桩婚姻公案，傅阿卯投送名帖拜访了县官，案子才算了结。约定好吉日婚期，傅阿卯才走。

会试以后，傅阿卯买了聘礼南归，住在自家的旧宅里，举行迎亲仪式。高中进士的捷报已经到了福建，又报到东昌，接着傅阿卯又被礼部任用，于是他再一次进京，视察政务后返回。纫针不乐意南去福建，阿卯也觉得东昌是老家和祖茔的所在，就独自一人去福建扶了父亲的灵柩，带着母亲，一同回到山东老家来。又过了几年，虞小思死去，儿子才七八岁，纫针抚养他胜过自己的亲弟。让他读书，又进了县学，家道殷富，都得力于傅阿卯的帮助。

异史氏说：神龙中也有崇尚义气的游侠吗？表彰善良，惩罚邪恶，生，也用雷霆，死，也用雷霆，这简直就是唐朝柳毅故事中钱塘君的《破阵舞》了！一次又一次的雷轰电击，都是为了一个人，哪知纫针不是谪降人间的龙女呢！

桓　侯

荆州彭好士，友家饮归。下马溲便，马龁草路傍。有细草一丛，蒙茸可爱，初放黄花，艳光夺目，马食已过半矣。彭拔其余茎，嗅之有异香，因纳诸怀。超乘复行。马骜驶绝驰，颇觉快意，竟不计算归途，纵马所之。忽见夕阳近山，始将旋辔。但望乱山丛沓，并不知其何所。

一青衣人来，见马方喷嘶，代为捉衔，曰："天已近暮，吾家主人便请宿止。"彭问："此属何地？"曰："阆中也。"彭大骇，盖半日已千余里矣。因问："主人为谁？"曰："到彼自知。"又问："何在？"曰："咫尺耳。"遂代鞚疾行，人马若飞。

过一山头，见半山中屋宇重叠，杂以屏幔，遥睹衣冠一簇，若有所伺。彭至下马，相向拱敬。俄，主人出，气象刚猛，巾服都异人世。拱手向客，曰："今日客莫远于彭君。”因揖彭，请先行。彭谦谢，不肯遽先。主人捉臂行之。彭觉捉处如被械梏，痛欲折，不敢复争，遂行。下此者，犹相推让，主人或推之，或挽之，客皆呻吟倾跌，似不能堪，一依主命而行。

登堂，则陈设炫丽，两客一筵。彭暗问接坐者：“主人何人？”答云：“此张桓侯也。”彭愕然，不敢复咳。合座寂然。酒既行，桓侯曰：“岁岁叨扰亲宾，聊设薄酌，尽此区区之意。值远客辱临，亦属幸遇。仆窃妄有干求，如少存爱恋，即亦不强。”彭起问：“何物？”曰：“尊乘已有仙骨，非尘世所能驱策。欲市马相易，如何？”彭曰：“敬以奉献，不敢易也。”桓侯曰：“当报以良马，且将赐以万金。”彭离席伏谢。桓侯命人曳起之。俄顷，酒馔纷纶。日落，命烛。众起辞，彭亦告别。桓侯曰：“君远来焉归？”彭顾同席者曰：“已求此公作居停主人矣。”桓侯乃遍以巨觞酌客。谓彭曰：“所怀香草，鲜者可以成仙，枯者可以点金；草七茎，得金一万。”即命僮出方授彭。彭又拜谢。桓侯曰：“明日造市，请于马群中任意择其良者，不必与之论价，吾自给之。”又告众曰：“远客归家，可少助以资斧。”众唯唯。觞尽，谢别而出。途中始诘姓字，同座者为刘子翚。同行二三里，越岭，即睹村舍。众客陪彭并至刘所，始述其异。

先是，村中岁岁赛社于桓侯之庙，斩牲优戏，以为成规，刘其首善者也。三日前，赛社方毕。是午，各家皆有一人邀请过山。问之，言殊恍惚，但敦促甚急。过山见亭舍，相共骇疑。将至门，使者始实告之；众亦不敢却退。使者曰："姑集此，邀一远客行至矣。"盖即彭也。众述之惊怪。其中被把握者，皆患臂痛；解衣烛之，肤肉青黑。彭自视亦然。众散，刘即襆被供寝。既明，村中争延客；又伴彭入市相马。十余日，相数十匹，苦无佳者；彭亦拚苟就之。又入市，见一马，骨相似佳；骑试之，神骏无比。径骑入村，以待鬻者；再往寻之，其人已去。遂别村人欲归。村人各馈金赀，遂归。马一日行五百里。抵家，述所自来，人不之信。囊中出蜀物，始共怪之。香草久枯，恰得七茎，遵方点化，家以暴富。遂敬诣故处，独祀桓侯之祠，优戏三日而返。

异史氏曰：观桓侯燕宾，而后信武夷幔亭非诞也。然主人肃客，遂使蒙爱者几欲折肱，则当年之勇力可想。

吴木欣言："有李生者，唇不掩其门齿，露于外盈指。一日，于某所宴集，二客逊上下，其争甚苦。一力挽使前，一力却向后。力猛肘脱，李适立其后，肘过触喙，双齿并堕，血下如涌。众愕然，其争乃息。"此与桓侯之握臂折肱，同一笑也。

【译文】

湖北荆州人彭好士，从友人家里喝酒回来。下马小便，马在路边吃草。有一丛细草，毛茸茸的招人喜爱，黄花初放，鲜艳夺目，被马已经吃掉大半了。彭好士把余剩的草茎拔下来，闻闻有一股异香，就揣在怀里，上马继续走。那马飞奔疾驰，彭好士甚觉快意，竟不计算回家的路程，放马随它奔到哪儿。忽然看到太阳将要落山，这才勒转马头。只见乱山重叠，不知道是什么地方。

一个身穿青衣的人走了过来，看到马正在喷鼻嘶鸣，便替彭好士捉住马衔，说道：“天色已晚，我家主人请你就在这里住下。”彭好士问道：“这里是什么地方？”青衣人回答说；“四川阆中。”彭好士大为惊骇：原来半天行了一千多里路了。就问道：“你家主人是谁？”青衣人说：“到那里自然知道。”彭好士又问：“在哪里？”那人说：“近在咫尺。”就替彭好士牵着马快速前进，人和马都像飞的一样。

越过一座山头，看到半山腰屋宇重叠，屏风帐幔夹杂其间，远远看到一群衣冠整齐的人，像在等候什么人。彭好士到那里翻身下马，和那些人相互拱手致敬。很快，主人出来了，气象刚毅勇猛，穿戴都与世间不同。他向彭好士拱手施礼，说道：“今天来的客人，没有比彭先生路更远的了。”于是作揖请他先进去。彭好士谦让，不肯马上先走。主人抓住他臂膀一定要他走，彭好士觉得被抓的地方如同上了枷锁，疼痛欲折，不敢再争，就走在前边。排在后边的人，还在相互谦让，主人有的推，有的拉，客人都呻吟着东倒西歪，似乎不堪忍受，一个个按照主人的意图走去。

进入大厅，陈设华丽耀眼，两个客人一席。彭好士悄悄向邻座打听：“主人是什么人？”那人回答说：“这是桓侯张飞！”彭好士怔住了，连咳嗽也不敢咳，满座寂静无声。斟酒一过，桓侯说：“每年叨扰亲朋，谨备薄酒，聊表区区之意。正巧远客光临，也是有缘相遇。我也许是妄想，有一个要求，如果稍有一点儿不愿割爱之意，也就不再强求了。”彭好士起身问道：“什么？”主人说：“阁下的马已有仙骨，不是尘世间所能驾驭的。我想买马和你交换，怎么样？”彭好士说道：“愿将此马敬献，不敢说什么交换。”桓侯说：“一定回报你良马一匹，并且要赏你万金。”彭好士离座，伏地致谢，桓侯命人将他扶起。不一会儿，劝酒上菜，忙碌了一阵。天黑了，命令点上蜡烛。众人起身辞行，彭好士也告别。桓侯说：“你远道而来，现在回到哪里去？”彭好士望着同席的人说：“我已请求这位先生做主人留我过夜了。”桓侯就用大酒杯为每位客人斟酒。对彭好士道：“你怀中的香草，新鲜的吃了可以成仙，干枯的可以点金。七根香草可以得金一万两。”就命令僮仆拿出点金秘方交给彭好士，彭又拜谢。桓侯说：“明天你到集市，请在马群中任意挑选良马，不必讨价还价，我自会付款的。”又对众人说：“远方来客回家，可以多少资助一点盘缠。”众人连声答应。大杯酒喝完，道谢告辞而出。彭好士走在路上才问客人姓名，席间同座的是刘子翚。一起走了二三里路，翻过一座山岭，看到一片村舍。众人陪彭好士到了刘家，才开始讲起这里的一些怪事来。

原来，村子里每年都在张飞庙中腊祭赛神，杀牲唱戏，成为常规。刘子翚是发起人。三天前，赛神刚完，那天中午，每家都有人来邀请过山。问那使者，言辞躲躲闪闪，却催得很紧。过了山，看到亭舍，都感到惊异。快到门口，那使者才把实情相告，众人也不敢回去。使者说：“暂且在这里等待，邀请一位远道来客就要到了。”说的就是彭好士。大家说到这里，都感到惊骇奇怪。他们当中有被主人拉扯过的，都觉手臂疼痛。解开衣服，在烛光下照看，皮肉呈青紫色。彭好士看看自己，也是这样。众人散去，刘子翚就铺床展被，让彭好士安寝。天亮以后，村里人争相邀请彭好士前往作客，又陪同他到集市相马。十几天里，相马几十匹，苦于没有好的，彭好士也决意胡乱寻一匹算了。一天，又去集市，看到一匹马骨相似乎很好，骑上一试，矫健无比。彭好士骑着这匹马直接回到村中，等卖马人不来，再去找他，那人已经走了。彭好士于是和村人告别，准备回家。村里人各各赠送钱物，他就上路了。那马一天能走五百里路。回到家中，彭好士叙说自己从阆中来，人们都不相信。他从囊中取出四川土产，大家这才都奇怪起来。那香草早已干枯，数数恰好七根。彭好士按照秘方点金，一下子发了大财。于是，他恭恭敬敬地去到前回的去处，独自祭祀了张飞庙，唱了三天戏，才返回家中。

异史氏说：看张飞宴请宾客，而后可信武夷山神君曾在八月中秋大会村人的传说并非荒诞无稽。然而，主人敬客，竟使受到爱护的人几乎臂断手折，那么当年的勇猛可想而知了。

吴木欣说：“有一个姓李的书生，嘴唇遮不住门牙，露在外面一指多。一天，在某处参加宴席。有两位客人为了上座下座互相谦让，争得很厉害。一个用力拉对方往前，另一个使劲退向后。用力过猛，臂肘滑脱，李生恰巧站在身后，臂肘挥过碰到他嘴上，两颗门牙一起被击落，鲜血涌流。众人怔住了，两人的谦让争执这才停止。”这件事和张桓侯的握臂折肱，同样可发一笑。

粉 蝶

阳曰旦，琼州士人也。偶自他郡归，泛舟于海。遭飓风，舟将覆；忽飘一虚舟来，急跃登之。回视则同舟尽没。风愈狂，瞑然任其所吹。亡何，风定。开眸，忽见岛屿，舍宇连亘。把棹近岸，直抵村门。村中寂然，行坐良久，鸡犬无声。见一门北向，松竹掩蔼。时已初冬，墙内不知何花，蓓蕾满树。心爱悦之，逡巡遂入。遥闻琴声，步少停。有婢自内出，年约十四五，飘洒艳丽。睹阳，返身遽入。俄闻琴声歇，一少年出，讶问客所自来。阳具告之。转诘邦族，阳又告之。少年喜曰：“我姻亲也。”遂揖请入院。院中精舍华好，又闻琴声。既入舍，则一少妇危坐，朱弦方调，年可十八九，风采焕映。见客入，推琴欲逝。少年止之曰：“勿遁，此正卿家瓜葛。”因代溯所由。少妇曰：“是吾姪也。”因问其“祖母尚健否？父母年几何矣？”阳曰：“父母四十余，都各无恙；惟祖母六旬，得疾沉痼，一步履须人耳。姪实不省姑系何房，望祈明告，以便归述。”少妇曰：“道途辽阔，音问梗塞久矣。归时但告而父，‘十姑问讯矣’，渠自知之。”阳问：“姑丈何族？”少年曰：“海屿姓晏。此名神仙岛，离琼三千里，仆流寓亦不久也。”十娘趋入，使婢以酒食饷客，鲜蔬香美，亦不知其何名。

饭已，因与瞻眺，见园中桃杏含苞，颇以为怪。晏曰："此处夏无大暑，冬无大寒，花无断时。"阳喜曰："此乃仙乡。归告父母，可以移家作邻。"晏但微笑。

还斋炳烛，见琴横案上，请一聆其雅操。晏乃抚弦捻柱。十娘自内出，晏曰："来，来！卿为若侄鼓之。"十娘即坐，问侄："愿何闻？"阳曰："侄素不读《琴操》，实无所愿。"十娘曰："但随意命题，皆可成调。"阳笑曰："《海风引舟》，亦可作一调否？"十娘曰："可。"即按弦挑动，若有旧谱，意调崩腾；静会之，如身仍在舟中，为飓风之所摆簸。阳惊叹欲绝，问："可学否？"十娘授琴，试使勾拨，曰："可教也。欲何学？"曰："适所奏《飓风操》，不知可得几日学？请先录其曲，吟诵之。"十娘曰："此无文字，我以意谱之耳。"乃别取一琴，作勾剔之势，使阳效之。阳习至更余，音节粗合，夫妻始别去。

阳目注心凝，对烛自鼓；久之，顿得妙悟，不觉起舞。举首，忽见婢立灯下，惊曰："卿固犹未去耶？"婢笑曰："十姑命侍安寝，掩户移檠耳。"审顾之，秋水澄澄，意态媚绝。阳心动，微挑之；婢俯首含笑。阳益惑之，遽起挽颈。婢曰："勿尔！夜已四漏，主人将起，彼此有心，来宵未晚。"方狎抱间，闻晏唤"粉蝶"。婢作色曰："殆矣！"急奔而去。阳潜往听之。但闻晏曰："我固谓婢子尘缘未灭，汝必欲收录之。今如何矣？宜鞭三百！"十娘曰："此心一萌，不可给使，不如为吾侄遣之。"阳甚惭惧，返斋灭烛自寝。天明，有童子来侍盥沐，不复见粉蝶矣。心惴惴恐见谴逐。俄，晏与十娘并出，似无所介于怀，便考所业。阳为一鼓。十娘曰：“虽未入神，已得什九，肄熟可以臻妙。”阳复求别传。晏教以《天女谪降》之曲，指法拗折，习之三日，始能成曲。晏曰：“梗概已尽，此后但须熟耳。娴此两曲，琴中无梗调矣。”

阳颇忆家，告十娘曰：“吾居此，蒙姑抚养甚乐；顾家中悬念。离家三千里，何日可能还也！”十娘曰：“此即不难。故舟尚在，当助尔一帆风。子无家室，我已遣粉蝶矣。”乃赠以琴。又授以药，曰：“归医祖母，不惟却病，亦可延年。”遂送至海岸，俾登舟。阳觅楫，十娘曰：“无须此物。”因解裙作帆，为之萦系。阳虑迷途，十娘曰：“勿忧，但听帆漾耳。”系已，下舟。阳凄然，方欲拜别，而南风竞起，离岸已远矣。视舟中糗粮已具，然止足供一日之餐，心怨其吝。腹馁不敢多食，唯恐遽尽，但啖胡饼一枚，觉表里甘芳。余六七枚，珍而存之，即亦不复饥矣。俄见夕阳欲下，方悔来时未索膏烛。瞬息，遥见人烟；细审，则琼州也。喜极。旋已近岸，解裙裹饼而归。

入门，举家惊喜，盖离家已十六年矣，始知其遇仙。视祖母老病益惫；出药投之，沉痾立除。共怪问之，因述所见。祖母泫然曰：“是汝姑也。”初，老夫人有少女，名十娘，生有仙姿。许字晏氏。婿十六岁入山不返，十娘待至二十余，忽无疾自殂，葬已三十余年。闻旦言，共疑其未死。出其裙，则犹在家所素着也。饼分啖之，一枚终日不饥，而精神倍生。老夫人命发冢验视，则空棺存焉。

旦初聘吴氏女未娶，旦数年不还，遂他适。共信十娘言，以俟粉蝶之至；既而年余无音，始议他图。临邑钱秀才，有女名荷生，艳名远播。年十六，未嫁而三丧其婿。遂媒定之，涓吉成礼。既入门，光艳绝代。旦视之，则粉蝶也。惊问曩事，女茫乎不知。盖被逐时，即降生之辰也。每为之鼓《天女谪降》之操，辄支颐凝想，若有所会。

【译文】

阳曰旦，是广东琼州的读书人。偶然从别的郡里回家，在海上乘船，遇到飓风。船眼看就要翻了，忽然飘来一只空船，他急忙跳了上去。回头一看，原先船上的旅客全部沉没了。风愈来愈大，他只好闭上眼睛，听凭狂风把他吹到哪里去。不多一会儿，风停浪静。阳曰旦睁开眼睛，忽然看见一个岛屿，岛上房屋连绵相接。他把船划到岸边，一直走到村口。村子里寂静无声，他走走停停，很久听不到鸡鸣犬吠。看到一扇朝北的门，松竹掩映，时令已是初冬，院墙内不知是什么花，满树花蕾，心里喜爱，迟迟疑疑就走了进去。远远地传来琴声，他暂时停下了脚步。一个丫环从里面出来，年纪大约十四五岁，飘逸洒脱，艳丽非常。她看见了阳曰旦，回身急忙走了进去。很快琴声也停止了。有个青年走了出来，惊讶地询问客人从哪里来。阳曰旦据实告诉了他；又问起家乡、宗族，阳曰旦也一一作答。那青年高兴地说："是我的姻亲啊。"于是作揖请阳曰旦进院。院子里的房屋精美华丽，只听琴声又响起来了。走进屋子，一个少妇端坐在那里，正在调弄琴弦，年纪大约十八九岁，光彩照人。看到阳曰旦进来，推开琴就要离开。那青年止住她说："不必回避！这正是你家的亲人。"就代阳曰旦说了来历。少妇说："原来是我的侄子啊！"就问他："祖母还健康吗？父母多大年纪了？"阳曰旦说："父母四十多了，都没什么毛病；只是祖母年已六十，病得很重，走一步路都要人搀扶。侄儿实在不知姑母是族中哪一房，请明确告诉我，以便回去告诉。”少妇说：“路途遥远，音信阻隔得久了。回去只要告诉你父亲，就说‘十姑问他好’，他自然知道。”阳曰旦又问：“姑父的姓氏是什么？”青年说：“我姓晏，叫海屿。此地名神仙岛，离琼州三千里；我寄居此地的时间也不算太长。”十娘快步进屋，叫丫环拿酒饭款待客人。海鲜菜蔬，香美可口，也说不出是什么名称。

吃完饭，一起眺望自然风光。阳曰旦看到园中桃杏含苞待放，颇觉奇怪。晏海屿说：“这里夏天不热，冬天不冷，一年四季，花开不断。”阳曰旦欣喜地说：“这是仙境。回去转告父母，把家搬来，和你们为邻。”晏海屿只是微笑。

回到书斋，点上蜡烛，看见琴横在案上。阳曰旦请求聆听一曲雅奏。晏海屿于是抚拨琴弦，调正弦柱。十娘从里室出来，晏海屿说：“来，来！你为你侄子奏一曲吧。”十娘就座，问侄子：“愿听什么曲子？”阳曰旦说：“侄儿从来不读《琴操》，实在说不出喜爱的曲子来。”十娘说：“只要随意点个题，都能奏成曲调的。”阳曰旦笑道：“海风引舟，这也可奏成一曲吗？”十娘道：“可以。”就按弦拨挑，好像本来有谱的一样。曲调意境，奔腾澎湃，静心领会，仿佛依然置身小船中，被狂风急剧地颠簸着。阳曰旦惊叹至极，问道：“我可以学吗？”十娘把琴递给他，让他试着勾拨，说：“可以教的。你想学什么呢？”阳曰旦说：“刚才演奏的‘飓风曲’，不知要学几天？请你先把曲谱写下来，吟诵吟诵。”十娘道：“这曲子没有曲词，我只是根据意境谱的曲。”于是另拿一张琴，做出勾、挑等等手势，让他模仿。阳曰旦练到一更有余，音节大致符合，十娘夫妇方才离去。

阳曰旦眼不离琴，专心致志，对着烛光自演自奏。好久，突然悟出其中奥妙，不觉起身手舞足蹈起来。一抬头，忽见丫环站在灯下，吃惊地说：“你竟然还没有走吗？”丫环笑着说：“十姑吩咐，等你安睡以后，关门移灯呢。”阳曰旦仔细瞧那丫环，秋波似水，表情姿态妩媚极了。不觉心动，稍加挑逗。那丫环低头含笑。阳曰旦更加心迷神驰，一下子起身搂她的脖子。丫环说：“不要这样。都已四更天了，主人快要起床。你我有心，明天夜里不迟。”两人正在亲昵拥抱，听得晏海屿叫“粉蝶”。丫环变了脸色，说道：“坏了！”急忙跑出去。阳曰旦悄悄跟过去偷听，只听晏海屿说：“我早就说，这丫头的尘缘还没有消尽，你却一定要留下使用，现在看怎样了？应当抽她三百鞭子！”十娘说：“这种念头一经萌发，就不能再使唤了；不如为我侄儿打发她走吧。”阳曰旦既惭愧又害怕，回到卧室熄灯自睡。天亮了，有个僮儿前来侍候洗脸洗手，不再看见粉蝶了。心中惴惴不安，怕受到责骂驱逐。不一会儿，晏海屿和十娘一起出来，看样子似乎心中并无芥蒂，当下考查起阳曰旦的弹奏来。阳曰旦为他们弹奏一遍。十娘说：“虽然尚未入神，但十成已有九成，练熟就可以达到妙境了。”阳曰旦又请求学别的曲子。晏海屿便教他弹奏“天女谪降”之曲。这支曲指法别拗，练了三天才成曲调。晏海屿说：“大致就是这样，以后只需练练熟罢了。学会弹这两曲，便没有弹不下来的琴曲了。”

阳曰旦很想家，对十娘说：“我住在这里，承蒙姑妈抚养十分快乐；只是家中挂念。离家三千里，不知哪天才能回去！”十娘道：“这就不难了。你原先那条小船还在，我该助你一帆之风。你还没有成家，我已把粉蝶打发去了。”就赠给他一张琴，又给他药，说：“回去后给你祖母治病。这药不仅能够除病，还可以延年。”就送他到海岸边，让他上船。阳曰旦寻找船桨，十娘道：“不需要这东西。”于是解下裙子当作帆，替他系在船上。阳曰旦担心迷路，十娘说：“不必担忧，听凭帆船荡漾就是了。”十娘系好帆，走下船来。阳曰旦有点凄然，正想下拜道别，南风强劲地吹起来，船已离岸很远。看看船中，口粮已经备好，但只够一天的食用，暗暗埋怨十娘太吝啬。肚子饿了不敢多吃，生怕一下子光了，只吃了一块胡饼，觉得里外香甜。剩下六七个，珍重地收藏起来，就也不再感到饥饿了。不一会儿，看太阳就要下山，后悔来时没有要点儿灯油蜡烛。转眼间，远远望见人烟了，仔细看，正是琼州。他高兴已极。船很快靠岸，解下当船帆的裙子，用它包好胡饼，回家去了。

阳曰旦进了家门，全家又惊又喜，原来他离家已十六年了，现在才知道他遇到了神仙。看祖母既老且病，更加无力了。阳曰旦拿出药来给她吃，重病顷刻好了。大家都奇怪地问他，他就说了所见到的。祖母流泪说：“那确是你的姑妈！”当初，老夫人有个小女儿，名叫十娘，生下来就有一副仙姿，许配给晏家。女婿十六岁那年进山再没有回来。十娘等待到二十多岁，突然无病而死，葬下已经三十多年了。听了阳曰旦的叙述，大家都怀疑十娘并没有死。阳曰旦拿出裙子来，还是她在家时经常穿的。把胡饼分给大家吃了，只吃一块便终日不饥，而且精力倍增。老夫人叫人把十娘的坟墓掘开验看，只有一口空棺在里面。

阳曰旦当初聘了吴家的女儿还没完婚。他多年不归，那女子另嫁了别人。众人都相信十娘所说，等待粉蝶的到来。过了一年多没有消息，这才商量另作考虑。临高县钱秀才，有个女儿名叫荷生，艳丽远近闻名。年已十六，还没出嫁就已死掉三个未婚夫。阳家就派媒人前去提亲，选定吉日成婚。新娘进了门，真是光艳绝代。阳曰旦一看，原来正是粉蝶。惊奇地问她以前的事，她茫茫然一点也不知道。原来粉蝶被赶走之时，正是荷生降生之日。每当阳曰旦为她弹奏“天女谪降”之曲，她总是用手支着下巴，凝神静想，像有什么领会似的。

李檀斯

长山李檀斯，国学生也。其村中有媪走无常，谓人曰：“今夜与一人舁檀老投生淄川柏家庄一新门中，身躯重赘，几被压死。”时李方与客欢饮，悉以媪言为妄。至夜，无疾而卒。天明，如所言往问之，则其家夜生女矣。

【译文】

山东长山县的李檀斯，是国子监学生。他村子里有个老太婆据说会“走无常”，就是专门以活人之身为阴间服役奔走。她对人说：“今天夜里，我和一个人抬着檀老到淄川县柏家庄一家新门中去投生，身体沉重累人，几乎把我压死。”当时李檀斯正和客人兴高采烈地喝酒，大家都认为老太婆的话虚妄不可信。到了夜间，李檀斯无疾而死。天亮以后，按照老太婆所说的到那家去探问，他们家夜间生了一个女孩。

锦瑟

沂人王生，少孤，自为族。家清贫；然风标修洁，洒然裙屐少年也。富翁兰氏，见而悦之，妻以女，许为起屋治产。娶未几而翁死。妻兄弟鄙不齿数。妇尤骄倨，常佣奴其夫；自享馐馔，生至，则脱粟瓢饮，折稊为匕，置其前。王悉隐忍之。年十九，往应童子试，被黜。自郡中归，妇适不在室，釜中烹羊臛熟，就啖之。妇入，不语，移釜去。生大惭，抵箸地上，曰："所遭如此，不如死！"妇恚，问死期，即授索为自经之具。生忿投羹碗，败妇颡。生含愤出，自念良不如死，遂怀带入深壑。

至丛树下，方择枝系带，忽见土崖间，微露裙幅；瞬息，一婢出，睹生，急返，如影就灭，土壁亦无绽痕。固知妖异；然欲觅死，故无畏怖，释带坐觇之。少间，复露半面，一窥即缩去。念此鬼物，从之必有死乐。因抓石叩壁曰："地如可入，幸示一途！我非求欢，乃求死者。"久之，无声。生又言之。内云："求死请姑退，可以夜来。"音声清锐，细如游蜂。生曰："诺。"遂退以待夕。未几，星宿已繁，崖间忽成高第，静敞双扉。生拾级而入。才数武，有横流涌注，气类温泉。以手探之，热如沸汤；不知其深几许。疑即鬼神示以死所，遂踊身入。热透重衣，肤痛欲糜；幸浮不沉。泅没良久，热渐可忍，极力爬抓，始登南岸，一身幸不泡伤。行次，遥见夏屋中有灯火，趋之。有猛犬暴出，龁衣败袜。摸石以投，犬稍却。又有群犬要吠，皆大如犊。危急间，婢出叱退，曰："求死郎来耶？吾家娘子悯君厄穷，使妾送君入安乐窝，从此无灾矣。"挑灯导之。启后门，黯然行去。入一家，明烛射窗，曰："君自入，妾去矣。"

生入室四瞻，盖已入己家矣。反奔而出。遇妇所役老媪曰："终日相觅，又焉往！"反曳入。妇帕裹伤处，下床笑逆，曰："夫妻年余，狎谑顾不识耶？我知罪矣。君受虚诮，我被实伤，怒亦可以少解。"乃于床头取巨金二铤置生怀，曰："以后衣食，一唯君命，可乎？"生不语，抛金夺门而奔，仍将入壑，以叩高第之门。既至野，则婢行缓弱，挑灯犹遥望之。生急奔且呼，灯乃止。既至，婢曰："君又来，负娘子苦心矣。"生曰："我求死，不谋与卿复求活。娘子巨家，地下亦应需人。我愿服役，实不以有生为乐。"婢曰："乐死不如苦生，君设想何左也！吾家无他务，惟淘河、粪除、饲犬、负尸；作不如程，则刵耳、劓鼻、敲刖胫趾。君能之乎？"答曰："能之。"又入后门，生问："诸役何也？适言负尸，何处得如许死人？"婢曰："娘子慈悲，设'给孤园'收养九幽横死无归之鬼。鬼以千计，日有死亡，须负瘗之耳。请一过观之。"

移时，入一门，署"给孤园"。入，则屋宇错杂，秽臭熏人。园中鬼见烛群集，皆断头缺足，不堪入目。回首欲行，见尸横墙下；近视之，血肉狼籍。曰："半日未负，已被狗咋。”即使生移去之。生有难色。婢曰：“君如不能，请仍归享安乐。”生不得已，负置祕处。乃求婢缓颊，幸免尸污。婢诺。行近一舍，曰：“姑坐此，妾入言之。饲狗之役较轻，当代图之，庶几得当以报。”去少顷，奔出，曰：“来，来！娘子出矣。”生从入。见堂上笼烛四悬，有女郎近户坐，乃二十许天人也。生伏阶下。女郎命曳起之，曰：“此一儒生，乌能饲犬；可使居西堂，主簿。”生喜，伏谢。女曰：“汝似朴诚，可敬乃事。如有舛错，罪责不轻也！”生唯唯。婢导至西堂，见栋壁清洁，喜甚，谢婢。始问娘子官阀。婢曰：“小字锦瑟，东海薛侯女也。妾名春燕。旦夕所需，幸相闻。”婢去，旋以衣履衾褥来，置床上。生喜得所。黎明，早起视事，录鬼籍。一门仆役，尽来参谒，馈酒送脯甚多。生引嫌，悉却之。日两餐，皆自内出。娘子察其廉谨，特赐儒巾鲜衣。凡有赍赉，皆遣春燕。婢颇风格，既熟，颇以眉目送情。生斤斤自守，不敢少致差跌，但伪作骙钝。积二年余，赏给倍于常廪，而生谨抑如故。

一夜，方寝，闻内第喊噪。急起，捉刀出，见炬火光天。入窥之，则群盗充庭，厮仆骇窜。一仆促与偕遁，生不肯；涂面束腰，杂盗中呼曰：“勿惊薛娘子！但当分括财物，勿使遗漏。”时诸舍群贼方搜锦瑟不得，生知未为所获，潜入第后独觅之。遇一伏妪，始知女与春燕皆越墙矣。生亦过墙，见主婢伏于暗陬。生曰：“此处乌可自匿？”女曰：“吾不能复行矣！”生弃刀负之。奔二三里许，汗流竟体，始入深谷，释肩令坐。欻，一虎来。

生大骇，欲迎当之，虎已衔女。生急捉虎耳，极力伸臂入虎口，以代锦瑟。虎怒，释女，嚼生臂，脆然有声。臂断落地，虎亦返去。女泣曰："苦汝矣！苦汝矣！"生忙遽未知痛楚，但觉血溢如水，使婢裂衿裹断处。女止之，俯觅断臂，自为续之；乃裹之。东方渐白，始缓步归。登堂如墟。

天既明，仆媪始渐集。女亲诣西堂，问生所苦。解裹，则臂骨已续；又出药糁其创，始去。由此益重生，使一切享用，悉与己等。臂愈，女置酒内室以劳之。赐之坐，三让而后隅坐。女举爵如让宾客。久之，曰："妾身已附君体，意欲效楚王女之于臣建。但无媒，羞自荐耳。"生惶恐曰："某受恩重，杀身不足酬。所为非分，惧遭雷殛，不敢从命。苟怜无室，赐婢已过。"

一日，女长姊瑶台至，四十许佳人也。至夕，招生入，瑶台命坐，曰："我千里来，为妹主婚，今夕可配君子。"生又起辞。瑶台遽命酒，使两人易盏。生固辞，瑶台夺易之。生乃伏地谢罪，受饮之。瑶台出，女曰："实告君：妾乃仙姬，以罪被谪。自愿居地下，收养冤魂，以赎帝谴。适遭天魔之劫，遂与君有附体之缘。远邀大姊来，固主婚嫁，亦使代摄家政，以便从君归耳。"生起敬曰："地下最乐！某家有悍妇；且屋宇隘陋，势不能容委曲以共其生。"女笑曰："不妨。"既醉归寝，欢恋臻至。过数日，谓生曰："冥会不可长，请郎归。君干理家事毕，妾当自至。"以马授生，启扉自出，壁复合矣。

生骑马入村，村人尽骇。至家门，则高庐焕映矣。

先是，生去，妻召两兄至，将棰楚报之；至暮，不归，始去。或于沟中得生履，疑其已死。既而年余无耗。有陕中贾某，媒通兰氏，遂就生第与妇合。半年中，修建连亘。贾出经商，又买妾归，自此不安其室。贾亦恒数月不归。生讯得其故，怒，系马而入。见旧媪，媪惊伏地。生叱骂久，使导诣妇所，寻之已遁；既于舍后得之，已自经死。遂使人舁归兰氏。呼妾出，年十八九，风致亦佳，遂与寝处。贾托村人，求反其妾，妾哀号不肯去。生乃具状，将讼其霸产占妻之罪。贾不敢复言，收肆西去。

方疑锦瑟负约；一夕，正与妾饮，则车马叩门而女至矣。女但留春燕，余即遣归。入室，妾朝拜之。女曰："此有宜男相，可以代妾苦矣。"即赐以锦裳珠饰。妾拜受，立侍之；女挽坐，言笑甚欢。久之，曰："我醉欲眠！"生亦解履登床，妾始出；入房，则生卧榻上；异而反窥之，烛已灭矣。生无夜不宿妾室。一夜，妾起，潜窥女所，则生及女方共笑语。大怪之。急反告生，则床上无人矣。天明，阴告生；生亦不自知，但觉时留女所、时寄妾宿耳。生嘱隐其异。久之，婢亦私生，女若不知之。婢忽临蓐难产，但呼"娘子"。女入，胎即下；举之，男也。为断脐置婢怀，笑曰："婢子勿复尔！业多，则割爱难矣。"自此，婢不复产。妾出五男二女。居三十年，女时返其家，往来皆以夜。一日，携婢去，不复来。生年八十，忽携老仆夜出，亦不返。

【译文】

山东沂水人王生，自幼父母双亡，族中只有他一人。他家境贫寒，但人品美好，像贵家子弟一样潇洒。有个姓兰的富翁，见到他很喜欢，把女儿嫁给他，答应为他造房屋置产业。结婚不久，老翁死去。妻子的兄弟都瞧不起他。妻子兰氏尤其骄气十足，经常把他当作奴仆使唤；自己享用精美的食物，王生来了，就用粗糙的小米烧饭，用瓢给他喝水，折稗草杆子当筷子调羹放在他面前。王生都默默忍受。王生十九岁时，到县里参加童生考试，不幸落榜。他从县城回来，妻子正好不在屋里，锅子里燉的羊肉羹熟了，就吃起来。兰氏进来，一言不发，把锅子端了就走。王生一时惭愧莫名，把筷子丢在地上，说道："遭受这样的屈辱，倒不如死了的好！"妻子生气了，问他什么时候去死，就递给他一条绳子，作为他上吊之用。王生怒不可遏，把肉羹碗掷过去，砸伤了兰氏的额角。他满含愤怒走出家门，自己在想，实在不如一死了之。于是揣着绳子走进深山。

来到一丛树下，正在选择树枝系绳，忽见土崖中微微露出女人的裙边来，转眼间，一个丫环闪了出来，看见王生，又急忙转身回去，像影子一样消失了，土崖上也不见裂痕。王生固然知道这是妖怪，但是想要寻死，所以也不害怕，放下绳子坐在那里看。过了一会儿，士崖中又露出半个脸来，张望一下立即缩了回去。王生心里想，跟随这个鬼怪，一定会有死后的乐趣。于是抓起石头，敲着崖壁，说道："如果地下可以进去，万望指示我一条路！我不是要向你求欢，我是来寻死的。"好久没有声音。王生又重新说了一遍。只听崖壁里答道："寻死暂请回去，晚上再来。"声音清脆，像飞着的蜂子那么轻微。王生说："好吧。"就退离土崖，等待天黑。不久，夜幕降临，繁星满天，土崖之间忽然出现一座高大的宅第，两扇大门静静地敞开着。王生踏着阶梯进去。才走几步，面前横着一条流水，水流很急，热气腾腾，好像温泉。王生用手试了试，热得像沸水一样，也不知有多深。他以为这可能就是鬼神指示给他的葬身之处，于是纵身跳了下去。只觉得热气穿透层层衣服，皮肤灼痛得几乎要糜烂一样；所幸身子浮着不沉下去。漂浮了好久，水温逐渐可以忍受了，便竭力扑蹬，方才爬上南岸，浑身上下，幸好没被烫伤。行走间，远远望见高屋中亮着灯火，快步走去。突然窜出一只凶狗，上来咬他的衣服，撕破了袜子。他摸到一块石头砸过去，狗稍稍后退。又有一群狗拦在半路狂吠，都像牛犊般大。正在危急之际，那丫环出来叱退群狗，说道："寻死郎来了？我家娘子可怜你贫穷困厄，要我送你进'安乐窝'，从此就无灾无难了。"说罢，挑灯领着王生，打开后门，在昏暗之中走去。走进一户人家，明烛照耀着窗户；丫环说："你自己进去，我走了。"

王生进屋四下里一看，原来已经回到自己家里了。转身跑了出去。遇到兰氏使唤的老佣妇说："整天在找你，又要到哪里去？"把他拖回屋里。兰氏用手帕裹着伤口，下床笑脸相迎，说道："做了一年多的夫妻，难道你连开玩笑都不懂吗？我已经知道错了。你受嘲笑是虚的；我被打伤是实的，你的怒气也可以消掉一些了。"就从床头取出两大锭黄金，放在王生怀里，说："今后穿什么吃什么全凭你作主，可以了吧？"王生一言不发，丢下金子，夺门跑了出来，仍想再进深山，去敲开那高大宅第的门。到了野地里，那丫环步子小，走路慢，挑着灯，还能远远地看到她。王生急忙奔上去，一边喊叫，那灯才停下了。王生跑到跟前，丫环说："你又来，辜负了我家娘子的一片苦心了。"王生说："我只求死去，不打算向你求活路。你家娘子是富贵人家，黄泉之下也该要人服侍的，我愿意干点活，实在不认为活着有什么乐趣可言。"丫环道："常言说'好死不如恶活'，你的想法为什么和别人如此不同呀！我们府中，除了挖河泥，除杂稗，喂狗，背尸而外，没有别的活计可干。如果做得不合格，要割耳朵，削鼻子，敲断腿骨，你能行吗？"王生说："能行。"又进了后门，王生问："这些差使是怎么回事？刚才你说要背尸，哪儿来的这么多死尸呢？"婢女说："我家娘子慈悲，设了一个'给孤园'，收养地下那些不该死而死、死后又无处可去的冤鬼。这些冤鬼数以千计，每天都有死去的，需要人背了去埋葬。你不妨过去看看。"

过了一会儿，走进一座门，上面写着"给孤园"。进得园来，只见房屋错落，脏臭熏人。园中的鬼看见烛光，一起围拢上来，一个个都是断头缺脚，不堪入目。王生回头想走，看到有尸首横在墙下；走近一瞧，一片血肉模糊。丫环说："半天没背，已经被狗啃了。”就叫王生把残尸背出去。王生面有难色。丫环说：“如果你干不了，请仍旧回去享受安乐吧！”王生迫不得已，背着放到隐蔽处。就求婢女替他说说好话，希望不受尸体污染。丫环答应了。走到一栋屋子前，丫环说：“你在这里稍坐会儿，我进去说。养狗的活儿比较轻些，我要替你求这份差使，也许可以报答你的请求了。”丫环去了不一会儿，跑出来说：“快来，快来，娘子出来了。”王生跟她进去，只见堂上灯笼四处高挂，近门处坐着一个二十来岁的女郎，美若天仙。王生俯伏阶下。女郎命人扶起，说：“这是一个书生，怎能去养狗？可以让他住在西堂掌管簿册。”王生大喜，伏地谢恩。女郎说：“你像是个老实人，要尽心做好这事。如有差错，罪责不轻！”王生满口应承。丫环带他到西堂，只见室内很干净，高兴极了，谢过了丫环。这才问起女郎的官位。丫环说：“我家娘子小名锦瑟，是东海薛侯的女儿；我叫春燕。早晚有什么需要，只管告诉我就是了。”丫环去了，很快拿来衣服鞋子和被褥，放在床上。王生欣慰自己有了安身之处。黎明，他很早就起来办理公务，登录鬼籍。家中仆役都来拜见，赠酒送肉的很多。王生怕涉嫌，一律谢绝。一日两餐，都是内府送来。锦瑟见他廉洁谨慎，特地赐给他儒巾和鲜亮的衣服。凡有赏赐，都派春燕送来。那丫环也颇有风姿，同王生混熟以后，她常眉目送情，而王生却拘谨自守，不敢稍犯过错，只是假装痴呆。这样过了两年多，锦瑟对王生的赏赐比常规薪俸多了一倍，而王生依然像以往那样谦虚谨慎。

一天晚上，他刚刚上床要睡。忽听内院里人声嘈杂，急忙起身，拿起一把刀走出来，只见火光照亮了天空。进去一看，庭院中满是强盗，仆从差役都吓得四处逃窜。一个仆人催王生一道逃走，王生不肯，把脸涂黑，紧了紧腰带，混入强盗群中喊道：“不要惊动薛娘子！咱们只要分头搜括财物，别漏掉就是了。”这时群贼正在各屋中搜查锦瑟，没有找到，王生知道锦瑟并未落入贼手，就偷偷到宅后去找。遇见一个躲着的老妇人，才知道锦瑟和春燕都已翻过墙头跑了。王生也过了墙，看到主婢二人正伏在暗角落里。王生说：“这里怎能躲得住？”锦瑟说：“我实在走不动，不能再走了！”王生丢下刀，背起锦瑟，奔了有二三里路，王生浑身是汗，才进了一处深谷，放下锦瑟，让她坐下。忽然间，窜出一只猛虎。王生大惊，想迎上前去抵挡，老虎已经衔着锦瑟。王生连忙抓住老虎的耳朵，竭力把自己的手臂伸进虎口，替下锦瑟来。老虎发怒，放下锦瑟，啃王生的手臂，脆然一声，手臂断落在地，老虎也转身走了。锦瑟哭着说："让你受苦了！让你受苦了！"王生忙乱中没感到疼痛，只觉得血流如注，让春燕撕下一块衣襟包扎断的地方。锦瑟制止，俯下身寻找断臂，亲自替王生接上，方才包扎起来。东方渐渐发白，才慢慢走回来。登堂一看，如同废墟。

天色大亮，仆人们才渐渐聚集。锦瑟亲到西堂，慰问王生的伤痛。解开包扎，臂骨已经接上了。锦瑟又拿出药来敷在创口上，这才离去。从此，更加器重王生，使他一切享用，都和自己一样。王生臂伤痊愈，锦瑟在内室设酒宴慰问。赐给他座位，王生谦让再三，方才在案角旁坐下。锦瑟举杯相劝，如同招待贵宾一般。捱了许久，锦瑟对王生说："我身子已经挨着过你的肉体，因此打算效法春秋时楚王的妹子季芊，因大臣钟建背着她逃难，而下嫁钟建的故事，和你结婚，只是没有媒人，毛遂自荐，太难为情了。"王生惶恐地说："我受大恩，杀身不足以报答，做非分的事，怕遭雷击，不敢从命。如果可怜我没有家室，赏赐我一个丫环已经过份了。"

一天，锦瑟的大姐瑶台来了，是个四十多岁的美丽女人。到晚上，把王生唤进去，叫他坐下说："我不远千里而来，为妹妹主婚。今晚可以让她嫁给你。"王生又起身辞谢。瑶台立即下令摆上酒来，让两个人喝交杯酒。王生一再推辞，瑶台夺过他的酒杯与锦瑟相互交换。王生于是伏俯在地谢罪，接过酒杯将酒喝了。瑶台出去了，锦瑟说："实话告诉你，我是仙女，因获罪被谪。我自愿到地下居住，收养冤魂，用来赎天帝的谴责。正遭到天魔星之劫，与你有身体相挨的缘分。我从远方把大姐请来，一则为我主婚，二则请她替我代理家政，以便随你还家。"王生起身致敬，说道："地下最快乐。我家有悍妇，而且房屋简陋狭隘，势不能让你忍受屈辱和她共同生活。"锦瑟笑道："不妨。"夫妻二人已经微醉，于是上床，备极爱恋之欢。过了几天，锦瑟对王生说："阴间相聚不可以长久，请你回去。等你把家务料理完毕，我自会到来。"牵了一匹马给王生，王生开门出来，土崖重新合拢。

王生骑马进村，村里人都感到惊骇。到家门前，一座高屋焕然映现。原来，王生离开后，他妻子把两个哥哥找来，准备把王生痛打一顿报复。到晚上不见回来，两个哥哥才走。有人在山沟中捡到王生的鞋子，怀疑他死了。过了一年多没有消息。有个陕西商人，派媒人来向兰氏提亲，就在王生家里和兰氏结了婚。半年中新屋接连盖了好几幢。商人外出经商，又买了个小妾回来，从此兰氏就不安分起来，那商人也经常几个月不回家。王生得知始末，怒气冲天，拴好马，走进家中。遇到原先服侍兰氏的老佣妇，老佣妇惊得匍匐在地。王生责骂了好一阵，叫领着到兰氏房里去，寻她已经逃开了；后来在房子后面找到她，已经上吊死了。王生叫人把她抬回兰家。又把商人买的小妾叫出来，十八九岁年纪，风姿也不错，就和她一起睡。商人托村里人，要求把小妾还给他，那小妾却哀哭不肯去。王生写了状子，要告商人霸产占妻之罪。商人不敢再说什么，收拾打点回陕西去了。

王生正疑心锦瑟负约，一天晚上，和小妾饮酒时，忽听有车马来，停下敲门，原来是锦瑟到了。锦瑟只留下春燕一人，其余仆从仍旧遣回。到了内室，小妾过来拜见。锦瑟说："看她相貌，会生儿子，可以替代我的生育之苦了。"当即赐给她丝绸衣裳和珍珠首饰。小妾拜过收下，站立一旁侍候。锦瑟拉她坐下，和她说说笑笑，十分欢洽。过了好一会儿，锦瑟说："我吃醉了，想睡觉了。"王生也脱鞋上床，小妾方才退出。进自己房间，发现王生睡在床上，深感奇怪而回上房去看，烛火已经熄了。王生没有一夜不在小妾那儿过夜。一天夜里，小妾起身悄悄到上房察看，见王生正和锦瑟在一起欢笑谈话，大觉蹊跷。急忙回房告诉王生，床上已没有人了。天亮以后，小妾暗暗把昨晚的情况告诉王生，王生自己也不明白是怎么一回事，只是觉得有时留在锦瑟那里，有时宿在小妾那儿而已。王生嘱咐小妾不要把这奇事告诉他人。时间长了，春燕也和王生有了私情，锦瑟好像不知道此事似的，不闻不问。不久，春燕分娩，胎儿难产，春燕只是连声呼叫"娘子"。锦瑟一进屋，胎儿就生了下来。抱起一看，是个男婴。她给婴儿断了脐带，把他放到春燕怀中，笑着说："丫头，不要再这样了！俗缘太多，情丝就难以割断了。"从此春燕再没有怀孕。小妾倒是生了五男二女。住了三十年，锦瑟常常回家，来去都在夜间。一天，锦瑟带着春燕去了，再没有回来。王生活到八十多岁，忽然带着老仆人夜间出走，也没有回来。

太 原 狱

太原有民家，姑妇皆寡。姑中年，不能自洁，村无赖频频就之。妇不善其行，阴于门户墙垣阻拒之。姑惭，借端出妇；妇不去，颇有勃谿。姑益恚，反相诬，告诸官。

官问奸夫姓名。媪曰："夜来宵去，实不知其阿谁，鞫妇自知。"因唤妇。妇果知之，而以奸情归媪，苦相抵。拘无赖至，又哗辨："两无所私。彼姑妇不相能，故妄言相诋毁耳。"官曰："一村百人，何独诬汝？"重笞之。无赖叩乞免责，自认与妇通。械妇，妇终不承。逐去之。妇忿告宪院，仍如前，久不决。

时淄邑孙进士柳下令临晋，推折狱才，遂下其案于临晋。人犯到，公略讯一过，寄监讫，便命隶人备砖石刀锥，质明听用。共疑曰："严刑自有桎梏，何将以非刑折狱耶？"不解其意，姑备之。

明日，升堂，问知诸具已备，命悉置堂上。乃唤犯者，又一一略鞫之。乃谓姑妇："此事亦不必甚求清析。淫妇虽未定，而奸夫则确。汝家本清门，不过一时为匪人所诱，罪全在某。堂上刀石具在，可自取击杀之。"姑妇趑趄，恐邂逅抵偿。公曰："无虑，有我在。"于是媪妇并起，掇石交投。妇衔恨已久，两手举巨石，恨不即立毙之；媪惟以小石击臀腿而已。又命用刀。妇把刀贯胸膺，媪犹逡巡未下。公止之曰："淫妇我知之矣。"命执媪严梏之，遂得其情。笞无赖三十，其案始结。

附记：公一日遣役催租，租户他出，妇应之。役不得贿，拘妇至。公怒曰："男子自有归时，何得扰人家室！"遂笞役，遣妇去。乃命匠多备手械，以备敲比。明日，合邑传颂公仁。欠赋者闻之，皆使妻出应，公尽拘而械之。余尝谓：孙公才非所短；然如得其情，则喜而不暇哀矜矣。

【译文】

山西太原县有一户人家，婆媳二人都是寡妇。婆婆正在中年，不能洁身自好，村中有个无赖经常到她那里厮混。媳妇看不起她的行为，暗中在门口或墙边阻挡那无赖前来。婆婆感到羞愧，借故要把媳妇赶走；媳妇不去，很有点家庭纷争。婆婆更加恼怒，反诬媳妇行为不轨，告到官府里去。

县官问奸夫的姓名，婆婆说："那奸夫夜里来夜里去，实在不知道是谁，审问媳妇自然就会知道了。"把媳妇叫来，媳妇果然知道，但说通奸的是婆婆。婆媳两人相互指责，相持不下。县官把那无赖抓来，无赖又大声抗辩道："两下里我都没有私通的事，只因她们婆媳不和，所以才胡说八道诽谤我。"县官说："一个村子里上百人，为何独独诬赖你？"吩咐重打。那无赖磕头求饶免打，承认和媳妇通奸。县官给媳妇上了镣铐，媳妇始终拒不承认，最后把她赶走了事。媳妇忿忿向府里控告，仍然像县里一样，案子久久不能了结。

当时，淄川进士孙柳下到山西临晋县做县令。他被公认为有断案才能，府里就将此案下到临晋县审理。人犯俱到，孙公大致讯问了一下，便关押在监中。随即叫皂隶们准备好砖头、石块、刀、锥等物，第二天天明时要用。大家都迷惑不解，说："要用严刑，有的是脚镣手铐等等，为什么使用不是刑具的东西断案呢?”猜不透县令是什么用意，姑且做好了准备。

第二天，孙公升堂，问明几样东西都已准备好，便吩咐都放在大堂上。于是传唤人犯，又一一略加讯问。就对婆媳二人说：“此事不必再刨根究底了。淫妇虽然没有确定，奸夫则确切无疑的。你们原是清白人家，不过一时被坏人诱惑，罪责全在那无赖身上。现在，大堂上刀石都在，可以自己去拿，把奸夫打死。”婆媳俩踌躇不敢向前，生怕弄不好要抵命。孙公说：“不必担心，有我在呢!”于是婆媳都站起来，拿起石块一起向无赖砸去。媳妇久怀愤恨，双手举起大块石头，恨不得一下子把他砸死；婆婆只用小石头向他臀部和大腿投击。孙公又命令她们用刀。媳妇持刀直捅他胸口，婆婆则犹犹豫豫下不了手。孙公制止了她们，说道：“我已经知道淫妇是谁了。”命人将婆婆严加拘禁，就得知了实情。把无赖打了三十板子，这个案件才了结。

附记：有一天，孙公派遣差役去催租。租户户主到别处去了，他的妻子出来应付。差役没有得到贿赂，把那女人抓了来。孙公发怒说：“男人自有回来的时候，你怎么可以侵扰人家的家属!”就用板子打了差役，把女人放了回去。同时又叫工匠多准备手铐，以备限期追讨欠租的需要。第二天，全县都在传颂孙公仁爱。欠租的人听说，都叫妻子出头应付，孙公把她们全都抓来铐了起来。我曾经说过：孙公所短缺的不是才能。不过就这件事来说，如果了解了其中原委，倒是要赞同他的做法，而不会去想到哀怜受刑者的。

新 郑 讼

长山石进士宗玉，为新郑令。适有远客张某，经商于外，因病思归，不能骑步，赁手车一辆，携赀五千，两夫挽载以行。至新郑，两夫往市饮食，张守赀独卧车中。有某甲过，睨之，见旁无人。夺赀去。张不能御，力疾起，遥尾缀之，入一村中；又从之，入一门内。张不敢入，但自短垣窥觇之。

甲释所负，回首见窥者，怒执为贼，缚见石公，因言情状。问张，备述其冤。公以无质实，叱去之。二人下，皆以官无皂白。公置若不闻。颇忆甲久有逋赋，遣役严追之。逾日，即以银三两投纳。石公问金所自来。甲云："质衣鬻物。"皆指名以实之。石公遣役令视纳税人，有与甲同村者否。适甲邻人在，唤入问之："汝既为某甲近邻，金所从来，尔当知之。"邻曰："不知。"公曰："邻家不知，其来暧昧。"甲惧，顾邻曰："我质某物、鬻某器，汝岂不知？"邻急曰："然，固有之矣。"公怒曰："尔必与甲同盗，非刑询不可！"命取梏械。邻人惧曰："吾以邻故，不敢招怨；今刑及己身，何讳乎。彼实劫张某钱所市也。"遂释之。时张以丧赀未归，乃责甲押偿之。此亦见石之能实心为政也。

异史氏曰：石公为诸生时，恂恂雅饬，意其人翰苑则优，簿书则诎。乃一行作吏，神君之名，噪于河朔。谁谓文章无经济哉！故志之以风有位者。

【译文】

山东长山县进士石宗玉，做了河南新郑县的县令。正巧有个远方人张某，经商在外，因为生病想回家乡，但他不能骑马，不能步行，租了一辆手推车，随身带了五千钱，由两个车夫拉着走了。走到新郑，两个车夫到集市中去吃饭，张某守着钱，独自躺在车上。有某甲走过，斜着眼瞄了一下，见旁边没人，抢了钱就走。张某抵挡不住，竭力支撑着病体起来，远远跟在后面，进一个村子，再跟下去，某甲走进一扇门里，张某不敢进去，只从院子的矮墙上往里偷看。

某甲放下背着的东西，回头看见有人偷看，怒气冲冲把张某当贼捉起来，绑着去见县令石公，就把情况说了一遍。石公问张某，张某详细讲了自己的冤屈。石公因为没有真凭实据，把两人叱责一顿就打发走了。两人退下，都说当官的不分黑白。石公只当没有听见。他想起某甲长期拖欠税款，便派遣差役严行追讨。过了一天，就交上来三两银子。石县令问他银子的来处，某甲说："是当衣服卖东西得来的。"还一一说出当了什么衣服，卖了什么物品，以证实自己的话。石公便叫差役去看纳税人中是否有和某甲同村的人。正巧某甲的邻居在，就唤来问道："你是某甲的近邻。他的银子哪里来，你是应该知道的。"那邻人回答说："不知道。"石公说："连邻居都不知道，这银子来路不明。"某甲害怕了，朝邻居看看说："我当了什么，卖了什么，你难道不知道吗?"那邻居急忙说："是的，确有这么一回事。"石公怒道："你一定和某甲同伙作案，非用刑不可!"命人拿了镣铐刑具来。邻人害怕了，说道："我因为和他是邻居，不敢招怨。现在，刑罚要上我身了，还隐瞒什么呢?他确实是抢劫了张某的钱换来的。"石公就把他放了。这时，张某因钱被抢走，还没有回家。石公就责令某甲画押偿还。从这件事上可以看出，石公是能够实心实意办理政务的。

异史氏说：石公在当秀才时，温文儒雅，有人认为他只适于担任文学清要之职；当不好处理具体事务的地方官员。而一经做官，神君的美名，就响遍了黄河以北广大地区。谁说文章不能经邦济世呢！因而记下此事，用以感化那些有官位的人。

李象先

李象先，寿光之闻人也。前世为某寺执爨僧，无疾而化。魂出栖坊上，下见市上行人，皆有火光出颠上，盖体中阳气也。夜既昏，念坊上不可久居，但诸舍暗黑，不知所之。唯一家灯火犹明，飘赴之。及门，则身已婴儿。母乳之。见乳恐惧；腹不胜饥，闭目强吮。逾三月余，即不复乳；乳之，则惊惧而啼。母以米瀋间枣栗哺之，得长成。是为象先。儿时至某寺，见寺僧，皆能呼其名。至老犹畏乳。

异史氏曰：象先学问渊博，海岱清士。子早贵，身仅以文学终，此佛家所谓福业未修者耶？弟亦名士。生有隐疾，数月始一动；动时急起，不顾宾客，自外呼而入，于是婢媪尽避；使及门复痿，则不入室而反。兄弟皆奇人也。

【译文】

李象先，是山东寿光县里的出名人物。他前世是某寺庙的烧火和尚，无疾而亡。他的灵魂离开躯体飘止在牌坊之上，俯视集市上的行人，都有火光从每个人头顶上冒出来，这就是人们身体中的阳气。夜色已经昏暗，他想想牌坊上不能久留，但所有房屋又都漆黑一片，不知到哪里去才好。只有一家灯还亮着，就向那家飘去。到门，自己的身子已经变成婴儿了。母亲喂他吃奶，但他看到乳房就怕。腹中不胜饥饿，只得闭上眼睛勉强吮吸。过了三个多月，就不再吃奶了。每次给他喂奶，他就惊怕啼哭。母亲改用米汁外加枣子栗子喂他，才得以长大成人。这个人就是李象先。他幼时到原先烧火的庙中去，见到庙里的和尚，都能叫出他们的名字来。一直到老，他仍然怕人奶。

异史氏说：李象先学问渊博，是泰山到东海一带的高洁之士。他儿子少年得志，早就显贵了，但本人则只做到教官。这难道是佛家所说福业未修的缘故吗？他弟弟也是名士，患有阳痿的隐疾，几个月才有一次功能。每当这时他就急忙起身，不顾宾客在座，从外面叫喊着跑进去，丫环女佣全都躲开。假如跑到门口又仍旧萎缩下来，便不进内室，折转回去。兄弟两人都是奇人！

房　文　淑

开封邓成德，游学至兖，寓败寺中，佣为造齿籍者缮写。岁暮，僚役各归家，邓独炊庙中。黎明，有少妇叩门而入，艳绝，至佛前焚香叩拜而去。次日，又如之。至夜，邓起挑灯，适有所作，女至益早。邓曰："来何早也?"女曰："明则人杂，故不如夜。太早，又恐扰君清睡。适望见灯光，知君已起，故至耳。"生戏曰："寺中无人，寄宿可免奔波。"女哂曰："寺中无人，君是鬼耶?"邓见其可狎，俟拜毕，曳坐求欢。女曰："佛前岂可作此。身无片椽，尚作妄想!"

邓固求不已。女曰："去此三十里某村，有六七童子，延师未就。君往访李前川，可以得之。托言携有家室，令别给一舍，妾便为君执炊，此长策也。"邓虑事发获罪。女曰："无妨。妾房氏，小名文淑，并无亲属，恒终岁寄居舅家，有谁知。"邓喜。既别女，即至某村，谒见李前川，谋果遂。约岁前即携家至。既反，告女。女约候于途中。邓告别同党，借骑而去。女果待于半途，乃下骑，以辔授女，御之而行。至斋，相得甚欢。

积六七年，居然琴瑟，并无追逋逃者。女忽生一子。邓以妻不育，得之甚喜，名曰"兖生"。女曰："伪配终难作真。妾将辞君而去，又生此累人物何为!"邓曰："命好，倘得余钱，拟与卿遁归乡里，何出此言?"女曰："多谢，多谢!我不能胁肩谄笑，仰大妇眉睫，为人作乳媪，呱呱者难堪也！”邓代妻明不妒，女亦不言。月余，邓解馆，谋与前川子同出经商。告女曰：“我思先生设帐，必无富有之期。今学负贩，庶有归时。”女亦不答。至夜，女忽抱子起。邓问：“何作？”女曰：“妾欲去。”邓急起，追问之，门未启，而女已杳。骇极，始悟其非人也。邓以形迹可疑，故亦不敢告人，托之归宁而已。

初，邓离家，与妻娄约，年终必返；既而数年无音，传其已死。兄以其无子，欲改醮之。娄更以三年为期，日惟以纺绩自给。一日，既暮，往扃外户，一女子掩入，怀中绷儿，曰：“自母家归，适晚。知姊独居，故求寄宿。”娄内之。至房中，视之，二十余丽者也。喜与共榻，同弄其儿，儿白如瓠。叹曰：“未亡人遂无此物！”女曰：“我正嫌其累人，即嗣为姊后，何如？”娄曰：“无论娘子不忍割爱；即忍之，妾亦无乳能活之也。”女曰：“不难。当儿生时，患无乳，饮药半剂而效。今余药尚存，即以奉赠。”遂出一裹，置窗间。娄漫应之，未遽怪也。既寝，及醒呼之，则儿在而女已启门去矣。骇极。日向辰，儿啼饥。娄不得已，饵其药，移时湩流，遂哺儿。积年余，儿渐丰肥，渐学语言，爱之不啻己出。由是再醮之心遂绝。但早起抱儿，不能操作谋衣食，益窘。

一日，女忽至。娄恐其索儿，先问其不谋而去之罪，后叙其鞠养之苦。女笑曰：“姊告诉艰难，我遂置儿不索耶？”遂招儿。儿啼入娄怀。女曰：“犊子不认其母矣！此百金不能易，可将金来，署立券保。”娄以为真，颜作赧。女笑曰："姊勿惧，妾来正为儿也。别后虑姊无豢养之资，因多方措十余金来。"乃出金授娄。娄恐受其金，索儿有词，坚却之。女置床上，出门径去。抱子追之，其去已远，呼亦不顾。疑其意恶。然得金，少权子母，家以饶足。

又三年，邓贾有赢余，治装归。方共慰藉，睹儿问谁氏子。妻告以故。问："何名？"曰："渠母呼之兖生。"生惊曰："此真吾子也！"问其时日，即夜别之日。邓乃历叙与房文淑离合之情，益共欣慰。犹望女至，而终渺矣。

【译文】

河南开封人邓成德，游学到兖州，住在一所破庙里，受雇为造户口册子的人抄写。年底，官吏差役各自回家去了，邓成德独自一人在庙中烧饭。一清早，有个少妇敲门进来，模样儿艳丽无比，走到佛像前烧香叩头就走了。第二天又这样。到夜里，邓成德起身挑灯，正要做点什么，那女子来得更早。邓成德说道："你怎么来得这样早呀？"那女子说："白天人多嘈杂，所以不如夜里。来得太早，又怕打扰你的睡眠。刚才看见灯光，知道你已起床，所以来了。"邓成德开玩笑说道："庙里没人，借住在这里可以免得来回奔波。"女子微微一笑说："庙里没人，难道你是鬼吗？"邓成德见她可以亲昵，等她磕完头，便拉她坐下来求欢。女子说："佛前怎能做这种事！光杆儿一个连一片瓦一根椽子也没有，还要妄想！"

邓成德一再要求个没完，那女子说："离此地三十里某村，有六七个小孩，要请教师还没成；你去找李前川，可以得到这份工作。你就借口带有家眷，让他另外给你找一间屋子，我就去替你烧饭。这才是久远之计。"邓成德怕事情败露了要犯罪，女子说："不碍事。我姓房，名文淑，并没有亲人，常终年寄住在舅舅家。有谁知道呢！”邓成德很高兴。和房文淑分手之后，立即到某村拜见李前川，计划果然成功了。说好年前就带家眷到那儿。邓成德回来告诉房文淑，房文淑约定在路上等他。邓成德告别同事，借了一匹马走了。房文淑果然在半路上等候。邓成德下了马，将缰绳递给她，让她骑着马走。到学馆，两个人相得甚欢。

六七年中，俨然如同夫妇，并没有人追捕潜逃者。房文淑忽然生了一个儿子。邓成德因妻子一直不生育，现在有了儿子，十分高兴，给儿子取名叫“兖生”。房文淑说：“假夫妻终久难当真，我将要别你而去，又生这个拖累人的东西做什么！”邓成德说：“如果命运好，有了富余的钱，打算和你一同悄悄地回家乡呢！怎么说出这种话来?”房文淑说：“多谢，多谢！我不能耸起肩膀，装出笑容讨好人，仰你大老婆的鼻息，为人作奶妈，这叫呱呱啼哭的孩子也感到难堪！”邓成德替他妻子说明她不嫉妒，房文淑默不作声。过了一个多月，邓成德辞馆不干了，打算和李前川的儿子一同去经商。他对房文淑说：“我想，靠教书永远没有富有的一天；现在去学做生意，也许可能回家有期了。”房文淑也不作答。到夜间，她忽然抱着孩子起身。邓成德问：“你要干什么?”房文淑说：“我想走。”邓成德急忙起来追问，门没有开，房文淑已经不见了。他害怕极了，这才明白她不是凡人。因为房文淑突然失踪，形迹可疑，所以也不敢告诉别人，只说她回娘家去了。

当初，邓成德离家外出时，曾和妻子娄氏约定年底一定回家。后来好几年没有音信，传说他已经死了。娄氏的哥哥因为娄氏没有子息，打算让她再嫁。娄氏又以三年为期，每天只靠纺纱织布养活自己。一天天黑以后，她去关大门，一个女子闪身进来，怀里抱着一个襁褓中的婴儿，说：“我从娘家回来，不巧天晚了。听说姐姐一人独居，所以前来求宿。”娄氏接纳了她。到屋里一看，是一个二十多岁的美人儿，高兴地和她同榻而眠，一起逗她的小孩。这孩子白胖像瓠瓜一般。娄氏叹息说：“我这守寡的人就没有这样可爱的孩子！”女子说道：“我正嫌这孩子累人，就把他送给姐姐做后代，怎么样?”娄氏说道：“慢说你不忍割爱，即使舍得，我也没有奶水养活他呀！”女子说：“这个不难。孩子刚生下时，我也愁着没有奶水，后来只吃了半帖药，奶水就有了。现在剩下的药还在，就送给你吧。”就拿出一个纸包，放在窗子里边。娄氏漫不经意地答应了一声，没马上感到奇怪。睡下后，一觉醒来，叫那女子，婴儿还在而女子已开门走了。娄氏害怕极了。早上，孩子饿得哭了。娄氏不得已，将药吃了下去，过了一会，奶水就流出来了。就给婴儿哺乳。这样有一年多，小孩渐渐丰润肥胖，开始牙牙学语，娄氏疼爱如同亲生的一样。从此，再嫁的念头也断绝了。只是早上起来要抱孩子，无法干活糊口，家计更加困难了。

一天，那女子忽然来了。娄氏怕她讨回孩子，先问她一个不告而去之罪，又诉说喂养孩子的辛苦。那女子笑道：“难道姐姐诉说艰难，我就把孩子放着不讨了吗？”说着用手招招小孩，孩子哭着跑到娄氏怀里去了。女子说：“小牛犊不认母亲了。这个孩子一百两银子也买不到；可以拿出钱来，写一个字据卖给你。”娄氏信以为真，脸一下子红了。女子笑了，说道：“姐姐不要害怕，我来正是为了孩子。分别以后，想着姐姐没有抚养孩子的钱，因而多方设法，弄到十几两银子来。”于是拿出银子来交给娄氏。娄氏恐怕收了她的银子，讨回孩子更有理由了，因而坚决拒绝。那女子放在床上，出门径自走了。娄氏抱着孩子追她，走得已经远了，喊她也不回头。类氏怀疑那女子存心不良，但得了银子，多少生点利息，家用由是富足了。

又过了三年，邓成德经商赚了钱，打点行装回家。夫妻俩正在相互安慰，邓成德看见小孩，问是谁家的孩子。娄氏告诉他缘故。邓成德问：“孩子叫什么名字？”妻子说：“他母亲叫他‘兖生’。”邓成德惊奇地说：“这确实是我的儿子呀！”问来的日子，就是夜间分手的那天。邓成德于是一一叙述了他和房文淑悲欢离合的经过，夫妻更加欣慰。还盼望房文淑再来，却始终不见影子了。

秦桧

青州冯中堂家，杀一豕，焊去毛鬣，肉内有字云：

“秦桧七世身。”烹而啖之，其肉臭恶，因投诸犬。呜呼！桧之肉，恐犬亦不当食之矣！

闻益都人说：中堂之祖，前身在宋朝为桧所害，故生平最敬岳武穆。于青州城北通衢傍建岳王殿，秦桧、万俟卨伏跪地下。往来行人瞻礼岳王，则投石桧、卨，香火不绝。后大兵征于七之年，冯氏子孙毁岳王像。数里外，有俗祠“子孙娘娘”，因舁桧、卨其中，使朝跪焉。百世下，必有杜十姨、伍髭须之误，甚可笑也。

又青州城内，旧有澹臺子羽祠。当魏璫烜赫时，世家中有媚之者，就子羽毁冠去须，改作魏监。此亦骇人听闻者也。

【译文】

山东青州冯中堂家，杀一口猪，用开水烫去猪毛猪鬃，肉上有字：“秦桧七世身。”煮了吃，肉有恶臭，于是丢给狗吃。唉！秦桧的肉，恐怕狗也不会吃的！

听山东益都人说：冯中堂的祖父，前世在宋朝被秦桧杀害，所以生平最敬重岳飞。在青州城北通衢大道旁建造了岳王殿，秦桧、万俟卨跪在地下。往来行人瞻仰岳王，就向这两个坏蛋的塑像扔石子。香火终年不绝。后来大兵征讨于七农民起义军那年，冯家子孙把岳王的塑像毁坏了。几里外有座民间俗祀“子孙娘娘”庙，就把秦桧、万俟卨的塑像抬到那里去，让两个坏家伙跪着朝拜。世代一久，必然有误“杜拾遗”为“杜十姨”、误“伍子胥”为“伍髭须”一类的情况出现，太可笑了。

还有，青州城里以前有孔子弟子澹台灭明的祠庙。当太监魏忠贤权势显赫时，官宦人家中有巴结他的，就把澹台灭明塑像的冠去掉，胡须拔掉，改作魏忠贤的像。这也是骇人听闻的事。

浙 东 生

浙东生房某，客于陕，教授生徒。尝以胆力自诩。一夜，裸卧，忽有毛物从空堕下，击胸有声；觉大如犬，气咻咻然，四足挠动。大惧，欲起；物以两足扑倒之，恐极而死。经一时许，觉有人以尖物穿鼻，大嚏，乃苏。见室中灯火荧荧，床边坐一美人，笑曰："好男子！胆气固如此耶！"生知为狐，益惧。女渐与戏，胆始放，遂共狎暱。积半年，如琴瑟之好。一日，女卧床头，生潜以猎网蒙之。女醒，不敢动，但哀乞。生笑不前。女忽化白气，从床下出，恚曰："终非好相识！可送我去。"以手曳之，身不觉自行。出门，凌空翕飞。食顷，女释手，生晕然坠落。

适世家园中有虎阱，揉木为圈，结绳作网，以覆其口。生坠网上，网为之侧；以腹受网，身半倒悬。下视，虎蹲阱中，仰见卧人，跃上，近不盈尺，心胆俱碎。园丁来饲虎，见而怪之。扶上，已死；移时，始渐苏，备言其故。其地乃浙界，离家止四百余里矣。主人赠以赀遣归。归告人："虽得两次死，然非狐则贫不能归也。"

【译文】

浙东一个姓房的书生，客居陕西，教授生徒。经常自夸胆量过人。一夜，他光身躺着，忽然有个毛茸茸的东西从空中落下，砰地打在胸上；觉得像狗那么大，气喘吁吁，四只脚乱挠乱动。房生害怕极了，想要起来，那东西用两只脚把他扑倒。吓得他昏死过去了。过了大约一个时辰，房生觉得有人用一个尖的东西戳他的鼻孔，他打了个大喷嚏，苏醒过来。只见室内灯光闪烁，床边坐着一个美人，笑着说："好男儿！难道胆量竟这样吗?"房生知道是狐精，更加害怕。那美女渐渐和他调戏，房生这才放开胆，就一起亲昵。有半年之久，像夫妻那样和好。一天，女子躺在床头，房生悄悄地用打猎的网把她蒙住。女子醒来，不敢动弹，只是哀求。房生只管嬉笑，就是不上前。那女子忽地化作一团白气，从床下冲出来，忿恨地说道："到底不是好交情，你可以送我走了。"用手拉住房生，房生不由自主跟着走，出门以后，两人腾空齐飞。大约一顿饭的功夫，女子放开手，房生晕乎乎坠落下来。

正巧，某显贵人家花园内有个捕捉老虎的陷阱，弯木做圈，结绳为网，盖住陷阱口。房生掉在网上；网被打歪，房生肚子贴在网上，身子有一半倒挂着。往下一看，老虎蹲在阱底，抬头看见挂着的人，向上蹿跳，爪子离身不满一尺，房生吓得心胆俱裂。园丁来喂老虎，看见他觉得奇怪。把他扶上地面，已昏死过去了。好一会，才渐渐苏醒，详述了事情的经过。这地方已是浙江地界，离他老家只有四百余里了。主人赠给他一些盘缠，让他回家。

房生回家对人说："我虽然死去两次，但若不是狐狸，我将穷得没法回家。"

博　兴　女

博兴民王某，有女及笄。势豪某窥其姿，伺女出，掠去，无知者。至家逼淫，女号嘶撑拒，某缢杀之。门外故有深渊，遂以石系尸，沉其中。王觅女不得，计无所施。天忽雨，雷电绕豪家，霹雳一声，龙下攫豪首去。天晴，渊中女尸浮出，一手捉人头，审视，则豪头也。

官知，鞫其家人，始得其情。龙其女之所化与？不然，何以能尔也？奇哉！

【译文】

山东博兴县一个姓王的平民，有个女儿，已到十五芳龄。当地一个有势力的豪绅，垂涎她的姿色，趁女子外出把她抢去，没有外人知道。抢到家要强奸，少女拼命喊叫，抗拒不依，豪绅勒死了她。门外本有个深水坑，就用石头系在少女尸体上，沉入坑中。王某四处寻找不到女儿，也没有办法可想。忽然天降大雨，雷电围绕豪绅家转，霹雳一声，一条龙从天而降，攫取了豪绅的头颅而去。雨过天晴，深水坑里的女尸漂浮起来，一只手抓住一个人头；仔细一看，正是那豪绅的头颅。官府知道了这事，审问豪绅的家人，才知道事情的真相。难道那条龙就是少女的化身吗？否则，怎么能这样呢？奇怪！

一　员　官

济南同知吴公，刚正不阿。时有陋规，凡贪墨者，亏空犯赃罪，上官辄庇之，以赃分摊属僚，无敢梗者。以命公，不受；强之不得，怒加叱骂。公亦恶声还报之，曰："某官虽微，亦受君命。可以参处，不可以骂詈也！要死便死，不能损朝廷之禄，代人偿枉法赃耳！"上官乃改颜温慰之。人皆言斯世不可以行直道；人自无直道耳，何反咎斯世之不可行哉！会高苑有穆情怀者，狐附之，辄慷慨与人谈论，音响在座上，但不见其人。适至郡，宾客谈次，或诘之曰："仙固无不知，请问郡中官共几员？"应声答曰："一员。"共笑之。复诘其故，曰："通郡官僚虽七十有二，其实可称为官者，吴同知一人而已。”

是时泰安知州张公，人以其木强，号之“橛子”。凡贵官大僚登岱者，夫马兜舆之类，需索烦多，州民苦于供亿。公一切罢之。或索羊豕，公曰：“我即一羊也，一豕也，请杀之以犒驺从。”大僚亦无奈之。公自远宦，别妻子者十二年。初莅泰安，夫人及公子自都中来省之，相见甚欢。逾六七日，夫人从容曰：“君尘甑犹昔，何老悖不念子孙耶？”公怒；大骂，呼杖，逼夫人伏受。公子覆母号泣，求代。公横施挞楚，乃已。夫人即偕公子命驾归，矢曰：“渠即死于是，吾亦不复来矣！”逾年，公卒。此不可谓非今之强项令也。然以久离之琴瑟，何至以一言而躁怒至此，岂人情哉！而威福能行于床第，事更奇于鬼神矣。

【译文】

山东济南府同知吴公，为人刚正不阿。当时有一种陋俗：凡贪污的人，亏空公款犯了赃罪，上级总要庇护他，把赃款分摊给下属来偿还，没有敢违抗的。这一套施加在吴公身上时，吴公不接受；强迫他也不行，就对他怒骂。吴公也恶言还报，说：“我吴某官职虽然卑微，也是朝廷命官。可以弹劾处分我，不可以辱骂我！要死便死，我不能剋减朝廷的俸禄来替别人偿还枉法的赃款。”上级官员就改换了一副面孔，温和地安慰他。人们往往都说现今这个世道不可以走直路；其实这些人自身没有走直路，怎么能埋怨这个世道不可以走直路呢！山东高苑县有个叫穆情怀的，狐精附在他身上，往往激昂慷慨地与人谈论，声音从座位上发出，却是不见其人。正巧他到县里去，在与宾客交谈时，有人问：“神仙没有不知道的事。请问我们府中共有几个官员？”应声回答说：“一员。”大家一齐笑起来。又问为什么，那狐仙说："全府大小官僚虽然有七十二，其实真正可以称作官的，只有吴同知一人而已。"

当时，山东泰安知州张公，人们因他性格质直刚强，给他起个外号叫"橛子"。凡是贵官大僚登泰山的，伕子、马匹、便轿、车子之类，需要向当地索取的东西名目繁多，当地百姓苦于供给。张公把这类供应都一概免除。有时来人索取猪羊，张公说："我就是一只羊、一只猪，请把我宰了去犒赏马伕、仆从吧。"大官对他也无可奈何。张公自从远离家乡做官，和妻子儿女分别十二年。初到泰安就任，夫人和公子从京城来探望，相见甚欢。过了六七天，夫人慢声细语地说："你两袖清风还像过去一样，怎么老糊涂了，连子孙也不顾了吗？"张公发怒，大骂，叫人拿板子来，逼夫人伏在地上挨打。公子用身体掩护母亲，号哭着请求代替母亲受罚。张公横加鞭打，才罢。夫人就同公子叫人驾车回去，发誓说："哪怕他死在这里，我也不再来了！"过了一年，张公死去。像张公这种人，不能不把他称之为今天的倔犟官员。但是，夫妻长期分居，何至于为了一句闲话就如此暴躁动怒，这难道合乎人情吗？能在夫妻之间作威作福，事情比鬼神更使人惊奇了。

丐　　仙

高玉成，故家子，居金城之广里。善针灸，不择贫富辄医之。里中来一丐者，胫有废疮，卧于道，脓血狼籍，臭不可近。居人恐其死，日一饴之。高见而怜焉，遣人扶归，置于耳舍。家人恶其臭，掩鼻遥立。高出艾亲为之灸，日饷以疏食。数日，丐者索汤饼。仆人怒诃之。高闻，即命仆赐以汤饼。未几，又乞酒肉。仆走告曰："乞人可笑之甚！方其卧于道也，日求一餐不可得；今三饭犹嫌粗粝，既与汤饼，又乞酒肉。此等贪饕，只宜仍弃之道上耳！”高问其疮，曰：“痂渐脱落，似能步履，顾假咿嚘作呻楚状。”高曰：“所费几何！即以酒肉馈之，待其健，或不吾仇也。”仆伪诺之，而竟不与；且与诸曹偶语，共笑主人痴。

次日，高亲诣视丐，丐跛而起，谢曰：“蒙君高义，生死人而肉白骨，惠深覆载。但新瘥未健，妄思馋嚼耳。”高知前命不行，呼仆痛笞之，立命持酒炙饵丐者。仆衔之，夜分，纵火焚耳舍，乃故呼号。高起视，舍已烬，叹曰：“丐者休矣！”督众救灭。见丐者酣卧火中，齁声雷动。唤之起，故惊曰：“屋何往？”群始惊其异。高弥重之，卧以客舍，衣以新衣，日与同坐处。问其姓名，自言：“陈九。”居数日，容益光泽，言论多风格。又善手谈，高与对局，辄败；乃日从之学，颇得其奥秘。如此半年，丐者不言去，高亦一时少之不乐也。即有贵客来，亦必偕之同饮。或掷骰为令，陈每代高呼采，雉卢无不如意。高大奇之。每求作剧，辄辞不知。

一日，语高曰：“我欲告别。向受君惠且深，今薄设相邀，勿以人从也。”高曰：“相得甚欢，何遽诀绝？且君杖头空虚，亦不敢烦作东道主。”陈固邀之曰：“杯酒耳，亦无所费。”高曰：“何处？”答云：“园中。”时方严冬，高虑园亭苦寒。陈固言：“不妨。”乃从如园中。觉气候顿暖，似三月初。又至亭中，益暖。异鸟成群，乱哢清咮，仿佛暮春时。亭中几案，皆镶以瑙玉。有一水晶屏，莹澈可鉴：中有花树摇曳，开落不一；又有白禽似雪，往来句辀于其上。以手抚之，殊无一物。高愕然良久。

坐，见鸲鹆栖架上，呼曰："茶来！"俄见朝阳丹凤，衔一赤玉盘，上有玻璃盏二，盛香茗，伸颈屹立。饮已，置盏其中，凤衔之，振翼而去。鸲鹆又呼曰："酒来！"即有青鸾黄鹤，翩翩自日中来，衔壶衔杯，纷置案上。顷之，则诸鸟进馔，往来无停翅；珍错杂陈，瞬息满案，肴香酒洌，都非常品。陈见高饮甚豪，乃曰："君宏量，是得大爵。"鸲鹆又呼曰："取大爵来！"忽见日边烱烱，有巨蝶攫鹦鹉杯，受斗许，翔集案间。高视蝶大于雁，两翼绰约，文采灿丽，亟加赞叹。陈唤曰："蝶子劝酒！"蝶展然一飞，化为丽人，绣衣翩跹，前而进酒。陈曰："不可无以佐觞。"女乃仙仙而舞。舞到酣际，足离于地者尺余，辄仰折其首，直与足齐，倒翻身而起立，身未尝着于尘埃。且歌曰：

连翩笑语踏芳丛，低亚花枝拂面红。
曲折不知金钿落，更随蝴蝶过篱东。

余音嫋嫋，不啻绕梁。高大喜，拉与同饮。陈命之坐，亦饮之酒。高酒后，心摇意动，遽起狎抱。视之，则变为夜叉，睛突于眥，牙出于喙，黑肉凹凸，怪恶不可状。高惊释手，伏几战栗。陈以箸击其喙，诃曰："速去！"随击而化，又为蝴蝶，飘然飏去。

高惊定，辞出。见月色如洗，漫语陈曰："君旨酒嘉肴，来自空中，君家当在天上。盍携故人一游？"陈曰："可。"即与携手跃起。遂觉身在空冥，渐与天近。见有高门，口圆如井，入则光明似昼。阶路皆苍石砌成，滑洁无纤翳。有大树一株，高数丈；上开赤花，大如莲，纷纭满树。下一女子，捣绛红之衣于砧上，艳丽无双。高木立睛停，竟忘行步。女子见之，怒曰："何处狂郎，妄来此处！"辄以杵投之，中其背。陈急曳于虚所，切责之。高被杵，酒亦顿醒，殊觉汗愧。乃从陈出，有白云接于足下。陈曰："从此别矣。有所嘱，慎志勿忘：君寿不永，明日速避西山中，当可免。"高欲挽之，反身竟去。高觉云渐低，身落园中，则景物大非。归与妻子言，共相骇异。视衣上着杵处，异红如锦，有奇香。

早起从陈言，裹粮入山。大雾障天，茫茫然不辨径路。蹑荒急奔，忽失足，堕云窟中，觉深不可测；而身幸不损。定醒良久，仰见云气如笼。乃自叹曰："仙人令我逃避，大数终不能免，何时出此窟耶！"又坐移时，见深处隐隐有光，遂起而渐入，则别有天地。有三老方对弈，见高至，亦不顾问，棋不辍。高蹲而观焉。局终，敛子入盒，方问客何得至此。高言："迷堕失路。"老者曰："此非人间，不宜久淹。我送君归。"乃导至窟下，觉云气拥之以升，遂履平地。见山中树色深黄，萧萧木落，似是秋杪。大惊曰："我以冬来，何变暮秋？"奔赴家中，妻子尽惊，相聚而泣。高讶问之，妻曰："君去三年不返，皆以为异物矣。"高曰："异哉！才顷刻耳。"于腰中出其糗粮，已若灰烬。相与诧异。妻曰："君行后，我梦二人皂衣闪带，似谇赋者，汹汹然入室张顾，曰：'彼何往？'我诃之曰：'彼已外出。尔即官差，何得入闺闼中！’二人乃出，且行且语，云‘怪事怪事’而去。”乃悟己所遇者，仙也；妻所梦者，鬼也。高每对客，衷杵衣于内，满座皆闻其香，非麝非兰，着汗弥盛。

【译文】

高玉成是官宦人家的子弟，住在金城（今甘肃兰州）广里，善于针灸，不管贫富，都给以治疗。坊里来了一个乞丐，小腿上长了个恶疮，躺在路旁，连脓带血，一片模糊，臭得使人没法靠近。居民怕他死去，每天喂他一点。高玉成看到后可怜他，派人扶回来，安置在偏屋里。家里人厌恶他臭，捂着鼻子远远站着。高玉成拿出艾绒为他针灸，每天给他粗饭吃。过了几天，乞丐讨吃馄饨；仆人怒冲冲呵斥他。高玉成听到后，立即教仆人拿馄饨给他吃。不几天，乞丐又求酒肉，仆人走来报告说：“这乞丐可笑到极点了！当初他躺在路旁，每天求一餐饭都得不到；如今一日三餐还嫌不好；给了馄饨，又要酒肉。这种贪得无厌的人，只该仍旧丢到路旁去才罢！”高玉成问他的疮怎样了，仆人说道：“痂逐渐脱落，看来好像也能走动了，但还是假意哼哼唧唧，装出痛苦的样子。”高玉成说：“这能破费多少？就拿酒肉送给他吃，等他康复了，或许不至于仇恨我。”仆人假意答应，实际并不去给；而且和同伴在一起谈论，异口同声笑主人傻。

第二天，高玉成亲自去看乞丐。那乞丐瘸着腿站起来，致谢道：“承你深情厚意，使垂死的人复生，枯骨上长出新肉，恩德之深，可比天地。只是我这恶疮刚好，健康尚未复原，竟妄想馋嚼一顿呢。”高玉成知道上次的吩咐没有执行，把仆人叫来痛加责打，立即命令他拿着酒肉给那乞丐吃。仆人怀恨在心，半夜放火焚烧乞丐住的偏屋，又故意大声叫喊。高玉成起来看，房子已烧成一片灰烬，叹息着说：“乞丐完了！”督促众人把火扑灭。见那乞丐在余火中睡得正沉，鼾声如雷。喊他起来，他故意吃惊地说：“房子哪里去了？”众人这才惊异乞丐的不同寻常。高玉成对乞丐更加看重，让他睡在客房里，给他更换新衣，每天和他伴守在一起。问他姓名，自称“陈九”。住了几天，陈九容光越来越焕发，言谈很有风度和特色。又擅长下围棋，高玉成和他对弈，每每败下阵来；于是就每天跟他学，很学到一些奥妙。这样过了半年，陈九不说走，高玉成也觉得一时半刻少了陈九就没乐趣。即使家中来了贵客，高玉成也必定邀请他一同宴饮。有时席间掷骰行令，陈九常替高玉成吆喝彩头，点数无不如意。高玉成大为惊奇。每请他表演一些玩意儿，他总推辞说一窍不通。

一天，陈九对高玉成说："我想告辞了。一向受你恩惠，非同寻常，今天备薄酒一席请你，不要带别人来。"高说："我们相处得很快活，为什么忽然诀别？而且你囊空如洗，我也不敢让你作东道主。"陈九坚持邀请说："一杯酒费不了几文钱。"高玉成又问："在哪里？"陈九说："就在你花园里。"那时正是严冬，高玉成担心花园里太冷，陈九坚持说："没有关系。"高玉成就跟他到花园里，觉得气候顿时暖和了，好像农历三月初的样子。又到亭子里，更觉温暖。奇鸟成群，唧啾乱鸣，仿佛暮春时节。亭中大小桌子，都用玛瑙白玉镶嵌。有一座水晶屏风，晶莹纯澈，能照见人影；屏风里有一丛丛花树摇曳，花朵或开或落；又有雪一般白的鸟，在花树上来回跳跃鸣叫。用手抚摸屏风，却什么也没有。高玉成惊愣了好久。

坐下以后，看到一只八哥站在架上，叫道："拿茶来！"很快就见一只朝阳的丹凤，衔了一只红玉盘子，上面放两只玻璃杯，盛着香茶，伸长脖子一动不动地站着。用过茶，将杯子放在盘中，凤凰又衔着鼓翅飞走了。八哥又叫："拿酒来！"就有青鸾和黄鹤从太阳中翩翩飞来，衔着酒壶酒杯，纷纷安放在桌上。一会儿，好些鸟儿送上菜肴，来来去去双翅不停，山珍海味一一陈列，转眼摆满了一桌。菜香酒醇，都不是寻常的东西。陈九看高玉成酒量很大，就说："你是海量，应当用大杯。"那八哥又连声叫道："拿大杯来！"忽然看见天际远处，闪闪有光，一只大蝴蝶抓着鹦鹉杯，好装一斗左右，飞来停到桌子间。高玉成看那蝴蝶比大雁还大，双翅柔美，花纹艳丽，赞叹不已。陈九呼唤道："蝶子劝酒！"那蝴蝶展翅一飞，变成一个美女，绣花衣裳轻扬飘逸，上前劝酒。陈九又说："不能空劝酒呀！"那女子就翩翩起舞，舞到酣畅时，脚离地一尺多，头仰起向后折，几乎和脚相接，腾空倒翻起立，身上不沾一点尘土。一边歌唱道："连翩笑语踏花丛，高低花枝拂面红，曲折不知金钗落，又随蝴蝶过篱东。"余音悠扬，真可以说是绕梁不去。高玉成大喜，就拉那女子一同饮酒。陈九叫女子坐下，也给她酒吃。高玉成酒力上来，意动心摇，突然起来亲昵地拥抱那女子。一看，那女子竟变成了一个夜叉，眼球突出在眼眶外，牙齿裸露在嘴边，一身疙疙瘩瘩的黑肉，丑陋可怕得无法形容。高玉成吃惊地放开手，伏在几上发抖。陈九用筷子敲打那夜叉的尖嘴，大声呵斥："快走!"随着陈九的一击，夜叉又化为蝴蝶，飘然飞去。

高玉成惊魂已定，告辞而出，只见亭外月色如水，随口对陈九说道："你的美酒佳肴，来自空中，想来你的家也必定在天上，何不带老朋友去一游?"陈九说："可以。"就拉着他的手一跃而起。高玉成只觉得身在空中，渐渐与天相近。看到一座高门，入口形圆像一口井。一走进去明亮如同白昼。台阶道路，一律青石铺成，平滑光洁，绝无一丝暗痕。有一棵几丈高的大树，满树盛开一朵朵红花，有莲花般大。树下一个女子，正在石砧上捣洗大红衣服，艳丽无比。高玉成呆呆地站在那儿，目不转睛看她，竟忘记了举步。那女子见了，满面怒容说："哪里的疯男人，竟大胆来到这里!"说着便用捣衣棒掷过来，击中了高玉成的脊背。陈九急忙将他拉到没人处。狠狠责备他。高玉成挨了一棒，酒也顿时醒了，格外感到羞惭。就跟着陈九出来，有朵白云在脚下托着。陈九说："从此别了。有句话嘱咐你，你千万记住，不要忘了：你寿命不长，明天赶快躲到西山里去，可免一死。"高玉成想拉住他，陈九反身就走了。高玉成觉得脚下的云头慢慢下降，最后身子落在自己的花园中。园中景物和刚才宴饮时已大不相同了。回到屋里，跟妻子说了，两人都觉惊奇。看看衣服上被棒击中的地方，异样的红艳像是锦缎，还有一种奇特的香气。

第二天，高玉成一大早起身，遵照陈九所说，背着干粮进西山。大雾迷漫，茫茫然看不清路，踩着荒地急急奔走，忽然失足掉进一个布满云气的窟窿，只觉得它深不可测，幸而没摔坏了身体。坐定清醒过来好久，抬头只见云气笼罩，不禁叹息道："仙人叫我逃避灾难，天数终究不能幸免，什么时候出这个窟窿!"又坐了一段时间，看见深处隐隐约约有光亮，就起身慢慢走进去，原来里面别有洞天。有三个老人正在下棋，看见高玉成到来，也不理睬，下子不停。高玉成蹲在一旁观看。一局棋完了，把棋子收入盒内，老人这才询问高玉成如何会到这里来。高玉成回答说："迷茫中跌了下来，迷了路。"老人说："这里不是人间，不可久留，让我送你回去。"就领他到那窟窿下边，高玉成觉得自己被云气拥托着向上升起，就到达了地面。只见山中树色深黄，树叶纷纷落下，像是晚秋时节，不胜惊异说："我是冬季来的，怎么变成了深秋？"急忙跑到家中，妻子儿女都吃了一惊，聚在一起哭起来。高玉成奇怪了，问怎么回事，妻子说："你一去三年不回来，我们都认为你已经死了。"高玉成说："真怪，只不过一小会儿嘛。"从腰中取出干粮，已经像灰土一样了，互相诧异不止。妻子又说："你走了以后，我梦见两个人穿着黑衣，腰带闪闪发光，像是催缴赋税的，喧喧嚷嚷到屋里张望，说：'他到哪里去了？'我呵斥他们道：'他已经外出。你们即便是官差，怎么可以随便进妇女居住的内室呢！'那两个人就出去了，一面走一面说'怪事怪事'而去。"高玉成才明白自己遇到的是神仙，妻子梦到的是鬼卒。

高玉成每招待来客，就把那件被棒击中的衣服穿在里面，满座都闻到它的香气，不像麝香，也不像兰馨，如果沾上汗水，就更加浓郁。

人　妖

马生万宝者，东昌人，疏狂不羁。妻田氏，亦放诞风流。伉俪甚敦。有女子来，寄居邻人寡媪家，言为翁姑所虐，暂出亡。其缝纫绝巧，便为媪操作。媪喜而留之。逾数日，自言能于宵分按摩，愈女子瘵蛊。媪常至生家，游扬其术，田亦未尝着意。生一日于墙隙窥见女，年十八九已来，颇风格，心窃好之。私与妻谋，托疾以招之。媪先来，就榻抚问已，言："蒙娘子招，便将来。

但渠畏见男子，请勿以郎君入。”妻曰：“家中无广舍，渠侬时复出入，可复奈何？”已又沉思曰：“晚间西村阿舅家招渠饮，即嘱令勿归，亦大易。”媪诺而去。妻与生用拔赵帜易汉帜计，笑而行之。

日曛黑，媪引女子至，曰：“郎君晚回家否？”田曰：“不回矣。”女子喜曰：“如此方好。”数语，媪别去。田便燃烛，展衾，让女先上床，己亦脱衣隐烛。忽曰：“几忘却，厨舍门未关，防狗子偷吃也。”便下床，启门易生。生窸窣入，上床与女共枕卧。女颤声曰：“我为娘子医清恙也。”间以昵辞，生不语。女即抚生腹，渐至脐下，停手不摩，遽探其私，触腕崩腾。女惊怖之状，不啻误捉蛇蝎，急起欲遁。生沮之。以手入其股际，则擂垂盈掬，亦伟器也。大骇，呼火。生妻谓事决裂，急燃灯至，欲为调停。则见女投地乞命。羞惧，趋出。

生诘之，云是谷城人王二喜。以兄大喜为桑冲门人，因得转传其术。又问：“玷几人矣？”曰：“身出行道不久，只得十六人耳。”生以其行可诛，思欲告郡；而怜其美，遂反接而宫之。血溢陨绝，食顷复苏。卧之榻，覆之衾，而嘱曰：“我以药医汝，创痏平，从我终焉可也；不然，事发不赦！”王诺之。

明日，媪来，生绐之曰：“伊是我表侄女王二姐也。以天阉为夫家所逐，夜为我家言其由，始知之。忽小不康，将为市药饵，兼请诸其家，留与荆人作伴。”媪入室视王，见其面色败如尘土。即榻问之。曰：“隐所暴肿，恐是恶疽。”媪信之，去。生饵以汤，糁以散，日就平复。夜辄引与狎处；早起，则为田提汲补缀，洒扫执炊，如媵婢然。

居无何，桑冲伏诛，同恶者七人并弃市；惟二喜漏网，檄各属严缉。村人窃共疑之；集村媪隔裳而探其隐，群疑乃释。王自是德生，遂从马以终焉。后卒，即葬府西马氏墓侧，今依稀在焉。

异史氏曰：马万宝可云善于用人者矣。儿童喜蟹可把玩，而又畏其钳，因断其钳而畜之。呜呼！苟得此意，以治天下可也。

【译文】

书生马万宝，山东东昌府（今聊城市）人，生性狂放不受拘束。妻子田氏，也放荡风流。夫妻俩感情深厚。有个女子来寄居在邻家守寡的老太婆家，自称遭受公婆虐待，暂时出逃的。她缝纫极为精巧，替老太婆做些家务，老太婆很高兴，就把她留下来了。过了几天，她自称能在半夜按摩，医治妇女疑难病症。老太婆常到马家来，宣扬她的本领，田氏也不曾放在心上。

一天，马生从墙缝中窥见了那女子，看年纪也不过十八九岁，颇有几分风姿，心中暗自喜爱。和妻子密商，假称田氏有病叫那女子来。老太婆先来，在田氏床前慰问罢，说："承蒙娘子招待，那女子一会儿就来。只是她怕见男人，请你别让你丈夫进屋。"田氏说："我家房子小，他不时要走进走出，这可怎么好？"说罢，又沉思说："今晚西村舅舅家请他喝酒，就嘱咐他不要回来，也很容易。"老太婆答应着回去了。田氏和丈夫用的是"调包"计，两人笑着去进行了。

天黑以后，老太婆领那女子来了，说："你丈夫晚上回来吗？"田氏说："不回来了。"那女子高兴地说："这样才好。"说了几句，老太婆告辞回去了。田氏就点上蜡烛，铺开被褥，让女子先上床，然后自己也脱了衣裳，熄灭蜡烛。忽然说道："几乎忘记了，厨房门还没有关呢，要防狗偷吃东西。”便下床，开房门换马生。马生轻手轻脚，窸窸窣窣地走进屋来，上床和女子共枕睡下。那女子颤声说：“我来为娘子医身上的病了。”乘间用轻薄话挑逗，马生一声不响。那女子便抚摩马生的腹部，渐次到脐下，停手不再按摩，突然伸手探摸马生阴部，一下碰到个活蹦乱跳的玩意儿。那女子惊恐之状，同误捉了毒蛇螫蝎一样，急忙起身要逃。马生不让她动，把手伸进她大腿之间，竟累垂抓了满把，也是个粗大的东西。马生大吃一惊，呼叫快拿灯来。马生的妻子以为事情败裂，急忙点灯进来，想为他们调停，却看到那“女子”伏地求饶。田氏又羞又怕，快步走出。

马生盘问他，说是山东谷城县（今东阿县）的王二喜。因他哥哥王大喜是山西离石县桑冲的门徒，所以他转手学会了桑冲男扮女妆，诱奸妇女的一套。马生又问：“你奸污几个人了？”王二喜说：“我出来行道不久，只奸污了十六人。”马生因为他的罪行够得上杀头，想要到郡里去控告，但又爱他脸蛋儿美，就反绑了他的两手，把他的生殖器割了。那人血如泉涌，昏死过去，过了一顿饭工夫才又苏醒过来。便教他躺在床上，给他盖上被子，对他说：“我用药给你治疗，伤口好了，跟我一辈子便罢；否则，告发你必死无疑。”王二喜答应了。

第二天，老太婆过来，马生哄骗她说：“她原来是我的表侄女王二姐，因为不能生育，被夫家赶出来，昨夜她向我们说起根由，我们才知道。现在她突然感到有点不舒服，我们要替她买药，同时和她夫家商量，留下她和我妻子做伴。”老太婆进屋看“王二姐”，只见“她”面如死灰，靠近床前询问，王二喜说：“我阴部突然肿起来，怕是毒疮。”老太婆相信，走了。马生给王二喜服汤药，敷药粉，伤口一天天好起来。夜间，往往拉他一起狎戏。早起，就替田氏提水缝补，扫地烧火，好像婢妾似的。

不久，桑冲伏法，七个门徒相继被处死刑，只有王二喜漏网，通缉令下到各地严加追捕，村里人都暗中怀疑“王二姐”；聚集起村中的老年妇女，对王二喜隔衣探摸阴部，众人的怀疑才消失了，王二喜以此对马生深为感激，就跟着他过了一辈子。后来死了，就埋在城西马氏墓地旁边。现在还依稀可以找到。

异史氏说：马万宝可以说是善于使用人的人了。小孩子喜欢玩螃蟹，但又怕它钳人，于是折了它的大螯来喂养。唉！如果能领会其中的深意，用来治理天下有何不可？

（卷十二译者：金良年）

中国古代名著全本译注丛书

周易译注
尚书译注
诗经译注
周礼译注
仪礼译注
礼记译注
大戴礼记译注
左传译注
春秋公羊传译注
春秋穀梁传译注
论语译注
孟子译注
孝经译注
尔雅译注
考工记译注

国语译注
战国策译注
三国志译注
贞观政要译注
吕氏春秋译注
商君书译注
晏子春秋译注

孔子家语译注
荀子译注

中说译注
老子译注
庄子译注
列子译注
孙子译注
鬼谷子译注
六韬·三略译注
管子译注
韩非子译注
墨子译注
尸子译注
淮南子译注
近思录译注
传习录译注
齐民要术译注
金匮要略译注
食疗本草译注
救荒本草译注
饮膳正要译注
洗冤集录译注
周髀算经译注
九章算术译注
茶经译注（外三种）修订本
酒经译注
天工开物译注
人物志译注

颜氏家训译注
梦溪笔谈译注
世说新语译注
山海经译注
穆天子传译注·燕丹子译注
搜神记全译

楚辞译注
六朝文絜译注
玉台新咏译注
唐贤三昧集译注
唐诗三百首译注
花间集译注
绝妙好词译注
宋词三百首译注
古文观止译注
文心雕龙译注
文赋诗品译注
人间词话译注
唐宋传奇集全译
聊斋志异全译
子不语全译
闲情偶寄译注
阅微草堂笔记全译
陶庵梦忆译注
西湖梦寻译注
浮生六记译注
历代名画记译注